主 编 蒋星煜

副主编 齐森华 叶长海

元曲
鉴赏辞典
珍藏本

上

上海辞书出版社

《元曲鉴赏辞典》

顾　　问： 隋树森　任二北　王季思　张　庚　郭汉城

主　　编： 蒋星煜

副 主 编： 齐森华　叶长海

撰 稿 人（以姓氏笔画为序）：

万云骏	万　钧	么书仪	马少波	马圣昆	贵吾范	马欣来	王双启
王水照	王玉麟	王永健	王运熙	王方智	史乘刘	王季昭	王学乔元
王星琦	王思宇	王镇远	王毛田	史国平	刘修明	马小良	王邓宁希
邓绍基	龙潜庵	叶长海	邹国安	刘荫巨	池吉光	史文伦	刘永益
宁宗一	师　飙	朱建明	刘荫巨	杜朝珍	刘真明	刘文真	许金克
刘庆云	刘知渐	刘学锴	江苏寰	李毓皋	汤华泉	刘华泉	李廷和
齐裕焜	齐森华	羊春秋	李恒义	吴汝鸣	李廷先	李廷钦	杨廷治
孙　逊	孙秀荣	孙崇涛	吴书荫	邱鸣燕	杨镰	吴明满	吴贤子
李昌集	李春祥	李修生	吴熊和	张志昭	吴国均	何地庭	陈多
杨海明	吴　戈	吴蓓	张新安	陈林妙	陆萼海	何声民	陈美林
吴战垒	吴调公	吴乾浩	林东传	周中锁	陈伯民	陈文培	欧阳光
宋光祖	张人和	张玉奇	周锡山	周锡昌	范笃珍	周宏	周松华
陈　诏	陈永正	陈邦炎	赵其钧	赵平明	岳莱	郑乃立	荆立民
陈惠琴	邵曾祺	林巩平赓	钟林斌	段启时	侯百易	俞为民	玉中骥章
罗斯宁	周圣伟	周续山林	秦岭梅	夏写均	顾敏	徐建天	崔希
周啸天	周寅宾	赵山中文	徐朔方	徐培传	翁克因	高希	蒋星煜文
郑拾风厚	赵鸿冈	柯象品平	唐葆祥	陶型	黄善上	黄天希	谭帆
胡世昭	胡雪政	姚顺德	唐菊飞	萧丁	萧述文	崔蒋星煜	
洪柏明	姚沁英	徐唐永平	黄彭桃兆	董乃斌	董德	谭	
徐扶城	徐郭竹	黄宝蒂	谢谢真元	蒲松林	鲜述		
郭汉城	郭英三	隗真	薛瑞	霍松林			
黄为之	黄隋树森	谢长珂					
康保成	谢谦笃	颜					
韩希白	熊						
谭志湘							

原书责任编辑： 贺银海　沈伟麟

责 任 编 辑： 祝振玉

元曲鉴赏辞典

目　录

珍藏本

【目录】

元曲鉴赏辞典

出版说明	4
凡　例	6
第二版序	8
前言	18
篇目表	24
正文	2
附　录	1758
元曲书目	1773
元杂剧关目	1809
名句索引	1882
元曲释词简编	1902
读曲常识	1939
元北曲谱简编	1959
元杂剧一览表	2001
篇目笔画索引	2008
后记	2030

3

元曲鉴赏辞典

出版说明

元曲,作为有元一代文学的代表,以其特殊的艺术成就,在我国文学史上占有重要的地位。人们常常把元曲与唐诗、宋词相提并论,将它们视为古代艺术宝库中三颗璀璨的明珠。

元曲包括元代的散曲和杂剧两部分。两者的艺术形式不一,前者是诗歌,后者是戏曲。为了使全书保持较为一致的格调,所录杂剧作品是以"折"立目,而以鉴赏曲子为主,故每折或选一曲,或选数曲不等。这样,散曲和杂剧中久为传诵的曲子已绝大多数收编在册,全书集中地反映出元曲的艺术精粹。

本书是以该书第二版为基础,对全书的开本、装帧、版面、版式、字体、字号进行了重新设计,正文采用双色印刷,并编配了当代国画家专门为元曲名篇创作的48幅彩色曲意图,分上、中、下三册出版,从而全面提升本书的档次和品位,以满足不同文化消费层次的读者需要。不当之处,尚希读者指正。

上海辞书出版社

二〇一二年一月

元曲鉴赏辞典

凡 例

【凡例】

一、本书共收一百三十五位元曲作家的作品，其中小令五百四十四支，套数四十五套（含三百一十九支曲），杂剧一百三十七折（涉及八十八本，含四百六十四支曲）。共有篇目七百十二篇。

二、本书所列篇目及原文，基本上参照《全元散曲》、《元曲选》、《元曲选外编》、《新校元刊杂剧三十种》、《元人杂剧钩沉》等著作校订，为免繁琐，一般不另作说明。正文中作家的排列，大致以生年先后为序；生年无考者，则以在世年代先后为序。同一作家的作品，一般依《全元散曲》与《元曲选》篇目次序排列，个别作品酌情略作调整。

三、本书赏析文章，小令基本上每曲一篇，也有数曲一篇者；套数每套一篇；杂剧每折（或选一曲，或选数曲）一篇，个别例外。

四、本书使用简化字。在可能有歧义时，酌用繁体字或异体字。

五、曲中疑难词句，一般在赏析文章中略作解释，少数在文末给予注释。

六、本书涉及古代年份，一律用旧纪年，夹注公元纪年（"年"字省略）。

七、每位作家的作品正文前，均附有其小传，无名氏从略。

八、本书的附录有：作家年表、元曲书目、元杂剧关目、名句索引、元曲释词简编、读曲常识、元北曲谱简编、元杂剧一览表以及篇目笔画索引。

元曲鉴赏辞典

第二版序

【第二版序】

蒋星煜

一

　　唐诗、宋词、元曲,中国韵文的三个高峰,留下了三份丰厚的遗产。但是,具体情况各不相同。唐代是相当繁荣富强的皇朝,疆土辽阔,历史绵长,达278年(618—896)之久。文学昌盛,帝王与公卿百官咸以吟咏诗歌为风尚,出现了大批佳作,有的还流传到海外,在新罗、扶余等地广泛流行。宋代赵匡胤开国以后,杯酒夺兵权而大权独揽,国势衰弱,外患频仍,但文风仍盛,士大夫无不能诗词,豪放、婉约,流派纷呈。南渡之后,仍勉强支持残局,至帝昺崖山跳海始结束,所以也有337年(960—1297)。元代马上得天下,用武力镇压各地农民起义军,未能在文治巩固政权之前就被朱元璋等人所推翻,为时仅89年(1279—1368),兼以推行科举不力,文学艺术也受到一定影响,所以元曲的数量少于唐诗、宋词。相形之下,元曲这份遗产较唐诗、宋词略显单薄。

　　五四以来,在研究和校勘、注释等方面,唐诗、宋词一直遥遥领先于元曲,有其必然性,我们可以理解。

　　然而人们却忽略了元曲具有唐诗、宋词所缺少的许多特点和优点。有人甚至从狭隘的民族偏见出发,对元代的文学艺术采取不屑一顾的漠视态度。可喜的是日本、韩国以及欧美诸国的汉学家倒一直在孜孜不倦地钻研元曲,成果和经验都斐然可观。说得夸张一点,在这方面,有一个时期,我们忙于向他们学习、借鉴,正像捧着金饭碗讨饭一样可笑。

　　建国之后,元曲应该说比较受到关注,但是又被极"左"思潮牵着鼻子走,向关汉卿倾斜,向《窦娥冤》倾斜,而且几乎是众口一词咬定元代是民族矛盾、阶级

元曲鉴赏辞典

9

矛盾空前尖锐的皇朝。在这种大气候之下，要真正从文学艺术的特征来研究元曲也是不可能的。

感谢改革开放的大好形势，解放思想给元曲研究带来全新的局面。我个人主要是清理极"左"思潮的影响，根据认识的逐步提高，先在《光明日报》的《文学遗产》谈了自己的学习心得，并觉得徐中玉教授主编的大学语文教材也充分考虑到了元曲的学术价值，而且不再单单重视《窦娥冤》，也收进了《西厢记》、《单刀会》等喜剧、正剧了。我又在华东师大出版的《文艺理论研究》发了评论，希望元曲研究者扩展视野，从中国文学艺术史乃至世界文学艺术史的大环境、大潮流中考察元曲，仅仅依据《录鬼簿》、《中原音韵》、《青楼集》三本书是不够的，更何况有部分人即使对这三本书，也没有深入探讨，只是寻章摘句，串连成文呢，当然不可能获得什么新的成果或材料。

和荷兰雷登大学伊维德教授晤谈多次，他和美国柏克莱大学的韦斯脱教授以皓首穷经的精神翻译明代弘治岳刻《西厢记》，尤其使我感动。我作为中国的《西厢记》研究者、元曲研究者，既非常钦佩，也有些惭愧。和日本京都大学田中谦二教授作学术交流时，蒙他赠我《新校订元刊杂剧三十种》，那是一项工作量巨大的系列工程，由他主持，领导一大批中青年把《古本戏曲丛刊》本、京都大学本等多种版本互校，然后审慎地择善而从。对元曲研究工作，作出了难能可贵的贡献，为元曲研究者创造了有利的条件。凡此种种，对我都是莫大的动力，也可以说是压力。我总觉得在继续深入《西厢记》的研究之外，还应该为推动元曲研究与普及再做一些工作。

在这种情况之下，上海辞书出版社在 1985 年前后和我谈起《元曲鉴赏辞典》的编辑、出版事宜时，我没有过多地考虑自己的能力的不足，接受了任务。但我认为，要把这部书编写好，并不是件容易的事情。

二

选目是第一个摆在面前的难题，从思想性、艺术性着眼，说起来容易，但做起来难，因为元曲有其特殊性。名篇似乎不多，不像唐诗，李白的《清平调三首》，是唐玄宗亲自召李白进宫，为他吟咏和杨贵妃共赏牡丹的风流韵事，非选不可。韩愈的《左迁至蓝关示侄孙湘》是上《谏迎佛骨表》受到降职处分后在蓝关所作,牵涉到政局的重大变动,自然不能遗忘。元曲无论散曲或剧曲,都没有情况相类似的在政治上有较大影响或反应的作品。

　　元曲的作者有很大一部分生平不详,又有一大批作品至今查不出作者姓名,当然令人感到遗憾,从另一角度去看,却又正好说明元曲的作者较唐诗、宋词作者总的说来社会地位要低下,高官极少,但却能较充分地把民间疾苦反映得比较深刻、生动。如刘时中的《〔新水令〕代写诉冤》、曾瑞的《〔哨遍〕羊诉冤》等既是准确、真实的生活写照,又仿佛是用寓言写人的遭遇,都是唐、宋时代所没有的佳作。又如马致远的《任风子》,整个作品以一个屠夫为主角,写他的思想转变的全过程,也是文学史上罕有的。在某些小说中,屠夫总是被鲁智深、武松一类英雄痛打而求饶的孬种,是绝对的配角,而任风子则是主角。这些都十分值得细心鉴赏也。

　　散曲之中,流露出世思想的较唐诗、宋词占的比重更多些,当然谈不上有多少积极作用,一开始只准备收录某些较有代表性的,仔细看下来,觉得也不妥。因为当时的汉族知识分子对蒙古族统治者从气节观念出发不愿从政的大有人在。但有的人仍旧希望走"学而优则仕"的途径以求飞黄腾达,结果多年不开科举,于是又萌生消极思想。有时候这两种情况混淆难分。但是,这些作品正好是知识分子的心声,应该予以重视。例如汪元亨,他这一类作品在数量上很可观,内容则各有侧重,所以我们收录得比较多。

　　又散曲作者汉族与诸兄弟民族均有,阿里西瑛为回族人,贯云石、薛昂夫为维吾尔族人,阿鲁威、杨讷为蒙古人,兰楚芳为西域人,他们的散曲作品往往较杂剧更具有民族风情、民族特色,自然不能漠视。

　　杂剧的选目还是从作品本身来考虑,既没盲从所谓"关、马、郑、白"的元曲四大家,也没有追随把关汉卿无限拔高而漠视其他作者的风派的做法,无论其形式、内容,有显著优点、特点的作品,坚决收录,至于明、清两代以及五四以来的评论,我们也有所参照,但绝不是全部依从。

　　矫枉不能过正,关汉卿仍是元杂剧传世作品最多的一位作家,而且他的作品如《窦娥冤》、《救风尘》、《单刀会》等,悲剧、喜剧、正剧等各种类型的均有佳作,因此我们选了《窦娥冤》三折,此外《救风尘》、《望江亭》、《拜月亭》、《玉镜台》各二折,也选了《蝴蝶梦》等。累计达十八折,为入选折数最多的作家。

王实甫的《西厢记》入选十二折,乍看似乎多了,其实《西厢记》共五本二十一折,现在也不过选了一半稍多。就全剧改编演出的情况看,就剧中名句流行的情况看,这十二折还是最低限度的。

关于马致远,人们一直高度评价《汉宫秋》,而对《荐福碑》、《陈抟高卧》、《岳阳楼》、《任风子》、《黄粱梦》诸剧均以"封建迷信"一笔抹煞。其实这些作品的出现决非偶然,乃是人们对现实世界感到悲观失望而渴望逃避、解脱的反映,也是全真教在中国南部广泛流行的证明。人们从宗教中寻觅继续生活下去的勇气,不能不用各种幻想、幻觉来自我安慰、自我解脱。

又如《桃花女》,所写男婚女嫁风尚直至清末民初,民间尚在流行。《兰采如》则保存了元代杂剧演出史料,较《青楼集》、《辍耕录》均为完整,任何资料不能取代。

三

研究元曲的专家学者为数远较研究唐诗、宋词的专家学者少,这是事实。我们就决心把他们全都约请为作者,年事过高的前辈,工作过忙的中年业务骨干,就少担任一点条目。经过多方面的协商,终于取得了他们的理解,共同为《元曲鉴赏辞典》的编写进行了密切的合作。

具体地说,曲学大师吴梅教授当年在北京、上海、南京各大学的嫡传子弟王季思、万云骏两教授都接受了写鉴赏条目的任务,王季思还担任了本书的顾问。

《元曲释词》作者王学奇、《元明北杂剧总目考略》作者邵曾祺、《新校元刊杂剧三十种》校者徐沁君、《元代杂剧艺术》作者徐扶明、《元曲百科辞典》主编袁世硕等都分别承写了他们所选定的条目。隋树森先生曾翻译日本青木正儿《元人杂剧序说》与盐谷温《元曲概况》二书,又将《元曲选》未收之元代杂剧编成《元曲选外编》,是国内元曲前辈而且贡献相当突出的一位,特为此书写了《序》。为了争取时间,稿件尚未收集齐全就向隋老提出此要求,当然他也没有能看全部稿件而有针对性地比较具体地谈问题,所以《序》只是概括地论述了元曲的总的情况以及王国维、郑振铎诸人对元曲的贡献。不管怎么说,《元曲鉴赏辞典》确是集中了全国研究元曲的精英而完成的一项巨大的工程。

话说回来,《元曲鉴赏辞典》撰稿人列名者 173 位,元曲专家仅是其中极少数,余外也有中国文学史或中国戏剧史的学者专家,或者研究、著作的重点是唐诗宋词,或者是宋元南戏、明清传奇的学者专家,他们所耕耘的领域和元杂剧很接近,或者有交叉之处,平时也经常接触,所以也就接受任务,和我们共襄盛举了。

《元曲鉴赏辞典》的编写任务开始于 1985 年前后。作者比较集中在上海、北京、广州,但我们还是尽可能从全国各地物色合适的作者,例如羊春秋来自湖南,宁宗一来自天津,吴调公来自南京,胡雪冈来自温州,熊笃来自重庆,齐裕焜来自福州,更有宁夏等边远地区的作者。应该说,充分发挥了全国古典戏剧文学专家的聪明才智。

四

散曲、剧曲乍看似乎一样,细细推敲,差异很多。散曲的确近似唐诗、宋词,口语化则比较明显。剧曲情况更为复杂些,无论用来交代情节、表达感情,口语化较散曲更甚;这种口语又往往根据规定情景带有民族的、地区的、职业的特色;有时会突破曲牌原来的字数定格而增加衬字。至于内容,散曲、剧曲也都各有其生活真实的依据而千姿百态,所以我们很难模拟出一份样稿,因此未用样稿。

我们强调了希望能使高中以上语文程度的读者接受。既然以鉴赏为目的,也就不必进行繁琐的注释或考证,就如与家人、友人的谈心最好。可以是美感的启发,可以是和古代原作者的交流,或是对他的质疑,不拘一格。但人名、地名、年代等等则千万不要弄错,以免误导读者。过分偏颇的感受、观点也最好不要提出,容易引起读者困惑。因为这和学术论文不同,鉴赏辞典不是展开雄辩的园地。又和课本、教材不同,可以更活泼些,不妨有些趣味性的穿插。更不要求面面俱到,完全可以谈体会很深切、最受感动的闪光之点。也不反对和内容相似或形式相接近的作品或作者别的作品相联系或作对比,鉴赏文字的作者享有绝对的、充分的自由。

稿件陆续寄到,给了我们一次又一次美好的享受,也可以说是一次又一次的惊喜。老戏剧家马少波偕其女马欣来合作写了《追韩信》第二折的一套〔双调〕,他们对中国戏剧史原娴熟之至,所以一开始就说:"其中第二折最为著名,经各剧种改编演出,迄今活跃在戏曲舞台。明代沈采的《千金记》曾直接采用这套曲调。"三句话把此剧至今仍在流行的经典性说得一清二楚,对于"坐下马空踏遍山水雄,背上剑枉射得斗牛寒"等情景交融形象地抒写韩信的复杂的感情的唱词,认为"准确地表现了韩信作为一代人杰久不得志的苦闷心境,同时也呼出了千百年中有志之士壮志难酬的愤懑不平之气与寂寞悲凉之情,引起了人们的赞叹与共鸣"。对于《追韩信》作者金仁杰评价颇高,对韩信的认识和理解也是非常深刻的。这是一种类型。

又如以研究汤显祖闻名的徐朔方教授,关于元曲的论著不多,却也有独到的研究。他鉴赏《㑇梅香》第三折的〔圣药王〕诸曲时,显示了非凡的功力和见识,首先认定"它是王实甫《西厢记》的改编",又作"我自己过去就对它有过不公平的评价"的自我批判,完全出乎我们的意料。正因为"曹栋亭本《录鬼簿》评论某些剧作家来说'惜乎所作贪于俳谐,未免多于斧凿'",徐朔方接着说:"就《㑇梅香》而论,这恰恰是它的成功之处。"由于徐朔方对中国古典戏曲研究非常深入,而且对名著都不自觉地会有所联系、比较,所以他认为郑光祖虽然从《西厢记》获得启发,但《㑇梅香》并不是简单的改编或压缩,也有许多地方有别出心裁的得到良好效果的探索和创造。例如丫环樊素,当然不乏红娘的机智和风趣,她和白敏中彼此之间"反复诘难",则是红娘和张生之间所没有的。徐朔方认为这样喜剧性发挥得更充分。徐朔方认为《㑇梅香》第三折曲子和宾白"焊接"得天衣无缝,丝毫没有影响曲子所洋溢的诗情画意。他进而认为〔麻郎儿〕的〔幺篇〕:"不妨、莫慌、我当"是六字三韵的"短柱体"的典范。因为"一句曲文将三个角色的不同处境、不同心理片刻间全部展示在观众面前"了。

当时的青年作者群体也有不少佳作,鲜述文是刘知渐教授的助手,她为曹德〔清江引〕所作的鉴赏,用了细针密线为我们映衬出了原文中隐约可见的某些借喻和暗示,真可谓曹德的隔代知音。翁敏华认为无名氏《〔朝天子〕嘲妓家匾食》"句句讲匾食,却又句句说着妓女",但不是讥笑,而是同情之至。她并且得出一个初步结论:"中国古代的咏物诗,每每并非纯客观的咏物,而是咏物以拟人。"可谓一语中的。

五

元曲和唐诗、宋词有许多近似之处,却有着更多的不同之处,因此《元曲鉴赏辞典》的附录也不同于那些诗、词的鉴赏辞典。增加了《元杂剧关目》、《元曲释词简编》、《读曲常识》、《元北曲谱简编》和《元杂剧一览表》,共计五种。

《元杂剧关目》收了现存的所有元杂剧在内,共 162 本。因为辞典仅收所鉴赏的曲文,曲前曲后的宾白都没有,虽然鉴赏文字也对全剧略作介绍,究竟过于简单,读者难以了解剧本的全貌。《关目》基本按四折的顺序讲述整个故事,读者遇到问题,即可用《关目》参照。

《元曲释词简编》也十分必要,因为元曲语言比唐诗、宋词的口语化更为明显,剧中人既有社会上层的官员将领,也有社会下层的倡优隶卒(当时演员没有社会地位),他们的语言颇多行话、切口,有的也许流行于黑社会,我们已出的字典、辞典不一定都收。有的还是兄弟民族的语言,汉族读者往往一知半解,甚至完全不懂。一般的字典、辞典往往不收,即使收,数量也极少。现在收了"乜斜"、"巳避"、"闪杀"、"必丢匹搭"、"屹剌剌"、"阵马儿"等等。例如《撒蒂姆》,原见于宋方壶《一枝花》,释义为"放肆、放刁、撒赖",但马致远《任风子》第三折用的是"撒腻滞"。此外还有用"撒滞殢"、"撒殢滞"的。依稀可见是兄弟民族语言的音译,但尚未有一致的译法。这些语词,别的字典、辞典很难查到。

《读曲常识》主要解释元曲专用名词,如末、正末等脚色分行名词,南北合套、宫调等北曲音乐名词,凤头猪肚豹尾、关马郑白等戏剧文学名词术语。

《元北曲谱简编》,分黄钟宫、正宫、仙吕宫……大石调、小石调等宫调,每一宫调又按曲牌顺序排列,然后按定格标注平仄,韵位亦皆用标记标出。这对读者也许并不十分重要,但演唱时则必须依照,否则既难唱,更唱不出韵味和情调。

《元杂剧一览表》,元代有关元曲文献极少极少,剧目之流行程度几乎很难知晓。建国初期,过分夸大关汉卿之影响,王实甫、马致远、白仁甫的作品都被有意无意地漠视了。对于这个问题,当然应该使人们知道元杂剧流行的真相,我觉得根据《元刊杂剧三十种》以及明代的八种藏本、刊本,作一统计表,虽然十分麻烦,却是惟一的办法,也最有说服力。统计的结果令人颇为意外,同时被九种选本收录者付之缺如,即同被八种、七种、六种、五种选本收录者亦无。同时被四种版本收录者有九部作品:

张寿卿	《谢金莲诗酒红梨花》
宫天挺	《生死交范张鸡黍》
郑光祖	《迷青琐倩女离魂》
郑光祖	《㑇梅香翰林风月》
秦简夫	《东堂老劝破家子弟》
罗贯中	《宋太祖龙虎风云会》
贾仲明	《荆楚臣重对玉梳记》
贾仲明	《铁拐李金童玉女》
石子章	《秦修然竹坞听琴》

居然马致远、白仁甫的作品都不在九部作品之内,而被许多评论家戴满头桂冠的关汉卿的作品也不在其中。他的《感天动地窦娥冤》仅有三种选本收录,并不突出。当然,这并不是元代当时演出的精确统计,那些选本绝大部分都是明代刊印的,但也能在一定程度上反映元代的流行情况,除此之外,更无任何依据了。

必须说明的是《西厢记》共有五本,体例特殊,九种选本均未收,但明刊本有六十种左右,今存四十余种,流行程度远远超过《红梨花》《范张鸡黍》《倩女离魂》等剧自不待言。这一统计表工作进行过程中迄未向外透露,而徐朔方教授对《㑇梅香》作出高度评价,颇能说明他独具慧眼,的是难得。

六

以上谈了《元曲鉴赏辞典》的编写原则和具体内容,相信对于人们可以起到相应的导读作用。还有一点感受要谈一谈。在 20 世纪 80 年代,学术界、出版界的风气和现在不同,对经济效益的看法也不同,作者都十分认真地对待鉴赏文字的写作,上海辞书出版社为书的质量不惜付出较大的成本,先后两次邀请部分作者集中在上海进行反复讨论、反复修改,所以最后定稿比较理想。

本书出版十多年后,上海辞书出版社为了精益求精,再一次约请我和齐森华、叶长海三主编对全书进行通读、校勘与修订。我们改正了某些讹错和几处极"左"思潮的残余。曲谱改正了一些符号的疏漏,书目也有新的增补。

应该说,修订后的《元曲鉴赏辞典》比起第一版是有提高的。作为主编,我们也很欣慰,为元曲的鉴赏完成了一项规模不小的基础工程。欢迎海内外多提意见,我们一定认真研究,虚心接受。

元曲鉴赏辞典

前　言

【前言】

隋树森

对元曲的鉴赏和研究,现在已经比较容易进行了,而且做这些工作的学人,也相当多了。但是在"五四"运动之前,却不是这样。

现在我们不妨做一番回顾。

在我国旧时的社会,一般读书人钻研、阅读、背诵的,除《三字经》《百家姓》《千字文》之类的启蒙书和《四书》《五经》外,主要是古文、古典诗词。元曲是怎样一种文学作品,他们之中绝大多数人向来不屑于去了解。因此也就不能给元曲以恰当的评价。偶尔读读元曲,加以赞赏的人,倒也不是没有,但那真是凤毛麟角。而且他们所说的那些赞赏元曲的话,也不会在学人中发生一点影响。举例来说,如远在明朝,韩邦奇(1479—1555,号苑洛,正德进士)尝读关汉卿杂剧而善之,为乃弟邦靖作行状,末云:"恨无才如司马子长关汉卿者,以传其行。"他把关汉卿同司马迁并谈,认为他们是同列。(见明蒋一葵《尧山堂外纪》)但是这又有什么作用呢?这类话能引起学人们去读关汉卿等人的作品吗?显然不会。

对元曲作认真的研究并予以恰当评价的,当首推王国维(1877—1927)。1877 年是清光绪三年,这时清政府已经开始动摇。到王国维自沉于昆明湖的1927 年,已是"五四"运动之后的八年了。

王国维对宋元戏曲史的研究,开始于 1912 年。从他的著作《宋元戏曲考》(后来商务印书馆改书名为《宋元戏曲史》)发表以后,国人始多珍视元曲,承认元曲是"元代最佳文学",可以与唐诗、宋词鼎立。

"五四"新文化运动,在文学方面主要是提倡白话文以及胡适首倡的"八不主义"。元杂剧的宾白部分,是用白话文写的,因此也得到新派的青睐。然而"古本戏曲"一向并不为文人雅士所重视,所以即使想看这类作品,却并不易得。

幸好逐渐有人对古典戏曲小说书籍偏爱起来。小说，这里不谈，现在只谈元曲。

我认为，最近几十年来，努力搜集这方面的资料而贡献又最大的，是郑振铎先生。

郑先生搜集罕见的古书，方面较广。读其《劫中得书记》、《困学集》等书，可知其功甚伟。他所搜集到的罕见枕密之中的元、明曲书，最重要的有《脉望馆钞校本古今杂剧》、《张小山乐府》、《杂剧新编》等。前两部书都是在抗日战争开始时得到的。前书所收元、明杂剧共二百四十二种，除其重复，实得二百三十五种，其中无传本者一百三十五种。这些杂剧中，明人之作较多。商务印书馆选择后印成一部线装本《孤本元明杂剧》。五十年代，又有了北京戏剧出版社用原商务纸型刊印的洋装本四册，书名仍旧。现在这两种版本的书，只能在旧书店中偶尔"遇"到，"求"是总要空跑几次的。

《张小山乐府》是郑先生遇难、其全部藏书归北京图书馆之后，这才公开显现于世的。这部书很奇，以前没人谈过，后来有人说这也是天一阁旧藏。它一开头，就是书的最前，有张小山的词四十余首，其中仅有数首见于《词综》等书。曲的部分，虽然有若干首也见于元明两代的一些曲籍中，而在此之外，还有将近一百二十首不见于任何另一本书。这将近一百二十首散曲，居然隐藏了六百余年，应该说有些怪哉。

此外，在清末民初精印了几十种木版曲书的暖红室（刘世珩）和搜集了许多种一般人难以购到的曲书的吴梅、任中敏等人（吴书后归北京图书馆），赐给后辈读者的益处也很大。

现在我们鉴赏或研究元曲，比几十年前方便多了。元曲一词，现在一般人把它分为杂剧、散曲两大类。其中的散曲，又可分为小令、套数两种。这些年来，经过大家的努力，把元曲做了全面的整理。杂剧方面，明人臧晋叔编的《元曲选》还是最重要的书。第一，它收集了确为元人所作之杂剧九十四种，数量最多。第二，各剧宾、白齐全。曲文也经过整理，全书的版式已经统一，阅读比较容易。可惜原书全无断句，对读者不很方便。五十年代，北京中华书局出版了一部铅印断句本《元曲选》，读起来方便多了。

但是《元曲选》所收的元杂剧虽多，而并非今所见元人杂剧之全。王国维著《宋元戏曲考》时，所能见到的元人杂剧止有一百十六种（在《雍熙乐府》中的零折不计）。他又说："至如明季所刊之《元人杂剧选》《古名家杂剧》与钱遵王所藏钞本，虽绝不经见，要不能遽谓之已佚。此外佚籍，恐尚有发见之一日。但以大数计之，恐不能出二百种以上也。"王国维说这些话时，是1912年，离现在将近八十年。在这段时间里，他说的《元人杂剧选》等书，各出现了其书的一部分，遗憾的是离他所说的那个"大数二百"，距离尚远。现在所能见到的元人杂剧也不过将近一百六十种，而其中不无为元、为明、尚有争议的作品。

笔者为了便于读者鉴赏和研究《元曲选》以外的那些元杂剧，曾在五十年代，从收有这类杂剧的书中摘录出来，一一断句，并统一其格式，汇集为一部书，名曰《元曲选外编》，由北京中华书局出版。虽然当时限于条件，没能汇集有关诸书，一一详为校勘，但对一般读者，总算相当方便了。

现在再谈元曲中的散曲资料。

就元杂剧来说，在旧时代已经没能得到读书人的公允评价，但它比散曲还算幸运一些。直到1922年，胡适等人办的《读书杂志》第四期上，才发表了胡适写的《元人的曲子》，表彰了一些元代散曲家及其作品（那时胡适并没用"散曲"这个名词，而是称它为"曲子"）。从他这篇文章来看，当时学人对杂剧已经有些较好的评价，但对散曲还是有些看不起。胡适写那篇文章，主要是为"曲子"（散曲）抱不平。

一般读者对元散曲的鉴赏和研究，注意得比对元杂剧为早。元人编的散曲总集，现存者有四种：即《阳春白雪》《太平乐府》《乐府新声》《乐府群玉》。在清代末年徐乃昌刻《随庵丛书》，已经把《阳春白雪》收入。而且丛书的编者，还用此版另外刷印了大、小两种开本的单行本《阳春白雪》，其版本在版心之外所留的天地空白很大，版面非常考究。后来1923年《太平乐府》也有木版精印本（四册）。刊印者武进陶珙。

五十年代，笔者把费了很长时间才编成的《全元散曲》整理后由北京中华书局出版了。书中对每首小令或套数都作了校勘,详记见于各书的同一篇作品在文字上的异同。笔者编刊了这部书,对于鉴赏和研究元散曲的同志,有些方便。

这几十年来,元散曲的新发现,除了前文谈过的《张小山乐府》之外,还有一些可以一谈的新资料。如九卷本《阳春白雪》,汤式(他一直活到明永乐年间,但大部分明人曲选在他的姓名上都标"元"字)的《笔花集》,罗振玉旧藏明钞残本《阳春白雪》等书的发现,也给元代散曲史添了不少材料。

对任何一种文体的鉴赏和研究,虽然有许多方面都可以着手,但首先要掌握充分的资料。对于元曲,我们现在所掌握的资料,远比五四时代提倡新文学时为多,所以在研究上才产生了现在这个比往昔繁荣的时代,这只要看看本辞典所发表的一些文章,便可知其大略了。当然我们还要努力前进!

一九八七年十月十四日

珍藏本

珍藏本

元曲鉴赏辞典

篇 目 表

【篇目表】

元好问

〔黄钟〕人月圆·卜居外家东园(重冈已隔红尘
断·玄都观里桃千树) ……… 3

〔双调〕骤雨打新荷(绿叶阴浓·人生百年有几) ……… 6

杨　果

〔越调〕小桃红(满城烟水月微茫) ……… 8

〔越调〕小桃红(采莲人和采莲歌) ……… 10

〔越调〕小桃红(采莲湖上棹船回) ……… 12

〔仙吕〕翠裙腰(莺穿细柳翻金翅) ……… 13

刘秉忠

〔南吕〕干荷叶(干荷叶,色苍苍·干荷叶,
色无多·南高峰,北高峰) ……… 16

杜仁杰

〔般涉调〕耍孩儿·庄家不识构阑 ……… 20

王和卿

〔仙吕〕醉中天·咏大蝴蝶 ……… 24

〔仙吕〕一半儿·题情(书来和泪怕开缄·将来
书信手拈着·别来宽褪缕金衣) ……… 26

〔双调〕拨不断·大鱼 ……… 30

盍西村

〔越调〕小桃红·江岸水灯 ……… 32

〔越调〕小桃红·客船晚烟 ……… 34

〔越调〕小桃红·杏花开候不曾晴 ……… 35

〔越调〕小桃红·杂咏(海棠开过到蔷薇 ……… 37

〔越调〕小桃红·杂咏(绿杨堤畔蓼花洲) ……… 39

商　挺

〔双调〕潘妃曲·带月披星担惊怕 ……… 41

〔双调〕潘妃曲(闷酒将来刚刚咽) ……… 42

〔双调〕潘妃曲(一点青灯人千里) ……… 43

胡祇遹

〔中吕〕阳春曲·春景(几枝红雪墙头杏·
酝酿蜂儿蜜·一帘红雨桃花谢) ……… 45

伯　颜

〔双调〕沉醉东风·赠妓朱帘秀 ……… 49

不忽木

〔中吕〕喜春来(金鱼玉带罗襕扣) ……… 51

〔仙吕〕点绛唇·辞朝 ……… 53

王　恽

〔正宫〕黑漆弩·游金山寺并序 ……… 58

【篇目表】

〔越调〕平湖乐（采菱人语隔秋烟）......60

卢挚
〔越调〕平湖乐·尧庙秋社......62
〔黄钟〕节节高·题洞庭鹿角庙壁......64
〔南吕〕金字经·宿邯郸驿......66
〔双调〕沉醉东风·秋景......67
〔双调〕沉醉东风·对酒......69
〔双调〕沉醉东风·重九......71
〔双调〕沉醉东风·闲居（恰离了绿水青山那答）......73
〔双调〕蟾宫曲·春情（残花酿蜂儿蜜脾）......74
〔双调〕蟾宫曲（沙三伴哥来嗏）......76
〔双调〕蟾宫曲·京口怀古·镇江......78
〔双调〕蟾宫曲·长沙怀古·潭州......80
〔双调〕蟾宫曲·扬州汪右丞席上即事......81
〔双调〕蟾宫曲·寒食新野道中......84
〔双调〕蟾宫曲·醉赠乐府朱帘秀......85
〔双调〕寿阳曲·别朱帘秀......87
〔双调〕殿前欢（酒杯浓）......88

赵岩
〔中吕〕喜春来过普天乐（琉璃殿暖香浮细）......91

陈草庵
〔中吕〕山坡羊（晨鸡初叫）......95
〔中吕〕山坡羊（伏低伏弱）......96

关汉卿
〔仙吕〕一半儿·题情（云鬟雾鬓胜堆鸦·碧纱窗·外静无人·银台灯灭篆烟残·多情多绪）......98
小宛家
〔南吕〕四块玉·别情......101
〔南吕〕四块玉·闲适（适意行）......103
〔南吕〕四块玉·闲适（旧酒投）......105
〔南吕〕四块玉·闲适（意马收）......106
〔南吕〕四块玉·闲适（南亩耕）......108
〔商调〕梧叶儿·别情（别离易）......110
〔双调〕沉醉东风（咫尺的天南地北）......112
〔双调〕沉醉东风（忧则忧鸾孤凤单）......114
〔双调〕碧玉箫（秋景堪题）......116
〔双调〕大德歌·春......118
〔双调〕大德歌·夏......119
〔双调〕大德歌·秋......121
〔双调〕大德歌·冬......122

【篇目表】

〔黄钟〕侍香金童（春闺院宇）…… 123

〔南吕〕一枝花·赠朱帘秀…… 127

〔南吕〕一枝花·杭州景…… 131

〔南吕〕一枝花·不伏老…… 133

诈妮子调风月（《调风月》）第三折…… 137

关大王独赴单刀会（《单刀会》）第四折…… 140

温太真玉镜台（《玉镜台》）第一折…… 146

温太真玉镜台（《玉镜台》）第二折…… 149

闺怨佳人拜月亭（《拜月亭》）第一折…… 151

闺怨佳人拜月亭（《拜月亭》）第三折…… 153

感天动地窦娥冤（《窦娥冤》）第二折…… 157

感天动地窦娥冤（《窦娥冤》）第三折…… 161

感大动地窦娥冤（《窦娥冤》）第四折…… 165

赵盼儿风月救风尘（《救风尘》）第一折…… 170

赵盼儿风月救风尘（《救风尘》）第二折…… 175

钱大尹智宠谢天香（《谢天香》）第四折…… 179

望江亭中秋切鲙（《望江亭》）第三折…… 183

望江亭中秋切鲙（《望江亭》）第四折…… 188

钱大尹智勘绯衣梦（《绯衣梦》）第二折…… 191

包待制三勘蝴蝶梦（《蝴蝶梦》）第三折…… 195

包待制智斩鲁斋郎（《鲁斋郎》）第二折…… 198

刘夫人庆赏五侯宴（《五侯宴》）第三折…… 203

高文秀

须贾大夫谇范叔（《谇范叔》）第一折…… 206

须贾大夫谇范叔（《谇范叔》）第二折…… 210

黑旋风双献功（《黑旋风》）第一折…… 212

黑旋风双献功（《黑旋风》）第二折…… 214

黑旋风双献功（《黑旋风》）第三折…… 216

好酒赵元遇上皇（《遇上皇》）第二折…… 218

保成公径赴渑池会（《渑池会》）第四折…… 221

郑廷玉

看钱奴买冤家债主（《看钱奴》）第二折…… 223

楚昭公疏者下船（《楚昭公疏者下船》）第一折…… 228

白 朴

〔仙吕〕寄生草…… 230

〔仙吕〕醉中天·佳人脸上黑痣…… 232

〔中吕〕阳春曲·知几（知荣知辱牢缄口）…… 234

〔中吕〕阳春曲·知几（张良辞汉全身计）…… 236

〔中吕〕阳春曲·题情（轻拈斑管书心事）…… 237

珍藏本

【篇目表】

〔中吕〕阳春曲·题情（从来好事天生俭）……………239
〔越调〕天净沙·春（春山暖日和风）……………241
〔越调〕天净沙·夏（云收雨过波添）……………243
〔越调〕天净沙·秋（孤村落日残霞）……………244
〔越调〕天净沙·冬（一声画角谯门）……………246
〔越调〕天净沙·秋（一声画角谯门）……………248
〔双调〕驻马听·吹、弹、歌、舞……………248
〔双调〕沉醉东风·渔夫……………250
〔双调〕庆东原（忘忧草）……………253
〔双调〕得胜乐（独自走）……………255
〔双调〕得胜乐（红日晚）……………256
〔大石调〕青杏子·咏雪……………257
〔双调〕乔木查·对景……………260
裴少俊墙头马上（《墙头马上》）第一折……………265
裴少俊墙头马上（《墙头马上》）第三折……………267
唐明皇秋夜梧桐雨（《梧桐雨》）第一折……………272
唐明皇秋夜梧桐雨（《梧桐雨》）第二折……………276
唐明皇秋夜梧桐雨（《梧桐雨》）第三折……………281
唐明皇秋夜梧桐雨（《梧桐雨》）第四折……………286
董秀英花月东墙记（《东墙记》）第一折……………293
韩翠颦御水流红叶（《流红叶》）第三折……………298

姚 燧

〔中吕〕满庭芳（天风海涛）……………303
〔中吕〕普天乐（浙江秋）……………304
〔中吕〕醉高歌·感怀（十年燕月歌声）……………306
〔中吕〕醉高歌·感怀（岸边烟柳苍苍）……………307
〔中吕〕阳春曲（笔头风月时时过）……………309
〔中吕〕醉高歌·感怀（十年书剑长吁）……………310
〔越调〕凭阑人（马上墙头瞥见他）……………312
〔越调〕凭阑人（两处相思无计留）……………314
〔越调〕凭阑人·寄征衣……………315

刘敏中

〔正宫〕黑漆弩·村居遣兴（长巾阔领深村住）……………317

庾天锡

〔双调〕雁儿落过得胜令（从他绿鬓斑）……………319

马致远

〔南吕〕四块玉·天台路……………322
〔南吕〕四块玉·浔阳江……………323
〔南吕〕四块玉·马嵬坡……………325
〔南吕〕四块玉·洞庭湖……………326

〔南吕〕四块玉·巫山庙 …………………………………… 328

〔南吕〕四块玉·叹世(两鬓皤·带野花· …………………………………… 329

佐国心) …………………………………… 329

〔南吕〕金字经(夜来西风里) …………………………………… 331

〔越调〕天净沙·秋思 …………………………………… 332

〔双调〕蟾宫曲·叹世(东篱半世蹉跎) …………………………………… 335

〔双调〕蟾宫曲·叹世(咸阳百二山河) …………………………………… 338

〔双调〕清江引·野兴(樵夫觉来山月底) …………………………………… 341

〔双调〕清江引·野兴(绿蓑衣紫罗袍谁是主) …………………………………… 342

〔双调〕清江引·野兴(林泉隐居谁到此 …………………………………… 343

〔双调〕清江引·野兴(东篱本是风月主) …………………………………… 344

〔双调〕寿阳曲·山市晴岚 …………………………………… 346

〔双调〕寿阳曲·远浦帆归 …………………………………… 348

〔双调〕寿阳曲·潇湘夜雨 …………………………………… 349

〔双调〕寿阳曲(云笼月) …………………………………… 351

〔双调〕寿阳曲(从别后) …………………………………… 352

〔双调〕寿阳曲(心间事) …………………………………… 354

〔双调〕湘妃怨·和卢疏斋西湖(春风骄马 …………………………………… 355

五陵儿) …………………………………… 355

〔双调〕湘妃怨·和卢疏斋西湖(采莲湖上画 …………………………………… 357

船儿) …………………………………… 357

〔双调〕拨不断(菊花开) …………………………………… 359

〔双调〕拨不断(布衣中) …………………………………… 360

〔双调〕夜行船·秋思 …………………………………… 362

〔般涉调〕哨遍·张玉嵒草书 …………………………………… 365

〔般涉调〕耍孩儿·借马 …………………………………… 372

江州司马青衫泪(《青衫泪》)第二折 …………………………………… 376

半夜雷轰荐福碑(《荐福碑》)第一折 …………………………………… 379

半夜雷轰荐福碑(《荐福碑》)第三折 …………………………………… 381

太华山陈抟高卧(《陈抟高卧》)第三折 …………………………………… 386

破幽梦孤雁汉宫秋(《汉宫秋》)第一折 …………………………………… 389

破幽梦孤雁汉宫秋(《汉宫秋》)第二折 …………………………………… 391

破幽梦孤雁汉宫秋(《汉宫秋》)第三折 …………………………………… 395

破幽梦孤雁汉宫秋(《汉宫秋》)第四折 …………………………………… 399

吕洞宾三醉岳阳楼《岳阳楼》第一折 …………………………………… 402

马丹阳三度任风子《任风子》第三折 …………………………………… 404

邯郸道省悟黄粱梦《黄粱梦》第一折 …………………………………… 408

邯郸道省悟黄粱梦《黄粱梦》第三折 …………………………………… 412

邯郸道省悟黄粱梦《黄粱梦》第四折 …………………………………… 415

[篇目表]

赵孟頫

〔仙吕〕后庭花（清溪一叶舟）……………417

王实甫

〔中吕〕十二月过尧民歌·别情……………420

〔商调〕集贤宾·退隐……………422

崔莺莺待月西厢记（《西厢记》第一本……………428

第一折（一）……………430

第一折（二）……………437

崔莺莺待月西厢记（《西厢记》第一本……………441

第二折……………444

崔莺莺待月西厢记（《西厢记》第二本……………446

第一折……………449

楔子……………451

崔莺莺待月西厢记（《西厢记》第二本

崔莺莺待月西厢记（《西厢记》第二本

崔莺莺待月西厢记（《西厢记》第二本

崔莺莺待月西厢记（《西厢记》第二本

崔莺莺待月西厢记（《西厢记》第二本

第二折……………

第三折……………

第四折……………455

崔莺莺待月西厢记（《西厢记》第三本……………460

第三折……………462

崔莺莺待月西厢记（《西厢记》第四本……………468

第二折……………475

崔莺莺待月西厢记（《西厢记》第四本

第三折……………479

李文蔚

同乐院燕青博鱼（《燕青博鱼》第一折……………481

李直夫

便宜行事虎头牌（《虎头牌》第三折……………487

韩彩云丝竹芙蓉亭《丝竹芙蓉亭》第一折……………

吕蒙正风雪破窑记（《破窑记》第一折……………495

吕蒙正风雪破窑记（《破窑记》第三折……………500

四丞相高会丽春堂（《丽春堂》第三折……………505

武汉臣

散家财天赐老生儿（《老生儿》第一折……………510

王仲文

救孝子贤母不认尸《救孝子》第三折……………512

李寿卿

月明和尚度柳翠（《度柳翠》第二折……………515

月明和尚度柳翠（《度柳翠》第三折……………

滕宾
〔中吕〕普天乐（柳丝柔）...520
〔中吕〕普天乐（翠荷残）...522
说鱄诸伍员吹箫《伍员吹箫》第四折...517

邓玉宾
〔正宫〕叨叨令·道情（一个空皮囊包裹着千重气）...524
〔正宫〕叨叨令·道情（白云深处青山下）...526

尚仲贤
汉高皇濯足气英布《气英布》第四折...527
洞庭湖柳毅传书《柳毅传书》第二折...533
洞庭湖柳毅传书《柳毅传书》第三折...538
陶渊明归去来兮《归去来兮》第四折...543
海神庙王魁负桂英《王魁负桂英》残折...545

石君宝
鲁人夫秋胡戏妻《秋胡戏妻》第二折...550
鲁人夫秋胡戏妻《秋胡戏妻》第三折...554
李亚仙花酒曲江池《曲江池》第一折...559
李亚仙花酒曲江池《曲江池》第二折...560
诸宫调风月紫云庭《紫云庭》第三折...564

阿里西瑛
〔双调〕殿前欢·懒云窝（懒云窝……无梦南柯·懒云窝……尽自磨陀·懒云窝，客至待如何）...570

冯子振
〔正宫〕鹦鹉曲·山亭逸兴...573
〔正宫〕鹦鹉曲·农夫渴雨...576
〔正宫〕鹦鹉曲·野渡新晴...577
〔正宫〕鹦鹉曲·城南秋思...579
〔正宫〕鹦鹉曲·赤壁怀古...581
〔正宫〕鹦鹉曲·别意...584

朱帘秀
〔双调〕寿阳曲·答卢疏斋...586

贯云石
〔正宫〕塞鸿秋·代人作（战西风几点宾鸿至）...588
〔中吕〕红绣鞋（挨着靠着云窗同坐）...590
〔南吕〕金字经（泪溅描金袖）...594
〔南吕〕金字经（蛾眉能自惜）...596
〔正宫〕小梁州·春·夏·秋·冬...597
〔双调〕蟾宫曲·送春...599
〔双调〕清江引（竞功名有如车下坡）...601
〔双调〕清江引（弃微名去来心快哉）...603
〔双调〕清江引·咏梅（南枝夜来先破蕊）...605

【篇目表】

〔双调〕清江引·咏梅（芳心对人娇欲说） …… 607

〔双调〕清江引·惜别（玉人泣别声渐杳） …… 609

〔双调〕清江引·惜别（若还与他相见时） …… 610

〔双调〕清江引·立春 …… 612

〔双调〕寿阳曲（新秋至） …… 614

〔双调〕寿阳曲（鱼吹浪） …… 616

〔双调〕殿前欢（畅幽哉） …… 617

〔双调〕殿前欢（隔帘听） …… 619

〔双调〕殿前欢·楚怀王 …… 621

〔双调〕殿前欢（怕相逢） …… 622

〔双调〕殿前欢（怕秋来） …… 624

〔中吕〕粉蝶儿·西湖十景 …… 626

鲜于必仁

〔双调〕折桂令·棋 …… 631

邓玉宾子

〔双调〕雁儿落过得胜令·闲适（乾坤一转丸） …… 633

〔双调〕雁儿落过得胜令·闲适（晴风雨气收） …… 635

杨显之

临江驿潇湘秋夜雨（《潇湘夜雨》）第二折 …… 637

临江驿潇湘秋夜雨（《潇湘夜雨》）第三折 …… 642

临江驿潇湘秋夜雨（《潇湘夜雨》）第四折 …… 645

纪君祥

赵氏孤儿大报仇（《赵氏孤儿》）第一折 …… 647

赵氏孤儿大报仇（《赵氏孤儿》）第二折 …… 649

赵氏孤儿大报仇（《赵氏孤儿》）第三折 …… 652

戴善夫

陶学士醉写风光好（《风光好》）第一折 …… 657

陶学士醉写风光好（《风光好》）第三折 …… 659

珍藏本

珍藏本

元曲鉴赏辞典

正文

元好问

（1190—1257）　字裕之，号遗山，太原秀容（今山西忻县）人。金宣宗兴定五年（1221）进士。曾任尚书省左司员外郎等职。金亡后，隐居不仕。金元之际颇有声望，有"元才子"之称。著有《遗山集》。编有《中州集》、《壬辰杂编》等。散曲作品仅存小令九首。

〔黄钟〕人 月 圆

元好问

卜居外家东园

重冈已隔红尘断，村落更年丰。移居要就：窗中远岫，舍后长松。　　　十年种木，一年种谷，都付儿童。老夫惟有：醒来明月，醉后清风。

玄都观里桃千树，花落水空流。凭君莫问：清泾浊渭，去马来牛。　　　谢公扶病，羊昙挥涕，一醉都休。古今几度：生存华屋，零落山丘。

这两只曲子是在什么情况下写的？

元好问于金哀宗正大元年（1224）中宏词科，充国史馆编修。次年夏天，还居嵩山，接着又历任镇平、内乡、南阳县令。正大八年秋，应诏入朝，任尚书省掾、左司都事，而汴京已被蒙古军包围。天兴二年（1233）正月，汴京守将崔立投降，元好问随被俘官吏北渡黄河，羁系聊城（今属山东）。蒙古窝阔台汗七年（1235），由聊城移居冠氏县。蒙古太宗十一年（1239），携家回到故乡忻州秀容（今山西忻州），过遗民生活,这时他已五十岁。早在他二十五岁的时候,蒙古军便已破忻州,他好容易才逃出去。在家破国亡之后又回到故乡,首先便遇到"卜居"(选择住处)问题。这两支以"卜居外家东园"为题的曲子,就是在这种情况下写的。与此同时写"外家"(他生母张夫人的娘家)的诗还有《外家南寺》和《东园晚眺》。《外家南寺》云:"郁郁秋梧动晚烟,一庭风露觉秋偏。眼中高岸移深谷,愁里残阳更乱蝉。去国衣冠有今日,外家梨栗记当年。白头来往人间遍,依旧僧窗借榻眠。"《东园晚眺》云:"霜鬓萧萧试镊看,怪来歌酒百无欢。旧家人物今谁在? 清镜功名岁又残。杨柳换春出新意,小梅留雪弄馀寒。一诗不尽登临兴,落日东园独倚栏。"这两首诗,将陵变谷移,家破国亡,今昔盛衰之感表露无遗。而以"卜居外家东园"为题的这两只曲子,却换了另一种写法,抒发了另一种情感,似乎令人费解。其实,这两种情感原是相通的,只有了解前者,才能更好地了解后者。

第一只曲子先写他为什么要"卜居外家东园"。一带"重冈"已经遮住十丈红尘,这个"村落"更碰上丰收年景。在这里卜居,是十分理想的。"红尘",指闹市的飞尘,但结合元朝的统治,在诗人心目中有复杂的新内容,这是不难领会的。用一个"已"字,一个"更"字,前后呼应,把"卜居"的有利条件讲得很充分。而有利条件还不少,应该逐一利用,于是又明确提出:"移居"要趋就"窗中远岫"和"舍后长松","窗中"句从谢朓"窗中列远岫,庭际俯乔林"(《郡内高斋闲望答吕法曹诗》)化出,从而增加了这样一种情趣:山水诗人向往的幽居佳境,原来就在这里啊! 那么,移居于此,将要干什么呢? 人总要吃饭,"种木"、"种谷"之类的事,不干是不行的。然而这都可交付儿童们去干。自己呢,则"惟有醒来明月,醉后清风"啊!"醒""醉"并列,而重点在"醉";"醒",只不过是"醉"与"醉"之间的过渡。"醉后"一任"清风"吹拂,"醒来"只见"明月"相照。清风明月醒复醉,看似悠闲,而一腔酸楚,满腹忧愤,都从这里曲曲传出。

第二首一开头借用了刘禹锡的名诗《元和十年自朗州至京,戏赠看花诸君子》中的句子："玄都观里桃千树。"而刘禹锡的这首诗和它的续篇《再游玄都观》，以长安玄都观中由盛而衰的桃花与种桃道士作比，讽刺当时打击革新运动的朝廷新贵与当权者，这是人所共知的，因而一经借用，就会引起丰富的联想。再接上一句"花落水空流"，就自然又联想到刘禹锡的"桃花净尽菜花开"（《再游玄都观》）。那么，"种桃道士归何处"（《再游玄都观》）呢？看来诗人在感慨金朝盛衰兴亡的同时，对导致衰亡的主观原因进行沉痛的反思。然而他不愿说出反思的结果，却劝人家不必追问"清泾浊渭，去马来牛"。欲吐复吞，倍增沉痛。下面用谢安、羊昙的故事，抒发"旧家人物今谁在"的哀思。东晋政治家谢安受到会稽王司马道子的排挤，出镇广陵。不久患病还都，入西州门，因本志未遂，深自慨叹，怅然谓所亲曰："吾病殆不起乎！"果病卒。有一位叫羊昙的名士曾受到谢安的器重，谢安死，他"辍乐弥年，行不由西州路"。后来因大醉误入西州门，诵曹植诗曰："生存华屋处，零落归山丘！"（《箜篌引》）恸哭而去。元好问用"谢公扶病，羊昙挥涕"两句概括了这个故事，当然是借古喻今，却以"一醉都休"自我麻醉，自我解脱。然而这毕竟是解脱不了的，因而又想到羊昙吟诵过的那两句诗，不禁悲从中来，发出无人能够解答的诘问："生存华屋，零落山丘"，这种令人恸哭的事，从古到今，究竟有多少次了？不难想象，元好问在金亡之后回到阔别二十多年的故乡，田园寥落，亲友凋零，屋宇犹存，居人已逝的惨象，经常会闯入他的眼帘，触发他的愁思。因此，华屋山丘之类的词句，屡见于他的诗章。《初挈家还读书山杂诗》里的"眼中华屋记生存，旧事无人可共论"，就表现了乱后还乡的典型情绪。他虽然用了羊昙的典故，但所表现的却不仅是一般的存殁之戚和知己之感，而且具有社会乱离的广阔内涵，因而更能激动人心。

这两只曲子从表面上看，只是写他选择了一个具有山林之美的好住处，住在这里，不事生产，不问是非，沐清风，赏明月，把一切都付之一醉，够闲适，够消极的。但结合特定情境看，则字字酸楚，句句沉痛，可与他的那些真挚凄切地反映时代苦难的"丧乱诗"、"丧乱词"共读。

（霍松林）

〔双调〕骤雨打新荷

元好问

绿叶阴浓，遍池亭水阁，偏趁凉多。海榴初绽，朵朵蹙红罗。乳燕雏莺弄语，有高柳鸣蝉相和。骤雨过，琼珠乱撒，打遍新荷。

人生百年有几，念良辰美景，休放虚过。穷通前定，何用苦张罗。命友邀宾玩赏，对芳樽浅酌低歌。且酩酊，任他两轮日月，来往如梭。

此曲调名本为"小圣乐"，或入双调、或入小石调。因为元好问之作"骤雨过，琼珠乱撒，打遍新荷"几句脍炙人口，故人们又称此曲为"骤雨打新荷"。元陶宗仪《辍耕录》卷九云："〔小圣乐〕乃小石调曲，元遗山先生好问所制，而名姬多歌之，俗以为'骤雨打新荷'是也。"赵松雪听歌姬唱此词，赋诗赞曰："主人自有沧州趣，游女乃歌白雪词。"此曲正是以"白雪词"（高雅的歌曲）抒写"沧州趣"（放浪江湖的逸致闲情）。这里表现的，乃是宋元之际文人们一种典型的精神生活，有一定认识意义。

上曲写盛夏纳凉，流连光景的赏心乐事。主写景。看他铺叙的层次，可说是渐入佳景：作者先用大笔着色，铺写出池塘水阁的一片绿阴，并以"偏趁凉多"四字,轻轻点出夏令。然后,在此万绿丛中,点染上朵朵鲜红如罗的石榴花,令读者顿觉其景照眼欲明。进而,写鸟语蝉鸣。而这鸟,专指"乳燕雏莺",是在春天诞生、此时刚刚孵出的新雏,其声稚嫩娇软而可喜。那蝉儿想必也是刚出虫蜕,踞高柳而长鸣,"居高声自远,非是藉秋风"(唐虞世南《蝉》)也。在这一片新生命的合唱中,池塘水阁平添生趣。到此,作者妙笔生花,在热烈、喧闹的气氛中,特意安排了一场"骤雨"。这雨决非杀风景,它是过路的阵雨,给盛夏带来凉意,又替画面作了润色。这骤雨持续时间不长,却刚好"打遍新荷",那景致,恰如后来吴敬梓描绘的:"一阵大雨过了。那黑云边上镶着白云,渐渐散去,透出一派日光来,照耀得满湖通红。湖里有十来枝荷花,苞子上清水滴滴,荷叶上水珠滚来滚去。"(《儒林外史》第一回)那不正是"琼珠乱撒"的写照么?真是"人在画图中"。此乃曲中一段绝妙好辞,无怪"一时传播"(《雨村曲话》卷上)。

下曲即景抒怀,宣扬浅斟低唱,及时行乐的思想。调子是低沉的,又是旷达的。在用笔上,作者一洗上片的丹青色彩,换作白描抒写。"良辰美景"句总括前文,言如此好景,应尽情欣赏,不使虚过。"穷通前定"(命运的好坏乃前世注定)是一种宿命的说法,作者这样说,旨意在"何用苦张罗",即反对费尽心机的钻营。这种旷达的外表,仍掩不住内心的苦闷。"命友邀宾玩赏"二句,谓人生乐趣在流连光景、杯酒,这是从六朝以来,封建士大夫在无所作用之际典型的人生态度。因为光阴似箭,日月如梭,会使他们感到心惊,而沉浸在"酩酊"大醉中,庶几可以忘怀一时,取得片刻的麻醉。

应该指出,下曲表现的思想,即使在封建时代,也是并不高明的。然而在对于自然美的发现和再造上,作者却是做得相当出色和成功。数百年来读者津津乐道的,不是曲中论道之语,而是那"骤雨打新荷"的生机盎然的夏令境界,以及其中流露的浓厚的生活情趣。

此曲写法与词相近。这是因为在宋元之交,词、曲均称乐府,都是被诸管

【小桃红】

弦,传于歌筵的,所以早期的词曲分疆并不甚严。《莲子居词话》卷二认此曲作词调,就是这个缘故。具有词味,也可算是此曲的一个特点。

(周啸天)

【作者小传】

杨果

(1197—1269) 字正卿,号西庵,祁州蒲阴(今河北安国)人。金正大元年(1224)进士。为偃师令,以廉干称。入元后,官至参知政事。至元六年(1269)出为怀孟路总管。以老致仕。善作乐府,有《西庵集》问世。贯云石《阳春白雪序》称其曲"平熟"。现存小令十一首,套数五套。

〔越调〕小 桃 红

杨 果

满城烟水月微茫,人倚兰舟唱。常记相逢若耶上,隔三湘,
碧云望断空惆怅。美人笑道,莲花相似,情短藕丝长。

〔小桃红〕是越调中常用的曲牌之一。杨果是"工文章,尤长于乐府"(《元史》本传)的元代早期散曲作家,他一共写了十一支〔小桃红〕,见于《阳春白雪》者八支,没有题名;见于《太平乐府》三支,题作《采莲女》。他的散曲,文采很美,《太和正音谱》说他的曲"如花柳芳妍",是符合他的风格特征的。由于这个时期的散曲刚从乐府民歌和两宋词演化而来,因而带有浓厚的民歌和宋词的色彩。

这支散曲是歌颂男女恋情的,是从南朝乐府《采莲曲》发展而来的,如曲中言舟则木兰,言溪则若耶,美则似莲花,情则如藕丝,都是分别袭用了戎昱的"涔

【小桃红】

阳女儿花满头,氃氃同泛木兰舟",李白的"若耶溪畔采莲女,笑隔荷花共人语",梁元帝的"莲花乱脸色,荷叶杂衣香"和卢思道的"擎荷爱园水,折藕弄丝长"的语意的。诗人以江南水乡为背景,采莲唱歌为媒介,巧妙地表达了青年男女互相爱慕的情怀。在曲的开端,诗人给他的主人公安排了一个月上柳梢、雾满江城的幽静环境。一个装饰得很好的小舟,依稀有人斜倚在船榜上低唱着、倾诉着。那情影儿是熟悉的,歌喉儿也是熟悉的。他蓦然想起,那不是曾经在若耶溪畔遇着的美人儿吗? 若耶,是会稽(今浙江绍兴)若耶山下的一条小溪,相传是西施浣纱的地方,所以又叫"浣纱溪"。当然,这不一定是实指,但读者一看到若耶,就要联想到那位富于传奇色彩的西施,从而给那位倚舟低唱的美人儿,平添了几分倾国倾城的颜色。如果说曲的前三句是曲中男主人公的目之所见,耳之所闻,身之所历,忆之所及,那么"隔三湘,碧云望断空惆怅"两句,就是他向对方倾诉自己的爱慕之殷和相思之深了。它渲染了时间的久远和空间的辽阔,在时空设计的艺术上是很成功的。"记相逢"把时间的跨度搭在若耶初逢到江城再见的漫长岁月上,而"隔三湘"则是把空间的跨度架在从吴越到荆湘的千山万水间。这期间雁足无凭,秋水望穿,无计得消息,只有临风惆怅而已。诗人在这里让时间与空间分设对映,而又让时空的字面隐藏在无穷的离愁别恨中,从而增加了曲的层次,丰富了曲的内涵,深化了曲的意境,留给了读者更加广阔的想象天地。曲的结尾,又以极大的跳跃性,从意脉上连接男女主人公的互诉互答。"美人笑道,莲花相似,情短藕丝长。"这嫣然的一"笑",包含了"嗔"和"怜"等复杂的感情,她不相信"水远山长",能够隔断他们的消息;更不相信"年深月久",能够冲淡他们的感情,于是运用乐府民歌的艺术手法,以生动形象的比喻,含蓄委婉的语言,作出了巧妙的回答:言自己对于爱情,像莲花一样,出污泥而不染;而对方在爱情问题上,像"怜(莲)花"一样,色衰而爱弛。自己对于旧好,像藕丝一样,连绵不断;而对方却喜新厌旧,缺乏深厚的感情。一喻两臂,一言多意,充分体现了语言的密度美，即在有限的文字中包含了很多的信息量，表现了丰富的审美情趣，给了读者很多的美感体验和美感想象。语言的密度，是诗歌语言美的共同标志和共同规律。这也就是这支小令获得不朽的艺术生命力的原因。

（羊春秋）

〔越调〕小 桃 红

杨 果

采莲人和采莲歌，柳外兰舟过。不管鸳鸯梦惊破，夜如何？有人独上江楼卧。伤心莫唱，南朝旧曲，司马泪痕多。

杨果是由金入元的诗人，金亡以后五年才出来做官。这支小令以极其婉曲的语言，抒发了深沉的兴亡之感。以含蓄求深沉的创作追求，在我国古代的文论中，有着极其丰富的论述。刘勰的"深文隐蔚，余味曲包"（《文心雕龙·隐秀》），谢榛的"妙在含糊，方见作手"（《四溟诗话》卷三），李渔的"和盘托出，不若使人想象于无穷耳"（《李笠翁集·答同席诸子》）。所谓"隐蔚"，所谓"含糊"，要求不"和盘托出"，就是要在作品中将自己的见解"隐蔽"起来。因为诗歌要求以最经济的篇幅，表现最丰富的内涵；以最婉曲的语言，抒发最深沉的感情，任何平直浅露，都是没有"余味"的，都是不能激发读者"想象于无穷"的。这支小令之所以获得极大的艺术效果，就是因为它符合诗的这一美学观点。

曲一开始，就在读者面前散发了民歌的芬芳："采莲人和采莲歌，柳外兰舟过。"这两句话看起来似乎很平凡，不新鲜，也不奇突，但它渲染了气氛，烘托了环境，是曲中发出的所有信息量的枢纽。试看一叶装饰华美的小舟，从杨柳岸

【小桃红】

边荡了过去，舟上是一片欢声笑语，互唱互和，打破了夜深的寂静，这就充满了诗的韵味，就是一幅有声有色的画。这柳外荡舟、莲歌互答的气氛和环境，正是诗人引起联想的契机。可以说没有互唱互和的采莲歌，就没有下文的"惊破鸳梦"，更不可能引起人对"南朝旧曲"的联想，当然也就没有"司马泪痕"了。"不管鸳鸯梦惊破"三句，在艺术构思上有两个值得注意的地方。一是反衬法，即是以冷反衬上文的闹，以孤独反衬上文的欢笑，冷热相间，悲喜交错，使悲者愈见其悲，孤独者愈形其孤独，这正是王夫之所说的"以乐景写哀，以哀景写乐，一倍增其哀乐"（《诗绎》）。二是倒装法，即是变化语言的常态性秩序，以化板为活，以平淡为奇突。"独卧江楼"是为了"寻梦"，"夜如何"是"惊梦"以后的呼问，而诗人却把它的语序颠倒了过来，这也正是王骥德所说的"意常则造语贵新，语常则倒换须奇"（《曲律·论句法》）。后来洪亮吉也说过："诗家例用倒句法，方觉奇峭生动"（《北江诗话》），可见它是诗歌语言艺术的一个重要手法。尤妙在诗人没有说明梦的什么，令人产生无穷的遐想。直到曲的结尾，才像画龙点睛似的点明了曲的真正意蕴。"伤心莫唱，南朝旧曲，司马泪痕多。""南朝旧曲"，指的是陈后主所制的《玉树后庭花》，它"以绮丽相高，极于轻荡，男女唱和，其音甚哀"（《隋书·乐志》），被后人称为"亡国之音"。这里显然是以陈后主的荒淫喻金宣宗、哀宗之无道，令读者由眼前的现实回溯到遥远的过去，于是金的腐败，元的黑暗，都一齐包括在这寥寥数语中，从而扩大了诗的信息量和诗的启示性。"司马泪痕多"自然是从白居易《琵琶行》中的"坐中泣下谁最多，江州司马青衫湿"的句意浓缩而来，但白氏抒发的是"沦落天涯"之感，而诗人抒发的则是"故国黍离"之思。只言"司马泪痕"，而不言"故国黍离"，正是诗人为了更深地"隐蔽自己的见解"，不愿"和盘托出"，以此来调动读者"想象"的积极性的。

（羊春秋）

〔越调〕小 桃 红

杨 果

采莲湖上棹船回，风约湘裙翠。一曲琵琶数行泪，望君归，芙蓉开尽无消息。晚凉多少，红鸳白鹭，何处不双飞。

这是一支写少妇忆远的抒情小曲，既显示出文人高雅典丽的艺术修养，又体现了民歌自然清新的艺术特色。它富于感情美，而感情又是诗歌的灵魂，从《毛诗序》的"诗言志"到郭沫若的"诗的本职专在抒情"，都强调了情感在诗歌创作中的作用和价值。所谓"强哭者虽悲不哀，强怒者虽严不威，强亲者虽笑不和"（《庄子·渔夫》），说的是感情不真，就不能得到应有的艺术效果。所谓"使快者掀髯，愤者扼腕，悲者掩泣，羡者色飞"（臧晋叔《元曲选序二》），说的是情感真挚，就能获得极大的艺术效应。这支小令所抒发的感情，都是从肺腑中流出来的，因而容易引起共鸣，具有动人的艺术力量。

曲一开头，一个绰约多姿的少妇形象，就闯进了读者的眼帘。她没精打采地掉转船儿，让习习的晚风吹着那翠绿的裙儿在左右飘拂。接着便集中笔墨，描绘这位女主人公对于远人的怀念。诗人不是停留在一般的抒情上，而是通过生动的细节来提高描写的深度。"芙蓉开尽无消息"，包含极其丰富的意蕴：一是秋已深了。而远人的消息全无，说明她"自春徂秋"，都在倚楼远望，不知错认了多少的归舟。二是预定的归期，一误再误，如今不知"香车系在谁家树"。于是一腔离恨，满腹闲愁，只好诉诸琵琶了。"一曲琵琶数行泪"，既是一个细节的描写，又是一种感情的倾泄。她本来是想凭借琵琶，一倾积愫；却又联想到自己

【翠裙腰】

的命运也和琵琶女一样，美人迟暮，身世飘零，弹到伤心处，又怎么不泪随声下呢？这里既有"士也不爽，二三其德"的顾虑；又有"悔教夫婿"，立功万里的悔恨。而这些顾虑、悔恨的复杂感情，又都产生于"望君归"而竟不归的现实生活中。寥寥数语，将思妇的细腻曲折的内心活动，描绘得十分生动而形象。当然，这里所创造的意境，并不是诗人首先开辟的，而是在前人创造的基础上，翻新出奇的结果。如刘采春《啰唝曲》的"朝朝江头望，错认几人船"，张潮《江南行》的"茨菰叶烂别西湾，莲子花开犹未还"等句意，都成了诗人吸取的营养、借鉴的资料，从而焕发出新的光辉，产生新的生机。最后以景结情，以物喻人，在物我的对比、情景的交融中，情味更深，韵致更佳。"晚凉多少，红鸳白鹭，何处不双飞"，正是女主人公当时的所见所感。"晚凉"句，是"芙蓉开尽"一句的补充，言秋已深，凉已重，而远人的冷暖，无人照料，益见其相爱之情，不是时间可以冲淡，空间可以隔阻的。"多少"是义偏在"多"的副词，形容"晚凉"的程度。以"红"来形容"鸳"，以"白"来形容"鹭"，是绘画艺术在诗歌中的运用，这就构成了鲜明的形象和对比的色调，使之成为具体可感的画面。又以鸟的双飞，反衬己的独宿；鸟的"何处不双飞"，反衬己的无时不在孤独寂寞之中，言尽而意无穷，篇终而神自远，给了读者以更加广阔的联想空间，因而具有更多的余味。

（羊春秋）

〔仙吕〕 翠 裙 腰

杨 果

莺穿细柳翻金翅，迁上最高枝。海棠零乱飘阶址，坠胭脂。
共谁同唱送春词。

〔金盏儿〕减容姿,瘦腰肢,绣床尘满慵针指。眉懒画,粉羞施,憔悴死。无尽闲愁将甚比,恰如梅子雨丝丝。

〔绿窗愁〕有客持书至,还喜却嗟咨。未委归期约几时,先拆破鸳鸯字。原来则是卖弄他风流浪子:夸翰墨,显文词,枉用了身心空费了纸。

〔赚尾〕总虚脾,无实事,乔问候的言辞怎使。复别了花笺重作念,偏自家少负你相思。唱道再展放重读,读罢也无言暗切齿。沉吟了数次,骂你个负心贼堪恨,把一封寄来的书都扯做纸条儿。

这是一套极富喜剧性的散曲,它通过一位女子接读一封不无虚情假意的"情书"的前后情态变化,将主人公既爱又恨的心理,剖绘得淋漓尽致,颇有生活气息。

首曲写一派暮春景象:黄莺儿金翅翩跹,在柳枝间穿梭,一忽儿又飞上高枝。这使人想到"两个黄鹂鸣翠柳"(杜甫《绝句》)的名句。它们的歌舞,是主人公寂寞孤独的反衬。红色的海棠花瓣,飘落满阶,如泪洒胭脂,是主人公怨苦的象征。这里的写景不但十分关情,而且造语尖新俏丽,"金翅"、"胭脂"等字面,色泽鲜艳可喜。末句点出孤独送春之意,有水到渠成之感。

次曲写主人公憔悴无聊的情态,反复形容。先说其姿容瘦损;继说其精神慵懒,既无心于女红,亦无心于修饰。凡此,皆因过度相思使然。"憔悴死"三字说到顶了,然后又巧设一喻,说女主人公的闲愁,有如梅雨之绵绵不绝。"梅子雨丝丝"状愁,直接取法于"贺梅子"(贺铸)。较之贺的"梅子黄时雨"(〔青玉案〕),本曲"丝丝"叠字,更有绘声绘形之妙,把"忧从中来,不可断绝"之意,传达得更为入化。

以上写主人公接信前的百无聊赖和寂寞孤独，是为铺垫。第三曲则开始切入全曲中心事件——读信。先写见信后的心跳："有客持书至，还喜却嗟咨。"这欣喜与忧叹交加，正见她此时心情的复杂与激动。欣喜为有书信捎来；忧叹为未见交待确实的归期（"未委归期约几时"）。所以急急忙忙打开了情书（"鸳鸯字"）想看个究竟。谁知信上通篇说了许多嘘寒问暖的话，果然没有触及"归期约几时"这个实质性的问题。这才是期待有多高，失望有多重呢。即便他"文章"写得蛮漂亮，信上全是甜言蜜语、山盟海誓一类的艳辞丽语（"夸翰墨，显文词"），却只是个虚情假意的"风流浪子"，还不及老实巴交的情种好！难怪女主人公一点也不欣赏他的才华。看来他真是枉费心机——"枉用了身心空费了纸"。字里行间，活泼泼跳动着作家观察生活的机智和幽默，是曲中本色而上乘的文字。

尾曲承上，先自愤愤不平："这样的虚伪，这样不实在的假惺惺的问候不知怎么亏他说得出口？"（"乔问候的言辞怎使"）全曲至此为一小高潮，以下作者却宕开一笔：女主人公疑心是自己错怪了对方，把放下的"花笺"又拿起来，实实在在看了一遍，觉得自己确实没有误会，才坐实了这桩"公案"。于是波澜又起，且来势更加猛烈——"读罢也无言暗切齿，沉吟了数次"，简直像一个量刑的"法官"，最后作出了如下感情的宣判："骂你个负心贼堪恨，把一封寄来的书都扯做纸条儿。"曲在扯纸声中结束，极为精彩，大有"曲终收拨当心划，四弦一声如裂帛"之致。

看来作品的审美效果是"喜"，不是"悲"，读来让人忍俊不禁。如果我们认为作者的用意仅在揭露男子负心，那就太表面化了，且与作品气氛不合。其实这里更多的是在玩味着女主人公那份自相矛盾的心理，即爱情生活中一种普遍的心态。在这里，恨，是因为爱；失望，是因为憧憬。今天她撕了信，如果明天他归来,那末一切又都会言归于好。作者从生活中发掘出真(怨恨之情态)与善(爱恋之深挚)的矛盾冲突,给以轻松的披露,善意的揶揄,构成了一种喜剧的因素。如果说曲中有情有景二端,尚与诗词类同;那末,曲中有"戏",便与诗词迥异。元散曲在唐诗宋词后别辟新境,从此曲可见一斑。

(周啸天)

【干荷叶】

作者小传

元曲鉴赏辞典

16

〔南吕〕干 荷 叶

刘秉忠

干荷叶,色苍苍,老柄风摇荡。减了清香,越添黄。都因昨夜一场霜,寂寞在秋江上。

干荷叶,色无多,不奈风霜锉。贴秋波,倒枝柯。宫娃齐唱采莲歌,梦里繁华过。

南高峰,北高峰,惨淡烟霞洞。宋高宗,一场空。吴山依旧酒旗风,两度江南梦。

【干荷叶】

　　上面三首小令是因题起意、即物取喻之作。〔干荷叶〕,又名〔翠盘秋〕,为刘秉忠自度曲。《乐府群珠》收录时,在调名下题作"即名漫兴"。原作共有八首,这三首是其中的第一、第四、第五首。

　　第一首就曲调名立意遣词,写荷叶在深秋的风霜侵凌下翠减香消的形态和情态。曲中展现的意象,似南唐中主李璟在一首〔摊破浣溪沙〕词中所写:"菡萏香销翠叶残,西风愁起绿波间。还与韶光共憔悴,不堪看。"就写法而言,它显示了元曲的本色,不以含蓄蕴藉取胜,而以语言明快、形容尽致见长。尽管它的篇幅短小,却在前四句里放笔摹写秋风中残荷的憔悴之状:既写其叶干,又写其柄老;既写其色苍,又写其香减。这样多方描画,层层涂饰,已经极穷形尽态之能事,而在五、六两句里再用加重笔墨、翻进一层的写法,写夜来的一场浓霜使本来已由翠绿变为深青的荷叶,更由深青转为枯黄。曲的最后一句则进而以我观物,赋情于景,把作者的自我感受融入笔下所描绘的物象之中,使本是无知无情的残荷也变得有知有情,为自己如此凄凉的晚景而感到孤寂落寞。王国维在《人间词话》中评李璟词"菡萏香销"两句"大有众芳芜秽、美人迟暮之感"。这首〔干荷叶〕曲同样也寓有此感。联系后面要谈的两支曲子,它的象喻意义是丰富、复杂的。就人生而言,其所象喻的是青春之不再、年华之易逝;就世事而言,其所象喻的是江南之残破、繁华之消歇。

　　"干荷叶,色无多"一首则写到残荷的最后结局,写她不耐风欺霜虐,终于枯死在秋波之中,而结束其短暂的一生。以这首曲的前五句与第一首曲相对照:出现在第一首中的残荷,虽然随风摇荡,因霜添黄,老柄尚自摇而未倒,叶色只是苍中带黄;出现在这首中的,则再难支撑于风霜之下,干叶已经暗淡无色,老柄终归枯折倾倒,不复挺立在水面上,而是沉浮于水波中了。至此,把残荷的悲惨命运写得淋漓尽致,已经写到了尽头;而曲思一转,在后两句里,以逆挽之笔追溯当日的繁华,从而把当前的情景反衬得倍加凄凉。想当日,

"江南可采莲,莲叶何田田"(汉相和歌辞《江南》)之时,"秋江岸边莲子多,采莲女儿凭船歌"(张籍《采莲曲》)。其盛况是:"吴姬越艳楚王妃,争弄莲舟水湿衣"(王昌龄《采莲曲二首》之一),"莲花乱脸色,荷叶杂衣香"(梁元帝萧绎《采莲曲》)。而曾几何时,这样的繁华景象已经一去不返了。抚今思昔,真如一梦。但曲的结末不说繁华如梦,而说"梦里繁华过",其用笔就更曲,其运思就更深。就题内意而言,荷叶从露出水面到枯死水中,她的似水流年无非一梦。其繁华的日子固然是在这场梦中度过,其悲惨的日子也何尝不是在这场梦中度过。就题外旨而言,正如苏轼在一首《西江月》词中所说,"世事一场大梦",人间的时炎时凉、朝代的忽兴忽亡,也都是在这场大梦中过去的;而这,就是下面一首曲所要写的。

除了由荷叶的命运联想到南宋王朝的命运外,也许作者还因荷叶而驰思于杭州有"麯院风荷"的景观,有"接天莲叶无穷碧"(杨万里《晓出净慈寺送林子方》)的盛况,就在下面一首曲中,离开对荷叶本身的刻画,而把笔触跳向作为南宋都城的杭州,写到南宋的建立与其终于覆亡。曲的前三句点出杭州,而第一、第二句"南高峰,北高峰"中的"高"字起穿针引线作用,与第四句"宋高宗"中的"高"字一线相连,把其地、其人连结起来,展示了南宋偏安一隅的历史。但接着以"一场空"三字把这段历史一笔抹去。由历史回到现今,只有吴山上的酒旗空自在迎风招展。上一首曲的结末两句是由当前残荷枯死之景,追溯当年莲歌齐唱之事,是由今写到昔;这首曲的结末两句则由当年南宋立国之事,回到当前酒旗迎风之景,是由昔写到今。"吴山依旧酒旗风"句中的"酒旗风",出自杜牧《江南春绝句》"水村山郭酒旗风",也是化用王安石〔桂枝香〕《金陵怀古》词中的"背西风、酒旗斜矗"句。杜牧诗的后两句写到南朝,游目于烟雨中南朝遗留下来的寺庙楼台;王安石词的全篇则致慨于"六朝旧事随流水"。这里,作者之写"酒旗风",其运思与着眼之点也在那些曾偏安于江南的王朝之兴废;至于句中的"依

【干荷叶】

旧"二字,更寓有风景不殊、人事已改的感喟,与韦庄《台城》诗"无情最是台城柳,依旧烟笼十里堤"两句的命意相同。韦诗的上一句是"六朝如梦鸟空啼",表达了一位生于唐末的诗人凭吊南朝故都时所产生的如梦如幻、一切皆空的感觉;而对于作为元朝开国之臣的刘秉忠来说,则六朝的兴废固然"如梦",南宋的偏安和灭亡也成一梦了。下面就以"两度江南梦"一句作结,抒发了以北人写到南方历史时所生发的双重慨叹。句中的"江南"二字似即取自杜牧的诗题,既指"一场空"的南宋,也指"旧事随流水"的南朝。当然,如果只限于杭州而言,南宋前在杭州建都的还有五代时的吴越王钱镠;那么,这"两度"王朝的梦,也可以是指吴越与南宋。

刘秉忠为邢州(州治今河北邢台)人,生于金宣宗贞祐四年(1216),卒于元世祖至元十一年(1274),曾隐居武安山为僧,后游云中(今山西大同)。时元世祖在藩邸,海云禅师被召,过云中,邀与同行,遂留侍世祖左右。至元元年(1264),拜光禄大夫,位太保,参与中书省事,为元朝的开国元勋,但始终过着斋居蔬食的生活。从这样的经历来看,他在这三首曲里所表露的并不是一位金遗民或宋遗民悼伤亡国、眷念前朝之情,而是在更广泛的意义上对生命的短促、人事的无常、朝代的更迭所怀的梦幻泡影之感。这是一位参与缔造新王朝、饱历世事沧桑而又曾皈依空门、深受佛家洗礼者对自然界和人世间的观照和感慨。

这里还有一点要提到的是:元军攻占杭州在一二七六年,而刘秉忠在一年多前已经去世,未及见南宋亡后的杭州景物。那"南高峰,北高峰"一首曲,不过是在南宋覆灭前夕,以一个胜券在握的征服者的宰辅对其遥作凭吊而已。

(陈邦炎)

【作者小传】

杜仁杰

(1201—1283，一说 1197—1282) 字仲梁，号止轩，原名之元，字善夫，济南长清（今属山东）人。金末隐居，与友人以诗篇唱和。入元后，屡征不起。颇受元好问赏识。有《善夫先生集》。所作散曲今存小令一首，套数四套。

〔般涉调〕耍孩儿

杜仁杰

庄家不识构阑①

风调雨顺民安乐，都不似俺庄家快活。桑蚕五谷十分收，官司无甚差科。当村许下还心愿，来到城中买些纸火。正打街头过，见吊个花碌碌纸榜，不似那答儿闹穰穰人多。

〔六煞〕见一个人手撑着椽做的门，高声的叫"请请"，道"迟来的满了无处停坐"。说道"前截儿院本《调风月》，背后幺末敷演《刘耍和》"。高声叫"赶散易得，难得的妆哈②"。

〔五煞〕要了二百钱放过咱，入得门上个木坡。见层层叠叠团圝坐。抬头觑是个钟楼模样，往下觑却是人旋窝。见几个妇女向台儿上坐。又不是迎神赛社，不住的擂鼓筛锣。

〔四煞〕一个女孩儿转了几遭，不多时引出一伙。中间里一个央人货。裹着枚皂头巾顶门上插一管笔，满脸石灰更着些黑道儿抹。知他待是如何过？浑身上下，则穿领花布直裰。

【耍孩儿】

〔三煞〕念了会诗共词，说了会赋与歌。无差错。唇天口地无高下，巧语花言记许多。临绝末，道了低头撮脚，爨罢将幺拨。

〔二煞〕一个妆做张太公，他改做小二哥。行行行说向城中过。见个年少的妇女向帘儿下立，那老子用意铺谋待取做老婆。教小二哥相说合，但要的豆谷米麦，问甚布绢纱罗。

〔一煞〕教太公往前挪不敢往后挪，抬左脚不敢抬右脚。翻来覆去由他一个。太公心下实焦躁，把一个皮棒槌则一下打做两半个。我则道脑袋天灵破，则道兴词告状，划地大笑呵呵。

〔尾〕则被一胞尿，爆的我没奈何，刚捱刚忍更待看些儿个，枉被这驴颓笑杀我。

杜仁杰的这套〔耍孩儿〕是元代散曲中的名篇。套曲用通俗的口语记述一个庄家人初次进城看戏的见闻，真实而生动地再现了元代构阑的演出情况。

套曲共有八支曲子。首曲〔耍孩儿〕写庄家人看到构阑前的热闹景象。由于难得的五谷丰收，官差不多，庄家人以为是神功保祐，所以进城买香烛纸钱之类还愿。无意中发现构阑前挂着花花绿绿的演出广告，人群围观，闹闹攘攘。

〔六煞〕写庄家人看到构阑把门人招徕观众的情况。把门人告诉大家，这次演出两个节目，先演院本《调风月》，后演杂剧（"幺末"）《刘耍和》。他还声称：平时围观赶场的散乐凑凑热闹（"赶散"）容易，真正值得喝彩（"妆哈"）的构阑演出机会难得。要大家切莫错过机会。

〔五煞〕写庄家人交钱入场后看到的构阑情景。这是一个圆形的剧场，观众层层叠叠环坐在木制的梯形座席上，把一个高高的舞台围在中心。只见几个女艺人在台上坐着。又只听见不停地击锣打鼓，仿佛农村中迎神赛社般热闹。

〔四煞〕〔三煞〕写正式演出前的一段开场小演唱。这种演出当时通常叫作"爨"。这里有一个主要角色，他是一个滑稽逗笑的小丑。从庄家人看来，他妆扮奇特，一定是个害人精（"央人货"即殃人货）：头上裹着黑色头巾，插着一管毛笔似的东西，脸上画得白一块黑一块，还穿一件花色长袍，叫人看着十分难受。只见演员们又念诗词，又唱歌曲，插科打诨，然后低头合脚，准备退场。这时正式演出的乐声已经弹起来了。

〔二煞〕〔一煞〕写院本《调风月》的演出。这段小戏共有三个角色：张太公、小二哥和年轻妇女。张太公与小二哥边走边说，经过街市时，见到一个年轻女子站在帘下，张太公就打主意娶她做老婆。张太公要小二哥替他说合，结果遭到小二哥的种种调弄，急得他把皮棒槌都打成两半。庄家人看到这里，以为是打破了谁的天灵盖，心想恐怕要打官司了，谁知台上人反而无端地"大笑呵呵"。

〔尾〕写庄家人正看得高兴时，突然感到尿憋得不行，本想勉强忍耐（"刚捱刚忍"）再看一会儿，但因台上那一笑，觉得自己不能再强忍下去，这可真白白地给那混帐（"驴颓"）笑杀了。

这套曲除首尾外，中间六支曲子都是写剧场和戏剧演出。由于初次看戏的庄家人"不识"构阑演出，因而感到特别新奇、有趣，而且产生了他独有的理解，中间不免还有许多误解。比如一进构阑，看见舞台和观众，他就搞不清楚，感到十分新鲜："抬头觑是个钟楼模样，往下觑却是人旋窝。"听到开场前的锣鼓，他又感到奇怪，心想："又不是迎神赛社，（为什么）不住地擂鼓筛锣？"看着小丑身上乱穿戴，脸上乱涂抹，他心里就很担心："知他待是如何过？"舞台上的皮棒槌

【耍孩儿】

打破了,他以为是谁的"天灵破",并想到可能要"兴词告状"了,等等,他觉得真不可理解。由于作者紧紧抓住这些"不识"来做文章,这就使全套曲显得幽默,滑稽,情趣盎然,可谓善戏谑而不虐。

在语言运用上,这套曲很有独特风格。全曲都是用庄家人的口语进行写作的。作者能把握"庄家人"初次进构阑看热闹时的一种心理特征,因而把庄家人的心理语言写得那么拙朴,可爱,大胆,活泼,活现出一个粗俗、爽快而又憨实的农民形象。像〔六煞〕曲中对口头语的直接采用:"高声的叫'请请',道'迟来的满了无处停坐'。……高声叫'赶散易得,难得的妆哈'",〔尾〕曲的俚语入曲:"刚捱刚忍更待看些儿个,枉被这驴颓笑杀我",不仅自然、熨帖,而且增添了曲子的民间性、通俗性和轻松感、诙谐感。明代徐渭在评论宋元南戏时曾说:"常言俗语,扭作曲子,点铁成金,信是妙手。"(《南词叙录》)以此来借评这套曲子,显然十分合适。

这套〔耍孩儿〕是一份难得的有关元代剧场艺术的重要资料。套曲把七百年前的构阑演出情景生动地呈现于读者的眼前,使读者也像那个不识构阑的庄稼汉一样,脑中一下子有了那个本来完全陌生的世界,而且也感到是那样的新鲜,那样的逗人。套曲的好处还在于不仅活灵活现地描绘了台上人的各种表演,而且栩栩如生地写出了台下人的情感跃动。故而这一套曲子称得上是一篇有关中国古代戏剧观众心理现象的妙作。

(叶长海)

〔注〕 ① 构阑:即勾栏,宋元时城市中演出戏剧及各种伎艺的场所,相当于今日的剧场。② 妆哈:何梦华钞本《太平乐府》作"妆合"。意为捧场、喝彩。亦作"妆喝",如《蓝采和》三折"快快忙去梳裹,不争我又做场,又索央众父老每妆喝"。

王和卿

约与关汉卿同时而先关而卒。大名(今属河北)人。钟嗣成《录鬼簿》列其于前辈名公,但各本称呼不同,天一阁本称"王和卿学士",孟称舜本称"散人"。《辍耕录》谓其"与关汉卿友,常以讥谑加之"。散曲风格滑稽佻达。《全元散曲》录其小令二十一首,套数二套。

作者小传

元曲鉴赏辞典

24

〔仙吕〕醉 中 天

王和卿

咏大蝴蝶

弹破庄周梦,两翅驾东风。三百座名园、一采一个空。谁道
风流种,唬杀寻芳的蜜蜂。轻轻飞动,把卖花人搧过桥东。

美丽的蝴蝶,千姿万态,色彩斑斓,或飞逐流连于花丛之中,或翩翩起舞于绿草之上。诗人们陶醉了,画家们着迷了。生物学家凝神沉思,引起遐想无限;孩子们跃跃欲扑,紧张地屏着气息……蝴蝶,这可爱的小生灵,和文学也曾结下了古老而又神秘的不解之缘。

三十年代初,郑振铎曾写过一篇别致的文字,题目是《蝴蝶的文学》。文章在以优美的文字描写蝴蝶和春天之后,谈到了蝴蝶和文学的关系,并举许多例子说明:"蝴蝶在我们东方的文学里,原是具有异常复杂的意义的。"但不知为什么,他没有谈及王和卿这支颇为有名的小令《咏大蝴蝶》,说到"异常复杂的意义",这支小令似乎更能说明问题。这是一个奇特的作品,它夸张得几近荒诞:

一只大蝴蝶从庄周的梦中挣脱出来,乘风而起,腾云驾雾,颇有"其翼若垂

【醉中天】

天之云"，"抟扶摇而上者九万里"(《庄子·逍遥游》)之势。它见了花就采，数不清的花园都被它一个个地采空了。而天职是采蜜的蜜蜂，却被大蝴蝶吓得忙跑不迭，就连卖花人也被这大蝴蝶的翅膀轻轻一搧，就搧过桥对岸去了。显然，作者是在用极度夸张的语言和巧妙的隐喻手法，来突出大蝴蝶的专横和贪婪。全曲滑稽挑达，谐谑幽默，读来别有一番情趣。

曲中的大蝴蝶明显被赋予了比喻和象征的意义，然这比喻和象征又不是直截明了的，而是隐晦曲折的，即"具有异常复杂的意义"。据元人陶宗仪《辍耕录》记载："大名王和卿，滑稽挑达，传播四方。中统初，燕市有一蝴蝶，其大异常。王赋〔醉中天〕小令云：……由是其名益著。时有关汉卿者，亦高才风流人也，王常以讥谑加之，关虽极意还答，终不能胜。"这条材料说明王和卿与关汉卿处在同一时期，并且透露出"燕市有一蝴蝶，其大异常"的事实乃是小令写作的契机。于是有人推测说此曲的用意"可能是借咏大蝴蝶，对关汉卿的寻芳采花的风流生活进行善意的戏谑"。这看法应该说不无依据。然而，评论作品将其寓意坐实为某一具体事件可能失之偏颇。文学作品的产生可能是因某一具体人或事的触发，但作品一经流传，它的思想内涵就不再拘泥于原型事件，而要深刻得多，广阔得多。

也有另一极端的理解：哪里有这么大的蝴蝶呢？这不过是给当时那些任意污辱妇女的"花花太岁"、权贵人物画像罢了。联系元杂剧中的某些作品(如《鲁斋郎》等)，这种见解似亦并非穿凿附会。

不过，我们只要涉足一下曲学文献资料，不难发现，关于元代曲家和演员"滑稽"、"善谑"的记载特别多，这绝不是孤立的现象，乃是当时的一种风气。在这种"玩世滑稽"的争奇斗胜之中，实在蕴积着愤懑、牢骚以及反抗、不平。就现存元代散曲来看，滑稽戏谑一类作品，即所谓"俳谐体格势"的作品几占半数之多，正是"小令务在调笑陶写"是也。因此，王氏小令不必就是戏谑关汉卿，亦不必就是讥刺"花花太岁"、"权豪势要",总然有一种牢骚不平之气在其中就是了。漫作而后思,余味正无穷尽。人们可以自己去体会理解,说得太实、太满或太死板,韵味反会被冲淡。如将其理解成《诗经》中《硕鼠》、《新台》式的寓意性作品,未尝不可。

这支小令艺术上最大的特色是高度的夸张。作者紧紧扣住蝴蝶之大,甚至夸张到了怪诞不经的程度,但是,怪而不失有趣,它使人在忍俊不禁之余,反复寻味,逼着人们去思索。从语言上看,小令恣肆朴野,浅近通俗,几无一字客词装饰,虽是随手之作,其味却端如橄榄,这正是散曲的上乘之境。

(王星琦)

〔仙吕〕一 半 儿

王和卿

题 情

书来和泪怕开缄,又不归来空再三。这样病儿谁惯耽!越恁瘦岩岩,一半儿增添一半儿减。

将来书信手拈着,灯下恣恣观觑了。两三行字真带草。提起来越心焦,一半儿丝挦一半儿烧。

别来宽褪缕金衣,粉悴烟憔减玉肌。泪点儿只除衫袖知。盼佳期,一半儿才干一半儿湿。

元人小令之歌咏艳情、欢爱,有其一般特色,不同于词的蕴藉、婉转,而是以

【一半儿】

沉着痛快、大胆泼辣见长。奋挥爽利之笔，抒发其炽热之情。这些特色，在王和卿《题情》（四首选三）中显然存在。不过，与此同时，他还有自己的风格：沉着中寓跌宕，痛快中寓优游，以秀逸见长，而不以沉雄取胜。

　　这三首小令都是吟咏男女离情的。从空间观念说，属于由人事阻隔而产生的、作为双向流程的苦恋之情。

　　这种心情，按照德国美学家里普斯说来，是一种悲剧性的"堵塞"境界。比如说，《题情》中涉及的男女双方原来是有过他们的"佳期"的，用不着书柬通情而可以当面依依絮语。然而忽然有这么一天，好事多磨，刘郎远去，这就使曲中的女主人不能再按照她过去习以为常的欢聚方式生活下去了。她感到心境的堵塞。关于"堵塞"，里普斯曾经用除去了墙上一直挂过的画幅作为比喻，认为画幅一经拿走，新的情况就会给人们带来一种精神压力，其"心理重负比寻常这样一块空地方所有的更大"，它引起人们对于画的缅念，具有"更大的强度和逼人性"。出现在王和卿笔下的这位多情女性，也正是因为怀着"心理重负"而感到离情之苦的难以排遣。

　　当然，这三首小令虽说同写离情之苦的难以排遣，可写法却各有不同。

　　第一首的离情描写，着眼于女主人公的心情矛盾。这可以用上述里普斯的悲剧性"堵塞"论来解释。因为别离，因为欢恋的通途发生变化——也就是被"堵塞"了起来，所以只好通过"万里云罗一雁飞"（李商隐《春雨》）来传达情愫。然而由于女主人公生怕这信仍然像过去一样，说什么何日何时定要归来却又终于变卦，所以满脸"和泪"怕去开缄。不是不急于看信，而是怕原有的满怀希望再次变为失望。这种惹人长相思的病儿，谁也承受不了。写到这里，意境顿时翻起了波澜，说明作者立刻调整了思维指向。按照读者一般推想，总以为这位多情女性纯然以相思之病为苦。不，相思之苦固然使她变得"瘦岩岩"的，可是"越恁瘦岩岩"这五个字，并不囿于消沉，它包含的滋味是相当复杂的：一方面指越是由于相见不易而越发增加消瘦；但另一方面，却又由于"心有灵犀一点通"和"蓬山此去无多路"（李商隐《无题》）的爱情坚贞与有朝一日终可相见的自信所致。尽管形体之瘦愈"增"，但因为心灵有了这么一种滋润，相思之苦却也可以稍"减"。这便是小令结尾描写的女主人公错综的心理状态："越恁瘦岩岩，一半儿增添一半儿减。"千万别忽略"越恁"这两个字！这里包含着两层意思：不管病得如何消瘦，也满不在乎。瘦之甚说明念之切，念之切又说明虽相距万里，而此情相通的心灵慰安，此其一。由于相思之苦难挨（"谁惯耽"），毕竟是落得这般消瘦了，而且是落得如此瘦骨珊珊的憔悴了。如果还是"又不归来空再三"地这么下去呢，这病儿怕就真耽不下去了，此其二。这里有自慰，但也有忧心；有拼着一股劲儿去坚持等待的信念，但也不无有些彷徨和万一依然失望的预感。

在这种思想状态的二律背反中，女主人公的"怕开缄"是矛盾心情的外化，也是引出全文的枢纽——由外部的行动细节展示出作为行动根源的心灵的深隐层次。

第二首曲不同于第一首揭示矛盾心情，而是突出了一种由离愁别恨所惹起的"心焦"情绪。不是"怕开缄"，而是"信手"地拈起书信。为什么要"信手拈"呢？表明既忙于看信，而又中心彷徨、神驰远处，所以拆开信后终于还是靠近灯光去细细观看。可看了又怎样呢？才读罢两三行，就发现信上的字"真中带草"。也许这信上还带来了一些令人"心焦"的消息。看清看准内容，这倒也还罢，可偏偏有些地方字猜不出，话音拿不定，这就使女主人公内心焦急不安，带着几分儿抱怨情绪了。结尾的"一半儿丝拈一半儿烧"，可以说是"心焦"的顶点：一边撕扯，一边也就干脆把信烧掉。

这是一种从彷徨到进绝的心情。进绝之极，一切都只有听天由命了。什么事也不管了。总的说来，这一种"迷乱"是一种由于主观的忧思郁塞，而作为客观的信件又引起疑虑重重。这思绪重重表现为内心的强烈震撼,甚至含有某些下意识的因素。这使我们联想到敦煌曲子词中的一个思妇,她因为喜鹊多次报喜都不灵而把它赶走;还想起唐人金昌绪笔下的征妇,因为生怕黄莺儿惊破她与远征辽西的丈夫团圆的好梦,特地赶走了它,为的是防止它乱叫。这些奇特的行动背后,都潜藏着微妙的心理迷乱。王和卿的这支小令,虽然短小,但却充分表现了女主人公的中心惶惶:先是拿着信想看而怕看;然后是细细去看;再后是有些地方看不清,愈看愈焦躁;最后是扯去烧去了不看。这种迷乱心情的描写,正是如晚明周庚所说的"乱辞无绪,绪益乱则忧益深,所寄亦远"(周庚:《与夫子》,见周亮工编《赖右堂尺牍新钞》卷九)。从现代文艺心理学说来,则是一种人生躁动的凸现,潜藏心理的浮现。

　　最后一支曲的描写,不同于第一支侧重于平静的矛盾心情,也不同于第二支侧重于迸绝的躁动心情;它主要是勾画出期待与情人早日欢聚的盼望思绪。衣宽肌瘦,泪儿难干,都是"盼佳期"的具象化。不像一般词曲描写闺怨离情较多地借重自然风物作为比兴。以自然风物作为比兴,衬托黯然销魂的情绪自然很好,但"赋"的手法用得好,也还是动人的。这首曲子就是用素描手法加以铺陈,只写女主人公自身,略去了自然背景。既不像钟嗣成的"上危楼,望行舟,夕阳西下水东流"(《四情·离》),也不像徐德可的"人何处? 不寄书! 一声声雁将秋去。月明中倚阑情正苦"(《题扇面小景》)。有背景的烘托固然可以使形象丰满,有助于移情式的感发,但王和卿的手法却也有它的绝招,即采用焦点透视而不用散点透视。这有助于重点地刻画和形成一种利落的风格。词因为运用烘托手法者多,所以自然背景的渲染较重;散曲小令则因为奔流直泻者多,所以不大多用自然背景来隐隐烘托,即使用,也是统一于奔流直泻之中,并且是高度凝缩的。

　　综合三首来看,不管是矛盾心情的剖视,迸绝心情的哀歌,或者是出于自我观照的切盼心情的勾画,作者站在女主人公方位上所进行的构思,确乎是呈现了多维式的网络形态,展开了深沉的内省,通过不同侧面向"离情"这一感情结构的整体进行突破。"离情"的篇章,在散曲中实在是太多了,但王和卿却有他自己的特色,杰出的成就。

关于王和卿生平,留下的资料不多。我们只知道他是大名人,大体与关汉卿同时而先于关故世的一位知名作家。他性格豁达、幽默,善于辩论,关汉卿就辩不过他。他的艺术感发性很活跃。有这样一个传说。他看到一只大蝴蝶,便别有会心地发现了人所未见的这蝴蝶的审美特征,并将其巧妙地传写出来。读了这几首小令以后,我认为他的语言风格的罗罗清疏,适足以表现他思维的敏锐。更妙的是他用的〔一半儿〕这套数,一半儿这样,一半儿那样,确乎有利于表现感情的复杂性;更可贵的是,寓复杂情思于俊逸利落的笔势之中。

(吴调公)

〔双调〕拨 不 断

王和卿

大 鱼

胜神鳌,夯风涛,脊梁上轻负着蓬莱岛。万里夕阳锦背高,翻身犹恨东洋小。太公怎钓?

王和卿幽默诙谐,其散曲善用夸张手法状物写景。本篇即体现了这一特色。

若论想象奇特,恐怕莫过于古代神话。本曲作者即以"神话笔法"驰骋想

【拨不断】

象,使作品充满了令人神往的奇思壮采。《列子·汤问》记载了在渤海之东,有蓬莱等五座仙山,随波涛上下往还。天帝担心它们流失,遂命十五只巨鳌分班轮流顶住。可见巨鳌神力之大。作者以巨鳌比,已见鱼之巨大,而作者更云"胜神鳌,夯风涛",以一"胜"字,夸耀鱼的力量之神,还远在"夯风涛"的神鳌之上,不由使人瞠目咋舌。第三句再缀一笔:"脊梁上轻负着蓬莱岛。"作者以大鱼背负蓬莱之轻松,与神鳌"夯风涛"之沉重作比,形象地写出了大鱼无与伦比的神奇力量。开头几句,作者空中落笔,极力夸耀大鱼之神力而不描绘它的形体具体如何,以悬人心念。第四句方绘其形体:"万里夕阳锦背高。"在夕阳万里,无所遮拦的开阔视野下,都只能见到它高耸的华美脊背,而不能见其首尾,则其全身之大,简直令人不敢想象。作者笔墨之夸张,实已登峰造极,无以复加。岂料他异想天开,层楼再上:"翻身犹恨东洋小。"真是奇想妙语。东洋已大不可测,尚恨其狭小不能翻身掉尾,鱼身之大,几欲支撑天地了! 至此,大鱼已神形具备,如何作结,颇难下笔,而作者却出人意表,以"太公怎钓"作豹尾,顿使全曲神采倍增。太公,即姜太公姜尚,据传他能用直钩便可把鱼钓到。但对此大鱼,姜太公也无可奈何了。在古代,神物神兽皆以神人为主,王和卿的大鱼却一反其态,其意味正在此鱼是毫无拘束,一任自由的。这恐怕就是"神""大"的最高境界了。

　　作者塑造这样一个力大无穷、形大无比和无拘无束的形象,很可能是有所寄托的。它不妨可看作元初一批文人放浪形骸、恣肆任诞和无拘无束的精神折光。本曲涵有作者含蓄和深刻的"自况",看来并非臆测。

　　在艺术手法上,本曲想象奇特,笔调幽默,造语诙谐,传神之法尤为出色。即实处写形,亦化实为虚,采用超限比喻手法,说鱼"胜"于巨鳌,"恨"东洋为小,其大究竟如何,则有意模糊不述,鱼之大便没有界限。这样,读者的想象力可得到充分发挥,因而极大地提高了作品欣赏中的可塑性和再造力。这是古代诗歌状情写物中颇具特色的手法。这首小令堪称优秀典范之一。

（陈志明）

作者小传

盍西村

盱眙（今属江苏）人。钟嗣成《录鬼簿》"前辈名公乐章传于世者"列"盍士常学士"，或即此人。今存散曲小令十七首，套数一套。

〔越调〕 小 桃 红

盍西村

江 岸 水 灯

万家灯火闹春桥，十里光相照，舞凤翔鸾势绝妙。可怜宵，波间涌出蓬莱岛。香烟乱飘，笙歌喧闹，飞上玉楼腰。

盍西村的小令现存十七首，其中有两组分别题为"临川八景"及"杂咏"的组曲，共十四首，可见他对组曲这种形式的喜爱。本篇咏临川元宵节的水上灯船。在众多描绘元宵热闹景象的作品中，其选材比较新颖，写法也别具一格。

"万家灯火闹春桥，十里光相照。"起处大笔渲染，总写元宵灯节盛况。"万家"、"十里"，从广阔的空间背景上描绘出倾城出动，人流如潮，灯火闪耀，光辉照映的盛大场景。一个"闹"字，不仅烘托出灯火的繁盛，色彩的缤纷，而且传达出一种喧闹欢乐的节日气氛。"春桥"是江岸观灯的最佳地点，也是灯

【小桃红】

火人流集中之处,它和"十里光相照"正构成一个点、面结合的滨江长街的元宵灯节胜境。

"舞凤翔鸾势绝妙"三句着重写水上灯火的奇观妙境,将"闹"字进一步具体化。元宵花灯,有扎成龙、凤及各种动物形状的,舞龙灯尤为元宵盛事中最欢腾热烈、激动人心的一幕。十里江岸,灯火通明;水上浮灯,五光十色;船上花灯,龙飞凤舞。灯火倒映江中,随着水波闪动变幻,真是美丽可爱的良宵啊!就在作者热烈赞叹"万家灯火"的人间胜境之际,"波间涌出蓬莱岛",在江面上仿佛突然涌现出一座蓬莱仙岛。这句是写灯船,但写得新颖不落套。由于是在夜间,这茫茫江面上浮现的辉煌璀璨的灯船确实给人以宛如仙山楼阁之感。它以虚托实,以幻写真,生动地表达了发现灯船的人们那种惊讶赞赏、疑幻疑真的感受。

"香烟乱飘,笙歌喧闹,飞上玉楼腰。"结尾三句,续写灯船的热闹景象:香烟缭绕,随风飘扬,笙歌齐发,热烈喧闹。这袅袅香烟与悠扬笙歌似乎要飘然而上,飞绕天上的玉楼。前两句是写实,后一句则由实入虚,导入想象中的天上宫阙,从而淋漓尽致地表达了目接耳闻灯船上热闹景象时的感受,全篇也就在幻觉般的境界中结束。

这首小令写江中灯船,却先写江岸的万家灯火,以岸上衬托江中,以人间胜景衬托幻想中的蓬莱仙境,构思新巧。描绘元宵盛况,特意选取了闹、照、舞、翔、涌、乱飘、喧闹、飞上等一系列具有跃动感的词语,着意渲染热烈欢快的节日气氛。加上句句押韵,韵密节促,更加强了这种欢畅的感受,传出了跃动的心潮。

(刘学锴)

〔越调〕 小 桃 红

盍西村

客 船 晚 烟

绿云冉冉锁清湾,香彻东西岸。官课今年九分办;厮追攀,
渡头买得新鱼雁。杯盘不干,欢欣无限,忘了大家难。

本篇系"临川八景"组曲之一,描写了临川江湾一带船上人家的生活情景。

开头两句写江湾美丽的自然景色:缓缓流动的碧云,笼罩着清澄的江湾,
阵阵沁人的香味,传遍了东西两岸。这两句似从贺铸〔青玉案〕词"碧云冉冉蘅
皋暮"之句化出,而词写得含蓄蕴藉,曲则比较发露。绿云,即贺词"碧云",亦即
题内"晚烟",指日暮时分的云彩。一"锁"字将碧云笼罩下的这一角自成天地的
江湾更鲜明地凸现出来,使人感受到它那优美而静谧的气氛。词中只用"蘅皋"
暗点芳甸的幽香,以兴起美人不来的惆怅;而曲里却用"香彻东西岸"加以渲染,
以兴起下文的"欢欣"。因而所写景色虽大体相同,给人的感受却有别。

接下来两句,由自然景色转向人事,写江干人家听说减税消息后的欢欣:
官家的课税今年只按九分征收,能减一分课税,对于难以卒岁的村民来说,已算
是难得的大喜事了!"厮追攀",意谓亲近友好地招呼、聚会。杜甫诗:"昔在洛
阳时,亲友相追攀。""鱼雁",谓鱼和雁,这里意谓在渡头买到了新鲜的鱼鸟野
味,故招呼亲朋聚会痛饮一番。前两句写自然景色,优美静谧,充满世外桃源的
芳馨;这里写到人事,却让人感到桃源中也不免"官课"的追索。从口吻语调看,
这两句似乎是轻松喜悦的,但在它背后却隐藏着沉重和辛酸。"今年九分办",

【小桃红】

就值得如此庆幸,往年为租课所苦的情景不难想见。

紧接着,"杯盘不干"等句,将"厮追攀"的轻松欢悦气氛推向顶端。"杯盘不干",回应开头的"香彻"句;而结句却出人意料地在无限欢欣中淡淡道出:"忘了大家难。"这个结尾,似不经意,却耐寻味。它透露出,所谓"厮追攀","杯盘不干","欢欣无限",不过是在暂时的喘息中姑且作乐而已。相对于去年、前年,"今年"也许暂可温饱,但"大家难"的日子却是常事。眼前"杯盘不干"的"欢欣"只不过让人暂时忘却过去和将来的艰难而已。"欢欣无限"的另一面,正是无限艰辛。

传统的"八景"、"十景"一类题咏,向以描绘自然景色为主,很少涉及人事,更少触及民生疾苦。这首题为"客船晚烟"的小令,却一反陈套,着重写船上所见村民生活情景,并且在风俗画式的描绘中,透露出淳朴的村民在暂时温饱与欢欣后面的艰辛,取材、用笔都有新意。开头写自然界的优美景色,正成为村民艰辛生活的反衬;结处重意轻点,反而更耐寻味。

(刘学锴)

〔越调〕小桃红

盍西村

杂 咏

杏花开候不曾晴,败尽游人兴。红雪飞来满芳径。问春莺,春莺无语风方定。小蛮有情,夜凉人静,唱彻醉翁亭。

盍西村的〔小桃红〕《杂咏》八首,内容或叹世,或写景,或歌咏爱情,似是用同调信笔题咏，无统一主题的即兴之作，故统称"杂咏"。本篇写春雨落花时节的生活情趣，写得潇洒脱俗，曲折如意，颇具新趣。

吟咏春景，每多以热情赞美及正面歌咏起笔。这首小令却一反常调，从反面着笔："杏花开候不曾晴，败尽游人兴。"杏花开放，正当一年中最好的仲春季节，但又恰是多雨之时，所谓"杏花消息雨声中"（陈与义《怀天经智老因访之》）。对于春游之兴正浓的人们来说，这就不免要感到大杀风景了。曲贵露，"败尽游人兴"正是本色语。这两句因雨而败兴，先作一抑。

紧接着，"红雪飞来满芳径"，却又反折而出，往上一扬。因为春雨连绵，纷纷开放的杏花又在雨中纷纷坠落，布满了小径。这句所写的景象，本易给人以残败凋零之感，但在作者笔下，却显得极富美感和情致。关键就在"红雪"这一新颖的意象上。李贺的《将进酒》诗，有"桃花乱落红如雨"之句，白居易《同诸君携酒早看樱桃花》诗，则有"绿饧粘盏杓，红雪压枝柯"句。这里则取李诗"桃花乱落"与白诗"红雪"意兼而用之，将片片纷飞的杏花喻为"红雪"。红与雪，本不相容，但杏花之色泽红艳，其飘落又如雪花之纷飞，故有"红雪"之自然联想，这正是所谓"无理而妙"者。与此同时，句中又用"飞来"状杏花之飘落，使它的形象飞动，生气盎然；用"芳径"状布满落花的小径，更增鲜妍的色调。全句即因"红雪"、"飞来"、"芳径"等意象的组合，而显示出杏花飘飞陨落的动态美感。此处景似乐景，然落红满径，毕竟隐藏着春光无情逝去的淡淡惆怅与遗憾，唯含而不露，意余象外，更见其妙。

"问春莺，春莺无语风方定。"由于"红雪"飘飞，令人产生一份惋惜流连的心理，故不由自主地"问春莺"。春莺即黄鹂，这"问"，无非是痴情痴想，类似"泪眼问花"，本不必究其问什么。而春莺面对此景，似亦无可奈何，只能"无语"相对。此时风虽方定，而落红早已满径了。这两句又向下一抑。

"小蛮有情，夜凉人静，唱彻醉翁亭。"结尾三句突然转折，由以上淫雨无情，

【小桃红】

落红无情,春莺无情,春风无情,突然转写唯人"有情"。多情的歌女,在夜凉人静时分,唱起了美妙的歌曲,歌声响彻了醉翁亭。这歌,是惜春之歌,也是珍重人生之歌。对寻春而不得的多情诗人——醉翁,此时真是最大的安慰。"醉翁",本欧阳修自号,用在此处,当指作者自己,而隐含"醉翁之意不在酒"之意。回头再看前面极写风雨、春莺无情,原来都是为衬托"小蛮有情"的。写到这里,诗情在突转的上扬中归于统一,留下一串袅袅的余音在春天的凉夜中摇漾。

这首小令,由淫雨之阻不得游园之憾,写到风定入园、落红惜春之叹,再转到美人良宵之乐,总的抒情线索,则是由无情写到有情。虽一波三折,却自然合理。作者在表现感情的扬抑变化时,听任感情的自然流动作转折跳跃,处理得干净利落,绝无拖泥带水的叙述交待,读来别有一种转折如意,潇洒自如的风调。

(刘学锴)

〔越调〕小 桃 红

盍西村

杂 咏

海棠开过到蔷薇,春色无多味。争奈新来越憔悴。教他谁？小环也似知人意。疏帘卷起,重门不闭,要看燕双飞。

元人散曲集《梨园乐府》收盍西村以《杂咏》为题的〔小桃红〕曲八首,这首列第四。八首曲不是统一的题材,看来列第一、二的属于叹世感时的作品;三至八首风格、内容相近,尤以三至七首与许多咏春夏秋冬四季的曲子格局手法相似,从春咏到秋。这一首咏的是暮春。

　　一年四季，不同的花应不同节候而开。春兰秋菊，夏荷冬梅；花的荣滋，花的凋残，这一切往往使感情丰富、对时令特别敏感的诗人们生出无限感慨。"海棠过后到蔷薇"，海棠、蔷薇都是美丽的，诗人本无所爱憎。但蔷薇比海棠开放略晚，海棠绽蕊，还是春意盎然；而蔷薇着枝，便是春色将残了。"开过"、"到"两词透露了抒情主人公对时光流逝感伤的信息。下句"春色无多味"就进一步说明由于春的逝去，大自然已经失去它的魅力。春的消逝固然可惜，但是"无味"的感觉主要还是来自抒情主人公自身。文人多情，无端地也会见花落泪，但本曲的主人公却并非如此。"争奈新来越憔悴。""争奈"，岂料之意，他近来愈加憔悴，出乎他的意料，更非他的意愿，然而内心折磨的确使他日趋瘦损。他究竟有什么苦痛？曲的上半没有透露。可是以下一转，主人公表示了他的一个愿望：他希望有人能将小庭深院的"疏帘"卷起来，"重门"打开，他要看那在春风中比翼翱翔的双双燕子。可是这事"教他谁"去做呢？心事是不能道破的。这时一个小丫环果然这样做了。她将"疏帘卷起"，"重门不闭"。呀，这小丫环是知道我的心意了吗？也许并不。但她使我如愿以偿，我是深深感谢的，因此我觉得她"似知人意"。至此，作者虽然仍没有直接说出他憔悴的原因，但我们已能从他的意愿中窥测到他内心的隐秘。他为什么"要看燕双飞"？当然是因为他自己是形单影只、寂寞孤凄的。但他却不甘寂寞，他希望自己也能成双成对，像那幸福的燕子一般。下半曲的这一转就使得前面略显沉重压抑的气氛有了回旋，使作品产生了一些欢快的意味。同时它也启发人的思考：主人公的愿望是美好的，合理的，却为什么得不到呢？原来他是生活在"庭院深深深几许"、"帘幕无重数"的环境之中的。那么"他"就应该是"她"，是一位锁在深闺中的女性了。这样，她的苦闷，她的追求，也就完全可以被我们所理解和给予深深的同情了。

　　这首曲没有多少描写铺叙而是直抒胸臆，但又婉曲深致而不直露，风格颇类李清照。其所取意象，也使我们联想到那首著名的〔如梦令〕："试问卷帘人，

【小桃红】

却道海棠依旧。知否？知否？应是绿肥红瘦。"盍西村小令大多为写景之作，而且色调明丽，情绪欢快，且多为直接抒写自身闻见和情感。这首小令却摹拟一位女性的口吻，写她的生活和内心，表现了一些压抑和怨慕之情。因此与他作相较，在统一的风格中，这首小令又是别具一格的。

（姚品文）

〔越调〕 小 桃 红

盍西村

杂 咏

绿杨堤畔蓼花洲，可爱溪山秀。烟水茫茫晚凉后，捕鱼舟，冲开万顷玻璃皱。乱云不收，残霞妆就，一片洞庭秋。

宋词常写庭院、闺中和市井，元曲却多写山水、田园和村居；宋代士大夫文人虽兴禅悦之风，却仍身在庙堂之内；元代达官贵人虽居高位之上，却向往着隐居生活。此曲便是一首寄情山水、乐道隐居之作，《太和正音谱》称盍西村之曲"如清风爽籁"，所评与本篇颇合。

首句"绿杨堤畔蓼花洲"，带有普遍性、典型性。绿杨、蓼花，随处可见，但一写堤畔、一写洲，傍水而更得生机，绿柳与红蓼相映，美景与野趣顿现眼前。次句"可爱溪山秀"，着意点明景色之美，且将目光从近处的绿杨堤、蓼花洲纵送至远处，水色山光成为杨柳、蓼花的美丽背景。如果说"溪山"是以势衬景，那么三、四、五句则是以时写景，以动破静，使山水更见生命，更为人爱。"烟水茫茫晚凉后"，时近黄昏，蓝天丽日下的青山、碧水、绿杨、红蓼、白苇……都消失了它

【小桃红】

的色彩，苍烟、落照、暮霭、湖水……在晚凉中一片混茫，正当人为这寥落、苍茫的入暮景色微觉惆怅，被傍晚的轻风吹得肌肤生凉之时，只见捕鱼的轻舟凌波而去，冲开万顷玻璃，漾起不绝的波纹……不是弄晴的羌管，不是款款的菱歌，而是渔人为求生计，驾舟向湖水深处，去夜捕鱼虾。这捕鱼小舟，冲破了湖水的平静，也冲走了作者与读者心中浅浅的哀愁、微微的惆惘。在这渐归沉静而又涟漪微动之时，随着情绪的振起，抬起的目光从低处的水移向了高处的天：只见夕阳的余晖之下，乱云未收，残霞似锦，妆点洞庭秋色，一片茫茫，无际无涯，与湖波相映，更加美丽、壮阔。

　　盍西村在这支小令中，不仅倾注了热爱自然、钟情河山之意，而且以善作丹青的妙手描绘出一幅充满诗情的风景画。除了由近及远、以动破静外，还犹如倪云林之画，"一木一石，自有千岩万壑之趣"（恽南田语）。他写洞庭秋色，并非广为铺排，而是寥寥几笔，即得神髓。而且，曲中不是幽寂荒寒的"意态萧然物外情"（黄公望题倪云林画），明丽之中，透出作者对湖光山色的挚爱。他笔下的洞庭烟水，虽不似王勃的落霞孤鹜、秋水长天那样善作点染，但也不带有渔舟唱晚之逍遥与雁阵惊寒之萧瑟，曲中的渔舟凌波而去，较之王勃渔唱的"响穷"和雁阵的"声断"，岂非更见生命力？而"乱云不收，残霞妆就"，虽不及李清照〔永遇乐〕"落日熔金，暮云合璧"那样工丽，但李词二句以景色之好反挑出人事已非，可谓无比凄怨，而此曲中以二句"妆就""一片洞庭秋"的同时，也托出了心中的欣喜、热爱，虽未言情而情从景出。

（邓乔彬）

商挺
（1209—1288）　字孟卿，一作梦卿，晚年自号左山老人，曹州济阴（今山东菏泽）人。元初时，任行台幕官，官至枢密副使。善隶书，工山水墨竹。所著诗、曲甚丰，但多散佚。《全元散曲》录存其小令十九首。

【作者小传】

【潘妃曲】

〔双调〕潘 妃 曲

商 挺

带月披星担惊怕,久立纱窗下。等候他。葛听得门外地皮儿踏,则道是冤家,原来风动荼蘼架。

宋元两代城市经济的发展,市民意识高涨,使男女间交往较为自由,特别是元代封建礼教一度松弛,因而恋情闺思成为散曲的一大题材。商挺虽曾仕至高位,但他存世的十九首〔潘妃曲〕中,除写四时景色的四首外,其余均为描写青年男女幽会之作。

这首小令曾收入《梨园乐府》与《雍熙乐府》,俱不注撰人。《梨园乐府》所载为:"带月披星担惊怕,独立在花阴下。等待他。撒撒地鞋尖将地皮踏,我只道是劣冤家,却元来是风摆动荼蘼架。"字句与前录者不尽相同。

曲中鲜明生动地塑造了一个热恋中的少女形象。她趁着微弱的星光月光,担惊受怕地伫立在纱窗下等候自己的心上人,以倾诉衷肠。露凉夜冷,企盼心切,其焦灼之情不难体会。正在这殷殷期待之时,猛然听到门外传来了脚步声,少女的心禁不住一阵狂跳,以为是心上人来了,定睛一看,却不见人影,刚才误听为脚步声的,原是风吹动荼蘼架所发出的声音。短短几句,将一个笃情、娇憨的少女形象刻画得栩栩如生。

元散曲善于描绘动作,以曲境之多动宕区别于词境之尚深静。本篇首句的"带月"较之"戴月"更妥,因为前者动而后者静,带着月光,披着星光,担惊受怕,形体动作与内心活动俱可见。次句"久立纱窗下",更是表达期待之情的重笔。

"等候他"三字,显豁之中倍见情深。而"蓦听得"所误认为的脚步声,终又以"风动"相应,一扬一抑,动宕之中,虽不言失望而其情不难体味。此曲还善于传递心理。从开始的"担惊怕",到"久立"的"等候",可见盼之也切,故爱之也深。"蓦听得"的一阵狂喜,"则道是冤家"的立见娇嗔,到"风动荼蘼架"的骤然失落之感,都使主人公形象凸现,并使读者与之更为贴近。

商挺虽曲名不算很高,但此首堪称佳作。后来明人沈什的〔榴花泣〕:"东风吹粉酿梨花,几日相思闷转加。偶闻人语隔窗纱,不觉猛地浑身乍。却原来是架上鹦哥不是他。"可能就受商挺此曲的影响。

(邓乔彬)

〔双调〕 **潘 妃 曲**

商 挺

闷酒将来刚刚咽,欲饮先浇奠。频祝愿,普天下心厮爱早团圆。谢神天,教俺也频频的勤相见。

商挺由金入元,可说是出身于一个词曲世家。他的叔父商衟,就是著名的《双渐小卿诸宫调》的作者;这部诸宫调虽早已失传,却十分有名,《水浒传》第五十一回《插翅虎枷打白秀英》中所叙白秀英唱的《豫章城双渐赶苏卿》,便是指这一诸宫调。商挺的父亲商衡在金末殉难,生前与金一代文学宗匠元好问交游,商挺在金亡后也和元好问有诗文上的往来。史称他曾作诗千余篇,可惜今传者极少。散曲也仅有被《阳春白雪》、《雍熙乐府》等总集所收录的小令不到二十首;而且曲牌都是〔潘妃曲〕。从曲意看来,其中有一些似乎是重头的组曲。例如，今见于隋树森编《全元散曲》中他的首四支《潘妃曲》，分咏春夏秋冬四景，显然是同调重头的一组。

这支小令收在元刊《阳春白雪》前集第四卷，从前后几支同调小令的参照中，可以看出也是一组小令中的一支，都是以女子的口气倾吐相思的闺情曲。

虽是一支咏闺情的抒情曲，但作者的构思中隐然包藏着一段男女情爱的本事。其曲意是盼待情人的女子借酒遣闷，奠酒祝告以吐露渴念欢会的深情。由自己的渴求与情人欢聚，推己及人而祝愿天下的相爱者都得团圆。清人金圣叹评点王实甫《西厢记》，特别欣赏全剧结尾处"愿天下有情人都成了眷属"一句曲文，流露出同样的思想感情。

商挺在元代初年颇得元世祖的信重，做到枢密副使的显职。这样担任军国重任的达官也寄情于散曲，可见当时散曲创作的风气之盛。早期的曲文以不避俗语为当行本色，此曲也充分表现了这一特色。曲中如"将来"（取来）、"心厮爱"（两心相爱者）、"俺"等词语都是俚俗的口语，使曲子充满着民间山歌的风味。短短数语的小曲，由自己借酒遣闷，进而为天下多情人祝愿，然后转到私愿，一波三折，极具宛曲变化之趣。

（何满子）

〔双调〕 **潘　妃　曲**

商　挺

一点青灯人千里。锦字凭谁寄？雁来稀。花落东君也憔悴。投至望君回。滴尽多少关山泪。

这首无题的〔潘妃曲〕，就内容来看，是抒写离情、闺怨之作。它的首句"一点青灯人千里"是从空间运思，在一句中展现了两个空间：一方是一点青灯下的居者，另一方是远在千里外的行人。正由于人各一方，彼此间存在着这样一段难以缩短的空间距离，就必然产生难以排遣的两地相思。整首曲所要表达的内容都是从这一句生发的。但这一句只展示了这场离别相隔之遥远，并推出了分隔在这段距离两端的居者和行人；至于这居者和行人的各自身份和性别，以及这场离别是朋友间、还是夫妻间、抑或是其他亲人间的离别，都还有待说明。因此，紧接着在"锦字凭谁寄"句中回答了这些问题。这第二句所表达的是居者为无法将信寄与行人而深感苦恼，正似韦庄〔荷叶杯〕词所说的"碧天无路信难通"，也似晏殊〔蝶恋花〕词所说的"欲寄彩笺兼尺素，山长水阔知何处"。句中"锦字"的出典是：前秦女诗人苏蕙之夫窦滔因罪被徙流沙，苏氏织锦为《回文璇玑图诗》以寄滔。锦纵广八寸，图本五彩，总八百四十一字，"纵横反复，皆成章句"，且文词缠绵凄婉。后人因称妻寄夫函为"锦字"。这两个字点明了这场离别是夫妻间的离别，灯下的居者是女性，是千里外行人的妻子。下面第三句则是第二句的延伸和补充。据《汉书·苏武传》记，随苏武出使匈奴的属吏常惠曾教汉使向匈奴诡言昭帝在上林苑中射得北来雁，雁足系有帛书，因知苏武等尚在。这里就以"雁来稀"句喻指传信人稀少，纵有相思之情，也无从向远人表达。从这三句曲看这位女主角的处境，夫君远去，独对青灯，这已经够痛苦了，加以音信阻隔，两情难通，就更加痛苦了。

曲的前三句都是从空间写行人离去之远，后三句则进而从时间写行人离去之久。"花落东君也憔悴"句似从李贺名句"天若有情天亦老"（《金铜仙人辞汉歌》）化出，是极言离别之苦。句中的"花落"，可以看作是实写暮春景色，因见花落而感叹岁月易逝，行人未归，从而加深了愁闷，正如韦庄〔木兰花〕词中有"坐看落花空叹息"句，秦观〔千秋岁〕词中也有"春去也，飞红万点愁如海"句一样；不过，这里也可能以花落象喻人间的离别，是虚写，如李煜〔浪淘沙〕词中的"流

元曲鉴赏辞典

水落花春去也"句、李清照〔一剪梅〕词中的"花自飘零水自流"句也都具有象喻意味。而且,在伤离怨别的感情中往往会夹杂年华虚掷、青春空负的悲哀,所以"花落"二字还可能兼喻美人之迟暮,也就是王国维在一首〔蝶恋花〕词中所说的"最是人间留不住,朱颜辞镜花辞树"。

如果说"花落"句还是写从分手到现在的离情,那么,下面两句"投至望君回,滴尽多少关山泪",则是把时间从现在推到未来,预计等到远人归来,还要捱过一段漫长的岁月,流无数相思的眼泪。投至,即临到、等到。结句中的"关山"两字是化用表达离情的《关山月》乐曲名,也是实写行人之远隔关山,与首句中的"人千里"三字相绾合。这就在表述离别时间之久的同时又回顾了离别的空间之远,而在篇章结构上收首尾呼应之妙。

(陈邦炎)

胡祗遹
(1227—1293) 字绍开,一作绍闻,号紫山。磁州武安(今属河北)人。曾任应奉翰林文字兼太常博士。因忤权贵,出为太原路治中,提举铁冶。后历任河东山西道提刑按察副使、荆湖北道宣慰副使,江南浙西道提刑按察使等职。有《紫山先生大全集》。与当时艺人如朱帘秀等有交往,并互赠散曲小令。《全元散曲》录存其小令十一首。

45

〔中吕〕**阳 春 曲**

胡祗遹

春 景

几枝红雪墙头杏,数点青山屋上屏。一春能得几晴明? 三月景,宜醉不宜醒。

残花酝酿蜂儿蜜,细雨调和燕子泥。绿窗春睡觉来迟。谁唤起? 窗外晓莺啼。

一帘红雨桃花谢,十里清阴柳影斜。洛阳花酒一时别。春去也,闲煞旧蜂蝶。

〔阳春曲〕又名〔喜春来〕、〔惜芳春〕,以这个曲牌写春景真是名副其实,相得益彰。胡祗遹用这个曲牌写了三首小令,渲染出一派风和日丽、蝶逐蜂嚷、百花争艳的烂漫春色。然而三首又各有侧重。

第一首可名之曰"春晴"。首二句写景。首句写墙头杏花。叶绍翁"一枝红杏出墙来"的名句写的杏花只有一枝,并不强调花的多;这里的杏花不仅有"几枝",而且像堆琼砌玉的红雪一般,这就突出了花的繁茂。还不仅是繁茂而已。请看盍西村的一首〔小桃红〕写的杏花:"杏花开候不曾晴,败尽游人兴。红雪飞来满芳径。"这里也用"红雪"形容杏花,但这杏花却不是堆满枝头,而是被雨打风吹、临空飞舞了,这杏花是令人败兴的。反之,这首曲写的杏花,正是晴天的景物。次句写青山。青山在屋后,但并不在屋的近处。如果屋正在山脚下,无论如何也看不到几座山的,而且也绝不是"点",只好说是"一片青山"。正因为较远,所以是"数点"。又由于在屋后,远远看去,像屋上树的一架屏风。又:既然较远,如果是濛濛细雨天气,是看不清这"数点",也看不出"青"色来的。所以这里写了"明",也就是写了晴。两句均不着一"晴"字、一"日"字,而处处写出了"晴"。综合起来,两句构成一幅画面。画的主体不是杏花,也不是青山,而是一座房院。杏花堆在房前院墙墙头,青山是屋的背景。但两句却又无一句及于屋之本身。一方面,本曲重点写晴,只能通过

【阳春曲】

自然景色才能表现出来;另一方面,有了房前屋后之美,这房屋环境之优美,房内主人心情之自得自足也自然写出来了。这便是"不写之写"。写景的目的归根结底是为了写人,故下句承上暗写晴一转,明点出"晴明"二字。不仅点出,而且以反问句提起:"一春能得几晴明?"强调这晴的难得。从前引盏西村曲也可以看出,春雨是如何令人败兴的。所以这问句就流露了作者满意的心情。在结构上这句起了过渡的作用。"三月景,宜醉不宜醒",看似发议论,说这样的天气,适宜喝得醉醺醺,实则是抒情,是在赞美这阳春三月的令人陶醉,在醉眼蒙眬中,这景色将会更美,流露了作者在这大好春光中的悠然和满足的心情。

第二首可名之曰"春睡"。曲中明写"春睡觉来迟",是晓莺将他唤起的。的确,"春眠不觉晓",符合自然规律。但仔细琢磨此曲,却与上曲着意写晴不同,并非要突出睡意。前两句"残花酝酿蜂儿蜜,细雨调和燕子泥"是名句,大戏剧家关汉卿的杂剧《诈妮子调风月》中就用了这两个句子:"你又不是残花酝酿蜂儿蜜,细雨调和燕子泥。"清李调元又曾将之与马致远"红尘不向门前惹"等名句并列,谓"皆人所不能道也"(李误以此曲为马致远作)。其难得之处何在呢?这里恐怕是不能理解为"花残了,蜂蜜也酝酿成了;雨来了,燕泥却调和好了"的。因为这样,作者就不是在咏赞残花、细雨了。恰恰相反,作者正是在咏赞它们。花虽然残了,蜂儿却还在花丛中飞来飞去,从残蕊中采蜜。而这样的残花仍然是美好的,不给人以零落凄凉之感。春雨往往令赏春者扫兴,可是燕子却还在雨中穿梭忙碌,衔泥筑窠,纷纷的细雨不但没有妨碍它们,反而帮助它调和泥土。燕子真是非常感激这细雨呢。燕子无情,人是有情的,是诗人在赞美雨的适时。所以这两句为"人所不能道"者,其一是作者对生活观察的细致入微,从小小的虫鸟活动中看出了春的生意;其二是以喜悦的心情写了残花、细雨,写了春的另一种旖旎。"绿窗春睡觉来迟"一句写窗内人的浓睡,似与窗外的蜂、燕无关,但一个"春"字点出了前后的内在联系,又加一"绿"字,对"春"作了补充,窗内窗外联成一片了。睡意之酣畅,正因为春天气候之宜人。"觉来迟",毕竟还是醒来了。为什么醒来呢?是"窗外晓莺啼"惊醒的。但这里没有"打起黄莺儿,莫教枝上啼"对莺儿的埋怨,而是对莺声的欣悦。总之,这里写浓睡,是写了春天;写醒觉,也是写了春天:都写了春天的美好。

第三首可名之曰"春归"。首二句写春归的景色。上句写近景,下句写远景。"一帘红雨桃花谢"是房前景象。以"红雨"写落英缤纷之桃花出于李贺诗"桃花乱落如红雨"(《将进酒》)。"十里清阴柳影斜"是放眼远望的景象。初春之柳,是淡黄疏影;绿柳成阴已是春深了。两句构成残春景象,却仍然是美的:红花绿柳,相映成趣,色彩鲜丽,令人赏心悦目。下一句写人对春去的依依不舍。名花之城洛阳的人们一时以花酒赏春的比平时格外多起来,正是因为春已无多,同时,恐怕也有为春饯别之意吧。最后两句,作者感叹:"春去也,闲煞旧蜂蝶。"没有了花,蜂蝶自然无所事事了。虽是感叹惋惜,却并不感伤。

总之,三首曲将春意写得十分浓丽,使人得到暖融融、醉醺醺的感受。

〔阳春曲〕很短小,每句用韵,前三句全为七字,连写三首,很难写出变化。但我们看这三首,除了内容各有侧重外,在写法上也注意了变化。前三句并不写成鼎足对,而是一二句对,第三句独立成句。第三句在三首中显出灵活和多样化。第一首用问句,在意思上主要承上两句。第二首用叙述句,意思主要启下。第三首也是陈述,在意思上更具独立性。最后两句句法也各不相同。第一首论述,第二首问答,第三首感叹。三首比照,浑然一体而又多姿多采。

(姚品文)

【沉醉东风】

〔双调〕沉 醉 东 风

胡祗遹

赠 妓 朱 帘 秀

锦织江边翠竹，绒穿海上明珠。月淡时，风清处，都隔断落
红尘土。一片闲云任卷舒，挂尽朝云暮雨。

朱帘秀是元大德年间著名青楼艺人，"杂剧称当今独步"。有多少名公才士
曾经吟咏过她，已无法说清了。因为许多诗词特别是散曲作品流失了。但是现
存为数不多的散曲中，居然还存有关汉卿、卢挚、胡祗遹等多首赠朱帘秀的曲作
及冯海粟的词〔鹧鸪天〕，都对她赞誉备至，足见当时的文人对这位一代名优何
等倾倒。

咏赞朱帘秀的作品各有千秋。朱帘秀本姓朱，由于她的艺名改"朱"作
"珠"，便给一些咏赞者提供了巧妙构思的材料，即以咏珠帘双关其人，颇称妙
绝，胡祗遹这首小令也是如此。陶宗仪《南村辍耕录》载："歌儿珠帘秀，姓朱氏，
姿容姝丽，杂剧当今独步。胡紫山宣慰（胡祗遹号紫山，曾为宣慰副使）极钟爱
之，尝拟〔沉醉东风〕小曲以赠云云。冯海粟先生亦有〔鹧鸪天〕云云。皆咏珠帘
以寓意也，由是声誉宜彰。"说明这些作品曾传诵一时，对这位演员声名的传播
有着很大影响。由于两首作品手法相似，我们不妨把那首〔鹧鸪天〕引在这里：
"凭倚东风远映楼，流莺窥面燕低头。虾须瘦影纤纤织，龟背香纹细细浮。红雾
敛、彩云收，海霞为带月为钩。夜来卷尽西山雨，不着人间半点愁。"据《青楼
集》："盖朱背微偻，冯故以帘钩寓意。"这是以朱外形的白璧微瑕作谐谑语。我

们不必对两作全面比较、品评,高下自见。

这首〔沉醉东风〕明是一首咏物之作,咏的是一挂珠帘,然而它的语意句句双关,含蕴着对这位艺人品格的赞美。

首二句说的是珠帘的质地。它是用彩色丝线绒线将竹丝和明珠编织而成,自然是十分华丽精美的。然而诗句所表现的不止于此。它叙述这些物质的来源时,赋予了美丽的想象。竹是"江边翠竹",使我们联想到汩汩江水边摇曳着的凤尾森森;"海上明珠"使我们联想到滚滚海涛中闪耀着光辉的奇珍异宝。于是眼前便不再是一挂普通的珠帘,它熠熠然泛出了夺目的异彩。这正是那位色艺双全的艺术家形象的写照。

次三句写珠帘的用途:"都隔断落红尘土"。帘子本是为遮蔽尘土为清洁而设,再加上"月淡时""风清处"的时刻和环境,就使得珠帘似乎笼罩在清雅素淡的氛围中,纤尘不染、高雅脱俗。这更是那位艺术家品格风貌恰当的比拟。

然而珠帘毕竟是实用之物,它时时、日日,从早到晚垂挂在门前、窗前,对着庭院、楼台、大地、长空,它不总是那么平静的,不总是不受惊扰的,它也有丰富的阅历。"画栋朝飞南浦云,珠帘暮卷西山雨",作者巧妙地将王勃这两句包含了艺人名字的诗句用在此处,含蕴非常丰富。朝飞之云,暮卷之雨,日日垂挂着的珠帘览尽了这大自然的万千气象。同时或则微风细雨,或则狂风暴雨还会侵袭到它的身上,但是它是镇定的、安详的;它任凭外力将它舒卷,仍然像一片闲云那样自在从容。"卷舒"是风吹帘动的形象,"挂"的也是珠帘,这里并没有用拟人手法,咏物而双关于人,再用拟人手法就弄巧成拙了。句句字字贴切于物而又无不与所寓人事关合方是上乘。请看,这哪里只是在写门帘?这不正是这位女艺术家面对风云变幻的生活保持着坚韧不拔的精神的写照吗?然而,又不牵强生硬,"不即不离,不缚不脱"(《圆觉经》),如是咏物,方为上乘。

咏物以寓人,并非鲜见,但花、月一类事物以其自然生机容易引发文学家的想象，可以在双关方面做出不尽的文章。但门帘只不过一家常物事，并无许多诗意和浪漫色彩。而作者却将它关乎一位美人、艺人，从外表到风神关合得如此恰切自然，令人叫绝。

（姚品文）

【作者小传】

伯颜

（1236—1295）　巴邻氏。生长于西亚的伊儿汗国，因入朝奏事，被世祖留用。至元十一年（1274）任中书左丞相，领兵攻宋。十三年陷临安（杭州），俘谢太后、恭帝等而返。三十一年世祖死，奉成宗即位。《全元散曲》录存其小令一首。

〔中吕〕喜春来

伯　颜

金鱼玉带罗襕扣，皂盖朱幡列五侯。山河判断在俺笔尖头。得意秋，分破帝王忧。

伯颜此首小令，抒发宰辅气度胸襟，在元代厌世遁世之感喟成风的散曲之中，实在可称独树一帜。

据明叶子奇《草木子》卷四《谈薮篇》载："伯颜丞相与张九（张弘范排行第九）元帅，席上各作一〔喜春来〕词。伯颜云……张云：'金装宝剑藏龙口，玉带红绒挂虎头。绿杨影里骤骅骝。得意秋，名满凤凰楼。'帅才相量，各言其志。"按《元史》伯颜、弘范两传，至元十一年（1274），左丞相伯颜领行中书省总兵攻宋。

十二年十一月，元兵分三路攻临安（今浙江杭州），伯颜率中军从建康（今江苏南京）进发，弘范率左军取海道进发。十三年正月，三路元兵会师于临安，二月，南宋幼主㬎出降。细玩伯颜曲意，伯颜、弘范席上作曲之事，当在至元十三年元兵会师临安之后。

"金鱼玉带罗襕扣，皂盖朱幡列五侯。"起唱二句，无异为这位丞相之自题小照，俨然写出行中书省之帷幄气象。金鱼，谓鱼形金符。玉带，指玉饰腰带。罗襕即罗袍，《元史·舆服志》："公服，制以罗"，"一品紫"。皂盖：黑色车盖；朱幡：红色旗帜。古代高官出行时所用仪仗。"列五侯"：指位列五侯之内。按史载，元代无封侯之制，此处仅借指其权高位尊而已。自己身着紫罗袍，腰扣玉带，佩了金鱼，出行皂盖朱幡，气派雍容庄严，位尊如列侯。"山河判断在俺笔尖头。"接上来这一句，直唱出伯颜之内心世界，乃是全曲神光聚照之俊语。判断意即掌管，元人口语。一统之山河，掌管在俺笔尖头。曰"俺"，曰"笔尖头"，粗豪、遒劲。只此一句，便直逼出蒙古最高统治阶层横决一世之气概，不仅为开国宰辅之大手笔而已。"得意秋，分破帝王忧。"结二句亦佳。分破即分减，元人口语。功居开国元勋，正当得意之秋。分减帝王之忧，乃不忘宰辅之职志，结笔得体。试将此二句比较席上张弘范所作"得意秋，名满凤凰楼"之句，则此志在天下，彼志在名望，其境界之不同判然有别矣。《元史》本传载伯颜"才兼将相，忠于所事"，"将二十万人伐宋，若将一人，诸将帅仰之若神明"。其言志也，正如其人。马致远《汉宫秋》第二折〔牧羊关〕："你们干请了皇家俸，着甚的分破帝王忧？"有可能是取自伯颜此曲。不过，细玩后三句，虽称得上有励精辅治恢宏大度之气魄，却略少如履薄冰小心翼翼之精神。近似于汉家传统良相之型范，毕竟又不全然似之。这，才是这一位元代"佐命开济功臣"的独特形象吧。

伯颜是蒙古灭宋的第一人，其功过是非，具在历史，此可不论。就此曲而言，则可称佳构。在元代散曲一片厌世遁世声中，此曲唱出了一代政治家的气派,犹如北方大草原上的风,着实给人以清新振奋之感。此曲文辞精炼,风致天然,明朗、豪迈、俏皮,且音节合度。以一位蒙古人作散曲而能本色当行,独具一格,又可见作者之汉化程度,实匪寻常。

(邓小军)

【作者小传】

不忽木

(1255—1300) 一作不忽麻,或不忽卜,又作博果密。名时用,字用臣,世为西域康里部人。历任提刑按察、参议中书、吏工刑部尚书等职。至元二十七年(1290)拜翰林学士承旨知制诰,兼修国史。《全元散曲》录存其套数一套。

〔仙吕〕点绛唇

不忽木

辞朝

宁可身卧糟丘,赛强如命悬君手。寻几个知心友,乐以忘忧,愿作林泉叟。

〔混江龙〕布袍宽袖,乐然何处谒王侯。但樽中有酒,身外无愁。数着残棋江月晓,一声长啸海门秋①。山间深住,林下隐居,清泉濯足。强如闲事萦心,淡生涯一味谁参透。草衣木食②,胜如肥马轻裘。

〔油葫芦〕虽住在洗耳溪边不饮牛,贫自守。乐闲身翻作抱官囚,布袍宽褪拿云手,玉箫占断谈天口。吹箫仿伍员,弃瓢学许由。野云不断深山岫,谁肯官路里半途休。

〔天下乐〕明放着伏事君王不到头,休休,难措手。游鱼儿见食不见钩,都只为半纸功名③一笔勾,急回头两鬓秋。

〔那吒令〕谁待似落花般莺朋燕友,谁待似转灯般龙争虎斗。你看这迅指间乌飞兔走,假若名利成,至如田园就,都是些去马来牛④。

〔鹊踏枝〕臣则待醉江楼,卧山丘。一任教谈笑虚名,小子封侯。臣向这仕路上为官倦首,枉尘埋了锦带吴钩⑤。

〔寄生草〕但得黄鸡嫩,白酒熟,一任教疏篱墙缺茅庵漏。则要窗明炕暖蒲团厚,问甚身寒腹饱麻衣旧。饮仙家水酒两三瓯,强如看翰林风月三千首。

〔村里迓鼓〕臣离了九重宫阙,来到这八方宇宙。寻几个诗朋酒友,向尘世外消磨白昼。臣则待领着紫猿,携白鹿,跨苍虬。观着山色,听着水声,饮着玉瓯,倒大来省气力如诚惶顿首。

〔元和令〕臣向山林得自由,比朝市内不生受。玉堂金马间琼楼,控珠帘十二钩。臣向草庵门外见瀛洲,看白云天尽头。

〔上马娇〕但得个月满舟,酒满瓯,则待雄饮醉时休。紫箫吹断三更后,畅好是休,孤鹤唳一声秋。

〔游四门〕世间闲事挂心头,唯酒可忘忧。非是微臣常恋酒,叹古今荣辱,看兴亡成败,则待一醉解千愁。

〔点绛唇〕

〔后庭花〕拣溪山好处游,向仙家酒旋篘⑥。会三岛十洲客,强如宴公卿万户侯。不索你问缘由,把玄关⑦泄漏。这箫声世间无,天上有,非微臣说强口。酒葫芦挂树头,打鱼船缆渡口。

〔柳叶儿〕则待看山明水秀,不恋您市曹中物穰人稠。想高官重职难消受,学耕耨,种田畴,倒大来无虑无忧。

〔赚尾〕既把世情疏,感谢君恩厚,臣怕饮的是黄封御酒⑧。竹杖芒鞋任意留,拣溪山好处追游。就着这晓云收,冷落了深秋,饮遍金山月满舟。那其间潮来的正悠,船开在当溜⑨,卧吹箫管到扬州。

这个套曲由十四支曲组成,在元代散曲作品中属于"长篇"之列。作者不忽木一名时用,字用臣,自幼就在元世祖忽必烈的次子真金宫中受学,曾师事理学家许衡,二十四岁时出任燕南河北道提刑按察副使。三十六岁拜翰林学士承旨,不久又任平章政事,这两个职务都为从一品,平章政事更有实权,掌机务,贰丞相,凡军国重事,无不由之。忽必烈把他视为"朕之左手",十分看重他。忽必烈临终,不忽木又是受遗诏,立成宗的三大臣之一。到了成宗时代,他又任昭文馆大学士、平章军国事,品级依旧。这样一个朝廷重臣,却不时有辞朝之念,这是值得深思的。赵孟頫《投赠刑部尚书不忽木公》诗中在写"帝心知俊彦,群望属英贤"的同时,又说"仁言如借便,白首向林泉","仁言",指不忽木之言,实际又是指他的诗作、诗句。这首套曲就是写林泉之思的。

第一支曲〔点绛唇〕开首就说"宁可身卧糟丘,赛强如命悬君手"。酿酒余下的糟滓堆积如山,叫糟丘,身卧糟丘,比喻沉溺于酒。"命悬君手",此处喻做官,

"命"指官职,旧时有"命夫"之说,意谓卿大夫士都是为王所命。这里不能把"命悬君手"释为命运操在君王手中,那样就嫌太露,不符作者身份。末句"愿作林泉叟",把不愿当官之意说得更明白。接下去〔混江龙〕、〔油葫芦〕、〔天下乐〕和〔那吒令〕这四支曲子都是泛写做"林泉叟"的快乐和追求名利的虚幻。〔油葫芦〕曲中"虽住在洗耳溪边不饮牛"用了巢父的典故,传说唐尧命许由作九州长,许由恶闻其声,在颍水滨洗耳,巢父却嫌许由洗耳之水不洁,牵犊到上流饮水,"饮犊"遂成为典故,喻洁身远引。"乐闲身翻作抱官囚"句意谓闲散之人如果当官犹如囚人一样不自由。"布袍宽褪拿云手,玉箫占断谈天口"两句较费解,"拿云"犹凌云,喻高远志向,典出李贺《致酒行》:"少年心事当拿云";"谈天",意谓高谈阔辩,典出刘向《别录》:"驺衍之所言五德终始,天地广大,尽言天事,故曰谈天。"这两句大意也是表达辞朝退隐。"伍员"、"许由"两句又以古人作喻。伍员被楚王迫害,贫穷落魄,吹箫乞食,这里"仿伍员"是甘于像伍员那样清贫之意;相传巢父赠瓢给许由,作取水之用,许由挂瓢于树,风吹作响,于是抛瓢于山下。此处"弃瓢学许由",喻隐居清净。〔天下乐〕中"明放着伏事君王不到头"虽然也是泛言,却很尖锐,类似这样的语句在元代散曲中并不少见,有些杂剧如关汉卿的《哭存孝》中写"半纸功名百战身,转头高冢卧麒麟",更趋锋利。明初朱权发现了元曲中此类特点,他说曲作中有一种"字句皆无忌惮"的"盛元体",又叫"不讳体"。所谓"盛元",归结到"雍熙之治",含有元代盛世,比较宽容的意思,今人所谓元代政治"清平",大致也是这个意思,但这只是从最高统治者这一方面而言,事实上作家主体精神也是重要的一个方面。

从〔鹊踏枝〕到〔赚尾〕,这九支曲都以"臣"第一人称来写辞朝归隐的志趣和向往,描写中常用对比的手法,这样在写法上也就显得不流于呆板。或把"醉江楼"、"卧山丘"的高士生涯和"谈笑封侯"的俗子行径对比,"谈笑虚名"和"小子封侯"都是蔑视之词,杜甫《复愁》诗:"闾阎听小子,谈笑觅封侯",后世常喻成名

【点绛唇】

的容易和快速。或把"山林"和"朝市"相比：朝市内纵有玉堂金马，琼楼珠帘，但山林中草庵茅舍，赛如白云尽头的神山瀛洲。后者"得自由"，欢乐自在，前者也"生受"，"生受"受人优待、照顾而感激的语言，犹白白地受用，也可用作臣子对皇帝的语言，杂剧《东窗事犯》第三折岳飞阴魂向高宗托梦，说："臣在生时多生受，驰甲胄，做先锋帅首"，这里"比朝市内不生受"，犹言在山林比在朝市还"生受"，还好。或把"仙家"和"尘世"对比：〔寄生草〕中说"饮仙家水酒两三瓯，强如看翰林风月三千首"；〔后庭花〕曲中说"会三岛十洲客，强如宴公卿万户侯"。"翰林风月"指文章、作品，"三岛十洲客"指仙道之流，秦、汉方士说海中有"三岛"、"十洲"，仙人居住之地，所谓仙人，实际是道家方术之属。元曲中写隐士常和仙道合流，是一特点。前人评论这首散曲说："爱有餐霞服日之想，枕流漱石之志"，"乃欲界之仙都，词场之别调也"（见《曲海一勺》）。事实上，元曲中向往归隐的作品很多，成为一种创作倾向，但就作家的主观世界而言，情况各异。不忽木是属于在政治旋涡中奋勇搏击而后产生激流勇退心情的人物，就和那些害怕政治风云而宣扬隐居生涯的作者多少显得不同。不忽木的先世是西域人，但他自己已视为蒙古人，在元代仕进制度中四等人（即蒙古人、色目人、汉人和南人）待遇分明的情况下，他的辞朝归隐思想更加反映出当时仕途风波的险恶。

这支套曲在艺术上尚为工整匀称，有人把它和马致远的套曲《秋思》相提并论，则为溢美。它有明显的缺点，如前后意思有相犯，个别文句也有重复，〔赚尾〕曲中写"饮遍金山月满舟"，多少也显突兀，从下文"潮来"和"到扬州"云云，这"金山"当指镇江的金山，严格地说，"金山"、"扬州"与隐士生涯不甚合拍，相反，"金山月舟"、"箫管扬州"这类话语通常指文士的风流生涯，因此，此处就有有句无章之嫌。

（邓绍基）

〔注〕 ①〔混江龙〕曲第五、六句要求对仗，此处"数着"句和"一声"句对得很工。"海门"，指海口，浪迹天涯的人（即海客）在海上长啸。 ②木食：采果为食。 ③半纸功名：科举时代，中第又称得功名，中第要经文章考试，所以说"一纸功名"或"半纸功名"，这种说法常是感叹语或是贬词。 ④去马来牛：这里喻名利匆匆过去。 ⑤锦带吴钩：锦带，锦制之带；吴钩，利剑的泛称。鲍照《结客少年场行》："锦带佩吴钩。" ⑥笠：竹笠，漉酒的器具。旋：圆圈形。 ⑦玄关：意谓玄妙之旨。 ⑧黄封御酒：宫廷酿造之酒，黄封，也可指官家酿造的酒。 ⑨当溜：犹中流。

王恽

（1227？—1304） 字仲谋，别号秋涧，卫州汲县（今属河南）人。中统、大德年间，历官至翰林学士，嘉议大夫。善文章，亦能诗词。有《秋涧先生大全文集》一百卷，其中《秋涧乐府》四卷，专收其词曲作品，近人从中摘出小令四十一首。

〔正宫〕黑漆弩

王 恽

游金山寺 并序

邻曲子严伯昌，尝以《黑漆弩》侑酒。省郎①仲先谓余曰："词虽佳，曲名似未雅。若就以'江南烟雨'目之何如？"予曰："昔东坡作《念奴》曲②，后人爱之，易其名曰'酹江月'，其谁曰不然？"仲先因请余效颦，遂追赋《游金山寺》一阕，倚其声而歌之。昔汉儒家畜声妓③，唐人例有音学④，而今之乐府，用力多而难为工。纵使有成，未免笔墨劝淫为侠耳。渠辈年少气锐，渊源正学，不致费日力⑤于此也。其词曰：

苍波万顷孤岑矗，是一片水面上天竺。金鳌头满咽三杯，吸尽江山浓绿。蛟龙虑恐下燃犀，风起浪翻如屋。任夕阳归

【黑漆弩】

棹纵横，待偿我平生不足。

元人作〔黑漆弩〕曲最著名的是白贲（字无咎），王恽此曲序言中说他的邻居严伯昌常使人唱〔黑漆弩〕以劝酒，就是指唱白贲之曲，白曲第四句作"睡煞江南烟雨"，所以王恽的友人（仲先）建议把〔黑漆弩〕改称为"江南烟雨"。王恽以苏轼作〔念奴娇〕词，后人因词中有"一樽还酹江月"，改称作〔酹江月〕为例，同意他朋友的意见。他们的讨论还促使王恽写作此曲。作曲时间不明，但大致可断定在大德六年（1302）以前，因据冯子振的〔鹦鹉曲〕序，白贲的〔黑漆弩〕曲至迟在大德六年时就已叫〔鹦鹉曲〕，以首句"侬家鹦鹉洲边住"得名。而王恽却还在和他的朋友讨论〔黑漆弩〕名称不雅，可见在冯作〔鹦鹉曲〕也即大德六年以前。

题名《游金山寺》，实际写的是游金山，几乎未描写寺。金山在江苏镇江西北长江中（现已与南岸相连），所以首句说是"苍波万顷孤岑矗"。"岑"本是指山小而高。金山并不太高，但因是突兀地矗立在水面，故显得很高。第二句"天竺"指杭州天竺山，山上寺庙颇著名。以它来比金山，当是为了略为照应一下寺。此二句写金山寺地势雄奇壮伟。三四句则驰骋想象，写作者登高之豪兴。金山最高处有金鳌峰，作者登上鳌头，酾酒临江，满饮三杯，顿觉豪情喷涌，逸兴遄飞，仿佛自己的壮气海量，有如巨大的神鳌，能够吸尽一江碧绿的江水。这里，作者联想神奇丰富，极度夸张而又不悖事理。其自谓效颦东坡，就豪气而言，亦差可比拟。

〔黑漆弩〕分前后篇，前后各四句，后篇又称"幺"或"幺篇"。王恽此曲后篇一二句中用了"燃犀"典故，据《异苑》和《晋书·温峤传》载，温峤到牛渚矶（即采石矶，在今安徽当涂西北长江边），因听说矶下水深不可测，且多怪物，于是点燃犀角照之，果然见到奇形怪状的"水族"。这二句写蛟龙怕燃犀，所以掀风作浪。惊涛骇浪，本是游金山者常写之景，但作者却能别开生面，不落窠臼，用此典故，如信手拈来,顿成妙境,于惊险中又平添了不少神奇怪异的色彩。结尾二句,写别的游船因惧怕天黑生险而纷纷掉棹回归,但作者却偏要继续登临,似乎要补偿他平生观赏江景的不足;从而反衬出作者自身的豪情游兴和无所畏惧。王恽是北方人,所以作如此说。同时,这末二句又可给人以下启示:天下奇观常在惊险之处;只有不畏艰难,才能领略到胜境佳景。游览如此,做学问、干事业又何尝不然!综观此曲,想象奇幻,气魄豪迈,是王恽散曲佳作。

(邓绍基)

〔注〕 ① 省郎:中书省的郎中或员外郎。 ②《念奴》曲:指苏轼词〔念奴娇〕《赤壁怀古》。 ③ 汉儒家畜声妓:声妓,即女乐、歌女,《后汉书·马融传》载马融"常坐高堂,施绛纱帐,前授生徒,后列女乐"。马融是当时著名的学博才高的儒者,生徒数千人。 ④ 唐人例有音学:不详何指。近代词家朱孝臧以为"音学"是"音乐"之误。或是指唐代一部分诗歌可以合乐歌唱。 ⑤ 日力:犹光阴。

〔越调〕 平 湖 乐

王 恽

采菱人语隔秋烟,波静如横练。入手风光莫流转,共留连。画船一笑春风面。江山信美,终非吾土,问何日是归年。

这是一首感情浓郁的乡思曲。其写法颇为别致。思念故乡,总要叨念故乡的好处,诉说故乡的可爱,而本篇却完全不是这样。作者一开头就尽力描摹他乡风光、他乡生活之令人神迷心醉:"采菱人语隔秋烟,波静如横练。"秋天的湖面上,清风徐来,水波不兴,一眼望去,犹如白练初展,千里横陈。在隔着轻纱般

【平湖乐】

的烟霭中,传来了采菱姑娘们的喧哗声。李白诗云:"若耶溪旁采莲女,笑隔荷花共人语。"(《采莲曲》)本曲首句化用李白句意,遂使意境之中融入了姑娘的柔声笑语;又易"隔荷花"为"隔秋烟",复使意境之中,平添了一层朦胧之美。"波静如横练",似由谢朓诗"澄江静如练"(《晚登三山还望长安》)化出。唯谢诗写春江;此写秋湖。谢诗写景正面烘托眷恋京邑;此处写异乡景却反衬思归故乡。虽化用名句,却别有异趣。短短两句,不仅绘出了水乡的风景之美,而且还写出了水乡姑娘的可爱和水乡生活的宁静欢乐。

作者原系北人。处此风光旖旎妩媚的水乡环境,一度曾经感到十分新鲜可意:"入手风光莫流转,共留连。""入手"犹言到手。作者见到如此美好的风光,内心油然而生怜惜之意,故希望风光不要匆匆流转,以便让人们共同留连玩赏。"画船一笑春风面",则进一步将"共留连"三字的意思补足,以见出"留连"之中,寓有无限柔情和意兴。"春风面",用杜甫诗:"画图省识春风面"(《咏怀古迹五首》)句意,比喻美女姣好的脸容。在那湖光秋色之中,坐在画船上的美女满面春风地嫣然一笑,那情景,是足以使天涯游子消魂落魄,忘掉自己故乡的。

可是,作者是个例外。眼前的一切虽然可以爱赏留连,却不能使他乐而忘返。恰恰相反,作者的归思反而更加骚动起来:"江山信美,终非吾土,问何日是归年。"上两句化用王粲《登楼赋》语:"虽信美而非吾土兮,曾何足以少留!"结句直接借用杜甫诗句:"今春看又过,何日是归年?"(《绝句二首》)借以表现自己强烈的旅思和乡愁,可谓恰到好处。

刘熙载说:"词如诗,曲如赋。"(《艺概·词曲概》)本曲前五句全用赋法铺陈他乡之美,后三句以议论抒写他内心思乡之苦。乐景哀情,相反相成,谋篇布局,深得王粲《登楼赋》之神思,故艺术感染力颇强。

(吴汝煜)

〔越调〕平 湖 乐

王 恽

尧 庙 秋 社

社坛烟淡散林鸦,把酒观多稼。霹雳弦声斗高下,笑喧哗,
壤歌亭外山如画。朝来致有,西山爽气,不羡日夕佳。

王恽曾出判平阳路(治所在今山西临汾西)。平阳相传为唐尧、虞舜建都之地。尧庙即在平阳境内的汾水之东(见唐李吉甫《元和郡县志》卷一)。本篇描绘了尧庙秋日祭社神的欢乐景象,抒写了作者自己的感受。

按照儒家的说法,尧、舜时代风调雨顺,岁稔年丰,人民富足,天下大治。元朝离唐尧、虞舜时代已经十分久远,元朝的世风也不可与唐尧、虞舜时代同日而语,但尧、舜故都的人民对唐尧的敬仰之情,依然如故。首句从社祭刚结束写起:"社坛烟淡散林鸦。"社祭过后,社坛上的香火之烟渐渐变淡,大群争食祭肉的乌鸦,果腹后也纷纷离去。这时,轮到社祭的人们自己来饮酒作乐了。"把酒观多稼"的"多稼"一词,出自《诗经·小雅·大田》:"大田多稼,既种既戒。"原指广种,后世常指丰收。五代陶穀《清异录》云:"汾晋村野间语曰:'欲作千箱主,问取黄金母。'意谓多稼厚畜,由耕耘所致。"原来唐尧故都之民,戮力耕耘,勤劳淳朴,年复一年地以自己的汗水换来了丰收,故于秋日社祭之时,得以举杯同庆,尽情欢乐。"霹雳弦声斗高下,笑喧哗,壤歌亭外山如画"三句,进一步把欢乐的村民在酒酣耳热之后兴高采烈的心情渲染到极处。"霹雳弦"指霹雳琴上的琴弦。据柳宗元《霹雳琴赞引》说:"霹雳琴,零陵湘水西,震余枯桐之为也。"

【平湖乐】

"是琴也,既良且异,合而为美,天下将不可载焉。""壤歌亭"当由尧时老人击壤而歌得名。《击壤歌》云:"日出而作,日入而息。凿井而歌,耕田而食。帝力于我何有哉!"以上三句是说,欢乐的村民抱着良琴弹唱,那声音,一浪高过一浪,谁都不肯相让,于是,琴声、歌声、笑语喧哗声响成一片。这情景,配上击壤亭外古朴的山野风光,仿佛使人重新回到了世风淳厚的唐尧时代。

不过,作者并没有陶醉于往古。曲中所赞美的,是眼前勤劳、乐观、充满活力的村民。他们既满怀信心地创造当前的和未来的美好生活,又十分尊重自己古朴淳厚的习俗。"朝来致有,西山爽气"句,典出《世说新语·简傲》:晋王子猷为桓冲骑兵参军,生性简傲,啸傲山水,不屑理事。"桓谓王曰:'卿在府久,比当相料理。'初不答,直高视,以手版柱颊云:'西山朝来致有爽气。'"曲中借此典形容尧庙周围山景、空气清爽宜人;同时也隐含作者政令宽简、无为而治的主张。"日夕佳"出自陶渊明《饮酒》诗:"山气日夕佳,飞鸟相与还。"陶诗旨在抒写隐居之乐。本曲明言致有"西山爽气",又"不羡日夕佳",则可知其原先之倦宦归隐等衰飒之气,到此已一扫而空。同时透露出积极的用世精神和安于古风淳厚的僻地而与民同乐的志趣。

本曲用典虽多,遣词虽雅,而不失通俗朴茂本色;通篇于唐尧盛世德泽无一字道及,一气只在眼前景象上托笔,而自然引发读者联想,故佳。

(吴汝煜)

【作者小传】

卢挚

(1235—1300,一作 1243—1315) 字处道,一字莘老,号疏斋,涿州(州治今河北涿县涿州镇)人。至元进士,官至翰林学士承旨。诗文与刘因、姚燧齐名,世称"刘卢"、"姚卢"。与白朴、马致远、朱帘秀等均有交往。散曲作品今仅存小令。贯云石《阳春白雪序》称其曲"媚妩,如仙女寻春,自然笑傲"。有《疏斋集》、《疏斋后集》,皆佚。今人李修生有《卢疏斋集辑存》。《全元散曲》录存其小令一百二十首。

〔黄钟〕节 节 高

卢 挚

题洞庭鹿角庙壁

雨晴云散,满江明月。风微浪息,扁舟一叶。半夜心,三生梦,万里别,闷倚篷窗睡些。

这首小令当是元成宗大德年间,卢挚出任湖南岭北道肃政廉访使,赴任途中所作。鹿角,即鹿角镇,在今湖南岳阳南洞庭湖滨。

卢挚这次外放湖南,心情不是很愉快的。在〔蟾宫曲〕《长沙怀古》中,他曾以古代被贬逐于此的屈原、贾谊自比。而从长江进入洞庭湖以后,又遇上了阴雨天气,很可能正如范仲淹《岳阳楼记》所写的:"阴风怒号,浊浪排空;日星隐曜,山岳潜形;商旅不行,樯倾楫摧;薄暮冥冥,虎啸猿啼。"这些更使诗人内心充满了愁闷和烦躁。但入夜以后,景物一变:"雨晴云散,满江明月。风微浪息,扁舟一叶。"

这里说的是"满江",实际上包括"满湖"。八百里洞庭,南汇湘、资、沅、澧四水,北吞长江,一望无垠的湖面,此时都沐浴着明月的光华。晚风习习吹送,平静的湖面上荡漾着诗人的一叶扁舟。这种境界,大似南宋词人张孝祥〔念奴娇〕《过洞庭》中所写的"洞庭青草,近中秋,更无一点风色。玉鉴琼田三万顷,着我扁舟一叶",有着一种光明澄澈之美。

此时此地,诗人的心境如何呢?是不是也像这湖面一样涟漪不泛呢?恰恰相反。湖上风微浪息,而诗人却是心潮难平,百感交集。这里有"半夜

【节节高】

心"——夜阑人静时油然而生的离愁别恨。有"三生梦"——三生指前生、今生、来生，为佛教语。此处"三生梦"的内涵可能有两种：其一，诗人或许想到自己的命运。如果说自己真有前身的话，那到底应该是哪一位古人呢？白居易诗："世说三生如不谬，共疑巢、许是前身"（《赠张处士山人》），是以巢父、许由等隐士高人自况；刘因诗："扁舟捉月记三生"（《盆池》），是以入水捉月而死的诗仙李白自许。卢挚到底以谁自比呢？这里没有明说。实际上他是以屈原、贾谊自比的，他的〔蟾宫曲〕《长沙怀古》便透露了此中消息。其二，"三生梦"还可能用唐代僧人圆观临死时，与友人李源相约十二年后在杭州天竺寺三生石上重见的典故。这是说自己与友人（或恋人）今生恐怕不能重逢，只能以来生相见为约。"三生梦"的这两种内涵，都使这首小令染上了一层感伤的色彩。此外还有"万里别"——无论同友人的分别，还是同恋人的分别，都令人难堪，而后者尤甚。在〔寿阳曲〕《别朱帘秀》中，诗人就曾写道："才欢悦，早间别，痛煞煞好难割舍。画船儿载将春去也，空留下半江明月。"此刻，面对着这"满江明月"，"半夜心"、"三生梦"、"万里别"，种种复杂的感情一齐涌上诗人心头。他愁绪千端，莫可暂释，于是只有闷倚篷窗，希望小睡片刻，以求得精神的安宁。但"客夜何曾著，秋天不肯明"（杜甫《客夜》），在这耿耿长夜之中，诗人恐怕终究是难以入梦的——这首小令展示给读者的，正是这样一种痛苦的灵魂，而明月清辉与诗人心头的阴云，平湖的静谧与诗人内心的动荡，昔日的欢会与今日的离愁，这层层对比，无不加深着这篇短小的抒情诗所蕴含的感情容量。

（赵山林）

〔南吕〕金字经

卢 挚

宿邯郸驿

梦中邯郸道，又来走这遭。须不是山人索价高，时自嘲，虚
名无处逃。谁惊觉？晓霜侵鬓毛。

在元代散曲作家中，卢挚的官位是比较高的。平生足迹，遍及河北、西北、
两湖、江浙等地，与著名曲家白朴、马致远及女艺人朱帘秀等都有唱和。留下散
曲小令一百二十首，前人谓其"媚妩如仙女寻春，自然笑傲"（见贯云石《阳春白
雪序》）。

这首〔金字经〕，写他夜宿邯郸驿舍的感触。邯郸在今河北省南部。根据作
者的生平经历，我们可以推定这是他第二次就任燕南河北道提刑按察司时的作
品，那时他已经六十多岁了。

"梦中邯郸道，又来走这遭。"开篇即点出又一次走在邯郸道上这一事实。
这里用了"邯郸梦"的典故。唐代沈既济的传奇《枕中记》，写卢生在邯郸道邸舍
遇吕翁，吕翁授一瓷枕命睡，梦中历尽富贵荣华，醒来主人蒸的黄粱尚未熟，他
因此领悟了穷通得失都不过是一场梦的道理。卢挚重官燕南，在他的仕历中已
是最后一次。前此四十年中，他由皇帝的侍从之臣开始，历任按察使、廉访使、
路总管、翰林学士等要职，也可说是荣华历尽了。当他又一次来到"黄粱梦"故
事的地点，主人公的姓氏又恰好与他相同，他于是产生了以往的仕宦生活不过
是一场梦，而今日再次出任要职也不过是旧梦重温的想法。他在写此曲时巧妙

【沉醉东风】

地利用了这个典故，是含有自嘲自讽为功名而奔波劳碌的意思的；一"又"字更见出无限感慨。所谓一之为甚，其可再乎，就是他此刻的心情了。

"须不是"三句，承上文而来，意思是说：自己之所以至今仍奔走道途，不是因为归隐有什么困难，而是摆脱不了功名之念之故。这里用"山人索价高"（山中人索高价才让他入山归隐）来表示归隐的不易，用"虚名无处逃"（虚名没有地方逃避）来说明功名之念难断，都是一种风趣的说法。加上"时自嘲"三字，自嘲自讽的味道就十足了。这样的表达方式，是符合散曲这种体裁的要求的。

最后，"谁惊觉"二句，惊呼年华老去，鬓毛已斑。同上文联系起来，就是自伤到老还为功名奔走道路而不能大彻大悟之意。

纵观全曲，作者自嘲自讽自伤的意思是明显的，古人于仕、隐之间常有矛盾，加上元代特殊的政治环境，卢挚在经历了长期的仕宦之后，产生这种思想是很自然的。全曲一气呵成，意无旁溢，笔墨是比较酣畅的。

（洪柏昭）

〔双调〕沉醉东风

卢　挚

秋　景

挂绝壁松枯倒倚，落残霞孤鹜齐飞。四围不尽山，一望无穷水。散西风满天秋意。夜静云帆月影低，载我在潇湘画里。

此曲作于元成宗大德初年，时卢挚在湖南宪使的任上。这是一首写景曲，前五句写黄昏之景，后两句写静夜之景，二者又有机地构成一幅有时、空推移的动态的画面,传达出作者悠闲宁静而略带萧瑟的情意。

"挂绝壁松枯倒倚。"首句描写悬崖之上一棵枯松倚绝壁而倒挂,既写出枯松的奇姿,又衬托出山势的险峻。此话出于李白的《蜀道难》:"连峰去天不盈尺,枯松倒挂倚绝壁。"作者借用过来,略加改造,放在小令的开头,使人有突兀不凡之感。

"落残霞孤鹜齐飞。"这里套用了王勃《滕王阁序》里的名句"落霞与孤鹜齐飞",写秋天傍晚江上明丽的景物。鹜就是野鸭子,生长水边,故有鹜之地必有水。王勃此句底下是"秋水共长天一色"。人们可以想象那辽阔明朗的画面:在渺茫无际的水面上,天边残留的晚霞好像与孤单的野鸭子在齐飞。以上两句,一苍劲,一明丽,构成了一幅鲜明的画面。

"四围不尽山"两句,是对前面两句所写景物的概括,也是在意象上的扩大和补充。前面两句是镜头各对准一个焦点,摄取最动人的画面,它们的景观是具体的,色彩是绚丽的;但却是定位的,是在某一个方向上。现在加上这两句,进一步扩大了读者的视野,使他们看到除了上面写到的景物之外,四围还有数不尽的山,无穷际的水。随着视野的开扩,读者的心胸也开朗起来,但一种苍茫的心绪也暗暗涌出。这种大笔勾勒式的写景,为下面写"秋意"作了心理上的铺垫。

"散西风满天秋意。""西风"无形,"秋意"无迹,然而又确实有"意"可感。从宋玉的《九辩》到曹丕的《燕歌行》和欧阳修的《秋声赋》,感秋而生愁已经形成了一种具有萧瑟悲凉情意的特征。因此,添了这一句,就能把人们引到比肃穆、明净这样的表面景象更深一层的萧瑟的境界中去。这境界既有物境,也有心境。曲写至此,自成一段落,它把秋景、秋意都提供给我们了。但是如果曲子就到此结束,它还不过是一幅没有人物的静物画,而且构图不够多样与丰富。

可贵的是作者接着又把时间从黄昏移到晚上,为人们展示了一幅新的画

【沉醉东风】

面："夜静云帆月影低，载我在潇湘画里。"静静的夜，静静的湘水，一只船，高挂着云帆，悠悠前进。"月影低"，说明月亮刚刚升起，它的清光投射在船帆上，使帆影显得低而且长。在这里，作者把自己摆进图画中，使自己也成为画面中的一员。人物出现，使画面顿时活了起来。"潇湘画"指的是宋人宋迪的《潇湘八景图》，是著名的一组平远山水画。在古人的心目中，诗情和画意是相通的。因为"云帆月影"的夜航点缀了清旷的江面，太富有画意了，而且地点正好在潇湘之上，就像一幅潇湘景物图一样，所以说"载我在潇湘画里"。

把景物作动态的描写，使画面有所移动，使黄昏与清夜两个时间范畴同时出现，这在绘画里是难以做到的，此曲却具备了这一特点。它虽然仅有四十五字，蕴含的"意"与"境"却是十分丰富的。

整首小令写的都是潇湘行舟所见，是按照时间顺序道来。作者的态度，更多的是冷静的观照。视野所及，潇湘两岸的山水风物，都使他感到心旷神怡；虽然西风的轻拂带来了满天的秋意，传统的季节感受，加上身在旅途，不能不使他产生微微的萧瑟之感；但因为他身为湖南宪使，也许是外出公干，也许就在赴任途中，所以心境是平静的。正因如此，我们获得了一幅气象阔大、意境飞动的秋光图。

(洪柏昭)

〔双调〕沉醉东风

卢挚

对酒

对酒问人生几何，被无情日月消磨。炼成腹内丹，泼煞心头火。葫芦提醉中闲过。万里云山入浩歌，一任旁人笑我。

卢挚"年及弱冠","已登仕版",先后任地方及中央大吏,遭遇不可谓不善。但在他的内心深处,仍时时泛起退步出世的波澜;此曲就是这种波澜中的一朵水花。

题目是《对酒》,说明作者是在喝酒时写的。"对酒问人生几何。"开头第一句,借用了曹操《短歌行》中的句子:"对酒当歌,人生几何。"而插入一"问"字,以强调"人生几何"这一层意思。作者对人寿易尽、生命短促的感叹是深沉的。"被无情日月消磨"句,是对这层意思的补充。意思是说:岁月无情,转眼间就把一个翩翩少年"消磨"成鬓发苍苍的老人了。二句组成一个层次,开头就给人一种惆怅的感觉。

"炼成腹内丹,泼煞心头火"二句,指归依道家炼丹修道,以扑灭心头的不平之火。道家丹鼎派主张修炼内外丹以成仙,"外丹"是用铅汞配制其他药物,放在炉鼎内烧炼成丹药。"内丹"是把人体当炉鼎,以体内的"精"、"气"为药物,运用"神"去烧炼,使精、气、神凝聚结成"圣胎",即"内丹"。宋、金、元时的道教主修内丹而斥外丹,故作者有"炼成腹内丹"之说。他们认为,内丹炼成,即到了成仙的火候,而神仙是忘却人我是非的,因而也就扑灭了心头之火。从这两句话向深层逆推,我们可以窥探到作者对当时的社会现实有着许多愤慨和不平,但又无法发泄,只能强自压抑。作者是否真的相信修炼呢?看来也只不过是借助宗教的语言来表达这种内心的痛苦罢了。"葫芦提"句又转回喝酒。希望酒醉后稀里糊涂,以解除许多苦恼——和修炼一样,这仍是来源于对现实的不满和谋求摆脱的方法。作者的忧愤,可谓深矣!

"万里云山入浩歌,一任旁人笑我"二句,思想进一步飞驰,幻想唱着浩歌,进入万里云山,以彻底脱离现实,忘怀世事。这一"万里云山入浩歌"的形象是放诞不羁的,可以引起旁人的讪笑;但是作者置这种讪笑于不顾,依然故我。这说明他超脱的愿望是何等的强烈了。

这首曲从表面上看比较消极,充满了出世思想;但透过现象寻找其内在原因,我们还是可以看到骨子里的愤慨与不平。作者的感情是压抑的,但字面上又表现得旷放通脱。由于使用了一些衬字,曲子显得更为通俗和流畅。

（洪柏昭）

〔双调〕沉醉东风

卢挚

重九

题红叶清流御沟,赏黄花人醉歌楼。天长雁影稀,月落山容瘦。冷清清暮秋时候。衰柳寒蝉一片愁,谁肯教白衣送酒?

重九,即农历九月初九重阳节。其时正当暮秋季节,天高气爽,自然景物自有其独特的佳处,然而又带点衰飒的气象。古代文人于此时此景,每生悲凉之感。卢挚的这首〔沉醉东风〕,表现的基本上也就是这样的思想感情。

小令从季节景物特征入手,点出"红叶"、"黄花",以写重九的自然风光。"题红叶清流御沟",这本来是个美丽的爱情故事,说的是唐代有一宫女在红叶上题诗,经御沟流出宫外,为一士子所得,后来宫中遣放宫人,题诗的宫女遂得嫁此士人。但此处写来,却没有这个意思,只不过取"题叶红"三字,与下句的"赏黄花"构成对仗而已。"题红叶"也只是赏红叶的意思。同样,"赏黄花人醉歌楼",也是一般的泛指,不一定就是作者在歌楼上醉赏菊花。秋天,枫林叶赤,丛菊花黄,是够令人赏心悦目的;此亦是作者雅兴所在,故不觉铸此丽句,以描写这种情景。

"天长雁影稀，月落山容瘦"二句，续写秋容秋光。秋日晴朗，天高云淡，人的视线能看得很远，因而显得"天长"。值此暮秋时分，北雁南飞，所剩已不多，故极目长天，雁影遂显得十分稀疏。月落时位置接近地平线，其光线斜照，山影遂显得狭长而呈清瘦的姿态；当然，草木摇落，也是山容变瘦的一个原因。这两句，写秋容秋光，可谓抓住特征而善于描状，使人感到那份高旷与寂寥的况味。加上对仗工整，意境浑成，实乃写景佳句。接着，作者又用一句"冷清清暮秋时候"来加以概括。于是，形象的具体的画面，由此抽象的一般的概括而获得了关于景象和节序的质的规定性。而且，此句还开拓了读者联想的范围：除"天长雁影稀，月落山容瘦"外，其他一切也都是冷清清的。

最后两句，写因秋景而触发的淡淡的哀愁。"衰柳寒蝉"是打上主观色彩的秋景，向来为文人抒发愁思时所采用，作为景物媒介；宋词中就多这类句子，董西厢《小亭送别》更有"那闻得衰柳蝉鸣凄切"之语。作者睹"衰柳"之状，闻"寒蝉"之声，遂油然而生"一片愁"情。此时此际，他感到寂寞，希望有朋友送酒来一起喝；但终无人来，他于是发出了"谁肯教白衣送酒"之叹。"白衣送酒"典出南朝宋檀道鸾《续晋阳秋》："陶潜九月九日无酒，于宅边菊丛中摘盈把，坐其侧久，望见白衣至，乃王弘送酒也，即便就酌，醉而后归。"白衣，指官府给役之人。这里使用这个典故，是希望有朋友来一起喝酒，而不是差白衣人送酒来给他一人独喝，所以这是对典故的活用。

这是一首触景生情的作品。景是清冷的秋景，情是淡淡的愁情；虽没有特别的社会意义，但用词铸句，描摹景物，以及酿造情景交融的意境，都颇具艺术功力。

（洪柏昭）

〔双调〕沉醉东风

卢　挚

闲　居

恰离了绿水青山那答,早来到竹篱茅舍人家。野花路畔开,
村酒槽头榨。直吃的欠欠答答。醉了山童不劝咱,白发上
黄花乱插。

卢挚用〔沉醉东风〕《闲居》这个题目写的小令共三首,写的都是隐居之乐,
这是其中的第二首。

"恰离了绿水青山那答,早来到竹篱茅舍人家"二句,写信步闲游,从野外的
青山绿水("那答"即那儿、那边之意),来到竹篱茅舍边的人家。"恰离了"、"早
来到"两个词语,在表达时间的观念上衔接紧密,写出了主人公留连山水的浓厚
兴趣和健捷的步履。"绿水青山","竹篱茅舍",都是令人心旷神怡的村野美景,
这两个词语所包含的意蕴,是具有某种质的规定性而在数量和构图上又是笼统
的、模糊的,它便于读者发掘储存于印象仓库中的材料,而加以创造性的组合,
因而读者对山水田园的美感经验越丰富,对这一幅画面的体会就越美。

"野花路畔开,村酒槽头榨"二句,写一路所见。野花在路边盛开,色彩缤
纷,品种繁多。当然,不可能也没有必要——列举这些花的名字;读者在这里大
可以张开想象的翅膀,编织出一幅美丽的图画。"村酒槽头榨",指的是村边有
一间小酒店,酒是从槽头榨出的,格外诱人。于是,我们的主人公走进去了,"直

吃的欠欠答答",一直吃得迷迷糊糊,踉踉跄跄。这形象,是够放达无拘的。

　　然而这位抒情主人公的表现还不止此,"醉了山童不劝咱,白发上黄花乱插"。跟随他的童子是知道他的脾气的,所以任他喝得酩酊大醉,也不去管他。后来,他又大发酒狂,摘下路边的菊花,胡乱地插在白发上。本来,头上插花是一件雅事,杜牧不是说过吗:"尘世难逢开口笑,菊花须插满头归。"(《九日齐山登高》)但是,人老了还要插花,就难免为人所笑了。苏东坡说得好:"人老簪花不自羞,花应羞上老年头。"(《吉祥寺赏牡丹》)所以,这位抒情主人公的"白发上黄花乱插",也是属于为人笑之列的,但他却毫不在意。这一形象,比之"直吃的欠欠答答",其狂放旷达之程度,则又进一层了。

　　这首曲,不一定是作者的夫子自道,它不过是一幅归隐理想的形象化图画。那种充分享受自然美景的欢乐,那种无拘无束的身心自由状态,本是久耽官场的人所向往的,更何况宦途特别险恶的元代了!

(洪柏昭)

〔双调〕沉醉东风

卢　挚

春　情

　　残花酿蜂儿蜜脾,细雨和燕子香泥。白雪柳絮飞,红雨桃花坠。杜鹃声又是春归。纵有新诗赠别离,医不可相思病体。

【沉醉东风】

　　这支曲子写春时情思。前五句写春景，蜜蜂酿蜜，燕子和泥，柳絮飞扬似白雪，桃花飘落如红雨，杜鹃声声，正报春归，这些都是极普通的描写。第一二句在胡祗遹的散曲《春景》和关汉卿的杂剧《调风月》中也出现，惟均作"残花酝酿蜂儿蜜，细雨调和燕子泥"，卢挚和胡、关两人大致同时，难以判断谁的作品在先在后，或许他们都是沿用或化用前人句子，也未可知。按《沉醉东风》曲牌格式，第一二句可以为六字句，也可为七字句（衬字不算），第三四句可为四字句，也可为五字句（衬字不算），句法上也可有变化，但大抵要求对仗。这首《春情》前四句也都作对仗。为了求对仗，曲文中以"蜜脾"对"香泥"。"蜜脾"通常释为蜂窠如脾，即蜂房之意，也可用来说蜜蜂。燕子衔泥筑巢，细雨蒙蒙，犹在劳作，而雨水正好助它和泥；"香泥"犹同"香径"之说一样，形容落花于地，似乎泥土也沾了香气。第五句"杜鹃声又是春归"，"春归"有两种意思：一是春到，即春天归来；一是春去，即春天归去。这里是春去的意思。杜鹃，鸟名，传说是蜀主望帝（杜宇）所化，啼声悲切，如"不如归去"之声。杜鹃哀怨的叫声，最能动旅客归思，故又称思归鸟或催归鸟。这第五句本要求有承上启下的作用，作者处理得相当好。就写春景来说，它承上；就写"思归"来说，又启下，引出最后两句，写人的相思之情。用杜鹃啼声，引出对心上人的相思之情，又十分自然、贴切。最后两句达意较曲折，新诗当是新成之诗，"别离"却指别离之人，犹言纵然把新作的诗寄赠给你，恐怕也医不好你的相思之症。"医不可"即医不好，"医可"即医好，元曲中常见。如无名氏《云窗梦》第三折写郑月莲病中梦见张均卿："这搭儿再能见俺可憎，便医可了天样般相思病。"《西厢记》中写张生相思成病时，也有这类说法。

　　卢挚这支散曲当是提供给青楼女子歌唱的时曲，并不一定是自己的抒情之作。当时文人应歌女之请，提供唱曲，是常有的事情。

（邓绍基）

〔双调〕蟾 宫 曲

卢 挚

沙三伴哥来嗏！两腿青泥，只为捞虾。太公庄上，杨柳阴中，磕破西瓜。小二哥昔涎刺塔，碌轴上淹着个琵琶。看荞麦开花，绿豆生芽。无是无非，快活煞庄家。

这首曲所写，是田家生活的一个剪影：两位农家少年，一个叫沙三，一个叫伴哥，刚刚从河里捞虾回来，两条腿上还沾满了青泥。他们来到了太公的庄上，在绿阴掩映的杨柳树下，撞开西瓜，大吃一顿。另外一位少年小二哥，因为吃不到西瓜，躺在碌碡上，口水直流。附近，是一望碧绿的田野。

描写人物的生动，是这首曲的最大特点。三个人物，可以分为互有联系的两组：一组是两个捞虾的少年，作者只描写了他们的"两腿青泥"和大吃西瓜，这是刚捞完虾回来时最富有特征性的形态、动作。农家少年，两腿沾满了泥巴是习以为常的，何况他们刚刚捞完了虾。一句"两腿青泥"，给读者扑面吹来了一股泥土气息，乡村情调十分浓郁。他们刚捞完虾，又热又渴，于是坐在杨柳阴下磕破西瓜而食。这场景也带有农村的特点。另外一组是一个躺在碌碡（"碌轴"即碌碡，是用来滚压土地、碾脱谷粒的大石滚）上的少年，他口水横流、不顾碌碡的肮脏而躺在上面的样子，令人觉得可笑。无论那种吃不到西瓜的馋嘴心理，还是由这种心理支配的外在动作表现，都富于农村少年特征，很有滑稽感、戏剧性。作者抓住了他这一瞬间的神态，因而人物就显得栩栩如生。有人将

"昔涎剌塔"解作水淋淋的样子,则小二哥也是与前二人一起从水中捞虾而回,似也可通。

语言的生动活泼,又是一个特点。作者运用了农村日常的口语,使曲子的乡土气息十分浓厚。曲中的三个人物:沙三、伴哥、小二哥,都是当时北方农村小孩的一般称呼,"沙三伴哥来嗏"的语调,也给人以与众不同的印象。这个"嗏"字,是口语中的语气词,除了曲中使用以外,是不见于诗词文辞中的。"沙三"、"伴哥"这样的名字,配以"来嗏"这样的声口,就显露出十足的农村情味。

曲子写两位捞虾的农村少年撞击西瓜的动作,用了一个"磕"字,这是相当精彩的。它把两个少年迫不及待地要吃西瓜的心情与马虎、随便的生活习惯活画出来了。描写小二哥的语言,更为生动、形象。"昔涎剌塔",是元代的民间口语,大体是指口中流涎、身体邋遢的模样。这个词语在书面语言中非常少见,因而给人以一种新鲜感。农村的孩子,往往身体较瘦,肚子凸起,像个琵琶,因此"碌轴上淹着个琵琶"这一句的描写,把这个农村少年的形象逼真地表现出来了。纵观全曲,我们可以这样说,这首小令的人物之所以写得生动,和它语言的生动是分不开的。

通过环境描写来渲染气氛,烘托人物,是这首曲的第三个特点。"太公庄上,杨柳阴中",这是典型的村庄环境。曲中的三个人物,就在这样的环境里活动,所以他们的一举一动,就显得十分可信,十分真实。在写完人物的姿态以后,作者还宕开一笔,去描写广阔的田野:"看荞麦开花,绿豆生芽。"这不但扩大了读者的视野,也丰富了画面的色彩。荞麦开花,田野里一片白色或淡红色,与碧油油的绿色相映成趣,真是好看极了。这样,作品的农村生活气息就显得更加浓厚,人物活动的环境也就更为典型了。

人物的滑稽可爱与景物的富有生机,两者相互结合产生的宁静和谐感,使作者在结束处不禁发出了赞叹:"无是无非,快活煞庄家。""无是无非"在这儿不是无善恶观念,而是没有是非纠葛之意。就整个农村来说,这当然有点美化;但从这首曲表现的意境来看,也还是合乎逻辑的结论。

（洪柏昭）

〔双调〕 蟾 宫 曲

卢 挚

京口怀古　镇江

道南宅岂识楼桑①。何许英雄,惊倒孙郎。汉鼎②才分,流延晋宋,弹指萧梁③。昭代④车书四方,北溟鱼⑤浮海吞江。临眺苍茫。醉倚歌鬟⑥,吟断寒窗。

在我国历代诗词曲赋中,有很多怀古的题材,借对古人古事的评论,抒发作者的情愫和怀抱。或激昂慷慨,浩歌壮志;或感事伤时,消沉避世。元代的小令比较多的属于后一种。卢挚的《京口怀古》就是其中之一。

京口,即今镇江。"其城因山为垒,缘江为城,因谓之京口。"(《资治通鉴》六十六)一登上京口城,面临滔滔而来的长江,极目远望,水天一色,怀古之情,油然而生。首先涌入脑海的自然是三国时代曾在这里建都立业的吴国。据史籍记载,汉建安十五年(210)十二月:"(刘备)乃自诣京见孙权。"当时周瑜上疏孙权,言刘备为一代枭雄,宜留居吴地,不得放虎归山。孙权为刘备的仪表才略所倾倒,没有采纳这一意见。这首小令的首三句就讲的这一史实。作者站在当年刘备诣见孙权的故城,想到种种有关这段故实的传闻,不由得对自己的同乡先

【蟾宫曲】

贤刘备生起一种敬仰之心。曹操对刘备说的那句踌躇满志的话,又响起在耳畔:"今天下英雄,唯使君与操耳。"周瑜辈又何能洞识蜀国先主的志向?于是他赞颂道:"何许英雄,惊倒孙郎。"洋溢着作者对于在汉祚将终而全力扶助朝廷的刘皇叔的敬佩之情。然而刘备的才力并不能挽救汉室的崩溃,终于魏、蜀、吴各踞一方,形成鼎足三分的局面。很快地,中国这个大一统的国家,便进入南北隔水对峙的形势。而京口,也成了东晋和南朝的军事重镇。"汉鼎才分,流延晋宋,弹指萧梁,"概括了从统一走向分裂并频频改朝换代的急遽变化的过程。以上可看作一个层次,把有关京口的历史用凝练的笔触写出。

下一个层次,作者抒发因景而生的情怀。秦始皇一扫六合,统一宇内,车同轨,书同文,表面看来似乎是清明时代,但内中却时时包孕着分裂割据的危机,那些胸怀霸业、不甘在浅水嬉游的"北溟鱼"时时在兴风作浪,浮海吞江。中国历史就在这种"分久必合,合久必分"的过程中曲折地前进。眼前虽然是歌舞升平,谁又能料到没有一场新的追逐呢?想到了当时的现实,作者把目光转向了苍茫的天地,内心的忧愤化作无语之凝噎。于是,还不如沉醉在杜康之中,玩狎于歌妓之间,做做诗,唱唱曲吧。一个富于进取精神的历史主题,最后却被一种悲痛难诉的凄婉色彩所笼罩,反映了作者在异族统治下,不满现实却又无可奈何的思想感情。整个调子是低沉的。如果我们把同一主题的宋代辛弃疾《永遇乐·京口北固亭怀古》词来与之比较,就看得出辛词比卢令积极。"想当年金戈铁马,气吞万里如虎","凭谁问、廉颇老矣,尚能饭否?"同样来到京口,同样追念三国时的英雄人物,辛弃疾的这种豪气,是卢挚所缺乏的。卢挚在这首小令中表露出来的不满现实却又无力改变现实,只得饮酒作乐,寻求解脱的情绪,这,恐怕是时代留下的痕迹吧!

(萧 丁)

〔注〕 ① 道南宅:典出《三国志·吴志·周瑜传》:"(孙)策与瑜同年相友善,瑜推道南大宅

以舍策,升堂拜母,有无通共。"此处指周瑜。楼桑:据《明一统志》:"楼桑村,在顺天府涿州西南一十五里,即汉昭烈(刘备)故居。东南隅旧有桑高五丈许,如车盖然。人异之,因号其里曰楼桑村。"此处指刘备。　②汉鼎:汉王室。　③萧梁:即南朝时期的梁代,以皇室姓萧,故称。　④昭代:清明年代。　⑤北溟鱼:语出《庄子·逍遥游》。此处比喻怀有雄才大略的人。　⑥歌鬟:指歌妓。

〔双调〕 蟾　宫　曲

卢　挚

长沙怀古　潭州

朝瀛洲暮舣湖滨,向衡麓寻诗,湘水寻春。泽国纫兰,汀洲搴若,谁与招魂? 空目断苍梧暮云,黯黄陵宝瑟凝尘。世态纷纷,千古长沙,几度词臣!

卢挚从大都到达湖南以后,写了不少凭吊古迹的散曲,这是其中一首。

卢挚在大都的官衔是大中大夫、集贤学士。元代的集贤院,类似唐太宗所设的文学馆。唐初名臣杜如晦、房玄龄等十八人,都曾以本官兼任学士,唐太宗经常向他们访以政事,和他们讨论典籍,还命阎立本等人图像、作赞,号"十八学士"。入选此馆在当时称为"登瀛洲",被视为登临仙境一样的幸运。而卢挚呢? 他虽然也曾登上"瀛洲",并且外放湖南时仍保留着这个头衔,但毕竟失去了接近皇帝、在朝堂有所建树的机会。诗人的失望化而为诗,开头就写道:

"朝瀛洲暮舣湖滨"——早晨还在集贤院侍奉皇帝左右,傍晚却已系舟洞庭湖滨。这一"朝"一"暮",相互呼应,急转直下,反映出诗人处境变化的迅疾。这使人联想起韩愈《左迁至蓝关示侄孙湘》一诗中的名句:"一封朝奏九重天,夕贬潮阳路八千。"卢挚此行虽非遭贬,但一腔怅惘之情还是溢于言表。

既然天意难问,人愿难偿,那么能不能随遇而安、随缘自适呢?更何况长沙也是一处风景名胜之地。于是诗人便转而向"衡麓"(衡山之麓,即岳麓山)"寻诗","湘水寻春",要到大自然中去寻求快乐。

徘徊湘水之滨,极目连天芳草,诗人不禁吟哦起屈原"纫秋兰以为佩"(《离骚》)、"搴汀洲兮杜若"(《湘夫人》)的诗句,眼前浮现出孤高绝俗的骚人形象。他想起屈原的沉江而死,想起宋玉为屈原所作的《招魂》。岁月悠悠,英灵安在?屈原会不会想到,千年之后,还有我这个异代知音在此对他深致怀念之情呢?

遥望苍梧、黄陵二山,诗人还想到虞舜及其二妃。碧云暮色笼罩着苍梧山上的舜墓,黄陵庙里的湘妃宝瑟早已积满灰尘。当江上峰青之时,再也不能听见湘灵鼓瑟的清亢乐音。此情此景,怎不令人黯然神伤!

春已归去,诗多悲音。"寻诗"、"寻春"的结果,并未能使诗人的心灵得到慰藉;相反,更加触发了他吊古伤今的无限感慨。世态纷纷如云雨,千百年来,有多少迁客、骚人被放逐到长沙一带,赍志以殁,屈原、贾谊正是其中声名最著者。但这种悲剧还在不断地重演。诗人是不是以屈原、贾谊自况呢?他没有明言,但弦外之音,读者是不难体会的。

(赵山林)

〔双调〕 蟾 宫 曲

卢 挚

扬州汪右丞席上即事

江城歌吹风流,雨过平山,月满西楼。几许华年,三生醉梦,

【蟾宫曲】

六月凉秋。按锦瑟佳人劝酒,卷朱帘齐按凉州。客去还留,
云树萧萧,河汉悠悠。

据危素《吴文正公年谱》载:卢挚曾于大德七年(1303)七月寓扬州,与珊竹
玠、贾钧等人请吴澄讲学。又吴澄有《送卢廉使还朝为翰林学士序》,称卢挚"持
宪湖南,由湖南复入为翰林学士"。故知此曲作于大德七年六月作者由湖南肃
政廉访使北归逗留扬州期间。曲中描写了暮夏初秋霁月清风的良宵夜景,笙歌
侑酒的盛筵景象,和宾朋故友的殷勤挽留,表现了作者对久别重逢、恍如隔世的
惊喜和韶华飞逝,契阔难合的感慨。

首三句即紧扣"席上即事",写良宵美景,兼点明时、地。江城即扬州。汉置
江都县,隋置江都郡,五代吴置江都府,皆在扬州。歌吹:歌声、管乐声;风流:
风韵、风情。扬州自古即笙歌风流之地,鲍照《芜城赋》赞其"廛闬扑地,歌吹沸
天。"杜牧《题扬州禅智寺》:"歌吹是扬州。"平山:指扬州蜀冈中峰大明寺西侧
之平山堂,北宋欧阳修任扬州太守时建,以其南望江南远山正与堂栏杆相平而
名。这三句写景如画:一场阵雨越过平山堂之后,天气转晴。阵雨荡涤了空中
的尘埃、大地的污浊,也驱散了夏季的暑热,故雨后的平山堂更加清新秀美。
"天下三分明夜月,二分无赖属扬州。"(徐凝《忆扬州》)况雨后的光风霁月,自更
皎皎悦目,令人神清意惬了。一个"满"字极为传神。再加上清歌泛夜,风流荟
萃,如此良辰美景,能不对酒当歌!

"几许"三句触景抒怀:诗人三十七岁曾任江东按察副使,至此次旧地重
游,已历二十余载,年逾六旬了。故人重逢,生死契阔,能不感慨万千?况昔别
少壮,而今皓首,抚今追昔,悲喜交集,自有白驹过隙,恍如隔世之叹:人生能有
多少青春年华呢?此次聚首,该不是来世醉梦中相逢吧!"三生"本佛家语,指
前生、今生、来生;又暗用袁郊《甘泽谣·圆观》中李源与圆观两世为友,在杭州

三生石重逢的典故,说明这种离合聚散的因缘似乎皆前世注定。"六月凉秋"与前"雨过平山"呼应,因六月暮夏已近初秋,而阵雨之后,明月清风,自觉凉爽如秋。杜甫《丈八沟遇雨》诗有:"归路翻萧飒,陂塘五月秋。"徐玑《夏日怀诗友》诗有:"月生林欲晓,雨过夜如秋。"南方民谚中亦云:"四季皆是夏,一雨便成秋。"妙在此句既写眼前真景实感,又在结构上承上启下:"凉秋"使人清醒,把诗人从"醉梦"的感旧中拉回筵席现实。

"按锦瑟"二句写筵上弦歌之乐,与首句"歌吹"照应。在有节拍的锦瑟(一种五十弦乐器,瑟上花纹如锦)乐声中,佳人频频劝酒,似乎劝慰诗人不要总是感伤怀旧,既然重逢,正该开怀畅饮;朱帘漫卷,又一队歌女出场,按拍齐唱起《凉州》歌曲。"凉州"本唐代天宝乐曲,多表现边塞题材,流传极广。作者自湖广北归,听此曲调,大概又会牵动游客之思吧!

结尾三句,写宾主的盛情挽留和诗人的徘徊惆怅。既然动游客之思,盛筵亦终当散席,故有"客去",无奈宾主盛情挽留。这宾朋中除僚友故交外,也许还有扬州名妓朱帘秀。因为卢挚《醉赠乐府朱帘秀》、《别朱帘秀》,朱帘秀亦有《答卢疏斋》,三曲皆作于大德八年之春(据李修生《卢疏斋集辑存》),距本篇时间仅半年左右。卢词中有"才欢悦,早间别",可证相遇不久即别;朱词中有"憔悴煞玉堂人物","恨不得随大江东去"。"玉堂"指翰林学士,卢挚此次回京正任此职;"大江"又明示别地在江南。故"佳人"中很可能就有朱在内。最后两句以景作结:高耸入云的树梢在夜风中摇曳;天空银河泻影,是那样悠闲遥远。前句似乎暗示眷恋难舍;后句则使人想到牛郎织女的隔河相望……这归与留的矛盾使诗人不免有点徘徊惆怅。但因寓浓情于淡景,故又十分含蓄。

此曲以景语起以景语结,起则入手擒控题旨,结则言外优游不竭。中间抒情叙事,一波三折,由乐景抒重逢之欢,转生伤感之叹;因"劝酒"复归于乐,听《凉州》再动客思,又去而复留。在欢乐明快的主旋律中时露一丝淡淡的感伤惆怅,故显得含蓄有度。语言上遣词清丽,对偶精工(除首句和第九句,余皆对偶),音律谐美(如"劝酒"二字用"去上"属第一着),而通篇又显得天然浑成。贯云石《阳春白雪序》云"疏斋媚妩,如仙女寻春,自然笑傲"。细品此曲,确有这种韵味。

(熊 笃)

〔双调〕蟾 宫 曲

卢 挚

寒食①新野②道中

柳濛烟梨雪参差,犬吠柴荆,燕语茅茨。老瓦盆边,田家翁媪,鬓发如丝。桑柘外秋千女儿,髻双鸦③斜插花枝。转眄移时,应叹行人,马上哦诗。

这支曲子写作者清明前在新野途中见到的景象,宛如一幅图画,而作者也是画中人。首句"柳濛烟"是说柳树萌绿,像是飘拂着一层轻烟;"梨"指梨花。梨花白色,所以拿"雪"来形容;柳树梨树交叉而植,柳条繁盛,远远看见梨花,就像是"雪参差"了,全句写景,形容春色,二三句用了对仗形式,"犬吠"和"燕语"都是写声音,"柴荆"和"茅茨"则都是写房屋,"柴荆"犹柴门,"茅茨"犹茅屋。接下去写白发老翁、老妇和"秋千女儿",在对比中刻画形象,使之栩栩如生。"老瓦盆边"云云,是一对老夫妇在饮馔,"秋千女儿"当是说正在荡秋千的少女,据陈元靓《岁时广记》,寒食清明起玩秋千是古老风俗。以上本来都是作者骑马行

【蟾宫曲】

路时所见所闻,最后却又写作者在"秋千女儿"的眼中出场。"行人"即作者自己,他在马背吟诗,少女转眼看着他,"眄",眼光斜视顾盼,"移时",有一段时间。马上吟哦,不免摇头晃脑,并且似若念念有词,引起村女注视,本也自然。或者出自好奇,或者觉得好笑……但作者却想象她是在赞美,"应叹行人,马上哦诗","叹",赞美之意。曲终奏雅,颇见韵味。假若仔细推敲,第六句写翁媪的鬓发,第八句写少女的双髻,都是发,嫌相犯,作者完全可以避免。看来确是即兴之作,所以作者也就不太经意了。

(邓绍基)

〔注〕 ① 寒食:清明节前二天(一说前一天),为寒食节。 ② 新野:县名,今属河南省。 ③ 髻双鸦:即双髻,髻色黑如鸦羽,称鸦髻。

〔双调〕 **蟾 宫 曲**

卢 挚

醉赠乐府①朱帘秀

系行舟谁遣卿卿②,爱林下风姿,云外歌声。宝髻堆云,冰弦散雨,总是才情。恰绿树南熏③晚晴,险些儿羞杀啼莺。客散邮亭,楚调将成,醉梦初醒。

朱帘秀是元代著名女艺人,卓有才情。关汉卿、胡祗遹、冯子振和王恽等都有赠作。胡祗遹还曾为她的诗集作序。序中说:"以一女子,众艺兼并,见一时之教养,乐百年之升平。"卢挚这支曲子就着重写朱帘秀的教养和才情。开头就说她有"林下风姿",这通常是形容大家女子的举止神情,见于《世说新语》"贤媛"类:"王夫人(指谢道韫)神情散朗,故有林下风气。"这种描写,就一扫写青楼女子时常见的庸俗香艳习气,而又见出朱帘秀的娴雅风度。"云外歌声",化用古代歌唱家秦青引吭高歌时"声振林木,响遏行云"(《列子·汤问》)的典故,来赞美朱帘秀歌技之高超。"宝髻堆云"并非一般咏写妇女的头发,而是借以赞美朱帘秀演出时的扮相。"冰弦"犹"丝弦","冰弦玉柱",常用来美称琵琶、琴筝一类乐器;雨声则常用来形容乐声,如唐白居易《琵琶行》写"大弦嘈嘈如急雨"。"冰弦散雨"与上句"宝髻堆云"相对,然后归结一句:"总是才情",点出朱帘秀色艺俱佳的天赋与修养。"险些儿羞杀啼莺"句极写歌乐声之优美动听,犹言黄莺闻之也会感到羞惭,莺啼声宛转动听,被称作"莺歌"。这一句写来自然涉趣,由写曲的时令而来,这时正是莺啼绿树的春天。从曲意看,作者赠曲地点在江边驿馆。"邮亭",这里指驿馆。"楚调"指作者写的这首〔蟾宫曲〕,古乐府相和歌中有"楚调曲",相传用楚声演唱,但这里所说"楚调"非"楚调曲"原意,而是照应写作地点,这首散曲作于扬州,故称楚,因为是"醉赠",所以说是"楚调"将成之时,也是醉梦初醒之际,这里"将"有勉强之意,"将成"犹"勉成"。

〔蟾宫曲〕又称〔折桂令〕,是双调中的常用曲调,通常是十一句,也可十二句。第四、五、六句可以三句皆对,叫鼎足对,但通常只是第四、五句相对,这支曲中四句"宝髻堆云"和五句"冰弦散雨"即是对仗句。在韵脚安排上,可以押六韵或七韵,一般用十二句才押七韵,但这支曲子也是七韵,第九、十、十一句都押韵,这种情况不多见。但由此也可说明,较之诗词,散曲的格律形式确有相对自由之处。

(邓绍基)

〔注〕　① 乐府:汉代官署的名称,职司为采录诗歌并入乐,后称被采录的诗歌为乐府,以后

又把叶乐的诗歌包括词曲都称作乐府。这里则意谓歌者。　②卿卿：指朱帘秀。此句意谓我系行舟(在扬州停留)，是谁遣送你来和我相见，形容相见之欢。　③南熏：南风、和风，传说虞舜弹五弦琴，歌《南风》，歌辞中有"南风之熏兮"，后人用为和风煦育之意。

〔双调〕**寿　阳　曲**

卢　挚

别 朱 帘 秀

才欢悦，早间别，痛煞煞好难割舍。画船儿载将春去也，空留下半江明月。

　　卢挚的《别朱帘秀》是一支写离愁别恨的小令，它以强烈而真实的感情，抒发依依话别那一刹那间的黯然魂销的高潮，因而能够感人至深。曲的前三句，纯用白描的手法，不作渲染，不加粉饰，是质朴的，明朗的；后两句，则用象征的手法，通过具体的形象，表现与之相似或相近的概念与思想，是婉曲的，含蓄的。明朗而不含蓄，容易流于浅薄；含蓄而不明朗，又易流于晦涩。质朴而不婉曲，容易伤于直率；婉曲而不质朴，又易流于雕缋。这支小令之所以脍炙人口，就在于它的质朴与婉曲相结合，明朗与含蓄相统一。

　　曲的开端，全是活在人们口头的语言。盖诗人当时的感情澎湃，不可遏抑，于是矢口而出，不暇推敲，越去粉饰，越有真意；越少做作，越近自然，越能叩开人们的心扉。清人金圣叹说："诗非异物，只是人人心头舌尖所万不获已必欲说出之一句说话耳。"(《与家伯长文昌》)说明感情的真挚，是诗歌的艺术生命之所在。"才欢悦，早间别，痛煞煞好难割舍"，正是诗人的"真"，正是诗人"心头舌尖""必欲说出"的一句话,因而在感情色彩上特别显得真实、强烈而深刻。而真实、强烈、深刻,又是诗的美学情感的三维性原则,所以具有强大的艺术感染力。"化俗为雅""变熟为新",是作曲的一条必须遵循的原则,这支曲的结尾,在极俗极熟的声口之后,继之以极雅极新的曲辞,使之"俗而不俗,文而不文"。"画船儿载将春去也,空留下半江明月。"固然是从宋人俞国宝的"画船载取春归去,余情付湖水湖烟"(〔风入松〕)的句意脱化而来,但却比起俞作来更富韵味,更具形象。好像朱帘秀一去,春的温暖,春的明媚,春的生机和活力,都被那只画船儿载走了,于是诗人的空虚寂寞、凄凉惆怅之感,便在字里行间强烈地透露出来。船走了,人去了,送别的人呢? 还呆呆地伫立在江畔,目送着那渐渐消失在远处的碧空里,只有映在江心的明月,无声地伴着他这孤独的人儿。这不是"孤帆远影碧空尽,惟见长江天际流"李白(《送孟浩然之广陵》)的诗意吗? 这不是"溪又斜,山又遮,人去也"(关汉卿〔四块玉〕《送别》)的曲境吗? 如果我们拿朱帘秀《答卢疏斋》的"倚蓬窗一身儿活受苦,恨不随大江东去"的话对照来读,就知道他们之间的感情是何等的深厚,何等的真挚! 一个是"痛煞煞好难割舍",一个是"恨不随大江东去",在这样的感情基础上抒发出来的离愁别恨,自然要强烈地扣动着读者的心弦了。这样把雅与俗、新与熟置于同一机体内,使之互相依存,互相映衬,发出新的耀眼的光辉,正是曲的一个重要的艺术特征。

(羊春秋)

〔双调〕 殿 前 欢

卢 挚

酒杯浓,一葫芦春色醉山翁,一葫芦酒压花梢重。随我奚

【殿前欢】

童,葫芦干、兴不穷。谁人共,一带青山送。乘风列子①,列子乘风。

　　古代文人爱酒的不少,并在诗歌中屡屡道及这位"杜康先生"。苏东坡还给酒起了个风趣的雅号:"钓诗钩"(《洞庭春色》)。"钓诗"者,实乃钓"真情"耳。在此真情中,最常见的乃是"超脱";一切人间俗念都暂搁一边,无拘无束、惟己意而自适。东坡云:"常恨此身非我有,何时忘却营营"(〔临江仙〕),而酒后便往往是"忘却营营"的"我有"世界。陶渊明《连雨独酌》云:"试酌有情远,重酌忽忘天。天岂去此哉,任真无所先。"卢挚的这首散曲描写的正是这样一种"任真"的境界。

　　"酒杯浓",开首一句,便给全曲笼罩了一层浓浓的醉意。酒杯,此处代指饮酒。酒杯浓即酒意已浓。诗人因何而醉?酒"钓"出了真情:"一葫芦春色醉山翁。""一葫芦春色"者,一葫芦酒中尽寓春色也。酒意、酒兴,不在酒而在春色之中耳。这就不由得让人想起"醉翁"欧阳修揭示酒中三昧的名句:"醉翁之意不在酒,在乎山水之间也。山水之乐,得之心而寓之酒也。"(《醉翁亭记》)多么有趣的一对"醉翁"!"一葫芦酒压花梢重":酒挂树梢,压弯花枝,花映酒意更浓。这一句,诗人用"花梢"点睛式地勾出春色之美,为前句"春色醉山翁"作一轻灵而绝妙的点染;而挂酒葫芦于树梢,则又活脱画出率情任意的醉翁之态。一个无拘无束、任情恣性的"我"跃然纸上。酒之所"钓"者,正在此"任真"之"我"情耳。至此,诗人用寥寥三句,已将"酒意"说透,然而诗人还不满于此,他还要将意境更翻进一层:"葫芦干、兴不穷。"诗意真情既已"钓"出,又何在乎酒之有无。醇酒可尽而诗意无尽,诗人和他的伴童更加心旷神怡地徜徉在大自然的怀抱中。这里似乎已是"无人"的境界:没有车马之喧喧、嚣尘之扰扰、俗念之萦萦,只有汲尽春意的青山翠岭与诗人相伴,仿佛陪送着诗人走进与大自然融为一体的纯真世界，就像传说中御风而行、和光同尘的仙人列御寇那样遨游在"冲虚"之中。"山翁"今醉否？既醉而非醉，他已在春色酒兴中进入了一个更高的"至人"境界："彼至人者，归精神乎无始，而甘冥乎无何有之乡"（《庄子·列御寇》）——"无始"而"无何有"，这超脱一切，相接混茫，与自然同体同在的无我之"我"，这"忘却营营"，"任真无所先"的自在之"我"，便成了"醉翁"为自己塑造和完善的形象。

在陶、欧、苏等前人的饮酒之作中，我们曾领略过各类"醉翁"的风采。卢挚笔下的"醉翁"又是独特的"这一个"，他也"超然"，但不像陶渊明那样追求"桃花源"般的古风淳厚之境；也不像欧公坡仙在"超然"中暗涵着一丝失意的隐痛；更不像那些"超脱"背后乃是"曲埋万丈虹霓志"的"酪子里胡揎"。卢挚一生高官厚禄，一帆风顺。他没有现实人生的深忧剧痛，也没有一时失意的不平之慨，他是在无忧中寻找精神的陶冶和完善，而不是在烦恼痛苦中寻求解脱。所以，此翁醉浓兴豪，但又恬静飘然。他"超然"境界的最终归向是悠远、安宁。与前代及他同时代的许多"醉翁"相比，他"纯"；但似乎又像缺点儿什么——或许是富贵人往往不易具有的激情和深沉？

然而，卢挚又决非忸怩作态，无病呻吟地"为赋新诗强说愁"。他只是把他的无忧之怀，无杂之念一现于曲，故其曲多有一种纯净之美。贯云石评其曲"如仙女寻春"，从这个角度言确是的评。卢挚能成为元代前期散曲"清丽派"的有影响人物，此是重要原因之一。但他毕竟又深知散曲三昧，他的"清丽"还没有像以后散曲那样过多地向词靠近。散曲特有的灏烂放达之趣时时在其曲中闪现。如"葫芦"一词在全篇中重复出现三次，这种情况，是作诗词之大忌，然却是散曲特有的风味。这种以"葫芦"为语脉串通全篇，紧扣"酒杯浓"层层递进展开的作法颇得酣畅爽快之曲旨。而曲尾颠倒反复的句式更增加了全曲的洒脱之趣。此外，清丽之中而兼豪放，也是疏斋散曲的一大特色，本曲以"清"为里，以

【喜春来过普天乐】

"放"为面,诗人是在"我"的抒展中进入"冲虚"之境的,这种悠远和安宁与诗词大多以一种含蓄的内向深化而进入"超然"之境迥异其趣。词重内蓄,曲重外旋。读疏斋此曲,正可窥其一斑。

(李昌集)

〔注〕　① 列子:名列御寇。一作列圄寇、列圉寇。传说中得道的"至人"。《庄子》中多载有关于他的传说。《汉书·艺文志》著录《列子》八篇,列入道家。后列子被道教徒视作超凡脱俗,能御风而行的仙人。唐天宝元年定《列子》一书为《冲虚真经》,宋景德中又加称为《冲虚至德真经》,成为道教的经典之一。而列子其人便成为"任真"而脱俗的偶像,其体现的冲淡虚静、无所拘系的所谓"冲虚"之精神境界,便成道家极推崇的人生至境。

【作者小传】

赵岩

字鲁瞻,长沙(今属湖南)人,居溧阳(今属江苏)。宋丞相赵葵后裔。曾在元大长公主官中应旨。好饮酒,传说醉后可顷刻赋诗百篇。因不得志,醉病而卒。《全元散曲》录存其小令一首。

〔中吕〕喜春来过普天乐

赵　岩

琉璃殿暖香浮细,翡翠帘深卷燕迟,夕阳芳草小亭西。间纳履,见十二个粉蝶儿飞。一个恋花心,一个揽春意。一个翩翩粉翅,一个乱点罗衣。一个掠草飞,一个穿帘戏。一个赶过杨花西园里睡,一个与游人步步相随。一个拍散晚烟,一个贪欢嫩蕊,那一个与祝英台梦里为期。

　　赵岩是南宋淳祐年间丞相赵葵的后裔,据说才思敏捷,酒醉后可顷刻赋诗百篇,为时人所推羡,并成为侯门文学侍从。但一生郁郁不得志,每日饮酒至醉,直至病死。今存赵岩散曲,仅此〔喜春来过普天乐〕一首,载于《至正直记》。《至正直记》又名《静斋类稿》,元末孔齐撰。孔齐家居溧阳,对该地名人轶事颇为熟谙,在该书卷一"赵岩乐府"条中介绍了此曲的写作背景。据记载,赵岩退居溧阳后,"尝又于北门李氏园亭小饮,时有粉蝶十二枚,戏舞亭前,座客请赋今乐府,即席成〔普天乐〕。"所以这首散曲的内容并非出于虚拟,而是即席赋景之作。

　　〔喜春来〕的前三句写眼前所见景物,先室内,后室外,为本篇的描写主体——十二个粉蝶的出现,艺术地再现了一个优美无比的环境。"琉璃殿暖香浮细,翡翠帘深卷燕迟。"两句对仗工整,辞藻华美,看来这个溧阳李氏是富贵人家,庭园中富丽堂皇,幽香暗浮,帘幕低垂,整个环境显得十分深沉而幽静。"夕阳芳草小亭西"一句,写作者的视线由室内移向室外,而句意则顿为三层。夕阳迟迟,时为黄昏,此一层;芳草萋萋,又当晚春,此二层;"小亭西"为第三层,点明了作者目力所注视的方向。正是在这典型的江南暮春景观的衬托下,出现了本篇的描写主体。"间纳履,见十二个粉蝶儿飞。""间",偶或。"纳履",穿鞋。此句写作者于酒后俯仰之间,无意中猛然瞥见了那十二个上下翻飞的蝴蝶。于是,读者的注意力立即被吸引住,进入了一种审美期待的心理境界。从这个意义上说,〔喜春来〕四句实是全曲的引子。

　　元人散曲中写蝴蝶的篇章甚多,但常用"庄生梦蝶"的典故喻指浮生;专咏蝴蝶的,如王和卿〔醉中天〕《咏大蝴蝶》,用夸张笔法,似有所影射。赵岩这首带过曲,纯用赋法,将一群蝴蝶作为表现的对象,作逼真细腻的刻画,则是十分少见的。

〔普天乐〕共十一句,分写十二个蝴蝶的种种逗人姿态。要在如此短的篇幅里写出蝴蝶的"众生相",既不能有重复,又要互有呼应映衬,确乎不易。作者多角度地观察,笔法又有虚实、明暗的变化,使全篇组成了一幅异常生动有趣的群蝶戏舞图。例如,"一个恋花心"是实写蝴蝶的采花活动,"一个揽春意"却是虚写。"揽",据张相《诗词曲语辞汇释》:"揽,犹抢也,即抢夺之抢。"蝴蝶居然有意抢夺大好春光,这里虽未作具体形态描绘,但作为艺术意象,这样写诗意似更浓郁,在蝴蝶身上传达出了春天的蓬勃生机。"翩翩粉翅"写蝴蝶凌空翻飞的姿态,"乱点罗衣"又写蝴蝶款款依人,十分活泼可爱。"掠草飞"是低飞,"穿帘戏"是高飞。这几句,时虚时实,或高或低,无不相映成趣。下面两句:"一个赶过杨花西园里睡,一个与游人步步相随",又有或幻或真的笔法变化。蝴蝶与杨花同是暮春出现之物,而且在古代诗词中往往都与"西园"(本指汉武帝上林苑,但在诗词中多作为苑囿的泛称)相关。如李白《长干行》:"八月蝴蝶来,双飞西园草",苏轼〔水龙吟〕《次韵章质夫杨花词》:"不恨此花(指杨花)飞尽,恨西园落红难缀。"赵岩此曲,巧妙地将杨花当成蝴蝶的陪衬,写它们一前一后地互相追逐嬉戏,终于蝴蝶赶过了杨花,在西园里歇息安睡了。这当然是艺术想象,是为"幻"。其中好像还融入了史达祖"惊粉重、蝶宿西园"(〔绮罗香〕《咏春雨》)的句意,使意象的内涵更趋丰富。这个蝴蝶好胜贪睡,另一个也颇有灵性,作者写它紧随游人、不离左右的逼真姿态,形象惹人爱怜,是为"真"。全曲最妙的是结末一句:"那一个与祝英台梦里为期。"细心的读者想必会问:〔普天乐〕共十一句,只写了十一个蝴蝶,何来第十二个?我们只有知道了"梁祝化蝶"这个古代美丽的传说,方能解开此谜。

梁祝故事最早见于唐代载籍,元人散曲中也时有涉及。清人邵金彪作《祝英台小传》,记载较为详明。据说,梁山伯忧愁而死之后,"英台乃造梁墓前,失声恸哭,地忽开裂,堕入茔中,绣裙绮襦,化蝶飞去。……今山中杜鹃花发时,辄有大蝶双飞不散,俗传是两人之精魂。今称大彩蝶,尚谓祝英台云"(俞樾《茶香室四钞》引)。可以说,在中国古代传统文化心理上,蝴蝶双宿双飞已成了美好爱情的象征。显然,此曲末句中的"祝英台",是另一个蝴蝶的代名词了。末句一笔兼写两个蝴蝶,明写一个,暗喻一个,真是文人弄笔,狡狯如此!这样写,能引起读者斟酌思索的兴趣,体现出曲尚奇巧的特点。若在诗词中这样写,就不免堕入油滑纤巧了。不仅如此,作者写两个蝴蝶"梦里为期",由物及人,从自然界的美好事物生发出对人间爱情的由衷赞美,这是对所描写对象的一种超越,赋予了艺术意象以激发读者联想的动人魅力。五代张泌诗云:"幽窗漫结相思梦,欲化西园蝶未成。"(《春夕言怀》)这是由人及物,从人间的相思欢娱不成,引发出对自然界蝴蝶双宿双飞的艳羡,其思路虽然相反,而作为比兴象征的心理依据却是一样的。

这首散曲并没有深厚的意蕴,它不过是文人茶余酒后写作的游戏文字。但是,作者笔下的那十二个蝴蝶是如此活泼可爱,体现出大自然中那活跃的生命力量;作者的爱物之心,从文字间沛然涌流,表明了他是一个热爱自然、热爱生命的作家,全曲富于戏谑意味,而并不流于庸俗佻薄。特别是那接连不断的十一个"一个",都是曲中衬字,增添了曲子活泼的韵味和轻快的节奏感,和所表现的内容情趣正相适应,令人击节叹赏。

(方智范)

【作者小传】

陈草庵

(1247—1320?)　名英,字彦卿,号草庵。析津(治今北京城西南)人。《录鬼簿》列其于前辈名公,称"陈草庵中丞"。卒时已近八十岁。《全元散曲》录存其小令二十六首。

〔中吕〕山 坡 羊

陈草庵

伏低伏弱,装呆装落,是非犹自来着莫。任从他,待如何。
天公尚有妨农过,蚕怕雨寒苗怕火。阴,也是错;晴,也
　　是错。

　　这首小令,是慨叹处世之艰难。在元代,有其特定的现实意义。

　　"伏低伏弱,装呆装落。"起唱二句,哀感已深。伏低伏弱,即服低服弱,言事事服输,自认不如人。装呆装落,言处处装傻瓜,甘落人后。凡是人,皆有一份自尊心。落到这样一味的委屈自己的地步,岂不滑稽可笑,而又可悲!然而,尽管这样委曲求全,"是非犹自来着莫"。是非,此指纠纷、麻烦,甚至祸殃。着莫,意思是沾惹、纠缠,元人口语。纵然是事事服输,处处装傻,麻烦、祸殃还是会来纠缠不休。可见得这世道,哪有公道可言!不幸而生于斯世,又如何作人?"任从他,待如何。"任凭他们摆布吧,看能怎么样?态度够洒脱的了,其实是无可奈何。接下来,作者用一番幽默的象喻,诉说出自己的处境:"天公尚有妨农过,蚕怕雨寒苗怕火。阴,也是错;晴,也是错。"连老天也有违背农时的过失呢!春夏之交,蚕怕下雨天寒,禾苗又怕骄阳似火,那时节,老天如若下了雨,便妨了蚕,是错;如若放了晴,便又害了苗,也是错,横竖都是罪过!这一象喻极幽默,也耐人寻味。它清楚地喻示了作者的处境,真是动辄得咎。看起来好像是"婆婆多",不得罪此,便得罪彼。事实上他对你怀有敌意,你便这也不是,那也不对,

欲加之罪,何患无辞。这一象喻,也透露出作者的心态,实在是相当矛盾复杂。整个比喻很幽默,带有自嘲自解的意味,见得出一种旷达的态度。但其心灵之深层,实是惨淡已极。

人无尊严,无自由,被任意宰制,这正是当时社会的现实。在元代,人分四等,即蒙古人、色目人、汉人、南人。汉人即使做官,也受到歧视与防范。作者陈草庵曾官至宣抚、左丞(见孙楷第《元曲家考略》),其心情尚且如此惨淡,一般百姓命运之艰难,那就可想而知。

辛酸的幽默,是这首小令的艺术特色。惨淡已极,却又自嘲自解,这种心态,在元代士人中,相当普遍。元曲艺术基本特征,乃由此而生成。这首小令,语多自嘲自解,尤其"天公尚有妨农过"以下六句,幽默意味很浓,其句法参差错落,兼以重言叠句,声情活泼,平添了俏皮可笑的色彩。作者越是幽默俏皮,便越发透露出惨淡的内心世界。不能不令人发笑,更不能不令人悲哀,这就是辛酸的幽默。

(邓小军)

〔中吕〕山坡羊

陈草庵

晨鸡初叫,昏鸦争噪,那个不去红尘闹。路遥遥,水迢迢,功名尽在长安道。今日少年明日老。山,依旧好;人,憔悴了。

陈草庵这首小令,是嘲讽追逐功名之徒的作品,主题是老的,但是有其新意。

"晨鸡初叫,昏鸦争噪。"起笔二句,切入人们为功名朝夕奔波不休的情景,

【山坡羊】

晨鸡初叫，初字下得精切，从人们启程之早，便见出其求功名之切。昏鸦争噪，转眼又是黄昏，乌鸦归巢，争噪不休。争噪二字，状出黄昏群鸦归巢之热烈，实反凸出人们轻易抛家之荒谬。同时，此句还不妨联想为另一种象喻，即喻示人们竞相追逐功名时的丑态。两句写景，饶有含蕴。从早到晚，疲于奔命，"那个不去红尘闹"。红尘，既指路途上之仆仆风尘，亦指功名场中乌烟瘴气。闹字下得尤妙，众士人趋之若鹜，甚嚣尘上之状，如在眼前了。"路遥遥，水迢迢，功名尽在长安道。"路遥遥，《梨园乐府》本作路迢迢，此从《乐府群珠》本，取其上下句属对工切。长安道，此指入京求官之道路。陆路是如此遥远，水路也是如此迢递，这都为的是奔向京中去求功名啊。路迢迢，实一语双关，是用空间之具象，隐喻抽象之时间；用入京道路之漫长，暗示求官之渺不可期。"今日少年明日老。"功名无日，而白首有期，多少人，为求功名，等闲白了少年头，岂不可悲！句中今日、明日二语，极言少年易老，人生短暂。"山，依旧好"二句，掉转笔锋，赞美大自然，显得突如其来，细玩，则从容有致。山，自是青山。青山不失其自然之本色，永远是那么青，那么美好。"人，憔悴了。"人生有限，容易憔悴，却为了外在的功名，失掉了自己的青春年华，甚至失掉了自己的本性。如此人生，其生命的价值又何在？结笔是意味深长的。

以汲汲追逐功名者为讽刺对象，在唐宋两代诗词中就已习见。陈草庵这首小令，除了传统的主题意义外，还应包含有一层时代的特殊意义。元代士人求仕，本来就难于唐宋。自延祐年间正式设科取士，直到元末，开科十六次，取士人数仅占文官总人数的百分之四。南人要想入仕，尤其困难。何况即使做了官，还要受到歧视与猜忌，地位随时岌岌可危。政治社会如此黑暗，仍然有人热衷于功名，这岂不是深可嗟叹的吗？

这首小令，富于发人深省的理趣，富于冷隽的艺术魅力。全篇大半幅，皆嘲讽追逐功名者的丑态与可怜，而在"今日少年明日老"与"人，憔悴了"之间，则突现

"山,依旧好"二句,使之与上下文形成鲜明对照。用大自然的永恒与美好,启示人生的短暂与荒谬,便觉格外冷隽清新,益人神智。宋代贺铸词〔将进酒〕("城下路"),亦通篇嘲讽追逐功名之徒,至结尾,则以鄙弃功名的高士阮籍、刘伶点出正意。比较两种写法之异同,含蓄之美,冷隽之妙,确实是此首小令的特色。

(邓小军)

关汉卿

号已斋叟。大都(今北京)人。一说燕人(《析津志》)。或解州(今山西解县)人(《元史类编》卷三十六)。约生于金末,卒于元成宗大德年间。《录鬼簿》说他曾任太医院尹。"金遗民,入元不仕"(邾经《青楼集》序)。他"生而倜傥,博学能文,滑稽多智,蕴藉风流,为一时之冠"(《析津志》)。一生主要在大都从事戏曲创作,晚年到过杭州。亦熟谙戏曲表演艺术。与杨显之、王和卿、朱帘秀等人交往甚密。所作杂剧今知有六十余种。现存《窦娥冤》、《救风尘》、《金线池》、《谢天香》、《调风月》、《望江亭》、《单刀会》、《蝴蝶梦》、《玉镜台》、《拜月亭》、《绯衣梦》、《西蜀梦》、《哭存孝》十三种;《哭香囊》、《春衫记》、《孟良盗骨》三种仅存残曲。另《鲁斋郎》、《陈母教子》、《五侯宴》、《裴度还带》、《单鞭夺槊》、《西厢记(第五本)》六种,是否为他所作,尚无定论。散曲作品现存套数十余套,小令五十余首。其戏曲作品,大多反映黑暗的社会现实,表现人民的苦难和反抗精神。人物性格鲜明,曲词本色。对元杂剧繁荣发展影响很大。与郑光祖、白朴、马致远并称"元曲四大家"。

〔仙吕〕 一 半 儿

关汉卿

题 情

云鬟雾鬓胜堆鸦,浅露金莲簌绛纱,不比等闲墙外花。骂你

【一半儿】

个俏冤家,一半儿难当一半儿耍。

碧纱窗外静无人,跪在床前忙要亲。骂了个负心回转身。

虽是我话儿嗔,一半儿推辞一半儿肯。

银台灯灭篆烟残,独入罗帏淹泪眼,乍孤眠好教人情兴懒。

薄设设被儿单,一半儿温和一半儿寒。

多情多绪小冤家,迤逗得人来憔悴煞,说来的话先瞒过咱。

怎知他,一半儿真实一半儿假。

〔一半儿〕属"仙吕宫",宜于表现"清新绵邈"的情感,句式为七、七、七、三、九,"一半儿……一半儿……"是它的定格。这套组曲前三支第四句中的"骂你个""虽是我"和"薄设设"都是衬字。这支脍炙人口的组曲,《太平乐府》、《尧山堂外纪》和《北宫词纪外集》等著名的曲选,或选其全部,或选其前二。近人吴梅在其《顾曲麈谈·谈曲》中对其前二首评价甚高,誉为元人乐府中的佳作。它是以同一曲调,调各一韵,重复填写,描绘一对青年男女一见钟情、别后相思的爱情发展变化的过程,离之则独立为四,合之则融而为一,是散曲中一种常见的体式,人们把它叫做"重头"。

这组散曲写得大胆泼辣,略无顾忌,有审美情感的浓烈的一面,而无审美情感的隐秘的一面,这正是由曲贵显露、重机趣、要求本色当行、雅俗共赏的艺术特点所决定的,而明朱权竟以"观其词语,乃可上可下之才"(《太和正音谱》)加以贬抑,何良俊以"关之词激厉而少蕴借"(《四友斋丛说》卷三十七)加以讥弹,都是用诗和词的审美标准来品评曲的,自然不是"笃论"。组曲的第一支小令写一个少年看到那个"俏冤家"时所激起的感情的微波。妙在第一二句一连用了"云鬟"、"雾鬓"和"堆鸦"三个形象的比喻,来赞美她的头发的茂密、松散和乌黑,是静态的美;而微微地露出"金莲",以及挪动"金莲"时,那"绛纱"的裙儿发出籁籁的声响,是动态的美。从头部到足部,从静态到动态,都是那样的娇艳,那样的轻盈,那样的千娇百媚,怎么不教人陶醉,不教人"春心荡"呢?可他猛然想起那使人陶醉的玉人儿,不是路柳墙花,可以随便任人攀折的;而是深闺丽质,只能"发乎情止乎礼义"。于是在希望和失望、爱怜和懊恼交织的情感中,骂了一声"俏冤家"。可他又想到"冤家"乃是男女相互的爱称,他有什么资格可以这么渎犯别人呢?于是又自我解嘲地说:这不过是一半儿迤逗一半玩笑罢了。几句话,把一个"多情多绪"的少年,一刹那间的内心活动十分逼真地表现了出来,真是此中有人,呼之欲出。更妙是写到这里,戛然而止,此后他们之间是如何月上柳梢,人约黄昏,千般绸缪,万种温柔,就可以在画面之外想象得之了。

第二支小令是从少女的角度来写少年的鲁莽行为。但鲁莽中有深情,痴呆中有慧根,令人爱既不可,恨又不忍,只好在半推半就中"遂却少年心,称了于飞愿"(关汉卿〔新水令〕)。妙在作者设置了一个极其幽静的环境,碧纱笼着窗棂,周围连一个人影也没有,给少年提供了求情寻欢的条件。主人公怀着负心的内疚,装出一副可怜相,要求与她亲热。只一个"跪"字,包含着多少恼人的往事,把他背着她在外攀柳折花、握雨携云的负心行为完全浓缩在里面。既呼应了上文的"骂",又对比了下文的"嗔",自然是几经锻炼得来的。试看一个是"要亲",一个是"转身";一个是假意,一个是真情。他越装得可怜,越显出忏悔的真诚;她越假装生气,越显出内心的甜蜜。这最后两句,恰好说明"嗔"是假,"回转身"来是假,是表面的,是做戏的,而接受他的"亲",才是内心的,是真实的。"一半儿推辞一半儿肯",把一个少女的内心世界裸露无遗,既有羞涩和矜持的一面,又有深情和大胆的一面。一个少女的半嗔半羞、半推半就的神态,活脱脱地浮现在我们的面前。写到这里,两人濒于破裂的感情,完全弥缝起来了,一切恩怨都涣然冰释了。然而"人有悲欢离合,月有阴晴圆缺",别易会难,聚少离多,是

【四块玉】

生活漩流中常有的微波,是不足为怪的。

第三四支小令,正是写他们生活漩流中的微波。夜深了,人远了,女主人公怀着"才欢悦,早间别"的孤寂感,重新陷于痛苦之中,灯灭银台,烟消宝鼎,一幕幕的往事在心头闪过。没奈何,只得含着两行清泪走向冷清清的罗帏。"昨宵个绣衾香暖留春住,今夜个翠被生寒有梦知"(《西厢记》三本三折),自然感到"情兴懒","被儿单"了。这就把她在乍离乍别之后,不免要发出"等闲辜负,好天良夜"(关汉卿《侍香金童》)的感叹。于是在回忆和苦闷中,想起了"多情多绪"的"小冤家",半真半假的私房话,怎么不逗得人魂牵梦萦,惹得人腰瘦带宽,怎么不教人烦烦恼恼、哀哀怨怨呢? 这里的"小冤家"和上文的"俏冤家",相映成趣,虽只一字之异,却是移易不得。无怪贯云石说关汉卿的散曲"造语妖娇"(《阳春白雪序》)了。

(羊春秋)

〔南吕〕四块玉

关汉卿

别　情

自送别,心难舍,一点相思几时绝。凭阑袖拂杨花雪。溪又斜,山又遮,人去也。

此曲用代言体写男女离别相思,从语言、结构到音情都有值得称道之处。

曲从别后说起,口气虽平易,然送别的当时,既觉"难舍",过后思量,心绪自然无法平静。说"相思"只"一点",似乎不多,但又不知"几时"能绝。这就强调了别情缠绵的一面,比起强调别情的沉重那一面,似乎更合情理,此即所谓藕(偶)断丝(思)连。"凭阑袖拂杨花雪",一句有二重意味:首先点明季节为暮春(杨花如雪)时候,此时节容易动人离思,句中或许还含有"去年相送,余杭门外,飞雪似杨花;今年春尽,杨花似雪,犹不见还家"(苏轼〔少年游〕)那种暗示别时情景的意味;二是点明处所系有阑杆处,当是高楼;与此同时也就点明了女主人公是"独上高楼,望尽天涯路"(晏殊〔鹊踏枝〕),她在楼头站了许久,以致杨花飞满衣襟,须时时"袖拂"。"杨花雪"这一造语甚奇异,它比"杨花似雪"或"如雪的杨花"的说法,更具有感性色彩,手法差近"鬓云欲度香腮雪"(温庭筠〔菩萨蛮〕)中的"香腮雪"。

末尾三句"溪又斜,山又遮,人去也",分明是别时景象,它与前数句的关系不甚确定。可有多种解会:一种是作顺承看,女主人公既在"凭阑",不免由望中情人的去路而引起神伤,"溪又斜,山又遮"乃客路光景,"人去也"则完全是痛定思痛口吻。这一解类乎古诗"步出城东门,遥望江南路。前日风雪中,故人从此去"的意境。另一种是作逆挽看,可认为作者在章法上作了倒叙腾挪,使得作品结构不直致,结尾有余韵,近乎小山词所谓"从别后,忆相逢"(晏几道〔鹧鸪天〕)的写法。而这两种解会还可以融合,因为那倒叙也可以看作是女主人公的追忆。这种"多义"现象包含着一个创作奥秘。接受美学认为,文学欣赏是一种补充性的确定活动,读者须用自己的想象填补作品的未定点和空白。此曲之妙,就在于作者在关键处巧设下了这样的未定点和空白,从而使作品具有多义性和启发性,令人百读不厌。

曲味与词味不同,其一在韵度。曲用韵较密,且一韵到底。韵,本是较长停顿的表记。此曲短句虽多,但句尾的腔口均须延宕,读来韵味悠扬。特别是结尾以虚字入韵,为诗词所罕见,曲中则常有(别如马致远《夜行船》套"道东篱醉了也")。以"人去也"呼告作结,极有风致,使人不禁联想到"听得道一声去也,松了金钏"那一《西厢》名句。

（周啸天）

〔南吕〕四　块　玉

关汉卿

闲　适

适意行，安心坐。渴时饮饥时餐醉时歌，困来时就向莎茵卧。日月长，天地阔，闲快活。

关汉卿的〔四块玉〕《闲适》是一组小令，共四首，这是第一首。这支小令《太和正音谱》列为谱式，但第三句作"渴时饮呵醉时歌"七字句，《九宫大成谱》又把它分为"渴时饮，醉时歌"两个三字句，这里根据《太平乐府》作"渴时饮饥时餐醉时歌"的九字句，说明它的第三句至少有三种句式。

这组小令所包含的深沉意识，在元代一些沉抑下僚、志不获展的知识分子的诗歌中常有流露，如马致远的"种春风二顷田，远红尘千丈波，倒大来闲快活"（〔四块玉〕《叹世》），白朴的"知荣知辱牢缄口，谁是谁非暗点头，诗书丛里且淹留"（〔阳春曲〕《知几》）等，都是这种意识的反映；就是那些仕途亨通，春风得意的知识分子，在诗歌中也往往会流露出这种意识，如做过翰林学士承旨的卢挚，也有"风云变古今，日月搬兴废，为功名枉争闲气"（〔沉醉东风〕《叹世》）的感叹，做到太子少傅的姚燧，同样有"有人问我意如何？人海阔，无日不风波"（〔阳春曲〕）的曲词。他们都像看破红尘，参透荣辱，沉默而不敢言，趑趄而不敢进，只想退出那"车尘马足，蚁穴蜂衙"的官场，走到那"闲中自有闲中乐，天地一壶宽又阔"(陈草庵〔山坡羊〕)的世界里去。关汉卿这组小令,可以说是这种意识的代表。他向往那种闲适清静、无拘无束的散诞生活,而对那"官囚""利牢"的名利场、是非海,则感到厌倦、蔑视和憎恨。

这首曲一开头,就提出自己的生活信条:"适意行,安心坐"。即要求行要适意,坐要安心,既没有荣辱的干扰,又没有祸福的忧虑;既不仰人鼻息,又不受人驱使,完全按照生活的需要,来安排自己的一切。"渴时饮饥时餐醉时歌,困来时就向莎茵卧"。饮、餐、歌、卧,都是任其自然,随心所欲,什么"闲熬煎、闲烦恼、闲萦系、闲追欢、闲落魄、闲游戏"(〔乔牌儿〕),统统去见鬼罢,剩下的只有"四时风月一闲身"(白朴〔阳春曲〕《知几》)了。诗人把这种生活跟那"密匝匝蚁排兵,乱纷纷蜂酿蜜,急攘攘蝇争血"(马致远〔夜行船〕)的官场生活对立起来,跟那"晨鸡初叫,昏鸦争噪,那个不去红尘闹"(陈草庵〔山坡羊〕)的奔竞者对立起来。他把恬退、闲适的生活描绘得越自在、越自由,就越反衬出官场生活的不自在、不自由;描绘得越安稳、越宁静,就越反衬出官场生活的危险、不太平。这种思潮的流行,与清静无为的道家思想有关,与社会的黑暗动乱有关。下文的"日月长,天地阔,闲快活",既是紧承上文的"醉时歌"而来,又是元代道教盛行,社会黑暗的艺术反映。"壶中日月长","醉里乾坤大",是醉眼蒙眬中的境界,也是人们在那个时代里要求"静听不闻雷霆之声,熟视不见天地之形"的心理反应。这里还暗用了道士施存"常悬一壶,如五升器大,变化为天地,中有日月如世间,夜宿其内,自号壶天,人谓曰壶公"(《云笈七签》)的故事,让人们遁入道家所描绘的洞天福地,以逃避现实生活中的干扰、斗争和罪恶,像李白所高唱的那样:"何当脱屣谢时去,壶中日月别有天。"(《下途归石门旧居》)此首小令所反映的这种思想,现在看来虽不免有些消极,但在当时却是与黑暗的现实相对立的。

(羊春秋)

〔南吕〕四 块 玉

关汉卿

闲 适

旧酒投①,新醅泼②,老瓦盆边笑呵呵。共山僧野叟闲吟和。他出一对鸡,我出一个鹅,闲快活。

《闲适》共四首,这是第二首,写诗人同良朋好友诗酒欢宴的动人情景。

在一个风和日暖的日子里,旧酒重新酿过,新酒刚刚蒸熟,老瓦盆边几个良朋好友围坐一团,喜笑颜开,意气扬扬。原来是诗人同山野中的和尚、田叟在一起饮酒赋诗,吟咏唱和。今天,他拿来了一对鸡,我带了一只鹅,大家在这里自在消受一番,好不快活。

这是一个充满诗情画意,富有浓厚生活气息的小宴会。这次宴会既无达官贵人迎宾娱客、妙舞笙歌的豪华奢靡场面,也无文人雅士宾主饮宴、传杯换盏的繁缛礼节,一切是那么自然,那么简朴;然而又是那么融洽和谐,那么真诚、热烈。虽然酒是自家旧投、新泼的,酒具是简陋的老瓦盆,饮食是大家凑合的,客人是山僧野叟,不是什么有身份的人,但菜肴却也不少,有酒、有肉、有鸡、有鹅,大家笑呵呵,乐陶陶,还吟诗唱和地闲快活。总之,情绪是欢乐的,志趣是高雅的,气氛是真挚友好的。这种"打平伙"式的真诚欢聚,无拘无束,率性而行,彼此尊重,平等相待,和睦友好,正是田园生活的乐趣和山野隐逸的高洁所在。诗人不慕荣利,鄙弃官场的高尚情操充分表现了出来,不言而自明。"闲吟和""闲快活"式的逍遥自在的"闲适"生活的确又只能在"山僧野叟"中存在,而尔虞我诈、勾心斗角的黑暗官场中是绝对没有的。因此诗人对"闲适"自由的赞颂无疑又是对现实社会与黑暗官场的不满与否定。

　　本色的语言、鲜明的形象是这首小令的一个显著特点。整首小令全用通俗易懂的民间口语，朴实自然，毫无雕琢斧凿的痕迹，仿佛信手拈来一般。"他出一对鸡，我出一个鹅"，这样的句子自然贴切而又似毫不经意，却很好地表现了这些自食其力而并不富有的山林隐士彼此之间亲密无间的感情。"老瓦盆边笑呵呵""共山僧野叟闲吟和"，亦是平常口头语，然而诗人与"山僧野叟"饮酒赋诗、欢乐无穷的动人场景却历历如绘，宛在眼前，形象鲜明生动，传神感人。

（吴明贤）

〔注〕　① 投：本作酘(tóu 投)，酿酒过程中把饭投入曲液，此处指再酿之酒。　② 醅(pēi 胚)泼：即酦(pō 泼)，未滤过的重酿酒。

〔南吕〕 四　块　玉

关汉卿

闲　适

　　意马收，心猿锁。跳出红尘恶风波，槐阴午梦谁惊破。离了利名场，钻入安乐窝，闲快活。

　　这是关汉卿〔四块玉〕《闲适》这组小令的第三首。作者"经了些窝弓冷箭蜡枪头"(〔不伏老〕)之后，萌发了"寻取个稳便处闲坐地"(〔乔牌儿〕)的内心呼唤。曲一开始，就用了一个为人们所熟悉的佛教典故。《维摩经·香积品》云："难化

【四块玉】

之人，性如猿猴，故以若干种法，制御其心，乃能调伏。"就是以人的名心利欲，比之奔腾的马，易躁的猿，要将它牢牢的拴起和锁住，才能安静下来。这"意马收，心猿锁"是元代许多知识分子共同的心态流露。卢挚的"无是无非快活煞，锁住了心猿意马"（〔沉醉东风〕），庾天锡的"紧地心猿系，牢将意马拴"（〔雁儿落带得胜令〕），都是这种意识的表露。他们为什么要制住心猿意马、跳出红尘呢？一是看到现实的风波，二是参破槐阴的午梦。他们看到屈原沉江、伍胥伏剑、淮阴饮恨、伏波蒙冤的历史，不断地在现实生活中重演；看到金榜题名、麟阁书勋、万里封侯、一品当朝，还不是"到头这一身，难逃那一日"（〔乔牌儿〕）！于是立下"跳出红尘恶风波"的决心，发出"槐阴午梦谁惊破"的诘问。"槐阴梦"就是"南柯梦"。书生淳于棼醉卧在槐阴下，梦为大槐安国驸马，任南柯太守三十年，享尽了人间的荣华富贵，后以兵败罢归（见唐李公佐的《南柯太守传》和明汤显祖的《南柯记》）。连梦里功名，幻中富贵，也是"功名纸半张，富贵十年限"（庾天锡〔雁儿落带得胜令〕），有什么意思呢？还不如"离了利名场，钻入安乐窝，闲快活"。这表面上是逃避斗争，追求安逸的消极思想，实则是悲与愤的交织，血和泪的控诉。诗人是热爱生活的，但生活不让他织成五彩缤纷的颜色；诗人是很有才华的，但才华不让他为国分忧，为民作主。离开那名缰利锁般的牢笼，钻进那安闲自在的窝中，是被动的，是不得已的，是从历史教训和现实生活中总结出来的全身远祸的办法。他认为范蠡的五湖舟，严陵的七里滩，陶潜的五柳庄，陈抟的少华山，确实是理想的"安乐窝"。那里不要"摧眉折腰事权贵"，那里较少"窝弓冷箭蜡枪头"，那里也不必"带月行，披星走，孤馆寒食异乡秋"。正因为如此，所以元人散曲中总是批评屈原、伍胥、韩信、马援等不知急流勇退、全身远祸，而赞美范蠡、严陵、陶潜和陈抟"会作山中相，不管人间事"。这种思潮，自有其时代背景的。在蒙古贵族的统治下，民族歧视和民族压迫是空前的。从政治上看，"台省元臣、郡邑长官及雄要之职"，汉人皆不得担任（《草木子》）。从法律上看，"诸蒙古人与汉人争，汉人勿还报"（《元史·刑法志四·斗殴》），"诸蒙古人因争及乘醉殴死汉人者，断罚出征，并全徵烧埋银"（《元史·刑法志四·杀伤》）。从科举来看，"试蒙古生之法宜从宽，色目生稍加密，汉人生则全"（《元史·选举志》）。一些法令是极不平等的，这使得大多数知识分子产生"这壁拦住贤路，那壁又挡住仕途"（马致远《荐福碑》第一折）的悲愤，于是"皆不屑仕进，乃嘲风弄月，流连光景"（邾经《青楼集序》），"以其有用之才，一寓于声歌之末，以抒发其抑郁感慨之怀"（胡仔《真珠船》）。这就是诗人一再呐喊"急流勇退寻归计"，"寻取个稳便处闲坐地"的思想实质，也是这支小令所表现的中心思想。

（羊春秋）

〔南吕〕四 块 玉

关汉卿

闲 适

南亩耕，东山卧，世态人情经历多。闲将往事思量过。贤的是他，愚的是我，争什么！

本篇是关汉卿《闲适》这组小令的第四首。同第三首一样，它也是倾诉自己为什么愿意过闲适的隐居生活的苦衷，但侧重点有所不同。第三首主要是从名利虚幻的角度说，这一首主要是从贤愚颠倒的角度说。合而观之，作者的思想脉络就比较清晰了。

"南亩耕"用陶渊明典故。陶渊明不愿为五斗米折腰，弃官归来，"开荒南野际，守拙归园田"（《归园田居》之一），高风亮节，世所钦仰。"东山卧"用谢安典

【四块玉】

故。谢安曾在东山(今浙江上虞)隐居,屡辞征召,高卧不起。这两位古人都是作者心目中的榜样。然而,诗人为什么会产生归隐山林之想呢?这决不是因为诗人不关怀世事,恰恰相反,他和陶渊明、谢安一样,都曾有过济苍生、安社稷的抱负,但在亲身阅历了纷纭万象的"世态人情"之后,他对于自己面对的现实有了清醒的认识。什么"世态"?何等"人情"?作者这里没有明言。但联系作者的其他作品,不难想象他所指的是"为善的受贫穷更命短,造恶的享富贵又寿延"(《窦娥冤》)的善恶颠倒;"红尘万丈困贤才","十谒朱门九不开"(《裴度还带》)的人才悲剧;"利名场上苦奔波","蜗牛角上争人我"(《鲁斋郎》)的钻营奔竞;"浮云世态纷纷变,秋草人情日日疏"(《鲁斋郎》)的浇薄世风。往事历历,发人深省。诗人反复思量,终于发出鄙夷的一笑:"贤的是他,愚的是我,争什么!"既然那些争名于朝、争利于市者以"贤"自居,并且他们之间也会以"贤"互许,那么我倒愿意以"愚"自居,藏拙守愚,怡然自乐,干什么去和那班小人争短较长!作者对于"贼做官,官做贼,混愚贤"(无名氏〔醉太平〕)的黑暗现实极端不满,对如蝇逐臭、如鸥嗜鼠的功名市侩们嗤之以鼻,在这里却以旷达之语出之,但嬉笑怒骂皆成文章,其忿激的力量决不在慷慨激昂的作品之下。"贤的是他,愚的是我"用"倒反"辞格,一"他"一"我",泾清渭浊,了了分明。这充分表现出作者傲岸的气骨和倔强的个性。

中国古代士人的处世态度,要而言之就是入世、出世两种。但大凡有正义感的知识分子,不论入世也好,出世也好,总是要和现实产生矛盾,和世俗发生龃龉,因此他们要保持自己的人格,常常需要一反流俗,孤标独立。杜甫曾叹息"致君尧舜上,再使风俗淳"的理想不得实现,说自己"窃比稷与契"是"许身一何愚"(《自京赴奉先县咏怀五百字》);关汉卿此处又因归隐田园而宣称"愚的是我":两位作家处世态度不尽相同,但其愤懑不平则是一致的。当然他们所自许的"愚",都是"貌愚而志远"(葛洪《抱朴子》),这是不待言的。

（赵山林）

〔商调〕 梧 叶 儿

关汉卿

别 情

别离易，相见难，何处锁雕鞍。春将去，人未还，这其间，殃及煞①**愁眉泪眼。**

"梧叶儿"，又叫"碧梧秋"或"知秋令"。周德清在《中原音韵·作词十法》中把这支小令作为"定格"，并说它"音如破竹，语尽意尽，冠绝诸词"。王世贞在《曲藻》中又把它作为"情中悄语"的适例。说明它在选调、造语、立意诸方面，达到了很高的艺术境界。就选调来说，自元燕南芝庵提出"大凡声音，各应于律吕"，如"仙吕调唱清新绵邈"，"商调唱凄怆怨慕"（《唱论》）之后，明朱权的《太和正音谱·词林须知》，王世贞的《曲藻》均采其说，至王骥德更进一步加以具体的论述："凡宫调须称事之悲欢苦乐，如游赏则用仙吕、双调等类；哀怨则用商调、越调等类，以调合情，容易感动得人。"（《曲律·论剧戏》）这支小令是写哀怨，写"黯然魂消"的离愁别恨，所以选择了宜于表达"凄怆怨慕"感情的〔商调·梧叶儿〕，从而容易引起人们感情上的共鸣。就造语来说，曲和诗词是有区别的，大抵诗词贵文雅而曲贵本色，诗词宜蕴藉而曲宜明爽。这支小令，没有堆垛学问，雕琢辞藻，而是用平常语道出人物的心曲隐微，贴切自然，感人至深。所以周德清说曲中的"'这其间'三字，承上接下，了无瑕

【梧叶儿】

疵。‘殃及煞’三字，俊哉语也”（《中原音韵·作词十法》）。所谓“俊语”，所谓“了无瑕疵”，除了音乐性的原因之外，实际上就是它的语言自然妥溜，当行本色，没有一句生造的话。就立意来说，这支小令写的是“别情”，但它并不着力去写“执手相看泪眼，更无语凝咽”（柳永〔雨霖铃〕）那样难分难舍之态，不去写“青山隔送行，疏林不做美，淡烟暮霭相遮蔽”（《西厢记·草桥惊梦》）那样伫立凝望之情，而是写离别之后的悔恨，写“年少呵轻离别，情薄呵易弃掷”的生活现实。整个小曲的意境是从王昌龄的“忽见陌头杨柳色，悔教夫婿觅封侯”（《闺怨》）中脱胎出来的。它巧妙地截取生活中的一个横断面，把曲中女主人细微的内心活动委婉地表达了出来。“别离易，相见难，何处锁雕鞍”，是后悔心理的写照，是用李商隐“相见时难别亦难”（《无题》）的句意。到底是什么地方把他的“雕鞍”锁住了呢？她怀疑了，她后悔了，诗人巧妙地运用了柳永的“早知恁么，悔当初，不把雕鞍锁”（〔定风波〕）的词意，既怀疑有人这时锁住了他的“雕鞍”，又后悔自己当初没有把“雕鞍锁”，真是语少而意多，语浅而意深。“物换星移”的季节，容易引起人们各种各样的闲愁。曲中的女主人公早就在倚楼凝望了，可现在“春将去”而“人未还”，怎么不引起“意夺神骇，骨折心惊”（江淹《别赋》）的悲伤呢？“殃及煞愁眉泪眼”，正是这种感情的表现。如果说“何处锁雕鞍”以前，只是淡淡的哀愁，那么“春将去，人未还”，便是深深的埋怨了，到了“殃及煞”一句，便是爱和恨交织起来的矛盾的内心世界的坦露。寥寥数语，把这女主人公隐曲的感情发展的过程，很有层次表现了出来，使人感到这情是从肺腑里流出来的，这话是从心坎里说出来的，因而具有强大的感人的艺术魅力。

（羊春秋）

〔注〕　① 殃及煞：元人方言。殃及，连累的意思；煞，程度副词，厉害、甚、很之意。

〔双调〕沉醉东风

关汉卿

咫尺的天南地北,霎时间月缺花飞。手执着饯行杯,眼阁着别离泪。刚道得声"保重将息",痛煞煞教人舍不得。"好去者望前程万里!"

对于以抒情为主要艺术使命的韵文诗体来说,人类怅惘凄恻的离情别绪,自然是它们的重要题材,正如男欢女爱、伤春悲秋、羁旅之愁、风月之叹一样。在这类作品中,又可因时地角度不同而分作两种,其一是久别长离之后的深深怀想,另一则是描写话别饯行之际的两情依依,分手瞬间的骤然心紧。前者继承的是汉乐府游子思妇的传统,后者的佳篇可举李商隐"相见时难别亦难"的无题诗,柳永"多情自古伤离别,更那堪冷落清秋节"的〔雨霖铃〕词。关汉卿的这首〔沉醉东风〕,正是属于后者的曲之佳构,是一首声情并茂的用散曲写就的"长亭送别"。

"咫尺的天南地北,霎时间月缺花飞。"虽眼下近在咫尺,但即刻便要各分南北了。咫尺,所指自然是空间上的距离。而与之对仗的"霎时间",则表示时间上的短暂。虽说月有阴晴圆缺,花亦有开谢盛衰,自然现象的变化本在人的意料之中,但这"霎时间"的"月缺花飞",人何以堪!可见此处之"月缺花飞"并非眼中之景,实为心中之情:花好月圆,能有几时?首二句点出主题:饯别。次二句为读者勾勒了送行女子的神态:"手执着饯行杯,眼阁着别离泪。"阁,同

【沉醉东风】

"搁",眼眶中勉强噙住的泪珠儿,几乎要滚落到杯中去;眼中物与杯中物一样微颤,杯中物还无眼中物多。小令的后三句尤为生动传神。送行女子最终强忍泪水,吐出了临别赠言。但这短短数字的嘱咐却几番被哽咽之声打断,吐得多么艰难!

如果说柳永"执手相看泪眼,竟无语凝噎"句,讴歌的是一种无声之别的话,那么关氏笔下,则是有声之别;柳词的千言万语竟无从说起,自然写尽了分别之伤感,所谓"此时无声胜有声"是也;但关氏笔下的"有声",却较"无声"毫无逊色,且令人读来"别有一番滋味在心头"。关键在于,作品中女主人公的话语被处理成一断一续。"保重将息"与"好去者望前程万里"之中夹一句"痛煞煞叫人舍不得"的叙述。而"痛煞煞"又"舍不得"的,是送者,亦是行者。送别的场面正是这样,送行人"眼阁着别离泪",而游子,又何尝不是透过晶莹的泪膜在凝望着恋人的泪眼呢?真所谓"搁泪眼望搁泪眼,断肠人送断肠人"。也许正因为意识到"保重将息"过于缠绵而使对方不堪,送行女子这才提高嗓音补了一句勉励:好好去吧,愿君前程万里。她是有意把话转移到这唯一令人振奋的题目上来的。这是她的祝愿,亦是淡释离恨的唯一心理助剂。

全曲在送行女子的殷勤寄语中戛然而止。或许,她让情人跨马扬鞭,自己又在马背上加一巴掌,令其奋蹄而去?抑或是在语寄厚望之后,她干脆别转身去,径自先回了?好一个爽利的女子。好一幅爽利的饯行画面。好一首爽利的小曲。大凡有过同类经验的人都知道,离别不惧速就怕慢,只须一拖,便势必会有"今宵酒醒何处?杨柳岸、晓风残月"的落寞,甚至有"此去经年,应是良辰好景虚设"的凄凉。拖沓于君无益,更何况夫君是去追赶前程的。也许正因这一点,这首小令获得了使柳永的〔雨霖铃〕"不能专美于前"(梁乙真《元明散曲小史》)的评价,因而成为关氏小令的代表作,受到各散曲选家的青睐。

(翁敏华)

〔双调〕沉 醉 东 风

关汉卿

> 忧则忧鸾孤凤单,愁则愁月缺花残。为则为俏冤家,害则害谁曾惯?瘦则瘦不似今番,恨则恨孤帏绣衾寒,怕则怕黄昏到晚。

这首小令写女主人公与心爱的情人离别之后那种茕独凄惶的幽恨和刻骨相思的愁绪。

开头两句写离后的孤独凄凉。妙在两个比喻能暗中唤起对昔日恩爱欢聚的美好回忆,而与今日之景况形成鲜明对照:从前情爱甚笃,鸾凤和鸣。(鸾凤:凤凰一类鸟,古人常用以喻夫妻。)今日却劳燕东西,鸾孤凤单;从前是花好月圆,良辰美景,今日是月缺花残,四壁萧然。离合悲欢,迥乎霄壤;抚今追昔,能不令人销魂断肠?故以"忧则忧"、"愁则愁"的重叠句法,来反复加强这忧伤离愁的感情分量;其中又隐含着对未来的希望:何时才能再度鸾凤比翼、月圆花好呢?两句用了对偶(合璧对)、比喻、重叠三种修辞手法,只写眼前,却能包前孕后。

三四两句写离后的相思哀怨。"俏冤家"是对她心爱情人亲昵的称呼。"俏",表明男方的俊俏可爱;"冤家",本是咒语,意谓对头,一般也用作对情人的昵称,义亦兼含幽怨。"害":指害相思。"谁曾惯":何曾过惯。两句是爱与怨的交织,因为害相思的熬煎正是"俏冤家"离去所致,故聚时爱得越热,离后也怨得越深。"谁曾惯"，既明含哀怨，又点明她以往不曾经受过这种熬煎，破题儿头一遭领略这相思的滋味，当然使人不堪，难以习惯。两句由昵爱而生相思，由相思而生哀怨，曲尽闺妇心灵深处复杂细腻的感情波折。

第五句写其形容消瘦憔悴，是前四句内心忧、愁、爱、害折磨的外化结果。柳永曾有名句："衣带渐宽终不悔，为伊消得人憔悴。"（〔凤栖梧〕）关氏此句除兼包柳词二句之义外，更强调这种消瘦是以往从未有过的；以往虽偶有短暂相思，但旋即能欢聚，不似今番之长期离别，欢聚难期。故今番瘦之甚是平生空前的；而"瘦"又是忧、愁、爱、害所致，故今番的忧、愁、爱、害也是空前的。

六七句写其既恨且怕的心理。孤单一人，独守深闺，空空荡荡，惟有冷清清的罗帏和绣花被；黄昏降临，长夜难眠，形单影只，将怎样熬到天明！"独坐黄昏谁是伴，怎叫红粉不成灰"！这种孤寂凄凉的生活怎能不令她既恨且怕呢？"恨"，是忧、愁、爱、怨的递进深化；"怕"，是感情波澜的高峰浪尖。它使人想到：日日如斯，夜夜如此，这孤独、寂寞、凄凉、可怕的日子何时告了？

此曲属重句体，通篇多用同样口气的重叠句法，从各个侧面反复铺排，淋漓尽致地渲染出离情别绪的浓度。通篇无一景语，纯系抒发人物内心世界的矛盾冲突，不仅语语真切，令人沉醉感动，而且感情线索极有层次：忧、愁、怨、害、恨、怕，层层递进，步步深化，而核心和基础却是爱，诸种情愫皆由爱所生。"瘦"则是诸种内在感情作用的外化结果，亦由爱所致。王国维云："境非独谓景物也，喜怒哀乐亦人心中之一境界。"（《人间词话》）此曲正是通过层层揭示人物心灵深层的一系列心理状态，一个痴情笃爱，茕独凄惶的思妇形象便活脱脱跃然纸上，呼之欲出。语言虽通俗浅易却包孕深厚，句法虽重叠却极富于变化。其缠绵悱恻确"如琼筵醉客"（《太和正音谱》）。

（熊 笃）

〔双调〕碧 玉 箫

关汉卿

秋景堪题,红叶满山溪;松径偏宜,黄菊绕东篱。正清樽斟
泼醅,有白衣劝酒杯。官品极,到底成何济!归,学取他渊
明醉。

这首小令描写了秋山景色的绚丽宜人,诗人游山的诗酒豪兴和由此而生的
归隐之叹,表现出作者对大自然的热爱和对污浊现实的不满。

开篇首句,即豪情满怀,气盖全篇;一连四句,展现出秋山壮丽景色:正是
金风玉露的季节,诗人载酒游山,但见漫山遍野,枫叶流丹,层林尽染,状如云锦
彩霞,宛如熊熊红火。杜牧曾有"霜叶红于二月花"之句,的确,这火红的枫叶,
比起那万紫千红的春色怕也毫不逊色罢。那山溪的泉水,淙淙作响,清浅澄澈,
倘喝上一口,定然清香扑鼻,令人心醉。那苍劲的青松,在草木摇落中显得愈加
挺拔苍翠,令人想起陶潜的赞美:"凌霜殄异类,卓然见高枝。"(《饮酒》)故尔漫
步于苍松之下的小径上,尤觉神清气爽,高洁宜人。再看大地,金灿灿的菊花正
迎霜裹露盛开,宛如团团黄金锦绣,盘绕菊园。难怪陶潜曾再三赞美:"秋菊有
佳色,裹露掇其英";"采菊东篱下,悠然见南山。"(同上)火红的枫叶,金黄的菊
花,色彩鲜艳明丽;清浅的山溪,幽邃的松径,氛围清新秀美。秋景如画,自然会
使诗人逸兴遄飞,顿生灵感,欣然而叹"秋景堪题"了。作者一反诗词中草木摇
落,红衰翠减,肃杀凄凉的悲秋情调,而以乐观豪情去写秋景的磅礴绚丽和沛然

【碧玉箫】

生机。且景中寓情：红叶、山溪，皆林泉之士所爱，红叶可题诗，可烧火煮酒；山溪可酿酒，又可供垂钓。苍松、黄菊，凌霜傲雪，经久不凋，象征超尘拔俗，志洁行芳，而为陶潜所赞。凡此皆为下文"学渊明醉"张本。而"堪题"、"偏宜"，赞美之情亦溢于言表。四句用隔句扇面对偶，写得有声（溪）、有色（红、黄）、有态（满、绕）；景致描绘又极有层次：一二句写全景，是出乎其外，三四句写局部，是入乎其内，绘出一幅绚丽多娇的秋山图。

五六句写开怀畅饮的豪兴。泼醅：通醱醅，一种重酿和未过滤的乡村家常酒。白衣：犹言布衣，指未作官者。值此绚丽宜人的秋景，正该让清樽斟满，开怀痛饮；难得与一伙布衣朋友相聚，正可举觞相劝。清樽、泼醅、白衣、酒杯，这些意象，又隐含着安贫乐道，浮云富贵，笑傲王侯之意。

末尾四句一转，正面抒发不屑仕进的归隐之情：出仕做官，纵然品级升到极限，最终能会有什么救助呢？意即亦无济于事的。故不如学陶渊明归隐，以醉销忧。本来，关汉卿何尝不想兼济天下呢！但处于这样的时代，统治者昏庸暴虐，杜绝贤路；官场黑暗险恶，阴谋倾轧；正直之士又不愿同流合污。所以作者发出了绝意仕进，愤世嫉俗的呼声。然而这毕竟只是愤激之词，事实上终其一生，他并未消极归隐，而是正视现实，紧握笔杆，创作杂剧，在仕隐两途之外开辟一条新路，度过了他战斗的一生。

此曲风格豪辣灏烂。写秋天之景而意象绚丽壮阔，不着悲凉肃杀语；抒归隐之情，亦豪迈旷放，毫无人生如梦、及时行乐之颓唐情调。且对偶精美自然，音律畅适和谐，特别是此曲末句，平仄既切合音律"第一着"末二字用"平去"，抒情又十分自然地顺理成章，堪称声文并茂。

（熊　笃）

〔双调〕大　德　歌

关汉卿

春

子规啼，不如归，道是春归人未归。几日添憔悴，虚飘飘柳絮飞。一春鱼雁无消息，则见双燕斗衔泥。

《春》这支小令，首二句"子规啼，不如归"，既状景物，兼点时令。意思是讲：春天的杜鹃鸟（即子规鸟）啼叫了，啼声好像在说"不如归去"。子规鸟的啼叫声，声声都响在闺中少妇的耳旁，回旋在闺中少妇的心上，因而深深触动了她怀念远人的情怀。故第三句便落笔到"道是春归人未归"。意思是讲：你走的时候对我说过春天就归来，而今春天已到，却不见你的踪影。话语之间，似乎已微露出少妇对远人的不满。正由于盼人不至，心烦虑乱，精神饱受折磨，于是才又引出"几日"两句对少妇愁苦的描绘。"几日添憔悴"，是说她近日的面色已显得枯槁瘦弱，憔悴多了。这是从外形上描绘少妇的愁苦。接着又进一步从内部揭示少妇心灵上的创伤。"虚飘飘柳絮飞"，表面写的是景，实际是借喻少妇的心理状态。少妇因情侣久去不归，在外是凶、是吉、是祸、是福，都不得而知，怎不令人担心；因而心绪不定，忽上忽下，正像虚飘飘的柳絮，漫天飞扬，无所适从。作者这样从外而内两个方面刻画，便把一个愁苦的少妇写得真实感人。柳絮杨花，又正是暮春的景象，作者从中又巧妙地暗示出少妇在等待中度过了一个漫长的春天，同时也使下句的"一春"二字有了依据。既然少妇一等再等，结果九十春光已过，不仅人未归，连信息也没得到，最后就不能不伤感地明确点出"一

【大德歌】

春鱼雁无消息"了。在这七个字中,虽未着一"思"字,而少妇思念远人的炽烈感情已溢于言表。不用说,这时的少妇痛苦已极,凄迷纷乱,百无聊赖。妙的是作者却未从正面明白写出这种感情,而是宕开一笔,用"则(只)见双燕斗衔泥"加以反衬。显然,"燕"为"双燕",它们又为筑巢而比赛着衔泥。此情此景,和孤居独处、落落寡欢的少妇适成鲜明的对照,怎不使人又添几分苦涩呢? 意在言外,忧思无穷,真可谓"此时无声胜有声"了。

本曲开头以子规鸟的啼叫引起少妇的思念,用的是起兴手法。中间写闺中少妇的离别之苦,由表及里,层层深入。最后又以双燕衔泥反衬一春未得信息的少妇的孤独之苦。全篇紧紧围绕一个"春"字,从各个侧面描绘,突出了少妇的思念。行文上惜墨如金,不蔓不枝。

(王学奇)

〔双调〕大 德 歌

关汉卿

夏

俏冤家,在天涯,偏那里绿杨堪系马! 困坐南窗下,数对清风想念他。蛾眉淡了教谁画? 瘦岩岩羞带石榴花。

这支小令,是写少妇对远方情人的猜疑和抱怨。远方的情人是怎样一个人呢,开头一句便写道:他是个"俏冤家"。"冤家",是妇女对情人的昵称,已经够可爱了,又冠之以"俏",更令人迷恋。可如今他远走天涯,一去不归,怎能不叫人怀疑。第三句,"偏那里绿杨堪系马",更明显地由怀疑流露出抱怨的情绪。如把前三句连起来，意思就是说：我那心爱的人儿，远在天涯，你怎么在外贪恋新欢，而偏偏不愿回家呢！"偏"在这里用作副词，表示发生的事，与所期待的恰好相反。故下一"偏"字，便把少妇爱极而怨深的感情反映得淋漓尽致。"绿杨堪系马"句，一语双关，既点明夏日的时令，又比喻滞留异地、拈花惹草的负心郎。其实，在远方作客的情人未必如她所猜想的那样，这或许是少妇的"多虑"吧！而"多虑"也正是一种情深爱笃的表现。故虽抱怨，却并未弃绝。因此下文"困坐"、"数对"两句，又表现为万般慵懒、无所事事，只有一次次面对清风倾吐自己对远人的情思，大有"不思量，自难忘"，摆不脱，丢不开之苦。故这两句，虽看似平淡无奇，实则大有深意，它进一步刻画出少妇对远人思之弥深、爱之弥笃的感情。而少妇究竟"思念他"什么呢？下文就是给我们的答案："蛾眉淡了教谁画？"这是少妇借汉代张敞为妻画眉的故事来表示她对夫妻恩爱生活的回味和渴望。然而好事难成，希望终无由实现，以致愁得"瘦岩岩羞带（戴）石榴花"。"瘦岩岩"，瘦骨嶙峋貌，它比"憔悴"状瘦弱不堪之状，更具体，更形象。"羞带（戴）石榴花"句中的"羞"字，尤为传神之笔，它既含戴花与体貌不相称的自我嘲讽之意，又表露出戴花无人欣赏的寂寞。古人说："女为悦己者容"，这里暗化此意，且更形象生动，活画出少妇难以言状的复杂的心理状态。

本曲首句"俏冤家"，是统领全篇的关键句。少妇的思念、怀疑以致抱怨，都由此而发；少妇对她们过去美满生活的回味和对未来生活的憧憬，以及"为悦己者容"的心理，也是以此为依据。故全篇所言少妇的表现，都和"俏冤家"紧紧挂钩。句句落实，没有一句是闲笔。

（王学奇）

【大德歌】

〔双调〕**大　德　歌**

关汉卿

秋

风飘飘，雨潇潇，便做陈抟睡不着。懊恼伤怀抱，扑簌簌泪点抛。秋蝉儿噪罢寒蛩儿叫，淅零零细雨打芭蕉。

这首《秋》和《春》、《夏》两支小令，都写少妇的烦恼，都是因为"人未归"而引发的，如果把它们当作组诗看，《秋》便是前两首的继续，是因"人未归"而引发的更大的烦恼，故"懊恼伤怀抱"，便成为本曲表现的重点。"风飘飘，雨潇潇"，是说风雨交加，突然而至，声势咄咄逼人。这开头两句，就给脆弱的少妇带来很大压力。常言"秋风秋雨愁杀人"，况忧心忡忡的少妇值此闷人天道，又如何禁受得了！心绪不宁，夜难成寐，所以第三句就说"便做陈抟睡不着"。这是借唐五代时在华山修道的陈抟（传说能一睡百日不醒）的故事，极言少妇被哀思愁绪煎熬着，说她即使做了陈抟，也难以入睡。忧思如此之深，终至烦恼、悔恨、伤心、落泪。所以第四五句又写道："懊恼伤怀抱，扑簌簌泪点抛。"如果说在《春》、《夏》两支小令里，尚局限于由于忧思而形容憔悴、瘦骨嶙峋的话，那么在《秋》这支小令里，她的忧思就势如潮涌，终于冲决感情的堤坝，伤心的泪水滚滚而下了。不言而喻，"扑簌簌泪点抛"，就是对这位女主人公的悲凉心境的具体展现。最后两句"秋蝉儿噪罢寒蛩儿叫，淅零零细雨打芭蕉"，作者又借外界的景物，强烈地衬托出女主人公的孤独、寂寞和难以言喻的久别之苦。此时此刻，窗内：枕冷衾寒，形单影只；窗外：秋蝉寒蛩，轮番聒噪。窗内：泪如泉涌，揩不干，擦不净;窗外:细雨敲打着芭蕉,连绵不断。这一切都溶化在一起,物我不分,从而使女主人公的离思之苦得到了充分的表现。大有"但闻四壁,虫声唧唧,如助余之叹息"(欧阳修《秋声赋》)和"梧桐声,三更雨,不道离情正苦;一叶叶,一声声,空阶滴到明"(温庭筠〔更漏子〕)之境界。

　　本曲从秋景写起,又以秋景作结,首尾照应,结构完整。中间经过由物及人、又由人及物的转换,情景相生,交织成篇,从而加强了人物形象的真实感,大大提高了艺术感染力。

(王学奇)

〔双调〕大 德 歌

关汉卿

冬

雪纷纷,掩重门,不由人不断魂! 瘦损江梅韵,那里是清江江上村! 香闺里冷落谁瞅问? 好一个憔悴的凭阑人!

　　这支小令,多一半反映的都是闺中少妇绝望的心情。开头两句"雪纷纷,掩重门",是说年冬腊月,大雪纷飞,掩蔽重门,造成交通阻塞的困难,远行人就更不易归来了,少妇如何不为之心碎! 在这个时候,要表露少妇的感情再也容不得半点含蓄,因此第三句便直抒胸臆,明白写出了"不由人不断魂"的惨痛诗句。"断魂",乃极喻少妇悲观失望,痛苦欲绝之词。这种令人肠回九转的颓丧情绪,由作者所下"不由人"三字表现的更为强烈和无法控制。少妇的绝望到了如此程度,其精神所受折磨之深可以想见。故第四句"瘦损江梅韵",又借江上梅花

【侍香金童】

瘦得不成样子,已失掉往日的风采,来比喻少妇因愁苦而瘦削不振的形貌,这较之前曲《夏》中的状词"瘦岩岩"更形象、更生动、更引人注目。第五句"清江江上村",是化用辛弃疾〔菩萨蛮〕:"郁孤台下清江水,中间多少行人泪"等词句所表现的意境,进一步形象地表达了"凭阑人"凄清孤寂的悲痛心情。至此,少妇便脱口发出"香闺里冷落谁瞅问"的慨叹。少妇处此绝境,似乎一切都已破灭,其实,她并未被这一切所压倒,内心的希望之火,仍在燃烧。尽管风狂雪骤,身休瘦弱不堪,仍勉力支撑着凭阑远望,要"望断天涯路"。故最后一句"好一个憔悴的凭阑人",一扫上文所言绝望的情绪,显示出一个少妇对爱情的执着追求和坚强的性格。"好"字意义双关,下的非常妙,它似是修饰"憔悴",用作甚辞,有"很"、"太"等意,寄寓着作者深厚的同情,但也有更多的赞赏之意。有此一句,才显示出本曲精妙之所在,它可以使全篇的消沉气氛为之一振。

本曲在结构上,采用的是前后矛盾对立的写法。前面几句写的都是少妇无可奈何的绝望心情,经彩笔左涂右抹,色调越来越浓,似乎已绝望到底,而最后一句,则急转直下,一反常态。这样,先抑后扬,更富有吸引人的艺术魅力。

(王学奇)

〔黄钟〕侍 香 金 童

关汉卿

春闺院宇,柳絮飘香雪。帘幕轻寒雨乍歇,东风落花迷粉蝶。苟药初开,海棠才谢。

〔幺〕柔肠脉脉,新愁千万迭。偶记年前人乍别,秦台玉箫声断绝。雁底关河,马头明月。

〔降黄龙衮〕鳞鸿无个,锦笺慵写。腕松金,肌削玉,罗衣宽彻。泪痕淹破,胭脂双颊。宝鉴愁临,翠钿羞贴。

〔幺〕等闲辜负,好天良夜。玉炉中,银台上,香消烛灭。凤帏冷落,鸳衾虚设。玉笋频搓,绣鞋重撷。

〔出队子〕听子规啼血,又西楼角韵咽。半帘花影自横斜,画檐间丁当风弄铁,纱窗外琅玕敲瘦节。

〔幺〕铜壶玉漏催凄切,正更阑人静也。金闺潇洒转伤嗟。莲步轻移呼侍妾,把香桌儿安排打快些!

〔神仗儿煞〕深沉院舍,蟾光皎洁。整顿了霓裳,把名香谨爇。伽伽拜罢,频频祷祝:不求富贵豪奢,只愿得夫妻每早早圆备者!

　　这首套曲描写的是一个思妇对远别之夫刻骨铭心的思念。抒写离愁别恨,这是关汉卿散曲的一个重要题材。

　　套曲首先描绘了思妇生活的环境。在这个小小的庭院里,一阵春雨之后,帘幕间还略带着一点寒意。这时节,柳絮已开始飘散,芍药刚刚才开放,而海棠则业已凋谢了:粉蝶儿正在贪恋着那些被无情的东风吹掉的落花。花谢春归,这恰恰是最容易引起春愁的时节。

　　下面〔幺〕篇就转入对思妇的描写。"柔肠脉脉,新愁千万迭。"在这恼人的落花时节,新愁旧怨都一起涌上了思妇的心头。这新愁,就是指因百花凋零、春归人未归而引起的愁绪;这旧怨,就是指夫妻的分别所造成的痛苦。因而就自然地回忆起了夫妇当初离别的时刻,"偶记年前人乍别,秦台玉箫声断绝。雁底

【侍香金童】

关河，马头明月。"夫妇二人在年前突然中断了琴瑟和谐的美满生活。丈夫千里关河，鞍马程途，餐风宿露，披星戴月，从此就远远地离开了她。

〔降黄龙衮〕一曲，具体描绘了丈夫的离别给思妇造成的痛苦。"鳞鸿无个，锦笺慵写。"丈夫一别之后，就音信杳无，居然连一纸书信也懒得动手写来。在这离愁别恨的折磨之下，她一天一天地消瘦了，松了金钏，减了玉肌，罗衣也显得更宽大了。整日以泪洗面，眼泪淹破了双颊上的胭脂。"宝鉴愁临"，自己形容憔悴，真不敢去照一照那面菱花宝镜；"翠钿羞贴"，良人未归，又有什么心情去梳妆打扮呢？

〔幺〕篇又进一步渲染了思妇的孤独与愁苦。"等闲辜负，好天良夜。"丈夫一去不回，把这良辰美景全都等闲辜负了。"等闲"二字，十分贴切地表达了思妇无限惋惜的心情。同时，这一句又领起下面对思妇孤独生活的具体描绘。"玉炉中，银台上，香消烛灭。凤帏冷落，鸳衾虚设。"在大好的春光里，本来应该是玉炉中香烟袅袅，银台上灯火通明，而现在却是香消烛灭。锦帏上描的是双凤齐飞，而锦帏中的人却是形只影单；衾枕上绣的是鸳鸯交颈，而鸳衾里的思妇却是独自孤眠。这些凤帏、鸳衾形同虚设，不但没有给他们的夫妻生活锦上添花，反而时时触发着思妇的孤苦寂寥之感，惹得她频频地搓手，不断地顿足。烦躁不安的心情简直无法平息下来！

接下来〔出队子〕曲，又从环境的描绘来表现思妇的辗转难眠。"听子规啼血，又西楼角韵咽。"关汉卿在〔大德歌〕《春》中写道："子规啼，不如归，道是春归人未归。"子规那"不如归去"的啼声，一声声唤回春去，但是，"春归也奄然人未归"，所以，子规啼血的声音，再加上从西楼传来的幽咽的号角的悲鸣，就更增添了思妇的忧愁。她怎么能安然入睡呢？月光把花影横横斜斜地迭印在竹帘上，画檐间的铜铃铁马被风吹得丁当作响，纱窗外的瘦竹也被风吹得撞击有声，这是一个多么寂寞、冷清、令人窒息的环境啊！从"纱窗外琅玕敲瘦节"中的这个

"瘦"字，人们不由得想到思妇那瘦岩岩的身体就是在这样凄苦的环境中受着煎熬。

最后〔幺〕篇和〔神仗儿煞〕这两只曲子，是写思妇祷祝的情景。"铜壶玉漏催凄切，正更阑人静也。金闺潇洒转伤嗟。"已经是夜深人静了，但思妇却仍然辗转反侧，难以入眠，那铜壶滴漏的声音使人更感到凄切。一个"催"字，形象地表明了更阑人静的冷落环境对思妇恶劣心情的巨大影响，使思妇因这索寞凄凉而更加感伤嗟叹。"莲步轻移呼侍妾，把香桌儿安排打快些！"因为是更阑人静，为了不惊动别人，所以是轻轻地移动莲步，悄悄地唤醒侍妾，叫她赶快把香桌儿安排好。"打快些"三字，用通俗的口头语言，表现了思妇情急难耐的心情。"深沉院舍，蟾光皎洁。"这是思妇祷祝的优雅环境。"整顿了霓裳，把名香谨蓺。"表现了思妇祷祝的郑重与虔诚。她临祷前把衣裳又特地整顿了一番，小心翼翼、恭恭敬敬地把名香点燃。"伽伽拜罢，频频祷祝。"她深深地拜了一拜，不停地向神灵祈祷："不求富贵豪奢，只愿得夫妻每早早圆备者！"她不求富贵豪华，其他甚么要求也没有，唯一的希望是夫妻早早团圆，充分地表达了这个思妇对丈夫的急切盼望之情，表现了她对爱情的诚挚和忠贞。

关汉卿的这套曲子，笔酣墨饱，自始至终，写得挥洒淋漓，感情真切。首曲起句"春闺院宇，柳絮飘香雪"，描写暮春景色，就非常清新、雅致。中间〔幺〕篇、〔降黄龙衮〕、〔出队子〕等五只曲子，采用了排比、夸张、形容等艺术手法，反复地、尽情地渲染思妇寂寞、冷落的生活环境和孤独、忧伤的心理状态，给人以饱满、浩荡的感觉。比如秦台玉箫、鳞鸿锦笺、铜壶玉漏、子规啼血这些常用来描写思妇幽怨的故实，更阑人静、香消烛灭、凤帏冷落、鸳衾虚设、花影自横斜、丁当风弄铁、琅玕敲瘦节等常用来表现思妇孤栖生活的环境描写，这里都一一用到了。由于切合内容，并不显得堆砌。一般的文艺作品都常常用身体的消瘦来表现思妇忧愁的沉重，这里，对思妇身体的瘦损也作了详尽的描绘："腕松金，肌削玉"、"宝鉴愁临"、"罗衣宽彻"。曲子如此反复地尽情地渲染,造成一种愁云迷雾的气氛,一个情景溶浑的艺术境界,从而把思妇思念之深、思念之苦、思念之切都表达得淋漓尽致。尾句"只愿得夫妻每早早圆备者",结得自然而响亮,具有振起全篇精神的作用。思妇的一切思念,一切希望,最后都归结到这一句祝辞上。这是在经历了种种熬煎之后发自思妇肺腑的强烈呼告!读到这里,谁都会为思妇的不幸遭遇深表同情,并为她的诚挚和痴情所感动。

(刘益国)

〔南吕〕 一 枝 花

关汉卿

赠 朱 帘 秀

轻裁虾万须,巧织珠千串。金钩光错落,绣带舞蹁跹。似雾非烟,妆点就深闺院,不许那等闲人取次展。摇四壁翡翠浓阴,射万瓦琉璃色浅。

〔梁州〕富贵似侯家紫帐,风流如谢府红莲,锁春愁不放双飞燕。绮窗相近,翠户相连,雕栊相映,绣幕相牵。拂苔痕满砌榆钱,惹杨花飞点如绵。愁的是抹回廊暮雨萧萧,恨的是筛曲槛西风剪剪,爱的是透长门夜月娟娟。凌波殿前,碧玲珑掩映湘妃面,没福怎能够见。十里扬州风物妍,出落着神仙。

〔尾〕恰便似一池秋水通宵展,一片朝云尽日悬。你个守户

的先生肯相恋，煞是可怜，则要你手掌里奇擎着耐心儿卷。

这套曲是关汉卿题赠给当时著名的戏曲女演员朱帘秀的。它构思奇绝而巧妙，感情真挚而热烈。从表面上看，曲子句句咏珠帘，实质上是处处写人——帘秀，于不尽含蓄中流露出款款真情，表达出伟大的戏曲作家对一位天才女演员的关怀与爱惜。套曲感情微妙，使人们看到了一代戏曲作家与女演员之间亲密的关系，可以说，它不仅是一套风格独特的散曲作品，而且是古代戏曲史上极为珍贵的文献资料。

元代女演员艺名多有一个"秀"字，这大约是一种风气和习惯，朱帘秀也不例外。《青楼集》上说她"行第四"，因此田汉写话剧《关汉卿》称其为"朱四姐"。《青楼集》上还说："杂剧为当今独步；驾头、花旦、软末泥等，悉造其妙。"可见朱帘秀能工多行，戏路是很宽广的。她与当时著名的戏曲作家、散曲作家如卢挚、冯子振、胡祗遹等多有交往。卢、冯、胡三人也都有词曲赠朱帘秀。

本套曲由三曲组成，首曲〔一枝花〕集中描写了朱帘秀技艺的高超和风姿的秀美。

首二句以帘卷和珠灿来比喻朱帘秀的光彩照人，并突出了她歌喉的珠圆玉润。"虾须"，是竹帘或缀珠之帘的别称，因帘幕卷曲，状似虾须卷缩，故有此称。陆畅《帘》诗云："劳将素手卷虾须，琼室珠光更缀珠。"冯海粟赠朱帘秀的〔鹧鸪天〕亦有"虾须瘦影纤纤织，龟背香纹细细浮"句。古人又常以成串珠玉以喻音乐和歌声，所以，首二句破题咏帘，又暗寓对朱帘秀姿容和嗓音的赞美。"金钩光错落"二句，明是写帘幕辉光闪灼，临风飘动，实则可以理解成是赞美朱帘秀四座皆惊的漂亮扮相和袅袅娜娜的舞姿。金钩、绣带既是帘幕的附属品，又暗寓戏曲演员行头上的装饰物，用意之巧是令人绝倒的。接下来的"似雾非烟"三句，写到了帘的飘渺轻摇，及其妆点效果、实用功能，自然地使人联想到，上场口

【一枝花】

的帘幕好似烟笼雾漫,化好妆的女演员犹如神女仙姬将飘然而出。"不许"句表面上是说不允许寻常人随意伸手卷帘,实际上是说演员在酝酿感情,蓄势待发,何时破帘而出得有个"火候",无须旁人操心。三句写出了舞台上特定的环境,也写出了演员扮相之美丽,技艺之高超。最后两句,表面上是写珠帘乍展开来时的光彩夺目,说它摇动起来,四壁如同披上翡翠的绿阴,它的光彩使金色的琉璃瓦也黯然失色。而暗寓的却是演员出台亮相时的姿容,色艺俱绝,满堂喝彩。

〔一枝花〕曲整个是对人物出场的铺垫,反复比喻,再三呼唤,终于,人物出场亮相了。有趣的是字面全是写珠写帘,未着一字写人,然又无处不是写人,所有的巧譬妙喻,都是自然地扣住了"人"来进行的。这支曲可以看作是序曲,下面还要更细致地展开描写,进一步以含蓄的手法刻画人物。

〔梁州〕是套曲的主体部分,关汉卿以特殊的手法,曲折表达了他对朱帘秀真挚的倾慕之情,其中还夹杂着苦痛和酸楚。首二句,写帘的华美与高雅。"侯家"、"谢府",出处未详,指的是公侯之家、高门世族却是很明显的。或以为东晋时显贵侯景欲向王、谢那样的高门世族求婚,皇帝以为侯家尚配不上王、谢,叫侯议婚于朱、张以下姓氏,"侯家"、"谢府"当指此。"紫帐"、"红莲"均指帘。"锁春愁"句承"风流"二字而来,写朱帘秀的爱情生活,"不放双飞燕",是说帘儿拢住燕子,隐指帘秀与一男子的两情欢洽。接下去的四句都是写两人的浓情蜜意。这男子是谁? 或许就是指关汉卿,也有可能指另外一个人。

"拂苔痕"二句,是说珠帘摆动、飘拂,引逗得台阶上洒满榆钱;杨花飞絮,也像是被珠帘牵惹一样,漫庭飞舞。榆钱即是榆荚,形似铜钱,故有此俗称。这两句可能是以榆钱和柳絮飘落扑帘,暗示轻薄子弟对帘秀的欺凌、侵扰。他们恃仗钱财,妄图来追欢买笑,帘秀冷落了他们,遂惹来蜚短流长的谣言或攻击。下面三句,用"愁的"、"恨的"、"爱的"冠在句首,进一步写出了帘秀的好恶、爱憎,突出了她尚雅图静的心情,以及对恶浊社会空气的深恶痛绝。当然,表面上仍是写帘,而暮雨西风显然是有所指的。三句中"抹"、"筛"、"透"三个字用得极巧,看似随手拈来,实是精心遴选而成,它们生动地表现了雨势、风态和月色。"暮雨潇潇"、"西风剪剪"、"夜月娟娟"等,词面很美,细味又含无尽凄楚,很是耐人寻味。剪剪,形容风声飒飒而带有寒意。韩偓《夜深》诗云:"恻恻轻寒剪剪风,小梅飘雪杏花红。"长门,本是汉宫名,此泛指宫室门户。这三句借帘外自然界的变化暗示帘中人孤独寂寥,同时隐隐透露出帘秀思想感情的起伏变化,揭示了她的苦闷、凄凉和月光般高洁的品格。

"凌波殿前"等三句,又抽笔写珠帘之美。凌波殿,即凌波宫,唐代宫室名,此泛指水池边殿堂。《太真外传》上说,玄宗在东都宫中昼寝,梦见一女,容貌美艳,言称是凌波池中龙女。"碧玲珑"句是说清澈的池水倒映出珠帘的影子。玲珑,形容池水清亮明澈。湘妃,指传说中湘水女神娥皇、女英,她俩都是舜的妃子,舜南巡死葬苍梧山,二妃悲泣的泪水滴在竹上,竹上遂有斑痕,也就是后人所称之湘妃竹,用此竹制成帘子,叫湘帘。这里是以水中帘影的虚幻,表示今后不能再见到帘中人的苦闷,因此后面紧接一句,"没福怎能够见"。朱帘秀后来在杭州嫁给一个道士,婚姻上是很不幸的,可能是迫于无奈吧。这样看来套曲很可能是赠别的,实际上是关汉卿在用散曲和她诀别,个中分明潜藏着无尽的悲戚。结二句借杜牧《赠别》诗意来赞美朱帘秀的人才出众,色艺俱佳。杜牧诗云:"春风十里扬州路,卷上珠帘总不如。"(《赠别二首》)

〔尾〕曲诀别意味更为浓重。别时难分难舍,相见更是难上加难。作者仍然扣住帘来写一朝别离的苦涩。这帘像"一池秋水",似"一片朝云"得到,它的人,应该倍加爱惜呀! 元代称道士为先生,守户先生,当指娶帘秀的那个道士。关汉卿像是默念,又像是祈祷,祝愿帘秀的丈夫能对她好,将她擎在手里,保护她,怜爱她。这〔尾〕曲读来令人酸鼻。

这支套曲是关汉卿套数中的用力之作,格调恣纵、奔放,才气横溢,有酣畅

【一枝花】

淋漓之美;写法典丽而未至于浓艳,华美却不伤于雕镂。它一如关汉卿本色风格,感情上始终是诚挚而恳切的。

(王星琦)

〔南吕〕一 枝 花

关汉卿

杭 州 景

普天下锦绣乡,环海内风流地。大元朝新附国,亡宋家旧华夷。水秀山奇,一到处堪游戏,这答儿忒富贵①。满城中绣幕风帘,一哄地②人烟凑集。

〔梁州第七〕百十里街衢整齐,万余家楼阁参差,并无半答儿③闲田地。松轩竹径,药圃花蹊,茶园稻陌,竹坞梅溪。一陀儿一句诗题,一步儿一扇屏帏。西盐场便似一带琼瑶,吴山色千叠翡翠。兀良④,望钱塘江万顷玻璃。更有清溪、绿水,画船儿来往闲游戏。浙江亭⑤紧相对,相对着险岭高峰长怪石,堪羡堪题。

〔尾〕家家掩映渠流水,楼阁峥嵘出翠微,遥望西湖暮山势。看了这壁,觑了那壁,纵有丹青下不得笔。

唐宋以来,对杭州风景的歌咏可以说是代有名篇,白居易的《钱塘湖春行》、苏轼的《饮湖上初晴后雨》、柳永的《望海潮》等,都是脍炙人口之作。关汉卿这套散曲,充分发挥套曲这种形式适于铺叙的特点,抒发了自己对杭州景物的切身感受,笔墨饱满,兴致酣畅,显示出不同于前人的新的特色。

关汉卿是在元朝统一全国后不久来到杭州的。这座"东南第一州",在经历过战争的创伤之后,经济已基本得到恢复。生于北国、长于北国的关汉卿,对于民物康阜而兼有湖山之胜的古城杭州,早已心向往之,今日一睹丰采,果然名不虚传。〔一枝花〕就写出了作者这样的感受。诗人在热情称颂杭州是伙誉海内的风流锦绣之乡的同时,还点出它是大元朝新归附的国土,刚灭亡不久的宋朝的旧日疆域("华夷"即指疆域,因为它包括少数民族地区)。这里略有一点凭吊兴亡之感。作者对杭州的印象,分而析之,有这样两方面:一是山奇水秀,所到之处皆堪游赏;二是繁华富庶,人烟稠密,热闹非凡。以下〔梁州第七〕、〔尾〕二曲便抓住这两方面进行铺叙,但又不是截然分开,而是把湖光山色与楼影人踪交融在一起写。诗人觉得自己游踪所至,每一处(一陀儿)都值得题上清丽的诗句,每一步都变换出一扇天然的画屏。作者这样写,并非泛泛的赞叹之辞,而是抓住了杭州风景处处皆可入诗入画的特点。《西湖老人繁胜录》曾记金国使者游览杭州,"递之指点,回头看城内山上,人家层层叠叠,观宇楼台参差,如花落仙宫",使者赞叹不已,"争说城里湖边有千个扇面"。关汉卿的感受与他们类似,但采用艺术语言加以表达,给人的印象也就更深刻了。

从莽莽北国初到秀丽的江南,使人精神一爽的,当然首先是那随时映入眼帘的葱茏之色。正由于此,关汉卿笔下的这幅杭州风景长卷便以青绿作为基本色调。从近处看,苍松如盖,掩映着亭台;蜿蜒而上的石径,一直伸展到竹荫深处;名目繁多的草药,布满山坡的茶丛,无不一望郁郁葱葱。从远处看,吴山山色青如千叠翡翠,钱塘江水碧似万顷玻璃,更何况到处是清溪,是绿水,而户户人家,栋栋楼台,也都掩映于这碧云翠霭之中。

除青绿色外,诗人也决没有忘记把大自然其他丰富的色彩呈现在读者面

【一枝花】

前。"花蹊"这一笔,就能引起读者丰富的联想。杭州花的品种蕃盛,如果你是在暮春时分漫步花径,就会欣赏到"牡丹、芍药、棣棠、木香、荼蘪、蔷薇、金纱、玉绣球、小牡丹、海棠、锦李、徘徊、月季……种种奇绝"(《梦粱录》),真可谓姹紫嫣红,美不胜收。那疏影横斜、流水清浅的梅溪,却又别具一种风致。而西盐场(南宋时杭州有十二个盐场,见《梦粱录》)所晾晒的盐,恰似一条白色的玉带,也在青山绿水之间抹上了富有色彩的一笔。至于那荡漾于清波之上的大小画船,其色彩也是不拘一格的。特别是那依山而筑的楼阁,能使你于层峦耸翠之中蓦然瞥见"飞阁流丹"(王勃《滕王阁序》语),领略到"万绿丛中一点红"的意趣。

诗篇至此,作者已经挥洒生花妙笔,把如诗如画的杭州风光展现在读者面前,令人赏心悦目。但结尾诗人却又啧啧兴叹,说可惜自己没有画笔,而纵使有画笔,也不能描绘杭州山水之美于万一。全诗便在这赞叹声中戛然而止,给读者留下了无穷的回味与向往。

(赵山林)

〔注〕 ① 这答儿:这地方。忒:很,太。 ② 一哄地:形容热闹的样子。 ③ 半答儿:半片,半块。 ④ 兀良:表示指点或惊叹的语气词。 ⑤ 浙江亭:"浙江亭在钱塘旧治南,到县一十五里。"(《乾道临安志》)

〔南吕〕 一 枝 花

关汉卿

不 伏 老

攀出墙朵朵花,折临路枝枝柳①。花攀红蕊嫩,柳折翠条柔。

浪子风流。凭着我折柳攀花手,直煞得花残柳败休。半生来折柳攀花,一世里眠花卧柳。

〔梁州〕我是个普天下郎君领袖,盖世界浪子班头。愿朱颜不改常依旧。花中消遣,酒内忘忧。分茶,攧竹;打马,藏阄②。通五音六律③滑熟。甚闲愁到我心头。伴的是银筝女银台前理银筝笑倚银屏,伴的是玉天仙携玉手并玉肩同登玉楼。伴的是金钗客歌金缕捧金樽满泛金瓯④。你道我老也,暂休。占排场风月功名首,更玲珑又剔透。我是个锦阵花营都帅头⑤,曾玩府游州。

〔隔尾〕子弟每是个茅草冈、沙土窝初生的兔羔儿乍向围场上走⑥;我是个经笼罩、受索网、苍翎毛老野鸡蹅踏的阵马儿熟⑦。经了些窝弓冷箭蜡枪头⑧,不曾落人后。恰不道“人到中年万事休”,我怎肯虚度了春秋。

〔尾〕我是个蒸不烂、煮不熟、捶不匾、炒不爆、响珰珰一粒铜豌豆,恁子弟每谁教你钻入他锄不断、斫不下、解不开、顿不脱、慢腾腾千层锦套头⑨?我玩的是梁园月,饮的是东京酒;赏的是洛阳花,攀的是章台柳。我也会围棋、会蹴鞠、会打围、会插科、会歌舞、会吹弹、会咽作、会吟诗、会双陆。你便是落了我牙、歪了我嘴、瘸了我腿、折了我手,天赐与我这几般儿歹症候。尚兀自不肯休。则除是阎王亲自唤,神鬼自来勾。三魂归地府,七魄丧冥幽。天哪,那其间才不向烟花路儿上走。

【一枝花】

　　这套曲子是关汉卿散曲的代表作。由第一人称"我"直接出面，以通俗、诙谐、酣畅、滔滔若江河奔泻的语言，自我介绍，自我赞赏，自我调侃，从而塑造了一个特殊环境中的特殊人物形象，体现了"不伏老"的主题。

　　全套由四只曲子组成。〔一枝花〕只将"攀花"、"折柳"两件事颠来倒去，变幻出各种句式，用以表现"浪子风流"，为人物性格定下了基调。以下三只曲子，则从各个方面、各个角度，刻画人物性格，表现这个"浪子"怎样"风流"。

　　〔梁州〕一曲，纵情地自夸自赞。自夸"分茶，攧竹；打马，藏阄。通五音六律滑熟。"当然很"风流"。自赞"我是个普天下郎君领袖，盖世界浪子班头"，"占排场风月功名首"，"我是个锦阵花营都帅头"，又比所有"风流浪子"更"风流"。这种"浪子风流"，按常情来说，是不值得、也不好意思自夸自赞的，而作者竟然不惜用极度夸张的词句加以赞美，这就很有认真思考的必要。我们知道，在元朝统治的黑暗社会里，正直的知识分子是没有出路的。其中一部分人，便和民间艺人结合，为他们写话本、编杂剧，用自己的笔揭露黑暗，鞭打邪恶，讴歌正义，反映人民的苦难、愿望和斗争。关汉卿就是其中的代表人物之一。他是"驱梨园领袖，总编修师首，捻杂剧班头"（贾仲明《凌波仙词》），甚至"躬践排场，面傅粉墨，以为我家生活，偶倡优而不辞"（臧晋叔《元曲选》）。这说明他已经不是正统的儒者，而是市民化的知识分子了，所以敢于夸赞"浪子"的"风流"。更重要的，则是以一种玩世不恭的形式，表现对黑暗统治的反抗。"花中消遣，酒内忘忧"两句，便泄露了此中消息。

　　〔隔尾〕一曲，用"子弟每（们）"的未经世面作陪衬，强调"我"是饱经磨难的。"经笼罩，受索网"，"经了些窝弓冷箭蜡枪头"，却"不曾落人后"。这充分表现了"我"的身世遭遇和顽强性格。如今虽然"人到中年"，仍不肯"虚度了春秋"，于是自然而然地引出下文。

　　〔尾〕曲是全套曲子最精彩的部分，真所谓"豹尾"。按照曲谱，首句是个七字

〔一枝花〕

句,作者竟加了十六个衬字,写成长达二十三字的名句"我是个蒸不烂、煮不熟、捶不匾、炒不爆、响珰珰一粒铜豌豆",成为全篇点睛之笔。"铜豌豆",据说是元代妓院中对老狎客的俗称,关汉卿用自嘲的口吻,表明他坚毅不屈,不是一般的铜豌豆。而对那些"钻入他锄不断、斫不下、解不开、顿不脱、慢腾腾千层锦套头"的"子弟每",则用"谁教你"痛加呵斥,意在劝他们及早回头。"我玩的是……"一组排句,其中的地名不宜呆看,不过是说"我"玩的是最好的月、饮的是最好的酒、赏的是最好的花、攀的是最好的柳。"我也会……"一组排句,则说"我"多才多艺,举凡围棋、踢球、打猎、歌舞、吹弹、吟诗等等,样样皆精。他把以上两组排句所说的玩月、饮酒、赏花、围棋、歌舞、吟诗等一系列爱好和技艺,统统称为"歹症候",坚决表示:任凭受到落牙折手的残酷迫害,"这几般儿歹症候"也要坚持到底,至死方休。结句"那其间才不向烟花路儿上走",一本作"那其间收了笔篮罢了斗",似乎更好些。因为前面罗列的那许多"歹症候",并不是"烟花"所能包括的。

这套曲子用了一些与妓院、狎客有关的词语,并且一开头就用"折柳攀花"、"眠花卧柳"来形容"我"这个"浪子"的"风流",容易带来消极影响。但只要结合特定的历史环境认真分析,就决不会以此为根据而否定这篇作品的审美价值。第一,这篇作品通过"我"概括了以作者本人为代表的"书会才人"们的某些性格特征。他们是出入于勾栏行院、与杂剧演员相结合的市民化了的下层知识分子,其思想作风,已经与正统儒者背道而驰。第二,尽情地夸赞封建统治阶级所讳言、所禁止的东西,具有以惊世骇俗的形式反对黑暗统治的意义。第三,紧承"人到中年"仍不肯"虚度春秋"的最后一支曲子,突出地表现了"不伏老"。而"不伏老"的具体内容,则是不肯放弃那些"歹症候"。稍加分析,便发现在作者罗列的"歹症候"中,有许多并不"歹",而且诸如"插科"、"歌舞"、"吹弹"、"吟诗"等等,都与创作杂剧和演出杂剧有关。把这一切都冠以"歹"字,说明连创作杂剧和演出杂剧都受到来自统治者的诽谤和打击。你说"歹",我也不妨借用你的

【诈妮子调风月】

"歹",这里饱含着作者的愤激之情。任你诬蔑为"歹症候","我"这"症候"是"天赐"的,"我""兀自不肯休",甚至不惜以"落了我牙、歪了我嘴、瘸了我腿、折了我手"为代价,其反抗性何等强烈!而"落了我牙……"一组排句,又暗示出"我"为了不虚度春秋,承受着多么巨大的社会压力!

　　这套曲子艺术上的独创性,在于用第一人称坦露胸怀的方式,塑造了元代社会所特有的市民化了的"书会才人"的形象,表现了不畏重压、不甘屈辱的铮铮硬骨和不肯虚度年华、坚持施展才艺的顽强精神。至于语言泼辣,大量运用排句,随心所欲的加入衬字,形成一种活泼、奔放的气势,则是关汉卿的散曲和剧曲共有的艺术风格。

(霍松林)

〔注〕　① 花、柳:皆指娼妓。　② 分茶:品茶。撅竹:画竹。打马、藏阄:两种博戏。③ 五音:宫、商、角、徵、羽五个音级。六律:黄钟、太簇、姑洗、蕤宾、夷则、无射,是十二律中的阳声之律。　④ 银筝女、玉天仙、金钗客:均指妓女。金缕:即金缕衣,曲调名。金瓯:精美的酒器。　⑤ 锦阵花营:妇女群。都帅头:总头目。　⑥ 子弟每:嫖客们。兔羔儿:喻未经世故的青年子弟。围场:猎场,此喻妓院。　⑦ 阵马儿熟:有一套对付猎人的经验,此指狎妓经验。　⑧ 窝弓冷箭:伏弩、暗箭,此喻暗算。蜡枪头:喻中看不中用。　⑨ 锦套头:锦绳结成的套头,喻外美内狠的圈套;一说比喻情网,指妓女笼络客人的手段。

诈妮子调风月①

关汉卿

第 三 折

〔越调·斗鹌鹑〕短叹长吁,千声万声;捣枕捶床,到三更四更。便是止渴思梅,充饥画饼。因甚顷刻休,则伤我取次成。好个个舒心,干支剌没兴。

〔紫花儿序〕好轻乞列薄命,热忽剌姻缘,短古取恩情。见一个要蛾儿来往向烈焰上飞腾,正撞着银灯,拦头送了性命。咱两个堪为比并:我为那包髻白身,你为这灯火青荧。

〔幺〕我把这银灯来指定,引了咱两个魂灵。都是这一点虚名,怕不百伶百俐,千战千赢,更做道能行怎离得影? 这一场了身不正,怎当那厮大四至铺排,小夫人名称?

此剧写婢女的爱情生活,可以说是一个新的题材领域。婢女和妓女一样,都是社会下层的受压迫遭轻视的弱女子,但他们的命运、处境却又各不相同。在元杂剧中,主要写婢女的爱情生活的作品极少,这可能是仅有的一个。

故事写婢女燕燕受她的主子小千户诱骗,失身并产生了真实的爱情,而小千户则是感情甚不专一的纨裤子弟,他见异思迁,又爱上了贵族小姐莺莺。在小千户与莺莺结婚时,燕燕陷入痛苦激愤的困境中,情不自禁把受诱骗的经过当众和盘托出,进行了控诉。主人看到事情难以收拾,遂把燕燕许给小千户作侧室。燕燕应该说是胜利了,但是也只能是悲剧色彩十分浓烈的一种胜利而已。

前面二折写涉世不深的燕燕受骗的经过,也写了她有所醒悟,认识到已经受骗上当了。但没有法子挽回,而且她对小千户仍不能忘情,多少有点幻想。第三折就是在这一规定情景下展开的。三支曲子都是燕燕的自思自叹,相当可怜,使人为之惋惜、同情。

在《西厢记》中,张生对莺莺的思念到了狂热的地步时,也曾短叹长吁、捣枕捶床。但张生是男性,身份是世家公子,他如此行径,当时会被认为风流韵事。燕燕是女性,身份是卑下的使女,她敢于这样让自己的真实感情充分发泄,可以说性格鲜明,够大胆的了。

短叹长吁和捣枕捶床都无补于事,都改变不了这冷酷的现实。到夜深时,她深切感到,要得到小千户的真情实爱,无异"止渴思梅,充饥画饼",只会落得一场空喜欢。

她既为轻信小千户而懊恼,又想明白"因甚顷刻休"的原因,所以彻夜难以入睡。自己如此凄凉孤单,当然同时要想到小千户和莺莺则正好与此相反,而在"个个舒心"地过着欢快的生活。也就是说,燕燕从逻辑上作了推理。小千户与莺莺的欢乐其基础恰恰就是建立在她燕燕的痛苦上的。

第二折中,燕燕曾唱"本待要皂腰裙,刚待要兰包髻,则这的是接贵攀高落得的"。而〔紫花儿序〕实际上是接上去的下文。"落得"什么结果呢?"好轻乞列薄命,热忽剌姻缘,短古取恩情。"接着作者作了一个形象的比喻,燕燕自叹向小千户追求爱情同飞蛾向灯追求光明一样,结果只能是把自己的生命都毁掉。

燕燕对飞蛾流露了同情,也表示了赞美。所以说:"我为那包髻白身,你为这灯火青荧。"主要是有感于"咱两个堪为比并",实际上仍是为了自己的遭遇而发。作者用了赋比兴的手法,而且十分成功。"赋"的部分是明显的,"比"的部分用笔更是直率,"兴"则比较隐晦,但确实存在在那里,我们能感觉得到。

〔幺〕开头三句仍是说:"咱两个堪为比并",接着作者便让燕燕更直截了当地抒发她的不平和感慨。作者十分巧妙地让燕燕在唱〔紫花儿序〕与〔幺〕之间救出了灯蛾,这就暗示了燕燕不一定走决绝的道路,所以她的不平和感慨没有激化,而是作了某些回顾,甚至对自身的有利条件和不利条件都有所分析比较。

燕燕不是一般的婢女,也是够聪敏的。"百伶百俐,千战千赢"正好说明了

"诈妮子"的"诈",原不是好欺侮好摆弄的。但她的身份是婢女,而且已失身在前了。这不可改变的现实使得她处于相当被动的地位。话说回来,她终究是"百伶百俐"的,曾经"千战千赢",因此她仍要作最大的挣扎,争取尽可能好一点的结局。"小夫人名称",乍看是燕燕的妥协、让步。要知道"能行怎离得影",离不开的。因此"小夫人名称",也是主人和小千户的妥协、让步,如果燕燕不是这样审时度势、有利有节,既机智又泼辣地挣扎,主人和小千户也不可能作这样的妥协、让步的。所以也可以认为是燕燕的胜利。当然从今天来看,称之为悲剧性的大团圆反而更符合实际情况些。

(郭汉城　谭志湘)

〔注〕　① 元明两代之杂剧选本中,仅《元刊杂剧三十种》收此剧,宾白不全,部分细节不知其详。

关大王独赴单刀会

关汉卿

第 四 折

〔双调·新水令〕大江东去浪千叠,引着这数十人驾着这小舟一叶。又不比九重龙凤阙,可正是千丈虎狼穴。大丈夫心烈,我觑这单刀会似赛村社。

(云)好一派江景也呵!(唱)

〔驻马听〕水涌山叠,年少周郎何处也? 不觉的灰飞烟灭,可怜黄盖转伤嗟。破曹的樯橹一时绝,鏖兵的江水犹然热,好教我情惨切！(云)这也不是江水，(唱)二十年流不尽的英雄血！

〔胡十八〕想古今立勋业，那里也舜五人、汉三杰①？两朝相隔数年别，不付能见者，却又早老也。开怀的饮数杯，(云)将酒来。(唱)尽心儿待醉一夜。

〔庆东原〕你把我真心儿待，将筵宴设，你这般攀今揽古，分甚枝叶？我根前使不着你"之乎者也"、"诗云子曰"，早该豁口截舌②！有意说孙刘，你休目下番成吴越！

〔沉醉东风〕想着俺汉高皇图王霸业，汉光武秉正除邪，汉王允将董卓诛，汉皇叔把温侯灭，俺哥哥合承受汉家基业。则你这东吴国的孙权，和俺刘家却是甚枝叶？请你个不克己先生自说！

〔雁儿落〕则为你三寸不烂舌，恼犯我三尺无情铁。这剑饥餐上将头，渴饮仇人血。

〔得胜令〕则是条龙向鞘中蛰，唬得人向坐间呆，今日故友每才相见，休着俺弟兄每相间别。鲁子敬听者，你心内休乔怯，畅好是随邪③，休怪我十分酒醉也。

〔搅筝琶〕却怎生闹炒炒军兵列，上来的休遮当，莫拦截！(云)当着我的，呵呵！(唱)我着他剑下身亡，目前流血。便有那张仪口、蒯通舌，休那里躲闪藏遮。好生的送我到船上者，我和你慢慢的相别。

〔离亭宴带歇指煞〕我则见紫袍银带公人列，晚天凉风冷芦花谢，我心中喜悦。昏惨惨晚霞收，冷飕飕江风起，急飐飐云帆扯④。承管待、承管待，多承谢、多承谢。唤梢公慢者，缆解开岸边龙，船分开波中浪，棹搅碎江中月。正欢娱有甚进退，且谈笑不分明夜。说与你两件事先生记者：百忙里称不了老兄心，急切里倒不了俺汉家节。

《关大王独赴单刀会》是关汉卿以他的盖世才华和诗人的激情所谱写的一支强者的颂歌。

关于关羽单刀赴会事，史书上只有一句简略的记载："肃邀羽相见，各驻兵马百步上，但请将军单刀俱会。"（《三国志·吴书·鲁肃传》）而戏中绝大部分情节和人物之间的关系则几乎都是虚构的，即使作者根据的那一点史实，也被大胆地改造成为关羽一人的单刀会。从全剧的调子来看，作者的美学追求并不在于这一历史事件构成的故事情节，而是要写出一种个性，一种激情，这就是响彻在全剧的主旋律——对英雄人物的伟大历史业绩的向往和对英勇豪迈精神的礼赞。它具有典型的历史英雄颂剧的格调。

《单刀会》作者的旨趣所在是调动一切艺术手段来着意渲染关羽的大无畏的英雄气概和坚贞不屈的精神。为此，关汉卿把戏剧冲突设置在鲁肃图谋设宴拿住关羽，而关羽要击破鲁肃图谋保住荆州的关键时刻。为要使关羽一亮相就光彩照人，不同凡响，作者打破杂剧体式上的一些通例，精心安排了整整两折戏，为关羽登场反复蓄势，刻意渲染，从而使人物未登场已具有无比声势。从这两折戏看，正末乔玄和司马徽两个人物，实际上是作者手里的两支彩笔，专门用来为关羽立传造像、添姿增色。其直接笔墨，就是经由乔玄、司马徽作褒扬之辞，其间接笔墨，就是以乔玄、司马徽和鲁肃作关羽的陪衬，明写前者，暗托后者，从而突出关羽的超群不俗和盖世威风。既有正写，又有映衬，还有烘托，然而无论是乔玄、司马徽,还是鲁肃,都不过是关羽的垫角,因此,直接反映在观众心理上的已经是如见其人,如闻其声了。

关羽未出场前,便有气势;既出场后,更有分量。第三折关羽一上场就从各个角度映照出他的性格特征。在接受"请书"的一刹那间,关羽态度表现得雍容镇定,而且一下子就看穿了鲁肃的阴谋。他明明知道对方为他安排下的是"杀人的战场",而非"待客的筵席",却敢于慨然接受他的邀请;明明知道摆在面前的是"天罗地网""打凤的牢笼",但是"大丈夫心烈",他偏要单刀赴会;明明对方给他预备下了"巴豆、砒霜",他却以看赛会的轻松心情坦然对之,这一切,都因为在他身上有着出生入死的磊落精神和气贯长虹的浩然正气。请听这支名曲:

〔剔银灯〕折莫他雄赳赳排着战场,威凛凛兵屯虎帐,大将军智在孙、吴上,马如龙,人似金刚;不是我十分强,硬主张,但题起厮杀呵磨拳擦掌,排戈甲,列旗枪,各分战场。我是三国英雄汉云长,端的是豪气有三千丈。(第三折)

面对强敌,却有一种压倒敌人的气势。而那富于动作性的曲文把这位有智谋、有勇略、有胆识的大将军关云长的光辉形象径直地推向了舞台的最前沿。

第四折是从正面具体描写关云长和鲁肃的冲突。但是,在关羽会见鲁肃之前,剧作者却采取了剧本结构技巧中的延宕法,有意地让强烈的矛盾冲突即将揭开时,先来一个回旋,出现一个暂时的停滞,抽出时间,再次展示主人公的内心活动,让关羽在赴会途中,面对大江,抒发历史的感慨,从而使矛盾顿宕前进,〔新水令〕和〔驻马听〕这两支凭今吊古、慷慨苍劲的曲子当是从苏东坡的"大江东去,浪淘尽、千古风流人物"这首《念奴娇·赤壁怀古》蜕化出来的。但它的激情却绝不亚于原词,其中奥妙就在于关汉卿把人物性格的刻画完全交融在环境的描写里,形成了一个情景相生的独特的艺术境界。关羽的唱段一开头,气派就很大,"大江东去浪千叠"就是一幅十分壮美的画卷,那种波涛万顷,吞天浴月的大江景色,浩浩渺渺,流向东方,它气势磅礴,大笔勾勒,先声夺人,使人们精神为之一振。接着是"水涌山叠,年少周郎何处也",从不同角度、方位,以纵横自如的笔意勾勒出赤壁遗迹:仰视是重峦叠嶂,俯视则惊涛拍岸,犹如一组蒙太奇的镜头,冲击着我们的感官。而在这千古的历史长河里,该有多少可歌可泣的业绩? 古往今来的风流人物又有多少? 在无限广袤的时间、空间的背景里,在绚烂多姿的历史人物画廊里,凸现了剧中人所怀的主体——周瑜、黄盖等。这种怀古之情正是寄寓在一定的历史人物和历史事件之中的,作者把语言形象的诗和视觉形象的画同活动着的人事融合为一体,并借助于这一总体形象,抒写中华民族不屈不挠、英勇悲壮的历史,创造出一个情景交融、诗情蓊郁的艺术境界。值得注意的是:剧作家不仅运用诗的语言,创造了丰富的诗的意境,而且把剧中的主人公也"诗化"了。关羽魄力雄强、精神飞动的英雄气概是同环抱的万山、汹涌的大江相辉映,自然的雄奇之美又映衬着人物内心豪壮之美。"大江东去浪千叠"不仅介绍了戏剧环境,更重要的是把关羽"出龙潭,入虎穴"的英雄行为以及他那压倒敌人的气势刻画了出来。因此,在规定情景里,作为剧诗的主人公的关羽本身就是一首英雄豪迈的诗,一首强者的诗。单刀赴会,一路之上,不以面前的"千丈虎狼穴"为意,而以诗人般的情怀去欣赏江景,去缅怀叱咤风云的英雄岁月,去追忆二十年前的威武雄壮的战斗场面,去寄托自己的情思,这是何等豪迈英武的怀抱! 面对滔滔江水,不是发出"人生如梦"的感叹或抒怀古之幽情,一句"二十年流不尽的英雄血",以铿锵有力的诗的语言,把关羽的强大意志力活脱脱地展现出来了。关汉卿以他清新、独到的写意之笔,把关羽对蜀汉的一片赤胆忠心和那光明磊落、坦荡无畏的胸怀,知难而进、百折不回的精神表现得酣畅淋漓。这种对"境"与"人"的高度概括性描写,达到了生动地具现环境和突出人物性格的艺术效果。由此可看出,《单刀会》的美感力就在于,它是剧,也是诗。作者以诗笔写剧,是诗与剧的融合,而且融合得极自然极美。

　　经过这个过场再次渲染关羽的气冲霄汉的英雄气概，然后才转入惊险的单刀会，可见关汉卿是把戏剧冲突最尖锐部分摆在最后一折的一个正场上。关羽弃舟登陆，会见鲁肃，戏剧进入正面冲突并形成高潮。关羽一眼就看透了鲁肃的心思，立即戳穿他设宴的阴谋，指出他的"攀古揽今"无非是为索取荆州，并且斩钉截铁警告鲁肃休要使孙、刘"唇齿""和谐"的关系"番成吴、越"的敌对关系。鲁肃不肯轻易罢休，反而指责关羽"傲物轻信"。到此时，关羽以先声夺人的气势指出："俺哥哥合承受汉家基业。则你这东吴国的孙权，和俺刘家却是甚枝叶？"汉家基业决不准他人觊觎，匡扶汉室是自己的神圣职责。这段〔沉醉东风〕的曲文唱得大义凛然，气势非凡。

　　关羽威镇东吴，脱险返棹。〔离亭宴带歇指煞〕一曲特写关羽胜利的喜悦，字里行间，跳荡着轻松之感：芦花、晚霞、江风、急帆，在急切里竟欣赏着棹点船行、搅碎的江月。第四折的曲词，一头一尾，表现了关羽的两种心境，衬托了两种景色，都恰到好处。尾声最后两句："说与你两件事，先生记者：百忙里趁不了老兄心，急切里倒不了俺汉家节"，明显地是剧作家关汉卿通过对历史英雄关羽维护汉家事业的歌颂，流露了自己强烈的恋念故国江山、追慕前朝旧事的感情。关汉卿在《单刀会》中对关羽形象的创造，可以说达到了传神境界。他极善于从特定情势和人物的精神境界里深刻地揭示关羽英雄形象的内在威力。他更善于从他的神情气势中描绘其英武的形象和内在威力，传其神，写其心。这就是关汉卿艺术腕力高超之处，因为这种反映人物的内心于毫端，不独摹写他的外形于纸上，正是他不以"神化""猎奇"为其追求的目标，而是从人的精神状态里，发掘和把握人物的性格特点，并把他的精神气质的特征融合在情节提炼、细节描写、氛围烘托里，从而达到"气旺神完"的艺术化境。由于此剧（特别是第四折）的非凡之笔，故而在舞台上常演不衰，至今在昆剧、京剧等剧种中均仍有流行,唱词也为元杂剧原用唱词。

(宁宗一)

〔注〕　① 舜五人、汉三杰:舜五人,指舜的五个贤臣:禹、弃、契、皋陶、垂。汉三杰,指辅助汉高祖刘邦取得天下的张良、韩信、萧何。　② 豁口截舌:豁开口,割掉舌,意思是怪他多嘴。　③ 随邪:歪邪,不正经。　④ 急飐飐(zhǎn 展)云帆扯:风吹船帆急速抖动的样子。

温太真玉镜台

关汉卿

第　一　折

〔寄生草·幺篇〕不枉了开着金屋、空着画堂!酒醒梦觉无情况,好天良夜成疏旷,临风对月空惆怅。怎能够可情人消受锦幄凤凰衾?把愁怀都打撇在玉枕鸳鸯帐。

〔六幺序〕兀的不消人魂魄、绰人眼光?说神仙那的是天堂。则见脂粉馨香,环珮丁当,藕丝嫩新织仙裳,但风流都在他身上,添分毫便不停当。见他的不动情?你便都休强,则除是铁石儿郎,也索恼断柔肠!

〔赚煞尾〕恰才立一朵海棠娇,捧一盏梨花酿,把我双送入愁乡醉乡。我这里下得阶基无个顿放,画堂中别是风光。恰才刚挂垂杨一抹斜阳,改变了黯黯阴云蔽上苍。眼见得人倚绿窗,又则怕灯昏罗帐,天那,休添上画檐间疏雨,滴

【温太真玉镜台】

愁肠。

这是关汉卿《玉镜台》杂剧第一折中扮演温峤的"正末"演唱的三支曲辞,虽并不连贯,但在展示故事情节、人物性格的发展上,却是带有阶段标志的关键曲辞。

本剧剧情缘自《世说新语·诡谲》中"温峤娶妇"的故事。说的是晋朝骠骑大将军温峤中年丧偶,喜其表妹姿慧,遂假借为之择婿之名,行骗娶为妻之实。妙的是这位表妹十分知趣,欣然从之,并于洞房花烛之时,"以手披纱扇,抚掌大笑,曰:'我固疑是老奴,果如所卜。'"从而完成了一段婚姻佳话。但是,这个故事在关汉卿手中却将之处理成为青春女不愿意嫁给老头子的婚姻悲剧,闹得温峤讨了一场老大的没趣。剧本在情节上作如此重大的改动,其意义是显而易见的,在此不容尽说。在本剧的第一折,其内容全系原故事所没有的,剧情是具体地交代了温峤的续弦之思、见到表妹(剧中名刘倩英)之时产生的非非之想,以及之后陷入单相思的种种情态。而以上所选的三支曲辞正是这三种情态的生动表现。

在这一折,温峤一出场就用了六七支曲子历述着官场中那得志者与失意者的不同心况。曾有论者嫌其冗长无稽,是游离于主旨之外的赘语。其实,在活现了这位仕途中幸运儿踌躇满志、恣意评说的神气之后,立即提出他的晚年丧偶——美中不足,既顺理成章,也暗含着一点讽刺的味道。这里选的第一支曲子〔幺篇〕即前腔〔寄生草〕曲牌的重复。恰恰是这支〔寄生草〕将温峤的自得之态一展无遗:"我正行功名运,我正在富贵乡。俺家声先世无诽谤,俺书香今世无虚诳,俺功名奕世无谦让。遮莫是帽檐相接御楼前,靴踪不离金阶上。"观其家风、门第、功名、权势,真个不可一世。不过,正是这位所谓"无欲不得,无求不成"(亦见本折曲辞)的春风得意的人物,却面临"开着金屋,空着画堂"的莫大遗憾。是呵,开着金屋,无人主持;空有画堂,又无人共享,这种鳏夫的苦况又岂是这命运的宠儿所堪忍受?下面三句,曲中称作"鼎足对"的,就是用来状写这种百无聊赖之情态的。"酒醒梦觉无情况,好天良夜成疏旷,临风对月空惆怅",这就意味着:除去醉梦之外,大凡清醒的时候都无精打采;纵有美好时光,等同虚度;纵有亭台楼榭,也形同虚设,因为这一切都由于缺少意中人陪伴而失去了意义和光彩。这三句对仗工整、韵律重踏,给人以回环往复的流动感,表现了一种不可名状而又无法排遣的情绪。最后,这位温学士径直呼出:良辰美景、锦幄绣褥怎样才能得与可情可意的人儿来共享呢?因为这一希冀的无从实现,故尔一怀愁绪只好在捶枕敲床、辗转反侧的不眠之夜中去宣泄了。

偏偏此时,艳遇来了。温峤将寡居的姑母接来京城居住。不意姑母还带来一位天姿国色的表妹。这里选的第二支曲子〔六幺序〕,就是温峤探望姑母第一次见到表妹时的印象记,姑且名之为"惊艳"吧。起首一句"消人魂魄,绰人眼光",便把一个少女的光彩照人的形象反射了出来。此处的"绰"意为搅乱,绰人眼光即眩目、夺人眼光的意思,吸引了人的全部注意力。如此美人,疑似神仙,可是身之所在又非天堂,因此,"说神仙那的是天堂"一句,实际是"神仙下凡"的同义语。以上的第一印象是从整体而言的,随即又具体写其音容笑貌,先闻兰香阵阵,后听环珮声声,继之才全身映现,见其服饰。一切的一切,在她身上都恰到好处,让人感到天下风韵都集中到她一人身上去了。正因为评价如此之高,所以才有下面的自问自答:见了这样的可意人儿还会有人不动情吗?不要口头上逞能,告诉你吧,除非是铁石心肠——不!即便是铁石心肠的人,面对这位少女也不会无动于衷。至此,对美的礼赞可谓无以复加了。

"惊艳"未了,姑母邀他教表妹弹琴写字。对于温峤来说,这自然是正中下怀的美事。他喜出望外,不仅慨然应允,而且迫不及待地第二天就来教授,甚至说:为此耽误了翰林院编修也无妨。于是他兴冲冲地告别姑母,准备明日与表

【温太真玉镜台】

妹着意亲近，大饱艳福了。但是，一当离开这别具风光的画堂，一种无名的失落感又涌上心头。这里选的第三支曲子〔嚇煞尾〕正是这种内心的独白。他仔细回味着方才的情景，亭亭玉立的表妹（比作"一朵海棠娇"），恭恭敬敬为自己斟酒（比作"一盏梨花酿"），一下子把自己打入"愁乡醉乡"，陷进如醉如痴的境地，以至自己不知道是怎样出离此仙界（即所谓"下得阶基无个顿放"）。这时，天色已晚，眼见又布满阴云，他想，为着明日与表妹的聚会，今晚肯定是睡不得了，只能背着"灯昏罗帐"，倚伏"绿窗"，盼望天明。此情此景已自十分难熬，天那，切莫再疏雨绵绵，敲打我这无法排遣的愁肠。通过这支曲辞，把温峤的失魂落魄的单相思，确实展现得绘声绘色，活灵活现。

问题在于，这种感情如果产生于男女青年之间，如张君瑞与崔莺莺者，确是生动有趣，但在这出戏里，这种感情却洋溢在两鬓苍苍的老学士身上，而感情之所系又在于青春少女，这种单相思就变得颇有点滑稽了，温峤的种种天真的情态也随之而成老风流的洋相。这涉及全剧的主旨和格调，在此不及细述，不过，若不明乎此，此剧即不可理解了。

（黄　克）

温太真玉镜台

关汉卿

第　二　折

〔牧羊关〕纵然道肌如雪，腕似冰，虽是一段玉，却是几样磨成：指头是三节儿琼瑶，指甲似十颗水晶。稳坐的有那稳坐堪人敬，但举动有那举动可人憎。他兀自未揎起金衫袖，

我又早先听的玉钏鸣。

《玉镜台》杂剧的第二折,写温峤教表妹操琴、写字。这关目本身不存在激烈冲突,无可张致,但因温峤另有所图,即醉心于表妹的音容笑貌,所以竭力趁机与表妹亲近,这样一来,便在简单的情节中,凭空生出许多波澜。〔牧羊关〕一曲就是他在观赏表妹操琴时唱的。"肌如雪,腕似冰",自然是形容手的洁白和腕的晶莹,但一冠之"纵然道",就意味着即或是冰呵雪的也难比其肌肤的剔透了。进而又喻指她的手指是美玉雕的,指甲是水晶镶的,十分形象地表明其玲珑精巧。也亏得这位温学士想象得出来,可这一想象又适足以反映其心迹的俗不可耐。这种描画的手法涉及对曲的特殊格调的认识。王季思认为曲的特点在其"尖新"——尖,指尖巧;新,即新奇,这是很有道理的。用在这支曲上也很允当。但若更具体说来,与诗词比较而言,曲子更善于在俗(俚俗)与俏(俏皮)上做文章,从而显示其独特的艺术效果。形容女子的手,诗词中一般采用"素手"、"皓腕"、"玉笋"等;而曲却"别有风韵",在俚俗和俏皮上下工夫。如此处形容手指,"虽是一段玉,却是几样磨成"便是,以至连指节、指甲也都毕现无遗。这种写法,在讲求含蓄的诗词中,会嫌其太露而不屑为,而在曲中写得如此淋漓尽致,如此俗而俏者,却司空见惯,忝不为怪,曲的特殊格调也就从中脱落出来,无俏不成曲,竟几成曲之定格。

接着又写表妹的动静得宜,坐则坐得端庄,令人钦敬;动又动得婀娜,招人怜爱。总之,一颦一笑,一举一动,对温峤来说都充满着诱惑。更有甚者,她"未揎起金衫袖",他"先听的玉钏鸣",感应随之,适以表明温峤已全神倾注在表妹的身上。一支曲子,已将温峤为表妹而神魂颠倒之情态和盘托出。

当然,如果我们知道这一切都不过是温峤的单方面的一往情深,实际上不曾得到对方的半点呼应,那末,在舞台演出时,就可以设想那是多么滑稽可笑的场面。作为学生，当然尊敬老师，而老师却想入非非，故作多情地生出许多风流的念头来，岂不是丑角的行径吗？在戏剧美学理论中，丑不过是一种"力炫其美"的"不成功的妄想"。一个天真无邪的妙龄女郎怎么能理解一个没牙没口的老风流对自己的痴情呢？揭示了这一点，正是关汉卿将记载在《世说新语》中温峤娶妇这一故事进行创造性改编的真意。

（黄　克）

闺怨佳人拜月亭

关汉卿

第 一 折

〔油葫芦〕分明是风雨催人辞故国！行一步一叹息，两行愁泪脸边垂。一点雨间一行凄惶泪，一阵风对一声长吁气。〔做滑揉科〕嚈，百忙里一步一撒！嗨，索与他一步一提！这一对绣鞋儿分不得帮和底，稠紧紧粘糠糠带着淤泥。

《拜月亭》今只存元刊本，宾白不全，有些具体情节不易了解，但参阅南戏《拜月亭》（一名《幽闺记》），可知其故事梗概：蒙古军队攻占金朝都城——中都（今北京），王瑞兰随母逃难，蒋世隆携妹流亡，双方在乱中失散，王母与蒋妹相逢，瑞兰与世隆邂逅。在结伴同行过程中，瑞兰与世隆结为患难夫妻，却被王父拆散，后经曲折，又破镜重圆。本剧为旦本，由正旦扮王瑞兰主唱。

第一折开首写王瑞兰和母亲逃离中都。按《元史》记载，金宣宗贞祐三年

（1215）五月，蒙古军队攻占中都，是时为暑天，关汉卿剧中安排在秋时，剧中〔混江龙〕曲文有"这青湛湛碧悠悠天也知人意，早是秋风飒飒，可更暮雨凄凄"。紧接着就是这支被前人誉为"佳曲"的〔油葫芦〕。

战火纷飞，兵荒马乱，人们离乡背井，备尝忧患，这本是悲惨世难，作者又写逃难的人们在秋雨秋风中奔波，"风雨催人辞故国"，更衬托出悲凉的戏剧氛围。"故国"，这里作故乡、故园解，"行一步一叹息，两行愁泪脸边垂"，既是人物的行动形状，也是人物的心情表露。接下去第四五句用了传统的情景交融的写法：雨点打在脸上，雨水和泪水相间，秋风扑面而来，风声和吁气声交并（曲文中"对"应作"合"或"并"解）。这第四五句又是第二三句中"叹息"和"愁泪"的深化，用来表现人物的凄惶心态。也可以这样理解：雨水和泪水难分，风声和吁气交并，是"天也知人意"，人愁天也愁，人哭天也哭，把自然现象人格化和心灵化，实际上又是极言剧中人物当时的忧伤感情。

按照格律要求，〔油葫芦〕曲的第四五句要求对仗，元代后期有些曲家常常对得十分工整，很像诗词中的对句。如乔吉《金钱记》第一折中作"比及翠盘香冷霓裳罢，又早红牙声歇梧桐下"。关汉卿在这曲中也作对仗处理，却不一味追求平仄工整，写来颇有民歌风味，"一点雨间一行凄惶泪，一阵风对一声长吁气"，和上引乔吉曲文相比，所谓"文采派"与"本色派"的特点一看即知，十分分明。

如果说第四五句具有浓厚的抒情味，那末从第六句开始，又转入实写人物在风雨中行路艰难。这里先有一个滑倒的动作。"做滑挦科"中的"挦"字，疑即摔字。"一步一撒"，即一步一失，形容雨中泥泞路滑；"一步一提"，即一步一举，形容小心地迈步，是缓慢、艰难之意。"百忙里"、"索与他"是衬字，元曲中用口语化的衬字，而又用来得当，常会增添神韵。这里"百忙里一步一撒，索与他一步一提"，不仅动作性强，也颇传神灵动。

最后两句写鞋子上沾满淤泥，也是形容行路难，似属平常，但仔细玩味，这里含有人物的潜台词和内心情态：惋惜一双漂亮的绣鞋被泥污。而这双绣鞋儿说不定正是女主人公当年精心绣纳的哩！

（邓绍基）

闺怨佳人拜月亭

关汉卿

第 三 折

〔伴读书〕你靠栏槛临台榭，我准备名香爇。心事悠悠凭谁说，只除向金鼎焚龙麝，与你殷勤参拜遥天月，此意也无别。

〔笑和尚〕韵悠悠比及把角品绝，碧荧荧投至那灯儿灭，薄设设衾共枕空舒设。冷清清不恁迭，闲遥遥身枝节①，闷恹恹怎捱他如年夜！

〔倘秀才〕天那！这一炷香，则愿削减了俺尊君狠切；这一炷香，则愿俺那抛闪下的男儿较些。那一个爷娘不间叠，不似俺，忒峥嵘，劣缺。

（做拜月科，云）愿天下心厮爱的夫妇永无分离，教俺两口儿早得团圆。

〔叨叨令〕元来你深深的花底将身儿遮，搽搽的背后把鞋儿捻，涩涩的轻把我裙儿拽，煜煜的羞得我腮儿热。小鬼头直到撞破我也么哥，撞破我也么哥，我一星星的都索从头儿说。

〔倘秀才〕来波,我怨感我合哽咽,不刺你啼哭你为甚迭。你莫不元是俺男儿的旧妻妾②?阿是,阿是,当时只争个字儿别。我错呵了噡者。

〔呆古朵〕似恁的呵,咱从今后越索着疼热,休想似在先时节。你又是我妹妹姑姑,我又是你嫂嫂姐姐。这般者,俺父母多宗派,您昆仲无枝叶。从今后休从俺爷娘家根脚排,只做俺儿夫家亲眷者。

以上所录六个曲牌叙王瑞兰拜月事,《拜月亭》剧名由此而得。王国维赞扬南戏《拜月》第三十二出"实为全书中之杰作",指出它"大抵本于关剧第三折"(《宋元戏曲考》)。

王瑞兰自从在离乱中巧遇秀才蒋世隆,到客店自主成亲。不幸被回朝的父亲撞见,恩爱夫妻就此"生扭散",撇下个"染病的男儿",自己被"横拖倒拽"带到汴梁新宅,从此幽居深闺。恹恹捱过残春,又是初夏困人时节。瑞兰随义妹瑞莲到园中闲行散闷,美景供愁,教人备加嗟叹。这一组曲词就写女主人公打发妹子回房后独自焚香拜月,抑郁地抒发对夫婿刻骨铭心的离情,呼喊出封建社会里青年男女共同的心声——"愿天下心厮爱的夫妇永无分离";女主人公因拜月述怀,与妹子巧认姑嫂,又欢畅地抒发了对夫婿深挚的爱情。

〔伴读书〕一曲,瑞兰一边亲自准备在精致的香炉里点燃名香龙麝,一边吩咐梅香安排香桌,告诉她要烧夜香。作者在此交代了拜月的环境。小姐命把香案置于"靠栏槛临台榭"处,此句写园景。"台榭",在此不妨作亭子解,从瑞莲藏身花底,可知亭畔有花木假山之类;栏槛,也许就围在池畔,据前文,那是个"似镜面般莹洁"的池塘,水中"浮着个钱来大绿蒐蒐荷叶"。

随后,作者的笔从描绘园景转向描绘月景。月是与情节有关的主要景物,本应细写,但作者仅下了"遥天月"三字,用的是白描笔法。天之遥远,是天之清朗造成的感觉;天之清朗,更显出月之皎洁。可能还是一弯新月,才从天边升起。"与你殷勤参拜遥天月",不正是瑞兰小姐在向梅香指点晴夜中初升的那一弯新月吗!而这"遥天月",还同时照临着远方的夫婿呢。所以此月景是瑞兰目中之景,心中之景。总之,这是一个如画般的自然环境。不过,它在舞台上不表现为实景,而是一个虚拟的环境,它存在于演员表演和观众想象之中。

"心事悠悠凭谁说"一句则点出了瑞兰孤独的人间处境即封建家庭环境。此前,姊妹俩游园时,乖巧的妹子曾道破姐的隐情,姐怕父亲知晓,向妹子倒打一耙,指责小鬼头动了春心,声称要向父亲出首。这个情节是为拜月作铺垫的,也是"凭谁说"的注脚:不但凶神恶煞般的家长不可与之语,就是对寻根究底的妹子也不得不小心提防,免得她泄漏了秘密。

那么,什么是瑞兰的"悠悠心事"呢?〔笑和尚〕作了形象的抒写。作者先描绘韵悠悠的号角声在远处消失,碧荧荧的灯火在眼前熄灭,已是孤栖枕、独眠衾的时候了。此时此景,怎不教人凄凉无聊,思绪纷繁!从白天捱到黄昏,从黄昏坐到深夜,在深夜盼着天明,这日子怎么过!作者为表现瑞兰孤寂的心境,恰当地选用悲角、残灯、薄衾等特征性事物,寓情于景,情景交融。又准确地选用叠字,渲染低徊惆怅的气氛和情调。随时间推移,叠现一个个画面,层层递进,以"怎捱他如年夜"作结,言尽意不尽。

心有无穷的烦闷离恨,不能诉诸家人,唯有对月倾吐了。梅香摆好香桌,瑞兰随即烧香,拜月,祝告。〔倘秀才〕写这位少妇衷心祝愿抛撇在招商舍的夫君病体痊愈,与自己早日团圆。而团圆的前提是"削减尊君狠切",所以这是第一愿。父亲太厉害、凶恶了,他不但像一般家长那样阻碍儿女婚姻,而且粗暴对待一个染病的恩人,这是女儿尤其不能容忍的。

深闺中人的祝告不止于此,她有更宏大的心愿——"天下心厮爱的夫妇永无分离"。此语与《西厢记》剧终"愿普天下有情的都成了眷属"一语,都是作家点题之笔。所不同的是,它是作为人物的宾白编撰在情节之中,是瑞兰(也是作者)的思想结晶,她在离乱中接触现实生活,了解社会矛盾和民间苦难,懂得了"那一个爷娘不间叠(作梗)"的道理,说明其思想境界已提高一层。

瑞兰的祝告被假装回房却躲在花丛的妹子所撞破,瑞莲潜至姐身后,推推搡搡地踩着她的鞋儿,急急匆匆地拉住她的裙儿。少女特有的小动作充分流露了瑞莲那股得意劲儿。我们看不到当年艺人在演唱这支〔叨叨令〕时的精彩表演,如今读此曲词也能把它想象出来。瑞莲为何得意?因为她曾被姐倒打过一耙,现在报复的机会到了,怎能不兴奋!看来,动春心的小鬼头是你不是我,出首的人应当是我不是你!南戏《拜月》中有瑞莲扬言也要到父亲那儿去出首的情节,有瑞莲"却不道小鬼头春心动也"的曲词。这一下羞得姐的腮儿像火烧般发热,使她不得不一点一点从头说出真情。至此戏剧冲突趋向高潮,戏剧情节顿时突转。

当瑞兰说出夫君蒋世隆的姓名年龄时,瑞莲不禁悲泣起来。于是引起瑞兰的疑心,疑及瑞莲是自己夫君的旧妻妾。经瑞莲解释,她忆起因兰、莲两字音近而错应的往事来,明白瑞莲与世隆两个是亲兄妹。误会消除,姊妹成了姑嫂,比先前越发疼热。〔呆古朵〕中"你又是我妹妹姑姑,我又是你嫂嫂姐姐"句,反复强调彼此的双重身份,狂喜之情溢于言表。看似信手拈来家常语,足抵十句百句亲热话。不料嫂嫂又不满足于双重身份了,她接着嘱告:由于我父母多宗族支派,你兄妹无远族旁支,今后休从我爷娘家的关系上称姐妹,而应当从我夫君家的关系上认姑嫂。姊妹亲于姑嫂本是常情,但这里瑞兰却以姑嫂亲于姊妹,正表明了瑞兰对世隆的挚爱和对爷娘家的厌恶。瑞兰的奇思妙想来自于作家对人物内心隐秘的洞察和把握。李卓吾在南戏本上风趣地批曰:"'更着疼热'也只为老公面上耳。

【感天动地窦娥冤】

到底是疼热老公，不是疼热妹子。"原来关剧中有丰富的潜台词。

纵观这一组曲词，从艺术手法看，前一个场面呈静态，出人物直抒胸臆；后一个场面呈动态，在冲突和情节发展中刻画人物性格。从戏剧气氛看，前者是悲剧性的，后者是喜剧性的，悲喜交集，在喜剧性冲突中反映悲剧性社会矛盾，从而寄寓作家的爱憎褒贬。从曲词风格看，清丽、妩媚、切合人物身份和性格，却不离关剧本色的总体风格。此曲词又是当行的。近人青木正儿《元人杂剧概说》在评论《拜月》一折的曲文时说："如果拿它和《西厢记》的《拜月》一折相比，那么虽没有《西厢》那样的典丽，而其恻恻动人的深刻，则非《西厢》所能企及。这也还是本色和文采的分别吧。"其实，这是一个曲词当行与否的问题，也是一个内容问题。瑞兰不幸遭遇所蓄积的情感体验出之以"随所妆演，摹拟曲尽"（《元曲选·序二》）的当行语，焉能不"恻恻动人"？明代戏曲理论家王骥德也谈到关剧语言精微刻画人物的特长："实甫以描写，而汉卿以雕镂。描写者远摄风神，而雕镂者深次骨貌"（王骥德《校注古本西厢记·自序》）。所论是公允的。

（宋光祖）

157

〔注〕 ① 身枝节：王国维在《宋元戏曲考》中引用时作"生枝节"。笔者引申为思绪纷繁。② 此句后似应有"小旦云了"。

感天动地窦娥冤

关汉卿

第 二 折

〔斗虾蟆〕空悲戚，没理会，人生死，是轮回。感着这般病疾，值着这般时势,可是风寒暑湿,或是饥饱劳役,各人症候自知。人命关天关地,别人怎生替得?寿数非干今世,相守三朝五夕,说甚一家一计?又无羊酒段匹,又无花红财礼;把手为活过日,撒手如同休弃。不是窦娥忤逆,生怕傍人论议。不如听咱劝你,认个自家悔气,割舍的一具棺材停置,几件布帛收拾,出了咱家门里,送入他家坟地。这不是你那从小儿年纪指脚的夫妻。我其实不关亲,无半点恓惶泪。休得要心如醉,意似痴,便这等嗟嗟怨怨,哭哭啼啼。

〔感皇恩〕呀!是谁人唱叫扬疾,不由我不魄散魂飞。恰消停,才苏醒,又昏迷。捱千般打拷,万种凌逼,一杖下,一道血,一层皮。

这是《窦娥冤》第二折中两支著名的曲子。

这一折是全剧矛盾冲突的进一步发展,写张驴儿为了霸占窦娥,除掉碍手碍脚的蔡婆,买来毒药,本想将病中的蔡婆毒死,没想到放了毒药的羊肚儿汤被他父亲吃了。老子被毒死了,张驴儿非但不悲伤,反利用这一新的事态发展,提出"官休""私休"的解决办法。窦娥这时对官府还有一些幻想,便选择了"官休"的道路。没想到贪官桃杌根据"人是贱虫,不打不招"的信条,严刑拷打窦娥。这两支曲子中,前面的〔斗虾蟆〕曲,便是窦娥在张父喝了有毒的羊肚儿汤死去后唱的;后面的〔感皇恩〕曲,是在公堂上遭受严刑拷打时唱的。

前人论曲,有所谓"活曲"与"死曲"之区别。不顾情景,不问性格,一味堆砌词藻,卖弄才学;抑或千人一腔,不辨甲乙;词语苍白,不知所云,皆"死曲"之谓也。而像〔斗虾蟆〕这种曲子,贴合情境,声口毕肖,可以说是元曲中典型的"活曲"，实属不可多得。

　　老实懦弱的蔡婆在出了人命之后惊恐万分，不禁哭了起来。窦娥却坦然沉着，因为她觉得蔡家与张驴儿父子非亲非故，并无半点干系，是他们强行闯入寡妇人家，现在死了倒也干净，没有什么可悲痛的；再则自己没做什么亏心事，自己并未投毒，因而一点也不必害怕。正是在这种心态驱使下，窦娥唱出了这支〔斗虾蟆〕曲，对蔡婆进行劝说。这段劝说是层层深入的。首先从人的生与死的大道理讲起。说人的生死是命中注定的。一个人有什么病症，如感风寒暑热，或挨饥饿劳役，他自己是再清楚不过的。人寿的长短是上天给予的，它不但和今生今世有关，怕和上辈子的善恶也有关系的。其次说到两家的关系：我们和他们父子在一起的时间不过三朝五夕，根本就不是一家人，从未有过什么订亲的手续或礼仪（羊酒花红段匹，是宋元时订婚的礼物），现在他老子既然撒手人寰，也就算了。再从造成的影响说：不是窦娥敢忤逆你，实在是怕邻里傍人说三道四。下面提出解决办法：不如咱们自家认个晦气，白送一具棺材、几件布帛，发送了他就是了。然后说到自己的态度：这个死去的人与你并非什么结发夫妻。因为他与我非亲非故，所以我一点也不伤悲。最后劝婆婆：你也不必啼哭嗟怨了。这样层层道来，实在是入情入理。

　　曲子中的每一句曲辞，都是从当时特定的环境出发，从具体的情事出发，针对蔡婆的态度而发的，可以说与环境情事丝丝入扣。从眼前出人命说到人的生死是宿命轮回的道理；从如何处置这件事，提出破费一具棺材将死者"送入他家坟地"算了；从自己一点也不悲伤到劝婆婆也不必嗟怨啼哭和惊惶悲痛。这样的曲辞，正是明代著名戏曲家臧晋叔所赞叹的："境无旁溢，语无外假。……随所妆演，无不摹拟曲尽，宛若身当其处，而几忘其事之乌有。"（《〈元曲选〉序》）

　　这支曲子与窦娥的性格十分吻合。窦娥是一个善良孝顺的媳妇，也是一个正直刚强的女性。因此曲辞写窦娥劝说蔡婆，句句设身处地，为其排解困惑，理智地分析眼前发生的一切,语气委婉亲切,但内里却正气凛然,是非分明,斩钉截铁,毫不含糊,表现了对恶势力的厌恶感情和毫不妥协的态度。

〔斗虾蟆〕一曲是元曲本色语言的范例。王国维在《宋元戏曲考》中谈到元曲之妙时说:"然元剧最佳之处……曰写情则沁人心脾,写景则在人耳目,述事则如其口出是也。"他在引述关汉卿这支〔斗虾蟆〕曲子之后写道:"此一曲直是宾白,令人忘其为曲。元初所谓当行家,大率如此。"我们初读此曲,只觉得俚浅通俗,明白如话,情景逼真,声口毕肖。细细品味,则觉这种白描笔法,大有意趣,确如鲁迅所说"有真意,去粉饰,少做作,勿卖弄"。曲辞要达到如此酷肖人物而浅白生动,真是谈何容易!

当然,曲中也流露了窦娥思想中存在宿命观念,这是不足为怪的。窦娥是十三世纪作品中的人物,她的头脑中有不少封建意识,如宿命思想、贞节观念等,这是很自然的。但过去有的评论文章离开了具体的时代环境与人物,把窦娥设想成一个反封建的英雄,身上纯洁晶莹,不夹杂半点封建灰尘。其实这并非关汉卿笔下真实的血肉饱满的窦娥形象。

中国戏曲艺术的特征之一是写意性,元杂剧就表现了这一特征。戏剧动作本身不少是虚拟化、程式化的。如此处写窦娥在公堂上受刑,就不可能像生活那样逼真,而是采用一种虚拟写意的手段,点到即止。因此,为了将场面表现得真实动人,这就要靠演员的抒情唱段来交代动作,强化感情。〔感皇恩〕一曲,真切地传达出公堂受刑的场面:如狼似虎的差役喊打喊杀的吆喝声,窦娥捱尽严刑拷打,昏了又醒,醒了又昏,被打得皮开肉绽,真实地揭露了元代吏治的黑暗和贪官污吏残民以逞的罪行。这一段从场面动作来说虽是虚拟的、写意的,但曲子传达出的感情却是饱满的、实在的。这样"虚实结合",最大限度地调动了观众的情绪。

〔感皇恩〕一曲写得简洁精练而又浅白生动。李渔说:"凡读传奇而有令人

杨果 〔越调〕小桃红(采莲湖上棹船回)　　　　　　　　　　池沙鸿 作

王和卿　〔仙吕〕醉中天·咏大蝴蝶　　　　　　　　乔木　作

幾枝紅杏雪墻頭，杏對點青山，屋上屏，玉昏能得幾晴明，三月景，宜醉不宜醒

戊寅之春，曉風寫于滬上

胡祗遹　〔中呂〕阳春曲·春景　　　　　　　　　林曦明 作

伯颜　〔中吕〕喜春来(金鱼玉带罗襕扣)　　　　　　　　　马振声 作

卢挚 〔双调〕蟾宫曲(沙三伴哥来嗏)　　　　　　　　贺友直 作

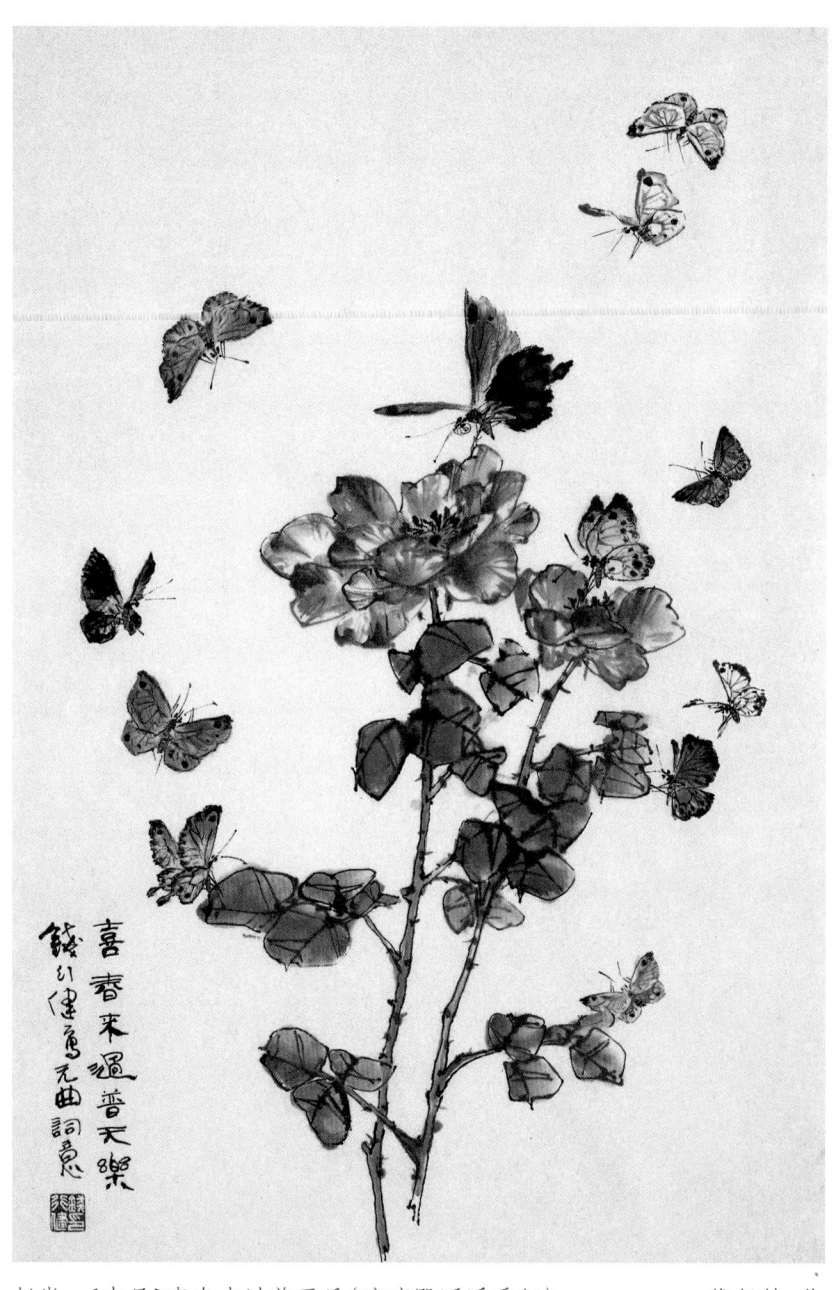

赵岩 〔中吕〕喜春来过普天乐(琉璃殿暖浮香细) 　　　钱行健 作

共山僧野叟閑吟和

漁民畫

关汉卿 〔南吕〕四块玉·闲适 　　　　　　　　　　杜觉民 作

关汉卿 〔双调〕沉醉东风(咫尺的天南地北) 吴声 作

费解,或初阅不见其佳,深思而后得其意之所在者,便非绝妙好词;不问而知,为今曲,非元曲也。"(《闲情偶寄》)这种批评可谓深得元曲三昧。〔感皇恩〕一曲显得十分生活化,浅白到"入耳消融",不论是文人学士,还是目不识丁的平民,都能从不同的层次上理解曲情,体味曲意。曲辞达到这样雅俗共赏、深入浅出,可以说是进入了化境。京剧等剧种均有改编演出。又昆剧所演折子戏《斩娥》,基本上为元杂剧原词。

(吴国钦)

感天动地窦娥冤

关汉卿

第 三 折

〔正宫·端正好〕没来由犯王法,不提防遭刑宪,叫声屈动地惊天!顷刻间游魂先赴森罗殿,怎不将天地也生埋怨。

〔滚绣球〕有日月朝暮悬,有鬼神掌著生死权。天地也只合把清浊分辨,可怎生糊突了盗跖颜渊。为善的受贫穷更命短,造恶的享富贵又寿延。天地也做得个怕硬欺软,却元来也这般顺水推船。地也,你不分好歹何为地?天也,你错勘贤愚枉做天!哎,只落得两泪涟涟。

〔耍孩儿〕不是我窦娥罚下这等无头愿,委实的冤情不浅;若没些儿灵圣与世人传,也不见得湛湛青天。我不要半星热血红尘洒,都只在八尺旗枪素练悬。等他四下里皆瞧见,这就是咱苌弘化碧^①，望帝啼鹃^②。

〔二煞〕你道是暑气暄，不是那下雪天；岂不闻飞霜六月因邹衍^③？若果有一腔怨气喷如火，定要感的六出冰花滚似绵，免着我尸骸现；要什么素车白马^④，断送出古陌荒阡！

〔一煞〕你道是天公不可期，人心不可怜，不知皇天也肯从人愿。做甚么三年不见甘霖降？也只为东海曾经孝妇冤。如今轮到你山阳县。这都是官吏每无心正法，使百姓有口难言。

〔煞尾〕浮云为我阴，悲风为我旋，三桩儿誓愿明题遍。(做哭科，云)婆婆也，直等待雪飞六月，亢旱三年呵，(唱)那其间才把你个屈死的冤魂这窦娥显。

《窦娥冤》第三折是全剧的高潮。前二折写窦娥由童养媳到寡妇到被人陷害、成为死囚的悲惨命运，在这个过程中，她是一个顺从命运的弱女子，到张驴儿逼婚时，才开始反抗。到第三折，当她被推上刑场，即将经受她生命中最后也是最大一次灾难时，她的反抗终于强烈地爆发出来了。以此为契机，关汉卿写出了一个震撼人心的戏剧场面。前二折时间跨度大，写了窦娥由七岁到二十岁共十三年的命运变迁，这一折却只写一个短时间的事件——法场问斩。中国戏曲创作中有讲究重点突出的传统，所谓"传中紧要处，须重着精神，极力发挥使透"(王骥德《曲律》)，这种传统正是从关汉卿这样的作家那里开始的。如果作为折子戏，《窦娥冤》第三折又是后代"法场"戏的蓝本。

这一折的开始，监斩官吩咐把住巷口，断绝行人；鼓三通，锣三下；披枷带锁的窦娥，被挥旗提刀的刽子手押着上场，戏剧氛围突然紧张，窦娥唱第一支〔端

〔正好〕曲,把气氛转向高亢,她勇敢而愤慨地抨击了"王法"、"刑宪"和"皇天后土":"没来由犯王法,不提防遭刑宪","怎不将天地也生埋怨"。紧接着的〔滚绣球〕曲又将悲愤情绪和反抗精神汇成排山倒海的巨澜,狂怒地冲向在封建社会里被认为是神圣威严、至高无上的天地日月鬼神。"地也,你不分好歹何为地?天也,你错勘贤愚枉做天!"明代朱权说元曲中有"不讳体",其主要特点是"字句皆无忌惮"。这〔滚绣球〕曲可算得是最无忌惮的呐喊与控诉,它指向了"永命之本"的天与地,也即所谓"皇天后土",她指责它们混淆了恶(盗跖,春秋时著名的"盗",名跖)与善(颜渊,孔子弟子),实际上表现了对封建秩序的怀疑。这就将作品提到一个新的思想高度,窦娥形象深化了的典型意义也正在这里。

　　〔滚绣球〕曲的格式通常为十一句,前四句和后四句句法相同,清代李玉《北词广正谱》说是分前后两节,后一节实是将前一节重做一遍,所以叫"滚绣球",他所说的前后两节,实际指的是前四句和后四句。这种形式要求前节的第四句在联结前后两节上起类似词中"过片"即过渡的作用,然而有些元剧作家并不注意,因此写来就显得呆板。关汉卿此曲第四句"可怎生糊突了盗跖颜渊"却和下文"为善的"和"造恶的"起着一种过渡作用,在句法上重复之际,曲义上却是转接之时,这正是当行杂剧作家的长技。〔滚绣球〕曲的第九、十句一般都要对仗,本曲对得自然、浑成,不雕琢,不斧凿,恰似掉臂而出,飞行自在,因为临近曲尾,在文意上要结束全曲所表达的情绪,"何为地""枉做天"正是把悲愤情绪推到了顶端。但却也为最后一句的写法带来了困难,〔滚绣球〕曲末句的文意,常常是前两句对句的延续和作结,并不转意,如关汉卿另一作品《西蜀梦》第四折中第一支〔滚绣球〕最后三句作:"咱人三寸气在千般用,一日无常万事休,壮志难酬!"《单刀会》第二折第四支〔滚绣球〕最后三句作:"瞅一瞅混天尘土桥先断,喝一声拍岸惊涛水逆流,这一伙怎肯干休!"对句是形容张飞喝断当阳桥,"这一伙"却又包括整支曲文中说到的黄汉升、赵子龙和马孟起,所以这末句不仅是结上两句，而是结全曲。《窦娥冤》中这支曲的末句却有转意，由控诉天地转向悲哀自身，"哎，只落得两泪涟涟"。这一哭叫，表面上看似把全曲的磅礴之气降了下来，怨天恨地的结果是无可奈何，但却又切合窦娥作为一个被迫害的弱女子的实际，而且，这一哭叫，在无可奈何当中，包含着强烈的怨气。一张一弛，张中充满恨，弛中含有怨，其艺术效果是统一的。这又是当行杂剧作家的一种长技。

在〔滚绣球〕曲以后，戏剧气氛陡然一转，描写婆媳见面，法场诀别，低回泣诉，敦拖呜咽。嗣后，戏剧场面又转入第三个阶段，窦娥临死前发出三桩誓愿：血不溅地、六月飞雪和大旱三年。〔耍孩儿〕、〔二煞〕和〔一煞〕三支曲分别表达了她的三个誓愿。这三支曲属般涉调，而本折采用正宫，这种现象叫做"借宫"，出自音律上的用心，使声调有所变换和起伏。这三支曲和末章〔煞尾〕都用生机活泼的口语，写来似行云流水，舒爽晓畅。"我不要半星热血红尘洒，都只在八尺旗枪素练悬"，"若果有一腔怨气喷如火，定要感的六出冰花滚似绵"，这样的曲文更似喷泉激涌，气势飞腾。在某种程度上说，曲律的规定和限制也相当地严格，能够把曲文写得灵动飞扬，同时又如脱口而出，这需要深厚的功力，这比以词绳曲，也就是袭用词的意境和写作手法来写曲，要困难得多，所以王国维说："关汉卿一空倚傍，自铸伟词，而其言曲尽人情，字字本色，故当为元人第一。"（《宋元戏曲考》）

对于窦娥的三桩誓愿，常有用艺术上的浪漫主义手法来作解释的，这当然是对的。但又可视为我国传统中"天人感应"观的一种反映。《元史》中的《王恽传》和《邓文原传》都有民间有冤狱，就出现久旱不雨的记载，元人文集、奏章和笔记中有关天变与人事相应的记载，不可胜数，说明这是一种传统的观念。在这以前，宋代著名理学家程颐有一种说法："匹夫至诚感天地，固有此理，如邹衍之说太甚。只是盛夏感而寒栗则有之，理外之事则无。如变夏为冬，降霜雪，则无此理。"（《遗书》卷十五）窦娥所唱"你道是暑气暄，不是那下雪天；岂不闻飞霜六月因邹衍？若果有一腔怨气喷如火，定要感的六出冰花滚似绵”，恰像是对程颐上述那番话的回答。窦娥还用了“东海孝妇”的故事说明并非“天公不可期，人心不可怜”。传说汉东海郡有孝妇被郡守枉判死刑，该郡大旱三年。后冤狱昭雪，天立降大雨。（见《汉书·于定国传》）窦娥这一愿望也得到了回答。这回答不是属于事理逻辑，而是深化了的感情逻辑。关汉卿的这些描写在深层意义上也已突破了“天人感应”的观点，它们为作家对黑暗势力的愤懑、抗议所充实，成为强烈的对正义呼唤的感情依托，化为一种复仇愿望的象征，一种揭露和谴责的深沉力量。还有一点值得注意，窦娥誓愿六月飞雪，不仅要求证明她的冤屈，还要求“免着我尸骸现”，白雪葬身，胜过埋在古陌荒阡，这同不要血洒红尘一样，表示了对那个污浊社会的最后决裂，也表现了她品格的高洁。

（邓绍基）

〔注〕 ① 苌弘化碧：传说周朝的忠臣苌弘死后，他的血化为美石。碧，指美石。 ② 望帝啼鹃：望帝，即杜宇，周末蜀主，传说他死后化为鸟，名杜鹃，日夜悲啼。 ③ 邹衍：燕惠王臣，被人陷害入狱，对天大哭，时逢夏令，天却为之下霜。 ④ 素车白马：古时送葬，乘坐素车白马，这里“素车白马”，意谓送葬。

感天动地窦娥冤

关汉卿

第 四 折

〔梅花酒〕你道是咱不该“这招状供写的明白”，本一点孝顺的心怀，倒做了惹祸的胚胎。我只道官吏每还覆勘，怎将咱屈斩首在长街！第一要素旗枪鲜血洒，第二要三尺雪将死尸埋，第三要三年旱示天灾。咱誓愿委实大。

〔收江南〕呀，这的是衙门从古向南开，就中无个不冤哉！痛杀我娇姿弱体闭泉台，早三年以外，则落的悠悠流恨似长淮。

〔鸳鸯煞尾〕从今后把金牌势剑从头摆，将滥官污吏都杀坏，与天子分忧，万民除害。嘱付你爹爹，收养我奶奶。可怜他无妇无儿，谁管顾年衰迈！再将那文卷舒开，（带云）爹爹也，把我窦娥名下，（唱）屈死的于伏①罪名儿改。

这是《窦娥冤》一剧中窦娥在临终场前唱的最后几支曲子，带有俯视全剧、笼括题旨的意味。

《窦娥冤》是个感天动地的大悲剧。这个悲剧，诚如王国维所说"列之于世界大悲剧中亦无愧色也。"（《宋元戏曲考》）如果说古希腊"悲剧之父"埃斯库罗斯的悲剧是命运悲剧，它要表现的是人与冥冥不可抗拒的命运之间的冲突的话，则文艺复兴时期莎士比亚著名的"四大悲剧"就是性格悲剧，它揭示人的性格弱点所引起的悲剧冲突；而关汉卿的《窦娥冤》则是一部社会悲剧，着重表现的是善良的弱小的百姓和强大的黑暗社会势力之间的冲突。窦娥遭受社会黑暗势力的层层压迫，她因高利贷的剥削而卖身为童养媳，因流氓地痞的横行霸道而吃官司，因贪官污吏的草菅人命而遭典刑。关汉卿赋予这个弱小的普通女子以非常善良倔强的性格，对她的悲剧倾注了极大的同情，而且深刻地揭示了窦娥悲剧的社会根源。《窦娥冤》属于我国古典悲剧中较有代表性的作品，它是一个善良的人的悲剧，社会的悲剧，时代的悲剧。

第四折是悲剧的结局，写窦天章为窦娥平反冤案。当窦天章问蔡婆："我看你也六十外人了，家中又是有钱钞的，如何又嫁了老张，做出这等事来？"蔡婆回答："老妇人因为他爷儿两个救了我的性命，收留他在家养膳过世；那张驴儿常说要将他老子接脚过来，老妇人并不曾许他。"剧作至此明确交代了蔡婆与张父的关系。窦天章弄明原委后对蔡婆说："这等说，你那媳妇就不该认做药死公公了。"窦娥的鬼魂于是上前说明："当日问官要打俺婆婆，我怕他年老受刑不起，因此咱认做药死公公，委实是屈招个！"〔梅花酒〕诸曲，就是窦娥的鬼魂紧接这段念白唱出的。

〔梅花酒〕曲子的首句"你道是咱不该'这招状供写的明白'"，是接窦天章上面的话头说的。窦天章认为既然蔡婆没有与张老同居，媳妇当然就不该招认"药死公公"的罪名。窦娥向父亲说明原委，把自己当初的心理活动和盘托出：她原出于孝心，怕婆婆年老受刑不起，因此屈招认罪，实以为官府还会覆勘此案，根本未料到会屈斩长街。

这一曲笼括全剧，窦娥剖白自己为何屈招，如何抱有"覆勘"的幻想以及这一天真幻想怎样被无情现实所击碎。通过窦娥痛苦的陈情申诉，曲子批判的矛头再次指向那草菅人命的封建吏治。

紧接着的〔收江南〕一曲，将窦娥的陈情申诉升华到一个新的高度。旧时代有俗谚称"衙门从古向南开，有理无钱莫进来"，关汉卿却巧妙地将它改成"衙门从古向南开，就中无个不冤哉"！在这里，剧作对现世的针砭被引向更高的层次，它通过窦娥这一典型的冤案，推而广之，指出元代黑暗社会中，冤狱到处皆有，无官不贪，无案不冤，这就将读者或观众由于窦娥悲剧引起的悲愤的审美情感，进一步引向对整个封建吏治的鞭挞谴责。据《元史》载，大德七年（1303）一次就查勘出贪官污吏一万八千四百七十三人（卷二十一《成宗纪》），而元代官吏总数不外两万六千！（《元典章》卷七《内外诸官员数目》）可见曲辞概括的，是元代真实的墨黑如漆的现实。

最后的〔鸳鸯煞尾〕一曲,有两点值得注意。其一,是作者借窦娥之口直截了当表明对变革现实、改造吏治的设想,开出一张疗救世情的药方:杀尽贪官污吏,与天子分忧,为万民除害。作家这一主观思想,既表明他对元代吏治黑暗的深刻痛恨,又表明他把医治社会弊病的理想寄托在皇帝身上。这实在是十三世纪伟大的戏曲家关汉卿无法摆脱的 种时代的局限性,他无法超越历史。而《窦娥冤》的卓越之处,在于揭露一桩无辜受害的冤案,在于以最炽烈的激情为善良弱小的平民百姓鸣冤叫屈,使人们透过冤案看到一出撼人心弦的社会大悲剧。如果作者把剧作的重心放在以王法疗救社会弊病这一方面,不难想象那时剧作就将成为一个平庸而自相矛盾的作品。其二,是最后为窦娥形象画龙点睛,为人物善良可亲的性格和孝顺长辈的美德补上最后精彩的一笔。临下场前,窦娥又折回来,嘱咐父亲好生收养蔡婆,"可怜他无妇无儿,谁管顾年衰迈!"读着这样出自肺腑的言词,人们不难看到,窦娥有一颗多么可贵的金子般的心。她孝顺婆婆一如既往,至死未休。除了平反冤案外,她想到的不是自己,不是官居要职的父亲,而是那个和自己相依为命、眼下年老衰迈、无依无靠的婆婆,窦娥温顺、善良、孝顺的品格,再一次展示了她的光彩。《窦娥冤》之所以感天动地,撼人心扉,我想还不全在窦娥无辜蒙冤的不幸命运上,根本原因是窦娥太善良了,太崇高了,这样一个具有为他人而作自我牺牲之情操美德的人,却无端被社会黑暗势力蹂躏而死,真善美无端被假恶丑所扼杀,这才是这个大悲剧感人的堂奥所在。

从曲辞本身看,这几支曲子写得自然本色,通俗生动,充分表现了元曲本色派语言的风貌。王国维在我国第一部戏曲史《宋元戏曲考》中说:"元曲之佳处何在? 一言以蔽之曰:自然而已矣。……彼但摹写其胸中之感想与时代之情状,而真挚之理与秀杰之气,时流露于其间。故谓元曲为中国最自然之文学,无不可也。"〔梅花酒〕诸曲，或直抒胸臆，或嘱咐事项，或引述口语，或套用俗谚，皆通俗自然，没有佶屈聱牙之病，没有堆砌词藻之嫌，也无不知所云之弊，总之是从人物心田中自然流出，可谓水到渠成，非由车戽。这些曲辞既接近口语（如"本一点孝顺的心怀，倒做了惹祸的胚胎"），又不是生活中自然形态东西的照搬，而是经过精心提炼而成的（如"则落的悠悠流恨似长淮"）。《红楼梦》诗云："淡极始知花更艳。"这种"淡"，既是自然本色之"淡"，又是经过悉心提炼而成的"淡"，对戏曲这种大众化的艺术形式来说，语言的淡而有味，应属艺术追求的最佳境界。

〔梅花酒〕诸曲在写作上还有一个长处，就是曲白相生，曲与白的搭配连接处理得很好。对戏曲剧本来说，曲与白的安排配搭是一个重要的技巧性问题。〔梅花酒〕曲的开头，从窦天章那里接过话头，曲子自然而然成为念白的延续，两者相生相成，互为补充。〔收江南〕曲之后，窦天章安慰窦娥，说"冤枉我已尽知"，这句说白是从〔收江南〕曲引发来的，窦天章说白之后，又引出窦娥所唱的全剧最末一曲〔鸳鸯煞尾〕，这一曲明显带有总结的意味。但唱到中间，窦娥忽然记起一件事，用念白嘱咐父亲收养蔡婆。这段念白，从窦娥性格出发，从彼时彼地情景中自然流出，最后又用曲子加以衔接。这些地方，如果不是杂剧的当行里手，是不容易写得如此自然，连接得这样好的。

不少元剧的第四折，往往是强弩之末，只是敷演大团圆的老套，无甚可观。但此剧第四折则仍然精彩纷呈，仍然是塑造性格的重要场次。〔梅花酒〕诸曲，就是这一折中带关键性的曲子，它们交代情事，刻画性格，总括题旨，而写得自然生动，曲白相生，实在是不可多得的好曲子。

（吴国钦）

〔注〕 ① 于伏：疑为"招伏"，指招供服罪。

赵盼儿风月救风尘

关汉卿

第 一 折

〔仙吕·点绛唇〕妓女追陪，觅钱一世。临收计，怎做的百纵千随，知重咱风流婿。

〔混江龙〕我想这姻缘匹配，少一时一刻强难为。如何可意？怎的相知？怕不便脚搭着脑杓成事早，怎知他手拍着胸脯悔后迟！寻前程，觅下稍，恰便是黑海也似难寻觅。料的来人心不问，天理难欺。

〔油葫芦〕姻缘簿全凭我共你，谁不待拣个称意的？他每都拣来拣去百千回。待嫁一个老实的，又怕尽世儿难成对；待嫁一个聪俊的，又怕半路里轻抛弃。遮莫向狗溺处藏，遮莫向牛屎里堆，忽地便吃了一个合扑地，那时节睁着眼怨他谁！

〔天下乐〕我想这先嫁的还不曾过几日，早折的容也波仪、瘦似鬼，只教你难分说、难告诉、空泪垂！我看了些觅前程俏女娘，见了些铁心肠男子辈，便一生里孤眠，我也直甚颓！

〔元和令〕做丈夫的便做不的子弟，那做子弟的他影儿里会虚脾，那做丈夫的忒老实。那厮虽穿着几件虼螂皮，人伦事

【赵盼儿风月救风尘】

晓得甚的？

〔胜葫芦〕你道这子弟情肠甜似蜜，但娶到他家里，多无半载周年相弃掷，早努牙突嘴，拳椎脚踢，打的你哭啼啼。

〔幺篇〕恁时节船到江心补漏迟，烦恼怨他谁？事要前思免后悔。我也劝你不得，有朝一日，准备着搭救你块望夫石。

《救风尘》是一出反映妓女从良坎坷遭际的轻喜剧。关汉卿举重若轻，以一种轻松的快意和幽默的笔调，再现了一幕既让人发笑、又蕴含泪水的人间喜剧：妓女赵盼儿有心助妓女宋引章跳出卖笑生涯，为宋引章和穷书生安秀实作媒。宋安两人情投意合，拟结百年之好。不料宋又为有钱有势、能说会道的纨绔子弟周舍迷住。赵盼儿发现后，凭借自己风月场上痛苦的人生经历，力劝宋引章，但未能成功。而周舍把宋引章骗到手后，翻脸无情，百般毒打。宋受不住周的暴虐和淫威，走投无路，写信给盼儿求救。盼儿不计前隙，设巧计，梳妆打扮，亲携妆礼去郑州找到周舍，使出风月场上的柔情蜜语，假意要嫁周舍，赚得周的亲笔休书，急带宋引章逃离。周如梦方醒，追上赵、宋，告到官府，盼儿却当堂出示其亲笔休书。书生安秀实也及时赶到，告发周舍抢亲，遂使有情人终成眷属。

这出戏在以"风月"救"风尘"——即以风花雪月的情场手段拯救沦落风尘的妓女姐妹的喜剧目的下，展开了赵盼儿与周舍之间以"风月"治"风月"的斗争。这种艺术目的和艺术手段相叠合的复调式喜剧，正是观众不时发出阵阵痛快笑声的原因。

第一折从全剧来看是过场戏，是围绕第三折才正面铺开的赵、周之间以风月治风月主要喜剧矛盾所展开的赵盼儿与宋引章之间的次要戏剧冲突。但过场戏不过场，它不仅以喜剧的语言展示了正剧的内容，使正剧内容喜剧化，而且为喜剧高潮的出现作了有力的说明和铺垫,从而成为整个喜剧发展的有机构成。没有它,第三折展开的喜剧冲突就会如无本之木、无源之水,缺乏喜剧独有的真实氛围和现实感。宋引章执意要嫁周舍,赵盼儿前来劝阻。表面上看是赵宋两人对周舍的看法不同,其实对这门亲事的臧否,归根结底是对人生和爱情理想的看法有差异。关汉卿不惜以整套十四支曲子,在劝导宋引章、安秀实的同时,笔墨酣畅地抒写赵盼儿的爱情理想和美好憧憬,用意就在这里。

第一支曲子用"追陪"、"觅钱"概述妓女的一世生涯,为爱情火苗的燃起和婚姻纠葛的发生展开了一个充满污浊与黑暗的背景。"怎做的百纵千随",令人感到一种对爱情理想的追求;而"知重咱风流婿",则无疑是赵盼儿理想化的选择标准。卖笑的女子如此认真地思考、追求美好的婚姻爱情,使这折曲文带上了一种独特的喜剧性庄严。

那么盼儿心中理想的"风流婿"究竟是怎样的呢?〔混江龙〕一曲中的"可意"、"相知"就是具体标准。这就是说,双方要有一种心灵上的沟通与谐调,要能够相互理解,相互默契。用"如何"、"怎的"疑问式带出,既显出循循诱导的关切,又含有一定悲愤的意味。"怕不便脚搭着脑杓成事早,怎知他手拍着胸脯悔后迟。""早"与"迟"的时间、心态对比,暗示着现在过于草率,将来必定痛悔。用"脚搭着脑杓"来形容宋引章急于和周舍成婚的心情,生动形象;用"手拍着胸脯"来形容将来后悔的情态,使逆料中的后事也状如目前、活灵活现了。

曲文之难,难在不仅要见人神态,而且要见人心态。〔油葫芦〕一曲细腻地表现了盼儿此时的复杂心情。面对可怜老实的安秀实,她既要对宋引章的婚变有所开脱,又不时出于共同的命运,对宋的未来表现出种种担忧。"谁不待拣个称意的? 他每都拣来拣去百千回。"在封建社会,妇女从一而终,妓女改嫁从良难于上青天。特殊的境遇,使她们在"老实的"、"聪俊的"各种男人之间很难作出抉择。既怕"难成对",又怕"轻抛弃",即使小心翼翼,躲到"狗溺处"、"牛屎堆",依然免不了突然"合扑地","那时节睁着眼怨他谁"?"可意、相知"的理想境界和危机四伏的现实在曲中造成了巨大的反差,妓女的悲惨命运,社会的吃人本质,令人触目怵心。

妓女从良的美好愿望与嫖客择妻的想法常常是抵牾的。不是前者屈从后者,便是前者改变后者,而现实出现的常是第一种悲剧性结局。盼儿对爱情理想的灼烈憧憬,就扎根在自己"看"与"见"的痛苦人生体验中。"难分说,难告诉,空泪垂!"多少苦衷尽在不言之中。这里的垛句加强了悲剧的痛苦感和节奏感。但"便一生里孤眠",也不放弃自己的美好理想,这就是赵盼儿刚劲执着、一往无前的精神。〔天下乐〕原是一支欢快的曲子,用在这里犹如电影中的"音画对立",以乐衬哀,别有一番滋味。

到此,赵盼儿的性格和爱情理想已交织在情节中得到了较充分的揭示。但作者犹嫌不足,笔锋一转,引出赵盼儿对宋引章的劝说。面对自己朝夕相处的患难姐妹,〔元和令〕以下几支曲子的语气就变得更加亲切了。

如果说,"可意"、"相知"的"风流婿",作为一种合理婚姻的精神内核,仍然比较抽象的话,那么,嫖客(子弟)不能做丈夫,则是这一内在核心的外在表现。子弟"会虚脾",必然是"可意"、"相知"的反面。所以接下来〔胜葫芦〕一支曲子,便刻画了嫖客的可憎面目。"努牙突嘴,拳椎脚踢",直人快语,用漫画式手法勾勒子弟的肖像,特征鲜明。无数事实证明,"打的你哭啼啼"并非虚言,而是不久后的现实。

"事要前思免后悔",〔幺篇〕语重情长;"劝你不得",包含了多少苦口婆心,逆耳忠言;"有朝一日",则预示着喜剧矛盾的发展和高潮的出现,激起观众强大的期待心理。

《救风尘》第一折曲子,在艺术上散发着中国式幽默的芬芳,体现出中华传统审美理想的喜剧特征。在西方古典美学范畴中,喜剧的描绘对象一直被规定为是那些已经或者行将走向死亡的生活现象,喜剧性的根本性问题就在于被描绘对象自命不凡、自吹自擂、自以为是的形式,与空虚、浅薄、毫无意义的内容之间的矛盾。活跃舞台中心的常常是被讽刺的对象,如莫里哀笔下的伪君子、吝啬鬼等。但在《救风尘》中,占据戏眼的却是正面人物赵盼儿,而第一折的曲文又突出发挥了这一正面审美形象的喜剧效果。西方喜剧在邪中出奇,而《救风尘》却在正中出奇;邪中出奇易,正中出奇难。尤其是第一折曲文所显示的那种沉重的幽默、正面的幽默、痛苦的幽默,使喜剧的意味更复杂更馥郁。同时,由于在语言中运用了形象描绘方法和漫画夸张手法,如"脚搭着脑杓"、"手拍着胸脯"、"努牙突嘴,拳椎脚踢"等,就更造成了视听感觉接受中的喜剧感。

有人把元杂剧的四折戏看作是"启、承、转、合",那这第一折的曲文就在全剧中具有"启"的作用,说明的作用。但这里的曲文不是静态被动的说明,在关氏笔下,"曲"的说明性被有机地交织进喜剧情节,特别是成为赵盼儿性格刻画的有机组成部分。在盼儿灼热爱情理想的烛照下,说明与戏剧动作浑然无间,不仅没有使情节开展受到丝毫阻碍,而且以赵盼儿灵魂写照的形式,赋予她的性格以多方面的光彩:大智大勇,富于同情心,向往美好生活,既有对现实的清醒认识,又有对受难姐妹的侠义热肠。这就为戏剧高潮的到来作了有力的铺垫和推进。在这里,"曲"的说明性具有一种动态的主动性。也就是说,它不仅说明了制约戏剧冲突的社会内容,而且说明了构成冲突的人物性格,因而"说明"最终也就成为戏剧冲突的本身。

(齐森华 毛时安)

赵盼儿风月救风尘

关汉卿

第 二 折

〔金菊香〕想当日他暗成公事,只怕不相投。我作念你的言词,今日都应口。则你那去时,恰便似去秋。他本是薄幸的班头,还说道有恩爱、结绸缪。

〔醋葫芦〕你铺排着鸳衾和凤帱,指望效天长共地久;蓦入门知滋味便合休。几番家眼睁睁打干净待离了我这手。(带云)赵盼儿(唱)你做的个见死不救,可不羞杀这桃园中杀白马、宰乌牛。

〔幺篇〕那一个不碜可可道横死亡?那一个不实丕丕拔了短筹?则你这亚仙子母老实头。普天下爱女娘的子弟口,那一个不指皇天各般说咒?恰似秋风过耳早休休!

〔幺篇〕想当初有忧呵同共忧,有愁呵一处愁。他道是残生早晚丧荒丘,做了个游街野巷村务酒;你道是百年之后,立一个妇名儿,做鬼也风流。

〔后庭花〕我将这情书亲自修,教他把天机休泄漏。传示与休莽戆收心的女,拜上你浑身疼的歹事头。你好没来由,遭他毒手,无情的棍棒抽,赤津津鲜血流,逐朝家如暴囚,怕不将性命丢！况家乡隔郑州，有谁人相睬瞅，空这般出尽丑。
〔柳叶儿〕则教你怎生消受，我索合再做个机谋。把这云鬓
蝉鬓妆梳就，珊瑚钩，芙蓉扣，扭捏的身子儿别样娇柔。
〔双雁儿〕我着这粉脸儿搭救你女骷髅，割舍的一不做二不
休，拼了个由他咒也波咒。不是我说大口，怎出得我这烟
月手！

不信好人言，果有恓惶事。年轻单纯未谙人事的宋引章，经不起周舍花言
巧语的诱惑，嫁给这个"酒肉场中三十载，花星整照二十年"的纨袴子弟周舍。
果然如赵盼儿所说"忽地便吃了一个合扑地"，一进门就被打五十杀威棒，"看看
至死，不久身亡"。情急中不得不向赵盼儿求救。赵盼儿当初是"歹姐姐把衷肠
话劝妹妹"，宋引章却不听良言相劝，执意要嫁。如今是救还是不救，如果救又
是怎么个救法，第二折全部曲子都贯穿着这样揪心的悬念动机，层层推进。

赵盼儿接到宋引章信后的第一反应，便是"想当日他暗成公事"的情景，以
"公事"喻男女私事是赵的俏皮，"只怕不相投"，一个"只"字不只是当时宋引章
"暗成公事"的急切如状目前，也包含着多少的关切和责备。把人生幸福的全部
希望寄托于"薄幸"班头，那有"恩爱"、"绸缪"可言！赵盼儿是多么希望自己当
初"作念"引章的"言词"变为乌有，可惜"今日都应口"。尽管引章的急切行动是
出于对人的生活和价值的期待："你铺排着鸳衾和凤帱，指望效天长共地久"。
但宋引章的一意孤行，最后事与愿违，落得个"朝打暮骂"的痛苦结局，这毕竟使
赵盼儿感到生气，她甚至几次想要"待离了我这手"，撒手不管了。但是艺术高
手就善于平中出奇，出奇制胜，由责备宋引章的糊涂突然转而责备自己的无义，
这是性格的喜剧性陡转，也给陷于沉闷的戏剧氛围带来一道活泼泼的生机。

【赵盼儿风月救风尘】

"你做的个见死不救,可不羞杀这桃园中杀白马、宰乌牛?"在赵盼儿内心的独白自责中,我们看到了沦落社会底层的人们肝胆相照、锄强扶弱的精神。剧作家没有拔高盼儿救人的精神境界,只是如实地揭示其根源:三国刘、关、张桃园结义的故事给她以鼓舞力量,使这位风尘女子一身侠胆。

"那一个不碜可可道横死亡? 那一个不实丕丕拔了短筹?"排比的两个问句似问实答。"碜可可"、"实丕丕",更加重了现实的无可怀疑和"道横死亡"、"拔了短筹"的惨淡氛围。到了这个地步,盼儿的责备锋芒又是一转,直指周舍。"普天下爱女娘的子弟口,那一个不指皇天各般说咒? 恰似秋风过耳早休休!"赵盼儿凭着自己的丰富阅历,一眼看穿了子弟们赌咒发誓的骗术,并以入木三分的语言活画出了周舍这个风月老手的奸诈凶狠嘴脸。

阅世虽深却并不世故,在痛苦的人生阅历中保留着一颗充满同情的灵魂,这是盼儿性格的又一个侧面。在〔幺篇〕中,读者倾听到的便是一颗诚挚的灵魂对另一颗遥远的深陷苦难中的灵魂的倾诉和交流。"想当初有忧呵同共忧,有愁呵一处愁。"在一段慢板式的沉重回忆中流泻着一种深情。当日的姐妹间的同愁共忧,促膝相谈,一一如在目前。在"责备"和"设计"之间形成了一种情绪和节奏上的缓冲、过渡。这是风雨交加前的短暂沉默,蕴蓄着一种动势。

共同的命运和遭遇使赵盼儿对宋引章的痛苦感同身受:"没来由,遭他毒手,无情的棍棒抽,赤津津鲜血流,逐朝家如暴囚,怕不将性命丢。"正是这种切肤之痛,驱使赵盼儿挺身而出,亲自修书,设下计谋,决心解救患难的义妹,原先那种深沉的悲愤到这里已经渐渐升华为炽烈的复仇火焰了。

在紧接着的〔柳叶儿〕、〔双雁儿〕两支曲子中,赵盼儿便进一步为自己勾画了一尊充满正义感的复仇女神肖像。她有智,善于以其人之道还治其人之身,投其所好,"把这云鬟蝉鬓妆梳就,珊瑚钩,芙蓉扣,扭捏的身子儿别样娇柔",以色相诱使好色的周舍上钩赚出休书;她有义,不计前隙,只念旧情,"你收拾了心上忧,你展放了眉间皱,我直着花叶不损觅归秋",决心救引章出痛苦深渊;她有勇,关键时刻临危不惧,只身入虎穴,用"这粉脸儿搭救你女骷髅,割舍得一不做二不休"。正是这智、义、勇,使她充满必胜信念:"不是我说大口,怎出得我这烟月手!"戏到这里,一个有情有义、有胆有识的风尘侠义形象已跃然纸上。正如《曲海总目提要》所说:"小说家所载诸女子,有能识别英雄于未遇者,如红拂之于李卫公,梁夫人之于韩蕲王也;有成人之美者,如欧彬之歌人,董国度之妾也;有为豪侠而诛薄情者,女商荆十三娘也。剧中所称赵盼儿,似乎兼擅众长。"这个比较说明是颇中肯綮的。

作为妓女,赵盼儿与宋引章一样,原不过是周舍们玩弄、欺凌的对象,是被社会瞧不起的人物。然而关汉卿的笔下,一个封建社会最微贱的下层妇女,竟然成了能制伏强大敌人的英雄,从而把悲剧性的题材升华成为美丽动人的喜剧。剧作中我们看到的赵盼儿,不再是一个娼妓制度下受人践踏、任人摆布的弱女子,相反的却完全掌握着周舍的命运,嘲弄周舍于掌上。命运被人掌握的人,反过来掌握住了操纵自己命运的人的命运。这确是惊人的幻想,但关汉卿的描写又是如此有声有色,如此真实可信,千载之下,观之犹凛凛然有生气。如果不是生活在中世纪世界艺术高峰上的作家,谁能达到这样高的艺术境界呢?

为了塑造赵盼儿的动人形象,关汉卿在语言运用上也是颇具匠心的。关汉卿是元人杂剧中本色派的代表,他的戏剧语言朴素自然,通俗浅显,运用口语,不事雕饰。《救风尘》的语言就集中了这些优点,更算得是此中翘楚。在剧作中,关汉卿大量吸收了城市下层人物的口语、谚语、成语、行话,组织成既富有生活气息,又切合人物性格的曲辞。如用"粉脸儿搭救你这女骷髅",表明赵盼儿风月救风尘的决心,用"过耳秋风"比喻轻薄弟子的翻脸无情的迅速,用"磕可可道横死亡"、"实丕丕拔了短筹",来形容惨遭死祸,都十分生动传神。从表面上看好像很粗俗,其实这些泼辣的曲词完全是性格化的语言,取譬设喻,都符合赵盼儿特定的身份。王国维谓"关汉卿一空倚傍，自铸伟词，而其言曲尽人情，字字本色，故当为元人第一"。当非过誉。

污秽中的珍珠，总是显得格外耀眼。在我国喜剧人物的画廊里，赵盼儿是一个十分光彩夺目的形象。解放后，不少地方剧种改编上演过这个剧目，如昆剧、越剧的《救风尘》，评剧、川剧的《赵盼儿》等，足见赵盼儿的形象迄今仍保持着不朽的舞台生命。

（齐森华　毛时安）

钱大尹智宠谢天香

关汉卿

第 四 折

〔石榴花〕我则道坐着的是那个俊儒流，我这里猛窥视、细凝眸，原来是三年不肯往杭州；闪的我落后，有国难投。莫不是把咱故意相迤逗，特故的把他来惭羞。你觑那衣服每各自施忠厚，百般里省不的甚缘由。

〔斗鹌鹑〕并无那私事公仇，到与俺张筵置酒。我则是佯不相瞅，怎敢、怎敢道问候。我这里施罢礼、官人行紧低首。谁敢道是离了左右，我则索侍立傍边，我则索趋前褪后。

〔上小楼〕更做道题个话头，你可便心休儇愺。你觑那首领面前，一左一右，不离前后。你若带酒，是必休将咱迤逗。这里可便不比我那上厅祇候。

〔幺〕他那里则是举手，我这里忍着泪眸。不敢道是厮问厮当，厮来厮去，厮捆厮揪；我如今在这里不自由！你觑我皮里抽肉；你休问我可怎生骨岩岩脸儿黄瘦。

这是关汉卿的又一个以妓女作主人翁的剧本，写北宋著名词人柳永和上厅行首谢天香历尽艰辛，终得结合的爱情故事，剧情大致如下：

柳永和谢天香相恋，当柳要去上京应举时，约定一俟得官，即迎娶谢为妻。这时恰有柳的同堂故友钱可来任府尹，柳反复嘱托钱可代为照顾天香，不料钱反责备柳"为一匪妓，往复数次"，重色而轻君子；柳遂含忿启程。临行前用歌戈韵书〔定风波〕"春来惨绿愁红，芳心事事可可"一词赠谢表意，且以讥讽钱可。钱可得见此词后，以"可"字犯其名讳，有意传谢至官厅演唱，以便借机责打谢氏，使之成为"典刑过罪人"，断绝和柳的来往。不料谢唱至"芳心事事"时也发觉"可"字触讳，即兴改"可可"为"已已"，且凭其才智机警，将全词改成"齐微"韵演唱终篇。钱对此大为赞赏，即为谢除了乐籍，收入私宅，声称要纳她为侍妾。谢天香被迫进入钱府后，钱对她始终不睬不问，使谢犹如被打在"无底磨牢笼内"，痛苦万分。直至三年后的某日，钱又忽然说要在近期内拣吉日良辰立谢为小夫人。此时柳已得中状元，且因闻知钱可娶了谢天香，深以为恨。而钱反强行邀柳赴衙饮筵，并令谢出来把盏敬酒。在极不愉快的饮宴间，钱才说明他之所以这样做：开始是想通过刑责谢氏来割断他们的情爱；后见谢当场改词，才智超群，乃回嗔作喜；又考虑到"品官不得娶倡女为妻"和"则怕好花输与富家郎"，乃佯称要娶谢做小夫人，养在府内，以待柳永。于是柳、谢二人同声向钱致谢，并即结成夫妇。

这里选的是第四折谢天香唱的几支曲子，也即是谢已被拘入钱府三年，柳永得中状元、钱可强邀柳入府饮宴并传唤谢出来侍酒时的一段戏。这几支曲文的妙处，需要从观众的角度，结合着舞台演出情景来思考，才能够赏鉴、品味得出。

第三折演到钱可对谢天香说"拣个吉日良辰，则在这两日内立你做个小夫人"结束，在天香——以至于观众心目中，当然都以为钱氏此话绝非戏语，是要娶谢氏了。而进入第四折，则是柳永得中状元，且记恨在心，扬言"我闻知钱大尹娶了谢天香为妻。钱可道也，你情知谢氏是我的心上人，我看你怎么相见"！到钱府入宴后，仍是面色沉重，滴酒不入。这场面已是"山雨欲来风满楼"了，钱可偏又传唤谢天香说："相公前厅待客，请夫人哩！"三年前柳永临行时再三拜请钱可代为照料自己的恋人谢天香，这时却要让她以钱可小夫人的身份来接待柳永；这种特殊的人物关系构成了对观众极有吸引力的戏剧情境，他们要饶有兴致地观看三个人见面后必然会有的一些不寻常的情感撞击。

深悉剧场观众心理的关汉卿，却不急于让好戏立即出台，他还要欲擒故纵、弯弓不发以蓄势，用〔石榴花〕至〔斗鹌鹑〕曲的"怎敢、怎敢道问候"来写谢天香在厅外向内窥视。她一看来客即是心上人柳永，来不及多想三载分别，"闪的我落后"的辛酸；而立即感到形势的严峻，紧张地猜测令人生畏的钱大尹何以要唤她出见："莫不是把咱故意相迤逗"，让她出乖露丑？还是"特故的把他来惭羞"，侮弄柳永？思来想去，"百般里省不的甚缘由"。相见时又说些什么话好？如何问候？确是为难，只好想到个"佯不相瞅"的应付办法，硬着头皮走过去。这一段表现谢天香忐忑不安、进退两难的戏，可引起观众的"悬念"，兴致勃勃地期待着情节的发展。

钱可似是有意恶作剧，偏不让谢天香"佯不相瞅"，而逼令她"与耆卿（柳永字耆卿）施礼咱"！尽管天香很拘谨地施礼后就连忙靠近钱可低首侍立，钱可仍是责怪地说"天香近前来些"！弄得她更是如坐针毡，惶恐万分，趋前退后，紧侍身旁。

钱可更出了一个难题，叫"天香与耆卿把一杯酒者"。〔上小楼〕曲即是写她闻命后进退维谷的心理活动。她既不敢违命，又难于遵命敬酒。果真敬酒，如何启齿呢？自己是有心和柳永叙谈几句，但看到钱可虎视眈眈地在注视着自己，既怕他怪罪，更怕柳永酒入愁肠，说出些不适宜的话来。正当她如此左右为难之际，作者却又让怀念天香而又不知趣的柳永一字不差地重复了一下钱可的念白："天香近前来些！"她心中虽然愿意，但钱可的话犹然在耳，绝不敢如此去做，所以只得硬着心肠地叫柳永放庄重些，回答说："这里可便不比我那上厅祗候。"

刚刚回答了柳永，钱可却又逼上来了，再一次催促"天香把盏，教状元满饮此杯！"而柳永则不满意地拒绝接杯。处此夹谷之中，天香实在感到委屈万分，难忍泪眸，于是迸发出了〔幺篇〕中的内心独白。她真想质问一下钱可和柳永为什么要如此折磨她，甚至忿恨地想到要和他们"厮问厮当、厮来厮去、厮揾厮揪"！但身份、地位的限制，又使得她只能强把满腹忿恨压制在一声"我如今在这里不自由"的哀叹之下。恰好此时柳永又问了一句："你怎生清减（清瘦）了？"她无言可对，只好说："你休问我可怎生骨岩岩脸儿黄瘦。"三载积怨，尽在不言中。

以下的戏则是急转直下，钱可在看出二人情意依旧真笃之后，说出了召天香入府三年以待柳永的苦心，于是"做个喜庆的筵席"，使他们夫妇团圆。

"论传奇，乐人易，动人难。"（高明《琵琶记》开场词）为求"动人"，把主人公放在心灵、情感受到重大冲击的场合，反复经受折磨、熬煎，使他的苦痛得到充分表露，以唤起观众的同情、共鸣，正是戏剧创作中的有效方法之一。而这场戏也即是如此。首先是它通过戏剧情境、人物关系的巧妙设置，为谢天香安排了一个必然十分尴尬、难以应付的处境，这就深深吸引住了观众，使人们注目期待。而种种刺激纷至沓来，使得谢天香的内心痛苦逐步加剧，却又绝对只能含悲忍痛、无法发泄，这既折磨了谢天香，也即是折磨了观众的心，在真相没有揭晓之前，观众是会为"忍着泪眸"的谢天香一掬同情之泪的。并且心灵的创伤时常是理智所无法抹去的，所以虽然剧的结束是喜剧性的"大团圆"，但由于谢天香是娼妓身份而带来的这场苦痛，是会有力地刻在观众情感记忆之中的。

（陈 多）

望江亭中秋切鲙

关汉卿

第 三 折

〔越调·斗鹌鹑〕则这今晚开筵，正是中秋令节。只合低唱浅斟，莫待他花残月缺。见了的珍奇，不消的咱说。则这鱼鳞甲鲜，滋味别。这鱼不宜那水煮油煎，则是那薄批细切。

〔紫花儿序〕俺则待稍关打节，怕有那惯施舍的经商，不请言赊。则俺这篮中鱼尾，又不比案上罗列，活计全别。俺则是一撒网一蓑衣一箬笠，先图些打捏①。只问那肯买的哥哥，照顾俺也些些。

〔金蕉叶〕相公你若是报一声着人远接，怕不的船儿上有五十座笙歌摆设。你为公事来到这些，不知你怎生做兀的关节？

〔调笑令〕若是贱妾，晚来些，相公船儿上黑魆魆②的熟睡歇，则你那金牌势剑身傍列。见官人远离一射，索用甚从人拦当者,俺只待拖狗皮的拷断他腰截。

〔鬼三台〕不是我夸贞烈,世不曾和个人儿热。我丑则丑刁决古懒,不由我见官人便心邪,我也立不的志节。官人你救黎民为人须为彻,拿滥官杀人须见血。我呵只为你这眼去眉来,使不着我那冰清玉洁。

〔圣药王〕珠冠儿怎戴者,霞帔儿怎挂者,这三檐伞怎向顶门遮。唤侍妾,簇捧者。我从来打鱼船上扭的那身子儿别,替你稳坐七香车。

〔秃厮儿〕那厮也忒懵懂玉山低趄,着鬼祟醉眼乜斜,我将这金牌虎符都袖褪③者。唤相公,早醒些,快迭。

〔络丝娘〕我且回身将杨衙内深深的拜谢,您娘向急飐飐④船儿上去也。到家对儿夫尽分说,那一番周折。

〔收尾〕从今不受人磨灭,稳情取好夫妻百年喜悦。俺这里美孜孜在芙蓉帐笑春风,只他那冷清清杨柳岸伴残月。

〔马鞍儿〕(李稍唱)想着想着跌脚儿叫。(张千唱)想着想着我难熬。(衙内唱)酪子里愁肠酪子里⑤焦。(众合唱)又不敢着傍人知道,则把他这好香烧,好香烧,咒的他热肉儿跳。

关汉卿《望江亭》是一部著名的喜剧。作品叙说一个富于浪漫色彩的传奇故事:年轻寡居的谭记儿经人介绍,与白士中结为夫妻,同往潭州赴任。权贵杨衙内早就艳羡谭记儿美貌出众,要纳她为妾,便向皇帝诬告白士中,并亲赴潭州,取他首级。第三折的内容是描写谭记儿化装渔妇,来到杨衙内泊舟的望江亭,赚走了势剑、金牌和朝廷文书。杨衙内酒醒之后,只能急得跳脚了。

《望江亭》现存臧晋叔《元曲选》和顾曲斋《古杂剧》两种刊本。这里据《元曲选》本摘录第三折全套曲文。由正旦饰谭记儿主唱。根据剧情内容,大致可以分为三个段落。〔斗鹌鹑〕和〔紫花儿序〕是谭记儿上场时的独唱。这时,冲突还没有正面展开。在这种场合,戏曲中常用节奏比较徐缓的唱段描述人物所处的境况和心绪。这正是中秋佳节,万家团聚,贵人们浅斟低唱的良宵。杨衙内孤守江滨,其落寞寂寥,自然是不消说了。年轻美貌的谭记儿携来金色鲤鱼,"鳞甲鲜,滋味别",无疑是非常诱人的钓饵。〔斗鹌鹑〕轻描淡写,点染环境气氛,将观众渐渐引到戏里,甚为得体。"薄批细切"即把鱼切成薄片,是做生鱼片的切法,也就是所谓"切鲙"了。〔紫花儿序〕接着叙说这鱼是给杨衙内做见面礼,用以打通关节的,千万不要碰上那舍得花钱的商人们先来赊买。它不比店铺案板上的摆列,那可是不一样的。这里以"一撒网一蓑衣一箬笠"打鱼的形象,唤起观众(读者)的想象,形容鱼尾的鲜美,别致而平易,富有诗意。最后两句:"只问那肯买的哥哥,照顾俺也些些",暗指此行目的,活泼自然。看来,谭记儿乔装改扮,冒险来到这里,心情并不紧张,而是相当轻松的。这说明她事先早做好了充分的思想准备。

从〔金蕉叶〕到〔圣药王〕四曲是谭记儿与杨衙内见面以后的唱词。杨衙内说,他是专为杀白士中而来,因怕走漏消息,故不要官府迎接。谭记儿顺着他的口气,假意奉承他此来是为民除害,只要自己开口,少不得有"五十座笙歌摆设"迎接;并试探他为这桩"公事"做了怎样的谋划:"不知你怎生做兀的关节?""兀的"意为怎的、什么样的;"关节"在这里有计谋、机关的意思。杨衙内说:"小娘子早是来的早,若来的迟呵,小官歇息了。"谭记儿接唱〔调笑令〕,还是接着他的话茬,吹嘘他身为钦差大臣,身傍排列势剑金牌,威风凛凛,谁见了都要离得远远的("远离一射"意为远离一箭之地),根本用不着从人们拦挡,否则就像拖死狗那样打断他的腰杆子（"腰截"，即腰节）。这些话，在志得意满、飞扬跋扈的杨衙内听来，自然是非常入耳的。欲取先予，显示了谭记儿聪明老练的性格特点。当杨衙内提出要娶她作"第二房夫人"时，谭记儿假意应允，唱〔鬼三台〕，表白自己虽然秉性贞烈，倔强执拗（"我丑则丑刁决古懒"，这里的"丑"字是脾气不好的意思），但是，见了你杨衙内却不能不动心，再也使不得那冰清玉洁了。〔圣药王〕曲更进一步，仿佛杨衙内的迎亲仪仗已经摆在面前，只等成亲了："珠冠儿怎戴者，霞帔儿怎挂者，这三檐伞怎向顶门遮。"叠用三个加强语气的问句，接唱"唤侍妾，簇捧者"，重押三个"者"字，节奏轻快紧凑，着意渲染谭记儿似乎受宠若惊、欢欣雀跃的情态，并以肯定的"替你稳坐七香车"结束全曲。这生动地刻画了谭记儿聪颖机变的艺术形象，可以看到贪花恋酒的杨衙内是怎样被她玩弄于股掌之中，动作性很强，是非常精彩的戏剧语言。曲中的"珠冠儿"指缀有珠宝的帽子，"霞帔儿"是绣有花色的长背心，都是贵妇用的衣饰，"三檐伞"和"七香车"也是官僚贵族才能使用的器物。

〔秃厮儿〕等三支曲文是谭记儿下场前的独唱。杨衙内坠入了她精心设下的圈套，烂醉如泥，"玉山低趄"（"玉山"指身躯，"趄"是脚步不稳，这是形容酒醉的样子），"醉眼乜斜"（"乜斜"是眼睛半开半闭的神态），丑态百出。那象征权势的金牌势剑，谭记儿垂手即得。这时，她没忘记"唤相公，早醒些，快迭（快点）"，"我且回身将杨衙内深深的拜谢"。是得意，也是蔑视。淡淡两句，讥讽之态，溢于言表。谭记儿是很有幽默感的。杨衙内自称"花花太岁为第一，浪子丧门世无对"（第二折上场诗），是无恶不作的权豪势要，也是元杂剧中常见的一种类型。对这种货色，《望江亭》更多地采取了嘲弄揶揄的态度。所以，尽管这是一场紧张的生死搏斗，却不是剑拔弩张的。对谭记儿说来，这番经历只是给他们夫妻增添了谈笑的话柄："到家对儿夫尽分说，那一番周折。"举重若轻，胜过多少句豪言壮语。轻快舒畅，尽在不言之中。到此，谭记儿与杨衙内之间的直接冲突已经结束，一折戏也近于尾声。这就不再过多地胶粘于具体的戏剧情节，而是从人物感情的升华，摹写较为空灵宽阔的意境。最后两句："俺这里美孜孜在芙蓉帐笑春风，只他那冷清清杨柳岸伴残月"，化用白居易《长恨歌》"芙蓉帐暖度春宵"和柳永《雨霖铃》"杨柳岸晓风残月"的名句，畅想自己夫妻的喜悦和杨衙内的懊丧，对照鲜明，谑不伤雅，含有余不尽之意。〔收尾〕是套数中必不可少的重要组成部分，世有"诗头曲尾"之说。明末路迪《鸳鸯绦》传奇第二十出《本色》中，借剧中人物讲到："尾声儿是百尺竿稍，须一言截断惊涛。倘是本枝末句可含包，又何须赘词相扰。"本折收尾不即不离，恰到好处，可以领略"豹尾"的写作技巧。

最后，杨衙内及其手下人合唱了一支〔马鞍儿〕。元杂剧向来是一人主唱，这种处理属于破例，是不常见的。下场前，饰演杨衙内的角色有句说白："这厮每（们）扮戏那！"（顾曲斋本作："这厮每扮南戏那！"）表明这段表演的插科打诨性质。〔马鞍儿〕是南戏曲牌。这种手法的运用，究竟是原作的本来面目，或是后人的创造，戏曲史家有不同的认识，还待进一步探讨。这段通俗滑稽的曲文，描绘杨衙内噬脐莫及的丑态，无疑增添了作品的戏剧效果。

王国维《宋元戏曲考》评价关汉卿"一空倚傍，自铸伟词，而其言曲尽人情，字字本色，故当为元人第一"。《望江亭》也表现了关汉卿戏剧语言力求本色的特色。它不避俚俗，将常言俗语、古典诗词等丰富的语言素材融为一体，炼作曲文，真切自然，通俗易懂，生动地刻画了人物性格。曲中摹写戏剧动作，也颇具文采。采用〔越调·斗鹌鹑〕套数，则是发挥这种宫调的音乐语言"陶写冷笑"（见元人燕南芝庵《唱论》）的特点，更好地表现了讽刺喜剧的内容，增强了作品的风格感。善于将戏剧性、文学性和音乐性巧妙地结合在一起，力求作品的思想内容和艺术形式的吻合，正是关汉卿当行出色之处。《望江亭》一剧，京剧、川剧等剧种均有改编演出。

（颜长珂）

〔注〕 ①打捏：钱财。 ②齁齁(hōu)：鼾声。 ③袖褪：藏在袖子里。 ④飐飐(zhǎn展)：风吹物动貌。 ⑤酩(mǐng 名上)子里：暗地里。

望江亭中秋切鲙

关汉卿

第 四 折

〔双调·新水令〕有这等倚权豪贪酒色滥官员，将俺个有儿夫的媳妇来欺骗。他只待强拆开我长挽挽的连理枝，生摆断我颤巍巍的并头莲；其实负屈衔冤，好将俺穷百姓可怜见！

〔沉醉东风〕杨衙内官高势显，昨夜个说地谈天，只道他仗金牌将夫婿诛，恰元来击云板请夫人见。只听的叫吖吖嚷成一片，抵多少笙歌引至画堂前。看他可认的我有些面善？

〔雁儿落〕只他那身常在柳陌眠，脚不离花街串，几年闻姓名，今日逢颜面。

〔得胜令〕呀！请你个杨衙内少埋冤。(衙内云)这一位夫人好面熟也。(李稍云)兀的不是张二嫂？(衙内云)嗨！夫人，你使的好见识，直被你瞒过小官也！(正旦唱：)吓的他半晌只茫然，又无那八棒十枷罪，止不过三交两句言。这一只渔船，只费得半夜工夫缠，俺两口儿，今年做一个中秋八月圆。

【望江亭中秋切鲙】

在上一折即第三折中,谭记儿以她的机智勇敢骗取了杨衙内的势剑金牌,这一折则在公堂上正面揭开他的邪恶嘴脸。

上一折中的谭记儿,虽然身入虎穴取得了所要得到的东西,但她毕竟是以一个青年妇女的美丽姿容作为斗争的工具的。这本身就含着强烈的辛酸成分。这种辛酸成分,在和杨衙内周旋的紧张时刻,难以得到表露的机会,而这一折的开场,她单独出场时,作者有机会扎扎实实地补了一笔,让谭记儿痛快地抒发一下对于权豪恶霸的仇恨心情。在首曲〔新水令〕中她痛骂杨衙内是一个依权豪、贪酒色的滥官员,痛骂他不该欺逼有夫之妇,并在句首冠以"有这等"三个字,倾泄那积压在心头的无比愤怒。紧接着便以"连理枝"、"并头莲"为譬喻,分别加上形容词"长挨挨"、"颤巍巍"来加重她和白士中夫妻恩爱的感情分量,从而达到对于"强拆开"、"生折断"的罪恶的控诉。最后以"其实负屈衔冤,好叫俺穷百姓可怜见"作结,把谭记儿个人的遭遇,扩展到多数的"穷百姓"中间去,引导人们直面当时的黑暗统治,使这一剧作获得了广阔的社会意义。这里"负屈衔冤"上的"其实"二字,并非只是一般戏曲中习用的虚词,而是从实质上强调说明谭记儿虽然赢得了这场斗争,仍然是一个真正的"负屈衔冤"、"可怜见"的"穷百姓"。作者在这里没有把笔触停留在谭记儿表面的胜利喜悦上,而是透过表象,直指深层,揭示了她机智勇敢以外的深沉的一面,显示了作者的现实主义精神,使这一"喜剧"益加显现了力量。

第二支〔沉醉东风〕,白士中应杨衙内的请求,谭记儿以白夫人身份,在一阵云板声中,从后堂走出。此刻谭记儿穿一身耀眼的新装,打扮得天人模样,比起昨晚渔船切鲙的渔娘,益加光彩照人。按照剧情的发展,昨晚改装的谜底,马上就要揭开,谭记儿感到快意,出现了喜剧氛围。"杨衙内官高势显,昨夜个说地谈天,只道他仗金牌将夫婿诛,恰元来击云板请夫人见。"前三句对杨衙内不可一世的骄横气焰,概括地回顾一笔,紧接着便以"恰元来"三字一转,转到了自己——白士中的夫人在云板声中走了出来。得意的神态,如闻如见。而这时候的公堂上,已喧声大作,那是衙役们对杨衙内的吆喝和对自己的欢呼,谭记儿满怀胜利的喜悦和谜底就要揭穿的激动心情,觉得这场面比"笙歌引至画堂前"成婚的场面还要令人鼓舞欢欣多少倍。"看他可认的我有些面善?"把昨晚改装的一幕,轻轻地勾了回来,映带成趣。整支曲子,在谭记儿款款行进中唱出,衬托着衙役、白士中,特别是那个丑恶的杨衙内,舞台画面是相当好看的。

在唱〔雁儿落〕这支曲子时,谭记儿已经和杨衙内打过照面,并俏皮地说过了"恕生面,少拜识"的对白。杨衙内猛见眼前人似曾相识,准是一下子愣住。谭记儿瞧这惊呆神色,迅即以"背供"身段,唱出了对这个平日眠花宿柳、今日来到潭州衙舍的恶霸所表示的轻蔑,然后转过身来,给以"几年闻姓名,今日逢颜面"的正面嘲讽。短短的四句曲词,平淡浅显,朴素无华,极通俗,也极自然。除开头"只他那"三个衬字外,均对仗工整。

接下来是〔得胜令〕曲。杨衙内惊愕地熟视着他请求一见的白夫人。她开了口,仍然是嘲讽道"请你个杨衙内少埋冤"。在这第一句唱词的下面,插入三句白口。一句是杨衙内的"这一位夫人好生面熟也"。接着是杨衙内的爪牙李稍"兀的不是张二嫂"?再接杨衙内的"嗨!夫人,你使的好见识,直被你瞒过小官也"。三句话,三个层次,揭出谜底,极为简明。杨衙内面对着昨晚的渔娘,眼前的白夫人,自然地意识到情况不妙,半晌说不出话来。"吓的他半晌只茫然",谭记儿迅即以一个"背供"的唱句,生动地描绘了杨衙内这个权豪恶霸此时此刻的惊骇神色。妙的是作者这时候没有让谭记儿疾步前趋,指着杨衙内的鼻子大骂。而是轻轻地宕开一笔,写出了"又无那八棒十枷罪,只不过三交两句言"这令杨衙内捉摸不定的唱词,并且紧接着再把戏剧性向前推进一步,提一下昨晚的事情之后,索性竟口称"俺两口儿"要"做一个中秋八月圆"。这里既点明了中秋,又极尽了揶揄,极轻妙,也极辛辣。杨衙内将怎样做这"两口儿"呢?谭记儿一边唱着一边以手势比划着向杨衙内步步逼近的时候,可想而知,他必然是扑通跪倒,作揖求饶,爆发出一阵惊人的喜剧效果。不是深谙舞台关节的作者,是不能到达这种境界的。

(陈西汀)

钱大尹智勘绯衣梦

关汉卿

第 二 折

〔南昌·一枝花〕去时节恰黄昏灯影中,看看的定夜钟声后。我可便本欲图两处喜,到翻做满怀愁,心绪浇油。脚趔趄、家前后,身倒偃、门左右。觉一阵地惨天愁,遍体上寒毛抖擞。

〔梁州〕战速速肉如钩搭,森森的发似人揪。本待要铺谋定计风也不教透;送的我有家难奔,有事难收。脚下的鹅楣涩道,身倚定亮隔虬楼。我一片心搜寻遍四大神州,不中用野走娇羞。俺、俺、俺,本是那一对儿未成就交颈的鸳鸯;是、是、是,则为那软兀剌误事的那禽兽,天那、天那,闪的我嘴碌都恰便似跌了弹的斑鸠。我欲待问一个事头;昏天黑地,谁敢向花园里走,我从来又怯后。则为那无用的梅香无去就,送的我泼水难收。我来到这花园中也。兀的不是风筝儿。

〔四块玉〕那风筝儿为记号,他可便依然有;咱两个相约在梧桐树边头。险不绊倒了我那，则我这绣鞋儿莫不蹅着那青苔溜。这泥污了我这鞋底尖。红染了我这罗裤口。可怎生血浸湿我这白那个袜头！

本剧简名《绯（非）衣梦》或《四春园》，今传诸版本文字略有出入。本文原曲以脉望馆抄校本为底本，个别字句改从《古名家杂剧》本及顾曲斋《元人杂剧》本。本剧概括全剧内容的“题目正名”为：“王闰香夜闹四春园，钱大尹智勘绯衣梦；李庆安绝处幸逢生，狱神庙暗中彰显报。”剧情大致是写少女王闰香自幼指腹为亲，许配给李庆安，其后李家道中落，王父欲毁婚，而闰香心中不愿。某日李庆安因寻取坠落在王家后花园梧桐树上的风筝而偶与闰香晤面，闰香即邀李夜间再到后花园来，以便差梅香送银物给李，使他以之倒换成财礼来娶亲。待至李庆安应约再来时，梅香已遭贼人杀死。李被死尸绊倒，两手皆被血污，乃大惊逃归，并在自家门上留下了血手印。王父以血手印为据，指控李为凶手；经屈打成招，定成死罪。新任开封府尹钱可判斩时，怀疑审谳不实，且发生判斩用笔被苍蝇抱住笔尖和爆破笔管等奇异现象，因令李去狱神庙中祈求神示。李在睡梦中作寝语称：“非衣两把火，杀人贼是我；赶的无处藏，走在井底躲。”钱乃据此而擒得真凶裴炎。李庆安平反后，李父欲反诉王父妄告之罪。庆安念闰香不从父命毁婚、花园赠金的心意，一起代为求情，始得李父宽允，李庆安与王闰香终得团圆成亲。

在关汉卿的存世剧作中，这是一个较少为当代学人注目的本子。许多论述关剧的论文或戏剧史著，都只是提到有这样一个剧目而已，罕有论评。但它在舞台上的能量却很大，福建梨园戏迄今还保有和关汉卿同时的宋元南戏剧目《林招得》，除主人公姓名不同外，剧情大体与此相同。明代传奇和当代多种地方戏,如京剧、越剧、滇剧、徽剧、湘剧、汉剧以及秦腔等梆子系统的各剧种等,也都有这个戏。人物姓名虽有所改易,情节内容也各有不同的发展变化,剧名也有着《卖水记》、《血手印》、《苍蝇救命》、《火焰驹》(秦腔《火焰驹》曾拍摄成电影戏曲片)、《大祭椿》、《缪香娟》等等不同。但从剧目所演梅香于后花园赠金时被贼人杀害,引起男主人公遭受诬陷判断,最后因某种神异力量而得救等基本构架来看,其间的渊源影响关系则是显而易见的。

罕被齿及和搬演不衰这两种似是矛盾的现象,可能正是从不同方面反映出了这个剧本客观存在的特色。在思想意义和文学成就上,它或是不及关氏的某些名作,因此难以吸引学人的重视——有的研究者还怀疑它不是关汉卿的作品,主要原因也即是从内容着眼,以为"苍蝇救命"等荒诞情节,似不当出于关氏手笔。但另一方面,它却以其适于发挥戏曲歌舞表演魅力,舞台性强等特长,而较之关氏的某些"杰作"更广泛、更长久地流传在祖国各地舞台上。这里所选的三支曲文,也就是着眼于从一个侧面去说明它这一方面的特点。

这是第二折梅香去花园赠金后,王闰香演的一场戏。上场后有一小段念白,点明规定情境是:"先着梅香送一包金银去了。这梅香好不会干事也,这早晚可怎生不见来,好着我忧心也呵!"接下来即是唱〔一枝花〕曲。曲文开头至"心绪浇油"五句,大体仍是略为详细地重复了白文的内容:梅香的迟迟不见归来,使她犹如热锅上的蚂蚁,坐立不定,忧虑重重,要亲自到花园去看一个究竟了。接下来,作者却不再去抒写她的"满怀愁";而拨转笔锋,着意刻画的是深闺少女王闰香在此情此景下步出绣房时,由心理、生理反应而产生的种种形体姿态。

首先,她虽然是急着要去,但又顾虑多端,所以是欲步还停,且行且止,脚步趔趄不稳,甚或时而倾倒在门旁;似乎走了不少时间了,仔细一看,却还停留在屋舍侧近。及至好不容易地走到了庭中,由于心虚胆悸和夜色深沉、寒气袭人,她顿时觉得是地惨天愁,凄厉可怖,不由得"遍体上寒毛抖擞,战速速肉如钩搭,森森的发似人揪"。

这初出门的两段戏,虽然没有一个字写到她内心的焦虑心绪,但由于曲文为用舞蹈化的形体动作表演她的娇怯忧恐,提供了充分机会,已足以使观场者在赏心悦目的同时,深刻感受到那笼罩着王闰香的阴森凛冽的凝重气氛,为之肌栗。

王闰香已经要丧失掉继续前进的勇气了。但当想到声名攸关的"铺谋定计"如不幸走透风声,势将陷入"有事难收"的窘境,她只能还是艰难地向花园走去。"脚下的鹅楣涩道,身倚定亮隔虬楼":她生怕被人发觉,所以只能躲着月光,在楼宇墙脚下石砌的陡斜基址上摸索行走,不时还要倚靠在门窗上定一下心和防止倾跌。行程如此窘厄,迫使王闰香不禁怨艾丛生,自嗟自叹,埋怨是梅香"那软兀剌误事的那禽兽"破坏了"成就交颈鸳鸯"的天大好事,更"闪的我嘴碌都恰便似跌了弹的斑鸠",难以腾挪、痛苦挣扎。这又是一个繁复优美的歌舞片断。

终于摸到了后花园。〔四块玉〕曲的前三句,写她见到了和李庆安约定的晤面之处:梧桐树边,风筝之下,忧急的心情稍有缓解。但紧接着就又是更大的紧张:发现梅香被杀。对于这一发现过程,作者又是用许多动作层次来展示的。闰香由于举头仰望树梢的风筝,并没有注意脚下,只是觉得被绊了一下,险些跌倒,还怀疑是"则我这绣鞋儿莫不跚着那青苔溜"。于是在朦胧月色下举足俯身察看,见到足尖鞋底上沾有些湿粘粘的脏物,犹以为是"这泥污了我这鞋底尖";循鞋向上,又见到"红染了我这罗裤口";再仔细辨视,才看到连白袜子也已被浸湿,并大吃一惊地认出那是鲜血,而惊呼出"可怎生血浸湿我这白那个袜头"。细腻写来,层次分明,十分贴切人物的身份经历、心理状态;而每一层次又都可配以鲜明的舞蹈动作,观众看来,既亲切可信,又优美动人。

单纯坐在案头边由欣赏诗、词的角度来读这几支曲文,它可能是语言朴俗而稍逊文采,心理刻画似乎也泛泛一般,无甚特色。但这却是"当行"的场上之曲。如同上面所简析的,作者充分考虑到了曲文主要不是供阅读的,而是供歌舞表演用的,因而给演员留下了施展才艺进行创造的广阔天地。王闰香为争取成就亲事而不得不犯险冒难亲去后花园的艰苦历程,因此而得以通过种种优美的歌舞形象予以充分展示。这是会使观众产生身受之感,倍觉动情的;它的感染力绝不逊于单纯以优美文词所作的深刻心理描绘。这也正是所谓"设身处地","全以身代梨园,复以神魂四绕",以载歌载舞的戏曲表演体现为核心的"场上当行"之作。戏中充满了这种场面,它会受到演员的欢迎和观众的喜爱,也就是意中事了。

(陈 多)

包待制三勘蝴蝶梦

关汉卿

第 三 折

〔脱布衫〕争奈一家一计,肠肚萦牵;一上一下,语话熬煎;一左一右,把孩儿顾恋;一拶一把,雨泪涟涟。

善良淳朴的王老汉,在光天化日之下,被权豪势要葛彪活活殴打至死。老汉的三个儿子去扭葛彪见官,而葛彪仍然恃强逞霸,气焰嚣张,王氏兄弟激于义愤,打杀了这个无恶不作的歹徒。按照当时的法律,必须要有一人为葛彪偿命。是让前母所生的王大或王二去,还是让自己亲生的王三去?这一艰难的选择无情地摆在王婆面前。三兄弟争相赴难，母亲决心牺牲亲生的幼子；富于同情心的包拯暗中设法相救，事先却不便明言，于是三兄弟都被投进了死囚牢。这支曲子，就是王婆向衙役张千要求进牢探视时所唱。

因为"灯油钱也无，冤苦钱也无"，一开始张千不肯放王婆进牢房，推说"罪已问定也，救不的了"，将她拒之门外。"争奈一家一计，肠肚萦牵"，就是王婆此时剖露心迹之言。"一家一计"，即一个家庭，这平平常常的四个字，此时此地对于王婆却有着特殊的分量。本来这一家人虽然"穷滴滴寒贱为黎庶"，却也"嫡亲的五口儿家属"，可以享受天伦之乐。孰料飞来横祸，王老汉被恶霸打死在街头，"血模糊污了一身，软答剌冷了四肢，黄甘甘面色如金纸"。在这意外的打击面前，只有三个儿子，成为王婆精神上的支柱："到明朝若是出殡时，又没他一陌纸，空排着三个儿，这正是家贫也显孝子。"谁知三个孩儿紧接着锒铛入狱，"一壁厢磣可可停着老子，一壁厢眼睁睁送了孩儿"，王婆呼天抢地，悲痛欲绝。但她一方面认为孩子做得对，"为亲爷雪恨当如是"；一方面认为"止不过是一人处死，须断不了王家宗祀，那里便灭门绝户了俺一家儿"。而当三个儿子都被打入死囚牢时，王婆的希望彻底破灭了："眼睁睁有去路无回路，好教我百般的没是处。这坰儿便死待何如！"这一看来似乎是无法逃脱的家破人亡的悲剧怎能不令王婆肝肠寸断，痛不欲生！

"一上一下，语话熬煎"，是说自己有满腔苦水在内心煎熬，迫不及待地要向亲人倾吐。王婆要说的话，可能有对包拯"今日为官忒慕古（糊涂）"的抱怨；有"告都堂，诉省部；撅皇城，打怨鼓；见銮舆，便唐突"，拼死上告的打算及"又无人，肯做主"的担心；当然更多的还是对三个儿子的劝慰。

"一左一右，把孩儿顾恋"，这句话集中地体现了王婆那种纯洁的母爱。王婆平日对三个孩儿不分彼此，不论亲疏，所谓"手心手背都是肉"，以致两个大孩子从来以为她就是自己亲生的母亲。在公堂上，王婆不同意老大、老二偿命，说

【包待制三勘蝴蝶梦】

老大孝顺，要留下奉养自己，老二会营运生理，要留下维持家计，而同意让老三去抵命。包公心生疑窦，马上追问：这两个大的，是不是你的亲生？这个小的，是不是你的养子？王婆先是不肯回答："三个都是我的孩儿，着我说些什么？"在屈于大刑、不得不讲时，她还再三叮嘱："大哥、二哥、三哥，我说则说，你则休生分了。"实际上，王婆何尝不疼爱年幼的王三？"想着我咽苦吞甘，十月怀耽，乳哺三年"，"孩儿忒少年，何日得重相见"！但出于一种推己及人的爱，她更心疼前妻留下的这两个可怜的孩子。更何况现在三个孩儿都下在死牢，生死未卜，更令她心如刀绞。随着这"一左一右"四个字，我们仿佛看见母亲跟跄地扑进阴暗的牢房，呼唤大儿、二儿，又呼唤三儿，那同样撕心裂肺的声音；给大儿、二儿喂饭，又给三儿喂饭，那同样微微颤抖的双手；叮嘱大儿、二儿，又叮嘱三儿，那同样催人泪下的话语；顾恋大儿、二儿，又顾恋三儿，那同样依依难舍的慈爱目光。"谁言寸草心，报得三春晖"，更何况是身处覆盆之下的死囚所感受到的唯一的爱的光辉！至此，一位经受外界和内心双重苦难煎熬而愈加显现其博大、深沉、无私的爱的母亲形象鲜明地展示在读者和观众的面前。这段曲词语言非常朴素，用的全是经过提炼的民间口语。作者连用四个"一……一……"句式，而其作用却是不同的。"一家一计"是强调这个苦难家庭各个成员之间的血肉联系，也显示出母亲肩上责任之重；"一上一下"是形容胸中愁怨交并，郁抑不平，亟欲向亲人一吐为快的心理状态；"一左一右"是刻画母亲对几个孩儿同样疼爱、顾恋，但又生怕顾此失彼，觉得力不从心的感情活动；"一抔一把"则是描摹母亲悲痛难抑、泪如雨下的外在形象。相同句式的重复运用，增强了感情表达的层次感、节奏感，读来使人感到如泣如诉，荡气回肠。

（赵山林）

包待制智斩鲁斋郎

关汉卿

第 二 折

〔南吕·一枝花〕全失了人伦天地心,倚仗着恶党凶徒势。活支剌娘儿双拆散,生各札夫妇两分离。从来有日月交蚀,几曾见夫主婚、妻招婿?今日个妻嫁人、夫做媒,自取些奁房断送陪随,那里也羊酒、花红、段匹?

〔梁州第七〕他凭着恶狠狠威风纠纠,全不怕碧澄澄天网恢恢。一夜间摸不着陈抟睡①,不分喜怒,不辨高低。弄的我身亡家破,财散人离!对浑家又不敢说是谈非,行行里只泪眼愁眉。你、你、你,做了个别霸王自刎虞姬②,我、我、我,做了个进西施归湖范蠡③,来、来、来,浑一似嫁单于出塞明妃④。正青春似水,娇儿幼女成家计,无忧虑,少萦系,平地起风波二千尺,一家儿瓦解星飞。

〔牧羊关〕怕不晓日楼台静,春风帘幕低,没福的怎生消得!这厮强赖人钱财,莽夺人妻室。高筑座营和寨,斜搠面杏黄旗。梁山泊贼相似,与蓼儿洼争甚的!

〔四块玉〕将一杯醇糯酒十分的吃,更怕我酒后疏狂失了便宜。扭回身刚咽的口长吁气,我乞求得醉似泥,唤不归。我则图别离时，不记得。

〔骂玉郎〕也不知你甚些儿看的能当意？要你做夫人，不许我过今日，因此上急忙忙送你到他家内。这都是我缘分薄，恩爱尽，受这等死临逼。

〔感皇恩〕他、他、他，嫌官小不为，嫌马瘦不骑，动不动挑人眼、剔人骨、剥人皮。他少甚么温香软玉，舞女歌姬！虽然道我灾星现，也是他的花星照，你的福星催。

〔采茶歌〕撇下了亲夫主不须提，单是这小业种好孤凄，从今后谁照觑他饥时饭，冷时衣？虽然个留得亲爷没了母，只落得一番思想一番悲。

〔黄钟尾〕夺了我旧妻儿，却与个新佳配，我正是弃了甜桃绕山寻醋梨。知他是甚亲戚！教喝下庭阶，转过照壁。出的宅门，扭回身体，遥望着后堂内，养家的人，贤惠的妻！非今生是宿世。我则索寡宿孤眠过年岁，几时能勾再得相逢，则除是南柯梦儿里。

谁见过"妻招婿、夫主婚"的怪事？著名戏剧家关汉卿在《鲁斋郎》杂剧中，就写了这样荒唐怪诞又十分细腻真实的一幕。权势显赫的鲁斋郎垂涎郑州六案都孔目张珪之妻李氏的美色，令张珪送妻上门；软弱的张珪只得亲自把妻子送到鲁斋郎家里。上面这套曲子，就是张珪送妻去鲁斋郎家前后唱的。

大千世界，光怪陆离。各人心理的承受能力是很不相同的。像张珪这样把妻子送上门去任人侮辱，懦弱得也实在可以。他软弱，又自私；他可悲、可怜，又可气。他对鲁斋郎，不仅畏之如虎，低声下气；而且是曲意逢迎，献媚讨好。张珪是应该被责难的。不过，细细品味一下这套曲子，人们就可知道，他那怨恨的心中负载着何等巨大的痛苦和酸辛。这是一个被畸形的社会扭曲了的人。

先看前三支曲子。张珪欺骗妻子说"东庄里姑娘家有喜庆勾当"，五更天便拉着妻子匆匆上路。眼看一个"娇儿幼女成家计，无忧虑，少萦系"的温暖和睦的家庭，就要"身亡家破，财散人离"，张珪心中十分痛苦、悲哀。"活支刺娘儿双拆散，生各札夫妇两分离"，"平地起风波二千尺，一家儿瓦解星飞"这几句唱词，道出了张珪面临的处境和内心的苦楚。"活支刺"和"生各札"义同，都是活生生的意思，是当时人们的口头语。这类词语在诗词中很少用；用在曲中，生动而逼真，生活气息浓厚。一个好端端的家毁在鲁斋郎的手中，张珪又不能不恨："全失了人伦天地心，倚仗着恶党凶徒势"，"他凭着恶狠狠威风纠纠，全不怕碧澄澄天网恢恢"。在鲁斋郎的高墙大院前，他骂鲁斋郎是打家劫舍的"盗贼"。张珪害怕鲁斋郎就像老鼠怕猫，然而在心里，却可以一千遍一万遍地诅咒这个恶魔。人心难以征服！但张珪毕竟是懦弱的，他承受了非同寻常的侮辱。本来，作者可以让鲁斋郎从家中把李氏抢走，甚至让张珪与鲁斋郎搏斗一番，这大致不影响后来剧情的发展，但关汉卿没有这样写。本来，这个戏全名是《包待制智斩鲁斋郎》，但作者偏偏让张珪作主唱的正末。那么既然如此，作者通过这个套曲着力刻画张珪性格的良苦用心，也就可想而知了。一个堂堂"六案都孔目"，在狼面前却变成了逆来顺受的绵羊！张珪既愤慨又自嘲地唱道："几曾见夫主婚、妻招婿？今日个妻嫁人、夫做媒。"这几句唱词，把畸形的社会、畸形的事件、畸形的性格、畸形的心理，全都囊括殆尽，指斥殆尽。"夫主婚、妻招婿"，怪吗？当然怪。但发生在贵族统治阶级享有种种特权的等级社会里，却并非不可理解。关汉卿笔下的鲁斋郎在元代社会中是有所本的。据《元史》记载，阿合马当权时，曾强迫别人献出妻女达一百三十三人之多！"妻嫁人、夫做媒"，苦吗？固然是苦,然而酿成这苦的不也有张珪本人吗？显然,对张珪这样的人,哀其不幸是一种道德意义上的同情,其中渗透着对恶人鲁斋郎的谴责;而怒其不争才是更高层次上的理性判断。

鲁斋郎见张珪依命送妻上门,大喜之下,要赏三杯酒给张珪喝。然而对于张珪来说这意味着什么？是由于把妻子给了人家而得到的酬谢酒,奖赏酒,还是为鲁斋郎庆贺新婚的喜庆酒？无论如何,这都是一杯苦酒,意味着张珪人格上遭受的又一次侮辱。张珪端起酒来一饮而尽:"将一杯醇糯酒十分的吃","我乞求得醉似泥,唤不归。我则图别离时,不记得"。管他什么酒！我只图借酒浇愁,借酒浇恨,喝个酩酊大醉,把眼前的一切全都忘个干净。这时,张珪悲苦的心境上似乎平添了一丝"疏狂"的色彩,他那怯懦的性格上似乎多出一分豪壮。然而更多的还是借酒麻醉自己的神经,这是清醒中求糊涂,装糊涂。〔骂玉郎〕一曲,他向妻子讲明了真情。妻子谴责他不该对鲁斋郎如此软弱,要"拣个大衙门告他去"。张珪此时酒全醒了,他在〔感皇恩〕一曲中唱道:"他、他、他,嫌官小不为,嫌马瘦不骑,动不动挑人眼、剔人骨、剥人皮。"这不仅把鲁斋郎凶神恶煞的可怕嘴脸活画出来,而且一连三个"他、他、他",也把张珪此刻战战兢兢,哆哆嗦嗦的外部动作与内心世界传神般描绘出来,从而也把张珪送妻给人的怪诞举动衬托得近乎情理。

怪事一个接着一个。鲁斋郎听张珪说"家中有一双儿女,无人看管",竟然动了"恻隐之心",要把自己的妹妹(其实是他玩腻了的银匠李四的妻子)送给张珪做老婆！张珪面临着又一杯苦酒。如若再一次装糊涂,领着"新配"回家成亲,则违背自己的心愿;如若拒不受纳,又有可能惹恼鲁斋郎。权衡利害,这杯苦酒还是得吞下去。不过这一次张珪是清醒的:"知他是甚亲戚！"你说是你妹妹,谁知道是从哪儿抢来的女人！"夺了我旧妻儿,却与个新佳配,我正是弃了甜桃绕山寻醋梨。""弃了甜桃绕山寻醋梨",元代成语,意思是丢掉好的,找个坏的。"遥望着后堂内,养家的人,贤惠的妻!……几时能勾再得相逢,则除是南柯梦儿里。"可见张珪对妻子感情之深,已到了"曾经沧海难为水"的地步。在《鲁斋郎》中,这个形象之所以能够博得人们的一线同情,恐怕很大程度上是由于他对妻子的真情。但也正因为如此,人们对他送妻给人的行为也愈不理解,愈不原谅。关汉卿成功地写出了张珪性格、心理上的矛盾,也使读者和观众的欣赏心理,陷入到一定程度的矛盾之中。

第二折〔一枝花〕是《鲁斋郎》杂剧中最成功的一个套曲。既有批判现实的意义,又深刻剖析了张珪一类人物的心理特征。语言通俗质朴,毫无矫揉造作;几个典故用得贴切自然;衬字、口语随时可见,具有元代前期本色派剧作的特点。最后一曲连用"喝下"、"转过"、"出的"、"扭回"、"遥望"几个动词,提示出一连串舞台动作,明显见出剧曲与散曲之不同。值得一提的是,有几支曲子或多或少地运用了一些自嘲、调侃的语言,如〔一枝花〕中的"几曾见夫主婚、妻招婿?今日个妻嫁人、夫做媒,自取些奁房断送陪随,那里也羊酒、花红、段匹",〔梁州第七〕中的"你、你、你,做了个别霸王自刎虞姬,我、我、我,做了个进西施归湖范蠡,来、来、来,浑一似嫁单于出塞明妃",〔感皇恩〕中的"虽然道我灾星现,也是他的花星照,你的福星催"等等,不仅有助于张珪的性格刻画,而且在悲剧气氛中加上一点酸辛,别有一番苦涩的滋味。

(康保成)

〔注〕　①一夜间摸不着陈抟(tuán 团)睡:意为一夜不曾睡。陈抟,五代时的隐士,传说他一睡就是一百多天。　②别霸王自刎虞姬:秦末项羽称西楚霸王,兵败时其妾虞姬为他起舞辞别,自刎而死。事见《史记·项羽本纪》。　③进西施归湖范蠡(lǐ 李):传说越王勾践令范蠡献西施给吴王,吴国败亡后,范带着西施泛舟游五湖。事见《吴越春秋》与《越绝书》。　④嫁单(chán 蝉)于出塞明妃:汉元帝时以宫人王嫱出嫁匈奴呼韩邪单于,后人称王嫱为明妃。事见《汉书》"元帝纪"与"匈奴传"。

【刘夫人庆赏五侯宴】

刘夫人庆赏五侯宴

关汉卿

第 三 折

〔正宫·端正好〕风飕飕，遍身麻。则我这笃簌簌①连身战，冻钦钦手脚难拳。走的紧来到荒坡侕，觉我这可扑扑的心头战。

〔滚绣球〕我这里立不定虚气喘，无筋力手腕软。瘦身躯急难动转，恰来到井口旁边。雪打的我眼怎开，风吹的我身倒偃②。冻碌碌自嗟自怨，也是咱前世前缘。冻的我拿不的绳索，拳宁着手，立不定身躯耸定肩，苦痛难言。

〔倘秀才〕我这里立不定，吁吁的气喘。我将这绳头儿呵的来觉软。一桶水提离井口边，寒惨惨手难拳。我可便应难动转。

此剧古本仅存《脉望馆抄校本古今杂剧》本，据此影印的有《古本戏曲丛刊》第四集本，经过校点整理的本子有《孤本元明杂剧本》和《元曲选外编》本。题目正名为《王阿三子母两团圆 刘夫人庆赏五侯宴》。原本未署撰人，《也是园书目》题关汉卿撰。有人疑非关氏手笔。风格的确与关氏其他作品不同，可能非关氏之作，或曾经关氏改编，遂属关氏亦未可知。由于文献不足，难下定论。

剧演长子县人王屠遗孀李氏，因贫典与财主赵太公家作奶母三年。赵太公将典身文书改为卖身文书，并百般虐待李氏，逼她丢弃亲生子王阿三。恰遇李克用子嗣源,被收为己子,取名李从珂。

十八年后,李嗣源率李亚子、石敬瑭、孟知祥、刘知远、李从珂五员虎将战胜后梁王彦章,班师还。从珂殿后,见一贫妇欲悬梁自尽,问明妇人遭遇,原来是李氏不堪赵太公之子脖揪虐待,故寻此短见。所说其子生辰年岁与己同,从珂疑是生母,而嗣源隐瞒真情。李克用妻刘夫人设宴为五虎将庆功,从珂在席间追问此事,夫人告以始末根由,从珂遂迎来生母,　同回京。

这一剧本是根据某些历史记载敷衍而成的。李从珂就是后唐废帝,《唐本纪》有这样一段记载:"废帝镇州平山人,本姓王,母魏氏少寡。明宗过平山掠得之。魏有子阿三,已十余岁,明宗养以为子,名曰从珂云。"

作者写李嗣源等镇压黄巢起义军,并取得胜利,是以歌颂的笔调叙述的,这是封建统治阶级的观点,是由于作者的时代局限和阶级局限所决定的。但作者所着力描绘的却是从珂母子离合悲欢,并未突出李家五虎将的作战经过,更未强调他们的赫赫战功,却对受压迫剥削的贫妇表现了深厚的同情。

这里所介绍的三支曲子,最足以体现作品的主旨。李氏在赵太公父子的欺辱之下,茹苦含辛地度过了十八年漫长的岁月,吃她乳汁长大的孩子却成了虐待压迫她的"主人"。在天气酷寒,大雪纷飞的情况下,逼她去饮牛。还不准湿了牛嘴儿,否则就要打她五十黄桑棍。这三支曲子写的就是在雪中去打水饮牛时李氏的感受。

〔端正好〕以五句质朴形象的语言,写李氏被凛冽的寒风吹得遍身麻木,不停地战栗,硬支撑着冻僵的手脚,一步一滑的走到荒郊外井台边,肉体的痛楚和精神的苦闷使她的心跳个不停。

〔滚绣球〕写李氏好不容易走到井边,准备打水,可是她的两脚却站立不住了,不停的气喘吁吁,寸步难移,手腕疲软无力。眼睛被雪打得睁不开,狂风吹得她东倒西歪,冻僵的手拳挛着,连井绳也拿不住,只得耸肩缩背,忍耐着无处

【刘夫人庆赏五侯宴】

申诉的痛苦。

〔倘秀才〕描写她由于站立不稳,气喘吁吁,冻得棒硬的井绳怎能提水呢!只好用她口中的一些热气来使绳上的冰稍稍融化,绳子变得软一些,用尽全身力气方才把一桶水提到井口边,动转不灵的双手,偏偏难以提出水桶,竟使水桶落入井中。

多么生动形象的一幅受虐待妇女生活的写照!多么深刻的封建社会的缩影!多么冷酷的人与人之间的关系!一字字都是血与泪凝结而成,又都是作者对不幸妇女的深厚同情的体现。

对于一般人来说,在日常生活中,水桶掉在井里,本是一件极平常的小事,可是对这失去人身自由的李氏说来,却是弥天大祸。她清醒地意识到等待她的是用黄桑棍毒打,疲惫冻馁不堪的瘦弱身躯哪里还经受得起!少不得也是一死。所以在这时起了轻生的念头是很自然的。因此这三支曲子是李氏和赵家父子矛盾尖锐达到顶点的刻画,也是李氏母子团圆的前奏,在全剧中是个承上启下的关键。

此剧情节与以刘知远、李三娘为主角的南戏《白兔记》颇多相似之处,而且都是五代时故事,很可能当时民间有这故事流传,辗转相传,分别被写入这两部剧作之中。

(周妙中)

〔注〕 ① 笃簌簌:原意是茂密,这里形容战抖得很快、很厉害。 ② 偃:仰面倒称为偃。

高文秀

〔作者小传〕 东平(今属山东)人,府学生员,早卒。所作杂剧今知有三十二种,数量上仅次于关汉卿,时又称为"小汉卿"。剧作以写黑旋风李逵的"水浒戏"为多。现存《双献功》、《襄阳会》、《遇上皇》、《谇范叔》四种,《周瑜谒鲁肃》仅存曲词一折。现存杂剧《渑池会》,一说也是他所作。亦有散曲传世。

须贾大夫谇范叔

高文秀

第 一 折

〔油葫芦〕自古书生多命薄,端的可便成事的少,你看几人平步蹑云霄。便读得十年书也只受的十年暴,便晓得十分事也抵不得十分饱。至如俺学到老,越着俺穷到老。想诗书不是防身宝,划地着俺白屋教儿曹。

〔天下乐〕他每只是些趄避当差影身草。自古来文章,可便将人都误了。劝今人休将前辈学。学卞庄斩虎的入虎穴,学吕望钓鱼的近池沼,学太康放鹰鹘拿燕雀。

〔那吒令〕我论着那斩虎的,则不如去斩蛟;钓鱼的,则不如去钓鳌;放鹰的,则不如去放雕。调大谎往上趄,抱粗腿向前跳,倒能勾禄重官高。

〔鹊踏枝〕但有些个好穿着、好靴脚,出来的苦眼铺眉,一个个纳胯那腰,说谎的今时可便使着。天那则俺这诚实的管老死蓬蒿。

〔寄生草〕本待要寻知契、谒故交,见十家九家门关了。起三阵五阵檐风哨,有千片万片梨花落。但得个一顷半顷洛阳田,谁待想七月八月长安道。

此剧简名《诮范叔》,又名《诮范雎》,因为"叔"是字,"雎"是名。"诮"者,"责骂"也。范雎本是魏国大夫须贾的门客、亲信,须贾出使齐国还特地荐举他为副使,为什么要责骂他呢?剧本交代,他们到齐国以后,齐国大夫骖衍鉴于范才能超群,对他作特别的款待,而把正使须贾冷落在一边。须贾因而猜疑,认为他背魏通齐。回国后,又向丞相魏齐告密。须贾责骂范雎不义;在魏齐的命令下,竟叫他吃草,并施以重刑,直至把他打死。可是,范雎并未真死,在被丢入粪坑中后又苏醒过来,被须贾家的院公救起、放走。此后,剧本就记述范改名张禄,逃至秦国,官至丞相。须贾为魏使至秦庆贺。范乔装成贫士,须贾见之甚怜,赠以"绨袍"(粗丝织品面料袍)。范在来庆贺的各国使臣面前,虽亦责骂须贾,命须贾吃草,但念他尚有赠绨袍的故人情义,遂宽恕了他,让他返回魏国。

这里选录的五支曲文,都是范雎在齐国时骖衍宴请他时唱的,内容是对他的怀才不遇进行埋怨。有三个层次。〔油葫芦〕属第一层,主要述说书生命薄。第二句"端的可便成事的少","端的"作"确实"解;"可便"是衬词,无实义。他认为书生成大事、平步青云者没有几人,攻读十年就是糟蹋十年,懂事理不能解决温饱。中间两句"至如俺学到老,越着俺穷到老"。从字面上看,似乎范雎已经到了老年。其实并不如此。范与须贾出使齐国时的年龄,尽管已经无从知道,但无论如何尚不至于到老耄之期。而且,当时他已由门客擢升为国家副使,说他穷也不是事实。这两句话是对现实的一种怨言,透露出范雎怀才不遇的感慨。最末两句是说,诗书无用,不能防身,只好平白地将茅屋传给他的后代了。

第二层包括〔天下乐〕、〔那吒令〕、〔鹊踏枝〕三支曲文,内容是论述不可向前人学习。〔天下乐〕中的"劝今人休将前辈学"可当作这三支曲文的中心句。三支曲文之间层层递进,联系十分紧密。〔天下乐〕首句中的"趒",这里是"躲"的假借,全句意思是:他们只是躲避当差的"影身草"式的人物。如果说这句对这种人写得还比较抽象,那末,〔那吒令〕中的"调大谎往上趒,抱粗腿向前跳,倒能勾禄重官高",就写得具体,〔鹊踏枝〕中的"但有些个好穿着、好靴脚,出来的苦眼铺眉,一个个纳胯那腰,说谎的今时可便使着",就写得很形象了。"苦眼铺眉"(对眉眼乔装打扮)、"纳胯那腰"("那",借作"挪"。走路扭捏作态),都是对"隐身草"式的人物鲜明、生动的描绘。"使着",这里是"发作"、"摆威风"的意思。这种人物在世上作威作福、耀武扬威,使范雎想起自古以来文章误人(〔天下乐〕二、三句)。因此,劝今人不要学前辈。如果要向前辈学习,包括学习卞庄子、吕望、太康那样的著名人物,最多也不过是亦步亦趋,依样画葫芦而已。这是对〔天下乐〕最后三句抽象、笼统的解释。卞庄子是鲁国大夫,相传他曾一次捉获二虎,齐国惧怕他,因而不敢伐鲁。吕望是西周的开国功臣,相传他隐居时垂钓于渭水。太康是夏代国王,善于游猎。紧接着,〔那吒令〕开头三句,又对学习卞庄子、吕望、太康事进行重复和发挥,"不如去""斩蛟"、"钓鳌"、"放鹇"云云,就是用具体例子作出"不学前人学什么"问题的回答。最后,他又联系到自己。〔鹊踏枝〕末句:"天那则俺这诚实的管老死蓬蒿。"先"天哪"慨叹一声,说我这样诚实学习前辈的人,保管像蓬蒿一样老死在荒郊野地。

最后一层是〔寄生草〕,述说自己的打算。曲文说,他为自己的出路,多次寻找亲朋好友,但都被拒之门外。("本待要寻故契、谒故交,见十家九家门关了。")受尽了阵阵檐口尖风、扬扬漂泊大雪之苦。("起三阵五阵檐风哨,有千片万片梨花落。")看来只有躬耕南亩,哪能还想留恋仕途。("但得个一顷半顷洛阳田,谁待想七月八月长安道。")

《谇范叔》是根据《史记·范雎蔡泽列传》创作的。在重大关目要节方面,可以说两者都基本相同。然而,这里选录的五支曲文的内容,即范雎埋怨自己怀才不遇,在《范雎蔡泽列传》里却看不到任何蛛丝马迹。看来它是作者高文秀为范雎增添的新思想。高文秀为什么要这样做?与其说为了通过范雎的怀才不遇,揭露范雎所处的那个战国时代的社会黑暗,不如说是借古说今,矛头移向高文秀生活的元代。尽人皆知，封建社会的各个朝代都曾有歧视知识分子的现象，而以元代最为典型，所谓"八娼、九儒、十丐"，即知识分子的地位与娼妓、乞丐视为同类，正是说的这一事实。而高文秀，这个艺术才能可与关汉卿比肩的剧作家，又经历过"不得登科"的遭遇，夺他人之酒杯，浇自己的垒块，通过范雎其人发泄自己的牢骚、埋怨，也是自然的。

我们以上这样分析，实际上已经把这五支曲文从杂剧剧本中分离出来独立成篇。而这样做，除思想性外，艺术上的成就也就更为显著。首先，它们艺术地对元代知识分子的命运作了真实的描绘。就是像前文列举的"至如俺学到老，越着俺穷到老"那样的句子，如果撇开具体人物，而指整体知识分子，那就十分真实，当属言简意赅、明白晓畅的经典名句。其次，这五支曲文虽然分属五个不同的曲牌，却是一个统一的整体。环绕埋怨怀才不遇这个主题，以〔油葫芦〕"书生命薄"作开端，〔天下乐〕、〔那吒令〕、〔鹊踏枝〕"休将前辈学"当主干，〔寄生草〕"但得个……洛阳田"、"谁待想……长安道"结尾，起承转合，层次分明，完全可以称得上是佳篇结构。再次，语言方面的特色是自然、干净。所谓"自然"，就是这些按照曲牌填的曲文，虽然每句字数有一定限制，每句韵律要求严格，但写来犹如人们说话，随口而出，十分自然。这不是个别句子如此，也不是大部分句子如此，而是全部曲文都是如此。所谓"干净"，就是这五支曲文，没有可有可无的句子，也没有可有可无的词语。这很可贵。因为有些元杂剧的曲文，说它自然还是可以的，要说干净就不能了，时有拖沓、累赘之弊。

最后，再作点补充。这五支曲文毕竟是《谇范叔》的组成部分，需要谈几句剧本本身。由于剧本前后情节对比强烈，富有戏剧性，人们一直喜爱它。与此剧相同题材的明代传奇《绨袍记》和近代川剧《赠绨袍》的流传，也说明这个杂剧剧本产生过广泛的影响。

（马圣贵）

须贾大夫谇范叔

高文秀

第 二 折

〔牧羊关〕敢怕吃那细索面醒酒汤,便是油汁水溅污也何妨。今日个为公子设佳筵,怎倒与小生作贱降①。只见一条沉铁索当前面,两束粗荆棍在边厢。那里有这般样稀奇物?大夫也,强将来做荐②寿觞。

〔牧羊关〕泪雹子腮边落,血冬凌满脊梁。冻剥剥雪上加霜。则被你饿掉了三魂,敲翻了五脏。带肉连皮颤,彻髓透心凉。似这等勘范叔森罗殿,抵多少冻苏秦冰雪堂③。

〔牧羊关〕待走来如何走,待藏来怎地藏。没揣④的偏和他打个头撞。我几曾吃美酒羊羔,刚则是吃了会胡枷乱棒。则被这粪沾湿我两鬓角,尿浸透我一胸膛。你闻不的我这秽气混身臭,院公也,我几吃那开埕⑤十里香。

这三支〔牧羊关〕曲写的是范雎生日,正与太学中书生饮酒,被魏齐、须贾召去刑询时范雎受迫害的感受。

第一支写为魏国立了大功的范雎万万料不到须贾对自己下毒手,对须贾的邀请迷惑不解。一开始须贾叫他脱去外衣,他还以为对方是好心关照,怕自己被酒菜弄脏了衣裳。一面他心中又疑惑:今天须贾明明是请魏齐赴宴(魏齐是

【须贾大夫谇范叔】

魏王之弟,故称"公子"),怎么又来请我呢? 及至见到祗从将刑具放在自己面前,突然慌张起来。这诬枉之灾如晴天霹雳,有必要着力刻画。

第二曲写范雎在数九寒天受刑后的感受,满腹经纶、才华出众的志士如何经得起寒冷、饥饿和遍体鳞伤的折磨!

"士可杀不可辱",将人鞭笞至死已是残忍之极,还要丢在粪坑中,这羞辱使苏醒过来的范雎益发悲愤填膺。好不容易挣扎起身,有心逃走,而浑身污秽,走无法走,藏没处藏,幸而遇到老院公。院公误认为他吃醉酒,失足落入厕坑,范雎说明并非酒醉,而是受了酷刑折磨。

这也是三首感人肺腑的白话诗。但我们不难看出作者下笔时一定煞费苦心地推敲过他的一字一句。尤其是第二阕用"雹子"形容泪珠,真难为他想得出! 既写出了泪珠很大,足见范雎内心的痛楚万分。同时,泪出成冰,又形象地写出了天气的寒冷非同一般。用"冬凌"形容血,也明白如画地说出体无完肤和寒冷异常。全曲都是用这样工整的对偶诗句,却极质朴自然,当然会牵动观众和读者的心弦,催人泪下。

第三曲虽只写的是外表的狼狈模样,而字里行间充满了智士的愤懑不平。

妒贤嫉能、以怨报德的小人手段至为狠毒,历来为人们所不齿。作者在剧中鞭挞了心毒手狠的须贾,歌颂了深怀妙策,广览群书,有经世济民之才而又忠心耿耿的范雎。这三支〔牧羊关〕使全剧矛盾尖锐化达到顶点,揭示了斗争的残酷无情,无异于旧社会暗无天日的官场的一面镜子。

(周妙中)

〔注〕　①贱降:自己生日的谦称。　②荐:献。　③冻苏秦冰雪堂:苏秦,战国时纵横家,出身微贱,后拜六国相印。苏秦受冻冰雪堂事见元杂剧《冻苏秦》。　④没揣:不料。　⑤埕(chéng呈):酒坛。

211

黑旋风双献功

高文秀

第 一 折

〔哨遍〕可便道恭敬不如从命，今日里奉着哥哥令。若有人将哥哥厮欺负，我和他两白日便见那簸箕星①。则我这两条臂拦关扶碑②；则我这两只手可敢便直钓缺丁③。理会的山儿性，我从来个路见不平，爱与人当道撅坑④。我喝一喝骨都都海波腾，撼一撼赤力力山岳崩。但恼着我黑脸的爹爹，和他做场的歹斗，翻过来落可便吊盘的煎饼⑤。

水浒戏在元杂剧中占有重要地位。元杂剧至今尚存目六百余种，而水浒戏就有三十多种，其中以李逵为主人公的，占了十八种之多。据钟嗣成《录鬼簿》记载，高文秀一生创作了三十二个杂剧，就数量而言，仅次于关汉卿。他尤擅长写水浒戏，所作共八种，绝大部分已佚失，现今留下的只有《黑旋风双献功》一种。《双献功》与康进之的《李逵负荆》被称为元代"黑旋风杂剧"的双璧，它关目紧凑，曲白俱佳，向为行家称道。故事写宋江好友、郓城县衙把笔司吏孙荣欲携继室郭念儿赴泰安神州烧香还愿，怕沿途不安全，特地到梁山请宋公明派人保护。李逵主动承担重任，并以自己的人头作保，当场立下军令状。谁知郭念儿早与白衙内白火赤勾搭成奸，两人定计于赴泰安途中双双逃走。孙孔目告到泰安府衙，反被白衙内串通官府问成死罪。李逵扮作庄家后生前去探监，用蒙汗

【黑旋风双献功】

药麻倒狱卒,救出孙孔目;又假扮送酒的衙役潜入后衙,手刃奸夫淫妇后回山报功。

这支〔哨遍〕为第一折〔正宫·端正好〕套曲中的一支,是李逵与宋江立下军令状后所唱,表现了李逵对起义领袖宋江的钦敬和坚决完成任务的信心。曲词充分地体现了李逵嫉恶如仇、赤胆忠心的鲜明个性,天不怕、地不怕,好打抱不平的英雄气概以及勇武有力、撼山震海的本领。

高文秀时称"小汉卿",创作风格与关汉卿非常相似,其特征是"本色自然"。这支〔哨遍〕全为近乎天籁的白描,没有一字一句采用丽词俊语。不仅如此,曲词还大量使用方言和俗语,诸如"簸箕星"、"直钓缺丁"、"吊盘的煎饼"等,这些当时北方普遍流行的通俗语言,一出自黑旋风李逵之口,就更显得亲切自然,符合其火辣辣的性格,真所谓"快人快语、神情毕肖"。曲词中有两处用象声词来形容李逵的神勇:"骨都都海波腾"、"赤力力山岳崩",这种用自然之声描摹山崩海涌的语言,正是元杂剧佳妙之处。

元曲时用衬字,尤其是在杂剧剧曲中,用得更加广泛。衬字的运用冲破了诗词中限字限句的羁绊,大量富有民间生活气息的方言、俗语进入曲词中,大大地增强了戏剧语言的表现力和音乐美,使曲词更晓畅,更生动活泼。〔哨遍〕定格为八十七字,此曲竟增加了四十一个衬字,几为原词的一半。衬字的增加,达到了"意趣横生、点铁成金"的效果。如"若有人将哥哥厮欺负"的"若有人"、"我和他两白日便见那簸箕星"的"我和他两",都是必须增加的衬字;而接下去在"两条臂拦关扶碑"前加的"则我这"和在"当道撅坑"前加的"爱与人",正衬相缀相结,充分表现李逵力大无穷的形象和爱打抱不平的脾性,至于最后在"吊盘的煎饼"前所衬"翻过来落可便"六字,更令人觉得妙不可言。此外,衬字的增加能给人一种节奏明快、急促的感觉,这正是北曲字多腔少调促的特点。而在此曲,则很好地表现了李逵那种见义勇为、不避辛劳、不畏险阻的草莽英雄本色。

还须说明一点，〔正宫〕套曲中为何会出现属于〔般涉调〕的只曲〔哨遍〕呢？这是因为，元套曲有时允许从客调中借用一支或几支曲牌，只须音律相谐即可，这种形式叫"借宫"。尤其是〔般涉调〕，元剧曲中无独立成套的情况，属于该宫的只曲，作为剧曲时只能为别宫所借用。而高文秀所以借用〔哨遍〕，乃是因为此曲旋律比较慷慨激越，更能表现李逵当时的思想感情。

（彭　飞）

〔注〕　① 簸箕星：即"扫帚星"。俗传扫帚星出现是不祥之兆。　② 拦关扶碑：元曲中常用语，形容两臂力大无穷。有时亦简称"拦关"。　③ 直钩缺丁："钩"疑为"钩"字，"缺"是"曲"、"丁"是"钉"的通借字。"直钩曲钉"也是形容力大无穷，能将弯曲之粗铁钉钩直。与上文的"拦关扶碑"相呼应。　④ 当道撅坑：拼个死活之意。两人决斗，必有一死，被打死之人就在当道掘坑埋葬。　⑤ 吊盘的煎饼：北方制作煎饼的一种方式，吊在火上之盘可以翻来覆去。这里用以形容李逵力大无穷，可以把对手像吊盘中的煎饼那样翻来覆去。

黑旋风双献功

高文秀

第 二 折

〔赚煞尾〕我也不用一条枪，也不用三尺铁，则俺这壮士怒目前见血。东岳庙磕塔的相逢无话说，把那厮滴溜扑马上活挟。他若是与时节，万事无些；不与呵，山儿待放些劣撒。恼起我这草坡前倒拖牛的性格，强逞我这敌官军勇烈，我把那厮脊梁骨，各支支生拗做两三截。

【黑旋风双献功】

这首〔赚煞尾〕,是全剧第二折最后一曲,主要描写李逵嫉恶如仇、与官府对立的"山儿"性格,为后面乔装探监计救孙荣作必要铺垫。

开头三句"我不用一条枪,也不用三尺铁,则俺这壮士怒目前见血",这是李逵回答孙荣的话。在此之前,第二折描写孙荣之妻被白衙内拐去,李逵得知,要帮助孙荣夺回,孙荣说:"兄弟你休去。你这一去,则是你独自一个,他那里人手极多,你手里又无兵器,则怕你近不得他。"所以李逵这段唱词首先回答孙荣,告诉他不必担忧。"三尺铁"指剑,因剑长三尺,故用以代称。"见血"句是说他生起气来没有武器也要和敌手相拼,使其当场毙命。曲词一开始,就显示了李逵悍勇刚烈的性格。

接着,李逵设想见到白衙内时的情景。"东岳庙磕塔的相逢无话说,把那厮滴溜扑马上活挟。"前面剧情述说孙荣要到泰安神州烧香还愿,这东岳庙就是祭祀泰山的神庙,李逵估计白衙内勾搭了孙荣妻子很可能跑到那里,所以要到东岳庙寻找。他设想在那里一见到白衙内,什么话也不用说,就猛地把他摔倒捉住。"磕塔",突然的意思;"滴溜扑",形容把白衙内从马上摔下来的声音;"那厮",那家伙。这两句,运用了一连串宋元时的方言俗语,形象地写出李逵活捉白衙内的神态,绘形绘色,极其传神。随后,李逵又宣称:如果白衙内老老实实把孙荣妻交还,也就作罢;要是不给,那就不客气了。曲中的所谓"放些劣撒",是使出坏脾气的意思,这"劣撒"的脾气,也就是下面所写的"恼起我这草坡前倒拖牛的性格,强逼我这敌官军勇烈"。牛的脾气犟,它往前走,将它拉回不易,然而李逵偏要倒拖,于此显出其特殊个性。而"敌官军"句,则说明李逵参加梁山义军的现状,都准确地概括了人物独特的思想特征,给读者以深刻印象。最后两句:"我把那厮脊梁骨,各支支生揪做两三截。"这更是传神之笔,使人拍案叫绝! 读了这两句,人们似乎看到一个彪形黑大汉,把作恶多端的坏家伙揪了起来,"各支支"一声,活活地将他拗成两截,其孔武有力的形象,跃然纸上。"各支支"一词,拟写脊梁折断的声音,使这一场面更加形象、生动。

全曲短短数句,描绘了李逵嫉恶如仇、悍勇刚烈的性格,展示了一位为民除害的义军英雄形象。在艺术上,本曲的最大特点是语言通俗本色,生动形象。作者运用富有生活气息的语言。特别是方言口语,象声状物,使场景更为真实,人物形象也栩栩如生,具有强烈的艺术感染力。

(黄竹三)

黑旋风双献功

高文秀

第 三 折

〔得胜令〕呀！便问我要东西,叔待①则你那没梁桶儿便休提。不比你财主们多周济,量俺这穷庄家有甚的？俺真个堪嗤。俺孩儿每卧土坑披麻被,你可也争知？(带云)还有精着腿,无个裤儿穿的。(唱)谁有那闲钱补笊篱②。

第三折采用的宫调是〔双调〕,〔得胜令〕是这套套曲中的第五支曲子。从剧情发展来看,这时孙孔目已被白衙内关入死囚牢,李逵扮作庄稼汉前去探监,牢子乘机勒索钱财,否则不让他们见面。这时,身穿破衣烂衫、浑身臊臭、化名王重义的李逵就唱了这支〔得胜令〕,作为对敲诈者的答复。曲词中把元代穷苦百姓衣不遮体、食不果腹的真实现状用生动的民间口语表达了出来。请看:"俺孩儿每(们)卧土坑披麻被"、"还有精(光)着腿、无个裤儿穿的"。这些俗语,不仅

【黑旋风双献功】

说明主人公李逵来自农村,熟悉贫困农民的生活,而且从字里行间所蕴含着的愤愤不平中,还说明了李逵和梁山好汉们之所以揭竿而起,正是为了解民于倒悬,使那些无被盖的有被盖、无裤穿的有裤穿、冤屈入狱的获自由。短短几行字,给人留下深刻的印象。

这支曲语言浑厚朴实、直率真挚,把一个装呆作傻而内心是非分明的李逵写活了。"叔待",即阿叔,这种称谓在当时多出自乡下粗人之口,而"没梁桶儿——休提"这类北方农民惯用的歇后语,用在此地更符合彼时李逵巧扮的乡下佬口吻。所以一曲唱罢,惯于欺诈的牢子也信以为真,打开了牢门。高文秀所创作的剧本与填写的曲词,不仅通俗易懂,自然本色,而且非常适合舞台演出的需要,所谓"当行",也就是如此。无怪乎时人称其为"小汉卿"了。

除了巧妙地运用通俗口语、歇后语、衬字外,这支〔得胜令〕还夹有"带云"。元杂剧的宾白形式多样,光散语宾白就有十种之多,其中的"带云"就是在唱词之间夹入说白。一般来说,带云主要是在上下唱句之间起串联作用,有时还可以成为全曲中极富表现力的有机组成部分,起到画龙点睛的作用。本曲用"还有精着腿,无个裤儿穿的"二句"带云",描写当时农民的赤贫状况,既为下面的唱句"谁有那闲钱补笊篱"作了铺垫,又有力地揭示了社会黑暗、民不聊生已经到了何种严重的地步!本曲并非针对孙孔目具体事件而发,可谓是"题外发挥",然而曲词揭示人民处于水火之中,恰恰又为孙孔目的遭遇提供了更广泛的社会原因。如此看来,这又是深一层的"题内之言"了。

(彭 飞)

〔注〕 ① 叔待:即"阿叔",对年长男子的尊称,一般出自当时乡下穷苦农民之口。 ② 笊篱:用竹篾编成的杓形漉器。

好酒赵元遇上皇

高文秀

第 二 折

〔南吕·一枝花〕汤着风把柳絮迎,冒着雪把梨花拂。雪遮得千树老,风剪得万枝枯。这般风雪程途,雪迷了天涯路。风又紧,雪又扑,恰便似枕簁①筛扬,恰便似持②绵扯絮。

〔梁州〕假若韩退之蓝关外不前骏马③,孟浩然灞陵桥不肯骑驴④,冻的我战兢兢手脚难停住。更那堪天寒日短,旷野消疏,关山寂寞,风雪交杂。浑身上单夹衣服,舞东风乱糁⑤珍珠。抬起头似出窟顽蛇,缩着肩似水淹老鼠,躬着腰人样虾蛆。几时到帝都? 刮天刮地狂风鼓,谁曾受这番苦? 见三匹金鞍拴在老桑树,多敢是国戚皇族。

〔云〕来到这酒店。……打二百钱酒来。……酒也! 连日不见你,谁想今日在这里又相会,好美哉也! (唱)

〔牧羊关〕见酒后忙参拜,饮酒后再取覆⑥。共这酒故人今日完聚。酒呵则道永不相逢,不想今番重聚。为酒上遭风雪,为酒上践程途。这酒浸头和你重相遇,酒爹爹安乐否?

此剧敷演的是一个很能引人笑乐的民间传说。主人公赵元好酒贪杯,为此

【好酒赵元遇上皇】

被其妻百般咒骂,与赵妻私通的臧府尹欲置赵元于死地,设圈套令赵元递送公文到东京。赵元明知有诈,但不得不上路,路上又误了期限,眼见得到京城就要问斩,他却依然嗜酒如命。在东京郊外的小酒店里,他为三位付不出酒钱的客人代付钱解了围。不料他们中竟有当朝天子赵匡胤。皇帝与赵元结拜兄弟,又留真迹于他手臂,赵元到皇都后不仅保住了性命,而且获得高官。但赵元无意为官,在亲见仇人受到惩罚后,便辞官回到了他的酒坛边。赵元因酒惹祸,因酒得福,因酒报仇,又最终因酒辞官。"好酒赵元"是一个充满滑稽意味的人物形象,《遇上皇》则是一部很有"酒趣"的轻喜剧。

这里赏析的,是赵元行至东京郊外,遭遇大风雪以及迈进小酒店之际所唱的三首曲子。

赵元在唱曲之前,有"好大风雪也呵"一句吟白,接着的〔一枝花〕曲,便顺势将此"好大风雪"作了一番着意的描绘。首句暗用谢道韫"咏雪"典故,把纷纷扬扬的大雪比作因风起舞的柳絮;第二句以梨花形容白雪,化用唐岑参《白雪歌送武判官归京》中的名句:"忽如一夜春风来,千树万树梨花开。"而"汤"、"迎"、"拂"几个动词,则把这两个典故全然平民化了,同时令人仿佛看见赵元在顶风冒雪地艰难行进。第三四句对偶,同样突出风雪之大。全曲正是一句风一句雪地交替递进而下的,最后"枕簸筛扬"、"捇绵扯絮"两个俗语,也分别比喻风和雪,这两句句首作者重复运用衬字"恰便似",句形排比、语义贯联,绘声绘色地渲染了风雪之势。

〔梁州〕曲一开始,又用了两个与风雪有关的典故。韩愈曾在蓝关遇雪。孟浩然曾自吹"诗思在灞桥风雪中驴背上",可若真要遇到眼下这样的大雪,谅他再有诗兴亦"不肯骑驴"的。赵元在此巧用、改用这两典故,为的是形容自己寸步难行的窘态。下面"更那堪"三衬字领起,后接四个四字句,则进一步描绘了衣衫单薄的主人公的重重困境。最后三句,更是生动形象,如同直见其人:无论是抬起头、缩着肩,还是躬着腰,都不像个"人"样,"出窟顽蛇"、"水淹老鼠"、"人样虾蛆",好一副狼狈相!

仅这两首曲子已够赞一声"好曲"——两首写风雪兼写风雪中人的好曲。但如果接着欣赏〔牧羊关〕,就会进一步明了:无怪乎作者要对风雪作如此渲染,原来他的"醉翁之意"在"酒",在赵元的"好酒"身上!

赵元迈进酒店,要了二百钱酒,不忙着喝,先深情地唤一声:"酒也,连日不见你,谁想今日在这里又相会,好美哉也!"久别重逢,他急忙参拜,接着便絮絮叨叨地向这位"老友"诉说起别后相思和凄凉遭遇来了。"酒浸头"原是骂人的话,犹如"酒鬼"、"酒糟头",这里赵元用以自指。最后,他禁不住喊出了一声"酒爹爹",并恭敬地道了一声"安乐"。酒能御寒,酒能解愁,是酒让赵元恢复了"人"样。尤其是刚从风雪中挣扎过来的赵元,怎能不再三再四地为之大唱颂歌!这首曲子读来令人哑然失笑,想必舞台表演的喜剧效果更佳。喝酒前情切切地问候,喝酒后美滋滋地回味,喝酒时絮叨叨地倾诉,真把一个嗜酒者的神态心态活现出来了。

在中国传统戏剧舞台上,好酒贪杯者的醉态,每每成为观赏的对象。剧作者常以调侃的言辞、幽默的笔调对贪酒者作一种善意的嘲讽。盛行于隋唐的《踏谣娘》中的"苏中郎",也许是这一形象的发端。宋金杂剧院本中有《醉院君瀛府》、《醉还醒爨》、《花酒醉》、《闹酒店》、《酒糟儿》等,从名目便可想见其嘲谑和观赏的对象。现在依然活在昆剧舞台上的名折子戏《醉皂》,那醉容、醉步、醉语,真有绝高的观赏价值,想必正是这一传统的遗风。

(翁敏华)

〔注〕 ① 杴籢(qiān jiǎn 千简):杴,挖土用的农具;籢,泼、洒。杴籢:筛土。这里形容雪仗风势,犹如漏筛扬簸一般纷纷扬扬。 ② 挦(xín 心阳平):摘取。 ③ 韩愈《左迁至蓝

关示侄孙湘》诗："云横秦岭家何在？雪拥蓝关马不前。" ④ 宋孙光宪《北梦琐言》七："（唐）相国郑綮，善诗。……或问：'相国近有新诗否？'对曰：'诗思在灞桥风雪中驴上，此处何以得之？'元人多以为孟浩然故事。 ⑤ 糁（sǎn 伞）：饭粒，这里引申为散粒。 ⑥ 取覆：答复，回复。

保成公径赴渑池会

高文秀

第 四 折

〔雁儿落〕旗开云影飘①，炮响雷霆噪。弓开秋月圆，箭发流星落。

〔得胜令〕霎时间尸首积山高，鲜血滚波涛。觅子寻爷叫，呼兄唤弟号。俺将帅雄骁，恰便似撞雾天边鹞。他军马奔逃，恰便似飘风云外鹤。

《渑池会》是元杂剧中的著名历史剧，描写战国时代赵国政治家蔺相如的故事，四折戏中包含着完璧归赵、渑池赴会和廉颇负荆三个事件，虽然时间跨度大，头绪多，但全剧并不松懈，说明作者驾驭杂剧形式相当熟练。本剧曲文、宾白都属上乘。第四折写廉颇向蔺相如负荆请罪，将相握手言欢，团结对敌。此时恰逢秦兵入侵，于是两人一同迎战，廉颇领兵，奋勇杀敌，蔺相如押阵，擂鼓助威，终于大获全胜。这已是全剧的尾声了。上引〔雁儿落〕、〔得胜令〕两曲是蔺相如押阵时所唱，表现战场情景。前一曲写炮响旗开，万弩齐发，赵军英勇奋战。后一曲写秦兵大败溃退，赵军趁胜追击。曲中"恰便似撞雾天边鹞"的"撞"

作"刺"解,赵军似穿雾的大鹏,形容奋猛追击。"恰便似飘风云外鹤",形容秦兵奔走溃逃。传说鹤性警,甚至听到草叶上的滴水声,就高鸣相警。曲中用"飘风"是为了对"撞雾","云外鹤"在此处是贬词,状惊惶遁逃。

这两支曲文本色,朴素无华,但很讲究平仄对仗,〔雁儿落〕曲尤为讲究。如果按照周德清《中原音韵·作词十法》中的规范化要求,这〔雁儿落〕曲也能符合相契,不仅文词对仗,平仄也基本属对。〔雁儿落〕的对仗格式叫做"连璧对",即四句皆对。此外,《中原音韵》要求〔得胜令〕中"必要扇面对才好",《渑池会》中这支曲中正用了"扇面对",即第五句"将帅雄骁"对第七句"军马奔逃",第六句"撞雾天边鹏"对第八句"飘风云外鹤",用明人朱权《太和正音谱》中的说法,叫做"隔句对"。

在散曲创作中,〔雁儿落〕和〔得胜令〕可作为"带过曲",叫作〔雁儿落带得胜令〕,在曲意上看,实际上是把两支曲合并为一支曲。散曲中的〔得胜令〕第五句、第七句常常是两字句,《中原音韵》和《太和正音谱》标举的范例更是如此,如后者举的是乔吉的小令,末四句作:"豪杰,几度花开谢?痴呆,三分春去也。"因此,或认为高文秀此曲中第五七句当作"雄骁"和"奔逃",而"俺将帅"和"他军马"都是衬字。勉强也可以这么说,但事实上未必如此。马致远《汉宫秋》第三折〔得胜令〕第五句作"您但提起刀枪",第七句"今日央及娘娘",如果把"提起"和"央及"也看作衬字,曲意就不好懂了。十分讲求音律的周德清主张曲中尽量少用衬字,但从曲意上讲,这主张有片面性。而且,即使从音律上说,这〔得胜令〕也是有变化的,关汉卿有的剧作中此曲只有六句,即是明证。

（邓绍基）

〔注〕 ① 云影飘:古时称战旗为云旗,一说画熊虎于旗叫云旗。

【作者小传】

郑廷玉

彰德(今河南安阳)人。生平事迹不详。所作杂剧今知有二十二种。现存《看钱奴》、《后庭花》、《楚昭公》、《忍字记》、《金凤钗》五种。一说《崔府君断冤家债主》也是他所作。

看钱奴买冤家债主

郑廷玉

第二折

〔滚绣球〕我这里急急的研了墨浓,便待要轻轻的下了笔划。呀!儿也,这是我不得已无如之奈。可着我斑管难抬。这孩儿性情乖,是他娘肠肚摘下来。今日将俺这子父情可都撇在九霄云外,则俺这三口儿生挖扎两处分开。做娘的伤心惨惨刀剜腹,做爹的滴血簌簌泪满腮,恰便是郭巨般活把儿埋。

〔倘秀才〕俺儿也差着一个字千般的见责。那员外伸着五个指十分的便掴,打的他连耳通红半壁腮。说又不敢高声语,哭又不敢放声来,他则是偷将那泪揩。

〔滚绣球〕也曾有三年乳十月胎,似珍珠掌上抬。甚工夫养得他偌大,须不是半路里拾的婴孩。我虽是穷秀才,他觑人忒小哉。那些个公平买卖,量这一贯钞值甚钱财。他道我贪他香饵终吞钓,我则道留下青山怕没柴。拼的个搁笔巡街。

〔倘秀才〕如今这有钱的度量呵，做不的三江也那四海，便受用呵多不到十年五载。我骂你个勒揩穷民狠员外，或是有人家典段匹，或是有人家当环钗，你则待加一倍放解。

〔塞鸿秋〕快离了他这公孙弘东阁门桯外。再休想汉孔融北海开尊待。多谢你范尧夫肯付舟中麦。〔带云〕那员外呵，〔唱〕怎不学庞居士预放来生债。他他他则待掐破我三思台，他他他可便撅破我天灵盖，走走走早跳出了齐孙膑这一座连环寨。

〔随煞〕别人家便当的一周年，下架容赎解。〔带云〕这员外呵！〔唱〕他巴到那五个月，还钱本利该，纳了利从头儿再取索，还了钱文书上厮混赖。似这等无仁义愚浊的却有财，偏着俺有德行聪明的嚼齑菜。这八个字穷通怎的排，则除非天打算日头儿轮到来。发背疔疮是你这富汉的灾，禁口伤寒着你这有钱的害。有一日贼打劫火烧了你院宅，有一日人连累抄没了旧钱债，怎时节合着锅无钱买米柴，忍饥饿街头做乞丐。这才是你家破人亡见天败。你还这等苦克瞒心骂我来，直待要犯了法遭了刑，你可便怎时节改！(同旦儿下)

《看钱奴》杂剧是我国古典讽刺喜剧中具有典范意义的杰作，只要剥去它轮回转世、因果报应的外壳，就能尝到其独特的美味。本剧第二折周荣祖夫妇为穷所迫，在大风大雪中出卖儿子的那一场，写得特别好。以上六曲，便是第二折中正末扮周荣祖所唱。

【看钱奴买冤家债主】

卖儿鬻女,本是人世间最令人伤心惨目的景象,但本剧作者却出之以别一种笔调,穿插了大量的科诨,以突出地主贾仁的吝啬。一方面是周荣祖夫妇的无限伤痛,与自己的亲生骨肉诀别;另一方面是贾仁既要买人家的儿子,又放刁耍赖,不肯出钱。两相映照,涉笔成趣。

戏的规定情境是风雪交加,寒风凛冽。穷秀才周荣祖挈妇将雏急着赶路,由于饥寒交迫,实在无奈,于是通过门馆先生陈德甫说合,狠狠心,决定将儿子长寿卖与地主贾仁。一干人来到贾仁家门首,贾仁要周荣祖立下文书字据,立约之后不许反悔,如反悔,须罚宝钞一千贯。这时周荣祖十分痛楚,万般割舍不下却又万般无可奈何,终于拿起了沉重的笔。

〔滚绣球〕"我这里"二句,写周荣祖狠下一条心,正待下笔写文书。"急急的"三字下得极妙,使我们仿佛看见了走投无路的穷秀才为摆脱这种令人难以忍耐的痛苦和煎熬,内心如焚。"轻轻的"三字更富于表现力。亲手写文书卖掉亲儿子,如何下得手呵!因此,三个字写出了周荣祖的几乎无力握笔。他手中的笔也好像有千斤重,遂有"斑管难抬"之词。孩子是那样聪明,又是爹的骨娘的肉,眼下,还说什么父子之情,母子之恋,一家三口硬是要分开了。接下来两句对句,将父母疼爱亲子的感情写得更加细致、真切。"伤心惨惨刀剐腹","滴血簌簌泪满腮",写尽了荣祖夫妇骨肉分离时撕心裂胆般的伤痛心情。结句以郭巨埋子事作比,是进一步强调无可奈何。郭巨为晋时人,事母至孝,因子分食祖母食物,巨故欲掘地埋儿。事见干宝《搜神记》。郭巨事是二十四孝之一,这里只取无可奈何方埋子之义,非取孝顺义。

〔倘秀才〕曲写周长寿不肯在贾仁面前改口说自己姓贾,竟招贾仁及其妻子的毒打,荣祖夫妇亲眼看见,不胜悲戚。原剧在〔滚绣球〕与〔倘秀才〕之间有一大段科白,叙述的正是长寿挨打经过。"差一个字千般的见责"即指此。"那员外"指贾仁,揎,以掌击面。"十分的",犹言恶狠狠的,一点儿也不手软。"说又

元曲鉴赏辞典

226

不敢"以下三句,细致刻画出长寿的表情,"偷将那泪揩"句,读之令人酸鼻。亲生父母未离开尚且如此,何况日后寄人篱下,长寿的苦难还在后头哩。

接下来的〔滚绣球〕曲,着重揭示周荣祖的内心活动,同时对贾仁的不仁不义进行了谴责。穷人家的孩子也曾是母亲十月怀胎,三年哺乳,也曾是父母的心肝宝贝,托在掌上,抱在怀中。含辛茹苦抚养长大,一样的不容易呵。贾仁以一贯钞与荣祖,简直是乘人之危,恃强抢夺。就是这一贯钞,也等于抽贾仁一条筋一样。荣祖妻说得是:一贯钞便买个泥娃娃儿,也买不的。荣祖也看出来,贾仁分明是以饵相钓,巧取豪夺。于是荣祖想到"留得青山在,不怕没柴烧"的俗话,决定即使沿街卖诗文讨吃,也不卖儿子了。

原剧在〔滚绣球〕曲之后,是大段科白,好心的陈德甫在贾仁面前为周荣祖斡旋,说一贯钞太少了,天色已晚,人家周秀才要领儿子上路。贾仁咬咬牙,又添一贯钞,又振振有词地说如若反悔,罚钞一千贯,最后还是陈德甫先生以自己辛辛苦苦得来的两个月的教书所得,凑成四贯钞给周荣祖。周荣祖一面谢过门馆先生,一面破口大骂贾仁,这便是下面的〔倘秀才〕曲。"如今这"等三句,挖苦贾仁悭吝、小气,度量小得可怜,诅咒这地主享受不了多久。"我骂你"等四句,揭露了贾仁残忍和做孽。勒措,就是勒索逼迫。"典段匹"与"当环钗"相对,指为穷困所迫,典当衣物、首饰;"加一倍放解",是说赎当之时要加一倍的利息。贾仁是一个穷凶极恶的地主,他家有"鸦飞不过的田产",却悭吝苛刻,贪得无厌,是一个十足的吸血鬼。作者通过周荣祖的痛骂,深刻地揭露了封建时代财主们横行乡里、压榨穷人的丑恶嘴脸。

紧接着的〔塞鸿秋〕曲,写荣祖与贾仁正面的冲突进一步激化,几乎动起手来。"公孙弘东阁门楻外"二句,是反语讥诮,言外之意穷富之间不相干涉,还是早抽身离开这是非之地好。公孙弘,汉代元朔中为丞相,封平津侯。传说他曾开东阁以延士,将俸禄都拿来招待宾客。门楻,即门柱。孔北海,就是东汉的孔

【看钱奴买冤家债主】

融，囚其曾为北海相，故称。《后汉书·孔融传》中说孔融喜宴宾客，曾说："座上客恒满，樽中酒不空，吾无忧矣。""多谢你"句是对陈德甫讲的，"怎不学"句则又是挖苦和警告贾仁。范尧夫，指宋代的范纯人，范仲淹之子，传说他载一船麦子回家，路上遇到好友石曼卿，知道石家有三件丧事未办，就慷慨地将一船麦子送给了石曼卿，后来便以此事喻指那些慷慨解囊、助人为乐的人。事见宋人释惠洪的《冷斋夜话》。庞居士是指唐朝的庞蕴，传说他放债从不催债，一日竟梦见家里的牛马谈话，说都是前世欠了庞家的债，今生转为牛马来还债的。于是，庞蕴便将所有的钱都丢到海里，并称不敢收取来生的债务。以下三句写荣祖的话激怒了贾仁，这黑心的财主竟要动手打穷秀才。"三思台"和"天灵盖"都是指脑壳。荣祖无奈，只好离开了这无理好讲的是非之地。孙膑连环寨，指公元前342年齐魏"马陵之战"中齐孙膑布阵大破魏兵事，见《史记·孙子吴起列传》。这里只是一般借用，说贾仁家是多是多非危险的处所。

尾曲〔随煞〕写荣祖边走边骂，骂得更加痛快淋漓。荣祖说别人即便典当，少不得一年还可赎当，这贾仁竟不到半年就索本逐利，甚至人还未走，文书字迹未干就要赖放刁，世间无仁无义之辈竟如此可恨。"似这等"以下荣祖骂不绝口的一段，发泄的乃是作者主观上一种对当时社会总体的愤怒和不平。"无仁义愚浊的却有财"，"有德行聪明的嚼薤菜"，这世道明明是颠倒的。说什么八字命定，却是应该再颠倒过来。这反映了元代知识分子的苦闷和牢骚心理。薤菜即腌菜。轮到来，即颠倒过来。"发背疔疮"以下数句，是荣祖对贾仁的刻薄诅咒。疔疮，在古代被认为是一种绝症，背上长疔疮尤其厉害，是九死一生的。禁口，指不能吃东西；伤寒在古代也是一种绝症。总之荣祖仇恨贾仁，咒他遭天报，临祸殃，咬牙切齿，什么解恨骂什么。其神情声吻之酷肖，如在眼前。

这六支曲子颇能代表郑廷玉的语言风格，即通俗朴素，质实逼真，具有浓厚的生活气息。特别是〔随煞〕曲，泼辣爽利，直是口语，读起来火辣辣的。行文造语如掉臂而出，飞行自在，有喷涌激跳、淋漓痛快之感。郑廷玉之曲质而不俗，文而不涩，介在微茫间，乃元人本色派中突出一军旅也！

（王星琦）

楚昭公疏者下船

郑廷玉

第 一 折

〔寄生草〕从来道要得千军易，偏求一将难。闲时故把忠臣慢，差时不听忠臣谏，危时却要忠臣干。谁当这借吴雪恨伍将军，我则索求那扶周摄政姬公旦。

〔幺篇〕你须想着归期急，休言他去路艰。止不过船临古渡垂杨岸，路经险道邛崍坂，小可如君骑赢马连云栈。你休辞山遥水远路三千，我专等你坚甲利刃那兵十万。

《楚昭公疏者下船》写春秋时，楚国伍子胥因父兄被奸臣费无忌所害，愤而投奔吴国，率兵四十万杀回楚国，将郢都团团包围，楚昭公携弟芈旋及妻、子乘小船逃亡，途中风浪大作，船将沉覆，昭公先舍弃了娇妻，又舍弃了儿子，昭公与其弟才得以逃生。后其妻子被汉江龙神救护，得以不死，楚大夫申包胥哭请秦兵援助，帮助昭公复国，全家终得团聚。

这二首〔寄生草〕为申包胥赴秦请兵临行前，楚昭公嘱托他的唱段。第一首可以看作是楚昭公反省自责之内心独白。"从来道要得千军易，偏求一将难"两句,以俗语"千军易得,一将难求"入曲,形象地描绘出楚昭公兵临城下时的惊慌失措。虽然楚国也有司马子期与司马子常两员大将,但前者"智高勇怯",后者"有勇而无智"。此时,面对以孙武为军师、伍子胥为元帅、伯嚭为先锋的吴国四十万大兵,楚国朝野上下一片惊慌,只得一面死守孤城,一面派申包胥前往秦国请兵援救。接下来"闲时故把忠臣慢,差时不听忠臣谏,危时却要忠臣干"三句,道出了楚昭公此时此刻内心的懊悔和自责。一连三个排比句,把楚昭公平时政治不修、军备不整全概括了。实际上这也是剧作者对历代忠臣不幸遭遇所发出的深沉慨叹。最后两句:"谁当这借吴雪恨伍将军,我则索求那扶周摄政姬公旦"。表现了楚昭公临危之际,渴求像周公那样的贤才的心情。从全篇来看,这里的"姬公旦"是寄希望于昭公之弟芊旋。第三折中昭公曾说,如果芊旋死了,"看谁人买马招军,重与俺扬威耀武"。在逃难时,他还要芊旋与自己分道而逃,希望至少有一人能活着,好"重还楚国,再整江山"。〔幺篇〕是专对申包胥而言的,前两句叮嘱他尽快赶回,不要惧怕路途艰险,接下来"止不过船临古渡垂杨岸,路经险道邛崃坂,小可如君骑羸马连云栈"三句,形象地比喻了此一行山高水险非同一般。邛崃,山名,在今四川西部,岷江和大渡河间,自古以来视为险道。羸马,瘦弱的马。连云栈,指高山峻岭中修筑的栈道。最后两句"你休辞山遥水远路三千,我专等你坚甲利刃那兵十万",表达了楚昭公对申包胥早日借得救兵解除危难的殷切期望。

这两支曲子在语言上最大的特点是不以词藻堆砌取胜,而以真实深刻地刻画人物内心活动见长。言近旨远,辞浅情深。这也是郑廷玉杂剧作品的一大特点。

(荆乃立)

白朴

（1226—1306后） 字仁甫、太素，号兰谷先生。陕州（今山西河曲）人。后居真定（今河北正定）。父白华为金枢密院判官。金亡时白朴尚年幼，其母为蒙古军所掠，白朴得元好问救助，幸免于难。入元后，不肯出仕，浪迹山水。曾一度寓居金陵（今江苏南京），晚年仍归北方。杂剧、散曲作品以绮丽婉约见长。与关汉卿、马致远、郑光祖并称“元曲四大家”。所作杂剧今知有十六种，现存《墙头马上》《梧桐雨》《东墙记》三种，皆描写爱情。《流红叶》《箭射双雕》二种，各存曲词一折。另有词集《天籁集》。清初杨友敬掇拾白朴散曲附于集后，名《摭遗》，有小令三十七首，套数四套。

〔仙吕〕 寄 生 草

白 朴

饮①

长醉后方何碍，不醒时有甚思。糟腌两个功名字，醅渰千古兴亡事，曲埋万丈虹霓志。不达时皆笑屈原非，但知音尽说陶潜是。

郑振铎在《中国俗文学史》中说这首小令是“强为旷达”之作。它以《饮》为题，而在多方歌颂酒乡的背后实寓藏着对现实的全面否定。为理解它的前两句，不妨借孟郊《赠崔纯亮》诗中“出门即有碍，谁谓天地宽”两句来说明作者所处的大环境；也不妨借马致远《汉宫秋》杂剧中“不思量，除是铁心肠，铁心肠，也愁泪滴千行”几句来说明作者对身经目击之事所怀的内心苦痛。这就使他在曲的一开头就表示宁愿长醉不醒。在他看来，只有长醉，方可无碍；只有不醒，才

【寄生草】

能无思。当然,这只是无可奈何的愤激之词。人不可能长醉不醒,其实是既无所逃于天地之间,也无法不思量的。曲的中间三句也是愤激之词。作者何尝忘却个人功名,何尝不关心国家兴亡,又何尝要否定凌云壮志。其所以要把这一切掩埋在酒乡之中,只因他既背负着沉重的国恨家仇,不愿出仕新朝,而在那样一个政治环境中本来也不可能取得什么功名;同时他已身为亡国之民,又不能投身于抗元斗争之中,自觉已无资格关心兴亡大事,而在当时,对他,对多数士人来说,纵有壮志,也难以实现。这都是时代使然,真个旷达,本可淡然置之。曲里还要提到这些,还要借助于酒去排除这些,正说明其未能忘情,实难遣此,只是"强为旷达"。最后,这首曲的结末两句讥笑了自沉于汨罗的屈原,赞美了深知饮酒乐趣的陶潜。其实,作者也未必不同情那位"竭智尽忠而蔽障于谗"(《卜居》)的屈原的处境之苦;而作为陶潜的知音,当然也知其弃官归田,"忽与一觞酒,日夕欢相持"(《饮酒二十首》之一),是"欲有为而不能者"(《朱子语类》)。

从写法看,这首小令紧扣曲题,句句都就饮酒构思遣词。它以"长醉"开端,继写"不醒",中间作扇面对的三句则以"糟腌"、"醅渰"、"曲埋"巧妙地使其与饮酒挂钩,最后则树立了有关饮酒的一反一正的两个形象。其所肯定的陶潜,因"公田之利足以为酒"(《归去来兮辞序》)而就彭泽令,弃官归田后"偶有名酒无夕不饮"(《饮酒诗序》),并写了大量饮酒诗;这当然是本题中应提到的人物。其所讥笑的屈原,本与饮酒无关,但因屈原在《渔父》辞中曾以"众人皆醉我独醒"自喻其为世所遗的苦闷,而又不听从渔父所提出的"众人皆醉,何不餔其糟而歠其醨"的劝告,这里就以喻为真,把他作为陶潜的对立面来写,也还是不离题的。但是,萧统曾在《陶渊明集序》中指出:"有疑陶渊明诗篇篇有酒。吾观其意不在酒,亦寄酒为迹焉。"白朴的这首小令在写法上句句不离饮酒,其实也是"意不在酒",不过是借题发挥以抒写其身世之恨、家国之痛,以表达其对现实的极端不满而已。

（陈邦炎）

〔注〕　① 本曲作者一作范康，为其《酒色财气》四首之一。

元曲鉴赏辞典

〔仙吕〕醉中天

白　朴

佳人脸上黑痣

疑是杨妃在，怎脱马嵬灾？曾与明皇捧砚来。美脸风流杀。
叵奈挥毫李白，觑着矫态，洒松烟点破桃腮。

这首小令的题目在诗词里很少见。用这样的题目来写美人，很容易堕入恶道，写得庸俗轻薄，但这首小令却写得生动活泼，逸趣横生，充分体现出散曲的艺术特色。

小令里提到了两个历史人物，一个是杨妃，一个是李白。

杨妃，即杨贵妃。她是唐明皇的宠妃，是古代著名的美人之一。明皇晚年昏庸，重用了奸臣李林甫和杨贵妃的堂兄杨国忠，政治腐败，导致了安禄山的叛乱。天宝十五载（756）六月，叛军攻陷潼关，长安危急，明皇带着杨贵妃等仓皇出奔，走到马嵬驿（在今陕西兴平县西），"六军不发"，万般无奈，只得令大太监高力士把贵妃拉走，勒死在佛堂内。这件事，文献上是有明确记载的。又据文献记载，天宝初年李太白应召到长安后，曾被召进宫内，在沉香亭畔当着明皇和贵妃的面写成了《清平调》三首。这些历史资料在一般情况下，是任何人也不会把它们和佳人脸上的黑痣联系起来的。然而作者却能通过奇特的构思,精巧的创造,构成了一幅形象鲜明的画面,显出了佳人脸上黑痣的美。

"疑是杨妃在,怎脱马嵬灾?"冲口而出,怀疑这位佳人是杨妃再现,她是怎样逃脱马嵬驿的灾难呢? 首先用两句惊异语起头,突出这位佳人之美,确属惊人之笔,当得起乔孟符所说的"凤头"。但这位佳人脸上的黑痣,和杨贵妃有什么关系呢? 且看作者的下边安排:"曾与明皇捧砚来。"对这句曲子不能作字面上的理解,否则就说不过去。唐宫里有许多的太监和宫女,明皇如果要写字、写文章,还用得着贵妃为他捧砚吗? 据记载,李太白在御前挥毫时,贵妃曾为之捧砚,高力士曾为之脱靴(见《合璧事类》),所以这句曲词本来应该作"曾为李白捧砚来",但因李太白是奉明皇之命写歌词的,所以换个说法,它的实际意思是曾代替唐明皇捧砚,供李白挥毫,这样就使得皇帝和皇妃世俗化,平民化了,并使得杨贵妃向黑痣靠近了一步,这是非常巧妙的安排。"美脸风流杀",这还用说吗? "回头一笑百媚生,六宫粉黛无颜色。"这么一位绝代美人捧着砚台在旁边侍候着,李太白不觉看出了神,饱蘸浓墨,笔头一歪,向她的脸上挥去,"觑着娇态,洒松烟点破桃腮。"黑痣出现了! 容华绝代的美人的粉面上长着一颗才华盖世的诗人点染而成的黑痣,相互映衬,益增娇态,恐怕是古今罕有的了。这种石破天惊之笔,反映出作者富艳的才情。

采用想象与夸张的艺术手法,以一个故事形式来表现某一种事物,这在诗词中亦时有所见。例如苏东坡有一首《杨康功有石如醉道士为赋此诗》,就虚构了一个神话故事,说楚山有个狡黠的老猿,变成了道士模样,跑到茅山华阳洞偷酒吃,被茅君抓住囚禁在山岩间,三年之后,变成了一块石头——这就是醉道士石的来历。白朴这首小令在表现手法上,和苏诗有点类似,尽管苏东坡所用的是虚构故事,白朴所用的是历史故事,但均巧妙地运用了想象与夸张的艺术手法。试想,李太白竟敢对贵妃望呆,并且还用笔向她的脸上挥洒,这在实际生活中是决不可能的。对此,熟悉当时君臣大礼的白朴不会不知道。建安七子之一的刘桢,因为"平视"了魏文帝甄皇后一眼,受到了严厉的处分,这是历史上真实的故事。李太白不管多大胆,多放纵,也不敢对贵妃动手,然而唯其作如此想象与夸张,所创造的艺术作品才更具魅力。否则,这块黑痣怎么会这般富有诗意呢?

(李廷先)

〔中吕〕**阳　春　曲**

白　朴

知　几

知荣知辱牢缄口,谁是谁非暗点头。诗书丛里且淹留。闲袖手,贫煞也风流。

　　这一首〔阳春曲〕表现了白朴的生活态度和处世观念。题目"知几",意为应有先见之明,知变之几微。《易·系辞下》云:"子曰:知其神乎,几者,动之微,吉之先见者也。"

　　小令劈首一联对偶。"知荣知辱",出于老庄思想。《老子》云:"知其荣,守其辱,为天下谷。为天下谷,常德乃足,复归于璞。"说知荣耀而安守卑辱,甘愿作空然无物的川谷者,才是"常德",才能反璞归真。白朴在他的散曲里,并不是重复祖宗"知荣守辱"的遗训,而说自己知其何者为荣、何者为辱,却缄默不语,不愿道破。"谁是谁非"句意几同:并不是不辨是非,只是不愿明说,不愿表态而已。"诗书丛里且淹留",表现了白朴的主要生活内容:读书写诗,与诗书作

【阳春曲】

伴,在诗书丛里讨生活。在白朴的词曲作品中,颇有些描写与赞颂自己诗酒生涯的篇章,如"对诗书满架,子孙可教;琴樽一室,亲旧相欢"(〔沁园春〕),"绣衣来就论文饮,随意割鸡炊黍。"(〔摸鱼子〕)还有同调同题的另一首散曲:"不因酒困因诗困,常被吟魂恼断魂。四时风月一闲身。无用人,诗酒乐天真。"等等。本曲最后一句的意思是:空闲之时还是袖手为好,安贫乐命,名士自风流。苏轼〔沁园春〕词有"袖手何妨闲处看"句,元好问〔阮郎归〕词有"诗家贫煞也风流"句,白朴化用他们的词句入曲,亦继承了他们的处世态度和孤傲清高的气质。

白朴之所以持有这等明哲保身的世界观和处世方法,一方面,与"似箭穿着雁口,没个人敢咳嗽"的元代社会现实有关,另一方面,亦是他复杂多变的遭际身世的产物。他七岁遭战乱,"仓皇失母",随元好问寄居聊城;四年后回到父亲身边,父亲白华已由原金朝枢密院判,始而投宋,再而投蒙古,所谓的臣节尽丧,不齿于士林,也不讨好于新朝,自谴自责,精神负担极重。这给予正在成长中的白朴,当是个深刻的刺激,并直接影响他对自己生活道路的选择。父辈的先"荣"后"辱",促使他看破荣辱,超然于荣辱之外;新旧朝代交替的是非曲直,成王败寇,被压抑的民族自尊心等等,更把他逼向逃离是非之地的道路。他甘愿过贫寒的日子,也不再步父亲的后尘,尽管父亲对他抱有很大的期望,令其"习进士业",白朴却一辈子没迈进过官场。虽每每有人推荐,但都被他婉言谢绝。上引的〔沁园春〕词,正是为了推辞这样的一次荐举而作。

综观元代知识界,持这种不乐仕进,无是无非、鄙薄功名,颂扬归隐的思想倾向和处世态度的,远不只是白朴一人。与白朴同时的关汉卿、马致远,稍后的贯云石、张可久等,都有大量同样主题的作品留存。故白朴的远官场而近贫民的生活态度与生活道路,亦可看作是一代之风气。

(翁敏华)

〔中吕〕阳　春　曲

白　朴

知　几

张良辞汉全身计，范蠡归湖远害机。乐山乐水总相宜，君细推，今古几人知。

　　白朴的〔阳春曲〕《知几》一共是四首，这种把声调格律完全相同的曲词重复填写，在元散曲小令中称"重头"。这组曲子前三首，极力描写了作者缄口免祸、纵情诗酒的生活态度。这第四首，可以说是回答为什么采取如此生活态度的缘由。

　　"张良辞汉全身计"，张良是辅佐刘邦平定天下的功臣，但大功告成以后他便隐退了，据《史记·留侯世家》记载，甚至"愿弃人间事，欲从赤松子（传说中的神仙）游耳"。"范蠡归湖远害机"，范蠡，是帮助越王勾践灭吴的谋臣，吴灭后，他辞去封爵，泛舟五湖（见《史记·越王勾践世家》）。作者举出两个历史人物，说明他们是"知几"的，意即识时务者，能预知事之几微。所以采取措施，功成身退，目的是"全身""远害"。这两句看似寻常的句子，其中却包孕着无比丰富的历史内涵。在封建社会里，统治阶级内部争权夺利的斗争是极其残酷、极其虚伪的。君臣之间，打天下时尚可共患难；而平定天下以后，便不能共安乐了。《史记·越王勾践世家》云："飞鸟尽，良弓藏；狡兔死，走狗烹。"概括了封建帝王忘恩负义、乱杀功臣这一带有普遍性的历史现象。李白也在诗里说过："功成身不退，自古多愆由！"（《古风》）白朴在这里仅仅是总结历史经验吗？否！在元代,统治阶级争权夺利互相倾轧本来就十分严重,官场险恶的恐惧感几成士人的普遍心理。加上白朴自幼经历丧乱,流离颠沛,于是终身郁郁不乐,放浪形骸,元统一后,"徙家金陵,从诸遗老放情山水间,日以诗酒优游,用是雅志,以忘天下,诗词篇翰,在在有之"(明孙大雅《天籁集序》)。然而,白朴并未彻底忘却世事,这种"全身"、"远害"、明哲保身是不得已而为之,从曲词中亦可反推此理,"功成身退",首先是"功成",然后才"身退"。因此,所谓"乐山乐水总相宜",作者不是真乐,而是无可奈何的苦乐,因为他"知荣知辱",了解"谁是谁非",但只有"牢缄口"、"暗点头"(第一首),有如《国语·邵公谏弭谤》中"国人莫敢言,道路以目"。最后,作者感叹到:"君细推,今古几人知。""细推",即细细推求、追究。"今古几人知",语极深沉,既包含了对历史的反思,对现实的警醒,也透露出诗人自己的身世之感和何以"栖迟衡门,视荣利蔑如"(《白兰谷天籁集序》)的难言心曲。

这首小令以议论入曲,上下千年,纵横古今,融深沉的历史经验与深刻的现实感受为一体,读来冷峻深邃,发人深省。当然,这种"全身""远害"的处世哲学历来被评为消极情绪,但对于那些汲汲于功名利禄的奔竞者之辈却也是一副有效的清凉剂,人们不仅可以从中看到封建社会弊端之一斑,而且也可以窥见元代士人复杂的心态。

(郑宏华)

〔中吕〕**阳 春 曲**

白 朴

题 情

轻拈斑管书心事,细折银笺写恨词。可怜不惯害相思。则被你个肯字儿，迤逗我许多时。

　　白朴散曲中这一组名曰"题情"、调寄〔中吕·阳春曲〕的小令共有六首。它们是互有关联而又能独立成篇的作品。若细分，前三首可题作"相思"，后三首则"相会"。本曲是六首中的第一首。欣赏这首小令时，最好能通读其他各首。

　　相思，这在文学作品中，特别是在抒情诗体中，可谓是"永恒的主题"了。且看这首小曲的抒情主人公是怎样相思的：

　　"轻拈斑管书心事，细折银笺写恨词。"女主人公将银白色的信笺细细折来，然后轻拈有着美丽斑纹的毛笔，打算一字字一行行地抒写自己的心事。她用蝇头小楷缓缓写着。她欲"说尽心中无限事"。而密密排列在银笺细格里的"心事"，只须一词便可概括：离恨。小令至此为我们勾勒了一个能书会文，敢爱敢恨，敢于将自己的爱恨付诸文字的青年女子形象。这里的恨，原也是爱的变种。恨由爱生，唯有爱之深才能恨之切。小令第三句，可以看作女主人公的自叹之词。初恋女子，第一次尝到相思的滋味：牵肠挂肚、梦魂萦绕。原来这相思是病，故女主人公自悯自怜，无计消除，只得拈管展笺，将满腔离情别绪倾吐。小令的最后两句说明，女主人公这般相思这般恨，原来因为她得到过心上人的首肯：一个"肯"字儿。白朴在他的言情小曲中多次写到过这一"肯"字，如一首〔得胜乐〕中说："独自走，踏成道，空走了千遭万遭。肯不肯疾些儿通报，休直到教担搁得天明了。"这首曲中的人物亦在被"迤逗"。他的被"迤逗"是为了等一个"肯"字儿。而本首"题情"中的女主人公，是早已得到过"肯"字了的，却依然被"迤逗"；既然"肯"了，却不前来相会，让人空欢喜，空相思，怎不叫人恨煞怨煞！小令正是在这位女主人公的一腔怨绪和几声嗔怪之中结束的。

　　这六首中的第二、三首，可以看作这种"迤逗"的具体内容：懒理鬓云，慵施胭粉；慵拈粉扇，懒酌琼浆，还常常要在长吁声中落泪，好一个可怜见的情网

【阳春曲】

中人！

如果把本曲放到"相思"题材抒情诗作的系列之中，并以诗词中"相思"的佳作为标准参照比较，似乎并不算上乘。李商隐《无题》诗有云："刘郎已恨蓬山远，更隔蓬山一万重！""春心莫共花争发，一寸相思一寸灰！"写得何其凄迷奇警。而李清照同题材的〔一剪梅〕，则显得委婉曲折，意蕴悠悠："花自飘零水自流，一种相思，两处闲愁。此情无计可消除，才下眉头，却上心头。"相比之下，白朴的这首小令显得过于"白朴"了。但惟其"白朴"，才使它呈现另一种神韵。元人散曲之所以能与诗、词三分天下而独立，正因为它具有迥然不同的艺术风貌。这首〔阳春曲〕写得简淡、率直，明白如话，绝无奇字赘语。正如周德清评论包括白朴在内的元曲四大家时所说的："韵共守自然之音，字能通天下之语。"

（翁敏华）

〔中吕〕 **阳 春 曲**

白 朴

题 情

从来好事天生俭，自古瓜儿苦后甜。奶娘催逼紧拘钳，甚是严，越间阻越情忺①。

这首小令，亦是总题《题情》六首中的第四首。作品较好地体现了白朴散曲坦率、素朴、明言直说的格调。

"从来好事天生俭，自古瓜儿苦后甜。"好事，这里指爱情，一如白朴杂剧《墙头马上》第二折首曲所唱的："几时得好事奔人来。"俭,吝啬、缺乏之意。人世间好事多磨,瓜都是先苦后甜。这后一句是元人习用俗语,常被曲家引入作品中,或用作譬喻,或用作诨语。如王伯成〔哨遍〕套里的"咪胜清瓜苦后甘"。本曲是以瓜喻好事,以示主人公对多挫折的爱情的信念。下一句,奶娘,即乳母,一般亦被称作"嬷嬷"。古代闺中少女常由乳母与丫环共同伴随服侍,乳母还负有教育训导的责任,也是个"行监坐守"的人物。因乳母每每是封建礼教闺训的传授者,故常与恋爱中的少女冲突,在戏曲舞台上常被处理成嘲讽的对象。拘钳,为管束的意思。这一句言明女主人公爱情受阻的根源。至此我们看到,上两句"好事俭"、"苦后甜"都是有所指的。"奶娘催逼",催逼什么?催逼她快回闺房,不让与情人从容会面?管束她的心猿意马,不准她春心萌动?催逼她快快定亲,去嫁给她毫不喜欢的男人?作品没有明说,读者自可驰骋想象。"甚是严,越间阻越情忺。"这句是"抽刀断水水更流"的意思,管束愈严,情思愈烈;与"自古瓜儿苦后甜"一样,写情中带有一定的生活哲理。

读完全曲,一个大胆、热烈,敢于藐视礼教束缚的恋爱中的女子形象,活脱脱地凸现在读者眼前,让人想起《墙头马上》的那位大家闺秀李千金:"既待要暗偷期,咱先有意,爱别人可舍了自己。"她对爱情的炽热,对恋人的一往情深,对传统礼教的叛逆,甚至受阻于乳母的情节,何其相似。由此亦可窥见作者在婚姻观上的叛逆精神。

这组言情散曲的最后两首也十分生动。"笑将红袖遮银烛,不放才郎夜看书",这是女子的口吻;"百忙里铰甚鞋儿样,……止不过赶嫁妆,误了又何妨?"则又是男子的声音。像是两组电影镜头,有声口,有场面,有俏皮的捣乱,有情急的嗔怪。值得一读。

正如我们在欣赏那首"轻拈斑管"时所说,直言明说式的情诗自有其独特的、不可替代的趣味和美感。像白朴这类描写爱情的直言明说式的散曲,直接

【天净沙】

继承发展了古代民歌的率真纯朴、热情奔放的风格。从《诗经》,如《柏舟》:"泛彼柏舟,在彼中河,髧彼两髦,实维我仪,之死矢靡它。母也天只!不谅人只";到唐代敦煌曲子词,如《菩萨蛮》:"枕前发尽千般愿,要休且待青山烂。水面上秤锤浮,直待黄河彻底枯";直至包括白朴这首小令在内的大量言情散曲作品,都明显地呈现出一线传递继承发展的轨迹。

（翁敏华）

〔注〕 ① 忺(xiān 掀):高兴;适意。唐韦应物《寄二严》诗:"丝竹久已懒,今日遇君忺。"

〔越调〕 天 净 沙

白 朴

春

春山暖日和风,阑干楼阁帘栊,杨柳秋千院中。啼莺舞燕,小桥流水飞红。

白朴今存的散曲作品中,有〔越调·天净沙〕小令共八首,分别以"春"、"夏"、"秋"、"冬"为题,共计二组。

在诗、词、散曲作品中,描写四时景物的佳作不少,由于作者观察和感受的角度不同,因此,同是春天,在不同作者笔下会表现不一。即使同出白朴笔下的两支以《春》为题的小令,也情趣各异。

白朴的这首《春》,采用了绘画的技法,从不同的空间层次来描写眼前景物。开首一句就先将远景春日、春山绘入图中,构成这幅画面的背景。三四五句则是中景,描写庭院中的喧闹,这也是最引人注目的部分。第二句"阑干楼阁帘栊"是为近景。

从具体描写来看,全曲可以说是句句不离春天的特征。比如第一句:山是"春山",日是"暖日",风是和煦的春风。寥寥六字,就勾画出春天的大环境。至于写到庭院里的春景,则有柳枝袅娜,秋千轻悬;小桥流水,落英缤纷;其中最忙碌的要算莺和燕了,它们啼声不断,翻飞于柳叶花丛之间。这是一幅充满生机、春意盎然的画面:春日和风有温暖流动之感,院中秋千使人联想到摇荡的欢快,流水飞红透出勃勃生机;何况还有自由飞舞的莺燕穿插其间,这就更为大好春光增添了活力。

白朴另有一首以《春》为题的小令:"暖风迟日春天,朱颜绿鬓芳年,挈榼携童跨蹇。溪山佳处,好将春事留连。"这一首小令与前面分析的一首,可以算是一对。但这一首分明是属于一位朱颜绿鬓风华正茂的少年的春天,这春天的自然内容——"暖风迟日春天",与前一首中的"春山暖日和风"几乎是相同的。然而,少年的春天却是那么宽阔:他可以带着酒器、家僮,骑着毛驴去寻春,在溪山佳处流连忘返,尽情领略大自然的风光。那么,回到第一首小令中,那没有出现的"主人公",就俨然是一位少女了。她站在楼阁之上,阑干之旁,帘栊之下,"窥探"着春天的景致。她的"春天"也许并不那么"开阔",却同样是美好的。这里,具体的景色描写,不仅把大自然之美呈现在我们眼前,而且暗示出不同身份的人观察和感受自然美的不同角度,揭示出人的情感中更加细致的层次,这也许正是这些作品的艺术成就所在吧。

这两首写"春"的小令,一个细腻而稍显委婉;一个清隽而略呈开阔。风格不同,却都可以算是曲中佳品。

(么书仪)

〔越调〕天 净 沙

白 朴

夏

云收雨过波添，楼高水冷瓜甜，绿树阴垂画檐。纱厨藤簟，
玉人罗扇轻缣。

借景言情，是中国古典诗词表情达意的手法，四时景物经常在作品中出现。这样，不同的节令、风景便逐渐被创作者和接受者赋予了一些约定俗成的含义。春天的万物复萌、花开花谢，或被用来表达生活中微妙的憧憬，或被借以寄托人生短促的叹喟。而秋日的草木凋零，则易于惹动游子凄凉的感怀，寥廓天宇，萧萧落木，可因肃杀而使人低沉，也可因高远而令人振奋……

只要稍加注意就会发现，诗词曲家对春和秋有着明显的偏爱。他们刻意描画，阐发新意，写到夏日的似乎就不多了。白朴的〔越调·天净沙〕是以四时为题材的一组作品，"夏"自然不可缺少。比较起来，白朴对夏的抒写，虽比春、秋略有逊色，仍可算是一首具有特色的小令。

作者选取了一个别致的角度：用静物写生的手法，勾画出一幅宁静的夏日图景。前三句是第一层次：云收雨霁，流水添波，雨过天晴，空气也觉得清新凉爽，显得分外高的楼前，绿树浓阴一直垂到画檐。后两句是第二层次，画面上出现了人物：纱帐中藤席上，有一个身着轻绢夏衣，手执罗扇的芳龄女子，静静地消受着宜人的时光。整首小令中都没有我们熟悉的夏天燥热、喧闹的特征，却描绘了一个静谧、清爽的情境，使人油然产生神清气爽的感觉。

　　这一特殊境界的创造,得力于作者艺术上的功力。它的特征首先是洗净铅华,全用白描,简洁、清晰得如同线体画。小令中写到的纱帐、藤簟、罗扇、绢衣,都是一个闺阁女子的香艳、富于色彩的物件,然而,白朴却有意忽略色彩上的涂染,似乎这些东西都是素净的,不着颜色的。其次,作者特意选择雨后的片刻,将夏日躁动的特征,化为静态:云收雨过,已无雷声和雨脚;水中添波,却未见急湍流动;绿阴低垂,并无微风掠过;罗扇在"玉人"手中,似乎也不必摇动;那"玉人"就更给人一种静态的清爽感觉。繁富、喧闹的声音与动态,总是与燥热相联,反之,素朴宁静会构成凉爽的氛围,这正是这首小令的基调。第三,与白朴的《春》一样,这首小令也可以看作是从楼上女子的角度来描写的。不过,在《春》中,作者着重突出的是作品中"人物"的视觉和听觉,她注意的是"啼莺舞燕"、"流水飞红",表现了一种欢快、兴致和向往;而《夏》中突出的是一种情绪体验,"楼高水冷瓜甜",正是这一具体情景下的独特的感受,一种清爽、恬静、悠闲的感受。

(么书仪)

〔越调〕 天　净　沙

白　朴

秋

　　孤村落日残霞,轻烟老树寒鸦,一点飞鸿影下。青山绿水,白草红叶黄花。

　　白朴这首题为《秋》的小令与马致远的〔天净沙〕《秋思》,无论写法还是构成

【天净沙】

的意境都有相似之处。有了"秋思之祖"，似乎已不必再言及其他。但以〔天净沙〕写景，在元代似乎成为一时风气。元人盛如梓《庶斋老学丛谈》载："无名氏有作〔天净沙〕者，其一云：'枯藤老树昏鸦，小桥流水人家，古道西风瘦马。夕阳西下，断肠人在天涯。'其二云：'平沙细草斑斑，曲溪流水潺潺，塞上清秋早寒。一声新雁，黄云红叶青山。'"可见这一类型作品不止于白朴和马致远所作，而且艺术上也互有高下。至于无名氏〔天净沙〕与马致远的"秋思之祖"之间的关系以及马致远是否受到年辈长于他的白朴的〔天净沙〕《秋》的启迪，这里就只能存疑不论了。

　　散曲是元代新兴的文学样式，本于"俗谣俚曲"，到了文人手中以后，便受到诗、词的影响。在出现以白描、质朴为特点的"本色派"的同时，也出现了重词采、重意境、讲蕴藉的"文采派"。白朴散曲常用本色的、直抒胸臆的写法来直接表现自己的情感，却用一些文采斐然的曲子咏物写景，追求含蓄的意境。

　　这首小令的突出特点是意象的构成和语言的运用。作者把一组由自然景物构成的意象并置：落日、残霞笼照着孤村，老树寒鸦之间飘渺着轻烟，这些既有丰富情感内涵，又有鲜明可感的形态的景物，构成了一幅富于特征的画面。特别是作者在景物描写的词语选择上，更显出独特的匠心："落日残霞"，不仅点出时间为秋日傍晚，而且与"孤村"相配，立即透出一种萧瑟与凄清，"老树寒鸦"，原已带有暮寒意味，加以"轻烟"环绕，就更有一种惆怅和扑朔迷离的情思。不管是孤村、老树，还是落日、残霞，都是静物，给人缺乏生命的冷寂之感。在这个画面中，"一点飞鸿"是唯一活动的生命，然而，它却又是依稀难辨的影子，这就更增强了寂寥和难以把握的意绪。最后以"青山绿水，白草红叶黄花"作为结句，远景一下子变成近景，朦胧马上变为清晰，飘渺、迷濛的色彩也变得鲜明，蜃楼式的景物，为眼前明朗的山水花草所取替，情感上也显出转折：似乎惆怅失落得到了某种安慰和补偿。

【天净沙】

词、曲有雅、俗之别，一般来说，词尚妩媚、含蓄，而曲贵尖新、直率。白朴的这首小令读来却有词的意境。曲中虽无"断肠人在天涯"之类句子，抒情主人公却时隐时现，在烟霞朦胧之中，传达出一种地老天荒式的寂寞和淡淡的哀愁。

元代文人画讲究"逸笔草草，不求形似，聊以自娱"，以笔情墨趣传达艺术家的心绪观念，若以这样的审美观点理解白朴的这首小令，可能有助于捕捉作者的主观情绪。

（么书仪）

〔越调〕 天 净 沙

白 朴

冬

一声画角谯门，半庭新月黄昏。雪里山前水滨。竹篱茅舍，淡烟衰草孤村。

这首小令是〔天净沙〕的最后一首。它与上一首《秋》的写法上相近。其一，都是字字写景，全未直接抒发、陈述作者的情感。作品所要表现的情绪意蕴，是在对景物的描述中透露、折射出来的。其二，也都是通过一组自然景物的意象组合，来构成一幅富于特征的画面。另外，这支曲子所表现的情感，也不是一时一地有特定具体内容的情感，它所传达的，是一种情调，一种意绪，一种内心状态。

这首小令运用诗歌创作的传统手法，构成了诗的意境。王夫之的《薑斋诗话》云："情、景名为二，而实不可离。神于诗者，妙合无垠。"白朴的这首小令，在

【天净沙】

情、景之间，正追求着"妙合无垠"的臻境。

作者选择了一个黄昏的城郊作为描绘冬景的具体环境。"一声画角谯门"。画角：古代军中用以昏晓报警的号角；谯门：建有望楼的城门，古代为防盗和御敌，京城和州郡皆在城门建有望楼。开篇首句，就把读者带进了一个气氛苍凉的环境之中：在暮色中显出轮廓的谯门，萦绕在谯门内外悠远而哀婉的角声，这是画面的一侧。接着作者将视线转向四方；随着黄昏夜幕的降临，新月冉冉升起，月光斜照着半个庭院；山坡上覆盖着白雪，山前溪流宛延。水边有着竹篱茅舍的孤村，升起几缕淡烟，在衰草暮霭中弥漫着，扩散着。冷月、黄昏、雪山、水滨，已令人清寒冽凛；淡烟、衰草、茅舍、孤村，又显得寂寥凄迷；而谯门的画角声声，虽然打破了这冬季黄昏的寂静，却又于凄清中平添了一种肃杀森严的气氛。试与白朴同一组曲中的那首《秋》相比：从景物上看，秋天尚有红叶黄花略有生机，而今草木色彩已经褪尽，更呈现出荒漠的境况。从时序上说，《秋》写了落日残霞，而《冬》写的是落日已隐没山后，新月已现于天际。从"秋"到"冬"，从"情"到"景"，都是从寥落、凄清而进一步发展为悲凉和无望的孤寂。人们或许可以把〔天净沙〕的四首，不仅理解为对季节更替的描绘，而且进一步理解为对情感和人生体验，从欢快而明净到寥落、孤寂之间的发展。这样，这四支曲子所构成的便是有内部情感联系的整体了。

也许，这种荒凉、寥落的心境，在白朴来说，是事出有因的。白朴生于动乱之年，长于亡国之邦，于龆龀之龄就经历了家国破亡之变，在兵乱中逃难，于流离中失母。父亲白华先仕于金，后降于宋，终归顺于元，心情经历的复杂可想而知。变乱的时代和自身的经历，影响了白朴对人生道路的选择：他并非没有可能，但终身没有出仕。在他留下的《天籁集》词和杂剧作品中，常有对人生的感慨，同时，也不乏沧桑之叹。如果说他的散曲中显示的寂寥和寒冷是他的心境的写照，或许并非全无根据吧！

（么书仪）

〔双调〕驻 马 听

白 朴

吹

裂石穿云,玉管宜横清更洁。霜天沙漠,鹧鸪风里欲偏斜。凤凰台上暮云遮,梅花惊作黄昏雪。人静也,一声吹落江楼月。

弹

雪调冰弦,十指纤纤温更柔。林莺山溜①,夜深风雨落弦头。芦花岸上对兰舟,哀弦恰似愁人消瘦。泪盈眸,江州司马别离后。

歌

白雪阳春,一曲西风几断肠。花朝月夜,个中唯有杜韦娘。前声起彻绕危梁,后声并至银河上。韵悠扬,小楼一夜云来往。

舞

凤髻蟠空,袅娜腰肢温更柔。轻衫莲步,汉宫飞燕旧风流。谩催鼍鼓品梁州,鹧鸪飞起春罗袖。锦缠头,刘郎②错认风前柳。

白朴小令,大半采用"重头"体,即以若干首同题曲牌,分咏同类或相关事

【驻马听】

物。如本篇四首〔驻马听〕，分咏吹、弹、歌、舞四种艺术。这类曲子若要写得好，必须使各首神趣异出，写法上勿落刻板、雷同。

《吹》这首曲子，为了写笛声的悠扬动听，发挥奇特的艺术想象，运用一连串的比喻和夸张："裂石穿云"，喻声之高扬；"清更洁"，谓调之雅正；"霜天沙漠，鹧鸪风里欲偏斜"，连鹧鸪也闻而偏飞，状曲之动听；"凤凰台上暮云遮，梅花惊作黄昏雪"，夸大笛声艺术效果，简直具有回天化物般的力量。末二句："人静也，一声吹落江楼月"，对笛声效果的进一步夸张、强调，更是出神入化。而且，夜深、人静、笛扬，有江、有楼、有月，这是多么富有诗情画意的境界，它愈发烘衬出笛声的优美动听。

《弹》也写器乐效果，同样有丰富的想象，但与《吹》写法有所不同。如果说，《吹》写笛声之妙，侧重于"物感"想象，那末，《弹》写琴声之妙，则主要从"人感"出发。在首句用"雪调冰弦"总括、比喻琴曲高洁之后，"十指纤纤温更柔"，先从视角描写弹琴者形象的妙好。继之，"林莺山溜，夜深风雨落弦头"，从听觉想象琴声的丰富、动听。后以"芦花岸上对兰舟，哀弦恰似愁人消瘦"二句，从感觉表达曲情的凄婉。如此目视、耳听、情感，使形神声情俱到，把弹琴的艺术效果，写得层次井然、步步迭进。最后用唐白居易《琵琶行》中江州司马的典故及"泪盈眸"的渲染，把描写推向高潮并迅速收煞，可谓水到渠成，酣畅淋漓。

《歌》的音乐形象描写，与《吹》、《弹》的"物感"、"人感"的侧面写法又有不同，主要采用正面渲染。它几乎用一句一个比的手法，从各个方面直接铺叙、描述歌者的艺术造诣。"白雪阳春"，谓其所歌乐曲高雅；"西风"、"断肠"，谓其歌唱情感真切感人；"花朝月夜"，谓其所歌时辰美好；"杜韦娘"（唐代著名歌妓），喻歌者身份非比寻常；"绕危梁"和"至银河"，谓歌声清越高昂；"小楼一夜云来往"，喻歌声韵味无穷。

以上三首，都写音乐，故多着墨于"声"；《舞》写人体造型艺术，必然紧扣着

"姿"。"凤髻蟠空，袅娜腰肢温更柔"，从发式和体形两者点染舞者的精致妆饰和天姿丽质，先用直观外部形象，初步描述她的俏丽姿态。接着，三四五六各句，描写舞的具体形象。作者把住舞的基本特征，用轻衫飘舞、莲步轻移、罗袖翻飞的动态形象，和"汉宫（赵）飞燕旧风流"的恰当联想，以及突出鼍鼓频催、《梁州》大曲伴唱的舞乐特点，简练、准确而又生动地描绘了舞姿的优美和场面气氛的热烈。末句用作为观众代表的"刘郎"眼光，用他"错认风前柳"的幻觉形象，仍从"姿"的角度，渲染、强调了舞者留给观众的难忘印象。

四曲极富夸张，各强调了一种艺术的感染力量，使人有如见如闻之感，其用语之典雅、清丽也增强了艺术表现力。

（孙崇涛）

〔注〕 ① 溜(liù 六)：急流。袁桷《栾河》诗："维时雨新过，急溜槽床注。" ② 刘郎：一般采用刘晨、阮肇天台山遇仙的典故，喻指情郎。苏轼〔鹧鸪天〕《陈公密出侍儿素娘》词："娇后眼，舞时腰，刘郎几度欲魂消。"此处似还暗指立赵飞燕为后的汉文帝刘恒，以与上面"汉宫飞燕旧风流"句照应。

〔双调〕沉醉东风

白朴

渔夫

黄芦岸白蘋渡口，绿杨堤红蓼滩头。虽无刎颈交，却有忘机友。点秋江白鹭沙鸥。傲杀人间万户侯，不识字烟波钓叟。

一二两句,对仗工丽,写景如画。然而仅仅看出这一层,未免辜负了作者的苦心。作画的颜料是精心选择的,所画的景物是精心选择的,整个环境也是精心选择的。选取"黄"、"白"、"绿"、"红"四种颜料渲染他精心选择的那四种景物,不仅获得了色彩明艳的效果,而且展现了特定的地域和节令。你看到"黄芦"、"白蘋"、"绿杨"、"红蓼"相映成趣,难道不会想到江南水乡的大好秋光吗?而秋天,正是垂钓的黄金季节。让"黄芦"、"白蘋"、"绿杨"、"红蓼"摇曳于"岸边"、"渡口"、"堤上"、"滩头",这又不仅活画出"渔夫"活动的场所,同时"渔夫"在那些场所里怎样活动,以及以一种什么样的心态在活动,也不难想象了。

在那么优雅的环境里打鱼为生,固然很不错,但如果只是一个人,就未免孤寂,所以还该有朋友。三四两句,便给那位"渔夫"找来了情投意合的朋友。"虽无刎颈交,却有忘机友"也是对偶句,却先让步,后转进,有回环流走之妙。为了友谊,虽刎颈也不后悔的朋友叫"刎颈交"。"渔夫"与人无争,没有这样的朋友也并不碍事。淡泊宁静,毫无机巧之心的朋友叫"忘机友"。对于"渔夫"来说,他最需要这样的朋友,也正好有这样的朋友,真令人羡慕!

一二两句写了"岸"、"堤"、"渡口"和"滩头",意味着那里有江,但毕竟没有正面写江,因而也无法描绘江上景。写"渔夫"应该写出江上景,对此,作者不仅是懂得的,而且懂得什么时候写最适宜。你看吧,写了"却有忘机友"之后,他便写江上景了。"点秋江白鹭沙鸥",写景真生动!用"秋"字修饰"江",点明了季节。一个"点"字,尤其用得好。如果平平淡淡地说,那不过是:江面上有点点鸥鹭。如今变形容词为动词,并且给鸥鹭着色,便出现了白鹭沙鸥点秋江的生动情景。仅就写景而言,这已经够高明了。但更高明之处还在于借景写人。前面写渔夫有"忘机友",那"忘机友"究竟指什么呢?细玩文意,那正是指"点秋江"的"白鹭沙鸥"。以鸥鹭为友,既表现"渔夫"的高洁,又说明真正的"忘机友"，在人间无法找到。古代诗人往往赞扬鸥鹭"忘机"。正由于他们认为只有鸥鹭才没有"机心"，所以愿与鸥鹭为友。李白就说："明朝拂衣去，永与白鸥盟。"黄庚的《渔隐》诗，则用"不羡鱼虾利，惟寻鸥鹭盟"表现渔夫的高尚品德，正可作为这只曲子的注脚。

结尾点题，点出前面写的并非退隐文人，而是"傲杀人间万户侯"的"不识字烟波钓叟"。

元代社会中的渔夫不可能那样悠闲自在，也未必敢于傲视统治他的"万户侯"。不难看出，这只曲子所写的"渔夫"是理想化了的。我们知道，白朴幼年经历了蒙古灭金的变故，家人失散，跟随他父亲的朋友元好问逃出汴京，受到元好问的教养。他对元朝的统治异常反感，终生不仕，却仍然找不到一片避世的干净土。因此，他把他的理想投射到"渔夫"身上，赞赏那样的"渔夫"，羡慕那样的"渔夫"。说"渔夫""傲杀人间万户侯"，正表明他鄙视那些"万户侯"。说"渔夫""不识字"，正是后悔他做了读书识字的文人。古话说："人生忧患识字始。"在任何黑暗社会里，正直的知识分子比"不识字"的渔夫会遭受更多的精神磨难，更何况在"九儒"仅居"十丐"之上的元代！

这首小令语言清丽、风格俊逸，又表达了备受压抑的知识分子所追求的理想，因而在当时就赢得了人们的喜爱。著名散曲家卢挚的〔双调·蟾宫曲〕，就是摹拟这首小令的："碧波中范蠡乘舟。殢酒簪花，乐以忘忧。荡荡悠悠，点秋江白鹭沙鸥。急棹不过黄芦岸白蘋渡口，且湾在绿杨堤红蓼滩头。醉时方休，醒时扶头。傲煞人间，伯子公侯。"其中的好几个句子都来自白曲，思想倾向也完全一致。不过所写不是渔夫，而是退隐江湖的官员。卢挚是做了元朝的官的。

(霍松林)

【庆东原】

〔双调〕庆 东 原

白 朴

忘忧草①,含笑花②,劝君闻早冠宜挂。那里也能言陆贾?那里也良谋子牙? 那里也豪气张华? 千古是非心,一夕渔樵话。

本曲系叹世之作。叹世是中国古代文人长写不疲的题目。尤其是南宋词,许多篇章包容有山川之叹、家国之叹、身世之叹。元曲家继承了这一题目。但元代知识分子的叹世,自有与其前辈十分不同的特点。白朴的这首〔庆东原〕,正是这方面的代表作。从表面上看,曲子写得非常平心静气、悠然洒脱、言笑自若,但细品,又令人感觉到这冷静与潇洒都并不由衷。

"忘忧草,含笑花,劝君闻早冠宜挂。"小令以两种植物起兴,劝人忘却忧愁,常含笑口。而要从根本上摆脱人生的烦恼,宜及早挂冠。挂冠,即辞官,本于《后汉书·逢萌传》逢萌解冠挂东都城的故事。作者在此间着一个"宜"字,意谓抛弃功名、脱离官场宜早不宜迟。早白朴半个多世纪的南宋词人刘过,曾以类似的话劝过辛弃疾:"直待功成方肯退,何日可寻归路?"(〔念奴娇〕《留别辛稼轩》)然白朴此曲以忘忧草与含笑花作劝,并非专指一人一事,而是在更广泛、更彻底的意义上否定功名之途。

接下去,曲子以一个鼎足对,提及三个历史人物:汉代陆贾,颇有辩才,曾从汉高祖定天下,并曾出使南越,游说南越尉赵陀归汉,故称"能言陆贾";太公姜子牙,曾辅佐周文王,武王时又谋划伐纣灭殷,故称"良谋子牙";张华,晋人,博学能文,曾作《鹪鹩赋》自喻豪志,为阮籍所激赏,故称"豪气张华"。按〔庆东原〕调式共八句,其中四五六句为四字句,故一连排比三次的"那里也"是衬字。这三处衬字极为有用,它们拉长了叹息的语调,加重了叹息的语气,大有"言之不足则嗟叹之"的意味:历史上确曾有过这些能人英才,但如今安在?在对天连连发问长叹之后,以"千古是非心,一夕渔樵话"一句作结。千古之是非曲直,都成了渔夫樵客们一夜闲话的资料。唐宋诗词中常用渔樵闲话来感慨兴亡,如张昇〔离亭燕〕:"多少六朝兴废事,尽入渔樵闲话。"陈与义〔临江仙〕:"古今多少事,渔唱起三更。"白朴继承了这一做法,同时也回答了前面"那里也"的三个自问:若一定要追踪的话,可以发现,陆贾、子牙、张华们并非荡然无存,他们还"活"在渔樵们的饭后谈资之中。这就是他们仅存的价值。作者的言外之意是他们本无甚价值可言。元代许多文人,由于时代的原因,对政事的参与意识淡薄。白朴劝人挂冠,自己则一生无"冠",又写作了大量的类似这首〔庆东原〕的词曲作品,堪称这种人生价值观念之代表。

　　白朴生活在曲的时代,但词的时代离他并不太久远。他尚有百数篇词作存世,也有相当的篇目伤时寓慨,咏史叹世。我们看到,同为白朴,在两种体裁的作品中"叹"得并不一样。在词中常常呈现其流泪叹息的面影:"莫唱后庭曲,声在泪痕中"(〔水调歌头〕),"少陵野老,杖藜潜步江头,几回饮恨吞声哭。"(〔石州慢〕)但在曲中,他却每每"笑"叹:"忘忧草,含笑花,劝君闻早冠宜挂","不达时皆笑屈原非,但知音尽说陶潜是。"(〔寄生草〕《劝饮》)这在散曲中也是个普遍现象。贯云石更甚,他有曲句云:"伤心来笑一场,笑你个三闾强,为甚不身心放?"(〔殿前欢〕)连伤心都以笑出之。可见散曲每每是作家们用以自我安慰、平抚郁愤、遣散闷怀的方式。他们企图一笑治百患。但他们笑得并不轻松,令人感觉

【得胜乐】

到他们故作旷达背后的是一种更为沉重的心情。

(翁敏华)

〔注〕 ① 忘忧草：即萱草。据说萱草嫩苗可作蔬食，食之令人陶然如醉，故有忘忧之名。② 含笑花：生南海，每当日入则开，初开香尤扑鼻，花开常不满，犹作含笑之态，故名。

〔双调〕 得 胜 乐

白 朴

独自走，踏成道，空走了千遭万遭。肯不肯疾些儿通报，休直到教担搁得天明了。

白朴很擅长于写爱情题材，〔得胜乐〕就是描写爱情的一组四首重头曲，"独自走，踏成道"是其中的第二首，这首曲子表现了男主人公对所爱对象锲而不舍的执着追求和急欲欢会的迫切愿望。"独自走，踏成道"。曲词一开始就突现出一个来去徘徊的人物形象，他（或她）在没有路的地方，由于已"走了千遭万遭"，所以已经踏成了小道。遗憾的是，"所谓伊人，在水一方"，那所欢所爱也许在高楼深院、琐窗朱户之中，也许近在咫尺，但那却是水中月，镜中花，可望而不可即。一个"独"字，把幽期密约的神秘感、一厢执拗的急迫感、败兴空归的孤独感传神写尽；一个"空"字，则既表现了主人公"爱而不见"的空虚、惆怅、焦灼和埋怨，又表现了他那欲罢不休的坚韧劲儿。"肯不肯疾些儿通报"，也许他们是有约在先，而这位女子却又临事"不肯"，固执地坚守最后一道防线；也许她从未答应过"肯"字，但也从未说过"不"字，而只是与追求她的人儿不即不离。这或许出于对家庭、舆论的顾虑，或许纯然出于她的"使小性儿"、"拿班"。可男方却渴望已久，急于求成，担心"休直到教担搁得天明了"。此二句刻画了两种迥然不同的人物心态：一个如饥似渴，憨直简单；一个矜持犹豫，死不表态。个中的微妙心理，含蓄丰富，耐人寻味。

这首小令言简意赅，短短几句，画面生动，有人物形象的描写，有心理活动的表现，主人公个性鲜明，且情深意切，痴心可感。就曲词的写作而言，不事雕琢，纯属白描，却浑然天成，饶有风趣，具有浓郁的民歌民调气息。白朴的时代，元散曲是刚刚兴起不久的一种来自民间的文学样式，尽管经过文人雅士的加工，但它毕竟还带有某种原始野味，犹如采自田间的鲜花，虽已插入精致的花瓶，却还未脱尽泥土的芳香。白朴创作的散曲简淡俊秀，就是这种风格的体现，而这一首似乎尤为突出。

（郑宏华）

〔双调〕 得 胜 乐

白 朴

红日晚，残霞在，秋水共长天一色。寒雁儿呀呀的天外，怎生不捎带个字儿来？

这是一首怀念远人的曲子。秋深日晚，红霞满天，长天尽头，远水相连。"秋水共长天一色"，是唐代王勃《滕王阁序》中的名句，借用在此处，与"红日"、"残霞"构成一幅境界开阔的绝妙秋景图。这幅图画很静，很美，但静得让人感到几分凄凉，美得令人体味到一丝落寞。原因何在？"寒雁儿呀呀的天外，怎生

【青杏子】

不捎带个字儿来?"哦,原来如此!一个急切盼望远方之人归来的佳人独倚危楼,早已误几回"天际识归舟"(谢朓《之宣城郡出新林浦向板桥》)。而焦急等待之中,不知不觉已是"红日晚,残霞在",映入眼帘的仍然是"秋水共长天一色"。这几句看似写景的句子,却句句关情,字字连心,是从抒情主人公眼里看来的景致,它打上了抒情主人公的情感色彩。"斜晖脉脉水悠悠,肠断白蘋洲"(温庭筠〔望江南〕),主人公觉得太安静了,太冷清了,似乎已经陷入绝望的境地之中了。突然,"寒雁儿呀呀的"从"天外"飞来,自古鸿雁传书,该不是雁足上带有书信来?但"寒雁儿"又"呀呀"的飞走了,使主人公周围又回复到先前的样子。于是,主人公一腔哀怨无处发泄,竟责怪雁儿"怎生不捎带个字儿来"。这那里是怨恨雁儿,分明是埋怨那遥隔云端而久久不归的远方之人。这种看似无理的怨气正好表达了主人公的复杂心理和一片至情。

此曲最大的特点,是在于"熔铸点化"。作者把《滕王阁序》中"落霞与孤鹜齐飞,秋水共长天一色"中的"孤鹜"变成"寒雁",由雁足传书的想象又逼出"怎生"句,于是,原先仅是单纯写景的一联名句,顿时变成了别一种思秋怀人的意境。简淡的笔墨中蕴含着复杂而隐微的情思。景中有人,静中有动,饶有诗情画意。

(郑宏华)

〔大石调〕**青 杏 子**

白 朴

咏 雪

空外六花翻,被大风洒落千山。穷冬节物偏宜晚。冻凝沼沚,寒侵帐幕,冷湿阑干。

〔归塞北〕貂裘客,嘉庆卷帘看。好景画图收不尽,好题诗句咏尤难。疑在玉壶间。

〔好观音〕富贵人家应须惯,红炉暖不畏初寒。开宴邀宾列翠鬟,拼酡颜,畅饮休辞惮。

〔幺〕劝酒佳人擎金盏,当歌者款撒香檀。歌罢喧喧笑语繁,夜将阑,画烛银光灿。

〔结音①〕似觉筵间香风散,香风散非麝非兰;醉眼朦腾问小蛮②,多管是南轩蜡梅绽。

名为"咏雪",却仅用五分之一的篇幅描写雪景,余下的大量笔墨,花费在畅写雪夜人的活动,写人的题咏、绘画、饮酒、欢歌笑语。这正是这一套曲的特点。

全曲起于"空外"。空外,自然是指高空,但同时令人感觉到六瓣雪花飞舞时整个宇宙间那种空蒙的氛围。一个"外"字,又给雪增添了一种飘渺而又神秘的感觉。古人谓散曲套数作法当"凤头、猪肚、豹尾"。即"起要美丽,中要浩荡,结要响亮"。此"外"字颇得"凤头"之要旨,起句已自不凡,而雪于夜间降临,更兼大风,纷纷扬扬,千山万壑一片银装素裹。况且,此雪又下在"穷冬"(冬天将尽)的时节,这就为结句处的"梅绽"作了巧妙的铺垫。"冻凝沼沚(池塘中的小洲),寒侵帐幕,冷湿阑干",三句为鼎足对,冻、寒、冷、凝、侵、湿,炼字极精。此处极写其"寒",是从反面落墨,为以下写雪夜酒宴上的温馨、欢悦赋予更美的诗意。

自〔归塞北〕始,作者的笔触转向人的活动。此处的"貂裘客"当包括诗人自身在内。主宾穿上貂裘,卷帘赏雪。以庆贺这象征吉祥的瑞雪将带来好年成。看,大雪飘飘洒洒,给人一种极其难描、难画、难歌、难言的美感——整个宇宙犹如一个晶莹透剔的玉壶,而人正处在玉壶之中。一个"疑"字,下得极妙,一种身

【青杏子】

置美境,恍惚而似不能自已之感飘然而出。这是一个多么美好的世界!历来的文人墨客,多喜用"玉壶"、"冰壶"来比喻自己磊落清白的操行,比较著名的有六朝诗人鲍照的"清如玉壶冰"(《代白头吟》)、唐代诗人王昌龄的"一片冰心在玉壶"(《芙蓉楼送辛渐》)。在这里,白朴以玉壶比喻雪天,不仅十分形象,而且将此自然景观品格化了:冬夜大雪以一种澄净无瑕、冰清玉洁的形象充溢在天地间。

如果说〔归塞北〕中的人们尚未与夜雪隔开,那么〔好观音〕与〔幺篇〕中所描写的,则全然是大巷深宅内富贵人家惯常的寻欢作乐的场面:红炉生起来了,绿酒烫上来了,金盏擎出来了,宾客盈门,环僮林立,众人尽管已经喝得脸红耳热,而酒席宴上擎盏把酒的佳人们仍然是一片"休要推辞"、"一醉方休"的劝酒声。此外,还有凝不住的歌喉悠悠,檀板声声,冻不住的妙语连连,喧笑阵阵。夜深了,然而这儿依然是灯红酒绿、热闹非凡,真是别有一番天地在玉壶!

全曲的结尾是出人意表、令人魂动、最为精彩的。正当人们沉醉于醇酒轻喉,欢声笑语,仿佛忘却了门外还有个雪的世界时,敏感的诗人忽而闻觉一缕幽香,袅袅地在筵间侵染四散。瓣香幽幽,非麝非兰。诗人不禁心为之一动,睁着蒙眬的醉眼询问身边的歌女:去看一看,是不是南轩的蜡梅花开了。一语未了,全场肃然。人人都在静静地捕捉散漫在空间的梅的幽香;人人都在默默地等待早梅的消息;人人都在向往着踏雪访梅——这个雪夜最富有诗情画意的一幕。这一切,作者都没有描写在曲中,尽管他完全可以起用属〔大石调〕的其他曲牌,继续"套"下去,但他没有。他让自己的套曲在自己的猜测声中戛然而止,而留给读者一缕袅袅无尽的余韵。

我国历代文人的咏雪之作每每或兼写饮酒,或兼写赏梅。"忽如一夜春风来,千树万树梨花开"可说是喻雪的神来之笔,同诗中还有"中军置酒饮归客,胡琴琵琶与羌笛"的场面(岑参《白雪歌送武判官归京》);辛弃疾的〔丑奴儿〕《和铅山陈簿韵》则是一首吟咏雪中梅影的绝妙好词:"年年索尽梅花笑,疏影黄昏。

疏影黄昏,香满东风月一痕。清诗冷落无人寄,雪艳冰魂。雪艳冰魂,浮玉溪头烟树村。"白朴的一首仅二十八个字的小令,也兼顾到雪、酒、梅三者:"门前六出花飞,尊前万事休提。为问东君消息,急教人探,小梅江上先知。"(〔天净沙〕《冬》)本首〔大石调〕套实是这首小令的扩写。人云小令局促、套数弘肆,令、套虽各擅其美,而小令不足申其怀时,诗人便每每改选套数,以弥补小令体制上的不足。从白朴的这两首内容相同的令、套中,人们正可得到这样的印象。

全曲从户外写到室内,最后又指向户外。其间有冷与暖的对比、静与闹的对比、纯白与多彩的对比。在更深的一个层次上,我们还能体味到俗与雅的对比。不是么?饮酒听歌、竹肉齐发,向为文人自诩为雅事,但并没能令作者完全忘情。他的内心深处还是向往着清寒的、洁白的、静谧的雪的世界。与踏雪访梅相比,沉湎于饮酒听歌自不免显出些许俗气来了。懂得了这一点,人们便能领悟作者何以要将只有五分之一篇幅直接讲雪的篇章名作"咏雪"了。

(翁敏华)

〔注〕 ①结音:称尾曲为"结音"者,在各宫调套数中唯见此曲。其句数句式韵脚等与〔大石调〕套数中的"随煞"基本一致。 ②小蛮:指身边的歌女。孟棨《本事诗》:"白尚书(指白居易)姬人樊素善歌,妓人小蛮善舞,尝为诗曰:'樱桃樊素口,杨柳小蛮腰。'"后人常以小蛮代指舞女,又兼指歌姬,如盍西村的〔小桃红〕曲"小蛮有情,夜凉人静,唱彻醉翁亭"。其中小蛮,即指某歌女。

〔双调〕 乔 木 查

白 朴

对 景

海棠初雨歇,杨柳轻烟惹,碧草茸茸铺四野。俄然回首处,乱红堆雪。

【乔木查】

〔幺〕恰春光也,梅子黄时节,映日榴花红似血。胡葵开满院,碎剪宫缬。

〔挂搭沽序〕倏忽早庭梧坠,荷盖缺。院宇砧韵切,蝉声咽,露白霜结。水冷风高,长天雁字斜,秋香次第开彻。

〔幺〕不觉的冰澌结,彤云布朔风凛冽。乱扑吟窗,谢女堪题,柳絮飞,玉砌长郊万里,粉污遥山千叠。去路赊,渔叟散,披蓑去,江上清绝。幽悄闲庭,舞榭歌楼酒力怯,人在水晶宫阙。

〔幺〕岁华如流水,消磨尽自古豪杰。盖世功名总是空,方信花开易谢,始知人生多别。忆故园,谩叹嗟,旧游池馆,翻做了狐踪兔穴。休痴休呆,蜗角蝇头,名亲共利切。富贵似花上蝶,春宵梦说。

〔尾〕少年枕上欢,杯中酒好天良夜,休辜负了锦堂风月。

这篇散套通过描写春夏秋冬四季景物的循环更易,抒发了作者对人世沧桑、功名虚幻的无限感慨和韶华易逝、及时行乐的人生态度,其中反映出作者特有的身世之感和动乱时代给文人心灵留下的创痛阴影。

全篇可分为两部分:前四支曲子是对景所见,分写四季景色的迭相代易,是第一部分;后两支曲子是对景所感,由自然规律触发对人生的种种感慨,是第二部分。

第一支曲子写春景:一场春雨刚刚停歇,淡红色的海棠花朵朵盛开,带着晶莹的水珠,在春阳映照下更加娇艳欲滴;青青的杨柳在和煦的春风中婆娑摇曳,含烟惹雾,意态轻盈而又朦胧;碧绿的春草如茵,茂密而又柔软地铺向四方原野。多么迷人的阳春艳景!可惜好景不长,转眼之间,回首所见,落花纷纷满地,像一堆堆积雪。

第二支曲写夏景:恰才还是满眼春光,转瞬间就到了初夏梅雨季节:梅子熟了,黄澄澄地压满枝头;石榴花在夏日骄阳的辉映下,更加殷红如血(韩愈《题张十一旅舍三咏》:"五月榴花照眼明,枝间时见子初成。");红白紫三色相间的胡葵(即《尔雅》中的"戎葵",郭璞注:"今蜀葵也,似葵,华如木槿华。")花开满庭院,那朵朵五彩花瓣,宛如宫中妇女剪碎的一条条扎头的染花丝带(缬,染花的丝织品。因晋代妇女以花缬束发,名缬子髻,始自宫中,旋风行天下,故名宫缬。事见干宝《搜神记》)。

第三支曲写秋景:光阴飞逝,倏忽之间,庭院的梧桐叶早已纷纷坠落,池塘圆圆如盖的荷叶也渐渐残缺枯败。院落屋檐下,家家响起一片急切的捣衣声,那是妇女们在为远人准备冬装了;(谢惠连《捣衣》:"櫩高砧响发,楹长杵声哀。……裁用笥中刀,缝为万里衣。"又李白《子夜吴歌》:"长安一片月,万户捣衣声。秋风吹不尽,总是玉关情。")这捣衣声寄寓着多少人的离愁相思!白露严霜,降临大地,高居树巅的秋蝉发出声声哽咽凄厉的悲鸣。秋水清冷,风急天高;仰望长空,北来的大雁成斜字形向南飞去;俯瞰大地,桂子飘香,茱萸、菊花均渐次盛开怒放。

第四支曲写冬景:不知不觉地流水已结了一层薄冰(澌:冰下流动的水);阴云密布,凛冽的北风呼啸,扑打着窗户。漫天的雪花像柳絮飞舞,使人想起东晋才女谢道韫"未若柳絮因风起"(《咏雪联句》)的名句。万里长郊顿时变成银色世界,宛如白玉堆砌一般圣洁;远处的重岩叠嶂,头上也顶戴着积雪,仿佛一个个美人脸上涂抹着一层厚厚的白粉。风雪迷津,行人旅途更觉迷茫遥远;渔

【乔木查】

翁走散,不堪严寒披着蓑衣归去;唯余寒江冰雪,人鸟绝迹,一派清冷凄绝的景象。这三句又使人联想到柳宗元《江雪》诗的意境。一座座幽深的庭院,宁静悄然无声;歌台舞榭的游客们,想靠豪饮来增温取暖,但在严寒面前,酒的力量也终嫌虚弱,无济于事;人们只觉得生活在水晶宫中一样寒冷。

以上四曲写四季,分别用了"俄然"、"恰"、"倏忽"、"不觉的"四个时间副词,突出光阴荏苒、春秋代序的迅疾,为后文"岁华如流水"的感喟张本。写春夏略而写秋冬详,又预伏后文"花开易谢"、好景不长之根。写春夏皆艳景,色调明丽,令人生乐;写秋冬皆萧索、凛冽,色调黯淡凄清,令人生悲。盖春夏隐喻人生之少壮华年,而秋冬则象征人生之桑榆暮景,此亦暗与〔尾〕曲中"少年"、"良夜"、及时行乐之情遥相呼应。凡此皆可见景中寓情,伏脉千里之妙。

后两曲是第二部分,对景抒怀。〔幺〕曲写人世沧桑,盛衰无常,韶华易逝,功名虚幻的感叹。诗人从前面一年中春秋代序的迅疾,自然会生春花秋月,物换星移,逝者如斯,人生几何之想。人生,在宇宙海洋里不啻沧海一粟,于历史长河不过短暂一瞬;况春花秋月,年年周而复始,卒莫消长,但人生年华却如水东流,去而不返。故古往今来,多少英雄豪杰,虽盖世功名,而今安在哉!唯余累累枯冢,一丘黄土而已。诗人从自然法则而联想到人生命运,由对历史的反思而引出对现实的顿悟:"方信花开易谢,始知人生多别。"功名富贵、青春华年都不能长在永葆,而有限的人生中又充满着无数的生死契阔,聚合较少而离散居多。试看故园,昔盛今衰,令人空叹荣辱;旧日曾游的池亭馆舍,何其雄丽,而今反作了狐兔来去的巢穴。作者以其切身体验过的故国黍离之悲,铜驼荆棘之感,又进一步警醒俗顽:不要发痴发呆了,断了那蜗角虚名,蝇头微利的念头吧!功名富贵适如那花上的蝴蝶,转瞬间花谢蝶飞,不过像春宵美梦,终是一场虚幻。

〔尾〕曲由此便得出应及时行乐的结论:赶紧珍惜青春年少的爱情,莫错过好天良夜的畅饮,人生贵在顺情适性,得乐且乐,切勿辜负眼前的画屏锦堂、清风明月这良辰美景!

抒发人生几何、及时行乐,无疑是消极颓唐的,但这却是元散曲中的普遍思潮,因而有其深刻的社会根源。元蒙在征服金、宋的过程中,长期兵荒马乱,人心动荡不安;民族歧视政策又往往使大批汉族士人"混入编氓",甚而沦为驱口,社会地位陡降到几与倡优乞丐同列,较之以前判若霄壤;特别是科举废弛,贤路闭塞:"不读书有权,不识字有钱"(无名氏〔朝天子〕);"如今这越聪明越受聪明苦,越痴呆越享痴呆福,越糊涂越有糊涂富。"(马致远《荐福碑》)即使侥幸做官,官场上也充满尔虞我诈,阴谋倾轧,随时都会招致不测之祸;加上贪赃纳贿,人欲横流无忌;冤狱丛生,百姓朝不保夕……凡此种种反常现象,无不给知识分子精神上留下巨大阴影,迫使他们对历史重新反思,对人生重新探索。于是,否定功名仕途而歌颂林泉隐逸,批评忠臣太傻而宣扬远祸全身,感叹盛衰无常而鼓吹及时行乐,便成了散曲中俯拾即是的篇什。这类作品固然有其消极一面,但对于否定传统的"杀身以成仁"等忠君观念,以及对统治者抱着消极不合作态度,对人生的自我肯定和珍视等,无疑仍有一定的思想意义。

除了时代社会原因之外,白朴还有其切肤的身世沧桑之痛。近人王国维曾说过,白朴"自幼丧乱,仓皇失母,便有满目山川之叹。逮亡国,恒郁郁不乐,以故放浪形骸,期于适意。"(王国维《宋元戏曲考·元曲家小传》)这便是"忆故园,谩叹嗟"等句的具体注脚。

这篇散套前半写景,后半抒情。写景春夏略而秋冬详,春夏乐而秋冬哀,以象征人生少壮短暂而迟暮堪伤,又以四个时间副词承转过渡,突出韶华易逝,青春难再。此皆景中寓情,而为后文抒怀预埋伏脉。抒情则自历史而至现实;又由往昔"家园"、"池馆"而至今日"狐踪兔穴",以见昔盛今衰;再从一己身世沧桑而推己及人,得出人生态度的一般结论。通篇结构完整,脉络清晰,情景相生,转接自然。写景则文辞华赡,清丽婉约,俊逸有神;抒情则又旷放超迈,"风骨磊砢","如鹏搏九霄"(《太和正音谱》)。故此曲风格乃清丽而兼豪放,不愧为"元曲四大家"中文采派的手笔。

(熊 笃)

裴少俊墙头马上

白 朴

第 一 折

〔鹊踏枝〕怎肯道负花期,惜芳菲,粉悴胭憔,他绿暗红稀。九十日春光如过隙,怕春归又早春归。

〔寄生草〕柳暗青烟密,花残红雨飞。这人人和柳浑相类,花心吹得人心碎,柳眉不转蛾眉系。为甚西园陡恁景狼藉,正是东君不管人憔悴。

《墙头马上》是元杂剧的四大爱情剧之一。剧写洛阳总管的女儿李千金,在后花园墙头看见了骑马路过的裴少俊,二人一见钟情,传诗约会,乘夜私奔。千金藏在少俊家的后花园中七年,生下一双儿女。清明节,不慎被其父裴尚书发现,裴父大怒,将千金逐出家门。后少俊中状元得官,要求复婚,千金不许。裴父赔礼道歉,千金方以胜利者的姿态与少俊团圆。剧作歌颂了追求自由幸福、大胆冲破封建礼教束缚的李千金,表现了元代市民阶层崭新的爱情婚姻观。

这里所选第一折的两支曲子,着力刻画李千金渴望爱情的缠绵情愫,文笔细腻优美,体现了白朴剧作清丽典雅的风格。

两支曲均为李千金游后花园时所唱。三月初八日,是上巳节,洛阳衣冠士女倾城外出赏春,李千金却被锁在深闺,只能在后花园徘徊,排遣苦闷的情怀。她自念年已十八,却婚姻无望,青春虚度,不禁对景伤怀,愁思百结。〔鹊踏枝〕一曲,就表现了这种伤春之感。"怎肯道负花期,惜芳菲",春花虽妍,但花期一过,便纷纷凋零。怎不令人惋惜!"怎肯道"以问句出之,更加重了语气,突出惜春之深情。"粉悴胭憔,他绿暗红稀",是以人面比花面,以脂粉喻花的颜色,以人形憔悴喻花之凋谢,是"以我观物"使"物皆著我之色彩"。(王国维《人间词话》)"绿暗红稀",化用诗词名句"绿暗红稀去凤城"(韩琮:《暮春浐水送别》)与"知否、知否? 应是绿肥红瘦"(李清照《入梦令》),借写眼前之景,来寄托女主人公在牢笼般深闺的束缚下,日渐憔悴之情状。惜花和自怜之意,缠绕交集。"九十日春光如过隙",典出杜荀鹤《出关投孙侍御》:"每岁春光九十日,一生年少几多时。"此承其意,意谓春天只有三个月共九十日,如过隙的光线迅速消逝。"怕春归又早春归",爱惜春光,怕春天归去,可是春天还是无情地早早逝去了;正如女主人公的青春年华,迅速消逝,无法挽回,空留下满腔惆怅。全曲触景生情,又移情入景,情思缱绻,道尽了少女柔肠百转的情怀。

〔寄生草〕一曲,李千金的感情进一步发展。"柳暗青烟密,花残红雨飞",前句化用李白《古风》"叶密罗青烟"和温庭筠《菩萨蛮》:"江上柳如烟"诗意,后句化用李贺《将进酒》:"桃花乱落如红雨"和秦观《千秋岁》:"飞红万点愁如海"诗句。柳色青青,似含烟凝雾,花瓣凋残,如红雨纷飞。状暮春凄迷黯淡之景,如在目前,寓自伤韶华易逝之情,见于言外。二句对仗工整,绮丽典雅。面对此景,李千金不仅是感叹年华虚度,而是进而渴求爱情了。"这人人和柳浑相类","人人"指心上人。她想起,梦想中的爱人,正如这迷濛如烟的杨柳,不知是何人,不知在何方? 这一片柔情,不知付与谁?"花心吹得人心碎,柳眉不转蛾眉系"，爱情无望，她见花也伤心，见柳亦皱眉，感伤至极。二句中"花心"对"人心"，"柳眉"对"蛾眉"，既典雅工巧，又突出了物我融一的凄婉情致。"为甚西园陡恁景狼藉，正是东君不管人憔悴"，恁，那样。东君，传说中的春神，此指春风。千金看见满园狼藉残红，不禁对春风心生埋怨："春风呵，为什么要吹落春花，不管人为此而憔悴呢？"二句同样有双关意，既是怨春风摧花，又是怨侯门森严，无法自寻爱侣，令她感伤憔悴。于委婉哀怨之中直露嗔怪之意，少女的情窦初升，青春觉醒的潜意识已经开始萌动了。

二首曲情景交融，婉转绮丽，生动地刻画了对爱情有朦胧追求的李千金形象，为下文"墙头马上"的一见钟情与约会夜奔的越轨行动，作了极好的铺垫。孟称舜评道："《墙头马上》说佳人求偶处亦自奕奕神动，真大家手笔也。"（见《古今名剧合选》册四《墙头马上》第一折）是为的论。昆剧有改编本演出，并已摄制成电影。

（罗斯宁）

裴少俊墙头马上

白　朴

第　三　折

〔梅花酒〕他毒肠狠切，丈夫又软揣些些；相公又恶嗾嗾乖劣，夫人又叫丫丫似蝎蜇。你不去望夫石上变化身，筑坟台上立个碑碣。待教我谩慆慆，愁万缕，闷千叠，心似醉，意如呆，眼似瞎，手如瘸，轻拈掇，慢拿捻。

〔收江南〕呀！琤叮珰掂做了两三截，有鸾胶①难续玉簪折，则他这夫妻儿女两离别。总是我业彻，也强如参辰②日月不交接。

〔雁儿落〕似陷人坑千丈穴，胜滚浪千堆雪。恰才石头上损玉簪，又教我水底捞明月。

〔得胜令〕冰弦断，便情绝；银瓶坠，永离别。把几口儿分两处，谁更待双轮碾四辙③。恋酒色淫邪，那犯七出④的应拼舍；享富贵豪奢，这守三从的谁似妾。

〔沉醉东风〕梦惊破情缘万结，路迢遥烟水千叠。常言道有亲娘有后爷，无亲娘无疼热。他要送我到官司，逞尽豪杰。多谢你把一双幼女痴儿好觑者，我待信拖拖⑤去也。

〔甜水令〕端端共重阳，他须是你裴家枝叶。孩儿也啼哭的似痴呆，这须是我子母情肠厮牵厮惹，兀的不痛杀人也！

〔折桂令〕果然人生最苦是离别。方信道花发风筛，月满云遮；谁更敢倒凤颠鸾，撩蜂剔蝎，打草惊蛇。坏了咱墙头上传情简帖，拆开咱柳阴中莺燕蜂蝶。儿也咨嗟，女又拦截。既瓶坠簪折，咱义断恩绝。

〔鸳鸯煞〕休把似残花败柳冤仇结，我与你生男长女填还彻，指望生则同衾，死则共穴。唱道题柱⑥胸襟，当垆⑦的志节，也是前世前缘，今生今业。少俊呵，与你干驾了会香车⑧，把这个没气性的文君送了也！

【裴少俊墙头马上】

《墙头马上》第三折写李千金与裴少俊私奔,在裴家后花园共同生活了七年,生下一双儿女,本待功名成就后再认亲团聚,不料清明节被裴少俊父亲裴尚书发觉。剧情发展至此,人物性格发生激烈的碰撞,达到矛盾冲突的热点,形成全剧的高潮。裴尚书是封建礼教的维护者,他坚决反对裴少俊与李千金自由结合的婚姻,怒骂李千金是"淫妇",指责她"败坏风俗"、"女嫁三夫",训斥她"聘则为妻,奔则为妾"。李千金作为一个封建礼教的叛逆者,则针锋相对义正词严地维护自身行动的合理性。她理直气壮地回答"我则是裴少俊一个","这姻缘也是天赐的"。裴尚书理屈词穷,老羞成怒,蛮横无理地刁难李千金,要她将玉簪磨成细针,用游丝系住银瓶汲水。如瓶坠簪折,就要将他们夫妻拆散,把李千金赶出家门。裴尚书居心叵测,明知"石上磨玉簪"必折,"井底引银瓶"必坠,却装出一副仁至义尽的伪善面孔。与此同时裴少俊却软弱不堪,在裴尚书的威逼下,"情愿写与休书"将李千金休弃。李千金处于孤立无援的境地。〔梅花酒〕至〔得胜令〕四支曲子就是李千金在这千钧一发的情势下唱的。

面对封建家长的刁难,李千金充满了愤怒和怨恨。她恨公公"毒肠狠切","恶噷噷(恶狠狠)乖劣",婆婆凶恶,"叫丫丫似蝎蜇",怨丈夫"软揣(软弱窝囊)些些"。同时,心中也交织着烦恼、愁闷和担忧,"心似醉意如呆,眼似瞎手如瘸"。她明知这不过是裴尚书的阴谋诡计,"似陷人坑千丈穴,胜滚浪千堆雪","教我水底捞明月"。但是,为了避免"夫妻儿女两离别",只要还有一线希望,她仍然要竭尽全力去争取。这里充分表现了李千金倔强泼辣的反抗性格和对自由爱情不屈不挠地执着追求。尽管李千金小心翼翼,"轻拈掇(用手指拾取)、慢拿捻",结果还是瓶坠簪折。

瓶坠簪折后,裴尚书有了借口,逼迫裴少俊留下一双儿女,将李千金休弃。〔沉醉东风〕以下几支曲子就是李千金临别时所唱。"梦惊破情缘万结,路迢遥烟水千叠。"李千金清楚了解,一对恩爱的夫妻就要分离,一双可爱的儿女就要离散。在这生离死别的关键时刻,作品充分展示了李千金性格的丰富内涵。这里有对"坏了咱墙头上传情简帖,拆开咱柳阴中莺燕蜂蝶"的封建家长的不满,也有对辜负了自己一片真情的软弱丈夫的抱怨,更多则是对于"幼女痴儿"、"情肠厮牵厮惹"的无限依恋深情。"儿也咨嗟,女又拦截","孩儿也啼哭的似痴呆",儿女们的痛哭不舍,像万箭穿心,使她肝肠欲断。但是,尽管李千金内心十分悲痛,她却没有一点奴颜媚骨,没有丝毫的乞求哀告。李千金临行前的一系列唱词,字字血泪,动人心弦,淋漓尽致地表现了这个叛逆女性内心的悲愤和刚强不屈的个性。李渔在《闲情偶寄》中曾说:"欲代此一人立言,先宜代此一人立心。"作者能够设身处地体味李千金此时此地的思想感情,准确地把握主人公心理活动的尺度,使人物心曲隐微得到恰如其分的表现。

白朴的剧作善变陈意,化旧为新。《墙头马上》是根据白居易《井底引银瓶》诗敷衍而成。作者巧妙地将"井底引银瓶,银瓶欲上丝绳绝;石上磨玉簪,玉簪欲成中央折"四句诗,作为裴尚书迫害李千金的两个细节,使剧情发展扣人心弦,在高潮中掀起波澜,增强了戏剧性;同时也深刻地揭露了裴尚书狡诈专横的本质,细腻地刻画了李千金坚强不屈的性格。黑格尔曾经说过:"人格的伟大和刚强只有借矛盾对立的伟大和刚强方能衡量出来……环境互相冲突愈众多,愈艰巨,矛盾的破坏力愈大,而心灵愈能坚持自己的性格的也就愈显出主体性格的深厚和坚强。"(《美学》第一卷)李千金的坚强反抗性格,正是在强大封建礼教的压力下,在尖锐的矛盾冲突中显现的。白朴有一首〔阳春曲〕《题情》散曲:"从来好事天生俭,自古瓜儿苦后甜。奶娘催逼紧拘钳,甚是严。越间阻越情忺。"《墙头马上》所表现的正是这种感情。

《墙头马上》第三折是全剧的高潮。剧作把封建礼教维护者与封建礼教叛逆者的冲突,作为戏剧的主要矛盾予以正面表现,批判了封建家长的虚伪狠毒,赞扬了女主人公反抗封建礼教的斗争。与此同时,作品也展示了李千金与裴少

【裴少俊墙头马上】

俊的矛盾,对裴少俊的软弱无能进行了批评。作者有意采用对比的手法,把李千金和裴少俊对照描写,一方面写出裴少俊的软弱无能,另一方面也衬托出李千金的坚强不屈。当然,作者并没有把裴少俊写成薄幸的负心汉,当李千金被迫离去,他还嘱咐家人"瞒着父亲,悄悄送小姐回到家中"。这一细节的穿插交代,使裴少俊的思想性格得到准确的表现,不仅为第四折夫妻团圆埋下伏线,而且也映衬了李千金的反抗斗争。作者对人物性格的把握是很有分寸的。

《墙头马上》是喜剧,而这几首曲文所表现的却是悲剧。白朴采用的是悲喜相生、以悲衬喜的艺术手法。本折前半部是喜剧,描写两个孩子与老院公的戏嬉,以至通过科诨艺术把扫帚打到裴尚书头上,使戏剧洋溢喜剧气氛,从而为后半部的悲剧作了烘托和铺垫。同样,这里写别离之苦,也是为了第四折大团圆的欢乐蓄势。这一折裴尚书骄横专断强行把李千金夫妻母子拆散,到第四折则卑躬屈膝亲自牵羊担酒领两个孩子向李千金赔礼道歉。这种前倨后恭、自己否定自己的表现,产生了强烈的喜剧效果。孟称舜《新镌古今名剧·柳枝集》说:"昔人评其词,如大鹏之起北溟,奋翼凌乎九霄,有一举万里之志。而此剧潇洒俊丽,又是一种。《梧桐雨》摹写明皇得意失意之状,悲艳动人;《墙头马上》说佳人求偶处,亦自奕奕神动:真大家手笔也!"白朴工于情词,《梧桐雨》和《墙头马上》同是以爱情作为题材,但艺术风格却各不相同,一为悲剧,一为喜剧;一个善于刻画人物心理,一个善于展开尖锐的戏剧冲突;一个语言绚丽多彩,一个曲词清新自然,显示了白朴多方面的艺术才能和多样化的艺术风格。

(张人和)

〔注〕 ①鸾胶:传说以凤喙煎成的胶,可用以粘续弓弦,因而旧时称续婚为续胶、续弦。②参辰:参、辰二星,此出彼没,两不并见,故以之喻人分离。 ③双轮碾四辙:比喻一女嫁二夫。 ④七出:封建时代迫害妇女的七种借口:无子,淫佚,不事公婆,爱口角,盗窃,妒忌,有残疾。有其中之一,即可被休弃。 ⑤信拖拖:疑为慢腾腾之意。 ⑥题柱:传

说司马相如经过成都升仙桥时，曾在桥柱上题字："不乘高车驷马，不过此桥。"　⑦ 当垆：卓文君随司马相如私奔，在成都当垆卖酒。垆，放酒坛的土墩。　⑧ 干驾了会香车：干驾了会，白驾了半天；香车，传说卓文君与司马相如一起私奔时乘坐的车。

唐明皇秋夜梧桐雨

白　朴

第　一　折

〔忆王孙〕瑶阶月色晃疏棂，银烛秋光冷画屏，消遣此时此夜景；和月步闲庭，苔浸的凌波罗袜冷。

〔胜葫芦〕露下天高夜气清，风掠得羽衣轻，香惹丁东环珮声，碧天澄净，银河光莹，只疑是身在玉蓬瀛。

〔金盏儿〕他此夕把云路凤车乘，银汉鹊桥平。不甫能今夜成欢庆，枕边忽听晓鸡鸣，则早离愁情脉脉，别泪雨泠泠。五更长叹息，则是一夜短恩情。

〔醉扶归〕暗想那织女分，牛郎命，虽不老，是长生；他阻隔银河信杳冥，经年度岁成孤另；你试向天宫打听，他决害了些相思病。

《梧桐雨》通过描写唐明皇和杨贵妃的爱情悲剧，揭示出唐王朝盛极而衰的历史教训，其中也渗透了剧作家白仁甫在金元更易之间的乱离身世之感和山川满目之恨。

【唐明皇秋夜梧桐雨】

在剧首的楔子里,作者已交待了唐明皇暮年倦于政事,一心想做太平天子,故将儿媳寿王妃杨玉环度为道士,再取入宫中策为贵妃,日夜纵情声色。而对丧师失机、按律该斩的番将安禄山,他却姑息养奸,不予追究,反感于其"腹心惟有赤心"之类谀词和善跳胡旋舞之类的伶俐,便轻率地赐予杨妃为义子,以致闹出宫闱秽事,他却蒙在鼓里;且又不顾张九龄等人的反对,始欲加安禄山为平章政事,终改任其为渔阳节度使统兵镇藩。他的纵欲享乐和放虎归山,便为安史之乱和自己的爱情悲剧种下了祸根。

第一折描写李、杨在长生殿设宴共赏七夕,他们携手并肩,既感叹牛女双星离多合少,又羡慕他们爱情的地久天长。明皇特赠杨妃金钗钿盒以示恩宠,杨妃则请明皇同立盟誓以坚始终。这四支曲便是两人在御园赏月时明皇所唱。

〔忆王孙〕〔胜葫芦〕二曲,描写了御园七夕的优美夜景和杨玉环丰姿绰约的飘然步态:明月把它那洁白的清辉洒向宫殿的玉石台阶(瑶阶),婆娑的树影在雕花的窗格子(疏棂,疏即窗户)上微微晃动;银白色的烛光与秋夜的月光交相辉映在幽冷的屏风画图上,使人益觉氛围的清凉静谧。值此皎月良夜,更有美人相伴,可谓"良辰美景、赏心乐事""四美"兼备,怎不令人心旷神怡,尽情消遣呢!于是携手并肩,闲庭漫步。但见杨妃那袅娜的身姿、轻盈的步态,宛若洛神在水波上飘动;青苔上晶莹的露珠,浸湿了她的罗袜,使她脚下微微感到有些凉意。此曲开头两句化用杜牧《秋夕》:"银烛秋光冷画屏,轻罗小扇扑流萤。天阶夜色如凉水,坐看牵牛织女星"中的一三两句;"苔浸"句则化用曹植《洛神赋》中"凌波微步,罗袜生尘"句意。〔胜葫芦〕首句出自杜甫《夜》诗:"露下天高秋气清",次句即《长恨歌》中"风吹仙袂飘飘举,犹似霓裳羽衣舞"两句的紧缩;第三句化用陈后主诗"转身移珮响,牵袖起衣香"和苏轼《太真妃裙带词》:"微闻环珮摇声"句意,并皆熔铸无迹,巧妙天成。这支曲意境也很优美:秋高气爽,玉露降地,月华如水,玉宇无尘;金风轻轻吹拂杨妃的罗衣翠袖,仿佛那优美的霓裳羽衣舞姿;她身上馨香四溢,环珮丁东。夜空清朗澄净,银河璀璨生辉,那情境,使人恍若身在东海蓬莱、瀛洲的神山仙境一般。

置身此境,自然会逸兴遄飞。〔金盏儿〕和〔醉扶归〕二曲,就是明皇由今夜人间爱情的陶醉进而想象天上牛郎织女的爱情得失。他想象今夕的牛女在云间通衢上正乘驾凤车奔驰,迫不及待地约会;天下的乌鹊早已荟萃在银河上空为他们驾起一座平坦的鹊桥;牛郎织女自是万分喜悦而又激动不已。可惜,夜工夫太短,他们刚刚(不甫能)共枕合欢,满腹缠绵悱恻的情话尚不遑尽吐,而雄鸡的声声啼叫又在催唤他们离别;他们又早早地在鹊桥上分手,双方都愁情脉脉,依依难舍,别泪潸潸,柔肠寸断,只好带着短夜恩爱的遗恨长嗟短叹背道离去。他们的命运(分:fèn),虽然是长生不老的神仙,但却经年累月地阻隔银河两岸,音信寂杳,情愫难通,孤苦零丁,形影相吊,他们肯定为此常害相思……想象牛女凤车鹊桥之会,正映衬自己与贵妃的御园欢宴;感叹牛女的离多合少,经年阻隔,正庆幸自己与贵妃的鱼水相欢,形影不离。通过人间天上的比照奇想,表现出明皇这位风流天子获得倾城倾国的志满意得,和作为风流情种对牛郎织女的深切同情,也流露出人间帝王胜过天上神仙的骄傲。

这两支曲中"不甫能"两句是化用欧阳修《鹊桥仙·七夕》中"云屏未卷,仙鸡催晓"和《渔家傲·七夕》:"别恨长长欢计短,疏钟催漏真堪怨"之意;"离愁情脉脉,别泪雨泠泠",是化用《古诗十九首·迢迢牵牛星》中"脉脉不得语","泣涕零如雨"二句和欧阳修《渔家傲·七夕》中"香娥有恨,脉脉横波珠泪满"之意;"虽不老,是长生"及以下两句,又是反用苏轼《菩萨蛮·七夕》:"相逢虽草草,长共天难老。终不羡人间,人间日似年"数句之意。而无论正面熔铸,或反用其意,都能切合唐明皇作为情种的痴情性格以及此刻庆幸自得的心理;但他那里料到,自己后来会遭马嵬之变,永失爱妃之痛,及蒙尘回都,又有梧桐夜雨之恨;暮景凄凉,命运反不如牛女呢?可见,此处写其欢乐庆幸,对比天上牛女之悲,正为后文的大悲长恨伏笔，以形成前伏后应、跌宕映衬之妙。

明皇这番对牛女双星的笑傲和感叹，却触动了杨妃内心的隐忧："但恐春老花残，主上恩移宠衰"。"不得似织女长久也！"于是她请求明皇与她在长生殿订盟发誓："愿今生偕老，百年以后，世世永为夫妇。"剧中杨玉环早已和安禄山私通，本折她上场时还表白对安禄山"心中怀想，不能再见，好是烦恼人也"。而今却要海誓山盟，这当然并非出自坚贞的爱情，而主要为争欢固宠，永葆荣华富贵；然而也反映出封建嫔妃在皇帝喜新厌旧、喜怒无常的淫威之下，在后宫彼此争宠、互相倾轧的处境中那种如履薄冰、战战兢兢的心理状态和不幸命运。白朴没有像清代洪昇在《长生殿》中那样把杨玉环写成一个在爱情上纯洁无瑕、坚贞不渝的人，而第三折又让六军马践杨妃，这就不难窥见作者对其批判态度的深意。而唐明皇，除政治上昏庸误国外，在爱情上，他对于一个早已背叛了他的人却蒙在鼓里，不仅与她七夕盟誓，而且在她死后很久，还在秋夜梧桐雨声中为她相思肠断、泪染龙袍。作为情种，他这一片至诚专一之心确实令人同情感动；然而，他的深刻的悲剧性格也正在这里。

仅从曲文艺术角度看，以上四曲的主要成就在于创造了优美的意境。前二曲写人间宫苑七夕夜景：瑶阶、月色、银烛、画屏、玉露、金风、碧天、银河等光色意象，再配上贵妃的凌波罗袜、羽衣环珮等动态声响，可谓动静相间，有声有色，富有浓郁的宫苑气息和诗情画意，展现出一幅优美宁静、柔和温馨的帝妃七夕赏月图。后两曲又驰骋奇想，神思飞动，写天上牛女幽会：云路、凤车、银汉、鹊桥、枕边，鸡鸣、愁情、泪雨、叹息、孤另、相思等意象情态，既似缥缈空灵又恍如身临其境。这又是一幅画笔难描的鹊桥相会离恨图。而天上人间对照鲜明，相映成趣，又产生出无穷的画外意蕴。诚可谓"写情则沁人心脾，写景则在人耳目。"（王国维《宋元戏曲史》）至于词藻华赡，文采斐然，善于熔铸诗词名句入曲，而无拼凑割裂之感，反有天然浑成之妙，则又可见作者"词源滂沛"、驾驭高超的语言功力。

（熊　笃）

唐明皇秋夜梧桐雨

白　朴

第　二　折

〔快活三〕嘱咐你仙音院莫怠慢，道与你教坊司要迭办。把个太真妃扶在翠盘问，快结束，宜妆扮。

〔鲍老儿〕双撮得泥金衫袖挽，把月殿里霓裳按。郑观音琵琶准备弹，早搭上鲛绡襻；贤王玉笛，花奴羯鼓，韵美声繁；寿宁锦瑟，梅妃玉箫，嘹亮循环。

〔古鲍老〕屹刺刺撒开紫檀，黄翻绰向前手拈板。低低的叫声玉环；太真妃笑时花近眼。红牙箸趁五音击着梧桐按，嫩枝柯犹未干，更带着瑶琴音泛。卿呵，你则索出几点琼珠汗。

〔红芍药〕腰鼓声干，罗袜弓弯，玉佩丁东响珊珊，即渐里舞 𫛢 云鬟。施呈你蜂腰细，燕体翻，作两袖香风拂散。寡人亲捧杯玉露甘寒，你可也莫得留残，拼着个醉醺醺直吃到夜静更阑。

〔剔银灯〕止不过奏说边庭上造反，也合看空便，觑迟疾紧慢;等不的俺筵上笙歌散,可不气丕丕冒突天颜!那些个齐管仲郑子产,敢待做假忠孝龙逢比干?

〔蔓菁菜〕险些儿慌杀你个周公旦。你道我因歌舞坏江山,你常好是占奸。早难道羽扇纶巾笑谈间,破强虏三十万。

〔满庭芳〕你文武两班,空列些乌靴象简,金紫罗襕;内中没个英雄汉,扫荡尘寰。惯纵的个无徒禄山,没揣的撞过潼关,先败了哥舒翰。疑怪昨宵向晚,不见烽火报平安。

〔普天乐〕恨无穷,愁无限,争奈仓卒之际,避不得蓦岭登山。銮驾迁,成都盼,更那堪泸水西飞雁,一声声送上雕鞍。伤心故园,西风渭水,落日长安。

〔啄木儿尾〕端详了你上马娇,怎支吾蜀道难!替你愁那嵯峨峻岭连云栈,自来驱驰可惯,几程儿捱得过剑门关!

《唐明皇秋夜梧桐雨》描写唐明皇李隆基和贵妃杨玉环的爱情悲剧。唐玄宗做了几十年的太平皇帝,贪恋声色,不理朝政。自杨贵妃入宫后,"朝歌暮宴,无有虚日"。边将安禄山损军丧师,例应斩首,玄宗不仅免其死,而且赐予杨贵妃作义子,封为渔阳节度使。为了抢夺杨贵妃,攫取唐朝天下,安禄山兴兵作乱,兵发长安。在这国难当头的危急时刻,唐玄宗仍在沉溺酒色,纵情享乐,同杨贵妃在秋色斑斓风景如画的御园内,列馐馔,饮美酒,品名茶,尝荔枝。这几首曲子就是继御园小宴、品尝荔枝之后,描写"渔阳鼙鼓动地来,惊破霓裳羽衣曲"(白居易《长恨歌》)的情景。

〔快活三〕至〔红芍药〕四曲写杨贵妃霓裳羽衣舞,着力渲染唐明皇纵情声色的场面。《霓裳羽衣舞》是唐代宫廷乐舞,初名《婆罗门曲》,后经唐玄宗润色并制作歌词,舞时"被羽衣,飘然有翔云飞鹤之势"(《唐语林》卷七),极力描绘虚无缥缈的仙境和仙女形象。唐明皇宴饮之中急切想观赏杨贵妃新学得的霓裳羽衣舞,一面吩咐"教坊司"(唐代音乐机关)把贵妃扶在翠盘间,一面指派"仙音院"(亦音乐机关)器乐伴奏把霓裳按。"嘱咐你仙音院莫怠慢,道与你教坊司要迭办",两个对称的语句,表面上似乎重复,实则是加强语势,表现了唐玄宗为了追欢取乐急不可待的心情。在唐明皇的指使下,郑观音(乐工)琵琶、竖王(指宁王)玉笛、花奴(宁王子汝南王琎的小名)羯鼓、寿宁(玄宗十八子寿王瑁,自幼养于宁王邸中)锦瑟、梅妃(江采苹,玄宗妃)玉箫、黄翻绰(乐师)拍板,王子妃嫔丝竹合奏,乐师伶工鼓板齐鸣,仙音嘹亮,韵美声繁。作品竭力渲染笙歌妙舞的热闹场面,作为唐玄宗沉醉声色的陪衬。"缓歌慢舞凝丝竹,尽日君王看不足。"唐玄宗情不自禁,一边亲自击琴作乐,一边又"低低的叫声玉环",而杨玉环也心有灵犀,以笑脸媚眼相答。唐玄宗与杨贵妃眉来眼去,卿卿我我,完全沉湎于歌舞声色之中。如果说〔鲍老儿〕〔古鲍老〕二曲主要是写奏乐,那么〔红芍药〕一曲则是集中写舞姿。杨玉环舞步轻盈,钗鬓低垂,蜂腰纤细,燕体翩翻,环珮丁东,长袖风香。这里既有视觉形象,也有听觉和嗅觉感受。作者通过明喻和借喻的修辞方式,加强了语言的形象性和表现力。由于曲词是唐明皇所唱,杨贵妃的舞姿是通过唐明皇的感官来表现的,所以不但描绘出杨妃的优美舞姿,同时也活画出李隆基耽于宴乐醉生梦死的情态,收到了一箭双雕的艺术效果。这几支曲子所写舞盘的场面,是在安史之乱已经爆发的情况下展开的。一面是藩镇反叛长驱直入,一面是沉溺声色,不问国事。两相对照,唐明皇的昏庸荒淫不言自明。歌舞升平的场面渲染得越浓烈,就越显得唐明皇的奢侈腐败。作者采用对比衬托的手法,形象地表明:唐玄宗迷色误国必然要自食苦果,酿成悲剧。

乐极哀来。唐明皇杨贵妃酒兴正酣舞趣正浓之际,左丞相李林甫慌忙禀报安禄山兵马已破潼关(这里是虚拟,史实是安史之乱爆发李林甫已死),京城空虚,危在旦夕。戏剧情节至此发生重大转折,戏剧气氛也骤然突变,唐玄宗由欢乐的顶峰跌向痛苦的深渊。下面几支曲子便是写唐明皇惊变的情景。

安禄山造反,兵临京城,这是关系社稷安危的头等大事,形势万分危急。可是,唐玄宗闻讯却毫不在意,反而责难臣下不择时机,"等不的俺筵上笙歌散"就来禀奏,"可不气丕丕冒突天颜"。〔剔银灯〕一曲看来平淡无奇,实际上却是精心结撰,寓意颇深,它表明唐玄宗完全把个人的享乐置于国家安危之上,社稷危机、江山沦失可以置之不顾,笙歌筵舞却一时一刻不能延误,可见其昏聩麻木到何等程度。"歌舞坏江山"一语画龙点睛,切中要害,道破了安史之乱的内因,是主题思想的明确揭示,也是作者观点的鲜明表现。唐明皇并没有因为臣下的劝谏而醒悟,反而责怪他们不忠,"空列些乌靴象简(象牙朝笏),金紫罗襕(金带紫袍),内中没个英雄汉,扫荡尘寰"。齐管仲、郑子产、龙逢、比干、周公旦,这些历史人物,在这里都是借指文臣武将。此处唐玄宗对文武大臣的斥责,与《汉宫秋》第二折汉元帝对文武百官的埋怨颇为近似,在表现唐明皇无可奈何的同时,也揭示了统治集团内部的腐败:平日里争权夺势,国难当头束手无策。这里作者对唐玄宗既有谴责,也有同情。唐明皇无计可施,不得不逃往蜀中,以避其锋。《梧桐雨》对唐玄宗幸蜀的描写次第较为分明。梁廷枏《藤花亭曲话》曾将《梧桐雨》与《长生殿》加以比较,认为"《长生殿》《惊变》折与深宫欢燕之时,突作国忠直入,草草数语,便尔启行;事遂急遽,断不至是。《梧桐雨》则用一李林甫得报转奏,始而议战,战既不能,而后定计幸蜀,层次井然不紊"。〔普天乐〕〔啄木儿尾〕二曲即写唐明皇逃离长安前的愁恨。他愁苦的不是国破家亡,生民涂炭,恨的不是自己荒淫误国,逆臣反叛,而是悲伤自己离开轻歌曼舞的京都故园,忧愁杨贵妃经不住蜀道蓁岭登山的艰难。国将倾覆,犹自一味怜香惜玉,这就活画出唐明皇这个"风流天子"的昏聩神态。作者为了突现唐玄宗的凄楚情怀,化用唐李峤《汾阴行》"山川满目泪沾衣,富贵荣华能几时;不见只今汾水上,唯有年年秋雁飞"和贾岛《忆江上吴处士》"秋风吹渭水,落叶满长安"的诗句,以雁鸣、西风、落日为陪衬,渲染一种悲凉的氛围和意境,借以表现唐明皇对山川故国的眷恋和荣华富贵难再的感伤,字里行间也倾注着作者深切的同情。王国维《人间词话》评云:"'西风吹渭水,落日满长安',美成以之入词,白仁甫以之入曲。此借古人之境界,以为我之境界也。然非自有境界,古人以不为我用。"白朴正是将古人之境界与自己的境界融为一体,构成情景交融的意境,抒发主人公的离愁别绪,取得了一唱三叹的艺术效果。梁廷枏也称赞此曲"力重千钧"。

《梧桐雨》取材于白居易的《长恨歌》和陈鸿的《长恨歌传》,这几支曲文就是依据《长恨歌》"渔阳鼙鼓动地来,惊破霓裳羽衣曲"的诗句敷演而成。白朴以戏剧家的特有才能将叙事诗句改编为代言体的曲词。剧曲一方面着力铺陈舞霓裳的欢乐场面,洋溢着喜剧气氛;另一方面又极力渲染激变后一切行将失去的无可奈何的悲哀,充满了悲剧情调。乐场与苦场恰成对照,顺境与逆境相互映衬。喜剧气氛渲染得愈强烈,悲剧情调就显得愈浓重。作者采用先扬后抑、欲擒故纵的艺术手法,形象地揭示了唐明皇"因歌舞坏江山"自食其果的悲剧。在作者的笔下唐明皇既是悲剧的制造者,又是悲剧的承受者。作者一方面把他作为一个亲信宠妃悍将荒淫误国的昏君来描写,对其骄奢淫逸给国家带来的祸患作出批判和箴戒;另一方面又把他作为"风流天子"来刻画,对祸乱造成的悲剧又有所同情。唐明皇确是这样一个善恶交织的悲剧人物,作者没有采取非贬即褒的简单化态度,从而刻画出他那复杂的双重性格。

这几首曲词所描绘的舞霓裳和惊变的场面,对后世的戏曲创作也有很大的影响。《长生殿》《舞盘》和《惊梦》三出,就是由此演化而来。

(张人和)

【唐明皇秋夜梧桐雨】

唐明皇秋夜梧桐雨

白　朴

第三折

〔双调·新水令〕五方旗招飐日边霞,冷清清半张鸾驾;鞭倦袅,镫慵踏,回首京华,一步步放不下。

〔驻马听〕隐隐天涯,剩水残山五六搭;萧萧林下,坏垣破屋两三家。秦川远树雾昏花,灞桥衰柳风潇洒;煞不如碧窗纱,晨光闪烁鸳鸯瓦。

〔殿前欢〕他是朵娇滴滴海棠花,怎做得闹荒荒亡国祸根芽?再不将曲弯弯远山眉儿画,乱松松云鬓堆鸦,怎下的硌磕磕马蹄儿脸上踏?则将细袅袅咽喉掐,早把条长攙攙素白练安排下。他那里一身受死,我痛煞煞独力难加。

〔鸳鸯煞〕黄埃散漫悲风飒,碧云黯淡斜阳下;一程程水绿山青,一步步剑岭巴峡。唱道感叹情多,恓惶泪洒,早得升遐,休休却是今生罢。这个不得已的官家,哭上逍遥玉骢马。

本折描写安史叛军攻陷潼关之后,长安大骇,唐玄宗凌晨率眷属及少数近臣内侍扈从仓皇出逃。行至马嵬坡,六军哗变,杀死奸相杨国忠,并要求杀死杨玉环。玄宗自顾不暇,无可奈何,只好忍痛赐杨妃自尽;结果六军马践杨妃。这里选录的四支曲子,分别描写了明皇在马嵬之前、之中、之后的种种情境和内心矛盾，恰好概括了全折戏的三个主要场面。

〔新水令〕和〔驻马听〕写逃出京城后途中的冷落萧条的情境：前曲着重写仪仗队伍的狼狈冷落，后曲着重写神州山河的破碎凋敝，而两曲又都着力刻画了明皇对宫廷富贵的依依眷恋。"五方旗"：指帝王出行所建五色旗，分别画有青龙、朱雀、白虎、玄武和黄龙，代表东南西北中五方。"招飐"：即随风招展飘动。"日边霞"：即朝霞，点明是凌晨出逃，出京后天刚亮，东方地平线出现一抹红霞，与五方旗相辉映。"冷清清半张鸾驾"，极言皇帝车马之简，扈从之少，仪仗之零落不整，士气之低落仓皇。据《旧唐书·玄宗纪》载："乙未凌晨，自延秋门出……扈从惟宰相杨国忠、韦见素，内侍高力士及太子、亲王，妃主皇孙已下多从之不及。"尽管沿途尚有个别地方官带兵勤王，队伍稍有扩充，但到蜀郡时"扈从官吏军士到者一千三百人，宫女二十四人而已"。两三个大臣，二十几个宫女，小小的卫队，天气又阴雨绵绵，道路泥滑偃旗息鼓；这比起太平时期天子銮舆出行，金瓜武士喝道，斧钺剑戟林立，鼓乐动地震天，娇娥前拥后簇那种八面威风的气派，自然判若霄壤，迥乎冰炭！在位四十多年，一直居安享乐的李隆基，破题儿惨遭如此仓皇狼狈的播迁，宁无"冷清清"凄然之感乎？难怪他马鞭低垂，倦于扬举，脚下无力，懒于踏蹬，频频回顾宫阙："永别了，至高无上的皇权象征；永别了，锦衣玉食的帝王华贵；永别了，三千佳丽的温柔梦乡！"大概这就是他"一步步放不下"的原因吧。

他终于放眼极目远望，似乎隐隐约约看到了远处的青山、绿水、平原、沃野，想到中原板荡，烽烟四起，两京沦陷，神州陆沉，唯有西蜀江淮数道地盘暂未陷贼，比起往昔大唐帝国的辽阔版图，和万国来朝的赫赫声威，眼下不只能算"残山剩水五六搭"么？（搭，意即处、块）此句化用杜甫《游何将军山林》中"剩水沧州破，残山碣石开"句意，以形容国土残破。再看近处，那秋风摇动（萧萧）的树林之下，唯见断垣残院，破陋茅屋上冒出几缕袅袅炊烟，三两户人家尚在苟延残喘。叛乱战争造成了万千生民涂炭,青壮战死沙场,老弱冻馁沟壑,田园荒芜,民生凋敝,人烟稀少。史载玄宗逃至咸阳望贤驿,"官吏逃散,无复储供,上憩于宫门之树下,亭午未进食。俄有父老献麨,上问如何得饭……"(《旧唐书·玄宗纪》)九重之尊的皇帝,竟然饿得吃不上一顿午餐,父老献的麦饭他虽然咽不下,但此时犹是难得的雪中送炭啊!足见当时农村凋敝之严重。"秦川"指关中京畿一带。杜牧《华清宫》诗叙玄宗出奔,有"蜀峰横惨淡,秦树远微茫"句。此化用其意,写玄宗离京渐远,遥望秦川一带,高岭远树笼罩在一片雾气迷茫之中,使人眼花昏乱,依稀莫辨。"灞桥"在长安东,汉以来送客至此,折柳赠别,因又名销魂桥。这两句写远树浓雾、衰柳西风,渲染烘托出玄宗远别京都,不胜凄凉销魂,无限眷恋惆怅之情。"煞不如"即真不如;"碧窗纱"、"鸳鸯瓦"均指长安宫廷。此二句写玄宗出奔途中因悲凉萧索,不堪艰苦劳累,故有不如宫中的感慨。当然,要是往常在宫中椒房中,也许此刻正与贵妃软玉温香共衾枕,"春宵苦短日高起",宫娥服侍穿衣,太监跪进御食,碧纱窗前馨香阵阵,鸳鸯瓦上晨光熠熠,那是何等光景!可而今呢……这便是风流昏君此刻的内心。国难当头,他何尝忧虑江山社稷之危,黎民百姓之苦;又何尝反躬自责荒淫误国之咎?却一味留念温柔梦乡,荣华富贵,这就活画出他那至死不悟的昏君形象。

〔殿前欢〕写马嵬兵变、禁军将士逼杀杨妃之时明皇的复杂心理:他始而尚想维护皇帝尊严,斥责龙武将军陈玄礼"休没高下";继而又无可奈何,恳求将士不要马践杨妃,只赐她自尽;自己虽然胆战心惊,但对犯上者又满怀怨尤:既舍不得他心爱的"解语花",但又怕"寡人自身难保";一面是陈玄礼步步紧逼,一面是杨贵妃哀哀乞命;他寸心纷乱如麻,充满了极度的矛盾与痛苦、愤慨与悲哀。这支曲子便是他那锥心泣血的心声。"海棠花"喻杨贵妃的娇美。《冷斋夜话》引《太真外传》:玄宗曾登沉香亭召杨妃,适其酒醉未醒,扶掖而至。玄宗云:

"是岂妃子醉邪？海棠睡未足耳。"他认为杨妃只是个美人，并未干政，怎算亡国祸根？此话确有在理的一面，杨妃确不该承担安史之乱的主要责任，"女人祸水"固不足为训。不过作为玄宗，他此刻并未彻底认识到自己的过失：因为占了情场而弛了朝纲，因为"从此君王不早朝"，以致"渔阳鼙鼓动地来"。所以他只想到杨妃的冤枉和自己割去心头肉的悲痛，却未曾反省自己的罪责。"远山眉"，典出《西京杂记》：卓文君眉色浅淡，如望远山，时人仿画为远山眉。明皇想到今后再也看不到她那"回眸一笑百媚生"，而将要看到她披头散发，被白练活活勒死，并惨遭禁军马蹄践踏的惨相，怎能不使他悲痛欲绝呢？试看他在下文中愤慨地唱道："一个汉明妃远把单于嫁，止不过泣西风泪湿胡笳；几曾见六军践踏，将一个尸首卧黄沙！"的确，比起王昭君的命运，杨妃是更为悲惨不幸；不过，他未曾想到，昭君并未使汉元帝误国，反而带来了蕃汉的和睦；而杨妃私通安禄山，只知骄奢淫逸，至少于国无功，二者自不可同日而语。何况，这对悲剧的承受者又同时是悲剧的制造者呢！

〔鸳鸯煞〕写杨妃死后，明皇在蜀道上痛定思痛的悲凉心境。"黄埃"句从《长恨歌》中"黄埃散漫风萧索"变化而来；"一程程水绿山青"即《长恨歌》中"蜀江水碧蜀山青"句意；又《太真外传》载：玄宗途中对张野狐说："此去剑门，鸟啼花落，水绿山青，无助朕悲悼妃子之由也"。"唱道"：简直是的意思；"升遐"：帝王死亡的专称；"官家"，唐人对皇帝的习称，取"三皇官天下，五帝家天下"之义；"逍遥"即逍遥辇，为皇帝"常行幸所御"（《宋史·舆服志》）。"玉骢马"：玄宗所乘马名玉花骢，乃大宛名种（《明皇杂录》）。此曲前半写景，后半抒情：昏黄的尘埃弥漫天空，凄凉的秋风飒飒悲号，碧空黯淡无光，斜阳西下如血。这两句是哀景正衬哀情，表现了明皇满目凄凉，风尘仆仆，不胜悲愁之感，仿佛天地亦为之惆怅动容。三四两句却是以乐景反衬哀情，尽管蜀中山青水秀，又有巍峨的剑门关，雄伟的巴峡（此特举名胜，实并不经此），然而却丝毫不能引起明皇的观览兴致;"一程程"、"一步步"叠字对举,表现出他那长途跋涉中心灰意懒,步履沉重的情态。他那伤感愁绪似乎比蜀中崇山峻岭还多;他那恓惶的泪水似乎比蜀中江河水流还广。他对生已无所眷恋,反望自己早日升天,以解脱、了却今生今世这无穷的痛苦折磨。须知他此刻除了失去爱妃的创痛之外,还因自己违反长生殿七夕誓盟而深负内疚;同时也为"如何四纪为天子,不及卢家有莫愁"(李商隐《马嵬》)而感到羞愧;但他作为一国之主,安史之乱尚未平定,皇位亦未正式传给太子,此刻又不容他真的去殉情践约,否则也无法向泉下列祖列宗交待呀!所以只能"不得已"地活着,仅以马上的泪水哀悼地下的杨妃。这一切,使他在灵魂深处戴上了一副沉重的精神枷锁,这或许便是他痛不欲生,而又欲死不能的深层心态吧!

　　这四支曲子不仅善于借景抒情,情景水乳交融,而且有层次地展现了剧中人物不同阶段的微妙而复杂的心态:前两曲写仓皇中的冷落衰败之感和对宫廷的依依之念;第三曲则是面对剑拔弩张、杀机四伏的情势,那种充满焦急、怨愤、悲悯、惨痛交织迸发的紧张情绪;尾曲则写其痛定思痛的凄凉黯淡之情和深负愧疚而生死两难的矛盾心态,这就入木三分地刻画出明皇这一悲剧性格。其次,修辞上用了不少工稳的对仗和叠字,如"鞭倦袅"二句,"秦川远树"二句,"黄埃散漫"四句,皆对得珠联璧合,而"隐隐天涯"四句则又是一长一短的隔句扇面对;第三曲用了一连串的叠字:娇滴滴、闹荒荒、曲弯弯、乱松松、碜磕磕、细袅袅、长搀搀等,不仅使表达更生动传神,而且造成了一种急如雨点般的紧促节奏,使声情与辞情达到了高度完美的结合。再次,善于熔诗词语和方言俗语为一炉,富于文采而无书卷气,天然隽美而又生动活泼。

(熊　笃)

唐明皇秋夜梧桐雨

白朴

第 四 折

〔正宫·端正好〕自从幸西川还京兆,甚的是月夜花朝。这半年来白发添多少?怎打叠①愁容貌!

〔幺篇〕瘦岩岩不避群臣笑。玉叉儿将画轴高挑,荔枝花果香檀桌,目觑了伤怀抱。

〔滚绣球〕险些把我气冲倒,身谩靠,把太真妃放声高叫。叫不应,雨泪嚎咷。这待诏②手段高,画的来没半星儿差错。虽然是快染能描,画不出沉香亭畔回鸾舞,花萼楼前上马娇,一段儿妖娆。

〔倘秀才〕妃子呵,常记得千秋节③华清宫宴乐,七夕会长生殿乞巧④,誓愿学连理枝比翼鸟,谁想你乘彩凤返丹霄,命夭!

〔呆骨朵〕寡人待有心盖一座杨妃庙,争奈无权柄谢位辞朝。则俺这孤辰限难熬,更打着离恨天⑤最高。在生时同衾枕,不能勾死后也同棺椁。谁承望马嵬坡尘土中,可惜把一朵海棠花零落了。

〔白鹤子〕那身离殿宇,信步下亭皋。见杨柳裊翠蓝丝,芙蓉

【唐明皇秋夜梧桐雨】

拆胭脂萼。

〔幺〕见芙蓉怀媚脸,遇杨柳忆纤腰。依旧的两般儿点缀上阳宫,他管一灵儿潇洒长安道。

〔幺〕常记得碧梧桐阴下立,红牙箸手中敲;他笑整缕金衣,舞按霓裳乐。

〔幺〕到如今翠盘中荒草满,芳树下暗香消;空对井梧阴,不见倾城貌。

〔倘秀才〕本待闲散心追欢取乐,倒惹的感旧恨天荒地老。怏怏归来凤帏悄,甚法儿捱今宵,懊恼!

〔芙蓉花〕淡氤氲串烟裊,昏惨剌银灯照;玉漏⑥迢迢,才是初更报。暗觑清霄,盼梦里他来到。却不道口是心苗,不住的频频叫。

〔伴读书〕一会家心焦躁,四壁厢秋虫闹;忽见掀帘西风恶,遥观满地阴云罩。俺这里披衣闷把帏屏靠,业⑦眼难交。

〔笑和尚〕原来是滴溜溜绕闲阶败叶飘,疏剌剌刷落叶被西风扫,忽鲁鲁风闪得银灯爆,厮琅琅鸣殿铎,扑簌簌动朱箔,吉丁当玉马儿向檐间闹。

〔倘秀才〕闷打颏⑧和衣卧倒,软兀剌⑨方才睡着。忽见青衣走来报,道太真妃将寡人邀、宴乐。

〔双鸳鸯〕斜軃⑩翠鸾翘,浑一似出浴的旧风标,映着云屏一半儿娇。好梦将成还惊觉,半襟情泪湿鲛绡。

〔蛮姑儿〕懊恼,窨约⑪。惊我来的又不是楼头过雁,砌下寒蛩,檐前玉马,架上金鸡;是兀那窗儿外梧桐上雨潇潇。一声声洒残叶,一点点滴寒梢,会把愁人定虐⑫。

〔滚绣球〕这雨呵,又不是救旱苗,润枯草,洒开花萼;谁望道秋雨如膏。向青翠条,碧玉梢,碎声儿刿剥,增百十倍歇和芭蕉。子管里珠连玉散飘千颗,平白地瀽⑬瓮翻盆下一宵,惹的人心焦。

〔叨叨令〕一会价紧呵,似玉盘中万颗珍珠落;一会价响呵,似玳筵前几簇笙歌闹;一会价清呵,似翠岩头一派寒泉瀑;一会价猛呵,似绣旗下数面征鼙操。兀的不恼杀人也么哥!兀的不恼杀人也么哥!则被他诸般儿雨声相聒噪。

〔倘秀才〕这雨一阵阵打梧桐叶凋,一点点滴人心碎了。枉着金井银床紧围绕,只好把泼枝叶做柴烧,锯倒。

〔滚绣球〕长生殿那一宵,转回廊说誓约,不合对梧桐并肩斜靠,尽言词絮絮叨叨。沉香亭那一朝,按霓裳,舞六幺,红牙箸击成腔调,乱宫商闹闹炒炒。是兀那当时欢会栽排下,今日凄凉厮辏着,暗地量度。

〔三煞〕润蒙蒙杨柳雨,凄凄院宇侵帘幕;细丝丝梅子雨,妆点江干⑭满楼阁;杏花雨红湿阑干,梨花雨玉容寂寞;荷花雨翠盖翩翩,豆花雨绿叶萧条:都不似你惊魂破梦,助恨添愁,彻夜连宵。莫不是水仙弄娇,蘸杨柳洒风飘。

〔二煞〕味味似喷泉瑞兽临双沼,刷刷似食叶春蚕散满箔。乱洒琼阶,水传宫漏;飞上雕檐,酒滴新槽。直下的更残漏断,枕冷衾寒,烛灭香消。可知道夏天不觉,把高凤麦^⑮来漂。

〔黄钟煞〕顺西风低把纱窗哨,送寒气频将绣户敲。莫不是天故将人愁闷搅!度铃声响栈道,似花奴羯鼓调,如伯牙水仙操^⑯。洗黄花,润篱落;渍苍苔,倒墙角;渲湖山,漱石窍;浸枯荷,溢池沼。沾残蝶粉渐消,洒流萤焰不着。绿窗前促织叫,声相近雁影高。催邻砧处处捣,助新凉分外早。斟量来这一宵,雨和人紧厮熬,伴铜壶点点敲,雨更多泪不少。雨湿寒梢,泪染龙袍,不肯相饶,共隔着一树梧桐直滴到晓。

唐明皇避乱西逃,行至马嵬坡,六军不行,杀死杨国忠,缢死杨贵妃。安史之乱平定后,唐玄宗回到长安,退居西宫养老。他既失掉了爱情,也失去了权柄;他既未能以权势保护住他们的爱情,也没有因为牺牲爱情而保住他的权力。在爱情权力两失的情况下,他忧心如焚,每日里空对杨贵妃的画像,痛苦不堪。这一折二十三支曲子就是抒写唐明皇思念杨贵妃的凄楚情怀。

〔端正好〕至〔呆骨朵〕五曲写唐玄宗面对杨贵妃真容引起的怀念与感伤。这里有还京兆半年来孤辰难熬的叙述,也有白发新添瘦骨嶙峋的肖像描绘;有画轴高挑放声高叫的思念,也有叫而不应雨泪嚎咷的忧伤;有对往昔笙歌筵舞赏心乐事的怀念,也有对生死爱情半路夭折的痛悼;有对神明鉴察之下誓约终未履行的愧悔;也有对无权柄谢位辞朝无可奈何的哀叹,真可谓百感交集,声泪俱下,充分展现了唐玄宗复杂的心理状态。

唐明皇面对杨贵妃画像忧愁无法排遣,便去沉香亭闲行遣闷。地点也由殿宇内转换为亭皋边。沉香亭曾是唐明皇与杨贵妃御园小宴、啖荔枝、舞霓裳追欢取乐的地方。如今怎能不见物思人,触景伤情。〔白鹤子〕至〔倘秀才〕五曲即是写唐玄宗在沉香亭畔对杨贵妃的回忆和物在人亡的哀伤。"见芙蓉怀媚脸,遇杨柳忆纤腰"两句曲词是从《长恨歌》"芙蓉如面柳如眉"演化而来。作者运用巧妙的比喻和丰富的联想,写唐玄宗对往昔歌舞承平荣华富贵的追忆和对杨贵妃的想念。可是眼下却是"翠盘中荒草满,芳树下暗香消,空对井梧阴,不见倾城貌"。剧作通过今昔对比,抒写唐明皇对往日繁华一去不复返的无限怅惘。

唐明皇回到寝殿,时间已由白昼转入夜晚。景物更加衰败,色调更加昏暗,人物心境也更加忧伤。〔芙蓉花〕至〔黄钟煞〕十三首曲文抒写唐明皇的寝殿惊梦,作者以具体形象为喻,极写唐玄宗内心的哀伤。

前三曲写唐明皇入梦前的孤寂和焦躁。作品渲染一种独特的氛围来烘托主人公的心境。暗淡的串烟,昏惨的银灯,喧闹的秋虫,满地的阴云,狂恶的西风,飘落的败叶,琅琅的殿铃,簌簌的朱帘,叮噹的铁马,造成凄凉、阴惨、焦灼的气氛,有力地衬托了唐明皇孤寂、忧郁、烦躁的心绪。作者运用滴溜溜、疏刺刺、忽鲁鲁、厮琅琅、扑簌簌、吉丁当等象声词和状形词摹写景物的声响和形态,更增加了语言的形象性和表现力。

〔倘秀才〕、〔双鸳鸯〕二曲直接写梦会。唐明皇刚刚入睡,就梦见杨贵妃请他长生殿赴宴,杨贵妃生前的娇态和往日的荣华富贵又浮现在眼前。可是转瞬间睡梦又被惊醒,一切皆成虚幻。"好梦将成还惊觉,半襟情泪湿鲛绡(神话传说中鲛人织的绡,泛指薄纱)。"惊梦之后,内心更加感伤。

追寻惊梦的原因,白朴把视野集中在一个焦点上——梧桐雨。〔蛮姑儿〕以下数曲极力铺叙"秋夜梧桐雨"的自然景象,造成一种凄怆冷落的意境,抒写唐明皇孤凄、愁苦、烦乱的心境。作者呕心沥血,倾注全部心力和才思,以多种多样的艺术手法和修辞方式,从各种不同的角度,描绘雨打梧桐的意象。作品摹写梧桐雨以楼头过雁、阶下寒蛩、檐前玉马、架上金鸡作反衬,以杨柳雨、梅子雨、杏花雨、梨花雨、荷花雨、豆花雨作对比，以"玉盘中万颗珍珠落"、"玳筵前几簇笙歌闹"、"翠岩头一派寒泉瀑"、"绣旗下数面征鼙操"、"喷泉瑞兽临双沼"、"食叶春蚕散满箔"、"花奴羯鼓调"、"伯牙水仙操"作比喻，以"洗黄花，润篱落；渍苍苔，倒墙角；渲湖山，漱石窍；浸枯荷，溢池沼"作排比，令人眼花缭乱，目不暇接。《梧桐雨》对雨声的描写可以同《西厢记》"听琴"一折对琴声的描绘相媲美。尤其值得注意的是，作品景物的描写，并不是孤立和游离的，作者时时刻刻都使景物的描绘与人物感情的抒发相契合，人物心理既是景物描写的出发点，也是落脚点。每首曲词结尾都把主人公的思想感情作为景物描写的归宿，写自然景象所引起的主人公心理感受，层层递进地抒写主人公情感的演变历程。如先是怨雨惊梦"把愁人定虐"，后又烦雨"惹的人心焦"，继而又恼雨"相聒噪"，最后又恨"雨和人紧厮熬"，"一阵阵打梧桐叶凋，一点点滴人心碎了"，以至愤怒地要"把泼枝叶做柴烧，锯倒"。孟称舜说得好："只说雨声，而愁恨千端，如飞泉喷瀑，一时倾泻。"（《新镌古今名剧·酹江集》）这几首曲文写雨声，既以景物作为人物感情的衬托，又采用移情的方法使景物涂抹上人物的感情色彩，由景入情，情由景生，以景衬情，景中有情，创造了一个情景交融的意境，充分展现了主人公的内心世界。

在大量描摹梧桐雨的过程中，作者又把梧桐树作为联想的条件，中间穿插〔滚绣球〕一曲，写唐明皇的情悔："是兀那欢会栽排下，今日凄凉厮辏着。"今天的凄凉是由往日的欢会所栽排，昔日的骄奢淫逸造成如今的死别生离。盛极而衰，乐极哀来，唐明皇自己吞食自己种植的苦果。这句点睛之笔，是主题思想的高度概括，也是人生底蕴的深刻揭示，具有很强的讽喻性。

《梧桐雨》第四折写唐明皇对旧侣和盛境的怀恋，熔铸着作者的思想感情。剧中一曲曲哀婉的悲歌，犹如一首首感人肺腑的抒情诗。白朴是由金入元的作家，亲身经历了金元政权的峙立和嬗变，"自幼经丧乱，仓皇失母，便有山川满目之叹。逮亡国恒郁郁不乐……"（王博文《天籁集序》）。这一折戏，实际上也是白朴借境抒怀，用他人之酒杯，浇自己的块垒，以间接隐晦的方式，表达了他的故国之思和沧桑之感。这同他在《天籁集》词中所表现的"满目山围故国"（〔夺锦标〕）、"兴废古今同"（〔水调歌头〕《初至金陵》）、"莫唱后庭曲，声在泪痕中"（〔水调歌头〕《诸公见赓前韵》）的感情是一致的。

这一折艺术构思异常奇特巧妙。元杂剧的惯例是"先离后合，始困终亨"，第四折多是以大团圆结尾。本折则不同。它既没有众多的出场人物，也没有起伏跌宕的情节，又没有尖锐复杂的矛盾冲突。登场人物除宦官高力士外，只有唐明皇自己，实际上是一折独角戏。全部曲词都是表现唐明皇的内心活动。如果说第三折马嵬兵变是情节演进的逻辑高潮，而这一折则是剧情发展的情感高潮。全折都是从《长恨歌》"秋雨梧桐叶落时"诗意演化而来，并以之名剧。白朴以他独特的艺术构思，为唐明皇思念杨贵妃布置了一个典型环境，时间是深秋的夜晚，地点是萧索冷落的深宫。这里曾经是唐明皇和杨贵妃七夕盟誓宴乐歌舞的地方，如今人去楼空，面对的只有一幅画轴，唐明皇怎能不倍感忧伤。作者把画像作为主人公抒发感情的对象，以梦会写情思。叫画不应，转而盼梦里来到；好梦将成，又被梧桐雨惊觉。梧桐雨不仅是唐明皇忧伤的陪衬，而且又成为他发泄感情的对象，使唐明皇的内心积怨如喷泉般倾泻而出，从而使景物描写和人物情感水乳交融和谐一致，造成一种浓郁的悲剧氛围，堪称绝唱。《梧桐雨》第四折与《汉宫秋》第四折有异曲同工之妙。孟称舜《新镌古今名剧·酹江集》评《梧桐雨》云："此剧与《孤雁汉宫秋》格套既同，而词华亦足相敌。一悲而豪，一悲而艳；一如秋空唳鹤，一如春月啼鹃。使读者一愤一痛，淫淫乎不知泪之所以，固是填词家巨手也。"王国维《录曲余谈》也说《汉宫秋》"雄劲"，《梧桐雨》"悲壮"，可并称"千古绝品"。他们都是把《梧桐雨》和《汉宫秋》并誉的。正是这种独特的艺术成就，使《梧桐雨》被列为元杂剧四大悲剧之一。

【董秀英花月东墙记】

《梧桐雨》第四折语言华美绮丽,绚烂多彩,敷演"秋雨梧桐叶落时"诗意,抒写唐玄宗的一缕哀思,缠绵悱恻,万转千回,极尽铺排之能事,俨然是一首秋雨赋,又如一篇抒情长诗。词藻清丽,对句工整,音律和谐,曲折尽致,而又浑朴自然,不事雕琢。既当行,又富有文采,开启了元杂剧文采派的先河。王国维也认为:"白仁甫《秋夜梧桐雨》剧,沉雄悲壮,为元曲冠冕。"可见其在元曲中的突出地位。

(张人和)

〔注〕 ① 打叠:打点,收拾。 ② 待诏:待命供奉宫廷的人。这里指画待诏。 ③ 千秋节:唐玄宗诞辰为八月五日,开元十七年以这天为千秋节。 ④ 乞巧:古代民俗,每逢七月七日传说牛郎织女相会之夕,妇女们结彩缕,穿七孔针,列瓜果于庭中,以求织女赐予针织技巧。 ⑤ 离恨天:佛教传说,天有三十三层,其中"离恨天"最高。元曲以离恨天喻男女隔绝。 ⑥ 玉漏:古代以铜壶盛水滴漏计时的装置。 ⑦ 业:与"孽"通,即佛教所说的业障、业冤。 ⑧ 冈打颏:冈冈地。打颏,语助词。 ⑨ 软兀剌:瘫软无力地。兀剌,语助词。 ⑩ 軃(duǒ 朵):下垂貌。 ⑪ 窨(yìng 映)约:暗中思忖。 ⑫ 定虐:打扰,扰乱。 ⑬ 瀽(jiǎn 简):泼。 ⑭ 江干:江边。 ⑮ 高凤麦:东汉时高凤专心读书,以致他看守晾晒的麦子被暴雨漂走都不知道。事见《后汉书·逸民列传》。 ⑯ 伯牙水仙操:伯牙,春秋时人,善弹琴,相传他在东海蓬莱山上,闻海水澎湃、群鸟悲鸣之声,作《水仙操》曲。

董秀英花月东墙记

白 朴

第 一 折

〔仙吕·点绛唇〕万物乘春,落花成阵。莺声嫩,垂柳黄匀,越引起心间闷。

〔混江龙〕三春时分,南园草木一时新;清和天气,淑景良辰。紫陌游人嫌日短,青闺素女①怕黄昏。寻芳俊士,拾翠②佳人;千红万紫,花柳分春。对韶光半响不开言,一天愁都结做心间恨,憔悴了玉肌金粉③,瘦损了窈窕精神。

〔油葫芦〕杏朵桃枝似绛唇,柳絮纷,春光偏闪断肠人。微风细雨催花信,闲愁万种心间印。罗帏绣被寒孤,欲断魂,掩重门尽日无人问,情不遂越伤神。

〔天下乐〕我只见杨柳横墙易得春,欢欣,可意人,一见了心下如何忍。送秋波眼角情,近东墙住左邻,觑了可憎才有就因。

〔那吒令〕一见了那人,不由我断魂;思量起这人,有韩文柳文;他是个俏人,读齐论鲁论。想的咱不下怀,几时得成秦晋,甚何年一处温存?

〔鹊踏枝〕好教我闷昏昏,泪纷纷,都只为美貌潘安,仁者能仁④。一会家心中自忖,谁与俺通个殷勤。

〔寄生草〕怕的是黄昏后,入罗帏愁越狠。孤眠独枕教人闷,愁潘病沈⑤教人恨,行迟力顿教人困。似这等含情掩卧象牙床,几时得阳台上遇着多才俊。

〔幺〕汉相如坐寒窗下,卓氏女配做婚。都只为我情你意相投顺,姻缘自把佳期问,郎才女貌皆相趁。你道是阻东墙难会碧纱厨,似俺这干荷叶那讨灵犀润。

白朴的杂剧现存仅《梧桐雨》、《墙头马上》、《东墙记》三种。有论者提出《东墙记》非白朴所作,但元代钟嗣成《录鬼簿》白朴名下有此剧著录。明初朱权《太和正音谱》著录亦作白朴作。看来,疑《东墙记》非白朴之作理由尚不充分。问题是今存《孤本元明杂剧》收录的传本,是否即白朴的原作抑或经过改动,这尚待作进一步的考证。至于传说白朴作此剧是为了与王实甫《西厢记》争胜,则更无从稽考了。

《东墙记》写的是马文辅与董秀英的爱情故事。马文辅之父,与松江府尹董鍪相交甚厚,秀英文辅年幼时曾订有婚约。马父卒后,家道中落,这桩婚事也就搁浅了。年长后文辅以游学为名,到松江探问亲事,这时府尹也已去世,遂假馆山寿家之花木堂,恰与董府后花园隔一东墙,一次攀墙看花,适值秀英同侍女梅香在后花园赏春散闷,两人一见钟情。后经山寿的讨花与梅香的递简,秀英乃得知文辅原是她的未婚夫。她不计门第,无视封建礼教,主动约文辅于海棠亭幽会。结果被母亲撞见,怒斥她私约而辱没门楣。梅香陈明此人即马文辅,自幼与秀英有婚约。董母无奈,只得许其成婚,但立逼文辅进京应试。一年后,文辅得中状元回来,夫妻相逢团圆。情节虽不甚曲折,但反封建的主题是鲜明的。董秀英追求理想爱情的形象,在当时曾产生过一定的影响。

全剧凡五折,王季烈《孤本元明杂剧提要》云:"唯北曲一套,例由一人唱,而此本则不然。元杂剧一本俱四折,此本五折,皆为元曲之变例。"

〔点绛唇〕、〔混江龙〕和〔油葫芦〕三支曲词,描写董秀英面对花园中春光明媚的景象而勾引起内心的愁闷。一开始,作者以即物起兴的手法,写春来万物复苏,百花烂漫。"落花成阵",化用贺铸〔木兰花〕"纷纷花雨红成阵"。初生的乳莺鸣叫着,下一"嫩"字,显示声音的圆润宛转,是所闻。下垂的柳枝,呈现黄匀的色彩,是所见。真是鸟语花香,但这惹人喜爱的春色,却"越引起心间闷",是所感。一个"越"字表达了春意缭乱而触动了春情的难遣愁闷。

"南园"泛指园林,藉此点明身在花园之中。草木是一片新绿,天气又是这样的清明和暖。这盎然的生机,使她情不自禁地发出"淑景良辰"的赞叹,也引起了她的无限遐思:春日京郊道路上的游人,大概会感到一天的时光太短促了吧?居处仙室的神女也会沉醉于这动人的春色而耽心黄昏的到来。流连追欢的"俊士",嬉笑游冶的"佳人",他们在"千红万紫,花柳分春"中,该是多么的称心和陶醉!作者如此反复渲染春天的欢乐气氛,正是为揭示人物曲折复杂的心理活动作铺垫。这美好的春光正深深触动了秀英压抑在内心深处的重重愁闷,使她倍增难言的抑郁和苦痛。情绪上的种种折磨,使她这位窈窕少女容颜憔悴,恹恹瘦损。作者以常人春游之乐来反衬秀英孤寂之苦,极尽缠绵悱恻之情,达到了相反相成的艺术效果。

　　春风的吹拂,使满园桃杏盛开,绚烂多彩,柳絮纷飞,风姿动人,而秀英却发出如此美好春光偏抛弃了我这个"断肠人"的感叹,这种微妙的愁怀,实是一个少女触景生情常有的心理活动。"微风细雨催花信,闲愁万种心间印"二句,是进一步抒情。"花信"谓花开的消息。"花信"有期,而自己的青春呢?"罗帏绣被孤寒","掩重门尽日无人问",怎不令人"闲愁万种"?惆怅、失望和伤感已到了"情不遂越伤神"的地步。这种对青春被耽误所产生难以排遣的愁怨,正隐隐透出对封建礼教束缚的控诉。

　　以上三曲把描写、叙述、感叹熔为一炉,情景交融,细腻地表露了长期受压抑的闺中少女,面对撩人的春光热切向往爱情的愁闷情怀。

　　〔天下乐〕一曲,是董秀英蓦然看见东墙上的马文辅后所唱。她的"欢欣之情溢于言表,称他为"可意人"、"可憎才"。"可憎"反词见意,即可爱。"一见了心下如何忍",透露了她的爱慕之情,又生动地表现了初见时那种忐忑不安之态。通过秀英的眼睛,文辅那"送秋波眼角情"的风采,"近东墙住左邻"的多情,顿时使她感到"有就因"——即其中隐秘的内情,巧妙地刻画了初恋少女的敏感心态。

　　〔那吒令〕和〔鹊踏枝〕二曲,是写秀英见了文辅回到房中后那种起伏难平的心境：想起他使人神往魂销的外貌、有如韩柳的词赋文章以及精通《齐论》、《鲁论》的博学才华，以致"想的咱不下怀"，欲遣不能了。"几时"、"甚何年"反映出她对有情人炽热的倾慕和追求，也表明秀英经历相思的痛苦之后性格的发展变化。但当她一想到被禁锢的处境，惟有"闷昏昏"、"泪纷纷"。反复思量：情愫难通，有谁能传情递简，互通消息呢？作者将秀英的爱慕与失望交织的复杂感情，表现得丝丝入扣，秀英对爱情的主动真诚得到了充分的揭示。

〔寄生草〕曲，从"黄昏后"到"入罗帏"，到"孤眠独枕"直到"含情掩卧"，通过时间的推移和空间的转换，一气呵成，烘托出"怕"、"狠"、"闷"、"恨"、"困"种种感情的变化，显示出女主人公被一种孤寂的气氛包围着，无时无刻不为相思所苦。真是四顾凄楚，柔肠百结。

〔幺〕曲，抒发了秀英向往婚姻自主、自择情偶的心愿。"汉相如坐寒窗下，卓氏女配做婚"。汉代的司马相如出身寒微，与临邛豪富卓王孙之女文君相爱，两人私奔，终成眷属。秀英借用文君私奔的故事为自己辩解，卓文君可以自求良偶，我为什么不可以？只要"我情你意相投顺"，认定自由结合是合理的。明代李贽被封建卫道者攻击，其罪名之一，就是鼓吹卓文君"善择佳偶"（《神宗万历实录》卷三六九）可见在封建社会，作出这种抉择是需要很大勇气的。这种叛逆性格大胆地表露为以后情节的发展作了很好的铺垫。但当她一回到现实中来时，不由得自怨自艾地发出："你道是阻东墙难会碧纱厨，似俺这干荷叶那讨灵犀润。""你道"，从对方设想，东墙阻隔，欢会难期。"似俺"则从自己着笔，真是一缕情思，两地相连。（"干荷叶"喻说相思。"灵犀"喻两心相通，李商隐《无题》有"心有灵犀一点通"之句。）但"那讨"二字则又透露出无限怅惘的思绪。写来入情入理又起伏跌宕，而比喻贴切，浑然一体，更增添了抒情的形象性。

王季烈《孤本元明杂剧提要》说：《东墙记》"曲中俊语甚多"。本剧曲词确是俊美清新，富有文采，写景如在目前，写情沁人心脾，内在的情与外在的景融合无间,深刻细腻地揭示了人物的内心世界,读来真切感人。

(胡雪冈)

〔注〕 ① 素女:善歌的神女。《史记·封禅书》:"太帝使素女鼓五十弦瑟。"扬雄《太玄赋》:"听素女之清声兮,观宓妃之妙曲。" ② 拾翠:拾掇水禽羽毛。柳永〔瑞鹧鸪〕:"至今无限盈盈者,尽来拾翠芳洲。"这里引申作春天妇女的嬉游。 ③ 金粉:金指花钿;粉指铅粉。 ④ 仁者能仁:当时成语,夸耀行止之意。 ⑤ 愁潘病沈:潘指潘岳,曾作《秋兴赋》,自抒愁苦;沈即沈约,《与徐勉书》,谓其"老病百日数旬"。

韩翠颦御水流红叶

白 朴

第 三 折

〔柳青娘〕谁曾道是趁逐,天赐这场厮迤逗。看了这诗中意投,必定是个俊儒流。裁冰剪雪忒惯熟。若得来双双配偶,尽今生共结绸缪。则这去年前红叶上,红叶上把诗修。

〔道合〕恰向今秋,恰向今秋,今秋园苑却闲游,恰相投。着俺着俺自僝僽,恁的恁的空遥受。同观的池上景清幽。细凝眸,自索受;使咱家,空迤逗。道那些那些合成就,那些那些合承受,天生落在咱家毂;若还见的迟些后,若不咱收,风力飕飕,趁着龙沟,荡荡悠悠,险些淹淹逐水,逐水向向向向东流。

〔耍孩儿〕往常我守椒房耽寂寞捱昏昼,今日个更添上关心症候。趁西风飘离了树梢头，送与我这一场闲闷闲愁。见了些翠裙凤翅伤秋扇，听了些绛帻鸡人报晓筹，年年池馆皆依旧。则俺这宫嫔年老，几时得叶落归秋。

〔三煞〕题诗人长共短，有情人知他是好共丑！不明不暗因他瘦。心儿中作念何曾见，梦儿里相逢不厮偢，这姻缘空遥受。则俺那青鸾无信，红叶难酬。

〔二煞〕弄诗章相戏逐，不良才歹事头，去年间写两句诗迤逗。暗欢喜空把他心中爱，虚烦恼胡遮我脸上羞。办着个至诚心将他候，看承做神珠玉颗，出入在凤阁龙楼。

〔一煞〕做一个符牌儿①挑在鬓边，做一个面花儿贴在额头，绣一个香囊儿盛了揣着肉。他道是无情则许无情受，我正是好处将来好处收。自今夜黄昏后，安排着洞房花烛，绣幕香球。

〔尾声〕稳坐着白象床，满斟着碧玉瓯；用鲛绡将红叶儿怀中搂，你与我递一盏儿新婚庆喜的酒。

　　《韩翠颦御水流红叶》是叙写有名的"红叶题诗"故事。唐宋人笔记中记该故事者甚多，如《侍儿小名录》、《云溪友议》、《青琐高议》、《北梦琐言》等，但在年代、人名、情节上有所出入。其本事自以唐张实《流红记》传奇为主，因其姓名相符合。故事情节是述唐僖宗时，有儒生于祐偶然见到御沟中流出一片红叶，取而视之，有诗题于其上："流水何太急，深宫尽日闲。殷勤谢红叶，好去到人间。"他终日吟咏，数月来眠食俱废，后写成二句："曾闻叶上题红怨，叶上题诗寄阿谁？"也题于红叶上置御沟中。适宫中遣出宫女觅配,经人从中撮合,结成夫妻,后知其人即原题诗红叶之韩氏。故事或系传说,或属虚构,但反映了封建时代宫女长期被禁锢在深宫的苦闷,渴望回到人间,获得自由,因而有一定积极意义。

白朴的《韩翠颦御水流红叶》仅存第三折,见赵景深辑《元人杂剧钩沉》。该书是编者多年来搜集研究的成果,辑录了散见于《太和正音谱》、《北词广正谱》、《词林摘艳》等书里元杂剧的佚文佚曲,其中有关汉卿等名家的作品,使现存元人杂剧增加了四十五种,后附有"说明",对曲文的出处作了校订,为元杂剧研究提供了有参考价值的资料。

〔柳青娘〕曲是韩翠颦于御沟拾得了红叶时所唱。由于她缺乏精神准备,这偶然的机遇使她惊喜交集,情不自禁。"谁曾道是趁逐。""道"用为揣测之词,犹想。原来以为是渺茫的追求寻觅,老天却有意赐予安排了这一场相互的招惹引逗。从诗中意向的投合,顿时萌发了爱慕之情,认定题诗者必定是个容貌俊美、才情富赡的人,"裁冰剪雪"谓锻炼词藻,十分娴熟。她浮想翩翩,通过去年这知音的红叶的媒介,第一次尝到了爱情的喜悦,不禁视他为精神上的恋人,"若得来双双配偶,尽今生共结绸缪"。"绸缪"指男女欢会,缱绻多情。

〔道合〕一曲以重叠的词语,先叙说巧合的情缘。"恰"时间副词,与"却"字相应,为"又"字义。点明时令,地点,而又红叶"相投"。使人情思悠悠,但转而一想,愁从中来,这不过是教人自寻烦恼,因此事是如此的虚空、遥远,怎能承受。面对池上清幽的景色,触景生情。"细凝眸",犹云凝望或低目而视,通过这一细节,刻画了微妙的心理变化,"索"作该、应、得解,言下之意,这不过是自作自受的一场"空迤逗"。然而当一回到目前的境况中,又不得不私下庆幸。"天生落在咱家彀。""彀",把弓拉满,这里谓指圆满的结果,因为稍一迟疑,"险些淹淹逐水,逐水向向向向向东流"。"淹淹"原作"恹恹",兹据《北词广正谱》改,义较明。写来一波三折,而这三个层次的安排,就把曲折的内心活动表现得十分细腻、真实,同时把幽闭在深宫的少女那种触绪牵情的意态生动地描摹出来。

〔耍孩儿〕曲以追思的心情,抒发了"往常"与"今日"交织成双重的愁闷。"守",禁守;"鈗",承受;"捱",延熬,那幽囚的处境真是度日如年,而"今日更添上关心症候"。愁上添愁,双重苦恨。"关心"原作"开心",据《盛世新声》改。"翠裙凤翅",内宫服饰,代指宫嫔,"伤秋扇",以秋扇之见弃,比君恩之中断,刘孝绰《班婕妤》:"妾身似秋扇,君恩绝履綦。"是所见。"绛帻鸡人报晓筹"系王维《和贾至舍人早期大明宫之作》中诗句。"晓筹"即更筹,是夜间计时的竹签。是所闻。"年年池馆皆依旧",寓情于景,从侧面下笔,写出了似水流年,青春虚度之苦。"则俺这宫嫔年老,几时得叶落归秋。"集中抒发了红颜暗老之恨和现实处境之可悲。通过人物内心独白的方式,写来曲折甚致,追昔抚今,怨情自见。

〔三煞〕、〔二煞〕二曲写题诗人已扣开了爱情的心扉,揭示其隐微的心曲,诸种思虑、揣想、遐思、盼望相互交织。"则俺那青鸾无信,红叶难酬。""青鸾"传说中能替人传递信息的仙鸟,事见《汉武故事》。期会难成,幽怀难遣,这"空遥受"的"姻缘"使她倍增痛苦。〔二煞〕是曲情的转折,"弄诗章相戏逐,不良才歹事头",意谓没良心的冤家,是对情人的昵称。"暗欢喜"、"虚烦恼"二句两相对照,表达了剪不断理还乱的悠悠思绪。但心意已通,思念至切,表明要以身相许,"办着个至诚心将他候,看承做神珠玉颗,出入在凤阁龙楼"。"办着个"意即准备着个,"至诚心",谓诚心诚意,"神珠玉颗"形容红叶上的诗章之珍贵,这是对知己之爱的真心剖白,表达了对题诗者无限的眷恋和深情。以上二曲,写来回环曲折中别有顿挫,既写出了人物感情的个性,又为以下情节的发展作了铺垫。

〔一煞〕、〔尾〕二曲通过具体形象的画面,写她对自由的憧憬和对幸福的向往。开头以"做一个"的排比句,层层铺叙了她拟严妆打扮,鬓边戴个符牌儿;额头剪贴个面花儿;身上揣挂个香囊儿,展现了她的喜悦和情趣。情思萦逗,遐想联翩,从今夜的洞房花烛到"绣幕香球";从"白象床"到斟满了酒的碧玉杯;最后用"鲛绡"即手绢，"将红叶儿怀中搂"。一个"搂"字，把对作为爱情媒介的红叶的珍视和深情生动地描绘出来。曲子末尾，"你与我递一盏儿新婚庆喜的酒。"把自己的憧憬、渴望以及对题诗人的情爱明明白白地袒露出来。写得既实实在在，真真切切，又情深意远，千里神合，寄托着这位深宫少女潜藏着的思绪，她多么殷切地期望着，有朝一日如愿以偿，结为现实的夫妻。

作者细致地揭示出人物心理活动的层次，使之具有独特鲜明的个性，也折射出宫禁森严，寂寞凄凉的环境气氛。围绕着拾到的红叶，交错地展开一系列喜剧性的矛盾冲突，使情节的偶然性与人物性格和思想的必然性相互融合，因而转折、起伏显得巧妙自然，不落悲欢离合的旧套。曲与曲之间前后钩连，彼此照应，使剧情的进展和结局喜庆的处理和谐统一，增强了喜剧色彩。语言多用白描直陈，又富于文采，不同于白朴其他剧作的绮丽纤秾，而别具风貌。排比，重叠交相互用，错落有致，增强了曲词的抒情性和节奏感。对人物的心理刻画入微，如"你与我递一盏儿新婚庆喜的酒"，把其娇嗔的神态和欢娱的心情巧妙地结合起来，形象活脱，情趣盎然。

（胡雪冈）

〔注〕　① 符牌儿：宋以来，端午节宫廷后妃及近侍分赐"钗符"等物。（见周密《武林旧事》卷三）

姚燧

（1238—1313）　字端甫，号牧庵。原籍营州柳城（今辽宁朝阳），迁居河南洛阳。少孤，为伯父姚枢所抚养。大德五年（1301），出为江东廉访使。后历官翰林学士承旨、集贤大学士等职。能文，与虞集并称。散曲婉丽，语言浅白流畅。与卢挚并称"姚卢"。原有集，已散佚，清人辑有《牧庵集》。《全元散曲》录存其小令二十九首，套数一套。

〔中吕〕满 庭 芳

姚 燧

天风海涛,昔人曾此,酒圣诗豪。我到此闲登眺,日远天高。山接水茫茫渺渺,水连天隐隐迢迢。供吟啸,功名事了,不待老僧招。

　　姚燧〔满庭芳〕为二首,此选其一。据曲中景象及第二首曲词亦有"帆收钓浦,烟笼浅沙,水满平湖",可见描写的是江南风光。元成宗大德五年(1301),年逾花甲的姚燧出为江东廉访使,先后在江南各地为官达七八年之久,此曲词很可能作于这一时期。

　　"天风海涛",狂风呼呼,惊涛阵阵,起句出手不凡,描写了一个境界开阔,气象豪迈的客观环境,犹如奇峰突起,笔力千钧,使人一下子想起苏轼的"大江东去"。接下来笔锋一转,从眼前景荡开去,在空间描写中穿插进历史的回溯:"昔人曾此,酒圣诗豪。"古往今来,有多少文人雅士、骚人墨客,曾在这里饮酒赋诗,抒发豪情。这两句不仅写出了此地的风物人情,加深了曲词的历史纵深感,而且暗暗关合了作者自己。因此,往下作者便直接切入了"我到此闲登眺,日远天高。山接水茫茫渺渺,水连天隐隐迢迢。"这几句:表面看来是登临所见,升高望远,"日远天高",山水相接,烟波浩淼。但细细寻绎,似乎别有一番深意,在阔大无边的景象之中,若隐若现地显示出一丝怅惘。"日远",语出"日远长安近"。据《晋书》卷六《明帝纪》载:晋明帝年少聪哲,一日坐元帝膝前,适逢有人从长安来,因问明帝:"汝谓日与长安孰远?"答曰:"长安近。不闻人从日边来。"翌日宴群僚,又问之,答曰:"日近。"元帝惊问:"何乃异间者之言乎?"答曰:"举目则见日，不见长安。""天高"，杜甫《暮春江陵送马大卿公恩命追赴阙下》："天意高难问，人情老易悲。"所谓"日远天高"，含有向往朝廷而不能实现愿望之意。姚燧这里用"日远天高"，既精当准确地描写了眼前景，又巧妙含蓄地隐含了心中事，综合"酒圣诗豪"、"闲登眺"等意象，曲中似包孕着淡淡的哀怨和牢愁。姚燧出任外官，原因不详，但从同时期作品多感慨来看，似乎确有难言的苦衷。加之作者已经年迈，若又什途偃蹇，当然便可能归隐田园，于是："供吟啸，功名事了，不待老僧招。"吟啸，一作吟笑，面对如此佳山好水，只能吟啸赋诗，一切功名利禄，富贵荣辱，都应该统统丢掉，而归隐也不必等老僧前来召唤了。这时，作者似乎畅达了，用超旷的人生态度涤除了心中的抑郁。据《元史》本传，作者在七十三岁时果然"告归"，可见写此曲时已确有归隐的念头。

姚燧在文学创作上以散文著称，"曲则不经见，然每有作，亦必婉丽可诵"（《顾曲麈谈》卷下第四条《谈曲》）。而这首〔满庭芳〕却非"婉丽"二字所能概括，从题材内容看，它属于抒怀之作，在元代前期散曲多以男女恋情为歌吟对象的情况下，像这种抒怀之作确实别具面貌。又由于姚燧出身官宦人家，本人一生有不少做官经历，所以就曲词风格而言，除"婉丽"一面，又透露出宏劲、典雅的正统文人作派。故读此曲词，容易令人想起苏、辛豪放一路。

（郑宏华）

〔中吕〕**普 天 乐**

姚 燧

浙江秋，吴山夜。愁随潮去，恨与山叠。塞雁来，芙蓉谢。冷雨青灯读书舍，怕离别又早离别。今宵醉也，明朝去也，

【普天乐】

宁奈些些。

姚燧这首小令，是一首离别送行之作。周德清将它选入《中原音韵·正语作词起例》，题作"别友"。可见当时就已脍炙人口。

"浙江秋，吴山夜。"新安江流经杭州入海一段，叫浙江，也叫钱塘江，秋天多潮，以壮观著称。吴山在杭州西湖东南，左瞰钱塘江，右瞰西湖。"上有天堂，下有苏杭。"西湖、吴山、钱塘江一带，更是天堂中的胜地。胜地美好，又适值清秋之夜，这光景，被作者剪裁入曲，却是别有一番滋味。"愁随潮去，恨与山叠。"愁，正如钱塘江潮，无有已时。恨，恰似吴山山峰，重重叠叠。潮去，极具汹涌之感，山叠，极写沉重之感。这一动一静，便状出了心头汹涌澎湃却无法排遣的愁恨，极为警策。人已愁成此状，更那堪："塞雁来，芙蓉谢。"北雁南飞，荷花凋谢，感触物候之变迁，倍伤韶光之消逝也。"冷雨青灯读书舍"一句，写出眼前之冷斋孤寂。冷雨之冷，青灯之青，冷感、冷色，愈增添秋夜书斋之凄凉。作者愁恨之情，凄凉之感，究为何来？曲情至此，融情入景，蓄势已足，始一笔点明主意："怕离别又早离别！"《中原音韵》评云："第八句是务头"，故应"施俊语于其上"，即全篇精彩警辞之处。《阳春白雪》本此句作"待离别怎忍离别"，此从《中原音韵》本，细加玩味更好。原来，全曲所写之愁恨、凄凉，皆因离别而滋生，以至不可遏止。曰"怕离别"，则双方交情之好可知；曰"又早离别"，则相聚苦短、别易会难、重见无期亦可知。一句直朴情语，道尽此时况味，直凑单微，不愧俊语。"今宵醉也，明朝去也，宁奈些些。"宁耐即忍耐，些些即一些儿，皆元人口语。纵然是怕离别，也要离别了，无可奈何，还是珍惜今宵，相与一醉吧。既然明朝终当一去，还是忍耐一些吧。宁耐些些，宛然口语，是安慰行者，也是宽解自己，亲切而又得体。全篇大半幅极写愁恨，最后三句忽然纵笔作旷达语收束，正显出曲之旷达放逸之本色，此是元代曲家不同于前代词人之处。

《中原音韵》评此小令云"造语、音律、对偶、平仄皆好。"何谓造语好？全曲前半幅雅致精丽，结三句纯然口语，融文采与本色为一体，所以好。何谓音律好？《中原音韵》云："看他用'叠'字与'别'字，俱是入声作平声字，下得妥贴，可敬。"又云："'也'字上声，妙。"何谓对偶好？"浙江秋"与"吴山夜"，"愁随潮去"与"恨与山叠"，"塞雁来"与"芙蓉谢"，"今宵醉也"与"明朝去也"，皆对仗精稳、自然。对偶句多，全曲便有清逸流丽而兼凝重从容之美感。《元史》本传称姚燧之文"闳肆该洽，豪而不宕，刚而不厉，舂容盛大，有西汉风"。姚燧之古文，是如许大手笔，其小令，也确有从容凝重之特色。

（邓小军）

〔中吕〕醉高歌

姚　燧

感　怀

十年燕月歌声，几点吴霜鬓影。西风吹起鲈鱼兴，已在桑榆暮景。

这是一首年迈思归之作。作者在〔满庭芳〕"天风海涛"一曲中就抒发了这种情怀。随着年纪一年年老迈，这种思归的心情日益强烈。首句"十年燕月歌声"。十年，言其多年。作者曾在朝廷任翰林学士等职，宦游于京城大都（今北京，旧属燕地），夜夜笙歌宴舞，不乏寻欢作乐。次句"几点吴霜鬓影"。大德五年（1301），作者出任江东廉访使，其时已六十余岁。经几年的吴地风霜，又增添了许多白发；两鬓恰如吴地的霜雪一样点点斑白。李贺《还自会稽吟》诗有"吴

【醉高歌】

霜点归鬓,身与塘蒲晚"句,姚燧此处借来化用,巧妙地暗示了自己在吴地的生活。以上两句,作者用平淡的语调,省净的笔墨,总结自己大半生的经历,看似寻常,却饱含人世沧桑。回复到眼前,"西风吹起鲈鱼兴,已在桑榆暮景"。现在,诗人已老,且倦于游宦他乡,所以,在吴地便想起了晋朝张翰思家的故事。张翰是吴郡人,曾到洛阳做官,一日见秋风起,忽思家乡莼菜鲈鱼之美味,便说:"人生贵得适志,何能羁宦数千里,以要名爵乎?"(《晋书·张翰传》)遂归。姚燧是洛阳人,而又在吴地做官,作此曲时已临近七十岁。从人生经历而言,自然"已在桑榆暮景",思归便成为更加急迫的事情。

这首小令确如标题所言,作者是有感而作,抒发情怀,所以寥寥数语,读来情感真挚动人。曲词着墨无多,简淡古雅,正如《词品》卷五"牧庵词"所说:"姚牧庵(燧)《醉高歌》'十年燕月歌声',云云……牧庵一代文章巨公,此词高古,不减东坡、稼轩也。"

(郑宏华)

〔中吕〕醉高歌

姚 燧

感 怀

岸边烟柳苍苍,江上寒波漾漾。《阳关》旧曲①低低唱,只恐行人断肠。

这首曲词描写了一个送别的场面。长江畔,翠柳含烟,远远望去,一片青翠莽苍;初春季节,微风拂起,江水波光粼粼,似乎带有一丝寒意。就在这样的环境中,送行者与友人分别了,一切的"珍重"、"再见"都已经道过了,只听得那令人断肠的《阳关》旧曲在低低吟唱,因为害怕远行者听到后会更加感伤。

古代交通不发达,与友人离别、送别便成了人们生活中的一件大事。因此,历来的诗歌词曲,吟咏这方面内容的作品多得数不胜数,仅以长江为背景,以舟船为交通工具的送行作品,就可以说写尽了千般离情,万种别绪。李白的《黄鹤楼送孟浩然之广陵》诗:"故人西辞黄鹤楼,烟花二月下扬州。孤帆远影碧空尽,唯见长江天际流。"应该是这类作品中的佼佼者。而姚燧的这首小令,在内容上与李白诗可说大同小异,但是在写法上,特别是在场面的选择上,便有着自己的特点。李白诗选取的场景是友人已乘船离去,孤帆远影,碧空无际,长江尽头,天水相连,人们仿佛看到诗人还站在岸边,痴情地望着远方。姚燧的小令,却选取了友人的船只欲去未去之际,杨柳依依,波光漾漾,离歌送行,话短情长。就感情的表达来看,二者也是有区别的,李白诗重在抒发送行者的感受,虽有离别的怅惘,笔调却显得轻快活泼。姚燧的小令则善于体会行者的心情,特别是"《阳关》旧曲低低唱,只恐行人断肠"两句,对友人的一片深情表现得极为细腻体贴。其实,"断肠"者岂只行人,送行者此时亦柔肠百结,胸中充溢着离别的哀伤。故曲词语言浅白,笔调舒缓,情感沉郁,亲切自然。

须说明的是,这支〔醉高歌〕在《太平乐府》卷四是与"十年燕月歌声"、"荣枯枕上三更"、"十年书剑长吁"几首一起载入《感怀》题下的,但是此曲重在描写送别,与"感怀"似乎无涉,与"十年燕月歌声"内容也大相径庭,再有《中原音韵》所载〔醉高歌〕《感怀》仅有"十年燕月歌声"、"荣枯枕上三更"二首,因此,《太平乐府》卷四将此曲置于《感怀》题下,可能是误入。

(郑宏华)

〔注〕 ①《阳关》旧曲:阳关,古地名,在今甘肃敦煌西南,古代出塞必经之路。所谓旧曲,

【醉高歌】

指王维《送元二使安西》诗:"渭城朝雨浥轻尘,客舍青青柳色新。劝君更尽一杯酒,西出阳关无故人。"后演变为《阳关三叠》,成为送行的歌曲。

〔中吕〕醉　高　歌

姚　燧

感　怀

十年书剑长吁,一曲琵琶暗许。月明江上别溢浦,愁听兰舟夜雨。

姚燧在元成宗大德九年(1305)拜江西行省参知政事,想必到九江巡视,而作此曲。综观曲文,当因白居易《琵琶行》而起兴(按:曲中"溢浦",即《琵琶行·序》中所云送客之所),抒发了心中一种惆怅之情。

"十年书剑长吁",十年,言其多年,与"十年燕月歌声"之"十年"相类;"书剑",代指文人的游宦生涯;"长吁",即长叹,指多年的为官生涯真令人感叹。"一曲琵琶暗许",暗许,暗中许诺,心灵达到默契境界,可谓"心有灵犀一点通"(李商隐《无题》)。《琵琶行》里有"同是天涯沦落人,相逢何必曾相识";"莫辞更坐弹一曲,为君翻作琵琶行"。在白居易的诗里,琵琶女的身世引起了诗人的自省、共鸣,到了元代,故事发展了,白居易与琵琶女之间除了遭遇相类的同情,还有心灵震颤的爱情,马致远的杂剧《青衫泪》,就把白居易与琵琶女的经历敷演成由恋爱到结婚的喜剧。姚燧这里的"暗许",已是后人从《琵琶行》生发出的意义。然而,姚燧是否在自己的情爱生涯中亦有一段隐恨呢? 今天已不得而知了。或许,它只是作者在这里因地而点缀,发思古之幽情,从而对古人仕途蹭蹬所作的感慨,抑或是寄托了对友人的思绪。"月明江上别湓浦,愁听兰舟夜雨。"这两句很像姚燧自叙,他很可能在一个月白风清的夜晚乘船离开九江,与友人分别后,最怕在木兰舟中听那淅淅沥沥的夜雨声。姚燧拜官江西,史书并未说是贬官,但此时他已为耆旧之人,加之又作外官,常常思归故里,这样,白居易与琵琶女相遇时的郁闷,恰恰契合了他此时的心境。因此,或许可以这样认为:姚燧的这首小令,是通过描写白居易的故事,抒发自己羁旅行役中的忧闷。回头再看首句:"十年书剑长吁",既是感叹白居易的经历,似乎又是对自己忙忙碌碌于仕途的感慨了。

　　这支曲写得比较含蓄深折,作者以衬托的手法关合自身,咏古抒怀,情韵绵邈,委婉深沉。姚燧流传下来的散曲作品并不多,然而大都从容闲雅,潇洒脱俗,在元代前期散曲作家中,确实是别具一格的。

(郑宏华)

〔中吕〕阳　春　曲

姚　燧

笔头风月时时过,眼底儿曹渐渐多。有人问我事如何,人海阔,无日不风波。

　　〔阳春曲〕,通称〔喜春来〕,是常见的〔中吕〕调小令曲牌。据曲谱,它的句式定格是:七七七三五式,五句五韵。全曲无衬字。它的句式、韵式都与曲谱相合,是一首格律严谨的文人曲。

　　姚燧一生仕途坦坦,文名藉藉,故时而流露出志得意满的情绪。但他生活

【阳春曲】

在元代由盛转衰的时期，政治上的内部倾轧，民族关系上的隔阂与歧视，造成了多少宠辱、荣枯的变化。所以发而为诗，又有"取谤因仇恶，贪权失丐闲"（《感事》）的感慨和"荣悴不齐谁使尔，欲将斯理问高空"（《道中即事》）的惊惧。这说明，他宦海浮沉，已备尝了政治风波的滋味。这种感受，便成为写出有现实意义的作品的思想基础。

这首〔阳春曲〕是从感叹时光流逝开始的。句中的"风月"，即清风明月，也就是美好的景色、时光。时光在不同人的生活中有不同的内容，而在一个一生以著作为生活的文人的眼里，它总是与手中的笔联系在一起的。所以作者写来，不由喟然叹道：笔尖下，清风明月，美好的时光，一点一滴地、不知不觉地消失了。在时光的流逝中又有什么变化呢？作者在第二句写道：自己眼前，儿辈渐渐地增多了。视线从自己转到家庭。一二两句是一组对句，人们很容易看出：两句的结构、词性和平仄搭配都很工整、稳帖。前句从多说到少，后句从少说到多，是从不同侧面来表现目前的生活情境，构思也颇见精巧。它以简淡、俊洁的文字所勾画的这种平静、安稳的生活情境，实际上是在为下面的转折作铺垫，一正一反，情绪逆转就更怵目惊心、跌宕有致了。转折是从第三句的设问引起的。"有人问我事如何？"问的是仕途的命运，家事的前途。问题是"有人"提出的，实际上则表现了作者对世事的惊觉和对前途的忧虑。在回答这个问题时，作者把视线投向了无边的人世，广阔的社会。眼界更开阔，笔力更简劲。作者自问自答：自己像颠簸在无边无际的惊涛骇浪间，不知何日取谤，何日遭忌，所以每日都面临着风险，随时都可能被卷进黑暗的深渊。这就是作者对现实表现的不满，也正是一代士大夫的苦闷。

（江巨荣）

〔越调〕凭阑人

姚燧

> 马上墙头瞥见他,眼角眉尖拖逗咱。论文章他爱咱,睹妖娆咱爱他。

此首小令,描写才子佳人之爱情,纯是天籁,饶有意味。

"马上墙头瞥见他,眼角眉尖拖逗咱。"马上墙头,指的是少女来到墙头上,才子骑马从下面经过,双方一见钟情的邂逅。白居易新乐府《井底引银瓶》:"妾弄青梅凭短墙,君骑白马傍垂杨。墙头马上遥相顾,一见知君即断肠。"与姚燧同时代的白朴所作杂剧《墙头马上》,即根源于此。古代少女深藏闺阁,男女自由恋爱不易,故墙头马上的情境,乃为人们喜闻乐见。姚燧用人们所会心的"马上墙头"四字,便切入了这一戏剧性的场合。接着,直出"瞥见他"三字、"眼角眉尖拖逗咱"一句,揭示双方爱情诞生的那一片刻,便觉光景已新。新,就新在尖新。才子从马上看见墙头佳人,哪能就目不转睛,自然是"一瞥"而已。可是就这一瞥,却分明看清了她"眼角眉尖拖逗咱"。拖逗咱,即逗引我,元人口语。"眼角眉尖",非正面相视,是略为侧视,这见出女子的害羞。"拖逗咱",眼光脉脉含情,忘了顾忌,表现出她的大胆。不期而见佳人,佳人相视有情,这对于才子来说,乃有双重的激动与喜悦。不言而喻,双方便已目成心许。"瞥见他"、"拖逗咱",尖新、传神,从不期而遇到目成心许,这一时间短暂而又极富含孕的片刻,借以充分显发。曲情由此引入内心世界的揭示。"论文章他爱咱,睹妖娆咱爱他。"文章此指文学,诗文词曲,皆包括

【凭阑人】

在内。妖娆此指美貌，温柔多情，亦意在其中。宋代张先〔更漏子〕词写才子佳人之邂逅，有"十五六，解怜才"之句，正与"论文章他爱咱"同一意蕴。词尚含蓄，是用文言。曲尚直率，乃用白话。论我文章才华，她肯定爱我，看她美丽风流，我当然爱她。这后两句，活泼泼纯是天籁。落落大方，绝无忸怩遮拦之态，但也并不失之轻薄，显示了才子对爱情成功的自信心，也增添了曲情俊爽的感染力。

曲中才子对爱情之自信，实有其深刻的历史文化背景。中国传统文化，为一种人文主义的文化，文学乃是这一文化系统的重心，与社会政治、风俗人情，历来关系甚深。尤其到唐宋设进士辞科取士，士子所作诗文之优劣，成为其才品高低、能仕与否之标准。影响至于社会，才子遂成为女子理想之对象。进一步影响到文学，才子佳人爱情便成为唐宋诗词传奇之一项主题。才子佳人之爱情，其特征有二：一是郎才女貌，才，即文学才具。一是自由恋爱。故才子佳人爱情之本身，实具有一种崇尚人文之精神。元代虽长期废除科举制度，但传统文化之根基，在社会中仍未动摇，故才子佳人之爱情，继续深入人心，并且发展为元代杂剧散曲一大传统主题。姚燧此曲，不仅鞭辟入里，直道出才子佳人爱情之文化意蕴，而且较之前代同类词作，显然更富于热情大胆的色彩，这正是其特色。

论这首小令的艺术造诣，除语言以本色擅场之外，其构思亦颇为别致。全篇四句，前两句描写墙头马上之戏剧性场面，后两句揭示才子佳人之内心世界，皆极具特征性。两个艺术世界，铢两悉称，有机融为一体，相得益妙。

（邓小军）

〔越调〕凭 阑 人

姚 燧

两处相思无计留，君上孤舟妾倚楼，这些兰叶舟，怎载如许愁？

〔凭阑人〕，越调过曲，散曲中常用的小令牌名。按曲谱，全曲四句，四韵，共二十四字。各句分别为七七五五式。姚作严遵曲谱，字句严谨。该曲押尤侯韵，均平声。按《中原音韵》定格，一二句末尾二字应作去平最好。此曲亦正合要求。

这首小令，有曲牌，无标题。但是否真无标题？读了这首小令，人们很容易记起词中这样一些名句："竚依危楼风细细……无言谁会凭阑意？"（柳永〔凤栖梧〕）"最怜轻负年时约，想小楼终日望归舟，人如削。"（张元幹〔满江红〕）"怅望倚层楼，寒日无言西下。"（张昇〔离亭煞〕）这些"尽日凭阑楼上望"的少妇与作者笔下的人物何其相似！可见作者是巧妙地借用曲牌〔凭阑人〕，隐喻题意在描写闺中的"凭阑人"，所以它实质上也就是借曲牌代标题了。这与早期词牌与内容有密切联系的情况相似，因而是很合乎古意的。

这首小令描写的是闺中少妇的离愁别恨。这时，命运已决定他们要分离了。她想到，日后天涯行客，寂寞空闺，人各一方，只空留下两地相思。而这种由社会或生活所造成的安排已无可挽回，所以只能发出"两处相思无计留"的哀叹了。"两处相思"是对离别后彼此相恋心绪的想象，"无计"挽留则写出被迫分离无可奈何的哀伤。用语简洁，却把他们不幸的命运和内心的痛苦表现出来

【凭阑人】

了。第二句写离别之情景。一个上了孤舟,一个独倚危楼,许多离别的细节都省略了,但"孤舟"独去,有多少凄怆之情;少妇倚楼凝望,又有多少情思随舟而往,这给读者以丰富想象的余地。前两句把离别的情景写得很概括,读来只见情意绵绵,离愁重重,但对其"愁"其"恨",不能有一个明确、具体的总体印象。至第三四两句,作者汲取了我国诗词中以具体见抽象的手法,竟把她内心的离愁别恨写成似乎有体积、有重量的东西,说:"这么小的木兰小舟,怎载得了、载得动我这许多怨恨。"句中"这些",作这般、这么解;"叶舟"指小舟,轻舟;兰叶舟即木兰小舟,是轻舟、小舟的一种美称。陆龟蒙诗:"飘然兰叶舟,旋依烟霞泊。"即同一种小舟。曲中的构思、修辞方法与李清照〔武陵春〕词:"只恐双溪舴艋舟,载不动许多愁"近似,它使我们对凭阑人的离愁别恨有了一个形象化的了解。

(江巨荣)

〔越调〕凭阑人

姚燧

寄征衣

欲寄君衣君不还,不寄君衣君又寒。寄与不寄间,妾身千万难。

我国古代,战争频仍,徭役苦重。每逢天下丧乱,自然有不少人家,家破人亡,妻离子散;即便恭逢"太平盛世",又有多少征夫游子,流离异乡。他们或为谋生,或为服役,或被当权者所驱逐,不得不离乡背井,饱尝了分离的痛苦。在这种现实的土壤上，我国古代诗词中就产生了不少民间的或文人拟作的怨女思妇的作品。如李白《秋思》："燕支黄叶落，妾望自登台……征客无归日，空悲蕙草摧。"就是一首怀念征夫的思妇诗。在日日复日日，年年复年年的思念中，有的寄希望于鸿雁，如张率《白纻歌》："但坐空闺思何极，欲以短书寄飞翼。"以投书表达思念。有的裁制寒衣，欲把思念与关怀随衣寄往边地。如谢惠连诗："裁用箧中刀，缝为万里衣。"(《捣衣》)表现了民间妇女质朴的情感。这些诗，从一个侧面表现了古代妇女在如何承受着深重的社会苦难。

姚燧这首散曲，继承了前人作品中思妇怨女怀念征夫游子的题材，表现了相近的社会背景，但它却以构思新巧，表达情感真切动人，音律和谐婉转取胜，所以历来脍炙人口。这支散曲在构思上的主要特点，是通过对思妇怨女矛盾心理的刻画，曲折地表现出她们深挚的感情。第一句写了思妇第一层感情矛盾：征夫游子，年久不归，她是多么迫切地想将亲手缝制的寒衣寄给亲人。"欲寄君衣"，正是她思念、关怀亲人感情的自然流露。但转念一想，远方征客穿上了征衣是不是会不想着归来呢？如果这样，不是更增加了分离的痛苦？这又是她十分忧虑的。语意一正一反，一波一折，把思妇对征人思念和关切的心理表现得很细腻。第二句则以反语倒说：既然寄了征衣，亲人不还，那就"不寄征衣"吧。这似乎可以消除"君不还"的忧虑了，但她旋即想到：自己的亲人又要忍受饥寒了。这是自己更不忍心，更为忧虑的。这两句语意上的反复，把人物心理刻画得惟妙惟肖。三四两句是前面两句矛盾心理的归结，又是主人公情感的扩展。人们仿佛看到她时而欲寄，时而不寄，时而担心"君不还"，时而忧虑"君又寒"，每一踌躇，每一反复，都在深化她思念、关切和痛苦的感情。作者以极简练的文字，给读者体会人物心理提供了广阔的空间。读来有言尽意不尽之妙。

〔凭阑人〕是一首小令，曲牌源于诸宫调。句子组成为七七五五式，四句四韵，共二十四字。本曲押"寒山"韵，"还""寒""难"属平声，"间"为去声。平仄通押。本曲字数少,而重见字多达十三处,这不仅显示出作者驾驭语言的巧妙,而且使韵律和谐婉转,这也是这首小令易诵、易记、易传的奥妙所在。

(江巨荣)

刘敏中

(1243—1318) 字端甫,济南章丘(今属山东)人。至元以后,历任监察御史、陕西行台治书侍御史、集贤学士、河南行省参知政事、淮西肃政廉访使、山东宣慰使、翰林学士承旨等职。后因病还归乡里。能诗、词、文,著有《中庵集》。《全元散曲》录存其小令二首。

〔正宫〕**黑 漆 弩**

刘敏中

村 居 遣 兴

长巾阔领深村住,不识我唤作伧父。掩白沙翠竹柴门,听彻秋来夜雨。闲将得失思量,往事水流东去。便宜教画却凌烟,甚是功名了处?

《全元散曲》中,刘敏中仅留下两首《村居遣兴》,这是第一首。据《元史》本传,敏中曾两次辞官家居,一是任监察御史时,因"权臣桑哥秉政,敏中劾其奸邪,不报,遂辞职归其乡"。一是至大末年作翰林承旨时,"以疾还乡里",时已年近七十。从此曲的忧愤牢骚看,不像晚年致仕后作,因武宗对他一直颇重用;又

【黑漆弩】

【作者小传】

第二首中有"尽疏狂"一句,也不似七十老人口吻。故此曲当为首次辞官居家时作。考桑哥任相在至元二十四年(1287)二月至二十八年一月之间,二十六年三月,桑哥为控制言路,竟"笞监察御史四人"。敏中恰为御史,其劾桑哥当在本年。故此篇约作于至元二十六、二十七两年之间,时作者四十七、八岁。

前四句写"村居",后四句写"遣兴"。首句即擒控题旨,"长巾阔领"状隐士的简朴衣着,且微露其散诞逍遥风度。"深村"点明幽邃山村的宁静,无蚁穴蜂衙之扰,无车马红尘之喧。这种挂冠而归,甘居荒野之举,固非彼等汲汲功名、碌碌奔竞之世俗者流所能理解,故有"伧父"(鄙贱之夫)之讥。两句不无自嘲之意,然其傲兀不平之情已溢于言表。

三四句借景抒情。白沙清江,鸥鹭翔集(第二首有"吾庐却近江鸥住"句),翠绿疏竹,随风摇曳,然而诗人此刻无心观赏。一个"掩"字,突出他紧闭柴扉的幽独心境。绵绵秋雨,如烟如织,响在耳鼓,滴在心头,更易触发他那无边的愁绪。"听彻"活画出他那辗转反侧,彻夜难眠的情状。于是,往事历历浮现在诗人脑际……

原来,敏中自幼"卓异不凡","平生身不怀币,口不论钱,义不苟进……每以时事为忧,或郁而弗伸,则戚形于色,中夜叹息,至泪湿枕席。"(《元史》本传)而桑哥专权,拼命增赋税,括民财,卖官纳贿,贪赃枉法,弄得"天下骚然,百姓失业";"有言者则诬以他罪而杀之"。(《元史·奸臣传》)敏中身为御史劾其奸邪,又遭压制"不报",为此愤而辞官。个人得失自可置之度外,然国事民瘼,是非公理,怎能不令人忧愤?这便是"水流东去"的"往事"。

末二句写诗人的中夜叹息:在这贤愚颠倒,天下无道之际,纵然得使画像列入凌烟阁的"功臣"榜上,那真是功名了却之处吗?回答无疑是否定的。桑哥当时不就得到忽必烈批准刻下"颂德碑"吗?这样的"功臣"作者显然是鄙弃的。何况作者自幼就钦慕"古贤","丰于功而不自衒"呢!

【雁儿落过得胜令】

此曲与白无咎〔鹦鹉曲〕韵字全同,当系和韵之作。同是写隐居抒怀,然意境风格迥异:白词是美烟霞之乐,此曲却写忧时之愤;风格上白词明朗旷放,此曲却悲凉沉郁。元曲中写隐居乐道一类,大都在批判功名的同时,不免流露出及时行乐的消极情调,而此曲独能不落此窠臼。且起句擒题入手,中间发挥题蕴,纵横尽变:"村居"写景是抚今,"遣兴"抒情是追昔,全由"夜雨"过渡,由"闲将"转折,感情跌宕,承转自然。结尾二句,先退让,再反诘,题外传神,机趣遥远,"有余音绕梁不尽"的效果。

(熊　笃)

【作者小传】

庾天锡

字吉甫,一名天福,大都(今北京)人。曾任中书省掾,除员外郎、中山府判。所作杂剧今知有《骂上元》、《琵琶怨》等十五种,皆不存。亦善作散曲。《全元散曲》录存其小令七首,套曲四套。

〔双调〕雁儿落过得胜令

庾天锡

从他绿鬓斑,欹枕白石烂。回头红日晚,满目青山矸①。翠立数峰寒,碧锁暮云间。媚景春前赏,晴岚雨后看。开颜,玉盏金波满。狼山,人生相会难。

庾天锡这首〔雁儿落过得胜令〕,将山林胜景、隐逸高致与朋友深情打成一片，意境极为不凡，是元代散曲中高格调之作。

"从他绿鬓斑，欹枕白石烂。"起唱两句，便有超逸绝尘之致。一任黑发变成斑白，我一枕高卧而无忧，枕的是山中洁白光泽的石头，直枕到白石烂也不起。从上句，可见其隐逸之悠久，从下句，则可见其志趣之高洁。这，不禁使人联想起李白《赠孟浩然》诗："吾爱孟夫子，风流天下闻。红颜弃轩冕，白首卧松云。"隐士风姿，如在目前。主人公一枕醒来，"回头红日晚，满目青山矸"。回头一望，但见得，红日西沉，返照之中，满目青山，分外明净。此二句颇有气象，主人公高卧山中，遗世独立的一份豪情胜慨，隐然可感。青山矸与上文白石烂，语出《史记·邹阳列传》"宁戚饭牛车下"句裴骃《集解》引春秋人宁戚之歌，歌云："南山矸，白石烂，生不遭尧与舜禅。"司马贞《索隐》云："矸者，白净貌。"作者用此二语入曲，是藉以表现其高洁的志趣与超逸的襟期。回味上半幅辞情，绿鬓斑与红日晚相映带，白石烂与青山矸相映照，白头将老，而青山不老，此中意趣，实与陶渊明《形影神》诗"纵身大化中，不喜亦不惧"无异。

"翠立数峰寒，碧锁暮云间。"此下四句，皆主写对于大自然之一份真赏。数峰耸立天半，虽然犹带寒意，苍翠的山色，却显发出无穷的生机，霭霭暮云萦绕峰际，衬托起来，山色愈加碧得可爱。此二句，写群峰之壁立万仞，亦隐然有一种象喻其峻洁精神之意味。二句以翠、碧两字冠于句首，则是突出自己对山色之强烈感受。苍翠碧绿，意味着长青，意味着无限的生机，也意味着主人公盎然的精神。论其句法，则与杜甫《放船》诗"青惜峰峦过，黄知桔柚来"，为同一机杼，有生新之妙。"媚景春前赏，晴岚雨后看。"此二句，极写隐逸乐事之无穷。春前犹寒，却可以欣赏青山明媚的景致；雨后天晴，日光辉映中的山林云气，又别是一番绚丽的光彩。正如王维《送方尊师归嵩山》诗所写："瀑布杉松常带雨，夕阳彩翠忽成岚。"山林光景常新之美，怎能不使人欣欣然而乐歈！故作者一笔挽合之："开颜。"开颜二字，不仅挽合上文所写景致，而且提起下文所写情事。

【雁儿落过得胜令】

"玉盏金波满。狼山，人生相会难。"原来，是友人入山来相会，主人公又怎能不开颜而笑呢！擎起玉杯，斟满美酒，在这狼山幽绝之处，为朋友难得的相会，开怀畅饮。用"人生相会难"一句作结，结得情深义重。可见这位高卧山中的隐士，仍是热心肠、真性情之人。虽说写出友人入山相会之事，以及珍重友情之意，便已是结尾，可是回味起来，满盏的美酒，还有满山的秀色，难道不都是主人公所惠予友人的盛情与厚礼吗？不言而喻，这份厚礼，是人世间任何珍贵的礼物也比不上的。

天锡这首带过曲，把遗世独立的隐逸高致与人与人之间的深挚友情融成一片。高致深情，与长青的山色、无限的景致又融为一体，其意境便格外幽美俊逸。整幅笔墨几乎尽写青山秀色，直至篇末写出殷殷友情，则青山秀色遂尽化为对友人之无上礼遇，其构思真有脱人意表之妙。超妙之灵思，实源于超逸之襟怀。

（邓小军）

元曲鉴赏辞典

321

〔注〕 ① 矸(gàn 干去)：石白净貌。

马致远

（约1250—1321至1324间） 号东篱，一说字千里，大都（今北京）人。曾任江浙行省务官（一作江浙省务提举）。晚年隐退。所作杂剧今知有十五种，现存《汉宫秋》、《岳阳楼》、《荐福碑》、《任风子》、《陈抟高卧》、《青衫泪》及与艺人李时中、花李郎、红字李二合写的《黄粱梦》七种。《误入桃源》仅存残曲。一说南戏《牧羊记》也是他所作。作品多写神仙道化，有"马神仙"之称。曲词豪放洒脱。与关汉卿、郑光祖、白朴并称"元曲四大家"。其散曲成就尤为世所称，有辑本《东篱乐府》，存小令百余首，套数二十三套。其中散套〔夜行船〕《秋思》被誉为"万中无一"（周德清《中原音韵》）；〔天净沙〕《秋思》有"秋思之祖"之称。

作者小传

〔南吕〕四块玉

马致远

天台路

采药童,乘鸾客,怨感刘郎下天台。春风再到人何在? 桃花又不见开,命薄的穷秀才,谁叫你回去来。

马致远的小令〔南吕〕"四块玉"共十首,见于《梨园乐府》和《乐府群珠》,其中每首分咏一个历史故事或故事传说。此处选析的是第一首。咏刘晨入天台事。传说东汉末年,剡县人刘晨、阮肇入天台山(在今浙江省东部)采药,遇二仙女,结为夫妇,共居半年。及至归乡,子孙已历七世。此事出自南朝宋刘义庆所撰《幽明录》,原书已佚,今见《太平御览》卷四十一和《太平广记》卷六十一引《神仙传》。

魏晋南北朝"篡"、"乱"频仍,人们处于水深火热之中,厌恶这种社会现实,向往安定幸福的生活,于是出现了一些描写无君无臣、和平美满的桃花源境界的作品,以寄托理想和愿望,刘晨、阮肇的故事便是其中具有代表性的作品之一。这首小令借咏刘晨之事,表达了作者对没有压迫的神仙世界的羡慕。

"采药童,乘鸾客,怨感刘郎下天台",开头三句写刘晨入天台山由采药童得遇仙女,结为夫妇,变成"乘鸾客",本来十分幸福美好,但他却留恋污浊的人世,置神仙美景于不顾,竟然下山归家。结果如何?"春风再到人何在"? 回乡后看到的是"亲旧零落,屋邑改异,无复相识"(见《太平御览》)的萧条凄凉景象。人世和仙界两相对比,真有天壤之别。"人何在"的反问既是作者对刘郎下天台的

【四块玉】

遗憾,更是作者对现实的不满和对神仙生活的企慕。诗人最后奚落说:"桃花又不见开,命薄的穷秀才,谁叫你回去来!"貌似调侃、嘲讽刘晨不应下天台,实则表明对现实的不满,语调中满含悲凉。"回去来"化用陶渊明《归去来兮辞》语句,并暗中与陶作比较。陶弃官回家,怡然自乐,去暗就明;而刘晨之离天台,则是弃明就暗,至悲至切。如此作比,使曲之意蕴显得深沉。

对比的手法是这首小令的主要特色。"采药童,乘鸾客"写神界的美好;"春风再到人何在"写人世的变迁。两相对比,相得益彰,末句之暗比,则使全曲大生神采。衬字的应用则使这首小令显得活泼生动。"穷秀才"上加"命薄的"三字,似强调刘晨不能交好运,实乃作者自叹命薄,写来幽默诙谐;"谁教你"三字衬在"回去来"之前,一个反问,使不满之意溢出纸外,有力地表达了作者胸中的激愤。

(吴明贤)

〔南吕〕四块玉

马致远

浔阳江

送客时,秋江冷。商女琵琶断肠声。可知道司马和愁听。月又明,酒又醒,客乍醒。

关于马致远的生平,可以确知的内容十分有限。有关文献只告诉我们:他曾经宦海浮沉,出任过江浙行省务官,二十年间,过着"世事饱谙多"的"漂泊生涯"(〔青杏子〕《悟迷》)。这样的经历,使他具有较丰富的生活体验和较复杂的思想感受,而这种种感受与体验,正是他散曲所表达的内容。与杂剧相比,马致远的散曲较少染上道家气息,更接近于他的生活实际。在他现存的散曲中,有一组〔四块玉〕曲,共十首,抒写怀古伤今、羁旅游宦的情愫。这里的《浔阳江》,便是其中辞句清淡,韵味深长的一首。

自从《琵琶行》问世后,凡路经浔阳江的文人墨客都会情不自禁地怀念起一度贬谪江州的唐代诗人白居易,这种身临其境的氛围,更伸久滞下僚、游宦他乡的马致远产生了真切的共鸣。四五百年之前,谪居江州的白居易在浔阳江头送客。巧遇"漂沦憔悴"的原"长安倡女",并产生了"同是天涯沦落人,相逢何必曾相识"的深切感触。与《琵琶行》相比,《浔阳江》篇幅小得多,叙事成分也少得多,其中打动人心之处,却是一脉相通、略带忧伤的羁宦失意情思。

同是瑟瑟秋江,同是皎洁秋月,同是送客江滨,同是华宴相饯……佐觞歌伎弹唱着送别的曲调,作者为离愁别绪所拘牵,无心欣赏歌伎的弹唱,时间仿佛倒流回四、五百年……当主客都感到分别时刻已在眼前,酒宴正好进行到高潮。酒意已浓,离别的愁思更浓,就在这时,客人突然醒来……"客又醒"是小令的结笔,也是它的高潮,"客又醒"其实是主客皆醒——既是从醉意中醒来,更是从宦游生涯里醒来,产生了无可排遣的归隐之思。这"醒"字所表述的,正是"醒悟"了的马致远曲中常见的"恬退"意味:猛然意识到久无升调的仕途已经走到了尽头。这样,马致远才从白居易《琵琶行》的字里行间站立起来,给我们留下了深刻的印象。

十首〔四块玉〕共同的艺术特点,是把作者自己的经历、感受融进对历史往事的追思中,使其具有经久不衰的艺术魅力。《浔阳江》尽管是一首小令,却有比较丰富的内涵,这主要由于作者能够从平常的生活场景中提炼出自己真切、独特的体会。

元曲家张可久散曲中有一首题为《江夜》的〔凭阑人〕,几乎可以看作对《浔阳江》做的注释:"江水澄澄江月明,江上何人捣玉筝。隔江和泪听,满江长叹声。"尽管张可久年辈晚于马致远,但他们有大致相同的经历:在一个相当长的时期内,曾沉沦下僚,游宦江南。这首《江夜》与马曲同样含蓄又克制,都表达出那种为宦情羁绊而产生的无奈又矛盾的心情,可见《浔阳江》所表现的情感又是一种元代下层文人的普遍情绪了。

(杨　镰)

〔南吕〕四　块　玉

马致远

马　嵬　坡

睡海棠,春将晚,恨不得明皇掌中看。霓裳便是中原乱。不因这玉环,引起那禄山,怎知蜀道难!

马嵬坡又名马嵬驿,在今陕西省兴平县西北。唐玄宗宠爱杨贵妃,荒淫误国,酿成安史之乱。安史叛军攻破潼关,唐明皇仓皇向四川逃难,路经马嵬驿时,扈从的禁卫军哗变,求诛杨氏以谢天下。玄宗为了稳定军心,被迫缢死杨贵妃。这首小令以曲写史,意在总结历史的经验和教训。

"睡海棠,春将晚,恨不得明皇掌中看",首先揭露杨贵妃的恃宠娇恣和唐明皇的荒淫好色。杨贵妃就如暮春时节的睡海棠一样娇态妩媚,唐明皇则恨不得将她作为掌上明珠。此处以花喻人,并着一"睡"字,既表明杨贵妃的美艳动人,又突出她的娇态妩媚。再点明时间是花之将衰的暮春时节,更显其珍贵可爱。"恨不得"三字言精语粹,写尽唐明皇对杨贵妃的宠爱,传神逼真。然而后果如何呢?"霓裳便是中原乱",《霓裳羽衣曲》又名《婆罗门曲》,据《新唐书·礼乐志》所载,为河西节度使杨敬忠进献。这种舞曲常用来表现仙境和仙女的形象。

据传说杨贵妃尤擅此舞。这句揭露唐明皇与杨贵妃在深宫内苑轻歌曼舞,尽情寻欢作乐,仿佛是生活在与世隔绝的神仙世界里,毫不理会国家安危和人民疾苦。正是这种政治上的昏庸和生活上的腐朽,给野心家安禄山造成了可乘之机,发动了祸国殃民的叛乱,使中原沦丧,人民惨遭战争的痛苦。"霓裳一曲千峰上,舞破中原始下来。"(杜牧《过华清宫绝句三首》之二)最后作者由历史引出教训,愤怒地指出:"不因这玉环,引起那禄山,怎知蜀道难!"不是因为有了这个杨玉环(杨贵妃小名玉环),引起了那个安禄山的起兵造反,唐明皇又怎会向四川逃难,他又哪里会知道"蜀道之难,难于上青天"呢?诗人将安史叛乱的主要责任归之于杨贵妃,乃是此类话题的传统论见,固不足取;古人对"皇上"总极力回护,即便是讽刺、针砭,亦常常是旁敲侧击,不失温柔敦厚。其实诗人何尝不知祸首是谁!"恨不得"一句已透尽个中消息,只是囿于忠君之道,不便揭破罢了。

　　这首小令以精练见长。前半叙事,用两个生动的比喻("睡海棠"、"掌中看")着重写出唐明皇与杨贵妃的荒淫享乐生活,简明精练,为后面的议论打下了基础。后半议论,用"不因"、"引起"、"怎知"几个衬字,突出安史叛乱的根源,颇为有力。全曲虽只三十六字,但融叙事、议论、抒情于一炉,挥洒自如,一气呵成,体现了作者高超的艺术才能。

(吴明贤)

〔南吕〕四 块 玉

马致远

洞 庭 湖

画不成,西施女,她本倾城却倾吴。高哉范蠡乘舟去。那里

【四块玉】

是泛五湖？若纶竿不钓鱼，便索他学楚大夫。

　　洞庭湖，太湖的别名，亦即五湖，在今江苏省境内。相传春秋之时，吴败越人于会稽，越王勾践命范蠡求得美女西施，进于吴王夫差，吴王许和。越王生聚教训，愤发图强；吴王迷恋西施，听信谗言。越终灭吴。西施亦归范蠡，从游泛五湖而去（事见《吴越春秋》、《越绝书》等）。这支曲子即以此为题材，揭露统治者的残酷无情，赞扬范蠡功成身退、归隐五湖的高洁行为。

　　"画不成，西施女，她本倾城却倾吴。"首三句讲西施本有倾城之貌，是画工施尽才华也难以再现其姿容的绝色美女。然而她却使吴国倾覆灭亡。两个"倾"字，前指美色，后指倾败，意义不同，用在一句中，却颇见机巧。"高哉范蠡乘舟去"，紧接上文，由西施转写范蠡，赞扬他帮助勾践灭吴之后，不恋功名，不慕荣利，功成身退，实在是识时务的高明举动。"高哉"二字，既是诗人对范蠡的推崇称许，也是诗人高洁情怀的自我流露。"那里是泛五湖？若纶竿不钓鱼，便索他学楚大夫。"纶竿，即钓竿，指范蠡渔隐于五湖洞庭。索，讨取，落得之意。楚大夫，当指楚人大夫文种，他与范蠡同入越国辅佐勾践灭亡吴国，后被勾践所杀。诗人用一个反问和一个假设，作正面的肯定，指出范蠡并不是真正想泛舟五湖，隐居不仕。如果他不是归隐渔樵，泛舟湖上，就会落得像文种一样被勾践杀害的下场。可见范蠡之泛舟五湖，实在是为了避祸远害的不得已之举。"那里是"、"若纶竿"、"便索他"几个衬字，指出范蠡离越而去的真正原因，揭露越王勾践的刻薄寡恩和残酷无情，表示诗人对统治者的不满和怨愤之情，贴切恰当，感情浓烈。至于马致远为何称赞范蠡之举，则可从人们常说的元人全身避祸的时代心态中找到答案。

（吴明贤）

〔南吕〕四块玉

马致远

巫山庙

暮雨迎，朝云送，暮雨朝云去无踪。襄王谩说阳台梦。云来
也是空，雨来也是空，怎捱十二峰。

马致远令曲中有一组咏史怀古的〔四块玉〕，此即其一。"巫山庙"的来历，见宋玉《高唐赋》："昔者先王尝游高唐，怠而昼寝，梦见一妇人，曰'妾巫山之女也，为高唐之客。闻君游高唐，愿荐枕席。'王因幸之。去而辞曰：'妾在巫山之阳，高丘之阻，旦为朝云，暮为行雨，朝朝暮暮，阳台之下。'旦朝视之，如言。故为立庙，号曰朝云。"古人诗文中说到巫山云雨，主要有两种寓意：一以言男女欢爱，一以刺帝王淫佚。

此曲即咏襄王梦遇神女一事，却反复在"云"、"雨"、"空"三字上做文章，意旨极为空灵，可说是归趣难求。前两句一"迎"一"送"，可见暮雨朝云，说实有也实有；三句却又说"去无踪"，可见云雨之为物，说虚幻也虚幻。这就兴起下句言楚襄王梦神女之事，用一个"谩说"、两个"空"字予以冷峻的否决，言好梦不长，难与巫山十二峰的存在较量。这些仅是字面意义，其象征意蕴却是扑朔迷离的。见仁见智，可因人而异。大致可从以下几方面索解：一、发思古之幽情；二、有现实的感讽；三、寓人生无常、欢爱难久的感慨。从知人论世的角度言，作者的本意以第三解可能性较大。从读者接受的角度言，则可各得其解。"空灵"者，不是什么玄虚之义，乃是作品在艺术表现上空白较多，而读者想象的余

【四块玉】

地较大,故尔灵动。这正构成此曲的一个显著特色。

在语言上,相应也具有一种扑朔迷离感。这首先在于"暮雨"、"朝云"的离合翻弄,先分后合,最后又以"云"、"雨"单字形式重复一次,给人形式上幻化多变之感。对于"去无踪",又以"空"的单字形式重复两次,加以补充阐发,从而强调了虚无的感觉。末三句本是三字句,分别在其中和句首加了"也是"、"怎捱"等衬字,使曲词富于口语色彩,增加了咏叹意味。"也是"的重复,更添了一分缠绵之致。

(周啸天)

〔南吕〕四 块 玉

马致远

叹 世

两鬓皤,中年过,因甚区区苦张罗? 人间宠辱都参破。种春风二顷田,远红尘千丈波,倒大来闲快活。

带野花,携村酒,烦恼如何到心头。谁能跃马常食肉①? 二顷田,一具②牛,饱后休。

佐国心,拿云手③,命里无时莫刚求。随时过遣休生受。几叶绵,一片绸,暖后休。

这里所选的《叹世》三首,写作时期不一,但都是作者晚年的作品,内容相近,可以合看。

【四块玉】

青年时期的马致远，是积极入世的，虽生不逢世，用违其志，而豪情未减"昔驰铁骑经燕赵，往复奔腾稳似船"，所发多为慷慨激越之音。随着二十年宦海浮沉，历尽漂泊之苦，不能不发出"困煞中原一布衣"的感叹。不过这时还有牢骚，还有不满。及至由壮而衰，由衰而老，壮志消磨殆尽，慢慢的连这点牢骚也没有了，对人间的荣辱、得失、是非，几乎全部失去了热情，因而高唱起"东篱本是风月主，晚节园林趣"的调子，力图从宁静恬退的隐士生涯中，求得精神上的解脱和满足。《叹世》三首，就反映了这种情绪。

"两鬓皤，中年过"，二句是说归隐时已近暮年。马致远的归隐约在五十岁前后。孔子说："四十、五十而无闻焉，斯亦不足畏也已。"是说一个人活到这把年纪，还默默无闻，无所表见于世，也就没有什么希望了。马致远的一生，是在元朝统治的黑暗年代里度过的。他始终没有找到出路，既无法反抗，又不愿与世浮沉，苦闷彷徨之余，只好归之于道。道家的人生态度自然是消极的，但是，不与黑暗势力同流合污，洁身自好，追求个性解脱的思想仍有其合理的一面。马致远一生写过不少的神仙道化剧，但是，在他的散曲里却很少有神道说教的影子，可见在他的思想深处对神仙之有无，是不大关心的。他晚年的思想归宿，主要是清静无为的老庄之道，而不是苦行求仙的道教之道。因而，他满足于"二顷田，一具牛"、"几叶绵，一片绸"的粗淡生涯，尽管是隐居，并没有跳出人世。在这个自得其乐的小天地里，无人海风波之险，有野花村酒之乐，他静掩柴扉，旁观世态，抄起拿云握雾的双手，忘记了往日的风云气概。马致远的晚年，基本上就是这样度过的。三首小曲语简淡而意悠长，仿佛一老人的长吁短叹，唠唠叨叨，有随手而得之妙。然其用心良苦，可透过表面的超脱旷达，窥见其内在的忧怨和苦闷。

（宁希元）

【金字经】

〔注〕　①跃马常食肉：喻富贵得志。战国时燕人蔡泽曾自述其志：跃马疾驱，食肉富贵，四十三年足矣。　②具：犋（jù）的省字。能拽动一张犁的畜力叫一犋。　③拿云手：李贺《致酒行》："少年心事当拿云"，喻壮志有为。

〔南吕〕金 字 经

马致远

夜来西风里，九天鹏鹗①飞。困煞中原一布衣②。悲，故人知未知？登楼意，恨无上天梯。

本曲写投谒不遇、天涯沦落之悲。起首由梦境说起，在睡梦中，作者仿佛化作展翅高飞的大鹏，挟着强劲的秋风，翱翔于云海之上。这是渴望飞腾的理想在梦幻中的反映，是美丽而又诱人的。然而，梦毕竟是梦，梦醒之后，依然是托足无门、天涯沦落的悲哀。如果马致远自认晦气，承认自己不过是做了一个荒唐的梦，情况自当别论。问题是碰了钉子以后，他还在苦苦的追寻、回味那个动人的九霄驻足的幻影。他还是要高飞的，还是想高飞的，而眼前的现实却根本不允许他展翅高飞。这就是马致远悲哀的所在。因而，"困煞中原一布衣"的呼号，直是撕心裂肺的哀鸣，特别醒人耳目。以下"悲"字诸句，都由这里生发而出。在极度失望之余，他只好寄希望于故人，希图与故人对话，借以把自己从眼前的困境中解脱出来。对话的结果如何？不得而知，然而就其目前处境来说，可能是不大美妙的。

"登楼"，用汉末王粲的故事。王粲因避董卓之乱，曾离开中原，投靠故人荆州牧刘表，始终未得其用，因而怀念故乡，作《登楼赋》以明其志。马致远青年时期,正当蒙古统一南北之际,他是亲身经历了这一动乱的历史的。当蒙古军队灭宋的时候,有相当一批知识分子随军南下,参与戎机,有些人固然爬上去了,但更多的人却屈沉下僚,流寓在江南一带。马致远大概是属于后面一类的。他可能到过江汉,登过当阳县的城楼,吊古伤今,由当年王粲的失意不遇,想到自己的天涯落魄,这是很自然的事情。

马致远的散曲,本以豪放见长。其词多冲口而出,几乎要把全部情感的郁积,都倾泻在散曲的写作中,可以说是横放杰出,无所顾忌的了。本篇以极其豪迈的语言,表现极其沉痛的情感,使人倍觉其沉痛。应该看到,马致远的前期,虽屡遭困顿而豪气犹在,故豪放之中多有愤激抗争之音,这和人们所熟悉的马致远晚年作品的基调是不大一致的。前期的作品,传世较少,所以这首小令应该引起人们特别的注意。

（宁希元）

〔注〕　①鹏鹗(è 饿):本是两种鸟的名字,这里专指大鹏。　②"困煞"句:金代李汾《下第》诗:"学剑攻书事两违,回首三十四年非。东风万里衡门下,依旧中原一布衣。"

〔越调〕天　净　沙

马致远

秋　思

枯藤老树昏鸦,小桥流水人家,古道西风瘦马。夕阳西下,断肠人在天涯。

【天净沙】

这是写"秋思"的名曲，被誉为"秋思之祖"（周德清《中原音韵》）。写秋思而如此出名，究竟有什么奥秘呢？

第一，有景有人，人和景都是精心选择的，最能表现"秋思"。

秋思指一种萧条、寂寞、悲凉的情思。这种情思之所以冠以"秋"字，就因为"秋"是触媒剂。宋玉的《九辩》一开头就阐明了这个道理：

悲哉，秋之为气也！萧瑟兮，草木摇落而变衰。憭慄兮，若在远行；登山临水兮，送将归。

秋思既然是秋景触发的，那么要写好秋思，就得选好秋景。这首小令选择了"枯藤"、"老树"等最有特征性的秋景，最有利于表现秋思。

不同心境的人对于同一景物有迥乎不同的反映。志得意满的人即使看见萧条秋景，内心里仍然充满春天的阳光。所以要写好秋思，还得选好抒情主人公。这首小令就选择了秋思满腹的主人公——流落"天涯"的"断肠人"。吴文英的〔唐多令〕词讲得好："何处合成愁，离人心上秋。纵芭蕉不雨也飕飕。"那位"断肠人"当然也是"离人"啊！

第二，用极有限的字句，塑造了极丰富的意象。前三句只有十八个字，却接连出现了九个名词，九种景物。而加在名词之前的定语，则体现"断肠人"对于那些景物的独特感受。特定的定语与特定的名词衔接，就构成一系列意象，所表现的便不是客观的景，而是人与物的结合、情与景的交融。省略动词和一切表示语法关系的词儿，只罗列名词或名词片语以塑造意象的名句是温庭筠的"鸡声茅店月，人迹板桥霜。"（《商山早行》）欧阳修着意模仿，写出了"鸟声梅店雨，野色板桥春"，仍未免逊色。而这首小令的前三句，则有过之而无不及。

第三，时空关系的处理，也最适于表现秋思。就空间说，那充满人物感受的景不是"断肠人"故乡的景，而是"天涯"的景。就时间说，那不是早晨或中午的景,而是日落黄昏的景。如果是故乡的景,再萧条也不会增加"断肠人"的多少愁思;而远在"天涯"的景,情形就大不相同。如果是秋天的早晨或中午,"断肠人"还没有今夜宿谁家的问题;而日落黄昏之时,情形也就大不相同了。

通常说这只曲子之所以写得好,在于"描绘了一幅绝妙的秋景图"。这当然不算错。但更确切地说,则是一幅绝妙的秋思图。这幅图,是随着抒情主人公的脚步、视线和思绪展开的。"断肠人在天涯"一句,尽管在结尾,但实际上是贯串全局的主线。读这首曲,一开头就应该想到它,并且跟着"断肠人"在"天涯"漂泊的足迹进入画卷。大致说来,这画卷是这样的:

时已深秋,一位远离故乡的"断肠人"还在天涯漂泊。他骑着瘦马,冒着西风,在荒凉的古道上奔波,不知哪里是他的归宿。哦!那纠缠着枯藤的老树上,已经有乌鸦栖息,又到黄昏时候了!一条溪水从小桥下流过,桥那边出现了人家。然而那不是他的家啊!看到小桥流水人家,便想起自己的家,也很想回家,却怎么能回得了呢?过了小桥,叩那家的门,要求投宿行不行?看来是不行的,因为那不是客店啊!于是乎,他继续骑着瘦马,冒着西风,忍着饥饿,在那荒凉的古道上颠簸。太阳已经落山了,他仍然在天涯漂泊,漂泊……

秋思是抽象的,作者却通过那位"断肠人"的漂泊天涯以及他在天涯的所见所感,把秋思写活了。为了对比,不妨看看白朴的〔天净沙〕《秋》:"孤村落日残霞,轻烟老树寒鸦,一点飞鸿影下。青山绿水,白草红叶黄花。"这里有更多的秋景,却很少秋思。景中寡情,就不可能像马致远的〔天净沙〕《秋思》那样具有动人心魄的艺术魅力。

(霍松林)

〔双调〕**蟾宫曲**

马致远

叹　世

东篱半世蹉跎，竹里游亭，小宇婆娑。有个池塘，醒时渔笛，醉后渔歌。严子陵他应笑我，孟光台我待学他。笑我如何？倒大江湖，也避风波。

马致远摘取陶渊明"采菊东篱下"诗句而自号"东篱"，借以表明其寄身田园、寄情世外的志趣。正像他在〔青杏子〕《悟迷》中所自嘲的那样："天公放我平生假，剪裁冰雪，追陪风月，管领莺花。"明明是怀才不遇，却故作旷达，要主宰起风花雪月来。为此，他精心设计了自己的世外桃源般的生活。摆在我们面前的这支〔蟾宫曲〕小令就是对它的具体描述。在那通幽的竹径中，隐映着一座小巧的游亭，走到竹径的尽头，就是小巧的庭院。形容这座庭院用了"婆娑"二字，不只展现了花木的繁茂，而且还透露了其中飘荡翩跹的一种动感，使这恬静的小院洋溢着生气，既诱人又足以令人忘情。一个经历了"半世蹉跎"的老人憩息于此，陶然忘机，自不难想见。然而主人公对生活的设计尚不止于此。在庭院后面另有一池清水，在那小小池面上更漂浮着扁舟一叶。主人公在扁舟之上，醒的时候轻声吹起渔笛，醉酒之后又放声唱起渔歌，放浪形骸一至于此，其胸中的郁闷亦于此得到尽情地宣泄。于是，不平的心境得到了暂时的平衡，沉浸在一种所谓"心旷神怡，宠辱皆忘"的心境之中。这时候，什么"密匝匝蚁排兵,乱纷纷蜂酿蜜,闹穰穰蝇争血"(〔夜行船〕)般的人世间争斗,什么"无也闲愁,有也闲愁,有无间愁得白头"(〔行香子〕)样的人世间烦恼,统统抛诸脑后。主人公孑然一身,怡然自得,完全陶醉在自己精心设计的小天地里。而这正是他"半世蹉跎"换来的大彻大悟。

有趣的是马致远的另一首散套〔哨遍〕("半世逢场作戏")也是以他的"小宇"来寄情的,几乎可以视为这支小令的铺排。其中就有这样的句子:"茅庐竹径,药井蔬畦,自减风云气。"好一个"自减风云气"!一语道破其寄情田园的目的就在于抑制自己那愤世嫉俗的风云气概。而为了达到这一境界,又经历了多么大的蹉跎,付出了多么大的痛苦呵!所以,表面上看起来,〔蟾宫曲〕的前半部表现了作者在恬静的田园生活中得到了寄身世外、与世无争、六根清净的无限乐趣,其实,却蕴含了内心的波澜起伏,表明他正在出世与入世的极度苦闷中挣扎。"自减风云气"——这种人为的甚至不无造作的恬淡心态,才是最真实的夫子自道。我认为,非如此理解曲的上半部,下半部的内涵也无从进一步挖掘。

"严子陵他应笑我。"严子陵即严光,年少时曾与东汉光武帝刘秀一起游学,待刘秀称帝,他就变换姓名隐居起来。刘秀派人四处寻访,征召到京,委以谏议大夫,竟不受,终隐于富春江。相较而言,马致远虽也高唱隐居,却远没有这位严光来得彻底,不仅担任着"江浙行省务官"(一作"江浙省务提举")这样的小官,而且用作避世超俗的茅庐小宇很可能就处在闹市之中,所以这位东篱先生认为严子陵若在世,一定会嘲笑他的假正经,不是真隐士。

难解的是下一句:"孟光台我待学他。"这"孟光台"者何也?笔者尚不敢妄断。然而依曲律此句与上句为对偶,可以肯定"孟光台"与"严子陵"是相对应的三字姓名。再从下面曲词来揣测,这"孟光台"纵使不是"东方朔"三字的误植,也该是类似东方朔一流的人物。这种设想虽近荒诞,却也有如下的依

【蟾宫曲】

据。东方朔乃汉武帝之弄臣,待诏金马门,官至太中大夫,以滑稽善辩名于世。据《史记·滑稽列传》记载:朝中以"狂人"呼之,东方朔回答说:"如朔等,所谓避世于朝廷间者也。古之人,乃避世于深山中。"并乘酒酣,据地而歌曰:"陆沉于俗,避世金马门。宫殿中可以避世全身,何必深山之中,蒿庐之下。"金马门本宦者署门,后世沿用作官署代称。马致远既不能如严子陵那样弃官而去,隐逸江湖,只能效法东方朔辈,所谓"避世金马门",以求得一种心灵上的安慰,或自我解嘲了。

倘若如上臆说可以成立的话,那末,马致远就可以向严子陵反唇相讥了:"笑我如何?"我又有什么可被嘲笑的呢?你隐逸于深山蒿庐之下固然是隐士的行藏,可我隐逸于官署衙门之中也是有前贤可鉴的行径呵!故尔随即发出诗人谅解的呼吁:"倒大江湖,也避风波!""倒大",词曲中常用语,乃大、绝大之意。全句的意思很明确:不只湖畔港湾,即或白浪滔天的偌大湖面上,也自有躲避风波的办法。所谓江湖也避风波,其实是用来借喻官场中亦可求隐。这样一种自我解嘲式的心态,在怀才不遇或愤世嫉俗的士大夫群中颇具代表性,晋人邓粲就曾发表过这样的高论:"夫隐之为道,朝亦可隐,市亦可隐。隐初在我,不在于物。"(《晋书·邓粲传》)马东篱沉寂下僚,既不齿于官场的窳败,不肯与之同流合污,又无力摆脱或与之抗争,于是,在官署之旁,闹市之中苦心经营了一片精巧的小天地,虽比不上前辈隐士超世脱俗的大气魄,亦可略效其遗风,来个眼不见,心不烦,从中得到一种聊以自慰的心态平衡。这篇"叹世"的〔蟾宫曲〕所透露的不正是马神仙的这样一种隐衷吗?

(黄 克)

〔双调〕蟾 宫 曲

马致远

叹 世

咸阳百二山河，两字功名，几阵干戈。项废东吴，刘兴西蜀，梦说南柯。韩信功兀的般证果，蒯通言那里是风魔？成也萧何，败也萧何，醉了由他。

在元代散曲作家中，马致远是牢骚最盛的一位，也是宣泄牢骚的技巧最高的一位。就如这首〔蟾宫曲〕，既名之为《叹世》，自然意在抒发对社会现实的不满，但终其篇无一字针砭当世，而只是胪列一个又一个历史故事。借助读者对历史的联想来体味作者的意图；通过"咏史"达到"叹世"的目的，这种借古喻今的曲笔，可以容纳作者更深的心迹和底蕴，也正是作者技巧的高明的表现。

历史的价值自有其评价的定向性，是不容任意为之的。然而，由于中国历史所独具的极为丰富的内涵，加以后代常从不同的角度加以演绎，致使它具有了含义的多向性，同一历史事件，因评价者的观点不同可以得出不同的结论、汲取不同的教训。此曲所征引的历史故事多发生在楚汉相争的时期，但是，波澜壮阔的历史画卷，在他笔下似乎成了毫无意义的虚无缥缈的梦幻，这分明是透过他那"叹世"的三棱镜析色后所得到的某种特殊色彩的折射。于是，历史事件就成了他宣泄对现世牢骚的手段了。且看他对历史是如何撷取，又是如何评说的。

咸阳,是当时秦朝的政治、经济中心。因地处九嵕山之南,渭水之北,形势极为险要,凭此天险即可足当数倍于我之敌,故有"百二"之称。百二,或谓二之于百,或谓百之于二百,皆言天险可以凭借之意,因此,"百二"也就成了山河险固的同义语,"咸阳百二山河"也就成了当年楚汉相争的焦点。不过,对于这样一场为推翻暴秦统治而进行的历史大搏斗,作者却以"两字功名,几阵干戈"轻轻带过,仿佛是无足轻重的功名之争。评点江山,口气虽大,透露出来的却是对历史的虚无主义态度。

"项废东吴",指的是项梁与项羽叔侄二人响应陈胜吴广起义,杀会稽郡守而起兵的故事。会稽郡治在吴(今江苏吴县),历来泛称东吴,故有此说。"刘兴西蜀",指的是刘项共同推翻秦朝后,刘邦受封汉王,占据巴蜀和汉中,他以此为基地,与项羽展开了为期五年的楚汉之争,并最终战胜了项羽。所谓"废东吴"和"兴西蜀",乃为了对仗的工整而举例,意在标明刘项成就的事业,在中国历史上也是极为壮丽的一页,极为有力的一跃。但是作者却把它说成是瞬息幻灭的南柯一梦,认为于世无补。这就进一步表明了他的虚无史观。

下面又说起了韩信的故事。韩信是"汉兴三杰"之一,与萧何、张良齐名,在歼灭项羽主力的战斗中屡建奇勋,受封齐王。后因有人告他谋反,汉高祖刘邦以随游云梦之名,召而执之,贬作淮阴侯,继而为吕后所杀。"证果"一词本佛家语,指悟道有得,元杂剧中多用作应验、结果的意思。"兀的般证果",即(直落得)这样的结果。用结果得祸把当初的建功立业也一古脑否定了。至于蒯通(即蒯彻,避汉武帝名讳而为通),乃韩信幕下辩士,曾劝韩信莫听高祖之命,索性起兵叛汉,韩不从,终遭祸。蒯料知自身亦不能免,遂假装风魔逃遁,但仍为刘邦所执。刘邦原欲烹之,但为蒯通历数韩信"十罪三愚",实为之评功摆好所感动,最后还是赦免了他。所以作者说蒯通说的不是风话，不过，真话也不能免韩信一死。反映的仍是功业无用，不足立身的观点。

用得最为巧妙的还是"成也萧何，败也萧何"这句成语。他显然是对前引楚汉故事的呼应，而句型合乎曲谱的要求，韵脚又与全曲所用"歌戈"韵相应，镶嵌得真是天衣无缝，这种成语的引用，给人以贴切而俏皮的美感。不过，它的更重要的作用还在一语双关，承上启下。"成也萧何，败也萧何"的引申义已成为对翻手为云、覆手为雨这种人情反复的讽喻。用这句成语导引出"醉了由他"这样一种超然物外、不问是非的情态，就显得十分自然了。

褒贬历史常为的是褒贬现实。作者从历史故事的征引中生发出的叹世的感喟，也是有其现实针对性的。反映在本曲中的这种世道无常、人生如梦的低沉情调，可常见于马致远的曲作中。其强烈若此，意味着在他的生命旅程中似曾经历过大的蹭蹬、大的波折。是否如此，不得而知，因为《录鬼簿》记载他的行状只有江浙行省务官这样的微职。但是，另一首小令〔拨不断〕中竟有"九重天，二十年，龙楼凤阁都曾见"的话，或者有可能他早年也曾混迹京华，官近势要，今存下来的两首〔粉蝶儿〕的套曲，几近"应制诗"，唱什么"贤贤文武宰尧天，喜，喜，五谷丰登，万民乐业，四方宁治"，什么"祝吾皇万万年，镇家邦万万里。八方齐贺当今帝，稳坐盘龙亢金椅"。这种粉饰升平、歌功颂德的笔墨，很可能就是这一时期的作品。现已无法考知他贬谪的原因，但从九重天跌落到地上却是他所面对的无情的现实，世态炎凉给他的沉重打击，也是不难想象的。所以才产生了〔夜行船〕那样的代表作，痛心疾首地唱出"百岁光阴如梦蝶，重回首往事堪嗟"的心声。在这首〔蟾宫曲〕中，谈的是历史故事，却仍没有离开这一愤世嫉时的主旋律。

（黄　克）

〔双调〕清 江 引

马致远

野 兴

樵夫觉来山月底,钓叟来寻觅。你把柴斧抛,我把渔船弃。
寻取个稳便处闲坐地。

　　像许多元代散曲家一样,隐逸情怀是马致远反复吟唱的主题。在现存马致远小令里,有一组题为《野兴》的〔双调·清江引〕颇为引人注目。这八首同题小令并非写于一时一地,但表现忘情物外、避祸全身的思想和抒发恬适的隐居情怀却完全一致,它们都真实地披露出曲家复杂、矛盾的内心世界,本曲也是如此。

　　山月高悬,丛林寂静。渔人弃舟登岸,到山中来探访迟迟未曾还家的樵夫。在这远离尘嚣的荒野,樵夫卸下柴担,放下利斧,与渔人相约席地而坐。万籁无声,山野寂寥,除了这两个心曲相通的山野之士,再没有任何人来打扰,也没有任何琐事相烦……

　　渔人入山寻找樵夫有什么事情吗? 樵夫入夜而不归家是为生计所累吗? 他们谈了什么话题,以至于忘情坐地? 是谈世态炎凉? 是谈官场暗蔽? 还是谈古说今? 或许,他们什么也没说,什么也不必说,就这样与林泉明月相对,直坐到东方欲晓,在静默中获得了彻底解脱。这里的樵夫渔夫,并非现实生活中真实的渔樵者,他们不过是作者自托身形、自寓心迹的幻影化身。

　　这首小令采取了叙事的手法,一开始就把读者引入一个特定的环境和一种朦胧的氛围和超尘拔俗的情趣之中。作者有意让"樵夫"、"渔夫"处在这种没有开始，也没有结局的"永恒"中，既鲜明又含蓄地表达了忘情物外的心志情思，而这种心绪和怀抱正是作者从坎坷、漫长的仕途中亲身体会出来的。

（杨　镰）

〔双调〕清　江　引

马致远

野　兴

绿蓑衣紫罗袍谁是主，两件儿都无济。便作钓鱼人，也在风波里。则不如寻个稳便处闲坐地。

自从唐代张志和在《渔歌子》中以"青箬笠，绿蓑衣，斜风细雨不须归"来描写渔隐生涯，绿蓑衣便成为渔夫钓叟和隐士的代称。紫衣则是贵官公服，此处代指当官。渔人与贵官本不相干，但马致远在这首小令劈头便一句"绿蓑衣紫罗袍谁是主"似乎十分奇怪。主，这里是主宰意。"谁是主"，通俗说来便是"为了谁"、"为了什么"。钓鱼的，当官的，都为了啥？作者以此设问句提领全曲，颇令人寻味。马致远经过长期仕途蹭蹬，逐渐领悟到"风波梦，一场幻化中"。于是产生了"且向江头作钓翁"（〔金字经〕）的归隐之意。对"紫罗袍"已不抱任何幻想。但是，本曲题为"野兴"，意在抒发恬退之意，为什么还把"绿蓑衣"与"紫罗袍"并列，并说"两件儿都无济"（无济，无用；无味，没意思）呢？下句"便作钓鱼人，也在风波里"便道破其机。这里的"风波"是元散曲常用来隐喻政局的变幻，升沉无定。这样，所谓"钓鱼人"指的就是"渭水垂钓"，以期明主的姜太公式"隐士"了。姜太公之路是历来失意文士十分羡慕的"终南捷径"——先当隐士，以博高名；日后身登龙门，紫袍加身。这是古代所谓"隐士"的真面貌。马致远一语揭穿其秘：暂时没有当官的"钓鱼人"和已经当官的"紫罗袍"都为了啥？还不都是为了利禄奔忙；他们的"主"都是名利尔尔！而看穿了世态炎凉的马致远，既无意于"紫罗袍"，也不要做一个假隐士，他要彻底的超脱，彻底地"远离红尘百丈波"，这就是结句"则不如寻个稳便处闲坐地"的真谛，也是绿蓑、紫衣"两件儿都无济"的真正命意。

这是一首阐述个人情怀的散曲。相比之下，它不像"竞功名有如车下坡，惊险谁参破。昨日玉堂臣，今日遭残祸"，"高竿上再不看人弄险"（均为贯云石语）那样直截了当地表示与官场决绝，但在其悠闲下却蕴含着同样深刻的思想。

马致远《野兴》组曲的前五首篇篇都以"则不如寻个稳便处闲坐地"作结，但作者却从不同角度层层揭示其意蕴，突出地表达了作者要求安闲自适，置身于红尘之外的愿望。末句的这一重复，起到了加重语气的作用，成为作者的画龙点睛之笔，使读者从不同的角度去深思细味。

（杨　镰）

343

〔双调〕清江引

马致远

野　兴

林泉隐居谁到此，有客清风至。会作山中相，不管人间事。争什么半张名利纸？

这是一个十分幽雅的处所。作者结庐于山水奇佳之地，远离市井红尘。由于他潜心归隐，平常从没有闲人来打扰，唯有清风徐来，使他时时感到新鲜与快意——权且把清风视为常客吧。在这人迹罕至、林泉作伴的僻静山野，只有大自然是唯一伙伴，他就是大自然唯一的主人——一个"不管人间事"的"山中相"。"山中相"，用南朝梁陶弘景事。据《南史·陶弘景传》载，陶隐居山中，帝手诏其出山为官，不就。"国家每有凶吉征讨大事，无不前以咨询，时人谓为'山中宰相'。"此处仅取其隐士意。荣辱皆忘，名利双抛，澄心静虑，诗人不仅身居山中，而且，心也与万物冥合，结成一体。

　　以上就是这首《野兴》所表达的内容。令人深思的是：作者本幻想着有朝一日成为"人间相"的，但现实却使他只能成为"山中相"，而这"山中相"又决非是得到圣上青睐，操纵人间大事的陶弘景式的"山中相"，他所能主宰的，只是自己的心灵、山中的草木；然而，正是在作者失去了"人间"的一切后，他才得到了真正的一切，得到了一个不为任何物役的纯粹自身，这是作者对人生的深刻反思，是一种老庄式的大彻大悟。在另一首《野兴》里，作者还自称"东篱本是风月主"。"山中相"与"风月主"都是对命运嘲弄的回答。陆游归隐后也曾长吟"平章风月，弹压江山，别是功名"（〔诉衷情〕），所谓"别是功名"，正是弃绝"半张名利纸"之后的彻悟。解嘲也罢，彻悟也罢，赞颂大自然也罢，它们都是"野兴"，它与金殿庙廊毫无关系，与世俗之心不相凉热，这是马致远对社会现实的回答。

（杨　镰）

〔双调〕清　江　引

马致远

野　兴

东篱本是风月主。晚节园林趣。一枕葫芦架，几行垂杨树。

是搭儿快活闲住处。

"东篱本是风月主",是《野兴》最后一首。这一首借作者对自己隐居处所颂扬性的描写,为这组曲子的主题作了归结。"东篱本是风月主",起句用一个判断性语句对自己的情趣、爱好及人生追求作了概括,从而为全曲的思想内容定下了基调。"东篱"是作者自号,显然取自陶渊明的"采菊东篱下,悠然见南山"的诗句。不难看出,马致远是倾心于陶渊明的悠然自乐的隐居生活的。因此,这两个字就不仅仅是作为作者的代称而出现,而且会唤起读者丰富的联想。"风月"在这里是借代,代整个大自然。马致远一开始就十分自得地宣布,他就是大自然的主人。"本"字用得非常恰切。它不仅使这个陈述句的语气显得更加肯定,而且借以表明自己过去曾热衷功名,乃是误入歧途,现在才恢复了自然本性。这一句是对自己的自然本性、情趣爱好的总写,第二句则在此基础上对时空作了具体的收拢。"晚节园林趣",点明自己晚年的志向、爱好在于寄趣园林。正因如此,他对隐居的园林进行了苦心的经营。第三四句用白描的手法勾勒出了园林的概貌。"一枕葫芦架,几行垂杨树。""一枕",一排、一溜儿之意。"垂杨"即垂柳。作者只选取了葫芦架与垂柳这两种景物,就将他园林的景色展现在人们的眼前。可以想见,这是一个远离尘世、野兴盎然的处所。绿荫之中掩映着一座农舍。院内,搭着一排葫芦架;门前,长着几行垂柳,微风拂来,柳枝翩翩起舞。这里没有尘世的喧扰,没有官场的纷争。一切显得那么平和、宁静而又充满生机,真是一座世外仙境。我国古典诗词讲究形神兼备,并且往往是以形传神。这两句不仅写出了园林的形貌,而且写出了园林的神韵。"是搭儿快活闲住处。""搭儿","一处"(地方)的意思,"快活闲住处"将这种神韵进一步点染了出来,而作者对自己园林的喜悦之情也溢于言表。正是在对园林这种赞扬性的描写中,作者对隐居生活作出了毋庸置疑的肯定。

这首曲子不讲藻饰，不事雕琢，造语平淡，但却情真意切。关键在于作者对生活有浓厚的感受，加之高超的艺术造诣，因而才能以平淡出之。

（孙秀荣）

〔双调〕寿 阳 曲

马致远

山 市 晴 岚

花村外，草店西，晚霞明雨收天霁。四围山一竿残照里，锦屏风又添铺翠。

这是马致远写的八景（八首）小令中的一首。据《寄园寄所寄》、《梦溪笔谈》等书记载，宋代宋迪，以潇湘风景写平远山水八幅，时人称为潇湘八景，或称八景。这八景是：平沙落雁、远浦帆归、山市晴岚、江天暮雪、洞庭秋月、潇湘夜雨、烟寺晚钟、渔村夕照。马致远所描写的八景的名称与之完全相同，由此可知，他描写的八景也是潇湘八景。

"花村外"，首句暗点题面中"山"字。"花村"一词，是点明描写的是山花烂漫的山村，一个"外"字，将景物描写的境界扩大，表明此曲着眼点不是山村内景，而是山村外景。接着，"草店西"，暗扣题面"市"字。店指酒店，因是山野酒店，故曰草店。"西"字与前句"外"字相呼应，进一步表明此曲不是描写草店本身的面貌，而是描写草店外的自然风光。花村、草店，虽非作者落墨之所在，但恰如古人山水画的"点俏"，使一幅宁静、恬淡的山水画平添一丝生气。使人想起"结庐在人境，而无车马喧"（陶渊明《饮酒》）的意境。这样，全曲的风景描绘便有了一种既在人间,而又超尘脱俗的意味。故本曲以"花村"、"草店"开篇,却又妙在似写未写,它是全曲总意境的一个有机成分。

第三句"晚霞明雨收天霁",又扣题面中"晴"字。按《北词广正谱》,本曲牌第三句的句式是上三下四,读若"晚霞明、雨收天霁"。"晚霞明"为一顿,三字将山市上空写得清新通明,灿烂多彩,且又点明所写的是晚晴。"雨收天霁"又一顿。霁,本指雨止,引申为天气放晴。此句最妙在一"明"字,它恰到好处地表现了雨后晚晴给人的视觉印象和心理感受。下文的描写则无不由一"明"字生出,此可谓全曲风景描写之"眼"。

第四句"四围山一竿残照里",将视线进一步移向"花村外,草店西"的四周之山。"一竿残照"与前句"晚霞"巧妙衔接,曲意流畅自然。"一竿残照",本为"一竿照"之意,指夕阳距山仅一竿之遥。然若照应上文的"草店",似亦可指草店上空的一竿酒旗。本曲题为"山市晴岚",市谓买卖之地;岚,一指山风,又指山中雾气。本曲可合而解之。小酒店上空,有一面酒旗在雾气中若隐若现,在微风中悠悠飘拂,使绮丽的大自然风光中又渗透着人间生活气息,岂不更富有诗意? 此句与《西厢记·长亭送别》中"四围山色中,一鞭残照里"句有异曲同工之妙。

末句"锦屏风又添铺翠",锦屏风,比喻四周的山岭,是对"四围山色"的进一步具体描绘。山色青青,在淡淡雾气中连成一片,再加上夕阳晚霞的辉映,就像锦屏风立在"花村外,草店西"。这个比喻极其形象。唐代王维《送方尊师归嵩山》诗,有"夕阳彩翠忽成岚"之句,这里化用其意境。夕阳照射雨后的青山,水蒸气上升,产生雾气,锦绣的青山好像添铺了一层彩翠,这个境界何其绚丽多彩。

"山市晴岚"是宋元间画家诗人笔下经常出现的一个审美境界,元代诗人曲家对这一境界题咏的角度是不同的。元代著名诗人揭傒斯有《山市晴岚》诗:

"近树参差出,行人取次多。板桥双路口,此世几回过。"偏重于描写地面景物,描写的中心是行人,主要表现了一种生活美。而马致远这支小令则由天及地,描写的中心是晴岚,着重表现了自然美。由此可见,诗人对于同一审美对象,有着不同的审美感受和表现中心。

(周寅宾)

元曲鉴赏辞典

〔双调〕 **寿 阳 曲**

马致远

远浦帆归

夕阳下,酒旆闲,两三航未曾着岸。落花水香茅舍晚,断桥头卖鱼人散。

此曲与马致远的《山市晴岚》一样也是沿用了潇湘八景的旧题,但表现了新的意境,描绘了江村风光和渔民生活。

"夕阳下",点明了时间。全曲情境均由此而生。酒旆,酒店的旗子,既点明了地点,又表示这是小镇所在。"闲"字,显示出江滨小镇的宁静气氛,为全曲奠定了闲适的情调。"两三航未曾着岸",将景物境界由小镇扩展到江滨。航,此处指船。江上只有两三只未曾靠岸的船,进一步突出了小镇的宁静。"未曾着岸"四字隐含着"帆归"之意。船是向岸边驶来,只是尚未靠岸罢了,这同扬帆远去或船行中流的情景是不同的。本句可以说是摄取了渔船欲归而未归那一刹那的情景。酒旆,是近景,酒旗也看得清,这是写近距离的视觉。两三航,是远景,远远望去,只见江上有船,船上人看得不甚分明,这是写远距离的视觉。以

【寿阳曲】

上三句是一个层次,写远浦。

"落花水香茅舍晚,断桥头卖鱼人散。"这两句转入另一个层次,写帆归。曲的构思与诗的构思有共同的特点,容许思想感情的跳跃。此曲略去了渔船靠岸、渔人卸鱼的场景,直接写渔人在镇上卖鱼和归家休憩的生活场面。作者不用人群熙攘来形容小镇,而用断桥头代指小镇,是有意突出小镇的幽寂。傍晚时分,断桥头旁曾有过短暂的鱼市交易,但这种贸易很快结束,卖鱼人散去,小镇又重归宁静。"落花"句写出渔村晚景的秀美,衬出渔人生活的悠闲自适。从断桥到茅舍,他们远隔尘嚣,与世无争,怡然自得。

元代诗人揭傒斯写有《题王山仲所藏潇湘八景图卷走笔作》诗,其中《远浦帆归》是这样写的:"冥冥何处来,小楼江上开。长恨风帆色,日日误郎回。"该诗描绘的是一幅思妇候门的场景,表现闺怨的主题。马致远的这支小令,描绘的是一幅江村渔人晚归图,表现向往宁静生活的主题。全曲境界清淡闲远,远浦,酒旗,断桥,茅舍,远景近景,相得益彰,显得清疏而又淡雅。

(周寅宾)

〔双调〕寿阳曲

马致远

潇湘夜雨

渔灯暗,客梦回,一声声滴人心碎。孤舟五更家万里,是离人几行情泪。

潇湘夜雨,是宋元人所称"潇湘八景"之一。潇湘,原指湘水与潇水在零陵的汇合处，后用以指湖南。据孙楷第考证，马致远"至大、至治间宦江浙，至治末始改官江西"（《元曲家考略》）。又，马致远八景小令之一的《洞庭秋月》有"豫章城故人来也"之句。由此可知，这首小令写的是作者由江西至湖南的亲身感受。

"渔灯暗，客梦回"这两句写在水上过夜的情景。潇湘自古为鱼米之乡，故以"渔灯"二字开头，巧妙地抓住了"潇湘夜"的特点。同时，"暗"字又奠定了全曲暗淡感伤的气氛。"客梦回"的"客"系自指，此字为下文的思家作了铺垫。"梦回"，梦醒。梦到什么，作者未写。也许是"梦里不知身是客，一晌贪欢"（李煜〔浪淘沙〕）；也许是"想佳人、妆楼颙望，误几回、天际识归舟"（柳永〔八声甘州〕）。但是梦回人醒，却是孤舟夜雨，故下面紧接"一声声滴人心碎"。这句写对深夜雨声的感受。雨点滴在船舱上，一声声传来，像滴在人心上。"心碎"两字，直接切入本曲主题，为全曲之眼。前两句何以有黯淡情调，于此揭出其因。以上三句为一个层次，紧扣题面，写潇湘夜雨及作者触景生情。

"孤舟五更家万里"，写离家之远，孤身之苦。"孤舟"照应"渔灯"，"五更"照应"梦回"，"家万里"照应"客"。五更，言夜之深；万里，则言离家之远。这句从时间与空间两个方面写出了远离家人的旅客在深夜的孤独寂寞之感，是为"心碎"之第一层烘托和具体内容的揭示。"是离人几行情泪"，再写思家的痛苦，它是"心碎"的第二层烘托。"孤舟"句暗点离人之苦，此句则直揭离人之情，反复回环，"心碎"之情之状，虽无过多言词渲染，然而却淋漓尽致。这里作者又采用比喻手法，把大自然的声声雨滴，比作离人眼中滴出的伤心之泪。夜雨无边，人泪如斯，离人"心碎"之深，可以想见。

闻雨伤心，离情顿生，乃是古代诗词常用的手法。温庭筠〔更漏子〕词："梧桐树，三更雨，不道离情正苦，一叶叶，一声声，空阶滴到明。"便是著名一例，马致远将这种诗词中常有意境和手法引入本曲，然又自出机杼，将雨、泪、情、景融

【寿阳曲】

为一体。语简意深,堪称马致远散曲小令中的佳作之一。

(周寅宾)

〔双调〕寿阳曲

马致远

云笼月,风弄铁,两般儿助人凄切。剔银灯欲将心事写,长吁气一声欲灭。

马致远言情的散曲,完全可以与长于此道的关汉卿、王实甫、卢挚、张可久的同类作品媲美。他的〔双调·寿阳曲〕有二十三首言情的小令,每首都写得极有情致,这首亦即其中之一。

这首小令最出色的地方就在于它的意境绝妙。"云笼月,风弄铁,两般儿助人凄切。"寥寥数语就描绘出一幅凄凉暗淡的画面:月亮被层云所笼罩,阵阵晚风吹动悬挂在画檐下的铁马铜铃,叮咚作响,撞击有声。这情景使得那本来就很孤独、愁闷的女子更加感到凄切。夜深人静,室内灯光昏昏欲灭,诗中的这位女主人公辗转难眠,透过窗棂久久地遥望着那在云层中出没的月亮,思念着、抱怨着天各一方、杳无音讯的恋人。"助人凄切"一句,更透露出思妇早已是凄凉不堪,愁苦难耐了。现在再加上"云笼月、风弄铁"这等恼人的景况,更增添了她心灵上的阴影,使她更加烦躁不安,难以忍受。在元曲中,此类描写常常与人物的愁思联系在一起。在《西厢记》中,老夫人赖婚以后,崔莺莺看到云生月阑,听到张生的琴声,也想到"莫不是铁马儿檐前骤风"? 在这首小令里,"云笼月,风弄铁"的景物描写对于这位女子的心理同样起了很好的烘托作用。

于是，思妇再也无法安宁了，起身剔亮银灯，要把自己所有的思念，所有的悲苦，所有的怨恨都写来诉于知己。但不知是千头万绪无从说起，还是一想到那个冤家就气上心头，"长吁气一声欲灭"，一声长叹，又恨不得一口气把灯吹灭，发誓不再写了。短短的一首小令，却几经曲折变化，把女主人公曲折、复杂的心理变化描写得异常生动、真切。

周德清《中原音韵》有"诗头曲尾"之说，乔梦符论曲也有"豹尾"之语，他们都很重视曲的结尾。本曲结尾即堪称出色。作者以长长的一声叹息作结，包含了思妇多少思念，多少怨恨，多少忧愁。读来使人寻味不已。卢挚的〔双调·寿阳曲〕《夜忆》中有一首小令与此曲大半相同，其末句作"长吁气把灯吹灭"。虽然明确，但本曲之"一声欲灭"则蕴藉含蓄，意味殊深。灯究竟吹灭与否，作者未明言说破，或是故意不说破，这就使读者自然去想象曲中之女主人公欲吹不忍，不吹又于心难平的矛盾心理和复杂表情，揣摩诗句所包含的爱、恨交并的情韵。可谓深谙"含不尽之意见于言外"（欧阳修《六一诗说》引梅尧臣语）的诗理。

（刘益国）

〔双调〕寿阳曲

马致远

从别后，音信绝，薄情种害煞人也。逢一个见一个因话说，不信你耳轮儿不热。

描写思妇的爱情生活，在古典诗词已司空见惯。要超逸前人另出新意，洵非易事。一些文人搜奇猎艳，往往只在字句上下工夫，雕琢粉饰，矫情作态，结

【寿阳曲】

果反而失之纯朴真切。元散曲来自民间，崇尚本色通俗，常用口语、俗语和民俗风情入曲，又使这类作品恢复了生气。这首小令在这方面就非常出色。

"从别后，音信绝。"开门见山，简单明了地把事情的原委交待得清清楚楚，并写出了思妇眷恋之人实在薄情，由此逼出"薄情种害煞人也"的怨叹。这痛楚之声发自思妇肺腑，是她在绝望中对薄情郎的责骂，强烈地体现了负心汉的行为在思妇心灵上造成的巨大伤害，也透露了思妇对爱情的痴心和专一。

在这样的摧残打击下，女主人公作何反应呢？"逢一个见一个因话说，不信你耳轮儿不热。"痛苦绝望之后，她并未就此干休，她向她所遇见的一切人诉说，诉说她的深切的爱，诉说他的薄情负心，诉说他给她造成的巨大痛苦，一直要说到让他耳轮发热，不得安宁。背后遭人议论，耳朵会发热，本是民间极为通行的一种说法，至今仍时有所闻。诗人以此俗语入曲，表现了曲中的女主人公决不安于命运的播弄，不甘于像有些软弱的女子那样受人摆布，逆来顺受，展示了她性格上耀人的光彩。

在封建社会，不少妇女在男子变心之后，或忍辱含垢，苦痛终身；或无地自容，命丧黄泉，都生怕把这奇耻大辱张扬出去，遭人轻贱。这是封建礼教造成的世俗偏见。而本曲的女主人公却毅然摆脱了这些束缚，她认为自己的爱没有什么可指责的，该受谴责的是那些绝情负义的人，因而她毫无顾忌地"逢一个见一个因话说"，把自己热烈的深情的爱袒露在光天化日之下。然而，女主人公的心理又是复杂的，从"不信"二字来看，她对情人还抱有希望，不信他心中连一丝情爱都不复存在，这又显现出了她对爱情的执著、专一。全曲纯系口语，通俗明白，又自然生动，不仅女主人公的声口毕肖，而且性格亦跃然纸上。

(刘益国)

〔双调〕寿　阳　曲

马致远

心间事,说与他,动不动早言两罢。罢字儿碜可可你道是耍,我心里怕那不怕。

　　这首小令,作者截取了青年男女恋爱生活中的一个断面进行描写,拟一个女子的口吻诉说她的内心忧虑,极富情趣。

　　"心间事,说与他,动不动早言两罢。"这个女子对她的恋人爱得非常真诚,把心里话全都掏出来告诉他,并希望她的恋人也能像她一样。可是,那个男子却"动不动"就说要分手。是男子薄情,还是他与曲中女主人公说笑逗趣("你道是耍")?曲中未予说明。但女主人公却把爱情看得十分纯洁,容不得半点沙子。"罢字儿碜可可你道是耍,我心里怕那不怕。"碜,本指食物中夹杂着沙子,此处比喻令人不舒服的感觉。碜可可,即给人的刺激确实很大。全句意思是说,我听了"罢"字实在是心惊胆战,你以为可以随便说着玩的吗?你可知道我心里是多么害怕啊!听了恋人一句难定真假的话语,便吓成这个样子,这就非常生动地托现出这个初恋女子对爱情的认真态度,极其传神地体现出了她的天真、纯洁。"我心里怕那不怕",末句语气娇嗔、温存,既包含了对恋人的善意责备,又包含了对恋人的温情和期望。她希望她的恋人今后再也不要说这样令人担忧的傻话,再也不要开这样的玩笑,让他们的爱情生活永远美好。或许,这场有趣的小波澜只是他们爱情生活中富于情味的插曲。然而,在封建社会,"痴情女子负心汉"屡见不鲜,如果那位男子真要"罢"的话,痴情的女主人公又怎能经受得起呢？这就不由得使人对这位女子不无可能的爱情危机深感忧虑了。我国古代诗歌篇幅虽小，但涵量极大，此曲亦是一例。

这首小令感情纯朴，人物情态生动，心理描写细致逼真，读来快人耳目。

（刘益国）

〔双调〕湘妃怨

马致远

和卢疏斋西湖

春风骄马五陵儿①，暖日西湖三月时，管弦触水莺花市，不知音不到此，宜歌宜酒宜诗。山过雨颦眉黛，柳拖烟堆鬓丝。可喜杀睡足的西施。

西湖，祖国大好河山中的一颗明珠，自古以来，不知多少骚人墨客吟咏过她。从北宋苏轼以西子比喻西湖之后，在人们心目中，美丽的西湖就成了中国古时绝代佳人西施的化身。马致远用〔湘妃怨〕曲牌写了四支小令，歌咏春夏秋冬四季的西湖景色，也把它们比作了西子姑娘的四种不同风姿。

关于这组曲子产生的过程，同时代的散曲家刘时中〔水仙操〕（〔湘妃怨〕别名）引言中有一段说明："'若把西湖比西子，淡妆浓抹总相宜'，玉局翁诗也。填词者窃其意演作。世所传唱〔水仙子〕四首，仍以'西施'二字为断章，盛行歌楼乐肆间，每恨其不能佳也。且意西湖西子，有秦无人之感。嵩麓有樵者，闻而是之，即以春夏秋冬赋四章，命之曰《西湖四时渔歌》。其约：首句韵以'儿'字，

'时'字为之次,'西施'二字为句绝,然后一洗而空之。邀同赋,谨如约。"其中所说嵩麓樵者,就是卢疏斋。看来这几支曲是马致远与刘时中同时应卢挚之邀和作的。三作现都收入《全元散曲》,以马作最为清新活泼。

"春风骄马五陵儿"是其第一首,写西湖春景。作者入手就避开了直接描绘湖光山色的熟路,先写游人、游兴,渲染了一片热闹欢腾的气氛。春天是西湖最宜游赏的季节,车马喧阗,游人如织。尤其是那些锦衣绣裳、前呼后拥的公子王孙,他们骑着高头大马,沐浴着春风昂昂而来,在游人中分外引人注目,于是曲作者首先捕捉了这一形象。李白《少年行》诗写唐都长安春游盛况,也曾有过这样的镜头:"五陵年少金市东,银鞍白马度春风。"第二句进一步补出时间、地点和天气状况:三月西湖一个风和日暖的日子。以下当写众多游人的活动。游赏的方式很多,或行,或坐,或楼阁饮宴,或湖上荡桨,不能尽写。作者于此进行剪裁,只撷出最能表现游兴的方式——奏乐,这便给画面配上了音响,使之平添出更多的热烈气氛。"触"字很传神。奏乐者或在画船,或在水滨,丝竹声定然不是直入云霄,而是先掠过水面,然后再迸射四周,飘散在街市的莺声花丛中。四五句承上以议论抒情,赞叹西湖美景最能激发游人诗酒吟唱之兴。"不知音不到此"是说非知音不能臻此乐境。"宜歌宜酒宜诗",仿辛弃疾句"宜醉宜游宜睡"(〔西江月〕《示儿曹,以家事付之》),两句境界相近,虽系仿拟,却很谐调。六七两句方实写西湖本身景色。万千气象,作者只抓住以西子喻西湖的命题要求,描画那远处一抹青山,正像美人深翠的眉毛;近处如烟的柳丝,正像美人蓬松的头发。最后一句点破:这不活像刚从浓睡中醒来,神采焕发、喜气盈盈的西施姑娘吗?"山过"二句用语极工致。是雨后之山,故云"过雨"。如非雨后而是雨中,则山色空濛,是不能现出翠眉般清晰的线条的;"颦"是皱眉,西施不是以捧心蹙眉之态最为妍媚引来东施的效仿吗?下句以烟喻柳虽非独创,但加一"拖"字,画出了和风吹拂、柳枝斜长的动态,却是新颖别致的。"堆"字使人想见

【湘妃怨】

美人乌发之浓密,似乎高耸的发髻就浮现在眼前。这两句音律对仗很严密,但仔细推敲,句法又不尽相同。"过雨"实是"雨过","拖烟"却非"烟拖"而是"柳拖"。"眉黛"是"黛眉",因音律要求而倒装,"鬓丝"却是不能颠倒成"丝鬓"的。如此工稳中求变化,非功力极深的作者是不易做到的。

（姚品文）

〔注〕 ① 五陵儿:汉朝五座皇帝陵墓。长陵、安陵、阳陵、茂陵、平陵,统称五陵。立陵时曾将富家豪族移居陵区,故"五陵儿"借指豪贵子弟,如杜甫《秋兴》诗"同学少年多不贱,五陵衣马自轻肥"。

〔双调〕 湘 妃 怨

马致远

和卢疏斋西湖

采莲湖上画船儿,垂钓滩头白鹭鸶。雨中楼阁烟中寺,笑王维作画师。蓬莱倒影参差。熏风来至,荷香净时。清洁煞避暑的西施。

这支曲写西湖夏景。与第一首春景写法不同,它以描写自然风光为主。盛暑已不是游赏的最佳时节,不写游人,正是注意到了景物的季候特点,同时也使这首小令在全组曲中显出自己特殊的艺术风貌。

第一、二、三、五句都是眼前景物的形象描绘。它是作者从不同视角观察到的形态不同、风趣各异的西湖景物之侧面。首先,视线落在广阔的湖面上。湖面最引人注目的是游船，它不同于茫茫大江上的帆船，也不是曲折河汉上的篷船，而是西湖上特有的画船。采莲湖就是西湖，然而不称西湖而称采莲湖，湖的名称就提供了丰富的形象，彩绘的船身由一片红花绿叶的出水芙蓉衬托，构成了一幅绚烂明丽的动人画面。接着视线转向岸边滩头。滩名垂钓，与湖名采莲异曲同工，使人联想起湖畔垂钓者，这便是寓写于不写之中的妙笔。垂钓是要静的，何况还有几只鹭鸶悠闲地停伫其上，越发显得宁静之极。除了白的鹭鸶，没有别的色彩，画面鲜明而素淡。再往下，观者视线略微抬起，看到了远处楼阁寺院的宝顶飞檐。由于烟雨笼罩，色彩轮廓便不甚分明，现出一派朦胧之美。第五句写水中倒影。到过西湖的人读至此句，脑海里可能会浮现出遥望中的三潭印月和湖心亭：岛上亭台林木参差错落，倒映水中，水上水下连成一片，波光映照，斑驳陆离，确如蓬莱仙境一般。这四幅图景远近高低、结构成立体的空间，再加上六七句所写看不见而可触到嗅到的凉爽的熏风和纯净的荷香弥漫其中，读者至此，会有身在画图中而心醉神迷之感。这四句，描绘的画面是各异其趣的，但它们又统一在一个基调上，那就是优美宁静，与春景的热烈喧腾迥乎不同。画中其实并非无人：有采莲者、垂钓者……然而都隐在自然景物之中了。宁静即生凉爽，虽在盛夏，亦觉不出炎气的熏蒸，有的只是清洁与和谐。此时的西湖如比作美人，她不正像那刚刚出浴、洗净了尘垢，除却了暑气，清洁而美丽的西施吗？

　　"笑王维作画师"是第四句，插在前后都是写景的句中，似乎不够协调，破坏了写景的连续完整。但正因为前后都是一般的写景，显得有些平板，加进这一句，便使曲中有如异峰突起，产生了奇特的审美效应。这正是最见作者匠心处。这句曲文也颇耐人寻味："笑王维"什么？作者并不回答，任凭读者想象。王维是唐代著名的山水画家和诗人，他的画称"画中有诗"，历来为人们所称赏。但在作者看来，与西湖的自然美景相比，王维笔下的山山水水未免黯然失色，因此王维作画师便可笑了。元人散曲中常以古人作反衬，王实甫〔集贤宾〕《退隐》套曲中有"看万里

【拨不断】

冰绡染就,有王维妙手总难酬"是同一机杼。在马致远这组咏西湖小令第四首《冬景》中有"恨东坡对雪无诗"一句,所用手法性质也相近。作者的"笑"和"恨",并不是真的要贬抑这些古代名人,而是以此来反跌出西湖之美的不可企及。

(姚品文)

〔双调〕拨 不 断

马致远

菊花开,正归来。伴虎溪僧①鹤林友②龙山客③,似杜工部陶渊明李太白,有洞庭柑④东阳酒⑤西湖蟹⑥。哎!楚三闾⑦休怪。

"九重天,二十年,龙楼凤阁都曾见"(〔拨不断〕),在仕途中挣扎了大半辈子的马致远,晚年时还没有飞腾的机会,一直浮沉于风尘小吏的行列中。二十年俯仰由人的生涯,留给他的,该有多少辛酸的回忆!马致远后期散曲中,不止一次地提到宦海风波,时时准备退出官场,正是这种情绪的反映。这首小令就写于马致远归隐之后。

归隐,是马致远历尽仕途艰难后选择的人生之路。去忙就闲,和难堪的小吏生涯告别,和龌龊的官场决裂,开始新的、理想的生活,自然会使诗人为之鼓舞,为之欣悦。起首"菊花开,正归来"二句,用陶渊明归田的故事。他确实像陶潜那样,感到以往生活之可厌,是误入了迷途,而现在的归隐,才算是走上了正道。以下三句为鼎足对,将三组美好之事、高雅之人聚集在一起,极力妆点,说明归隐的生活乐趣：虽然闲居野处，并不谢绝人事，不过所交往的，都是虎溪的高僧、鹤林的道友，龙山的佳客；就像他最崇拜的杜甫、陶潜、李白这些古代杰出的诗人那样，在草堂之中，菊篱之旁，青山之间饮酒斗韵，消闲而自适。何况，还有洞庭的柑橘，东阳的美酒，西湖的螃蟹！这样的田园生活，自然使人为之陶醉，乐在其中矣。对于马致远的归隐，有些友人可能不太理解，因而在小令的最后，他才用诙谐调笑的口吻，作了回答："楚三闾休怪！"这里，一点也没有否定屈原本人的意思在内，也不是完全忘情于天下，而是含蓄的说明，当权者的统治太糟，不值得费力气为它去卖命。这是他归隐的动机所在。

　　本曲用典较多，但并不显堆砌。由于这些典故都比较通俗，为人们所熟知，以之入曲，抒写怀抱，不仅可以拓展作品的思想深度，而且容易在读者中引起强烈的共鸣，收到更好的艺术效果。

（宁希元）

〔注〕　①虎溪僧：晋时高僧慧远住庐山东林寺，影不出山，迹不入俗。寺前有虎溪，送客例不过溪。一日，与诗人陶潜、道士陆静修共话，不觉过溪，虎大鸣，三人相视大笑而别。　②鹤林友：镇江鹤林寺有杜鹃花，天下奇绝。五代时道士殷七七至此，时方重九，应镇帅周宝之请，作法花开，烂漫如春，人以为异。　③龙山客：晋时孟嘉为桓温参军，九月九日随温登湖北江陵之龙山，风吹其帽落地，泰然不以为意。　④洞庭柑：江苏太湖洞庭山，产柑橘有名。　⑤东阳酒：即金华酒。　⑥西湖蟹：杭州西湖所产之螃蟹，肥美异常。　⑦楚三闾：屈原曾任楚国三闾大夫。

〔双调〕**拨不断**

马致远

布衣中，问英雄，王图霸业成何用！禾黍高低六代宫，楸梧

【拨不断】

远近千官冢,一场恶梦。

这首小令,是化用唐代诗人许浑名作《金陵怀古》入曲的,许浑原诗是这样的:"玉树歌残王气终,景阳兵合戍楼空。松楸远近千官冢,禾黍高低六代宫。石燕拂云晴亦雨,江豚吹浪夜还风。英雄一去豪华尽,惟有青山似洛中。"

化用前人诗句、诗意,本是诗词曲的常法。曲对此尤为自由而不受拘束。然而许诗写六代兴亡,气象浑阔,涵概一切,是久有定评的名作。化用这样的名篇,是有相当风险的。而且,律诗和曲中的小令,在形式上的差异也很大。这些都是摆在马致远面前的难题。

从内容上看,原诗首尾两联主要是抒情,中间两联则侧重于写景。情景交融,本不可移易。但既要化之入曲,自然要对原诗进行高度的浓缩和精炼,该留者留,该去者去。这样才不至点金成铁,流为笑柄。马致远基本上一字不动地保留了额联两句。这两句是诗人登临时眼中所见之景:千官废冢,六代颓宫,掩映于松楸禾黍之中。它是历史的见证,诗人对前朝史事的追忆,以及由此而来的兴废存亡之感,概由此出。没有这两句,览古凭吊之情就失去了依据,这是必须保留的。而诗中其他各句,由于律诗和小令毕竟差异很大,保留的余地是不多的。在这种情况下,马致远舍其次要成分,而把主要精力集中于首尾两联兴亡之感的抒发上。

试看,同样是怀古,许浑原作是由景及情,由登临之所见,多方渲染,说明江山如故而人事已非,慢慢归结到"英雄一去豪华尽,惟有青山似洛中"的感叹。他所要表达的情意,含蓄在形象里,让读者自己去体会。马致远的新作,却逆转来由吊古之情出发,而且情急语迫,直欲起亡灵于地下而问之。南朝宋齐梁陈四代开国之君,都是出身微贱登上皇帝宝座的,都是所谓的布衣中的"英雄"。和许浑一样,马致远蔑视他们,认为他们的王霸事业,到头来不过是一场噩梦而已。不同的是,马致远的感慨,完全由自己嘴中说出。曲中虽然保留了原诗写景的两句,但那是情中必有之景,是为了更好的抒情才用景的,和许浑笔下的景中之情是有所区别的。这样的化用,就有新意,就有更多的创造性,而不是随手去拾前人之牙慧。由于此曲具有自己的精神和风格,遂能与原作并峙,为人们所传诵。

（宁希元）

〔双调〕夜 行 船

马致远

秋　思

百岁光阴一梦蝶,重回首往事堪嗟。今日春来,明朝花谢。急罚盏夜阑①灯灭。

〔乔木查〕想秦宫汉阙,都做了衰草牛羊野。不恁么②渔樵没话说。纵荒坟横断碑,不辨龙蛇③。

〔庆宣和〕投至④狐踪与兔穴,多少豪杰。鼎足虽坚半腰里折。魏耶? 晋耶?

〔落梅风〕天教你富,莫太奢。没多时好天良夜。富家儿更做道你心似铁,争辜负了锦堂风月。

〔风入松〕眼前红日又西斜,疾似下坡车。不争镜里添白雪,上床与鞋履相别。莫笑巢鸠计拙,葫芦提一向装呆。

〔拨不断〕利名竭,是非绝。红尘不向门前惹,绿树偏宜屋角

【夜行船】

遮,青山正补墙头缺;更那堪竹篱茅舍。

〔离亭宴煞〕蛩⑤吟罢一觉才宁贴⑥,鸡鸣时万事无休歇。何年是彻? 看密匝匝蚁排兵,乱纷纷蜂酿蜜,急攘攘蝇争血。裴公绿野堂⑦,陶令白莲社⑧,爱秋来时那些:和露摘黄花,带霜分紫蟹,煮酒烧红叶。想人生有限杯,浑几个重阳节? 人问我顽童记者:便北海⑨探吾来,道东篱醉了也。

马致远的散曲,写景物的、写爱情的、叙事的都有,而写隐居恬退生活的、发抒情感的,为数更多。这篇〔夜行船〕套数,是后一类的代表作品。先看这套曲子的内容:

开头〔夜行船〕一支,作者主要是说,人生百年,犹如一梦,应该抓紧时间,饮酒享乐。这支曲子总领全篇,以下再分别从帝王、豪杰、富人说明富贵的无常。

帝王有无上的权威,这是不是值得羡慕呢? 作者的回答是否定的,他认为王图霸业都没有用,秦宫汉阙到头来无非变成牧场,做渔父樵夫谈今论古的材料。纵使荒坟上有记载丰功伟业的断碑残碣,可是那字迹也不能清晰地留下来。唐胡曾诗云:“功勋碑碣今何在,不得当时一字看。”(《周瑜庙》)也是这样的意思。

帝王如此,那些英雄豪杰又如何呢? 英雄豪杰辅佐帝王,南征北战,创成鼎峙的局面,功勋显赫,位极人臣。可是等到他们死后,坟墓变成狐兔之穴,功勋事业仍然不能保持多久。吴宫花草,魏晋江山,现在又在哪里?

再说富人。富人有钱舍不得用。“好天良夜”,“锦堂风月”,本来应当珍惜地享用它,可是守财奴却白白地辜负了。

帝王、豪杰、富人的结果是这样,作者在以下两支曲子里叙说了自己的处世态度。

"眼前红日又西斜,疾似下坡车":时光飞快,今天眼看又过去了;明天呢,明天的容颜比今天更老。因此与其思前想后,愁得鬓添白发,还不如丢开一切,黑甜乡里一枕酣睡。(曲文"晓来清镜添白雪",或作"不争镜里添白雪"。"不争"有"与其"的意思。"上床与鞋履相别",指睡觉。)斑鸠虽然自己拙得不会筑巢,可是它将就着住喜鹊的巢,那又有什么不好?这样看来,自己也马马虎虎地装呆吧。利与名勿须争夺,是与非不必分辨。住在隔绝尘世的清幽去处,再好没有。

在最末一支曲子里,作者又比较了两种人的处世态度。这只曲子开始写到秋天的景物,题目《秋思》(见《中原音韵》)或《秋兴》(见《词林摘艳》、《北宫词纪》)就是由此而来的。作者生动地描绘了那些争名夺利的人的丑恶形象:他们一天到晚忙得不可开交,你拥我挤就像争穴的蚂蚁,嘈嘈杂杂就像酿蜜的蜜蜂,抢来抢去就像争着吸血的苍蝇。他自己呢?他向往陶渊明和裴度的生活,他要"归去来",要隐居林泉。他不肯辜负"紫蟹肥,黄菊开"(马致远〔四块玉〕《恬退》)的秋天。人生是短促的,酒能喝多少?重阳节能过几次?他要开怀畅饮,尽情陶醉。富贵功名,荣辱是非,管这些做什么!

这套套数表现了马致远的超然绝世的生活态度。粗粗看来,好像他在歌颂与世无争、及时行乐的处世哲学,好像他十分旷达,其实他是要从恬退中解除痛苦,要借酒浇愁,跟那纨袴子弟极骄奢、尽富贵以满足耳目口腹之欲的享乐是根本不同的;作者是在愤世嫉俗,是在发牢骚呢!元代散曲里面常有这类作品,张养浩的《云庄休居自适小乐府》、汪元亨的《小隐余音》里面,这类作品特别多。他们受统治者的压迫,抑郁苦闷,他们不满当时的社会,对统治阶级采取消极反抗的态度,不肯向他们屈服,所以他们跟那醉生梦死之徒是不大相同的。

就写作技巧方面来说,这套套数也是非常有名的。元末曲学专家周德清在

《中原音韵》里给了它很高的评价,说道:"此方是乐府(按,指散曲)。不重韵,无衬字(按,实际上只是衬字很少,不是没有衬字),韵险。语俊。谚口,'百中无一';余曰,'万中无一'。看他用蝶、穴、杰、别、竭、绝字,是入声作平声;阙、说、铁、雪、拙、缺、贴、歇、彻、血、节字,是入声作上声;灭、月、叶是入声作去声,无一字不妥。"明代文学批评家王世贞在《曲藻》里说:"马致远'百岁光阴',放逸宏丽,而不离本色。押韵尤妙。长句如'红尘不向门前惹,绿树偏宜屋角遮,青山正补墙头缺',又如'和露摘黄花,带霜烹紫蟹,煮酒烧红叶',俱入妙境。小语如'上床与鞋履相别',大是名言。结尤疏浚可咏。元人称为第一,真不虚也。"这套曲子,明、清曲家颇有和韵之作,但是都没有马致远原作写得好。

(隋树森)

〔注〕①"急罚盏"句:夜阑,夜深。此句意为:赌酒人赶快把受罚之酒喝完,(否则)夜阑灯灭酒就喝不完了。　②怎么:如此,这样。　③不辨龙蛇:不辨何年。龙蛇,这里指年份,如龙年、蛇年。也就是说碑上刻的那些字都看不出来了。　④投至:乃至。　⑤蛩(qióng穷):蟋蟀。　⑥宁贴:平静,安静。　⑦裴公绿野堂:裴公即唐人裴度,唐宪宗时累官至中书侍郎同平章事,以讨平蔡州吴元济,封晋国公。后退居洛阳,筑绿野草堂,与白居易、刘禹锡等饮酒吟咏其中。　⑧陶令白莲社:陶令指晋代诗人陶潜。白莲社,晋时高僧慧远等所立,在庐山之麓。无名氏的《白莲社高贤传》,其中即有陶潜传。　⑨北海:指后汉曾为北海相的孔融,尝自谓"座上客常满,樽中酒不空,吾无忧矣"。

〔般涉调〕哨　遍

马致远

张玉嵒草书

自唐晋倾亡之后,草书扫地无踪迹。天再生玉嵒翁,卓然独立根基。甚纲纪？胸怀洒落，意气聪明，才德相兼济。当日先生沉醉，脱巾露顶，裸袖揎衣；霜毫历历蘸寒泉，麝墨浓浓浸端溪；卷展霜缣，管握铜龙，赋歌赤壁。

〔幺〕仔细看六书八法皆完备，舞凤戏翔鸾韵美。写长空两脚墨淋漓，洒东窗燕子衔泥。甚雄势！斩钉截铁，缠葛垂丝，似有风云气。据此清新绝妙，堪为家宝，可上金石。二王古法梦中存，怀素遗风尽真习。料想方今，寰宇四海，应无赛敌。

〔五煞〕尽一轴，十数尺，从头一扫无凝滞。声清恰似蚕食叶，气勇浑如猊抉石。超先辈，消翰林一赞，高士留题。

〔四〕写的来狂又古，颠又实，出乎其类拔乎萃。软如杨柳和风舞，硬似长空霹雳摧。真堪惜！沉沉着着，曲曲直直。

〔三〕画一画如阵云，点一点似怪石，撇一撇如展鹍鹏翼。弯环怒偃乖龙骨，峻峭横拖巨蟒皮。特殊异，似神符堪咒，蚯蚓蟠泥。

〔二〕写的来娇又嗔，怒又喜，千般丑恶十分媚。恶如山鬼拔枯树，媚似杨妃按羽衣。谁堪比？写黄庭换取，道士鹅归。

〔一〕颜真卿苏子瞻，米元章黄鲁直，先贤墨迹君都得。满箱拍塞数千卷，文锦编挑满四围。通三昧，磨崖的本，画赞初碑。

〔尾〕据划画难，字样奇，就中浑穿诸家体，四海纵横第一管笔。

【哨遍】

　　这套曲盛赞张玉嵒草书的高超神妙，能追踪晋唐，堪称四海第一。张玉嵒，生平无考。

　　全套可分为三大部分。〔哨遍〕为第一部分：写张玉嵒草书于晋唐之后，能以卓然独立的姿态兴废继绝，并具体描绘他醉后草书的生动情状。首二句俯仰古今，以重拙之笔勾勒出草书兴衰的历史，为"玉嵒翁"的出现作了有力的铺垫。说晋唐之后"草书扫地"，并非夸张过抑，确是慧眼卓识。试看清人阮元《揅经室集》评述："唐人书法，多出于隋；隋人书法，多出于北魏北齐。……自宋人阁帖盛行，世不知有北朝书法矣。"康有为《广艺舟双楫》论书云："六朝笔法，所以过绝后世者，结体之密，用笔之厚，最为显著。……自唐以后，局促褊急，若有不终日之势，此真古今人不相及也。"可见后人所见亦与东篱相类。东篱此论是深谙书史、大体切实的；当然，这里也用了欲扬先抑的手法。故下文突然一转，切入题意；似乎苍天有眼，不欲草书绝世，故再生出个玉嵒翁；其草书特异不凡，自成一家，根基牢固。说明他不寄前人篱下，而能独辟蹊径，卓然名世。接下四句一问一答，揭示其人品与书品的关系。"纲纪"，即法度，指其书法要领；云玉嵒胸襟如光风霁月般潇洒磊落，而意志才气又很聪明睿达，可谓才德兼备，因而书法高妙。古人论书，首重胸襟次重才识，强调"心正则笔正"、"意在笔先"。如姜夔《续书谱》云："襟韵不高，记忆虽多，莫湔尘俗；若使风神萧散，下笔便当过人。"冯班《钝吟书要》亦云："山谷胸次高，故遒劲不俗。"刘熙载《书概》："羲之之器量，见于郗公求婿时，东床坦腹，独若不闻，宜其书之静而多妙也。经纶见于规谢公以虚谈废务，浮文妨要，宜其书之实而求是也。"皆认为书品如人品。后半曲则具体写玉嵒沉醉之后狂草动态，以证明胸襟气量与其草书的关系："脱巾露顶"、"裸袖揎衣"，状其醉后放浪不羁的狂态；"霜毫"二句，画其操笔蘸墨的雄姿；"卷展"三句绘其载书载歌的豪情。"霜毫"指白色毛笔；"寒泉"指润笔的泉水或井水；"麝墨"指优质香墨；"端溪"指盛产端砚的广东德兴县端溪水，因自唐以来便有"端州石砚人间重"(刘禹锡《唐秀才赠端州紫石砚以诗答之》)的盛誉，故此处借指装墨水的端砚。两句用"历历"、"浓浓"叠字嵌入，不仅对偶工整，而且活画出他那一边频频浸笔，蘸墨酣畅，一边凝神运思，沉着稳健的神态。"霜缣"即供书画用的白绢；"铜龙"本指铜制龙形的计时漏器或喷水器，这里代指笔管；"赤壁"即苏轼《亦壁赋》。三句鼎足对，写其铺展白绢，紧握笔管，一边吟唱《赤壁赋》，一边悬笔疾书的豪情逸兴，真是声态毕肖。此种情态似近"颠张狂素"：即唐代"草圣"张旭，嗜酒，每大醉，呼叫狂走，乃下笔，或以头濡墨而书，时称"张颠"(见《新唐书·李白传》附)。史载怀素亦疏放，不拘细行，尝于故里种芭蕉万株以供挥洒，"评者谓张史(旭)为颠，怀素为狂。"(《宣和书谱》)

从〔幺〕到〔二煞〕五曲为第二部分：反复铺陈赞美玉嵓草书的渊源、体势、技法、风格和神韵。〔幺〕曲着重写其渊源流变及磅礴气势。"六书"即六种字体，西汉王莽变秦八体书为六体书，即古文、奇字、篆书、隶书、缪书、虫书。(见《汉书·艺文志》)"八法"指八种笔画，即侧(点)、勒(横)、弩(直)、趯(钩)、策(斜画向上)、掠(撇)、啄(右的短撇)、磔(捺)。"舞凤戏翔鸾"，比喻气韵飞动，笔势飘逸之美。《唐会要·书法》载许圉师赞唐高宗书法"兼绝二王，凤翥鸾回"。又宋石曼卿曾以诗赞陈抟书法云："鸾舞广漠凤翔空，俯视羲献皆庸工。""写长空"二句，形容其草书下笔气势磅礴、挥洒淋漓。雁在长空成列而飞，其行如字，故喻草书行款为"书长空"；以大雁的"两脚"喻草字的笔画；"淋漓"和"洒"，皆形容笔酣墨畅，迅疾潇洒，似随意洒泼，即成妙趣。苏轼《虚飘飘》有"雁字一行书绛霄"，当为此上句所本。"甚雄势"即真雄势，下三句形容其书风骨雄健爽利而笔势飘逸绵邈。唐窦臮《书格》云："别具英威曰雄。"(《书法要录》)虞世南《笔髓》论草书云："内转藏锋，既如舞袖拂尘而萦纡，又如垂藤樛盘而缭绕。""或势雄不可抑，或势逸不可止。"(见《书法正传》)姜白石《续书谱》又云："是点画处皆重，非点画处偶相引带，其笔皆轻。"故"斩钉截铁"状其刚而重，"缠葛垂丝"喻其轻

【哨遍】

而柔；前者是"点画处"，故应雄风健骨，干脆利落；后者是"引带处"，故当袅旋盘结，气脉不断。刚柔相济，轻重各宜，则如唐张怀瓘《书断》评欧阳询书法所云："犹龙蛇战斗之象，云雾轻浓之势，风旋电激，操举若神"了，故曰"有风云气"。"家宝"谓家藏传世之宝；"金石"指钟鼎铭文款识和碑碣墓志石刻等文字，此谓玉嵒草书完全够格载入辑录金石文字的专书传世。"二王"即东晋王羲之王献之父子，自唐以降史称"二王"为"书圣"。"梦中存"意谓仿佛神授。此典盖出自蔡邕《石室神授笔势》："邕尝居一室，不寐，恍然见一客，厥状奇异，授以九势，言讫而没。"蔡文姬曾述此事曰："臣父造八分时，神授笔法曰……"（载《书法正传》）又宋陈思《书小史》载：东汉唐综曾"梦蛇绕身，寤而状之，而为蛇书"。此用其典喻玉嵒于梦中得"二王"神授草书，实则表明他的潜心苦练，梦寐以求而已，故下句有"尽真习"怀素遗风。这样，玉嵒当然就能追踪晋唐、兴废继绝、四海无敌了。

〔五煞〕侧重从总体视听感觉上写其声气韵致。"尽"即纵任之意，谓即任一轴十几尺的长幅书卷，也是满篇气韵流动，潇洒飘逸、一气如注的，毫无拘束呆板之处。那走笔落纸的声音虽轻细，但却清晰可闻，似蚕子吃桑叶一样咿咿作响；而其气势之勇，又活像一头雄狮（猊）要挖掘或戳穿一块巨石一样。这句典出《新唐书·徐浩传》，云浩"八体皆备，草隶尤工，世状其法曰：'怒猊抉石，渴骥奔泉'。"末二句谓这样好的书法，需要翰林学士写一篇赞颂，值得高人隐士留一篇题跋，就更能誉满天下了。

〔四煞〕侧重赞其风格神韵。"颠"、"狂"，指深得张旭怀素颠狂不羁、变化无常的草书遗风；"古"谓淳古高雅，"实"谓壮实浑厚。窦臮《书格》云："除去常情曰古"，"气感风云曰实。"（《书法要录》）"杨柳和风舞"，形容其笔势轻松灵动，秀润圆融；"长空霹雳摧"，又状其结体遒劲，笔锋奇壮。两句喻其字兼阳刚阴柔之美，软硬轻重皆宜。草书尤忌横直分明，故唯有"曲曲直直"相间，方显沉著痛快。

〔三煞〕则侧重赞其笔画技法。"画"即横。韦续《墨薮》载晋王羲之《笔阵图》："每作一横画，如列阵之排云。"又云："夫著点皆须磊落似大石之当衢路。""为撇必掠，贵险而劲。"欧阳询《论书八法》亦云："点如高峰坠石……横如千里之阵云。"（见《书法正传》）张怀瓘《书断》又云王献之行草"若大鹏抟风，长鲸破浪，悬崖坠石，惊电掠光。"故曲中用"阵云"、"怪石"、"展鲲鹏翼"形容横、点、撇三种笔画，皆本于书法典故，极为得体。"弯环"指笔画的弯折圆曲；"乖龙"，传说中的孽龙。这两句形容笔画弯折圆曲像怒卧的恶龙之骨，笔锋的险峻峭拔像用力横拖的巨蟒之皮。喻其笔力筋骨老健，遒劲猛烈，而又桀骜不羁，风神洒脱。"横拖"隐含"拨镫法"，为运笔如拈拨灯芯的一种书法，林韫《拨镫说》云："推拖捻拽是也。"（见《书史会要》）"神符"二句则从总体角度，喻其草书笔画像道士念咒的"符箓"一样曲屈迷离（符箓是用篆籀及星雷文字写的），像泥土中的蚯蚓一样盘绕蜿蜒。皆状其草书变幻无端，神鬼莫测。

〔二煞〕又侧重写其字里蕴含的情态。"娇又嗔"云其既娇媚秀丽而又嗔怪奇倔；"怒又喜"云其气象怒张而又不乏虚和之度。韩愈《送高闲上人序》云张旭"喜怒窘穷，忧悲愉佚，怨恨思慕，酣醉无聊，不平有动于心，必于草书发之。……故旭之书，变动犹鬼神，不可端倪"。《宣和书谱》评薛存贵草书"变态百出，或妍或丑"。故曲中用"娇、嗔、怒、喜、丑恶、媚"等词，既表现出字里无不寄托了玉嵓内心的情感色彩，又体现出观赏者对其草书仪态万方、变化无穷的客观印象。修辞上用拟人手法，则使字字皆如活人各具情态。"山鬼拔枯树"，形容有些字笔法瘦硬棱厉。陈思《书小史》载：邬彤尝谓怀素曰："草书……惟太宗以献之书如凌冬枯树，寒寂硬瘦，不置枝叶。""杨妃按羽衣"，则形容有些字笔法轻盈妩媚，活像杨贵妃按和节拍跳霓裳羽衣舞一样风姿翩翩。末二句用南朝何法盛《晋中兴书》中典故："山阴道士养群鹅，羲之意之甚悦，道士云：'为写

《黄庭经》，当举群相赠。'乃为写讫，笼鹅而去。""黄庭"即道家《黄庭经》，为王羲之所写著名书帖之一。曲中用此典喻玉嵒草书可与王羲之媲美。

〔一煞〕和〔尾〕为第三部分：写玉嵒收藏历代名贤墨迹之富，摹练之勤，终于熔铸各家所长自成一家之法，为天下第一。颜真卿以气节和书法著称，尤工楷草，世称"颜体"。陈思《书小史》云其"结笔浓秀，尤尚字学，可谓书之大雅也。"故举其以代表唐。苏轼、米芾、黄庭坚皆北宋书法大家。举此四人以概其收藏"先贤墨迹"之广。"满箱"二句则状其收藏之富。"文锦"指锦绣花纹的丝织组绶；"文"是丝织物长度量词。《后汉书·舆服志下》："凡先合单纺为一系，四系为一扶，五扶为一首，五首为一文"。"四围"，《释文》引李颐云："径尺为围。"一说五寸为围，又一抱也叫一围。这两句谓其家藏墨迹装塞满箱，多达数千卷；用很长的丝带编捆，也有四大捆。"三昧"即奥妙诀窍。"磨崖的本"即磨崖碑的拓本，指唐碑《大唐中兴颂》，乃元结撰文，颜真卿书写，因碑在祁阳浯溪石崖上，故俗称磨崖碑。"画赞初碑"即《东方朔画赞碑》，赞文乃晋代夏侯湛撰，王羲之书，颜真卿又临王字书刻为碑。这三句说明玉嵒草书造诣，除了天赋之外，更由于他一生勤奋练习，善于学习晋唐书法，故能追踪前贤。〔尾〕曲言其融会贯通名家各体，集众所长而自成一家，因而笔画不凡，字样奇特，驰名四海，冠绝天下。

这篇套数在艺术手法上有两个显著特色：一是长于铺陈展衍。赞美草书，一般人会感到辞源枯竭，似无长话可说，充其量用一小令足矣；但在东篱笔下，却洋洋洒洒写了八支曲子，从张玉嵒的胸襟才气、书写动态、师承渊源、声气神韵、笔画技法、情感变化，以及收藏宏富、融贯诸家等多方面层层铺排那辗，每曲各有侧重，而以高超神妙贯穿全篇。以感叹晋唐倾亡草书扫地起，以师法晋唐，追踪先贤结；以"卓然独立根基"起，以"浑穿诸家"、"四海第一"结，可谓首尾呼应。简直胜读一篇张玉嵒传论。而其用典之博洽、辞藻之华赡，且处处皆关合书法的专门语汇,非深谙书学书史并有较高鉴赏水平者莫办。二是比喻丰富而生动,全篇比喻不下二十多处,尤以〔三煞〕句句皆比,堪谓"状难写之状如在目前,含不尽之意见于言外"。(《六一诗话》引梅尧臣语)读后使人觉得仿佛参加了一次书法观览,恍然若见其人之卓异不凡的风采神态,如睹其书之龙蛇飞动的笔势气韵。

(熊 笃)

〔般涉调〕耍 孩 儿

马致远

借 马

近来时买得匹蒲梢骑,气命儿般看承爱惜。逐宵上草料数十番,喂饲得膘息胖肥。但有些秽污却早忙刷洗,微有些辛勤便下骑。有那等无知辈,出言要借,对面难推。

〔七煞〕懒设设牵下槽,意迟迟背后随,气忿忿懒把鞍来鞴。我沉吟了半晌语不语,不晓事颓人知不知?他又不是不精细,道不得"他人弓莫挽,他人马休骑"。

〔六煞〕不骑呵西棚下凉处拴,骑时节拣地皮平处骑。将青青嫩草频频的喂。歇时节肚带松松放,怕坐的困尻包儿款款移。勤觑着鞍和辔,牢踏着宝镫,前口儿休提。

〔五煞〕饥时节喂些草,渴时节饮些水。着皮肤休使粗毡屈,三山骨休使鞭来打,砖瓦上休教稳着蹄。有口话你明明的

【要孩儿】

记：饱时休走，饮了休驰。

〔四煞〕抛粪时教干处抛，尿绰时教净处尿。拴时节拣个牢固桩橛上系。路途上休要踏砖块，过水处不教践起泥。这马知人义，似云长赤兔，如益德乌骓。

〔三煞〕有汗时休去檐下拴，渲时休教侵着颏。软煮料草铡底细。上坡时款把身来耸，下坡时休教走得疾。休道人忒寒碎。休教鞭彪着马眼，休教鞭擦损毛衣。

〔二煞〕不借时恶了弟兄，不借时反了面皮。马儿行嘱咐叮咛记：鞍心马户将伊打，刷子去刀莫作疑。则叹的一声长吁气，哀哀怨怨，切切悲悲。

〔一煞〕早晨间借与他，日平西盼望你，倚门专等来家内。柔肠寸寸因他断，侧耳频频听你嘶。道一声"好去"，早两泪双垂。

〔尾〕没道理没道理，忒下的忒下的。恰才说来的话君专记，一口气不违借与了你。

　　这个套曲写一位马主人爱马如命、不得不借给别人、又不愿借给别人的矛盾心情，细致入微，活灵活现。

　　第一只曲子通过马主人的自述，写出了他对马的深厚感情，为下文不愿借给别人提供了有力的心理根据。在"买得匹蒲梢骑"之前特意加上"近来时"三字，说明他早想买马，直到最近才买到，自然又喜又爱，因而接着便说"气命儿般看承爱惜"。"蒲梢"原是骏马的名称，但因爱马而夸马，把一匹贱价买来的瘦马称为"蒲梢",也是不难理解的。说他买的是瘦马,这是从"逐宵上草料数十番"才"喂饲得膘息胖肥"看出的。而亲自饲喂,不辞辛劳,一有污秽就急忙刷洗,正表明马主人并非有钱有势的阔人,也表明他在亲自喂养、刷洗的过程中进一步培养了对马的感情。不难设想,如果他很富有,骡马成群,自有马夫喂马,他对马毫无感情,那么有人借马,就正好可以慷慨地借出去落个人情。可他并非如此。日思夜梦,好容易才买来一匹,亲手饲喂,眼看着由瘦骨嶙峋变得膘肥体壮,连自己都"微有些辛勤便下骑",怎舍得借给别人,任人家骑乘鞭打呢?可是偏有人要借,当面又不好拒绝,这便激起了他的内心矛盾和情感波涛,从而引出下文。

〔七煞〕前三句,通过"懒设设"、"意迟迟"、"气忿忿"解马、牵马、鞴马的动作和表情,生动地表现了"对面难推"、却实在舍不得出借的内心活动。"我沉吟了半响",想说"不借",但到底该说还是不该说呢?想来想去,还是没有说。"不晓事"以下几句,乃是没有说出口的心里话。他在心里骂那个借马人连"他人弓莫挽,他人马休骑"的成语都不懂。

从〔六煞〕到〔三煞〕,这四只曲子写马主人对借马者的仔细叮嘱。从"不骑呵西棚下凉处拴"直讲到"下坡时休教走得疾",反反复复,絮絮叨叨,总共讲了二十多条"注意事项",总算讲完了。怕人家嫌他寒伧、琐碎,先用"休道人忒寒碎"堵人家的口。讲到这里,忽然又想起两条注意事项,于是又郑重叮咛:"休教鞭飐着马眼,休教鞭擦损毛衣!"也就是说,千万不要打马。

〔二煞〕写马主人转向马,向马解释说:我怎舍得将你借给别人!可是"不借时反了面皮",实在没法子拒绝啊!又对马说:他不会打你的,如果打你,那他无疑就是个"驴吊"("马"、"户"相合是"驴","刷"字去刀是"吊","驴吊"是骂人的粗话)!尽管这样安慰马,也自我安慰,毕竟还担心那人打他的马,故又哀怨、悲切地长叹一声。

〔一煞〕的前五句是预想之词。马还在他身边，却预想到被牵走以后将如何焦急，如何盼望。接下去，又从预想回到现实。末两句，乃是实写：刚说了一声"马儿呀，你就好好地去吧"，马儿还没有去，却已经"两泪双垂"了。

最后一只曲子的前两句是心里话，他在心里骂借马者没道理、太忍心（忒下的），口里却不得不说："恰才说来的话君专记，一口气不违借与了你。"

对于借马者，除写马主人在心里骂他之外，别无描写。但马主人的内心矛盾是由他引起的，马主人的那么多嘱咐是对他说的，马主人与马难舍难分的种种表情，他是亲眼看见的。因而越到后来，读者越关注这个人物。他最后是否牵走了马，作者没有写，这就更激起读者的无穷想象。

由于作者一开头便令人信服地写出了马主人爱马如命的心理根据，所以下文所写，虽不无夸张，却十分真实。读者如果亲自养过马，或对别人养马有所了解，便会知道马主人对借马者一连串要求，有一些未免太苛刻，但另一些确实是必须注意的。例如"有汗时休去檐下拴"，就是养马人的经验之谈。

当然，对自己的东西过分爱惜，就走向吝啬。但不能说这篇作品的主题就是"辛辣地讽刺有钱的吝啬鬼"。我们知道，封建社会里亲自养马的劳动者也都是爱马如命的。这篇作品，就是对这种性格和心理的概括描写和艺术夸张。夸张地写出了马主人对借马者的不少苛刻要求，诸如"骑时节拣地皮平处骑"，"渲时休教侵着颏"，读起来颇有幽默感。夸张地写马主人已经说过"将青青嫩草频频的喂"，过一阵又叮咛人家"饥时节喂些草"；已经说过"砖瓦上休教稳着蹄"，又嘱咐人家"路途上休教踏砖块"。重三复四，唠叨不休，也令人发笑。写人物表情的一些句子，就更有喜剧性。"懒设设牵下槽，意迟迟背后随，气忿忿懒把鞍来鞴，我沉吟了半晌语不语"，以及"只叹的一声长吁气"，"侧耳频频听你嘶"，"哀哀怨怨，切切悲悲"等等，都由于夸张地描写了对马的过分爱惜而获得了喜剧效果。更有趣的是"道一声'好去'，早两泪双垂"两句，不禁令人想到莺莺送张生。《西厢记·哭宴》写老夫人逼张生上京赴试，在十里长亭设宴饯行，莺莺唱道："猛听得一声'去也'，松了金钏！"这与马主人的声口何其相似，然而莺莺不是送马，而是送她的爱人啊！

爱马惜马是千百年来劳动者在同马的亲密关系中培养起来的纯朴感情，不应看作是无价值的东西撕毁给人看，作者也并没有这样做。这篇作品的幽默感和喜剧性，产生于作者对那些过分爱马惜马的言谈举止的夸张描写。而这种夸张描写，又是建立在特定的历史真实的基础之上的，并不曾歪曲历史真实，而是在更高层次上表现了那种历史真实。

（霍松林）

江州司马青衫泪

马致远

第 二 折

〔叨叨令〕我这两日上西楼盼望三十遍，空存得故人书，不见离人面。听的行雁来也我立尽吹箫院，闻得声马嘶也目断垂杨线。相公呵，你元来死了也么哥，你元来死了也么哥。从今后越思量越想的冤魂儿现。

〔醉太平·二煞〕少不的听那惊回客梦黄昏犬，聒碎人心落日蝉。止不过临万顷苍波，落几双白鹭；对千里青山，闻两岸啼猿。愁的是三秋雁字，一夏蚊雷，二月芦烟。不见他青灯黄卷，却索共渔火对愁眠。

【江州司马青衫泪】

《青衫泪》一剧，系根据白居易《琵琶行》敷衍而成。作品写白居易与长安妓女裴兴奴相爱，被贬江州之后，江西商人刘一郎伪造书信，诈称白居易已死，强娶兴奴而去。白居易江州送同僚兼诗友元稹，舟中巧遇裴兴奴，与其乘船逃走。元稹奏明圣上，乃恢复白居易官职，并命白、裴重圆。

〔叨叨令〕一曲写裴兴奴得白居易"病死"消息之后的痛苦心情。白居易被贬江州之后，裴兴奴日夜思念。"我这两日上西楼盼望三十遍。"她登楼远眺，希望能看到白居易骑马归来的身影，或得到传书人带来的平安书信。但"空存得故人书，不见离人面。"结果得到的只是白居易的绝命书，离人之面却是再不可睹。"三十遍"极言裴兴奴盼望之急切热烈，一个"空"字则又表现了她的失望和痛苦。这两句单刀直入，点出了全曲的主旨，"盼望"二字尤为关键，犹如全曲眼目。下面便对"盼望"着意描绘，具体渲染。"听得行雁来也我立尽吹箫院。"古人有鸿雁传书的说法，因此一听到大雁的叫声，裴兴奴也赶紧到庭院中，并且久久伫立在那里，痴情地期待着大雁能带来白居易的书信。"闻得声马嘶也目断垂杨线。"听见一声马嘶也希望那是白居易的坐骑，因而远望着那垂杨树，切盼白居易已经归来并正在那树下系马。短短两句，思之切，情之痴，溢于言表。如果情人尚在，相思虽苦，总还有一线希望；现在死讯已得，不禁发出了撕裂人心的惨叫："你元来死了也么哥，你元来死了也么哥。"（元，同"原"。也么哥，有音无义，〔叨叨令〕用此三字为惯例）然而，情人虽死，相思之情却更加深切。"从今后越思量越想的冤魂儿现。"朝思暮想，直至情人的鬼魂出现在面前。至此，女主人公的刻骨相思已被抒写得淋漓尽致。此曲不用比兴，直说明言，把胸中之情和盘托出，并且反复铺陈申说，又用"盼望三十遍"、"想的冤魂儿现"极力强调，写得透辟淋漓。疏淡直露，但富有情致，表现了曲的特殊之美。"听的行雁来"二句系对偶句式，但由于虚词、衬字的运用，显得自由活泼，与诗词的对句风味迥异。全曲句句用韵，表现了曲用韵密集的特点。

〔二煞〕写被卖给江西商人刘一郎的裴兴奴临行时的痛苦心情。但此曲不是直述其情，而是以景衬情。曲中景物全是设想之词。前六句是设想随刘一郎远去的途中情景。开头先用"少不的"三字点明了以下全是想象之词。女主人公怀着对情人深沉的思念和无限的痛苦乘船远去，一路上无心观赏那途中景物。她愁思难遣，期待在睡乡得到暂时的解脱。但是，那黄昏时刻的犬吠声却又"惊回客梦"，面对茫茫暮色，荒村野犬，又是何等凄凉！落日西下，蝉声聒耳，正如林逋《寄和昌符》诗云："离愁不可写，蝉噪夕阳初。"这就更增加了离愁和烦乱。黄昏时的犬吠蝉鸣是凄凉恼人的，那"万顷苍波"、"几双白鹭"虽然景色如画，但对于孤苦无依、只身被卖他乡的裴兴奴来说，"万顷"之浩渺苍茫与"几双"之渺小冷清相对，岂不更感到天地之寥廓、个人之孤寂吗？"止不过"三字包含着感情色彩，透露了这种孤寂之感。船行千里，青山连绵，而山中的猿猴也好像在为女主人公的命运而悲伤，发出一声声的哀鸣。"巴东三峡巫峡长，猿鸣三声泪沾裳。"（郦道元《水经注·江水》引渔歌）猿鸣三声已可使人"泪沾裳"，千里猿啼又当如何！旅途中是痛苦凄凉的，到了江西也同样是愁苦悲戚的。以下五句便是对到江西之后的设想。到了秋天，北雁南飞，会使人想起千里之外的家乡，乡愁难解。江西又是偏僻的烟瘴之地，"住近湓江地低温，黄芦苦竹绕宅生。"（白居易《琵琶行》）夏天蚊声如雷，春天黄芦遍野，瘴烟四起，令人苦不堪言。环境艰苦，如果有心爱的人儿相伴，还可以得到精神上的安慰；但情人已死，陪伴他灯下夜读的情景不能再有；而商人刘一郎终日外出醉酒，自己只能一人在船上对着点点渔火含愁孤眠。这样的生活是多么可怕啊！作品通过裴兴奴对未来生活的想象写出了她的不幸遭遇和痛苦心情。此曲全是直接写景，是用赋的手法。全曲通过写景抒情，但与诗词中的写景又有所不同。它不是把情隐含在景中，而是在写景的同时把情明白地点出来。如写设想中的江西景物，明确地冠以"愁的是"，写"落日蝉"明白说出"聒碎人心"，对所要表达的感情说得十分鲜明。曲中"对千里青山,闻两岸啼猿"系化用李白《朝发白帝城》诗中"两岸猿声啼不住,轻舟已过万重山"之句,"却索共渔火对愁眠"系化用张继《枫桥夜泊》诗中"江枫渔火对愁眠"之句。二诗均为人熟知,且略加变化,恰切自然,使人不觉。此曲大部分句子用对偶。但其中不仅有双句对,而且有曲所特有的鼎足对。"盖曲之装点饱满,排冞驰骋,对句之为助实多也。"(任讷《散曲概论》)对偶不但增加了曲子的整齐之美,而且通过铺排,使作品更加酣畅透彻,具有浩荡流走的气势。

(许金榜)

半夜雷轰荐福碑

马致远

第 一 折

〔寄生草〕想前贤语,总是虚。可不道书中车马多如簇,可不道书中自有千钟粟,可不道书中有女颜如玉,则见他白衣便得一个状元郎,那里是绿袍儿赚了书生处。

〔幺篇〕这壁拦住贤路,那壁又挡住仕途。如今这越聪明越受聪明苦,越痴呆越享了痴呆福,越糊突越有了糊突富。则这有银的陶令不休官,无钱的子张学干禄。

《荐福碑》故事本于宋代传说,宋人《冷斋夜话》、《续墨客挥犀》等书均有叙述。马致远据此加以发展,借以描写元代官场的黑暗和读书人怀才不遇的苦闷。作品写书生张镐流落江湖,其友范仲淹给以三封书信,介绍他投托他人。但连投二人,其人均死。范仲淹举荐张镐为官,又被富户张浩冒名顶替。张镐困居庙内,和尚欲以庙内颜真卿所书(实为欧阳询所书)荐福碑文拓下卖钱相助,龙神却又当夜将碑击碎。张镐正欲自杀,巧遇范仲淹相救,并被带进京城,中了状元。剧中所谓"雷轰荐福碑"后来成了形容士人命运坎坷的习语,戏剧小说中常有"时来风送滕王阁,运去雷轰荐福碑"的说法。剧中所表现的对功名富贵的追求与马致远早年的思想相似,故可能是作者早期的作品。

〔寄生草〕二曲写张镐困穷之时,范仲淹以古语勉励他,说道:"便好道富家不用买良田,书中自有千钟粟;安居不用架高堂,书中自有黄金屋;出门莫恨无人随,书中车马多如簇;娶妻莫恨无良媒,书中有女颜如玉。前贤遗语,道的不差也。"(按:宋李之彦《东谷所见》言《劝学文》中有此语。相传宋真宗赵恒有《劝学篇》,恐不确。)张镐苦读寒窗多年,仍是贫穷不堪,难免有些忿慨:"我去这六经中枉下了死工夫,冻杀我也论语篇、孟子解、毛诗注,饿杀我也尚书云、周易传、春秋疏。"而他看到那些愚昧无能的人却得享功名富贵,更加想不通。根据自身的经历,他体会到:"想前贤语,总是虚。"此二句总领全曲,下面是具体申说。不是说"书中车马多如簇"吗?不是说"书中自有千钟粟"吗?不是说"书中有女颜如玉"吗?可在现实生活中,"则见他白衣便得一个状元郎,那里是绿袍儿赚了书生处。"白衣乃僮仆之衣,指"贱人"、僮仆。绿袍乃八品、九品官所服,指下层官吏。这两句是说,不读的粗俗小人却可以得一个状元郎,而满腹才学的书生却连一个绿袍小官也得不到。为什么会产生这种现象呢?下一曲〔幺篇〕作了回答。

幺篇开头两句写道:"这壁拦住贤路,那壁又挡住仕途。"反映了元代知识分子备受压抑、仕进无途的现实。为了进一步强调和突出这种不公平的状况,作品又用一个三句对加以铺排申说:"如今这越聪明越受聪明苦,越痴呆越享了痴呆福,越糊突越有了糊突富。"连用六个"越"字,意饱气足,把荒谬的社会现象和作者的愤懑之情写得显豁酣畅。这些愚昧尤知之辈不但做了官,发了财,而且贪得无厌,不肯休官让贤;那么,贫苦的读书人必然是求官无路。因此,作品写道:"则这有钱的陶令不休官,无钱的子张学干禄。"陶令,原指陶渊明。据《宋书·陶潜传》载,陶渊明家贫,曾为彭泽令,因不肯折腰以迎督邮而辞职归隐。这里是反用此典,指有钱的官吏,谁肯像陶令一样休官?"子张学干禄"语出《论语·为政》。子张,姓颛孙,名师,字子张。"学干禄"即请教求取功名利禄之事。子张曾问此事于孔子。此曲用这一典故,是说贫穷的读书人希望求取功名利禄,却难以得到。这两支曲子全是直接的叙述和抒情,白描直说,毫不掩饰。两个三句对更使之酣畅透彻,气势浩荡。曲中还用了对比手法:前一曲以现实与前贤语对比,愈见现实的不合理;后一曲以聪明与痴呆糊涂、有银与无钱对比,更见社会的荒谬。曲中用典,"可不道"之下直用前贤话语,系熟语、俗语,"子张学干禄"直用《论语》中语句,系经典语句,表现了曲子用典的特色。诗词用典避熟避俗,对成句多加融化而用之;曲中用典则常用熟语和俗语,且多引用原句。特别是对经典中的原句,诗词中极少直用,而曲中则常有之。马致远剧作中直用《论语》者尤多。且用得恰切自然,天衣无缝。

(许金榜)

半夜雷轰荐福碑

马致远

第 三 折

〔红绣鞋〕本待看金色清凉境界,霎时间都做了黄公水墨楼台。多管是角木蛟当直圣亲差，把黄河移得至，和东海取将来，抵多少长江风送客。

〔上小楼〕这雨水平常有来，不似今番特煞！这场大雨，非为秋霖，不是甘泽；遮莫是箭杆雨、过云雨，可更淋漓辰霭。看你怎生飘麦。

〔幺篇〕振乾坤雷鼓鸣，走金蛇电影开。他那里撼岭巴山，搅海翻江，倒树摧崖。这孽畜，更做你这般神通广大，也不合佛顶上大惊小怪。

〔满庭芳〕粉碎了阎浮世界，今年是九龙治水，少不的珠露成灾，将一统家丈三碑霹雳做了石头块，这的则好与妇女捶帛。把似你便逞头角欺负俺这秀才，把似你便有爪牙近取那澹台，周处也曾除三害！我若得那魏徵剑来，我可也敢驱上斩龙台！

元曲鉴赏辞典

382

　　张镐投书不着，穷途落魄，寄食饶州荐福寺内。寺有一碑，为颜真卿所书。长老命小和尚于明日持一千张纸去"打做法帖"，给张镐沿途卖了做盘缠，往京师进取功名。初，张镐曾至龙神庙避雨，题诗壁上泄怨。龙神见诗大怒，发誓要"你行一程，我赶一程"，故亦赶至饶州，兴云布雨，是夜雷电轰鸣，风雨大作。曲子描绘了这一场特大雷雨。

　　前二曲，〔红绣鞋〕、〔上小楼〕是从张镐眼中看到的大雨情景。照张镐的想法，开门试看时，原应是"金色清凉境界"，且料却像是一幅浓笔淋漓的水墨画，天昏地黑，大雨滂沱。"霎时间"三字点明了这场雨来得急骤、迅猛，来得出人意料，对应着"本待看"，暗寓着这雨本不该有之意。接着，从广大的范围写了雨水之大。写得很精练，只用了两句话，挑选了两样事物作比。黄河，一泻千里，势不可挡，如今"移得至"了；东海，汪洋浩瀚，波涛汹涌，又"取将米"，中间着一"和"字，黄河、东海之水交集并汇，一齐倾泼下来，其凶，其猛，其暴，其虐，给人以不寒而栗之感。〔上小楼〕则具体地写雨水。也是用了两个事物。一个"箭杆雨"，雨如飞箭射出，把雨线之粗，之大，之有力量全都表达出来了："过云雨"，指的是特大阵雨，把云层之浓厚，雨水之密集也都表达出来了，这雨如同万箭齐发，密集而下，前面用了"遮莫"，尽教的意思，让整个世界全都下着如此大雨，使得张镐觉得"今番特煞"。它既不是秋霖，能促进稻禾生长孕育，也不是雨露，可滋润万物，已隐含着是一场灾难之意，所以张镐说：我今夜不读书了，看你究竟怎样肆虐。

描写了雨之大后，〔幺篇〕集中写雷电。先从听觉写："振乾坤雷鼓鸣"，再从视觉写："走金蛇电影开"，漆黑的天空中，金蛇闪闪，雷鼓隆隆，震天动地，进而说其威势：能摇撼巴岭山，能搅海翻江，能倒树摧崖。"撼"、"搅"、"翻"、"倒"、"摧"，声势何等凶猛，威力何等巨大；张镐不禁骂道，这孽畜，即使神通广大，也不应在寺庙神佛顶上这般地施威逞能。

可是，因为寺里住着儒生张镐，龙神偏要在佛顶上兴风作浪，偏要"粉碎了阎浮世界"。阎浮，梵语，即"阎浮提"，即"南赡部洲"，为佛典所云四大部洲之一，此代指佛地。雷电把"一统家"，一全块丈三高的石碑劈个粉碎，碎块只好给妇女作捶衣帛用了。行文至此，张镐按捺不住对这场暴雷急雨的愤慨："把似"，即使、譬做的意思，"澹台"，湖名，在今江苏吴县东南，《吴地记》："澹台湖，澹台子羽宅，陷为湖"，澹台子羽曾渡河斩蛟。譬做你逞威风欺负我，譬做你靠爪牙取得澹台湖水为害人间，人间也有周处能除三害。事见《世说新语》，周处曾在长桥下杀了危累百姓的三害之一：蛟。我张镐也要跟魏徵一样，斩龙除凶！魏徵斩龙系民间传说，谓泾河龙错行了雨，违

〔半夜雷轰荐福碑〕

了天条,魏徵梦中上剐龙台斩了泾河龙,见元人《西游记》(《永乐大典》卷一三一三九)。

四支曲,集中描写了一场大雷雨。在元杂剧中,描写雨景的不多。有写细雨、小雨的,《梧桐雨》写了"窗儿外梧桐上雨潇潇,一声声洒残叶,一点点滴寒梢",写这种凄厉的秋夜雨,正衬托了唐玄宗的"一点点滴人心碎了"的心情;写大雨的,如《魔合罗》,则是"云气深如倒悬着东大海,雨势大似翻合了洞庭湖,好教我满眼儿没处寻归路。黑暗暗云迷四野,白茫茫水淹长途",浇得李德昌冒了寒。比较起来,《荐福碑》里写的雨,算是最为狂暴的了。作者用了哪些方法来描写的呢? 一是挑选了一些事物,这些事物的特点是:非有极大的力量,不能动它们分毫,或者简直不能动,如黄河、东海、山岭、江海、树、崖,在每一事物之前或后,分别用上适配的动词,如"移"、"取"、"撼"、"搅"、"翻"、"倒"、"摧",夸张地表现了雷雨威势之猛烈:任何事物皆不能阻挡,皆能被摧毁。二是两或三个字一停顿,组成短促繁急的节奏,如"把黄河"、"移得至"、"和东海"、"取将来"、"振乾坤"、"雷鼓鸣"、"走金蛇"、"电影开"、"撼岭"、"搅海"、"翻江"、"倒树"、"摧崖",节奏的密集,产生了如迅雷轰顶、急雨浇灌的效果。三是从各个角度,从视觉、听觉、感觉,从大范围、从具体的雨点,从正面、从侧面,用正笔、用旁笔,这样描摹一番,调动了观众的联想力,形成如地裂天崩、如坐雨中的感觉。马致远善于运用这些方法来铺排比陈,突出景物的特点。

为什么在第三折里要特意写一场大雷雨? 是为了通过这场雷雨的叙写,把剧情推向高潮。张镐是"一介寒儒,半生埋没",靠着人家的怜悯,收留在庄上,"教养几个蒙童度日"。幸而遇上故人范学士,给他写了几封举荐信,投托朋友,却不料前两个朋友都死了,张镐在路上也险遭暗害。一次次的打击,他已到走投无路的境地,又幸遇荐福寺长老,发善心帮助他上京,不料荐福碑又被龙神击

【半夜雷轰荐福碑】

碎了。要是说朋友之死,还含有自然的偶然的因素,那么,碑的被击碎,则完全是龙神的存心害人有意所为。这一击,把他最后一点微沚的希望也击得粉碎,张镐已到了山穷水尽、再无前路可走的地步,逼得张镐"倒不如撞槐身死"。雷轰荐福碑这一情节,是剧中的"戏眼",曲折地表现了元代士人遭遇之惨苦。剧名也于此点出。

在戏曲作品中,写景为的是言情,更好地表达剧中人物的感情。"深于言情者,正在善于写景"(《西圃词说》),雷雨情景的描写,正是为了深化剧中人物的性格。对于前几次的不幸遭遇,张镐是一再忍受,然而这一次,龙神着意要"你本是儒人我着你今后不如人"。张镐对这样的迫害,实在是忍无可忍了:不管你怎么逞头角,不管你怎样张牙舞爪肆虐为害,逼得人无路可走时,"周处也曾除三害"!张镐气愤地喊出"我可也敢驱上斩龙台"!一个"敢"字,表现了张镐气愤之极!"我"字叠用,更突出张镐的决心。张镐性格中,反抗的火花已在迸发。"景无情不发,情无景不生"(《对床夜话》),前面雷电轰碑的描写,正是为了撞击出张镐感情跃进的火花。当然,这火花是这么地微弱,到头来还是要去撞槐。生活在"儒人不如人"的元代,张镐的遭遇,即是汉族士人的遭遇,张镐的呼喊,表达了汉族士人的心声,包括"沉郁下僚,志不得伸"的马致远在内。他是"以其有用之才,而一寓之于声歌之末,以抒其抑郁感慨之怀"的(焦循《剧说》引《真珠船》)。尽管这喊声一瞬即逝,张镐的性格毕竟是前进了一步。

雷轰荐福碑的故事在民间广为流传,明清的一些戏剧小说中,常引用这个故事,"时来风送滕王阁,运去雷轰荐福碑",就形成了一联俗语。

(侯百朋)

太华山陈抟高卧

马致远

第 三 折

〔叨叨令〕向那华山中已觅下终焉计,怎生都堂内才看旁州例。议公事枉损了元阳气,理朝纲怕搅了安眠睡。贫道做不的官也么哥,做不的官也么哥。不要紫罗袍只乞黄绸被。

〔倘秀才〕我但睡呵十万根更筹转刻,七八瓮铜壶漏水,恨不的生扭死窗前报晓鸡。休想我惜花春起早,爱月夜眠迟,这般的道理。

〔滚绣球〕贫道呵爱穿的蔀落衣,爱吃的藜藿食。睡时节幕天席地,黑喽喽鼻息如雷、二三年唤不起。若在那,省部里,敢每日画不着卯历。有句话对圣主先题,贫道呵贪闲身外全无事,除睡人间总不知。空教人贴眼舒眉。

〔倘秀才〕陛下道君子周而不比。贫道呵小人穷斯滥矣。俺须索志于道、依于仁、据于德。本待用贤退不肖;怎倒做举枉错诸直。更是不宜。

〔滚绣球〕三千贯、二千石。一品官、二品职。只落的故纸上两行史记。无过是重裀卧、列鼎而食。虽然道臣事君以忠、君使臣以礼。哎!这便是死无葬身之地。敢向那云阳市血

【太华山陈抟高卧】

染朝衣。本居林下绝名利。自不合划下山来惹是非。不如归去来兮。

　　陈抟为五代、宋初有名的隐士，《宋史》有传。《陈抟高卧》属元杂剧"十二科"中的第二科"隐居乐道"的主要作品。元刊本全名如上，明刊《元曲选》本全名为《西华山陈抟高卧》，曲文无大异。本剧剧情如卜：陈抟隐居华山，见中原有王气，乃下山卖卦，为赵匡胤、郑恩"指迷"，暗示赵日后必做天子，郑恩则为一品大臣。又向赵献策"兴龙之地，莫过汴梁"。赵匡胤称帝，派党继恩迎之下山，陈抟因"圣恩不敢违背"，遂随行。陈抟至京，接受了"希夷先生"称号，却坚辞官职。郑恩已受封为汝南王，以醇酒美女款待，陈抟不受笼络。本文所引为第三折中的五支曲。

　　《陈抟高卧》的主要情节兼取史实与传说。据《宋史》，陈抟应召而辞朝，先后有三次之多，剧本则集中于赵匡胤在位时。笔记野史有传说，谓五代战乱时，陈抟于途中见一妇女挑着两个孩儿，便说"莫云无真主，一担两盘龙，天下从此定矣！"大笑而跌下驴来。挑篮者即后来的杜太后，两个孩子即后来的宋太祖赵匡胤和宋太宗赵匡义也。

　　剧中陈抟先后思想甚不一致，他自称"文能匡社稷，武可定乾坤"，"因见五代间世路干戈，生灵涂炭，朝梁暮晋，天下纷纷，（乃）隐居华山，以观时变"，既见到"治世圣人生"，理应"似莘野伊尹佐成汤救万民"，又为何"学那钓鱼台下老严陵"，而不肯留朝为官呢？

　　我们知道马致远原是汉族人，又做过金的臣民。他南下而任元朝廷江浙行省衙门的官员以后，也许对于"每日画着卯历"、"看州例，议公事"的从政生活有些内心的苦闷，对"尘世"、"人生"不免流露出虚幻消极的想法。

　　在"朝梁暮晋"之际，陈抟尚"以观时变"，到"海岳归明主"之后，只有"向那华山中已觅下终焉计"了。他一再申说不会做官:"贫道做不的官也么哥,做不的官也么哥。"又说"陛下道君子周而不比。贫道呵,小人穷斯滥矣","本待用贤退不肖,怎倒做举枉错诸直。"这意思是说"圣明"的"陛下"要求"用贤退不肖",但以一批"周而不比的君子"组成的朝廷,实际上是"举枉错诸直"的一群"穷且滥矣"的小人。

　　所谓"臣事君以忠,君使臣以礼",在陈抟心目中,其结局也只是"便是死无葬身之地","敢向那云阳市血染朝衣"。作者把"理朝纲"的朝廷、朝堂都看成是屠场、刑场了。所以对"三千贯、二千石,一品官、二品职"都无动于衷,把一切都看破了。这样,便以"散诞逍遥不拘系"为最大的快乐。这便是陈抟的"道"的最核心的组成部分。在这一点上,马致远和陈抟有他们的一致性,也可以说马致远进一步发挥了陈抟的出世思想。

　　为什么说马致远发挥了陈抟的出世思想呢? 因为史册曾载陈抟自称"山野之人,于时无用,亦不知神仙黄白之事;吐纳养生之理,非有方术可传;假令白日冲天,亦何益于世?"在剧中,陈抟对党继恩说过"神仙荒唐之事,非将军所宜问也",则反而是增加了神秘色彩。在宣扬"神仙逍遥"的乐趣方面还是作了多方面的美化和歌颂的。

　　元代,知识分子的经历比较特殊,他们的思想也更隐晦沉郁,对蒙古族的统治既有不满,又不得不依附,因此就从严子陵、陶渊明、陈抟他们这些人身上寻找寄托,以"安贫乐道"为理想中的仙境。"隐居乐道"剧之所以产生,这一种时代背景起了重大的影响。而《陈抟高卧》则是相当典型的作品。

(池　吉)

破幽梦孤雁汉宫秋

马致远

第 一 折

〔混江龙〕料必他珠帘不挂,望昭阳一步一天涯。疑了些无风竹影,恨了些有月窗纱。他每见弦管声中巡玉辇,恰便似斗牛星畔盼浮槎。(旦做弹科)(驾云)是哪里弹的琵琶响?(内官云)是。(正末唱)是谁人偷弹一曲,写出嗟呀?(内官云)快报去接驾。(驾云)不要。(唱)莫便要忙传圣旨,报与他家。我则怕乍蒙恩把不定心儿怕,惊起宫槐宿鸟,庭树栖鸦。

这是本折也是全剧开头部分的曲子。王昭君被毛延寿点破图形,发入冷宫,寂寞中弹琵琶遣愁。汉元帝驾幸后宫,闻声而寻,本曲便是此时所唱,它为本剧主人公汉元帝的思想性格定立基调。汉元帝在本剧中是一个软弱无能的形象,但温柔善感,缱绻多情。这并非是历史上汉元帝的真貌,不过是作者借古人衣冠塑造的"风流天子,败国之君"而已。本曲则着重刻画其多情善感的一面。

夜深了,宫中静悄悄,内官们提着灯,陪他在宫槐下慢慢巡行。他默念着从全国各地选来的宫女,希望出现一个"有缘"的与他相遇。他此时心情闲适、宽舒,悬想着宫妃们"珠帘不挂","望昭阳一步一天涯"。昭阳,汉代宫名,此代指皇帝,"望昭阳",即盼皇帝临幸。唐人王昌龄《长信秋词》说:"玉颜不及寒鸦色,犹带昭阳日影来。"此处袭用其意。"一步一天涯",犹说咫尺天涯,指宫女与君王阻隔,喻其盼皇帝临幸的凄切心情。面对迷离竹影,她们也会疑心是御驾临幸,而在频频失望之后,月光透过窗纱,也会使她们泛起缕缕幽恨。望不到御辇出现是这样凄凉,而偶然听到玉辇驾临的弦管声,却又是可望而不可即。"恰便似斗牛星畔盼浮槎",斗牛星,即牛郎星,喻皇帝,而暗中以宫女喻作织女星。古代传说,牛郎、织女极难相会。浮槎,张华《博物志》云:天河与海通,有人八月浮槎自海而至天河。这时天相为有客犯牵牛星。此处借浮槎喻御辇,写宫女渴盼皇帝临幸。汉元帝所唱的这六句曲词,为我们画出了一幅宁静的深宫夜巡图,这幅图的主人公,具有浓厚的人情味。就在这宁静的境地里,一声琵琶,打破沉寂。元帝寻求的"有缘"者王昭君出现了。"是谁人偷弹一曲,写出嗟呀?"这是元帝听到琵琶声后发出的疑问。接着,作者的笔沿着元帝的感情活动延伸,他挡住了内官的传令接驾,"莫便要忙传圣旨,报与他家。"为什么呢?"我则怕乍蒙恩把不定心儿怕,惊起宫槐宿鸟,庭树栖鸦。"他怕猛地传旨,使那毫无思想准备的弹琵琶者吃惊。尚未见昭君面,却已如此体贴温存。这就为下面乍见的惊喜,恩幸的欢愉,远别的痛苦,在人物情感上作了坚实的铺垫。

这是很难着笔的一支曲子,由于戏的开头,情节矛盾尚未充分展开,很容易流于空泛。在这里,马致远从容不迫,按照自己所构想的图景,把元帝一登场就投入感情的漩流。每句曲词都是这感情漩流中的晶莹浪花,且都具有鲜明的形象感,如珠帘竹影,明月窗纱,弦管斗牛,浮槎御辇,宫槐宿鸟,庭树栖鸦等;至如"挂"、"盼"、"巡";"惊起"等,又都具有动态,为舞台演出提供了余地。全曲善用对仗,字面,词意,韵律,自然浑脱,无一丝人工痕迹。明朱权所著《太和正音谱》列东篱于元代剧作家之首,称他的词"如朝阳鸣凤"。又说"其词典雅清丽……有振鬣长鸣,万马皆瘖之意"。从这曲《混江龙》,亦可略窥一斑。

(陈西汀)

破幽梦孤雁汉宫秋

马致远

第 二 折

〔牧羊关〕兴废从来有,干戈不肯休。可不食君禄,命悬君手。太平时卖你宰相功劳,有事处把俺佳人递流。你们干请了皇家俸,着甚的分破帝王忧?那壁厢锁树①的怕弯着手,这壁厢攀栏②的怕擦破了头。

〔贺新郎〕俺又不曾彻青霄高盖起摘星楼。不说他伊尹扶汤,则说那武王伐纣。有一朝身到黄泉后,若和他留侯留侯厮遇,你可也羞那不羞?你卧重裀,食列鼎,乘肥马,衣轻裘。你须见舞春风嫩柳宫腰瘦,怎下的教他环珮影摇青冢月,琵琶声断黑江秋!

〔斗虾蟆〕当日个谁展英雄手,能枭项羽头,把江山属俺炎刘?全亏韩元帅九里山前战斗,十大功劳成就。恁也丹墀里头,枉被金章紫绶;恁也朱门里头,都宠着歌衫舞袖。恐怕边关透漏,央及家人奔骤。似箭穿着雁口,没个人敢咳嗽。吾当僝僽③,他也他也红妆年幼,无人搭救。昭君共你每有甚么杀父母冤仇?休休,少不的满朝中都做了毛延寿!我呵,空掌着文武三千队,中原四百州;只待要割鸿沟。陡恁④的千军易得,一将难求。

〔哭皇天〕你有甚事疾忙奏,俺无那鼎镬边滚热油。我道你文臣安社稷,武将定戈矛;你只会文武班头,山呼万岁,舞蹈扬尘,道那声诚惶顿首。如今阳关路上,昭君出塞;当日未央宫里,女主⑤垂旒。文武每,我不信你敢差排吕太后。枉以后,龙争虎斗,都是俺鸾交凤友。

〔乌夜啼〕今日嫁单于,宰相休生受。早则俺汉明妃有国难投。它那里黄云不出青山岫。投至两处凝眸,盼得一雁横秋。单注着寡人今岁揽闲愁。王嫱这运添憔瘦,翠羽冠,香罗绶,都做了锦蒙头暖帽,珠络缝貂裘。

〔三煞〕我则恨那忘恩咬主贼禽兽,怎生不画在凌烟阁上头?紫台行都是俺手里的众公侯,有那桩儿不共卿谋?那件儿不依卿奏?争忍教第一夜梦迤逗!从今后不见长安望北斗,生扭做织女牵牛。

这几支曲,是《汉宫秋》第二折的中心唱段,是作者通过汉元帝之口对卑躬屈膝、奴颜媚外的官员发出的强烈谴责。

汉元帝巡宫发现昭君后,备加宠爱,毛延寿畏罪脱逃到匈奴,又将画昭君的美人图献给单于,讨好新主。这时,单于为向汉朝索取公主,正待拥兵南下。一见到昭君画像,单于十分惊喜。即派番使前来汉廷,指名索娶。扬言不出嫁昭君"不日南侵,江山难保"。元帝从温柔乡中惊醒,原指望文臣武将为他打退番兵,排难解忧;不料满朝文武,一个个避兵畏战、贪生怕死。他们不仅不能为国

【破幽梦孤雁汉宫秋】

家设一谋，退一卒，反倒编造一大套卑躬屈膝、辱国媚敌的理由，众口一词，强劝元帝献出昭君。元帝一筹莫展，愤恨难忍，感情像潮水一般迸发出来。

〔牧羊关〕开头两句，简练地点出了番兵南下的背景。在紧急的情势中，元帝时而威胁，时而嘲讽，时而责问，时而斥责。他说"食君禄，命悬君手"，口气像一国之尊的威胁，但毫无用处，实际上表现出内心的沮丧。接着他把公卿宰相们平时贪功受禄，紧急时龟缩不前作了鲜明的对比，嘲讽中又有谴责。他思来想去，已经看透了他们的灵魂，最后借历史故事，指责他们是一伙贪生怕死的懦夫！从这首曲辞我们看到了主人公开始时复杂的情感跳动。

大臣们不理睬元帝的威胁和咒骂，他们搬出殷商失国的故事为自己的行为辩护。尚书说："臣想纣王只为宠妲己，国破身亡，是其鉴也。"道理倒像在他们手里。〔贺新郎〕曲即对他们的谏言作驳斥。前三句说，我不曾像纣王那样昏庸无道，为宠妃建造豪华的摘星楼，表明比拟不伦；反过来元帝问：你们做大臣的为什么不像商初贤臣伊尹辅佐成汤那样干出一番事业，却说武王伐纣之类亡国无君的混账话？言辞愤激。接下来元帝责问他们：死后遇到本朝的名臣张良"羞那不羞"！曲辞单刀直入，说他们"卧重裀，食列鼎，乘肥马，衣轻裘"，无非是贪图富贵享受而已。直刺他们的心肺。按曲谱，七八两句应是"五、五"对句，作者改作"三、三、三、三"式，使语气简捷有力，突出强烈的愤恨之情。倾吐过愤激之情以后，元帝又回到昭君的事上来，情绪立即转向低沉。当他以嫩柳瘦腰来形容昭君的娇弱和预感到远嫁后身埋荒坟、魂断黑水的不幸时，既流露出失望的痛苦，又表现了血泪的恳求，曲辞形象、动人。

然而，大臣们却毫不动心。他们又找出理由说："陛下，咱这里兵甲不利，又无猛将与他相持，倘或疏失，如之奈何？"这是借口。元帝接唱〔斗虾蟆〕，把愤激之情引上高潮。前五句以韩信的英勇，反衬今日武将的怯懦；然后以两个对句，指责他们居高官、享厚禄，文恬武嬉、醉生梦死的罪责。接着又一针见血地揭示

393

了他们怕边关疏失,无非是要牺牲别人,保全自己的内心隐秘。内心既卑鄙,行为必猥琐,元帝以"似箭穿着雁口,没个人敢咳嗽"勾画出他们颟顸、胆怯的情状,既形象,又传神。年幼的昭君无人救,他不由面对满朝文武问道:昭君与你们有什么杀父母的冤仇! 在大白话里表现出激烈的感情。问过了,仍然是箭穿着雁口,无人理睬。元帝认清了:满朝中都做了毛延寿! 这就是作者对降臣、叛将最强烈的鞭挞。组曲旋律达到高潮。

这时番使上场,威胁元帝:不嫁昭君,即有百万雄兵,刻日南侵。这使戏剧矛盾又加剧了一步。元帝如热锅上的蚂蚁,唱〔哭皇天〕。开头两句是催促又是哀求。接着描述高官们平时峨冠博带的形象是羞辱又是斥责。拿吕后的威严来对比昭君的不幸是感慨又是无奈。最后说到将来两国交兵,都只靠后妃和亲来平息,是绝望中对文臣武将的嘲弄。本曲曲辞不多,但内容丰富,在人物情绪的起伏中,真实地表现了主人公复杂的心理。

昭君看到情势不可挽回,因而以国家、民族为重,毅然请命,提出"情愿和番,得息刀兵"。剧情急遽变化。大臣又乘势逼元帝"割恩断爱",立即发送娘娘。〔乌夜啼〕抒发元帝将与昭君别离的痛苦。前两句说,今日昭君远嫁单于,你宰相再不为难了。这是对他们的挖苦。他不屑再与满朝的毛延寿饶舌,情绪已陷于离别的哀伤之中。以塞外黄云,比喻昭君处境的荒凉;以四目遥望,形容日后彼此思念的痛苦。想象中的凄凉孤独被眼前改装所证实,所以当他叨念着昭君羽冠貂裘的打扮时,字字句句都有钻心之痛。

最后元帝提出一个可怜的要求:希望明日为昭君送行,执酒饯别。尚书以"恐外夷耻笑",残酷地拒绝了。元帝在绝望中怒吼起来。他痛骂他们是忘恩咬主的贼禽兽,挖苦他们的可耻行为可上凌烟阁,指责他们是强行拆散昭君的同谋者。〔三煞〕唱出了元帝最后的愤恨。

六支曲辞始终通过君臣矛盾展开,通过这一矛盾和支支曲辞,我们看到了

【破幽梦孤雁汉宫秋】

封建王朝文恬武嬉的腐败状况,看到了衮衮诸公贪生怕死的灵魂和在救国家、念社稷外衣下祸国殃民的罪责。这一揭露,在宋金灭亡之际具有强烈的现实意义。

曲辞构想宏伟,感情充沛,愤激之情回环起伏而气脉贯通。作者以"感叹伤悲"的南吕套谱词,声情尤为贴切。语言既俊丽典雅又明白畅达,口头语的采用使表情更直接有力。但曲中部分典故和诗句的应用颇遭非议,如〔牧羊关〕陈元达锁树的事发生于晋,朱云攀殿折槛之事虽在汉时,但已在元帝死后的成帝时代。〔贺新郎〕"环珮"、"琵琶"两句,则全用金代诗人王元俏《青冢》诗。这也许会冲淡剧作的历史感。但元剧中时代不分前后,"随意"而用,是很常见的现象。这正是元剧"虚虚实实"的特点之一。这也表明剧作家并不是在创作严格的历史剧,我们似乎也不必对这些地方作过分书生气的考证。

(江巨荣)

〔注〕 ① 锁树:西晋末刘聪欲为皇后建殿,廷尉陈元达锁腰绕树切谏,不畏死。 ② 攀栏:汉成帝时槐里令朱云谏杀佞臣张禹,帝不从,欲诛朱云,朱云攀殿槛,槛折。 ③ 僝僽(蝉纣 chán zhòu):忧愁、苦闷。 ④ 陡恁的:直如此。 ⑤ 女主:刘邦后吕氏。

破幽梦孤雁汉宫秋

马致远

第 三 折

〔步步娇〕您将那一曲阳关休轻放,俺咫尺如天样,慢慢的捧玉觞,朕本意待尊前捱些时光,且休问劣了宫商①,您则与我半句儿俄延着唱。

〔殿前欢〕则甚么留下舞衣裳,被西风吹散旧时香。我委实怕宫车再过青苔巷,猛到椒房②,那一会想菱花镜里妆,风流相,兜的③又横心上。看今日昭君出塞,几时似苏武还乡?

〔七弟兄〕说甚么大王、不当、恋王嫱,兀良,怎禁他临去也回头望!那堪这散风雪旌节影悠扬,动关山鼓角声悲壮。

〔梅花酒〕呀!俺向着这迥野悲凉,草已添黄,兔早迎霜。犬褪得毛苍,人扳起缨枪,马负着行装,车运着糇粮④,打猎起围场。他他他,伤心辞汉主;我我我,携手上河梁⑤。他部从入穷荒,我銮舆返咸阳。返咸阳,过宫墙;过宫墙,绕回廊;绕回廊,近椒房;近椒房,月昏黄;月昏黄,夜生凉;夜生凉,泣寒螀;泣寒螀,绿纱窗;绿纱窗,不思量!

〔收江南〕呀!不思量除是铁心肠!铁心肠也愁泪滴千行。美人图今夜挂昭阳,我那里供养,便是我高烧银烛照红妆。

〔鸳鸯煞〕我煞大臣行说一个推辞谎,又则怕笔尖儿那火编修讲。不见他花朵儿精神,怎趁那草地里风光?唱道伫立多时,徘徊半晌,猛听的塞雁南翔,呀呀的声嘹亮,却原来满目牛羊,是兀那载离恨的毡车半坡里响。

《汉宫秋》没有那种紧锣密鼓式的情节,没有那种扣人心弦的对白,它甚至也未让王昭君和她的对头毛延寿当场"撞击",然而,人们还是被它那抒情诗般的魅力所征服,他写的一段段唱词,实际上是一首首韵味深长的诗。这种魅力

〔破幽梦孤雁汉宫秋〕

主要来自于作者重视戏剧意境的创造,是意境抓住了人。其中第三折元帝在灞桥上送别昭君的几支曲子尤为出色,历来为人们击节赞赏。它所创造的辽阔、深远、幽邈、苍凉而又粗犷的塞北风光以及在这画面中所渗透的怀念、忧伤之情,构成了唱词意境的独特美学风格。

马致远以诗笔写剧。他准确、细腻地揭示了汉元帝灞桥送别时的心理流程。剧作家集中用了〔步步娇〕〔落梅风〕〔殿前欢〕〔雁儿落〕〔得胜令〕〔川拨棹〕六支曲子让汉元帝直抒胸臆,尽情倾吐相思的痛苦,离别的哀伤,追忆往日的欢娱,嗟叹自己的无能。就在这黯然神伤之际,昭君要上路了,一句"怎禁他临去也回头望",写出了汉元帝被撕裂了的心灵。此时此刻,眼泪已模糊了他的视线。紧接着,作者用〔七弟兄〕〔梅花酒〕〔收江南〕三支曲子为我们展现出一幅元帝返咸阳的场景:昭君的车队已经越走越远,送行的汉元帝想到她在塞外旅途中的艰辛,他仿佛看到了旌旗的影子在漫天风雪中摇动,仿佛听到了那凄厉而悲壮的号角在荒漠的太空中回荡。那空旷的深秋原野在他想象中是如此悲凉,那褪了毛的狗儿,那扛着缨枪的猎户,还有那慢腾腾的负载着行装的车马,点缀着一望无际的衰草……当他回眸自视时,他面对的将是更加孤独寂寥的情景。宫墙之内那昏黄的月色,那令人伤怀的像哭泣一样的寒蝉的鸣叫……王国维赞赏这两支曲子是"写景之工者",其实,这里写的景,并非实景,而是幻景,是剧作家采用幻觉的形式作间接抒情。汉元帝的幻觉恰恰出现在同王昭君分手诀别的刹那间,这时元帝内心中翻腾的是离恨未已,相思又继的思绪,将要面临的是人去楼空的凄凉景象。而睹物必然伤情,故而作者不以写实手法写景言情,而是深入描绘元帝心灵世界中的幻景:咸阳宫殿的宫墙、回廊、椒房以及黄色的月、凉夜、寒蛩、纱窗、美人图、孤灯……这是一幅即将出现而又令人惊惧的景象,而透过这些景物所创造的凄清、阴冷的朦胧氛围,深一层地展示了元帝与昭君诀别之际的相思之痛。在这里,人的意识、情愫与物象、环境互相渗透转化,心灵外化为物象,物象流溢着思绪,来回往复,延伸拓展,臻至浑然无迹之化境,达到了人和自然的和谐统一,从而完成了对爱而不得其所爱,但又不能忘却所爱的痛苦的悲剧心灵历程的描绘。

昭君走远了,幻景也逐渐消失,作者在一段写实性的抒情独白之后,又进一步通过元帝的错觉展示元帝的悲剧心理和情感波澜。〔鸳鸯煞〕一曲写出形神凄怆的元帝对昭君思念之切,在凝神痴想中,错把北去的毡车的声音,当作了大雁南归,传来昭君的音信,透过这一错觉造成的心理意象,人们又深一层地透视了由对昭君的依依不舍的惜别之情而引发出的汉元帝心灵的震颤,宣叙了难以言状的情愫。

《汉宫秋》意境美是和唱词的旋律美结合在一起的。它的音乐感突出表现在对仗手法的出色运用。如"那堪这散风雪旌节影悠扬,动关山鼓角声悲壮"。"散风雪"对"动关山";"旌节影"对"鼓角声";"悠扬"对"悲壮",对仗工整且极熨帖。这是八字句三个音步的对仗,两句结尾都是双音节词,节奏感强,韵脚响亮。再看,"犬褪得毛苍,人搊起缨枪,马负着行装,车运着粮粮"。这四个五言句,也是对仗,每句都是三个音步,每个音步都是对应的:"犬"、"人"、"马"、"车"都是名词作主语,"褪得"、"搊起"、"负着"、"运着"都是动词作谓语,除"毛苍"是词组作补语外,"缨枪"、"行装"、"粮粮"都是名词作宾语。这对仗工整的四句,虽然只有二十个字,却描绘出了一幅完整的图画。可见对仗句运用得巧妙,对于意境的创造能起很好的作用。

《汉宫秋》唱词的音乐感还和它运用短句顶真重复的手段有密切关系。比如:"返咸阳,过宫墙;过宫墙,绕回廊;绕回廊,近椒房;近椒房,月昏黄;月昏黄,夜生凉;夜生凉,泣寒螿;泣寒螿,绿纱窗;绿纱窗,不思量!"这些短句,以顶真法,将后一个分句的第一个短句重复前一分句的第二短句,回肠荡气,又有鲜明的节奏感。动词"返"、"过"、"绕"、"近"的使用,又十分生动形象地表现了人物行动和心理的细致区别和不同环境不同建筑物的特点,急急地返回咸阳,穿过宫墙,绕过回廊,才接近那人去房空的椒房,这时才感觉到月亮是昏黄的,夜是清凉的,寒蝉在哭泣,而纱窗却仍然那样绿。可见,马致远不是单纯地追求词句的音乐感,而是让这种灵活的、跳荡的句式服务于意境的创造。清代梁廷柟《藤花亭曲话》评《汉宫秋》曲词说:"写景写情,当行出色,元曲中第一义也。"这个评价对于马致远来说是十分恰当的。

(宁宗一)

〔注〕 ① 劣了宫商:音调不协的意思。 ② 椒房:皇后居住的地方,据说用香椒涂墙,故称。 ③ 兜的:即陡的,突然之意。 ④ 糇(hóu喉)粮:干粮。 ⑤ 携手上河梁:表示惜别之意。

破幽梦孤雁汉宫秋

马致远

第 四 折

〔白鹤子〕多管是春秋高,筋力短;莫不是食水少,骨毛轻?待去后,愁江南网罗宽;待向前,怕塞北雕弓硬。

〔幺篇〕伤感似替昭君思汉主,哀怨似作薤露①哭田横②,凄怆似和半夜楚歌声,悲切似唱三叠阳关令。

〔十二月〕休道是咱家动情,你宰相每也生憎。不比那雕梁燕语,不比那锦树莺鸣。汉昭君离乡背井,知他在何处愁听?

〔尧民歌〕呀呀的飞过蓼花汀,孤雁儿不离了凤凰城。画檐间铁马响丁丁,宝殿中御榻冷清清,寒也波更,萧萧落叶声,烛暗长门静。

〔随煞〕一声儿绕汉宫,一声儿寄渭城,暗添人白发成衰病,直恁的吾当③可也劝不省。

从《汉宫秋》杂剧的全部情节看,这一折只是矛盾冲突的余波。作者为渲染汉元帝对王昭君的思念,加重悲剧气氛,以十分强烈的抒情笔调,描绘出"破幽梦孤雁汉宫秋"的画面。这种画面是作者刻意选择的情境的归宿。所谓情境,指的是剧情开始发生的社会背景与特定环境及融于其中的杂剧人物的内在心理,是促使戏剧冲突爆发、发展的契机。因而,《汉宫秋》的情境首先是作品产生时代社会现实生活的曲折再现。

其一,《汉宫秋》杂剧改变了历史上番弱汉强的背景,而把人物放在番强汉弱的环境中展开他们的活动。《汉宫秋》的悲剧事件说明,一个汉朝皇帝在外族的胁迫下连自己的妻子都不能保护,国难该是何等严重,民生又该是怎样痛苦! 因此,借帝妃离合之情,发民族兴亡之感,便成了这部杂剧内容上的一个重要特征。以此为基点,作品的主要倾向不是在于民族的抗争,而是沉痛地批判汉朝内部的昏庸腐朽,进而表明对当代历史经验的认识,即这种昏庸腐朽给国家带来衰败。

其二,这种情境也制约人物性格。在《汉宫秋》里,汉元帝是以主要角色出现的,情境的制约作用也明显地反映在这个形象上。一方面,他沉湎女色,极度昏庸,完全忘记了北方异族的巨大威胁,致使国势衰弱,祸患降临;另一方面,他又有某些美德。他倾心于王昭君的美貌,也爱她的心灵,发现她时极其欣喜,失去她时非常悲伤。他对一位值得称赞的具有民族气节的女子的深切爱恋,超出

【破幽梦孤雁汉宫秋】

了一般儿女情长的范围,这使他在一定程度上能够获得人们的同情。汉元帝的双重性格决定了他在杂剧展现的民族冲突中成为被伤害的弱者。

杂剧的特定环境在第四折里表现得尤为集中。深秋之夜,汉宫冷落,元帝面对"一点寒灯",形影相吊,痛定思痛,更添加了失去昭君的哀伤。在这样的环境里,剧情似乎进入舒缓的慢板阶段,然而,作者却出人意表地掀起新的波澜,让昭君继续上场——在汉元帝的梦境里从北地私自逃回,又被从后面赶来闯入汉宫的番兵抓走。如果联系宋元易代之际的社会现实来品评这些描写,就能理解其中包含的辛酸。孤雁的哀鸣打破了寂寥的画面,把汉元帝从梦中惊醒,使寓于其中的愤懑情绪不可抑制地渗流出来。作者运用"雁叫科"造成一种强烈的舞台效果。这只孤雁在第二折里即已出现,伴随着矛盾冲突的加剧,预示了汉朝皇帝的悲剧命运。这里节选的几支曲辞是其中比较精彩的片断。

两支〔白鹤子〕以拟人手法刻画了大雁失群的孤零心情。既不是"春秋高,筋力短",也不是"食水少,骨毛轻"。它徘徊无依,进退两难:"待去后,愁江南网罗宽;待向前,怕塞北雕弓硬"。进退维谷,实为狼狈。接着,又以"伤感似"、"哀怨似"、"凄怆似"、"悲切似"层层递进的四个形象而贴切的比喻,进一步深化了由雁失群所引发的孤独感,有如潮水,一波接一波,一浪推一浪,翻腾不止。

但是,主观认识不同,即使对同一环境也会产生截然相反的感受。〔十二月〕开头两句以"咱家动情"与"宰相生憎"对比,鲜明生动,从而突出了汉元帝对王昭君的深切思恋,强化了对那些对国家危机麻木不仁的宰执的批判。"雕梁燕语"与"锦树莺鸣"经常用以形容歌舞升平、百鸟鸣春的安乐盛世。而在这里却是以排比否定的形式出现的,比直接写深秋凄凉、国势衰微,显得更为丰富和深刻,使人痛切地感到物换星移,人事已非。正是基于这样的背景,才导致昭君离乡背井,被迫出塞,即使"愁",又能如何解脱呢?

〔尧民歌〕以声写静,静寓于声。从孤雁呀呀到铁马(屋檐下的响铃)丁丁、落叶萧萧、寒更声紧,突出了汉宫秋夜的空寂冷落。孤雁飞过蓼花汀,却不忍离开京城,它象征着王昭君环佩魂归,抑或是汉元帝悲凉心境的写照。然而,孤雁"一声儿绕汉宫,一声儿寄渭城",使汉元帝愁添白发,哀思成病,无法从爱恋与悔恨的苦海中挣脱出来。

这样,马致远以自己的思想感受所创造的环境充满悲凉气氛,以独具一格的意境给人带来压抑和伤感,展示出一幅既与历史事件有别、又比传说故事容纳了远为广阔的社会生活画面。这种意境是由写景、抒情、叙事的完美统一形成的,在具体有限的艺术形象中包孕着丰富深刻的思想意义。它使《汉宫秋》杂剧产生了一种审美力量:美的东西被毁灭,但美的精神长存。

(薛瑞兆)

〔注〕 ① 薤露:古代送丧歌曲名。 ② 田横:秦末齐国人,曾自立为齐王。后被汉高祖刘邦打败,刘邦派人招降,他应召前往,在半路上自杀身亡。 ③ 吾当:帝王对臣下的自称。

吕洞宾三醉岳阳楼

马致远

第 一 折

〔混江龙〕梭头琴样,助吟毫清彻看书窗,恰行过一区道院,几处斋堂。竹几暗添龙尾润,布袍常带麝脐香,早来到洞庭湖畔,百尺楼傍,端的是凭凌云汉,映带潇湘。俺这里蹑飞梯,凝望眼,离人间似有三千丈,则好高欢避暑,王粲思乡。
〔油葫芦〕俺只见十二阑干接上苍,我则怕惊着玉皇,谁着你直侵北斗建槽坊?！写道是岳阳楼形胜偏雄壮,更压着你洞庭春好酒新炊荡。翠巍巍当着楚山,浪淘淘临着汉江。正菊花秋不醉倒陶元亮,怎发付团脐蟹一包黄。

《岳阳楼》杂剧为马致远早期作品。是他写过的五种"神仙道化"剧中的代表作。此剧先叙述吕洞宾成道后下山度人,然后写洞宾设置种种变故,对所度之人加以种种磨炼,终至功德完满而升仙境。这故事本身并无甚动人之处,但马致远在其中倾泄了他对现实愤懑情绪,再加上他特别富有抒情诗人气质,恃才逞气,借景遣怀,因此个中每见性情。

〔混江龙〕曲,写吕洞宾飞至岳阳楼时,见其建筑奇伟,感发吟唱。此曲叙景,由远及近,一路写来,条理清楚。先叙述他"行过一区道院",见到几处清静的"斋堂",书窗清彻,引起他诗兴。又见到殿前逶迤曲折的龙尾甬道上,点缀着明净的"竹几",复又闻到出家人布袍上散发着麝香的清香。他飞到洞庭湖畔,伫立在"百尺楼傍"。这几句曲文神奇、超逸、高雅,衬托仙人吕洞宾的形象。望着眼前高耸入云的翠楼,印入潇湘江水中的身影,只有登着飞梯凝望,才能看到它的顶端。登上高楼,好似离开了人间三千丈,有隔世之感。故接下去联想到北齐高欢避暑,三国时诗人王粲登楼而产生浓郁的思乡之情。借景抒情,情景交融,毫无斧斤之痕迹。

〔油葫芦〕一曲,写吕洞宾登上高楼后,凭阑远望而产生的新情怀。他先欣赏岳阳楼之高,见十二阑干上接苍穹,好像要侵占北斗七星上建的槽坊,惊动天上的玉皇大帝。次写岳阳楼之大,它雄伟壮观,直压着茫茫的洞庭湖,挡住了翠巍巍的楚山。因登高望远,竟能见到白浪滔滔的汉江岸边的风光景物。最后发抒感慨:正是菊花盛开的秋天,鸡肥蟹壮之时,他也想如晋代大诗人陶渊明那样,在花间赏菊饮酒,吃着一包肥的蟹黄,享受这天公赋予的大好时光。这与其说是在写剧中人吕洞宾,不如说是在写诗人马致远自己,他面对着壮丽的河山,逸兴遄飞,在轻柔的抒情之中,隐寓着不满现实,高蹈出世的情怀。那久困荆州思乡的王粲,那不为五斗米折腰的陶潜,不外是此刻作者的自我写照。作者已不是单纯地写仙人吕洞宾仙家生活,而是开始倾吐自己在尘世的悲凉情绪了。这两支曲子虽写在杂剧中,单独欣赏也别有情趣,显示着马致远散曲特有的风格。

元初之际,社会动荡,战火不熄。颓废出世思想滋生,宗教势力发展,故有"神仙道化"剧出现。人们因不满现实而产生某些反抗情绪和对平静、自由生活的憧憬,有时会跟对彼岸世界的幻想联系在一起,变成带有宗教色彩和神秘色彩。有时透过宗教色彩的包裹,也可以曲折看到抗世的情绪。马致远的《岳阳楼》即是如此。它并不像一般教徒单纯鼓吹修真养性,也不侈谈道法神奇,而是以古代贤人、隐士为榜样,劝人们在乱离之世,洁身自好,保持自己的人格和操守,不仅有古隐士逸民之风,甚至有遗民气质。马致远的散曲除接受魏晋隐逸诗和田园山水诗营养之外,更深受陶潜、李白、苏轼等人诗词的影响和熏陶,他虽以受市井文学影响而产生的散曲形式表达自己的感受,仍保留浓重的文人气质,这或许正是他的散曲为历来文人所推崇的原因。

(刘荫柏)

马丹阳三度任风子

马致远

第 三 折

〔斗鹌鹑〕大古里万水千山①,卖弄你三从四德。我漾起拳

【马丹阳三度任风子】

头,他揣与我个面皮。休,休,休!今世里饶人不是痴。咱两个善厮离。我来到林下山间,再谁想星前月底。

〔普天乐〕阛阓出虎狼丛,拜辞了鸳鸯会。这的中做布碾,好做铺持。急切里无片纸。将这的铺在田地。就着这水渠中,插手在青泥内,与你个泥手模便当休离。我和你恩断义绝,花残月缺,再谁恋锦被罗帏。

〔上小楼〕你道是夫唱妇随,夫荣妻贵。我从那早起晚息,择菜挑荠,打水浇畦。你向这里撒殢殢。休寻自缢。菜园中撺葱②人脆。

〔满庭芳〕这担轻如你底。你道我担荆筐受苦,强如你火院便宜。两头来往搬兴废。休想我担是担非。虽不如张子房休官罢职,我待学陶渊明归去来兮。咱休罪,今朝厮离。由你做张郎妇李郎妻。

〔耍孩儿〕想人生六合乾坤内,活到七十都能有几。人生幻化比芳菲。人愁老花怕春归。人贫人富无多限,花开花落能有几。咱想着人子(只)有三寸元阳气。贯串着凡胎浊骨,使作那肉眼愚眉。

〔六煞〕第一来女色再不侵,第二来把香醪再不吃,堆金积玉成何济。人生一世心都爱,谁为三般事不迷。跳出红尘内,寻泛锦槎天浪,烂斧柯仙棋。

〔三煞〕一投匆匆月出东,却早厌厌日落西。秋鸿塞雁相催逼。玉天仙妻子权休罪。魔合罗孩儿谁是谁。我见他揾不迸腮边泪。问甚么水胡花性命，爱惜你花朵儿身起。

〔收尾〕由你死共死、活后活，我二则二、一则一。你道是娇妻、幼子和兄弟。我跳出七代，先灵稽首也劝不的！

马丹阳，金代道士。全真教"遇仙派"创始人。任风子可能是传说人物。

根据"杂剧十二科"的分类，此剧属于"神仙道化"，为第一科。和一般的宗教题材的戏剧作品不同，元杂剧的神仙道化剧并不劝人戒恶修善，也不普度众生。根本不遵守"混元五戒"的首戒"不得杀生"，而只度化原来就名列仙籍的下凡神仙或有"半仙"之分的俗子。《任风子》一剧可以认为是这一类作品的典型。

全剧情节如下：任屠为孩儿满月宴请众屠；听众屠说道士马丹阳劝斋，搅了屠家买卖；任屠下决心要杀掉马丹阳。任屠杀马丹阳不成，哀求马丹阳，愿随其出家。任屠妻带了孩儿和任屠弟上山劝他回家，任毫不回心转意，休离妻子，摔死孩儿，也不认兄弟，执意出家。马丹阳又让任风子经受了种种折磨，最后认为他已"功成行满"，于是众仙迎任风子赴蓬莱仙境。

以上所引曲文，均属于第三折。为任风子决意出家，休妻、杀子、逐弟时所唱。任风子唱了这些曲文之后，马丹阳才说："此人省悟了也。"可见是全剧中十分重要的组成部分。

〔斗鹌鹑〕、〔普天乐〕、〔上小楼〕三曲是任屠与其妻的对话。其妻自诩三从四德，一定要拖任屠回去，任屠则劝妻子"善斯离"，就在菜园地里用一块布写了休书，和妻子一同摁了"泥手模"。妻子绝望，意欲自尽，任屠则以"挆葱人脆"作比相劝。〔满庭芳〕为任屠、其弟、其妻三人间之对话，任屠竟把挑货担看作是"担是担非"，表示了无意经营，而要学张子房、陶渊明一样遁世而远离是非之地。〔耍孩儿〕及〔六煞〕由任屠主动表示入道之强烈决心，并大谈其对人生的虚幻看法。〔三煞〕为任屠摔死孩儿时所唱,孩儿连声呼唤"父亲",任亦不予理会,可见其恩断义绝。〔收尾〕一曲,任屠表示了"跳出七代"之决心。至此,的确再也不可能去思考妻儿辈之生死了。

本剧开始时,马丹阳说他之所以能成为神仙在于弃绝了"人我是非,富贵名利,酒色财气"。〔六煞〕中仟风子说的是要弃绝女色、香醪、金玉这"三般事",基本内容有近似之处,马丹阳的境界当然更高一些。任风子把修道说成是"阐阓出虎狼丛",将挑水浇畦与"两头来往搬兴废"、"张子房休官罢职"、"陶渊明归去来兮"相联系,则又和弃绝"人我是非,富贵名利"的境界十分接近了。

根据以上所引曲子,根据整个剧情中充满刀光血迹、凶杀离弃,可以说不存在"冤冤相报"的说教,弃绝"三般事"固然略有宣扬教义的色彩,然而任风子的身份、地位、文化素养以及他的整个经历和张子房、陶渊明绝无共同之处,不存在功成身退或长揖归田庐的问题。因此,马致远这样写究竟是在宣讲全真教派的教义,还是情不自禁地作了自我慨叹,都有待认真探讨。

作者的意思也许还包含着修道者必须对自己残忍才能登仙境的内容,所以他的《任风子》以及其他神仙道化剧都把残忍的行为以歌颂、赞扬的笔调写出,似乎认为这是一种最高的道德境界。元代社会生活中也许确有类似马丹阳、任风子那样的人物,所以马致远才如此反映。

作者所作散曲清丽如画,《汉宫秋》等杂剧文辞亦多处可见唐诗、宋词之影响,此剧诸曲则以民间通俗口语为主,反映社会下层生活颇为形象化。可见其才能确是多方面的。

《元曲选》本与《元刊杂剧三十种》本之《任风子》情节与结局略有不同,后者任风子所受折磨更多,残忍的描写亦更多,风格与主题则毫无不同之处。

到了明代初年,宁献王朱权、周宪王朱有燉在经历了兵戈风云、面对着权谋生死而以戏曲行韬晦时,又大量编演神仙道化剧,值得我们重视。这样一种现象的一再发生,和时代以及作者的处境看来是有密切关系的。

(池　吉)

〔注〕　①大古里万水千山:兜了无数圈子,说了无数的话。　②揽葱:揽,折断。揽葱,由于葱易揽断,故宋元市语常以"揽葱"比喻物脆易折。在这里是任风子劝阴妻子自杀的话,意谓在菜园子里自杀,人像揽葱一样脆,救都来不及救。

邯郸道省悟黄粱梦

马致远等

第　一　折

〔金盏儿〕上昆仑,摘星辰,觑东洋海则是一掬寒泉滚,泰山一捻细微尘。天高三二寸,地厚一鱼鳞。抬头天外觑,无我一般人。

〔后庭花〕我驱的是六丁六甲神,七星七曜君。食紫芝草千年寿,看碧桃花几度春。常则是醉醺醺,高谈阔论,来往的尽是天上人。

〔醉中天〕俺那里自酸村醪嫩,自折野花新,独对青山酒一尊。闲将那朱顶仙鹤引,醉归去松阴满身。泠然风韵,铁笛声吹断云根。

〔金盏儿〕俺那里地无尘,草长春,四时花发常娇嫩,更那翠屏般山色对柴门。雨滋棕叶润,露养药苗新。听野猿啼古树,看流水绕孤村。

《黄粱梦》故事在唐代有沈既济所著传奇小说《枕中记》,写吕翁与卢生事,至金元则附会为钟离权度脱吕洞宾,并成为全真教祖师的神圣事迹,流传甚广。据《录鬼簿》,元杂剧《黄粱梦》由马致远、李时中、"折花学士"、红字李二合撰而成。据明初贾仲明为李时中所补写的〔凌波仙〕吊词,"折花学士"系花李郎。

第一折写吕岩上京赶考,在邯郸道遇道人钟离权。钟离权劝他抛弃功名富贵的念头,随自己出家去。吕岩想十年寒窗,好不容易学成满腹文章,眼看蟾宫折桂,功成名就,怎生跟你去出家! 于是就反问钟离权:"你出家人有什么好处?"以上几支曲就是钟离权对吕岩叙说的出家人的快活之处。

第一支〔金盏儿〕,作者用极其夸张的笔法,写出了出家人可以"上昆仑,摘星辰"的豪迈气概。"昆仑山"在中国神话传说中是天帝下界来时驻跸的地方,也是西王母等神仙居所。既是神仙居所,当然极高极高,伸手就能摘到星辰。上天摘星揽月,是我国古代诗人们向往的乐事。李白《题峰顶寺》诗:"夜宿峰顶寺,举手扪星辰";《登太白峰》诗:"举手可近月,前行若无山";王元之《登楼》诗:"危楼高百尺,手可摘星辰"。这里的"扪星辰"、"可近月"、"摘星辰"仅仅是诗人的浪漫想象,用来反衬峰高、楼高。而在这支曲中,却让人真切地感受到一种恢宏的境界。作者把你引到昆仑山顶,当你向下俯视时,只见那浩瀚的东洋大海,犹如一捧寒泉,巨大的泰山更是一把尘埃,那高低起伏、深厚宽广的大地,看起来好像一层薄薄的鱼鳞;而当你抬头仰望时,你就会惊奇地发现,那高不可测的天空原来离开自己的头顶仅三二寸的距离! 所以,你如果好奇,一伸头就能看到天外的世界:那里除了神仙,当然是没有尘世间的凡夫俗子的。作者通过钟离权之口,把昆仑山上的景物,叙说得如此生动、形象、具体,使听者、观者恍惚身临其境,亲自体验,不由你不羡慕这超凡脱俗的神仙洞府!

〔后庭花〕一曲写道家能驱使神鬼，法力无边，长生不老，自由自在。"六丁六甲"是道教的神名。道教认为，"六丁"是阴神，"六甲"是阳神，为天帝役使，能行风雷、制鬼神，道士可用符箓召请，从事祈禳驱鬼。"七星"即日、月、金、木、水、火、土，此七星皆有光，照耀人间，故又名"七曜"。道家既能驱使神鬼星辰，当然不是凡人，其所食的，所看的自是不同一般。"紫芝草"本是一种食用菌，陶渊明《赠羊长史》诗就提到，"紫芝谁复采，深谷久应芜"。可见，这是隐士和道家们常食之物，后来就成了仙草的代名词。"碧桃"即千叶桃，生长于人迹罕到的深山，罗虬《比红儿诗》："匼匝千山与万山，碧桃花开景常闲。"故而，碧桃花也就成了仙山景色的一种象征。出家人食紫芝仙草，长生不老，不问人间过了几个甲子；看碧桃花，花开花落，不管它几度春秋；往来的都是天上神仙，大家喝得醉醺醺的，高谈阔论，无拘无束，悠哉悠哉。刘禹锡以"谈笑有鸿儒，往来无白丁"（《陋室铭》）为荣。而此曲却大唱反调。"尽是天上人"，一个"尽"字，表达了作者对向往功名富贵的读书人和争权夺利的官僚们极大的鄙视和彻底的否定。

〔醉中天〕一曲，针对吕岩对做官人锦衣玉食的向往，描绘了出家人"独对青山酒一尊"的清闲怡静、怡然自得的生活情景。自己酿的酒，是那样的甘美芬芳；信手摘的花，是那么娇艳鲜丽。"独对青山"句，取李白"相看两不厌，只有敬亭山"（《独坐敬亭山》）诗意。李白诗强调青山与我两者关系：青山爱我，我爱青山，故而流连忘返。此曲侧重描述道家悠闲的生活：折野花，逗白鹤，饮村醪，听铁笛。"醉归去松阴满身"，写自斟自酌，忘了时间的流逝。这"松阴"可能是夕照所致，也可能是月光的影子。此句从晏几道"醉后满身花影倩人扶"（〔虞美人〕）化出。晏词缠绵悱恻，此曲清疏潇洒。松阴满身加上铁笛声声，构成一种邈远开阔的意境。"铁笛"是铁制的笛，得道者用之。《宋史·孙守荣传》："守荣既悟，异人授以铁笛。"可见铁笛来历不凡，乃仙家之物。其音色特征是"有穿云裂石之声"。（朱熹《铁笛亭诗序》）云根，即石，云出石而生，故曰云根。"泠然"语出庄子《逍遥游》:"夫列子御风而行,泠然善也。"试想,那道人在穿云裂石的铁笛声中,醉醺醺地身披松阴,飘飘然乘风归去,这是多么令人神往的境界。

最末一支〔金盏儿〕,则是针对吕岩所谓做官人"居兰室,住画阁"的享受,描绘了出家人所居住的山林茅舍的幽美的自然环境:青青的草、娇美的花、翠色的山、茅草的屋、棕叶上的雨滴、药圃里的新苗、悲啼的猿声、苍老的古树、清澈的流水、幽静的孤村……构成一幅幽美的山林隐居图。此曲用字极熟极稳,却又极新极奇。溜亮而不艰涩,委婉而不直露。曲是唱给观众听的,因此它的句法、用字都与诗词不同,不能过分含蓄凝练,在句中经常须加入衬字,实句宜用虚字点缀,虚句宜用实字铺衬,这样的曲子,才能唱来婉转动人,声声入耳。此曲首句"俺那里"是衬字,衬这三字,就逼出一种自豪之气;"更那翠屏般山色对柴门"句中"更那"、"般"三个衬字,一经点缀,句中之意蕴更递进一层,表达得更委曲宛转,回味无穷。末两句对仗工整,妙语天成,给人一种整齐富丽之感,"听"、"看"皆衬字,经此铺衬,这两句就更显溜亮、轻俊,静止的景物中增添了人的活动,染上了强烈的感情色彩。周德清《中原音韵自序》说:"自关、郑、白、马,一新制作,韵共守自然之音,字能通天下之语,字畅语俊,韵促音调。"从以上几支曲文来看,这确是的评。

《黄粱梦》是元杂剧中"神仙道化"剧的代表作之一。"神仙道化"剧虽有宗教色彩和逃避现实的消极思想,但它也有愤世嫉俗,批评世道昏暗的成分。此剧描绘的天国风光、神仙境界,正是一种对黑暗现实的否定。日本学者青木正儿在《元人杂剧概说》中指出,《黄粱梦》第一折,"结构虽然平凡,但是钟离权叙说神仙之乐的那几支曲子的曲辞实是绝唱,令人有飘然欲仙之感。"当然,今天我们不会因之而去求道学仙,但吟读这几支曲文,确是一种愉快的艺术享受。

(李修生　唐葆祥)

邯郸道省悟黄粱梦

马致远等

第 三 折

〔大石调·六国朝〕风吹羊角,雪剪鹅毛,飞六出,海山白,冻一壶,天地老。便有丹青巧,画笔难描。俺这里遥望千山表,是谁将粉黛扫?幽窗下寒敲竹叶,前村里冷压梅梢。撩乱野云飞,微茫江树杳。

〔归塞北〕为甚春归早?既不沙可怎生蝶翅舞飘飘。梅蕊粉填合长安道,柳花绵迷却灞陵桥,山馆酒旗遥。

〔初问口〕想那捕鱼叟蓑笠纶竿,他向那寒潭独钓。和俺这采樵人迷却归来道。则见冻雀又飞,寒鸦又噪,古木林中暮听的山猿叫。

〔怨别离〕园林无处不萧条,春归也犹未觉。满地梨花无人扫。寒料峭,遥望见一点青山兀良却又早不见了。

〔归塞北〕白云岛,则听得孤鬼吼荒郊。九天女鼓风驱造化,六丁神挥剑斩长蛟。既不沙可怎生就地卷风涛。

〔幺篇〕孤村晓,稚子道犹自月明高。青女剪冰寒不散,黑云喷雨冻难消,无处觅渔樵。

【邯郸道省悟黄粱梦】

　　《黄粱梦》第三折，据《元曲选》、《古名家杂剧》为马致远撰，而据《录鬼簿》、《太和正音谱》载，此折为花李郎所作。而就其辞风观之，则颇似马致远风格。

　　此折写吕岩（洞宾）因贪赃卖阵，被发配充军。路上，解差放他逃生，偏偏遇上大风雪，迷纵失路。钟离权幻化成樵夫前去点化他。这几支曲就是其所唱的歌咏雪景的曲词。

　　第一支〔六国朝〕头三句突兀而起，开门见山，点明所写乃大风雪：强劲的旋风，吹剪着鹅毛般的团团大雪，将海天、山林，乃至整个宇宙装点得一片雪白。"羊角"乃曲而上升的旋风，语出《庄子·逍遥游》："有鸟焉，其名曰鹏……抟扶摇羊角而上者九万里。""六出"乃雪之代称。因雪花结晶成六角形，故雪花又称六出之花。接着三句写主人公的感受：在这么大的风雪中，似乎感到整个天地都被冻住了，凝固了。这种感受即便是丹青妙手也是难以描绘出来的。"一壶"，又称"壶天"，道家认为天地日月都在一壶之中。"俺这里"两句是抬头遥望，"幽窗下"两句是低头近看。粉黛，本指美人之眉，诗词中常以青山、粉黛互喻。此处粉黛即指青山。"是谁将粉黛扫"，意谓是谁将青山遮盖了？此句极言雪之大。"幽窗"一句则抓住"寒"与"冷"这两个雪的特征，不实写雪，而用虚笔出之，显得空灵而不黏滞。"寒敲"、"冷压"两词下得极妙：寒雪敲打着竹叶，仿佛铿然有声，何等幽静；而冷魂压弯了梅梢，越发使人觉得冷气的凝重。"前村里冷压梅梢"化用齐己《早梅》诗"前村深雪里，昨夜一枝开"，明典暗使，了无痕迹。"撩乱"两句则写平视远眺所见。野云为何撩乱？江树为何微茫？皆因"风吹羊角，雪剪鹅毛"的缘故，结句又回到大风雪上，与首两句相呼应。

　　第一支曲是写眼前所见之实景，而第二支〔归塞北〕则是写联想中的虚景。此曲即词中的〔望江南〕，其名曰〔归塞北〕即原名之反意。据吴梅先生考证，古词谱调流传至今的就剩两支，〔归塞北〕就是其中之一。这支曲写主人公由眼前的大风雪所引起的幻觉：乍一看，那纷纷扬扬的雪花，犹如翩翩飞舞的蝴蝶；再一看，又像是填满了长安大道的梅蕊花粉，又像是灞陵桥头绵绵的柳絮，又像是迎风招展的山馆酒旗……主人公突然醒悟到春天已经归来。啊！为什么春归得特别早？第一句"为甚春归早"是领起，以下都承上抒写春归之景。"既不沙"是转接词，犹云"不然"，元曲中常用。将来势猛而奇寒之雪景说成"春归早"——即透出一点春之消息，正与钟离权要点化吕岩暗合。吕岩时正在流放道中，可谓身入"寒"境，而钟离权要点化他醒悟入道，则又是"春之消息"了。故下一支曲先写樵夫、渔父的无羁无束，然又写得恍惚不定，似有暗示吕岩尚未"悟道"之意。

〔初问口〕写大风雪中樵夫、渔父的生活乐趣。"寒潭独钓"取柳宗元"孤舟蓑笠翁，独钓寒江雪"（《江雪》）之诗意。在道家心目中，渔父、樵夫的生涯是世间除了道士之外最理想的生活了。现在由于大雪纷飞，一片迷茫，连最熟识山径的渔父、樵夫都"迷却归来道"。此乃本曲之"眼"所在。由此而进一步引出山林中一片迷乱、惨淡之景象：冻雀惊飞，寒鸦聒噪，远处古木林中蓦地传来一声声凄厉的山猿的呼叫。

〔怨别离〕写园林肃杀，连春天归来都未感到。"满地梨花"化用岑参诗"忽如一夜春风来，千树万树梨花开"（《白雪歌送武判官归京》）。满地白雪，无人打扫，更显得春寒料峭。那山峦原本是青青的，于是抬头一望，似乎看到一点青色，再定睛细辨，却又消失得无影无踪了。（"兀良"，是指点词，无实义。）这句写似见非见，是真非真，婉委曲折，摇曳多姿，但又处处契合一种迷离恍惚之境，这又是作者借钟离权之口在暗写吕洞宾的处境。此乃曲辞处处暗合剧情的妙法之一。

接着，〔归塞北〕又作力写风。白云岛，指大雪覆盖，茫茫一片，恰如一片孤岛。阴风呼号，如荒郊孤鬼似的凄厉的吼叫。连神仙府第都不太平，可见风雪之大。"九天女"以下三句，渲染风的神秘性，此神仙道化剧使之然。九天女，九天玄女，道教中的仙女之一。六丁神，道教中的神人。此三句意为：如此大风，是九天玄女所为,而其吼叫之声,恰如六丁神斩蛟时挥舞神剑之声。

〔幺篇〕是本套收尾。此曲写孤村拂晓情景,又从天上回到人间,从幻想回到现实。"稚子"即道童,"犹自月明高",是稚子的错觉,不是月亮高挂,而是满地冰雪的反光,因为此刻高空的乌云继续喷洒着雨水,雨水结成冰雪,还在纷纷落下。"青女"即青霄玉女,神话中主霜雪的女神。"寒不散""冻难消",与第一支曲中"冻一壶天地老"相呼应,天地都冻结了,当然"无处觅渔樵"了。或者说,渔樵是最不怕天寒地冻的,如今已无处寻觅,反衬风雪之大,天气之寒。结句含有余不尽之意。

本套剧曲在全剧中是一个转折之幕的唱辞,其特定情景是在吕洞宾遭受人间之险,发配边地,钟离权要去点化他而又透出一线生机之时。所以曲辞借钟离权之口,既对风雪作出了细致传神的描绘,但又不黏滞景物,而是展开丰富的想象,把风雪之景铺排表现得多姿多彩,同时在景物的渲染中注意将意境与剧情发展的内在脉络相结合。整套曲辞采用的是一种"不即不离,是相非相",即使人"了然心中,却摸捉不得"的写法,比起单纯的写景之作来,其内涵更为丰富深邃,因而更加耐人寻味。

(唐葆祥)

邯郸道省悟黄粱梦

马致远等

第 四 折

〔倘秀才〕你早则省得浮世风灯石火,再休恋儿女神珠玉颗。咱人百岁光阴有几何? 端的日月去,似撺梭,想你那受过的坎坷。

〔滚绣球〕你梦儿里见了么，心儿里省得么？这一觉睡早经了二十年兵火。觉来也依旧存活，瓢古①自放在灶窝，驴古②自映着树科。睡朦胧无多一和，半霎儿改变了山河。兀的是黄粱未熟荣华尽，世态才知鬓发幡，早则人事蹉跎。

《黄粱梦》第四折为红字李二执笔。红字李二是金末元初著名教坊艺人刘耍和的女婿。他自己也是一个著名的教坊艺人。他除了参加《黄粱梦》的写作外，还编过五本水浒戏，写扬雄、武松、李逵、张弘的故事。《黄粱梦》写钟离权在邯郸打火店度脱吕洞宾的故事，第四折演述吕洞宾在梦中历经磨难、发配牢城，途中借宿在一个草庵里，一双儿女竟被草庵主人的儿子摔死，自身又被人仗剑追杀，及至大惊而醒，终于悟道出家。〔倘秀才〕、〔滚绣球〕两支曲词是钟离权在吕洞宾经历了梦中幻景后劝化其归道之言。

曲词中"风灯"、"石火"，用以比喻世相无常，人生短促。风中灯说不定什么时候被吹灭，击石所发生的火星，一发即灭，一切都是虚幻的，短暂的。这是出家人常说的警世语，唐宋诗中亦每有提及。白居易曰："蜗牛角上争何事？石火光中寄此身。"（《对酒》之二）苏轼也说："后事视今如视昔，过眼百世如风灯。"（《孙莘老求墨妙亭诗》）他们的感慨代表了中国封建士人对人生渗着悲凉的冷静观察。《黄粱梦》杂剧继承了这一传统，但又不只是告诉人们"富贵如过眼烟云"，而是揭示了统治阶级的丑恶，表现了强烈的否定现实的态度。这种思想在本折其他曲辞中有明显的表露。本文选引的两支曲调，乃作者借钟离权之口，与吕洞宾梦中经历的人生坎坷，表现了厌世思想，并进而对整个人生、世事的纷扰表示哀伤、厌倦，寻找躲避现实的道路。这种思想虽然不无消极，但对封建社

【后庭花】 会却也具有破坏腐蚀的作用。

这一折的曲词与马致远第一折曲词比较，用语更为通俗浅显，不似马致远词采宏丽、疏放、老健。什么"揸梭"、"灶窝"、"树科"等等，都是日常俗语。衬字也多为口语，作为警世语显然没有马致远词的意境，却也能做到言浅意深，让人有回味的余地。

这套曲词用"歌戈"韵，〔倘秀才〕多押仄声韵，"火"、"颗"、"坷"为上声，"何"、"梭"为平声；〔滚绣球〕主要押平声韵，"么"、"窝"、"科"、"和"、"河"、"皤"、"跎"为平声，"火"为上声。这两个曲牌经常连用，声韵调和，增色不少。

（李修生）

〔注〕　①② 古：即"顾"字。

417

〔作者小传〕

赵孟頫

(1254—1322)　字子昂，号松雪道人、水精宫道人，湖州（今属浙江）人。宋宗室。宋末时，为真州司户参军。入元后，经程钜夫推荐，官刑部主事，后累官至翰林学士承旨，封魏国公，谥文敏。工书法篆刻，亦擅画，通晓音律。其中尤以书画名天下。能诗文。有《松雪斋文集》。《全元散曲》录存其小令二首。

〔仙吕〕后　庭　花

赵孟頫

清溪一叶舟，芙蓉两岸秋。采菱谁家女，歌声起暮鸥。乱云愁，满头风雨，戴荷叶归去休。

此首小令，纯然写景，不着情语，别具一种神韵。

整幅小令，宛如一幅水乡秋暝图。"清溪一叶舟，芙蓉两岸秋。"一湾清溪，荡出一叶轻舟，两岸荷塘，盛开满目荷花。这一层境象，以幽静胜。秋之一字，还带出了一抹淡淡的秋意。"采菱谁家女，歌声起暮鸥。"采菱女乘一叶轻舟而来，暮鸥承两岸芙蓉而来。谁家采菱女儿，唱起一曲清歌，歌声飞扬，惊起了向暮栖息的白鸥。这一层境象，以生动胜。暮之一字，小暗承上文秋字，透出一份迟暮之感。以上半幅，境象极幽美，虽说静中有动，可这清歌之妙发，暮鸥之飞起，皆是一片天然之韵律，愈增幽美之感。接下来，"乱云愁"一句，笔势陡然直转。霎时间，乱云密布，预示着大风雨即将来临。愁之一字，上承秋字、暮字，下得颇有分量。不过，采菱女儿倒并不愁风雨，这个愁字，实是透露出作者自己心灵中一刹那间的悸动。"满头风雨，戴荷叶归去休。"休，语尾助词。密布的乱云，霎时化作扑面的风雨，水天暮雨茫茫，采菱女儿呢，这时摘了荷叶，戴在头上，打桨归去了。这一情节，在采菱女儿自己，不过是寻常小事，而在作者心目中，却别有一份真趣。这，显然是为作者所神往的。结笔情韵悠然不尽，使人为之意远。归去休三字，可以理解为描述采菱女归去了，也可以理解为采菱女互相呼唤归去吧，承上文秋、暮、愁一线意脉而下，还不妨理解为发自作者心灵深层的呼唤，它似乎意味着作者自己一种希企有所归宿的潜伏意识。

赵孟頫与唐代诗人王维，有很多相似之处。两人本来都是精通诗画音乐的艺术家，两人生平也都有一份希企归隐的情意缠结。王维所作《山居秋暝》诗："空山新雨后，天气晚来秋。明月松间照，清泉石上流。竹喧归浣女，莲动下渔舟。随意春芳歇，王孙自可留。"意境与孟頫此首小令相通。两人的作品，都描绘幽美入画的山水自然，赞美自由自在的田园生活，流露出对山水田园生活的由衷向往。所不同的是，王诗结联直接写出归宿的意愿，而孟頫小令则含而不

【后庭花】

露,只是归去休三字作了点暗示。

孟頫出身宋朝宗室,宋亡后虽出仕元朝,然故国之思与归隐之志,在其心中缠结了一生。其《罪出》诗云:"在山为远志,出山为小草。"《和姚子敬韵》:"重嗟出处寸心违。"皆此种情思之流露。孟頫之画,也往往寄托了此种情思。张羽《题鹊华秋色图》诗云:"吴侬白头不归去,不如掩卷听春雨。"张光弼《赵松雪苕溪清远图》诗云:"吴兴元是水精宫,楼阁溪山罨画中","当时乐事谁能见,此日王孙自不同。"可以印证(孟頫是吴兴人。吴兴今属浙江)。故此首小令中所流露出的秋意、暮感、愁思,尤其归去之意识,可能是孟頫平生那一份情意缠结的曲折体现。

这首小令可谓诗中有画。全幅造境,以水为主。清溪、芙蓉、暮鸥、小舟、采菱女,皆水乡景色、水乡风情。造境得力于水,故灵秀清逸。这风格特色正与孟頫山水画风相通。由于全篇纯是写景,不着情语,故含蓄淡远,尤有神韵。在元代散曲众多的言情必尽之作中,这首小令确实有其独到之处,可以说是以诗为曲,即以唐诗之法而为元人散曲。

(邓小军)

【作者小传】

王实甫

一说名德信,大都(今北京)人。主要创作活动约在元成宗元贞、大德年间。所作杂剧今知有十四种,现存《西厢记》、《破窑记》(一说关汉卿作)、《丽春堂》三种;《芙蓉亭》、《贩茶船》各存一折曲词。散曲作品今仅存小令一首,套数三套(其中有一残套)。剧作大多描写男女爱情,塑造了崔莺莺、红娘、刘月娥等不同典型的妇女形象。曲辞优美,《西厢记》尤为出色,被誉为"天下夺魁"之作,在我国戏曲发展史及文学史上影响很大。朱权评王实甫之作如"花间美人","铺叙委婉,深得骚人之趣","极有佳句"(《太和正音谱》)。

〔中吕〕十二月过尧民歌

王实甫

别　情

自别后遥山隐隐，更那堪远水粼粼。见杨柳飞绵①滚滚，对桃花醉脸醺醺。透内阁香风阵阵，掩重门暮雨纷纷。

怕黄昏忽地又黄昏，不销魂怎地不销魂？新啼痕压旧啼痕，断肠人忆断肠人！今春，香肌瘦几分，搂带宽三寸。

以《西厢记》著称于世的王实甫，散曲创作也颇负盛名。尽管他流传下来的作品不过三、五篇，却有脍炙人口的名作〔十二月过尧民歌〕《别情》。

关于男女别情，在历来的诗词歌赋中，可以说是老而又老的题材了。那么，王实甫是怎样把传统的题材写得别有情趣的呢？"自别后遥山隐隐，更那堪远水粼粼。"曲词伊始便点题，把写别情的主旨开门见山，和盘托出。主人公因思念而对"遥山"，遥山层峦叠嶂遮望眼；看"远水"，远水波光粼粼动离情。这两句不仅点明离人相隔之远，更渲染出一种气氛。人是有情的，于是青山绿水似乎也随之变得有情有义，而且促使主人公的思念之情达到不堪忍受的痛苦境地。"见杨柳飞绵滚滚，对桃花醉脸醺醺"，如果说"遥山""远水"是远距离的描写，这两句便是近景，杨柳堆烟，飞絮滚滚，桃花盛开，醉脸醺醺，主人公无一不触景生情，见物伤心。"杨柳"、"桃花"二句，不仅与"遥山"、"远水"构成抒情主人公的空间环境，而且点明了思念之情的时间背景是春天。古语云："女悲春，士悲

【十二月过尧民歌】

秋",柳絮飘飞,桃花闪灼,不正有着红颜日衰、而心上人不在的感伤?"透内阁香风阵阵,掩重门暮雨纷纷。"在这春雨绵绵的傍晚,抒情主人公在"内阁""重门"中,掩饰不住内心的寂寞和悲愁,发出无可奈何的声声叹息。

〔尧民歌〕的首句紧接上文:"暮雨纷纷。""怕黄昏忽地又黄昏,不销魂怎地不销魂?"这两句显然是从李清照"梧桐更兼细雨,到黄昏点点滴滴"(〔声声慢〕)和江淹"黯然销魂者,唯别而已矣"(《别赋》)两句而来。词、曲化用前人诗赋是常事,这两句用得巧,而且惟妙惟肖地刻画出抒情主人公矛盾而复杂的心理活动。一个"怕"字,就细腻地表现出思念之苦,而"忽地又黄昏",说明经历这种情感煎熬并非一朝一夕,甚至想要抛开这种念头也身不由己。因此,主人公不禁潸然泪下。天天思念,日日啼哭,那"衫儿袖儿都揾湿做重重叠叠的泪"(《西厢记·长亭送别》)。特别想到对方也在思念自己,"一种相思,两地闲愁",主人公更是柔肠寸断。正因为主人公在离别之苦中度日如年,所以:"今春,香肌瘦几分,搂带宽三寸。"《古诗十九首》有"相去日已远,衣带日已缓。"柳永〔蝶恋花〕词有"衣带渐宽终不悔,为伊消得人憔悴。"搂带,即缕带,亦即衣带。因相思人瘦,衣带也宽了。结句用形体消瘦进一步衬托出相思之深,离别之苦。

曲词至此,作者代主人公淋漓尽致地抒发了心灵深处因离别而起的浓烈情感。为了表达这种情感,在写作中特意安排前只曲子写景,句式多用叠字,景中寓情;后只曲子抒情,句式多用连环,情中又带景。这种方式有如词中的上下片,并且上下联贯,一气呵成,快声快调,如珠走盘。正是这种快唱形式,把主人公久别思念之深情宣泄出来,把司空见惯的离情别绪写活了,写得十分富有情趣。

(郑宏华)

〔注〕 ① 飞绵:即柳絮。

〔商调〕集贤宾

王实甫

退 隐

拈苍髯笑擎冬夜酒,人事远老怀幽。志难酬知机的王粲,梦无凭见景的庄周。免饥寒桑麻愿足,毕婚嫁儿女心休。百年期六分甘到手,数支干周遍又从头。笑频因酒醉,烛换为诗留。

〔逍遥乐〕江梅并瘦,槛竹同清,岩松共久。身外何求?笑时人鹤背扬州!明月清风老致优,对绿水青山依旧:曲肱北牖,舒啸东皋,放眼西楼。

〔金菊香〕想着那红尘黄阁昔年羞,到如今白发青衫此地游。乐桑榆酬诗共酒,酒侣诗俦,诗潦倒酒风流。

〔醋葫芦〕到春来日迟迟兰蕙芳,暖溶溶桃杏稠。闹春光莺燕语啾啾,自焚香下帘清坐久。闲把那丝桐一奏,涤尘襟消尽了古今愁。

〔幺篇〕到夏来锁松阴竹坞亭,载荷香柳岸舟。有鲜鱼鲜藕客堪留,放白鹤远邀云外叟。展楸枰消磨长昼,较亏成一笑两奁收。

〔幺篇〕到秋来醉丹霞树饱霜,绽金钱菊弄秋。半山残照挂

【集贤宾】

城头,老菱香蟹肥堪佐酒。正值着登高时候,染霜毫乘醉赋归休。

〔幺篇〕到冬来搅清醅鸡语繁,漾茅檐日影稠。压梅梢晴雪带花留,倚蒲团唤童重荡酒。看万里冰绡染就,有王维妙手总难酬。

〔梧叶儿〕退一步乾坤大,饶一着万虑休。怕狼虎恶图谋。遇事休开口,逢人只点头。见香饵莫吞钩,高抄起经纶大手。

〔后庭花〕住一间蔽风霜茅草丘,穿一领卧苔莎粗布裘。捏几首写怀抱歪诗句,吃几杯放心胸村醪酒。这潇洒傲王侯,且喜的身登中寿。有微资堪赡赒,有亭园堪纵游。保天和自养修,放形骸任自由。把尘缘一笔勾,再休题名利友。

〔青哥儿〕呀!闲处叹蜂喧蜂喧蚁斗,静中笑蝶讪蝶讪莺羞。你便有快马,难熬我这钝炕头。见如今蔬果初熟,浊酒新篘①,豆粥②香浮。大叫高讴,睁着眼张着口尽胡诌,这快活谁能够!

〔尾声〕醉时节盘陀石上眠,饱时节婆娑松下走,困时节布衲里睡鼾鼾。偶乘闲细将玄奥剖,把至理一星星参透,却原来括乾坤物我总浮沤。

王实甫留下的散曲不多,只有一首小令和两三篇套数。〔集贤宾〕《退隐》是一篇较重要的套数。这篇散套包括十一支曲子,是一篇直抒怀抱的独白式的抒情诗。在这篇散套中,作者尽情倾吐自己怎样离开官场,怎样回到自己心爱的田园,怎样过着舒适的退隐生活。就内容说,似乎不怎么特别,与众多的歌唱隐逸生活的诗词差不多,只是写得更亲切、更真实而已。王实甫的生平事迹至今不详,据《录鬼簿》记载,只知道他名德信,大都人。这篇散套可以给他的传记资料补充一点东西,那就是他晚年的思想和情趣。

第一支曲写来显得闲适而愉悦。一位年过花甲的老人,一手拈着苍白的长髯,一手笑眯眯地举着一杯酒。老人为什么笑呢?因为他已经远离开人事纷纭的是非场,所以他心情舒畅,左手拈须,右手举杯,忍不住笑了起来。他早年也有过远大抱负,但这些抱负都成了庄周的蝴蝶梦,无法实现,只好像王粲似地远远避开。他遵照古人的教训:不能兼善天下,那就来个独善其身!他对于个人没有什么希求,只要有布衣粗食,免于饥寒,于愿已足。至于孩子们呢,等他们男婚女嫁,都能成家立业,那也就正如人们所说:"向平愿了"。他自己呢,"百年期六分甘到手",甲子满周后,又从头数起,还有什么不满足呢?他所以不断地笑,只是因为酒已经有点微醺,蜡烛烧完再换一支,因为他的诗还没有作完呢。这一支曲子,可以看做是整篇的"诗序"。这里讲到他对归隐生活的喜悦,最后归结到通篇反复吟诵的酒与诗。曲文中"免饥寒桑麻愿足,毕婚嫁儿女心休"二句,另一个版本是"抱孙孙儿成愿足,引甥甥女嫁心休",提到了孙儿和甥女,说明老人还关心第三代,这样也说得下去。录于此,可以并存。

第二支为〔逍遥乐〕,讲到老人的高洁情怀。他说:我同江干的梅一样挺拔("瘦"),同槛前的竹一样高洁("清"),同岩上的松一样坚强("久")。松、竹、梅,一向称为岁寒三友,老人不客气地认为自己与它们一样("并"、"同"、"共"),说明老人非常自负。他除过最起码的人生愿望外,反问一句:"身外何求"?他决不像一些"时人",不但腰缠十万贯,还要骑鹤上扬州。他回来后看到,"绿水青山"间的"明月清风"还依然是旧样子,在这样美好的环境中,或者像陶渊明似地高卧北窗,清风入怀,也一样恍如羲皇上人,或者"登东皋以舒啸",或者倚西楼而远眺。那些挣不脱名缰利锁的"时人"哪能知道此中乐趣!

接着〔金菊香〕来个今昔对比。"想着那红尘黄阁昔年羞"中的"黄阁"本是古代宰相的官署。因为王实甫的传记资料奇缺,未能确知这里所指的是怎么回事。有两种可能:王实甫或者曾参加过什么高一级的考试,或者有人为他向什么高官贵人举荐过,结果都没有成功。王实甫可能认为这是他一生中的耻辱("羞")。退隐还乡之后,虽已白发苍苍,但身着一领"青衫",无官一身轻,对比之下,是多么令人欣喜啊!"到如今"——又归结到诗与酒:交游的是一些"酒侣"、"诗俦",吟诵的是粗放散漫("潦倒")的诗,饮用的是放荡不羁("风流")的酒。

〔醋葫芦〕连同三支〔幺篇〕,进一步详细抒写老人一年到头无拘无束、自由自在的隐逸生活。首先是春天。先引用《诗·豳风·七月》的"春日迟迟",向读者展现出春天里一派和煦的阳光。春天到了,兰蕙齐芳,桃杏争艳。大好春光中一片燕语莺歌。这个"闹"字,就是宋祁〔玉楼春〕词中"红杏枝头春意闹"的"闹"。在这时候,老人在家,下帘焚香,独自抚琴,襟怀中所有的"古今愁"都一下子洗涤干净。这是在春天里写到了弄琴。

夏天到了,或者高卧在松阴深处的竹坞亭中,或者撑着柳岸边的小舟,"荷叶似云香不断"(姜夔《湖上寓居杂咏》),一直向前摇去。这时有新捕的鱼、新采的藕,可以请诗侣酒友们一同享受了。于是像以梅为妻以鹤为子的林和靖,把白鹤放了出去,云外老友看到白鹤,知道这是邀请他去的信号,欣然策杖而来。酒罢饭后,弈一局棋以消此长昼。他们也像退居江宁的王安石一样:"莫将戏事扰真情,且可随缘道我赢。战罢两奁收白黑,一枰何处有亏成?"(《棋诗》)收子入奁(装棋子的盒子)后,二人抚掌大笑,管它什么"黑白人间事"!在夏天里写到了下棋。

秋天到了，"醉丹霞树饱霜"，经霜之后枫树一片丹霞，像是吃醉酒的模样。这个"醉"字，就是《西厢记》第四本第三折"晓来谁染霜林醉"的"醉"字。不过《西厢记》上的霜林，只能助长情人的离愁别恨，不免显得凄凉，这里老人见到的是色彩斑斓、生机勃勃的秋色。金钱般的菊花，在秋光中展姿弄色，落日余晖映照城头，"菱香"、"蟹肥"，正好佐酒。重阳节到了，携壶登高，"染霜毫乘醉赋归休"，也仿拟陶渊明的情调，来一篇新的《归去来辞》，该是多么悠然自得！在秋天里着重写到了赋诗。

一年易过，冬天到了。鸡鸣埘中，日照檐头，披衣起床，推户一看：原来是晴雪压梅梢，"梅须逊雪三分白，雪却输梅一段香"（卢梅坡《雪梅》）。于是倚坐在蒲团上，呼童再烫一壶酒。远望万里冰绡，一片白色，这样的美景，即使有王维的妙手也难以描绘出来。这里写到了绘画。

这四支曲子分别讲到一年四季，又分别配以琴棋诗画，采用的完全是民间文学的手法。

〔梧叶儿〕曲子是对当时现实社会的有力批判。看起来写的只是对人生的极其消极的看法，但这些看法是在现实生活中着着失败而被挤出官场后的心灵创伤；他认识到，万事只要"退一步"、"饶一着"，才能够保得平安，才能够免遭"狼虎"们的"恶图谋"。而"退一步"、"饶一着"的具体做法，就是"遇事休开口，逢人只点头"，也就是见别人对你投下了"香饵"，切记：千万"莫吞钩"！这是血泪的教训。即使有经天纬地的"大手"，也只得高高"抄起"。这实际是对当时现实的深刻揭露，而不是什么消极的处世哲学。最后这一句："高抄起经纶大手"是与〔集贤宾〕中的"志难酬知机的王粲"相呼应的。正因为有过远大的志向，还有着"经纶大手"，才惹出后悔不及的"昔年羞"，才产生过本不该有的什么"古今愁"。

〔后庭花〕曲子又进一步具体地描写隐逸生活。隐逸生活是怎样的呢？茅屋、布裘、吟诗、饮酒而已。这样的生活逍遥自在，已足以"傲王侯"了，更何况老人已"身登中寿"（即过六十岁）！他还有点"微资"可以赒济贫困的亲友，也有座简陋的园亭可以纵心畅游。老人另外的希望，就是保有自然祥和之气，自由自在地"放浪形骸之外"（王羲之《兰亭序》），割断尘缘，再不提那些"名利友"。

在〔青哥儿〕曲中，老人说：呀！我在悠闲中不由得悲叹那些像蜜蜂样喧嚣、蚂蚁般争闹的人们，我在恬静中不由得冷笑那些像蛱蝶样斗艳、黄莺般争鸣的人们。你即便有千里快马，我认为，也比不过我这间草房中的热炕头。你看我，如今蔬菜瓜果都熟了，家做的酒也已酿成，煮着瓜豆的粥喷溢着诱人的香味。我放声高歌，随意吟咏，像这样快活的事儿有谁能够！

〔尾声〕云：我吃醉了，随便找块平整的大石头倒头便睡；吃饱了，到枝叶扶疏的松树下去散步；我困了，就穿着我这布衲袄和衣驹驹地入梦。我有时还乘闲研究研究人生的大道理，我参透了，我看破了，原来宇宙间一切事物和自我，都不过是大海中的浮沤而已！

读过王实甫这篇散套后，一个本来抱负不凡，但却官场失意，晚年归隐，诗酒自娱，笑傲王侯的书生的形象活现在面前。这就是王实甫自己。这时，不由得联想到关汉卿的散套〔南吕·一枝花〕《不伏老》。关汉卿是个有骨气的人，他是"蒸不烂、煮不熟、捶不扁、炒不爆响珰珰一粒铜豌豆"，他"玩的是梁园月，饮的是东京酒，赏的是洛阳花，攀的是章台柳"，他与民间艺人生活在一起、讴歌在一起，为像窦娥一类的下层人民呼冤叫屈，他本人就是个民间艺人。王实甫呢，也是个有志气的人，"众人皆醉我独醒"，他不愿烂在官场中，洁身自好，退隐还乡。他们是同时的人，又同是杂剧大家，一个下海，一个归田，走上了不同的路，并用不同的方式表示对社会的不满。王实甫的这篇《退隐》和关汉卿的《不伏老》两篇散套，同是自道身世、自抒怀抱之作，在文学史上具有同样重要的价值。

（李毓珍）

〔注〕 ① 篘(chōu 抽)：以篾编成的滤酒器。此处用作动词，滤酒。 ② 豆粥：煮着瓜豆等类的粥。即《村乐堂》第三折〔幺篇〕中的"和和饭"。

崔莺莺待月西厢记

王实甫

第一本 第一折(一)

〔油葫芦〕九曲风涛何处显，只除是此地偏。这河带齐梁，分秦晋，隘幽燕。雪浪拍长空，天际秋云卷；竹索缆浮桥，水上苍龙偃。东西溃九州，南北串百川。归舟紧不紧如何见？恰便似弩箭乍离弦。

〔天下乐〕只疑是银河落九天；渊泉，云外悬，入东洋不离此径穿。滋洛阳千种花，润梁园万顷田，也曾泛浮槎到日月边。

王实甫的《西厢记》，故事本于唐人元稹的《会真记》，情节改编和结构处理借鉴了董解元的《西厢记诸宫调》。该剧通过描写张珙和崔莺莺自由恋爱，几经波折终于结合的过程，歌颂了自主的爱情，表现了市井细民对封建礼教的冲击。

这两支曲子选自第一本第一折，单独看来，却是一首描写黄河的出色抒情诗。剧中人张珙旅行到黄河之滨的蒲州城(今山西永济)，立马蒲津渡口，对岸便是险要的蒲津关。他面对滚滚黄流，心潮起伏，唱了两支曲子来称赞黄河的地理形势。第一支〔油葫芦〕前两句中"九曲"二字，是用"黄河有九曲"的古语来指代黄河的。"偏"字在宋元人口语中,有点儿"突出"的意思。《董西厢》中有"黄河哪里最雄? 无过河中府(即蒲州城)"句,这儿化用此意米总领全曲,意思是说九曲黄河的风涛哪儿最雄伟? 只有这个地方才算最突出了。春秋战国时代的齐梁二国,在今山东、山西,秦晋二国在今陕西、山西,幽燕在今河北。"带"和"隘"名词活用,和"分"字一样作使动词,古话说:"黄河如带"。这黄河穿过齐梁两国,就像带子连着齐梁;这黄河从河曲南卜至凤陵渡,西边是陕西,东边是山西,分开了秦晋;这黄河屏障着北方的敌人,阻挡着幽燕,成为天然的关隘,形势是雄伟的。眼前雪堆一般的浪花拍打着长空,好像天边的秋云在卷动;连接两岸的浮桥,用竹索缆(维系)着船只而成,好像一条苍龙在水面上偃卧。再闭目一想,这黄河水东西散布九州,南北连着百川,真伟大啊! 若要问河里的舟船行得急不急呢? 回答是:"好比箭从弦上射出一般急。"

第二曲〔天下乐〕,接上文"弩箭离弦",继续形容黄河的"惊涛"。黄河与天相连,使人疑心是银河从天上落了下来;使人疑心它的源泉悬在云层之外,它将从"此径"穿入东海,永不回头;它路过洛阳和梁园(开封)的时候,滋润着千种名花,万顷良田,它的上源也和天河相通,传说还曾经泛着"浮槎"把张骞送到太阳、月亮边上去呢,这黄河多么雄伟啊!

自从李白写了"君不见黄河之水天上来,奔流到海不复回"(《将进酒》)以后,似乎只有这两支曲子才把黄河的雄伟风貌描绘了出来。它虽是《西厢记》杂剧中的部分唱词,摘出来却是一首歌颂黄河的抒情名篇,它是王实甫借剧中人张珙之口来歌颂黄河的。西方学者早就说过:戏剧来自抒情诗和叙事诗的统一,验之戏曲,抒情色彩尤其浓厚,这两支曲子是应作为抒情诗来欣赏的。作品一开始就用"九曲风涛何处显"的总问答点明作者身在蒲州,正欣赏着呈现在眼前的黄河气势,算是第一层;作者想到黄河曾"带"着齐梁、"分"开秦晋、"隘"了幽燕的远景,是第二层;作者前看黄河雪浪,俯看水上浮桥,而且还细看了水流湍急,这是第三层;作者再次发挥想象,似乎感到黄河之水来自天上的银河,它的泉源一定在云天之外,它的归宿将从眼前流入远远的"东洋"(指山东以外的海),这是第四层;从天上又想到地上,洛阳、梁园的名花和良田,都受过黄河的恩惠,人当然也是受了恩惠的,这是第五层;最后一句又重新说到天上,作为第六层而结束。六层文字的内容,忽远忽近,忽天上忽地下,表明作者心潮起伏,是充满激情来赞颂黄河的。

(刘知渐 鲜述文)

崔莺莺待月西厢记

王实甫

第一本 第一折(二)

〔元和令〕颠不剌的见了万千,似这般可喜娘的庞儿罕曾见。则着人眼花撩乱口难言,魂灵儿飞在半天。他那里尽人调戏,觑着香肩,只将花笑拈。

〔上马娇〕这的是兜率宫,休猜做了离恨天。呀,谁想着寺里遇神仙! 我见他宜嗔宜喜春风面,偏、宜贴翠花钿。

〔胜葫芦〕则见他宫样眉儿新月偃,斜侵入鬓云边。未语人前先腼腆,樱桃红绽,玉粳白露,半响恰方言。

〔幺篇〕恰便似呖呖莺声花外啭,行一步可人怜。解舞腰肢娇又软,千般袅娜,万般旖旎,似垂柳晚风前。

〔后庭花〕若不是衬残红,芳径软,怎显得步香尘底样儿浅。

且休题眼角儿留情处,则这脚踪儿将心事传。慢俄延,投至到桃门儿前面,刚那了一步远。刚刚的打个照面,风魔了张解元。似神仙归洞天,空余下杨柳烟,只闻得鸟雀喧。

〔柳叶儿〕呀,门掩着梨花深院,粉墙儿高似青天。恨天,天不与人行方便,好着我难消遣,端的是怎留连。小姐呵,则被兀你的不引了人意马心猿?

〔寄生草〕兰麝香仍在,佩环声渐远。东风摇曳垂杨线,游丝牵惹桃花片,珠帘掩映芙蓉面,你道河中开府相公家,我道是南海水月观音现。

〔赚煞〕饿眼望将穿,馋口涎空咽,空着我透骨髓相思病染,怎当他临去秋波那一转! 休道是小生,便是铁石人也意惹情牵。近庭轩,花柳争妍,日午当庭塔影圆。春光在眼前,争奈玉人不见,将一座梵王宫疑是武陵源。

《西厢记》的第一本第一折,有的明刊本另有标目,曰《佛殿奇逢》,清刊本标《惊艳》的也不少。曰奇曰惊,正好用两种不同的神态来说明当时的气氛,并突出了莺莺的形态之美。这次张生、莺莺在佛殿上的相遇,彼此都毫无思想准备,完全出乎意料的。所以对双方来说,都是一场奇遇。而莺莺的绝世姿容,又使张生更多一层惊奇之感而倍加倾倒。

虽然这是他们的初次相遇,比较充分地写张生对莺莺的美丽无限爱慕而呈现出如痴如醉的"疯魔"表情却完全必要,否则的话,张生决不会在赴京赶考途中而在蒲东普救寺停留下来的。敏感的莺莺自然有所察觉,感到这个傻角不乏可爱之处,这才给了张生"临去秋波那一转",于是以后的种种事态便发生了,他们之间的爱情便在曲折和波澜中发展下去了。

第一本第一折一开始的五支曲子主要写张生的家世生平以及黄河蒲津渡口一带的山川景色,普救寺的建筑格局。可以说是人物介绍和故事的背景,包括时间、空间在内的介绍。

在〔元和令〕之前,还有〔村里迓鼓〕,那曲子最后一句不再介绍张生和普救寺,不再描写罗汉、菩萨、圣贤,笔锋一转,张生"正撞着五百年前风流业冤"。"风流业冤"所指的是莺莺,这是一句反语,民间常称衷心热爱之情人为"冤家",就是这个意思。

从〔元和令〕开始,直到第一折结束,都是从张生口中层次分明地从各个不同角度描绘这个"风流业冤"的容貌之美、体态之美和风度之美,偶然也对自然景色有所渲染,则都是为了衬托莺莺而写,都是为了衬托、创造欢乐愉快的气氛而写。

在〔元和令〕中,王实甫先只是从比较远的距离,让人们一睹莺莺"尽人调戏,軃着香肩,只将花笑拈"的神情,显得莺莺天真之极、自然之极、大方之极。决不能把"尽人调戏"理解成为莺莺让别人肆意侮辱而毫无反抗。只是说明她明知有人在欣赏她的姿容,她既没有因此而得意忘形,也没有因此扭捏作态,而是和平时一样,泰然处之,"只将花笑拈"。董解元《西厢记诸宫调》的〔醉奚婆〕曲用了"尽人顾盼,手把花枝拈"两句,王实甫加以创造性的扩写,成为现在这样三句。"调戏"按《晋书·熊远传》,原作一般的开玩笑解,后来《水浒传》等书则较多地用于侮辱妇女。而王实甫笔下的"尽人调戏"实际上也还是董解元笔下"尽人顾盼"的意思而已。

最欣赏"尽人调戏"的是金圣叹,他说"'尽人调戏'写双文虽见客走入,而不必如惊弦脱兔者,比天仙化人,其一片清净心田中,初不曾有下土人民半星龌龊也"。又认为这四个字是"吃烟火人道杀不到",所以把这一句和后面的"临去秋波那一转"同样给予相当高的评价,则又似乎偏爱了一些。

明代注释、评点《西厢记》的戏曲家对"颠不刺"的注释绝大部分都错了,这是有关莺莺的风度、气质以及艺术形象的一个重大问题,不能等闲视之。王骥德甚至认为即是轻佻之意,还有一种徐文长评点本认为乃是不轻佻之意,他们作出了完全相反的解释,但都没有说在点子上。试问轻佻或不轻佻,又何以能说明莺莺的美貌呢? 按《说铃》诸书,"颠不刺"原是一种美玉,后来也兼指美女。张生见过很多很多美女,但莺莺比那些美女更美,是他从来没有见过的。所以难怪他觉得"眼花撩(缭)乱",激动得高兴得说不出一句话来。"魂灵儿飞在半天",则已经飘飘然而忘乎所以了,魂灵儿都不在身上了。

〔上马娇〕的"宜嗔宜喜春风面"也是神来之笔的佳句。说莺莺欢乐时面孔固然可爱,生气时面孔也仍旧可爱。这其实已经不是莺莺的面孔究竟美不美的问题,更主要的是写张生的激情,在他眼中,莺莺无时无刻不可爱也。这正如古人说西施心痛时双眉深锁别有一种美态一样。

"谁想着寺里遇神仙",有三层意思:

第一,在佛殿上遇到莺莺完全出乎意外。

第二,莺莺美艳出众,似非凡人所能及,因此誉之为神仙。

第三,张生见到莺莺之后,自己有了无可言喻的幸福感,于是称莺莺为神仙。

"兜率宫"是神仙居住之地,以下曲文里提到"南海水月观音现"的观音菩萨,提到"武陵源"等仙境,也都是形容莺莺之美,也都有上面三层意思。

"宜嗔宜喜春风面",是从正面看过去所得的印象,那么从侧面看过去又如何呢? 所以还得加上一句"偏、宜贴翠花钿"。侧面看过去也很美,贴上翠花钿这种面饰,是最合适不过了。

可以说〔元和令〕和〔上马娇〕都是从比较远的距离观察、欣赏莺莺的美貌。

而〔胜葫芦〕则把距离拉近了,仿佛电影中的特写镜头。这时张生所看到的已经不是一个轮廓,不是面部总的印象,而是像创作工笔画一样,开始密切注意并捕捉莺莺面部五官的特征了。先写了一笔修长而纤细的新月般的眉毛。刚才莺莺没有说话,所以只注意到她在自然自在地"只将花笑拈"。现在莺莺一开口说话,不知不觉多少有些腼腆。而她的口型,她的嘴唇的朱红的色泽,首先使张生感到确实像一颗樱桃一般小而可爱。接着也看到了莺莺洁白而整齐的一口牙齿。

〔幺篇〕第一句从听觉上写莺莺声音之悦耳。后面五句则从静态的莺莺转变为写动态的莺莺。当然说话比到沉默已经是一种动态,但行走比伫立的动作性更大得多。整个身躯都要活动起来的。这活动起来以后的莺莺体态又如何呢?"行一步可人怜",仅仅走了一步,就已经显示出腰肢的柔软和娇媚而给人以善舞的感觉了。至于用黄莺比喻清脆的语言,用迎风的垂柳比喻扭动的腰肢,都是古代文学作品中,尤其唐诗宋词中一再用的,但在此处,作为"行一步可人怜"的具体说明,仍很得体。

〔后庭花〕一开始就写张生发现莺莺走路时脚步既轻且慢,同时莺莺眼角里也流露出了一种蕴藏着的深情,所以张生认为莺莺的脚步之所以移动得如此缓慢,也是不愿很快离开的表示,也是莺莺对他张生的一种甚有好感的反应。这样想着,张生就像着了魔一般地兴奋、激动,定不下心来。但是,好景不长,"刚刚的打个照面",莺莺终于进门去也。对张生来说,就像"神仙归洞天"那样遥远了。他只能望着杨柳烟,听着鸟雀喧而惆怅万端了。

莺莺既然已经"似神仙归洞天"一般地进入了"梨花深院",而且门也掩了起来。因此〔柳叶儿〕不再在莺莺的形象上有什么描写,而是径写张生的失望和怨恨。挡着张生的是那一堵高似青天的粉墙。张生恨这一堵粉墙,也恨老天不与他张生提供方便。张生从理智上完全明白"粉墙"与"天"都是无生命无知觉无爱憎,他之所以恨"粉墙"与"天",实际上是恨封建礼教,是恨坚决奉行封建礼教的老夫人,使他不能和莺莺欢叙互相爱慕之情。张生不知如何是好,定不下心来。

莺莺在高似青天的粉墙的那一边,已经到了张生视线之外,所以〔寄生草〕第一句的"兰麝香仍在",不写视觉而写嗅觉了,表明莺莺刚才还在这里盘桓过,香味还没有消散掉。"佩环声渐远",则是诉诸听觉了,粉墙儿虽然高似青天终于没有把声音全部隔绝,还听到佩环叮当之声,但是愈来愈远了,人去得更远了。王实甫在张生看得到莺莺时,从视觉上狠下功夫,分别从远处、近处、正面、侧面,为莺莺塑造美丽的形象,在视线达不到之处,写张生在呼吸着莺莺刚才路过时遗留下来的兰麝之香,继而再写听觉,仿佛亲眼看到了莺莺走到梨花深院的深处去了。王实甫如此调动了一切艺术手法,或者如我们今天常说的那种全方位式的多层次的写法,是完全符合生活真实的。情人之间的思念之苦常常达到局外人所难以设想的地步,陷入此情此景以后却又往往不自觉其可笑或可贵。作者一下子捕捉住了这种近乎"疯魔"的精神状态而作准确的反映,就产生了名句名篇。假使说,这是在写莺莺,当然没有错,其实应该说是在写张生心目中的莺莺,莺莺的形象固然出来了,张生的形象也更具体地映衬出来了。

既然"佩环声渐远",更远一些,就听不到了。于是又写了三句张生所想象中的梨花深院内春天绚烂的景色,第三句"珠帘掩映芙蓉面",既有景物,也将莺莺纳入画面之中了。张生认为此时此刻莺莺很可能已经到达悬挂珠帘的闺房,所谓"芙蓉面",当是指像芙蓉般的莺莺的面孔也。结束时,继以上六支曲子已经三番四次将美艳的莺莺比喻为神仙之后,又一次再作这样的比喻,但不再抽象地喻之为神仙,而是径喻为最美的神仙,即观音菩萨。所以说:"我道是南海水月观音现"。而观音菩萨有三十六种法相,水月观音为其中最美的法相。再一次流露了他的无限幸福的感受。

"饿眼"和"馋口"等等相当接近市民口语的通俗的语汇在〔赚煞〕中用得不

少，和前面那些文人气息较浓的典雅词章成了鲜明对照，形容张生急不可待地希望立刻得到莺莺的爱情的作用是起到了，"透骨髓相思病染"一句则介于通俗与典雅之间，接着又都是用了典雅的词章。

"临去秋波那一转"之所以经常被人们传诵并非偶然，这样张生知道了莺莺一点内心的奥秘，知道追求并不是徒劳的，他就更冷静不下来。"铁石人也意惹情牵"，张生不是铁石人，是有血有肉的少年书生，那末意惹情牵自不待言了。他陷入了如醉如痴的境地了。

以下笔锋一转，又写到了当时的环境、景色。"日午当庭塔影圆"，有人以为借鉴了古人"日午树荫正"、"午阴嘉树清圆"等诗词佳句而来，恐怕也不一定。有塔之处一般均可看到这种自然景色，太阳垂直照射时，塔影经常是四面均称的一个圆圈。后来明代嘉靖年间有《再建普救寺浮图诗碑》，跋文中说："普救旧有浮图，攀空插汉，昔岁止间，地处中天，影圆日午，而其他则未知也。"正好替曲文做了注释。

很多种明刊本《西厢记》中有署名国子生的《秋波一转论》，作为附录。明代万历八年(1580)徐士范刊本有"'秋波'一句是一部《西厢》关窍"的题评。这一句原来确是佳构，用得不浓不淡，不迟不早，恰到好处。作为相国千金，她不可有再露骨一些的表示，她的内心又不甘心默默地不作反应，只能"临去秋波那一转"。"眼角儿留情处"，早些时张生已有所感觉，但他还在等待什么，甚至有点不知所措。直到莺莺转过身去进入了梨花深院之后，张生回忆刚才的情景，像吃橄榄，像品味龙井茶，渐渐体味出"临去秋波那一转"的深意了。

应该说，莺莺如果没有对张生"临去秋波那一转"，或者虽然脉脉含情地看了张生一眼，而张生并未察觉，那末就发展不成为这一爱情故事了。而如书中所写，莺莺十分聪明地不露痕迹地作了反应，张生十分敏感地感受到了莺莺给他的暗示，接受了张生对他的求爱，事态遂急遽地发展下去。

〔后庭花〕中有"眼角儿留情处",〔赚煞〕又有"怎当她临去秋波那一转",是否重复多余呢？毛西河说："于伫望勿及处又重提'秋波'一句,于意为回复,于文为照应也。"完全肯定这样处理前后才有呼应。

明代容与堂刊李卓吾评点本《西厢记》第一出总批"张生也不是个俗人,赏鉴家,赏鉴家"。赞誉张生最能赏鉴莺莺容貌之美、形体之美、风度之美,实际上也是指的以上八支曲子。

明代师俭堂萧腾鸿刊陈眉公评点本《西厢记》第一出总批"摹出多娇态度,点出狂痴行模,令人恍如亲睹。一见如许生情,极尽风流雅致"。也是对这八支曲子的高度评价。曲均为张生所唱,在张生唱出了莺莺"多娇态度"的同时,也充分表现了他自己的"狂痴行模"。

张生和莺莺是《西厢记》中两个最主要的人物,在这一折中都出场了,而且都给了人们以鲜明的性格。这任务都是通过这八支曲子完成的。西方传统的戏剧理论很重视主要人物的出场,要求给读者和观众深刻的形象。在这一点上,《西厢记》倒是和西方戏剧名著异曲同工的。《西厢记》京剧、昆剧、川剧等剧种改编演出时,此一场均称《惊艳》。

（蒋星煜）

437

崔莺莺待月西厢记

王实甫

第一本　第二折

〔耍孩儿〕当初那巫山远隔如天样,听说罢又在巫山那厢。业身躯①虽是立在回廊,魂灵儿已在他行。本待要安排心事传幽客,我只怕漏泄春光与乃堂。夫人怕女孩儿春心荡,怪黄莺儿作对,怨粉蝶儿成双。

〔二煞〕院宇深,枕簟凉,一灯孤影摇书幌。纵然酬得今生志,着甚支吾②此夜长。睡不着如翻掌,少可有一万声长吁短叹,五千遍捣枕捶床。

《西厢记》第一本《张君瑞闹道场》,搬演了男女主人公从邂逅到互恋的戏剧性进程。第一折《惊艳》中的佛殿相遇,开启了张生的爱河闸门。莺莺的绝代美貌,使这位文魔秀士"眼花撩(缭)乱口难言,魂灵儿飞在半天",而她的顾盼("旦回顾觑末"),在一见倾心的张生眼中,则折射为柔情别具的"临去秋波那一转",既令他意惹情牵,不能自已,更因被理解为心灵呼应的爱慕暗示,而平添了追求的热情与自信。于是,张生决意将赴京应试的原定计划搁置一旁,准备到莺莺暂寓的普救寺去,向长老借一间僧房,"与我那可憎才居止处门儿相向,虽不能够窃玉偷香,且将这盼行云眼睛儿打当。"这便是第二折《借厢》主人公上场时的心态。

这折戏的前半部分,张生先是托辞"旅邸冗杂,早晚难以温习经史",提出借寺西厢;继而听说崔氏母女要"与老相公做好事",又请求"带得一分儿斋,追荐俺父母咱"。为接近相国小姐崔莺莺而做的初步努力,一一顺遂,眼前一派曙色。"小生姓张名珙……并不曾娶妻"的傻角式自荐和"小姐常出来么?"的冒昧动问,结果招来了红娘的一顿抢白。剧情至此,氛围突变,戏也随之进入后半部分。"俺夫人治家严肃,有冰霜之操。内无应门五尺之童,年至十二三者,非呼召不敢辄入中堂。向日莺莺潜出闺房,夫人窥之,召立莺莺于庭下,责之。"前此迭经铺垫的老夫人的意志,经由红娘之口,首次得到了明确而具体的宣示。它使沉醉于实现爱情追求的单纯而天真的构想之中的张生,受到莫大的震动。作品安排了七支曲子,集中表现了他在获悉老夫人恪守名教、防范森严的家风之后的心理活动。〔耍孩儿〕〔二煞〕是其中的两支。

红娘的话像浓重的阴云,遮断了眼前的曙色。张生意识到,老夫人是横亘在他爱情道路上的巨大障碍。〔耍孩儿〕一曲,即唱出了这种心理感受以及由此生发的对老夫人的怨望和不满。张生是怀着"昨日见了那小姐,倒有顾盼小生之意"的自信来到普救寺的,因此,在他的心目中,爱情之途虽尚遥远,但并不渺茫。此刻,面对"夫人节操凛冰霜,不召呼谁敢辄入中堂"的严峻现实,却顿感前路茫茫,飘渺难求。起首"当初那巫山远隔如天样,听说罢又在巫山那厢"两句,是"听说罢"红娘严辞后"这相思索是害也"的直觉反应的又一形象表述。但张生并不因此而放弃他的爱情追求,何况他认为与莺莺是情愫相通的,人为的阻隔仅仅来自老夫人。接下来"业身躯虽是立在回廊,魂灵儿已在他行。本待要安排心事传幽客,我只怕漏泄春光与乃堂"。四句所反映的,即是这种心态。正因为张生已经感受到他接近莺莺的行为目的与老夫人的意志凿枘难合,所以,在惶惑忧虑的同时,潜在的冲突意识也就油然升腾。结尾"怕女孩儿春心荡,怪黄莺儿作对,怨粉蝶儿成双"三句,对老夫人的遣责、讽刺之意,溢于言表。〔二煞〕系张生辞别长老后所唱。长老告知已将"塔院侧边西厢一间房"收拾停当,张生遂拟回店搬取行李。他原为借厢而来,但现在似乎已全然失去了意义。他想到:"若在店中人闹,倒好消遣,搬在寺中静处,怎么捱这凄凉也呵!"不禁忧思难禁,如坐愁城。此曲的规定情境与前曲略异,此时张生的心灵,已从最初的剧烈震颤趋于平复,但仍无法从笼罩的阴影中走出来。五尺之童不得擅入、莺莺潜出即遭严斥的相府家规,如同高墙锁隔,使"借得一间僧房"的喜悦,化作了昏灯独守的凄凉。在情感的表达方式上,也不同于前曲的直抒胸臆,主要借助于景语与动作的刻画。〔二煞〕一曲,全系设想之辞,唱出了相思煎熬、长夜难捱的情状。"院宇深,枕簟凉,一灯孤影摇书幌",虚景实写,想象即将展现的生活画面。"深"、"凉"、"一"、"孤",既是环境烘托,又是情致渲染。"摇书幌"推出人物,"摇"、"幌"二字,含蓄地传达出昏灯夜读者幽独、不宁的心绪。想到如此孤凄的境况,不由得发出"纵然酬得今生志,着甚支吾此夜长"的浩叹。"睡不着"三句,将此种情怀诉诸辗转反侧之状的悬想,连用"如翻掌"的通俗比喻,"一万声""五千遍"的夸张数字、"长吁短叹""捣枕捶床"的声气动作,使备受相思之苦的疯魔痴情,活现纸上。

华美与通俗的和谐统一,并且贴合人物个性,是王实甫《西厢记》语言的一大特色。从这两支曲中,亦可见一斑。宋玉《高唐赋》记楚襄王游云梦台馆,言先王(怀王)梦与巫山神女相会。神女辞别时说:"妾在巫山之阳,高丘之阻。旦为朝云,暮为行雨。朝朝暮暮,阳台之下。"〔要孩儿〕起首两句之"巫山",即用此典,既指爱情实现的目标,也指爱情追求的对象。折进的句式亦为诗词中所习见:"刘郎已恨蓬山远,更隔蓬山一万重"(李商隐《无题》)、"山映斜阳天接水,芳草无情,更在斜阳外"(范仲淹〔苏幕遮〕)、"平芜尽处是春山,行人更在春山外"(欧阳修〔踏莎行〕)等均是。王实甫将"巫山"这一典故纳入折进的句式,用以抒发主人公在特定戏剧氛围中的心境意绪。其形式和立意,或有所承继,但作者的熔炼创造之功,亦不可没。杜甫《腊日》诗:"漏泄春光向柳条",或可指为"我只怕"句中"漏泄春光"一语之所本,但王实甫此处已转换了杜诗写景的原意,自与简单搬用者不同。这种风格的语言(又如〔二煞〕前三句),由西洛才子张生之口唱出,十分自然、熨帖。然而,热情率真,不作假、无掩饰,又是张生性格的一个重要侧面。"少可有一万声长吁短叹,五千遍捣枕捶床",虽口语却出自真境,正是书呆子气十足的志诚情种所特有的声气口吻。有人指责其"语意皆露,殊无蕴藉"(何良俊《四友斋丛说》),也未必是中肯綮之论。

(高建中)

〔注〕 ①业身躯：即"身躯"之意。业，通"孽"。释氏用语，元曲中常见。 ②支吾：这里有打发、搪过的意思。

崔莺莺待月西厢记

王实甫

第一本 第三折

〔越调·斗鹌鹑〕玉宇无尘，银河泻影；月色横空，花阴满庭；罗袂生寒，芳心自警。侧着耳朵儿听，蹑着脚步儿行；悄悄冥冥，潜潜等等。

〔拙鲁速〕对着盏碧荧荧短檠灯，倚着扇冷清清旧帏屏。灯儿又不明，梦儿又不成；窗儿外淅零零的风儿透疏棂，忒楞楞的纸条儿鸣；枕头儿上孤零，被窝儿里寂静。你便是铁石人，铁石人也动情。

张生善于利用和创造一切机会，主动与莺莺接近，以便孕蓄情感，沟通思想，争取婚姻自主的实行。当他了解到莺莺每天晚上都要到花园去烧香祝祷后，喜出望外，马上采取行动，在花园外等候莺莺出来，"饱看一会"。"玉宇无尘，银河泻影，月色横空，花阴满庭。"三句写晴朗、寥廓的夜空，是仰视；后一句写地上斑斑驳驳的花影，是俯视。张生抬头望望，低头看看，只见夜空如洗，繁星生辉，一轮明月直挂中天，庭园里数不清的花朵借着如水的月光映照出洒脱的风姿。"玉宇无尘"句直逼陆游"露洗玉宇清无烟"（《江月歌》）的意境，与其余三句结合起来,衬托出张生在得悉莺莺消息后,一洗心中烦闷的开朗情绪,把人物的眼中景与心中情融合起来,相当熨帖。夜深人静,清风习习,顿生几分寒意。"罗袂生寒"即身体感到寒意。罗袂,罗衣的袖子,代指张生,以袖指衣是以部分代全体,又以指穿衣的人,则以物代人。其用法与晏几道〔鹧鸪天〕词"彩袖殷勤捧玉钟"中的"彩袖"同。这句不仅写出张生对户外气候的感受,还写出他等候时间的长久,因而渐感寒意。"芳心自警",暗示莺莺开始动身,相隔很近,只有轻微的声音,但自然而然的引起了张生的警觉。"自警"生动地写出张生注意力的集中。"侧着耳朵儿听,蹑着脚步儿行,悄悄冥冥,潜潜等等。"这一连串动作上承"芳心自警"而来。他侧着耳朵凝神谛听莺莺的动静;一时听不清楚,便蹑手蹑脚,一步步地挨近,听个明白,以期不失分秒地及早见到朝思暮想的意中人。不过,他毕竟初涉爱河,在快要见到莺莺的时候,心情免不了格外紧张。他几乎要屏住呼吸,尽量不作出声来,尽量把自己的身影隐藏在夜幕之中。"悄悄冥冥,潜潜等等",活画出张生此时此刻既紧张又带几分神秘的心态。这与李煜笔下的小周后匆遽出宫会情人的情形颇为相似:"今宵好向郎边去,刬袜步香阶,手提金缕鞋。"(〔菩萨蛮〕)可以想见,张生的唱词配上恰如其分的舞台动作,是富于戏剧性的,作者形神兼备地把张生初恋时那种憨态可掬的形象刻画得栩栩如生。

终于,张生见到了莺莺。他仿效司马相如弹奏《凤求凰》向卓文君求爱的方式,躲在墙角,高声吟诗一首,看看莺莺有没有反应。结果,莺莺马上和了一首,这真使张生惊喜欲狂。不过当他撞出去,莺莺笑脸相迎的时候,红娘把莺莺拉走了。张生重新陷入了相思的痛苦之中,他对这转瞬即逝的美妙时刻不胜惋惜,等待着他的又是一个不眠之夜。"对着盏碧荧荧短檠灯,倚着扇冷清清旧帏屏。灯儿又不明,梦儿又不成。"这四句写张生回到室内的情景。一二句描写房中的陈设,烘托出一种寂寞的氛围。作者写"灯",就分三层写出。其一,以"一盏"来表现灯光的茕独无偶；其二，以"碧荧荧"来形容闪烁不定，忽明忽暗的灯光；其三，以"短檠"来交代那盏灯短脚、简陋的形状。灯是这样，帏屏也好不到哪里去，它是冷冷清清的孤帏，又是破破烂烂的旧帏，倍觉凄酸。尤其是那半明不灭的灯光，恰似若明若暗的前景，自己能否跟意中人相亲相爱，着实难以预料。这灯明亮一点还好，偏这样的昏昏暗暗，教人心情更加烦闷。"灯儿又不明"一句流露出张生对孤灯的埋怨，这是他满怀愁苦无处宣泄的表现。"梦儿又不成"则更进一层，张生想在梦中回味一下刚才跟莺莺"隔墙酬和"的美好情景，但因心情烦闷而难以进入梦乡，在愁苦之上又添加了一份失望的情绪，心情更其沉重。这时，"窗儿外淅零零的风儿透疏棂，忒楞楞的纸条儿鸣"。这两句写张生的听觉，描写的对象从室内转到室外。风吹窗棂的"淅零零"的声音与窗纸迎风而发出的"忒楞楞"的鸣响清晰可辨，反衬出四周的寂静；这两种单调的音响错杂在一起，又使失眠的人增添无限的烦闷。以上两句，与温庭筠的"梧桐树，三更雨，不道离情正苦。一叶叶，一声声，空阶滴到明"（〔更漏子〕）的意境相仿。这时张生越发感到"枕头儿上孤零，被窝儿里寂静"。强烈的孤独感一直在袭击他的心灵，使他进而产生孤苦无告的感受。他设想，对于自己的处境，"你便是铁石人，铁石人也动情。"换言之，即便是一个铁石心肠的人，也会因此凄苦孤清的处境而动情。马致远《汉宫秋》写汉元帝送别昭君和番回宫时，极其痛苦，曾用"呀！不思量，除是铁心肠！铁心肠也愁泪滴千行"，与此有异曲同工之妙。

　　〔斗鹌鹑〕是本折戏的第一支曲子，〔拙鲁速〕则在该折戏的"尾声"部分，这一前一后两支曲子突出表现了张生内心活动的变化。说明作者在构思一折戏的开头和结尾时，讲究开头开得漂亮，引人入胜；结尾收得有力，余味无穷。〔斗鹌鹑〕显得飘逸而略带几分神秘，切合张生当时既兴奋又紧张的心情；张生那种诚惶诚恐、小心翼翼的行动，使人容易产生他能否见到莺莺的悬念，一下子就把人吸引住。〔拙鲁速〕则给人以凝重、哀切的感受,贴合张生既愁苦又失望的心理,尤其是"铁石人也动情"这一结句,把人物的情感推向一个高潮,随即戛然而止,耐人寻味。两支曲子可谓匠心独运,各擅胜场。

(苏寰中　董上德)

崔莺莺待月西厢记

王实甫

第二本　第一折

〔混江龙〕落红成阵,风飘万点正愁人。池塘梦晓,阑槛辞春;蝶粉轻沾飞絮雪,燕泥香惹落花尘;系春心情短柳丝长,隔花阴人远天涯近。香消了六朝金粉,清减了三楚精神。

在《西厢记》里,崔莺莺是一个已有婚约在身的少女,但她对父母定下的婚事甚为不满,发出"闲愁万种,无语怨东风"的悲叹。她担心不如意的婚姻会使自己虚度青春年华,渴望着爱情的滋润。当她在佛殿上遇见俊俏儒雅的张生时,禁不住在匆匆离开之际仍要回过头去,深情地望他一眼;她隔墙听到张生吟诵的诗句,便当即和他一首;接着,在众和尚为自己亡父做佛事时,她竟"好生顾盼"张生,仔细观察他的举止。自此以后,莺莺对张生的思念日见其深,〔混江龙〕一曲是她体味相思之苦时的内心写照。

此曲首六句写伤春,后四句写伤情,伤春与伤情,一脉相贯,两者既有层次又浑然一体,全得力于情景交融写法的妙用。"落红成阵,风飘万点正愁人"二句写落花之多,后一句乃用杜甫《曲江》诗原句。"成阵"、"风飘万点"形容地上空中,落英缤纷,整个画面富于动感和立体感。同时,地上的落花与空中的落花所构成的"时间差"又在暗示着时光在不停地流逝。面对一幅纷纷扬扬的落红图,莺莺别有一番心情。她已经十九岁了,妙龄易逝,青春不再,那些暮春落花,似乎正是自己将要逝去的豆蔻年华的写照,怎不教人愁绪万端呢?何况有"父母之命"在前,自己能否跟意中人张生相好还难以预料,一旦相好不成,岂不虚度了这一段青春时光? 这是更深一层的"愁"。"池塘梦晓,阑槛辞春"二句,极写春去之快,春光似乎"朝生而暮尽",来去匆匆,十分短暂。其中"池塘梦晓",用谢灵运梦写"池塘生春草"句的典故(见钟嵘《诗品》卷中"宋法曹参军谢惠连"条),清雅而含蓄。"蝶粉轻沾飞絮雪,燕泥香惹落花尘"二句,写柳絮与彩蝶齐飞,蝶翅沾上了雪白的飞絮;落花沾泥,筑巢燕子所衔之泥染上了香味。这两句仍然表现暮春景象,但笔法与一二句不同。莺莺对春光短暂作了片刻的沉思之后,其目光从"落红成阵"转移到较细小的景物上去,那翅沾飞絮的彩蝶,口衔香泥的燕子都使她产生"惜春"的情怀。在她眼中,象征着暮春景色的飞絮和香泥似乎转眼之间便随着彩蝶和燕子飞走了。用飞絮和香泥来表现暮春的作品不少,而把它们与飞舞的彩蝶和衔泥的燕子相联系却不多见,表现出作者丰富的想象力。在作了一番铺垫以后,下面就自然而然地引出"系春心情短柳丝长,隔花阴人远天涯近"这一对名句。莺莺怀有惜春之心,想挽留下快要与她相别的春天,可是,长长的柳丝尚且系不住那匆匆离去的春光,何况自己的"春心"是无形的,就更不能停住春天的脚步了,这是一层意思。另一方面,"春心"又是少女渴望爱情的隐语,此时她盼望着能与张生心意相通,两颗心紧紧连在一块。然而,严厉的母亲在时时刻刻管束着自己,实现与张生的交往谈何容易!尽管自己的绵绵情思长而又长,但因环境的限制,这情思难以跟张生的情意相联系,又显得短而又短,于是不免产生情丝(思)不如柳丝长的感叹。在这里,作者赋予

"情思"以"长短"的属性,使之物象化,增强了意象的可感性;同时,把"情思"与"柳丝"作长短的比较,又显得出奇制胜,令人一新耳目。接着,"隔花阴人远天涯近"一句,把反衬与夸张两种手法糅合在一起,使花阴之近与天涯之远相反衬,前者"远"而后者"近",极写莺莺与张生交往之难,语言浅近而语意含蓄,既流露出莺莺对所处环境的怨怼,又表现了莺莺迫切与张生交往而不可实现的失望心理,更是为前面"风飘万点正愁人"的"愁"字张目,作者笔法之绵密,令人叹服。最后两句,"香消了六朝金粉,清减了三楚精神",意即金粉香消,精神清减,描写莺莺由"伤情"而无心打扮,精神萎靡不振的情状。句中"六朝"和"三楚"没有实义,只起妆点字面的作用,使曲文更美一些。作者以这两句作为全曲的结尾,意在突出莺莺所受到的精神折磨,表现她所处环境的恶劣。

在这支曲子里,莺莺大胆表露出对爱情生活的向往,以及对身不由己的社会环境的怨恨。整段唱词写得景真情切,语句雅丽清新,很能体现王实甫剧作"花间美人"的艺术风格。

(苏寰中　董上德)

崔莺莺待月西厢记

王实甫

第二本　楔子

〔正宫·端正好〕不念法华经,不礼梁皇忏①,彪②了僧伽帽,袒下我这偏衫。杀人心逗起英雄胆,两只手将乌龙尾钢椽揸③。

【崔莺莺待月西厢记】

〔叨叨令〕浮沙羹、宽片粉④添些杂糁，酸黄齑、烂豆腐休调唉，万余斤黑面从教暗，我将这五千人做一顿馒头馅。是必休误了也么哥！休误了也么哥！包残余肉把青盐蘸。

〔滚绣球〕我经文也不会谈，逃禅⑤也懒去参；戒刀头近新来钢蘸，铁棒上无半星儿土渍尘缄。别的都僧不僧、俗不俗，女不女、男不男，只会斋得饱也只向那僧房中胡淂⑥，那里怕焚烧了兜率伽蓝。则为那善文能武人千里，凭着这济困扶危书一缄，有勇无惭。

这是《西厢记》中著名的"惠明下书"一段唱词。自莺莺与张生佛殿相逢之后，撩起了双方的情思。可正当此时，镇守河桥的孙飞虎心生妄想，欲掳莺莺为妻。他出动五千兵马，围住寺院，限三日之内送出莺莺，否则放火烧杀。于是引出了张生给白马将军写信和"惠明下书"的情节。因此，"惠明下书"虽只是全剧中的一个插曲，但却是整个故事情节发展的一个不可或缺的环节；同时也借此塑造了一个性格鲜明、见义勇为的佛门侠士的形象。这三段曲文即是为塑造惠明这个人物服务的。

开首〔端正好〕数句唱词即画出了惠明不同一般俗僧的形象。他既不做佛门的功课："不念法华经（即妙法莲华经），不礼梁皇忏"；又不作佛门的装束："彪了僧伽帽，袒下我这偏衫（僧衣）"；更不守佛门的戒律：竟然"杀人心逗起英雄胆，两只手将乌龙尾钢椽撺"。这里，连用了念、礼、彪、袒、撺几个动词，动作性都较强，不仅适合舞台表演，而且透过这些动作使人物的神态气质合眼如见。

〔叨叨令〕一段曲词进一步突出了惠明的"杀人心"和"英雄胆"。他要留下浮沙羹、宽片粉、酸黄荠、烂豆腐这些平素清苦的食物，以便将孙飞虎的"五千人做一顿馒头馅","包残余肉把青盐蘸"。吃人肉馒头和蘸盐人肉,这是极端夸张之辞,艺术效果是很强烈的。既说明了惠明藐视佛门清规,又表现出他的胆量气魄,一句唱词使一个"只是要吃酒厮打"的佛门豪杰形象跃然纸上。

〔滚绣球〕是回答张生问话的一段唱,是进一步揭示惠明济困扶危、见义勇为内心世界的重要唱段。作为一个出家人,却不看经礼忏,只一味厮打,这是为何?原来在惠明眼里,那些只会谈经参禅之徒,不过是些"僧不僧、俗不俗,女不女、男不男"的四不像之辈,他们"只会斋得饱也只向僧房中胡渰,那里怕焚烧了兜率伽蓝"。而他也并不是无缘无故嗜杀,而是"为那善文能武人千里,凭着这济困扶危书一缄,有勇无惭"。所以像他这样的人,虽不看经礼忏,其实佛性倒是有的。这样,从外貌形象到性格气质到内心世界,基本上完成了惠明这一人物的塑造。其中"僧不僧、俗不俗,女不女、男不男"后成为常用的俗语,《红楼梦》第六十三回邢岫烟与宝玉谈论妙玉为人时就曾引用过。

《西厢记》总体呈优美旖旎的诗剧风格,明代戏剧家朱权称"王实甫之词如花间美人,铺叙委婉,深得骚人之趣。极有佳句,若玉环之出浴华清,绿珠之采莲洛浦。"(《太和正音谱》)明人胡应麟也谓《西厢记》"才情逸发处,自是卢、骆艳歌,温、韦丽句"。在"如花间美人"般的"艳歌"、"丽句"中掺杂进一段惠明如铜钟般的粗犷高亢之声,这使全剧另具一番情趣和魅力。"惠明下书"作为独立的一折,明清以来也颇流行单独演唱。《红楼梦》第五十四回贾母就曾"叫葵官唱一出《惠明下书》,也不用抹脸。"可见此一出虽是全剧的插曲,也有独立的欣赏价值。昆剧等古典剧种均有改编演唱,改编全本《西厢记》时也大部分保留此折,标目为《惠明下书》。

(孙　逊)

〔注〕　① 梁皇忏:佛经名,《慈悲道场忏法传》的简称。又称梁王忏、梁武忏,相传梁武帝因

关汉卿 〔双调〕大德歌·春　　　　　　　　　　王茜 作

关汉卿 〔南吕〕一枝花·不伏老　　　　　　　　戴敦邦 作

关汉卿 《感天动地窦娥冤》　　　　　　　戴敦邦 作

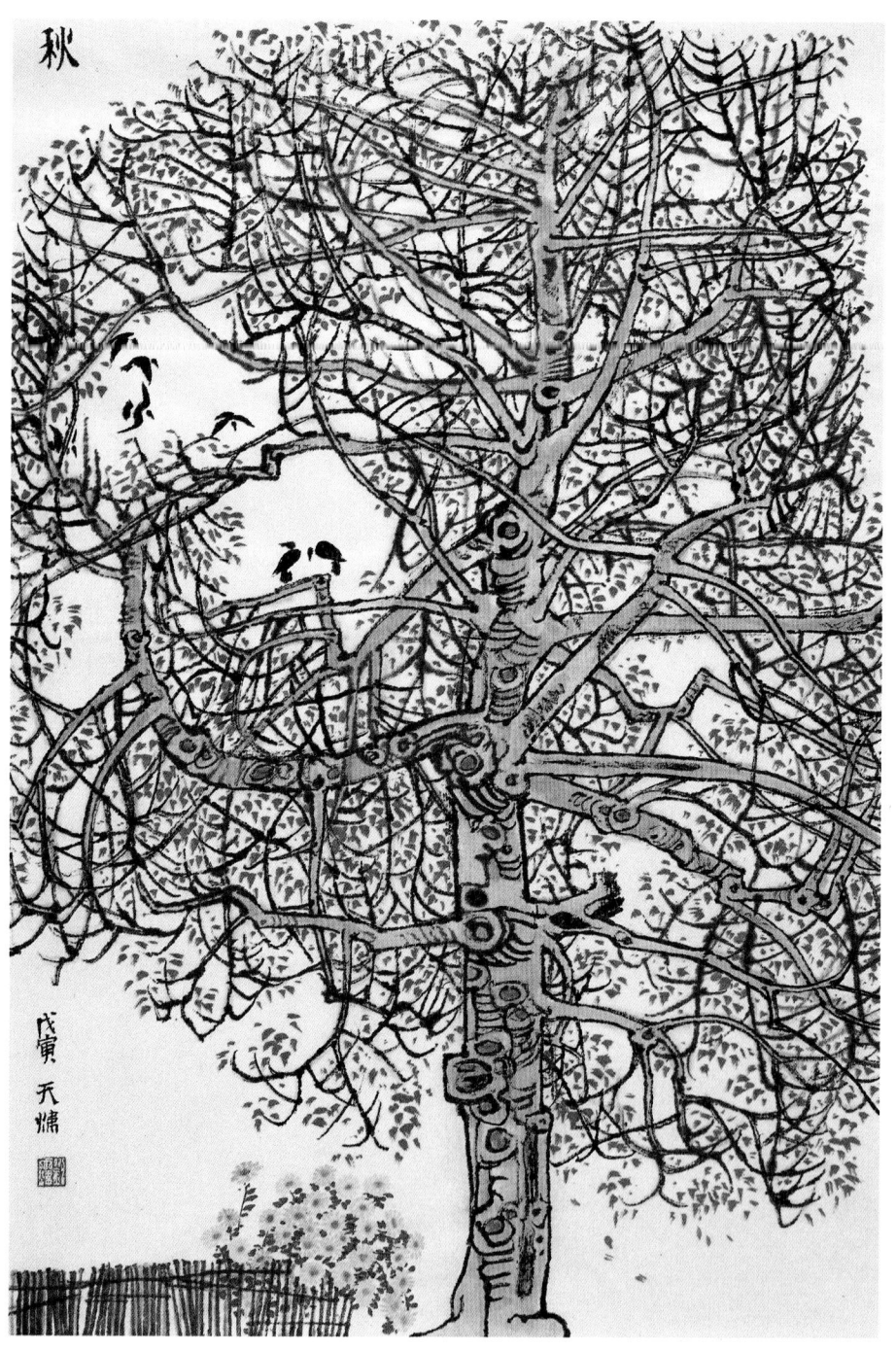

白朴 〔越调〕天净沙·秋　　　　　　　　　　　　刘天炜 作

空外六花翻

丁丑冬月
陆一飞作

白朴 〔大石调〕青杏子·咏雪　　　　　　　　　　陆一飞 作

白朴 《董秀英花月东墙记》　　　　　　　　　　　盖茂森 作

马致远　〔越调〕天净沙·秋思　　　　　　　　　戴顺智　作

夕陽下，酒旆閒，兩三航未曾著岸。落花水香茅舍晚，斷橋頭賣魚人散。

戊寅立春於浙江畫遠陵 張永

马致远 〔双调〕寿阳曲·远浦帆归　　　　　　　　　　　　　孙永 作

忏悔皇后郗氏往业而作。　　②飚(diū丢)：元剧用语。字书中无此字。意同丢。　　③乌龙尾钢椽撍(zǎn缵)：乌龙尾钢椽，一种铁裹头的木棍。撍，通攒，紧握的意思。④浮沙羹、宽片粉：浮沙羹不详具体为何羹，估计当为粉羹之属，《东京梦华录》"饮食果子"类中有"血羹、粉羹之类，每分不过十五钱。"宽片粉即当时所谓瓢漏粉，即以有孔之瓢，漏下调就之粉于汤中，使成线条形。此二物均为僧徒平时的清苦食物。　　⑤逃禅：原意为醉酒后逃避打禅，杜甫《饮中八仙歌》："苏晋长斋绣佛前，醉中往往爱逃禅。"后人以学佛参禅为逃禅。⑥胡浑(yān淹)：亦作塑浑、搠浑、桨浑，妆作痴傻之意。

崔莺莺待月西厢记

王实甫

第二本　第二折

〔上小楼〕"请"字儿不曾出声，"去"字儿连忙答应；可早莺莺根前，"姐姐"呼之，喏喏连声。秀才每闻道"请"，恰便似听将军严令，和他那五脏神①愿随鞭镫。

〔满庭芳〕来回顾影，文魔秀士，风欠酸丁。下工夫将额颅十分挣②，迟和疾擦倒苍蝇③，光油油耀花人眼睛，酸溜溜螫得人牙疼。

孙飞虎围普救寺，老夫人宣称，但有退兵之策的，倒赔房奁，将莺莺与他为妻。此时张生急修一书，请惠明下书，请来白马将军，遂解普救寺之围。这时，老夫人说一句"到明日略备草酌，着红娘来请"后，张生分外兴奋。翌日，他悉心打扮得干干净净，"皂角也使过两个也，水也换了两桶也，乌纱帽擦得光挣挣的"，心急火燎地盼望着红娘来请。终于红娘的敲门声响了。一听说红娘是"奉夫人严命,特请先生小酌数杯",他疾忙云"便去,便去",并问席上可有莺莺姐姐。上引两段曲文便是红娘紧接着张生的问话而调侃嘲弄这个酸秀才的。

第一段〔上小楼〕主要是取笑张生迫不及待的心情和样子:"'请'字儿不曾出声,'去'字儿连忙答应;可早莺莺根前,'姐姐'呼之,喏喏连声。"这是实写,由于说得对景,写得惟妙惟肖,故令人忍俊不禁。"秀才每闻道'请',恰便似听将军严令,和他那五脏神愿随鞭镫。"这是虚写,是对包括张生在内的秀才通病的概括。特别是因为张生早就等着老夫人来请,故他对"请"字才反应得如此迅速。通篇未出一个"急"字,而张生之"急相"已呼之欲出。

〔满庭芳〕一段进一步戏谑张生那副"酸相"。还在红娘来到之前,张生就已打扮好等着。再听红娘说这次筵席独请"老兄""和莺莺匹聘",于是"欢天喜地",要红娘"看小生一看何如"。红娘看了他的酸相,送给他两个雅号:"文魔秀士"、"风欠酸丁"。"文魔"是好文成魔之意;"风欠"系方言,兼风流、疯狂之意,十分恰切有趣。红娘还绘声绘色地描述了这位"酸丁"的酸相:"来回顾影","下工夫将额颅十分挣,迟和疾擦倒苍蝇,光油油耀花人眼睛",真够夸张的。尤其是"酸溜溜螫得人牙疼",把视觉移向了味觉,更觉酸味十足,酸气逼人,把一个自鸣得意而又自我陶醉的风魔秀才刻画得入骨入髓。

两段曲文不仅妙在活画出张生的"急"、"酸"模样神色,而且也活画出红娘这个俏皮可爱的小丫头的声色口吻,真是所谓"一击两鸣"。可以说,对于张生那些嘲笑奚落的话语,没有一句不符合红娘本人的身份性格,也没有一句不表现了她那爱和秀才调侃的俏皮劲。从上述曲文中,人们不难想见舞台上她那逗人的动作手势和丰富的表情变化。红娘作为我国戏曲画廊里的一个不朽典型,她的生命力和迷人魅力正是和这些成功的描写联系在一起的。

(孙　逊)

〔注〕 ①五脏神：道教谓心神丹元、肺神皓华、肝神龙烟、肾神玄冥、脾神尝在为五脏之神。小说戏曲中多作诙谐语用。 ②抆：原是方言美的意思。此处用作动词，当解作擦拭。③迟和疾擦倒苍蝇：意为不管快慢，管教擦倒苍蝇；极言其额颅擦拭得十分光油。

崔莺莺待月西厢记

王实甫

第二本 第三折

〔得胜令〕谁承望这即即世世老婆婆，着莺莺做妹妹拜哥哥。白茫茫溢起蓝桥水，赤邓邓点着祆庙火。碧澄澄清波，扑剌剌将比目鱼分破；急攘攘因何，扢搭地把双眉锁纳合。

〔折桂令〕他其实咽不下玉液金波。谁承望月底西厢，变做了梦里南柯。泪眼偷淹，酩子里揾湿香罗。他那里眼倦开软瘫做一垛；我这里手难抬称不起肩窝。病染沉疴，断然难活。则被你送了人呵，当甚么喽啰。

〔离亭宴带歇指煞〕从今后玉容寂寞梨花朵，胭脂浅淡樱桃颗，这相思何时是可？昏邓邓黑海来深，白茫茫陆地来厚，碧悠悠青天来阔；太行山般高仰望，东洋海般深思渴。毒害的恁么。俺娘呵，将颤巍巍双头花蕊搓，香馥馥同心缕带割，长挽挽连理琼枝挫。白头娘不负荷，青春女成担搁，将俺那锦片也似前程蹭脱。俺娘把甜句儿落空了他，虚名儿误赚了我。

　　崔、张的爱情之舟,在获得了"白马解围"这一意外的驱动力之后,摆脱了"山重水复疑无路"的困境,驶入了"柳暗花明又一村"的新天地,婚姻的港湾已经在望。但是,书剑飘零的白衣秀士,并不符合相国家谱的择婿标准,老夫人关于"但有退兵之策的,倒陪房奁,断送莺莺与他为妻"的当众承诺,不过是生死关头的权宜之计。"虽然不是门当户对,也强如陷于贼中",乃是她彼时彼地接受莺莺所提"五便三计"之第三计的真实思想,而今事过境迁,"陷于贼中"的危险既已不复存在,违背封建家族"家世利益"的"不是门当户对"的婚姻,也就断难首肯。于是,老夫人决意食言自肥,使已驶近婚姻港湾的崔、张爱情之舟,面临着倾覆的厄运。《西厢记》第二本《崔莺莺夜听琴》之第三折《赖婚》,展示了由此激起的崔、张同老夫人的正面冲突,是全剧的重要关目。这折戏由莺莺主唱,得知老夫人变卦后,共安排了十支曲子,此为其中的三支。〔得胜令〕〔离亭宴带歇指煞〕系莺莺的内心独白,〔折桂令〕兼及张生的神态心理。

　　老夫人以请宴为名,行赖婚之实的"哑谜儿",谁也没有猜破。崔、张,甚至红娘,都为喜事将临而兴奋、欣慰。莺莺是怀着与意中人结褵在即的欢快心情上场的。她满以为和张生的爱情,终于有了名正言顺的理想归宿:"我相思为他,他相思为我,从今后两下里相思都较可。"她十分感激"俺母亲也好心多",对老夫人只"安排小酌"而"不做大筵席"的反常做法,虽有所埋怨,但并未引起半点疑虑。对于可能出现的任何变故,都缺乏心理准备。因此,当老夫人要她与张生以兄妹之礼相见时,不由得大惊失色。"小姐近前拜了哥哥者!"这句意味着埋葬她全部幸福的话语,说者也许并非疾言厉色,闻者则无异于五雷轰顶:"荆棘刺怎动那!死没腾无回豁!措支刺不对答!软兀刺难存坐!"〔得胜令〕是莺莺从这最初的震骇中回过神来之后唱的第一支曲子。起句即倾诉了对老夫人突如其来的变卦行为的强烈不满。在此之前,莺莺与老夫人之间的矛盾尚未展开。她的苦恼、反感,仅止于"老夫人拘系得紧""俺娘也好没意思"而已。对老夫人的举措,亦多从好处宽解。而今,老夫人竟然不顾信义、翻手云雨,"着莺莺做妹妹拜哥哥",暴露了顽固伪善的面目。"即即世世老婆婆",其不恭、怨詈之词,正是莺莺对老夫人认识的深化和内心忿懑的写照。接下来的以叠词领起的对偶句,或用典,或设喻,或白描,先是具体展衍这种认识和感受,最后以紧蹙双眉的表情动作的自我勾勒收束。"蓝桥"句用尾生事。《庄子·盗跖》载:"尾生与女期于梁下,女子不来,水至不去,抱梁柱而死。""祆庙"句用蜀公主事。传说蜀公主乳母陈氏幼子曾与公主约定于祆庙相会。公主入庙,见子睡沉,就解幼时所玩弄的玉环,放在陈氏子的怀中而去。陈氏子醒后见之,怨气成火,竟将祆庙焚毁。这两句着意形容期望落空的怨怒和惨况,写出了莺莺如闻晴天霹雳时的心海波澜。美满姻缘被生生"分破",人何以堪!"白茫茫"、"赤邓邓"、"扑刺刺"等叠词很有特色。除了字面意思之外,还能传达出昏晕的心态、沸腾的感情及棒打鸳鸯的无情,从而增强了曲辞的情绪感染力。"溢起"、"点着"、"分破"等动词,则明示此乃老夫人悖理睽情之举所造成,谴责之意,自在其中。"挖搭地把双眉锁纳合",乃是人物内心世界的外在表露。作为杂剧曲辞,兼具舞台表演提示的意义。

　　曲辞是杂剧塑造人物的主要手段。在莺莺主唱的这折戏里,没有张生的唱段。这位赖婚风暴的首当其冲者,失却了曲诉衷肠的重要物质依凭,就需要借助主唱者的眼、口。莺莺在接到老夫人"小姐与哥哥把盏者"的第二道"指令"后,被迫端起了酒杯,舞台的视线随之转向张生。〔折桂令〕一曲,用两面着笔的手法,兼写莺莺眼中的张生形象:渲染其神态,传达其心曲。那理解的目光和沟通的灵魂,揭示出同心同感的人物关系。张生得知老夫人请宴时,欣喜若狂,难以自抑。他以"傻角"特有的疯魔劲儿,甚至已经预想好一幕天从人愿的场景:"我比及到得夫人那里,夫人道:'张生,你来了也,饮几杯酒,到卧房内和莺莺做亲去!"他就是踩着这朵心幻的祥云,悠悠而来的。此刻,冰水浇头,呆坐一旁的张生,以"小生量窄"为由,拒绝了老夫人的劝酒,也是对赖婚的抗议。〔折桂令〕由此起唱。这支曲子中的"他"、"我"、"你",分指张生、莺莺、老夫人。先是表示对张生举动的同情、附和。继而写受到赖婚打击的张生的心灵痛苦和外部形貌。最后是对老夫人的责难。"喽啰",伶俐、能干。这里是对老夫人出尔反尔,"谎到天来大"、"甜话儿将人和(哄)"的辛辣嘲讽。

〔离亭宴带歇指煞〕系莺莺下场时所唱。满怀热望而来,衔悲含愁而去。结同心、成连理的憧憬,成了泡影。想到又将回到深锁的闺房,一任韶华黯然逝去,不禁满腔哀怨,万般无奈。这支曲子即从设想今后情状起唱。"玉容"两句,是青春生命的描画,也是寂寞情怀的写照。其不知"何时是可"的相思,如天阔、如地厚、如海深、如山高。一连串的比喻,一连串的叠词,从一颗刚刚蒙受严霜的心中流出,是那样的执着痴情,又是那样的沉重苦涩。"昏邓邓"、"白茫茫"、"碧悠悠",形容了物态,也写出了心绪。这痛苦,是"毒害"(狠毒、狠心)的老夫人一手酿成,她的赖婚,无情地搓碎了"颤巍巍双头花蕊",割断了"香馥馥同心缕带",摧折了"长挽挽连理琼枝",耽误了女儿的青春,葬送了美满的婚姻。"负荷",即"付合",照顾的意思。"颤巍巍"、"香馥馥"、"长挽挽"与被修饰词语的巧妙配搭,使我们真切地感受到横遭肆虐的事物是多么的美好。对老夫人"把甜句儿落空了他(指张生),虚名儿误赚(诳骗)了我"的狠毒伪善面目的清醒认识,标示着莺莺性格的重大转变。

移植诗词名句,融化佳构意境,是《西厢记》作者习用的方法。这几支曲子珠辉妙语,俯拾皆是。即如"玉容"、"胭脂"两句,或因其熏染于白居易《长恨歌》"玉容寂寞泪阑干,梨花一枝春带雨"诗意,论者亦多瞩目,常举为"《西厢》工于骈俪,美不胜收"(清李调元《雨村曲话》)的例证。不过,作为具有曲折心灵历程的戏剧人物,在不同的场景氛围之中,其情感必然呈现出丰富的形态。性格外物化的人物语言,也应该是多采而不是单色的。老夫人的赖婚旋风,一下子把莺莺从玫瑰色的云端卷入绝望的深渊。这一巨大的"落差",使莺莺的情感之流无法保持其往昔的节律,猛烈的撞击,激起了前所未有的波澜。与此相应,这三支曲子——尤其是〔得胜令〕和〔离亭宴带歇指煞〕,大量采用口语叠词,辅以排比句式,摹声绘色,状景肖物,写怨愤难抑、苦闷徬徨之情、之态,浓烈而不失其深沉,本色而不失其多姿,在秀雅凝重的常规风格的基础上,又增添了新的风采。为人物立言而能恰到好处地传达出心灵的律动和性格的发展,这正是作者的独到工力。

(高建中)

崔莺莺待月西厢记

王实甫

第二本　第四折

〔小桃红〕人间看波。玉容深锁绣帏中,怕有人搬弄。想嫦娥,西没东生有谁共? 怨天公,裴航不作游仙梦。这云似我罗帏数重,只恐怕嫦娥心动,因此上围住广寒宫。

〔天净沙〕莫不是步摇得宝髻玲珑? 莫不是裙拖得环珮玎珰? 莫不是铁马儿檐前骤风? 莫不是金钩双控,吉丁当敲响帘栊?

〔调笑令〕莫不是梵王宫,夜撞钟? 莫不是疏竹潇潇曲槛中? 莫不是牙尺剪刀声相送? 莫不是漏声长滴响壶铜? 潜身再听在墙角东,原来是近西厢理结丝桐。

〔秃厮儿〕其声壮,似铁骑刀枪冗冗;其声幽,似落花流水溶溶;其声高,似风清月朗鹤唳空;其声低,似听儿女语,小窗中,喁喁。

在张生、莺莺的爱情故事发展过程中,当孙飞虎兵围普救寺,要抢莺莺为压寨夫人之际,老夫人曾许下诺言:谁退脱贼兵,即将莺莺许配。孰知张生修书央白马将军平乱之后,老夫人食言而赖婚。张生于极度苦闷中,请红娘转致思念之情。红娘献计,让张生月夜操琴,以挑动之。故事到这里又进入了一个转折点。

这四支曲子全是莺莺在花园中烧夜香时所唱,第一曲为尚未听到琴声时所唱,后面三曲则是听到琴声之后的一些思想活动。

在唱〔小桃红〕之前,红娘和莺莺之间还有一段简短的对话:

红云:姐姐,你看那月阑,明日敢有风也。

莺云:风月天边有,人间好事无。

莺莺虽然只说了两句话,十个字,却是反映了她内心的奥秘。她早已在怨恨、不满了,红娘和她说话,她就把这种情绪不加遮掩地散发了出来。

所谓月阑,也就是月晕。就是说月亮周围有一个似云非云的乳白色的圈子。红娘看到了这种天象,根据"月晕而风,础润而雨"的说法,推测明天要起风了,这是很普通的一句话,也是很平常的一件事。但在有心人莺莺听来,感受就大不一样。她不知不觉地把"风"和"月"联系在一起,而且径自把"风月"二字作为"爱情"甚至"幽会"的同义词理解了。然后将"天边"和"人间"作了对比。所谓"人间",根本不是泛指人间,而是仅仅指她本人和张生之间的爱情受到了重大的波折,因此心情沉重,消极。

〔小桃红〕一曲就是对"人间好事无"的这种怨恨、感慨的进一步的抒发,也可以说是悲哀、忧愁交织的叹息。

首句"人间看波",历来是论争的公案。明刊本《西厢记》的处理不一,有作为唱词者,也有作为宾白者。但在此曲之中,这是一个绝无仅有的例证。吴梅在《南北词简谱》中说:"是宾白非曲。《广正谱》别作一体,实是不当。〔小桃红〕从无四字句开端也。"吴梅的意见有正确的一面,因为实在找不到第二个例了。但另一方面,李玉的《北词广正谱》别作一体,也不能完全否定。《西厢记》其他套曲,吴梅都在曲律上给以高度评价,作为元曲前期作者,他是这样用的,后来的作者没有这样用,并不意味着王实甫就错了。

"玉容深锁绣帏中"的"玉容"是莺莺自称。在前面一折老夫人赖婚时,莺莺已经无限哀怨地唱过"从今后玉容寂寞梨花朵",这"玉容"也是自称。当然一般是不用于自称的,例如白居易《长恨歌》:"玉容寂寞泪阑干,梨花一枝春带雨。"诗中的"玉容"乃是指的杨贵妃。"玉容寂寞梨花朵"很明显是从《长恨歌》中两句诗演化而来,这里再用一次"玉容"当然也是受了《长恨歌》的影响。两次使用,除了莺莺自称其容颜的美貌外,还表达了春闺寂寞之意。

至于一再对嫦娥表示同情,表示惋惜,替嫦娥抱不平,也是莺莺以神话传说中的嫦娥自况,而借之以吐露不平之气,寂寞之感。"想嫦娥,西没东生有谁共?"比起古人曾用的"碧海青天夜夜心",则具有一种从动态着手描写的意味,写寂寞之感则是一致的。这样写,正是从另一个角度,改用比喻的手法再一次描写"门掩重关萧寺中,花落水流红,闲愁万种,无语怨东风"的寂寞意境。

"这云似我罗帏数重"一句有异文,无"云"字者当系漏刻。因为月阑,才说成"围住广寒宫","围住广寒宫"的是云,围住莺莺的是"罗帏数重",这样才成为一对类比。闵刻闵评本《西厢会真传》有眉批:"此以嫦娥比说,实怨母拘束之词。"一语中的。莺莺对于老夫人的种种家规礼法反感颇深,认为这一切都是她的幸福的障碍。

　　"怨天宫"、"怨天公"均见于明刊本,均无悖于音律,均作"天"解。怨天不作美,没有能让他们像传说中的裴航遇云英那样成为神仙眷属。这是无可奈何的悲鸣。

　　按毛西河的分析,〔天净沙〕和〔调笑令〕都是"暗写琴声"。此说可以成立。因为莺莺刚开始听到张生的琴声时,还不知道究竟是什么声音。所以有这样那样的猜测。王实甫在这里用了细针密线,有清晰的层次可寻。

　　红娘和张生定下了这计谋,用弹琴对莺莺作一次试探,而莺莺则还被蒙在鼓里,所以她听到琴声一下子还分辨不出来,因为她在思想上根本没有丝毫预感。她问红娘,红娘只好不回答,这倒不是故意卖关子,如果回答这是张生在弹琴,不啻自我败露计谋,一场心血就白费了。

　　一方面莺莺不可能知道琴声来自西厢,另一方面,莺莺初听到琴声时距西厢较远,听不真切,仓促之间她先从自己身上寻声音的来源,会不会走路快了一些,摇动了发髻上的首饰? 会不会因为裙子振动,因而带动挂在身上的珮环? 接着,她很快地排除了这两种原因,肯定都不是。

　　她又从周围的景物中去寻找,怀疑是风骤然吹动了屋檐下挂的铁铃? 怀疑是挂门帘、窗帘的金钩敲打在门窗上的声音?

　　仔细听听仍旧都不是,都不像。于是就往远处去想了。怀疑是庙宇里在打钟? 怀疑是曲槛中疏疏的竹林在迎风发出絮语? 怀疑是象牙尺和剪刀碰撞在一起了? 怀疑是铜壶在滴漏? 然而,仍旧都不像。最后终于听清楚声音来自墙角之东,走近一听,哑谜终于揭开。有人在靠近西厢处弹琴。

　　人们也许会觉得这样描写是否过于复杂或夸张了,恐怕不能这样说。因为莺莺根本不知道有人在弹琴,而琴又弹奏出了各种不同的音符、节奏、旋律,于是莺莺就根据从不同方位听到的这各不相同的音符、节奏、旋律去猜测和寻找了,这也是很自然的。

我们应该承认,作为一个剧作者,王实甫有很丰富的想象力,有丰富的生活经验,也有丰富的语汇,所以他作了相当形象化的描绘。这一套曲子也成为古典戏曲中的名篇。唐诗之中,白居易的《琵琶行》曾用了许多比喻的手法以写琵琶的声响,是传诵不朽的名篇。《琵琶行》和《西厢记》的这四支曲子可以说有异曲同工之妙。

〔秃厮儿〕继续在用比喻的手法摹写琴的声响,而且已经明确了这是有人在弹琴,这比喻的手法比刚才要困难一些。因为已经用了许多事物来比拟,现在就非得用另外的事物不可,否则就陷于重复。

〔秃厮儿〕一曲以十分精炼的语言表达了琴声所创造的各种不同的意境,同时也就说明了莺莺对这种意境的充分体会。实际上又从另一个角度或领域反映了他们二人之间的感情的融通。而莺莺是张生的名副其实的知音。

古典戏曲以写弹琴或琴声见长的作品不少,在元人杂剧中写得如此精雕细刻的却绝无仅有,当然其他杂剧作品篇幅只有一本四折,受到了这种局限,也是一个原因。明清传奇则以高濂《玉簪记》的《琴挑》、黄燮清《当炉艳》的《琴媒》较有代表性,但作者的重点都是直接写彼此间的爱慕,对琴声则是一笔带过而已。

王实甫的才华不仅表现在用比喻的手法写琴声,更主要的是在于别具匠心的结构布局和人物形象的塑造。

一开始,莺莺问红娘:"这甚么响?"红娘不作回答,这才引出这些绝妙好词,如果回答"这是张生在弹琴"。下面的戏就味同嚼蜡了。此时的莺莺处在十分敏感的状态中,内心深处也未必不希望张生给她一些音信或暗示,听到平时没有听到的声音,她当然要问个究竟。而以红娘的聪明机伶当然不会正面回答莺莺的提问。这样写既富有情趣,也完全符合生活的真实,又一次从细节上成功地写出莺莺和红娘的性格。

《西厢记》的明清刊本种数过多,这〔调笑令〕的"梵王宫,夜撞钟"在某些明刊徐文长批本中作"梵王宫,夜声钟",这是误以为"撞"字只能读作去声,所以妄加窜改了。其实此处可以而且应该读作平声的。金圣叹又改作"是花宫,夜撞钟",这是根据李颀"花宫仙梵远微微"而改的,花宫也是指的佛教寺院。很可能金圣叹发现《西厢记》用"梵王宫"之处过多了,所以略加变化吧!

〔小桃红〕等四支曲子吸收融化了许多古文诗词的精华,在继承文学遗产上是一个成功的范例。当代出现了各剧种的《西厢记》改编本,而以苏雪安越剧改编本保存此折原唱词较多较妥帖。

(蒋星煜)

崔莺莺待月西厢记

王实甫

第三本　第四折

〔圣药王〕果若你有心,他有心,昨日秋千院宇夜深沉;花有阴,月有阴,"春宵一刻抵千金",何须"诗对会家吟"?

张生乘夜逾墙赴莺莺之约会,结果讨了一场没趣,回房后就病倒了。莺莺得知此消息,亦心不自安,命红娘送书信与药方至张生处探望,实际上是重订幽会之期。张生读罢,判断此次莺莺不会爽约,肯定前来。红娘乃唱了这一曲〔圣药王〕。

这里的"你"、"他"孰指张生,孰指莺莺,比较模糊。如对书信,药方而唱,"你"指莺莺,"他"指张生。如对张生而唱,"你"指张生,"他"指莺莺。然则张生之"有心"早已事实俱在,问题端在莺莺是否真的"有心"。因此,"果若你有心,他有心"的提法从逻辑角度看似乎不是最准确,但人们还是比较欣赏,能够接受。因为意味着要双方都"有心"这一点是非常明确的。而且这种形式的排比句法富有民歌气息,韵律节奏朴素而自然,便于吟诵,便于记忆,所以读者的印象很深。明清两代各戏曲剧种的《思凡·下山》唱"你有心,我有心,不怕山高水又深",也是用的这样的句法,很有可能接受了《西厢记》的影响。

宋代苏轼有《春夜》诗:"春宵一刻抵千金,花有清香月有阴,歌管楼台声细细,秋千院宇夜沉沉。"王实甫却把这一名句改动为"秋千院宇夜深沉",首先是因为这里已经不作为"声细细"的对偶句,不一定要用"夜沉沉"了。再说"夜深沉"似乎比"夜沉沉"的境界更为僻静,更为人迹罕至,是青年男女幽会最理想的所在。

"花有清香",是诉诸嗅觉的描写,当然也衬托了环境的清幽,大概王实甫认为这是次要的问题,于是改写成为"花有阴,月有阴",强调了院宇自有隐蔽的所在,在牡丹花下,在葡萄架下,古往今来,不是发生过许多风流韵事么?至于月亮,有时被浮云遮蔽,有时也很朦胧,也并不妨碍青年男女的幽会。再说"花有阴,月有阴"又完全符合曲律,并且和上面的"你有心,他有心"也非常对称而流畅上口。

"春宵一刻抵千金",王实甫并不是单纯歌颂春宵的可贵和可爱,而是间接地指责莺莺顾虑太多,没有能果断行事,没有能下决心和张生成其好事,因此错过了一刻值千金的春宵,辜负了一刻抵千金的春宵。说指责也许分寸上已经有些逾越,红娘的指责或埋怨,都带了对莺莺和张生的无限同情。

苏轼的诗本来是一般地讴歌春夜的景色,并没有环绕男女爱情来写,更没有包含什么幽会的意思。王实甫把其中三句都用进了〔圣药王〕一曲,有的改动个别的字,有的是全句套用的,成了题咏爱情和幽会的名篇,和苏轼的诗同样广泛流传。对前人诗句用得如此准确,贴切,毫无针线斧凿之痕,可以说天衣无缝了。

现在人们仍常用"春宵一刻抵千金",泛指景色的几乎没有,绝大多数都是用于爱情或幽会的场合。因此,我们可以认为尽管原句出于苏轼之手,但王实甫移用以后,这才产生了更深广的影响。

如果昨夜成其好事,则今天的送书信、药方,当然是多余的了。所以说:"何须诗对会家吟。"王实甫也是借用前人的成句,文准有"酒逢知己饮,诗向会人吟"之语,王实甫也改动了一个字。用得不如苏轼的诗那样自然浑成,只是还合适而已。

王骥德对〔圣药王〕一曲的评论如下:"此红犹疑莺之许,未必然也。言设彼此有心,昨宵邂逅,便当成事,又何必今日之寄书以成约也。"闵刻闵评本《西厢会真传》有眉批:"红犹疑其未真情,若果真,则昨夜当成就,又何必今日寄诗以订约耶?"和王骥德所说完全是同一意思。有的《西厢记》校注本引用王骥德的话作为注释,而又不加按语,我觉得还可以斟酌。他们说的虽有一定的道理,但只能认为说对了一半。因为红娘此时的心情很复杂,对莺莺这次订约,决不是仅仅只有怀疑而已,而是将信将疑。同时也多少有点惋惜和感慨的意思。

(蒋星煜)

崔莺莺待月西厢记

王实甫

第四本　第二折

〔越调·斗鹌鹑〕则着你夜去明来,倒有个天长地久;不争你握雨携云,常使我提心在口。则合带月披星,谁着你停眠整

【崔莺莺待月西厢记】

宿？老夫人心数多，情性仵；使不着我巧语花言，将没做有。

〔紫花儿序〕老夫人猜那穷酸做了新婚，小姐做了娇妻，这小贱人做了牵头。俺小姐这些时春山低翠，秋水凝眸。别样的都休，试把你裙带儿拴，纽门儿扣，比着你旧时肥瘦，出落得精神，别样的风流。

〔金蕉叶〕我着你但去处行监坐守，谁着你迤逗①的胡行乱走？若问着此一节呵如何诉休？你便索与他个"知情"的犯由②。

〔调笑令〕你绣帏里效绸缪，倒凤颠鸾百事有。我在窗儿外儿曾轻咳嗽，立苍苔将绣鞋儿冰透。今日个嫩皮肤倒将粗棍抽，姐姐呵，俺这通殷勤的着甚来由？

〔鬼三台〕夜坐时停了针绣，共姐姐闲穷究，说张生哥哥病久。咱两个背着夫人，向书房问候。(夫人云)问候呵，他说甚么？(红云)他说来，道"老夫人事已休，将恩变为仇，着小生半途喜变做忧"。他道："红娘你且先行，教小姐权时落后。"

〔秃厮儿〕我则道神针法灸，谁承望燕侣莺俦。他两个经今月余则是一处宿，何须你一一问缘由？

〔圣药王〕他每不识忧，不识愁，一双心意两相投。夫人得好休，便好休，这其间何必苦追求！常言道"女大不中留③"。

〔麻郎儿〕秀才是文章魁首，姐姐是仕女班头；一个通彻三教九流，一个晓尽描鸾刺绣。

〔幺篇〕世有、便休、罢手④，大恩人怎做敌头？起白马将军故友,斩飞虎叛贼草寇。

〔络丝娘〕不争和张解元参辰卯酉,便是与崔相国出乖弄丑。到底干连着自己骨肉,夫人索穷究。

〔小桃红〕当日个月明才上柳梢头,却早人约黄昏后。羞得我脑背后将牙儿衬着衫儿袖。猛凝眸,看时节则见鞋底尖儿瘦。一个恣情的不休,一个哑声儿厮趄。呸!那其间可怎生不害半星儿羞?

〔幺篇〕既然泄漏怎干休?是我相投首⑤。俺家里陪酒陪茶倒捆就。你休愁,何须约定通媒媾?我弃了部署不收,你原来"苗而不秀"。呸!你是个银样镴⑥枪头。

〔东原乐〕相思事,一笔勾,早则展放从前眉儿皱,美爱幽欢恰动头。既能够,张生,你觑兀的般可喜娘庞儿也要人消受。

〔收尾〕来时节画堂箫鼓鸣春昼,列着一对儿鸾交凤友。那其间才受你说媒红,方吃你谢亲酒。

　　红娘在《西厢记》里起的作用,一是在崔莺莺和张生之间传书寄简,帮助这两个有情人自愿结合;二是挺身而出,回击老夫人和郑恒对崔、张美满婚姻的破坏。前者从二本二折到四本一折共七场戏;后者集中表现在四本二折,即后来被称作"拷红"的一场戏。这场戏写得尤其成功。

　　"拷红"这场戏分三大段演进。第一大段演崔张私自结合被老夫人识破,要找红娘来拷问,红娘与莺莺商量对付的办法。包括〔斗鹌鹑〕〔紫花儿序〕〔金蕉叶〕〔调笑令〕四支曲子。曲词之前有红娘、莺莺的一段对白：

> 红：姐姐，事发了也，老夫人唤我哩，却怎了？
>
> 莺：好姐姐，遮盖咱！
>
> 红：娘呵，你做的隐秀（隐秘）者，我道你做下来也。

这戏一开场就表现了莺莺、红娘对事件的不同态度：一个要遮盖，一个要直说。同时表现她们不同的性格特征：一个是顾虑重重，一个是快人快口。这就以鲜明的人物形象，步步引人入胜。

〔斗鹌鹑〕曲既包含了红娘对莺莺善意的嘲弄，也表现了红娘对事态严重性的充分估计。"老夫人心数（心计）多，情性俫（利害），使不着我巧语花言，将没作有。"她深知此事瞒不过，想不直说也是不行的。〔紫花儿序〕曲，是红娘对老夫人心理的进一步估计。"出落得精神，别样的风流"，则从另一个侧面描画了沉浸在幸福爱情中的莺莺的美丽形象。

〔金蕉叶〕一曲，红娘模仿老夫人的嘴脸和声口，估计着老夫人将怎样拷问，自己怎样回答，为后面她对老夫人的大段辩白作引子。这段模仿惟妙惟肖，使观众忍俊不禁，有很好的舞台效果。

值得注意的还有〔调笑令〕一曲，表现了莺莺、红娘在同一事件中截然不同的处境，反映了封建社会司空见惯的主奴之间的关系。正像俗话说的："老和尚偷馒头，小和尚打屁股"，红娘实际成了莺莺的替罪羊。这真是带泪的喜剧。此曲终了，红娘说道：

> "姐姐在这里等着，我过去。说过呵，休欢喜；说不过，休烦恼。"

这两句话也见关汉卿的《救风尘》杂剧，估计是民间成语，它概括了人民在面临困境时的两种思想准备。"说过呵，休欢喜"，是说摆脱困境后还可能反复，不能让成功冲昏头脑；"说不过，休烦恼"，是说即使失败了，还要继续努力，不能因暂时的挫折而丧失信心。这就把红娘将与老夫人说理前的思想准备表现得更充分。

第二大段是写红娘与老夫人的正面冲突,包括〔鬼三台〕〔秃厮儿〕〔圣药王〕〔麻郎儿〕〔幺篇〕〔络丝娘〕六支曲子和其中的道白。红娘采取的是先让一步,而后列数事实,驳倒老夫人的策略。在老夫人气势汹汹,大兴问罪之师时,她以认罪的口气唱了〔鬼三台〕一曲。红娘模仿张生的声口,指责老夫人恩将仇报,这是她对老夫人列举的第一个事实。从这个事实看,莺张的私自会合,都由老夫人赖婚引起,跟红娘无关。老夫人跟着又问:

"她(指莺莺)是个女孩儿家,着她落后怎么!"

红娘接着唱〔秃厮儿〕〔圣药王〕二曲作答。红娘的意思是说:我陪小姐去看张生的病,是想叫他针灸服药,想不到他们私自成亲,难解难分,双宿双栖已一个多月。这是列举的第二个事实。根据这个事实,莺张的结合,完全出于双方自愿,即"一双心意两相投",不是由于红娘的拉拢。

以上三支曲子写红娘巧妙地把老夫人责问她的话头一步步引到莺莺、张生方面来,摆脱了自己的被动处境,又进一步奚落了老夫人。莺莺张生私自结合已一个多月,这个一向自以为治家严谨、大权在握的老夫人还被蒙在鼓里,处境实在非常尴尬。红娘退一步,进两步,语调痛快淋漓,又带三分幽默,是《西厢记》中写得十分精彩的片段。当然,红娘不会把自己怎样替莺张传书送简也摆出来,否则就太愚蠢了。

红娘硬逼老夫人承认既成事实之后,夫人恼羞交加,怒骂红娘"这端事都是你个贱人",红娘不但不否认"这端事",反而说出一番道理,把责任推到夫人身上,变守势为攻势。红娘说:"非是张生、小姐、红娘之罪,乃夫人之过也。"于己称"罪",于夫人称"过",措词谨慎合度。细加揣摩,她不但为自己开脱,连张生、小姐都给开脱了,这又是红娘胆大心细处。诚为精细之一笔。那么,老夫人"过"在何处?红娘侃侃道来,指出老夫人的两条罪责:一是赖婚毁约的失信;

【崔莺莺待月西厢记】

二是"留张生于书院,使怨女旷夫,各相早晚窥视"的失策,叫老夫人推不得,赖不掉。然后她话锋一转,说道:

"目下老夫人若不息其事,一来辱没相国家谱;二来张生日后名重天下,施恩于人,忍令反受其辱哉?使至官司,夫人亦得治家不严之罪。官司若推其详,亦知老夫人背义而忘恩,岂得为贤哉?"

这段话看似请老夫人自拿主意,实则已无回旋余地,因为张生的偷越花墙,莺莺的私自幽会,与"辱没相国家谱"、"治家不严"、"背义忘恩"三大罪责相比,反变成微不足道的"小事"了。

紧接着〔麻郎儿〕〔幺篇〕〔络丝娘〕三曲,一则说莺张二人郎才女貌、天成佳偶;二则说张生施恩在先,不可恩将仇报;三则指出若不息事宁人,而要和张生"参辰卯西"(做对头、为难)的话,必至"出乖弄丑"。这是红娘在促使老夫人下决心。果然,老夫人权衡得失,不能不承认"这小贱人也道得是",只好认输,同意了莺张的结合。

后面第三大段的曲白是高潮过后的两个余波:先是老夫人让红娘去叫莺莺来,准备把她许配给张生,莺莺羞愧得抬不起头来,说"羞人答答的怎么见母亲",红娘嘲笑她"娘跟前有什么羞",唱了〔小桃红〕一曲,催她去见夫人。接着老夫人又让红娘去叫张生来,张生也说:"小生惶恐,如何去见老夫人",红娘唱了〔幺篇〕一曲,说自己"弃了部署不收"。部署,江湖上的拳棒教师。这里红娘以"部署"自比,意思是不再作"部署",不收张生那样的徒弟了。她还嘲笑张生是中看不中用的"银样镴枪头"。通过红娘对莺张的善意嘲弄,引起观众会心的微笑,而红娘的舞台形象也就显得更加生动而丰满。把一个婢女的形象塑造得如此光辉,不仅是此前文学史中所未见,也为《董解元西厢记》所不及。

最后〔东原乐〕〔收尾〕二曲,表达了红娘对一对即将分离的情侣的劝慰和祝福。在莺张的爱情经历中,红娘自己是无所求而来,无所取而去的,从曲中表现

467

出来的真挚情感,人们看到了她见义勇为、助人为乐的高尚品质。从结构上看,这二曲直贯《西厢记》全本的最后大团圆,而老夫人叫张生第二天就去上朝应考,"得官呵,来见我;驳落呵,休来见我",跟开头红娘说的"说过呵,休欢喜;说不过,休烦恼",遥遥相应。看来虽是余波,却关联着全场、全局。

(王季思　林　建)

〔注〕　① 迤逗:即拖逗,勾引意。　② 犯由:即今所谓罪状。　③ 不中(zhòng)留:不可留。　④ 世有、便休、罢手:言崔张相爱,既已成为事实,只得罢休,不必阻挠。　⑤ 投首:投官自首。　⑥ 镴:铅锡之合金。

崔莺莺待月西厢记

王实甫

第四本　第三折

〔正宫·端正好〕碧云天,黄花地,西风紧,北雁南飞。晓来谁染霜林醉?总是离人泪。

〔滚绣球〕恨相见得迟,怨归去得疾。柳丝长玉骢难系,恨不倩疏林挂住斜晖。马儿迍迍①的行,车儿快快的随,却告了相思回避,破题儿②又早别离。听得道一声"去也",松了金钏;遥望见十里长亭,减了玉肌。此恨谁知!

〔叨叨令〕见安排着车儿、马儿,不由人熬熬煎煎的气;有甚么心情花儿、靥儿,打扮得娇娇滴滴的媚;准备着被儿、枕儿,则索昏昏沉沉的睡;从今后衫儿、袖儿,都揾做重重叠叠的泪。兀的不闷杀人也么哥！兀的不闷杀人也么哥！久已后书儿、信儿，索与我凄凄惶惶的寄。

〔脱布衫〕下西风黄叶纷飞，染寒烟衰草萋迷。酒席上斜签着坐的，蹙愁眉死临侵③地。

〔小梁州〕我见他阁泪汪汪不敢垂，恐怕人知。猛然见了把头低，长吁气，推整素罗衣。

〔幺篇〕虽然久后成佳配，奈时间怎不悲啼。意似痴，心如醉，昨宵今日，清减了小腰围。

〔上小楼〕合欢未已，离愁相继。想着俺前暮私情，昨夜成亲，今日别离。我谂知④这几日相思滋味，却原来比别离情更增十倍。

〔幺篇〕年少呵轻远别，情薄呵易弃掷。全不想腿儿相挨，脸儿相偎，手儿相携。你与俺崔相国做女婿，妻荣夫贵。但得一个并头莲，煞强如状元及第。

〔满庭芳〕供食太急，须臾对面，顷刻别离。若不是酒席间子母每当回避，有心待与他举案齐眉。虽然是厮守得一时半刻，也合着俺夫妻每共桌而食。眼底空留意，寻思起就里，险化做望夫石。

〔快活三〕将来的酒共食，尝着似土和泥。假若便是土和泥，也有些土气息，泥滋味。

〔朝天子〕暖溶溶玉醅，白泠泠似水，多半是相思泪。眼面前茶饭怕不待要吃，恨塞满愁肠胃。蜗角虚名，蝇头微利，拆鸳鸯在两下里。一个这壁，一个那壁，一递一声长吁气。

〔四边静〕霎时间杯盘狼籍，车儿投东，马儿向西，两意徘徊，落日山横翠。知他今宵宿在那里？有梦也难寻觅。

〔耍孩儿〕淋漓襟袖啼红泪，比司马青衫更湿。伯劳⑤东去燕西飞，未登程先问归期。虽然眼底人千里，且尽生前酒一杯。未饮心先醉，眼中流血，心里成灰。

〔五煞〕到京师服水土，趁程途节饮食，顺时自保揣身体。荒村雨露宜眠早，野店风霜要起迟！鞍马秋风里，最难调护，最要扶持。

〔四煞〕这忧愁诉与谁？相思只自知，老天不管人憔悴。泪添九曲黄河溢，恨压三峰华岳低。到晚来闷把西楼倚，见了些夕阳古道，衰柳长堤。

〔三煞〕笑吟吟一处来，哭啼啼独自归。归家若到罗帏里，昨宵个绣衾香暖留春住，今夜个翠被生寒有梦知。留恋你别无意，见据鞍上马，阁不住泪眼愁眉。

〔二煞〕你休忧文齐福不齐，我则怕你停妻再娶妻。休要一春鱼雁无消息！我这里青鸾有信频须寄，你却休"金榜无名誓不归"。此一节君须记，若见了那异乡花草，再休似此处栖迟。

〔一煞〕青山隔送行，疏林不做美，淡烟暮霭相遮蔽。夕阳古道无人语，禾黍秋风听马嘶。我为甚么懒上车儿内，来时甚急，去后何迟？

〔收尾〕四围山色中，一鞭残照里。遍人间烦恼填胸臆，量这些大小车儿如何载得起！

通常被称作"长亭送别"的第四本第三折，是王实甫《西厢记》中最为脍炙人口的精彩片断之一。在第四本第一折"酬简"和第二折"拷红"中，莺莺终于克服了身心解放的要求与封建精神桎梏的矛盾，迈出了同张生私下结为夫妻的决定性一步。这种出于男女双方真诚相爱的自主选择，使封建礼教的维护者老夫人十分震怒，因此她拷问红娘严加追究。但红娘抓住了老夫人理亏的要害，非但拒不认罪，反而条分缕析，历数老夫人过错，使她不得不承认既成事实："待经官呵，玷辱家门。罢罢！俺家无犯法之男、再婚之女，与了这厮罢。"但是，老夫人又以"俺三辈儿不招白衣女婿"为由，强令张生"明日便上朝取应去"，并声称"得官呵，来见我，驳落呵，休来见我"。崔、张爱情又面临着新的威胁。"长亭送别"紧接第二折，所表现的正是同老夫人激烈斗争中取得胜利后的这又一次曲折，写莺莺、红娘、老夫人等到十里长亭为"上朝取应"的张生饯行。这折戏由莺莺主唱，是塑造莺莺形象的重场戏之一，在全剧中占有重要地位。这折戏以别宴前后为时间线索，主要通过精心安排的十九支曲文，集中刻画了莺莺送行时的心绪。它在读者、观众面前展现的是一卷情景交融的别离图。这卷别离图由三个紧密衔接的画面组成：一、赴长亭途中；二、长亭别宴；三、长亭分别。倍增烦恼的暮秋天气，是这卷别离图的背景。

起首〔端正好〕〔滚绣球〕〔叨叨令〕三支曲子，系莺莺赴长亭途中所唱。莺莺是怀着无可排遣的离愁别恨，前往长亭为张生送行的。莺莺一上场唱的第一支曲子〔端正好〕，便通过她对暮秋郊野景色的感受，抒发了这种痛苦压抑的心情。在这支曲子中，作者选取了几样带有季节特征的景物：蓝天的白云，菱积的黄花，南飞的大雁，如丹的枫叶，它们在凄紧的西风中融成一体，构成了寥廓萧瑟、令人黯然的境界。"晓来"两句,使客观景色带上了浓重的主观色彩。"染"、"醉"二字,下得极有分量。前者不仅把外射的感受化为具有动态的心理过程,而且令离人的涟涟别泪,宛然如见。后者既写出了枫林的色彩,更赋予了在离愁的重压下不能自持的人的情态。

如果说,这支曲子主要是采用了寓情于景的手法,那么,〔滚绣球〕便是从正面刻画了莺莺与张生难以离舍的复杂内心世界。莺莺想到和张生经历了多少曲折痛苦才得以结合,不期然刚摆脱了相思之苦,却又马上生生地被迫分离,心中充满怨恨又万般无奈。因此,她多么希望那长长的柳丝能够系住张生的马儿,多么希望那疏朗的树林能够挂住西沉的夕阳!然而,柳丝难系,斜晖无情。既然这些都是不可能实现的痴幻的意愿,那么,唯一的希望就只能是让张生乘骑的马儿走得再慢一点,自己乘坐的车子跟得更紧一点——使得两情依依的亲人能够靠得更近一点,相随的时间更长一点。然而,饯行之处的长亭已经映入眼帘,别离的时刻已经临近,人愁得顿时消瘦下来了,这种悲伤的心情有谁能理解啊!

以上两支曲子都是莺莺的内心独白。接下来由红娘问莺莺"今日怎么不打扮"而引出的第三支曲子则不同。红娘的问话,触发了莺莺感情的闸门,使她内心的愁绪,奔涌而出。在道白"你那知我的心里呵"后起唱的〔叨叨令〕,是以尽情倾诉、直抒胸臆为特征的。莺莺先从眼前车马行色牵动愁肠说起,说明了沉重的别情压在心里,是无心打扮的原因。继而设想今后孤凄的生活情景:在了无情致的昏睡中和涕泪长流的悲愁中苦熬光阴。想到这里,不由得心痛欲碎,发出了"兀的不闷杀人也么哥"的无可奈何的悲叹。然而,别离已无法挽回,唯一可告慰的将只能是别后的鱼雁传书。于是,莺莺只得强抑悲痛,频频叮咛张生"久已后书儿、信儿,索与我凄凄惶惶的寄"。这支曲词层次分明又流转如珠。它用了一连串排比式的叠字句,每组之中,前句有两个带"儿"字的词,后句是双

【崔莺莺待月西厢记】

音词的重叠。确如前人所云:"语中每叠二字,正是呜咽凄断说不出处。"它成功地突现出剧中人物回环往复的浓烈感情和掩抑泣诉的声气口吻。

车马到达十里长亭后,别宴开始了。可是,早已"恨塞满愁肠胃"(〔朝天子〕)的莺莺,"甚么汤水咽得下!""将来的酒共食,尝着似土和泥。假若便是土和泥,也有些土气息、泥滋味"。(〔快活三〕)她的整个心灵,都萦牵着"酒席上斜签着坐的,蹙愁眉死临侵地"(〔脱布衫〕)即将远行的亲人:"我见他阁泪汪汪不敢垂,恐怕人知。猛然见了把头低,长吁气,推整素罗衣。"(〔小梁州〕)真是肝肠寸断,令人心碎!然而,当着长亭别宴主持者老夫人的面,他们不能互诉心曲,只能是"一个这壁,一个那壁,一递一声长吁气"。这部分共安排了九支曲子,集中刻画了郁积在莺莺心头的依恋、悲伤、怨愤的情思,同时也通过莺莺的眼和口,展示了同样经受着离愁煎熬的张生的情态。

饯别已毕,老夫人先行回程。分手的时刻已经迫近,人物的感情与剧情也一起推向了高潮。通过配以宾白的七支曲子,一方面,回旋跌宕、波澜起伏地再次展现了莺莺不尽悲戚、痛不欲生的感情潮汐和对张生的反复叮咛、无限体贴;另一方面,则先是曲折吐露继而和盘托出了与离愁别恨纠结在一起的深深忧虑,从而进一步袒露了莺莺的内心世界。此时此刻,莺莺该有多少肺腑之言要倾诉!然而,她那首作为临别赠言的"口占"绝句,所表达的却并不是她的真实心愿:"弃掷今何在,当时且自亲,还将旧来意,怜取眼前人"。这是反语,是试探,也是"我只怕你停妻再娶妻"(〔二煞〕)的痛苦心理的反映。"此一行得官不得官,疾早便回来",才是她强烈的心声。莺莺的这种内心隐忧,早在她委身张生之日,就有过剖白(见第四本第一折)。这是污浊的现实投下的阴影。别离终于来临,张生带着莺莺的千叮咛、万嘱咐,上马走了。莺莺目送着张生渐行渐远的身影,愁绪万端,不忍遽归。〔一煞〕〔收尾〕两支曲子,便刻画了莺莺的这种怅望情景和依依心情。"夕阳"一句,看似平易,含情极深。日夕薄暮,本是当归之时，而今却挥袂远别，人何以堪！一个"古"字，不但平添了许多苍凉况味，而且把别离的凄苦之情推及古今，它包含着人物内心的许多"潜台词"，也启示着读者观众的丰富联想。"无人语"三字既道出了环境的寂静，更刻绘了莺莺"笑吟吟一处来，哭啼啼独自归"的孤独感和无处可诉的痛苦心理。"四围"两句，虽是淡淡景语，其实包含着无限情思。它使"长亭送别"留下了境界深远、意味无穷的余韵。

"长亭送别"并没有曲折复杂的戏剧情节，其艺术魅力主要来自对人物心灵的深刻探索和真实描摹。作者将艺术触角伸展到处于"长亭送别"这一特定时空交叉点上的莺莺的心灵深处，细腻而多层次地层示了"此恨谁知"的复杂心理内涵——交织着对"前暮私情，昨夜成亲，今日别离"的亲人的百般依恋，对即将来临的"南北东西万里程"的别离的无限悲戚，对逼求"蜗角虚名，蝇头微利"而"强拆鸳鸯在两下里"的做法的深深怨恨，对当时司空见惯的身荣弃妻爱情悲剧的不尽忧虑。同时，也深刻而令人信服地揭示了这一复杂心理内涵的纯净的灵魂美。莺莺在送别张生时的依恋、痛苦、怨恨、忧虑，都是与她美好的爱情理想紧紧联系在一起的。她对张生的爱，是相互倾慕的产物，丝毫没有掺杂进世俗的考虑和利害的打算。在她看来，"但得一个并头莲，煞强如状元及第"，她所追求的是纯真专一、天长地久的爱情幸福，而不是封建的"家世利益"。总之，作者不仅写出了人物心灵中颤动着的爱情旋律，而且写出了激荡着巨大感情潮汐的人物心灵。此外，"长亭送别"之所以动人心魄，王实甫深厚的语言功力，也是不可忽视的重要因素。作者善于化用名作中的优美成句，也擅长提炼现实生活中的白描俊语。曲词或秀丽典雅，含蓄悠长；或质朴自然，活泼爽利。既有诗词意趣，又不失元曲本色。例如，范仲淹〔苏幕遮〕词中"碧云天，黄叶地"是咏秋名句。王实甫易"叶"为"花"，移入〔端正好〕一曲，与飞雁、霜林一起，组合成一幅新的暮秋图，完全切合剧中的情景和离人的心绪。〔收尾〕"遍人间烦恼填胸臆，量这些大小车儿如何载得起"句,是对李清照〔武陵春〕词"只恐双溪舴艋舟,载不动,许多愁"意境的再创造,极其形象地传达出人物心灵所承受着的感情重压。〔叨叨令〕〔快活三〕两支曲子,出语当行,极富生活气息。〔脱布衫〕前两句是诗词的格调,写莺莺眼中的秋景;后两句是生动的口语,写莺莺眼中的张生。正是这萧瑟的秋色,映衬着愁苦的张生。既抒发了莺莺的情绪,也描写了张生的神态。在"长亭送别"中,这两副笔墨,交替并用,得心应手,炉火纯青,为多侧面、多色彩地再现人物的情感节律,提供了成功的艺术手段。

(高建中)

〔注〕 ① 迍迍(tún 屯):行动缓慢的样子。 ② 破题儿:唐宋称诗赋的起首几句为破题,这里喻事情的开始或第一次。 ③ 死临侵:形容无精打采、呆呆发愣的样子。 ④ 谂(shěn 审)知:深知。 ⑤ 伯劳:鸟名,鸣禽类,胸腹部茶色,尾、翼呈黑色,形近于燕子。

四丞相高会丽春堂

王实甫

第 三 折

475

〔越调·斗鹌鹑〕闲对着绿树青山,消遣我烦心倦目。潜入那水国渔乡,早跳出龙潭虎窟。披着领箬笠蓑衣,堤防他斜风细雨。长则是琴一张、酒一壶。自饮自斟,自歌自舞。
〔紫花儿序〕也不学刘伶荷锸,也不学屈子投江,且做个范蠡归湖。绕一滩红蓼,过两岸青蒲。渔夫,将我这小小船儿棹将过去。惊起那几行鸥鹭。似这等乐以忘忧,胡必归欤。

〔小桃红〕水声山色两模糊，闲看云来去。则我怨结愁肠对谁诉？自踌躇。想这场烦恼都也由咱取。感今怀古，旧荣新辱。都装入酒葫芦。

王实甫《丽春堂》杂剧敷演的是金世宗大定年间右丞相完颜乐善的故事。世宗朝威望甚高的左丞相徒单克宁（《金史》有传）奉旨在端阳节主持"射柳会"，完颜乐善在会上连中三箭，得到御赐锦袍玉带。"听得去厮杀，躲进帐房睡"的右副统军使李圭，却一箭未中，故甚妒乐善。次日；在香山的筵宴上，李圭提出与乐善打双陆（类似下棋的游戏）以决胜负。最后一局，李圭获胜，欲以墨搽乐善脸，乐善大怒，痛打李圭，搅散了香山筵宴。押宴官徒单克宁将此情景上奏皇上，于是乐善被"贬在济南府歌马"。自此，乐善每日闲暇无事，"饮酒看山"。后因有"草寇作乱"，朝廷乃宣召乐善回朝将兵"收捕草寇"。"草寇"听说乐善回朝，慑其威名，便"都来投降"了。于是乐善官复原职，皇上赐"黄金千两，香酒百瓶，就在丽春堂大吹大擂，做一个庆喜的筵席"。李圭亦奉圣命前来负荆请罪，二人和好如初。席间众人"齐仰贺当今皇上。"全剧四折，所用宫调依次是"仙吕"、"中吕"、"越调"、"双调"。正末扮乐善。

第三折中〔斗鹌鹑〕等连续三支曲子，集中而完整地表现了乐善被贬在济南时的生活与心境。

一位声名赫赫的丞相，骤然被贬到青山绿水之间披蓑垂钓，这一巨大的变化，必然给他带来种种前所未有的感受。在这三支曲子的前面，原有乐善一段自白道："老夫每日饮酒看山，好是快活也呵！"这种"快活"的感受，是真实可信的。〔斗鹌鹑〕一曲，表现的就是这种感受。他"闲对着绿树青山"，得到了大自然的陶冶，因此，"烦心倦目"都被"消遣"。"潜入那水国渔乡，早跳出龙潭虎窟"

两句,正是乐善从昔日朝廷重臣到眼前闲散隐者这一巨大变化的概括,而且构成强烈对比,显示了乐善对目前生活的"快活"感。接着,"披着领箬笠蓑衣"一句,塑造了"潜入那水国渔乡"之后的乐善的形象:寄情山水,飘逸洒脱,体现着隐者生活的情趣。而"堤防他斜风细雨"一句,又暗暗道出了披蓑垂钓的生活,正可免去人间是非的纠缠。最后,"长则是琴一张、酒一壶,自饮自斟,自歌自舞",更表现了他无拘无束,闲散自由,与世无涉的生活,而这些正是乐善感到"快活"的最根本的原因。

如果说上述〔斗鹌鹑〕一曲主要表现了乐善对新的生活的某些感受,那么紧接着的〔紫花儿序〕一曲,则主要写出他对这种生活的一些思考。"也不学刘伶荷锸,也不学屈子投江,且做个范蠡归湖"三句,表明他既不想如刘伶那样"常乘鹿车,携一壶酒,使人荷锸而随之,谓曰:'死便埋我'"(《晋书·刘伶传》),也不想效法屈原,在不得志时就自投汨罗;他要摹仿的是范蠡:功成名就泛舟五湖。这表明,乐善并非盲目地生活在青山绿水之间,而是有明确的效法对象,这正是他思考的结果。而且他认为,他泛一叶小舟,"绕一滩红蓼,过两岸青蒲","惊起那几行鸥鹭"的生活,正似范蠡归湖故事,故足以"乐以忘忧"而不必有"归欤"之叹。曲中所写"一滩红蓼"、"两岸青蒲"、"几行鸥鹭",都表现了山水之间的宁静和幽美,以及乐善以范蠡自喻而获得的恬淡心境。

乐善对隐者生活的感受和思考,也是真实可信的。然而,他毕竟是被贬之后才开始这种生活的。因此,在他的内心深处,还深藏着难以自解的"踌躇"。当他内心深处的"踌躇"隐约泛起的时候,就唱出了这一曲〔小桃红〕:他感到"水声"与"山色"都"模糊"了。这里的"闲看云来去",与〔斗鹌鹑〕中"闲对着绿树青山",显然有不同的含义,后者表现的是闲散自得,而前者则充满了无可奈何的惆怅。何以如此?就因为他"怨结愁肠对谁诉?"——满腹怨愁而无告,惟有"自踌躇"。显然,绿水青山的美景,终究不能完全消除被贬谪居的苦闷。由苦闷进而自责:"想这场烦恼都也由咱取。"表现了无限的悔恨。在这种心情的支配下,他发出了"感今怀古,旧荣新辱"的喟叹。所谓"旧荣",当然指昔日为相时的荣华富贵;而眼前的"自斟自饮,自歌自舞",却成了"新辱"。因此,他内心最深处的愿望,显然是改变目前的处境,消除"新辱"。这就是"感今怀古,旧荣新辱"两句的真正意义。然而,他的"新辱",是皇上贬斥的结果,是其本人无力消除的。于是,所有的踌躇、自责、感叹,只好"都装入酒葫芦"——以酒浇愁,这是乐善当时唯一的解脱。

三支小曲,细致而深刻地表现了乐善被贬隐居时的感受、思考和苦闷;也生动地描写了自然景物,并使二者达到了和谐统一。语言质朴,正与人物性格吻合。因此,有较强的艺术感染力。乐善的心理活动过程,曲折地反映了《丽春堂》全剧所表现的思想倾向。我们从剧中看到了金朝统治者的生活和思想的一个侧面,以及他们内部的矛盾斗争。像李圭这种靠"唱得好、弹得好、舞得好"而得官的人物,居然受宠,而正直刚介的乐善却被贬官,这里显然寓有某种批判性。而全剧最后又以乐善复职,李圭负荆,共颂"当今皇上"作结,这固然是元杂剧多数以"大团圆"结局的通例,但也还有它特定的背景意义。相对而言,金世宗可谓金代明君,他"与民休息","躬节俭、崇孝弟、信赏罚、重农桑,慎守令之选,严廉察之责","号称小尧舜"(《金史·世宗纪赞》)。因此,本剧虽寓批判,但那分寸的掌握,实有历史的根据。王实甫的代表作当然是《西厢记》,无论是思想性或艺术性,《丽春堂》均不能与之同日而语。但它作为王实甫的仅存的三部完整剧作之一,其价值和特点,仍应引起重视,并加以研究。

(段启明)

吕蒙正风雪破窑记

王实甫

第 一 折

〔金盏儿〕绣球儿你寻一个心慈善、性温良、有志气、好文章。这一生事都在你这绣球儿上。夫妻相待,贫和富有何妨。贫和富,是我命福;好共歹,在你斟量。休打着那无恩情轻薄子,你寻一个知敬重画眉郎①。

王实甫《破窑记》所写故事,原在民间广泛流传。剧中女主人公刘月娥系刘员外(仲实)之独生女,因"高门不答,低门不就",年已十八,尚未许聘。于是,刘员外搭彩楼,命月娥抛绣球"凭天匹配"。抛球之日,众男子聚集楼下,有纨袴子弟,亦有贫困书生。当时,尚"一贫如洗"的寇準与吕蒙正亦在其中。吕蒙正(《宋史》有传,太平兴国中擢进士第一,历任中书侍郎、户部尚书、平章事,咸平年间,授太子太师,封蔡国公)即剧中之男主人公,时困居城南破瓦窑中。月娥之绣球正抛在吕蒙正怀中,理应招为女婿。但刘员外嫌贫变卦,拒绝履行诺言。而月娥则与父亲断绝关系,同吕蒙正结为夫妻,同住破窑中,开始了极其艰辛的生活。不久,吕蒙正"上朝应举",十年后,"状元及第",为本县县令,复与月娥团圆。刘员外亦复亲近。

抛掷自己的贴身之物与所爱之人,以表示自己的爱慕之心,这在中国原是远古时期的一种风俗。如《诗经》中《摽有梅》的抛梅子就是这种情况。《木瓜》:"投我以木瓜,报之以琼瑶。匪报也,永以为好也。"写得也十分生动。在少数民族地区,如抛帕、抛绣球等,有的至今还有此俗。中原地区在进入封建社会以后,男女婚姻讲究"六礼":纳采、问名、纳吉、纳徵、请期、亲迎,所谓父母之命,媒妁之言,当事人全无过问的权力。所以搭彩楼抛绣球以择婿在宋代其实是不可能的,更何况月娥出生在员外之家。这则故事之所以能在民间广泛流传,并被搬上戏曲舞台,这从一个侧面反映了人们对封建婚姻制度的不满,表现了一种反朴归真的爱情婚姻理想。本文所赏析的这首〔金盏儿〕正是刘月娥在抛掷绣球前所唱的,是《破窑记》一剧的重点唱段。与剧本题材所依据的民间传说的风格一致,这首曲也充满了理想色彩与民间色彩。

全剧第一折写月娥奉父母之命登楼抛球择夫,文笔细腻,颇为感人。这首〔金盏儿〕前的〔点绛唇〕〔混江龙〕〔油葫芦〕〔天下乐〕等曲,集中表现了刘月娥站在彩楼上的所思所感。从抛球择婿的表面形式上看来,是"凭天匹配",然而,这决非表明月娥本人对婚姻大事无所企望。面对彩楼下众男子,月娥看到了有"衣冠整齐"者,有穷酸模样者……那么,月娥的希望是什么呢?她身边的侍女梅香似乎想到了这一点,因此问她:"你有什么言语,嘱咐这绣球儿咱?"于是,月娥接球在手,唱出了〔金盏儿〕,以表达她内心深处的希望。

此时此刻,刘月娥深知手中绣球的分量,因此她唱道:"这一生事都在你这绣球儿上!"她希望这个绣球儿能为她找到一个"心慈善、性温良、有志气、好文章"的丈夫,这表明,她理想的丈夫,应该是一个心地善良而又有志有才的男子。至于门第和财富,她完全不予考虑。她认为:"夫妻相待,贫和富有何妨!"然而,她的理想和愿望能否实现,关键正在这绣球儿上。她对绣球儿低声陈述:"贫和富,是我命福",意在表明,她对命中注定的贫富是无所要求的;但是,"好共歹,在你斟量。"——即打中何人,是好是歹,则全在你绣球儿的"斟量"了。"斟量"二字重千斤!它包容着月娥的期望和忐忑不安的心情,实际上也就是对命运的请求。而最后两句:"休打着那无恩情轻薄子,你寻一个知敬重画眉郎"正是月娥请求绣球儿"斟量"的实际内容：不要打中无恩情的轻薄子弟，哪怕是家资万贯的贵公子；定要找一个能尊重、懂体贴的丈夫。如果说"心慈善、性温良、有志气、好文章"是月娥理想丈夫的品德与才华，那么"知敬重画眉郎"则是她作为一个女子希望得到的丈夫的情与意。在这短短的一支曲中，我们看到了封建社会里一个有个性、有主张的年轻女子的婚姻观念。一方面，她否定了婚姻关系中关于"贫和富"的世俗陋见，这一点，后来贯穿于这一人物性格发展的整个过程之中，十年寒窑的艰辛，就完全实践了她"夫妻相待，贫和富有何妨"的信念；另一方面，她还期望夫妻间的知情着意。所谓"心顺处便是天堂"（同折〔醉中天〕)，这与把妻子只作为丈夫附属品的传统观念相比，显然是有进步性的。

这支曲子，语言恳切，饶有韵味。因为是在一个极其特殊的情境中唱出的，因而，带有某种不能确切把握命运的淡淡的哀愁和恐惧。而这种韵味，正与整个作品的色彩协调。全剧虽以大团圆为结局，但主旋律显然是悲苦哀伤的，而〔金盏儿〕一曲，正为此增加了艺术效果。

（段启明）

〔注〕　① 画眉郎：汉宣帝时京兆尹张敞，每于公事毕就去内宅为妻画眉，后"张敞画眉"成为夫妻恩爱的代名词。

吕蒙正风雪破窑记

王实甫

第 三 折

〔中吕·粉蝶儿〕瓮牖桑枢，世间穷尽都在此处，有一千个不识消疏。范丹也索移,原宪也索趣,便有那颜回也难住。虽然是人不堪居,我觑的胜兰堂绿窗朱户。

〔醉春风〕恨不恨买臣妻,学不学卓氏女,破窑中熬了我数年,多受了些个苦。苦,一饮一啄,事皆前定,也是我一生衣禄。

〔上小楼〕你如今知咱受苦,将咱小觑,怎肯道是连累街坊,带累亲邻,败坏风俗。冻杀我,甘心死去,则这个泼家私,觑也那是不觑。

〔普天乐〕我这里猛然观,抬头觑,我道是谁家个奸汉,却原来是应举的儿夫。咱须是旧有姻,关连着亲肠肚,但得个身安乐还家重完聚,问甚么官不官便待怎的?有一个张良也曾弃印,有一个陶潜罢职,有一个范蠡归湖。

〔十二月〕走将来朝云暮雨,似水也那如鱼。又无那暖烘烘的被卧,都是些薄湿湿的衣服。明晃晃腰间甚物,怎想你那身上埋伏。

〔尧民歌〕呀,两三层麻布里藏珍珠,万万丈波心里钓鳌鱼。怕你得官酬志汉相如,倒做了好色荒淫鲁秋胡。儿也波夫,冤家问一句,说罢也重完聚。

这六支曲子,唱叙刘月娥破窑孤居守志,及吕蒙正中举归来完聚的前后情形,表达了月娥对爱情坚贞不渝的情志与高尚的品格。曲辞语言质朴,叙述流畅,情真意实,在以清丽见长的王实甫剧曲中,别具特色。

〔粉蝶儿〕是刘月娥孤居破窑时述志。"瓮牖桑枢,世间穷尽都在此处,有一千个不识消疏。""瓮牖桑枢",指以破陶罐之口为窗,以桑枝为户枢;"一千个不识消疏",指千种万种难以形容的萧条冷落之状,这些都是极言其贫穷。接着作者引古代有名的三位贫士作一反衬:"范丹也索移,原宪也索趓,便有那颜回也难住"。范丹是东汉高士,卖卜梁沛之间,居徒四壁,有时绝粒,但处之泰然;原宪为孔子子弟,家贫,蓬户瓮牖,匡坐而弦歌;颜回亦孔子子弟,贫居陋巷,箪食瓢饮,不改其乐。"索",须、得。"趓",即躲。"索移"、"索趓",指贫居艰苦环境难以坚持而欲迁移、躲避它处。连范丹等三个贤人高士都无法在这样的环境中生活,可见穷陋之极。"虽然是人不堪居,我觑的胜兰堂绿窗朱户",一句却陡起一转。"觑",看。"兰堂"、"绿窗"、"朱户",均指荣华富贵的生活环境。刘月娥原为豪门小姐,"万百贯家缘过活","兰堂绿窗朱户"就是她原来家居时的生活。但她为了爱情,宁可弃之不顾,决然随吕蒙正来到破窑。这一句乃是此曲命意所在,正说明月娥情之挚、志之坚。刘月娥有自己的爱情追求,她要寻一个"心慈善、性温良、有志气、好文章"的丈夫,对贫富则不计较:"夫妻相待贫和富有何妨。"所以,当她父亲阻止她与吕蒙正的婚姻时,她便说:"你孩儿受的苦,好共歹我嫁他"、"不恋鸳衾象床,绣帏罗帐"、"你孩儿顺心处就是天堂",可谓一往情深,矢志不渝。蒙正离家赴考后,她孤居破窑,不仅没有丝毫动摇,而且还把它看成"胜兰堂绿窗朱户",足见其思想境界之高。

〔醉春风〕一曲是自我励志。"恨不恨买臣妻,学不学卓氏女,破窑中熬了我数年,多受些个苦。"西汉朱买臣家贫,其妻以买臣卖薪行诵为耻,终不堪贫苦,离异改嫁。卓文君新寡,与司马相如相爱私奔,囊中空涩,卖酒度日,后来相如发迹,夫妻恩爱。历史上两对患难夫妻的正反对比,恰似一面镜子,照出人间是非。但刘月娥与以上二人情况又有不同,买臣妻是自弃夫婿,而卓氏女虽贫却能与夫在一起,月娥则既贫且孤,所以"恨不恨买臣妻,学不学卓氏女",是说自己无买臣妻之恨，却又学不得卓氏女能与丈夫欢聚。由此而牵出"破窑中熬了我数年，多受了些个苦"二句。这"熬"字，包含了她对丈夫的思念和生活中的饥寒辛酸。月娥最后唱道："苦，一饮一啄，事皆前定，也是我一生衣禄。""啄"，原指鸟类用嘴夹食东西，这里"一饮一啄"是指一粥一饭的日常生活。"衣禄"，指衣食福禄。这几句是说，自己一生的衣食福禄，都是前世注定的，这与第一折〔金盏儿〕曲中所唱的"贫和富是我命福"是一个意思。这虽然带有宿命论的色彩，但对一个历尽艰难的苦女子来说，也是一种精神上的自我慰勉。

〔醉春风〕后有一段科白写吕蒙正离别十来年后，考取头名状元除任本处县令归来，为了试探月娥是否贞节守志，先叫媒婆带了一只金钗、一套衣服去破窑说媒，诳说吕蒙正已死，有个过路客官约月娥前去陪酒。月娥听后异常愤怒，对媒婆唱〔上小楼〕："你如今知咱受苦，将咱小觑，怎肯道是连累街坊，带累亲邻，败坏风俗。""小觑"，即小看。"连累"、"带累"，义同，指牵累影响。月娥对媒婆劝她离异改嫁怒不可忍，说这是乘人之危，欺我孤苦，说出这样的话，连累街坊邻里都担败坏风俗之名。她明确表示："冻杀我，甘心死去，则这个泼家私，觑也那是不觑"，"泼家私"，泼天的家私，即豪富的家财。意为：不要说这金钗、衣服，就是千万家财，我宁可冻死饿死，连看也不要看。这支曲子语言通达明快，酣畅淋漓，表达了疾恶如仇的感情和之死靡它的信念。

媒婆被月娥赶出门后，更换了衣装的吕蒙正进了窑门，怒气未消的月娥以为来了个心怀歹意的奸汉，上前就要打他，后经吕蒙正说明真相，这才涣然冰释。〔普天乐〕一曲便是此时所唱。"我这里猛然观，抬头觑，我道是谁家的奸汉，却原来是应举的儿夫"。"猛然观"，是初看；"抬头觑"，是细视，果然是自己的丈夫归来。这里，从初看、细视，到释疑、认夫的过程写得十分细致真实，切合当时的情景。接着唱道："咱们是旧有姻，关连着亲肠肚"，抒发出夫妻间关连思念的深情。"旧有姻"，指已有年数的夫妻感情。"亲肠肚"，指彼此间心灵相通，不可分离。这时,吕蒙正为了进一步考验月娥,又诳说:"小姐,我如今落薄了,不曾得官",月娥听后,非但没有丝毫失望之感,而且来个反诘:"便落薄何如?"接着唱出了"但得个身安乐还家重完聚,问甚么官不官便待怎的?"这种心情,与《西厢记·长亭分别》中莺莺与张生说的一样:"但得一个并头莲,煞强如状元及第。"其实,早在蒙正上京考试时,月娥就曾表示:"若得官呵,你为义夫,妾为节妇",若考不得官,"我可也怨不得你"。如果和朱买臣妻嫌贫弃夫相比,品格高下,真有天壤之别。其中蕴含的以感情为夫妻纽带的思想,尤其光彩。"有一个张良也曾弃印,有一个陶潜罢职,有一个范蠡归湖",这又进了一层。张良助汉高祖平定天下,功成身退;陶渊明不愿为五斗米折腰,辞官退隐;范蠡助越王勾践发愤图强打败吴国后,也携西施隐入五湖。列举这些历史人物弃官隐退的故事,是说明功名利禄不值得留恋。这不仅是月娥的自我表白,而且也是对丈夫的劝慰。同时也不妨视为作者的借题发挥,反映了元代下层文人普遍无意官场的心声。

〔十二月〕一曲抒写夫妻重会时的喜悦深情。"走将来朝云暮雨,似水也那如鱼。""朝云暮雨",用宋玉《高唐赋》典故。与"似水也那如鱼",均比喻夫妇两情相爱相娱。"也那",句中衬字,有调节音调语气的作用。三、四两句转向写"贫寒":"又无那暖烘烘的被卧,都是些薄湿湿的衣服",夫妻将如何同居共处?"暖烘烘"、"薄湿湿"一无一有,相对相衬,更见穷极之状。这里值得注意的是:月娥孤居破窑十来载都能安贫自乐:"虽然人不堪居,我觑的胜兰堂绿窗朱户",为什么丈夫归来顿生感慨呢?这正好说明月娥心地的善良,对丈夫关怀的深切。这里,她将与丈夫久别重逢之喜与眼前破窑贫寒之状进行了对照映衬,写出了喜中含悲的心情。五六两句写"疑":"明晃晃腰间物,怎想你那身上埋伏。"当久别重逢的夫妇亲密接触时,月娥突然发现了丈夫腰间隐藏着一个"明晃晃"的东西,然而不知是何物?这支短短六句的曲子,由"喜"而"愁",由"愁"而

"疑",跌宕曲折,变化有致。

〔尧民歌〕叙述刘月娥对吕蒙正的疑虑。"呀,两三层麻布里裹珍珠",因珍珠而猜想丈夫一定已经"万万丈波心钓鳌鱼",中举得官了。"钓鳌",典出《列子·汤问》,谓渤海东有五座神山,仙圣所居,天帝使十五只巨鳌举首戴之,后有龙伯国大人,一钓而得六鳌,于是神山中的岱舆、吴峤二山流于北极,沉入大海。后即以"钓鳌"比喻豪迈的举止或远大的抱负。这里谓丈夫功名已遂,本属喜事,但月娥想起了刚才过路客官说媒一事,于是就产生对丈夫的怀疑:"怕你得官酬志汉相如,倒做了好色荒淫鲁秋胡。"她说怕只怕你得官酬志与汉司马相如一样,但道德行为却如鲁国的秋胡。秋胡与妻婚后五天即外出做官,五年后归来,见路旁有美女子采桑,便欲调戏,待回家,知被戏弄者即为己妻;妻因秋胡之行为而羞愤,投河而死。月娥联想到刚才媒婆用金钗、衣服劝媒之事,怀疑"过路客官"可能就是眼前丈夫,他是否也像秋胡一样见异思迁,用情不专呢?欢悦突然变为忧虑:"儿也波夫,冤家问一句,说罢重完聚。""儿也波夫",即儿夫。"也波"句中衬字。"冤家",对所爱之人的昵称,为爱极的反语。她要丈夫先把情况说清楚,然后才好夫妻完聚。可见她对丈夫在爱情问题上的是非原则是十分明确的。接着,蒙正作了回答:"小姐,我不瞒你说,我故意试探你,那媒婆也是我使他来,谁想小姐一片贞节之心,我除了本地县令,着我衣锦还乡。"至此,一场疑虑烟消云散,最后月娥在〔尾声〕中唱出了:"今日个显耀你那里夺来的富,折准我那从前受过的苦。"夫妻终于欢聚重圆。

上述六支曲子,从刘月娥丈夫别后孤居述怀,艰难岁月中自勉励志,历经考验中志坚心固,到夫妻重逢完聚时的情景,组成了一个个戏剧矛盾,波澜迭起,引人入胜,人物性格也不断鲜明丰富起来。曲辞或引用典故,或比喻映衬,或讨论反诘,理顺情至,流畅自然,风趣横生,塑造了一个不畏艰难,忠于爱情的女性形象。尤其是一个出身于豪门的小姐,始终安贫守志,对爱情忠贞不渝,更为难得。几百年来,这个人物一直为群众所喜爱,许多地方剧种如莆仙戏、梨园戏、川剧、湘剧、祁剧等亦都有以此故事为题材的剧本或折子戏,可见其流传之广泛久远。

(徐顺平)

韩彩云丝竹芙蓉亭

王实甫

第 一 折

〔仙吕·点绛唇〕天霁云开,月华精彩,南楼外。行过庭阶,我潜立在湖山侧。

〔混江龙〕今夜个百无妨碍,洗乾坤风露净尘埃。冷清清风摇翠竹,白泠泠露滴苍苔。风力紧寒侵金缕衣,露华凉冰透绣罗鞋。轻移莲步,慢转雕栏,帘筛月影,灯晃书斋。又不敢呼名道姓,我则索蹑足潜踪,悄声儿独立在窗儿外。想着俺怀儿中受用,怕甚么脸儿上抢白。

〔油葫芦〕我着这瘦耸耸香肩将门扇儿挨,你试猜,止不过月明千里故人来。则我这后园中晚谒文章伯,你不肯秦楼夜访金钗客。外面儿模样好,就里最为歹。我不比你穷酸般胡诌①教君怪,不放参紧闭定看书斋。

〔天下乐〕却做了十谒朱门九不开。书斋,好幽哉,不曾有俗客来,将旧韩屏儿扇儿窗下摆。恋蝴蝶床榻儿窄,梦梅花纸

元曲鉴赏辞典

487

帐儿矮。秀才呵,你正是成人好不自在。

〔村里迓古〕你休教一时风火,烧了咱百年恩爱。则为你衾寒枕冷,咱厮敬重一家无外。你这般假古懒,乔身份,妆些台孩。可知道死了杜甫,亡了韩愈,淹了李白,我道来你可甚贤贤易色?

〔元和令〕便有那曹子建七步才,还不了庞居士一分债。他那般气昂昂胸次卷江淮,你可是酒肠宽似海?则想我夜深私出绣房来,实丕丕耽着利害。

〔上马娇〕一来是天地差,二来是缘分该,则你个唦②宋玉自裁划,待将这无路巫娥推出门外。我为甚么来?干教我空下楚阳台!

〔游四门〕却正是蒺藜沙上野花开,可不道疑是玉人来。则为你冷清清难把长更捱,砌下乱蛩哀,哈,我特地探多才。

〔胜葫芦〕休着我倚定门儿手托腮,休将那不睹事的话儿搋,小的每天生酒量窄。道的我速速的眼跳,氲氲的耳热,忽忽的燎双腮。

〔幺篇〕你见我两朵桃花上脸来,则怕你悔后也栋梁材,哎,你个秉烛颜渊自鉴戒。兀的般月斜风细,更阑人静,天上巧安排。

〔后庭花〕保亲的论孟白③,主婚的唐宋策;送女的霜毫笔,守亲的是石砚台。你既怕女裙钗,无心耽待,枉将伊厮定害。王子高不好色,周琼姬忒分外,卓文君事不谐。

【韩彩云丝竹芙蓉亭】

〔柳叶儿〕哎,你个汉相如休怪,则要你温我的浸冷罗鞋,干教我羞答答的懒把门楻蓦④。哎,你个梁山伯,不采我这祝英台,羞的我快快儿回来。

〔寄生草〕你则怕担烦恼,惹罪责,为侄儿恐怕尊姑怪,书生不好阴人爱;莫不你一家儿受了康禅戒! 量这个彩云吃打有何羞,尚犹自文王下马将荆条拜。

〔尾声〕得了首有情分的断肠词,自惹下场无倒断相思债。这一个小书舍里天宽地窄,也不索对天地说盟山言誓海,咱则是常川似今夜鱼水和谐。紧栽排,怎肯教信断音乖,则要你常准备迎风户半开。来日个一更左侧,你倚门儿等待,我则等的夫人烧罢夜香来。

王实甫的杂剧作品,除《西厢记》外,比较著名的当推《韩彩云丝竹芙蓉亭》。此剧直至明后期都还很有影响,故明万历年间王骥德作曲学专著《曲律》时犹称道:"王(实甫)于《西厢》、《丝竹芙蓉亭》之外,作他剧多草草不称",颇有并誉《西厢》《丝竹芙蓉亭》之意。王骥德所编撰的《校注古本西厢记》是《西厢记》研究历史上很有名的著作,就在这本书后即附录了《丝竹芙蓉亭》的整套〔仙吕·点绛唇〕曲,足见他对此套曲之推重。这里抄录的曲文以赵景深《元人杂剧的钩沉》本为基础,个别字词则据王骥德本校订。

可惜该剧曲文亦只残存此套,故而全剧面貌不得而知。考核各种材料,也只能了解到有关情节的一鳞半爪。元无名氏(《元曲选》作曾瑞卿)《王月英元夜留鞋记》杂剧第一折〔后庭花〕曲文有:"韩彩云芙蓉亭遇故知,崔伯英两团圆直到底",故可推知这是一个悲欢离合的爱情故事,男主角名崔伯英。韩、崔二人经长期离散后,偶然于芙蓉亭中相遇,然后获致团圆。这个故事又曾敷演出金院本及元南戏,院本称《芙蓉亭》(见《辍耕录》卷二十五),南戏称《韩彩云》(见《九宫正始》册九)。南戏仅存韩彩云所唱佚曲〔驻马击梧桐〕一支云:"衷肠有万千,不敢分明道。欲诉情怀,只恐傍人笑。斯怨绪自知,此恨唯无表。辜负少年心,不觉青春老。暗魂消,闲把琵琶,拨尽相思调。须知道曲府知音少。"这大概就是韩彩云在芙蓉亭上弹奏"丝竹",倾诉心曲。就在此时她与"故知"崔伯英相遇,剧情由此一转,一段离情而终于会合。有关此剧故事情节,也只能如此由这些雪泥鸿爪中推求。

这一套〔仙吕·点绛唇〕曲当属全剧的第一折,是由韩彩云唱的。从曲文中可知,韩崔的爱情是由女主角的主动追求开始的。韩彩云夜奔崔伯英的书斋求爱,起初遇到崔的拒绝,后来终成山盟海誓。全套曲又可分为三个部分:从首曲〔点绛唇〕至〔天下乐〕共四曲为第一部分,可称之为"夜访书斋";从〔村里迓古〕至〔寄生草〕共九曲为第二部分,可称之为"三劝秀才";〔尾声〕为第三部分,可称之为"鱼水和谐"。

先读第一部分。首曲〔点绛唇〕指明这是一个清爽的月夜,韩彩云向崔伯英住处走去,行经花园时,在湖山之侧暗暗地停歇,再细想下一步该如何走法。次曲〔混江龙〕写出她继续向书房走去时的心理活动。她觉得整个世界都十分清静爽洁,因而自信今夜的行动将"百无妨碍"。这是一个深秋的夜半。风很紧,摇动翠竹,也寒侵人衣,加深冷清清的感觉;露亦凉,滴湿苍苔,更冰透双鞋,闪动白泠泠的寒光。她走近书房,只见"帘筛月影,灯晃书斋"。此刻,她的心也如灯影般游移不定。她不敢贸然直呼其名,只得("则索")静悄悄地独立在窗外以观动静。她想今夜如此大胆行动,可能要受到各种讥刺或斥责("抢白"),但是,当她幻想着两人相见的亲热甜美时,也就不怕可能出现的难堪局面。决心就这样下定了:"想着俺怀儿中受用,怕甚么脸儿上抢白。"〔油葫芦〕写她在书斋门外时所想。她让（"着"）香肩轻倚在门扇上，对他作一番心中的自白：你一定猜作是"月明千里故人来"，你一定想不到是我夜访你这个"文章伯"。我为什么要先来找你呢，因为我知道你这个人外貌儿虽好看，但内里最不中用，你这穷酸自负的秀才是不肯"秦楼夜访金钗客"的。你这样紧闭着书斋，不就是拒绝接见客人（"不放参"）的意思么？"秦楼"指歌榭妓院场所，"金钗客"指女子。韩彩云此处自喻"秦楼金钗客"，正是歌女艺伎的口吻。〔天下乐〕曲写她终而叫开了书斋之门。"十谒朱门九不开"，是宋代吕蒙正的诗句，原意为无能叩开富家之门的困窘状。此处借用成句，意谓好容易才叫开秀才的门。进了书斋，只见几扇旧帏屏及窄床矮帐之类，一副孤独穷困貌。故而她说："秀才呵，你正是成人好不自在。"意思是说：你要成为有德有才的人，可一点也不自由。其潜台词则是：我今夜要让你从"不自在"中超脱出来。

再读第二部分："三劝秀才"。写韩彩云向秀才求爱而一再遭到拒绝，但她一而再，再而三地着意劝导，终于说服了秀才。这是本套曲的主体部分。

〔村里迓古〕等四曲是"一劝"。从双方的利害处着眼，说明秀才应该接受她的请求。〔村里迓古〕曲说，我今夜之所以来访，一则是怜你"衾寒枕冷"，二则是敬重你，故而如一家人般毫不见外。你可别太固执，不要摆身份、故作高傲（"妆些台孩"），辜负了我的恩爱。你看，你们崇拜的杜甫、韩愈、李白等偶像还不是都离开了人世？还是尝尝生活的乐趣吧，何必尊奉"贤贤易色"这一套呢？贤贤易色，语见《论语·学而》，意思是说以好贤之心改易其好色之心。〔元和令〕曲说，我今晚来此实实在在（"实丕丕"）地担（耽）着利害，你如果误了我的好意，纵有曹子建七步成诗之大才，也永世还不了这一片情债。"庞居士一分债"指今生还不清的债。元无名氏有《庞居士误放来生债》敷演这个故事，可参阅。"他那般气昂昂胸次卷江淮，你可是酒肠宽似海"两句带有讥刺的意思，讥刺秀才那种气壮如海的样子。"酒肠宽似海"是唐人刘叉《自嘲》中的诗句，下句则是"色胆大于天"。这里单用上句,似隐含有"你虽有'酒肠'而无'色胆'"的语意。〔上马娇〕曲是说自己的夜访一来是天地所差使,二来也是缘分所应有,你可不能使我失望。这里用了宋玉《高唐赋》所咏楚王与巫山神女在阳台之下相会的故事,自比巫娥,以明心迹。〔游四门〕曲是再表心迹,说明自己是特意来慰解秀才的寂寞的。"蒺藜沙上路花开"意谓徒然的企盼。"疑是玉人来"意谓想象着情人的到来,此句原系《西厢记》中莺莺寄张生的诗句,原诗云:"待月西厢下,迎风户半开,隔墙花影动,疑是玉人来。"(第三本第二折)

两支〔胜葫芦〕曲是"二劝"。着重说明今夜是成就好事的难得机会,不可轻易错失。前曲是说再不要让我倚门空等待,再不要将那些不近情理("不睹事")的话儿强加与我,说得我十分难堪。后曲是说你这个秉烛夜读的儒生何必自作鉴戒,错过今夜的良机你是要后悔的。你看,像这样"月斜风细,更阑人静",不正是上天的巧妙安排么?这两曲之间大概插白不多,情绪比较舒缓,与前后形成对比,显得有起伏变化。

接着〔后庭花〕等三曲是"三劝"。反复说明今夜万事俱备,规劝秀才不要再犹豫害怕。这三曲间可能有较多的对白与舞台动作,每一曲的节奏感又多有变化,而且情绪较为激越。〔后庭花〕中有三层意思。首四句曲是说今夜的喜结良缘,将由书房中的圣贤之书、唐宋之文及文房四宝等来作合,来证明其合理合法,这是从正面的自我肯定。次三句又是从反面婉言说服,希望秀才不要令人受委屈("定害")。后三个六字句是本曲牌的"增句",其内容是对情势的补述,从舞台演唱形式看是一种自言自语式的旁白。王子高、周琼姬原是宋代人神恋爱故事中的男女主人公,司马相如、卓文君则是汉代一个美好的恋爱故事中的男女主人公。这里以"王子高不好色"暗指秀才,以"周琼姬忒分外"隐喻自己,以"卓文君事不谐"指事情之不顺利,都是反用其典。〔柳叶儿〕曲有两层意思,前三句是说请允许我近前去亲热;后二句则是说因秀才的不接受,使我又受羞愧。〔寄生草〕曲也可分为两层,前五句是驳斥了秀才的种种恐惧理由,如"担烦恼"、"惹罪责"、姑母责怪、暗中爱人不合书生道德之类;后二句是表示自己的坚定决心,哪怕受皮肉之痛也都不在乎。曲文中有"为侄儿恐怕尊姑怪"句,可知秀才是寄寓在姑母家里的。"莫不你一家儿受了康禅戒"是全套曲中最激烈的一句谴责语。康禅指唐代名僧法藏,因他俗姓康,故云"康藏国师"。全句意思是说,莫不是秀才你全家人都像和尚那样有那么多的条条框框!

经过了这样多次的劝说、表白,秀才终于为之所动,两人得以"鱼水和谐"。这就是套曲的第三部分〔尾声〕的内容。"得了首有情分的断肠词,自惹场无倒断相思债",两句是对剧情的回顾,原来秀才以前曾赠过彩云这个艺伎一首有感情的"断肠词",故而才有了这一场无了结("倒断")的相思深情。〔尾声〕还唱出了彩云的心里话,她并不稀罕秀才的什么盟山誓海,而只要像今夜的生活连续不断("常川")地继续下去。

这一套曲子表现了一个风尘女子何等大胆执著的感情生活。同《西厢记》相比,她比莺莺果敢,她的光彩远远盖过了剧中男主人公的形象。她的泼辣与坚韧的追求,在古代戏曲中是不多见的。

全套曲的内容都是写女子对男子的求爱,十分明爽快捷,并无故作宛曲之态,但是曲文用语却全不着色相,也并不刻意求深,故而显得清新妙丽。明代何良俊曾特别激赏这套曲,把它看作是"本色词"的典范,他在《四友斋丛说》中写道:"王实甫《丝竹芙蓉亭》杂剧仙吕一套,通篇皆本色词,殊简淡可喜。其间如〔混江龙〕内'想着我怀儿中受用,怕什么脸儿上抢白',〔元和令〕内'他有曹子建七步才,还不了庞居士一分债',〔胜葫芦〕内'兀的般月斜风细,更阑人静,天上巧安排',〔寄生草〕内'你莫不一家儿受了康禅戒':此等皆俊语也。夫语关闺阁,已是秾艳,须得以冷言剩句出之,杂以讪笑,方才有趣;若既着相,辞复浓艳,则岂画家所谓'浓盐赤酱'者乎？画家以重设色为'浓盐赤酱'，若女子施朱傅粉，刻画太过，岂如靓妆素服，天然妙丽者之为胜耶！"

　　这套曲还有一个特点，就是大量采用当时民间流行的一些熟语（其中有些是古人语，但都已变成熟语），如"月明千里故人来"、"秦楼夜访金钗客"、"十谒朱门九不开"、"蒺藜沙上野花开"、"成人好不自在"、"酒肠宽似海"、"贤贤易色"等等，使曲文显得灵活多变，姿态丰富。有些熟语因王实甫的采用，此后在许多元杂剧中反复出现，成为元曲的特色语汇之一。曲文还引用许多当时人十分熟悉的爱情故事中人物来作比喻，如宋玉与巫娥、王子高与周琼姬、司马相如与卓文君、梁山伯与祝英台等。另外，曲文还喜欢引用董解元诸宫调《西厢记》中情语，如"倚定门儿手托腮"、"疑是玉人来"等，特别是〔尾声〕曲"则要你常准备迎风户半开"至最后"我则等的夫人烧罢夜香来"，全是化用"董西厢"中语意。作为《西厢记》杂剧的作者，特别喜爱、熟悉这些曲语，因而随手拈来，毫不费力，却又自然妥帖，妙语惊人。这些方法，都为套曲增加了色彩与情趣。

（叶长海）

〔注〕　① 谝（piǎn 偏上）：夸耀、显示。　② 啉（lín 吝）：愚蠢。　③ 论孟白：指《论语》《孟子》等圣贤之语。　④ 门桯（xíng 形）蓦（mò 陌）：门桯，门限、门槛。蓦，跨，大步跨越。

〔作者小传〕

李文蔚

真定（今河北正定）人。曾任江州路瑞昌县尹。与白朴友善。所作杂剧今知有十二种。现存《燕青博鱼》、《圯桥进履》、《蒋神灵应》三种。

同乐院燕青博鱼

李文蔚

第 一 折

〔大石调·六国朝〕我揣巴些残汤剩水，打叠起浪酒闲茶。我着些气呵暖我这冻拳头，再着些唾揩光我这冷鼻凹。瘦的来我这身子儿没个麻稭大，兀的不消磨了我刺绣的青黛和这砟砂。眼见得穷活路，觅不出衣和饭，怕不道酷寒亭把我来冻饿杀。全不见那昏惨惨云遮了银汉，则听的淅零零雪糁琼沙，我我我，待踏着个鞋底儿去拣那浅中行，先绰的这棒头来向深处插。

〔喜秋风〕我与你便吁吁叫，我与你便磨磨擦。我为甚将这脚尖儿细细踏。我怕只怕这路儿有些步步滑，将那前街后巷我便如盘卦。刚才个渐渐里呵的我这手温和，可又早切切里冻的我这脚麻辣。

〔归塞北〕天那，您不肯道是相赍发，专与俺这穷汉做冤家。这雪呵他如柳絮不添我身上絮，似梨花却变做了眼前花。则我这拄杖冻难拿。

〔雁过南楼〕我是一个混海龙摧鳞去甲，我是一只爬山虎也啰奈削爪敲牙。往常时我习武艺学兵法，到如今半筹也不纳,则我这拿云手怕不待寻觅那等瞎生涯。我能舞剑偏不能疙蹭蹭敲象板,会轮枪偏不会支楞楞拨琵琶,着甚度年华。

《燕青博鱼》是李文蔚的代表作。剧情大意是:梁山泊第十五个首领燕青,因违误假限被杖,气坏双眼。下山至汴梁,雪天里被权豪杨衙内马头撞倒,并遭殴打。恰遇燕顺路过,为其针灸治疗,使之双目复明,两人结为兄弟,燕顺后投奔梁山。燕顺有兄燕和,嫂王腊梅与杨衙内私通,燕顺向兄劝告无效,恼而出走。清明佳节,燕和与妻腊梅到同乐院赏春,燕青也卖鱼至此,因与燕和博鱼("博",为古代的一种博戏。"博鱼",即以博戏赌鱼),相互认识。其时,杨衙内也来同乐院与王腊梅约会调情,燕青激于义愤,将杨衙内痛殴一顿。燕和爱其勇义,认燕青为兄弟,携居家中。八月十五之夜,王腊梅又私约杨衙内于后园作乐,被燕青发觉,与燕和当场捉奸未遂,反被杨衙内诬陷入狱。两人后越狱逃出,恰好燕顺下山来救,擒住奸夫淫妇,押上梁山共同庆会。剧本对权豪势要的罪恶行径进行了揭露,对梁山英雄的抗暴精神作了歌颂。该剧情节为今本《水浒传》所无,当是由《水浒传》成书前流传的故事编成。

这四支曲选自剧本的第一折,叙燕青因付不起房宿饭钱,被店小二赶出旅店,流落街市,饥寒交迫时的一番感叹!曲词描摹生动,声情兼至,别具特色。

〔大石调·六国朝〕一曲,写燕青街市叫化时饥寒交迫的情景。"我揣巴些残汤剩水,打叠起浪酒闲茶"这两句写"饥"。"揣巴",企盼之词,犹巴望得到之意;"打叠",即收拾。这是燕青从客店被逐出后,叫化街市,饥饿难忍,希望能得到些"残汤剩水"、"浪酒闲茶"以充饥渴,结果却一无所得,他失望地说:"前街讨不得一些儿,再往后街里去。"三四两句写"寒"。"我着些气呵暖我这冻拳头,再

【同乐院燕青博鱼】

着些唾揩光我这冷鼻凹。"冻僵了的手只好用呵一些气来取暖,鼻凹上雪凝结只好用些唾沫来把它揩去,这情景是多么艰难悲辛啊！语言自然真切,并能结合舞台表演动作,见其情状。"瘦得来我这身子儿没个麻稭大,兀的不消磨了我刺绣的青黛和这硃砂"两句写"瘦损"。"麻稭",即麻杆子,用来形容因饥寒折磨而瘦损的身子;"青黛",指身上刺青,即刺绘图纹染以青绿色;"硃砂",红色的染料,即染以红色的朱砂染料。宋人有在身上刺花纹的习俗。《东京梦华录》载京都有"锦体社",即为那些在身上刺花纹的人的行会组织。《水浒传》第八十一回中说燕青是"锦体社"的子弟。同书第六十二回说到"把燕青手一拖,却露出手腕上的花纹",可见燕青不仅身体上刺有花纹,而且手腕上也有花纹。这里是说由于身体瘦损得如"麻稭"样大,使之身上的花纹因皮肤的松缩而模糊不清了。这样描摹虽是夸张,却仍给人以生动真实的感觉,仿佛见其形貌。"眼见得穷活路,觅不出衣和饭,怕不道酷寒亭把我来冻饿杀"两句是写"愁"。"酷寒亭",亭名,元杂剧有《郑孔目风雪酷寒亭》,杨显之作,叙郑嵩因杀淫恶的后妻萧娥而被充军,路过酷寒亭在大风雪中遇救的故事。这里不是实指,而是泛指寒冷的境遇。无衣、无食、无宿,又是个瞎眼人,在这风雪之夜又乞讨不到衣饭,前路茫茫,其后果岂能不愁?"全不见那昏惨惨云遮了银汉,则听的淅零零雪糁琼沙"两句写"景"。因为燕青坏了眼"全不见",只能凭自己的感觉想象来描摹。"昏惨惨",形容昏暗;"银汉",即"天河"。这句用视觉想象来写,昏惨惨的天空云霭遮盖了银河;"淅零零",指雪的飘打声。"糁",杂和。"琼沙",指细而密的雪屑,这是用听觉的声音来摹写大雪飘飞的景象。这两句通过听、视觉的想象来写雪天,切合瞎眼人的特点,别有情味。最后:"我我我,待踏着个鞋底儿去拣浅中行,先绰的这棒头来向深处插",是写"行"。"我我我"三字相叠,表明寒冷而语不相续的情形;"绰",即抓,拿。一个双目失明的人,在这大雪盖地的路上行走,只得先用一只脚脚尖往前探索,尽量拣浅的地方踏行,以免失陷于深处;还怕自己行步不稳,先将手里拿着的拐棍往雪深处插拄,然后小心移步,其行路艰难之情状表现得是非常生动真切的。总之,这支曲子,着重通过人物的感受和行动来描摹饥寒交迫的艰难处境,语言通俗疏淡,情状跌宕真切!

〔喜秋风〕曲进一步写寒:因寒冷而浑身发抖,口里不断地发出"吁吁"叫寒声;手指冻得发痛,只好双手"磨磨擦"自我取暖;眼睛看不见,不知积雪深浅,只得用脚尖小心"细细踏";行走时,又担心道路"步步滑"而摔倒。这里用"吁吁叫"、"磨磨擦"、"细细踏"、"步步滑"等结构相同的象声词、动态词铺陈排比,将天时的寒冷和瞎眼人雪里行走的艰难之状,描摹得淋漓尽致,穷形极相。接着,"将那前街后巷我如盘卦"句,是对原作一句带白"前街上讨不得一些儿,再往后巷里去"的复述。这是明知艰难还得向难中行。"盘卦",本指占卜命卦的方士走街串巷,这里即指"盘街"。最后两句进一步写出了行走的艰难:"刚才个渐渐里呵的我这手温和,可又早切切里冻的我这脚麻辣",还是归结到一个"寒"字。

〔归塞北〕曲由"寒"而生"怨",一开头就向天发问:"天那,您不肯道是相赍发,专与俺这穷汉做冤家。""赍发",即帮助、照顾之意,就是说:老天爷啊,您不仅不肯同情帮助我,相反地专与我这个落难人做对。至此,将压抑着的怨恨一古脑喷发了出来,向天发出了不平之鸣。接着下两句调子一转,用"柳絮"、"梨花"来比喻雪景,借用了岑参在《白雪歌送武判官归京》中"忽如一夜春风来,千树万树梨花开"的咏雪手法,来描写雪景。在一般情况下,这雪如柳絮般轻扬,似梨花样皎洁,堪称美景。可是对一个在饥寒道路上挣扎的叫化者来说,却是完全相反的一种情形:"如柳絮不添我身上絮",不仅不会添暖而相反地加重了冻寒;"似梨花却变作了眼前花",像朵朵梨花飘落在我这失明人的眼睑上,增加寒冷。这两句对句,用独特和复杂的语意来写景抒怀,情景交错,别有特色。而且,还起了调节气氛的作用,在艰难和苦闷中加进一个轻快的音乐旋律。但最后还是归结到"寒";"我这拄杖冻难拿",词意明白而含义深远。

【同乐院燕青博鱼】

〔雁过南楼〕一曲，格调舒展奔放，将英雄困厄落难时的愁恨与不平之气冲发了出来。"我是一个混海龙摧鳞去甲，我是一只爬山虎也啰奈削爪敲牙"，这两句是写英雄落难，以"混海龙"、"爬山虎"自喻，足见其英雄气概；以"摧鳞去甲"、"削爪敲牙"自比，更见其落魄之惨况。比喻生动贴切，心中的怨愤之气溢于言表。他这个"火也似热热的丹心"，血气方刚的梁山英雄汉，如今双目失明，饥寒交困，杨衙内还纵马把他撞倒，无辜将他殴打，真个是"龙游浅水遭虾戏，虎落平阳被犬欺"。因此，燕青深感英雄无用武之地："往常时我习武艺学兵法，到如今半筹也不纳，则我这拿云手怕不待寻觅那等瞎生涯。""筹"，指计谋、策略。"半筹不纳"，即是说自己的本领才能一点也发挥不了作用。在这种情况下，一双习武艺的英雄手，"怕不待寻觅那等瞎生涯"。"不待"，即不准备，不想。即使在此困境里，也不准备用自己这双英雄手去寻找那瞎子卖艺度日的生涯，可见他的英雄抱负不因遭遇磨难而改变。最后三句："我能舞剑偏不能疙踏踏敲象板，会轮枪偏不会支楞楞拨琵琶，着甚度年华。""疙踏踏"，指敲打象板声；"支楞楞"指弹奏琵琶声，都是象声词。说自己能舞剑、抢（"轮"）枪，却不会敲象板、弹琵琶，未知"着甚度年华"？用反诘句结尾，叙英雄落难，感慨尤深。

这四支曲子，同是唱叙英雄遭难，雪天饥寒，但各有所重。〔六国朝〕着重写饥中寒；〔喜秋风〕写寒中寒；〔归塞北〕以怨写寒；〔雁过南楼〕写英雄落魄，感叹年华不再。相互联系组成整体，跌宕变化，颇见特色。

本剧第一折除选录上述四支曲外，下面还有〔六国朝〕、〔憨货郎〕、〔归塞北〕、〔初问口〕、〔尾声〕等五支曲子，唱叙燕青被杨衙内马头撞倒受辱，与燕顺相遇医愈眼睛，与燕顺结为兄弟等情节。对燕青敬重恩义、不畏强暴的英雄本色，作了进一步刻画。他揪住杨衙内的马头大骂，申述自己"俺也曾那草坡前把滥官拿"、"今日拜辞了主人家，绰着这过眼齐眉的枣子棍，依旧到杀人放火蓼儿洼，须认的俺狠那吒"。生动鲜明地表现了燕青的英雄气概。阅读参看，有助于对前四支曲子的理解和鉴赏。

（徐顺平）

作者小传

李直夫

原姓蒲察，人称"蒲察李五"，女真族人，寄居德兴府（今河北怀来）。至元、延祐间人。曾任湖南肃政廉访使。所作杂剧今知有十二种。现存《虎头牌》一种，描写女真族故事，很有特色。另《伯道弃子》现仅存第二折曲词两段。

便宜行事虎头牌

李直夫

第 三 折

〔搅筝琶〕咱须是关亲意，也索要顾兵机。官里着你户列簪缨，着你门排画戟，可怎生不交战，不迎敌，吃的个醉如泥。情知你便是快行兵姜太公、齐管仲、越范蠡、汉张良，可也管着些甚的。枉了你哭哭啼啼。

〔胡十八〕他则待殢①酒食，可便恋声妓，他那里肯道把隘口退强贼，每日则是吹笛擂鼓做筵席。（老旦云）你叔叔老了也。（正末云）你道叔叔老了，他多大年纪也？（老旦云）他六十岁了。（正末唱）他恰才便六十。（云）姜太公八十遇文王，戊午日兵临孟水，甲子日血浸朝歌，扶立周朝八百年天下。（唱）他比那伐纣的姜太公，尚兀自还少他二十岁。

〔庆宣和〕则这断事处，谁教你可便来这里？这讼厅上可便

【便宜行事虎头牌】

使不着你那家有贤妻。(云)着他那属官每,便道叔叔犯下罪过来,可着媳妇儿来说。(唱)你这个关节儿常好道②来的疾。(云)茶茶,你若不回去呵,(唱)可都枉擘破咱这面皮,面皮。

〔步步娇〕则你这大小属官,都在这厅阶下跪,畅好是一个个无廉耻。他是叔父我是侄,道底来火须不热如灰③,你是必再休提。(云)他是我的亲人,犯下这般正条款的罪过来,我尚然杀坏了,你每若有些儿差错呵,(唱)你可便先看取他这个傍州例。

〔沽美酒〕则见他怡惨惨的做样势,笑吟吟的强支对。他那里口口声声道是饶过,只我这里寻思了一会,这公事岂容易。

〔太平令〕我将他几番家叱退,他苦央及两次三回。则管里指官画吏,不住的叫天吁④地。(带云)狗儿,(唱)你可向这里,问你,莫不待替吃。(狗儿云)我替吃,我替吃。(正末云)你替吃,令人,你安排下大棒子者。(唱)我先拷的你,拷的你腰截粉碎。

〔雁儿落〕你畅好是腕头有气力,我身上无些意。可不道厨中有热人,我共他心下无仇气。

〔得胜令〕打的来一棍子一刀锥,一下起一层皮。他去那血泊里难禁忍,则着俺校椅上怎坐实。他失误了军期,难道他没罪谁担罪。(云)打了多少也?(经历云)打了三十也。(正末唱)才打到三十?赤瓦不剌海⑤,你也忒官不威牙爪威。

〔鸳鸯煞〕你则合眠霜卧雪驱兵队,披星带月排戈戟。你也曾对咱盟咒再不贪杯,唱道⑥索记前言,休贻后悔。谁着你

旦暮朝夕，尝吃的来醺醺醉，到今日待怨他谁。这都是你那
恋酒迷歌上落得的。（众随下）

《虎头牌》共四折，全剧结尾，山寿马对处理银住马的案件，作了这样的总结："非是我全不念叔侄恩情，也只为虎头牌法度非轻。今日个将断案从头说破，方知道忠与孝元自相成。"这四句话画龙点睛，揭示了《虎头牌》的戏剧冲突的关节和作者旨意之所在。剧中的山寿马和银住马，既是叔侄，又是上下级。山寿马本是由叔、婶"似亲儿般训，演习的武与文"。如今，叔叔犯了罪，身为大元帅、又有皇上所赐"便宜行事虎头牌"的侄儿该怎么办？剧作围绕着情与法、忠与孝之间的矛盾，展开冲突，歌颂了山寿马以国家利益为重，执法严明，不徇私情的高尚品性，也宣扬了"忠与孝元自相成"的伦理道德。

《虎头牌》的主题是严肃的，但作者采用了喜剧的手法。全剧立意不凡，发人深思；又妙趣横生，耐人寻味。同时，剧作敷衍女真族的故事，描绘了女真人的习俗，又能"以女真人音声歌之"（周德清《中原音韵》），从内容到形式富有女真族的特殊色彩。

第三折是全剧的高潮，这里所选的九支曲子，集中地刻画了山寿马的铁面无私，不枉法，不徇私的高尚品性，热情地歌颂了他那"罚不择骨肉，赏不避仇雠"的可贵精神。

当银住马被押到帅府，依法判处死刑，即将问斩之际，山寿马面对哭哭啼啼的叔父，唱了〔搅筝琶〕。在这支曲子中，山寿马劈头就表明了自己的态度：尽管叔侄情"关亲意"，但银住马作为一个犯了罪的下级军官，必须"顾兵机"（按军纪法办）。然后，指出了银住马的罪状：身负重任，玩忽职守，丢失了夹山口子。他强调银住马被判死刑，是咎由自取，即使有姜太公、管仲、范蠡、张良的才略和本领，如今也毫无用处了。这里列举这些历史名人，并非故意掉书袋，而是说明

【便宜行事虎头牌】

依法处分罪犯,理所当然,任何人都不能例外。末句特别指出,哭哭啼啼更是枉然。其潜台词是,我身为大元帅,且有"便宜行事虎头牌",决不因与你"关亲意"而不顾"兵机"。

元帅下令行刑,婶婶慌忙跪求:看在"俺两口儿抬举的你长立成人,做偌大官位","可怎生免他项上一刀,看老身面皮,只用杖子里戒饬他后来"。〔胡十八〕是山寿马对婶婶跪求的回答。他指出银住马"殢酒食","恋声妓",失职犯法,罪不可饶。并援引姜太公八十岁伐纣建奇功,批驳了婶婶的"叔叔老了"才犯罪的说法。山寿马尊敬婶婶,但叔叔犯罪"这个是军情事,饶不的"。婶婶无奈,便请茶茶小姐去劝说。山寿马一见妻子来到"讼厅上",顿时声色俱厉地怒斥茶茶道:"这三重门是你妇人家管的? 谁惯的你这般粗心大胆哩?"山寿马是爱妻子的,但他决不允许妻子插手军务,更反对她通"关节儿"。一曲〔庆宣和〕,表明他决不因夫妻之情而枉法,并警告她:若不回去,他便要翻脸不认人了。这看来似乎冷酷无情,却有力地表现了山寿马秉公办事、不徇私情的性格特点。

在婶婶跪求和茶茶劝说都告失败之后,众属官亦一齐求情。他们指出处死银住马,"虽足见相公执法无私,然而于国尽忠,于家不能尽孝",希望元帅"将法度也须斟酌"。〔步步娇〕是山寿马对众官的答复,他指责大小属官"无廉耻",警告他们以后如犯罪,银住马就是"傍州例",别指望自己的庇护。在属官禀告了银住马已夺回"人口牛羊马匹"之后,山寿马改判银住马杖一百。这时,剧作插入了都管狗儿自愿替银住马吃棍子的关目。狗儿是元帅的心腹随从,"不问什么勾当,但凭狗儿说的便当了"。可是,当狗儿要求主人"看着狗儿面皮休打他"时,山寿马便下令痛打了狗儿六十棍。〔沽美酒〕和〔太平令〕,从山寿马眼里生动地描绘了狗儿求情的情景:他嬉皮笑脸,苦苦央求,山寿马"几番家叱退",他仍然"指官画吏","叫天吖地",放肆撒泼。狗儿以为如此一"闹"一"恼",一向对他另眼相看的元帅就会饶了银住马。想不到结果代吃了六十大棍,痛得狗儿捧着屁股狼狈跌出大厅。狗儿替打的关目,采用插科打诨的方式,既增添了喜剧情趣,又突出了山寿马的执法如山,并非画蛇添足,可谓神来之笔。

狗儿代吃了六十棍,银住马还得挨打四十棒。山寿马下令行刑,〔雁儿落〕和〔得胜令〕写出了叔叔挨打过程中山寿马的内心活动。"我共他心下无仇气",为了严肃军纪,并让官兵们"看取他这个傍州例",山寿马毫不犹豫地下令痛打银住马。打到二十棍时,"他去那血泊里难禁忍,则着俺校椅上怎坐实"。坚强的大元帅也于心不忍了,但想到"失误军期",有罪当罚,便下令再打。这种心理活动真实地表现了山寿马性格的多面性。银住马被打四十棍之后,这件公案便了结了。此时,山寿马决定来日与叔叔"暖痛",并且找出了叔叔犯罪的根源。〔鸳鸯煞〕就写山寿马为叔叔总结了血的教训:"贪杯"导致玩忽职守,"恋酒迷歌"后患无穷。

剧中的山寿马既重视军法,又讲究情义;既忠于职守,又不忘孝道,是个治军有方的大元帅,看重人情的好后辈。第三折的这些曲子,对于山寿马性格主导面的刻画是成功的,因此一个铁面无私、不徇情枉法的元帅形象便树立起来了。同时,对山寿马性格的另一侧面也有所表现。剧本第四折写了山寿马主动登门为叔叔"暖痛",向婶婶"谢罪",刻画了他的知恩图报,恪守孝道,而第三折末则已为此作了很好的铺垫。

《录鬼簿》贾仲明补挽词,称赞李直夫是"德兴秀气直夫"。李氏的"秀气",在《虎头牌》中也有所体现。这一折中的曲词,在本色当行、质朴自然中洋溢着一股独具风韵的"秀气";而这种"秀气",与李氏善于熔方言、俗语、女真语和书面常用语于一炉的技巧是分不开的。如〔搅筝琶〕和〔鸳鸯煞〕中,"户列簪缨"、"门排画戟"、"眠霜卧雪"、"披星带月"、"旦暮朝夕"等,是书面常用语;"吃的个醉如泥"、"哭哭啼啼"、"再不贪杯"、"吃的来醺醺醉"、"今日待怨他谁"、"恋酒迷歌上落得的"等,则是口头俗语。两者融合在一起,不见斧凿之痕,显得自然流畅。使这两支曲子,既明白如话,又言简意赅。又如〔沽美酒〕中,作者用"怡懒懒"形容狗儿的"做样势",用"笑吟吟"形容狗儿的"强支对",把狗儿为银住马说情时的神情动作,描绘得惟妙惟肖。同时,又用"他那里"和"我这里"作对照,揭示了山寿马见到狗儿这副可笑样子的内心反应。另外,"底来火须不热如灰"、"厨中有热人"、"官不威牙爪威"等俗语,也用得恰到好处;而〔得胜令〕中插一句女真语"赤瓦不剌海",与第二折中用女真曲子一样,增添了此剧用女真曲、语写女真故事的特殊艺术风采。

(王永健)

〔注〕 ① 殢(tì替):滞留;留恋。 ② 常好道:正是。常好,也作畅好。 ③ 底来火须不热如灰:元代俗语,这里用以比喻叔侄关系亲于一般人。 ④ 吖(ā):呼喊。 ⑤ 赤瓦不剌海:女真语,意即该死的,该打的。 ⑥ 唱道:正是。

作者小传

武汉臣

济南(今属山东)人。所作杂剧今知有十种。现存《老生儿》一种;《三战吕布》仅存残曲。《老生儿》一剧曲文当行,宾白生动,在元杂剧中有一定的代表性。

散家财天赐老生儿

武汉臣

第 一 折

〔**混江龙**〕**请来凭脉**,(云)一投的凭罢那脉也。婆婆道:"老的你索与我换上盖咱!"老夫

便道："你与我说了,我与你。"他便道："老儿你贺喜者。"（唱）**他道小梅行必定是个厮**
儿胎,不由我不频频的加额,落可便暗暗的伤怀。但得一个
生忿子拽布披麻扶灵枢,索强似那孝顺女罗裙包土筑坟台。
往常我瞒心昧己信口胡开,把神佛毁谤,将僧道抢白,因此
上折乏的儿孙缺少。现如今我筋力全衰,人说着便去人唤
着忙来。看经要灭罪,舍钞要消灾,我急煎煎去把那稳婆和
老娘寻。恨不得曲躬躬将他土块的这砖头来拜。（带云）我想儿孙
的福分非同小可也。（唱）**使不着人强马壮,端的是鬼使神差。**

〔油葫芦〕**有那等守护贤良老秀才,他说的来狠利害。**（云）他每
都道是刘从善那老子空有钱,则恁般割舍不的使。若是个女儿呵罢论;若是个小厮儿呵,耻辱他老子
一场。（唱）**他待将这老头儿监押去游街。**（带云）小梅,你若真得个儿呵!（唱）
我情愿谢神天,便把那香花赛,请亲邻便把猪羊宰。遮莫他
将塞卫①迎,草棍捱,但得他不骂我做绝户的刘员外,只我也
情愿湿肉伴干柴。

〔天下乐〕**我可便得一个残疾的小厮儿来,问什么兴也波衰?**
总是那天数该。（云）天哪! 倘是我小梅这妮子分娩了,你觑这早晚多早晚也,莫不是小厮
儿生得毒么?（唱）**则他那时辰儿问什么好共歹,我但得把他摇车**
儿上缚,便把我去墓子里面埋,我便做一个鬼魂儿可便也
快哉!

在元代杂剧中,有一批以解决地主阶级内部嫡庶矛盾,调解亲疏关系,维护
地主阶级宗法观念和财产继承权为题材的作品。元前期剧作家武汉臣的《老生

儿》，便是这类作品中较早的一部。此剧演东平府刘从善员外，从小经营买卖，放钱举债，积攒下万贯家产；只是年过六旬，仍膝下无子，为此收养了自幼失怙、后又丧母的侄儿引孙，却不为妻李氏所容，遂纳婢小梅为妾。不久，小梅身怀六甲，刘员外为消无后冤孽，保佑晚年得子，遂烧毁文契债券，将家产分给女儿女婿，自己则怀着忐忑不安的心情，由小仆兴儿陪伴，离家到庄儿暂住，等候佳音（以上为楔子）。不料，女婿张郎嫉妒成性，贪心不足，为独吞家产，欲暗害小梅。女儿引张至孝，唯恐双亲绝嗣，遂顺水推舟，急中生智，决定暗中将小梅寄在东庄姑姑家中，等待分娩，表面却说小梅跟着配绒线的人跑了。李氏得知此信，急报刘员外。此刻，刘员外也正在急切地等待着小梅的消息。

这是剧本的第一折，开头两支曲子是〔点绛唇〕和〔混江龙〕。两曲前原有一段宾白，两曲之间又有夹白。写刘员外在庄儿中自思自叹，一会儿想起自己年轻时外出经商，瞒心昧己，虽挣下大钱，却落下一笔冤孽债；一会儿又想起当初小梅向自己透露已有半年身孕的消息时，他是如何惊喜若狂地连忙教人请来接生婆，为小梅诊脉。诊脉毕，接生婆一边道喜，一边讨价还价地要求刘员外给她换新服（换上盖）。听说日后将要得子，刘员外悲喜交集。他连连以手加额，表示庆幸，转而又暗自伤怀：眼见得已是六旬之人，若能得个"拽布披麻"（指穿孝服，守灵送葬）的"生忿子"（即生分、生发，又犹忤逆，与下面的孝顺相对应），则胜似那用罗裙包土筑坟台的孝顺女儿。然后，刘员外又自怨自艾，认为自己平日毁谤神佛，抢白僧道，没有积下阴德，因此才缺儿少孙，香火难继。现如今血气精力俱都衰老，还能再活几天？为了求得神灵的保佑，他恨不得"曲躬躬"将地上的土块瓶（同砖）头顶礼膜拜。因为关乎到儿孙的福分，事情重大，不可等闲。然而这种事情又非人力可及，即是所谓"使不着人强马壮，端的是鬼使神差"。

〔混江龙〕的曲格一般是九句，共四十四字。但这里却是十八句，一百六十三字。所以造成这种格局，是由于运用了大量的衬字和增句。曲有正衬之说，一般说来，南曲衬不过三，北曲无一定板式，板眼宽大，衬字不拘多少，少则一字、三字，多则七字、十字。这支〔混江龙〕的九句正句里，除第一句"请来凭脉"为正格无衬字外，其余八句均用衬字，衬字为一、四、五、七、八不等。衬字形态多样，有虚词，有实词，有短语，酌情而用，使原来板滞的句式松动灵活，平直的声调有了轻重抑扬的变化，语气更为宛转而富有韵味，意义更加丰满而充实。

〔混江龙〕不仅用了衬字，还有增句。据周德清《中原音韵》载丹丘《论曲》云："诸曲调中，句字不拘，可以增损者，一十四章。"其中就包括仙吕宫的〔混江龙〕。本剧在原曲基础上增添了九句，这些增句句式复杂，字数不等，富于变化，且讲究平仄，按板引腔，和正句押韵合辙，便于歌唱。增句中也运用了衬字，有"因此上"、"现如今"、"使不着"、"端的是"等复合助词，也有"急煎煎"、"曲躬躬"等双声叠韵的连绵词，使得这些唱词口角如画，动作性极强，活画出刘员外的忏悔不已、虔诚之至的形象。这些唱词曲白相生，天衣无缝，不堆典故，不砌词藻，语语本色，直抒胸臆，毫无迂腐味和学究气，堪称场上之曲。

〔混江龙〕后有一段道白，演刘员外等得烦躁，便和兴儿闲聊起来，从兴儿口中得知：他的老相识每（们）正准备祝贺他晚年得子。如得个女儿便罢，若得个小子，他们就要让刘员外摆上喜庆筵席，口衔草棍，让大伙骑在他头上游街。紧接着，剧本连用〔油葫芦〕〔天下乐〕两支曲子来描摹刘员外此时此刻的得意心情。〔油葫芦〕中他反复念叨着兴儿的话："有那等守护贤良老秀才，他说的来狠利害。"意思是说：他们都有一张厉害的嘴巴。他们常说我刘从善空有钱财割舍不下，如今遇上这机会，肯定要来羞辱取闹一番。说起要押他去游街，他一点不恼，反而乐滋滋地自言自语起来：小梅呀，你若是真能为我生个儿子，"我情愿谢神天便把那香花赛"，赛，毕也，指举行仪式，供奉香花，以感谢天神。我还要杀猪宰羊，宴请亲邻。只要他们不再骂我是绝户的刘员外，不管他们将我当驴骑，还是叫我衔草棍游街，我都是心甘情愿的。"湿肉伴干柴"，元代方言俗语,挨打、认了之意。

接着〔天下乐〕继续抒发刘员外自己的情怀,他唱道:即便得一个残疾的小男孩来,还问什么兴衰荣辱,一切都是那命运注定。天哪,倘若小梅这妮子真的分娩了,还问什么他生的时辰好歹,我只要能把那小宝贝儿绑到摇篮上,就是把我埋进坟墓,做个悠悠荡荡的鬼魂儿,也是痛快的呀!

和〔混江龙〕相比,这两支曲子更显得泼俏、犀利,句式多变,摇曳生姿,将叙事和抒情巧妙结合,饱含着讽刺和调侃,具有浓厚的喜剧色彩。刘员外的言谈举止和思想活动,貌似夸张,其实非常真实而生动地反映了宗法制度下地主阶级的思想、感情、愿望和理想。刘员外就是地主阶级宗法制度的忠实维护者,他有男尊女卑的偏见,迷信神佛,认定生死由命,富贵在天。起初,因为没有嫡亲的继承人,他惶惶然不可终日,又是忏悔,又是祷告,又是收养侄儿,就连妒性十足的李氏也忙着为丈夫张罗纳婢娶小。后来,为了后继有人(哪怕是个残疾的儿子!),他也乐得香花敬神,酬谢乡邻;情愿口衔草棍,让人当驴骑着游街;纵使马上被人活埋,做个鬼魂,也其乐无穷,十分快活。为了传宗接代,继承私有财产,刘员外简直到了神魂颠倒、丑相百出的境地! 在武汉臣的那支生花妙笔下,短短的三支曲子就勾勒出如此栩栩如生的人物形象,不能不令人赞叹!

(刘　辉　周传家)

〔注〕　① 蹇卫:驽钝的驴子。卫,指驴。宋岳珂《桯史》五“大小寒”引缺名诗云:“蹇卫冲风怯晓寒,也随举子到长安。”

王仲文

大都(今北京)人。曾住金华(今属浙江)。所作杂剧今知有十种。现存《不认尸》一种;《五丈原》、《张良辞朝》两剧均仅存残曲。

救孝子贤母不认尸

王仲文

第 三 折

〔满庭芳〕似这等含冤负屈,拼着个割舍了三文钱的泼①命,更和这半百岁的微躯。你要我数说您大小诸官府,一划的②木笏司③糊突,并无聪明正直的心腹。尽都是那绷扒吊拷的招伏,把囚人百般拴住,打的来登时命卒。哎哟! 这便是您做下的个死工夫。

〔五煞〕人死者不复生,那断弦者怎再续。从来个罪疑便索从轻恕。磨勘成的文状才难动,罗织④就的词因到底虚。官人每枉请着皇家禄,都只是捉生替死,屈陷无辜。

〔四煞〕则你那捆麻绳用竹,签批头棍下脑箍。可不道父娘一样皮和骨,便做那石镌成骨节也槌敲的碎,铁铸就的皮肤也锻炼的枯。打得来没半点儿容针处。方信道人心似铁,您也试官法如炉。

〔二煞〕我明明的眼觑着,暗暗的心自苦。那一面沉枷脖项难回顾。透枷拴深使钉来钉,侵井口窄将印缝铺。恰便似刀搅着你这娘肠肚。望后来怎禁推抢,待向前去又被揪捽。

【救孝子贤母不认尸】

王仲文是生活在金元间的作家(史唯良业师名叫王仲文,不知是否同一人),所作杂剧十种,完帙留传的只有此剧。作者生活的时代正是政治黑暗、官吏昏庸、冤狱屡起的时期,《救孝子》就是反映这种残酷现实的作品。

剧演西军庄杨门李氏,有二子兴祖、谢祖。河南路招募军兵,李氏力争令亲生子兴祖从军,而让妾生子谢祖读书,以免冒刀兵凶险。兴祖去后,其岳母来接女儿工春香回娘家拆洗衣服,李氏命谢祖送嫂行至中途,叔嫂分手后,歹徒赛卢医拐去春香,并将春香衣服穿在被其杀害的另一女子梅香尸身上。王婆寻女儿不见,疑被谢祖害死,因而告官。官府因尸身腐烂,即据尸首衣服认定王婆所告是实。李氏深知谢祖不会做出此事,坚决不认此尸即儿媳春香,要求验尸,此案遂不得了结。而春香被拐后,任赛卢医使尽手段,坚贞不从。赛卢医逼她做苦工,打水浇畦,恰遇兴祖立战功后归家探母,夫妻相见,说明经过。兴祖拿住赛卢医,同去开封府。冤情大白,官府缉办凶手,表彰杨氏一门贤孝。

剧本文字质朴,结构谨严,是元杂剧早期的作品。尤其值得称道的是:通过对人物的精心刻画,充分揭示了社会秩序的混乱,恶人拐骗妇女,肆意横行;官府办案敷衍了事,草菅人命。李氏是作者塑造得最成功的人物,她的善良、正直、勇敢、舍己救人的优点,在作者笔下表现得非常充分。本文所选这四支曲子就是李氏对官府滥用酷刑的控诉。〔满庭芳〕一曲写李氏大胆控诉大小官府的官员们心术不正,耳目不明,对案情糊里糊涂,不作认真调查,只知用各种酷刑逼供,犯人负屈含冤被迫招供。有的甚至屈死杖下。在作者笔下,衙门官府无异于阎王殿。〔五煞〕进一步指责官府罗织罪名。人死不可复生,所以嫌疑犯应从轻处分。靠折磨人写成的文状很难重新改动,依照《罗织经》得到的供状不足深信。直斥官吏尸位素餐,白吃俸禄,不能察奸雪诬,只会逮捕无辜好人去做替罪羊。〔四煞〕指责官吏差役滥用酷刑拷打犯人,致使犯人体无完肤、骨碎筋折。痛斥这些家伙心如铁石,心肝全无。〔二煞〕写李氏心中的感受。作为一个母亲,眼巴巴地看着这一切,只能在心里暗地叫苦。谢祖受过刑询之后,还要披枷带锁,连脖子都无法转动。枷上还要钉上长钉,贴上盖有官印的封条,做母亲的心如刀绞,多么想扑上去安慰一下受屈的儿子,却又被如狼似虎的公人推推抢抢,揪了头发扯到一旁。

这四支曲子酣畅淋漓,直抒胸臆,配上〔满庭芳〕等曲豪放雄浑的音乐,自然会收到声情并茂的效果。

(周妙中)

〔注〕 ①泼:丑恶。这里指微贱。 ②一划的:一般的。划,平也,指分不出高低。③木笏司:做官的。古代有品级的官员执笏。 ④罗织:指诬陷好人制造罪名。出自《唐书·来俊臣传》:"俊臣与其属朱南山作《罗织经》一篇,具为支脉纲由,咸有首末,按以从事。"

李寿卿

太原(今属山西)人。曾任将仕郎、县丞等职。约为纪君祥、郑廷玉同时代人。所作杂剧今知有十种。现存《度柳翠》、《伍员吹箫》二种;另《庄子叹骷髅》一种仅存残曲。

月明和尚度柳翠

李寿卿

第 二 折

〔黄钟尾〕你道是"这回和月常相守",才赚的春风可便树点头。聚莺朋，合燕友；蜂俏喧，蝶梦幽；啭黄鹂，鸣锦鸠；噪昏鸦，覆野鸥；袅金丝，春水沟；拂红裙，夜月楼；酒旗前，望竿后；风又狂，雨又骤；霜正严，雪正厚；霜来欺，月来救。我救的这月里桫椤①永长寿；我着你访灵山会首；也不索别章台的这故友，我则怕你又折入情郎画眉手。

这本杂剧属"神仙道化"科。南宋以来杭州就流传着关于柳翠出家的故事，以此作题材的戏文、传奇、杂剧、话本等为数不少，但故事互有出入，而以《古今小说·月明和尚度柳翠》写得最为完整。故事写南宋都城临安府柳府尹因恼怒玉通和尚不来参谒，派妓女红莲破了他的色戒。玉通遂转世为柳家女儿柳翠，成为妓女，败坏柳家门风。柳翠后来被月明和尚点化出家。

杂剧《度柳翠》与其他题材相同的作品并不一样。首先，它去掉了玉通禅师（或其他和尚）和红莲的一段纠葛；其次，度脱柳翠的过程也各异。试以具有代表性的《古今小说·月明和尚度柳翠》作一比较。《古今小说》中写玉通转世为柳翠，实为宣扬冤冤相报。而杂剧《度柳翠》却是写观音大士净瓶中的柳枝"偶汗微尘"，被罚往人世为妓女，然后由月明和尚点化出家的。这就与元杂剧中其他神仙道化剧如《任风子》、《岳阳楼》等一样，是"神仙度神仙"，与宣扬佛家教义、演说因果、劝善戒恶无关，这正是元杂剧神仙道化剧的共同特征。

从艺术鉴赏角度说，《度柳翠》则可以说是元曲杂剧转入"案头文学化"的代表作之一。作者借月明和柳翠中的"月""柳"二字掉书袋、卖典故，与一般称元曲杂剧"尚本色"大不相类，对此，不宜简单地嗤之以鼻，试看这里所选〔黄钟尾〕一曲，便称得"文意两可"。这唱段是月明和尚（正末）在柳翠答应"弟子早省悟了，这回和月常相守也"之后唱的。他说："我为你走了两番也，才赚的春风可便树点头"，意思是我度你两次你才同意出家。以下二十个三字句可分两层意思：前十四句是对柳树的铺陈，从"聚莺朋"至"覆野鸥"，全是堆叠与柳有关的虫鸟之类，用排骈句式，但又有许多变化。莺朋燕友"聚""会"两句义同；蜂衙（巢）之喧闹与蝶梦之幽静形成对比；黄鹂、锦鸠（有花纹的斑鸠）突出鸣声；"噪昏鸦"二句则一写上，即昏鸦喧噪树上，一写下，即柳枝遮覆着树下塘边的野鸥。以下三联写不同位置的柳。第一联写水沟边的柳，第二联写画楼边的柳，两联形成连璧对。"酒旗前"二句自成合璧对，写酒家屋旁的柳。"望"也是酒旗，所以两句意思相同。以上都是写繁华时节的柳树。以下突转：风狂、雨骤、霜严、雪厚，形成连璧对，写柳的繁华季节已过，到冬天便要受到霜雪的欺凌，与前面的荣华形成对比。以下一联转入正题：霜来欺、月来救。月是月明自称，意思是由我来救你免遭灾难。我要让你像我月宫里的桫椤树一样长寿。下面柳翠问月明："师父，你如今带我那里去？"月明接唱"我着你访灵山会首"，意思是我带你上西天。佛家道家都有灵山，此当为佛家的灵鹫山。柳翠又问："你为什么不着我别去？"月明接唱："我则怕你又折入情郎画眉手。"意思是怕你又堕入风月情场。画眉本汉代张敞为妻画眉典故。这里仅指男女风情。从文辞上说，这支曲虽叠床架屋堆砌已甚，但能把这么多相同的事物用如此不同而又生动藻丽的词语表现出来，实属不易。

从音律看，这虽只是套曲末尾一个附加唱段的"尾"，但也是费尽深思推敲过的。北曲〔尾〕一般是七言四句两韵。可以添句。这里在两个加衬字的长句放唱后，接连用十韵二十句的三言短句。这二十句无衬无虚，字字着实。声调铿锵，跌宕多致。其出句，句脚全用平；对句叶韵，先叶以上声（友），委婉而起，接着五用平叶（幽、鸠、鸥、沟、楼），与文辞中的用排骈相应。"后"字去声叶韵为一转，叠用四个去声韵叶（后、骤、厚、救）。如此一段，将"莺朋、燕友、蜂衙、蝶梦"转眼"风狂、雨骤、霜严、雪厚"，由舒而促，由平而侧，由叠而滚，不容稍有间歇地一气而下，造成必定的气势，然后由"月来救"一提，四个长句，趋步打散——"访灵山会首"收了全曲、结了全套。

（池　吉）

〔注〕　① 桫（suō 蓑）椤（luó 罗）：民间传说中把月中的阴影看作一棵树，名桫椤。

月明和尚度柳翠

李寿卿

第 三 折

〔耍孩儿·三煞〕来了，你呵：黄莺也，懒更啼；金蝉也，无处栖。来了，你呵，再不见那绿荫深处把青骢系。来了，你呵，再不见那舞春风楚宫别院纤腰细。来了，你呵，再不见那缀晓露汉殿长门翠黛低。来了，你呵，再不见那影蹁跹比张绪多娇媚。来了，你呵，再不见那助清凉陶令宅两行斜映，增杀气亚夫营万缕低垂。

《度柳翠》杂剧可说是元曲杂剧转入"案头文学化"的代表作之一。前篇介绍的第二折中〔黄钟尾〕一曲可以看出它尚文采和堆砌辞藻的趋向。剧中借月明和柳翠两个人名掉文袋、卖典故之处则比比皆是。这种类似游戏的笔墨过滥则近于无聊。例如反复颠倒地说"花与月添神"、"月与柳招魂"之类，实在没有什么意义。至于让柳翠唱两句柳永〔雨霖铃〕中的名句："今宵酒醒何处，杨柳岸晓风残月",再即时坐化飞升登大道等等,更显得有些轻薄。但我们并不能因此对这类曲文都简单地嗤之以鼻,一笔勾销了事。一来,这本是元曲手法与风格之一派,由此至少可见其语言艺术的丰富多彩;二来,这类手法也自有其特殊的表现力,显示出作家的巧思。如这里所选第三折中〔耍孩儿·三煞〕八句七韵,全作排比骈俪,几乎句句用典,皆着落在"柳"上,也别有一种趣味。

第三折在情节上写月明二度柳翠,柳翠尽管对情人牛员外和母亲十分顾恋,但在月明敦促胁迫下已决定随师父出家。月明船载柳翠到了"彼岸",对柳翠说:"柳翠,你来了呵,有几般物类失所也。"柳翠云:"师父,是哪几般物类,你说我听咱!"于是正末扮演的月明唱了这支曲,回答"是那几般物类失所"这个问题,曲文是用古代诗词中与柳有关的物事和史料中与柳有关的故实铺排起来的,下面我们先从这方面作些解释。

"黄莺"、"金蝉"是常栖息在柳树上的禽和虫类,并常出现在诗人笔下表现春天的欢乐和初夏的热烈。如李白有《宜春苑奉诏赋龙池柳色初青听新莺百啭歌》诗,杜甫有"两个黄鹂(即黄莺)鸣翠柳,一行白鹭上青天",贾至有"千条弱柳垂青琐,百啭流莺绕莲章"句等,是咏柳与莺的;唐太宗有"散影玉阶柳,含翠隐鸣蝉",皇甫冉有"莫将条系缆,着处有蝉号"等,是咏柳与蝉的。古人送别行人时,往往在官道旁、堤岸边,这里常栽着许多柳树,行者系自己的坐骑——或青骢或白马于柳树干上,送者往往折柳枝相赠,双方依依话别,难舍难分,这也是诗人笔下常常出现的情景。"舞春风"句用楚灵王好细腰故事。《墨子·兼爱》:"昔者楚灵王好细腰,灵王之臣皆以一饭为节,胁息然后带,扶墙而后起。"故事本无关乎柳,但古人常以柳形容女子的细腰,如庾信《人日晚景宴昆明池》诗:"上林柳腰细";杜甫《绝句漫兴》:"隔溪杨柳弱袅袅,恰似十五女儿腰";或以腰来比柳枝,如韩偓《春尽日》:"柳腰入户风斜倚,榆荚堆墙水半淹。""缀晓露"句用汉陈皇后典故。汉武帝陈皇后(即阿娇)因妒忌被贬在长门宫。"翠黛"是眉的别称,低翠黛是愁苦的样子。女子的眉毛又常以柳叶来描绘,称作柳眉。"缀晓露"当指作者想象中汉殿前的柳树沾上露珠的美丽形态。"影蹁跹"句用南朝齐张绪典故:张绪美风姿,清简寡欲,口不言利,武帝置蜀柳于灵和殿前,尝赞叹说:"此杨柳风流可爱,似张绪当年时。""助清凉"句用陶渊明典故:做过彭泽令的陶渊明退隐后,于堂前植五株柳树,自号五柳先生。"增杀气"句用周亚夫军细柳营典故。细柳系地名,在今陕西咸阳县西南,西汉名将周亚夫曾军于此,以纪律严明著称,后人亦常咏歌之,如陈岑之敬《折杨柳》:"将军始见知,细柳绕营垂";隋明余庆《从军行》:"风卷常山阵,笳喧细柳营"等。

这段曲文堆砌这么多典故,好似叠床架屋,然而仔细推敲,却并非纯粹文字游戏和掉书袋。而是有它的实际内容的。它们代表着人世间的七情六欲、喜怒哀乐,用佛家语,便是"人相我相众生相"。黄莺、金蝉对生活的喜悦,绿荫深处系青骢的离愁别恨,楚宫别院舞春风的享乐,汉殿长门的哀怨,张绪的风流,陶令的清高,细柳营周亚夫将军的威严……在佛家看来,都是烦恼。所以月明召唤柳翠:"你来了呵(的话)",黄莺金蝉都不再来相扰,也再不见那种种的人间是非,便脱离烦恼的苦海了。这就把佛家很枯燥的教义宣传,说得十分风雅动人,又与柳关合贴切,所以无论文辞、意境,此曲都称得上风流别致,另具一格。

(池 吉)

说鱄诸伍员吹箫

李寿卿

第 四 折

〔甜水令〕想当日为避追兵,忙离濑上,奔来江表,烟水隔迢遥。幸遇渔翁,将咱济渡。别无推调,元来他也是个遁世的由巢①。

〔折桂令〕他待要把酒论交,觑的我千金剑赠,只当作一片尘飘。俺本为衔着冤仇,思图报复,受尽煎熬。只要他休泄漏俺这萍根浪脚,那知道翻断送他雪鬓霜毛。空余下波浪滔滔,芦荻萧萧,至今的回首东风,尚忍不住泪点双抛。

《伍员吹箫》乃据《吴越春秋》中有关伍子胥的故事敷衍而成,其剧情是:春秋战国时,楚平王听信佞臣费无忌的谗言,杀了伍奢全家,并且要设计赚杀伍奢的儿子伍员。幸有楚公子芊建报信,伍员才得逃到郑国。他见郑子产有出卖之意,便火烧驿亭,逃往吴国。途中,遇浣纱女,伍员乞食并一再嘱其勿泄实情。浣纱女抱石投江,以安伍员复仇之心。后遇江阻,又得渔翁相渡。伍员赠白金剑,复嘱其勿泄实情。渔父以其子村厮儿相托,借伍员剑自刎。后伍员借吴国兵败楚,鞭平王尸以泄愤。郑子产惧,派村厮儿作说客。伍员乞吴王封浣纱女之母及渔翁之子,传令伐郑,村厮儿求伍员止兵。他说:“当日投吴将雪恨,今朝伐郑有何嗔?雄材岂必夸长胜,上策须知贵恤邻。若得收兵无事日,俺父亲呵便从泉下亦沾恩。”伍员终于罢兵。

上面这两段唱词,就是在村厮儿说了以上的话后,伍员向吴王回述渔翁相救的往事时唱的。它既是伍员对往事的回溯,又是对渔翁感佩之情的流露。

在这两段唱词前,伍员已唱了〔雁儿落〕和〔得胜令〕两支曲子,回述了浣纱女救他的经过。因为浣纱女是住在濑水之上的,所以,此处〔甜水令〕曲说是“忙离濑上”。渔翁将伍员渡过江后,曾向伍员说他原是楚国大夫间丘亮,年迈辞朝,知伍员亡楚甚急,特地停舟候渡。当伍员求他助渡时便毫不推辞了。故〔甜水令〕曲中将渔翁比作古代隐士许由、巢父,亦正因他不是一般的"渔翁"。这也为下面〔折桂令〕一曲伍员唱出他对渔翁的怀念打下基础,并为以后伍员接受渔翁之子的劝说埋下伏笔。

戏曲唱词,重视语言的本色,要求"人习其方言,事肖其本色"(臧晋叔《元曲选序》)。也就是要从人物出发,因为戏剧是以塑造个性鲜明的形象作主要任务的。从这两支曲子所表现的伍员对往事的回忆及其所流露出的情感中,我们不仅可以看出伍员是牢记渔父之"恩"、感激其"义"的,而且还可看出他嫉恶仗义的性格。像"元(原)来他也是个遁世的由巢","觑的我千金赠剑,只当作一片尘飘",其间既充满了伍员对渔翁的钦佩和敬仰,也透露出伍员对恶的仇恨和对正义的追求。

戏曲中回述往事的唱词,多是叙述性的。比较实,很难写得空灵。就是抒发情感,也多是直接地倾泄。这两支曲子,总的看仍然是实写,但〔折桂令〕一曲,表现伍员回想起渔翁死时的情景,眼前是:"空余下波浪滔滔,芦荻萧萧"。心中想:渔翁是以死让自己获得对他守密的信任,用生命来支持他惩罚暴楚的正义行为。这是多么高尚的举动,多么深厚的情感,至今回想"尚忍不住泪点双抛"。用这种以景衬情、情景交融的写法来表现伍员此时情感渐趋高潮,便有写实而兼空灵之妙,颇有慷慨苍凉之意境。

这两段唱词,由叙述到抒情;情感的抒发是由浅到浓;它不是情感的单纯咏叹,而是以编织很多具体的事、人、物、景来表现的,因此,在这不到十句的唱词中,包含了明确的舞台动作和丰富的戏剧表情,给演员的表演赋予了较大的空间。这是符合戏曲载歌载舞的需要的,可见作者对当时的杂剧形式相当熟悉。

如果从全剧看这两段唱词,它对突出戏的主题也是有作用的。《伍员吹箫》意在通过个人的恩仇相报,表现对邪恶力量决斗的一种精神。这种精神的体现,不光是表现在伍员这个人物身上,而且还表现在浣纱女、渔翁、鱄诸和其他人物对伍员行动的支持上。这两支曲子,把伍员对恩人的情感写得非常饱满感人,既烘托了剧本要表现的那种精神,同时又是这种精神注入到人物情感中的体现,这种紧紧把握体现主题的人物情感发挥而使之透辟丰满的笔法,是值得重视的。

（赵　鸿）

〔注〕　①由巢:指许由和巢父,上古高士。尧以让天下,均不受,一逃耕于箕山之下,一在树上筑巢而居。事见晋皇甫谧《高士传》。这里间丘亮退隐与由巢不同,只是一般借用。第一折中间丘亮自称他是因"年纪衰迈"而"弃职闲居";而第四折间丘亮的儿子又说其父是因"楚公不道",才"弃职辞朝"的,这都与由巢事有所不同。

滕斌
一作滕宾,字玉霄,黄冈(今属湖北)人。与卢挚等人有往还。至大年间任翰林学士,出为江西儒学提举。后弃家入天台山为道士。著有《玉霄集》。《全元散曲》录存其小令十五首。

〔中吕〕普 天 乐

滕 宾

柳丝柔,莎茵细。数枝红杏,闹出墙围。院宇深,秋千系。好雨初晴东郊媚。看儿孙月下扶犁。黄尘意外,青山眼里,归去来兮。

滕宾有〔普天乐〕失题小令十一首,主题都是写隐逸之乐,作者通过对自然

【普天乐】

风光的描绘或对官场名缰利锁的批判，表现了对隐逸生活的倾慕。这首小令是其中的第一首。

作者从描写春景入手，以细腻的工笔，用柳丝、莎茵等诸般富有特征性的景物，描摹春天景象，秀淡，明丽，远近交映，动静相宜，而生机、情趣暗寓其中。柳对于春的消息有特殊的敏感，最占春光之先，有唐代元稹"春生柳眼中"（《生春》）、成彦雄"东君爱惜与先春"（《柳枝词》）等诗句为证。莎，草名，俗称香附草，初春乃生，丛丛茸茸，如翠茵铺地。柳丝如线，莎草成茵，正是春回大地的景象；"柔"与"细"，正是春光尚浅的写照。"红杏"两句，是满园春色的又一景，似从宋代叶绍翁《游园不值》诗："春色满园关不住，一枝红杏出墙来"化出，但究其源，叶诗又是从陆游《马上作》诗"杨柳不遮春色断，一枝红杏出墙头"句脱胎而来，此外尚有宋祁〔玉楼春〕词："红杏枝头春意闹。"总之，作者融化前人名句，铸为新词。句中改"一枝"为"数枝"，似拙而实巧，既免去了孤标独傲，又与"闹出墙围"意境相应。这两句，气氛热烈，是这首小令中唯一的热闹景。着此一景，遂使全曲秀淡之中见绚丽，沉静之中见热烈，增加了色调层次美。以上，皆自然之景。"院宇"以下诸句，虽仍在写景，但笔触已渐渐转写人事，作者的主观抒情成分也逐笔加重。"院宇"两句，写作者理想的居住环境，静谧，安逸。"好雨"两句，再出一层，写作者设想在"好雨初晴"的明媚春光之中，在"东郊"闲看儿孙们月下扶犁春耕。作者写"月下扶犁"，主旨不一定在于表现春耕之忙，而是要为全曲增加一层静美，"看"字之中蕴含着恬淡、闲适和作者的无限喜悦，这是作者追求的理想境界。"黄尘"三句，则进一步明显地流露了作者的退隐思想。"黄尘"，盖暗用晋陆机《为顾彦先赠妇二首》诗"京洛多风尘，素衣化为缁"和唐令狐楚《塞下曲》诗"黄尘满面长须战，白发生头未得归"句意，借指官场尘氛之气。作者年已向老，厌弃官场，毫无留恋之情，故曰"意外"；而"青山"（借指归隐，隐者多以山林为归）时在眼中，相看不厌，对作者有着很大的吸引力，得李卫公"青山似欲留人住"(《登崖州城作》)之意,这样就自然逗出了"归去来兮"的结句,把作者的归隐思想袒露无遗。

这首小令仅四十六字,却能以轻浅之笔,修洁之句,多层次多角度地写景,罗织画面,佳境迭现,如真如幻;而景物之中,皆渗透着作者的主观感情,随景赋情,景愈美而情愈深,目击心萦,无不撩起浩然归志,终于水到渠成,逗出了"黄尘意外,青山眼里,归去来兮"的结句。可见作者的写景,全是为了抒情写志,这是一种以景见志的极好笔法。

(邱鸣皋)

〔中吕〕普 天 乐

滕 宾

翠荷残,苍梧坠。千山应瘦,万木皆稀。蜗角名,蝇头利,输与渊明陶陶醉。尽黄菊围绕东篱,良田数顷,黄牛一只,归去来兮。

此为滕宾〔普天乐〕失题小令十一首的第三首。作者通过对秋景的描绘和对官场名利的批判,表现了归隐田园的志趣。此曲在构思上也颇有佳处。作者仍从写景入手,"翠荷"四句,写秋景。前二句是写眼前景:翠荷凋残,苍(深绿色)梧坠叶;后二句,一个"应"字耐人玩味,仿佛山若有情,山亦当憔悴消瘦。无情之物遂亦人格化,此乃移情入景之法。这四句写景,由近及远,由真切具体而至博大苍莽,层次分明;作者连用"残""坠""瘦""稀"四字,写出了百卉俱腓、

【普天乐】

草木摇落的萧瑟秋景,再加以"千山"、"万木",极状空间范围之大,于是,疏木衰林、万物悲秋的肃杀之气,塞空而下,读之不减老杜"玉露凋伤枫树林,巫山巫峡气萧森"(《秋兴》)、"无边落木萧萧下"(《登高》)的气概。其实,春华秋实,秋天正是橙黄橘绿时,秋本无所悲,即如宋代杨万里所说:"秋气堪悲未必然。"(《秋凉晚步》)但因作者有感于岁月迟暮,有如草木凋零,故觉秋景惨然多凄。回首人生旅途,大半生已过,却仍然碌碌风尘,为名缰利锁所羁。故紧接着由景物转入人事,写出了"蜗角"、"蝇头"等四句。蜗角,典出《庄子·则阳》,云蜗牛左角上有触氏国,右角上有蛮氏国,"时相与争地而战,伏尸百万"。苏轼〔满庭芳〕词又有"蜗角虚名,蝇头微利"。这里用以表现作者对名利的鄙视。然而作者身羁官场,归隐之志未遂,在识时知机、进退行藏的认识上,应该承认自己是输于陶渊明了。一个"输"字,表现了作者对隐士陶渊明的倾慕和对自己未能及早归隐田园的悔恨,大有"觉今是而昨非"之意。(由此可见这首小令当写于作者退隐之前,〔普天乐〕失题小令中的其他十首,似亦当如此)"黄菊围绕"、"良田数顷,黄牛一只"是作者预想归后田园生活的蓝图。一想到躬耕田亩,远离风波的自由自在,便欣然神往,故煞句以"归去来兮"表示其浩然归志。

此曲以景起兴,以情作结,皆统一于落叶归根这一主旨上。中间虚实交错,景与情,古与今,人与我,眼前与未来,时空腾挪跌宕,有对比、有反思、有展望。曲辞曲折而横放,语调苍凉而愤激。

(邱鸣皋)

〔作者小传〕

邓玉宾

生平事迹不详。《录鬼簿》将其列入"前辈已死名公有乐府行于世者",并称其为"邓玉宾同知"。《全元散曲》录存其小令四首,套数四套。

〔正宫〕叨 叨 令

邓玉宾

道 情

一个空皮囊包裹着千重气，一个干骷髅顶戴着十分罪。为儿女使尽些拖刀计，为家私费尽些担山力。您省的也么哥？您省的也么哥？这一个长生道理何人会？

元散曲中有很多"道情"词，其内容大抵是劝人看破红尘，求仙学道。但其中也有一些作品，在劝诫的同时包含着对不合理的社会现实的深刻揭露，在艺术表达上也有特色，这样的作品就有着较高的价值。本篇的情况正是如此。

诗人先从人生的苦难说起。"皮囊"犹言"皮袋"，是指人的肉体、躯壳。这本来是佛教语，但道教有时也借用。刘克庄《寓言》诗云："赤肉团终当败坏，臭皮袋死尚贪痴。"这里的"臭皮袋"，也就是"空皮囊"。"皮囊"而言其"空"，是因为里面不装东西，只包裹着一重又一重的气。道教认为，人禀天地之气而生，"元气"是人的根本，人要保持元气，就要去私寡欲，清静无为，否则昏气、矜气、躁气等种种耗气(消损之气)便会乘虚而入。而耗气充斥，便会斫丧元气，于人的精神和肉体都是不利的。"干骷髅"化用《庄子·至乐》的典故：庄子看见路旁有一个空骷髅，便问它是因亡国之事、斧钺之诛而死，还是因行为不善，怕给父母妻子丢丑而死？是死于冻馁之患，还是死于寿数已终？当夜，骷髅托梦给庄子，说庄子所举诸条，皆是"生人之累"、"人间之劳"，这些人生的忧患只有一

【叨叨令】

死才能解脱。认为人生充满苦难,并以"干骷髅"喻之,在元散曲中时有所见。而黄公望写干骷髅"没半点皮和肉,有一担苦和愁"(〔醉中天〕),与邓玉宾此句意思便是相同的。这种生不如死的看法当然有其消极的一面,但也未尝不是对那个令人绝望的不合理社会的一种曲折的抗议。

既然人生以恬静自然为贵,那些蝇营狗苟,对一己、一家私利汲汲以求的俗人就显得十分可笑了。下面一句中,"拖刀计"本是古代战斗中的一种计谋,这里"为儿女使尽些拖刀计",是指做父母的,为了儿女的利益,煞费苦心,使尽机谋,这在作者看来,是根本不值得的。元人俗语有云:"儿孙自有儿孙福,莫为儿孙作远忧。"或曰:"儿孙自有儿孙福,莫为儿孙做马牛。"但实际上真正看穿的又有几人?"为家私费尽些担山力",则既为儿孙,又为自己,为了积攒家私,不惜费尽担山之力,明知这样做有被大山压成齑粉的危险,但还是不到黄河不死心。有些人之所以如此执迷不悟,照当时一种观点看来,无非是两个东西在作怪:一者为"气",即争强好胜,斗豪竞奢,这是一种耗气;一者为"财",即贪欲,占有欲,欲壑难填。元人散曲中经常描绘"酒""色""财""气"四者的危害,本篇抨击的对象是"气"和"财",尤其是"财"。作者认为,为了满足私欲,费尽心机,使尽手段,其结果必然是既害人,又害己。可叹世人都想长生不老,但只有摒弃贪欲,清除耗气,保持内心的恬静淡泊,才是真正的长生之道,这一层道理,又有谁人能够知晓呢?为此作者叠用两句"你省得也么哥",反复加以强调,这对于那些财迷心窍、聚敛成性的人来说,不啻是一声当头棒喝,而作者的愤世嫉俗之情,也就溢于言表了。

这首小令语言本色,头四句每句一个比喻,仿佛信手拈来,却又十分贴切形象。虽然题为"道情",但展现在读者面前的,却主要是一幅生动的世俗图画。

(赵山林)

〔正宫〕叨叨令

邓玉宾

道 情

白云深处青山下,茅庵草舍无冬夏。闲来几句渔樵话,困来一枕葫芦架。您省的也么哥,您省的也么哥?煞强如风波千丈担惊怕。

"道情"是散曲的一种体式。明朱权《太和正音谱·乐府体式》说:"神游广漠,寄情太虚,有餐霞服日之思,名曰道情。"又说:"志在冲漠之上,寄傲宇宙之间,慨古感今,有乐道徜徉之情,故曰道情。"所以写作这类曲文,都着重追求冲淡清高、鄙薄名利,或归真返朴、修心养性的情志。元曲作家们常用这种体式,来抒发自己的心绪。邓玉宾的这篇作品也是这样。

"白云深处青山下,茅庵草舍无冬夏。"起句是写生活环境的特征。在那白云缭绕、峰峦叠翠的深山里,潺潺的溪水顺着山脚流去,选择这个傍山依水、远离朝市的地方,建造几间茅草屋。住在如此优美宁静的山里,只见花开花落、草枯草荣,在不知不觉中冬去夏来,寒暑互易,完全忘却了人世间的烦恼与纷扰。"闲来几句渔樵话,困来一枕葫芦架。"闲暇无事的时候,就同樵夫和渔民等山野之人说说家常谈谈心。疲倦了,就和衣卧倒在葫芦架下,甜美地睡一觉。这两句描写十分传神,把一种无忧无虑、怡然自得的乡野生活情趣表现得很生动,反映出主人公毫无争名于朝、争利于市的情趣。"你省的也么哥"两句是说:你知道吧,你能领会这种生活的好处和乐趣吗?"煞强如风波千丈担惊怕"。这是全篇的结语,道出了主人公所以深居青山的真情实意。"风波"主要指政治风浪、宦海波涛;"千丈"形容狂涛巨浪,万分险恶,以喻仕途险恶,随时随地都会发生灭顶之灾。邓玉宾的生平目前尚不可考,仅知他曾官"同知"。或许有过这样一段仕宦经历,使他看清了官场中互相倾轧、勾心斗角,虚伪奸诈、诬噬构陷的丑态。因此,他认为宁可蛰居山野,远祸避世,过着清闲自得的日子,也胜似那种朝不保夕、担惊受怕的官宦生涯。

这支小令,清新秀丽,流露出超然自在的情味,警悟浊世,涤荡俗情,"如幽谷芳兰"(《太和正音谱》)那样淡雅自然。在音韵上此曲也颇具特色。"也么哥"二句为此调定格,除此外须句句协去声韵,韵脚前的二字又必须用"平平",不可移易。此曲皆完全合律,而词意又十分自然畅达,仿佛信手拈来,却朗朗上口协律,堪称声文并茂。

(刘永濂)

【作者小传】

尚仲贤

真定(今河北正定)人。曾任江浙行省官吏。所作杂剧今知有十一种。今存《气英布》、《三夺槊》、《柳毅传书》三种;《归去来兮》、《王魁负桂英》和《越娘背灯》三种仅存残曲。一说《单鞭夺槊》也为他所作。

汉高皇濯足气英布

尚仲贤

第 四 折

〔黄钟·醉花阴〕俺则见楚汉争锋竞寰土,那楚霸王甘心伏输？此一阵不寻俗，这汉英布武勇谁如？据慷慨堪称许，善韬略晓兵书，没半霎儿早熬翻了楚项羽！

〔喜迁莺〕骨刺刺旗门开处，那楚重瞳在阵面上高呼："无徒杀人可恕，情理难容！"这匹夫两下里厮耻辱，那一个道待你非轻，这一个道负你何辜？

〔出队子〕俺这里先锋前部，会分支，能对付，咪咪咪①，响飕飕。阵上发个金镞，火火火；齐臻臻军前列着军卒，呀呀呀。俺则见垓心里骤战驹——

〔刮地风〕蓦蓦蓦，不待的三声凯战鼓，忽刺刺两面旗舒。扑腾腾二马相交处，则听的闹垓垓喊震天隅。俺则见一来一去不见赢输，两匹马、两员将有如星注。那一个使火尖枪，正是他楚项羽，忽的呵早刺着胸脯。

〔四门子〕俺英布正是他的英雄处，见枪来早轻轻的放过去，两员将各自寻门路。整彪躯轮巨毒，虚里着实，实里着虚，厮过瞒各自依法度。虚里着实，实里着虚，则听的连天喊举！

〔古水仙子〕纷纷纷，溅土雨，霭霭霭，黑气黄云遮了太虚。刷刷刷，马荡动征尘；隐隐隐，人蟠在杀雾；吁吁吁，马和人都气促；吉当当，枪和斧笼罩着身躯；扢挣挣，斧迎枪几番烟焰举；可擦擦，枪迎斧万道霞光出；厮琅琅，断铠甲落兜鍪②——

〔尾声〕嗔忿忿，将一匹跨下征骃紧缠住。杀的那楚项羽促

律律向北忙逋。兀的不生搭损明晃晃这柄簸箕般金蘸斧！

古人所作剧曲，每有战争描写；有的甚至用一只曲子或几只曲子，就把金戈铁马的气势或一两员战将的独特风貌，极为生动地概括出来，不仅能给人"听听"、"看看"，且使人"想想"，别具情趣，堪称大观。尚仲贤所作杂剧《气英布》中几支曲子即是一例。

这部杂剧描写的是英布降汉，刘邦濯足接见，以挫其傲气；后重用之，英布释前怨与楚军交战，大败项羽的故事。英布的事迹，《史记》和《汉书》的《黥布传》均有记载。大致与杂剧相同。而这几支曲子即通过探子之口，以其战场上的内心体验和感受来表现两强相遇、惊心动魄的厮杀场面，形成一种独到而充满活力的艺术风格。

〔醉花阴〕用笔是超越时间和空间的局限，先铺展开去，即先点出楚汉相争的形势，再突出"此一阵"，然后报告战果，洗练地勾出了二将战斗的轮廓。第一句"楚汉争锋竞寰土，那楚霸王甘心伏输？"先言项羽的英雄气概，那种骠悍之气溢于言表，真是一员令人望而生畏的大将。这是正中求变、欲抑先扬的笔法。接着，剧作家推出声势愈足的一句："此一阵不寻俗，这汉英布武勇谁如？"与上句形成对照，彼此呼应，用"谁如"来表达出英布实是强中之强手。至如"据慷慨"、"善韬略"，则是意脉相承地进一步刻画出英布作战的谋略与豪情。一个不甘心服输，一个武勇过人，这是富有戏剧性的战斗，自能激起观赏者的兴趣和悬念。

"没半霎儿早熬翻了楚项羽"，这一句胜人处全在于陡转。明明是两强相遇，怎么却又说成"半霎儿"就获胜了呢？剧作家用这种大起大落的笔法，对战斗予以概写总述，使人有"直疑高山坠石，不知其来，令人惊绝"之感。这套曲子的开端，可谓艺术迷宫的一扇大门。

〔喜迁莺〕则沿着观赏者的期待,把两强相遇的情景真切地再现出来。营门哗喇喇地大开,驰出两员大将,虎视眈眈,高声詈骂,这是一触即发的厮杀之势。传说项羽眼睛有四个瞳孔,故此处用"重瞳"勾出这一形象特征。至于项羽骂英布"无徒杀人"(杀人的无赖之徒),则是和第一折杀楚方使臣的情节相呼应。因英布本是项羽旧部,如今反目,所以下面一个才说"待你非轻",一个说"负你何辜"(负你有什么罪)。剧曲的艺术功用不同于散曲,它不是着重表现一时一事的思想感情,而是具有前因后果的事件和人物关系,此语可显出组接之妙。古来描写骂的场景颇多,所谓"嬉笑怒骂,皆成文章",有指桑骂槐,有泼妇骂街,有打情骂俏等等。但这两员叱咤风云的大将军,骂得并不曲里拐弯,却也似刀来枪往,直截了当,这就有一种不同于文人雅士的泼辣美。

如果说相骂无好言,那么即使战场相骂也不会数言即止。除了骂那几句外,二将还骂了什么呢?剧作家并未细描细写,只用"这匹夫两下里厮耻辱"一语带过。"这",此处为复数指示代词,犹言"这俩";"厮"系相互之意。一语带过,是不是失之酣畅淋漓呢?然而从这一实一虚的描摹中,却更丰富有味了,更见老笔纷披,空灵变幻之妙。"厮耻辱"固然是虚写,却有层层递进、火上加油之势,它表现了英雄气短的秉性,另外则是为即将展开的战斗积蓄了艺术力量。

〔出队子〕对战场气氛的描写,不仅在于由个体转入群体,从"近景"渐及"全景",布局雍容堂皇,格调本色拙朴,而且在整体蕴含着一种溢于表里的进取精神。这支曲子,用语质朴简洁,只写了战场上的士卒、武器和战马,表面上看来又都是古代战场上的寻常景物。但这三样景物组合起来,给人的感觉则是生气贯注,直落坦荡,且无雕琢刻削之嫌。它的生气看似在形,实际上则是剧作家从典型环境中贯注了神韵的结果。这时的先锋部队尽管按兵未动,队形整饬,却是隐伏着杀机的;接踵而来的便是"会分支,能对付",兵刃相见,拼个你死我活。这战前的一刹那,剧作家实际上是把观赏者看到的和没看到的同时调动起来

〔汉高皇濯足气英布〕

了,令人感到怵目惊心,毛骨悚然。"会"和"能"是具有导向意义的词语。

如果说,这支曲子写整个军容是静中有动,而写兵器、战马和士卒,则是绘声绘色,随意泼墨而不觉肿涨。尤其是剧作家那种艺术敏感,把箭头的光芒、战马的躁动和士卒的吆喝,交织成一个色彩、音响、跳动的画面,与那大片"齐臻臻"的阵容构成强烈对比,在雄拔峻刻之外,更突出了战场上一触即发之势。其中儿个叠声词犹为传神,着实点出了激荡起伏的战斗气氛。

〔刮地风〕〔四门子〕和〔古水仙子〕是这套曲子的主体部分,就其跃马横刀的气势与惊心动魄的厮杀而言,实堪称一绝。

〔刮地风〕择取的镜头是初战之际,而人物的精神状态并不借助语言对话,全凭情节展开过程中热辣辣的行动显现出来。尤其是战马追逐的场面,真是如闻其声,如见其主。战鼓三声未绝,两匹战马已扬蹄跃起直奔对方,仿佛使人看到那溅起的泥土,听到那"踢踢踏踏"急骤的蹄声。"扑腾腾"也极传神,正因为求战心急,马跑得快,"相交处"二将猛然勒住缰绳,才引出马蹄发出错乱的声响。然而,在二马相交前却是只有鼓声、旗飘,并没有描写战马飞奔,从客观效果来看为什么却能给人构成这种印象呢?原因在于前一支曲子中剧作家已铺排下个"骤"字,再就是以刚才这一阵声响反衬出奔驰的速度,而把奔驰的过程省略了。这是移就之法。如果战马缓缓而行,相交时自然不会发出"扑腾腾"的声响。马的速度当然也反衬出二将的凶猛,因坐骑正是由战将驱策的。

描写战斗,在于集中表现力度、智慧和气势,而不是血淋淋的场面。作家创作情致与审美观照大多源发于此,但章法各异。这支曲子用"两匹马、两员将有如星注",虽非首创,然而因顺势而下,也极尽雄健飞动之致。这时,战场上就油然地呈现出另一种壮丽景象:一对流星在迷漫着风沙的地平线上滚动,闪射着令人耀眼的光辉,忽疾忽徐,若远若近,蔚为奇观。二将的武艺和骁勇,在这里由于运用"星注"来设喻,使观赏者产生了想象和领悟,而曲子的雄健韵味就格外浓重了。末句写项羽一枪刺下,英布生死未卜,悬念横生,文势活泼多姿,这手法与剧曲特点也十分相宜。

"见枪来早轻轻的放过去",是〔四门子〕中描写英布化险为夷的一笔。"早"点出了英布在强敌面前临危不乱,胸有成竹;"轻轻"则突出他的武艺超群,具有四刃拨千斤的功力。剧作家连用了这两个修饰词语,站在英布一边对"力拔山兮气盖世"的楚霸王表示怀疑,表示嘲笑:你何必使出这么大气力呢?你还有什么能耐今天不妨都端出来吧!描写战斗,在区区篇幅中如此浩荡而细腻,既是追魂之笔,又是神肖之笔。以下是英布轮巨毒(大斧)转入反攻,渐渐地把战斗推向白热化地步。这里尽管是仍写二人交战,"各自依法度",用笔混而为一,但从全曲来看偏正关系是明显的。

由于前两支曲子已蓄足了力量,〔古水仙子〕则如山洪瀑发,一泻千里,令人有雷霆万钧不可而止的感觉。这支曲子运用浪漫想象和高度夸张的手法,把战争场面渲染得威武雄壮,有声有色,善识者见之莫不毛发渐洒,寒暑皆忘。你看,战马扬蹄溅起的泥土,如雨水一样在倾泄;空气中灰尘弥漫,天空显得黯淡无光了;那火尖枪刺在战斧上,叮叮咚咚,迸发出令人目眩的寒光……

这种能影响人的感情和理智的大气磅礴形式,这种景物纷繁交织使战争凸现出的立体美,能使人产生意想不到的惊奇、昂奋和愉悦力量,怎不耐人回味?

这种描写不但"酌奇而不坠实",也为〔尾声〕作了极好的铺陈。和前几支曲子相比,〔古水仙子〕叠字句尤多。剧作家用"刷刷刷"、"吁吁吁"、"吉当当"、"扢挣挣"这类象声词的重叠,具有节奏感;音色或响亮,或急促,反复出现,配置灵活,是适于表现兵刃相见的气势,又是借助自然音响和色彩,宣泄出二将埋头厮杀中壮烈的内心世界。艺术手段的确高明。

明代戏曲家王骥德说:"尾声以结束一篇之曲,须是愈著精神,末句更得一极俊语收之,方妙。"(《曲律》)这里的〔尾声〕就其动荡开合、意味隽永而言,已达到这种艺术效果。"嗔忿忿,将一匹跨下征骕紧缠住",既表现了英布乘胜追击的英姿,又承接了"断铠甲落兜鍪",神态逼真,富有动感。打胜了还嗔忿忿,悻悻然,看这种神情怎不教人发出会心一笑?再看那边,"楚项羽促律律向北忙逋",这两下该有数里之遥吧,相互映照,沙场之境无限,也正是战将豪情之难言。虽是无言之言,英气森然,宛然可见。

末句"兀的不生搭损明晃晃这柄簸箕般金蘸斧",颇值玩味。斧子大如簸箕,前面不见一字描绘,至此才加以补叙,才越使人感到英布的神力,能战胜楚霸王确是非同寻常。说白白地损伤了("生搭损")大斧,口吻惋惜、冷隽,实饱含着无比赞颂的热情和丰富的潜台词,是俊语,又是趣语和妙语。全曲以此作结,有力有迹,足可一唱三叹。

(周培松)

〔注〕 ① 咮(chuáng床):象声词,不加节制的喝叫。 ② 兜鍪:古代武士的头盔,又称"鞮鍪"。

洞庭湖柳毅传书

尚仲贤

第 二 折

〔越调·斗鹌鹑〕他两个天北天南,海西海东,云闭云开,水淹水冲,烟罩烟飞,火烧火烘!卒律律电影重,古突突雾气浓。起几个骨碌碌的轰雷,更一阵扑簌簌的怪风。

〔紫花儿序〕险惊杀了负薪的樵子,慌杀了采药的仙童,唬杀了撒网的渔翁。全不见红莲映日，翠盖迎风，遮笼都是那鬼卒神兵四下攻。则俺这两只脚争些儿踏空，可擦擦坠落红尘，兀的不跌破了我青铜。〔小桃红〕那小龙大开水殿饮金钟，厮琅琅几部笙歌送，不觉的天边黑云重。昏邓邓敢包笼，忽刺刺半空霹雳声惊动，古都都揭了瓦陇，吸哩哩提了斗栱，滴溜溜早翻过水晶宫。

〔紫花儿序〕忽的呵阴云伏地，淹的呵洪水滔天，腾的呵烈火飞空。泾河龙逃归碧落，钱塘龙赶上苍穹。两条龙的威风，怕不喊杀了鳖大夫、龟将军、鼍相公。这其间各赌神通，早翻过那海岛十洲，只待要拔倒了华岳三峰！

〔鬼三台〕两条龙身躯纵，震的那乾坤动。恶眼眼健勇，赤焰焰满天红，一撞一冲，则教你心如铁石地怕恐，便有那铜山铁壁都没用。钱塘龙逆水忙截，泾河龙淤泥便窜……

《柳毅传书》是一个瑰丽优美的神话故事：洞庭龙君之女嫁与泾河龙君之子，备受欺凌，罚为牧羊。秀才柳毅落第返里，道畔相遇，受龙女之托传书给她的父亲。洞庭君有弟钱塘火龙，性情刚暴，闻讯大怒，率领水族与泾河小龙交战，吞吃了小龙。之后经过一番波折，柳毅与龙女结为夫妇。故事寄寓了善良战胜邪恶、得救不忘情义的道德情操和人生理想。

这几支曲子是电母向洞庭君叙述钱塘火龙与小龙大战场面时所唱。近人吴梅评此剧为"状难状之境"。因这里展现的，是谁也没见过的二龙相斗奇景，机夺造化，情趣迥异，并被后人誉为极有艺术特色的"龙斗赋"。

境界阔大、曲词丰赡、构想奇丽而富于变化，是这几支曲子所独具的美学价值。

〔斗鹌鹑〕和〔紫花儿序〕描写的是二龙激战的总体印象。龙的形貌有"九似"之说，即头似牛，嘴似驴，眼似虾，角似鹿，耳似象，鳞似鱼，须似人，腹似蛇，足似凤（《画龙辑议》）。另有传说记载："龙生于水，披五色而游。欲小则如蚕蠋，欲大则藏于天下，欲上则凌于云气，欲下则入于深泉。"（《管子》）

这两支曲子写龙斗，开始就点染出一种神秘、恐怖、奇幻和威力无比的氛围，令人从情绪上受到强烈的震撼。"天北天南"、"云闭云开"，先极言战斗空间之壮阔，同时也勾勒出了二龙飞舞流动、吞云吐雾的磅礴气势。"卒律律电影重，古突突雾气浓"，展现的则是一派电光闪闪，云雾茫茫险恶凄厉的景象。这里剧作家交织变幻出的是一副天空、地面、海上、水下的立体战争图画，光怪陆离，恢宏阔大，惊耳怵目，气势绝非寻常战斗可比。

《文心雕龙》说，"神道难摹，精言不能追其极"（《夸饰》篇）。描写古人幻想中龙这种神奇动物，无本可源，无迹可求，自然有其难度；更重要的还须顺势而出，自然成趣。〔斗鹌鹑〕写云、水、烟、火、电、雾、雷、风，而不具体描绘二龙朱须激发、爪牙伏利之状，把战斗包藏于自然气氛中，这就抓住了"神龙见首不见尾"的特点，相当高明。这里把龙的形态"隐"去，但对二龙相斗所波及的空间和激发出的声响、烟火、洪水，则是异乎寻常之"显"，便构成了深邃的意境和吸引人的艺术魅力。这支曲子不过五十七字，用语极为奔放而又精到，连续使用富有夸张色彩的开、闭、淹、冲、罩、飞、烧、烘、起、轰等动词和重叠拟声词，愈发显出二龙战斗奔涌跌宕之势与狂怒的情绪。后两句，由四言转入六言、八言，对仗工稳，音节铿锵，体现了声文之美；同时又以文字之多寡，形成板式之疏密，使歌唱得其高下闪赚之神，这虽然有宫谱的规范，但若非手眼兼到的作者，也是难办的。

和第一支曲子不同，第二支〔紫花儿序〕曲子用的是假借的表现方法。经过前面的直接铺写后,再借樵子、仙童、渔翁目睹二龙相斗产生的反响,忽张忽翕,参差错综,其焦距仍是扣在"龙斗"上面。连用唬、慌、险三个字,来修饰"杀"字,逼肖地勾出了人物目瞪口张之状。不同的人在不同地方,见了这种厮杀慌成这副样子,观者与读者若见了又将如何?剧作家对"龙斗"未作正面描写,而是借人物感受来叙事和烘托主题,不仅让人用耳朵、眼睛,更多的是用心灵去发现美和领悟美。尤为妙绝的是,这里连高立云端、神力不凡的电母,不知是云层被二龙相斗搅乱了,还是因为这世纪末日来临的天昏地暗景象唬杀了,竟险些("争些儿")摔到了地埃尘。在叙事中磊磊跌宕又插入闲情,更给人高峰突起、耳目一新之感。这几支曲子都是以电母为视角,而她在神话传说中升腾自如,通过她来报告二龙超越人寰的战况,符合浪漫主义创作方法。否则,夸过其理,则名实两乖了。

下面三支曲子,先以倒叙之法宕开一笔,再进一步描写二龙相斗之奇景。〔小桃红〕写泾河小龙和火龙飞出龙宫,到决战场地的转换。

"大开水殿饮金钟,厮琅琅几部笙歌送,不觉的天边黑云重",说的是在繁密而急骤的出征音乐中,小龙吸水如同拿着金杯饮酒一样,吸着吸着,连天的颜色都变了,满目尽是那峥嵘凄厉的黑云。这里用饮酒来比喻龙吸水,就把不足凭信的神话化为真实可感的艺术形象。但剧作家又不到此为止,且以瞑瞑的气象加以烘托,愈见其苍莽雄宕之气。然而,火龙飞入水晶宫的一刹那,又使这气势大增:它御风挟雷突然杀上门来了!"昏邓邓敢包笼",是说在海底的昏暗光线中,大概("敢")火龙什么都可以冲破和笼罩("包笼")的。你看,水晶宫顶上一陇陇瓦片掀飞了,支撑屋顶坚固无比的斗栱也带起了,它们蜿蜒升降、一前一后矫健地出水而去。这几句气派雄畅,想象奇特,形象生动,有力地展现了这场恶战之前神秘、恐怖的气氛。

〔紫花儿序〕是写二龙出水后,你追我赶,开始厮斗。古代画家认为"画龙尤难"："盖一主于变化出没，必流于戏墨，于画法甚亏。若拘于画法，则又乏变化之意。"（《画鉴》）写龙斗其理相通。这里所言"洪水滔天"，指小龙；"烈火飞空"，指钱塘龙。一条龙逃上天空（"碧落"），另一条紧追不舍直刺苍穹，有变化，又体现了若奋风云、鳞甲藏烟的战斗气势。接着，剧作家用笔再化开去，写鳖大夫、龟将军、鼍相公等水族呐喊争杀的场面，由空中渐及海洋，才愈使人觉得这个战场是没有尽头的。"早翻过那海岛十洲，只待要拔倒了华岳三峰"，这两句看似信笔而下，却是雄快有力。海岛十洲是古代传说中仙人居住的十个岛屿。华岳即西岳华山。仙人居住的岛屿相距何等遥远，华岳三峰何等坚固，而在二龙追逐战斗中转眼即过，摇摇欲坠，这速度和力量岂不惊人？由于这些地方不拘泥于二龙相斗的主体描写，而通过精巧奔放的曲词、景物去让人品赏和体验，人们才能发现这种壮阔之美，并获得愉悦和满足。这可谓更高层次的审美价值。

最后一支曲子，概括了二龙激战后的景象。除首尾两句，剧作家仍多取侧笔。"凡写事境宜近，写意境宜远。近则亲切不泛，远则想味不尽。"（《昭昧詹言》）龙可以"小如蚕蠋"，大战起来当然显露出硕大无朋的真相，所以会搅动得天旋地转，山河失色。这里写蓝天被染成一片赤焰，铜山铁壁则如一抔泥土，着重的便是"远"字，使人透过这怪异、迷蒙、凄厉的景象，恍然如置身于另一个洪荒时代，领略着二龙战斗以至整个造化的无穷威力。"赤焰焰满天红"虽有写二龙相斗之意，但主要写钱塘火龙的优势。有了这一句衬托，下面描写战斗胜负的收句才不致于有突兀、跳脱之感。这支曲子始于云空，结于烂泥之中，可见其章法虚实变幻、精巧蕴藉的匠心，既体现出战斗急转直下之势，又寓有劝善惩恶的寄托。对照小龙出征时的神气，再看它往烂泥中顶、钻（"劓"）的样子，可发一笑。

《柳毅传书》这一折主要以唱来表现战斗，而不是以表演正面展示的。正如郑振铎所说，"元剧的写战争往往以探子的报告了之。纯粹以'武打'为骨干的戏像《白水滩》等等在元、明杂剧里是绝对没有的。"(《中国剧场的变迁是怎样的?》)一方面可见我国戏曲发轫阶段,受着宋金时代流行的诸宫调等说唱文学的影响;另一方面,这种"一人主唱"形式,则能较为集中、淋漓地叙事和抒情,特别是能把迅速变换的时间空间充分地展现出来,挣脱和超越形体模拟,极大地突出创作主体精神。如二龙相斗,改用戏曲舞台上的"龙形"扮演腾飞、出征、厮杀等,气势与情趣将人不相同。

（周培松）

洞庭湖柳毅传书

尚仲贤

第 三 折

〔商调·集贤宾〕则俺那寄书来的秀才错立了身,怎能勾平步上青云。则为他长安市不登虎榜,救的我泾河岸脱离羊群。他本望至公楼独占鳌头,今日向洞庭湖跳过了龙门。则我这重叠叠的眷姻可也堪自哂,若不成就燕尔新婚,我则待收拾些珍宝物,报答您大恩人。

〔金菊香〕则我这凌波袜小上阶痕,手提着沥水湘裙与你入殿门,在这浑金椅前（做见二亲科,唱）参了二亲。那一场电走雷奔,（做见钱塘君科,唱）驾风云的叔父你可也索是劳神。

〔后庭花〕俺满口儿要结姻,他舒心儿不勘婚。信口儿无回话,划的偷睛儿横觑人。我这里两眉颦,他则待暗传芳信;

对面的辞了亲,就儿里相逗引。俺叔父敢则嗔,那其间怎的忍,吼一声风力紧,吐半天烟雾昏,轻喝处摄了你魂,但抹着可更分了你身。你见他狠不狠,他从来恩不恩。

〔柳叶儿〕秀才也敢教你有家难奔,是是是熬不出寡宿孤辰。谁着你自揽下四海三江闷,你端的心儿顺,意儿真,秀才也便休愁暮雨朝云。

〔浪里来煞〕这薄礼呵请先生休见阻,送行者宁无赆。则为你假乖张不就我这门亲,害的来两下里憔悴损。我则索向龙宫纳闷,怎禁他水村山馆自黄昏。

尚仲贤的《柳毅传书》与李好古的《张生煮海》被称为元代神话剧中的双璧。谈到文辞之美,人们往往称赏《张》剧;谈到关目之妙,则往往提及《柳》剧。《柳》剧的语言,也颇有可观,其佳处即在第三折。

第三折写洞庭君感柳毅恩德,为龙女三娘求婚,遭柳毅拒绝,于是水殿排宴为柳毅送别。龙女三娘该有什么样的心情呢?这是第三折曲文的描写内容。

龙女对柳毅的感情,与《张生煮海》中琼莲之于张羽以及其他爱情戏中男女主人公关系的不同之处有三:一、柳毅是落第举子,三娘并不是爱慕他出众的才华和人品的旖旎风流,企望获得人生的荣华,做夫人县君。二、他们不是一见倾心,而是经过了考验。三娘在危难之中遇到柳毅,托以命运攸关的大事,柳毅不负所托,挽救了她的命运。三、经过了比较。在饱受"躁暴不仁"、"霹雳火"般无情郎君的折磨迫害之后,对柳毅仗义勇为、热情助人的品格就会有更深的感受。当初柳毅答应寄书之时曾说:"你异日归于洞庭,是必休避我也。"三娘答应说:"岂但不避,大恩人便是我亲戚一般。"现在,果真在洞庭相遇了,三娘认为柳毅可以托付终身,有一种恩爱兼有的感情。在三娘看来,这是一桩美满姻缘。然而柳毅拒绝了婚姻。婚事不成恩义在,所以在〔集贤宾〕里主要是抒发她对柳毅的感恩之情。开口便是"则俺那寄书来的秀才……"著一"俺"字,把她对柳毅爱慕、亲切的内心感情,信口流出,构成本折三娘感情的基调。下面用铺展的手法,把"他"与"我"、他的"理想"与"今日"现实进行对比,述说了柳毅的寄书救拔之恩,最后收拢:"若不成就燕尔新婚,我则待收拾些珍宝物,报答您大恩人。"这是她强抑愁情感恩图报的方式。紧接着〔金菊香〕一曲叙述三娘上阶入殿,参拜父叔准备拜谢柳毅的过程。此时的三娘,一改牧羊时风鬟雾鬓的憔瘦容颜,变得美丽动人。柳毅一见,不仅后悔不该拒绝婚事,而且又向三娘"暗传芳信",这就使三娘的感情复杂了。〔后庭花〕一曲先是怨柳毅当初不该拒婚。但毕竟柳毅是有感情的,所以才"偷睛儿横觑人"、"暗传芳信"、"就儿里相逗引",一则以喜;转念一想,柳毅的翻覆被性情火爆的叔叔钱塘君知道了,又当如何?"俺叔父敢则嗔,那其间怎的忍,吼一声风力紧,吐半天烟雾昏,轻喝处摄了你魂,但抹着可更分了你身。你见他狠不狠,他从来恩不恩。"一则以惧。本来是可以如愿以偿的婚姻,为什么会横生枝节?还不都是你柳毅拒婚的结果!于是〔柳叶儿〕曲开始转惧为怨:"秀才也敢教你有家难奔,是是是熬不出寡宿孤辰。谁着你自揽下四海三江闷!"这惧不是对自身的担忧,而是出于对柳毅安危的关切。怨是怨其未能早谐连理,爱深怨才深。在惧与怨的背后,蕴涵着对柳毅的爱,所以〔柳叶儿〕曲的最后,又变成对柳毅的安慰了:"你端的心儿顺,意儿真,秀才也便休愁暮雨朝云。"眼前明明是云敛巫山,怎么说"休愁暮雨朝云"?这是作者制造的悬念,为第四折情节的发展埋下伏线。最后一曲〔浪里来煞〕是整折感情的收煞。"这薄礼呵请先生休见阻,送行者宁无赆",照应首曲〔集贤宾〕中"我则待收拾些珍宝物,报答您大恩人"。"则为你假乖张不就我这门亲,害的来两下里憔悴损",照应〔柳叶儿〕〔后庭花〕数曲,亦怨亦爱数语包笼。"我

【洞庭湖柳毅传书】

则索"以下数句,又对未来孤苦相思的愁闷生活作出预示,含不尽之意见于言外。此曲作为本折的收束,是很出色的。

本折中,龙女三娘出场之后,剧情没有大的转折,但剧作家却于整中求变,使戏剧跌宕起伏。这种变化,主要表现在人物感情的变化上。所抒发的主要是对柳毅的感情,但〔金菊香〕一曲插入对钱塘君的感戴之情;对柳毅的感情,或悲或喜,或怨或惧,或深情安慰,或黯然魂销,细腻地刻画了人物内心世界的变化,造成感情气氛的波澜叠起。本折曲词以抒情为主,间或插进一些叙述,如第二支曲子〔金菊香〕,也收到使感情摇曳生姿的艺术效果。但是戏的感情主旋律是和谐统一的。周德清《中原音韵》说:"商调凄怆怨慕",用商调曲反复吟唱,使曲文相托,声情并茂,大有荡气回肠的感染力量。

这种感情之所以感人,就在于它是真情、实情,是处于特定情境之下人的正常的、合理的思想感情,而不是无病呻吟,矫揉造作的伪情、虚情。主人公的身份是龙女,其感情却是普通人的感情,人物的行动和生活环境所体现出来的,又是龙的特点,把人与龙的特点巧妙结合,创造出似人间又非人间的水晶龙宫环境,具有浓厚的神话色彩。剧作家把一些常见的有关典故化虚为实,组成工整的对偶句式,造成人与神、他(柳毅)与我(龙女)的鲜明对照,增强戏剧效果。"则为他长安市不登虎榜,救的我泾河岸脱离羊群。他本望至公楼独占鳌头,今日向洞庭湖跳过了龙门。"虎榜,即龙虎榜,是说举进士时天下名士同登一榜,被喻为"龙虎榜"(见《新唐书·欧阳詹传》),后因用以称进士榜。虎字是虚,羊字是实,虚实对照。至公楼指科举时代试院的大堂;科举时代迎殿试榜时,状元立殿前中阶石上,石上刻有龙及巨鳌,故称状元及第为独占鳌头。跳龙门,本是借《三秦记》中关于鱼跳过龙门可以成龙的传说,比喻科举登第,这里把这一人们熟悉的典故化虚为实,写出龙宫景象,见出新意,"凌波袜",典出曹植《洛神赋》,写洛水女神宓妃"凌波微步，罗袜生尘"，后来人们也用它形容女子步态的美好。这里也把它落实了："则我这凌波袜小上阶痕，手提着沥水湘裙与你入殿门"，"凌波小袜"与"沥水湘裙"相应，不仅写出三娘水中行走的轻盈仪态，而且显现出龙宫晶莹透澈的特有景色。写双龙相斗是"电走雷奔"；写钱塘龙来去是"驾云雾"，盛怒则是吐烟雾、吼生风；相赠尽是金珠财宝……正因为写的是正常人的感情，所以能为人理解，使人受感动，又因为写了特殊的环境、异类的作为，又使人感到新奇，具有浓郁的神话色彩。"则为他……救的我……""俺满口儿要结姻，他舒心儿不勘婚……我这里两眉蹙，他则待暗看传芳信"，"他"与"我"并提对举，不仅看出三娘对柳毅的一片深情，也可看出人神之间的矛盾，抒情之中也推动着戏剧冲突的发展。

情是真情，抒情用的语言也本色天然，不假雕饰。瑰丽精工是一种美，用看似寻常的语言，准确地抒发出人物的肺腑之情，是一种由华返朴的天然美，没有深厚的艺术造诣是不能达到的。朱权在《太和正音谱》中说："尚仲贤之词如山花献笑"，它不是人工培植、精心修剪过的家花盆景，而是不失造化之美的天然风韵。

更值得一提的是，剧曲不是案头文学，它以适合舞台演出为美。请看〔后庭花〕一曲，在"他""我"对照之中，把在科白中没有写到的柳毅的偷睛觑人、暗传芳信、就里逗引等种种动作补充得气足神完。舞台上虽只有龙女在唱，却有柳毅的动作表情相配合烘托，满台是戏，真能令观者应接不暇。

此剧在戏曲舞台上盛演不衰，影响很大。近人梅兰芳演出京剧《龙女牧羊》即系根据此剧改编。越剧等剧种也都改编演出了此剧。又清代李渔将此剧与另一元杂剧《张生煮海》合并改编为传奇《蜃中楼》。

（张燕瑾）

陶渊明归去来兮

尚仲贤

第 四 折

〔正宫·倘秀才〕面对着青山故友,眼不见白衣送酒,我则怕明日黄花蝶也愁。好教我情绪懒,意难酬,无言低首。

〔灵寿杖〕西风落叶山容瘦,呀呀的雁过南楼,霜满汀洲,水痕渐收。山泼黛层层嶮①,水泛碧粼粼皱。记的是清明三月三,不觉又重阳九月九。

陶渊明是晋代大诗人。以他为题材的元明戏曲大都联系到他辞官退隐的生活,表现他在《五柳先生传》、《归去来兮辞》等名篇中所显示出来的不事权贵、向往田园的精神境界。元代有不少散曲歌咏陶渊明的归隐事迹,但元代杂剧专门写陶渊明的却并不多见,今知只有尚仲贤的这个剧目。流传至今的这两首曲子见于明初朱权的《太和正音谱》,清初李玉的《北词广正谱》则收了〔倘秀才〕一曲。《正音谱》中注明是"尚仲贤《归去来兮》第四折"。天一阁本《录鬼簿》题名作:"王太守白衣送酒,陶渊明归去来兮。"由此可以推测,本剧剧情大约依据《晋书》本传内容敷演。第四折当是写陶渊明弃官归田后的感情经历。这两首残曲抒发了他在重阳节的一种感慨情怀。

〔倘秀才〕曲写剧中主人陶渊明面对着青山如故,对比人事已非,不免感慨系之,愁绪顿生。他的脑中又浮现一幕令人难以忘怀的往事。那一年重阳节,他在菊丛中闲坐,正苦于无酒时,适逢江州刺史王弘派白衣小吏送酒来,正足以令他欣然一醉。但这种美好的情景已经逝而不返了。苏轼曾有词句云:"万事到头都是梦,休休,明日黄花蝶也愁。"(〔南乡子〕《重九涵辉楼呈徐君猷》)今日正是重九时节,剧中的陶渊明大概又在宅边菊丛中闲步,见此景生此情,发出了"明日黄花蝶也愁"的慨叹,也就十分自然,并无借用痕迹。"无言低首",一个"停顿"动作,以静胜动,以少胜多,既表现了"情绪懒,意难酬"这种无奈的伤感,更寄寓了一种意味无限的韵致。也许这"无言"之中,正深蕴了一句"潜台词",即东坡词中的另一句话:"万事到头都是梦。"

〔灵寿杖〕曲词内容经二折而成为三层。首四句是第一层,写眼前秋景。眼前是西风落叶、霜满汀洲、山容已瘦、水痕渐收的萧萧秋色。突然耳边传来"呀呀"两声雁鸣,令人陡然为之一惊。这北雁南飞,横天而过,又为萧萧秋色平添了几分凄凉。这里有两处化用了前人的诗意:"西风落叶山容瘦"由宋代陆游《秋思》诗句"风林脱叶山容瘦"中化来;"雁过南楼,霜满汀洲"由唐代杜荀鹤《题新雁》诗句"暮天新雁起汀洲"中化来。陆、杜的诗都是写暮秋景物的,其"秋思"之情与本剧中此时的特定情境正天然吻合。接着,"山泼黛层层嶮,水泛碧粼粼皴"一个对句,是为第二层,写出了一番春意盎然的山水景色。山而"泼"黛,水而"泛"碧,多么生动迷人,不仅色彩斑斓,而且生机勃勃。此对句以色彩浓郁的青山绿水,与上面所咏的山容瘦、水痕收正形成了鲜明的对照。这是剧中主人公对春天的回忆,对美好的故土的眷念。但回忆中的美好风光毕竟只是心中的瞬间幻影,很快又回到了暮秋的现实。这就是本曲的第三层,一个淡淡的对句:"记的是清明三月三,不觉又重阳九月九。"上句交待回忆中所见山水风光的时间;下句点明眼下的时令。于淡泊中隐隐透出了对时间匆匆流逝的叹息,和对某种美好事物的失落的遗憾意绪。

从这两首曲子中可以看出,《归去来兮》是一个充满着诗情画意的杂剧。可惜我们已无法见到全剧风貌。这两首曲子之所以留传至今,是因为在元明时演唱不绝,因而被广为记录的缘故。这些曲子意蕴深致,富有魅力,而且音韵浏亮,琅琅美听,自然易于诵唱。〔灵寿杖〕更是传唱于一时的名曲。至清中期李调元作《雨村曲话》时还倍加赞赏:"尚仲贤《归去来兮》:'西风落叶山容瘦,呀呀的雁过南楼',俊语也。"

(叶长海)

〔注〕 ① 崄(xiǎn 险):同"险",险要高峻的样子。

海神庙王魁负桂英

尚仲贤

〔双调·新水令〕岂不闻举头三尺有神祇,咱人便行一步也有个当方土地。想着那应举去了的折桂郎,那厮做了个拐恩情的打家贼。咱别话儿休题,王魁才可招取俺那海神庙说来的誓。

〔夜行船〕我望着正面儿尊神忙拜起,哎,吁! 长吁了两次三回。办着我一点虔心,阁着两行情泪,哎,耶耶也,则这埚儿是是俺那送行的田地。

〔沉醉东风〕则他那人间语天闻若雷,但行处祸福相随。国家明明的放着王法,耶耶! 你须暗暗的施着神鬼。各要个寸心不昧,兀的般弃旧怜新将盟誓违,惯得他磣可可的辜恩負德。

〔庆东原〕清耿耿将明香来爇,骨碌碌将杯筊①掷,则见尽今生到老无抛弃;却不道夫唱妇随,夫荣妇贵,俺可是末夫妻来也那②福齐。耶耶,怎教别人更戴了我金冠,也披我这霞帔。

〔乔牌儿〕我图个甚的,怎承望有今日!成时节自不合道成的容易,今日个待悔来怎的悔。

〔折桂令〕元来这乞儿每饱病难医,我知道这厮负德辜恩,枉了我举案齐眉。那其间忍冷耽饥,穷滴滴少衣无食,大古里怎生般家豪富贵,划地那厌娼人门户低微。他如今在宰相家里,别娶了娇妻,锦帐罗帏,步步儿相随,永不相离。我一捻儿年纪,耽阁了我身奇。我叫一声王魁,王魁喽,你营勾了我当甚末便宜。

〔胡十八〕则为你便忒正直,着你做神祇。这的是他负了俺,须不是俺虚脾。这殿阶前空立一统③正直碑!我付了这壁,我告诉与那壁,你为甚将我不应对?元来是这一堂儿都是个塑来的泥。

故事情节据宋张邦畿《侍儿小名录拾遗》引《摭遗》等书所载,叙述妓女桂英资助书生王魁,"君但为学,四时所须我为办之。"过了一年,王魁赴考,二人往海神庙盟曰:"吾与桂英,誓不相负;若生离异,神当殛之。"后王魁得中状元,弃桂英另娶崔氏,授徐州签判。桂英遣人持书往,王魁负誓渝盟,叱书不受,将下书

【海神庙王魁负桂英】

人赶了出来。桂英闻后愤极,"魁负我如此,当以死报。"遂挥刀自刎。死后化为厉鬼活捉王魁,责其负义,曰:"得君之命即止,不知其他。"王魁数日后忽病竟死,终于使冤仇得报。

据宋末周密《齐东野语·王魁传》的考证,王魁字俊民,宋代人,仁宗嘉祐年间中过状元。故事至迟在南宋时已经广泛流传于民间,明叶子奇《草木子》云:"俳优戏文,始于《王魁》,永嘉人作之。"钱南扬《宋元戏文辑佚》尚存残曲十八支,可能系《海神庙王魁负桂英》的祖本,因在关汉卿《诈妮子》第三折〔绵搭絮〕、李文蔚《燕青博鱼》第三折〔煞尾〕以及徐琰〔双调·蟾宫曲〕《青楼十咏》、马致远〔南吕·四块玉〕《海神庙》套曲,均已引到它们,而尚仲贤的《海神庙王魁负桂英》不会较关作等为早。现今皮黄仍保留有《活捉王魁》的剧目。田汉又作《情探》二十七场。

该剧仅存残折,共十四支,见赵景深《元人杂剧钩沉》,写桂英自杀前向海神像控诉王魁负心的情节。从〔尾声〕"觅个自尽"来看,似为第三折。

一开始作者通过〔新水令〕曲把女主人公的悲惨境遇展示在读者面前。"岂不闻"三字即表露了满腹怨恨而哭诉无门的心理,因为桂英是一个受歧视和被凌辱的妓女,使她难以同"发迹变泰"而成新贵的负心者进行面对面的较量,在当时无力伸张正义的社会条件下,只得把希望寄托在神灵身上。"神祇"谓天地之神,《释文》:"天曰神,地曰祇。"相信神灵的力量能使恶人得到惩治,她正是怀着这种强烈的愿望到海神庙去的。"想着那应举去了的折桂郎,那厮做了个拐恩情的打家贼。"特意点明王魁"折桂郎"的身份。"折桂"谓登科,一旦科举及第,平步青云,便伤天害理,这正是造成桂英悲剧深刻的社会根源。"拐恩情",揭示了忘恩负义的禽兽本质,为情节的发展定下了基调,也为日后的复仇张本。"打家贼"这一形象的写照,则将其奸诈、贪欲的丑恶本相暴露得更为充分。

接着〔夜行船〕曲写桂英到了海神庙,她连忙跪拜,吁嗟悲叹。"长吁了两次三回"，这一细节刻画了她的万言难诉、愤激欲绝的情态和心绪。但她没有声泪俱下的哭啼，也没有怨天尤人的呼号，而只是反复地感伤，她深知自己委身王魁是不甘于沦落风尘生活，争取"落籍从良"终身有托，结果却落得个赍恨以终。"办着"，犹言准备着，"虔心"曰"一点"，"情泪"则"阁着"即忍着，说明在命运残酷的打击下，仍强行抑制着内心的悲痛，进行控诉、谴责和抗争。"耶耶"语气词，表示感叹，因为这个处所正是为他送行的地方，睹物伤情，越想摆脱这种情景的缠绕，怎奈摆脱不掉，这自然再次勾起了她对王魁薄幸的愤懑，〔沉醉东风〕曲正是这种怨恨盈怀感情的抒发。

她认为清明无私的天地该分辨是非，国家的王法应主持正义，神灵则当施展法力来惩恶扬善，而严酷的事实是作恶的却因祸得福，"兀的般弃旧怜新将盟誓违，惯得他碜可可的辜恩负德"。"兀的般"，这个，表示惊讶。"惯"，纵容。"碜可可"，意谓实实在在的。这种是非的颠倒，动摇了她对天地、神灵、王法的信念和幻想，迸发了难以抑制的不平之鸣，显示了不甘忍气吞声而敢于抗争的意志，使人物沉着、坚毅的思想性格得到了升华。

〔庆东原〕〔乔牌儿〕〔折桂令〕三曲通过桂英对不幸遭遇和受辱原委的回顾，揭露了王魁件件桩桩的恶行。她曾点燃过清耿耿的明香；掷过骨碌碌的杯筊，透过这一细节，反映她盼望能遇上一个志诚的人，达到"今生到老无抛弃"的意愿，使身有所托。"却不道夫唱妇随，夫荣妇贵。""却不道"用在成语之前，意即"岂不是有所说"，这种世俗观念影响是难以避免的，但对从良并不存在过分的奢求，然而就连这么一点可怜的最低要求也无法实现，结果落得个连夫妻的名义都没有，而却使别人"戴了我金冠，也披我这霞帔"。满心委屈，无穷思虑，在这血泪凝成的控诉中，揭露了"结亲权门""富贵易妻"所造成的悲剧后果，反映了封建社会妓女普遍的不幸命运。痛定思痛，真是"今日个待悔来怎的悔"。

当她认识到王魁的贪婪无厌和背恩弃义的嘴脸，真是悔不该白费了我那似

【海神庙王魁负桂英】

孟光"举案齐眉"的相敬挚情，她深感自己认错了人。往日潦倒时"忍冷耽饥"、"少衣无食"，有如"乞儿"无以为生，说明他的信誓旦旦，不过只是为了摆脱困境的权宜之计，等到科举及第，所谓"朝为田舍郎，暮登天子堂"，社会地位陡变，"大古里怎生般家豪富贵"。"大古里"，总之是的意思。"怎生般"，犹言如此就翻脸不认人，平白无故地"厌娼人门户低微。"为此她要鸣不平，伸冤屈，接着通过强烈的对比，来揭露这种"富易交，贵易妻"的罪恶勾当。一边是宰相择婿，别娶娇妻，"锦帐罗帏"，步步相随；一边却是惨遭揶弃，孤苦伶仃，"我一捻儿年纪，耽阁了我身奇"。"一捻"形容青春年纪，"奇"字助音无义。这无异是对她身心最大的折磨和摧残，含冤受屈的愤恨，一起涌上心头，倾泻而出，"王魁嗏，你营勾了我当甚末便宜。""营勾"谓诓骗，这正是王魁这个负心汉的无赖恶行的形象写照，具有强烈的社会批判性。

〔胡十八〕一曲，从"神祇"入笔，以"神祇"收笔，从时空上补叙了以上曲词是桂英在海神像前所进行的悲愤控诉，同时揭示出特定环境下人物内在的心理冲突，她心中郁结着多少委屈和怨恨，哀哀无告，只得求助于"正直"的神灵，而且是非曲直又是如此实实在在，她坚信自己的无辜，根本没有半点虚情，"你为甚将我不应对？"在这饶有风趣的诘问中，愤激之情溢于言表，仰首一望，"元来是一堂儿都是个塑来的泥。"从开始对神灵的幻想到对神灵的否定和蔑视，这一省悟和转变，使桂英的性格得到进一步的升华和展现，从而使她直面现实，使以后生而复不了仇，死后为鬼也要复仇的意志有了感情的依据，也为情节的发展进行了很好的铺垫。

曲词能紧扣人物的性格，通过桂英欲求无援的气、恼、怨、恨，写来始终保持坚毅意志的这一主体。如对神祇的态度，经历了始而相信、依恃，进而怀疑、否定的发展过程，准确掌握了人物的意志在遭到严重阻挠而引起的内心冲突，也增强了悲剧的感人力量。

王魁的负心在当时是有典型意义的，作者除了揭示其卑劣的行径外，还层层剖析他的丑恶灵魂，从而形象地披露了由于阶级地位的变化而造成"婚变"的社会根源，而且采用前后人物关系的对比，落魄时的穷困潦倒，发迹后的得意忘形，对王魁的负心起到了批判讽刺的作用；对桂英的不幸则起到强调渲染的悲剧效果。

（胡雪冈）

〔注〕 ① 杯茭：又称珓杯，旧时迷信求卜吉凶所用的器物。 ② 也那：衬词，无义。 ③ 一统：犹言一块。

石君宝

平阳（今山西临汾）人。生平事迹不详。以写家庭、爱情剧见长。所作杂剧今知有十种。现存《秋胡戏妻》、《曲江池》、《紫云亭》三种。《紫云亭》一说为戴善甫作。今人孙楷第《元曲家考略》考出石君宝为女真族。姓石戋，名德玉，字君宝，元世祖至元十三年（1276）去世，享年八十五岁，可备一说。

鲁大夫秋胡戏妻

石君宝

第 二 折

〔叨叨令〕你道是鸾凰则许鸾凰配，鸳鸯则许鸳鸯对，庄家做尽庄家势。留着你那村里鼓儿则向村里擂。其实我便觑不上也波哥，其实我便觑不上也波哥。我道你有铜钱则不如

【鲁大夫秋胡戏妻】

抱着铜钱睡!

〔煞尾〕爹爹也,怎使这洞房花烛拖刀计①?(李云)我这模样,可也不丑。
(正旦唱)我则骂你闹市云阳②吃剑贼!牛表牛筋③是你亲戚,大户乡头是你相识。哎!不晓事庄家甚官位?这时分俺男儿在那里:他或是皂盖雕轮绣幕围,玉辔金鞍骏马骑,两行公人排列齐,水罐银盆摆的直,斗来大黄金肘后随,箭来大元戎帅字旗。回想他亲娘今年七十岁,早来到土长根生旧乡地。恁时节母子夫妻得完备,我说你个驴马村夫为仇气。那一个日头儿知他是近的谁,狼虎般公人每拿下伊。我可也不道轻轻的便素放④了你。

秋胡戏妻是我国古代广为流传的民间传说。最早见于汉代刘向的《列女传》,古乐府有《秋胡行》歌咏这个故事,唐五代时有《秋胡变文》,故事内容有所发展。石君宝则把这个故事搬上了杂剧舞台。

鲁国人秋胡与罗梅英结婚才一天,就被征去当兵,一去十年,毫无音讯。梅英在家辛勤劳作,安贫守志,侍养婆婆。同村财主李大户要想霸占梅英,被梅英坚决拒绝。这时,秋胡因军功升为中大夫,得意荣归。在路过自家桑园时,巧遇正在采桑的梅英,但他们已互不相识,秋胡上去调戏,遭到梅英痛骂。回家后梅英发现调戏自己的正是阔别多年的丈夫,就要和秋胡断绝夫妻关系。后经婆婆以死求情,她只好作罢。

杂剧第二折写罗梅英严拒李大户逼婚的经过。财主李大户想强占梅英为妻,梅英父亲、破落财主罗大户为卸去债务,同意了他的无理要求。于是李大户就以金钱势利诱逼梅英,梅英当面给予峻拒,并痛斥了他的无耻手段。

〔叨叨令〕是罗梅英对李大户的利诱的斥骂。李大户带着鼓乐队企图强行迎娶梅英，他恬不知耻地说自己与梅英正是鸾凰、鸳鸯相配。梅英面对李大户及他的那些吹鼓手，用讥刺的口吻针锋相对地痛斥："你道是鸾凰则许鸾凰配，鸳鸯则许鸳鸯对，庄家做尽庄家势。留着你那村里鼓儿则向村儿擂。"李大户计穷词屈，只能以金钱作炫耀，梅英义正词严地表示："其实我便觑不上也波哥，其实我便觑不上也波可。我道你有铜钱则不如抱着铜钱睡！"曲词表现了梅英绝不可欺的人格与不为金钱所动的骨气，表现出她对有钱有势的恶势力的厌恶与蔑视，是本剧中梅英形象最为光彩的一笔。

〔煞尾〕首句为梅英斥责父亲暗设机关，帮助李大户的强婚计划，使女儿陷于孤立绝望的困境。接着骂祸首李大户是一个该千刀万剐的贼子，并嘲笑他与流氓恶少为亲、与乡下地主富户为友，就自认为了不起。她以蔑视的口吻表示并不惧怕他们这股势力。"这时分，俺男儿在那里"以下一段是梅英以想象中威风的丈夫与"不晓事的庄家甚官位"作对比，这是明显受乐府叙事诗《陌上桑》罗敷夸耀夫婿以拒婚的手法启迪，然《陌上桑》委婉而俏皮，本曲则率直而愤慨。她夸耀自己从军的丈夫是一个有能力成为将帅的人物，不久就要来收拾李大户这个恶人。这里用对比手法充分表现了梅英爱憎分明的感情。她对李大户这样的恶势力表示仇视与厌恶，并一定要惩罚他的罪行，决不宽恕；同时又表现了对自己丈夫的眷恋与信任。梅英这种坚贞不渝忠于秋胡的爱情，与以后秋胡薄情负义的行径恰可形成强烈的对照，从而为本剧的主要情节——梅英与秋胡的戏剧冲突巧妙地作一伏笔。

〔叨叨令〕和〔煞尾〕两支曲子有力地表现出梅英忠贞如一、爱憎分明、富贵不能淫、威武不能屈的崇高品德和机敏果敢的抗争精神。以后梅英与秋胡的坚决斗争正是这一性格发展之必然。这两支曲子的共同特点是善用多句排比和铺陈，展示了一种奔涌不息的气势。〔叨叨令〕的排比句把梅英斥退李大户的决心铺写得十分坚决、彻底,犹如出闸之水,一往无前,决无反顾。〔煞尾〕中梅英想象丈夫威风的六句铺排,则有力烘托了梅英俯视恶势力的气概,具有压倒气焰嚣张的对手的作用。

〔叨叨令〕虽则读来明白如话,不见雕饰,实则是精心守律之作,充分发挥了本曲韵律上固有的气度。〔叨叨令〕定格共七句,首四句句式完全相同,有反复咏叹、一气贯通之感。五六两叠句,重复吟唱,使前四句积成的语势,在此处略一停顿和转折,蕴蓄为一种语势的落差,然后在最后一句释放出来,句式又与前四句完全相同,更增加了节奏起伏、气势不绝的感觉。〔叨叨令〕的这种曲格既可以产生回环往复的缠绵之势,也可以产生浪浪相推的奔涌之势。《秋胡戏妻》中这支〔叨叨令〕属于后者。如果划出了衬字,就可以看出它完全合乎曲格:“(你道是)鸾凰则许鸾凰配,鸳鸯则许鸳鸯对,庄家做尽庄家势。(留着你那)村里(鼓儿)则向村里擂(按,此为拗句)。……(我道你有)铜钱(则不如)抱着铜钱睡!”此曲全部用排句,用字成句的样式完全相同,有节奏反复、一气到底、势不可挡的语感。从中可看出作者精心地利用了曲格的气势,并选择去声韵(配、对、势、擂、睡),遂收决断有力的效果。

本折的〔煞尾〕利用此曲格可多处反复增句的自由度,采用“增句格”充分展开铺写,极力渲染了设想中秋胡的显赫威势,对想象中秋胡归来严惩恶人的经过作了细致铺陈。写来从容有度,气势非凡。

(叶长海)

〔注〕 ① 拖刀计:战场上武将用计谋制敌的一种刀法。比喻引诱敌方上当的机谋、阴谋。
② 云阳:地名,在今陕西淳化西北。秦朝的宰相李斯被杀于此,后戏曲小说因以称行刑的地方。 ③ 牛表牛筋:对农村中恶少年的蔑称。也作牛金牛表。 ④ 素放:宽恕,释放。也作索放。

鲁大夫秋胡戏妻

石君宝

第 三 折

〔满庭芳〕我慌还一个庄家万福。他不是闲游的浪子，多敢是一个取应的名儒。我见他便躬着身、插着手、陪言语。你既读那孔圣之书，我是个采桑养蚕妇女，休猜做锄田送饭村姑。他酪子里丢抹娘一句，怎人模人样，做出这等不君子，待何如？

〔上小楼〕你待要谐比翼，你也曾听杜宇，他那里口口声声，撺掇先生不如归去。你道是不比俺那养蚕处，好将伊留住；则俺那蚕老了，到那里怎生发付？

〔十二月〕兀的是谁家一个匹夫？畅好是胆大心粗！眼脑儿涎涎邓邓，手脚儿扯扯也那摔摔。是他便拦住我还家去路，我则索大叫波高呼！

〔尧民歌〕桑园里只待强逼做欢娱，唬的我手儿脚儿滴羞跌躞战笃速。他便相偎相抱扯衣服，一来一往当拦住。当也波初，则道是峨冠士大夫，原来是个不晓事的乔男女。

〔耍孩儿〕可不道书中有女颜如玉，你将着金要买人殢云殢雨①，却不道黄金散尽为收书。哎！你个富家郎惯使珍珠，倚仗着囊中有钞多声势,岂不闻财上分明大丈夫? 不由咱生嗔怒,我骂你个沐猴冠冕,牛马襟裾!

〔二煞〕俺那牛屋里怎成得美眷姻,鸦窠里怎生着鸾凤雏,蚕茧纸难写姻缘簿,短桑科长不出连枝树,沤麻坑养不活比目鱼,辘轴②上也打不出那连环玉。似你这伤风败俗,怕不的地灭天诛。

〔三煞〕你瞅我一瞅,鲸了你那额颅;扯我一扯,削了你那手足;你汤我一汤,拷了你那腰截骨;掐我一掐,我着你三千里外该流递;搂我一搂,我着你十字阶头便上木驴。哎! 吃万剐的遭刑律! 我又不曾掀了你家坟墓,我又不曾杀了你家眷属。

〔尾煞〕这厮睁着眼,觑我骂那死尸;腆着脸,着我咒他上祖。谁着你桑园里戏弄人家良人妇! 便跳出你那七代先灵也做不的主。

《秋胡戏妻》第三折就是流传久远的著名的"桑园会"。这是全剧最关键的一折,也是全剧的高潮。至今京剧等戏曲剧种均有改编演出,大部分即称《桑园会》。秋胡与梅英成亲仅过一天,就在变乱中阔别十年,梅英含辛茹苦,成了乡间贫女,而秋胡文攻武战,做上高官。匆匆的分别,久久的离散,加上地位的变化,这一切就成为"调戏妻子"这种绝妙的悲喜剧产生的条件。

今天的秋胡,衣锦荣归,原心想"捧着这赤资资黄金奉母,安慰了我那娇滴滴的年少夫人。"但正因为高官厚禄,春风得意,使得官场恶习大发作,路过自家桑园时，"一见了美貌娉婷，不由的我便动情。"遂萌生了邪念。桑园中的梅英对这个不速之客的认识有一个过程。〔满庭芳〕着重写这种认识过程。开始见秋胡像君子般对她施礼，她忙"还一个庄家万福"。心以为"他不是闲游的浪子，多敢是一个取应(参加科举考试)的名儒"，于是就"躬着身、插着手、陪言语"。然而当秋胡搭讪着要她觅些"凉浆儿"与他吃时，她就有点警觉，委婉地拒绝了他："我是个采桑养蚕如女，休猜做锄田送饭村姑。"当秋胡突然口出脏语进行调逗，她立即在心中怒斥了他："他酪子里(突然)丢抹(羞辱，调戏)娘一句，怎人模人样，做出这等不君子，待何如？"

秋胡初次出击，便败退下来，知她并不是一个好欺的女子。但毕竟是贼心不死，于是竭思尽虑变换手法来：始而言语引逗，继而强行非礼，再而黄金利诱，终而武力威逼。但他的丑恶行径连连遭到梅英的反击，最后只能以惨败而告终。对这一场紧张的斗争，作者写得层次分明，井然有序，将矛盾斗争一浪接着一浪，一浪高过一浪地推向高潮。

秋胡开始的引逗用的是这么一番道理，说是"力田，不如见少年；采桑，不如嫁贵郎"，要梅英"随顺"了他。〔上小楼〕一曲则是梅英对秋胡言语引逗的反击。"你待要谐比翼，你也曾听杜宇，他那里口口声声，撺掇先生不如归去。"旧时人们认为杜宇(杜鹃)鸣声似"不如归去"，故而梅英在这里借杜鹃的鸣叫婉转地劝秋胡"不如归去"，死了"谐比翼"的念头。然后以自己对蚕桑生活的关心，表明自己绝不会贪恋什么"贵郎"。

这时秋胡心想"不动一动手也不中"，于是动手动脚，并堵住桑园门，企图"强逼做欢娱"。〔十二月〕〔尧民歌〕二曲则是梅英对秋胡强行非礼的反击。梅英厉声指斥秋胡"眼脑儿涎涎邓邓(贼溜溜)，手脚儿扯扯也那摔摔"的丑态，斥骂他是"匹夫"，是"不晓事的乔男女(坏蛋)"。梅英虽然孤身一人，在秋胡的动作面前开始也不免有点手脚发抖("滴羞跌躁")、战兢兢("战笃速")的样子，但她一面高声呼喊，一面"一来一往当拦住"，毕竟以自己的勇敢行动挫败了秋胡的企图。

秋胡见强干不行，就心生一计，把国君赐予他奉养老母的一饼黄金取出，他以为"财动人心"，想以此来诱使梅英"好歹随顺"了他。梅英将计就计，乘机逃出桑园门，冲着秋胡怒斥："兀那禽兽，你听着！可不道男子见其金易其过，女子见其金不敢坏其志。"表白了黄金可令男子变坏，却不能动女子之心的严正态度。〔耍孩儿〕〔二煞〕二曲正是她对秋胡黄金利诱的反击。梅英对"富家郎惯使珍珠"是早有认识的，本剧第二折中已有交代，她在严拒李大户以铜钱诱婚时，就曾表白过自己对铜钱"觑不上"，她曾嘲讽李大户说："我道你有铜钱则不如抱着铜钱睡！"梅英对金钱肮脏本质的揭露是有力的。她在这时又一次表明，自己是轻黄金而重人格，自己的人格决不会为黄金所收买。她怒骂像秋胡这种"倚仗着囊中有钞多声势"而干坏事的"富家郎"是"沐猴冠冕"，"牛马襟裾"，这种"伤风败俗"，必将遭"地灭天诛"。

见利诱不成，秋胡终而"图穷匕首见"，扬言"一不做二不休，拼的打死你"，想以此逼迫梅英让步。经过以上几个回合的交锋后，梅英对秋胡的厚颜无耻与理亏心虚都已有相当充分的认识，故而更显得镇定自如。在秋胡的以死相逼面前，她毫无惧色，她的反抗精神终于爆发出来。〔三煞〕〔尾煞〕二曲是她对秋胡武力威逼的有力反击。她那针锋相对的连珠炮似的咒语，直骂到秋胡的祖坟先灵，痛快淋漓，势不可挡。在痛骂声中，梅英的勇敢泼辣的抗争精神得到了升华。她的不可战胜的气概，使得秋胡毫无招架之能，他只能以解嘲式的一语宣告了自己的彻底失败："用言语将她调戏，倒被她骂我七代先灵。"

从以上几支曲子中，能清晰地看出梅英对秋胡的斗争由松至紧的发展。〔上小楼〕曲尚属"宛转"，〔十二月〕曲已为"厉声"，至〔耍孩儿〕曲则为"怒斥"，而〔三煞〕曲显然是"痛骂"了。曲子情绪的这种"动势"，一方面写出了戏剧情节的发展与层次,另一方面显示了曲子语言的内在动作性,这正是剧曲的戏剧性的一种典型表现。对于人物塑造来说,这一组曲子写出了人物性格的发展和心理活动的变化,表现了人物"内心动作"和"外部动作"的多面性与发展感。使一个不屈于淫威的反抗型的劳动妇女形象,令人信服地矗立了起来。在元杂剧中,有不少动人的妇女形象,如崔莺莺、窦娥、赵盼儿、李千金等,但大笔书写农村劳动妇女的成长过程与劳动、斗争经历的,当以《秋胡戏妻》为首屈一指。

石君宝的戏曲语言生动泼辣,接近关汉卿,有人称之为"本色派"。本色派的戏曲作品特别富有民间性。《秋胡戏妻》全剧的曲子几乎都具有民间文学的通俗、明快、清新、刚健的精神。本折〔三煞〕这一段很有特色:"你瞅我一瞅,瞅了你那额颅;扯我一扯,削了你那手足;你汤(接触)我一汤,拷了你那腰截骨;掐我一掐,我着你三千里外该流递;搂我一搂,我着你十字阶头便上木驴。"一连用了五个排比句,反复推进,淋漓尽致,在一往无前的抗争气势中又透出机智的幽默感,很有民歌与民间说话的风味。〔二煞〕又是一种典型:"俺那牛屋里,怎成得美眷姻,鸦窠里怎生着鸾凤雏,蚕茧纸难写姻缘簿,短桑科长不出连枝树,沤麻坑养不活比目鱼,辘轴上也打不出那连环玉。"用一长串自嘲式的比喻戏语把坏人拒之于千里之外。真是妙语联珠。曲中汲取的民间俗语既富有生活气息、斗争气息,又充溢着本色泼辣的机趣。若不是熟悉世俗民情的大手笔,怎能够写得如此光彩照人?

(叶长海)

〔注〕 ①尤云殢雨:指男女欢合,恋昵不离。也作殢雨尤云。 ②辘轴:辘轳的转轴,借指辘轳,即"陶车",一种制陶瓷的机械。主要由一个水平的转盘装在垂直的转轴上。转轴回旋运动后,由手工把转盘上的泥料制成陶瓷生坯。

李亚仙花酒曲江池

石君宝

第 一 折

〔寄生草〕他将那花阴串，我将这柳径穿。少年人乍识春风面，春风面半掩桃花扇。桃花扇轻拂垂杨线，垂杨线怎系锦鸳鸯，锦鸳鸯不锁黄金殿。

《曲江池》是石君宝的著名剧作。此剧取材于唐代说唱《一枝花》和小说《李娃传》：洛阳府尹之子郑元和赴京赶考，与正在曲江池上赏春的长安名妓李亚仙相遇，一见倾心。郑遂居住在李家。两年后郑钱囊倾尽，被鸨母赶出，沦为送殡的歌郎。郑父闻讯大怒，认为辱没家门，将元和杖至将死。李亚仙在风雪中将郑元和接到家，被鸨母辱骂。李尽其所有自赎其身，与郑另居，并劝其矢志攻书。后郑元和中举得官，不肯认父，经李亚仙以死相劝，父子方和解团聚。

第一折〔寄生草〕，是李亚仙初遇郑元和时所唱。无数作家描绘过爱情萌生时美妙的一刹那，石君宝这首曲却别有风采。"他将那花阴串，我将这柳径穿"，写郑元和与李亚仙为彼此的才貌风韵所吸引，分花拂柳，互相缓缓走近，恰似彩蝶双飞在花丛柳雾之中。作者以清丽之笔，为他们的初遇设置了一个如诗如画的优美环境，将他们的感情烘托得分外妩媚自然。"少年人乍识春风面，春风面半掩桃花扇"，他们越走越近，终于四目双对，眉目传情。"春风面"，指李亚仙那充满青春活力的娇媚面容。"乍识"写出郑元和这位纯洁少年初见李亚仙时那种又惊又喜的感觉。李亚仙则羞答答地用桃花扇半遮脸庞,偷偷窥视这英俊少年。"半掩"二字,写出她娇羞无邪又脉脉含情的神态。接下来"桃花扇轻拂垂杨线"是一个静场,限于素不相识,二人无法交谈,只是默默地凝视,只有丝丝垂柳无声地轻拂着桃花扇。"此时无声胜有声",这温馨明丽的画面,启发着观众去体味、想象他们此时此刻复杂微妙的心情。他们在想什么呢?"垂杨线怎系锦鸳鸯,锦鸳鸯不锁黄金殿",透露了李亚仙的心事。"鸳鸯锁黄金殿",语出李白《宫中行乐词》:"玉楼巢翡翠,金殿锁鸳鸯。"原诗写宫中景色,在元剧中多比喻"有情人得成眷属"。如《金钱记》第二折〔叨叨令〕:"我则待燕莺期称于飞愿,谁待要顽涎醉倒琼林宴,我则怕鸳鸯不锁黄金殿。"此处亦用此意。李亚仙对柳丝飘拂,触景生情:"垂柳虽细长,可怎能系住美如锦绣的鸳鸯?正如我俩虽相逢相悦,可怎能相识,结成美眷?"由柳丝而思系鸳鸯,由鸳鸯而思结佳偶,极尽婉曲之至。

全曲构思巧妙,语言尤为精巧。从第三句始,运用"顶真续麻"的修辞手法,以前一句的结尾做后一句的起头,使邻接的句子头尾蝉联而有上递下接的趣味,如"少年人乍识春风面,春风面半掩桃花扇"。加上在音律上句句押韵,整首曲便像一支音调和谐、回旋反复的抒情歌曲,咏叹着少男少女纯洁无邪的爱情。

(罗斯宁)

李亚仙花酒曲江池

石君宝

第 二 折

〔南吕·一枝花〕俺娘眼上带一对乖,心内隐着十分狠,脸上生那歹斗毛,手内有那握刀纹。狠的来世上绝伦,下死手,

【李亚仙花酒曲江池】

无分寸。眼又尖，手又紧。他拳起处又早着昏，那郎君呵，不带伤必然内损。

〔梁州第七〕俺娘呵，则是个吃人脑的风流太岁，剥人皮的娘子丧门。油头粉面敲人棍，笑里刀剐皮割肉，绵里针剔髓挑筋。娘使尽虚心冷气，女着些带耍连真，总饶你便通天彻地的郎君，也不够三朝五日遭瘟。则俺那爱钱娘扮出个凶神，卖笑女伴了些死人，有情郎便是那冤魂。俺娘钱亲钞紧，女心里憎恶娘亲近，娘爱的女不顺。娘爱的郎君个个村，女爱的却无银。

(正旦云)俺娘拄着这条瘦亭亭拄杖，也不是条拄杖那。(唱)

〔黄钟煞〕则是个闷番子弟粗桑棍。(云)系着这条舞旋旋的裙儿，也不是裙儿。(唱)则是个缠杀郎君湿布裩。接郎君分外勤，赶郎君何太狠。常言道娘慈悲，女孝顺；你不仁，我生忿。到家里决撒喷①。你看我寻个自尽，觅个自刎，官司知，决然问。问一番，拷一顿。官人行，怎亲近。令史每，无投奔。我着你哭啼啼带着锁，披着枷，怎时分，(云)走到衙门前，古堆邦坐的，有人问，妈妈你为甚么来？送了这孤寒的老身。妈妈道，这都是那生忿的小贱人送了我也。(唱)我直着你梦撒了撩丁②，倒折了本。(卜儿拖正旦下)

石君宝善于在杂剧中塑造勇敢泼辣的被压迫妇女的形象。在那些描写她们向黑暗势力抗争的曲词里，一反诗词描写女性以宛转蕴藉取胜的传统，而以直露明快、恣意横肆见长。《曲江池》第二折的这三首曲，就鲜明地表现了这个特点。

在这折戏里,郑元和已沦为送殡的歌郎,并遭父亲毒打将死。李亚仙对他的厄运十分同情,更憎恨导致他落魄的鸨母。这三支曲通过李亚仙对鸨母的斥骂、揭露、抗争,塑造了一位勇敢泼辣的妇女形象,并有力地鞭挞了娼妓制度。

〔一枝花〕头四句,首先用憎恶的口吻描绘鸨母的形象:眼露乖戾凶暴的目光,内藏十分狠毒之心,脸生着歹毒好斗的汗毛,手掌里有算命术认为主凶暴的握刀纹。这四句对鸨母从外到内尽情地挖苦、痛骂,透露出深恶痛绝的强烈情感。接着又揭露鸨母榨取嫖客金钱的凶狠贪婪手段:"下死手,无分寸。眼又尖,手又紧。"四个短句排列整齐,一气呵成,斥责了鸨母不择手段地坑人骗人,聚敛钱财,致使那郎君"不带伤必然内损"——钱囊洗净,身败名裂。

〔梁州第七〕继续痛骂和揭露鸨母的凶狠狡猾。首先直斥她"是个吃人脑的风流太岁,剥人皮的娘子丧门。"太岁,指木星,代表凶神。丧门,也是凶神之一。"油头粉面敲人棍,笑里刀剐皮割肉,绵里针剔髓挑筋",指鸨母打扮得油头粉面,其实手握打人的棍棒;她挤出满面笑容,实际上是笑里藏刀,用以剐人皮,割人肉;她装得和善软绵,其实是绵里藏针,用以剔人髓,挑人筋。三个排比句,一句比一句强烈,酣畅淋漓,活画出鸨母外表迷人而心藏歹毒的真实面目。

紧接着,作者赋予李亚仙以更深刻的思想,让她从骂鸨母进而骂妓院,对整个娼妓制度发出怨恨之声。"娘使尽虚心冷气,女着些带耍连真",鸨母使尽种种虚情假意,并指使妓女耍弄真真假假的迷人手段,令嫖客即使是"通天彻地"聪明能干的男子,也要倒霉遭殃,"不够三朝五日遭瘟"。"则俺那爱钱娘扮出个凶神,卖笑女伴了些死人,有情郎便是那冤魂",在妓院里,鸨母扮演着捞钱的凶神角色,妓女则违心强作欢颜伴客,偶有真情的"郎君",如郑元和之类,便被害得几乎丧命。一连七个泼辣锋利的句子,将妓院的丑恶本质揭露无遗。在元代社会,普遍以嫖妓为风流韵事,仅京城大都就有妓女二万多人。在这样的历史环境中,作者对娼

【李亚仙花酒曲江池】

妓制度有这样清醒的认识，是难能可贵的。曲的最后五句："俺娘钱亲钞紧，女心里憎恶娘亲近，娘爱的女不顺。娘爱的郎君个个村，女爱的却无银"。村，是粗俗、愚蠢的意思。鸨母选择嫖客的标准是有钱，而当时腰缠万贯的多是粗俗的商人。李亚仙挑选爱侣的标准是才貌，而当时富于才情的多是贫寒书生。这样，她们之间就必然会发生尖锐的矛盾：鸨母爱的李亚仙讨厌，李亚仙爱的鸨母憎嫌。这里，金钱与真情犹如水火不能相容。李亚仙面临着选择：要么服从鸨母，牺牲自己与郑元和的爱情；要么起来抗争，维护自己的自由幸福。

〔黄钟煞〕表明李亚仙作了后一种选择。此时，郑元和已被父亲打得奄奄一息，李亚仙看见心上人倒在血泊中，痛心至极，鸨母却赶来辱骂。李亚仙忍无可忍，终于奋起抗争。她首先痛骂鸨母是残害郑元和的元凶，说她的拐杖是打昏人的粗棍，她的裙子是缠杀人的湿布裤，她看见郑元和贵为公子时，便殷勤接待，等他床头金尽，便逐出家门，致令郑元和落到这般悲惨的境地。在血淋淋的现实面前，她不再屈服于鸨母的淫威，而是奋起反抗："娘慈悲，女孝顺；你不仁，我生忿。"生忿为忤逆之意。她认为，鸨母残害她的心上人，对她不仁，她当然要忤逆鸨母，大闹一场，彻底决裂。她抗争的手法很激烈，像她火辣辣的性格，就是"寻个自尽，觅个自刎"。她的自尽不是消极的退却，而是积极的进攻，是逼使鸨母就范的一种手段。从"官司知"至"倒折了本"洋洋洒洒十几句唱词，都是向鸨母摆出自尽后的恶果，令鸨母惊恐：出了人命，官府必然会把你鸨母抓去吃官司，挨打受审且不说，还要披枷带锁，入狱坐牢，弄得人财两空。李亚仙还绘声绘色地描绘鸨母一旦沦为囚犯后坐在衙门前的凄凉情景，意在警告她：如果你还要破坏我的幸福，我纵然死去，你的结局也不妙。

这三支曲，质朴浅白，直率明快，多用市井口语和排比句，有汪洋横肆的强烈气势，极有久经风尘的泼辣妓女的口吻，对塑造李亚仙的形象起了重要作用。

（罗斯宁）

〔注〕 ① 决撒喷：决撒，有两种意思：一为败霹、糟糕；二为破裂、决裂。喷，指责骂，今浙东方言仍说受责为吃喷头。决撒喷即大闹而决裂。 ② 梦撒了撩丁：梦撒，没有。撩丁，钱。梦撒撩丁即没有钱。此曲指两手空空。

诸宫调风月紫云庭

石君宝

第 三 折

〔鲍老儿〕从来撒欠颩风①爱恁末，敲才兀自不改动些儿个。你这般忍冷耽饥觅着我，越引起我那色胆天来大。我每日千思万想，行眠立盹，不是存活②。这般山长水远，天遥地阔，不想你直来阿。

〔哨遍〕送的人赤手空拳难过，都是俺舌尖上一点砂糖唾。越精细③的越着他怎出俺这打多情地网天罗。且说俺这小哥哥，为俺耽惊受怕，波进流移④冷落了读书院一就把功名懒堕。自尽教萱堂有梦，并不想兰省登科。几时得两扶红日上青天，空望着一片白云隔黄河。则共我这般携手儿相将，举步儿同行，他想所事⑤满心儿快活。

〔耍孩儿〕早是你不合将堂上双亲躲，你却待改换你家门小可⑥。这李亚仙苦劝你个郑元和。再休提那撒板鸣锣。若还俺娘知咱这暗私奔到毒似那倒寨计，若还恁耶见你这诸宫调更狠如那唱挽歌。你脖项上新开锁。俺娘难道那风云

【诸宫调风月紫云庭】

气少,恁耶却甚末儿女情多。

〔收尾〕此行折末山村野店上藏,竹篱茅舍里躲。能够得个桑榆景内安闲的过,也强如锣板声中断送了我。

《紫云庭》剧本科白不全,但由于曲文写得较为详尽,故剧情尚可勾勒大致如下:

女真贵族子弟完颜灵春马与诸宫调女艺人韩楚兰相恋,但常被韩母间阻。一天两人私会,不意韩母寻来,大吵大闹。灵春马父闻讯,锁其子于家中,而把韩一家驱逐出境。韩在家中苦念灵春马,又恨其母嗜财如命,厌倦摇钱树式的卖艺生活。终于,灵春马也因眷恋韩而四处寻访,找到韩处,两人商议,携手出走。某日韩被传去为官府演出,官厅上坐着的却是灵春马之父,韩正疑惧时,这位公公却热情地接待她,并承认两人的婚事。于是父子团圆,合家欢欣。

这里选的是第三折的四首曲子。灵春马历尽千辛万苦寻找到韩楚兰后,由楚兰所唱,表现了本剧女主人公欣喜而矛盾、复杂而细微的心曲。

〔鲍老儿〕第二句的"敲才",原是咒骂人的话,犹说"该打的",宋元人喜好把骂人话用作对爱人的昵称,除了"敲才",常用的还有"冤家"、"死鬼"等。首两句连起来的意思是:从来的痴情者都爱这样做,我的那位"敲才"也丝毫不走样。他如此"忍冷耽饥觅着我",受此痴情与勇敢精神的感染,楚兰觉得自己也胆魄骤大无所畏惧了——"色胆大如天"原本在俗语中含有贬义,楚兰在这里自指,带有些许自嘲的意味。"我每日"以下三句,是楚兰向恋人倾诉别后相思,"行眠立盹"、"不是存活",都是市井俗语,两句与"为伊消得人憔悴"近义。而"这般山长水远"句,楚兰对灵春马突然到来的惊喜之情,溢于言表。骂一声敲才,絮一会相思,说一场欢喜,女儿家的话语就是这样琐碎而又绵长!

在〔鲍老儿〕与〔哨遍〕之间，原来有一段对白，写楚兰问清了灵春马从父亲的枷锁下"赤手空拳"地逃脱出来的情况。于是，楚兰有这以下以曲代言的自责之辞：只为我的一些甜言蜜语，断送得他赤手空拳日子难过。我越是聪明精细，他越是离不开这张爱的网罗，担惊受怕，颠沛流离，他在所不辞；读书功名、兰省登科，他在所不顾，他凡事只想"携手儿相将，举步儿同行"，"满心儿快活"。楚兰何尝不愿与恋人朝夕相处，耳鬓厮磨呢？但对他满腹经纶又把功名置之度外似又有些惋惜，这种情绪，以"几时得两扶红日上青天，空望着一片白云隔黄河。"两句曲辞中，若明若暗地透露了出来。

〔耍孩儿〕首二句亦是一种反语式的"责备"。读到这样的曲文，我们似看到舞台上的这对少男少女，原本满心喜欢地正携手同进，突然女子甩手独立，絮絮埋怨起来：你不该离了双亲，这般等闲改换了门庭。这正是上曲自责与惋惜情绪的延续。下面则全用李亚仙郑元和的故事，来比喻自身与灵春马的关系和处境。《李娃传》里的鸨母为了拆散李、郑交往，曾调换房宅，是为"倒宅计"；郑元和穷困潦倒无以为生，只得去为人出殡"唱挽歌"。在这里，楚兰对灵春马言：你有个狠心的爹爹，我有个毒辣的妈妈，我俩活脱脱像亚仙元和。你可别再提要学诸宫调的事了，若是"俺娘"得知咱们私奔，她也会毒设一个"倒宅计"的；若是你爹闻见，他也会像郑父看见元和唱挽歌一样发狠毒打的。可别忘了脖子上刚刚打开的新锁。难道我娘的变脸术还少吗（"风云气"，指变幻莫测）？难道你爹会理会什么"儿女情长"？喜一阵儿，忧一阵儿，女儿家的心绪就是这样曲折而又无常！

〔收尾〕是为本折的最后一曲。情绪渐趋稳定的楚兰决心与恋人一同出走，只要能摆脱"锣板声中"的生涯，她情愿在"山村野店"、"竹篱茅舍"之中度过一生。有一点须说明的是，楚兰这里所谓的"锣板声中"，其实代指的是她名为卖艺，实为卖身的艺妓生涯，她厌恶这样的生活方式与生活内容，而不是她所从事的诸宫调说唱。她与灵春马出走之后，依然以说唱诸宫调为生，这一点正是明证。

元杂剧中有相当数量的表现青年男女争取爱情自主的剧本，但绝大多数承袭的是前代的题材，如《西厢记》袭自唐传奇《莺莺传》，石君宝的另一部剧作《曲江池》袭自《李娃传》。真正反映元代青年追求恋爱自由、冲破封建家长束缚的，可以说只有两本：其一是元代南戏《宦门子弟错立身》，一木便是这北杂剧《紫云庭》。两者剧情属同一类型，或是一事两传。这类故事大约在金元时颇盛行，因此《错立身》除南戏而外，还有杂剧李直夫一本、赵文敬一本（皆仅存剧目）；《紫云亭》有石君宝一本，又有戴善甫一本。两剧中的男主人公延寿马和灵春马都是女真族贵胄子弟，为了争取和心爱的人结婚，不惜厕身于走江湖的艺人之中，这类情节在杂剧和传奇中颇为罕见。这当与元朝这一时代的特点有关。

就思想内容而言，《紫云庭》无论在对封建婚姻的叛逆上，还是在对妓女制度的揭露批判上，都较石君宝的另一部剧作《曲江池》更为彻底。李亚仙与郑元和一开头只是妓女与嫖客的关系，直至元和落难，这才激起亚仙的良心与真情。而楚兰与灵春马，一开始就是超越门第的真心相爱。两者的结局更有质的区别。《曲江池》是"落难公子中状元"而使父子夫妻团聚的，李、郑选择的是刻苦攻读、一举成名、挤身上层社会而博取郑父承认的，这是一条妥协的道路。而楚兰他们走的却是一条彻底叛逆的路：私奔，从艺，夫唱妇和，共同在勾栏瓦舍里讨生活，最后是完颜之父自己设计认子，允许他们继续卖艺勾栏，并不得不接受他们婚姻这一既成事实。要说妥协，这也是一种妥协，却是老的向少的妥协，是传统的仕官之途输于新型的市民生活之路。宋元以降，由于都市经济的发达，经商作为一条新兴的人生之路，为相当普遍的人们所接受。在宋元都市里，夫妻老婆店式的家庭商业十分活跃。艺人们从艺勾栏，亦带有浓重的经商色彩，而且夫妻、父女等亲属组成的家庭戏班、说唱班子亦很多见。南宋吴自牧《梦粱录》卷二十"小说讲经史"条,列有"陈良甫"与"陈郎妇"两个艺名,当是一对夫妻无疑。同样,杂扮演员有卓郎妇、唱京词的有蒋郎妇、吴郎妇、唱诸宫调的有周郎妇、高郎妇等,她们的丈夫很有可能也是活跃于同一勾栏的艺人,而且有一定的名望,这样"某郎之妇"作为艺名也能够有一定的号召力。我们说,楚兰、灵春马的私奔从艺的情节并非出自剧作家的杜撰,而有一定的生活依据和可行性,只须将其置于当时特定的历史背景之中便可明了。这也是剧本具有时代感的原因之一。

　　就剧中女主人公的形象而言,《紫云庭》中的韩楚兰感情丰富,性格鲜明,确实比《错立身》中的王金榜更有光彩。从曲辞中可以推测,楚兰是在她"母亲"的咒骂、逼迫声中度日的。她厌恶艺妓生涯,她痛恨其母一味嗜财而置她的真情实感于不顾。"楚兰明道是做场养老小,俺娘则是个敲郎君置过活","这条冲州撞府的红尘路,是俺娘剪径截商的白草坡"(第三折〔四煞〕),在她看来,这简直是强盗行径。她爱灵春马,不光是因为他少年英俊,而且还"举止""谦和"(第三折〔十二月〕),对人体贴入微(第一折〔油葫芦〕)。真心相爱,平等相待,这对于一个出身高门的子弟来说,则更显得难能可贵。楚兰爱得其所,故她的这份爱越发显得委婉、细微,充满矛盾了。她自己可以忍受"母亲"的谩骂,但却生怕那"野调山声"伤了她的心上人;她欣喜久别重逢她那"心爱的庞儿旧哥哥",但一想到为了爱,他曾"脖项上连铁索两托长"(第四折〔水仙子〕),便又后怕起来;为了爱,他无心"两扶红日上青天",却又惋惜起来。当然,些许后怕与惋惜,终究敌不过爱的力量。出走后的这一对恋人,一同从事诸宫调说唱,这也使男主人公找到了他的用武之地。"那秀才凭学艺,他却也男儿当自强。他如今难当,日写在招子上,相公试参详,这的唤功名纸半张"(第四折〔得胜令〕)。这段唱词是楚兰在厅堂见到她"狠阿公"之时唱的。这真是一篇宣言,一篇自食其力新生活的自豪宣言,充满着善意的嘲讽和幽默感。与楚兰跌宕起伏、多姿多态的感情层次相比,《错立身》中王金榜就显得较单薄、逊色:书房私会被撞见,只是求情;久别重逢,竟然不理睬延寿马;后来言归于好也过于简单。也许《错立身》突出的是男主人公延寿马吧。而作为旦本的《紫云庭》,则重笔酣墨倾注于韩楚兰身上。石君宝现存三个剧本《秋胡戏妻》、《曲江池》、《紫云庭》,塑造了三个不寻常的、各具特色的女性形象,在艰苦而漫长的岁月中磨砺得粗线条了的罗梅英,逢场作戏而真性未灭的妩媚的李亚仙,以及这柔情蜜意的、细腻委婉的女艺人韩楚兰。《紫云庭》杂剧与关汉卿的《救风尘》堪称写妓女生活的双璧。它们都是站在被侮辱、被损害的妓女方面提出控诉,而不是写妓院如何坑害良家子弟。人物性格、心理变化都写得极细致。赵盼儿与韩楚兰有许多相似之处,但由于年龄、经历和环境的不同,两者又有区别:赵盼儿久困风尘,老于世故,但有些悲观失望,韩楚兰却朝气蓬勃,感情奔放,对未来的幸福生活满怀信心。可惜《紫云庭》仅有曲词,科白简略,并有缺页,不便阅读,因此过去注意的人颇少。

(邵曾祺　翁敏华)

〔注〕　① 撒欠飐风:宋元俗语,发呆发痴。　② 存活:安静,宁静。　③ 精细:这儿是聪明伶俐之意。　④ 波进流移:比喻失运,颠沛流离。　⑤ 所事:凡事,事事。　⑥ 小可:寻常,轻易之意。

【作者小传】

阿里西瑛

回族人。为阿里耀卿学士之子。寓苏州,有居号懒云窝。曾作〔殿前欢〕小令以自述。与贯云石、乔吉、卫立中、吴西逸皆有和曲。《全元散曲》录存其小令四首。

〔双调〕殿 前 欢

阿里西瑛

懒 云 窝

西瑛有居号懒云窝，以殿前欢调歌此以自述。

懒云窝，醒时诗酒醉时歌。瑶琴不理抛书卧，无梦南柯。得清闲尽快活。日月似撺梭过，富贵比花开落。青春去也，不乐如何。

懒云窝，醒时诗酒醉时歌。瑶琴不理抛书卧，尽自磨陀。想人生待则么？富贵比花开落，日月似撺梭过。呵呵笑我，我笑呵呵。

懒云窝，客至待如何？懒云窝里和衣卧，尽自婆娑。想人生待则么？贵比我高些个，富比我松些个？呵呵笑我，我笑呵呵。

阿里西瑛所居懒云窝，在吴城（今江苏苏州）东北隅。这组〔殿前欢〕散曲，如题下所记，是作者自述其懒云窝生活的作品。当时名曲家贯云石、乔吉、卫立中、吴西逸，皆有和作，可见此曲在元代颇有影响。

组曲第三首，《太平乐府》注为乔吉作，此从《阳春白雪》本。第三首与第二首有重言叠句，第一首与第二首之间亦是如此，三首实为一组，当为西瑛一人所作。

"懒云窝"，起唱三字，便好玩味。古人名其所居，多取雅洁字面，且一般曰堂、曰斋、曰室、曰庵。作者自称所居曰窝，略见玩世不恭的色彩。用懒云名窝，更见放纵不羁的个性。"懒云"二字,实无理而妙。云之为物,舒卷自如,逍遥自在。"懒云"二字,不仅为云传神,也暗暗为主人公传神。"醒时诗酒醉时歌"。醒时吟诗饮酒,醉时唱歌吟诗,醒与醉的循环,诗与酒的流连,便构成主人公的整幅生活。这是写其"自恣以适性情",有如云之舒卷自如逍遥自在。"瑶琴不理抛书卧",连瑶琴也不想弹,连书也不想看,全抛在一边,只管一枕高卧。这是写其自恣适情,已到了懒的境地。"无梦南柯" 句,言用不着作什么富贵之梦,则是写其精神的自由,决不为世俗所累。唐李公佐传奇《南柯太守传》,说淳于棼梦至槐安国,娶公主为妻,任南柯太守,荣华富贵,显赫一时,后公主死,乃被遣回。醒来见槐树南枝下有蚁穴,即梦中所历。作者用此故事,意谓富贵如梦而已。作者的生活态度是:"得清闲尽快活。"不求富贵则清,不争富贵则闲。唯有清闲,才能快活。得了清闲,便尽管快活。这是作者的生活态度的正面叙述。下面二句:"日月似撺梭过,富贵比花开落。"撺梭即穿梭。光阴似箭,人生如梦,富贵荣华不过如花开一时,转瞬便已凋落。"青春去也,不乐如何。"结二句,歌唱快活的人生,才是珍惜美好的时光。

再看第二首。"懒云窝,醒时诗酒醉时歌。"起唱二句与前首起唱重复,便经营出一种沉醉诗酒流连不已的情境。"瑶琴不理抛书卧,尽自磨陀。"磨陀,谓消磨岁月,逍遥自在,元人口语。琴也懒得弹,书也懒得看,尽管歌酒,优游卒岁。"想人生待则么?"则么即怎么,元人口语。想人生又能怎么样?"富贵比花开落,日月似撺梭过。"富贵不过如花开花落,日月却迅似穿梭飞过。人生又能怎样?此二句与前首同位二句文字相同而次序颠倒,亦增辞情兴会淋漓往复纵横之趣。"呵呵笑我,我笑呵呵。"呵呵,此状笑声。世人呵呵笑我,我亦一笑呵呵。世人笑我,是笑我懒散颓唐。我笑世人,忘不了荣华富贵。作者一笑而已,顺其辞情以解,则富贵比花开落,日月似穿梭过,到头来,谁笑到最后,才是笑得最好呢! 第二首与第一首之间,多重言叠句,新辞句中,可加留意的是"磨陀"二字与

"呵呵"二句。磨陀二字,体现出作者的生活态度,对寸阴的珍惜,对人生的细味。呵呵二句,则在洒脱俏皮中,见出对世俗的蔑视。

最后看第三首。"懒云窝,客至待如何?"这首开头换了个角度。客人来到懒云窝,主人公又如何呢?"懒云窝里和衣卧,尽自婆娑。"读上句,不可一滑而过,懒云二字,要作一停顿。懒云,此指主人公。窝者,床上之被窝也。婆娑,犹言徘徊、盘桓。客人到了,懒云醉了,和衣而卧,在被窝里优哉游哉,自得其乐。这两句,真个把懒云窝写活了,把主人公之真放写到极致。《宋书·隐逸传》记陶渊明"不解音声,而畜素琴一张,无弦,每有酒适,辄抚弄以寄其意。贵贱造之者,有酒辄设,潜若先醉,便语客:'我醉欲眠,卿可去。'其真率如此。"李白《山中与幽人对酌》诗:"我醉欲眠君且去,明朝有意抱琴来。"此处化用其意,却自有个性:懒云之懒。"想人生待则么?贵比我高些个,富比我松些个?"此三句,叙述人生态度。些个,即一点儿,元人口语。高字、松字,语皆圆活。高指高贵,亦指高明。松指宽松,亦指轻松。想人生能怎样?难道权贵就果真比我高一点吗,富人就果真比我松一点儿吗?言外之意不难索解。权贵似乎地位高贵,然而宦海风波,一旦遭祸,又有何高贵可言?富人似乎富裕宽松,然而钱财身外之物,朝不保夕,一旦败家,又有何轻松可言?庄子曾说:"千金,重利;卿相,尊位也。子独不见郊祭之牺牛乎?养食之数岁,衣以文绣,以入太庙。当是之时,虽欲为孤豚,岂可得乎?"(《史记·老庄列传》)如此看来,富贵又有何意义?"呵呵笑我,我笑呵呵。"有了上二句意味深长的诘问,结二句的呵呵一笑,便格外耐人寻味。这,正是第三首较之第二首更加突出的命意所在。

这组散曲所写照的醒了醉、醉了醒、抛书卧、和衣卧之懒,固然不可取。不过,主人公的这种懒散,原是其放纵不羁到极致的体现。主人公的放纵不羁,实有一种追求自由的精神,视富贵如浮云的精神。懒云窝之名,源于北宋邵雍安乐窝之居号。邵雍安贫乐道,"岁时耕稼,仅给衣食,名其居曰安乐窝"(《宋史》

本传)。作者懒云窝之号虽源于此,但特定含义与时代背景已有所不同。在元代,老庄思想成为一代士子的共同心理。不是入世,而是遁世,成为有元一代散曲的普遍情调。这在中国诗史上是一特异现象。其社会背景,乃是元代政治极为黑暗,士人没有出路。阿里西瑛虽是回回人,属色目人,但其作品中的思想情感,实具有普遍意义,所以才能引起当时诸名曲家的共鸣与和作。从西瑛此曲,也可以见到元代西域人接受汉文化之深。

这组散曲的艺术造诣,在于抒情形式的自由横放,淋漓尽致。作者用活泼俏皮的口语,作行云流水般的发舒,其自由横放的笔法高度契合并体现了放纵不羁的情感,若不经意形成的重言叠句,反复展衍辞情,又增添了淋漓尽致的效果,全曲乃有一气呵成、浑然一体之妙。这种自由横放淋漓尽致的特色,实在深得散曲体性之神理。

(邓小军)

【作者小传】

冯子振

(1257—?) 字海粟,号怪怪道人,又号瀛州客,攸州(今湖南攸县)人。曾任承事郎、集贤待制。能文。散曲多写个人闲适生活。《全元散曲》录存其小令四十四首。

〔正宫〕鹦 鹉 曲

冯子振

山亭逸兴

嵯峨峰顶移家住,是个不唧嚁樵父①。烂柯时树老无花,叶

叶枝枝风雨。〔幺〕故人曾唤我归来,却道不如休去。指门前万叠云山,是不费青蚨②买处。

　　大德六年(1302)冬,冯子振留寓京城,与几位朋友在酒楼听歌女御园秀演唱白贲的〔鹦鹉曲〕:"侬家鹦鹉洲边住,是个不识字渔父。浪花中一叶扁舟,睡煞江南烟雨。觉来时满眼青山,抖擞绿蓑归去。算从前错怨天公,甚也有安排我处。"曲辞优美,旋律动人,只可惜没有人能够和韵作新辞,因为这支曲子的韵律要求很严。第二句"父"字很难下语,末句的"甚"字必须去声,"我"字又必须上声,否则,便不可唱,若勉强唱去,则吐字不真,听不清楚。在座诸公知冯公之才,便举酒索和。冯子振一时兴发,按原韵和作三十八首,即景生情,抒怀写志,登临感兴,吊古伤时,笔锋所及,顷刻成篇而不失韵律,其胸中才气,笔底波澜,为古今所罕见。

　　《山亭逸兴》是发笔第一篇。山亭,山中之亭,是隐逸之士的栖游之所。以"山亭逸兴"为题,则醒目地突出了抛弃仕宦道路而啸傲山林的隐逸之志。

　　这支散曲的主人公是一位老樵夫,但不是土生土长、精于采樵之业的樵夫。他中途迁居到这嵯峨险峻的峰顶,"是个不唧嚼樵父"。唧嚼,是伶俐、精细的意思。他对于采樵这营生并不精通,显得有点儿笨拙糊涂,但他确是一位受人尊重的长者。父,是古代对德高望重的长者之尊称,他是樵夫中一位被人们尊敬的长者。

　　他名义上是樵夫,实际上并不从事辛苦的采樵工作。"烂柯时树老无花",像神仙一样,在深山老林中的亭子上整日下着围棋来消磨岁月,打发时光。烂柯,是围棋的代称。《述异记》载:晋朝王质入山采樵,见二童子下棋,王质放下斧子旁观,待一局棋终,王质的斧柄已经腐烂了。柯,是树枝做的斧柄。观看围棋一局,斧柄竟已腐烂,是极言神仙日子之久长。后世以烂柯一词代称围棋,意谓林下围棋,其快乐逍遥有如世外神仙。当然,老樵夫的生涯并不像神仙那样

【鹦鹉曲】

美好,他没有猿鹤为伍,没有麋鹿为伴,没有山花野果,更没有丹崖碧洞,伴随他的只是无花老树,落叶枯枝,飘飘在风雨之中。这使人联想起淮南小山的《招隐士》诗。汉初的王孙公子厌倦了统治集团内部的倾轧勾斗,远遁山林。诗人去山中招回隐居的王孙,而王孙们不管山中有多少凶禽猛兽,险山恶水,不管山林多么阴森恐怖,怵目惊心,他们仍然不愿回到豪华的贵族之家。诗中呼告:"王孙归来兮,山中不可以久留!"但诗人最终不能把隐士招回。这支散曲中隐居峰顶的老樵夫,自然有不少老朋友仍在朝廷,仍为显贵,得知老樵夫山林生活异常凄苦,便去山中召唤他归来。"故人曾唤我归来,却道不如休去。"老樵夫在去留的问题上仔细衡量比较的结果是"不如休去"。留在山林,固然清苦,而回到朝廷,前途叵测,也许痛苦更甚。"指门前万叠云山,是不费青蚨买处。"他指着门前所望见的万叠云山,对着来到山中招隐士的故人,或故人的使者说:"你看,这里有无限的山林乐趣,不必用金钱去买,而且用金钱也不可能买到。"在他看来,山林之逸乐远远胜过富贵荣华。读到这里,我们便会发现,这位老樵夫的艺术形象渗透了作者的遗世弃俗、泊然物外的思想情操。

这支散曲只有八句五十四个字,却刻画了一个生动而丰满的艺术形象,其关键是作者抓住了士大夫隐于樵的形象特征。"移家住",点明他是中途迁入山林,"不唧嘲",说明他采樵业务之生疏,"唤我归来",表明他原为仕宦之族,等等。为了突出这一形象特征,散曲中用了"烂柯山"与"招隐士"二个典故,暗喻了老樵夫的隐士生涯及其遗世弃俗的情怀。这比用普通的词语来描述,显得内容更为丰富,思想更为深刻。

这支散曲的感人之处,不仅在于语言的精练生动、丰富多彩,而且还在于给读者一个审美感受,为读者树立了一个不满现实而遗世弃俗的美好人格。李白《梦游天姥吟留别》诗云:"且放白鹿青崖间,须行即骑访名山。安能摧眉折腰事权贵,使我不得开心颜!"李白是直抒胸臆,而冯子振则表达得更为形象、含蓄而意境悠远，可谓异曲同工。

（张玉奇）

〔注〕 ① 父(fǔ府)：对老年人的尊称。 ② 青蚨(fú扶)：传说中的水虫名。若潜取其子，无论远近，母必飞来。以其血涂钱，用钱买物，钱必飞回。故事见于《搜神记》。后人因称钱为"青蚨"。

〔正宫〕鹦 鹉 曲

冯子振

农 夫 渴 雨

年年牛背扶犁住，近日最懊恼杀农夫。稻苗肥恰待抽花，渴煞青天雷雨。〔幺〕恨残霞不近人情，截断玉虹南去。望人间三尺甘霖，看一片闲云起处。

这支〔鹦鹉曲〕，写稻子开花时节农夫盼雨的急切心情，字字句句，都由农夫眼中看出，口中说出，这种设身处地，直接反映农家生活与农民的思想情绪的作品，在整个元人散曲中诚属不多，难能可贵。

前篇写农夫盼雨。农民对风云雨雪最为敏感，他们一年四季勤耕苦作，总希望风调雨顺，能有一个好的收成。而眼下稻苗肥壮，恰待扬花吐穗，偏偏久旱不雨，眼巴巴看着一年的辛苦将要付之东流，农夫怎能不焦虑欲绝呢？

〔幺〕篇写天公无情。久旱不雨，阴阳失序，只有几片残霞，隔断彩虹，飘然而去。农民盼望的是及时雨，而天公偏不作美，唯见不能作雨的残霞闲云，使人

〔鹦鹉曲〕

恨悠悠,望也休。唐代诗人来鹄有首绝句《云》:"千形万象竞还空,映水藏山片复重。无限旱苗枯欲尽,悠悠闲处作奇峰。"可作本曲"闲云"之注脚。古农谚有"朝霞暮霞,无水煎茶"之说,由于诗人对事物观察细致入微,对农人的情感体会真切,所以状物抒情,无须涂饰,极为自然真切,绝无忸怩作态之迹。

在手法上,作者以对立的两方结构全篇:农夫急切盼雨与天公不遂人愿,展示了农夫的愿望与现实的矛盾,读来牵系人心。终年勤苦的农民,本来就承受着社会对他们的种种盘剥,难以维持温饱,遇上灾年,他们又将怎样活下去呢?因诗人体察农夫生活的艰辛,理解他们的心愿,才能对他们有如此真诚的同情,自然也就能震撼读者。

(张新安)

〔正宫〕鹦鹉曲

冯子振

野渡新晴

孤村三两人家住,终日对野叟田父。说今朝绿水平桥,昨日溪南新雨。〔幺〕碧天边岩穴归云①,白鹭一行飞去。便芒鞋竹杖行春,问底是青帝舞处。

"野渡新晴"这支散曲,仅题目四字,便勾勒出一幅画面,启发读者丰富的想象:渡头之树,溪岸之草,一泓流水,万里碧空,就像水洗过一般的鲜艳夺目,眼前的境界充满了一派生机。这种自然之美,对于久住城市的人来说,具有一种清新之感,对于宦海沉沦、饱经忧患的隐退之士来说,则更具有一种魅力。这种如画的自然美景,与隐士内心的向往,正好契合。

这"野渡新晴"之美景,人皆喜爱,为什么独与隐士联系在一起呢?细读散曲的前四句就可以发现,对于所描画的景物和场面有一个观察点,有一个摄取景物的角度。是谁知道渡口孤村只住着三两户人家呢?是谁终日与野叟田父见面呢?是谁听说"今朝绿水平桥"呢?其间必有一个感受主体。这个主体自然不是野叟田父,不是野渡孤村土生土长的农人。当然也不会是过路客人,因为匆匆过客不可能"终日对野叟田父"。这个主体当是迁居到此,而又以田园为乐的隐者,这位隐者便是这支散曲所刻画的主人公。

曲中没有写主人公身份怎样,外貌如何,短短五十四字,作者集中刻画了他的心灵,通过他的所见所闻所感与所为来展现他的内心世界。

主人公迁居之地是一个渡口孤村,只有三两户人家。在这里,"终日对野叟田父",终日所见的是纯朴的农村老人,或者是厚道的受人尊敬的农夫。野,指郊外,泛称农村;父,是对男子的尊称。主人公进一步感受到,这里的人无是无非,安居乐业,见面不谈人间是非,所关心的只是农事,只是与庄稼息息相关的雨水,主人公一早出门,便遇见从田间归来的野叟或田父,说昨日溪南下了一阵大雨,今天一早,溪水已经平了桥面,是一次不小的春洪。他们也许是从田头放水归来,也许肩上还扛着锄头,也许家里的老妻、新妇正等着他们吃早饭。这些,都可以让读者去想象,总之,这里不像官场、朝廷那样倾轧勾斗,没有潜伏的祸端与杀机,而是一片纯朴、一片自然、一片真诚。

主人公来到村外,放目原野,映入眼帘的是雨后新晴,碧空如洗,其尽头,是远山岩穴,飘着一缕浮云,近水处,一行白鹭飞上蓝天。这些描写,使读者联想起陶渊明的《归去来辞》:"云无心以出岫,鸟倦飞而知还。"也联想起郑谷的诗句:"白鹭同孤洁,清波共渺茫。"(《寄前水部贾员外嵩》)主人公的襟怀有如云归

【鹦鹉曲】

岩穴,有如白鹭飞天,远离是非,退隐山林,孤高洁白,自由翱翔。

"便芒鞋竹杖行春,问底是青帘舞处。"便,意为随便、随意;底是,意为何处是。主人公心胸坦荡,无忧无虑,穿着芒鞋,拄着竹杖,随意所之,信步而行,踏青拾翠,观景游春,兴之所至,打听何处有酒家青帘在风中飘舞。田园之趣,不可无酒。陶渊明《饮酒》诗云:"山气日夕佳,飞鸟相与还。此中有真意,欲辩已忘言。"这位隐者的游春买醉,正是饱经忧患者的一种浮云归穴、倦鸟知还的心情的充分表露。

这支散曲,前六句写"我"之所见、所闻、所感,描绘出一个环境,末二句写"我"之所为,表现出主人公的心情。对于环境,作者没有直接描述,而是摆在主人公的观照中来描写,对于心情,主人公虽有直接的表露,却没有脱离所处的环境。环境与心情,二者之间,主客叠合,情景交融,正如刘勰所说:"登山则情满于山,观海则意溢于海。"(《文心雕龙·神思》)散曲中所描绘的境界正是主人公个性的外化,也即作者思想的投影。

(张玉奇)

〔注〕　① 此句原作"碧云天归云",按格脱二字;《全元散曲》作"碧云天云归岩穴",平仄不合。合二者应为"碧云天岩穴归云"。

〔正宫〕鹦　鹉　曲

冯子振

城　南　秋　思

新凉时节城南住,灯火诵鲁国尼父。到秋来宋玉生悲,不赋高唐云雨。〔幺〕一声声只在芭蕉,断送别离人去。甚河桥

柳树全疏,恨正在长亭短处。

　　唐代国都长安城的南郊是贵族的避暑胜地,多建有别墅。韩愈《符读书城南诗》注云:"城南,愈别墅。"其诗云:"时秋积雨霁,新凉入郊墟。灯火稍可亲,简编可卷舒。"此后,新凉灯火、城南读书,便成了常用的典故。本曲也用此典,但不以读书命意,而用秋思为题,写一位读书人,心思并不在书本上,而在对于意中人的思念上。

　　酷暑过后,雨霁新凉,他来到城南别墅,夜以继日,在灯火下诵读着孔子的书。鲁国尼父,即孔子。此处以人名代书名。这位读书人口中诵读的是儒家的书,心中想的却是意中人,满心是离愁别恨的悲秋之感。

　　"到秋来宋玉生悲,不赋高唐云雨。"宋玉《九辩》:"悲哉,秋之为气也!萧瑟兮,草木摇落而变衰,憭栗兮,若在远行,登山临水兮,送将归。"秋天有一股肃杀之气,草拂之而色变,木遇之而叶脱。人见草木之摇落,而联想到青春已逝,年华老迈,生命将竭,于是产生一种无可奈何的悲愁怨恨,就像远行或送别时的意绪一样。宋玉又曾作《高唐赋》,描写巫山神女旦为朝云、暮为行雨的朦胧奇幻的神情意态,以此为喻,劝谏楚襄王思万方、忧国害,要重用贤才,令其进仕,用其谋策,辅己不逮。由于主要篇幅写神女相会之情,故后人往往以《高唐赋》代指爱情。作者这两句意为:宋玉(代指曲中主人公)再无与神女相会的欢乐,所以作不出《高唐赋》来了。曲中主人公完全沉湎在对意中人的思念之中。故下文云:"一声声只在芭蕉"。"只"字似轻实重,主人公情之深、意之切由此"只"字而全盘托出。秋天,淅淅沥沥的雨声,打在芭蕉上分外刺耳。杜牧《咏雨诗》云:"一夜不眠孤客耳,主人窗外有芭蕉。"夜不成眠,则思念之情自然而然涌上心头。下句"断送别离人去"乃"点破"之笔,将主人公心绪一语揭出。这位主人公读书不能专注,而产生难以忍受的相思之苦,魂销肠断,神情恍惚,都是由对"别

【鹦鹉曲】

离人去"场面的回忆所勾起。"甚河桥柳树全疏"？为什么河桥头的柳树全都是稀稀疏疏的呢？戴叔伦诗云："濯濯长亭柳,阴连灞水桥。"(《赋得长亭流》)河桥此处即指灞桥,与下文"长亭"均为古代送别之处。古代习俗,送别分手时折杨柳枝相赠。河桥柳树全都稀疏,表明人间有多少"别离人去"! 这更加增添了曲中主人的凄凉之情。"恨正在长亭短处"。短,指感觉中的路程太短。送别者总希望长亭更远一些,到达长亭的时间来得慢一些,相送的时间则更长一些,但送君千里,终当一别。恨长亭路短,极妙地表达了离别人不愿分别,却又不得不分别的复杂心理和难以割断的情意。

此曲运用了倒叙手法,作者先写离别后之情,复叙离别时难分难舍之场面,其间以一脉情丝贯穿。曲以"新凉"开首,点出题面"秋思",由"秋思"引出"宋玉悲秋"与"高唐云雨"之典,然后由"雨"字过渡,引出"芭蕉雨",而由"芭蕉雨"之内涵典意自然引出对离别时心态的描写,行文既跳跃而又流畅,颇见作者的匠心。

(张玉奇)

〔正宫〕 鹦　鹉　曲

冯子振

赤　壁　怀　古

茅庐诸葛亲曾住,早赚出抱膝梁父。笑谈间汉鼎①三分,不记得南阳耕雨。〔幺〕叹西风卷尽豪华,往事大江东去。彻如今话说渔樵,算也是英雄了处。

历代以"赤壁怀古"为题的作品,多以周瑜为歌颂对象,并且总要正面写到赤壁战争。譬如杜牧的《赤壁》诗、苏东坡的〔念奴娇〕词等。而冯子振这支散曲则立意翻新,他撇开周瑜,而以诸葛亮为追怀对象;他并不去写赤壁战争,而只着重评价诸葛亮的出处行藏。

历代以诸葛亮为追怀对象的作品,又多数是抱着尽情歌颂的态度,因为诸葛亮鞠躬尽瘁、死而后已的忠贞品质以及运筹帷幄、决胜千里的绝代才智确实感动了古往今来许许多多的墨客骚人。譬如杜甫,就在诗作中追怀诸葛亮,并作了很高的评价,他写道:"三顾频烦天下计,两朝开济老臣心"(《蜀相》)、"三分割据纡筹策,万古云霄一羽毛。伯仲之间见伊吕,指挥若定失萧曹。"(《咏怀古迹五首》)此后的白居易、元稹、陆游等人,在歌颂诸葛亮时,也无不贯串了以忠孝为本、以仁义为怀、积极入世、建功立业的儒家精神。冯子振的这支散曲则不同,他在创作思想上就已经跳出了儒家的标准,与先秦的道家以及魏晋玄学一脉相承。因此,此曲在立意构思上必然另辟蹊径,而别具一格。

"茅庐诸葛亲曾住,早赚出抱膝梁父。"诸葛亮二十七岁以前隐居在南阳郡邓县西南之隆中(今湖北襄阳西),抱膝长啸,好为《梁父吟》。《梁父吟》讽刺齐国晏婴阴谋杀贤之事,表现出感时伤乱、清高厌世的隐士风度。建安十二年(207)刘备三顾茅庐,殷勤礼遇,将他请出山来,大展经纶,匡扶汉室。这种君臣遇合,一向是被人们所称道、羡慕的。但散曲中却用一"赚"字,意味深长。赚的本义是卖而赢利,引申为诳骗。元曲中的"赚"多使用诳骗一义。《赚蒯通》:"果然赚的韩信回朝,将他斩了。""差一使臣智赚此人去。"《救风尘》:"赚得那厮写了休书。"《窦娥冤》:"谁想他赚我到无人去处。""将他赚到荒村。"散曲作者将刘备的三顾茅庐看作一种骗术,诸葛亮如此足智多谋,竟也被骗,被利用,去为刘备鞠躬尽瘁,死而后已,其间的非议之意十分明显。对诸葛亮采取非议、嘲笑的态度,在元曲作家中也不只冯子振一人。马致远《叹世》云:"三顾茅庐问,高才

【鹦鹉曲】

天下知,笑当时诸葛成何计?"查德卿《怀古》:"八阵图名成卧龙……霸业成空,遗恨无穷。"王仲元《叹世》:"笑他卧龙因甚起? 不了终身计。贪甚青史名?"不如"弃却红尘利"。但是,将刘备三顾茅庐看作一种骗术却是冯子振的独创。

作者对诸葛亮的非议之意表现出了崇道非儒的思想。尽管他对于诸葛亮的才智功业不予否定,仍然赞叹诸葛亮作为政治家、战略家的"谈笑间汉鼎三分"的伟人风度,但是对于诸葛亮"不记得南阳耕雨"的思想境界却不以为然。诸葛亮的全副精力卷入了政治斗争,忘记了好雨时节躬耕南阳的隐士生涯,忘记了"苟全性命于乱世,不求闻达于诸侯"的隐士初衷,作者对此,不无婉惜之情,这与前句的"赚"字一对照,就更为清楚。

〔幺〕篇则拓展视野,从前面叙评诸葛亮推而广之,对历史长河中一切英雄人物发感慨:"叹西风卷尽豪华,往事大江东去。"岁月无情,青春易逝,一切似锦鲜花,如烟绿树,都要被肃杀的西风扫尽;一切英雄豪举,锦绣功名,都将被时间的浪花淘尽,被历史的波涛吞没。诸葛亮纵使豪雄伟大,在历史的长河中又算得了什么呢?"彻如今话说渔樵,算也是英雄了处。"彻,贯也,从头贯串到底之谓也。诸葛亮的功名业绩及其处世为人,自从他初出茅庐开始,便流传到如今,一直成为渔夫、樵夫谈论的话题。往日的英雄豪举,能被历代的渔夫樵夫传为佳话,说明英雄还没有被历史所忘怀,还能在人类前进的脚步声中留下一点余响,这也可以算是英雄们所应得的结局和报偿吧! 这里既有对诸葛亮悲剧性的一生充满同情,又有对历代兴亡、功名成败总归虚幻的感喟。

抱着老庄的出世态度来非议儒家的功名忠孝,是元代散曲中的一股创作思潮。这股思潮的产生,与元代吏治黑暗、宦海风波有关,与大批文人仕途失意、理想破灭有关,也与元代佛、道大兴,遁世、虚无思想普遍泛滥有关。

(张玉奇)

〔注〕 ① 汉鼎：喻汉朝天下。传说夏禹铸九鼎，象征九州，被夏商周三代视为传国之重器，后世则以鼎喻国家。

〔正宫〕鹦 鹉 曲

冯子振

别 意

花骢嘶断留侬住，满酌酒劝据鞍父。柳青青万里初程，点染阳关朝雨。〔幺〕怨春风雁不回头，一个个背人飞去。望河桥敛衽频啼，早蓦到长亭短处。

这是一首抒发离别之感的抒情散曲。这位抒情主人公的身份并未明确交代，只点明是"据鞍父"，即骑马将去的男子。也许是羁旅天涯的游子，也许是即待远征的将军，也许是奉命出塞的使者，——这都无关重要，这里所表现的，是男主人公与他情侣分手时恋恋不舍、内心充满痛苦的离别之情。

男主人公已跨上了"菊花青"，骏马跃跃欲驰，嘶鸣不已。但忽然嘶鸣声断，原来是一位多情女郎站在马前，持酒赠别，挽留离人。女郎的深情，暂时把男主人公留住了，她斟了满满一杯酒，劝未来的天涯客再干一杯，同时又唱起深婉缠绵的"阳关三叠"："渭城朝雨浥轻尘，客舍青青柳色新。劝君更尽一杯酒，西出阳关无故人。"（王维《送元二使安西》）这就是开头四句所勾勒的一幅动人场面。

主人公所去的地方是像阳关一样遥远的地方。古阳关在玉门关南，到元代虽已荡然无存，但用此典故却暗示着离人即将远去的是万里迢迢的边疆，一片荒漠的塞外，并给人一个鲜明的对比：此时此地有朝雨洗染的青青柳色，有友情,有爱恋,有温暖的关怀体贴;而万里外的"阳关",则荒凉寂寞,没有朋友,没有温暖,其凄苦之情难以想象。散曲中没有直接写出男主人公留恋不舍的依依惜别之情,但蕴藏在内心深处的真挚深沉的离愁别恨,以及万里行程之初的惆怅却溢于字里行间。"柳青青万里初程,点染阳关朝雨。"这不由得使人想起"昔我往矣,杨柳依依"(《诗经·小雅·采薇》)的千古名句,以及其中包孕的万千缠绵情绪,而蒙蒙朝雨和阳关三叠的深情乐曲更深化了离愁别恨的幽婉意境,表现了主人公不得不离别,却实在不忍离别的心情。

离情别绪总是一种双方情感的呼应,作者的笔锋既要描述告别的一方,又要描述送别的一方。一二句写情人对男主人公的挽留劝酒,三四句写男主人公对送别场面的感受,〔幺〕篇下数句则又回到对情人的心理描画。作者用一种奇特的方法描写情人内心的自白:"怨春风雁不回头,一个个背人飞去。"春天本是美好的,它应给人带来欢乐,然而眼前的人就像秋来春去的鸿雁一样,恰恰在这美好的春天便要离去,女主人公怎能不怨恨诅咒这无情的春风!甚至迁怒于大雁,仿佛它就是无情的化身,直上青天,不会回头返顾。眼前别去的情人,尽管内心痛苦,不忍离去,但在女主人公看来,他仍然是无情无义的,因为他仍然去了。这一去,也许永远不能再回来,也许永远只留下一个可爱而又可恨的回忆。女主人公不会不知道,自古以来,有多少这样的悲剧:"薄情年少如飞絮"(秦观〔调笑令〕)、"最是多才情太浅,等闲不念离人怨。"(赵令畤〔蝶恋花〕)不是吗?相见时海誓山盟,分别后一去不返,女主人公或许已不止一次地遭到这样的背弃,她渴望爱情,希望有一位多情的人作为终身的伴侣,然而,事不从人愿,她一次次被人抛弃,一次次失望苦闷。

女主人公的这种经历,并没有使她心灰意冷,她内心炽热的爱,化作了离别的深情。情郎的去意已决,万难挽留,不得不依依惜别。送一程又一程,"望河桥敛衽频啼,早暮到长亭短处。"远远望见河面的浮桥,知是长亭已到,眼泪不禁夺眶而出，失声啼哭，敛起衣袖，频频地擦着眼泪。时间太快了，长亭的路程太短了，离别的时刻无情地降临了。

女主人公的惜别情态，全在男主人公的观照之中，而此时他内心的离愁别恨，在不写之中得到表现，是弦外之音、言外之意。正如司空图所说："不着一字，尽得风流。"（《诗品》）本篇是明笔写女主人公的别恨，暗笔写男主人公的离愁，双方的离愁别恨都在送别的场面中得到了充分而集中的表现。

（张玉奇）

〔双调〕寿阳曲

朱帘秀

答卢疏斋

山无数，烟万缕，憔悴煞玉堂人物。倚篷窗一身儿活受苦，恨不得随大江东去。

朱帘秀是元代著名的杂剧女演员，《青楼集》中说她"杂剧为当今独步"。当时的文人如关汉卿、卢挚、冯子振等人都与她有交往，关汉卿就有〔一枝花〕《赠

【寿阳曲】

朱帘秀》之作。这首曲子是她存留至今的唯一的一首小令,是为赠答著名散曲作家卢挚(号疏斋)而作的。卢挚的原作如下:"才欢悦,早间别,痛煞煞好难割舍。画船儿载将春去也,空留下半江明月。"据曲意推测,他们俩分明有一段情缘,但最终还是分手了。可能是因为双方的社会地位相差悬殊,感情得不到社会的承认,于是含恨而别。"痛煞煞好难割舍"一句便透出了此中消息。朱帘秀的这支曲也充满深情与怨恨,表现了对卢挚的一往情深。

这支曲子以写景起,境界十分开阔,"山无数,烟万缕"二句,一方面是直道眼前景色,渲染分手时的气氛;一方面也有起兴与象征的意义,那言外之意是说:无数青山将成为隔离情人的障碍,缕缕云烟犹如纷乱的情丝,虚无缥缈而绵绵不绝。第三句由景到人,说出送别之人的悲凉意绪,实也反衬出自己的感伤。卢挚曾为翰林学士,而翰林院在宋代以后往往被称为玉堂,"玉堂人物"也即指卢。"憔悴煞"云云正与卢作"痛煞"相呼应,表现出卢挚对自己的一片深情,同时也形象地道出了别离的痛苦。

四五两句又从卢挚写到了自己,据卢挚原作中"画船儿载将春去也"一句可知,朱帘秀将乘船离去,也许这是一次长久的分离,也许是一去不返,成为永诀,因而双方的心情都很沉重。行舟将发,作者想到等待自己的是寂然一身,独倚孤眠,只有那滔滔的江水与悠悠的离恨与自己作伴。这样的处境实在难以忍受,因而说是"活受苦"。由此而想到了死,一死了之,岂不万事都得到了解脱。"恨不得随大江东去"一句就是这种心愿的表白。至此,作者的感情达到高潮,全曲也在悲慨沉痛的调子中结束。可贵的是,作者以死殉情的愿望不是用哀艳低沉的调子写出,而是以慷慨悲凉的词语表现,这不仅体现了朱帘秀的一腔热情和愿为爱情献身的勇气,而且反映出艺人身处下贱,不再留恋人生的悲愤,不妨看作对等级森严的社会制度的控诉。

全曲语言质直,感情强烈,冲口而出,一泻无余。作者是长于歌咏的演员,所以此曲节奏明快,声调高朗,浅吟朗咏,可以想见当日江岸离别之情。

（王镇远）

贯云石

(1286—1324) 号酸斋,维吾尔族人。阿里海涯之孙。出身显贵。初时曾袭父职,任两淮万户达鲁花赤,后让爵于弟。仁宗朝,拜翰林侍读学士,中奉大夫,知制诰同修国史。不久弃官,隐于杭州一带。曾从姚燧学。善书法。能诗文。尤以散曲知名。所作散曲,豪放清逸,多写闲适生活和儿女风情。曾为《阳春白雪》、《小山乐府》作序,在当时很有影响。今人任讷将其散曲与徐再思(号甜斋)作品合辑为《酸甜乐府》,得其小令八十六首,套数九套。

〔正宫〕 塞 鸿 秋

贯云石

代 人 作

战西风几点宾鸿至,感起我南朝千古伤心事。展花笺欲写几句知心事,空教我停霜毫半晌无才思。往常得兴时,一扫无瑕疵。今日个病厌厌刚写下两个相思字。

现存贯云石七八十首散曲,内容多为闺情、逸兴、咏物、写景之作,只此小令以伤古感时为主题,独算例外。

曲子首句按照诗曲见景生情、托物寄兴的习惯思路,先勾画出一幅萧瑟凄凉的秋景图,为下文抒写作了情感铺垫。凄厉的西风里,几只北雁抖索着身躯

【塞鸿秋】

飘飞回江南越冬。这番衰秋野况，多叫人见了寒颤。难怪作者要为之感起"伤心事"，欲写"知心事"。领头字"战"，同"颤"，本义为颤抖；在此句中，含义则更深。它既写出鸿雁在西风里飞翔时颤巍巍、飘忽忽的凄苦景象，又反衬出西风的凛冽、肆虐、无情，同时透过"战"字，我们还似可听到鸿雁吃力搏击西风的哀鸣声。总之，西风也好，鸿雁也好，全由这"战"字的点染，涂上灰冷的色调，赋以情感的分量。

自宋玉名赋《九辩》问世以来，"悲秋"——借写秋景的寥落来烘托内心的悲凉——成为我国文学中的千古主题。这类作品内容，大多不离作者孤寂、失意、飘零之类有关自我身世的慨叹。本曲写法上也从"悲秋"入手，可它的主题却是次句所点明："感起我南朝千古伤心事"，是有感于国家兴亡大业。南朝，指我国历史上宋、齐、梁、陈四朝。这是个国事纷乱、兴亡更替频繁的历史时期。南朝君主多荒淫误国，他们沉湎声色，怠忽国事，在纸醉金迷中断送了大好江山。"南朝千古伤心事，还唱后庭花"（吴激〔人月圆〕），"商女不知亡国恨，隔江犹唱后庭花"（杜牧《泊秦淮》）。《后庭花》相传是亡国之君陈后主所制乐曲。人们一提到南朝，就想起这亡国之音，就同"亡国恨"联系起来，写诗作文多借它曲折表达作者对国事的忧虑，寄托哀伤、谴责的心情。这首小令写作背景情况还欠明，从它题作《代人作》，以及联系曲子半露半藏、欲吐又纳的情感来看，作者写作时，似有明确指陈对象，而又有一种难言之苦的样子。

以下各句，都写针对"千古伤心事"，"欲写几句知心事"的情景。"欲写"并不等于能写成，铺展精致华美的纸笺（花笺），紧握洁白如霜的毛笔（霜毫）的结果，却是"半响无才思"。"才"作"一"讲；"无才思"，理不出一点思绪来。为什么会是这样？难道是文才不足、胸无点墨吗？不是。五六两句对"往常"的补叙，十分重要。"一扫"，生动地描绘了往常行文作曲文思敏捷的程度，与上句"停霜毫半响无才思"形成鲜明、强烈对比，暗示眼下"无才思"的真实原因。这原因除上文所说作者似有难言之苦外，还出于极度悲伤时无法诉说的人之常情。作品扣住这一点，巧妙地做到以藏写露、以反写正。用欲写时的"无才思"，来渲染实际上的思如潮涌；用今与昔写作情形的反常，来强调内心悲伤至极的实情。

末句收煞，如"豹尾"甩出一样响亮、有力。总算勉强写了，但只有二个字："相思"。从欲写到不能写，再从写了到又不能多写。起伏跌宕，盘弯曲折，作品完成了曲尽衷肠的使命，并给读者留下无穷的回味。按格律，末句应作七字句。本句加了许多衬字，增至十四字。对此，前人有指责"此何等句法？"（周德清《中原音韵》）有讥为"尾大不掉之势"（李开先《词谑》）。这些都只着眼于格律句式，不视作品内容。试想，本句如去掉"病厌厌"、"两个"之类衬字，写成"今日写下相思字"，岂不索然无味？故任讷所言："论气势，则末句非有十四字收煞不住也。"（《曲谐》）诚为知曲。

（孙崇涛）

〔正官〕小　梁　州

贯云石

春

春风花草满园香，马系在垂杨。桃红柳绿映池塘。堪游赏，沙暖睡鸳鸯。〔幺〕宜晴宜雨宜阴旸，比西施淡抹浓妆。玉女弹，佳人唱，湖山堂上，直吃醉何妨。

夏

画船撑入柳阴凉，一派笙簧。采莲人和采莲腔。声嘹亮，惊

【小梁州】

起宿鸳鸯。〔幺〕佳人才子游船上,醉醺醺笑饮琼浆。归棹晚,湖光荡,一钩新月,十里芰荷香。

秋

芙蓉映水菊花黄,满目秋光。枯荷叶底鹭鸶藏。金风荡,飘动桂枝香。〔幺〕雷峰塔畔登高望,见钱塘一派长江。湖水清,江潮漾,天边斜月,新雁两三行。

冬

彤云密布锁高峰,凛冽寒风。银河片片洒长空。梅梢冻,雪压路难通。〔幺〕六桥倾刻如银洞,粉妆成九里寒松。酒满斟,笙歌送,玉船银棹,人在水晶宫。

贯云石一生最后的十年间主要隐居在杭州,他对身边的山山水水怀有深切的感情,把杭州视为第二故乡。延祐、至治年间(1314—1323),苏杭已从南宋亡国的劫难中恢复过来,成为中国南方的首富之区。它不仅以繁荣富庶吸引四方游子,也以景色秀丽、名胜古迹如林著称于时。贯云石曾把这素有"销金锅"之称的名城喻为"洗古磨今锦绣窝";元朝全盛时期,意大利旅行家马可·波罗游览了杭州,并惊叹不已地称它为"世界最富丽名贵之城"。(冯承钧译《马可·波罗行记》)贯云石或寻诗情,或访胜景,或约文友作伴,或与家人为侣,徜徉在杭州美不胜收的湖山之间,并把自己丰富的感受诉诸笔端。这四首以春、夏、秋、冬为题的〔正宫·小梁州〕分别为西湖四季画出四帧精致、生动、韵味清醇的写生;合而观之,又共同构成一幅描绘西湖风光物态的长卷。

为了突出西湖的特色,贯云石特别注意到色调的对比,春、夏是暖色调的,秋、冬是冷色调的,这样,便在同一场景上体现出"四时行乐"的鲜明区别,为不同的季节渲染出不同的氛围。以《春》、《秋》为例,在贯云石笔下,西湖之春是明快、热烈而充满活力的。春风和煦,花香馥郁;绿柳与湖水争碧,红桃向丽日分辉;骢马暂系,水鸟息羽;歌伎高唱新度曲,游客浮白醉忘归。不管是水光潋滟的晴日,还是山色空濛的雨天,无论是淡妆素雅,还是浓抹艳丽,这春天西湖的山光水色都总是相宜比那美女西子也毫无愧色的。这正是贯云石"其在钱塘日,无日不游西湖"(吴梅《顾曲麈谈》卷下)的具体写照。这样,他写的就不仅是西湖春色,也写出游客对自然界的苏醒与萌动的情不自禁的感应。然而贯云石的《秋》则使我们进入了另一个境界:清爽、沉静(甚至略带冷峻),并为我们展示了他那种淡于名利、飘然出世的心胸。秋天西风萧瑟,万木雕零,大自然洗去春天的脂粉,消尽夏天的媚态。历来诗人往往为其肃杀、凄清牵动诗情。贯云石并不回避夏、秋的差别,根据季节显而易见的差别,他变换了全曲的气韵与基调,选取了一个最长于表达出秋天的感受与印象的角度:在雷峰塔畔登高望远,把西湖的秋景与人们的秋思融为一体。放眼望去,钱塘江浩渺无涯,湖水清澈,江潮乍起,岚光浮动,月牙斜挂在天边,成为北雁南飞的路标;雅洁的芙蓉在清水中亭亭玉立,金黄的菊花在霜露中傲然开放;荷叶雕败,水鸟已经呼吸到冬天的气息;秋风阵阵,飘动着沁人心脾的桂子馨香。毫无疑问,《秋》给人们的感受与《春》迥然不同,尽管它们写的都是西湖游赏。

为了更好地体现出西湖四季各自的魅力,下笔时,贯云石认真做了一番剪裁之工,尽管读起来如一气呵成,文笔轻松流畅,实则却颇显对生活观察细密,对情绪有极强的分寸感,对所涉及的内容概括准确,这一切当然得力于作者对西湖四季的由衷热爱。他并不打算以这样有限的篇幅面面俱到地描绘西湖未足方喻的景致,而只是抓住自己感受最真切的一点来分派笔墨。夏天,西湖游人如织,或漫步,或盛宴,或观鱼,或赏月,但是贯云石只选取了乘画船游湖这一特定场景。博学多闻但略显拘谨的马可·波罗由歌伎陪伴乘船在西湖游览一

〔小梁州〕

周,并赞道:"地上之赏心乐事,诚无有过于此游湖之事。"游湖就像去暑良方,使酷热退避三舍,随着画船撑离湖岸柳荫,游人便进入一个忘忧弃躁的环境。湖光山色怡情悦意,歌伎才色俱佳,远处采莲民女歌声互答,近前荷香阵阵,鸳鸯成双。到得酒酣歌歇,整装归去时,已经是新月初升时分了。在这里,贯云石的笔触始终未离开游湖,却把西湖之夏写得如此令人难忘,使人神往。

描写西湖的诗、词、曲,代代皆有名篇传世。贯云石这一组〔小梁州〕之所以受到欢迎,还在于它能给人以耳目一新的艺术享受。在《春》中,他恰到好处地引用了苏轼"水光潋滟晴方好,山色空蒙雨亦奇。欲把西湖比西子,淡妆浓抹总相宜"的名句,加深了人们对春天的自然界在发展变化过程中展现迷人风姿的印象,阴阳晴雨,都只是西湖春情的一种各具一格的美。严冬,大地褪尽春、夏华丽的衣衫,只有雪景才把西湖装饰一新,赋予它短暂又清新的面貌。阴霾满天,低垂的彤云仿佛围锁住湖畔的山梁,一场大雪驾朔风不期而至。贯云石立即乘兴出游,在苏堤踏雪寻梅,满目皆白,梅树枝梢也被雪片裹住,甚至积雪堵塞了道路。西湖六桥披上银妆,顿时变作几眼银白的洞穴,苍翠的青松也被妆点成琼枝玉树。大雪初霁,严寒砭骨,游人雅兴不浅,湖畔丝竹悠悠,歌声轻柔,观赏雪景的人们频频举杯助兴,就像出席水晶宫的盛宴。在贯云石笔下,景物是无可取代的,人们的心情是兴奋激动的,情景交织出一个令人难以淡忘的画面。

在这样短小精粹的篇幅里,几乎容不得丝毫浮文闲笔。贯云石正是以这样四首〔小梁州〕表明,他擅长于用感情驾驭文字,善于捕捉四季中富于季节特征的景物意象,能够以寥寥几笔使读者如同身临其境。一般来说,贯云石在散曲中较少用典,但他特别讲究节奏与音韵,他的很多作品就是直接写给歌伎演唱的,这四首〔小梁州〕曲就曾传唱一时,雅俗共赏,流传颇广。甚至有人干脆把散曲称作"马(致远)贯(云石)音学"(邹祗谟《远志斋词衷》引清人袁于令语)。

这一组〔小梁州〕历来受到选家与读者的重视。明人姜南在其《风月堂杂识》中赞道："近时人歌唱，或被之管弦，皆淫词艳曲。尝观元人乐府，有四时行乐〔小梁州〕四阕，皆模写西湖四时景象。比之他词，彼善于此。乃酸斋贯云石作也。"（此条文字又见于姜南的《瓠里子笔谈》，内容略有不同）清人陈若莲则把这四首〔小梁州〕曲作为歌咏西湖的代表作之一，写进自己的《西湖杂咏》中，道是："小梁州曲叹情移，寒燠炎凉各一奇。好事词流能继响，望江南唱四时宜。"

（杨　镰）

〔南吕〕金　字　经

贯云石

蛾眉能自惜，别离泪似倾。休唱《阳关》第四声。情，夜深愁寐醒。人孤零，萧萧月二更。

这是一支情真意切的离别之歌。短短数句，却大致能分成两部分。

"蛾眉能自惜"，是指女子，她知道应该克制愁苦，珍惜自己，但由于执手临歧，终又难于抑其伤悲，以致泪水如倾。"休唱《阳关》第四声"，这既是对对方，又是对自己的劝慰。"阳关"出于王维《送元二使安西》诗，当时所作本为徒诗（非用于歌唱），后入乐府，作为送别曲，名之《渭城曲》。送别之时，反复诵唱，称为《阳关三叠》，其三叠之歌法有多种，大致到"西出阳关"之句则反复歌之。白居易有《对酒》诗，云："相逢且莫推辞醉，听唱《阳关》第四声。"注谓："第四声'劝君更尽一杯酒，西出阳关无故人'也。"苏轼《东坡志林》卷七对"三叠"、"四声"之说曾有辨析。且不管歌法如何，到第四声，即是分别时刻的到来，故作者写道：

【金字经】

"休唱《阳关》第四声。"表其不愿离别，或对方不须送行之意。以上是前半部分，即分手之时。

后半部分所写是别后情景。"情，夜深愁寐醒。"因离情充溢，中心如堵，故夜深之时，尚因愁绪牵萦，睡而又醒。"人孤零，萧萧月二更。"二更时分，倍感孤零，只有明月一弯，伴人无寐。"萧萧"为象声词，自非形容、修饰月亮，它当是写环境的寂寥冷落。在无边的孤寂凄凉中，总算有明月相伴于中天，多少能给人以安慰。

此曲虽短，但并未泥定一个场面，在构思上颇见功力。"伤离"是全曲主旨，作者分写别时与别后，很容易使人想起柳永的〔雨霖铃〕。柳词虽有诸多的描绘、铺陈、渲染，而此曲仅寥寥数语，但"别离泪似倾"与"阳关"之唱，岂非与柳词"都门帐饮"的送别、"执手相看泪眼"的分离相侔？柳词的"今宵酒醒何处？杨柳岸、晓风残月"为千古名句，而曲中的"夜深愁寐醒"，"萧萧月二更"，写其怅惘、孤寂，也毫不逊色。随着时空的转换，而更见人物感情的发展，可谓并非词人独得之秘，而以月衬人以见孤苦，则尤见一点灵犀之通。

贯云石妻子石氏出身于北京名家，其父石天麟与五代时的后晋皇室有渊源关系，贯云石婚后不久，就辞母别妻，前往远在江南的永州任职。多年后在京上"万言书"进呈仁宗，但所言六事都易引起误解，招致谗言，于是，他上书称病，要求辞去翰林侍读学士之职。他虽正当二十九岁的有为之年，皇帝却准予了他的辞职请求。于是，他打点行装，再度南游，直到三十九岁死，都未能再返大都。由于以上的经历，此曲中所写离情是有深厚的现实基础的。

贯云石无论在京任翰林学士之时，抑或南游杭州之日，都曾与歌伎交往，同她们平等相待，怀有真情。如果曲中的离情是因她们而发，也不足奇怪。尽管对曲中情事难以考索，但所流露的真情，却足以感人。

(邓乔彬)

〔南吕〕金字经

贯云石

泪溅描金袖，不知心为谁？芳草萋萋人未归。期，一春鱼雁稀。人憔悴，愁堆八字眉。

贯云石曾经自道："秋水夜看灯下剑，春风时鼓壁间琴。"（《神州寄友》）而在他死后多年，同是色目人而以诗著称的萨都剌，在看到他留下的驿壁题诗后，曾为之感慨："吴姬水调新腔改，马上郎君好风采。"（《过鲁港驿和贯酸斋题壁》）贯云石就既是这样一位看剑灯下的马上郎君，又是擅长鼓琴唱曲的文士才人。就他的散曲作品来说，既有雄劲豪放之作，亦有缠绵清丽之篇。这支〔金字经〕就足以代表后一种风格。

曲中描绘了一个怀人念远的闺阁佳人形象。"泪溅描金袖，不知心为谁？""描金袖"是极精美的服饰，但佳人竟然泪溅其上，禁不住使人忖度：这究竟是为了谁？却又未能得知。"芳草萋萋人未归"，《楚辞·招隐士》有句云："王孙游兮不归，春草生兮萋萋。"曲中之句即脱化于此，见春日的芳草萋萋，不禁动念游子，以致为之垂泪。这样一来，前谓"不知"，此处已知。然而，仅止于知之为谁，是还未能刻画女主人公的形象的，于是，又进一步写其心理。"期，一春鱼雁稀。"一个"期"字，虽简捷却又深细、绵长，且不说期待中已逝去了多少时日，仅今春以来，已思之极深，盼之极切，然而，"关山魂梦长，鱼雁音尘少"（晏几道〔生查子〕），心上人的来信竟那样稀少。古时通信困难，此处谓"鱼雁稀"，而非"绝"，嫌其稀正是企盼殷切的真情流露，故"稀"字下得极好。"人憔悴，愁堆八

【红绣鞋】

字眉。"相思使人憔悴,离愁攒聚在眉头,这一"堆"字,足以发人想象其情状,既显其有形之象,又见其增聚之态,实较用他字为优。"八字眉"是唐代妇女流行的眉式,从张萱、周昉的仕女画可以见之,韦应物《送宫人入道诗》亦有"金丹拟驻千年貌,宝镜休匀八字眉"之句。元曲中亦有"秋波两点真,春山八字分"(吴昌龄〔端正好〕《美妓》套中〔滚绣球〕)之说,可能元人亦有如此眉式。通过连写期待、憔悴、愁眉,可谓"既入心头,又上眉头",这　闺中思妇的形象就凸现纸上了。

此曲之短语长情,颇得之善于汲取、熔铸古代语言、形象之力。"芳草萋萋人未归",既是眼前景、心中情,又是《招隐士》形象的再塑。而"一春鱼雁稀",也沿用了汉代以来诗文中屡见的鱼腹藏信、雁足传书的形象。曲中的形象、语言虽有所本,却又出之清润、自然。

读此曲,很容易使人想起温庭筠的〔菩萨蛮〕:"门外草萋萋,送君闻马嘶","画楼相望久,栏外垂丝柳","翠钿金压脸,寂寞香闺掩。人远泪栏干,燕飞春又残","绣帘垂箓簌,眉黛远山绿。春水渡溪桥,凭栏魂欲销","画楼音信断,芳草江南岸。鸾镜与花枝,此情谁得知?"其实,酸斋的一组〔金字经〕,其意境都颇类于飞卿的十四首〔菩萨蛮〕,这大概是由于二人都有类似的生活体验,都同情思妇的痛苦。而从诗到词,再到曲,表现思妇的题材绵延不已,也大概是由于她们的"异代同其悲"打动了诗人、词人和曲家的善良的心吧!

(邓乔彬)

597

〔中吕〕红　绣　鞋

贯云石

挨着靠着云窗同坐,偎着抱着月枕双歌,听着数着愁着怕着

早四更过。四更过情未足,情未足夜如梭。天哪,更闰一更
儿妨甚么!

这首曲子俚俗生动,别有情趣。从全曲的词句看是代一青年妇女立言。此曲在《乐府群珠》传本中题为"欢情",基本上是合乎实际的。

"挨着靠着云窗同坐,偎着抱着月枕双歌,听着数着愁着怕着早四更过"二句,一开头什么也不写,叠用八个"着"是很大胆而别致的。挨、靠、偎、抱是四种动作,自然具有动态,其间穿插"同坐"、"双歌",活画男女主人公的外部形态。这些动作是并列的,也可以说是在同一时间内连续发生的。"同坐"前另置"云窗"二字,为男女欢会烘托了气氛。"月枕双歌"也如此,以月下倚枕渲染了欢情的特殊气氛。"听着"、"数着"大概在听谯鼓、数更声吧,他们在算着这欢情还能持续多少时间。"愁着"、"怕着"是同样情绪的叠用强化,更突出当事者害怕、担心欢会的早早结束。可是时间仍然有自己的规律,并不会人为地加快与延缓,只可能在人们的心理上引起不同的反响。"早四更过"便是这样在欢娱的情绪中激起的波涟,引出了下文更深沉的感触。

"四更过情未足,情未足夜如梭"句,每一小句的前半句重复前句之后半句,表面看来是简单的重叠与连接,实际上却产生了新的强烈的效果。"四更过情未足"再强化一下自然时间,已接近天明,剩下的欢会已不多了;而"情未足"三字又扣紧当局者的心情,回顾当晚的情景,真有点爱不够的遗憾。一"情"字回扣前文,用得是很妙的。"情未足夜如梭"是曲中首次高扬后的暂抑,用直描的手法说明日月如梭一去不返,隐含无可奈何的心理。

"天哪,更闰一更儿妨甚么",是曲文中新起的高潮,直呼苍天,抒发自己的胸臆,有一种特殊的力量。实际上曲文中的女性呼喊者的要求是并不高的,只想适当延长一下欢情的时间。"更闰一更儿妨什么"用反问的语气吐露自己的

【蟾宫曲】

微小愿望,实在是值得同情的。此句对"闰"字的含义有适度的变化,一般只有闰月而无闰时,"更闰一更儿"是一种大胆的创造。我们不能不佩服曲作家的想象力和幽默感。

此曲明白如画又工丽清润,明显受了民间曲子词的滋养。贯云石代沉醉在爱情欢会中的青年男女立言,以女性的口吻与处境落墨,赋予必要的性格因素,曲文虽短,曲外之意是不少的。最后以直呼"天哪"与反问语调把全曲推向最高潮,结束得很精警。

(吴乾浩)

〔双调〕蟾 宫 曲

贯云石

送 春

问东君何处天涯?落日啼鹃,流水桃花,淡淡遥山,萋萋芳草,隐隐残霞。随柳絮吹归那答,趁游丝惹在谁家。倦理琵琶,人倚秋千,月照窗纱。

贯云石此首曲子明显受文人诗词的影响。题曰"送春",而处处不现"春"字,纯以自然景象与人的活动罗列来加以描绘,别有一番情趣。

"问东君何处天涯",起得十分怪兀。题为"送春"而由"天涯"着墨,构思是别致的。"东君"在《楚辞》中为日神,后指神话中的仙人东王公,或谓春神东君。此处即指春神。如是,"送春"二字不点自明。以问句开始,让"何处"覆盖整支曲子,合全篇而作出回答。

此后的五句从五个方面展示季候的变化,由小见大,探寻自然界的奥秘。"落日啼鹃"是一幅画图,写在落日的余晖中杜鹃独啼;"流水桃花",写桃花在流水中冲涤,此中隐含桃花已行将谢去,纷乱地跌落泥尘,有一部分随流水冲去;"淡淡遥山",离观察者很远的山峦此时很难有清晰的形象,只留下淡淡的痕迹;"萋萋芳草",写暮春芳草显得茂盛起来,而且暗含"芳草有情,夕阳无语"之意,仍照应晚景;"隐隐残霞",写残霞也只留下隐隐的形象。这五种自然景象中,有几种是相关连的,如落日与残霞,淡淡与隐隐,桃花与芳草;也有一些是单独存在的如啼鹃、流水。而季候明显的是流水中的桃花,萋萋的芳草,正因为有它们的点睛,其余部分也就受到辉映,著上了残春的色彩。

"随柳絮吹归那答,趁游丝惹在谁家"是个对句,更进一步探寻"春去也"的踪迹。柳絮与游丝惯常被诗人用来表示春的存在,形象地看到春的踪影。此处用设问句的方式,把主语"春"有意省略,柳絮今日吹到什么地方去了呢,游丝又惹到谁家去了呢? 这两个疑问实际上是用不着回答的,柳絮与游丝自然已随春而逝了。此正是曲家巧思高明之处。

"倦理琵琶,人倚秋千,月照窗纱"三句深化前面的形象,对"何处天涯"最后作出回答。可是这个回答又是具象的,往日爱弹的琵琶,现在倦去理它;人倚靠在秋千上想晃一下又下不了决心;只剩下月亮照在窗纱之上。这三个短句中前二者主体是人,后一句主体是月,但月已被拟人化,似乎月亮也感受到气候的变化,也变得春困夏乏起来。纵观末三句,似乎只字未提到春暮,也没照应"何处天涯",可是整体形象却仍扣紧了主旨,留下了想象的余地。

通篇用问答方式进行,有的要回答,有的又不要回答,造成词意的转折跌宕,增加阅读的兴味。许多事物的描写,貌似平列,而实有关连,在连与不连之中,推动感情的进展。纯用白描手法,以最省俭的笔墨抓住最富于特征的事物形象呈现在纸上,有以小见大的效果。末尾三句,形有尽而意无穷,很像影视中的"定格",给人一种回味。全篇不著一"送"字,不著一"春"字,而言尽"送春"意绪。

（吴乾浩）

〔双调〕清 江 引

贯云石

弃微名去来心快哉！一笑白云外。知音三五人,痛饮何妨碍？醉袍袖舞嫌天地窄。

此曲是作者延祐元年（1314）辞官之后离京南游途中所作。它抒发了诗人摆脱了名缰利锁、宦海风波,投入大自然怀抱之中那种无拘无束、自由自在、轻松痛快的豪放不羁之情。

贯云石,这位将门勋臣的后裔,少年时就武艺超群,能腾身上惊马、运槊生风；年甫弱冠,即袭任两淮万户府达鲁花赤,出镇永州,二十七岁拜为翰林侍读学士、中奉大夫、知制诰、同修国史；身为维吾尔族,对汉文化之造诣则颇深,诗文书法靡不可观。如此青云得志、文武全才,年未"而立",正可大展宏图之际,他却急流勇退,视高官厚禄为"蜗角虚名,蝇头微利",蔑然弃之如敝屣；竟效法陶渊明辞官而去,浩然高唱"弃微名去来心快哉！"这似乎令人颇为费解。其实,元散曲中这一类作品是比较多的。从众多曲家的叹世归隐作品中,便可窥见那个是非不分、贤愚颠倒的社会现实；因为仕途险恶,文人普遍追求远祸全身,成为时代心理的折光反映；再看看有元一代,特别是武宗以降,为争夺皇位而阴谋倾轧、仇杀诛连、直令人惊悚的历史记载；联系贯云石那热爱自由的诗人禀性，则其英年辞官的举动，我们便不难理解了。

摆脱了官场的桎梏，解除了宦海的烦恼，远离了尘世，投向大自然的怀抱，在青山白云中自由呼吸，在林泉沟壑中陶冶性情，自然顿觉一身轻松，心旷神怡、痛快淋漓了！而这一切复杂情感，又统统爆发为意蕴无穷的"一笑"：这是觉醒之后如释重负的欣喜欢笑；这是整个身心与万化冥合的陶然醉笑，对于那些追名逐利的迷津之流，这是为之可怜的冷笑；对于那些不可一世的王侯将相，这又是报之鄙夷的傲笑……

"知心三五人，痛饮何妨碍？"在辞官离京的万里壮游中，经梁山泊，他与渔翁吟诗夜话，为换得了"夜月生香"的芦花被而痛饮；在普陀山，他与诗僧鲁山共赋《观日行》，为观东海日出的壮观而痛饮；登岳阳楼，他为缅怀祖父阿里海牙征南宋时"剑光影动乾坤浮"的壮举而痛饮；至于采石矶上招太白之魂，汨罗江畔伤屈原之灵，也都离不开痛饮。卜居西湖后，他曾先后与张可久、阿里西瑛、杨朝英、乔梦符等曲家诗酒唱和，又与钱塘才女曹妙清、杭州名优杨驹儿等过从甚密。这些，皆可算作"知音"。他本人甚至诡姓名，易冠服，混迹于市民观灯群中，卖药于钱塘街市之上，可谓"何妨碍"之极了！

结句用高度的夸张，展现了诗人豪迈奔放的博大胸襟，大有"安能摧眉折腰事权贵"的气概。试看他对李白的多次倾慕、追怀："酒酣仰天呼太白，眼空四海无纤物。"（《桃花岩》）"我亦不留白玉堂，京华酒浅湘云长。"（《采石歌》）其浮云富贵、粪土王侯的傲岸之情，不是一脉相承么？

此曲笔调骏快，风格豪放。无一景语，纯以率真自然抒情取胜。"快"、"笑"、"痛饮"、"醉"、"舞"等字眼，意脉贯穿：因快而笑，因笑而痛饮，因痛饮而醉，因醉而起舞，始终洋溢着豪放之情，活画出一个蔑视功名，笑傲王侯、热爱自由、豪放不羁的诗人自我形象。朱权所评其词："如天马脱羁。"（《太和正音谱》）

【清江引】

信不诬也。

(熊 笃)

〔双调〕 清 江 引

贯云石

竞功名有如车下坡,惊险谁参破?昨日玉堂臣,今日遭残祸。争如我避风波走在安乐窝!

此曲是作者延祐二年(1315)之后隐居杭州时期所作。它揭露了官场险恶、祸福无常、生命难保的残酷现实,表现了作者远害全身而又愤世嫉俗的思想感情。

首句用一通俗生动的比喻,起势突兀。把奔竞功名比作马车直下陡坡一样惊险。车下陡坡,疾驰如飞,马易受惊,更疯狂难制。其结果,难免人仰马翻,粉身碎骨;纵偶得幸存,亦将重伤致残。"下坡车",本是通行已久的俗语。古人诗歌中亦常用。如白居易:"我今六十五,走若下坡轮";张耒:"流年下坡毂,万事复枰棋"。马致远散曲中亦有"红日西斜,疾似下坡车"之句。然而,这些"下坡车"都是喻光阴荏苒,迅逝而如下坡之车。本曲则在其中注入了"惊险"的内涵。这就不仅有了表层的比喻意,更有了对生活内容的深思。作者在另一首小令中还把仕途比作"高竿上人弄险",可谓异曲同工,发人深省。而这种发人深省的对人生的思索又是用通行的俗语来表现的。这不妨说是其通俗本色的真正意义和价值所在。元曲中常把官场险恶比作"鬼门关"、"连云栈"、"虎窟龙潭"、"风波海"、"虎狼穴"、"醯鸡瓮",但都不如贯词来得通俗本色。

次句接以设问，引人惊悚。"参破"，本佛家语即看破、识破。仕途险恶，本是封建社会常有的现象，历代有之；然古往今来，除范蠡、张良等知机者功成身退之外，更多的人确未参破个中风险。像元曲中常写到的钮麂、豫让、屈原、伍子胥、韩信等就是如此。"飞鸟尽，良弓藏；狡兔死，走狗烹。"（《史记·越世家》）越勾践、吴夫差、汉刘邦、赵匡胤等莫不如此。历史上确有那么一批封建帝王，只可共患难，不能同安乐，一旦黄袍加身，便忘恩负义、猜忌功臣。作者这设问，是元文人在他们那个时代"悟"出的"知机"之言：它启发人们对历史教训的沉痛反思，告诫人们在沉迷中猛醒。

三四两句是对"惊险"内涵的具体阐发。玉堂，指宫殿、朝廷。仅以作者所在的武宗、仁宗、英宗三朝为例，因皇位之争而致大臣"遭残祸"的事例就不胜枚举。武宗即位，拥立安西王阿难答一派的将相大臣如明里铁木儿、阿忽台、八都马辛、怯烈等人即被处死。文宗即位前后，为排除异己，又妄加罪名，杀死丞相脱虎脱、三宝奴、平章政事乐实、左丞保八、参政王罴等一大批。而贯云石向仁宗上的"万言书"中又不无犯讳之嫌，如"释边成以修文德"，是批评仁宗对八百媳妇国和吐蕃用兵之事；"教太子以正国本"，是针对英宗的不良行径；"立谏官以辅圣德"，是针对当时只有御史纠察臣僚而无谏官批评皇帝这一弊端。故仁宗览后只"嘉叹，未报"。七年后英宗即位，奸臣铁木迭儿复相。一上台就将曾"攻讦其奸"的平章政事萧拜柱、御史中丞杨朵儿、上都留守贺伯颜加罪处死，贯云石的老师平章政事李孟也被夺爵降职。"万言书"曾得罪英宗和铁木迭儿，作者倘不及时隐退，"残祸"恐亦难逃。回首这十余年历史，一批一批"玉堂臣"如走马灯般惨遭杀戮，而诗人自己幸而及早"参破"，隐居西湖，在湖光山色、林泉佳趣中悠哉乐哉，安然无恙，难怪他要庆幸"争（怎）如我避风波走在安乐窝"了！

此曲有感而发，直抒胸臆，字字本色，明白如话。但又豪放而不粗疏，通俗而能深藏哲理，消沉中蕴含愤怒。真可谓"信手拈来世已惊"（王若虚《论诗

【清江引】

诗》），"豪华落尽见真淳"（元好问《论诗绝句三十首》）了！

（熊　笃）

〔双调〕清　江　引

贯云石

咏　梅

南枝夜来先破蕊，泄露春消息。偏宜雪月交，不惹蜂蝶戏。有时节暗香来梦里。

贯酸斋的《咏梅》小令共有四首，这是第一首。它赞美梅花在冰雪严寒中竞先早放，报春而不争春，幽香而不媚众的凛然风骨和高标逸韵，表现了诗人睿才早慧而能不逐流俗、贞洁自守的高尚品格。

一二句写梅花破蕊报春，最先向人间透露春光降临的喜讯。"南枝"、"先"，说明梅花并未都已怒放，仅仅是南枝因朝阳而破蕊占先。李峤《红梅》云："大庾天寒少，南枝独早芳。"可见，这第一批报春花，是在严寒笼罩之时，最先给死气沉沉的大地带来了勃勃生机，则梅花斗霜傲雪的英姿风采，不写而自现了。"夜来"、"泄露"，状梅花报春隐秘而不盛开怒放之势态，同时也流露出诗人殷切盼春之情意。"泄露"二字用得妙极。杜甫诗云："侵陵雪色还萱草，泄露春光有柳条。"（《腊日》）而梅花却是比柳条更早的报春使者。春的秘密被拟人化了的梅花无意中泄露了，而这一"泄露"又偏偏为盼春心切的诗人所发现，试想，其欣喜之状又何如？

三四句写梅花的高标逸韵。一个"偏"字，道出了梅花迥异群芳、独立不群的个性：它不像桃李诸芳那样，喜欢在艳阳明媚、春风和煦的温暾中开放，也不愿在引人注目、喧嚣热闹的白昼中吐蕊，却偏偏适宜与冰雪、夜月交往。陆游《梅花绝句》云："高标逸韵君知否，正在层冰积雪时。"萧泰来《霜天晓角·梅》则云："知心惟有月。"而酸斋这句，却将陆、萧的"雪"、"月"二义咸包了。"雪月"，与梅同是一尘不染、洁白无瑕，故能衬托出梅之神韵；而雪光月影交相辉映，又使横斜的梅枝显得格外疏秀清瘦，从而烘托出梅的形姿，堪谓形神毕肖。上句正衬已暗寓对比，下句反衬对比益彰：它不像群芳那样招惹浮蜂浪蝶的狎戏，不趋时媚众，惟坚贞自守。这使人想起苏轼"嫣然一笑竹篱间，桃李满山总粗俗"（《寓居定惠院之东，杂花满山，有海棠一枝，土人不知贵也》）的海棠礼赞。"偏宜"、"不惹"两句，对仗珠联璧合，意脉亦有因果联系。既是梅花个性的写照，也是诗人品性的象征。

　　结句写梅花的幽香入梦。虽然梅花孤傲绝尘，但她却有时候伴随明月清风，把那清幽淡远的芳香散发给梦中的人们。"雪月"虽与梅花同具晶莹洁白之色，但却不具备梅花特有的暗香之味。王安石《雪梅》诗："遥知不是雪，为有暗香来。"卢梅坡《雪梅》诗："雪却输梅一段香。"都点明了梅之特性。酸斋此句，妙在不仅抓住这一特性，且又巧妙熔铸了林逋《山园小梅》中"暗香浮动月黄昏"和高续古《咏梅绝句》中"一夜冷香清入梦"两种意境，而不留痕迹。冠以"有时节"一词，则将明月清风中"暗香"悄然入梦那种轻盈飘逸，似觉非觉的情境，写得迷离恍惚，隐约朦胧，十分含蓄而耐人寻味。而"梦里"，又与首句"夜来"遥相照应。

　　此曲句句写梅，看似纯然咏物，实则处处皆有作者自身灵魂的投影。联系贯云石未及弱冠即任两淮万户府达鲁花赤，二十七岁即拜为翰林侍读知制诰，而翌年旋辞官远离污浊官场，隐居西湖林泉的经历，以及他那聪颖早慧，孤高耿介，淡泊名利的个性，其托物象征的自况之意自不难窥见，唯较一般咏物诗词更为含蓄而已。又词中善于熔铸点化典故,恰如撒盐溶水,味增醇厚而了无痕迹,依然不失那"清水芙蓉"的天然本色。

(熊　笃)

〔双调〕清 江 引

贯云石

咏　梅

芳心对人娇欲说,不忍轻轻折。溪桥淡淡烟,茅舍澄澄月。包藏几多春意也。

　　这是《咏梅》这组小令的第三首。描写了郊外野梅在烟笼月罩中娇美动人、意态朦胧的幽姿,和神清骨秀、春情无限的风韵,抒发了诗人对野梅的倾心赞赏和无限爱怜之情。

　　一个月华如水、春寒料峭的黄昏,诗人漫步于郊外。旷野是一片无边的静谧;天空玉宇无尘,银河泻影;一桥横锁小溪,溪水淙淙悦耳;几丛婆娑疏竹,环绕农家茅舍;空气中弥漫着轻云薄雾,朦胧氤氲。蓦地,一阵淡淡的清香扑人眉宇,沁人心脾。啊!原来是溪边的几株野梅正悄然破蕊绽开。诗人走近梅树之下,原想动手折下一枝,蓦然发现那清浅澄澈的溪水中,横斜映出一枝疏秀清癯的梅枝倩影,在水月浑融的波光中婆娑摇动。顿时,诗人觉得面对着的仿佛不是梅枝,而是一位冰肌玉洁的美人,那美好的灵魂似乎在柔声细语地对人欲说还休……于是,诗人为之陶醉了,即使想轻轻地折下一枝,也终于于心不忍了。这里运用拟人化手法,将野梅写得如花似人,娇美可爱,含情脉脉,那一片爱梅惜梅之情,简直呼之欲出了。难怪他在另一首《咏梅》中要惊叹:"冰姿迥然天赋奇","休教玉楼三弄笛。"连吹《落梅花》的笛声都会触动他担心"梅花落"的情肠,更不用说忍心去折下它的花枝了!

"溪桥淡淡烟,茅舍澄澄月。"两句对仗精美工稳,且用了叠字,更能传神:那淡淡的烟霭,宛如给梅花美人披上的一层轻盈的面纱,平添了几分神秘朦胧之美;那澄澄的月华,更衬托出梅花美人的绰约英姿,增强了她那晶莹玉洁之秀。如果说前一首结句主要化用了"暗香浮动月黄昏"(林逋《山园小梅》),那么这两句则意在点化"疏影横斜水清浅。"(林逋《山园小梅》)不仅俱臻熔典无迹的妙境,而且均富于脱胎换骨的新意。这里用"溪桥"而不用"溪水",既多出"小桥"这一意象而使画面更臻丰富,同时"溪桥"之下必有溪水,用笔亦更见含蓄精练。"茅舍"则点明郊外野梅的特殊生长环境,暗示其远离尘俗,孤芳幽独的高洁品性。这些,正是贯酸斋小令不落窠臼而贵独创之处。

结句写梅花包藏无限春意,正与首句"不忍轻轻折"相照应。李清照《孤雁儿》云:"梅心惊破,多少春情意。"王冕《白梅》更说:"忽然一夜清香发,散作乾坤万里春。"都从不同角度高度赞美了梅花对人间春色的巨大贡献。酸斋此句亦然,但他特冠以"包藏"一词,则更加突出了梅花所潜在的青春活力之无限。正因为诗人热爱春光,渴望春光永驻不衰,而又确认梅花为人间包含潜藏着无限春意这一美学价值,所以他才克制住一己的喜悦冲动,而"不忍轻轻折"了。

此曲是写诗人月下鉴赏野梅的瞬息观感,通过拟人咏物,不仅传神地刻画出野梅的风姿神态,而且细腻地描写出诗人瞬息变化的微妙心态。物我浑然一体,情景交融一片。景语清新素雅,情语风趣缠绵,构思亦新颖别致,不愧为咏梅小令的佳作。

(熊 笃)

〔双调〕清 江 引

贯云石

惜 别

玉人泣别声渐杳,无语伤怀抱。寂寞武陵源,细雨连芳草,都被他带将春去了。

　　贯云石共有两组(五首)〔清江引〕冠以《惜别》这个题目,这里介绍其中比较著名的一首。

　　这首小令写的是一次难堪别离的感受。在作品中,景物是朦胧、迷离的:浸润进天地交合处的芳草,冷落幽静的江南山水,扰人心绪的细雨,残春寂寞的荒郊,无一不浸透着无语的凄伤;在作品中,人物只是由情绪体现的,然而打动人心的,正是这朦胧又真切、迷离又诚挚的意境。对于这首只有三十个字的小令,是无须为词语下注的,而作者写下的离情别绪人人皆可意会又难于言传。贯云石并不想用这个比七言绝句长一点点的篇幅表达更复杂的内容,他写下的仅是"玉人"别去后的心情。尽管"玉人"泣别之声消失在迷蒙烟雨里,无法排遣的惜别之情却并未随之而去,使他怅然若失,心情黯淡。视野所及,四外的一切都含有使人伤怀的成分,留在心头的,只是沉甸甸、实着着的思念……

　　贯云石五首题为《惜别》的〔清江引〕并非写于一时一地,也不都是同为一人所作。由于这首《惜别》提到"武陵源"(另一首内容相近的《惜别》还用这"湘云楚雨"这样比较具体的比喻),可以认为它作于贯云石初仕湖南时期。"玉人",容颜美丽的人。《晋书·卫玠传》:"(玠)羊车入市,见者皆以为玉人。"后多指美女。这里是指他的妻子或情人。"少年别离"的背景,使这首小令具有细腻又不失于做作,感伤又不觉其压抑的基调。全曲结尾时,贯云石并没有拘于唐人"春尽雨声中"的意境,而是从具体环境出发,吟唱出独特的感受:春天追随着离去的"玉人",一同消融在烟雨里。

贯云石以"重感情"著称。去世的前一年(元英宗至治三年,1323)秋天,谈到对亲友的感情时,他对好友欧阳玄说,"少年与朋友知契,每别辄缠绻数日。"(《圭斋文集》卷九)正因为如此,他的写别离的篇什都是真挚感人之作。在套曲中,他写有〔南吕·一枝花〕《离闷》与〔越调·斗鹌鹑〕《忆别》,他还写有一首传诵较广的七言古诗《别离情》,受到元诗选家的关注。

(杨 镰)

〔双调〕 清 江 引

贯云石

惜　别

若还与他相见时,道个真传示:不是不修书,不是无才思,绕清江买不得天样纸!

《惜别》这组小令共四首,都是写男主人公回忆他与情侣的离别以及别后的相思离愁的。这是其中的第四首,写男主人公托朋友向女方带口信,含蓄巧妙地表达了自己对女方的无限相思和一腔忠诚。

开头两句说:如果你回到故地还能找到她,并能与她相见的话,那就向她好好说说我的真实情况吧。这里已隐约透露出男女双方离别之久,距离之远、

【清江引】

相见之难。"若还"二字,意味深长:表明有希望和可能,但又没有把握。也许其中有家庭阻力,也许会发生其他变故……

三四两句,照理该具体倾诉他如何刻骨相思,如何柔肠寸断了,但作者却故弄狡狯之笔,连用了两个否定句,盘马弯弓,引而不发:不是我不愿写信。也不是我不能写信。前一句隐含着:"我并没有忘记你";后一句则表明:"我很富有写信的才气和情思。"但因为连用两个"不是",语势上形成两次顿挫吞吐,就为后面的谜底揭晓作了充分的蓄势,造成有力的反跌,这就增强了读者更加急于知道底奥的悬念。直到结句才说破底细:是因为我绕着清江跑遍了很多地方,也买不到一张像天那样大的信纸啊!仍然说得幽默含蓄,言外之意是说:因为我对你的相思眷恋之情,有如天长海阔,岂是小小信纸所能容纳得了、倾诉得尽的!这就避免了一览无余。

"清江",既可泛指清澈的江河,也可特指具体水名:一在湖北,即古夷水;一在江西,即流经新干、清江等地那段赣江。酸斋之父贯只哥于延祐二年(1315)自湖广调任江西行省平章政事。而酸斋延祐元年辞官之后的南游中,也确曾到过湖北、南昌等地。据此,这个男主人公或许就是作者自己,也未可知。

本篇在艺术上有两个特点。其一是惊人的想象和高度的夸张。古有"尽荆越之竹犹不能书"(《吕氏春秋·明理》),"南山之竹不足受我辞"(《汉书·公孙贺传》)之说,虽有夸张,犹不足惊。至于如杜甫的"忧端齐终南,澒洞不可掇"(《赴奉先咏怀》);李煜的"问君能有几多愁,恰似一江春水向东流"(〔虞美人〕);李清照的"只恐双溪舴艋舟,载不动,许多愁"(〔武陵春〕);王实甫的"遍人间烦恼填胸臆,量这些大小车儿如何载得起"(《西厢记》)……皆言情中想象夸张的奇语妙语。而酸斋却能自出机杼,来个"绕清江买不得天样纸",又给人耳目一新之感。高度的夸张可以"发蕴而飞滞,披瞽而骇聋。"(《文心雕龙·夸饰》)但还必须有几分真实合理,"夸过其理,则名实两乖。"(同上)恋人的知心话的确是说不完的,故需要一张其大无比的纸方能容纳,这便有几分真实;而天空光洁、平展,看去也恰如一张大纸,这便有几分合理。"以蓝天作纸",在今天新诗中仍可见到,足见其长久的生命力了!

其二是构思别致,巧妙含蓄。写男女相思,一般常用景物烘托,借景抒情;或托物比兴,委婉出之;或正面言情,直抒胸臆……但这首小令都不是,而只是让友人说明自己没写信的原因,只字未写相思而相思自见。寓浓情于淡墨之中,于悬念中含幽默之趣。五句三十一字,直胜过百篇情书。

(熊 笃)

〔双调〕**清 江 引**

贯云石

立 春

金钗影摇春燕斜,木杪①生春叶。水塘春始波,火候春初热。土牛儿载将春到也。

此曲描写立春节气春到人间,万物欣荣,一派生机盎然的景象,及热闹古朴的民间风俗。

首句写人们春游的盛装。作者以点带面,只举出妇女的头饰,则春服之盛略见一斑。"金钗"、"春燕"皆是古代妇女立春这天头上的彩饰。据《岁时广记》卷八引《荆楚岁时记》载:"立春日悉剪彩为燕以戴之。……王沂公《春帖子》云:'彩燕迎春入鬓飞,轻寒未放金缕衣。'又欧阳永叔云:'不惊树里禽初变,共喜钗头燕已来。'郑毅夫云:'汉殿斗簪双彩燕,并知春色上钗头。'皆春日帖子句也。"

【清江引】

因为立春是春光来临的象征,标志着新的一年开始,故这天家家都要盛装出游,"莫不缕金刻缯,加饰珠翠,或以金银,穷极工巧,交相遗问焉。"(庞元英《文昌杂录》三)黄金制的钗,钗上作燕形,叫"燕钗"。如李贺《湖中曲》:"燕钗玉股照青渠"。也有用金银纸箔或绢帛剪成燕、蝶等状,戴在鬓发上或挂在花下,统名之谓"幡胜",用以欢庆春日来临并互相赠送。此种风俗,唐宋时即有。燕属玄鸟,春分而来,秋分而去(见《淮南子》注),故燕是迎春的象征。用"影摇"和"斜"分别形容钗、燕,则把装饰用物写活了,那金钗珠翠在艳阳下熠熠生辉,妇女们轻盈袅娜的步态摇曳生姿;或临水倒映出随波摇动的倩影;那云鬓上的彩燕斜翼如飞,似乎要与微风中斜飞的真燕媲美……

次句"木杪生春叶",写草木的欣欣向荣。树梢上长出了嫩绿欲滴的叶子。前人已有"春风又绿江南岸"(王安石《泊船瓜州》),"春到人间草木知"(张栻《立春偶成》)的名句,足见"绿色"乃青春活力的象征。作者举一反三,令人不难想象出那丰草如茵、花红柳绿、莺歌燕舞的阳春艳景。第三句写池塘的碧波荡漾。春风吹融了冰雪,吹绿了一池清水,即所谓"春来江水绿如蓝"(白居易《忆江南》)。也许,仕女游客正在欣赏那池塘中的鸳鸯戏水,乳燕斜飞;也许,游人们正沐浴着雨丝风片,在烟波中荡起龙舟画舫……第四句写气候开始温暖宜人。"火候"本指煮食物的火功,此指气候温度。立春是廿四节气之首,标志着阳气回生,气温渐暖。这是出现春游、春叶、春波的动因。以上三句分用"生"、"始"、"初"三词,皆突出"春"之发端、万象更新之意。

末句写土牛鞭春的风俗。土牛儿,即春牛。古代每逢立春前一日有迎春的仪式。由人扮"勾芒神",鞭土牛,由地方官行香主礼,叫做"打春",以劝农耕,象征春耕开始。据孟元老《东京梦华录》载:"立春前一日,开封府进春牛入禁中鞭春。开封、祥符两县,置春牛于府前,至日绝早,府僚打春,如方州仪。"元代风俗亦然。结句回应首句,以写风俗起结,歌颂了人们除旧迎新的喜悦之情。

此曲用的是嵌字格。据明蒋一葵《尧山堂外纪》载："贯酸斋尝赴所亲宴,时正立春,座客以〔清江引〕请赋,且限'金、木、水、火、土'五字冠于每句之首,句中各用'春'。酸斋即题云……满座绝倒。"每句嵌一"春"字即是嵌字格了,又要"以金、木、水、火、土"五字冠五句之首,则是特殊嵌字格了。而且格律甚严,三四句要对仗,首句末二字须用去上或去平声,结句末二字须作去上声。如此严格限制,常人只能望洋兴叹,纵勉强成篇,亦难免成为呆板的文字游戏。而酸斋居然写得文意充实、意境生动、音韵谐美,语言活泼自然。其深厚之艺术功力,直令人叹为观止。

(熊 笃)

〔注〕 ① 木杪(miǎo 秒):树梢。

〔双调〕寿 阳 曲

贯云石

鱼吹浪,雁落沙,倚吴山翠屏高挂。看江潮鼓声千万家,卷朱帘玉人如画。

这首小令是描写钱塘胜景的。贯云石辞去官职回到江南后,曾在杭州住过一段时间。据明代李开先《词谑》记载,贯云石在杭州居住时,"往来卖药钱塘市,诡姓名,易服色,人无识者"。而这首小令,便是他在杭州居住时所作。

钱塘江流经杭州的东南,是杭州的胜景之一。要用短短的一支小令来描绘钱塘江的胜景,这是相当困难的,而作者摄取了钱塘江大潮这一富有特征的事物来描写。开首三句是写江潮未来时的情景,江面开阔,风平浪静。"鱼吹浪,雁落沙"。鱼儿在江中嬉戏,大雁在沙滩上栖息。作者根据鱼、雁的特征,精心选择了一个"吹"字和一个"落"字,形象而生动地写出了鱼和雁的不同动态。"倚吴山"句,则是写靠着吴山所搭起的一座座翠绿色的用以观潮的"看幕"。据宋周密《武林旧事》记载,每年观潮时,沿着江岸,搭有许多观潮用的"看幕"。这些临江靠山的"看幕"相连成片,就像一块巨大的画屏,青翠葱绿,与钱塘江水相映成趣。"倚"字,即靠的意思,作者采用了拟人化的手法,把静物也写得富有生气。接下去两句是写江潮涌来时的情景。"看江潮鼓声千万家",钱塘江之潮十分壮观,著称于世。而前人常以"鼓声"来形容江潮之声势。如《钱塘候潮图》云:"常潮远观数百里,若素练横江;稍近,见潮头高数丈,卷云拥雪,混混沌沌,声如雷鼓。"宋代词人潘阆写钱塘江观潮的〔酒泉子〕词也有这样的描写:"来疑沧海尽是空,万面鼓声中。"谓排山倒海的江潮一齐涌来时,犹如千万面战鼓齐鸣,震天动地。因此,观潮成为杭州居民的一大盛事。每当江潮起时,城内居民倾城而出,出现了千万家争睹江潮的场面。如南宋吴自牧《梦粱录》载:"每岁八月内,潮怒胜于常时,都人自十一日起,便有观者,至十六、十八日,倾城而出,车马纷纷,十八日最为繁盛。"而"江潮鼓声千万家",正形象地描绘了这一观潮盛况。"卷朱帘玉人如画",动地而来的江潮也吸引了生活在深闺中的女子,她们也卷起朱帘,向江上眺望。"朱帘",装饰华丽的门(窗)帘;"玉人",对女子的美称。从表面看来,作者的笔触似由写景转到写人,但其实仍未离开景,即借美女的卷帘眺望来突出钱塘江潮之胜。

这首小令的笔调比较轻松。如一开始,作者就通过对鱼儿嬉水、大雁栖息的描绘,展示了一幅惬意安逸的画面。即使在描写江潮排山倒海汹涌而来的景象时,作者也仍是出以轻快的笔调,如最后"卷朱帘玉人如画"句,作者没有去描写观潮时人山人海的热闹场面,而是闹中取静,选择了深闺女子卷帘眺望这一比较娴雅的情景来描写,"玉人"纤手慢卷朱帘的动作,正同江潮涌来时如万马奔腾、战鼓齐鸣的热闹情景,形成了极强烈的对比,故以此句作结,闹中寓静,仍给人以一种轻松恬静的美感。

(俞为民)

〔双调〕寿 阳 曲

贯云石

新秋至,人乍别,顺长江水流残月。悠悠画船东去也,这思量起头儿一夜。

这是一首送别曲,在曲中作者寄寓了因离人远去而产生的怅惘伤感之情。开首两句,既是交待时间与事由,即在初秋的时节送别离人,同时也饱含着作者送别时所产生的伤感之情。因为在古人眼里,秋天是萧疏凄凉的,最易触动人的离愁别恨,宋玉《九辩》云:"悲哉!秋之为气也,草木摇落而变衰。"而在这样的时节送别离人,就更添孤独怅惘之情。宋代词人柳永在〔雨霖铃〕词中也有句云:"多情自古伤离别,更那堪,冷落清秋节。"离别本是已令人伤感,又加上是在冷落萧疏的秋天,这种伤感之情便更增百倍。"新"与"乍"都有刚刚、起初的意思,秋天刚刚来到,离人就分手远去,这种惜别伤感之情也更为浓烈。显然,这开首两句既是交待时间与事由,同时也为全曲定下了感伤的基调。"顺长江水流残月",浩浩长江水,流洗残月,残月依然,而人却被川流不息的江水带走了。人们常以月圆比作人间的团聚,以月缺比作分离,而作者眼前只见残月,不见人影,离愁别恨便油然而生。"悠悠画船东去也。"悠悠,遥远的样子;画船,装饰华丽的船,此指离人的座船。载着离人的画船,顺着长江,渐渐远去,终于消失在视野之中了。而此时只剩下作者自己孤身一人,孑然独立江头,此情此景,便增添了离情的凄凉与孤独。前面都是实写,通过所见到的情景来抒发自己因离别而产生的伤感之情,而最后一句,作者将笔锋一转,由实写转向虚写。"这思量起头儿一夜",这离愁别恨还只是开头的第一夜呵!从今以后,两人天各一方,何时才能重相聚呢?即由眼前联想到了往后,想到此,心中的怅惘感伤之情就愈觉不堪忍受了。这最后一句,既是对全曲的一笔总结,又把离愁别恨推向绵绵不绝的将来。至此,作者内心感情的抒发达到了高潮,全曲的主题也得到了升华。故由此结束,简洁有力,意味无穷。

　　这虽是一首送别曲,作者在曲中抒发了强烈的离愁别恨,但作者不是从正面直接抒发离愁别恨的,而是采用了寓情于景的表现手法,将抽象的愁思寓于具体的景物之中,作者精心勾画了一幅冷落孤寂的图画,秋夜的江头,水流残月,主人独立江头,离人远去。作者在这幅画面中,极力渲染凄凉孤独的气氛,故整支曲文虽不见一个"愁"字,而作者内心的愁情却通过这一幅具体的图画,得到了充分的展现。尤妙的是:乍别之人是谁?是朋友,是亲人,抑或是恋者?作者并未点明,然而,正因如此,它才能叩动一切"离人"的心弦,从而大大增加了这首小令的艺术感染力。

(俞为民)

〔双调〕殿前欢

贯云石

畅幽哉,春风无处不楼台。一时怀抱俱无奈,总对天开。就渊明归去来,怕鹤怨山禽怪,问甚功名在。酸斋是我,我是酸斋。

贯云石于仁宗朝官拜翰林侍读学士,对官场污浊、吏治腐败,有较清醒的认识。他称疾辞仕,移居江南,改姓换名,卖药钱塘市中。又自号芦花道人,过着诗酒自娱的隐逸生活。关于他的退隐,有说是忽发奇想,以为辞尊居卑,昔贤所尚,因而效法前贤,身退形隐了。这支小令则说明,贯云石原是有志之士,总为"一时怀抱俱无奈",才步陶潜踪迹"归去来"的。所谓"一时怀抱俱无奈",便是说空怀一腔抱负而不得施展,他是无可奈何而辞仕的。因此,这支小令对我们了解作者生平事迹乃至加深理解他吟咏退隐一类作品大有帮助,值得我们加以重视。

"畅幽哉"二句,写春光洒遍,到处是一片春意盎然。作者登高望远,心旷神怡,满眼春色;楼台逢春,绿烟袅袅;春风阵阵,吹绽花蕾。生机勃勃的春天,激起了作者对跃动的生命力无比的钦羡,转而想到自己空有抱负,伸展不能,不由地一阵伤感。这伤感来得突然,且又很深,有什么办法呢?人生短暂,春光却是无限,春光年年如是,人生追求探索也永无际涯,一腔牢骚愤怨,与此春光明媚,不是太不协调了吗?"总对天开",是说春天来临不以人的意志转移,这是无奈无何的。这一切还是不去想它吧,不如像陶渊明那样"载欣载奔",归园田居。"就",在这里是跟从之意。"归去来",指陶渊明的《归去来辞》。"怕鹤怨山禽怪",是说归隐犹迟,白鹤及山中飞禽要怪怨自己的,言外之意是早该痛下决心。"问甚功名在",犹言管他什么功名前程,唯闲为乐。结句亮出家门,直如隐者的立世宣言:决心隐逸的就是我贯酸斋,我就是跟从陶渊明踪迹的贯酸斋,仿佛拍着胸脯,直言不讳,大言不惭,表现出倔强和执拗的性格。

小令随手写来,不假外语,一如直言道出,全无扭捏之态,坦率得可爱,真诚得有趣,不愧为曲中"捷才"。

严格说来,元代的知识分子并不真正以隐逸为乐,这正是所谓"虽语似旷达,而讥时疾世之怀,凛然森然,芒角四射,可谓怨而至于怒矣"(刘永济《元人散曲选·序言》)。酸斋身为官宦士族,世爵之后,能有此种情愫,更从一个角度说明元代知识分子的遭遇。

(王星琦)

〔双调〕**殿 前 欢**

贯云石

楚怀王,忠臣跳入汨罗江。《离骚》读罢空惆怅,日月同光。伤心来笑一场,笑你个三闾强,为甚不身心放。沧浪污你,你污沧浪。

贯云石曲或豪放恣肆,如"天马脱羁"(朱权《太和正音谱》),时亦有清新俊逸之作,表现出俏丽而又柔美的和谐。这支〔殿前欢〕小令,显然既不属于豪放一格,更不见清润之味,当别属一调,即所谓豪辣俳谐体势。曲中时出反语,间或流露出辛酸和愤懑。

首二句点出楚怀王昏庸不察,逼得忠心耿耿的屈原自沉汨罗。出笔便劈题,平空起势,写出了屈子一跃冲向波涛的悲壮气势。"《离骚》读罢"一句,方揭出作者是在作历史的沉思,那久远的、深邃的思索,尽在"空惆怅"三字中了。作者惆怅之余，撒然省悟：古往今来，凡有作为的积极进取者，皆屡遭磨难，命运多舛，不如放达超脱，尽山水之乐。"日月同光"，指屈原的精神和品质光照千古。"伤心来笑一场"，乃充满苦涩之反语，先贤的命运为什么如此凄惨？就里分明蕴含着《天问》式的无尽诘难。"笑"与"伤心"搭配，似有些荒诞，实质上这是一种极为复杂的情绪，即是一种愤极的苦笑。贯云石仕途多蹇，后借病弃官归隐，虽为贵族功臣之后，却向往"一笑白云外"（〔清江引〕）的隐逸生活。旷达超然的背后，明明潜藏着对黑暗社会现实的牢骚和愤慨。"笑你个三闾强"以下，是解释前文"笑一场"的缘由，倔强的屈原，你为什么不放达超脱一点呢？曲意与白朴〔寄生草〕《饮》中的"不达时皆笑屈原非，但知音尽说陶潜是"用意大略是一致的。笑屈原之非，乃"不达时"之辈；骨鲠正直者都是崇敬屈原的。这里分明是以反言正，其实作者对屈原也是钦佩之至的。故可认为元散曲中非屈原之语，皆是愤极之反语。结二句以沧浪水清衬托屈原之高洁，同样是正语反说。文面的意思是：沧浪清澈之水玷污了你，而你的自沉也使沧浪之水污浊了。无非是对屈原投江持非议的态度。承上文，仍是说屈原不够旷达。这恰恰透露出所谓旷达和超脱原是出于无可奈何，痛苦和矛盾，复杂和微妙，是正可玩味处。

小令最突出的特点是苦语乐道，糊涂中反更清楚，诙谐中藏着苦涩，其韵味是耐反复咀嚼的。

贯云石为"一时捷才，亦气运所至，人物孕灵如此"（《至正直记·酸斋乐府》）。他有几副笔墨，极尽笔调变幻，能豪放，能清新，亦能俳谐幽默，这支小令颇能说明他的多方面才能。

（王星琦）

〔双调〕殿 前 欢

贯云石

怕相逢,怕相逢歌罢酒樽空。醉归来纵有阳台梦,云雨无踪。楼心月扇底风,情缘重。恨不似《钗头凤》。东阳瘦损①,羞对青铜。

　　贯云石这首〔殿前欢〕曲表达的是渴望与情人朝夕相处的心情,披露了爱不能伸、情不能禁的苦闷忧愁。小令以"怕相逢"起笔。所谓"怕相逢"其实正是怕别离的一种隐晦曲折的提法。相逢,尤其是与相思甚苦的情人的相逢无论多么令人神往,却总有"歌罢酒樽空"的时候,正像俗语概括的:"千里搭凉棚,没有不散的宴席"。阳台,典出宋玉《高唐赋》序:楚王游高唐,梦巫山神女荐枕,神女化云化雨于阳台。后遂以"阳台"为男女合欢之所。尽管醉归后还有梦境能相慰,但酒醒来却是孑然一身;尽管对相逢的回味能使人陶醉,但"云雨无踪"却更令人心碎。月夜登楼,只有明月在陪伴孤寂的相思者,对相见的憧憬好似扇底清风,可以抚慰焦躁急渴的情侣。相思只能使相见的愿望更加强烈,但显然这种愿望却总是难以实现。在全曲最后部分,贯云石借用了两个典故。陆游为表妹唐琬写下《钗头凤》词是流传颇广的故事,但为什么说是"恨不似《钗头凤》"呢?这是因为相爱的双方文化修养并不一致,不能借诗篇互通心曲,并微含因情人未能完全理解自己的苦衷而产生的失意感,所以,相思之苦就分外难堪,使人日见消瘦,以至于不敢临镜端详自己的面容。这里的"东阳"是指沈约,并作为诗人自己的代称。

这首小令的特点,是以含蓄、蕴藉的手法来抒写复杂、微妙的情愫。当然,相思是一种比较专注的情感,也比较容易使人产生共鸣,本曲不落俗套的地方在于,其艺术感染力来自主观的意念,可以说,作品没有交待出任何具体的内容,但主人公那种失望、尚未绝望,不甘于苦苦相思、又情愿喝下相思的苦酒的处境,恰恰不需要借助具体内容,就能比较长久地打动人心。就同类题材相比而言,贯云石这首散曲比较克制,但这种克制并非表明感情淡漠,那是面对种种制约的结果,也是感情趋于成熟的标志。

(杨 镰)

〔注〕 ① 东阳瘦损:南朝沈约于齐隆昌元年(494)出任东阳太守。曾自称:"百日数旬,革带常应移孔;以手握臂,率计月小半分。"(《南史》本传)李商隐在《韩冬郎即席为诗相送……》诗中说:"为凭何逊休联句,瘦尽东阳姓沈人。"并自注云:"……余虽无(沈)东阳之才,而有东阳之瘦矣。"贯云石之句本此。

〔双调〕 殿 前 欢

贯云石

怕秋来,怕秋来秋绪感秋怀。扫空阶落叶西风外。独立苍苔,看黄花谩自开。人安在? 还不彻相思债。朝云暮雨,都变了梦里阳台。

这支散曲主旨在写久别情侣的相思之情。相思本是一年四季都可写的题

【殿前欢】

材,可是到了秋天,这种情感更为强烈。所以作者从写秋入手。开头两句,连用两个"怕秋来",点出秋天会引起人的烦恼,烘托出不平静的气氛,来统摄全文。所谓"秋绪感秋怀",是指秋天的景物容易使人们产生萧瑟悲凉的感受,并进而触发人们伤感的情怀。至于伤感的内容,则因人而异。可以是感时,例如"黯然秋思来,走入志士膺"(孟郊《寄张籍》);可以是思乡,例如"异乡秋思苦"(李绅《移九江》);也可以是离别,例如"更逢离别助秋悲"(戴叔伦《再巡道永留别》)。这首小令抒发的伤感属后一种。看来,主人公似乎不止一次被秋天唤起他蕴藏在内心的感触,说明离愁别绪折磨他已不止一年半载了,至少在前一年已尝够了"秋绪感秋怀"的苦头,所以产生了畏惧的心理。而可怕的秋天偏偏不管人憔悴,又来了!

第三句至第五句,着重写景,突出了落叶、西风、黄花(菊花)这三种足以代表秋天特色的景物,把秋意渲染得更加浓郁,用来衬托主人孤独、凄凉的心情,然后写到正题。

末四句是全曲的重心所在,眼看着盛开的菊花,多么希望和所思念的人一同观赏。可是人在哪里呢? 无缘享受这种赏心乐事,也就无从领略秋天的可爱,感受到的只有压在心头无法还清的相思债。怎能不令人感叹、惆怅、烦恼!这些都和上文的"怕秋来"相呼应。

那末,如何来排解这时时袭上心头的秋绪呢? 曲尾,诗人的思路从眼前的实景一下子升华到了神幻的境界:"朝云暮雨,都变了梦里阳台。""朝云暮雨"、"梦里阳台",典出战国楚宋玉《高唐赋》序,后称男女欢合为"云雨",欢合处所为"阳台"。而此时此地,曲中主人公所面临的离别的严酷现实既然暂时无法改变,那么,他所能做到的,也就只有向梦里去寻找欢会的快乐了。曲文至此虽已结束,然而炽热的情感是写不尽的,言外之意,还留给读者去玩味。

全曲所写,除西风吹落叶令人仿佛听到沙沙作响之外,再也听不到别的声音,但给予人的感受并不是娴静、安逸,而是难以自控的炽烈情怀,可谓以静衬动,再加上托物言志的笔法和质朴自然的语言风格,因而成功地将读者带到了一种情景交融的艺术境界。

(周妙中)

〔双调〕殿前欢

贯云石

隔帘听,几番风送卖花声。夜来微雨天阶净。小院闲庭,轻寒翠袖生。穿芳径,十二阑干①凭。杏花疏影,杨柳新晴。

这支散曲只短短九句,成功地描绘了暮春时节清晨的一个小小院落。

前两句首先写卖花声被风送入帘栊,似乎春风有意识地向主人报告:姹紫嫣红的暮春已经来到了。"几番"两字下得极妙,说明在街头巷尾卖花的人不是偶然来到一两次了。这时主人大约刚刚起床,还没有到室外去。

接着写主人从居室出来,方才发现夜间下过小雨,把台阶冲洗得干干净净。"天阶"本是宫殿的台阶,这里用它,意在说明这座小院造得很讲究。作者用"微"字形容雨,也颇显斟酌之意:既点出春天的和风细雨,不同于盛夏的"骤雨"、"暴雨",也有别于秋天的"冷雨",又给人带来舒适、轻松之感。主人来到安闲幽静的小院当中,感觉到翠袖中有些寒冷。这不是"严寒"、"酷寒",是"轻寒",这"轻"字又用得非常恰当,告诉读者这时的季节正是乍暖还寒时候。所以这"轻寒"带给人的也是舒适和轻松。

主人沿着两旁遍布香花芳草的小路穿行,走上楼梯,倚靠着楼台上曲折的

【殿前欢】

阑干,纵目远眺。映入眼帘的是杏花和杨柳,盛开的杏花舞着稀疏的枝条,显得那样婀娜多姿;在细雨中沐浴才罢的柳条,被旭日染上翠绿的色彩。雪白的杏花和杨柳交相辉映,多么美丽的画面!作者形容杏花和杨柳,只各用了两个字,却包含了不少的内容:"新晴"和"夜来微雨"相呼应,使我们似乎看到了雨后的晨曦;杏花、杨柳又和"卖花声"相呼应,令人好像置身于千红万紫之中。逐字逐句都写得那样耐人寻味,末二句尤其写得传神,为全曲谱出富有诗情画意的尾声。

值得称道的是:作者在写春景,字字句句都扣着"春"字,而全曲没用一个"春"字,却给人以春意盎然的感觉。这是多么巧妙的烘云托月渲染方法!和另一曲〔殿前欢〕"怕秋来"对照吟诵,发现表现手法恰恰相反,那一首连用四个"秋"字,开门见山地写"秋",这一首则只字不提"春"字,一明一暗,同样收到良好效果。作者写主人公的动作,只用了"听"、"穿"、"凭"三个字,一个过着悠闲、安逸生活的人物形象已出现在读者面前,他在那里享受着大自然送给人们的清福。

这里没有崇山峻岭、茂林修竹,只不过有一个静悄悄的小小闲庭,而作者妙笔却使它具有如此魅力!表面看来好像作者并没有下大力气,仔细玩味,却发现作者经过一番煞费苦心的炼字炼句,刻意推敲。因此,全曲虽没有惊人的警句,却写得自然清新,极有思致。读者可以从中体味到安闲平静的生活情趣和不同凡响的文学意境之美。

(周妙中)

〔注〕 ① 十二阑干:此为虚指,古人好用十二地支数目来组词,如"十二楼"、"十二门"、"十二客"、"十二钗"等。此处用以形容楼上阑干曲折。

〔中吕〕粉 蝶 儿

贯云石

西 湖 十 景

描不上小扇轻罗,你便是真蓬莱赛他不过。虽然是比不的百二山河,一壁厢嵌平堤,连绿野,端的有亭台百座。暗想东坡,谪仙诗有谁酬和?

〔好事近南〕漫说凤凰坡①,怎比繁华江左②！无穷千古,真个是胜迹极多。烟笼雾锁,绕六桥③翠障如螺座。青霭霭山抹柔蓝,碧澄澄水泛金波。

〔石榴花北〕我则见采莲人和采莲歌,端的是胜景胜其他。则他那远峰倒影蘸清波,晴岚翠锁,怪石嵯峨。我则见沙鸥数点湖光破,咿咿哑哑橹声摇过。我则见这女娇羞倚定着雕栏坐,恰便似宝鉴对嫦娥。

〔料峭东风南〕缘何? 乐事赏心多,诗朋酒侣吟哦。花浓酒艳,破除万事无过④。嬉游玩赏,对清风明月安然坐。任春夏秋月冬天,适兴四时皆可。

〔斗鹌鹑北〕闹穰穰的急管繁弦,齐臻臻的兰舟画舸,娇滴滴粉黛相连,颤巍巍翠云翠云万朵。端的是洗古磨今锦绣窝,你不信试觑波:绿依依杨柳千株,红馥馥芙蕖万朵。

【粉蝶儿】

〔扑灯蛾南〕清风送蕙香，月穿岫云破。清湛湛水光浮岚碧，响珰珰晓钟敲破，呜咽咽猿啼在古岭，见对对鸳鸯戏清波。迢迢似渔舟钓艇，碧澄澄满船雨笠共烟蓑。

〔上小楼北〕密匝匝那一坨⑤，疏剌剌这几窝。我这里对着晴岚，倚着青山，湛着清波。微雨初收，微烟初散，微风初过。却正是再休题淡妆浓抹。

〔扑灯蛾南〕叠叠层楼画阁，簇簇奇花异果。远远的绿莎茵，茸茸的芳草坡，圪蹬⑥的马蹄踏破。隐隐似长桥卧波，细袅袅绿柳金拖。迢迢似渔舟钓艇，碧澄澄满船雨笠共烟蓑。

〔尾声〕阴晴昼夜皆行乐，古往今来吟咏多，雪月风花事事可。

贯云石的散曲后人评为"天马脱羁"，以豪放骏快著称。但他从称疾辞官、移居杭州后，据说无一日不游西湖，以北人而得南方江山之助，所以他的吟咏湖山风月之作，显得意态潇洒，格调清丽，恰似锦屏春风，读来令人赏心悦目。这一首〔粉蝶儿〕，可说最具代表性。

这篇套曲最早见于明代无名氏所辑《盛世新声》，并无题目。"西湖十景"的题目，是《雍熙乐府》编者所加，《北宫词纪》则题为"西湖游赏"。依我之见，倒是"西湖游赏"更切合曲意，因为贯云石在曲中并没有吟咏"苏堤春晓"、"平湖秋月"等所谓的西湖十景，更侧重于表现人们的游赏之乐。

贯云石以贵胄高爵的身份而能急流勇退，似有难言隐衷，可能是对现实政治环境的逼仄窒息深感不满吧？他啸傲林泉，寄情山水，面对自然风光，畅开心灵，倾吐爱恋之情。对于一个向往自由、颇有个性的作家来说，他岂止是在讴歌自然，实际上是在讴歌自己活跃的生命！

全套由九支曲组成。第一支曲〔粉蝶儿〕，是全曲的引子，一开始就把对西湖美景的赞颂推向极致："你便是真蓬莱赛他不过"。古人说到山河形胜，往往会举出"百二山河"的典故。"百二山河"语出《史记·高祖本纪》，意思是只要踞险要之地，二万人便足当一百万人。西湖并非雄关险隘，自然不能与百二山河相比，但它自有独特的秀丽妩媚之美："嵌平堤，连绿野，端的有亭台百座"。西湖之景美不胜收，如要绘上轻罗小扇，怎么能容纳得下呢！古代有多少诗人为西湖写作了赞美诗，贯云石在〔蟾宫曲〕里曾说："问胸中谁有西湖？算诗酒东坡，清淡林逋。"传诵人口的当然首推宋代苏东坡的《饮湖上初晴后雨》，还有就是那位大名鼎鼎的"逋仙"，即北宋诗人林逋，隐居于西湖孤山，以梅为妻，以鹤为子，二十年不入城市，留下了许多描摹西湖风光和表现隐逸情趣的诗篇。这个引子的好处，是在擒住题旨，一下子把读者引入作者笔下创造的胜境。

从〔好事近〕到〔扑灯蛾〕这七支曲是整个套曲的中幅，这是作者尽情铺排、发舒笔力、驰骋才情的部分，为我们逐一展现了西湖美景。

〔好事近〕一曲表现西湖的静美风致。放眼远眺，玲珑的六桥点缀于西湖苏堤之上，青山如螺座一般精致地环绕着西湖，山，是那么苍翠，水，是那么清碧，湖光与山色相映，折射出多么迷人的色彩，真好似一帧金碧山水画！

〔石榴花〕一曲又撷取了一组富于动感的镜头：在倒映着远山翠色的湖面上，湖光闪闪，莲叶田田，沙鸥点点，不时传来一阵阵"咿咿哑哑"的橹声，以及采莲人悠扬婉转的歌声；这景象已够令人陶醉了，猛然又瞥见画船雕栏上倚着一个娇羞少女，美若天仙嫦娥，倩影映入水中，这一笔点缀，给西湖景色添上了无比动人的光彩，不免要使人心荡神移了。

如果说以上两支曲侧重在表现西湖本身的秀丽妩媚之美，作者对客观景物持有一种静观的审美态度，那么下面〔料峭东风〕〔斗鹌鹑〕〔扑灯蛾〕三支曲，便

【粉蝶儿】

转到正面写人们嬉游玩赏之乐,通过人的活动来进一步映现自然的美。

　　〔料峭东风〕一曲暗用了谢灵运《拟魏太子邺中集诗序》中的名言:"天下良辰、美景、赏心、乐事,四者难并。""良辰美景"与"赏心乐事",正是联系上下文的桥梁。曲中写到诗酒吟哦、清风明月、四时适兴,是虚写游赏之意;〔斗鹌鹑〕和〔扑灯蛾〕两曲可以连看,则具体描绘了游人们尽情取乐的生动景象。古往今来,岁月磨洗,而人们在西湖这锦绣窝中销魂逸嬉的兴致始终不变。达官贵人、名流仕女,或沉湎于急管繁弦、兰舟画舸的声乐之娱,或神迷于依依绿柳、馥馥红荷的湖山之秀;更有那清风吹香、明月穿云,钟鸣猿啼、雨笠烟蓑,阴晴昼夜种种不同的景致,令文人雅士流连忘返。游览西湖的各色人等,都可以从自己的审美眼光出发,在西湖的种种景致中得到心理上的满足。

　　那么,飘然世外的贯云石,他从西湖得到了什么? 他与"密匝匝那一坨,疏刺刺这几窝"的游赏人群似乎不那么和谐,因而喜欢远离繁华喧嚣,独自对景静观:"我这里对着晴岚,倚着青山,湛着清波。"在这里,我们看到了一个兀然独立的抒情主人公,从他的行为中体察到了隐隐传送出来的幽情单绪。他的审美眼光迥异于众人,更欣赏西湖上"微雨初收,微烟初散,微风初过"的情景,似乎其中含蕴着特别的韵味。当此之时,他尘襟涤尽,内情与外景相谐相应,领悟到西湖具有一种内在的、不可言说的美。读者如若把这支〔上小楼〕曲反复诵读体味,当可以入三昧、出三昧。西湖的这种内在美,连苏东坡的名句"欲把西湖比西子,淡妆浓抹总相宜"也难以概括,怪不得作者要说"再休题淡妆浓抹"了。

　　第七支曲与第五支一样是〔扑灯蛾〕,套曲到这里是重复歌唱的部分,所以末两句"迢迢似渔舟钓艇,碧澄澄满船雨笠共烟蓑"也重复了一遍。〔尾声〕一曲与第一支〔粉蝶儿〕首尾相应,收束了全篇曲意。

　　散曲不避巧,恰恰以巧取胜,愈巧愈能出"味"。贯云石这套〔粉蝶儿〕,语言尚巧是主要特色。但这种巧并非一味标异逞奇,而不过是"耳根听熟之语,舌头

【粉蝶儿】

调惯之文"(李渔《闲情偶寄》)。因为散曲是供唱的,不宜用过于雅驯的语言。贯云石在曲中运用了层出不穷的叠词,用来绘声绘色,使曲子的语言富于雕塑感和色彩美,如"青霭霭"形容山色,"碧澄澄"形容水色,"绿依依"状柳,"红馥馥"状荷,"响珰珰"、"呜咽咽"摹声,"娇滴滴"、"颤巍巍"写人物神态,十分生动形象;形容人群东一堆、西一伙,直捷运用宋元人口语"密匝匝"、"疏剌剌",更显本色。其他如"叠叠"、"簇簇"、"茸茸"、"隐隐"、"袅袅"、"迢迢",都很有表现力,联贯运用便产生了累如贯珠的效果,这在文人诗词中是十分少见的。

　　最后值得一提的是,这是一首南北合套的套曲。根据钟嗣成《录鬼簿》的记载,南北曲合腔从元人沈和甫始,由来甚早。近人任中敏《散曲概论》则云:"盖北曲每套限一人唱,歌者久以为苦,南北声音又各有所偏,宜相调和,二者融合成套,则各救其弊,得中和之美矣。"南北曲各有自己的宫调系统,要合成套,必须要两调声音恰能衔接而和美,非通晓音律者不能办。这首〔粉蝶儿〕以北曲始,下面一南一北,相间不乱,当年歌唱起来,一定是十分动听的。但任中敏又根据元杂剧中无南北合套的情况出现,而收在《北宫词纪》里的贯云石这首套曲不见于元人选本,判定曲中所有南词是出于明人伪托,录以待考。

(方智范)

〔注〕　① 凤凰坡:不详在何处,大约是北方一个名胜之地。　② 江左:江东,泛指江南地区。　③ 六桥:苏堤上有六桥,名映波、锁澜、望山、压堤、东浦、跨虹,北宋苏轼任杭州知州时建。　④ 无过:不能胜过。⑤ 坨(tuó 驼):堆。　⑥ 圪(gē 哥)蹬:状声词,形容马蹄声。

〔作者小传〕

鲜于必仁

字去矜,号苦斋。渔阳郡(今属河北)人。太常典簿鲜于枢之子。以乐府擅场。《全元散曲》录存其小令二十九首。

〔双调〕折　桂　令

鲜于必仁

棋

烂樵柯①石室忘归。足智神谋，妙理仙机。险似隋唐，胜如
楚汉，败若梁齐。消日月闲中是非②，傲乾坤忙里轻肥。不
曳旌旗，寸纸关河，万里安危。

　　原作为重头小令四首，分咏琴棋书画四事。类似的组曲，在元人散曲中，还
有春夏秋冬，农樵渔牧，吹弹歌舞，酒色财气等等。这类题目，在诗人看来，是浅
俗可笑的，独于曲中为多见。由于染指者多，后来者很难别出新意。鲜于必仁
于此等既熟且滥的旧题中，能出心裁，变浅俗为新奇，是难能可贵的。

　　"烂樵柯石室忘归"，这是一个有关下棋的故事。晋时，樵夫王质是个棋迷，
因为在山中看见两个童子在石洞前对弈，不觉置斧旁观。一局既了，天色已晚，
童子催他回去，才发现斧柄尽烂，急忙回家，故旧已无存者。这故事自然是无稽
的，但却是美丽动人的，很容易引起人们沧海桑田、世事如棋的感慨。

　　既是神仙下棋，对弈的双方，出手必然不凡，其虚实情伪，不是一般凡夫俗
子所能预测的。因而，樵夫在观棋的过程中，只能发出"足智神谋，妙理仙机"的
感叹。棋虽小道，其奇正险夷之变，常暗合于古代兵法。"险似"三句，连用三个
历史上有名的战例，说明樵夫眼中所见到的棋局的变化：开始的时候，如隋唐
易代之际，两军对垒，攻围劫杀，险象环生，使人惊心动魄；及至大局已定，胜者

如汉高祖之席卷天下，迫霸王自刎于乌江；败者则如覆灭前偏，安江左之小王朝，"金陵王气黯然收"，瓦解于顷刻之间。

故事讲说完了，引起作者一片议论。神仙们是超然物外的，是不以得失为怀的。棋局虽如战局，虽然也有"是非"之争，但那毕竟是神仙们闲中取乐的游戏，他们正是利用这种游戏，来打发那悠悠岁月的。世局又如棋局，在仙人的落子声中，慢慢的汉灭了楚，隋变作了唐，无奈世人斧柄虽烂，仍执迷不悟，汲汲于名利之场，受尽荣辱风尘之苦。这在神仙看来，自然是可笑之事，无怪他们要傲视乾坤了。鲜于必仁生平事迹不详，元末隐于浙西。"消日月闲中是非，傲乾坤忙里轻肥"二语，很可能是作者的夫子自道。不过本曲结尾，忽发惊人之论：小小棋枰，关河皆现，虽无旌旗金鼓，同样关系着万里江山的安危。可见，他的归隐，并非完全忘世，而是"隐居以求其志"，守份待时而已。

词曲中咏物写景之作，其用归都在于抒情。本曲咏棋，没有单纯的停留在对棋本身的描写刻画上，而是通过仙人对弈，突出自己观棋的感受，来说明一些道理。由于寓意深远，格调较高，境界亦较雄阔，故不失为元人散曲中上乘之作。

（宁希元）

〔注〕 ①烂樵柯：浙江衢县南有烂柯山，又名石室山，相传樵夫王质遇仙，即在此处。柯，斧柄。后世以"烂柯"作为围棋的别称。 ②消日月闲中是非：唐人李远有"长日惟消一局棋"之句。又，宋程颢《象戏》句："雄如刘项亦闲争"。

邓玉宾子
生平事迹不详。与其父邓玉宾皆擅长散曲。《全元散曲》录存其小令三首。

〔双调〕雁儿落过得胜令

邓玉宾子

闲　适

乾坤一转丸，日月双飞箭。浮生梦一场，世事云千变。万里玉门关，七里钓鱼滩。晓日长安近，秋风蜀道难。休干，误杀英雄汉。看看，星星两鬓斑。

　　鄙弃功名，向慕闲适，这是许多元人散曲作品的共同主题。邓玉宾之子（失名）的这首带过曲，题为"闲适"，表达的似乎也是这么个意思。

　　〔雁儿落〕直白无隐地道出了对古代人们所了解的几个基本哲学命题——空间、时间、生命、社会的宏观思考和判断。无垠的宇宙空间只如小小的转丸，永恒的时间也如飞箭一般稍纵即逝；浮生若梦，虚妄无定，世事如云，变幻无常。这种观念，乃是中国历代文人人生和政治体验长期积淀所获得的"共感"。"浮生梦一场"语出《庄子·刻意》："其生若浮，其死若休。"唐代大诗人李白也曾发出过这种典型的人生感喟："夫天地者，万物之逆旅也；光阴者，百代之过客也。而浮生若梦，为欢几何？"（《春夜宴从弟桃李园序》）"世事云千变"则出于杜甫《可叹》诗："天上浮云似白衣，斯须改变如苍狗。"正是基于这样的思考和判断，作者在曲中肯定了虚无恬淡、闲适隐居的处世态度。它的基本倾向无疑是消极的。

　　然而，这种消极的处世态度毕竟产生于元代这个特定的社会历史土壤之中。元代统治者对汉族知识分子猜忌防范，一般文人士子不免都有临深履薄、朝不保夕的心理，于是常常感叹祸福的难测，从而赞佩急流勇退的举动。〔得胜令〕一曲便十分深刻地表现了作者复杂、矛盾的心理。与上一支曲直白说理不同，作者在这里向我们罗列了四个典故。典故实际上是一种隐喻性人事意象，它可以唤起读者去注意作者不想直接告知的那层意思，引发读者的联想。"万里玉门关"用东汉名将班超的故事，据《后汉书·班超传》记载，他请缨抗击西域匈奴，封定远侯，年老思乡，有"臣不敢望到酒泉郡，但愿生入玉门关"之叹。"七里钓鱼滩"用了东汉隐士严光的故事，据说严光隐身不见光武帝刘秀，垂钓于富春江畔的七里滩（《后汉书·严光传》）。在这里，"万里玉门关"表示仕进，"七里钓鱼滩"表示隐退。"晓日长安近"典出于《世说新语·夙惠》："晋明帝数岁，坐元帝膝上，有人从长安来，元帝问洛下消息，潸然流涕。明帝问何以致泣，具以东渡意告之。因问明帝：'汝意谓长安何如日远？'答曰：'日远。不闻人从日边来，居然可知。'元帝异之。明日，集群臣宴会，告以此意，更重问之。乃答曰：'日近。'元帝失色，曰：'尔何故异昨日之言邪？'答曰：'举目见日，不见长安。'"后世因而以"长安日"比喻君王，以"长安近"表示官运亨通、仕途得意。"秋风蜀道难"则用李白"蜀道之难难于上青天"诗意。这两个典故并列，一表示顺境，一表示逆境。有趣的是，作者在这里没有任何感情倾向的流露，对进、退、顺、逆不作明显的主观评判。但这样是否可以说作者态度不鲜明、曲意太朦胧呢？当然不是，这种将意象客观罗列的写法，恰恰是该曲的高明之处。

我们知道，诗词曲一般都要求有完整和浑成的意境。但这首散曲不同，恰以破碎为胜。在这支曲中，作者有意切断了四个意象之间的逻辑因果链条，使之互不联贯，各呈独立之态；可是当这些意象叠加在一起时，它们之间就相互作用，相互渗透，诉诸于读者的想象，而显示出一种扩张性效果——产生了超乎这些意象的新涵义。"万里玉门关"与"七里钓鱼滩"叠加在一起，作者显然是否定了征战事功而肯定了隐居闲适。"晓日长安近"与"秋风蜀道难"的叠加更有意味。请看,当其顺时,如红日初升,升官晋爵,好不得意;当其逆时,如秋风萧瑟,命途多舛,何其衰飒! 作者视仕进为畏途的立意岂不昭然若揭了吗! 在元代,紫绶金章,朝荣而夕残;甲第朱门,昔焕而今倾,是屡见的现象。许多曲学家笔下都反复写明了这种现实。这一些,大概就是"长安近"与"蜀道难"两个意象叠加所产生的潜台词吧?

在令人战栗的政治现实面前,汉族知识分子的心理是彷徨的、矛盾的,一言以蔽之:进退两难。作者在曲子的末尾写道:"休干,误杀英雄汉。看看,星星两鬓斑。""干"是"干禄"之干,意为求取。"看看",是仔细看的意思。两句意为:若急于仕进,则仕途坎坷,宦海险恶,英雄可能落得个悲惨的下场;若隐退闲适,则可惜老之将至,仍一事无成。其实,中国知识分子受儒家"修齐治平"功利观的长期熏染,又何尝心甘情愿地真闲适?"青箬笠前无限事,绿蓑衣底一时休。"(黄庭坚〔浣溪沙〕)"闲,一梦残;干,两鬓斑。"(曾瑞〔山坡羊〕《自叹》)正反映了这种复杂心理。在老之将至的叹息下面,人们可以触摸到作者那颗积极进取的心的搏动。

所以可以说:这首散曲对闲适的处世态度的肯定,实质上是对元代统治者刻薄寡恩的抨击,是对当时险恶政治的否定。

(方智范)

〔双调〕雁儿落过得胜令

邓玉宾子

闲 适

晴风雨气收,满眼山光秀。寻苗枸杞①香,曳杖桃榔②瘦。

【雁儿落过得胜令】

识破抱官囚,谁更事王侯?甲子③无拘系,乾坤只自由。无忧,醉了还依旧;归休④,湖天风月秋。

此曲作者是邓玉宾之子。《全元散曲》收其小令三支,此篇就是其中的一首。这是一支带过曲。用双调中的〔雁儿落〕和〔得胜令〕两支曲牌联结组成。

"闲适"是诗、词、曲中习见的题材。古人标榜"闲适",都有比较复杂的社会生活背景。有人是功成名就,致仕闲居,乐于悠闲岁月;有人是藉以沽名钓誉、觊觎利禄,所谓"终南捷径";有厌世消沉;有避祸求安;有乐道修真;有借闲适以填补仕途失意的精神空虚;也有愤世嫉俗,不容于物,鄙弃荣华富贵,采取与统治者不合作的态度等等。在社会黑暗的时代,那些追求闲适、流连风月、不与当道者同流合污的作品,还是有一定进步意义的,这篇《闲适》,我想可以作如是观。

"晴风雨气收,满眼山光秀",起句写雨后山景特有的美感。雨霁天晴,微风吹拂,浮动在山峰、林梢的云雾,渐渐飘散了。峰、峦、林、石都像是被水洗过一样,野花艳丽明媚,细草也清新鲜活,放眼望去,山林显得格外挺秀。"寻苗枸杞香,拽杖桃榔瘦。"写主人公上山采药的行动。在绿叶丛中仔细地寻找,采下那红红的、散发着香味的枸杞;拖着竹杖,把桃榔花轻轻地敲击下来。("瘦",是形容桃榔树细长高耸)这是多么清闲愉快的事情,享用这些药物,还可以延年益寿。在封建社会,读书、做官、光宗耀祖,是士子们的理想,作者能摆脱名缰利锁,写出"识破抱官囚,谁更事王侯"的诗句,确是难能可贵。"抱官囚"指贪恋禄位的人。那些声势喧赫的官吏,只不过是个抱着官印的囚犯罢了,有骨气的人,谁还再愿低眉屈膝地去侍奉王侯、达官们呢?以下两句进一步写闲适的妙处:"甲子无拘系,乾坤只自由。"杜绝患得患失的杂念,不为功名利禄所诱惑,心情舒畅,无忧无虑,可以青春长驻。置身于广阔的天地之间,能够尽情享受自由自

〔临江驿潇湘秋夜雨〕

在、无拘无束的生活乐趣。"无忧,醉了还依旧"没有忧愁、没有苦恼,醉后酒醒,我还是原来那个清闲自在的人。"归休,湖天风月秋!"弃官归去吧,秋高气爽、水天一色、湖光潋滟,这样的美好景色,正是游乐的大好时光啊!

这篇作品把闲适的情调融化在雨后青山和秋水澄净的美景中,因而创造了一种空灵清雅的意境美。笔调舒卷自如,开朗洒脱,色彩明丽,与作者所要表现的情趣显得十分协调。

(刘永濂)

〔注〕 ① 枸杞:落叶灌木,果实红色,是较名贵的药材,有补养功用,古人认为吃了可以长生。 ② 桄榔:常绿高大乔木,花中的汁液能晒制成糖,古人认为吃了可以成仙。 ③ 甲子:古代用天干、地支配成数序,计算年、月。甲是天干的首数,子是地支的首数,所以通常用甲子指代年月、年龄。 ④ 休:这里是语助,相当"罢"、"吧"、"了"。

〔作者小传〕

杨显之

大都(今北京)人。据《录鬼簿》载,他同关汉卿友善,关有作品常同他商酌修改,因有"杨补丁"之称。作品多取材现实生活和民间故事,关目动人,语言晓畅,本色之中偶有华丽。所作杂剧今知有八种。现存《潇湘夜雨》、《酷寒亭》二种。

637

临江驿潇湘秋夜雨

杨显之

第 二 折

〔梁州〕我则见舞旋旋飘空的这败叶,恰便似红溜溜血染胭脂,冷嗖嗖西风了却黄花事。看了些林梢掩映,山势参差。走的我口干舌苦,眼晕头疵①。我可也把不住抹泪揉眵②,行不上软弱腰肢。我我我,款款的兜定这鞋儿,是是是,慢慢的按下这笠儿,呀呀呀,我可便轻轻的拽起这裙儿。我想起亏心的那厮,你为官消不得人伏侍?你忙杀呵写不得那半张纸?我也须有个日头儿见你时,好着我仔细寻思。

〔牧羊关〕兀的是闲言语,甚意思,他怎肯道节外生枝。我和他离别了三年,我怎肯半星儿失志。我则道他不肯弃糟糠妇,他原来别寻了个女娇姿。只待要打灭了这穷妻子。呀、呀、呀!你畅好是负心的崔甸士。

〔哭皇天〕则我这脊梁上如刀刺,打得来青间紫。飔飔的雨点下,烘烘的疼半时。怎当他无情无情的棍子,打得来连皮彻骨,夹脑通心,肉飞筋断,血溅魂消。直着我一疼来一疼来一个死。我只问你个亏心甸士,怎揣与我这无名的罪儿?

〔黄钟煞〕休休休,劝君莫把机谋使,现现现,东岳新添一个速报司。你你你,负心人信有之,咱咱咱,薄命妾自不是。快快快,就今日逐离此,行行行,可怜见只独自。细细细,心儿里暗忖思,苦苦苦,业身躯怎动止?管管管,少不的在路上停尸。(做悲科,唱)哎哟天那!但不知那塌儿里把我来磨勒死!

杨显之是关汉卿的知己好友,经常与关汉卿切磋,替别人修改戏曲剧本,被

【临江驿潇湘秋夜雨】

人称为"杨补丁"。他的剧作擅长描写受压迫妇女的反抗斗争,风格质朴明快,然又不乏曲折细致,与关汉卿同属"本色派"的元剧作家。《潇湘夜雨》是他最负盛名的作品。

此剧写少女翠鸾随父张天觉赴任,途中舟覆,与父失散,被渔夫崔文远收容,嫁与崔之侄崔通(字甸士)。崔通中状元后,负心另娶试官之女。翠鸾寻至夫所,却被崔通诬为逃婢,发配沙门岛。崔通并嘱解差途中将翠鸾害死。翠鸾夜宿临江驿,在秋夜雨中哭泣,惊动了驿中的廉访使张天觉,父女相认团聚。张天觉反捕崔通,欲加严惩,因崔文远求情,乃判翠鸾与崔通为夫妇,而将后妻贬为奴婢。

全剧为旦本,曲子均由女主角翠鸾演唱。第二折写崔通陷害前妻翠鸾的过程。限于元剧一人主唱的体制,剧中没有崔通的唱段,只能通过翠鸾的唱词来刻画崔通的形象。因此,这折的曲词明写翠鸾,暗写崔通,既刻画了受迫害、勇于反抗的翠鸾形象,又鞭挞了道貌岸然而灵魂卑污的崔通形象,具有一箭双雕的效果。

第一首曲〔梁州〕,是翠鸾往秦川县寻夫途中所唱。前五句叙写途中景色,为下文的抒情酝酿了气氛。经霜变红的秋叶在空中旋转飘舞,冷飕飕的西风吹得黄花纷纷凋谢,树林掩映,群山起伏,一派萧瑟冷落的秋野景色。在这样苍凉的气氛之中,翠鸾急匆匆地向前赶路。她走得口干舌苦,头晕眼花,拖着娇弱的身子,几乎走不动了。"我可也把不住抹泪揉腮","抹泪揉腮"之前的"把不住"三字,意为禁不住,忍不住。"把"、"抹"、"揉"这三个动词,透露了这个弃妇内心难以压抑的悲痛。下面"我我我……是是是……呀呀呀……"六句唱词,用三组叠字带出三个松散的对偶句,细致刻画翠鸾赶路的动态。她款移莲步,慢按笠帽,轻提裙裾,姿态是那样轻盈娴雅,使人感到这位少妇的雍容可爱,这就更映衬出她遭遗弃的命运是多么不公平。这几句唱词是十足的"本色当行"的戏剧语言,且富有动作性,便于演员表演,可以想见演员在表演中舞姿翩翩的优美身段。在艰苦的旅途中,翠鸾既思念又怨恨丈夫:"我想起亏心的那厮,你为官消不得人伏侍? 你忙杀呵写不得那半张纸?"厮,蔑称,即"家伙",此指崔通。由此可知翠鸾对丈夫的亏心不是逆来顺受,而是充满了怨气,这就为下文据理抗争埋下了伏笔。"你忙杀呵写不得那半张纸?"正如唐人张旭《春草》诗所写的:"情知海上三年别,不寄云间一纸书"那样,道出亲人音书断绝的怨苦心情。这种怨苦之情,与此曲开头的西风落叶萧瑟之景遥遥相应,为下文崔通负心虐妻的悲剧作了铺垫。

如果说,在上一曲里,翠鸾对丈夫只是埋怨,那么,在〔牧羊关〕一曲里就转为气愤了。这时,翠鸾已来到崔通的任所。还没进门,就听说崔通"枝外生枝",另娶夫人了。她顿时气愤异常:"我和他离别了三年,我怎肯半星儿失志。我则道他不肯弃糟糠妇,他原来别寻了个女娇姿。"分离三年,翠鸾是苦苦等待,而丈夫却抛弃糟糠之妻,另娶娇娥,怎不令人气愤! 她进而想到,丈夫停妻再娶之后,肯定会嫌她碍事:"只待要打灭了这穷妻子。"打灭是消除、抛弃之意。翠鸾的担心是有根据的。在封建社会里,许多穷书生一旦得官,登上高位,就将糟糠之妻视作攀援权要的绊脚石,一脚踢开。宋代的小说戏曲就有不少写文人负心弃妻的作品,如《王魁》、《赵贞女》等。有此前车之鉴,翠鸾既忧虑又愤慨。"呀、呀、呀! 你畅好是负心的崔甸士!"一句,连用三个感叹词,现出大声疾呼,无限激愤的声口。"畅好是",是"真正是"之意。此句直斥崔通的负心,表现出女主人公刚强泼辣的个性。

翠鸾的担心果然成为现实。在〔哭皇天〕一曲里,通过翠鸾受丈夫毒打时的唱词,揭露了崔通的凶残狠毒。崔通为了讨好试官之女,保住已有的地位,用极其毒辣的手段来"打灭穷妻子"。他先诬陷翠鸾为盗物逃走的奴婢,然后利用官府的权势严刑拷打翠鸾。曲中唱道:"打得来连皮彻骨,夹脑通心,肉飞筋断,血溅魂消。""打得来"三字前领,四字句整齐地排比而下,一气贯穿,淋漓尽致地写出了行刑的残酷,简直惨不忍睹。而这竟是丈夫对妻子下的毒刑,可见其心肠之狠毒。因此,曲词唱的是翠鸾身受的苦楚,实际上刻画的是残忍凶狠的崔通形象,表明了作者对这类负心者的憎恨和谴责。此外,崔通在毫无证据的情况下,硬加翠鸾一个"逃婢"的罪名,就任意对她施以毒刑,这实际上揭露了元代官府为所欲为地残害百姓的黑暗状况。

最后一曲〔黄钟煞〕,是翠鸾听到崔通吩咐解差谋害她之后的唱词。全曲连用九组叠字冠领于句首,如火山喷发,如飞瀑倾泻,酣畅地抒发了翠鸾含冤负屈、无限悲愤的心情。她首先警告崔通:你休要耍阴谋,坏事做绝,一定会遭到神明报应。"东岳新添一个速报司",东岳是传说中掌管人寿命祸福的泰山王,速报司,则是掌管因果报应的机构。"你你你,负心人信有之,咱咱咱,薄命妾自不是。"古代妇女在受苦受难时,往往只会埋怨自己命运不济,而翠鸾却认为自己遭受不幸,不是因为薄命,根源全在崔通负心。这样,一个富有反抗精神的妇女形象就凸现出来了。但是,她终究还是一个弱女子,无力与有权有势的崔通抗衡,还是硬生生地被押上流放的路途。她想到路途遥远而艰险,"业身躯怎动止?"受过拷打的身躯怎能经得住长途跋涉的折磨?"业"即"孽",此指受罪。想到崔通的阴谋,预计自己性命难保,翠鸾不由得悲愤地对天长叹:天那!不知道在哪里将我折磨死呢!

中国戏曲是"诗剧",曲词具有诗词富于抒情性的特点,长于抒发剧中人复杂细腻的感情。这四首曲,通过对翠鸾埋怨、气愤、痛苦、悲怆几个层次的感情描绘,塑造了受压迫而敢于反抗,而又不能改变自己命运的妇女形象,鞭挞了崔通一类负心汉的势利与凶残。这几首曲子在艺术上也很有特色。语言质朴浅白,近似口语,但又是经过提炼的、精粹的戏剧语言,处处符合人物情境,富有动作性和表演性。曲辞喜用叠字和排比对偶,酣畅地抒发了翠鸾对崔通这个衣冠禽兽的强烈愤慨，以及无力把握自身命运的深切悲痛。

（罗斯宁）

〔注〕　① 疟：即痹。《元曲选》作疵，今从《古杂剧》本改。　② 眵（chī 痴）：俗称眼屎。

临江驿潇湘秋夜雨

杨显之

第 三 折

〔黄钟·醉花阴〕忽听的摧林怪风鼓，更那堪瓮滗盆倾骤雨！耽疼痛，捱程途，风雨相催，雨点儿何时住？眼见的折挫杀女娇姝，我在这空野荒郊，可着谁做主。

〔喜迁莺〕淋的我走投无路，知他这沙门岛是何处鄞都！长吁气结成云雾，行行里着车辙把腿陷住，可又早闪了胯骨。怎当这头直上急簌簌雨打，脚底下滑擦擦泥淤。

〔刮地风〕则见他努眼撑睛大叫呼，不邓邓气夯胸脯。我湿淋淋只待要巴前路，哎，行不动我这打损的身躯。（解子喝科，云）还不走哩！（正旦唱）我捱一步又一步何曾停住，这壁厢那壁厢有似江湖。则见那恶风波，他将我紧当处。问行人踪迹消疏，似这等白茫茫野水连天暮，（带云）哥哥也，（唱）你着我女孩儿怎过去？

〔古水仙子〕他他他，忒狠毒，敢敢敢，昧己瞒心将我图。你你你，恶狠狠公隶监束，我我我，软揣揣罪人的苦楚。痛痛

【临江驿潇潇秋夜雨】

痛,嫩皮肤上棍棒数,冷冷冷,铁锁在项上拴住。可可可,干支剌送的人活地狱,屈屈屈,这烦恼待向谁行诉!(带云)哥哥。(唱)来来来,你是我的护身符。

〔随尾〕天与人心紧相助。只我这啼痕向脸儿边厢聚。(带云)天那,天那!(唱)眼见的泪点儿更多如他那秋夜雨!

这一折是全剧的高潮,写翠鸾在流放途中遇到风雨的苦况。人物只有两人,情节也很简单,要写出一场有声有色、能赢得观众一掬同情之泪的好戏来,并非易事。明人孟称舜在《古今名剧合选》中评此剧道:"读此剧觉潇潇风雨,从疏棂中透入,固胜一首《秋声赋》也。"道出了个中奥妙。欧阳修的《秋声赋》以秋声的萧瑟抒写壮志未酬的苦闷心情,这一折则借鉴赋长于抒情状物、长于描写铺叙的特点,以情景交融之法,多层次地铺叙翠鸾在风雨中艰难前进的种种痛苦遭遇,抒发她含冤负屈、无限悲苦的心情,将风声雨雾和人的叹息泪水交织在一起,创造了凄凉迷茫的意境,具有动人心弦的艺术效果,可称为元曲中的"秋雨赋",又是别具一格的"行路难"。

第一支〔醉花阴〕是写秋雨苦人的第一层次,着重描写荒野中狂风暴雨骤然而至的景况。一个"摧"字,突出了风力的迅猛,以至摧毁林木;一个"怪"字,表明风向不定,左旋右转,使人不知向何处躲藏。这样猛烈的狂风,已使荒野上的翠鸾备受摧残,何况还有像翻缸倒盆似的暴雨倾泻而下。"更那堪"三字,写出苦难重重,难以忍受。但令人更难忍受的,是遍体鳞伤,路途遥远:"耽疼痛,捱程途"。耽,忍受;捱,拖着脚步勉强向前挪动。在这样艰难的困境中,女主人公不禁发出了无限悲苦的呼号。孟称舜评此曲云:"就情语写景语,不修饰而楚楚堪痛。"人物的苦情和凄苦之景是如此紧密地融合在一起,语言朴实无华,唤起了观众对翠鸾的极大同情。

第二支〔喜迁莺〕是铺叙的第二层次,写翠鸾在急雨泥泞中挣扎的情景。古代戏曲舞台没有复杂的布景和音响效果,各种景物和自然现象,多通过演员的歌唱和舞蹈,以虚拟的手法加以表现。作者细致地刻画翠鸾"走雨"的表情动作,将风雨泥泞的特定情境表现得非常逼真。头句"淋得我走投无路",演员几个躲雨的动作,即可启发观众对倾盆大雨的想象。次句"知他这沙门岛是何处酆都。"转入抒情,流放的终点沙门岛遥遥不见,简直好像传说中的阴间冥府酆都那样渺茫难达,翠鸾的苦难也何时才是尽头?痛苦之中,她喟然长叹:"长吁气结成云雾",呼出的水气结成了云雾,与自然界的雨雾混在一起,堪称情景交融、动人心魄的佳句。以下四句,复转入描述。翠鸾"行行里"(走着走着)就在泥泞的车辙中深深陷住了腿,用尽力气拔出腿来,又扭伤了胯骨(股骨)。头顶上是急如乱箭的雨点,脚下是滑溜溜的淤泥,一步一滑,终于跌倒。演员用下陷、拔脚、护头、滑倒等一连串身段动作,启发观众去体味满台的疾风暴雨、深水泥泞,进一步增强了气氛。

第三支〔刮地风〕是铺叙的又一层次,写解差催逼翠鸾赶路,而水深难行。"努眼撑睛大叫呼",指解差瞪着眼睛大声呵斥。"不邓邓气夯胸脯",不邓邓,即勃腾腾。夯,冲。指解差怒气填膺,一副恶狠狠的样子。在解差的凶狠催逼下,翠鸾只得"湿淋淋"地"巴前路"(急急向前赶路)。但受伤的身体实在走不动,只能"捱一步又一步何曾停住",一步一步地艰难向前移动。此句妙在使用叠词叠句,写出人物倦怠、烦苦之状。在苦捱之中,她茫然四顾,只见"这壁厢那壁厢"(这边那边)汪洋一片,积雨好像江河湖泊"紧当处"(挡住)去路,白茫茫的雨水连着天边,暮霭沉沉,人踪稀疏,一片荒凉景象。目睹此景,她对解差恳求:"你着我女孩儿怎过去?"无限愁苦之情,尽在哀恳之中。

解差原来秉承崔通的意旨,对翠鸾有意折磨,但经过同受风吹雨打,渐生同情之心,向翠鸾询问她与崔通的真实关系。〔古水仙子〕一曲,就是翠鸾的血泪控诉。"他他他……敢敢敢……"二句揭露崔通昧着良心停妻再娶,将她陷害;"你你你……我我我……"二句控诉崔通指令解差在路上严密监视,使她遭受非人的苦楚;"痛痛痛……冷冷冷……"叙她受刑遭打、披枷戴锁的痛苦;"可可可,干支刺送的人活地狱,屈屈屈,这烦恼待向谁行诉!"叙她被诬为逃婢,含冤无诉,被活活打入地狱。"干支刺"是"硬生生"的意思。在孤苦无依之中,她对解差也恳求援助了:"来来来,你是我的护身符。"全曲以九组叠字领起九个并列句,强烈地抒发了翠鸾含冤负屈、悲愤至极的情绪,不但音节和谐动听,而且突出了人物在痛苦中泣不成声的形象,有声情并茂的效果。

铺叙至此,情已浓,景亦足。作者再用一曲〔随尾〕作收束,将人物的凄苦之情推向高潮。首句"天与人心紧相助",指天人相应,凄风苦雨和愁苦之情互为影响。末句"天那,天那!眼见的泪点儿更多如他那秋夜雨!"呼天抢地,极言眼泪比雨滴更多,就像一声震梁裂帛的悲歌,唱出了人物内心的巨大悲痛,艺术魅力是相当强烈的。

(罗斯宁)

临江驿潇湘秋夜雨

杨显之

第 四 折

〔正宫·端正好〕雨如倾,敢则是风如扇。半空里风雨相缠,两般儿不顾行人怨,偏打着我头和面。

〔滚绣球〕当日个近水边,到岸前,怎当那风高浪卷,则俺这两般儿景物凄然。风刮的似箭穿，雨下的似瓮瀽。看了这风雨呵委实的不善，也是我命儿里惹罪招愆。我只见雨淋淋写出潇湘景，更和这云淡淡妆成水墨天。只落的两泪涟涟。

《潇湘夜雨》第四折的这两支曲，为翠鸾行至临江驿、复遭风雨时所唱。二曲实际上是第三折曲子的延续，但在写景抒情上另具特色。〔正宫·端正好〕一曲，首三句写暴雨倾泻，狂风劲吹，风雨交缠，明言恶劣的气候，暗示经过长久风雨折磨的翠鸾更加困苦不堪。"两般儿不顾行人怨，偏打着我头和面"，本是行人陷于困境，无限哀怨，却以风雨不管人愁而无情吹打道出，更见委婉曲折的情致。一个"偏"字，将风雨拟人化了。风雨肆虐一如人心险恶，逼人过凶，欺人太甚。

〔滚绣球〕一曲写翠鸾对景伤情，追昔抚今，愁泪更无法遏止。"当日个近水边，到岸前，怎当那风高浪卷，则俺这两般儿景物凄然。"当日与父亲乘舟赴任，也是这般大风大雨，不幸风高浪卷，舟覆人散。此时回想往事，不禁对景凄然。"风刮的似箭穿，雨下的似瓮瀽。看了这风雨呵委实的不善，也是我命儿里惹罪招愆。"如今又是箭穿似的疾风，倾瓮似的暴雨，不知又有什么祸事临头呢？要真有祸事，那也是命中注定遭罪的了。由此可知，翠鸾已被苦难折磨得精疲力尽，对生存已感到绝望了。下二句转入写景："雨淋淋写出潇湘景"，"云淡淡妆成水墨天"，地上是湿淋淋的雨水，天上是青淡淡的云雾，笼罩着一片凄迷的情调，是一幅墨迹未干、色彩淡雅的潇湘风雨图。二句妙在景色如画，意境清新，又以毫无雕琢、自然浅白的语言道出，有"不工而工"的效果。结句复以抒情作收束，面对此凄凉景色，翠鸾怎能不痛苦得"两泪涟涟"呢？

二曲以景衬情,写景如画,抒情委婉,别具楚楚动人的凄婉情致。

(罗斯宁)

【作者小传】

纪君祥

一作纪天祥。大都(今北京)人。所作杂剧今知有六种。现存《赵氏孤儿》一种,另《松阴梦》(一作《松阴记》)仅存曲词一折。

赵氏孤儿大报仇

纪君祥

第 一 折

〔醉中天〕我若是献出去图荣进,却不道利自己损别人。可怜他三百口亲丁尽不存,着谁来雪这终天恨?(带云)那屠岸贾若见这孤儿呵!(唱)怕不就连皮带筋、拈成齑粉。我可也没来由,立这样没眼的功勋!

在我国,最早从西方引进"悲剧"概念,并认为《赵氏孤儿》"列入世界大悲剧中亦无愧色"的是王国维。然而翻阅有关资料,才知道王国维对《赵氏孤儿》的这个评价可能也是受了西方翻译家的影响。十八世纪初,第一个法文版《赵氏孤儿》问世,题目就叫《赵氏孤儿:中国悲剧》。《赵氏孤儿》取材于历史,写春秋时晋国大将屠岸贾将大臣赵盾满门杀绝,还要搜查出生仅一月的赵氏孤儿。草泽医生程婴冒险将孤儿救出,正遇上屠岸贾部将韩厥,韩厥放走程婴及孤儿,自刎而死。屠岸贾扬言窝藏者如不交出孤儿,就要把全国一月以上、半岁以下的婴孩全部杀死。程婴与退休大臣公孙杵臼商定,由程婴以自己的儿子冒充赵氏孤儿,藏在公孙家中,再由程婴出首。于是,屠岸贾派兵捉拿公孙杵臼,杀死假孤儿,公孙撞阶自杀。二十年后,赵氏孤儿长大成人,血海深仇终于得报。上面这支曲子,就是武将韩厥从程婴药箱中搜到孤儿后的一段唱。

"我若是献出去图荣进,却不道利自己损别人。"这是韩厥决计放走程婴及孤儿的第一层原因,主要是基于道德方面的考虑。这种道德意识是与明确的是非观念联系在一起的。在搜孤之前,他就有这样的唱词:"忠孝的在市曹中斩首,奸佞的在帅府内安身","俺也是于家为国旧时臣,那一个藏孤儿的便不合将他隐,这一个杀孤儿的你可也心何忍?有一日怒了上苍,恼了下民,怎不怕沸腾腾万口争谈论,天也显着个青脸儿不饶人。"有了这样的铺垫,韩厥放走程婴和孤儿的行为就显得毫不突兀,顺理成章。值得一提的是,据《史记·赵世家》的记载,韩厥虽实有其人,但并不是屠岸贾的部下,而剧中的草泽医生程婴其实是赵家的门客。作者之所以把剧中人物的身份作这样的变化,可以看出作者是有意强调是非观念和正义感才如此处理的。

"可怜他三百口亲丁尽不存,着谁来雪这终天恨?"这是韩厥下一步行为的第二层原因,其中既包含着对"忠良"道义上的支持,也有对于弱者的情感上的同情。韩厥、程婴、公孙杵臼前仆后继,以存赵孤的行为,既是一种人道主义,又是舍己为人、扶弱抗暴的英雄主义。这二句已经把理性思考和情感内容融合为一,增强了对读者和观众的感染力。

"怕不就连皮带筋、拈成齑粉","怕不就",岂不就。这是写出屠岸贾的凶残,也写出了这几个义士面临着的险境。"我可也没来由,立这样没眼的功勋!""没眼",没眼光,目光短浅。本来,韩厥面前摆着两条路,要么献上孤儿以图荣进,要么放走程婴及孤儿,但这必然招来杀身之祸。他强烈的正义感和道德感已经杜绝了走第一条路的可能，于是就只有一死。韩厥决心已定，出语铮铮有声，令人回肠荡气。这一股感情的激流，猛烈撞击着读者和观众的心扉。引吭高歌之后，韩厥就拔剑自刎，用行动实现了自己的诺言。韩厥的从容就义，为《赵氏孤儿》全剧的悲剧气氛，增添了浓重的一笔。

这支曲子声气贯穿，感情层层加重，语言铿锵有力，称得上是一曲英雄主义的颂歌。后来的京剧改韩厥为魏绛，并增加了一段表现内心矛盾的唱词，显得更为真实、动人。当然，这已经不是纪君祥原著的移植，而是改编了。在今天戏曲舞台上，京剧与秦腔《赵氏孤儿》均较流行。法国伏尔泰曾参考此剧题材编写成《中国孤儿》一剧，中国有张若谷中文译本。

（康保成）

赵氏孤儿大报仇

纪君祥

第 二 折

〔南吕·一枝花〕兀的不屈沉杀大丈夫，损坏了真梁栋。被那些腌臜屠狗辈，欺负俺慷慨钓鳌翁。正遇着不道的灵公，偏贼子加恩宠，著贤人受困穷。若不是急流中将脚步抽回，险些儿闹市里把头皮断送。

〔梁州第七〕他他他，在元帅府扬威也那耀勇；我我我，在太平庄罢职归农。再休想鹓班豹尾①相随从。他如今官高一品，位极三公；户封八县，禄享千钟。见不平处有眼如矇，听咒骂处有耳如聋。他他他，只将那会谄谀的着列鼎重裀②，害忠良的便加官请俸，耗国家的都叙爵论功。他他他，只贪着目前受用，全不省爬的高来可也跌的来肿，怎如俺守田园学耕种，早跳出伤人饿虎丛，倒大来从容。

《赵氏孤儿大报仇》第二折的这二支曲子，是退隐在太平庄的公孙杵臼的内心独白，表现出这位忠贞之士对腐败朝政的谴责、对昏君奸臣的愤恨，以及为自己退守田园保全生命的庆幸。为后来这位"全身者"主动献身，掩护程婴保存赵孤的行为，作了铺排并奠定了思想基础。

〔南吕·一枝花〕是第二折的第一支曲子。作为晋国的老臣，公孙杵臼深知官场风波的险恶，鉴于晋灵公昏庸无道，独夫民贼屠岸贾把持朝纲，眼看忠良被害，奸佞跋扈，他不得不罢职归农。然而，他人虽隐退，但心仍在朝廷，胸中勃涌着不平之气。所以一张口便吐出"兀的不屈沉杀大丈夫，损坏了真梁栋"这愤激之词。在剧作家笔下，公孙杵臼是个气魄宏大、顶天立地的人物，他自称是"慷慨钓鳌翁"，压根儿不把屠岸贾放在眼里，轻蔑地骂他为"腌臜屠狗辈"。但是在正不敌邪的局面下，公孙又能有何作为？只能"急流中将脚步抽回"，不然，也免不了"闹市里把头皮断送"。这支曲子，使人们感受到了晋国政治的黑暗和恐怖，也使人们感受到了这位忠贞老臣痛苦而复杂的心境。难能可贵的是，剧作家不只让公孙杵臼抨击奸臣，而且把锋芒指向晋国最高统治者。正因为"灵公不道"加恩于贼子，才"著贤人受困穷"。这种认识，比那种一味把朝政腐败的责任归于奸臣、而轻轻放过君主的看法，显然高出一筹，反映出剧作家观察历史的眼光之锐利。

〔梁州第七〕是大段唱词，气势磅礴，一气呵成，集中揭露"位极三公"作威作

【赵氏孤儿大报仇】

福的屠岸贾,激昂愤慨、冷嘲热讽,兼而有之。全曲多处用"他他他"这样的句式,似万箭齐发,指向罪不容诛的大奸贼。剧作家首先把屠岸贾在元帅府扬威耀勇与公孙杵臼被迫"太平庄罢职归农"对比起来,激起剧中人(也激起观众和读者)对屠岸贾的愤恨。接着便历数这个奸贼的种种罪恶。在他操纵把持下,朝政如此混乱,是非不分,黑白不辨,忠良受害,邪恶横行。最后笔锋一转,让公孙杵臼居高临下地向屠岸贾发出冷嘲和警告:"爬的高来可也跌的来肿";而公孙自己则暗自庆幸"跳出伤人饿虎丛",显示出公孙杵臼丰富的斗争经验和急流勇退的韬略。

　　这两支曲子在塑造公孙杵臼这位忠贞老臣的形象上起到了重要作用,对于全剧悲剧气氛的创造也不可或缺。因为这两支曲子在揭露晋国奸邪当道、朝纲不整时,给人以一种难以逆转的压抑感。一切都被弄颠倒了——"会谄谀的着列鼎重裀,害忠良的便加官请俸,耗国家的都叙爵论功";而那些正直人士不只"受困穷",而且有"闹市里把头皮断送"的危险。这种危机感和压抑感,是在排比句式中得到加强的。〔梁州第七〕几乎是由排比、对仗句式组成的。如第一句的两个分句是排比句。第三句既有排比,又有对仗。"官高一品"与"位极三公"、"户封八县"与"禄享千钟"都是对句。第四句:"见不平处有眼如矇,听咒骂处有耳如聋。"兼有排比和对仗的性质。第五句中"会谄谀的……"、"害忠良的……"、"耗国家的……"这几个单句,也是排比句。总之,这两支曲子在思想内容与语言形式上达到了和谐的统一,在慷慨激越中略带着苦涩的幽默。

(钟林斌)

〔注〕　①鹓班豹尾:鹓班,喻上朝官员的行列如鹓鸟飞行一个挨一个。豹尾,指仪仗的装饰。　②列鼎重裀:摆列一排排食具,铺着一张张锦褥,指生活排场奢华。

赵氏孤儿大报仇

纪君祥

第 三 折

〔双调·新水令〕我则见荡征尘飞过小溪桥,多管是损忠良贼徒来到。齐臻臻摆着士卒,明晃晃列着枪刀。眼见的我死在今朝,更避甚痛笞掠。

〔驻马听〕想着我罢职辞朝,曾与赵盾名为刎颈交。是那个埋情出告,原来这程婴舌是斩身刀。你正是狂风偏纵扑天雕,严霜故打枯根草。不争把孤儿又杀坏了,可着他三百口冤仇甚人来报?

〔雁儿落〕是那一个实丕丕将着粗棍敲?打的来痛杀杀精皮掉。我和你狠程婴有甚的仇?却教我老公孙受这般虐。

〔得胜令〕打的我无缝可能逃,有口屈成招。莫不是那孤儿他知道,故意的把咱家指定了?我委实的难熬,尚兀自强着牙根儿闹;暗地里偷瞧,只见他早唬的腿脡儿摇。

〔水仙子〕俺二人商议要救这小儿曹。哎!一句话来到我舌尖上却咽了。我怎生把你程婴道,似这般有上梢无下梢。只被你打的来不知一个颠倒。遮莫便打的我皮都绽,肉尽销,休想我有半字儿攀着。

【赵氏孤儿大报仇】

〔川拨棹〕你当日演神獒①,把忠臣来扑咬。逼的他走死荒郊,刎死钢刀,缢死裙腰,将三百口全家老小尽行诛剿。并没那半个儿剩落,还不厌你心苗。

〔梅花酒〕呀!见孩儿卧血泊,那一个哭哭号号,这一个怨怨焦焦,连我也战战摇摇。直恁般歹做作,只除是没天道。呀!想孩儿离褓草,到今日恰十朝,刀下处怎耽饶,空生长枉劬劳,还说甚要防老。

〔收江南〕呀!兀的不是家富小儿骄。见程婴心似热油浇,泪珠儿不敢对人抛,背地里揾了。没来由割舍的亲生骨肉吃三刀。

〔鸳鸯煞〕我七旬死后偏何老,这孩儿一岁死后偏知小。俺两个一处身亡,落的个万代名标。我嘱咐你个后死的程婴,休别了②横亡的赵朔。畅道是光阴过去的疾,冤仇报复的早。将那厮万剐千刀,切莫要轻轻的素放了。

《赵氏孤儿》第三折,写程婴把自己的儿子冒充赵氏孤儿,藏在公孙杵臼家里,去向屠岸贾出首。屠岸贾带兵来到公孙家,将公孙杵臼严刑拷打,并让程婴参与行刑,最后杀死假孤儿,公孙撞阶自杀。这个情节与《史记·赵世家》的记载大致吻合,只是在史书中,假孤儿是"他人婴儿"。纪君祥将"他人婴儿"改为程婴自己的儿子,又增添了屠岸贾令程婴拷打公孙杵臼的关目,就更渲染了全剧的悲剧气氛,增强了戏剧效果。上面这套曲子,就是公孙杵臼在这一折戏中的主要唱段,表现出一位老英雄疾恶如仇,坚强不屈的精神,同时侧面写出程婴牺牲爱子时的悲痛。

公孙杵臼藏的是假孤儿，但假戏要真做，方能使屠岸贾不生猜疑。这不比周瑜打黄盖，他们二人彼此心照不宣，黄盖决不会被打死。屠岸贾来者不善，公孙杵臼料定必死，这是一场短兵相接、强弱悬殊的斗争。所以，遥望着屠岸贾的军队"齐臻臻摆着士卒，明晃晃列着枪刀"，公孙杵臼镇定自若，毫无惧色："眼见的我死在今朝，更避甚痛笞掠。"

果然不出所料，屠岸贾杀气腾腾，大打出手，公孙杵臼遭到严刑逼问。戏刚开始，当然不能草草收场，公孙一边矢口否认"藏孤"之事，一边反问："是那个埋情出告？"这是合乎情理的。你说我藏着赵氏孤儿，谁见来？当屠岸贾回答："现有程婴首告你哩"时，公孙立刻骂道："原来这程婴舌是斩身刀！"这一骂又是在做戏，其用意全在于打消屠岸贾的怀疑，掩盖二人合谋救孤的真相。但是，狡猾的屠岸贾并没有因此打消疑虑，反而让程婴拣一条不粗不细的棍子拷打公孙杵臼。这一招是程婴没有想到的，他推三阻四，几乎引起屠岸贾怀疑，没奈何只得操起棍子向公孙打去。公孙杵臼更没有思想准备，猛然挨了程婴的拷打，一时头昏脑胀，语无伦次，险些暴露真相。〔雁儿落〕〔得胜令〕〔水仙子〕这三支曲子，就写公孙一瞬间的心理过程以及表现在举止、语言上的变化。

戏曲审美的特征之一是，曲词的作用有一定自由性和随意性。可以用来抒情、写人物的心理活动，近乎话剧中的独白；也可以用作叙事，参与剧中人物的问答，近似于话剧的对白。用作叙事时，可以让在场的人都听到，也可以只让其中的某个人或某部分人听到。但无论如何，所有的唱词都必须面对观众，让观众听到。这就造成脚色懵懂，观众清楚的现象。〔雁儿落〕主要让观众了解公孙杵臼挨了程婴拷打之后惊诧、怨恨的心情，已不是与程婴合谋做戏，不过所唱内容屠岸贾听到也没有关系。〔得胜令〕前四句："打的我无缝可能逃，有口屈成招。莫不是那孤儿他知道，故意的把咱家指定了？"这也是公孙杵臼在自言自语，但场上所有的人显然都听到了。《元曲选》本在此处的舞台提示是："程婴做慌科。"同时，观众的情绪也跟着紧张起来。接下去四句："我委实的难熬，尚兀自强着牙根儿闹；暗地里偷瞧，只见他早唬的腿脡儿摇。"这几句纯粹写公孙杵臼的心理活动，场上所有的人都不能够、也不应该听到。〔水仙子〕头一句"俺二人商议要救这小儿曹"，这是公孙在屠岸贾、程婴的拷问之下的供词，程婴听到后心惊肉跳自不待言，屠岸贾立即追问："你说二人，一个是你了，那一个是谁？"场上气氛顿时紧张起来，观众的心随之提到嗓子眼儿。公孙接着唱"哎！一句话来到我舌尖上却咽了"。这又是写心理，屠岸贾、程婴都没听见，观众听到后不禁透出一口长气，悬着的那颗心放下了。总之，在这三支曲子里，作者充分利用戏曲的写意性特征，将程婴、屠岸贾、公孙杵臼之间的微妙关系，以及由此造成的戏剧性效果，写得细腻传神，惟妙惟肖。

接下去，卒子搜到假孤儿，屠岸贾停止拷问公孙杵臼，剧情向新的方向发展。公孙杵臼唱〔川拨棹〕，痛斥屠岸贾的残忍。屠岸贾拔剑剁向假孤儿。程婴亲子被杀，悲痛难忍，"作掩泪科"，又唯恐让屠岸贾瞧出破绽。这种复杂的心理活动，本来可以通过唱来表达。但按元杂剧的体制，本折只能由公孙一人主唱。所以〔梅花酒〕〔收江南〕二曲，很大程度上是代程婴抒情。"呀！想孩儿离褓草，到今日恰十朝，刀下处怎耽饶，空生长枉劬劳，还说甚要防老。"这简直像出自程婴本人之口。刚刚出生十天的婴儿，眼看着横尸血泊，还说什么"养儿防老"！程婴此时心中的悲痛，只有公孙杵臼知道，也只有公孙杵臼能表达："见程婴心似热油浇，泪珠儿不敢对人抛，背地里揾了。没来由割舍的亲生骨肉吃三刀。"这位老英雄在就义之前，还能如此细心地观察、理解别人的痛苦，更显出宽广的胸襟、气度和无私精神。

《赵氏孤儿》主题的深刻性，不在于褒扬舍己救人的自我牺牲精神，而在于赞颂目标一致的共同的英雄行为。〔鸳鸯煞〕一曲,是公孙杵臼撞阶之前,对程婴留下的临终遗言:"我嘱咐你个后死的程婴,休别了横亡的赵朔。畅道是光阴过去的疾,冤仇报复的早。将那厮万剐千刀,切莫要轻轻的素放了。"在此之前,孤儿的生母曾向程婴托孤:"你则可怜见俺赵家三百口,都在这孩儿身上哩!"韩厥临死前也再三嘱托:"将孤儿好去深山深处隐,那其间教训成人,演武修文,重掌三军,拿住贼臣,碎首分身,报答亡魂,也不负了我和你硬踹着是非门,担危困。"而程婴含辛茹苦二十年,终于不负众望,养大了赵氏孤儿,让屠岸贾偿还了血债,使众英灵在九泉之下得到慰藉。歌颂这样一种前仆后继、众志成城的奋斗精神,便是《赵氏孤儿》悲剧的主旨所在。

第三折是全剧的高潮,主要正反面人物全都登场,程婴之子与公孙杵臼先后牺牲,悲剧气氛浓烈,戏剧效果明显。公孙杵臼所唱的这个套曲,充分发挥了戏曲的写意性特长,忽而抒情,忽而叙事,忽而戏里,忽而戏外,增强了整折戏的戏剧性。作者有意识地弥补元杂剧一人主唱的局限,借公孙杵臼之口写另一主人公程婴的心理活动和场上动作。整个套曲未用一个典故,但又不失之于俗。语言上重视重言叠字的运用,如"齐臻臻""明晃晃""实丕丕""痛杀杀""哭哭号号""怨怨焦焦""战战摇摇"等,用在句中都十分生动自然。

(康保成)

〔注〕　①"你当日演神獒"五句:指屠岸贾陷害赵家的几件事。屠岸贾在披着紫袍的稻草人内藏着羊肝肺,让神獒(狗名)每天扑咬,训练熟后,告诉晋灵公说,神獒能辨忠奸。他把神獒放出,神獒便扑向穿着紫袍的赵盾。"逼得他走死荒郊",指赵盾躲避神獒向郊外逃跑。"刎死钢刀",指赵盾之子赵朔被害事;"缢死裙腰",指赵朔之妻晋公主被害事。　②休别了:休要违背了。

[作者小传]

戴善夫

一作戴善甫。真定(今河北正定)人。曾任江浙行省提举。所作杂剧今知有五种。现存《风光好》一种。另存《玩江楼》残曲,一说杨讷作。另《紫云亭》一说亦为其所作。

陶学士醉写风光好

戴善夫

第 一 折

〔金盏儿〕我这里觑容颜,待追攀。嗨、畅好是冷丁丁沉默无情汉。则见那冬凌霜雪都堆在两眉间,恰便似额颜上挂着紫塞①,鼻凹里倘着蓝关②。可知道秀才双脸冷,宰相五更寒③。

戴善夫的《风光好》是元人杂剧中一本韵致独特的风情喜剧。剧写宋初翰林学士陶谷奉使南唐,名以索图籍文书,实则充当说客劝降。南唐丞相宋齐丘将陶羁留馆驿之中,并与昇州太守韩熙载计谋,欲赚陶谷。初以金陵名妓秦弱兰陪侍陶谷宴饮,陶摆出一副正人君子、不近女色的面孔。接着韩熙载于驿馆粉壁之上发现陶谷写的一首藏头诗,知其不堪旅邸寂寥,便又使秦弱兰扮作驿吏之妻挑之,遂戳穿陶谷假象,并赚得陶写在汗巾上的情词《风光好》。待到陶发现上了圈套,已不能再回大宋,只得往故友杭州钱俶处。宋灭南唐,弱兰避难杭州,由钱俶出面斡旋,陶、秦终于结为夫妻。杂剧本于宋郑文宝《南唐近事》中关于《风光好》词的逸话,又见于宋人洪遂《侍儿小名录》及僧文莹《玉壶清话》,

冯梦龙《情史》中辑有此事,入"情累类"。此外,《宋元戏文辑佚》存《陶学士》残曲两支,戴善夫杂剧或许受到过早期南戏的影响。

这支〔金盏儿〕曲,是第一折中秦弱兰唱的。当韩熙载命秦弱兰以陪侍宴饮为名,实施智赚陶谷计划之前,弱兰凭着自己对士大夫文人的深切了解,认为陶谷的所谓"生性威严,人莫敢犯"不过是假相而已。她十分自信,不无嘲弄地认为"则消得我席卜歌金缕,管取他尊前倒玉山","则着这星眸略瞬盼,教他和肯头都软瘫"(〔后庭花〕)。结果在席间却完全出人意料,陶谷竟丝毫不为所动。作者着眼于全剧通体结构,在这里安排了一个充满喜剧气氛的迭宕,使这里的戏剧场面特别富于情趣。酒宴上,陶谷冷鼻子冷脸,正襟危坐,俨然是个圣贤夫子,他说什么"大丈夫饮酒,焉用妇人为!吾不与妇人同食,教他靠后,休要恼怒小官"。又说"小官一生不喜音乐,但听音乐头晕脑闷"。看来,席间的陶谷是断断不近声色了。正是在这样的戏剧情势下,旦扮的秦弱兰唱了这支〔金盏儿〕曲。此曲写得活泼跳脱,异常生动,且介于雅俗之间,浑朴自然。一个"觑"字,写尽了弱兰在特定场合的神态举止——她在察言观色,伺机行动,也就是"待追攀"。又一个"嗨"字,写尽了弱兰最初施展手段不能奏效的无可奈何。接下去的"畅好是冷丁丁沉默无情汉"一句,是将信将疑。眼前这人如何是这等古古板板呢?外表倒像个贤人君子,骨子里究竟如何呢?弱兰在思索判断着。接着,以弱兰眼中所见,细写陶谷的一张脸。写脸又重在写神色,集中突出了一个"冷"字。作者连用三个极度夸张的比喻:两眉间如冬凌霜雪,额颅上挂着紫塞,鼻凹里好似躺(倘,同躺)着蓝关。紫塞,使人联想到塞北的雨雪风霜,大漠的凄寂苍凉;蓝关,则会让人油然吟起韩愈的诗句:"云横秦岭家何在?雪拥蓝关马不前。"(《左迁至蓝关示侄孙湘诗》)紫塞和蓝关对举,工整而不失其雅,用来写一个人的脸,却是奇特而又别致的;巧妙自然,可又不令人费解。戴善夫匠心独运处,庶几可见。

吴瞿安说：“戴善夫《风光好》俊语翩翩，不亚实甫也。”(《中国戏曲概论》)俊语，非指丽词艳藻，而是指戏曲语言的活泼生动、真切自然。不亚实甫，亦当指在刻画细微、传神毕肖方面可与《西厢记》齐观。至于此曲的结尾二句，更是轻轻道出，将“冷”写到了极至。此刻才领教了读书人和做官者的脸冷面寒，简直有些阴森可怕了。就中透出轻蔑和不屑，同时也暗暗预示了冷脸背后的假来。这里值得我们注意的是，作者有意造成一种蓄势，反复渲染陶谷的虚张声势，连呼“靠后”。十分有趣的是，这个“靠后”竟穿插出现了五次，每次出现都伴随着陶谷的阔论高谈，这就把陶谷的假撇和虚伪写得淋漓尽致，读来叫人忍俊不禁。而所有这一切，又都为秦弱兰的最后胜利作张本。果然，我们在第三、四折中，看到了陶谷假相被揭穿了。秦弱兰努力要改变自己的命运，她是主动的，也是最终的胜利者。

(王星琦)

〔注〕 ① 紫塞：指长城，亦泛指北方边塞，此处喻指霜雪。　② 蓝关：即蓝田关，在今陕西蓝田东南。这里借指冰雪。　③ 秀才双脸冷，宰相五更寒：古时读书人清灯永夜，寒窗苦读，冬天冻得周身冰冷；封建时代的宰相和大臣们冬日黎明即在寒冷的朝房中等候皇帝召见。故有此说。

陶学士醉写风光好

戴善夫

第 三 折

〔滚绣球〕这酒则是斟八分，学士索是饮一巡，则不要滴留喷噗。学士这玳筵间息怒停嗔，你则待点上灯关上门，那时节举杯丰韵。这里酒盏儿不肯沾唇，却不道相逢不饮空归去①，则这明月清风也笑人，常索教酒满金樽。

〔叨叨令〕学士写时节有些腔儿韵，妾身讴时节有些词儿顺。做时节难诉千般恨，写时节则是三更尽。学士你记得也么哥，记得也么哥？兀的是亲笔写下牢收顿。

〔滚绣球〕那素衣服是妾身，诈作驿吏妻把香火焚。我诵情诗暗传芳信，向明月中独立黄昏。见学士下砌跟，瞻北辰，转身躯猛然惊问，便和咱燕尔新婚。咱正是武陵溪畔曾相识，今日伴推不认人②，道的他满面似烧云。

〔倘秀才〕妾身本不肯舒心就亲，学士便做不的先奸后婚，学士早回过，灯光掩上门。妾身谋成不谋败，学士宜假不宜真，不信不自隐。

〔滚绣球〕好也啰学士你营勾了人，却便装忘魂。知他是甚娘情分，你则是憎嫌俺烟月风尘。昨夜个我虽改换的衣袂新，须是模样真。咱只得眼前厮趁，实丕丕与你情亲。你把万般做作千般怒，兀的甚一夜夫妻百夜恩，则是眼里无珍。

〔三煞〕贱妾煞是展污了个经天纬地真英俊，为国于民大宰臣。贱妾煞不识高低，不知远近，不辨贤愚，不别清浑。这的是天注定的是非，天指引的前程，天匹配的婚姻！咱兀的教太守主婚，则这〔风光好〕是媒人。

【陶学士醉写风光好】

《风光好》第三折是剧本的高潮所在。在此之前，秦弱兰已扮作驿吏之妻"智赚"了陶谷，一方面完成了被"唤官身"的使命，另一方面也为自己的脱籍从良找到了理想的途径。秦弱兰身在风尘，却不堪忍受那强作欢颜的卖笑生涯，她向往着过正常女子的幸福生活，因此，我们不能将秦弱兰赚陶谷仅仅看作是被动的"唤官身"，她是主动而且积极的。第三折中作者巧妙地安排了重开宴以对质的场面。这里有趣的是秦、陶两人的戏剧性冲突，以及秦弱兰既是为官府所遭迫，然而又是十分自愿的矛盾性。故而在此折唱词中，秦弱兰虽然表面上咄咄逼人，骨子里却是情意真切。身为妓女的秦弱兰要想获得自由，不得不依靠自己的色相，她自知风尘女子的卑下地位，所以在曲中又透露出一丝悲怆和凄凉，这些都是理解第三折曲词的关键。

〔滚绣球〕曲从容调侃，禁不住心中暗自好笑。如同她夜扮驿吏之妻赚得陶谷时那样想道："想昨日在坐上，那些势况，苦眼铺眉全都是谎。"（第二折〔隔尾〕）同时，她又为自己戳穿陶谷的假相而自矜："他兀的锦绣文章，更做着皇家卿相，被我着个小局段早打入天罗网。"（〔三煞〕）到秦弱兰将〔风光好〕词拿到手，那位在宴席上连呼"靠后"的"道学家"的遮羞布就被彻底扯下来了。酒斟八分，是说怕陶谷喝醉，连下文一味是揶揄和挖苦。喷嚏，即喷水，这里有喝醉了道出隐私、信口胡说之意，话是反说的，完全是嘲弄和戏谑的口吻。"你则待点上灯"二句，更是含有提醒和讥刺的意味。犹如说，此刻你又一本正经了，写〔风光好〕词时你可不是这副恼怒的样子哟。末三句，一路揭露陶谷的假懒和造作。"清风明月也笑人"句意含双关，表面上似在说面对良辰美景，相逢不饮，岂不有负眼前景物，实则暗含清风明月可做证见，亦笑陶谷假正经之意。此曲以下，原来写秦弱兰随口唱出了〔风光好〕词，陶谷情急中继续抵赖，装作不认识秦弱兰，竟将自己亲手写的词说成是"淫词艳曲"，以至故作镇静，妄图一赖到底。

〔叨叨令〕曲写秦弱兰旁敲侧击，暗点明指，提醒陶谷，难道你忘了昨夜之事,这"淫词艳曲"原是你亲自写下的,白纸黑字,要赖是赖不掉的。接下来的一曲〔滚绣球〕,平白如话,爽畅痛快,弱兰直道出自己扮作驿吏之妻赚陶谷的全过程,说得眼前的大学士满脸通红。〔倘秀才〕曲中的"妾身谋成不谋败,学士宜假不宜真,不信不自隐"三句,可以看成是本折中的警拔之语,也是点明题旨之笔。"谋成不谋败",表明了弱兰的决心和意志;"宜假不宜真",活画出士大夫阶层的强作修饰和虚伪;至于"不信不自隐",则带有某种挑战性,犹如说:你骗得了别人,却瞒不过我。果然,下面的一曲〔滚绣球〕,便对陶谷的虚伪做了更为彻底的揭穿。

"营勾了人",却又"装忘魂",直戳陶谷心尖。至此,弱兰已开始采取凌厉的攻势,一举要撕下陶学士的遮羞布。忘魂,即过于健忘,强装出的健忘,足见陶谷的心虚。此一曲动作性极强,陶谷的装腔作势激怒了秦弱兰,我们仿佛看得见她胸脯起伏、怒不可遏的神情。你这大学士也忒浅情了,无非是烟花妓女配不上你,这会儿你一本正经,吆吆喝喝,全不念昨夜的浓情密意。妓女也是有人格的,恨只恨你有眼无珠,不识真情,辜负了俺的一片心意。如果说,这一曲〔滚绣球〕使我们听到了弱兰捍卫人格尊严的呼声,那末在下面的一曲〔三煞〕中,我们更看到了弱兰自己主宰自己命运的执着个性。你看她斩钉截铁,义正辞严:"这的是天注定的是非,天指引的前程,天匹配的婚姻!"这使我们很自然地想起白朴《墙头马上》中李千金和裴尚书的争辩,千金也曾说过"这姻缘也是天赐的"。二者如出一辙。同李千金有某些相似之处,秦弱兰也是一个有主见的女子,她有棱有角,毫不扭捏,她把自主婚姻看作是正当的、合理的、天经地义的。但是,她毕竟是下层妇女,故而反抗精神较李千金更为强烈,甚至带有浓厚的野性色彩。

陶谷的形象也很突出,原剧中他虽只有插白,偶有点染,然面目却是清晰可见的。作者没有把他写成一个鼻梁上涂白粉的角色,剧中陶谷既非丑扮亦非净扮,而是由正末扮演的。这正是作者的高明之处。如将陶谷写成个草包窝囊废,秦弱兰也就犯不着以身相托;反之,秦弱兰如不是三番两次,陶谷的假面具也绝难扯下。陶、秦二人最终仍偕为秦晋,却又是作者把风流才子的陶谷塑造为一个有情人的苦心。作者在全剧中是对秦、陶爱情取着歌颂的态度的。因此,赚得陶谷的过程,正是作者对人物复杂心理细致的刻画过程。作品不仅揭示了封建时代妓女的苦难生活和内心痛楚,同时歌颂了她们与命运抗争的顽强意志。此外,作品对于封建传统道德观念也有所批判,戳穿了违背人性的假道学和"片面贞洁"的虚伪性。

至于结局的以秦弱兰如愿以偿而终,那是剧情趋势之必然,不能以大团圆老套视之。因为秦弱兰付出了努力,陶谷终究还算个"有灵魂的郎君"。

就曲词而言,戴善夫的风格也是独特的。朱权《太和正音谱》说"戴善夫词如荷花映水"。细味之,《风光好》的曲词的确本色自然,朗朗可读,以"荷花映水"喻之当不为过之,正是所谓"清水出芙蓉,天然去雕饰"。本折数曲,便是明例。作者绝少或索性不用典实,按人物个性和戏剧冲突,将曲词写得简朴清爽,口语化的特点也十分明显。〔三煞〕一曲最有代表性。如〔三煞〕的尾句:"则这〔风光好〕是媒人!"其中包括了多少潜台词,以其深出之以浅,是耐人反复回味的。官不为媒,人不为媒,大媒正是弱兰自己赚得的情词。这样的曲词离开了排场,它的包孕量就会顿减,这是不言而喻的。

(王星琦)

〔注〕 ① 相逢不饮空归去:点化苏轼诗句"相逢不用忙归去,明日黄花蝶也愁"(《九日次韵王巩》)而来。 ② 武陵溪畔曾相识,今日佯推不认人:这是宋元间演唱词话的两句常用语,以刘晨、阮肇入天台山采药,遇仙女于武陵溪的故事,借喻男女欢会。关汉卿《救风尘》第三折〔幺篇〕:"那唱词话的有两句留文:'咱也曾武陵溪畔曾相识,今日佯推不认人。'"可知这是戏曲和说唱艺术中的习用语。

主 编 蒋星煜 副主编 齐森华 叶长海

元曲
鉴赏辞典
珍藏本

中

上海辞书出版社

珍藏本

珍藏本

元曲鉴赏辞典

篇 目 表

张国宾
薛仁贵荣归故里《薛仁贵》第三折 …… 664
相国寺公孙合汗衫《合汗衫》第三折 …… 667

费唐臣
苏子瞻风雪贬黄州《贬黄州》第一折 …… 670

姚守中
〔中吕〕粉蝶儿·牛诉冤 …… 673

李好古
沙门岛张生煮海《张生煮海》第一折 …… 680
沙门岛张生煮海《张生煮海》第二折 …… 681
沙门岛张生煮海《张生煮海》第三折 …… 685
沙门岛张生煮海《张生煮海》第四折 …… 687

杨梓
忠义士豫让吞炭《豫让吞炭》第四折 …… 690
功臣宴敬德不伏老《不伏老》第一折 …… 694
功臣宴敬德不伏老《不伏老》第三折 …… 700

王伯成
李太白贬夜郎《贬夜郎》第一折 …… 703
李太白贬夜郎《贬夜郎》第四折 …… 705

岳伯川
吕洞宾度铁拐李岳《铁拐李岳》第一折 …… 707

吕洞宾度铁拐李岳《铁拐李岳》第三折 …… 709

康进之
梁山泊李逵负荆《李逵负荆》第一折 …… 711
梁山泊李逵负荆《李逵负荆》第二折 …… 716
梁山泊李逵负荆《李逵负荆》第四折 …… 721

石子章
秦修然竹坞听琴《竹坞听琴》第二折 …… 725
黄桂娘秋夜竹窗雨《竹窗雨》第一折 …… 728

史九敬先
老庄周一枕蝴蝶梦《庄周梦》第一折 …… 732

张养浩
〔中吕〕最高歌兼喜春来（诗磨的剔透玲珑） …… 737
〔中吕〕喜春来（路逢饿殍须亲问） …… 739
〔中吕〕朱履曲（那的是为官荣贵）才上马齐声
儿喝道·正胶漆当思勇退·弄世界机关
识破 …… 740
〔中吕〕普天乐（楚《离骚》） …… 744
〔中吕〕普天乐（折腰惭） …… 746
〔中吕〕普天乐·闲居 …… 747
〔中吕〕朝天曲（挂冠） …… 749

〔中吕〕朝天曲（柳堤） ………………………… 751

〔中吕〕山坡羊 · 骊山怀古（骊山四顾） ……… 753

〔中吕〕山坡羊 · 北邙山怀古 ………………… 755

〔中吕〕山坡羊 · 潼关怀古 …………………… 757

〔中吕〕山坡羊 · 未央怀古 …………………… 759

〔双调〕沽美酒兼太平令（在官时只说闲） …… 761

〔双调〕胡十八（正妙年） ……………………… 763

〔双调〕殿前欢 · 对菊自叹 …………………… 765

〔双调〕雁儿落兼得胜令（往常时为功名惹

是非） …………………………………………… 767

〔双调〕雁儿落兼得胜令 · 退隐（云来山更佳） … 769

〔双调〕雁儿落兼得胜令（也不学严子陵七

里滩） …………………………………………… 771

〔双调〕得胜令 · 四月一日喜雨 ……………… 773

〔双调〕水仙子 · 咏江南 ……………………… 775

〔双调〕沉醉东风（班定远飘零玉关） ………… 777

〔双调〕折桂令 · 中秋 ………………………… 780

〔越调〕寨儿令 · 冬　白战体 ………………… 782

〔双调〕新水令 · 辞官 ………………………… 785

白　贲

〔南吕〕一枝花 · 咏喜雨 ……………………… 787

〔正宫〕鹦鹉曲（侬家鹦鹉洲边住） …………… 790

孟汉卿

张孔目智勘魔合罗（《魔合罗》第一折） ……… 792

张孔目智勘魔合罗（《魔合罗》第四折） ……… 794

李行道

包待制智赚灰阑记（《灰阑记》第一折） ……… 799

包待制智赚灰阑记（《灰阑记》第四折） ……… 802

狄君厚

晋文公火烧介子推（《介子推》第四折） ……… 805

孔文卿

地藏王证东窗事犯（《东窗事犯》第一折） …… 807

地藏王证东窗事犯（《东窗事犯》第三折） …… 809

张寿卿

谢金莲诗酒红梨花（《红梨花》第一折） ……… 815

宫天挺

死生交范张鸡黍（《范张鸡黍》第一折） ……… 818

严子陵垂钓七里滩（《七里滩》第一折） ……… 823

严子陵垂钓七里滩（《七里滩》第三折） ……… 826

【篇目表】

郑光祖

〔双调〕蟾宫曲·梦中作（飘飘泊泊船缆定沙汀） …… 832

〔双调〕蟾宫曲（弊裘尘十压征鞍鞭倦袅芦花） …… 835

醉思乡王粲登楼《王粲登楼》第三折 …… 836

迷青琐倩女离魂《倩女离魂》第一折 …… 840

迷青琐倩女离魂《倩女离魂》第二折 …… 843

迷青琐倩女离魂《倩女离魂》第三折 …… 848

迷青琐倩女离魂《倩女离魂》第四折 …… 851

虎牢关三战吕布《三战吕布》第一折 …… 853

㑇梅香骗翰林风月《㑇梅香》第一折 …… 855

㑇梅香骗翰林风月《㑇梅香》第三折 …… 858

金仁杰

萧何月下追韩信《追韩信》第二折 …… 862

范　康

陈季卿悟道竹叶舟《竹叶舟》第三折 …… 865

曾　瑞

〔正宫〕醉太平（相邀士夫） …… 867

〔南吕〕四块玉·叹世（罗网施） …… 869

〔南吕〕骂玉郎过感皇恩采茶歌·闺中闻杜鹃 …… 871

〔般涉调〕哨遍·羊诉冤 …… 872

〔商调〕集贤宾·宫词 …… 877

范居中

〔正宫〕金殿喜重重南·秋思 …… 881

施　惠

〔南吕〕一枝花·咏剑 …… 886

李罗御史

〔南吕〕一枝花·辞官 …… 890

鲍天祐

王妙妙死哭秦少游《秦少游》残曲 …… 894

睢景臣

〔般涉调〕哨遍·高祖还乡 …… 899

周文质

〔正宫〕叨叨令·自叹（筑墙的曾人高宗梦·去年今日题诗处） …… 904

〔正宫〕叨叨令·悲秋 …… 906

〔越调〕寨儿令·挑短檠） …… 908

持汉节苏武还乡《苏武还乡》第三折 …… 910

赵禹圭

〔双调〕折桂令·过金山寺 914

乔吉

〔正宫〕绿幺遍·自述 916

〔中吕〕满庭芳·渔父词（吴头楚尾·湖平棹稳·携鱼换酒·江声撼枕） 918

〔中吕〕满庭芳·渔父词（活鱼旋打·秋江暮景）

〔中吕〕山坡羊·寓兴 923

〔中吕〕山坡羊 926

〔中吕〕山坡羊·冬日写怀（朝三暮四） 928

〔中吕〕山坡羊·冬日写怀（冬寒前后） 929

〔越调〕小桃红·效联珠格 932

〔越调〕天净沙·即事（笔尖扫尽痴云·莺莺燕燕春春·一从鞍马西东·隔窗谁爱听琴） 933

〔越调〕凭阑人·金陵道中 936

〔双调〕折桂令·客窗清明 939

〔双调〕折桂令·自述 940

〔双调〕折桂令·登姑苏台 941

〔双调〕折桂令·丙子游越怀古 944

〔双调〕折桂令·秋思 947

〔双调〕折桂令·荆溪即事 949

〔双调〕折桂令·毗陵晚眺 952

〔双调〕折桂令·自叙 954

〔双调〕清江引·有感 956

〔双调〕清江引·即景 957

〔双调〕水仙子·游越福王府 958

〔双调〕水仙子·若川秋夕闻砧 960

〔双调〕水仙子·寻梅 962

〔双调〕水仙子·为友人作 965

〔双调〕水仙子·怨风情 967

〔双调〕水仙子·重观瀑布 969

〔双调〕水仙子·咏雪 971

〔双调〕殿前欢·里西瑛号懒云窝自叙有作奉和（懒云窝，静看松影挂长萝·懒神仙，懒窝中打坐几多年） 973

〔双调〕殿前欢·登江山第一楼 975

〔双调〕卖花声·悟世 978

〔双调〕雁儿落过得胜令·自适 980

〔双调〕雁儿落过得胜令·忆别 982

【篇目表】

〔南吕〕梁州第七·射雁 …… 984
〔商调〕集贤宾·咏柳忆别 …… 986
〔双调〕新水令·闺丽 …… 989
玉箫女两世姻缘《两世姻缘》第二折 …… 993
杜牧之诗酒扬州梦《扬州梦》第一折 …… 996
李太白匹配金钱记《金钱记》第一折 …… 998

苏彦文
〔越调〕斗鹌鹑·冬景 …… 1001

刘时中
〔仙吕〕醉中天（花木相思树）…… 1005
〔南吕〕四块玉（官况甜）…… 1007
〔中吕〕朝天子·邸万户席上（柳营·《虎韬》）…… 1008
〔中吕〕朝天子·同文子方邓永年泛洞庭湖宿凤凰台下（有钱）…… 1011
〔中吕〕山坡羊·燕城述怀 …… 1013
〔中吕〕山坡羊·西湖醉歌次郭振卿韵 …… 1015
〔双调〕折桂令·送王叔能赴湘南廉使（正黄尘赤日长途）…… 1017
〔双调〕清江引（春光荏苒如梦蝶）…… 1019

〔双调〕殿前欢（醉颜酡）…… 1021
〔双调〕雁儿落过得胜令·送别（和风闹燕莺）…… 1023
〔正宫〕端正好·上高监司（前套）…… 1025
〔正宫〕端正好·上高监司（后套）…… 1030
〔双调〕新水令·代马诉冤 …… 1040

阿鲁威
〔双调〕蟾宫曲（问人间谁是英雄）…… 1043
〔双调〕蟾宫曲（动高吟楚客秋风）…… 1045
〔双调〕蟾宫曲（理征衣鞍马匆匆）…… 1047
〔双调〕蟾宫曲（烂羊头谁羡封侯）…… 1049

王元鼎
〔正宫〕醉太平·寒食（声声啼乳鸦）…… 1051

虞集
〔双调〕折桂令·席上偶谈蜀汉事因赋短柱体 …… 1053

李泂
〔双调〕夜行船·送友归吴 …… 1056

薛昂夫
〔正宫〕塞鸿秋（功名万里忙如燕）…… 1060

〔正宫〕塞鸿秋·凌歊台怀古 …… 1062
〔中吕〕朝天子（沛公）…… 1063
〔中吕〕朝天子（伍员）…… 1065
〔中吕〕朝天子（卞和）…… 1067
〔中吕〕朝天子（丙吉）…… 1068
〔中吕〕朝天子（老莱）…… 1070
〔中吕〕朝天子（董卓）…… 1071
〔中吕〕朝天子（伯牙）…… 1072
〔中吕〕朝天子（孟母）…… 1074
〔中吕〕山坡羊（大江东去）…… 1075
〔双调〕殿前欢·夏 …… 1077
〔双调〕楚天遥过清江引（花开人正欢）…… 1078
〔双调〕楚天遥过清江引（屈指数春来）…… 1080
〔双调〕楚天遥过清江引（有意送春归）…… 1082

吴弘道
〔南吕〕金字经（落花风飞去）…… 1084
〔南吕〕金字经（这家村醪尽）…… 1085
〔双调〕拨不断·闲乐（泛浮槎）…… 1087
〔双调〕拨不断·闲乐（暮云遮）…… 1088

赵善庆
〔中吕〕普天乐·江头秋行 …… 1090
〔中吕〕普天乐·秋江忆别 …… 1091
〔中吕〕山坡羊·燕子 …… 1094
〔中吕〕山坡羊·长安怀古 …… 1096
〔越调〕凭阑人·春日怀古 …… 1098
〔双调〕沉醉东风·秋日湘阴道中 …… 1100
〔双调〕折桂令·西湖 …… 1101
〔双调〕折桂令·湖山堂 …… 1103
〔双调〕庆东原·泊罗阳驿 …… 1105

马谦斋
〔越调〕柳营曲·太平即事 …… 1107
〔越调〕柳营曲·怀古 …… 1108
〔越调〕柳营曲·叹世 …… 1110
〔双调〕沉醉东风·自悟（瓷瓯内㴉滟莫掩·取富贵青蝇竞血）…… 1112

秦简夫
宜秋山赵礼让肥《赵礼让肥》第一折 …… 1114
宜秋山赵礼让肥《赵礼让肥》第三折 …… 1117
东堂老劝破家子弟《东堂老》第一折 …… 1119
晋陶母剪发待宾《剪发待宾》第一折 …… 1121

陆登善
河南府张鼎勘头巾《勘头巾》第二折 …… 1125

元曲鉴赏辞典

9

张可久

〔黄钟〕人月圆·山中书事 …………… 1129

〔黄钟〕人月圆·春晚次韵 …………… 1131

〔黄钟〕人月圆·雪中游虎丘 ………… 1133

〔黄钟〕人月圆·客垂虹 ……………… 1135

〔黄钟〕人月圆·吴门怀古 …………… 1138

〔黄钟〕人月圆·春日湖上(小楼还被青山碍) … 1140

〔正宫〕塞鸿秋·道情(直钩曾下严滩钓) … 1142

〔正宫〕醉太平·怀古 ………………… 1144

〔正宫〕醉太平(人皆嫌命窘) ……… 1146

〔仙吕〕锦橙梅(红馥馥的脸衬霞) … 1148

〔中吕〕迎仙客·秋夜 ………………… 1150

〔中吕〕红绣鞋·天台瀑布寺 ………… 1152

〔中吕〕红绣鞋·宁元帅席上 ………… 1153

〔中吕〕红绣鞋·虎丘道士 …………… 1155

〔中吕〕普天乐·西湖即事 …………… 1157

〔中吕〕普天乐·秋怀(会真诗) …… 1158

〔中吕〕普天乐·秋怀(为谁忙) …… 1161

〔中吕〕普天乐·道情 ………………… 1163

〔中吕〕普天乐·道情 ………………… 1165

〔中吕〕喜春来·金华客舍 …………… 1166

〔中吕〕喜春来·永康驿中 …………… 1167

〔中吕〕满庭芳·山中杂兴(风波几场) … 1169

〔中吕〕朝天子·闺情 ………………… 1170

〔中吕〕齐天乐过红衫儿·道情(人生底事辛苦) … 1172

〔中吕〕齐天乐过红衫儿·道情(浮生扰扰红尘) …

〔中吕〕卖花声·怀古二首(阿房舞殿翻罗袖·美人自刎乌江岸) … 1174

〔中吕〕卖花声·客况(十年落魄江滨客) … 1175

〔中吕〕山坡羊·闺思 ………………… 1177

〔中吕〕山坡羊·客高邮 ……………… 1179

〔南吕〕四块玉·客中九日 …………… 1181

〔双调〕庆东原·次马致远先辈韵九篇(诗情放) … 1184

〔双调〕庆东原·次马致远先辈韵九篇(山容瘦) … 1185

〔双调〕落梅风·江上寄越中诸友 …… 1186

〔双调〕落梅风·春情(秋千院) …… 1187

〔双调〕水仙子·次韵（蚰头老子五千言） 1189
〔双调〕水仙子·秋思（天边白雁写寒云） 1191
〔双调〕水仙子·西湖废圃 1193
〔双调〕水仙子·次韵金陵怀古 1195
〔双调〕殿前欢·次酸斋韵（钓鱼台） 1197
〔双调〕殿前欢·离思（月笼沙） 1198
〔双调〕殿前欢·客中（望长安） 1200
〔双调〕殿前欢·爱山亭上 1203
〔双调〕折桂令·村庵即事 1204
〔双调〕折桂令·九日 1206
〔双调〕折桂令·次韵（唤西施伴我西游） 1209
〔双调〕折桂令·西陵送别 1211
〔双调〕清江引·秋怀 1213
〔双调〕清江引·春思 1215
〔双调〕清江引·老王将军 1217
〔双调〕小桃红·寄鉴湖诸友 1219
〔越调〕天净沙·江上 1221
〔越调〕天净沙·鲁卿庵中 1222
〔越调〕天净沙·湖上送别 1224
〔越调〕寨儿令·次韵怀古 1225

〔越调〕寨儿令·次韵（你见么） 1227
〔越调〕寨儿令·投闲即事 1229
〔越调〕凭阑人·湖上（远水晴天明落霞） 1231
〔越调〕凭阑人·湖上（二客同游过虎溪） 1232
〔越调〕凭阑人·江夜 1234
〔南吕〕一枝花·湖上归 1235

任昱
〔中吕〕上小楼·隐居 1238
〔中吕〕红绣鞋·湖上 1240
〔双调〕沉醉东风·信笔 1242
〔双调〕折桂令·题情（南山豆苗荒数亩） 1243
〔双调〕清江引·咏西域吉诚甫 1245
〔双调〕清江引·钱塘怀古 1246

钱霖
〔双调〕清江引（梦回昼长帘半卷） 1248
〔般涉调〕哨遍（试把贤愚穷究） 1250

徐再思
〔黄钟〕人月圆·甘露怀古 1255
〔中吕〕朝天子·西湖 1257
〔中吕〕朝天子·常山江行 1260

元曲鉴赏辞典

【篇目表】

〔中吕〕普天乐·垂虹夜月〔玉华寒〕 …… 1262
〔中吕〕普天乐·西山夕照 …… 1264
〔中吕〕阳春曲·皇亭晚泊 …… 1266
〔商调〕梧叶儿·春思〔芳草思南浦〕 …… 1267
〔越调〕天净沙·探梅 …… 1269
〔越调〕凭阑人·春情 …… 1271
〔越调〕凭阑人·春愁 …… 1273
〔双调〕沉醉东风·春情（一自多才间阔） …… 1275
〔双调〕蟾宫曲·江淹寺 …… 1276
〔双调〕蟾宫曲·春情 …… 1278
〔双调〕清江引·相思 …… 1280
〔双调〕水仙子·夜雨 …… 1282
〔双调〕水仙子·春情 …… 1284
〔双调〕殿前欢·观音山眠松 …… 1286

孙周卿
〔双调〕蟾宫曲·自乐（草团标正对山凹） …… 1289

顾德润
〔南吕〕骂玉郎过感皇恩采茶歌·述怀（蛛丝
满瓯尘生釜 …… 1291
〔越调〕黄蔷薇带庆元贞·御水流红叶（步秋
香径晚） …… 1293

曹 德
〔双调〕清江引（长门柳丝千万结·长门柳丝
千万缕） …… 1295
〔双调〕庆东原·江头即事（低茅舍 …… 1298
〔失宫调〕三棒鼓声频·题渊明醉归图 …… 1299

高克礼
〔越调〕黄蔷薇过庆元贞（燕燕别无甚孝顺） …… 1302

王仲元
〔中吕〕普天乐（树杈枒） …… 1304

高安道
〔般涉调〕哨遍·皮匠说谎 …… 1306

大食惟寅
〔双调〕燕引雏·奉寄小山先辈 …… 1310

亢文苑
〔南吕〕一枝花（琴声动鬼神 …… 1312

吕止庵
〔仙吕〕后庭花（西风黄叶疏 …… 1316
〔仙吕〕后庭花·怀古（功名览镜看 …… 1318

孙叔顺
〔中吕〕粉蝶儿·海马闲骑 …… 1320

【篇目表】

真 氏

〔仙吕〕解三酲（奴本是明珠擎掌）……………………………… 1324

景元启

〔双调〕殿前欢·梅花…………………………………………… 1326

查德卿

〔仙吕〕寄生草·感叹…………………………………………… 1328

〔仙吕〕一半儿·春妆·春绣………………………………… 1331

〔中吕〕普天乐·别情（鹧鸪词）…………………………… 1334

〔越调〕柳营曲·金陵故址……………………………………… 1336

〔越调〕柳营曲·江上………………………………………… 1338

〔双调〕蟾宫曲·怀古………………………………………… 1340

〔双调〕蟾宫曲·层楼有感…………………………………… 1342

吴西逸

〔越调〕天净沙·闲题（长江万里归帆）……………………… 1344

〔越调〕天净沙·闲题（楚云飞满长空）……………………… 1346

珍藏本

珍藏本

元曲鉴赏辞典

【作者小传】

张国宾

一作张国宝。艺名喜时营,一作喜时丰。大都(今北京)人。曾任教坊勾管(据《元史·百官志》,教坊司所属有"管勾"官,"勾管"或误)。所作杂剧今知有四种。现存《公孙汗衫记》(一作《合汗衫》)、《七里滩》(一说宫天挺作)、《薛仁贵》三种。一说《罗李郎》也是他所作。

薛仁贵荣归故里①

张国宾

第 三 折

〔十二月〕敢则是一簇簇踏青拾翠,一攒攒傍陇寻畦。俺只见一道儿红尘荡起。元来的一骑马闪电奔驰。一从使都是浑身绣织,一将军怎倒着缟素裳衣?

〔尧民歌〕呀!莫不是半空中降下雪神祇,他叫一声雄吼若春雷,諕的我心儿胆儿急獐拘猪的自昏迷;手儿脚儿滴羞笃速的似呆痴,禁也波持,身躯怎动移? 我可便不待酒,伴妆醉。

〔上小楼〕蓦听的人言马嘶,威风也那猛势。諕的我战战兢兢、慌慌张张,只待要哭哭啼啼。这一壁、那一壁,怎生逃避? 好着我磕扑的在马前跪膝。

〔满庭芳〕怎敢道是推东主西,我则怕言无关典,话不投机。孩儿每在龙门镇民户当夫役,今日正百五寒食,上坟的都是同乡共里,吃酒用瓦钵和这磁杯,怕官人待要来敛科税,我去村头行报知。官人也，你但道的我便依随。

〔耍孩儿〕则你那老爹娘受苦，你身荣贵，全改换了个雄躯壮体，比那时将息的可便越丰肥，长出些苦唇的髭髯。我才咒骂了你几句，你权休怪，也是我间别来的多年把你不认的。哎！你看他马儿上簪簪的势，早忘和俺掏斑鸠争攀古树，摸虾蟆混入淤泥。

《薛仁贵》第三折着重写了唐代农民薛仁贵征战有功，发迹变泰后，衣锦还乡，荣归故里的故事。作者没有正面表现薛仁贵奢侈豪华的仪仗，趾高气扬的威势，而是通过薛儿时好友村民伴哥的视角与口吻，从侧面进行描写，以伴哥的几段唱词勾勒出薛仁贵发迹变泰后的矛盾性格。从而由浅入深地揭示了他与昔日伙伴间不可消弥的隔阂，并塑造了两个性格鲜明的人物形象。

在〔十二月〕中，作者通过伴哥的视觉角度，来表现薛仁贵荣归时显赫的气派。在一片绿野青翠之中，一骑人马飞驰而来，锦团簇拥之下，身袭白袍的薛仁贵显得那么与众不同，引人注目。六个"一"字的联用，恰到好处地烘托出这队人马迅速由远而近，气势非凡，令伴哥惊奇不已。暗示着薛仁贵与伴哥两人在精神上和社会地位上，已存在着不可逾越的鸿沟。

〔尧民歌〕展示了薛仁贵与伴哥之间地位悬殊的差别。薛仁贵的人马转眼已跃至伴哥面前。在伴哥眼中，薛仁贵就像高高在上的神人，雄赳赳，气昂昂，一派英雄气概；又冷冰冰、威凛凛，使人无可亲近。薛仁贵"兀那庄家"的一声招呼，如雷贯耳，竟把伴哥吓得心惊胆战，手脚哆嗦。难怪伴哥要待酒装醉，以求躲避。在这首〔尧民歌〕中，作者用性格化的语言刻画了伴哥这个山民村夫的朴拙之态。这种艺术效果得力于作者所选取的极其符合人物身份、又熟在人口的家常语。俗语入曲,是《薛仁贵》一剧的显著特色。在这里,作者并不是简单地拾取农家的俗语方言,而是精心选取,巧妙组合,别有一番机趣。如"心儿"、"胆儿","手儿"、"脚儿"等的口语化;"急獐拘猪"等比喻,质朴通俗,符合伴哥的农夫身份,使人物形象栩栩如生。

随着剧情的发展,薛仁贵与伴哥间的空间距离在不断缩小,而两人决然不同的社会地位和精神距离却又显著扩大。在〔上小楼〕一曲里,伴哥慌慌张张,试图逃而避之,然而,薛仁贵已近在咫尺,两人正面相遇,伴哥躲避不及,窘态毕露。这时,薛仁贵骑着高头大马,凭高傲视,而伴哥则惊慌失措,不得不跪扑马前,小心翼翼,口称"小人"、"孩儿每"。至此,两人间对立关系的内在张力达到最大限度。两人昔日曾同拾麦穗柴禾、同爬树梢捉飞雀、同骑牧牛横吹笛、同偷生瓜分半吃;如今心心相印、总角相交的伙伴,友谊已荡然无存。尊卑不等在两人之间筑起一堵高墙。他们虽重新相逢,却相去已远。这令人想起鲁迅《故乡》中长工闰土与儿时伙伴"我"相遇时,"闰土"一口一声叫"老爷"的情景。其间所蕴含的深刻社会内容,是十分醒人耳目的。

〔满庭芳〕一曲,作者进一步揭示了薛仁贵与伴哥之间的矛盾。以一个误会启迪人们的深思。伴哥见一队官兵飞驰而来,误以为是来敛科税,心急火燎地要去报告乡亲们。伴哥看到官兵首先想到的就是科税。他所以对官兵有惧怕心理,正因这些官兵是征税者的势力代表。可见苛捐杂税对当时的农民来说,是多么可怕的沉重负担。由此亦可看出,薛仁贵与伴哥间的关系实际上已是统治者与被统治者的关系了,岂又仅仅是个人间相逢而不相识呢?

〔耍孩儿〕可以说是对薛仁贵和伴哥两人关系的一个总结。在科白中,当伴哥得知薛仁贵即儿时伙伴"驴哥儿"时,连忙告诉他,其双亲正受贫寒煎熬。激愤之余,不由得忘了眼前"驴哥儿"已是贵人,痛责薛仁贵不恤父母,忘恩负义。但横亘在两人中间的那道鸿沟毕竟是无法填补、不可超越的。当伴哥清醒地回到现实时,他又赶忙赔礼告罪。二人的关系被揭示得十分透彻。如果说,伴哥认不出阔别多年的驴哥儿,是因为其友已变得雄躯壮体,丰肥富态;那么,反过来追问一下:伴哥的变化呢?他依旧如故,未曾丰衣足食,薛仁贵何以也没有认出?是相识而不愿相认,还是根本就没有正面瞧一眼?他盛气凌人,一口一个"兀那庄家"、"兀那厮",说明今日的薛仁贵,身居高位而不念旧情。面对两人之间不可弥补的隔阂,伴哥发出了无可奈何的感叹。最末两句伴哥对往事的追忆,毫不客气地嘲讽了已是达官贵人的薛仁贵。通过对旧情的回溯,来反射现时薛仁贵的忘旧绝情。同时又表明,伴哥并不自甘卑微,他追求与薛精神上的平等,并敢于直言相讥,表现了这一人物纯朴、率真的性格。

明人孟称舜说:"曲不难作情语、致语,难在作家常语。"《薛仁贵》第三折中的几支曲辞,在明白如话的家常俚语之中,写出人物的形象、性格,内心活动;有对比,有冲突;自然真切,无雕琢之痕,充满浓郁的山野农庄气息,且朗朗上口,凝聚着作者独特的艺术匠心,达到了不工而工的艺术境界。

(韩希白)

〔注〕 ① 此剧明刊本与元刊本多有出入。明刊本没有皇帝出场,薛仁贵也不是驸马。他原有妻子,投军立功后又娶宰相千金归里。本文据明刊本。

相国寺公孙合汗衫

张国宾

第 三 折

〔朝天子〕哎哟!可则俺两口儿都老迈,肯分的便正该。天那！天那！也是俺注定的合受这饥寒债。我如今无铺无盖，教我冷难挨。肯分的雪又紧，风偏大，到晚来，可便不敢番身，拳成做一块。天那！天那！则俺两口儿受冰雪堂地狱灾。我这里跪在大街，望着那发心的爷娘每拜。

张国宾为元杂剧前期作家之一。《合汗衫》系其力作，清道光十五年（1835）被译成法文，流传国外。

这首〔朝天子〕，语言明白浅显，初读似平铺直叙，淡薄无奇，细品却平中有奇，情味深永。它通过对一个风雪之夜张文秀夫妇沦落天涯生活的具体描写，强烈地突出了张氏夫妇晚景的凄惨，又为此后求斋巧遇其孙、合汗衫，乃至最后全家团聚，设了伏笔。从而前呼后应，沟通了全剧悲欢离合的过程。

曲子开始即以悲愤的语调，唱出老人内心的忿忿不平之情。他们年迈体弱，沿街乞讨，冰雪相逼，饥寒交迫。当年堪称乐善好施的"金狮子"，如今屡遭磨难，落得如此凄凉的晚景。老人不能不悲怨地举首问穹苍：这是天经地义，命里注定的吗？此时此景，催人泪下，发人深省，激起人们对人物命运的强烈关切。

"我如今无铺无盖"。寥寥数字，却道出了这对夫妇的困苦不堪。他们本是身居京师的"龙袖骄民"，丰衣足食，无忧无愁；不意祸从天降，穷困潦倒，沦落行乞，衣不遮体，食不果腹。这不能不引起人们深深的同情。茫茫寒夜，无处栖身，本来就已饥寒交迫，偏偏又碰上风雪交加。刺骨的寒风，冰凌的飞雪，在他们看来，就像一把把杀人的飞刀。作者用"可便不敢番身"一句，非常形象地表现了两个衣衫褴褛的老人在狂风怒号之中，卷缩一团，瑟瑟打抖的可怜状况，造成强烈的悲剧气氛。而且，这一风雪之夜的描写，又恰好与全剧开头张文秀一家赏冬景瑞雪情景形成鲜明对照,从而产生了特殊的艺术效果。当时张文秀的一段〔混江龙〕唱:"正遇着初寒时分,您言冬至我言春。既不沙,可怎生梨花片片,柳絮纷纷;梨花落,砌成银世界;柳絮飞,妆就玉乾坤。俺这里逢美景,对良辰,悬锦帐,设华裀。簇金盘、罗列着紫驼①新,倒银瓶、满泛着鹅黄嫩。俺本是凤城②中黎庶,端的做龙袖里骄民③。"晶莹的银世界,辉映着金盘、珍肴,在华服的拥簇和美酒的滋润下,便显得"不是春天胜似春天",真是一幅良辰美景图。然而,同是一场冬雪,在同一个人物张文秀的心目中,由于时过境迁,已今非昔比,夜昏暗,天寒冷,人无情,弥漫着极为强烈的悲剧气氛。在前后两种不同境遇的强烈对比之中,作者给剧情着上了浓郁的感情色彩,使作品平添艺术感染力。

本曲三层叙述,层层递进,层层升华,描写老人的凄苦境遇,至此已淋漓尽致。最后,作者笔触一转,指向老人面对不幸所采取的态度。"我这里,跪在大街,望着那发心的爷娘每拜"。尽管命运逆转,生活每况愈下,但是在厄运的打击下,两位老人都不曾丧失生存的勇气,对于他们来说,活下去就有同亲人团聚的希望;求得生存,才有可能摆脱不幸。而行乞,对老人来说乃是求生的唯一出路。因此,尽管年迈体弱,饥寒风雪严相催逼,他们仍然相依为命,积极地去争取生存。最后一句,犹如异峰突起,在前三层逐级递进的有力铺垫下,水到渠成地烘托出人物的性格特色。有了这一转折,前面的铺叙都成为最后表现人物的有力因素,构成了衬托人物性格的特殊的环境,使整首曲子成为一个有机整体。前面的铺垫越是充分,人物的境遇愈是写得真切、凄惨,人物最后求生的欲望表现得也愈强烈。对命运的积极态度也就愈显得难能可贵,人物内心世界的刻画也就入木三分了。黄山谷说:"简易而大巧出焉,平淡而山高水深。"张国宾的这首曲子,以明白如话的语言,平易舒展的结构,透露出"山高水深"的意蕴,不能不说是很有艺术特色的。

(韩希白)

〔注〕 ① 紫驼：古代一种奢侈、名贵的食品。据说用骆驼峰做成。 ② 凤城：指京城。
③ 龙袖里骄民：宋代住在京都的人享有许多特殊的待遇，故有此说。

〔作者小传〕 **费唐臣**
大都（今北京）人。其父费君祥，曾与关汉卿交游。所撰杂剧今知有三种。现存《贬黄州》一种。

苏子瞻风雪贬黄州

费唐臣

第 一 折

〔混江龙〕想着那丝纶阁上，常则是紫薇花对紫薇郎。步九重春色，拂两袖天香。万里云烟挥翰墨，一天星斗焕文章。翰林风月，京洛山川，洞庭烟雨，金谷莺花，怎能够一轮皂盖飞头上。诗吟的神嚎鬼哭，文惊的地老天荒。

〔鹊踏枝〕万言策上君王，一骑马度衡阳，索离了三岛蓬莱，直走遍九曲沧浪。学不的李太白逍遥在醉乡，参破了韩昌黎夕贬潮阳。

《贬黄州》写苏轼（字子瞻）遭王安石排挤陷害，贬官黄州，受尽艰辛屈辱，后又被赦复职的故事。全剧共四折，一楔子。第一折：苏东坡受诬贬谪；第二折：马正卿雪里送炭；第三折：杨太守雪上加霜；第四折：苏东坡蒙赦复官。作者通过苏东坡这段升黜浮沉的经历，以酣畅的笔墨写出了君王寡恩，才人毁弄，仕途坎坷，世道炎凉。

〔混江龙〕〔鹊踏枝〕是第一折中的两支曲子，一前一后抒发苏东坡得知获罪遭贬前后的心底波澜。〔混江龙〕写的是他已知获罪但贬谪诏书尚未下达时的心情。费唐臣笔下的苏东坡是才高学富而又受到诬陷的名臣，不同于一般"臣罪当诛"、"临表涕泣"的待罪之臣，在这严峻的时刻，他想的却是昔日宫廷盛事，是丝纶阁上"紫薇花对紫薇郎"的金色岁月。"丝纶"语出《礼记》："王言如丝，其出如纶。"即指君王的旨意。丝纶阁指翰林院，剧中苏轼是翰林学士，有替皇帝草诏的职责，故云。又白居易《紫薇花》诗："独坐黄昏谁是伴？紫薇花对紫薇郎。"唐代中书省曾名紫薇省。这句也是写他替皇帝起草文件的往事。苏轼不无自诩地叙述那君王的旨意靠谁由"丝"到"纶"，由内宫远播天下？靠的是他苏子瞻的一支生花妙笔！正因为这支笔，他深得君王信任，能在被称作"九重"的宫阙行走，能够沐浴君恩的"春色"，得到两袖沾拂"天香"（宫内御香）的殊荣；也正是在这种氛围中，才气纵横的苏东坡更充分发挥其聪明才智。同唐人"挥毫落纸如云烟"（杜甫《饮中八仙》）一样，他也是"万里云烟挥翰墨，一天星斗焕文章"，成为辉耀一代的文豪。

〔混江龙〕曲牌按字数定格，在"一天星斗焕文章"之后，只须三、四、四几个小句就可打住了。但这支曲子到此又起波澜，加入增句："翰林风月，河洛山川，洞庭烟雨，金谷莺花"四句，着重渲染自己文章丰富的内涵和多采的风格。以景状文，别开生面。他说自己文章俊逸如"翰林风月"，豪放如"河洛山川"，诡谲如"洞庭烟雨"，灿烂如"金谷莺花"，紧接这四个铺陈句之后，又蹦出"怎能够一轮皂盖飞头上"的奇句，收勒住四股淙淙"细流"，这里才真正地作了有力的一"顿"。用"一轮皂盖"来喻指他历任密州、徐州、湖州父母官的宦场生涯，踌躇满志，得意非凡。最后又以"诗吟的神嚎鬼哭，文惊的地老天荒"两句结束，对苏轼才华和抱负的铺张扬厉达到极点。

这里，作者显然采用了先扬后抑的手法，写对他昔日的倚重，正是为了衬托今日对他的毁弃，也为后文写他受辱造成强烈的对比和反差。当然，这时他还没有对君王表示直露的怨怼，一切都在"乐事回头一笑空"（苏轼〔采桑子〕《多景楼与孙臣源遇》）的微妙境界中。细细读来，回味无穷，既使人如见坡翁掀髯放歌的情态，又如见其笑眼中涌出的泪花。

如果说〔混江龙〕中的待罪心情还属于不十分肯定的情境而发，那么，〔鹊踏枝〕就是明确罪贬黄州后的怨歌。此曲短短六句，既道出忠言谏诤反受贬逐的不平，也有"万言策上君王"，竟落得"一骑马度衡阳"的委屈。此处"衡阳"不是实指，因黄州还在衡阳之北。这里是用衡阳回雁峰的典故，以表示南下之遥远。下面用了"三岛蓬莱"（传说海上有瀛洲、方丈、蓬莱三仙岛）与"九曲沧浪"（黄河有九曲，浪淘险恶）对比出居京与贬谪生活的天壤之别。随后又用李太白与韩昌黎两个人作对比，东坡做不到像李太白那样飘洒超脱，而能逍遥醉乡；他的性格，几乎不可避免地要重复韩昌黎那条路，而今就要尝到"一封朝奏九重天，夕贬潮阳路八千"（韩愈《左迁至蓝关示侄孙湘》）的滋味了。

应该说，费唐臣这两支曲子，抓住了苏东坡才华盖世的特点，从中可以体味到作者对坡翁的敬重、热爱之情；如若没有对坡翁的深刻理解，他是填不出如此妙曲来的。

（郑拾风）

元曲鉴赏辞典

【作者小传】

姚守中

洛阳（今属河南）人。姚燧之侄。曾任平江路吏。作有《逢萌挂冠》等三种杂剧，今皆不存。散曲作品仅存《牛诉冤》散套一套。

【粉蝶儿】

〔中吕〕粉 蝶 儿

姚守中

牛 诉 冤

性鲁心愚,住烟村饱谙农务。丑则丑堪画堪图,杏花村,桃林野,春风几度。疏林外红日西晡,载吹笛牧童归去。

〔醉春风〕绿野喜春耕,一犁江上雨。力田扶耙受驱驰,因为主甘分受苦。苦,苦,经了些横雨斜风,酷寒盛夏,暮烟晓雾。

〔红绣鞋〕牧放在芳草岸白蘋古渡,嬉游于绿杨堤红蓼平湖,画工描我在远山图。助田单英勇阵①,驾老子蓦山居,古今人吟未足。

〔石榴花〕朝耕暮垦费工夫,辛苦为谁乎?一朝染患倒在官衢。见一个宰辅,借问农夫,气喘因何故,听说罢感叹长吁。那官人劝课还朝去,题着咱名字奏鸾舆。

〔斗鹌鹑〕他道我润国于民,受千辛万苦。每日向堰口拖船,渡头拽车。一勇性天生胆气粗,从来不怕虎。为伍的是伴哥王留,受用的是村歌社鼓。

〔上小楼〕感谢中书部,符行移诸处。所在官司,禁治严明,遍下乡都。里正行,社长行,叮咛省谕:宰耕牛的捕获申路。

〔幺〕食我者肌肤未肥，卖我者家私不富。若是老病残疾，卒中身亡，不堪耕锄，告本官，送本都，从公发付。闪得我丑尸骸不着坟墓。

〔满庭芳〕衔冤负屈，春工办足，却待闲居。圈门前见两个人来觑，多应是将我窥图。一个曾受戒南庄上的忻都，一个是累经断北疆王屠。好教我心惊虑，若是将咱卖与，一命在须臾。

〔十二月〕心中畏惧，意下踌躇。莫不待将我衅钟②，不忍其觳觫③。那思想耕牛为主，他则是嗜利而图。被这厮添钱买我离桑枢，不睹是牵咱过前途。一声频叹气长吁，两眼凄惶泪如珠。凶徒，凶徒，贪财性狠毒，绑我在将军柱④。

〔耍孩儿〕只见他手持刀器将咱觑，吓得我战扑速魂归地府。登时间满地血模糊，碎分张骨肉皮肤。尖刀儿割下薄刀儿切，官秤称来私秤上估。应捕人在旁边觑，张弹压先抬了膊项，李弓兵强要了胸脯。

〔二〕却不道闻其声不忍食其肉⑤，划地加料物宽锅中烂煮。煮得美甘甘香喷喷软如酥，把从前的主雇招呼。他则道三分为本十分利，那里问一失人身万劫无。有一等贪铺啜的乔人物，就本店随机儿索唤，买归家取意儿庖厨。

〔三〕或是包馒头待上宾，或是裹馄饨请伴侣。向磁罐中软火儿葱椒煼，胜如黄犬能医冷，赛过胡羊善补虚。添几盏椒

【粉蝶儿】

花露。你装的肚皮饱旺,我的性命何辜!

〔四〕我本是时苗留下犊,田单用过牯。勤耕苦战功无补。他比那图财害命情尤重,我比那展草垂缰义有余。我是一个直钱底物:有我时田园开辟,无我时仓廪空虚。

〔五〕泥牛能报春⑥,石牛能致雨⑦,耕牛运土遭诛戮。从今后草坡边野鹿无朋友,麦垄上山羊失了伴侣。那的是我伤情处,再不见柳梢残月,再不见古木昏乌。

〔六〕觔儿铺了弓,皮儿挽做鼓,骨头儿卖与钗环铺。黑角儿做就乌犀带,花蹄儿开成玳瑁梳。无一件抛残物,好材儿卖与了靴匠,碎皮儿回与田夫。

〔尾〕我元阳寿未终,死得真个屈苦。告你个阎罗王正直无私曲,诉不尽平生受过苦。

作为中国文学悠久传统的艺术技法之一,比兴,确乎是可以开拓心理时空境界并有助于引导读者入乎其中而共鸣的。而以物喻人的"比",在文学史上则更显得机杼纷陈、匠心各异:有的是多种事物的合写,综述其各具的特征和互为作用的关系,从而建构起一幅完整的形象画面,以抒写作者的胸中丘壑,如公安派袁宗道为纸、墨、笔、砚文房四宝作传;有的是专以一物作比,文中有人,如杜甫的《枯棕》和《病桔》;有的是把旨意完全寄托在隐喻之中,"比"而不"赋",如柳宗元的《蝜蝂传》;有的是既以物作比而又点明本意,先之以"比",继之以"赋",如晚唐诗人曹邺的《官仓鼠》。

由于我国文学一开始就重视"言志"和"缘情",重视审美主体意识的外化,特别是以抒情为主的诗、词、曲等韵文,"比"的运用往往和"赋"体结合,从头到尾以物比人,在篇章结尾并不直接抒发怀抱的,则为数较少。同时,更由于作品通体之化物为人,诗人在他所推想的物的感受描绘中抒发自己的情思,同时又融合叙事体的"表现"因素,描绘物的一系列遭遇,吸收"自述体"小说的特点,这一类作品就更少。描写动物、植物的遭际和感情以及由此逗引出来的经验或教训的作品是有的,但大多属于寓言,较之作者的抒情寄慨之篇并不尽同。对比之下,元人姚守中的散套〔粉蝶儿〕《牛诉冤》就值得我们瞩目了。作者以牛的自我控诉,来抒发诗人对那个是非颠倒的人间世的郁勃之情;更妙的是出以化人为物的技法,写得如此微妙,如此深刻,在中外文学之林中,都可以说相当稀罕的了。

既然点明了牛的"诉冤",因而贯穿通篇的感情就必然是亦悲亦愤,既然是化身为"牛"的诉冤,藉牛以诉人之冤,就必然要把"牛"和"人"融汇为一个完整的形象画面。作者以其妙语双关的笔锋,在揭示人间世的同时,时时处处扣合着牛的典型特征、具体处境和心理状态(是牛的而不是虎的、猫的、兔的)。亦牛亦人,亦悲亦愤,淋漓尽致地控诉了冷酷无情的社会,控诉了他们对善良人民进行迫害的残暴罪行,并且做了原原本本的揭露。

所谓"原原本本",意味着这首套数兼备抒情和叙事的因素。它跟那些以感情流程作为贯穿线索和推动形象画面发展的内驱力有所不同。诚然,牛之负冤、诉冤,其内涵体现了感情流向,但既然用牛的自述作为构思坐标,那么,他就更需要通过具象的描绘,侧重命运与事件的自述,把牛自己遭遇到的客观事变和在当时当地被事变激动起来的特定的感情波澜,一层复一层地铺写开来,让负冤和诉冤的悲愤溶解到身前受苦、死后留冤这一系列鲜血淋淋的惨史之中。从形象结构的层次说是"牛"中有"人",从审美主客体关系说,是从客观"惨史"中见主观"冤情"。

围绕着"冤"这一惨史核心,全套划分为四个层次,逐步展开了牛的客观遭遇和主观冤情。开头的〔粉蝶儿〕〔醉春风〕〔红绣鞋〕三曲,为第一层。这是写牛的品格,渲染了它的淳朴、勤劳和自得于山水之间的徜徉之乐;"古今人吟术足",恰是后文冤愤的反衬。从〔石榴花〕到〔幺〕调,这是第二层。描写了牛因辛劳生病以及朝廷行文天下,保护耕牛。虽说这里并没有触及牛的惨史和牛的冤愤,可已经比前一层逼近危机了。这正因为,朝廷禁宰的只是能耕之牛,而"老弱残疾"、"不堪耕锄"的牛则不免要"从公发付"。这一来,自己这一条病牛生命岂非难保?于是它心里忐忑起来,生怕"丑尸骸不着坟墓"。而结果也的确如此。牛的预感终于变成了现实。那就是第三层写的大祸临头。从〔满庭芳〕起到〔耍孩儿〕第六支曲止,是比较长的一段。描写了两个牛贩卖了自己。从一路上惊心吊胆,到终于被屠夫宰割,挨尽了千刀万剐。牛做了生前自述不算,还把自己死后的身躯如何被那些美食家吃喝品尝,以及多种多样地充分利用,也都结合了自己的满腔冤愤倾诉出来,真是泣血声声,悲愤欲绝。最后一层是尾声,以自己的"死得真个屈苦"作结。从生到死,从"田野""嬉游"以至于堕入"人生万劫",从满心"惊虑"以至于对那些"谋财害命"的歹徒们的愤怒诅咒,惨史的层层铺开和诉冤之情的层层喷薄,形成了复合而重叠的意象,以飞腾而入微的想象写下了一个无辜的被宰割者——牛的——也不妨意味着人的,对黑暗现实的血泪控诉。姜白石推前蜀词人牛峤的《望江南》写衔泥燕子为"咏物而不滞于物"的佳作,其实姚守中之写诉冤的牛,其社会内涵的深广和别有匠心,更为可观。说来也怪,过去注意这一篇佳作的人并不多。可能这和诗、词较之散曲拥有较多的读者有关。

一切以物寄人的创作,特别是在我国有悠久传统的"咏物"诗词之所以能感人肺腑,首先因为作者对人间事物有深切的感触,而又善于从最足以传写自己感情特征的一花一木、一禽一兽的审美特征中,找出审美主客体的一个集中点,通过合情合理的想象,写出事物的感情,也写出自己的感情。《牛诉冤》之所以成为杰作,首先就是因为作者"偏于无知之物写出一段情性来"(《杜臆》评《病桔》语)。在今天说来,就是写出了一个牛的,也是姚守中所推想的、二者互为区异而又互为重叠的情感世界。《牛诉冤》中的一切惨遇和感受都符合牛的特定地位和特定心情。正由于此,人化的牛才能成为姚守中的体验和抒发感愤的对象。而姚守中在构思时,也才能设身处地地幻化为牛的亦悲亦愤的心情,有资格代表牛做出了控诉。

幻化出活生生的牛的主体意识,可以说是这篇套数的极大成功。虽说作者姚守中的生平资料,今天已没有详细保存,我们只知道他是洛阳人,做过平江路吏,但从他所写的两个杂剧都歌颂廉吏和出于抗怀浊世而辞官为题材的剧目看来(作品今已无存),他的风节大概很高。处于那个是非颠倒的社会,忠厚老实人饱受欺凌迫害,冤无可伸。对此,他应该是有所感触和同情的。唯其做过亲民之官,对民间疾苦有切肤之痛,所以他才有可能酝酿出"诉冤"这一个深切的核心意象。

这意象是迂回的,是螺旋上升而不是块状的,也不是直线型的。生病以前牛的生涯,情致是多么潇洒!"杏花村,桃林野,春风几度。疏林外红日西晡,载吹笛牧童归去。"由短句而逐步放长,间以对仗,就更显得心情宽舒,作为下文惨死的反衬,其对比也就更为强烈。

这意象是以心灵的内在变异作为机制而显示出一个忠厚无辜者在遭遇不测时的胆战心惊的。〔十二月〕那一支曲子,通过多维形式和双向流程的内心活动的刻画,表现了"心中畏惧,意下踌躇"。一切一切,都显示了这一个无辜者对威胁自己生命的、须臾万变而又千钧一发的危机和事变在不断注目,不断关心,既有对那一个"手持刀器将咱觑"人的"焦点透视",又有对那些形形色色,通过不同方式把自己的肌肉连同皮、骨都吃光用够的一些人的"散点透视"。

这主观意识确乎是悲而兼愤的,但基调毕竟是以凄凉悲怆为主。不过,值

【粉蝶儿】

得肯定的是这种悲怆中饱含着郁勃之情。

　　诚然，牛一再嗟叹"千辛万苦"，然而它分明指出："我润国丁民。"它在临刑前固然"叹气长吁"，眼泪如珠，可与此同时，对屠夫却敢于这样厉声地呵叱："凶徒，凶徒，贪财性狠毒，绑我在将军柱！"它对那些贪噬自己的人义正辞严地责问："你装的肚皮饱旺，我的性命何辜！"而最为画龙点睛的，则更是不自觉地把牛的价值提到了对人类有贡献的高度："我是一个直钱底物：有我时田园开辟，无我时仓廪空虚。"这又何止是对无辜之牛遭屠杀的控诉！世界上不是有许许多多富有价值的东西被撕毁了么？这就是鲁迅所说过的"悲剧"！而这"悲剧"之所以激起读者的悲愤，并引起人们对功罪颠倒的沉思，都充分说明姚守中塑造的人化之牛的形象已经得淋漓尽致之妙。

（吴调公）

〔注〕　① 助田单英勇阵：战国时齐人田单，曾以火牛突阵而大破燕军。　② 衅钟：古代用牲血涂器皿以祭祀。　③ 不忍其觳觫：语出《孟子·梁惠王上》："王曰：舍之。我不忍其觳觫，若无罪而就死地。"觳觫，恐惧貌。　④ 将军柱：俗语，指行刑所用的柱子。⑤ 闻其声不忍食其肉：语出《孟子·梁惠王上》"见其生，不忍见其死；闻其声，不忍食其肉。是以君子远庖厨也。"　⑥ 泥牛能报春：古代习俗，春临塑泥牛以迎春祈耕。　⑦ 石牛能致雨：据《广州记》，郁林郡有池，池有石牛。岁旱，百姓杀牛，以牛血和泥，泥石牛背，祠毕天雨。

【作者小传】

李好古

保定（今属河北）人。一说西平（今属河南），又一说是东平（今属山东）。生平事迹不详。所作杂剧今知有《劈华岳》、《镇凶宅》、《张生煮海》三种。现仅存《张生煮海》一种。

沙门岛张生煮海

李好古

第 一 折

〔那吒令〕听疏剌剌晚风,风声落万松;明朗朗月容,容光照半空;响潺潺水冲,冲流绝涧中。又不是采莲女拨棹声,又不是捕鱼叟鸣榔动,惊的那夜眠人睡眼朦胧。

〔鹊踏枝〕又不是拖环珮,韵玎玲,又不是战铁马,响铮钹;又不是佛院僧房,击磬敲钟。一声声諕的我心中怕恐,原来是厮琅琅,谁抚丝桐。

《张生煮海》是一出流传甚广的神话剧。从剧情来看,剧中的男女主角,书生张羽和龙女琼莲,郎才女貌,一见倾心,没有脱开中国古代戏剧爱情题材中那一类窠臼,然而自有其魅力所在,如曲辞的优美并适合舞台的演出,就是其中一个原因。

这一折是说潮州青年书生张羽,游览海滨,寄居在石佛寺里读书。他夜里抚琴消遣,吸引了从海里出游的龙王之女琼莲,两人一见钟情,私订终身。〔那吒令〕〔鹊踏枝〕二支曲系正旦扮龙女所唱,写的是琼莲出游,忽闻琴声的情景。这是一个美好的夜晚,晚风似水,月华如霜,涧水溅溅,松涛阵阵,龙女琼莲在诗情画境中,听到了张羽弹奏的清越动人的琴声。李好古创造的这个美好环境,是巧妙地化用了唐代诗人王维著名的《山居秋暝》中的意境和诗句:"明月松间照，清泉石上流。竹喧归浣女，莲动下渔舟。"接着写龙女听到琴声时的惊喜猜疑的情态。静谧的夜晚，偏僻的海滨，怎么会有如此清冽撩人的琴声？琴声在夜风中时断时续，仿佛有心人在如慕如诉，龙女沉浸其中。曲中那一连串的"又不是"，将她听琴时的心理感受充分刻画出来。剧作家在这里以声绘声，对张羽的优雅精妙琴声做了许多比喻。琴声就像江南采莲女划桨破水声；像捕鱼翁敲击船后横木那么清脆；像檐间被风吹动的铁马铮铮作响；像贵妇人姗姗步行时珮环相撞玎珰有声；像佛寺里晨钟暮磬那么悠扬。这一连串的比喻是听琴者龙女的想象，也是对张羽高超琴技的形容，使听者闻其声，即可想见出弹琴人张羽的蕴藉儒雅，风流超俗。张羽的才华吸引了龙女，为他们一见倾心埋下了感情的种子。

这两支曲辞虽然高雅，但形容琴声时借助了生活中常见的形象和动作——风动松林、朗月悬空、涧水冲流以及玉人摇步、莲女划桨和渔人鸣榔——因此也就十分适合演员的舞台表演。而且〔那吒令〕的首六句中，每两句的前句尾字与后句首字重叠，近于"顶针续麻"，读起来音韵与节奏都很美，这就增强了曲词语言的音乐性。此外，双声、叠韵字的排比使用，也为曲词平添了情趣，增强了音乐感。

（师　飙）

沙门岛张生煮海

李好古

第　二　折

〔南吕·一枝花〕黑弥漫水容沧海宽，高崒嵂山势昆仑大；明滴溜冰轮出海角，光灿烂红日转山崖。这日月往来，只山海依然在，弥八方遍九垓。问甚么河汉江淮，是水呵都归大海。

〔梁州第七〕你看那缥缈间十洲三岛，微茫处阆苑蓬莱，望黄河一股儿浑流派。高冲九曜，远映三台，上连银汉，下接黄埃，势汪洋无岸无涯，出计多异宝奇哉。看看看波涛涌光隐隐无价珠玑，是是是草木长香喷喷长生药材，有有有蛟龙偃郁沉沉精怪灵胎。常则是云昏、气霭，碧油油隔断红尘界，恍疑在九天外。平吞了八九区云梦泽，问甚么翠岛苍崖。

这两支曲子是《张生煮海》第二折中正旦扮毛女所唱。毛女乃秦时宫人，后采药入山，得道成仙。承第一折，张羽于石佛寺中月下弹琴，巧遇龙女琼莲出游，琼莲约张羽中秋节在海边相会。张羽按时来到海边，遇到了秦时毛女，她告诉张羽，琼莲乃是龙女，其父暴戾凶狠，不会答应这桩婚事。遂赠张羽以银锅、金钱和铁杓，说舀海水入锅，置金钱于锅中，以火煎煮，锅中水减一分，海水去十丈，若煎干了锅，海水便干涸见底。以此法宝威力，不愁龙王不招张羽为婿。这两支文辞华美，具有浓厚抒情色彩的曲子，是毛女游至海之东岸，面对碧波万顷、浩浩荡荡的大海时所唱。《一枝花》曲，劈头便写海之泓阔和雄奇，比喻奇诡，气势不凡。"黑弥漫水容沧海宽"写出了大海的横无际涯，"黑弥漫"，用得奇而又险，为景物笼上了一层神奇莫测。"高崒嵂山势昆仑大"，是写海边山势的雄伟险峻，崒嵂，亦作崒崒，山势高峻而危险的样子。接下来写明月生海上和旭日出山巅的壮观景象，极饶色彩，亦极为恢宏。由日月转而写到岁月流逝，沧桑变迁。"日月往来"句轻松自如，由写景过渡为慨叹和抒情。世事更迭，兴衰陵

【沙门岛张生煮海】

替，只有这山和海依然如故，仍是这般烟波浩渺，仍是那样多姿多彩。"弥八方遍九垓"，既写了山海之辽阔，又写了山海之生生不息。四方四隅合而为八方；九垓，指天空极高远处，犹言九天。九垓又同九州、九畤。"八方九垓"，在这里极指无限的空间和地表。"河汉江淮"，指黄河、汉水、长江、淮河，泛指天下水域，它们奔腾到海，日夜不息。

此曲气势雄浑，文字华美，讲究对仗，色彩浓丽，尤重在抒情。盖作者借仙人之口，寄托了自己的主观感受。如此写来，既突出了仙人出没的特定环境氛围，又抒发了作者的某种空幻意绪，在元剧借人物抒情写景的作品中，不失为独特之一格。

〔梁州第七〕曲，进一步从各个角度写大海的飘渺瑰奇。"十洲三岛"，乃神仙居所，故前置"缥渺间"。传说在八方大海之中有十洲，均为神仙居住的地方，见《十洲记》。"三岛"，即是所谓的三仙山，名曰蓬莱、方丈、瀛洲，为秦汉方士所称东海中仙人聚集之处。"微茫处"，与"缥渺间"相对，皆谓仙人居所之杳不可求。首二句进一步渲染了神仙世界的瑰奇，同时也是在淋漓挥洒，描摹海上景致。"望黄河"句不能理解得太拘泥。剧作中张羽是潮州人氏，又多处点明沙门岛，那末这海该是南海了，在南海是看不到黄河的。然而，秦时毛女又是游至海之东岸，且时有含混不清处。神话故事，当以神话观之，仙人十洲三岛尽收眼底，望见黄河亦不奇怪。黄河古称大河，在仙人眼中只是小小的"一股"，气势之雄阔自不必言。

接下来仍写海。九曜，总指日月星辰，九非实指，乃为泛数。"高冲九曜"，是在写浪涛。巨澜暴起，飞沫直冲天际，其景其势，该是何等动人心魄！"三台"，仍是言广阔无极。古代有灵台、时台、囿台，合起来称为三台。汉许慎《五经异义》："天子有三台：灵台以观天文，时台以观四时施化，囿台以观鸟兽鱼鳖。"（见《太平御览》一七七）三台自然是在高处，因此，这里说"远映"。"银汉"

即河汉,总指天穹,"黄埃"就是尘埃,泛指地表。海天一色,一线相连;海岸相毗,浑成一体,所以用"上连"、"下接"以喻混沌天地。至此,海之无涯,天之无极,地之无尽,连成一体,呈现出令人浩叹不止的苍茫景象。

"势汪洋"句以下描写海上奇光异彩和异宝奇珍,平添了迷漓惝恍的幻想色泽。作者连连用"看看看"、"是是是"、"有有有"等叠字,以唤起人们的想象力。波涛汹涌,溅起无数珠玑般的泡沫,这说的是海面。海中有浮动的海草水卉,似散发出阵阵异香,这便是仙人们得以长生的各种药材吧。深海中更有蛟龙出没,在碧绿郁蓝的海水中,或卧或游;也还有其他的精灵异怪。其实,这三句都有表面意义和隐寓意义两层蕴含,分别是:波涛飞溅的水花——无价珠玑;海中的植物——仙人药材;海底的各类动物——蛟龙和其他精灵怪胎。手法是含蓄的,意境是优美的,造语是整齐相对的。

"常则是"三句,写海上仙境的云遮雾罩,与世隔绝。前面曾写了天地与大海的相连,这里又说"碧油油隔断红尘界,恍疑在九天外",意在突出神奇世界的虚幻色彩。"碧油油",极言海水之绿,恰与红尘相对;红尘不惹,恍如世外,便增强了仙境的不知烟火食气感,从而与剧中神仙故事相吻合。结句"平吞了八九区云梦泽,问甚么翠岛苍崖",又是总括写之,以俯瞰总览的开阔视角,展现出大海的广博和雄壮。"平吞"二字,很有气势,写出了海的动势。"云梦泽",在湖北安陆县南,本云、梦二泽,合称云梦,据称古时方圆八九百里。此处云梦实为泛指,八九区亦极言范围之广。"翠岛苍崖",作为全景的点缀,为蔚蓝的大海平添了层次和色彩,意境极美,令人神往。

二曲最突出的特色是气象万千,变化莫测,且一气呵成,令人目不暇接。作者紧紧扣住仙人出没这样一种特定情境,既有实写又有虚写,既写全景又写局部,笔调十分灵活。从音律上看,也相当出色。〔南吕·一枝花〕套很适于写景抒情,特别是〔梁州〕曲,句式变化大,篇幅也长,适用于大段淋漓描绘。作者多用衬字,却又十分注重句子的启承转合乃至排比、对偶,使全曲读起来铿然有力,富于音乐感。首曲中的"黑弥漫"、"高崒嵂",以及"明滴溜"、"光灿灿"等都是衬字,作者用来娴熟自然,似难以剔除。它们不仅增饰了文面,突出了意境,也加强了曲词顿挫抑扬的音乐感。〔梁州〕中的"你看那"、"问甚么"以及"看看看"、"是是是"、"有有有"等道理亦同,都是在欣赏时要加以注意的地方。清代李渔曾将《张生煮海》与《柳毅传书》合并而改编为《蜃中楼》,其曲辞明显吸取了此曲营养。

(王星琦)

沙门岛张生煮海

李好古

第 三 折

〔正宫·端正好〕一地里受煎熬,满海内空劳攘,兀的不慌杀了海上龙王。我则见水晶宫血气从空撞,闻不得鼻口内干烟焰。

〔滚绣球〕那秀才谁承望,急煎煎做这场。不知他挟着的甚般伎俩,只待要卖弄杀手段高强。莫不是放火光,逼太阳,烧的来焰腾腾滚波翻浪。纵有那雷和雨,也救不得惊惶。则见锦鳞鱼活泼剌波心跳,银脚蟹乱扒沙在岸上藏。但着一点儿,就是一个燎浆。

张羽和龙女琼莲相约于八月十五中秋节相会。琼莲走后,张羽情不能自已,思念心切,不等约会期到,便径自往海边寻觅琼莲,但四顾茫然,芳踪杳杳。正当他情迷意惘时,遇到了仙姑毛女,他不仅知道了龙氏三娘琼莲是龙女,还知道了她父亲东海龙王十分凶狠。但是张羽仍深恋琼莲。仙姑于是赠他三件法物,即银锅一只,金钱一文,铁勺一把,教他到海边,用铁勺舀海水到锅里,置金钱于水中,加火煮水,锅内水少一分,海水就少十丈,锅内水干,大海见底,到时龙王自然会将龙女送出来。张羽听从仙姑吩咐,在沙门岛架火煮海,水滚海沸,虾兵蟹将等海中水族被煎煮得焦头烂额。龙王大为惊恐,央求石佛寺长老劝张羽熄火。〔端正好〕〔滚绣球〕二支曲词,是石佛寺长老劝止张羽时唱的。

石佛寺长老眼中所见到的这场人神较量,是凡夫俗子的张羽战胜了"摧山岳"、"卷江淮"的东海龙王。张羽凭着一只锅、一把勺,便将一个海晏河清的世界搅得天崩海沸,"满海内空劳攘"、"水晶宫血气从空撞",使神圣不可侵犯的龙宫也饱受厄劫之苦。在石佛寺长老的眼中,张羽仅仅是一介书生,温良恭俭,文质彬彬,他不明白张羽为什么这么不顾一切,胆大包天地向龙王挑战,"不知挟着的甚般伎俩,只待要卖弄杀手段高强"。这场挑战是这般的不可思议,长老甚至想象张羽是不是把太阳和火光都胁迫来煎熬大海!这是一场惊心动魄的血与火的战斗,大海里火光冲天,波翻浪滚,海中水族处在空前灾难中。任凭他们如何挣扎,争相逃奔,都无济于事,都是"空劳攘"。为了苟延残喘,焦头烂额的鱼虾在波心疯狂跳跃,银脚蟹拼命逃上海岸,以求脱离那沸腾的大海,因为"但着一点儿,就是一个燎浆"。燎浆,即燎浆泡,由沸腾的水或炙热的汤而造成的烫伤。〔端正好〕〔滚绣球〕这二支曲用极度夸张的手法形容滚油沸汤般的大海,从而显示张羽不达目的誓不罢休的顽强精神。而且曲辞生动通俗,这些绘声绘形的语言,描述了龙王惨败的仓皇惊恐状,这正是这个剧脍炙人口的地方。

《张羽煮海》里这种奇特绚烂的神话色彩,极端夸张的表现手法,使这个剧具有巨大的艺术感染力。它的奇特,就在于那浩淼无际的大海,实际上却在一只小小的铁锅里;千年不涸,万年不竭的海水,在这么一只普通常见的铁锅里被煮沸、被煎干! 这样的想象真可谓独具匠心,想落天外! 尽管剧中的小铁锅是神物,但使用它的张羽却代表了凡人的意志和愿望,代表了青年男女爱情的力量。在它的作用下,龙神向凡人告输求饶,答应凡人的要求,这对封建社会中被压抑于低层的劳动人民,该是多么痛快淋漓的事。这个神话剧的强大生命力,就在于它具有这个积极的思想意义。还需指出的是,《张生煮海》系旦、末合唱的杂剧,其中第一、二、四折均由旦唱,惟此第三折则由末扮长老唱,此亦为本剧一大特点。

(师 飙)

沙门岛张生煮海

李好古

第 四 折

〔得胜令〕你待将铅汞燎干枯,早难道水火不同炉。将大海扬尘度,把东洋烈焰煮。神术锻化的为夫妇。几乎熬煎杀俺眷属。

〔沽美酒〕待着俺辞龙宫,离水府,上碧落,赴云衢。我和你同会西池见圣母,秀才也,抵多少跳龙门应举,攀仙桂步蟾蜍。

〔太平令〕广成子长生诗句,东华仙看定婚书。引仙女仙童齐赴,献仙酒仙桃相助。愿普天下旷夫怨女,便休教间阻。至诚的,一个个皆如所欲。

〔收尾〕则今日双双携手登仙去,也不枉鲛绡帕留为信物。闲看他蟠桃灼灼树头红,撇罢了尘世茫茫海中苦。

这四支曲是全剧结束前龙女琼莲所唱。张羽随石佛寺长老到了东海,有情人终得团圆。龙王被迫在龙宫为张羽和琼莲举办婚礼。这时东华上仙来到龙宫,说明张羽和琼莲原是天上瑶池的金童玉女,两人私下相爱,又羡慕人间而被谪罚下界,现在了却夙愿,应该重返仙位。这一套曲便是龙女此时所唱。

将一对青年男女说成是金童玉女,前世因缘,看来又是俗不可耐的套子,它将剧中男女青年为实现美好愿望所做的努力淡化了,似乎一切都是命中所定。但是,这个戏的主要情节是"煮海",是张羽向阻挠他们爱情的庞然大物进行的斗争和反抗,毫不妥协,毫不手软——"将大海扬尘度,把东洋烈焰煮","几乎熬煎杀俺眷属",就是说东海龙王害怕张羽置整个水族于死地才应允这桩婚事。反过来说,张羽为了争取爱情的实现,坚决地向整个水族挑战,哪怕灭绝水族,不达目的决不罢休。这样的男子形象,在中国古代戏曲里还不多见。常见的男主人公,许多是"银样镴枪头",在斗争过程中,总免不了疑虑、动摇、彷徨、灰心,而张羽在面临一场惊心动魄的斗争时,似乎一无所虑,义无反顾,这就较之常见的男主人公们来得单纯、质朴,因而更具有男子汉大丈夫的气概。他认定了一个目标,就按自己的愿望一个劲地干下去,在元杂剧中是一个颇具特色的形象。而这个戏的"金童玉女"外壳所包裹的真正主旨是"愿有情人终成眷属"这一自古以来青年男女热烈追求的理想。〔太平令〕鲜明地唱出："愿普天下旷夫怨女，便休教间阻。至诚的，一个个皆如所欲。"什么间阻？就是东洋大海隔断了龙女和张羽，也就是东海龙王这个权势的代表人物隔断了龙女和张羽，也就是神与人、公主与庶民这种悬殊的地位隔断了青年男女的爱情。这种间阻看来已成为深不可测、不可逾越的汪洋大海，其折射的现实当然是冷酷无情的社会制度和传统意识。剧作家生活在那样的时代和社会，他耳闻目睹地位的不同给青年男女造成的爱情和婚姻悲剧，他的心灵被触动了，于是便借用神话的方式使人们的愿望得到实现。因为在那时的社会现实里，不同地位男女青年自主的恋爱婚姻，几乎很少有成功的希望，既然如此，剧作家便只好离开现实而将充满渴求的目光投向色彩斑斓的神话世界。从《柳毅传书》、《倩女离魂》到《牡丹亭》，它们所寄的希望所在，不是神怪，就是离魂，无论杂剧，还是传奇，都只能如此。正如〔得胜令〕中唱的："神术锻化的为夫妇。"这种借助非人间的神仙异物来作为反抗现实、实现理想的艺术手段，应该说还是积极的。〔收尾〕中唱道："也不枉鲛绡帕留为信物"，"撒罢了尘世茫茫海中苦"。一个"苦"字，充分表现了摆脱枷锁后青年男女的喜悦之情，因此，剧中提示的"仙境"，既是瑶台仙境，但更是人们理想中获得自由爱情的"仙境"。

（师　飙）

【作者小传】

杨梓

（？—1327）　海盐（今属浙江）澉浦人。至元三十年（1293）曾出使爪哇。官至嘉仪大夫、杭州路总管等职。与贯云石友善。所作杂剧今知有《霍光鬼谏》、《豫让吞炭》、《敬德不伏老》三种，皆存。他熟谙音律，家僮以善唱南北曲出名，见元姚桐寿《乐郊私语》。一般认为海盐腔的发展与之有关。

忠义士豫让吞炭

杨 梓

第 四 折

〔耍孩儿〕今日个会兵机的襄子夸英勇,显的没下梢的将军落空。你将他磣可可斩在乱军中,把一个死尸骸暴露霜风。划地漆头为器斟琼液,可甚翠袖殷勤捧玉钟,未出语心先痛。杀人可恕,情理难容。

〔三煞〕豁不了我这满腹冤,干休了半世功,急煎煎独力难敌众。(拔剑将襄子衣服碎剁科,云)罢罢,我今日剑锉了你这衣服,就和杀了你一般。死亦无恨。(唱)虽不能够碎分肢体诛了襄子,烂锉了这件衣服便是报了俺主公。至如把残生送,下埋黄土,仰问苍空。

〔二煞〕士为知己死,女为悦己容。(云)豫让蒙俺主君知爱,超出流辈,今日安忍背主事仇!(唱)我怎肯做诸侯烈士每相讥讽,我怎肯躬身叉手降麾下,我宁可睁眼舒头伏剑锋。枉了你闲唧哝。折末官高一品,禄享千钟。

〔尾声〕我不想声闻在人世间,名标在史记中。你把我主人公葬在麒麟冢。谁受你微买人情赵王宠。(自刎下)

此剧写在春秋末期晋国六卿之间的一场斗争中,豫让为智伯复仇的故事。

【忠义士豫让吞炭】

杂剧第一、二折写智伯在灭了范氏和中行氏二家之后,又企图铲除韩、赵、魏三卿,结果被三家联合挫败,智伯本人也被赵襄子杀死。第三、四折写智伯家臣豫让漆身吞炭为智伯报仇。其本事,见诸《史记·刺客列传》。豫让作为忠于智伯的家臣,他反对智伯兴兵侵夺赵襄子领地,并预言智伯将落得个"有国不能投,有家应难奔"的下场。他冒死进谏,而智伯拒不采纳。结果,正如豫让所预料,智伯惨败,身死人手,赵襄子"还将他首骨漆作饮器"。豫让以忠贞自励,认为"既为人臣,受人之禄,敢私其身?我主人以国士遇我,非群流比,某当以死报!"于是,身藏匕首,行刺赵襄子。结果失败,被捉拿。而赵襄子认为豫让"为主报仇",乃"义士"之为,决定把他放了。豫让表示还要继续设法报仇。他为了使赵襄子不再能辨认出他的面貌声音,"漆身为癞,吞炭为哑(吞炭破坏自己的声带,改变说话的声音),且妆风魔,行乞于市",决心要"将赵襄子的玉殿金门,都变作折碑断冢"。结果仍被赵襄子认出并拿获。最后,尽管赵襄子把豫让当成一个"义士",不欲杀他,并满足豫让的要求,脱下自己的衣服,让他以剑"锉"之,象征性地报了仇,但是,豫让仍自刎以谢智伯知遇之恩。〔耍孩儿〕等四支曲子,表现的就是这个结局,也是全剧的高潮。

〔耍孩儿〕一曲,是豫让对赵襄子的大胆控诉。"今日个会兵机的襄子夸英勇,显的没下梢的将军落空"。两句中,如果说前一句是讥讽赵襄子今日的得意,那么,后一句则是惋惜他的主人智伯的下场。而这支曲子的核心是控诉赵襄子不仅在乱军中把智伯杀死,而且"划地漆头为器斟琼液"。"划地"二字,可解作没来由,平白无故,而在这里,更重要的是表现出豫让愤怒的语气,——对赵襄子"漆头为器"的极大愤慨。接着,作者又化用晏几道〔鹧鸪天〕词中"彩袖殷勤捧玉钟"之句,以表现豫让对赵襄子的嘲讽。这是豫让最痛心的事情,只要一想到它,哪怕还没有说出来,就已经痛心疾首——即所谓"未出语心先痛!"因此,在这一曲之终,他唱出了八个字:"杀人可恕,情理难容",概括了他的全部的思想感情。

〔三煞〕一曲，是豫让伴着剑锉赵襄子的衣服的动作而唱出的。"豁不了我这满腹冤"三句，实际上后两句是"因"，前一句是"果"，正因为他想到主人智伯半世功业付诸东流（"干休了"），在"独力难敌众"的形势下残败被杀，所以他才有"这满腹冤"无法排遣（"豁不了"）的痛苦。在这无可奈何的情势下，他"烂锉了这件衣服"，以这象征性的动作"报了俺主公"。他感到，"虽不能够碎分肢体诛了襄子"，但总算可以心安理得了，于是有最后的"下埋黄土，仰问苍空"的慨叹。这里，也透露了豫让决心献身的打算。

尽管豫让欲杀赵襄子之心如此之切，但赵襄子仍然以"义士"视之，并表示"你今替我为臣，富贵共之"。这里，一方面表现了赵襄子的宽宏和对义士的渴慕，另一方面，更重要的是表现豫让不事二主的态度。〔二煞〕一曲，就是这种精神的集中表现。首先，他唱出了要以"士为知己者死，女为悦己者容"作为自己的道德准则；接着，表明自己决不做被"诸侯烈士每（们）相讥讽"的人，因此也决不会"躬身叉手"向赵襄子投降，而宁愿被杀。"睁眼舒头"四字，表现了他将以无所畏惧的态度慷慨"就义"。最后，"枉了你"三句，是对赵襄子"替我为臣，富贵共之"的正面回答。他把赵襄子劝降的话，斥为"闲唧哝"（废话），进而向赵襄子表明：任凭你说什么"官高一品，禄享千钟"，我豫让则全然不放在心上！

豫让的这一连串的表现，事实上已经决定了他的最后的命运：唯以一死了结。〔尾声〕一曲，就表现了他对"死"的态度：他并不想以一死而邀名于人间，传名于后世，而且他鉴于赵襄子一再赞许他为义士，他预料或有厚葬之举，但他认为这是"徼买人情"，所以，特别表示，决不接受。他唯一的要求，就是把他的"主人公"葬在"麒麟冢"。此曲终了，豫让遂自刎而亡。

剧本对豫让的忠烈，显然是歌颂的。不仅写他为主报仇，不惜漆身吞炭，而且还写他不受利诱，忠贞不二，最后献身。这些，都是中国古代为人臣者的最高的道德典范。作者杨梓,作为封建社会的一位杂剧作家,对这些行为加以歌颂,当然是可以理解的。但是豫让为之尽忠献身的"主公",却是无道的智伯;而豫让要刺杀的仇人,却又是道德政绩高于智伯的赵襄子。这样,如何评价豫让的"忠义",就是一个比较复杂的问题了。对此,杨梓并没有简单化,而是如实描写,并不讳饰。这就使得此剧具有一定的思想深度,从而使后世读者可以对豫让忠义的愚昧性一面有所认识。

〔耍孩儿〕等四支曲子,作为全剧最后的唱段,集中表现了豫让的思想和性格。全部唱词,都是性格化的语言,正如《远山堂剧品》所论:"此剧极肖口吻,遂使神情逼现。"而更应特别指出的是,这几支曲子的写法,并不是单纯的以唱段表述思想和感情——犹如咏叹调那样;而是使唱段与一系列戏剧动作紧密配合,从而增强戏剧性,并形成全剧的高潮。这一点,正是这几支曲子的艺术特色。请看,〔耍孩儿〕一曲主要写豫让痛斥赵襄子"杀人可恕,情理难容";而〔三煞〕则是紧紧扣住以剑锉衣的动作而唱出的;〔二煞〕是对赵襄子提出的"替我为臣,富贵共之"的回答,这也包含着动作性;〔尾声〕是与自刎动作紧相连结的。这种与戏剧动作紧密配合的曲子,不仅不会影响思想感情的表达,相反,正可增加曲子的表现力。例如,正是在"锉衣"之后才唱出了"下埋黄土,仰问苍空",所以,这两句,就更具有悲壮苍凉的韵味;最后,唱出"谁受你徼买人情赵王宠"一句之后,紧接"自刎",使这一句唱词更充分地显示了对赵襄子的轻蔑以及他自己视死如归的气概。总之,这四支曲子所创造的悲壮的气氛正得力于"锉衣"和"自刎"等一系列动作。就戏剧艺术手法而言,这是应该充分予以肯定的。

(段启明)

【忠义士豫让吞炭】

元曲鉴赏辞典

693

功臣宴敬德不伏老

杨 梓

第 一 折

〔那吒令〕知尉迟,辕门外的众军;讲尉迟,普天下的万民;潜尉迟,是你这样小人。我将这鏖战册件件与你观,功劳簿桩桩与你论,那其间便见得元勋。

〔鹊踏枝〕我也曾在沙场上领着敌军,舍着残生;我也曾楂鼓夺旗,抓将挟人;我也曾杀得败残兵骨碌碌人头乱滚,磕可可热血相喷。

〔寄生草〕太平时文胜似武,事急也武胜似文。我也曾苦相持恶战讨遭危困,扶持的国家安天下定狼烟静,生熬的剑锋缺鞭节曲枪尖钝。我只待要一心儿分破帝王忧,只我这两条眉锁江山恨。

〔六幺序〕想为官的如骑着虎,他用人似积薪,教后来人在上居尊,李道宗这厮呵他非武非文,他曾立甚么功勋? 怎敢欺侮俺开国的功臣? 他走将来上首头无些谦逊,论功处谁敢欺人。若不是军师救了咱危困,他须是一枝一叶,俺须是四海他人。

〔幺篇〕他不索胡云,休论,我性不容人,拳打了谗臣,恁般生

【功臣宴敬德不伏老】

嗔,若不是军师可便劝准。我没来由献甚么勤?知他是君负其臣,臣负其君?若留得恶楚强秦,怎生便敢诛了韩信?古人言信不虚云。想淮阴与鄂国咱两个同时运,一任那渔樵闲话,少不得青史标名。

这是杨梓《敬德不伏老》杂剧第一折的五支曲子,曲文据《元曲选外编》所用明传奇《金貂记》附刻本,并用明赵琦美脉望馆抄本作了校订。郑振铎编《世界文库》第二册首刊此剧,曾作说明:"间有阙佚之处,惜无他本可补。"盖彼时尚未见脉望馆抄本之故。刻本与抄本一加对勘,便看出刻本确实存在许多讹脱之处。兹举其荦荦大端,如这里所选第一折〔六幺序〕及其〔幺篇〕,皆误题〔前腔〕,第二折缺〔耍孩儿〕及〔煞〕三支共四曲,第四折缺〔驻马听〕〔乔牌儿〕二曲。刻本第一、二、四折折末有下场诗四句或二句,而抄本无之;抄本剧末有题目正名,而刻本无之;都应从抄本,方合于元杂剧体例。至于刻本字句讹脱,多可用抄本校改。但抄本也有不足之处,第四折删去〔沽美酒〕〔太平令〕,尾声另换曲文,叶韵与全套韵部不合,又均应以刻本为准。

《敬德不伏老》写尉迟敬德获罪被贬、立功复职的故事,剧中充满了喜剧性的场面,主人公尉迟敬德是一个具有喜剧性格的人物。尉迟敬德,名恭,以字行,隋末归唐,战功卓著,封鄂国公,凌烟阁画像列第七。杜甫《丹青引》:"凌烟功臣少颜色,将军(画家曹霸)下笔开生面……褒公、鄂公毛发动,英姿飒爽犹酣战。"封演《封氏闻见记》:"大历中,太原节度使辛云京葬日,诸道使人修祭。范阳祭盘最高大,刻木为尉迟鄂公突厥斗将之象,机关动作,不异如生。"曲中所说"鏖战册"(一作"恶战图"),在尉迟敬德死后,还都从曹霸的画页与范阳木雕像中再现出来。他真不愧是唐王朝的开国元勋。元杂剧中以尉迟敬德为主角的剧本很多，是个热门戏。在现存的五种有关杂剧中，杨梓的《敬德不伏老》是颇具特色的。

戏在功臣筵宴的热烈气氛中开场。这是一次隆重而严肃的宴会。殿头官房玄龄为主宴官，军师徐茂公为压宴官，奉圣旨宣布宴会纪律："有功者上首而坐，簪花饮酒；功少者下位而次之，只饮酒，不簪花。"又"敕赐宝剑金牌，如有搅闹功臣筵宴者，先斩后奏"。唐家十路总管先后到来，只等尉迟敬德和秦叔宝两位老将军来行酒定坐位。尉迟敬德尊秦叔宝为头，秦叔宝尊尉迟敬德有擎天手段。两人正相互谦逊之时，皇叔李道宗径直走来，上首坐定，却说："这酒该我饮！该我簪花！"又说："一杯酒吃了便罢！甚么上首头，下首头？"李道宗凭什么敢如此放肆？他有什么功劳可言？竟来"搅闹功臣筵宴"！尉迟敬德如何能忍受得了，于是，举拳相惩。这里所选几曲便是此时敬德所唱。看这几支曲子，首先得弄清，李道宗为什么敢居高自傲，无视功臣？这里牵涉到封建社会皇家与功臣的关系问题。在封建社会，所谓功臣云者，汉高祖刘邦大封功臣时早已作过解释："今诸君徒能得走兽耳，功狗也。"这真是一句名言。功臣听着：功臣在消灭群雄、建立王朝的统一战争中，是立过功的，有的人功还很大，但不管功多大，都不过是皇帝的"功狗"。皇帝才是主人。推而论之，皇叔也该是这些"功狗"的主人之一。所以李道宗在功臣筵宴上坐首位，他是心安理得的。尉迟敬德头脑发热，却以功臣自居，不曾懂得这个天经地义的大道理，他受不了李道宗对功臣的蔑视，所以打落他两个门牙，聊示薄惩。

李道宗被打，才意识到这是功臣筵宴，但又不甘下风，故反问尉迟敬德："我问你有甚么功来？"这一问就更激起了尉迟敬德的恼怒，说："我有功无功瞒不过三等人。"接着便唱了〔那吒令〕曲。首二句说：第一等人是部下的军士，他们共同对敌作战，出生入死，主将的赫赫战功是亲眼所见；第二等人是普天下的人民大众，他们到处宣讲着尉迟敬德勇猛杀敌的事迹。可是还有第三等人持不同看法，像李道宗，凭着他是皇亲国戚，无功受禄，别人有了功劳就构成对他的威胁，这是嫉贤害能的小人。曲辞作此对比，李道宗的丑恶灵魂就被深一层地挖掘出来了。

〔鹊踏枝〕曲接着展开对敬德功劳的具体描述："我也曾在沙场上领着敌军，舍着残生"和敌人作战。"领着敌军"说得妙，意指敌军听他指挥，前来送死。"揸鼓夺旗，抓将挟人"，夺取敌人旗鼓，俘获敌军将领。"骨碌碌人头乱滚，磣可可热血相喷"，极言杀人惨状，元曲中常用语。因为他有这些功绩，所以只有他最有资格坐首位，簪花饮酒。痛打李道宗正是为了维护功臣筵宴的严肃性，为了维护功臣的尊严。

皇叔被打，自然不肯干罢善休，故向主宴官案前告状。主宴官房玄龄宣判："尉迟！为何打落道宗二齿？是何道理！可不道有功虽仇必赏，有过虽辱难饶。拿去斩讫报来！"秉公断案，毫不徇情。皇叔的两粒门牙，要用功臣的一颗人头去抵偿。门牙是主子的门牙，人头不过是"功狗"的狗头，还不够公平吗？李道宗无功争坐，不处以"搅闹功臣筵宴"之罪；而尉迟敬德惩罚了李道宗，却判死刑，本来是褒赏功臣的宴席，现在却变为杀戮功臣的屠场。至此，尉迟敬德仿佛如梦初醒，慨叹道："敬德，如今太平时世，不用你了！"唱〔寄生草〕一曲。首二句是个警句："太平时文胜似武，事急也武胜似文。"国家太平，需要文治，重用文臣；形势危急，需要武功，便重用武人。文武二者，交替使用，相互为用。这里的"文"，并不是指李道宗，下文说道宗"非武非文"，什么也说不上。这个"文"是指房玄龄，其为文臣，却操武人的生杀大权。正合"太平时文胜似武"。以下三句紧承此意脉，极言武功之意义：国家安定，烽烟不举，乃是战争胜利所造成。这些缺锋的剑，扭曲的鞭，钝尖的枪，是将士出生入死的名言。末二句："分破帝王忧"引伯颜〔喜春来〕曲中语，这是封建时代忠君报国之套话；"眉锁江山恨"，为国事怀恨，国家的恨事就是自己的恨事。总言之，就是忠心报主，以身许国的意思。言外之意,杀戮功臣,不仅不公正,且愚蠢之极。

尉迟敬德打李道宗,史有其事。《旧唐书·尉迟敬德传》:"(敬德)尝侍宴庆善宫,时有班在其上者。敬德怒曰:'汝有何功,合在我上?'任城王道宗次其下,因解喻之。敬德勃然拳殴道宗,目几至眇。太宗不怿而罢,谓敬德曰:'朕览汉史,见高祖功臣获全者少,意常尤之。及居大位以来,常欲保全功臣,令子孙无绝。然卿居官,辄犯宪法,方知韩、彭夷戮,非汉祖之愆。国家大事,唯赏与罚,非分之恩,不可数行,勉自修饬,无贻后悔也。'"这个故事,几经展转,李道宗成了一个反面人物,实在有些委屈。而本剧则借题发挥,意味倒深了一层。剧中尉迟敬德被判死刑,倒也不失唐太宗原意,唐太宗心中也曾动过杀念,认为"韩、彭夷戮,非汉祖之愆",不过唐宗究竟比汉祖宽大得多,毕竟没有将功臣作走狗以烹。

本剧或借鉴史实,将尉迟敬德的死刑改判。房玄龄免去敬德一死,贬去职田庄做个庶民百姓。说罢,"回圣上话去也"。敬德接着唱〔六幺序〕及〔幺篇〕二曲。〔六幺序〕首三句分两层意思:一是"想为官的如骑虎",这是"骑虎难下"的歇后语。为官能上不能下,官职上升是光荣,官位下降是耻辱,世情冷暖,历来如此。另一层意思是:"他用人似积薪,教后来人在上居尊。"这是"后来居上"的成语,指新进者位居老辈之上。尉迟敬德有一种失落感,性命虽然保全,而"佐国之志"却难以再伸。以下几句又借斥李道宗而议论。李道宗非文非武,无功无能,凭什么上坐欺人?最后道破真情:"他须是一枝一叶,俺须是四海他人。"枝叶,比喻宗法血缘关系。关汉卿《单刀会》第四折:"则你这东吴国的孙权,和俺刘家却是甚枝叶?"《拜月亭》第三折:"俺父母多宗派,您昆仲无枝叶。"都是这个意思。"四海他人"是指关系疏远。尉迟敬德虽是功臣,但与皇亲相比,却有天渊之别,这就又回到本剧皇家与功臣关系的核心问题上来了。〔幺篇〕更大胆、更尖锐,矛头直指皇帝。"他"即指皇帝而言。"胡云","休论",都指皇命。

即使打了李道宗，也用不着"恁般生嗔"。"若不是军师可便劝准"这句话没有说完，军师徐茂公有一句插白："将军，你辞一辞去波！"意思是教他向皇帝感谢不杀之恩。尉迟敬德却不去献这份殷勤。将他削职为民，是"君负其臣"，还是"臣负其君"，尚有待于公允判断。唐太宗不是认为"韩、彭夷戮，非汉祖之愆"吗？尉迟敬德针锋相对地说："若留得个恶楚强秦，怎生便敢诛了韩信？"下一句"古人言信不虚云"，古人什么"言"没有点明，不妨一补："鸟尽弓藏，兔死狗烹。"这就是"功狗"的悲剧。尉迟敬德和韩信的下场，"尽入渔樵闲话"，历史记载也只供后人凭吊罢了。

此后一曲是尾声，第一折结束。

本折表现的故事和意义是深刻的。但话又说回来，皇家与"功狗"关系也还只是表面现象。愤世嫉俗，有感官场险恶而隐退全身，是元代文人的流行思想，这里不过是借历史故事，取愤世嫉俗胸怀之一瓢饮罢了。其实，元文人何尝不想建功立业。本剧末敬德又领命出征破敌，官复原位，则不妨看作是文人的虚幻理想而已。

一般元杂剧，高潮多在第三折，或有推迟到第四折的。本剧第一折即出现高潮，矛盾激化，达到顶点，令观众精神为之一振。这种结构布局，在元杂剧中颇为少见。在这一折里，主人公尉迟敬德从功臣宴首席上坐的殊荣，跌落到死亡边缘和贬谪困境的深渊，落差可谓大矣，而尉迟敬德在逆境中反激的火花，则更耀人眼目。剧中利用反差结构，斗争的矛头级级上指，最后直指向最高统治者而丝毫无所顾忌，这只有在元人舞台上才能看得到。这一折语言也颇见精彩。〔那吒令〕格律要求，开头平列三个排句，曲中用以写出三等人的各别表现，文情配合无间。〔寄生草〕开头二句，三字或五字对；末二句七字对，中间三句鼎足对，有一种整齐对称之美。鼎足对三句，各用三个短语组成长句，显得特别端庄厚重，极有分量。〔六幺序〕及其〔幺篇〕，点化成语，自然合律；又多用散文句式，如行云流水，舒卷自如，几使人忘却北曲格律的严谨规制。造语则质朴而又泼辣，本色而有风趣，险象丛生，而出以嬉笑怒骂，从而塑造了粗豪憨厚的喜剧性格，堪称元杂剧本色派的上乘之作。

（徐沁君）

功臣宴敬德不伏老

杨梓

第 三 折

〔耍三台〕你须知咱名讳，尽忠心天知地知。这一场小可如美良川交兵的手段，御科园单鞭夺槊的雄威。小可如牛口谷鞭伏了窦建德，小可如下河东与刘黑闼相持。你看我再施逞生擒王世充的英雄，你看我重施展活捉雷世猛当时的气力。

〔幺篇〕我老只老呵，老了咱些年纪。老只老呵，老不了我胸中武艺。老只老呵，老不了我龙韬虎略。老只老呵，老不了我妙策神机。老只老呵，老不了我一片忠心贯日。老只老呵，尚兀自万夫难敌。（徐云）老将军，你便索要去，只怕你老了去不得。（末唱）俺老只老，止不过添了些雪鬓霜髭。老只老，又不曾驼腰曲背。

〔尾声〕老只老呵，只我这水磨鞭不曾长出些白髭须，量这厮何须咱费力。（带云）你看这厮，明日在垓心里，绰见我那铁扑头，红抹额，乌油甲，皂罗袍。

【功臣宴敬德不伏老】

(唱)他便跳下马受绳缚,着这厮卷了旗,卸了甲,收了军,拱手儿降俺这大唐国。

《不伏老》杂剧写唐初功臣尉迟恭(字敬德)故事。唐太宗设功臣宴,皇叔李道宗无功而抢占上座,尉迟恭怒而打落其门牙,被削职为民。三年后,高丽国入犯,尉迟恭闻讯假装中风。徐茂功奉命前去探视,尉迟恭称病辞召。徐茂功派小军到尉迟恭家中骚扰,尉迟恭怒而动武。徐茂功乘机揭穿其装病,并用激将法激其挂帅出征。此剧第一折有高腔改编本《敬德打朝》,第二折至今犹有以《诈疯》之名的演出。

从〔耍三台〕至〔尾声〕三曲,写徐茂功以巧计揭穿尉迟恭装病之后,尉迟恭回忆往日英雄业绩,激发了杀敌报国的豪情,决心跃马出征。〔耍三台〕历举过去的英雄事迹。投唐之前,他曾追杀李世民至美良川,与保驾的秦琼打了个平手。投唐之后,李世民被单雄信追赶,尉迟恭正在御科园(或作榆科园)涧中洗马,他单鞭赤身,一手把单雄信的槊夺过来,救了李世民。他还曾在牛口谷打败窦建德(史载窦建德与李世民战,兵败逃至牛口谷,无尉迟恭打败窦建德事),于河东与刘黑闼相持,并曾生擒王世充,活捉雷世猛。(此三事史书无载)而这一切都不过是小可(轻而易举)之事。这些事迹固然表现了尉迟恭的高超本领和英雄气概,同时也表现了他的"忠心"。正是以这两点作基础,徐茂功的激将法才有可能起作用。徐茂功对此深深了解,因此故意以"今日年纪高大了"相激。于是尉迟恭在〔幺篇〕一曲中又力陈自己年纪虽老但仍有战胜敌人的充分条件。一是年纪老而胸中武艺不老,二是年纪老而龙韬虎略、妙策神机不老,三是年纪老而一片忠心不老,四是年纪老而身体尚健,并不曾驼腰曲背。从武到文,从精神到身体,都足以杀敌致胜。因此接着用〔尾声〕一曲表达了出征必胜的信心:不须费力,敌人就会下马受缚,收兵投降。这短短的三支曲子把尉迟恭的英雄气概、不伏老的精神和忠心报国的思想写得生气勃勃,十分鲜明突出。尉迟恭为大唐江山立下了汗马功劳,但却遭到皇族欺侮,革职为民,几至丧命。因此他深感为官之凶险,决心急流勇退,在职田庄过太平日子。但他那豪迈坚强的英雄气概、争强好胜的鲜明个性和精诚报国的赤胆忠心,毕竟没有泯灭,一有机会就会迸发出来。他也曾竭力压制掩饰,甚至叫他的夫人提醒,但在大敌当前和徐茂功的激发下,那英雄本色的一面终于还是暴露出来。于是,他抛开个人恩怨,以七十高龄,为了国家跃马出征了。尉迟恭的形象是光辉动人的,同时又是十分丰满复杂、真实亲切的。这一个性鲜明的形象是作者的成功创造,在元杂剧中别开生面。

《不伏老》第三折把两个性格相反的人物放在一起,让尉迟恭这个憨直、鲁莽的硬汉子在足智多谋的徐茂功面前装疯弄假,妙趣横生。〔耍三台〕到〔尾声〕这一段文字也是把二人加以对照描写,很有戏剧性。徐茂功对尉迟恭的思想性格了如指掌,对他的装病也已摸清底细,这个足智多谋的军师不动声色地故意以“老将军年老也”相激,而个性倔强、豪爽憨直的武将尉迟恭则满腔激情地历述他当年的英雄事迹,热血沸腾,决心再展雄威,徐茂功故意说“你那时年纪小”,“今日年纪高大了”,尉迟恭则更加奋发,决不伏老,激动地反复力陈尚有足够的力量,完全能够战胜敌人。一个在激将,一个被激;一个是假,一个当真;一个平静,一个激烈。这样对照写来,兴味盎然;同时也使两个人物形象(特别是尉迟恭的形象)更加鲜明突出。应该指出,这个饶有风趣的戏剧场面是以人物的思想性格为内在依据而构成的。徐茂功老谋深算,对尉迟恭深为了解,才使用了激将法。尉迟恭的赤胆忠心,英雄本色,粗豪、爽直、争强好胜的个性,才使他被激。戏剧场面以人物性格为基础,同时又使人物性格得到鲜明的展现,因此才使人感到真实自然。这正是作者的高明之处。它和那种单纯为了吸引观众而编造情节的做法是完全不同的。

这段文字的语言本色、豪放,十分个性化。作品运用了大量的排比句式。一方面大力铺排当年的英雄事迹,一句句如连珠炮一般铿锵有力,突出了尉迟恭被激发起来的雄心和激动心情;另一方面连续使用"老只老呵,老不了"的句式,情急气促,充分强调了尉迟恭不伏老的精神和急切心情;最后讲到战场厮杀又铺排了一系列简短的词语和句子,如"明日在垓心里,绰见我那铁扑头,红抹额,乌油甲,皂罗袍","着这厮卷了旗,卸了甲,收了军,拱手儿降俺这大唐国"。简短利落,斩钉截铁,表现了不容置疑的我必胜、敌必败的坚定信心。因此作品中的排比句式造成了作品语言浩荡淋漓的豪放风格,而这又与尉迟恭的性格完全一致。作品中"你须知咱名讳"、"小可如"、"你看我"等充满自负自信的英雄气概,而"只我这水磨鞭不曾长出白髭须"又颇为幽默风趣。这些语言都带有尉迟恭鲜明的个性特点。因此,作品在语言的个性化方面也是十分成功的。

(许金榜)

【作者小传】

王伯成

涿州(州治今河北涿县涿州镇)人。与马致远为"忘年交"。与张仁卿交往甚密。所作杂剧今知有三种。现存《贬夜郎》一种;《兴刘灭项》仅存残曲。散曲现存套数三套,小令二首。另作有《天宝遗事》诸宫调,现仅存残曲。

李太白贬夜郎

王伯成

第 一 折

〔六幺序〕何时静,尽日狂,但行处酒债寻常。褪尽黄粱,典尽衣裳，知他在谁家里也琴剑书箱！这酒似长江后浪催前浪，洒歌楼醉墨琳琅。笔尖儿鼓角声悲壮，驱雷霆号令，焕星斗文章。

《李太白贬夜郎》一剧，见于《元刊杂剧三十种》，作品以史载及传说中李白醉写答蛮书直到参加永王璘幕府而贬夜郎为线索，以传说中安禄山、杨玉环的暧昧关系为背景，再加以剧作者的改动敷衍而成。此剧现仅存曲词和简单的科白。情节大意是：李白到长安，受唐明皇召见，醉草吓蛮书，赋词，由杨妃捧砚，力士脱靴。以后又两次受召见。李白察觉安禄山和杨贵妃有私情，并预见禄山将来必反，因而得罪杨妃，流放夜郎。李白在江边饮酒徘徊，醉中捞月而落水，龙王设宴招待酒中仙。

这里选的〔六幺序〕，是第一折中的一支曲子。戏剧背景是：李白被宣召到金銮殿，乘醉写了吓蛮书，唐明皇赞赏之余，问他几时才不吃酒，他答："陛下问微臣，直到几时不吃酒？"接着便唱了这首曲子。

"何时静"二句，意思是说：你问我什么时候静下来不吃酒嘛，那可没有这么一天；我是每天每时都发狂地吃酒的，到处欠下酒债是件寻常的事。"行处酒债寻常"句出自杜甫《曲江》诗："酒债寻常行处有。"表现出吃酒之多和豪放不羁的性格。李白唱出这句诗，本不可能（因杜甫写《曲江》诗已是安史乱后），但元杂剧对借用前人之句这类写法从不拘泥，只要能写出剧中人的精神面貌就行。

"粜尽黄粱"三句，紧承上文，写酒债的偿付办法，是卖掉粮食衣服和琴剑书籍。不说典卖"琴剑书箱"而说不知这些东西落在谁家里，说得风趣，又带点惋惜，表达得很艺术。

【李太白贬夜郎】

"这酒似"以下五句,意说他喝了酒就文思汹涌,醉墨琳琅,写出很有生气的文章。"长江后浪催前浪"是宋元时的成语,宋刘斧《青琐高议》前集卷七《孙氏记》:"我闻古人之诗曰:'长江后浪催前浪,浮世新人换旧人。'"宋元南戏、杂剧中多有此语。其本意说的是人生和世事的新陈代谢,但这里却用来表现吃酒以后文思的汹涌不绝,从而为下面四句作引子,下面几句用悲壮的鼓角声,迅猛的雷霆,璀璨的星斗,来多方面形容李白文思汹涌之际"笔尖儿"底下写出的文章,且其文所以具阳刚之气而豪放劲健,都得力于酒——这就是李白的为人,这就是李白文章的风格!

这支曲,不但写出了李白喜欢吃酒的性格,还写出了他在皇帝面前傲岸狂放的性格。李白的喜欢喝酒,是对现实不满的发泄,是借酒浇愁的表现。本折〔鹊踏枝〕曲云:"欲要臣不颠狂,不荒唐,咫尺舞破中原,祸起萧墙。再整理乾坤纪纲,恁时节有个商量。"所以这里写李白沉醉上殿,醉草蛮书,还回答皇帝说要尽日狂醉,说醉后才能写出好文章,都是在发泄他心中的抑塞不平。曲词写得气势豪壮,一气呵成,很有力量。

(洪柏昭)

李太白贬夜郎

王伯成

第 四 折

〔殿前欢〕酒如川,鹭鸥长聚武陵源,鸳鸯不锁黄金殿,绿蓑衣带雨和烟。酒里坐,酒里眠。红蓼岸,黄芦堰,更压着金马门,琼林宴。岸边学渊明种柳,水面学太乙浮莲。

李白唱这支曲子的戏剧背景是：他得罪了安禄山、杨贵妃，被流放夜郎，"自休官，从遭贬，早递流了水地三千。""一年半年，浪淘尽尘埃满面。"遇赦归来后，虽不无感伤，但他生性豁达，并未因此消沉，反而更加放旷、纵情诗酒。一个月明之夜，他来到江边，乘醉抒怀，这支曲子即此时所咏唱。

"酒如川"四句，写他豪饮和向往归隐。他把自己比为长聚在"武陵源"中的鸥鹭和自由自在的鸳鸯，希望能穿着绿蓑衣在烟雨中来往。"武陵源"典出陶渊明《桃花源记并诗》，即桃花源，其地在武陵，是人所熟知的一种虚构的理想王国。"绿蓑衣"一句出自唐人张志和〔渔歌子〕词："青箬笠，绿蓑衣，斜风细雨不须归。"因其情境典型，后即用以指称隐士生涯。远离朝廷，与世无争，终日饮酒，无拘无束，即是剧中人李白此时此刻所追求的理想生活。

"酒里坐"二句，以重复的手法强调自己终日与酒为伴，一刻也离不开酒。"红蓼岸"以下四句，是说隐居生活比功名富贵好。红蓼、黄芦，水边野生植物。长满红蓼的江岸和遍布黄芦的堤堰当然是乡野风光了；"金马门"，汉代宫门名，门旁有铜马，故名。"琼林宴"，宋代曾赐宴新进士于汴京城西的琼林苑，故称。此以金马门、琼林宴指代仕宦之路。一个"压"字用得极好，形象地表明了李白向往田园、鄙夷朝阙的思想。

末两句，是说他要学古人归隐。陶渊明在《五柳先生传》中说他"宅边有五柳树"，"岸边"句即说要步陶后尘；太乙，传说是黄帝时的真人，修炼得道而长生不死。后被道教奉为神仙，相传他曾卧于一莲叶中读书，北宋名画家李公麟绘其情形为《太乙真人图》，本曲末句谓"浮莲"，即云要学太乙逍遥、卧莲叶而读书。

这段曲词，充分表现出李白渴望归隐和借酒消愁的心情。饱尝了失败挫折，历尽了忧患沧桑之后，他是渴望着避世和超脱了：这是符合李白晚年心境的。曲词反复申述的都是同样的内容，但画面形象和句式有变化，读来使人感到淋漓尽致,而无重复枯燥之感。

(洪柏昭)

〔作者小传〕

岳伯川

济南(今属山东)人,一说镇江(今属江苏)人。所作杂剧今知有两种:《铁拐李岳》现存;《杨贵妃》仅存曲词残篇。

吕洞宾度铁拐李岳

岳伯川

第 一 折

〔混江龙〕想前日解来强盗,都只为昧心钱买转了这管紫霜毫,减一笔教当刑的责断,添一笔教为从的该敲。这一管扭曲作直取状笔,更狠似图财致命杀人刀。出来的都关来节去,私多公少。可曾有一件儿合天道!他每都指山卖磨,将百姓画地为牢。

《铁拐李岳》写郑州孔目岳寿把持衙门大权,吕洞宾劝他出家修道,被他高吊起来。廉访相公韩魏公来此私访,放了吕洞宾,被捉住审问。岳寿与手下人又对韩夸耀权势,敲诈勒索。韩亮出金牌,岳寿惊吓成疾而死。吕洞宾在阎王面前救岳寿为弟子。但其尸首已被焚化,便让其借一屠户瘸子小李屠之尸还魂。岳、李两家争夺还魂后的岳寿,相持不下,吕洞宾乃度脱其出家而去。元代全真教盛行,神仙道化剧很多。本剧亦系神仙道化剧之一。但不能认为剧本通过吕洞宾劝说作恶多端的岳寿出家修道，表现了对统治阶级弃恶从善的劝诫；而生时心眼不正的岳寿，死后还魂于一个瘸子，对作恶多端的权势者乃是一种幽默而辛辣的讽刺。作品通过岳寿的自我表白，淋漓尽致地揭露了官府的黑暗、悍吏的狡诈以及人民遭受肆意摧残的困难。因此，这个剧本包含有深刻的现实内容。

〔混江龙〕一曲为岳寿所唱，但实际上却是作者借其口而就中牟县解来的囚人一案发抒感慨。中牟县官吏"受了钱物，将那为从的写做为首的，为首的改做为从的，来到咱这衙门中"。因此，岳寿的唱词中道："想前日解来强盗，都只为昧心钱买转了这管紫霜毫，减一笔教当刑的责断，添一笔教为从的该敲。""紫霜毫"即用紫色兔毛做的毛笔。官吏们受了贿赂，手中的笔便歪曲事实，颠倒是非。他们把主犯罪行减去一笔，以使其免受责罚；给从犯添上一笔，却使其遭受杖打而死。这一支记取案情的笔真是比杀人刀还要厉害！无辜百姓可以被它杀死，真正的凶犯可以打通关节而获释。金钱，使官吏们昧着良心，徇私舞弊，哪里还有什么公道、天理和王法！更为严重的是，贪赃枉法的并不只是中牟县官吏。正如剧中岳寿说："你那里知道，俺这为吏的，若不贪赃能有几人也呵！"他们的所为，"可曾有一件儿合天道！"官吏个个贪赃，案子件件不公，这就揭示了贪赃枉法乃是一个普遍的社会现象。尤其是元代，元朝政府对食邑的蒙古贵族不给薪俸，"郡邑长吏，听其自用。"(《元史·伯颜传》)而元初又无法可守，"今天下所奉以行者，有例可援，无法可守，官吏因得以并缘为欺。"(陈邦瞻《元史纪事本末》引郑介夫言)这就促使官吏横征暴敛，贪赃受贿，刑滥政虐，冤狱累累。元杂剧中贪官污吏的大量出现和对贪赃枉法的深刻揭露，正是元代社会现实的真实反映。官吏们的卑劣行径，给人民带来了深重的灾难。此曲最后说："他每都指山卖磨，将百姓画地为牢。""指山卖磨"，喻歪曲事实真象、虚假骗人的勾当。官吏们就靠了这种卑劣的行径，将无辜百姓投入牢狱，推入了痛苦的深渊。由此可见,这支曲子对社会现实揭露极为深刻。

此曲围绕一支"取状笔"层层生发,写它如何被收买,怎样添减罪状,扭曲作直,最后归结到它狠似杀人之刀,从而揭露了官府贪赃的内幕和凶残。"笔"是权力的象征,又是官府贪赃枉法、玩弄阴谋的直接工具,抓住它来写就抓住了要害。同时,以"笔"贯串全曲,使全曲结构紧凑,线索清晰。此曲语言极为口语化。衬字、虚词的运用,散体的句式,使之自由灵活。但曲中也有对偶句,加之句末平仄相间的尾字,押韵和谐,读来琅琅上口,抑扬有致,优美动听。曲中的"指山卖磨"系民间俗语,此类词语为诗词所避忌,曲中用之,便觉尖新。"画地为牢"系成语,本义是说在地上画个圈当作牢狱,此曲只用其牢狱之义。元曲借俗写雅、以熟为新的特点,由此亦可见一斑。

(许金榜)

吕洞宾度铁拐李岳

岳伯川

第 三 折

〔庆东原〕为甚我今日身不正,则为我往常心不直。和那鬼魂灵不能勾两脚踏实地。至如省里部里,台里院里,咱只说府里州里,他官人每一个个要为国不为家,怎知道也似我说的行不的。

〔太清歌〕他退猪汤不热如俺浓研的墨,他杀狗刀不快如俺完成笔。他虽是杀生害命为家计,这恶业休提。俺请受了人几文钱改是成非，似这般所为，磣可可的活取民心髓，抵多少猪肝猪蹄。也则是秤大小为生过日，不强似俺着人脓血换人衣。

《铁拐李岳》第三折写岳寿借小李屠之尸还魂后，发现自己成了一个瘸了，感慨万分，并要去家中寻找自己的妻子。

〔庆东原〕一曲即描写岳寿由还魂为瘸子而发出的感慨。他感到自己过去"心不直"，"当初作吏人时，扭曲作直，瞒心昧己，害众成家"，因此"往日罪过，今日折罚"，今日变成了一个"身不正"的瘸子，连灵魂都不能两脚踏地，这也是罪有应得。这虽然是一种因果报应的思想，但却表现了对邪恶者的憎恨。人们看到作恶者的可笑下场，不能不产生一种胜利的喜悦。因此它反映了人民的愿望。当然，"心不直"的不仅是岳寿一人，那些省里、部里、台里、院里、府里、州里的上层、中层官吏也无不如此。然而，这些官吏明明"心不直"，作恶多端，却要装出一副道貌岸然的样子，口口声声标榜自己是"为国不为家"，而事实上，"怎知道也似我说的行不的"！这就揭穿了他们言行不一、欺骗人民的虚伪面目。岳寿"心不直"遭到了报应，那些上层、中层的官吏们不也应该受到惩罚吗？

〔太清歌〕一曲以屠户与官吏联类譬喻，揭露吏人残害人民的罪行。屠户的滚水可以烫退猪毛，不可谓不热，但吏人那浓研的墨水却比那退猪汤还要厉害；屠户那杀狗刀不可谓不快，但吏人那支致人死命的笔却比杀狗刀还要锋利。吏人的笔墨何以如此厉害？因为吏人舞文弄墨，可以随便捏造罪名，陷害百姓。何况，屠户杀生害命只不过是为了维持生计，而吏人却是贪赃枉法，"活取民心髓"，比挖猪肝、砍猪蹄要残忍多了。屠户只不过在秤上搞些骗人的把戏，吏人却是以严刑拷打来掠夺别人的财物。正如岳寿在第二折中所说："你须知我六案间峥嵘了这几年,也曾在饿喉中夺饭吃,冻尸上剥衣穿。"通过这种对比铺叙,吏人的凶残赫然在现,令人怵目惊心。

　　这两支曲子的语言本色通俗,绝无文气。如:"至如省里部里,台里院里,咱只说府里州里,他官人每一个个要为国不为家,怎知道也似我说的行不的。"随口说来,几令人忘其为曲。而且其中连用重字,具有曲的特殊风格。曲中的方言俗语,如"请受",原义为继承,系晚辈对长辈而言,曲中说吏人"请受了人几文钱",便具有幽默的讽刺意味。"碜可可"意为凄惨、悲惨,用以形容"活取民心髓",形象而富于感情色彩。曲中的比喻也很有特色。用退猪汤比墨,用杀狗刀比笔,用猪肝猪蹄比民心髓,都是不登大雅但却生动形象的事物。曲的本色本来就是不避其俗,随手拈来,一变诗词的庄、雅而为曲的谐、俗,令人感到俗得有趣、可爱,具有独特风味。

(许金榜)

康进之

一说姓陈。棣州(今山东惠民)人。生平事迹不详。所作杂剧今知有二种。现存《李逵负荆》一种,堪称元代水浒戏的代表作。《全元散曲》录存其套数一套。

梁山泊李逵负荆

康进之

第　一　折

〔混江龙〕可正是清明时候,却言"风雨替花愁"。和风渐起,暮雨初收。俺则见杨柳半藏沽酒市,桃花深映钓鱼舟。更和这碧粼粼春水波纹绉,有往来社燕,远近沙鸥。

(云)人道我梁山泊无有景致,俺打那厮的嘴!(唱)

〔醉中天〕俺这里雾锁着青山秀,烟罩定绿杨洲。(云)那桃树上一个黄莺儿,将那桃花瓣儿唗啊唗啊,唗的下来,落在水中,是好看也。我曾听的谁说来,我试想咱:哦!想起辛了也,俺学究可可道来。(唱)他道是"轻薄桃花逐水流"。(云)俺绰起这桃花瓣儿来,我试看咱。好红红的桃花瓣儿!(做笑科,云)你看我好黑指头也!(唱)恰便是粉衬的这胭脂透。(云)可惜了你这瓣儿,俺放你趁那一般的瓣儿去。我与你赶,与你赶,贪赶桃花瓣儿。(唱)早来到这草桥店垂杨的渡口。(云)不中,则怕误了俺哥哥的将令,我索回去也。(唱)待不吃呵,又被这酒旗儿将我来相迤逗。他他他,舞东风在曲律竿头。

〔金盏儿〕我这里猛睁眸,他那里巧舌头,是非只为多开口。但半星儿虚谬,恼翻我,怎干休?一把火将你那草团瓢烧成为腐炭,盛酒瓮摔做碎瓷瓯。(带云)绰起俺两把板斧来,(唱)砍折你那蟠根桑枣树,活杀你那阔角水黄牛。

〔赚煞〕管着你目下见仇人,则不要口似无梁斗,一句句言如劈竹。(带云)宋江唻,(唱)不争你这一度风流,倒出了一度丑。誓今番泼水难收。到那里问缘由,怎敢便信口胡诌?则要你肚囊里揣着状本熟。不要你将无来作有,则要你依前来依后。(云)我如今回去,见俺宋公明,数说他这罪过,就着他辞了三十六大伙、七十二小伙,半垓①来小偻儸,同着鲁智深,一径离了山寨,到你庄上。那时节,我若叫你出来,你可休似乌龟一般缩了头,再也不肯出来。(王林云)老汉若不见他,万事休论;我若见了他,我认的他两个,恨不得咬掉他一块肉来,我怎么肯不出见他?(正末云)老王,兀的②不是俺宋江哥哥?他道没也。老儿,俺斗你耍哩。

【梁山泊李逵负荆】

（唱）**你可也休翻做了钀枪头。**

在元杂剧的"水浒戏"中,最为人欣赏的作品,当推康进之的《李逵负荆》。它歌颂了"替天行道救生民"的梁山义军,以及宋江、李逵、鲁智深等好汉除暴安良的英雄行为。在艺术上,它遵循元杂剧的规律,在四折戏中巧妙地运用误会构成了合乎情理的戏剧冲突,成功地刻画了剧中主人公李逵的喜剧性格。发人深思的是,作者不是通过富有传奇色彩的战斗故事描写李逵的为民除害,而是着重写了他所犯的一次错误。剧作一开始就用明场交待了假名托姓的歹徒抢夺了王林的女儿,让观众明知下面的戏文是由王林和李逵的双重误会所引出来的。但通过李逵的踏青、闹山、质对和负荆,全剧仍然悬念迭起,场面热闹,洋溢着幽默机趣,充满了戏剧性。更耐人寻味的是,剧作充分显示了李逵的缺点和过失,观众反而倍加喜爱这个绰号黑旋风的草莽英雄。

第一折,写梁山泊清明节放众兄弟下山,上坟祭扫,踏青赏玩。李逵到王林酒店喝酒,王林向他哭诉,说宋江和鲁智深施用奸计,抢走了他的女儿满堂娇,并拿出红绢褡膊作证。李逵大怒,立即上山找宋江和鲁智深问罪。

李逵带醉上场后,作者并不急于写他的激于义愤,大闹忠义堂。却宕开一笔,让李逵先尽情地欣赏梁山的动人景致。这决非闲笔,而是匠心独具的神来之笔。〔混江龙〕通过李逵的醉眼,渲染了清明时节的梁山春色。李逵不是骚人墨客,故没有"风雨替花愁"的感叹。他那蒙眬醉眼,看到的、欣赏的是:绿杨丛中的小酒店,桃花映红的钓鱼舟,还有那波光粼粼的一江春水,天上飞来飞去的社燕,河上自由自在的沙鸥。多美的大好春光! 李逵由衷地赞美梁山泊的山山水水,花花草草,他为此而感到自豪。"人道我梁山泊无有景致,俺打那厮的嘴!"画龙点睛,这一句插白,点出了李逵对梁山发自肺腑之爱,以及他那天真可爱又急躁粗莽的性格。〔醉中天〕继续从李逵的醉眼描绘梁山的春天好景致:

烟雾弥漫中的青山,绿杨满地的洲渚,显得分外秀丽。但作者并不停留在静态的抒情性的描绘上,而是选择典型细节,通过李逵的动作,从另一个侧面表现了梁山风光之美,以及李逵性格之美。李逵观察、玩味黄莺儿的唼桃花瓣儿,以及他一见随风飘扬的酒旗,就难以抑制"吃个烂醉"的愿望,既增添了喜剧情趣,也有助于人们窥测李逵那天真纯朴的内心世界。最有意思的是,被黄莺儿唼得落在水中的片片桃花,引起了李逵"惜春"的情思。这个鲁莽汉子居然还能想起智多星吴用吟诵的"轻薄桃花逐水流"的诗句,这已颇具喜剧性;而他不知这是杜甫《漫兴九首》中的名句,却以为是智多星的杰作,这又表现了他的憨直。在这里,作者运用说白、动作和唱词,把李逵式的"葬花"描绘得惟妙惟肖。当他一眼看到弯曲(曲律)的竹竿上,一面酒旗正随风飘舞时,生怕自己不能自控而违犯宋江的戒令,但又经不住酒香的挑逗诱惑。烈性汉子居然也有犹豫踌躇的时候。这些富于喜剧性的描写,真叫人忍俊不禁。

李逵热爱梁山的事业,维护梁山的声誉,当然不止是赞美梁山的景致;更重要的还在于,他把梁山看作"替天行道救生民"的圣地,绝不允许恶人污蔑、诋毁梁山好汉的正义行为。在这个原则问题上,李逵非常敏感,也爱憎分明。李逵和王林原是"每日樽前语话投"的老相识,他对王林的烦恼关怀备至,问这问那,百般安慰。可是,当王林诉说:"则是悔气,(女儿)被一个贼汉夺将去了",顿时李逵翻了脸,痛打王林,斥责道:"你道是贼汉,是我夺了你女孩儿来?"〔金盏儿〕便对此时此地的李逵心态,作了精细的刻画。"猛睁睁"这个面部表情,突出了李逵的无比愤怒,传神地表现了他对"贼汉"二字的强烈反感。他声色俱厉地要王林说个清楚,"但半星儿虚谬",他定要一把火烧掉王林的茅草房(团瓢),打碎屋里的酒瓮器皿;还要抡起两把板斧,砍掉桑枣树,活杀水黄牛。这种一触即发的强烈反应,完全是李逵式的。因为在他看来,王林诬告和辱骂梁山好汉,就是梁山的敌人,理应得到这样的惩罚。〔金盏儿〕具有强烈的动作性,从又一个侧面表现了李逵的性格特征：既热爱梁山事业，又鲁莽粗暴；既爱憎分明，又主观急躁。当王林叙说了满堂娇被宋江和鲁智深抢夺的经过情况，并出示作为"红定"（订婚的礼物）的红褡膊之后，李逵义愤填膺，决定立即赶回山寨，找宋江和鲁智深算账。在〔赚煞〕中，李逵安慰王林，并向他保证：只要你说的是实情，有凭有据（梁斗：有提梁的可以持拿的斗，喻凭据），保管你"目下见仇人"。这里的潜台词是，我李逵决不因为宋江是梁山首领而任其强抢民女，为非作歹。同时，李逵嘲笑宋江，只为（不争）"一度风流"，这次可要出"一度丑"了。你既然做了坏事，如今已"泼水难收"；人证和物证俱在，我上山"问缘由"，不怕你宋江胡诌，抵赖。更妙的是，李逵还特别提醒王林，要心中牢记这告状的本子（状本），说话要前后一致（依前依后），当需要他出来作证时，"可休似乌龟一般缩了头"，"休翻做了镴枪头"（喻中看不中用）；还假装说宋江来了，以试探王林的胆量。〔赚煞〕作为尾声曲，既深化了李逵的性格特征，又为下一折李逵的"闹山"作了埋伏。

明末的著名戏曲家孟称舜尝言："元人之言，在用经典子史而愈韵愈妙，无酸腐气；用方言俗语，而愈雅愈古，无打油气。"（《古今名剧合选·燕青博鱼》批语）《李逵负荆》的戏曲语言，就达到了这样的艺术高度。〔混江龙〕和〔醉中天〕，可说是"用经典子史而愈韵愈妙，无酸腐气"的范例；而〔金盏儿〕和〔赚煞〕，则是"用方言俗语，而愈雅愈古，无打油气"的楷模。京剧《黑旋风李逵》采用了此剧部分情节与语言。

（王永健）

〔注〕 ① 半垓：极言数目之多。《风俗通》云："十兆谓之经，十经谓之垓。" ② 兀的：犹言这。

【梁山泊李逵负荆】

梁山泊李逵负荆

康进之

第 二 折

〔正宫·端正好〕抖搜着黑精神，扎煞开黄髭䰄，则今番不许收拾。俺可也磨拳擦掌，行行里，按不住莽撞心头气。

〔滚绣球〕宋江咮，这是甚所为，甚道理？不知他主着何意，激的我怒气如雷。可不道①他是谁，我是谁，俺两个半生来岂有些嫌隙；到今日却做了日月交食。不争几句闲言语，我则怕恶识多年旧面皮，展转猜疑。

〔倘秀才〕哎！你个刎颈的知交庆喜。(宋江云)庆什么喜？(正末唱)则你那压寨的夫人在那里？(指鲁智深科，云)秃驴，你做的好事来！(唱)打干净球儿不道的②走了你。(宋江云)怎么？智深兄弟，也有你那？(正末唱)强赌当，硬支持，要见个到底。

〔滚绣球〕俺哥哥要娶妻，这秃厮会做媒。(宋江云)智深兄弟，说你曾做什么媒来。(鲁智深云)你看这厮，到下山去喠③了多少酒，醉的来似端不杀的老鼠一般，知他支支的说甚么哩。(正末唱)元来个梁山泊有天无日。(做拔斧斫旗科)(唱)就恨不斫倒这一面黄旗！(众做夺斧科)(宋江云)你这铁牛，有甚么事，也不查个明白，就提起板斧来，要斫倒我杏黄旗，是何道理？(学究云)山儿，你也忒口快心直哩！(正末唱)你道我忒口快，忒心直，还待要献勤出力。(做喊科，云)众兄弟们，都来！(宋江云)都来

【梁山泊李逵负荆】

做甚么？（正末唱）**则不如做个会六亲庆喜的筵席**。（宋江云）做什么筵席？

（正末唱）**走不了你个撮合山师父唐三藏，更和这新女婿郎君，哎，你个柳盗跖，看那个便宜**。

〔一煞〕**则为你两头白面搬兴废，转背言词说是非。这厮敢狗行狼心，虎头蛇尾。不是我节外生枝，囊里盛锥。谁要你夺人爱女，逞己风流，被咱都知**。（宋江云）你看黑牛这村沙样势那。（正末唱）**休怪我村沙样势，平地上起孤堆**。

（宋江云）若不是我呵，我不道的饶了你哩！（正末唱）

〔黄钟尾〕**那怕你指天画地能瞒鬼，步线行针④待哄谁？又不是不精细，又不是不伶俐**。（宋江云）我和你就下山去。（正末唱）**下山寨，到那里，李山儿，共质对，认的真，觑的实，割你头，塞你嘴**。

（宋江云）这铁牛怎敢无礼？（正末唱）**非铁牛敢无礼，既赌赛，怎翻悔？莫说这三十六英雄，一个个都是弟兄辈**。（云）众兄弟每，都来听着！（宋江云）你着他听什么？（正末云）俺如今和宋江、鲁智深同到那杏花庄上，只等那老王林道出一个是字儿，你那做媒的花和尚，休要怪我，一斧分开两个瓢，谁着你拐了一十八岁满堂娇！单把宋江一个留将下，待我亲手伏侍哥哥这一遭。（宋江云）你怎生伏侍我？（正末云）我伏侍你，我伏侍你！一只手揪住衣领，一只手摏⑤住腰带，滴留扑摔个一字；阔脚板踏住胸脯，举起我那板斧来，觑着脖子上，可又！（唱）**便跳出你那七代先灵⑥，也将我来劝不得**。（下）

　　这一折写李逵大闹聚义堂，拔斧砍杏黄旗，矛头直指宋江。李逵的反常言行，引起了宋江的思考，心想其中必有缘故。为了弄清真相，让李逵从错误中吸取教训，便与李逵立下"赌头"军状，下山对质。此折"闹山"和第四折"负荆"，是构成李逵性格的核心动作。"闹山"既说明了李逵的急躁粗莽，更体现了他维护梁山的声誉,疾恶如仇的优秀品质。

〔端正好〕和〔滚绣球〕,突出地描绘了李逵即将与宋江作面对面斗争前的神情动作和心理活动。当他想到自己素日爱戴的宋江哥哥,竟会干出强抢民女的勾当;当他想到王林一家所受到的压迫凌辱,不禁义愤填膺,实在"按不住莽撞心头气",高喊:"梁山泊水不甜人不义!"他一路行来,气得胡须倒竖(扎煞),圆睁怪眼,抖擞精神,磨拳擦掌,决心与宋江进行一番生死搏斗。作者用"黑"字来形容李逵的"精神",并说他的"心头气"带有"莽撞"的特色,实在是奇思妙想,令人一新耳目。清凌廷堪《论曲绝句三十二首》,就有一首赞美了康进之的语言艺术,提到了〔端正好〕。诗云:"语言词气辨须真,比似诗篇别样新;拈出进之金作句,风前'抖搜(擞)黑精神'。"

李逵难以按捺的"心头气",他认为完全是由宋江抢夺民女引起的,便质问:"这是甚所为,甚道理?"他怎么会变得如此可恶?他到底"主着何意"?李逵实在是出乎意外,难以理解。可是,铁证如山,抢夺满堂娇的不是别人,确实是宋江,这怎么能不使李逵"怒气如雷"!以下七句,表明李逵的心绪在翻腾:宋江是梁山的领袖,我李山儿与他是兄弟相称,有生死之交;我们从未产生过隔阂,发生过冲突,今天,我们却成了冤家对头(日月交食),不止(不争)发生了一点小误会;相识多年的好兄弟转眼间将有一场恶斗了。这几句对于此刻李逵复杂的内心活动,作了真实、细致、合情合理的剖析。

李逵踏进聚义堂,既不拜见宋江,又出言不逊。"这厮胡言乱语,有甚么说话。"宋江的这一责问,引出了李逵的一番冷嘲热讽。〔倘秀才〕劈头就向宋江这位"刎颈知交"道喜庆贺。当宋江询问庆什么喜时,李逵并不正面回答,却追问:"你那压寨的夫人在那里?"并指着鲁智深大骂"秃驴",指责他"打干净球儿"(推却得干净),是强作抵赖(强赌当),企图逃之夭夭。李逵这一突然袭击,弄得宋、鲁二人如丈二和尚,摸不着头脑。但在李逵看来,这是他们故作镇静,于是更激起了他的义愤。〔滚绣球〕中李逵嘲讽宋、鲁二人的唱词,富有喜剧色彩,生动地表现了李逵的喜剧性格;宋江的插白,虽极简短,却反映了他那蒙在鼓里的啼笑皆非的神情。

对宋、鲁二人的冷嘲热讽,并没有消除李逵的"莽撞心头气"。作者遵循李逵的喜剧性格逻辑,在第二支〔滚绣球〕中,又顺势把李逵的"闹山"引上了高潮——"拔斧斫旗",这是个更为强烈的动作。在李逵看来,宋江"娶妻"、"忒厮做媒",抢夺了满堂娇,这说明梁山已变质了;既然如此"有天无日",还谈得上什么"替天行道救生民"。于是,他愤怒地"拔斧斫旗",并大喊众兄弟都来聚义堂,参加"庆喜的筵席"。同时,警告"新女婿"和"撮合山"(媒人):"看那个便宜"。最有意思的是,当李逵"闹山"发展到"拔斧斫旗"时,他仍不明说为了什么。如此处理,虽使剧中的宋、鲁二人莫名其妙,但观众却看到了令人捧腹的喜剧情节。须知:李逵的"心头气"越大,他对宋、鲁二人的误会越深,嘲讽、痛骂得越厉害,就越能显示其内心世界,体现其性格特征。由误会形成冲突,从冲突中显示性格,从性格中引出好戏,这是康进之艺术功力之所在,也是《李逵负荆》最为成功的地方。

剧中的宋江,作为梁山的领袖人物,既豁达大度,又精明能干。从〔倘秀才〕和〔滚绣球〕中的插白,不难看出,宋江对李逵的反常言行颇感惊奇,但面对他的无礼行为和冷嘲热讽,并不恼怒。可是,当李逵"拔斧斫旗"时,他变得严肃起来了。因为杏黄旗是梁山的象征,砍旗事关重大,非同儿戏。在李逵挑明是宋江抢夺了王林的女儿,且拿出了红裰膊作为显证之后,宋江意识到"其中必有暗昧","必有那依草附木,冒着俺家名姓,做这等事"。不过,宋江并不考虑个人得失,急于向李逵作解释;为了教育李逵,他提出了"赌头"之计。由于李逵坚信宋江抢夺了满堂娇,在与宋江立下"赌头"军状后,还是难消"莽撞心头气"。〔一煞〕和〔黄钟尾〕进一步抒发了李逵之气,从而深化了他的喜剧性格。

　　李逵心直口快,最厌恶和憎恨两面派人物。在他看来,宋江就是个两面蒙蔽,搬弄是非的人("两个白面搬兴废,转背言词说是非")。不过,这一次宋江"夺人爱女,逞己风流"之事,已经暴露,我不会再上当了。宋江啊,宋江,既然你干了这伤天害理的事,就休怪我粗野可笑("村沙样势"),无事生非("平地上起孤堆")了。〔一煞〕艺术上的一大特色是俗语入曲,像"两头白面","狗行狼心","虎头蛇尾","节外生枝","囊里盛锥","村沙样势","平地上起孤堆",皆是明白如话的家常用语,用在这里贴切自然,通俗流畅,别有一种韵味。在〔黄钟尾〕中,李逵用揶揄、轻快的口吻向众兄弟宣称:在下山之后,"只等那老王林道出一个是字儿",他要"亲手伏侍哥哥这一遭";还要把鲁智深的光头"一斧分开两个瓢"。这一支曲子,在艺术上除了俗语入曲,诙谐、风趣之外,在唱词的节奏和曲、白、科的密切配合方面亦相当出色。一连串的三字句,加快了戏曲的节奏。这是李逵此时心理节奏的反映。因为他怀着"赌赛"必胜的心情,急于下山对质,以便惩罚坏人,为王林报仇。"下山寨","割你头,塞你嘴",这是一个连续性过程,伴随着一连串形体动作;"我伏侍你!一只手揪住衣领,一只手撍住腰带,滴溜扑摔个一字;阔脚板踏住胸脯,举起我那板斧来,觑着脖子上,可叉!"这也是一个连续性过程,同样伴随着一连串形体动作。这类本色当行的语言,既有很强的可读性,更为演员的舞台表演提供了良好的基础。

(王永健)

〔注〕　① 可不道:却不想,可曾想到。　② 不道的:不至于;不见得。　③ 噇(chuáng床):吃;喝。　④ 步线行针:指缝衣的技术,比喻安排缜密。　⑤ 撍(zǎn):抓。　⑥ 七代先灵:历代祖先。

梁山泊李逵负荆

康进之

第 四 折

〔双调·新水令〕这一场烦恼可也奔人来,没来由共哥哥赌赛。袒下我这红纳袄,跌绽我这旧皮鞋。心下量猜:（带云）到山寨上,哥哥不打,则要头,（唱）怎发付脖项上这一块^①?

〔驻马听〕有心待不顾形骸,（带云）这碧湛湛石崖,不得底的深涧,我待跳下去,休说一个,便是十个黑旋风,也不见了。（唱）两三番自投碧湛崖。敬临山寨,行一步如上吓魂台。我死后,墓顶头谁定远乡牌^②,灵位边谁咒生天界^③? 怎擘划^④,但得个完全尸首,便是十分采。

〔搅筝琶〕我来到辕门外,见小校雁行排。（带云）往常时我来呵,（唱）他这般退后趋前;（带云）怎么今日的,（唱）他将我佯呆不采。（做偷瞧科,云）哦! 原来是俺宋公明哥哥和众兄弟,都升堂了也。（唱）他对着那有期会的众英才,一个个稳坐抬颏^⑤。我说的明白,道莽撞的廉颇请罪来,死也应该。

〔沉醉东风〕呼保义哥哥见责,我李山儿情愿餐柴。第一来看着咱兄弟情,第二来少欠他脓血债^⑥。休道您兄弟不伏烧埋^⑦,由你便直打到梨花月上来,若不打,这顽皮不改。

〔步步娇〕则听得宝剑声鸣,使我心惊骇,端的个风团快^⑧。

似这般好器械,一柞⑨来铜钱,恰便似砍麻秸。(带云)想您兄弟十载相依,那般恩义,都也不消说了。(唱)**还说甚旧情怀,早砍取我半壁天灵盖。**

李逵与宋江、鲁智深下山对质,经王林辨认,证实是两个冒充宋江、鲁智深的歹徒抢夺了满堂娇。李逵只得怀着愧悔之情灰溜溜地返回梁山。第四折李逵负荆请罪,也是富于魅力的好戏。

〔新水令〕和〔驻马听〕的规定情景是:李逵"赌头"输了,无可奈何,"砍了这一束荆杖,负在背上,向山寨见俺公明哥哥去也呵。"〔新水令〕写李逵既懊恼、羞愧、内疚,又提心吊胆、疑虑重重的心理活动。他非常担心宋江不原谅他的过错,又悔不该当初轻信王林的哭诉,认定宋江抢夺了满堂娇,上山大闹聚义堂,甚至"拔斧斫旗",还与宋江立下了"赌头"军状。如今真相大白,李逵后悔莫及,深感内疚,不能不自艾自怨。当然,李逵也是勇于承认错误的,他上身赤膊,表示诚心肉袒请罪。怕只怕"哥哥不打,则要头",这可怎么办? 这一曲体贴人情,委曲不尽。"袒下我这红纳袄,跌绽我这旧皮鞋","怎发付脖项上这一块"等用语,句句传神,情趣盎然。〔驻马听〕奇峰突起,描绘了李逵在路上的内心斗争,他想投石崖,一死了事。顶天立地的黑旋风李逵犯了错误就想自杀,这真实吗? 揭示他的这种内心活动,是否有损于这一形象呢? 作者的处理和描绘,是从人物性格出发的,是以人物在规定情境中的动作为依据的。李逵越临近山寨,越感到处境难堪,自己不问青红皂白地闹山、砍旗和"赌头"情景还历历在目,实在无脸去见宋江和众兄弟。何况,李逵想"两三番自投碧湛崖",决非坚持错误,自绝于梁山,而是知罪悔过的一种特殊心理。在我们看来,这样的处理和描绘,非但无损于李逵这个梁山英雄,反而更可让观众看到李山儿那蕴含着人情味的内心世界。

李逵最后当然并没有跳崖自杀,他还是走上了最早选择的负荆请罪的道路。〔搅筝琶〕写李逵来到聚义堂门外的情景。这是一个特写。李逵这个粗人此时亦懂得察言观色,以便采取对策。他一眼就发觉"雁行排"的小校们,态度有了变化。往常他一到,小校们慌忙地"退后趋前"迎接他;可是,今天见他到来,却"佯呆不采"。再向堂内"偷瞧",只见宋江和众兄弟,神情严肃,一个个铁板着脸,正襟危坐在大堂上。见此情景,深感理亏的李逵觉得形势甚为严峻,不由得更加忐忑不安。不过,负荆请罪的决心更为坚定了。他一面声称"莽撞的廉颇请罪来,死也应该",一面跨进门来(其神情动作与闹山时已判若两人),见过宋江和众兄弟,立即低声下气地承认自己"一时没见识,做这等事来";并恳求宋江哥哥用他背着的荆条"打几下"。〔沉醉东风〕劈头一声"呼保义哥哥"(叫得多亲热),希望宋江"看着咱兄弟情",责打他了事。"李山儿情愿餐柴",一定服从判决,甘心受罚。还说:"若不打,这顽皮不改。"在这里,李逵一反粗莽的常态。他欲以情打动宋江,并老是在"打几下"上做文章,却故意只字不提与宋江立下的"赌头"军状。李逵的这种"狡猾",恰表现了他的天真。剧作家用李逵的"狡猾"来映衬他的憨直,既把李山儿的性格刻画得入木三分,又使剧作洋溢着喜剧的机趣,不能不令观众拍案叫绝。

李逵的"负荆"行为,表现了他的勇于承认错误,这种美德同样来自他对梁山事业的忠诚,对宋江哥哥的热爱。因此,当观众看到"负荆"的李逵,以及他的烦恼、羞愧、担忧和"狡猾",就会发出难以抑制的会心笑声;在笑声中,人们不止原谅了李逵的过错,还极为赞赏他那一颗光明磊落的赤子之心。在这里,良好的喜剧效果,仍然来自李逵这个可爱天真的喜剧性格。

李逵诚心诚意地负荆请罪,不仅苦苦哀求,还施展了他那"狡猾"而笨拙的计谋,想教宋江"打几下"就了结此公案。可是,宋江为了借这次事件教育李逵,假意声称:"我原与你赌头,不曾赌打",并下令将李逵按军法从事,斩首报来。此时,李逵还想耍赖,说什么"哥哥,你真的不肯打?打一下,是一下疼;那杀的,只是一刀,倒不疼哩。"当宋江回说"我不打你"时,李逵甚至说了"不打?谢了哥哥",立起身来想走了。直到宋江坚持要李逵所赌的"六阳会首"(指头颅)时,李逵走投无路,才提出"借哥哥剑来,待我自刎而亡"。〔步步娇〕可说是李逵执剑自刎前的内心独白。由于宋江递给李逵的这把剑,原是李逵献与宋江的太阿宝剑。李逵接剑,很自然地勾起了对往事的回忆,同时又想起,数日前,他听得"支楞楞的剑响,想杀别人,不想到杀害了自己也"。在〔步步娇〕中,作者巧妙地借李逵的赞美宝剑,表现出了他对生活的留恋,以及与宋江"十载相依"的"旧情怀"。不怕死的李逵,临自刎前的这种思想感情,自然也会引起观众莫大的兴趣。作者多么会制造具有艺术魅力的喜剧效果!

(王永健)

〔注〕 ① 脖项上这一块:指头颅。 ② 远乡牌:指坟墓上插的牌位。 ③灵位边谁咒生天界:在灵位旁边有谁为自己念诵升天的经文呢? ④擘划:安排;布置。 ⑤抬颏:板起了面孔的样子。 ⑥脓血债:意为被抽打的债。 ⑦不伏烧埋:由犯罪者出钱替枉死者烧化埋葬尸体叫烧埋。不伏烧埋,就是不服判决。 ⑧风团快:快如旋风。 ⑨一柞(zé 责):柞,疑为权(chā 叉),拇指与食指伸直,两端间的长度叫做权。

〔作者小传〕

石子章

大都(今北京)人。生平事迹不详。作品风格清丽。所作杂剧今知有二种。现存《竹坞听琴》一种;《竹窗雨》仅存残曲。亦作散曲,《全元散曲》录存其套数一套。王国维《宋元戏曲考》谓石子章与元好问同时。孙楷第《元曲家考略》复有考证。

秦修然竹坞听琴

石子章

第 二 折

〔中吕·粉蝶儿〕这些时懒诵《南华》,将一串数珠来壁间闲挂;念一首断肠词颠倒熟滑。不免的唤道姑、添净水,我刚刚的把圣贤来参罢;若不是会首人家,几番将这道袍脱下。

〔醉春风〕我如今将草索儿系住心猿,又将藕丝儿缚定意马。人说道出家的都待要断尘情,我道来都是些假、假!几时能勾月枕双敧,玉箫齐品,翠鸾同跨?

〔红绣鞋〕我恰才搭伏定芙蓉懒架,恰合眼梦见他家,觉来也依旧隔天涯。早是我心绪又乱,更那堪客人侵杂,道甚么相公在门首前方下马。

《竹坞听琴》描写了一老一少两个道姑弃道还俗,实现"天下喜事无过夫妇团圆"的故事。剧中主人公,年方二十一岁的小姐郑彩鸾与秦修然指腹为婚,后两方父母双亡,两家音信断绝。因官府限定所有二十岁以上女子都得在一个月之内出嫁,孤身无依的郑彩鸾,只得舍身随老道姑出家,居竹坞草庵。秦修然寄寓父执、新任郑州尹梁公弼家。一日踏青郊外,暮不及归,借宿竹坞庵,闻琴声,叩之,知是彩鸾,两相爱慕,从此往来。事为梁公察觉,虑秦堕误功名,遂定计骗秦修然上朝取应,且迎彩鸾询问身世。及秦修然大魁归来,梁为设宴,使谐伉俪。老道姑闻彩鸾还俗,往探望。原来老道姑即梁公弼妻,先是遭寇相失散,在道院出家,至此,老夫妇亦重会。

上三曲,是秦修然上京去后,郑彩鸾因无秦音信,思念秦时唱的"独白"。在毫无外界干扰的情况下,独白是最能表露一个人的内心折褶的,而剧中的曲又最宜于抒情,作者正是抓住这一特点,采用了对比手法,接连用三支曲子,来敞开为相思所缠绕的少女的心扉,显示了她对幸福爱情的追求和对道家生活的摒弃。

曲文一开始,就道出了郑彩鸾对道姑生活的慵惫心情:"这些时懒诵《南华》"。道家信奉老子、庄子的哲学,把他们的著作奉为经典。《旧唐书·玄宗纪》:"庄子号为南华真人。"所以他的著作《庄子》,又称为《南华经》,为道家所应日日诵念。而郑彩鸾不仅"懒诵",而且是"这些时懒诵"了;"数珠"即念珠,宗教用物,郑彩鸾将它闲闲挂起,然而对于那些表现人的爱情相思的断肠诗词,她却是"颠倒熟滑",这极为鲜明的对照,揭示了少女被相思所困扰的痛苦心情,显示了"道"与"情"的尖锐对立。但既为道姑,总得照道规行事,"不免的""把圣贤来参罢","不免的",表现了她对经道的厌烦而又无可奈何的心情,所以她总想"将这道袍脱下","几番",写出她对经道厌烦已到难耐的程度,对弃道还俗的极度渴望。仅仅是因为是"会首"人家,有体面的人家,才没能脱下这道袍。这一支曲,厌烦,喜爱,想弃道,不能得,苦闷,愁烦,曲曲折折地表达了这位少女心中的千头万绪,回旋委婉,细腻入微。

要是说〔粉蝶儿〕主要是表达主人公对道家生活的烦厌,那么,〔醉春风〕则是表达少女对爱情幸福的热烈追求。

按道家的说法,这情思是"心猿意马",即心神不定,如猿马之难以控制。《参同契》注道:"心猿不定,意马四驰,神气散乱于外"是为宗教徒之大忌。郑彩鸾说自己要"系住心猿""缚定意马"了,似乎要成一个虔诚的教徒了。她,郑彩鸾,是怎么样缚定"心猿意马"的呢? 她不是用"铁索"来系缚,而是用"草索儿"。那活蹦活跳的爱情之猿,跟那脆弱无力的草索是多么地不成比例! 把"草索儿"和"猿"紧连在一起,让人们看到了这位少女的欢蹦乱跳的内心。下一句更为荒唐,"将藕丝儿缚定意马",藕丝儿比之草索儿,岂不更细脆? 看至此,我们会忍俊不禁,作者正是从反面下笔,以鲜明、形象的比喻,表达了少女缠绵的情思,欲罢不能的心理。人们常说藕断丝连,作者正巧妙地运用"藕丝",去"扣"爱情的"意马",原来,郑彩鸾的内心,是一任爱情之马去奔跑驰骋。这些普普通通,为人们所熟晓的事物,一经独具匠心的组织,显得意思清新,达到"造语必俊,用字必熟"(周德清《中原音韵》)的境地。情思奔驰至此,她,毫不顾忌地喊出:"人说道出家的都待要断尘情,我道来都是些假、假!"这道规,这戒律,都是束缚人的真情的,一个"假"字,予以彻底揭穿,意犹不足,再叠用一个"假",斩钉截铁似的予以否定。叠字虽为格律上所要求,却运用得巧妙精当。那么,郑彩鸾追求的是什么呢? 那便是"玉枕双欹,玉箫齐品,翠鸾同跨"。这是一组鼎足对,字面甚为工整,每句四字,音调和畅,各句分别用上"双"、"齐"、"同",这些词语的内涵是情投意合、相亲相爱,这一切,构成了一个谐和齐协的氛围,显示了这种生活的美满。在这组对句中,还暗用上一个有关爱情婚姻的典故。据刘向《列仙传》:有一个萧史者,善吹箫,秦穆公女字弄玉好之,公以女妻之,日教弄玉作凤鸣。一夕吹箫引凤,与弄玉共跨凤鸾升天仙去。郑彩鸾所向往的就是"玉箫齐品,翠鸾同跨"。在鼎足对前着"几时能勾"四字,既表达了她追求的热烈而又显示了她的惆怅。一缕情思,沁人心脾。在道与情之间,她明确地选择了情,多么大胆的抉择!

〔红绣鞋〕仍采用对比手法,让一缕情思继续向前发展。"懒架"是用来托书的架,可省手持之劳。"恰才搭伏定","恰合眼"即"梦见他家",秦修然萦绕在她的心中,两个"恰"字,道出了郑彩鸾情思之切,也照应了上曲的"几时能勾"。一觉来"依旧隔天涯","心绪又乱"。"依旧"、"又",点明这梦境已非一次两次的了啊！这梦境前后对比，突出了郑彩鸾情思的绵长与恋念的急切。正在这时，小道姑来报"有一个老爷在门首哩！"这"不识时务"的老爷来得多么地不是时候，难怪她责怪道："什么相公？"一句"更那堪客人侵杂"，不耐烦的情绪，简直可以让人捉摸到。这是个人独处跟他人侵杂时的对比，进一步表现了郑彩鸾对爱情的热烈而执着的追求。

这三支曲子，倾诉了郑彩鸾对人世间美好事物、夫妇间幸福生活的憧憬，热爱与追求，表示了她对宗教信条的决绝。对比的手法，加强了这种色彩。她的"独白"，是她性格中最隐秘的部分，也是最有光彩的部分。

细腻的心理刻画，这独处时的坦露，跟以后在人前的掩藏，形成强烈的对比，十分鲜明地表现了女主人公的性格，也为与秦修然重会时结成伉俪奠下了坚实的基础。

《录鬼簿》的〔凌波仙〕吊曲说作者"子章横槊战词林，尊酒论文喜赏音。疏狂放浪无拘禁，展腹施锦心。《竹窗雨》、《竹坞听琴》，高山远，水流深，戛玉锵金。"说得还是比较中肯的。不受宗教信条的约羁，追求爱情美好生活，《竹坞听琴》正是作者"疏狂放浪无拘禁"的性格的产物，而其语言，也确似"高山远，水流深"，悠悠远远，晶莹澄澈，给人以美的享受。

（侯百朋）

黄桂娘秋夜竹窗雨

石子章

第 一 折

〔仙吕·点绛唇〕红雨纷纷，落花成阵，东风紧。空忙煞蝶使

【黄桂娘秋夜竹窗雨】

蜂神,却又早零落芳菲尽。

〔混江龙〕枝头春褪,一春鱼雁赏花频。想花开一季,春色三分;多半狂风多半雨,一分流水二分尘。我这里出兰堂,离绣阁,鸣玉佩,撒金莲①,转回廊,临曲槛,早来到十二曲雕阑近。本待要寻芳选胜,却交人对景伤神。

〔油葫芦〕枝上流莺和泪闻,为甚这粉汗湮?我常是新啼痕间旧啼痕。我这里懒妆只为心间恨。举杯试向花前问:人能得几日好?花能得几日新?却又早海棠过了酴醾尽,憔悴煞惜花人。

〔天下乐〕可早花落花开断送春。恨东均②,无定准,九十日却如一梦魂。畅好是花谢的疾,春去的紧,撺断了人生有限身!

《竹窗雨》今只流传残曲一套,赵景深《元人杂剧钩沈》中曾辑录。全剧剧情不详。天一阁本《录鬼簿》载题名云:"韩伯元春日草堂吟,黄桂娘秋夜竹窗雨。"则知男主角名叫韩伯元。曹楝亭本《录鬼簿》黄桂娘作"黄贵娘",当系同音异写。本剧情节的高潮大约发生在"秋夜",而本套残曲写的是"春日"的事情,曲牌又正是〔仙吕·点绛唇〕套,故而可以断定为剧中的第一折。

从这一折曲词中约略可以得知,本剧的故事是这样开始的:黄桂娘的父母指腹成亲,将女儿许给韩伯元,黄、韩由于从小青梅竹马,倒也互相敬爱,渐生感情。但后来桂娘父母见韩家家道衰落,而伯元在举业上也未见有所成就,就一再拖延婚事,并有悔婚之意。桂娘因而对父母产生了不满与怨恨。在一个春暮的日子里,桂娘游园归来,因景生情,伤心不已,于是写诗一首,寄伯元以明心迹,表示要用"笔尖传信息",以"诗句作媒人",自作主张,与伯元完婚。这就是本剧第一折的剧情。

这里所选的是本折开头的四首曲子,抒写黄桂娘春暮游花园时的哀伤怨尤。

首曲〔点绛唇〕写出,这时正是暮春时节,身居深闺的黄桂娘眼见帘外落红阵阵,不免心想:早已是"零落芳菲尽",纵使蜂蝶这些报春的天使再忙煞也是徒然的,春天已无可挽回地即将逝去。为了能领略最后残留的春色,她信步走出了香闺。

〔混江龙〕曲铺写她离开闺阁,在花园中急行的情景:"出兰堂,离绣阁,鸣玉佩,撒金莲,转回廊,临曲槛,早来到十二曲雕阑近。"七句话一句紧接一句,一气呵成,势不可断,其中六个增句,一句三字,节奏短促,气韵贯穿,表现出她寻找春天的急切心情。可是,那春花竞放的动人图景已不复存在,眼前只有"枝头春褪"的衰败景象。此时此刻,古人的一首幽怨之词油然涌上她的心头:"春色三分,二分尘土,一分流水,细看来,不是杨花,点点是离人泪!"(苏轼〔水龙吟〕《次韵章质夫杨花词》)是呵,春花开了整整一个季节,点染了春色三分,但她们在世间遇到的却多半是风风雨雨。可怜这三分春色,一分已随流水逝去,二分则早已化作尘泥,昔日盛景,至今都已荡然无存了!"本待要寻芳选胜,却交(教)人对景伤神",自然景观的衰变,深深地触动她抑郁的心灵,使她不能不黯然伤神。

〔油葫芦〕曲唱出了她的无限伤心。一切都是那样的令人遗憾,不仅海棠开过了,连酴醾也已开尽,有道是"开到酴醾花事了",春天已无可奈何地匆匆而逝。这使惜花之人心灰意懒,形神憔悴。她联想到自己的命运,也如春花一样,任人摆弄,"人能得几日好(美好)? 花能得几日新?"眼见青春将逝,却尚未找到自己的归宿。怎不叫人暗自啼泣,遗憾深深!

美好的春色已经为人葬送,这是谁的罪过呢? 不正是司春之神吗? 你为什么那么匆匆地结束了春事？本来应该有九十日的春天，可如今只像梦魂般一闪而逝。你摧残了鲜花，挫折了春时，也断送了人生。〔天卜乐〕就是这样一首怨尤之曲。显然，这里的"东均"，又是隐射女主角的父母，正是他们言而无信，延误了女儿的青春。此曲文句句对天，却又句句对人："畅好是花谢的疾，春去的紧，揎断了人生有限身！"这不正是对摧残青春的无情世界的含泪控诉吗？

值得注意的是，这些曲了引用了宋代秦观〔鹧鸪天〕词的不少词句。该词上阕云："枝上流莺和泪闻，新啼痕间旧啼痕。一春鱼雁无消息，千里关山劳梦魂。"少游此词作于放逐之后，古人曾谓其形容愁怨之意最工。《竹窗雨》曲汲取了少游词中极写寂寞怀恋的意绪，化而用之。如"一春鱼雁赏花频"句，既内含音书全无的苦恋，又写出独以春花为伴的孤寂心境。

黄桂娘寻春、伤春和怨春的感情变化，实际上正是封建家庭中青春女子的一种心理过程。她们被兰堂绣阁生活夺去了自由，而人生的自然需求促使她们急切地寻找、追求应属于自己的幸福世界，这时，她们就不难发现，她们憧憬的美好生活如同整个人世间一样，早已被那个世界的主宰者断送了。于是，她们由伤心、失望而产生了怨恨，并暗暗地思考：我们能凭自己的才力为自己造出一条可行之路吗？

黄桂娘将如何走上自己的人生之路呢？那已是此剧以下诸折的情节内容了。但读这一组感情深致的曲子时，不免令人联想起明代汤显祖笔下杜丽娘的"惊梦"曲和清代曹雪芹笔下林黛玉的"葬花"辞，三者何其相似乃尔！也许，杜丽娘、林黛玉等人的人生途程与黄桂娘将要经历的命运，其间正具有某种相同之处。

（叶长海）

〔注〕　①金莲：旧时指女子的小脚。②东均：当作"东君"，神名和仙人名，此可解为司春

之神。

史九敬先

或作史九散人、史九散仙。真定(今河北正定)人。武昌万户。所作杂剧今知有《庄周梦》一种。现存《庄周梦蝴蝶》杂剧,一说即该剧。又据清张大复《寒山堂曲谱》,宋元南戏《东墙记》,题名"九山书会捷机史九敬先著",《李勉》题名"史九敬先、马致远合著"。一说元初永清(今属河北)人,即史樟,为大官僚史天泽子,曾任顺天真定万户。

老庄周一枕蝴蝶梦

史九敬先

第 一 折

〔仙吕·点绛唇〕飞下天宫,将帝宣钦奉。因他宿缘重,但得相逢,是一枕蝴蝶梦。

〔混江龙〕世俗迎送,都是些是非人我虎狼丛。流的紧黄河九曲,坐的稳华岳三峰。依旧春风人世所,黄河一去永无踪。生太素①阴阳未判,辨清浊混沌②初分;推物理③三皇治世,定人伦五帝兴隆。宠女色夏桀无道,自荒淫太甲居桐;废殷祀纣辛④失位,建周朝文武成功。为宰臣职居相府,作公侯禄厚千钟;名利似汤浇瑞雪,荣华如秉烛当风。度寒暑雁鸿南北,搬兴废乌兔西东;天地久消磨造化,黄尘老埋没

【老庄周一枕蝴蝶梦】

英雄。人有限,事无穷;观二气,渐消熔。一会家叹干戈千载战争场,可怜人一枕南柯梦。恰开眼蜂衙蚁阵,转回头兔迹狐踪。

〔油葫芦〕不如我跨风乘鸾朝玉京,仙家日月永。你只待浩歌一曲酒千钟。见如今春秋七国刀兵动,不如我柳阴中一枕南柯梦。俺昆仑顶上人,比凌烟阁上臣。试看咸阳原上麒麟冢,都一般潇洒月明中!

〔天下乐〕转首繁华扫地空,你看乾坤,造化功。笑凡夫与吾心不同。我欲待说是西,他却来道做东。想尘埃谁识神仙种,空教我嘻笑不言中!

史樟字敬先,天一阁本《录鬼簿》:"史九敬仙,真定人。武昌万户。"列于"前辈已死名公才人"。贾仲明补挽词云:"武昌万户敬仙公,开国元勋荫祖宗。双虎符三颗明珠重,受金吾元帅封。碧油幢和气春风,编《蝴蝶庄周梦》。上麒麟阁画中,千古英雄。""敬仙"实为其号。"万户"元时为世袭军职。其父史天泽于太宗元年(1229)为真定等五路万户(《元史新编·史天泽传》),《元史·列传》四十二:"樟,真定顺天新军万户。"可证。王恽《秋涧先生大全文集》卷十九有《挽史九万户》诗,称其"半生稀古",可见中年而亡,当在元世祖至元中叶。

《庄周梦》为神仙道化剧。剧中的庄周原为大罗神仙,只因在玉帝面前见金童玉女"不觉失笑",而被谪降尘寰。他贪恋酒色财气,玉帝遂差太白金星下凡点化他,先后由风、花、雪、月及莺、燕、蜂、蝶等仙女进行劝戒,仍执迷不悟,继又令桃、柳、竹、石四仙女传授炼丹之术,"教他酒中会得道,花里遇神仙。"丹成,玉帝即差三曹官把"四个女子捉将来",其罪名是"漏泄天机",而所谓"天机"则是

"把花园做了榭馆秦楼","逐朝期会约,每日效绸缪","跟着他倚翠偎红不识羞"。太白金星也指责庄周:"你是读书人,却这等负心。"而庄周在领略了云雨之欢后,终于"省悟"酒色财气乃瞬间梦幻。最后被度脱到永恒的天国去了。写来颇具匠心,别有风趣。

庄周的形象在一定程度上是按照元代文人的精神生活特征加以塑造的,他既玩世不恭,又感时不遇,对功名难于忘怀。所谓"窗前十载用殷勤,多少虚名枉误人。只为时乖运不遂,至今无路跳龙门。"正是这种矛盾心理状态的写照。剧中还多次写到:"惧祸忧谗何日了,几人能到老","是非只为多开口,烦恼皆因强出头,悔又何尤",以及"饱谙世事慵开口,会尽人情只点头。"剧中不少曲词使人感到仕途中相互倾轧的窒闷气息。但渗透在剧中的隐遁避世的消沉情调,是毋庸讳言的。王恽《九公子图象赞》说作者史樟:"喜'庄'、'列'学。"在《赠九万户诗》中又写到他:"一篇《秋水》江海阔,两袖醉墨云烟春。"看来,庄子那种追求精神上的解脱,对剧本离世超俗的构思是起了不可忽视的作用的。

剧本在体例上也有所突破,除末唱外,第二折由四仙女各唱一支〔南曲柳摇金〕。

〔仙吕·点绛唇〕为第一折中太白金星所唱。"宿缘重"点明庄周凡心不死,他的被谪与宿昔因缘有关。"一枕蝴蝶梦"起了点明题意的作用,是全剧的主要情节线索。《庄子·齐物论》:"庄周梦为蝴蝶,栩栩然蝴蝶也。"意思是说,现实也同梦境一样的虚幻。因而也为全剧奠定了超凡出世的基调。

〔混江龙〕曲可说是对"一枕蝴蝶梦"的具体抒发。作者对世俗的荣辱、是非以及人我关系都看得很透彻,认为那不过是你争我夺的"虎狼丛"。惟有波涛汹涌的"黄河九曲",一去不复返;巍然屹立的"华岳三峰",依旧阅尽人间春色。一水一山,一动一静,形象地体现了大自然的永恒和生生不息,寄寓了宇宙无穷而人生短促之感叹。《北词广正谱》称:"此章句字不拘,可以增损。"第六句后二十句称为"增句格",多作对仗,韵式以两句协一韵为通则。作者认为远古年代只有"太素"而"阴阳未判",到"混沌初分"才能辨识"清浊",看来不是在发思古之幽情,而是为了突出赞颂三皇五帝"兴隆"的"治世"功业:一是规定了事物的常理;二是确定了等级的关系。把这些远古的帝王视为行王道、施仁政的楷模。这几乎是封建社会文人所不能超越的历史局限。接着从夏王桀、商王太甲到商王纣,历数这些荒淫无道之君纵欲无度,暴虐乱德,使殷商王朝逐步走向覆灭崩亡。代之而起的是周文王、周武王的文治武功,实行"裕民"政治,取得了很大的成功。以上通过历史的回顾,抒发了对治乱兴废的深沉感慨,接着则从"职居相府"的"宰臣"说到"禄厚千钟"的"公侯",他们虽位极人臣,荣华富贵,但其功名利禄也不过是转瞬即逝的"汤浇瑞雪"、"秉烛当风"而已,形象鲜明,大有"世间荣辱都参破"之感。以上四句如果说是借显宦权贵的荣辱升沉来抒发积淀于心中的感伤和幽愤,那末以下四句则从自然界的时序变化,揭示了荣辱兴废的变幻莫测。鸿雁为了度过寒暑而南来北往,而兴亡更迭则有如日月的运行,东出西没;以天地的久长,也消磨着大自然的创造化育之功,那盖世的英雄终究有朝一日被埋没于黄土之中。这里以虚写实,正反结合,设事寓理,融为一体,通过借喻比直述更能留下深刻的印象。"事无穷"以下为三字句,使句式有所变化,慨叹人生有限,而事物无穷。"二气"指阴阳,这里指代人世,透露出物是人非的感慨。对以上所缅怀的世事变迁,历代兴亡作了感叹式的归结。

作者似言有未尽,结尾处以"一会家"即一阵子过渡,与"千载"形成对比。一个"叹"字,表达了对为争权夺利而在战场上大动干戈之行为的激愤之情。在作者看来,这不过是一些"可怜人一枕南柯梦。""恰开眼"、"转回头",增强一种迅速没落的倏忽感,把那种争名夺利比作闹攘攘的蚂蚁排兵,蜜蜂争衙,真是一针见血,击中要害,可悲的是,转瞬之间,他们的荒坟却成了"兔迹狐踪"出没的场所。作者以冷峻之笔,对那些追名逐利之徒表达了尖刻的讥讽和抨击。这无疑是有积极意义的。

〔油葫芦〕曲则集中宣扬神仙逍遥物外的乐趣,着力渲染神仙世界的美妙和神奇:"跨凤乘鸾",又长生不老。这里的"南柯梦"是借喻美好恬适的梦境,用来与"七国刀兵动"形成对比。作为不食人间烟火的"昆仑顶上人",远远胜过那"麒麟阁"上的功臣。通过"试看"二字,着重提示,咸阳荒原那些"麒麟阁"上冠冕显赫一时人物的坟堆,只不过在凄清的明月中显示它的存在。"潇洒"这里作凄清、荒凉解(薛昂夫〔甘草子〕《无题》有"促织儿啾啾添潇洒"句),使荒凉的景物更增添了悲剧的色彩。

〔天下乐〕曲则劝导世人要摆脱世俗的羁绊。所谓人世的"繁华"是瞬即而空的梦境,一切都敌不过天地"造化"之功。一个"笑"字,一个"想"字,嘲弄"凡夫"心不坚,不能领悟神仙生活的美好,说明惟有学道求仙,才能升仙羽化,企图给人以脱离苦海的虚幻憧憬。留下了逃避现实的消极尾巴。

在这四支曲子中,作者采用赋体层层铺叙推进之法,使人物较充分地阐述见解,抒发胸臆。对仗工整见巧,借议论以抒情,别具一格,而音节急促,一气呵成,也是值得称道的。语言也较平易生动,多用比喻,增强了曲词的表现力。但由于不能摆脱度脱的框框,所以曲词不能直接展示现实生活的矛盾,而多少带有说教的意味。

关于此剧的版本及作者,学术界尚有不同的看法,可参阅邵曾祺《元明北杂剧总目考略》。

(胡雪冈)

〔注〕 ①太素:古代指构成宇宙的物质。汉班固《白虎通·天地》:"始起先有太初,后有太始,形兆既成,名曰太素。" ②混沌:天地未开辟以前之元气状态。 ③物理:事物的常理。《鹖冠子·度万》:"庞子曰:'愿闻其人情物理'。" ④辛:纣王的庙号。

张养浩

【作者小传】(1270—1329)　字希孟,号云庄,济南(今属山东)人。武宗朝,入拜监察御史,因批评时政被免职。后复官至礼部尚书,参议中书省事。辞官归隐,屡召不赴。天历二年(1329)关中大旱,出任陕西行台中丞,致力于治旱救灾。到官四月,劳瘁去世。能诗。散曲多写归隐生活,寄寓对时政的不满,怀古和写景之作也各具特色。有散曲集《云庄休居自适小乐府》,以及《归田类稿》、《云庄集》。《全元散曲》录存其小令一百六十一首,套数二套。

〔中吕〕最高歌兼喜春来

张养浩

诗磨的剔透玲珑,酒灌的痴呆懵懂。高车大纛①成何用,一部笙歌断送。金波潋滟浮银瓮,翠袖殷勤捧玉钟②。对一缕绿杨烟③,看一弯梨花月④,卧一枕海棠风⑤。似这般闲受用,再谁想、丞相府帝王宫。

此带过曲,《雍熙乐府》、《北宫词纪》俱作〔最高歌兼喜春来〕。按此处所兼者,实为〔摊破喜春来〕。首二句为〔喜春来〕本调,"对一缕"三句为本调〔煞〕,末三句仍用〔喜春来〕作结。〔摊破喜春来〕,惟与〔最高歌〕为带过曲,今改。

起首两句振起全篇。"诗磨的剔透玲珑",则千锤百炼、不惮屡改;非极度清醒,一丝不苟,是不能做到的。"酒灌的痴呆懵懂",则昏昏然进入醉梦之乡,无思无虑,其乐陶陶;非极度糊涂,忘情世事,也是很难做到的。诗以言志,酒以忘忧,古代一些有抱负的文人,当政治黑暗屏居野处之际,大都以诗、酒来自遣,张养浩的闲居生涯，也是这样度过的。既刻意为诗，说明他并未完全忘情于世；但满腹经纶，胸中锦绣，不得见之于事业，仅仅化为案头之文章，其内心深处并不是真正平静的。沉湎于酒，说明他还有牢骚，不过表现的比较含蓄，没有直接说破而已。"高车"二句，自为问答，是对往日旧我之否定。人生百年，直如朝露。即使封侯拜将，乘高车，张大旗，死期一至，还不是一部笙歌送入坟墓了事！

前曲只是虚写，侧重于议论，后曲〔摊破喜春来〕，则转入具体的描绘，用一系列美丽动人的物象，重申闲居之所乐：美酒溢于银瓮，浓香四射，已经使人馋涎欲滴；何况有美人持杯，频频劝饮，情意难却，安有不醉之理！不仅饮酒可乐，由于摆脱了名利的羁绊，心无挂碍，万象俱空，田园中所见之一切，几无往而不乐。绿杨烟，梨花月，海棠风，都是寻常所见之景，但诗人面对这些景物，却有无限会心之处。目既往还，心亦吐纳，发清思，出奇想，形之于毫端，自然都是玲珑剔透的诗篇。正是由于作者看透了"丞相府，帝王宫"世界的污浊，才另辟天地，极力美化自己的闲居生活。这里面，虽有夸张的成分，但也有执着的追求以及对自己所选择的人生道路的肯定。历尽了仕途况味的张养浩，自然深感做官味同嚼蜡，而急流勇退了。乐天知命的人生哲学，更使他随遇而安，似乎得到了人生最大的满足。

张养浩的《云庄乐府》，主要反映辞官后闲居生活之乐趣，并不是真正的在歌咏田园，自与历史上的田园诗人有所不同。他所写的都是眼前即目之景，而气势浩荡，流转自然，自具本色，非一般假作清高，强为山林之气者所能企及。

（宁希元）

〔注〕　①大纛（dào 到）：大旗。　②翠袖殷勤捧玉钟：晏几道《鹧鸪天》词句，"翠袖"原作"彩袖"。　③绿杨烟：李贺《浩歌》："娇春杨柳含细烟"。　④梨花月：晏殊《寓意》诗："梨花院落溶溶月"。　⑤海棠风：元好问《雪岸鸣鹡》："秋千红索海棠风"。

〔中吕〕喜 春 来

张养浩

路逢饿殍须亲问,道遇流民必细询。满城都道好官人。还自哂,只落的白发满头新。

这首小令内容显豁,语言朴实,艺术手法也比较单纯,对它的理解与欣赏应着重于在了解作者生平事迹的基础上,体会他在曲中流露出来的拳拳爱民之情。

中国封建社会中像白居易那样对自己"曾不事农桑"却"吏禄三百石,岁晏有余粮"(《观刈麦》)感到羞愧的官吏,当属少数,而真正"为民父母"、"爱民如子"者,千载之下,能有几人? 张养浩入仕途后,成为"昨日尚书,今日参议"(〔中吕·普天乐〕《辞参议还家》)地位显要,后因直言敢谏,为当国者所不容而辞官归隐。后朝廷数次征召,他都坚辞不就。可天历二年(1329)关中大旱,陕西一带百姓处于倒悬之中,亟待解救,此时朝廷又特召他任陕西行台中丞,他却立即登车就道。临行前他"散其家之所有与乡里之贫者",表现了与人民同命运和义无反顾的决心。途中"遇饿者即赈之,死者则葬之"。"到官四月,未尝家居,止宿公署,夜则祷于天,昼则出赈饥民,终日无少怠。每一念至,即抚膺痛哭,遂得疾不起,卒年六十。关中之人,哀之如失父母。"这些记载俱见于《元史》本传中,可见"路逢饿殍须亲问,道遇流民必细询"乃是直书其事,并非自饰之词。"满城都道好官人"也不是自诩而是事实。他的确是一个爱民如子、称得上为百姓鞠躬尽瘁死而后已、因而百姓视之如父母的好官。

面对着百姓的称扬,应该说他是感到欣慰的。但又为什么"还自晒"呢?首先,这是一种严于责己的态度,他并未居功而对百姓的颂扬自觉受之无愧;其次,朝廷所拨赈灾的粮、资,虽解一时之急,然而也是杯水车薪,并不能解决根本问题。面对着饥民之困厄,他并没有因博得了一个"好官人"的名声而满足,而是为不能真正救民于水火之中日夜焦虑着。其套曲〔一枝花〕《咏喜雨》云:"眼觑着灾伤叫我没是处,只落的雪满头颅。"这正是他"还自晒"的原因。下文"白发满头新"的涵意即在此。同时,其"还自晒"中还包含着更深沉的自责。请再看另一首他当时所作的重头小曲:"乡村良善全生命,廛市凶顽破胆心,满城都道好官人。还自晒,未戮乱朝臣。"说明他并不以已做的在下层保护良善、锄奸除恶之事为满足,他自恨朝中还有危害更大的乱臣未除,百姓称他"好官人",他是不安的。一个处于十三、十四世纪的封建官吏能有如此的胸怀和献身精神,这不仅是对当时绝大部分尸位素餐或视民命如草芥、甚至不惜以万千生灵的鲜血浸染朱被的官僚们的反衬,同时也能提高今日读者对我中华民族优良品格的认识,增强我们的民族自信心。

(姚品文)

〔中吕〕 朱 履 曲

张养浩

那的是为官荣贵。止不过多吃些筵席,更不呵安插些旧相知。家庭中添些盖作,囊箧里攒些东西。教好人每看做甚的。

【朱履曲】

才上马齐声儿喝道,只这的便是送了人的根苗。直引到深坑里恰心焦。祸来也何处躲,天怒也怎生饶。把旧来时威风不见了。

正胶漆当思勇退,到参商才说归期。只恐范蠡、张良笑人痴。捥着胸登要路,睁着眼履危机,直到那其间谁救你。

弄世界机关识破。叩天门意气消磨。人潦倒青山慢嵯峨。前面有千古远,后头有万年多。量半炊时成得甚么。

张养浩〔朱履曲〕(即〔红绣鞋〕)九首都是他退官归隐时所作。他做了约三十年的官,从东平学正,历任县尹、监察御史、礼部尚书等,官职不能算小。然而三十年的仕途生活,使他对于官场的腐败、险恶、钩心斗角、尔诈我虞的情况,非常熟悉,非常了解。这里所选的四支曲子虽非一时之作,但其内容是大致相同的,都是他对元代官场丑恶的揭露和"跳出功名火坑"(〔十二月兼尧臣歌〕),决心隐居田园的表示。

"那的是为官荣贵"一首是对荣华富贵的否定。第一句褒中寓贬,从肯定中见否定。你们说为官的的确能享受荣华富贵吧?那么"荣贵"的具体的实质性的内容是什么呢?那也不过是官场酬应,多吃些盛筵美肴,填塞肠肚罢了。还有如,可以安插一些自己人;还有呢?替儿孙盖造些华丽的房子,积攒些金银珠宝。到头来命穷事败,乐尽悲来。这些平日的积攒或者就成为犯罪的招供,或者为儿孙所荡尽。所谓"为官荣贵"的实质,不过如此而已。这就不免被"好人每"(有识者)所看破了。

"才上马齐声儿喝道",就是对"为官荣贵"者的当头棒喝。他们应该从热衷功名富贵中跳出来,对之冷眼相看,才能勘破看透,不要一得官职,就冲昏头脑，得意忘形。须知你得官之始，便是遭殃之始。因为福者祸之根，如果你看不到这一点，到了事败之日，你就会落入陷坑，祸不可避，"天怒"（指上司、皇帝的发怒）也不会饶赦你的。到这样的时候，你再回想一下今天耀武扬威、齐声喝道的情形，岂不如冷水浇背吗？所以我劝你，你如要避祸得福，还是及早抽身辞官的好。当君臣关系，上下级的关系如胶似漆之时，急流勇退是明智的。如果到关系破裂，上下参商（二星名，此出彼落，永不相见。也比喻不和睦）之时，才说归隐那已来不及了。古代的范蠡、张良见机而作，可以说是我们的榜样。范蠡佐越王灭吴，正是得意做大官之时，但他看出勾践为人可与共患难，而不可共安乐，便浮家泛宅入五湖隐居去了；张良帮刘邦灭楚兴汉，一统天下，他也见机而作，随赤松子游，一隐而不出。你如果不能急流勇退，岂非将被范蠡、张良所笑。"捵着胸登要路，睁着眼履危机"，这两句把挺胸突肚、初登要路时的一种志得意满的气派和现在已处危机之中的前后不同情况，互相对照以警醒世人。想当初你热衷富贵，一心想当上大官；及至得手，意气扬扬地登上要津，而不知祸福倚伏的道理。虽愚呆可笑，但不知就里犹可说也。今天将踏上危机或者已处在危机之中，你还不知悬崖勒马，却一直走向前去，岂非更愚呆可笑！一旦你真的陷入陷阱之中，那将众叛亲离，大家都会落井下石，还有谁来救你呢！到这个时候，你即使后悔也是来不及了。"睁着眼履危机"，一"睁"字下得好，如易为"闭"字就没有"睁"字这样耸人视听。意思就是说，不知前有陷阱而蹈之，尚非至愚；而今明知前面是陷阱而蹈之，那真是不可救药了。

"弄世界机关识破"这支曲比上述几支境界更广阔，思想更为深沉。这支曲可说是作者对三十年来为官的回顾与反思，也可说是他对人生的反思。第一句"识机关"是指对官场中人物的种种阴谋诡计、钩心斗角的鬼蜮伎俩的揭露。这种情况，官场如此，官场外整个现实世界也未尝不如此。张养浩是一个正直的

【朱履曲】

知识分子,他主张为官要"正直清廉,自有亨途",而"暗室亏心,纵然致富,天意何如?(意为天理所不容)"(〔折桂令〕)。认为"真实常在,虚脾终败",要"于人诚信,于官清正,居于乡里宜和顺。莫亏心,莫贪名,人生万事皆前定。行歹暗中天照临。疾,也报应;迟,也报应"(〔山坡羊〕)。所以他对不仁不义,损人利己,要尽机关,以图私利的人,表示深恶痛绝;而且指出这种人虽然到处都是,但他们到头来是没有好结果的。这第一句是说,刘于人世间的一片世情,我是已完全识破了。第二句"叩天门意气消磨",是指他对皇帝权贵的关系。他觉得"秉笏立丹墀"(〔雁儿落带得胜令〕)而朝见皇帝是一种对身心的束缚;而且还要"俯仰承权贵",强己从人,更是受不了。他原是有豪情壮志的人,这样长期的束缚与折磨,不免使他志气消磨了。为官三十年,身心交瘁,潦倒憔悴,但青山仍然嵯峨矗立。这是写自然永恒,而人生无常。相比之下,从对人生价值的思考中发出了浩叹。然而以上这些,都不必去计较了。因为人生是多么短促啊,短促得只有烧半顿饭的时光。(参见沈既济《枕中记》)我生之前,已有千古之远;我死之后,还有万年之多,而我的一生只是千万年中的一刹那罢了。还有什么看不破的呢?对人生的否定,对现实世界的否定,这是处在特别黑暗的元代的一般知识分子的共同态度。

这些曲子,说尽说透,不像诗词的含蓄吞吐,确是表现了元曲尖新的本色。像"才上马齐声儿喝道,只这的便是送了人的根苗。"修辞上是用的窜前夸张,新官上任到垮台完结,这可能要经过几年以至数十年,作者用"窜前夸张"的手法把时间大大移前,使之把上台时的得意相和下台时的狼狈相放在一起,作了鲜明的对照,使人惊醒。还有是运用强烈对照以突出事物的本质,如以青山的永恒、高大(嵯峨)和人生的短促(半炊时)与潦倒相对比,以突出人生的短暂与没有意义。"搜着胸登要路,睁着眼履危机"则是同时的行动,一何神气一何愚!即所以突出此人的愚不可及与不可救药的本质,这在上面已分析过了。"曲不厌奇",杜甫所说的"语不惊人死不休",诗歌且然,于曲为甚。这也是张养浩的散曲的艺术特色之一。

(万云骏)

〔中吕〕普 天 乐

张养浩

折腰惭,迎尘拜。槐根梦觉,苦尽甘来。花也喜欢,山也相爱,万古东篱天留在,做高人轮到吾侪。山妻稚子,团栾笑语,其乐无涯。

这首小令仅用四十八字,便将作者辞官的原因,归隐前后的生活、心情及感受逐层展开;其中诗句、典故的化用,细节的选取,情景的描写,都颇见张养浩的功底。

首句连用两典。折腰惭:据《晋书·陶潜传》记载,陶潜为彭泽令,郡遣督邮至县,吏请潜束带见之,陶潜叹曰:"吾不能为五斗米折腰拳拳事乡里小人。"即日解印归乡。迎尘拜:据《晋书·潘岳传》记载,晋潘岳谄附贾谧,每候其出,辄望尘而拜。另,唐高适在开元二十三年(735)因宋州刺史张九皋推荐,任封丘县尉,他在一首描写任职期间内心痛苦和矛盾的诗篇《封丘作》中写道:"迎拜长官心欲碎,鞭挞黎庶令人哀。""乃知梅福徒为尔,转忆陶潜归去来?"作者以陶潜、高适等古人自况,道出自己为何要辞官的原因,并以"迎尘拜"这一典型细节刻画出官场的丑态,为下文辞官后的欢乐埋下了伏笔。按照顺序,此句应为:

"迎尘拜,折腰惭。"然作者在此却用了倒置语,一则是音韵需要,二则也是为了突出自身为官时的痛苦和矛盾,一个"惭"字,将其内心暴露无遗。

第二句引用唐人李公佐著《南柯太守传》的故事。槐根梦:即南柯梦。意为自己过去做官好比南柯一梦;是梦总是要醒的,晚醒不如早醒。联想宦海沉浮,仕途险恶,作者深为自己的醒悟庆幸,于是,咏叹"苦尽甘来"。此句在曲中起承上启下作用。

接着,作者通过对自然景物拟人化的描写,反映作者内心的情感。山也相爱:取意于宋辛弃疾〔贺新郎〕:"我见青山多妩媚,料青山见我应如是。情与貌,略相似。"东篱:借陶渊明诗句"采菊东篱下",指隐逸的处所。作者此时认为,从古到今,唯有归隐才能保持人的高尚节操,乃至千古流芳,并自认已入"高人"行列。作者在这里避开正面描述自己的心情,却选用自然界最俏丽的花和最稳重的山来赞赏他的行为;试想,连花与山都为之动情,何况它物?以此衬托其归隐的欢快心情,既形象生动,又颇耐咀嚼玩味。

曲尾选取最能体现天伦之乐的一个特定场面:与妻儿欢聚,谈笑风生。这无拘无束的生活,与首句的"折腰惭,迎尘拜"形成了鲜明的对照,使整首曲子在结构上形成一种反差美。团栾:同"团圞",即团圆、团聚之意;《庞居士语录》:"大家团栾头,共说无生活。"

从曲意以及作者同期所作的〔中吕·普天乐〕"看了些荣枯"来看,这首小令大约作于张养浩辞官不久。由于作者刚脱离官场的泥沼,投入大自然的怀抱,因此,全曲自然地流露出一种超脱感和新鲜感,基调可以说是向上的,风格也是清新明快的。

(姚 政)

〔中吕〕普 天 乐

张养浩

楚《离骚》，谁能解？就中之意，日月明白。恨尚存，人何在？空快活了湘江鱼虾蟹。这先生畅好是胡来。怎如向青山影里，狂歌痛饮，其乐无涯！

张养浩在为官期间，替朝廷尽心尽力，却因正直而遭陷，从此把一切都看穿了，只寄情于山水之间。他的小令，多数是这种情绪的流露。这首〔普天乐〕，就是其中之一。

多少年来，作为一个伟大的爱国主义诗人——屈原，以他那激昂亢奋的政治热情和绮丽绚烂的诗篇，震撼和激励着人们。《离骚》是屈原在遭谗流放以后，表达自己美好理想，倾诉崇高抱负得不到实现的痛苦心情的代表作，历来评价很高。但是在这首小令中，我们读到的却是作者用调侃的语气，对屈原殉国之举的另一种看法。小令一开头，便对屈原提出了疑问："楚《离骚》，谁能解？"你用满腔的爱和恨凝聚而成的《离骚》，有谁能理解其中真意呢？接下来从"恨尚存"到"这先生畅好是胡来"几句，就表示了对屈原因忧国忧民而自沉汨罗这一做法的非议：你这样白白地去喂鱼虾，有什么价值呢？舍生一死，仍旧不能挽救楚国灭亡的命运。不如归隐青山绿水，对酒当歌，尽情享受人生的快乐吧！

这一类主题在张养浩的小令中是相当普遍的。他曾在〔沽美酒兼太平令〕中感慨"楚大夫行吟泽畔，伍将军血污衣冠。乌江岸消磨了好汉，咸阳市干休了丞相。这几个百般，要安，不安。怎如俺五柳庄逍遥散诞。"张养浩回顾自己的一生，认为"为功名惹是非"，"险犯着笞杖徒流罪"，"黄金带缠着忧患，紫罗襕裹着祸端"，倒不如"一任傀儡棚中闹，且向昆仑顶上看。"这首小令看似消极低沉，实为悲愤怨恨；看似否定屈原，实为抱恨自身，迂回地表达了一个饱经宦海浮沉、洞察世事春秋的上层士人的真实感情，反映了作者虽有雄才却无处施展的无可奈何心情。在这里，我们必须将沽名钓誉、附庸风雅的假名士和不满黑暗统治而寄情大自然的正直者区分开来。这首小令所表达的思想感情，无疑是属于后者。元代散曲所特具的清新活泼、委婉入调的特点，在这首小令中表现得很充分。全曲通俗易懂，几乎没有一个僻典，还杂用了诸如"快活"、"胡来"等口语词汇，这正是早期小令适于民间传唱的特点。这首小令的节奏明快，曲词如潺潺流水，滚动如珠，一环扣一环，没有丝毫雕凿痕迹。而它那种参差迤逦的句式、层次分明的韵律，把作者自由解脱的心情表达得恰如其分。

(萧 丁)

〔中吕〕普 天 乐

张养浩

闲 居

好田园，佳山水。闲中真乐，几个人知？自在身，从吟醉。一片闲云无拘系，说神仙恰是真的。任鸡虫失得，夔蚿①多寡，鹏鷃②高低。

这首小令似一卷"隐居乐道"的水墨画。乍看，的确是"闲中真乐"；细端详，却能感到有一种不可言喻的哀愁笼罩着画面。

从曲意看，此曲可分为两部分。"好田园"至"说神仙恰是真的"为第一部分。从字面理解，这部分是作者脱离官场后，对闲居生活抱有一种满足感的自然流露。山青水秀，田园怡人，无拘无束地饮酒吟诗，自喻闲云一片优哉游哉无牵无拌。作者以大笔渲染的手法，从景入手，抓住最能表现闲居特点的细节，构画出一幅归隐极乐图。然而，联系句中那些直言不讳的赞美，略带讥讽口吻的反诘以及"自在身"、"无拘系"等反复咏叹，再联系作者曾多年任高官，后因直谏受累辞官的背景，则对这一部分的曲意，又可以作这样理解：作者是在寻求一种心理上的平衡。由于各种原因，他对政治黑暗、官场险恶的不满，只能通过对闲居生活的赞美得到抒发；士大夫的孤傲迫使他仍要以胜利者的姿态出现，自称闲居生活如同神仙，其实却隐忍着一种难言的愁绪。因此，愈赞美闲居生活，便愈衬托出他的不幸。"从吟醉"、"一片闲云无拘系"寥寥数语，却活画出作者内心的痛苦；一个满腹经纶、一腔热血的大丈夫，迫于统治者的压力，落到只能吟诗醉酒闲游的地步，试想，还有什么比这更不幸呢？作者在这里，以歌当哭，为第二部分中自己的所作所为作了铺垫性的交代。

"任鸡虫失得"至结尾为第二部分。鸡虫失得，如果从鸡虫两方面而论，似乎都是非同小可，难免要争论不休；但从人的角度看来，却是不值一提的。杜甫《缚鸡行》："鸡虫得失无了时，注目寒江倚山阁。"张养浩所采取的就是一种比较超脱的态度。夔蚿多寡：说夔一足，蚿多足，均秉自然属性各自生成，不必以己之有，意人之有；以己之无，欲人之无。《庄子·秋水》："夔谓蚿曰：吾以一足吟踔而行，予无如矣。今子之使万足，独奈何！"鹏鹦高低：化用《庄子·逍遥游》中鹏鹦对答之典，大鹏高飞九万里；鹦只在蓬蒿间展翅，飞得再高也不过数仞。但只要自得其乐，都是可以的，硬要去争高下，那是没有意思的。这一部分，作

【朝天曲】

者以精炼的笔触,引诗化典,仅用十三字便形象地概括了归隐者自我解脱的哲学。在诗人看来,世俗间的一切争竞都像鸡虫得失之争、夔蚿多寡之辨、鹏鷃高低之比一样,毫无意义,毫无价值。自己过去置身事中,不免当局者迷,如今抽身事外,可谓旁观者清,因此自己的态度就是冷眼相看,任之而已。这看来是消极的,但唯其如此,宦海沉浮近三十年的张养浩才有希望从愁绪与愤激中解脱出来,得以自慰。从另一个角度来说,这恰恰暴露了元代统治的黑暗。张养浩是个正直的、忧国忧民的清官。像他这样的人都"沉沦"了,更加可见元统治的不得人心。值得小提一笔的是,衬字"任"用得极妙,把一个失意士大夫面对命运捉弄,无力抗争却又自命清高的心理,刻画出来了。另外,鸡虫、夔蚿、鹏鷃三例并举,用的是博喻的手法,这样结尾,构思奇特,引人深思,起到了言尽意不尽的效果。

(姚 政)

元曲鉴赏辞典

749

〔注〕 ①夔(kuí葵):神话传说中的一种怪兽,一足。蚿(xián弦):虫名。即马蚿,又名马陆,百足。 ②鷃(yàn晏):即"鴳",一种生活在蓬蒿中的小鸟。

〔中吕〕 朝 天 曲

张养浩

挂冠,弃官,偷走下连云栈。湖山佳处屋两间,掩映垂杨岸。满地白云,东风吹散,却遮了一半山。严子陵钓滩,韩元帅将坛,那一个无忧患?

【朝天曲】

　　写隐逸之志,抒山林之情,是元散曲中常见的内容。或咏山川风月以自慰,或示清心寡欲以傲人,但多用曲折隐约之法,即以隐居之美,衬官场之恶。此曲却一语道破,直迫鹄的,尖锐地指出宦途从政的危险。联系到张养浩曾为元朝高官,那么,这首小令所表现的强烈忧患意识以及与宦途决绝的精神,是非常大胆的了。

　　小令不比宏篇巨制,用字要十分简练才行。此曲一开头,用"挂"、"弃"、"偷"三个动作鲜明的字,便把退隐者抽身急退的心理写出来了,使人们不能不佩服作者的炼字功夫。"连云栈",本指横贯秦岭的一条高与云接的栈道。《读史方舆纪要·陕西·汉中府·褒城县》载:"鸡头关,县北八里,关口有大石,状如鸡头。自此入连云栈,最为险峻。"陆游诗曰"剑关曾蹑连云栈",指的就是这个地方。在战争中,一旦栈道被破坏,军士即陷入进退维谷之处境,其险况可知。这里用连云栈来比喻宦途之险恶,妙用一"偷"字,一方面把作者离开官场是非之地时小心翼翼的心态,表现得淋漓尽致,另一方面这也是写实之笔。因为张养浩第一次弃官而去时的确是逃亡式的"偷"走。"偷"字本是俗语贬词,用在这里却化腐朽为神奇,倒成了俊语、妙词;同时,它还起到了引出下文的作用。走下了连云栈般的宦途险境后,提心吊胆的日子终于结束。下面只用两句极平淡的语句,便描写出隐居的清静:"湖山佳处屋两间,掩映垂杨岸。"前面用三个短句"挂冠,弃官,偷走……"造成一种急如流水的气势,到这"湖山佳处"便如落深潭,显出沉静的力量。下句却奇了:白云本在天上,不说满天白云风吹散,却说"满地白云",可见这"屋两间"原正处在白云深处,仿佛白云正在脚下滚动。作者对隐居地的描写,着重点并不在勾画具体形象上,而在传达一种意境。有了意境,作者的诗旨则在不言之中矣。

　　全曲最后用了韩信功高被杀的典故,充分地表露了作者为全身远祸才追求严陵钓滩的心迹。这里既包含对"湖山佳处"的赞赏,也包含着对统治集团内部

【朝天曲】

斗争的畏惧。刘邦在势孤力单、无力与项羽诸雄抗衡时，请出韩信，拜为将帅，并因此而成就了帝业。功成后，刘邦却对韩信拥有军权不放心，将其诱杀，正所谓"太平本是将军定，不许将军见太平。"张养浩在与统治者合作中积累了沉痛的经验。这里以含蓄的诘问，点出了这种合作的危险，使本曲的思想价值得到了升华。

全曲用语质朴淡雅，写景用白描，写情重含蓄，叙入世之险，不写君颜难承、虎威莫测，而是把"严子陵钓滩"与"韩元帅将坛"拿来对比，让读者自己衡量判断：孰安孰危？从而达到对宦途的否定和对隐居的赞颂。不过，这里的"忧患"，既可理解为忧惧，危险，也可以理解为是作者的"忧患意识"，也就是诗人忧国忧民的心理。作者虽然隐居很深，却不是完全与世隔绝，不过是跳出了尘世是非之外，站在云端来看待世事的纷争了。身在山林，心怀魏阙，诗人报国忧民之心总是不能平静的。也就是说，无论是当政，还是退隐，哪一个都不是"无忧患"的境界，从而揭示出身隐心未能隐的主题，使作品的思想意义更深入了一层。

（隗　蒂）

〔中吕〕 朝 天 曲

张养浩

柳堤，竹溪，日影筛金翠。杖藜徐步近钓矶。看鸥鹭闲游戏。农父渔翁，贪营活计，不知他在图画里。对这般景致，坐的，便无酒也令人醉。

张养浩曾在最高统治集团中供职,中年以后急流勇退,辞官还乡,过起寄情山水的闲适生活,并创作了大量歌咏隐逸生活的散曲。

这首〔朝天曲〕抒写了作者对田园生活令人陶醉的强烈感受。开头三句先写柳堤竹溪的景色。作者只用六个字,便描绘出一幅立体的风景画来:柳堤,由近而远;竹溪,由静到动;日影,由上至下。三种极为普通的自然景物,由于勾勒得体,立刻变得活泼而富有生气了。这就好像刚拉开帷幕的话剧,人物尚未出场,色彩缤纷的布景已经渲染出一种恬静而欢快的气氛。在这种背景下,一位拄着藜茎拐杖的老人漫步出场了。他缓缓地走向钓鱼石矶,在那里看到了一幅美丽恬静的画面:田野里,沙洲边,一群鸥鹭在悠闲地嬉戏。此外,还有农夫在耕耘,渔父在撒网,他们专心致志地在经营自己的活计,殊不知也在点缀着绿水青山,使得这幅画面更加充满了生机。这里接连数句,全写一个"闲"字,"杖藜徐步"是闲,"近钓矶"也是闲,看鸥鹭游戏,看农夫渔翁经营活计更是闲。但这种闲不是无聊之闲,而是闲适之闲。这种闲是久在官场中人,一旦得到解脱,高度紧张的神经突然松弛而自由自在的闲。它是客观景物在观察者身上的一种观念形态的反映。鸥鹭不受惊扰,悠然自得,固然"闲"情极浓;但农夫渔翁正在贪营活计,有何闲情可言呢?那是因为观察者是一位曾经宦海险恶风波的敦厚长者,在他的心目中,农夫渔翁虽然辛劳,但比起仕途中的担惊受怕来,却仍是一种"闲",那是一种令后者羡慕不已的情绪、心态上的"闲"。以下"似这般景致"等三句,是对上面景致描述的评价:这幽幽景致,清清兴趣,纵然是无酒,也令人陶醉。

全曲如行云流水,跌宕有致。写法上主要采用白描,目中所见,心中所感,依次写来,层层递入,却不落痕迹。作者选取了许多典型的乡村景物,如柳堤、竹溪、日影、金翠、钓矶、鸥鹭、农夫、渔翁、图画、景致等;加上杖藜、徐步、游戏等动态描写,共同组成了一幅闲适悠游的画面。更值得佩服的是作者的炼字功夫。"日影筛金翠"一个"筛"字，便把阳光透过树叶的空隙，照在地上铺金撒翠的样子表现出来。再说全曲用韵，曲韵虽然比诗词韵宽泛，但为了上口，韵脚较密。本曲除一"翁"字外，每句都协韵。这也是很见作者功力的地方。

（隗　芾）

〔中吕〕山　坡　羊

张养浩

骊　山　怀　古

骊山四顾，阿房一炬，当时奢侈今何处？只见草萧疏，水萦纡，至今遗恨迷烟树。列国周齐秦汉楚。赢，都变做了土；输，都变做了土！

明代朱权评张养浩散曲的风格"如玉树临风"（《太和正音谱》）。这对于张氏挂冠家居后所作的那些表现逃名弃世思想、以飘逸放旷为特色的作品，无疑相当切合；但却不适合于张氏的怀古之作。张氏怀古之作的基本风格是高屋建瓴、视野阔大、气势苍莽雄浑、感慨痛切深沉，其用笔不像前者那样潇洒轻灵，而以质朴重拙为主。这种基本风格在《骊山怀古》曲中体现得十分鲜明。

这首小令虽以"骊山怀古"为题，但作者感怀、议论的范围却不仅限于曲中提到的"周齐秦汉楚"，而至少应理解为涉及了定都关中的隋、唐两朝。"骊山四顾"和"只见……"等句，既表明本曲确是作者亲临关中有感而作，又显示出他的视野从骊山一直扩展到远在咸阳的阿房宫，实际上囊括了整个关中八百里秦川。曲中仅举出作者亲历的骊山和早已化为焦土的阿房宫，一方面是限于小令的篇幅，更重要的是以典型来概括一般，文字简洁而容量宏大。

骊山，属秦岭山脉分支，位于今陕西临潼县东南。它曾经见证过历史上无数次兴亡巨变。西周王朝在号称丰镐的这片土地上强盛起来，但西周的末代君主幽王为犬戎所逐，就被杀于骊山之下。秦国据关中而灭六国，始皇自即位之初就在这里着手兴修陵墓，费时二十载，动用人力七十万，造成了举世闻名的始皇陵。可是暴秦二世而亡，连始皇陵也被后世寻找亡羊的牧童于无意中焚毁（《汉书·刘向传》）。位于秦京咸阳西南的阿房宫也是秦始皇的杰作，其前殿"东西五百步，南北五十丈，上可以坐万人，下可以建五丈旗"（《史记·秦始皇本纪》），"离宫别馆，弥山跨谷，辇道相属，阁道通骊山八百余里"（《三辅黄图》），真可谓奢华侈靡到了极点。可是随着项羽大军的入关，咸阳宫殿以及阿房宫统统被付之一炬。如果顺着作者的思路推衍，那么，在这片土地上建都的还有曲中没有提到的隋、唐两朝。应当说明，曲中不提隋唐而列入了与关中地区关系不大的"齐楚"，是出于用韵（"楚"字是韵脚）和平仄声调（此句末三字多用平仄仄）的需要；并列五国的做法则暗示依此延推之意。隋唐两代君王为了统治和享乐的需要，都曾糜费大量人力物力来营建都城、修饰宫室。隋朝的大兴城何等壮丽，唐代的骊山更是环山遍造宫殿，成为帝王后妃们的避暑胜地。可是，巍峨的大兴城和骊山上万户千门的华清宫，不是早已同始皇陵和阿房宫一样荡然无存了吗？到如今，当张养浩来到这里时，所见的只有弯弯曲曲的河流，萧萧疏疏的野草和笼罩在山岚夕烟中的莽莽树林。面对这片荒凉景象，回想历史上历朝历代的兴衰隆替，怎么能不令人充满遗恨和悲戚？于是一腔感慨便凝成这样两句言简意赅的警句："赢，都变做了土；输，都变做了土！"伴随着各个王朝的交替嬗变，是无休无止的破坏，是无数物质文明和精神财富的毁灭。打赢了的，把输家的一切付之一炬、夷为平地；但今天的赢家难保将来不变成输家，赢来的一切到头来也照样会变成焦土泥尘。如此看来,输输赢赢又有什么意义呢? 这个警句点明了全曲的主题,显示了一位封建文人对历史兴亡的大彻大悟,似乎颇为消极,甚至带有虚无色彩。然而,这种大彻大悟是针对封建统治者为争夺政权而进行的残酷厮杀和夺得政权之后的奢侈行为而发的,所以又具有强烈的批判性和一定的醒世意义。

(董乃斌)

〔中吕〕**山 坡 羊**

张养浩

北邙山怀古

悲风成阵,荒烟埋恨,碑铭残缺应难认。知他是汉朝君,晋朝臣? 把风云庆会消磨尽,都做北邙山下尘。便是君,也唤不应;便是臣,也唤不应。

北邙山,亦作北芒山,即河南洛阳北面的邙山。自东汉魏晋以至唐宋,洛阳或为首都,或为陪都,曾经盛极一时。于是距洛阳不远的邙山,也成了许多帝王公卿、达官贵族选择墓葬的宝地。晋人张载有诗云:"北芒何垒垒,高陵有四五。借问谁家坟,皆云汉世主。恭、文遥相望,原陵郁膴膴"(《七哀诗》之一;诗中原陵指东汉光武帝刘秀墓,恭陵、文陵分别指安帝、灵帝之墓)。唐诗人王建创新乐府《北邙行》更云:"北邙山头少闲土,尽是洛阳人旧墓"。所以,后来邙山、北邙便成为墓地的代称,成为判分阳世和幽冥的界域。当人们登临此山之时,也就很少能够不产生"凄怆哀往古"的感情并由此思及人寿和天命、生存和死亡乃至今生和来世之类的问题了。

张养浩这首《北邙山怀古》在思想境界、艺术构思和表现手法上与前人涉及北邙的诗词作品大体相似。前三句写登临所见,于写景中渲染出凄怆气氛。一阵阵的悲风,一缕缕的荒烟,触目是坟茔冢墓,到处是残断不全和字迹漫漶的碑铭,寥寥几笔即突出了环境的特殊性。接下去几句自然引出对已逝者的慨叹:无论是汉朝的君王、晋代的重臣,还是曲中未曾明提实际却包含在内的唐宋时代的名公巨卿,凡能够安葬在北邙山的,大抵生前总把荣华富贵、"风云庆会"(庆会,喜庆吉祥的集会)享受了个够。可是,到头来还不是都化成北邙山下一抔无知无觉的尘土了吗?正如唐诗人刘希夷《公子行》结句所云:"百年同谢西山日,千秋万古北邙尘。"是人,便免不了一死;而一旦死去,便万事成空。这是谁也逃不脱的规律。既然如此,那么生前的尊贵与否,死后的哀荣如何,又究竟有什么意义呢!这就是这首小令所要表达的中心题旨。不过这层意思并不是通过议论或直接抒情予以表达,而是借助语气冷隽诙谐而又透着无限凄凉的结句道出。"便是君,也唤不应;便是臣,也唤不应",既符合曲律要求的有变化的重复,又切合凭吊古迹、怀想古人的题旨,造成了一种荒野高声呼喊的效果,从而有利于读者在思想感情上与作者发生共鸣。

这首小令主题中包含的某些消极因素是明显的。但我们在鉴赏时不应忘记以下两点。第一,作者的感慨是针对封建统治者而发,对于他们永难满足的权势欲、聚敛欲、挥霍欲具有当头棒喝的作用。第二,作者颓废乃至虚无的思想有其产生的现实基础。他以汉人而任朝官,置身于元代复杂的民族矛盾和官场斗争的旋涡中,历经忧患,屡遭凶险,因此才中年弃官,急流勇退。他对生死问题的彻悟,可以说是从一个特殊角度对黑暗社会现实的曲折反映。

(董乃斌)

〔中吕〕山 坡 羊

张养浩

潼关怀古

峰峦如聚,波涛如怒。山河表里潼关路。望西都,意踌蹰。伤心秦汉经行处,宫阙万间都做了土。兴,百姓苦! 亡,百姓苦!

这首小令是作者路过潼关时写的。《元史·张养浩传》说:"天历二年,关中大旱,饥民相食,特拜(张养浩)为陕西行台中丞。……登车就道,遇饥者则赈之,死者则葬之。"并说他"到官四月,忧劳以死"。就他的作品和有关史料看,他对元朝的黑暗统治深感不满,对人民的疾苦相当关心。他在"关中大旱,饥民相食"之时写的这首〔山坡羊〕,尽管题为"怀古",实际上重在"伤今",其揭露、批判的锋芒,既指向历史上历朝累代的统治者,更指向当时的元朝统治者。

作者从东方走来,纵目四望,看到了潼关的形胜。因此,这只曲子便先从潼关形胜写起。第一句写山,潼关东有崤山,北有中条,西接华岳三峰,形势险要。诗人看见的就是这种险要的形势;但他没有用纪实的表达方式,而只用"峰峦如聚"作形象的描绘。一个"聚"字,不仅写出"峰峦"的众多,而且赋予众多的峰峦以生命和意志,从而表现出它们向潼关聚集的动势。那许多峰峦,仿佛为了同一目的,从不同的方向奔来,拱卫潼关。第二句写河。《元和郡县志》记"潼关"云:"上跻高隅,俯视洪流,盘纡峻极,实为天险。"潼关所"俯视"的"洪流",就是黄河。黄河从龙门直泻而来,汹涌澎湃,奔赴关下,诗人所见的就是这种情景;但他也未用纪实的表达形式,而只用"波涛如怒"作形象的描绘。一个"怒"字,不仅概括了黄河波翻浪涌、奔腾咆哮的气势,而且赋予它以生命和感情。它为什么发"怒"呢? 这就给读者打开了驰骋想象的广阔天地。

第一句写山,第二句写河,都没有点明这是什么地方。第三句"山河表里潼关路",便总括山、河,归到"潼关"。着一"路"字,表明诗人此时正行进在"潼关路"上,那"峰峦如聚"、"波涛如怒"、"山河表里"的景象,都是他亲眼看见的,因而都涂上了他的感情色彩。他在"潼关路"上行进,其目的地,就是用潼关作东方屏障的"西都"。因此,在看清了眼前的潼关形胜之后,自然要遥望"西都"了,"潼关路"三字,既收束上文,又为向"望西都"过渡架好了桥梁。

《左传·僖公二十八年》:"表里山河,必无害也。"注云:"晋国外河而内山。"表,外也;里,内也。这里以"山河表里"形容潼关,极言潼关内有高山,外有大河,形势险要,为兵家所必争,关系着在关中建都的那些封建王朝的兴亡。因此,当诗人在"潼关路"上"望西都"的时候,自然就想到历代的兴亡了。

关中,曾经有西周、秦、西汉、前赵、前秦、后秦、西魏、北周、隋、唐等十个王朝在那里建都,历时达千年之久。那些都城,可以统称"西都"。在本曲中,张养浩仅举"秦汉",以代表在那里建都的所有王朝。当他"望西都"之时,由于想到了那许多王朝的兴亡带给老百姓的苦难,心情很沉重,所以接着说:"意踌躇"。踌躇,本指犹豫不决,徘徊不前。这里在前面加一"意"字,形象地表现了心潮起伏,思想上找不到出路的苦闷。

"意踌躇"一顿,下面所写,就是"意踌躇"的原因和内容。"伤心秦汉经行处"一句,上承"望西都",下启"宫阙万间都做了土"。所谓"处",指的正是"西都"。诗人在"潼关路"上遥"望西都",想到秦人在那里"经行",看见的是"宫阙万间";汉人在那里"经行",看见的是"宫阙万间";隋人唐人在那里"经行",看见的是"宫阙万间"。可现在呢?"宫阙万间都做了土"啊! 此所以望之"伤心"也。

当然,作者并不是说汉人"经行"时所见的"宫阙万间",也就是秦人"经行"时所见的"宫阙万间"。凡读过秦汉史的人,都知道秦都咸阳的"宫阙万间",已随着秦朝的灭亡化为焦土;汉都长安的"宫阙万间",是汉朝兴起后修建的。此后,王朝有兴有亡,宫阙也有成有毁。在张养浩的时代,"西都"的"宫阙万间",早已"都做了土";而元朝的京城大都,又修起了"宫阙万间"。"宫阙万间"修了又毁,毁了又修,剥夺了大量民脂民膏,给"百姓"带来无穷无尽的"苦"。住在"宫阙万间"里穷奢极欲、作威作福的达官贵人,更给"百姓"造成了无穷无尽的"苦"。诗人从"望西都"所激起的情感波涛中理出了这样的思路,并循着这样的思路,倾吐出惊心动魄的诗句:"兴,百姓苦! 亡,百姓苦!"无数个王朝兴、替,你方唱罢我登场,而"百姓"之"苦"依然如故,甚至有增无已。那么,怎样才能挖掉"百姓"的"苦"根呢? 诗人当然还找不到答案,却已经一针见血地指出了封建统治阶级与劳动人民的根本对立,敢于为百姓的苦难大声疾呼,这是难能可贵的。

这首小令遣词精辟,形象鲜明,于浓烈的抒情色彩中迸发出先进思想的光辉,在元散曲,乃至整个古典诗歌中,都是难得的优秀作品。

(霍松林)

〔中吕〕山 坡 羊

张养浩

未央怀古

三杰当日,俱曾此地,殷勤纳谏论兴废。见遗基,怎不伤悲!
山河犹带英雄气。试上最高处闲坐地:东,也在图画里;

西，也在图画里。

元文宗天历二年(1329)关中大旱，张养浩被召为陕西行台中丞，前往赈灾。赴任途中，他曾用〔山坡羊〕调名写了一组怀古曲，对他沿途所经的名城、古迹抒发感慨。其中《未央怀古》是一首内涵深沉的佳作。

未央，即未央宫，遗址在西安市西北郊龙首山上，汉长安城的西南隅。据《汉书·高祖纪》载，高祖七年(前200)萧何主持建筑未央宫，立东阙、北阙、前殿、武库、太仓等，规模壮丽，《三辅黄图》说它周回有二十八里。汉武帝时又增筑许多殿阁，并重加装饰，越发豪华。从高祖到平帝都驻在这里，成为西汉王朝的政治中枢。面对着高低起伏的汉宫遗址，自然会迸发出思古之幽情。那末，作者想到些什么呢？

"三杰当日，俱曾此地，殷勤纳谏论兴废。"作者首先想到的不是西汉帝国开创者刘邦，而是辅佐刘邦成大业的三位杰出人物：张良、萧何、韩信。张良出谋略，萧何镇后方，韩信掌军事，刘邦称他们三人都是"人杰"，而他能信用他们，是他能得天下的重要原因。这是"三杰"得名的由来。刘邦的说法是很有道理的。"三杰"不仅在推翻秦朝、消灭项羽的斗争中发挥了巨大的作用，而且在汉朝建立后，继续对刘邦启发开导(纳谏在这里是进谏之意)，总结历史经验，接受秦亡教训，提出长治久安之道。许多的规章制度，政策法令也出自他们之手。这些，均为汉王朝的强盛奠定了基础。但刘邦是个外表豁达而内实忌刻之主。开国功臣被他杀了不少，"三杰"的命运也并不好，韩信被妄加谋反罪名，杀害于长乐钟室；萧何一度被捕坐牢，几乎杀掉。只有张良假装"避谷"(不吃饭)求仙学道，愿从"赤松子游"，表明对现实生活不感兴趣，才保全了自己。到后来，元帝宠信宦官，成帝以后外戚当政，导致政治腐败，王莽乘机夺取政权。当这些往事涌上心头时，"见遗基，怎不伤悲！"这是追怀"三杰"思想感情的深化。"三杰"的事迹

〔沾美酒兼太平令〕

已经过去了一千多年，在他们之后又更换了不少朝代，人事的沧桑在不断地变化着，而终南磅礴西来，渭水浩荡东注，却依然如故，接着引发出一句警句："山河犹带英雄气"，这里赋予山河以浓重的感情色彩，好像山河显示出的是"三杰"的英雄形象，表明了"三杰"的业绩与关中山河并存天壤。这句警句充分表现出作者对"三杰"的热烈赞扬与崇高的敬意，也蕴含着"鸟尽弓藏"的愤慨。

"试上最高处闲坐地：东，也在图画里；西，也在图画里。""最高处"指龙首山的最高处，也就是未央宫前殿遗址的所在地。这里是长安西北郊的最高点，在这里可以俯瞰长安街衢，八百里阡陌纵横的秦川奔来眼底，从西向东连绵不断，一直消失于天的尽头。这东、西两方巨大无垠的画面令人留连忘返，兴怀无尽，但谁能永远保有这壮丽的河山呢？

这首小令，语言通俗如话，而造语奇警，如"山河犹带英雄气"，似未经前人道过。结尾风神摇曳，全曲内涵丰富，令人寻味不尽。

（李廷先）

〔双调〕沾美酒兼太平令

张养浩

在官时只说闲，得闲也又思官，直到教人做样看。从前的试观，那一个不遇灾难：楚大夫行吟泽畔，伍将军血污衣冠，乌江岸消磨了好汉，咸阳市干休了丞相。这几个百般、要安，不安，怎如俺五柳庄逍遥散诞。

【沽美酒兼太平令】

张养浩为官清廉,直言敢谏。他深感官场腐败,元英宗时,弃官归隐。这首小令就写于刚刚辞官家居的时候。《雍熙乐府》卷二十收录,题为《叹世》。作者慨叹仕途的险恶,表达了毅然隐居、远祸全身的愉快心情。

前三句开门见山,写出自己辞官前后的思想活动。作者浮沉宦海达三十年之久,洞悉元代社会的各种丑恶弊端,对官场的黑暗尤其感受深切。据《元史》本传所载,张养浩在监察御史任上,由于上疏议论时政遭到罢官,如不变姓名遁去,就会大难临头。至治元年(1321),养浩谏元夕放灯,英宗勃然大怒,又差一点闯祸。因此,他对仕途感到绝望,"把功名富贵都参破"(〔新水令〕《辞官》)。"在官时只说闲",说明时刻考虑辞官,而且这个念头早就萌发了。虽然归隐是出于无可奈何,其实他并没有忘却世情,一旦退居之后,对官场的留恋之情便油然而生。作者虽处在这样极为矛盾的心理状态中,但是在别人面前,还要故作镇静,装成若无其事的样子。曲文开头,仅用寥寥几笔,就真实地把他当时的复杂心情表现出来,使人感到这是一种真情的流露,没有半点矫揉造作。那么,怎样才能从矛盾中解脱、求得心灵上的闲适恬静呢?作者纵观往古,从中寻找答案。他列举出历史上居官得祸的例子:"楚大夫行吟泽畔,伍将军血污衣冠,乌江岸消磨了好汉,咸阳市干休了丞相。"这里用了两组对仗工整而又有变化的合璧对偶句子,对屈原、伍员、项羽、李斯的不幸遭遇,寄予了满腔的同情,同时也借古喻今,揭露了仕途的险恶。从而催人猛省:官场丝毫不值得留恋。最后两句通过对比,既总结了上文,又表示隐居不出的决心。"这几个百般、要安,不安",颇含哲理,耐人寻味。下句中的"五柳庄",用陶渊明《五柳先生传》的典故:陶渊明归隐后,门前种五株柳树,并以五柳先生自况。后遂用"五柳"等喻称归隐、隐居,亦借以形容环境幽雅,隐居闲适。这里表明张养浩自己要像陶潜那样安贫乐道,不慕荣利,彻底与官场决裂。至此,作者才像冲破樊笼的鸟儿,显得那么逍遥自在,那么自豪和愉快!

【胡十八】

作者在元代散曲家中,以擅长小令著称。这是一首带过曲,由两支小令组成,前五句为〔沽美酒〕,后八句是〔太平令〕,一韵到底,浑然一体,不露斧凿痕迹。曲词不事雕琢,质朴而明畅。全篇句式,参差中见整饬,整齐中又有变化,再加上句句押韵,构成和谐而豪爽的艺术特色。

(吴书荫)

〔双调〕 胡 十 八

张养浩

正妙年,不觉的老来到。思往常,似昨朝。好光阴流水不相饶。都不如醉了,睡着。任金乌搬废兴,我只推不知道。

元英宗至治元年(1321),张养浩因感于宦途险恶,弃官归隐。此后七、八年,虽朝廷屡次征召,他皆不赴就。整日寄傲林泉,纵情诗酒,写下了大量散曲。这支小令的具体写作年代不详,据曲中"老来到"等语及其所流露的情调推测,很可能作于归隐期间。

相对于永恒的宇宙,人的一生确实是非常短暂的一瞬。古往今来,人们为此每多感慨。而咏叹人生老易,也成了我国古代文人诗词中习见的一个主题。张养浩这支小令的旨意,乍看亦不外乎此:前五句写作者对华年易逝的深切感受,后四句写由此而沉湎杯杓、不问世事的生活态度。情调消极低沉。然而,联系作者的生平行事和其他作品细加揣摩寻味,却似又不尽其然。

张养浩原本并非甘于隐逸之人,他早先曾积极仕进,对国运民生多所关心。可是,元代统治者实行民族歧视,汉族官吏非但不得信任,且往往祸害加身。张养浩任监察御史时,即因批评时政而被罢官;后出任礼部尚书,又因上疏谏事而招致非议。亲身经历,使他充分认识了官场的黑暗和险恶,跻身其间,"终不免有许多忧患"(〔沉醉东风〕),因而弃官归隐,以全身避祸。这实在是被迫之举,包蕴着不满现实而又无可奈何的痛苦。这种痛苦,在他归隐后所写的许多散曲中时有反映。如其〔庆东原〕云:"……用了无穷的气力,使了无穷的见识,费了无限的心机。几个得全身?都不如醉了重还醉。"就这首〔胡十八〕曲言,看似因光阴飞逝不可挽留,从而忘怀世事,玩忽人生,归于虚无。其实却反映出了他对现实的灰心绝望,语含怨愤。最后两句,作者虽然声称自己听任时事变迁,无动于衷,可"废兴"二字恰恰透露了他于世事时时关怀,不能忘情,只是迫于情势,无能为力,不得不佯装糊涂,"推不知道"罢了,其中含蓄着难以言说的苦衷。同样,"都不如醉了,睡着"两句,亦非醉人醉语,其真实内涵,我们可从上引〔庆东原〕曲词中找到答案。这是作者阅尽尘世风霜之后,对自己宦途生涯和人生经验的深刻总结,出笔轻松而感慨深沉。明白乎此,回头再看作品头几句,就不难体会其洵非虚泛咏叹人生老易,而是浸润着作者自身的独特感受,反映了他因现实黑暗,无以施展才华而坐视光阴流逝的苦痛。《雍熙乐府》收录这支小令,曾标了个题目叫"叹世",倒不失为有眼力的见识。

　　这支小令在艺术上也有二三佳处。头几句叹惜华年易逝,笔法灵活多变。起首两句由昔至今,顺序道来,衬以"不觉的"三字,显现对时光飞逝之惊讶;三、四句抚今追昔,回首往事,以夸张的笔调再次强调了光阴流走之快;第五句系总括,取流水为喻,突出岁月无情。五句词旨意相同而角度相异,互为表里,互为补充,毫无复沓之嫌而见变化之功。另外,作品语言明白晓畅如随口道出,而又不落俚俗。"任金乌搬废兴"一句,巧妙借引古代神话关于太阳中有三足乌的说法,以"金乌"称太阳,又以"搬"字拟人,将时光之迁移与时世之变易联系起来,构想奇特而寄慨良深,引人遐思。刘熙载说,张养浩"小令骚雅,不落俳语"(《艺

【殿前欢】

概》,确为中肯之论。

(周圣伟)

〔双调〕殿 前 欢

张养浩

对 菊 自 叹

可怜秋,一帘疏雨暗西楼。黄花零落重阳后,减尽风流。对黄花人自羞。花依旧,人比黄花瘦。问花不语,花替人愁。

张养浩在官场中生活了三十年,为百姓做了不少好事,可是"翻腾祸患千钟禄,搬载忧愁四马车"(〔喜春来〕),"看了些荣枯,经了些成败。"(〔普天乐〕)在仕途也觉得劳累了,厌倦了。因此他才过中年,便辞官归隐。这支"对菊自叹",就是写他当时的处境与心情的。

"可怜秋,一帘疏雨暗西楼。"首二句是写自然环境,秋天到了,凄风苦雨,黯然生凉。"满城风雨近重阳"(潘大临《致谢无逸书》),"悲哉秋之为气也"(宋玉《九辩》),草木逢秋零落,秋士亦多悲慨。故曰"可怜秋"。秋之所以可怜,是兼指草木与人事而言的。这开头两句笼罩全篇,又创造出了萧瑟凄清的气氛。

"黄花零落重阳后,减尽风流。"接着二句提到黄花。由于风雨凄迷,到了重阳之后,菊花已凋零了,她瘦损憔悴,已减尽了风流姿态。这是第一个层次,是人惜花。"对黄花人自羞"三句由怜花转到人的自怜,由怜惜菊花的消瘦,转而自怜自羞。为什么呢?今年的菊花虽然零落了,但她还如去年的菊花一样;可是人比菊花还要消瘦,还要憔悴,那么,自怜之不暇,又何暇怜花呢?从怜花转而自怜,这是第二个层次转折。结处:"问花不语,花替人愁。"是第三个层次,转出主意,低徊无限。结处由人问花,问的什么?承上而来,无非人与花命运孰好的问题。但是花并不回答人的问话,只是在替人发愁。为何发愁,实际是人的命运不如花的命运。因为花落明秋还会开,而人则一年老似一年。"算春长不老,人愁春老,愁只是、人间有。"(晁补之〔水龙吟〕)花开花落,循环不已,好春长在,而人则壮年一去不复再返了。

此曲词明白如话,表现曲的"贵浅显"的特色。但它宛转相生,一波三折,一层深入一层,"问花不语,花替人愁"。结语是沉痛的。此曲反映作者仕宦厌倦之情与流年逝水之叹。在《云庄乐府》中别具一格。

在艺术上还有两点可谈:第一,曲的引用诗词成句的特点。曲中"人比黄花瘦"是引用李清照〔醉花阴〕"帘卷西风,人比黄花瘦"的词句。这两句在李词中特别精警。但在此曲中不过随手拈用。"人比黄花瘦"照搬原句,一字不易,这在诗词中是少见的,而在曲中则习以为常。还有,"问花不语"四字,是化用欧阳修〔蝶恋花〕"泪眼问花花不语",去掉了"泪眼"与"花"字,变成"问花不语"四字,后面又加了一句"花替人愁"。这就与欧词的意思不一样了。在欧词中,人问花,花没有回答,表现"人愈伤心,花愈恼人"之意,到底花和人的命运孰好孰坏,没有结论。而在此曲中,既然是"花替人愁",显然是人不如花了。曲用诗句、词句,可以一字不易的照搬,也可略易数字,生出新意。其体例如此。

第二,细玩此曲,可见词曲风格上的不同。词与曲比较,曲较疏淡,词较浓至。李词"帘卷西风,人比黄花瘦",炼词炼句炼意,情意浓至,不厌百回读。而此曲中"人比黄花瘦",如上所述,只是一般引用,别无深意。欧词"泪眼问花花不语,乱红飞过秋千去",亦是警句。据毛先舒分析,即有三层意,既层深而又浑成(《古今词论》引),词浓丽而意深挚,就与曲不同。总之,词密曲疏,词隐曲显,但值得注意的是,曲是明白易懂,但也直中有曲,显中有隐,并不是一味追求浅易,而要显中有隐,直中有曲,熟玩此曲,是可以同意这个观点的。

(万云骏)

〔双调〕雁儿落兼得胜令

张养浩

往常时为功名惹是非,如今对山水忘名利。往常时趁鸡声赴早朝,如今近晌午犹然睡。往常时秉笏立丹墀①,如今把菊向东篱。往常时俯仰承权贵,如今逍遥谒故知。往常时狂痴,险犯着笞杖徒流罪。如今便宜,课会风花雪月题。

张养浩的〔双调·雁儿落兼得胜令〕共六首,均写在弃官归隐之后,《太平乐府》题作"退隐",而《雍熙乐府》则题为"知机"。二书在文字上也略有差异。《雍熙乐府》在所有"如今"二字上均有一"到"字,作"到如今"。另外〔雁儿落〕曲第三句的"鸡声"作"鸡鸣";〔得胜令〕曲第二句的"把菊"作"把酒",余皆同。

这首散曲用对比的手法写出了为官的艰苦险恶与退隐后生活的悠然恬适。

首二句"往常时为功名惹是非,如今对山水忘名利"是总写。一开始就把官场的险恶与退隐的悠闲提了出来,形成鲜明的对比。张养浩曾在元武宗、仁宗、英宗时先后做过东平学正、堂邑县尹、监察御史、礼部侍郎等高官。他为官清廉,为人正直,一心想为国家、为百姓做点好事。在武宗时,由于疏谏元夕内廷放灯事触怒了权贵,险些遭祸流徙,他不得不匿名弃官逃避。虽然后来又被复召出仕,授礼部尚书参议中书省事等要职,但他越来越看清了统治者的腐败与官场的黑暗，遂又以父老为名辞归乡里。辞官之后，朝廷曾多次复召，他都坚拒不出，表示完全绝意于功名，"不再想长安道"了。本曲开首二句即是这种人生"彻悟"的概括。

接下去作者又用具体的事例来说明为官与退隐的不同，他用"鸡声赴早朝"的艰辛来对比"晌午犹然睡"的安适；用"秉笏立丹墀"的恭谨来对比"把菊向东篱"的超然，用"俯仰承权贵"的屈辱来对比"逍遥谒故知"的自得；用"笞杖徒流罪"的风险来比对"风花雪月题"的闲适。这种鲜明的对比，使读者强烈而形象地感受到作者对官场生活的厌恶和对山林生活的向往。然而作者并不是一味贪图安适、畏惧艰苦才辞官归隐的。前面我们说过，张养浩曾是一个清廉正直的封建官吏，他曾为国为民"用了无穷的气力，使了无穷的见识，费了无限的心机"（〔双调·庆东原〕）。甚至在归隐多年之后，一听到关中大旱，饥民相食的天灾人祸，他便毅然放弃安逸的隐居生活，而于文宗天历二年（1329）又一次应召出任陕西行台中丞。为了救民于水火，他到任四月，未曾家居，夜祷于天，昼则赈济灾民，呕心沥血，终日无少待，最后终因积劳成疾而死于救灾现场。关中之民，哀之如丧父母。（见《元史·张养浩传》）可见他并非是一个真正的方外人物。他之所以厌弃官场，羡慕山林，是由于他看透了官场的黑暗。因此，"往常时狂痴，险犯着笞杖徒流罪"一句，应看作此曲的"诗眼"，正是由于元代官场的险恶，才逼得他不得不弃官归隐的。表面看来，此曲似乎是对隐居生活的讴歌，而其背后，则隐藏着他对现实的不满与谴责。本曲所以通篇运用对比手法，其意亦正在此。

全曲多用对偶，〔雁儿落〕四句两两相对，形成连璧对；〔得胜令〕前四句隔句相对，形成扇面对。因此整首曲子显得整齐富丽，饶有韵味。其语言又多用"天下通语"，朴实无华，畅晓流利，读起来甚得"亲切晓畅、疏落俊爽之趣"（任讷《作词十法疏证》）。

（周续赓）

〔注〕 ① 秉笏：秉，持；笏，朝笏，又叫手版，古代君臣在朝廷上相见时手中所持的狭长板片，用以比画或在上面记事。丹墀：帝王宫殿的台阶。

〔双调〕雁儿落兼得胜令

张养浩

退 隐

云来山更佳，云去山如画，山因云晦明，云共山高下。倚仗立云沙，回首见山家。野鹿眠山草，山猿戏野花。云霞，我爱山无价。看时行踏，云山也爱咱。

　　本曲从曲词的内容来看，当是作者隐居历城时的作品。张养浩曾任礼部尚书、监察御史等要职。他的隐居历城是在英宗至治元年（1321），时五十二岁。退隐的借口是父亲年迈，实际上是因直言敢谏，数忤人君。故知他的退隐实是出于不得已。不管怎样，远祸避身，离开恶浊的官场，在张养浩看来也不是什么坏事，"辞却凤凰池，跳出醯鸡瓮"（〔庆东原〕），他甚至庆幸自己的隐退。"远是非，绝名利"（〔普天乐〕），"紫罗襕，未必胜渔蓑"（〔梅花酒兼七弟兄〕），他似乎决计要与官场彻底绝别了。以后朝廷曾多次征召他，张养浩一概拒辞。所谓"屈指归来后，山中八九年，七见征书下日边"（〔西番经〕）。差不多平均每年征召一次哩。因此，张养浩对山水渔樵的津津乐道，更其复杂，亦更间杂以凄楚苍凉。

　　这首带过曲写云、写山，画就一幅云山飘缈的优美图画，流露出作者对云山图景的依恋和挚爱。前面的〔雁儿落〕，纯然描摹自然风物，从云、山的映衬关系上，写出了云山景致的变化之势。只有山而没有云，未免单调；只有云而没有山,又嫌过于虚幻。云、山之间的虚虚实实,才呈现出变幻之美,迷离之美,若隐若现的飘忽之美。首二句,写高山之上,云雾缠绕。云隔断了山,山衬出了云的飘逸和轻盈;因了云而山势更巍峨险峻,因了山而云行更袅娜多姿。作者采用中国画中的横云断山,意到笔不到的画法,以文字作画,气象万千,美不胜收。云来,山色更柔美神奇;云去,山亦苍翠欲滴。虚幻之美,坦露之美,意味不同,情趣各异。"来","去"二字,既写出了云的动势,又写山了山色的变化,更写出了云山浑然一体,互相映衬所造成的奇观。其手段之高超,令人叹服。"山因云晦明"二句,更进一步从显隐,高低的角度来表现云山相依赖而逞其美的妙境。云来山晦,云去山明;云遮山显得愈高远,云开山色则更加明晰。晦明变化,真有瞬间天上人间之妙。短短四句,极尽显隐变幻之致。云雾山中,如仙山浮于海上;碧空响晴,则青山兀立眼前。其神奇诡谲,未可控揣。此是"无人之境"。

后面的〔得胜令〕曲,是"有我之境"。"倚仗"二句,写人的瞻顾不已,"仗"即杖,"倚仗"就是挂杖,挂杖而行,停停走走。"立",写尽了作者对云山景色的无限眷恋,注目而观,生怕放过了这变幻莫测的奇妙景致。云沙,犹言云海,"沙"字极尽云海之苍茫。立在云海之中,纵目远望,大有飘然欲仙之态。"回首"二字,写作者的四顾不暇,"家",同"价",山家即山那边。可知作者已登至半山腰了,回过头去看山中景致,竟是一片恬静、平和:野鹿在山坡上的草丛中卧着,悠闲得好似睡去了,顽皮的山猿跳着跑着,在花地上嬉戏。这分明是人迹不到的世外桃源。这样的去处,对于在官场上已感到极度疲惫和厌倦的作者来说,实在是太怡人、太舒畅了。"云霞"二句,写作者对山中景色的眷眷深情。在作者看来,山中的云霞开合,晦明变化,以及麋鹿山猿,茅草野花,都是那样的怡然自得,温馨静谧,那样地令人爱怜。如此超然于物外的心情也是过去所不曾有的,他感到一种解脱与松弛,因而觉得这便是人生无法用金钱衡量的乐趣,俗辈是无法体会此中之乐的。可见,作者一时间似乎忘却了一切的忧愁和烦恼,完全陶醉于云山景色之中了。正是所谓"青山看不厌,流水趣何长"(唐钱起《陪考功王员外城东池亭宴》)。结尾两句,写作者边走边看,细味山色景观,渐渐地,感到物我交融,人山之间似乎产生了浓厚的感情。人看山,山看人,自然的山被人化了,深情的人又好像被物化了,从而造成了物我浑然一体的交融境界,完成了这幅绝妙的山中行乐图。这正是作者理想的退隐生活,事实上有着浓重的主观色彩。

张养浩毕竟是一位有志之士,他的忘情山水之间,不过是暂时的。果然,到了天历二年(1329),六十岁的张养浩毅然应召,出任陕西行台中丞,到关中去赈济灾民了,竟死于任所。可见在这类退隐的散曲中,张养浩虽表面上有些消极,但就里还是潜蕴着万千感慨和郁勃之志的。

(王星琦)

〔双调〕雁儿落兼得胜令

张养浩

也不学严子陵七里滩,也不学姜太公磻溪岸,也不学贺知章乞鉴湖,也不学柳子厚游南涧。俺住云水屋三间,风月竹千竿,一任傀儡棚中闹,且向昆仑顶上看。身安,倒大来无忧患;游观,壶中天地宽。

古人寄情山水者,或因天性旷达,不愿为名缰利锁所羁系,如汉光武帝微时的同学严光,就不屑去高攀皇帝,宁愿在富春江畔的七里滩悠然垂钓;或因时机未至,如姜子牙垂钓于磻溪(今陕西宝鸡市东南),到八十岁才与周文王风云遇合;或因晚年悟道,如唐代诗人贺知章,便于晚年请求还乡为道士,临行向皇帝乞湖面数顷以为放生池,唐玄宗却大方得很,"有诏赐镜湖剡川一曲"(《新唐书·隐逸传》);或因仕途挫折,像柳宗元贬为永州司马,借山水自遣,写有著名的"永州八记",又有《南涧中题》诗。以上这几位都是纵情山水的著名人物,被历代隐居高士奉为典范,可是张养浩这首小令一开始连用四个"也不学",将他们一笔抹倒。这里的潜台词是很丰富的:我隐居完全是出于本心,任情而发,并非模仿古人以沽名钓誉,此其一。照我看来,有的古人隐居尚未贯彻始终,如姜太公后来不是出山了吗?贺知章归隐,还要向朝廷乞求鉴湖,这不是不够清高吗?陆游〔鹊桥仙〕词云:"鉴湖原自属闲人,又何必官家赐与?"此处即用其意。至于柳宗元游南涧,其诗"忧中有乐,乐中有忧"(苏轼评《南涧中题》语),还是不够放达,此乃我所不屑为,此其二。古人或隐于钓,或隐于湖,或隐于涧,是其时势、气质使然,隐居的方式可以因人而异,我何必拘拘模拟古人形迹呢?此其三。

因此,在曲的后半部分,作者便不无自豪地描绘自己的隐居生活:云山之中,溪水之旁,筑上几间茅屋,更何况还有翠竹千竿,可以助我风月之兴。生活在这样的环境里,仿佛置身于仙家所居的昆仑山顶,俯瞰红尘中的纷纷世情,冗冗俗态,"乱烘烘你方唱罢我登场",在局外人看来,这不过是像戏棚里演出的杂剧那样虚幻。想到此处,诗人不由庆幸自己跳出了风波险恶的宦海,免除了身家性命的忧患,赢得了身心的安宁。在另一首带过曲中,作者曾经以屈原、伍子胥、项羽、李斯与陶渊明作比,说"这几个百般、要安,不安,怎如俺五柳庄逍遥散诞?"(〔沽美酒兼得胜令〕)因而此处他以"身安"而自慰,便是十分自然的了。结尾"游观,壶中天地宽"再补足一句,用《神仙传》壶中有仙宫世界的典故,再次表明自己归隐闲居,乐在其中。"此心安处是吾乡"(苏轼〔定风波〕),作者的内心境界正是如此,不过这里是借助比喻,把它表达得更为形象罢了。

这首带过曲不同于一般的隐逸之作,它不是泛泛地赞美归隐生活,而是通过官场险恶与田园乐趣的反复对照,通过古人与自己理想、追求的多方面比较,表现出自己在选择人生道路时那种特立独行、超群脱俗的精神。作者独特的个性在这篇作品中显现得相当鲜明。

(赵山林)

〔双调〕得 胜 令

张养浩

四月一日喜雨

万象欲焦枯,一雨足沾濡。天地回生意,风云起壮图。农夫,舞破蓑衣绿;和余,欢喜的无是处。

雨和人类生活的关系真是太密切了。暴雨淫雨给人们带来愁苦和灾难,但更多的是适时的好雨给万物以生机,给人以丰收的希望。所以“喜雨”成为古典诗歌中常见的题目,且其中不乏名作。如杜甫的《春夜喜雨》就描绘春夜雨景,表现了诗人对春雨的喜悦心情。

但是有多少次喜雨可以与天历二年(1329)四月一日这场大雨给张养浩带来的欢乐相比呢?据《元史》记载,关中一带已数年无雨,旱情严重,至“饥民相食”,“民间有杀子以奉母者”。张养浩是在这样的情形下受命任陕西行台中丞的。他本是个一贯关心民生疾苦的官吏,此刻又肩负着救百姓于水火的重任,面对苦旱,他是如何盼着一片乌云的出现,一滴雨珠的降落,这是可以想见的。

据《元史·张养浩传》载，他"道经华山，祷雨于岳祠，泣拜不能起，天忽阴翳，一雨二日"。延续了几年的旱情缓解了，一方的生灵得救了，他的心情是如何由紧张焦灼一变而为轻松兴奋，这也是可以想见的。他用了不止一首散曲来倾泻自己的这种感情。在套曲〔一枝花〕《咏喜雨》中他写道："用尽我为民为国心，祈下些值玉值金雨。数年空盼望，一旦遂沾濡，唤省焦枯，喜万象春如故。"与这首小令异曲而同工。不过套曲容量大，可以尽情表达多方面的复杂心情，而这首小令只着意于得雨当时狂喜感情的抒发。

小令首二句是叙述。上句"万象欲焦枯"写旱象之严重：大地上的东西都像被火烧过的一般。有此一句，概括一切：庄稼之枯黄焦灼，百姓之饥饿困穷，自不待言。下句"一雨足沾濡"立即转入喜雨。两句强烈的对比，迅速的转换，有力地表现了作者由极忧至极喜心情的突变。"足沾濡"，既叙述了雨量之充沛，也透露了作者心情的舒畅和满足。沾濡的不仅是土地；人们，包括作者的心，也像被甘霖浸透了。三四句对雨后广阔的宇宙空间的变化作了大笔勾勒。显然，纤细的笔触和一景一物的描绘是难以表现这场雨的重大意义和带来的巨大变化的。但雨毕竟给人带来了巨大的欢乐。所以曲文接着就写欢乐的人们，而前两句"天地"、"风云"则被推向远处成为背景。在这背景上，农夫们身披蓑衣狂舞着。毫无疑问，农夫是旱灾主要的受害者，也是今天这场雨的主要受益者，作者作为官员的一切焦虑和辛劳也都是为了他们。所以作者突出了农夫，对他们的形象作了描绘：他们穿上蓑衣舞蹈。《礼·乐记》说："故歌之为言也，长言之也。说之故言之；言之不足，故嗟叹之；嗟叹之不足，故不知手之舞之，足之蹈之也。"舞蹈是表达感情的一种方式。农民身穿蓑衣，忘情起舞，说明他们是在大雨中狂欢。然而此时穿蓑衣却不是为了避雨，而是他们表达感情的又一种方式，所以哪怕舞破亦在所不惜。他们有多久不得穿它了啊！作者还特意点出了蓑衣的"绿"色，绿是充满生意的颜色，在诗人笔下，仿佛蓑衣也曾因久旱而

【水仙子】

枯黄,如今又因喜雨而返绿,这一笔,不仅使蓑衣的形象更为鲜活,也使整个大地生机恢复,作者欢愉的心情得到了物象的表现,而字面上却没有一个"喜"字。接下来的"和余",用今天的话说,就是"连我"。全句意为"连我也欢喜得不知如何是好",这就摆正了诗人和农夫的位置,最欢乐的首先当然是农夫,诗人只是"后天下之乐而乐"。然而作者决非局外旁观,他具有孟子所说的以天下之饥溺为己责的胸怀,因此农夫此时此地的欢乐心情,他是感同身受的。"欢喜的无是处",是普通人常有的一种心理体验:无法找到表达方式的欢乐是最大的欢乐;这也是老百姓常用的一种语言。这样的语言和表达方式,使作者的身份更平民化了,也使作者与人民同甘苦同忧乐的关系得到了更好的表现。当然,这个通俗的语句也使整个作品呈现了不同于诗词的散曲情味。

(姚品文)

〔双调〕水 仙 子

张养浩

咏 江 南

一江烟水照晴岚,两岸人家接画檐,芰荷丛一段秋光淡,看沙鸥舞再三,卷香风十里珠帘。画船儿天边至,酒旗儿风外飐,爱杀江南。

这支小令咏赞江南的美景。全曲结构比较简单:共八句。前七句描绘景物,最后以一抒情句"爱杀江南"作结,点出主旨。既然主要部分是写景,我们就来看它写景有什么特点。

首先,作者是抓住江南景物的特殊风貌进行描写的。多水是江南一大特色。作品开篇就以"一江烟水"切"江南"之题,接下去的两岸、芰荷、沙鸥、画船,无一不是水乡风光。"一江烟水照晴岚",写出了强烈阳光照耀下水气蒸腾、江上烟波与岸上山岚相映生辉的景象,给人以既明朗又迷离的感受。作者在取材时不仅着眼于自然风物,而且还着眼于表现江南地区的繁华富庶。"画檐"是南方富裕人家砖瓦房屋脊房檐上的彩绘装饰。屋檐相接说明人烟稠密。"十里珠帘"更是富丽的城市风光,它使人们想起杜牧的诗句:"春风十里扬州路,卷上珠帘总不如。"(《赠别二首》)再加上芰荷、画船、酒旗……也与著名的"三秋桂子,十里荷花"(柳永〔望海潮〕)的意境颇为相近。

其次是表现手法的生动活泼。本曲虽然差不多句句写景,但手法并不单调。全篇放眼广阔的空间,不局限于一隅一景,所取景物则有巨有细,时远时近,舒卷自如。作者的眼睛和画笔起始于瞭望大江远山,然后逐渐由远入近,由大而小:两岸人家,芰荷池塘,沙洲水禽……;忽而又放纵开去,极目天际之画船,倏地又回收至村落酒帘。于是一片江南秀丽风景,便一览无余了。同时,作者所组织的画面是动静结合的。流水生烟,山岚耸翠,此为一动一静;画檐芰荷,安静恬淡,而沙鸥在舞,珠帘在卷,画船由天边驶来,酒旗在迎风招展,此又于宁静之中,显出一派生机。"卷香风十里珠帘"一句,表面上没有写到人,但"香风"从何而来? 自然是珠帘内飘出的脂粉味,这就不免使读者生出对帘内佳人的神往。在句型上,"卷香风十里珠帘"当为"十里香风卷珠帘"之倒装;同时,句意上化用李清照的"帘卷西风"(〔醉花阴〕)而翻出珠帘拂扬,裹卷着缕缕香风之新意。其情趣较客观描写风卷帘动又胜一筹。

再看本曲意境。这首曲主要是客观描写,即王国维所谓的"写境"即"无我之境";但实际又非完全无我。"看沙鸥"之看固然是"我"看,"芰荷丛一段秋光

【沉醉东风】

"淡"之淡也实包含着作者的感受和评价。七句写景中没有作者表赞叹之一字，但笔笔都像是用蘸满了爱的浓汁画出来的，否则哪能像这样美丽与可爱呢？

在遣词方面，本曲的特点是数词的妙用。有人曾经指出过杜甫喜用"百、千、万"，增强了对雄阔气象的表现力，增加了感情的力度。与之相对照，张养浩在本曲中用了一、两、再三、十等较小的数词，正与江南风物之秀媚相称，如"沙鸥舞再三"句，描写沙鸥踱步和拍打翅膀的体态，犹如在翩翩起舞；因为生活中的鸟儿舞动是时动时停的，所以"舞再三"的描写就非常准确传神。再者由于选用了几个不同的数量词，全曲在用词上显得多样而富于变化，从而增添了活泼生动的韵味。

有了前面大量经过精心安排与勾勒的景物描写，最后一句"爱杀江南"就可以看作是瓜熟蒂落，水到渠成了。

（姚品文）

〔双调〕沉醉东风

张养浩

班定远飘零玉关。楚灵均憔悴江干。李斯有黄犬悲，陆机有华亭叹。张柬之老来遭难，把个苏子瞻长流了四五番。因此上功名意懒。

张养浩写了一组〔沉醉东风〕曲，共七首。每首都以"因此上功名意懒"为结句，讲了他对功名心灰意懒的七个原因。如果加以归纳，无非反复阐述了两个方面的原因：其一是感到田园之可乐、闲适之可爱；其二是看破人生之无常、仕途之险恶。上面一首是这组曲的第二首，是从后者立意的。

曲的前六句写了六个历史人物及其不幸遭遇。首句写东汉名将班超。班超留西域三十一年，确保了"丝绸之路"的畅通，虽官至西域都护，封定远侯，但晚年随着衰老的降临、疾病的侵袭，日益思念故土，在将近七十岁时上疏乞归，疏中有"不敢望到酒泉郡（今甘肃酒泉），但愿牛入玉门关（故址在今甘肃敦煌西北）"等语（见《后汉书·班超传》），到七十一岁时才被召还，八月抵达洛阳（今河南洛阳白马寺东），十一月就病故了。次句写"竭知尽忠而蔽障于谗"（《卜居》）的屈原。他被楚顷襄王放逐到江南，"行吟泽畔，颜色憔悴，形容枯槁"（《渔父》），最后投汨罗江而死。第三句写辅佐秦始皇灭六国、在始皇死后又把二世扶上皇位、终则被腰斩于咸阳（今陕西咸阳东北）的李斯。他是上蔡（今河南上蔡西南）人，临刑前，"顾谓其中子曰：'吾欲与若复牵黄犬俱出上蔡东门逐狡兔，岂可得乎？'遂父子相哭，而夷三族"（《史记·李斯传》）。第四句写晋朝的陆机。他是华亭（今上海松江）人，文才名重一时，却在随司马颖讨伐司马乂时，为人诬陷，被执时，"叹曰：'华亭鹤唳，岂可复闻乎？'遂遇害于军中"（《晋书·陆机传》）。第五句写唐朝的张柬之。柬之在武后朝因狄仁杰推荐得到重用，武后病重时，首谋迫后归政，复中宗帝位，但不久即受到排挤，贬为新州（今广东新兴）司马，再流泷州（今广东罗定东），时已八十高龄，终于忧愤而死。第六句写一生中曾多次为远祸而请外放并先后被贬到黄州（今湖北黄冈）、惠州（今广东惠阳东）、儋州（今海南儋县西北）的苏轼。这六个人，其历史跨度包括了战国、秦、汉、晋、唐、宋，时代不同，类型各异，而其遭遇之可悲，足以使人从历史上看到，在建功立名的道路上布满了各种危机。

我国古代文人为求学以致用，大多持济世主张，但又深知政治风波难测，为全身远祸，往往怀逃世思想，以急流勇退、寄傲山林为高。致用与全身、济世与

【沉醉东风】

逃世，是封建士大夫的一大人生矛盾。这一矛盾也经常反映在他们的作品中。不同的作者，或同一作者在不同时期内，可以是致用、济世的主张占上风，也可以是全身、逃世的思想居优势。从作品，正可以知其人、论其世；而从其人、其世，又可以转而深一层地探求作品的内涵。

张养浩曾三次出仕，两次弃官。据《元史》本传，他自幼以勤学著称，后"游京师，献书于平章不忽木，大奇之，辟为礼部令史"。查元世祖以不忽木为平章政事在至元二十八年(1291)，时养浩二十三岁，正当求仕之年。这第一次出仕，官至监察御史，因敢于抨议时政，又在武宗朝反对成立尚书省，为当国者所不能容，"恐及祸，乃变姓名遁去"。尚书省的时立时废，正是元中央政权内部斗争的焦点之一，而武宗朝复置尚书省在至大二年(1309)；他的第一次弃官，大致就在这一年。到至大四年武宗死后，"尚书省罢，始召为右司都事"；这是他的第二次出仕，在仁宗朝累官至礼部尚书；英宗即位后，又命参议中书省事。其第二次弃官，则在英宗至治元年(1321)他五十三岁时。这次退隐了八年，在这期间，元代统治的各种矛盾日益尖锐。到文宗天历二年(1329)他六十岁时，因关中大旱，又第三次出仕，被特拜为陕西行台中丞。到官四月，为赈济灾民，他日夜焦虑辛劳，终于得病不起。从其一生经历看：三次出仕的时间共约三十年；两次弃官的时间只有十年，而且其第一次弃官只是避祸逃遁，并非真想归隐田园。再从其出仕期间的表现看：初则向不忽木献书自荐；在任堂邑(今山东聊城西北)县尹时，敢于兴革，卓有政绩；任监察御史及参议期间，以遇事直言敢谏见称；最后出任救灾工作，以垂暮之年全力以赴，死而后已。这些事实说明，致用、济世乃其本愿，全身、逃世非其初衷。从这一点回过来剖析这首〔沉醉东风〕曲，其深层内涵，与其说是表达恬退之怀，不如说是抒发愤激之情。他并不是不愿建功立名，只是在那是非功过被当权者颠倒、祸福生死任当权者摆布的政治环境中，无理可言，有才难展。正如他在一首〔庆东原〕曲中所说，"付能刓刻成些事功，却又早遭逢着祸凶,不见了形踪"。这就不得不心灰意懒了。对这首〔沉醉东风〕曲,正须联系作者的事迹,透过字面来看他的这一创作心态。

就写法而言,这首曲阐明一个因果关系,前六句写因,最后一句写果;但它不以抽象说理来论证,只列举史实,以"飘零"、"憔悴"、"悲"、"叹"、"遭难"、"长流"等字样略加烘染,使结论自见。它还以密集的排列,使那些类型各不相同而遭遇同样可悲的历史人物集中出现在这样一首篇幅短小的作品中,从而加重悲剧分量、展现历史全貌,以收触目惊心的艺术效果。

(陈邦炎)

〔双调〕折 桂 令

张养浩

中 秋

一轮飞镜谁磨?照彻乾坤,印透山河。玉露泠泠,洗秋空银汉无波,比常夜清光更多,尽无碍桂影婆娑。老子高歌,为问嫦娥,良夜恹恹,不醉如何?

在我国古代诗篇中,人们咏唱得最多的自然景物恐怕要属月亮了。那周而复始地盈亏圆缺的明月,在历代诗人的笔下是那样充满诱人的魅力。诗人们用它来抒发内心感受,寄托人生感慨,写下了难以数计的感人诗篇。

同样是写月,不同的作者,不同的主题会有不同的观察角度和不同的写法。李白的《月下独酌》抒发的是世无知音的寂寞之感,他笔下的明月既不解饮,又

【折桂令】

不懂情，无知而冷漠。苏轼的〔水调歌头〕"明月几时有"抒发的是坎坷路途中的落寞情怀，他想象中的月宫是"高处不胜寒"，强调的是"月有阴晴圆缺"。张养浩的这首散曲抒发的则是中秋之夜一醉方休的情致，因此作者着力描写的是月光的澄彻，通过对澄彻月光的反复渲染创造出一种异常宁静的境界氛围。

"一轮飞镜谁磨？照彻乾坤，印透山河。"起首一问，排空而入，造语奇崛。"飞镜"一词虽非作者首创，但用在这里，形象贴切。中秋之夜，月亮与常时不同，变得格外圆满明净，给人一种新奇之感。作者用"飞镜"作比，会使人产生一种这不知是从何处突然飞挂到天上的联想。而"谁磨"一问，更造成一种月光明亮无比的情势。正因为月光明亮得出奇，才引起作者发出这样的惊问。下面两句，转入对月光的具体描写，但作者没有进行正面描绘，而是采用侧面烘托的手法来表现月光的明亮。天地人间，山川原野，都被照耀得如同白昼，"彻"、"透"两字，形象地表现了月光照耀的程度。"玉露泠泠，洗秋空银汉无波"，这两句又从另一个侧面来写，只是它比前两句写得更加空灵。作者从玉露着眼，写玉露将秋空洗得"银汉无波"。而那莹洁如玉的秋露，正是皓月映照下的特有产物。"比常夜清光更多，尽无碍桂影婆娑。"秋光如洗，月色较往常更为明净。纵使如此，也并没有妨碍月中桂树展现其优美洒落的身影。这是对前面的一个总结，同时又从明月本身来进行描写。前人曾有"斫却月中桂，清光应更多"（杜甫《一百五日夜对月》）的诗句，是说月中桂树遮住了明月的清光。这里却一反其意，用"桂影婆娑"的清晰影像来反衬月光的澄彻。通过这多侧面多层次的反复渲染，烘托出一种明月如水，清幽静谧的氛围。面对此景此境，作者不禁情从中来。他引吭高歌，并向月中的嫦娥发问：在这美好宁静的月夜，怎能不举杯痛饮，一醉方休呢？

不论是张若虚的《春江花月夜》还是李白的《月下独酌》，也不论是苏轼的〔水调歌头〕"明月几时有"还是辛弃疾的〔木兰花慢〕"可怜今夕月"，这些咏月名作都是将明月与人事紧紧地交织在一起来写,忽景忽情,情景交融。这首散曲却与此不同。它把主要笔墨都用在了对明月的描写上,只是最后才在前面描写的基础上点出作者内心的感受。这种先景后情、情因景生的写法似乎已成了常规,写不好,往往会落俗套。其关键在于景要切,情要真,两者融合得自然。这首散曲成功的奥秘也就在这里。

(孙秀荣)

〔越调〕寨 儿 令

张养浩

冬 白战体

天欲明,觉寒生,打书窗只闻风有声。步出柴荆,遥望郊坰,滚滚势如倾。四围山岩壑都平,道途间无个人行。爱园林春浩荡,喜天地气澄清。巧丹青,怎画绰然亭。

这支小令是作者重头组曲"春、夏、秋、冬"四首中最后一首。它描绘了一幅严冬郊野雪景图:天刚放亮,一阵寒气侵袭,使诗人从酣梦中觉醒,悚然而听,但闻眇眇声响,似乎像北风呼啸在叩打窗棂。于是立即穿衣起床,步出柴门一看:啊!原来是鹅毛大雪在寒风中漫天飞舞。放眼郊外原野(郊坰),天空混混沌沌,皑皑茫茫,仿佛"战死玉龙三百万,败鳞风卷满天飞"(张元《雪》)。其势滚滚而来,倾天而降。再环顾周围群山,但见千峰万壑,似乎都被一夜大雪填为平原,浑然一片银色世界;所有的道路都被积雪掩没了,看不见一个行人的踪影。

【寨儿令】

渐渐地雪住了,诗人再把目光投向村庄的园林,所有的树枝权丫上都缀满了洁白的雪花。这时,岑参《白雪歌送武判官归京》的名句蓦地跳进了他的脑海:"忽如一夜春风来,千树万树梨花开!"似乎浩荡的春风吹开了满园的琼枝玉卉,使人顿生春风扑面、春色无边之感;大地银装素裹,天空玉宇澄澈,令人更觉神清气爽。一个"爱"字,一个"喜"字,洋溢着诗人对景赏雪的无限赞美和喜悦之情,活画出诗人逸兴遄飞,赏心悦目的生动神态。于是他喟然而叹:再高明的画家,再巧妙的画笔,在尺幅上又怎能画出绰然亭这琼玉般胜景和闲适的意态呢?"绰然亭",乃作者辞官归隐济南后,在历城西北所建别墅云庄中的亭子。约建于泰定年间。其《云庄记》云:"野趣其幽名曰云庄……亭取其闲适名绰然。"又《翠阴亭记》云:"余爱其胜,遂临墅起亭曰翠阴,以余退闲,无官守言责,故又名绰然。"

此曲题下注明是"白战体",白战体即咏物诗中的"禁体"。它创始于欧阳修而得名于苏轼。欧阳修于皇祐二年(1050)写过一首《雪》诗,自序云:"时在颍州作。玉、月、梨、梅、练、絮、白、舞、鹅、鹤、银等事皆请勿用。"嘉祐四年(1059),苏轼与其父苏洵、弟苏辙三人离蜀入京,沿途写了题为《江上值雪,效欧公体,限不以盐、玉、鹤、鹭、絮、蝶、飞、舞之类为比,仍不使皓、白、洁、素等字,次子由韵》一诗。二十六年后,苏轼任颍州太守时,又写了一首《聚星堂雪》,自序云:"元祐六年十一月一日,祷雨张龙公,得小雪,与客会饮聚星堂。忽忆欧阳文忠公作守时,雪中约客赋诗,禁体物语,于艰难中特出奇丽。尔来四十余年,莫有继者。仆以老门生继公后,虽不足追配先生,而宾客之美殆不减当时。公之二子,又适在郡,故辄举前令,各赋一篇。"因该诗结尾两句有"当时号令君听取,白战不许持寸铁,"故后人便把咏物诗中"禁体"谓之"白战体"。

从欧苏诗序、诗题可知,所谓"白战体"即好比手无"寸铁"进行赤手空拳的战斗,这当然只是一种比喻。具体说来,它禁止使用形容所咏之物外部特征的词汇,如咏雪(白战体当然不仅限于咏雪)则禁止用"皓、白、洁、素"等形容颜色的词;禁止使用与所咏之物有某种外部形似的比喻词汇,如咏雪就禁用"玉、月、梨、梅、练、银、盐、絮"等词;也禁止使用与所咏之物的动态相似的比喻词汇,如咏雪就禁用"舞、鹅、鹤、鹭、蝶、飞"等词。概言之,不尚外形巧似,而重遗貌取神,离形得似;不着实说破,而只仿佛形容,以虚代实;不求局部的比喻描写,而贵整体气象氛围的烘托。这在咏物诗中上,确是一种更高的审美要求和更新的表现手法。

本曲正是如此,通篇未用一个上述禁用那些描写雪形似的字眼和比喻雪外形或动态的词汇,而是先从室内听觉上写雪之声,次从室外视觉上写雪之势,继从岩壑、人踪等环境方面写雪之厚、之阔,再从园林上写雪之美、之洁,最后感叹画笔难足,以冰清玉洁之景来寄托闲适恬淡之情。而写雪之势用"滚滚势如倾",写雪之美用"春浩荡",写雪之洁用"气澄清",也均是从整体上铺叙烘托,避免着实。与欧、苏咏雪诗相比,欧、苏诗在诗题和正文中均各有一"雪"字;而本篇从题到篇未现一"雪"字,这就更加"手无寸铁"了,纯然"不着一字,而尽得风流"。其次,欧、苏诗中尽情铺叙各类人物在雪中、雪后的活动,虽烘托可谓淋漓尽致,然终非写雪之本体;而本篇人物仅作者一个,景物句句皆未离雪:打窗之雪、郊野之雪、岩壑之雪、道途之雪、园林之雪、浑天之雪,等等,笔力更显集中,手法也更切近咏物描写而非叙述人事。再次,欧、苏诗中仍用了个别与雪相关的形容比喻,如"龙蛇"、"落"、"皓"、"轻丝丝"、"落屑"等;而本篇却无此类字眼,纯用白描,"白"得不能再"白"了。朱权说"张云庄之词,如玉树临风"。虽未免朦胧,但如移作本篇评语,却倒格外生动恰当。

(熊　笃)

〔双调〕新水令

张养浩

辞 官

急流中勇退不争多，厌喧烦静中闲坐。利名场说著逆耳，烟霞疾做了沉疴。若不是天意相合，这清福怎能个。

〔川拨棹〕每日家笑呵呵，陶渊明不似我。跳出天罗，占断烟波；竹坞松坡，到处婆娑。到大来清闲快活，看时节醉了呵。

〔七弟兄〕唱个，弹个①，似风魔，把功名富贵都参破。有花有酒有行窝②，无烦无恼无灾祸。

〔梅花酒〕年纪又半百过，壮志消磨，暮景蹉跎，鬓发浑皤。想人生能几何，叹日月似撺梭。自相度，图个甚，谩张罗，得磨跎且磨跎。共邻叟两三个，无拘束即脾和③。

〔收江南〕向花前莫惜醉颜酡，古和今都是一南柯。紫罗襕未必胜渔蓑，休只管恋他。急回头好景亦无多。

〔离亭宴煞〕高竿上本事从逻逻④，委实的赛他不过。非是俺全身远害，免教人信口开喝。我把这势利绝，农桑不能理会庄家过活。青史内不标名，红尘外便是我。

英宗至治元年（1321），张养浩以礼部尚书、参议中书省事，辞官回济南老家。自此，高卧云庄不起，前后达八年之久。本套即作于辞官之初。

起首〔新水令〕曲，是全篇的小序，与陶渊明"悟已往之不谏，知来者之可追"意境相似。陶渊明的《归去来辞》处处在说归田之"今是"，张养浩的散曲，则主要写辞官后的山林之乐。

张养浩辞官，有其不得已的苦衷，他作谏官的时候，曾因抗言时政，为权贵所忌，几欲陷之死地，不得不变姓名以去；参议中书省事，又因谏灯山，几遭不测。他并不是不想作官，实在是当时朝政黑暗，不能有所作为，才急流勇退。"利名场说著逆耳，烟霞疾做了沉疴"，非感慨之深，是不能说出的。烟霞疾，语出唐代隐士田游岩，他说"泉石膏盲，烟霞痼疾"，以不可救药比喻沉湎山林之深。张养浩借此表明退隐之心意坚决。

陶渊明的出仕，纯为衣食所累。归田的时候，依然"幼稚盈室，缾无储粟"，摆脱不了"饥来驱我去，不知竟何之"的窘境。张养浩的归隐，则"有花有酒有行窝"，比起陶渊明来，条件要优越得多。就像〔川拨棹〕〔七弟兄〕两曲所说的那样，他可以"跳出天罗，占断烟波；竹坞松坡，到处婆娑"。虽无用于世，但也无求于人。尽可于水边林下，领赏湖山之佳趣；甚至手舞足蹈，自弹自唱，任意盘桓，放浪恣肆，如醉似狂。

以下〔梅花酒〕〔收江南〕二曲，宕开一笔，由眼前闲居之乐转为追忆往日。检点平生，壮志消磨已尽；年过半百，人世好景无多，不能不产生"古和今都是一南柯"的感慨。既然人生如梦，时不再来，回首往日仕途之境况；自觉无味。人生贵在知足，贵在随遇而安，自得其乐。眼下能和村民野老，磨跎于花前月下，开怀纵饮，无拘无束，岂非人生最大之乐趣？"富贵非所愿，安乐最值钱"，虽是两句有关人生哲理的俗谚，却可于此略见诗人之襟怀。

末尾〔离亭宴煞〕一曲，收束全套，再次表明自己与官场势力决裂的决心。仕途有如险竿弄伎。唐人柳曾《险竿行》云："始以险伎悦君目，终以贪心媚君禄。百尺高竿百度缘，一足参差全家哭。"既无尔虞我诈的官场伎俩，不若全身远害，跳出红尘之外，埋头于"庄家过活"之中，了此一生。

隐退自然不无消极，但张养浩以正直耿介而遭非难；辞官隐退时，他能保持自己的清节，忘形于山水之间，行乐于投闲之地；在污浊的当时，未尝没有可以肯定之处，至少可以说他还正直。他于临终之年，为陕西饥民投袂而起，作人生最后之一搏，即其正直之心未泯之明证。其高风亮节，是为人们所追慕的。

张养浩的散曲，以透辟沉著见胜，情由内感，言真理到，时显奇崛雄逸之气。这首散套就表现了这个特点。

（万　钧）

〔注〕　① 唱个，弹个：《太平乐府》作"唱歌，弹歌"，词义复沓。此处从《雍熙乐府》。② 行窝：行馆，别墅。　③ 脾和：脾性相合。　④ 逻逻：即啰啰，喧闹嘈杂之意。

〔南吕〕一枝花

张养浩

咏　喜　雨

用尽我为民为国心，祈下些值玉值金雨。数年空盼望，一旦遂沾濡①。唤省焦枯②。喜万象春如故，恨流民尚在途。留不住都弃业抛家。当不的也离乡背土。
〔梁州〕恨不的把野草翻腾做菽粟，澄河沙都变化做金珠。直使千门万户家豪富，我也不枉了受天禄③，眼觑着灾伤教我没是处，只落的雪满头颅。

〔尾声〕青天多谢相扶助，赤子从今罢叹吁。只愿的三日霖霏④不停住，便下当街上似五湖，都淹了九衢，犹自洗不尽从前受过的苦。

〔一枝花〕

张养浩自五十岁起即辞官归隐，先后八年，多次拒绝朝廷的征聘，不愿出山。天历二年(1328)，授陕西行台中丞。时关中连年大旱，饥民相食，乃慨然就道，了无难色。到官四月，"夜则祷于天，昼则出赈饥民，终日无少怠"(《元史·张养浩传》)，忧劳成疾，死于任所。

作者赴任途中，曾祷雨于华山岳祠，痛哭失声，俯地不起。据《元史》本传说，"天忽阴翳，一雨二日"。到官后，又祷雨于社坛，"大雨如注，水三尺乃止"。作者求雨和天降大雨，当然是巧合，但人们总愿意说是他为国为民，精诚所至，感动了上天。雨，给嗷嗷待哺的饥民带来了希望，它滋润了久旱的土地，唤醒了焦枯的禾苗，使万象更新，大地又充满了生机。这一切，都使作者兴奋不已，因而写下了这首充满激情的散套。起首〔一枝花〕曲，就沉浸在这种欣喜如狂的巨大喜悦中。但是，这场大雨，虽然减轻了旱魔的威胁，却无法抹去张养浩心头沉重的阴影。面对着"死者已满路，生者与鬼邻"的流民，尽管他费尽心力，设法赈济，但广大灾民，依然背井离乡，挣扎于死亡线上。对张养浩这个关心人民疾苦的正直官员来说，该是多么沉重的精神负担！因此，狂喜过后，不能不转入无限的焦虑之中。

为了拯救灾民，张养浩"遇饿者则赈之，死者则葬之"。又上奏天子，请行纳粟补官之令，并带头拿出自己的财物作为救济之用。但灾民之众多，旱情之严重，官场之掣肘，吏员之横行，不是个人区区之力所能回转的。在饥民的痛哭声中，他不免寄希望于虚幻，如〔梁州〕曲所说的那样：恨不的遍地野草都变作绿

【一枝花】

茸茸的庄稼,满川沙石都化作黄澄澄的金珠,让所有的百姓家家豪富,认为只有这样,才不算白白糟踏了国家的俸禄。这个愿望自然是美好的,但在当时的条件下,这种美好的愿望,只能是幻想。幻想破灭之后,跟着而来的,是更大的失望和自谴:"眼觑着灾伤教我没是处,只落的雪白头颅。"除了叹息以外,还能有什么作为呢? 想到这里,诗人几乎陷入了绝望的深渊。

尽管如此,久旱逢甘雨,毕竟是可喜的事情。眼望着滂沱而下的大雨,喜悦之情再度升起,在〔尾声〕一曲中,这种欢悦的情绪达到了极点。他和所有的灾民一样,诚心感谢上天的扶助,几乎达到如痴如醉的程度。降雨,在诗人看来是青天有眼,是正义和慈爱的恢复,因此,诗人希望大雨能连绵不绝地下下去,以洗清人间的灾苦。然而,人民已受过的灾难,那种亲戚鱼肉,父子相离的生活惨景是永远也涂抹不掉的。何况大劫之后侥幸活下来的灾民,依然没有摆脱饥饿的威胁。因此末尾"犹自洗不尽从前受过的苦"一句,看似平淡,实有千钧霹雳之势,就是大街小巷都变成江河湖海,也洗不尽几年来苦难的伤痕。它包含了诗人无限的悲愤,暴露了当时现实的黑暗,读来令人触目惊心。

本套题名"喜雨",但在"喜"的同时,又处处夹杂着悲愤的哀鸣,这是作品所反映的生活内容所决定了的。悲和喜这两种根本对立的情绪就在激昂愤慨的基调中统一在一个乐章里。

(万　钧)

〔注〕 ① 沾濡(rú 如):滋润。　② 焦枯:干枯了的庄稼。　③ 受天禄:领受朝廷的俸禄。　④ 霖霪(yín 吟):连绵大雨。

元曲鉴赏辞典

790

【作者小传】

白贲

字无咎。钱塘(今浙江杭州)人。祖籍太原文水。诗人白珽之子。至治年间,曾任温州路平阳州教授,后为文林郎南安路总管府经历。能作散曲。亦善画。散曲小令〔鹦鹉曲〕传诵很广,和作者甚多。

〔正宫〕 鹦 鹉 曲

白 贲

侬家鹦鹉洲边住,是个不识字渔父。浪花中一叶扁舟,睡煞江南烟雨。〔幺〕觉来时满眼青山,抖擞绿蓑归去。算从前错怨天公,甚也有安排我处。

大德六年(1302),散曲家冯子振同一班伶人妓女在风雪中宴游,他听到有人歌唱白贲〔鹦鹉曲〕,并叹惜这么好的曲子没有人续作,于是援笔写下了一百多首唱和白词原韵的〔鹦鹉曲〕。这些作品今天还存有四十二首。实际上,在冯氏前后,有不少曲家和过白词原韵。比如刘敏中〔黑漆弩〕二首、吕济〔鹦鹉曲〕一首、卢挚〔黑漆弩〕一首,都是步白贲〔鹦鹉曲〕之韵而写作的。〔黑漆弩〕是一支"七七七六、七六七七"体双段五韵的散曲曲牌,由于白贲词首句中有"鹦鹉洲"三字,这支曲牌遂也获得了〔鹦鹉曲〕的新名称。

由此看来,白贲的〔鹦鹉曲〕真是一篇脍炙人口的作品!这同它的内容及形式都有关系。从内容方面说,这篇作品通过对一个隐遁人物的闲适生活的描写,曲折地透露出对现实的不满;语言很明白,但意思很含蓄,耐人寻味。从形式方面说,这篇作品用了个不易搭配的"父"字为韵脚,末句声律又定为"去仄仄平平上去"，声调谐美，却难于唱和。大概由于这两个原因，人们才喜爱它，看重它，把它推为曲中"最上品"，称赞白贲"如太华孤峰"（《太和正音谱》卷上），作了许多唱和的试验。

应当说，《鹦鹉曲》的题材并不新鲜。从《楚辞》中的《渔父》开始，中国文学就有了一个"避世隐身，钓鱼江流，欣然自乐"的形象典型。唐代《渔父》辞今存二十一首，皆刻画了隐士远离尘俗、情怀闲旷的形象。这种"渔父热"迅速传到日本，我们今天还能看到一组作于日本弘仁十四年（823）的宫中作品。此后，南唐李煜有《渔父》，南宋朱敦儒、陆游等人有《好事近·渔父》和《鹊桥仙》，这都是白贲词之所本。我们甚至能具体辨别出白贲词中各种语汇及意象的来源。比如"侬家"，原见于唐人《渔父》的"谁道侬家也钓鱼"；"不识字渔父"，同陆游词中的"我自是无名渔父"相近；而"浪花中一叶扁舟"，又可与李煜词的"浪花有意千里雪"和"一棹春风一叶舟"比对；"抖擞绿蓑归去"，既是张志和词"青箬笠，绿蓑衣，斜风细雨不须归"的意象的化用，又是朱敦儒词"活计绿蓑青笠，惯披霜冲雪"的意象的重组。但值得注意的是：白贲词中的渔父，却绝不是个淡泊寡欲的人物。这一点，和历来的渔父形象不同。词中主角何尝"不识字"？只不过强作不识而已。这一细节便安排下了十分深沉的忧愤。因为元代的文人大多沉抑下僚，甚至连下僚也当不上。相反，"不读书有权，不识字有钱"（无名氏〔朝天子〕），"如今这越聪明越受聪明苦，越痴呆越享痴呆福"（马致远《荐福碑》）。白贲故作旷达，骨子里却是在刺贤愚颠倒。第四句中的"煞"，意思是"极"、"尽情"；第六句中的"抖擞"，意思是"抖动"、"振动"。这些活泼的字眼，使人觉得渔父的睡眠，乃是生命力的潜藏；渔父的觉醒，乃是生命力的焕发。最后一句说"真是也有安置我的地方"，这可以理解为自我解嘲，也可以理解为一种讥刺，豁达之中透出一股不平之气。总之，白贲运用散曲这一表现更为自由的文学体裁，塑造了一个富有个性的渔父形象。继承传统而又跳出传统，这就是〔鹦鹉曲〕的成功之处。

白贲字无咎，钱塘人，善画，〔鹦鹉曲〕写作在他尚未入仕之时。这首词景色生动，情绪饱满，形象真切，充分反映了作者的修养、经历和精神状态。

(王昆吾)

[作者小传]

孟汉卿

亳州(今属安徽)人。生平事迹不详。所作杂剧今知有《魔合罗》一种，现存。

张孔目智勘魔合罗

孟汉卿

第 一 折

〔混江龙〕连阴不住，荒郊一望水模糊。我则见雨迷了山岫，云锁了青虚。云气深如倒悬着东大海，雨势大似翻合了洞庭湖，好教我满眼儿没处寻归路。黑暗暗云迷四野，白茫茫水淹长途。

《张孔目智勘魔合罗》是孟汉卿流传下来的唯一作品，也是一出优秀的公案剧。剧作写小商人李德昌，因算卦者说他命中有难，遂外出经商躲灾，归家途中病倒在古庙里，托卖魔合罗(泥塑娃娃)的小贩高山给其妻刘玉娘送信。李德昌的堂弟李文道闻知后，到庙中毒死哥哥，反诬玉娘与奸夫杀死亲夫，逼嫂为妻，玉娘不从。事情告到官府,庸官竟判玉娘死罪。六案都孔目张鼎要求复审,经调查推断,玉娘终得平反。

悲剧主人公李德昌是一个被命运紧紧束缚住心灵的小商人,他一出场就被"有一百日灾难"的谶语所左右,为此他不避艰辛,告别妻儿老小,到"千里之外"的南昌去躲避灾难,虽极尽人事仍不能违于"天命"。这支〔混江龙〕写的是李德昌归家途中眼里所见到的荒郊野外的初秋雨景。曲子反映了他自觉时乖命蹇的复杂心理,渲染了他"没处寻归路"的凄苦迷惘之情。

李德昌是个悲剧人物,他的一举一动,一言一行,以至于他周围的景物,登场的时节,无不带有"悲"的色彩,因此,作者在曲子中使他处于令人有不吉利之感的环境氛围之中。开头先总写整个场景:"连阴不住",浊雾迷蒙,阴风怒号,黑云掩涌,一片昏惨惨的气氛,既形象地勾勒出凶杀案发生前自然环境的阴森可怕,也衬托了李德昌内心深处的悲苦与凄凉。本来,"犹存暑"的"七月才初"正是外出旅行的好时候,但李德昌却与众不同,他是为躲避血光之灾才被迫离乡奔走的,虽说家乡指日可到,然能否摆脱厄运,他却不得而知。加上毕竟是"孟秋时序",已经进入了"自古逢秋悲寂寥"(刘禹锡《秋词》)的季节,老天又不作美,雨似"悬麻",他又身荷重担,"穿着这单布衣服",很容易使人联想到他前途黯淡,不会有一个光明的结局。随着画面的推移,呈现在李德昌眼中的具体景物是"荒郊一望水模糊"。萧瑟荒凉的郊野大雨滂沱,云重天低,整个世界犹如混沌初开,归途的路已经看不见了。他放眼一望,但见"雨迷了山岫,雾锁了青虚"。此二句与范仲淹的"日星隐耀,山岳潜形"名句有着相同的沉闷意境,说明此时此景中的李德昌已无心用欣赏的眼光去细致地观察周围的自然景物,只是大略地知道山色天光已经被"雨迷"和"云锁",具体一点说,"雨势"犹如八百里洞庭湖水从天上倾泻而下,"云气"好像大海倒悬在上空,雨的冲击,云的重压,对于一个正常人来说已不是好兆头,更何况处于生死关头的李德昌呢?初秋的晴空已与人间隔断,悲剧主人公已陷入末路穷途,难怪他要发出"好教我满眼儿没处寻归路"的绝望悲叹了。此句是全曲的中心,至此人们终于明白,他反复念叨密雨阴云,一再观望"山岫"、"青虚",原来是因为它们迷却了他的归家之路,与他能否平安返回、摆脱噩运有着重要联系。"没处寻归路",既言他迷失了回家的道路,也预示了他实际上已走到了生命之路的尽头,曲文所蕴含的内容是意味深长的。最后两句,仍是对李德昌眼中"云"、"雨"的描写,"黑暗暗"、"白茫茫",一黑一白,尽管色彩不同,却同样淹没了他归家的"长途",这叫他如何能不忧心如焚呢?

曲子以人物的视角为转移,先由面到点,再由点到面,几乎全部是对自然环境的描写,通曲只见有景,鲜见有情,但却丝丝入扣,字里行间充斥的是主人公的景中之情,无不归结于此间人物不配有更好的命运这一结论之下。语言譬喻生动,富于韵味,似"常谈口语而不涉于粗俗"(冯梦龙《太霞新奏》卷十二)。再者,李德昌眼看就要躲过灾难,却偏偏碰上"悬麻"连阴雨,又因衣单载重,汗中雨浇,故发病庙中,由此引出了高山捎书,李文道行凶,刘玉娘受诬等一连串事件,引出了"张鼎智勘魔合罗",为玉娘平反冤狱的中心情节。所以,此曲在推动剧情发展方面,也有着很重要的作用。

(李春祥　李恒义)

张孔目智勘魔合罗

孟汉卿

第 四 折

〔叫声〕你曾把愚痴的小孩提教诲,教诲的心聪慧,若把这冤

【张孔目智勘魔合罗】

屈事,说与勘官知。

〔醉春风〕不强似你教幼女演裁缝,劝佳人学绣刺。要分别那不明白的重刑名,魔合罗,全在你,你。若出脱了这妇衔冤,我教人将你享祭,煞强如小儿博戏。

〔滚绣球〕我与你曲湾湾画翠眉,宽绰绰穿绛衣,明晃晃凤冠霞帔,妆严的你这样何为? 你若是到七月七,那其间乞巧的,将你做一家儿燕喜;你可便显神通,百事依随。比及你露十指玉笋穿针线,你怎不启一点朱唇说是非,教万代人知。

〔倘秀才〕枉塑你似观音像仪,怎无那半点儿慈悲面皮? 空着我盘问你,你将我不应对,我彻上下,细观窥,到底。

〔蛮姑儿〕我则道在那壁,原来在这里。谁想这底座儿下包藏着杀人贼。呼左右,上阶基,谁把高山认的?

〔柳青娘〕只着这些儿见识,瞒过这老无知,却不你千悔万悔,泼水在地怎收拾。吓的个黄甘甘脸儿如地皮。可不道一言既出,便有驷马难追。已招伏,怎改易,要承抵。

〔道和〕方知端的,知端的,虚事不能实。忒跷蹊,教俺教俺难根缉,教俺教俺耽干系,使心机,啜赚出是和非。难支吾,难支对,难分说,难分细。那些那些咱欢喜,咱伶俐,一行人个个服情罪。若非若非有天理,这当堂假限刚三日,可不的势剑倒是咱先吃!

《魔合罗》中所写的李文道诬陷嫂嫂刘玉娘谋杀亲夫一案，如果细心勘察，是不难搞个水落石出的。但"糊涂成一片"的县令和被"圣人"亲赐"势剑金牌"、刚愎自用的河南府尹，却不论是非曲直，把她定为死罪，行将"斩首云阳"。在这重要关头，六案都孔目张鼎出场了。他通过对案犯的仔细观察，认定刘玉娘"必然冤枉"。虽然此案本与他无涉，但正义感却驱使他毫不犹豫，挺身而出。他询问刘玉娘"词因"，反复查阅原据以定案的"供状"，终于找出案件的矛盾所在，提出了案子中人证物证皆不落实的问题，力主重审此案。为此他得罪了同僚，忤犯了上意，被府尹严词切责，令他三日内"审问推详"，了结此案，否则将以"势剑铜铡"处死。张鼎所承受的沉重压力是可想而知的。但他没有畏缩不前，经过多方启示诱导，终使刘玉娘想起是卖魔合罗的小贩寄信来，其人留下的"一个魔合罗儿"仍在家中。魔合罗是一尊"土木形骸"的玩具，它在平反冤案的过程中能起多大作用呢？于是，张鼎面对魔合罗，焚香祷告，乞求许愿，责怪嘲讽，装神弄鬼，做张做智，开始了对它看似严肃的"审问"。

据《东京梦华录》、《武林旧事》诸书记载，魔合罗又名"摩喝乐"、"摩睺罗孩儿"，是宋元时期流行于民间的土木雕观音大士。七月七日夕，妇女小孩多用来"乞巧"。剧中的魔合罗是一种玩具，也是平反刘玉娘冤案的唯一物证和寻找寄信人的重要线索。面对这一物证，张鼎的心情是十分复杂的。他竭尽虔诚，寓乞求于歌功颂德、许愿溢美之中，希望奇迹出现，希望魔合罗能"可怜负屈衔冤鬼，指出图财致命人"。曲文开头先提及魔合罗"曾把愚痴的小孩提教诲"的光荣历史，颂扬它曾几何时，赐给那些无知的孩童以巧智，使他们"聪慧"无比。表面上看，张鼎是平心静气的，但这种对魔合罗昔日功德的追忆却暗含了他盼望此时此刻它也能显圣显灵、说透刘玉娘案件就里的急切心情，因为他面对的是刘氏一案中正义没有得到伸张的严峻现实，是自己因涉足此案而承受巨大压力的险恶处境，他不可能有许多闲情逸致一味去说魔合罗的好话。所以紧接着笔

【张孔目智勘魔合罗】

锋一转,言归正题,回到了刘氏案件本身,"若把这冤屈事,说与勘官知",不仅算不了什么,也与魔合罗所代表的神灵的旨趣契合。再说,比起"教幼女演裁缝,劝佳人学绣刺"的小恩小惠来,使人们走出苦海,"分别那不明白的重刑名",平反刘玉娘冤案,无疑是更直接更有效的功德之举!尽管魔合罗已不似昔日尊贵,它已从神的宝座上跌落,不能"通灵显圣",变成了"小儿博戏"的玩物,但"若出脱了这妇衔冤",张鼎许愿将会教人把它"享祭",让它重返神籍,受到更为广泛的尊崇。〔叫声〕和〔醉春风〕二曲,依语气的连贯性和所表达的内容而言,实际上是一个整体,其中,"要分别那不明白的重刑名,魔合罗,全在你,你",具有两个方面的含义。表面上,张鼎是希望魔合罗张开慈悲之口,解释"李德昌怎生入门就死了"的原因,因为唯其如此,刘氏一案的真相才能大白于世;但实际上张鼎不可能不知道这尊"土木形骸"的玩物是不会说出凶犯名字的,长期"笔尖注生死存亡"的丰富阅历告诉他,要使案情的发展再延伸一步,非从这唯一的物证上找出线索不可,故也是"全在你"。且这几句以现成语簇成新意,语言铿锵,声调短促,把张鼎当时的焦急心情表现得淋漓尽致。〔滚绣球〕一曲紧承前文。"百事依随"以前,由于押韵和字数的关系,实为倒装,又分两层递进。面对魔合罗,张鼎由远及近,一再表白只要能显圣显灵,它无论现在还是将来都能得到还报。就近处说,他要给它"画翠眉"、"穿绛衣"、戴"凤冠霞帔",妆扮得它五彩缤纷,恢复它昔日神的庄严。就将来言,他许愿每逢七月七乞巧之时,魔合罗再也不会门庭冷落,它将会也必然和人们共享欢乐。张鼎之所以如此虔诚,仍是出于相同的目的,他希望魔合罗能"显神通,百事依随",能"启朱唇说是非",因为眼下真正的凶手逍遥法外,刘玉娘罹冤屈,他自己也遭困厄,只有魔合罗能祛邪扶正,能定善恶是非,能积下"教万代人知"的功德。张鼎的心情已急如火焚,他的虔诚似乎已达极致!

但是,张鼎决不是在真戏真做。如前所述,他很清楚,魔合罗仅仅提供了寻找重要人证的线索，它不可能张开慈悲之口使刘玉娘冤案得以顺利了结。所以，当魔合罗依旧无动于衷时，他便假戏真做，由虔诚的乞求、许愿变而为辛辣的嘲讽了："枉塑你似观音像仪，怎无那半点儿慈悲面皮？"昔日很灵验的观音大士，在人命关天的危急时刻，暴露出了它不中用的本质。担着很大干系的张鼎理所当然要对它"彻上下，细观窥，到底"，进行仔细察看，以便找出继续勘案的线索。于山穷水尽处，忽遇柳暗花明，原来"这底座儿下包藏着杀人贼"！张鼎发现了魔合罗座下有"高山"字样，他心花怒放，久久笼罩在心头的乌云一扫而光，于是急不可耐，一改稳当持重的气度，立即"呼左右，上阶基"，高声询问"谁把高山认的？"他以为魔合罗的塑造者高山就是真凶手，吩咐张千将高山"一步一棍打将来"。

经过审问，高山不是杀人凶手，但他却提供了另一条重要线索，张鼎沿着这条线索，在李文道父子之间巧妙设置机关，诱使其父说出事情真相。〔柳青娘〕〔道和〕二曲，真切地表达了张鼎大功告成后既得意非常、又感慨良多的微妙心情。李彦实"泼水在地"，不可能再收起，既然招承了，"千悔万悔"，"吓的个黄甘甘脸儿如地皮"也无济于事。但是张鼎绝没有得意忘形，他很冷静，回想办案的前前后后，他仍然心有余悸："若非有天理，这当堂假限刚三日，可不的势剑倒是咱先吃"！一个正直的封建司法官员，在解民倒悬时却要承担送命之险，这不能不是对当时社会的绝妙讽刺！"忒跷蹊"三字音节响亮，其中既有对错综复杂、扑朔迷离的案情的惊异，也有对自己险遭不测的处境的慨叹。"难支吾，难支对，难分说，难分细"，一组重复词语的连璧对句，最终归结为四个字：一言难尽！活脱脱披露了张鼎当时酸甜苦辣齐集的整个内心世界。

一般来说，曲语以看似平常却醒豁尖新为当行，这一原则在上面几首曲子中得到了完美的体现。尤其值得称道的是作者围绕魔合罗这个事关重大的物证，逼真地描绘了张鼎曲折反复的心理变化过程，破案前忧心忡忡，结案后喜形于色。不管如何变化，目的只有一个：从魔合罗上打开缺口，使好人不受屈，凶犯不能逍遥法外。纵观元人杂剧，在有限的时空内能如此完整细腻地表现出人物心理的曲折变化，完成人物性格的刻画，此剧可说为成功的实例之一。另外，张鼎面对尽人皆知不会开口的魔合罗，焚香祈祷，装神弄鬼，一副"心诚则灵"之态，也使观众要闹个究竟：到底是魔合罗能显示灵圣，还是张鼎在故作排场，其引人入胜的戏剧效果十分强烈。

(李春祥　李恒义)

李行道

一作李行甫，名潜夫，绛州(今山西新绛)人。所作杂剧今知有《灰阑记》一种，现存。

包待制智赚灰阑记

李行道

第 一 折

〔混江龙〕毕罢了浅斟低唱，撇下了数行莺燕占排场。不是我攀高接贵，由他每说短论长。再不去卖笑追欢风月馆，再不去迎新送旧翠红乡。我可也再不怕官司勾唤，再不要门户承当，再不放宾朋出入，再不见邻里推抢，再不愁家私营运，再不管世事商量。每日价喜孜孜一双情意两相投，直睡到暖溶溶三竿日影在纱窗上。伴着个有疼热的夫主，更送

着个会板障的亲娘。

一提起《灰阑记》，许多人就会想起包公智断争子案的故事。其实这只是剧本第四折中的情节，《灰阑记》的主人公（正旦）是张海棠。全剧以张海棠命运的沉浮为主要线索，展开了一幕幕曲折跌宕的戏剧故事。张海棠原是妓女，靠卖身养活母亲。后嫁与马员外为妾，二人和睦相处，不久生下一个男孩，日子非常甜蜜。马员外正妻与奸夫赵令史合谋害死丈夫，反诬张海棠为凶手，并冒认其子为己儿，以图谋财产。太守苏顺"律令不晓"，任赵令史将张海棠屈打成招。案件送包拯复审，包拯设灰阑之计，审出真情，为张海棠平反了冤狱。上面这支〔混江龙〕，是张海棠结束了妓女生活，嫁给马员外之后的一段唱。全曲如涓涓溪水，欢快、奔放，始终洋溢着女主人公的得意感、满足感和幸福感。

开头二句"毕罢了浅斟低唱，撇下了数行莺燕占排场"，"浅斟低唱"与"数行莺燕占排场"是妓女陪狎客饮酒，为狎客表演歌舞，此泛指妓女生活。一个"毕"，一个"撇"，宣告女主人公已同这种生活告别。然而多年的卖笑生涯给张海棠留下的印象太深了，她所遭受的肉体上的折磨、精神上的摧残太重了，一旦释然，仅用两句唱词根本表达不出她内心的无比自豪与喜悦，她要尽情放歌，唱出自己的心声："再不去卖笑追欢风月馆，再不去迎新送旧翠红乡。我可也再不怕官司勾唤，再不要门户承当，再不放宾朋出入，再不见邻里推抢，再不愁家私营运，再不管世事商量。"真是滔滔汩汩，一发而不可止。一连几个"再不"自然形成排比句式，加强了气势。第三句开头"我可也"三字，似乎是喘一口气，再接着唱下去，把张海棠摆脱妓女生活之后的轻松、愉快的心情抒发得淋漓尽致。"风月馆"、"翠红乡"均指妓院。"官司勾唤""门户承当"分别指妓女应付官府传唤和在妓院中接客。"推抢"或指议论。"家私营运"、"世事商量"指为妓时还要发愁如何养家。

【包待制智赚灰阑记】

　　在封建时代,不少妇女为生活所迫沦落为妓,过着强颜欢笑、任人蹂躏的非人生活。元杂剧中塑造了不少妓女形象。除《灰阑记》中的张海棠以外,还有《救风尘》中的赵盼儿、宋引章,《谢天香》中的谢天香,《曲江池》中的李亚仙,《金线池》中的杜蕊娘等等。这些作品的故事不同,女主人公的性格也不同,但有一点是共同的,即她们强烈要求早日跳出火坑,找一个情投意合的丈夫,过上普通人的生活。解决这一问题的根本是要消灭妓女赖以产生、存在的制度和条件,但在当时,却只有"从良"这一条路。所以,一旦走出妓院,过上正常人的生活,她们便如同出笼之鸟,其欢乐、兴奋的心情可想而知。更何况,此时的张海棠,不比宋引章所嫁非人,也不比谢天香、杜蕊娘、李亚仙等好事多磨。她嫁了一个知疼知热的丈夫,已过了五年甜蜜的生活。

　　"每日价喜孜孜一双情意两相投,直睡到暖溶溶三竿日影在纱窗上。"这两句把张海棠婚后生活形容得无比舒畅,无比幸福。"喜孜孜""暖溶溶"是口语,用在这里生动自然,使张海棠喜悦兴奋的心情溢于言表。其实,张海棠还只是一个"妾",她上面还压着一个刁蛮的"姐姐",但即使这样,她也已经相当满足、惬意。对张海棠来说,马员外不仅是个"有疼热的夫主",而且还为她母亲养老送终。"伴着个有疼热的夫主,更送着个会板障的亲娘",把张海棠对马员外的夫妇之情和感激之情都传达出来。"板障",设置障碍。海棠嫁马员外之前,其母曾加以阻拦。

　　张海棠高兴得太早了。她日后受到的折磨,并不比宋引章、杜蕊娘等人少。妓女靠"从良"跳出火坑,毕竟是太艰难了!

　　这支曲子感情丰富,节奏明快;大体采取隔句用韵,使全曲一气呵成而又显出有规律的跳荡,是一曲神采飞扬的欢歌。

(康保成)

801

包待制智赚灰阑记

李行道

第 四 折

〔挂玉钩〕则这个有疼热亲娘怎下得，（带云）爷爷，你试觑波！（唱）孩儿也这臂膊似麻秸细。他是个无情分尧婆管甚的！你可怎生来参不透其中意！他使着侥幸心，咱受着腌臜气。不争俺两硬相夺，使孩儿损骨伤肌。

这是由张海棠唱的一支曲子。张海棠嫁给马均卿为妾，生一子后，马妻毒死马均卿，却诬说海棠下毒，还图谋夺取海棠之子，独占家财。剧情发展到第四折，是海棠与马妻到开封府公堂对质。马妻贿赂证人，形势对海棠十分不利。在严刑拷打面前，海棠不肯屈服。开封府府尹包拯下令用石灰在阶下画个阑圈，"着这孩儿在阑内，着他两个妇人拽这孩儿出灰阑外来"。提出谁拽出孩儿，谁就是孩儿的亲娘。马妻用力猛拉，海棠却手软了。包拯责问她为何"三番两次不用一些气力"，海棠便唱出了这动人的一曲。

"则这个有疼热亲娘怎下得"！张海棠一开头先从自己的方面解释。"亲娘"两字，似轻实重，乃是本曲的关节之处。孩儿是她生的，十月怀胎，三年哺乳，知疼知热，她不忍心用力拉拽，以免孩子损伤；尽管她很想夺回孩子，却不想骨肉伤残。内心矛盾重重，不由得心慈手软，这就是她无法使出气力的原因。"怎下的"，怎忍心的意思。这三个字，是全曲的"曲眼"，这发自内心的分剖，虽然区区一句，却胜过千言万语，使人们仿佛看到海棠声泪俱下的情景。

接着张海棠又从对面剖析。虽然孩子臂膊细如麻秸，一触即折，但马妻不是亲娘，"他是个无情分的尧婆管甚的"！尧婆，非生身母。"管甚的"与上句"怎下得"相对成文。马妻与孩子无情无分，当然不管他的死活，下得了狠心。这里，海棠解释了马妻"获胜"的原因，真是一针见血。"你可怎生来参不透其中意！"是海棠对包拯的质问。她对包拯曾寄予希望，以为"这包待制是一轮明镜，悬在上面，问的事就如同亲见一般"。谁知道包拯竟如此不分是非曲直。所以，她在辩白中以疑问的口吻给包拯一刺。这一刺，包含着痛苦失望的情绪。以上三句唱词一气呵成，但分说三个方面，层次既分明又简洁，加以反诘的句式说出，分外能够表现出人物内心的激动。

在一连串反诘之后，句式变为排比。"他使着侥幸心，咱受着腌臜气"，这是海棠对自己和马妻两种心理状态的概括。在马妻，夺得孩子等于夺得了家财，她心存侥幸，自然拼命硬抢；在海棠自己，孩儿明明是她所生，却受到千般诬陷，万种折磨，她呼天不应，叫地不灵，满肚子委屈。为了证实自己无辜，吐出一口恶气，她也应拼力硬争。然而，她又清楚地意识到，"两硬相争"的结果，则是"使孩儿损骨伤肌"。为了孩子，她只好硬着心肠，忍痛割舍。这最后的两句，是海棠从正面解释她在灰阑面前放弃争夺的缘由。

〔挂玉钩〕一曲，是《灰阑记》戏剧矛盾的转折点，在全剧中有重要的作用。它有分剖，有申辩，合情合理，有攻有守。所以，曲子虽然写得简短质朴，却显得既铿锵有力，又哀酸动人。

元剧的唱词，最推重本色和当行。所谓本色，是指语言通俗朴实，能使观众一听即懂；所谓当行，是指具有戏剧性和动作性。李行道这一曲〔挂玉钩〕，就是本色当行的典范。它明白如话，却能细腻地传达出人物内心复杂丰富的情感。同时，每一句唱词，既能够紧紧抓住观众的心灵，又促使场上角色的表情行动发生相应的变化。例如，在观众，都明白谁是孩儿的生母，都不值马妻之所为，以为海棠可以胜诉，谁知道海棠偏偏拽不出孩子，当人们为海棠的失败焦急纳闷的时候，听到她的申辩，才明白个中原委，同情必然在海棠方面。因此便越加急切等待包拯的判决。矛盾的焦点，一下子就落在包拯身上。场面气氛陡然发生变化，观众的心弦便绷得更紧了。对马妻，这段唱词给了她当头一棒，她原以为拽出孩儿，稳操胜券，但海棠的反击，使她哑口无言。可以想见，那"无情分的尧婆管甚的"一句，是会使她怎样手足无措，狼狈万分。至于包拯，他下令画一圈灰阑，本来就是一个圈套，是他对马妻的图谋有所觉察的巧妙安排。他胸有成竹，为求水落石出而故意虚张声势。但是，海棠不懂得袖里乾坤，那一句怨愤异常的顶撞，等于指斥他无能无德。包拯同情海棠，却被海棠误解，这时候，他的感情、表情，必然显得相当微妙。然而，真正"参不透其中意"的，恰恰是海棠和许许多多被蒙在鼓里的人。因此，当包拯指出"灰阑辨出真和假"，果断地作出判决时，这段唱词所产生的戏剧效果，也就显而易见了。德国布莱希特《高加索灰阑记》一剧即系根据此剧改编。

（黄天骥）

狄君厚
平阳（今山西临汾）人。生平事迹不详。所作杂剧今知有《介子推》一种，现存。《全元散曲》录存其套数一套。

晋文公火烧介子推

狄君厚

第 四 折

〔越调·斗鹌鹑〕焰腾腾火起红霞,黑洞洞烟飞墨云,闹垓垓火块纵横,急穰穰烟煤乱滚。悄蹙蹙火巷外潜藏,古爽爽烟峡内侧隐。我子见烦烦的烟气熏,纷纷的火焰喷,急煎煎地火燎心焦,密匝匝烟屯合峪门。

《介子推》杂剧现仅存《元刊杂剧三十种》本,宾白不全,所以有些细节不太清楚。其大致情节如下:晋献公宠信骊姬,贬斥太子申生,为骊姬之子修筑楼台,劳民伤财。大臣介子推上殿极谏,引商纣亡国之事为鉴戒。晋献公不听,介子推辞朝归隐。六宫大使王安奉命将太子申生赐死,却不忍下手。另有使臣来施加压力,申生终于自刎。骊后与国舅又生计加害公子重耳。重耳逃到介子推家,国舅跟踪而至。子推之子介休冒名替重耳自刎而死。子推从重耳出亡,在风雪中绝粮,割股肉养活重耳。适逢楚使来迎,重耳入楚,子推归家侍母。重耳回国即位,为晋文公,封赏功臣,遗漏了子推。子推背母隐入绵山。晋文公到绵山,聘其出仕,子推不出,文公放火烧山,企图迫使介子推出山,但介子推宁可被焚,也不肯出来。最后,介子推丧身于大火,晋文公设祭绵山。

〔斗鹌鹑〕曲选自本剧第四折。这一折正末扮绵山樵夫主唱,从旁观者的角度描述了火烧介子推的悲惨场景,并当面斥责晋文公"招贤废人"。实际上樵夫乃是作者的化身,作者借樵夫之口表达自己对火烧介子推这一历史事件的看法,纵使介子推有亲子替死、割股侍主的义举,仍然免不了被遗忘,甚至遭受焚身之祸,这就是所谓"天子重贤臣"!

〔斗鹌鹑〕是第四折的第一支曲子,以火景描写见长,为全折的人物和冲突提供了环境,渲染了氛围。

此曲的审美效应首先来自于作者以声色形貌为墨彩,以神韵气骨为内质,精心绘制出一幅宛然在目的火景图。火景的形貌不外乎熊熊之火与浓浓之烟,此曲即扣紧烟、火二字,一气贯穿到底。首二句不仅写了烟火的色彩:红霞般的火,墨云似的烟;而且描写了烟火的气势:火腾,烟飞。次二句则不仅紧接火势写了烟火的形貌:纵横的火块,乱滚的烟煤;而且将烟火拟人化:"闹垓垓"是一片喧哗之声,"急穰穰"是心忙意乱的样子。以上四句是樵夫眼中之景,五六句则是樵夫自述避火的举动:火块纵横,无一处不是火,只能悄悄地在火巷外潜藏;烟煤乱滚,所见的尽是烟,落得孤单单地在烟峡内侧隐。"我子(只)见"三字一转,六、七句先写烟,后写火,统一中有变化。末二句分接火、烟,突出樵夫在烟火中"急煎煎地火燎心焦"的心理状态。屯合,即聚集;峪门,即谷口。

然而剧曲与写景诗毕竟不同。在古代戏曲舞台上,戏曲中的景物往往不是独立存在的可视之景,而是附着在演员身上的可感之景。也就是说,景物是在直接描写人物的行动和感情的过程中被虚拟地表现出来的,是通过人物的语言和动作,以有形之情去写无形之景。因此,戏曲里的景物描写无不染上人物的感情色彩,是一种"有我之境",所谓"景随情至,情由景生"(清黄图珌《看山阁集闲笔》),这是此曲审美效应的主要来源。在这里,火景借樵夫之口加以描绘,是经过人物情感过滤的景色,染上了浓郁的感情色彩;而樵夫的愤怒之情由曲文中烟火滚滚的景色描绘所衬托,更增添了表达的分量。在这里,亦情亦景,融合无间。

总之，此曲火景描写的特色是："写气图貌，既随物以宛转；属采附声，亦与心而徘徊。"（刘勰《文心雕龙·物色篇》）此外，全曲几乎句句用叠字，一气贯之，既形象生动，又造成一种奔涌激烈的气势，为全折奠定了悲壮的基调。清代宋廷魁传奇《介山记》与京剧《焚绵山》均据此剧改编。

（郭英德）

孔文卿

平阳（今山西临汾）人。生平事迹不详。所作杂剧今知有《东窗事犯》一种，现存。《全元散曲》录存套数一套。

地藏王证东窗事犯

孔文卿

第 一 折

〔混江龙〕想挟人捉将，相持厮杀数千场；则落得披枷带锁，枉了俺展土开疆。信着个挟天子令诸侯紫绶臣，待损俺守边塞破敌军铁衣郎！俺与你扫除妖气，洗荡妖氛，不能够名标簿上。划地屈问厅前，想儿曹歹谋帝王前，不由英雄泪滴枷梢上。想着俺掌帅府将军一令，到不出的坐都堂约法三章！

孔文卿是元代著名的剧作家，以《地藏王证东窗事犯》传世。《东窗事犯》写北宋名将岳飞被奸相秦桧陷害至死,死后冤魂托梦,最终奸臣被惩的一段故事。据传,秦桧谋杀岳飞,曾事先与人在东窗下密谋过,故而称这次谋杀案为"东窗事犯"。本剧中一些曲子至今仍在昆剧中演唱,称为《扫秦》。这里所选的第一折〔混江龙〕曲写出了岳飞忠义而见疑,功高而被谤的愤懑以及世事不公、壮志难酬的悲哀。

岳飞是宋代名将,以"精忠报国"著称于世,智勇双全,爱国爱民,治军有方,天下无敌。敌人畏之云:"撼山易,撼岳家军难。"可以想见岳飞的凛凛正气与盖世神威。岳飞成为千古忠臣良将的代表,得到了当时以至后世人们的尊崇和敬仰。然而功高盖世的岳飞最终是蒙冤被谗,惨死狱中,又激起了千古人们的愤慨不平。〔混江龙〕一曲质朴而深沉,刚正而悲愤,浑朴无华而个性化,在岳飞忠贞受屈、身陷缧绁的困惑、愤慨、悲哀中,也显示出了岳飞耿直威猛、朴厚赤诚的性格特征与英雄本色。

"想挟人捉将,相持厮杀数千场",简洁朴素,不事渲染;不像文人出塞诗那样壮丽奇美,却强有力地烘托出一位沙场宿将刚劲威猛的老辣气势,威风豪情,溢于言外。然而"则落得披枷戴("带")锁",这其中的困惑就见于言表了:世事是何等的荒唐!明察的老将随即从困惑转入了愤慨:"信着个挟天子令诸侯紫绶臣,待损俺守边塞破敌军铁衣郎!"岳飞的愤怒不止是向着谗佞害贤的奸相,而且是向着那愚暗误国的皇帝。他责问皇帝倒行逆施,愚昧不明;岳飞的悲愤之中,依然正气逼人,浑厚质朴中不失刚正本色,真切传神。面对无端的迫害,岳飞痛感抑郁冤屈,"俺与你扫除妖气,洗荡妖氛,不能够名标簿上"。他忠于君主,建树奇功,利国救民,却不得奖赏反被酷责,深冤巨痛,无处声诉,岳飞心中的痛楚悲哀,也就愈加地沉重,愈加地深切,愈加地难耐;它烘托出的这世情,这氛围,也就愈加地黑暗,愈加地压抑……

"儿曹歹谋帝王前","英雄泪滴枷梢上",集中地强烈地反映了整个封建时代忠臣的惨痛。千百年中人们求得为官作宦，而做官做到当朝大臣，也不过是皇帝脚下匍匐效力的走狗而已，没有独立人格可言，更不要说平等、人权。古人早就以"走狗"来比喻贤臣名将，"狡兔死，走狗烹"，功高压众，忠诚可鉴的圣贤之具、将帅之才，也不过是任人驱使，任人宰割。"泪滴柳梢"的惨痛，是一个漫长的时代无数人的惨痛，也会唤起无数人惨痛的记忆和思考，引起人们长久的共鸣。

岳飞以他的忠正、刚勇、耿直、质朴的形象赢得了人们的敬爱；《东窗事犯》中岳飞的艺术形象也引起了人们广泛的理解、爱戴与同情，被人们传颂不已。人们同情、歌颂岳飞，痛骂、诅咒秦桧，实际上表达的是人们对千古忠奸的判断，表达了深入人心的传统的人格理想与社会理想。《东窗事犯》的〔混江龙〕也因之成为后世传诵的不绝之唱。

（马欣来）

地藏王证东窗事犯

孔文卿

第 三 折

〔越调·斗鹌鹑〕但行处怨雾凄迷，悲风乱吼。恰离枉死城中，早转到阴山背后。不能青史内标名，只落的钢刀下斩首。每日秦不管，魏不收，送的俺酩子里遭诛。更怕我葫芦提罢乎。

〔紫花儿序〕三魂儿潇潇洒洒，七魄儿怨怨哀哀，一灵儿荡荡悠悠。俺不是降灾邪祟，俺是出力公侯。你问缘由，我对圣主明言剐骨仇。俺说的并无虚谬。谢上圣将这屈死冤魂，放入这凤阁龙楼。

〔小桃红〕躬身叉手紧低头，又不敢把龙床扣，拜舞山呼痛僝僽。见官里①猛抬头，惊回御寝把天颜奏，灯影下诚惶顿首。臣说着伤心感旧，尚古自②眉锁庙堂愁。

〔鬼三台〕臣在生时多生受，驰甲胄，做先锋帅首，向沙塞拥貔貅。臣说着呵自羞，想微臣挟人捉将一旦休，只落的披枷带锁遭重囚。臣想统三军永远长春，不想半路里拔着短筹。

〔紫花儿序〕臣性命不若如花梢滴露、风里杨花、水上浮沤。臣统三军、舍命与四国王做敌头，将四京九府平收。不想臣扶侍君王不到头，提起来雨泪交流。想微臣盖世功名，到今日一笔都勾。

〔金蕉叶〕臣舍性命沙场上战斗，臣出气力军前阵后。划地撇俺在三闲里不愀。臣意社稷江山宇宙。

〔调笑令〕陛下，索趁逐，替微臣报冤仇。臣须是一日无常万事休，不能勾悬牌挂印将君恩受。只落的绷扒吊拷百事有，早难道臣宰千秋。

〔秃厮儿〕臣望写皇阁千年不朽，标青史万代名留。臣做了个充饥画饼风内烛。这冤仇、这冤仇、怎肯干休。

〔圣药王〕臣这方头、又不曾写犯由，也合三思然后再追求。臣海外、收复了四百州。将凌烟阁番作抱官因，久以后再谁想分破帝王忧。

〔络丝娘〕臣舍性命出气力请粗粮将边庭镇守。秦桧没功劳请俸干吃了堂食御酒。他待将咱宋室江山一笔勾,好金帛和大金家结构。

〔绵搭絮〕臣趁着悲风淅淅、怨气哀哀。天公不管,地府难收,相伴着野草闲花满地愁。不能够敕赐官封万户侯。想世事悠悠,叹英雄逐水流。

〔拙鲁速〕臣将抽头、不抽头,向杀人处,便攒头。秦桧安排钓钩,正着他机彀,怎生收救!臣当初只见食不见钩。

〔幺〕想微臣志未酬。除秦桧一命休,陛下逼逐记在心头。将缘由苦苦遗留、明明说透。把那禽兽剐割肌肉,号令签头,豁不尽心上忧。

〔收尾〕忠臣难出贼臣彀,陛下宣的文武公卿讲究:用刀斧将秦桧市曹中诛,唤俺这屈死冤魂奠盏酒。

这是《东窗事犯》第三折。在一般是四折的元杂剧体制里,第三折往往是重场戏。这一折戏正是如此。它所写的岳飞冤魂向皇帝宋高宗托梦,申诉自己的冤屈和请求除死秦桧,激发正气,斥责邪恶。毫无疑问,和《窦娥冤》第三折一样,其感情表现得是很强烈的;而且也只有这样写,才有可能造成第四折中岳飞升天、秦桧罚入地狱的结局。它虽带有迷信成分,但也是人民愿望的一种体现。

这一折的十四支曲文大体可分四层。按照冤魂动作的需要,层与层之间是不一样的,下一层比上一层深入,有发展,可是它们又互相交错、重复。前三支曲文,可以当作第一层,主要写冤魂从枉死城(冤屈而死的鬼魂居处)向京城进发,到达皇帝榻旁。首曲〔斗鹌鹑〕中的"怨雾凄迷"、"悲风怒吼",次曲〔紫花儿序〕中的"潇潇洒洒"、"怨怨哀哀"和"荡荡悠悠",都是冤魂对自己孤独、凄凉、悲愤和哀怨的反复吟诵。人们熟知,岳飞被害于风波亭的时候,境况是非常凄惨的。生前如此,死后也必然如此,这一基调定得是恰当的。当然,首曲两句把"怨雾"和"悲风"并列,显然违反常理。雾天岂能有风,何况是"怒吼"的狂风!反之亦然。但这里写的不是自然景象,而是人物主观心境,主要极言其"怨"和"悲"。我们再看,冤魂一路行来,边走边回忆,想起自己无端被诬,却没有人站出来为之辩明澄清,首曲中的"秦不管、魏不收",其意应当指此。他只好被秦桧在"酪子里"(暗地里)害死了,这是多么冤呵!首曲末句"更怕我葫芦提罢手"中的"葫芦"当是"糊涂"的谐音。"更怕"需细细咀嚼品味。冤魂从阴间来到阳世向皇帝申诉,这件事本身就表明了他的决心。但冤魂的思想有波动,他曾有过"糊涂罢手"的念头。他怕就怕在这个念头死灰复燃。这样写,就使得岳飞的魂不是"神"而是"人"了。同样,第三支〔小桃红〕中写岳飞魂在高宗榻旁"诚惶顿首",也是活着时候岳飞性格的体现。这些,和那些把岳飞写成"超人"、"神"的文艺作品是不一样的。

第二层写冤魂向皇帝托梦,先诉说他自己壮志未酬。〔鬼三台〕以下三支曲文就是说的这个内容。〔鬼三台〕开头的"臣在生时多生受"句中的"生受",是指难事、苦事、麻烦事。北宋京城开封失陷,徽、钦二帝被虏,国家危在旦夕,岳飞受命于危难之时,举旗抗敌,力挫金兵,即接下三句所谓的"驰甲胄,做先锋帅首,向沙塞拥貔貅",其艰苦程度可想而知。下文"想微臣挟人捉将一旦休,只落的披枷带锁遭重囚"二句,是指他在前方节节胜利时收到金牌,回朝遭囚事。末句"半路里拔着短筹"中的"筹"是古人计数用的工具。"拔短筹"是元曲中的常用语,这里意谓遭到秦桧的陷害而短命、夭折。

〔地藏王证东窗事犯〕

〔鬼三台〕后面的两支曲文，如〔紫花儿序〕中的"臣统三军、舍命与四国王〔指金将兀尤〕做敌头，将四京九府〔泛指广大失地〕半收。不想扶侍君王不到头"；如〔金蕉叶〕中的"臣舍性命沙场上战斗，臣出气力军前阵后。划地撇俺在三闲里不僦〔不看〕。臣意社稷江山宇宙"，都可以说与〔鬼三台〕同一内容，只不过是用不同的语句表达出来而已。这是反复强调了岳飞的忠义和冤情。

要求报仇雪恨，揭露暗害自己的卖国贼秦桧，鞭笞贪恋禄位的人，是第三层的内容。这一层包括从〔调笑令〕到〔拙鲁速〕的六支曲文。〔调笑令〕中请求皇帝尽量利用一切机会，代他报仇（"陛下，索趁逐，替微臣报冤仇"），〔秃厮儿〕中申诉他做了画饼风烛，半途遭暗算，此仇怎能不报（"臣做了个充饥画饼风内烛，这冤仇、这冤仇、怎肯干休"），这是请求报仇的；〔络丝娘〕中说，秦桧和金国勾结，要把宋室江山奉送（"他待将咱宋室江山一笔勾，好金帛和大金家结构"），〔拙鲁速〕中又说，自己中了计，上了当（"秦桧安排钓钩，正着他机毂，怎生收救？臣当初只见食不见钩"），是揭露秦桧的。在秦桧对自己迫害时，那些朝中臣宰的态度呢？〔调笑令〕中说："只落的绷扒吊拷百事有，早难道众臣千秋。""千秋"这里当是"千古"、"逝世"的意思。岳飞冤魂发出朝中臣宰个个都死亡的慨叹，不是透露出他们不敢仗义执言的消息吗！那末皇帝的态度呢？〔圣药王〕中说，我这个"方头"〔不通时宜的人〕，又没有犯罪的事由，应该三思而行；我收复了广大失地，可是将表彰忠臣、贤臣的凌烟阁，竟翻作成贪恋禄位的人"抱官囚"的场所。"久以后再谁想分破帝王忧。"如此下去，怎么得了呵！

最后一层，曲文只有〔幺〕〔收尾〕二支。〔幺〕的乐曲即前曲〔拙鲁速〕的重复。它主要是说，我壮志未酬，要除秦桧一命，陛下一定要牢记心头，"把那禽兽剐割肌肉，号令签头，豁不尽心上忧"。"禽兽"当然指秦桧。"签头"是插在死囚身上的牌子。"豁不尽"即"除不尽"。请求除死秦桧是冤魂向皇帝托梦的主要目的,也可说是前文的结语。〔收尾〕比〔幺〕又深了一层。忠臣是难逃出贼臣奸计的,请皇帝要记取教训,选择文武公卿要讲究。在秦桧除死于市曹的时候,要唤我这个屈死冤魂并在冤魂面前洒酒祭奠吧!

贾仲明挽词说,《东窗事犯》是"明善恶,劝化浊民"之作。就是说,忠与奸、是与非、善与恶在这个剧中体现得是很清楚的。我们读了这些曲文以后,也会深深感到的。读了这些曲文,我们又会感到,这不是岳飞冤魂在诉说,而是人民在替岳飞诉说。人民的意志、愿望在曲文中有充分体现。读了这些曲文,我们也会自然而然地想起岳飞在〔满江红〕词中抒发的"收拾旧山河"的雄心壮志。尽管这些曲文远不及〔满江红〕那样脍炙人口,但也不得不承认,它们是在一定程度上体现了岳飞这种气壮山河的气概。

在艺术表现上,突出的一点就是前面已经提到的岳飞冤魂的性格不单一,而有"人"那样的复杂性。如果掀去鬼魂外衣,说他是真岳飞也无不可。语言的优点是,在切合岳飞冤魂性格、身份的前提下,尽量通俗易懂,有的地方甚至有浓郁的泥土气。如〔拙鲁速〕中的"臣将抽头、不抽头,向杀人处,便攒头"(我赢也好,不赢也好,都勇往直前,向交战激烈的杀人处去砍头)。"抽头"、"攒头"都是民间语。"抽头"原意是赌博胜者一方交赌场的少量赢资,这里指战斗的胜利。"攒头"就是戳人头。其他如"葫芦罢手"、"三闲"、"无常"、"方头"、"抱官囚"、"机毂"等,亦莫不如是。这些民间语言,无疑是为了观众写进去的,必然会受到观众的欢迎。

(马圣贵)

〔注〕 ① 官里:指皇帝高宗。 ② 尚古自:尚自,仍然。

【作者小传】

张寿卿

东平（今属山东）人。曾任浙江行省掾吏。所作杂剧今知有《红梨花》一种，现存。

谢金莲诗酒红梨花

张寿卿

第 一 折

〔后庭花〕俺将俏书生去问他，又怕这劣①梅香瞧见咱。俺这里有意传心事，他那里无言指落花。争奈我是女孩儿家，做这一场话靶，可不的被傍人活笑杀。

〔金盏儿〕这秀才忒撑达②。将我问根芽。妾身住处兀那东直下，深村旷野不堪夸。俺那里遮藏红杏树，掩映碧桃花。兀良，山前五六里，林外两三家。

〔醉中天〕笑哈哈捧流霞③，我羞怯怯怎酬答。也不知前世今生甚的缘法，相会在花枝下。可知道刘郎喜杀，又值着我玉真未嫁，抵多少香饭胡麻。

〔赚煞〕这早晚二更过，初更罢，扑粉面香风飒飒。夜静归来路儿滑，露溶溶湿润衣纱。哎！你个解元喏！觑着这几朵梨花，更一片银河隔彩霞。贪和你书生打话，畅好是兜兜搭搭，因此上不知明月落谁家。

本剧剧情大致如下：秀才赵汝州往洛阳拜访同窗故友刘公弼，兼访名妓谢金莲。公弼时为洛阳太守，恐怕汝州迷恋烟花，堕了进取之志，假称金莲已嫁人，暗地里又教金莲假装王同知女儿，往后花园逗引汝州。汝州一见钟情，约以明晚再会。金莲也心中有意，黄夜赴约，两人酬和红梨花诗。数日后，汝州从卖花三婆口中得知所谓王同知女儿已死了多年，阴灵化作红梨花，常常缠搅少年秀才，三婆之子即死于非命。汝州恐惧不堪，即刻不辞而别，上朝取应。后来汝州中状元，除授洛阳县令，参见公弼。公弼教金莲上席侑酒，金莲相逢故人，情动于衷，汝州却斥其为鬼。公弼说明前因后果，以大团圆结局。

〔后庭花〕等四支曲子即谢金莲冒充王同知女儿，偕带丫环梅香，到太守后花园去，与赵汝州相见相爱时，金莲所唱的。瞒骗是这几支曲子特定的喜剧情境。这一折刘公弼一出场时就将事件全部交底——向观众交底，却全瞒住汝州，半瞒住金莲。金莲虽是奉命而来，但在未与赵汝州相见之前，已从侧面见到了他，并产生了爱慕之心。所以下面谢金莲见到赵汝州后的表演，是亦真亦假，假中有真。而赵汝州却是一无所知，对金莲是一片真情。二人的这种特定的关系构成了强烈的喜剧性。

〔后庭花〕等四支曲子有独白，有对话，对话之语又似独白，细腻曲折地展示了人物微妙的内心世界。谢金莲是妓女，却冒充大家闺秀，虽惯于风情，却偏要装得罕出深闺，这就构成她性格的喜剧性矛盾，并由此揭示出她内心深处的情感波动。当她初撞见汝州时，虽想"将俏书生去问他"，却碍于大家闺秀的伪装身份，不得不装出矜持的样子来。"争奈我是女孩儿家，做这一场话靶，可不的被傍人活笑杀"的内心独白，正写出她极力要保持现有身份的心理。但她毕竟"有意传心事"，妓女的率直本性使她不愿掩饰自己对汝州的爱慕，所以当汝州询问她是"谁氏之家，姓甚名谁"时，就以调皮、狡黠而活泼的口吻，描述自己的所谓家居环境。〔金盏儿〕曲答而未答，情景毕出，以想象中的山村美景，传达内

【谢金莲诗酒红梨花】

心中的热烈恋情。在汝州迫不及待地再度询问时,她几乎忘了自己伪装的身份,爽快地说明是"王同知之女",并大方地受邀进书房与汝州同酌,不仅心许婚姻,而且口约再会。至此,她又从热烈的恋情中清醒过来,想起自己大家闺秀的身份,于是匆匆告辞。"觑着这几朵梨花,更一片银河隔彩霞"二句,既为第二折二人酬和红梨花诗埋下伏笔,又暗用牛郎织女遥隔银河的典故,隐隐道出自己受太守摆布,只能隐瞒身份,适可而止,不能和汝州畅叙衷情的不得已的苦衷。

明代戏剧家孟称舜选《古今杂剧》时,将《红梨花》选入《柳枝集》,第一折加眉批道:"字字淹润,语语宛隽。近来度曲家以此为鼻祖,而气味浑涵,则今人终让此一筹也。"所谓"气味浑涵",的确道出了此剧曲词"在雅俗浓淡浅深之间"(明王骥德《曲律》)、直逼化工的语言艺术风格。〔后庭花〕曲"随口转出,是家常大饭,却不知是绝妙好词"(孟称舜批语),全是自然上口的口语,却机趣横生,饱含诗的韵味。〔金盏儿〕曲"妾身住处兀那东直下"以下数句,一味白描,在写景中融入热烈的恋情。同时句句又不明说,以"东直下"(东面视野所及之处)、"五六里"、"两三家"这些泛指不实之词,造成虚无缥缈的意境。〔醉中天〕曲中"可知道刘郎喜杀,又值着我玉真未嫁,抵多少香饭胡麻"三句,用晋刘晨入天台山遇仙女的故事,恰合汝州意外地相逢金莲的情境;"玉真"谓仙人,南朝梁陶弘景《真灵位业图》;"玉清三元宫……右位太上玉真保皇道君。"这里是金莲以天台山仙女自比。"香饭胡麻"是天台仙女请刘晨所食的胡麻(即芝麻)饭,这里金莲说自己与赵汝州对酌,味道比仙家所食的胡麻饭还要美。这几句用典贴切,也使这场真真假假的花前月下之会笼罩上一层扑朔迷离的色彩。〔赚煞〕曲以谢金莲的感受描绘了俩人相会的特定时空。王骥德在论杂剧、传奇套曲的尾声时说:"尾声以结束一篇之曲,须是愈着精神:末句更得一极俊语收之方妙。"(《曲律》)凌濛初也提出尾声末句"以词意俱若不尽者为上"(《谭曲杂札》)。此曲末三句"贪和你书生打话,畅好是兜兜搭搭,因此上不知明月落谁家",正是余味无穷的佳句。"兜兜搭搭",是粘着、难缠的意思,这里金莲既指赵汝州的恋恋不舍,又指自己的流连忘返,虽似叙事,实为抒情。而"不知明月落谁家",似实写,似虚写,虚实相兼,道出了"举手长劳劳,二情同依依"的衷曲。正因为《红梨花》杂剧曲词"气味浑涵",所以成为明代汤显祖等戏剧家创作的楷模。明徐复祚以《红梨花》杂剧为蓝本创作《红梨记》传奇,认为杂剧别有"一种隽永之味,如太羹玄酒,如布帛菽粟,令人干冲淡之中,愈咀嚼愈觉有味,则非元人伎俩不能",确为好评。《红梨记》完全按照张寿卿之《红梨花》敷演,其中《醉皂》、《亭会》等折子戏仍活跃在昆曲舞台上。这也反映出《红梨花》一剧的艺术生命力。

(郭英德)

〔注〕 ① 劣:反训为乖巧,杨万里《过招贤渡》诗:"柳上青松宁许劣,垂丝到地却回身。"
② 撑达:周到,大方。 ③ 流霞:泛指美酒。

宫天挺

字大用,大名开州(今河南濮阳)人。曾为钓台书院山长。后遭权势中伤,虽获辨明,终不见用。他与钟嗣成之父相交甚密,钟嗣成幼时常得晤其面。所作杂剧今知有六种。现存《范张鸡黍》、《七里滩》二种。

死生交范张鸡黍

宫天挺

第 一 折

〔天下乐〕你道是文章好立身;我道今人,都为名利引,怪不

【死生交范张鸡黍】

着赤紧的翰林院那伙老子每钱上紧。他歪吟的几句诗,胡诌下一道文,都是些要人钱的谄佞臣。

〔那吒令〕国子监里助教的,尚书是他故人;秘书监里著作的,参政是他丈人;翰林院应举的,是左丞相的舍人。则《春秋》不知怎的发,《周礼》不知如何论,知制诰是怎的行文?

〔鹊踏枝〕我堪恨那伙老乔民,用这等小猢狲。但学得些妆点皮肤、"子曰""《诗》云",本待要借路儿苟图一个出身,他每现如今都齐了行不用别人。

〔寄生草〕将凤凰池拦了前路,麒麟阁顶杀后门。便有那汉相如献赋难求进,贾长沙痛哭谁偢问,董仲舒对策无公论。便有那公孙弘撞不开昭文馆内虎牢关,司马迁打不破编修院里长蛇阵。

〔幺篇〕口边厢奶腥也犹未落,顶门上胎发也尚自存。生下来便落在那爷羹娘饭长生运,正行着兄先弟后财帛运,又交着夫荣妻贵催官运。你大拼着十年家富小儿娇,也少不的一朝马死黄金尽。

〔六幺序〕您子父每轮替着当朝贵,倒班儿居要津,则欺瞒着帝子王孙。猛力如轮,诡计如神,谁识您那一伙害军民聚敛之臣。现如今那栋梁材平地上刚三寸,您说波怎支撑那万里乾坤?都是些装肥羊法酒人皮囤,一个个智无四两、肉重千斤。

〔幺篇〕这一伙魔军,又无甚功勋,却着他画戟朱门,列鼎重裀,赤金白银,翠袖红裙,花酒盈樽,羊马成群。有一日天打算衣绝禄尽,下场头少不的吊脊抽筋。小子白身,乐道安贫,觑此辈何足云云。满胸襟拍塞怀孤愤,将云间太华平吞! 想为人怎敢言而无信? 枉了咱顶天立地,束发冠巾。

《范张鸡黍》剧取材于《后汉书·独行传》所载范式传,情节内容和思想意旨大致可分为两部分。一是歌颂范式和张劭间不以利害相关、生死不渝的真挚友情。二是揭露、斥责元代官场中普遍存在着的"选法弊、絮叨叨请俸日月,禹门深、眼睁睁不辨龙蛇"(第二折〔梁州第七〕)等腐败现象。这两部分又是相互关联的:尚风节、操持谨严的士人虽然值得尊敬,但在这样的现实面前,却只能是"今日个秀才每遭逢着末劫","恰便似寸草将来撞巨铁,枉自摧折。"(第二折〔南吕一枝花〕、〔梁州第七〕)

对于宫天挺的剧作,王国维在《宋元戏曲考》中曾给予极高的评价:元代曲家大体不出关白郑马四大家范围之外,"唯宫大用(天挺)瘦硬通神,独树一帜"。"瘦硬通神"一语源出于杜甫《李潮八分小篆歌》:"书贵瘦硬方通神。"那么,宫氏的艺术特色何以足当"瘦硬通神"的美誉呢? 这里仅由所节选的曲文来尝鼎一脔,试作一些赏析。

这几首曲子是借范式之口,痛斥科第、选举的弊端。由结构上看,它首先从和范式对话的王韬所说:"自古道文章好立身"一语发难,针锋相对地以"我道今人,都为名利引"一句总括性的结论引起全文。然后先是分别指出科举尽被"钱上紧"的一伙人把持,"省试殿试,岂论那文才高低",而全靠"金帛干偈"(〔天下乐〕);选官之途又因各座衙门都被权豪势要之家"把的水泄不通","齐了行不用别人",而令人难求仕进(〔那吒令〕及〔鹊踏枝〕)。进而则控斥说在这种情势下,纵或有着司马迁、董仲舒般的高才绝学，也毫无求得施展身手的可能（〔寄生草〕）；相反，一些"奶腥也犹未落"、"胎发也尚自存"的官宦子弟却大行"催官运"（〔寄生草·幺篇〕）。这些人虽然"智无四两"、毫无功勋，却"列鼎重裀"，受用无边（〔六幺序〕及〔幺篇〕）。这里，作者紧锣密鼓地连用七只曲子，在内容上"单枪匹马，横冲直撞"，意不旁分、笔无别涉，浓笔重墨地揭露了官场的贤愚不分、腐败黑暗。同时，曲文又层次井然，逐步深入地剖析、剥开求仕进途中的黑幕，具有孤松挺上、绝峰壁立之态，以其雄拔声势，引人瞩目。

与此相似，在一支支曲文中，宫氏也是紧扣支曲的头脑，排比铺张，尽情挥洒，务使说深说透。如作者恰当地运用了〔六幺序·幺篇〕增句多少不拘的特点，增添了自"赤金白银"至"乐道安贫"等一长串节奏紧促，句句叶韵的短语，从而大大加强了对聚敛之臣进行揭露和诅咒的气势与力度。此外，如〔寄生草〕的连举五例来譬喻才士仕进之难；〔那吒令〕的历数不学无术之徒以裙带关系而窃居禄位；〔寄生草·幺篇〕的"生下来便落在那爷羹娘饭长生运"数语等等，也都是采用这种敷演铺陈的手法。这就使得每一支曲文都既从属于总体构思，各安其位；而就支曲本身而言，也同样具有奔涌烂熳、酣畅淋漓的特点。二者相合，便有如祢衡掺挝、燃犀烛照，使被指斥者无从闪转腾挪、逃遁隐藏，所谓"硬"者，这是重要的一点。

〔六幺序·幺篇〕后半段的曲文也颇值得玩味。在这里，作者笔锋陡地一转，让范式由愤怒进行斥责变为略抒胸臆。他虽是"小子白身"，却绝不肯辜负"顶天立地"的生命，"满胸襟拍塞（意犹充塞、塞满）怀孤愤"壮志凌云，且"觑此辈何足云云"，睥睨、鄙视那些无能之辈。所使用的篇幅虽然不多，但已有了将崇高与卑劣对比的效果，启发人进一步去有所思索。

以上是由全章结构来看曲文的力度所在。但瘦硬之力还不能仅仗结构取势来获得，而还有赖于修章琢句、遣词用字。在这方面，这几支曲文显示出以下两点特色。

首先是在对丑恶现象、事物进行斥责时，作者采用了许多生动活泼、大胆夸张的漫画式笔法，嬉笑怒骂，皆成文章，以增强批判力的锋颖。例如在反驳王韬所说"那一伙做官的、个个都是栋梁之材"时，即由"栋梁之材"加以发挥，喻之为只不过是"平地上刚三寸"的毫无用处的细木。进而又对这些人加以描绘，说他们都是些"智无四两、肉重千斤"的"装肥羊法酒人皮囤"。寥寥数语，这些愚昧贪婪、蠢猪似庞然大物的丑恶形象，已是跃然呈现，生动可见。

此外，作者还善于将应是颇为严肃的事物和与之似乎甚不相称的猥琐俗谈巧妙地结合在一起，借助外表的不协调来突出隐藏在表象后面的深刻矛盾，取得了很好的艺术效果。如在"翰林院"后加上"那伙老子每（们）"，就立即使人认识到这一伙绝非所谓的清贵高雅词臣；又如在封建朝廷中枢政权所在的"凤凰池"、图写股肱之臣以记功的"麒麟阁"之下，举重若轻地分别加上"拦了前路"、"顶杀后门"二语，也同样就起到了剥去这些庄严景物的神圣外衣而还其本来面目的作用。再如〔寄生草〕曲，慎重地提到了人所习知的西汉才士名宦：献赋而得为郎的司马相如，痛哭而陈政事的贾谊（贾长沙），以贤良对策而见重于武帝的大儒董仲舒，倡设五经博士、弟子员的公孙弘，撰写不朽巨著《史记》而名垂百代的司马迁；然而却在他们名下轻轻地写下了"难求进"、"无公论"、"谁偢问"等断语，扬抑之间，对比十分强烈鲜明，给人以深刻的印象。而更为绝妙的是作者大胆把能吏名儒公孙弘、司马迁的遭际，与民间金戈铁马故事说唱中习用的"撞不开虎牢关"、"打不破长蛇阵"联系并用，想象奇特丰富，生动形象；且更由于使用的是历史上著名的代表性人物和人们印象深刻的"虎牢关三战吕布"等民间故事，因而它的意义又不停留在这两个例子本身，而有着较广的覆盖面和极强的概括性。

力度的取得，还在于它发挥、利用了"剧曲"的作用。在剧中，范式是在和王韬对话时发出这些斥责的。尽管这时范式对王韬的真实面貌还不了解,但通过剧情发展,观众已经都晓得王韬正是靠着身为显宦的女婿和攘窃友人万言书而得官的小人;甚至在曲文间的夹白中,王韬更用旁白方式向观众点明:"这话伤将我来也"等等。这样,在范式主观上虽只是对友言志,侃侃而谈;而在观众的感受上则是"当着矮人说矮话"、"对着和尚骂秃驴"。王韬此时的尴尬处境、表情,正代表了被指斥者无言辩解的狼狈景象,正反相衬,就更有力地促进了观众对曲文内容的同感和共鸣。

这些因素综合在一起,相辅相成,构成了这段曲文"瘦硬通神"的雄伟力度,正如《太和正音谱》所说:宫天挺词如"西风雕鹗","锋颖犀利,神彩烨然,若捷翻摩空,下视林薮,使狐兔缩颈于蓬棘之势。"

(陈 多)

严子陵垂钓七里滩

宫天挺

第 一 折

〔青哥儿〕那里面暗隐着风波、风波千丈。你说波使磁瓯的有甚灾伤?我醉了呵东倒西歪尽不妨。我若烂醉在村乡,着李二公扶将,到草舍茅堂,靠瓮牖蓬窗,新苇席清凉,旧木枕边厢,袒脱下衣裳,放散诞心肠,任百事无妨,倒大来免虑忘忧,纳被蒙头,任意翻身,强如您宰相侯王,遭断没属官象牙床,泥金亢。

〔赚煞〕平地上窝弓，水面上张罗网，再谁想相寻相访。鸿鹄志飞腾天一方，拣深山旷野潜藏。莫行唐，蓦岭登冈，拽着个钝木斧，系着条粗麻绳，掐着条旧担杖。我则待驾孤舟荡漾，趁五湖烟浪，望七里滩头，轻舟短棹，蓑笠纶竿，一钩香饵钓斜阳。

《严子陵垂钓七里滩》杂剧（宫天挺作，或说是张国宾作）写的是严光的故事。〔青哥儿〕〔赚煞〕两曲选自该剧第一折。

严光是东汉著名的隐士。《后汉书·逸民列传》上说，严光字子陵，年轻时与刘秀（光武帝）"同游学"。刘秀即位后，他就改变名姓，隐身不见。刘秀经过多方寻访，才找到他，希望他能"相理为助"，但严光始终不肯做官。后人称他在富春山下垂钓的地方为"严陵濑"。据顾野王的《舆地志》，七里滩，应作七里濑，与严陵濑相接。本剧"七里滩"当即指"严陵濑"。

杂剧的故事与正史稍有不同。严光自幼"好游玩江湖"，在富春山畔七里滩钓鱼为生。这时王莽篡汉称帝已经十七年了，还在到处搜捕皇室后人，"绝刘后患"。有个舂陵乡白水村人刘秀，字文叔，改名为金和秀才，与严光友好，尊之为兄。《七里滩》第一折即写两人相约，在下村李二公庄上闲话饮酒。第一折用〔仙吕·点绛唇〕十二支曲牌，由正末扮严光主唱。由于这本杂剧现在仅存元刊本，除曲文外，只保留了极少量的说白，因此具体的细节只能按曲文作些推测。严光出场感叹历代兴衰，后来金和秀才来了，两人对饮闲谈。严光先是醉话连篇："则愿的王新室官家寿命长"（王莽篡汉后改国号为"新"。官家，称皇帝）；后来渐渐地表露心迹，说"怎肯受王新室紫绶金章"，"您汉家枝叶合兴旺"。饮酒之间，两人争论起来：磁瓯儿和黄金盏哪一个容易招致灾殃？严光在〔后庭花〕

【严子陵垂钓七里滩】

一曲里,从"黄金盏"生发开去,描绘了饮宴歌舞的场景:"玉斝内饮琼浆,耳边旁音嘹亮,绛纱笼银烛光,列金钗十二行,裙摇的琼珮响,步金莲罗袜香,娇滴滴宫样妆,玉纤纤手内将。"他的结论是,"黄金盏盏面上,关埋伏,闹隐藏"。埋伏、隐藏着什么呢? 接下来便是这里所选的〔青哥儿〕。

〔青哥儿〕的曲文内容与〔后庭花〕一正一反互相对照。第一句"那里面暗隐着风波、风波千丈",是对上曲结句明确的回答。在严光看来,只有"使磁瓯儿的"是没有什么"灾伤"的。针对黄金盏"惹祸患",本曲大讲磁瓯儿十分安全。不仅安全,而且可以得到极大的自由。"醉了",任你"东倒西歪",要是烂醉如泥,那就更加得其所了。"草舍茅堂"四句实际是说"我"一无所有,没有丝毫精神负担,也就没有什么危险。"祖脱下"六句,极力写醉中生活的自由自在,无虑无忧(散诞,逍遥自在。倒大来,非常,多么)。最后,回应开头,对比之下,那些宰相侯王一旦出事,不要说"黄金盏",连那"象牙床"、"泥金亢"(椅),都要被一齐抄没。

从曲意看,〔青哥儿〕与作为尾声的〔赚煞〕不相衔接,这说明两曲之间应有科介和宾白。从〔赚煞〕的曲文推断,两人酒兴将阑,严光认为目前风声还是很紧,依然陷阱遍地,仅仅改姓换名是不够的。自己是渔者,就劝刘秀改扮成樵夫模样,即使必要时见面,那也是极普通的渔樵问答,不致引人怀疑。两人就这样分手了。

〔赚煞〕一曲可分三个层次。前三句是对总的形势的判断,平地、水面都靠不住,随时会遭到暗算(窝弓是一种暗器),何况到处有搜捕的人。中间七句是对刘秀说的,把对方比作鸿鹄(大鸟),只要胸怀大志,有朝一日总会飞腾起来,但目前必须觅一个安全的藏身之地,改扮樵夫只拣深山里走(蓦是"迈"的借字),是个好办法。"钝木斧"、"粗麻绳"、"旧担杖"(扁担)都是樵夫做活的随身家伙。后六句是严光的自我写照,他要回到七里滩去,自早到晚坐在那里垂钓

（"一钩香饵钓斜阳"）。

《七里滩》里的严光形象是有特点的。平时他以醉汉面目出现，但掩护刘秀时，他头脑清醒，识见远到。而认定黄金盏藏着灾祸，磁瓯瓦钵里可得自由，则是他始终如一的隐士哲学。所以，他并不反对刘秀伸展其志，但自己也决不羡慕"宰相侯王"之尊贵。这就为本剧以后刘秀登帝位，严光谢绝入仕而以垂钓自适等情节发展奠定了基础。

两曲的语言直露酣畅，具体鲜明。如〔青哥儿〕，说黄金盏隐藏着祸患，不仅叠用"风波"一词加强语气，并用"千丈"二字加以夸张，极写其严重性。为了极意刻画"使磁瓯的"没有危险，接连描绘了"草舍茅堂"、"瓮牖蓬窗"、"新苇席"、"旧木枕"等物景，自远而近，从大到小，把自由自在的环境交代得非常具体。为了强调自己无牵无挂的心情，从"袒脱下衣裳"写到"任意翻身"，描绘得极细致。杂剧是舞台艺术，曲文讲究具体形象，富于动作性，既为观众的欣赏着想，也为演员的表演提供了创造的条件。如〔赚煞〕描写的一渔一樵，舞台上的画面一定非常漂亮。严光唱词中有"他笑咱唱的来不依腔，舞的来煞颠狂"，可见这里的表演采取了载歌载舞的方式，形象是很生动的。

（陆萼庭）

严子陵垂钓七里滩

宫天挺

第 三 折

〔滚绣球〕斥銮驾却是应也不应？布衣人却是惊也不惊？更做道一人有庆，汉君王真恁地将銮驾别无处施呈。他出郭

【严子陵垂钓七里滩】

迎，俺旧伴等，待刚来我跟前显耀他帝王的权柄，和俺钓鱼人莫不两国相争。齐臻臻戈殳镗棒当头摆，明晃晃武士金瓜夹路行。我怎敢冲撞朝廷。

〔倘秀才〕他往常穿一领粗布袍被我常扯的偏襟袒领，他如今穿着领柘黄袍我若是轻抹着该多大来罪名。我则是那草店上相逢时那个身命，便和您，叙交情，做咱那伴等。

〔滚绣球〕投至得帝业兴，家业成，四边宁静，经了几千场虎斗龙争。则为我交契情，我广打听，到处里曾问遍庶民百姓，最显的是暮秋霜气严凝。都说你"须知后汉功臣力，不及滹沱一片冰"。端的是鬼怕神惊。

〔脱布衫〕则为你搬调人两字功名，驱用人半世浮生。一个楚霸王拔山举鼎，乌江岸剑抹了咽颈。

〔小梁州〕都则为耻向东吴再起兵，那其间也是高祖功成。道贼王莽篡了龙廷，有真命，文叔再中兴。

〔幺篇〕贫道暗暗心内自思省，建武十三年八月期程。王新室有百万兵困你在昆阳阵。那其间醉魂也半轮明月，觉来时依旧照茅亭。

〔耍孩儿〕自古兴亡成败皆前定，若是你不患难如何得太平。自从祖公公昔日陷彭城，真乃是死里逃生。不龙吟怎得真龙显？不发黑如何得晓日明？虽然您明圣，若不是云台上英雄并力，你独自个孤掌难鸣。

〔四煞〕为民乐业在家内居，为农的欣然在垄上耕，从你为君社稷安,盗贼息,狼烟静。九层春露都恩到,两鬓秋霜何足星。百姓每家家庆,庆道是民安国泰,法正官清。

〔三煞〕休将闲事争提,莫将席面冷,磁瓯瓦钵似南阳兴。若相逢不饮空归去,我怕听阳关第四声。你把这瓮内酒休交剩。我若不令十分酩酊,怎解咱数载离情。

〔二煞〕你也不是我的君,我也不是你的卿,咱两个一尊酒罢先言定。若你万圣主今夜还归去,我便七里滩途程来日登。又不曾更了名姓,你则是十年前沽酒刘秀,我则是七里滩垂钓的严陵。

〔煞尾〕您每朝聚九卿,你须当起五更,去得迟呵着这两班文武在丹墀候等。俺出家来纳被蒙头,黑甜一枕,直睡到红日三竿犹兀自唤不的我醒。

    在《七里滩》第一折结尾,刘秀听从严光的劝告,改姓换名,扮作樵夫模样,"拣深山旷野潜藏"。当第二折开场时,已在十年以后,刘秀已成为东汉的开国皇帝,派遣使臣征聘严光为官,被谢绝了。但他始终渴望跟严光见见面,因此亲自作书相邀。严光感动了,觉得"做个朋友相看",也当一贺。第三折写的就是严光进京与刘秀见面后饮宴叙旧的故事。这是全剧的高潮,由〔正官·端正好〕十六支曲子组成,本文所选为后半部分十一支曲子。

    全剧宾白残缺,我们只能根据曲文的描写大致勾勒出故事情节的发展层次。第一层,包含本文没有选录的前面五支曲子,写严光在赴京途中回想自己离开钓台的缘由;第二层,包含〔滚绣球〕〔倘秀才〕两曲,写严光渐近京都,看见刘秀出郭相迎;第三层,包含从〔滚绣球〕至〔四煞〕六曲,写两人在宫中互叙离情;第四层,包含最后三曲,写严光于酒酣耳热之际向刘秀表明自己的态度。戏曲必须在叙事抒情中写人,《七里滩》全剧的特点即是多角度地刻画严光这位隐士的性格形象,这十一支曲子则是从两人相见后饮酒话旧这个具体的角度着力刻画和渲染的。

严子陵钓台故事的主题早已屡见不鲜。值得注意的是,与诗词作品局限于一点一面不同。本剧塑造严光形象着眼于性格的整体性:他看来"出世"非常彻底,对名和利都无动于衷,但对世事的观察却又出奇的高明;他有时超脱得无所顾忌,有时却带有世俗味,甚至极为热忱。这些生动的性格特点都在剧情发展的几个层次中充分地显示出来。严光到了洛阳城郊,初见刘秀的銮驾,一方面他大为反感,銮驾哪能任意"施呈","显耀他帝王的权柄",除了引起老百姓的惊恐,还有什么呢?另一方面他又顾全大局,不能"斥"得过分,"怎敢冲撞朝廷"。后来,进宫饮宴,就汉朝中兴大业发表言论,一方面他说"自古兴亡成败皆前定",另一方面又马上否定了这个前提,明确指出中兴大业的成功,是从"几千场虎斗龙争"中取得的,"不患难如何得太平",并敢于朝皇帝头上泼冷水,"虽然您明圣,若不是云台上英雄并力,你独自个孤掌难鸣"。最后,两人频频互相劝酒,一方面他绝对不靠老朋友的关系做大官,为了严防刘秀旧事重提,把自己的态度说得一清二楚,斩钉截铁:"咱两个一尊酒罢先言定","你也不是我的君,我也不是你的卿",另一方面他又十分珍惜患难中的友情,"若相逢不饮空归去,我怕听阳关第四声"("第四声"指王维《渭城曲》第四句:"西出阳关无故人"),极其爱护这个中兴大业,期望刘秀做个好皇帝,他借着醉意进行语重心长的规劝:"你须当起五更,去得迟呵着这两班文武在丹墀候等。"〔煞尾〕一曲如果意译,不过两句话:"你做你勤勉的好皇帝,我做我地道的真隐士"。世事洞明,中肯地分析大业成败的关键,热忱地帮助老朋友做个好皇帝,而对自己,一无所求,严格做个真隐士。剧中严光形象的可爱之处,是一般诗文作品中少见的。

《七里滩》剧情简单,完全是一部唱工戏,但即使作为案头文学来吟诵,仍然颇具韵味,这全仗曲词上的功夫。王国维曾评论"此剧文字,雄劲遒丽",这是很有见地的,也是跟正宫调雄壮惆怅的基本风格要求符合的。曲词中的"雄劲"之气,充溢全剧,这从上面分析严光性格特点所引的曲文中可以领略一二。那么,"遒丽"表现在哪里呢,"遒丽"绝不是指辞藻华丽(实际上《七里滩》的曲文是相当本色的),而是指曲词及其结构风格的爽朗紧凑、起伏多变。这一点可举〔滚绣球〕"投至得帝业兴"至〔四煞〕六曲为例。这一层次写严光与刘秀共论中兴大业,是第三折的重点。其结构组织就有穿插映带、似断实连之妙,为词风遒丽不可或缺的因素。一开始,严光讲了两件事,一是关于中兴大业,"几千场虎斗龙争",二是根据自己的调查研究,反映老百姓对刘秀的印象:"暮秋霜气严凝","端的是鬼怕神惊"。对于这两点,严光并不立即深入下去,作出自己的评价,而是宕开一笔,另找话题。中间插入的〔脱布衫〕〔小梁州〕〔幺篇〕三曲讲的都是历史:楚汉相争和昆阳大战(后面还补充"祖公公"刘邦在彭城被项羽包围,失子折将一事),似乎曲意割裂,其实不然。作者在这里穿插三曲,试图以史实作为佐证,然后对上面提出的两件事,表明自己的观点:"不患难如何得太平","若不是云台上英雄并力,你独自个孤掌难鸣",这是就上面第一件事(中兴大业)说的,胜利来自苦斗,来自众将的同心协力。紧接着,〔四煞〕全曲集中描写在刘秀统治下,"民安国泰,法正官清"的太平景象,这是对第二件事(老百姓的反映)作出的评价,刘秀虽然严肃得可怕,但国家治理得好,也就不算什么大缺点了。这六曲好比一块锦,经过穿插组织,立即呈现出内容丰富的图案,形成了整体的"遒丽"之美。

这里,要附带谈两个与欣赏有关的问题。一是句读上的问题,〔幺篇〕曲文中,"建武十三年八月期程",这句表明严光启程赴洛阳的日期,史书上记载这一年"兵革既息,天下少事"(《后汉书·光武帝纪》),与戏曲描写相符,据文意应在这里断句,而绝不能与下句连读。下一句"王新室有百万兵困你在昆阳阵",说的是历史上著名的昆阳大战,当时刘秀身陷险境而临危不惧,结果以三千"敢死者"大破王莽军百万之众(过去昆曲武班、徽班都有《闹昆阳》一剧)。然而,昆阳大战时,刘秀还只是刘玄手下的一员偏将军,与称帝以后的"建武十三年",时隔十多年之久,所以两句是不能连读的。整支〔幺篇〕的曲意是说,启程那天,我还想起那年昆阳大战的事,好险哪!可觉来时,半轮明月"依旧照茅亭",毕竟平安无事了。另一个是用典的问题,〔耍孩儿〕曲"云台上英雄并力",系指邓禹、吴汉等中兴名将,所谓"云台二十八将",因明帝刘庄(刘秀之子)时图绘中兴功臣于洛阳南宫云台广德殿而得名。可见在严光时,根本还没有"云台英雄"这个名称。但曲中用典,只是利用现成语句说明问题,务求观众理解,而不严格考究典故本身时代的先后,这点与诗词不同。清代声律家凌廷堪曾特别称赏元曲中这一类的修辞特色。

　　曲,不以含蓄为贵,在特定的情境中,状物抒情不仅多用"夸饰",甚至不以"夸过其理"为病。《七里滩》中,故意运用"夸过其理"的修辞法,以加深读者(主要是观众)的印象,这类例子几乎俯拾即是。严光对刘秀的大摆銮驾表示不满,那么,刘秀的排场究竟大到何等程度呢?曲文竟然这样描写:"和俺钓鱼人莫不两国相争!"谁都不会同意这是"两国相争",但读了这个略带讽刺意味、字面意义远比实际情况严重的语句,却能自然地联想起皇帝出巡时那种里几层、外几层、旌旗招展、尘土飞扬的场面。严光与刘秀是老朋友,两人无话不谈,甚至不拘礼法,但究竟脱略到何等程度,实在也很模糊,读了〔倘秀才〕曲文中的刻画:"他往常穿一领粗布袍被我扯的偏襟袒领",虽然嫌其过火,却能一下子对两人的关系有了足够的把握。刘秀这位中兴之主看上去一面孔"暮秋霜气严凝",严肃得很。这一比喻已经很有分量,作者还嫌不够,又引用了唐人胡曾的诗句入曲:"须知后汉功臣力,不及滹沱一片冰。"(《咏史诗·滹沱河》)昆阳大战后的第二年,刘秀与王郎部队作战,冒称邯郸使者,被识破后,逃到滹沱河,无船可渡,幸亏时当严寒,河中冰合,才得脱身。这里的曲文并不重复原来的诗意,妙在断章取义,发挥想象,意思说,滹沱河上的那片冰,救了你的命,你脸上老是泛起冰冷的霜气,莫非由于你念念不忘那片冰!如此异想天开地运用双重比喻来替代肖像描写,确实罕见。还有更妙的,〔煞尾〕一曲是全折的警策,督促刘秀上朝要早,"你须当起五更",说到自己起身则迟,"直睡到红日三竿犹兀自唤不的我醒"。一早一迟,对比强烈,其中寓有至理,好皇帝和真隐士难道不应该这样么? 这些曲文洋溢着元曲中特有的"土气",逻辑上似乎夸张失当,而在艺术欣赏上自具一种淋漓尽致、形象圆足的美感,是很值得拈出的。

(陆萼庭)

郑光祖

字德辉,平阳襄陵(今山西临汾附近)人。曾任杭州路吏。卒于杭州,葬于西湖灵芝寺。当时他"名香天下,声振闺阁",艺人们都称他为"郑老先生"(《录鬼簿》)。所作杂剧今知有十八种。现存《倩女离魂》、《王粲登楼》、《㑇梅香》、《周公摄政》、《三战吕布》五种。《月夜闻筝》仅存曲词残篇。一说《老君堂》、《伊尹耕莘》、《智勇定齐》三种亦为他所作。《全元散曲》录存其小令六首、套数两套。与关汉卿、马致远、白朴并称"元曲四大家"。

〔双调〕 **蟾 宫 曲**

郑光祖

梦 中 作

飘飘泊泊船缆定沙汀,悄悄冥冥。江树碧荧荧,半明不灭一

【蟾宫曲】

点渔灯。冷冷清清潇湘景晚风生，淅留淅零暮雨初晴，皎皎洁洁照橹篷剔留团栾月明。正潇潇飒飒和银筝失留疏刺秋声，见希飐胡都茶客微醒。细寻寻思思："双生，双生，你可闪下苏卿！"

有的作家在梦境里即兴吟咏，醒后将它记下来竟是奇妙的作品，例如宋人秦观的〔好事近〕《梦中作》和刘克庄的〔沁园春〕《梦中作梅词》。但也有的则是借梦境的浪漫手法，来曲折表达作者的某种理想或寄托某些不便直说的衷曲。戏曲家郑光祖梦中作的〔双调·蟾宫曲〕共三首，此即其二；与其名剧《倩女离魂》第二折一样，也写得如梦境一般：可见他确是擅长描写梦境幻觉的。

作者的构思很特别，他以大半的篇幅细致地绘声绘色描述秋夜江上的景物：幽静美妙而又凄寂。入夜之时，一只行船系缆仃泊于江边沙岸。"飘飘泊泊"，表明这船是由远处经历了无数风波而来的。船是贯串全曲的线索，曲意遂由此展开。"悄悄冥冥"是这特定的环境氛围：寂静昏暗。只有远处细小闪忽的渔灯宛如鬼火，使附近江边的碧绿树木荧荧发光，景色甚是异样。作者仿佛进入了宋元画家诗人最好描绘的潇湘夜景之中：阴云密布，星月隐耀，江风飒飒，暮雨潇潇，旷野更加冷冷清清了。一阵暮雨之后，夜空转晴而出现了一轮浑圆而皎洁的明月，照耀着摇橹和船篷。作者在描述景物时都加上了形容性的词语并有意地重叠，既表示程度的加深，又富于主观情感色彩。橹是使船前进的工具，比桨大，支在船尾或安在船旁的橹担上，篷即指船篷。作者写月光照在船篷，遂巧妙地将曲意暗转到主要线索上来，纵收自如。在万籁俱寂中，忽又出现潇潇飒飒的秋声。它是风声，又似乐器银筝发出的乐音，二者混杂，迷离惝恍，引起无限凄凉的情意。显然筝声是船篷内发出的，梦中的作者循声追寻，在船篷内见到一个意外的景象，这景象有如"泛茶船"中的一个场面。"泛茶船"是宋金以来在民间广泛流传双渐追赶苏小卿的故事："苏小卿，庐州娼也，与书生双渐交昵，情好甚笃。渐出外，久之不还，小卿守志待之，不与他人狎。其母私与江右茶商冯魁定计，卖与之。小卿在茶船，月夜弹琵琶甚怨。……渐后成名，经官论之，还为夫妇。"（梅鼎祚《青泥莲花记》卷七）元人散曲中常以双渐、苏小卿代指书生与妓女，此处亦然。作者在梦中见到船篷内正值苏小卿弹着银筝寄托内心的哀怨；她已被卖给茶商了，那茶商困倦微醒过来流露出餍足后的欢乐的样子（希彪胡都）。"小卿"的痛苦与茶商的满足在一个船篷之内形成鲜明的对照，表现了一个幸福美好的愿望被恶俗势力的破坏。它使熟知小卿故事者触目惊心，疾首悲愤。结尾是主体细细寻思之后发出对双渐义正词严的责问："双生，双生，你可闪下苏卿！"这有力而简短的语句包含着素朴的真理：小卿对你一片真情，为此而受到迫害与羞辱，当其痛苦无告时，你却抛弃了她；这是非常不公平的，应当受到良心的谴责。

作者把当时人们熟知的泛茶船故事嵌入梦境，立意奇特，想象新颖。写得似真似幻，空灵缥缈。写景由寂静昏暗忽而风雨潇潇，忽而又光风霁月，忽而又秋声天籁，曲折变幻、迷离扑朔，正切合梦中幻觉。在布局上，全曲前详后略，因为泛茶船的故事是当时人们熟知的。作者抓住这个令人难以容忍的场面进行描写，使江上夜色之美与船篷内景象之丑形成对比，将主题思想进一步深化了。事实上双渐完全不知苏小卿别后的意外不幸遭遇，而且作者不可能见到小卿与茶商在船中的情形。因为这是发生在梦境里，人物的时间与空间的界限消失了，不可能的事变为现实了，情感能得到充分发泄。从精神分析来看，作者产生这个梦境是与其现实中的感受有联系的。据《青楼集》记述，许多女伶都与文人有着亲密的关系。可猜想作者当与某女伶分别之后，深感内疚，故在梦里以奇幻的方式实现了自责。或者作者有感于现实生活中书生、妓女、商人婚姻纠葛的普遍现象,故意以托梦的方式来表现自己的爱憎褒贬。总之这个主题思想在当时的社会里是很有现实意义的,而作者所采用的虚幻表现方式和奇妙的构思则是特具匠心的。

（谢桃坊）

〔双调〕蟾 宫 曲

郑光祖

弊裘尘土压征鞍鞭倦袅芦花。弓剑萧萧,一竟入烟霞。动羁怀西风禾黍秋水兼葭。千点万点老树寒鸦,三行两行写高寒呀呀雁落平沙。曲岸西边近水涡鱼网纶竿钓艖,断桥东下傍溪沙疏篱茅舍人家。见满山满谷,红叶黄花。正是凄凉时候,离人又在天涯!

这支小令写离人秋思。

小令伊始,作者便写出了一位天涯羁客在萧索落寞的秋景中的凄凉与孤独:裘衣破旧,征鞍上满是尘土,他疲倦地握着马鞭,身上的弓剑颠簸摇晃(萧萧),独自一人在沙尘弥漫,芦花飞舞,暮色苍茫的荒凉古道上飘零、行进。禾黍离离,秋水苍苍,树上寒鸦聒人。空中雁阵惊寒,三两成行地急遽而下,"呀呀"地降落在沙滩上,寻觅晚宿之处。一个"写"("泻")字,传神地画出了雁阵惊寒的鸣声和直泻而下的情态,可谓绘声绘形。而这所见所闻,又无不牵系游子的羁旅情怀。紧接着,作者通过描写安详静谧的农家生活,进一步反衬天涯羁客的旅思与乡愁：弯弯曲曲的河岸西边，只见渔人撒网，钓夫泛舟，纶竿（鱼绳和钓竿）轻垂。远处的长桥在烟霭中若隐若现（因说"断桥"）。曲岸东边，则是星星点点的疏篱茅舍。满山满谷，处处是表示秋令已深的红叶黄花。此情此景，怎不牵系游子之心而令人感伤不已？所以，小令最后点题："正是凄凉时候，离人又在天涯！"

郑光祖无论写杂剧还是创作散曲，风格清雅典丽，被誉为"锦绣文章满肺腑，笔端写出惊人句"、"占词场，老将服输。"（贾仲明〔凌波仙〕《吊词》）这支小令可以看出郑光祖散曲创作的某些特色。首先是捕捉形象的手法高明，通过一系列足以表现离人乡愁的鲜明形象，如秋水、长天、西风、禾黍、寒鸦、老树等，来渲染萧瑟凄凉的情绪，牵动羁客之旅思。深秋风物，亦在这一派瑟瑟秋意中被描写得历历如画。其次，是善于运用反衬的手法，用农家生活的宁静来反衬离人流落他乡的凄凉，正所谓"以乐景写哀，一倍增其哀乐"（王夫之《姜斋诗话》）。其三，衬字多。全曲一百字，衬字多达四十七字，但多而不杂，运用得圆转灵活。例如："三行两行写高寒呀呀雁落平沙"一句，根据曲律，正字仅七字，即："写高寒雁落平沙。"语意直铺平板，加入衬字之后，显得流走生动，形象地刻画出了深秋寒雁在薄暮时分寻觅避寒之所的情态，使人有呼之欲出的感觉，这正是衬字运用得当产生的效果。

（杜朝光）

醉思乡王粲登楼

郑光祖

第 三 折

〔迎仙客〕雕檐外红日低，画栋畔彩云飞；十二阑干，阑干在

【醉思乡王粲登楼】

天外倚。我这里望中原,思故里,不由我感叹酸嘶,越搅的我这一片乡心碎。

〔红绣鞋〕泪眼盼秋水长天远际,归心似落霞孤鹜齐飞;则我这襄阳倦客苦思归。我这里凭阑望,母亲那里倚门悲,争奈我身贫归未得。

〔普天乐〕楚天秋,山叠翠,对无穷景色,总是伤悲。好教我动旅怀难成醉,枉了也壮志如虹英雄辈,都做助江天景物凄其:气呵做了江风淅淅,愁呵做了江声沥沥,泪呵弹做了江雨霏霏。

〔石榴花〕现如今寒蛩唧唧向人啼,哎!知何日是归期?想当初只守着旧柴扉,不图甚的,倒得便宜。则今山林钟鼎俱无味,命矣时兮。哎!可知道枉了我顶天立地居人世,老兄也恰便是睡梦里过了三十。

这四支曲子是《王粲登楼》第三折中王粲登上溪山风月楼之后所唱。

《王粲登楼》写的是家道贫寒的书生王粲,"学成满腹文章",一心仕进,但为人"矜骄傲慢"。王粲的岳父东汉丞相蔡邕,派人召他进京。王辞母赴京。蔡邕为了"涵养他那锐气",故意冷淡王粲,甚至在席筵上羞辱他,使其一怒而去。蔡邕使学士曹植暗助资财使王投靠刘表,然而又不为刘表所用。一日,流落荆州的王粲应友人许达的邀请到溪山风月楼游赏。王粲登楼,遥望中原,怀念家乡,辞家数载,壮志未展,遂感叹而赋诗。王粲悲伤至极正欲自杀之际,朝中来使宣他回长安。王粲回京,得悉万言策系曹植献于皇帝,才得以除授兵马大元帅,因而对曹植不胜感谢。曹植说明这一切皆是蔡邕暗助,王方拜谢岳父,合家团圆。

王粲在荆州曾登楼作赋,历史上实有其事;蔡邕、曹植,历史上实有其人,其余剧情则系作者虚构。岳丈采取这种"故辱穷交,逼令进取"的方式激励东床上进成名,是元剧旧套,无有新奇。但这一折登楼却是作者的精心创造,尤其是登楼后唱的这四支曲子,独具特色,历来为人们所称道。

〔迎仙客〕是王粲在风月楼上触景生情时唱的第一支曲子。作者用夸张手法,赞美溪山风月楼高耸入云:"雕檐外红日低,画栋畔彩云飞,十二阑干,阑干在天外倚。"简略几笔,就把一座巍峨壮观、高入云天的高楼描绘出来并呈现在人们的面前。其中"画栋"句系从王勃《滕王阁诗》"画栋朝飞南浦云"脱化而来,然不露痕迹。在曲中,作者首先描写的是王粲所处的环境。高楼宏伟壮丽,本可以引起王粲的游兴,然而他却痛心疾首,愁肠百结。正如历史上的王粲在其《登楼赋》中所云:"虽信美而非吾土兮,曾不足以淹留。"所以,他遥望中原,思归故里之情油然而生,以致"感叹酸嘶","一片乡心碎"。由于作者在这里用景物的壮美反衬内心的悲愁,一个壮志难酬的思乡游子形象便活脱脱地跃然纸上了。

〔红绣鞋〕这支曲子不仅进一步抒发了王粲的思乡之情,而且揭示了他思乡难归的原因。王粲一登高楼,就想起"老母在堂,久阙奉养,何以为人"。显然,他的"一片乡心",是对老母的深切怀念。"泪眼盼秋水长天远际,归心似落霞孤鹜齐飞",这两句是由唐王勃《滕王阁序》"落霞与孤鹜齐飞,秋水共长天一色"演变而来,但原诗只是单纯摹写秋景辽阔壮丽,而此处却巧妙地融入了万里思归的乡愁,略加点染,顿成化境:泪眼看着碧绿秋水与长空蓝天遥远无际,归心像落霞与孤鹜一样由上至下、由下至上一齐飞翔,表达了他思念母亲的痛苦与归心似箭的心情。所以才有下一句"我这襄阳倦客苦思归"。王粲自称襄阳倦客,说明他羁留襄阳多年,落魄穷困。接着作者以丰富的想象写道:"我这里凭阑望,母亲那里倚门悲。"这两句生动地描写了两个形象:一个游子高站楼头凭栏远望思亲泪流,一个慈母在家乡倚门盼望游子归来悲痛欲绝,形象鲜明,情真意切。一实一虚,尺幅万里。王粲思母如此心切痛苦,为什么不归家省亲?作者在这里把王粲思乡的悲痛心情推到了高峰,突然笔锋一转,给我们揭示了这位襄阳倦客无法归家的原因,是"怎奈我身贫归未得"。王粲辞母进京,求取功名,没料想功名不就,羁留异乡,穷困潦倒,囊空如洗,怎么有颜面回乡省亲呢?所以,他只有泪湿阑干"苦思归"。

〔普天乐〕这支曲子把王粲的痛苦心情又推进了一层,揭示了他悲伤的另一个原因——壮志未酬,抒发了他怀才不遇的感慨心情。所以,虽然金秋楚天寥廓,丛山叠翠,景色无限美好,但是仍然未能引起王粲的兴致,反而使他"总是伤悲"。那末,为什么会这样伤悲呢?接下去的两句,回答了这个问题。一个是因为羁旅异乡,思乡心碎,纵有醇酒也难以成醉解忧;一个是因为空有一个英雄式的如虹壮志,难以实现。既然如此,所以汉江的无限风光、美好江色,与王粲的有家难归、有志难酬的伤感之情,融合在一起。他把自己所看到的汉江中的景物:淅淅江风、沥沥江声和霏霏江雨,都视为是自己的气、愁和泪所化。这里运用了移情入景的夸张手法,将人的主观感情倾注在客观景物之上,使抽象的情感化作了生动可见的立体形象。

〔石榴花〕这支曲子由寒蛩(蟋蟀)唧唧的秋声唤起了王粲的思乡与功名不就的感伤之情。秋天给人一种萧索凄凉之感,更给人增添悲伤的气氛。每当中秋赏月,或重阳登高,身在异乡的游子都可能产生归家团聚的心情。所以,王粲在羁旅客乡思归未得功名不就的情况下,听到"寒蛩唧唧向人啼",更加激起他的思乡之情,发出了"何日是归期"的感叹。真是"独有愁人听不得,愁人听了越添愁"。接着,笔锋一转,描写王粲想当初只守着旧柴扉,过着清贫的日子,不图什么功名利禄,倒也安然无虑。如今功不成,名不就,既不能列食于钟鼎,又不能隐逸于山林,王粲感到自己时运不济,命途多舛,无可奈何地发出了"时矣命矣"的愤慨。在封建时代，有这种天命论的观点是不足为奇的，但他是一个有扶持社稷、经纶济世抱负与才干的顶天立地的英雄汉，却空活在人世上，好像睡梦似的已经过了三十岁。这充分表现了一个怀才不遇的知识分子的愤慨和对社会的不满。王粲在"志愿难酬，身心不定，功名不遂"的情况下，只能肝肠痛折，以泪洗面，甚至想在沉醉中坠楼身死。

这四支曲子，通过王粲站立楼头，远望中原，引起思乡之情开始，一层一层地揭示了王粲家贫难归、壮志未酬、年已而立然功名不遂的悲愤之情，给我们塑造了一个羁留异乡、怀才不遇的知识分子的悲剧形象。这个形象不仅表现了一般的游子羁旅的思乡之情，而且揭露了那个时代堵塞才路的现实。这在"九儒十丐"、歧视知识分子的元代更加具有强烈的针砭意义。作者在这四支曲子里，匠心独运地描摹秋天的景物，借助萧瑟的秋风，唧唧的寒蛩，霏霏的江雨，衬托王粲有家难归、有志难展的伤悲之情，有景有情，以景生情，景情交融，韵味无穷。作者运用了俊朗优美富于个性的语言，细致地描绘了王粲"归未得"的心理活动，词语"慷慨"而"爽烈"，具有深沉的悲剧风格。明人何良俊在《曲论》中对此折曾有评说："摹写羁怀壮志，语多慷慨，而气亦爽烈。"这个评论是符合剧作实际的。

（胡世厚）

迷青琐倩女离魂

郑光祖

第　一　折

〔元和令〕杯中酒，和泪酌；心间事，对伊道：似长亭折柳赠柔条,哥哥你休有上梢没下梢。从今虚度可怜宵,奈离愁不了。

〔后庭花〕我这里翠帘车先控着,他那里黄金镫懒去挑;我泪湿香罗袖,他鞭垂碧玉梢。望迢迢,恨堆满西风古道。想急煎煎人多情人去了,和青湛湛天有情天亦老。俺气氲氲喟然声不定交,助疏剌剌动羁怀风乱扫;滴扑簌簌界残妆粉泪抛,洒细蒙蒙浥香尘暮雨飘。

《倩女离魂》是元代后期杰出的杂剧作家郑光祖的代表作。此剧据唐代陈玄祐的传奇小说《离魂记》改编。全剧四折一楔子。第一折写主人公张倩女从小和王文举订婚。王成人后,专程来张家成亲,讵料张母却以"俺家三辈不招白衣秀士"为由,打发他往京城应举。一对热恋中的情人被拆散,不由使他们悲痛欲绝。这两支曲子,就是倩女在和情人执手临歧、忍痛泣别时的唱词。

〔元和令〕曲写倩女对即要远行的情人的叮咛嘱托。随着别离时刻的临近,她最后一次端起酒杯,早已盈眶的泪水不由得夺眶而出,酌着这掺和着泪水的苦酒,她深埋于心底的忧虑再也无法抑制,不由得对着情人尽情倾诉:"似长亭折柳赠柔条,哥哥你休有上梢没下梢!"长亭,是古代送别之地;折柳相赠,是古代送别的习俗;"休有上梢没下梢"是以柳枝作比,寓不要有头无尾、而要善始善终之意。王生是上京求取功名的,按说倩女应对他这方面有所叮咛、嘱咐,然而恰恰相反,整折唱词中她对此片言未涉,反而表示"也不指望驷马高车显荣耀"。她反复叮咛备至的却是:"你身去休教心去了","不争把琼姬弃却。"这正反映出她把爱情看得高于一切以及对王生炽烈的爱恋和深沉的担忧。这段唱词,声声入情,字字含泪,蕴藏着巨大的感情波涛,观照着深广的历史内容。它写出了封建时代的少女,不仅要和情人一起分尝婚姻不能自主的苦果,而且她更要多承受一份恐惧和担忧:谁能保证眼前这位为离别而伤心的情人,一旦高中,不会弃妻再娶! 要知道,在她所生活的时代,男子一旦高中而富贵易妻,乃是司空见惯的事情! 从倩女的担忧里面,人们不仅感受到她对爱情的忠贞和执着,同时也看到了封建社会被剥夺了婚姻自主权的少女的悲惨命运。这支曲子前四个三字句是工稳精美的扇面隔句对;五六句只从眼前折柳送别取喻,"你休有上梢没下梢",只八字一句的平常口语,便将倩女一腔离愁别恨与恐惧担忧的心曲写尽。意蕴深广而力重千钧。八九句从今宵离别而设想未来的幽独,时空跳跃,由实到虚,含不尽之意见于言外。

〔后庭花〕曲写的是离别瞬间的情景。作者首先采用对照的手法来表现倩女与情人的难割难舍之情。一边是控着车子不忍邃去,一边是倚着马儿不愿挑镫;一边掩袖揾泪,一边垂鞭长叹。由这精心选择的形象和动作所构成的画面,组合成了一幅令人凄凉肠断的离别图。接下来"望迢迢,恨堆满西风古道"一句,由分到合,写两人的共同感受:前路遥遥,山高水阔,秋风萧瑟,古道苍凉,彼此相爱的心上人将越离越远,怎不使他们恨塞胸臆,肝肠寸断呢! 这两句,既是对前面具体描写离情的总括,也点出了这支曲子的主旨:离恨。紧接着,作者集中笔墨,连用了三组排比句来极力渲染、铺叙离恨。"想急煎煎人多情人去了,和青湛湛天有情天亦老",这是化用唐诗人李贺《金铜仙人辞汉歌》诗中的名句,意为多情的人急匆匆地走了,老天若有感情也会因我们的离别而悲戚、衰老;"俺气氲氲喟然声不定交,助疏剌剌动羁怀风乱扫",气氲,原是指烟云迷漫的样子,这里用来形容忧愁的浩渺深广、无处不在。不定交,不宁静,不停歇之意。羁怀,指羁旅在外者的愁怀。此句意谓,在那疏剌剌动人愁思的秋风里,夹杂着我的长吁短叹声,将显得更加凄冽,更让人难堪。"滴扑簌簌界残妆粉泪抛,洒细蒙蒙浥香尘暮雨飘",意谓因离别而伤心的泪水,纵横交流,和着脸上的

马致远 《破幽梦孤雁汉宫秋》 戴敦邦 作

王实甫 《崔莺莺待月西厢记》 　　　　　　　　　　　　　戴敦邦 作

滕宾 〔中吕〕普天乐(柳丝柔)　　　　　　　　　　　　　　　蔡天雄 作

贯云石　〔正宫〕小梁州·秋　　　　　　林海钟 作

贯云石 〔双调〕清江引·惜别 　　　　　　　　　　　　　　马振声 作

郑光祖　〔双调〕蟾宫曲·梦中作　　　　　　　　　　　　　　孙永　作

郑光祖　〔双调〕蟾宫曲(敝裘尘土压征鞍)　　　　　　　　　　　李春海　作

睢景臣　〔般涉调〕哨遍·高祖还乡　　　　　　　　　　戴敦邦　作

脂粉抛洒,宛如潇潇暮雨,漫天飘洒。这三组排比句,联想丰富,形象鲜明,感情强烈。同时,又分别构成对仗:前一组是合璧对,后二组又是连珠对,从而把离恨铺叙得淋漓尽致;而音节的铿锵,亦增强了词情的力度。离情别恨本是无形无迹的主观精神活动,然而由于作者运用了夸张、比喻、铺排、对偶和点染等多种修辞手法,每一句抒情,都借用自然景物来加以渲染,且客观景物皆与人物的主观感情浑然一体,水乳交融。这就使得本来抽象的人物感情变得具体可感。如果说,我们在读了"恨塞满西风古道"一句后,尚觉得有点空泛的话,那么,经过这三组排比句的渲染、铺叙,我们可以强烈地感受到主人公那缠绵欲绝的离愁别恨,迷漫充塞于整个天际,对他们被迫分离的痛苦也有了更深切的感受。

(欧阳光)

迷青琐倩女离魂

郑光祖

第 二 折

〔越调·斗鹌鹑〕人去阳台,云归楚峡。不争他江渚停舟,几时得门庭过马?悄悄冥冥,潇潇洒洒。我这里踏岸沙,步月华;我觑这万水千山,都只在一时半霎。

〔紫花儿序〕想倩女心间离恨,赶王生柳外兰舟,似盼张骞天上浮槎。汗溶溶琼珠莹脸,乱松松云髻堆鸦,走的我筋力疲乏。你莫不夜泊秦淮卖酒家?向断桥西下,疏剌剌秋水菰蒲,冷清清明月芦花。

〔小桃红〕我蓦听得马嘶人语闹喧哗,掩映在垂杨下,唬的我心头扑扑那惊怕,原来是响珰珰鸣榔板捕鱼虾。我这里顺西风悄悄听沉罢,趁着这厌厌露华,对着这澄澄月下,惊的那呀呀呀寒雁起平沙。

〔调笑令〕向沙堤款踏,莎草带霜滑;掠湿湘裙翡翠纱,抵多少苍苔露冷凌波袜。看江上晚来堪画,玩冰壶潋滟天上下,似一片碧玉无瑕。

〔秃厮儿〕你觑远浦孤鹜落霞,枯藤老树昏鸦,听长笛一声何处发,歌欸乃①,橹咿哑。

〔圣药王〕近蓼洼,缆钓槎,有折蒲衰柳老兼葭;近水凹,傍短槎②,见烟笼寒水月笼沙,茅舍两三家。

《倩女离魂》第二折写王文举走后,倩女相思成疾,一病不起。王文举能否中举? 中举之后会否变心? 这重重的顾虑与恐惧,像一片阴霾,浓重地笼罩着她。尽管这一切密切地关系着她的爱情幸福,但她却对此束手无策。因为封建社会妇女在婚姻上的不平等地位,决定了她只能消极等待命运的安排,而不可能有任何积极的作为。然而,《倩女离魂》没有就此却步,它通过倩女魂离躯壳,追赶王文举,跟随王文举一同上京,从而过上了幸福的爱情生活这一奇幻情节,横跨了这一现实中无法逾越的鸿沟,成功地塑造了一个与现实迥异的、不甘心于消极等待而要以主动的抗争把命运掌握在自己手中的少女形象,因而具有强烈的浪漫主义色彩。这里所录的六支曲子,就是倩女灵魂出窍,追赶王文举时的唱词。它以江上萧疏的景物、凄清的夜色,来衬托倩女之魂担惊受怕的心情,写得十分精彩,历来为评论家所激赏。

【迷青琐倩女离魂】

　　倩女之魂上场的第一支曲子是〔越调·斗鹌鹑〕。曲子开头,作者就借用典故来表现她内心的悲戚。阳台,本是传说中楚怀王和巫山神女欢会的地方,楚峡,即巫峡。"人去阳台,云归楚峡"两句比喻二人的离别去留。"不争他江渚停舟,几时得门庭过马?"只因情人正在江边停舟待发,什么时候他才能衣锦荣归、高车驷马到门庭呢? 这劈头四句,点出了倩女精神郁结的焦点。她怨恨爱情不能即刻实现,她不愿将爱情寄托在渺茫的希望之上。正是这种迫切渴望实现爱情的愿望,激发出强大的动力,促使她灵魂出窍去追赶情人。紧接着"悄悄冥冥,潇潇洒洒"二句,从魂的特征入手,把倩女脱离了沉重的躯壳之后在冥冥夜晚中飘逸轻扬,而又心惊胆怯的感受非常准确传神地刻画了出来。最后四句:"我这里踏岸沙,步月华;我觑这万水千山,都只在一时半霎",既表现了倩女追赶情人的迫切心情,又交待了魂追的具体场景——月夜江边,同时又十分切合魂可以摆脱拘束自由飞翔的特征,文笔十分精炼。

　　第二支〔紫花儿序〕曲,进一步表现倩女之魂在追赶路上的思想和神态。开头三句:"想倩女心间离恨,赶王生柳外兰舟,似盼张骞天上浮槎",借用汉代张骞曾乘木筏漂上天河的传说,含蓄地抒发了她对幸福爱情生活的强烈向往。接下来三句:"汗溶溶琼珠莹脸,乱松松云髻堆鸦,走的我精力疲乏。"着重描写她匆匆赶路的神态:脸上挂满了晶莹的汗珠,高高挽起的发髻蓬乱地松散开来,把一个从未独自离家,且又是在夜间远行的少女那种急匆匆、气喘喘,既激动兴奋,又紧张害怕的样子生动地勾勒了出来。接着,作者掉转笔锋,写倩女微妙的心理活动。追了半天不见王生踪迹,不由产生了疑问:"你莫不夜泊秦淮卖酒家?"这一问,乍看似觉突兀,细思却极合情理。这一句本是袭用杜牧"夜泊秦淮近酒家"(《泊秦淮》)的成句,意指寻欢作乐之地。这里将"近"字改为"卖"字,语意更加明确。倩女对王生的猜疑,是符合痴情少女的心理的。这一转折,也使整段曲词跌宕回旋,张弛错落,把人物的心理活动写得波澜曲折,人物形象也更加血肉饱满。最后三句,描绘了一幅幽旷凄清的秋夜图景:旷野上孤零零的断桥,秋风吹拂水草发出疏刺刺的声音,冷清清的月光照在雪白的芦花上……这几句看似单纯写景,实乃句句写情。它是以萧瑟凄凉的秋夜景物来映衬倩女孤独寂寞的心绪,情寓景中,景与情合,把倩女复杂的思想感情表现得含蓄蕴藉,深切动人。

第三支曲子〔小桃红〕写倩女渐渐来到王生舣舟的江边,内心情绪也随之发生变化。"我蓦听得马嘶人语闹喧哗,掩映在垂杨下,唬的我心头丕丕那惊怕,原来是响珰珰鸣榔板捕鱼虾。"倩女正在紧追慢赶之际,耳畔突然传来马嘶声、人语喧哗声,吓得她心扑扑乱跳,连忙在垂杨下躲藏起来。这一描写是非常切合封建时代少女的心理特征的。她的离家私奔,乃是大逆不道的行为,所以她不免如惊弓之鸟,任何声响都会使她惊慌失措。"鸣榔板捕鱼虾"是写渔人用长木敲叩船板发声,惊鱼入网。这一句语带双关,它既是对眼前景物的实绘,同时"捕鱼虾"又暗含倩女家人对她的缉拿之意,委婉地表现出倩女担惊受怕的心理。接下来的几句,仍然是通过对秋夜景物的描绘来渲染、烘托倩女复杂的心理活动和谨慎小心的神态。"厌厌(浓重)露华"、"澄澄月下"的静态与"惊的那呀呀呀寒雁起平沙"的动态,交相映衬,把倩女战战兢兢的神态,刻画得惟妙惟肖。

第四支曲子〔调笑令〕的开头四句,继续写倩女匆匆赶路的艰辛:"向沙堤款踏,莎草带霜滑;掠湿湘裙翡翠纱,抵多少苍苔露冷凌波袜。"意思是说,沿着河堤小心前行,岸边的莎草上布满了霜,不仅脚下打滑,而且把裙子和鞋袜都浸湿了。这比站在家中石阶上痴望时沾的露水要多得多。凌波袜,典出曹植《洛神赋》:"凌波微步,罗袜生尘。"比喻步履轻盈飘逸。这几句曲词,是从《西厢记》崔莺莺的唱词:"夜凉苔径滑,露珠儿湿透了凌波袜"脱胎而来的,但加上"抵多少"三个字,意思就深了一层,把一个娇怯少女离家远行备受艰辛的情状描画了出来，从中亦可看到她坚毅不拔的性格特征。结尾三句仍然是运用寓情于景的手法，来表现倩女的感情活动。冰壶，即盛冰的玉壶，通体透明，用以比喻洁白；潋滟，水波荡漾的景象。这几句的意思是，江上的晚景真像是一幅优美的图画，月亮映在水中，天光水光，交相辉映，就像无瑕的碧玉一般。面对如此美好的景致，倩女不免为之神往，因为这是在囚笼般的闺中所无法领略到的啊！景语皆情语。从倩女对自然美景的赞叹中，我们可以领略到她对生活的热爱，和对自由的强烈向往。

第五支曲子〔秃厮儿〕的开头两句："你觑远浦孤鹜落霞，枯藤老树昏鸦。"全是化用前人抒情写景的名句，前句出自唐代王勃的《滕王阁序》："落霞与孤鹜齐飞"，后句则是元代马致远的小令〔天净沙〕的首句，但我们丝毫不觉得它生硬堆砌，反觉组织点染之妙。这两句写出一派萧疏的秋景，笼罩着一种黯淡凄凉的气氛。紧接着，不知从何处飘来一阵悠长凄怨的笛声，划破了这宁静的画面，倩女耳畔，响起了船夫的棹歌声和摇橹的咿哑声，这些带有江边特征的声响，和这出戏的规定情境十分切合，把倩女内心的孤独和悲哀生动地衬托了出来。

第六支曲子〔圣药王〕仍然是描写秋江的夜景。随着倩女渐渐来到王生停船的江边，她眼前的景物也呈现出江边近景的特征：长满蓼草的水洼，系着缆绳的小船，在秋风中倒伏的蒲草，衰老的柳树和蒹葭等等。同时，由于作者用"折"、"衰"、"老"来加以修饰，更显出一派凋零衰败的景象。淡淡的烟霭笼罩着江水，冷清清的月光铺泻沙滩，作者把杜牧"烟笼寒水月笼沙"（《泊秦淮》）的名句点缀在这支曲子里，可谓恰到好处。这些特征鲜明的江边景物，经过作者精心组织，创造出一种迷蒙冷寂的意境，那么淡雅幽静，又是那么寒意迫人，和倩女凄楚孤寂的心境浑然无隙地融合在一起。整支曲子在语言运用上颇具特色。它清而不淡，秀而不媚，柔和隽永，色调和谐，显示出一种清丽之美。明代曲家何良俊尝评此曲："清丽流便，语入本色。然殊不称郁，宜不谐于俗耳。"（《四友斋丛说》)洵为的论。

　　总起来看，这六支曲子在艺术上具有两个特点。首先，作者笔下的倩女形象具有十分鲜明的魂的特征，但她又不是虚无缥缈、荒诞无稽的。她是魂，而又是人，在魂的外表下搏动着的仍是一颗少女的心，她的思想、情感和普通少女毫无二致。作者正是在人与魂的辩证统一有机结合上把倩女的形象塑造得生气灌注，血肉饱满。

　　其次，作者善于通过环境气氛的渲染来衬托人物的内在感情。作者以月夜秋江为规定情境，创造出一种幽雅迷蒙的气氛，在这个背景下，把一个娇怯少女黄夜私行，迷离恍惚，战战兢兢的神态，描绘得惟妙惟肖。此外，优美的辞藻、悠扬的音韵，读来精警传神。明代剧作家孟称舜的杂剧选《柳枝集》，以这一本戏为压卷之作，是并不为过的。

（欧阳光）

〔注〕　① 欸(ǎi 矮)乃：本是摇橹的声音，后成为船夫的棹歌声。唐代元结有《欸乃曲》。
② "近水凹"二句：《元曲选》本作"傍水凹，折藕芽"，此据孟称舜《柳枝集》本。

迷青琐倩女离魂

郑光祖

第 三 折

　　〔迎仙客〕日长也愁更长，红稀也信尤稀。春归也奄然人未归。我则道相别也数十年，我则道相隔着几万里。为数归期，则那竹院里刻遍琅玕翠。

【迷青琐倩女离魂】

〔普天乐〕想鬼病最关心，似宿酒迷春睡；绕晴雪杨花陌上，趁东风燕子楼西。抛闪杀我年少人，辜负了这韶华日。早是离愁添萦系，更那堪景物狼藉。愁心惊一声鸟啼，薄命趁一春事已，香魂逐一片花飞。

在第二折写透了倩女的大胆追求之后，第三折，作者掉转笔锋，细致入微地铺写了生活在现实世界里的倩女之身的悲惨遭遇。她终日卧病在床，精神恍惚，备受煎熬：一会儿埋怨王生薄情，一会儿又梦见王生得官衣锦还乡，一会儿又是梦醒之后的倍觉凄清与惆怅。总之，对爱情的执著与担忧情人负心的恐惧交织扭结在一起，剪不断，理还乱，把封建社会丧失了婚姻自主权的少女的复杂心态，淋漓尽致地描绘了出来。这里所选的两支曲子，就是表现她这一复杂心态的精彩之笔。

〔迎仙客〕曲着意表现倩女对情人的苦苦相思。开头三句"日长也愁更长，红稀也信尤稀，春归也奄然人未归"，从人物感情发展逻辑来看，它们的次序应该倒过来：倩女与情人相别是在秋天，转眼间已到暮春时分，在倩女眼中，春天似乎也有生命懂感情似的，她也知道要归家去了，而应归之人却未归。随着春天的归去，往日枝头姹紫嫣红的花朵，如今只剩下残花剩蕊，而心上人的消息比凋零的残花还要稀少。人既未归，已使人难堪，至于连消息也没有，这就更加深了她的离愁，像夏季白天时间逐渐延长一样，她的愁怨也在膨胀增大。这三句通过丰富的联想，巧妙地将残春的景物与人物的感情互相沟通，特别是"愁"、"稀"、"归"三个字的重复使用，把倩女那充塞天地无法排遣的愁绪充分表现了出来。接下来两句："我则道相别也数十年，我则道相隔着几万里"，采用极度夸张的手法进一步表现倩女的离恨之深，相思之切。收尾两句则刻意描画了一个典型的细节："为数归期，则那竹院里刻遍琅玕翠。"琅玕，即竹子。倩女为了计算情人归来的日子，在竹子上刻画记号，竟致把满院的竹子刻了个遍。这个细节描写非常精彩，它是通过人物的外部动作来表现其内在的感情活动——刻竹子，是表现她的思念之切，刻遍竹子而人未归，则是表现她的怨恨之深。但在表现方法上和前两句显然不同，前两句直抒胸臆、毫无遮拦，是正面抒情；这两句则缠绵委婉，含蓄曲折，是侧面描写，然而两者殊途同归，把倩女对情人刻骨铭心、望眼欲穿的思念之情表现得淋漓尽致，生动传神。

〔普天乐〕曲的开头两句："想鬼病最关心，似宿酒迷春睡"，是描写倩女魂离躯体后的迷离混沌状态。鬼病，意指相思病。由于相思之切，寤寐求之，以致失魂丧魄，就像醉酒一样昏睡不醒。恍惚之中，倩女梦见自己摆脱了实际人生的间阻，飞身天外去追寻情人的踪迹。"绕晴雪杨花陌上，趁东风燕子楼西"就是对梦寻情景的描绘。杨花即柳絮；晴雪，则是形容杨花像漫天飞舞的雪片。这一比喻绝妙。一方面杨花轻盈飘忽的特性和倩女梦魂缥缈的感受正好相合；另一方面，在古代诗词里，杨花往往作为惹人相思的多情之物，它又和倩女的思想感情巧妙地融合在一起。随着一阵东风，倩女梦见自己飞到燕子楼旁。燕子楼是唐代张愔的爱妾关盼盼的居所。张死后，盼盼念旧爱而不嫁，一直孤守在此楼中。倩女寻情人而不可得，寻到的却是一位和自己一样失去了情人的孤独女子，感慨不由更深了一层。这两句曲词，化用宋代晏几道"梦魂惯得无拘检，又踏杨花过谢桥"（〔鹧鸪天〕）的词意，把倩女的梦境写得真切生动。梦寻情人而不可得，她心中郁积的哀怨像火山爆发般地喷射出来："抛闪杀我年少人，辜负了这韶华日。"这悲愤的呼喊乃是对封建婚姻制度和科举制度摧残扼杀人性的血泪控诉。收尾五句，则进一步渲染她的愁怀。离愁别恨早已填塞胸臆，更何况眼前是一片残春萧条狼藉的景物，这不正是自己凄凉身世的写照吗？这时她的哀怨已经到了极点，"愁心惊一声鸟啼"——听到空中传来的一声鸟啼，会引起她内心的一阵惊悸和颤动;"薄命趁一春事已"——看到春天的匆匆归去,会使她联想到自己的青春正在消逝;"香魂逐一片花飞"——枝头坠落的一片花瓣,会使她觉得自己的魂灵也随着而飘坠、零落……这三句鼎足对,对仗精美,音节铿锵,淋漓酣畅地宣泄出女主人公的一腔凄凉哀怨,感情达到了沸点。作者继承了婉约派词家的成就,以华丽俊逸的语言,把倩女缠绵哀怨的情思,表达得委婉尽致,弥漫着浓厚的感伤情调。从这字里行间,人们仿佛可以听到她的抽泣和叹息。另外,曲文在遣词用句上亦十分讲究。像"惊"、"趁"、"逐"三个动词恰到好处的运用,将人物的主观情感过渡到客观景物,自然贴切。前人论曲,将郑光祖和王实甫一起,列为元曲文采派的代表,从这支曲子是可以得到印证的。

（欧阳光）

迷青琐倩女离魂

郑光祖

第 四 折

〔挂金索〕蓦入门庭,则教我立不稳行不正;望见首饰妆奁,志不宁心不定;见几个年少丫环,口不住手不停,拥着个半死佳人,唤不醒呼不应。

《倩女离魂》的第四折,写倩女之魂追随王文举来到京城,过了三年幸福的爱情生活。后来,王文举科举及第,又带着她一起衣锦还乡。于是,飘离在外的魂与卧病在家的身合为一体。这支曲子，就是倩女之魂刚入家门，魂身相合的瞬间所唱。

"蓦入门庭，则教我立不稳行不正"，曲子一开头，就通过外部形体的描写，来表现倩女之魂内心情绪的变化。魂飞体外，已经三年，现在突然回到自己家里，家中的一切是那么熟悉，不禁唤起了她对往日生活的回忆，内心不免紧张激动起来，以至于站立不稳，跌跌撞撞。接下来两句："望见首饰妆奁，志不宁心不定"，进一步写她的情绪变化。倩女之魂突然望见了自己旧时的首饰妆奁，于是更加心神不定了。在家中诸多物品中，这里只选出首饰妆奁来表现，这是因为首饰妆奁是少女最常用、最熟悉、最喜爱之物，因而也最容易唤起她对旧时生活的回忆。从以上的描写中我们可以感到，倩女之离魂的特性正在逐渐减弱，而魂身合一的条件已渐趋成熟。这时，倩女的真身出现了。只见几个年轻丫环手忙脚乱地拥扶着一个病入膏肓的女子，她因为灵魂出窍而昏睡不醒。于是，倩女之魂马上附于真身之上，从而结束了离魂的状态。这段曲词，从倩女之魂进家门写起，继而写她看见旧时之物，然后再写倩女真身的出现，以人物的内心情绪变化为线索，把魂身合一的过程表现得极其自然，毫无造作雕琢之弊。

这支曲子通过对比手法，写出了两个形象的不同神态：倩女之魂，因为被母亲斥之为"鬼魅"，被王生怀疑为"妖精"并拔剑欲杀之，而痛感委屈；及至进入闺房，目睹自己的病体和妆奁，睹物伤情，悲从中来，此时自然百感交集，心神不定。而倩女之躯，却长期卧病在床，恹恹瘦损，奄奄一息，丫环在一旁手忙脚乱地侍候呼唤，煞是可怜。曲辞通过这一对比，把封建礼教对少女婚姻的间阻，对活人的灵与肉的摧残折磨，活脱脱揭示出来，令人感动，发人深思。其次，此曲在语言上也很有特色。整段曲辞毫无修饰，采用的都是日常的口语，像立不稳行不正、志不宁心不定、口不住手不停、唤不醒呼不应等等。作者把这些习见的口语巧妙地加以组合，构成一种重叠回环的句式，极富音节和声韵的回环流转

【虎牢关三战吕布】

之美。

（欧阳光）

虎牢关三战吕布

郑光祖

第 一 折

〔尾声〕十载武夫闲，九得兵书看，八卦阵如同等闲，七禁令将军我小看，六丁神不许将我遮拦。者么是五云间，四壁银山，三姓家姓恁意儿反。（关末云）兄弟，想吕布十分英勇，又有八健将，则怕你难敌么。（正末唱）二哥哥你休将我小看，凭着我这一生得村汉。（关末云）兄弟也，两阵之间，你可怎生交马也。（正末唱）我可敢半空中滴溜扑番过那一座虎牢关。

《三战吕布》杂剧所写故事，主要来自民间传说。剧中以张飞为"正末"，这一点与元刊《三国志平话》以张飞为主要人物正相吻合。剧本成功地刻画了张飞刚烈勇猛、风趣幽默、襟怀坦荡、粗中有细的性格特征。

这本戏一开始，就用不少笔墨以对白的形式表现以袁绍为首的十八路诸侯在虎牢关与吕布久战不利的形势，特别是有些将领，无勇无谋，其中的长沙太守孙坚，"不知天文，不晓地理"，"听得厮杀，帐房里推睡"，则尤为不堪。而当时身为参谋的曹操，则较有眼光，他乘机走访刘备、关羽、张飞，请他们前来虎牢关参战。当时刘备为平原县令，他治理有方，使这里"桑麻映日，禾稼连天"。而张飞却深感"每日家赤闲白闲,虎躯慵懒"的苦恼,愤愤不平。因此,当曹操前来邀约参战,而刘备还顾忌"俺手下兵微将寡,怎生破的吕布"的时候,张飞则急切表示应该参战。他认为:"不趁着这个机会儿去啊,久以后敢迟了也。"他表示:"俺则待恶战在杀场军阵中",他要求:"则今日便索长行也。"于是,接唱〔尾声〕一曲。

这只曲子,充分表现了莽张飞叱咤风云、无所畏惧的英雄气魄和藐视强敌的必胜信念。他为自己作为一名武将(自谦称"武夫")却空闲"十载",深为不满,颇有几分英雄无用武之地的感慨;他觉得自己已久读兵书谙熟韬略("九得兵书看"),因此,把八卦阵视如等闲。这两句既突出张飞的谋略不凡,又表现了他藐视强敌的气概。对某些只会下禁令按兵不动而不敢出战的将军,也十分鄙视("小看")。他要出战,即使"六丁神"(按迷信说法,是谓六甲中之丁神,在这里代指一般神鬼)也不许阻拦("遮拦",原有保护的意思,这里作阻拦)! 这又表现了他勇敢无畏的英雄虎胆和鲁莽烈性,他不愿受禁令的约束,就是神鬼也无法阻拦他的迫切求战。往下三句中,"者么"是尽管、尽教的意思;"五云间"是形容高入云霄;"四壁银山"是指在高如山峰的巨浪之间;"三姓家"在这里实即刘、关、张三家;"反"通返。这三句,唱出了张飞的英雄气概:任凭是危在云霄之上,险在巨浪之间,刘、关、张三兄弟必然会获胜而归! 其间,关羽提醒他说,吕布十分英勇,又有八健将相助,恐难取胜。而张飞的回答是:"二哥哥你休将我小看!"他自谓是勇敢而富有力量的一个"村汉"(鲁莽的汉子)。关羽又问他:"两阵之间,你可怎生交马也?"张飞用了一个象声词"滴溜扑"来形容他将从半空中翻("番"即翻)过那座虎牢关。至此,一个气贯长虹,敢于翻山倒海的英雄形象,便顶天立地矗立眼前。

这只曲子在写作手法上有一个很突出的特点,就是巧妙地运用了数字的递减顺序:"十载"、"九得"、"八卦"、"七禁"、"六丁"、"五云"、"四壁"、"三姓"、"二哥哥"、"一生"、"半空"。这些数字,分别出现在某一句中,使这一句有了特殊的

854

韵味，如开头一句："十载武夫闲"里的"十载"二字，不仅写出了张飞对"每日家赤闲白闲"的生活强烈不满，而且使曲子起势很有气魄。同样的，"五云间"、"四壁银山"两句中的"五"和"四"，也运用得既贴切又自然，犹如信手拈来。更重要的是，这些数字镶嵌在全曲各句之中，构成一个顺序，也同样显得十分自然本色，不见斧凿之痕。这确是尤其应该称道的。这种手法，增强了曲子的整体感和节奏感，富有一气呵成、引人入胜的艺术效果。

由于张飞的坚持，刘、关、张三人加入了十八路诸侯的阵营。虽然受到了孙坚等人的轻视，但他们以自己的"实力"，终于战胜吕布，取得成功。整个剧本赞美与歌颂了地位不高、名气不大的英雄人物，这种思想倾向，在贤路闭塞的元代显然是有进步意义的。

（段启明）

伫梅香骗翰林风月

郑光祖

第 一 折

〔寄生草〕此景翰林才吟难尽，丹青笔画不成。觑海棠风锦机摇动鲛绡泠，芳草烟翠纱笼罩玻璃净，垂杨露绿丝穿透珍珠进。池中星有如那玉盘乱撒水晶丸，松梢月恰便似苍龙捧出轩辕镜①。

〔幺篇〕他曲未终肠先断，俺耳才闻愁越增，一程程捱入相思境，一声声总是相思令，一星星尽诉相思病。不争向琴操中

单诉着你飘零，可不道窗儿外更有个人孤另。

在郑光祖现存的作品中以《倩女离魂》、《王粲登楼》和《㑇梅香》为著名。

《㑇梅香》的故事大体是：裴度生前将女儿小蛮许与白敏中。裴度死后，夫人悔约。婢女樊素从中撮合，使白敏中与小蛮终成眷属。这个剧本中出现的人物姓名，虽见诸有关记载，但故事却为郑光祖所撰制。历来戏曲评论家对此剧毁誉不一。王世贞、梁廷枏分别斥之为"全剽《西厢》"（《曲藻》），"照本模拟"（《曲话》）。而何良俊在《四友斋丛说》中却十分赞赏此剧，并认为关、马、郑、白四大家中"当以郑为第一"。李调元《雨村曲话》则认为《㑇梅香》虽不出《西厢》窠臼，"其秀丽处究不可没"。此言诚然。《㑇梅香》虽有模仿《西厢》的痕迹，但也自有其创新之处。例如《西厢》中婢女红娘在崔莺莺、张珙的恋爱过程中虽然起了很大作用，然而毕竟还不是主角；在《㑇梅香》中，促成白敏中与小蛮恋爱的婢女樊素，却是主角。剧本的题目正名即为"挺学士傲晋国婚姻，㑇梅香骗翰林风月"。这正表现了杂剧作家郑光祖的识见。

此处所选〔寄生草〕及〔幺篇〕就是作为主角（正旦）樊素所演唱的两支曲子。当白敏中前来裴府完婚时，韩夫人却命小蛮以兄弟之礼相拜，使这一对青年男女各怀幽恨，怨嗟不已。婢女樊素十分同情他们，设法从中撮合。她劝小姐走出闺房，只见月朗风清，花柳相迎，一片嫩绿娇红，淡白深青。樊素企望凭借这旖旎的春光挑动起小蛮的怀春之情，以促成她与白敏中的风流佳事。她向小蛮说道："小姐，樊素见这美景良辰，偶成数句，幸勿笑咱。"小蛮倒也爽快地回答："愿闻！"于是樊素就唱出这一支〔寄生草〕来。首二句以"此景"两字作领，紧接的曲文按正格为三字一句，两相对偶。郑光祖于此处却加了衬字，作六字一句，以夸张的手法赞叹园中景色之美：即使有翰林之才也难以吟写，丹青画笔也描摹不出。以下三句作鼎足对，同样以"觑"字作领，然后分别描写海棠、芳草、垂杨的千姿百态：春风吹

〔㑇梅香骗翰林风月〕

拂海棠,宛如织女摇动云锦织机,片片花瓣活像美人鱼织成的彩色绢帕;淡烟笼罩芳草,好似明净的玻璃披上一层翠绿的轻纱;垂柳枝条上缀满露珠,犹如条条绿色的丝绳穿起的串串珍珠。海棠、芳草、垂杨,色彩明丽;再以风的摇动、露的穿缀,则化静为动,摇曳生姿;更以锦机、鲛绡、翠纱、玻璃、绿丝、珍珠为喻,则优美、凄迷的阳春烟景如在目前,令人心醉。但这还是园中地面之景。最后二句的池中星、松梢月,却写的是园中所见的天上之景:众星在池水中闪灼,如玉盘中撒下几颗水晶丸;满月从松梢涌出,似苍龙从水中捧出一面轩辕镜。这二句与上三句相组合,构成了一幅笼罩天地的良辰美景图。这支〔寄生草〕全部描绘美景,然此番"景语皆情语"(王国维《人间词话》),樊素是别有用意的。

〔幺篇〕者即前腔,也就是前支〔寄生草〕曲牌的连用。正当樊素陪着小姐在园中漫步赏景之际,白敏中却在书房抚琴哀歌,诉说自己的满腔怨恨,小蛮听得出"这生作的词,好伤感人也"。樊素则通过〔幺篇〕一曲反映了这种"伤感"之情:"他曲未终"与"俺耳才闻"两两相对,分写男女双方;而女方之"愁越增"是由男方的"肠先断"所引起。"一程程"、"一声声"、"一星星"三个排比句由"境"到"令"到"病",层层递进地刻画出白敏中的"相思"深入骨髓以致成病,这无异表明男方的"相思病"又是由女方所造成。最后二句却以反诘的语气出之:"不争",与其、如其、倘若之意;"可不道"岂不知道之意。反诘之中夹杂着几分责怪:你只知道借琴声诉说自己的飘零,你就不知道也有人为你感到孤零!于责怪之中又将女方的相思之苦透露给男方。这支曲与前曲不同,前曲多作景语,连用五个比喻,辞藻华赡,清丽中带妩媚;后曲纯然作情语,直抒胸臆,连用叠字重复排比,感情回环往复,直露中见曲折。胡应麟说"作诗不过情、景二端"(《诗薮》内编卷四),此言诚是。何良俊在《四友斋丛说》中就赞此〔幺篇〕,说其语"何等蕴藉有趣",并因此而认为"郑德辉所作情词,亦自与人不同"。

(陈美林)

〔注〕　① 轩辕镜：镜名，其形如球，可作卧榻前悬挂，取以避邪。见赵希鹄《洞天青禄集》。

㑇梅香骗翰林风月

郑光祖

第　三　折

〔圣药王〕他道是这一场，这一桩，都是这辱门败户小婆娘。杀人呵要见伤，拿贼呵要见赃。请起来波，多愁多病俏才郎。这是谁与他的紫香囊。

〔麻郎儿〕这声音九分是你令堂。呀，头一句先抓揽着梅香。您吵闹起花烛洞房，自支吾待月西厢。

〔幺篇〕哎，不妨，莫慌，我当。亲生女非比他行，家丑事不可外扬。你索取一个治家不严的招状。

这是《㑇梅香》杂剧第三折〔仙吕·斗鹌鹑〕套曲十四支曲子中相连的三曲。全剧由饰演丫环樊素的正旦主唱。剧名"㑇梅香"可译成现代汉语"泼辣的丫环"。它是王实甫《西厢记》的改编，将五本压缩成一本。改编不是创作，看起来好像缺少才华。我自己过去就对它有过不公平的评价。一个名著的改编，由繁而简，便于演出，易于为群众接受。通俗工作理应受到重视，而事实上常常是相反。

《西厢记》中随处可见富有诗情画意的情景交融的佳句，它的深入人物形象内心深处而不以抽象的豪言壮语出之的反抗精神，使它在同时代同类作品中成

【伥梅香骗翰林风月】

为独一无二的杰作。郑光祖清楚地知道,如果他在这方面同《西厢记》争一日之短长,那将使自己陷入绝望而无所成就的境地。相反,扬长避短,即使是雷同的题材也可以具有自己的独特面目。这也许就是郑光祖从事改编的指导思想。《西厢记》本来就带有喜剧成分,但是很难把它作为喜剧看待。除非我们把所有以大团圆为结束的戏剧都看作喜剧,而不管作品整体风格如何。《伥梅香》却是真正的喜剧。曹栋亭本《录鬼簿》评论它的剧作家说:"惜乎所作贪于俳谐,未免多于斧凿",说的是他创作的不足之处。就《伥梅香》而论,这恰恰是它的成功之处。

　　《西厢记》张生和崔莺莺虽然写得很美很成功,但最有吸引力的人物却是红娘。全剧因她的存在和出场而平添光彩。没有她的鼓动,崔、张的爱情不见得会有所发展;没有她的见义勇为,崔、张不会有成功的希望。与其说这是喧宾夺主,主次颠倒,不如说这是真实地反映了时代的现实。人们不能要求崔莺莺同她的"晚辈"杜丽娘、林黛玉一样,无所踌躇地担当起过早的历史使命。由于自己的软弱,她需要一个有力的助手。这就是红娘,也就是《伥梅香》的丫环樊素。她的形象决非春香和紫鹃所能比拟。郑光祖的杂剧以樊素为主角,如同后世京剧的改编本《红娘》一样,表明作者对《西厢记》的理解探骊得珠,一箭中的。既然以丫环为主角,《西厢记》的基调自然随之而改观。因为情景交融的抒情佳句大都同崔张相连,而机智、泼辣和谐谑则与丫环的身份和个性尤其切合。

　　一般而论,著名历史人物的事迹和社会关系不宜随意改变。有时在喜剧中却不妨例外。反常正好博得人们一笑。裴度是唐朝的中兴名臣,剧作家以他的女儿小蛮和丫环樊素作为女角的名字。这两位美女原是著名诗人白居易的姬妾。小蛮的母亲又改作裴度的部属、名作家韩愈的姊姊。男主角白敏中原是白居易的从弟。他后来身为宰相,而名声不佳。剧中白敏中的父亲曾冒死救护裴度……如此等等,全属子虚乌有,然而它是整个爱情故事的基础。所有这些虚构的颠三倒四的人物关系，正如后代汤显祖的杰作《牡丹亭》中的男主角柳梦梅和次要角色韩子才被写成柳宗元、韩愈的后人一样，涉笔成趣，无非为剧中人物增加诙谐的情调。《牡丹亭》用它作为爱情悲剧的对照，它的作用只限于局部，而《㑇梅香》则用它为整个喜剧作出映衬。不通过细节描写，而只是在宾白中简单一提，使读者在联想中得到满足。它的喜剧性的效果限于熟悉文史掌故的那一部分读者和观众，不够通俗。作者原意用以略微点明它的创作意图，主要的艺术成就并不在这里。

　　《西厢记》穷书生和阔小姐的身份本来并不那么确定。穷书生的先人原是礼部尚书，崔家"前相国"去世后，也只剩下寡妇和孤女。《㑇梅香》索性改为男女双方原有婚约在先。看来这是一步倒退。然而已订婚而未成亲的男女双方依然不得自由来往，这就从另一侧面揭露了封建礼教的不合理。戏剧着重描写的是相国夫人悔亲。《西厢记》老夫人食言在张生借兵退敌之后，《㑇梅香》则在剧的开幕之时。然而是真悔还是假悔，剧作家有意写得不明不白。显然，这是为了加强喜剧性效果。元代关于穷书生发迹变泰的剧本有一个类型：长辈或旧交为了逼迫穷书生发愤向上，有意加以刁难或奚落，暗中却给以必要的资助，而不让对方知情。待穷书生飞黄腾达，起意报复时，真相大白：一个是"则被你瞒杀也"，另一个："则被你傲杀也。"《㑇梅香》采取它的意旨，而不沿袭它的窠臼。它改为丫环樊素和白敏中的反复诘难：白敏中要饮酒，丫环提醒他："你说但尝一点，昏沉三日也"；白敏中要乐人动乐，丫环阻拦道："休动乐，《关雎》乐而不淫，哀而不伤，动他怎么"；白敏中要参拜岳母，丫环又提起他以前说的话："那里有那为个媳妇折腰于人的?"一句还一句，比起"瞒杀"、"傲杀"的老套来，花样翻新而有异曲同工之妙。这是它的喜剧性结尾。

　　《西厢记》隔墙听琴在第二本第四折，张生跳墙受崔莺莺呵责在第三本第三折，长亭送别则在第四本第三折。《㑇梅香》把它们以及它们之间的情节全都压缩

【伱梅香骗翰林风月】

在第三折中。只有大手笔才能做得这样干净利落。《西厢记》是崔张私自欢会而被发觉，老夫人才勒令张生赴试；《伱梅香》则仅仅是后花园中一次约会，并没有了不起的越轨行为，而遭到同样的发落。措置失当，或者令人愤怒，或者成为笑料。《伱梅香》把它作为白敏中功成名遂后意图报复的铺垫，喜剧情节由此而生发。

上面选的三支曲子正好相当于《西厢记》第三本第三折同第四本第二折（通称《拷红》）被焊接在一起的那一点。因为删去了原有的宾白，可能谁也无法欣赏。杂剧中的曲子有两种：一种如《西厢记》的许多名曲，本身是完满具足的整体，很少被宾白所隔断，或者虽然被割断，省略了宾白并不影响前后文的连贯，吟诵时仍然令人击节叹赏。另一种则如上面所选，曲夹白，白夹曲，相辅相成，不可分离，有如红花绿叶，缺一不可。它简直无法作为案头读物而逗人喜爱，然而在舞台上它却和宾白、身段以及人物心理、戏剧情节，组成有机的艺术统一体。《录鬼簿》以《凌波仙》曲赞扬郑光祖"笔端写出惊人句"，"端的是曾下死功夫"，如果指的是上面一层意思，那可真是鞭辟入里，而不是泛泛的赞语了。

曲有格律，字句平仄都不得随意出入。然而对一个具有真正艺术才华的作家说，极其有限的活动余地可以成为无限的空间。第一句"这一场"原本不用韵，作者改为有韵，"这一场"、"这一桩"，两个三字句同后文的一对三字句"要见伤"、"要见赃"（衬字不算），前后呼应，使得丫环学小姐声口，把小姐意图嫁祸于己的假撇清行径有如亲见耳闻一样。正是在丫环的反诘之后，白敏中才可怜巴巴地接上一句求饶的话："望小姐怜小生咱。"小姐难以表态，丫环却自作主张："请起来波，多愁多病俏才郎。"她敢于如此放肆，因为她抓到了小姐的把柄："这是谁与他的紫香囊？"于是小姐只得收起了装腔作态的那一套，主仆重归于好。

一场青年男女和"助手"之间的小小误会才平息，另一场看来是对抗的矛盾接踵而至：他们被老夫人撞见。

〔麻郎儿〕的〔幺篇〕第一句可以是六字三韵的短柱体（或称短柱句），也可以不是。曲律并未认可一种而否定另一种。《西厢记》第二本第四折同一曲牌的首句"本宫始终不同"是它的先例。但它除了一句三韵,新奇别致外,并没有更多作用。《㑇梅香》则大不相同:

(正旦扯旦儿科)(唱)哎,不妨,(白敏中云)小娘子,可怎了也!(正旦指白科唱)莫慌,(指自科,唱)我当。

然后他们一起去见老夫人。"不妨"是丫环给小姐的定心丸,"莫慌"则是她给白敏中的安神散,然后"我当",一切有她在呢! 一句曲文将二个角色的不同处境、不同心理,片刻间全部展示在观众前面,简直抵得上整折《拷红》。自从有短柱句以来,它简直是空前绝后的佳作。它不供文人雅士在书斋中吟诵之用,它是有声有色的舞台演出中的一句台词。

(徐朔方)

【作者小传】

金仁杰

(? —1329) 字志甫,杭州(今属浙江)人。曾做过经管钱谷的小官吏,去世前一年授建康崇宁务官。与钟嗣成友善。所作杂剧今知有七种。现存《追韩信》、《东窗事犯》二种。一说现存本《东窗事犯》为孔文卿所作。

萧何月下追韩信

金仁杰

第 二 折

〔双调·新水令〕恨天涯流落客孤寒,叹英雄半世虚幻。坐

【萧何月下追韩信】

下马空踏遍山水雄,背上剑枉射得斗牛寒!恨塞于天地之间。云遮断玉砌雕栏,按不住浩然气透霄汉!

〔驻马听〕回首青山,拍拍离愁满战鞍;举头新雁,呀呀哀怨伴天寒。止望学龙投大海驾天关,划地似军骑羸马连云栈。且相逢,觑英雄如匹似闲,堪恨无端四海苍生眼!

〔沉醉东风〕干功名千难万难,求身仕两次三番。前番离了楚国,今次又别炎汉,不觉的皓首苍颜。就月朗回头把剑看,忽然伤感默上心来,百忙里揾不干我英雄泪眼!

《追韩信》描写了韩信乞食、求仕、拜将、立功的故事。其中第二折最为著名,经各剧种改编演出,迄今活跃在戏曲舞台。明代沈采的《千金记》曾直接采用这套曲词。

韩信是秦汉之际的杰出将帅。他出身微贱,少有大志,曾乞食漂母、受胯下之辱。后来他登台拜将,兴汉灭楚。刘邦称他为"人杰",又说:"连百万之军,战必胜,攻必取,吾不如韩信。"(《史记·高祖本纪》)唐代刘禹锡赞许他是"将略兵机命世雄"。但是这样的英才也曾埋没流离,得不到施展才能的机会。最初他曾报效项梁、项羽,不得重用;转而投奔刘邦,刘邦也同样轻慢,置于闲散,虽经滕公、萧何再三举荐,只让他做治粟都尉。韩信怀才不遇,鸿图难展,只得愤然离去。这一套曲词写的正是韩信出走后痛感壮志难酬、英雄失路的愤懑与凄凉。

得不到施展才能的机会,原是自古以来志士才人感受最深的痛苦之一。

韩信的遭遇也引起了千百年来人们的感慨与同情。这一套曲词抒发了韩信此时此地的复杂心境,写得慷慨悲凉;而孤寂落魄之中又不失壮怀激烈的英雄本色。他感叹天涯流落,半生虚幻,"坐下马空踏遍山水雄,背上剑枉射得斗牛寒!恨塞于天地之间……"充分表达出人物的愤懑之情。〔驻马听〕一曲的"回首青天,拍拍离愁满战鞍;举头新雁,呀呀哀怨伴天寒",寓情于景,景随情活,表现出人物对景物的独特感受,咏物言志,也增添了剧中的感情色彩,为下一曲做好铺垫。〔沉醉东风〕一曲,则是把人物感情推上了峰巅。从"干功名千难万难,求身仕两次三番。前番离了楚国,今次又别炎汉",回首前尘,深感光阴虚掷,时不我待,不由得发出"不觉的皓首苍颜"的喟叹。"英雄有泪不轻弹",际遇却逼得他"百忙里揾不干我英雄泪眼"!这热泪进发出人物摧肝撕肺、黯然魂销的情感。这一套曲词既悲且壮,成为全剧情绪的高潮,完成了人物形象的塑造。

作为剧作,这一套曲词有着载歌载舞、本色当行的特点,在大段抒情唱中具有强烈的舞台表现力、丰富的表演层次,可以生发出繁复优美的舞蹈身段,气势充沛,音韵铿锵,产生了动人心魄的艺术效果。

这套曲词数百年间深受激赏,是因为它准确地表现了韩信作为一代人杰久不得志的苦闷心境,同时也呼出了千百年中有志之士壮志难酬的愤懑不平之气与寂寞悲凉之情,引起了人们的赞叹与共鸣。

(马少波　马欣来)

［作者小传］

范康

字子安,杭州(今属浙江)人。因王伯成写有《李太白贬夜郎》杂剧,遂写《杜子美游曲江》杂剧以比高下,惜不传。所作杂剧今知有二种,现仅存《竹叶舟》一种。亦作散曲。《全元散曲》录存小令四首,套数一套。

陈季卿悟道竹叶舟

范 康

第 三 折

〔三煞〕趁着这响咿哑数声柔橹前溪口,早看见明滴溜几点鱼灯古渡头。则见秋江雪浪拍天浮,更月黑云愁。疏刺刺风狂雨骤,这天气甚时候。白茫茫银涛不断流,那里也骑鹤扬州。

《竹叶舟》杂剧虽然是一本宣扬道教思想的度脱剧,但它与马致远等的《黄粱梦》有相通之处,即在度脱故事的背后,分明寄托着元代知识分子的苦闷、愤懑和牢骚。剧中的陈季卿屡试不第,怀才不遇。一日,他在终南山的青龙寺中遇到吕洞宾,吕一心劝陈出家,陈再三拒绝。吕洞宾把一小片竹叶粘到墙上,变成一只小船,说可以载陈归家。陈不相信,恍惚睡去。陈在梦中乘船归家,与家人谈话犹孜孜于功名,遂别家人乘船赴考,结果遭遇风浪,船被掀翻,惊叫而醒。这时陈季卿始知吕洞宾非是常人,急忙追寻,恳求度化成仙。吕引陈见八仙,共赴蟠桃仙宴。如果剥去这度脱的外壳,不难发现这本杂剧曲折地反映了元代知识分子的共同心态和情绪。

上面这支〔三煞〕曲是第三折中正末扮吕洞宾所唱。吕洞宾以竹叶化舟,又幻化作渔翁,撑船载陈季卿去赴考,突然狂风大作,巨澜叠起,舟中的陈季卿惊恐万状。这曲子的妙处在于即景生情,描摹生动;其辞清奇俊爽,古朴典雅。

首二句,写橹声欸乃,咿咿哑哑;渔火点点,灯影绰绰。正当夜幕初临之时,是在出溪口远望渡头的江上。起句的"趁"字极有趣,既有乘船赶渡之义,又有趁声远望之情,写出了渔翁内心的悠闲自得——仙人的自在之情。橹声伴着水声,渔火衬着夜幕,其情其景,点染而出。下面陈季卿一句插白"兀的不起了风也",使眼前景致顿时发生了变化,引出渔翁一段唱。从渔翁眼中看风狂浪急的江上景致,使我们仿佛看到了一叶扁舟在惊涛骇浪中颠簸起伏。"则见"二句写怒浪拍天,狂涛咆哮,白色的水珠和泡沫在夜幕的衬托下,显得格外明晰。一个"雪"字,一个"黑"字,强调了这种对比;而"浮"字和"愁"字更形象地凸现了夜幕笼盖,白浪滔天的气势。"疏剌剌风狂雨骤,这天气甚时候"二句颇为奇特,也颇耐人费解。既是"几点鱼灯古渡头",那至少是薄暮时分了,此处又何言"甚时候"呢?揣摩全剧和这支曲的上下文,似应作这样的理解:即陈季卿这时已被突然出现的险情惊呆了,况又是在梦境之中,梦中人的时间意识往往是模糊不清的,因此这一笔是十分绝妙的,它与后面的突然惊醒恰成映照。此句还在于提醒人们,这是梦境,而不是现实。渔翁又是仙人,梦境也是他幻化而出的。与《黄粱梦》中的卢生一样,陈季卿梦醒之时,青龙寺中的小僧正等着他去吃斋饭呢。"甚时候"句正在于点出这个"时间差",平添了神奇迷离色彩,是耐人寻味的一笔。

结尾二句说狂风巨浪相阻隔,要求取功名怕只是妄想了。"骑鹤扬州",典出南朝梁殷芸的《殷芸小说》。相传几个人在一起谈论各自的志愿,一个说要到维扬去做官,一个说要有万贯家财,第三个人说要骑鹤上青天。第四个人说我要"腰缠十万贯,骑鹤上扬州"。后来人们便以这个故事比喻贪得而妄想。元代知识分子处世艰难,多怨生不逢时,不得伸展抱负,凡此种曲词并不罕见,隐约透露出期期艾艾的叹息和怅惘,这是需要加以注意的。

此曲干净利落,形象生动,画面感强烈,人物动作与环境描写相映成趣,下

【醉太平】

笔如有神韵。《录鬼簿》中称范子安"一下笔即新奇,天资卓异,人不可及也"。"人不可及"未免溢美,而"天资卓异"、"下笔新奇"却是的评。你看作者写风狂雨骤,用语与人迥异,很是独到,且简洁精警,出神入化,其点染处,传神生动,涉笔成趣,可概见范康曲词之风貌。

(王星琦)

【作者小传】

曾瑞

(? —1330前后)　字瑞卿,号褐夫,大兴(今属北京)人。因喜江浙人才风物而移居杭州。善绘画,能作隐语小曲。所作杂剧今知有《才子佳人误元宵》(或以为《留鞋记》即此剧)一种,现存。原有散曲集《诗酒余音》,今已佚。现存散曲小令九十余首,套数十七套。

〔正宫〕醉　太　平

曾　瑞

相邀士夫,笑引奚奴。涌金门外过西湖,写新诗吊古。苏堤堤上寻芳树,断桥桥畔沽醍醐①,孤山山下醉林逋。洒梨花暮雨。

宋人苏轼曾说:"杭州之有西湖,如人之有眉目。"(《杭州乞度牒开西湖状》)唐代以来西湖便成为人们游乐玩赏的胜地,至南宋而臻于极盛。宋亡后曾一度遭受破坏,入元后又渐渐恢复了,故关汉卿称它是"普天下锦绣乡,环海内风流地。"(〔一枝花〕《杭州景》)曾瑞这首小令是抒写其游赏西湖的雅兴,表现了元代一位社会下层失意文人特有的审美趣味。

此曲是由诗人叙述其游赏活动而展开的。"士夫"自金元以来为一般男子之通称，不是专指士大夫。"奚奴"古代本指女奴，宋以来为男女奴仆之通称。邀约了几位诗朋酒友，高高兴兴地带领了一二家奴，携带着食物和用具。这是叙述其游湖的准备工作。据全曲所叙的游湖情况，其路线当是从杭州城内出发，出城西涌金门，绕湖畔南行，经苏堤、孤山、白堤回到涌金门，周三十里的湖光山色遂可尽览了。"涌金门，旧名丰豫门。宋时有丰乐楼与门相值，若屏幛然"(《西湖游览志》卷三)。宋僧仲殊说："涌金门外小瀛洲，寒食更风流。红船满湖歌吹，花外有高楼。"(〔诉衷情〕《寒食》)曾瑞当是在寒食前的二月春分时节游湖的，他的兴趣并不在歌吹闹热而偏向于怀古的幽情："写新诗吊古。"这正是清贫孤高的文人所常有的闲情逸致。曲中的三个鼎足对句概括地表现了作者怀古的幽情。苏堤在湖中贯通南北。宋遗民周密说："苏公堤，元祐中东坡守杭日所筑，起南迄北，横截湖面，夹道杂植花柳，中为六桥九亭。"(《武林旧事》卷五)这堤上原有先贤堂，也令人想起东坡先生的许多轶事和政绩，可能还有宋时的花柳，故值得去追寻。"断桥，又名段家桥，万柳如云，望如裙带。"(同上)它为白堤的入口处。在此买了有名的美酒，带着去孤山一饮，必定会更有诗意的。孤山"去钱塘旧治四里，湖中独立一峰。圆法师铭曰：'群山四绝，秀出波心。'"(《淳祐临安志》卷八)北宋时林逋字君复，钱塘人，隐居于孤山。宋真宗闻其名，诏州吏岁时劳问，卒后谥和靖先生。处士林逋庐以后成为西湖名胜之一，但在南宋后便不存了。曾瑞"志不屈物，故不愿仕"，与林逋当有身世共鸣之感，所以特地沽酒，欲在孤山与逋仙一醉。这首抒写游赏西湖的小令虽然短小，却将游赏经过叙述得兴趣浓郁、层次清楚。结尾突兀地来了一笔景语，春雨如甘露一样洒在盛开的梨花上，更加鲜艳欲滴，以景结情，含蕴无穷。"洒梨花暮雨"，当是实景，一方面表明游湖抵暮而归，另一方面也抓住了西湖美的特征。如果对

珍藏本

【四块玉】

西湖有实感的人定会感到：二月春分时节梨花欲开的时候，湖上细雨霏微，堤上绿柳含烟，四周山色空蒙，西湖如西子在迷蒙的白纱之中有异样之美。作者曾瑞是北方大兴（府治今北京城西南）人，他"自北来南，喜江浙人才之多，羡钱塘景物之盛，因而家焉。"（《录鬼簿》卷下）从这首小令可见到作者对西湖景物深切的热爱。南宋词人有许多吟咏西湖的作品，以客观描绘景物见长，风格细腻婉约。这首小令则长于主观的叙述，风格疏淡潇洒，别是一种趣味了。

（谢桃坊）

〔注〕 ① 醽（líng 令）醁（lù 录）：美酒名。

〔南吕〕 **四 块 玉**

曾 瑞

叹 世

罗网施，权豪使，石火光阴不多时。劬活若比吴蚕似。皮作锦，茧做丝，蛹烫死。

　　这支小令名为"叹世"，实乃讽刺世态之作，其中有感叹、有愤慨，更多的则是嘲讽、揭露和鄙视。

　　小令开笔，便以"罗网施"为喻，将当时的封建社会比拟成一个罗网遍布的魑魅世界，形象贴切。而次句揭露设置这天罗地网的正是那些不可一世的权豪势要，可谓一针见血。紧接着，作者笔锋一转，以嘲讽的口吻诅咒这些朋比为奸之辈：他们纵然机关算尽，但其煊赫之势不过如敲石击火一样，难以长久，最后结局犹如蚕儿(吴蚕)一般,一世费尽心思,还是落得个剥茧作丝、织皮为锦的下场,而化为蛹的蚕儿,亦被活活地烫死。

这支小令对封建社会的批判深刻鲜明,作者对权豪势要满怀鄙视、愤恨,指责他们倚仗权势,处心积虑,施布罗网,巧取豪夺,坑害他人。元代社会实施残酷的民族压迫,把人分成四等。汉人、南人备受歧视,而蒙古人、色目人则享有各种特权,其中的权豪势要更是无法无天,肆意横行,他们可以打死人不偿命,可以任意夺人妻女,而官府也不敢过问。不少元杂剧对此都有很深刻的揭露。就连官修的《元典章》,也记载了权豪势要罗织罪名,害人性命的大量事实,这是历代罕见的。所以,元代人民对权豪势要深恶痛绝,作者正是站在普通百姓的立场上正告他们:如此为非作歹,终究横行不了几时,难免招致可悲的下场。这在一定程度上反映了元代广大人民愤怒的心声。

这支小令艺术上也有可取之处。首先是言约义丰。短短的二十九字蕴涵了丰富的思想内容,带有强烈的批判性。其次,比喻手法简洁而形象。石火光阴,前人多喻人生有限,诸多伤感,如白居易《对酒五首》:"石火光中寄此身",便是感叹世事如昨,人生如寄,为人世的短暂而悲哀。而作者却用来比喻权豪势要者好景不长,新颖别致,且嘲讽、愤慨、鄙视之情洋溢其间,使"叹世"的意义更加明显,可谓匠心独运。"吴蚕"的比喻也十分贴切而生动。吴蚕历经春秋,辛苦作茧,最后是被活活烫死。权豪势要者"劫活"(意为费尽心机)一世,也不过如此下场。同时,还暗寓他们系"作茧自缚"之意,紧扣并深化了"叹世"的主题。其三,小令音节急促,字音却十分浏亮。例如,结尾的"皮作锦,茧作丝,蛹烫死",连续三个三字句,节奏急迫紧促,读起来朗朗上口,不仅收顿有力,而且生动地表现出作者对权豪势要者尽情揶揄嘲弄的神态,显示出作者选字遣意的功力。

(杜朝光)

〔南吕〕骂玉郎过感皇恩采茶歌

曾 瑞

闺中闻杜鹃

无情杜宇①闲淘气,头直上耳根底。声声聒得人心碎。你怎知,我就里②,愁无际? 帘幕低垂,重门深闭。曲阑边,雕檐外,画楼西。将春醒③唤起,将晓梦惊回。无明夜,闲聒噪,厮禁持④。我几曾离,这绣罗帏,没来由劝我道不如归。狂客江南正着迷,这声儿好去对俺那人啼。

这支小令写思妇情思,新颖别致。

小令以女主人诅咒杜鹃开始,已点明正是"杨花落尽子规啼"的暮春季节,这就暗中逗起春情难遣、春愁无限的情思。她咒骂杜鹃鸟无情,淘气,原因就是它的叫声传入闺中,从人头上直进入耳根底,叫得人心都碎了。原来,女主人有自己的无边愁闷。她在"帘幕低垂,重门深闭"的画楼里,昼长无事,正春睡消闲,不料,杜鹃的啼声却在"曲阑边"、"雕檐外",一直到"画楼西"不停地聒噪,将她吵醒。不仅使她睡意消了,还惊回了她的好梦。这鸟的啼声不分白天黑夜,已令人烦扰不安、难以忍受,何况它叫的正是"不如归去,不如归去",可自己正孤零零地呆在雕檐曲阑之下,帘幕绣帏之中,欲归何处呢? 而那位该归不归的"狂客"(指外出的丈夫),还远在江南,乐不知返呢! 杜鹃鸟的"不如归去",正好该对着那厮的耳边叫,让他知道还有人在"无明夜"地盼他早日回归。

小令以女主人对杜鹃啼声的心理感受贯穿全曲,把杜鹃"聒得人心碎"的情景淋漓尽致地进行铺张,新颖别致,使思妇那种又爱又恨的复杂心情表达得十分真切、细腻感人,真是丝丝入扣。小令采用了代言体的表达方式,直抒胸臆,平白如话,摹景状物,惟妙惟肖,如"我几曾离,这绣罗帏,没来由劝我道不如归",便活脱脱地画出了女主人又恨又嗔的神态,使读者感觉到十分亲切自然。这首作品是带过曲,由〔骂玉郎〕、〔感皇恩〕、〔采茶歌〕三支小令组成。作者充分运用了带过曲的特点,叙事不温不火,起承转合天衣无缝。音节上衔接自然、圆润爽口。语言本色当行,质朴中兼有俳谐之趣,时时缀入一二方言俗语点缀其中,更显得俗中带妍。明人李开先称此曲"急并响亮,含有余不尽之意"(《词谑》),足见前人对其的赞赏了。

(杜朝光)

〔注〕 ① 杜宇:杜鹃鸟的别称。杜宇为古蜀国国王,号望帝,后归隐。因思其子民魂化为鹃,夜夜泣血。事见《蜀王本纪》以及《华阳国志·蜀志》。 ② 就里:心里、内情。 ③ 酲(chéng 呈):酒后困倦的样子。 ④ 厮禁持:相折磨,捉弄人。

〔般涉调〕哨　遍

曾　瑞

羊诉冤

十二宫分了巳未①,禀乾坤二气成形质。颜色异种多般,本性善群兽难及。向塞北,李陵台畔,苏武坡前,嚼卧夕阳外。趁满目无穷草地,散一川平野,走四塞荒陂。驭车善致晋侯

〔哨遍〕

欢,拂石能逃左慈危。舍命于家,就死成仁,杀身报国。

〔幺〕告朔何疑,代衅钟偏称宣王意。享天地济民饥,据云山水陆无敌。尽之矣! 驼蹄熊掌,鹿脯獐犯②,比我都无滋味。折莫③烹炮煮煎熛蒸炙,便盐淹将庖④,醋拌糟焙。肉糜肌鲊可为珍,莼菜鲈鱼有何奇。于四时中无不相宜。

〔耍孩儿〕从黑河边赶我到东吴内,我也则望前程万里。想道是物离乡贵有些峥嵘,撞着个主人翁少东没西。无料喂把肠胃都抛做粪,无水饮将脂膏尽化做尿,便似养虎豹牢监系。从朝至暮,坐守行随。

〔幺〕见一日八十番觑我膘脂,除我柯杖外别有甚的。许下浙江等处恶神祇,又请过在城新旧相知。待赁与老火者残岁里呈高戏,要雇与小子弟新年中扮社直⑤。穷养的无巴避⑥,待准折舞裙歌扇,要打摸暖帽春衣。

〔一煞〕把我蹄指甲要舒做晃窗,头上角要锯做解锥,揪着颔下须紧要绖挝笔;待生捋我毛裔铺毡袜,待活剥我监儿⑥踏磚皮⑧。眼见的难回避。多应早晚,不保朝夕。

〔二〕火里赤⑨磨了快刀,忙古歹⑩烧下热水。若客都来抵九千鸿门会。先许下神鬼彪⑪了前膊,再请下相知揣了后腿,围我在垓心内。便休想一刀两段,必然是万剐凌迟。

〔尾〕我如今剌搭着两个莼耳朵,滴溜着一条粗硬腿。我便是蝙蝠臀内精精地,要祭赛的穷神下的呵吃。

《诗·豳风·鸱鸮》和汉乐府《乌生》、《枯鱼过河泣》等作品以寓言的表现方式表达了古代人们所遭受的苦难,这已成为我国诗歌传统之一。由于元代阶级压迫和民族压迫严重,元人散曲里也采用了传统的寓言表现方式,并在思想和艺术方面都达到了新的高度。元代前期作家姚守中创作了新颖别致的套曲〔粉蝶儿〕《牛诉冤》,曾瑞继之作了这曲《羊诉冤》,而寄意尤为深刻。

作者以拟人的手法赋羊予人格化,它向人们诉说冤屈,希望引起人们的同情和公平的评判。羊属反刍类哺乳动物,有山羊、绵羊、羚羊等多种。曾瑞所写是代山羊诉冤的。〔哨遍〕一曲,它先交代了自己的家世、习性、能力和社会作用。在星命术士看来,羊乃十二命宫之一;可见于动物中是很重要的一种。它又同万物一样因得天地乾坤之气而有形有质遂成为动物。羊的家族很众,仅山羊即有黑、灰、褐等颜色。若与其他动物比较,它的禀性最为善良温和,按天理应是善有善报。我国北方,特别是长城外汉代李陵和苏武居住过的地方水草丰美,便是羊的故乡。在故乡与同伴们过着自由而愉快的生活,有一个舒适的生活环境:夕阳、草地、川野、荒陂。从前晋武帝因"并宠者众,帝莫知所适,常乘羊车,恣其所之,至便宴请。宫人乃取竹叶插户,盐汁洒地,以引帝车。"(《晋书·胡贵嫔传》)东汉末年的方士左慈,很有法术,曹操欲试其法术特遣人追杀,"乃敕收慈。慈走入群羊中,而追者不分。……于是群羊咸向吏言曰:'为审尔否?'由是吏亦不复知慈所在。"(《太平广记》卷十一)羊不仅有如此特殊的本领,而且还有"杀身成仁"、"舍生取义"的可贵气节。就羊在社会中的作用而言,古代帝王非常重视其在祭祀中的意义。帝王于每年季冬颁发来年十二个月的政事给诸侯,诸侯于月初则告祖庙受而行之,称为告朔。告朔时须用生羊(饩羊)以祭。后来诸侯并不视朔,只祭供生羊。孔子的弟子子贡不赞成这样虚应故事,孔子说:"尔爱其羊,我爱其礼。"(《论语·八佾》)可见"告朔"之礼是难以废除的。古代还有一种"衅钟"的仪式:帝王凡铸成纪功告祖的钟,必须杀牲,以

[哨遍]

血涂钟隙。春秋时齐宣王见人牵牛将以衅钟,牛的恐惧之状使宣王不忍杀它。牵牛者说:"然则废衅钟与?"宣王说:"何可废也,以羊易之。"(《孟子·梁惠王上》)除了这些祭祀场合而外,羊还是古代人们的主要肉食品,其味之美,水陆所产食物皆莫能匹敌。如向来所传的山珍野味等物相比之下都淡而无味了,江南水乡负有盛名的莼羹鲈脍也显得不足为奇了。因为羊肉的烹调方法很多,吃法也很多,最易得到,而且一年四季都宜食用。这一大段的叙述有理有据,态度严肃,强调了羊与人类生活的重要关系。它的善良和无私贡献,使它理应受到社会人们的关心和爱护。当然这是就羊类的整体意义而言的,但曲中抒情主体的命运却是非常悲惨的。

〔耍孩儿〕以下写这只不幸的羊从我国北方被赶到南方是其命运的转折点。它根据物离乡贵的商品流通的一般法则,认为此去的前程美好,谁知竟交了噩运。自此以下,作者以悲愤的心情和嬉笑怒骂的态度,叙述了善良的羊的不幸遭遇。它的新主人是十分刻薄而贪鄙的。羊所处的环境条件十分简陋,"少东没西",不能保证正常的生活必需。"无料喂把肠胃都抛做粪,无水饮将脂膏尽化做尿",这两句以极度的夸张,深刻地揭示了剥削者残酷狠毒和贪婪的本质,最真实地表现了不堪忍受的饥饿的折磨。主人不仅不供给饲料,而且监守严密,预示着正在进行一种卑劣的计谋。作者描述主人的计谋时富于夸张谐谑,写得笔飞墨舞。主人频繁地估量羊的脂膘,可是它已因饥饿折磨而瘦如柯杖了。如此羸弱的羊本应养肥再杀,而这些人竟贪馋得迫不及待。"神祇"本指天地之神,"享天地"是羊的传统的职责,不应有怨恨情绪的,但这回却是将它用来祭享浙江等处的恶神恶鬼。"江南之俗,火耕水耨,鱼稻富饶,不忧饥馁,信鬼神,喜淫祀。"(《乾道临安志》卷二)于是它将成为愚昧的淫祀的牺牲品。这主人非常狡猾,要在可怜的羊身上多弄些钱,于是打算先赁与庙里杂工(老伙)和杂剧伶人们(子弟)用来迎神赛社。而且可能用它来抵算(准折)伶人子弟舞裙歌扇的耗损，以便他们准备（打摸）新的衣物。种种贪鄙卑劣的（穷养的）打算激起了善良温驯的羊禁不住咒骂起来。经过几番磨难之后，终于临到被宰杀了。

宰杀的过程被作者描述得特别细致生动，这是古代诗词里所罕见的。将宰杀时，羊的蹄甲、头角、颔须、毛和皮已被人们计算着种种用途。必然是将其蹄甲制成薄片为窗棂的装饰（晃窗），头角用来镶嵌小刀的柄（解锥），颔须可制成长毫挝笔，生扯下的羊毛可以铺垫毡袜，活剥下的生皮可以制革。这将使羊痛苦难堪，令人惨不忍睹。凌迟处死是古代最残忍的死刑，即剐刑。此刑始于五代，至元代始列入国家正式刑法。这只善良的羊无辜地被肢解凌迟处死了。作者写围观的人群很多，都要来看这场似鸿门宴会的屠杀，而温驯的羊却像被围困在中心，等待着挨千刀万剐的惨刑。尾声里是一个悲惨而可怜的形象：两耳耷拉下垂、残存僵腿、剥皮精赤的羊的胴体。胴体的形象是全曲曲意的高峰，同时又是全篇的终结，很有艺术力量。结尾的一句非常深刻地突出了主题思想：善良的弱小者成了祭祀穷神恶鬼的牺牲品。

在曾瑞之前，姚守中的《牛诉冤》表达的是未尽其力的病牛"元阳寿未终，死得真个屈苦"；在曾瑞之后，刘时中的《代马诉冤》表达的是未受知遇的马死后"则怕你东讨西征那时节悔"。这些寓言的表现方式都是有一定现实寓意的。很显然，曾瑞的《羊诉冤》所表达的是社会中善良弱小的普通平民所遭受的迫害或社会性的灾祸，成了无辜的牺牲品。这个主题是有普遍深刻的现实意义的。但是，我们联系作者生平经历来看，此曲的思想还含有另一层特殊的意义。曾瑞是"自北来南"定居杭州的，他不愿屈志入仕，其生活比较困难，所谓"江淮之达者，岁时馈送不绝"（《录鬼簿》卷下），而实际上是接受了一些人的赒济。羊之被赶到"东吴内"以及不幸的遭遇，而最终成了"浙江等处恶神祇"的祭品：这都明显地寓写了个人身世之感，间接地透露了作者在杭州的某些遭遇。值得注意的是作者冷嘲热讽、嬉笑怒骂的对象主要是主人和神祇，主人用无罪羔羊的血肉去祭祀神祇,不正是那些剥削者用人民的血汗脂膏去上供主宰他们的统治者的象征么?

(谢桃坊)

〔注〕 ①十二宫:古代星命术士称人生时为宫,以地支名宫为十二宫。巳宫属蛇,未属羊。 ② 獐犯:犯,疑作钯(bā),腊肉。獐犯,以獐制为腊肉。 ③折莫:不论、任凭;唐人作遮莫,意同。 ④ 将厄:与下句之"糟焙"对应,疑为"酱渍"之借音。酱,调味品,《论语·乡党》"不得其酱不食"。 ⑤社直:节日时村社迎神所扮演的杂戏为社火,在社火里担任角色为社直。 ⑥巴避:来由。 ⑦监儿:当指肉皮。 ⑧ 磾(tán)皮:制好压光的皮张。 ⑨火里赤:厨师,蒙古语。 ⑩忙古歹:小番,蒙古语。 ⑪飚(biāo):挥击。

〔商调〕 集 贤 宾

曾 瑞

宫 词

闷登楼倚阑干看暮景,天阔水云平。浸池面楼台倒影,书云笺雁字斜横。衰柳拂月户云窗,残荷临水阁凉亭。景凄凉助人愁越逞,下妆楼步月空庭。鸟惊环佩响,鹤吹铎铃鸣。

〔逍遥乐〕对景如青鸾舞镜。天隔羊车,人因凤城。好姻缘辜负了今生,痛伤悲雨泪如倾。心如醉满怀何日醒? 西风传玉漏丁宁。恰过半夜,胜似三秋,才交四更。

〔金菊香〕秋虫夜语不堪听,啼树宫鸦不住声。入孤帏强眠寻梦境,被相思鬼绰①了魂灵。纵有梦也难成。

〔醋葫芦〕睡不着，坐不宁；又不疼不痛病萦萦。待不思量霎
儿心未肯，没乱②到更阑人静。

〔高平煞〕照愁人残蜡碧荧荧，沉水烟消金兽鼎。败叶走庭
除，修竹扫苍楹。唱道是③人和闷可难争，则我瘦身躯怎敢
共愁肠竞？伤心情脉脉，病体困腾腾。画屋风轻，翠被寒
增，也温不过早来袜儿冷。

〔尾〕睡魔盼不来，丫鬟叫不应，香消烛灭冷清清。唯嫦娥与
人无世情，可怜咱孤另：透疏帘斜照月偏明。

　　曾瑞是一位善于描写妇女心理的作家，其今存的散曲里写闺情、闺怨、闺思
的便有小令十四首和套曲一套。这类作品抒情意味浓郁，很受社会的欢迎，又
最适宜于女艺人们演唱。从曾瑞的生平事迹来看，他未曾入仕，更不可能有宫
廷生活的直接感受，因此所写的宫词实为闺怨的扩展。宫词是我国诗歌中传统
题材之一，唐人对此很感兴趣；宋诗里虽有王珪、宋徽宗、杨皇后写过大量表现
宫人生活的作品，但在宋词里却基本上无此题材，元曲中也很少见。曾瑞这个
套曲正丰富了散曲的题材，可谓空谷足音，因而弥足珍贵。我国古代帝王为了
满足其穷奢极欲的生活，在宫中不仅有数千宫女和嫔妃，而且还经常从民间选
取大量的年轻美貌的女子入宫。绝大多数的民间女子一旦进入皇宫便注定了
终生不幸的命运，让青春在禁锁之中慢慢枯萎，一睹天颜或身蒙宠幸的机缘是
非常渺茫的。所以唐人的许多宫词都是抒写宫人之哀怨的。元代统治者入主
中原之后，不仅诏选蒙古族女子入宫，还从江南选取汉族女子。据《马可波罗游
记》载："他（世祖）有四个合法的正宫皇后。……她们四人均享有皇后的称号，
各居一座皇宫。每一位皇后有三百多个年轻貌美的宫娥。除此以外，还有内寝

〔集贤宾〕

宫女、大批的青年男仆和其他宦官。所以，每一个皇后的宫里，侍从人员总计达万人左右。"曾瑞的宫词，正表现了宫人痛苦的精神生活。

全曲的时间线索是非常清楚的，是从一个秋日的入暮直到更阑将晓，按时间的顺序细致地写出宫人这一夜的感受和思绪。它是以宫人语气的代言体方式进行叙述的，这样较为亲切而易于感人。曲以宫人日暮登楼览景起笔。她因"闷"而登楼，打算观赏暮景以消遣胸中的愁闷。远处秋高气爽，天阔水平，景象开旷平远，天空雁行斜横；近处楼台的倒影映入池面，装饰华美的窗户前飘拂着衰柳，临水的亭阁掩映在残荷之中。这一切都是翠减红衰的凋残景象，给人以萧瑟凄凉的感受。因此，未能解闷反而愈增新愁。"下妆楼步月空庭"是一笔勾勒，表示时间地点的转换，又表明宫人再以赏月来遣愁。空庭步月，她的环佩叮咚之声使栖鸟惊起，楼阁上碎玉片子制作的风铃在秋风里发出细碎之音。这两种声响都须在极静的环境里才能被感知的，以此表现了空庭的寂寞。显然她又未能遣去愁闷。夜深了，宫人回到室内，因触景生情，不免要感念个人的命运。传说古代"罽宾国王买得一鸾，欲其鸣，不可致。饰金繁，饷珍羞，对之愈戚，三年不鸣。夫人曰：'尝闻鸾见类则鸣，何不悬镜照之？'王从其言。鸾睹影悲鸣冲霄，一奋而绝。"（《异苑》卷三）这位宫人对秋夜之景犹如鸾对镜影一样的悲痛。晋武帝曾乘羊车随意以幸宫人，"天隔羊车"即谓与皇帝如天渊之隔，永无见期；"人囚凤城"即谓自己似罪人一样被囚在京城而失去自由了。这是现实的毫无希望的困境。按她的青春美丽在民间当有一段好姻缘的，但因囚于宫内而全破灭了。为此，她悲伤流泪，愈觉孤寂难度，夜长如岁，虽然方过夜半，却好像过了三个秋天。古时晚上有更夫敲击器物报时，一夜分为五更，三更属半夜，到四更时已过半夜了。这时宫人准备入睡，但秋虫唧唧的鸣声和宫树栖鸦的夜啼都增人悲愁。她"入孤帏强眠"是为了在梦境里实现自己的愿望，即对"好姻缘"的追求。可是她的魂灵似被相思鬼抓去了，不由自己支配，因而难入梦境。这曲折地表明她的悲痛是因强烈的爱情相思所致。显然她在民间时是有情人的,自选入宫中而破坏了好姻缘,入宫的冷遇使她愈加对过去情人思念不止了。夜长难寐、坐卧不宁、恹恹成病,而且即使一霎的时间也不可能不痛苦地思念情人。这样的心绪烦乱直到了更阑,即五更已完,曙色将临了。这时的情景尤为凄惨:蜡烛已经烧残,烛光将灭;兽形香炉内的沉香焚尽,香气慢慢消散,室外的落叶与竹枝因风之吹动而在庭楹间发出破碎的细声。这样凄厉的环境确令失眠的宫人难以忍受。真正是(唱道是)应了俗话所说的"人和闷可难争",意谓人是斗不过自己的愁闷。因此她认为像自己这样病弱的身子是不敢再与自己的愁闷相斗了,遂为愁闷所困。一阵晓寒,更觉袜儿冷凉,没有丝毫的暖意。尾声里的"香消烛灭冷清清"是将全曲悲伤凄凉的情感推向了高峰,形象地暗示了宫人的寂寞与不幸。全曲以偶然的想象为结,荡开曲意,产生空灵含蕴的艺术效果。宫人在绝望的情绪中忽然因见到疏帘透过西斜的月光而联想到月里的嫦娥了。世态多变,人情冷暖,在当时社会的世俗里是常见的。宫人发觉:只有嫦娥不具世俗的偏见,总是将清光洒遍人间。所以只有嫦娥才可怜她的孤零,特意将月光照着她。这想象是自欺的幻觉,并非真实的,而真实的情形却是在皇宫里没有任何人去可怜和同情她。

作者以精细的描绘和丰富的想象表达了宫人的不幸与痛苦。其形象的生动丰满、情节的层次清晰和心理描写的细致,都是在以前的宫词里难以见到的。这体现了作者高度的艺术技巧和表现能力。作者以客观的艺术形象从一个侧面批判了封建的后宫制度摧残人性的不合理性,表达了对那个社会中不幸妇女的深深同情。因为作者缺乏宫廷生活的实感,我们不难发现曲中对后宫特定环境的描述是非常不够的,如果去掉"宫词"、"羊车"、"凤城"这几个词语,便很难断定它是写的宫人秋怨了。宫中供使役的女子为宫女,曲中"丫鬟叫不应",当是"宫女叫不应",因丫鬟乃普通官员或富贵人家里的婢女之称。这也是不熟悉

【金殿喜重重】

宫廷生活的小小疏忽。不过,作者全凭想象将宫人精神生活写得如此生动细腻,是已很值得我们叹服的了。曾瑞是一位艺术风格丰富多样的作家,其自我抒情之作具有元人粗率、潇洒、嘲讽的特点,而其闺情之作的笔调则是婉约细致、精美含蓄的。这套宫词正代表了作者后一倾向的艺术风格。

(谢桃坊)

〔注〕 ①绰:此为抓住之意。 ②没乱:即没乱煞,指心绪缭乱、着急。 ③唱道是:正是。

〔作者小传〕

范居中
字子正,号冰壶,杭州(今属浙江)人。大德年间因其妹被召赴都,他跟随北行,但终不得志。曾与施惠、黄天泽、沈拱合作杂剧《鹔鹴裘》,已佚。又工散曲,擅制南北合腔。《全元散曲》录存套数一套。

〔正官〕**金殿喜重重**南

范居中

秋 思

风雨秋堂。孤枕无眠,愁听雁南翔。风也凄凉,雨也凄凉,节序已过重阳。盼归期何期何事归未得?料天教暂尔参商。昼思乡,夜思乡,此情常是悒怏。〔赛鸿秋北〕想那人妒青山、愁壓在眉峰上,泣丹枫、泪滴在香腮上,拔金钗、划损在雕阑上,托瑶琴、哀诉在冰弦上。无事不思量,总为咱身上。争知我懒贪书,羞对酒,也只为他身上。

〔金殿喜重重_南〕凄怆,望美人兮天一方。谩想象赋《高唐》。梦到他行①,身到他行,甫能得一霎成双。是谁将好梦都惊破,被西风吹起啼螀。恼刘郎,害潘郎,折倒②尽旧日豪放。

〔货郎儿_北〕想着和他相慣厮傍,知他是千场万场。我怎比司空见惯当寻常?才离了一时半刻,恰便似三暑十霜。

〔醉太平_北〕恨程途渺茫,更风波零瀼③。我这里千回百转自徬徨,撇不下多情数桩:半真半假乔模样,宜嗔宜喜娇情况,知疼知热俏心肠。但提来暗伤④。

〔赚_南〕终日悬望,恰原来捣虚撇抗。误我一向,到此才知言是谎。把⑤当初花前宴乐,星前誓约,真个崔张不让。命该凋丧,险些病染膏肓,此言非妄。

〔怕春归_北〕白发陡然千丈,非关明镜无情,缘愁似个长。相别时多,相见时难,天公自主张。若能够相见,我和他对着灯儿深讲。

〔春归犯_南〕自想,但只愁年华老,容颜改,添惆怅。蓦然平地,反生波浪。最莫把青春弃掷,他时难算风流帐。怎辜负银屏绣褥朱幌,才色相当,两情契合非强?怎割舍眉南面北成撇漾⑥!

〔尾声_南〕动止幸然俱无恙,画堂内别是风光;散却离忧重欢畅。

【金殿喜重重】

　　范居中工散曲，尤善南北合套，今存仅这一套《秋思》。北曲散套与南曲散套在曲牌组合方式上皆各成体系。南北合套则在一套散曲之中兼用南曲和北曲，在同一宫调内选取南北曲调交错排列，求得音律和谐。这一形式大致到元人沈和时才稳定下来。范居中与沈和同时代，他的《秋思》比沈和仅存的〔仙吕·赏花时〕《潇湘八景》在艺术表现技巧方面确有超越，因而它在散曲发展史上具有较为重要的意义。

　　这套《秋思》是抒写客寓他方的游子于秋夜对故乡妻子或情人的思念。作者曾远离杭州而客寓北方，对羁旅之情是深有体验的。全曲首先描述了抒情的时间和环境。"风雨秋堂"，表明抒情主人公是在室内，时节是秋天，室外正风雨交加。因为身在他乡"孤枕无眠"，夜里听到北雁南归，触动了思乡情怀，遂觉风雨凄凉。重阳为夏历九月九日，"重阳已过"，表明季节已属深秋，北方开始寒冷起来。既盼归乡而又欲归不能，身不能自主，为此情绪忧郁。天上的参商二星，一在东方，一在西方，出没各不相见。"尔"为曲中的抒情对象，是抒情主体的妻子或情人。他以为与她像参商一样的分离是属天意安排，暂时难以改变。这第一支曲由叙述客寓他乡的时节和环境，自然地引起思乡情绪，由"孤枕"和"尔"提示了思乡的具体内容，使曲意顺着这条线索发展下去。

　　〔赛鸿秋北〕一曲，抒情主体推己及人，由自身的情绪忧郁而设想家乡的情人忧郁更甚：她满怀的忧愁都积聚于眉峰而愁容不展；面对红叶，相思的粉泪悄悄地滴落；拔下金钗在阑干上刻画计日；以琴声寄托愁闷与哀怨。因知对方情感之专注执着，所以还断定她"无事不思量，总为咱身上"。但是他又想：她是否知道他已无心读书和饮酒，也正在苦苦地思念着她呢？作者从侧面和正面表现了双方感情的浓烈，这是全曲曲意发展的基础。〔赛鸿秋〕曲用的是独木体韵，韵脚全为"上"字，运用自由，描摹细致，体现了非常成熟的艺术技巧。

　　主体因思念而产生相见的愿望，这愿望由于条件的限制，便只能在梦里实现；于是在接下去的〔金殿喜重重_南〕里，作者描写他们真的就像宋玉在《高唐赋》里所写的楚怀王与神女的欢会那样，在梦中为云为雨，一霎成双。但好梦很快被秋夜的寒蝉（蜇）惊醒了。"刘郎"指东汉的刘晨，他曾与阮肇入天台山采药而误入仙境，遇二仙女留宿。"潘郎"指晋人潘安，他容貌甚美，为许多妇女所喜爱，在路上经过时，妇女们向他抛去水果。刘郎与潘郎都是抒情主体借以自喻的。他因好梦惊破而无比烦恼和痛苦，感到相思之情难以排解，似乎往日的豪放性格已经消磨尽净了。

在〔货郎儿_北〕曲中，他试将自己的情感剖析，感到有些不解：相偎相傍的欢爱，在过去的许多年中不知重复了多少次，为何现在还如此向往和沉溺呢？曲中的抒情主人公认为自己并未将"相偎厮傍"当作屡见不鲜的寻常事，因为他热情未减，一刻不见即如隔三年十载似的。既然如此思念，为何又不回去团聚呢？〔醉太平_北〕曲开头两句即表白了缘由：前程渺茫而路途又充满了险阻。实在困难重重而无可奈何啊！接着，继续回忆她那种种可爱的情态：有时其情感的表达半真半假装模作样，有时又忽嗔怒、忽欣喜撒娇作态；但总是善于体贴和关心人，"知疼知热"，无微不至，百般温存。想到这里，愈益黯然神伤了。全曲到此是感情发展的高峰，表现了甜蜜的回忆和强烈的相思，笔调轻灵而富于变化。结尾的"但提来暗伤"使全曲的情绪转向低沉，以下的几个支曲即抒写这种"暗伤"。既为暗里悲伤，即是不便明言的，作者却委屈地表现了抒情主体的这种最隐秘的情感。

"捣虚撇抗"即"批亢捣虚"，语出《史记·孙武传》"批亢捣虚，形格势禁"，乃乘虚而入之意。两地相思，终日悬望，于现实情感生活中遂留下一段空虚地带，很可能被另外某种情感乘虚而填补。这是"暗伤"的原因。元人的情感倾向于注意实际，不相信画饼可以疗饥。譬如《西厢记》里崔莺莺与张君瑞，原先"花前宴乐"、"星前誓约"；后来由于莺莺的态度矜持与临时爽约，遂将双方的关系弄成僵局。因此说张生"命该凋丧,险些病染膏肓",此语并非夸张。待到"酬简"之后他才免于一死的。

〔怕春归北〕一曲,用夸张的语言描写羁旅暗伤的结果好似李白诗所谓"白发三千丈,缘愁是个长"(《秋浦歌》)。这种情况在短期内尚难以改变,于是盼望有一个机会与她相见:"我和他(她)对着灯儿深讲。"这句平淡的家常语,最真切地表达了抒情主人公的内心情感,是很有艺术力量的语言。讲什么呢?当然是讲他的"暗伤"。

〔春归犯南〕中开首的"自想"是他打算设法补偿离别后在情感方面造成的损失。时光易逝,容颜易改;这一段时期的分离犹如平地忽生波浪。欠下的"风流帐"是应算清的,因"银屏绣褥朱幌"的华美,郎才女貌的相当,"两情契合",一切都是美满幸福的,而偏偏目前的情形却像一个人的眉在南、面在北似的活活生分。这完全是不合理的、不能容忍的。虽然抒情主体有种种理由和种种愿望,但终因客观条件的局限,其"暗伤"实际并未消除;所谓"若能相见"等等都是虚语,结果仍是将来"难算风流帐"的。〔尾声〕来了一个满意的大团圆的结局:"那人"容颜如旧,动止无恙,画堂内双双团聚,离忧消散,两情欢畅。然而这仍然是主观的愿望或梦境,并非现实,现实中的抒情主体依旧是"风雨秋堂,孤枕无眠"。

在我国诗词中抒写离情别绪的很多,但写得像本套曲子这样淋漓尽致、反复缠绵、纤细入微而又篇幅如此宏大的确为少见。全曲所写实景仅寥寥数笔,第一支曲后纯写人物在秋夜的精神活动,抒情对象非常集中,表现对故乡情人的相思之情。作者以正面和侧面、现实与想象、剖析与描绘等多方面去表现,把握了人物复杂的心理状态和细腻的思想情绪,展示了丰富的想象力。作者努力表达了一种真挚热烈的感情,它已突破了传统的"温柔敦厚"、"发乎情止乎礼义"等的观念,强调了性爱在爱情中不可忽略的意义。应该说作品的情趣是健康的,而且写得裸露真实。

（谢桃坊）

〔注〕　①行：处；他行，他处，他那里。　②折倒：摧残。　③零瀼（ráng rǎng）：零落、沦落。　④《雍熙乐府》卷四收此套曲于此支曲结尾无"但提来暗伤"句，又此支曲后有〔尾声〕"往事后期空记省，我正是桃叶桃根各尽伤"两句。《北宫词纪》卷六、《词林白雪》卷二、《彩笔情辞》卷九收录此曲有"但提来暗伤"字句与谱合，无〔尾声〕两句，兹从之。　⑤把：此作把似，即譬如之意。　⑥撒漾：抛撒、扔弃；亦作撒样。

【作者小传】

施惠

字君美，杭州（今属浙江）人。与钟嗣成等友善。曾与范居中、黄天泽、沈拱合作杂剧《鹔鹴裘》，已佚。明何良俊《四友斋丛说》、王世贞《艺苑卮言》、清初张大复《寒山堂曲谱》均认为南戏《拜月亭》为施惠所作。另据经增补的传抄本《传奇汇考标目》，尚有杂剧《芙蓉城》、《周小郎月夜戏小乔》二种，今均不存。散曲仅存套数一套。

〔南吕〕一 枝 花

施　惠

咏　剑

离匣牛斗①寒，到手风云助。插腰奸胆破，出袖鬼神伏。正直规模②，香檀杷虎口双吞玉，沙鱼鞘龙鳞密砌珠。挂三尺壁上飞泉，响半夜床头骤雨。

〔梁州〕金错落盘花扣挂，碧玲珑镂玉妆束，美名儿今古人争慕。弹鱼空馆，断蟒长途；逢贤把赠，遇寇即除。比莫邪③端

【一枝花】

的全殊,纵干将未必能如。曾遭遇诤朝谗烈士朱云,能回避叹苍穹雄夫项羽,怕追陪报私仇侠客专诸。价孤④,世无。数十年是俺家藏物,吓人魂,射人目。相伴着万卷图书酒一壶,遍历江湖。

〔尾声〕笑提常向尊前舞,醉解多从醒后赎,则为俺未遂封侯把它久担误。有一日修文用武,驱蛮静虏,好与清时定边土。

这是一篇由三支曲子组成的套数,篇幅不算长,却极尽铺叙夸张之能事,淋漓酣畅,堪称咏物佳作。

从结构上来看,全套可分两个部分。第一部分由前两支曲组成,分别渲染了剑的外在形象和身世来历的不凡。既着力刻画了它华美的外表,奕奕的神采,又铺叙了它离奇曲折的经历,从而使一把神异不凡的宝剑凸现在读者面前,紧扣了咏物的主题。第二部分,即〔尾声〕,只有短短几句,但在全首的结构上却是一个转折,由写剑到写剑的主人——"俺"。剑主人对携剑游江湖、解剑买一醉的生活,感到后悔,希望能凭借宝剑之力,建立一番不朽的功业:"驱蛮静虏,好与清时定边土。"在这种描写对象转移的同时,作品的抒情成分在增加,咏物成分自然相应地减少了。但是,激发起剑主人的立功愿望的,正是为了不辜负这一神剑:"则为俺未遂封侯把它久担误",从这一点来看,这〔尾声〕仍是前两曲对剑的吟咏赞叹的继续,没有离题。相反,把前两曲在咏剑过程中自然流露的赞美之情,珍惜之态,提到了爱国的高度,达到了咏物与抒情的统一。因此,〔尾声〕不仅完成了外物内感交融的完整结构,而且展示了主题内涵的深度,使此曲不再是一首单纯的咏物作品,而是融入了作者深沉强烈的感情和慷慨豪迈的气概,曲折地显示出作者久郁心中的远大抱负。施惠作为等级最下的"南人"(他是杭州人),在元朝外族统治下表达这样的愿望,可能另有深意,可惜施惠散曲仅存此套,其生平材料流传极少,无法更多地了解他的思想面貌,对于此曲的理解,不免打了折扣。总之,〔尾声〕不是泛泛之文,而是全曲的"眼",是中心,这是可以肯定的。

从以上的结构分析中,不难发现这首套数层次分明,吟咏过程次序井然。在这里不妨拿它与另一首咏剑名作相比较,即李贺的《春坊正字剑子歌》。李贺此诗也大致有三个方面的内容:剑的外表、剑的来历和由此引发的感慨。但在次序上则是穿插交杂而出,打乱了描写层次。第一二句写剑的来历不凡:"先辈匣中三尺水,曾入吴潭斩龙子。"接着四句写剑的形象:"隙月斜明刮露寒,练带平铺吹不起。蛟胎皮老蒺藜刺,鸊鹈淬花白鹇尾。"写了剑的闪闪光芒和沉沉质地,写了剑鞘的花纹和剑涂了膏脂后的光彩。接下来两句,借剑的明珠暗投,抒发了自己怀才不遇的愤慨:"直是荆轲一片心,莫教照见春坊字。"写到此,作者回过头来又写了剑外表的华丽神威以及不凡的经历:"提⑤丝团金悬麗䰐⑥,神光欲截蓝田玉。提出西方白帝惊,嗷嗷鬼母秋郊哭。"写了丝编剑络的华彩,写了剑的光芒可把蓝田美玉切断;又说佩提此剑,能使白帝惊怕,鬼母哭泣。这种层次感的有无,反映出两位作者不同的艺术个性和艺术感受,也与曲的特点有关。曲是一种歌唱文学,加上套数的篇幅较长,人们就对听觉感受要求较高,而层次分明正是听来顺耳、便于记忆的基本条件之一,否则,听众就会感到不知所云。而唐宋以后的诗大都已脱离了歌唱,成为一种案头文学,人们可以反复揣摩,渐尽其妙,李贺的这种跳跃式的结构才有可能成为一种独创的艺术风格。

统观施惠此曲全篇,其间充溢着一股英豪之气,咄咄逼人。如起首四句,突兀而起,气势不凡,"离匣牛斗寒,到手风云助,插腰奸胆破,出袖鬼神伏",刚辞利句,凛然生威。又如〔梁州〕一曲中,典故汇集,各组排句错综而出,喷涌而来,

【一枝花】

在在显示出勃勃英气。但是,作者并不是被动地受控于这股"气",任其毫无遮拦地一泻而尽,而是巧妙地驾驭这股"气":既写到了宝剑令人胆寒的神威,又用浓丽的笔墨、绚烂的文采,细腻地描绘了宝剑的彩饰;既有寄身江湖的闲逸之趣,又有建功立业的昂扬之慨。强弱有节,高低相谐,一波三折,极有节奏感。气盛而有致,这是本篇的一大特点。

本篇的另一个特点是用典和铺排。字数不到二百,明典就用了六、七个,暗典更是俯拾即是;而通读全曲,我们还会感受到排比句所造成的浩荡气势、亢奋情绪和浓烈畅快的行文风格。其实,用典和铺排是元曲中最常用的两种艺术手法,而施惠在运用这些手法时,有自己的独到之处。种种的用典和铺排,都在极力渲染剑的神异:外表形象的神异,身世来历的神异,却只字不提剑的内在功能有何神异之处,不见那种形容剑刀锋利的一般比喻,如"刃可吹毛"、"削铁如泥"之类(李贺的"神光欲截蓝田玉",就是正面写锋利,却想象奇特)。但我们从字里行间仍可感受到这把剑斩敌之爽利,而不会产生此剑徒有其表的印象。在这里,施惠巧妙地运用了艺术的定向思维的原理。所谓定向思维,是指一个艺术形象经过长期欣赏的积淀,会引起固定的联想,如古代诗歌中"雨滴芭蕉"、"雨中梧桐"等外物形象,往往使人产生"愁"这种固定的感受。施惠此曲中,先写剑的装饰:用玉石镶嵌的檀香剑柄,用鲨鱼皮做的、闪着珠纹光彩的剑鞘,装潢的华贵考究暗示着质地的优异;刀锋亮得如飞泉,并能泠泠作响,则其锋利无比、欲有作为,可以想见;此剑几经易主,主人都是能人、雄主、贤士,那弹剑而歌"食无鱼"、暂被孟尝君冷遇的冯谖,那拔剑斩蛇(白帝之子所化)于途的汉高祖刘邦,那挂剑于徐君之墓、崇尚信义的春秋时吴国季札……所谓强将手下无弱兵,此剑当然是名不虚传、神奇异常了。施惠还用其他历史名人来陪衬此剑,有朱云,他是汉成帝时人,上书直谏,请剑以斩安昌侯张禹,堪称刚烈之士;有项羽,这位西楚霸王最后在垓下四面楚歌中以剑自刎,成为失败的英雄;有专诸,他为春秋时吴国公子光刺杀吴王僚，以帮助公子光自立为王，自己却当场被吴王僚左右所杀。此剑只追从朱云，而于项羽、专诸却是"能回避"、"怕追陪"，有所不取，更反衬出此剑（实际上是剑主人）的襟抱之高，识见之卓，而其名贵锋利，也是不言而喻的了。这是不写之写，是一种极经济的艺术手段。

（王水照）

〔注〕 ① 牛斗：二十八宿中的牛宿和斗宿。相传晋朝初年，斗宿和牛宿之间常有紫气照射。雷焕说，这是宝剑之精上彻于天的缘故。后果然在豫章丰城地下掘得龙泉、太阿二剑。后常用"牛斗之气"来写剑。事见《晋书·张华传》。 ② 规模：形状。 ③ 莫邪：与后面的"干将"都是古代名剑。 ④ 价孤：价值高得少有。 ⑤ 捼（ruó 若阳）：揉搓。 ⑥ 麗（lù 鹿）嗽（sù 速）：下垂貌。

李罗御史
蒙古人。《全元散曲》作者小传疑为《新元史·拖雷传》中之李罗。现存散曲套数一套。

〔南吕〕 一 枝 花

李罗御史

辞 官

懒簪獬豸冠，不入麒麟画。旋栽陶令菊，学种邵平瓜，觑不的闹穰穰蚁阵蜂衙。卖了青骢马，换耕牛度岁华。利名场再不行踏，风波海其实怕他。

【一枝花】

〔梁州〕尽燕雀喧檐聒耳，任豺狼当道磨牙，无官守无言责相牵挂。春风桃李，夏月桑麻，秋天禾黍，冬月梅茶。四时景物清佳，一门和气欢洽。叹子牙渭水垂钓，胜潘岳河阳种花，笑张骞河汉乘槎。这家，那家，黄鸡白酒安排下。撒会顽①，放会耍。捵②着老瓦盆边醉后扶，一任他风落了乌纱。

〔牧羊关〕工大尹相邀请，赵乡司③扶下马。则听得扑冬冬社鼓频挝。有几个不求仕的官员，东庄措大④，他每都拍手歌丰稔，俺再不想巡案去奸猾。御史台开除我，尧民图添上咱。

〔贺新郎〕奴耕婢织足生涯。随分村疃⑤人情，赛强如宪台风化。趁一溪流水浮鸥鸭，小桥掩映蒹葭。芦花千顷雪，红树一川霞。长江落日牛羊下。山中闲宰相，林外野人家。

〔隔尾〕诵诗书稚子无闲暇，奉甘旨萱堂到白发。伴辘轳村翁说一会挺膊子话⑥。闲时节笑咱，醉时节睡咱。今日里无是无非快活煞。

孛罗御史，蒙古人，当作过御史。御史是属御史台的官员。御史台掌纠察官邪，肃正纲纪，大事则廷辩，小事则奏弹。其中的监察御史是专管各部官员纪律检察的：掌分察六曹及百司之事，纠其谬误，大事则奏劾，小事则举正。可知御史这个职务是处于统治集团政治矛盾斗争的前列位置的。很可能孛罗御史在这个位置上感到为难和危险，终于辞官了。他在作品里生动地叙述了辞官的原因，表现辞官后的轻松心境和回乡后的乡村生活乐趣。我国古代士大夫每每以功成身退为最高人生理想,它解决了入世与出世的矛盾;但由于主观与客观条件的限制,历史上真能功成身退者极为稀少。宋人苏轼曾说:"吾非逃世之事,而逃世之机。"(《东坡志林》卷四)"机"即机关,指政治上的权谋机诈。可是他终未能逃脱。"逃世之机"的思想在宇罗的这套曲里表达得非常具体而明白。他将官场看成如蚂蚁和蜜蜂倾巢出动所排成的行列阵势,互相争斗,闹闹攘攘。"獬豸",为神羊,能辨别曲直和邪佞,故獬豸冠为古代执法者所戴的法冠。麒麟阁为汉代宫殿之一,汉宣帝将功臣像绘于阁上。懒戴法冠,不愿画像于麒麟阁,即表示辞官之意。准备学习晋人陶渊明辞官后种竹赏菊,效法秦末东陵侯邵平于汉初隐居长安城东种瓜。"利名场"与"风波海"皆指政治斗争漩涡的官场。"其实怕他",坦率地承认畏惧政治的胆怯心理。

　　第二支曲里作者继而表现辞官后的心境。辞官之后因没有职责,内心也就没有牵挂和忧虑。"燕雀喧檐聒聒耳",借喻小人们搬弄是非的闲言冷语或互助争吵;"豺狼当道磨牙",借喻执政者的阴险凶恶。作者这样的比喻是非常大胆的,流露出对统治阶级极端憎恨与厌恶的情感。辞官之后便任那些燕雀聒噪与豺狼横行,这与己无涉。作者而今所向往的是另一种"和气欢洽"的生活,可以真正领略大自然一年四季的优美景物了。西周时姜尚于渭水垂钓,等待遇知文王;晋人潘岳任河阳县令时于县内遍种桃花,后来传为佳话;西汉时张骞通西域有功,传说他竟乘槎(木筏)到了天河。现在回顾这些历史人物志于建功立业之事,皆属可叹或可笑,他的闲适情趣似乎胜过了他们。他没有官员的架子,无论"这家,那家",随意鸡黍白酒,醉后更其放浪形骸,恣意玩乐,毫无拘束,即使醉倒在老瓦盆边或被风吹帽落也不计较。这种不自贵顾藉的狂放形态,表现了他对儒家礼仪与修养的蔑视。

　　这位离退的官员回到乡村里来,受到乡亲父老的欢迎,有的盛情款待;有的甚至步出门外热情地扶他上轿下马。充满了浓郁的人情味,与他在朝廷上层所

〔一枝花〕

经受的大有异趣。作者还乡之日,正逢春分或秋分前后的社日,乡村举行社祭,祭祀地神。社鼓冬冬地敲响了,乡里的头面人物都在拍手歌庆丰收,一片欢乐气氛。还有什么比这种古朴淳厚的民风更能令人忘忧呢? 在这种赏心悦目的氛围中,谁还再想着要去巡查案子,剔除奸猾呢("俺再不想巡案去奸猾")! "御史台开除我,尧民图添上咱",这两句是颇有嘲讽意味的。他离去御史台是自己坚持辞去,而说成被御史台开除,以表明不为统治集团所容。远古尧帝时天下太平,人民生活安定,有老人击壤而歌曰:"日出而作,日入而息;凿井而饮,耕田而食。帝力于我何有哉!"后人据此绘成《尧民图》。现在,他也同乡绅们同庆丰收,俨然成了古时的尧民。〔牧羊关〕曲写得生动有趣,而其嘲讽之意则是较为隐晦的。

古代士大夫退隐后的田园生活,大都追求耕织自给的方式。但真正躬亲耕织、自食其力的是很少见的,他们的田园乐趣是建筑在奴与婢的劳动的基础上的。孛罗御史也无例外,可是他能与乡村普通民众保持一种友好的关系,不轻视他们,能同井边的村翁推心置腹地坦率谈话,也按照习俗随众人去给某家送上一份薄礼。他感到这种传统的淳朴的民风乡俗竟胜过任宪台(御史官员)时所推行的教化。这是乡村的乐趣之一。乡村的景物也优美宜人。作者描绘了一幅江村秋景。它不是消闲简远或凄凉萧瑟的,而是鸥鸭戏水、小桥掩映、芦花似雪、红树如霞、牛羊成群的充满生气的、美丽而富饶的。其家就在这图画之中。南朝人陶弘景隐居句曲山(茅山),梁武帝礼聘不出,但朝廷大事辄就咨询,时称"山中宰相"。从全曲来看,这位辞官的御史已与政治无涉,只是以"山中闲宰相"自喻其官员身份而已。此外,全家人和睦相处,教育子女,侍奉母亲,也是闲退生活的乐趣。结尾的"今日里无是无非快活煞",是对乡村生活的充分满意和肯定,完满地表达了全曲的思想。

此曲将辞官归隐题材的隐秘意蕴作了大胆的发掘,表达了元代特殊历史条件下士人们逃避政治灾祸的消极反抗精神,也反映了蒙古族统治集团的内部矛盾,致使这位出身蒙古族的御史也坚决辞官了。作品语言质朴俚俗,情感表现真实坦率,具有幽默趣味,音节和谐流美。确实可与同时代散曲大家的作品相媲美。

(谢桃坊)

〔注〕 ①撒会顺:放肆、恣意玩乐。 ②拚(pàn半):舍弃不顾。 ③乡可:乡村里社长或里正之类。 ④措大:对读书人的称呼,带有轻视之意。 ⑤村疃(tuǎn团上):村庄。 ⑥挺脯子话:坦白直率的话。

【作者小传】

鲍天祐

字吉甫,杭州(今属浙江)人。一生不得志,官止于昆山州吏。与钟嗣成友善,曾一起讨论杂剧作法。所作杂剧今知有八种,其中《史鱼尸谏卫灵公》曾传入宫廷。现仅《王妙妙死哭秦少游》、《史鱼尸谏卫灵公》二种存有残曲。

王妙妙死哭秦少游

鲍天祐

〔双调·新水令〕似一江春水向东流,对秋天动情感旧。心愁一万缕,半载胜三秋。一望雷州,一凝伫,一偻偬。

〔驻马听〕一向淹留,寄一纸书来一字愁。自从别后,一番花落一番羞,一声杜宇倦凝眸。趁一鞭行色慵回首。我精神一旦休,折倒的一枝粉淡梨花瘦。

【王妙妙死哭秦少游】

〔甜水令〕则见那闹闹烘烘,聒聒噪噪,道姓题名,围前围后。湿浸浸冷汗遍身流。哭哭啼啼,凄凄凉凉,不堪回首,愁和闷常在心头。

〔折桂令〕困腾腾高枕无忧;却和你梦里相逢,元来是神绕魂游。一灵儿杳杳冥冥,哀哀怨怨,荡荡悠悠。凄惶泪流了再流,思量心愁上添愁,空教我淹损双眸。拆散了燕侣莺俦,至老风流,佳句难酬;觑了这一曲新词,便是他两句遗留。

〔落梅风〕染胭脂、双眉皱,形容出、两鬓秋。觑绝时泪淹衫袖,病来时倒大来不自由,怎画的来骨崖崖影儿消瘦。

〔庆东原〕你为我容颜瘦,我为你心绪愁。临歧执手相别后,我为你再不惹狂朋怪友,再不吃闲茶浪酒,再不上谢馆秦楼,再不共厮追陪,再不说闲声嗽。

〔沉醉东风〕你虚飘飘拔着短筹,冷清清算在雷州。感承你实丕丕厮爱怜,乐陶陶常相守,谁承望苦恹恹拆散鸾俦。眼睁睁一日无常万事休,则落的痛杀杀浇茶奠酒。

鲍天祐,字吉甫,杭州人,十四世纪初前后在世。"初业儒,长事吏。簿书之役,非其志也……竟止昆山州吏而卒。"(《录鬼簿》)所作杂剧,今知有八种,多已散佚,仅本剧和《史鱼尸谏卫灵公》二剧有残曲留存。

本剧今仅存残曲二套,所以全剧的详细内容已难以尽知。但它的基本情节当和《夷坚志》、《野客丛书》、《情史》、《陔馀丛考》等书所载长沙妓事大体相同,综合各书记述,可约略勾勒如下。

【王妙妙死哭秦少游】

北宋著名词人秦观(少游)遭受谪迁而路过长沙时,偶然遇到一位妓女(即剧中的王妙妙,记述中则都写作"不知其姓氏")。妓虽和秦素不相识,但"未见谁知心已赴",一向倾慕于秦的才品,情有独钟;曾亲自搜集、抄录秦所作乐府词,装订成册,置于案头,习之歌之,吟讴不止。少游见此,乃对妓说:你的喜爱秦学士,只是悦其词;如若得见他的容貌,恐就未必如此了。妓长叹回答说:假令能得遇秦学士,虽然作他的婢妾,也死而无恨。少游察知妓情意诚恳,才自通姓名,并赠以"郴江幸自绕郴山,为谁流下潇湘去"的新词。盘桓数日后,秦因是谪迁南行,未能携妓同往。临别时,妓立誓洁身待秦北归。此后她即独与老母相守,闭门谢客,辞官府召。一日昼寝时梦少游来别,觉后大惊,以为"吾与秦学士别,未尝见梦。今梦来别,非吉兆也,秦其死乎!"急遣仆前往探讯,始知秦果已死于归途中。妓乃衰服奔丧,行数百里,在旅舍中迎到秦的棺枢,拊棺绕之三周,举声一恸而卒。

宋人笔记中对这一妓女的肯定,主要着眼于她在以身事秦后,能不以秦的去世而背盟,践约归死,说她"虽处贱而节义若此","士君子其称者,乃有愧焉"。而明末冯梦龙的见解则与此有所不同,他在《情史》中以之属于"情爱类",并评述说:"千古女子爱才者,温都监女、长沙妓二人而已。而长沙妓以风尘浪宕之质,一见少游,遂执妇道终身,尤不易得,虽曰贞妓可也。"这里已经点出王妙妙忠贞于自心中"爱才"之情,不惜以身殉之的特殊情致。再进一步看,正如汤显祖所说"情不知所起,一往而深,生者可以死,死可以生。生而不可与死,死而不可复生者,皆非情之至也"。王妙妙为"爱才"而"生者可以死",可说正是现实生活中"这般花花草草由人恋,生生死死随人愿,便酸酸楚楚无人怨"一类"情至"的典型。所以就封建社会而言,王妙妙这一悲剧形象当是颇有意义的。

这里所选的是〔双调·新水令〕套中的前半部分,由内容和元剧宫调安排的常例来看,当是第四折王妙妙的唱词,演的是前面介绍过的她梦见秦少游前后的情节。

〔新水令〕〔驻马听〕二曲写王妙妙面对萧瑟秋景,不禁"动情感旧",无限僝僽地忆念远在雷州的秦观。由此又使得"自从别后"所经受的种种离愁别恨的煎熬,都又一一涌上心头,从而感到积忧成疾,精神恍恍,"折倒的一枝粉淡梨花瘦",难以支撑。于是转到要去昼寝小憩了。

〔甜水令〕起始的"则见那闹闹烘烘"四句,当即是演梦中所见情景。后半支"湿浸浸冷汗遍身流"五句,则是乍然惊醒后的情状。

以下三曲以浓笔重墨刻画梦觉后的心理活动。〔折桂令〕是由回忆梦境而"愁上添愁"地预感到"今梦来别,秦其死乎!"随后她取出了秦少游临别前书赠的新词,睹物思人,益增忧思。〔落梅风〕可能是写王妙妙抱病为秦画像。由于心绪影响,笔下出现的只能是"骨崖崖影儿消瘦"的凄凉景象。看了("觑绝")如此消瘦的图像,更要痛泪横流,湿浸衫袖。在〔庆东原〕曲中,王妙妙又回忆起别后的苦痛遭际,向着秦观的图容倾诉起自己如何遵守誓言,洁身以待,希图重逢的忠贞之情。

〔沉醉东风〕曲在时间上当和前面的戏有一段间隔,是仆人回报秦观已经"虚飘飘拔着短筹",死在雷州后所唱。此下还有七支曲文,写王妙妙的奔丧,止于〔尾声〕曲的她"去意难留",殉情而死,"魂绕黄泉路儿上走",是一个悲剧结局。限于篇幅,未能收录。

对于鲍天祐的剧作,《录鬼簿》吊词说:"平生词翰在宫商,两字推敲付锦囊,耸吟肩,有似风魔状。……谈音律,论教坊,唯先生、占断排场。"特别突出了他在曲文音乐美方面的刻意追求和高度成就。这一点,仅在所选的几支曲文中也就有着十分明显的表现。

首先,对大家习知的元曲语言特色之一,即"辄以许多俗语或自然之声音形容之"(王国维语),鲍氏也是运用得十分熟练、妥帖的。在这不到四百字的曲文中,使用的叠字句即有三字句"湿浸浸"、"困腾腾"等十句,四字句"闹闹烘烘"、"哭哭啼啼"等七句。而由于安排恰当,自然而不生硬,所以通过这些回环重叠、情韵协和的音响,由听觉上也有助于增强词意的感染作用。

如若说这种修辞手法还是元剧作家所习用的,那么,〔新水令〕〔驻马听〕二曲在十五句曲文中安置了十四个"一"字,并且取得很好的艺术效果,则可说是颇具特色的创造了。曲中"一"字虽多,但在字义、词义、构词方法等上,却是同中有异。如"一万"、"一番"、"一声"等用的是它作为数词的基本含义;而"一江"(满江)、"一向"(许久)、"一旦"(忽然)等词中的"一"已不是数词本义;至于"一纸书"、"一鞭行色"等,更是另有特定含义的词组。因而听来既无重沓堆砌之感;又结合内容,有主有从,在重叠强调的"一"中突出了"一望雷州、一凝伫、一僝僽"的三个"一",使人产生出"一之谓甚,岂可再乎"的情感联想。

《太和正音谱》称"鲍吉甫之词如山蛟泣珠",这些"大珠小珠落玉盘"的音响巧妙运用,可能正是取得"泣珠"艺术效果的原因之一吧。

在调匀字音,使之高下从律、合乎宫商方面,鲍氏也是择字精慎、着意讲求的。为了较简明地说明这一问题,可用《中原音韵·作词十法》对末句的四声要求来衡量鲍作。〔折桂令〕"两字遗留"的"仄仄平平"、〔庆东原〕"不说(入作上)闲声嗽"的"仄仄平平去",正和《中原音韵》的要求完全吻合。〔驻马听〕"一枝粉淡梨花瘦"的"仄平仄仄平平去"、〔沉醉东风〕"痛杀杀(入作上)浇茶奠酒"的"仄仄仄平平去上",也除首字当平而作仄外,其余全同。

《中原音韵》所提是一种标准非常高的严格要求,"为格之词,不多见也"。而鲍氏能讲究到这种程度,且如"浇茶奠酒"的"平平去上","嗽"、"瘦"的"去煞"等,似是顺手拈来,晓畅自然,而又音谐字顺,上、去无差,确是不愧为"谈音律,占断排场"了。

(陈　多)

元曲鉴赏辞典

899

【作者小传】 **睢景臣**

一作睢舜臣,字景贤,江苏扬州人。大德七年(1303)自扬州至杭州,与钟嗣成结识。所作杂剧今知有《千里投人》、《牡丹记》、《屈原投江》三种,皆不存。《全元散曲》录存其套数三套,其中以〔般涉调·哨遍〕《高祖还乡》较著名。

〔般涉调〕哨　遍

睢景臣

高祖还乡

社长排门告示:但有的差使无推故。这差使不寻俗。一壁厢纳草也根,一边又要差夫,索应付。又言是车驾,都说是銮舆,今日还乡故。王乡老执定瓦台盘,赵忙郎抱着酒葫芦。新刷来的头巾,恰糨来的绸衫,畅好是妆幺大户。

〔耍孩儿〕瞎王留引定伙乔男女,胡踢蹬吹笛擂鼓。见一彪人马到庄门。匹头里几面旗舒:一面旗白胡阑套住个迎霜兔;一面旗红曲连打着个毕月乌;一面旗鸡学舞;一面旗狗生双翅;一面旗蛇缠葫芦。

〔五煞〕红漆了叉,银铮了斧。甜瓜苦瓜黄金镀。明晃晃马镫枪尖上挑,白雪雪鹅毛扇上铺。这几个乔人物,拿着些不曾见的器仗,穿着些大作怪衣服。

〔四煞〕辕条上都是马,套顶上不见驴。黄罗伞柄天生曲。车前八个天曹判,车后若干递送夫。更几个多娇女,一般穿着,一样妆梳。

〔三煞〕那大汉下的车,众人施礼数。那大汉觑得人如无物。众乡老展脚舒腰拜,那大汉挪身着手扶。猛可里抬头觑,觑多时认得,险气破我胸脯。

〔二煞〕你须身姓刘,你妻须姓吕。把你两家儿根脚从头数。你本身做亭长,耽几盏酒。你丈人教村学,读几卷书。曾在俺庄东住,也曾与我喂牛切草,拽坝扶锄。

〔一煞〕春采了桑,冬借了俺粟,零支了米麦无重数。换田契强称了麻三秤,还酒债偷量了豆几斛。有甚胡突处?明标着册历,现放着文书。

〔尾〕少我的钱,差发内旋拨还;欠我的粟,税粮中私准除。只道刘三,谁肯把你揪捽住?白甚么改了姓、更了名,唤做汉高祖?

"汉高祖"刘邦在做皇帝后的第十二年十月回到故乡沛县,豁免了沛县的赋税,教沛中儿童一百二十人唱他的《大风歌》,设宴款待"父老子弟","道故旧为笑乐"。临行,故乡人再三挽留,又倾城出送,简直是恋恋不舍。(《史记·高祖本纪》)

刘邦的时代距元朝已经很遥远,可是元曲家们却一度兴起"高祖还乡"创作热。据钟嗣成《录鬼簿》记载:白朴写过《高祖还庄》杂剧,张国宾写过《高祖还乡》杂剧;睢景臣与扬州的许多作家又同时撰写《高祖还乡》套数。这现象,大约与元朝皇帝每年要回一次上都有关。其他人的同题作品都没有流传下来。睢景臣的这一篇,如果与《史记》的有关叙述相对照,就看出它换了一个全新的角度,写出了截然不同的情景。钟嗣成称赞它"制作新奇,诸公者皆出其下",并非偶然。

这篇作品的"新奇"之处首先在于选择了一位村民作为叙述人,事件发展的全过程,都是他亲眼看见的,亲口说出的。这就是角度新。正由于采取了这样的角度,才便于对迎驾的队伍、皇帝的仪仗和扈从,乃至皇帝本人,真实而自然地进行嘲弄、讽刺和鞭挞。

一开头,那位村民便以第一人称出现,按照他自己的理解讲述他见到的一切。先讲村社中的头面人物准备接驾和如何接驾。对于这些人物,他当然知根知底,因而讲社长摊派差使,比平时更横蛮无理;讲王乡老、赵忙郎执盘拿酒,打扮得像"妆幺大户"(装模作样,以充大户);讲王留带领的乐队,则用"瞎"、"乔男女"、"胡踢蹬"之类的贬词来形容。关于仪仗队的介绍尤其精彩。他把那些神圣不可侵犯的月旗(房宿旗)、日旗(毕宿旗)、凤凰旗、飞虎旗、蟠龙旗,以及红叉、钺斧、金瓜锤、朝天镫、雉扇等等,统统按农村中常见的事物和农民们惯用的语言加以描绘,既形象生动,又滑稽可笑。

仪仗队过去了,接踵而来的是皇帝的车驾和车前"导驾官"及车后的侍从、嫔妃、宫娥。那位村民也弄不清他们的身份,便按照他的理解称之为"天曹判"(天上的判官)、"递送夫"和"多娇女"。

皇帝下车了!那位村民不知道那就是君临天下、擅作威福的皇帝,称之为"那大汉"。众人慌忙向"那大汉"跪拜行礼,"那大汉"却十分拿大,"觑得人如无物"。村民细看"那大汉",认准那就是他当年熟识的大无赖刘三,险些儿气破了胸脯。

那位村民一开头就以第一人称出现,却省略了"我",直到"气破我胸脯"一句,才自称"我"而直呼刘三为"你",面对面地揭他的老底,历数他当年如何不务正业、好酒贪杯、借粟支米、抢麻偷豆,什么坏事都干得出来。你如今阔起来了,"少我的钱"从官差中马上拨还、"欠我的粟"从税粮中私下扣除,这也是可以的。谁还能把你揪住不放?却为什么平白无故地改姓更名,"唤做汉高祖"呢?把刘三改成"汉高祖",你的"根脚"还是改不掉的,我仍然认得你。

读完这篇作品,就看出作者由于采取新角度而获得了意想不到的艺术魅力和讽刺效果。试想,如果由作者来叙述,怎么能像村民那样讲说皇帝的仪仗队呢?他分明知道什么是"飞虎旗",怎能把它说成"狗生双翅"呢?而由村民来叙述,就把那些最高统治者用以"明制度,示威等"的东西说成毫不神秘,并不威风的兔、乌、鸡、狗、蛇、斧、甜瓜、苦瓜和马鞭,从而揭掉笼罩在它们上面的灵光。如果由作者来叙述,要揭穿皇帝的老底,也不大好措辞。而由一位本来就熟识刘邦的村民来叙述,就可以彻底暴露他的本来面目,让人们知道威风凛凛的皇帝,原来是什么东西。

当然,这种新角度来自作者的新观念。在封建社会中,皇权高于一切,皇帝称为"天子",代表上天的意志来统治下民。而效忠皇帝,则被说成臣民们不可违背的天职。睢景臣却蔑视皇权主义,否定忠君思想,把由于被剥夺了受教育的权利而缺乏文化知识的村民作为正面人物,让他出面来剥掉皇帝的神圣外衣,这是难能可贵的。

这篇作品所写的刘邦是一个艺术典型。作者通过这个艺术典型,讽刺、鞭打了历朝累代的帝王,特别是元朝的皇帝。作品里所写的"社长排门告示",乃是元代农村出告示的特殊方法。所写的仪仗,也完全根据元代的制度。作者由于异常愤恨元朝皇帝的暴虐统治而孕育了反抗皇权的新观念,于是借历史上"高祖还乡"的故事而取材于现实生活,写出了这篇脍炙人口的杰作。

【哨遍】

　　全篇语言皆出村民之口，体现了那位村民的生活经验、心理反应和认识水平，既具有强烈的幽默感和讽刺性，又生动、准确，一针见血。例如车驾前的"导驾官"队伍，按元代的制度，那是由御史大夫、御史中丞、侍御史、翰林学士、中书侍郎、黄门侍郎等达官显宦组成的。这些达官显宦在老百姓面前很威风，但在皇帝身旁，却装出泥塑木雕的模样，毫无表情。村民把他们说成"八个天曹判"，一下子就抓住了最本质的特征，讽刺性多么深刻！又如"汉高祖"，这是刘邦死后的"庙号"，他活着的时候并没有这种称呼。那位村民当着刘邦的面指斥他改姓"汉"、改名"高祖"，就惹人发笑。然而从本质上说，号称大汉王朝的"高祖"，何等堂皇，何等尊贵！但追根究底，那不就是无赖刘三的另一称叫法吗？当然，作者以"汉高祖"结束全篇，还另有用意。首先，这篇作品的题目是"高祖还乡"，但如果一上来就明写"高祖"，那么一系列嘲笑、讽刺就无法展开。作者的高明之处在于先写"还乡"而不说破还乡的是谁，迤逦写来，逐渐由"那大汉"过渡到"刘三"，最后以村民痛骂"刘三改姓更名"点出"汉高祖"，真有画龙点睛之妙。其次，按照曲谱，〔般涉调〕〔尾声〕最后一句的声调应该是"仄仄平平仄平仄"，末三字，最好是"去平上"。而"汉高祖"三字，正好是"去平上"。作者在结尾的七字句上加了许多"衬字"写成"（白甚么）改（了）姓、更（了）名、（唤做）汉高祖"（加括号的是衬字），声调抑扬抗爽，命意奇警创辟。以此作为点睛之笔，双睛一点，全龙飞动。

（霍松林）

周文质

（？—1334）　字仲彬，建德（今属浙江）人，后居杭州。与钟嗣成相交二十余年。中年去世。善绘画，谐音律。所作杂剧今知有四种。现仅《苏武还乡》（或称《苏武还朝》）存有残曲。散曲存有小令四十三首，套数五套，多男女相思之作。

〔正宫〕叨叨令

周文质

自叹

筑墙的曾入高宗梦,钓鱼的也应飞熊梦;受贫的是个凄凉梦,做官的是个荣华梦。笑煞人也末哥,笑煞人也末哥,梦中又说人间梦。

去年今日题诗处,佳人才子相逢处。世间多少伤心处,人面不知归何处。望不见也末哥,望不见也末哥,绿窗空对花深处。

曲题为"自叹",顾名思义,是对于自己遭逢的感叹;但这两首曲词的所谓"自叹",实际却是兼有叹世的意味,一叹世情,一叹爱情。

贵贱贫富,升沉荣辱,是人世间得失趋避的焦点。有的人对于富贵梦寐以求,有的人对于贫贱梦寐以避,因此曲词抓住一个"梦"字来描述世情之炎凉。筑墙的入"高宗梦",说的是殷商时傅说的故事。殷高宗梦得圣人,命武丁访之于野,后访得从事版筑的傅说,举为宰相。其为政也贤能,因此殷商得以中兴。这里以傅说入高宗梦的典故讽刺身处社会底层的建筑工人也想当大官。钓鱼的也想应所谓"飞熊梦",是用吕尚逢周文王的典故,从另一角度说明升官梦。《史记·齐太公世家》:文王将出猎,卜之,曰:"所获非龙非螭,非虎非熊,所获霸王之辅。"果遇钓于渭滨的吕尚,因提升为宰辅大臣。在传说中,由卜"非熊",

【叨叨令】

演化为梦"飞熊"。梦想"应飞熊梦",意即想当大官。贫苦的人做的是凄凉的梦,醒时凄凉,梦中也凄凉,无讨相回避。当官的人做的是荣华梦,想借乌纱帽来荣宗耀祖,封妻荫子。"人生如梦",这是旷达人的说法。所以这一首以"梦中又说人间梦"作结,说明一切无非梦。日有所思,夜有所梦。各种人的梦境,反映了各种人的欲念;各种欲念归结到一点,无非是趋炎避凉。一个"梦"字正反映出炎凉世态。作者冷眼旁观,深感这世态的可悲,也深感这世态的可笑。在"笑煞人也末哥"的曲语中,饱含着作者悲酸的感叹。

人世间只有爱情最真挚,但真挚的爱情却往往不能尽如人意。作者在第二首曲词里,暗用了唐代诗人崔护的爱情故事。相传崔护应进士考落第,清明节独游长安城南,到花木丛萃的村居叩门求饮,有女子开门送水,倚小桃树而立,如不胜情;翌年清明再来,门户紧锁,不见女子。于是在门上题诗云:"去年今日此门中,人面桃花相映红。人面不知何处去,桃花依旧笑春风。"曲词所谓"佳人才子"相逢题诗,即指崔护艳史,其意在借这失恋的艳史来表现人世间一切不能如愿的爱情,当然也可能包括作者自己所遭遇的爱情悲剧。情人不知归何处,空对着花深处的绿窗,感叹地说:"望不见也末哥!"真挚的爱情的失落,不管是他人的,或者自己的,都是作者引以自叹的又一重要内容。

这两首"自叹"小令,用韵都只用一字(有的曲学家把这种押韵方式称为"独木桥体"),而且这一韵脚又是曲词意境的轴心,这可以说是本题的第一个艺术特点。第一首以"梦"为韵脚,全曲均押"梦"字,而"梦"又是全曲意与境的凝聚点。把各种社会人物都引入梦境,又把各种人的欲念化作梦意,一切都归结于一个"梦"字。作者利用韵脚的重复出现,大大强化了梦的意境,收到了很好的艺术效果。第二首以"处"字为韵脚,全曲均押"处"字韵。"处"表现了空间,这个空间是人物聚散的空间,也是爱情得失的空间,悲剧正是以这空间为舞台。重复出现"处"字,同样强化了曲词的意境,"世间多少伤心处"都汇集到这一

"处"字,这"处"字带有浓重的悲剧色彩。也许作者意识到通篇用一韵字有强化意境的作用,所以常用此法。〔叨叨令〕《四景》的二首小令,甚至共押一"醉"字,以此来加强及时行乐的主题,表现看破世情的态度。所以此法不能简单地以文字游戏视之。

本题二首曲词的第二个艺术特点是用事虚实结合,该实即实,该虚即虚,灵活运用。第一首"钓鱼的也应飞熊梦",第二首"去年今日题诗处",都是有实典而无实事,典故一出于吕尚,一出于崔护,都是有确实出处的,但在现实中却不必有类似的实事。这里不是借典以写事,而是托典以写情,故典实而事虚。第一首"受贫的是个凄凉梦",第二首"绿窗空对花深处",在现实生活中当有所指,或有所见闻,或亲自经历,是有实事而无出典。用典与不用典交错成文,不事典故的排比堆砌;写实与虚拟交相为用,不斤斤于实事的记录描述。这样灵活地将虚实结合起来,使曲文不板不滞,自然流畅,不仅显得通俗易懂,而且在声律上也收到很好的艺术效果。

(林东海)

〔正宫〕叨叨令

周文质

悲　秋

叮叮当当铁马儿乞留玎琅闹,啾啾唧唧促织儿依柔依然叫。
滴滴点点细雨儿淅零淅留哨,潇潇洒洒梧叶儿失流疏剌落。
睡不著也末哥,睡不着也末哥,孤孤另另单枕上迷飏模登靠。

【叨叨令】

　　这是一首以叠字和象声词构成的著名散曲小令,而值得注意的更是它寓情于景,种种秋声与悲秋之感交迸叠起,达到高度的情景交融。

　　开头四句对秋声的描写都是有典型性的,因而声声拨动着别有怀抱者的心弦。铁马,即屋椽下风铃,风吹则发叮噹之声;"乞留玎琅"更是直接形容风铃摇动所发的声音。一个"闹"字,有力表现出秋风的劲厉。风铃自语,最易触动羁人的愁思。相传唐明皇避乱入蜀,于雨中闻铃音而制〔雨霖铃〕曲。白居易《长恨歌》所谓"夜雨闻铃断肠声"即写此情景。"促织"是蟋蟀的别名,原为声音之转。它的鸣声报导秋凉已至,催促妇女纺织寒衣,同时可以引起怀念远人的情思。所以姜夔〔齐天乐〕云:"哀音似诉,正思妇无眠,起寻机杼。曲曲屏山,夜凉独自甚情绪。""渐零渐留"形容滴滴点点的细雨之声。渐沥的秋雨,也使离人的愁绪触类而长。李清照〔声声慢〕:"梧桐更兼细雨,到黄昏滴滴点点。这次第,怎一个愁字了得!""哨"字应为"潲",指雨点被风吹得斜洒。"潇潇洒洒"和"失流疏剌"都是形容梧桐叶落的声音。草木凋零,容易使人萌生岁月迟暮之感,而风雨飘摇,更能唤起离人孤独凄凉之愁。秋夜的风声、雨声、虫鸣声、落叶声,声声撞入耳鼓,重重叩击心扉,使离人原本积淀、潜伏着的烦恼、愁绪逐渐发酵、膨胀、扩大。"剪不断,理还乱"(李煜〔乌夜啼〕),熙熙攘攘,纷至沓来,千丝万缕地包围着这凄寂的房栊,纠缠着这颗纷乱的灵魂,"睡不著也末哥"两个重句,写出他那反复呻吟,辗转反侧的痛苦;"孤孤另另""迷彪模登"则描绘出他孤独凄凉、迷惘困倦的神态。曲词最后突出了人物形象,有力地振起全篇。上文的铃声、虫声、雨声、落叶声都是"孤孤另另"者听觉的感受,所以自然景物也染上了他的情感色彩。刘禹锡《竹枝词》所谓"个里愁人肠自断,由来不是此声悲",正可说明这种移情作词。

听秋声空际，悲时节摇落，孤枕独倚难眠，愁绪盈怀难遣，这是古典诗、词、曲中常见主题，反映离群索居者的普遍哀愁。然而本曲通篇用双声叠字状物，以一连串象声词拟声，音节铿锵急促，声文并茂，且纯用白描，语言与句法新鲜活泼、生动贴切，联想丰富，实为这一常见主题别开了生面，使读者如闻其声，如见其人，如历其境，心潮随之起伏，感慨横生。

（顾易生）

〔越调〕 寨 儿 令

周文质

挑短檠，倚云屏，伤心伴人清瘦影。薄酒初醒，好梦难成，斜月为谁明。闷恹恹听彻残更，意迟迟盼杀多情。西风穿户冷，檐马隔帘鸣。叮，疑是珮环声。

周文质的〔寨儿令〕共十首，写的都是爱情，有的写女子思念男子，有的写男子思念女子。写女子相思者，多写恨男儿薄情；写男子相思者，却表现出对恋人的一片真情。这后者或许就是作者的自我表现。这首"挑短檠，倚云屏"，正可作如是观。

"短檠"即短灯檠，也就是短的灯架。古时富贵人家多用长檠，寒门读书人多用短檠。韩愈《短灯檠歌》就讽刺鲁儒一朝富贵便废弃短檠而高张长檠。苏轼《侄安节远来夜坐》诗："免使韩公悲世事，白头还对短灯檠。"也是说明寒儒应安于本分。这里的所谓"挑短檠"，不只说明夜里挑灯独坐，而且说明独坐者为

【寨儿令】

清寒的儒生,当是作者自指。这儒生是怎样思念他的情人的呢?

秋天的夜里,他想念情人,有无穷的秋思,无以自解,想借酒浇之,希望在醉梦中能够幽会,但是"好梦难成",而薄酒已醒。于是独自挑着短架灯上的灯芯,久久地倚靠着云母屏风,伤心地看着灯下因相思而消瘦的身影。他抬起头来,看着已经西斜的明月。他因烦闷而感到精神疲乏,夜深了,传来了残更的钟声;他是那么多情,执着地盼望恋人。然而,一切都是徒劳的,不见伊人的倩影,只感到萧瑟的秋风穿户而入,带来了寒意;只听到檐马(屋檐下所挂的风铃),隔着门帘,叮叮当当地响个不停。这风铃声使他疑心是恋人身上所结佩环的响声,一阵空喜之后,又陷入无穷的相思。

全曲表现男主人公真切的相思之情,是通过人物动作的描写和心理的描写来完成的。

主人公酒醒之后,倚着云屏,挑着灯花,看着身影,望着明月,情态逼真,跃然纸上。这些相思的动作,正表现出一个染上相思病的人物的形象。人物的动作和体态,对于表现思想感情,有时比人物的语言更富于表现力,它能像电影的镜头,浮现于读者的脑海里,让读者去联想和回味。这种联想和回味,比起语言的判断,更能获得深刻的印象。

主人公眼中看的是灯下的身影和天上的明月,耳中听的是残夜的打更声和帘外的风铃声,视觉形象和听觉形象都表现出心理的活动。一个人对灯顾影,其孤独凄凉的心理是不难理解的。看着明月,这明月曾经照着他和恋人的幽会,而今夜的明月却是为谁而明! 他简直要憎恨这明月了。心情不好迁怒于物,这是表现心理活动的巧妙手法。残夜的打更声,有时能把人的心儿敲碎,更声入耳,无端增加了许多惆怅之情。风铃声疑是佩环声,直接刻画了人物的心理,和唐李益诗"开门复动竹,疑是故人来"(《竹窗闻风寄苗发司空曙》)有异曲同工之妙。眼睛和耳朵都是心灵的窗户,以眼之所见,耳之所闻来表现人物心理活动,可以收到很好的艺术效果。所以说善于描写心理也是本篇艺术上成功的一个重要因素。

(林东海)

持汉节苏武还乡

周文质

第 三 折

〔中吕·粉蝶儿〕羊角风踅地踅天,鹅毛雪扑头扑面,恰便似落琼花粉甸山川;接天涯,侵海角,都冻做寒冰一片。休笑俺牧羊人耸定双肩,你便是铁石人也冻的撼颏打战。

〔醉春风〕雪打的我眼难开,风吹的身倒偃。似这般风吹雪打荡散了群羊,漫山中微微的显,显。单于王地占了三山,汉武帝早分了千顷,苏武呵,几时能勾户封八县。

〔迎仙客〕我这里望塞边,则听的雁声喧,元来是这舞寒风渐离了云汉远。呀呀的一声低,忽忽的两翅软,有分的正落在我根前。莫不是天与俺行方便?

〔石榴花〕这一封寄帛书全央你个塞鸿传。则要你乘风势驾云轩。者莫你宿芦花穿柳岸过平川,哎,雁也,休恋着水食地面,将日月俄延。则你那六稍翎疾提防着雕翎箭。蓦然间祷告青天,愿孤飞影里青云现,便休题风紧雁行偏。

〔斗鹌鹑〕你若到富贵中华,寻取那皇宫内院。你过的天堑黄河,那的是长安建都地面。我这里专等招贤武帝宣。单于王若可怜,我则去那凌烟阁①上标名,哎,雁儿也,你索在那禽书中把你姓显。

周文质的杂剧作品除本剧外,尚有《春风杜韦娘》、《孙武子教女兵》、《敬新磨戏谏唐庄宗》等三种,均佚。本剧见赵景深辑《元人杂剧钩沉》,存〔越调〕支,〔中吕宫〕〔双调〕各一套。剧本本事出于《史记》、《汉书》。叙汉武帝时苏武奉使匈奴被拘留,遣放北海(地为今苏联贝加尔湖一带)牧羊,前后达十九年,历尽艰难,威武不屈,始终坚持民族气节。至汉昭帝即位,匈汉和亲,汉求匈奴归还苏武,单于诡称已死。苏武借雁足传书汉帝,言明前后情形及今所居之地,遂得归国还乡。这里选录的五支曲子,是苏武唱叙雪地牧羊的情景和托雁传书表达思乡的心情。

〔粉蝶儿〕一曲唱叙牧地风雪严寒。开头三句写"风雪",横空而起,景象雄奇:"羊角风踅地踅天,鹅毛雪扑头扑面,恰便似落琼花粉甸山川。""踅",盘旋,来回乱转。羊角旋风旋天转地,鹅毛大雪打头扑面,这是近感;正好像洁白无瑕的玉屑,纷纷扬扬,撒落在原野山川,这是远望。紧接着下三句:"接天涯,侵海角,都冻做寒冰一片",是写"寒"。因风雪严寒,使得天涯海角都冻结成严冰一片。用朴直的语言描述了边塞的风、雪、寒冰的景象,展现了异域雄奇的风光特色。最后两句是写牧羊人与风雪严寒作斗争,用了"耸定双肩"这四个很有分量的字,不仅写出了牧羊人耸峙双肩抗风御寒的形象,更含有牧羊人不畏艰难风寒的坚定意志。这里还用假设的"铁石人"来与"牧羊人"相比较,说即使是"铁石人",也会在这种严寒环境里控制不住"撼颏打战",从而进一步表现了"牧羊人"的坚强意志。

〔醉春风〕一曲叙雪地牧羊之艰难。开头两句也是写风雪，通过"牧羊人"自身的感受来表现：因雪大，打得我眼睛难以睁开；因风大，刮得我身"倒偃"（"偃"，向后倒下）。在这样恶劣的环境下，其结果是"荡散了群羊，漫山中微微的显，显"。"荡散"两字写景状物甚为巧妙，仿佛看见羊群被旋风盘卷而散入远近山中，羊儿与白雪融为一色，一时难以辨认，只有当羊儿活动行走时才被发现。所以这个"微微的显，显"，表现得十分真实细致和传神。在这种雪大、风暴、人倒、羊散的情况下，"牧羊人"该怎么办、怎么想呢？最后三句作了出乎意料的回答："单于王地占三山，汉武帝早分了千顷，苏武呵，几时能勾（够）户封八县？""单于"，是匈奴君主的称号。"三山"，泛指匈奴单于所据之地。"千顷"，虚数词，泛指土地广大辽阔。"八县"，虚指，谓立功荣受封地；或指封侯，武帝时大侯封户有达三四万户。在这里，"牧羊人"担心的主要不是羊群的失散，也不是企求安定舒适的生活环境，而是出乎意料地将自己与单于、武帝同时举出，问何时能够"户封八县"？可见他想的是如何建功立业实现远大的抱负。但对照自己被拘留十九年，岁月流逝，不能不感到深深叹息！悲凉慷慨，动人心弦。

上述两曲着重叙苏武风雪牧羊的情景，后三支曲转向托雁传书，表达思国还乡之愿。〔迎仙客〕一曲叙落雁。开头三句："我这里望塞边，则听的雁声喧，元来是这舞寒风渐离了云汉远"，这是望雁。曲子从苏武望边思汉，转到突然听见"雁声喧"，抬头一看，却原来是一群渐渐远离了云汉的雁儿，正在寒风中飞舞。这"舞"字用得妙，写出了因强大的寒风，使得雁儿飞行艰难失控，时高时低，盘旋如舞。接着三句叙落雁："呀呀的一声低，忽忽的两翅软，有分的正落在我根（跟）前。""呀呀"为雁鸣象声词："忽忽"为雁飞无力的样子。真是如闻其声，如见其形。终于，一只飞倦了的雁儿降落在苏武跟前。在这荒无人烟的北海，苏武十九年与汉隔绝，他多么想把自己的情形与归国之愿告诉汉帝，但哪有使者？如今一只有缘分的雁儿刚好落在他跟前，这岂不是"托雁传书"的好机会

【持汉节苏武还乡】

吗？因而说出了"莫不是天与俺行方便"的话，喜悦之情溢于言表。这支曲从闻雁声、望雁飞，到见雁落，语虽不多，却显得非常生动真切。

〔石榴花〕一曲托雁传书。首句为请托："这一封寄帛书全央你个塞鸿传。""帛书"，指写在丝织品上的信。"塞鸿"，即边雁。第二句表希望："则要你乘风势驾云轩"。"轩"，一种轻便的车子。这句是希望雁儿能乘风高飞速去。接着下面几句是嘱雁途中注意警惕：不要在芦花丛中住息，不要飞经杨柳岸边，也不要低过平原山川，更不要留恋那水食地面，怕因此会把传送书信的时间"俄延"。接着嘱咐雁儿还要警惕暗算："则你那六稍翎疾提防着雕翎箭"。"六稍翎"，指雁翅上六根长羽毛。"雕翎箭"，指用雕羽为饰的箭。这里提示雁儿要提高警惕，免遭暗算。最后三句是向天祈请保护，祈望苍天当孤雁飞行时能用乌云将它遮掩保护，请不要起狂风使雁儿飞行不稳。这支曲子对雁谆谆嘱咐，对天深深祈祷，正说明了苏武对这送信的雁儿寄望之深，表达了他思汉心切。

〔斗鹌鹑〕一曲嘱雁到达汉境时应该注意的事。开头两句："你若到富贵中华，寻取那皇宫内院。"这里的"中华"，即指汉朝的地域。吩咐到了汉地要把信立即送往皇宫内院，好使汉帝知道后诏宣我归国。接着唱道："你过的天堑（"天堑"，天然的壕沟，这里即指黄河）黄河，那的是长安建都建都地面。"前面已说"皇宫内院"，这里又说国都所在，是颠倒叙述，即把自己急切盼望寻找的"皇宫内院"提到前面去，然后再来补述提示地域方位所在。接着第五句说："我这里专等招贤武帝宣。""宣"，宣诏，指汉武帝招贤宣诏他归国。在这里，他把自己的心情愿望全部倾吐出来了。在本折〔朝天子〕曲里也说："我离皇都数年，盼中华地面，几时能勾拜舞在金銮殿？"在第四折〔折桂枝〕又唱道："盼杀我也落日长安"，说的都是同一思想愿望。最后三句："单于王若可怜，我则去那凌烟阁上标名，哎，雁儿也，你索在那禽书中把你姓显。"进一步表达了归汉的愿望：一是盼望单于可怜同情能放我回去；二是希望自己回去后能在凌烟阁上"标名"；三是望雁传书功成在禽书上名显。根据《汉书》记载，苏武最后于始元六年(前81)归汉回到长安，被封为典属国，题名画像于麒麟阁。本剧第四折〔太平令〕曲中唱道："我受了十九年牧羊的这磨难，喜得俺一家人儿人马平安"，反映的正是这一历史事实。

《持汉节苏武还乡》是个历史剧。每当国家民族危难之时，苏武的气节成为鼓舞斗志的力量。文天祥在《正气歌》中就发出"在秦张良椎，在汉苏武节"的赞颂。"鸿雁传书"②也成为人们熟知的典故和美谈。本折这五支曲子，从风雪牧羊到托雁传书，表达了苏武抱忠持节、思国还乡的心情。前两曲描述异域风光，笔调雄劲峻拔；后三曲托雁述情，笔调细腻深沉，做到了写景、述怀紧密结合，情真意切。

(徐顺平)

〔注〕 ① 凌烟阁：唐朝的阁名，与西汉"麒麟阁"、东汉"云台"相似，都是帝王图画功臣，表彰他们功绩的地方。 ② 鸿雁传书：事出《汉书·苏建传》。汉昭帝即位，匈奴诡称苏武已死。被拘汉臣常惠暗教使者诉于单于："言天子射上林中，得雁，足有系帛书，言武等在某泽中。"因而武等得归。其实以雁传书，原为设计假托，并无其事，后人传以为真，成为典故，演为戏剧，传为美谈。

〔双调〕 **折 桂 令**

赵禹圭

过 金 山 寺

长江浩浩西来，水面云山，山上楼台。山水相连，楼台相对，天与安排。诗句成风烟动色，酒杯倾天地忘怀。醉眼睁开，

【折桂令】

遥望蓬莱。一半儿云遮，一半儿烟霾。

金山为江南胜景之一，在今江苏镇江西北，本在长江中，清末江沙淤积，始与南岸相连。山上有洞泉寺塔等名胜，其中以金山寺最为壮观。古代有不少文人墨客曾登临此寺，即景抒怀。这首散曲写的就是作者登上金山寺所看到的壮观景象并由此产生的内心感受。

"长江浩浩西来，水面云山，山上楼台"。作者下笔并没有直接写金山寺，而是先描写金山寺气势不凡的背景。长江自夔门向东，穿过三峡天险，经湖北，过江西，流安徽，入江苏，两岸虽然不乏高山丘陵，但地势基本上是比较平坦的，没有什么障碍，江水如脱缰的野马，浩浩荡荡，一泻千里。但到了镇江附近，却突然出现"水面云山"的景象，巍峨的金山在江中突兀而起。山立江中，这本身就是自然界的一种奇迹，即使作静态描写，也可谓大观。元曲中就有"苍波万顷孤岑矗，是一片水面上天竺"（王恽〔黑漆弩〕《游金山寺》）、"倚苍云绀宇峥嵘，有听法神龙，渡水胡僧"（张可久〔折桂令〕《游金山寺》）的句子。作者在这里用"浩浩西来"的长江作背景，以动衬静，就使金山的景象显得更加壮观，给人一种天外飞来之感。"云山"，云雾缭绕的高山，形容金山高耸入云，而金山寺就雄踞在这从江中拔地而起、耸入云天的高山上。"山水相连，楼台相对，天与安排"。在把金山寺安置在浩渺辽阔的背景上之后，接着具体描绘金山寺的景况。但作者仍然没有孤立地就山写山，就寺写寺，而是依旧紧紧抓住山立江中的特征来写。金山寺倒映江中，山与水连在一起，楼台上下相互映照。山在水中，水在山上，宛若一派仙境。这壮丽奇妙的景象，真是鬼斧神工，人间罕见，所以作者说是"天与安排"。面对如此奇观，作者豪兴大发，饮酒作诗，即景抒怀。"诗句成风烟动色，酒杯倾天地忘怀"。这两句，作者用狂态来表现自己沉醉在如此胜境中的豪情。他举杯痛饮，乘兴赋诗，一篇吟就，连风云烟霞好像也为之变色。他仿佛离开了人间,置身于人迹罕至的仙境,因而不禁手舞足蹈,将杯中酒倾洒于地。当他从酣饮中睁开朦胧的醉眼时,只见眼前的金山若隐若现,一半儿被云雾笼罩,一半儿陷于烟霾之中,亭台楼阁,仿佛都在烟云中冉冉浮动,那景象,酷似海上虚无缥缈的蓬莱仙山。这最后几笔,给整个画面染上了一层朦胧的色彩,把读者引入无限的遐想之中。

全篇写景,扣紧了"过金山寺"的一个"过"字。作者不是登临金山,只是乘船经过,因此能够远眺,能够纵览,能够从浩浩长江的广阔背景上,从山与水、山与云、山水与楼台的种种关系上写出金山景色的诗情画意,在给人以美的享受的同时,又能给人以情的感染。

(孙秀荣)

乔吉

(?—1345) 一作乔吉甫。字梦符,号笙鹤翁、惺惺道人,太原(今属山西)人。流寓杭州。散曲风格清丽。明清人多以他同张可久并称为元散曲两大家。论及乐府作法,曾提出"凤头、猪肚、豹尾"六字,对戏曲理论和创作都有一定的影响。散曲集有《惺惺道人乐府》、《文湖州集词》、《乔梦符小令》三种,近人任讷辑为《梦符散曲》。所作杂剧今知有十一种。现存《两世姻缘》、《金钱记》、《扬州梦》三种。

〔正宫〕绿 幺 遍

乔 吉

自 述

不占龙头选,不入名贤传。时时酒圣,处处诗禅。烟霞状

【绿幺遍】

元,江湖醉仙。笑谈便是编修院。留连,批风抹月四十年。

　　当我们阅读乔吉这支小令时,自然会想到这位出生于北国,客居江南,放荡江湖四十年的文人的漂泊生涯;也会联想到"怪胆狂情"的柳永和"浪子班头"关汉卿。宋元以来,这些与伎艺人有着密切联系的文人学士的生活道路和思想情趣,放射出一种特异的光彩。

　　小令的题目已经明白地告诉我们:这是一篇述志的作品。"龙头"即状元,"龙头选"即状元榜。宋王禹偁《寄状元孙学士何》诗有:"惟爱君家棣华榜,登科记上并龙头。""名贤传"即传录名人贤者的册簿。曲子开门见山,首先用二句斩钉截铁的否定句,十分明确地表示了作者否定仕途进取,鄙薄争名夺冠的超脱态度。乔吉在另一首〔满庭芳〕《渔夫词》中,也曾正面宣称:"名休挂齿,身不属官。"与本首的表白完全相同。中间五句,他不无自豪地讲述自己特殊的生活方式。"时时酒圣,处处诗禅"两句中的"酒圣",即善于饮酒的人,李白《月下独酌》:"所以知酒圣,酒酣心自开。""诗禅",即以诗谈禅,旧有诗道与禅道相一致的说法。联系作者在〔折桂令〕《自述》中所说:"伴柳怪花妖、麟祥凤瑞,酒圣诗禅。"可以知道他时时处处与"酒圣"为伴、以"诗禅"作乐,表现出以诗酒自娱的放诞不羁的情怀。"烟霞"即山水,"烟霞状元,江湖醉仙"两句,联系〔折桂令〕《自述》中的"不应举江湖状元,不思凡风月神仙"可知道:"江湖"与"烟霞"、"风月"与"江湖"对举,能够互易,意思是相同的。乔吉既啸傲山水,又醉情风月,并以此作为与蜗角虚名、蝇头微利相抗衡的精神力量。完全将自己放在了与正统士子生活道路相对立的位置上。"笑谈便是编修院",编修院,即翰林院。作者认为笑谈今古事,等于进翰林院编修史籍,这就更表现了他狂放自傲的态度。结尾所表现的对自己吟风弄月四十年的流连之情,与关汉卿〔一枝花〕套曲《不伏老》结尾所说的"则除是阎王亲令唤,神鬼自来勾,三魂归地府,七魄丧冥幽,天那，那其间才不向烟花路儿上走"，有异曲同工之妙。他以愤世的态度肯定了自己的生活道路。真是终老不悔，怡然自乐。

这支小令初读似游戏文字，细读便知它最能表现作者的心性。乔吉寄情山水、风月、诗酒、谈笑，也颇放达，但与元初马致远散曲中所表现的豪放性情又有区别。其愤世之情更为隐秘，豪放之气则较为收藏。作品中更多的是随境自适的情调。然而却非浅薄轻狂。正如钟嗣成为乔吉所写的〔凌波仙〕吊词所说："平生湖海少知音，几曲宫商大用心。"他也确实是这样一位不遇于时，将一生才力倾注于曲的落魄文人。

作为元曲大家，乔吉既著有多种杂剧，又写了不少小令套数。他的杂剧被视为文采派的代表，他的散曲更是清丽派的宗师。然而他的小令并不都是雅正清丽之音，而是包含着多种多样的艺术风格。明代著名作家李开先曾这样评论他的作品："蕴藉包含，风流调笑，种种出奇，而不失之怪；多多益善，而不失之烦；句句用俗，而不失其文。"将这一评语用于此首小令，同样十分恰当。它文笔自然流畅，雅俗并用，从不同的角度表明了作者的生活态度，抒发了作者的愤世嫉俗之情。开头连用两个否定句，中间用五句排比陈述，结句追述总结四十年的生活。虽为短制，语多变化，平仄互叶，音调活泼，颇能传情，确实是一篇耐人寻味的佳作。

（李修生）

〔中吕〕满 庭 芳

乔 吉

渔 父 词

吴头楚尾，江山入梦，海鸟忘机。闲来得觉胡伦睡，枕著蓑

【满庭芳】

衣。钓台下风云庆会，纶竿上日月交蚀。知滋味，桃花浪里，春水鳜鱼肥。

湖平棹稳，桃花泛暖，柳絮吹春。蒌蒿香脆芦芽嫩，烂煮河豚。闲日月熬了些酒樽，恶风波飞不上丝纶。芳村近，田原隐隐，疑是避秦人。

携鱼换酒，鱼鲜可口，酒热抌头。盘中不是鲸鲵肉，鲟鲊初熟。太湖水光摇酒瓯，洞庭山影落鱼舟。归来后，一竿钓钩，不挂古今愁。

江声撼枕，一川残月，满目遥岑。白云流水无人禁，胜似山林。钓晚霞寒波濯锦，看秋潮夜海镕金。村醪窨①，何人共饮，鸥鹭是知心。

"渔父"犹言渔翁。《乐府群玉》卷二收乔吉《渔父词》二十首。这些作品并非一时一地之作，大概作者一有感触，即缀为歌诗，积久即多篇什。所写到的地方上起潇湘（在湖南），东南一直到海；写到的季节包括春夏秋冬。各篇内容自然有照顾，以避重复，但并不是有意组织的组诗。它们从不同角度、不同方面描写了渔父悠闲自得的美好生活，并时时透露出作者向往徜徉于山水之间的怀抱。文辞清新，境界优美，堪称元代散曲中的精品。

上面所选四首，虽然描写的对象都是渔父，但每一首都有一个重点。"吴头楚尾"这首，重点是写"海鸟忘机"，即远离政治漩涡，得享山水之乐。开头三句写渔父生活在吴头楚尾山水间，与鸥鸟为伴。"吴头楚尾"指今江西北部，春秋战国时这里是吴、楚交界之地，是吴之头，楚之尾。宋黄庭坚〔谒金门〕《戏赠知命》："山又水，行尽吴头楚尾。""江山入梦"是说醒里梦里所见的都是江山。"海鸟忘机"用《列子·黄帝》的典故：海上有人每天早晨都去海上同鸥鸟游玩，因无捕捉之意，故鸥鸟愿与其相处。其父知道后，要他把鸥鸟弄来供他玩赏。第二天这人去到海上，鸥鸟见其存心不良，遂在空中盘旋不下。后来便用这个故事喻纯朴无杂念的人及无所猜忌的真诚相处。多用以描写隐居自乐，不以世事为怀。曲中引用，是说渔父没有机心，所以能与鸥鸟同游。因为渔父心胸坦荡，无忧无虑，所以空闲下来，枕着蓑衣，能睡一个整觉。"胡伦"同"囫囵"，谓浑然一体的完整东西。"胡伦睡"，谓睡眠时心中了无牵挂，又不会被外界打扰，想睡到什么时候就睡到什么时候。"枕著蓑衣"写渔父悠然自得的睡态，富有生活情趣。"钓台下风云庆会，纶竿上日月交蚀"是说在垂钓中消磨时光。这两句亦叙亦议，在全曲活泼参差的句式中，插入两个对仗工整的句子(下面几首亦然)，使文势有所变化，更能显出整篇抑扬顿挫之美。在古诗文中，常用"风云际会"形容君臣遇合，讲的是人生得志，有用于时。本篇把"际会"改作"庆会"，不仅歌颂了渔父生活，还隐含着对仕宦生活的轻蔑否定。末尾用唐张志和《渔父词》"西塞山前白鹭飞，桃花流水鳜鱼肥"语意。鳜鱼，俗称桂鱼，味极鲜美。春季桃花流水，正是鳜鱼肥美之时。这三句不仅写出了渔父的美好生活与悠然自乐的情怀，还描绘出了江南的美好景色和风物。

"湖平棹稳"一首重点写渔父的美好生活，并把它同"恶风波"加以对比，使前者更令人向往。开头三句，绘出一幅湖上荡舟的美丽画面。暮春三月，柳碧桃红，和暖的春风把柳絮吹得漫天飞舞，把桃花的花瓣飘洒在碧玉般的湖面上；渔父荡起双桨，风是那样轻，湖水是那样静，船儿是那样平稳，俨然一幅平湖轻棹图。本来是暖气催开了桃花，春风吹拂着绿柳，曲中用以宾为主的手法，说成是"桃花泛暖"、"柳絮吹春"，似乎是桃花焕发着暖意，柳絮在逗弄着春风，把桃花、柳絮写得更加生气勃勃。下面四句写日常生活。"芦芽"，芦苇的嫩芽，也称芦笋，"蒌蒿"又称白蒿，均可食用。河豚是一种肉质鲜美的鱼，唯内脏、生殖腺

[满庭芳]

和血液含剧毒,误食可以致命。苏轼有《惠崇春江晚境》诗:"竹外桃花三两枝,春江水暖鸭先知。蒌蒿满地芦芽短,正是河豚欲上时。"曲中将蒌蒿、芦芽、河豚合写,当受到苏诗的影响。蒌蒿香脆,芦芽鲜嫩,河豚味美,全是就地取给,亲手得来,没有达官贵人的珍奇美馔,然却别具一番风味,表现出渔父水上生活的鲜明特征。"闲日月熬了些酒樽,恶风波飞不上丝纶"为题旨所在,关键在一个"闲"字,而所以能"闲",则是没有机心,远离朝市尘嚣。"丝纶"即钓线。如果直说饮酒钓鱼,没有风险,便觉诗味不浓。著一"熬"字,把抽象的"日月"(时间)变得可见可触,境界顿出。"恶风波"概指社会人事的险恶斗争;曲中把它同清闲高雅的垂钓加以对比,更见出"恶风波"之险恶,垂钓之悠然可乐。末尾用晋陶潜《桃花源记》的典故,是说渔父往来之处,远离尘世,有如世外仙境。写渔父生活,引渔人之典,"芳村"即关合桃花林,用典非常贴切。

"携鱼换酒"一首重点写渔父无忧无虑,悠闲自在。前面五句写渔父自食其力,自得其乐。"扶头"是性烈易醉的酒。这种酒极能驱寒解乏,故常年生活在水上的渔父特别喜爱。"鲸鲵"即谓鲸鱼(雌鲸曰鲵)。"鲟"是产生于江河或近海的一种大鱼,味道鲜美。"鲊"是经过加工的鱼类食品。鱼是渔人的劳动果实和唯一收入,渔人的一切均仰给于此,这段用了四句,集中描写。"携鱼换酒,鱼鲜可口"是泛写,"盘中不是鲸鲵肉,鲟鲊初熟"是特写。每天劳动归来,携上几条鱼,换来一壶酒,就着刚煮熟的鲟鲊,慢慢享受自己的劳动果实,既能驱除寒湿,又能赶走疲劳,多么甜美,多么惬意!生活如此美好,环境更加迷人:"太湖水光摇酒瓯,洞庭山影落鱼舟。"把湖光、山色同酒瓯(盛酒器)联系起来,使景中有人,人在景中,更有情致,更能表现渔父的生活之美。太湖、洞庭,邈隔千里,见出渔父或东或西,任情所之,四海为家,自由自在。结尾同上面"恶风波飞不上丝纶"构思相近,把古往今来一切忧愁烦恼同垂钓之乐形成对比,更见出渔父的悠闲舒适。

　　"江声撼枕"，一首通过对优美景色的描绘，表现渔父愿永远与鸥鹭为友，在江湖河海中终此一生。上面各首都有写景的句子，但不像此首，通篇写景；上面各首写的都是白日之景，此首写的却是夜景。开头三句写舟中卧看残月远山。"江声撼枕"，写人卧舟中，水波拍打船舷，其声如在枕上，同苏轼"波声拍枕长淮晓"语意相同，极为传神。残月远山构成一幅幽静美丽的画面，衬托出渔父的闲适心情，并引出下面两句议论："白云流水无人禁，胜似山林。"这是变用李白《襄阳歌》"清风朗月不用一钱买"诗意。山林有主，白云流水却无人拘管，任人享用。在晚霞中垂钓，霞光映着寒冷的水面，犹如洁净的锦绣；黄昏时观看秋潮，落日照在海面，海面金光灿烂。宋廖世美〔好事近〕《夕景》有"落日水镕金"句，"看秋潮夜海镕金"曲意本此。置身于大自然的美景中，终日与鸥鹭为伴，渔父既无贪欲，又无祸患，志趣高洁，觉得只有那没有机心的鸥鹭，才是自己的知心朋友，因而举酒相邀，要与它共饮。也就是说，他愿永远过着渔人的生活。渔父所在，远离市廛，自然难得珍酿；然扁舟到处，村舍沽酒，风味不同，亦自别有情趣。

　　钟嗣成《录鬼簿》说乔吉"江湖间四十年，欲刊所作，竟无成事者"，可知他对渔人非常熟悉。正因为如此，本篇才能把渔父生活，写得这样细腻生动。

　　元代政治黑暗，知识分子的地位卑下。本篇写的渔父生活，在一定程度上已加以理想化。作者极力渲染其高洁美好，略去其悲苦艰辛，并把它同社会的险恶，官场的斗争形成对比，在一定程度上反映了作者对黑暗现实的不满。

　　这四首曲词写作手法上的最大特点，是将写景、议论同表现渔人的生活紧密融合在一起。所有写景句子的本身，就是在写渔父的生活，因为对渔父说来，荡舟于山水间，出没于烟波中，就是他的生活的重要方面。而篇中的议论，又都是同写景、同表现渔父生活内容融为一体，如第一首的"吴头楚尾"三句，"知滋味"三句，第二首的"湖平棹稳"三句，第三首的"太湖水"两句，第四首的"江声撼

【满庭芳】

枕"三句,"钓晚霞"两句,既是写景,同时又是写荡舟、垂钓。第一首"钓台"两句,第二首"闲日月"两句,第三首"归来后"三句,既是议论,同时也是在写渔父垂钓,第四首的"白云流水无人禁,胜似山林",既是议论,同时又写了白云流水之景和渔父在其中荡舟打渔,更是把三者融为一体。这种表现手法,使得此曲通篇富有诗情画意,耐人吟味。

(王思宇)

〔注〕 ① 村醪(láo 劳)窨(yìn)：指乡村中人家自酿之酒。醪,粗劣的酒。窨,地窖。

〔中吕〕 满 庭 芳

乔 吉

渔 父 词

活鱼旋打,沽些村酒,问那人家。江山万里天然画,落日烟霞。垂袖舞风生鬓发,扣舷歌声撼渔槎。初更罢,波明浅沙,明月浸芦花。

秋江暮景,胭脂林障,翡翠山屏。几年罢却青云兴,直泛沧溟。卧御榻弯的腿疼,坐羊皮惯得身轻。风初定,丝纶慢整,牵动一潭星。

古代诗歌作品中,有不少以渔家乐事为题材的吟咏,它们并非实写渔民生活,而是借以抒述文人士大夫隐逸自适的怀抱。元王朝统治时期,读书人不受重视,仕途经济狭窄,啸傲江湖的意兴便特别发达起来,并在散曲体制中得到较为充分的反映,乔吉〔满庭芳〕《渔父词》是这方面的一组代表作,共有二十首之多。

这里所选两首小令题旨相同,而取材与作法并不完全一样。前一首着重表现渔家风情,活泼生动,饶有情致。曲词一开头,即进入渔家生活的具体场景:现打活鱼,索沽村酒,素醪解渴,鱼鲜可口,随斟随饮,醉饱方休,何等逍遥快活!接下来两句把笔触放开,转入周围景色的描摹,但又不同于一般的写景。万里江山,长天落日,云霞绚烂,这样一幅壮观的天然图画,刚好在渔父自斟自乐的生活场景里舒展开来,便也很自然地融汇于整个场景,成为渔家赏心乐事的一个组成部分,从而把那种悠游自在的情味渲染得格外浓烈。在此氛围之下,渔父乘着酒兴翩翩起舞,纵情歌唱,更将全篇活跃、欢快的旋律引向了高潮。而他那垂袖风生的舞姿、扣舷应节的击拍和震撼渔槎的歌声,处处都显示出其但求适性、无所顾忌的气度风神,这也正是诗人所着意向往的自由境界。曲词结尾,则又化动为静,融情入景。"初更罢",点明了时间的悄悄转移。在渔父歌舞尽兴之后,渔船周围的世界复归于宁静,只剩下浅沙滩上一片清澈澄亮的水波,将明月的倒影映现于芦花丛中。这一静谧安宁的景象,与上文纵情欢乐的场面构成了明显的反差,却又共同衬托出那种自由自适的情怀,取得了相反相成的艺术效果。

再来看后面这首小令,它采用对比的手法,内容与情调上也稍有差异。开首三句由景物发兴:秋天傍晚,江头眺望,红的枫林,绿的山峦,有如一道道胭脂和翡翠砌成的屏障。色彩多么怡人眼目!这样美丽的自然风光,却勾起了江边垂钓者的身世之感。他是一位由求取仕宦、致身青云而终归退居于江湖之上的隐士,从"青云兴"的提法,可以想见他原先的人生抱负,而"罢却"与"直泛"的一退一进,则又显示了他后来生活道路的改弦更张。这样的转变究竟有没有道

【满庭芳】

理呢？面对美好的大自然和当前闲逸的生涯，主人公重新肯定了自身选择的合理性。"卧御榻"两句活用了东汉高士严子陵的故事。据说严子陵隐居富春江，长年披着羊皮在江边垂钓。汉光武帝即位后，曾召他至京师叙旧，与他同榻睡觉，他把脚伸在光武帝的肚子上。后来辞官不就，仍归隐逸。借取这个材料，是要说明伴随君王的受拘束、不自由和解脱官职的身心安稳，而用了"卧御榻弯的腿疼，坐羊皮惯得身轻"的说法，不仅对比鲜明，也见得十分生动而有风趣。这种将俗语与雅语糅合起来使用，以增强艺术表现力的做法，是乔吉散曲写作的重要特色之一。"风初定"以下三句，又重新回到景物描写上来，但景中有人。从"丝纶慢整"的神态中，传达出了人的那种悠闲自在、不慌不忙的心情，与水波微荡、波光粼粼的自然物象相配，合成了一幅宁和优美的画面，给读者以无穷的回味、思考的余地。

两首小令比照着看，前者的内容似较单纯，基调也较为开朗，后面一首则是将"仕"与"隐"两个方面错综起来写，含义稍见复杂，在闲适的情趣中时时夹杂了某种冷隽的笔意。不过也正由于仕隐之间矛盾的这一揭示，方使我们对作者之所以要竭力追求精神上的自由超脱，有了比较真切的理解和领略，回过头来读前一首渔家风情的写生，便不免在朗声欢笑中感受到几分苦涩，这也许不能归咎于味觉的过敏。就艺术表现而言，两首小令均能体现乔吉散曲的清丽洒脱的风格特长，讲求文采而仍保留本色，趋向典雅而又不避俚俗。像"活鱼旋打"、"弯的腿疼"、"惯得身轻"这样活泼泼的口语，跟"波明浅沙，明月浸芦花"、"丝纶慢整，牵动一潭星"之类传统诗词的意境、句法交织在一起，并不显得突兀生硬，反给整个曲子增添了"豪辣"的气息。这也应该看作是作者善于借鉴前人、推陈出新的重要表征。

（陈伯海）

〔中吕〕山 坡 羊

乔 吉

寓 兴

鹏搏九万,腰缠十万,扬州鹤背骑来惯。事间关,景阑珊,黄金不富英雄汉。一片世情天地间。白,也是眼;青,也是眼。

　　自从庄子在《逍遥游》中驰骋他的奇丽想象,塑造了"鹏之徙于南溟也,水击三千里,抟扶摇而上者九万里"的奇伟形象之后,所谓"鹏搏九万"就成了壮志凌云的象征用语。而"腰缠十万"却不然。那是舍本求末、钻营蜗角之利之徒的理想,是豪富大亨的象征,较之凌云之志,一个人间,一个天上;一个俗,一个雅,是无法相容的。但是在这首小令里,劈头便将两者相提并论,令人感到不伦,也不解。

　　其实,诗人在这里套用了一个现成的典故,据宋和尚普济《五灯会元》卷十九《中竺中仁禅师》记载:"淳熙甲午四月八日,孝宗皇帝诏(中仁禅师)入,赐座说法。帝举'不与万法为侣'因缘,俾拈提。师拈罢,颂曰:'秤锤搦出油,闲言长语休;腰缠十万贯,骑鹤上扬州。'"和尚说禅,常是所答非所问,意在言之外,使人难以捉摸。然而中仁禅师在这里编织了一个荒唐的神话倒是明白无误。他说有人不择手段去榨取利润,连周围人的议论也置若罔闻;待到成了腰缠万贯的巨富,再骑上鹤背去寻求超脱。骑鹤本是飘逸之事,《列仙传》中所记仙人王子乔的传说即是,"王乔控鹤以冲天",也是写在《游天台山赋》上的。但是背着万贯家财来骑鹤却未免滑稽。或许这正是其禅旨之所在,因为孝宗皇帝给他出

【山坡羊】

的本来就是"不与万法为侣"的荒唐题目。

看来,曲家是套用了这一现成的佛家典故。不过,因为他将"腰缠十万"与"鹏搏九万"并举,又赋予了这一典故以新的含意,那就是既不取凌云的壮志,也不求殷实的家私,只落得骑在鹤背上优哉游哉地俯仰乾坤。当然,他的视线主要还是落在人间,下文便展示其目中所见。

"事间关",事业无成。间关本古语,状历尽艰难崎岖,曲中常用,与间阻、间迭通,皆用作从中受梗意。"景阑珊",景色败落,指市井一片萧条。"黄金不富英雄汉",黄金尽有,却与英雄无缘,形容壮士的穷困潦倒,难有作为。这样,曲家就通过事、景、人三个方面对社会现实做了彻底的否定。乔吉的这种超然物外、冷眼观世的态度,既由自其窘迫的生活环境,也由自其傲岸不俗的处世哲学。乔吉本太原人,寄寓杭州,不曾得一官半职;无钱无势,混迹江湖,连自己的作品也无力刊行。在一首题名《冬日写怀》的〔山坡羊〕曲中竟有"世情别,故交绝,床头金尽谁行借"之叹,其困境可见一斑。但是,他又决不肯自轻自贱,仰人鼻息,故而形成了他那与世无争(争也争不过)而又玩世不恭(恭也恭不起来)的"穷措大"式的性格。在另外一首〔山坡羊〕曲中他是这样"自警"的:"清风闲坐,白云高卧,面皮不受时人唾。乐跎跎,笑呵呵,看别人搭套项推沉磨。盖下一枚安乐窝。东,也在我;西,也在我。"在一首〔殿前欢〕曲中,只为友人里西瑛号"懒云窝",便借题发挥,大发其牢骚:"想人生待怎么?贵比我争些大,富比我争些箇。呵呵笑我,我笑呵呵。"与世无争也好,玩世不恭也好,虽然算不得严肃的态度,更多的是敷以消极逃避的色彩,但毫无疑义的是都基于对现实腐败面的清醒的认识,所以,曲家才能发出如上"事间关,景阑珊,黄金不富英雄汉"的针砭。实际上,这并不是鹤背上之所见,而恰恰是自己的真实的体验。

既然如此,还讲什么是非曲直,分什么泾渭黑白呢?终而以调侃的语调写出:"一片世情天地间,白,也是眼;青,也是眼。"这种置世态炎凉于不顾,对人间好恶也全不计较的处世态度,貌似浑浑噩噩,其实正是经历世态炎凉、人间好恶之后的觉醒,反映的正是对世俗的高度蔑视。对天地世情不屑一顾,管你青眼白眼,依自我行我素,这就是曲家勾勒的自己那愤世嫉俗形象的精髓。

(黄 克)

〔中吕〕**山 坡 羊**

乔 吉

冬 日 写 怀

朝三暮四,昨非今是,痴儿不解荣枯事。儧家私,宠花枝,黄金壮起荒淫志,千百锭买张招状纸。身,已至此;心,犹未死。

乔吉题为《冬日写怀》的〔山坡羊〕曲共有三首,此为其中之一。乔吉一生坎坷飘零,故作曲时有身世之感。在同题的另一首曲中,他曾交代这三首曲是在"离家一月,闲居客舍"时所作,并写道:"世情别,故交绝,床头金尽谁行借,今日又逢冬至节。酒,何处赊;梅,何处折。"看来他的这个冬至节过得甚为凄凉。平生遭际,诸事般般,涌上心头,令人感慨不已。此处选录的这一首,则更有一种愤世讥时情绪,宛然现于笔端。

开篇两句:"朝三暮四,昨非今是"。八个字,概括有力,斩钉截铁,犹如当头棒喝,言尽世态人情。诚如明代人所言:"世界原称缺陷,人情自古刁钻"(《歌代啸》杂剧开场词〔临江仙〕),都是愤激的骂世之语。然而,尽管世情如此反复无常、颠倒荒唐,而真正能勘破却并不容易,年年岁岁,总是不断有人在名利场、安乐窝中追逐沉浮。这就是曲中所谓:"痴儿不解荣枯事。"痴儿,犹言"蠢货"、"糊涂虫",实指那种追名逐利之徒,这种人让贪欲蒙蔽了双眼,如何能看破、能理解世事之如云翻雨覆,转眼盛衰、荣枯无定呢? 这就写出了这种人的既可鄙而又可悲。

作者进而给这种"痴儿"画了一幅漫画像:"儹家私,宠花枝,黄金壮起荒淫志,千百锭买张招状纸。"儹,同"攒"。"儹家私"指贪婪聚敛,以成家财。"宠花枝"指沉湎女色。总之一句话:荒淫无耻。这一种人的下场注定是不妙的。他们一边熬尽民脂民膏,一边挥金如土,挥霍无度,自然要引起民众义愤,成为千夫所指的罪人;而且,剥夺者之间的尔虞我诈,互相倾轧,又何尝不随时有可能被置于死地呢? 这就叫做:"千百锭买张招状纸。"招状纸是犯人供认罪状的文书。这句话语含讽刺,一针见血,形象地描绘了这种人的可耻下场。

从来的剥夺者都是愚妄的顽固派。尽管已至身败名裂,为人不齿,但他们财迷心窍,至死不悟,总在幻想东山再起,重温贪欢逐乐的旧梦。曲中写道:"身,已至此;心,犹未死。"仅短短八个字,就把贪婪者执迷不悟的顽固本性活脱脱地揭示出来。如此世情如此人! 真是荒唐不堪、愚不可及、不可救药;总而言之,毫无希望。读者仿佛于此听到了,在这个冬日的客舍中,作者的无限感慨,声声浩叹。

(叶长海)

〔中吕〕 **山 坡 羊**

乔 吉

冬日写怀

冬寒前后,雪晴时候,谁人相伴梅花瘦? 钓鳌舟,缆汀洲,绿

蓑不耐风霜透。投至有鱼来上钩,风,吹破头;霜,皴破手。

这支曲辞,为我们展示了一幅寒江独钓的清冷画面。同类题材,在现存《乔梦符小令》中,还有一支〔沉醉东风〕曲:"万树枯林冻折,千山高鸟飞绝,兔径迷,人踪灭,载黎云小舟一叶,蓑笠渔翁耐冷的别,独钓寒江暮雪。"题下注"檃括古诗",显然是从柳宗元那首著名的五绝《江雪》脱化而来的。纵使后人有"总不如原作的警炼"之诮,就其以渔翁自喻,表明孤独而不屈的心迹这一点上,倒也与柳河东原诗意旨相距不远,因为它毕竟是蹈袭之作。而这一首〔山坡羊〕《冬日写怀》,虽也写的是寒江独钓,其情趣就与之不尽一致了。

严冬季节,大雪初霁,万木萧疏,只有梅花傲寒绽放。一句"谁人相伴",表示了对梅花品格的怜爱与欣赏。梅花无知,并无求伴之需,故而这求伴的意识只能是作者自己的孤独无依而又孤芳自赏的心态反映。当然,设问"谁人相伴"?其实是有人相伴,这人就是曲中的主角——渔翁。不过,作为梅花的同伴渔翁,就曲中所展示的形象而言,却远没有梅花那样出俗傲世的气概。他,龟缩在蓑衣里面,任凭风刀霜剑的欺凌,只是一心一意地垂钓于寒江。"投至"(待到)鱼儿上了钩,头早被寒风吹疼了,手也被霜冻裂了。其中,虽然不乏咬紧牙关的坚持精神,但整个形象总不脱一副寒酸相。恰恰在这一点上,与柳宗元《江雪》诗中那傲世脱俗的渔翁形象并不相类。

怎样来解释这种形象的差异呢?或曰主旨不同,小令怀着深切的体验反映了对渔翁的艰苦劳动生活的同情,有如李贺的《老夫采玉歌》写采玉工人。但是,它的题目分明是《冬日写怀》,顾名思义,显然意在通过渔翁生活抒写作者的襟怀,渔翁乃作者自喻。这样看来,同情劳动人民云云的说法就不尽妥当了。既然以渔翁作喻,那末,在作者与渔翁之间有哪些相通之处呢?正如曲中所状写的那样:求鱼而不得。待到鱼儿真的上钩了,头早被风吹破,手早被霜皴

【山坡羊】

破——寒江垂钓者的信心已耗损殆尽了。这是一种追求入世而不果的辛酸，也正是作者遭际的写照。

根据《录鬼簿》记载的行状，乔吉一生穷困，与仕途绝缘。从自号"笙鹤翁"、"惺惺道人"来看，他是以超世出尘自诩的。在〔卖花声〕《悟世》曲中也有"富贵三更枕上蝶，功名两字酒中蛇"的认识，把功名富贵视作浮云，不屑去计较，甚至自称"不应举江湖状元，不思凡风月神仙"，似乎颇得脱俗之乐。但是，透过超脱、恬静的表面，更激荡着追求入世的潜意识，在一支祝颂别人的曲子中，就有"趁取鹏程，快意风云，唾手功名"（〔折桂令〕《富子明寿》）的句子，对仕途欣羡、向往之情更不能自禁。在另一首小令中，因为有心迹的含蓄剖白，尤其值得注意。"英雄事业何时办？空熬煎两鬓斑。陈抟睡足西华山，文王不到磻溪岸。不是我心灰意懒，怎陪伴愚眉肉眼。"（〔玉交枝〕）这里，巧妙地运用了两个历史典故。西华山乃陈抟隐居之所，应宋太祖之诏而出；磻溪乃太公望垂钓之处，遇周文王而显，二者都是传说中隐居而得遇明主的佳话。乔吉却反其意而用之，倘若陈抟睡足了也不见宋太祖来请，周文王根本就不去磻溪，他们那济世之大才又焉得以用？从中我们固不难体味作者那怀才不遇的强烈失落情绪，但作者那到老也不曾泯灭的入世之心也情不自禁地透露出来。等已等不及，不等又不甘心，这种苦闷的大跌宕，与"投至有鱼来上钩"，风早吹破头，霜早皴破手，如出一辙。

元代自太宗九年（1237）起，七十八年间科举不兴。据《录鬼簿》，乔吉病故于至正五年（1345），所以，仁宗延祐二年（1315）始恢复的科举取士，他应该是赶上的，更可能怀着极大的幸运热衷此道。但是，严酷的现实是统治者实行民族压迫政策，将种种钳制施与汉人、南人，不啻拿他们开了个玩笑。为什么在这支曲子里透着一种被捉弄的寒酸相？大致就是这种入世不成的失落感的反映。而这种心态，在元代读书人中是很有代表性的。

（黄　克）

〔越调〕小桃红

乔吉

效联珠格

落花飞絮隔朱帘,帘静重门掩。掩镜羞看脸儿婪①,婪眉尖。
眉尖指屈将归期念。念他抛闪,闪咱少欠。欠②你病厌厌。

这是一支描写闺情的曲子,是用联珠格写的。所谓联珠格,即上句末一字和下句第一字相同,句句都要押韵,形式别致,颇有趣味。本曲内容是写闺中少妇思念远人之情。前两句写环境:"落花飞絮隔朱帘",写春光就要完了,花落絮飞,不正是春归的征兆么?加上"隔朱帘"三字,表明主人公是深居闺中的少妇,她没有卷帘,只是透过稀疏的竹帘间隙,看到随风飞舞的落花和柳絮而暗暗伤春。"帘静重门掩"五字,加重寂寞气氛,表明这儿无人走动,窗帘静静地垂着,重重宅门也都关着,一切声音统统隔绝在重门之外。"掩镜羞看脸儿婪"七字,写帘内人的心态和动作。她习惯地坐在妆台之前,拿起镜子一看,看见自己多么美丽啊!不觉害羞地掩上了镜子。一会儿又悲从中来,为自己寂寞孤独地虚度年华而感伤。她把手儿举向眉尖眼角,扳起指头来计算他的"归期"。接着,她不自觉地埋怨起来。因为她计算"归期"时,发觉"归期"还很遥远,于是由"念"而"怨",怨对方撇下了自己,使自己缺少温暖和快乐。但是,她怨而不怒。"欠你病厌厌"一句,结得极妙,散曲中常有"还不完的相思债"之喻,"欠你病厌厌"巧用其意,然更加形象:既怀爱恋之情,又呈娇憨之态。一个情真、善良的人物跃然纸上。

【天净沙】

这支曲子可算一幅静中有动的"美人念远图"。重门掩着，朱帘垂着，静极了；但重门之内，朱帘之外，却飘动着落花和柳絮。寂静环境中的人，也同样是恬静的；但相思之苦却使她内心静不下来。落花飞絮触动她伤春的心灵，镜中人的美丽，使她"掩镜羞看"，顾影自怜，也是静中之动。读来极有韵味。她屈指数着归期，外形和内心都在动，渐渐把内心活动转向埋怨，埋怨他很久不回来，使自己害了相思病。整个情态，都是静中有动，其细微的心态描写，很能引人入胜。

作品的语言艺术很有特色，所用"联珠格"，是民间顶真（针）修辞手法，读起来如珠走盘，既跳荡而又和谐，没有生硬纤巧的感觉，证明作者艺术手法十分熟练。作者曾说，写散曲要"凤头、猪肚、豹尾"，意思是起首要美丽，中间要浩荡，结尾要响亮。即以这篇作品而言，起首的"落花飞絮隔朱帘"，不难想象出它的美丽之处。浩荡应该是饱满而细腻的意思，这篇作品中间把"思妇"的内心活动写得多么细腻和饱满。结尾的"欠你病厌厌"五字，把"思妇"最后一点埋怨而又略带调皮的思想感情，有力地抛掷出来，十分响亮。

（刘知渐）

〔注〕　①婧（qián　堑）：美貌的意思。　②欠：即"惦念"的意思。与上文"少欠"意思不同。

元曲鉴赏辞典

933

〔越调〕 **天　净　沙**

乔　吉

即　　事

笔尖扫尽痴云，歌声唤醒芳春。花担安排酒樽，海棠风信，

【天净沙】

明朝陌上吹尘。

一从鞍马西东，几番衾枕朦胧。薄幸虽来梦中，争如无梦，那时真个相逢。

隔窗谁爱听琴？倚帘人是知音。一句话当时至今，今番推甚，酬劳凤枕鸳衾。

莺莺燕燕春春，花花柳柳真真，事事风风韵韵，娇娇嫩嫩，停停当当人人。

　　这四首小令在杨朝英编的《太平乐府》和李开先编的《乔梦符小令》中均排在一起，总题"即事"。即事者，即眼前之事物有感而发也。观其所写内容，又皆为男女情事，故颇似重头组曲。然细味各首之抒情主人公，又非一人口吻，四首内在联系亦不甚明显，故亦可分首理解。但如果从演唱上考虑，一二首女唱，三四首男唱，总归表现彼此的爱慕思念，亦无不可。

　　第一首写女子回忆初恋情景。"笔尖"，指情人写的情诗；"痴云"，停止不动的云，常喻人的幼稚无知。如李商隐《房中曲》："娇郎痴若云，抱日西帘晓。"冯浩注："幼不知哀，日高始寤。"这两句意谓：女子当初还是一个不懂爱情的少女，是情郎赠给她情诗才扫尽了她那心灵上蒙昧幼稚的层云，使她情窦初开。天空彗星之类有笔星，以其尾如笔尖而得名（见《尔雅·释天》），笔星闪耀光芒，像扫除了凝固不动的云，故此句实含比喻。"芳春"即青春。梁元帝《纂要》："春曰青阳，亦曰发生、芳春、青春、阳春、三春、九春。"这句意谓：是情郎弹琴唱歌唤醒了我心中的青春意识。自司马相如弹唱《凤求凰》以来，用琴歌挑逗女子芳心以表达爱情的事，在文学中就屡见不鲜。后面三句说：从那时候起，我的春心萌动，于是便安排人挑着花担（插着鲜花的担子），盛着酒肴杯盏，应着海棠花开的信风,第二天去游春,与情郎幽期密会,订情设盟。按农历,从小寒到谷雨共八个节气,一百二十日,每五日分为一候,共分二十四候,每候应一种花开信息。海棠花是春分节中第一个花信风,即春分那天到第五天。(见陈大昌《演繁露·花信风》)"陌上吹尘",指郊野小路上春风吹扬起的尘土,形容春游中春风和煦与游人车马之盛。

第二首写女子与情郎离后的相思。"鞍马西东",指男方乘马离去且行踪无定。"衾枕朦胧",形容女子夜睡中梦魂相牵。"几番",说明她经常做梦;"朦胧",指若即若离,迷离惝恍的梦境,梦中仿佛真与情郎相会,又仿佛是虚幻。白居易《卧听法曲霓裳》诗:"朦胧闲梦初成后。""薄幸",是诅咒情郎薄情不专,实乃又爱又恨的昵称。前人诗词中多以记梦中幽会表现痴情相思,聊以自慰;但此处云"争如(怎如)无梦,那时真个相逢!"则有翻新出奇之意;女主人公不满足于梦中相逢,因为那毕竟是虚幻的,醒后会更觉空旷寂寞,益增相思之苦;怎比得上不做梦,真正与情郎相逢聚首呢?两句言浅意深,极写女子的痴情缠绵。

第三首写男女欢会时的儿女风情,是男子口吻。大概女子感到娇羞,故作推托拒绝,于是男方便回顾初恋时各有眷心的情景来撩拨、打趣她,要她履行诺言:想当初我弹琴挑逗你的时候,是谁隔窗倚帘偷听并着了迷,不是你吗?你那时不就对我以"知音"相许了吗?"一句话",似指女方曾许以"衾枕"之诺,大约男方当初在幽会中曾向女子求欢,而女子回答他:只要你真心爱我,到时候自然答应你的要求。而"今番"大约已正式结合,故男方说:我一直记住你亲口许下的诺言,今番到时候了,你还推托什么呢?今夜该用实际行动来酬谢慰劳我对你的长久相思了吧?此曲虽纯用男子声口,却将男方的迫不及待,女方的娇憨羞涩,以及二人恋爱始终皆写得宛然在目,可谓言简意赅而又生动俏皮。

第四首赞美女子的容貌风韵和爱情的和谐美满。前四句用春天的莺燕双双飞舞,花柳婆娑多姿来形容两情相洽和女子的美好。"真真"是画中美女的名字,典出

《太平广记·画工》，云唐代进士赵颜得一美女图，画工告之：此女叫真真，若昼夜呼其名至百日必应声而出。颜如其言，至百日果然走出，与颜结合。越一年，生一子。后因赵颜听友人言女乃妖化，遂疑而欲杀之。真真泣诉己本南岳地仙，言讫携子回到画上。此用以形容女方如仙女真真一样美艳动人。后三句赞美女子言谈举止事事都很有风度，富于韵致；又是那么娇美年轻，一切都恰到好处，端端正正，"增之一分则太长，减之一分则太短"，真是个无可挑剔的可意美人。"人人"即人儿。

这支曲子通首叠字，属俳体中叠字体，音韵谐美，一气如注，宛如"大珠小珠落玉盘"。有"以少总多，情貌无遗"（《文心雕龙·物色》）之妙。诗词中李清照〔声声慢〕是前人公认叠字用得最好的典范，乔吉此曲正仿效易安，虽辞情之深婉沉郁难与李词方驾，然通首叠字的手法技巧亦未可一笔抹杀。陈廷焯《白雨斋词话》盛赞易安"寻寻觅觅"十四叠字之后，复讥梦符此首为"丑态百出"，"'娇娇嫩嫩'四字尤不堪"云云，盖陈氏主常州词派强调"寄托"、"沉郁"、"哀思深婉"的词风，而反对"绝无余蕴"、"穿凿愈工，风雅愈远"。他用《诗经》风雅的正统标准来规范批评散曲，已属不妥；而散曲本贵尖新直露，不留余蕴，自然难以"寄托"为绳墨；"沉郁"固好，但只是一种风格；而写欢愉之词又怎能做到"沉郁"呢？可见陈氏之评显有偏颇，不足为训。

（刘知渐）

〔越调〕凭阑人

乔 吉

金陵道中

瘦马驮诗天一涯，倦鸟呼愁村数家。扑头飞柳花，与人添鬓华。

【凭阑人】

这首小令,当是乔吉浪迹江南、行经金陵道中所作,曲中塑造了一个沦落天涯的诗人的形象,表现了他孤寂思乡的愁苦心情。

本曲开首,即描绘羁旅异乡诗人的情状,一下子便引起读者的注意。"瘦马驮诗",暗用唐代诗人李贺的典故。李商隐《李长吉小传》载,李贺常"骑距驴,背一古破锦囊,遇有所得,即书投囊中。"这里用以代指诗人自己。李贺怀才不遇,而乔吉一生也郁郁不得志,"平生湖海少知音,几曲宫商大用心"(见《录鬼簿》中对他的吊词),他们作品的风格也都奇特清丽,因此,诗人用以自况,是非常恰当的。"天一涯",天的一方,直指诗人远离故园、流落他乡。这一句,描绘出一位骑着疲敝无力的瘦马,风尘仆仆地行进于荒郊道上的倦客游子的形象。

接着,诗人笔锋一转,描写金陵道上之所见。"倦鸟呼愁村数家",与首句对仗。在散曲创作中,这种对仗方式称为"合璧对",它意思相对,又彼此相成,共同构成一种意境。荒郊道上,散落着几处村舍,显得是那样冷清,而眼前又掠过倦飞的鸟儿,声声哀鸣,似乎在诉说不尽的愁思。一个"倦"字,写出鸟儿的神态,同时也道出诗人的心曲。诗人听到鸟的啼声,想起了"鸟倦而知还"的诗句,而自己却奔波于途,在鸟鸣声中,走过一村又一村,不能还家,连倦鸟都不如,这是多么可悲呵!这两句,构思新颖别致。作者不说自己对飘泊生活感到厌倦,而说鸟儿知倦;不说自己哀愁,而说鸟儿"呼愁"。鸟儿知道什么倦愁?实际上是诗人心思的展露。在这里,作者用移情及物的手法,赋予物事以人的思想感情,曲折写出异地游子的无穷乡思,景物描写和感情抒发和谐地统一在一起,浑然无间,令人回味无穷。

如果说,本曲开头两句是用比较显露的手法描写诗人愁苦的话,那么,下面

"扑头飞柳花,与人添鬓华"则以比较含蓄的笔触进一步展示作者的忧思。"柳花"一词,点明了季节——时在晚春。柳絮飞舞,"扑面"而来。一个"扑"字,极精炼传神,既写出了柳花飞舞之姿,亦点出了游子行进之态,又巧妙地照应了题目——金陵道上,一石三鸟,颇能见乔吉遣词用句之功力与技巧。而其更妙的是它还紧连着下一句:"与人添鬓华。"这是一个奇特的想象。柳花色白,诗人的鬓发也白,柳絮沾鬓,可谓"雪上加霜",于是作者顿出奇想,把二者联系起来,赋予因果关系,好像是柳花扑到诗人头上,才增添了他的白发似的。这真是神来之笔,它出乎人们意料之外,却又符合生活的真实。诗人浪迹天涯,到处奔波,曾经多少次遇见扑头的柳花。不正是由于飘泊的生活,才使他渐生华发、两鬓如霜的吗?

纵观全曲,前两句和后两句写法不同,虽然二者都用衬托,但前两句景与情统一,后两句景与情对立,二者相反相成,共同完成对游子思乡的描写,这种写法如此巧妙,真令人击节赞赏。

除了构思奇特之外,这首小令还特别注意形象的描绘,因而景物栩栩如生。作者在描写时,注重白描,不尚藻饰,情真意切,朴素自然。试看全篇所写:荒村瘦马,倦鸟呼愁,柳花飞舞,羁旅忧思,这些景象构成了一幅暮春倦游图,形象是那样具体,色彩是那样鲜明,作者不刻意求工,而形神顿现,羁旅天涯者的孤寂凄戚,也于此曲曲传出。

〔凭阑人〕为北曲常用曲牌,此调体小段短,全曲只四句,每句押韵,一般不用衬字,所受束缚较多,文字无从苟且,写这样的小令,难度很大,而诗人信笔写来,毫无碍滞,婉转变化,曲达语情。全曲韵押"家麻",声韵平缓,极适于表达慨叹之情。

(黄竹三)

【折桂令】

〔双调〕**折　桂　令**

乔吉

客窗清明

风风雨雨梨花，窄索帘栊，巧小窗纱。甚情绪灯前，客怀枕畔，心事天涯。三千丈清愁鬓发，五十年春梦繁华。蓦见人家，杨柳分烟，扶上檐牙。

本曲表现的是一位客居在外的游子的孤独感与失意情怀；亦可看成是作者飘泊生活与心境的写照。从"五十年春梦繁华"一句推测，此曲约写于作者五十岁左右。

开头三句写即目所见的景物。清明时节，时届暮春，经过风吹雨打，窗前的梨花已日渐凋零了。这是透过窗棂所看到的外景，写景的观察点是在窗前，故二、三句描写窄索细密的窗帘和小巧玲珑的窗纱，以扣紧题目中的"客窗"二字。接着用"甚情绪灯前"的一个"甚"字，领起以下三句，由景及情，渐渐道出了客子的情怀。一个客居在外的人，面对孤灯一盏，又能有什么好心绪呢？客中的情怀、重重心事和天涯飘泊的苦况，萦绕在枕边耳际。这万千的心事，从何说起呢？作者仅用了以下两句来进行概括："三千丈清愁鬓发，五十年春梦繁华。"上句化用李白《秋浦歌》诗句"白发三千丈，缘愁似个长"（《秋浦歌》），说明自己白发因愁而生，表现了愁思的深长。下句说五十年来的生活，像梦一样过去了。"春梦繁华"，意谓只有在春梦中才有繁华的生活景象。作者写这支曲的当时，民生凋敝,现实生活中哪里会有什么繁华可言？此两句写出了作者无限的愁思和感怆。

"蓦见人家"以下三句,陡然一转,将视线移向窗外人家,这家门前的杨柳垂着轻柔的枝条,依依袅袅,远远望去如含烟雾一般,杨柳长得与屋檐相齐,充满着春来柳发的一片生机,给这家人家带来盎然的春意和生活的情趣。此情此景,更反衬出游子天涯飘泊的孤独之感。李清照〔永遇乐〕词中有"如今憔悴,风鬟雾鬓,怕见夜间出去。不如向帘儿底下,听人笑语",即是用人家的笑语欢言来反衬自己的寂寞伤神,本曲抒情手法与此一脉相承。

(刘文忠)

〔双调〕折桂令

乔 吉

自 述

华阳巾鹤氅蹁跹,铁笛吹云,竹杖撑天。伴柳怪花妖,麟祥凤瑞,酒圣诗禅。不应举江湖状元,不思凡风月神仙。断简残编,翰墨云烟,香满山川。

这是乔吉自述心志的作品,表现了他风流狂放的个性。华阳巾,是道士所戴的头巾,陈抟朝见宋太祖时,即戴华阳巾;鹤氅,鸟羽所制的裘,后来也专称道服。蹁跹,指飘逸的神态。穿戴华阳巾和鹤氅的记载可推到魏晋南北朝,也是宋元文人公退或隐居时的时髦服饰,如王禹偁《黄岗竹楼记》说:"公退之暇,披

【折桂令】

鹤氅,戴华阳巾,手执《周易》一卷,焚香默坐,消遣世虑。"铁笛吹云,语出朱熹《铁笛亭诗序》:"侍郎胡明仲尝与武夷山隐者刘君兼道游。刘善吹铁笛,有穿云裂石之声。"铁笛吹出穿云裂石的声音,手扶竹杖撑到天云之际。这是一个心怀愤激、昂藏不俗的隐者形象。乔吉在这里所描述的生活意境与王禹偁不同,他是以远离仕途,走与正统文人不同的道路而感到骄傲的。柳怪花妖,指歌伎,麟祥凤瑞指异人,酒圣诗禅指诗酒狂客。经常伴着歌伎、异人、诗酒狂客,这是何等风流狂放的生涯! 正是"江湖状元"、"风月神仙"啊! "不应举江湖状元,不思凡风月神仙,"二句话表达了曲作家对自己生活道路的肯定。江湖状元不要应举,风月神仙不会思凡。"断简残编",零落不全的简册,指古书;"翰墨云烟",指挥翰泼墨而生云气烟霞;书香、墨香充满山川。结尾三句表现了乔吉对书籍文墨的感情,也包括对挥洒翰墨创作散曲杂剧的自豪。

〔折桂令〕共十一句。第二节三个四字句为鼎足对,全曲四字句多用"仄仄平平",流畅响亮,读起来与诗词不同,独有曲的韵味。

(李修生)

〔双调〕折桂令

乔 吉

登 姑 苏 台

百花洲上新台,檐吻云平,图画天开。鹏俯沧溟,蜃横城市,鳌驾蓬莱。学捧心山颦翠色,怅悬头土湿腥苔。悼古兴怀,休近阑干,万丈尘埃。

　　苏州是春秋吴国的都城,姑苏台在苏州西南,近太湖。《越绝书》说,吴王阖庐起姑苏台,三年聚材,五年乃成,高见三百里。而《述异记》则说,吴王夫差起姑苏之台,三年乃成。周旋诘屈,横亘五里。崇饰土木,殚耗人力。宫女数千人,上别立春霄宫,为长夜之饮,造千石酒钟。大约姑苏台之筑,始于阖庐,终于夫差。春秋末年,吴越之争中,吴王夫差以骄奢淫逸,拒纳忠言而亡国,为后人留下了历史教训,姑苏台和他的另一所离宫馆娃宫(在灵岩山上),就成为后人吊古、怀古的名地。在唐诗、宋词里有不少以此为题材的作品,而以李太白的《乌栖曲》及《苏台览古》、吴文英的〔八声甘州〕《陪庾幕诸公游灵岩》传诵最广。乔吉这首小令,是元散曲里同类作品的名作。

　　开头三句"百花洲上新台,檐吻云平,图画天开。"总写姑苏台的高峻形势。

　　首句点明姑苏台的所在地。这个新台当是对阖庐所筑旧台而言,它比旧台更加壮丽。"檐吻"指楼阁檐的兽头瓦当,瓦当与云平,足见其高。登到这个台上,眼前很自然地展现出一幅广阔无垠的画面。

　　"鹏俯沧溟,蜃横城市,鳌驾蓬莱。"三句鼎足,写登台远眺时的感受。

　　"鹏俯沧溟"句从《庄子·逍遥游》"鹏之徙于南溟也,水击三千里,抟扶摇而上者九万里"化来。大鹏鼓翼,俯瞰着浩瀚无际的大海,构成了第一个形象。次句之蜃,即海中大蛤蜊。古代相传,海市蜃楼即为蜃嘘出的气所化(实际上是海上云中日光的曲折反射所形成)。蜃展双翅,横亘于繁华的姑苏城阙上空,构成了第二个形象。第三句中的鳌,是传说中的海中大龟。蓬莱,传说中海上三神山之一。鳌伸两臂,凌驾于蓬莱仙山之上,构成了第三个形象。连用三种与海有关的动物,凭借想象,让它们腾飞云霄,展现出各种姿态,来比况姑苏台上豪华建筑的雄伟气势以及远眺广阔碧野时的心理感受。这里用的是"博喻"手法。这种表现手法,显然是从《诗经·小雅·斯干》里"如跂斯翼,如矢斯棘,如鸟斯革,如翚斯飞"连用四种形象来形容建筑物的整饬挺耸学来。作者对姑苏台上的建筑作如此夸张的描写,并不表明他赞赏这种豪华的宫殿,而是在为下文蓄势。

"学捧心山颦翠色,怅悬头土湿青苔。"两句抒发感慨。

登上姑苏台必然会想起它的主人吴王夫差及其生平行事。上句所说"学捧心",即人们所熟知的"东施效颦"的故事,原出于《庄子·天运》:"故西施病心而矉(同颦)其里。其里之丑人见而美之,归亦捧心而矉其里。其里之富人见之,坚闭门而不出;贫人见之,挈妻子而去之走。"由"学捧心"的东施,写到远山含翠,暗引出绝代佳人西施,就能令人联想起当年"姑苏台上乌栖时,吴王宫里醉西施。吴歌楚舞欢未毕,青山欲衔半边日"(李白《乌栖曲》)的历史故事。此二句,上句写了吴王夫差淫奢享乐的一面;接下去写他的另一面,即诛戮忠臣的残暴行为。"怅悬头"句说的是伍子胥被逼自杀的故事。伍子胥以屡谏伐齐,惹怒了夫差,乃赐以属镂之剑,令其自杀,临死,他说:"以悬吾目于东门,以见越之入,吴国之亡也。"(见《国语·吴语》及《史记·伍子胥列传》)"悬头"即指此而言。往事越千年,至今好像还可闻到伍子胥浸入黄土中的鲜血所散发出来的腥味。一个"怅"字,表现了作者的浓重感情。他不仅为往事而怅惘,而且还着眼于现实。也就是说,作者不止是为了吊古,而且也为了感今。

"悼古兴怀,休近阑干,万丈尘埃!"三句总收,表明曲的主旨。

伤悼古事而思绪万端,为什么不要靠近阑干?因为怕万丈尘埃迷蒙了双眼。这一句的真正内涵是什么呢?结合元朝末年的黑暗统治来看,它是说吴王夫差覆国的故事将要重演,大元的天下不长了!不过,这是作者此曲的弦外之音;读者自己体会,可以推论出更多的内容。

这首小令所描写的姑苏台的宏丽建筑以及登台远眺时的感受,全是出于想象。事实上,在吴国未亡之前,姑苏台已被越国毁灭,以后是否重建,史无记载;即令重建,到作者生活时的元朝,也不可能有遗构存在。早在唐朝李太白登临时，所看到的已经是"旧苑荒台杨柳新"（《苏台览古》）了。这首小令的艺术特色正在于作者根据文献记载，驰骋想象，置身于千载之上的姑苏宫中，对它作形象的描写，而造语沉着，气势宏放，但又不发泄无余，有沉郁顿挫之妙，不愧为散曲大家。

（李廷先）

〔双调〕折桂令

乔吉

丙子游越怀古

蓬莱老树苍云，禾黍高低，狐兔纷纭。半折残碑，空余故址，总是黄尘。东晋亡也再难寻个右军，西施去也绝不见甚佳人。海气长昏，啼鴂声干，天地无春。

"望先帝之旧墟，慨长思而怀古"（张衡《东京赋》），这是古代文人深沉的心绪之一。在古代诗歌中，怀古是相当常见的题材。而越地在春秋时曾发生过著名的吴、越之争，因此，越地怀古便常出现在诗人的咏叹之中。李白的《越中览古》是人所常吟的："越王勾践破吴归，战士还家尽锦衣。宫女如花满春殿，只今惟有鹧鸪飞。"诗人将"鹧鸪飞"的"今"与锦衣春殿之"古"形成一个意味深长的对照，由此感叹朝代兴衰、人生富贵都不过是一时之烟云。数百年以后，乔吉游览越地，在其〔折桂令〕《丙子游越怀古》中亦大发思古之幽情，把李白诗中幽远的启示更加明白地化成了几个问号：古往历史的意义何在？事耶，人耶，何为

【折桂令】

之归宿？

全曲首三句,诗人为我们展现了一幅苍凉而荒寂的"今"之图画:那被古人常常赞为仙境的越中之地(今绍兴一带),老树枝丫,黯云沉沉;极目望去,四野禾黍参差,稀稀落落;狐兔相逐,出没其间。"禾黍"一句,诗人暗用"黍离"之典,它使我们想起《诗经·黍离》篇描写的西周亡后宫室禾黍遍地的荒芜景象。诗人借此一方面暗示眼前的荒寂之地亦曾是古代王朝盛地,一方面又含而不露地印证着:盛衰相承,本是自古以来演不完的历史剧。全曲一开始就这样创造了一种凄怆的意境,它把我们引向荒郊旷野,悄悄地将"古"和"今"连在一起,似乎在启示着更深沉的思索:历史,究竟是什么? 而那演出一幕幕历史剧的人,他们的位置又在哪里?

以下数句,诗人作出了回答:请看那记载着先人业绩的庄严石碑吧,如今已成断块荒石,相偎黄尘。历史对它并不钟情,它只不过是一个可悲的见证:如今空荡无存的凄凉处,正是古之繁华与先人一逞其才的故址。一场空啊,有谁不到黄尘九泉之下寻找自己的归宿? 东晋王羲之,潇洒俊逸,名噪一时,书法尤擅胜场,如今到哪里可找到他? 春秋时的绝代佳人西施,使吴王夫差迷了女色而败了江山,而今西子已去,又到哪里再能一睹其倾国倾城的丰采? 风流盖世,终不免为黄尘客;俊士佳人,到底是一场空存。至此,诗人一气流注,"残碑""空余"二句紧承上文,极写荒凉之"境",同时又紧逼出"总是黄尘"之"理",一言揭出全曲主旨。三句既是写景,又是述理,不沾不滞,浑融一体。而一"空"字,则是全曲之"眼",它既映照着全曲开首的"境"之空,又牵引出下面的"人"之空,"事"之空。千古盛衰,一时霸业,短暂风流,一个"空"字便是其存在的全部真谛、全部价值。史乎,人乎,不就是这样一种悲剧?

诗人沉湎在这种历史的、人生的悲剧意识中,眼中的一切都显得黯然失色:海雾漫漫,阴气沉沉;鹃鸣阵阵,其声哑哑;没有春天,没有活力,一切都是黯淡、寂寞和灰色。曲末这三句的写景与开篇的荒凉境界正成一种呼应,一种契合:古往今来,一切存在指向的都是一个"空"的,毫无希望的未来。

诗人就这样把一个对历史、对人生的思索留给了我们。全曲结构严谨,既跳宕而又一脉贯穿,以写景开篇,以写景作结,抒情蕴于其内,叙理又出于其中。它不乏李白诗般的幽远;作为散曲,它又将其情其理一发于字面,意境相成,情理互生。首尾有含蓄之致,中部又参佻达明快之机,诗的意味和曲的机趣和谐地结成一体。而诗人所以创造如此的艺术境界,其意正在把他对历史、对人生的思索和悲剧化的领悟在直言快语中告诉人们;同时又含蓄有致地留给人们一个对历史、对人生的深长体味和思索。

值得细察的是:本曲是乔吉唯一的明确标年的作品。丙子,当指 1336 年,前推六十年(1276),正是元兵攻破临安(今杭州)、南宋实际灭亡之时,故此曲或为乔吉的"故宋六十年祭"亦未可知。曲中表现的黍离之悲、荒寂之感、凄凉之思多少带有感慨宋亡而不满元代现实的色彩。只不过乔吉在曲中未以实指,而是以一种广泛的历史意识和对人生的思考去组合、构造全曲的意象和情境,是否有亡国之慨的弦外之音便不妨由读者们见仁见智了。但有一点却毋庸置疑:乔吉是元代文人中"沉屈下僚,志不得伸"的典型之一,他没有机会实现传统文人观念中"兼济天下"人生理想的机会,于是,他便把时代对他的否定逆反为对整个历史和人生的否定。一时霸业,终成虚话,这正是元文人对自己"志不得伸"无可奈何的慰藉;俊士佳人,风流一瞬,高下尊卑,终不免成黄土客,这正是元文人对自身地位低下的痛苦解脱。从本曲中,我们看到的乃是元代特定社会文人心理的折光,立在我们面前的是一个被时代抛弃而又无力回天的悲剧身影。这或许正是本曲伤感、凄凉和惆怅情感主调的主要成因。

(李昌集)

【折桂令】

〔双调〕折 桂 令

乔 吉

秋 思

红梨叶染胭脂,吹起霞绡,绊住霜枝。正万里西风,一天暮雨,两地相思。恨薄命佳人在此,问雕鞍游子何之?雁未来时,流水无情,莫写新诗。

　　《秋思》是一支秋日抒情的曲子,作者托言抒情主人公是一位"相思"女子、"薄命佳人",她所怀念的意中人是一位不知归期、未知何之的游子。

　　曲子的前三句先写萧疏的秋景,以扣紧题目中的"秋思"。在秋景描写上,作者选取最有典型性的景物,细写霜叶的飘零,用一叶惊秋的环境气氛,来牵动主人公的情思。看:那红色的梨叶经过秋风秋霜的浸染,如同涂上了一层深红色的胭脂,风起叶飘,那绯红如朝霞的叶片随风飞舞,像轻绢薄纱,有时轻轻落地,有时挂胃在经霜渐枯的枝条上。开首三句,一幅萧萧秋色图,便跃然纸上,而凄凉之秋气正为全曲的抒情烘染了一种伤感的氛围。

　　"正万里西风,一天暮雨"两句,将萧瑟之景更深染一层。此句化用宋柳永〔八声甘州〕"对潇潇暮雨洒江天,一番洗清秋"之句意,从而逼出以下"两地相思"之全曲主旨句。"两地相思",本极为平常,但由于已有前面浓墨重彩的写景铺垫,故显得平中见深。这是古代诗歌中常用的"情景交融"手法。

"恨薄命佳人在此,问雕鞍游子何之"两句,点出曲的主角,原来是一位孤独的女子,她的恋人离她远去,此刻,她自恨薄命,默默地发问:远方的游子啊,你现在何处? 这里暗用柳永〔定风波〕词"恨薄情一去,音书无个。早知恁么,悔当初不把雕鞍锁"的意境,说明这位薄命佳人正在后悔当初没有坚决阻止爱人远行。下句的"雁未来时",表示恋人的归期无定,大雁秋去春回,尚有归期,可自己的恋人,不但不知他身在何处,连什么时候回来也不知道,想到这里,她怎能不泪洒相思地呢?

最后两句,暗含"红叶题诗"的典故,与本曲开头写红叶回环相扣,使全曲在结构上显得更加紧密。关于"红叶题诗"的故事,唐宋间流传很多。孟棨《本事诗》、宋人张实的《流红记》等均有记载,故事梗概大体相同,都是用红叶题诗句,靠流水来传送所题之诗。此处反其意而用之,说"流水无情",纵然题诗也不能靠它传递,还是不写诗为妙。这里,既反映了女主人公的怨嗟之情与孤独之感,也表现了她因音讯难通和无可告语所造成的相思之苦。其中"莫写新诗"之尾句,写得极为传神。将女子屡屡以诗寄情,欲罢不能,而又怨恨游子之极,遂发誓不再作新的相思之诗的情状与心态,微妙毕肖地表现出来了。

这支曲子的前六句,在意象上似受到王实甫《西厢记·长亭送别》:"碧云天,黄花地,西风紧,北雁南飞。晓来谁染霜林醉? 总是离人泪"等一段曲调的影响,创造出一种情景交融的意境。在语言上,它很讲究辞藻的华美和对仗的工整,如"吹起霞绡,绊住霜枝","万里西风,一天暮雨"等等,都是对偶极工之句,在音韵上也比较婉谐,代表了乔吉散曲的艺术特色。

(刘文忠)

〔双调〕折 桂 令

乔 吉

荆溪即事

问荆溪溪上人家：为甚人家，不种梅花？老树支门，荒蒲绕岸，苦竹圈笆。寺无僧狐狸样瓦，官无事乌鼠当衙。白水黄沙，倚遍阑干，数尽啼鸦。

荆溪在江苏宜兴县南，以近荆南山而得名。传说晋代周处斩蛟即在此。荆溪沿岸风景秀丽，唐杜牧曾筑水榭于其上；宋苏东坡又欲买田种桔于其间，"吾来阳羡，船入荆溪，意思豁然，如惬平生之欲，逝将归老，殆是前缘"（《种桔帖》）。在他们的眼中，荆溪简直是个理想的世界，一个使心灵得以憩歇的世外桃源。宋梅尧臣有一首咏游荆溪的《东溪》诗："行到东溪看水时，坐临孤屿发船迟。野凫眠岸有闲意，老树著花无丑枝。短短蒲茸齐似剪，平平沙岸净干筛。情虽不厌住不得，薄暮归来车马疲。"在梅尧臣笔下，荆溪是一个安谧而恬静的境界，一个超脱红尘、万象悠闲的自然。"诗人之眼"往往只撷取自然的一个侧面，一个与他的心境、他的理想、他对现实的感知相契合的一角。同样一个荆溪，在乔吉的眼中便大不相同了，在他的笔下，人们称颂的荆溪——那超凡脱俗的"世外桃源"，成了一个悲凉惨淡的人间之境。

"问荆溪溪上人家：为甚人家，不种梅花？"曲首以设问陡起，问得奇怪，又似乎无理。人家种梅花与否，又干卿何事？况荆溪并不以梅花著称（按：前人咏荆溪的诗、文中几乎没有涉及梅花;另,荆溪有一小支流曰梅溪,非荆溪佳处,详见《宜兴县志》),乔吉为何提出这一奇特的问题呢? 诗人给我们留下一个问号,一个悬念,我们期待着回答。但乔吉却并未解答,而是突然笔锋一转,描绘了一幅凄寂荒凉的人间图画:"老树支门,荒蒲绕岸,苦竹圈笆。"没有梅花,有什么呢? 这里有树,但不是"著花无丑枝"的树,而是枝枝丫丫遮蔽着无人进出的人家小门的枯干;这里有蒲苇,但不是"短短齐似剪",具有盎然生意的蒲苇,而是萧瑟参差的"荒蒲"绕岸杂生;这里有园篱,但不是"桃园琼篱",而是梢乱刺尖的苦竹圈着的棘笆。没有一点活力,没有一点生气,诗人展现的是一种死寂沉沉的人间。"寺无僧狐狸样瓦(样,通漾。《乔梦符小令》中此句为"弄瓦",意思更明),官无事乌鼠当衙",二句进一步深化了这种人间的"死寂"内涵:狐狸在寺庙的瓦上窜来窜去,僧人不知何处去,惟见空庙寂寞存,历来堪慰人心的宗教信仰不复存在;衙门里见不到执法者的身影,只有老鼠在尽情戏耍,人间的正常秩序消然瓦解①。诗人就这样为人们展现了一幅"死"的和"崩溃"了的人间场景,显示了他心底深处的那种对现实的绝望情绪以及惆怅而痛苦的人生失落感。全曲最后三句便是诗人这种心境的写照:"白水黄沙",仿佛是黯淡而空荡的世界在诗人心目中的"真相";诗人倚遍阑干,面对这不堪再睹、不堪再想的现实人间,只有一点一点地数着那哇哇悲啼的乌鸦。有什么再比这一动作体现的诗人内心那种惆怅、空寂、悲怆的人生失落感更能摇动人们的心灵呢?

和梅尧臣的诗比较一下,我们就可以看出,同样一个荆溪,在梅诗中是一个美的世界,而在乔曲中却是一个凄苦的、丑的世界。而这,正反映了乔吉散曲另一个重要侧面,反映了乔吉散曲的文学精神中另一重要的内容:不把现实生活空泛地理想化,不用表面的欢娱和自足去作心灵的短暂慰藉,而是面对真正的现实、真正的命运。不错,诗人在曲中体现的情绪几乎是完全绝望的,这与我们屡屡提及的元文人的特定历史遭遇紧密相连。但唯其如此,诗人才把沉沉死

【折桂令】

气、把"丑"作为现实存在的全部内容和无可更改的本质层面加以展现。其艺术的魅力不仅仅在它创造了一个沉闷、伤感和死寂般的意境，而首先在其揭示的"丑"所引起的对历史、对诗人悲剧意识的深长思索。艺术的动人绝不仅仅在美，丑往往使艺术具有比一般的愉悦更加扣动人心的审美效果，而当诗人用其艺术之笔形象、精赅地将生活之丑加以展现，并蕴涵着他对生活的认识、思考和把握时，当诗人用批判而不是欣赏的态度将丑摄入他的作品时，反映丑就转化为别具一格的"艺术美"。其美不在其揭示的生活本身，而在它体现了艺术作为"把握世界的方式"的本质。

由此，我们忽然领悟到为什么乔曲在开篇就提出"为甚人家，不种梅花"的奇特问号。诗人是在一开始就把梅花作为美的象征，从而将以后曲中展现的"丑"与"美"在意象上形成一个意味深长的对照。这样，诗人就十分含蓄地表达了他对现实人间的思考、评价和"把握"。乔吉并没有对梅花作形象上的描绘，但在古代，梅花是美的极致、美的典范。乔吉有一首著名散曲《寻梅》，曲中写诗人不惜"两履霜"去寻梅，其实，诗人寻找的正是美——美的人格、美的精神、美的生命。在《寻梅》中，诗人写他在"孤山上"寻到了"梅"，而当他"酒醒寒惊梦"时，只有凄凉的"梅花落"之笛声和昏黄淡月伴随着诗人，现实中又何尝有梦中的"孤山之梅"呢？"溪上人家"的"不种梅花"，乃是诗人这一凄凉心境的又一次反映，其深涵的意味正在暗示现实生活中已寻不到"梅"——美的存在。我们不知道作者在什么时候、什么处境下写这首《荆溪即事》，这"即事"又是什么"事"；但是读完全篇，再回头细味这开首奇特的设问，便不能不觉得它有一种深沉的意蕴和哲理意味在扣动着我们的心弦。乔吉谈散曲作法时有"起要美丽，中要浩荡，结要响亮"之说。而此曲正得其旨，只不过它的"美丽"体现为开篇就启发着读者的深思，又十分深沉地暗示着诗人的心境。在这一设问后，诗人将老树荒蒲苦竹、狐狸乌鼠啼鸦，再加上空荡的白水黄沙和一个倚阑而立的孤独诗人，组合成一幅与美相对比的图画,在这精炼而"浩荡"的层层铺排中,我们看不到有活力的人的生命存在。而这一切,最终指向的是诗人对"不种梅花"——美已在人间丧失的无限悲哀和惆怅。

诗的艺术形式只有和艺术家的心灵结合在一起才有审美的意义。在本曲中,我们仿佛看到诗人的痛苦和他心底深处的伤感;执着的对美的追求和无可奈何的绝望;一个清醒地"把握"着现实世界的既矛盾而又凄凉的灵魂。正因如此,本曲才表现出一种美的悲剧情味和悲剧意趣的美——这,也许就是本曲的艺术魅力和它的深层内涵之所在。

(李昌集)

〔注〕 ① 官无事乌鼠当衙:有的论者认为它揭露了元代吏治的黑暗,是曲中所写凄苦人间的根源,从而由此出发去确定对本曲的基本评价。笔者认为,这不失为乔吉思想的一个侧面,但并非本曲的主题核心所在。

〔双调〕折桂令

乔 吉

自 叙

斗牛①边缆住仙槎,酒瓮诗瓢,小隐烟霞。厌行李程途,虚花世态,潦草生涯。酒肠渴柳阴中拣云头②剖瓜,诗句香梅梢上扫雪片烹茶。万事从他,虽是无田,胜似无家。

《自叙》一曲,可以说是乔吉一生的自嘲式的写照。乔吉少怀"鹏抟万里"

【折桂令】

（〔山坡羊〕《寓兴》）的大志，但在当时，他的理想无法实现，不得不走另一条道路。他大半生浪迹江湖，常以诗酒自娱，自言"瘦马驮诗天一涯"（〔凭阑人〕《金陵道中》），"批风抹月四十年"（〔绿幺遍〕《自述》），历尽困苦艰辛，饱尝世态炎凉。中年之后，他回首往事，感到一切都成了泡影，但又无可奈何，只好放浪形骸，日与"酒瓮诗瓢"为伴，采取"万事从他"的态度。

曲的首句"斗牛边缆住仙槎"，用晋张华《博物志》"八月浮槎"的典故："旧说云：天河与海通。近世有人居海渚者，年年八月有浮槎，去来不失期。人有奇志……乘槎而去……到天河……"作者用这个典故比喻自己万里飘泊，如同乘仙槎浮天河，恍若隔世。"酒瓮诗瓢，小隐烟霞"两句，是他对这种超脱生活的艺术概括：隐于大自然仙境般的烟霞明灭之中，过诗酒自娱的生活，这是他抉择的生活道路。以下三句则是诗人对这种情怀的进一步抒发：长期的飘泊羁旅生涯，使他对"行李程途"感到厌倦，世俗的追求，犹如镜中之虚花，水中之月亮；炎凉的世态真真假假，像逢场作戏，作者对此是看透了。也许这一生就这样潦潦草草地交代了过去。这是作者发自内心的浩叹，他唯一感到自慰的就只有诗酒自娱了。"酒肠"等二句，前句选取了夏季一个典型的生活场景：于酒醉菜足之时，坐在柳荫之下，剖瓜解渴，后句选取了冬季一个典型的生活场景：从梅梢上扫下雪片烹茶。瓜的清甜，茶的清香，似乎使吟出的诗句也沾染上香甜味。世间的纷扰万事任他去吧。家中虽无负郭之田，但却胜似漂泊江湖，无家可归啊！

这支曲子写得淳朴自然，音情婉谐，它是作者内心的独白，又是作者对人生道路的反思。使我们看到他的放浪形骸是忍着眼泪的。他虽然"小隐烟霞"、酒瓮诗瓢、烹茶剖瓜，但这毕竟是"潦草生涯"；诗人向往"仙境"，但对世事并未忘怀，整个作品意脉相连，流露在字里行间的是愤懑，是叹惋，这是整首曲的基调。

（刘文忠）

〔注〕　①斗牛：二十八宿中的斗宿和牛宿。这里借指星空或天上星河。　②云头：云上之意。欧阳修《六一诗话》引苏轼《新桥对月》诗："云头滟滟开金饼，水面沉沉卧彩虹。"陆游《秋思》诗"天际挂虹初断雨，云头曀日又成阴"等可证此解。"拣云头剖瓜"于意难通，疑"云头"为"石头"之误。

〔双调〕折桂令

乔　吉

毗陵① 晚眺

江南倦客登临。多少豪雄，几许消沉。今日何堪，买田阳羡，挂剑长林。霞缕烂谁家昼锦，月钩横故国丹心。窗影灯深，燐火青青，山鬼喑喑。

如果说，乔吉的超尘出世之吟是他用某种幻觉世界作心灵的慰藉，以寻求对痛苦现实的解脱，那么，本曲则是其内心深处无法超脱的痛苦的展现。

"江南倦客登临"，首句便透出一股悲凉沉重感。倦客，本指仕宦不如意而思退隐者，乔吉家居杭州，一生落拓江湖，无以进仕，故以"江南倦客"自谓。但这里亦正透露了诗人内心深处的消息：他又何尝不想立身治国，一展其才？只不过是现实磨"倦"了他的意志而已。而英雄失路，千古以来又何止乔吉一人？"多少豪雄，几许消沉"两句，一下子将眼光伸向历史，揭示了"倦客"之慨乃是历史上志士仁人的共同心绪。接着，连举两例以证："买田阳羡"，用东坡之典。东坡一生屡遭仕途之险，终于倦于官场，悟"人生如梦"，惟求于田园中聊度终身。其《登州谢表》曰："坐谪六年……止求自便，买田阳羡，誓毕此身。"（阳羡，今江

【折桂令】

苏宜兴）"挂剑长林"，一般指春秋时季扎赠剑亡友，挂剑其坟上故事。但玩味曲意，似化用晋许逊挂剑长松之典。许逊官拜旌阳令。因晋室梦乱，乃悟世事皆虚，遂投身道门，终于修成升仙。相传建昌县冷水观一长寿松是其遨游而挂剑处。（见《名山记》）这里，诗人由一己之身转向了对失意文人共同命运的揭示。而千古豪雄，为何终归"倦"意而消沉？以下两句便是诗人的回答。"霞缕烂谁家昼锦"，"霞缕烂"指霞光灿烂的早晨；"昼锦"即"昼锦堂"，宋魏国公韩琦所建，富丽堂皇，日有丝竹宴饮其间，极尽人间之享乐富贵。"月钩横故国丹心"，"月钩横"指夜晚，"故国丹心"此处意指人已成异代之鬼。二句对仗联对，意谓光阴迅疾，人生如梦，早晨方为极乐人生，晚上却已更朝换代，富贵者已成乌有之灵。请看这历史、人生的真实画面吧：伴随着幽黯窗影、昏黄灯光之"生"的是历史、人生的永恒结局——"燐火青青，山鬼暗暗"。人生之灯终将化为坟间燐火；人生的一切壮志，一切呼喊终将是鬼之暗暗。这才是英雄消沉的最大悲剧。

诗人对历史、对人生的思索是"今日何堪"，这是古代若干失意文人内心深处共同的一种悲剧意识。古代若干旷放、超脱之作的深层根基，正是要对这种无法解除痛苦的"超脱"。乔吉曲豪放而极乐之作与幽冷而极悲之作共存，正因其是互为表里的两面，而内在灵魂却只是一个：深沉的历史、人生的悲剧意识。

但是，悲剧意识的深处体现的是对生命的执着。在古代许多这类作品中，我们总能体味到一种对历史、对现实存在的否定感。从乔吉"多少豪雄，几许消沉"的深深叹息中，我们不正感受到这样的气息？而"霞缕烂谁家昼锦，月钩横故国丹心"，不正蕴涵着乔吉对元代沐猴而冠的富贵人家的蔑视，蕴涵着对真正志士"丹心"被埋没的痛惜？从这个角度说，乔吉和一切失意文人对历史、对人生的否定恰恰是对现实的否定，而其深层处却又是对人生的真正执着。

乔吉在本曲中用娴熟的技巧把他的这种情感和沉思化为一种艺术的境界。开首"倦客"二字，悲凉情调即已笼罩全篇，看似平平，无"凤头"之美，实已擒控全曲题旨，简洁而有力。以下数句，一种深沉的探询使本曲具有浓厚的理性色彩，而"今日何堪"之提勒，"谁家"句之设问，则将诗人情感色彩巧施其内。豪雄消沉之"理"、诗人悲凉之"情"，均含而不露，交融一体，更耐人寻味。而末三句则又遥接登临远眺之题，描绘了一种极幽深而暗淡的场景，"生"（"窗影灯深"）与"死"构成一种对照，一种暗示，从而使诗人深沉而悲切的思考、凄怆而痛苦的感情在幽暗的画面中凝结成一个扣动人心而又耐人思索的意境。散曲结尾本重"响亮"，所谓如"豹尾"之爽健而有力，而本曲则采用传统诗词的含蓄手法，以写景作结，使全曲具有悠悠不尽之意。而这正和诗人那种无边的惆怅，那种对历史、对人生不尽的迷惘、伤感的心境相一致。艺术本无定规，达意境者即为上乘。读完本曲，谁能不受诗人情绪的感染，谁能不对时代造就的悲剧诗人而同情，而感慨，而深长思之？

(李昌集)

〔注〕 ① 毗陵：今江苏武进。毗陵是其古称，元代称"晋陵"。

〔双调〕 **清 江 引**

乔 吉

有 感

相思瘦因人间阻，只隔墙儿住。笔尖和露珠，花瓣题诗句，倩衔泥燕儿将过去。

这是一支写相思之情的小令。

【清江引】

　　一开始就点明了引起"相思瘦"的原因是有人从中作梗,即使一墙之隔却是咫尺天涯,不仅无法见面,连互通情愫亦是难上加难。可是这道墙既是泥土墙,也是封建礼教的墙。主人公只好以露珠和墨,花瓣题诗,请衔泥燕儿把自己的相思之情衔过墙去。作品从侧面反映了封建社会青年男女恋爱不能自主的痛苦心情,表现了他们越被间阻越相思的坚贞品性。在艺术上,这支小令充分体现了乔吉散曲清新婉丽的创作特点,颇有唐宋婉约派小令词的韵致。笔尖和露,花瓣题诗,把读者引入一个多么富有诗情画意的相思境界。唐人有"蛱蝶飞来过墙去,只疑春色在人家"(王驾《雨晴》)的佳句,王实甫《西厢记》描写崔、张隔墙相思也有"隔花荫人远天涯近"的怅恨,乔吉化其意境来写隔墙相思,文笔清丽而又意涵深沉。尤其是结句"倩衔泥燕儿将过去",更显神秀,想象别致,情韵天然。

(杜朝光)

〔双调〕清江引

乔　吉

即　景

垂杨翠丝千万缕,惹住闲情绪。和泪送春归,倩水将愁去,是溪边落红昨夜雨。

　　这支小令写暮春景致,清新婉丽中又略带几分伤感之情,画出了一幅暮春伤怀的动人画面。

　　小令以垂杨翠丝起兴,绿水边的千万缕垂柳,勾起了伤春人的多少愁绪。

昨夜一场春雨,小溪边点点落红成阵。风雨催春,留春无计,只好含泪送春,让一溪悠悠绿水将一腔春恨远远送去。

　　小令的作者乔吉,是元散曲后期代表作家之一,散曲创作新鲜自然,以清丽见长,曾自称为"烟霞状元"、"江湖醉仙"(〔绿幺遍〕《自述》)。这支小令很能代表他的创作风格。乔吉创作散曲,能够承续前人手法而又加以翻新,如柳丝系愁,远如《诗经》"昔我往矣,杨柳依依"(《小雅·采薇》)就已用之,折柳枝以寄离愁已成古人习俗之一。这支小令却以翠丝万缕以系春愁,陈袭中自有变化,摇曳生姿。再如绿水载愁,秦观〔江城子〕已有"便作春江都是泪,流不尽,许多愁";张炎〔咏春水〕词也有"临断岸新绿生时,是落红带愁流处"。乔吉巧妙地化用两宋婉约词名句入曲,不仅融化无迹,浑成自然,而且添一"倩"字,便使全句语意翻新,流走生动,凄婉之中带有多少莫名的惆怅!真是"几曲宫商大用心"了(贾仲名〔凌波仙〕吊词)。其次,这支小令的文字清新婉丽,优美动人,宛如唐宋婉约派名家词,这也是元人散曲后期创作日益诗词化的一种表现。结句"是溪边落红昨夜雨",凄清婉丽,耐人寻味,颇有几分后人称谓的"神韵"的意境,直与婉约派名家词句无异。

(杜朝光)

〔双调〕 **水 仙 子**

乔 吉

游越福王府

笙歌梦断蒺藜沙,罗绮香余野菜花。乱云老树夕阳下,燕休寻王谢家。恨兴亡怒煞些鸣蛙。铺锦池埋荒甃①,流杯亭堆

【水仙子】

破瓦,何处也繁华?

福王赵与芮是宋太祖赵匡胤十世孙,理宗赵昀的同母弟,嗣荣王(其父赵希瓐);其子赵禥又继理宗皇帝位,即度宗。赵与芮封福王,府第在绍兴府山阴县。据《万历会稽县志》载:"宋福王府在东府坊,宋嘉定十七年理宗即位,以同母弟与芮奉荣王祀,开府山阴蕺山之南,府东大池,其台沼也。"以与芮地位的显贵,不难想见当日府第的豪华。德祐二年(1276)宋降元,伯颜占领临安,与芮降封平原郡公,成了没落的贵族。他的王府破败过程虽不见记载,但据绍兴宋六陵在元初的遭遇,特别是理宗颅骨竟被盗墓者用作酒器的事实,便可推想。至乔吉游览,时又隔数十年,王府已成为一片荆棘瓦砾,怎不令人生出无限感慨!感叹兴亡盛衰之无常,正是这篇小令的主旨。

这首小令的表现方法是借景抒情。但曲中并无对景物的精致刻画,也不脱离景物直抒胸臆,而是情随景生,情景紧密结合,句句写景都将作者的联想、幻觉、想象、思考融注其中。当作者看到满目沙砾,蒺藜丛生时,耳边似乎响起了当年王府追欢逐乐的歌吹声。眼前的现实,使他产生当年的欢乐不过是一场幻梦的想法。当他看到一丛丛野菜花时,他又仿佛嗅到当年满身罗绮的宫人们散发出来的兰麝芬芳。面对乱云老树夕阳的画面,他脑中立即浮现出刘禹锡的名句:"旧时王谢堂前燕,飞入寻常百姓家"(《乌衣巷》),于是在心里对燕子说:你们不必再徒劳地寻找当年筑巢的王府雕梁了!而野塘中传来蛙鸣,更激起了他的联想:古越国的君主勾践不就是在这块土地上,曾经向怒鸣着的青蛙凭轼致敬,以鼓舞越国士民向吴国复仇的敌忾吗?(见《韩非子·内储说上》)这王府旧址上的蛙鸣大约也是对国破家亡发出的哀恨吧。这里一堆荒甃,那里一堆破瓦,这是建筑物的遗迹。由此作者联想到池底铺锦的豪奢,曲舫流水的风雅。王建有诗:"如今池底休铺锦,菱角鸡头积渐多",眼前景况,却是连菱角鸡头都没有了。于是,作者不由得发出"何处也繁华"的疑问。经此一问,全曲皆活,而同时又留给读者以无穷的思考与想象。

本曲即景抒情的手法颇有特点。从景物摄取看,它并未着眼大片和完整的景观。除"乱云老树夕阳"构成画面外,只拈取了一些零星事物:蒺藜、菜花,荒甃①、破瓦。然而组接起来,就构成了一幅荒芜破败的图景。这些事物是有典型性的,它既是当时实景,也是作者惆怅凄凉情绪的外化。从形象的性质看,它们并不都来自视觉,也有来自听觉的笙歌和蛙鸣,来自嗅觉的罗绮香,这就使得作者描写的空间更具实体感,使读者有如身临其境。从结构看,这些句子的排列组接并无一定次序,实际上也可看作是景物凌乱和作者意绪纷乱的一种体现。总的看来,这种不注重形象描摹的清晰逼真,而是将人物活动的时空顺序打乱,把联翩的浮想和思维活动与所见所闻糅在一起,塑成一些既鲜明又朦胧的意象,以作者的思想情感直接地、整体地传达给读者,这正是中国艺术传神写意之美在诗歌中的一种典型表现方法。从本曲看,这种方法确具有很强的艺术魅力。

(姚品文)

〔注〕 ① 甃(zhòu 绉):砖瓦之类。

〔双调〕水 仙 子

乔 吉

若川秋夕闻砧

谁家练杵动秋庭,那岸窗纱闪夜灯。异乡丝鬓明朝镜,又多

【水仙子】 添几处星！露华零梧叶无声。金谷园中梦，玉门关外情，凉月三更。

这首小令描写了作者流落异乡时的愁苦心情。题为"若川秋夕闻砧"，曲词就从"闻砧"写起。砧，古代妇女捣衣的垫石。诗人时在若川，一个秋天的夜晚，听到远处传来阵阵捣衣之声，不禁发出疑问："谁家练杵动秋庭？"这一句中，"练杵"是指捶打丝麻布帛等织物使之柔软洁白的捣衣棒，与题目中"闻砧"的砧恰相呼应，而"秋庭"则点明闻砧的季节和地点。曲词开首，即紧承题意。发问之后，诗人即自行作答：啊，原来是那岸边的人家，窗纱上还闪映出微弱的灯光！"那岸窗纱闪夜灯"，是诗人所见之景物，透过这景物的描写，我们似乎看到闺中女子正在为外出的亲人勤动砧杵、赶制寒衣的身影，体察到她思念远方亲人的情意。

诗人从砧声联想到自己。自己远离家乡，流落异地，此时此夕，家中亲人是不是也在怀念自己呢？而他多年飘泊在外，不知何时才能归去，岁月蹉跎，白发徒增。"异乡丝鬓明朝镜，又多添几处星"，正是他悲伤心情的显露。这两句，暗用了李白《将进酒》"高堂明镜悲白发，朝如青丝暮成雪"的诗意，抒发了他年华渐逝的哀叹。而句中的"明"字作为动词，在这里是显示的意思；"几处星"则形容鬓发花白。左思《白发赋》中的"星星白发，生于鬓垂"，则为此语所本。在慨叹之后，诗人笔锋一转，接写室外景物："露华零梧叶无声"。"露华"即露珠；"零"，零落，形容露珠稀少疏落；"梧叶无声"，显出环境的凄寂。白居易的《长恨歌》曾有"秋雨梧桐叶落时"的诗句，后来人们常以秋雨滴梧桐，"点点滴滴到心头"的描写显示对亲人怀念的愁苦之情，这里，诗人却反其意而用之，以秋露稀零、梧叶无声来衬托自己心境的哀苦。从整个意境来看，它以静衬动，更突出了砧杵之声，而诗人秋夕闻砧，不能与亲人团聚的悲苦心情也就展现出来了。

曲词写到这里,似乎再没有什么可说了,然而作家却从遐远之处着笔,选取两种典型感情来比拟,进一步说明闻砧之悲苦,这就是"金谷园中梦"与"玉门关外情"。金谷园,在河南洛阳东北,为晋石崇所建,石崇常宴客园中,当筵赋诗。李白《春夜宴诸从弟桃李园序》中,记叙他和兄弟们聚会桃李芬芳之名园,仿效金谷园故事,饮酒赋诗,共叙天伦之乐,序中有"浮生若梦"等语。"金谷园中梦"疑即指此。玉门关,在甘肃敦煌东北,为汉唐时内地通往西域的门户,当时军将屯戍关外,故有"秦时明月汉时关,万里长征人未还"(王昌龄《出塞》)、"羌笛何须怨杨柳,春风不度玉门关"(王之焕《凉州词》)之句。李白《子夜吴歌》也说:"长安一片月,万户捣衣声,秋风吹不尽,总是玉关情。""玉门关外情",指的是闺妇对远戍玉门关外亲人的思念之情,它和"金谷园中梦"一样,都表示对远方亲人的怀念,恰与诗人秋夕闻砧的心情一致。全曲结句"凉月三更",说明这种心情产生的环境。明月中天,夜已三更。千种情调,万般愁思,似乎都凝聚在这冰冷的月光之中了。一个"凉"字,乃是全曲意境的点睛所在,它以具体的形象点明题目中的"秋夕",并与曲中"夜灯"、"露华"的描写相照应,读来语意贯通,首尾呼应,足见作者的艺术功力。

(黄竹三)

〔双调〕水仙子

乔 吉

寻 梅

冬前冬后几村庄,溪北溪南两履霜,树头树底孤山上。冷风来何处香?忽相逢缟袂绡裳。酒醒寒惊梦,笛凄春断肠,淡

【水仙子】

月昏黄。

乔吉散曲集中,颇多写景咏物之作,这首小令,用跌宕的笔法写出寻梅的意趣和梅花的风韵,运词精巧,使典妥帖,深得行家赞赏。

〔水仙子〕是北曲双调常用的曲牌。全曲八句七韵,写作时一般分为三节。本曲分别描写寻梅、遇梅和赞颂梅花的神情韵味。

先看第一节。"冬前冬后几村庄,溪北溪南两履霜,树头树底孤山上",主要描写寻梅的经过。诗人走过不少村庄,也到过溪畔水涯,两脚踏遍了霜雪,最后走到杭州西湖的孤山上,遍寻树头树底,但一直没有找到令他倾羡的梅花。这一节,突出了一个"寻"字。

"冬前冬后",写诗人寻梅的时间之长;"溪北溪南"、"树头树底",则写寻梅之勤;"几村庄"、"两履霜",说明寻梅之艰。然而诗人遍寻不获,内心焦急、失望,这就为下节找到梅花惊喜欢欣作了铺垫。这三句,用词工整,彼此对仗,从散曲的创作来说,这种对仗方式称之为"鼎足对";而它每句之中,词语又两两相对,重复中又有变化,非常巧妙。

第二节意脉一转:"冷风来何处香? 忽相逢缟袂绡裳",诗人久寻不获,忽然一阵冷风吹过,送来阵阵幽香,眼前出现了仙子一般的梅花,这使他非常高兴。铁鞋踏破,蓦然发现,真使人有豁然开朗之感!"冷风来何处香",写得含蓄有味,姜白石咏梅诗中有"梅花雪里无人见,一夜吹香过石桥"之句,二者相比,堪称异曲同工。它们妙就妙在写出梅花之魂——异于他物的幽香! 抓住了"香"这个特点,梅花的风神便表现出来了。下一句,接写梅花的外形。缟袂,白绸做的衣袖;绡裳,薄绸做的下衣。这里,诗人用拟人化的手法,把梅花比作一个穿着白衣的仙女,于是梅花的形神俱现,给人以深刻印象。

"酒醒寒惊梦,笛凄春断肠,淡月昏黄"。第三节,作家使用了三个典故,进一步描写梅花的神韵。我国古代有这样一个故事：相传隋代赵师雄在一个冬天的傍晚路过罗浮山，于林舍中遇见一位素衣淡妆的女子。二人相约到酒店喝酒，赵师雄醉后睡着了，醒来发现自己躺在一棵白梅树下，枝头翠鸟娇啼，原来他昨夜梦见的是一位梅花仙子。（事见《龙城录》）唐朝殷尧藩咏梅诗"好风吹醒罗浮梦，莫听空林翠鸟声"，写的就是这个故事。"酒醒寒惊梦"，显然是用了这个典故，它紧承上句"缟袂绡裳"，进一步描写梅花仙子，连接非常自然。"笛凄春断肠"句也是用典。宋连静女〔武陵春〕词："笛里声声不忍听，浑是断肠声。"此处化用其句。其典出晋向秀《思旧赋》。向秀与嵇康、吕安等友善。嵇善吹笛，后嵇等被司马昭杀害，向秀将西去，经昔三人所聚之旧庐，怀念旧友，作《思旧赋》。其序有"邻人有吹笛者，发音嘹亮。追思曩昔游宴之好，感音而叹。"后常以"闻笛"指怀念旧人。诗人暗用此典，意思是说，听到凄咽的笛声，就想到落梅春尽，自己心爱之物失去，故为之断肠。最后一句"淡月昏黄"，不仅点明诗人找到梅花的时间，同时还化用了宋代林逋"暗香浮动月黄昏"（《山园小梅》）的诗意，突出了梅花的风神，与首节孤山寻梅前后呼应，笔法极其绵密。

统观全曲，诗人是以寻梅来展现梅花的形神风韵，它在写作上有一个特别的地方，这就是通篇描写梅花，但字面上未出现过一个"梅"字，尽管如此，读者却时时感受到梅花的存在。比如第一节写孤山寻梅，孤山是诗人林逋隐居的地方，宋时遍植梅花，提起孤山，人们马上联想到梅花。又如第二节写"冷香"，写"缟袂绡裳"，这是梅花洁白幽香的神形，曲中虽不直说，读者自可领悟。至于第三节的三个典故，更是咏梅所常用。这种写法巧妙别致，足见诗人构思时的艺术匠心。

（黄竹三）

〔双调〕水仙子

乔 吉

为友人作

搅柔肠离恨病相兼,重聚首佳期卦怎占? 豫章城开了座相思店。闷勾肆儿逐日添,愁行货顿塌在眉尖。税钱比茶船上欠,斤两去等秤上掂,吃紧的历册般拘钤。

乔吉散曲大多以"清丽新奇"见长,但也另有一些使用方言俗语的"本色之曲",这首〔水仙子〕,便是此类"本色之曲"中的佳作。

题目是"为友人作",友人是谁? 无考不详,从内容上看,似乎是一个生活于市井、与情人分离的人。这首小令为友人抒发对所爱之人的思念,其中颇多市井商贾之语,在元代散曲中,这种写法还不多见。

"搅柔肠离恨病相兼,重聚首佳期卦怎占? 豫章城开了座相思店。"曲词一开始,就直写友人的思念之情。离愁别恨,积于心中,搅动柔肠,使他坐卧不安,以至恹恹成病。"搅"字用得非常好,形象地写出离恨在他心中引起的波涛,具有鲜明的动感;而离恨与病"相兼",则言别情导致的严重后果。为了摆脱离恨与病相兼之苦,主人公渴望与所爱之人重新聚首,但何时才能再遇佳期,却难以预料,只好寄希望于占卦,可是这卦怎个占法,又茫然不知,那聚首佳期就更谈不上了。"重聚首佳期卦怎占"一句,凝聚了人物复杂的感情:盼望、希冀、焦虑、不安,颇为传神地刻画了他思念恋人时的心理活动。"豫章城开了座相思店"一句,暗用双渐苏卿的故事,叙说友人相思之苦。相传宋代庐江(今安徽合肥)歌妓苏卿与书生双渐相好,被茶商冯魁以茶引三千夺去,双渐见苏卿金山寺题诗,追赶至豫章(今江西南昌),后双渐为临川(今属江西)令,得与苏卿团聚。这个故事宋元时广为流传,被编入戏曲词话,《水浒传》写白秀英说唱"诸般品调",就有"豫章城双渐赶苏卿"段子,《香泥莲花记》中苏卿金山寺题诗,也有"高挂云帆上豫章"之句。这里借用此典,不一定是说所爱之人为人所夺,只是借以强调相思。值得注意的是,诗人以"开了座相思店"来形容对恋人思念之重,写法却新奇别致,同时也为下面以商贾行话比喻愁闷作了准备。

"闷勾肆儿逐日添,愁行货顿塌在眉尖。"这两句,结合人物特定的市井生活环境,描绘友人愁思日增,烦闷不已,写来饶有趣味。勾肆儿,亦作"构肆",宋元时都市的游乐场所。这里,诗人写友人忧郁成病,只好到勾肆消遣散心,然而相思难禁,愁闷依旧袭来,"逐日添"一语,是说愁闷与日俱增。这一句,从时间的角度来写愁思愈久而愈深。下一句,则把抽象的愁思比作具体的物件,形象地描写了它的沉重。曲中所说的"行货",即商品、货物;"顿塌",亦作"囤塌",积聚的意思。愁思像货物一般,积压在他的眉尖,简直使他喘不过气来,这愁思是何等沉重呀!

和上两句一样,曲词最后三句同样以商贾之语来描写相思和愁闷,但角度稍有变化。"税钱比茶船上欠",这里的"税钱"比喻相思,既然彼此相爱,就得付出相思的代价,犹如商家必须缴纳税钱一样。这相思的"税钱"到哪里追比呢?(古代称追征赋税为比)——茶船上。诗人又一次使用了"豫章城"的典故。苏卿系为茶商所夺,作者再用此典,似乎是暗示友人之所爱为强有力者夺去。乔吉的另一首〔水仙子〕《嘲人爱姬为人所夺》:"豫章城锦片凤凰交,临川县花枝翡翠巢,贩茶船铁板鸦青钞。问婆婆那件高,柴铧锹一下掘着。村冯魁沾的上,俏苏卿随顺了,双渐眊眊。"可作参考。这也许是前面"重聚首佳期卦怎占"的原因

【水仙子】

吧？"斤两去等秤上掂"，"等秤"即戥子，旧时用以称金银或药材的小秤。此句说愁思的轻重（斤两）要用等秤掂量，同样也是以具体事物来作比喻。这句同样带有浓厚的商贾色彩，与前面的描写相一致。最后一句"吃紧的历册般拘钤"，概括全首，意思是这一切就像在账本上记着似的无法改变。"吃紧"，亦作"赤紧"，真个、实在之意；"历册"，商人的记账本；"拘钤"，也作"拘钳"，钳制、管束的意思。这一句，使用了几个宋元时的方言俗语，连同前面的商家行话，构成了全曲鲜明的俚俗特色。

　　这首小令最大的特点是语言通俗，多用商贾行业词语来描写相思恋情，一定程度上反映了当时社会商业活动的繁盛。在元代，散曲流行于城市，被称为"街市小令"，它被染上商业色彩，是毫不足怪的，这正是它和诗词创作不同的地方。

（黄竹三）

〔双调〕**水　仙　子**

乔　吉

怨　风　情

眼中花怎得接连枝，眉上锁新教配钥匙，描笔儿勾销了伤春事。闷葫芦剜断线儿，锦鸳鸯别对了个雄雌。野蜂儿难寻觅，蝎虎儿干害死，蚕蛹儿毕罢了相思。

　　这首小令描写女主人公失恋后一瞬间的心理活动，其中交织着相思忧愁、困惑猜疑、悲伤怨愤和悔恨失望等复杂感情。

　　起首三句鼎足对,写她力图摆脱失恋的痛苦,相思的熬煎和忧愁的折磨。"眼中花"并非真花,这里用以比喻意中人。"连枝"即连理枝,谓枝叶相连,同出一本,古人常用以比喻爱情结合,牢不可分。如《孔雀东南飞》中兰芝夫妇双双殉情后,墓旁之树"枝枝相覆盖,叶叶相交通。"白居易《长恨歌》也有"在天愿为比翼鸟,在地愿为连理枝。""怎得"这一疑问,表明和意中人"接连枝"的希望十分渺茫,大有破灭的可能,因为男方久已和自己中断了联系(从第四句可知)。她为此忧心如焚,双眉紧蹙,仿佛上了一把锁,除非配把钥匙方能打开这一腔愁绪。作者用"眉上锁"、"配钥匙"来形容愁眉不展,块垒难消,比起宋词中"锁离愁,连绵无际"(韩缜〔凤箫吟〕);"愁锁眉黛烟易惨"(阎选〔八拍蛮〕)之类的描写,另有一种尖新活脱之感。"描笔儿"是女子描花之笔,也可用来写信。如《西厢记·闹简》中,莺莺云:"将描笔儿过来,我写将去回他,着他下次休是这般。"《梧桐叶》第二折李云英云:"我与你将描笔儿写一首诗在上。"这两剧中的崔、李二人都是用"描笔儿"写情诗以图了却相思债的。本篇女主人公亦然,她为了"配钥匙"打开这"眉上锁",便提笔写下断肠诗,借以将这失恋的相思和怨恨尽情发泄,一吐为快,从而把这为青春爱情而烦恼感伤的情事一笔勾销,使灵魂从痛苦中解脱出来。可是,纵然写好情书又寄往何处呢?"闷葫芦刿断线儿",她这才想起对方早已和自己中断了联系;而且也无法找到他的行踪:"野蜂儿难寻觅"。这真是"山盟虽在,锦书难托"(陆游〔钗头凤〕)啊!"闷葫芦"比喻难以猜透而令人纳闷的事。由于男方无故中断联系,使她很自然地在困惑中顿生种种猜疑:"锦鸳鸯别对了个雄雌"——他多半是爱上别人另有新欢了。结尾三句,写她的怨愤、悔恨和绝望。她诅咒这个滥情不专、轻浮薄幸的男子,像野蜂一样到处去杂乱采花,踪迹无定。可自己却太痴太傻,还白白地为他坚守贞操呢!"蝎虎儿"即壁虎,蜥蜴的一种,又名守宫。张华《博物志》二:"蜥蜴或名蝘蜓,以器养之，食以朱砂，体尽赤。所食满七斤，治捣万杵，点女人肢体，终年不灭，惟房室事则灭，故又号守宫。"《传》云："东方朔语汉武帝，试之有验。"又李贺《宫娃诗》："蜡光高悬照纱空，花房夜捣红守宫。"说明汉、唐皇帝都曾将守宫捣碎点在宫女身上，让她们为皇帝守贞。"干害死"意谓白白地为他守贞而害煞相思，怨愤中带有悔恨。结句似从李商隐《无题》诗："春蚕到死丝方尽"句反其意而化用的，意谓她从此将如蚕蛹儿一般停止吐丝，"丝"与"思"谐音双关，表示她对爱情的绝望，从此不再为这个薄幸子相思了。

本篇每句都加了虚词衬字，又多用当时的口语俗语，几乎未用典故，故尤能体现出散曲语言朴素通俗的本色，使这位"怨风情"的女子声口毕肖，神态活现，这在散曲渐趋于典雅的元代后期确乎难得。又每句皆用比喻，通首比体，更显得尖新俏皮，爽辣洒脱，与一般赋体小令和作者的清丽之作又别具一格。

(熊 笃)

〔双调〕水 仙 子

乔 吉

重观瀑布

天机织罢月梭闲，石壁高垂雪练寒。冰丝带雨悬霄汉，几千年晒未干。露华凉人怯衣单。似白虹饮涧，玉龙下山，晴雪飞滩。

朱权《太和正音谱》说："乔梦符(乔吉)之词，如神鳌鼓浪。"又说："若天吴

【水仙子】

(水神)跨神鳌,喷沫于大洋,波涛汹涌,截断众流之势。"《重观瀑布》正是较有代表性的一篇。全曲想象丰富,境界开阔,造语夸张,比喻新颖,表现了作者对神奇壮美的大自然的赞颂与倾倒。

描写地上瀑布,笔却从"天机"落下,诗情破空飞来,令人惊绝。"天机",指织女星的织布机。织女的神话故事起源很早,《诗经·小雅·大东》说:"跂彼织女,终日七襄;虽则七襄,不成报章。"后来,《古诗十九首·迢迢牵牛星》一诗中也有"纤纤擢素手,札札弄机杼"的诗句。乔吉从瀑布联想到织女所织白绢,可见他想象丰富,且善于化用成典,称得上是长袖善舞。首两句是说:看来织女已织成白练,用作织布机梭的弯月已放置在一边,而天上那雪白的长练正高高地垂挂在山岩的石壁上。两句打通天上人间,使作品具有极为开阔的视野和想象空间。"冰丝带雨悬霄汉"句,承上启下:绢由丝织成,"冰丝"因"雪练"引出,"悬霄汉"与"天机"、"高垂"相关合;"带雨",逗出下一句"几千年晒未干"。作者"寂然凝虑,思接千载",仿佛看到了眼前的瀑布不只是从天上流到地下,而且还是从远古流向今天。"几千年"三字,一下子打通了历史与现实,使作品又具有极为悠远的时间跨度。上几句作者着重写形,以形传神,下几句则着重写瀑布之精神动态,以神带形。"露华凉人怯衣单",写瀑布之寒。瀑布飞溅,水雾蒙蒙,清寒逼人,以至于要"怯衣单"了。末三句采用鼎足对描画瀑布的动态。前面写瀑布"高垂"、"悬",是以静写动,尽管气势恢宏,但力度尚嫌不足。这三句则连用三个比喻写出瀑布的动态,以"白虹"、"玉龙"、"晴雪"为瀑布绘形绘色,以"饮"、"下"、"飞"极写瀑布奔流直下、水花飞溅的气势,神形俱现,极为壮观。

这首小令形象鲜明,气韵生动,主要得力于比喻的成功运用。将瀑布直指为"雪练"、"冰丝"、"露华",是借喻;鼎足对三句,用比喻词"似"字提起,是明喻。通篇比喻迭出,多方设喻,既描画了瀑布的静态,也写出了它的动态,既描画了瀑布的色相,也写出了它流走飞动的神韵。虽然全篇不见"瀑布"字样,壮美奇

【水仙子】

伟的瀑布却生动形象地呈现在读者眼前。

(陈志明)

〔双调〕水 仙 子

乔 吉

咏 雪

冷无香柳絮扑将来，冻成片梨花拂不开。大灰泥漫了三千界，银棱了东大海①。探梅的心噤难捱，面瓮儿里袁安舍，盐堆儿里党尉宅，粉缸儿里舞榭歌台。

咏物诗大致可分为两类，一种是纯粹的咏物诗；另一种则是借物抒怀，以比兴的手法寄意。传世的咏物诗，以后者为多，而乔吉这一首《咏雪》，则属于前者。历代的纯粹咏物诗流传于世者，寥寥可数。汉武帝的《天马歌》（太一况天马下）、汉昭帝的《黄鹄歌》（黄鹄飞兮下建章），可能是较早的了。南北朝以来，也有些写得比较工巧的，正如《文心雕龙·物色》所说："吟咏所发，志为深远，""体物为妙"，"巧言切状"。但也有些写得像猜谜语那样，味同嚼蜡。宋词人姜夔〔齐天乐〕咏蝉，史达祖〔双双燕〕咏燕，都以工巧见称。但像乔吉这首《咏雪》曲，写得萦回盘礴，千态万意，就不可多得了。

"冷无香，柳絮扑将来。"一语点题。晋谢安家居，值大雪，因问："白雪纷纷何所似？"他的一个侄子说："撒盐空中差可拟。"侄女谢道韫却说："未若柳絮因风起。"（《世说新语·言语》）以柳絮喻雪，似是借前人名句，并无新意，但加了"冷无香"这么个形容词，则又涉触觉、嗅觉，不仅表其形，同时又达其神。这就大觉生色了。"冻成片梨花拂不开，"则以片片梨花作喻。雪、梨花互喻，此亦是前人写雪的常用手法。唐岑参《白雪歌送武判官归京》："忽如一夜春风来，千树万树梨花开"；苏东坡《清明》诗："惆怅东栏一枝雪，人生看得几清明。"而本曲用"冻成片"形容，则将前文之"冷"又烘染一层。"扑将来"、"拂不开"，形容大雪下个不停。眼前景象，都由此引出。接着，诗人便进一步描写雪后的景象：雪下得厚厚的，像大片白灰泥，漫遍了整个大地；大海就像镶嵌了一层银，成了一片茫茫的白色世界。"大灰泥漫了三千界"，三千界，本是佛家语，指宇宙存在，用在这里，颇有雄奇之感。"银棱了东大海"，也未经人道，气势不凡。这两句写雪景，都不落俗套。以下就写在大雪纷飞的环境里，人物活动的情态。诗人先写人物的野外活动。"探梅的心噤难捱"，写人不胜其寒，于"冷"上又作一笔。据说唐诗人孟浩然尝在雪天，骑着蹇驴，踏雪寻梅。尽管雅兴可效，可眼前这场大雪，却使诗人"心噤难捱"了。"面瓮"一句，用"袁安卧雪"典：据《后汉书·袁安传》：袁安在洛阳，遇罕见大雪，"人家皆除雪出，有乞食者"。可袁安却僵卧在家。雪一直在下，他的屋舍，早已给雪封住，就像个面瓮那样了。县令掘雪救之，问他何以不出。曰："大雪人皆饿，不宜干人。"后"袁安舍"常用以指雪中贫士之门户，并谓文士宁守寒门而不愿乞人的气节。本曲用此典，主要取前意，以明雪之大。"盐堆"句则借宋初党进的故事写雪。党进为一个武夫，官居太尉。遇大雪天，就在家里饮羊羔儿酒，浅斟低唱。他的宅舍，也给大雪封了，像埋在盐堆里那样。曲用袁、党二典，写一文一武，一贫一富，以概指人在大雪中的不同状况。结尾"粉缸"句，写那脂香粉气的舞榭歌台，在这场奇雪中自然是冷冷清清，它被雪封盖着，像在香粉缸里一样悄寂无声了。诗人分别用"面瓮儿里"、"盐堆儿里"、"粉缸儿里"来形容雪封的台舍，造语新奇，不落前人窠臼，写得十分形象，同时又显示了散曲的"俚趣"。

（龙潜庵）

〔注〕 ① 东大海：即东洋大海，泛称大洋、大海。

【殿前欢】

〔双调〕 殿 前 欢

乔 吉

里西瑛号懒云窝①自叙有作奉和

懒云窝，静看松影挂长萝。半间僧舍平分破，尘虑消磨。听
不厌隐士歌，梦不喜高轩过，聘不起东山卧。疏慵在我，奔
竞从他。

懒神仙，懒窝中打坐几多年。梦魂不到青云殿，酒兴诗颠。
轻便如宰相权，冷淡如名贤传，自在如彭泽县②。苍天负我，
我负苍天。

这二首散曲是乔吉对阿里西瑛〔殿前欢〕《懒云窝》的奉和之作。内容是表
白对功名富贵的淡泊和慨叹人生的无常。

"懒云窝，静看松影挂长萝。"隐居在"懒云窝"的主人是何等悠闲：有高
洁的松、常青的藤作伴，在半间僧舍般的寒室中，乐趣无限地静静观赏那松
影里的藤萝，不再有什么尘世的烦恼。"听不厌隐士歌，梦不喜高轩过，聘
不起东山卧。"隐士歌，指隐士们唱的表示超尘脱俗、追慕自由的歌，如《楚
狂接舆歌》、《沧浪歌》等等。"懒云窝"主人以隐自乐，所以屡听而不厌；"高
轩过"，李贺之诗。据传，李贺少有才名，时文坛名公韩愈、皇甫湜造府试
之，李贺即援笔作《高轩过》，愈、湜大惊其才。"梦不喜"者，意谓诗人无意

于被人赏识。"高山卧",《晋书·谢安传》载晋谢安隐居东山,"诸人每相与言,安石不肯出。"后即以高山卧指隐居。谢安后经桓温聘请,终于出山。本曲则说受聘而终不起身,其意又更翻进一层,意谓隐居之志,终不可摇。"疏慵在我,奔竞从他。"为题旨作结:让别人去说我们懒散吧;奔波、钻营的事由他们去干好了。

"懒神仙,懒窝里打坐几多年。""懒云窝"的主人简直像神仙,在这"窝"里盘腿闭目、静思默想、修真养性好多年了。"梦魂不到青云殿,酒兴诗颠。"青云殿,指皇宫。张耒《大礼庆成赋》:"天子翳青云之屋。""梦魂不到",指诗人无意于功名富贵,而是在诗酒中一寄其情,就像"李白斗酒诗百篇"那样进入狂颠的境界。"轻便如宰相权,冷淡如名贤传,自在如彭泽县。"轻便:轻视而不在意;名贤:指有治世之才,道德高尚的人。"名贤传"意谓载名贤之史册。而沉湎在诗酒中的"懒神仙",无意于追求宰相的权柄,更无须去理睬什么"名贤传",淡泊名利如此,岂不就像不愿为五斗米折腰的陶潜那样自由自在了么!"苍天负我,我负苍天。"这两句是"懒神仙"们悲愤的呼喊。"老天"抛弃了我,我当然也要对不起"老天"了。在科举不兴,仕进无途的元代,这貌似旷达的话语蕴含着曲作者以及他的同时代文人深沉的愤懑。诗人就这样以高旷而深沉的慨叹结束了全曲。

(钟林斌)

〔注〕 ① 里西瑛号懒云窝:里西瑛,阿里西瑛。其有室号"懒云窝",在吴城(今江苏吴县)东北角。阿里西瑛散曲现存小令四首。 ② 彭泽县:萧统《陶渊明传》记载,陶潜为彭泽县令时,不愿"束带"见督邮,"即日解绶去职,赋《归去来》"。乔吉曲中的彭泽县,即指代陶潜这一举动。

〔双调〕殿前欢

乔 吉

登江山第一楼

拍阑干。雾花吹鬓海风寒。浩歌惊得浮云散。细数青山，指蓬莱一望间。纱巾岸，鹤背骑来惯。举头长啸，直上天坛。

乔吉一生游历了很多地方，有不少登临之作。其中《登江山第一楼》堪称佳篇。江山第一楼，指镇江北固山甘露寺内的多景楼。宋陈天麟在唐代临江亭故址所建。登其楼可俯瞰大江，遥望东海，颇为壮观。宋著名书法家米芾游多景楼时赞为"天下江山第一楼"，元代周权《多景楼》诗曰："谁言宇宙无多景，今见江山第一楼。"乔吉所登，正是此楼。

多景楼既负胜名，历来登临题咏者极多，其中也不乏佳作。如宋代晁端的《登多景楼》："楼上无穷景，楼前正落晖。开轩跨寥廓，览物极纤微。云破孤峰出，潮平两桨飞。东溟看月上，西渡认僧归。木落吴天远，江寒越舶稀。鱼龙邻海窟，鸡犬隔淮圻。草色迷千古，波声荡四围。废兴怀霸业，融结想天机。浩浩群流会，沉沉百怪依。登临真伟观，回首重歔欷。"写景细微，境界参合有度，跳跃有致，正合"多景"之特征。在登临题景之作中，是有名的一篇。方回赞曰："此诗无一字一句不工，孰谓宋诗非唐诗乎？"乔吉的《登江山第一楼》则从另一角度别开生面。它并不着意于"多景"的描绘，而是借登临之举一展作者自己的内心世界。其曲观照的焦点不在外部景物,而在诗人的内在心灵。因而全曲以"意"为脉,以"情"为络,层层起伏开阖,气势豪宕酣畅。

"拍阑干",开篇便气势不平。一个陡然的动作"切入",既点"登楼"之题,同时即已引导人们进入诗人的深沉心境。辛弃疾〔水龙吟〕《登建康赏心亭》词有"江南游子,把吴钩看了,阑干拍遍,无人会、登临意"之句,本曲巧借其意,显示了诗人内心深处是不平静的。全曲意脉由此发端。"雾花吹鬓海风寒",精炼而传神地写登此浩水之滨高楼的感觉,"雾花"指水气,水滨之风,强劲而湿润,水气夹风,扑面而来,鬓发飘拂,一个登楼者的形象写意化地凸现其中。一个"寒"字,既是海风袭人的感觉,又是诗人的心理感受:世界并不是一个温暖的存在。这就把"拍阑干"的意脉推向深层。乔吉散曲常写"寒"、"冷"之境。如"酒醒寒惊梦,笛凄春断肠"(〔水仙子〕《寻梅》);如"冷笑诗仙,击楫扬舲"(〔折桂令〕)。所以如此,只要知道元代下层文人和乔吉的处境便不难理解。但元曲写寒冷之境往往并不流于悲切伤感,而常以旷达之语出之,"寒意"来自现实,然而诗人却要在另一世界寻找自我舒展的存在。"浩歌惊得浮云散"便一下子将诗人独立"寒"中而奇崛自傲、藐视现实的胸臆极豪放地托出。"浮云",在古代诗歌中或比喻不足挂心之事(如《论语·述而》:"不义而富且贵,于我如浮云");或比喻卑鄙小人(如李白《登金陵凤凰台》:"总为浮云能蔽日,长安不见使人愁");或借指存在的变幻不定(如杜甫《哭长孙侍御》:"流水生涯尽,浮云世事空")。而乔吉的"浩歌"正要将这一切世间"浮云"一惊而散。乔吉向往和追求的是现实的彼岸世界。"浩歌"句是全曲意脉的一个转折点,此后,便一气流注,展现了诗人的理想境界。

"细数青山",暗用"买山"之典,本意指归隐,这里,诗人则借以表达超脱情怀;"指蓬莱一望间",蓬莱,古代传说中海上三仙山之一,为仙人所居之地,"一望间"谓诗人之心境实与"仙境"一脉相通。求超脱是元文人一种普遍的

【殿前欢】

心境,乔吉〔中吕·满庭芳〕《渔父词》有"回首是蓬莱"之句,乃是此心境更明确的表露,可作此句的注脚。"纱巾岸,鹤背骑来惯"用"王子乔骑鹤"典,王子乔是传说极广的得道成仙者,诗人正以其自喻。一"惯"字,下得极洒脱,表现了那种超脱尘俗之念,遨游于无羁无绊的天地间乃是诗人一贯追求的人生至境。接着,诗人以"举头长啸,直上天坛"把这种境界推向全曲的归结。它与"浩歌惊得浮云散"在意脉上相呼应:摆脱了人间"寒"气,摆脱了"浮云"的缠绕,诗人的身心便似乎进了"天坛"——没有烦恼,没有悲伤,只有"自由的我"驰骋遨游的新世界。

　　然而,诗人真的能使"拍阑"之情、"寒气"之感在他的胸中泯灭么?况且,乔吉的这种心境又是千百年来失意文人的"通感"!自从建安时王粲写了著名的《登楼赋》以后,尽管登楼而"把酒临风,其喜洋洋哉矣"的不乏其人,而去国怀乡、有志难展的慷慨悲凉之思却是古代"登楼"之作的主调。杜甫的"凭轩涕泗流"(《登岳阳楼》);崔颢的"烟波江上使人愁"(《登黄鹤楼》);陈简斋的"老木沧波无限悲"(《登岳阳楼》),乃至李太白,虽飘逸不群,亦不免"长安不见使人愁"(《登金陵凤凰台》),这种登楼"感极而悲哉矣"是古代失意文人的普遍心态。而这种心态乃是历史的赋予——封建社会用"兼济天下"塑造了文人的人生价值观,一旦这种人生的价值不能实现,又怎能不"感极而悲哉"呢?但在古代,除了元朝,历代文人都还可以在现实中找到希望,找到机会,所以他们都尽情地一诉其悲,而其中包含的实际上是他们对现实炽热的眷恋。但元代是文人绝望的时代,所以,他们的"悲"中包含的是对现实的冷漠,他们只有到远离现实的"天坛"中寻找自身,用彻底的超脱寻求人生的慰藉。于是,元曲中近于虚无的"超脱"反而造就了前所未有的"豪"、"放"之"本色"。本曲充满了一种与前代"登楼"之作所不同的意趣,正是这个总格调的典型体现。它趋于深沉,但不悲切;它襟怀慷慨,但不苍凉。从本曲的酣爽豪畅中,我们体验到一种渴望自由生存的生命之力。然而，从历史的角度去审视，乔吉的这种豪放之情，似乎也总让人感到一丝"雾花吹鬓海风寒"的冷气。

（李昌集）

〔双调〕 **卖 花 声**

乔 吉

悟 世

肝肠百炼炉间铁，富贵三更枕上蝶，功名两字酒中蛇。尖风薄雪，残杯冷炙，掩清灯竹篱茅舍。

这是一个饱经世间坎坷而心灰意冷的寒士之精神世界和生活境遇的写照。

前三句直抒胸臆。三句虽是一组工整的鼎足对，但意思并不是并列的。首句总写这位寒士的精神状态，是全曲的基调。"肝肠百炼炉间铁"是个意蕴丰富的比喻：久经锻炼后出炉的钢铁是何等坚硬冰冷！一个受尽艰难困苦熬煎的人，心肠如同钢铁那样，也变得极硬极冷，没有了对生活的丝毫希望和热情。从这个比喻中，我们可以联想那刚入炉的矿石在高温下化成铁水，曾经是沸腾跳跃，十分柔软红火的，正如一个怀抱希望初入社会的人一样，充满热情和活力。对比之下，那使他变得如此坚硬冰冷的社会是何等残酷，便不言而喻了。下面两句"富贵三更枕上蝶，功名两字酒中蛇"是首句的具象化。"枕上蝶"，用"庄周梦蝶"典。据《庄子·齐物论》说：庄子梦中幻化为栩栩如生的蝴蝶，忘了自己原来是人，醒后才发觉自己仍然是庄子。究竟是庄子梦中变为蝴蝶，还是蝴蝶梦中变为庄子，实在难以分辨。后遂以"庄周梦蝶"等写虚幻、迷蒙之态。本处

【卖花声】

意谓富贵无非是虚幻的梦景而已。"酒中蛇"用"杯弓蛇影"典。据汉应劭《风俗通义·怪神》说：有人做客饮酒时，见杯中的弓影，以为是蛇在酒中，勉强喝下，即疑虑而得病。本处借以说明功名犹如蛇影，令人自相惊扰。一般士人在世间追求的莫过功名、富贵二事，即使有匡国救民的抱负，也往往要由此路径来实现。所以对科举功名的狂热与执着往往是他们生活追求的标志。如今这位寒士视富贵如幻梦，视功名如令人惊怖的杯弓蛇影，彻底地冷淡、舍弃了它们，这实在是他对人生的一种领悟。

后三句写景，刻画出这位寒士如今的凄苦生涯：屋外是尖利的寒风和在疾风中翻卷着的飞雪。尖、薄二字形容风雪极确：风如锥刺骨，则谓"尖"；雪如刀割人，则曰"薄"。而风雪交加，其摧人之烈，可想而知。再看屋内：残杯冷炙，说明主人已不能举火，但还在借冷酒以浇愁。杜甫《奉赠韦左丞丈》："残杯与冷炙"，说的是他旅食京华时"朝扣富儿门，暮随肥马尘"的悲辛，而本曲中的寒士早已失去奔走的热情，更何况为尖风薄雪所困，只能潜居竹篱茅舍之中，对一盏清灯、两盘残肴，酌几杯淡酒而已。这一段写景，读来确实使人飕飕然有寒意。不仅感觉到了风雪之寒，也感觉到了社会人情之凉薄和这位寒士心意的灰冷。这一段写景与前一段的抒情由此自然融为一体。

散曲中许多"警世"、"悟世"之作，往往在揭露世情的污浊黑暗之后，渲染出一幅安逸恬静的田园生活图景，表现出对退隐生活的满足。其实，对大多数人说来，那种田园之乐只是幻象，这里描绘的现实才是真的。作者没有美化它。乔吉终身不遇，穷困落魄，本曲中的寒士，当即作者自身境遇的写照。

全曲的风格正如他描写的这个社会，那么孤峭而冷峻。

（姚品文）

〔双调〕雁儿落过得胜令

乔 吉

自 适

黄花开数朵,翠竹栽些个。农桑事上熟,名利场中挃①。禾黍小庄科②,篱落棱鸡鹅。五亩清闲地,一枚安乐窝。行呵,官大忧愁大;藏呵,田多差役多。

这首小令,写的是一位士人逃脱是非名利场,遁入田园安乐窝的生活与心境。

首二句淡淡两笔,描绘的是田园小景。黄花开放,但并不多,数朵而已;翠竹亦不成林,数竿而已。唯其少,则更见其幽雅成趣。这两句表面不存在对比因素,实际上幽趣背后,正是对熙熙攘攘争名夺利的尘嚣的厌弃。次二句则明将农桑事与名利场并列对比,说自己于农桑事熟惯,而于名利事低能。说的虽似乎是能力的高下,其中是非之意自不待言。"是不为也,非不能也。""禾黍小庄科"的重点在"小"字,为什么田庄要小呢?读完最后一句"田多差役多"便自然明白了。"篱落棱鸡鹅"是农家小院点缀性描写。棱本是篱上的横木,有棱有角的,用作动词,自然形象。鸡鹅之属蹲伏在篱笆上,一副不受惊扰,恬静安适的样子,显出这个农家生活的安宁。此句一本作"篱落放鸡鹅",自然可通,但却没有这句形象鲜明,"放"字更没有"棱"字表现的那种恬趣。以下两句再用数量写其田庄家园的少与小。"五亩之宅,树之以桑,五十者可以衣帛矣。"(《孟子·

梁惠工》）五亩是求温饱的起码数量。虽然少，难得的是清闲。"安乐窝"而用"枚"作量词，新颖俏皮，其实也是状其小也。乔吉〔山坡羊〕《白警》："看别人搭套项推沉磨，盖下一枚安乐窝"，这"枚"字便含有某种讥嘲意味。在本曲中当然是自嘲，其中意趣是颇可玩味的。首句至此是对田园生活的叙说和描写。从情感方面，贯穿其中的当然是自适的心境；从描写方面，贯穿其中的便是"少"而"小"。无论黄花、翠竹，还是禾黍、田庄，均以其规模之小和数量之少形成秀雅与幽静的境界，从而使读者产生美感。然而作者更有深意在。最后两句就以极通俗明白又极富概括力的语言揭示了其中真意："行呵，官大忧愁大；藏呵，田多差役多。"孔子说"用之则行，舍之则藏"（《论语·述而》），而几千年的事实证明，知识分子无论行藏，均大不易。这两句概括的乃是这样的历史。不过在这首曲中，侧重的是后一句。或者说，前一句是暗写，在肯定田园之趣的背后已经说明了"官大忧愁大"的意思；后一句是明写：即便是田园生活，也难免差役的压迫。总之，无论出仕或退隐，对于知识分子来说都是困难重重，那作者标题所谓自适，实在是很有限度，并不那么恬然的。

最后再谈一下本曲的对偶修辞。〔雁儿落过得胜令〕各句虽不一定要对，但大多数写来是对的。这首小令从头至尾基本上对偶，但中间又有灵活处。如"禾黍小庄科，篱落棱鸡鹅"就不是工对，意思更不相连属。这并非作者粗疏，而是一种变化。而首句的"数朵"与"些个"却对得极妙。分开每个字是对得极工的，但连缀起来，二者大异其趣。"数朵"是两个词，风格是文雅的；"些个"是一个词，又是通俗的口语。用"些个"对"数朵"，其工致与活泼，浑然天成，体现了元曲雅俗结合的妙趣。

（姚品文）

〔注〕 ① 捋（luō 罗阴）低劣。睢玄明〔耍孩儿〕《咏鼓》："这厮则嫌乐器低，却不道本事捋。"

② 庄科：庄园、田产。

〔双调〕雁儿落过得胜令

乔 吉

忆 别

殷勤红叶诗，冷淡黄花市。清江天水笺，白雁云烟字。游子去何之？无处寄新词。酒醒灯昏夜，窗寒梦觉时。寻思，谈笑十年事；嗟咨，风流两鬓丝。

　　心上的人儿远去了，想寄首怀想的诗歌也无从寄，因为不知他流落何方；而思念之情魂牵梦绕，浮想联翩——这就是这首带过曲所要表现的。去者是谁？是丈夫？是恋人？他们为什么分别？都不甚分明，也不需要分明。作者要通过诗歌给予我们、感染我们的，就是这种绵绵无尽的相思之情。

　　最先出现在回忆之中的是送别的场景，因为那是最激动人心、最令人难忘的一幕。然而作者却未致力于分手情景之质实的摹状，也没有抒发依恋不舍的心理和感情，只是描绘出红叶、黄花、清江、白雁构成的一片天高气清的秋色图景，意蕴在这里被表现得很空灵。"红叶诗"句来自人们熟知的典故：唐宪宗时有宫人在红叶上题诗一首，有"殷勤寄红叶，好去到人间"的句子，红叶从御沟流出，为人所拾，二人巧成夫妻。但这里并不需要将它落在实处。又许浑有"晚收红叶题诗遍，秋待黄花酿酒浓"之句，但这里似也不必看作是离人真的以红叶题诗为别。整个境界不过是作者临别时主观感受与客观景物的融合，这种融合并不是形象分明、意义确切的。别意的殷勤浓烈与气候的清冷凄淡相反相成的色调,系由作者的感情色彩涂抹而成。澄澈的江水映照着天空,好像一幅巨大的诗笺,天空中白雁行行,好像云烟写在天上的字句,这种奇特富于诗意的联想只能出自一个依依惜别的诗人。以下两句由追忆回到了现实中。别后的况味更令人难堪:"游子去何之?无处寄新词。"这两句起着过渡的作用。既言"新词",当年在一起酬唱之乐便在不言中。只能以鸿雁传递信息已是一重痛苦,而现在有新作非但不能当面交流切磋,连寄也无从投寄,其苦便更深一重。看来去者是一个浪迹天涯的漂泊者,其遭逢不会是很幸运的。"游子去何之"的疑问中,除思念外,还包含着深深的怜惜与关切。既然消息不能传递,只有独自怀想了,于是过渡到以下的内容:描述自己对去者的思念。人们在怎样的时刻思维最活跃,最容易感伤呢?恐怕没有比"酒醒灯昏夜、寒窗梦觉时"的描写把握得更准确了。本为浇愁才饮酒,但夜半时分从酒醉中和梦境中醒来,头脑却格外清醒。此时万籁俱寂,窗外透进阵阵寒意,独个儿对着一盏昏灯,便会觉得分外孤寂。酒中涌上心头的许多意绪,梦中产生的一些幻影,触发起对往事的怀想和对现实的感慨。"寻思"(即怀想)的,是他们长达十年之久"言笑宴宴"的欢乐;"嗟咨"(即感叹)的是:欢乐毕竟是过去了,那在风流中逝去的时日,已经给两鬓添上了如丝的白发。虽然,我们仍不能从诗中了解抒情主人公和游子有过怎样可供回味的生活和如今的境遇何如,但二人关系的亲密和情意的深挚已足以通过忆别的描述感染给我们了。

　　这首曲风格含蓄蕴婉,使我们如同读到南宋白石、玉田的词。不过它的语言,特别是〔得胜令〕的后半曲,却句句都在提醒读者,这仍然是一首饶有散曲风味的小令。当然,它不那么本色显豁,然而更耐人寻味。

(姚品文)

〔南吕〕梁州第七

乔 吉

射 雁

鱼尾红残霞隐隐,鸭头绿①秋水涓涓。芙蓉灿烂摇波面。见沉浮鸥伴,来往鱼船。平沙衰草,古木苍烟。江乡景堪爱堪怜! 有丹青巧笔难传。揉蓝靛绿水溪头,铺腻粉白蘋岸边,抹胭脂红叶林前。将笠檐儿慢卷,迎头,仰面,偷睛儿觑见碧天外雁行现,写破祥云一片笺,头直上慢慢盘旋。

〔一枝花〕忙拈鹊画弓,急取雕翎箭,端直了燕尾铋②,搭上虎筋弦,秋月弓圆,箭发如飞电。觑高低无侧偏,正中宾鸿,落在兼葭不见。

〔尾〕转过紫荆坡白草冢黄芦堰,惊起些红脚鸭金头鹅锦背鸳,唬得这鹭鹚儿连忙向败荷里串。血模糊翅搧,扑刺刺可怜,十二枝梢翎向地皮上剪。

这是一幅金秋射雁图,又是一曲雁的悲歌。第一支曲子为读者描绘了一幅金秋的图画:朝霞隐没,红日东升,天高云淡,秋水碧透,万道晨光撒满江面,粼粼波光,如绽开芙蓉朵朵。那在水中沉浮结伴的鸥鸟,那来往的打鱼船,那沙岸上的衰草,那淡淡的晨雾笼罩着的苍劲的古木,都说明这里没有尘世的喧闹,只是一片宁静。站在岸边默默观赏这一切的诗人不由得发出了"江乡景堪爱堪怜！有丹青巧笔难传"的赞叹。接着，诗人对"金秋图"加以烘染：是谁把蓝靛揉进这绿水溪头，使得江水这样地绿；是谁把腻粉铺撒到江岸，使得蘋草这样地白；是谁把胭脂抹到那枫树林，使得它那样地红？大自然把江乡妆扮成美丽的秋姑娘了。至此，诗人将笔锋一转，在画面中引出了一个"射雁者"。"慢卷"、"迎头"、"仰面"几个动作描写，极为传神。而悠悠之雁却不知祸将及身，仍在慢慢地盘旋。它们的身影划破晴空的彩云，简直像画师的笔在写着秋天的诗章。这里已暗伏了一丝紧张气氛，由此，诗人便切入曲题，进入了"射雁"这一场面的描绘。

〔一枝花〕这支曲，精心刻画了射雁者："忙拈鹊画弓"（疑弓上绘有鹊形图案），"急取雕翎箭"（箭羽为大雕的羽毛所制），"端直了燕尾铧"（箭头为铁镞，箭羽呈燕尾形），"搭上虎筋弦"（弦为虎筋所制）。"忙拈"、"急取"、"端直"、"搭上"四个连续动作，把射雁者眼疾手快、麻利、沉稳的劲头，活脱脱地显示出来了。弓如满月睐眼一瞄，箭疾如电，不高不低，不左不右正中鸿雁，刚刚还在"慢慢盘旋"的雁儿一下子跌落在芦苇丛中。〔尾〕曲紧接着写猎手寻找猎物并最终呈现出那雁儿的悲惨结局。"转过紫荆坡白草冢黄芦堰"。一个"转"字，猎手寻找猎物的急迫心情和动作跃然纸上。从长满紫荆的山坡、伏盖白草的荒冢，到黄芦丛生的堤堰，这风风火火的脚步，惊破了那自由天地里的水鸟的梦，或飞或跳或串，那成双成对的鸂鶒（紫鸳鸯）急急地钻到败荷之中。猎手终于发现了他的猎物：被射落的雁儿血肉模糊的翅膀搧动着、扑打着，它告别世界的那一瞬还拼命地挣扎，那翎毛像剪子般扎向带血的地面。"剪"通常用以形容燕子的飞翔，这里用来描绘雁儿的挣扎形态，令人惨然、泫然。这血迹斑斑的场面与第一曲的明朗、活跃、充满生机的情景形成强烈的反差。活泼泼的生命被毁灭了。而"扑剌剌可怜"正伏涵着诗人对雁儿悲惨结局的无限同情。它留给读者的思索是很多的。为什么要射杀这可爱的生灵？以对方的牺牲来谋取自身快乐的人们能得到真正的快乐吗?

这个套曲在艺术上取得了较高的成就:它题为"射雁",但并不立即写如何射雁,而是以优美的笔触描绘秋的景象,点出射雁的气候和环境,然后才让那雁儿在晴空飞起。这飞翔的雁儿和宁静的江乡构成了十分和谐的境界,这就为后来雁的被射杀的悲剧提供了强烈对比的背景。全曲结构严谨,从观雁、射雁到寻雁,一气呵成,天衣无缝;场面宏阔,色彩斑斓;语言流畅,有强烈的动感;射雁者和雁儿的形象都很鲜明,而且富有戏剧性。这个套曲,在元曲中堪称上品。

(钟林斌)

〔注〕 ① 鸭头绿:雄鸭,绿头纹翅;鸭头绿,指如鸭头那样的绿色。 ② 铋(pī 批):箭镞的一种。

〔商调〕 集 贤 宾

乔 吉

咏柳忆别

恨青青画桥东畔柳,曾祖送少年游。散晴雪杨花清昼,又一场心事悠悠。翠丝长不系雕鞍,碧云寒空掩朱楼。揎罗袖试将纤玉手,绾东风摇损轻柔。同心方胜结,缨络绣文球①。〔逍遥乐〕绾不成鸳鸯双叩,空惊散梢头,一双锦鸠。何处忘忧,听枝上数声黄栗留②。怕不弄春娇巧转歌喉。惊回好梦,题起离情,唤醒闲愁。

【集贤宾】

〔醋葫芦〕雨晴珠泪收，烟颦翠黛羞。殢风流还自怨风流，病多不奈秋。未秋来早先消瘦，晓风残月在帘钩。

〔浪里来煞〕不要你护雕阑花毯香，荫苍苔石径幽；只要你盼行人终日替我凝眸，只要你重温灞陵③别后酒。如今时候，只要向绿阴深处缆归舟。

折柳送别是我国古代的习俗。在诗词曲中写到柳往往是与送别联系在一起的。乔吉这套《咏柳忆别》，是写一位男子回忆他相爱的女子送别他的情景，以及他们之间深切的相思。全曲深沉细腻、悱恻缠绵，有南唐词的韵味，与元曲早期的爱情题材作品那种爽朗、泼辣的风格迥异。

在第一支曲子里，首先由男主人翁回忆送别的环境、气候以及那女子留给他的最后的印象。那是个杨花飞雪，绿柳成荫的暮春日子，在画桥东畔，相爱的人儿为他折柳饯别（祖送，即饯行），两个人的心情都是一样地沉重。"翠丝长不系雕鞍，碧云寒空掩朱楼。"用对仗句，把眼前的难舍难分与别后女子的寂寞凄凉，组织在同一个画面中，构成了缠绵、幽深的意境。长长的柳丝系不住即将远行的马儿，就像崔莺莺在长亭送别张生时的慨叹："柳丝长玉骢难系"。给她留下的将是无限的寂寥惆怅，在那碧云寒空之下紧闭的朱楼里。"碧云寒空"四个字用得极妙，创造了空阔凄清的环境气氛，又给人以迷茫孤单的感觉，"揎罗袖试将纤玉手，绾东风摇损轻柔。同心方胜结，缨络绣文球。"四句进一步回忆离别时的具体情景：她挽起罗袖，用纤纤玉指折下柳枝赠给诗人，她胸前佩着彩结，头上插着珠翠，显得楚楚动人。

〔逍遥乐〕继续写男子对女子的思念。"鸳鸯双叩（即扣）"、"一双锦鸠"都是恋人的象征。为什么"绾不成鸳鸯双叩"，是谁惊散梢头的"一双锦鸠"？男主人翁讳莫如深。他只是告诉人们,那相思之苦无法排遣。当他听到枝头黄栗留(即黄鹂)啼唱,便禁不住想起那心上人娇巧的歌喉。本以为黄鹂的啼唱会为他解忧,不料却勾起了他更深的思念。"怕不弄春娇巧转歌喉"? 如今,独守朱楼的人儿还会那样婉转地歌唱么。在他的想象里,令人感伤的春鸟啼声,也会传到心上人的耳边,把她从好梦中惊回,勾起她的离情别恨,使她落入无可名状的愁闷之中。这样,诗人便巧妙地以黄鹂的啼鸣为线,将两地相思串联在一起,从而感人地表现了双方内心情感的呼应。"惊回"、"题(提)起"、"唤醒"三词提勒的三个分句,构成一个完整的境界,写出了一个女子从梦中醒来落入愁雾的心理过程,显示出曲作者善于把握并准确揭示人物心理的能力。

〔醋葫芦〕一曲实写别离后女子的情态和心态。"雨晴珠泪收,烟颦翠黛羞。""雨晴"语含双关。紧接上曲的"惊回好梦",疑梦中有巫山云雨之会,于是梦醒之后情不自已,转觉虚空而泪光闪闪,一脸娇羞都凝聚在那紧锁的双眉间。"殢风流还自怨风流,病多不奈秋。"沉湎于爱情的女子又怨恨爱情,它将人折磨成病恹恹的样子,怎么能经得住那多变的秋天气候呢!"未秋来早先消瘦,晓风残月在帘钩。"绵绵秋雨,瑟瑟秋风还未到来,她就憔悴了。而消得人憔悴的,正是那浪迹天涯的游子啊。那拂动帘钩的晨风,那恰似挂在帘钩上的残月是可以作证的。柳永〔雨霖铃〕词云:"今宵酒醒何处,杨柳岸晓风残月。"此后,在词曲中,"晓风残月"便常常成为天涯游子的代称。用在这里,写出了女子独守朱楼,夜不成寐,晨风拂窗,残月临钩的情景,表现出那女子念念不忘心上人,"才下眉头,却上心头"的心态。

〔浪里来煞〕作为全套的煞尾,表达了男子对意中人深切的关怀及渴望与女方重逢的情意。"不要你护雕阑花砌(井墙)香,荫苍苔石径幽",句中的"你"是男主人翁对心上人的呼唤,他对她说:你不要成日寂寞地守在井墙雕花栏干旁,不要在长满青苔的幽径里徘徊,"只要你盼行人终日替我凝眸,只要你重温

【新水令】

灞陵别后酒"——只要你心里终日专注地盼候着我这个远方的"行人";只要你时时想着离别时温酒劝杯的柔情蜜意。"如今时候,只要向绿阴深处揽归舟。"此时,只要你一心想着我就要回来,那么,你我便都能得到莫大的安慰。全曲至此,戛然而止。虽曲中男女双方仍然天各一方,但割不断的情思却将他们紧紧相连在一起了。

在写法上,本套曲紧扣所咏之物,而以情贯穿始终。首曲以柳开篇,又将折柳赠别之风俗化入对人、对情的描写中。〔逍遥乐〕支曲在写情处以"听枝"与咏柳相勾连。〔醋葫芦〕支曲,以柳起而以情终。尾曲〔浪里来煞〕则以情始而以"绿阴深处"终。全曲参差跳跃,开阖有致,咏物言情互融互渗,二者结为一体而又隐显有致。确为元曲中咏物写情之佳构。此外,这个套曲情真意切,含蓄蕴藉,风流而不失高雅,情浓而不流于香艳,表现出清丽华美的格调。

(钟林斌)

〔注〕 ① "同心方胜结"两句:方胜结,又称方胜儿,一指把信笺叠成菱形的花样,一指彩结。这里疑指妇女衣服上的饰物。缨络:珠玉缀成的饰物。这两句均描写女子的打扮。② 黄栗留:指黄鹂唱歌。 ③ 灞陵:今陕西西安东郊,有桥名灞桥,古人常送客至此,折柳赠别。在此未必实指,当泛指男女分手处。

〔双调〕 **新 水 令**

乔 吉

闺 丽

绣闺深培养出牡丹芽,控银钩绣帘不挂。莺燕游上苑,蝶梦绕东华。富贵人家，花阴内柳阴下。

〔乔木查〕忽地迎头见咱，娇小心儿里怕，厌地回身拢鬟鸦，傍阑干行又羞，双脸烘霞。

〔搅筝琶〕我凝眸罢，心内顽麻。可知曲江头三次遗鞭，我粉墙外几乎坠马。人说观自在活菩萨，堪夸。普陀山儿时曾到他，更隔着海角天涯。

〔甜水令〕他秋水回波，春山摇翠，芳心迎迓，彼此各承答。诗句传情，琴声写恨，衷肠牵挂，许多时不得欢洽。

〔雁儿落〕斗的满街里闲嗑牙，待罢呵如何罢。空揣着题诗玉版笺，织锦香罗帕。

〔得胜令〕我是个为客秀才家，你是个未嫁女娇娃。不是将海鹤儿相埋怨，休把这纸鹞儿厮调发。若是真么，回与我句实成的话。天那，送了人呵不是耍。

〔离亭宴煞〕只因你赡不下解合的心肠儿叉[①]，不是我口不严俵扬[②]的风声儿大。伫头凭阑，一日三衙。唱道成时节准备着小意儿妆鰕，不成时怎肯呆心儿跳塔。哎，你个吃戏冤家，来来来将人休量抹。我不是琉璃井底鸣蛙，我是个花柳营中惯战马。

这个套曲是用男子的口吻写的一位游子与一位少女的恋爱故事。这位浪迹江湖的秀才偶然遇见一位深闺小姐，两人一见钟情，热烈相爱，在街坊中引起风波。于是，那女子退缩了，不管那男子如何努力，终未实现愿望。

【新水令】

第一支曲子描写那少女何等娇贵。富家深闺之中,培养出牡丹花芽般娇嫩的人儿,是那样地娴静。绣帘总是遮掩着她的闺房,不让人窥见一丝秘密。她在丫环的陪伴下,莺燕般在花园里游玩,无忧无虑地像仙子居住在东华之堂,在花阴柳阴下留下她美丽的身影。曲中"蝶梦绕东华"句,用庄子梦蝶的典故,喻人当浑然忘我,物我无间。东华,是指道家所追慕的仙人居处的东华堂。用在这里,点明这少女生长的环境不只富贵,而且幽静高雅,超尘脱俗。然而,生长在这里的女子,却也萌动着爱情之愫。〔乔木查〕曲写男主人翁与少女的偶遇。她平静的生活被打破了。"忽地迎头见咱"以下五句,真切生动地描绘了少女偶遇(也许是生平第一次)不相识的青年男子时的情态。"厌地回身",指倏地转过身子;"拢鬓鸦",是用手轻轻地抚弄鬓角和发饰,娇羞之态可掬。但她并不立即离去,而"傍阑干行又羞,双脸烘霞",靠着阑干想走又不走,双颊泛起由羞涩而生的红晕。"烘霞",指红晕突然涌上面庞,把少女的心理活动形诸于脸部的表情,表现得极细腻。曲作者写这对男女的倾心相爱,先着笔女子的心态和形态,然后才集中写男子的反应。〔搅筝琶〕一曲表明,与少女相反,这秀才相当地大胆而直露。"我凝眸罢,心内顽麻。"目不转睛地注视着、打量着对方,几乎近于贪婪了。在他心头漾起无可名状的喜悦和爱的激情。曲作者一连用了两个传说中恋爱故事里的男子痴情行为来形容那秀才的激动。"遗鞭"事本自唐传奇《李娃传》,后元石君宝据以写成《李亚仙花酒曲江池》杂剧,剧中郑元和在曲江池踏青,偶遇李亚仙,看得入迷,三次掉了马鞭子而不觉。"坠马"事见白朴《裴少俊墙头马上》杂剧,裴少俊在马上窥见墙内的李千金,爱之过切,失魂落魄几乎坠马。这两个典故把男主人翁对少女近于狂痴的爱慕心态和盘托出了。但这仍不足以表达他的爱心,他又把少女比作观世音菩萨现身。他想,那观世音供奉在普陀山的寺庙里,远在天涯,不可接近,而她却是近在眼前啊!曲作者没有停留在秀才的痴想上,〔甜水令〕笔锋一转,写那女子对男主人翁的殷殷情意,展现了这对恋人之间脉脉含情的场景。"秋水回波,春山摇翠"。那女子秋水般澄澈的目光回视着秀才,美丽的眉毛也充满情思。《西厢记》有"春山低翠,秋水凝眸"句,暗示莺莺爱上了张生。"秋水""春山"用在这里,也表明两颗心联结在一起了。"诗句传情,琴声写恨"。这无疑是才子佳人典型的传情方式。但是仅此而已。"衷肠牵挂,许多时不得欢洽。"这未免使双方无限惆怅。即使这样,他们之间的爱在街坊上还是掀起轩然大波。〔雁儿落〕绘声绘色地写道:"斗的满街里闲嗑牙,待罢呵如何罢。""闲嗑牙"这句俗话,用在这里,几乎叫人听见了那窃窃私语。人言可畏,违反礼教的行为,自然会遭到流俗的非议。那女子退缩了。可是那剪不断理还乱的情思如何了却?秀才呢,只好空揣着那女子写下的幽期密约的诗笺和定情之物,不安地等待。〔雁儿落〕以短短四句刻画出这对一见钟情者的波折。

　　〔得胜令〕进一步描写男子的心理,对女子仅以纸笺传情,而不能付诸行动加以埋怨。"海鹤儿"、"纸鹞儿"本是指风筝。梁武帝时有用风筝传递情报的做法。这里指女子写给男子的约会诗简。秀才怨恨那女子不当放纸鹞似的传假消息调弄他。他甚至说,再这样,他的生命就要断送在这上头了。这和《西厢记》中描写张君瑞的心理同趣。而〔离亭宴煞〕表现的男主角的内心世界则与张生大不相同,"只因"、"不是"两句是顺着上曲"送了人呵不是要"而来:不是我口不严会到处宣扬,而是你还没有把欢合的事儿深深放在心上,所以常常变卦。既又变卦,你却又一日三次凭阑而望,如果是真心和我结合,做出这般模样还好理解,如果无心和我成合,又为何呆呆地做出这个傻样?你这个可爱的小冤家,我可不是徒有其表,见识短浅的井底蛙,而是惯经风月的行家。这里,男主角好像在吹嘘,实际上却在自我安慰,自鼓勇气,他已被那少女弄得不能自已,但却要摆出一种老练而颇有把握的样子。散曲善于调侃,作者在这里便以调侃口吻,借男子自语,活画出一个痴于情而未能得到爱,败下阵来却又死要面子者的

【玉箫女两世姻缘】

形象。全曲充满了戏剧性,简直像一幕小小的喜剧,在表现手法上,它采用了描写人物外在动作来揭示人物内心活动的技法,并运用北方的口语,灵动活泼,使曲中人的形象更加真切而富有生气。

(钟林斌)

〔注〕 ① 赡不下解合的心肠儿叉:赡(dàn旦):通"担",担不下,意未担当、未放在心上。解合:解,会也,知也;解合,知道欢合的趣味。叉:通"岔"。心肠儿岔,指分心。 ② 俵(biào)扬:散播,宣扬。

玉箫女两世姻缘

乔 吉

第 二 折

〔商调·集贤宾〕隔纱窗日高花弄影,听何处啭流莺。虚飘飘半衾幽梦,困腾腾一枕春醒。趁着那游丝儿恰飞过竹坞桃溪,随着这蝴蝶儿又来到月榭风亭。觉来时倚着这翠云十二屏,恍惚似坠露飞萤。多咱是寸肠千万结,只落的长叹两三声。

〔逍遥乐〕犹古自身心不定,倚遍危楼,望不见长安帝京。何处也薄情,多应恋金屋银屏①。想则想于咱不志诚,空说下碜磕磕②海誓山盟。赤紧的③关河又远,岁月如流,鱼雁④无凭。

〔金菊香〕怕不待儿番落笔强施呈，争奈一段伤心画不能，腮斗上泪痕粉渍定。没颜色鬟乱钗横，和我这眼皮眉黛欠分明。

〔柳叶儿〕兀的不寂寞了菱花妆镜，自觑了自害心疼。将一片志诚心写入了冰绡帧⑤，这一篇相思令，寄与多情，道是人憔悴不似丹青。

【玉箫女两世姻缘】

乔吉著有杂剧十一种，现存《玉箫女两世姻缘》、《杜牧之诗酒扬州梦》两种，都是爱情喜剧，以辞藻华美工丽著称。

《两世姻缘》是乔吉代表作，演韦皋与韩玉箫两世姻缘事。故事取材于唐人《玉箫传》(《情史》卷十韦皋条下也转载)和范摅《云溪友议》。但有较大创造。剧情大意是：书生韦皋和洛阳名妓玉箫相爱，有白头偕老之约。假母逼试，韦皋一去数年，玉箫相思得病而死。临死前自己作词一首、写真一幅，嘱派人赴京访韦。她死后竟转生为荆襄节度使张延赏义女。韦皋中举后官至镇西大元帅，派人去接玉箫母女，始知已去世，遂发誓不再娶妻。后破吐蕃班师回途中拜访张延赏，在筵席间和玉箫会面，相隔两世，还一见如故，后来借助于玉箫留下的画像为证，获得了皇上的恩准，成全了两世姻缘。剧本颂扬了玉箫和韦皋生死不渝的真挚爱情，隔世尚能成就姻缘，有一定进步意义。它在人物塑造、关目安排、语言运用方面，都对后来汤显祖《牡丹亭》的创作具有一定影响。

首曲〔集贤宾〕系流传后世的名曲，明人孟称舜评此曲说："其词如清夜闻猿，使人痛绝。"它通过一次春梦，来表现闺中少女相思情人那种被压抑的心情。开始一二两句写春天的景色，也是入梦的环境：纱窗外花儿在日光下摇荡着它的身影，黄莺在飞来飞去的啼着。由于春天花儿竞开、鸟儿争鸣，缭乱缤纷，所以逗引起女主人公的相思。三四两句对偶，都是写她进入梦境。梦当然是虚幻的，然而又是自由自在、随意追求。五六两句就是具体的描写梦境：她一会儿追逐着采蜜的蜂儿，在柳树边凹地或长满花丛的溪畔，一会儿又随着蝴蝶在欣赏风月的亭台楼阁前飞翔。这当然是想象，而不是现实。七八两句写一觉醒来，自身仍在画屏前，在闺阁里面。梦中的追求是短暂的，——尽管那成双成对的蜂蝶自由飞翔，象征着女主人公的理想，然而现实却是自己的情人一去五年，渺无音讯。梦醒了什么也没有，所以有如从露水中坠下来的萤火虫，只好在黑暗角落中哭泣。最后两句相对，表现她无穷的愁绪。全曲属对工整，声调铿锵，而词气流畅，不愧是名曲。

〔逍遥乐〕开头三句接上曲，写玉箫愁绪无法排遣，而内心又平静不下来，只好从闺阁中走出来，倚遍她所在的高楼，也看不到京城长安。以下四句，是写她在高楼上什么也看不到的想象：那薄情的人在哪里？很可能已经别娶富贵人家的女儿，想起来对我没有诚意，过去两人海誓山盟都成了空话了。最后三句鼎足对，是说：关河阻隔路途又远，岁月如流时间过得又快，何况一去五年连封信也没有，极写玉箫对韦皋的怀念。

〔金菊香〕曲，依《柳枝乐》本，和《元曲选》本略有别。此曲写她思念成病后，尚强打精神，要自己画一幅肖像画，寄予韦皋。开始三句写玉箫几次落笔，强打精神，由于伤心流泪，颊上粉渍沾上泪珠，想画也画不成。后两句是说勉强画完了，鬓乱钗横，眉毛也没有画清晰。极写女主人公心意缭乱，伤心又不能自已。

〔柳叶儿〕写玉箫由于思念情人，形容憔悴，很长时间没有照镜子，现在一照，知容颜不如画中模样，十分伤心。接着说，她写了一篇《长相思》词，把自己对韦皋的一片真诚都写入这洁白薄绸的画面上了。而这一首词，也是寄给他的，告诉他：玉箫人已憔悴不如画面美丽，但心里却时刻在想念着他。

这四只曲子，集中刻画玉箫对久别情人的怀念。心理描写十分细腻、曲折，春梦、倚楼、写真、赠词,关目亦委婉多姿。作者以词家手笔,运用富有文采的语言,把这位多情的女主人公的苦闷、猜疑、执着描写得淋漓尽致。明贾仲明在《录鬼簿续编》的"吊词"中说:"《两世姻缘》,赏奇协音。"清人杨恩寿在《词余丛话》中也说:"《两世姻缘》杂剧,先得我心,词亦骀宕生姿,鲰生当阁笔矣。"并非溢美之词。

（萧善因）

〔注〕 ①恋金屋银屏:金屋,华丽房屋;银屏,镶银画屏。此处代指富贵人家。全句意谓另娶富家小姐。 ②磣磕磕:令人可怕。 ③赤紧的:实在的。 ④鱼雁:古人以为鱼雁可以传递音信。 ⑤冰绡帻(zhèng帧):洁白而透明的薄绡。帻,即帧字,装裱成的画幅。

杜牧之诗酒扬州梦

乔 吉

第 一 折

〔那吒令〕倒金瓶凤头,捧琼浆玉瓯,蹴金莲凤头,并凌波玉钩,整金钗凤头,露春纤玉手,天有情天亦老,春有意春须瘦,云无心云也生愁。

〔鹊踏枝〕花比他不风流,玉比他不温柔,端的是莺也消魂,燕也含羞,蜂与蝶花间四友,呆打颏都歇在豆蔻梢头。

在元代,文人不被重视,被抛入社会底层的文人与沦落的妇女之间常常产生某种精神上的共鸣。与此相对应,一种将知识分子的命运同沦落妇女相联结的戏剧叙事模式——才子佳人戏,较之传统的"才子佳人"作品,便有了某种新的意义。在元杂剧中,文人们仕途蹭蹬,然而多数人在爱情追求上却坚韧不拔,十分专注。乔吉的《扬州梦》便是这样一部作品。它借唐代著名诗人杜牧在扬州的一段风流传说敷衍成剧,描写了杜牧邂逅歌伎张好好,历经波折,矢志不移,终结同心的故事。〔那吒令〕、〔鹊踏枝〕这两支曲子表现了杜牧酒宴上乍逢张好好时惊诧和喜悦的心情。

〔那吒令〕一曲一开始就向我们描绘了一个楚楚动人的歌伎形象:只见她缓缓倾倒镶缀着凤头的金色酒瓶,注下琼浆玉液,而后捧起盛满美酒的玉杯,踏着细碎的云步,有如窈窕玉女凌波踏浪,徐徐而来;又见她整了整发髻上的凤头金钗,露出纤细的玉手,身形风姿,显得是那样的优美。这一段实写人物的外形,他选取了人物轻盈而又纤巧的斟酒、端酒、敬酒的动作,来刻画人物的绰约风姿,着墨虽然不多,但却在感觉上给人造成一种迷离而流动的艺术效果。有趣的是,中国古典文艺一向注重"传神于阿堵",这支曲子粗看似乎没有通过对人物的眼睛作具体描绘以表现歌伎姣好的内在气质和风韵,而犯了遗神取貌、舍本逐末的创作之忌;细看则不然,因为正是利用这种迷离动态的形象感受,才恰到好处地表现出杜牧酒宴上那种醉眼蒙眬的神情和影影绰绰的视觉特点。仔细体味曲意,就可明白作者匠心独运之妙。曲末三句是虚写人物,以物拟人:天、春、云乃自然之事物,如果稍有灵性,也会为这位佳人所动。"天若有情天亦老"用李贺《金铜仙人辞汉歌》中句;"云无心"则化用陶潜"云无心而出岫"(《归去来辞》)之句;而"春有意春须瘦"则是乔吉自铸,插入其中,颇见机巧。三句都是反跌之笔。言外之意是:无情之物尚且如此,人将何以堪啊!全曲不用衬字,音节绵邈,着意于传达杜牧喜悦、流连的心情,风格典雅、工丽,展示了北杂剧后期创作的一种美学倾向。

〔那吒令〕一曲,作者言犹未尽,在〔鹊踏枝〕中,作者就进一步发挥,他将元曲所特有的酣畅淋漓的表现手法同诗歌艺术众宾拱主的创作技巧结合起来,以生活中逗人喜爱的花、玉、莺、燕、蜂、蝶为宾,集中笔墨,串成一气,长赋直比,似泼墨重彩,紧紧围绕着歌伎这个中心形象,进行大幅度的渲染与烘托。曲中没有一个字在写歌伎,却没有一个字不在写歌伎,直写到莺燕蜂蝶耷拉着脑袋歇在摇曳的豆蔻梢头。一句俚语"呆打颏"(又作"呆答孩",伸长颈脖子发呆)入曲,显得生动、活泼、幽默、别致。这种写法一方面将物拟人,借花鸟草虫比拟人的思绪情态;另一方面又以虚代实,舍貌求神,调动读者的想象力,从物的情态中自由地想象人物之美。故上曲乃写其形,此曲乃传其神。一个完美的张好好,因此而形神兼备地跃然纸上了。

虽然,在艺术中将避实就虚和集中渲染的手法有机地统一起来并非难事,但在戏曲中要同时贴合主唱人物流动的心理意识就不那么容易了,也许这就是这两首曲子的成功之处——比较生动地传达出了杜牧对歌伎倾心、爱慕的真挚之情。

(赵莱静)

李太白匹配金钱记

乔 吉

第 一 折

〔那吒令〕俺则见香车载楚娃,各剌剌雕轮碾落花;王孙乘骏马,扑腾腾金鞭袅落花;游人指酒家,虚飘飘青旗扬落花。宽绰绰翠亭边蹴鞠场,笑呷呷粉墙外秋千架,香馥馥麝兰熏

【李太白匹配金钱记】

罗绮交加。

〔鹊踏枝〕闹炒炒嫩绿草聒鸣蛙，轻丝丝淡黄柳带栖鸦。碧茸茸杜若芳洲，暖溶溶流水人家。子规声好教人恨，他只待送春归几树铅华。

这是两首写景状物的曲词《金钱记》开场就展示了一幅风俗画。阳春三月三日，京城长安官员、百姓都去九龙池上观赏牡丹花。剧作男女主人公韩飞卿和王柳眉也各自去九龙池赏玩。这两首曲子就是韩飞卿与王柳眉相逢前所见到的九龙池畔景色，它为男女主人公邂逅布置了环境，渲染了气氛。

〔那吒令〕开头以"俺则见"三个衬字领起，统摄两支曲文，下面描绘的景象都是男主角韩飞卿目睹耳闻的。前六句是三个对句，既是鼎足对，又是隔句对。而三鼎足句句尾均以"落花"收结，此又是"叠字格"变体。可见乔吉修辞功夫之老到。在内容上，这几句曲词，既有视觉形象，又有听觉形象。美女乘坐着香车，那雕轮各剌剌地碾碎了落花；王孙公子跨着骏马，那金鞭扑腾腾地袅打着落花，游人手指目顾着酒店，那酒旗虚飘飘地卷扬着落花。作品描画一幅车马嘈杂人声喧闹的春游图。"碾"、"袅"、"扬"三个动词的使用，给人以飞动的感觉，具有一种动态美。三句结尾都以"落花"收束，不仅使各句相互联结，而且也使自然景物的动态和人的动作相映成趣。在韵律上，本曲押韵的方法亦较独特，不仅二、四、六句协韵，一、三、五句也协韵，而且二、四、六句押重韵，重复使用一个"花"字，使韵脚密集，节拍短促，节奏鲜明，音调铿锵，形成一种音乐美。这首曲子明洪武三十一年(1398)完成的《太和正音谱》曾加以引用，但文字与本文所据的臧晋叔万历四十三年(1615)编选的《元曲选》略有出入。《太和正音谱》本曲前一部分引文是："香车载楚娃，圪剌雕轮碾落花；王孙乘骏马，疏剌金鞭拂柳花；游人问酒家，窝那青旗插杏花。""各刺刺"、"扑腾腾"、"虚飘飘"原作"圪刺"、"疏刺"、"窝那"；各句结尾的"落花"，原来分别是"落花"、"柳花"、"杏花"；"袅"、"指"、"扬"几个动词也原作"拂"、"问"、"插"。这种差异显然是臧晋叔改动的结果。细心的读者不难发现，这一改动虽然每句发语拟声的衬字较为通畅，但整个曲词却较前呆板重复，不如原词音节响亮，句式活泼，景色多样。

作品以三句鼎足对写途中的游人后，紧接着又以三个对偶句写九龙池边的场景和游人的戏嬉、聚集。前一句写青年男子在踢球，中间一句写年轻女子荡秋千，后一句总写士女如云游人麋集。三句一写视野之广阔，一写听觉之愉悦，一写嗅觉之馨香，有色有形，有声有味，相得益彰。

如果说〔那吒令〕一曲是写人的话，那么〔鹊踏枝〕一曲则是写景。曲词开头两句，一写青蛙在嫩绿的草地上鸣叫，一写乌鸦在黄柳轻丝中栖息。两者一动一静，一浓一淡，相互对称，交相辉映。这两句曲词，实际上是从宋贺铸〔浣溪沙〕词"淡黄杨柳带栖鸦"和元王实甫《西厢记》"不近喧哗，嫩绿池塘藏睡鸭；自然幽雅，淡黄杨柳带栖鸦"的词句脱胎而来。作者把"池塘"改作"草"，"睡鸭"变成"鸣蛙"，动静相间，错落有致，别有一番情趣。这两句侧重于写动物，下面两句则着重写景色："碧茸茸杜若(香草)芳洲，暖溶溶流水人家。"屈原《九歌·湘君》有"采芳洲兮杜若"的句子，马致远〔天净沙〕《秋思》中也有"小桥流水人家"的名句。这两句曲词正是由此嬗变而来，而不露任何斧凿的痕迹。从中可以窥见作者深厚的诗词修养和熔铸前人语句的功力。〔那吒令〕〔鹊踏枝〕两支曲子中间八句，运用叠字排比的手法，连续使用对仗的语句，使句式整齐，节奏匀称，造成一种极力铺排渲染的气势。曲的末尾骤然转变，以不规整的句式和错落的节奏，用杜鹃(子规)啼鸣的典故作为终结，收煞十分有力。

明李开先曾说乔吉的作品"蕴藉包含……种种出奇而不失之怪，句句用俗而不失其文"。这两首曲词，在语言上辞藻华丽，对仗工整，声律和谐，色彩鲜明，雅俗兼备，且善于铸旧为新，故颇能体现他的艺术风格。

（张人和）

【作者小传】

苏彦文

生平事迹不详。据李祁《送苏彦文归金华序》说他是"金华人"。作品现仅存〔越调·斗鹌鹑〕《冬景》这一套数。

〔越调〕斗鹌鹑

苏彦文

冬 景

地冷天寒，阴风乱刮；岁久冬深，严霜遍撒；夜永更长，寒浸卧榻。梦不成，愁转加。杳杳冥冥，潇潇洒洒。

〔紫花儿序〕早是我衣服破碎，铺盖单薄，冻的我手脚酸麻。冷弯做一块，听鼓打三挝。天哪，几时捱的鸡儿叫更儿尽点儿煞。晓钟打罢，巴到天明，划地波查①。

〔秃厮儿〕这天晴不得一时半霎，寒凛冽走石飞沙。阴云黯淡闭日华，布四野，满长空、天涯。

〔圣药王〕脚又滑，手又麻，乱纷纷瑞雪舞梨花。情绪杂，囊箧乏。若老天全不可怜咱，冻钦钦怎行踏？

〔紫花儿序〕这雪袁安难卧，蒙正回窑，买臣还家，退之不爱，浩然休夸,真佳。江上渔翁罢了钓槎,便休题晚来堪画。休强呵映雪读书,且免了这扫雪烹茶。

〔尾声〕最怕的是檐前头倒把冰锥挂,喜端午愁逢腊八。巧手匠雪狮儿一千般成,我盼的是泥牛儿四九里打。

这套曲写的是劳苦人冬天生活的种种艰难困苦。全套由八支曲组成,可分为三层:

第一层〔斗鹌鹑〕和〔紫花儿序〕两支曲子写寒夜难挨。〔斗鹌鹑〕作为全套第一支曲子写得很概括。它从大处从重落笔,先用三个句子铺写严冬的景况。第一句从空间角度写,"地冷天寒",写广大的宇宙都被寒冷充塞;第二句从时令角度写,"岁久冬深",是一年中最冷的时节;第三句"夜永更长",夜半时分,也是一日之中最冷的时刻。"阴风乱刮","严霜遍撒",互文见义,是对严寒的形象描写。这样浓重的铺排,给下面抒情主人公对寒冷种种难以忍受的情状提供了充分的背景。其实这背景既是客观环境,也是这位主人公的主观感受:这寒冷太巨大、太严酷了。以下转入抒情主体的自我表现。"梦不成,愁转加。杳杳冥冥,潇潇洒洒",写出了他夜间难以入眠时那无着无落、凄凉惆怅的精神状态。不过这种表现还是比较笼统抽象的,它为下面的具体描写留下了余地。第二支曲〔紫花儿序〕便具体地描摹出夜间受冻的苦况。手脚酸麻的感觉,弯做一块的形状,尤其是冻得睡不着时数着更点巴望鸡鸣、钟声报晓的心理,十分真切。在平缓的铺叙描写之后,一声"天哪"绝望的呼叫,加上一个长句,把抒情推向高潮。句中"鸡儿叫更儿尽点儿煞"重复排比,意思强化了,急促的音节体现了心情的急迫。以下"晓钟打罢,巴到天明"表现好不容易盼到天明的轻松,使感情节奏舒缓下来,然而"划地波查"又陡地煞住了。这只曲子不仅描写逼真,而且

【斗鹌鹑】

感情强烈激荡和富于变化,直扣人心弦。

　　第二层〔秃厮儿〕〔圣药王〕两曲写的是白昼的情景。前曲写夜间,黑夜不便于写景,所以侧重写体肤感受和内心活动,而这两曲写白天,可以充分发挥写景抒情的作用。〔秃厮儿〕一曲全是写景。主要突出天气的阴冷,尤其突出阴,因为有阴就有了冷。曲子描述走石飞沙的狂风和遮天蔽日的阴云,造成“愁云惨淡万里凝”的境界,衬托了抒情主人公的愁苦之深重。〔圣药王〕写出行之艰难:“脚又滑,手又麻”。接下去的“瑞雪舞梨花”是美的,但以“乱纷纷”形容,再继之以“情绪杂,囊箧乏”,便表露了抒情主人公内心的纷乱和苦恼。囊空如洗,饥寒交加,他当然毫无赏雪的雅兴,只盼望老天爷可怜,停止下雪。否则“冻钦钦怎行踏(走动)?”这样的天气要出来走动,自然是为了求生,这是不说也可以想见的。它深深地激发起读者的同情。

　　第三层是第二支〔紫花儿序〕和〔尾声〕。关于挨冷受冻情景的描写至上曲就打住了。第三层全是抒情,写经过风雪严寒之后对雪的新认识。〔紫花儿序〕的写法特殊,每句都是一个关于雪的典故。“袁安难卧”见《后汉书·袁安传》李贤注引《汝南先贤传》:“时大雪积地丈余,洛阳令自出案行,见人家皆除雪出。有乞食者,至袁安门,无有行路,谓安已死,令人除雪入户,见安僵卧,问何以不出,安曰:‘大雪,人皆饿,不宜干人。’令以为贤,举为孝廉也。”“袁安高卧”是元曲中常用典故,这里改高卧为难卧,是说现在的雪比袁安当初的雪更大,连袁安也高卧不住了。“蒙正回窑”说的是宋吕蒙正穷困时冒风雪到寺里赶斋被逐回窑洞的事。“买臣还家”写汉朱买臣发迹前曾在风雪中采樵卖薪谋食。“退之不爱”是从韩愈《左迁至蓝关示侄孙湘》一诗演化出来的故事,诗中有“雪拥蓝关马不前”一句,因韩愈是获罪左迁潮州经蓝关遇雪,故说“退之不爱”。“浩然休夸,真佳”是针对元杂剧据笔记中“孟浩然诗思在灞桥风雪中驴子背上”一语杜撰出踏雪寻梅的故事而言。因孟浩然是踏雪寻梅,当然夸雪是佳的,而本曲要反其意而行,故云"休夸,真佳"。"江上渔翁"是因柳宗元的著名绝句《江雪》而来。诗中有"孤舟蓑笠翁,独钓寒江雪"句。这里说"罢了钓槎",是说雪大天寒,这位渔翁也不钓鱼了。晚唐诗人郑谷诗"江上晚来堪画处,渔人披得一蓑归",因苏东坡批评其为"村学中诗"也成了名句。"孙康映雪"是众所周知的著名勤学故事,此不赘。"扫雪烹茶"据宋人笔记《绿窗新话卷下·党家婢不识雪景》:"陶榖学士尝买得党太尉家故妓,过定陶,取雪水烹团茶,谓妓曰:'党太尉家应不识此,'妓曰:'彼粗人也,安有此景? 但能销金暖帐下浅斟低唱、饮羊羔美酒耳。'榖愧其言。"扫雪烹茶是风雅事,所以这里说"且免了"。这一大串典故的用法有两个特点:一是不一定有真实的史料依据,大多是些传说故事甚或是杂剧杜撰的俗典,但在散曲中常用,这也是通俗的散曲用典的一种艺术特色;二是用得随意灵活。倘与本曲主旨一致,则加以强调,如"袁安难卧"、"蒙正回窑"、"买臣还家"等是。有的与本曲意旨相反,便用"休夸"、"休题(即休提)"、"休强"、"且免了"以反其意。这样的评说使抒情中带上了议论的意味。淋漓尽致的铺陈用的是大赋的手法,由于用得灵活和语言的通俗活泼而不给人堆砌之感。它强烈地渲染了对风雪的厌恨,也可以说是对自古以来那些不愁饥寒,故以赏雪为风雅事的士大夫情调的逆反心态的表现。

〔尾声〕直抒胸臆,写自己的所怕,所喜,所愁,所盼。怕的是冰锥倒挂屋檐时的酷寒,喜的是暖融融的端午节,愁的是岁末腊八节的到来。当那些巧手们堆出各种美妙的雪狮子作乐时,我是没有同样的雅兴的。我只希望在还是九九寒天中最冷的四九天,就开始打那象征春耕开始的泥牛儿。这首曲表达了让严冬早点过去,和暖的春天早日到来的愿望,运用了景物、节令、风俗等表现时令特色的事物,写得形象而富于生活气息。

文学史上写冬景和风雪的文章不计其数。达官贵人、骚人雅士们拥红泥小火炉咏雪赏雪不必说了,就是那些受风雪之苦的故事,多数也是为了反衬发迹

【醉中天】

变泰。像这种专为穷人说话的作品,真是凤毛麟角。它虽然没有直接写贫富不均,但曲中描写的生活和表达的情感,自然会启发读者的许多联想。作者把这位贫寒的人种种感受、体验和心理写得如此活灵活现,没有亲自受过这种苦痛是难以做得到的。当然由于作者苏彦文只留下这一套曲,他的生平不为人知,作品中的抒情主体是否就是作者自己,就不好断定了。

(姚品文)

〔注〕 ① 划地波查:划地,仍然是。波查,磨折。

【作者小传】

刘时中

号逋斋,古洪(今江西南昌)人。生平事迹不详。钟嗣成《录鬼簿》称其为"刘时中待制",列入"方今名公"。或以为即刘致(? —1335 至 1338 间),字时中,号逋斋,曾任翰林待制,唯其为石州宁乡(今山西中阳)人,时代亦稍早。

〔仙吕〕醉 中 天

刘时中

花木相思树,禽鸟折枝图。水底双双比目鱼,岸上鸳鸯户。一步步金厢翠铺。世间好处,休没寻思,典卖了西湖。

杭州西湖的旖旎风光,给文人骚客们带来了无穷无尽的灵感和情思。歌咏西湖的散曲作品,也如同湖山美景那样争奇斗妍,各具风致。刘时中的〔醉中天〕，是其中不落常套的一首。

起首四句，剪裁出四幅不同的画面。第一句，远眺。相思树即连理树，本指异根而同枝相通；但花卉林木互相依偎簇拥，交柯接叶，远远望去便会产生连理的感觉。第二句，近观。"折枝"是中国画花卉画法的一种，指弃根干而单绘上部的花叶，形同折枝，故名。作者为各色禽鸟所吸引，伫神凝望，连同近旁枝叶的背景，不是一幅绝好的折枝图么！第三句，湖中。"双双比目鱼"，当然不是《尔雅》所说的那种唯生一目、"不比不行"的鲽鲽，不过是因为游鱼成群，圉圉洋洋，所以看上去都好像是结伴成对的了。何况观鱼最容易引起像庄子濠上产生的那种物我一体、移情游鳞的感受，而西湖的澄澈明丽，亦自在句意之中。第四句，岸上。曲中用"鸳鸯户"三字，造语新警。它既形容出湖岸鳞次栉比的人家，又会使人联想起门户内男欢女悦、熙熙陶陶的情景。这四句固是状写西湖花木之繁、鱼鸟之众、人烟之稠，然而由于用上"相思"、"比目"、"鸳鸯"的字样，便平添了热烈、欢乐和美好的气氛。四幅画面交叠在一起，本身还是静态的，而下承"一步步金厢翠铺"一句，就化静为动了。"厢"，通"镶"字。"金镶"有富贵气象，而"翠铺"又不无清秀的色彩，这一切，自然而然引出了"世间好处"的考语——这正是"人间天堂"的意思。铺叙至此，用笔已满，作者突然一折，接上了一句"典卖西湖"的冷隽语，令人拍案叫绝！《乐府群玉》此句下载作者自注道："宋谚有'典卖西湖'之语：台谏谓之'卖了西湖'，既卖则不可复；省院谓之'典了西湖'，典犹可赎也。无官守言责，则无往不可，此古人所以轻视轩冕者欤？"台、谏分掌弹劾和规谏，所谓有"言责"；省、院制法令、行政务，所谓有"官守"：均属于"轩冕"一流。典也好，卖也好，平民百姓不会沾染，鄙视权贵是理所当然的。这句话从自注理解，便是说：西湖风光如此美好，可不要糊里糊涂，去争当什么台谏省院的高官啊！当了官便不自由，不能流连山水、"无往不可"。这是避名利、乐山水的一层意思。另一方面，作者引用的是"宋谚"，宋社已屋，对宋而言，最

【四块玉】

终结果不啻是"典卖了西湖"。"休没寻思"这一句,也多少隐含着对前朝误国君臣的嘲弄,隐含着 点兴亡盛衰之感。双关之意,是颇为巧妙的。

(史良昭)

〔南吕〕四 块 玉

刘时中

官况甜,公途险。虎豹重关整威严,仇多恩少皆堪叹。业贯盈,横祸满,无处闪。

元散曲作者感时伤世,常常会不约而同地慨叹宦海的险恶,反映出当时的一种文人心理与社会现象。一方面是用世与热中功名的传统习尚;另一方面,吏治的窳败,官场的倾轧,又不禁使身历其境者谈虎色变,余悸在心。仕途即畏途,功名如鸡肋,儆屣官宦的过来人固然不屑一顾,即便是恋栈的个中人亦不无怨望。于是,或以愤激词一吐抑塞,或作豁达语暂掩辛酸,成了流行的风尚;而借助不忌直露的散曲体式,显然比用崇尚敦厚含蓄的诗词要来得直捷便利。这类散曲创作意图大半是属于自我解嘲,当然也不乏自责或自警之意。因此,它们在语言上往往不事雕琢,而犀利精警,风格上更接近于谚谣。刘时中此首〔四块玉〕,正是这样的作品。

起首"官况甜,公途险"两句,互文见义,而"甜"、"险"二字的对峙,醒人眼目,含意也很深远。"甜"代表了功名利禄的诱惑力,但这仅是表面的现象,实质上则是处处荆棘丛生;而受"甜"字陷溺,执迷不悟,则前景可畏。因此"甜"、"险"不仅是表里关系,也存在着因果关系;且从"甜"到"险",也可以说是官场中大部分人的必由之途吧！接下两句，便对这一意思作了生发。"虎豹重关"，语出自《楚辞·招魂》："虎豹九关，啄害下人些。"本意指天门重重设守，森严难进，凡人入则遭害。这里借来比喻官府，生动确切。"整威严"，作威作福之状可以想见，然而全句却并不使人敬畏，相反却感到狞恶，令人憎厌。不过，"重关"的主人日子并不好过。"仇多恩少皆堪叹"，这里既有与被统治者之间的不可调和的矛盾，也有与上司同僚之间的恩恩怨怨。作者至此并不继续说明为官者虎尾春冰的狼狈处境，而直截地揭露其结局："业贯盈，横祸满，无处闪！"一个"盈"字，一个"满"字，使人感到作孽如此之多，报应如此之速；而"无处闪"的结尾与"官况甜"的起笔两相对应，成了绝好的讽刺，从冷峻的笔调中不难体会出作者愤世嫉俗的心情。

这首小令从《阳春白雪》定为刘时中的作品。《乐府群珠》所辑者，"皆堪叹"作"人皆厌"，"横祸满"作"横祸添"，全曲题为《酷吏》，署曾瑞作。这样，"仇多恩少人皆厌"，便成为描写"酷吏"的政声了。不过，对酷吏来说，恐怕不存在"公途险"的疑虑，治下也未必谈得上"恩"。这首小令，好就好在写出了官宦日常的典型：一方面擅作威福，一方面色厉内荏；一方面汲汲奔逐利禄，一方面惶惶不可终日。业贯满盈，身无可遁：实为昔告天下百官，而非仅止为酷吏说法。

（史良昭）

〔中吕〕 朝 天 子

刘时中

邸万户席上

柳营，月明，听传过将军令。高楼鼓角戒严更，卧护得边声

【朝天子】

静。横槊吟情，投壶歌兴，有前人旧典型。战争，惯经，草木也知名姓。

《虎韬》、《豹韬》，一览胸中了。时时拂拭旧弓刀，却恨封侯早。夜月铙歌，春风牙纛，看团花锦战袍。鬓毛，木雕，谁便道冯唐老？

　　万户，是元代所置的三品世袭军职。这两首小令，是作者在邸万户宴席上赠主人之作。

　　第一首前三韵为一句，交代了主人的将军身份及自己作歌的地点。"柳营"，即细柳营，汉将周亚夫屯军细柳（今陕西咸阳西南），连汉文帝也因无军令而被挡驾在外，不由发出"真将军矣"的感叹，后人因用以赞称纪律严明的军营。"高楼"、"卧护"二句，承上进一步展开描写。戍楼鼓角，营帐夜令，使人联想起"中天悬明月，令严夜寂寥"（杜甫《后出塞》）、"令严鼓角三更月，野宿貔貅万灶烟"（苏轼《次韵穆父尚书》）的名句，军中威严整肃的气象，如在目前。"卧护"是扶病护卫的意思，足见主将的劳苦功高。"边声静"，指边事安息，烽烟不起，是对将军业绩的评定。这几句表达对邸万户的尊崇和赞颂。但作者巧妙地融入写景，军营明月、高楼鼓角，富有诗情画意，使称誉之词不落俗套，确是技高一筹。以下"横槊"两句，以古喻今。前一句是借三国曹操、曹丕作比，所谓"曹氏父子鞍马间为文，往往横槊（长矛）赋诗"（元稹《唐故检校工部员外郎杜君墓系铭》），赞主人像曹氏一样，"横槊赋诗，固一世之雄"（苏轼《前赤壁赋》）；后一句则以宋将岳飞相比，《宋史·岳飞传》说岳飞"雅歌投壶，恂恂如书生"。文武双全，儒雅风流，被历来公认为将才的典范；而这两句又紧扣题中"席上"两字，作者构思精巧，可见一斑。最后，抚今追昔，点出主人身经百战、威名远播的本来面貌。"草木知名",用的是唐代张万福的故事。《唐书·张万福传》:"德宗以万福为濠州刺史,召见谓曰:'朕以为江淮草木亦知卿威名。'"万户坐镇一方,以张万福拟比,可谓颂扬得体。

　　酬赠之作,传形为下,传神为上,传神而又能传出心灵的沟通,乃为最上。第二支小令,便向这目标进了一步。"《虎韬》、《豹韬》",与《文韬》、《武韬》、《龙韬》、《犬韬》一起合称为《六韬》,相传为姜太公所作,这里泛指兵书。昔使"边声静"的老将军,通晓韬略,本在意中;而现在却"时时拂拭旧弓刀",恨无继续建功立业的机会。"却恨封侯早"一句极妙。"封侯"本是古人求之不得的追求目标,这位邸万户却怨它实现得太早:一个在弓马生涯中焕发过蓬勃生命的将军,如今只能闲看"团花锦战袍",徒然缅怀昔日的战事,怎能没有怅然若失之感?古人说"独立三边静,轻生一剑知"(刘长卿《送李中丞归汉阳别业》),此数句正是表现了这一种渴望战斗,却又偏无用武之地的怅惘和悲哀。时不我待,老之将至,此意谁会?作者遂结以昂扬之音:"鬓毛,木雕,谁便道冯唐老!"西汉的冯唐知人善任,又敢犯颜谏上,汉文帝时为云中守魏尚辩言复爵,由中郎署长擢升为车骑都尉,但至汉景帝时即被罢免官职。等到武帝想起这位旧臣,他已九十余岁,不能复出了。"冯唐易老",从此就成了功名蹉跎的同义语。作者的这一呐喊固然是勉慰邸万户,但出之以诚意,却也颇能收激励之效,老将军听之,恐会为之一振的。这两首小令,用常语而不觉浮滥,出新意而不见做作,较为自然、真实,感情真挚,跳出了单纯谀美的窠臼,增加了作品的内涵与可读性。

(史良昭)

〔中吕〕朝 天 子

刘时中

同文子方邓永年泛洞庭湖宿凤凰台下

有钱,有权,把断风流选。朝来街子几人传,书记还平善。
兔走如梭,乌飞如箭,早秋霜两鬓边。暮年,可怜,乞食在歌
姬院。

　　这支令曲通过少年风流得意和老来妓院乞食的强烈对比,辛辣地讽刺了纨
袴子弟一生放荡狎妓的荒唐行径,同时警醒世人:眠花卧柳将会导致怎样可悲
的下场。从标题上看,作者是与友人游湖之后写的,大约他们月夜泛舟时话及
了某些人的风流身世,因此有感而发。

　　前五句写纨袴子弟少年狎妓的志满意得:他仗恃自己有钱有势,挥金如
土,又年轻风流,整天花街柳巷过夜,几乎把持垄断了所有青楼名妓的刷选。
"街子",即巡街的士卒;"平善",即平安无事。这两句是用唐代杜牧扬州狎妓的
典故,事载《芝田录》:"牛奇章(僧孺)帅维扬,牧之在幕中,多微服逸游。公闻
之,以街子数辈潜随牧之,以防不虞。后牧之以拾遗召,临别,公以纵逸为戒。
牧之始犹讳之,公命取一箧,皆是街子辈报贴,云杜书记平善。乃大感服。"(见
宋胡仔《苕溪渔隐丛话》引)杜牧当时是淮南节度使牛僧孺幕府掌书记,这里即
借用"书记"喻纨袴子弟,他也像当年杜牧一样,有几个街子夜里暗中保护他冶
游宿娼,并每天早晨向其家长或上司报平安。这说明纨袴子弟家长或上司也放

纵他嫖妓;或者劝他而不听,只好派巡夜街丁暗中保护,以防止这位浪子遭人暗算,落人圈套。"朝来",即每天清早。

后六句写纨袴子弟蹉跎岁月,晚年沦为乞丐的可悲下场。"兔",指玉兔。传说月宫有玉兔捣药,故诗词中常用以代指月亮。"乌",即金乌。传说日中有三足乌,故诗词中常用以代指太阳。这三句说玉兔西坠,金乌东升,周而复始,循环无穷,以喻光阴似箭,日月如梭;不知不觉,这位浪子已由青春年少变成两鬓如霜,满头白发了。结尾三句更进一步写其暮年晚景凄凉,可悲可怜,不但在狎妓中虚度光阴,老来一事无成;而且床头金尽,乃至倾家荡产,最后沦落到打着莲花落、常来妓院门前讨饭的乞丐,这便是风流浪子的一生结局。

元代由于城市经济的畸形繁荣,秦楼楚馆大增,仅大都一处官妓就多达两万五千人。以此类推,其他城市也不会少。她们中绝大多数固然都是被迫沦落火坑的,但也不能否认其中一些人的灵魂因长期受这罪恶环境的污染而变得腐朽堕落,加上鸨母的狠毒贪婪、阴险机诈,和社会上普遍纵欲放荡的风气,确实使一些烟花子弟为此倾家荡产。关汉卿在杂剧中对娼妓制度的罪恶曾有深刻的揭露:"一个个败坏人伦,乔做胡为"(《救风尘》);"矜爷害娘,冻妻饿子,折屋卖田,提瓦罐爻槌运。""全凭着五个字迭办金银,无过是恶劣乖毒狠。"(《金线池》)散曲中如曾瑞〔斗鹌鹑〕《风情》,张可久〔寨儿令〕《收心》,刘庭信〔寨儿令〕《戒嫖荡》,无名氏〔醉太平〕《叹子弟》等,都对妓院和嫖客有不同程度的讽刺和揭露。刘时中此曲虽重在讽刺子弟的咎由自取,但客观上也从一个侧面暴露出娼妓制度的罪恶。这正是元代社会一种特别突出的病态。

此曲运用对比,欲抑先扬,极写昔日之得意轻狂,益反衬出今日之沦落悲哀,两相对照,相得益彰。仅取其两个极端,便勾画出浪子的一生经历,剪裁精当。在冷峻的叙述中语含辛辣的嘲讽,更能发人深省,警醒顽俗。

(熊　笃)

【山坡羊】

〔中吕〕山坡羊

刘时中

燕城述怀

云山有意,轩裳无计,被西风吹断功名泪。去来兮,便休提。青山尽解招人醉,得失到头皆物理。得,他命里;失,咱命里。

这是一支怀古叹今的曲子。我们从"燕城述怀"的标题中,便可以想见作者所要表现的双重情绪。燕城,故址在今河北易县东南,相传燕昭王曾于此地建造黄金台,置金台上,延请天下奇士。不久,果然召来了乐毅诸贤人,昭王礼贤下士,国势骤盛。作者身在燕城,自然追慕燕昭王招贤兴国的盛举。于是,就把这种怀古之情作为叹今之感的伴奏,唱出了这支深沉的曲子。

"云山有意,轩裳无计,被西风吹断功名泪。""云山",本指高耸入云之山,而在诗词曲中,则常被赋予某种感情色彩。我们看与作者同时的另一散曲作家张养浩的〔雁儿落带得胜令〕《退隐》:"云来山更佳,云去山如画,山因云晦明,云共山高下。""云霞,我爱山无价,看时行踏,云山也爱咱。"所谓"云山有意",其中便包含了这些意蕴。轩裳,大夫之服,喻有高位的人。这起首二句,既有隔断红尘的云山在召唤,又有功名无计的烦恼在困扰;既有陶潜"驱役无停息,轩裳逝东崖"的意念,又有朱熹"始怀经济策,复愧轩裳姿"的感慨。"被西风吹断功名泪"，承前而来，表现了作者对追求功名的悲苦与厌倦，同时也隐寓着对古代贤君的推崇与思慕，因为作者并非绝对的超脱，只是生不逢时，英雄无用武之地而已。"去来兮，便休提"，这个果断的决定是在前面的感情基础上的自然发展。"去来兮"，就是陶潜"归去来兮，田园将芜胡不归"（《归去来兮辞》）之意；"休提"，主意已定，不必再言。这里，从权衡到决断，从沉吟到直抒，可以看出作者感情发展的层次。

"青山尽解招人醉，得失到头皆物理。"青山，在诗词曲中也常被拟人化、抽象化。此处的"青山"与"云山"呼应，也即有情之山，有如辛弃疾的"我见青山多妩媚，料青山见我应如是"（〔贺新郎〕）；更深一层的意思是与"世事"相对，人世沧桑，变幻无常，惟有"青山"不管人间得失兴亡，山自常青，草自常绿。而人间的得与失，成与败，损与益，一切都是事物之理，都是命中注定。这是故作达观之语，感情比较平静。可是最后写道："得，他命里；失，咱命里。"在平静的背后又包含着深深的不平，这几句似可作两层理解：一是以历史上的乐毅诸人与自己相比，"他"得"咱"失，因为"他"生逢其时，"咱"生不逢时，这是命中注定的；二是以现在的官场中人与自己相比，"他"还在热衷名利，"咱"却已归隐云山，"他"日后可能有得，那算"他"的命好；"咱"却看穿了这个虚幻的"得"，以"失"而自安。但宦海风波难以预测，"他"的得中未尝不包含着失；云山适意，"咱"的失中又何尝不包含着得！在当时社会中，人们不能掌握自己的命运，于是，他们感叹，他们怨命，这是可以理解的。作品的这种情调和人生观反映了那时的人们不能掌握命运的悲哀，可以说是一种"弱者的抗议"，虽然无力，却能引起读者的思索。

（齐裕焜　陈惠琴）

〔中吕〕山坡羊

刘时中

西湖醉歌次郭振卿韵

朝朝琼树，家家朱户，骄嘶过沽酒楼前路。贵何如？贱何如？六桥都是经行处，花落水流深院宇。闲，天定许；忙，人自取。

本篇题为"醉歌"，全由"醉"意生发，翻新出奇，跌宕萧散，逸趣盎然。

以醉眼于熟题中翻出新意，是其奇处之一。"朝朝琼树，家家朱户"，起二句总揽西湖胜景。琼树生昆仑西流沙之滨，大三百围，高万仞，朱户则为簪缨缙绅之家；"朝朝"见时间之延续不绝，"家家"见空间之无所不包。两句互文见义，说的是西湖之滨自古繁华至今，一同于海外仙境，真所谓"上有天堂，下有苏杭"。这两句固然脱胎于柳永名句"市列珠玑，户盈罗绮，竞豪奢"（〔望海潮〕），然而"骄嘶过沽酒楼前路"的醉客，对此却并无"异日图将好景，归去凤池夸"（同上）的富贵之想。"贵何如？贱何如？""贵"承起二句，"贱"则为走马沽酒的作者自己。走马湖滨，虽同是繁华世界中的一员；然而贵贱悬殊；那末是贵者胜，抑是贱者乐？冷然一问，且不作答，却于"六桥都是经行处，花落水流深院宇"的图景中展示了问题的底蕴。六桥为映波、锁澜、望山、压堤、东浦、跨虹西湖六桥之总称。宋苏轼刺杭所建。杭州在北宋时"参差十万人家"，至南宋已"近百万余家"（《梦粱录》卷十二），而六桥周围，更集中了宋元时"朱门"望族的庭院楼宇。侯门深似海,深则深矣,然而在携酒信马,往复经行的醉客眼中,炫煌朱门,耀眼琼树,却无不抹上"落花流水春去也"之感。这就是"贵"也罢,"贱"也罢,都莫可"何如"的终局。既然如此,贵者之汲汲营营,奔忙徒劳,岂非是庸人自扰?而脱略形迹,纵浪大化的闲者"醉"客,倒犹有弄风控骄经行自得的逸趣,这才是"天"之所许。《太平广记》载,某士人梦见一仙家问他何所求,答云愿得闲暇,仙家说天下唯闲为最难得。本曲结句化用此典,这样因醉意而赞富贵,而等贵贱,而进谓贱胜于贵,完成了全篇旨意的升华。《庄子·达生》云:"夫醉者之坠车,虽疾不死",道理在于醉者"神全","死生惊惧不入于胸中"。可见醉者似醉而实醒,一曲醉歌,其实是似醉而实醒的冷嘲,富于哲理;较之"熏风暖得游人醉,直把杭州作汴州",那志士的热讽,有异曲同工之妙。所以在车载斗量的赞繁华、歌佳丽的西湖诸咏中能别开生面。

不为边幅所窘,于小天地中见驰骋往复之功是此曲的又一奇处。全曲寓意固然在贵贱之间与忙闲之评两组理语上,但这种寓意的推进,却全由琼树朱户到花落水流的景象转换中完成,而这转换又是在"骄嘶""经行"的游湖过程中,由醉意为枢纽自然展开。写景、叙行、抒情,交替自然,若行云流水,不减白居易游湖名作《早春》诗,而起伏跌宕则有以过之。这种自然而奇崛的结构正为奇趣逸致传神。

曲是歌诗。〔山坡羊〕的格律又恰恰有效地助成了此曲的情思。状写西湖,当然要声调谐美。起首写景二句都用三平一仄,"花落"句首字易常格之仄声为平起,圆润浏亮,正适以见风物之美。但刘时中之意本不专在写景。第三句前三后五,是枢纽句。前三字(骄嘶过)用平(过字此当平读),以人入景取其和。后五字起以两个上声字"沽酒",声调陡转,突出醉态,见其异。又下接"贵"、"贱"二句以去声起,遥应篇末"定许""自取"二词组,去上相节。这几个字都是寓意之重点,均用仄声,音调拗怒,这样写景以平为主,抒情以仄为主,又以上去二声互节互应，遂构成小令特具的和谐中见拗怒的声调美，正有以表达寓寄于丽景中的奇崛之气，逸荡之致。

（赵昌平）

〔双调〕**折 桂 令**

刘时中

送王叔能赴湘南廉使

正黄尘赤日长途，便雷奋天池，教雨随车。把世外炎氛，人间热恼，一洗无余。展洙泗千年画图，纳潇湘一道冰壶①。报政何如？ 风动三湘②，霜满重湖③。

正当送友上任之际，突然雷声轰鸣，大雨瓢泼。于是，一阵雷雨，震出了这么一支别具一格的曲子。

"正黄尘赤日长途，便雷奋天池，教雨随车"。传统的送别，或"载酒送君行"，或"折柳系离情"，而这里却以雷雨壮行色，一落笔便不同凡响。然而，作者并没有实写雷雨，而是化用典故，以实为虚。"雷奋天池"，杜牧《使回·枉唐州崔司马书》："潜龙须待一声雷"；又韩愈《杂说》一："（龙）感震电，神变化"，"然龙弗得云则无以神其灵"。这就是"雷奋"之意；天池，即《庄子·逍遥游》，所说"有冥海者，天池也"，这是鲲化为鹏的大海。"雷奋天池"化用这些典故，意思是说：龙得雷则灵怪莫测，变化无穷。"教雨随车"，《诗经·周南·关雎序》："美教化，移风俗"；《孟子·尽心上》："君子之所以教者五：有如时雨之化者。"这里合用这两层意思,说政教像春风化雨一样,随使车而及于湘南。这样,一场具体的雷雨就被作者抽象化,从而表现了对朋友为时所用的庆幸和施行美政的期望。

"把世外炎氛,人间热恼,一洗无余",这里,作者接着雨景进一步发挥想象,把一场雷雨写得既能为友壮行色,又能为己写情怀,同时还能洗净世上你争我斗的"炎氛"、人间追名逐利的"热恼"。当然,其中也有实写的成分,但结合上下文,可以看出大体上还是在于化实为虚。

"展洙泗千年画图,纳潇湘一道冰壶。"洙泗,即流经山东曲阜的洙、泗二水。孔子曾在这里讲学,造就了许多人才,所以被认为是教化礼义之邦。南朝梁任昉《齐竟陵文宣王行状》说到"弘洙泗之风",张孝祥《六州歌头》也曾写到:"洙泗上,弦歌地。"潇湘,二水名,代指王叔能赴任之湘南。冰壶,喻为官清廉。这里是写别时的叮嘱,也是承前而来:既然洗净世上你争我斗的"炎氛",那么,到湘南去施行教化便有了一个良好的开端。这是勉其从政,鼓励王叔能继承和发扬光大孔子的事业;既然洗却人间追名逐利的烦恼,那么,一道玉壶,就好纳最纯最洁的冰心,这是嘱其守志,希望王叔能在湘南一带形成清正廉洁的风气。因为王叔能去湘南是就任"廉使",即提刑肃政廉访使这一专掌纠察吏治和刑狱等事的官员,作者的这些期望便显得更为贴切。总之,作者借景发挥,殷勤寄语,表达了热切善良的希望,可谓语重心长。如果说,作者在其他小令中经常流露的是独善其身的思想的话,那么,在这里,则除了表现出这一思想外,又表现出其兼济天下的情怀,可见,作者并非一味的超脱和避世。

"报政何如?风动三湘,霜满重湖。"风,暗指风教;霜,喻高洁的操守。这是想象别后之情景,更确切地说,是想象别后之政绩:纯美的风教化及三湘,高洁的操守遍及湘南。这也是承前的两层叮嘱,从而在结构上一脉相承,在曲势上一气呵成。这里,舍弃了别情依依、别后思念的套语,展现出开阔的境界,明朗的气氛,洋溢着一种积极向上的精神。

【清江引】

本曲主要的艺术手法是化实为虚。韵文中倘若以虚写虚,则抽象无味;倘若以实写实,则浅薄无境。作者在本曲中以雷霆起,以风霜结,通过用典和想象,化景物为情思,把一场平凡的雷雨写得气势磅礴,意味深远,从而把"赠别"这样一个传统的题材写得新颖独特,催人奋发。就像范晞文在《对床夜语》引《四虚序》所说:"不以虚为虚,而以实为实,化景物为情思,从首至尾,自然如行云流水,此真难也。"

(齐裕焜　陈惠琴)

〔注〕　① 冰壶:姚崇《冰壶诫序》:"故内怀冰清,外涵玉润,此君子冰壶之德也。"　② 三湘:泛指湖南。即湘水与漓水合流后称为漓湘,中游与潇水合流后称为潇湘,下游与蒸水合流后称为蒸湘。　③ 重湖:这里指洞庭、青草两湖,皆在湖南岳阳县境,两湖相接,故曰"重湖"。

〔双调〕 清 江 引

刘时中

春光荏苒如梦蝶,春去繁华歇。风雨两无情,庭院三更夜,明日落红多去也。

悼春叹逝,是诗词曲中的传统主题,然而这首小令,以似淡而浓的哀丽情思、似有若无的淡淡寓意、似梦如幻的空灵境界,给人以新颖之感,读来有挹之不尽的余味远韵,是元曲中清丽一路的代表作。

全曲构思上透过一层想,借助结构的层叠,音调的张弛,将悼春之情表现得婉曲而又深沉。小令短仄,用词尤宜搏节。"春光荏苒如梦蝶,春去繁华歇",初读觉二句义近,且两用"春"字,似不合常例。但是细味之,可感到,"春"字的复沓,加上首句平平仄仄平仄仄的拗折声调,正造成了急管繁弦之感,传达出作者烦忧的心声,因而一叹未能尽意,更重复之,重复正可见痛之切而惜之深。乐曲的和谐,须有张弛之节,曲辞亦然。"风雨两无情"承上,天公似乎浑不解悼春人的心意,风雨交加,将将歇的繁华春光匆匆驱赶。至此,本可直接"落红多去",但如这样写就一泻无余,剽疾不剩了。作者别具匠心地在中间垫上"庭院三更夜"句。"庭院"则见居人(作者)在焉;"三更夜",则知独自无眠。幽人长夜的静态画面,辅以三个平声字(平仄平平仄,首字当仄而平)构成的舒回音腔,营造出一种幽清迥深的境界。这一静,将前三句音义两方面的动势作一羁勒,然而静中有动,觉有无尽思神在夜空中荡漾,终于由静更动,逗出"明日落红多去也"的结句,以悬想狼藉残红也将随风雨飘去,深化了起笔的痛惜之意;而在音调上,又易常格之"平平仄平平去上"为"平仄仄平平去上",微拗之中,更见出哀悼的情思。要之此曲构想之妙全在"庭院三更夜"句,正是此句的羁勒完成了声调上促迫与舒缓的交替与形象上实写与虚拟的变换,读来遂有转转入深之感。

选词设色的精当是造成此曲哀丽空灵特色的又一重要因素。首句"梦蝶"用庄生化蝶典,写"春光荏苒",先有虚幻的美感,结二句在风雨之夜的暗色中,在悬想虚拟的冥漠中,缀以点点落红,分外醒目,也因此分外凄迷,较之秦观名句"春去也,飞红万点深如海"(《千秋岁》)更为空灵。在这首尾相应、虚实相生的哀丽景色中又间以"无情"二字,以应"繁华"将歇,这冷风凄雨之"无情",正见得悼春人的"有情",情景的融洽到了浑然无间的地步。故有挹之不尽的哀丽空灵之美。

再细究之,"无情"二字似别有一种寄托。"无情"上应"梦蝶",梦蝶历来用作人生如幻之故实,所以这"无情"的风雨,如果不是暗寓作曲入韶光蹉跎,而感

【殿前欢】

人生无情；也必然蕴有由此而生的凄伤心境。因而望中无生命感觉的"风雨"，也抹上了"无情"的感情色彩。李商隐《蝉》诗云："本以高难饱，徒劳恨费声。五更疏欲断，一树碧无情。"以树色之无情反衬鸣蝉之凄苦，以寄托孤清之思。不过，这种寓托较显豁，而本曲则更隐晦，在于似有若无之间，这也是空灵之境形成的又一因素。

（赵昌平）

〔双调〕殿前欢

刘时中

醉颜酡，太翁庄上走如梭。门前几个官人坐，有虎皮驮驮。呼王留唤伴哥，无一个，空叫得喉咙破。人踏了瓜果，马践了田禾。

这首小令描写了元朝官吏下乡、百姓遭殃的生动情景：一群如狼似虎的胥吏（或禁卫军）喝得醉醺醺地、满脸通红（醉颜酡），在太翁（本指祖父或曾祖父，此处是对年老长者的尊称）庄子穿梭般地横冲直闯；太翁门前坐着几个神气十足的长官，旁边放着一堆装满财物的沉甸甸的虎皮袋子（虎皮驮驮），不用说那是他们下乡搜刮的民财。官人们指挥着那群喝醉了酒的爪牙，挨家挨户吆喝呼叫"王留、伴哥"（皆元曲中泛用的农民姓名），要村民们赶快交纳钱粮和供应食宿之类；但村民们早已闻风躲藏起来，所以爪牙们声嘶力竭叱呼了半天，喉咙都吼破了，也无一人出来响应。于是他们气急败坏地肆行抢掠，人马把农民田地里的瓜果、庄稼践踏得一塌糊涂,弄得鸡犬不宁。

元代农民受到这类官吏掠夺骚扰可谓司空见惯的现象,仅举元朝官方法典《元典章》中所载的案例即可窥见一斑。如该书卷四三、刑部五"杂例"载:"今又体知得各处百姓,依前不肯应付吃的粥饭、安下房舍……今后遇有怯薛歹蒙古人员经过去处,依理应付粥饭,宿顿安下房舍,毋致相争。如蒙古人员殴打汉儿人,不得还报。……如有违犯之人,严行断罪,请依法施行。"这是"怯薛歹"(元朝禁卫军)扰害百姓的事例。他们都由蒙古、色目勋旧贵族子弟担任,享有极大的特权。同书卷五四、刑部十六"擅科"载:"郑州达鲁花赤纽怜,系蒙古人氏,状招占破军民人户耿顺等……令各户供送讫小麦二十七石一斗,粟一十九石八斗,白米五升,大麦一石,稻谷一石,大纸一千五十张,柴四百五十斤,草七百七十斤。""益州路军户王让告本司达鲁花赤忙兀歹,隐占张骡子等三户,每月供送油三斤,柴三驴,菜二筐"。这是"达鲁花赤"(地方长官)在法定赋税之外任意勒索百姓的事例。联系本曲中"虎皮驮驮"这一游牧民族所用的特殊名物,以及他们的嚣张气焰和村民害怕而隐匿的情状,则可知这伙官吏及其爪牙,多半是怯薛或达鲁花赤这类蒙古特权人物进行法外掠夺,因为正常的法定赋税,村民是不敢躲藏不缴的。正因为这伙人无恶不作,侵暴百姓,甚至抢夺平民妻女;肆意殴打汉人还不准还手,法律公开为他们撑腰,所以村民们才恐惧得闻风丧胆,躲藏而见不到一人。足见元代人民所受压迫之深重了。

这支小令未使典故,不用比兴,亦无责骂,纯用白描手法只作客观描述,而官吏的贪暴凶狠,饱肥私囊,爪牙的叱呼吆喝,带醉乱闯,村民的惊恐藏匿,田园的惨遭暴殄,均写得活灵活现,历历如在目前。"醉颜酡"、"走如梭"、"虎皮驮驮"、"叫得喉咙破"等词语,既通俗显豁,又生动传神。特别是"走"、"坐"、"呼"、"唤"、"叫"、"踏"、"践"等一系列动词,构成了飞动流走的意象,有声有色的画面。

(熊 笃)

〔双调〕雁儿落过得胜令

刘时中

送 别

和风闹燕莺,丽日明桃杏。长江一线平,暮雨千山静。载酒
送君行,折柳系离情。梦里思梁苑,花时别渭城。长亭,咫
尺人孤另;愁听,阳关第四声。

这首带过曲按其内容和结构可分为两部分。前面的〔雁儿落〕写景,后面的〔得胜令〕抒情。

〔雁儿落〕写的是春景,也是写送别的时间和地点。四句实为两联,构成一幅画图。前一联写近景:在一片和风丽日中莺燕喧阗、桃杏怒放。莺燕是以啼声之美动听的。但这里没有这类具体的象声描绘,而只着一"闹"字,便使人似听到一派莺啼燕语,春天欢腾热闹之境界由是全出。又,声音是靠风传送的,所以这句是:"和风闹燕莺。""桃杏"以其艳丽著称,但这里也不着意状其姿色,而以一"明"字突现它的光彩。光彩是阳光照耀的效果,所以这句云:"丽日明桃杏。"下一联写远景。远景是大江、千山,视野极其开阔。"长江"在这里不是专有名词。"江"即今长江,"长"与下联"暮"相对,是"江"的修饰语。全句写江不着眼于它的浩大,"长"、"一线"等词使大江显得秀丽;也不着眼于它的奔腾,而用一"平"字,着意于它的平缓。"千山"言山峰之多,也并不写它的巍峨险峻,而突出它的宁静。"暮雨"不是写

当时的雨,而是昨暮的雨。这才不与前面的"丽日"相牴牾。经昨天暮雨洗过的山峦格外苍翠,显出它的静好。总之,下一联所写的江山风格与上一联花鸟风格是如此谐调,鲜艳明媚的前景以平静辽阔的背景衬托,构成一幅完美的江南春色画图。

〔得胜令〕叙写离情。前四句又形成两联。上一联铺叙送别的情景。一方面将酒载到长亭设宴相饯,一方面按唐代风俗折柳相赠以示临别依依。下一联写送别时的心理活动,即设想别后的相互思念。梁苑又称梁园、兔园,是汉梁孝王修筑的园林,园内聚集着一班著名文士。"思梁苑"实际是指思念曾经相聚也是今日送别的文人朋友们,别后当然只能在梦中思念了。"花时别渭城"句也指思念中的内容,即想起春暖花开时节送别的场面。"渭城"即今咸阳,是古时长安人送别的地点。王维有一首著名的赠别诗名《渭城曲》,所以这里的渭城不是实指,而是代作别的地点。这两联上联是实、下联是虚。最后四个长短句写离人去后送别者孤零("另")的境况和凄凉惆怅的感情。"长亭,咫尺人孤另"是视觉形象及引起的心理感受。咫尺之间,刚才还是十分热烈的,顷刻间只剩下孤零零的自己了。"愁听,阳关第四声"是听觉形象及引起的心理感受。"阳关"即《阳关曲》,又称《阳关三叠》,亦即前述王维的《渭城曲》,中有"西出阳关无故人"句。以其充分表达了离人的情怀常在离别时传唱。原唱三遍即三叠,离情别绪已达高潮,这里"第四声"应为第四遍、第四叠之意,由此可见离恨之长、之深了。

整首曲前半感情较平静舒缓,后半腾挪跌宕,表现了送别时情感的复杂状况。

(姚品文)

〔正宫〕端 正 好

刘时中

上高监司(前套)

众生灵遭磨障,正值着时岁饥荒。谢恩光拯济皆无恙,编做本词儿唱。

〔滚绣球〕去年时正插秧,天反常,那里取若时雨降?旱魃生四野灾伤。谷不登,麦不长,因此万民失望,一日日物价高涨。十分料钞加三倒,一斗粗粮折四量,煞是凄凉。

〔倘秀才〕殷实户欺心不良,停塌户瞒天不当。吞象心肠歹伎俩,谷中添秕屑,米内插粗糠,怎指望他儿孙久长。

〔滚绣球〕甑生尘老弱饥,米如珠少壮荒。有金银那里每典当?尽枵腹①高卧斜阳。剥榆树餐,挑野菜尝。吃黄不老胜如熊掌,蕨根粉以代糇粮。鹅肠苦菜连根煮,荻笋芦蒿带叶哐②,则留下杞柳株樟。

〔倘秀才〕或是捶麻柘稠调豆浆,或是煮麦麸稀和细糠,他每早合掌擎拳谢上苍。一个个黄如经纸,一个个瘦似豺狼,填街卧巷。

〔滚绣球〕偷宰了些阔角牛,盗斫了些大叶桑。遭时疫无棺活葬,贱卖了些家业田庄。嫡亲儿共女,等闲参与商。痛分离是何情况！乳哺儿没人要撇入长江。那里取厨中剩饭杯中酒，看了些河里孩儿岸上娘，不由我不哽咽悲伤。

〔倘秀才〕私牙子船湾外港，行过河中宵月明。则发迹了些无徒米麦行。牙钱加倍解，卖面处两般装，昏钞早先除了四两。

〔滚绣球〕江乡相，有义仓，积年系税户掌。借贷数补搭得十分停当，都侵用过将官府行唐。那近日劝粜到江乡，按户口给月粮。富户都用钱买放，无实惠尽是虚桩。充饥画饼诚堪笑，印信凭由却是谎，快活了些社长知房③。

〔伴读书〕磨灭尽诸豪壮，断送了些闲浮浪。抱子携男扶筇杖④，尫羸伛偻⑤如虾样，一丝游气沿途创，阁泪汪汪。

〔货郎〕见饿莩成行街上，乞出拦门斗抢。便财主每也怀金鹄立待其亡。感谢这监司主张，似汲黯⑥开仓。披星带月热中肠，济与粜亲临发放。见孤孀疾病无饭向，差医煮粥分厢巷。更把赃输钱分例米，多般儿区处的最优长。众饥民共仰，似枯木逢春，萌芽再长。

〔叨叨令〕有钱的贩米谷置田庄添生放，无钱的少过活分骨肉无承望；有钱的纳宠妾买人口偏兴旺，无钱的受饥馁填沟壑遭灾障。小民好苦也么哥，小民好苦也么哥，便秋收鬻妻卖子家私丧。

〔三煞〕这相公爱民忧国无偏党，发政施仁有激昂。恤老怜贫，视民如子，起死回生，扶弱摧强。万万人感恩知德，刻骨

【端正好】

铭心，恨不得展草垂缰。覆盆⑦之下，同受太阳光。

〔二煞〕天生社稷真卿相，才称朝廷作栋梁。这相公主见宏深，秉心仁恕，治政公平，莅事慈祥，可与萧曹⑧比并，伊傅⑨齐肩，周召⑩班行。紫泥宣诏，花衬马蹄忙。

〔一煞〕愿得早居玉笋朝班上，忙看金瓯姓字香。入阙朝京，攀龙附凤，和鼎调羹，论道兴邦。受用取貂蝉济楚⑪，衮绣峥嵘，珂佩丁当。普天下万民乐业，都知是前任绣衣郎。

〔尾声〕相门出相前人奖，官上加官后代昌。活被生灵恩不忘，粒我烝民德怎偿。父老儿童细较量，樵叟渔夫曾论讲，共说东湖柳岸旁，那里清幽更舒畅。靠着云卿苏圃场⑫，与徐孺子⑬流芳挹清况。盖一座祠堂人供养，立一统碑碣字数行，将德政因由都载上，使万万代官民见时节想。

《上高监司》是元代散曲家刘时中的著名套曲，全文共有两套。前套反映了元代灾荒之年人民生活的惨状，表现了天灾人祸给人民带来的沉重灾难；同时又歌颂了高监司尽力拯救灾民的"德政"。后套长达三十四支曲子，主要揭露了江西钞法、库藏的积弊和官吏之间的狼狈为奸。本文是其前套。

在元散曲中，正面反映社会重大问题的作品是颇为少见的，而刘时中则把笔触伸向了昏暗无道的社会现实，以饱蘸情感的笔墨描述了一幅惨绝人寰的灾民流离图和勾画了一个恤老怜贫、公正无私的清官形象。全套共有十五支曲子，首曲〔端正好〕可视为全套的序曲，它点明了套曲所要表现的思想内容：饥荒岁生灵遭磨障，谢恩光拯济皆无恙。一为揭露现实社会的痛苦和不平，一为颂扬高监司的"德政"和"恩光"。

【端正好】

　　从第二曲〔滚绣球〕到第十一曲〔叨叨令〕，作者便以十个曲子的篇幅颇为细致地描画了灾荒年社会的昏昧无道和灾民的痛苦生活，作者首先揭示了这样一个使"万民失望"的生活现实：一方面是"天反常"，"旱魃生，四野灾伤"，致使"谷不长，麦不登"，而伴随"天灾"而起的又是那人祸的接踵而来，物价飞涨，买卖不公，"十分料钞加三倒，一斗粗粮折四量"，料钞是元代发行的一种纸币，在这灾年中，本来十分能买到的竟要另加料钞三分，而一斗粗粮竟白白地被扣去了四成。同时，天灾的降临和市场的不公又给那些有权势的人带来了发财的机会，你看：那"殷实户"、"停塌户"（指囤积粮食以卖高价的商户），欺心不良，贪得无厌，在灾荒之年，趁火打劫，以饱私囊，他们"谷中添秕屑，米内插粗糠"，干尽了欺诈灾民的勾当。接着，作者又以十分细致、逼真的笔墨叙述了灾民的境况：谷麦不收，粮贵如珠，家家难以为炊，致使那蒸饭之"甑"也积起了厚厚的尘土，"老弱饥"，奄奄一息，"少壮荒"，僵卧斜阳，"一个个黄如经纸，一个个瘦似豺狼"，仅能吞食些野菜树皮来聊以维持生命的延续，有时偶尔食用些"麦麸稀和细糠"或者"麻柘稠调豆浆"，却早已是合掌擎拳，祈祷上苍了，人民的生活真是濒于绝境。作者接着又进一步以极其沉郁的笔调描述了灾荒年人民流离失所，难以为生的境况，"嫡亲儿共女，等闲参与商"，骨肉同胞被迫如参商星宿一样，天各一方，痛苦分离，甚而至于那没乳的母亲只得绝望地将亲生儿活活地抛入长江，这是一幅何等惨凄的图景呀！这不由得使作者"哽咽悲伤"，洒下了沉郁的同情之泪。然而，灾民的生活虽然是如此的惨痛，而那些奸商富户却照样暴取豪夺，"发迹了些无徒米麦行"，奸商如此，官吏亦复如是，作者沉痛地揭示了官吏狼狈为奸、鱼肉百姓的"丑行"：设置"义仓"本是用以救济灾民，但"义仓"在昏昧无道的现实环境中，却成了官吏富户大发横财的交易所；"充饥画饼诚堪笑，印信凭由却是谎"，在官吏富豪沆瀣一气的社会现实中，"义仓"对于百姓来说只能是"充饥"的"画饼"，而真正得利的却是卑鄙无耻的"社长知房"，这些封

〔端正好〕

建统治的社会基础,是把灾民推向痛苦深渊的主要社会因素。因而在〔叨叨令〕一曲中,作者便以饱含情感的笔调,用对比的手法高度概括了灾年中社会贫富更加悬殊的现象:"有钱的贩米谷置田庄添生放(即放债),无钱的少过活分骨肉无承望;有钱的纳宠妾买人口偏兴旺,无钱的受饥馁填沟壑遭灾障",这种强烈的贫富不均现象使作者悲愤难平,他疾呼:"小民好苦也么哥,小民好苦也么哥!"处于无权地位的老百姓们在那种社会里哪有什么生路!

《上高监司》的最后四曲是作者对高监司荒年粜米救灾的颂扬,在对于祸害百姓的"社长知房"等予以辛辣讽刺的基础上,作者突出了高监司的清官形象和高度评价了高监司的德政:"这相公爱民忧国无偏党,发政施仁有激昂",他对待百姓是"恤老怜贫,视民如子,起死回生,扶弱摧强",他的为政也是"主见宏深,秉心仁恕,治政公平,莅事慈祥"。因而在作者看来,高监司的品行和施行的"仁政",真乃可以与历史上著名的贤达之人相提并论,比之萧曹、伊傅这些名相名臣也不为过。这当然也包含着一定的溢美之意,但却也反映了人民的爱憎和愿望。最后,作者提出了两种希望:一是愿高监司早居朝班,名闻宇内;一是把灾荒年的现实污浊和高监司的仁心德政立碑传世,"使万万代官民见时节想",作为永久的纪念和对后世的垂诫。

刘时中的《上高监司》在元散曲中是一篇颇有特色的套曲,它在内容上突破了元散曲大都以个人穷通出处和田园山水为表现对象的题材局限,大大拓宽了散曲的表现领域。同时,这部作品在艺术上也富有独特的色泽,首先是它较多地从比较的角度来表现其内涵和阐明其题旨,从而使整首套曲爱憎鲜明,效果强烈,灾民的流离失所、贫困潦倒与奸商的巧取豪夺、贪得无厌形成了一层对比,官吏的狼狈为奸、鱼肉百姓与高监司的仁心德政、扶弱摧强形成又一对比,难民饿莩成街、拦门斗抢与"财主每"的怀金鹄立待其亡的形象又成另一对比,这种在结构和章法上的交相连环,层层对比使作品更深刻地表现了社会的污浊不堪和贫富不均的现象。其次,作品在描写上是笔调细腻、刻画精细,那灾民骨肉分离的惨状,奸商富户盘剥百姓的描写都是深入细微,且又讥刺入骨;再次,作品语言平实、尖新,形象生动,自然浑朴,同时又避免了元散曲中所常见的那种幽默、调侃的"俗味",而在语言风格上体现了沉郁、悲凉的特色,从而使作品的形式表现和思想内容涵融无间。总之,这是一部具有较强艺术感染力同时又有教育意义的优秀散曲作品。

(徐中玉 谭 帆)

〔注〕 ①枵(xiāo 肖)腹:枵,空虚,枵腹即指饿着肚子。 ②哐(zhuāng 庄):吞咽。 ③社长知房:社长,在五十户中为长的基层官吏;知房,族长。 ④筇(qióng 穷)杖:竹杖。 ⑤尫羸(wāng 汪 léi 累)伛偻:尫羸,瘦弱;伛偻,驼背。 ⑥汲黯:汉武帝时的一个官吏,在其奉命巡视河内火灾时,曾打开官仓赈济灾民。 ⑦覆盆:出自元代成语"覆盆不照太阳晖",此反用其意,颂扬高监司灾年救百姓,使其在"覆盆"之下享受到太阳的光辉。 ⑧萧曹:汉代开国功臣萧何、曹参。 ⑨伊傅:殷代名相伊尹、傅说。 ⑩周召:周初名臣周公旦、召公奭。 ⑪貂蝉济楚:貂蝉,汉代侍中、中常侍所戴之冠均以貂尾、蝉文装饰;济楚,指齐整、漂亮。 ⑫云卿苏圃场:苏云卿,南宋隐士,于江西南昌东湖结庐而居,辟园种菜;圃场,菜园子。 ⑬徐孺子:东汉徐穉,字孺子,家贫而不应官征,常躬耕隐居,世号南州高士。

〔正官〕 端 正 好

刘时中

上高监司(后 套)

既官府甚清明,采舆论听分诉。据江西剧郡洪都,正该省宪亲临处,愿英俊开言路。

【端正好】

〔滚绣球〕库藏中钞本多，贴库每弊怎除，纵关防任谁不顾。坏钞法恣意强图。都是无廉耻卖买人，有过犯驱俭徒。倚仗着几文钱，百般胡做。将官府觑得如无。只这素无行止乔男女，都整扮衣冠学士夫，一个个胆大心粗。

〔倘秀才〕堪笑这没见识街市匹夫，好打那好顽劣江湖伴侣，旋将表德官名相体呼，声音多厮称，字样不寻俗。听我一个个细数。

〔滚绣球〕粜米的唤子良，卖肉的呼仲甫，做皮的是仲才、邦辅，唤清之必定开沽，卖油的唤仲明，卖盐的称士鲁，号从简是采帛行铺，字敬先是鱼鲊之徒，开张卖饭的呼君宝，磨面登罗底叫德夫。何足云乎？

〔倘秀才〕都结义过如手足，但聚会分张耳目，探听司县何人可共处。那问他无根脚，只要肯出头颅，扛扶着便补。

〔滚绣球〕三二百锭费本钱，七八下里去干取。诈捏作曾编卷，假如名目。偷俸钱表里相符。这一个图小倒，那一个苟俸禄，把官钱视同己物，更狠如盗跖之徒。官攒库子均摊着要，弓手门军那一个无，试说这厮每贪污。

〔倘秀才〕提调官非无法度，争奈蠹国贼操心太毒。从出本处先将科钞除。高低还分例，上下没言语，贴库每他每做了钞主。

〔滚绣球〕且说一季中事例钱，开作时各自与。库子每随高低预先除去。军百户十锭无虚，攒司五五拿，官人六六除，四牌头每一名是两封足数,更有合干人把门军弓手殊途。那里取官民两便通行法,赤紧他贿赂单宜左道术。于汝安乎?

〔倘秀才〕为甚但开库诸人不伏,倒筹单先须计咒。苗子钱高低随着钞数,放小民三二百,报花户一千余,将官钱陪出。

〔滚绣球〕一任你叫得昏,等到午,佯呆着不瞅不觑。他却整块价卷在包袱,着纤如晃库门。兴贩的论百价数,都是真扬州武昌客旅,窝藏着家里安居。排的文语呼为绣,假钞公然唤做殊,这等儿三七价明估。

〔倘秀才〕有揭字驼字衬数,有赫心剜心异呼。有钞脚频成印上字模,半边子尤自可,捶作钞甚胡突,这等儿四六分价唤取。

〔滚绣球〕赴解时弊更多,作下人就做夫。捡块数几曾详数,止不过得南新吏贴相符,那问他料不齐、数不足?连柜子一时扛去,怎教人心悦诚服?自古道:人存政举,思他前辈,到今日法出奸生,笑煞老夫。公道也私乎?

〔倘秀才〕比及烧昏钞先行摆布,散夫钱僻静处俵与,暗号儿在烧饼中间觑有无。一名夫半锭,社长总收贮,烧得过便吹笛擂鼓。

〔塞鸿秋〕一家家倾银注玉多豪富,一个个烹羊挟妓夸风度,撒摞手到处称人物,妆旦色取去为媳妇。朝朝寒食春,夜夜无宵暮,吃筵席唤做赛堂食,受用尽人间福。

【端正好】

〔呆骨朵〕这贼每也有难堪处，怎禁他强盗每追逐。要饭钱排日支持，索赍发无时横取。奈表里通同做，有上下交征去。真乃是源清流亦清，从今后人除弊不除。

〔脱布衫〕有聪明正直嘉谟，安得不剪其繁芜，成就了闾阎小夫，坏尽了国家法度。

〔小梁州〕这厮每玩法欺公胆气粗，恰便似饿虎当途。二十五等则例尽皆无，难着目，他道陪钞待何如。

〔幺〕一等无辜被害这羞辱，厮攀指一地里胡突，自有他通神物。见如今虚其府库，好教他鞭背出虫蛆。

〔十二月〕不是我论黄数黑，怎禁他恶紫夺朱。争奈何人心不古，出落着马牛襟裾。口将言而嗫嚅，足欲进而趑趄。

〔尧民歌〕想商鞅徙木意何如，汉国萧何断其初。法则有准使民服，期于无刑佐皇图。说与当途：无毒不丈夫，为如如把平生误。

〔耍孩儿十三煞〕天开地辟由盘古，人物才分下土。传之三代币方行，有刀圭帛布促初。九府圜法俱周制，三品堆金乃汉图。止不过作贸易通财物。这是黎民命脉，朝世权术。

〔十二〕蜀冠城交子行，宋真宗会子举，都不如当今钞法通商贾。配成五对为官本，工墨三分任倒除。设制久无更故。民如按堵，法比通衢。

〔十一〕已自六十秋楮币行，则这两三年法度沮。被无知贼子为奸蠹，私更彻镘心无愧。那想官有严刑罪必诛，忒无忌惮无忧惧。你道是成家大宝,怎想是取命官符。

〔十〕穷汉每将绰号称,把头每表德呼。巴不得登时事了干回付,向库中钻刺真强盗,却不财上分明大丈夫,坏尽今时务。怕不你人心奸巧,争念有造物乘除。

〔九〕觑乘孛模样眼,扭蛮腰礼仪疏,不疼钱一地里胡分付。宰头羊日日羔儿会,没手羹朝朝仕女图。快薛回家夫,一个个欺凌亲戚,眇视乡闾。

〔八〕没高低妾与妻,无分限儿共女。及时打扮衡珠玉,鸡头般珠子缘鞋口,火炭似真金裹脑梳,服色例休题取,打扮得怕不赛夫人样子。脱不了市辈规模。

〔七〕他那想赴京师关本时,受官差在旅途。耽惊受怕过朝暮,受了五十四站风波苦,亏杀数百千程递运夫。眼生受眼搭负,广费了些首思分例,倒换了些沿路文书。

〔六〕到省库中将官本收得无疏虞,朱钞足,那时才得安心绪。常想着半江春水翻风浪,愁得一夜秋霜染鬓须。历重难博得个根基固,少甚命不快遭贼寇,霎时间送了身躯。

〔五〕论宣差清如酌贪泉吴隐之,廉似还桑椹赵判府,则为忒慈仁,反被相欺侮。每持大体诸人服,若说私心半点无。本栋梁材若早使君朝辅,肯苏民瘼,不事苞苴。

〔四〕急宜将法变更,但因循弊若初,严刑峻法休轻恕。则这二攒司过似蛇吞象;再差十大户犹如插翅虎。一半儿弓手先芟去,合干人同知数目,把门军切禁科需。

【端正好】

〔三〕提调官免罪名，钞法房选吏胥，攒典俸多的路吏差着做。廉能州吏以新点，贪滥军官合减除。住仓库，无升补。从今倒钞，各分行铺，写明坊隅。

〔二〕逐户儿编褙成料例来，各分旬将勘合书，逐张儿背印拘钤住，即时支料还原主。本日交昏入库房，直到起解时才方取，免得他撑船小倒，提调官封锁无虞。

〔一〕紧拘收在库官，切关防起解夫。钞面上与官攒，俱各亲标署。库官但该一贯须鲸配，库子折莫三钱便断除，满百锭皆抄估。捶钞的、揭剥的不怕他人心似铁，小倒的、兴贩的明放着官法如炉。

〔尾〕忽青天开眼觑，这红巾合命殂。且举其纲，若不怕伤时务，他日陈言终细数。

刘时中的《上高监司》后套，在写作时间上应早于前套，约作于元顺帝至正十年（1350）改定钞法前后。前套记旱情，考之《元史》，约作于至正十四年，前套描述的是灾区人民的真实的流民图，后套描述和揭露的是一幅伴随元代钞法衰败而出现的社会百丑图。他以生动、具体的写实手法再现了在元代历史上起恶劣作用的"钞法"给广大人民造成的无穷危害，揭露了从官吏到商人贪污盗窃、行贿受贿、垄断市场、串通勾结、坐地分赃、奢侈腐化、巧取豪夺、横行乡里的种种罪行。它是形象化的史料，元曲中的"史诗"，不仅有文学价值，也有重要的历史价值。

我国纸币，始于宋真宗时蜀地发行的"交子"，后又有"关子"、"会子"。金代因之造"大钞"、"小钞"、"交钞"。元世祖忽必烈即位后，于中统二年（1261）颁行交钞,同年十月又发行中统元宝钞,分为十等,钱一贯(一千文)同交钞一两。灭宋后,以中统钞倒换南宋的交子和会子,统一了币制。至元十年(1273)前,每年发行额不过十万锭,以后越发越多,从几十万到一百九十万,中统钞贬值五倍以上。至元二十四年三月,为挽救钞法虚溃,右丞相桑多更定钞法,颁"至元宝钞",与中统钞同时通行,但滥发未止。到至大二年(1309)九月,借支钞本达一千万锭以上,不得不罢废中统钞,新造"至大银钞",以资国用。后来又恢复用铜钱,与纸钞并用。至大四年,元仁宗又废至大银钞和铜钱,复用中统钞与全元钞。全正十年(1350),元顺帝再变钞法,印发中统交钞、至正交钞,滥发更甚,至正十五年至正交钞印造达六百万锭。造成物价猛涨,京师用料钞十锭,不能换一斗粟。元钞法屡兴屡废,便于官吏、商人从中巧取豪夺,人民群众深受侵害。元代币制混乱,是元代历史上突出的问题,也是元代政治腐败、经济紊乱的表征之一。

　　"后套"以史诗式的写实手法,非常真实地反映了与这一腐败、混乱现象相联系的社会生活的各个侧面。由于作者生活年代的限制,套曲不可能完整地反映元钞衰敝的全过程,只能写他所看到的一个断面。但就这一断面来看,是写得非常具体真实的。举凡元钞的印制、库存、押运、流通过程中的种种流弊,无不予以揭露,作者对之深恶痛绝,怀有强烈的愤慨情绪,反映了人民群众对元钞弊政的极大痛恨。作者不仅揭露了官府系统的贴库、库子、军百户、攒司、官人、四牌头,以及弓手、门军的贪鄙无耻的形象,也揭露了商人系统的籴米的、卖肉的、做皮的、开沽(酒)的、卖油的、卖盐的、卖布的、卖鱼的、卖饭的、磨面的等等大大小小投机商人的丑恶嘴脸,还把那些买空卖空、为富不仁的经纪人、暴发户的画皮撕得一干二净,活剥出他们骄奢淫逸、花天酒地、挥金如土的可憎可鄙的面目。下面对套曲的每一首逐一作简单的解析、注释。

　　第一首〔端正好〕是向高监司进言的序曲。内容说,官府很清明,能采纳舆论,听众人申述。愿在江西大郡南昌省府您的亲临处,广开言路,听纳大家的意

【端正好】

见。第二首〔滚绣球〕揭露钞票库藏管理中的严重弊病。库藏中钞票很多,库藏管理人(贴库)却利用管理中的问题营私舞弊,兵丁之防,形同虚设。投机商(驵侩徒)居中牟利,投机倒把,不把官府放在眼里。他们道貌岸然,衣冠楚楚,个个都财大气粗。第三首〔倘秀才〕揭露商人的虚伪和庸俗。商人都是没见识的街市匹夫,江湖上卑劣的一伙。他们装正经,自以为了不起,彼此以绰号官名称呼。第四首〔滚绣球〕具体述说"街市匹夫"各式各样"不寻俗"的称呼。他们散布于商业上的各行各业,都有个大都是谐音又语意双关的大名大号。这伙徒有虚名的商人市侩,显得十分滑稽可笑。第五首〔倘秀才〕揭露商人们狼狈为奸、勾结官府的罪行。他们派出耳目,打听衙门里什么人可以为自己效劳。第六首〔滚绣球〕揭露官府吏役伙同奸商,贪污枉法,坐地分赃。商人花上二三百锭本钱,贿赂官府里那些爱财如命的盗跖之徒,役吏(官攒)、仓库管理人(库子)、弓箭手(弓手)、门卫(门官)都是贪污犯。第七首〔倘秀才〕揭露官府在管理钞法中的营私舞弊行为。管理钱钞的提调官首先不遵法度,都是黑心窝的蠹国贼。他们利用职权,从中大捞钱钞,大官大捞,小官小贪。第八首〔滚绣球〕具体揭露官府吏役贪污分赃的细情。"事例钱"事先都分好。各级官吏,库子、军百户、攒司、官人、四牌头,每人有份,官大份额也大,至少也有两封足数的银钱,门军、弓手这些小卒也不能遗漏。他们熟悉这些旁门左道。第九首〔倘秀才〕揭露官府贪污受贿,高利盘剥的罪行。"苗子钱"指高利贷的利息。借钱越多,利钱也高。"花户"即户口册子。第十首〔滚绣球〕揭露官府窝藏商贾,倒卖假钞的行为。"兴贩的"指贩运货物的商人。末三句,指倒卖假钞谈生意的情况。第十一首〔倘秀才〕揭露元代钞法行市的种种弊病。首两句,是元代钞法行市的专门用语。后四句,指钞票行市买卖的情况。"胡突"同"胡涂"。第十二首〔滚绣球〕揭露押送钞票过程中的弊病。指出钞票押送过程中是一笔糊涂账,嘲笑了"法出奸生"的腐败现象。第十三首〔倘秀才〕揭露焚烧破损钞票时的流弊。昏钞,破损的钞票。摆布,随意处置。以焚毁为名,进行盗窃,这是元代钞法混乱的又一怪现象。第十四首〔塞鸿秋〕揭露暴发户穷奢极侈的生活。倾银注玉,挥金如土的意思。撒摞手,指投机取巧以牟取暴利的人。妆旦色,指勾栏中的妓女。第十五首〔呆骨朵〕指出暴发户也有麻烦、倒霉的时候,强盗要来抢,送礼也不计其数。怎禁,意谓怎么忍受得了。赍,即送人的礼物。第十六首〔脱布衫〕请求高监司出谋划策,剪除邪恶。嘉谟,指好计谋。第十七首〔小梁州〕抨击市井小人横行霸道的行为。二十五等则例,指有关法令规章。第十八首〔幺〕提出要使盗窃府库者受到重处。指出罪犯所以得不到惩罚,是因为他有通神物——钱钞。末句,指以重刑惩治。第十九首〔十二月〕是作者对世风日下、人心不古的感叹。论黄数黑,说三道四,含有批评、指责的意思。恶紫夺朱,紫色压倒了红色,比喻邪气压倒正气。"出落着"句,意为落到这种地步。末两句,意为欲进又退,欲言又止。第二十首〔尧民歌〕强调严肃法纪的重要性。指出只有用商鞅法、萧何律才能治理好国家。商鞅徙木,商鞅曾用徙木有赏的办法取信于民,以法治国。萧何断其初,刘邦攻取咸阳时,萧何助刘邦约法三章,取得三秦人民信任。第二十一首〔耍孩儿十三煞〕说明中国币制的源流及其意义。"传之三代币方行",货币到夏、商、周三代方才通行。刀圭帛布,古代钱币名。九府圜法,九府是周代管理财务货币的官;圜法,相传为周公制定的铸造圜币的法令。圜币是圆形方孔的铜钱。三品堆金,三品指金银铜,汉代用以铸币。第二十二首〔十二〕说明元初所行币制的重要作用。蜀冠城,指成都。交子,宋代纸币名。会子,南宋纸币名。后五句指元代初行钞法时比较正常的情况。第二十三首〔十一〕揭露变更钞法之后的弊病。币制屡变,法度破坏,即使严刑峻法也制止不住坏人胡作非为。第二十四首〔十〕是对盗窃仓库者的抨击。"造物乘除",犹言命运安排。第二十五首〔九〕揭露官吏们作威作福,欺压乡邻的罪行。首句意指人的面目十分凶狠。哏,通狠。第二句意为蛮横无礼。"没手盏"句,意为与美女饮酒作乐。

【端正好】

怯薛，即怯薛军，元代常备侍卫军。第二十六首〔八〕抨击官吏和商人的妻妾儿女的奢侈生活。衔珠玉，炫耀珍宝珠玉。"鸡头般珠子"句，鞋口上的珍贵饰物。"服色例"句，意为不必提衣服的颜色式样了。夫人样子，容貌超绝高贵的样子。第二十七首〔七〕叙述奉官差赴京师的旅途之苦。生受，活受罪。"广费了些"句，指破费了许多钱财，才得以顺利通过关卡。第二十八首〔六〕叙述到京都中都省交送官钞的情况。疏虞，疏忽差错。身躯，性命。全首意为，历尽风霜，愁得白头，好不容易才完成了交送官钞的任务。第二十九首〔五〕是对廉访使的恭维之词。酌贪泉吴隐之，晋广州刺史吴隐之曾到石门贪泉饮水赋诗，后以此喻为官清廉。桑椹赵判府，也喻廉访使廉洁。肯苏民瘼，关心民众疾苦。不事苞苴，不收贿赂。第三十首〔四〕建议官府对贪污舞弊者要施以严刑峻法。芟，除掉。切禁科需，严禁贪污受贿，敲诈勒索。第三十一首〔三〕建议改革官吏任免赏罚制度，清除不称职的官吏，制定相应的制度。写明坊隅，把所在的地方登记清楚。第三十二首〔二〕建议制定防止贪污盗窃的制度。编褙，编排。分句，分头巡行。勘合书，古代用于执行命令、公事的凭证。拘钤住，拘禁住。交昏，黄昏时。无虞，没有差错。第三十三首〔一〕建议从库官到起解夫，都要严遵制度，违者严惩。切关防，认真防备。标署，签上姓名。"但该"句，只要盗窃一贯钱就要发配刺字。黥，墨刑，脸上刺字。断除，扣除。抄估，没收。官法如炉，官法严明如火。第三十四首〔尾〕是全曲结束语。青天，是对高监司的誉称。红巾合命殂，红巾军要灭亡，这是咒骂农民起义的话。纲，纲要。

这套曲艺术描写上的特点，主要是能够抓住社会生活的特征、细节进行具体描述，叙事生动，人物形象具体而突出，使读者如见其人，如闻其声，如"宰头羊日日羔儿会，没手盏朝朝仕女图。怯薛回家去，一个个欺凌亲戚，眇视乡闾。"〔九〕形象地再现了官吏、暴发户花天酒地、横行乡里的丑态。作者注意运用当时俚语，作了大量的比喻和双关，把当时钞行里外的社会描述得十分生动、具体。对历史的交代,对钞法的制度,叙述得非常真实。对形形色色人物的描绘,用语合其身份,又含讥讽之意。典故的运用也恰到好处,如"半江春水翻风浪,愁得一夜秋霜染鬓须。"(〔六〕)暗用了伍子胥过昭关的典故,比喻路途的艰险和担惊受怕的心情。整个作品感情强烈,寓感情于叙事之中,两者结合得相当好。作品强烈的思想性,借助于高超的艺术手法,得到较好的表现。

后套存在的主要问题,是对高监司过分的阿谀奉承。文士对官宦的进言,由于各种原因,多少含有奉承的意思,因为不这样,就不利于进言。但太过分了,不免损坏作者人格。作者把高监司捧为救世主的"青天",同时又把农民起义诅咒为必须消灭的草寇,更暴露了作者的阶级局限。一面暴露社会矛盾,一面又诅咒造反的人民,这是作者无法解脱的矛盾,不能逃避的悲剧。

(刘修明)

〔双调〕新　水　令

刘时中

代 马 诉 冤

世无伯乐怨他谁? 干送了挽盐车骐骥。空怀伏枥心,徒负化龙威。索甚伤悲,用之行舍之弃。

〔驻马听〕玉鬣银蹄,再谁想三月襄阳绿草齐。雕鞍金辔,再谁收一鞭行色夕阳低。花间不听紫骝嘶,帐前空叹乌骓逝。命乖我自知,眼见的千金骏骨无人贵。

〔雁儿落〕谁知我汗血功,谁想我垂缰义,谁怜我千里才,谁

【新水令】

识我千钧力？

〔得胜令〕谁念我当日跳檀溪，救先主出重围？谁念我单刀会随着关羽？谁念我美良川扶持敬德？若论着今日，索输与这驴群队！果必有征敌，这驴每怎用的？

〔甜水令〕只为这乍富儿曹，无知小辈，一概地把人欺。一迷里快蹄轻踏，乱走胡奔，紧先行不识尊卑。

〔折桂令〕致令得官府闻知，验数目存留，分官品高低。准备着竹杖芒鞋，免不得奔走驱驰。再不敢鞭骏骑向街头闹起，则索扭蛮腰将足下殃及。为此辈无知，将我连累，把我埋没在蓬蒿，坑陷在污泥。

〔尾〕有一等逞雄心屠户贪微利，咽馋涎豪客思佳味。一地把性命亏图，百般地将刑法陵迟。唱道任意欺公，全无道理。从今去谁买谁骑？眼见得无客贩无人喂。便休说站驿难为，则怕你东讨西征那时节悔！

借动物的冤口来抒写人间不平，也许要从诗经时代数起，《豳风·鸱鸮》便是托为禽言的不平之鸣。但这一手法，在诗词中并没有得到发展，到元曲始发扬张大。姚守中《牛诉冤》、曾瑞《羊诉冤》及本篇，便是这样的作品，这里不但禽言更为畜言，在篇幅体制上也大大扩张了。

此套题为《代马诉冤》，其实是借马托喻。这就导致了作品在艺术上的两个显著特点。其一是慨马与悯人，处处关合。其二是不特写一马，而是借典故的运用，概括集合了所有良马的特性和马的普遍遭遇。

韩愈曾饶有感慨地指出："世有伯乐然后有千里马。千里马常有,而伯乐不常有。故虽有良马,止辱于奴隶人之手,骈死于槽枥之间,不得以千里称也。"(《杂说》)此套首曲便以"世无伯乐",致使骐骥落了个"挽盐车"的悲惨遭遇开端,诉说了马的一重不平。继而用宽解抑郁的口气说:虽有猛志长才,却不得其用,又何苦伤悲呢,"用之则行,舍之则藏"(《论语·述而》)吧。"化龙"事见《马记》,王昌遇仙,其马化成龙;"伏枥"语出曹操诗"老骥伏枥,志在千里"(《步出夏门行》)。这几句含有马老见弃之意,诉说了又一重不平。所有这些与人间的英俊沉于下僚,将老遂被弃置,抑郁以终的不平遭际,构成一种象喻关系。

次曲承前老马伏枥意,先写其回首"玉鬣银蹄"、"雕鞍金辔"的往日荣光,通过"绿草"、"夕阳"的回忆,极见良马恋栈的心理。继借项羽《垓下歌》"时不利兮骓不逝",以切眼前的厄运。最后反用燕昭王千金买骏骨以求良马的故事,回映篇首"世无伯乐怨他谁"之叹。

三四两支曲,一连用七个"谁"字领起的设问句。毕数了马的四德——"汗血功"、"垂缰义"(苻坚之马的故事)、"千里才"、"千钧力",又通过三数故事,写良马的具体功劳,即以上功、义、才、力四德的具体化,具象化。本来刘备的马(的卢)不是关羽的马(赤兔),关公的马又不是尉迟恭的马,在作品中却集合了这些马的勋业,即跳檀溪救主人脱危、赴单刀会共主人历险、战美良川协主人立功,由此抽出良马共同的特征,那真是"与人一心成大功"、"真堪托死生"(杜甫《房兵曹胡马》)呢。然而"若论着今日"句一跌,引出好马不如群驴的慨叹。"果必有征敌,这驴每(们)怎用的",愤愤不平之至。所有这些(马的功成见弃,驴的无功食禄等等)与世上鸟尽弓藏,小人得志等不平现象,构成又一种象喻关系。

五六两支曲继写驴、马的不同际遇。"乍富儿曹,无知小辈",即指上文的"驴每",既是拟人化的手法,也可说是托物喻人本旨的显露。它们专会仗势欺人,又会投机钻营("快蹄轻踏,乱走胡奔")。而"官府"当局不明无知,在"验数

【蟾宫曲】

目存留，分官品高低”中，贵驴贱马。驴充官用，马卖乡村，“把我埋没在蓬蒿，坑陷在污泥”即此之谓。此节与人间“直如弦，死道边；曲如钩，反封侯”（汉顺帝末《京都童谣》）的现象差近。

尾曲写马陷逆境中，还逃不掉更其悲惨的遭遇，即有被屠户宰割，充老饕口腹的危险。关键在于英雄无用武之地，“无客贩无人喂”，无“谁买”无“谁骑”。虎落平阳，焉有不受犬欺之理呢。同样的迫害人才现象，世间又岂少有！结处作者忍不住借马口对人们警告一句，这样作践糟蹋贤才，是要自食其果的。不要说驿站少良马不得，“则怕你东讨西征那时节悔！”清代黄任《彭城道中》诗云：“天子依然归故乡，大风歌罢转苍茫。当时何不怜功狗，留取韩彭守四方！”便可作一注脚。

套曲就这样借马之口，说尽了世上摧残人才的种种“任意欺公，全无道理”的不平事，是旧时代人才的一曲哀歌。历史虽然已将这一页翻了过去，但至今重温旧事，仍觉有相当的认识价值。

（周啸天）

1043

【作者小传】

阿鲁威

字叔重，号东泉，蒙古人。人或以“鲁东泉”称之。至治、泰定年间曾做过南剑太守和经筵官。《全元散曲》录存其小令十九首。

〔双调〕蟾 宫 曲

阿鲁威

问人间谁是英雄？有酾酒临江，横槊曹公。紫盖黄旗，多应

借得,赤壁东风。更惊起南阳卧龙,便成名八阵图中。鼎足
三分,一分西蜀,一分江东。

这是一首咏史怀古之作。诗人也许是在灯下展读史卷,也许是面对滚滚东
去的大江,俯仰今昔,心潮澎湃。突然,一个问题涌上他的心头:"问人间谁是英
雄?"这个问题提得十分突兀,大有昂首天外,放眼千秋的气概;又提得十分概
括,茫茫古今,叫人从何答起?

诗人毕竟有非凡的笔力。他笔锋轻轻一转,就把读者的目光引入了一幅波
澜壮阔的具体历史画面:三国,那风云变幻的时代,正是英雄辈出、各显身手的
大好时机。

第一位英雄:曹操。苏轼《前赤壁赋》就说他:"方其破荆州,下江陵,顺流
而东也,舳舻(战船)千里,旌旗蔽空,酾酒临江(洒酒于江,以示凭吊),横槊赋
诗,固一世之雄也。"在这首小令中,诗人仅以寥寥二句,便将曹操这位不可一世
的英雄形象勾勒出来了。曹操不仅身经百战,力扫群雄,统一了中国北方,而且
多情善感,文采斐然,是一位名副其实的风流人物。

第二位英雄:孙权。"紫盖黄旗",指云气,古人附会为王者之气的象征。
《吴书》记魏郎中令陈化答曹丕问云:"旧说紫盖黄旗,运在东南。"诗人认为,虚
幻的王气不足凭信,东吴之所以能建立王业,是因为孙权、周瑜赤壁一战,借助
东风,火烧了曹军的战船,遏止了曹操的攻势。

第三位英雄:诸葛亮。他胸怀奇才,隐居南阳,徐庶称之为卧龙。按照他
的本愿,只想"苟全性命于乱世,不求闻达于诸侯",后来之所以出山辅佐刘备,
直接原因是为了报答刘备三顾茅庐的知遇之恩,但归根到底还是时代的、历史
的因素促使他作出了这一抉择。诗人用"惊起"二字,生动而又形象地描绘出诸
葛亮由隐居到出山的转变过程。唐人韩偓诗云:"必若有苏天下意,何如惊起武

侯龙?"朱熹诗云:"君看蛰龙卧三冬,头角不与蛇争雄。"又云:"伏龙一奋跃,凤雏亦飞翔。"都指出了诸葛亮出山的这种历史必然性。至于诸葛亮出山以后的历史功绩,以杜甫"功盖三分国,名成八阵图"(《八阵图》)的概括最为确切完备。这里诗人即化用其意。末三句既是紧承对诸葛亮的描写而来,又对魏、吴、蜀三方作了一个总结,而全篇也就戛然而止了。

纵观全篇,诗人以大开大合之笔,再现了三国人物的历史风采,歌颂了他们的英雄业绩,含蓄地表达了自己追慕古贤、大展经纶之宏愿。感情基调是雄健的,高昂的,大有苏轼〔念奴娇〕《大江东去》、辛弃疾〔南乡子〕《何处望神州》遗风。而无苏词的"人生如梦"和辛词的"风景不殊,正有山河之异"的感叹,因而更能激发读者振奋向上的情感。然而此曲究竟何时、何地因何而作,已难详按。作者是否欲借此慕古贤而暗寓自己壮志难酬之隐呢? 也不完全排除。唯曲辞未露端倪,故只有留待欣赏者见仁见智地去领略了。

(赵山林)

〔双调〕蟾宫曲

阿鲁威

动高吟楚客秋风,故国山河,水落江空。断送离愁,江南烟雨,杳杳孤鸿。依旧向邯郸道中,问居胥今有谁封? 何日论文,渭北春天,日暮江东。

这首小令当是阿鲁威赴南剑(今福建南平)太守任时,在旅途中所作。

诗人告别了故乡，登山临水，迤逦南行。萧瑟的秋风扑面吹来，他不由想起宋玉《九辩》中那动人心魄的长吟："悲哉秋之为气也！"秋天是一个草木凋零，气氛肃杀的季节，容易引起游子的迟暮、孤独、离愁等情感，而文人的心尤其多愁善感；故乡和游子之间有一股割不断的感情纽带，越是远离故乡，就越是觉得不可须臾离别。此时的故乡景色如何呢？该是"故国山河，水落江空"吧！这八个字写秋景寂寥高旷，正是典型的北国之秋风貌。杜甫《秦州杂诗》有"水落鱼龙夜，山空鸟鼠秋"之句，写的正是这种景色。而眼前的南国之秋则不同："断送离愁，江南烟雨，杳杳孤鸿。"秋雨绵绵，烟水无际。仰望天空，只见一只失群的大雁忽明忽灭。它形单影只，孤苦伶仃，真所谓"写不成书，只寄得相思一点"（张炎《解连环》）。这些景物都深深触动着诗人的离愁和孤独（这里"断送"即是引逗、撩拨之意）。

既然故乡如此难以割舍，那为什么还要风尘仆仆，四处奔波呢？还不是因为名缰利锁的拘牵，身不由己！"邯郸道"，出于唐人传奇中的黄粱梦故事（见唐沈既济《枕中记》），指的是追求功名富贵的道路。冠以"依旧"二字，说明诗人已经吃足了风尘劳碌之苦，产生了厌倦仕途的感情。"问居胥"句，更进一层，说明富贵荣华并非自己的本意，自己的夙愿是像卫青、霍去病那样，率十万铁骑，将匈奴驱逐于瀚海之北，封狼居胥山而还。可惜自己生不逢时，无法建功立业，一展宏图。"今有谁封"四字，即寄寓了作者对现实政治几多感慨与不平。

由此诗人又想到那些与自己志同道合、意趣相投的朋友。他们大多和自己一样，谋国有术而报国无门，于是常在一起饮酒论文，抒怀泄愤。如今诗人远来南国，与故人天各一方，怎能不常生怀想？杜甫《春日忆李白》诗说："渭北春天树，江东日暮云。何时一樽酒，重与细论文？"阿鲁威此时心情也同杜甫一样，不过杜甫是在渭北怀念游历江东的李白，阿鲁威则是在江南怀念北方的故人，稍有不同罢了。这里"日暮江东"写己之怀人，"渭北春天"悬想人之怀己，但眼前

【蟾宫曲】

所见，唯有暮云笼罩，江水悠悠。全曲就在这无限怅然的离情别思中结束，韵味无穷，令人寻抱不尽。

（赵山林）

〔双调〕蟾 宫 曲

阿鲁威

理征衣鞍马匆匆。又在关山，鹧鸪声中。三叠《阳关》，一杯鲁酒①，逆旅新丰。看五陵②无树起风，笑长安却误英雄。云树蒙蒙，春水东流，有似愁浓。

阿鲁威是蒙古族散曲家，以写小令见长。这首小令写旅途中的景况和感受，抒发怀才不遇的苦闷。阿鲁威曾为南剑（今福建南平）路总管。这首小令可能就是作者从大都（今北京）到南剑赴任途中写的。

作者整饬行装远行。鞍马倥偬，长途跋涉，已使人劳顿不堪；关山重重，故乡遥遥，又陡生孤寂之感。深山之中，鹧鸪若远若近的啼叫，更令人黯然销魂。鹧鸪的叫声很像"行不得也哥哥"，因而便成了旅人生愁的象征。如白居易《山鹧鸪》诗："啼到晓，惟能愁北人，南人惯闻如不闻。"辛弃疾〔菩萨蛮〕《书江西造口壁》："江晚正愁余，山深闻鹧鸪。"这都是脍炙人口的名句。作者远离北地，来到南方，满目异乡山水，满怀离愁别绪，满耳鹧鸪声声，不由得触景伤情，感慨万端。接着，作者进一层剖露和倾吐内心的孤寂。寓居逆旅，作者自然联想到王维的《渭城曲》。这首诗谱入乐府，作为送别的歌曲，便是颇为传诵的《阳关三叠》。当年元二奉朝廷使命前往安西,尚且有挚友王维在逆旅为之赠诗、劝酒壮行色;眼下自己寓居逆旅,却客况孤寂,只好自斟自饮,借酒浇愁。可是这酒却是味薄的鲁酒,并不能使人从孤寂愁绪中得到解脱,真可谓“楚歌非取乐之方,鲁酒无忘忧之用”(庾信《哀江南赋序》)。作者由自己的遭遇还想到唐太宗时的名臣马周,未遇时也曾旅居新丰(今陕西临潼县东)客舍,受店主人的白眼,独自借酒浇愁。但马周始穷而后达,而自己这一生恐怕是不会有什么转机了。原因何在?“看五陵无树起风”,汉高祖刘邦已长眠地下,如今已不是“大风起兮云飞扬,……安得猛士兮守四方”的时代,英雄无用武之地,只好老死长安。诗人此语,大有怀才不遇、生不逢时的感慨。一个“笑”字,将满腔牢骚不平,化在旷达之中,弦外有音,余味无穷。最后三句,作者以情染景。纵目极望:云雾茫茫,林木莽苍;春水浩淼,一泻千里。诗人的满怀愁绪,如连绵不断的云树,似奔腾不息的江流,弥漫天宇,不可收拾。“问君能有几多愁,恰似一江春水向东流。”(李煜〔虞美人〕)作者巧妙化用前人名句,概括出一代知识分子的精神苦闷。

作者在小令中从多方面抒写怀才不遇的感慨,用典贴切自然,既含蓄蕴藉,又酣畅淋漓。同时善于融化前人诗句,为己所用,语言华而不艳,曲折尽意,创造出独特的意境,包含了丰富的意蕴。对旅况中心情的描述,很有层次感,先触景生情,接着倾诉内心深处的苦闷和不平之慨,再揭示原因,结尾以情染景,层层渲染,用有形之物状无形之愁,与李煜的艺术手法有异曲同工之妙。

(谢真元)

〔注〕 ①鲁酒:春秋时鲁国所酿的酒,味薄。 ②五陵:西汉高祖长陵、惠帝安陵、景帝阳陵、武帝茂陵、昭帝平陵,都在长安附近。

〔双调〕**蟾 宫 曲**

阿鲁威

烂羊头谁羡封侯！斗酒篇诗，也自风流。过隙光阴，尘埃野马，不障闲鸥。离汗漫飘蓬九有，向壶山小隐三秋。归赋《登楼》，白发萧萧，老我南州。

　　这是一首向往归隐之作。诗人面前有两条可供选择的道路：一条是醉心功名，追求高官厚禄；一条是辞官归隐，过着无拘无束的生活。诗人从感情上否定了前者，而对后者加以肯定，这种人生态度，在起头第一句就十分鲜明地表现出来。"烂羊头"典出《后汉书·刘玄传》。刘玄被立为更始帝后，滥封官爵，甚至连身边的"膳夫庖人"也都拜将封侯。当时长安流传着这样的谚语："灶下养，中郎将；烂羊胃，骑都尉；烂羊头，关内侯。"阿鲁威认为，元代官场窃踞高位的，也是一群不学无术的宵小之徒。这种廉价的、浮滥的功名，还有什么值得羡慕与追求！这一句立意显豁，造语警拔，将现实生活中无价值的事物一下子撕得粉碎。

　　以下作者转入对自己生活理想的正面描述："斗酒篇诗，也自风流。"杜甫《饮中八仙歌》有"李白斗酒诗百篇"之句，阿鲁威仰慕李白那种豪放飘逸的诗仙品格，他不无自负地宣称：此生若能斗酒篇诗，也足够风流快意的了。阿鲁威赞同庄子的看法，认为"人生天地之间，若白驹之过郤，忽然而已"（《庄子·知北游》），或者说，像细微的尘埃，蒸腾的水汽（野马），飘然而来，倏忽即逝。在这样短暂的人生中,只有从心所适,如同白鸥无拘无束(不障)、自由自在地飞翔,才是值得羡慕的。因此作者希望像李白那样:"明朝拂衣去,永与海鸥群。"(《赠王判官时余归隐居庐山屏风叠》)

"离汗漫飘蓬九有,向壶山小隐三秋。"这两句紧承上句而来。"汗漫"语出《淮南子·俶真》:"甘暝于溷澜之地,而徙倚于汗漫之宇",意为漫无边际;《淮南子·道应》云:"吾与汗漫期与九垓之外",则转为仙人别名。晋张载《十命》:"尔乃逾天垠,越地隔,过汗漫之所不游,蹑章亥之所未迹。"作者此处用张载语意,以"汗漫"为"汗漫之所"之简称。两句意为离开虚无缥缈的仙境,像飞蓬一样在九州(九有)飘游;到东汉樊英隐居过的壶山(今河南鲁山县南)去,寻找自己的归宿。

作者向往无拘无束的生活,然而由于现实生活的种种复杂原因,作者并没有真正归隐。尽管他已两鬓斑白,但还得远离家乡,在南剑(今福建南平)屈任太守,目前能做的,无非是像东汉末年流寓当阳的王粲那样登楼望乡,写上一篇《登楼赋》,抒发自己的思归之情而已。

这支小令篇幅短小,但作者在其中融注了自己的爱与恨,有对理想的热烈憧憬,也有无力改变现实的苦闷,思想容量还是相当丰富的。在艺术上,作者把《庄子》、杜诗、古谚等多种前人语言有机地熔铸在一起,构成自己作品的独特意境,铸辞造境的能力是很高超的。

(赵山林)

王元鼎

阿鲁威同时代人。与杨显之交往,敬为师叔。曾任翰林学士。散曲现存小令七首,套数二套。

〔正宫〕醉太平

王元鼎

寒　食

声声啼乳鸦,生叫破韶华。夜深微雨润堤沙,香风万家。画楼洗净鸳鸯瓦,彩绳半湿秋千架。觉来红日上窗纱,听街头卖杏花。

有关王元鼎生平,所知甚少。约元成宗大德(1297—1307)中在世,曾为翰林学士。生活不受检束,好作散曲,现传有小令七首,套数二篇。

寒食在农历三月初,清明前一二日,此时春已过半。王元鼎的这组《寒食》小令共存四首,此是其中第二首。另外三首主要描述流逝的春光在作者心里引起的丰富、复杂的感受,或惹动莫名的困倦,或撩拨缠绵的情思,或萌发及时作欢的欲念,主观色彩表现得比较浓烈。这一首却不同,作者不直接宣泄自己的情感,而是采用融情于景、含藏不露的抒写手法,把对春天的喜悦之情完全融化在一片生机勃勃、情趣盎然的春的声光画面之中。

曲一开始,就点出了时间。"声声啼乳鸦,生叫破韶华。"韶华是指美好的春光。乳鸦鸣啼的声音,打破了凌晨的寂静,似乎把繁闹的春光从沉睡中唤醒,又仿佛顿然宣告了春天行将离逝而去的消息。作者选用"生"(意思是偏偏,硬是)这一俗语,来表现春天昼夜之交由静入动的境态变化,并强调节候突发的、违拗人意的转折,这样就把作者迷恋春光的心情恰当、准确地表达了出来。尽管作者已经听到了春天开始离去的声响,但他此刻还来不及产生春光难留的惆怅和惋叹,眼下的景色依然是那样美丽,令人赏爱不已。他时而遐想,时而环顾,细心地捕捉着春天的影子。堤上湿润的泥沙,到处吹拂的花的芬芳,经过春雨清洗的画楼,悬吊着的秋千架上的彩绳,临窗而照的红日,街头叫卖杏花的人声。这些信手拈来的景致,把野外与院内、自然与人寰连成了一片,画面是这般清丽明亮、富有生气。作者没有外加一句赞美的言词,也没有径直抒发自己的感情,他只把深春早晨的几种景物、声响集中在一起,创造了一个欢快的场景,生动地传递出人们对春天的欢悦。

整首小令的语言典雅华丽。如用"韶华"代指春光,以及在"乳鸦"、"微雨"、"香风"这些词组中修饰词的选用,都反映了典丽的特点。一般来说,散曲中文字典雅的小令用衬字者少,而以俗言俚语入曲的加添衬字者多,王元鼎这首小令很少添入衬字,这也表明它是属于一种典雅的类型。他还注意选择富有光泽的词语,如"画楼"、"彩绳"、"红日",这与春天明丽的景色很相协调;同时,前两个词还起着提示曲中的赏春者是富贵人家身份这样的作用。作品以"麻"韵为韵脚,发音洪亮,加以句句押韵,声调悠扬,念起来琅琅上口,给人以流畅圆转之感,这与春天明快的节奏也是和谐一致的。

还可以看出,这首小令有多处语意受到古诗的启发。例如:"声声啼乳鸦"、"觉来红日上窗纱",受之于孟浩然《春晓》"春眠不觉晓,处处闻啼鸟";"夜深微雨润堤沙",受之于杜甫《春夜喜雨》"随风潜入夜,润物细无声";最后一句更是直接由陆游《临安春雨初霁》"小楼一夜听春雨,深巷明朝卖杏花"变化而来。然而读罢作品,并没有给人以拼凑、陈旧的感觉,这说明作者在运用古诗入曲方面有自己独到的造诣。

(王运熙　邬国平)

元曲鉴赏辞典

1053

【作者小传】

虞集

(1272—1348) 字伯生,号道园,世称邵庵先生。祖籍仁寿(今属四川),生于崇仁(今属江西)。大德初到大都(今北京),官国子助教博士。后历任翰林待诏、翰林直学士兼国子祭酒。文宗时官至任奎章阁侍书学士,与赵世延等编纂《经世大典》。为当时诗文大家,与揭傒斯等齐名。著有《道园学古录》。散曲作品不多,现仅存小令一首。

〔双调〕 **折 桂 令**

虞 集

席上偶谈蜀汉事因赋短柱体

鸾舆三顾茅庐,汉祚难扶,日暮桑榆①。深渡南泸②,长驱西蜀,力拒东吴。美乎周瑜妙术,悲夫关羽云殂。天数盈虚,造物乘除③。问汝何如,早赋归欤。

虞集是元代著名文人,以诗文著称,所作散曲不多,留传的仅此一首。这是一首怀古之作。写三国时蜀汉与曹魏、孙吴争雄,无奈人事变迁,兴衰盛败,转眼成空,徒增后人唏嘘感慨。表现了作者的一种历史观,即认为兴亡皆由天数所定、非人谋所能左右。

全曲分为前后两部分,前八句写蜀汉兴衰事迹,后四句是作者的议论与感叹。

前部分由三层意思构成,首三句主要写刘备事业,次三句主要写诸葛亮功绩,后二句主要写关羽遭际。首句指刘备三顾茅庐,请隐居的诸葛亮出山辅佐他重兴刘汉大业。鸾舆,同銮舆,皇帝坐的车子,彼时刘备尚未称帝,这是以后来的地位借称他。二三句写刘汉皇权难以扶持,已成了一蹶不振的残局。"日暮桑榆",比喻汉室如日薄西山,气数将尽,衰不可起。由此过渡到第二层,写诸葛亮晚年频繁出征的事迹。三句十二字,言简意赅,概括写出了诸葛亮五月渡泸,南抚夷越,西和诸戎,北拒曹魏,力阻东吴侵袭等等显赫功业。这三句鼎足而立,对仗工整,显得稳健遒劲,气度恢宏。用南、西、东三个方位词铺陈,是为说明"汉祚难扶,日暮桑榆",益中疲惫,此乃存亡危急之秋。一则在进一步突出诸葛亮的鞠躬尽瘁、死而后已的忠贞与谋划、指挥的才能,同时也在表明,纵然有此贤能辅弼,但在"天数"面前,亦难脱四面困境、穷于应付的局面。一句"力拒东吴",把语意自然引到第三层。这是一个对偶句,写东吴周瑜等人与蜀汉共同智退曹兵的伟绩,同时也写出关羽在与东吴的矛盾中败亡的结果。全曲前八句,就在"悲夫关羽云殂"的叹息声中结束。一句悲叹,使所写的一切业绩都蒙上了悲剧的色彩。这就引出了后面的无限感慨。

曲子后四句是作者在前面怀古的基础上发表自己的感喟。他认为天地间一切事物的盈虚、消长,人世间一切事业的得失、成败,都是天数所定,造物所致,谁也无法逃脱这个命运;与其争竞、浮沉于世,还不如早点勘破尘俗,像陶渊明那样,赋一首《归去来兮》,归隐山林。从这番感慨中可以看出,作者对历史、对人生的认识与评价都带有某种悲剧意识。

这支〔折桂令〕是作者在"席上"所赋。元末陶宗仪曾记载虞集作此曲的逸事。虞集一次在童童学士家宴集时,有歌儿顺时秀唱一支〔折桂令〕:"博山铜细袅香风……"一句两韵(如:铜、风),名为"短柱"。虞集爱它新奇,就以席上偶尔谈及蜀汉史迹为主题,即席赋成这支"短柱体"曲子。(见《南村辍耕录》卷四《广寒秋》)

"短柱体"是词曲中"巧体"的一种(见明代王骥德《曲律》),一句两韵或三

【折桂令】

韵,用韵过密,极难写作。上述顺时秀唱的这支曲也只是有几处用一句两韵,而并不句句如此。像虞集这样两字一韵,一曲到底,是很难写得自然稳帖的。如与虞集同时的著名曲家乔吉曾作一首〔折桂令〕《拜和靖祠双声叠韵》("至当时处士山祠,渐次南枝,春事些儿……"),也是两字一韵到底,但写来就显得黏滞不畅。另如传为"梨园黑老五"作的〔粉蝶儿〕长套《集中州韵》("从东陇风动松呼,听叮咛定睁睁觑……"),字字押韵,句句换,简直成了集中州韵的绕口令游戏,作为背韵书的辅助方法则可,若论曲意,则无甚可取。相比之下,虞集此曲,不仅曲词流畅清通,而且曲意警策深致,确实不可多得。故《南村辍耕录》评论说:"先生之学问该博,虽一时娱戏,亦过人远矣。"

另有类似于短柱体,在曲子中偶用一句三韵的,《中原音韵》称之为"六字三韵语",多见于越调〔麻郎儿·幺篇〕。王实甫善用此法。如《西厢记》剧中有"忽听、一声、猛惊"(第一本第三折)、"本宫、始终、不同"(第二本第四折)、"世有、便休、罢手"(第四本第二折)、"讪筋、发村、使狠"(第五本第三折)等数处。另如乔吉《两世姻缘》剧中有"怎么、性大、便杀"(第三折),郑光祖《㑇梅香》剧中有"不妨、莫慌、我当"(第三折)等句子。其他曲牌中亦有偶用者,如王实甫《丽春堂》第四折〔太平令〕曲中"四方、八荒、万邦"之类。顺此拈出,以备一格。

(叶长海)

〔注〕 ① 日暮桑榆:古人以为日落时余光在桑树榆树之间。常用以比喻人的垂老之年。
② 泸:泸水,今金沙江。诸葛亮曾领兵南渡泸水,对孟获七擒七纵,以平后顾之忧。
③ 造物乘除:造物,指大自然的主宰。乘除,指此消彼长的变化。

【作者小传】

李洞

字溉之,滕州(今山东滕县)人。得姚燧赏识荐于朝,授翰林国史院编修官。后历任翰林待制、翰林直学士、奎章阁承制学士。参与编修《经世大典》。书成,告病归,卒年五十九。亦善书法。散曲作品现仅存套数一套。

〔双调〕**夜 行 船**

李 洞

送友归吴

驿路西风冷绣鞍,离情秋色相关。鸿雁啼寒,枫林染泪,撮断①旅情无限。

〔风入松〕丈夫双泪不轻弹,都付酒杯间。苏台景物非虚诞,年前倚棹曾看。野水鸥边萧寺,乱云马首吴山。

〔新水令〕君行那与利名干? 纵疏狂柳羁花绊。何曾畏,道途难? 往日今番,江海上浪游惯。

〔乔牌儿〕剑横腰秋水寒,袍夺目晓霞灿。虹霓胆气冲霄汉,笑谈间人见罕。

〔离亭宴煞〕束装预喜苍头办,分襟无奈骊驹趱②。容易去何时重返? 见月客窗思,问程村店宿,阻雨山家饭。传情字莫违,买醉金宜散。千古事毋劳吊挽。阖闾墓野花埋,馆娃宫淡烟晚。

元曲鉴赏辞典

1056

【夜行船】

这篇套曲由五首曲子组成,按曲序自然形成全篇的层次、段落。题目中的"吴",指今苏州一带。

开篇曲子〔夜行船〕是渲染送别时的环境气氛。节令是深秋,西风骤起,鸿雁啼鸣,枫叶经霜而变红。这一切在离人看来,是那般牵惹离情别恨。中国古代第一篇悲秋名作宋玉的《九辩》就是这样开头的:"悲哉秋之为气也!萧瑟兮,草木摇落而变衰;憭栗兮,若在远行,登山临水兮,送将归。"③好像秋色与离情向来就结下了不解之缘。这里写道"冷绣鞍"、"啼寒",这不仅是指秋气的"冷"、"寒",同时也是写行者的心理感觉,行走在驿路上是多么清冷、孤寒!"枫林染泪",则是关合了居者、行者此时的心情。枫叶红了,像是离人眼泪染成的,这句典出《拾遗记》薛灵芸离家入宫、玉壶泪凝如血的故事,又直接脱化于董《西厢》"君不见满川红叶,尽是离人眼中血"、王《西厢》"晓来谁染霜林醉?总是离人泪"。看到红叶引起这样的联想,足见心情的沉重。好友相别,怎能不黯然伤神呢!这支曲子通过所触、所闻、所见,把别离的情绪渲染得很是浓重。

〔风入松〕写到别宴。"双泪不轻弹"是忍住眼泪、抑制悲伤的意思。这两句是说:让我们莫再悲伤,还是开怀畅饮吧。这是在开解上面所透露的那种情绪,行文有了变化。下面转入对友人去处的苏州进行描写。苏台,即姑苏台,指苏州。这两句说:苏州的景物名不虚传,去年我曾乘舟经过那里。"野水鸥边萧寺,乱云马首吴山。"萧寺,佛寺;吴山,泛指苏州附近的山。后句是化用李白《送友人入蜀》中"山从人面起,云傍马头生"句意。这两句意谓苏州的湖光山色很美,那鸥鹭成群的湖畔,有不少美丽的佛寺;那笼罩吴山的云气傍着行人的马头飘动。这里插入景物描写,当然寄寓了作者对吴地山水的忆念,但更重要的恐怕还是意在对友人此行的安慰:回去吧,那是一个多么好的所在啊。

第三支曲子又从另一角度对行者进行劝慰:您此行与那种为利名而风尘

奔波无干，尽管痛痛快快去过那狂放的生活，这样就不必为离别而伤感了。"柳羁花绊"，为花柳所迷醉，大约兼有徜徉园林与"眠花宿柳"二义。在作者看来，过这种生活比"名缰利锁"的官场生活要痛快得多、自在得多，所以下面又写道："何曾畏，道途难？"既然如此惬意，哪里还怕什么行路难呢？更何况，"往日今番，江海上浪游惯。"这样的"浪游"也并非始于这一次，过去已有多次了。这支曲子也约略透露了一下友人的行藏，很可能他是一个在仕途上不得意的人，此次即是失意而归。"君行那与利名干？"这告诉我们：他曾与利名有干系，或许谋求过名利。古典诗歌中所谓"道途难"，也往往喻指仕途的艰难。

〔乔牌儿〕借写行色对友人的精神风貌进行了一番描写。"剑横腰秋水寒，袍夺目晓霞灿。"剑与秋水、袍与晓霞相辉映，红袍长剑，何等英武！"虹霓胆气冲霄汉，笑谈间人见罕。"多有气派，多有抱负，多有才识！"虹霓胆气"喻慷慨豪气，典出曹植《七启》："挥袂则九野生风，慷慨则气成虹霓。""笑谈"，谈什么未写，联系上几句可以揣测，谈的也许是古今兴亡成败的教训，或治国平天下的谋略。这些宏论以"笑谈"发之，又显得何其轻松、自信。通过这些描写使我们知道，这位友人原来是如此不凡的豪杰之士，他的归去就越发引人深思了。

以上三支曲子写的是宴席上的话语和感慨，是为一大段。下面是煞尾了，又回到送别的眼前。"苍头"（仆人）事先已整理好行装了，现在是要分手了。"分襟无奈骊驹趱"，怨骊驹跑得快，这种无理之怨把二人分手之际难分难舍、万般无奈的心情写出来了。"容易去何时重返"，觉着分别的"容易"仍然是见出分别的难分难舍、不堪前想，"别易会难"，千古同慨。接着想象友人在途中的情形：夜晚在客舍里独宿会思念万千（包括对于作者），有时错过驿站权且住在村店里，有时为风雨所阻就在山民家用餐。想象友人途中的艰辛，正见出对他的关切、惦念。于是叮嘱："传情字莫违，买醉金宜散。千古事毋劳吊挽。"这是三

【夜行船】

件事，一是常来信，以慰悬望；二是得乐且乐，勿为物累；三是不要吊古伤今，枉费心思。对于第三件事他再次提醒："阖闾墓野花埋，馆娃宫淡烟晚。"阖闾，吴王，曾一度打败楚国，其墓筑在苏州虎丘山上。馆娃宫，吴王夫差在苏州灵岩山为西施建造的宫室。一个"野花埋"，一个"淡烟晚"，都是那样的萧条、冷落，说明无论是称雄一时，还是名绝一世，到头来都是一片空虚，这样看来，又有什么伤悼的必要呢。这些嘱咐，表现了作者对友人的挂念、体贴，更重要的是对友人遭际的同情、对时事的愤慨，后几句感慨是很深的。唐代韩愈写有《送董邵南游河北序》，结尾时希望邵南"为我吊望诸君（战国时乐毅被赵王封为望诸君）之墓而观于其市，复有昔时屠狗者（指隐士）乎？为我谢曰：'明天子在上，可以出而仕矣。'"韩愈托友人吊墓，除了别的意味外，见出对当时的政治抱有信心，怀才可见用；而此曲告诫友人"毋劳吊挽"，见出对政治的绝望、对功名的绝望。这是时势使然。

这篇套曲题为送别，而将叙友情、悲不遇、愤时政结合在一起写，随着层次的展开，主题愈见深刻，也愈加鲜明。各支曲子的安排见出行文部置功夫。首尾是呼应的，而结末的"阖闾墓"、"馆娃宫"又照应了"归吴"的题面和篇中"苏台景物"的描写。语言精练，各支曲子极少用衬字和口语，体现了元散曲在中后期的雅化趋势。作者李洧甚富才思，惜其诸作不传，这是他留存下来的唯一的散曲，弥足珍贵。

（汤华泉）

元曲鉴赏辞典

1059

〔注〕①撺（cuān）断：同撺掇，怂恿的意思。这里意为引起。②骊（lí丽）驹：本意黑色的小马，亦为古逸诗篇名，有词曰："骊驹在路，仆夫整驾。"因此后人常以骊驹代指远行的坐骑。趱（zǎn 攒）：快走。③这段话大意是：秋气是多么悲凉啊！它吹动着草木，草木叶子凋落了、衰残了；它叫人觉得是那么凄凉，就好像是在远行之中或送别时的意绪一般。

［作者小传］

薛昂夫

（1273?—1350后）　回鹘（即今维吾尔族）人。原名薛超吾，以第一字为姓。先世内迁，居怀孟路（治所在今河南沁阳）。祖、父皆封覃国公。汉姓马，又字九皋，故亦称马昂夫、马九皋。曾执弟子礼于宋遗民刘辰翁门下。历官江西省令史、佥典瑞院事、太平路总管、衢州路总管等职。晚年辞官隐居杭州皋亭山一带。善篆书，有诗名。与萨都剌有唱和。散曲现存小令六十五首、套数三套。

〔正官〕塞 鸿 秋

薛昂夫

功名万里忙如燕，斯文一脉微如线。光阴寸隙流如电，风霜两鬓白如练。尽道便休官，林下何曾见，至今寂寞彭泽县。

志在庙廊，以济世为己任与心在山林，以隐逸为高致，是人格"互补"的两个侧面，所谓"出儒入道"，所谓"达则兼济天下，穷则独善其身"，即指此。但从根本上说，"兼济"则是其主导方面，"独善"则是"兼济"不成后痛苦的自慰和解脱。对不少等而下之的文人来说，"兼济"又成了追官逐利的借口，"归隐"则又成"终南捷径"或故作风雅的表面文章。本曲之意，即在讽刺这种口是心非，表面斯文的假象。

"功名万里"，用东汉班超封侯万里事。此处借指求仕追官，争名夺利。"万里"，巧谐万里忙碌之意。"忙如燕"，语出北宋张耒诗："语莺知果熟，忙燕聚新泥。"此处象喻醉心功名者碌碌之状。《诗经·燕燕》曰："燕燕于飞，差参其羽"，燕燕之忙，古人多予褒意，此处一反其意，尤见精警而自出机杼。"斯文一脉微

【塞鸿秋】

如线",承上而直发感慨。"斯文",语出《论语·子罕》:"文王既没,文不在兹乎!天之将丧斯文也,后死者不得与于斯文也。天之未丧斯文也,匡人其如予何。"孔子所谓斯文,指文王以来的礼乐制度,文化道统。后以"斯文"指礼让文雅,品格高尚。"微如线",指斯文已荡然殆尽,为官作宦者只顾一己私利,彼此竞逐,有多少人还会想到国家百姓,有多少人还会想到互相礼让呢?那么,此时元王朝礼崩乐坏,官场腐败,尔虞我诈,自不言而尽在句中了。下两句进一步说明官场竞逐之人,乐此不疲,终一生而不歇。"光阴寸隙",用《庄子·知北游》:"人生天地之间,若白驹之过郤,忽然而已。"人生易老,时光如电,就在这忙碌如燕的南北奔走中,已是青春消尽,两鬓如霜了。"尽道"二句,直用灵彻《东林寺酬韦丹刺史》语:"相逢尽道休官好,林下何曾见一人。"当官作宦者,人人标榜身在魏阙,越是恋栈者,越是把归隐尽日挂在嘴边,真正的"隐士"又有几个?倘若真正地做了隐士,世上人也就不知其名,不知其事,嚷得大家都知道,可见这"隐",十有八九是假话。"尽道"二字,冷峻已极,说尽了世道人心,带有强烈的嘲讽之意。结句"至今寂寞彭泽县"为全曲点睛之笔,一语揭出曲之命意所在。彭泽县,指陶渊明。渊明为彭泽令,挂冠归隐,是历史上心口如一真能归隐田园的少数高士之一。陶令躬耕田亩,乐于山林,但却从未自夸隐士,后人尽管对其赞不绝口,但也未见几人能真正追随其后。其间原因虽然各各不一,但千古一人,渊明也难免寂寞了。"寂寞"二字,下得极巧,与开篇"忙如燕"遥相呼应,两者对比,活画出官场竞逐,如蝇嗜血者的真面目。

"归隐"是元散曲中最常见的主题,身在宦途,而竞标高蹈本是元文人流行的时调,下层文人志屈不伸,以归隐作愤世自嗟之辞本是出于无奈,而一批官居要津者也故赋清雅,大唱归隐之调,以示其不俗,本曲便一把扯去其遮羞布,在元人散曲中可谓别具一调。薛昂夫散曲本以豪健著称,论者列为豪放一格,本曲虽语不恣肆,然不作回环蕴藉,而是直抒其意,畅达无阻;且曲意又不一泻于字面,而是耐人回味,不失顿挫曲折,是为豪放中又兼含蓄了。

(岳　珍)

〔正宫〕 塞 鸿 秋

薛昂夫

凌歊台怀古

凌歊台畔黄山铺,是三千歌舞亡家处。望夫山下乌江渡,是八千子弟思乡去。江东日暮云。渭北春天树,青山太白坟如故。

凌歊台,在安徽当涂县西黄山之巅,南朝宋高祖刘裕曾筑离宫于此。当涂东南有青山,李白坟就在青山西北;西北四十里有望夫山,和它隔江相对的,就是当年项羽兵败自刎的乌江。元文宗天历至顺(1328—1332)年间,作者担任太平路总管,治所即在当涂。登上凌歊台,东望青山,北眺乌江,古今胜迹,一收眼底。昔日繁华,已成丘墟,登临之际,作者不禁悼古伤今,感慨富贵浮名转瞬即逝,产生人生无常的深切悲哀。其时又正值战乱不休,元王朝已不可挽回地走向衰落。曲中的末世之感,可说是时代的折光。

首二句,感慨富贵荣华之不可常在。人间富贵莫过于帝王,凌歊台作为刘裕离宫,也曾一度繁华。当其盛时,三千粉黛,轻歌曼舞,笙乐动地,香风入云。然曾几何时,江山易主,舞榭歌台,成了一代王朝兴亡的见证。

次二句,作者移目西望,从望夫山想到乌江渡。当年的西楚霸王项羽,带领

【朝天子】

八千江东子弟,南征北战,所向无敌,击灭秦国,威震天下,而最终兵败于垓下,自刎于乌江。八千子弟亦如鸟兽散。赫赫英名,盖世功业,转瞬化为乌有。

末三句,哀浮名之无实。富贵既已如彼,功业又复如此,则荣名又如何?浮想至此,作者的视野,不禁移向了东南的青山。名扬千古的大诗人李白,就埋葬在这里。想到这位潇洒不羁的诗仙,作者很自然地联想到了杜甫对他的评价:"白也诗无敌,飘然思不群,清新庾开府,俊逸鲍参军,渭北春天树,江东日暮云……"(《春日忆李白》)眼前,绿树依然,暮云如故,而文采风流,于今安在?一抔黄土,掩埋千古浮名,人生无常,令人浩叹。

一般的怀古之作,大都有感于一个具体的历史陈迹而发。本篇在内容上的一个重要特点,就是不局限于一地一人一事,而是泛咏当涂境内的三大古迹。但作者以自己的视野为线索钩连转接,意脉明显。作品通过所选择的三个历史人物,分别表现了富贵、功业、浮名之不可恃,都紧扣盛衰之感,中心突出。形散而神凝。就具体写作手法而言,作者以对比贯穿全篇。同是凌歊台,三千歌舞与家国败亡对比;同是乌江渡,以八千子弟当初之叱咤风云与最终之思家溃散对比;同是春树暮云,飘然不群的诗仙与青山孤坟对比。从而形成强烈的今昔盛衰之感。而作者虚无寂寞的人生感慨,也就此染上了一层历史的永恒的悲哀,耐人咀嚼,发人深思。

(岳 珍)

〔中吕〕朝 天 子

薛昂夫

沛公,大风,也得文章用。却教猛士叹良弓,多了游云梦。

驾驭英雄，能擒能纵，无人出彀中。后宫，外宗，险把炎刘并。

作者写有咏史〔朝天子〕二十首，这一首写汉高祖刘邦。刘邦，沛县人，反秦举义时被推为沛公。建立汉朝后曾回到故乡和父老欢宴，席间作《大风歌》："大风起兮云飞扬，威加海内兮归故乡，安得猛士兮守四方！"本曲前三句意思是说：沛公，写出了《大风歌》，他也知道文章的作用。刘邦开始时并不重视诗书，后来懂得了马上得天下不能在马上治之的道理，就重用谋略及文学之士，文治武力并用而"威加海内"。"大风"用在这里除表明"也得文章用"外，还包含了整个《大风歌》的内容，即他的"威加海内"，正是"猛士"们为他浴血奋战换来的；他在即位之初也希望要进一步收罗"猛士"为他"守四方"。可是，当他巩固了政权之后，却又忘恩负义，猜忌、诛杀"猛士"功臣了。故下一句笔锋一转："却教猛士叹良弓，多了游云梦。"指的是诛韩信事。韩信佐刘邦平定天下后，刘邦疑其谋反，就伪称去游云梦（古代大湖，在今湖北东南），想乘机袭击。可是韩信却主动来请罪，被缚后他叹息道："狡兔死，良狗烹；高鸟尽，良弓藏；……天下已定，我固当烹。"这两句说：猛士在刘邦面前都是服服帖帖的，即如擒韩信，也用不着用"游云梦"这声东击西的计谋。所以下面写道："驾驭英雄，能擒能纵，无人出彀中。"彀中，此指圈套、掌握。典出《唐摭言·述进士》，说唐太宗见一批录取的进士，就高兴地说："天下英雄尽入吾彀中矣。"这几句意谓：控制这些英雄，可以任意摆布，没有人可以逃脱他的掌握。事实正是这样，那些异姓诸侯王如彭越、英布都落得韩信那样的下场。这里单点出韩信，因他功最高，足智多谋，就这样的人也轻易被捉拿，其他就不用说了。

以上通过几层叙写，刻画了刘邦这个翦灭群雄、奄有四海的汉天子无比的神威，真是不可一世。可是，下面几句却出人意料："后宫，外宗，险把炎刘并。"

【朝天子】

后宫,指吕后。外宗,外戚,指吕后的亲属吕产、吕禄等人。炎刘,指刘氏政权。刘氏自称因火德而兴,故称。刘邦死后,吕后独揽大权,并大封诸吕为王,阴谋杀害刘氏诸王和功臣,要不是陈平、周勃等,刘氏政权就被颠覆了。这几句颇为煞风景,这个"威加海内"、善玩权术的皇帝,依仗吕后之力,大肆诛杀功臣,却没想到就是这个吕后,几乎把刘氏政权篡夺断送了。这是对刘邦的辛辣嘲讽,也是对古来许多帝王的鞭挞。历史上发生过多少起"后党"、外戚专权乱政的事件,许多帝王明于外而暗于内,可以平外敌而不能去"家贼",究其根源,这是专制社会"家天下"的必然结果。扩而广之,一些所谓有雄才大略的独裁者,也少有不被"近习"、群小所困的。薛昂夫当然不懂这些道理,但揭出了某种程度上的历史共相,还是难能可贵的。诗词曲中好的咏史作品,应当于历史现象有新的发现、于读者有新的启示。此首小令在结构上运用欲抑故扬之笔,前面将汉高祖的威势抬得很高,后面一落千丈,淡淡几句,至为冷峻。

(汤华泉)

〔中吕〕朝 天 子

薛昂夫

伍员,报亲,多了鞭君忿。可怜悬首在东门,不见包胥恨。半夜潮声,千年孤愤,钱塘万马奔。骇人,怒魂,何似吹箫韵?

伍员,字子胥,春秋时吴国大夫。其父原为楚大臣,被楚平王杀害,子胥出奔吴国，辅助吴王阖闾，出兵攻破楚国郢都，掘平王墓鞭尸，以报杀父之仇。后又辅佐吴王夫差，打败越国，劝夫差拒绝越国的求和。夫差听信谗言，逼伍子胥自杀。子胥向来被作为千古英烈加以赞扬，但这支曲子对伍子胥的悲剧于同情之中，却有微词，认为刚烈的忠臣，都没有一个好的结局，不如全身远害、安享清贫生活为好。

"伍员，报亲，多了鞭君忿。"报杀亲之仇是正义的，一怒之下对君王进行鞭尸就有些过分了。史载，子胥掘出平王尸，鞭了三百下才解恨，他的老朋友申包胥认为他这样做违背天道，于是跑到秦国哭了七天七夜搬来救兵，打退了吴国军队。"可怜悬首在东门，不见包胥恨。"可叹子胥后来在吴国被杀，老朋友也不来替他报仇。此与前言"多了"相贯。伍子胥自杀时告诉他身边的人："抉吾眼悬吴东门之上，以观越寇之入灭吴也！"后越果灭吴。传说子胥死后化为钱塘江潮神。"半夜潮声，千年孤愤，钱塘万马奔。"这是子胥在显灵，以那潮声在抒发忠不见察的悲愤、国破身亡的悲愤，这形象多么壮伟。"半夜潮声"脱化于唐李廓《忆钱塘》"十万军声半夜潮"，但李诗未及子胥事。宋潘阆〔酒泉子〕词写到这情景："长忆吴山，山上森森伍相庙。庙前江水怒为涛，千古恨犹高。"但没有这三句简括有力、有声有色。下面作者笔锋一转："骇人，怒魂，何似吹箫韵？"认为子胥遗恨如此惊天动地，未必如悠扬的箫声更有情韵。伍员吹箫：典出《史记·范雎蔡泽列传》，云子胥逃出楚国，无以糊口，便鼓腹吹篪（竹乐器，本文一作箫），乞食于吴市。此三句言外的意思是：何必那样耿直执着，而落得个冤鬼的下场，还不如逍遥自在，即使穷困，总可活着以终天年。作者这样的看法跟此曲开始表现的思想还是相应的，恶君、忠君（忠于国事）都不能太过分了。自然这种看法是有些消极的。不过，联系作者的时代，他这种高蹈远祸的意识，当是对当时现实政治失望的表现。消极的话是有言外之意的。

（汤华泉）

〔中吕〕朝 天 子

薛昂夫

卞和,抱璞,只合荆山坐。三朝不遇待如何?两足先遭祸。
传国争符,伤身行货,谁教献与他!切蹉,琢磨,何似偷
敲破。

卞和献璞的故事一向被看作为才士不遇的悲剧,卞和一向为人们深切同情。这支曲子却有全然不同的看法。

据《韩非子·和氏》和刘向《新序·杂事五》载:春秋楚人卞和在楚山(即荆山,在今湖北)发现了一块玉石(即璞),拿去献给楚厉王,厉王以为是石头,砍掉了他的左足。武王即位,他又拿去进献,武王还认为他是用石头来进行诈骗,又砍掉了他的右足。到了文王时,他抱着这块玉石在荆山下痛哭,哭了三天三夜,"泪尽而继之以血",文王知道了,叫人剖开石头果然得到宝玉,就命名为和氏之璧。曲子开头就说:"卞和,抱璞,只合荆山坐。"卞和获宝,只该坐在荆山上,他受罪是自找的,谁叫他一次再次地献。"三朝不遇待如何?两足先遭祸。"幸亏有两只脚,两次不遇抵了罪,这第三次要是再不被理解怎么办呢?言外之意,恐怕有杀身之祸了。"传国争符,伤身行货,谁教献与他!"《史记·廉颇蔺相如列传》中记载秦王欲以十五城骗取赵王的和氏璧。后被秦王刻为玉印,号传国玺,为权力的象征,许多野心家为此争战不休。"行货",意为贿赂,巴结国王想得点好处。这两句是倒装,意思是说:你毁坏自己的身体去行贿,结果造成后世争

战不休。对他的献璞,作者进行了责难。"切磋,琢磨,何似偷敲破。""切磋,琢磨",都是治玉的工艺,这里指文王派人"理玉"事。这几句说,与其让文王去切呀,去磨呀,还不如偷偷将它敲破。这里的意思可能有两层:干嘛献给楚王去鉴别是不是玉,自己可以敲破看看嘛,这是一。其二,与其献给国王让他们争来战去,不如砸碎它,天下或许要少一些麻烦。

在这支曲子里,卞和成了揶揄、指责的对象。他的献璞,是一种愚行,于自己是行货谋私、自讨苦吃,于社会是助长不义、流毒后世。从来人们都是把献璞当作献才,仿佛觉得这个才理应贡献给主上,所谓"学成文武艺,货与帝王家"。而作者却根本否定这个做法,璞不必献,还不如把它敲破;才,献给帝王,反而会给自己种下祸胎。作者以热讽冷嘲的话语,表现了对封建帝王是非不分、贤愚不识、滥用刑罚、扼杀人才的极大愤慨。这样的思想产生于元代、产生于薛昂夫,不是没有原因的。元代的知识分子社会地位很低,元初很长时间废止了科举,使得知识分子想向皇朝"卖艺"也不可得,于是许多人被逼到山林、市井之中。即使少数人将"文武艺""货与帝王",但在党争倾轧、夺取皇权的旋涡中,也往往遭到杀身之祸。所以元曲中出现了不少这类批评忠臣、否定忠君观念的作品,原是不足为怪的。

〔中吕〕朝 天 子

薛昂夫

丙吉,宰执,燮理阴阳气。有司不问尔相推,人命关天地。牛喘非时,何须留意?原来养得肥。早知,好吃,杀了供堂食。

【朝天子】

丙吉，汉宣帝时丞相。有一次他外出，路上有人打群架，死伤横道，他过之不问。而前面有条牛被人赶得喘气吐舌头，他却停卜认真地问这问那。他手下人感到奇怪，他说：打死人的事地方官管管就行了，我这个宰相是不能在路上问这个小事的；至于牛在春天喘气吐舌头，则或许是天气不正常，或许是灾难发生的征兆，宰相的责任是调和阴阳，我当然要管了。事见《汉书·丙吉传》。

这支〔朝天子〕写的就是这件事。一开头就揭出丙吉在那里标榜什么"燮理（即调和）阴阳"的大话、空话，下面是作者的质问、嘲讽。"有司不问尔相推，人命关天地。"有司，主管某种事务的机构或官员。此二句意谓：你身为宰相，见人打架致死，却不闻不问，反而借口推托，要知道人命关天呀！"牛喘非时，何须留意？原来养得肥。"牛喘气是常事，与季节时令无必然联系，春天劳累了，也会喘气的。这码子小事何必还要留心过问？啊！原来是牛养得太肥了，以至引起宰相吃牛肉的食欲了吧！"早知，好吃，杀了供堂食。"您要早知这头牛"好吃"，就该杀了它，以便您和同僚在政事堂里美美地会上一餐（堂食，宰相在政事堂供食）。这支曲子就是这样用冷嘲热讽、滑稽俏皮的口吻，把丙吉大大挖苦了一番，显得幽默有趣。最后的"供堂食"也隐约指出，宰相们其实是一伙尸位素餐的家伙。他们只知甘美肥鲜，而对百姓的生命却视同蝼蚁。曲子的开头先摆出那句大话也挺有意思，仿佛叫一个江湖骗子先道貌岸然地自报家门，然后再层层扒下他的伪装。

宰相燮理阴阳云云并不是丙吉的发明，而是儒家经典《尚书·周官》里的话。这书向来是许多朝代设官分职的依据，丙吉的做法在《汉书》本传里也是受到赞许的。很明显作者这样写，其意是在讽刺官僚制度的荒谬，寓庄于谐的手法加强了这种讽刺效果。

（汤华泉）

〔中吕〕朝 天 子

薛昂夫

老莱,戏采,七十年将迈。堂前取水作婴孩,犹欲双亲爱。东倒西歪,佯啼颠拜,虽然称孝哉! 上阶,下阶,跌杀休相赖!

《艺文类聚》卷二十引《列女传》云:“老莱子孝养二亲,行年七十,婴儿自娱,着五色采衣。尝取浆(水)上堂,跌仆,因卧地为小儿啼。或弄乌鸟于亲侧。”这就是“老莱娱亲”故事的较早出处。这个故事曾受到过许多人的称赞,元朝郭居敬将它编入《二十四孝》,以后又将它绘成图画。与郭居敬同时代的薛昂夫并未加入恭维者的行列,而是将它大大嘲弄了一番。

曲子开篇就说一个年已七十的人,还穿着花衣在二亲面前戏舞。“戏采”与“七十”的对照,就显出喜剧性的滑稽。下面又写他学作婴儿,到“堂前取水”。“作婴孩”的情节省了,就是“跌仆,因卧地为小儿啼”那回事。“犹欲双亲爱”,还想博取双亲的疼爱,这真叫人哭笑不得。“东倒西歪,佯啼颠拜,虽然称孝哉!”走路都走不稳了,还假装啼哭磕头,这样的恶作剧,简直叫人作呕——即使如此(“虽然”),还被说成是孝呢! 这里尖锐地指出了这“孝”的虚伪、不近人情。“上阶,下阶,跌杀休相赖!”上阶、下阶,指老莱颤颤巍巍、跑上跑下学婴儿之态。杀:通煞,形容极甚之辞。赖,赖皮、顽皮,此处意谓痴癫撒泼。末句的意思是:不要再疯疯癫癫,看不跌死你! 曲子将叙事、描写、评论结合起来,特别突出对

【朝天子】

丑态的描写,使这个所谓"佳话"一下子黯然失色了。

"孝"是人伦之一,未可全然否定,但要近乎人情。而儒家所提倡的孝道大多是不近人情的东西,"老莱娱亲"就便大肆揄扬。而六百年前的薛昂夫用形象的笔法对此进行了讽刺,不能不说他的观念、识见在当时是很开通高明的了。

(汤华泉)

〔中吕〕朝 天 子

薛昂夫

董卓,巨饕①,为恶天须报。一脐然出万民膏,谁把逃亡照?谋位藏金,贪心无道,谁知没下梢。好教,火烧,难买棺材料。

董卓是汉献帝时著名的权奸,先是杀少帝、何太后,后又挟献帝迁都,自为太师。他十分贪残,杀害了许多大臣和平民百姓;又筑郿坞,收藏了无数金银财宝,号为"万岁坞"。他恶贯满盈,被王允、吕布杀死,陈尸于街。由于体肥多脂,夜晚守尸的士兵在他的脐中点灯,据说光明达旦,以至数日。

这支散曲就是快意于董卓的可耻下场,认为这是他贪残作恶应得的报应。这里对董卓的劣迹主要是抓住一个"贪",称他为"巨饕"是再合适不过了。"谋位藏金"是正写他生前的贪,燃(曲文中"然"通"燃")脐为灯是反写他生前的贪。这里又特别突出他的燃脐:"一脐然出万民膏,谁把逃亡照?""万民膏",可见他的肥是鲸吞了多少平民的膏脂、以多少平民破产亡家为代价的。"逃亡照",这里化用了唐人聂夷中《咏田家》诗意,那首诗下四句道:"我愿君王心,化作光明烛。不照绮罗筵,只照逃亡屋。"用在这里的意思是说:像董卓这样的巨饕,如果不烧他,他是一滴膏油也不愿流出的,哪会化作"光明烛"去映照逃亡的老百姓?一切贪婪的人都是齐齿的,这里不但揭出了董卓,同时又揭出了许多居高位者不顾人民死活、贪得无厌的本质。当然这句也表达了对董卓之死的快意,被燃脐,这毕竟还是前所未闻的惩罚方式。不仅如此,曲子的最后写道,"好教,火烧,难买棺材料。"据史载,董卓的尸体被焚成灰烬,士卒将灰扬之道路。这样还须买什么棺材料呢!贪婪的人最后竟然被烧得个一干二净,真是死无葬身之地。这就是董卓的"下梢"(结果)。作者这里用"幸灾乐祸"的口吻对董卓的死进一步加以挖苦、讽刺。这支曲子是较有人民性的,作者不仅是对董卓、实际上也是对当时贪婪、残暴的权臣(例如阿合马之流)、对一切残害人民的人表示了严厉的斥责和愤慨。

苏轼也曾写有一首题为《郿坞》的诗,诗云:"衣中甲厚行何惧,坞里金多退足凭。毕竟英雄谁得似,脐脂自照不须灯。"讽刺也很辛辣。此曲之作当得苏诗启发。但曲语显得十分直白、通俗,作者的感情也显得很是发露,诗、曲体性雅俗、婉直之别,亦于此可见。

(汤华泉)

〔注〕 ① 饕(tāo 涛):即饕餮(tiè 帖),古代传说中一种很贪残的兽类。

〔中吕〕 朝 天 子

薛昂夫

伯牙,韵雅,自与松风话。高山流水淡生涯,心与琴俱化。

【朝天子】

欲铸钟期，黄金无价。知音人既寡，尽他，爨下，煮了仙鹤罢。

伯牙是春秋时著名的音乐家，志向高洁，他弹的曲子总是志在高山，意在流水，只有钟子期理解这些曲子的声情。子期一死，没了知音，他就再也不弹琴了。

这首小令先写他高雅的情趣、淡泊的生涯。"韵雅"，兼含琴声和谐与情志高雅二义。蔡邕《弹琴赋》云："繁弦既抑，雅韵乃扬。""自与松风话"，言仿佛用他的琴声在与松林风涛叙话。松树高洁，松间清静，松风韵雅。"与松风话"，即与超尘拔俗的松风为知音，把松风拟人化了。另外，这松风也是对琴声的描摹，宋徽宗名画《听琴图》画的就是琴师在松下弹琴，画上题诗道："吟徵调商灶下桐，指间疑有入松风。""灶下桐"指琴，入松风就是指琴曲了。"自与松风话"着一"自"字，表现了他的自得其乐、悠然自得的情态。"高山流水淡生涯"，高山流水的意象也多是展现淡泊、恬静的心态，所谓"仁者乐山"、"水流心不竞"云云。伯牙的生活是清淡的，弹出的曲情也是恬淡的，所以说他"心与琴俱化"，心思与琴曲完全融合在一起了。写到这里，都还没有提到钟子期，其实句句都使人联想到钟子期，伯牙的心思，伯牙的曲调，只有他能理解。"曲高和寡"，越高雅，知音越难得，也就越可贵，这就为下面写到子期死伯牙的悲哀作了充分的铺垫。这样的写法最得行文隐显之妙。

"欲铸钟期，黄金无价。"这里用了个典故：春秋越国的范蠡辅佐越王勾践打败了吴国，功成身退，泛舟于五湖。勾践非常想念他，就用黄金铸了一尊范蠡像，放在座旁。这两句是说子期死后，伯牙非常思念他，想铸他的像，可是哪来的黄金呢！当然，这里并不真的说伯牙想铸金像，只是说子期死不复生，伯牙思而不得。《韩诗外传》说："钟子期死，伯牙擗（摔碎）琴绝弦，终身不复鼓琴。"因

【朝天子】

为知音人没有了（这里的"寡"作没有讲）。"尽他，爨下，煮了仙鹤罢。"这是伯牙的决绝之词：随它去吧，把它扔到炉灶（爨，炉灶）下，去煮仙鹤吧。烧琴煮鹤是古代高人雅士认为大煞风景的事，用在这里表明，伯牙不仅"终身不复鼓琴"，而且感到生活的意兴没有了，万念俱灰了。这里的短句子正好加强了决绝的语气。

这首小令歌颂了伯牙高雅的情趣及他与了期真挚的生死不渝的友谊。作者二十首〔朝天子〕咏史组曲，其题旨绝大多数是讽刺或批评，只这一首明确地给以赞颂，这表明他的情趣及处境有与伯牙相类的地方。这篇作品是有寄托的，表现了作者对恬淡生涯的向往，其中不乏世无知音的慨叹。

（汤华泉）

〔中吕〕朝　天　子

薛昂夫

孟母，丧夫，教子迁离墓。再迁市井厌屠沽，迁傍芹宫住。如此三迁，房钱无数，方成一大儒。问猪，引取，好辩长于喻。

孟母，孟轲（孟子）的母亲。孟轲早年丧父，是在母亲教养下长大成人的。据刘向《列女传·邹孟轲母》记载，孟轲的住舍原在墓旁，孟轲就学着做些殡葬的游戏。孟母见此，就将房舍迁往集市旁。可是，孟轲又学着做买卖的游戏。孟母于是将家搬到学宫附近，于是孟轲就模仿起礼仪活动来。"孟母三迁"一向

【山坡羊】

被传为美谈,成了"母教"的典型。这支曲子前半部就是写这件事。"屠沽",杀猪卖酒。"芹宫",即学宫。作者对此并不以为然,开了一个不大不小的玩笑:"如此三迁,房钱无数,方成一大儒。"搬三次家,要多少钱盖房子啊,这个代价可不小啊。另外,在前面的叙述里,作者将"丧夫"与"迁离墓"连在一起,似乎是说这样做有悖孝道。古代父死子要守墓三年,孟母既是母教仪范,又为什么不让儿子守墓呢?这又找出这种行为本身的矛盾。后面,作者又举一事,讽刺孟母教育不得法:"问猪,引取,好辩长于喻。"这件事是这样的:有一次孟轲见东边邻居家杀猪,就问:"杀猪干什么?"孟母说:"是给你吃的。"说过她后悔自己说了谎,就真的买来猪肉给孟轲吃了。教孩子以诚实是对的,但自己说了谎话可以纠正讲清楚,不必为此作行动上的弥补,那样,说不定反而会助长孩子的诡辩或机巧。所以作者说"引取,好辩长于喻":这件事只引导他后来喜欢辩论而又长于用寓言来说明道理。孟轲确实是善于辩论并好用寓言论理的,他自己就说过"好辩",但是不是家庭教育造成的,自然不一定,这只是作者的一种联想罢了。

作者认为孟母教育儿子花了那么大代价,但得不偿失。孟轲作为"大儒",本事也不大,只会抬杠子。这支散曲这样非难圣人、贤母,似乎有那么一点离经叛道的味儿。曲子的语言挺幽默,剪裁也颇得当。

(汤华泉)

〔中吕〕山 坡 羊

薛昂夫

大江东去,长安西去,为功名走遍天涯路。厌舟车,喜琴书,早星星鬓影瓜田暮。心待足时名便足。高,高处苦;低,低处苦。

　　薛昂夫,回鹘(今维吾尔族)人,其祖移居江西隆兴(今南昌)。昂夫于皇庆元年(1312)任江西行省令史,后入京为官,迁太平路(治所在今广西崇左)总管,还曾在湖南任职,元统(1333—1335)间为衢州路(治所在今浙江衢县)总管①。东西南北,为官二十多年。这首曲子,当是他晚年未退休前作。

　　"大江东去,长安西去,为功名走遍天涯路。"这是写他一生宦游风尘奔波之累。长安,指大都(今北京市),此言"西去",沿用汉唐习惯说法。这里只说东西,不说南北,是省略写法,都包含在下句的"天涯"之中,总之是说足迹从中原燕京遍及大江南北。"为功名走遍天涯路",既写出了宦游天涯之累,又隐含功名难就之怨。"厌舟车,喜琴书,早星星鬓影瓜田暮。""舟车"指南来北往的水陆旅途,"琴书"指书斋生活。陶潜《归去来兮辞》:"乐琴书以消忧。"昂夫自小受教于由宋入元的大学问家刘辰翁,其家文风甚浓,专有亭"以贮琴书"(见吴当《学言稿》卷二《琴鹤双清亭诗序》),早年他的诗文就受到文坛耆宿赵孟頫的高度赞扬。本来他无意功名,可是步入宦途就身不由己了,厌而难避,喜而不得,年华老大也不能引退。"瓜田",用汉初邵平(本秦东陵侯)在长安东门种瓜的典故以喻弃官归隐,而自己两鬓斑白却仍难功成身退。故有下句感慨:"心待足时名便足。"这是自责:为了那个"名",搞得一生扰扰攘攘,说到底还是心贪,若能如陶渊明那样知足,也就能"乐乎天命"了。"高,高处苦;低,低处苦。"这里的高低是指官位的高低、有无。古往今来有多少才人志士终生不遇或沉沦下僚,写出了多少"贫士失职而志不平"的作品,那是"低处苦";也有不少人身居高位而去国离乡、忧谗畏讥,那是"高处苦"。这里,作者以简洁明了的排偶,概括了处于不同境地的士人颇为近似的内心:高、低形式不同,但受制于"名缰利锁",都心怀苦忧而不安宁。当然作者是从"高处"来体验的,他深谙个中滋味。

这首小令道出了一个浮沉于宦海的知识分子的苦闷,虽然身居高位,还有许多特权,但他的精神是不自由的。苏东坡当年就慨叹过:"长恨此身非我有,何时忘却营营?"(〔临江仙〕)其间的感受是一致的。曲词语句平实,但浸润了很深的生活体验,"心待足"下差不多可以看成格言、谚语了。

(汤华泉)

〔注〕 ① 参见孙楷第《元曲家考略》、罗忼烈《两小山斋论文集》中有关考论。

〔双调〕殿前欢

薛昂夫

夏

柳扶疏,玻璃万顷浸冰壶。流莺声里笙歌度,士女相呼。有丹青画不如。迷归路,又撑入荷深处。知他是西湖恋我、我恋西湖?

这是薛昂夫晚年退居杭州西湖时作,原有四首,分咏西湖春、夏、秋、冬景致及作者游赏的乐趣。此写夏日。

"柳扶疏,玻璃万顷浸冰壶。"起笔便是夏日风光:柳枝披拂,碧水万顷,月影沉璧。西湖苏堤、白堤上的杨柳一向是最引人注目的。玻璃,形容湖面的明净、平滑。冰壶,比喻皎洁的月亮,这是晚归的时分,升起的月轮倒映在湖中。比喻为玻璃、冰壶,还给人一种清凉的感觉,真叫人身心俱适。"流莺声里笙歌度,士女相呼。"在婉啭的黄莺声中,游艇上的游人一片欢歌笑语,青年男女互相呼唤嬉戏。流莺的啼鸣常用来比喻歌女歌喉的宛转、动听，这里是实写，与笙歌相伴，益发动人了。西湖夏日风光如此美好，已令人赏心悦目；更有鸟语歌声、士女相呼，真使人神迷心醉。画只能表现出静态的有限的空间和色彩，而不能表现这五音繁会的声音，真是有彩笔也画不出来啊！

　　下面写归途中的趣事。"迷归路，又撑入荷深处。"因为流连忘返，乐而迷路，这样的趣事当年女词人李清照也经历过，"常记溪亭日暮，沉醉不知归路。兴尽晚回舟，误入藕花深处。争渡，争渡，惊起一滩鸥鹭。"（〔如梦令〕）有趣的是，曲的作者在这里没有去担心"争（怎）渡，争渡"，而是沉入了美妙的想象："知他是西湖恋我、我恋西湖？"是西湖恋我，它有意摆迷魂阵让我流连？还是我恋西湖，因我太爱它了而不愿离开？看来两种情况都有，正如辛弃疾所写："我见青山多妩媚，料青山见我应如是"（〔贺新郎〕），易山为湖，是再合适不过了。曲的最后通过这样奇妙的移情，把他对西湖的喜爱之情表现得更为新鲜活脱了。

（汤华泉）

〔双调〕楚天遥过清江引

薛昂夫

花开人正欢，花落春如醉。春醉有时醒，人老欢难会。一江春水流，万点杨花坠。谁道是杨花，点点离人泪。回首有情风万里，渺渺天无际。愁共海潮来，潮去愁难退。更那堪晚来风又急。

【楚天遥过清江引】

薛昂夫是维吾尔族诗人，汉姓马，故亦称马昂夫。对汉文化濡染极深，当时评者称"其诗词新严飘逸，如龙驹奋迅，有并驱八骏、一日千里之想。"（王德渊《薛昂夫诗集序》）所作散曲，除散佚的以外，今尚存小令六十五首，套数三曲和一些残句。在元代少数民族散曲作家中，传下来的作品数量仅次于贯云石。

薛昂夫是元代著名作家萨都剌的同时人，当生活于十四世纪前叶的元代中期。这时，散曲已渐渐与音乐疏远，不一定以弦索伴唱，而成了文人感怀、酬酢的案头抒情作品，同脱离了音乐的词一样，已成为抒情诗的一种体裁；曲风也不像早期散曲的质朴通俗，趋向于典雅柔丽。虽然也是按牌填曲，但形式较词更为自由，不但句中可加衬字，而且冲破单曲的限制，越来越多用"带过"的形式，将同宫调的两种或两种以上的曲牌连结使用。例如此曲，就用〔楚天遥〕和〔清江引〕两个曲牌合成。

此曲前半咏杨花，后半咏海潮，前后浑成为咏叹人生的无尽愁怀。薛昂夫于前代诗人中最尊崇苏轼，常以苏轼自拟，如在〔殿前欢〕《秋》一曲中，便有"四海诗名播，千秋谁酬和。知他是东坡让我，我让东坡"之句，自负之情可见，而倾心东坡之情亦宣泄无遗。这支曲中翻用苏轼的词句，有如己出，更可看出其心仪苏轼和彼我心情的默契。如〔楚天遥〕部分歇拍的"谁道是杨花，点点离人泪"，便是化用苏轼〔水龙吟〕《次韵章质夫杨花词》的下阕歇拍"细看来、不是杨花，点点是离人泪"；〔清江引〕部分起句"回首有情风万里"，化用苏轼〔八声甘州〕《寄参寥子》的起句"有情风万里卷潮来"，都毫无镶嵌拼凑之迹。末句"更那堪晚来风又急"，字面与李清照〔声声慢〕"怎敌他晓来风急"句同一机轴，但却是意象发展至此水到渠成之句，而境界也较李词更为开阔。

此曲前咏杨花，后咏海潮，初看似不甚缩结，然而读来仍觉浑然一体者，全赖下片歇拍前的"愁共海潮来，潮去愁难退"一联，和上片"春醉有时醒，人老欢难会"一联，都用同一事物的反义成偶，两两对照，唤起联想，于是全曲的意象一脉贯通,扣合无间。这种运用修辞手法达到表现效果的特点,正是文人散曲才有的;如果运用得过于纤巧,真情就会减损,此曲用此手法而了然无痕,乍看几难发现,是作者的高明之处。

(何满子)

〔双调〕楚天遥过清江引

薛昂夫

屈指数春来,弹指惊春去。蛛丝网落花,也要留春住。几日喜春晴,几夜愁春雨。六曲小屏山,题遍伤春句。春若有情应解语,问着无凭据。江东日暮云,渭北春天树。不知那答儿是春住处!

元代后期的散曲,音律愈趋严谨,风格愈趋典雅。薛昂夫这组双调带过曲,多用五七言句法,也融化了一些前人诗词,婉约幽丽,富有诗词韵味。

前段楚天遥曲,五言八句四韵,与词牌生查子同。薛氏此作,抽出来置于宋人小令中,亦几可乱楮叶。八句中六用"春"字,回环往复,把伤春情绪娓娓道来,极有姿致。"屈指数春来,弹指惊春去",起二句揽括全篇。屈指细数着时日,盼望春天的到来;可是,弹指之间,春天又匆匆归去了。"屈指"、"弹指"、"春来"、"春去",两相对比,益见感慨之深,中着一"数"字"惊"字,生动地表现了作者盼春惜春之情。"蛛丝"二句,写眼前景物,亦是传统的比兴手法。只见蛛网上粘着两三瓣残花,随风荡漾,仿佛它也如人意,要把美好的春光留住。"留春

【楚天遥过清江引】

住"，是作者此际的心情，因而感到客观的境物，亦与自己的心融会为一。落花，象征着即将消逝的春天；摇曳的蛛丝纵使能暂时牵系着它，它总是要坠地成尘的啊！春天，实际上也是无法留住的。唐人皮日休《题屋壁》诗"蛛网上衰花"、陆游《春晚杂兴》诗"蛛丝胃落花"，纯是写景，虽体物入微，终嫌少味，而曲中"蛛丝网落花"二语，似从辛弃疾〔摸鱼儿〕："算只有殷勤，画檐蛛网，尽日惹飞絮"二句化出，物与我会，境与情融，便饶风韵。"几日喜春晴，几夜愁春雨"，天晴时似觉春可暂留，因而喜悦；夜雨时便觉春归迅速，更惹伤悲。雨晴不定，愁喜无端，正见作者胸中不可名状的伤春意绪。唯是有在六曲小屏风上，题遍伤春的诗句。至此点出"伤春"的正题。

后段清江引曲，基本上是五七言句法，末句加上衬字，便显出元曲的特色。"春若有情应解语"，承上启下。前人咏春诗词，或说"有情"，或说"无情"，其实全从作者一念出之。陈陶《续古》之二十五"春风若有情"，白居易《笑春风兼赠李二十侍郎二首》"春风于我独无情"、"无情亦得似春风"，都是移情及物，而本曲却说"春若有情应解语"，继承了李贺"天若有情天亦老"（《金铜仙人辞汉歌》）和温庭筠"花若有情还怅望"（《李羽处士故里》）的手法，句中再作转折，用意尤为婉曲。春天若是真的有情，它就应理解我的言语，可是当我要问它何去何从时，却又了无凭据！言外之意是说，春既无情，亦不解人心意，来去匆匆，徒令人伤怀而已。"江东日暮云，渭北春天树"，用杜甫《春日忆李白》诗语。杜甫寄居长安，李白漫游江浙，原诗两句是写杜甫和李白各自所在的景物。意思是说，杜甫在渭北思念着江东的李白，遥看南天，唯见日暮的云彩；李白也在江东思念着渭北的杜甫，怅望北方，只看到春天的树色。"暮云春树"，已提炼成为离情别恨的成语。本曲直用杜诗，也寄寓着作者对远方友人的怀念，"写景而离情自见"。两句点出伤春的根由，深化了主题，并逼出末句——"不知那答儿是春住处！""那答儿"，哪里、何处。元人俗语。此句化用黄庭坚〔清平乐〕"春归何处，寂寞无行路"词意：不知春住何处，也不知人在何方。既是写惜春的情怀，也是写对友人的思念。

本篇前段力写伤春之情，后段始引用前人诗句，略点离愁无尽之意，两者结合得水乳交融，景中有情，神余象外，何止"词句潇洒"（《南曲九宫正始序》）而已！

（陈永正）

〔双调〕楚天遥过清江引

薛昂夫

有意送春归，无计留春住。明年又着来，何似休归去。桃花也解愁，点点飘红玉。目断楚天遥，不见春归路。春若有情春更苦，暗里韶光度。夕阳山外山，春水渡傍渡。不知那答儿是春住处！

〔楚天遥〕与〔清江引〕，同属北曲十七宫调之一的双调，"双调健捷激袅"（周德清《中原音韵》），作者采用这一带过曲，抒发伤春惜春的悲切心情，正是恰到好处。

上叠用〔楚天遥〕，写送春情景。"有意送春归，无计留春住。"起唱二句，将送春惜春矛盾怅触之情，和盘托出。有意二字下得讲究，春将归去矣，既无计挽留，则不能不送，有意者，乃是有一份郑重相送之情意也。已是临别之际，却仍想挽留，故又道："明年又着来，何似休归去。"着，教也，元人口语。作者不禁谓

【楚天遥过清江引】

春：教你明年又来，不如不要归去。春何能相答？但见得："桃花也解愁，点点飘红玉。"伤春之愁恨，桃花也懂得，红红白白的花瓣，点点飘落，宛如洒泪。此是桃花之泪耶，抑或即是春之泪耶？恍惚莫可分辨。这一层意境，极为凄美。春，终于归去了。"目断楚天遥，不见春归路。"既别之后，望尽迢迢楚天，不见春归之路。这一层意境，极富远意。迷惘、失落之中，启示着对于春的无已追求。

下叠用〔清江引〕曲牌，接起上叠歇拍，续写别后情景。起唱二句替春设想，翻进一层。"春若有情春更苦，暗里韶光度。"春若有情，春更悲苦，不知觉间，韶光已逝。春本无情，且已远去，而设想其有情，悬想其应有此情，作者之情深矣。"夕阳山外山，春水渡傍渡。"此二句，将曲情从沉思中提起，作者重又寻觅春去之方向。但见得，夕阳残照，山外有山，水外有水，千山万水，重重叠叠，见不到春的踪影。"不知那答儿是春住处！"那答儿，即哪里、什么地方，元人口语。不知什么地方是春的住处！这最后一唱，自肺腑之中，冲口而出，急切透辟，真曲家伤春之绝唱也。

感伤春归，本是词曲习见之意境。词体尚蕴藉含蓄，有余不尽。曲体则尚极情尽致，一滚说尽。若词人写此伤春之情，必于夕阳春水之境收住，以景结情（此类词甚多，如黄庭坚〔清平乐〕"春归何处"）。而作者乃于夕阳春水之后，更冲口唱出"不知那答儿是春住处"之句，以一滚说尽作结。全幅曲情，一泻而下。抒发伤春怀抱之沉痛迫切，已极曲家之能事。元周南瑞《天下同文集》录王德渊《薛昂夫诗集序》，称其"诗词新严飘逸，如龙驹奋迅，有并驱八骏，一日千里之想"，正可移评此曲。曲尚极情尽致，并非韵味不厚。如此曲之情景交炼，意境凄美悠远，韵味自厚。这种韵味与急切透辟之致相兼济，便是此曲之特美。

（邓小军）

吴弘道

字仁卿(一说名仁卿,字弘道),号克斋。蒲阴(今河北安国)人。官江西省检校掾史,曾著《金缕新声》、《曲海丛珠》,今不传。所作杂剧今知有《楚大夫屈原投江》等五种,亦不存。《全元散曲》录存其小令三十四首,套数四套。

〔南吕〕 **金 字 经**

吴弘道

落花风飞去,故枝依旧鲜。月缺终须有再圆。圆。月圆人未圆。朱颜变,几时得重少年。

这支小令在《乐府群珠》里题作"伤春"。谁在伤春?显然就是作者自己。作者吴弘道是元代中期人物,做过江西检校掾吏。写过几本杂剧,都失传了。编过《金缕新声》、《曲海丛珠》,也没有发现,只保留下散曲三十多篇。中国封建社会的文人,多有"人生无常"的悲哀。特别在元代,文人遭歧视,完全不能掌握自己的命运,对人生失去希望。这就使他们更容易受到原来那种"人生无常"的感伤主义情绪的感染,元散曲中这种普遍主题的出现并非偶然。

这篇作品大概写于暮春三月的下弦,他看到落花被风吹去了,月儿也渐渐由圆而缺了。他站立花园之内,对着无花的树枝,为落花的随风飘去,不能自主而感到惆怅,但思路回到树枝,觉得枝上虽然无花,但鲜嫩的枝叶仍旧充满生机,好比年轻妇女不施脂粉却仍然是年轻的,不必为枝上无花而惋惜,因为鲜嫩的枝叶仍然是鲜嫩的。他慢慢抬起头来,望望天空的明月,已经不是十五前后的圆月,而是像弓弦一样的半边明月了,月儿难道会这样"永缺"吗?不会。现

【金字经】

在三月下旬,再过十多二十天,月儿又会圆的。转念一想,不错,月儿再过些时就圆了,可是我客居异乡,几时能够和心上人团圆呢?几时能够和蒲阴(今河北安国)的家人团圆呢?恐怕月儿圆了多次,人还是未圆啊!再转念一想,岂止人不能团圆,"人生无常",白天曾在镜子里看到,我这张红润的面容,早已变得苍老,不是少年时代的样儿了,老了的人又几时能够重新变成少年呢?

"今年花似去年好,去年人到今年老"(岑参《韦员外家花树歌》),"年年岁岁花相似,岁岁年年人不同"(刘希夷《代悲白头翁》)这类诗句,早就被人们写过多少次了,就是在散曲里面,这类意思也写得很多,不容易翻出什么新意。但这篇作品把"人无再少年"和"月圆人未圆"结合起来写,令人颇有回肠荡气之感。它一开始就没有落常套,不说"花有重开日"而说"花落春犹在",从鲜嫩的枝叶上产生了羡慕之情。接着,拍合到"月圆人未圆",才是作品的中心。最后的"人无再少年",只是为"月圆人未圆"而设。在封建社会里面,离乡别井本身就是悲哀,何况元代社会更无建功立业的大希望,千里迢迢地从北方跑到江西做个掾吏,有何趣味?有何希望?倒不如回家去和意中人团圆或是和家人团圆,过点安静的日子还好些。可是,月儿圆了又缺,缺了又圆,自己总没有团圆的机会,镜中的容颜变老了,还有多少日子可过团圆的生活呢!悲哀之情,溢于言表,故能够深深地感染读者,是散曲中一篇好作品。

(鲜述文)

〔南吕〕金 字 经

吴弘道

这家村醪尽,那家醅瓮开。卖了肩头一担柴,咍!酒钱怀内揣。葫芦在，大家提去来。

一位与世无争的樵夫，卖柴之后，怀揣酒钱，提着葫芦，吆喝着三朋四友，准备喝个一醉方休。这首小令以第一人称（樵夫）的口吻描述了这一情景。头两句"这家村醪尽，那家醅瓮开"，乍一读，平平常常，似乎还有点没头没脑。读罢全文，再回过来推敲，这两句已把这位樵夫无忧无虑、洒脱自适、一心只想着酒的神情，隐约地勾画出来了。醪是浊酒，醅，是未滤过的酒，村醪和醅瓮自然不是什么玉液琼浆、美酒佳酿，不过是下层村民、农夫、渔翁、樵子所饮用的普通的土造酒。这两个词语对称地运用在上、下句中，读起来洋溢着一种朴素的乡土气息。"卖了一担柴，哈！酒钱怀内揣"，点出抒情主人公的身份，原来是一位打柴的樵夫。哈，是招呼人的声音，〔金字经〕曲牌，这个地方要求填一个字，作者正好用一个招呼声"哈"，通过这一声吆喝，似乎能看到樵夫卖完柴后有了酒钱那快活自在的模样。"葫芦在，大家提去来"，樵夫不但自己要开怀畅饮，还招呼他的朋友们一同去喝。这两句更加渲染了一位远离名利场、躲开是非地，自食其力的樵夫，在劳动之余，和自己的同道以三杯两盏淡酒自娱的乐融融的气氛，同时也表现了樵夫那种豪爽痛快的性格，而与当时尔虞我诈、人情淡薄的社会风气形成了鲜明的对照。

这首小令写得通俗而不庸俗，诙谐、洒脱中有一股清雅之气。它用第一人称的口气为我们刻画了一位似俗而实雅的樵夫的形象。元代阶级矛盾和民族矛盾尖锐，很多文人在散曲中以种种方式表现自己不热衷于功名利禄，醉心于退隐自守的思想感情，"爱田家"（退居农村）和"卧糟丘"（饮酒）即是其中的主要方式。这首小令写的是一个樵夫醉心于酒的生活，也可以看成是吴弘道的向往和自况。他在另一首〔金字经〕中就很羡慕地歌颂陶渊明"传千载，赋一篇归去来"；而在又一首〔金字经〕中，又欣然地唱道"杯中酒，胜如关内侯"。

（唐永德）

〔双调〕拨 不 断

吴弘道

闲 乐

泛浮槎,寄生涯,长江万里秋风驾。稚子和烟煮嫩茶,老妻带月烹新鲊。醉时闲话。

吴弘道共写过四首〔拨不断〕《闲乐》,这是其中的第一首。一个秋天的晚上,作者携妻挈子,驾一叶扁舟,泛游于浩荡万顷的大江之上,超凡脱俗,雅趣无穷。"泛浮槎,寄生涯",槎,本是用竹木编成的筏子,这里指小船。"寄生涯"三字不可轻轻放过,泛舟江上,游乐遣兴,而云把生涯寄于此,已流露出"利名无,宦情疏"(吴弘道〔拨不断〕《闲乐》其二),不喜世俗官场,宁爱江湖山林之意,与刘长卿诗"杜门成白首,湖上寄生涯"(《过湖南杨处士别业》),庶几相近。"泛浮槎"还暗用了《博物志》中的典故:"天河与海通,近世有人居海渚者,每年八月,有浮槎去来,不失期",深化了作者不愿混迹世俗,甘心退隐江湖的思想。"长江万里秋风驾",在浩瀚无垠的长江之上,袅袅秋风中,小舟随波漂荡,正如苏东坡所谓"纵一苇之所如,凌万顷之茫然"(《前赤壁赋》),颇有"冯虚御风"、"遗世独立"的气势。但是,作者在这首曲子里,主要不是抒发东坡式的超然物外的思想;而是倾心于一种远离名利场的"闲乐",所以后面三句就描述了充满着天伦之乐的情景:"稚子和烟煮嫩茶,老妻带月烹新鲊。醉时闲话。"小儿子在烟气迷漫的火炉前烧着茶水,老伴儿在月光笼罩下烹煮新得的鲊鱼。酒已经喝得有几分醉意,与家人说着闲话。这是一幅多么和谐、温煦、淳朴的"闲乐"图啊！观之简直令人似乎进入没有丑恶、和平宁静的"桃花源"式的境界。这正是作者追求的理想生活；也是他这类文人逃避现实的一种方式。不过，一般写闲乐的作品，多是以固定的山村或溪畔为背景的；而此曲却是在万里长江的小船上。老妻、稚子、煮茶、烹鲈，都是在行进中的船上。"和烟"、"新鲈"也都与船上这一特定情境有关。故能给人以别开生面之感。"稚子""老妻"两句对仗极工，"和烟"与"带月"的特定景象所酿成的气氛，使得本来平常的"煮嫩茶"、"煠新鲈"，浸润在浓厚的诗情画意之中。"醉时闲话"的"醉"、"闲"二字简约而传神地勾勒出了作者此时悠然自在的神情。

（唐永德）

〔双调〕拨　不　断

吴弘道

闲　　乐

暮云遮，雁行斜，渔人独钓寒江雪。万木天寒冻欲折，一枝冷艳开清绝。竹篱茅舍。

这支小令题目叫做"闲乐"，内容写作者傍晚时分的所见所感，构成"闲"中的乐趣，所以题为"闲乐"。

"暮云遮"三字点明时间已是傍晚。"暮云"遮住了天光，表明天色渐渐暗下来了。而"云遮"，又预示着天将下雪，为后文写雪埋下伏笔。"雁行斜"三字，写一群大雁在暮云之下排着队向远处的天空飞去，望上去成为一条斜线，似乎禽

【拨不断】

鸟也在急于寻找当夜的归宿。夜幕即将来临，人们已经回家休息去了，只有一个"渔人"在"寒江"里"独钓"。由于这是寒冬时令，故转瞬下起"雪"来，渔人为了鱼，不肯离去，仍然冒着严寒在下雪时独自垂钓。再看，周围的"万木"在"天寒"中冻得来好像要断"折"的样儿，但那"竹篱茅舍"之间竟然有"一枝"冷而艳的梅花开得那么"清绝"（"冷艳"二字在这儿是梅花的代词）。作者欣赏这一"清绝"境界而得到了"闲"中之"乐"。

唐代柳宗元的《江雪》一诗，写"千山鸟飞绝，万径人踪灭"的环境之下，有"孤舟蓑笠翁"在那儿"独钓寒江雪"，用客观事物的描写来反映一个孤高绝俗的境界，象征作者的卓异不群、孤傲不屈的品格。这支小令写作者眼中所见之"暮云"、"雁行"、"渔人"、"寒江"、"万木"、"梅花"、"竹篱茅舍"，而"闲"中有"乐"，心情正是"竹篱茅舍"中人的心情，和柳宗元《江雪》相比，是别有会心的。柳宗元贬官永州，经常徘徊潇水之上，和渔翁打交道，春天写过"欸乃一声山水绿"的名句，冬天又写了"独钓寒江雪"，纯粹从对客观世界的描绘中来暗示自己的孤高，带有禅学家"一片空灵"的意味。吴弘道似乎不是柳宗元那一种内热外冷、胸中愤愤不平而借禅学以消遣时光的人物。他做过小吏，不算得意，也说不上失意，只是觉得功名事业无大希望，不肯追求，也不必追求，而怀着得过且过的心情，寻找"闲"中之"乐"。当他偶然遇着这种境界，感到了一些乐趣，就信笔把它写了下来，并非"着意求工"，只是把眼中所见组合起来，构成了一幅"清绝"的图画。这幅图画以"独钓"的"渔人"和"一枝冷艳"的梅花来构成中心，有了这个中心，全部画面都活起来了。元代画家喜欢画点小景致，诗词曲中也有类似的境界，这篇作品正是如此。

(鲜述文)

赵善庆

一作赵孟庆。字文贤（一作文宝），饶州乐平（今属江西）人。《录鬼簿》说他"善卜术，任阴阳学正"。所作杂剧今知有《教女兵》、《七德舞》、《满庭芳》等八种，现均不存。散曲存小令二十九首，多写景之作。

〔中吕〕普 天 乐

赵善庆

江 头 秋 行

稻粱肥，蒹葭秀。黄添篱落，绿淡汀洲。木叶空，山容瘦。沙鸟翻风知潮候，望烟江万顷沉秋。半竿落日，一声过雁，几处危楼。

这是描写诗人秋天漫游江边所见景物的一首小令。全篇句句写景，没有一句抒情。但从诗人对景物赋予的不同形态、色彩和情调中，我们仍能窥出作者丰富的情感消息。景物随着作者的漫行而移步换形，诗人的情感也在起伏荡漾。

"稻粱肥，蒹葭秀"，诗人起笔展现了一片丰收景象。田地里稻子和高粱结着累累硕果，肥大沉甸。江干湖滣，苍苍蒹葭，伸长着秀顾的身姿，楚楚动人。在这片田野里，秋色不是萧瑟惨淡的。一个"肥"字，一个"秀"字，使我们窥出了诗人内心的欣喜。"黄添篱落，绿淡汀洲"。农家院落里、篱笆上，黄澄澄的收获物堆积起来，而河上汀洲，芳草已渐枯萎惨淡，大地显出了"黄添绿淡"的变化。作者巧妙地利用黄、绿两种色调的对比，加上一个"添"字、一个"淡"字，把季节更替形象生动地描绘出来了。在这一段行程中，作者虽喜忧参半，基本上还是

【普天乐】

赏心悦目的。随着行进的脚步,作者纵目远眺,眼中出现了别一番景致:"木叶空,山容瘦。"昔日青翠郁茂的林木,而今树叶正在秋风中凋残,山的形容就像一位美女的身段,由丰满变得瘦削了。"空""瘦"两个字,使我们明显地觉出惋惜悲凉的气氛。以下展现的是一片浩荡雄阔的画面:"沙鸟翻风知潮候,望烟江万顷沉秋。"秋风乍起,沙上鸥鹭翔集江面,上下翻飞。它们熟知季候的每一细小变化,因而知道潮汛将临而变得不安宁起来。再向远处眺望,一片烟雾笼罩江面,浩渺迷蒙,已是一派深秋气象。此时我们觉得诗人的心潮似乎时而随着沙鸥上下在翻腾,时而又与浩渺烟波一起凝聚而沉着。作者的笔在这里也似乎在对着画纸尽情挥洒。一"翻"一"沉",两字和诗人的感情相应和;一个"知"字,诗人的心,似乎和鸟儿的心灵沟通了。最后三句对正像鼎足一样,给人以平静稳定感。作者的运笔,似乎也收住了泼墨之势,而改成细笔勾勒点染:"半竿落日,一声过雁,几处危楼",似也没有抒情的成分,但是"落日""雁声""危楼"是频频出现在古代诗歌中带着感伤色彩的意象。"斜晖脉脉水悠悠,肠断白蘋洲"(温庭筠〔梦江南〕);"怅望倚危楼,寒日无言西下。"(张昇〔满江红〕)举不胜举。所以这里作者实在是给读者创造了一个颇有感伤气息的境界,读者可以从中联想到怀乡的游子,失意的文人,报国无望的志士和萦念远人的思妇。"半竿""一声""几处"这点点滴滴的小景也与诗人情感趋向细腻深邃相吻合。

(姚品文)

〔中吕〕 **普 天 乐**

赵善庆

秋江忆别

晚天长,秋水苍。山腰落日,雁背斜阳。璧月词,朱唇唱,犹

记当年兰舟上。洒西风,泪湿罗裳。钗分凤凰,杯斟鹦鹉,人拆鸳鸯。

宋词、元曲中体制短小的作品,都叫做小令。前人以为小令如诗中之五、七言绝句,律诗则如词中之长调。但曲中的小令,与诗词大有区别。因为诗词贵沉郁深婉,曲则贵诙谐浅俗。可是我们看了这首小令《秋江忆别》,几乎与词差不多。何者? 以其风格清丽婉美,稍近乎雅也。

这首曲子的雅,首先表现在写情的角度上。它写离别,既不从正面写,也不从现时写,而是在回忆中进行追叙。整篇的构思,紧紧扣住题目中的一个"忆"字。别时的场景,别时的人物,别时的情绪,都在记忆的屏幕上,逐次展现。全曲有感情的深度,有曲折的韵致,读之使人产生无穷的遐想,不尽的回味。

对客观景物作精心的提炼和高度的概括,也是这首曲子化俗为雅的一种手段。此刻,曲子中的主人翁来到江边,时当秋季,天色近晚,只见秋水苍苍,天空杳邈,落日衔山,行行大雁向南方飞去。这里用字不多,非常凝练地描绘了一幅深秋的山水画。清人刘熙载说:"词如诗,曲如赋;赋可补诗之不足者也。"(《艺概·词曲概》)词如诗者,因其多用比兴;曲如赋者,因其多用赋体。这首曲子用的就是赋体,它把当时的景色用铺陈排比的手法一一勾画出来,使人有如身临其境。然而这种赋体,并不限于直陈其事,而是把当时的景物作了精心的选择与提炼。"晚天长",写广阔的天幕作为总的背景;"秋水苍",写人物所在之处的近景;"山腰"二句则点染了色彩鲜明的中景,特别是"雁背斜阳"一句,非常富有诗意,此句语本周邦彦〔玉楼春〕词中的"烟中列岫青无数,雁背夕阳红欲暮。"试想,大雁在低空飞翔,由于阳光的折射,翅上闪烁着熠熠霞光。这景色有多美,这笔致又多么细,这情韵又多么雅! 作者以词语入曲,仅仅省略几字,便显得自然而又贴切,使原本俚俗的曲子,一变而为雅调,不能不使人叹服其艺术手法的高明。

〔普天乐〕

　　"忆别"是本曲的重点，前面的景色描写，主要在于铺垫，为人物的"忆别"布置一个合理的抒情环境。旧地重临，昨梦前尘，宛然在目，主人公不禁引起满腔的悲怆。他仿佛看到昔日的恋人，在此江边，"轻解罗裳，独上兰舟。"（李清照〔一剪梅〕）而在上船之前，饯别之际，他满满地斟上一杯苦酒，频频劝他的恋人饮下。恋人则轻启朱唇，唱了一首别曲，表现了难分难舍的情意。按"璧月词"，语本《陈书·张贵妃传》中之〔玉树后庭花〕曲："璧月夜夜满，琼树朝朝新。"月圆如璧，乃是团圆的象征。偏偏在那离别的时刻，唱着这团圆的曲子，对他们这对行将分手的恋人来说，无异是一种强烈的刺激。离人当此，情何以堪！免不了两行热泪，潸然流下，湿透衣衫。在回忆中出现的这些镜头，是极其感人的，它和秦少游〔江城子〕词中所写的"西城杨柳弄春柔，动离忧，泪难收，犹记当年曾为系归舟"；以及姜白石〔杏花天影〕词中所写的"绿丝低拂鸳鸯浦，想桃叶、当时唤渡"，情境颇相似，手法也相近，都是触景生情，由今思昔。然而此曲却具体得多，因而也自有其独特的感人力量。由于所写的情境和所用的手法，在不同程度上借鉴了词，因而也加强了这首曲子的雅气。

　　煞尾三句，用了排比的手法，妙在字面上都是用美丽的禽鸟，而且都是鸟类中的匹偶。"钗分凤凰"，是说凤凰钗被擘成两股；"杯斟鹦鹉"，是说状如鹦鹉的酒杯，李白曾有《襄阳歌》云："鸬鹚杓，鹦鹉杯，百年三万六千日，一日须倾三百杯。"元人睢景臣〔一枝花〕《题情》也有类似的句子："被冷鸳鸯锦，酒空鹦鹉盏，钗折凤凰金。"也许由于是残曲，故只见错金组绣，形如装饰品，而缺乏血肉与灵魂。此曲则用以写人，写人之感情，因此通过这些物象，我们似乎感觉到人物脉搏的跳动。生活中一对情人被活活拆开，已足伤怀；自然界中（或实物中）的匹鸟也被分成两半，更是渲染了一股浓重的气氛，令人凄楚难忍。古人认为作曲"语意既忌占实，又忌落空；既怕罣漏，又怕夹杂，此为大要。"（刘熙载《艺概·词曲概》)其意亦如填词:"词要清空,不要质实;清空则古雅峭拔,质实则凝涩晦昧。"(张炎《词源》卷下)词曲都属于歌唱的艺术,故而在作法上是相通的。这首曲子,前面写朱唇唱曲,泪湿罗裳,比较"占实";而煞尾三句则跌入"落空",于是虚实相生,极空灵骚雅之致,给人以思致杳渺、优游不竭、曲有尽而意无穷的感觉。若付之雪儿,定有余音绕梁的妙趣。

(徐培均)

〔中吕〕 **山 坡 羊**

赵善庆

燕 子

来时春社,去时秋社,年年来去搬寒热。语喃喃,忙劫劫,春风堂上寻王谢。巷陌乌衣夕照斜。兴,多见些;亡,都尽说。

燕子是非常惹人喜爱的小鸟。它颜色鲜明,体形灵巧,叫声似儿语呢喃,娇恰动听。尤其爱飞入屋梁筑巢,依依可人。且以时来去,与人们对时令的敏感、对离合的悲欢容易发生联系,所以燕子早就成为诗人笔下的爱物。早在《诗经》中就有了"燕燕于飞,差池其羽"、"燕燕于飞,颉之颃之"、"燕燕于飞,上下其音"等描写。自从唐代诗人刘禹锡写了"朱雀桥边野草花,乌衣巷口夕阳斜。旧时王谢堂前燕,飞入寻常百姓家"(《乌衣巷》)著名的怀古诗之后,燕子又成为感叹兴亡的象征物。刘作脍炙人口,后人趋之步之者不少。但名作在前,不要说超越,写出自己的特色也非易事。这首小令在寓意上与刘作相比并无新的开掘,依然是感慨盛衰兴亡,在表现方面,也有意蹈袭刘句,使我们读着便有"似曾相识燕归来"(宋晏殊〔浣溪沙〕)的感觉。但是它并不令人觉得雷同、陈旧,读来给人以"千秋观里逢新燕"(宋陆游《春游》)的新鲜感。这成就便很难得。我以为这首曲的新鲜感主要来自两个方面:

其一是突出了燕子的形象。在刘诗中燕子与野草、夕阳等是作为乌衣巷边许多景物之一被写到的,当然是重点,但仍不是唯一歌咏的对象;其次,在手法上主要是记叙燕子的行踪,描绘的成分不浓。而这首曲以"燕子"为题,它就成了全曲的中心形象,曲中用了大半篇幅刻画燕子。首二句写燕子的来去。燕子是候鸟,春来秋去,与乡村社日并无直接关系。但燕子却有"社燕"的"封号",人们说它是"春社来,秋社去"。春社按习俗在立春后第五个戊日,秋社在立秋后第五个戊日,燕子来去大致在此前后,却并非准在这一天。但人们的印象并非无缘无故。因为社日是农民祈祷丰年,感谢神祇的日子,盛大而又欢乐。带着喜悦的心情,人们也就赋予燕子社来社去的品格了。"来时春社,去时秋社",现成语信手拈来尚不足为奇,而下一句"年年来去搬寒热",却是非常新鲜奇特的想象。燕子趋热避寒被说成是在搬运寒热。这想象并非无据,它与热俱来,与寒俱去嘛! 着一"搬"字,燕子带上了更多的人情味。然而作者的命意却并非在于歌咏燕子,而在于说明:在这年复一年的搬运之中,时光流逝了,朝代更替了;盛的衰了,衰的盛了,而燕子却依然如故。它们"语喃喃,忙劫劫",他们窃窃私语些什么,在春风中飞来飞去做什么呢? 原来是在找寻它们曾经筑过巢的王谢家的画堂。这一"寻"字比仅用"飞"字,蕴意就丰富多了。它包含它们曾是"旧时王谢堂前燕"的意思,也包含飞来飞去寻找的过程,以及王谢之家已经不存在了等多重蕴意。"巷陌乌衣夕照斜"只将"乌衣巷口夕阳斜"句略略改动,作为前面描写的燕子的背景,在结构上也与刘诗先描写背景有所不同,使燕子的形象更为突出了。

其二是散曲的风格特点与诗也不同。《乌衣巷》诗虽然自然流畅,仍然是较为含蓄的。诗中并没有出现"兴""亡"等字样,而感慨就寄寓在野草、夕阳等意象和它们构成的境界中。对燕子,用"飞入"隐去了"寻"的过程。而散曲对燕子形象的刻画,特别是用"寻"字将寓意表达得更显豁了。尤其是结尾二句,直抒胸臆。利用〔山坡羊〕句格的特点,将"兴""亡"对比起来,抒发感慨更为有力。这种作法在元散曲中并非仅见,还有张养浩"兴,百姓苦;亡,百姓苦"(〔潼关怀古〕)。张句直接发议论,意思更显明尖锐,这首小令仍就燕子生发,说燕了春去秋来,见了许多兴亡更替,也尽由它们去评说,这就避免了作者自己的感慨议论,而具有了委婉的风致。与张养浩散曲相比各有特点,而与刘禹锡诗相比,仍然是散曲的风味。

(姚品文)

〔中吕〕山 坡 羊

赵善庆

长 安 怀 古

骊山横岫,渭河环秀,山河百二还如旧。狐兔悲,草木秋;秦宫隋苑徒遗臭,唐阙汉陵何处有? 山,空自愁;河,空自流。

散曲名家张养浩用〔山坡羊〕写过九首《怀古》,以《潼关》一首,最为著名;赵善庆的这首《长安怀古》可谓与之同曲而同工。骊山在长安附近的临潼县东南;渭水环绕着长安。这一山一水,用"横"、"环"二字,不仅点明所咏之地是长安,而且把这历代古都形势之险峻、景色之壮丽,全都烘托而出。此种手法与南宋词人姜夔〔扬州慢〕词起句"淮左名都,竹西佳处",极为相似;皆以重拙之笔开篇,而与后面的残破之景、黍离之悲形成强烈的反跌。"山河百二还如旧","山

[山坡羊]

河"泛指古代秦国险要之地（外有黄河，内有华山）。"百二"，《史记·高祖本纪》："秦，形胜之国，带河山之险，县（悬）隔千里，持戟百万，秦得百二焉。"意谓秦国地处险要，二万人足以当诸侯百万人。今天呢？长安形势，只有山河依旧而人事全非了。"还如旧"三字，顿挫有力，作者百感交集的怀古之情，尽在其中。后面的"狐兔悲，草木秋；秦宫隋苑徒遗臭，唐阙汉陵何所有"，一气而下，倾吐出作者由今思昔而产生的慨叹、感伤和悲愤。往日秦汉隋唐繁华似锦的都城，今朝狐跑兔走，草木丛生，荒芜颓败，冷落凄凉。"狐兔悲，草木秋"是作者当时所见的景象，这同长安一带具山河之险的优越形势，形成强烈的对照，山河依旧，而"秦宫隋苑"、"唐阙汉陵"——历史上以长安为都的王朝和它们的君主，如秦皇、汉武、隋文、唐宗，曾几何时，赫赫扬扬，如今不是烟消云散，什么也没了吗?! 正如苏东坡在《赤壁赋》中所云"固一世之雄也，而今安在哉?""秦宫隋苑徒遗臭，唐阙汉陵何处有"，其中有作者吊古伤今，为历史人物慨叹的情绪；亦含有对历代统治者花费浩大的人力物力，兴建了豪奢的宫苑阙陵，但在改朝换代中往往化为灰烬而表现出的愤懑。作者写这两句时，秦隋并提，斥之为"徒遗臭"，谴责的成分较重，这大概是因为秦始皇、隋炀帝是著名的穷奢极侈的暴君，而秦、隋两朝又短暂早亡之故。对汉唐就要客气些，只说"何处有"。当然，在抒发今昔兴亡之感的同时，也夹杂着作者人生无常、转瞬即逝，徒唤奈何的人生观。最后两句"山，空自愁；河，空自流"，作者从怀古的沉思中复又回到眼前的景中来，经过一番遐想，再看那"横岫"的骊山，似乎也在怀古而生恨发愁；"环秀"的渭水，好像也因怀古而汩汩叹息。这是移情入景的手法。然而，"古"只能供"怀"不能再回生，水也罢，山也罢，就如同人只能发怀古之幽思一样，也只能"空自愁"，"空自流"! 这首小令以山水起，又以山水结，起是写实景；结是景生情，由景而情，前后呼应，在结构上严谨而巧妙，格调上也深沉而苍凉。

（唐永德）

〔越调〕凭 阑 人

赵善庆

春日怀古

铜雀台空锁暮云，金谷园荒成路尘。转头千载春，断肠几辈人。

铜雀台、金谷园是东汉末至西晋时两大名胜，由于它们和著名的历史人物和故事联在一起，历朝列代，不知有多少诗人曾以它们作为怀古伤今的题目。到元朝赵善庆的时代，已历千载有余，时光消磨，战祸摧残，它们早已倾圮坍毁，遗迹也几乎荡然，但仍为人们吟咏感伤不已。有感于此，赵善庆写了这首小令。

铜雀台在古邺城，即今河北临漳县，是魏武帝曹操所建。据《三国志·武帝纪》："（建安）十五年（210），冬，作铜爵（即雀）台。"曹操自汉灵帝光和末年讨黄巾起家，二十余年间，诛董卓，破袁绍，征乌桓，伐张绣、刘表、刘备等，取得巨大成功，正处于英雄霸业的顶峰时期。铜雀台可说是他为自己功业树立的纪念碑。《三国志·陈思王传》载："时邺铜雀台新成，悉将诸子登台，使各为赋。"可见曹操当时意气之飞扬。曹丕、曹植各有《登台赋》，丕句有："飞阁崛其特起，层楼俨以承天"；植句有："建高殿之嵯峨，浮双阙乎太清"，铜雀台之壮观也足以显示曹操雄视中国的气象。然而不过十年之后的建安二十五年，曹操病笃，弥留之际，命伎人"对铜雀台八尺绨帐，向帐作伎；时时登铜雀台，望吾墓田"（陆机《吊魏武帝文并序》），遗命中揭示的矛盾是充满辛酸的，这就成为千年来咏铜雀台诗歌的基调。"徒登歌舞台,终成蝼蚁郭"(梁江淹《铜爵妓》);"凄凉铜雀晚,摇落墓田通"(陈张正见《铜雀妓》);"昔年分鼎地,今日望陵台"(唐沈佺期《铜雀台》诗);"黄沙日傍荒台落,绿树人穿废苑行"(宋刘子翚《过邺中》)。宋之后台已无存,只有台瓦作砚流传人间,咏铜雀砚的诗歌也充满哀音。如元李序:"铜雀台倾见荒上,月黑妖狐上台舞。千年瓻甋堕人间,瑟瑟台花暗秋雨。"

　　金谷园是西晋首富石崇的别墅。石崇曾经与得到当皇帝的外甥司马炎支持的王恺争奢斗豪。他在洛阳西北金谷涧中建此别庐,冠绝一时。自序云:"余有别庐,在河南界金谷涧中,或高或下,有清泉茂树众果竹木草药之属。"园中还置大批歌妓,其中有用三斛珍珠买来的美女绿珠。他日引宾客,歌舞终宵,极尽奢侈享乐之能事。然而乐极哀来。赵王嬖人孙秀索绿珠不得,陷死石崇,绿珠亦坠楼以殉。历代咏叹金谷园及绿珠事的诗歌也很多。北周庾信有《枯树赋》:"若非金谷满园树,即是河阳一县花。"李白诗:"绿珠楼下花满园,今日曾无一枝在。"元宋无:"年来金谷园中燕,衔取香泥葬落花。"至清代曹雪芹还通过《红楼梦》人物林黛玉之口叹出:"瓦砾明珠一例抛,何曾石尉重娇娆。都缘顽福前生造,更有同归慰寂寥。"

　　以上所举,只不过贝海拾珠,亦足见"转头千载春,断肠几辈人"信不谬矣!

　　〔凭栏人〕正格不要求两两相对,但这只小令是两句七言合璧对,两句五言流水对,属对甚工。短短四句,概括性很强,具有很大容量。前两句用典很典型。铜雀台中的曹操是英雄,金谷园中的石崇是豪富。过去的人们汲汲追求的无非名与利二事,这里都用今昔对比给予否定。用词也很准确。如"空""荒"二字,不只是对现状的描写,也是对历史过程的表述。"转头"表示快,"断肠"表现悲,都精炼而富于形象性。

(姚品文)

〔双调〕沉 醉 东 风

赵善庆

秋日湘阴道中

山对面兰堆翠岫,草齐腰绿染沙洲。傲霜橘柚青,濯雨兼葭秀。隔沧波隐隐江楼。点破潇湘万顷秋,是几叶儿传黄败柳。

湘阴(今属湖南)在湘江下游,濒临洞庭湖,擅山水之胜。秋天,作者行经湘阴道上:山岫(峰)兰翠,沙洲(水边沙地)草绿,橘柚青黄,兼葭(芦苇)苍苍。美丽宜人的景色,使行路的作者自然地生发出喜悦舒畅之情,写下了这首小令。秋天,万物开始凋零,一般给人以萧瑟冷落之感。但是,赵善庆笔下的秋景,却仍然是生气勃勃,色彩绚丽,很少有金秋的肃杀之气。开头两句"山对面兰堆翠岫,草齐腰绿染沙洲","山对面"是指作者"面对山",只见峰峦起伏,满眼尽是兰翠,一个"堆"字,把那郁郁葱葱的浓重色彩渲染出来了;一个"染"字,亦形象地描写出大片沙洲尽为茂密的绿草所笼盖。"齐腰",不仅透出草之深高,而且与上句"对面"相应,把作者的主观感受放了进去,自然也就把他的情绪悄悄地透露了出来。这开头两句所写景色极佳,但还没有点出秋天的特征,三四两句则秋意俱出:"傲霜橘柚青,濯雨兼葭秀。"金秋成熟的橘柚,果实累累,青黄驳杂,圆润鲜艳,傲然于秋风之中,成了秋色的象征。李白歌颂秋景,写过"人烟寒橘柚,秋色老梧桐"(《秋登宣城谢朓北楼》)的诗句;苏轼更有"一年好景君须记,最是橙黄橘绿时"(《赠刘景文》)之句。所不同者,李、苏的笔下都是深秋,而这首小令描写的则是初秋或仲秋,用一个"青"字来形容"橘柚"极当。湘江岸边,新

【折桂令】

雨之后的芦苇，丛丛花开（"秀"在这里指草木开花），更是充满清新爽朗的秋意。细玩"傲霜"、"濯雨"，能感觉出这两句不仅贴切地写出了南方秋日的特定景色；而且还流露出作者流连于此境中的喜悦心情。如果说，前两句写的是较高而广的远景，那么这后两句就是较逼前的近景，而"隔沧波隐隐江楼"则是由近及远，远近皆收。作者伫立江边，纵目远眺，越过浩渺的江面，观赏隐隐约约矗立在对岸的高楼，既点出了江，又使原来的境界更加开阔，同时，作者凝神遐想的神态似乎出现在我们面前。忽然，"几叶儿传黄败柳"，落入作者的眼帘，噢！毕竟是秋天了，万物开始凋零了，虽然是"几叶儿"，然而"一叶落而知天下秋"啊！浩渺万顷的潇湘（还应连上洞庭湖吧），在这"几叶儿传黄败柳"的点染下，秋意秋色分外浓郁了。"点破"一词尤妙，使人产生一种既突然而又顺乎自然之感，仿佛诗人看了前面许多旺盛景物，还没有意识到草木摇落的秋天已经到来，只是看到几叶败柳之后才恍然大悟一样，这瞬间的发现，为这首小令增添了悠远的抒情味。

这首小令把在一般诗人笔下悲凉的秋景，写得高远开阔，生气勃勃，色彩浓丽，调子明朗，令人赏心悦目；只是在最后才透露出一点悲秋的感受，而使全曲波澜顿生。这，也可以说正是它的特色吧。

（唐永德）

〔双调〕**折桂令**

赵善庆

西　湖

问六桥何处堪夸？十里晴湖，二月韶华。浓淡峰峦，高低杨柳，远近桃花。临水临山寺塔，半村半郭人家。杯泛流霞，

板撒红牙。**紫陌游人，画舫娇娃**。

杭州西湖在宋宁宗时已有"十景"之说，到了元代，又有"钱塘十景"，并称"西湖双十景"。"六桥烟柳"即是其中一景。从这一景的题名来看，大概六桥一带柳树颇多，到了春天，柳丝吐翠，远远看去，绿烟笼罩，春意盎然。这首小令写西湖景象，以"问六桥"起句，举一景而点出西湖；并且用向六桥问的方式，提出"何处堪夸"，对后面描述的西湖景色已流露出赞叹之意。另外，这样写比开篇就直说要委婉些，多一层情趣，更易吸引人。"何处"在这儿不仅指"何地"，亦有"何时"的意思在内。所以，接下来"十里晴湖，二月韶华"，先概略地总述一笔，春光明媚的二月，十里西湖，天空晴朗，波光潋滟。这里，作者强调了"晴湖"，特别点出"二月韶华"，实即暗示出这是最美地方的最好时光，怎不"堪夸"？

总述以后，作者分层次地对西湖美景进行具体描绘。"浓淡峰峦，高低杨柳，远近桃花"，连用三个排句，鼎足相对写的是自然景色，以"浓淡"二字形容西湖周遭大大小小的山峰，可谓精当之至：晴日下的山峰呈现出青紫色，远处的色彩浅淡，近处的色彩深浓，放眼看去，浓浓淡淡，深深浅浅，美不胜收。中国画的水墨山水，描摹山峰时，即用浓淡不同的墨色来表现，效果极佳。作者在此用"浓淡"二字，深得水墨山水之妙趣。"高低杨柳"则画出了在春风中摆动的杨枝柳条，参差披拂，绿浪上下。"远近桃花"，"远近"应理解为远远近近，处处皆是桃花，如蒸霞喷火，艳丽动人。这三句写了青山、绿柳、红桃，色彩鲜艳绚丽。"浓淡"、"高低"、"远近"，均为反义组合，看起来美，读来好听。"临水临山寺塔，半村半郭人家"，由自然景色转为人工风光。西湖附近，依山傍水建有寺庙，山旁水边，矗立着寺庙的高塔；城郭与乡村之间，坐落着红墙绿瓦的深宅大院和竹篱茅舍的农户之家。这些寺塔房舍点缀在水光山色、绿树红花的自然景色之间，为西湖景致更增添了几分雅趣。最后四句"杯泛流霞。板撒红牙。紫陌游

【折桂令】

人，画舫娇娃"，由描写寺塔人家又进一层刻画游湖之人和湖上繁华热闹的情景：大道上游人来来往往，络绎不绝；湖面上五彩缤纷的游船随波荡漾，娇艳的歌女们随着红色檀板的节拍唱着动听的歌曲，游客们边听边品味着杯中的美酒。

这首描写西湖的小令在艺术上的特点是由大到小，由远到近，由静到动，层层推进，最后构成一幅层次清晰，布局匀称的画面，幽雅的静景和湖上的活动亦很协调。另外，除首句设问总领之外，其余通篇对仗皆十分工稳，色彩浓艳，音调明朗。整首曲子洋溢着一股春日勃兴的气氛。

（唐永德）

〔双调〕**折 桂 令**

赵善庆

湖 山 堂

八窗开水月交光。诗酒坛台，莺燕排场。歌扇摇风，梨云飘雪，粉黛生香。红袖台已更旧邦，白头民犹说新堂。花妒幽芳，人换宫妆。惟有湖山，不管兴亡。

湖山堂不见于记载。元王举之〔折桂令〕《怀钱塘》小令有"记湖山堂上春行。花港观鱼，柳巷闻莺。一派湖光……"句，因知此堂在杭州西湖上。又从本曲"白头民犹说新堂"句，知堂应建于南宋末年。南宋朝廷偏安江左，建都临安，虽金元先后胁迫，国无宁日，但统治阶级中的许多人还在迷恋湖光山色、红粉佳人,以至建台筑馆,征欢逐乐,最终亡国于元蒙之手。江山易主,湖光依旧,元代多少知识分子未尝不睹物感旧,思念前朝。只是高压之下,难以正面言说而已。由宋入元的著名诗人戴表元曾在杭州写过一首《感旧歌者》诗:"牡丹红头艳春天,檀板朱丝锦色笺。头白江南一樽酒,无人知是李龟年。"故国之思,溢于言表。赵善庆这首散曲命意与这首诗实异曲而同调,只是更加隐约其辞而已。

这首曲咏湖山堂,重点在咏堂内歌舞,并由此生发感慨。于堂外湖光山色则基本不着笔墨,只于开头点明一句:"水月交光",且系从所开之窗户看出,立足于湖山堂便十分清楚。不过虽只四字,概括力却很强。首先点明时间是在夜晚。夜晚景物大部在暗中,只有一片湖水在月光照耀下浮光跃金,这描写不仅突出了西湖夜色的特征,也给以下描写堂内诗酒歌舞描绘了一个灿烂的背景。以下五句便集中对堂内活动的铺排。"诗酒坛台",说明堂内享乐生活的主人是一些文人。当然,不是官僚,也是贵族。他们吟诗饮酒,观看歌舞排场。"莺燕"代指歌儿舞女们。"歌扇摇风",可见歌儿之多,歌唱之频。晏几道有"歌尽桃花扇底风"(〔鹧鸪天〕)的名句。"梨云飘雪"写舞女们洁白的舞衣舞袖以至白皙的肌肤,舞蹈时如同"千树万树梨花开"(岑参《白雪歌送武判官归京》),飞云卷雪般在空中飘撒。她们所施的粉黛发出阵阵幽香。这样的场面如何不令赏者心醉神迷!此时作者的心绪却离开了这热闹的歌舞场。他的思绪伸向了时代的纵深:曾几何时,这里不还是南宋贵人们绿杯红袖、轻歌曼舞的楼台吗?可现在歌台犹在,江山已经换主了。而现在还有些南宋遗民,在念念不忘湖山堂当年落成的盛况,这情景正如当年安史乱后"白头宫女在,闲坐说玄宗"(元稹《行宫》)一样。只是安史乱后,天下还是李家天下,如今邦国易姓,其痛楚当又有过之无不及了。"红袖台已更旧邦,白头民犹说新堂",形式上工整的对偶,含着内容上的尖锐对照,从中寄寓了作者深沉的思考和感叹。这种思考和感叹也许不仅是对旧邦的追念、惋惜,也含有对新朝难免走上老路的某些警策之意。以下

【庆东原】

又回到眼前："花妒幽芳"，眼前这些美人连花也要妒忌了，她们可能比当年宋朝的歌妓们还要打扮得美些。不过宫妆式样也不相同了，现在的时髦舞服是蒙古族宫廷风味呢。面对着这一切，人们能只沉浸在眼前欢乐之中，不生出感慨吗？这句话作者没有说出，但"惟有湖山，不管兴亡"，言外有意：人们是不会对"兴亡"无动于衷的。"湖山"照应开头，又回到出发点：西湖景色。不过此时作者胸中已不仅是一片水月交辉的美景，而已是心潮澎湃了。

（姚品文）

〔双调〕庆东原

赵善庆

泊罗阳驿

砧声住，蛩韵切，静寥寥门掩清秋夜。秋心凤阙，秋愁雁喋，秋梦蝴蝶。十载故乡心，一夜邮亭月。

这首小令写秋夜旅邸情思。罗阳不知今在何处，当是远离作者故乡的一个小驿站所在。作者或为生计、或为功名奔走天涯，不得返回故里，此刻仍在羁旅之中。秋气清冷，长夜难寐，不觉思绪纷然。

"砧声住，蛩韵切"是秋夜景况。北方寒冬将届，家家户户的妇女们都要到河边捣练以备制冬衣。何逊《赠族人秫陵兄弟》诗："萧索秋高暮，砧杵鸣四邻。"钱起《乐游原晴望上中书李侍郎》诗："千家砧杵共秋声。"故写砧声即是写秋。蛩，即蟋蟀，更是人所熟悉的秋声。同时两句写声音又都是为了写静。"长安一片月，万户捣衣声"（李白《子夜吴歌》），这秋夜何等闹热！而此地此时，砧声已住,已是万籁俱寂了。说寂也未真寂,因为蛩鸣之声尚不绝于耳。但正因为寂静,小虫的唧唧声才如此响亮真切。所以写蛩声、写砧声,都是为了写寂静。下一句便直接点出"静寥寥"和"清秋夜"的客观环境。秋夜有许多景物可写。如写皓月,写寒塘,写疏枝,写落木,为什么只写砧声、蛩韵?这句中的"门掩"二字将底蕴和盘托出:原来作者并未至屋外领略秋色,而是人在屋内,把秋的凄清掩在门外了。但秋未被掩住,它通过声音,阵阵传来。只此已令人难以为情,如见秋色,更何以堪?所以"门掩"可谓有意,并非无心。以下三句粘住"秋"字,写出心绪的复杂。秋心者,愁也,"离人心上秋"即谓愁。凤阙是京城、朝廷的代称。这句说明作者此时仍然心系国事,不能舍弃。雁堞,谓城墙雉堞如雁阵状,当指作者为官或常年居住的城池。秋梦蝴蝶,用庄周梦蝶典。作者多年在外或为国事,或为功名,劳碌奔走,岁月流逝,事业未成,有家难归,故而产生人生如梦的感觉。似梦非梦,迷离恍惚,这纷繁无尽的思绪可能作者自己也理不清楚,但其中最为沉重的乃是乡思。十年来,不知有过多少对故乡山水的怀想,对亲人的无穷思念,孩提时的憧憬,成长后的奋发……经过多年世间的陶冶磨炼,它们都化为珍贵的记忆,深藏于胸际,而此时却在这小小邮亭(即驿站)里,在一轮秋月的牵动下,一起涌上心头。"十载故乡心,一夜邮亭月"一联集中而简练地概括了此刻的情景,从而有力地收束了全曲。

(姚品文)

马谦斋

生平事迹不详。其〔柳营曲〕《太平即事》自谓:"辞却公衙,别了京华,甘分老农家。"或曾任官,终归隐。现存小令十七首。

作者小传

【柳营曲】

〔越调〕柳 营 曲

马谦斋

太平即事

亲凤塔,住龙沙,天下太平无事也。辞却公衙,别了京华,甘分老农家。傲河阳潘岳栽花,效东门邵平种瓜。庄前栽果木,山下种桑麻。度岁华,活计老生涯。

此曲抒写归园田居的志趣,乍读颇似一支其喜洋洋的太平颂歌。深入玩味,于字里行间却不难咀嚼到一番苦涩的滋味。虽则马谦斋生平无考,但在他的其他作品中也可测知此"苦涩"之大略。其〔沉醉东风〕《自悟》中有"归去来长安路险"的感慨;〔柳营曲〕《叹世》则又有"青镜摩挲,白首蹉跎,失志困衡窝"之愤恨。综合这些作品来看,作者怀才不遇和老大无成之悲,与愤疾当时政治之黑暗、士人之艰难相互交并。了解了这一点,便不难理解:"苦涩"之所从来,他的归耕乃是不得已,是"苦涩"之余的自我解脱和慰藉,表达了诗人在暗世之中立身全真的理想。

开头很别致。"亲凤塔,住龙沙,天下太平无事也。"虚处落笔,勾勒出一幅息兵偃甲的社会图景。凤塔,犹言凤楼、凤阁,本指宫内楼阁,后常以之指代宫阙。"亲凤塔",意为天下顺伏。龙沙,本指西北边远山地和沙漠地区,这里泛指边塞疆场。"住龙沙",指沙场刀兵已住,没有战争。开篇三句写"天下太平"之景象。

既逢太平盛世,正当一展宏志,然而诗人却要"辞却公衙,别了京华,甘分老农家。"这就令人费猜了。个中隐曲缘何?"傲河阳潘岳栽花,效东门邵平种瓜。"潘岳字安仁。晋时任河阳令,于县中满种桃李,传为美谈。唐诗人郎士元有诗:"欲待主人林上月,还思潘岳县中花。"(《酬王季友题半日村别业兼呈李明府》)潘岳栽花,事本清雅,而作者以为潘岳仍汲汲功名利禄,不足称道,故下一"傲"字以示不屑。诗人要仿效的是邵平。邵平即召平,秦时广陵人,封东陵侯。秦亡后沦为布衣,家贫,于长安城东种瓜自给。邵平种瓜原非自愿,实因秦亡后"虎落平阳",不得已而为之。马谦斋心底深处亦正是如斯情怀,所以,他要"辞却公衙,别了京华",隐身陇亩,学邵平种瓜。"甘分"之中有"苦涩",有愤激。

"庄前栽果木,山下种桑麻"二句叙写田居生活。结句"度岁华,活计老生涯",总结全篇,收束有力。可见觅得归宿的安详,亦不无奈何不得的感喟。作者这种以甘于清贫淡泊追求平静的心志,在元代的下层士人中颇有代表性。它与唐人身处盛世犹直呼不平,渴求建功立业的壮志雄心成了富有深意的对比。马谦斋此曲题名"太平即事",曲辞则一面称颂太平一面又矢志隐居,这一矛盾现象不正足以引起读者思索,去探求蕴于其中的社会原因么?

(王玉麟)

〔越调〕柳营曲

马谦斋

怀 古

曾窨约,细评薄,将业兵功非小可。生死存活,成败消磨,战策属谁多?破西川平定干戈,下南交威镇山河。守玉关班定远,标铜柱马伏波。那两个,今日待如何?

【柳营曲】

　　"立功异域,以取封侯"的班超和誓愿"死于边野"、"马革裹尸"的马援,是东汉有名的将帅。他们腾声当代,勒勋万里,为后人称颂和追慕。然而他们坎坷的生涯与悲凉的晚境,也深为人们所同情和惋惜。班、马二人的业绩成为诗人吟咏不绝的主题。如"和戎应赏魏,定远莫辞班"(张说《送郑大夫惟忠从公主入蕃》)、"归去朝端如有问,玉门关外老班超。"(武元衡《送张六谏议归朝》)、"勋业终归马伏波,功曹非复汉萧何"(杜甫《奉寄别马巴州》)等,皆深致景仰之怀。马氏这支曲子,亦就此书感,而吊古伤时,殊为感人。

　　散曲本来自民间,尽管它后来成为文人墨客的案头文学,但也还保留着演唱文学的某些特点。本曲起调不作惊人之笔,而是缓缓地说来,吸引读者。这确是演唱文艺的普遍方式。"曾窨约,细评薄,将业兵功非小可。"窨约,也写作暗约,思忖之意。评薄,评品。"非小可"一句高高唱起,含有夸耀的口气。"生死存活,成败消磨"两个对句将风险四伏,生死未卜的戎马生活总勒一笔,暗示了将帅的责任与搴旗立功的艰难,逼出"战策属谁多"一句。此以设问一开,下四句遂一合。用"悬念法"引出怀古的对象,这也是演唱文学惯用手法。

　　然而,作者并不先揭出谜底,而是紧接设问,点出"破西川平定干戈,下南交威镇山河"二事。班超尝出使西域三十一年,维护诸属国的安定,官至西域都护,封侯定远。马援拜伏波将军,南征交趾,标立铜柱,作为汉界标志兼表功勋。二句赞颂班、马的赫赫军功,着重表现其军威之壮。"破"、"威镇"诸字尤带气势。接下来方遥应上文之设问,道出人名:"守玉关班定远,标铜柱马伏波"。通过层层蓄势,这两句一出,即如金石落地,铿锵有声。诗人对二位将军的景仰之情在豪健激昂的笔调中流露出来,感染着读者。可以设想,假如不采用这种层层逆入的方式,而是一开始就将班、马标举出来,定会因过直过平而令人乏味,审美效果必然差得多。

　　"那两个,今日待如何。"结尾突转,从遥远的古代归落到现实,随后全曲即戛然而止。初看来,这两句在理解上颇费思量,但联系作者的另一同调散曲《叹世》,即可明白:"手自搓,剑频磨,古来丈夫天下多。青镜摩挲,白首蹉跎,失志困衡窝。有声名谁识廉颇,广才学不用萧何。忙忙的逃海滨,急急的隐山阿。今日个,平地起风波。"不难看出,两首曲子正声气相通,叹廉、萧与叹班、马如出一辙,"怀古"本于"叹世",是借古论今。班超久留绝域,暮年有"不敢望到酒泉郡,但愿生入玉门关"之叹。马援身后不免于谗谤,几不得葬。昔日如此,今日世上之"班、马"又"待如何"? 则不言而喻矣。曲子歇拍处作此波折,语调由高昂转为低抑。这千丈落差,是诗人心神之猛醒,是诗人满腔悲愤不可遏制的迸发。对读者来说,也是以促其思索的警拔之句。这样的结束手法是马氏散曲之擅长,响亮有力,是曲眼所在。全曲笔势磅礴,跌宕有致,颇有特色。

(周笃文 王玉麟)

〔越调〕柳营曲

马谦斋

叹世

手自搓,剑频磨,古来丈夫天下多。青镜摩挲,白首蹉跎,失志困衡窝。有声名谁识廉颇,广才学不用萧何。忙忙的逃海滨,急急的隐山阿。今日个,平地起风波。

这是一首感叹入仕之难及仕途险恶的小令。作者马谦斋,生平已不可考,但根据他的作品,可以想见他开始是胸怀抱负积极进取的,并且也中了进士做

【柳营曲】

了官,随着对官场认识的加深,才逐渐淡薄功名,最后终于"辞却公衙,别了京华,甘分老农家"(〔柳营曲〕《太平即事》),归隐了事。这首曲子也许是他一生的写照,但又不全是,它是整个封建社会无数有志之士一生遭遇的艺术概括。

作者是按照时间的前后顺序来写的。先写青年时期,只用了三句:"手自搓,剑频磨,古来丈夫天下多。""手自搓"的"自"字用得好,《玉篇》云:"自者,率也。"即很轻率很随便,但却饱含着青年人的激情。"手自搓"使我们仿佛看到一个乐观向上、不畏艰难的初生牛犊似的青年在摩拳擦掌、跃跃欲试。"剑频磨","频"者,屡屡不断也。贾岛《述剑》:"十年磨一剑,霜刃未曾试。"作者并不是真的写主人公在不断地磨剑,而是另有所指,指的是不断地勤学苦练,幻想着有朝一日能谋取功名利禄。作者紧接着来了一个感叹:古往今来像这样的"丈夫"天下何其多!(古称有志之士为"丈夫")然而多又怎么样呢? 还不是"有志不获骋"吗! ——这句感叹句里显然包含了这层含义,从而引起下文。下面五句,写求仕未遂,但作者并没有写主人公如何去求仕,又如何被阻,而是紧紧抓住一个典型细节来刻画:"青镜摩挲"。青镜即青铜镜;摩挲是缓慢地抚摸,似乎怕弄出响声,怕摩坏镜子似的,从这个词中我们难道不能看出主人公在屡经挫折壮志消残后的那种萎萎缩缩而又满腔怨愤的神情吗? 与"手自搓"两相对比,这一点就会看得更加明显。主人公在几经挫折以后,揽镜自照,发现了什么呢? 原来自己已经两鬓斑白了,"白首蹉跎,失志困衡窝"。衡窝,即隐者所住的简陋的小屋。《诗·陈风·衡门》:"衡门之下可以栖迟。"衡窝,即衡门。"有声名谁识廉颇,广才学不用萧何。"既感叹自己虚度光阴,老之将至,却一事无成;同时又对自己的怀才不遇充满怨愤。作者举廉颇、萧何为例,具有很强的概括性,这其中显然含有"凭谁问,廉颇老矣,尚能饭否"(辛弃疾〔永遇乐〕)的含义。廉颇生于当时,尚有人问;今日有英名如廉颇者却无人问津。萧何当年跟随汉高祖"转漕关中,给食不乏"(《史记·萧相国世家》),被高祖称为开国第一功臣;今日贤如萧何也不为所用。作者正是在这种今昔对比中,抒发了自己怀才不遇的愤懑之情。九、十句:"忙忙的逃海滨,急急的隐山阿",乍看似与上文联系不上,细味却是似断实连。曰"逃"曰"隐",必先有"不逃""不隐"者在,那么,在这"逃""隐"之前,主人公无疑已求得功名,作者对这些都略去不写,这一方面可以使全曲更加精练,另一方面从效果上看,显得更加跌宕生姿。试想,主人公开始是那样的急于求仕,好不容易功成名就,却要离开官场,去"逃"去"隐",这不是忍心让数十年之功废于一旦吗!非但如此,还要"忙忙"的"逃","急急"的"隐",而且"逃"得越远越好("海滨"),"隐"得越秘密越好("山阿"即山谷)。这是为什么呢? 最后两句做了回答:"今日个,平地起风波。""风波"本起于江、河、湖、海,现在却是"平地起风波",这说明祸生不测,"风波"(当然指官场风波)来得莫名其妙,怪不得要"忙忙的逃海滨,急急的隐山阿"了。最后四句先果后因的处理,一方面起到跌宕不平的效果,使曲词更加精警,另一方面也给读者留下了更多回味的余地。

　　这首曲子艺术地概括了封建社会有抱负的文人一生的遭遇,将封建社会扼杀人才的现象和宦海风波的感受写得深刻而又生动。全曲夹叙夹议,语言宕跌多姿,风格冷峭精警,具有很高的思想性和艺术性。

(柯象中)

元曲鉴赏辞典

1112

〔双调〕沉醉东风

马谦斋

自　悟

瓷瓯内潋滟莫掩,瓦盆中渐浅重添。线鸡肥,新篘酽,不须典琴留剑。二顷桑麻足养廉,归去来长安路险。

【沉醉东风】

取富贵青蝇竞血,进功名白蚁争穴。虎狼丛甚日休? 是非海何时彻? 人我场慢争优劣。免使旁人做话说,咫尺韶华去也。

如题所示,这两支曲子是表达作者对官场生涯的反省、觉今是而昨非的顿悟。马氏流传至今的曲作为数不多,表现此类主旨的占了相当比重,可见诗人对社会和人生一直在进行着痛苦的思考。从这两首作品看,前者侧重表达对田园生活的向往;后者则着重揭露名场宦海的龌龊丑态。反映了作者耿介与豁达的性格,也从侧面揭示了当时正直知识分子的境遇。从"归去"、"咫尺"诸句考察,这两首曲子似作于辞官归休之前不久,大概是他晚年的作品。

先看第一首。一二句对起:"瓷瓯内激滟莫掩,瓦盆中渐浅重添。""瓷瓯",酒杯;"瓦盆",菜碗。杯中的美酒("激滟"形容酒色之美)莫要停注,盆里的菜肴莫要停添。二句表明生活的丰足。"线鸡肥,新篘酽,不须典琴留剑。"是对前二句的进一步铺叙。"线鸡",阉鸡。"新篘",新酿的酒(篘为漉酒的器具)。酒香菜美,取自家中,可以待客,可以自奉。衣食丰足,不消去典当琴剑以糊口。以上数语,是以错综的笔法交相补足,如"新篘"承"瓷瓯","线鸡"承"瓦盆"等,文省意丰,散发着浓郁的乡土气息和欢快的情致。"二顷"两句以对作结,另换一意,点出一篇题旨,如暮鼓晨钟,令人猛醒。"桑麻",泛指农作物。有二顷农田,可以自食其力,不须干泽求禄,即可自遂其志,保持廉正的节操。"开轩面场圃,把酒话桑麻"(孟浩然《过故人庄》),本是山林隐君子之生活情致。此处拈出"桑麻",亦寄寓其归农之志。接着就用"归去来长安路险"一语终篇,有水到渠成,自然警耸之致。"长安路险","长安"指朝廷,这四个字是对官场倾轧、宦海惊涛的有力概括,写出了郁积在作者胸中的不满和忧患,有着强烈的感情色彩。一声喝断,结得健拔,发人深省。

第二支曲子着力鞭挞官场的丑态,笔力遒劲,有一针见血之快。起首一联对句,以青蝇之嗜腥、白蚁之争穴来形容那一群贪婪、卑劣的官僚,可谓深恶痛绝。接着连用"虎狼丛"、"是非海"、"人我场"三个排句作了进一步的描绘。这个与虎狼为邻的生活何时结束? 这种是非颠倒的日子何时完结? 在这个没有正义的社会中还争什么长短优劣? 还是摆脱名缰利索,作一个洁身自好的人罢。"免使旁人做话说",这是从人生、历史的高度作出的观照,是洞彻世情的经验之论。在这个龌龊的官场中,难道有什么真正的是非优劣可言吗? 所谓"千古是非心,一夕渔樵话"(白朴〔庆东原〕),庸庸碌碌,汲汲于世,到头来不过是做别人的笑谈资料,又是何苦呢? 末句"咫尺韶华去也",将一段惜流光之虚掷与伤晚景之无多的叹惋心绪,表现得深沉有致。一结苍凉,令人有无端的感慨。

(周笃文　王玉麟)

【作者小传】

秦简夫

大都(今北京)人。生平事迹不详。仅知先在大都有文名,后移居杭州。所作杂剧今知有五种。现存《东堂老》、《赵礼让肥》、《剪发待宾》三种,大多描写忠孝节义,风格敦朴自然。

宜秋山赵礼让肥

秦简夫

第 一 折

〔寄生草〕饿的这民饥色,看看的如蜡渣。他每都家家上树把这槐芽掐。他每都村村沿道将榆皮剐。他每都人人绕户

【宜秋山赵礼让肥】

将粮食化。现如今弟兄衣袂不遮身,可着俺贫寒子母无安下。

〔醉扶归〕我吃的这茶饭有难消化,母亲那肌肤瘦力衰乏。量这半勺儿粥都添了有甚哪?我转着这空碗儿,我着这匙尖儿刮,我陪着笑脸儿百般的喜洽,不由我泪不住行儿下。

《赵礼让肥》在元曲杂剧十二科中属"孝义廉节"。其故事大致是:汉世中衰(更始帝时),年荒世乱,赵礼一家逃难到宜秋山下,赵礼将仅有的一小把米熬了粥汤奉了母亲和兄长赵孝(第一折)。赵礼枵腹上山挖野菜,被虎头寨寨主马武擒住,将被剐了吃;赵礼以"信"为质当,告假一个时辰,回家与母亲辞别(第二折)。赵礼复上山请死;其兄赵孝赶到,愿代弟死;赵母亦赶到,请代二子受死;三人都说自己"肥",争求死以请免另二人。于是"孝心肠感动铁心肠",马武放了赵氏一家并赠以米、金(第三折)。马武佐汉光武登基有功,为元帅,荐赵氏兄弟。赵家三人赴朝,纳还米、金;一家受封荣耀(第四折)。

这个戏题名"让肥"——肥,吃起来滋味好些——简直令人有点毛骨悚然。在我国历史上有几个大荒乱时期,曾有过"人相食"的记载。本剧所写的便是那几个时期之一的王莽(新朝)末年的事。马武、赵孝、赵礼都是《后汉书》上有传的人物,赵氏兄弟"让肥"正是史载的事。《后汉书·赵孝传》:"……及天下乱,人相食。孝弟礼为饿贼所得;孝闻之,即自缚诣贼,曰:'礼久饿、羸瘦,不如孝肥、饱';贼大惊,并放之,谓曰:'可且归,更持米糒来。'孝求不能得,复往报贼,愿就烹。众异之,遂不害。"赵孝、赵礼从此得名,后来,都做了东汉的官。剧乃据史而编,当然有些不同,是作者为了突现主题而作了加工。这部剧有两个方面被作者所强调而给读者以巨大的震惊,一是饥饿是如此之严重,一是有些儒生恪守其道德信念是如此惊人地执着。

这里所选第一折中的两首曲子,〔寄生草〕表现饥饿,〔醉扶归〕表现让粥,即宣扬孝悌。〔寄生草〕前两句写饥民蜡黄的颜色,中间三句是鼎足对,但不工整,对偶中兼有排比,这正是曲的风格。三句描写饥民们成群地上树掐槐芽、剥树皮,沿街串户乞讨。在普遍饥饿情况描写之后作者把笔锋收回到描写主人公一家:子母兄弟,一家三口,同样是衣不蔽体,食不果腹,无处安身。这曲为下面的让粥作了铺垫。〔醉扶归〕是进一步写饥饿,目的在于表现孝悌。首句是说这茶饭虽有,但自己吃了是难以消化的,因为母亲饿得肌瘦力乏了,自己吃下去怎能安心? 当母亲、哥哥发现赵礼拿着空碗,问他时,他装出碗里有粥的样子。他心里想:剩的半勺粥我全都添了吃下去有什么? 难道还怕撑着吗? 可是我吃了,母亲、哥哥吃什么? 为了让母亲、哥哥相信他在吃,还要像碗里粥很多的样子,这里作者在唱词中用了两个十分平民化、生活化的细节描写:"转着碗儿"、"用匙尖儿刮",说明作者对这类人物的熟悉,因而用笔格外细腻感人。下面赵礼继续叙述自己口头装作在吃(肚里当然饥肠辘辘),脸上还要强作欢笑的样子。请看,这是一副何等难堪的景象! 对此谁能不心酸泪落? 可还不止此。赵礼此时一面强颜欢笑,一面又在愁明天的饭食没有着落。于是又"不由我泪不住行儿下"。至此,已把赵礼处境之艰难,用心之良苦,表现得委曲净尽。从而也就使这种道德品质之纯粹与高尚得到了体现,笃信儒家教义,奉之为天理纲常,而虔诚身体力行的中国封建知识分子的典型形象也就塑造出来了。

(池 吉)

宜秋山赵礼让肥

秦简夫

第 三 折

〔凭阑人〕由你将我身躯七事子开,由你将我心肝一件件摘。我道来,我道来,除死呵,无大灾。

〔络丝娘〕我只道你杀人刀十分的利害,元来这活人心依然尚在。便做道俺两个该死的游魂甚耽待,也则是可怜见白头奶奶。

〔东原乐〕敢道是凶年岁,瘦骨骸。便剐将来也填不满一餐债。因此在饿虎喉中乞得这免死牌。蒙恩贷,从今后遥望着你的营门,常常礼拜。

第三折的主要关目是"让肥"。"让肥"也是在前两折的基础上,进一步写饥饿。剧中赵礼对"贼盗"马武杀人为食的行为非但未有责备,而且一无惊诧,说明饥饿已经严重到人相食且不以食人为怪的程度。这是历史的真实。王莽时期全国大起义中下江、新市、绿林、铜马等队伍中,绝大多数是"七死"所余的饥民。马武正是被作为这样的"饿贼"形象来写的。正因为如此,他才有可能被"让肥"行为感动。造反可以理解,吃人也可以理解,可见饥饿到何等可怕的程度。相形之下,官员、富豪们却在"朝朝饮宴,夜夜欢娱","矜夸、豪华",是如何可恨就不言而喻了。所以作品对富贵豪奢的指责言辞和具体揭露虽然不多,其谴责的态度及达到的效果却是明确和强烈的。

但是我们不能据此得出结论,认为《赵礼让肥》是针对元代的黑暗现实鼓吹农民起义的作品。作品写饥饿的目的是为了写"让粥""让肥",而不是相反;而写"让粥""让肥",是为了宣扬儒家提倡的孝友信义。赵礼已可以逃脱被吃,却于回家看望母兄之后归来就贼受死,足使守信的典型——抱柱而死的尾生黯然失色。作者宣扬的"义",主要是通过马武来完成的:义释赵氏,义释贤士,义赠米金,直到最后义荐赵礼。"孝悌"是贯串全剧始终的主旋律,伴随这一旋律的则是母慈、兄友的和声,这一曲伦理道德的交响乐在"让肥"一折达到高潮,最后的得释荣封只是个尾声罢了。

这里所选的〔凭阑人〕是赵礼上山就死时所唱,意思是:"由你将我的身躯大卸成七块,由你将我的心肝肚肠摘出吃掉。我说来就来,决不失信,对于我来说,死并没有什么可怕的。"表现出一种视死如归的气概。支持他这一行为的,无非是个"信"字,道德信念的力量于此可见。由于杂剧体制原因,赵母和赵孝让肥的过程都只能由对白表达。下面〔络丝娘〕和〔东原乐〕都是让肥使马武受到感动决定释放母子三人之后赵礼所唱。〔络丝娘〕是赵礼对马武行为的解释,说马武原来还有"活人心","耽待"了他兄弟二人,大概是可怜白发母亲的缘故吧。〔东原乐〕又从另一方面解说:三人饿成一把瘦骨,你吃也吃不饱。所以我们从"饿虎喉中乞得这免死牌"。看来赵礼对马武行为的评价是不高的,因为他毕竟是个吃人的"贼"。尽管如此,得到这样的恩惠,他对马武还是表示深深的谢意,"从今后遥望着你的营门,常常礼拜"。毕竟是对母子三人不杀之恩啊。这对儒家信徒赵礼来说,态度也只能如此。

所以《赵礼让肥》一剧与其说是反映现实的社会问题剧,毋宁说是宣扬儒家个人道德自我完善的作品。元杂剧中这类作品很多,"神仙道化"、"忠臣烈士"及这类"孝义廉节"剧中,都有这类作品,概括起来,就是时值乱世,便独善其身,而在乱世时要能做到身"善"守"道",便要舍弃一切,以至生命。说到它们之间的区别,那就是《赵礼让肥》等"孝义廉节"既不像"神仙道化"那样极端消沉地弃世,也不像"忠臣烈士"那样舍己救人地救世,而是更局限于个人道德之修成。在"人相食"、道德沦丧已尽的乱世,作为个人,更应该恪守"古风"道德。对于这种道德的评价如何另当别论,但它们或多或少都反映了我国自古以来知识分子执着甚至叫说是"迂腐"的书生气。

（池 吉）

东堂老劝破家子弟

秦简夫

第 一 折

〔鹊踏枝〕你则待要爱纤腰,可便似柔条。不离了舞榭歌台,不俫更那月夕花朝。想当日个按六幺舞霓裳未了,猛回头烛灭香消。

〔寄生草〕我为甚叮咛劝叮咛道,你有祸根有祸苗。你抛撒了这丑妇家中宝,挑踢着美女家生哨。哎,儿也,这的是你自作下穷汉家私暴。只思量倚檀槽听唱一曲桂枝香,你少不的撒摇槌,学打几句莲花落。

〔六幺序〕那里面藏圈套,都是些绵中刺笑里刀。那一个出得他捆打挝揉,止不过帐底鲛绡,酒畔羊羔。殢人的玉软香娇,半席地恰便似八百里梁山泊,抵多少月黑风高。那泼烟花专等你个腌材料,快准备着五千船盐引,十五担茶挑。

〔幺篇〕你把他门限儿蹅着,消息儿汤着。那里面又没官僚,又没王条,又没公曹,又没囚牢。到的来金谷也,那富饶早半合儿断送了,直教你无计能逃,有路难超。搜剔尽皮格也那翎毛,浑身遍体,星星开剥,尽着他炙煿烹炮。那虔婆一对刚牙爪,遮莫你手轻脚疾,敢可也立做了骨化形销。

《东堂老劝破家子弟》写扬州李茂卿,人称东堂老子,受友人赵国器临终嘱托,照管赵子扬州奴。扬州奴受坏人引诱,嫖妓败家,至一贫如洗时方省悟。李茂卿在扬州奴挥霍家产时,暗中将赵国器生前所寄放的银钱买下扬州奴低价出售的田地房产,就在扬州奴走投无路时,李将所买产业尽数归还,使之恢复家业,重新做人。

这里选的四支曲子乃是李茂卿劝诫扬州奴莫再受坏人教唆,沉溺于酒色时所唱。前四句说扬州奴整日价在青楼与娼女厮混,用"纤腰"、"柔条"喻娼女的妖丽狐媚,以"舞榭歌台"、"月夕花朝"喻扬州奴的醉生梦死。最后两句"想当日个按六幺舞霓裳未了,猛回头烛灭香消",借当年唐玄宗、杨玉环马嵬坡的悲剧故事,指出欢娱的短暂,到头来只能落得个凄惨的结局。不俫,衬字,为语气转接时所用。〔寄生草〕前两句"我为甚叮咛劝叮咛道,你有祸根有祸苗",李茂卿指出扬州奴陷于青楼是败家的祸根祸苗。接下来"你抛撇了这丑妇家中宝,挑踢着美女家生哨。哎,儿也,这的是你自作下穷汉家私暴"三句,进一步指出被扬州奴抛弃了的结发妻翠哥,才是一位真正的贤妻良母,而他在外面与妓女厮混,整天花天酒地,却正是迅速糟蹋家产的作孽行为。檀槽,本来是指用檀木做的琵琶上架弦的格子,此处泛指乐器。桂枝香,曲牌名。"撇",此处应解为

"击";摇槌,唱莲花落时,击鼓用的木槌。莲花落,曲艺的一种,多为乞丐行乞时所唱。这两句是说,你只知眼下浅酌低唱欢乐多,全不念日后落得个讨吃的下场。紧接的〔六幺序〕则进一步指出扬州奴贪欢的可怕后果,运用了正反对比的手法,揭示了烟花柳巷都是些杀人不见血的强盗窝。如果执迷不悟,终将成为他们的"腌材料"。最后的〔幺篇〕是〔六幺序〕的进一步伸张。消息儿,指机关,比喻圈套、计谋。"金谷"二句,用晋石崇为富不仁,半途送命的典故,警告扬州奴早日回头。最后三句"那虔婆一对刚牙爪,遮莫(即使)你手轻脚疾,敢可也立做了骨化形销"。可谓最后猛击一掌,当头棒喝:即使你现在年纪轻,但照此下去,也恐怕要马上去见阎王的。

作者秦简夫在这四支曲子里,层层深入,把李茂卿对扬州奴一番劝诫之情状刻画得淋漓尽致,有语重心长的劝说,也有正颜厉色的警告。从正反两方面晓以大义,可算得上是一篇发人深省的劝世警言。在语言上,作者运用了比喻的手法,由浅入深,由表及里,理义并晓,情至意尽,读来让人怦然心动。

(荆乃立)

晋陶母剪发待宾

秦简夫

第 一 折

〔那吒令〕则他这今年,非同似往年,恰还了纸钱,又少欠下笔钱。常着我左肩,那在这右肩。与人家做生活打些坌活,闲停止妆宅眷。端的使碎我意马心猿。

〔鹊踏枝〕你则待要赴佳筵，倒金釭；嗟如今少米无柴，赤手空拳。你不学汉贾谊献长策万言，你则待学刘伶般烂醉十年。

〔寄生草〕你则待扶头酒寻半碗，谒人诗赠几篇；请着你不离，随着他转；逢着你的唱偌，迎着他善。后来便说着你的体面难消遣，则你这拖狗皮缠定这谢家楼，几时得布衣人走上黄金殿。

〔金盏儿〕钱字是大金傍戈，信字是立人边言。信近于义，钱招怨。这一个有钱可更有信，两件事古来传：这一个有钱的石崇般富，这一个有信的范丹贤。你常存着立身夫子信，休恋这转世邓通钱。

《剪发待宾》是一部反映封建社会家庭教育的喜剧。该剧取材于东晋大将军陶侃少年时期的故事。剧情是：陶侃早孤家贫，陶母湛氏，靠为人缝补浆洗挣钱供儿子读书，期待他成名，对陶侃管教十分严格。但侃年二十尚未发迹。其时朝廷派学士范逵到丹阳荐举贤良，学生们都纷纷宴请范学士，而陶侃因无钱备办酒席，只得写下"钱"、"信"两幅字到韩夫人的"解典库"（当铺）上当几贯钱。韩夫人赏识陶侃，请他饮酒，还有心将女儿许配给他。陶母一贯禁止儿子饮酒，见状以为儿子贪杯，严加训斥。后得知事情原委，毅然剪下头发上街叫卖，换得钱钞为儿子设宴招待范学士。范学士被此贤母感动，推荐陶侃上京应举。侃得中状元，朝廷加封陶母为义烈夫人。陶母剪发待宾及训子节酒之事，见载于史书。《晋书·陶侃传》云："侃早孤贫，为县吏。鄱阳孝廉范逵尝过侃，时仓卒无以待宾，其母截发得双髲，以易酒肴……每饮酒有定限，常欢有余而限

【晋陶母剪发待宾】

已竭，浩等劝更少进，侃凄怀良久曰：'年少曾有酒失，亡亲见约，故不敢逾。'"杂剧所扮演的人物和故事虽有所本，但经作者再加创造，具有鲜明的宋元时期城市生活的色彩，反映了下层民众希图通过科举道路发迹交泰的心理。

　　这里选的第一折四支曲子，是陶母训子的主要唱段，集中表现了下层妇女生活的艰辛，并通过陶母对儿子的热切期待表达了剧作者的道德理想。唱词明白晓畅，显示出本色派的特点。〔那吒令〕一曲是陶母以持家的艰难来教育儿子。她对儿子说：今年的日子还不如去年，上学费用还拖欠着。"恰还了纸钱，又少欠下笔钱。常着我左肩，那（挪）在这右肩。"一个寡妇，支撑这个家很是吃力，全靠"与人家做生活打些坌活，闲停止妆宅眷"，忙季里给人家帮工做粗活，闲季里在大户人家闺院做些针线，为供儿子读书把心操碎了，常是六神不安。这段明白如话的唱词，体现了陶母勤劳坚韧的性格。紧接着的〔鹊踏枝〕，是陶母对儿子的进一步教训，她恨铁不成钢，为儿子贪杯而生气。"你则待要赴佳筵，倒金觥；嗏如今少米无柴，赤手空拳。"责备儿子只管去赴丰盛的筵席，不顾家里穷得缺米少柴。用夸张手法强调家庭的贫困，加重对陶侃的教训分量，显示出其教子的严格。但这毕竟是个误会，陶母越认真，观众越感动，本剧的喜剧气氛也就越浓。"你不学汉贾谊献策万言，你则待学刘伶般烂醉十年。"贾谊二十岁左右被汉元帝召为博士，"每诏令议下，诸老先生不能言，贾生尽为对，人人各如其意所欲出"（《史记·屈原贾生列传》），可谓才华出众，少年得志；刘伶则是西晋"竹林七贤"之一，纵酒放达，乘鹿车，携一壶酒，使人荷锸相随，说："死便埋我。"刘伶本是高士，这里仅从剧情需要，取其纵酒一面，喻指不思进取。这两句，陶母将两个历史人物的行为对比起来教训儿子，既是教诲，又是激励，愤激的话语中蕴含着对儿子的热切期望：希望陶侃成为贾谊那样有才学、对国家有贡献的人，而不要学刘伶那样醉生梦死。这种正统的封建道德观，是剧作者所肯定的道德理想，就其激励上进一面而言，尚有可鉴之处。陶侃听过母亲的训斥，本想为自己辩解，不料却招致母亲更严厉的痛责。〔寄生草〕一曲，陶母告诫儿子，如沿饮酒这条路走下去，免不了堕落，发迹的希望是没有的。她说，你只管和那些酒肉朋友混在一起，弄半碗扶头酒（古代酒名），写几句巴结人家的诗，等到你上了瘾，拖着你整天胡混，称兄道弟，到后来又会讲光吃酒还没意思，还得寻个妓女陪宴，勾引你成日沉溺在勾栏酒榭（曲中"谢家楼"泛指歌肆青楼），如此下去，你这个布衣出身的，你什么时候才能取得功名，登上黄金殿（指做官）。这段唱词有鲜明的宋元市民生活色彩。在城市发达的条件下，有钱人家耽心子弟浪荡败家（如秦简夫在《东堂老劝破家子弟》杂剧所表现的那样）；贫寒人家则耽心子弟没有出息。陶母希望儿子走读书做官的道路，生怕他沦为不堪造就的浪子。紧接着的〔金盏儿〕，剧作者又让陶母就"钱"与"信"的问题大大地议论一番，教导儿子不要把"钱"放在第一位。陶母以为"信近于义，钱招怨"，"信"是最重要的。"信字是立人边言"，一语双关，既指"信"字的组合结构，又指孔子"无信不立"的教诲。接着，陶母又连举三个古人比并对照，教训儿子。石崇，晋代富甲天下的官僚，曾与贵戚权豪斗富竞奢，后在统治集团内部倾轧中被杀。范丹，汉桓帝时曾任县令，生于乱世，甘守清贫，再三逃官不任。此二人一奢侈豪享；一清贫守节。其实，二人之事与钱、信二字关系不大，陶母不过是借以教育儿子勿迷恋金钱，要讲信义，否则，也将像邓通那样不得善终。邓通，汉初人，出身微贱，因为文帝吮痈而得专宠，自铸铜钱，富甲天下，景帝立，家财被抄没。

这四支曲子集中刻画了封建时代贤母的形象，也反映了剧作者的道德观。陶母以儒家的道德规范为基础，培养儿子走博取功名之路，实则就是剧作家所肯定的那条传统的儒生参政的道路。只不过在当时不能实现，所以作者将其理想发于戏剧而已。曲词多用宋元口语，用典亦不拘于史实，以我所需，加以取舍变化，染有浓厚的民俗化色彩，读来流畅明快，如同说话，表现出元剧本色派的风格。

（钟林斌）

［作者小传］

陆登善
字仲良。祖籍扬州，后随父定居杭州。《录鬼簿》说他"能词，能讴。有乐府，隐语"。与钟嗣成相友善，曾协助钟撰《录鬼簿》。所作杂剧今知有二种，现存《勘头巾》一种。散曲存套数一套。

河南府张鼎勘头巾

陆登善

第 二 折

〔梁州第七〕我从来甘剥剥与民无私，谁敢道另巍巍节外生枝。我向吓魂台把文案偷窥视。见一人高声叫屈，我这里低首寻思，多应被拷打无地，全没那半点儿心慈！想危亡顷刻参差，端的是垂命悬丝。正厅上坐着个昏懒懒问事官人，阶直下排两行恶眼眼行刑汉子，书案边立着个响珰珰责状曹司。为什事咬牙切齿，諕的犯罪人面色如金纸。见相公判个"斩"字，慌向前来取台旨，便待要血泊内横尸。

《勘头巾》的作者，据清代曹楝亭本《录鬼簿》著录，为陆登善，并将他列入"相知者"，即为著录者——元代钟嗣成同时代且互相比较熟悉的同行朋友。明代贾仲明《录鬼簿续编》和朱权《太和正音谱》将此剧列入无名氏作品,《元曲选》则题孙仲章撰,皆不知何据。清末姚燮《今乐考证》则抄录《录鬼簿》。陆登善另有《开仓籴米》杂剧,已佚。

此剧主人公张鼎,史有其人,被誉为元代的包公。《元史·世祖本纪》:"世祖中统十四年,鄂州总管府达鲁花赤张鼎参知政事。"达鲁花赤,蒙古语,意为总辖官。元世祖忽必烈听臣下有人报告说张鼎竟然"参知政事",而元蒙统治者推行种族歧视政策,规定汉人不得为正官,于是忽必烈下令将张鼎去职。张鼎是位循官能吏,颇为人民做了些好事,却在黑暗政治的笼罩下成了民族压迫的牺牲品!他的墓葬,在江苏省南通市郊查家坝,于民国元年被发现。张謇当年日记也郑重记载此事。乡民发现此墓"志石如碑,其文完好无缺蚀,读之始知为张鼎墓"。可见七、八百年后的人们尚未忘怀这位古代的清官。一般认为元杂剧和散曲中所描写的张鼎即为此人。除《勘头巾》和《魔合罗》描写了清官张鼎外,《还牢末》杂剧唱词中有"赛张鼎千般智量",邓学可散套也有句云:"休说为吏道的张平叔。"(见《太平乐府》卷六)平叔,即张鼎字。可见他在元代即为家喻户晓、万口称颂的著名人物。

元代是中国历史上以吏治黑暗、冤狱遍地而很显"突出"的时期之一。《勘头巾》即描写了一个曲折生动、波澜起伏的冤狱故事。情节大意为:王小二母子俩相依为命,贫困度日。因生机日蹙,难以维持,王小二被迫向富户刘平远告贷求助,遭刘家恶犬欺凌,他怒火难遏,举石掷犬,不想误击中刘家之缸,缸被打碎,刘平远和王小二激烈争执起来。王小二于盛怒中讲气话:我将在无人处杀你!

王小二生性善良而头脑简单,他吵架时言辞激烈,讲过也就早丢置脑后。不意言者无心,听者有意。刘平远之妻和道士王知观私通,早有谋杀亲夫之心。她听到王小二此言,受到启发,急与王知观密谋策划。一天,趁刘平远出城收债,大醉而归时,王知观即于半途下了毒手,并移花接木,嫁祸于人,诬赖王小二是杀人凶手。

当案官吏不问青红皂白,严刑拷打小二,小二屈打成招,只得胡编乱造地供认谋杀刘某,并将刘的罗头巾和减银环埋藏于某处石板下。王知观窃听得这段供词,便赶快将此两物埋在该处石板下。吏役搜寻得头巾、银环回报,官吏见人赃俱全,即判小二死刑。

此时孔目张鼎已闻其冤,急索文卷及赃证审验,发现头巾、银环新洁,不像久埋地下之物,心怀疑端。他请示上司后重又复审。张鼎心生一计,传审刘妻。他手指乔装王知观的手下人诱供刘妻说:奸夫业已招认,你再抵赖也没用了!刘妻中计,如实招供。于是奸夫淫妇被判处决,王小二得以昭雪获释。

王小二的遭遇是无数冤屈者中的一个,他幸遇好人,平反出狱,却是极偶然的事例。其他无数无辜百姓,冤沉血海,成了刀下之鬼!从这个案例中,可以看到官吏的昏庸无能和敷衍塞责,歹徒的狠毒残忍和阴险狡狯。善良老实的人民在险恶的世道中沦落到任人摆布、宰割的可悲命运,千载之后读之也感怵目惊心!

剧中的张鼎不过是一个六案孔目,位卑言微,无权主审案件。但他对黎民百姓有深切的同情心,强烈的正义感和高尚的责任心。本书所选的〔梁州第七〕是第二折中张鼎的一段唱词,充分而突出地表现了张鼎的襟怀和性格。全曲共有四个层次。首句满怀豪情地表达自己"与民无私"的胸怀。第二句又换一角度,从他人的评价说明自己从不"节外生枝",也即从不受人贿赂或因他人的说情、逼迫而走歪门邪道,徇私舞弊,使案子复杂化。用"谁敢道"三字,突出自己满怀仁义和正气,维护公理,直道而行的行为风格、处事原则和有口皆碑的社会声誉。以上是第一个层次,角色的自我介绍。第二层次共七句。他听到有人高声叫屈,所以向文案窥视。为了照顾韵脚,这两句将因果倒置了。文案放在官员面前的案台上。此本是代表国家法律和权力的庄严场所，作家却讥之为"吓魂台"，极不恭敬，表现出作者和张鼎已看穿封建法律的虚伪本质和恐吓、压迫人民的作用，并极为鄙视。张鼎对眼前的景象已有丰富的经验，对封建官吏愚昧无能且又凶狠残酷的本性有透彻认识。他们办案的惯伎，就是滥施淫威，严刑拷打，除此之外，别无良策。所以他低首寻思，立即答出结论：又是这种以不变应万变的惯例老套。而其必然的结果是，无辜小民犹如羊落虎口，顷刻之间，就要生命垂危。

第三个层次，张鼎冷眼望去，问事官人坐在正厅上，他用"佁懒懒"一语形容之。佁，通"怡"，意为固执、褊狭。懒懒即愎愎，执拗。佁懒懒，即刚愎自用，强硬固执。此语批判审案官吏自以为是，固执褊狭的心胸，深入骨髓，十分有力。阶梯下排列着两行行刑公差用"恶哏哏"来概括其行为特征，而书案边站立的责状书吏的口气蛮横，用"响珰珰"一语，也都恰切传神。最后一个层次凡四句，刻画堂上官吏凶狠无比，堂下"犯人"惊恐万状的场面和相公乱断公案，黎民血泊横尸的必然结局。"咬牙切齿"，充分描写出官、民对立的尖锐程度；"面如金纸"形象刻画受迫害者被严刑拷打和又惊又怕的惨状，皆入木三分，力透纸背。

此曲四层意思可归纳为上下两个段落。上半曲写张鼎的内心活动，思路的跳跃过程也即判断过程；下半曲通过张鼎的视线，叙述公堂对簿的场面和糊涂官判糊涂案的过程。这个曲子，结构严谨，层次分明，脉络清晰。用唱词来简捷描绘场面和表现剧情的发展，充分体现了中国戏曲的艺术特色，有别于西方戏剧用说明语来介绍场景和用对话来推动情节发展的手法。从全剧来看，此曲细腻描绘了张鼎从内心同情善良、忠厚的无辜者，痛恨这些草菅人命、胡乱判案的昏聩官吏，和心里开始对此案的真实性产生疑窦的心理活动历程，为他以后挺身而出、平反冤狱的决定性的戏剧行动提供了坚实的心理基础和性格基础。全曲语言本色自然，大量运用口语俗语，历历如绘地写出公堂上的血腥场面或曰情景,又形象地表达出正义与邪恶两种情感和力量的尖锐冲突,达到"写情则沁人心脾,写景则在人耳目,述事则如其口出"(王国维语)的境界,做到内容和形式的高度统一,值得我们细细品味。

（周锡山）

张可久

(1270前—1340后)　字小山(一作名伯远,字可久,号小山),庆元路(路治今浙江宁波)人。以路吏转首领官,又为桐庐典史,仕途上不得志。曾漫游江南,晚年居杭州。专力写散曲,现存作品有小令八百五十五首,套数九套,为元人中最多者。作品或咏自然风光,或写颓放生活,亦有闺情及应酬之作。风格典雅清丽。与乔吉并称为元散曲两大家。有《小山乐府》。

〔黄钟〕人月圆

张可久

山中书事

兴亡千古繁华梦,诗眼倦天涯。孔林乔木,吴宫蔓草,楚庙寒鸦。数间茅舍,藏书万卷,投老村家。山中何事,松花酿酒,春水煎茶。

这首小令当是作者寓居西湖山下时所作。通过感慨历史的兴亡盛衰,表现了作者勘破世情,厌倦风尘的人生态度,和放情烟霞,诗酒自娱的恬淡情怀。

起首二句总写兴亡盛衰的虚幻,气势阔大。"千古"是"思接千载",纵观古今;"天涯",是"视通万里",阅历四方。诗人从历史的盛衰兴亡和现实的切身体验,即时间与空间、纵向与横向这样两个角度,似乎悟出了社会人生的哲理:一切朝代的兴亡盛衰,英雄的得失荣辱,都不过像一场梦幻,转瞬即逝。正如他在〔普天乐〕《道情》中所云:"北邙烟,西州泪,先朝故家,破冢残碑。""诗眼",即诗人的观察力。作者平生足迹曾遍及湘、鄂、皖、苏、浙等江南各省,可谓浪迹"天涯"了。然而终其碌碌一生,仅做过路吏、扬州民务官、桐庐典史、昆山幕僚等卑微杂职而已。一个"倦"字,包含了多少风尘奔波之苦,落拓不遇之怨,世态炎凉之酸!难怪他常为此喟叹:"为谁忙,莫非命?西风驿马,落月书灯。青天蜀道难,红叶吴江冷!"(〔普天乐〕《秋怀》)难怪他常为此愤激不平:"人生底事辛苦,枉被儒冠误";"半纸虚名,十载功夫。人传梁甫吟,自献长门赋,谁三顾茅庐?"(〔齐天乐过红衫儿〕)如此坎坷悲辛,书剑飘零,怎能不令人厌倦思归呢?"倦"字,已遥为后文写隐居伏根;"天涯",又先替"孔林"三句张本。

"孔林"三句具体铺叙千古繁华如梦的事实,同时也是"诗眼"阅历"天涯"所得。"孔林":是孔子及其后裔的墓地,在今山东曲阜城北,密植树木花草。"吴宫":指吴王夫差为西施扩建的宫殿,名馆娃宫(包括响屧廊、琴台等),后被越国焚烧,故址在苏州灵岩山上。也可指三国东吴建业(今南京)故宫。李白诗:"吴宫花草埋幽径,近代衣冠成古丘。"(《登金陵凤凰台》)可证。"楚庙":即楚国的宗庙。楚国始建都于丹阳(今湖北秭归),后又迁于郢(今江陵)。三句用鼎足对,具体印证世事沧桑,繁华如梦的哲理:即使像孔子那样的儒家圣贤,吴王那样的称霸雄杰,楚庙那样的江山社稷,而今安在哉?惟余苍翠的乔木,荒芜的蔓草,栖息的寒鸦而已。

"数间"以后诸句,写归隐山中的淡泊生活和诗酒自娱的乐趣。"投老":即到老、临老。"松花":即松木花,可以酿酒。"茅舍"、"村家"、"山中",既缴足题面《山中书事》,又突出隐居环境的幽静古朴,恬淡安宁:这里没有车马红尘的

周文质 〔越调〕寨儿令(挑短檠) 施大畏 作

乔吉 〔正宫〕绿么遍·自述　　　　　　　　　　　　吴山明 作

黄金壮起荒淫志
画元人乔吉冬日写怀曲意 友直

乔吉 〔中吕〕山坡羊·冬日写怀　　　　　　　　　贺友直 作

乔吉 〔越调〕小桃红·效联珠格　　　　　　　　　　吴声 作

乔吉　〔越调〕凭阑人·金陵道中　　　　　陈应华　作

乔吉 〔双调〕清江引·即景　　　　　　　　　韩天衡　作

蟾宫曲
意图
阿鲁威
丁丑冬日
画於海上
赵豫

阿鲁威 〔双调〕蟾宫曲(动高吟楚客秋风)　　　　　　　　　赵豫 作

薛昂夫 〔中吕〕朝天子(伯牙)　　　　　　　　　　施大畏 作

喧扰,而有青山白云、沟壑林泉的景致,正是"倦天涯"之后的宜人归宿。"藏书"、"酿酒"、"煎茶",则写其诗酒自娱,旷放自由的生活乐趣。"万卷"书读之不尽,"松花""春水"取之不竭;饮酒作诗,读书品茶,足慰晚年。联系作者"英雄不把穷通较"(〔庆东原〕《次马致远先辈韵》);"名不上琼林殿,梦不到金谷园";"风月无边,海上神仙"(〔水仙子〕《次韵》);"欠伊周济世才,犯刘阮贪杯戒,还李杜吟诗债"(〔殿前欢〕《次酸斋韵》)等多次自白,则不难窥见本篇:那表面恬静的诗酒自娱中,不是也隐藏着一股愤世嫉俗,傲杀王侯的潜流么?

此曲较小山多数典雅清丽之作又异:一是风格更近于豪放一路,二是语言也较浅近直朴,未用典故,直抒胸臆,不留余蕴。结构上则以时间顺序为线索,写勘破世情而生倦,倦而归山卜居,居而恬淡适意。感情亦由浓到淡,由愤激渐趋于平静。

(熊 笃)

〔黄钟〕人月圆

张可久

春晚次韵

萋萋芳草春云乱,愁在夕阳中。短亭别酒,平湖画舫,垂柳骄骢。一声啼鸟,一番夜雨,一阵东风。桃花吹尽,佳人何在,门掩残红。

"次韵",和人歌诗并依原诗用韵次序之谓。此曲系和何人之作,已不可知。

它写诗人在暮春傍晚中来到昔日送别之地，而伊人不在，于是触景生情，睹物感旧，表达了一腔绵绵离恨和惆怅。

"萋萋"二句写眼前景物引起的离愁。"萋萋"是视觉，状草之茂盛；"芳草"是嗅觉兼视觉，散发芳香的春草。"萋萋芳草"，年年复生蔓延，人力除不断，野火烧不尽，恰似离人心中的愁恨难以排除，触而复发，不断滋长。故古诗词中芳草与离恨早已结下不解之缘：《楚辞·招隐士》："王孙游兮不归，春草生兮萋萋。"汉乐府《饮马长城窟行》诗："青青河畔草，绵绵思远道。"白居易《赋得古原草送别》诗："又送王孙去，萋萋满别情。"李煜〔清平乐〕词："离恨恰如春草，更行更远还生。"秦观〔八六子〕词："恨如芳草，萋萋刬尽还生。"皆可证。故四字未写离情，而离情已寓其中。萋萋芳草连天，黄昏乱云飞渡，再加上一抹黯淡的夕阳笼罩，便构成了一片淡烟暮霭的凄迷境界，与离人内心纷乱的愁绪适相契合，堪称情景水乳交融。"春云"、"夕阳"又暗用江淹《休上人怨别》："日暮碧云合，佳人殊未来"之意，遥为结尾"佳人何在"伏下暗脉，可谓针线细密。

"短亭"三句折入对昔日离别的回忆：那短亭饯行时举杯相劝的别酒，那平湖中比肩分袂时的画舫，那系在垂柳之下载我离去的青白杂毛的骏马，以及那折柳送行的情景，至今仍宛然在目，历历如现；短亭、平湖、垂柳依然犹在，而伊人无迹了。这里又暗用秦观〔八六子〕词中"念柳外青骢别后……袂分时，怆然暗惊"几句意境。但秦词明说"别后"、"袂分"、"怆然暗惊"，故底奥已露；而张曲只用三个名词词组鼎足对举，仅展现三个场景，无一动词或情语，而其别时之叮咛嘱咐，缠绵眷恋之情，及今日睹物神伤，凄然欲绝之状，无不隐藏于字里行间。故融情于景，更见词约意丰；青胜于蓝，用典不露痕迹。

"一声"三句，既是眼前实景，又是作者由回忆转入现实的音响媒介，是视象也是听觉。叠用三个数量词，不仅对偶巧妙，音律上亦造成反复咏叹，回肠荡气，而意境上亦尤具匠心：表明多种音响的再三催促警醒，才把沉醉于回忆中的诗人拉回到眼前现实，足见其回忆寻觅之久，沉湎眷恋之深；而"夜雨"、"东风"，又为下文"桃花吹尽"伏根。

结尾三句才正面抒发别地眼前情景和感受——花落人空的离恨和惆怅。三句化用唐崔护《题都城南庄》"去年今日此门中，人面桃花相映红。人面不知何处去，桃花依旧笑东风"诗意，但比崔诗更为凝练凄绝：崔诗尚有"桃花依旧"，而张词却是"吹尽"、"残红"，象征着爱情的花朵遭到狂风骤雨摧残而狼藉凋零，青春韶华也将在这无情流光中难以永葆。"桃花"、"残红"与"芳草春云"遥相呼应，"佳人何在"与"愁在夕阳"首尾暗接。故《词征》评此三句谓"皆能丰约中度，旋复回环"，并作为"远轶梦符之上"的例证。

此曲结构曲折别致，由眼前之景折入昔别回忆，由啼鸟风雨唤醒又转回眼前写实。虚写昔别之柔情，以反衬今日离恨之分量；时空跳跃，感情跌宕；虚实相生，疏密有致；转折过渡伏应，皆极具匠心。通篇除"愁"字和"佳人"一句，余皆作景语，然浓情密意，无不隐寓其中，所谓"不着一字，尽得风流"（《诗品》）者也。又多化用诗词典故，熔铸无迹，却能脱胎换骨，于此可见其雅丽风格之一斑。

（熊　笃）

元曲鉴赏辞典

1133

〔黄钟〕 人 月 圆

张可久

雪中游虎丘

梅花浑似真真面，留我倚阑杆。雪晴天气，松腰玉瘦，泉眼冰寒。兴亡遗恨，一丘黄土，千古青山。老僧同醉，残碑休打,宝剑羞看。

　　虎丘山在今苏州西北郊,是江南名胜之一。相传春秋吴王阖闾葬此,三日而虎踞其上,因称之为虎丘。此曲通过写雪中虎丘胜景而发兴亡遗恨和文人失意、壮志难酬的羞愧悲怨之情。

　　全曲可分三层。开头五句写冬季虎丘的动人景色,是第一层。首二句用拟人写梅花,说梅花真像美女真真的容貌一样迷人,多情地顾盼、挽留着我倚靠阑杆观赏。真真,典出《太平广记·画工》,云唐代进士赵颜得一美女图,甚喜。画工告诉他:此女叫真真,若昼夜呼其名,至百日必应声而出。颜如其言,至时果然活现,颜遂与之婚。越一年,生一子。至二岁,友人告颜:其女乃妖所化。颜遂疑而欲杀之。真真泣诉已本南岳地仙,言讫携其子回到画上。从此画上便多一孩子。此用美女喻梅花之素淡娟雅。以人拟物,则无情之物活化为有情之人,更显顾盼多姿;对面着笔,不说诗人眷恋赏花,偏说梅花挽留自己,则更见婉约动人。起句可谓“凤头”美丽。接着一句一景,分写雪、松、泉三种景物:雪后初晴,红妆素裹,一片洁白如银的境界;棵棵苍松顶着白雪,亭亭玉立,宛如无数披着素纨的美人,雪沾枝叶掩映,更显得袅娜细腰,玉洁清瘦;那山泉的泉口,泉水与雪片已融合凝起一层薄冰,仿佛冰美人的眼睛,晶莹而凛冽。以上五句皆紧扣题面“雪”字,雪中的梅花,雪晴的天气,雪中的松腰,雪中的泉眼,描绘出一幅玉洁冰清的虎丘冰雪图。

　　六七八三句为第二层,抒发人世沧桑、兴亡遗恨之感。春秋时吴王阖闾曾派专诸刺僚而自立,曾用伍子胥屡败楚兵,攻陷郢都,可谓显赫一时;“千古一帝”的秦始皇,传说他东巡时曾来虎丘寻找阖闾殉葬的宝剑,用剑劈成剑泉;南朝梁时高僧竺道生曾坐在千人石上聚众说法;至于历代苏州的才子佳人更是不可胜数……然而,无情的历史长河,把这些风云人物都变成一丘黄土,只有青山长在,千古不朽。

【人月圆】

结尾三句是第三层：抒发作者仕途失意，壮志难酬的羞愧悲愤之情。作者一生沉抑下僚，以路吏转民务官，后又作典史。正如李开先所云："夫以是人而居卑秩，宜其歌曲多不平之鸣。"(《张小山小令序》)既然历史上风云人物最终也不过一抔黄土，千古兴亡终归是一场虚幻，那么，何必去拓下残存的碑文来诵读，何必自作多情地夫"故国神游"呢？兴亡成败于我何干，还是与"老僧同醉"，借酒消愁吧！"残碑休打"即残碑休拓。据《冷斋诗话》载，宋代范仲淹想在饶州荐福山上拓一千份欧阳询的《荐福碑文》，给穷书生张镐作路费，但碑文却被雷所击碎。此处云拓碑非为出售，乃是作为千古兴亡的见证来诵读。"宝剑羞看"即羞于去看宝剑，因为英雄无用武之地。此暗用《吴越春秋·阖闾内传》中阖闾有干将、莫邪、湛卢等宝剑的典故。又辛弃疾〔水龙吟〕有"把吴钩看了，阑干拍遍"。张孝祥〔六州歌头〕："念腰间箭，匣中剑，空埃蠹，竟何成。"皆表现壮志难酬的悲愤。

此曲由触景、怀古、伤今，分别写雪中游虎丘之所见、所感、所叹，脉络清晰，章法谨严。用典较多而皆恰到好处；遣词考究，而皆清丽自然；写景中比拟尤见个性，以美人拟梅，以腰、眼人体器官、部位拟松、泉，皆各臻其妙，生动传神。风格确系"清而且丽，华而不艳"，"如瑶天笙鹤"(《太和正音谱》)。其炼字炼意，真达到"瘦至骨立，血肉销化俱尽，乃炼成万转金铁躯"(《张小山乐府序》)。

(熊 笃)

〔黄钟〕 **人 月 圆**

张可久

客 垂 虹

三高祠下天如镜，山色浸空蒙。莼羹张翰，渔舟范蠡，茶灶

龟蒙。故人何在,前程那里,心事谁同? 黄花庭院,青灯夜雨,白发秋风。

这首小令写作者客居吴江时凭吊古代三位高人隐士遗迹,自伤坎坷失意、前途渺茫、知音难觅、皓首穷途的悲凉心境和孤寂情怀。

头二句写景。"三高祠":"在吴江垂虹桥东,祀越范蠡、晋张翰、唐陆龟蒙也。"(高启《姑苏杂咏序》)"空蒙":形容雨中雾气迷茫。谢朓《观朝雨》:"空蒙如薄雾。"苏轼《饮湖上初晴后雨》:"山色空蒙雨亦奇。"首句写近景:秋季天高云淡,彩彻区明,晴朗的天空与太湖水天相映,清如明镜;次句写近景:远处苍翠的群山,却浸沾着朦胧雨雾,一片迷茫景象。两句皆明写天空、山色,而隐写太湖水光,却又一远一近,一晴一雨,同一天地,境界迥异。"天如镜",启下追怀古贤的高风亮节;"浸空蒙",逗出后文前途渺茫的惆怅之情。只两句十二字,不仅状晴雨二景生动如在目前,而且含人我两情殊异见于言外,堪称"凤头"包举全篇。

中间六句由怀古而自伤。莼,即莼菜,一种多年生水草,其嫩叶可以做汤菜。《晋书·张翰传》载:吴郡人张翰在洛阳做官,"因见秋风起,乃思吴中菰菜、莼羹、鲈鱼脍,曰:'人生贵得适志,何能羁官数千里,以邀名爵乎!'遂命驾而归"。"范蠡":春秋时越国谋臣,佐越王勾践灭吴成霸后,知勾践只可共患难不可共安乐,"乃乘扁舟浮于江湖,变名易姓"(《史记·货殖列传》)。"茶灶":烹茶用的小炉灶。"龟蒙":即唐代文学家陆龟蒙,江苏吴县人。曾任苏、湖二郡从事,后隐居松江甫里。"不喜与流俗交,虽造门不肯见。不乘马,升舟设篷席,赍束书、茶灶、笔床、钓具往来。时谓江湖散人……后以高士召,不至。"(《新唐书·隐逸列传》)以上三人,张、陆皆吴人,范蠡则由姑苏入"五湖"(今太湖),故吴地后人建"三高祠"纪念他们。三句鼎足对,分用三典,表达作者凭迹怀古,追

【人月圆】

慕三人淡泊名利、知机隐退的高风亮节。接以"故人何在"一问句作过渡,转入自伤:追慕古贤,但他们早已一去不复返了;反躬自问,自己处境又自不同,或者为生计不得不他乡飘零,然而前途又在哪里呢? 仍是黯淡渺茫。这种欲进不能,欲归不得的矛盾、苦闷心情,谁又能同情理解呢? 真是恨无知音啊! 作者设问于"三高"而发牢骚,还有一层深意:彼"三高"皆功成名就,而后归隐,诚足高矣;然我功名无望,衣食困厄,白发秋风,犹自羁旅风尘、欲"高"不能啊! 世人但知"三高"之"高",焉知我之难言苦衷,彼"三高"又何能知我小山哉! 三句又是鼎足对,而连下三问,与前三句不仅在修辞上显出变化,且于感情上亦由缓渐急,其坎壈不平之鸣,失意惆怅之情,已力透纸背。

结尾三句写客观的孤寂凄凉:菊花已开满庭院,而自己却独居异乡,不能与亲朋共赏同饮,徒增悲秋之思;夜晚伴黯淡青灯,块然独坐,听窗外绵绵秋雨,恰如诗人无边的愁绪;肃杀的秋风凄切呼号,摇落草木,叩击窗棂;可怜百忧撼心,万事劳形的诗人,已是白发丛生,犹然天涯飘零! 此情此景,纵铁石心肠亦为之断肠凄绝。三句仍是鼎足工对,然"黄花"以乐景衬哀,是反衬;"青灯""白发"则以哀景衬哀,是正衬。黄花、青灯、白发;庭院、夜雨、秋风,不仅色泽对比鲜明,意象组合亦颇具匠心,静动相间,有声有色,活画出一幅秋风夜雨游子飘零图。

此曲以景起以景结,中间怀古伤今,感情由弛渐张,由淡趋浓,结尾直令人凄然欲绝。对偶工巧而修辞又极变化之能事,按〔人月圆〕曲律共四韵,首韵两句为领;领鼎足三韵,每韵又各作鼎足三句对。本篇正是如此。首二句总领,以下九句为三组鼎句对,用三典、设三向、摹三景,跌宕变化,摇曳生姿。古今人我之事,行藏穷达之状,皆历历如绘。又能于清丽华艳之中兼豪辣灏烂之味。《词林纪事》举此曲为例评曰:"孰谓张小山不如晏小山耶!"颇中肯綮。

(熊 笃)

〔黄钟〕人 月 圆

张可久

吴 门 怀 古

山藏白虎云藏寺,池上老梅枝。洞庭归兴,香柑红树,鲈脍银丝。白家池馆,吴王花草,长似坡诗。可人怜处,啼乌夜月,犹怨西施。

这是一首在吴门写的怀古曲。吴门就是苏州,春秋时代吴国曾在这里建都,故名。但曲的内容并不全是怀古,也夹杂着作者向往归隐的思想。

开头两句,描写虎丘景物。"山藏白虎",包含着一个关于虎丘来历的故事。相传:吴王阖闾死后葬在山下,经三日,"白虎蹲踞其上,故名虎丘"(见《越绝书》)。"云藏寺",说的是虎丘山寺的风光。虎丘山上有一座禅寺,唐时改名报恩,宋时改名云岩(后来康熙又改名虎阜),但一般人都叫它作虎丘寺。据记载,宋时寺院规模宏伟,梵宇琳宫,宝塔耸霄,被列为"五山十刹"之一。苏东坡曾来游,写了首《虎丘寺》诗,中有"东轩有佳致,云水丽千顷"之句。既然云有"千顷"之多,那自然就可以把寺"藏"起来了。这当然是夸张的说法,但却给山寺增加了诗意。"池上"句写剑池。剑池在虎丘山下,清泉一泓,峭壁如削。这里所写,是池旁和崖上遍植着槎枒苍老的梅树;与上句合起来,高低上下,构成了一幅完整的虎丘景物图。

"洞庭归兴"三句,写作者触发的遐想。"洞庭归兴",借范蠡功成隐退,泛

【人月圆】

舟太湖之典。洞庭，指东、西洞庭山，在苏州西南太湖中，那里风景优美，气候宜人，四季花香，四时果鲜；洞庭红橘，尤为有名。"香柑红树"一句，写的就是橘子成熟时的情景。当然，"红树"也兼指山上的枫树，秋来叶子深红一片，与红橘争相辉映，景色尤为美丽。同时，"香柑"似又暗含三国时陆绩怀橘归遗其母之典。"鲈脍银丝"则指切成细丝的鲈鱼肉。鲈鱼盛产于吴中，切细来吃，是一道美味的菜肴。《晋书·张翰传》载："翰因见秋风起，乃思吴中菰菜、莼羹、鲈鱼脍，曰：'人生贵得适志，何能羁宦数千里，以要名爵乎？'遂命驾而归。"作者在这里浑然无迹地连续暗用了三个典故，不仅切合怀古之题，而且写出了洞庭之美，表达了他想要归隐的思想。他一生屈居下僚，这种思想是时常在他的心头萌动的。

曲文接着继续怀古。"白家池馆"写白居易的遗迹。白居易在唐敬宗宝历元年(825)曾任苏州刺史，历时一年多，常到虎丘来游玩。他的《登阊门闲望》诗，有"云藏虎寺山藏色"之句，此曲首句即受其影响。但所遗池馆已不可考了。"吴王花草"，当指吴宫姑苏台，相传为阖闾、夫差所建，在姑苏山上，横亘五里，高三百丈，中多奇花异草；越破吴时，台遂被焚。这里暗用李白"吴宫花草埋幽径"(《登金陵凤凰台》)诗句，有凭吊吴亡之意。"长似坡诗"，是说虎丘仍像当年东坡《虎丘寺》诗写的那么美好。这三句，对景物而想起白居易、吴王、苏东坡等古人，在发思古之幽情的同时，暗寓了兴亡之感。

最后三句，承"吴王花草"句而下，进一步感慨兴亡。相传越王勾践用大夫种之谋，献美女西施与吴王夫差，夫差于灵岩山上建馆娃宫以贮之，日夜寻欢作乐，后遂为越所败，身死国亡。作者用月夜乌啼的凄厉来渲染西施的亡吴之恨，深得辛弃疾"啼鸟还知如许恨"(〔贺新郎〕《别茂嘉十二弟》)的遗意，深化了"可人怜处"的兴亡之感。

这首曲，从"吴门"这一特定环境出发，以怀想春秋时代吴国的事迹为主，兼及白居易与苏东坡,主次分明;还抒发了隐居的思想。作者让这些内容与景物描写相结合,不论写哪个人物,什么思想,都紧扣写景,因此,可以说是一首情景俱胜的作品。

(洪柏昭)

〔黄钟〕人 月 圆

张可久

春 日 湖 上

小楼还被青山碍,隔断楚天遥。昨宵入梦,那人如玉,何处吹箫?门前朝暮,无情秋月,有信春潮。看看憔悴,飞花心事,残柳眉梢。

这是张可久春日寓居西湖时写的一首抒情小令。

"小楼"两句,写从小楼远望。西湖到处是青山,故作者在楼上远望时,被层叠的青山隔断了视线,不能望见遥远的"楚天"(战国时楚国据有长江中下游地区,故吴越一带亦可泛称"楚天")。这两句,情调有点惆怅,不但通过意象来表现,而且通过一个"还"字强调出来。"还"字有"又"和"仍"的意思,就是说,本来想遥望远方,不料又被青山妨碍了,不能达到目的,这就显出了懊恼之意。曲文一开头就笼罩了一层低沉不快的情绪,从而为下面具体的叙事抒情定下了基调。

"昨宵入梦"三句为叙事,是说那位如花似玉的美人,昨天晚上进入到自己

【人月圆】

的梦境来了,但她现在却不知在什么地方。杜牧《寄扬州韩绰判官》诗,有"二十四桥明月夜,玉人何处教吹箫"之句,这里借用,展现了一个美丽而又惆怅的意境。说它美丽,是因为美人入梦,必有许多旖旎温馨;说它惆怅,是因为醒后相忆,不知她身在何处。那人儿,大概就是他曾经爱恋过的一位女性吧?这种别后的"分明又向华胥见"(姜夔〔踏莎行〕),是曾令许多文人才士难堪的,张可久自不能例外。至此,我们回过头来看,就会对开头两句有更深一层的了解。原来,所谓"隔断楚天遥",实寓两地分离,同"那人"的关系被隔断之意(遥远的"楚天"底下,当是"那人"前此所居之处);而"青山"之碍,就可能包括人事的因素了。作者借景抒情的技巧,于此可见。

幺篇沿着前篇的情感之流继续发展。"门前朝暮"三句,叙述那段时间的生活:朝朝暮暮同自己相对的,只有"秋月"与"春潮"而已。多么寂寞,多么无聊!然而还不止此,"秋月"而曰"无情","春潮"而曰"有信",这就增加了数倍的感伤色彩。苏轼〔水调歌头〕《中秋》词,下片怀念子由,有句云:"转朱阁,低绮户,照无眠。不应有恨,何事偏向别时圆。"埋怨秋月的无情,这里的"无情秋月"即用其意。唐代李益《江南曲》说:"嫁与瞿塘贾,朝朝误妾期。早知潮有信,嫁与弄潮儿。"埋怨潮来有信,人归无期,这里的"有信春潮"亦用其意。因此,这三句,在叙事写景中蕴含的感情色彩是浓厚的。

"看看憔悴"三句,结合暮春景物特征,借"飞花"与"残柳",喻心绪的惆怅,形容的憔悴。"飞花"无定著,像心境的摇曳不定;"残柳"有亏缺,像双眉的皱损败残;这说明作者很善于形容。

这首曲,借暮春景物以抒发怀人的愁思,重在抒情而不是写景,而在情感的表达上又显得形象而含蓄,体现了张可久散曲典雅蕴藉的风格。

(洪柏昭)

〔正官〕塞 鸿 秋

张可久

道 情

直钩曾下严滩钓,清风自学苏门啸;蜜蜂飞绕簪花帽,野猿坐守烧丹灶。扁舟范蠡高,五柳陶潜傲。南华梦里先惊觉。

这首小令以"道情"为题,借以抒发作者隐居乐道情怀。

头两句借用两个典故,以表明诗人愿效法严子陵和孙登那种与世无争的高雅逸致和啸傲山林的不同凡响。东汉严光字子陵,尝与刘秀同学,后刘秀建东汉称帝,严光遂变易姓名,身披羊裘到七里滩隐居垂钓。(见《后汉书·严光传》)后人遂用"严滩"、"严濑"等表示不慕官爵的隐居生活。如李白《寄权昭夷》诗:"永愿坐此石,且纵严陵钓。""苏门啸":典出《晋书·阮籍传》,载阮籍于苏门山遇隐士孙登,互相长啸,孙登的长啸"若鸾凤之音,响乎岩谷"。后遂以"苏门啸"、"孙登长啸"等来形容隐士啸傲山林,不同凡响。如白居易《秋池独泛》诗:"严子垂钓日,苏门长啸时。""清风"句,谓清风吹动,山鸣谷应,清音缭绕,随风长啸,亦如孙登苏门"鸾凤之音"矣。前人每多以"清风"、"清音"状苏门长啸,如张昌宗《奉和圣制夏日游石淙山》诗:"叔夜弹琴歌白雪,孙登长啸韵清风。"孟浩然《宿终南翠微寺》诗:"风泉有清音,何必苏门啸。"小山此二句化用前人诗句,其迹甚明。

三四句写山中修炼,全真养性的逍遥乐趣。诗人想象在幽窀林泉中独结茅庵,隔绝红尘,赏春花秋月,观闲云流霞,听松风鸟鸣,日与蜂鸟猿鹤为伴,也并

【塞鸿秋】

不寂寞：帽上插着山花，蜜蜂飞绕头顶追逐相戏；野猿似解人意，代主人坐守炼丹鼎灶。这里没有蜂衙蚁穴的喧嚣，没有尔虞我诈的纠缠，没有宦海风波的惊恐，也没有世俗礼法的拘束；俨然世外桃源，一片神仙境界。生在其中，诚能返朴归真，修身养性，婆娑优游，委运乘化。"烧丹灶"：道家在金鼎炉灶中炼金石药物成丹，谓服之可以长生。江淹《别赋》："守丹灶而不顾，炼金鼎而方坚。"元曲中写隐逸道情，多用"猿鹤"、"丹灶"之类点缀，如邓玉宾〔粉蝶儿〕套："除了猿鹤，等闲间世无人到"；"检个仙方，弄般仙草，试些丹灶。"汪元亨〔折桂令〕："猿鹤追随"，"养丹鼎寒灰宿火"等等。但未必真去炼丹求长生。

五六两句赞美范蠡、陶潜鄙薄名利的高风傲骨，寄托诗人的愤世嫉俗之情。范蠡佐越王勾践灭吴之后，以越王只"可共患难而不可共处乐"，乃乘扁舟，变名易姓，浮于江湖。（见《史记·货殖列传》及《吴越春秋》）后人常用此事来称道功成身退、浮云富贵的高节。"五柳"：陶渊明为彭泽令，不愿为五斗米折腰，毅然去官归家，门前种五株柳树，并以五柳先生自况。（见萧统《陶渊明传》和陶潜《五柳先生传》）这两句的"高"和"傲"，实互文见义，皆褒美范、陶二人的高风峻节和傲岸精神。结句"南华梦"即庄周梦，唐天宝元年尊庄周为南华真人，称《庄子》为《南华真经》。因《庄子·齐物论》中载有庄周梦化蝴蝶，忘己是人，醒后方觉己仍是庄周，后遂以"庄周梦"、"蝴蝶梦"、"南华梦"等比喻梦幻虚无。本篇结句用庄周梦典故，并不仅指庄子，实概括全篇，说明严光、孙登、范蠡、陶潜等高人隐士之所以高蹈远举，是因为他们都像庄子一样勘破世情，最先惊醒觉悟：一切功名富贵，荣辱兴亡都不过是过眼云烟，像一场梦一样虚幻，故应尽快知机隐退，远祸全身，到林泉烟霞中去寻找逍遥乐趣。

此曲用了五个典故，同是赞美隐逸，然又各有侧重，而无重复累赘之感。严光与孙登皆终生隐逸，但光重点在藐视皇权，拒不受诏，而登重点在预知几微（曾戒嵇康，康不能用，后果遭祸），不同凡响；光有妻室，乃人间隐士，登乃"真人"，似带几分仙气。范蠡重在功成身退，故曰"高"；陶潜重在不可折腰，故曰"傲"。凡此皆能从各个侧面铺叙隐居乐道，而用词十分准确。又全篇除结句奇句外，其余偶句皆对仗工稳，体现了小山的词风雅化一面。

（熊　笃）

〔正宫〕醉　太　平

张可久

怀　古

翩翩野舟，泛泛沙鸥。登临不尽古今愁，白云去留。凤凰台上青山旧，秋千墙里垂杨瘦，琵琶亭畔野花秋。长江自流。

这是一支缅怀古人、伤悼自身的小曲。作者从自己的漂泊无依，萍踪无定，想到李太白、苏东坡、白乐天虽出类拔萃，也已风流云散，只留下一些供人凭吊的往事，不由得发出繁华易歇、功名未遂的感叹，既流露了自负不凡的感情，也表现出积极用世的态度。曲一开始，便以"野舟"和"沙鸥"来比喻自己的天涯羁旅、湖海飘零。庄周不是说过"饱食而遨游，汛若不系之舟"（《庄子·列御寇》）么？杜甫不是说过"飘飘何所似？天地一沙鸥"（《旅夜书怀》）么？诗人化用了他们的语意，而分别用"翩翩"和"泛泛"加以形容，就更加形象地说明自己像一只来往不停的"野舟"和漂泊不定的"沙鸥"。经过这样的形容和点化，就把静态变为动态，旧的内容化为新的意境了。小令的开头，不着痕迹地化用前人的语意，显得美丽、深厚和博雅，实为曲家所艳称的"凤头"。特别可贵的，是诗人通过"登临"的所见、所感，把曲意贯串起来了，"野舟"和"沙鸥"，既是眼前的景物，又是自己的化身。一个漂泊天涯的倦客,在登山临水的时候,触景生情,怎么不发出无穷的忧思呢?"登临不尽古今愁",就通过这么个抒情线索把它连接起来了。但如果沿着这根抒情线索发展下去,就只有叹老嗟卑的感叹,怨生恨死的苦恼了。诗人好像彻悟人生,故作达观似的,用"白云去留"一句话,改变了那种灰色的感情,真有回肠荡气的妙趣,移山倒海的笔力。这自然是从陶渊明的"云无心而出岫"(《归去来辞》)那里得到的启迪,从韦执中的"乃无心而自出"、"考攸往而无必"(《白云无心赋》)那里进一步获得的思想资料,融化到自己此时此地的心境中去,从而创造出更高层次的美的境界的。

中间用一组"鼎足式"的对偶句,充满了缅怀和景仰的感情,概括了我国历史上三位伟大的诗人李白、苏轼和白居易在政治上失意时所留下的一些诗作,借以抒发自己同样的感情,特别显得格调高昂,气势磅礴,局面浩荡,也就是曲家所追求的"中要浩荡"的"猪肚"式的艺术结构。李白在天宝年间被变相放逐以后,漫游金陵(今南京市),写下了脍炙人口的"凤凰台上凤凰游,凤去台空江自流"(《登金陵凤凰台》)那样的诗句,吊古伤怀,以抒发自己政治上的失意心情。可现在登台吊古的诗仙早已去了,只有那远处的"青山",还像过去一样屹立在那里。苏轼在元丰年间,也在被贬途中写过"墙里秋千墙外道,墙外行人,墙里佳人笑"(〔蝶恋花〕)那样寄托深远的词,以行人多情,佳人无情,喻自己的报国有心,人莫我知。特别是句末着一"瘦"字,便把苏词的"枝上柳绵吹又少",更加形象地表现了出来,大有"树犹如此,人何以堪"的感慨。白居易在元和年间曾谪贬九江(在今江西),听了琵琶女的弹奏,写下了"同是天涯沦落人,相逢何必曾相识"的《琵琶行》,后人便在浔阳江口(今江西九江)筑了琵琶亭来纪念他。上述三句曲词的字里行间,流露出诗人多么复杂的情感,多么深沉的悲哀!这些诗坛的宗匠,生前的道路虽然是坎坷的,死后的声名却是昭彰的。那么自己的沉抑下僚,偃蹇仕途,又有什么可说的。中间写得如此浩荡,如此壮阔,结语如何把读者引向更广阔的天地，形成一个"响亮"、有力的"豹尾"，是值得仔细推敲的。诗人以扛鼎的笔力，举重若轻地用"长江自流"这句非常漂亮的俊语，不但高度概括了全部的曲意，而且巧妙地运用了王勃的"阁中帝子今何在，槛外长江空自流"（《滕王阁》）的诗境，给人们留有广阔而饶有韵味的联想空间。物换星移，人事全非，是不以人的意志为转移的自然规律，有什么值得悲叹呢！从而把年华易逝的感慨，转化为纯任自然的心理状态，思想升华了，意境提高了，给人的启示也更多了。这么一来，这支小曲简直是"无一字无来历"了，不是失之堆垛了吗？否！王骥德说得好："曲之佳处，不在用事，亦不在不用事"，而在于是否"引得的确，用的恰好"（《曲律·论用事》）。作者虽然在曲中化用了许多前人的诗句，但却把它化为自己的思想，自己的语言，成了自己创造的新的意境，别有一番耐人咀嚼的韵味，给人以极大的美感享受，所以是成功的。

（羊春秋）

〔正宫〕醉太平

张可久

人皆嫌命窘，谁不见钱亲？水晶环入面糊盆，才沾粘便滚。文章糊了盛钱囤，门庭改作迷魂阵，清廉贬入睡馄饨。葫芦提倒稳。

这首小令《中原音韵》题作《感怀》，《北词纪外集》题作《叹世》。它辛辣地讽刺了那些不择手段追求金钱的无耻之徒，从一个侧面揭露出元代社会的病态和

【醉太平】世俗风气的腐败。

　　一二句入手擒题,为全篇主旨,道出了贪财乃世风腐败之根源:在这个社会上,人人都嫌弃讨厌命运穷困,个个都势利得见钱眼开;因为都想飞黄腾达,家财万贯,自然就造成了人欲横流,如蝇逐血,寡廉鲜耻的社会风气。所以从第三句以下,就铺写这种腐败风气的具体表现。"水晶环"一本作"水晶丸",比喻清白无瑕、光明纯洁的人,一说喻圆滑的人,仔细玩味,当以前一解为宜。"面糊盆",比喻糊涂污浊,此处指当时社会或官场。"沾粘",意犹沾染;"滚",意谓滚在一起,混成一团,喻同流合污。这两句讽刺社会、官场犹如一个糊涂污浊的大面糊盆,大污染缸,即使本质清白纯洁的人,只要一走进去,就立即被环境熏陶,沾染恶习,同流合污、营私舞弊起来。五六七三句,进一步列举三种丑恶现象加以讽刺。"囤",本是用苇篾编织的盛粮食的囤子,此借指盛钱的器具;"盛钱囤"形容钱财聚积如粮囤那么高。"迷魂阵",本指迷惑、坑害别人的一种圈套或陷阱,使你进得来出不去;而元人常用此词代指妓院。"睡馄饨",即躺着的馄饨,比喻软弱站不起来;一说即"混沌",谓一无所知;寻绎上下文意,宜以前解较妥。这三句意谓:读书写文章,本应经时济世,沾溉后人,可现在竟成了升官发财、狗苟蝇营的手段;门庭本是用以接待亲友宾朋之地,可现在竟变成专门坑害别人的陷阱,设置机毂的场所;清正廉洁的人本应受到晋升褒奖,可现在竟被贬斥打击,让你倒在地上站不起来。三句鼎足对,音节铿锵,语调冷峻,辛辣的讽刺中充满愤激不平之气,不仅对拜金主义者之卑劣无耻极尽嬉笑怒骂的谴责,同时对社会上是非颠倒、贤愚不分的现象,也作了淋漓尽致的揭露。

　　结尾一句,写作者自己的处世态度,收束全文。"葫芦提"是双关语,既指糊涂,亦代指喝酒。如作者在另一首《道情》中有"酒葫芦,醉模糊,也有安排我处。"即其例。这句意谓:世俗名利、是非贤愚我都不管,还是长醉不醒,权装糊里糊涂,反倒觉得一切安稳。表面上看,这种处世态度未免消极颓废,其实这只是诗人愤激不平的反语；倘若他真个无是非观念，一味装聋作哑，麻木不仁，那么，他大可不必愤愤然对上述种种腐败丑恶现实大加挞伐，而应处之泰然，就像某些田园隐逸诗那样冲和闲远才是。但事实表明，作者对这个病入膏肓、丧尽廉耻的社会风气是痛心疾首的。他之所以感叹"葫芦提倒稳"，适足表明他既不甘愿失足掉进这个社会大染缸里去同流合污，但个人又无回天之力扭转乾坤、移风易俗；为了解脱这种矛盾、苦恼，只好无可奈何佯装糊涂，闭眼不看红尘，但求独善安稳了。这与关汉卿"闲的是他，愚的是我，争什么"（〔四块玉〕），马致远的"葫芦提一向装呆"（〔夜行船〕），曾瑞的"朝市得安为大隐。咱，妆作蠢"（〔山坡羊〕），皆一脉相承，反映了元代知识分子消极反抗的普遍情绪。

此曲未用一典，全用口语俗语为喻，充满尖新泼辣的蒜酪味，正好切合嬉笑怒骂的讽刺，与小山多数散曲好用诗词语的雅丽风格迥异。在音律上平仄相间，和谐浏亮，鼎足对三句皆施俊语，恰是务头所在。故周德清评此曲："'窨'字若平，属第二着。平仄好。务头在三对，末句收之。"（《中原音韵·作词十法·定格》）

（熊 笃）

〔仙吕〕**锦 橙 梅**

张可久

红馥馥的脸衬霞，黑髭髭的鬓堆鸦。料应他，必是个中人，打扮的堪描画。颤巍巍的插着翠花，宽绰绰的穿着轻纱。兀的不风韵煞人也嗏。是谁家，我不住了偷晴儿抹？

【锦橙梅】

这首小令描写一位少女容颜体态的魅力，风韵楚楚动人，以致吸引了作者在邂逅美人的一瞬间，情不自禁地流露出惊艳倾倒、为之销魂之情。

起首二句写其容颜。"红馥馥"意近红艳艳，然"馥馥"，本形容香气浓烈。嵇康《酒会诗》："馥馥惠芳，顺风而宣。"陆机《文赋》："播芳蕤之馥馥。"此用"红馥馥"来形容美人脸面，是以花拟人，隐寓"人面桃花"之意，说她白里透红的脸蛋宛如鲜艳馨香的一朵花，这就令人产生了由视觉（色）到嗅觉（香）的通感。然作者对其赞美似觉意犹未尽，于是复以"衬霞"足之：红馥馥花朵般的脸蛋像映衬着彩霞一样光彩照人。"黑鬒鬒"，形容乌黑秀美的鬓发。《释名·释形体》："鬒，姿也，为姿容之美也。""堆鸦"，形容凸起的发髻又密又黑，仿佛乌鸦的羽毛荟萃，乌黑闪亮。这里不同于《诗·卫风·硕人》中"手如柔荑，肤如凝脂，领如蝤蛴，齿如瓠犀，螓首蛾眉"那种铺排周遭的描写，而只是从第一感觉中撷取其最动人的一两处：仅写其脸蛋红光焕发、秀发乌黑油亮，一红一黑相映，色彩鲜明强烈，则其如花似玉的容颜，青春年少之活力，流光溢彩，娇艳夺目，便历历如在目前。周德清《书所见》小令也有"脸霞、鬓鸦"，殆由此蜕化而出。

"应料他"三句写作者对其身份的猜想。"个中人"指歌妓舞女。苏轼〔浣溪沙〕《徐州藏春阁园中》："红玉半开菩萨面，丹砂浓点柳枝唇，尊前还有个中人。""堪"：可，值得。从"料应"可知，诗人与美人相逢之地，决非秦楼楚馆或尊前酒边，因为那种场合的女子身份是无须猜测而自明的；也许他们只是在街道或游览地的一次偶然相遇罢。"颤巍巍"二句，表面写其雍容倩饰，实则写其步态风韵。头上珠翠首饰颤巍巍摇动，则其袅袅婷婷的"凌波微步"可知；身上披着宽松的轻纱，则其雍容洒脱的翩翩风度可想。通过写外在的服饰来显现其内在的风韵，堪谓以形写神；看似平常，实具匠心。比起曹植《洛神赋》里"翩若惊鸿，宛若游龙"的彩绘，更显朴素而耐人寻味。难怪诗人禁不住击节赞叹，这怎能不令人感到风韵美妙之极啊！

结尾两句写作者为之倾倒销魂,进一步从侧面来突出其人之美。"谁家"一词,在诗词曲中有多义,常见解"谁家"之"家"为"价",乃疑问词尾,大约相当"的"、"地"之类;而"谁家"连用,分别为"怎能"、"怎样"、"为甚么"、"甚么"等义。此处宜作"为甚么"解,犹张可久〔蟾宫曲〕中"童子谁家?贪看西湖,懒诵南华"例中,云童子为甚么贪看西湖、懒诵南华?此处乃诗人自问:我这是为什么,禁不住一个劲偷偷地用眼睛瞥她呢?本为其容貌风韵所倾倒,却故意发此一问,便顿觉多情,妙趣横生;似乎自己也不明白,她何以有如此巨大的魅力竟使我像被吸铁石吸住一样如醉如痴、不断偷看她呢?不正面铺叙对方如何唇红齿白、美目巧笑;也不直说自己如何神魂颠倒,如痴似狂,而只发此痴问,则女子倾城倾国之威力,诗人惊艳销魂之情态皆兼寓其中了。这一结尾,既能"发乎情,止乎礼义"而见分寸恰当,又能"含不尽之意见于言外"。这种写法,与《陌上桑》中用耕者、行者"坐看"罗敷之美,与《西厢记》"闹斋"中通过写大师"凝眺",班首"呆劳","对着法聪头儿当磬敲",来突出莺莺出现的魅力,可谓有异曲同工之妙。

此曲未用典故,亦少藻饰,纯用白描,家常口语,或描写,或抒情,或正写,或反写,则美人的风韵魅力便活脱脱宛然在目。叠字的使用不仅增强了音节美,且极传神,有所谓"以少总多,情貌无遗"(《文心雕龙·物色》)的艺术效果。

(熊 笃)

〔中吕〕迎仙客

张可久

秋 夜

雨乍晴,月笼明。秋香院落砧杵鸣。二三更,千万声,捣碎

【迎仙客】

离情。不管愁人听。

在元代散曲家中,张可久是传世作品最多的一人。他不仅数量压榜,而且艺术上本色当行与清丽高华兼而有之,表现了散曲这一抒情诗体的高度成熟。因此在当时已被尊为词林宗匠,明人李开先更将他与乔吉并推为曲中李杜。他的作品题材广泛,而以写景和怀古为大宗。写时节景色的散曲也不拘于即景状物,常常别有寓意,只是借景发挥,故特具耐人寻味的曲折含蕴。

如此曲题作"秋夜",表面上是写秋色秋声,其实却是一首闺怨曲。首两句淡淡写景,只点出宿雨初晴,月光隐约迷蒙,就不再在景物上多费笔墨了。以下从"砧杵鸣"起,一路写秋声到底。"砧杵鸣"暗示着闺中思妇为远征的丈夫捣帛准备寒衣,与下文"捣碎离情"句前后相逗,从侧面写出了李白在《子夜吴歌·秋歌》中正面写出的"长安一片月,万户捣衣声,秋风吹不尽,总是玉关情"的幽怨。"二三更"两句再将包含着离愁别绪的秋声加以铺染,使"捣碎"两字更有分量,更加凝重。歇拍"不管愁人听",不仅使曲中有作者自己在,而且显示了旁人听之尚且愁闷不堪,何况当事的捣衣人,其愁怨更将万倍。背面敷粉,将闺妇的离情益发渲染得淋漓尽致。

〔迎仙客〕有两调,一调四五两句可作五字句(也有六字句的,其实是三字句加上衬字),此曲是正格。元人杂剧中用这一曲牌时大都加衬字,早期的散曲或加衬字,或四五两字用五字句,张可久的小令中,用此牌的共十一首,除一首用衬字(《湖上》)和一首用别格(《春思》)外,其余都用正格。后人作散曲时,别格已不再用。词曲牌的正格与别格,大致也看名家或前人的多数作品用哪种格式而定,〔迎仙客〕的正格,当也是因为张可久多采用此格的原故。

(何满子)

〔中吕〕红 绣 鞋

张可久

天 台 瀑 布 寺

绝顶峰攒雪剑，悬崖水挂冰帘，倚树哀猿弄云尖。血华啼杜
宇，阴洞吼飞廉。比人心山末险！

张可久散曲，多典雅蕴藉，风格清丽。本曲用笔刚健瘦硬，格调冷峻，在《小
山乐府》中确是别具一格。

曲题为"天台瀑布寺"。天台，山名，在浙江天台县北。山中有方广寺，寺旁
有瀑布，奔腾直下数十丈，为天台八景之一，宋米芾题为"第一奇观"。本曲首句
便在"奇"、"险"上落笔，天台绝顶名华顶峰，崔嵬峻峭，冬天积雪，远望如雪剑刺
天。以剑喻山，前人多有，如柳宗元《与浩初上人同看山寄京华亲故》诗："海畔
尖山似剑芒"，本曲云"雪剑"，则更觉高寒奇诡。次句写飞瀑。"冰帘"，既喻瀑
布之状，亦写其寒气逼人。"倚树"句，进一步烘托天台之险。树上的猿猴悲切
地叫唤，攀援于山顶之树，仿佛在摘弄云尖。起三句点题，写出天台山和飞瀑的
奇险。"血华啼杜宇"，用望帝啼鹃典。传说古蜀国君主望帝屈死而化为杜宇
鸟，啼声悲切，泣出皆血。此处指天台山中杜鹃鸟鸣声凄厉。"阴洞吼飞廉"，飞
廉，传说中的风神，此指阴森的山洞中风声呼呼。以上五句，力写天台之险。剑
峰、冰瀑、哀猿、啼鹃，形成统一的氛围，使人意悚神骇。

"比人心山末险！"结句笔锋陡转，非人思议所及。诗人前五句组织连串形
象描述天台的"险"景，正为逼出此句。由此，前诸形象便转化为意象，成为连珠

【红绣鞋】

之喻,比山更险的人心之险已寓不写之中。全曲到此戛然而止,留给人们丰富的想象余地。以山险喻人心之险,常见于古书中。《庄子·列御寇》云:"凡人心险于山川,难于知天。"雍陶《峡中行》亦云:"楚客莫言山势险,世人心更险于山。"皆为本曲立意所本。但本曲不是简单地重蹈旧辙,作者抓住天台山的景物特征,用重笔浓墨极力刻画,设喻生新,有声有色,生动地表现了山川的奇险,末句才突作转折,标出"人心"一语,始知上文兴中有比,意味深长。全曲既有哲理性,又有强烈的艺术感染力,迥异乎习见的写景小曲。

(陈永正)

〔中吕〕 红 绣 鞋

张可久

宁元帅席上

鸣玉珮凌烟图画,乐云村投老生涯。少年谁识故侯家?青蛇昏宝剑,团锦碎袍花。飞龙闲厩马。

张可久集中有不少散曲写于酒筵歌席,大都是逢场作戏,随口吟咏歌女舞姬之容貌体态,作应酬敷衍。但也有些许篇章系借酒使气,发牢骚,抒怀抱,剖露了他的内心世界。这首〔红绣鞋〕即其中之一。

头两句写作者平生志趣的巨大变化。首句写年轻时的志向。"玉珮",是玉做的装饰品,古代贵族随身佩带,以示身份和修养。《礼记·玉藻》说:"古之君子必佩玉。"又说:"君子在车,则闻鸾和之声,行则鸣佩玉。"作者借"鸣玉珮",形象表明自己年轻时曾希望青云直上,跻身高官显爵之列。"凌烟图画",犹说建树盖世功名。李世民建唐后，曾于贞观十七年（643）令名画家阎立本绘魏徵、尉迟恭、长孙无忌等二十四位开国元勋的图像于长安凌烟阁上，并亲自作赞，以示表彰。次句写老来意趣。"投老"，意为"临老"；"云村"，《乐府群珠》作"云林"，似更好。次句讲自己老来唯乐山云野林，不思其他。从年轻时的雄心万丈、欲建立功勋、青史留名到老来志在岩穴、沉醉山水，作者的思想变化确实很大。为何如此？第三句揭明缘由——"少年谁识故侯家？"前朝叱咤风云的王侯将相，随着时间的迁移、世代的变易，早已家门衰落、声名埋没，不为后人知晓。人生在世，与其煞费心力，追求功名，不如逍遥自在、优游卒岁。这一句，作者不仅说明了自己志趣变化的思想原因，而且也使上句之"乐云林"三字，流溢出摆脱名利羁绊、彻悟人生真谛的怡然自得之情。在这种思想指导下，作者对世上的事物，产生了迥异于世俗的看法：武将佩带的青蛇宝剑，在他眼里昏暗无光；文臣穿着的团花锦袍，在他眼里是一堆杂乱无章的零碎布片；而功成名就、如飞龙在天的官场显赫，在他看来，不过是如马在厩，名缰利绳，受尽束缚（闲：栏杆，此指约束）。

张可久不是李白，没有粪土王侯、不"摧眉折腰事权贵"的凛然天性；张可久也不如陶渊明，缺乏抵抗污浊、固志守穷的高尚节操。对元廷的黑暗统治，他未作坚决揭露、抗争，而只是借酒使气，隐曲地发泄对仕宦失意的不满和牢骚，是在无可奈何之际强作旷达。

张可久作散曲，注意锤炼字句，讲究声律、对仗，并喜欢融化前代故事、古人诗词。因而他的作品风格雅丽，书卷气浓，韵味接近诗词。这些特点，从这支〔红绣鞋〕亦可见一斑。整首作品，未用一个衬字，如同作诗，并刻意锤炼。四、五、六三句，不唯句式整饬，结构一致；而且一字一词，各有所主，各有所属，如以"青"饰"蛇"，以"飞"饰"龙"，以"团"饰"锦"等，形同诗句，堪称精练之极。

（周圣伟）

〔中吕〕红 绣 鞋

张可久

虎丘道士

船系谁家古岸，人归何处青山。且将诗做画图看：雁声芦
叶老，鹭影蓼花寒，鹤巢松树晚。

这支小令，张小山《北曲联乐府·续集吴盐》题作《虎丘道上》，此从《太平乐
府》本。虎丘，在今江苏苏州的西北，相传吴王阖闾死后葬在这里。诗人以此为
题材者，往往发思古之幽情，写兴亡的感叹。作者自己就有"兴亡遗恨，一丘黄
土，千古青山"（〔人月圆〕《雪中游虎丘》）的吊古之情，与诗人齐名的乔吉也有
"醉眼悠悠，千古恩仇，浪卷胥魂，山锁吴愁"（〔折桂令〕《风雨登虎丘》）的兴亡之
叹。而这支小曲，却只写眼前景、心中情，而且能够把人的心曲隐微，从艺术构
图中宛转地表达出来，自然是曲中的佳作。

曲一开头，就以"字字的确，斤两相称"（《曲律·论对偶》）的偶句——"船系
谁家古岸，人归何处青山"，描绘出一个谧静而清幽的胜境，呈现在人们眼前的
有古老的渡口，葱郁的青山，系在岸边的船儿。浮现在人们想象中的还有涟漪
的碧波，依依的垂柳，伫立凝望着的行人。画面有隐有显，有藏有露，不写人而
人物呼之欲出。看！那横在渡口的船儿，斜系在岸边的垂柳之下，随着涟漪的
碧波，以船缆为半径而游移水中。四周的青山，郁郁葱葱，静悄悄地连个人影也
没有。简直是一首清新的山水诗，是一帧美丽的山水画。而诗的意境，画的构
图，却是从人的审美意识中浮现出来的。是谁"且将诗做画图看"呢？自然是

人,是作者自己,是他在寻访"虎丘道士",却又不知道士在"何处青山",自然会产生出"只在此山中,云深不知处"(贾岛《寻隐者不遇》)的惆怅之感。这种淡淡的惆怅,极为生动地反映了他"乘兴而来"失望而归的瞬间心情,有一种悠然不尽之意,显得别有韵味。妙在诗人在这里并没有正面地去写他们之间的深厚友谊,而是用一个"鼎足对"的形式,通过三种禽鸟的活动,把自己伫立山头,凝望山人的深情厚意,在字里行间流露出来。王世贞认为成功的曲子应该是"体贴人情,委曲必尽;描写物态,仿佛如生"(《曲藻》)。这个"鼎足对"在摹写人情物态方面,确实达到了完美的艺术境界。"雁声芦叶老,鹭影蓼花寒,鹤巢松树晚",既写了时间的推移,又写了情感的转换;既写了禽鸟的活动,又写了自己的内心世界。试想诗人正在聚精会神地寻访着那个"虎丘道士",忘了时间的朝暮,路途的远近,蓦然听到栖息在芦叶深处的雁声,瞥见在蓼花丛里的鹭影,在苍松枝头的鹤群,才觉察到倦鸟已经归巢,夜幕就要降临,这就把那深厚的友情巧妙而充分地表达了出来。李白的"孤帆远影碧空尽,惟见长江天际流"(《黄鹤楼送孟浩然之广陵》),不正是这种构思么?卢挚的"画船儿载将春去也,空留下半江明月"(〔寿阳曲〕《别朱帘秀》),不正是这种意境吗?尤为巧妙的是诗人在句末分别用了"老"、"寒"、"晚"三字,表面上是写"雁""鹭""鹤"的感觉,骨子里则是写诗人对秋深、晚凉、日暮的感觉,真是情景交融,物我一体,意味着在这一瞬间完全忘却了我,而化身为客体,化身为对象了。而这种造境,又是跟诗人的感受、联想和生活体验分不开的。王骥德说:"作小令,与五、七言绝句同法。要蕴藉,要无衬字,要言简而趣味无穷"(《曲律·论小令》)。这支小令之所以脍炙人口,正在于它含而不露,言少意多,机趣盎然,饶有韵味,给人以极大的艺术享受。

本文是作为题赠"虎丘道士"来赏析的。如果写的是"虎丘道上",那就是诗人被那"移步换形"的迷人风光所陶醉,通过自己在途中的所见所闻,构成一幅秋色醉人的图画,表达出那种流连忘返,乐不欲去的思想感情。

(羊春秋)

〔中吕〕普天乐

张可久

西湖即事

蕊珠宫,蓬莱洞。青松影里,红藕香中。千机云锦重,一片银河冻。缥缈佳人双飞凤,紫箫寒月满长空。阑干晚风,菱歌上下,渔火西东。

张可久一生喜欢游山玩水,西湖是他流连时间最长、吟咏最多的地方。这首小令,在众多的西湖散曲中,可称得佼佼者。

曲一开头就以天上的宫殿比喻西湖。"蕊珠宫"本是道教传说中的天宫,"蓬莱"则是传说中的海上仙山。天宫和仙山都是人们对彼岸极乐世界的幻想,当然是美不胜收的,而且可因审美主体的不同而各具特异性,最终都通向美感的极致;所以用这样的比喻来描写西湖是聪明的,很能引人入胜。

"青松影里,红藕香中"两句,转入现实描写。这是"九里松"和"曲院风荷"一带的风光。由行春桥至灵隐、天竺,有一片长达九里的松林,为唐刺史袁仁敬守杭时所建,左右各三行,每行相去八九尺,苍翠夹道,宋时称为"九里松"。在元代,"九里云松"是"钱塘十景"之一。"青松影里"写的就是这里的情况。"曲院风荷"在行春桥南端的湖面上,南宋时这里有一家酿造官酒的曲院,院中种植荷藕,花开时香风四起。其地现在仍为"西湖十景"之一。"红藕香中"写的就是这里的景象。从审美角度来看,这两句的景观描绘,青红交辉,高低结合,令人陶醉。

"千机云锦重,一片银河冻"二句,写天上景观。前句是形容晚霞之多之美,就像千百张织机织出来的云锦那样,艳丽极了。这晚霞逐渐散去,最后就剩下银河一片清冷的光辉了。此时不但镜头已有变换,而且在时间上也有了推移。

"缥缈佳人双飞凤,紫箫寒月满长空"二句,写湖上的箫声引起诗人美丽的遐想:他仿佛看见两位佳人双双骑着飞凤,吹着紫箫向寒月、长空飘逸而去。这里暗用了萧史、弄玉的故事。古代传说,萧史善吹箫,能作鸾凤之音,秦穆公将喜爱吹箫的女儿弄玉嫁给他,数年后,弄玉乘凤,萧史乘龙,升天而去。(见《列仙传》)这两句,如幻如真,有虚有实;箫声、寒月、长空是实的,"缥缈佳人双飞凤"是虚的,共同构成了一个奇妙的境界。

最后三句,视点又回到地上。这时候,晚风轻拂着阑干,只听得到处菱歌(采菱人所唱的歌),只看见四面渔火(渔船上的灯火)。隐约,朦胧,这是音乐的世界,诗的世界。西湖之夜,是多么美啊!

这首曲,写西湖黄昏和月夜的美景。有现实的描绘,有奇异的想象。空间和时间的转换,视觉、听觉、嗅觉、触觉和幻觉的交错,光线明暗的变化,色彩浓淡的搭配,无不妥帖而跳宕多姿,把西湖写得像个神仙世界。格律上则音调和谐,对仗工整,用字雅正。不愧是清丽派的杰作。

(洪柏昭)

〔中吕〕普 天 乐

张可久

秋 怀

会真诗,相思债。花笺象管,钿盒金钗。雁啼明月中,人在

【普天乐】 青山外。独上危楼愁无奈，起西风一片离怀。白衣未来，东篱好在，黄菊先开。

　　写闺中怀人，多以写景起兴，这首小令却以咏物开始。会真诗，即游仙诗，亦即情词。会真，是说同神仙相会。唐元稹有《会真诗三十韵》，写了一对青年男女自由结合，欢会缠绵的故事，诗作与他的《莺莺传》传奇是互为表里的。因此，人们便将情词称作"会真诗"。闺中女子看到"会真诗"，便勾起了相思债。元人小令多将相思说成是欠债一样，如徐再思〔清江引〕《相思》："相思有如少债的，每日相催逼。"相思既上心头，又看到了案头纸笔（"花笺象管"），还有定情的"钿盒金钗"，于是睹物思人，情不能禁。钿盒金钗，是指定情信物。白居易《长恨歌》中有句："惟将旧物表深情，钿盒金钗寄将去。"此处即用其典。"雁啼"一联，也不是描摹景物，而是以雁喻人。妙在一行大雁正飞在一轮满月中，澄黄透澈的圆月作为衬景，雁阵横斜，意境是绝美的。月圆雁归，而自己的情人却在青山之外，相隔遥遥，怎不叫人格外思念呢！欧阳修〔踏莎行〕词云："平芜尽处是春山，行人更在春山外"。曲中的"人在青山外"句便是从欧词化来。显然，这位闺中女子是读过书的深情少女，"会真诗"和"花笺象管"可证。所谓"会真诗"，很可能是她的情人写的，记述描绘了两人相逢的一段经历；花笺象管，大约是她和情人和诗酬韵时所常用的，更有钿盒金钗，那是他们爱情的凭证，这些具体的东西，是最容易勾起怀人之情的。表面上看，这里既不描摹景致，也不渲染人物的内心活动，只是罗列了几样东西，客观地将静物展示给人看。然而，这都是一些特定的物体，组合起来之后，意义便明确了。接着的"雁啼"一联略加点缀，曲中的深切感情就自然流露出来了。如此写法，颇为别致，足见小山散曲创作是富于变化的，他不仅有多副笔墨，而且很有独创性。

"独上危楼愁无奈,起西风一片离怀"二句,渲染了离怀难遣、愁绪无尽的复杂感情。"一片"承"起西风",以状离怀,拈来自如,情味含蓄。而且登高颙望,西风拂人,这情境又与前面的"近景静物"描写形成对照,意境一下子开阔了,袭上心头的相思如同秋风乍起,来势猛烈。此二句,当是受晏殊"昨夜西风雕碧树,独上高楼,望尽天涯路"(〔蝶恋花〕)词意的启发。以下三句,"白衣未来,东篱好在,黄菊先开"。写怀人之极,无以排遣,自然想到了酒。白衣,即白衣人,指童仆。南朝宋檀道鸾《续晋阳秋》:"陶潜九月九日无酒,于宅边菊丛中摘盈把,坐其侧,望见白衣人,乃王弘送酒,即便就酌而后归。"这里暗用"白衣送酒"之典,言外之意是,陶潜毕竟有王弘使白衣人送酒,而眼下白衣人没有来,只好先赏东篱黄花,聊以排遣了。这里突出了一句"白衣未来",写尽了闺中人的孤独和愁闷。况且赏菊东篱,亦非情致所致,只是一种无法解脱时的不得已之计,这就使先开的黄菊也染上了一层惨淡的色彩。

这首小令写得十分朴素。全曲不过五十字,却真实而细腻地传达出一个多梦时节的少女复杂而又微妙的心理情态。"雁啼"一联,用反衬法,一以当十,既点明了题旨,又渲染了基调,疏淡而又蕴藉,是耐人寻味之笔。朴素是不排斥雅致的,小令写了月色,也写了菊花,色彩调和而清淡,情绪的凄凉和寂寥,又同背景色彩相一致,总体看来,如一幅水墨淡彩,雅趣横生。结尾也没有像李清照词那样,写人比黄花瘦,或写满地黄花堆积,只是轻轻一笔,点缀了一下。"好在",含无可无不可意味,百无聊赖,只好赏菊排遣。能排遣得开吗?作者不言,想来赏菊也是心不在焉,"一片离怀"如何轻易就能驱散?可见,结三句,重在情调渲染,这惆怅的情绪是贯穿始终的。

你看小山起笔就铺排,几种物件罗列起来,似全无章法。然读罢全曲就看出了他的高明处。他的简捷利落,他的不动声色而情动于中,他的冷隽与秀曼,他的"模糊"之美与含蓄之趣,所有这一切,构成了这首令曲的独特韵味。附带

【普天乐】

说及,小令题作《秋怀》,既怀人,也伤时感事,同时又流露出一种孤独感,意味是相当复杂的。正因为如此,它才更耐咀嚼,更耐寻味。

(王星琦)

〔中吕〕普 天 乐

张可久

秋 怀

为谁忙?莫非命。西风驿马,落月书灯。青天蜀道难,红叶吴江冷。两字功名频看镜,不饶人白发星星。钓鱼子陵,思莼季鹰,笑我飘零。

元代不重科举,而从吏中选仕,读书人金榜题名之想便成虚幻。本曲作者张可久就是一个始终沉抑下僚、不能施展抱负的失意者。这首《秋怀》是他自觉岁月销磨而功名难遂的悲叹。

"为谁忙?莫非命。"一起首,作者便自怨自艾:我老是这样穷年累月地焚膏继晷,发愤苦读,仆仆风尘,奔波劳碌,到底是"为谁辛苦为谁忙"呢?其实,一切早已都命中注定……张可久才具不凡,但一生只当过"路吏"、"典史"之类的小官,郁郁不得志。"莫非命"一句,表面云命运难改,其实正见出心中的愤懑难平。

下面六句,即以形象的手法写自己境遇的不幸,说明感慨的来由。"西风"、"落月"、"红叶"、"冷"都与秋色有关,渲染出一派萧索凄怆的气氛,烘托主人公的伤心怀抱。"驿马",指代奔走道途;"书灯",暗示潜心学问。这两句写眼前实景,有很强的概括性:表明自己一年到头、一天到晚,都是这样辛勤、劳碌。不过,尽管如此孜孜以求,又能得到什么结果呢? 作者巧妙地化用唐人诗句加以回答。"蜀道之难难于上青天",是李白《蜀道难》中的句子,作者求取功名的道路不也同样艰难吗?"枫落吴江冷"是崔信明的名句,作者借来形容他落寞凄清、无人赏识的萧条境况,也很切合。前面"西风"两句是实写,这两句则以比喻、象征手法虚写,虚实相生,一舒一敛,显得笔致空灵。接着,又顺势而下,推进一层去抒发功业无成而老之将至的感叹。"频看镜",语出杜甫诗句"勋业频看镜",与下句合看,则又点化李白《将进酒》"君不见高堂明镜悲白发,朝如青丝暮成雪"诗意。而"不饶人"三字,则表达了时不我待、无可奈何之感。两句一张一弛,形成对照。至此,一个颇负才华、急于进取而终于无所成就、穷途落拓的作者自我形象已比较完整地勾画出来了。

最后,诗人腾挪笔势,改从对面设想,以一个自嘲式的"笑"字,吐露了倦于仕途,转觉"不如归去"的心曲。在富春江垂钓的严光(子陵)、见秋风起而思故乡莼菜鲈鱼脍的张翰(季鹰),都是历史上敝屣功名富贵的著名"高士",与他们相比,作者觉得自己热衷功名却落得潦倒失意确实十分可笑。"飘零"与开端的"忙"字遥相呼应,但感情已深化,带上了明显的否定色彩。这最后三句转笔作结,引人遐想,是作者艺术手腕的高明之处。

张可久的作品受南词影响,讲究格律、辞藻,是较少"蒜酪味"的"文人之曲",与俚俗、生动的"曲人"之曲有所不同。如这篇作品,用典较多,文词亦工巧婉约,便颇能显示"小山乐府"的特色。

(周锡䪖)

〔中吕〕普 天 乐

张可久

道 情

北邙烟，西州泪，先朝故家，破冢残碑。樽前有限杯，门外无常鬼。未冷鸳帏合欢被，画楼前玉碎花飞。悔之晚矣，蒲团纸被，归去来兮。

　　"道情"，意谓"道家之情"。是元散曲中常见的固定标题。元燕南芝庵《唱论》："三教所唱，各有所尚：道家唱情，僧家唱性，儒家唱理。"明初朱权《太和正音谱》："道家所唱者，飞驭天表，游览太虚，俯视八纮，志在冲漠之上，寄傲宇宙之间，慨古感今，有乐道徜徉之情，故曰'道情'。"本曲即通过感慨历史的兴亡沧桑，人事的祸福无常，讽刺了历代统治者醉生梦死而自取灭亡，表现了作者向往归隐之情。

　　开篇四句，即纵观历史长河，放眼南北江山，发出了兴亡沧桑之叹：北邙山在洛阳东北，汉魏以来，王侯公卿贵族死后多葬于此，后因以代指墓地。"西州"即古代南京的西州门，东晋宰相谢安死前扶病还都时，曾坐车经过此门；死后，其甥羊昙出行不由西州路，以免触动哀思。一次大醉过此门，发觉后恸哭而返。"先朝大家"即前朝世家大族。四句囊括了丰富的历史内容：请看历代王侯公卿们的下场吧：号称东都的北邙山下枯冢累累，荒草丛生，西风残照，一片愁烟惨雾；六代繁华的南京西州路上，当年王、谢士族的聚居之地，只剩下泪痕斑斑。

前朝煊赫一时的帝王将相、世家大族及其丰功伟业,而今安在哉?唯余一堆狐兔悲鸣的破坟和龙蛇不辨的残碑而已,仿佛在诉说历史的无情,人世的沧桑,借以警醒顽俗。

五六句:"樽前有限杯,门外无常鬼。"承上而喟叹人生无常,又启下叙具体史实以资印证。"无常",语出佛经,意谓一切事物皆不能久住,都处在生灭成坏的变化之中。故民间以"无常"为勾命鬼。两句说,屋内的人还酒着举杯对酒,而门外无常在等候,转瞬间人就被勾去变鬼了。七八句:"未冷鸳帏合欢被,画楼前玉碎花飞。"即举具体史实印证:历代多少亡国之君不就如此吗?他们正醉生梦死于温柔梦乡,便大祸临头了!那绣着鸳鸯的帏帐,含着温馨的合欢被尚未冷却,画楼前便干戈四起,宠姬贵妃们被杀的被杀,被俘的被俘,"玉碎花飞"了。此句系用石崇的美人绿珠坠楼的典故以代指亡国嫔妃之祸。这虽系夸张,却反映了历史本质真实:陈后主宠张丽华,导致亡国被俘,张妃被杀;隋炀帝幸江都,宠女色,最后被乱兵缢死;唐玄宗宠杨贵妃马嵬之变;李后主亡国被俘,还"垂泪对宫娥"(〔破阵子〕);北宋徽钦二帝靖康之变,与后妃皆囚死异国;南宋灭亡,帝后嫔妃皆被掳囚大都……所有这些,都可作这两句的具体注脚。

结尾三句:"悔之晚矣,蒲团纸被,归去来兮。"总结全篇,点明"道情"题旨:那些帝王将相、贵族世家,若能预料亡国的下场和死后的凄凉,必当后悔无穷,然而"悔之晚矣"!诗人觉得,活着的人应当吸取历史教训,"跳出红尘恶风波",去过清静简朴的隐居生活。"蒲团"指蒲草编织的圆垫,为僧道坐禅跪拜所用。"纸被",亦出家人所用。苏易简《文房四谱·纸谱》:"山居者常以纸为衣,盖遵释氏云,不衣蚕口衣者也。然服甚暖。"故"蒲团纸被"代指隐居生活。这虽有些消极颓唐,然其中亦寄托着作者愤世嫉俗,粪土王侯的傲岸精神。

小山乐府多数皆典雅清丽,此曲亦不例外。全篇词藻文雅,多诗词语,又多典故;句法上前六句皆两两对偶,珠联璧合。然而从意境上看,此曲又自有特色:即于典雅清丽之中又兼有豪辣灏烂的一面。试看通篇感叹兴亡沧桑,讽刺纵欲亡国,纵横古今,视通万里,于开阔的气象中透露出慷慨激楚之音、磊落不平之气;结尾三句则一气贯注,已不暇顾及对偶。然这类作品在其曲集中并不多见。

(熊 笃)

〔中吕〕喜 春 来

张可久

金华客舍

落红小雨苍苔径,飞絮东风细柳营。可怜客里过清明。不待听,昨夜杜鹃声。

张可久真不愧为描春的能手。这首小令落笔轻倩,潇洒飘逸,宛如一幅湿淋淋的水彩写生。它几乎是一挥而就,色彩鲜明而不浓艳,玲珑剔透却又意境开阔,读来令人抚玩无敉。

春天来了,万物复苏,整个世界悄然间绽开了妩媚的笑容。面对着大好春光,每个人的感受是各自不同的;即使在同一个人,因了情绪和境况之不同,其感受此一时彼一时亦不尽相同,甚或是大相径庭的。张可久善于捕捉这种极为微妙的差异,因而他的描春之作面貌也就各有其独特之处。此曲写于客中,写景中便蕴藏着一丝隐约可求的轻愁。然而,这愁绪淡得如西施颦眉,美极了!只是在结尾处,那愁绪才以杜鹃鸣叫声的回忆,显得浓重了。在优美的景物描写中掺和了些许思归之情,又达到了水乳交融的程度,它的通体是隽永的、和谐的。

金华,元代称婺州,为婺州路治所,是浙江西南的交通枢纽。小山在金华客舍之中,适逢清明佳节,他春思难遣,不免要踏青赏春,外出游览一番。首二句纯然写景,一如唐人绝句,对仗工稳,色彩明丽,轻巧中极见功力。落红轻飘,细雨蒙蒙,苔径苍翠欲滴;飞絮袅袅,柳丝摇漾,东风阵阵送暖。细雨将落红洗得更艳,将苔径滴得更绿;东风也为春天吹来无限生机,柳絮杨花迎风轻飏、吐穗。"细柳营",原指汉文帝时大将周亚夫驻守细柳的军营,以军纪严明著名。此处借其名而指春风杨柳的景致,以之与"苍苔径"相对,用来装饰文面。紧接着一句"可怜客里过清明",流露出一种他乡异客的凄凉况味。这样美好的春光,却不是在家乡与亲朋好友共度良辰,不仅满含遗憾之意,亦复透出一种油然而生的孤独感。

结尾的"不待听,昨夜杜鹃声",是说思乡的情绪并非看到春意盎然之后才生起的,昨夜依稀闻到杜鹃声声"催归"之时,就已然满怀惆怅了。或许作者离家时间很长了,思归之情又添感时伤春,怎能不叫人陡增愁闷呢!"不待听",犹言不忍听。

〔喜春来〕即〔阳春曲〕,适于作短小精悍的写景作品,一般不加衬字。张可久写散曲技巧娴熟高超,尤长于令曲,他写过不少〔喜春来〕曲,都是很精彩的。这支小令字少意多,颇能代表小山曲清丽流畅、情款味厚的格调和作风。

(王星琦)

〔中吕〕 喜 春 来

张可久

永康驿中

荷盘敲雨珠千颗,山背披云玉一蓑。半篇诗景费吟哦,芳草坡,松外采茶歌。

【满庭芳】

　　这是一首写景的小令。作者在永康(今属浙江)途中忽遇阵雨,于是小憩于一驿站中。驿站外有一方荷塘,千万颗雨点打将下来,碧绿的荷叶上滚动着晶莹的水珠。放眼望去,远处的山脊上浮荡着乳白色的云雾,如同披着一领玉蓑衣。这一片雨景触动了作者的诗兴,他苦苦思索,沉吟良久,想将这一派迷人的自然景色用诗写出,正在此时,芳草如茵的山坡上,响起了由松林那边传来的采茶姑娘轻快的歌声,令人感到轻松愉快。

　　这是一首即兴之作,除了"半篇诗景费吟哦"一句,全文都是写作者耳闻目睹的自然情景:雨珠、荷叶、山坡、云雾、歌声,似是漫不经心,信手拈来,随口吟成。而于作者的心境、情绪,却不著一字,好像是用淡淡的笔墨,随意勾画了一幅雨中小景。这,正是作者的高明之处。所谓"含不尽之意于言外",所谓"一片自然风景就是一种心情",都可以借来评价这一首小令,作者正是借用一系列的意象,表达出了一种忘情山水、轻快自如的心境。作者在面对自然的一瞬间,有的只是静寂空明与悠然自得,什么忧愁烦恼,什么功名利禄,什么荣辱浮沉,全都抛到九霄云外。人生难得的正是这忘情于自然,恬淡而闲逸的宁静心境。千百年之后,当我们吟哦这首小令时,也还是不由自主地受到感染。

(谢　谦)

〔中吕〕满　庭　芳

张可久

山中杂兴

风波几场,急疏利锁,顿解名缰。故园老树应无恙? 梦绕沧浪,伴赤松归欤子房,赋寒梅瘦却何郎。溪桥上,东风暗香,浮动月昏黄。

　　古代诗歌以"山中"为题的大多写隐居生活或托以归隐之思,著名的如王维的《山居秋暝》。本曲亦是如此。开头三句,诗人写自己经过了几场人海风波,下定决心,解脱名缰利锁。这是过来人的顿悟语,以直抒胸臆的方式说了出来。一个"急"字,一个"顿"字,充分表达出摆脱名缰利锁的迫切心情。

　　"故园老树应无恙?"故园老树,是诗人对昔日家居生活的回忆,思物乃在寄情,其间透露出对"归去来"的渴望及对家乡故亲至友的怀念。"梦绕沧浪"一句,是对前面表达的归隐之意的补足。"沧浪",本指汉水。《楚辞·渔父》中有"沧浪之水清兮,可以濯我缨,沧浪之水浊兮,可以濯我足"之句。后"沧浪"即代指随遇而安,不求功名的隐士居所或归隐之思。杜甫诗句"色阻金印大,兴含沧浪清"(《同元使君春陵行》)即用此意。故"梦绕沧浪"即为"做梦都想着归隐"之意。"伴赤松归欤子房"句中的"赤松子",是传说中的古代神仙。张良帮助汉高祖刘邦取得天下后,表示"欲从赤松子游"。此事据《史记》所载,并没有成为事实,但后世却乐于将它当作真的,作为功成身退的著名例子。元散曲中用此典,则更将它作为归隐的故事了。"赋寒梅瘦却何郎"句中的何郎,指南朝梁时诗人何逊。何逊为扬州法曹时,廨舍有梅花一株,逊吟咏其下,用心颇苦,故曰"瘦却"。后逊居洛,思念梅花,于是复抵扬州,时花方盛,逊对花彷徨终日。故"何郎赋梅"又包含了一层怀旧之意。此事因杜甫有"东阁官梅动诗兴,还如何逊在扬州"(《和裴迪登蜀州东亭送客逢早梅相忆见寄》)之诗句而著名;并因杜甫此诗中有"幸不折来伤春暮,若为看去乱乡愁"句之故,又增添了一层"乡愁"之意。所以,"伴赤松"与"赋寒梅"两句实系诗人以张良、何逊事,进一步写有归隐和返回故里之心。

　　前数句,诗人叙理述怀。而"溪桥上"三句,却突然转出一清幽之境界。"东

【朝天子】

风"二句,乃化用宋代林逋著名咏梅诗句"疏影横斜水清浅,暗香浮动月黄昏。"《山园小梅》)林逋原诗偏于咏物,清俊而淡雅,但张可久紧接前句"赋寒梅瘦却何郎"之语脉引此二句,则于淡雅中微露一丝伤感气息。联系"何郎赋梅"的典意及全曲思归隐之情怀,"东风暗香"似可看作"故园"的召唤;"浮动月昏黄"则又是诗人思归而不能的黯淡心理之象征了。小山化用林诗而别具其意的妙处,正在这里。

(洪柏昭)

〔中吕〕朝 天 子

张可久

闺　情

与谁、画眉①,猜破风流谜。铜驼巷②里玉骢③嘶,夜半归来醉。小意收拾,怪胆矜持,不识羞谁似你! 自知、理亏,灯下和衣睡。

这只曲子以一个女子的口吻,叙述了其爱情生活中的一个小插曲。从曲中所写的内容和手法来看,它似从唐无名氏〔醉公子〕词脱胎而来。词云:"门外狗儿吠,知是萧郎至。划袜下香阶,冤家今夜醉。扶得入罗帏,不肯脱罗衣,醉则从他醉,还胜独自睡。"然本曲显得更为曲折和细腻。首句写夜已深,闺中少妇一直在等着他回来,久候不至,她不由得顿生疑窦,猜想他莫非有什么风流韵事,另结新欢:"与谁、画眉,猜破风流谜。"是不是和谁效张敞画眉的故事,又另结良缘啊，这风流韵事又让我猜破。三四两句"铜驼巷里（一作陌）玉骢嘶，夜半归来醉。"是叙述女主人公听到巷中马嘶声，知是她丈夫深更半夜喝酒醉归来了。六七八三句"小意收拾，怪胆矜（一作"禁"）持，不识羞谁似你！"写丈夫回来后，醉意醺醺，可女主人公还是小心为他拾掇、殷勤照料，而她丈夫则还装模作样摆架子，女主人不由责备他"不识羞"。丈夫被"识破机关"，于是"自知、理亏，灯下和衣睡"。本曲虽短小，但写得颇生动。女主人公的猜忌、埋怨，丈夫先硬后软又不肯明白认错的神态，均写得颇有情致。与前引〔醉公子〕词相比，确实更见曲折、细腻。

（萧善因）

〔注〕 ① 画眉：汉代的张敞和他的妻子的爱情很浓厚，甚至于给他的妻子描画眉毛。② 铜驼巷：地名，在今河南洛阳市。《洛阳记》："洛阳有铜驼街，汉铸铜驼三枚在宫西。……俗语曰：金马门外集众贤，铜驼陌上集少年。" ③ 玉骢：好马。

〔中吕〕齐天乐过红衫儿

张可久

道　情

人生底事辛苦，枉被儒冠误。读书，图，驷马高车。但沾着者也之乎，区区，牢落江湖，奔走在仕途。半纸虚名，十载功夫。人传《梁甫吟》，自献《长门赋》，谁三顾茅庐？白鹭洲边住，黄鹤矶头去。唤奚奴，鲙鲈鱼，何必谋诸妇。酒葫芦，醉模糊，也有安排我处。

【齐天乐过红衫儿】

典雅工丽是张可久的散曲作品的主要创作特点,但他也有"纾其怫郁感慨之怀"(胡侍《真珠船》)的作品,〔齐天乐过红衫儿〕《道情》二首就属于这一类。只要联系作者长期"沉抑下僚,志不得伸"(同上)的生活经历,我们自然就更能理解《道情》曲中的感慨之深了。

本曲是《道情》的第一首。这首带过曲中的第一支曲〔齐天乐〕着重写读书人的不幸遭遇和满腹牢骚。曲子开头第一二句"人生底事辛苦,枉被儒冠误"。这一问一答,写得极其沉痛。在元代,中间有七十多年废除科举,这对读书人来说,无疑是极其沉重的打击,他们没有了进身之阶,社会地位一下子降到了最底层。作者感慨地说:人生一世辛苦忙碌究竟是为了什么呢?作为一个读书人,没有施展才能的机会,白白被那顶儒冠所误了。三四五句写读书人的抱负。以前读书人都把司马相如作为学习的榜样。司马相如在没有发迹的时候,从四川去长安,途经成都升仙桥,他在桥柱上题云:"不乘高车驷马不过此桥。"(《成都纪》)就是为了想做官,害得广大读书人日以继夜地苦读"者也之乎",在仕途上挣扎,疲于奔命。不光是元代,各个朝代都一样,苏轼〔蝶恋花〕词中说:"溪叟相看私自语,底事区区,苦要为官去。"为了做官,读书人没有不辛苦跋涉的。六七八九句就是写读书人的苦况。但是结果如何呢?十、十一句写读书人的失望之情,花了十年苦读的功夫,徒然博得一个会舞文弄墨的虚名罢了。后三句加以总结,抒写读书人的愤激之情。曲中写到东汉末年足智多谋的诸葛亮,他好为《梁甫吟》的乐曲;又写到西汉博学多才的司马相如,他为失宠的陈皇后写了一篇《长门赋》,献给汉武帝,感动了皇帝,使陈皇后重新得到宠幸。这里含有作者自喻之意,像我这样兼有诸葛亮足智多谋和司马相如博学多才的读书人,却得不到像刘备那样的明主来赏识,有谁来三顾茅庐呢?这是人生的悲剧,时代的悲剧!

接着〔红衫儿〕一曲为读书人设想了另外一条出路,那就是看破红尘,逃离现实,去过纵情诗酒,放浪山水的隐居生活。一二句泛写隐居地风景之美。白鹭洲也好,黄鹤矶也好,均非实指。白鹭洲在南京市西南长江中;黄鹤矶在湖北武昌黄鹤山西北,峭崎长江边,上有黄鹤楼。三四五句描写隐居生活的无拘无束,有跟随的童仆把鲈鱼肉切成极细,坐享佳肴,更不必与妇道人家去商量家务事,家累没有了,何其轻松。最后三句写隐士与酒葫芦作伴,成天喝得酩酊大醉,这就是天公为读书人安排的归宿。整首曲子由牢骚转入放达,至此点题。总的说,作品宣扬了消极遁世的虚无思想,但骨子里何尝没有读书人不能施展才能的愤慨呢!

这首带过曲前面写读书人的苦况,目的是烘托隐居的快活,写得层次井然。全曲极少用衬字,遣字造句极有工力。整首曲子具有"骚雅,不落俳语"(刘熙载《艺概》语)的特点。缺点是不够本色,这是张小山散曲的通病。

（史　乘）

〔中吕〕齐天乐过红衫儿

张可久

道　情

浮生扰扰红尘,名利君休问。闲人,贫,富贵浮云。乐林泉远害全身,将军,举鼎拔山,只落得自刎。学范蠡归湖,张翰思莼。田园富子孙,玉帛萦方寸,争如醉里乾坤。曾与高人论,不羡元戎印。浣花村,掩柴门,倒大无忧闷。共开樽,细论文,快乐清闲道本。

【齐天乐过红衫儿】

本曲是《道情》的第二首。也可以这样说,这支曲子是《道情》下篇,充分叙述隐居的令人神往之处。〔齐天乐〕曲把现实社会中的种种不幸归罪于名与利的作祟。一二句劈头就批判名利。放眼扰扰攘攘的人间世,哪儿不在争名夺利,勾心斗角。读书人切忌把名利二字放在心上。有了名利之争,必有贫富之分,有名有利的过着荣华富贵的生活,无名无利的过着饥寒贫贱的日子。三四句写读书人要安于贫困,把富贵看得像浮云那样淡漠。六七八九句对比着写出世与入世的是非之争。在作者看来,一个隐居乐道的人,可以颐养天年,远害全身;一个不可一世的将军,尽管力能举鼎拔山,到头来还不是身败名裂。叱咤风云的楚霸王项羽,最后落一个在乌江自刎的下场。十、十一两句又推出两个古人作为读书人效法的榜样:一个是功成身退,归隐太湖的越王谋臣范蠡;一个是眼看天下即将大乱,就借口思念江南味道鲜美的莼菜和鲈鱼急着辞官回家的张翰。在作者看来,急流勇退才是大智者。十二、十三、十四三句比较着写热衷富贵者与淡泊名利者的心境:置田地家产为子孙后代谋划的人,以及整天想着往上爬,位极人臣、封妻荫子的人,哪里及得上在醉乡里混日子的隐士心里舒坦呢!

〔红衫儿〕曲进一步美化隐士生活。一二两句写隐居者的追求。隐士们宁可与高人清谈,也不羡慕世俗之人梦寐以求的那颗统率三军的元帅印信。三四五句写隐士那如死水、似枯木的心情。过着离群索居的乡间生活,没有忧愁烦闷。六七八句总写隐居者的交往和理想境界:如果有志同道合的朋友来访,那么就一边喝酒,一边谈诗论文。俗话说:"清闲真道本,无事散神仙。"真能成为一个又快活、又清闲修持得道的人,不是神仙是什么呢!

这首曲子和第一首"人生底事辛苦",两者又有联系,又各有侧重,构思上比较巧妙。但毋庸讳言,议论过多,是这两首曲子艺术上的不足。元人杨维桢曾批评张可久的散曲:"小山局于方,黑刘纵于圆。局于方,拘才之过也;纵于圆,恣情之过也：二者胥失之。"(《东维子集》卷十一《沈生乐府序》)指出张可久过于逞才，影响了感情的自然流露。在这两首曲子中，我们也是有所体会的。

元人散曲有不少题为"道情"的，都是抒写超脱凡尘、警醒顽俗之类的内容。张可久的"道情"同此。明初朱权《太和正音谱》把此类曲称为"黄冠体"，并加以说明云："神游广漠，寄情太虚，有餐霞服日之思，名曰'道情'。"

（史 乘）

〔中吕〕山坡羊

张可久

闺 思

云松螺髻，香温鸳被，掩春闺一觉伤春睡。柳花飞，小琼姬，一声"雪下呈祥瑞"，团圆梦儿生唤起。"谁，不做美？吓，却是你！"

这首小令写少妇与侍女间一场富于戏剧性的小小冲突，笔墨极为生动传神，在张可久八百多首小令中独具一格，在整个元人小令中也是一首不可多得的佳作。

题名"闺思"，少妇是作品中的主角，描写便先从少妇落笔。开篇描写少妇的睡态，"云松螺髻"，指发髻高挽，蓬松如乌云，盘旋如青螺，真是"鬟耸巫山一段云"（李群玉《杜丞相筵中赠美人》）。"香温鸳被"，香，原指体气的馨香，此指代身体；"鸳被"，表明她已是有丈夫的少妇。鸳鸯被下单栖，正是引起她闺思的

【山坡羊】

原因。诗人先含蓄地暗示一笔,紧接着以"掩春闺一觉伤春睡"一句加以点明。"伤春",指因得不到爱情而伤感,二字乃全曲眼目,以下有趣之小冲突即由此引起。原来那女子由于思念丈夫,对于姹紫嫣红的春色丝毫不感兴趣,正躲在房间里闷闷而睡,在梦中与丈夫团圆呢。

以上三句,诗人将叙事、描写融为一体,极其精炼,创造了一种庸疏、寂静的情境。接着"柳花飞"等三句却陡生动态,笔触突然转向侍女。这是一位活泼幼稚的小丫头。她偶而抬头,见到窗外飘舞的柳絮,误以为在下雪。不觉惊喜万状,也不顾女主人正在睡觉,便雀跃而呼:"雪下呈祥瑞!"一声喊叫,硬是将主妇的团圆梦吵醒。"团圆梦儿生唤起"一句,诗人将笔触又移向伤春的少妇。她被倏然惊醒,悠悠好梦无觅处,对梦境的眷恋与对扰梦人的懊恼,一齐涌向心头。"谁,不做美?呸,却是你!"八个字引口语入曲,绝去雕饰,却极其传神。"谁,不做美",是在刚被惊醒时的反应,懊恼之情,已显其间;"呸,却是你",短暂寻觅之后发现,原来是不懂事的天真小丫头,对她能说什么呢?她根本不理解一个少妇的伤春情怀,女主人公只得无可奈何地一声长叹:"呸!"诗人用字寥寥,却穷形极态地活画出少妇娇嗔薄恼的神情和心理,令人玩味不止。

(陈志明)

〔中吕〕 **山 坡 羊**

张可久

客 高 邮

危台凝伫,苍苍烟树,夕阳曾送龙舟去。映菰芦,捕鱼图,一竿风旆桥西路。人物风流闻上古。儒,秦太虚;湖,明月珠。

张可久的行踪多在江南一带,长江以北只到过扬州、高邮、淮安一线。在这三地留有小令,收在散曲集《吴盐》和《新乐府》中,是张氏中年以后的作品。他有一首小令《别高沙诸友用〔鹦鹉曲〕韵》,首句"相从一月秦邮住",可见他在高邮曾逗留过一个短期。

《客高邮》是怀古之作,明确说是怀秦少游。秦少游名观,字太虚,后改字少游,高邮人,能诗文,尤以词擅名。本曲首句"危台",当指文游台,为秦少游的遗迹,今仍为高邮旅游点。李开先编《张小山小令》作"危楼",似失原意。危台即高台,我们很容易联想起曹植《杂诗》"高台多悲风"的名句。凝伫,凝神伫立。登高望远,视野开阔,运河岸边,树木葱郁,夕阳笼罩,发出一层光彩。当年隋炀帝"御龙舟,幸江都"(《隋书·炀帝纪》),经过高邮南去,而今只能在波光林影中作一些想象。作者并没有就此事生发下去,小山乐府是很少谈这些重大题材的。接着写眼前景物。掩映在芦苇菰(茭白)蒲中,捕鱼小舟,迎风展旆(指帆),穿行过桥西水路,画面多么美。以上这些景物描写,清雅淡远,是小山乐府的一贯风格。

"人物风流闻上古"一句,是曲中命意所在。风流人物指历史上的杰出人物,此处指杰出的文学家,即下句所说的"秦太虚"。作者用高邮湖中的"明月珠",来比拟、陪衬秦少游词的杰出成就。明月珠,就地取材。宋人盛传高邮湖中发现大珠。据庞元英《文昌杂录》卷四所载:"秘书少监孙莘老庄居在高邮新开湖边。尝一夕阴晦,庄客报湖中珠见。……光明如月,阴雾中人面相睹。"张可久友人刘时中作《淮南歌》(《元诗选》)纪之,首二句:"甓社湖(即高邮湖)中出明月,斯须千山万山白。"高邮的杰出词人用高邮湖的特产宝珠来陪衬,真是天造地设,文章天成。

张可久只因为客高邮,登文游台,才想起秦少游,作应景文章吗?恐不止此。天一阁旧藏《小山乐府》,有张可久自写跋语:"荆公答东坡书有云:公奇少

【卖花声】

游，口之而不置；我得其诗，手之而不释。其爱之可谓至矣。任光大逢人话小山词，且手自抄录，济成帙，其澹好有若此。予何敢望秦太虚。而监处州酒，与歙州监税，凄楚萧散，大略似之。"跋中"予何敢望"是谦词；"大略似之"，恐亦不仅指"凄楚萧散"之生活境遇。王国维《人间词话》评少游词："冯梦华《宋六十一家词选序例》谓：'淮海、小山，古之伤心人也。其淡语皆有味，浅语皆有致。'余谓此唯淮海足以当之。"(淮海，秦少游，小山，晏几道)秦少游之词，其风味正与张可久曲有某种共同之处，故可久特别景仰少游。

(徐沁君)

〔中吕〕卖 花 声

张可久

怀 古 二 首

1177

阿房舞殿翻罗袖，金谷名园起玉楼，隋堤古柳缆龙舟。不堪回首，东风还又，野花开暮春时候。

美人自刎乌江岸，战火曾烧赤壁山，将军空老玉门关。伤心秦汉，生民涂炭，读书人一声长叹。

令曲与传统诗词中的绝句与小令，有韵味相近者，有韵味全殊者。张可久的这两支怀古的曲子，前一首便与诗词相近，后一首则与诗词相远。

前首先平列三事：一是秦始皇在骊山造阿房宫以宴乐；二是西晋富豪石崇

在洛阳建金谷园以行乐；三是隋炀帝"筑堤植柳"，修大运河下扬州游乐。此三例皆封建统治者穷极奢靡而终不免败亡的典型。但作者仅仅点出事情的发端而不说其结局。"不堪回首"四字约略寓慨，遂结以景语："东风还又，野花开暮春时候。"这是诗词中常用的以"兴"终篇的写法，同时，春意阑珊的凄清景象，又与前三句的繁华盛事形成一番强烈对照，一热一冷，一兴一衰，一有一无，一乐一哀，真可兴发无限感慨。这恰是沈义父谈填词所说的："结句须要放开，含有余不尽之意，以景结情最好。"(《乐府指迷》)又与刘禹锡"朱雀桥边野草花，乌衣巷口夕阳斜。旧时王谢堂前燕，飞入寻常百姓家。"(《乌衣巷》)一绝的写法同致。而句式的长短参差，奇偶间出，更近于令词。不过，一开篇就是鼎足对的形式，所列三事不在一时、不在一地且不必关联(但相类属)，这是它与向来的"登临"怀古诗词有所不同处。也算有一些新意了。

后一首新意则更多一些。先列举三事，手法似乎与前首相同。但这三事不仅异时异地，而且不相类属了；在笔法上则直写无隐。"美人自刎乌江岸"，是霸王别姬故事，"战火曾烧赤壁山"，是吴蜀破曹的故事，"将军空老玉门关"，则是班超从戎的故事，看起来似乎彼此毫无逻辑联系，拼凑不伦。然而紧接两句却是"伤心秦汉，生民涂炭"，说到了世世代代做牛做马做牺牲的普通老百姓。读者这才知道前三句所写的也有共通的内容。那便是英雄美人或轰烈或哀艳的事迹，多见于载籍，所谓"班超苏武满青史"(于右任)。但遍翻廿一史，哪有普通老百姓的地位呢！这一来，作者确乎揭示了一个严酷的现实，即不管是哪个封建朝代，民生疾苦更甚于末路穷途的英雄美人。张养浩说"兴，百姓苦；亡，百姓苦"(〔山坡羊〕《潼关怀古》)，袁枚说"石壕村里夫妻别，泪比长生殿上多"(《马嵬》)，也都有同一意念。在这种对比的基础上，最后激发直呼的"读书人一声长叹"，也就惊心动魄了。

在内容上极富于人民性，是此曲突出的优点。在形式上，对比的运用产生

〔卖花声〕

了显著的艺术效果。初读前三句,令人感到莫名其妙,或以为作者在那里惜美人、说英雄,替古人担忧。继读至四五句,才知作者别有深意:一部封建社会历史就是统治阶级的相斫史,而受害者只是普通百姓而已。在语言风格上,此曲与前曲的偏于典雅不同,更多运用口语乃至俗语(如"战火曾烧赤壁山")。结句"读书人一声长叹"的写法,更是传统诗词中见所未见、闻所未闻的。这种将用典用事的修辞,与俚俗的语言结合,便形成一种奇特的"蒜酪味"或"蛤蜊味"。去诗词韵味远甚。因而两首相比,这一首是更为本色的元曲小令。

(周啸天)

〔中吕〕**卖花声**

张可久

客 况

十年落魄江滨客,几度雷轰荐福碑,男儿未遇暗伤怀。忆淮阴年少,灭楚为帅,气昂昂汉坛三拜。

古人在诗歌中说"做客"时经常指这样的情况:由于在远离故乡的地方做官,所以不得不碌碌于旅途。由于任所常迁,羁鞍舟楫之苦便是常情。张可久还有另一首〔卖花声〕《客况》说:"天南地北,尘衣风帽,漫天成,十年驰骤。"说的就是这种情况。同时,对一个胸怀壮志的人来说,做地方官往往意味着仕途蹭蹬失意,这样的"客况"便容易使人感慨万千了。本曲题为"客况",抒发的正是这样一种"志不得伸"的感慨。作者含蓄地诉说了落魄江湖的坎坷经历,充满了生不逢时的悲哀,表达了对建功立业的渴望。

〔卖花声〕

　　前三句,作者概括叙述其流浪江湖的落拓与困窘。"十年落魄",化用杜牧《遣怀》诗:"落魄江湖载酒行,楚腰纤细掌中轻,十年一觉扬州梦,赢得青楼薄幸名。"取其流落不遇,困顿失志之意。"十年"并非确数,重在突出时间的漫长。江滨,长江之滨。张可久一生多辗转在赣、苏、浙等长江沿岸一带做小官吏,所以说"落魄江滨客"。首句七字,完整地交代了作者的身份、此时的行止、处境、乃至精神面貌。下面作者又用"雷轰荐福碑"之典进一步含蓄说明他"落魄"的情况。雷轰荐福碑,是宋元时流传甚广的故事。据传范仲淹守鄱阳(今属江西)时,书生张镐穷困来投。荐福寺有唐书法家欧阳询所书荐福寺碑,其拓本价值千钱。范拟拓印千本为赠,让张镐售之作路费去京赶考。不料一夜之间,碑为雷击碎(见《冷斋夜话》)。后人便常借这个故事指命运乖舛,所谓"时来风送滕王阁,运去雷轰荐福碑。"苏东坡曾有诗嘲"穷措大"、"一夕雷轰荐福碑"。马致远有杂剧《半夜雷轰荐福碑》,说的也是这个故事。而"十年落魄江滨客"便"几度"遭到这样的命运捉弄和挫折,其失意之状就可想而知了。接着,"男儿未遇暗伤怀"一句承上启下,由"客况"的诉述转入内心情感的抒发。男儿"未遇",生不逢时,长年落魄,无处可以倾诉,无处可寻慰藉。一个"暗"字,写出了作者的孤寂落寞,也写尽了人情的冷暖炎凉。下三句是作者内心世界的进一步展开,但作者并没有直抒胸臆,而是用一个"忆"字,宕开一笔,巧妙地以对历史人物的回忆,来说明自己的壮志胸怀。韩信登坛拜将是人所熟知的故事,他少时家贫,乞食漂母,曾在淮阴市上,受胯下之辱。后来经张良的推荐而登坛拜将,辅佐刘邦灭楚兴汉,成为赫赫有名的一代英雄。作者所向往、所追求的正是这样一种轰轰烈烈的壮举和人生。至此,全曲由开首悲哀之调一变为昂扬的旋律。这正是作者心灵深处泯灭不了的"兼济天下"之志的喷发。

　　然而,张可久毕竟身处"落魄江滨客"的现实之中,壮志既酬的乃是古人。这样,作者便不动声色地将耐人深味的古今对比摆在我们面前,它使我们想到:

在元代，"台省臣要，皆北人为之，汉人者，州县稗秩，盖亦万中一二耳。"（《草木子》）张可久又怎可能得到像韩信那样施展抱负的机会呢？

全篇曲辞，作者处处交织着对比：作者的十年落魄对比韩信的年少得志，"雷轰荐福碑"对比"灭楚为帅"；"暗伤怀"对比"气昂昂"。这样的对比使正反两面都显得更加鲜明，使本曲的主题显得更加深入而耐人寻味。

散曲至张可久，由豪爽转向含蓄婉转，是值得注意的一个倾向，本曲的对比手法不妨视为张可久善于在散曲的直平中求含蓄的一个侧面。而散曲在元代毕竟"豪"、"直"之本色未泯，所以，采用对比法求直抒胸臆中之一"曲"，然在此曲折中又不乏明朗，而后半曲遣词造句又酣畅豪健，这恰恰是小山散曲变化曲风然又不失曲之本色的优点所在，可算小山散曲中的较佳作品。

（刘真伦）

〔南吕〕四块玉

张可久

客中九日

落帽风，登高酒。人远天涯碧云秋，雨荒篱下黄花瘦。愁又愁，楼上楼，九月九。

重阳日登高，饮酒赏菊，自古以来，是文人的风流雅事。是日秋高气爽，骚客雅士们或聚家人，或邀友朋，登高对菊，饮酒赋诗，真乃良辰美景，赏心乐事！可是曾几何时，九日登高与客中孤零境况密不可分了。在一些传诵的诗章中，往往而是。这与王维"独在异乡为异客,每逢佳节倍思亲"(《九月九日忆山东兄弟》)的动人诗句大约不无关系吧。即以张可久散曲为例,他在不同时期就有以《客中九日》为题的小令两首,此其一。

小令以"落帽风,登高酒"起始。据王隐《晋书》:孟嘉为桓温参军时,曾随桓温于九日游龙山寺。在宴会上一阵风来,吹落了孟嘉的帽子,孟嘉竟不之觉,于是桓温令孙盛写了一篇文章嘲他。自此落帽风就成了有关登高的典故。此处"落帽风"加"登高酒"如不联系下文,自然便只是装点节日风雅的应景描写,但在这首小令中它的义蕴是与下面两句联系在一起的。下面两句乃是一联,上句"人远天涯碧云秋",主体是天涯之人,"碧云秋"既是人所处的客观环境,又可说是人的一种心理感受。这"秋"字,既包括碧蓝澄澈而又飘浮着白云的秋空,即宋词元曲中都有的名句"碧云天",也包括黄花、霜林、鸿雁等种种秋色。而秋色无论多美,仍不免要引起人的愁绪的,所以说这里的"秋"也是人的一种心理活动——愁。是怎样的愁呢?"天涯"是相对于故乡而言,自觉远在天涯,便是思念故乡的证据。这愁,也无疑便是乡愁了。下句"雨荒篱下黄花瘦",是眼前所见的景物吗?眼前是应该有黄花的,在愁人眼中黄花也可能是凄凉而消瘦的。但联系上句,以"天涯"对"篱下",这篱下就显系在思念中的故乡家园了。不是吗?因为主人不在,篱下的黄花无人照料,因久雨而荒落,憔悴瘦损了。读到"黄花瘦",是无人不会想起李清照的名句"人比黄花瘦"的。这里不也可以引起相应的联想吗?此刻园中的主人也因思念天涯之人而无心顾及篱下的黄花而使之在雨中荒疏了。黄花瘦了,人也瘦了。这两种理解似乎可以并行不悖。要之,这一句不是对景直接描写,而是描写的"天涯之人"脑中浮想联翩的图景。所以这句与其说是写景,勿宁说是抒情,是抒发"天涯之人"的无限乡思。这乡思是如此具体,可触可感,又是如此飘忽,因而更具有震摄人心的力量。生活中人的乡思都不是抽象的,其所思是故乡的历历人事,同时又是浮动在心头的远

【四块玉】

思遐想。而"天涯之人"的这种乡思是怎样产生出来的呢？是在九日这一天，被落帽风、登高酒这些事物触发的。如此，对开头两句，我们就不能仅仅作为描写九日景物来看待了。

小令的起承写得是这样婉约深致。句中并未出现"愁"字和愁的明显描述，我们是在字里行间认真探索才捕捉到它。而小令的收结即后三句，作者的艺术表现却陡然一转，显示出明显的不同。三个短句，句法相同，九个字除去重复只六字。看似简单朴拙已极，但试加推敲，其所运用的艺术技巧是极其丰富精湛的。应该说，在内容上它并没有增添新的东西，但它却使前面含蓄着的"愁"字明确化了。不仅点出了"愁"，而且这三句与前面的语句紧密关合，起着概括、加深的作用。"愁又愁"概括"人远天涯碧云秋，雨荒篱下黄花瘦"两句，"楼上楼"照应"登高酒"，"九月九"照应"落帽风"。然而，三句的次序为何不是"九月九，楼上楼，愁又愁"，这样岂不顺理成章，明白晓畅？我以为，首先这种平铺直叙无疑使人觉得平淡和缺少意趣，而倒过来则呈现出一种拗趣，这与作者所要表达的极不平静的感情是相应的。更主要的是，这首曲从头到尾使用的是一种先由近推远，然后由远收近的方法，即从落帽登高点明九月九始，生发出关于乡思的写景抒情，最后仍回到"九月九"作结，以造成一个严整的结构，这结构正与作者抑郁的情怀相吻合。可见此三句的排列，是颇费了一番心机的。同时，最后这三句整齐排比的句式，字和韵的反复重叠造成的形式美，以及由此形成的音乐性、节奏感也大大强化了读者的感受。仅仅九个字，就费了如许深心，实在令人惊叹不置。这种特色在以通俗晓畅见长的元散曲中并不多见，整首小令亦复如此。

（姚品文）

〔双调〕庆 东 原

张可久

次马致远先辈韵九篇

诗情放,剑气豪。英雄不把穷通较。江中斩蛟,云间射雕,
席上挥毫。他得志笑闲人,他失脚闲人笑。

元代大戏剧家、大诗人马致远的散曲作品在中国文学史上享有盛誉。他一生"半世蹉跎"(〔蟾宫曲〕)、"二十年漂泊生涯"(〔青杏子〕),只做过低级官吏,晚年退居林下。他的散曲作品被明人朱权评为元人第一,风格"典雅清丽"。马致远的活动年代比张可久早,无论是人品还是文风都对张可久产生一定影响。张可久这九支〔庆东原〕题为《次马致远先辈韵九篇》就流露了钦敬之意。马致远的〔庆东原〕原作题为《叹世》,是咏史之作。试举一例:"拔山力,举鼎威,喑呜叱咤千人废。阴陵道北,乌江岸西,休了衣锦东归。不如醉还醒,醒而醉。"咏的是项羽,思想也是比较消极低沉的。张可久这九支〔庆东原〕中也有咏史的,但更多的是抒写隐居之乐。

这支曲子是九首中的第五首,作者着意刻画了一位性格豪放,不计穷通得失的达士,与张可久经常描写的一般隐士稍有不同。这说明张可久心目中的理想人物,未必全是纵情诗酒、放浪山水型的隐逸之士。曲子的一二句突出这位理想人物的文武之才,他能咏诗,会舞剑,气概豪放非凡,但又不同世俗社会的一般功名心切的英雄人物。第三句强调这位英雄的思想境界:他从不计较个人的得意或失意,这就比一般人高出一筹。四五六句鼎足对,具体描写这位英

【庆东原】

雄的不同凡响之处：他能无畏地在江上斩杀蛟龙，又箭法高强，轻易地射中云中的大雕，更有超人文才，能大庭广众对客挥毫写诗作文。张可久塑造这样一位英雄形象，目的是为了讽刺现实生活中的势利小人。结尾两句中的"他"就是这种势利小人。那种人一得志就嘲笑别人都是无能之辈，他却没有想到，当他仕途失意、身败名裂之时，却为天下人所耻笑了。

这支小令篇幅短小，却含意深沉，文字精练，仿佛是一首小词，具有"骚雅"与蕴藉的特点。

（史　乘）

〔双调〕庆　东　原

张可久

次马致远先辈韵九篇

山容瘦，木叶凋。对西窗尽是诗材料。苍烟树杪，残雪柳条，红日花梢。他得志笑闲人，他失脚闲人笑。

这支小令是张小山《次马致远先辈韵九篇》中的最末一首，称得上写景名篇。作者以生花之笔，为读者描绘了一幅幅赏心悦目的美景。一二两句写秋山。秋风萧瑟，树叶凋零，显得山的形象瘦生了。山瘦，本身就具有一种美感。宋代张耒的《初见嵩山》："日暮北风吹雨去，数峰清瘦出云来。"杨万里的《题黄才叔看山亭》："春山叶润秋山瘦，雨山黯黯晴山秀。"在诗人的眼里清瘦峻爽的秋山，自有其胜似绰约多姿的春山的地方。第三句指出这山景是诗人从书斋里透过西窗见到的。这一大发现触动了诗人的灵感。西窗不就是画家的取景框吗？窗外四季变化，风花雪月，尽是诗人写诗的材料。四五六句鼎足相对，就是三幅风景画：暮霭笼罩的树林，春柳上的残雪，阳艳下的花丛，美不胜收。七八两句重复对世俗庸人的讽刺，那种人是不可能发现西窗外无尽的诗美的。

这支小令的确有朱权所评说的"清而且丽，华而不艳"（《太和正音谱》）的特色，而且文字精致凝练，对仗严谨工巧，做到了"俪词追乐府之工，散句撷宋唐之秀。"（许光治《江山风月谱散曲·自序》）但是把曲子写得与词差不多，缺少奔放豪爽的本色特点，也不能不算是一个缺点。有的评论家尖锐地指出："词与曲虽相近，而终有别。曲之词，宜以松快为贵，若过多凝蓄，便与词同，非曲之本色矣。……元人中惟张小山多此类，其特为近代文人所称道者，因以其曲多成集，亦以近代文人不贵曲之本色，而以词观之耳。"（刘咸炘《文学述林》卷二）这个见解是很有见地的。

（史 乘）

〔双调〕落梅风

张可久

江上寄越中诸友

江村路，水墨图，不知名野花无数。离愁满怀难寄书，付残潮落红流去。

这是一首描写离愁的小令。首起三句，作者写飘舟江上，看到江边村舍间小路逶迤，景色迷蒙，好似一幅淡雅的水墨画。路旁遍开着各种不知名的野花。红的、黄的、白的，点缀在水光山色之间。它使我们想起杜甫的诗句："江深竹静三两家,多事红花映白花。报答春光知有处,应须美酒送生涯。"(《江畔独步寻花》)然而,张可久此时却不能沉湎在这样的悠然境界之中。他只身在江上舟中,不由得产生飘蓬孤独之感,因而顿起思友之情。作者长期流连在越中(今浙江绍兴一带),与友人同游山水,共饮美酒,填词度曲,互相赠答,好不畅快!而现在呢?虽则景色如画,却无人共赏,纵便有千般感慨,万种情怀,亦鸿雁无托,不能向亲友倾诉。因此,诗人觉得自己就像飘零的落红一样,只有无言地随残潮流水到天涯。作者没有花大量笔墨来渲染铺写离情,而只用了"离愁满怀难寄书"一句点睛,以落红流水自喻。周邦彦〔六丑〕词有"飘流处、莫趁潮汐,恐断红、尚有相思字"。本曲此句即受其启迪,诗人此时心中似有许多难言之隐,自己流向何方?为何飘泊?为什么怀念旧友?……真是一言难尽,而在曲中并未深述,只留给读者去揣度体味了。堪称含蓄深婉。

(谢　谦)

〔双调〕落梅风

张可久

春　情

秋千院,拜扫天,柳荫中躲莺藏燕。掩霜纨递将诗半篇,怕帘外卖花人见。

封建礼教千方百计禁止青年男女自由恋爱,所谓"不待父母之命,媒妁之言,钻穴隙相窥,逾墙相从,则父母国人皆贱之。"(《孟子·滕文公下》)然而饮食男女,人之大欲,靠礼法禁锢是禁锢不了的。钻穴逾墙、偷香窃玉式的封建礼教的叛逆者，历代未曾断绝。他（她）们总是巧妙地利用各种时机，大胆而又谨慎地去实现自己的欲求。这首小令就是描写闺中少女利用寒食节与情人幽期密约的紧张情状和微妙心理的。

这次幽期密约的特定情境是寒食节中的秋千院。"拜扫天"，即寒食节上坟扫墓的日子。其俗起自东汉，而盛于唐代以后。陈元靓《岁时广记》十五："清明前二日为寒食节，前后各三日，凡假七日，而民间以（冬至后）一百四日始禁火……谓之大寒食。北人皆以此日扫祭先茔，经月不绝。"又《东京梦华录》卷七"清明节"："凡新坟皆用此日拜扫，都城人出郊……抵暮而归……自此三日，皆出城上坟。"可见，这一天是幽会的最好时机。这位闺中少女大约事前已和情人约定：趁寒食节全家都出城郊扫墓之时，让他来秋千院幽会；而她自己或许借故看家，或许诈称身体不爽，因而未曾去拜扫，而躲在秋千院里亟盼玉人到来。此时正交阳春三月，满院中绿柳荫荫，红花灼灼，燕语生生，莺歌呖呖，黄蜂对对，彩蝶双双。这明媚的阳光，诱人的春色，争春的莺燕，追逐的蜂蝶，无一不撩拨这情窦初开的少女春心，使之益发春情荡漾。蓦地，柳枝骚动，莺燕惊飞，一个人影在柳丛中闪现，使少女从痴心凝神的遐想中顿悟猛醒，她会心地向伊人嫣然一笑，旋又警觉地环顾四周，便迫不及待地奔向柳荫深处，投入情人怀抱。莺燕受惊在柳荫中穿来穿去躲避他们，他们也像莺燕一样，为避人耳目而在柳丛中躲躲藏藏。"躲莺藏燕"一语双关：既写鸟，亦写人；似写实景，实用比兴，以鸟托人，相映成趣。

五六句描写了一个精彩的典型细节。"霜纨"即白色的丝绢手帕。正当他们在柳荫遮庇下昵昵私语，倾诉情肠，也不知过了多久；突然，门外卖花人的阵阵叫卖声，才使他们意识到时间这个概念。"季春万花烂熳，卖花者以马头竹篮铺排，歌叫之声，清奇可听。"（《东京梦华录》）也许因为这声音使她联想到家人扫墓亦将归来吧，总之该马上分手了。此时，少女才想起她要送给情郎的一篇诗稿,那上面凝聚着她对他彻夜相思的一片痴情。于是她迅速返回屋里,用白手绢帕掩盖着情诗,掀动门帘(或窗帘)递给情郎,生怕被门外卖化人看见。这一细节,不仅生动地展现出少女的痴情大胆,而又诡秘小心的紧张情态和微妙心理,同时还向读者透露出:她还是一位风流儒雅的女才子哩。

这首小令五句二十八字,不过相当于一首七绝。然而它既像一幅生活气息浓郁的风俗画,又像一场动人的独幕小剧。这是因为:它的时间(拜扫天)、地点(秋千院)、人物(少女、情郎、卖花人)、事件(幽期密约),都很集中,又善于精心选择典型细节,"躲莺藏燕"和"掩霜纨递将诗篇"两个动作,都极富于戏剧性。同时语言极为精炼,如"秋千院,拜扫天"六个字,不仅交待了时、地,而且包孕着特定的情境,烘托出强烈的戏剧性氛围,可谓词约意丰,尺幅万里。卖花人的出现,打破了这静悄悄的柳丛幽会,以动写静,反衬出环境的幽隐神秘,同时又给这风光旖旎的场面增添了一丝危机感和紧迫感,使这一短短的情节波澜叠生,扣人心弦。

(熊笃)

〔双调〕水 仙 子

张可久

次 韵

蝇头老子五千言,鹤背扬州十万钱,白云两袖吟魂健。赋庄生秋水篇,布袍宽风月无边。名不上琼林殿,梦不到金谷园,海上神仙。

这是一首次韵曲,次谁的韵,已不可考。它共分三段,都表达同一思想:摆脱了功名富贵的欲念,人就能够在肉体和精神两方面都获得自由,在大自然中享受无拘无束的生活。

头三句为一段。"蝇头"句指《老子》书,即《道德经》,共五千余字,故曰"五千言";相传为老子所作。老子是春秋时代的思想家,道家的创始人。《老子》一书内容十分丰富,有不少朴素的辩证法因素,但后世的道家人物,却往往发展其"自然"、"知足"、"寡欲"思想,作为处世做人的原则。作者也正是在这个意义上提到这本书的。("蝇头",比喻细小的事物,这里指小字)"鹤背"句典出《说郛》所载唐代《商芸小说》:"有客相从,各言所志,或愿为扬州刺史,或愿多资财,或愿骑鹤上升。其一人曰:'腰缠十万贯,骑鹤上扬州。'欲兼三者。"曲中运用此典,主要取其升仙意("鹤背"),即抛弃功名富贵,去做神仙,逍遥自在,四处遨游。而做到了以上两句所说的,人就会"白云两袖吟魂健"("白云两袖",意同"两袖清风",比喻身无分文),无所牵累,诗才也就特别健旺了。"吟魂健"三字十分形象,生动地表现出诗才健旺的神态。

"赋庄生"两句为第二段,意说读了庄子的《秋水》篇,人就会心胸开阔,摆脱世俗的缠绕,穿上宽大的布袍,去享受"风月无边"、逍遥自在的生活。庄子是继老子以后道家另一重要思想家,《庄子·秋水》篇是阐述其"万物齐一"思想的重要篇章,主要论说大小、长短、贵贱、贫富、得失、巧拙等等都是相对的,人应听天由命,一切都不应该强求,尤其不应争名夺利,才能获得自由。所以人们读后就会恍然悟道,豁然开朗了。

"名不上"三句为第三段。这里用了两个形象的句子来说明抛弃功名富贵的行为。"琼林殿"即宋代的琼林苑,在汴京城西,北宋时常在这里欢宴新及第的进士,故"名不上琼林殿"即不要功名的意思。"金谷园"为晋代石崇所建,在洛阳城西;石崇以豪富著称,经常在金谷园中宴客取乐,故"梦不到金谷园"即不羡富贵的意思。不要功名，不羡富贵，这样，人就会成为"海上神仙"，获得绝对的自由了。

这首小令表现了作者旷达出世的思想，反映了作者追求精神解脱的愿望。在艺术上，由于运用了重复手法，笔酣墨畅，给予读者的印象特别深刻。全曲三段都使用了反映因果联系的假言判断。构成判断的条件，因为受曲牌制约，一、三组有两个，二组只有一个，似乎不平衡，但是从形式美的角度来看，两头对称，中间参差，恰好表现出整齐中有变化的美。因此，这首曲在艺术上是成功的。

（洪柏昭）

〔双调〕 水 仙 子

张可久

秋　思

天边白雁写寒云，镜里青鸾瘦玉人，秋风昨夜愁成阵。思君不见君，缓歌独自开樽。灯挑尽，酒半醺，如此黄昏。

这是一支怀念远人的闺怨小令。作者的感受是独特的，写法上也是别开生面的。起句以客观之景致笼盖全曲，突出了秋天之苍凉寂寥。白雁秋风，又值黄昏时节，"愁"字不点自出。"写寒云"的"写"字用得极为巧妙，写者，画也。大雁高飞，在云间或排成"一"字，或排成"人"字，故谓"写寒云"。这里以天边的白雁暗喻远方的丈夫。白雁是指似雁而小的一种白色候鸟，杜甫诗有句"旧国霜前白雁来"，说的就是此鸟。与"天边白雁写寒云"句相对，是"镜里青鸾瘦玉人"。"鸾"，传说中凤凰一类的鸟，喜欢对镜而舞。南朝刘敬叔《异苑》三载："鸾睹影悲鸣，冲霄一奋而绝。"后世便将镜称为青鸾镜。这里是说闺中女子对镜，犹如青鸾顾影自怜，为自己的憔悴而伤感。正是所谓"落叶西风时候，人共青山都瘦"（辛弃疾〔昭君怨〕）。前两句一写景，一写人。天上白雁，人间鸾女，既是映衬，也是对照，且都写得不同凡响。玉人瘦损，以青鸾顾影自怜作比，意味无尽。第三句猛一回首，说到了昨夜秋风，自然而然点出"愁"字，并不避讳语直。愁也罢了，偏又"成阵"，可见昨宵今日，陷入愁阵而不能自拔，愁绪未曾稍减。"思君"二句，点明题旨，即愁之根由。思念自己的情人，却又百般无奈，无法见到，于是寻求排遣，歌一番，唱一阵。"缓"字透露出歌的节奏，一定是凄婉怨艾之曲；也隐隐透露了歌的内容——无非怀人忧怨之辞。一人哼唱，不仅不能排遣愁闷，反而更添抑郁。继而又开樽独酌，以求到醉乡去摆脱愁苦困忧。就这样苦苦地坐着，闷闷地饮着，慢慢地挨着。然而，此时此刻，才刚刚是黄昏时候，那漫漫的长夜，将如何熬过呵！结尾的"灯挑尽，酒半醺，如此黄昏"，令人黯然伤神。特别是"如此黄昏"，为读者留下无尽的联想余地，人们自然会想到"恁般长夜"，有余不尽，味永且长。

　　张可久是元代数量不多的专门从事散曲创作的作家，他的作品题材广泛，大多采自平凡的现实生活，往往每作必是有感而发。他善于通过对生活中习见事物的细微观察，写出自己独特的感受来。这支《秋思》小令，就有这个特点。闺怨悲秋，是屡见不鲜的传统题材，写出新意来是不容易的。劈头一句就令人惊叹不已，一个"写"字，足见小山才情。愁而成"阵"，又是一奇，以陷阵喻愁绪不解，似亦小山独创。再看他的转合起承处，似转且直，直而又曲。"思君不见君"句是何等率直，承上文之愁，简朴地交待了愁因，何其明净！何其洒脱！张可久把豪放、精丽、清秀、爽利统一在创作中，率直的情趣中微杂着文人创作所独具的雅致，在散曲创作自然流利的基础上达到了转粗为细、变俗为雅的高度。应该说，这是张可久的可贵之处。是的，他不避雕琢，甚至有时不厌精雕细琢，但他雕琢得是那样精巧、自然,不露一丝痕迹。除"写"字外,还有"缓"字。这"缓"字包孕的东西就太多了,大凡是苦索得来的,读者不觉,只味其美,却未必知小山苦心。

过去有一种说法,认为散曲与诗词相较,自由、灵活得多,是诗体的一种解放;而小山则将散曲写得靠近了诗词,衬字少了,句法趋于规矩整齐了。其实,文学史上任何一种体裁、形式,都是在变化中向前发展的。"若无新变,不能代兴"。张可久显然在借鉴传统诗词的同时,苦索散曲之变。功过成毁,还可以讨论,但无论如何张可久曲都是散曲花园中一枝秀美的奇葩。

（王星琦）

〔双调〕 **水 仙 子**

张可久

西湖废圃

夕阳芳草废歌台,老树寒鸦静御街,神仙环珮今何在？荒基生暮霭,叹英雄白骨苍苔。花已飘零去,山曾富贵来,俯仰伤怀。

题目是《西湖废圃》,自然是在兴废上抒发情怀了。这一类作品在小山令曲中数量不少,且多有佳构。有的论者指出:"夫俯仰古今,发摅感慨,易入雄肆,或则苍凉。而元人为之,则多寒峭。寒峭者,阴刚也。张可久尤多此类。李中麓许为清劲,尚隔一尘。"(刘永济《元人小令选·序论》)其实,细味小山此类作品，是很难以一两个字眼去概括其独特韵致的。不错，小山抒发兴亡感慨的令曲与前人诗词大异其趣，但又不是完全无相通之处的，正是所谓"虽世殊事异，所以兴怀，其致一也"（王羲之《兰亭集序》）。继承和独创是融合在小山曲中的。如说小山此类作品一味只是冷峻寒峭，怕是不确切的。就这支《西湖废圃》而言，应该说它既雄肆苍凉，又冷峻孤峭，韵味是相当复杂的。

首句连用三个名词，点出三种事物：夕阳、芳草、歌台。着一"废"字，全句皆哀，景景俱愁，为全曲奠定了感伤的基调。第二句看似写景，实则带有浓重的主观感情色彩。仍然是三种事物：老树、寒鸦、御街。着一"静"字，全句凄然，景景生悲，一派死寂和萧疏。两句对仗工稳，情境互发，笔简而意厚。第三句突出设问，是说西湖的声歌旖旎、热闹繁华如今已成过去，烟消云散了。"神仙环珮"，暗用《洛神赋》中"解玉珮以要（同邀）之"的典故。常建诗云："寤寐见神女，金纱鸣珮环。"（《古意》）人们将西湖比作西子，也比作神女。这里泛指西湖繁盛时的迷人风物，犹言往日繁华如今哪里去了？"荒基"二句是虚写，废圃上暮霭缭绕，想那苍台处处，埋葬了多少英雄豪杰！意境是幽深的，情绪是怅惘的。这情绪不限于西湖一废圃，分明包含了总体性的历史探索：对兴亡未可逆料的惆怅意绪，对现实人生的牢骚愤懑，以及元代知识分子苦痛的失落感，尽在其中了。曲中不乏雄肆苍凉，以西湖一圃，拓展为天下兴亡，人世沧桑，实为至沉至痛之笔。结尾处，更将这种情绪推上了极致。花开花落，山穷山富，是不由人意的，登高处，俯瞰西湖眼前景致，回首其旧日繁华，如何不让人伤怀无限呵！这里的"俯仰"，既是景致的对比，也是对历史和人生的思索，意境同样是广阔而拓展的。如同阿拉伯人大食帷寅称赞小山时所说："气横秋，心驰八表快神游。"（〔燕引雏〕《奉寄小山先辈》）小山间亦豪放，于此可见。

此曲一气呵成，不容间阻，有如诉如泣之妙。贯穿的意脉是伤今怀古，所寄寓的情怀又不限于易代兴衰，也有对个人生命意义和功名富贵的思考探究。好的作品总是这样,它的意味是哲理的、深邃的、无穷尽的。从写法上看,精简而厚重是这支小令的突出特色。一"废"一"静",其意蕴沉厚而冷峻,即是所谓"寒峭"。问句一转,便由废圃扩及整个西湖、整个历史兴衰、人世沧桑。笔触虽简,却是粗重有力的。由眼前景物而百代英雄豪杰,笔势是跳跃的,却又是自然衔接的。犹如中国书画中的笔断而意不断,文气和意脉始终是有迹可求的,这就是一支小令写了那么深沉的感情和那么丰富的内容,并不显得散,相反却浑然天成的道理。

此曲又能概见小山曲意境幽远,清奇流转,形式工整,技巧娴熟的基本风格,间有诗词的典雅含蓄和散曲的活泼舒展,艺术个性是相当强的。前三句颇富散曲的流宕风韵,却又透出诗词的工整典丽,结合得相当完美,写法近于马致远的〔天净沙〕《秋思》小令。中间的"荒基"二句,诗词韵味似更浓些,惟字数错落,又用一"叹"字,便显得活泼跳脱了。末三句,先是两句工整的五言对,又以四字句作结,也是工整中有变化,间得诗词与散曲之妙的。曲重收束,所谓"诗头曲尾",便是说诗以起句为难,曲以收句见工。响亮有力的"豹尾"是一格,有余不尽又是一格,此曲当属后者。结句可以说是王羲之《兰亭集序》中"俯仰一世"和"俯仰之间"感慨的浓缩。小山在"俯仰之间,已为陈迹,犹不能不以之兴怀;况修短随化,终期于尽"的浩叹中融进了个人的独特感受。

(王星琦)

〔双调〕水　仙　子

张可久

次韵金陵怀古

朝朝琼树后庭花,步步金莲潘丽华,龙蟠虎踞山如画。伤心诗句多,危城落日寒鸦。凤不至空台上,燕飞来百姓家。恨满天涯。

这首曲次谁的韵,现在已不可考。从内容来看,主要是通过追怀金陵(今南京)的史迹,来慨叹兴亡盛衰的。

首两句说的是陈后主和齐东昏侯因荒淫纵乐而广国的事。"朝朝琼树"句指陈后主。据《南史》、《陈书》等史籍记载,陈后主荒于酒色,每日与妃嫔狎臣游宴赋诗,选最为艳丽的作歌词,配上乐曲,让宫女学唱。这些歌曲,有《玉树后庭花》、《临春乐》等("琼树后庭花"就是《玉树后庭花》)。隋兵到来时,他还在喝酒行乐;等到隋将韩擒虎攻入了朱雀门,才和张、孔两妃躲入宫内的景阳井,结果被俘。"步步金莲"句指齐东昏侯。《南史·齐东昏侯纪》载:东昏侯宠爱潘妃,"凿金为莲花以帖地,令潘妃行其上,曰:'此步步生莲花也。'"后来梁武帝攻入南京,东昏侯被杀,潘妃也自缢而死。作者叙述了这两个人的故事后,没有发议论,却转而描画南京的江山:"龙蟠虎踞山如画。"——依旧龙蟠虎踞,山色如画(《六朝事迹类编》记诸葛亮论南京地形的雄壮险要说:"钟阜龙盘,石城虎踞,真帝王之宅。")。言外之意,就是江山依旧,人事已非,陈齐往矣,虽有险要的地形,却保不住这两个腐朽的王朝。委婉地点出了兴亡之感。

"伤心诗句多,危城落日寒鸦"二句,用危城、落日、寒鸦三样景物组成一个衰飒萧条的画面,以烘托感伤的心情。情景相生,很有感染力。"凤不至空台上,燕飞来百姓家。恨满天涯。"此三句承上面二句而下,继续写南京的荒凉与作者的伤感之情。"凤不至"句说的是凤凰台,此台在南京城西南隅,据《六朝事迹类编》载:南朝宋元嘉中,有凤凰飞到这里的山上,于是在山脚筑台以表嘉瑞。李白《登金陵凤凰台》诗有"凤凰台上凤凰游,凤去台空江自流"之句,凭吊陈迹,表现了怅惘之感,这里承袭其意。"燕飞来"句则取刘禹锡《乌衣巷》"旧时王谢堂前燕,飞入寻常百姓家"诗

【殿前欢】

意,更是不胜今昔之感了。有了这两句内涵丰富的形象描写,本来已不言愁而愁自见;但令曲本求"急切透辟",于是又以直接抒情的"恨满天涯"四字作结,遂使那种兴亡盛衰的遗恨更加显豁突出,并使全曲于伤感中顿起慷慨之声。

(洪柏昭)

〔双调〕殿 前 欢

张可久

次 酸 斋 韵

钓鱼台①,十年不上野鸥猜。白云来往青山在,对酒开怀。欠伊周②济世才,犯刘阮贪杯戒,还李杜吟诗债。酸斋笑我,我笑酸斋。

贯云石(酸斋)尝位居显贵,但后来他"称疾辞还江南,卖药于钱塘市中,诡姓名,易服色,人无有识之者。"(《元史》本传)他写有一首〔殿前欢〕曲:"畅幽哉,春风无处不楼台。一时怀抱俱无奈,总对天开。就渊明归去来,怕鹤怨山禽怪,问甚功名在。酸斋是我,我是酸斋。"曲中云云,可见是他辞官后所作。"酸斋是我,我是酸斋",写得超脱豪迈,正是还我本来面目之意。

张可久这首《次酸斋韵》,当是读了贯云石前曲之后的和作。他很羡慕酸斋"归去来"之后的闲适生活,他向往像东汉严子陵隐居在钓台垂钓那样,与鸥鹭为友,过着惬意的生活。可是,由于屈居小吏,日理俗务,以求粗安,诗人已经十年没有到过钓台了。这使他倍增感慨,也倍增归去来的退隐之志。"白云来往青山在"，见到一片葱茏的不老青山，见到无挂无牵，来来去去的白云，这时，摒除万虑，对着酒杯，开怀畅饮，该有多好呵！

下一段，诗人进一步申述了自己所以有此情怀的缘由。为了生活，自己不得不从政，做个小官吏。可是，自己却没有像伊尹、周公那样的济世之才，可以辅佐朝政，安邦定国。这样，对于官场，又何必恋栈呢？其次，自己也像晋人刘伶、阮籍那样，有好酒贪杯之习，犯了酒戒。不过，这也没有什么不好。自己又喜欢吟哦，与一些像李白、杜甫那样的诗友唱酬，时有投赠，自然也就有不少待还的诗债。此三句语含戏谑自嘲味：自己"欠"济世之才，涉足官场，只不过是混饭吃；自己又"犯"了酒戒；同时还有不少要"还"的诗债。衡量一下，如能像酸斋那样退隐下来，就最适合的了。退隐以后，以诗酒自娱，就是自己的素志了。

"酸斋笑我，我笑酸斋。"这笑，是会心的笑，是相视而笑。酸斋先我而退隐，"畅幽哉，春风无处不楼台。"自然值得笑。我已准备归去来，将徜徉于青山白云之间，"对酒开怀"，也将会像"酸斋是我，我是酸斋"那样，还我本来面目，酸斋也该为我而笑了吧。

（龙潜庵）

〔注〕　① 钓鱼台：指汉严子陵钓台，在今浙江桐庐县富春山。　② 伊周：即伊尹、周公。伊尹佐商汤，周公辅成王，均为宰辅名臣。

〔双调〕 **殿 前 欢**

张可久

离　思

月笼沙，十年心事付琵琶。相思懒看帏屏画，人在天涯。春

【殿前欢】

残豆蔻花, 情寄鸳鸯帕, 香冷荼蘼架。旧游台榭, 晓梦窗纱。

云驰月走, 夜色深沉。闺中女子无心赏月, 更无心去看帏屏上的图画, 她心事重重, 神情抑郁, 思念着相隔遥遥的情人。离别已经十年, 苦思苦想, 不堪忍受。相思之苦, 向谁倾吐？只得把一腔深情寄托于琵琶弦上。这意境该是多么优美！这情调又是何等凄凉！"月笼沙", 从杜牧《夜泊秦淮》中"烟笼寒水月笼沙"句借来, 只三个字, 就概括地点出人物活动的背景。"十年心事付琵琶", 语凝练而意味深厚, 既雅致且又蕴藉。陆侃如、冯沅君《中国诗史》评小山曲曰："'骚雅'与蕴藉, 这是构成张曲的风格的两方柱石。"读此令曲, 可见陆、冯二先生所评的是。以下二句："相思懒看帏屏画, 人在天涯。"明确交待所谓"心事"究竟何指, 点出"相思"和怀人的意旨, 干净利落, 率真自然。"春残豆蔻花", 含惜时自爱, 感叹青春流逝之意蕴。豆蔻, 是一种形似芭蕉的草本植物, 因其夏初开花, 故诗人咏之谓"春残"。杜牧诗《赠别》中有句云："娉娉袅袅十三余, 豆蔻梢头二月初。"后因谓少女十三、四岁为"豆蔻年华"。此令曲中, 诗人以豆蔻喻未嫁之少女, 言其少而美也。"情寄鸳鸯帕", 写闺中女子将缕缕情思寄托在绣鸳鸯巾帕上, 很显然这块鸳鸯帕是定情的信物。荼蘼, 亦作酴醾, 花名, 属蔷薇科, 夏日开花。苏轼诗云："荼蘼不争春, 寂寞开最晚。"(《杜沂游武昌以荼蘼花菩萨泉见饷》)承上文, 仍是感叹青春流逝, 所以说是香冷, 意即荼蘼虽香, 但寂寞、冷落, 未赶上大好春光。结尾二句, 是说苦恋伤神, 愁肠百转, 不得见其意中人, 只好在梦中重温旧情, 与恋人相会。"旧时台榭", 点化晏殊词〔浣溪纱〕中"去年天气旧亭台"句, 言闺中人看到旧时并肩共游的楼台亭阁, 与情人相会的渴念更增, 无奈只好到梦中去追寻那美好的记忆了。全曲笼罩着深深的惆怅和急切的企盼, 令人感到一种谐美和悲凉相夹杂的复杂况味。艺术技巧是很高的。从韵律上看, 句子长短参差, 始慵懒，后急切，读起来跳荡有致。

张小山之散曲，多以清丽秀雅的笔调，写人间的春怨秋愁，又以含蓄华美的语言，搜抉人间的休戚隐衷。他既写山川的秀媚，也写春秋的伤怀；既写人生的失意，也写惶惑的追寻，他是个真正的独特的曲家。他常常把个人生活的细微感受、喜怒哀乐，与社会联系起来，表达出对人生和社会的种种思索和探求，因此，他的作品有景致更有情致，这支令曲就充分表现了这种景致与情致，表现了他对爱情的看法。韶华转瞬，青春不再，青年男女的爱情埋想和执着追求，是符合人情物理的，张可久是同情他们的。郑振铎曾高度评价张可久的作品："张可久的才情确足以领袖群伦。他的作风和前期马致远有些相同，却决不是有意的模拟。前期的诸作家，往往多随笔遣兴之作。到了可久起来后，方才用全副的心力在散曲的制作上。他的作风是爽脆若哀家梨的，一点渣滓也不留下；是清莹若夏日的人造冰的隽冷之气，咄咄逼人。他豪放得不到粗率的地步。他精丽得不到雕镂的地步。他潇疏得不到索寞的地步。他是悟到了'深浅浓淡雅俗'的最谐和的所在的。"（《插图本中国文学史》）读了这段评论，再回过头来审视这支《离思》令曲，其妙处就可以悟到了。用短小的篇幅反映丰富的内涵和深刻的思想，正是小山作品的最大长处。

（王星琦）

〔双调〕 **殿 前 欢**

张可久

客　中

望长安，前程渺渺鬓斑斑。南来北往随征雁，行路艰难。青

【殿前欢】

泥小剑关，红叶溢江岸，白草连云栈。功名半纸，风雪千山。

处在元代统治者极端轻贱知识分子的社会中，才华横溢的作者内心充满了矛盾。他曾反复讴歌归隐生活的乐趣，可是又摆脱不了名利的羁绊，以致长年累月淹留在外。他一生仕途蹭蹬，沉沦下僚，这其中有多少隐衷酸楚，有多少感慨不平。这首小令便凝聚了他这种感受。

"望长安，前程渺渺鬓斑斑。"起首两句，暗借李白《登金陵凤凰台》中"长安不见使人愁"之意。当年李白以长安喻朝廷，感叹自己报国无门；此处张小山则借长安喻指元朝廷所在地大都，抒发了两鬓斑白而前程渺茫的悲愁之情与伤感之怀。句首一个"望"字，既表示作者希望得到朝廷重用之渴念；又表明了距离遥远，暗含可望而不可即之意。两句点出了滞留"客中"的缘由。

"南来北往随征雁，行路艰难"二句概写奔波仕途的艰苦。大雁春天北去，秋日南归。以"随征雁"来描写自己的行踪，展示出空间的广大与时间的漫长。一个"随"字又暗示出做幕僚而身不由己的伤感。在天南地北、春夏秋冬的辗转飘零中，不仅要强颜事人，而且会遭遇风波。"行路艰难"四字，正是作者对此人生体验的概括。下面"青泥小剑关，红叶溢江岸，白草连云栈"三句则具体而形象地描绘"艰难"之状。青泥，一般意义即指青色泥土，作地名则指青泥岭，在今陕西略阳县西北，古为由蜀入陕的要道。据《元和郡县志》载："悬崖万仞，上多云雨，行者屡逢泥淖，故号青泥岭。"李白《蜀道难》即有"青泥何盘盘，百步九折萦岩峦"的描写。剑关，本指今日四川境内之剑门关，地势险要，张载《剑阁铭》有"一夫荷戟，万夫趑趄"的形容。此处"青泥小剑关"，既指剑关险峻，道路泥泞，又语连李白《蜀道难》诗意，是为"双合"之妙语。"红叶"句暗用白居易《琵琶行》诗意。白诗云："浔阳江头夜送客，枫叶荻花秋瑟瑟。"又云："住近湓江地低湿"。曲辞用其意，一则以喻天涯漂泊之感，同时用"湓江"明其用事之本源，借用白居易触怒权贵,旋遭迁谪的际遇,来抒发感叹:宦海风波险恶多! 白草,为北地所生之草,干熟时正白色,故名。岑参《过燕支寄杜位》诗有"燕支山西酒泉道,北风吹沙卷白草"之句。这里主要取其苦寒之意。连云栈,在今陕西汉中地区,为古时川陕之通道,全长四百七十里。这里用以比喻道路的奇险。将"青泥"、"白草"二句合而观之,也就是查德卿在〔寄生草〕《感叹》中所描述的:"如今凌烟阁一层一个鬼门关,长安道一步一个连云栈。"只是一个显得直率、一个显得含蓄罢了。这三句是曲中极为精彩的部分。首先,它是作者着力创作的鼎足对,工稳精妙,对仗全用名词组成,每一句各自构成不同的意象,并具有鲜明的色彩感。其次,句中又不粘不滞地关合着李白、白居易等古人的诗意,显得自然而妥帖。同时,此三句作为一个整体来看,具有丰富的内涵,它包含有不同时间的交织:"青泥"的长年云遮雾湿,可说是代表了一年四季,"红叶"代表秋天,"白草"代表冬季;它包含有空间的延伸:"青泥"句为蜀地,"白草"句乃西北,"红叶"句则是江南。这样便将"南来北往"的时空具象化,把"行路艰难"形象化了。结尾两句,是全曲的小结,是作者对追求功名这一活动作出的总体评价。这里用了一个对句,使奔走仕途的艰难曲折——"风雪千山",和历尽千辛万苦追求的目标——"功名半纸",形成强烈的对照。半纸,表示无足轻重,体现了作者对"功名"二字价值的认识,流露了作者内心深处对功名富贵的轻薄。

功名既不值得追求,而又不得不去追求;明知"前程渺渺",却又还要奔走于千山风雪之中。这是何等的矛盾! 这种矛盾使作者的一生染上了悲剧的色彩。这种悲剧不仅仅是属于作者个人的,而是代表了当时无数知识分子的命运。

(刘庆云)

〔双调〕殿前欢

张可久

爱山亭上

小阑干,又添新竹两三竿。倒持手版①搘颐看,容我偷闲。松风古砚寒,藓土白石烂,蕉雨疏花绽。青山爱我,我爱青山。

　　一个有才华的诗人,为生活所驱,只好在县衙里做一个小吏,内心自然是很痛苦的,"为爱髯张亦痴绝,簿领尘埃多强颜。"(张雨《次韵倪元镇赠小山张掾史》诗)这"强颜"二字可谓道出了张可久的无限酸辛。不过,天公有时也会有巧安排的,就在"簿领尘埃"的环境里,却有一片可供游赏的去处——爱山亭,这对张可久来说,真是最好不过了。

　　爱山亭在德清(今属浙江)县圃。张可久〔木兰花慢〕《德清县圃爱山亭》词云:"就岩阿深处,结层屋,上空蒙。"他在德清县做属吏的公余之暇,就常于其上,"卷帘看雨,拄笏临风。"以至"无日不诗筒,杯酒尽从容",这样的生活,真是乐不可支。本曲即写他登爱山亭时的欢快心情。曲中描绘了他于"簿领尘埃"之暇,登上爱山亭,倒持着手版,支着脸颊,欣赏小阑干外一片生机盎然的美景。"又添新竹两三竿",说明诗人登临此亭之勤,而且心情闲适,细心发现了这一细微变化。"手版"是官员用物,"倒持"它,可见这时已不是"官身"了,正是自由自在地"偷闲"之时。"倒持"两字,写得很细致。正好与词中"拄笏临风"参看。

"松风"三句,从动的、静的、远的、近的各个角度来写青山景物的可爱。静听松涛,不觉古砚也生寒意。笔砚生涯,自是吏员本色,但以松风来联想,从动到静,从外到内,就写得很有趣。石上长了苔藓,一片烂漫,也衬托得很自然。至于芭蕉夜雨,疏花初放,则又别有一番情趣。但这些景色都是在县圃爱山亭上欣赏到的,与到别处游山玩水所接触到的景物,大异其趣。在"簿领尘埃多强颜"中,有此一片清静游赏之地,"青山爱我,我爱青山",诗人发出这样的心声,是很自然的。

(龙潜庵)

〔注〕 ① 手版:即笏。备记事用的狭长板子,用竹、木或牙片制成,古代官吏上朝时所持。

〔双调〕折桂令

张可久

村庵即事

掩柴门啸傲烟霞,隐隐林峦,小小仙家。楼外白云,窗前翠竹,井底朱砂。五亩宅无人种瓜,一村庵有客分茶。春色无多,开到蔷薇,落尽梨花。

这是一首写村居生活的小令。"村庵"即农村中的小屋(旧时文人的书斋亦称庵)。"即事"是当前事物的意思。沈约《游钟山诗应西阳王教》:"即事既多美,临眺殊复奇。"后来人们就把以当前事物为题材的诗称作即事诗。

起首三句,写村庵所在的环境和庵中人的生活。从内容上看,这三句的顺

【折桂令】

序是倒装的。意思是说：隐隐约约的树林和小山之中，有一座小小的屋舍（"仙家"），屋中人关起用树条编扎的门（"柴门"），在里面无拘无束，过着神仙般的生活（"烟霞"，云烟彩霞之境，一般指郊野美景或仙境）。这里，"掩柴门啸傲烟霞"一句，交代了主人公生活的总的情况；"啸傲烟霞"的具体内容是什么呢？这就得由下文来补充了。

"楼外白云，窗前翠竹"二句，进一步描写这座小庵：楼外有白云，窗前有翠竹；恰如一幅恬静而富于诗意的幽居图，颜色柔和，构图雅淡。这是从庵内外望所见之景。而庵内则另有一番情趣："井底朱砂。"原来主人公在炼丹呢！道家炼丹，需要用丹砂（即朱砂）铅汞配制其他药物，在炉中烧炼而成。北宋道士张伯端《悟真篇》云："偃月炉中玉芯生，朱砂鼎内水银平，只因火力调和后，种得黄芽渐长成。"说的就是这种情况。"井"指丹井，即用来装药炼丹的井状的容器，亦即丹鼎。隐士们多少都信奉道家思想，炼丹也就常常成为隐士生涯的标志了。

"五亩宅无人种瓜，一村庵有客分茶"二句，说主人没有在家中"种瓜"，却在庵中与客人"分茶"。"五亩宅"是古人心目中的普通之家。《孟子》书上说："五亩之宅，树之以桑"，是其出处。"种瓜"是秦东陵侯召平的故事，秦亡后，他隐居长安城东种瓜。"分茶"，古代待客礼仪，源出宫廷豪门。韩翃《谢茶表》："吴礼贤，方闻置茗，晋臣爱客，才有分茶。"后分茶又成为与"煎茶"不同的茗茶之法。此处借以写村庵主人与其客人的高雅，从而进一步突出了村庵主人逍遥自在的生活乐趣。

"春色无多"三句，写暮春景物。这时候，花事已开到蔷薇，而梨花则早已落尽了。梨花于早春盛开，蔷薇科植物中的荼蘼则在春花中开得最晚。王琪《春暮游小园》诗云："开到荼蘼花事了。"任拙斋诗云："一年春事到荼蘼。"所说的都是这种情况。这三句的意思，是说日子不知不觉的就过去了；还是表现了生活的悠闲自得，无忧无虑。

　　这首曲描写村居生活，自始至终贯串着淡泊、恬静、醇雅的情调，带着浓厚的隐士色彩。这种生活情趣是一般元代文士共有的，反映了他们对自由、宁静生活的追求。艺术上，这首曲最大的特征是对仗工整。"隐隐林峦"两句，"五亩宅无人种瓜"两句，"开到蔷薇"两句，都是合璧对；"楼外白云"三句是鼎足对；这些对了，无论词类或句法结构都相同，显得圆润精巧；但它们又有着曲的特点，即不像近体诗那样平仄相对，反而多用同声调字相对，以取得用韵繁密的效果。另外，它构图优美，颜色鲜明，用字雅丽。体现了张可久作曲"清丽"和善于吸收诗词手法入曲的特色。

（洪柏昭）

〔双调〕折桂令

张可久

九　日

对青山强整乌纱，归雁横秋，倦客思家。翠袖殷勤，金杯错落，玉手琵琶。人老去西风白发，蝶愁来明日黄花。回首天涯，一抹斜阳，数点寒鸦。

　　这支令曲以重九游赏为题，抒发了作者暮年的愁怀。

　　元人散曲中，隐居乐道和纵酒放达题材的作品数量相当多，散曲作家们常以"尘外客"、"酒中仙"自矜自娱，或者说是自嘲。这当然是和时代的大气候、大

【折桂令】

氛围有关的。因此，虽关、郑、白、马诸家亦不能例外。元人的隐居、纵酒以求排遣，也同魏晋文人的饮酒、吃药一样，一时期几乎成了一种社会风气。津津乐道归隐田园一类作品在张可久散曲中所占比例之大，是值得注意的。据《录鬼簿》等书记载，小山曾以路吏转首领官，又曾为桐庐典史，晚年"尚为昆山幕僚"。总之，一生仕途颇不如意，后隐居西湖，过着诗酒自娱的生活。他在不少散曲作品中倾吐了牢骚、愤懑，一面是要"急疏利锁，顿解名缰"（〔满庭芳〕《山中杂兴》之二），一面是向往着"看云坐，听雨眠，鹤飞归老梅庭院；青山隐居心自远，放浪他柳莺花燕"（〔落梅风〕《闲居》）的生活。这心情是矛盾而痛苦的。因为对封建时代的知识分子来说，仕途是唯一出路。隐居乐道不过是一种暂时的解脱，旷达背后潜在着不可解脱的内心痛苦。这首小令正是这种矛盾心情的真实写照。

起首三句，直抒胸臆，仿佛是油然升起了思归之情，实际上是苦苦缠绕心头，久思而未能作出决断的问题。"青山"，在小山散曲中是有特定含义的，即归隐。源出于马致远〔夜行船〕《秋思》中"绿树偏宜屋角遮，青山正补墙头缺"句。"对青山强整乌纱"，用孟嘉"龙山落帽"事。晋孟嘉曾为征西大将军桓温参军，九月九日游龙山，群僚聚集，风吹孟嘉帽落，他竟如无事一般，照样饮酒应酬。这里是说面对秋景斑斓，想到的是"青山隐居心自远"，于是觉得头上乌纱帽实是无聊，弃之可惜，留则难堪，这表现了作者对官场的厌倦，这种心情与陶潜归隐前的思想是相通的。"归雁横秋，倦客思家"二句，明里是乡思，实则仍是仕途与归隐之间的矛盾，作者分明将为官做吏看作是客寓，而将归隐当作正当的归宿了。"横"字下得极巧，既写出了一行大雁的孤寂，又将画面"定格"了，给人的印象是极深刻的；"倦"字也有沉重感，因张可久七十多岁尚为昆山幕僚，他的确太累了。

以下"翠袖殷勤，金杯错落，玉手琵琶"三句突然转入富贵生活的描写，初看殊不可解，怎么文意被切断了呢？细味之，原来是作者有意设置的一个跌宕，回忆起做官生活中的一些片断：翠袖美人殷勤陪侍，斛光杯影，酒绿灯红，更有歌女舒玉手拨琵琶。言外之意，这一切都过去了，似无可留恋。"翠袖"句从晏几道〔鹧鸪天〕中"有彩袖殷勤捧玉钟"句而来。总之，一生坎坷，官场险恶，纵有短暂欢乐，也不堪回首了。如今是人已垂垂老矣，官场倾轧，是非窝里，怕是无力角逐了，"人老去"一联流露的正是这样的心情。

结尾"回首天涯，一抹斜阳，数点寒鸦"三句，一片凄凉。回顾一生道路，看看眼前风吹白发，正如同那残阳西下。几只悲鸣的寒鸦，在远处无力地飞着，此景此情，怎能不令人伤感。"数点"之"点"字，写出了乌鸦和人的距离感，是很有意味的。

小令并非通体皆哀，中间插入温馨旧梦，遂使全曲有了变化，无形中造成一种对比，惟因如此，方丰富了作品的色彩，更显其凄凉和哀愁。这是作者的高明处。刘熙载在《艺概》中称赞小山令曲"尤翛然独远耳"。刘氏还认为："曲家高手，往往尤重小令。盖小令一阕中，要具事之首尾，又要言外有余味，所以为难，不似套数可以任我铺排也。"这支令曲首尾贯通，深沉厚重，悠悠流出，至为沉痛，堪称小山令曲中之佳作。"以翛然独远"、"言外有余味"概括其特点是非常恰当的。

还应该提到，此曲用典化句处不算少，但都十分自然，直是令人不觉。除了上文提的之外，如"玉手琵琶"，乃是暗用白居易《琵琶行》中意境，"明日黄花"句又是从苏轼诗"相逢不用忙归去，明日黄花蝶也愁"（《九日次韵王巩》）点化而来。至于结尾"一抹斜阳"二句，那是用秦观〔满庭芳〕中"斜阳外，寒鸦数点，流水绕孤村"词意。所有这些，都是十分巧妙地融入令曲中的。

（王星琦）

〔双调〕折桂令

张可久

次　韵

唤西施伴我西游，客路依依，烟水悠悠。翠树啼鹃，青天旅雁，白雪盟鸥①。人倚梨花病酒，月明杨柳维舟。试上层楼，绿满江南，红褪春愁。

这是一首描春的令曲。

小山长于写江南的明山秀水，每写情调都不尽一致，总是要在短短的一支小令中，给人一点新鲜的感受。此曲首句劈头一个"唤"字，音节响亮，出人意料之外。纵有西施伴游，也不能免淡淡凄凉，缕缕愁绪。"客路依依，烟水悠悠"二句，藏深情与风物迷离之中，语短意长，殊为蕴藉。且连用叠字，乍看似疏淡任笔，实则是苦心琢炼之句。以下三句："翠树啼鹃，青天旅雁，白雪盟鸥。"短促的鼎足对，色彩浓丽，用字隽逸，一句一个画面。作者情怀之幽远高渺自在其中。绿树与杜鹃，蓝天与大雁，碧水与白鸥，动静互寓，为画面增添了盎然生机。接着写人："人倚梨花病酒，月明杨柳维舟。"人置于景中，醉意未减，倚立花下，春愁顿生，惆怅不已。夜色降临，更有清风明月，杨柳婆娑，扁舟轻荡，恬静优美之中，曲折透出几分哀伤。最后三句，"试上层楼，绿满江南，红褪春愁。"写登高望远，看到的是满眼翠色，在单调的绿色中，揉进花的红色，对比强烈，色彩鲜明。着一"褪"字，写出了季节的推移，也写出了两种色彩的交相辉映。整个画面好似一幅刚画就的水彩画,水淋淋的,是那样的诱人。春愁难遣,蓦然间看到远处火红的花团,点点簇簇,不由得让人血涌心跳,刹那间,惆怅和凄清似乎无影无踪了。这就是结句"红褪春愁"的意蕴。这种感受是微妙的,也是真实的。

朱权《太和正音谱》评小山曲曰:"张小山之词,如瑶天笙鹤。其词清而且丽,华而不艳,有不吃烟火食气,真可谓不羁之材;若被太华之仙风,招蓬莱之海月,诚词林之宗匠也。当以九方皋之眼观之。"说得有些玄妙,评价似亦过高。然小山曲格调之高雅却是实在的。此曲四层,时空转换,似断非断,然贯穿的是人的感受。可见"张可久虽是明山秀水的歌颂者,但不曾忘却'人世间'"(陆侃如、冯沅君《中国诗史》)。

此曲的出色处,在于作者高超的以文字作画的本领,全曲几乎每句一个画面,"客路依依,烟水悠悠"二句,酷似水墨淋漓的写意画;"翠树鸣鹃"三句又有装饰画风;"人倚"两句则似工笔重彩;而结尾意境则宛若水彩了。此外,值得我们注意的是一首小令竟反复变幻场景,时空是移动的。"青天"、"月明"显然不是同时,而"客路"和"层楼"亦分明不是同一处所。这写法倒真的要以九方皋巨眼观之了。至于结尾从李清照词"绿肥红瘦"点化而来,竟了无痕迹,全是另一种感受,不能不令人叹为观止,这也是不可轻轻放过的俊逸之笔。

(王星琦)

〔注〕 ① 盟鸥:谓与鸥鸟为盟友,喻退隐。

〔双调〕折桂令

张可久

西陵送别

画船儿载不起离愁。人在西陵,恨满东州。懒上归鞍,慵开泪眼,怕倚层楼。春去春来,管送别依依岸柳。潮生潮落,会忘机泛泛沙鸥。烟水悠悠,有句相酬,无计相留。

此曲题为"西陵送别",曲中并有"人在西陵,恨满东州"之句。西陵,元代无此地名,疑指渡口。浙江有西陵渡,故址在今萧山县,张乔《越中赠别》诗云:"别离吟断西陵渡,杨柳秋风两岸蝉。"前人每以西陵渡指称送别之地。本曲此处亦当作如是解。"东州",《后汉书·陈俊传》云:俊为琅邪太守,张步畔(叛),俊追讨斩之。诏曰:"东州新平,大将军之功也。"东州即指琅邪(今山东临沂县北)一带。此处之"东州",大约是指山东某地,而本曲或为越中别友之作。

"画船儿载不起离愁。"起唱一句,便是警策俊语。李清照〔武陵春〕词云:"只恐双溪蚱蜢舟,载不动许多愁。"虽然已有名句在先,但此句仍觉动人。蚱蜢舟乃春游之小艇,画船则江河之大船,画船儿尚载不起离愁,则此离愁之沉重,已非寻常。且此句是从行人一面写,送者先替行人着想,充分体谅其离愁之深重,则两人相知之深,情谊之笃,亦可想见。

"人在西陵,恨满东州。""人在",他本作"人到",此从《雍熙乐府》本,于辞情更洽。两句意为人在渡口相别，但离愁别恨却将随友人之行踪，弥满东州，作者双管齐下，写足送者、行人从此天各一方，彼此相思之苦况。运笔极是周到。

"懒上归鞍，慵开泪眼，怕倚层楼。"此三句写出既别情景。江岸一别，画船远矣，渺不可见，送者不得不上马回去。"懒"字，状出无可奈何之情态。男儿到了伤心时，也不能不下泪呵。泪眼模糊了视线，望不见画船去的方向，故"慵开泪眼"。"慵"字，状出黯然神伤，又眼巴巴去望的样子，尤为生动。船渐行渐远，已望不见了。便寻思更上层楼，可是又怕独倚高楼远望，将更难以为怀！此写既别情景，回肠寸断，可谓精细入微。

"春去春来，管送别依依岸柳。潮生潮落，会忘机泛泛沙鸥。"此四句是一扇面对，上二句与下二句骈俪成文，极写别后生涯之凄凉寂寞。岁岁年年，春去春来，唯有岸上杨柳依依，与离人之心相关而已。朝朝暮暮，潮生潮落，唯有水上沙鸥拍拍，与孤身一人相对而已。岸柳依依，仿佛含情，更加令人伤心。沙鸥忘机，虽然可爱，但是日日唯与沙鸥相对，则自己在这天地之间，寂寞凄凉，也就可想而知。此四句，充分体现了作者对离愁别恨之不可顿脱及对行人之一往情深。

"烟水悠悠，有句相酬，无计相留。"结唱三句，一气呵成，辞情则极为凝重。烟水悠悠，一笔挽尽上四句自然之景。烟水悠悠，也解不了愁，反增添阻绝的痛苦。下二句，收笔落到送别之情。我虽有诗句与您相答，却无法挽留下您！情语如此，可谓朴拙，却正是实诚。

这首散曲抒发离情别恨，深沉执着。中间四句扇对，描写自然，融情于景，则尤为蕴藉深远。

（邓小军）

〔双调〕清　江　引

张可久

秋　怀

西风信来家万里，问我归期未？雁啼红叶天，人醉黄花地，
芭蕉雨声秋梦里。

张可久是元代最著名的散曲作家之一，也是今天留存散曲最多的一位作家。以诗的历史地位为喻，李开先认为"元之有乔（梦符）张（可久），其犹唐之李、杜乎"（《乔梦符小令序》）？王骥德认为"乔、张盖长吉（李贺）、义山（李商隐）之流"（《曲律·杂论》下）；从词的艺术造诣来说，张宗棣云："孰谓张小山不如晏小山（几道）耶？"卢冀野则说："小山是温飞卿，而梦符是韦端己"（均见《词曲研究·几个重要的曲家》）；从曲的创作成就来看，徐复祚认为"北曲马东篱、张小山自应冠首"（《三家村老委谈》），李中麓也说："东篱苍老，小山清劲，瘦至骨立，而血肉消化俱尽，乃孙悟空炼成万转金铁躯矣"（《词谑·词套》）。这些评论，虽不免于溢美，不免于偏爱，但却说明张可久在元曲发展史上有着不可动摇的地位。当然，也有人批评他的小令，过于含蓄和雕饰，是诗词化了的曲，不是曲的正宗。那么，我们究竟应该怎样来评价他的散曲呢？他的散曲到底好在哪儿呢？

我以为他的散曲好就好在"含蓄不露，意到即止"（清梁廷枏《曲话》卷二），好就好在"清而且丽，华而不艳"（明朱权《太和正音谱》），好就好在"意新语俊，字响调圆"（明王骥德《曲律·论套数》），就拿这支脍炙人口的小令为例吧：题

目是"秋怀",作者紧紧把握题意,用西风、北雁、红叶、黄花、芭蕉、雨声,点染成一幅萧瑟的秋景。又因"西风"的到来而联想到"归期"的未卜;因"芭蕉雨声"而烘托出自己的功名未就、辗转反侧的愁思。于是一个异乡飘泊、壮怀激烈的游子便呼之欲出了。它句句围绕秋的特征来写,句句扣紧秋的情怀来写,写得又那样的婉曲细腻、清俊芳润,读起来令人舌底翻澜,口角噙香。其所以能够取得这样的艺术效果,除了没有一句浮词泛语之外,还在于它能够融情于景,情景相生。曲的第一二句,把时间和空间的跨度巧妙地表达了出来。"西风"是悲凉的,容易引起"志士悲秋"的感慨。"一年容易又秋风",这"自春徂秋"的时间跨度就在言外显示出来了。"万里"是遥远的,往往"经岁又经年",才能得到一封平安的家信。信中只问"归期"而无他语,便把"一行书寄千行泪"的离愁别恨烘托了出来。妙在作者并不正面回答"归期"是否已定,却说北雁在霜林如醉的长空里哀啼,行人在黄花已瘦的疏篱边痛饮,便把"有家归未得"的矛盾心情和"家乡何处是,忘了除却醉"(李清照〔菩萨蛮〕)的深沉乡思作了出色的表达。而窗外的秋雨,点点滴滴,打在芭蕉叶上,惊醒了神游故国的美梦,又进一步深化了"疏雨听芭蕉,梦魂遥"(刘光祖《昭君怨》)的意境。句句是写景,句句又是抒情,情和景高度的统一起来,不知何者为景,何者为情,达到了王船山所说的情和景"妙合无垠"(《夕堂永日绪论内编》)的艺术境界,也就是"含蓄不露,意到即止"的传达手法。

其次,是他能够运用色彩的浓淡、明暗,反衬人物内心的悲欢、苦乐。"红叶天"、"黄花地",是显色,是大景,是用浓墨重彩涂成的,是客观外在的自然环境;而雨中的芭蕉,梦里的秋夜,是隐色,是小景,是用烘云托月的手法表现出来的,是主观感觉的投影。换言之,那显色、大景,不过是人物心理的反衬,而隐色、小景,才是人物的真情实感,才是阴沉、灰暗的人生的写照。句中无其词,而句外有其意,使读者从曲的形象中通过联想和想象,终于获得感情上的共鸣。体现

【清江引】

了梅尧臣所说的"作者得于心,读者会以意"(引自欧阳修《六一诗话》)的艺术规律,也就是作者"清而且丽,华而不艳"的艺术风格的体现。再次,就是它在参差之中,寓有整齐之美。这支小令的句式是七五五五七,就其整体而言,是参差不齐的。但却在错落中见整,参差中见齐,特别是"雁飞"一联,妙语天然,对偶极巧,两句之中,铢两悉称,形式整齐,字面富丽,有此方见其芳润、渊茂,造成曲意上的回环往复,使人感到机趣盎然,余味无穷,完全符合周德清提出的"逢双必对,自然之埋"(《中原音韵·作词十法》)的制曲原理,从而形成它"意新语俊,字响调圆"的艺术效果。

(羊春秋)

〔双调〕 清 江 引

张可久

春 思

黄莺乱啼门外柳,细雨清明后。能消几日春,又是相思瘦。梨花小窗人病酒。

"春思"和"秋怀",在内容上是各有侧重的。大抵"秋怀"强调的是"志士悲秋",故多惆怅感叹之意;"春思"强调的是"好女怀春",故多缠绵悱恻之辞。所以张可久在他的〔普天乐〕《秋怀》中流露了"两字功名频看镜,不饶人白发星星"的落魄之感;在〔人月圆〕《次韵秋怀》中又表现了"愁倦客呜呜洞箫,对西风恋恋绨袍"的怀旧之情。而在所写的不同宫调的三十九首"春思"中,全都是抒发"春残犹未归,掩妆台懒画蛾眉"(〔人月圆〕《春思》),"相思瘦的人来怕,梦绕天涯,何处也雕鞍骏马"(〔满庭芳〕《春思》)的离愁别恨。这支有名的小令,同样是写思妇在春残雨细的时候,想到韶华易逝,游子未归,因而借酒浇愁,去打发那好天良夜。写得"情在意中,意在言外"(清梁廷枏《曲话》卷二),"言简而趣味无穷"(明王骥德《曲律·论小令》),所以越咀嚼越有味,越玩索越感人。

曲的前两句,都不着痕迹地化用了唐人的诗句。"黄莺乱啼门外柳",是写思妇,是从金昌绪的"打起黄莺儿,莫教枝上啼。啼时惊妾梦,不得到辽西"(《春怨》)的诗意点染出来的。意思是说,她正想在那里"寻梦",让那千种情思、万般缱绻在梦里得到满足,可那"不作美"的黄莺,好像故意为难似的在门外乱啼,使人不能成眠,无法在梦里补偿在现实生活中失去了的甜蜜。"雨细清明后",是写行人,是思妇魂牵梦萦的对象,是从杜牧的"清明时节雨纷纷,路上行人欲断魂"(《清明》)的句意中浓缩出来的。妙在思妇被黄莺唤起,不是埋怨行人误了归期,而是关心游子在阴雨泥泞的道路上黯然魂消的苦况,这就进一步深化了曲的意境。王骥德说:"有一等事,用在句中,令人不觉,如禅家所谓撮盐水中,饮水乃知咸味,方是妙手"(《曲律·论用事》),作者在这里引用唐人的诗句,正有撮盐入水之妙。

"能消几日春"二句,是双承上面两句的曲意,即不但思妇禁受不起几番风雨,就是那天涯游子也同样受不了离愁的折磨了。这句话也是从辛弃疾的"更能消几番风雨,匆匆春又归去"(〔摸鱼儿〕)的词意中点化出来,借春意阑珊来衬托自己的哀怨的怅然无限的相思,令人憔悴,令人瘦损,长此下去,如何是好呢?这里着一"又"字,说明这样的两地相思,已经不是破题儿第一遭了。这跟作者的"总是伤春,不似年时镜中人,瘦损!瘦损!"(〔庆宣和〕《春思》)乃同一机杼。王骥德说:"词曲虽小道,然非多读书以博其闻,发其趣,终非大雅"(《曲律·论须读书》)。这支小曲之所以自然而不雕琢,典雅而不堆垛,正是作者博搜精粹,蓄之胸中,自然吐属不凡,下笔如有神助。

【清江引】

曲的头部和腹部，写得如此婉丽清新，结语须是愈加精彩，愈着精神，才能收到"余音绕梁"的艺术效果。所以"诗头曲尾"，古人是极为重视的。陶宗仪说："结要响亮"（《辍耕录·作今乐府法》），周德清说："如得好句，其句意尽，可为末句"（《中原音韵·作词十法》），李开先说：结语"必须急并响亮，含有余不尽之意"（《词谑·词尾》），凌濛初说："尾声，元人尤加之意，而末句最要紧"（《谭曲杂劄》），王骥德也说："末句更得一极俊语收之，方妙"（《曲律·论尾声》）。这些曲论家之所以不惮其烦，来总结曲的末句的艺术经验，说明它是关系到曲的成败的。这"梨花小窗人病酒"，就是俊语，就结得响亮，饶有余味。它既照应了前文的"清明后"和"几日春"，也概括了"相思瘦"的种种原因，又给读者留有充分想象的余地。因为梨花是春光已老的象征，郑谷不是说过"落尽梨花春又了"（《下第退居》）么？汪元量不是也说过"更落尽梨花，飞尽杨花，春也成憔悴"（《莺啼序》）么？她隔着小窗，看到梨花凋零，春事阑珊，而远人未归，闲愁无既，于是只好用酒来解除胸中的愁苦。病酒，就是伤了酒。读到这里，使人很容易联想到冯延巳的"日日花前常病酒，不辞镜里朱颜瘦"（〔蝶恋花〕）和李清照的"新来瘦，非干病酒，不是悲秋"（〔凤凰台上忆吹箫〕）的词意来。作者正是在这样的词情和意境的基础上，在曲尾对曲的整个意境作了很好的概括和创造，这才使人感到"言简而余味无穷"。

（羊春秋）

〔双调〕 清 江 引

张可久

老 王 将 军

纶巾紫髯风满把①，老向辕门②下。霜明宝剑花，尘暗银鞍帕③。江边草青闲战马。

　　全曲写一位饱经风霜、久战沙场的老将军最后闲置无用了。开头两句便写营门下有一位老将军,他戴着丝带做的头巾,紫色的胡须风一吹满满的一束,此言其苍老。第二层"霜明宝剑花,尘暗银鞍帕"两句,对仗工整。霜,此处指铁霜,意思说宝剑生锈,使得剑匣上的花纹更加清晰明显,意谓宝剑已久置不用;而他的坐骑也由于长期不用,鞍垫上积满了灰尘。这两句从将军的装束、坐骑来渲染他被闲置之久。最后结尾一句"江边草青闲战马"尤有力。在江畔绿油油的青草地上,一匹战马正在那里悠闲地啃着青草。战马闲歇,不去驰骋疆场,作者以战马的悠闲暗写战马主人长期被弃置不用,外松内紧,老将军内心之悲尽在言外,由人去揣度了。张可久自己并没有参加过战争,当然更不是什么将军,那么他为何要着意渲染一位老将被闲置的苦闷呢!也许他在生活中遇见了这样一位老将,很同情他;也许完全出于虚构,求寄托自己怀才不遇的牢骚。小山自己也是这样一位"髯公",他晚年沉沦下僚,强颜事人。元代张雨贞《次小山张掾史》诗:"为爱髯张亦痴绝,簿领尘埃多强颜。"也许,这支曲子是为自己画像吧。

(萧善因)

〔注〕　①把(bǎ靶):束(后起意义),量词。杜甫《园官送菜》:"清晨送菜把"。　②辕门:将帅领兵作战时的营门。　③帕(怕pà):巾,这里指马鞍上的垫子。

〔越调〕小桃红

张可久

寄鉴湖诸友

一城秋雨豆花凉。闲倚平山望。不似年时鉴湖上,锦云香,采莲人语荷花荡。西风雁行,清溪渔唱,吹恨入沧浪。

浙江绍兴的鉴湖是作者喜爱游赏的胜地。那里,曾给他留下了许多美好的记忆,他并且有幸交结了许多良朋俊侣。这支《寄鉴湖诸友》曲系作者浪迹于扬州时所作。它既寄寓了对朋友的思念,又向人吐露了对漂泊他乡、寄人篱下的厌倦、苦痛情怀。

曲由写景入手:"一城秋雨豆花凉。"秋雨、古城,点缀着萧瑟郊原的一些豆花,使人感到格外的凄清冷落。"凉",正是作者此时的主观感受。豆花,系秋日郊野特有之景物,李郢《江亭晚望》诗即有"秋馆池亭荷叶后,野人篱落豆花初"的描写。第二句"闲倚平山望"为倒叙。点出主人公所在之地与凭眺时的心情。平山,即平山堂,因仁立堂上,遥望江南诸山,山与堂平,故而得名。由此可知,首句描述的所见所感,应为登堂远眺之情事。虽然开始倚栏眺望时还是带着一种消闲的心境,但情随物迁,心绪已发生了变化。作者不禁由眼前的凄冷转向了对昔时欢快的回忆。那时的鉴湖,荷艳花香,采莲姑娘的欢歌笑语声荡漾在湖面上。虽然作者没有直接描写和朋友们的风流激赏,但"人醉在红香镜里"(〔梧叶儿〕《鉴湖宴集》)的乐趣,尽在不言中。曲中用"不似"二字统摄"年时鉴湖上,锦云香,采莲人语荷花荡"三句,明显地含有以眼前的"秋雨"、"豆花"的清秋之景与当年的"锦云(本指彩云,此处借指一望无际的色彩缤纷的荷花)香"、"采莲人语"的生气勃勃的景象两相对照之意。景物不同,欢愁各异,往昔之乐更反衬出今日之孤独飘零。结尾"西风雁行,清溪渔唱,吹恨入沧浪"三句,将心中郁积的怅恨之情再向前推进一层。"西风雁行",既是眼前景,又含比兴。以雁之南来北往比况自己行踪的飘忽无定,是作者常用的手法,此处亦不例外。而"西风"二字又增添了漂泊中苦寒的况味。同时,这句也隐含心随大雁南飞的念友怀乡之情。作者为何浪迹扬州,曲中并未明言,联系其他作品看,当与谋取前程有关。在〔红绣鞋〕《洞庭道中》他曾写道:"逐名利长安日下,望乡关倦客天涯。"又,在〔卖花声〕《四时乐兴》中也曾发出过"功名两字几飘零"的感叹,均可证明。作者对为渺渺前程而长年累月的漂泊已经感到十分厌倦,当他听到清溪上传来的渔歌,更强烈地产生了归隐田园的念头。沧浪本指水青色。此处既是具写"清溪"之水,又含有更深的意蕴。历来的隐者,多与沧浪之水有关,越之范蠡泛舟五湖,汉之严光垂钓严陵,宋人苏舜钦削职为民后筑沧浪亭以自娱,严羽则自号"沧浪逋客"。作者在曲中也曾写道:"故园老树应无恙,梦绕沧浪。"(〔满庭芳〕《山中杂兴》)并赞赏严光辞官归隐之举是"千古照沧浪"(〔塞儿令〕《过钓台》)。联系"渔唱"一句看,又可知是暗用《楚辞·渔父》"渔父……鼓枻而去。乃歌曰:'沧浪之水清兮,可以濯吾缨;沧浪之水浊兮,可以濯吾足'"语意,但中间用了"吹恨"二字,便是典故活用。"吹"与"西风"相应,"恨"是作者历尽人生艰辛险阻凝结于心的悲愤之情。总之,它表现了要驱散悲恨,摆脱尘世,回归大自然的情怀。通观全曲,其所表现的内容已超出了一般寄赠念远的范围,而是曲折地反映了元朝统治下知识分子坎廪不得志的境遇。

张可久的散曲素以蕴藉见长。这支曲除了第二句为叙事和末句的"恨"字带有鲜明的感情色彩外,其余均是写景。"一切景语,皆情语也"(王国维《人间词话删稿》)。作者借景物描写表现出两种不同时空的不同氛围和心境,飘零之

【天净沙】

感，孤独之情，归隐之思，一一于景中流出，如盐在水，浑化无迹。且作者善于短幅之中藏无数曲折：首先描写所见之景，然后倒叙其人、其地、其事，取"逆入"之法，接着明转入对往事的追忆，最后复暗转到眼前的情景，极尽顿挫之妙。全曲以清丽、蕴蓄、超逸的特点，给人以特殊的美感享受。

（刘庆云）

〔越调〕天 净 沙

张可久

江　　上

嘈嘈落雁平沙，依依孤鹜残霞，隔水疏林几家。小舟如画，渔歌唱入芦花。

这首小令是一首即景抒情的小诗。它描写的是一幅渔翁自得图。但诗人并没有直接描写渔翁的外表和内心，只是用简洁的语言勾出了一幅深秋傍晚江上所能看到的美丽图景。从中寄寓作者与世俗隔绝、在大自然中悠然自得的感受。

开头三句描写深秋江上傍晚景色。首句"嘈嘈（雁鸣声）落雁平沙"，是说大雁边叫边落在江边平坦的沙滩上。次句"依依孤鹜残霞"，从唐代王勃《滕王阁序》"落霞与孤鹜齐飞"一句化出，而以"依依"写鹜（野鸭子）之情态较原句增加了一丝情趣。此两句合掌对，描写飞禽，第三句"隔水疏林几家"则将视点扩开去，移向江对面疏林旁的几户人家。平沙落雁，残霞孤鹜，疏林人家，构成了一幅极其幽清恬美的图画。就在这美丽景色之中，江面上出现了一只小船。船上的渔夫唱着歌,渐渐消失在芦花丛中。诗人之笔触丝毫未及渔人的外表和内心,但他的那种悠闲自得之态、静澄无虑之心却尽在其中。真是舍形摄神的妙手。开头三句把秋天傍晚几种特有的景物集中描写,创造出一个幽静的意境。第四句承上启下,点出小舟,末句"渔歌唱入芦花"才点出渔夫,恰如山水画中以一物"出俏",画面顿觉生动,而所写之景与渔翁任情适意、散诞逍遥情调亦正相吻合。

(萧善因)

〔越调〕天 净 沙

张可久

鲁卿庵中

青苔古木萧萧,苍云秋水迢迢。红叶山斋小小。有谁曾到?探梅人过溪桥。

小山此首〔天净沙〕,宛如一幅淡远幽雅的山水画,是对友人鲁卿隐居山中的礼赞,亦是自己一片向往之情的真实流露。

"青苔古木萧萧。"起句写友人隐居的环境,突出幽静的感受。青苔,生于人迹罕至之处,亦意味着时间绵历之悠长。小山〔普天乐〕《湖上废圃》,即有"古苔苍"之句。所以,青苔、古木,亦隐然喻示着主人隐逸岁月之长久。而萧萧古木之卓然挺立,又隐然象征着主人的品格。

"苍云秋水迢迢。"次句展开友人居处之远景,饶具悠远之意。苍云,写高远之景;秋水迢迢,写平远之景。小山描写云水,颇有分辨。如〔普天乐〕《暮春即事》写西湖之云水,是"娇云嫩水";此写隐士之云水,是"苍云秋水"。云为青苍之色,水具迢迢之势,且秋水尤为清澈,此皆贴切喻示隐者古朴、悠然、明净的心怀。从结构说,上下二句,一近一远,则有尺幅千里之致。

第三句"红叶山斋小小。"回至眼前,写山居,突出雅致之感觉。经霜的枫叶,唐人杜牧曾有"红于二月花"(《山行》)之誉,色调热烈,别具风光。在一片红叶掩映之下,便是隐者小小的山房了,亦即曲题之鲁卿庵。曰庵,曰斋,皆意味着山房之简朴。然而有了山中红叶之掩映,这简朴山房又见雅致。以上三句,笔无虚设,是写山居,亦即是写主人。是写境象,亦是写人品。是对友人隐逸生活的赞美,亦流露出对于友人之敬意。

"有谁曾到? 探梅人过溪桥。"只此一问,便将辞情提起。"有谁曾到",言外之意即几乎无人到此。结庐山中,自无车马喧噪。唯我今日始来造访——"探梅人过溪桥"。探,探望。曰探梅,而不曰寻梅、访梅,下语珍重,见得情感恳挚。梅,梅花。此是深秋,何来梅花? 此实为写意之笔。梅树瘦硬而有节,疏朗而有姿,梅花香最清,韵最胜,作者乃是以梅花象征、比喻高士。探梅人,即作者自己。上半幅是静态描写,此则是动态描写。看探梅人一路行来,经过溪桥,一行一步,正满怀着深挚的情谊,乘着盎然的兴致呵。

小山这首小令,笔墨简淡,风神高远。上半幅写景即写人,写出了隐者的品格风致。下半幅写自己来探望隐者,写出了深挚的友情。明朱权《太和正音谱·古今群英乐府格势》云:"张小山之词,如瑶天笙鹤","其词清而且丽,华而不艳,有不吃烟火食气。"清刘熙载《艺概·词曲概》亦谓小山较乔吉"尤翛然独远。"凡此皆可于此首小令证之。究极而论,此首小令造境之高远,乃出自小山对于隐逸之真诚向往。元代,是政治极为黑暗的时代,借用《周易·坤·文言》的话来讲,正是"天地闭,贤人隐"。元代隐逸之风,实体现了知识分子的传统品节。欣赏这首小令,宜领会到其艺术之美,亦宜领会到其中所体现的精神之美。

(邓小军)

〔越调〕天 净 沙

张可久

湖 上 送 别

红蕉隐隐窗纱，朱帘小小人家。绿柳匆匆去马。断桥西下，
满湖烟雨愁花。

这首〔天净沙〕乍看题目，似乎是写作者送人，细玩辞情，原来是作者临去杭
州，与送者惜别，写下一怀缠绵悱恻的离情别绪。

"红蕉隐隐窗纱。"红蕉即美人蕉，多生长于我国南方。白居易在忠州（今属
四川）时，作《东亭闲望》诗云："绿桂为佳客，红蕉当美人。"范成大《桂海虞衡
志·志花》云："红蕉花，叶瘦如芦箬，心中抽条，条端发花。叶数层，日拆一两
叶。花正红，如榴花、荔子，其端各有一点鲜绿，尤可爱。春夏开，至岁寒犹芳。"
可见红蕉花甚美，品格亦高。红蕉盛开，韶光正浓。透过一片红蕉，隐隐透出纱
窗。起句造境，已觉旖旎温柔。韦庄〔菩萨蛮〕词云："绿窗人似花。"这里的隐隐
窗纱，不妨假设其为绿色，这样，在一片红蕉的热烈色调中，更添得一份恬静。

"朱帘小小人家。""朱帘"状其雅致，"小小"状其可爱。小小人家，口吻亲
切，赞叹依恋，情见乎辞。家住西湖畔，本来就极美，红蕉掩映，窗纱朱帘，便更
为优雅。以上二句写自己所留恋的人家，从"红蕉"、"朱帘"、"小小人家"来看，
这家的主人似应是一位女子，其灵馨娴雅的品格，亦可从此环境布置想知。

"绿柳匆匆去马。"此句以下，掉转笔锋写自己上路远行。西湖的春天，柳色
如烟。正当大好韶光，自己却不得不告别心上人，匆匆策马启程。不消说，在离

【寨儿令】

人的眼中,那沿湖千丝万缕的青青柳枝,皆无异是自己千丝万缕的离情别绪。"匆匆"二字,虽是写实,但惜别之苦,亦情见乎辞。

　　"断桥西下,满湖烟雨愁花。"断桥西下,便是西湖白堤,作者也许是取道白堤上路,也许是特意借道白堤,与西湖惜别。但见得,雨中西湖,一片烟水空濛;雨中百花,珠泪万点若愁。在离人眼中,满湖烟雨空濛,不仅使人愁,而且花亦含愁。这含愁之花,虽可说是实指湖畔百花,但亦不妨理解为指起句所写之红蕉花,即诗人即将与之离别的女子。满湖烟雨,空濛凄迷,恰成作者一怀愁绪的最好象喻。而雨中之花,含颦含泪,实为如花女子愁容泪光的绝妙象征。小山〔中吕·满庭芳〕云:"鲛绡帕,泪痕满把,人似雨中花。"是以伤心女子明喻雨中花,此则以雨中花暗喻伤心女子,正可相互印证。结笔含婉蕴藉,极为凄美。

　　这首小令含蓄蕴藉,在元散曲中,可谓别具一格。作者写离别,对所别之人究为何人,并未道破,而只是以红蕉、愁花暗示出所别之人是一位女子。这番离情,实为爱情。作者又几乎无一语言情,他通过描写小小人家之美,满湖烟雨之愁,尤其是含愁之花,将缠绵悱恻之爱,依依不舍之情,蕴藉地表达了出来。小小人家愈美,则匆匆离别愈苦,雨中愁花愈是凄美得动人心魂,则相爱之情便愈是刻骨铭心。

(邓小军)

〔越调〕寨 儿 令

张可久

次 韵 怀 古

写旧游,换新愁。玉箫寒酒醒江上楼,黄鹤矶头,白鹭汀洲,烟水共悠悠。人何在七国春秋，浪淘尽千古风流。隋堤①犹翠柳，汉土自鸿沟②。休，来往愧沙鸥。

古来诗人怀古之作，往往以眼前景物起兴。如杜甫《蜀相》诗："映阶碧草自春色，隔叶黄鹂空好音。"苏轼〔念奴娇〕《赤壁怀古》词："乱石穿空，惊涛拍岸，卷起千堆雪。"而张可久此曲，则以"写旧游，换新愁"两句领起全篇，很有独到之处。诗人不是面临某一景物、古迹去写作，而是忆写旧游而引起怀古的新愁。既然是写旧游，那末，在时间、空间上就广阔得多。而怀古之情也就古往今来，上天下地，无所不可了。

"玉箫寒酒醒江上楼"句，写诗人独个儿登上江楼的情状。且不管它是黄鹤楼、岳阳楼或者别的什么楼，总之，"独上江楼思渺然"（唐赵嘏《江楼感旧》），自然会引起幽思、愁思，也就难免以酒遣兴，借酒浇愁了。他喝得醉醺醺的，大概醉倒了吧。忽然，"笛声吹破五湖秋"，一声箫笛，把他惊起，酒也醒了。诗人凭阑远望，江上景物，映入眼帘。"黄鹤矶头"，诗人想起武昌黄鹄矶上的黄鹤楼，也联想到费文祎吹箫引鹤，乘鹤仙去的传说故事。"晴川历历汉阳树，芳草萋萋鹦鹉洲"（崔颢《黄鹤楼》），眼前见到的"白鹭汀洲"，那是鹦鹉洲吗？就是当年弥衡写《鹦鹉赋》，后来被黄祖杀害的地方吗？或许只是李白《登金陵凤凰台》诗："三山半落青山外，二水中分白鹭洲"的白鹭洲？这都会引起诗人怀古之情。纵目远眺，但见烟水茫茫，"烟波处处愁"（唐薛莹《秋日湖上》），随着浩渺的烟波，诗人就想得更远更远了。

"大江东去，浪淘尽、千古风流人物。"（苏轼〔念奴娇〕《赤壁怀古》）在江楼远眺的诗人，自然和苏轼有同样的感慨。"人何在七国春秋"，春秋，指史事，全句意谓：战国时的七雄：秦、韩、赵、魏、楚、燕、齐的风流人物，而今安在！连遗迹也不易见到了。自然，也有不少古迹可供凭吊："隋堤犹翠柳"，隋炀帝时所筑的

【寨儿令】

隋堤,遍植杨柳,而今,还是"夹岸垂杨三百里"(杜牧《隋堤柳》诗);"汉土自鸿沟",楚汉相争时的鸿沟,千百年来,仍可见到。想当年"虎倦龙疲白刃秋,两分天下指鸿沟"(胡曾《咏史诗》)的刘邦和项羽,岂不也曾经是风流一时吗!

最后,诗人以"休,来往愧沙鸥"作结。这么多的"旧游",又勾起这么多"新愁",何必呢?算了吧!沙鸥不也是在江上来来往往的吗,可是,鸥鸟忘机,它没有想得这么多,何等自由自在,何等闲适。相比之下,真觉得有点惭愧了。通篇环绕着江上的景物来写作,又处处切合怀古之情。针线绵密,可称佳作。

(龙潜庵)

〔注〕 ① 隋堤:隋时开通济渠(西通河、济,南达江、淮),沿渠筑堤植柳,世称隋堤。② 鸿沟:古运河。秦末刘邦、项羽争雄,约中分天下,以鸿沟为界,西为汉,东为楚。今河南荥阳广武山仍有鸿沟遗迹。

〔越调〕 寨 儿 令

张可久

次 韵

你见么?我愁他,青门几年不种瓜。世味嚼蜡,尘事抟沙,聚散树头鸦。自休官清煞陶家,为调羹俗了梅花。饮一杯金谷酒,分七碗玉川茶。嗏,不强如坐三日县官衙。

你见过那个老头吗?我真惦念他呵。这几年,见不到他在东门里种瓜了。怎么样了?哪里去了?永远不回来了?他是谁?原来是秦末汉初的召平。召平这老头，真是怪可怜的。本来贵为东陵侯，秦亡以后，成为平民老百姓。他安分守己，在长安青门（东门）种瓜自给，人们还称他的瓜叫什么"故侯瓜"。可是，这样一个老头，又有谁去顾理他呢？人情冷暖。现在连他的影儿也见不到了，大概人们已渐渐地把他忘掉了吧。

诗人在这首曲里，先借对召平身世的怀念，从而引出"世味嚼蜡，尘事抟沙"，以至人生如"聚散树头鸦"的感慨。"世事抟沙嚼蜡，等闲荣辱休惊讶。"（杨立斋《哨遍》套）"嚼蜡光阴无味。"（马致远《哨遍》套）语意都同。蜡是没有味的，怎样咀嚼也嚼不出味来；沙是散的，怎样去抟（团）捏也拢不来。元人就常以嚼蜡抟沙借喻世态炎凉，人情冷暖。"聚散树头鸦"，用汉代翟公的故事：汉翟公官廷尉时，宾客盈门；及去官，就宾客走散，门堪罗雀。后来复为廷尉，那些宾客又要来了，他很有感慨地在门上大书着几句话："一生一死，乃知交情；一贫一富，乃知交态；一贵一贱，交情乃见。"那个故侯召平，不也是和翟公有同样的遭遇和感受么！

"自休官"以下为第二段，表达诗人在看破了浊尘的世态炎凉后，希望摆脱名利纷争，追求自由自在生活的思想。"自休官清煞陶家"，曾经做过彭泽令的陶渊明，不为五斗米折腰，辞官归去后，"引壶觞以自酌"，"乐琴书以消忧"，"登东皋以舒啸，临清流而赋诗"（《归去来辞》），真是惬意极了。"为调羹俗了梅花"句，写得很巧妙。梅花自然是清香高雅的形象，但是，如果结成梅子之后，就味酸，成为调味品了。它常和盐合在一起，称盐梅，以作调羹之用，这就再没有什么清香高雅可言了。所以说"俗了梅花"。另一方面，"盐梅"又借以美称宰辅之才（《书·说命》："若作和羹，尔惟盐梅。"）；宰相治理国政，也称"调和鼎鼐"。这样，"为调羹俗了梅花"就语意相关，它的潜台词是：如果你是一个高雅之士，入了仕途，那就不能自拔，俗不可耐了。俗了梅花也就是说俗了人。这正与"清煞陶家"相对比，显示了诗人要从名利场脱身的意向。如果自由自在，那么，饮一

【塞儿令】

杯金谷园的美酒（用晋石崇建金谷园，常宴宾客，饮酒赋诗，如诗不成，罚饮酒三斗事），或是分享一下卢仝的七碗茶（卢仝《走笔谢孟谏议寄新茶》诗："一碗喉吻润，二碗破孤闷……七碗吃不得也，唯觉两腋习习清风生。"），该多好呵！这样的生活，不是比你坐三天县衙，做县太爷的"抱官囚"生活强多了么?！诗人这样写，是关合前边提到的召平事，他贵至东陵侯，到头来尚且是一场空，一个小小的县官，那就更不用说了。"世事抟沙嚼蜡"，还是不受羁绊，逍遥自在，饮一杯金谷酒、玉川茶的好。诗人觉得这就是人生之乐，无须多求了。

（龙潜庵）

〔越调〕塞 儿 令

张可久

投 闲 即 事

石斗滩，剑门关①，上青天不如行路难。世事循环，春色阑珊，人老且投闲。文君②古调休弹，疏翁樵唱新刊。梅亭十二阑，茅屋两三间。看，一带好江山。

张可久的一生，只做过小官小吏，"淡文章不到紫薇郎，小根脚难登白玉堂"（〔水仙子〕）。尽管他沉屈下僚，无所竞争，但是，宦海的风涛，世途的艰险，还是相伴一生，如影随形。他七十多岁，还做昆山幕僚，这样，到"人老且投闲"时，他大概已八十开外，回首前尘，自然有很多感慨。

"石斗滩，剑门关"，蜀道的山水是以险恶著称的。水，有险滩；山，有险关。

"蜀道之难,难于上青天。"(李白《蜀道难》)但是,诗人却倒过来说:"上青天不如行路难。"其意更翻进一层。当然,这里的滩和关,都是泛指险恶的山水,所谓蜀道难也只不过借指世途的艰险而已。这是诗人一辈子走过的道路。他不知经过多少险滩,度过多少险关,然后深有体会地发出"上青天不如行路难"的慨叹。人生的历程,就是如此。饱经患难,老于世道的人,对这句话是会引起共鸣的。

在回首前尘之后,诗人以"人老且投闲"之身,说出他的感受。他觉得盛衰往复,造物乘除,都是"世事循环"的自然之事,无须计较。而今老了,少年时的气概、才华都尽,"春色"已"阑珊"了,还有什么好说的呢?只有面对现实,心安理得,随遇而安,"且投闲"就是了。"人老且投闲"一句,是一篇主脑。既然"人老"了,又"投闲"了,这就得过好今后的生活。"文君"、"疏翁"两句是诗人托前人以述怀。"文君",当指汉景帝时任蜀郡守的文翁(为免与下文翁字重复故称君)。他曾在任所修学宫、兴教化,使蜀地文风大振。诗人以为,如今已老而投闲,就再也"休弹"文君当年经世济民的"古调",而应像卢疏斋那样,写些隐居田园生活的诗篇以自遣。言下之意,时下的社会已根本没有"古调"存身的可能。这两句话是诗人的心声,它肯定什么,否定什么,是非常清楚的。

最后一段,诗人紧扣"即事"抒怀。过去走过艰难的道路,让它过去好了。如今,"人老且投闲"之后,如果有游兴,就策杖遨游,倚遍"梅亭十二阑",赏梅、赏雪,倒也惬意。如果过着隐居的生活,那么,"茅屋两三间"安贫乐道,"松花酿酒,春水煎茶"(〔人月圆〕),或是"石鼎烹来紫笋芽"(〔水仙子〕),也自不俗。诗人高尚的情操,坦荡的胸怀,愉快的生活,一动一静,都给描绘出来。"投闲"后的眼前景物,自然也是山山水水,可它再不是什么险滩、险关,而是风光如画的美好山河。"看,一带好江山。"不特把诗人的感受真实地反映出来,也与首句相互呼应对照,写得很有章法。

(龙潜庵)

〔注〕 ① 剑门关：在四川剑阁东北剑门山上，形势险要。按：此与上石斗滩，均泛指险境。或言"连云栈"（张养浩曲）、"乱石滩"（邓玉宾曲）者，亦同此例。

【凭阑人】

〔越调〕凭 阑 人

张可久

湖 上

远水晴天明落霞。古岸渔村横钓槎。翠帘沽酒家。画桥吹柳花。

这支小令，就内容而言是一首写景之作，就艺术特点而言是一首在形象组织上以密集见长之作。全曲只有四句二十四字，却摄取了远水、晴天、落霞、古岸、渔村、钓槎、翠帘、酒家、画桥、柳花十样景物，使人读来如行山阴道上，应接不暇。而且，曲中对这十样景物，各有突出景物特征的形容词与之搭配，水是远水，天是晴天，霞是落霞，岸是古岸，村是渔村，槎是钓槎，帘是翠帘，家是酒家，桥是画桥，花是柳花。这就使所展示的形象不仅十分密集，而且特征鲜明。

作者把十样景物以四句分为四组，每一组展现的都是一幅和谐而优美的画面。首句"远水晴天明落霞"是一幅由天空与湖水组成的画面。下有远水，上有晴天，落霞则遍布上下，既飘浮于天空，又倒映在水中，而句中的"明"字则为此天水相连、景象辽阔的画面染上一层绚丽夺目的色彩。次句"古岸渔村横钓槎"是由湖边与湖岸的景色组成的画面。钓槎停靠在水边，渔村坐落在陆上，一段古老的湖岸贯穿其间，界分水陆。而钓槎横在岸边，暗示在这夕阳西下、落霞返照之际，湖上的渔人已经归村。第三句"翠帘沽酒家"是一座乡村酒店的特写，而其画外之景则是一个富有生活气息的场面。从画面中酒帘招展，读者联系上句，自会想象：既然渔船已靠岸，渔人已归村，收获之后，劳作之余，正是酒家门前人来人往、沽酒买醉之时。最后"画桥吹柳花"一句中展现的则是一种暮春小景。可以想见：在这座湖边的渔村中，不仅有翠帘飘扬的酒家，在酒家左近还有小桥流水，水边桥头则有高柳围绕，而这时正是柳花扑面的季节。

这支小令题为《湖上》，作者对进入视野的上下远近的景物作了广角度的摄取，并加以分合剪裁，以四句组成四幅画面，从而包罗了"湖上"的全景。这四句，分看固然是四幅吸引人的画面，合看则是彼此连属、形成一体的画卷。它的整个布局由远到近，由大到小，"远水"句先从远处落笔，所写的是水随天去、一望无际的远方景；"古岸"句则从远方收到近处，把视线移到湖边的钓槎和岸上的渔村。这里所显示的景物虽由远而近，却都是大景。后面"翠帘"句和"画桥"句则把画笔转向眼前身边的小景，对渔村中的一爿小店、一座小桥作了局部、细部的特写。这样，就在布局上层次丰富，错落有致，既有远景，也有近景，既有大景，也有小景，合起来成为一卷视角广、景深长的"湖上"一览图。

（陈邦炎）

〔越调〕 **凭 阑 人**

张可久

湖 上

二客同游过虎溪，一径无尘穿翠微。寸心流水知，小窗明月归。

　　这首小曲很像诗中的绝句或词中的"小令"，其妙处主要在于以景语而寓"理趣"。

　　开头以纪游起笔："二客同游过虎溪。"虎溪，在今江西庐山下。传说东晋名僧惠远居此附近的东林寺，送客素不过溪。一日与诗人陶潜、道士陆静修畅谈禅理，不觉逾过此溪。虎即骤鸣，三人大笑而别。这是历史上的一则佳话，表现了晋人高雅脱俗的生活情趣。本曲作者张可久，本是一位具有隐士风度的人物，他曾与道人、高僧结友（其散曲作品中有〔塞儿令〕《道士王中山操琴》、〔人月圆〕《寄璩源芝田禅师》之篇，可证），又向来仰慕陶潜的为人（如其〔庆东原〕《次马致远先辈韵九篇》有云："杀三士，因二桃，不如五柳庄前傲"），所以"同游虎溪"四字就隐隐暗示了本曲的主题是在描写隐逸的情趣与脱俗的胸怀。

　　以下三句则是写景，妙在以景抒情，以景寓理。先看"一径无尘穿翠微"句："一径无尘"是写山路的洁净，同时又暗写自己走入此境之后解苟涤俗、洗净凡心的精神境界；"穿翠微"继写进山之行：一路上穿越轻淡青葱的空濛山色，使人联想到似已进到了一个隔断红尘的仙境。作者那种"久在樊笼里，复得返自然"（陶潜《归园田居》诗）的轻快心情，于此就悄然显露。再看"寸心流水知，小窗明月归"两句，是写山寺夜宿的闻见感觉，于中更巧合无垠地写出了某种"禅趣"。唐诗有云："水流心不竞，云在意俱迟"，"水深鱼极乐，林茂鸟知归"（杜甫《江亭》、《秋野》），"明月松间照，清泉石上流"，"松风吹解带，山月照弹琴"（王维《山居秋暝》、《酬张少府》）。这些诗句，表面上纯写景物，实际上是顺乎自然之景而写出了自己从中得到的"妙悟"。这种现象，叫做"不用禅语，时得禅理"，或者又叫"诗入理趣"（清沈德潜《说诗晬语》卷下）。比如杜甫的"水流心不竞，云在意俱迟"两句，写的是：看到水的缓缓流动和云的停着不动，自己内心本存在着的竞争意念便变得停滞了。而王维的"明月松间照，清泉石上流"两句，写的既是明月清泉、古松山石这样一片澄净空明的自然境界，又显示了自己由此顿悟、进入静穆的心境。张可久的"寸心流水知,小窗明月归",正融化了前述诗意,吸取了它们"以诗入理趣"的手法,使它达到了与杜、王二诗异曲同工的妙境。试想:山寺夜宿,唯闻窗外一涧泉流潺潺,唯见窗间一轮月影映照,此时的"寸心"(古人把心叫作"方寸")正同明月一样澄洁空明,胸中的尘思俗念也早被流水冲洗得一干二净。此情此景,不是写出了自己皈依自然之后所获得的隐逸情趣吗?"流水"、"明月",似极平淡,而所寓实深;其原因即在于它有思想深度(亦即"禅理"或"理趣")。前人评张可久散曲,说它"如瑶天笙鹤","不吃烟火食气"(朱权《太和正音谱》卷上),证之此曲,其言是可信的。

(杨海明)

〔越调〕凭 阑 人

张可久

江　夜

江水澄澄江月明,江上何人挡玉筝?隔江和泪听,满江长叹声。

〔凭阑人〕小令是元人常用的曲牌。而张可久的这支则尤为著称。朱权《太和正音谱》记录知音善歌者的事迹时曾说:"蒋康之,金陵人也。其音属宫,如玉磬之击明堂,温润可爱。癸未春,度南康,夜泊彭蠡之南。其夜将半,江风吞波,山月衔岫,四无人语,水声淙淙。康之和舷而歌'江水澄澄江月明'之词,湖上之民,莫不拥衾而听,推窗出户是听者,杂合于岸。少焉,满江如有长叹之声。自此声誉愈远矣。"这段文字也可以说明这支曲子感人的力量和流播的情况。

本曲第一句先写江景月色，着重写江水和月光的清明，时间正当夜晚，这便形成幽静的气氛。第二句写筝的声音，这里的设问是听到筝声后自然生出的，正说明听者已为筝声打动心弦。后两句从听者的反应来写江夜筝声的哀怨，从"和泪听"、"长叹声"，可以想见所受感染的深沉。这样全曲就形成一种意境，虽然没有具体的事件和人物，但它传达了一种自然而充满感情的境界，从而获得更强的感染力。

这支小令有着类似诗词的意境，但它仍是曲，而不是诗词，这是因为它有着曲的艺术特色，语言明白如话，毫无朦胧的感觉，虽言浅而意深。在韵律上，这支小令前两句平仄相同，后两句平仄相同，这是诗词之忌，却正是曲之特色。末两句用"上平平去平"，"泪"、"叹"用去声，以加强感染力，给人留下无限联想的余地。

（李修生）

〔南吕〕一 枝 花

张可久

湖 上 归

长天落彩霞，远水涵秋镜。花如人面红，山似佛头青。生色围屏，翠冷松云径，嫣然眉黛横。但携将旖旎浓香，何必赋横斜瘦影。

〔梁州〕挽玉手留连锦英，据胡床指点银瓶。素娥不嫁伤孤零。想当年小小，问何处卿卿。东坡才调，西子娉婷，总相宜千古留名。吾二人此地私行，六一泉亭上诗成，三五夜花前月明，十四弦指下风生。可憎，有情，捧红牙合和伊州令。

万籁寂,四山静。幽咽泉流水下声,鹤怨猿惊。

〔尾声〕岩阿禅窟鸣金磬,波底龙宫漾水精。夜色清,酒力醒。宝篆销,玉漏鸣。笑归来仿佛已二更,煞强似踏雪寻梅灞桥冷。

〔南吕·一枝花〕《湖上归》这套曲子在明代曾一再被人称誉。李开先《词谑》称其"当为古今绝唱,世独重马东篱〔北夜行船〕,人生有幸不幸耳!"沈德符《顾曲杂言》中说:"若散套虽诸人皆有之,惟马东篱'百岁光阴'、张小山'长天落彩霞'为一时绝唱,其余具不及也。"明代人把散曲分为豪放派和清丽派,马致远〔夜行船〕套(《秋思》)和张可久〔一枝花〕套(《湖上归》),既代表了那个时代文人的生活情趣和追求,又分别代表了豪放派、清丽派的艺术特色。

这套曲子由〔一枝花〕〔梁州〕〔尾声〕三个曲牌组成,是〔一枝花〕套最常见的只曲组合形式,作品写作者携美人游西湖的过程。良夜、美景、佳人,已属不可多得;且又饮酒、赋诗、弹琴,尽赏心乐事之极,更使人醉神忘形。〔一枝花〕曲首先写傍晚西湖的自然景色。秋日晴空,天显得格外辽阔;秋色连天,使人觉得水面格外深远。彩霞垂落,色调绚烂,水面又清明如镜。接着写花、写山,尤重于写其色彩。人谓"人面红似花",但作者这里却说"花如人面红",比喻用得极为活脱。佛头青,佛陀之发被称为"绀发螺髻",绀为青中带赤的颜色,螺旋发型称作"青螺髻"。三字既写明山色青苍,又暗写山形秀美。下面顺势集中写山,"围屏",说群山环绕西湖犹如碧绿的屏风;"生色"指山的颜色鲜明(有人解"生色"为设色,似不甚确。李贺《秦宫》诗:"内屋深屏生色画",王琦注:"生色画,谓画之鲜明色像如生者。")"翠冷",指翠色冷光相映。翠色由松树而生,冷光由云气所凝。松云径又喻隐逸的生活环境。李白《赠孟浩然》:"红颜弃轩冕,白首卧松云。"也是如此使用"松云"二字。山如眉黛横于前,可见这里也只是远眺山景,并非身临其中。天长、水远、花红、山青,既是实写也是虚写。"旖旎浓香",点出携美人同游。"横斜瘦影",出自宋人林逋《山园小梅》诗:"疏影横斜水清浅,暗香浮动月黄昏。"张可久所携之妓,看来似是色艺、人品俱高,所以作者将她与向来文人视为十分清高的梅花相提并论。

〔梁州〕曲写游湖的活动。诗人和美人携手赏花,是一种生活情趣的追求。素娥指月亮。这时月亮升上来了。诗人与美人一起坐在胡床(一种坐具)上,小酌数杯,谈论着历史上的西湖名妓苏小小和才名绝伦的文士苏东坡,他们虽已作古,但一个以其出众的容貌,一个凭其"欲把西湖比西子,淡妆浓抹总相宜"的惊人诗句,足以百世留名。其中颇有以小小和东坡作比他们自身之意。诗人在苏轼为纪念欧阳修而命名的"六一泉"亭上吟诗,在花前月下弹琴,而多情的美人,则手执红牙板伴奏唱曲。此时万籁俱静,只有歌声、琴声悠悠,宛转悲凉,直如"幽咽流泉水下滩"(白居易《琵琶行》)。

尾曲写深夜萧寺鸣钟,水波荡漾。此时夜色正清,酒力已醒,熏香已尽,更漏已鸣。二更时才从湖上归来。作者认为此番游湖,胜过孟浩然踏雪寻梅觅诗,是一种更理想的避世方法。不难看出,张可久是将他愤世的感情埋藏起来,这才寄情于山水、风月、诗酒、琴曲。

明代文人张岱写过一篇《西湖七月半》的著名小品,将游西湖的人分为五类,自居于真正爱好自然,流连湖光山色的雅士之列,而张可久正是这样一些鄙薄世俗、孕含灵性的文人。所以,他的作品深为明代文人爱好。

作者在这套曲中,将水、天、山、人交融在一起,创造了一种"万籁寂,四山静"的安谧氛围。也写了彩霞,写了红花,写了浓香,金磬,但这些本应产生热烈气氛的词,却和谐地融入了清幽淡远的境界中。清澄的夜色是全曲的主调,但这夜色不单纯是靠色彩描写,而是通过对月、对声、对人的描写来实现的。阅读这支套曲,我们仿佛也被带到了这样一个静静的夜晚,带到了另一个与喧嚣的尘世相对立的清静世界中。这超然世外的境界,以及对这一境界的追求,使人自然忆起元代释英的一首诗:"六月山深处,松风冷袭衣。遥知城市里,扑面火尘飞。"(《山中景》)此诗通过山居生活与城市的对比,或者说冷与热的对比,巧妙、含蓄地表达了自己的见解。同样,张可久的《湖上归》也是在对西湖夜景清静幽美的赞扬中,含蓄了自己对现实的厌恶。

这套曲子用语多有出处。比如"但携将旖旎浓香,何必赋横斜瘦影"和"煞强似踏雪寻梅灞桥冷",就通过用典提供了一个隐者的高雅生活画面。他把携妓游湖与此相比,认为是同样高洁,于是作者的携妓游湖也就具有了新的含意,全曲主旨也隐于其中了。

(李修生)

任昱

字则明,四明(今浙江宁波)人。与张可久、曹明善为同时人。少时喜狎游,作有不少散曲作品,在歌妓间传唱。晚年锐志读书,尤工于七言诗。现存小令五十九首,套数一套。

〔中吕〕**上 小 楼**

任 昱

隐 居

荆棘满途,蓬莱闲住。诸葛茅庐,陶令松菊,张翰莼鲈。不

【上小楼】　**顺俗，不妄图，清高风度。任年年落花飞絮。**

　　这首小令写隐居，先明确指出归隐的原因是仕途险恶，世道艰难，有如荆棘遍地丛生，使人寸步难行。"荆棘满途"实际上是历代不得志诗人所反复歌咏的"行路难"的另一种形象的说法，白居易《伤唐衢诗》中就有"天高未及闻，荆棘生满地"的诗句，当然任昱这里还是融入了个人的独特感受的。既然官场如此丑恶黑暗，那么诗人就决心归隐，"蓬莱闲住"。这里的"蓬莱"可以有多种含义：一、指绍兴龙山下的蓬莱阁。这是当时一处风景名胜。由宋入元的词人周密就曾写过〔一萼红〕《登蓬莱阁有感》的名作。任昱是这一带的人，他在蓬莱阁附近隐居，是可能的。二、指蓬莱仙山一样清幽的风景佳丽之所。任昱本人的〔一枝花〕《题东湖》套就称绍兴东湖为"壮观蓬莱地"，〔普天乐〕《花园改道院》也说："得清闲便是蓬莱。"三、指蓬蒿草莱，隐者所处。由"蓬莱"一词过渡，便很自然地转入了下面三句："诸葛茅庐，陶令松菊，张翰莼鲈。"这三位历史人物隐居的事迹都是很著名的。作者选取了与这三位古人关系最密切的事物，来展现他们的品格风貌。诸葛亮躬耕南阳的那座茅庐，早已尽人皆知。陶渊明诗文中常提到松菊，如《归去来兮辞》有"三径就荒，松菊犹存"，《和郭主簿》有"芳菊开林耀，青松冠岩列。怀此贞秀姿，卓为霜下杰"，等等。松菊成了诗人高洁胸怀的最好象征。张翰见秋风起，思念家乡的莼羹、鲈鱼之美，弃官而归的故事，也是脍炙人口的。这三句亦虚亦实，既可视为虚写前贤之往事，亦可看作实写作者本人的生活环境和生活情趣。那简雅的草庐茅舍，美味的莼羹鲈鱼，亭亭如盖的青松，傲霜盛开的黄菊，身之所处，口之所食，目之所接，在在使诗人感觉亲切而惬意。而这些朴素简净的外在生活场景又恰恰与诗人清朗澄明的内心世界互相辉映。诗人既不随俗从流，亦不妄生功名利禄的非分之想，因而能够保持内心的宁静和清高的风度。一任花开花落，春去春来，诗人总是淡泊而恬静地过着自己的隐居生活。

这首小令整个说来格调比较悠闲，与作者抒写的隐居情怀是适应的。"诸葛茅庐"一组鼎足对，亦人亦景，亦古亦今，铺叙充分，意境优美。"任年年落花飞絮"，一结余韵悠长。但从"荆棘"与"蓬莱"，"顺俗""妄图"与"清高风度"的鲜明对比来看，诗人胸中仍然不时回荡着一股抑郁不平之气。

（赵山林）

〔中吕〕红 绣 鞋

任 昱

湖 上

新亭馆相迎相送，古云山宜淡宜浓。画船归去有渔篷。随人松岭月，醒酒柳桥风。索新诗红袖拥。

"湖上"，具体何指呢？一开始，作者便巧妙地通过引典让人领悟："古云山宜淡宜浓"。读者自然会想起苏轼《饮湖上初晴后雨》名句："若把西湖比西子，浓妆淡抹总相宜"。此外，作者还有另外两支题名"湖上"的小令，一云"望西湖绿水如云"（〔折桂令〕），一云"携友过西泠"（〔寨儿令〕）。两相参照，可知所谓"湖上"乃指杭州西湖。

题为"湖上"，作者却不慌不忙从湖岸写起。"新亭馆相迎相送"，作者首先写了岸上亭馆主客迎送，相互寒暄的热闹场面。这本是西湖极为平常的景象，一般人看来简直不值一提。而作者闲坐舟中，心神愉悦，不免为西湖司空

【红绣鞋】

见惯的人情风俗所吸引，故读来很有情致。再者，如果仅是"相送"，不免染上些黯然销魂的别愁，令人不快；却因还有"相迎"（所谓"乐莫乐兮新相知"），又给画面添了几分快意。这"相迎相送"，与下文"宜淡宜浓"照应，正是，西湖之上，雨也好，晴也好；送也好，迎也好……景物之乐，恰流露出作者心情之乐。"画船归去有渔篷"，作者将笔触落到湖上。西湖水面既有大户人家的彩船画舫，也有山野渔夫的舢板篷舟。"画船"诚能给湖上生色，但即使"画船归去"，还"有渔篷"呢，西湖并不因而减色。这是第三次写出作者心情的快乐。紧接二句是"随人松岭月，醒酒柳桥风"。前句得之于李白《把酒问月》中的"人攀明月不可得，月行却与人相随"。后句得之于柳永〔雨霖铃〕"今宵酒醒何处，杨柳岸晓风残月"。化用十分自然，寥寥数语，便勾勒出如此迷人的西湖夜色。谁能不为这良宵美景而性情摇荡，心醉神迷？难怪作者诗兴大发，于是便有了以下的"索新诗红袖拥"。句中用了"索"、"拥"两个动词，都很妥帖。在湖上不仅有风月作伴，还有红袖美人簇拥一旁。她们皆为作者诗名倾倒，争相索句。正是名士风流，写来何其得意！游湖之乐当极于此了，于是戛然而止，干净利落。

全曲作者通过自己眼光所及，由远及近，由湖畔到湖面再到舟中，写尽西湖风光与游湖盛况，而作者浪迹江湖、流连风月、偎红倚翠的风流俊爽之情，亦一一从中溢出。

《湖上》的风格雅致近于词。作者的笔调细腻而又凝练，虽选取了很多意象却又详略有致。一二句和四五句对偶工巧，而且将前人诗词名句信手拈来，稍加点化，顿成妙趣。

（秦岭梅）

〔双调〕沉 醉 东 风

任 昱

信 笔

有待江山信美，无情岁月相催。东里来，西邻醉，听渔樵讲
些兴废。依旧中原一布衣，更休想麒麟画里。

　　这是一首怨悱曲，嗟老叹世，语淡情浓。开头两句用杜甫《后游》诗中"江山
如有待，花柳更无私"句意。"有待"者，有所期待也，指江山仿佛多情，待人欣
赏。"信美"，真正美。美好江山多情，然岁月无情，催人老矣。二句对仗极工，
领出全篇，已见诗人悲凉之情。以下三句，申足"无情岁月"之意。"东里""西
邻"，互文见义，讲的是同左邻右舍的往还，听他们谈古论今。可见诗人实在无
所事事。"听渔樵讲些兴废"，元散曲中常见之句，其意多为兴废皆空，不过徒供
渔樵谈资而已。而此曲中则颇含光阴迅疾，时不我待之意，故申出结尾二句。
"依旧"句，改用马致远〔金字经〕中"困杀中原一布衣"的成句，表现自己无可奈
何却又于心不甘的苦恼。眼看韶光流走，年华老大，辗转一生，到头来依然是一
个布衣。想念及此，作者内心且悲且愤，故说"更休想麒麟画里"。麒麟阁在汉
代未央宫中，宣帝时，曾画功臣霍光等十一人之像于其上，以示表彰。从结句
看，任昱并不是不想建树功业，青史留名，只是条件有所限制，不能如愿罢了。
任昱与曹明善、张可久同时，青年时写过些小曲，流布于歌妓中间，晚年才锐意
读书。这支曲子当作于这一时期。作者于老暮之秋，感慨去日苦多，功业未就，
眼看要潦倒终身了，情调消沉。作为汉族知识分子，他当然明白，要想凭文章经

【折桂令】

纶谋取功名富贵，完全不可能。元代明文规定："试蒙生之法宜从宽，色目生稍加密，汉人则全。"（《元史·选举志》）既然如此，胡仔所谓"有用之材，一寓于声歌之末，以抒其抑郁感慨之怀"（《真珠船》），也就刚好跟任昱的情形吻合了。他的悲剧也就是时代的悲剧。

（林昭德　蒲健夫）

〔双调〕**折　桂　令**

任　昱

咏西域吉诚甫

氄袍①宽两袖风烟，来自西州，游遍中原。锦句诗余，彩云花下，璧月樽前。今乐府知音状元，古词林饱记神仙。名不虚传，三峡飞泉，万籁号天。

　　吉诚甫是来自西域的一位少数民族词曲家，生活在元代晚期，生平事迹不详。他游历过很多地方，大约也到过杭州，因此当时杭州曲家任昱、钟嗣成各写了一首〔折桂令〕对他表示颂扬，另外还有一首〔折桂令〕也是对他的赞辞，可惜作者姓名已不可考。三首〔折桂令〕词意相近，可能就是一次友好聚会上的唱和之作。

　　任昱此曲，一开始便用简洁的笔墨勾勒出吉诚甫的风貌。这位来自西域的远方客人，穿着宽敞的毛绒袍子，他曾经游遍中原山川，如今又风尘仆仆，光临此地。"锦句诗余"三句，写吉诚甫的情趣：白天日丽风轻，彩云微度，你和朋友流连花径,乐而忘返;夜晚天宇澄静,璧月扬辉,你和友人吟咏啸歌,开怀畅饮。花前月下,到处都流传着你华美清丽的词曲篇章(此处"诗余"泛指词曲)。由此可以看出,吉诚甫也是一位放情山水、不慕名利的人物,所以与任昱、钟嗣成等人意气相投,一见如故。"今乐府知音状元"二句,盛赞吉诚甫的艺术造诣。"今乐府"即元代盛行的曲,吉诚甫不但是"知音",而且被推许为"状元",可见他对音律是十分擅长的。钟嗣成〔折桂令〕说吉诚甫"律按玑衡,声应和铃,乐奏英茎",也是同样的意思。"古词林"泛指古代词章,吉诚甫对古代词章博闻饱记,可见他对古代文学浸润之深,而这也正是他创作精美词曲必不可少的素养之一。最后三句再以赞语作结。"三峡飞泉"出自杜甫《醉歌行》"词源倒流三峡水,笔阵独扫千人军",比拟吉诚甫才华横溢,文思敏捷,清词丽句层出不穷。"万籁号天"则是形容吉诚甫的词章清新流畅,富于自然情趣,堪称天籁。对于吉诚甫其人其才其作,作者过去早有所闻,今日一见,果然名不虚传,愈加敬佩不已。这最后三句不仅对全篇赞辞作了意味深长的收束,而作者一种相见恨晚的感情,也就隐然寄寓其中了。

元代曲坛名家辈出,佳作如林,而这种繁荣的局面正是各民族作者共同开创的。对于当时国内各民族文人的友好交往,这首小令保留了一份真实的艺术记录;对于国内各民族文化的交流融合,这首小令也提供了一份生动的例证。这无疑是值得我们珍视的。

(赵山林)

〔注〕 ① 毳(cuì 脆)袍:毛绒袍子。毳,鸟兽的细毛。

【清江引】

〔双调〕**清 江 引**

任 昱

题 情

南山豆苗荒数亩,拂袖先归去。高官鼎内鱼,小吏罝①中兔。
争似闭门闲看书!

　　元散曲中的"题情",多为题咏男女恋情之作,本篇所抒写的,则是鄙弃仕途、赞美归隐之情。首句"南山豆苗荒数亩",化用陶渊明《归园田居》之三"种豆南山下,草盛豆苗稀"及《归去来兮辞》"田园将芜胡不归"之句,暗点出厌倦官场而欲隐居归去之意。下文"拂袖先归去",便直抒胸臆。"拂袖"本来就与归隐有关,宋李曾伯《送周晔仲大卿归江西》诗:"历阶而上公卿易,拂袖以归韦布(皮带布衣,贫贱者所服)然。"此处既用"拂袖""归去"反复言明,而中间又著一"先"字,一者可见归隐之心的急切;二者可见与那些至今执迷不悟的当局者相比,自己已先一步跳出了是非之地,因而内心感到庆幸。如今作者置身局外,回顾官场,越发觉得宦海浮沉,风波难测,随时都可能招来杀身之祸,对此作者比喻为:"高官鼎内鱼,小吏罝中兔。""鼎内鱼"出自南朝梁丘迟《与陈伯之书》:"将军鱼游于沸鼎之中,燕巢于飞幕之上,不亦惑乎!"这是形容人处境危险而不自知。鱼当然以翔跃于江河湖海者为怡然自得;陶渊明被迫出仕,已自比"池鱼",屡兴"池鱼思旧渊"(《归园田居》之一)之叹;如今官居高位者,其处境何止仿佛"池鱼"而已,简直仿佛"鼎内鱼",行将就烹而木然无知,甚或掉尾游戏,自以为得其所,这不是太愚蠢了吗?"罝中兔"出杜甫《有怀台州郑十八司户》:"昔如水上鸥,今如置中兔。性命由他人,悲辛但枉顾。"此处是比喻小吏处处仰人鼻息,受人驱使,而自身命运亦在他人掌握之中,安危莫卜,朝不虑夕。这两句属对工整,造意精警,是作者概括古今官场尔虞我诈、弱肉强食的无数事实之后得出的至理名言,可以说是为那些热衷仕途者下了一帖清凉剂。混迹仕途,如此束缚身心,甚至要以生命作赌注,不是太无乐趣、太不值得了吗?所以作者说:"争似闭门闲看书!"此一"闲"字宜著眼。"闲"可以是投闲置散之闲。自己已经脱离官场,从此无所事事,而看书可以消闲遣闷。以"闲"自许,本元散曲中所常见,而其中实寓英雄失路、报国无门之感慨。"闲"亦可以是闲情高致之闲。读书本是归隐闲居之一乐。陶渊明《读山海经》云:"既耕亦已种,时还读我书。"任昱本人晚年也曾锐志读书,并工七言诗,看来这首小令确实是融汇了他本人的生活经历和实际感受的。

(赵山林)

〔注〕 置(jū居):网。

〔双调〕 清 江 引

任 昱

钱塘怀古

吴山越山山下水,总是凄凉意。江流今古愁,山雨兴亡泪。沙鸥笑人闲未得。

怀古与咏史不同,它往往要同具体的山川形胜相联系,故又称"登临怀古"。

【清江引】 此曲为"钱塘怀古"。首先从钱塘的地理环境写起,用的是入手擒题的手法。

"吴山",指杭州西湖东南、亦指钱塘江北岸一带山脉。"越山"指钱塘江南岸一带群山。因古时分属吴、越而得名。"吴山越山山下水,总是凄凉意"。开篇二句,作者就向我们展现了山势环抱、江流绵绵的图景,并给这图景涂上了一层伤感的色彩。山水无情,本无所谓凄凉不凄凉,作者"以我观物,故物皆著我之色彩"(王国维《人间词话》)。这里已由山水景物兴起怀古之意,虽然造句空灵,没有任何具体的人事追忆,但联系钱塘之地理位置,仍有脉络可循。这里是吴、越故地,又是南宋建都之所。曾几何时,"暖风熏得游人醉,直把杭州作汴州"(林升《题临安邸》)的南宋王朝已与时消亡。吴越旧事,更是不堪追寻。一个"总"字,用得颇为概括精当,可见古往今来皆如此。正是:"昔人不暇自哀,而使后人哀之,后人哀之而不鉴之,而使后人复哀后人也。"(杜牧《阿房宫赋》)以下,作者用一工整的对偶句:"江流今古愁,山雨兴亡泪",分承首句"山"、"水",继续将人们屡见不鲜的大江奔流、青山化雨的自然现象人格化,抒写自己的怀古之情。两句也许从秦观〔江城子〕中"便做春江都是泪,流不尽,许多愁"句意化出,但作者将愁与泪分别加进"今古"与"兴亡",时空与内涵便比秦词深广得多。前言山水如愁眉苦脸,饱含凄凉之意。此进而用"山雨"、"江流",将此凄凉意化为泪的洪流。在比喻上一脉相承,颇臻墨妙。"今——古"、"兴——亡"四字,概括力极强,将"怀古"题义极有力地抒写出来,使读者在漫长的历史长河中展开充分的联想。至此,一个沉吟江畔怀古伤今的作者自我形象也分明凸现了。末句忽然写江上的沙鸥,及其对人的嘲笑。古人认为沙鸥这种鸟最自由自在,甚至是隐士的象征。如杜甫《奉赠韦左丞丈二十二韵》:"白鸥没浩荡,万里谁能驯?"又李白诗:"仙人有待乘黄鹤,海客无心随白鸥。"(《江上吟》)作者这里化用前人诗词语意,既是以沙鸥的无心,反衬自己的善感;又是借沙鸥之自由,嘲笑自己为尘网羁绊,不得闲适。风趣幽默又感叹良深。从前四句的怀古看,他本是一个看穿世情的人，却又"闲不得"，大约还得为衣食生计奔波吧。

这首小令与辛弃疾的〔菩萨蛮〕（郁孤台下清江水）前半部分的作法相似，都以山水来言愁写泪，但美学风格却有庄与谐之别，体现了词与曲的差异。

（秦岭梅）

【作者小传】

钱霖

字子云，松江（今属上海）人。后弃俗为道士，更名抱素，号素庵。晚年居嘉兴，自号泰窝道人。作有词集《渔樵谱》、曲集《醉边余兴》，皆佚。现存小令四首，套数一套。

〔双调〕 清 江 引

钱 霖

梦回昼长帘半卷，门掩荼蘼院。蛛丝挂柳棉，燕嘴粘花片，啼莺一声春去远。

《录鬼簿》载：钱霖曾一度"弃俗为黄冠（即道士），更名抱素，号素庵"。此曲大约就是他弃俗作道士之后所作。

开篇即从"梦回"写起，往下全是写梦回之后的瞬间见闻。"昼长"是梦回之后所感，"帘半卷"则是梦回之后所见；"门掩"表明"荼蘼院"以下的室外景物皆是诗人从"帘半掩"的窗口看见的。首句不仅点明夏季日长人困的特征，而且已隐约透露出烟霞逸客那种悠闲自在、无忧无虑的生活方式。你瞧，白天闭门酣睡，一觉醒来，尚嫌"昼长"，这种生活岂是急于奔竞功名之徒或身处蜂衙蚁穴的官僚们所能享受的？作者是对世情漠不关心吗？非也。"渊明图醉，陈抟贪睡，此时人不解当时意。志相违，事相随，不由他醉了齁睡。"（陈草庵〔山坡羊〕）再看作者在《看钱奴》散套中对贵族官僚贪婪无厌，掠夺人民的罪恶的揭露，足见他并非"不食人间烟火"。他是用这种散诞逍遥来表示自己愤世嫉俗，傲视王侯的精神。"荼蘼"是初夏才开的一种白花，与"昼长"的夏季时令回应。诗人单举院里的荼蘼，正寄寓了他那心志高洁的个性：荼蘼洁白素雅，不尚群英万紫千红般的华贵；荼蘼晚开，不屑与诸芳去争奇斗艳；荼蘼叶柄有刺，不愿取宠媚众。这两句从室内写到室外，皆静物描写。

三四两句："蛛丝挂柳棉，燕嘴粘花片。"继续写室外院中景物，笔法转为具体的动态描写：群芳已谢，只有屋檐下的"殷勤蛛网"，挂住几片柳絮，在那里随风摇曳，它似乎在为主人千方百计地挽留住最后一点春意；落红满地，乳燕低飞，正忙碌着用小嘴衔起那粘泥带尘的花片，去梁上垒筑它们的香巢。诗人通过梦回后的静观，以荼蘼院中的蛛丝、柳棉、燕嘴、花片等细微意象，展现出虽是令人困倦的残春初夏，虽是幽静冷落的山居，而小小的院落中依然有一种鲜活可喜的生机，有一种自然醇真的理趣。而诗人那无限爱春而又惜春之情，亦从这字里行间隐约可见。

结句写梦回后所闻。林荫中黄莺的一声悦耳的鸣叫，使凝神静观的诗人恍然省悟：啊！可爱的春光到底已经远远归去了！"春无踪迹谁知，除非问取黄鹂。"（黄庭坚〔清平乐〕）黄莺的啼声，不正是在向诗人报告春归的消息吗？"莺啼"又与起句"梦回"首尾呼应，正是黄莺的鸣啭惊破了诗人的酣梦而"梦回"，又是黄莺的啼声使诗人知道春归的消息。"山僧不解数甲子，一叶落知天下秋。"（唐庚《文录》引唐人诗）这里也同样：诗人不计春秋时序，全凭"柳棉"、"燕嘴"、"啼莺"向他提醒。表明诗人不仅是草木虫鸟的知音，还能见微而知著，由细微的征兆推知物理的变迁，其中蕴含的哲理委实耐人寻味。

此曲抓住梦回后刹那间的见闻和感受,描绘出一幅山中幽居初夏花鸟人物的风俗画,表现出烟霞隐者闲适恬淡的生活和惜春爱春之情。通篇全是写景,不仅饶有诗情画意,而且隐含哲理机趣,可谓融情于景,寓理于景,内涵丰富,言外意远。作者又善于以动写静,以微写著:写鸟鸣,是为了衬托山居的幽静,所谓"鸟鸣山更幽";写蛛丝柳棉、燕嘴花片,是为写时序的潜移默化,所谓"见微而知著"。再次音律谐婉。《中原音韵》言〔清江引〕之首末两句必须押上声韵,第三句前四字必须是平平仄仄。此曲完全符合而又自然天成。《录鬼簿》称钱霖"词语极工巧",确非过誉。

(熊 笃)

〔般涉调〕哨 遍

钱 霖

试把贤愚穷究,看钱奴自古呼铜臭。徇己苦贪求,待不教泉货①周流。忍包羞,油铛插手,血海舒拳,肯落他人后?晓夜寻思机彀,缘情钩距②,巧取旁搜。蝇头场上苦驱驰,马足尘中厮追逐,积攒下无厌就。舍死忘生,出乖弄丑。

〔耍孩儿〕安贫知足神明佑,好聚敛多招悔尤。王戎③遗下旧牙筹,夜连明计算无休。不思日月搬乌兔,只与儿孙作马牛。添消瘦,不调鼎鼐④,恣逞戈矛。

〔十煞〕渐消磨双脸春,已雕飕两鬓秋。终朝不乐眉长皱,恨不得柜头钱五分息招人借,架上袄⑤一周年不放赎。狠毒性

［哨遍］

如狼狗，把平人骨肉，做自己膏油。

〔九煞〕有心待拜五侯，教人唤甚半州。忍饥寒攒得家私厚。待垒做钱山儿倩军士喝号提铃守，怕化做钱龙⑥儿请法官行罡布气⑦留。半炊儿八遍把牙关叩，只愿得无支有管，少出多收。

〔八煞〕亏心事尽意为，不义财尽力掊，那里问亲兄弟亲姊妹亲姑舅。只待要春风金谷骄王恺⑧，一任教夜雨新丰困马周⑨。无亲旧，只知敬明眸皓齿，不想共肥马轻裘。

〔七煞〕资生利转多，贪婪意不休，为锱铢⑩舍命寻争斗。田连阡陌心犹窄，架插诗书眼不瞅。也学采东篱菊，子是个装呵元亮，豹子浮丘⑪。

〔六煞〕恨不得扬子江变做酒，枣穰金⑫积到斗。为几文垫⑬背钱受了些旁人咒，一斗粟与亲眷分了颜面，二斤麻把相知结下寇仇。真纰缪，一味的骄而且吝，甚的是乐以忘忧。

〔五煞〕这财曾燃了董卓脐，曾枭了元载头，聚而不散遭殃咎。怕不是堆金积玉连城富，贬眼早野草闲花满地愁。干生受，生财有道，受用无由。

〔四煞〕有一日大小运并在命宫，死囚限缠在卯酉，甚的散得疾子为你聚来得骤。恰待调和新曲歌金帐，逼临得红粉⑭佳人坠玉楼。难收救，一壁厢投河奔井，一壁厢烂额焦头。

〔三煞〕窗隔每都飐飐的飞，椅桌每都出出的走，金银钱米都消为尘垢。山魈木客相呼唤，寡宿孤辰厮趁逐。喧白昼，花

元曲鉴赏辞典

1251

月妖将家人狐媚,虚耗鬼把仓库潜偷。

〔二煞〕恼天公降下灾,犯官刑系在囚。他用钱时难参透,待买他上木驴钉子轻轻钉,吊脊筋钩儿浅浅钩。便用杀难宽宥,魂飞荡荡,魄散悠悠。

〔尾〕出落他平生聚敛的情,都写做临刑犯罪由。将他死骨头告示向通衢里氅⑪,任他日炙风吹慢慢朽。

这首套曲原见《南村辍耕录》:"某人以善经纪,积赀以巨万计,而既鄙且吝,不欲书其姓名。其尊行钱素庵者抱素,逸士也,多游名公卿间,善诗曲,有集行于世。某尝以富贵骄之,故作今乐府一阕以讥警焉。"可见这首曲实有所指,曲中用夸张的手法,把守财奴吝啬刻薄的性格,刻画得入木三分,对他的卑劣行为斥骂得痛快淋漓,笔调横恣酣畅,是元曲中的佳作。

曲中"看钱奴自古呼铜臭"一句,是一篇主脑。以后就从"臭"(丑劣行径)来发挥,贯通全篇。《哨遍》曲中,写看钱奴"徇己苦贪求",要把钱财据为己有,就不顾羞耻,不畏艰险。就是沸油锅、活地狱也敢插手伸拳,不甘落后。他千方百计去钩取钱财,微小的地方也不放过。贪得无厌,甚至"舍死忘生",出尽洋相,也在所不计。《耍孩儿》曲里,先说做人应该安贫知足,聚敛钱财会招致祸患。可叹看钱奴为了钱财,"夜连明计算无休",心力俱瘁,只知为钱财而争竞,甚至连衣食都不顾,真是可悲了。

〔十煞〕以下几段,具体地刻画看钱奴的丑劣行径。他整天愁眉苦脸,计算怎样去刻剥别人的钱财。所以未老先衰,双颊红晕减退,两鬓白发雕飕(发短而乱)。他放高利贷,开典当铺,"狠毒性如狼狗,把平人骨肉,做自己膏油。"凶残狠毒,暴露无遗。〔九煞〕写看钱奴一心一意希望财雄势大,能"拜五侯"(公、侯、

【哨遍】

伯、子、男），称"半州"（元人称广有土地的财主为"半州"）。"忍饥寒攒得家私厚"之后，就要千方百计守住它：把钱堆做钱山，让军士来守护着；叫法帅施法术不让它飞去；自己则像学道之人清晨起床凝神敛气叩齿（上、下牙相击）那样聚精会神，务使钱财"无支有管，少出多收。"这些夸张的描写，写得很传神。〔八煞〕进一步写他为了掊（聚敛）不义之财，什么亏心事也都做了，亲骨肉也不认了。只想自己以富骄人，更不顾处于困境的朋友；只知对明眸皓齿的美人追欢买笑，更不会想到和亲友共享富贵。〔七煞〕写以财生息，逐渐增多，但还是"贪婪意不休"。为了锱铢微利舍命争斗，拥有众多的田产，还不心满意足。分明是个庸俗的人，连书也不看一眼，可他却装成像个陶渊明那样的清高隐逸之士，真是可笑。〔六煞〕则从另一角度去刻画看钱奴贪得无厌，吝啬钱财的丑态。他恨不得把滔滔江水变做了酒，把黄金堆到北斗星那般高。为了几文垫背钱（古代葬俗在死人背下放置钱），也不管别人的咒骂。就是为一斗粟、两斤麻也会跟亲眷翻脸，跟老友结仇。像这样以钱财骄人，整天为吝啬钱财而操心，怎么会得到快乐呢！

〔五煞〕以下，着重写"聚而不散遭殃咎"的后果。广为聚敛钱财的董卓、元载，就得到了可耻的下场。东汉时董卓筑郿坞以藏金银财富，最后为吕布所诛，陈尸街头，人们在他肚脐上点灯。（见《后汉书·董卓传》）唐中叶权相元载聚敛财富无算，后亦被杀于禁中。（见《唐书·元载传》）所以尽管你堆金积玉，转眼成空，不是白白生受（辛苦）一场吗？由于作者时代的局限，他在曲中流露了宿命的思想，这是毫不足怪的。事实上，他只是表达了"散的疾子（只）为你聚来的骤"的事物发展规律而已。〔四煞〕用星命家关于大运小运若与命宫在一起主衰败的说法，和民间关于人死的时间是命中注定的等说法（卯，晨五时至七时；酉，下午五至七时。卯酉，即旦夕间），并借用富豪石崇爱姬绿珠坠楼的事例，说明一到衰败，就一切都完了。跟着〔三煞〕就极写衰败的种种现象：家业破败，钱财耗散,继之就是山魈木客之类妖魔鬼物的侵扰,寡宿孤辰这些凶星当头。加以"花月妖"(妖妇艳姬)的纠缠,"虚耗鬼"(败家子弟)暗地里把家财挥霍迨尽。这样,所有家财都给彻底破败了。

最后两段写看钱奴的下场。"作善降之百祥,作不善降之百殃。"(《书·伊训》)以刻剥起家,不择手段地聚敛钱财的看钱奴,有朝一日,终将"恼天公降下灾,犯官刑系在囚"。他以为财可通神,可他哪里知道,到他犯法受刑,要上木驴(刑具,一种有四脚轮架的横木桩,将受刑者钉丁其上处死)的时候,希望用钱买嘱行刑的人轻点儿打钉子;吊脊筋的时候,买嘱人把钩儿浅浅的钩,也不可能了。即使想花更多的钱,也不管用了。钱财不是万能的,它不会使你免罪,它不能救你的命。终于还是要"魂飞荡荡,魄散悠悠"的死去! 这就清楚不过了,到头来就是:平生聚敛刻剥的丑劣行为,正好是今天触犯刑律的罪状,真是"自作孽,不可活",得个暴尸骨在街头示众的可耻下场!

(龙潜庵)

〔注〕 ①泉货:货币。泉,同钱。 ②钩距:钩取到手。 ③王戎:晋人,性悭吝,"每自执牙筹,昼夜计算,恒若不足"(《晋书·王戎传》)。牙筹:牙制的算筹。 ④裀(yīn 因):夹衣;鼎:古三足炊具。裀鼎,泛指衣食。 ⑤袘:字书无此字(别本作"袷"),疑作"袷",此泛指衣物。 ⑥钱龙:元人常称钱神为钱龙,它飞到哪家,哪家就富有。据说梁元帝尝见到一条大黑蛇,宫中人说:怕是钱龙,就取数千钱来镇住它云(见《南史·梁元帝纪》)。 ⑦行罡(gāng)布气:行罡,即步罡。道士走动着礼拜罡星(北斗七星的斗柄),亦称步罡踏斗。布气:运气。《东坡志林》十二:"学道养气者,主足之余,能以气与人。都下道士李若之能之,谓之布气。"这里只是指请法官(师)施法术。 ⑧金谷骄王恺:晋石崇有金谷园,尝与王恺相夸富。王恺尝把一株罕见的二尺多高的珊瑚树给石崇看,石崇却随手把它打碎了。跟着叫家人拿来三尺多高枝条绝俗的珊瑚一批来,使王恺觉得惭愧(见《世说新语》)。 ⑨马周:唐人,不得意时,尝于一天夜里,在新丰(今陕西临潼县东)客店里独酌消愁。(《新唐书·马周传》) ⑩锱(zī)铢:古代微小计量单位,六铢为一锱,四锱为一两。这里指斤斤计较。 ⑪豹子:豹皮花斑好看,借为虚有其表意;浮丘:古代传说中的神仙

【人月圆】

浮丘伯(《列仙传》)或浮丘丈人(《广东新语》)。 ⑫枣穰金：即枣瓢，黄色；枣穰金即指黄金。 ⑬垫：原作"赙"，校改。 ⑭据谱，"佳人"上当缺两字，兹拟补"红粉"二字，为"红粉佳人坠玉楼"，以与"调和新曲歌金帐"作对。 ⑮甃(zhòu纣)：用砖砌井、池。这里借为堆放意。

【作者小传】

徐再思

字德可，号甜斋，嘉兴(今属浙江)人。与张可久、贯云石为同时代人。散曲作品多写自然景物及闺情。风格清丽，注重技巧。今人任讷将其散曲与贯云石(号酸斋)作品合辑为《酸甜乐府》，得其小令一百余首。

〔黄钟〕**人 月 圆**

徐再思

甘露怀古

江皋楼观前朝寺，秋色入秦淮。败垣芳草，空廊落叶，深砌苍苔。远人南去，夕阳西下，江水东来。木兰花在，山僧试问，知为谁开？

此首写作者在秋色苍茫中登临北固山甘露寺所见荒凉残破之景，不禁怀古伤今，抒发了人世沧桑之感和羁旅寥落之情。

甘露寺在今江苏镇江市北固山后峰上。相传建于三国东吴甘露元年(265)，后废。唐李德裕镇润州时复建，寻又毁；镇海节度使裴璩再重建寺于山下。北宋大中祥符年间，寺僧祖宣复移建山上，后屡建屡毁。甘露寺前有清晖亭和北宋铁塔,后有多景楼和祭江亭。铁塔传为刘备东吴招亲之地;祭江亭传为刘备死后孙夫人祭江之处。

　　首二句紧扣题目地名,大笔勾勒,总写登楼临远、山高水阔之壮景,提挈全篇,并点明秋季时令,为下文分写山寺江水和抒发寥落悲秋之情张本。江皋楼,即江边的高楼,泛指甘露寺范围内的清晖亭、江声阁、多景楼、祭江亭等楼阁。此处可北览长江,西南望秦淮河(长江南岸支流)。前句写山,次句写水,总以秋色贯穿笼罩。一个"入"字,豁然展现出水天空阔、烟波浩渺、无边秋色的动态感。

　　三四五句鼎足对,承首句"前朝寺"写近景,突出甘露寺的荒凉残破,缴足题面中"怀古"二字。断垣残壁,野草丛生;回廊空寂,落叶满地;台阶年久(深:作历时久远解;砌:台阶),青苔厚积,这一切萧条冷落的景象,似乎在向游人诉说历代盛衰,人世沧桑的辛酸。三句工笔描绘,一句一景,只写"今衰",令人于黯然神伤中自然遥想"昔盛";未写怀古,而怀古之情已隐然其中,正所谓实处见虚,虚处传神故也。

　　"远人南去"三句又一鼎足对,承"秋色入秦淮"句写江天远景。"远人"此谓远方来此游览之人。盖暮色将临,故游人纷去;而北固山在京口城东北,游人将晚应往城内投宿,故曰"南去"。"远人南去",使这古寺更显清冷寂寞;唯诗人独在,则又反衬出作者之深情。"夕阳西下",给大江流水和山林幽寺抹上一层黯淡的余辉,使天涯游子顿生一种莫名的惆怅。"江水东来",唯有长江滚滚向东,不舍昼夜,似乎作为"浪淘尽千古风流人物"的见证;刘备、孙权那些历史上曾一度叱咤风云的人物已经"逝者如斯",一去不复返了,然而江水依然向东长流不尽。此情此景,使人易生"风景不殊,正自有山河之异"的感喟。三句写眼前之景,并未发一句感叹,而其所蕴含的怀古之情已隐然跳动于字里行间,真耐人寻味。

　　结尾三句,描写了一个生动细节,仿佛特写镜头:游人远去,只有诗人独自一人,他凝神注视着身旁一棵木兰花树试问山僧:古寺如此荒凉冷落,游人如

【朝天子】

此寂寥,鲜有问津者;而这木兰树年年开花,依然为山寺散放出它的幽香;知它究竟为谁而开放啊? 木兰乃香木名,皮似桂,状如楠树,高数仞,去皮不死。《离骚》中有"朝搴阰之木兰兮",可见其乃高洁坚韧之象征。它不管人间的盛衰荣辱,也不计较世态的炎凉冷暖,立于高山之巅,依然故我,年年花发,永葆那孤直高洁之性,芬芳长在之身,这不能不使落拓江湖、备尝坎壈的诗人受到极大的安慰和启迪。同时,写木兰花开而无人问津,又从另一侧面反映出古寺的萧条冷落,有见微易知著,举一而反三的艺术效果。此虽受姜白石〔扬州慢〕结尾"念桥边红药,年年知为谁生"的影响,然因白石与甜斋处境不同、所咏主旨亦同中有异,盖白石彼时年方弱冠,身世炎凉之类所历尚少,词旨又是"黍离之悲";而甜斋曾浪迹江湖十余载,于描写江山盛衰荣枯中自难免带有个人身世之感。故可谓异曲同工,而不宜以雷同目之。

　　此曲名为"怀古",实无一语追述前朝遗事,通篇只是写景,而情韵深微。所谓"不着一字,而尽得风流",乃此曲最显著之特征。至其首二句总提勾勒,大气包举,中六句两次鼎足对,分写山水,一句一景,铺排饱满。尾三句再细节描写,优游不竭,则又可见其于严整之布局中寓笔法之变换也。《太和正音谱》评"徐甜斋之词,如桂林秋月",殆指此类曲作吧!

(熊 笃)

〔中吕〕朝 天 子

徐再思

西 湖

里湖,外湖,无处是无春处。真山真水真画图,一片玲珑玉。

宜酒宜诗,宜晴宜雨。销金锅、锦绣窟。老苏,老逋,杨柳堤
梅花墓。

徐再思小令作风近于张可久,特别是一些描写江南风光的令曲,妩媚而又富于色彩。这首描摹西湖春色的〔朝天子〕,疏爽俊逸,简淡清奇,艺术概括力很强,是甜斋散曲中比较突出的篇什。

首二句,总览西湖之春,写出了武林胜境韶光好趁、春色满眼的诱人景象。西湖以苏堤为界,分为里湖和外湖。"无处是无春处"句,并不避讳两个"无"字,自然巧妙,虽不去写具体景观,却给人一个春到西湖,生机盎然的总印象。以下两句,进一步渲染春满西湖的景象,先以画图作比,又以美玉相喻,意象更为具体了。仍然是总览全景,不求细致刻画。"真山真水真画图"句甚妙,明明是真山真水,而不是画图,偏说是"真画图"。三个"真"字与上句的两个"无"字又造成了呼应,使曲语呈现出故意重复用字的规律美。"一片玲珑玉",总括西湖之澄澈明净,犹如玲珑剔透的美玉,而且是一片,不是一块。这就使人们联想到以孤山、白堤、苏堤等分割开来的里湖、外湖、后湖和南湖,又兼亭台水榭,湖光山色,一处一景,景景毗连,如串珠垒玉,令人目不暇接。作者以"一片"句大笔晕染,泼墨泼彩,不视每一珠,却见一片玉,概括得十分精到。这种写法局部上有所模糊,总体感却是非常突出的。

"宜酒宜诗,宜晴宜雨"两句,是写西湖的迷人风景无时无处不撩人心动。诗酒唱和于西湖之上,面对绮丽景致,更发人豪兴,牵惹诗魂;春日妍丽,夏日瑰奇,桂子三秋,雪掩断桥,四时西湖,姿态各异。便是晴、雨、雾不同之时游湖,美感亦有别。苏东坡诗云:"湖光潋滟晴方好,山色空蒙雨亦奇。"(《饮湖上初晴后雨》)这就是"宜晴宜雨"的出处。明人史鉴有《晴雨雾三游西湖》一文,描写了不同时间游览西湖的不同感味。如写雨中西湖是"顾望四山,云雾蒙幂①,霡霂②

【朝天子】

淋漓，俨如水墨画中"（《西村十记》）。而写雨后西湖则是"空翠如滴，众壑奔流，水色弥茫，湖若加广，草木亦津津然有喜色焉"。史西村所写，感受独特，可以参读，有助于我们对"宜晴宜雨"的理解。"销金锅"，喻西湖是个挥金如土用钱如沙的胜地。《武林旧事》载："西湖景，朝昏晴雨皆宜，杭人亦无时不游，而春游特盛，日糜金钱，靡有既极，故杭谚有'销金锅儿'之号。""锦绣窟"，喻西湖如衣锦披绣的窟穴。二句极写繁盛，含无限感慨，有赞叹，也有思索。结尾二句，以林逋和苏轼二人的高节，映衬西湖的格调清雅，并以苏堤和孤山作为西湖有代表性的景观，以收束全曲。老逋，即指林逋，字君复，杭州钱塘人，《宋史》卷四百五十七有传。他性恬淡而疏荣利，初游于江淮间，后隐居西湖孤山，终身不娶，与梅花、仙鹤为伴，人称"梅妻鹤子"，后人又称其为"和靖先生"，曲中的梅花墓，又称和靖墓。老苏，指苏轼，他任杭州刺史时，曾主持疏浚西湖，灌溉良田，又利用葑泥筑堤，即"苏堤"，因堤上杨柳成荫，亦称杨柳堤。如果说全曲前半部分是写一片玉，那末结二句则是具体写两颗珠——孤山和苏堤。有全景也有局部，写轮廓也写细部，整个西湖春色便尽收眼底了。

从写法上看，最突出的特点是用笔简淡而又粗豪，多以全景和远景出之，不弄小巧，使画面有酣畅淋漓之美，即使写具体景观，也以写意笔法为之，点到为止，全是远眺式的。张小山〔沉醉东风〕《湖上远眺》中有一联云："林君复先生故居，苏子瞻学士西湖。"甜斋此曲结尾，用意与小山差足近之。〔朝天子〕曲牌又称〔谒金门〕，句式参差错落，短则只有二字，长则有六字，甜斋巧妙利用曲牌形式上的特点，选择了"鱼模"韵，一反南吕宫的"感叹伤悲"为粗豪酣畅，颇有创造性。其中"销金锅、锦绣窟"一句，加一字又断读，使曲子句式参差错落的特点更为突出。

（王星琦）

〔注〕　① 蒙幂(mì 密)：遮盖。　② 霏霨(dán duì 淡对)：露滴的样子。

〔中吕〕朝 天 子

徐再思

常 山 江 行

远山，近山，一片青无间。逆流沂上乱石滩，险似连云栈。落日昏鸦，西风归雁。叹崎岖途路难。得闲，且闲，何处无鱼羹饭。

题目作"常山江行"，写的是"逆流沂上"途中所见所想，由"途路难"扩及而为人生世事之艰辛，继而升起了一种归隐避险的感叹，这就是甜斋这支〔朝天子〕曲所表达的内容。

常山，在今浙江常山县南三十里，又作长山，因绝顶有湖，亦称湖山。唐以常山名县，宋改为信安，元复称常山。江行不写江，劈头便写山，以突出环境之险。"远山，近山，一片青无间"一句，采取大笔挥洒，恣意泼彩的手法，晕染出山峦重叠、青葱蓊茸的大背景，色调是单纯的"青"，令人想起小山曲中"山似佛头青"（〔一枝花〕）的意境。"逆流沂上乱石滩，险似连云栈"二句，写溯源而上，乱石满目，路途艰险，有如栈道。所谓栈道，是指古时山险无路，用竹木靠山架起来修成的道路。"连云"是状栈道之高、险，好像架在云端。"落日昏鸦，西风归雁"两句，写沂流山行举首所见：落日余晖中，寒鸦数点；秋风凛冽里，北雁南飞。"落日"乃一天之将尽，"西风"乃一岁之将尽，二句不仅点明了秋季黄昏的时令，流露出几分悲凉，而且妙在只写眼前景物，却能景中寓含一种发人深思的

【朝天子】

哲理意味：昏鸦、大雁碌碌奔忙中都在寻找自己合适的归宿，它们终日在奋翅拼搏，能无"畏途峥岩不可攀"之感吗？禽鸟尚然，人何以堪！故自然引示下句的感叹："叹崎岖途路难。"一个"叹"字，耐人寻味：表面上看是对眼前山路崎岖，途路艰难的感叹，实际上是对整个人生道路曲折艰险的叹喟。如果不是这样，结句的向往归隐之情就不好解释了。甜斋好甜食，也写过不少风味甜蜜的曲子，而这一首却含有较浓重的苦涩和辛酸意味。

结尾二句也有两层意蕴。表层是，因畏惧眼前山高水长路途艰难，想到了不如不去跋涉，以一闲对百忙，索性以渔樵山野生活为乐；深层意蕴是，厌倦了官场的险恶，深味了人生的凄苦。所谓千古江山，忽忙忽闲；名缰利锁，总归虚幻。于是产生了不如归去，远避祸患的思想。甜斋曾做过嘉兴路吏，对元代社会和官场险恶是大有感触的。他曾写下过"三千尺侵云粪土，十万家泣血膏腴"（〔折桂令〕《姑苏台》）这样亢奋的句子，认为姑苏台是用百姓的血汗堆积起来的。也写过"九殿春风鸩鹊楼，千里离宫龙凤舟。始为天下忧，后为天下羞"（〔凭阑人〕《咏史》）这样沉痛而警拔的作品，可见甜斋也是一位忧国忧民，时发兴亡之慨的诗人。如此看来，令曲结句"何处无鱼羹饭"更有深层意蕴在，即白眼官场，厌倦名利，以退隐作为归宿的情绪。鱼羹饭，指以鱼羹为饭，言清苦而自乐也。很难用积极或消极这样的字眼来论定元代士大夫的这种情愫，这是特定时代特有的东西，元代知识分子以此来完善自己的人格，不与统治阶级合作，站在同情人民一边，自有积极的意义在。

令曲艺术上最突出的特点是写江行观感，很自然地融情于景，寓理于景，含蓄蕴藉，且从容写来，全无躁气。明明山路险峻，却偏偏写它的"青无间"；明明向往归隐闲逸，又大写山路奔波之忙。作者迤逦用笔，一支小令，有波有折，读来别有一番风味。以沂流山行之苦喻人生道路之艰难也是很巧妙的，曲中句句扣住"江行"，又处处隐喻世事人情，逼到结尾，才使人豁然开朗，顿悟作者旨趣，这是作者技巧娴熟的表现。此外,小令严守韵律,却又显得洒脱奔放,毫无拘泥感。曲中"叹"字,用得极巧,平添了顿挫,增强了感情色彩。可见衬字的用法也是要恰到好处的。

(王星琦)

〔中吕〕普 天 乐

徐再思

垂虹夜月

玉华寒,冰壶冻。云间玉兔,水面苍龙。酒一樽,琴三弄。唤起凌波仙人梦,倚阑干满面天风。楼台远近,乾坤表里,江汉西东。

本曲系徐再思的《吴江八景》组曲(共八首)之第一首曲。吴江,在今江苏省。古代的吴江,又泛指吴淞江流域,大致包括苏州、太湖和长江下游一带。垂虹桥,是江苏吴江县一座有名的桥,号称"江南第一桥"。桥上共有七十二洞,俗称长桥。因桥形若虹,故称"垂虹桥"。桥上有亭,叫"垂虹亭"。可惜此桥今已不存。乔吉有〔水仙子〕《吴江垂虹桥》一曲,说"飞来千丈玉蜈蚣,横架三天白蟛蛛,凿开万窍黄云洞"。可概见此桥气势之恢宏。

甜斋此曲,写的是垂虹桥夜景,作品情调悠深,气势雄伟,想象瑰奇,意兴强烈。虽是写景之作,却耐反复玩味,颇能代表甜斋小令的另一种格调。

"玉华寒,冰壶冻。"起笔写月。玉华,指月亮的光华;传说月宫寒冷,故曰广

【普天乐】

寒。冰壶，以盛冰之玉壶喻月光之皎洁明净。鲍照《白头吟》有云："直如朱丝绳，清如玉壶冰。"此二句写月光皎洁，清辉遍洒，是一个美好的月夜。"云间玉兔"仍是写月，传说月中有白兔，因称月亮为玉兔。"水面苍龙"喻吴江上的垂虹桥，与"云间玉兔"对举。此句化用唐人杜牧《阿房宫赋》："长桥卧波，未雨何龙"句意。云笼明月，桥似苍龙，云驰月走，苍龙飞舞，从天空写到水面，遂造成一幅迷人的画图。接下来写人。"酒一樽，琴三弄"，是说游客在垂虹亭上酌酒抚琴。三弄，即演奏三支曲。"唤起凌波仙人梦，倚阑干满面天风"二句，意谓值此月夜良宵，倚靠桥亭阑干，面对寥廓江天，把酒赏月，静听琴声，顿觉神清意爽，逸兴遄飞。仿佛阵阵天风拂面，唤起水边的仙女凌波微步而来。曹植在他的《洛神赋》中说他曾于洛川梦见洛水女神，"凌波微步"，"罗袜生尘"，飘飘而来。这里借用洛神女的飘然出现，以映衬月色之美，琴音之妙。所以称"天风"，原是与整个飘渺境界相协调的，此风宜人，只应天上才有。一个"天"字，包孕着无尽的幻想，为全曲平添了神秘色彩。结尾三句写极目远眺，但见远近楼台错落，灯光摇曳；天高地阔，水天一色；江水浩渺，星汉灿烂。这个"鼎足对"将江面写得十分开阔。"乾坤表里"，是说天地相映衬；"江汉西东"，是说水面浩渺，横无际涯。江，指长江；汉，是汉水。"江汉"与"乾坤"、"表里"和"东西"都是互文对举的。曲尾写出了天地江月之无限，曲终人杳，江上峰青，有余不尽之意蕴自然流出。

　　此曲境界开阔，想象奇特，写得迷离惝恍，悠远飘渺，富于艺术表现力。表面上看一味写景，人的思索似未着一字，实际上思索尽在不言之中。它的格调近于张若虚的《春江花月夜》，通体亦近于诗词风味。按《中原音韵·小令定格》，此曲未加一个衬字，简捷纯净，工稳平整。这与周德清"文而不文，俗而不俗，要耸观，又耸听，格调高，音律好，衬字无，平仄稳"（《中原音韵·正语·作词起例》）的要求是符合的。散曲发展到元代中后期，诗词味更为浓重，然仍有许多不同，曲并没有完全失去自己的特点。明乎此，对张小山、徐再思等曲家才能理解得更深。

（王星琦）

〔中吕〕普 天 乐

徐再思

西山夕照

晚云收，夕阳挂，一川枫叶，两岸芦花。鸥鹭栖，牛羊下。万顷波光天图画，水晶宫冷浸红霞。凝烟暮景，转晖老树，背影昏鸦。

这支曲是《吴江八景》组曲之第八首，即最末一支曲。它犹如一幅恬淡的风俗画。

曲的前四句一联三字句，一联四字句，每句一景，从天上写到地下。暮云渐收，残阳斜挂。余晖与枫叶相映，火红中透出碧紫；水边的芦花在晚风中轻摇，似仙鹤起舞。晚霞如火，残阳似血；枫叶与芦花相映，红白分明。这色彩该是何等强烈！接下来："鸥鹭栖，牛羊下。"又写了白色的鸥鸟、鹭鸶（或苍鹭），还有黄色的牛（或青黑色的水牛）、白色的羊。用一"栖"字，描写出了鸟雀归巢；着一"下"字，画出了牛羊的归牧。夜色将临，万籁渐寂，山村在晚霞中显得格外富于色彩。至此，一幅山村风俗画已粗略画出。第七八两句："万顷波光天图画，水晶宫冷浸红霞。"对画面再做总体色调处理，以增强其迷离扑朔之意境。前面的"两岸芦花"，已经写了水边，现在放眼湖面，写色彩变幻的粼粼波光，宛若一幅

【普天乐】

天然的画图。"水晶宫"句是写诗人看到晚霞倒映水中引起的联想。五光十色，变幻飘摇的奇妙霞光，是不是会透过水面，洒进龙宫中去呢？若是那样，水晶宫也会因了霞光而变得更辉煌、更温暖。想象自然贴切，生动形象。"冷"字尤巧，因传说中的水晶宫是寒冷的；"浸"字更妙，写出了霞光射进水中的动势。

结尾三句"鼎足对"，可以说是完成画作的细部刻画。"凝烟暮景"，画出了淡淡的、飘忽的暮霭(王勃《滕王阁序》有"烟光凝而暮山紫"，此句化用其意而更加凝练)；"转晖老树"，画出了夕阳的光影在树间的移动，使老树逆光处色彩也随着变幻；"背影昏鸦"，点缀出老鸦背着夕阳，强烈的晚霞为它勾勒出明晰的轮廓，甚至在两翅间镀上明亮的金色(王昌龄《长信秋词》诗云："玉颜不及寒鸦色，犹带朝阳日影来。"说的正是鸦带光色的形象)。总之，结尾三句是用大笔触画过之后的细心点缀，而点缀处恰恰可见作者的匠心。

这首令曲写得空灵奇妙，笔苍墨润，与甜斋其他的写景作品有所不同。首先，色彩格外强烈，一反其以淡泊为主的基本风格；其次，苦心孤诣于细部点缀，使描摹的形象生动传神；最后，也是最重要的一点，是全曲未着一字写人的活动，简直是"不识人间烟火食气"，这与小山散曲有相通之处，然亦同中有异。小山多以幽峭出之，甜斋却有几分"热烈"，其间流露出对生活的热爱和向往之情。枫叶、芦花、鸥鹭、牛羊自不必说，就连老树、寒鸦在曲中也被赋予了新的意义，只要和马致远的〔天净沙〕《秋思》对读，不难看出，甜斋笔下的老树、昏鸦特别美，夕阳为它们增色不少，它们不再是孤寂、凄凉意义的象征了，而是一种美化了的、风情化了的意象。细细咀嚼，是不难体味出这一点的。

没有抽笔去写人，是不是"无我之境"呢？这要具体分析。马致远〔天净沙〕小令写了人，既写游子(断肠人)，又写"人家"；甜斋此曲人在画外，画中既无人家，也无人物。按说写了牛羊，总该有牧童吧，作者也不去写，留待读者去想象。总之作者浓墨重彩画了一幅迷人的太湖流域的风情画，作者的思想和情绪是自然流出的，没有着笔，也不必着笔，我们仍然能从作品的基调中揣摩到作者的内心世界。正是所谓"以物观物，故不知何者为我、何者为物"（王国维《人间词话》）。

（王星琦）

〔中吕〕阳 春 曲

徐再思

皇亭晚泊

水深水浅东西涧，云去云来远近山。秋风征棹钓鱼滩，烟树晚，茅舍两三间。

这是一支小巧而有味的写景令曲，它好似一幅"逸笔草草"的水墨小品。

皇亭，不详位于何处。王季思先生等《元散曲选注》疑"皇"字乃"皋"字之误，形近而讹。皋亭在杭州西北。此说可参考。

首二句，是工整的一联，写的是涧水曲曲折折，百转千回的姿态和云遮雾障，重重叠叠的山峦。水有深浅，山有远近，节奏轻盈跳荡，层次也是很清楚的。山溪时而湍急，时而潺缓，因流过的地形不同，深浅也各异；峰峦千姿万态，近处葱茏，远处黯青，时而被彩云遮断，时而又露出峥嵘气象。"秋风"句写泊在江边所见。船夫逆风划桨，船在水中艰难行进，一个"征"字，写尽船夫躬身用力、桨在水中翻覆的动态，造型力很强。更有远处滩头，垂钓者静静地坐在夕阳下，一竿一蓑，十分悠闲。一句写两个不同的画面，动静相间，对比感强。结尾二句，是写暮色渐浓，树影朦胧，远处两三间茅屋中透出绰绰灯光，夜幕降临了。

【梧叶儿】

作者写的是秋江夜泊，所描景致亦很萧疏，却并不显得伤感，或者说有一点点伤感，也是淡淡的。作者差不多是以欣赏的态度来描画这一幅江边夕照图的，它的意境是孤峭而旷远的，情调颇似元代文人画。

甜斋曲作，以清丽典雅为主要风致，特别是描写男女恋情和闺怨相思的作品，尤为突出。但是，在一些写景作品中，甜斋也不乏犷悍恣肆之笔，这支〔阳春曲〕就写得清奇隽爽，一洗小儿女甜腻腻或病恹恹的风气。它说明甜斋的散曲创作路数宽广，笔调是富于变幻的。此曲首二句"水深水浅东西涧，云去云来远近山"是从白居易"东涧水流西涧水，南山云起北山云"诗句点化而来，由于化得很巧，全无袭用之痕。"茅舍两三间"句，似亦受了辛弃疾"七八个星天外，两三点雨山前，旧时茅店社林边，路转溪桥忽见"（〔西江月〕《夜行黄沙道中》）词意的启迪和影响，只是用得更巧，痕迹几乎泯无可求。白诗辛词意境恰到好处的渗入，为这支曲子总体韵味的奇爽，增饰不少。

〔阳春曲〕又作〔喜春来〕，它短促而错落，要求句句押韵，适于描摹景物。甜斋熟练而轻倩的笔致，在二十九字中充分表现出来。如"烟树晚"之"晚"字，直露中见深涵，平朴中有奇巧，正是所谓"随手之妙"。树何言早晚？那是因为烟（暮霭），实际上是说从树影中可见时序，一字见曲折，又一字点出题意，是很有意味的。

（王星琦）

〔商调〕梧 叶 儿

徐再思

春 思

芳草思南浦，行云梦楚阳，流水恨潇湘。花底春莺燕，钗头

金凤凰，被面绣鸳鸯。是几等儿眠思梦想。

古代诗歌中伤春怀人之作不可胜数，元曲的写法既融会了诗、词的长处，又表现出自己的特色，所以仍能给读者以新意。像这首小令，写一位女子在春天怀念远别的情人，在艺术处理上就颇为别致。

曲的主体部分是两组比兴。第一组比兴是以古比今，或以仙比俗。"芳草思南浦"，是追忆与情人的分别。屈原《九歌·河伯》："子交手兮东行，送美人兮南浦。"江淹《别赋》："春草碧色，春水渌波，送君南浦，伤如之何！"这里女主人公想起与情人南浦分别时芳草连天、碧波荡漾的景色，内心也泛起阵阵涟漪。而首句便用"南浦"之典，也暗示这是一首忆别之词。"行云梦楚阳"是进一步往前，追忆昔日与情人在一起的欢爱。"楚阳"即楚阳台。由于宋玉《高唐赋序》中曾有"旦为朝云，暮为行雨，朝朝暮暮，阳台之下"的描述，后来人们常以"云雨"、"阳台梦"形容男女之间的欢会。这里是女主人公追忆那已经逝去的欢情，当然更加是如梦如烟，虚无缥缈了。"流水恨潇湘"折回眼前，写自己的离别之恨。传说尧曾将自己的两个女儿（娥皇、女英）嫁给舜。舜南巡，死于苍梧之野。二妃溺于湘江，神游洞庭之渊，出入潇湘之浦。李白《远别离》："远别离，古有皇英之二女，乃在洞庭之南，潇湘之浦。海水直下万里深，谁人不言此离苦？"此处用这个典故，说自己的别离之恨也像日夜流淌的潇湘之水一样无穷无尽，这又使曲子染上了一层凄迷的色彩。

第二组比兴是以物比人。女主人公心绪烦闷，于是踱入庭院，想借观赏春景排遣愁怀。眼前桃红柳绿，莺歌燕舞，一派大好春光。但这歌声应答、并翼而飞的莺燕却撩起了女主人公孤独的情思，使她不禁顾影自怜。然而首先映入眼帘的，却是头上斜簪的凤钗，这成双成对、形影相随的凤凰使得女主人公愈加难以为怀。于是她走进卧室，想在恹恹春睡中暂时忘却内心的一切痛苦与愁烦。

【天净沙】

不巧被面上所绣的鸳鸯,红衣绿水,交颈依依,又使她触目生愁。女主人公无可奈何地长叹一声:看来睡梦中也不得安宁,这无休无歇的眠思梦想是何等地令人难堪!

以比兴手法写伤春怀人,在诗词中也是常有的,但像本曲这样六个比兴意象连用,反复加以渲染,并在语言组织上又一连采用两组鼎足对的形式,却体现了曲的特色。另外这两组比兴之间也有差别:第一组取自爱情故事,第二组取自眼前景物;第一组主要是以人之离比己之离,是正比,第二组以物之合比己之分,是反比;第一组的语言通俗中略带雅致,第二组的语言更为通俗。这些地方虽若不经意,但也颇可以见出作者的艺术匠心。

(赵山林)

〔越调〕 **天 净 沙**

徐再思

探 梅

昨朝深雪前村。今宵淡月黄昏。春到南枝几分? 水香冰晕。唤回逋老诗魂。

元人多喜融诗句、诗意入曲。徐再思的这首〔天净沙〕《探梅》正是一例。曲的首句"昨朝深雪前村",出齐己《早梅》诗"前村深雪里,昨夜一枝开"。据《五代史补》记述,齐己曾携所撰诗谒见郑谷,上引第二句诗的后三字原作"数枝开","谷笑谓曰:'数枝,非早;不若一枝,则佳。'齐己矍然,不觉兼三衣叩地膜拜。自是士林以谷为齐己一字之师"。但这里采这两句诗入曲时,意不在写梅花是"数枝开"还是"一枝开",自然就略去了这后三字。曲的次句"今宵淡月黄昏",出林逋《山园小梅》诗中的名句"暗香浮动月黄昏",却略去了前四字。曲的第三句则从韩偓《早玩雪梅有怀亲属》诗"北陆候才变,南枝花已开",及晁端友《马处厚席上探得早梅》"北陆寒犹在,南枝春已归"句化来,而以问语出之。

联系曲题——《探梅》来看,这首曲的前三句都紧扣"探"字,是就"探"字运思立意的。探,在这里虽含有看望意,却是从探寻、探问引申出的。梅而需探寻、探问,自是早梅,所以首句采用的是齐己《早梅》诗,第三句也着眼于早发的南枝。但不管是齐己所写,还是林逋、韩偓、晁端友所写,都是赏梅的句子,都是已见梅花而咏梅花。这三句曲文虽然借用了这些诗句,而经过点化、剪裁、重新组合、巧加连缀,就另成意境,所写的是尚未见梅而动探梅之念。首句之所以只截取齐己诗的前一句和后句的前半句,是因为使曲中人动探梅之念的只是昨朝前村的深雪,至于雪里的梅花是开了"一枝"还是"几枝",有待探而后知。次句之所以只截取林逋诗句的后三字,因为吸引他去探梅的只是那朦胧的月色,而梅花之是否"暗香浮动",也要探而后知,需留到后面去写。这两句合起来,是以昨朝之雪、今宵之月暗中逗引,渲染探梅的环境气氛,从而逼出曲中人对梅花消息、南枝春讯的关注,以"春到南枝几分"这样一个问句透露其"探"梅的意念。

如上述,曲的前三句还没有写到看见了梅花,后两句才写到见梅后的观感。这里对梅花的描写只用了"水香冰晕"四字,却写了花香,写了花姿,也显示了花品,还展示花开的环境是在水边和冰雪里。句中的"水香"二字,即张道洽《梅花》诗"水际寒香迥"句意,又似把上举林逋诗句中的"暗香浮动"之境与其上句"疏影横斜水清浅"之境合起来,写梅花的幽香之在水边、水上飘扬荡漾。"冰晕"二字,则既是写冰雪衬映下梅花的光影,也是写梅花的冰清玉洁的品格。林逋〔霜天晓角〕词"冰清霜洁,昨夜梅花发",苏轼〔西江月〕词"玉骨那愁瘴雾,冰姿自有仙风",朱敦儒〔蓦山溪〕词"冰姿素艳,无意压群芳",也都不仅描绘梅花的形态,还赞美了它的格调和品质。而既然这首曲是探梅之作,不是咏梅之作,就在已用这"水香冰晕"四字对梅花作了高度概括后,不再多事描摹。接下来,收转曲笔,以"唤回逋老诗魂"一句结束了全篇。这一结句写因见梅而触发了创作灵感,也就是杜甫所说的"东阁官梅动诗兴"(《和裴迪登蜀州东亭送客逢早梅相忆见寄》)。句中之提到林逋,是因为林逋爱梅,写有多首咏梅诗,其《梅花》诗中有"吟怀长恨负芳时,为见梅花辄入诗"两句,这里就以他为吟咏梅花的代表人物。

就整首曲而言,如果说它的前三句是在"探梅"的"探"字上着笔,那么,它的后两句的上句是写探而所见,下句是写探而所得。这样,就把《探梅》这个题目写足了。

(陈邦炎)

〔越调〕 凭 阑 人

徐再思

春 情

髻拥春云松玉钗,眉淡秋山羞镜台。海棠开未开,粉郎来未来?

此曲写闺中女的相思情态,细致逼真,生动传神。

晨起妆残,羞对镜盏,闺中人娇娇娜娜,怵怵怛怛。首二句写尽了这女子微妙的心理和神情。"髻拥春云"句,是写睡了一夜之后,一头秀发散乱了,髻偏钗松,急待梳理。髻,即云髻,古代女子挽得很高的一种发髻。曹植《洛神赋》有句："云髻峨峨，修眉联娟。"温庭筠〔菩萨蛮〕亦有"乱云欲渡香腮雪"句。描写女子美丽的面容，总是由头发或眉毛写起，这几乎成了惯例。李后主〔捣练子〕词有"云髻乱，晚妆残"之句；《西厢记·闹简》一折（第三本第二折）〔普天乐〕曲中也写到"晚妆残，乌云軃"之情态。甜斋此处用意与后主词、王实甫曲相近。"眉淡秋山"句写女子的娇憨矜持，尤为真切。你看她顾影自怜，态羞颜赧，那神情如在眼前。"秋山"，亦作"春山"，指眉，有时还写作"眉山"。唐代"十眉图"中有一种"小山眉"，"眉山"的叫法当祖此。温庭筠〔菩萨蛮〕中的"小山重叠金明灭"句，其中"小山"，即指黛眉。这句是说，早晨起来，眉黛淡去，要重新描画了。因发松眉淡，故有羞对镜台之态。这两句语简而意多，含蓄而味厚，是出手不凡的。

后两句平白如话，声吻毕肖，同时，也是描摹人物神情心态的"颊上添毫"之笔。闺中人似在问别人，又像是暗自思忖：海棠花开了没有？有情人也该来了吧？粉郎，指美男子，这里代指闺中人的情人。粉郎是"傅粉何郎"的简文，三国时魏人何晏，字平叔，美姿容，面如玉，魏明帝曹叡疑其经常施粉于面，就在盛夏时赐热汤饼给何晏，何吃得汗流满面，便拂衣揩拭，面色白中透红，更显得美丽。后来，人们便以"傅粉何郎"喻肤白面美的男子。事见《世说新语·容止篇》。结二句似受李清照词句"试问卷帘人，却道'海棠依旧'"（〔如梦令〕）的启发，然却扣在"粉郎来未来"句作结，意味更切全曲情调。结句既写出女子的兴奋和急切，同时也为前面的"羞"字作了注脚。不梳妆打扮，怎好见意中人呢！

小令虽只四句，却活脱脱写出了闺中女子隐秘复杂的神情举止，作者撷取闺中人晨起理妆前的瞬间动作和闪念，寥寥几笔，纯是白描，却能勾神摄魄，艺术技巧是娴熟而高超的。又，依曲牌〔凭阑人〕前两句与后两句必须同韵，每两句又必须平仄相同，因此，四句并非两联，每两句亦不是对仗的。这种格式颇具民歌民谣色彩，与文人诗词大不相同。甜斋曲中的"开未开"、"来未来"，完全是

【凭阑人】

口语化的，美听美情，为曲子平添了生活情趣。甜斋还巧妙利用曲子的格式，前两句求雅趣，后两句取俗味，四句一气呵成，使全曲雅俗共赏，异趣不尽。

（王星琦）

〔越调〕凭 阑 人

徐再思

春 愁

前日春从愁里得，今日春从愁里归。避愁愁不离，问春春不知。

题目是"春愁"。全曲句句绾合"春"、"愁"二字来写，是一首巧具匠心之作。

开头"前日春从愁里得，今日春从愁里归"两句，各嵌以"春"、"愁"二字，使人们产生出春与愁紧紧缠绕在一起的感觉（按：首句之"前日"意指"前些时候"，而非今之所谓"前天"）。也就是说，一方面，整个春天是在愁情中度过的；另一方面，这些愁情却又是因着春天而生的。这就分别从春与愁两个角度写足了题目。结尾"避愁愁不离，问春春不知"两句则既承接上意，又有所发展：上文已言一春之间无好心情，春与愁始终不离须臾，故而此处就再言"避愁愁不离"——这其实也是对于上面两句的一个重申，不过句意的重心已从前两句的春与愁并重，转为了独重"愁"字；而"春"字在此句中已采取一种"暗伏"状态。全句意为："避愁"犹如"避春"那样不可能。曲情到此，似已结束，但紧接而来的"问春春不知"一句，却又陡生妙笔，把读者引入到另一个耐人寻味、启人联想的新的境界中去。这是因为，前文至此，只讲了结果而始终尚未交代出原因——

我们只知道，作者从春天开始到春天结束，一直在愁中挣扎，故曰"避愁愁不离"。但因何而会产生这无可排遣的万种愁情呢？对此，作者没有明说；甚至连他自己都有些弄不清楚。因此就只好"问春"——因为"愁"似乎是伴随着"春"而来的。但妙句更在下三字："春不知"。春天本是自然现象，它当然无法理解人的内心奥秘，因而"回答"只能是"不知"二字。可是，就在这"问春"而"春不知"的五字之中（此句的重心又已移为"春"字），我们却又从反面获得了会意和满意的答案："愁"原来是从"心"而来的！不是吗，"愁"字从"心"，实与春大尤干；不过因着春景的撩拨，促使作者内心深藏着的愁绪勃发为一股浓郁的春愁而已。故而与其求诸外地去问春，还不如求诸内地去反问一下自己的内心世界吧，这才是全曲真正的意蕴所在。

讲到这里，我们不妨联系一首宋词："春归何处？寂寞无行路。若有人知春去处，唤取归来同住。春无踪迹谁知？除非问取黄鹂。百啭无人能解，因风飞过蔷薇。"（黄庭坚〔清平乐〕）此词一开始即提问："春归何处？"以后却一直未作正面回答；但从黄鹂百啭、蔷薇凋落中，我们实际已知了"春光已谢"的答案，妙就妙在似答非答而含意无穷。徐再思这支小令的结语，也同样具有这种空灵、别致之妙趣。而总观全曲，既以"春"、"愁"二字反复联缀叠现，贯穿始终，使曲情的发展呈现出"若纳水輨，如转丸珠"（司空图《诗品》）的流动之势，又以"问春春不知"的委婉方式，巧妙地揭示出作者的内心世界，表现了作者善于结句的本领。据《珊瑚网》载，徐再思曾与宋末元初著名词人张炎有过唱和。张炎论令曲有云："词之难于令曲，如诗之难于绝句，不过十数句，一字一句闲不得。末句最当留意，有有余不尽之意始佳。"（《词源》）徐氏的这首小曲，确实深得小令词的这种妙处。

（杨海明）

〔双调〕沉 醉 东 风

徐再思

春　情

一自多才间阔，几时盼得成合？今日个猛见他门前过。待
唤着怕人瞧科。我这里高唱当时水调歌，要识得声音是我。

这是一曲风趣的情歌，由女子口吻道出，把怀春少女与心上人离隔多日而
骤然相见的情景生动传神地勾勒出来，塑造了一个活泼纯真、热情聪慧的民间
女子形象。

全曲分为四层。一二句是一层，描写阔别的相思。"多才"，是对恋人的称
呼。"间阔"，长时间的离隔。"成合"，即结合。这两句以"一自"与"几时"紧密
呼应，表现女主人公盼望与恋人聚首那种急切难耐、度日如年的心情。三四句
是第二层。"猛见他"的"猛"字，反映出从离别相思到突然相见的意外的惊喜。
但可惜，情郎虽从门前经过，却并未瞧见——也许竟没有留心到自己，所以惊喜
之余又感到不足，甚至焦灼不安。由此直逼出第五句："待唤着怕人瞧科。"她首
先一个冲动是想立刻把他喊住；然而，由传统观念、家庭间阻、世俗偏见与害羞
心理杂糅而成的念头迅即冒出，阻止了已到嘴边的话语，结果，她竟喊不出来。
这里包含着两重转折："待唤着"，是一重；由于怕人瞧见（瞧科，即瞧见，察觉）而
到底不敢作声，又是一重。这短短七个字包容了女子细腻的心理活动，交织着
她的理智与感情的矛盾；同时也曲折地反映出封建礼教压抑人性的严重程度。

最后两句是作品的高潮。我们的女主人公情急智生，紧抓住稍纵即逝的机

会,在一闪念间确定了传情达意的最好方法:高唱一曲!唱当日两情缱绻时自己最喜欢唱、而情哥儿又最爱听的〔水调歌〕(即当时流行的歌曲〔水调歌头〕),好让他辨出自己的声音,了解自己的心意。多么聪明的办法! 姑娘的机智、热情、大胆、纯真,都在这放声歌唱的瞬间得到酣畅的表现。活脱脱地描画出未谙世事、情窦初开的民间少女那自由、率真的恋爱神态,绝没有"上流社会"的绅士淑女们那种"欲说还休"、"未歌先咽"的病态感情。

这首曲子简练明快,不加藻饰,言语肖似人物口吻,在重重转折中把女主人公的心理活动刻画得活灵活现,饶有风趣。

(周锡馥)

〔双调〕蟾 宫 曲

徐再思

江 淹 寺

紫霜毫是是非非,万古虚名,一梦初回。失又何愁,得之何喜,闷也何为? 落日外萧山翠微,小桥边古寺残碑。文藻珠玑,醉墨淋漓,何似班超,投却毛锥①。

江淹,南朝济阳考城(今河南兰考)人,字文通。出身寒微,历仕南朝宋、齐、梁三代。梁时官至金紫光禄大夫,封醴陵侯。他少年时以文章显名,晚年才思衰退,诗文无佳句,世称"江郎才尽"。据他自己说,他在宣城太守任上罢职归家,船泊禅灵寺江畔,夜里梦见一人,自称张景阳,对他说:"从前托付给你一匹锦,现在可以还我了。"江淹从怀里掏出仅有的几尺锦给他。此人怒道:"怎么裁割截取得都快完了!"此后江淹的文思就衰竭了。江淹又曾经宿于冶亭,梦见男子,自称郭璞,对他说:"我有笔留在你这里好多年了,应该还我。"江淹从怀里掏出一支五色笔奉还。从此,江淹作诗,就再也没有好句了。(见《南史·江淹传》)

徐再思的这首小令,借咏叹江淹的身世,感叹文章无用,不如弃文从武。在平缓的语句中,隐寓着深沉的喟叹。

首三句是说,江淹以生花妙笔,作诗撰文,品评古往今来的是非曲直,不过博得个万古虚名,当他在禅灵寺江畔和冶亭的梦里,才明白满腹珠玑,原是假借的身外之物,一旦奉还,顷刻才尽。这似乎是感叹文人聪明才学的不可凭借,但深一层,更是感叹文人凭借文章博取虚名,犹如梦幻泡影。因此,接下来三句,"失又何愁,得之何喜,闷也何为",即就江淹得锦失锦、得笔还笔的故事发挥,说明这种"虚名"的得与失,无需喜,无需愁,更不必要郁闷于怀。

七八句笔锋一转,描写眼前所见之景,在形象的对比中含蕴着作家深邃的思考和感受。萧山,在今杭州以东。翠微,形容缥浮的山气和青葱的山色。意谓夕阳沐浴下的萧山轻淡青葱,从古至今,几无变化,而小桥边的古寺却衰败颓塌,唯余残碑断石。江山依旧,人事皆非,时光流逝,虚名何存?

为什么徐再思对江淹的身世如此关注呢?为什么徐再思如此慨叹古今文人的虚名呢?这无疑是导源于他深沉的现实感受。小令的最后四句即以赋的手法直说明言:即使你文采过人,满腹珠玑,下笔如神,文不加点,还不如像班超那样,投笔从戎呢!东汉时班超曾为官府抄书以奉养母亲,曾投笔喟叹道:"大丈夫没有别的志略,应当仿效傅介子、张骞立功异域以封侯,怎么能长久地从事笔墨工作呢!"于是弃文投军。后来率三十六人出使西域,官至西域都护,封定远侯。(见《后汉书·班超传》)

元代蒙古族入主中原，一直重武轻文，文人的社会地位与宋、金两代相比较，真是一落千丈。徐再思才华横溢，却只能屈身为嘉兴路吏，淹蹇终生，而不能像宋、金时期的文人那样，凭借才学去取青紫、登高位。因此，他对文章无用有着刻骨铭心的感受。这支曲子，借题发挥，既含蕴深邃，又直截明快，道出了一代文人的共同苦衷和牢骚。

全曲以紫霜毫起，以毛锥结，首尾贯通。而同是说笔，一为褒词，一为贬语，表达了作者情感的起伏变化。"失又何愁"三句，分别嵌入"又"、"之"、"也"三个虚词，显得活泼灵动。

（郭英德）

〔注〕 ① 毛锥：指毛笔。

〔双调〕 **蟾 宫 曲**

徐再思

春 情

平生不会相思，才会相思，便害相思。身似浮云，心如飞絮，气若游丝。空一缕余香在此，盼千金游子何之。证候来时，正是何时？灯半昏时，月半明时。

刻画相思的诗文历代何止万千，然贵在自创新意。能用独特的表现手法和表现形式来写出真挚情感的作品便是成功之作。这首曲子在描摹相思之情上可谓入木三分，极富个性，故前人称其"得相思三昧"（《坚瓠壬集》卷三）。

【蟾宫曲】

　　题目为"春情"，显然是写男女的爱慕之意，而全曲描写一位年轻女子的相思之情，读来恻恻动人。"平生不会相思"三句，说明这位少女尚是初恋。情窦初开，才解相思，正切合"春情"的题目。因为是初次尝到爱情的琼浆，所以一旦不见情人，那相思之情便无比深刻和真诚。有人说爱情是苦味的，"才会相思，便害相思"，已道出此中三昧。这三句一气贯注，明白如话，然其中感情的波澜已显然可见。于是下面三句便具体地去形容这位患了相思病的少女的种种神情与心态。作者连用了三个比喻："身似浮云"，状其坐卧不安，游移不定的样子；"心如飞絮"，言其心烦意乱，神志恍惚的心理；"气若游丝"，则刻画她相思成疾，气微力弱。少女的痴情与相思的诚笃就通过这三个句子被形象地表现出来了。"空一缕余香在此"，乃是作者的比喻之词，形容少女孤凄的处境。著一"空"字，便曲尽她空房独守，寂寞冷落的情怀；"一缕余香"四字，若即若离，似实似虚，暗喻少女的情思飘忽不定而绵绵不绝。至"盼千金游子何之"一句才点破了她愁思的真正原因，原来她心之所系，魂牵梦萦的是一位出游在外的高贵男子，少女日夜思念盼望着他。这句与上句对仗成文，不仅词句相偶，而且意思也对应，一说少女而一说游子，一在此而一在彼，然而由于对偶的工巧与意思的连贯，丝毫不觉得人工的雕凿之痕，足可见作者驾驭语言的娴熟。最后四句是一问一答，作为全篇的一个补笔。"证候"是医家用语，犹言病状，因为上文言少女得了相思病，故此处以"证候"指她的多愁善感，入骨相思，也与上文"害"字与"气若游丝"诸句绾合。作者设问：什么时候是少女相思最苦的时刻？那便是夜阑灯昏，月色朦胧之时。这本是情侣们成双作对，欢爱情浓的时刻，然而对于茕独一身的她来说，忧愁与烦恼却爬上了眉尖心头。不可排遣的相思！

　　这首曲子的脉络很清晰，全曲分为四个层次：首三句说少女陷入了不能自拔的相思之病；次三句极言少女处于相思中的病态心理与神情举止；后二句则点出少女害相思病的原因；最后宕开一笔，以既形象又含蓄的笔墨逗露出少女心中所思。全曲一气流走,平易简朴而不失风韵,自然天成而曲折尽致,极尽相思之状。

这首曲子语言上的一个特色便是首三句都押了同一个"思"字,末四句则同押了一个"时"字,不忌重复,信手写去,却有一种出自天籁的真味。这正是曲子不同于诗词的地方,曲不忌俗,也不忌犯,而贵在明白率真,得天然之趣,也就是曲家所谓的"本色"。

(王镇远)

〔双调〕 清 江 引

徐再思

相　　思

相思有如少债的,每日相催逼。常挑着一担愁,准不了三分利。这本钱见他时才算得。

徐再思这首小令与他的〔蟾宫曲〕《春情》一样,都是写相思之苦。两支曲子写法迥异,但都能穷形尽相地道出相思人的苦楚,故后人曾将二曲并比,同称"得相思三昧"(《坚瓠壬集》卷三)。

〔清江引〕曲子短小,仅五句,五句之中,如何能将相思写透? 作者别出心裁地以放债喻相思,集中笔力写负债人之苦,如此,相思之苦也就具体而易感了。

"相思有如少债的,每日相催逼",说相思之苦如债务,日日催人逼人折磨人,令人无法躲闪。只两句,便将那时时萦系于心、无法逃避的思念之苦,极为

【清江引】

真切形象地道了出来。下面两句写相思者的精神状态："常挑着一担愁"，"一担"即满担；如果说前面写"逼得紧"，这句则说"压得重"。愁思沉重，如重担在肩，而这担又是卸不下的。这是比中之比，将无形之愁具体化，同样是生动贴切的。"准不了三分利"，"准"即抵，偿还。"三分利"，可以两解：一是三分的利息；一是利息的三分。两解中似应取后者，此句的意思便是说连利钱的三分也无法偿还，既如此，则自然会利上加利，债务日见沉重了。这又暗中道出了相思之苦随离别时日增加而不断加剧的感受。既然利息的三分尚且无法偿还，那么，"本钱"何时才能偿清呢？于是曲子最后说："这本钱见他时才算得。""见他时"，即见到所思念的人儿时，这就又回到相思来，说只有情人聚首，上面所说的苦楚才能彻底消除。此句写得饶有趣味，前面极写相思债本利都无法偿清，结句突然又说只要见到"他"，"本钱"便可"算得"。曲中女子一往情深，不可解脱而又急切之态描绘得惟妙惟肖。

　　元代的高利贷剥削特别凶狠，《元史·太宗纪》云："以官民贷回鹘金偿官者，岁加倍，名羊羔息，其害为甚。"可见在元代欠债是何其苦楚，由此又可知曲中所喻相思具有何其深沉的情感分量。作者以当时司空见惯的债务喻相思，不仅生动真切，而且也使曲子更为通俗，充满世俗生活的气息。这对散曲这种俗文学形式，是很相宜的。以放债喻相思并不始于徐甜斋，关汉卿一首〔沉醉东风〕即有"本利对相思若不还，则告与那能索债愁眉泪眼"句。而甜斋此处将本、利分说，显得一波三折，更见风趣。

　　这首小令还有一特点：语言质朴本色，不假词藻，不用典故。但却浅中见含蓄，俗中见机巧，这是其高明之处。

（田守真）

〔双调〕水 仙 子

徐再思

夜 雨

一声梧叶一声秋。一点芭蕉一点愁。三更归梦三更后。落
灯花棋未收，叹新丰逆旅淹留。枕上十年事，江南二老忧，
都到心头。

客中夜雨，倍添离人惆怅；夜半梦回，更令百感交集。这首曲子就写了诗人
这样的境遇与心情。类似的主题在传统诗歌中是常见的，陈与义就有过"客思
雨中深"（《雨思》）的句子，然而徐再思的这首曲子却用了极流利的语言将旅人
羁思表现得淋漓尽致，读来别具风韵。

诗歌的生命在于联想，而联想又是与传统密切相关的，正如依依的杨柳令
人伤别，南归的雁阵勾起乡情一样，在中国文人的心中，雨则常常同芭蕉、梧桐
联结在一起。我们读"一声梧叶一声秋"时，自然会想起李清照"梧桐更兼细雨，
到黄昏，点点滴滴。这次第，怎一个愁字了得"（〔声声慢〕）的词句；再想开去，便
是温庭筠的"梧桐树，三更雨，不道离情正苦，一叶叶，一声声，空阶滴到明"；
（〔更漏子〕）甚至可追溯到白居易的"秋雨梧桐叶落时"。那么这句中的"秋"字
就应作"愁"字解了。同样，"一点芭蕉一点愁"就令人想起了李商隐的名句"芭
蕉不展丁香结，同向春风各自愁"（《代赠》），杜牧的"一夜不眠孤客耳，主人窗外
有芭蕉"（《咏雨》），李煜的"秋风多，雨如和，帘外芭蕉三两窠，夜长人奈何！"

【水仙子】

《长相思》）以及林逋的"此夜芭蕉雨，何人枕上闻"（《宿洞霄宫》），由此，芭蕉也同愁和雨联在一起了。借助于联想，开头两句便造成了一种孤寂惆怅的气氛。"三更归梦三更后"一句点明了诗人愁肠百结、夜不能寐的心理状态。三更正是午夜，午夜梦醒，辗转枕上，是因为绵绵的相思、悠悠的乡情，还是莫可名状的悲哀？

梦回初醒，见到的只是一烛残灯与凌乱的棋枰，于是想到自己身处异乡，为天涯飘零之客，所以紧接着一句说"叹新丰逆旅淹留"。这两句为一整体，写从梦中回到现实。梦醒后首先见到的自然是灯光，由灯光而看到棋局，由棋局而想到自身的处境，完全是真实的感受，然而从那纷纷落下的灯芯余烬及散乱的棋局中，暗暗透出了作者客中百无聊赖的情怀。新丰在今陕西临潼县东北，汉高祖得天下后，将父亲接到京中，然而太上皇思乡心切，遂按丰县的街道格式改筑骊邑，并迁来丰民，故称新丰，此后，新丰也便成了触发乡思的地方。唐人马周未发迹时，曾旅宿新丰，受到店主冷遇。这里作者暗用其事，未必真的旅居新丰，只是借此抒发羁思客愁、备受冷落的情怀。

雨夜梦醒，勾起作者无限愁思，酸甜苦辣一时俱上心头，思量平生悲欢成败的经历，作者心潮起伏，再也不能入睡。"十年"只是举成数而已，泛指他一生的萍飘蓬转与离愁别绪。"江南二老"是指自己遥在家乡的双亲，因久客不归，使父母担忧。这里用了传统诗词中从对面落笔的手法，不写自己如何思念双亲，而写二老为游子忧愁，遂令文意更加婉曲，读来令人回肠荡气。"都到心头"四字戛然而止，含无限悲慨。"枕上"三句具体写了作者的心理活动，着墨不多，却已道尽客中孤怀与平生浪迹四方，郁郁不得志的愁苦。

全曲语言朴实，自然流走，而感情深挚，警策动人，故明王世贞《艺苑卮言》中称此为"情中紧语"。

（王镇远）

〔双调〕 水 仙 子

徐再思

春 情

九分恩爱九分忧,两处相思两处愁,十年迤逗十年受。几遍成几遍休,半点事半点惭羞。三秋恨三秋感旧,三春怨三春病酒,一世害一世风流。

这是一支闺怨令曲。或有人以为它是一个弃妇的怨艾之词,似亦可通。关键是"几遍成几遍休"句,说明爱情反反复复。其实也可以将这种反复看成外力的阻隔和干扰,如同《西厢记》中老夫人的"赖婚"、郑恒的插足,甚至男女双方的误会性冲突和自我内心矛盾斗争等等。

前三句看上去像是"鼎足对",但对仗和平仄都不严格,数量词的重复和句句用韵,使得语气喃喃,近于絮叨,颇似小儿女声吻。"九分恩爱"句,极言爱之愈深,思之愈切。忧,未必理解成担忧对方变心,不过是一种忧思,是说相思伴着苦涩;九,也不能理解为确数,古人以九喻多,是说恩爱之深、相思之甚。"两处相思两处愁",说明男女双方情笃意厚,互相思念,两处离愁,心情是一样的。"十年迤逗十年受",是说两个人从初恋定情到现在已是十年了,十年中饱尝了爱的苦痛,相思的熬煎。迤逗,即挑逗,这里指对方向曲中人倾吐爱情,表达心曲。"受",指生受,也就是承受相思的缠绕。

"几遍成几遍休"二句,是回忆起爱情曾经受到过挫折,出现过反复,每每想

【水仙子】

起这些,都觉得十分惭愧。原因种种,好事多磨,想到彼此曾有过误会,曾错怪过对方,不禁悔恨交加。"半点事"句犹言"没有一样事不叫人惭愧",强调的是样样皆是,句式比较特殊。至此,一个多愁善感而又矜持执拗的女性形象大致勾画出来了。她与情人的爱恋是经过一个很长的过程的,她或许像崔莺莺一样,使过小性,"拿过班儿",甚至设法试探过情人是否用情专一,始终不渝。正是回忆起这些,她才感到"惭羞"的,于是,便更加怜爱和思念他。

结三句关键是要搞清楚"恨"、"怨"、"害"三字的含义。"恨",是遗憾,即恨不能与情人相会。思念而又不能聚首,只好怀念旧日两情相洽时候的往事了。愈是思念,愈是怀念旧情,因此说"三秋恨三秋感旧"。"三秋",或指秋天的最后一个月,即农历九月,或指整个秋天的三个月。此处用意较泛,似以后一种解释为妥。秋天,自古以来就是惹人伤情的季节,秋凉寂寥,油然而生感旧怀人的情绪,是很自然的事。"三春"也一样,泛指春天,不惟指季春三月,整个春天里都是春情难遣,怀人幽怨,凭酒浇愁,恹恹病生。病因原不在酒,而在乎人,一个人思念意中人,酒是无力相助的。这里的"怨",是幽闺之春怨,如将"恨"、"怨"从字面理解,说成是恨怨抛弃她的负心汉,可以讲通,却过于直露了,甜斋曲有直露率真的,然这一首还是比较含蓄的。由秋到春,再由春到秋,无数个春花秋月,周而复始,遂逼出结句:"一世害一世风流。"这女子的一声叹喟,似在说,一辈子风流多情,才为苦思苦念所缠绕,有什么法子呢!"害风流"不是为风流所害,谴责负心男子,而是说自己就是这么个性格,有无可奈何的意味。"害"在口语中有"得"或"生"的意义。如说害相思,不能说为相思所害。这里有生来风流的意思。

此曲艺术上最突出的特点是声吻毕肖,全然是一个怨妇内心微妙感情的自然流露,通首数量词的反复叠用,既增强了语气感和真实感,又使节奏上起伏跳荡,酷似女子喋喋不休的倾诉。甜斋对〔水仙子〕曲运用自如,他的一首《夜雨》

巧妙利用了曲牌韵律上的特点,写得生动自然,一向为曲论家们所看重,周德清《中原音韵》就将它作为"小令定格"的范例。不过周氏忒拘于韵律,谓其平仄不称,只赞赏其"语好"。此《春情》曲,后三句多加衬字,平仄亦有不称处,但总体读来,却是妙趣横生的,"语好"自不待言,韵律上也有大胆突破,是值得称道的。至于将曲意理解成弃妇倾诉或幽闺怀人,都是可以的,如若扣住标题,按后者理解似更恰切些。

(王星琦)

〔双调〕殿前欢

徐再思

观音山眠松

老苍龙,避乖高卧此山中。岁寒心不肯为梁栋,翠蜿蜒俯仰相从。秦皇旧日封,靖节何年种,丁固当时梦?半溪明月,一枕清风。

观音山,广州、昆明、南京、扬州皆有之。然前三处均命名于明洪武之后,唯扬州一处较早,在扬州西北蜀冈东峰,宋称摘星寺;元至元年间复开山建寺,山因寺内供观音像而得名。故本篇所写,当指扬州之观音山。眠松,即倒卧之松树。借隐卧山中一棵饱经沧桑,以风月为伴的老松为喻,赞颂隐士超尘拔俗,不与世俗同流合污的高洁情操和淡泊情怀。

首四句写老松卧山的原因。把松柏比作苍龙,前人诗中常见,如孟郊《品松

诗》:"袅袅一线龙";李山甫《松》:"地耸苍龙势抱云,天教青共众材分";苏轼《柏
石图》:"苍龙转玉骨,黑虎抱金桅。"龙为古代"四灵"之一,以龙喻松,为突出其
非凡之质。"老",写其年岁久远;"苍",状其苍劲长青;"乖",乖迕抵触;云这棵
苍劲不凡的老松,生性与世乖迕,为避祸乱,故远离红尘而高卧此山之中。"高
卧",既紧扣"眠松"之卧态,又切合蛰龙冬卧之特征,(朱熹诗:"君看蛰龙卧三
冬,头角不与蛇争雄。")且令人联想到东山高卧的谢安,隆中高卧的孔明等隐士
风度。以龙喻松,复以松拟人,修辞堪称警策。"避乖"写其个性,"高卧"状其风
度,写龙写松写人,妙在精炼而一语三关。"岁寒心"写松之凌霜耐寒特性,以喻
隐士冰清玉洁威武不屈的操守;典出《论语·子罕》:"岁寒然后知松柏之后雕
也。""不肯为梁栋",以其宁卧深山,不愿去做宫殿大厦之梁柱,喻隐士不肯摧眉
折腰,不愿去作报效人主的忠臣。试看作者在〔红锦袍〕中诅咒官场是"狼虎
穴",盛赞陶潜"觑功名如梦蝶,五斗米腰懒折"以及对严光、范蠡、张良等人及时
"归去"的歌颂,便知其厌恶功名,粪土王侯的思想原是一以贯之的。"翠蜿蜒",
指曲折缠绕松树上的青翠藤蔓。《诗·小雅·頍弁》:"茑与女萝,施于松柏。"
"俯仰",形容翠藤绕松枝或上或下之状。古诗中常以藤萝绕树喻夫妻和好。如
《玉台新咏·古诗》:"与君为新婚,菟丝附女萝。"此处隐喻隐士与妻子山中淡泊
相守,相依为命。这比起"右抱琴书,左携妻子,无半纸功名,躲万丈风波"(曾瑞
《自序》套),"守着俺山妻稚子,喂养些牛畜驴骡"(薛昂夫《高隐》套)等同类意思
的直说明言,更含蓄有味。

　　"秦皇旧日封"三句,用三个与松有关的典故,揣想这棵苍松的年代久远,经
历不凡,用以象征诗人是纵观历史兴亡,饱经人世沧桑之后,才悟出了人生真
谛,选择了归隐之途的。《史记·秦始皇本纪》:"二十八年,乃上泰山,立石封祠
祀。下,风雨暴至,休于树下,因封其树为五大夫。"靖节:指陶渊明,世号靖节
先生。其《归去来辞》有"三径就荒,松菊犹存"。丁固:三国吴人,字子贱。《吴

书》载：固为尚书时，曾梦松树生其腹上，对人说："松字十八公也，后十八岁，吾其为公乎！"后果然位至三公（大司徒）。三句鼎足对仗工稳，又皆以疑问语气出之，活画出诗人仿佛徘徊树下揣测苍松年龄的情态声吻。

结尾两句，写苍松与清风明月为伴的幽雅环境，象征隐士在大自然怀抱中超尘拔俗和婆娑潇洒的乐趣。听溪水潺潺，万壑生风；看山中明月，林间泻影。诗人置身此境，想必也定会心凝神释、与万化冥合，物我融一了吧！且清风明月，诚如东坡所云"取之不尽，用之不竭，是造物者之无藏也，而吾与子之所共适"。

前人咏物诗中写松者，难以胜计，或喻蛰居待时，将为栋梁，如柳宗元《孤松》："犹有半心存，时将承雨露。"李商隐《题小松》："一年几度荣枯事，百尺方资柱石功。"或比怀才不遇以发感愤，如左思《咏史》："以彼径寸茎，荫此百尺条"。白居易《涧底松》："天子明堂欠梁木，此求彼有两不知。"即或赞其孤高耿介，超尘拔俗者，如陶潜《饮酒》："凝霜殄异类，卓然见高枝"；王维《新秦岭松树歌》："为君颜色高且闲，亭亭迥出浮云间。"也均未达到本篇公然宣称"岁寒心不肯为梁栋"这等傲岸决绝的态度，这正是元人特有的心声。从形象描写上看，前人咏松多取其"郁郁"、"亭亭"、"孤直"、"挺拔"之态，而本篇偏取"眠松"、"高卧"之态，故在立意上使人耳目一新。又通篇句句写松，而句句拟人，物我浑然难分，亦深得咏物三昧。至其用典显豁而富于机趣，语言清丽而含蓄凝练，固不待赘言了。

（熊 笃）

孙周卿

古邠（今陕西彬县）人。孙楷第《元曲家考略》谓其为古汴（今河南开封）人，曾流寓湖南。散曲今存有小令二十三首。

【蟾宫曲】

〔双调〕蟾 宫 曲

孙周卿

自 乐

草团标正对山凹。山竹炊粳,山水煎茶。山芋山薯,山葱山韭,山果山花。山溜响冰敲月牙,扫山云惊散林鸦。山色元佳,山景堪夸,山外晴霞,山下人家。

孙周卿生平不详。据《太平乐府》说,他是古邠(故地在今陕西彬县)人。从现存的二十三首小令来看,他大约是仕途不得意,遂弃绝功名,在山中过着隐居生活。本篇所表现的,正是山林隐居的闲适情趣。

偌大山林,从何处落笔?或者说,选择哪一点作为摄取周围景物的视点?为此,作者起笔便写道:"草团标正对山凹。"这座背倚青山、面对山凹的圆形茅屋,正是诗人每日交接山间清风明月的出发点,也是诗人安身立命的所在。既然是山居,物质条件当然比不上通衢闹市,华堂高阁,但诗人认为其中自有一番真乐趣。从饮食方面来说,有取之不尽的山竹可以炊饭,有清洌甘醇的泉水可以煎茶,而且这饭,用的不是陈仓老米,而是刚刚收获的新谷,所以格外香气诱人;这茶,也不是等闲之物,而是层峦叠嶂之间朝云暮霭滋润而成的云雾茶,即被称为"云腴"的珍品。有这样的饮食,诗人觉得是一种极大的享受。正如他在另一组小令中所自夸的:"野菜炊香饭,云腴涨雪瓯,傲煞王侯。"(〔水仙子〕《山居自乐》)茶香饭甜,已是一乐,更何况还有"山芋山薯,山葱山韭,山果山花"。

这些物品，除自己享用以外，如果用以招待偶然来访的亲友，所谓"亲眷至煨香芋，宾朋来煮嫩茶"（同上），那真是洋溢着温馨的人情味，相比之下，绮屋华筵之上的金尊美酒、玉盘珍馐也显得淡而无味，有什么可以羡慕的呢！

"山果山花"一句，"山果"可供食用，"山花"可供观赏，因此下文便由饮食之乐转入景物之乐的描写。山间景物之所以使诗人感到心旷神怡，主要因为深山之中弥漫着一种恬静的气氛，使人产生远离城市喧嚣、跳出尘海风波的安宁感，因此"静"便成了诗人笔下的山的主要特征。"山溜"句写山间泉水叮咚作响，犹如冰敲月牙一般。古人常以"敲冰戛玉"形容乐声的清脆，这里诗人更发奇想，设想以透明的冰杖去敲击那玉一般晶莹的月亮（李白不是把月亮比作"白玉盘"吗），其声响该是何等铿锵悦耳。这里联想的思路是：冰玉叩击有声，冰玉晶莹，月亮如冰玉一般晶莹，月亮也应如冰玉一般叩击有声。在这里，视觉与听觉是相通的，可以说是一种通感。这句是通过泉水的响声反衬山间的静谧。"扫山云"句仍是写山间的宁静，但角度又有转换。唐权德舆诗有"石磴扫春云"之句，刘乙诗有"扫石云随帚"之句，这里诗人大约也在清扫石磴，因为云气氤氲，所以扫磴犹如扫云一般。清扫石磴的声音本来是不大的，但居然惊得林鸦四散飞起，可见这山谷之间是何等空寂幽深。而林鸦飞起时那"扑腾腾"的振翅声，更反衬出空山幽壑之间的静谧气氛。王维《鸟鸣涧》有云："月出惊山鸟，时鸣春涧中。"此句真有异曲同工之妙。

末四句总写山景，收束全篇。作者仰观山外晴霞，指点山下遥遥在望的房舍田畴，全身心沉浸在这如诗如画的大好山色里。

这首小令每句都有"山"字，属于曲之俳体中的"嵌字体"。作者的安排颇具匠心，词语的组合极其自然，恰到好处地抒写出作者爱山恋山、怡然自乐的心情。"山"字的位置有在句中，有在句首，有单独使用，也有重复使用，整齐中见出参差，毫无板滞之感。

（赵山林）

[作者小传] 顾德润

字君泽（一作均泽），道号九山（一作九仙），松江（今属上海）人。曾任杭州路吏。曾自刊《九山乐府》、《诗隐》二集售于市肆。现存小令八首，套数二套。

〔南吕〕骂玉郎过感皇恩采茶歌

顾德润

述 怀

蛛丝满甑尘生釜，浩然气尚吞吴。并州每恨无亲故。三匝乌，千里驹，中原鹿。走遍长途，反下乔木。若立朝班，乘骢马，驾高车。常怀卞玉，敢引辛裾。羞归去，休进取，任揶揄。暗投珠，叹无鱼。十年窗下万言书。欲赋生来惊人语，必须苦下死工夫。

　　顾德润字君泽，号九山，松江（今属上海市）人。一生仕途不得志，仅做过杭州路吏等低级官吏，并曾自刊《九山乐府》、《诗隐》二集，售于市肆。其友朱晞颜《顾君泽真赞》称他是一位"漫仕犹隐"的"隐吏"，"谑浪笑傲睨世而不废啸歌者"。他的这种性格在这首"述怀"的带过曲里得到了生动的体现。

　　首句用《后汉书·范冉传》的典故。冉字史云，曾授莱芜长，不就。"推鹿车，载妻子"，"所止单陋，有时粮粒尽，穷居自苦，言貌无改，闾里歌之曰：'甑中生尘范史云，釜中生鱼范莱芜。'"这里引范冉自比，不仅活画出自己经济上的拮据景况，而且表现出自己不以贫贱移其志的傲岸性格，所以下面再补足一句：

"浩然气尚吞吴。"这里浩然之气，就是孟子称颂的那种至大至刚、塞于天地之间的正气；"吞吴"借用杜甫《八阵图》诗中"江流石不转，遗恨失吞吴"的字面，极言其气之盛。像许多古人一样，作者为人正直而终不免于贫贱，迫于家庭生计，不得不流落外乡为吏。"并州每恨无亲故"，化用唐刘皂"客舍并州已十霜，归心日夜忆咸阳。无端更渡桑干水，却望并州是故乡"（《旅次朔方》）诗意，抒发自己游宦思乡之情。作者自负有千里马之才，却没有伯乐可以赏识他，于是只有像范冉一样，推鹿车，载妻子，奔走道途，但结果仍如"绕树三匝"的乌鹊一样"无枝可依"。这里化用曹操《短歌行》中的诗句，用来表现贤才漂泊不得其所的处境和心情，十分契合。

风尘仆仆、四处奔波的结果，岂止是不得其所而已，简直是每况愈下。人们通常的愿望是"出自幽谷，迁于乔木"（《诗·小雅·伐木》），现在的结果是"反下乔木"，怎能不令诗人愤慨不已！楚人卞和曾为献玉两遭刖刑，如今诗人不也是怀才不遇吗？诗人具有三国时辛毗引魏文帝衣裾犯颜直谏的勇气，可是长期屈沉下僚，这一切又有什么用处呢？在这种处境下，诗人的心情是十分复杂的：一方面"羞归去"，为生计所迫，不能像陶渊明那样辞官归田，不得不混迹于"吏"；另一方面"休进取"，严酷的现实使自己的理想归于幻灭，自己不再企望在政治上有所进取，只得将精神寄托于"隐"。这两方面结合起来，就构成自己作一名"隐吏"的人生态度。这种进退维谷、左右为难的处境，势必会引起许多人的误解，那也只有听凭他们去说短道长了。

外人的揶揄可以漠然置之，内心的煎熬和痛苦却是使人难以忍受的。诗人也曾受尽十年寒窗之苦，并耗费大量心血起草那呈给皇帝的万言长策，但"万言不值一杯水"（李白《答王十二寒夜独酌有怀》），到如今只能感叹明珠暗投，像孟尝君的门客冯谖一样弹铗而歌："长铗归来乎，食无鱼！"自己为什么不能一鸣惊人，为当政者所赏识呢？诗人说：不怨天，不尤人，只怪自己还没有苦下死工夫。在中国古代知识分子中,兀兀穷年,皓首攻经者大有人在,但大多是一生蹉跎,抱恨终天,"十年窗下无人问,一举成名天下闻"的能有几人? 看来,诗人对这条道路是不抱什么幻想了。所以才吐出了这番自嘲之语,激愤之辞。这不仅是一位失意士子牢骚愤懑的流露,也是对那贤愚颠倒、美丑不分的不合理社会的控诉。

(赵山林)

〔越调〕黄蔷薇带庆元贞

顾德润

御水流红叶

步秋香径晚,怨翠阁衾寒。笑把霜枫叶拣,写罢衷情兴懒。
几年月冷倚阑干,半生花落盼天颜①,九重云锁隔巫山②。
休看! 作等闲,好去到人间。

据唐范摅《云溪友议》卷十记载:唐宣宗时,舍人卢渥偶从御沟中拾到一片题有一首绝句的红叶,就把它藏在箱子里。后来宣宗放宫女外嫁,卢渥也得配一人,成婚后,其妻在箱中发现红叶,惊讶不已,卢渥方知她就是那个在红叶上题诗的宫女。红叶诗云:"流水何太急,深宫尽日闲。殷勤谢红叶,好去到人间。"表现了深宫女子对世间情爱的渴望和追求。后来"红叶题诗"就成了闺怨的典故。此曲即化用这个典故,来抒写多年科场失意的"衷情"。

开首〔黄蔷薇〕四句,表面上是描述宫女在红叶上题诗的情景,实际上是写一个失意文人假"红叶题诗"之事来寄托自己的感情：深秋夜晚，天寒被冷，心情哀怨，不能成眠，他独自在花园的曲径上徘徊；几乎是无意间，他拣起地上的枫叶，随手把玩，忽有所悟，于是就题诗叶上，倾诉胸中淤积的苦衷；当苦衷写罢，心境已趋平静，对科举功名也心灰意冷了。花径徘徊是由于心中有哀怨，"怨翠阁衾寒"的实质是怨恨功名难就。"笑"字是自我解嘲，并非真的是寄希望于红叶题诗，只不过假托情怀、聊以自慰罢了。"写罢衷情兴懒"一句，领起后面一支小令的全部内容。

〔庆元贞〕前三句明写宫女的情思，暗写失意文人的哀怨。"几年月冷倚阑干"，既是写寂寞宫女望月思爱的心迹，也是写失意文人望月兴叹之情态，借巴望蟾宫折桂之意，传多年科场落第之哀。"半生花落盼天颜"，既是写宫女盼君王幸临宠爱，也是写文人盼君王笑脸开恩；可惜青春已过，年华虚度，科场落魄，仕途渺茫，龙颜却始终未开！"九重云锁隔巫山"句，则是借用巫山神女为楚王荐枕的典故，表面上抒写宫女哀怨君王难幸，实际上是喻意科场功名的可望而不可及。三句中的"冷"字、"落"字、"锁"字，浸透着无限怨恨、绝望的感情。绝望是思想转化的枢纽。因而接下来心情发生了重大转折："休看！作等闲，好去到人间。"多年的热望落了空，半生的心血付东流，迫使他不能不对功名富贵心灰意冷，不得不采取"等闲"处之的态度。"好去到人间"，直取红叶诗句，原意是将"人间"与"深宫"相对，体现宫女对民间男女情爱的追慕；此处是将"人间"与"冷月"、"天颜"、"巫山"相对，既漠视了科场，又摒弃了仕途，也不相信仙境，表达了这位失意文人决绝仕途功名、退隐民间的心愿和超脱旷达的胸怀。苏轼词〔水调歌头〕："我欲乘风归去，又恐琼楼玉宇，高处不胜寒。起舞弄清影，何似在人间！"此曲暗渡东坡词意，言外之旨是说，蟾宫折桂、宦途显达、神机仙缘都不过是"琼楼玉宇"，"高处不胜寒"，哪里比得上随俗人间、浪迹江湖来得清心适意、自在消闲！

【清江引】

　　此带过曲将两支小令绾联一体,衔接、过渡十分自然。前者叙事,勾画主人公的处境和举动,最后以"衷情兴懒"四字承上启下;后者抒情,披露主人公的内心世界,"几年"三句诉"衷情","休看"三句写"兴懒",应照谨严。全曲以"红叶题诗"故事的结撰机杼,落笔在宫女,寄意在文人,寓科场失意之恨于情思闺怨之中,情意开阔而表达娓婉。这一整体构思,不仅体现了诗文内容与词曲本色的巧妙结合,而且使全曲字句多具双重内涵,"目送归鸿,手挥五弦"(嵇康《赠秀才入军十九首》),神在彼而形在此,品味起来确有令人难以穷尽之感。

(陶型传)

〔注〕　①　天颜:旧称帝王的容颜。　②　巫山:据宋玉《高唐赋》序所记,楚怀王游高唐,梦巫山神女荐枕,神女"旦为朝云,暮为行雨"。后人遂以"巫山云雨"为典,抒写男女之情。

【作者小传】

曹德

字明善。曾任衢州路吏。顺帝时曾作〔清江引〕二首以讽伯颜。遂遭缉捕,出避吴中。数年后伯颜事败,方返大都。与薛昂夫、任昱有唱和。所作散曲华丽自然。《全元散曲》录存其小令十八首。

〔双调〕清　江　引

曹　德

　　长门柳丝千万结,风起花如雪。离别复离别,攀折更攀折,苦无多旧时枝叶也。

长门柳丝千万缕,总是伤心树。行人折嫩条,燕子衔轻絮,都不由凤城春做主。

"双调",元曲十二宫调之一。〔清江引〕是属于"双调"的曲牌之一,又叫〔岷江绿〕和〔江儿水〕。曹德,字明善,元朝中后期散曲作者。钟嗣成《录鬼簿》中说他做过"衢州路吏,甘于自适,乐府华丽自然,不在小山之下"。可见他当时颇负盛名。古代诗人,往往用花木来暗喻人事。两首〔清江引〕就被认为是这类作品。元末陶宗仪在所著《辍耕录》中记载了曹德作《清江引》的本事,认为是伯颜专权,擅杀郯王彻彻都、高昌王帖木儿不花,曹德写二曲张贴于五门以讽之。本事似有根据而记录不全,往往导致误解。考《元史》有传之伯颜有三,此为元顺帝时的伯颜,他拥戴顺帝有功,皇后伯牙吾氏之亲属忌伯颜专权,发生内争。伯颜尽杀皇后党羽,幽皇后于冷宫,不久加以暗杀。《元史》纪传各有明文可按,《清江引》二曲,显然为皇后被幽被杀而作,不单指伯颜杀彻彻都等人。

我国古人在离别时常有折柳送行表示情意绵绵的习惯,而且很早就创造了《折杨柳》一类曲子,但很少有人对柳条被损表示惋惜。曹德别开生面,同情杨柳被折,以"长门柳"暗喻被幽于冷宫之皇后,以糟蹋杨柳的"行人"、"燕子"暗喻伯颜一伙,以"凤城春"暗喻元顺帝,但也相当露骨,一见即可测知。伯颜图形捉拿曹德,不是没有原因的。

第一支曲子点出所写之柳,是"长门"之柳,长门为汉代冷宫之名,相传汉武帝时,陈皇后失宠,被送往长门宫。"长门"之柳不是章台之柳,也不是灞桥之柳,不能任人攀折,而今居然被人"攀折复攀折"了,这不就是《元史》卷三十八至元元年(1335)六月,"伯颜执皇后伯牙吾氏幽于别所"这一记载的注脚吗?"苦无多旧时枝叶也",和皇后一家被伯颜杀掉一事联系起来,也是可以令人信服的。

第二支曲子着重点出"长门柳"是"伤心树",因为"凤城春"都不能替她"做主"而任人糟蹋了。"凤城"通常指天子所居的宫城,如沈佺期《古意呈补阙乔知之诗》有:"丹凤城南秋夜长。""凤城"里的"春"应当是一切花木的主宰,一向用来比喻天子。而今,"凤城春"竟不能替杨柳"做主"了,她哪得不成为"伤心树"呢?考之《元史》,这位皇后被"执"时向顺帝求救,大呼"陛下救我"!顺帝无可奈何地顺着伯颜的口气回答说:"汝兄弟为逆,岂能相救耶!"(《元史》卷一三八"唐其势传")这不是"都不由凤城春做主"的注脚吗?

伯颜对皇后集团的迫害,本来是元朝统治集团的内部斗争。但伯颜这个人曾经主张杀尽汉人中的张、王、刘、李、赵各大姓,与各族人为敌。曹德借皇后被杀事件来讽刺伯颜,是符合各族人民愿望的。中国古代文学中有用花木来暗喻人事的传统,但必须有事实可证,这两首〔清江引〕与人事有关,有元末人陶宗仪的记载可证。只是关于被害的对象记载不全面,但以"长门"、"凤城春"字样与《元史》相对照,都说得过去,不妨认定。

凡属以物比人的这类暗喻,必须语意双关,才能给人以艺术享受,不致成为"索隐"式的图解。〔清江引〕一开口就用了"长门"这个后妃专用的典故,使读者产生联想,而"柳丝千万结,风起花如雪"两句,又使人感到柳絮的随风飘散,和"长门"中人命运相似。"攀折复攀折"、"旧时枝叶"不多,又使人联想到"长门"中人的孤立无援。后曲使用的"伤心树"三字,语出《战国策·秦三》"木实繁者披其枝、披其枝者伤其心"。披,即裂折;而"枝"则常喻外戚,如《史记·灌夫传》:"此所谓枝大于本,胫大于股,不折必披。"为何"伤心"呢?因为"凤城春"不能给她"做主",只好听任"行人"的折枝,"燕子"的衔絮,这也容易使读者联想到皇后的命运。即使抛开政治不谈,所咏仍然是柳树,只不过因为有了"长门"、"凤城"字样,读者不得不联想到皇后被杀事件而已。这样的暗喻手法,十分自然,可以使人得到很好的艺术享受。

(鲜述文)

〔双调〕庆东原

曹　德

江头即事

低茅舍，卖酒家，客来旋把朱帘挂。长天落霞，方池睡鸭，老树昏鸦。几句杜陵诗，一幅王维画。

　　曹德曾任衢州路吏，又因逃避伯颜的迫害，曾在吴中一僧舍隐居数年，这支小令可能作于南方。题目叫《江头即事》，表明它是为在"江头"有所见、有所感而作。

　　曲词第一句的"低茅舍，卖酒家"六字，表明他闲步江头，看到一个酒店。"低茅舍"三字又对酒店外部形象作了描绘，点明这"酒家"并非大街上的大酒馆，不过是江边小村中一家普通小酒店而已。接着"客来旋把朱帘挂"七字，写店主人殷勤接待客人的动作，因为茅舍很低，光线不好，把窗帘挂起，让客人一边喝酒，一边欣赏窗外的风光；这一动作同时又暗示天色已经不是早晨，不是中午，而是下午，茅舍中光线更暗了。下面接写窗外风光："长天落霞，方池睡鸭，老树昏鸦"，进一步点出了时间已经傍晚了。"长天落霞"是从窗子内望出去所见到的"远景"；"方池睡鸭"是从窗内低看出去的近景；而"老树昏鸦"则是从窗内平视所见的景致。这些"落霞"、"睡鸭"、"昏鸦"组成的秋暮景色，恰是江南的秋暮景色，充满诗情画意。他想起了唐代的大诗人杜甫（杜甫别名少陵，故称杜陵），又想起了诗人兼画家王维。杜甫流寓西川，写过很多描写村居生活的诗；王维隐居辋川，画过不少隐居生活的画。他俩的生活处处充满诗情画意，自己

【三棒鼓声频】

今天避居"吴中僧舍",和杜甫的流寓西川,王维的隐居辋川多少有点相似。今天,在这江村小酒店前所见的景物,所领悟到的意境,杜甫诗中有,王维画中也有,它就是杜诗,就是王维画。一刹那间,诗人仿佛和杜甫、王维息息相通,飘飘乎陶醉在杜甫诗、王维画之中了。

这支曲子景物描写颇具特色,往往在静态描写中杂之以动态描写,令人有生动活脱之感。例如第一部分"低茅舍,卖酒家,客来旋把朱帘挂",前两句写的是静景,展现的是江头酒店的外貌。后一句写的是动景,其中"来"字和"挂"字格外传神,似乎使人看见客人步入酒店,主人殷勤地替他挂上窗帘,让他一面浅斟慢饮,一面观看窗外景物。第二部分"长天落霞,方池睡鸭,老树昏鸦"中"长天"、"方池"、"老树"是静景,"落霞"、"睡鸭"、"昏鸦"则充满了动态。使人仿佛看见天色向晚,天边一抹红霞正慢慢退去,寒鸭蜷伏着身子昏昏欲睡,归巢的暮鸦伫立枝头,忽而"呱"地一声飞起来,打破了黄昏的宁静。这就把秋日黄昏恬静、和美、肃杀的气氛生动地展现出来了。曲子语言明丽,如茅舍、朱帘、长天、落霞、方池、睡鸭、老树、昏鸦,各有具体的形态和色彩,正是这些词语的组合,才生动、鲜明地绘出了江头黄昏秋景的特殊色调,可谓马致远《天净沙》以后的另一名作。

(鲜述文)

〔失宫调〕**三棒鼓声频**

曹 德

题渊明醉归图

先生醉也,童子扶著。有诗便写,无酒重赊,山声野调欲唱

些,俗事休说。问青天借得松间月,陪伴今夜。长安此时春梦热,多少豪杰,明朝镜中头似雪,乌帽难遮。星般大县儿难弃舍,晚入庐山社。比及眉未攒,腰曾折,迟了也,去官陶靖节。

陶渊明不堪官场污浊、弃官归隐田园的事迹,遗彩后世丹青,流芳历代诗文。曹德在观赏《渊明醉归图》时,有感于当时的社会现实,于是振笔抒怀,在画轴上留下了这支曲子。该曲调弄三叠,构成急促的"三棒鼓声"。

一棒鼓歌唱陶渊明的隐居生活。先紧扣画图中"童子扶著"的醉态,勾勒他隐居生活中一个最有代表性的形象画面。然后从这一画面生发开去,写他以诗、酒、山歌为乐,点出其"惟适是安"的生活情趣。最后概括为不问世事,显示他不满现实、不肯随俗同流的心志。在这里,作者由表及里、层层深入地刻画出一个形象兼备的隐者形象,而字里行间则流露着作者对陶渊明及其隐居生活的赞赏和向往。

二棒鼓嘲讽得势朝官。先承上写隐者夜眠松间月下;以松为友,以月为伴,象征着他坚贞清明的高风亮节。然后以"月夜"为引线,借助对比联想,神驰京都,嘲笑在朝百官此时此刻正做着飞黄腾达的黄粱美梦,竟不识人生短促,荣华浮云,到头来全是竹篮打水一场空。"春梦"比喻人事繁华如春夜的梦境一样容易消逝。这里是暗用"一枕黄粱"的典故。明镜白发,乌帽难遮,虽不免于浮生若梦的消极人生态度,但这里主要是为了讽喻官场得意忘形之徒,用意是好的。

三棒鼓劝说未得势小官早日归隐。一辈子做个小小的县官儿,到晚年希望破灭,只好忍恨遁入空门。到那时,已尝尽低眉折腰、屈身事人的羞辱,未免太晚了;倒不如趁现在还未低眉折腰,赶快效法陶渊明辞官归隐,尚能留下一个

"靖节"的美名。这里连用了几个有关陶渊明的典故。曾与陶渊明有交往的慧远法师在庐山东林寺创建了佛门白莲社,这里所说的"庐山社"即指此。与陶渊明同为"浔阳三绝"的周续之在《庐山记》中说:"远师勉令陶潜入莲社,渊明攒眉而去。""攒眉而去"是拒绝遁入空门,那么这里的"眉未攒"则是说已经入了空门。另据梁萧统《陶渊明传》:陶渊明任彭泽县令,"岁终,会郡遣督邮至,县吏请曰:'应束带见之。'渊明叹曰:'我岂能为五斗米,折腰向乡里小儿!'即日解绶去职。"显然,这里的"腰曾折",即腰已经折。处身低贱的小官,为了能保住自己的地位,或者为了能爬上高位,不得不忍辱含羞不断地"攒眉折腰事权贵"。作者劝人辞官归隐,正是出于对这种官场黑暗现象的深恶痛绝。

此曲以观赏《渊明醉归图》为题,从描述隐居生活写起,到劝人效法陶渊明收结,首尾相应,奠定了该曲歌颂陶渊明、劝人辞官归隐的主题。中间通过观画联想,又引出得势朝官和在野小官两种人,于是构成了三个层次间三种人物形象的相互对照。在对照中归隐者的逍遥乐,得势朝官的"春梦热",未得势小官的"折腰"苦,就显得更加鲜明。后两种人物作为陪宾,既暴露了官场的污浊,又反托了隐者的清高,从而强化了劝人归隐的主题。而作者美化隐居、嘲讽权贵、同情"芝麻官"、不满社会现实、憎恶官场黑暗的思想感情,也就在三种人物、三种情态的对照映衬中得到了充分体现。

"三棒鼓声频"是元代乞丐常唱的时令小调。此曲寓褒贬于"山声野调",充满警世劝人的情味。绘形写人,选取醉态、赊酒、野歌、白发、乌帽、攒眉、折腰等富于特征的细节,生动传神,使人物内在心神伴着外部情态一起跃然纸上。语句脱口而出,不加修饰,适于流播传唱,体现了曲辞应有的自然本色。统观全曲,急促的三棒鼓声,风趣的山声野调,通俗的语言文字,坦诚的警世内容,几方面的配搭都显得很谐调。

（陶型传）

作者小传

高克礼

字敬臣,号秋泉,河间(今属河北)人。曾任庆元理官。与乔吉友善。作品工巧。《全元散曲》录存小令四首。

〔越调〕黄蔷薇过庆元贞

高克礼

燕燕别无甚孝顺,哥哥行在意殷勤。玉纳子藤箱儿问肯,便待要锦帐罗帏就亲。吓得我惊急列蓦出卧房门,他措支剌扯住我皂腰裙,我软兀剌好话儿倒温存:"一来怕夫人情性哏,二来怕误妾百年身。"

在元曲中我们看到这样一种情况:有一些群众喜爱的题材,在剧曲和散曲中被作家反复地加以咏唱和表现。如崔莺莺、张珙故事,杂剧有王实甫的《西厢记》,散曲有关汉卿的〔普天乐〕《崔张十六事》;双渐、苏小卿故事,杂剧有王实甫的《苏小卿月夜贩茶船》、庚天锡的《苏小卿丽春园》等,散曲有王晔、朱凯的《题双渐小卿问答》。由于戏剧与散曲的不同特质,所以这些相同题材的作品在表现范围、表现重点、表现手法及艺术效果方面也自然存在种种差别。

高克礼的这支带过曲是从关汉卿杂剧《诈妮子调风月》中撷取了一个片断,写婢女燕燕受夫人差遣,侍候一个前来探亲的小千户。小千户见燕燕年轻貌美,聪明伶俐,便千方百计对她进行引诱。他有意指派燕燕做这做那,目的是拖

【黄蔷薇过庆元贞】

延和她待在一起的时间；又提出要到燕燕的卧房去闲坐。燕燕先是婉言拒绝，后来实在拗他不过，只好领他去了。

"燕燕别无甚孝顺，哥哥行在意殷勤。"这两句是说：你到我的卧房来，我可没有什么东西可以孝敬你，只是因为拗不过你一片殷勤之意罢了。这里燕燕和小千户的态度形成鲜明的对比：处于奴婢地位的燕燕对小千户不冷不热，若即若离，既不失奴婢身份，又对小千户保持着一定的警惕；而处于主人地位的小千户，却一反常态，甜言蜜语，大献其殷勤。这种反常的态势预示着反常的事件就要发生。果然，小千户用玉纳子和藤箱儿这两件饰物赠给燕燕，许诺要娶她做小夫人，紧接着就要对燕燕施行非礼。"问肯"是古代男家向女家求婚的一种礼节。"便待要"三字活画出小千户对燕燕垂涎三尺、迫不及待的神态。正因为如此，燕燕才被吓了一跳，赶紧扭身想逃出卧房门，而小千户也张皇失措地一下子扯住燕燕的衣裙。在这种情况下，燕燕想拒绝小千户的诱奸，有两种办法：一是硬抗，和他大吵大闹；二是软顶，婉言加以拒绝。由于燕燕的地位和当时的具体处境，也由于她内心对小千户还存在着某种好感和幻想，她采取了后一种方式，用和软的语言耐心地加以解释。燕燕所举的两条理由，"一来怕夫人情性哏"，"哏"同"狠"，是说夫人家法极严，脾气凶狠，闹出事来，吃罪不起；"二来怕误妾百年身"，是说婚姻是一辈子的大事，一旦失足，便会抱恨终身。燕燕之所以列举第一条理由，不仅因为她本人确实畏惧夫人的家法，而且可以吓一吓小千户，这可以见出燕燕性格上机灵颖慧的一面；第二条理由对燕燕来说更为重要，因为这是她从千千万万下层妇女尤其是女奴被贵族男子欺骗、玩弄、抛弃、坑害的事实中总结出来的饱含血泪的教训。这又反映出燕燕性格上深沉内向的一面。用极其简洁传神的语言，曲折尽致地表现出燕燕这位被侮辱被损害的少女的内心矛盾和痛苦，正是这篇带过曲的主要价值所在。由于篇幅的限制，短小的带过曲不可能像杂剧的剧曲那样充分展示人物的内心世界，但作家凝聚笔墨,把重点放在燕燕正欲抽身又被拖住那一瞬间的心态刻画上,便以少少许胜多多许,取得了画龙点睛的极佳效果。

这篇带过曲从艺术上说还有两点值得注意:一是动作性很强,"问肯"、"就亲"、"蓦出"、"扯住",一连串动作,一个接一个,这说明散曲有时也是很讲动作性的,因为歌唱与表演可以结合;二是语言本色流畅,"惊急列"、"措支刺"、"软兀刺"等当时俗语的运用,酷肖燕燕这个年轻婢女的声口,丰富了曲词的表现力。

(赵山林)

王仲元

杭州(今属浙江)人。与钟嗣成有交往。所作杂剧今知有《于公高门》、《袁盎却座》、《私下三关》三种(后一种《太和正音谱》作无名氏撰),今皆不传。《全元散曲》录存其小令二十一首,套数四套。

〔中吕〕普 天 乐

王仲元

树杈枒,藤缠挂;冲烟塞雁,接翅昏鸦;展江乡水墨图,列湖口潇湘画。过浦穿溪沿江汊,问孤航夜泊谁家?无聊倦客,伤心逆旅,恨满天涯。

由景及情,抒写羁旅愁思,在元人小令中颇为常见,马致远的〔天净沙〕就是

【普天乐】

最著名的例子。这类作品,题材虽相同,写法却各异。王仲元这首〔普天乐〕也描绘了"枯藤老树昏鸦"的秋景,但与马致远的点到为止并不一样,而是作了较为具体的刻画,以"杈枒"表现树木枝条蟠曲的老态,以"缠挂"表现枯藤在树干上的攀附缭绕,以"接翅"表现昏鸦成群,乱飞争噪的景象。有了差别,也就显示出了各自的特点;有了特点,有了艺术上的独创性,才能赢得读者的承认乃至赞许。但是,最能体现王仲元这首小令的特点的,还不是较为具体的景物描写,而是他在写景时所采用的句法。从"树杈枒,藤缠挂"以下,接连排出了三组对偶句,而且由三言而四言、而五言,层层推进,有如急湍之逢石转流,既有波折又不失连贯,形成了这首小令最为突出的排比属对的特点。五六两句的"展"和"列",用法近似词里的"领字",不但不妨碍各自引领的五言句互相属对,而且还增添了句式的灵活性,从而更加显示出了"曲"的特点。三组对偶句排列在一起,有了字数的递增,有了句式的变化,再加上观察景物的不同角度和感受景物的不同心情,于是,这首小令的写景部分就显得丰满多姿了。小令的后一部分转入抒情。"过浦穿溪沿江汉"是对"孤航夜泊"的具体描述;自问泊于谁家,正是自叹长年漂流四方不得归家。篇末并列的三个四言句,是对羁旅之愁的直接抒发,由"无聊"、"伤心"归结到一个"恨"字上,同时点出,对于漂泊生活的厌倦情绪和由此而引起的忧伤心怀,已经随着自己的足迹布满在天涯海角了,时间的长久、行程的遥远,由此可见。抒情既向深处开掘,又向广处拓展。故而能够收到突出的艺术效果。结尾的三个并列短句,造成了音节上的铿锵有力,能把全篇收束得住,同时,与开头的三组对偶句相呼应,又在整饬与工稳之中显示了全篇的和谐与统一。

(王双启)

［作者小传］

高安道
生平事迹不详。《全元散曲》录存其套数三套。

〔般涉调〕**哨　遍**

高安道

皮 匠 说 谎

十载寒窗诚意，书生皆想登科记①。奈时运未亨通，混尘嚣日日衔杯，厮伴着青云益友。谈笑忘机，出语无俗气。偶题起老成靴脚②，人人道好，个个称奇。若要做四缝磕瓜头③，除是南街小王皮。快做能裁，着脚中穿，在城第一。

〔耍孩儿〕铺中选就对新材式，嘱付咱穿的样制。"裁缝时用意下工夫，一桩桩听命休违。细锥粗线禁登陟，厚底团根教壮实。线脚儿深深勒，鞠子④齐上下相趁，鞴口⑤宽脱着容易。"

〔七煞〕"探头休蹴尖，衬薄怕汗湿。减刮的休显刀痕迹，剜裁的脸戏儿微分间短，拢揎⑥得腮帮儿省可里肥。要着脚随人意，休教脑窄，莫得趷低。"

〔六煞〕丁宁说了一回，分明听了半日，交付与价钞先伶俐。"从前名誉休多说，今后生活便得知，限三日穿新的！""您休说谎，俺不催逼。"

〔哨遍〕

〔五煞〕人言他有信行，谁知道不老实。许多时划地⑦无消息。量底样九遍家掀皮尺，寻裁刀数遭家取磨石。做尽荒獐势，走的筋舒力尽，憔的眼运头低。

〔四煞〕几番煨胶锅借楦头⑧，数遍粘主根买桦皮，喷了水埋在糠槽⑨内。今朝取了明朝取，早又催来晚又催。怕越了靴行例，见天阴道胶水解散，恰天晴说皮糙燋鼻。

〔三煞〕走的来不发心，燋的荒⑩见次第。计数儿算有三千个誓。迷奚着谎眼先陪笑，执闭着顽心更道易。巴的今日，罗街拽巷，唱叫扬疾。

〔二煞〕好一场恶一场，哭不得笑不得。软厮禁硬厮拼⑪都不济。调脱空对众攀今古，念条款依然说是非。难回避，骷髅卦⑫几番自说，猫狗砌数遍亲题。

〔一煞〕又不是凤麒麟钩绊着缝，又不是鹿衔花窟嵌着刺，又不是倒钩针背衬上加些功绩，又不是三垂云银线分花样，又不是一抹圈金沿宝里。每日闲淘气，子索行监坐守，谁敢东走西移。

〔尾〕初言定正月终，调发⑬到十月一。新靴子投至能够完备，旧兀剌先磨了半截底。

　　这是一篇颇为幽默的套曲。写一个士人到一位很有名气的皮鞋匠那里去定做靴子，说好规格，订好起货日期，但到时那个皮匠却推三阻四，一再延误。士人又无可奈何，只好大叹晦气。

通首曲用口语写成,充分发挥了元曲的特长,而且写得很细致。士人订制时的叮咛致嘱;皮匠说谎时的推托伎俩;发生矛盾后皮匠所表现的窘态;士人无可奈何的心理活动等等,都写得活龙活现。与马致远名篇〔哨遍〕《借马》有异曲同工之妙。另外,这首曲也多少反映了元代小市民社会生活的一个侧面,也是颇有价值的资料。

曲的开头,先说一些士人都想应举登科,名列及第进士的人名录,但时运未通,杯酒谈笑之余,就把中举得官,穿朝服、朝靴作为话题。这样就很自然的引入正题,处理得很好。这些士人都对老式朝靴的样式(老成靴脚)很感兴趣,但能做这种朝靴的巧匠已不多了。本城只有小王皮匠是第一家了。他们就去找"快(会)做能裁"的小王皮匠订制靴子。〔耍孩儿〕曲里,写那个士人选好了材料、样式,嘱咐那个皮匠依样制作。那个士人是够细心的,他叫皮匠"用意下工夫",对要求的条件"一桩桩听命休违"。他说得细致极了:要用小锥钻孔,用粗麻线缝制,这样,就是爬山越岭也会耐穿了;靴底要厚些,靴根(跟)要圆,都要做得坚实些;针脚要密,线要勒紧;靴筒(靿子)的上口(鞴口)要宽些,这样,脱着就容易了。还有,靴头不要尖出;靴里的衬垫要厚些,以免汗湿;修削的刀痕不要显露;裁的靴面稍微短些;拢揎靴帮不要太肥大。总之,要穿着方便,靴筒口(脑)不要窄,脚背处(跌)不要低就是了。

越是叮嘱得细致,就越显出那个士人对所订制的靴子寄予深切的期望。他多么希望在那位名匠手里,得到一双理想的靴子呵。〔六煞〕里写士人与皮匠交易时,他首先把订款交付清楚了。那个皮匠就很高兴地说:"我从前的名气就甭说了,你看我的生活(工作)就知道我的手艺了,三天之内,就让你穿上新靴子!"那个士人也很有礼貌地说:"我希望你守信用,我不催逼你。"照说,他们的交易是很愉快的。可是,事实上并非如此。〔五煞〕以下,矛盾就展开了。作者先写了皮匠推搪拖延的种种伎俩:他一会儿说脚样的尺寸量得不准,掀起皮尺再量

【哨遍】

一下;一会儿又说裁刀不快,赶忙去磨一下;故作惊惶失措(荒獐),昏头转向,忙忙乱乱的样子。有时见他赶着去煮牛皮胶;有时见他忙着去借楦头(使鞋坯定型的木模);有时见他正粘着靴根(跟);有时见他赶着去买作垫的桦树皮;有时见他已把皮片裹在楦子上,喷了水放在糠槽(放有谷糠的木槽)里候干。就是这么推推拖拖,没完没了。谈到起货,一会儿说可以今天取,一会儿又说明天可以取。士人则只好跟着他的屁股转来转去,早上去催,晚上又去催,可总没有结果。那个皮匠的花招是很多的,有时会强调客观原因,如推说不能违犯靴行的规矩啦;天阴时,又说胶水散脱啦,天晴时又说皮燥干黑,不好办啦等等。

有什么办法呢!〔三煞〕、〔二煞〕两段就写皮匠与士人"扯皮"的情态。那个士人尽管走得不耐烦,但却不敢发脾气(发心)。那个皮匠也的确显得很焦急(燋的荒),算起来,他发的誓也已不少了。有时又眯着双眼(迷奚)赔着笑脸。道个不是;有时又硬着头皮,说会很快做好。其实,时至今日,他已拼着闹翻,吵闹(唱叫扬疾)一场的了。至于那个士人,真给弄到哭笑不得,因为软来硬来都不济事。皮匠总是上天下地的胡扯一些虚诞(脱空)的话来应付,实在逼得紧了,他就耍无赖:我真该死呀!走了衰运呀!甚至发誓,如果再拖,就是猫,就是狗(猫狗砌:砌,表演戏剧的滑稽动作,此借用自比猫狗)!

〔一煞〕笔锋一转,极写士人无可奈何的心理活动。是呀,做一双普通的四缝靴,又不是要编织上凤、麟的图案;又不是要镶嵌着鹿衔花的巧样;靴背上也不用繁琐细碎的加工;也不是用银线绣上云头的花样;也不是要里外围上一圈金线和珠宝。为什么就这么难呢!为了一双靴子而弄到整天烦恼,要时刻守在店里,不敢走开半步。当然,经过了大半年的折腾之后,新靴子终于做好了。可这么走来走去追讨,旧靴子(兀剌:北方地区塞乌拉草的皮靴)早给磨去半截底了。真是得不偿失呵!

(龙潜庵)

〔注〕 ① 登科记:科举时代及第士人的名录。 ② 老成靴脚:指老式朝靴的形制。隋唐时,以乌皮六合靴为朝靴,宋代沿用。靴脚:指靴。 ③ 四缝磕瓜头:四缝,四片皮缝合的靴子;磕瓜,即戏剧用具皮棒槌。(槌头像金瓜那样,木制,垫上棉絮,用皮包裹着。)磕瓜头:像磕瓜那样圆形的靴头。 ④ 鞝(yáo)子:靴筒。⑤ 鞲(wèng)口:靴筒的上口。吴方言。
⑥ 拢揎(xuān):制靴鞋时,先将皮子片在楦上拢压成型,拢揎,即指收拢推压的功夫。
⑦ 划地:依旧,还是。 ⑧ 楦(xuān)头:楦,原作"揎",校改。 ⑨ 糠槽:槽,原作"糟",校改。 ⑩ 燋的荒:燋,同焦。荒,原作"方",校改。 ⑪ 拼,原作"併",校改。 ⑫ 骷髅卦:骷髅,死人的干枯骸骨,此借指死人。占着骷髅卦,喻走了死运。 ⑬ 调发:亦作调泛、调犯,作弄意。

大食惟寅
阿拉伯人。生平事迹不详。现存《奉寄小山先辈》小令一首。

〔双调〕 燕 引 雏

大食惟寅

奉寄小山先辈

气横秋,心驰八表快神游。词林谁出先生右? 独占鳌头。诗成神鬼愁,笔落龙蛇走,才展山川秀。声传南国,名播中州。

大凡酬赠奉寄,佳制颇不易得。充填肤廓游词,固落下乘;若露媚俗之态,更是大忌。这支小令的作者,以词林后学的身份,奉寄曲界名宿张可久(字小

【燕引雏】

山），且又旨在称颂其绝世才华，表达钦敬仰慕之情，那么，论赞能否切当合度，便成为衡量作品价值的主要标尺。

作者分四层措笔："气横秋，心驰八表快神游"，系总体品藻。既言小山才气之超迈，又言其风神之拔俗。"词林谁出先生右？独占鳌头"两句，乃是推崇其坛坫领袖的地位。"独占鳌头"，意即状元及第，此喻张小山是曲中状元。继而转换角度，"诗成神鬼愁，笔落龙蛇走，才展山川秀"三句，高度评价了小山的作品风貌和艺术效果。最后"声传南国，名播中州"八字，对偶互文，则是对其知名度的称誉。张可久是元代后期曲坛极负盛名的作家，与乔吉并称"双璧"，当时已有《今乐府》、《吴盐》、《苏堤渔唱》三种散曲集行世，声名远播，传入禁中。清朱彝尊《日下旧闻》中有元武宗曾令宫女唱小山〔一半儿〕《秋日宫词》的记载。小山仕途失意，一生大部分时间浪迹江湖，以山水自娱。今存小令八百五十三首，套数九曲，写自然风光者最具特色，刻绘精巧细致，善于融化诗境、词境入曲，寓萧散风神于清丽雅洁之中。由此可见，这支小令虽比类赞誉或有失伦之处，但总体品评还是公允中肯的。作者的艺术眼光未受"奉寄"体例的过分制约。此外，还有两点值得注意：其一，张可久负名当世，元人早有论列，据阮元序刻《天一阁书目·词曲类》云，贯云石、刘时中、冯子振等均为小山散曲集写过序跋，惜已湮没无闻。唯冯子振〔红绣鞋〕《题张小山〈苏堤渔唱〉》、高栻〔殿前欢〕《题小山〈苏堤渔唱〉》两支小令，是今见之最早材料，但其主要着眼点在于描摹、赞赏小山的散曲风格。这支小令的作者年辈或稍后于冯、高，但品鉴更加全面，反映了小山及其散曲在元人心目中的地位，具有不可忽视的资料价值。其二，这支小令中的赞语多关合李白。或系李白自道，或为他人对李白的评价。如李白《大鹏赋序》："余昔于江陵见天台司马子微，谓余有仙风道骨，可与神游八极之表"。又其《草书歌行》云："恍恍如闻鬼神惊，时时只见龙蛇走。"杜甫《寄李十二白二十韵》称："昔年有狂客，号尔谪仙人。笔落惊风雨，诗成泣鬼神。"等等。以"神鬼愁"、"龙蛇走"等称小山之作，或未必中其肯綮。但作者将小山比类李白且目为曲中仙才之意显而易见。这一看法，对后代评小山者多所启迪。如明朱权《太和正音谱》谓"张小山之词（散曲）如瑶天笙鹤。其词清而且丽，华而不艳，有不吃烟火食气，真可谓不羁之材，若被太华之仙风，招蓬莱之海月，诚词林之宗匠也"。李开先说得更为直截了当，称小山散曲"可谓词中仙才矣，李太白为诗仙，非其同类耶?"（《张小山小令序》）至于写法，由于"奉寄"之作直面对象，与题集者有别，赞颂之语不宜一味正说。"词林谁出先生右?"作者本意即"词林无出先生右"，现改换句式，且与下句设为问答，既不减分量，又显得较为婉曲。

作者大食惟寅，生平不详。古称阿拉伯为"大食"，或许系阿拉伯人，惟寅是他的名字。若是，这支小令则提供了文化交往的一个史例，也反映了作者颇为深厚的汉文化素养。

（高建中）

〔作者小传〕

亢文苑

生平事迹不详。《青楼集》说他曾作〔南吕·一枝花〕曲赠京师名旦周人爱之媳玉叶儿，可知曾在大都生活。所作散曲今存套数三套。

〔南吕〕一 枝 花

亢文苑

琴声动鬼神，剑气冲牛斗；西风张翰志，落日仲宣楼。潘鬓

【一枝花】

成秋,渐觉休文瘦,卧元龙百尺楼。自扶囊拄杖挑包,醉濯足新丰换酒。

〔梁州〕尽是些喧晓日茅檐燕雀,故意困盐车千里骅骝,英雄肯落儿曹彀?乾坤倦客,江海扁舟;床头金尽,壮志难酬。任飘零身寄南州,恨黄尘敝尽貂裘。看别人苦眼铺眉,笑自己缄舌闭口,但则索向寒窗袖手藏头。如今,更有,那屠龙计策干生受。慢劳攘慢奔走,顾我真成丧家狗,计拙如鸠。

〔尾〕蛟龙须待春雷吼,鹏鹗腾风万里游;大丈夫峥嵘恁时候,扶汤佐周,光前耀后,直教万古清名长不朽。

亢文苑生平不详,《全元散曲》仅存其三篇散套。这篇套曲抒发了作者异乡飘零、落拓不遇、穷愁困厄、壮志难酬的满腔悲愤,表现出对小人得志、贤才受压的强烈不满和穷且益坚、经时济世的宏图、信念。

〔一枝花〕抒写英雄埋没的悲愤,羁宦异地的乡愁,老大无成的感慨和落魄受辱的辛酸。开篇起势突兀,如石破天惊,爆竹骤响。首句典出《淮南子·览冥训》:"昔者师旷奏《白雪》之音,而神物为之下降。"此喻己高才如"阳春白雪",足以感动鬼神,然在凡夫俗子中却曲高和寡;次句典出《晋书·张华传》:张华发现牛、斗星间常有紫气照射,雷焕说此因宝剑精气冲天,后果在丰城地下掘得龙泉、太阿二剑。诗文中常以此典喻才华被埋没。如任昉《宣德皇后令》:"剑气凌云,而屈迹于万夫之下。"华岳《呈番易赵及甫》:"华锋带怒摇山岳,剑气含冤射斗牛。"琴、剑为古时文人随身之物,此喻己之儒雅任侠,有识有胆;"动鬼神"、"冲牛斗"则喻英雄屈被沉埋,不为人知的悲愤。张翰乃西晋人,有"清才,善属文",曾在洛阳被齐王冏辟为大司马东曹掾,因预知祸乱将兴,遂辞官回乡。《晋书》本传载："翰因见秋风起，乃思吴中菰菜、莼羹，鲈鱼鲙。曰：'人生贵适志，何能羁宦数千里以要名爵乎？'遂命驾而归。"王粲乃汉末"建安七子"之一，因避乱南投荆州刘表，不受重用，曾在当阳县城楼作《登楼赋》，抒发久留异地、志不得伸的乡愁，中有"步栖迟徙倚兮，白日忽其将匿。"这两句借用典故表现作者客居异乡、寄人篱下（或作幕僚之类），壮志难伸，因而产生思乡的愁绪。"潘鬓"指西晋潘岳，他在《秋兴赋序》中云："余春秋三十有二，始见二毛。""休文"指齐梁诗人沈约，字休文。其《与徐勉书》中云己年老多病，身体日瘦，衣带渐宽。诗词中常用"潘鬓、沈腰"以喻时光流逝，未老先衰，功业无就。如万俟咏《别瑶姬慢》："沈腰暗减，潘鬓先秋。"此处用意亦同。"元龙百尺楼"典出《三国志·陈登传》，登字元龙。许汜曾对刘备说：陈元龙是江湖之士，豪气不除。有次我去下邳拜访他，他很怠慢我，让我卧下床，他自己卧大床。刘备说：当此天下大乱，你不忧国忘家，反只顾买田置屋，故遭元龙忌讳。要是我，自卧百尺高楼，让你卧地上，岂止上下床的差别！这里借喻自己徒有像陈元龙那样忧国忘家的豪气，而所遇皆如许汜那种只顾求田问舍、经营巢穴的人，自然满腹经纶无所施展。末二句用唐朝马周的典故：马周少不得志，为地方官所辱，遂独自从故乡往平来到长安新丰镇一家大酒店，店主人势利看不起他，他便叫来五斗酒，悠然独酌了三斗多，将剩下的酒用来洗脚，店里客人无不惊异。（见《新唐书》本传及《太平广记》、《古今小说》）这里比喻英雄落魄受辱，自己也像马周那样带着行囊包裹书剑飘零，饱尝了世态的炎凉冷暖。

　　〔梁州〕揭露了小人得志、贤愚颠倒，而英雄无用武之地，反遭困厄的不合理现实。前三句充满愤怨：可恨社会上洋洋得意的尽是一批目光短浅的小人，他们就像只会在朝阳下叽喳喧闹的茅檐燕雀，而骅骝那样的千里马却备受糟蹋，只能去拖盐车，被困在山坡上无所施展；然而英雄豪杰岂能长久地落入你们这些小人的掌握之中呢？"燕雀"典出《史记·陈涉世家》："嗟乎，燕雀安知鸿鹄之志哉!""困盐车"典出《战国策·楚策四》：春秋时善于相马的伯乐,一次经过虞坂,看到一匹千里马拖着盐车困在半山坡上对他长鸣,他下车哭了起来。此处喻贤才被糟蹋困厄。胡曾《咏史·虞坂》亦有"未省孙阳(伯乐)身没后,几多骐骥困盐车。""儿曹",犹小儿们。"彀",本指弓箭的射程,此喻掌握之中。《唐摭言》载唐太宗"见进士缀行而出,喜曰:'天下英雄入吾彀中矣!'""乾坤"六句,写其奔波劳碌,贫困疲惫之态：四海飘零,已身劳力倦;食宿费用已花光,而宏图壮志却很难实现;而今羁留南方地区,只落得风尘仆仆,衣衫褴褛。"敝尽貂裘"用《战国策》中苏秦典故：苏秦以连横游说于秦,秦王不用,"黑貂之裘敝,黄金千斤尽,资用乏绝,去秦而归。"往下几句中"苦眼铺眉",形容装模作样,拿班作势;"但则索"意谓只得、只好。这三句再度用别人装模作样与自己缄口闭舌相对比,益衬其失意之状;然用一"笑"字,则化惨戚为自嘲,顿有"嬉笑之怒甚于裂眦"之妙。"屠龙计"是用典,《庄子·列御寇》:"朱评漫学屠龙于支离益,殚千金之家,三年技成而无所用其巧。"此借喻自己空学一身好本领却毫无用处;"干生受"犹言白辛苦。末四句一顿：且慢频频劳碌,且慢纷乱奔波,看看我眼前这副窘态,真成了茫茫的丧家之犬,生计笨拙不会筑窝的斑鸠了。"劳攘",形容频繁地劳碌奔波;"拙鸠",语出《禽经》:"鸠拙而安。"张华注:"《方言》云：蜀谓拙鸟,不善营巢,取鸟巢居之,虽拙而安处也。"后用以自谦笨拙。

〔尾〕曲写蛰居待时,大显身手的宏图壮志：单得春雷激荡,云水翻腾之时,蛟龙就会从蛰居的池中腾跃而出,叱咤风云,倒海翻江;只要秋风一起,雕和鹗(皆鸷鸟)就可凭借风力展翅冲天,遨游万里。这两句化用杜甫《奉赠严八阁老》诗:"蛟龙得云雨,雕鹗在秋天"句意。后五句才正面说出本意：大丈夫那时得志非凡,便可以像伊尹扶辅商汤、吕尚辅佐周武王那样,做出安邦定国、彪炳百代的功业,直教万古美名载入史册,永垂不朽。"恁时"即那时;"峥嵘"原状山之险峻,此喻功名得志,身手不凡。"扶汤佐周",用伊尹和吕尚故实,伊尹原是奴隶,吕尚原是渔父,二人开始均不得志,而后来皆成为开国元勋。此处引伊吕为喻,说明贤杰之士终有大用之时,表现出作者穷且益坚的乐观向上精神和经时济世、建功立业的远大抱负。这在元曲叹世之作大多弥漫着消极遁世的风气中,确是较为鲜见的积极态度,因而难能可贵。

此曲用了十多个典故,而兼有比喻作用,因而显得语言雅丽而凝练,意蕴丰富而含蓄。通篇气势磅礴奔放,而又呈起伏曲折之势。起势雄健奇崛,四个五字句两两对仗工稳,铿锵有力,可谓"凤头"。中间写其困顿失意,状其飘零奔波,讽刺小人得势,感叹世态炎凉;或奇句,或偶句;或用典设喻,或直说明言;或苍凉沉郁,或幽默自嘲,或愤怒斥责;铺排展衍,排戛驰骤,层层递进,酣畅淋漓,可谓"猪肚"。结尾复昂扬奋发,如鹏抟九霄,与前悲慨低回形成跌宕起伏之势,干脆利落,可谓"豹尾"。

(熊　笃)

吕止庵
生平事迹不详。散曲作品现存小令三十余首,套数四套。

〔仙吕〕后　庭　花

吕止庵

西风黄叶疏,一年音信无。要见除非梦,梦回总是虚。梦虽虚,犹兀自暂时节相聚。近新来和梦无。

【后庭花】

　　本篇围绕梦寐相思，反复曲折地表达对远方亲人的思念之情。古诗中通过梦境寄托相思，由来已久。《诗·关雎》："求之不得，寤寐思服。"汉乐府"青青河畔草，绵绵思远道，远道不可思，宿昔梦见之。"都是因思而梦。甚至有误以梦境为实者："落月满屋梁，犹疑照颜色。"（杜甫《梦李白》）也有疑实境为梦者："今宵剩把银釭照、犹恐相逢是梦中。"（晏几道〔鹧鸪天〕）不过，能够入梦也还算是幸运，到了"优哉悠哉，辗转反侧"的程度，则是欲梦而不可得了。"悠悠生死别经年，魂魄不曾来入梦"（白居易《长恨歌》）所表达的感情，就更为缠绵，更为沉痛了。本篇所表现的，就是这样一个由思极而梦、到欲梦不能的过程。

　　首二句点题，交代相思之情之由来。"西风黄叶"，点秋，"一年音讯无"，点思。落叶稀疏，秋色已深，该是游子归家的时候了。但游子不但没有归来，反而一年音讯全无，怎能不令人思念。诗词中常用"西风黄叶"来兴起乡思离愁。如范仲淹〔苏幕遮〕："碧云天，黄叶地，秋色连波，波上寒烟翠。"是用以渲染"乡魂"，"旅思"。贾岛《忆江上吴处士》："秋风吹渭水，落叶满长安。"把对远方友朋的思念之情融入秋色之中，与本篇意境，最为接近。

　　"要见除非梦"，上承"音信无"。归期无望，相见无缘，只好寄希望于梦中了。"除非"二字，极写其无可奈何的失望心情。范仲淹〔苏幕遮〕："黯乡魂，追旅思，夜夜除非，好梦留人睡。"说的是只有梦中才能暂时摆脱痛苦的煎熬。从而突出醒时无止无休无法排遣的痛苦心情。

　　"梦回总是虚"，一转。相思至极乃至惟靠梦境排解，已是极其可悲了。但梦境终归是虚假的，梦醒以后的失望，或许还在不梦之上。"总是"二字，暗示梦醒后流连梦境回忆玩味的痴态。满腹失望，又深入了一层。

　　"梦虽虚"二句，退后一步，自我宽慰。"犹兀自"，还能够之意。相见无缘，能梦中相聚，即使是虚假的梦境，也弥足珍贵。则相思之深，相望之切，可以想见。不过，此处的自劝自解，并不是真正勘破了离愁，而只是为下文的大翻转蓄一势头。

"和梦无",大转。连虚假的梦境也得不到了,这相思的深重,至此再深入一层。古人描绘这种欲梦而不可得的心情,有不少传神的好作品:晏几道〔阮郎归〕:"梦魂纵有也成虚,那堪和梦无。"聂胜琼〔鹧鸪天〕:"寻好梦,梦难成,有谁知我此时情。"宋徽宗〔燕山亭〕《北行见杏花作》:"怎不思量,除梦里有时曾去,无据,和梦也,新来不做。"本篇末句,即从前人句中化出。

这支小令,篇幅虽小,却极尽顿挫之妙。全文一句一层,层层转折,层层深入,愈转愈深,愈深愈痛。"西风黄叶疏",则游子当归。"一年音信无",由失望而牵动离愁。"除非",深入一层作痴想。"总是虚",进一层失望。"暂时节",退后一步,自我宽解,痴极语。"和梦无",绝望。于是,主人公在希望、失望的反复煎熬中终至绝望的整个心理发展过程,也就刻画得极其形象生动了。

(刘真伦)

〔仙吕〕后 庭 花

吕止庵

怀 古

功名览镜看,悲歌把剑弹。心事鱼缘木,前程羝触藩。世途艰,艰声长叹,满天星斗寒。

本篇题目标作怀古,其中亦使用了大量典故,但从曲中内容看,却并非有感于具体的古代遗迹、人物、事件而发。从严格的意义上讲,不能称之为怀古之作。全篇抒发其仕途不得志的满腹牢骚,应该是一篇抒情的作品。

【后庭花】

　　"功名览镜看",览,同揽。揽镜自照,鬓发已斑。一生青春年华,都消磨在官场之中,此刻回顾平生,年光已逝,功业无成。满腹的感伤叹息,都在这一"看"之中。庾信《拟咏怀》:"匣中取明镜,披图自照看。"杜甫《江上》:"勋业频看镜,行藏独依楼。"都是抒发其身已衰老而功业未成的悲哀。本篇首句,即从杜诗化出。

　　"剑弹",用战国冯谖事。冯谖客于孟尝君,以才高位卑,乃弹剑而歌曰:"长铗归来兮,食无鱼。"后人常用以表达仕途不得意的牢骚之感。悲歌,慷慨悲壮的歌声。本句上承首句,"览镜",自伤迟暮,哀感叹息;"悲歌",则一变而为慷慨悲壮,有变徵之音。

　　"心事鱼缘木,前程羝触藩"二句,具体陈述其仕途的艰险坎坷。"鱼缘木",用《孟子·梁惠王上》:"以若所为求若所欲,犹缘木而求鱼也。"比喻南辕北辙,走错了道路,愿望根本无法实现。古代的知识分子,往往怀抱济世之志登上仕途,但官场的黑暗,却总是使他们失望。"羝触藩",用《易·大壮·上六》:"羝羊触藩,不能退,不能遂。"羝,公羊。藩,篱笆。公羊角挂在篱笆上,比喻进退两难。李白《留别于十一兄逖裴十三游塞垣》:"吾徒莫叹羝触藩。"进不能实现济世救民的志向,退又不能忘情于国家世事。此种两难境遇是中国古代这一类知识分子永恒的悲哀。

　　"世途艰",总束上文。这是作者一生浮沉宦海的全部收获,也是作者勘破世情,对元王朝发出的最后一声叹息。功名,心事,悲歌,前程,都在艰难的仕途面前化为乌有。一生的理想追求,功业志向,只落得一声长叹。

　　"满天星斗寒",写出了一个深夜不寐忧虑国事的志士形象。世事已不可为,连牢骚也不必再发。满天星斗,阵阵清寒,一个"寒"字,既实写这不眠之夜的寒气,也是作者内心对世事前途完全失望以后所感受到的悲凉辛酸。他满腹思绪,一团乱麻;仰望星斗,徒对苍天叹息。"星斗寒"一句,截断众流,有杜甫

"注目寒江依山阁（《缚鸡行》）、黄庭坚"出门一笑大江横"（《王充道送水仙花五十枝,欣然会心,为之作咏》）意味。这满天寒意,不仅是作者一生的悲哀,也是古往今来多少志士仁人的共同悲哀。这凛冽的清寒,也就突破了时空的限制,具有了永恒的历史的色彩,本篇题作"怀古",其用意或在于此。

（刘真伦）

孙叔顺
生平事迹不详。所作散曲现存套数四套。

〔中吕〕 粉 蝶 儿

孙叔顺

海 马 闲 骑

海马闲骑,则为瘦人参请他医治。背药包的刘寄奴跟随,一脚的陌门东,来到这干阁内,飞帘簌地。能医其乡妇沉疾。因此上,共宾郎结成欢会。

〔醉春风〕说远志、诉莲心、靠肌酥、偎玉体、食膏粱,五味卧重裀,阳起是你,你。受用他笑吐丁香、软柔钟乳,到有些五灵之气。

〔迎仙客〕行过芍药圃、菊花篱,沉香亭色情何太急! 停立在

【粉蝶儿】

曲槛边,从容在芳径里,待黄昏不想当归,尚有百部徘徊意。

〔红绣鞋〕半夏遏蛇床上同睡,荒花边似燕了双飞。则道洞房风月少人知,不想被红娘先蹴破,使君子受凌迟,便有他白头公难救你。

〔耍孩儿〕木贼般合解到当官跪,刀笔吏焉能放你。便将白纸取招伏,选剥了裈布无衣。荜澄茄拷打得青皮肿,玄胡索拴缚得狗脊低。你便穿山甲应何济,议论得罪名管仲,毕拨得文案无疑。

〔三煞〕他做官司的剖决明,告私情的能指实,监囚在里人心碎。一个旱莲腮空滴白凡泪,一个漏芦腿难禁苦杖笞。吊疼痛,添憔悴。问甚么干连你父子?可惜教带累了乌梅。

〔二煞〕意浓甜有苦参,事多凶大戟,今日个身遭缧绁,犹道是心甘遂。清廉家却有这糊突事,时罗姐难为官宜妻,浪荡子合当废。破故纸揩不了腥臭,寒水石洗不尽身肌。

〔一煞〕向雨余凉夜中,对天南星月底,说合成织女牵牛会。指望常山远水恩情久,不想这剪草除根巾帻低,那一个画不成青黛蛾眉。

〔尾〕骂你个辱先灵的蒋太医,我看你怎回乡归故里!蔓荆子,续断了通奸罪,则被那散杏子的康瓠儿笑杀你!

本篇见于《阳春白雪》,作者孙叔顺,生平失载。在宋金时代的通俗曲文中,早有嵌集药名这一类的作品,这篇套曲也是嵌集药名以资谐笑的作品之一。任讷《散曲概论》卷二所列"俳体二十五种"中,就有"集药名体"一种,并引明无名氏《折桂令》为例。这篇套数也是嵌集药名的俳体之一,时代较早。

嵌集药名,都是借药名谐音,以资嘲谑,往往不能从字面来理解,加上所谐之音,要按《中原音韵》来读,与唐宋音韵不全相同,又夹杂一些方言俗语,不免增加阅读上的困难,但因题材是嘲笑一个医生与病人通奸,药品和治病有关,嵌集药名就更加切合题材,可以使读者像猜谜一样产生阅读兴趣。

作品是一篇小型的叙事诗,主要情节是"蒋太医"与病妇通奸受刑的过程。"太医"原泛指皇家医生,宋元以后亦为一般医生之敬称,曲中之"太医"应是一种讽刺性称呼。第一支曲子〔粉蝶儿〕,写蒋太医骑着马,带着背药箱的奴仆,到东门外为一个乡间妇女治病,进入了闺阁之后,放下门帘,成了幽会。其中海马、人参、刘寄奴为药名。"陌门东"谐"麦门东"、"干阁"谐"干葛"、"簌地"谐"熟地"、"乡妇"谐"香附"、"宾郎"谐"槟榔",也是谐音的药名。第二支曲子〔醉春风〕,写太医和病妇情投意合,共诉衷情,偎抱、亲吻,造成了幽会的事实。此曲中的远志、莲心、五味、丁香、钟乳,也为药名。谐音的药名有:"酥偎"谐"薁葳"、"膏粱"谐"高良(姜)"、"阳起是"谐"阳起石"、"五灵之"谐"五灵脂"。第三支曲子〔迎仙客〕,写二人同到花园散步,经过栽芍药和菊花的园圃,至沉香亭边站立,直到黄昏,留恋不去,表明二人情意很浓。曲文中的芍药、菊花、沉香、当归、百部,都是药名。而"停立"谐"葶苈"、"从容"谐"苁蓉",则是谐音的药名。第四支曲子〔红绣鞋〕,写二人色胆太大,干脆回到闺阁,上床同眠,自以为洞房深密,无人知晓。不料被婢女红娘发现,告知家人,把太医打了一顿,无人劝解。曲文中的半夏、蛇床、芫花、红娘子、使君子、白头公(翁),是药名。另有一个谐音药名,即"房风"谐"防风"。第五支曲子〔耍孩儿〕,写男女二人被押解到衙门中去,刀笔吏叫他们写了通奸的招状,剥了衣服,捆了起来受刑。此曲药名有木贼、荜澄茄、青皮、玄胡索、狗脊、穿山甲、管仲、毕拨,以及谐名药名"笔吏"(薜荔)、"白纸"(白芷)、裈布(昆布)。第六支曲子〔三煞〕,写法官问清案情,证据确凿,二人无法逃脱惩罚,女的空自哭泣,男的被打得两腿肿痛,还牵连了双方家庭和媒人。这一曲药名有:决明、旱莲、漏芦、干连、乌梅,谐音的药名有"指实"(枳实)、"里人"(李仁)、"白凡"(白矾)、"苦杖"(虎杖)、"吊疼"(钓藤,实名钩藤,医生常误读误写)、"添憔"(天荞)、"父子"(附子)。第七支曲子〔二煞〕,指出通奸这事情干不得,往往先甜后苦,吉少凶多,男方身遭缧绁,女方败了家声被休。此曲药名有:苦参、大戟、甘遂、破故纸、寒水石。另外"缧绁"谐"雷矢"、"糊突"谐"胡颓"、"时罗"谐"莳萝"、"浪荡"谐"茛菪",都是谐音的药名。第八支曲子〔一煞〕,进一步嘲笑二人虽然在雨后新凉的夜晚,学了牛郎织女,指望地久天长,却落得来一个抬不起头,一个愁眉难画。曲文中的天南星、牵牛、常山、青黛为药名,还有谐音的药名:"雨余凉"(禹余粮)、"剪草"(茜草)、"巾帻"(荆芥)。第九支曲子〔尾〕声,把主要责任归罪于蒋太医,嘲笑他犯罪后,无面目返回故乡,空惹得卖杏子的康瘤儿把他"笑杀"。康瘤儿,当是卖杏小贩的绰号,类似《水浒传》中帮武大捉奸的"唐牛儿"之流的小人物。这一曲中蔓荆子、续断、杏子是药名;"先灵"谐"仙灵(脾)"、"回乡"谐"茴香",是谐音药名。

这一散套将一场通奸案的过程,写得次序分明,根据元代的刑法,与有夫之妇通奸,"杖八十七",女方"去衣受刑",永远不许作官宦人家妻妾。作品是按法律条文写的,与现实生活相符。元人散曲多写自由恋爱并加以歌颂,但仍反对与有夫之妇通奸。本篇属于幽默、嘲谑一类作品,富有诙谐趣味,元人套数中常见这类风格。例如杜仁杰的《庄家不识勾阑》、睢景臣的《高祖还乡》、关汉卿的《不伏老》,都是以诙谐趣味见长的作品。本篇风格与上述三篇近似,内容着重对刑事犯罪分子进行嘲笑,不失为可读的、有趣的作品。

(刘知渐)

［作者小传］

真氏

歌妓。建宁（今属福建）人，据元陶宗仪《辍耕录》所载系南宋真德秀后代，名真真。其父为济宁管库，因犯法卖女抵偿，沦为歌妓。后因侍宴，遇翰林承旨姚燧，为之脱籍，得嫁翰林院小史以终。《全元散曲》辑存其小令一首。

〔仙吕〕 解 三 醒

真 氏

奴本是明珠擎掌，怎生的流落平康。对人前乔做作娇模样，背地里泪千行。三春南国怜飘荡，一事东风没主张。添悲怆，那里有珍珠十斛，来赎云娘！

《辍耕录》卷二十二"玉堂嫁妓"条载："姚文公燧为翰林学士承旨日，玉堂设宴，歌妓罗列，中有一人，秀丽闲雅，微操闽音。公使来前，问其履历。初不以实对。叩之再，泣而诉曰：'妾乃建宁人氏，真西山之后也。父官朔方时，禄薄不足以给，侵贷公帑无偿，遂卖入娼家，流落至此。'公命之坐，乃遣使诣丞相三宝奴，请为落籍。丞相素敬燧公，意公欲以待中栉，即令教坊检籍除之。公得报，语一小史曰：'我以此女为汝妻，女即以我为父也。'史忻然从命。京师之人相传以为盛事云。"考《元史》，知姚燧任翰林承旨在至大二至四年（1309—1311），三宝奴任相在至大二至三年。而此曲显系真氏除乐籍之前作，故必作于大德末年至至大元年之间。全词叙其由良家女沦落为官妓之后的悲惨命运，表现了她迫切从良的愿望和哀苦无告的悲酸。

"奴本是明珠擎掌，怎生的流落平康"二句，概写其沦落为娼的经过：她本是建宁（今福州市）官宦人家女儿，父母爱之如掌上明珠。只因其父在朔方作官（今宁夏灵武一带，也可泛指北方），俸禄微薄（按史载，至元以来地方官很少发甚至不发薪俸），挪用公款，上司理算而无力偿还，为使全家免受罪罚，遂把她卖作官妓以偿债。"平康"，本唐代长安平康坊，是官妓聚居之地，此处代指官办妓院。

三四句："对人前乔做作娇模样，背地里泪千行。"写官妓生活的辛酸。官妓要随时承应官吏的一切公私宴会，进献歌舞，娱宾侑酒。稍有失误，辄遭刑罚。其生命同于奴婢而无啻牛马，《元典章》规定杀死娼妓不偿命，"照拟杀他人奴婢，徒五年，拟决杖一百七下。"与私宰牛马判罪略同。然而在宴会堂前承应官身时，还得强忍悲酸屈辱，乔妆娇美笑脸以供人淫乐；只好背后暗伤人格微贱，不堪凌辱而两泪如倾。

接着"三春南国怜飘荡，一事东风没主张"二句，写思乡念亲之愁和青春飘零之恨。"三春"指春季三个月，也可指三年，此处取后义为宜，乃言其离家之久；又隐寓孟郊《游子吟》："谁言寸草心，报得三春晖。"即难报慈母恩惠之憾。"南国"指故乡福州。"东风"喻青春年华，又隐含李贺《南园》："可怜日暮嫣香落，嫁与东风不用媒。"此句以花的零落飘荡喻己之任人摆布。两句意谓：我漂泊风尘多年了，南方的父母虽然想我怜我，可我却无法报答他们的养育之恩；而今眼看韶华年年流逝，恰如落花随风飘零，一切任人摆布，自己不能主宰命运。

结尾三句："添悲怆，那里有珍珠十斛，来赎云娘！"写其从良愿望及无法实现的悲怆。妓女要想除掉乐籍获得自由，一是靠家人用钱赎身，二是靠嫁士大夫弃贱从良。然而在作者看来，两途皆很渺茫。因为父母既视她为掌上明珠，岂有不心疼之理？但当初既为卖她偿债，自然无钱来赎；而法律又规定官妓不许从良，一般只能"乐人内匹配"。（《元典章》十八）所以她只能对天长叹："那里有珍珠十斛，来赎云娘"了。"珍珠十斛"用石崇买绿珠事，乔知之《绿珠篇》："石家金谷重新声,明珠十斛买娉婷。"此喻赎身价高。"云娘"本唐代澧州官妓崔云娘,形貌瘦瘠,事见范摅《云溪友议》。此处真氏以云娘自喻,除代指官妓身份外,还兼取消瘦憔悴之意。以真德秀之后代,后有幸遇姚燧帮助,认为义女,得脱乐籍,那只是偶然的机遇;从必然性来看,此时她对命运感到渺茫甚至绝望,却是逼真而合乎情理的。

　　此曲自述身世,现身说法,风尘女写风尘事,感情深切逼真,一字一泪,满纸呜咽,自非他人代言可比。通篇似满心而发,肆口而成,不假雕饰,除五八句对偶外,其余逢双亦不暇顾及对偶,全凭其本色自然的真情实感血泪挥洒,故而动人心弦,摧人肺腑。

(熊 笃)

景元启
生平事迹不详。所作散曲今存小令十五首,套数一套。

〔双调〕**殿 前 欢**

景元启

梅 花

月如牙,早庭前疏影印窗纱。逃禅老笔应难画,别样清佳。据胡床再看咱,山妻骂:"为甚情牵挂?"大都来梅花是我,我是梅花。

【殿前欢】

　　古代写梅的韵文很多，或绘形传神，或借物抒怀，佳作不胜枚举。这支小令也以梅花为题，却别具一格。从内容看，它着意展示了作者虚静观照中物我两忘、物我浑一的审美体验。作者的观照对象，不是梅花实体，而是月光映照下的梅花在纱窗上的投影，与一般的咏梅之作颇为不同。就形式言，它那本色当行的散曲语言，也有别于宜雅不宜俗的诗词中的同类作品。梅花形象多与月色关合，在赋梅之作中，似乎是相当普遍的现象。张炎曾称"诗之赋梅，唯和靖一联而已"（《词源》），这"一联"便指林逋《山园小梅》诗之第三四句："疏影横斜水清浅，暗香浮动月黄昏。"而在被张炎奉为词之赋梅绝唱的姜夔《暗香》、《疏影》中，也有"旧时月色，算几番照我，梅边吹笛？""想佩环、月夜归来，化作此花幽独"的句子。当然，张炎所评，未免有偏嗜之嫌，我们也不能由此而作出简单的推论。不过，月色和梅花意象的组合映衬，决不能看作偶然巧合。也许，当梅花沐浴着澄澈月光的时候，它那冷香幽韵、超尘绝俗的风神高格，才能获得臻于极致的体现，从而更易唤起人们的审美意兴；也许，人们又觉得，只有将晶莹如玉、品性高洁的梅花，置于月色溶溶、清旷静谧的境界之中，才能达到最大程度的和谐。

　　这支小令也是如此，起句淡淡两笔，便勾勒出一幅新月悬天、庭梅印窗的画面。月牙，指新月。疏影，既借指梅花，同时也写其枝干横逸、疏朗脱俗的姿态。人居室内，梅立庭中，一道窗纱，虽阻隔了观照者的目光，却也由此而增强了审美的间离效果。窗纱上的梅花投影，较之月色中的梅树实体，虽减去了些许质感与明晰，却又平添了几分朦胧与空灵。或许，这似虚似实、亦虚亦实的朦胧与空灵，更令人神往、更逗人遐思。"逃禅"两句是说，其绝伦之清佳，虽丹青妙手，亦难描画。宋扬无咎，字补之，善画梅花，词集以《逃禅》名。此或系"逃禅老笔"所指。"别样"，这里作特别解。正是这"别样清佳"的印窗梅影，使安坐室内的作者深深陶醉。他在虚静的审美观照之中，觉得不仅自己在观赏梅影，那梅影似乎也在观赏自己。"据胡床再看咱"一句所展现的正是这种心理状态。"据"，靠。"胡床"，交椅。"咱",语尾助词,同"者",表希望或请求。透过"据胡床"的表层笔墨,不难看出人物的悠然神往。此时的作者,已进入了物我相通、主客交融的境界。正因如此,当妻子(山妻,妻子。自称其妻时所用的谦词。)误解了这种痴迷沉醉之态而嗔怪责难的时候,作者才以"大都来梅花是我,我是梅花"作为解释。"大都来",只不过的意思。这两句,是"据胡床再看咱"的绝妙注脚,也是全曲的点睛。物我两忘、物我浑一,从心理学角度讲,乃是精神专注时所引起的幻境,也是中外许多文艺家都曾有过的体验。"相看两不厌,只有敬亭山"(李白《独坐敬亭山》),"何方可化身千亿,一树梅花一放翁"(陆游《梅花绝句》)即是为人们所熟知的例子。

这支小令的可贵之处,在于它不仅逼真地,而且谐谑地表现了这种审美情状。"山妻"的插话,就其效果而言,颇类杂剧中的科诨,它冲淡了艺术殿堂渊雅矜持的氛围,注进了市井的戏谑诙谐。这正是散曲所特有的风味。

(高建中)

查德卿
生平事迹不详。约生活于仁宗朝(1311—1320)前后。《全元散曲》录存其小令二十二首。

〔仙吕〕 寄 生 草

查德卿

感 叹

姜太公贱卖了磻溪岸,韩元帅命博得拜将坛。羡傅说①守定

【寄生草】

岩前版，叹灵辄吃了桑间饭，劝豫让吐出喉中炭。如今凌烟阁一层一个鬼门关，长安道一步一个连云栈。

慨叹宦途险恶，否定功名富贵，是元人散曲中最常见的主题。这首〔寄生草〕在表达这一主题时，不但感情较一般同类作品更为愤激，批判精神更为彻底，而且表现手法也更为淋漓恣肆，体现出曲的典型风格。

首起一二句就突兀而起，似双峰壁立。传说吕尚（即姜太公）年老未遇，隐居在渭水边的磻溪垂钓。后被西伯姬昌（即周文王）车载而归，尊为师。他辅佐武王伐纣，为周朝开国元勋。韩元帅指韩信，被刘邦筑坛拜为大将，屡建功勋，为汉代开国功臣；后来却落得"狡兔死，走狗烹"的悲惨结局，为刘邦所杀。这两个著名的历史人物，虽分别兴周佐汉，但结局迥异，本来似乎不宜相提并论，作者却有意将两人并列，对其出仕拜将概加否定。不仅韩信拜将陪上自己的性命太不值得，就连姜太公离开磻溪去作官，也是"贱卖了磻溪岸"，将自由自在的生活换作了名缰利锁，很不划算。在作者看来，无论功名事业的成与败，结局的幸与不幸，出仕作官统统是不上算的买卖。这跟那种只感叹有功而不得善终，却津津乐道于功成名就、位极人臣者有明显区别，是对功名仕进的彻底否定。"贱卖"、"博得"，语含讽慨，无异于对热衷功名仕进者兜头浇下一瓢凉水。

接下来，是三个鼎足对句，讲到了三个历史人物。商朝的傅说，曾在傅岩从事版筑，后被商王武丁任为大臣。"守定岩前版"，是说他坚守傅岩版筑的营生，不去做官。这实际上是对他出仕行为的一种隐讽，名为"羡"之，实为刺之。灵辄是春秋时晋人。晋灵公的大臣赵宣子（盾）曾给饿饭的灵辄东西吃。后来晋灵公派灵辄刺杀赵宣子；灵辄倒戈救了赵宣子。灵辄这一行动，历来被视为以死报恩的义举，作者却叹惜灵辄为了报一饭之恩而豁出性命实在不值得。豫让是战国初晋人，事智伯，受国士礼。智伯为赵襄子所灭，豫让浑身涂漆为癞，吞炭为哑,使人不能辨认,准备刺杀赵襄子替主报仇,事败被杀。(事见《战国策·赵策一》、《史记·刺客列传》)这里说"劝豫让吐出喉中炭",是认为豫让毁身报恩之举乃愚蠢的行为。以上三句,对三个历史人物的评论,或以赞为讽,或明显表露惋惜不满,基本态度都是反对为统治者效忠、卖命。这种不管所服务的统治者是否贤明,也不论所做的事是否正确的态度,似乎有些偏激,却正反映了封建社会后期一部分知识分子的典型心态。这三个鼎足对句,分别以"羡"、"叹"、"劝"领起,一气直下,酣畅淋漓,把作者那种蔑视为统治者效命的激愤之情充分表达出来了。

最后两句是全篇感情发展的高潮,也是作者思想认识的凝聚点。唐太宗曾将开国功臣二十四人的图像画在凌烟阁上。凌烟图像,从此成为士人追求功名的最高目标。这里却将通向凌烟阁的道路描绘得十分阴森恐怖:"一层一个鬼门关!"崇高神圣的殿阁与阴惨黑暗的地狱为邻,万世不朽的偶像与万劫不复的冤鬼为伴,令人触目惊心。"长安道"喻指仕途。在许多士人的心目中,"长安道"坦荡宽阔,正是并驾齐驱、猎取功名的坦途,作者却把它描绘得十分险恶可怖:"一步一个连云栈!"连云栈:在褒斜谷(今陕西褒城一带),在悬崖绝壁上凿孔、架木铺板的栈道。此喻仕途险恶。李白的《行路难》(其二)说:"大道如青天,我独不得出。"慨叹的只是自己的不遇,对整个仕途仍然感到像青天那样广阔。对比之下,可以看出封建社会的不同时期知识分子对仕途、官场认识的变化。当封建地主阶级趋于没落,它的统治越来越暴露出腐朽本质的时期,便会产生一部分对封建统治带有离心倾向甚至叛逆精神的人。他们把个人的自由与生命看得高于整个封建统治的利益,鄙弃对封建主的人身依附,视封建统治者所宣扬的最高荣誉和神圣场所为黑暗地狱,视忠臣义士为愚不可及。这首小令所触及的,远不止是官场的黑暗与仕途的险恶,而是对一系列传统的封建伦理观念(忠、义、兼济天下、士为知己者死,等等)表示了怀疑甚至蔑视。这种思想感情,带有封建社会后期的明显时代特征。

　　曲的"豪辣灏烂"(贯云石序《阳春白雪》)风格,在这首小令中有充分的体现。这不仅由于内容方面的诸种因素(如批判精神的彻底,感情的愤激,讽刺的辛辣),而且与形式方面的因素密切相关。全篇虽有三个小的层次,但蝉联紧接,略无停顿。开头突兀而起,接着三个鼎足对句,如连珠炮,倾泄而出,最后是两个长达十字的对句,将愤懑之情推向顶端。曲的一个主要特点是多用衬字。〔寄生草〕这支曲子的句式为三三、七七七、七七。可以看出,本篇首尾四句都用了大量衬字。它们对淋漓恣肆地表达感情起了重要作用。尤其是结尾两句,由于加上了"如今"、"一层"、"一步"等衬字,不仅造成了一波三折的节奏,而且更加强了全句浑灏流转的气势,使得揭露与批判更富于力度了。

(刘学锴)

〔注〕　① 傅说(yuè 悦):相传原是傅岩地方从事版筑的奴隶,后被商王武丁任为大臣,治理国政。

〔仙吕〕一　半　儿

查德卿

春　妆

自将杨柳品题人①,笑拈②花枝比较春,输与海棠三四分。再偷匀③,一半儿胭脂一半儿粉。

春　绣

绿窗时有唾茸粘,银甲频将彩线掭④,绣到凤凰心自嫌。按

春纤，一半儿端相一半儿掩。

查德卿的〔一半儿〕小令，共有八首，总题目是《拟美人八咏》，分写"春梦"、"春困"、"春妆"、"春愁"、"春醉"、"春绣"、"春夜"、"春情"。这里选录了其中两首。"春"这个词在汉语中含意很丰富，既指春天这个季节，又可隐指男女风情；大概春风送暖之时，青年男女容易春心萌动吧？查德卿这些小令都以春天为背景，又首首关男女之情，可说兼有两义。在元人散曲中，属于写闺情的"香奁体"。

先看"春妆"。这支曲，写一个春日的早晨，有个闺中女子在对镜理红妆。古人形容女子之美，常以杨柳喻其体态婀娜，以海棠喻其容貌艳丽。查德卿在另一首小令"春醉"中就这样描绘女子："海棠红晕润初妍，杨柳纤腰舞自偏"。不过，这类比喻实在太熟滥了。这支曲开头两句："自将杨柳品题人，笑拈花枝比较春。""笑拈花枝"，有动作，有神态，映现出这个女子对自己美丽容颜的自信，似要比"海棠红晕润初妍"这类静态比喻要动人，但也难免陷于俗套。看来查德卿不甘做庸才或者蠢才，他要在旧的比喻中翻出新意来。先有一个铺垫："输与海棠三四分。"与海棠花枝比较的结果，出乎女主人公的预料，居然人面不如花容好。但是，更出乎读者预料的是，这位自信的女主人公决意要与海棠花争胜，非要美到十分才罢休："再偷匀，一半儿胭脂一半儿粉。"这神来的一笔，把女主人公刻意妆扮、风流自赏的微妙心理表现了出来，并且引起了我们丰富的联想：这个女子是心有所欢，力图要博得他的爱恋呢？还是马上要去与情人幽期密约呢？……

明代大画家唐寅可能是受了这首散曲的启发，作画一幅，并将曲意敷演成一首《题拈花微笑图》的七言古诗。诗云："昨夜海棠初着雨，数朵轻盈娇欲语。佳人晓起出兰房，将（拿）来对镜比红妆。问郎花好侬（我）颜好？郎道不如花窈窕。佳人见语发娇嗔,不信死花胜活人。将花揉碎掷郎前,请郎今夜伴花眠。"叙述可谓详尽,还把"郎"请了出来,两人当面锣对面鼓地一问一答,实在有点肉麻当有趣。两相比较,查德卿曲善于虚处藏神,唐伯虎诗却直露无余。

再看"春绣"。这支曲开头两句也只是平铺直叙:"绿窗时有唾茸粘,银甲频将彩线捭。""绿窗",点明了闺房的环境,"银甲",即青年女子的指甲,点明了少女的身份。两句展现了春天闺中刺绣的日常生活场景:绿窗纱上粘着口中唾出的丝缕,纤纤玉指牵引着绣花的彩线。虽然并没有直接描绘人物,但我们可以想见女主人公的神态是安详的,心境是平静的。下面却波澜陡起:"绣到凤凰心自嫌。"她的心情骤然变恶,原来是绣到了凤凰的图案。雄凤雌凰,比翼和鸣,在中国古代传统意识中象征着夫妻关系的和谐美好。正是图案的象征意义触动了女主人公的心思,掀起了情感的波澜。作者把一个特写镜头推到了我们面前:"按春纤,一半儿端相一半儿掩。"这是一只手的特写——本来在那儿飞针走线的纤纤十指,这时忽然停了下来,女主人公把凤凰图案细细端详了一会,又用手指把它遮住了。这个特写镜头,含意极为丰富,它展示了人物在特定情境中的内心情愫:为什么要细细端详呢?大约她是羡慕着凤凰的成双作对吧?又为什么要用手掩住?那一定是她向往着幸福美好的爱情生活,却未能遂愿,于是心生妒恨了。这一句还不仅表达了她又羡又恨这种复杂微妙的心情,而且还暗示了她孤单寂寞的处境,蕴含着许多的潜台词,使读者感发无穷:这是一个待字闺中、春心萌动的少女?抑或是一个夫婿远游、独守空房的少妇?多情的读者,大概不免要心生同情,关心起女主人公的命运来了。

这两首小令,在艺术上都有平中出奇的特点。前两句出语平平,貌不惊人;至第三句,如前一首的"输与海棠三四分"、后一首的"绣到凤凰心自嫌",预作铺垫,呈盘马弯弓之势;末句突然翻空出奇,妙趣横生。〔一半儿〕这个调子的末句,正是曲家用力之处,在全篇中最有光彩。作者运笔到此,突然"定格",人物在一刹那间的思想活动和情感波澜被隐蔽起来,作者选择了能暗示人物心态的一个特征性动作,作诗意的凝固,而读者的注意也被集中到了这个最佳点上,由此而产生出丰富的联想。打一个也嫌熟滥的比方,似唆橄榄,咀嚼到末了方觉甘味无穷,这正是两首〔一半儿〕的艺术魅力所在。

（方智范）

〔注〕 ① 人:这里指女子自己。 ② 拈(nián 辇):手执。 ③ 匀:妇女面部化妆时涂脂抹粉叫"匀"。 ④ 挦(xún 寻):扯取。

〔中吕〕普 天 乐

查德卿

别 情

鹧鸪词,鸳鸯帕,青楼梦断,锦字书乏。后会绝,前盟罢。淡月香风秋千下,倚阑干人比梨花。如今那里? 依栖何处? 流落谁家?

这是一首抒写离别相思之情的小令。所怀对象,据"青楼"、"依栖"、"流落"等语,可能是一位寄人篱下的歌伎。

开头两句,由"鸳鸯帕"勾起回忆。鹧鸪词,当指用〔鹧鸪天〕或〔瑞鹧鸪〕曲调填的词。这里与"鸳鸯帕"对举,似兼有象喻爱情的意味。唐、宋歌伎每于罗衫上绣双鹧鸪,作为爱情的象征;晏几道的〔鹧鸪天〕"彩袖殷勤捧玉钟"篇抒写离合之情,流传众口。这些都赋予"鹧鸪词"以丰富的联想。这"鸳鸯帕"上题写

【普天乐】

的"鹧鸪词",记录了双方往日爱情生活中的温馨旖旎,而现在却只成了重温旧梦的凭藉了。

以下"青楼梦断,锦字书乏"两句由面对旧物引起的追忆回到现实。"青楼",点出对方身份;锦字,用前秦苏蕙织锦回文诗寄丈夫窦滔的故事(见《晋书·列女传》),指代书信。离别之后,对方信息杳然,不仅无缘重逢,连形影也不曾入梦。两句相互对衬,加强了相思离别之苦。"梦断"、"书乏",隐逗结尾。

"后会绝,前盟罢"这两句重笔作一收束。梦断书乏,不只意味着后会无期,连先前订立的盟誓也都成为空言了。这里有沉痛,却无怨恨。断、乏、绝、罢,这四个缀于句末带有强烈沉重感的字眼一路蝉联而下,突出了感情的强度。

写到这里,似乎已无话可说。但刻骨铭心的爱情却使诗人欲罢不能,从沉重的叹息转为深情的追忆。"淡月香风秋千下,倚阑干人比梨花。"仿佛是一幅清淡素雅的水墨画:朦胧的月光下,空气中散发着淡淡的梨花幽香。秋千架下,阑干旁边,那人一身素雅的衣裳,正如洁白的梨花。尽管那人只有一个朦胧的剪影,但由于环境气氛的烘托,她的精神风采却鲜明可触。而且由于虚处传神,更能引人遐想。这幅在记忆中深藏的永不褪色的心画,把诗人对所爱女子的无限深情集中地表达出来了。韦庄的〔浣溪沙〕词说:"暗想玉容何所似?一枝春雪冻梅花,满身香雾簇朝霞。"与这两句有异曲同工之妙。尽管一为悬想,一为追忆,一感情热烈,色调鲜妍,一感情深沉,色调淡雅,但都表现出一种深情的怀念。

结尾三句,又从深情的追忆回到现实:"如今那里?依栖何处?流落谁家?"由于音讯杳然,如今对方究竟身在何方亦不得而知。"依栖"、"流落",暗示了对方不由自主的命运和依人流转的处境。这一个鼎足对,句面对偶,句意递进,调虽轻缓,情则深长。深情的追忆转为无尽的追踪,深刻的怀念变为真挚的同情。"那里"、"何处"、"谁家",一意贯串,表现了诗人那种思而不见,渺茫无着的情思，有语尽而情不尽的绵绵情致。

（刘学锴）

〔越调〕柳 营 曲

查德卿

金 陵 故 址

临故国，认残碑，伤心六朝如逝水。物换星移，城是人非，今古一枰棋。南柯梦一觉初回，北邙坟三尺荒堆。四围山护绕，几处树高低。谁，曾赋黍离离？

元曲作家中，除卢挚、张养浩、张可久、汤式有一部分怀古之作外，其他作者寥寥。这可能是因为，怀古诗词历来贵含蓄蕴藉，而且抒写的感情偏于沉重，这种传统风格与"豪辣灏烂"、"尖新倩意"的曲有较大距离。这首〔柳营曲〕《金陵故址》，无论内容、风格，都与传统怀古诗词有明显区别，从中略可窥见怀古题材的散曲的独特风貌。

开头三句："临故国，认残碑，伤心六朝如逝水。"紧扣题目，拈出"故国"（指六朝旧都遗址）、"残碑"作为兴感之由。繁华的六代旧都，如今唯余残碑断碣供人辨认凭吊，令人不由得对逝水般消失的六朝产生无限伤怀感怆。这几句大处落墨，挑明怀古之意。由"临"而"认"而"伤心"，从访古到怀古到伤古，次第井然。

"物换星移，城是人非，今古一枰棋。""物换星移"语出王勃《滕王阁诗》："物

【柳营曲】

换星移几度秋。"喻时世景物的变化。"城是人非",语出《搜神后记》,丁令威学道化鹤归故乡辽东,徘徊空中言道:"城郭如旧人民非。"这三句直抒怀古之慨。斗转星移,景物变迁。金陵故址犹存,但人事全非,朝代更迭,早已是"几回伤往事"了。这本是怀古者最易产生的人事沧桑之感。但在不同时代的作者中,它所引出的感慨却很不相同。唐代以六朝为题材的怀古诗,多着眼于其荒淫亡国的历史教训,所谓"万户千门成野草,只缘一曲《后庭花》"(刘禹锡《金陵五题·台城》),宋词如王安石〔桂枝香〕、周邦彦〔西河〕亦多承此意。这首小令却由六朝逝水引出"今古一枰(棋盘)棋"的感慨。在他看来,古往今来的这一切历史沧桑,不过像一盘棋局,反复变幻,归根不过一场游戏而已。这种把历史沧桑看成毫无意义的博戏的观点,包含着对历代封建统治的否定意识,是封建社会前期怀古之作中罕见的。

以下两句,以议论的方式进一步敷演这个旨意:"南柯梦一觉初回,北邙坟三尺荒堆。"历史的沧桑变幻就像一场南柯梦,一觉梦醒,方悟一切兴衰成败全属虚幻,到头来忠奸贤愚、贵戚王公,统统逃脱不了北邙山上,荒坟三尺的结局。这种不问成败贤愚,一概否定的态度,散发着浓厚的历史虚无主义气息。正如张养浩〔山坡羊〕《骊山怀古》所慨叹的:"列国周齐秦汉楚,赢,都变作了土;输,都变作了土。"在这些作者意识的深层,正萌发着对封建统治的历史的否定情绪。

"四围山护绕,几处树高低。"两句由议论收归现境,进一步抒写"物换星移,城是人非"之慨。系从刘禹锡《石头城》"山围故国周遭在"与许浑《金陵怀古》"松楸远近千官冢,禾黍高低六代宫"之句分别化出,而化诗之感慨苍凉为曲之明快直截。结尾独出心裁,以冷语作收:"谁,曾赋黍离离?"《黍离》,《诗经·王风》篇名,写周大夫见故宗庙宫室尽为禾黍,彷徨不忍离去,乃作。黍离之悲,故国之思,原极沉痛,但既然"今古一枰棋",这黍离之悲又有什么必要! 正如陈草庵在〔山坡羊〕《叹世》中所说:"三国鼎分牛继马,兴,也任他;亡,也任他。"

从凭吊故址开始,到否定黍离之悲结束,这首小令自始至终渗透着一种历史的空幻感、虚无感。朝代的更迭,历史的兴衰在作者心中引不起任何严肃的思考,有的只是冷眼旁观。这种情绪,正反映了封建社会后期一部分士人对封建统治深深的失望。

(刘学锴)

〔越调〕 **柳 营 曲**

查德卿

江 上

烟艇闲,雨蓑干,渔翁醉醒江上晚。啼鸟关关,流水潺潺,乐似富春山。数声柔橹江湾,一钩香饵波寒。回头观兔魄,失意放渔竿。看,流下蓼花滩。

此曲中所写的"渔翁",实际上是个科场失意的文人。失意后,他退隐江滨,但却不能割断蟾宫折桂的欲念,因而在强作闲适的同时,心灵上又积压着沉重的苦闷。

首句勾画了一幅渔翁孤舟闲漂图。小船自在消闲,蓑衣雨湿风干,渔翁饮醉睡醒,表面看来确是一派悠然自得的气象。但仔细体味,渔翁冒雨自炊,饮酒就醉,醉则昏睡,醒则漂归,既无渔钓之意,又无赏景之心,这就不能不令人感到他胸中凝聚着难以解脱的苦衷,不然,为什么要独自借酒浇愁、整天沉湎醉乡呢？

"啼鸟关关，流水潺潺，乐似富春山。"东汉初年，严子陵不愿出来做官，曾隐居在两岸峰峦叠翠、风光秀丽的富春江边钓鱼。"渔翁"在自己的隐居地轻舟放还，虽无意于两岸风光，但岸边飞鸟高唱，船下流水低吟，却不能不时时叩动着他的心扉，因而使他似乎也领略到像严子陵当年在富春江所尝受到的山水之乐。

忽然间，"数声柔橹"从远处的江湾中传来，一下子惊破了他的隐逸梦。他顺着橹声望去，看到数条渔船正满载着奔波的劳顿和收获的喜悦停橹拢岸，而自己这里，却是"一钩香饵"孤寂地漂浮在寒光粼粼的波流上。这一热一冷仿佛两个世界的鲜明对比，不禁使他产生一种失落感，唤起他留恋世事的衷情，勾起他科场失意的隐痛。

于是，他忍不住又"回头观兔魄"。兔魄指月亮，月宫又称蟾宫。"渔翁"望月，显然是折桂之心未冷。但蟾宫可望不可及，桂枝虽香而难折，面对落第失意、寒江独钓的冷峻现实，他不免心神摇荡，感慨万端，以至于放下渔竿，兀坐冥思，连半点垂钓的兴味也没有了。

"看，流下蓼花滩。"等到他回过神来，只见小船已随波逐流，钻进了开满蓼花的河滩。蓼，本是一种草本植物，这里却是辛苦之意。《诗·周颂·小毖》："予又集于蓼。"意谓我又要遭遇到许多辛苦之事。此时"渔翁"放下钓竿，思前想后，深感自己命运坎坷，前途多舛，因而也产生了"集于蓼"之慨叹。

此曲透过叙事、状物、写景，清晰地显现出"渔翁""江上晚"时感情流动的轨迹。如果说开首还是以隐逸之乐为主而将失意之痛压在心底的话，那么后来则是失意之痛转居上风，并取得了压倒优势。纵观全曲，从醉醒起笔，到山水之乐，再到"柔橹"之警，然后到望月失神，最后以人生慨叹作结，其间触景生情，因情写意，起、承、转、合，一环扣一环，十分合乎感情变化的规律和心理活动的逻辑。一篇短短的小令,能从容地表现出如此婉转曲折、起伏跌宕的情致,是颇见艺术匠心的。

李中《送黄秀才》诗有云:"蟾宫须展志,渔艇莫牵心。"这两句诗,可作为该曲的注脚。事实上,失意文人真正被渔艇牵住心,从而忘怀世事功名的并不多。此曲揭开一般闲适小令一味沉醉山水之乐的纱幕,真实地表现出科场失意文人在不得不隐逸山水时内心所压抑着的痛楚,坦诚深切,读来确有令人耳目一新之感。

(陶型传)

〔双调〕 蟾 宫 曲

查德卿

怀　古

问从来谁是英雄? 一个农夫,一个渔翁。晦迹南阳,栖身东海,一举成功。八阵图名成卧龙,《六韬》书功在非熊。霸业成空,遗恨无穷。蜀道寒云,渭水秋风。

怀古咏史,自汉魏以降,代有所作。当诗人将冷峻的目光投向历史的时候,无不拥载着对现实的深切体认。因此,作为历史与现实联系思考的产物,它们不可避免地带有各自的时代印记。元代士人困扰于贤愚颠倒的昏暗统治与沉沦底层的卑微地位这一双重桎梏之中,元散曲中的怀古咏史之作,显示了他们的特殊心态。这种特殊心态,既集中表现为历史评判的价值观念发生了变化,

【蟾宫曲】

也促使他们将怀古与叹世空前紧密而直接地绾结起来。这支〔蟾宫曲〕,《太平乐府》等题为"怀古",而《北曲拾遗》则以"叹世"标目,正透露了此中消息。在诸多的前贤先哲中,勋业彪炳的吕尚、诸葛亮,历来受到后人的仰慕。但在元散曲家的笔下,对其名标青史的英雄伟绩的意义,却常常表示怀疑:"笑他卧龙因甚起,不了终身计"(王仲元〔江儿水〕《叹世》),查德卿自己也说过"姜太公贱卖了磻溪岸"(〔寄生草〕《感叹》)。这支小令,也写吕尚和诸葛亮,虽无激厉愤张之辞,但其深层的意蕴却是相通的。

起首三句即点明怀古对象,同时作出评价。三国时的诸葛亮,早年避难荆州,躬耕陇亩。周初时人姜太公吕尚,相传曾垂钓于渭水之滨。故称之为"一个农夫"、"一个渔翁"。四、五两句,分承"农夫""渔翁"。"一举成功"是总收,也是折进。"八阵图"、"六韬书"两句则是其具体内容的展衍。卧龙,指诸葛亮。《三国志·蜀志·诸葛亮传》:"(徐庶)谓先主曰:'诸葛孔明者,卧龙也,将军岂愿见之乎?'"又,诸葛亮《出师表》云:"臣本布衣,躬耕南阳,苟且性命于乱世,不求闻达于诸侯。"南阳,《三国志·蜀志》引《汉晋春秋》:"亮家于南阳之邓县,在襄阳城西二十里,号曰隆中。"晦迹,隐居不出。八阵图系诸葛亮所创造,指由天、地、风、云、龙、虎、鸟、蛇八种阵势所组成的战斗队形及兵力部署的阵图,后人常用以代指其军事才能。非熊,指吕尚。据《史记·齐太公世家》载,周文王出猎时占卜,卜辞说"所获非龙非骊,非虎非熊,所获霸王之辅",果然遇吕尚于渭水之阳,与语大悦,同载而归。后吕尚辅佐武王灭殷。《六韬》,兵书。分文韬、武韬、龙韬、虎韬、豹韬、犬韬六个部分,故名。旧传吕尚所撰。"霸业成空"以下,由追寻历史的足迹转入对历史的凭吊。吕尚、诸葛亮辅成的王霸之业,早已成为过眼云烟,往昔君臣际会、搬演过一幕幕历史活剧的舞台,而今唯余压天寒云、肃杀秋风。"霸业成空"句,《北曲拾遗》作"伯(按:通"霸")业成功",字面有异,但其在全篇历史感受的表述中并无二致。"霸业"虽成,但终归于空无、幻灭,一切都消失在永恒的时间之中。吕尚和诸葛亮是作者心目中的"英雄",但突兀眼前的却首先是他们出山之前的形象。"农夫"、"渔翁"固是指代,但不宜仅以指代视之。其中当另有耐人寻味的深意。"遗恨无穷",并不排除龙蛇不辨、不得再遇明主的慨叹,这正是作者所认识到的"如今凌烟阁一层一个鬼门关,长安道一步一个连云栈"(〔寄生草〕《感叹》)的现实投影。更包含着参透一切的绝望:事业有成,也不过是白费心机。然而,这种直觉和顿悟,主要凭借了"用景写意"的表现手法,而没有诉诸习见的调侃和冷嘲。

(高建中)

〔双调〕 蟾 宫 曲

查德卿

层 楼 有 感

倚西风百尺层楼,一道秦淮,九点齐州。塞雁南来,夕阳西下,江水东流。愁极处消除是酒,酒醒时依旧多愁。山岳糟丘,湖海杯瓯。醉了方休,醒后从头。

登高远眺,目接苍茫,极易牵动情思。此类抒慨之作,可谓车载斗量。因景兴感,是其一般的思维流向。这支小令亦然。起句即由"倚西风"三字推出抒情主体,"百尺"形容层楼之高。"一道秦淮"五句,全是写景。"愁极"以下所述,即系题中之"有感":但愿长卧糟丘、昏醉不醒,极言愁绪之深广沉重、无计排遣。按照常规,登楼即景,多系写实。这支小令,却是虚实并到,既有收入视野的所

【蟾宫曲】

见之景,也有神思浮游的悬想之景。层楼极目,秦淮河好像一条细长的带子,中国大地犹如九点细小的烟尘,南来的大雁横空而过,一轮夕阳缓缓西沉,不尽江水滚滚东去。境界极为开阔。但"九点齐州"显非实景。唐李贺《梦天》诗中的"遥望齐州九点烟,一泓海水杯中泻"句,乃其所本。但李诗写的是诗人神游太空、下望人间所见景色。齐州,指中国。古代中国分为九州,故有"九点烟"之说。这里固有用李贺诗句表现层楼高峻之意,但其容量当不尽于此。"一道"、"九点",既展示了空间的辽阔,又承载着尘寰渺小的感悟。如果说,"一道秦淮,九点齐烟"两句主要着眼于空间意象,那么,"塞雁南来,夕阳西下,江水东流"三句所构成的则主要是时间意象。自然的永恒,不息的律动,更易引发光阴流逝、人生飘忽的时间感慨。不过,更值得注意的还不是笼罩着浓重时空意识的景物本身,也不是其作为情绪触媒所涵纳的兴感意向,而是作者由此生发的独特联想与感受。"一上高城万里愁"(唐许浑《咸阳城西楼晚眺》)登高似乎总与赋愁连在一起。但愁的内涵、烈度及其表述方式却又千差万别。在这支小令中,充盈于独立层楼的抒情主人公胸中的愁,不是从简单比照自然、人生的感知方式中生出的那种类型化了的情绪,而是凝聚着作者对现实人生的全部体验。它是作者长期郁积而形成的心理势态的突发,因此它毋须诉诸哲理的思辨和诗情的唱叹,我们听到的,乃是以直露激厉的语言为载体的愤世嫉俗者的心灵呐喊。元散曲中,常写到纵酒醉卧,但较多的只是作为消极规避的手段,或是着意追求的生活。因此,在那些作品中,往往销蚀了抗争,淡化了不平。这支小令则不然。"愁极处消除是酒,酒醒时依旧多愁。山岳糟丘,湖海杯瓯。醉了方休,醒后从头"。从这种特殊的心态与特殊的行为方式的联系中,活画出作者痛苦灵魂的绝望与挣扎、悲愤与无奈。由于作者生平不详,其"愁极"的缘由与内涵难以指实。不过,有一点可以肯定:它虽然仅是有良知的弱者的抗议,但决不是醉生梦死的软骨者的颓放。至于写作技巧,除"九点齐州"外,"山岳糟丘,湖海杯瓯"也暗用了李白"此江若变作春酒,垒曲便筑糟丘台"(《襄阳歌》)的诗意。"塞雁"三句,则采用了鼎足对的形式。抒慨部分,用笔往复回折,淋漓尽致而不注波直泻,收到了良好的艺术效果。

(高建中)

【天净沙】

作者小传

吴西逸

生平事迹不详。《全元散曲》录存其小令四十七首。

元曲鉴赏辞典

1344

〔越调〕 **天 净 沙**

吴西逸

闲 题

**长江万里归帆,西风几度阳关,依旧红尘满眼。夕阳新雁,
此情时拍阑干。**

吴西逸存世的令曲有四十七首,其中〔天净沙〕《闲题》共四首,都写夕阳西下时江关景色,抒发离情,并隐见对现实的不平。本篇是其中第一首,涵盖最广,意境也最为苍凉。

曲以"长江万里归帆"开头,雄浑地展现了经流万里的长江。江中归帆点点触发了作者的缕缕情思。于是,次句以"西风几度阳关"写出了时空的跳跃,从江中帆归,联想到离人西去。王维《送元二使安西》有句:"劝君更尽一杯酒,西

【天净沙】

出阳关无故人。"阳关故址在今甘肃敦煌西南,玉门南面,离渭城何止千里之遥,故作别之时情意深长,联想悠远也。曲中以"阳关"写别情、别意,长江之东去与旅人之西出,将愈来愈远,因而地理上相隔甚远的长江与阳关并列在此,正是状人之相别遥遥。而且,以"西风几度"来写阳关,则在空间飞跃的同时,又辅之以时间积累,使这一感叹更显沉重。王维诗中的"渭城朝雨浥轻尘,客舍青青柳色新"(《送元二使安西》),尚有朝雨洗出杨柳翠绿的本色,且有良朋相送,而曲中的"依旧红尘满眼",则一不见柳色,二不见旧友,使远行者更为孤苦。"红尘"一词,含义颇深,既是不能超脱于尘世,又是不能拔俗于众生,溪山之娱不能得到,为营求衣食还得奔波远方,其言虽短,其味深长,实堪发人遐思。只见红尘而未睹柳色之新,孤凄回徨而难衔离杯,于是放眼空中,以舒愁怀。但见夕阳如血,新雁哀鸣,不觉万感袭来,手拍阑干,感慨欷歔。虽未明言"此情"为何?但其脱化于辛弃疾《水龙吟·登建康赏心亭》的意境却依稀可见:"落日楼头,断鸿声里,江南游子,把吴钩看了,阑干拍遍,无人会,登临意。"对现实的不满和激愤溢于言表。

作者在另外三首〔天净沙〕《闲题》中,除"楚云"、"湘江"外,"沧州"、"远水"、"江亭"、"平沙",均非定指某地,因而反观本篇,"长江"、"阳关"与其说是实指,还不如看作象征性地名更为妥当。这样一来,大江东去与阳关西出的并列、交织,就不必遭"缩地"之讥,亦不必似王士禛那样以"古人诗只取兴会超妙"来作解释了。因此,本篇与其余三篇,是总写与特写、泛指与专指的关系,因而也具有广为涵盖的意义。

元散曲本以极情尽致、刻露无余为特色。但由于以张可久为代表的后期散曲作家,逐渐走上雅化的道路,形成蕴藉、骚雅的特色,因而吴西逸所作也多从诗词汲取养料,以凝练、清丽的风格著称。本篇对王维诗、辛弃疾词有所汲取,但又自铸新辞,脱化无痕。长江、归帆、西风、阳关、红尘、夕阳、新雁,开阔的意象与苍茫的情思形成高度和谐,"物色虽繁,而析辞尚简"(刘勰《文心雕龙·物色》),以少概多,构成丰富的内涵。"拍阑干"的"此情"诱人联想却不宜指实,而深长绵邈之中,又与长江水波、阳关西风达到情景的统一。较之元曲中诸多的写别情、旅怀之作,本篇已不具善于铺陈、工于描画、笔笔形容、淋漓尽致的特色,而是接近于诗情与诗境的归返。不仅其中的乡关之思、尘世之厌和离情别绪以及无端愤懑值得玩味,便是它与其余三首构成类似国画"四条屏"的组曲,亦诗亦画,也别具一段风流。

(邓乔彬)

〔越调〕天 净 沙

吴西逸

闲　题

楚云飞满长空,湘江不断流东。何事离多恨冗? 夕阳低送,小楼数点残鸿。

这首小令描绘了一幅潇湘夕照图,表现了羁旅行客的离愁别绪。

令曲一上来就描绘出一幅楚天云飞、湘江奔流的图景,意境辽阔高远。楚云、湘江也许是实写其景,点明作者浪游潇湘一带的踪迹,同时也逗引出一种怅惘凄迷、深沉悠远的情绪。云梦潇湘,水乡泽国,这一富有荆楚文化特色的区域,是和种种神话、传说、历史联系在一起的。那神女的梦幻、湘妃的哀怨、屈子的幽愤,以及历代骚人墨客的故事,曾使众多到此登临的文人雅士神思飞动,诗兴勃发,留下了无数动人的诗篇。楚云湘水很自然地会撩起人的悲愁情怀,这

【天净沙】

是植根于深厚的民族文化积淀的一种心理反应。作者选取这些形象加以描绘，确能起到渲染氛围，抒发愁绪的效果。此处还用"飞满"和"不断"来状云水，更有情满天地，绵绵不绝的意味。唐人诗中有一些类似的意境足资后人借鉴，如戴叔伦《过三闾庙》："沅湘流不尽，屈子怨何深！日暮秋风起，萧萧枫树林。"又《湘南即事》："沅湘尽日东流去，不为愁人住少时。"鱼玄机《江陵愁望寄子安》："忆君心似西江水，日夜东流无歇时。"均以长流水状离恨相思之无尽，无论其为偶合或是化用，都说明千古诗心之相通。

"何事离多恨冗"是点题的关键句子。一方面承上写景，点明景中包含的感情，好像云和水都满载着这众多的离愁别恨；一方面又开启下面的写景，使景物也涂上了感情色彩。在夕阳低垂中，登楼目送归鸿，直至星星点点，最终消失于天地的尽头。这一描写与前面的景物相呼应，随着景物的延伸，感情也越发深沉悠远了。鸿雁能够传书，如今远去，能否捎来书信呢？这个结尾留给人无穷的回味。这首小令，如果去掉第五句，完全是一首六言的绝句。前人论绝句多强调第三句的承转作用："绝句四句内自有起承转合，大抵以第三句开宕气势，第四句发挥情思"（清马鲁《南苑一知集》）；"至如宛转变化，工夫全在第三句，若于此转变得好，则第四句如顺流之舟矣"（元杨载《诗法家数》）。本首第三句即是点睛的一笔，它赋予景物以深沉的情思，绾合上下两个画面，使之浑然一体，确有承转之功。

小令由于其体制短小，需要高度的凝练，"盖小令一阕中，要具事之首尾，又要言外有余味，所以为难。"（刘熙载《艺概·词曲概》）要达到这个要求，选择形象是很重要的。这首小令择取了云水、夕阳、小楼、残鸿等形象，赋予它们以深沉的感情内涵，构成一幅完整的画面，达到高度的省净简练，差可追步马致远的〔天净沙〕《秋思》。

（黄宝华）

珍藏本

元曲
鉴赏辞典
珍藏本

下

主 编 蒋星煜 副主编 齐森华 叶长海

上海辞书出版社

珍藏本

珍藏本

元曲鉴赏辞典

篇 目 表

【篇目表】

〔越调〕天净沙·闲题(江亭远树残霞).................1348
〔双调〕清江引·秋居.................1349
〔双调〕寿阳曲·四时(萦心事).................1350
〔双调〕雁儿落带过得胜令(春花闻杜鹃).................1352

赵显宏
〔黄钟〕昼夜乐·冬.................1354

唐毅夫
〔南吕〕一枝花·怨雪.................1357

李爱山
〔双调〕寿阳春·厌纷.................1360

朱庭玉
〔越调〕天净沙·秋.................1362
〔大石调〕青杏子·送别.................1363
〔双调〕行香子·别恨.................1367

李伯瑜
〔越调〕小桃红·磕瓜.................1370

李德载
〔中吕〕阳春曲·赠茶肆(茶烟一缕轻轻扬).................1372
〔中吕〕阳春曲·赠茶肆(蒙山顶上春光早).................1374

〔中吕〕阳春曲·赠茶肆(金芽嫩采枝头露).................1375

程景初
〔正宫〕醉太平(恨绵绵深宫怨女).................1377

孙季昌
〔正宫〕端正好·集杂剧名咏情.................1379

李致远
〔中吕〕朝天子·秋夜吟.................1386
〔中吕〕红绣鞋·晚秋.................1388
〔双调〕落梅风(斜阳外).................1389

杨立斋
〔般涉调〕哨遍(烟柳风花锦作园).................1391

张鸣善
〔中吕〕普天乐·咏世.................1397
〔中吕〕普天乐·遇美.................1399
〔中吕〕普天乐(雨儿飘).................1401
〔中吕〕普天乐(嘲西席).................1403

〔双调〕水仙子·讥时.................1406
〔双调〕落梅风·咏雪.................1408

杨朝英
〔双调〕水仙子(雪晴天地一冰壶).................1410

宋方壶

〔双调〕水仙子·自足 ………… 1412

〔中吕〕红绣鞋·阅世 ………… 1414

〔中吕〕红绣鞋·客况 ………… 1415

〔中吕〕山坡羊·道情(青山相待) ………… 1417

〔中吕〕清江引·托咏 ………… 1419

〔双调〕水仙子·居庸关中秋对月 ………… 1420

〔双调〕水仙子·叹世 ………… 1422

〔南吕〕一枝花·蚊虫 ………… 1424

〔越调〕斗鹌鹑·送别 ………… 1427

王举之

〔双调〕折桂令·赠胡存善 ………… 1430

柴野愚

〔双调〕河西六娘子(骏马双翻碧玉蹄) ………… 1432

贾　固

〔中吕〕醉高歌过红绣鞋·寄金莺儿 ………… 1435

周德清

〔正宫〕塞鸿秋·浔阳即景(长江万里白如练) ………… 1436

〔中吕〕朝天子·秋夜客怀 ………… 1438

〔中吕〕满庭芳·看岳王传 ………… 1440

〔中吕〕阳春曲·赠歌者韩寿香(半池暖绿) ………… 1441

〔双调〕蟾宫曲·别友(宰金头黑脚天鹅) ………… 1443

〔双调〕折桂令(倚蓬窗无语嗟呀) ………… 1445

班惟志

〔南吕〕一枝花·秋夜闻筝 ………… 1447

朱凯

昊天塔孟良盗骨(《昊天塔》、《孟良盗骨》)

第四折 ………… 1450

钟嗣成

〔正宫〕醉太平(绕前街后街·俺是悲田院下司·

风流贫最好) ………… 1457

〔双调〕凌波仙·吊沈和甫 ………… 1460

〔双调〕凌波仙·吊乔梦符 ………… 1462

〔南吕〕一枝花·自序丑斋 ………… 1464

周浩

〔双调〕折桂令·题《录鬼簿》 ………… 1468

汪元亨

〔正宫〕醉太平·警世(憎苍蝇竞血) ………… 1471

〔正宫〕醉太平·警世(莫争高竞低) ………… 1473

【篇目表】

刘庭信

〔中吕〕朝天子·归隐(长歌咏楚词) …… 1474

〔中吕〕朝天子·归隐(荣华梦一场) …… 1477

〔中吕〕朝天子·归隐(身不出敝庐) …… 1478

〔中吕〕朝天子·归田(风俗变甚讹) …… 1481

〔双调〕沉醉东风·归田(远城市人稠物穰) …… 1483

〔双调〕沉醉东风·归田(二十载江湖落魄) …… 1485

杨维桢

〔双调〕折桂令·归隐(叹天之未丧斯文) …… 1487

倪瓒

〔双调〕夜行船·吊古 …… 1489

〔黄钟〕人月圆(伤心莫问前朝事) …… 1494

〔黄钟〕人月圆(惊回一枕当年梦) …… 1496

〔越调〕小桃红(一江秋水澹寒烟) …… 1498

〔越调〕凭阑人·赠吴国良 …… 1499

〔双调〕折桂令·拟张鸣善 …… 1501

〔双调〕水仙子(东风花外小红楼) …… 1503

〔双调〕水仙子(吹箫声断更登楼) …… 1505

〔双调〕殿前欢(揾啼红) …… 1506

夏庭芝

〔双调〕水仙子·赠李奴婢 …… 1508

刘庭信

〔中吕〕朝天子·赴约 …… 1510

〔双调〕折桂令·忆别(想人生最苦离别,三个字细细分开) …… 1512

〔双调〕折桂令·忆别(想人生最苦离别,唱到阳关) …… 1514

〔双调〕水仙子·相思(恨重叠) …… 1515

〔双调〕雁儿落过得胜令(懒栽潘岳花) …… 1517

〔南吕〕一枝花·春日送别 …… 1519

刘燕歌

〔仙吕〕太常引·饯齐参议回山东 …… 1521

邵亨贞

〔仙吕〕后庭花·拟古(铜壶更漏残) …… 1524

汤 式

〔正宫〕小梁州·九日渡江二首(秋风江上棹孤航) …… 1525

〔中吕〕满庭芳·武林感旧(钱唐故址) …… 1528

〔中吕〕满庭芳·京口感怀 …… 1530

〔中吕〕醉高歌带红绣鞋·客中题壁 …… 1532

〔中吕〕山坡羊·书怀示友人(羁怀萦挂) …… 1533

〔双调〕湘妃引·秋夕闺思 …… 1535

【篇目表】

杨 讷

〔双调〕天香引·西湖感旧 …… 1537

〔双调〕天香引·忆维扬 …… 1539

〔双调〕蟾宫曲(冷清清人在西厢) …… 1542

〔双调〕庆东原·京口夜泊 …… 1544

〔南吕〕一枝花·旅中自遣 …… 1545

西游记第二本第六出·村姑演说 …… 1549

西游记第五本第十八出·迷路问仙 …… 1552

西游记第五本第十九出·铁扇凶威 …… 1558

马丹阳度脱刘行首《刘行首》第四折 …… 1564

兰楚芳

〔南吕〕四块玉·风情(意思儿真) …… 1566

〔南吕〕四块玉·风情(我事事村) …… 1568

王大学士

〔仙吕〕点绛唇(丰稔年华) …… 1569

罗贯中

宋太祖龙虎风云会《风云会》第二折 …… 1575

宋太祖龙虎风云会《风云会》第三折 …… 1579

贾仲明

李素兰风月玉壶春《玉壶春》第一折 …… 1581

吕洞宾桃柳升仙梦《升仙梦》第三折 …… 1583

王子一

刘晨阮肇误入桃源《误入桃源》第三折 …… 1587

无名氏

〔正宫〕叨叨令(黄尘万古长安路) …… 1593

〔正宫〕叨叨令(溪边小径舟横渡) …… 1595

〔正宫〕叨叨令(不思量尤在心头记) …… 1598

〔正宫〕塞鸿秋(爱他时似爱初生月) …… 1599

〔正宫〕塞鸿秋·山行警(东边路西边路南边路) …… 1601

〔正宫〕塞鸿秋·丹客行 …… 1603

〔正宫〕醉太平(堂堂大元) …… 1605

〔正宫〕醉太平·讥贪小利者 …… 1607

〔正宫〕醉太平·叹子弟(寻葫芦锯瓢) …… 1609

〔小石调〕归来乐(动不动说甚么玉堂金马) …… 1610

〔仙吕〕游四门(落红满地湿胭脂·海棠花下月明时) …… 1612

〔仙吕〕寄生草·闲评(问甚么虚名利) …… 1613

〔仙吕〕三番玉楼人(风摆檐间马) …… 1615

〔中吕〕朝天子(早霞) …… 1616

〔中吕〕朝天子·嘲妓家匾食 …… 1618

【篇目表】

〔中吕〕朝天子·志感（不读书有权·不读书
最高） ……………………………………… 1620

〔中吕〕满庭芳（柜乖柳青） …………… 1622

〔中吕〕红绣鞋（窗外雨声声不住） …… 1624

〔中吕〕红绣鞋（一两句别人闲话） …… 1625

〔中吕〕喜春来·四节（海棠过雨红初淡·垂门
艾挂狰狰虎·天孙一夜停机暇·香橙肥蟹
家家酒） ………………………………………… 1627

〔中吕〕喜春来·闺情 …………………… 1631

〔中吕〕四换头（两叶眉头） …………… 1632

〔中吕〕四换头（东墙花月） …………… 1634

〔中吕〕十二月过尧民歌·相思 ………… 1635

〔中吕〕快活三过朝天子四换头·忆别 … 1637

〔南吕〕骂玉郎过感皇恩采茶歌（牛羊犹恐他
惊散） ………………………………………… 1639

〔南吕〕骂玉郎过感皇恩采茶歌（四时唯有春
尤价） ………………………………………… 1641

〔双调〕清江引·讥士人 ………………… 1642

〔双调〕水仙子·杂咏 …………………… 1644

〔双调〕水仙子（退毛鸾凤不如鸡） …… 1645

〔双调〕水仙子（打着面皂雕旗招飐忽地转

过山坡） ……………………………………… 1647

〔双调〕水仙子（青山隐隐水茫茫） …… 1649

〔双调〕水仙子（夕阳西下水东流） …… 1650

〔双调〕水仙子（常记的离筵饮泣钱行时） … 1652

〔双调〕水仙子（转寻思转恨负心贼·娘心里
烦恼恁儿知） ………………………………… 1654

〔双调〕水仙子·喻双陆 ………………… 1656

〔双调〕水仙子·喻纸鸢 ………………… 1658

〔双调〕水仙子过折桂令·行乐（一春长费
买花钱） ……………………………………… 1660

〔越调〕小桃红·情 ……………………… 1662

〔越调〕天净沙（平沙细草斑斑） ……… 1664

〔越调〕天净沙（西风渭水长安） ……… 1665

〔越调〕寨儿令（有钱时唤小哥） ……… 1666

〔越调〕柳营曲·题章宗出猎（白海青） … 1668

〔越调〕柳营曲·范蠡 …………………… 1669

〔商调〕梧叶儿·嘲谎人 ………………… 1671

〔商调〕梧叶儿·嘲贪汉 ………………… 1673

失宫调牌名·大雨 ……………………… 1674

〔仙吕〕村里迓鼓·四季乐情 ………… 1676

〔南吕〕一枝花·渔隐 …………………… 1680

【篇目表】

〔双调〕殿前喜过播海令·大喜人心（谪仙醉眼
何曾开） …… 1684

〔双调〕珍珠马南·情 …… 1686

包待制陈州粜米（《陈州粜米》第一折 …… 1693

包待制陈州粜米（《陈州粜米》第三折 …… 1695

玉清庵错送鸳鸯被（《鸳鸯被》第一折 …… 1698

随何赚风魔蒯通（《赚蒯通》第二折 …… 1700

随何赚风魔蒯通（《赚蒯通》第四折 …… 1702

杨氏女杀狗劝夫（《杀狗劝夫》第二折 …… 1704

庞居士误放来生债（《来生债》第一折 …… 1706

冻苏秦衣锦还乡（《冻苏秦》第四折 …… 1709

神奴儿大闹开封府（《神奴儿》第二折 …… 1711

庞涓夜走马陵道（《马陵道》第二折 …… 1714

朱太守风雪渔樵记（《渔樵记》第二折 …… 1716

孟德耀举案齐眉（《举案齐眉》第一折 …… 1719

王月英元夜留鞋记（《留鞋记》第一折 …… 1721

王月英元夜留鞋记（《留鞋记》第二折 …… 1723

玎玎珰珰盆儿鬼（《盆儿鬼》第三折 …… 1725

玎玎珰珰盆儿鬼（《盆儿鬼》第四折 …… 1727

风雨像生货郎旦（《货郎旦》第四折 …… 1731

冯玉兰夜月泣江舟（《冯玉兰》第三折 …… 1736

小尉迟将斗将认父归朝（《小尉迟》第二折 …… 1737

桃花女破法嫁周公（《桃花女》第二折 …… 1739

苏子瞻醉写赤壁赋（《醉写赤壁赋》第三折 …… 1741

金水桥陈琳抱妆盒（《抱妆盒》第二折 …… 1743

逞风流王焕百花亭（《百花亭》第二折 …… 1746

锦云堂暗定连环计（《连环计》第三折 …… 1750

汉钟离度脱蓝采和（《蓝采和》第一折 …… 1753

附录

元杂剧关目 …… 1773

元曲书目 …… 1809

名句索引 …… 1882

读曲常识 …… 1902

元曲释词简编 …… 1939

元北曲曲谱简编 …… 1959

元杂剧一览表 …… 2001

篇目笔画索引 …… 2008

后记 …… 2030

珍藏本

珍藏本

〔越调〕天 净 沙

吴西逸

闲　题

江亭远树残霞，淡烟芳草平沙。绿柳阴中系马。夕阳西下，水村山郭人家。

马东篱"枯藤老树"一令，众口争传，蜚声今古。吴西逸这首〔天净沙〕，模仿马作的痕迹相当明显。模仿固然不会有大出息，但如果所取范本极高，自身技法较佳，也未尝不能写出可读的作品来。吴氏这首拟作，即属此种情况，以"江亭远树残霞"与"枯藤老树昏鸦"相比较，可见各自的章法，同为写景，摄取角度并不一样。马作是"中景"，围绕老树，取其梢头；吴作是"远景"，由江亭而远树而残霞，一路望去，极于天边。次句"淡烟芳草平沙"，亦如我国山水画之"平远"构图，意境辽远而凄迷，与首句是谐调一致的。"绿柳阴中系马"一句，透露出一点游子情调，使得景物描写有了依附，可知前面描写的景物皆为这系马的游子所见。较之马作"古道西风瘦马"，不仅有夏秋景物之别，而且色调的明暗、感情的乐哀亦皆迥异。结尾二句，写"夕阳西下"时，给青山绿水人家涂上了一层火红的余晖，与首句残霞相映，画面仍然是艳丽迷人的：但在出行之人见到"水村山郭人家"的夕阳暮霭时，或许也会想到自己漂泊无归，于是，一丝淡淡的凄凉之感便不禁涌上心头。但这支小令的抒情内容较轻淡，不同于马作之题为"秋思"，以抒情成分为重也。这支曲子通篇都是写景，五个句子，由十二种景物构成，除"系"字，"下"字外，不曾容纳其他词语。总的说来，这首小令所描绘出来的画面还是相当优美的，把它当作一幅精巧的风景小品来看待，也就可以了。

（王双启）

〔双调〕清江引

吴西逸

秋　居

白雁乱飞秋似雪，清露生凉夜。扫却石边云，醉踏松根月，星斗满天人睡也。

造物巨匠塑造的秋天，年复一年来到人间，面目都是一样的。而到了诗人笔下，它却千变万化，呈现出多姿多彩的风貌。不得志的宋玉嗟老叹卑，于是乎"悲哉，秋之为气也！萧瑟兮，草木摇落而变衰"，是那样肃杀凄凉。在正积极奋发建功立业的曹操眼中，它"树木丛生，百草丰茂。秋风萧瑟，洪波踊起"，何等壮丽！"明月松间照，清泉石上流"，诗人兼画家的秋暝是超尘脱俗的。同一个元曲家马致远，"枯藤老树昏鸦，小桥流水人家，古道西风瘦马"像一小轴枯淡的水墨画，而"和露摘黄花，带霜分紫蟹，煮酒烧红叶"却似大幅油画，色彩斑斓，如火如荼。那吴西逸这首题为《秋居》的小令所描写的秋天又是怎样的呢？看它清冷雅洁，宁静淡泊，像没有人间烟火味的仙界，这是一位隐君子的精神追求。

整个色调是洁白的，晶莹的：白雁、雪、露、云、月、星斗。雁原以黑色居多，但这里写的是白雁。元谢宗可咏白雁："翅老西风绝点瑕，秋江难认宿芦花。云边字映银钩断，月下筝开玉柱斜。影乱飞鸥回远浦，阵迷宿鹭落平沙。声声唤起周郎恨，为带胡霜染鬓华。"可见白雁纯白无点瑕，它像天边云，像芦苇花，也像鸥鹭,多么美! 乱飞不是不成阵,而是因为雁群很多,多得就像秋天在飞雪,这比喻显然是夸张了,但作为联想,它是奇特而美丽的。"清露生凉夜"。秋夜本有寒意,但晶莹的露珠,眼见身触,更增添了人的清凉爽快之感。这两句本是写景,但"似雪"的想象和清凉的感受使人觉得这里并非全是大自然的客观表现。下边果然主人公出现了。仍然有景物描写,"石边云"、"松根月",进一步刻画了这是云雾缭绕、人迹罕至的深山更深处。没有平坦的道路,走时踏着露出地面的虬曲的松根和斑驳陆离的月影。睡觉也不必进屋上床,只需拂去一块石上的落叶,便可对着天空高卧,数着灿烂的群星入梦。没有任何需求,没有什么烦扰,真是物我一体,返朴归真了。这位主人公是位醉翁,他脚步趔趄,踏着月影而来,"扫却石边云",写醉态入神。他大约是拿搭在肩上的衣服去扫吧。他或者是想扫去石上的灰尘落叶,但因酒醉,动作不很准确协调而搅动了石边之云,或者他竟以醉汉的思维,以为云是应该扫却、可以扫却的东西。总之是醉态可掬。看来他的醉不是借酒浇愁的结果,而是十足的闲适和旷达。

在这首曲中,作者追求的是远离污浊的尘世,回到大自然的怀抱,保持高雅的情操,故读之令人俗念顿消。当然,似乎过于冷清一点。

（姚品文）

〔双调〕寿阳曲

吴西逸

四　时

萦心事,惹恨词,更那堪动人秋思。画楼边几声新雁儿,不传书摆成个"愁"字。

【寿阳曲】

　　据《全元散曲》所录，吴西逸现存小令四十七首。这首〔寿阳曲〕（又名〔落梅风〕），在四十七首里，不是白眉，也不属于元人散曲中的上品，然而有特色，仍值得一读。原作共四首，分别写春、夏、秋、冬。这是其第三首，写秋，更具体点说，是写一个闺中少妇悲秋伤离的意绪。

　　前三句，直接地抒写内心世界。"萦心事"，意思是说"心事"重重，萦绕胸怀，驱之不走，遣之不去。"煮恨词"，意思是说想用词来排遣内心的苦闷，而作词却反而招引了"恨"，只能"彩笔新题断肠句"（贺铸〔青玉案〕）。"心事"是什么？"恨"的内容是什么？都没有说明。结合下文的埋怨雁不传书来看，其"心事"当为相思，其"恨"当为离别。接下来的"更那堪动人秋思"，将其苦闷之情推进了一层，使伤离又加上了悲秋。秋季，古人认为在一年之中，是"盛极而衰，肃杀寒凉，阴气用事，草木零落，百物雕悴之时"（朱熹《楚辞集注》卷六），因此宋玉在《九辩》中说："悲哉，秋之为气也！萧瑟兮，草木摇落而变衰。憭慄兮，若在远行，登山临水兮，送将归。"这里的"秋思（名词，读去声）"，就是宋玉悲秋之意。"动人秋思"，意思是说环境氛围撩动人秋日寂寞凄凉的情绪。"动人秋思"之前，着"更那堪"三字，大大加重了主观色彩，意思是说经受不住被撩动起来的"秋思"。柳永〔雨霖铃〕的"多情自古伤离别，更那堪冷落清秋节"，和这前三句意极相近；吴西逸的这前三句，很可能便是脱胎于柳词的。

　　后两句："画楼边几声新雁儿，不传书摆成个'愁'字。"通过写外部世界而间接地表现内心世界，和前三句有所不同。这两句的描写对象是雁群，层次是先点明其飞翔的位置——"画楼边"，次写闻其鸣叫的声音，再写见其飞翔的阵式，最后写抒情主人公对这雁群的反应。写雁群的鸣叫也罢，飞翔也罢，都是次要的，主体是抒情主人公的反应。雁，传说能传书带信，抒情主人公今日也正盼着这一点，然而它却没有捎来片纸只字，这就使人怨极而责。责备它"不传书"。"不传书"倒还罢了，又"摆成个'愁'字"来增人烦恼，来嘲弄愁人。雁群飞时，往往排成个"一"字或"人"字,绝无"摆成个'愁'字"的,责雁"摆成个'愁'字",是抒情主人公因"一"字或"人"字引起孤独之感和怀人之思的心态而联想出来的,是迫切希望获得羁客消息之情怀的表现。不然的话,雁群飞翔及它们排成个什么字,"干卿底事"? 这个抒情主人公的性别,在前三句是模糊不清的,在这后两句才以"画楼"这个居住之处而透露给读者,是个闺中少妇。

《旧萝曲语》说:"词尚意内言外,曲竟是意外言外;词尚沉郁顿挫,尤重立意,曲尚豪辣浩澜,尤重遣词;词静而曲动;词纵而曲横;词内旋而曲外旋;词收敛而曲解放;词之措词,比较上不免扭捏做作之处,若曲则适如时下新语所谓赤裸裸的是也。"(见任中敏《曲谐》卷二)这首小令,前三句近词,后两句近曲,是由静而动,由纵而横,由敛而放,由沉郁而豪辣,由意内而意外,由内旋而外旋,由含蓄而显露的结合。这是其特色,也是其不如一般元人本色当行之作的地方。

(何均地)

〔双调〕雁儿落带过得胜令

吴西逸

春花闻杜鹃,秋月看归燕。人情薄似云,风景疾如箭。留下买花钱,趱入种桑园。茅苫三间厦,秧肥数顷田。床边,放一册冷淡渊明传;窗前,抄几联清新杜甫篇。

吴西逸其人,生平不详。但从他留下的四十七首小令中,仍可寻绎勾勒出一个轮廓:他"走遍天涯"(《游玉隆宫》),曾在杭州、大都两地逗留过;也曾为求

【雁儿落带过得胜令】

功名而到京师"趿履谒侯门"(《京城访友》);从他《自况》:"利名场上我情疏",《殿前欢》:"归计寻张翰","往事南柯"等句看来,他可能作过小官,但很不得志,为此甚怀不平,曾"此情时拍阑干"(《闲题》)。终于,他看破世情,摒弃功名:"不羡青云选","身不入麒麟画。"(《殿前欢》)从此隐居林泉:"桑麻富田野生涯,市喧声不到衡扉。"(《山居》)而这首词则为其归隐前后所作。

前四句是〔雁儿落〕,后八句是〔得胜令〕,因两调音律可以衔接,而作者填完前调意犹未尽,故兼而连带填后调,是谓"带过"。内容亦可分两层。

前四句:"春花闻杜鹃,秋月看归燕。人情薄似云,风景疾如箭。"写向往归隐的缘由。春残花谢,触景伤感,听杜鹃声声,叫道"不如归去";秋寒月冷,霜降叶落,看燕子南归,亦令人长叹月圆人不圆。无知禽鸟尚能"倦飞而知还",何况人为万物之灵,岂能不为思乡而愀然动容,归心似箭呢? 况且世道险恶,时不我容,人情淡薄,炎凉难堪;而风光景物,春去秋来,年复一年,光阴似箭,岂可继续为名利而风尘奔波,离故乡而蹉跎岁月呢? 由"春花"、"秋月"兴出光阴似箭、韶华易逝之叹;由"杜鹃"、"归燕"兴出人情淡薄,不可久留之情。前两句写景起兴而有声有色,后两句抒情取喻而兼用夸张。两两合璧对,四句连璧对,然三四句中分嵌"似"、"如"二虚词,句法又异,有整齐中见错落之妙。可见,看似平淡自然,实经匠心锤炼。

往下八句写田园隐居生活,又可细分两小层,第一层次中的四个五字句:"留下买花钱,趱入种桑园。茅苫三间厦,秧肥数顷田。"写归家务农的物质生活。"留下买花钱"指离开繁华闹市。古时城市富家皆有买花习俗,而不惜挥霍千金。白居易《买花》:"家家习为俗,人人迷不悟";"一束深色花,十户中人赋"。苏轼《牡丹记叙》亦述"州人大集,自舆台皂隶皆插花以从,观者数万人"。"趱入"即赶紧走入,状其归田之迫切。割茅苫房,种桑纺织,栽秧施肥,这便是山村田园之乐。四句用铺陈手法,以"留"、"趱"、"苫"、"肥"四个动词,连续写出归隐过程和田园劳动。其对偶形式和句法的整中寓变与首四句相近。结尾四个长短句:"床边,放一册冷淡渊明传;窗前,抄几联清新杜甫篇。"是第二小层,写归隐的精神生活:农事之余,则读书写诗,以诗酒自娱。特拈出陶潜、杜甫,是因前者不肯"为五斗米折腰",而志爱清静淡泊("冷淡"),正是作者意欲效仿的;后者虽未隐居,亦弃官避乱,且毕生坎坷潦倒,正与作者处境类似,易生共鸣,加上其清词丽句,历来为文人所同好,故抄之以赏玩。这四句句法两长两短,又用隔句扇面对,亦工稳自然。

此曲运用白描手法,平易浅近,流畅自然。无一典故,无一华艳文词,纯用白话口语,读之纯乎天籁,自有其天然淳真之美。试看其对偶之精工多样,句法之整而寓变,比兴之巧妙自然,铺排之饱满淋漓,则可知平淡实来自艰辛。《太和正音谱》评吴词"如空谷流泉",颇中肯綮。

(熊 笃)

[作者小传]

赵显宏

号学村。生平事迹不详。《全元散曲》录存其小令二十一首,套数二套。

〔黄钟〕**昼　夜　乐**

赵显宏

冬

风送梅花过小桥,飘飘。飘飘地乱舞琼瑶,水面上流将去

【昼夜乐】

了。觑绝时落英无消耗,似才郎水远山遥。怎不焦。今日明朝,今日明朝,又不见他来到。〔幺〕佳人,佳人多命薄。今遭,难逃。难逃他粉悴烟憔,直恁般鱼沉雁杳。谁承望拆散了鸾凰交,空教人梦断魂劳。心痒难揉,心痒难揉。盼不得鸡儿叫。

这是一支代言体的曲子,主人公是一位思妇。我们知道诗词常常以景语开头,大多具有所谓"兴"的作用,其特点是语言精练,蕴意深婉。曲中亦有以景语开头,比如这首曲子,它原是赵氏写的春、夏、秋、冬四首中的一首,由于题目和内容的需要,开篇写的便是落梅逐水之景,但与诗词比较一下,就会发现它又有着自己的特色。第一句"风送梅花过小桥"中的"风"、"梅花"、"小桥"三者,用"送"字与"过"字联缀起来,无情有意,风韵悠然,笔墨已经够细的了。接着又写梅花在空中的形态——"飘飘",作者似乎还嫌这两个字不够具体,再以"飘飘地乱舞琼瑶"加以形容,说那随风飘扬的梅花,犹如无数的琼葩瑶华上下飞舞。这还不够,下面再作交代:"水面上流将去了。"说它们经过一番飞舞之后,便纷纷落到水面。流水与小桥相映,这个画面的出现是极自然的。于是人的视线又随之转到逐流远去的梅花:"觑绝时落英无消耗,似才郎水远山遥。"觑绝,犹集中视力,极目望去;消耗,音信的意思。这句话是说,落花随水,极目而望,梅花渐远、渐远……终于杳无音信地消逝了。如此反复细腻地摹写刻画是为了什么呢?原来其目的在于引出一个被比的对象——"似才郎水远山遥"。由此可见,曲中虽然也有以景语开头,但它更多的是具有着"赋"与"比"的特色,语言铺排,喻义显豁。"似才郎"句一面点明景语的内涵,一面又开下文叙事、抒情之门径,网络全篇,可谓一曲之眼。"水远山遥"之后怎样呢?作者且撇开"他"那一方,

〖昼夜乐〗

将笔锋一转,落到思妇自己一方。"怎不焦",语促情急,惊人视听,令人思索。是的,若是水远山遥,可望待日而归,也无须那么心焦,可是,"今日明朝,又不见他来到"。"今日明朝",形容时间的更替,一日复一日,永无止境,又加以反复则盼之无期,望之心切,更溢于言表。再退一步说,即使望归不得,而音讯频传,亦无须过于心焦。写到这里,就曲的体制来讲是结束了,但就内容而言尚未能尽意,因此再续一曲。

幺篇换头说:"佳人,佳人多命薄。"这句话可以说是对封建社会中无数妇女悲剧命运的概括。她以往对此也许仅仅是听过,见过,却不曾亲身经历过,然而,如今自己也逃脱不了这种遭遇。因此,现在再提此言,就有着具体的内容,深切的感受了。这,只要看看眼前这般模样也就清楚了。粉悴烟憔,意谓鬓云懒理、烟粉慵施,形容憔悴的样子。当年"同床共枕如鸾凤",何曾想到会出现鱼沉雁杳("鱼腹传书"典出古乐府《饮马长城窟行》;"雁足系书"典见《汉书·苏武传》),离鸾有恨,梦断魂劳之日!看今朝,思往事,惜流芳,情更伤。所以下面便止不住地反复呼喊着:"心庠难揉,心痒难揉!"将那种心知无限苦,却又无计除的烦恼和焦急,表现得酣畅淋漓,强烈感人。加之空阁孤灯,瘦影相随,夜长人奈何!"盼不得鸡儿叫"一句,深入浅出、无遮无掩地唱出了这种长夜难耐、悲苦难言的心声。可以设想,若是把它用作词的结句,恐怕未必高明,因为人们主张词的结尾要动荡空灵,迷离含蓄,而忌以实语说破,但作为曲却正显示出它的本色。"本色"也同样是一种特色,有它的表现力,有它的风味。即如"盼不得鸡儿叫"这一结语,从全曲的发展来看,它继"梦断魂劳"、"心痒难揉"之后,再将那漫漫的夜境,孤寂的心境,以及可悲的期盼,巧妙地融合在一起,把感情推到了高潮。"人到愁来无会处,不关情处也伤心"(王恽〔双鸳鸯〕《乐府合欢曲》)。夜迢迢是最难熬,可是熬到鸡儿叫,天儿亮,又怎样呢?正是"捱过今宵,怎过明朝"(刘庭信〔折桂令〕)。所以这种明言直说,不仅给人以强烈的感染力,而且也同様可以创造出浅中有深、优游不竭的艺术魅力。

"风送梅花"六句,言辞细腻素雅,旋律轻盈飘渺;幺篇则多为"耳根听熟之语",质实明快。然而,作者却能够根据写景、叙事、抒情的需要,恰到好处地组织到一起,塑造出一个生动的思妇形象,这种雅俗并存,文采与本色相融相映,亦是元曲中的一格。

(赵其钧)

【作者小传】

唐毅夫

生平事迹不详。《全元散曲》录存其小令一首,套数一套。

〔南吕〕一 枝 花

唐毅夫

怨 雪

不呈六出祥,岂应三白瑞? 易添身上冷,能使腹中饥。有甚稀奇。无主向沿街坠,不着人到处飞。暗敲窗有影无形,偷入户潜踪蹑迹。

〔梁州〕才苫上茅庵草舍,又钻入破壁疏篱,似扬花滚滚轻狂势。你几曾见贵公子锦裀绣褥? 你多曾伴老渔翁箬笠蓑衣? 为飘风胡作胡为,怕腾云相趁相随。只着你冻的个孟浩然挣挣痴痴,只着你逼的个林和靖钦钦历历,只着你阻的个韩退之哭哭啼啼。更长，漏迟，被窝中无半点阳和气。恼人眠，搅人睡。你那冷燥皮肤似铁石，着我怎敢相偎？

〔尾〕一冬酒债因他累，千里关山被你迷。似这等浪蕊闲花也不是久长计，尽飘零数日，扫除做一堆，我将你温不热薄情儿化做了水。

这篇散套咏雪，多方铺叙了雪花漫天飞舞、穿堂入户的形态和恣意肆恶、使人寒彻肌骨的冷酷，表达了作者对此的怨愤。

首曲〔一枝花〕入手擒题，以"不呈六出祥，岂应三白瑞"两句对偶，坚决地否定人们所谓瑞雪呈祥的传统说法。"出"：花瓣，雪花六角，因别名六出。"三白"：指雪；"三白瑞"，谓农历正月降雪可保来春庄稼茂盛。唐人张鷟《朝野佥载》说："正月见三白，田公笑赫赫。"而本曲作者却不作如是观。他认为雪非但不呈吉祥、不兆丰年，反而使人饥寒交迫、困苦不堪。因此"有甚稀奇"？接下数句，作者更以鄙夷、憎恶的口吻，描写了雪花乱飞狂舞的丑态。这几句，作者一方面抓住特征，描绘了雪花漫无定向、四处飘坠的形状和悄然洒落、旋即融化的情态，一方面暗用拟人手法，突出了飞雪散漫轻浮、行踪诡秘的低下品格，其观察之细致，摹写之生动，寓意之丰富、新奇，均醒人眼目，令人叹赏。

〔梁州〕进一步抒写对雪之怨愤。前三句写雪遮天盖地，气势汹汹。苏轼刺杭，曾作《少年游》，内有句云："去年相送，余杭门外，飞雪似扬花。"作者这里沿用其喻，但旨在强调雪之轻狂猖獗：它覆盖（"苫"）房舍，侵袭院宇，无处不入。"才"、"又"二字递连，显现雪之来势迅疾；"茅庵草舍"、"破壁疏篱"，则皆为贫民所居，重复其辞，暗示雪之欺凌贫弱，品行可憎。"你几曾"以下，作者满怀愤恨，指斥雪之刁钻凶恶，故意与人为难作对。富贵人家锦裯绣褥，不愁温饱，它偏不

"光临";隐逸之士箬笠蓑衣,垂钓寒江,需要雪景以添雅趣,它又不去成全。一味依仗风势胡作非为,相趁相随,缠住贫寒之士百般作恶:"冻的个孟浩然挣挣痴痴,逼的个林和靖钦钦历历,阻的个韩退之哭哭啼啼"。孟浩然是盛唐著名诗人,终身布衣,据传说他有雪中骑驴觅诗之事,"挣挣痴痴",指孟冻得发呆;林和靖即林逋,北宋高士,酷爱雪中赏梅,有"梅妻鹤子"之誉,"钦钦历历",谓林冻得打抖;韩退之即韩愈,唐宪宗朝,他因谏迎佛骨,被贬为潮州刺史,途中吟诗自伤曰:"云横秦岭家何在,雪拥蓝关马不前。"(《左迁至蓝关示侄孙湘》)作者因这三人都曾受困于雪(孟、林二人之事并无实据),故借来为天下寒士作比,生动地写出了雪的罪孽。它使寒士作不得诗,赏不得梅,行不得路,甚至睡不成觉("更长"至末句)。委实可恶。这支曲子是全套的中心,也是作者愤懑之情的沸点。曲中多次用"你"指称雪,如当面斥责,怨愤之情不可遏止,溢于纸背。

〔尾〕前两句继续写雪给作者带来的恶果:因雪寒而沽酒取暖,负债累累;因雪迷而关山阻隔、有家难归。雪之冷酷无情、作恶多端,使作者怨愤难耐。因此,全套最后四句,他不仅愤愤诅咒它是不结果实的"浪蕊闲花",长久不了,而且还要将这不通人情的"薄情儿","扫除做一堆","化做了水"。

作为咏物之作,这套散曲的最大特点和成功在于"物物而不物于物"(《庄子·山木》),亦即既注重所咏物象的形象特征而又不局限于此。从摹写物象看,作者以"无主向"、"到处飞"、"苫上茅庵草舍"、"钻入破壁疏篱"、"似扬花滚滚轻狂"等,真切生动地写出了雪花飘飞的形象特征;同时又不拘形迹,甚或是脱略形迹,在雪的身上寄寓了人的品行个性。如"无主向沿街坠",颇似满街闲逛,招惹蜂蝶的妓女;"有影无形"、"潜踪蹑迹",则无异于人所不齿的盗贼;〔梁州〕中的一些描写,雪又似乎是个怕富欺贫,仗势胡为的胥吏;而全套强调的雪之冷酷,则又似乎是某种邪恶势力或整个社会现实的象征……凡此种种,尽管见仁见智,可有所不同,但它极富喻义和象征,却不容置疑。因而,作者的怨愤似乎亦非仅对雪而发,而是包蕴了更为丰富深刻的生活内容,愤世嫉俗,殊为沉痛。

（周圣伟）

〔作者小传〕

李爱山

生平事迹不详。《全元散曲》录存其小令四首,套数一套。

〔双调〕 寿 阳 春

李爱山

厌　纷

离京邑,出凤城。山林中隐名埋姓。乱纷纷世事不欲听,倒大来耳根清净。

京邑,这里指京城。凤城,亦指京城。据说秦穆公之女弄玉善吹箫,箫声引来凤凰降于京城,因称丹凤城,后来便以凤城泛指京城。这首曲子的开头,破空而来,又连用两个三字句,并以两个动词领起同一个对象,这种喷涌叠起,急促难收的笔势,便将主人公那种愤极而去,义无反顾的神情刻画得栩栩如生。出离京城之后往何处去?去干什么呢?答案立即顶上——"山林中隐名埋姓"。既不瞻前顾后,也无彷徨迟疑,如此干脆利落,则深思已久,熟虑于心,自不待言。这前三句一泻而下,动作连贯,意向明确,情绪亦溢满字里行

【寿阳春】

间。但终究给人留下了一个悬念，那就是究竟为什么要如此坚决离京归隐呢？原来是为了"乱纷纷世事不欲听，倒大来耳根清净"。倒大来，元曲中常见的语词，极大的意思。这两句一写"厌"，一写"求"，一反一正，相辅相成，"不听"方可"清净"，"清净"只有"不听"。话虽不多，可谓尽意尽言，直截了当，毫不含糊。这与诗中之"怨而不怒"，词中之含而不露，是大异其趣的，而这正是曲的风味吧。

　　这首曲子采取层层倒剥的结构，先写人物的"动向"，后写"动因"，亦即先果后因的笔法。先果，动态强烈，引人注目，又能留下悬念，发人思索；后因，谜底揭开，意向鲜明，正反相衬，深化了主题。这样篇幅虽短，而无一眼见底之弊，却又有一气呵成，愈进愈深之妙，其思致之缜密精巧，是我们读这首曲子应该看到的。

　　此曲题为"厌纷"，"纷"，自然是文中所说的"乱纷纷"的"世事"。"乱纷纷"形象而概括，在作者生活的时代，人们是完全可以意会的，就是今天只要翻一翻元曲也是不难明白的，诸如"人吃人，钞买钞……贼做官，官做贼"（无名氏〔醉太平〕）；"贼做官，官做贼"；"善的人欺，贫的人笑，读书人都累倒"（无名氏〔朝天子〕），不都是那个黑暗现实中的"纷纷世事"吗！因此，类似这种"厌纷"的作品，在元曲中为数颇多，它们唱出了人们心中的不满与愤慨。但在这一类作品中往往流露出寻求"有花有酒"，"钻入安乐窝，闲快活"的生活情趣，因而就不免染上了一些消极的色彩（当然这中间也可能有所谓"颓唐的反话"）。这首曲子毕竟是别具一格，虽亦属于弱者的抗争，但无醉生梦死，醇酒美人的情调，比较起来也算是难能可贵的吧！

（赵其钧）

〔作者小传〕

朱庭玉

一作朱廷玉。生平事迹不详。《全元散曲》录存其小令四首,套数二十二套。

〔越调〕天 净 沙

朱庭玉

秋

庭前落尽梧桐,水边开彻芙蓉。解与诗人意同,辞柯霜叶,飞来就我题红。

原作四首,分咏四季。这里选的是第三首《秋》,东晋大画家顾恺之曾作《神情诗》:"春水满泗泽,夏云多奇峰。秋月扬明辉,冬岭秀寒松。"历咏四时景色,首创了"四时诗"之体(这四句又见于《陶渊明集》,改题为《四时诗》)。此后通常以四首绝句分咏四时,如宋寇准《书河上亭壁》四首。以散曲咏四时景物的,则始于刘秉忠〔蟾宫曲〕,商挺〔潘妃曲〕,胡祗遹〔一半儿〕诸篇。这种专咏四时的诗词或令曲,犹如悬挂于厅堂书斋的四幅山水条屏,把春夏秋冬的不同景色加以组合荟萃,令人游心骋目,遍赏四季风光。但这类作品不免有个共同的缺陷,就是写景往往并非出于实境实感,缺少活跃的生命和作者的兴会;写多了,还出现程式化的倾向。朱庭玉这组〔天净沙〕也咏四时,就不局限于写景。四首小令仅以开头两句对景物略作点染,以明时令,接着就着重抒发作者四时不同的感兴。第一首写溪山赏春,第二首写南风解愠,第三首写红叶题诗,第四首写江上探梅。在良辰美景之余,作赏心乐事之举,这样就给整个画面增添了生气和诗意。这首《秋》,就不光是写秋景,而是重在写秋日的诗

【青杏子】

兴。梧桐落尽，荷花开残，时值深秋。但秋光虽老，诗人却豪情不减，红叶飞来，正好触发了胸中勃然欲作的诗兴，情与景会，就把"红叶题诗"这个旧典作了新的运用，构成了别具诗情画意的境界。"红叶题诗"本是出于唐人笔记的一个流传颇广的爱情故事。范摅《云溪友议》卷十，孟棨《本事诗》、孙光宪《北梦琐言》卷九、刘斧《青琐高议》卷五以及王铚《侍儿小名录》等，都有传闻不同的记载。大意是说唐代一个宫女在红叶上题诗寄情，经御沟流出，为一上人所得，这片红叶就成为二人日后结为佳偶的因缘。白朴曾据以写成《韩翠苹御水流红叶》杂剧（今佚），明时王骥德还演为南曲《题红记》。朱庭玉撇开了它的恋情内容和哀怨情调，把"红叶题诗"作为一个引发诗情的风雅典故，辞意具有逸兴遄飞的味道。"解与诗人意同，辞柯霜叶，飞来就我题红。"霜叶飞来就我，我就霜叶题诗，叶既有意，人复多情，这是眼前即景与唐人故事所产生的联想，二者的奇妙结合，虽近于巧合，却合乎自然。木叶经霜陨落，不过是个自然现象。曲中说霜叶"辞"柯（辞别树枝），又说霜叶飞来"就"我。"辞"和"就"这二个字，突出了霜叶的主动行动，用以证实霜叶有灵，能会诗人之意，与诗人心曲相通。而作者视霜叶飞来为助我诗成，化无情之物为有情之举，这也正是作者热爱自然，身与境化，物我交融的一种表现。在万木摇落之际，作者红叶题诗，诗兴正浓，情调爽朗，不作愁苦之音，这一点也是相当可取的。

（吴熊和）

〔大石调〕 青 杏 子

朱庭玉

送 别

游宦又驱驰，意徘徊执手临岐。欲留难恋应无计。昨宵好梦,今朝幽怨,何日归期?

〔归塞北〕肠断处,取次①作别离。五里短亭人上马,一声长叹泪沾衣。回首各东西。

〔初问口〕万叠云山,千重烟水,音书纵有凭谁寄?恨萦牵,愁堆积。天,天不管人憔悴!

〔怨别离〕感情风物正凄凄,晋山青,汾水碧。谁返扁舟芦花外,归棹急,惊散鸳鸯相背飞。

〔播鼓体〕一鞭行色苦相催。皆因些子、浮名薄利,萍梗飘流无定迹。好在②阳关图画里。

〔催拍子带赚煞〕未饮离杯心如醉,须信道“送君千里”。怨怨哀哀,凄凄苦苦啼啼。唱道③分破鸾钗,丁宁嘱咐好将息。不枉了男儿堕志气,消得英雄眼中泪。

中国最早的诗歌总集《诗经》中就有“君子于役,如之何勿思”(《王风·君子于役》)、“一日不见,如三秋兮”(《王风·采葛》)等一类写别情的篇章,咏相思离别之作可谓“古已有之”,经唐诗、宋词而至元曲时代,颇有“于今为烈”况味。

这一《送别》套数由六支曲子组成,大致构成起、承、转、合关系。就即将离别又怅想别后,从游宦者怨别,闺中人伤离两处落笔,充分发挥了散套显豁直露、极情尽致之长,写得生动感人。

第一支〔青杏子〕是全套之“起”。以“游宦又驱驰”之由带出“执手临岐”之实,“执手临岐”四字即此曲主旨,亦全套枢机。为游宦谋取衣食,又作驱驰,一个“又”字可见经行已惯。虽如此,却并非别多不悲,“执手临岐”前冠以“意徘徊”三字,可见难舍难分之意。然而,由于“游宦”,为求生计,终不得不离,“欲留

【青杏子】

难恋"应接"徘徊"而终于作别，"应无计"承"游宦"而换言加重之。此三句实有笼罩全篇之意。"昨宵好梦，今朝幽怨，何日归期？"以鼎足对句构成昨日、今朝、明天的三段式比较，而"好梦"、"幽怨"、"归期"更形成明显的情感对照，逗出下面的深深离情。

第二支〔归塞北〕与第三支〔初问口〕可看作"承"。〔归塞北〕是以想象离别时的情景以承"执手临岐"之意。"肠断处"即执手临岐之处，"取次作别离"，即草草离别。"五里短亭人上马，一声长叹泪沾衣，回首各东西。""五里短亭"见于庾信《哀江南赋》："十里五里，长亭短亭"。此三句正面设想离别情景，言简意赅，却声态毕现，可当《西厢记》中《长亭送别》读。〔初问口〕进而以想象别后山重水隔，音信难通，再承"执手临岐"意，以更进一层来加深送别之痛。"云山"而又"万叠"，"烟水"而又"千重"，极言阻隔之遥，因而"音书纵有凭谁寄？"更见设问之有理。别恨萦牵，离愁堆积，当然不足为怪。痛极而呼"天"，但"天不管人憔悴"无以慰安，更形伤悲。

第四支〔怨别离〕与第五支〔擂鼓体〕起着"转"的作用。〔怨别离〕从以上的抒情转为写景，且景中寓情，再兴别意。"感情风物正凄凄"，谓触动情感的风光景物正使人悲伤。"晋山青，汾水碧"，以大笔触写来，既暗示临岐之地，又以"青"、"碧"二字传递出寒意。"谁返扁舟芦花外，归棹急，惊散鸳鸯相背飞。"这三句就送别途中所见，再触物以起离情。扁舟之返，归棹甚急，谁不以家中温馨为念？然而归棹所惊散的鸳鸯，其"相背飞"岂非与自己相似？一正一反的夹写，由风景再归人事，回环而积聚，更见离情之重。第五曲〔擂鼓体〕较之二、三曲的想别时、别后，转为写离别的缘由，可谓就"游宦"而发挥，较之第四曲，则又由景转情。"一鞭行色苦相催"，折归"别"字，"皆因些子、浮名薄利，萍梗飘流无定迹"，直接道出游宦目的，既不屑，又不得不为，活画出士人的矛盾心情。最后的"好在阳关图画里"，即依旧踏上征程。其中"阳关图画"取"阳关三叠"的离别之意。

最后一支的〔催拍子带赚煞〕是全套的"合"曲。遥应首支的"执手临岐",分写妻的嘱咐,夫的洒泪,将送别推至高潮结束,也还足了题面。"未饮离杯心如醉","醉"即《诗·王风·黍离》"中心如醉"、"中心如噎"的伤悲之意。"送君千里"略去了"终须一别"的下半句。"怨怨"以下用五组叠字渲染感情。"唱道分破鸾钗","唱道"即"正是"之意;"鸾钗"即鸾镜、金钗;全句以"镜破钗分"喻指分离。"丁宁"句为妻之嘱咐,语短而情长。最后二句是丈夫临行,由于妻子的深情,故以英雄泪相酬("消得"此处为"值得"、"配得"意)。此曲直接写夫妻离别,表现得真挚动人。

朱庭玉此散套,虽非曲中的上乘之作,然亦有值得称道之处,下面分别条述之。

一是结构。王骥德《曲律》论套曲作法云:"有起有止,有开有阖。须先定下间架,立下主意,排下曲调,然后遣句,然后成章。切忌凑插,切忌将就。"此套不见敷凑之迹,起承转合颇具匠心,首曲以"游宦又驱驰,意徘徊执手临岐"开篇,擒控题旨,得全篇大要,"又"字居首句之中,以去声而发调,次句音韵转为和缓,缠绵之意渐出,在首曲带起全篇后,当中几支在承、转之中极力铺排,发挥题蕴,情、景兼到,神、态并出,纵横变化,淋漓尽致。尾曲以"消得英雄眼中泪"作结,未离本题又神韵不竭,且"眼中泪"分属上平去三声,变化之中结得响亮,合周德清"诗头曲尾"说。

二是"曲体"。曲有自己的独特个性。清人黄周星《制曲技语》为之概括:"曲之体无他,不过八字尽之,曰'少引圣籍,多发天然'而已。制曲之诀无他,不过四字尽之,曰:'雅俗共赏'而已,论曲之妙无他,不过三字尽之,曰:'能感人'而已。"倘若将黄说综合成"曲体",再以之衡量此套,则此套与之非但无相悖之处,且尤得"能感人"的三昧。

【行香子】

三是手法。本套的手法最值得称道的是思致绵渺而辞语迫切。明人张琦《衡曲麈谭》的《填词训》曰:"曲也者,达其心而为言者也,思致贵于绵渺,辞语贵于迫切。"又谓:"古伤逝、惜别之词,一披咏之,愀然欲泪者,其情真也。"本篇非唯所表之情真,且又得思致绵渺与辞语迫切的辩证结合。如果说〔归塞北〕想象离别情景,〔初问口〕想象别后难通信息,可视作思致绵渺的典型笔墨,那末前三支曲了各自的后三句,都堪称辞语迫切。以其绵渺而见情长,以其迫切而见情真,正因本篇内容与形式密切结合,故收到了很好的艺术效果。

此外,大石调隶曲不多,《太和正音谱》仅录二十一调,元人作大石调散套者少,朱氏知难而进,实为不易。吴梅《顾曲麈谈》以之作为大石调联套范例,确非偶然。

(邓乔彬)

〔注〕 ① 取次:犹云随便或草草。 ② 好在:存问之辞,转而义如"无恙",又转而不为存问口气,义如"依旧"。 ③ 唱道:即"畅道",可解作真是或正是,有时亦可视为"话搭头"。

〔双调〕行 香 子

朱庭玉

别 恨

烟草萋萋,霜叶飞飞。落闲阶不管狼籍。雁儿才过,燕子先归。盼佳音,无佳信,误佳期。

〔幺〕帘幕空垂。院宇幽凄。步回廊自恨别离。髻松鬓发,束减腰围。见人羞,惊人问,怕人知。

〔乔木查〕但凭高望远,谩把阑干倚。不信功名犹未已。知他何处也,歌酒狂迷。

〔天仙令〕相思忆。长是泪沾衣。恨满西风,情随逝水。闲恨与闲情,何日终极。伤心眼前无限景,都撮上愁眉。

〔离亭宴带歇指煞〕橹声齐和归帆急。渔歌渐远鸣榔息。尖青寸碧,遥岑叠嶂连天际。暮霭生,孤烟起。掩映残霞落日。江上两三家,山前六七里。

这个套曲用了五支曲子写思妇心理,深沉委曲,很有层次。前两支曲子叠用〔行香子〕一调。〔行香子〕本是宋时的词调,始见于苏轼词。《词谱》卷十四就引了朱庭玉这两支曲子,谓出于宋赵德璘词体。吴梅《南北词简谱》卷三亦谓此调"与诗馀同"。但宋词两片,入曲仅取一片。这两曲〔行香子〕,前一曲"烟草萋萋"是写外景,落叶满阶,北雁南飞,正是深秋景象。这是从时序节候上表明所想念的男子已久出不归,不如燕去雁来这样的候鸟尚且行期有信。后一曲"帘幕空垂"是写内景,庭院幽深,帘幕低垂,独步回廊,蓬头乱鬟,腰围瘦损,完全是一种孤独愁闷的环境和气氛。两支曲子由外及内,由物及人,由久盼不归,转而益增伤感,这样就突入了思妇的内心深处,抓住了她的思绪的症结。《行香子》的结句,按词曲的格律,是三言三句互对,词中称为"三排",曲中称为"鼎足对"。在宋词中,这三句通常为并列式,如苏轼〔行香子〕上片为"向望湖楼,孤山寺,涌金门"。下片为"有湖中月,江边柳,陇头云"。秦观〔行香子〕上片为"有桃花红,李花白,菜花黄"。下片为"正莺儿啼,燕儿舞,蝶儿忙"。朱庭玉这两曲的结句,前一曲"盼佳音,无佳信,误佳期","盼佳音"是希望,"无佳信"是现实,"误佳期"

【行香子】

是结果,用了层层递进的写法。后一曲"见人羞,惊人问,怕人知"则换上了一种不断变换角度的写法。"见人羞"是因束减腰围;"惊人问"是因久无音信;"怕人知"是因游子不归。这两种写法,比之宋词中所用的并列式,就显得含蕴丰富且多变化。

这套曲子前两曲从外景转为内景,后三曲则又从内景转到外景,进一步从思妇登楼的远望中,展示其复杂而迷茫的心情。〔乔木查〕一曲写她凭高望远之际,忽儿想"不信功名犹未已",对这个男子的"才"她是非常信赖的,认为足以博得一纸功名;但忽儿想,若是功名到手,为什么还淹留他乡呢?"知他何处也,歌酒狂迷。"对这个男子的"情",她却始终拿不准,说不定已别有所恋,乐而忘返了。这两句写思妇对游子不归的可能性作种种猜测,呈现出复杂的内心矛盾,不免带有深深的怨意。可是接着的〔天仙令〕一曲,则又写相思垂泪,沾湿衣襟,柔情如水,永无终极。前番的一段怨望,此际又化为无限痴情。这两个相连的曲子,把思妇又爱又恨,爱和恨又不断交替、渗透与转换的心理,写得相当细致和透彻。最后的〔离亭宴带歇指煞〕一曲,则纯作景语。江上归帆,西边落日,山色连天,暝烟四起,思妇在楼头终日空候的失望之情溢于言外。她内心的失落迷茫之感,正如眼前浓重的暮色一样,洒满江天,漫无边际了。这是传统的融情入景,借景语以作情语的写法,用于作全套曲子结语,最为合适,把思妇的离愁一步步写深写透,以至绵绵不尽。末曲"尖青寸碧,遥岑叠嶂连天际"二句,出于韩愈《城南联句》:"遥岑出寸碧,远目增双明。"朱庭玉以"尖青"对"寸碧"状远处山峰,造语尖新。"江上两三家,山前六七里"写江村小景,堪以入画,也不失为曲中佳对。

(吴熊和)

【作者小传】

李伯瑜
生平事迹不详。散曲作品今存小令一首。

〔越调〕小 桃 红

李伯瑜

磕 瓜

水胎毡衬①要柔和,用最软的皮儿裹。手内无他煞难过。得来呵,普天下好净也应难躲。兀的般砌末,守着个粉脸儿色末,诨广笑声多。

本曲以吟咏戏剧道具为题材,在元散曲中实属罕见。"磕瓜",是参军戏系统的宋金杂剧院本表演时所运用的道具。此令曲是宋元时确有磕瓜的力证。它为我们提供了制作磕瓜的材料、要求,运用磕瓜的规则以及戏剧效果。元代笔记《辍耕录》有"末可打副净"语,但未及运用何种器具;明初《太和正音谱》有"副末执磕瓜以扑靓(净)"之句,但仍语焉不详;元杜仁杰散套〔耍孩儿〕《庄家不识构阑》中有"把一个皮棒捶则一下打做两半个"的描写,但仍不及本篇对"磕瓜"写得那样全面与专门。由于宋元戏剧道具资料留存不多,故这篇〔小桃红〕,显得十分难得。

小令的首二句,告诉我们制作磕瓜材料有三:以木为胎,以毡为衬,以皮儿为外层,以力求"柔和",而以外裹的皮子要求最高。磕瓜是用来击人脑袋的,

【小桃红】

"副末"须作用力击脑袋状而不能给对方带来痛感,故磕瓜的制作材料自然要特别讲究了。"手内无他煞难过"之句,是借副末色之口吻道出磕瓜的不可或缺。古代的参军戏大致犹如今天的相声,"逗哏"信口开河,"捧哏"或推波助澜,或与其争辩揭其荒谬,"抖包袱"制造笑料。而运用磕瓜,正是副末佯装喝住副净的胡说八道,揭其谬误抖出包袱的最好借助。当副末用磕瓜作击状时,净色也每每作"躲"状,但又总是躲犹不及,逗出笑声来,故说"普天下好净也应难躲"。早期相声还有用折扇击脑袋的动作,或许正是磕瓜的遗风。最后三句:"兀的般砌末,守着个粉脸儿色末,诨广笑声多。"兀的般:犹这般;砌末,即今所谓小道具;色末,即副末,执磕瓜者,一般作"末色",这里或为押韵而倒装。粉脸儿,末色涂脂抹粉;"诨",诨语,打诨,说俏皮话、装滑稽动作、出洋相,演员们诨语一广,台下观众的笑声必然多,《庄家不识构阑》套描述的:"把一个皮棒槌则一下打做两半个。我则道脑袋天灵破,则道兴词告状,划地大笑呵呵。"正是这样的戏剧效果。

　　根据上述的简要分析,我们可作进一步的推测:这首小令,很有可能是一首"广告曲",这位"生平不详"的作者李伯瑜,也许是一个制磕瓜的手工业者,或卖磕瓜的商人(当然也不排斥受他人之托而写的可能)。"用最软的……"、"手内无他……"、"兀的般砌末……"、"诨广笑声多"云云,几乎句句夸耀,声声赞美产品的货真价实、功用非凡,全然是一个推销商的口吻。宋元时代以吟唱叫卖的市商风习很普遍,曲牌〔卖花声〕、〔紫苏丸〕、〔叫声〕、〔酥枣儿〕、〔辣姜汤〕、〔赵皮鞋〕等等,当初都是一支支"广告曲",后被书会才人等舍其曲辞,用其曲调,加工改造提高后,纳入戏曲音乐体系。但民间叫卖之曲文本身,被用文字保留下来的不多。这一点,使这首〔小桃红〕益发显得宝贵。

(翁敏华)

〔注〕 ① 衬:《太平乐府》三作"观";此从明大字本。

【作者小传】

李德载
生平事迹不详。散曲作品今存小令十首。

〔中吕〕阳春曲

李德载

赠 茶 肆

茶烟一缕轻轻扬,搅动兰膏四座香。烹煎妙手赛维扬。非是谎,下马试来尝!

李德载,生平不详,现存小令十首,均为赠茶肆的〔阳春曲〕。

我国的茶文化虽不如酒文化历史悠久,但种茶饮茶之习并不晚出,早且不说,仅《三国志·吴·韦曜传》即有"或密赐茶荈以当酒"一语,似是茶已有与酒争雄之势。虽旧本中"茶"字尚作"荼",《尔雅·释木》:"槚,苦荼。"直到唐代"荼"才省作"茶",但茶的地位已可略见。唐之"茶"始为"荼",与种茶、饮茶盛行有关。自第七八世纪以来,南北各地、上下人士都喜欢茶,唐德宗始行茶法以征税,可见茶的经济价值;唐陆羽著《茶经》三卷,翔实记载茶的产、采、烹、饮,则见其时饮茶之盛。北宋末蔡京当国时,每年茶税竟达四百多万贯。至元朝,市朝之盛也不亚于宋,茶肆极多。我们可以设想李德载生性嗜茶,经常品茗于此,很

【阳春曲】

可能是应主人之请，书此十支〔阳春曲〕，既可清讴娱宾，游戏文字，以资笑乐，又可权作广告，为之延誉，招徕茶客。我们虽不知作者身世，但沉抑下僚、郁郁失意者常有应谐杂出之作，于此亦可推见。元人散曲所写，虽俗至于米盐枣栗，丑至于恶疾畸形，代言以至为羊诉苦、为马鸣冤，但似这等广告文字尚不多见，作为一类亦颇应重视。

此曲首二句写茶烟轻扬，咏叹烹茶的烟气，给四座送过来阵阵芬芳（古时用泽兰炼成的油脂称为兰膏，用作点灯，有香气。有香气的油脂亦称兰膏）。第三句更是以"烹煎妙手赛维扬"自夸，烹为煮，煎茶法则是陆羽所创。维扬即扬州，在元时虽不及大都、杭州、泉州繁华，但毕竟唐时有"天下三分明月夜，二分无赖是扬州"之誉，故"赛维扬"实是自诩老牌之意。最后，又以"非是谎"三字加重之，"下马试来尝"则以实相号召。重复、极端之言本为元曲显豁、透辟的表现，用在此处则更见招客劝饮之意。

古来吟茶之作甚众，远且不说，宋金二代就不少。因饮茶被视为雅事，故写词常带俚俗的黄庭坚，其咏茶的〔满庭芳〕却极见雅致，有词中的"北苑研膏，方圭圆璧"，"纤纤捧、香泉溅乳，金缕鹧鸪斑"等句可证。金党怀英的"红莎绿箬春风饼。趁梅驿，来云岭"，"一瓯月露心魂醒，更送清歌助清兴"（〔青玉案〕）亦不相让。此曲前三句并不见元曲特有的蒜酪味，但最后二句的直言以道，非仅纯是口语，而且作者似从旁观顿转为代言，声态毕现，呼之欲出，既关合茶肆招客之道，又见当行本色。较之前面所引宋金词的使事用典，涂泽工巧，不啻于归真返璞，自有其天然之美。

（邓乔彬）

〔中吕〕阳 春 曲

李德载

赠 茶 肆

蒙山顶上春光早，扬子江心水味高。陶家学士更风骚。应笑倒，销金帐饮羊羔。

这是李德载所作《赠茶肆》十首中的第二首。与第一首的茶烟起、兰膏香的泛写不同，这首专写茶、水品位之高，以作自我赞誉。第一句"蒙山顶上春光早"，谓蒙顶茶。此茶产于四川名山县蒙山之峰顶，故名。传说蒙山有五岭，中岭名谓上青峰，所产茶即称蒙顶茶，香味特佳，从唐宋起就名扬海内。唐郑谷《蜀中三首》之二曾写道："蒙顶茶畦千点露，浣花笺纸一溪春。"茶既求产地，又要采摘及时，陆羽《茶经》云"凡采茶在二月、三月、四月之间"，因而"春光早"三字并非虚笔。第二句写水，好茶尚须好水，何处为好水呢？"扬子江心水味高"就是答案。当然，汲扬子江心之水煎茶并不可能，此处当指江苏镇江金山西的中泠泉水。金山原在扬子江中，唐张祜《金山寺》诗有句云："树影中流见，钟声两岸闻"，直到清末江沙淤积，始与南岸相连。金山西面有中泠泉，陆羽评为全国第七，稍后的刘伯刍以其尤宜烹茶，评为第一，从此中泠泉号为天下第一泉，故曰"扬子江心水味高"。如果说首句、次句是自赞茶好、水好，第三句则是转言茶客，以恭维话来迎合消费者心理了。"陶家学士"当指陶渊明，陶渊明弃官归隐，躬耕垄亩，以诗酒自娱，以一传而入《晋书》、《宋书》、《南史》三史，被称为"古今隐逸诗人之宗"（钟嵘《诗品》），淡泊功名，不染世俗，一直被后世所仰戴。尤其是元代文人更是不学屈原，而惟慕陶渊明：

【阳春曲】

"不达时皆笑屈原非,但知音尽说陶潜是。"(白朴〔寄生草〕)故以嗜酒的陶渊明转作称呼茶客,既见时代特点,又抬高茶客身份,是为求得生意兴隆。最后两句"应笑倒,销金帐饮羊羔",承"风骚"二字,以饮茶的风雅之举当胜过销金帐内饮羊羔美酒的富贵生活,作了更进一层的自诩。销金帐是用金或金色丝线装饰的帐子,羊羔即羊羔酒,又称羔儿酒,用糯米、肥羊肉与面同酿,十日熟,色泽莹白,味极甘滑,是酒中上品,孟元老《东京梦华录》有"银瓶酒七十二文一角,羊羔酒八十一文一角"的记载。因而"销金帐饮羊羔"当是富贵者的享受,以"风骚"来"笑倒"富贵,在为茶肆主人代言同时,多少可见士人之志。

此曲风格较典雅,难当本色之评,但其造语及使事,亦颇值得称道。周德清《中原音韵》的《作词十法》认为应"未造其语,先立其意","太文则迂,不文则俗",提倡"文而不文,俗而不俗"的语言风格,通观此曲,大致相合,而且颇得"辞欲简,意欲尽"之妙谛。关于用事,王骥德认为"曲之佳处,不在用事,亦不在不用事"(《曲律》卷三),周德清则更早提出"明事隐使,隐事明使"原则,此曲似不用事而用事,且与"明事隐使"相符。

(邓乔彬)

〔中吕〕阳 春 曲

李德载

赠 茶 肆

金芽嫩采枝头露,雪乳香浮塞上酥。我家奇品世间无。君听取,声价彻皇都。

这是李德载所作《赠茶肆》十首中的最后一首。首句"金芽嫩采枝头露",指在清晨之时,将枝头尚带露珠的茶树嫩芽采下。茶以芽为上,其未展者称为"枪",已展者称为"旗",据宋人熊蕃《宣和北苑贡茶录》载:"凡茶芽数品,最上曰小芽……次曰中芽,乃一芽带一叶者,号一枪一旗……乃一芽带两叶者,号一枪两旗。"茶非但要嫩,而且要早晨采摘为好,宋人宋子安《东溪试茶录·采茶》曰:"凡采茶必以晨兴,不以日出。"此句"金芽"写淡黄色,以见其嫩,"枝头露",以写其早,可见茶品很高。次句"雪乳香浮塞上酥",承首句所说茶嫩而接言茶香。黄庭坚咏建州饼茶的〔满庭芳〕有"香泉溅乳"句,陈师道和作亦云"浮黄嫩白",此处"雪乳香浮"四字与黄、陈所作意近,而连用"塞上酥",则既可理解为申足"雪乳"之意,又可理解为塞外民族所喝的奶茶(元代以蒙古族居统治地位,蒙俗风行并不奇怪)。由于茶极嫩、极香,故第三句自豪地宣称"我家奇品世间无"。不同凡响,世间所无,当然不是等闲身价。最后二句的"君听取,声价彻皇都",虽是自夸之笔,却又似出之自然。如果说"非是谎,下马试来尝",还只是劝饮,至此已自拔至最高地位,无以复加了。

明代曲论家王骥德《曲律》第三卷曾专论小令作法,他说:"作小令与五七言绝句同法,要蕴藉,要无衬字,要言简而趣味无穷。昔人谓:五言律诗,如四十个贤人,著一个屠沽不得。小令亦须字字看得精细,著一戾句不得,著一草率字不得。"以之与此曲相揆,可谓正合。陆羽《茶经》说:"茶之笋者,生烂石沃土,长四五寸,若薇蕨始抽,凌露采焉。"曲中首句正扣准"凌露采"的特点,作者精于此道,不为泛设之辞,不着草率之字。王国维谓"诗之境阔,词之言长",词之写茶,常是多句一意,精雕细刻。如陈师道和黄庭坚的〔满庭芳〕写茶香、茶色,除前引句外,尚有"云里游龙舞凤,香雾霭,飞入雕盘"等句。曲中次句仅七字,色香俱现,可称"字字看得精细","言简而趣味无穷"。人多以散曲为满心而发、肆口而成者,只是与套数几近,却未窥小令门径,此曲可谓得之。

【醉太平】

　　当然，此曲语言较典雅，并非"耳根听熟之语，舌头调惯之文"，但作为游戏文字，以"世间无"之"奇品"标榜，自非失之浮泛、枯寂，句中有专门的学问和故实；作为广告之用，或亦值得后人借鉴。

（邓乔彬）

【作者小传】

程景初
生平事迹不详。散曲作品今存小令一首，套数一套。

〔正宫〕醉太平

程景初

　　恨绵绵深宫怨女，情默默梦断羊车，冷清清长门寂寞长青芜。日迟迟春风院宇，泪漫漫介破琅玕玉。闷淹淹散心出户闲凝伫，昏惨惨晚烟妆点雪模糊，淅零零洒梨花暮雨。

　　封建社会帝王广选天下美女纳入宫中，致使许多宫嫔青春虚掷，红颜坐老，造成了一个突出的社会问题，并引起了一些诗人词家的深切关注。诸如王昌龄《长信秋词》、白居易《上阳白发人》、元稹《连昌宫词》、张祜《何满子》、宋庆馀《宫词》等著名诗篇，都曾为此深沉咏叹，哀其不幸。这支小令也是如此。

　　"恨绵绵深宫怨女"，一开始，作者就直切主旨，以一"恨"字领起全篇，奠定抒情基调。"绵绵"，言忧愁绵绵不断；"深宫"，既揭明女子身份，又指示其幽闭于冷寂的环境；"怨女"，古人常与"旷夫"对举连属，特指渴求爱情的女子。作者于"怨女"之前，再以"恨绵绵"修饰而不避重复，是为了强调其愁思深重。"情默默梦断羊车"，写宫妃渴盼皇帝临幸。《晋书·胡贵嫔传》载：武帝司马炎好色，后宫广蓄嫔妃，致使自己也选择不定，常常随拉车之羊任意行止以定临幸之所。嫔妃因此多将竹叶插于门前，吸引羊来。作者用此典故，以见宫妃企盼之急切。"默默"二字意味深永，一则写出了宫妃冥思凝望的神态；二则写出了她们喑若寒蝉，满腹愁思无可告诉的景况，满含悲凉。"冷清清长门寂寞长青芜"，写企盼的结果。"长门"，汉代宫名，武帝时，陈皇后失宠，幽居于此。这里指代宫妃们的住所。"长青芜"，长满青草，暗示院中人迹不至，冷冷清清；同时又藉以渲染环境、衬托人物的心情，揭明宫妃何以"情默默"、"恨绵绵"。笔触含蓄，文思细密。四五两句由"长青芜"生出。春草萋萋，春风煦煦，怀春之怨女极易触景伤怀，痛惜青春流逝而潸然落泪。"日迟迟"，语出《诗经·豳风·七月》："春日迟迟，采蘩祁祁，女心伤悲，殆及公子同归。"作者这里明用"日迟迟"之语，暗寓"女心伤悲"之情，而反用其意，表示宫妃所"殆（害怕）"，在于御驾不至。"琅玕玉"，指竹。"介破"，隔开。传说舜死后，其妃娥皇、女英泪下沾竹皆成斑。此处借用其意，形容宫妃泪流涟涟、无限悲伤。最后三句，进一步描写宫妃的神思心境。她们因愁思压迫，闷闷不乐（淹淹），于是移足户外，想借风景遣愁散心，谁知春光撩人，益添忧愁，于是目凝神痴，久立（伫）不动。第六句之"闲"字极为练达，传神地写出了宫妃们百无寄托、恍恍惚惚的情态。七八两句承"闲凝伫"意脉，写宫妃的望中景象，巧妙地将时间跨度从白天拉到傍晚。暮霭沉沉、云烟缕缕，天色如下雪一般黯淡、模糊，继而又渐零零地飘洒起霏霏细雨来。这两句与其说是绘景，不如说是抒情。宋人贺铸《青玉案》词云："试问闲愁都几许？一川烟草，满城风絮，梅子黄时雨。"本曲结句与此同一意境。作者因情造景，重叠了多种色调迷蒙的景象，以此来体现宫妃们充斥忧愁的黯淡心境。情景相生，极富

【端正好】

意境。"梨花暮雨"四字,有人据白居易《长恨歌》中"梨花一枝春带雨"之句,释为描绘宫妃哭貌,虽亦可说通,然终觉情浅。唐诗宋词,每以"雨打梨花深闭门"之暮春景色,结思妇怨女的伤春之情,韵致深婉,此处似亦应作如是解。

金、元之时,皇帝荒淫无度,纵欲成性,正史亦无法讳言。这首小令写宫妃怨恨,情辞如此真切,当非无病呻吟,或有所针砭;另外,自屈原以来,我国文人多以"美人迟暮"喻指男儿岁华虚度、怀才不遇。稼景初生平不详,个中有无寄托,难以断定。

本曲主题并不新鲜,但写法却不乏新颖。作者以宫妃之愁为内在枢纽,绾连全篇,将抒情、写景、叙事融汇一炉,难以拆分。本曲以含蓄深婉擅胜,作者用典使事及熔裁前人诗词语意,能略迹原心、遗貌取神,妥帖自然而不露痕迹。此外,本曲遣词造句也见新巧,每句之前,均冠以一组叠词,或状景,或抒情,蝉联而下,贯穿始终,对突出宫妃之愁肠百结、长恨绵绵,起了有效的烘托作用。

(周圣伟)

【作者小传】

孙季昌
生平事迹不详。散曲作品今存套数三套。

〔正宫〕端　正　好

孙季昌

集杂剧名咏情

《鸳鸯被》半床闲,《蝴蝶梦》孤帏静;常则是《哭香囊》两泪盈盈。若是这《姻缘簿》上合该定,有一日《双驾车》把香肩并。

〔滚绣球〕常记的《曲江池》丽日晴,正对着春风《细柳营》;初相逢在《丽春园》遣兴,便和他《谒浆的崔护》留情。曾和他在《万花堂》讲志诚,《锦香亭》设誓盟;谁承望下场头半星儿不应,央及杀《调风月》燕燕莺莺。则被这《西厢待月张君瑞》,送了这《花月东墙董秀英》,盼杀君卿。

〔倘秀才〕《玩江楼》围着画屏,见一只《采莲舟》斜弯在蓼汀,待和他《竹叶传情》诉咱闷萦;《并头莲》分做两下,《鸳鸯会》不完成,知他是怎生?

〔滚绣球〕付能的《潇湘夜雨》晴,早闪出《乌林皓月》明,正《孤雁汉宫秋》静,知他是甚情怀《月夜闻筝》?那时节理残妆对《玉镜台》,推烧香到《拜月亭》;则被这《㑇梅香》紧将咱随定,不能够写相思《红叶题情》。指望似多情《双渐怜苏小》,到做了薄幸《王魁负桂英》,撇得我冷冷清清。

〔倘秀才〕《金凤钗》斜簪在鬓影,《抱妆盒》寒侵倦整,想《踏雪寻梅》路怎行?弄黄昏《梅梢月》,香正满《酷寒亭》,伤情对景。

〔叨叨令〕当日被《破连环》说嗘得再成交颈,谁承望《错立身》的子弟无音信;闪得我似《离魂倩女》相思病,将一个《魔合罗》脸儿消磨尽。径不着也么哥,如今这《谎郎君》一个个传槽病。

〔脱布衫〕我便是《蓝桥驿》实志真诚,他便似《竹林寺》有影

【端正好】

无形,受寂寞似《越娘背灯》,恨别离如《乐昌分镜》。

〔小梁州〕他便是《柳毅传书》住洞庭,《千里独行》。《吹箫》伴侣冷清清,我待学《孟姜女》般真诚性,我则怕《啼哭倒了长城》。

〔幺〕《京娘怨》杀成孤另,怨你个《画眉的张敞》杂情;揣着窈玉心,《偷香》性。我则学《举案齐眉》,《贤孝牌》上立个清名。

〔尾〕《金钗剪烛》人初静,《彩扇题诗》句未成。《后庭花》歌残《玉树》声,《琵琶怨》凄凉不忍听。比《题桥的相如》忒寡情,《戏妻秋胡》不老成。想则想《关山远》路程,恨则恨《衣锦还乡》不见影。则不如一纸《刘公书》谨缄定,寄与你个《三负心》的歌才自思省。

这篇散套几乎每句嵌进一个杂剧名,写一个女子的离愁别恨,表现了她对爱情的热烈专一,失恋后的凄凉怨悔,和对负心郎君的诅咒谴责。

〔端正好〕一曲是全篇总纲,既写了她的离愁孤凄,也写了她的理想希望。由前者,便生发出下文的哀怨悔恨和诅咒谴责;由后者,又勾引起下文的亲切回忆和刻骨相思。这爱与恨的矛盾,恋与怨的交织,昔与今的对应,欢与悲的起伏,理想与现实的乖违,希望与失望的混合,便构成了女主人公全篇感情波澜的基调。五个剧名,除首句系无名氏《玉清庵错送鸳鸯被》外,余皆关汉卿所作,而后三剧《唐明皇哭香囊》、《宋上皇御断姻缘簿》、《风雪贤妇双驾车》均佚。此曲从夜晚深闺氛围写起,"鸳鸯被"曾是两人同床共寝的物证,而今物是人非,孤衾独眠,则往日欢情可想;又被上鸳鸯尚然交颈,又令人顿生"人而不如鸟乎"之感,此与温飞卿"新贴绣罗襦,双双金鹧鸪"实同一意趣。"蝴蝶梦"言其梦魂相牵,而梦醒后仍独卧孤帏,夜长寂静,无限凄凉,常常两泪盈盈。后两句写其伤心之后复存侥幸希望:"姻缘簿"乃幻想命运注定,"双驾车"则设想伉俪得偕。

〔滚绣球〕以下四曲分写春、夏、秋、冬四季,从春日相逢盟誓,夏日蓼汀离别,写到秋日对月相思,冬日踏雪寻梅,而离别相思之情则贯穿于四季之中。石君宝的《曲江池》是写郑元和与李亚仙的爱情故事,这里喻己游春之所;王廷秀和郑光祖均有《周亚夫细柳营》,此借喻春风和煦、杨柳婆娑之景;庾天锡有《苏小卿丽春园》,王实甫也有《诗酒丽春园》,此借指与情郎初逢之地;尚仲贤有《崔护谒浆》,是据唐孟棨《本事诗》,写崔护长安下第,清明游城南居人庄,因渴求饮,有女子以杯水至,独倚小桃斜柯伫立,意属殊厚。此用其典,喻己与男方一见钟情。关汉卿有《徐夫人雪恨万花堂》,写三国东吴徐氏为报夫仇,杀妫览之事,此仅借"万花堂"为其幽会之处,与剧情无关;王仲文有《孟月梅写恨锦香亭》,中有陈珪、月梅于此亭订盟事,此借喻可谓恰到好处。"承望"即料到;"半星儿"疑亦剧名,惜已无从考索;"央及"即累及,"央"通殃。关汉卿有《诈妮子调风月》,写小千户骗奸奴婢燕燕之后又另娶莺莺,致使二人争婚,此用其意,亦疑男方另有新欢。王实甫有《张君瑞待月西厢记》,白朴有《董秀英待月东墙记》,此分取两剧男女主人公喻己之离情,又兼含阴错阳差之意;"送"即断送,"杀"即煞,极点之意。

〔倘秀才〕写夏季离别。戴善夫和杨讷均有《柳耆卿诗酒玩江楼》,郑光祖有《三落水鬼泛采莲舟》,"蓼汀"即长着蓼草的水边,两句暗写两人离别情境;《竹叶传情》乃无名氏所作,此喻女子欲与离去的郎君通情愫。《太液池儿女并头莲》为高文秀所作,《庆会鸳鸯》为无名氏所作;此皆喻男女离别,相会难再之意。

〔滚绣球〕写秋夜的离恨。"付能"即刚刚、方才。这里用了杨显之的《临江驿潇湘夜雨》,无名氏的《乌林皓月》和《红叶传情》,马致远的《破幽梦孤雁汉宫

【端正好】

秋》，郑光祖的《崔怀宝月夜闻筝》和《㑇梅香翰林风月》，关汉卿的《温太真玉镜台》和《闺怨佳人拜月亭》，王实甫的《苏小卿月夜泛茶船》，尚仲贤的《王魁负桂英》等剧名。前三句写秋夜由雨转晴，皓月当空，孤雁哀鸣，打破了秋夜的寂静；次写女主人公的活动：月夜弹筝以寄幽怨，对镜理妆自怜红颜，拜月烧香遥寄祝愿，丫环紧跟行动受限，红叶传情（用唐于祐御沟红叶题诗与宫人韩夫人终成眷属事）音信难通。后三句写对男子的抱怨谴责：本想他能像双渐一样多情，得官后听说情人苏小卿被其母卖给茶商冯魁之后，便连夜乘船追赶，终成眷属；谁知对方却像王魁一样负心，得官后另娶新欢，将曾拯济并已委身于他的敫桂英抛弃。苏、敫皆妓女，此女主人公以彼喻己，或亦此辈耶？

〔倘秀才〕再写严冬的伤感。《金凤钗》乃郑廷玉作，《抱妆盒》乃无名氏作，此皆与原剧情无涉，仅取其当名词用耳。"斜簪"、"寒侵"（冷落荒废）、"倦整"，皆突出女子孤寂凄凉之中空虚无聊，慵懒理妆之状。《踏雪寻梅》乃马致远写孟浩然事，《梅梢月》乃无名氏所作，《酷寒亭》杨显之、花李郎皆各写一本，剧情亦异。三句写女子为消愁遣闷，乘月夜踏雪寻梅，但在酷寒亭中面对冷月清寒之景，不胜悲伤动情。以上四曲两次重用〔滚绣球〕〔倘秀才〕子母调来写四季相思，声情与词情皆极尽回环反复、铺叙缠绵之致。

〔叨叨令〕和〔脱布衫〕写女子的无穷懊悔。郑光祖的《丑齐后无盐破连环》，写齐宣后无盐女引锥解破秦始皇所赠玉连环，以示齐人多智慧，秦国难不倒；此处却隐喻女子破瓜失身。"说啜"即哄骗；"成交颈"指男女合欢。李直夫与赵文敬皆有《宦门子弟错立身》，写宦家子弟与艺妓相恋并向她学唱诸宫调为生；此喻指男方是个不争气的官宦子弟，而"子弟"也隐指嫖客身份。郑光祖有《倩女离魂》，写倩女因思念赴京的情人而害煞相思、灵魂出窍去追赶王生。《张鼎智勘魔合罗》乃孟汉卿所作；"魔合罗"是一种用土、木、蜡等雕塑的漂亮小人像，七夕供玩赏，此喻漂亮的脸蛋。"消磨"，消瘦折磨；"径不着"，犹经受不起。《谎郎君坏尽风光》乃李直夫所作；"传槽病"，意谓说谎、用情不专是男人通病，像同槽牛马传染病一样。庾天锡有《裴航遇云英》，即《蓝桥驿》，写唐裴航下第，得樊夫人以诗指示，至蓝桥驿遇仙女云英，乞婚；女约以觅得玉杵臼方许，裴辗转访求，至于卖掉仆马方得臼如期捣至，遂得配仙女。此借裴航喻己之坚贞至诚。无名氏有《竹林寺》剧，此寺实有名无院，乃神圣所居；此用以形容男方无踪迹可寻。尚仲贤有《凤凰坡越娘背灯》，写南唐越州于氏兵乱丧夫流落，复遇盗见辱，遂自缢死葬凤凰坡，居土塌中，灯青而不光，面壁而坐；此用以形容凄凉寂寞。沈和有《徐驸马乐昌分镜》，写陈后主之妹乐昌公主与夫徐德言在亡乱中各执半镜为约，后果得破镜重圆。

〔小梁州〕以下三曲，写对负心郎君的谴责和诅咒。尚仲贤的《洞庭湖柳毅传书》，本写柳毅仗义至诚，终与龙女婚配；此反用其意，喻男子另去攀龙附凤。无名氏有《关云长千里独行》，此喻男子独自飘荡远方。郑廷玉有《吹箫女悔教凤凰儿》和《孟姜女送寒衣》，此以吹箫女喻己之失恋冷清；以孟姜女喻己之真诚挂念。无名氏又有《孟姜女死哭长城》，此处云"则怕"，写其又担心男方是否不幸死去，本待如孟姜女千里寻夫，但又怕万一对方已死，自己经受不起巨大打击。彭伯威有《四不知京娘怨》，写王元老与杨公已死之幼女京娘人鬼结合故事，此喻己之凄凉幽怨。高文秀有《京兆尹张敞画眉》，"杂情"，意指男方当初柔情蜜意，有如张敞为妻画眉，可如今一去不返，感情不专。李子中有《贾充宅韩寿偷香》，写韩寿与贾充女私通，女盗西域奇香赠韩；充会诸吏时闻寿身有奇香，疑女私通，拷婢果然，遂以女妻寿。"偷香窃玉"从此便喻男女私通。无名氏有《孟光女举案齐眉》，写孟光违父命而嫁穷儒梁鸿，同甘共苦，相敬如宾；无名氏又有《贤孝牌》，此二句表现女主人公虽怨男方无情，但自己却矢志不渝为其守节，与男子不专形成鲜明对比。

〔尾〕曲极写其凄凉怨愤，是感情的高潮。头两句写女子在夜深人静之时把

【端正好】玩信物金钗,面对红烛流泪;满腹情思,欲对彩扇题诗,却终悲愤难成。令人联想到李商隐"蜡炬成灰泪始干"和贺铸"彩笔新题断肠句"之缠绵至情。此用赵天锡《贾爱卿金钗剪烛》和无名氏《彩扇题诗》两剧名。郑光祖有《陈后主玉树后庭花》,郑廷玉又有《包待制智勘后庭花》,庾天锡有《玉女琵琶怨》,此二句写夜深歌残,不胜凄凉悲怨的烦恼。关汉卿和屈恭之均有《升仙桥相如题柱》,写司马相如初入长安过此桥时,曾题字于桥柱:"不乘赤车驷马,不过汝下也。"相如为功名而远离文君尚有归期,而伊人竟一去杳无音信,故曰比相如更"忒寡情"。石君宝有《鲁大夫秋胡戏妻》,此用以喻男方感情不专,准是在外拈花惹草而忘了自己。武汉臣有《谢琼双千里关山怨》,写柳天瑞千里误了佳期,故引起琼双月下关山之怨;张国宾有《薛仁贵衣锦还乡》,无名氏有《冻苏秦衣锦还乡》;此二句写女子怨恨男方迟迟不归,贻误佳期。《刘公书》或即无名氏《施仁义刘弘嫁婢》之别名,明代传奇《空缄记》、《尺素书》、《通仙枕》,《拍案惊奇》中"李克让竟达空函,刘元普双生贵子",皆写此事;此喻女子无限相思怨愤之情,难于尺素书中尽述,故不如寄一封空信,无声胜有声,让负心男方看到一封空信自个儿去思量反省吧。《三负心》乃关汉卿所作《风流孔目三负心》;"敲才",意谓该挨敲打的家伙,是当时骂人的话。

此套曲属《太和正音谱》所列"乐府体式"中的"俳优体",朱权自注:"诡喻淫虐。"本篇"诡喻"是实,"淫词"则未必。王骥德《曲律》则于俳谐体之外又另列"巧体",集药名之类皆属"巧体"。任中敏先生《散曲概论》,则从广义上列俳谐共二十五体,集杂剧名即其中一体。本篇共用了六十三个杂剧名,几乎每句一个;妙在如顺手拈来即自成妙境。具体又有几种情况:一是仅借剧名当一个名词或词组来用,与剧情和典故无关,如"姻缘簿"、"丽春园"、"踏雪寻梅"、"千里独行"之类;二是仅借剧名中某一部分词义来表情达意,仍与剧情无关,如"哭香囊"、"细柳营"、"潇湘夜雨"、"乌林皓月"之类,重点借用"哭"、"细柳"、"夜雨"、

【朝天子】

"皓月"等词，其余词义与本篇无关；三是剧情虽不相关，但剧名在此兼含比喻，如"鸳鸯被"、"并头莲"、"魔合罗"、"竹林寺"之类；四是剧情与本篇情境类似，用在此处令人顿生联想，而表情又凝炼含蓄，如"曲江池"、"崔护谒浆"、"倩女离魂"、"越娘背灯"之类；五是反用其意，而隐喻另一种剧中不曾有的意思，如"破连环"、"柳毅传书"之类，等等。总之集杂剧名一体，在材料运用、修辞表达等方面皆能翻新出奇、逞才弄巧，而又不以文害意，而能寓庄于谐，固不可仅以文字游戏目之，实具有较高审美价值。其次，本篇既被杨朝英选入《太平乐府》，则其中所列杂剧俱可视为元人所作，可补从《录鬼簿》到《曲录》所列剧目之不足（有些剧名不见历代著录者），尤其是无名氏剧作，元明之间界限不清者，亦可以本篇作为界定之依据。故仅从史料角度着眼，其价值亦当弥足珍视而不容小觑矣。

（熊　笃）

李致远

至元中曾客居溧阳，与仇远相交甚密。《元曲选》收有其《还牢末》杂剧一种（《太和正音谱》列为无名氏作）。散曲作品今存小令二十六首，套数四套。

〔中吕〕**朝　天　子**

李致远

秋　夜　吟

梵宫、晚钟。落日蝉声送。半规凉月半帘风，骚客情尤重。何处楼台，笛声悲动？二毛斑秋夜永。楚峰、几重？遮不断

【朝天子】

相思梦。

这首小令以"秋夜吟"为题,全曲意在抒发诗人秋夜中一段相思感情。始句"梵宫",即佛寺,可能就是诗人寄宿之处。一二两句说:佛寺中晚钟响了。这意味着薄暮降临,秋夜就要到来,一种苍茫、孤独之感便暗暗产生。第三句写落日时,秋日的蝉声一阵阵传来。时间上与前句相接而把秋夜的时令点明了。第四句写夜色深沉,只见半规(规,圆形,半规月,即今称"月牙儿"),凉月升起,半帘凉风吹来。这正是凄清秋夜典型的景色,这自然更能激发诗人的愁绪。所以作者紧接着说:"骚客情尤重。""骚客",骚人墨客,这里指诗人自己。曲辞意为:触景生情,诗人寂寞、惆怅的情绪更强烈了。景也好,情也好,都写得很有层次。然而,曲至此,它还仅仅在写秋景秋声对诗人情感的触发,是自然景物所引起的感受。六七句开始,写人的情感对自己的触动。这个人,我们看不见,作者仅写到远远楼台上传来的笛声,人也就在楼台深处了。然而"寒夜哀笛曲,霜天断雁声",是最足引人怀想的。诗人想到,自己头发花白,已成黑白二毛;岁月蹉跎,今日还孤独地栖守在漫漫的秋夜中,内心充满了隐痛。这当是哀怨的笛声引起了内心共鸣吧。在小楼寒月,又闻笛声悲凉的情景下,诗人深挚之情何所寄托呢? 他说:"楚峰,几重。""楚峰"当指湖北境内的巫山一带,那里奇峰峭壁,连绵不断,十二峰重峦叠嶂,最为著名。这里早有楚襄王在云梦馆与神女相会的传说,作者这里略加点染,大约是对楼台玉笛的一种顾恋吧? 既然楚峰几重,绝不能隔断一梦相思,诗人一往情深,也可以稍稍得到慰藉了吧。

此曲押"东钟"韵,其中"钟"、"宫"、"风"、"峰"属阴平,"送"、"梦"、"动"为去声,"永"为上声。"重"字两读,前句为去声,后句属阳平。全曲多短句,而句句押韵,读来韵律谐婉有致。

(江巨荣)

〔中吕〕红 绣 鞋

李致远

晚 秋

梦断陈王罗袜,情伤学士琵琶。又见西风换年华。数杯添泪酒,几点送秋花,行人天一涯。

〔红绣鞋〕,一名〔朱履曲〕,常见小令曲牌,属〔中吕〕宫。句式定格:六句,三十字,各句分别为六六七三三五式。五韵或六韵皆有。在很多情形下,第四五两句,可以各加两个衬字,变为五言偶句,全曲即有三十四字了。李致远这支小曲即仿此。全曲五韵,韵在"家麻"部。其中"袜"以入声作去声,"琶"、"华"皆属阳平。第四句不押。第五句"花"属阴平。第六句规定不用去声,上声、平声皆可以;"涯"属阳平,自合律。

这首小令是一首抒情曲。作者以"晚秋"为题,意在抒发伤情离别的痛苦。第一二句是一组对句,各用了一个典故。前句,"陈王"指曹植,因曹植最后封地陈郡(今河南淮阳),谥号"思",故后人称他为"陈王"或"陈思王"。曹植写过一篇著名的《洛神赋》,其赋写洛神(相传为伏羲氏之女)的体态步履称:"体迅飞凫,飘忽若神。凌波微步,罗袜生尘。"意思是说,这位神女的身体往来比飞翔的水鸟还迅速,飘浮的神态轻盈若神。她在水波上细步行走,美丽的罗袜处处留下她的流风余韵。了解了这个出典,便可以知道本曲的首句是说:离别前,主人公刚从一个思念美人的梦境中惊醒。第二句说白居易的故事。白居易曾官翰林学士,所以这里简称"学士"。白居易因上书言事,触忤朝廷,元和十年

【落梅风】

(815)被贬为江州(今江西九江)司马,次年秋,送客湓浦口,闻舟中夜弹琵琶,而作《琵琶行》,把自己的悲愤感情与琵琶女的不幸遭遇融合于诗。诗最后写道:"凄凄不似向前声,满座重闻皆掩泣。就中泣下谁最多?江州司马青衫湿。"这就是"情伤学士琵琶"的出处。散曲在这里提及白居易伤情失意的事,并以此比拟自己现时的情怀,是否意味着作者也有类似的牢骚与不平呢?因为作者的生平几不可考,这一点并没有确凿的材料可作佐证。但元人仇远《金渊集》有一首《和李致远深秀才》诗,诗说李氏"平生意气隘九州,直欲濯足万里流。讵期功名坐蹭蹬,不意岁月成缪悠"。如果姓氏不误,本曲作者正是有才不遇、饱含隐忧的人物。当他与恋人离别时"情伤"于白学士的"琵琶"声,自也有不得意人同病相怜的伤感吧。第三句感叹岁月流逝,年华更换,一面点出"晚秋"之景,一面衬托哀伤,是写景抒情之笔。四五两句,各加"数杯""几点"两个衬字,成五字对偶句。酒而"添泪",花而"送秋",把凄苦相恋之情进一步深化。"点"用在此处,喻花之少,更衬出秋意萧瑟,尤为新巧、贴切。末句说自己此后为行旅露客,行无定所,天涯海角,人各一方。凄切哀婉之情,意在言外。

(江巨荣)

〔双调〕落梅风

李致远

斜阳外,春雨足,风吹皱一池寒玉。画楼中有人情正苦,杜鹃声莫啼归去。

〔落梅风〕,一名〔寿阳曲〕,属〔双调〕过曲,是常见小令曲牌。李致远此曲,

【落梅风】

句依定格，首句不押韵。后四句押"鱼模"韵，其中"足"以入声作上声，"玉"以入声作去声。"苦"为上声，"去"为去声。北曲无入声，而上去声通押，故也无不合律。

这首小令是写离情的。开始两句写外景。从闺中人眼光望去，此时只见斜阳西下，由于春日雨多，水平堤岸。第三句继上文写景而又暗融抒情，句中"寒玉"一词是对清凉晶莹的溪水的　种比拟。如孪群玉《引水行》："一条寒玉走秋泉，引出深萝洞口烟。"曲中"寒玉"就是她见到的溪水。"吹皱"，借用了冯延巳〔谒金门〕词："风乍起，吹皱一池春水"，这虽也在写景，但它仿佛一面在比喻离别前生活的平静，一面在描写因离别而内心掀起的波澜。离愁别恨似乎经风吹起了，写来情景交融，不露痕迹。第四句写闺中人，但它把楼上人的一切外部表象都略去了，而是在有限的文字内集中表达她为离别而痛苦的感情。"画楼"指古代妇女生活的特殊环境，"有人"也说得有点虚无缥缈，但就是这个不定人物更能引起想象，通过她而反映了所有闺中人对离人的共同情绪。末句表达了她最后的一点希望。杜鹃，即杜宇。据《本草》："杜宇，其鸣若曰'不如归去'。"所以杜鹃俗称"催归"。这时楼中人与离人正天各一方，而"催归"鸟的啼声更易引起她对远方人的思念。所以她要杜宇"莫啼归去"。然而，从她对"催归"鸟声的敏感，正反衬其心中盼望离人归来的殷切之意。结尾情意惨切，而用语含蓄，仔细体味，必将引起内心强烈的震动。

(江巨荣)

〖作者小传〗

杨立斋
生平事迹不详。散曲作品今存套数一套。

【哨遍】

〔般涉调〕**哨　遍**

杨立斋

张五牛、商止叔编《双渐小卿》，赵真卿善歌。立斋见杨玉娥唱其曲，因作〔鹧鸪天〕及〔哨遍〕以咏之。

〔鹧鸪天〕烟柳风花锦作园，霜芽露叶玉装船。谁知皓齿纤腰会，只在轻衫短帽边。啼玉靥，咽冰弦，五牛身后更无传。词人老笔佳人口，再唤春风到眼前。

〔哨遍〕世事抟沙嚼蜡，等闲荣辱休惊讶，日月不饶咱。晓窗前拂净菱花，试觑咱，虽是闲愁无种，闲闷无芽，子敢衔种出星星发。知进退宜休罢，便今日苏秦六国，明日早贾谊长沙，不如买牛学种洛阳田，抱瓮自浇邵平瓜。向甚云栈挥鞭，沧海撑舟，斗牛泛槎。

〔幺〕好向名利场中一纳头，剩告取些松宽暇。且莫住山凹，清闲中不见个生涯。向甚末，南邻富贵，北里奢华，只有此身无价。幸遇明时德化，除徭役拯济贫乏。救得这困鱼腮惊急列地脱了香钩，盖因那饿虎血模糊地污了烟槌，方表圣德无加。

〔耍孩儿〕对江山满目真堪画，休把这媚景良辰作塌。清风明月不拈钱，闻未老只合欢洽。问甚往来燕子春秋社，说怎末辛苦蜂儿早晚衙。休呆发，便得征西车马，争如杜曲桑麻。

〔幺〕莫将愁字儿眉尖上挂，得一笑处笑一时半霎。百钱长向杖头挑，没拘束到处行踏。饥时节选着那六局①全食店里添些个气，渴时节拣那百尺高楼上咽数盏儿巴。更那碗清茶罢，听俺几回儿把戏也不村呵。

〔七煞〕据小的每瞧，大厮八，着几条坐木做陈蕃榻。谢尊官肯把荒场降，劳贵脚还将贱地来踏。棚上下，对文星乐宿，唱唱吵吵。

〔六〕前汉又陈，后汉又乏；古尚书团揸损股周夏，五代史止是谈些更变，三国志无过说些战伐，也不希咤，终少些团香弄玉，惹草粘花。

〔五〕这个才子文艺高，那个佳人聪俊雅，可知道共把青鸾跨。一个是纱巾蕉扇睁睁道②，一个是翠靥金毛俏鼻凹。无人坐。一个是玉堂学士，一个是金斗名娃。

〔四〕又有个员外村，有个商贾沙，一弄儿黑漆筋红油靶。一个向丽春园大碗里空哝了酒，一个扬子江江船中就与茶。精神儿大，著敲棍也门背后合伏地巴背，中毒拳也教铛里仰卧地寻叉。

〔三〕而今汝阳斋掩绿苔，豫章城噪晚鸦，金山寺草长满题诗塔。唯有长天倒影随流水，孤鹜高飞送落霞。成潇洒，但见云间汀树，不闻江上琵琶。

〔哨遍〕

〔二〕静悄悄的谁念他？冷清清的谁问他？尚有人见鞍思马。张五牛创制似选石中玉，商正叔重编如添锦上花。碎把那珠玑撒，四头儿热闹，枝节儿熟滑。

〔一〕俺学唱咱，学说咱，谁敢和前辈争高下。赵真真先占了头名榜，杨玉娥权充了第二家。替佛传法，锣敲月面，板撒红牙。

〔尾〕须不教一句儿讹，半字儿差。唱一本多愁多绪多情话，教你听一遍风流浪子煞。

诸宫调是北宋时兴起于民间的一种说唱伎艺，其曲调对北方杂剧的形成产生过直接影响。金人董解元的《西厢记诸宫调》，在文学史上占有重要的地位。到元代，诸宫调的说唱虽已不像过去那样盛行，但仍时有表演。这套散曲生动地描绘了一场说唱诸宫调的演出，不仅为戏曲史研究提供了珍贵的资料，而且可以帮助我们从一个侧面去领略元代艺坛的历史风貌。

作者的小序说，这次演唱的内容是张五牛、商正叔所编的《双渐苏卿》。双渐苏卿故事，宋元时可说是家喻户晓，说唱及戏曲采用此题材者极多。故事的梗概大约是：名妓苏卿，又名苏小卿，金斗郡（今安徽合肥）人氏，美容仪，通文墨。员外黄肇慕其色，为盖丽春园，小卿不为所动。小卿后遇书生双渐，互生爱慕之情。双渐赴京应举，与小卿定情而别。茶商冯魁串通鸨母，以茶引三千强买苏卿而去。船至金山，苏卿题诗于壁，并约双渐至豫章（南昌）相会。双渐中举，授临川令，追寻小卿至金山，见诗感伤不已，于舟中抚琴以自遣。小卿于茶船中听得琵琶声，出船相会，二人乘冯魁尚醉，扬帆往临川进发。这篇《双渐小卿诸宫调》的原作者张五牛，是南宋初年的艺人。改编者商正叔，名道，是金元之交的文人。前后两位演唱者赵真卿(即赵真真)、杨玉娥都是元代著名的女演员,夏庭芝《青楼集》就有"赵真真、杨玉娥善唱诸宫调"的记载。杨立斋亲耳听过杨玉娥的演唱,又以套曲的形式对这次演出作了生动的艺术描绘,流传至今,弥足珍贵。

开首的〔鹧鸪天〕词,是对全篇情事的简要概括。"烟柳风花锦作园",是说黄肇花费巨资为苏小卿营造丽春园。关汉卿小令〔碧玉箫〕:"黄召(肇)风欠,盖下丽春园",即咏此事。"霜芽露叶玉装船",是说冯魁以三千茶引强买小卿。这两人都一掷千金,却买不了苏小卿的心。"谁知皓齿纤腰会,只在轻衫短帽边。"前句形容苏卿容仪之美,后句形容双渐的潇洒风流。双渐苏卿故事最感人的一幕,是二人的两地分别,一种相思。"啼玉屑"即"玉容寂寞泪阑干"之意,这是形容苏卿思念双渐,暗自垂泪;"咽冰弦"或可以"弦弦掩抑声声思"解之,这是形容双渐借琴声寄托相思。这样动人的故事,从张五牛身后就不大流传了。幸亏有商正叔的生花妙笔,赵真真、杨玉娥的宛转歌喉,使我们再次得到这艺术的享受。

以下正式进入〔哨遍〕套数,全是模仿杨玉娥的口气。十二支曲子,可分四层。

〔哨遍〕以下四支曲子为第一层。大意是说世间荣辱不值得计较,应当及时行乐。第一句"世事抟沙嚼蜡"就点明了这层意思。"抟沙"是说人间的事情像沙子一样,捏拢来又散开,语出苏轼《二公再和亦再答之》诗:"亲友如抟沙,放手还复散。""嚼蜡"则言其淡而无味。因此,还是照照镜子罢,虽然闲愁闲闷,无种无芽,只恐怕真的也会长出星星白发呢。唱曲人也用几句话称颂当时的统治者:拯济贫乏,像救鱼脱钩一样及时;惩办邪恶,像铁鞭(烟树)击虎一样无情,但这不过是泛泛的应景之辞,其本意还是告诫人们"向名利场中一纳头(缩头,抽身)"。为此作者采用了一连串的对比:苏秦六国封相,贾谊被贬长沙,仕途穷达难料,就像连云栈道上的奔马、沧海中的孤舟、天河里的木筏(槎)一样前途

【哨遍】

渺茫，充满风险，还不如学武则天的侄子武攸绪，在洛阳城外归隐田园，或者学亡秦的东陵侯邵平，在长安郊外种瓜自给，可以远害全身。燕子秋去春来，好像赶赴一年两度的春秋社祭；蜜蜂早出晚息，仿佛官员的早晚衙参。人生何必这样忙忙碌碌呢，纵使能像曹操那样，死后墓前大书"汉故征西将军曹侯之墓"，怎么比得上在杜曲安安稳稳种上一辈子田。杜曲在今陕西长安县东，为唐代大姓杜氏聚居之地。杜甫《曲江》诗有"自断此生休问天，杜曲幸有桑麻田"之句，实为"争如杜曲桑麻"所本。既然"清风朗月不用一钱买"（李白《襄阳歌》），良辰美景如此难逢，客官们，还是及时行乐吧。像晋代的阮修那样，以百钱挂杖头，遇酒则酣饮，不是很适意吗？饥了，可以"添气"（吃食，宋元市语），渴了，可以"咽巴"（似指饮酒），酒足饭饱之余，听我演唱几段，也不会有伤风雅。

〔七煞〕、〔六煞〕为第二层，对听众表示欢迎。你们这些客官都是远近闻名的高士，本应享受东汉豫章太守陈蕃为名士徐孺所特设的木榻，我们这些艺人呵，却如此大模大样，就用几条粗木板凳来招待贵客，实在太不恭敬。你们光临贱地，使我们的乐棚大增光彩。你们是天上掌管文运、音乐的星宿下凡，面对你们这些行家，我演唱些什么好呢？《尚书》里的殷、周、夏故事，太零碎，太散漫，怎么也捏合不起来；前后汉的故事，也是些陈谷子烂芝麻；五代史、三国志，也不过是你攻我伐，改朝换代，都没有什么稀奇，因为它们都缺乏男女风情的描写。这就很自然地转入第三层，即对《双渐苏卿诸宫调》的介绍。

第三层包括〔五煞〕、〔四煞〕、〔三煞〕三支曲子。〔五煞〕唱双渐、苏卿。他们一个是才子，一个是佳人，一个是头戴纱巾、手执芭蕉扇、眉清目朗的美男儿，一个是颊上贴有翠饰、发上插以金羽的俏女子，天生一对，地设一双，无人可比，理应像萧史、弄玉一样结成美满姻缘，跨凤乘鸾而去。〔四煞〕唱黄肇、冯魁，"村"和"沙"都是伧俗之意。但他们偏要冒充斯文，附庸风雅，所以后面又补上一句：他们一样地都是黑漆筋、红油靶。筋即牛筋，是一种木本植物，可制弓弩干；"黑漆筋"即"黑漆弩",弓弩干上涂以黑漆,外表便光亮好看。而"牛筋"在元人俗语里又有"乡下佬"的意思。"红油靶"即"红油把",是涂以红油的器械柄,和"黑漆筋"一样也是形容外表好看、内里卑俗。黄肇和冯魁,一个在丽春园里空灌了一肚皮酒(㘞,即嘾,吃喝之意),一个却用茶引强娶了苏卿。他们二人抖擞精神,你争我斗,相比之下,冯魁更加心狠手毒,黄肇就像吃了一闷棍倒在门背后,又像下身(教裆,即交裆,裤裆)中了一拳栽了个仰面朝天。〔二煞〕凭吊古人。时过境迁,双渐、苏卿共同生活过的临川书斋(临川江又名汝水,故以"汝阳"名其斋)遍地青苔,他们途经的南昌城昏鸦晚噪,而苏卿题诗的金山寺塔周围早已芳草萋萋。江上再也听不见双渐的琵琶声,只有汀洲杳远,树影依微,再就是这"落霞与孤鹜齐飞,秋水共长天一色"的寥廓江天。这几句景物描写是从双渐、苏卿的故事中自然引申出来,既是两段叙事之间一个抒情的插曲,是一种感情节奏的调整与变换,也是由古人的悲欢离合到今人的感叹咨嗟之间的一个自然的过渡。

最后三支曲子为第四层,介绍这篇诸宫调的作者和演唱者。曲终人散,江上峰青,还有谁见鞍思马、即景怀人,想起双渐、苏卿呢?有,这就是多情的艺术家。经过张五牛的提炼与商正叔的加工,这篇作品字字珠玑,音韵谐美,整个故事情节(四头儿)热闹动人,所有的细微末节都推敲得十分成熟。至于演唱,我杨玉娥不过是步前辈艺人赵真真的后尘,敲起月面锣,打起红牙板,把作者的美妙文词演唱给大家享受罢了。最后一支曲子里的"话"作"故事"解;"煞"是曲牌名,"煞止"之意,这里代表整篇的诸宫调唱词。这是再次强调:我今天演唱的是一篇关于风流浪子的多愁善感、缠绵悱恻的爱情故事,请大家慢慢听来。

读罢这套散曲,杨玉娥这位女艺人的形象生动地呈现在我们面前。作为一名说唱艺人,不仅需要伶牙俐齿,嗓音清亮,更重要的是要善于揣摩听众的心理。杨玉娥的这次演唱,先从人生苦乐这个大家都关心的问题说起,一步步引导听众把欣赏伎艺作为人生必不可少的享受,下面再逐层启发听众对爱情题材、对双渐苏卿故事、对自己演唱的诸宫调的兴趣。由远及近，步步引人入胜，使得听众不听则已，听则欲罢而不能。从这点上说，杨玉娥的形象正是当时成千上万优秀艺人的生动写照。

本篇的语言运用很见功夫。作者时而用典，时而设喻，时而化用前人诗词佳句，时而融会行话市语（"添气""咽巴"等），随手拈来，涉笔成趣，恰到好处地显现出当时说唱艺人纯熟的语言技巧。如果没有这方面丰厚的生活积累，是很难达到如此境界的。

（赵山林）

〔注〕 ① 六局：宋代大酒店设果子、蜜煎、菜蔬、油烛、香药、排办六局，承办宴席。见耐得翁《都城纪胜》。 ② 睁睁道：睁道即眼睛，为金元俗语。睁睁道，明亮的眼睛。

张鸣善

名择，号顽老子。原籍平阳（今山西临汾），家在湖南，流寓扬州。官淮东道宣慰司令史。至正二十六年（1366）曾为夏庭芝《青楼集》作序。《录鬼簿续编》载其有《英华集》，今佚。所作杂剧今知有《烟花鬼》、《夜月瑶琴怨》、《草园阁》三种，均不存。散曲作品现存小令十三首，套数二套。

〔中吕〕 **普 天 乐**

张鸣善

咏 世

洛阳花，梁园月。好花须买，皓月须赊。花倚栏干看烂熳

开,月曾把酒问团圆夜。月有盈亏花有开谢,想人生最苦离别。花谢了三春①近也,月缺了中秋到也,人去了何日来也?

这首小令题为"咏世",看来是言"离愁",实际上是表达了作者的人生态度,抒发了他的人生感慨。

起头四句便用议论口吻,道出了诗人对人生的看法和带有某种理性色彩的思考。"洛阳花",即洛阳之牡丹花。欧阳修《洛阳牡丹记》曾称洛阳牡丹为天下第一;"梁园月",即于梁园所赏之月。梁园为西汉梁孝王所营建。孝王好宾客,曾延请司马相如、枚乘等辞赋家居园中,因而梁园便成为文人才子所歌咏艳羡之地。"好花须买,皓月须赊"中的"赊",本指买物而缓偿其价,这里也是买的意思。李白云:"清风朗月不用一钱买"(《襄阳歌》),这里正是反用其意。开篇四句便阐明了一种及时行乐的人生态度。花、月在这里是天地间美好事物的代称,其间蕴有追求美好生活的意味,同时也暗寓"好景不长"、"时不我待"之意。

五六句承上具体描绘"买花"、"赊月"的愉快生活。两句皆倒装。前句说倚栏干(杆)看花烂熳(漫)开,颇有欧阳修"曾是洛阳花下客"(《戏答元珍》)之意;后句说把酒问月团圆夜,其意暗含苏轼"把酒问青天"一词之想。此两句写团圆之乐,以下两句写离别之苦。此处团圆、离别,并非实指,当是诗人所取两种普遍现象,用以证"好花须买,皓月须赊"。"月有盈亏花有开谢",指人世无常、聚散不定。而最苦者便是离别。楚辞有"悲莫悲兮生别离"(《九歌·少司命》)、江淹有"黯然销魂者惟别而已矣"(《别赋》)的名句,此处作者叹"想人生最苦离别",即含美景难再、欢乐不永之意,更有人生无常的喟叹。最后三句再进一层,发出了人不如花月之慨。"花谢了三春近也"承上句"花有开谢",说花谢以后,"三春"尚可再来,并不遥远;"月缺了中秋到也"承"月有盈亏",说月缺犹可圆,因为中秋又到了。自然之物生生不已,然而人呢?"人去了何日来也?"人一离

【普天乐】

别，能否聚首、何日聚首，便渺茫难期了。若"仙去"，则再也不可复归了。如此说来，自然是"好花须买，皓月须赊"了。

本曲结构颇巧，前六句皆一句花一句月，第七八两句合言花、月而述理及人，最后三句分写花、月、人。这在散曲中是一种重字体式，它使曲子既有前后呼应、环环相扣的音节美，又不流于呆板而富于变化。

句法上，本曲五六句及末三句用了较多衬字，而末三句皆用同一叹词作韵脚，这使曲子显得酣畅自由，又富于感情色彩。前六句皆两两对仗，后三句排比而兼鼎足对。足见这看似平常的曲辞中颇含作者的苦心。

本曲多议论句，但议论中既有深沉的情感，又有花月的形象，所以读来并不嫌其枯燥。

（田守真）

〔注〕　①三春：孟春、仲春、季春，即指春天。

〔中吕〕普 天 乐

张鸣善

遇　美

海棠娇，梨花嫩，春妆成美脸，玉捻就精神。柳眉颦翡翠弯，香脸腻胭脂晕，款步香尘双鸳印，立东风一朵巫云。奄的转身，吸的便哂，森的销魂。

这首散曲在《乐府群珠》中题为《春闺思》。张鸣善的小令以诙谐讥讽见长，而这首散曲则代表了他的另一种风格。作品表达了作者邂逅一位美貌女子时的种种感受。曲中"藻思富瞻,烂若春葩",生动描绘了当时的情景。

　　起首四句写作者见到这位女子的第一印象:她那非凡的姿质与姣好的容貌如磁石般地吸引了作者。在作者眼前,似乎出现了一幅春意盎然、光彩照人的画面。少女之娇,如海棠般的鲜艳;少女之嫩,如梨花般的柔弱。作者用比喻的手法,把这种"美"物化为大自然的美丽景色;又用"春妆成"来形容其脸庞如绚烂春色般的迷人。"玉捻就"极言少女的冰肌玉骨就如晶莹的玉石雕塑而成。一个三言对,一个五言对,把情与景交融在一起,分不清哪是人美,哪是景美。作者的感受寄寓在这春色与丽人相映照的情景之中。

　　由于"美"的引力,作者不由自主移近了细看:弯弯的眉毛,洁白的肌肤,淡淡的胭脂,轻盈的步态,这一切都令作者陶醉。白居易《长恨歌》:"芙蓉如面柳如眉",以柳叶比喻杨玉环的眉毛,柳眉自然是美的。颦是皱眉,西施之颦也是最美的。翡翠又是一种美玉。一句话写女郎眉毛之美臻于极致。《诗经》中对美女有"手如柔荑、肤如凝脂"的描写。作者借此进一步引申,用"腻"字形容美女面颊如凝脂般的洁白丰润。再用"胭脂晕"表现她两颊白里透红,容光焕然。甚至她行动时扬起的纤尘,一双绣鞋刻下的浅浅足迹,也令人赏心悦目,引人遐思。作者正在目注神驰之际,那女子渐渐走远了。她高耸的发髻,在东风的吹拂之下,犹如云朵般地飘忽。唐代李群玉有诗"裙拖六幅湘江水,鬟耸巫山一段云"。作者借用这个典故来形容渐渐变得朦胧的那种美感。这些描写层次井然:先由远及近,再由近及远,反复渲染了作者的那种美的体验。

　　少女远去了,作者正感怅然之际,那女子意想不到地来了个"临去秋波",她悠悠地转身,嗤地一笑,顿使作者情摇意动,夺魄销魂。这动人心弦、意味深长的一刹那,作者用了"奄的"、"吸的"、"森的"三个象声词活灵活现地作了描述,把轻微的"转身",无声的"销魂"化为有声,使人们似乎听到,并强烈感受到这激

【普天乐】

动人心的一幕,并体会到用语音节奏表现出来的强烈的情绪节奏。那女子迷人的一颦一笑,似乎也伸手可掬了。

元代散曲中描写寻春遇艳的作品不少,而像这首小令如此绘声绘色、比喻生动的却不多见。明代朱权《太和正音谱》品评张鸣善的作品"如彩凤刷羽","诚一代之作手"。观此作品,这应非过于夸饰的赞语。

（周玙平）

〔中吕〕普 天 乐

张鸣善

雨儿飘,风儿扬。风吹回好梦,雨滴损柔肠。风萧萧梧叶中,雨点点芭蕉上。风雨相留添悲怆,雨和风卷起凄凉。风雨儿怎当? 雨风儿定当,风雨儿难当!

这是一首抒情曲,《乐府群珠》题作"愁怀",但作者没有直抒胸臆,言自己如何愁,而是通过写一个风雨交加之夜,以自己对风雨的独特感受,来曲折地表达自己悲怆凄凉的愁怀。

头两句描写风雨交加的情景:潇潇夜雨,漫天飘洒;阵阵疾风,卷地而至。这两句虽为客观描写,未涉及主观的情怀,但已为以后的抒情创造了特定的环境和氛围。以下便引入了人的心境与感受:"风吹回好梦"紧承第二句,意思本说风声惊醒了人,惊断了人的好梦,吹回,即吹醒;但字面用"吹回",仿佛梦如蓬草枯叶,可以被风吹去吹来,这就远比"吹醒"别致、新颖。主人公梦见了什么,曲子并未交待，但梦是"好梦"，却明白地反衬出现实处境的不好，这就暗示了"愁怀"。为现实所苦的主人公，好不容易忘却了现实，进入了"好梦"，却偏又被这风惊醒，因此，这"吹回好梦"实在带有着几多的叹惜甚至恼怒。"雨滴损柔肠"承第一句，本说梦醒之后又听见点点雨滴，更感愁苦难胜，诗人巧妙地说雨水并不是滴在檐前屋上，而是滴在人的柔肠上。"柔肠"，多指软而易感的心肠。心肠本已"柔"，再加这雨水的滴蚀，故曰"损"——仿佛柔肠都被这风风雨雨吹打欲断了。五六两句仿佛又离开了人去描述风雨，是"损柔肠"的进一步描绘。风转梧叶之间，飒飒之声难禁；雨滴芭蕉叶上，淅沥之音不绝。夜深人静，孑身孤影的女主人公便油然而生一种心惊、凄楚、孤独之感。所以下两句说"风雨相留添悲怆，雨和风卷起凄凉"。风留雨，雨留风，风助雨，雨助风，风雨交并，绵绵不绝，恰似那纷乱凄凉的心绪。这风风雨雨如何不增添人悲怆之情，卷起人凄凉之感？读至此，不由使人想起陆游的"已是黄昏独自愁，更著风和雨"（〔卜算子〕《咏梅》），也想起后来《红楼梦》中黛玉的"已觉秋窗秋不尽，哪堪风雨助凄凉"。本已悲愁满怀，再加浓黑夜色中风雨一阵紧似一阵，曲中主人公不由得发出了深沉的唱叹："风雨儿怎当？雨风儿定当，风雨儿难当！"三句一气贯注，同时又曲折回转：第一句承上文，说：这风雨叫人如何承受得了（"当"，即承受）？第二句则是对前句的否定，是低沉中的振起，说这风雨定须承受，也定能承受；然而紧接着却是更大的跌落，更甚的愁苦，更深的叹息：这风雨儿到底是难于承受啊！这两个转折，比起一步步递进，更显得波澜起伏。正因为有第二句的振起，第三句的跌落才有了更大的势头和力量。而这样写，由于暗含着时间上的延续，所以又真切细腻地道出了抒情者复杂的心理过程。

　　本曲在艺术手法上很有特色，作者没有直接写自己的愁，而且似乎说自己正在做着"好梦"，愁都是风雨"卷起"的。这种含蓄的写法，令人更感到愁怀的深切难言。和这一点相联系，曲子的另一特点是通过环境气氛的渲染烘托来表

【普天乐】现自己的心绪。曲子通篇写风雨,通过风雨这一媒介,把外在的环境与内在的情感完全交融成一片。这种情景的交融,比直抒胸怀无疑更具表现力和感染力。

全曲每句均以风、雨起头,风、雨排列的次序有所变化,而风雨二字始终贯串全篇。这在诗词中是大忌,而在散曲中,却是别具一格的文字体式。本曲是借"风雨"写情思,通过"风雨"两字的反复回环咏叹,将读者带进"风雨"的情境之中,深深叩动读者的心弦。在字面上弄巧,本是元散曲一大特征,弄得不好,易形成文字游戏,然而本曲将这种形式与情感的表达结合在一起,收到了很好的效果。而且这样的反复咏叹,既有助于情绪的尽情抒发,又使曲子如骊珠一串。加上末三句韵脚重叠,全曲别有一种音乐的美。

（田守真）

〔中吕〕普 天 乐

张鸣善

嘲 西 席

讲诗书,习功课。爷娘行①**孝顺,兄弟行谦和。为臣要尽忠,与朋友休言过**②**。养性终朝端然坐,免教人笑俺风魔。先生道"学生琢磨",学生道"先生絮聒",馆东道"不识字由他"。**

这支小令题为《嘲西席》。西席,是家塾延聘的教书先生的代称。古代宾主相见,以西为尊,所以主人坐东而宾客坐西。教书先生称为"西席"或"西宾",主人则称为"馆东"或"东家"。

元朝自仁宗延祐元年（1314）始恢复了科举考试。此举实是元统治者尊孔重儒、牢笼汉族文士，以巩固其政治统治的重要手段。元仁宗对此直言不讳："儒者可尚，以能维持三纲五常之道也。"元代以经学取士，而摒弃词赋，因为"经学乃修己治人之道，词赋乃绮章绘句之学"。从仁宗至张鸣善在世的元末约五十余年之中，科举考试多从《四书》出题，宋代理学家朱熹的《四书章句集注》被官方定为权威性解释。科举考试的流风所煽，便直接影响到作为整个封建教育制度基础的家塾教育。张鸣善这首〔普天乐〕，就是从家塾教育这一个侧面，揭露并嘲讽了元代教育制度的僵化和腐朽。

"讲诗书，习功课。"开篇两句，展开了元代家塾教育的一幕。"诗书"是儒家经典四书五经的代称，先生所"讲"，蒙童所"习"，即以此为内容。这里作者有意隐去了先生和学生两个人物，让读者集中注意于先生的讲授。先生讲了些什么呢？无非是儒家纲常孝节的一套。譬如儒家论家庭关系，主张"孝"、"悌"，所谓"孝悌也者，其为仁之本与"！这位教书先生就训谕学生说："爷娘行孝顺，兄弟行谦和。"儒家论社会关系，主张"忠"、"恕"，所谓"君使臣以礼，臣事君以忠"，"忠告而善道之，不可则止"。这位教书先生就训谕学生说："为臣要尽忠，与朋友休言过。"儒家又极重个人道德修养，以修身养性为齐家、治国、平天下的开端，故主张"君子慎独"（注意一人独处），"居处恭"（平日容仪要端正庄严），这位教书先生便又训谕学生说："养性终朝（整日）端然坐，免教人笑俺风魔（颠狂）。"前半篇作者不花一点笔墨描写这位先生的音容举措，让人物自己去现身说法，于是一个迂腐庸陋的村学究形象就宛然如在目前，今天的读者自会去补充、丰富这个人物的一切，并立即会联想到相关的一些典型，譬如汤显祖笔下的陈最良，吴敬梓笔下的周进，等等。这正是白描手法的高超之处。

儒家的教条对先生来说自然是至高无上的真理，但他不知道，这些枯燥乏

【普天乐】

味的内容及生硬呆拙的灌输教育方式,与儿童活泼的天性是多么凿枘不合。曲子的后半三句,便写先生、学生、馆东三人之间的不同态度的对抗、碰撞。先生要学生对儒家说教"好好琢磨",学生对此却极为反感讨厌,嫌他啰里啰嗦,故说"先生絮聒"。馆东呢? 出乎意料地抱无可奈何、放任自流的态度:"不识字由他。"原来这位馆东大约是位乡村富绅,延聘先生目的无非是让孩子识几个字而已。孺子不可教,对忠于职守的先生简直是当头 棒,作者从而活画出了这位小人物的可怜和可悲。

这位先生当年恐怕也做过"吃得十年寒窗苦,一举成名天下闻"的美梦吧? 然而岁月蹉跎,金榜题名不过是海市蜃楼,他至今仍是区区一个村学究。儒家的说教在他身上就没有应验。他头脑僵化,却又固执愚痴,除三纲五常外一无所知,却还要板起面孔训谕学生。这当然不是他个人的过错,而是封建教育制度毒害的结果。所以这支曲子所嘲讽的,决非一个"西席"而已。

这支曲子充满喜剧意味。这种喜剧意味,来自曲子前后两部分庄重与诙谐的强烈对照。儒家的教义与先生的神情是何等庄严神圣,但这在学生和馆东眼中分文不值,一触即溃,于是庄严神圣瞬时就转化成了诙嘲戏谑。我们可以说,教书先生鼻子上的白粉,是由他的学生和馆东涂上去的;甚至可以说,这白粉就是由先生自己涂上去的。而作者,却在边上冷眼旁观呢!

(方智范)

〔注〕 ① 行:宋元俗语,这里、这边的意思。 ② 过:过错。

〔双调〕水仙子

张鸣善

讥　时

铺眉苦眼早三公,裸袖揎拳享万钟,胡言乱语成时用。大纲
来都是烘。说英雄谁是英雄? 五眼鸡岐山鸣凤,两头蛇南
阳卧龙,三脚猫渭水飞熊。

在散曲作家中,张鸣善是颇善讽刺艺术的一位。此曲题为"讥时",通过辛
辣的笔调,对腐朽、寄生而虚伪的元代上层社会作了无情的揭露,备极冷嘲热骂
之致。

"铺眉苦眼"即挤眉弄眼,装模作样,目空一切。这里指不学无术而惯于装
腔作势的人,他们居然位至"三公"(此泛指朝廷最显赫的官职)。"裸袖揎拳"乃
俗语,指揢起袖子,摩拳擦掌,蛮横无礼的人,他们竟享受着"万钟"的俸禄。而
"胡言乱语"、胡说八道、欺世盗名者,竟能在社会上层畅行无阻,得售其奸。开
篇三句就用大笔勾勒的手法,画出了元代上层统治者的鬼脸。所谓"堂堂大元,
奸佞专权"(无名氏〔醉太平〕)是也,而善良、老实、正直的人是没有立身之地的。
作者紧接又总结一句:"大纲来都是烘(哄)"——总而言之都是胡闹,说得更直
截了当。这种豪辣的语言正是散曲本色,不同于诗词的注重含蓄。以下,作者
便对这种奸贤不辨,是非颠倒的黑暗现实作进一步的嘲讽。

"说英雄谁是英雄?"以反诘语气提唱,那含意是:"听话听反话,不会当傻

【水仙子】

瓜。"以下三句便以答语作阐发,指斥当世所谓"英雄"的可笑可鄙。《国语》说周朝将兴时有凤鸣于岐山,故"岐山鸣凤"喻指兴世的贤才,如周公之流;"南阳卧龙"是徐庶对诸葛亮的称呼,见《三国志》;《史记·齐太公世家》载文王出猎占卜,辞曰:"所获非龙非螭,非虎非罴,所获霸王之辅",遂遇吕尚于渭水。后《宋书·符瑞志》引其事,作为:"(文王)将畋,史编卜之,曰:'将大获,非熊非罴,天遣汝帅以佐昌。'"后即以"飞(非之谐音)熊"指吕尚。这些人当然都是盖代的英雄。然而元时俗话所谓"五(乌)眼鸡"、"两头蛇"、"三脚猫"等,都是些什么呢?它们分别指的是好勇斗狠者,心肠毒辣者,成事不足败事有余者。末三句极有风趣,以鸡、蛇、猫对凤、龙、熊,每一对动物都是似是而实非的,以前者充后者,真是欺世之极。而鸡称"五眼"、蛇具"两头"、猫仅"三脚",可谓怪物,又不仅凡庸而已!可见这组鼎足对的意味实则是很幽默、很丰富的。元代之"三公"沐猴而冠,可知矣。这样的欺世盗名、有害无益之辈,竟被捧为当世之周公、吕尚、诸葛亮,委以高官,享以厚禄,实在可悲可叹!

漫画化的笔触,形成此曲第一个特点。一开始,作者用"铺眉苦眼"、"裸袖揎拳"、"胡言乱语"等形容语将对象作了丑化,进而又将他们变形,使之幻化成似凤非凤的"五眼鸡"、似龙非龙的"两头蛇"、似熊非熊的"三脚猫"。使读者对其丑恶本质一望而知,真是鱼目混珠,莫此为甚!

鼎足对的前后两用,形成此曲第二个特点。鼎足对的运用,本是元人散曲有别于诗词的新创。这种兼对偶与排比而有之的修辞,容易收到连珠炮似的效果,对此曲内容特别合宜。作者在运用上又有独到之处。一是妙嵌数字,工稳尖新。前三句的"三公"、"万钟"、"时(谐"十"音)用"运用了借对的手法;后三句的"五眼鸡"、"两头蛇"、"三脚猫"对仗更工,其实"五眼鸡"即"乌眼鸡"之音转,手法暗通。

全曲八句恰分两段,前段是先出三句排比,继以"大纲来"总收一句;后段则先以"说英雄谁是英雄"一句提唱,继以三句排比。在结构上是由放而收,由收而放,呈对称形式,读起来节奏感极强,兼有错综与整饬之致,饶有抑扬抗坠之音。

（周啸天）

〔双调〕**落 梅 风**

张鸣善

咏 雪

漫天坠,扑地飞,白占许多田地。冻杀吴民都是你! 难道是国家祥瑞?

这是一首咏雪的小令,短短二十八字,却提出了一个严重问题:农民的耕地,被贵族、官僚、地主掠夺了去,只有等着冻饿而死。作者巧妙地用咏雪这个题目,来对这种不合理现象进行批判。明蒋一葵《尧山堂外纪》卷七十六记载了这首小令的创作过程:"张士诚据苏州,其弟士德,攘夺民地,以广园囿,侈肆宴乐,席间无张明善则弗乐。一日,雪大作,士德设盛宴,张女乐,邀明善咏雪。明善倚笔题……"所题即此曲。明善即鸣善。孙楷第《元曲家考略》乙集张鸣善考:"鸣善名择,其字盖取韩文'择其善鸣者而假之鸣'之义。后人不察,遂往往误书为明善。"张鸣善是张士德的座上客,对张氏兄弟的腐化变质是看在眼里的。史书说士诚兄弟骄奢淫逸,懈于政事。张士诚原为农民义军中一支劲旅,可是占据苏州后,称吴王,依附元王朝,《外纪》所载"攘夺民地,以广园囿,侈肆宴乐",大概都是事实。在大雪天,"士德设盛宴,张女乐",作赏雪之举。鸣善写

【落梅风】

了这首小令,大大地扫了他的兴。

首二句"漫天坠,扑地飞",写大雪铺天盖地而来,形势险恶。紧接着写"白占许多田地",农民的许多田地,一下子给白茫茫大雪占去了!"白占"是双关语。白,是雪的颜色,用以代指雪;白,又是口语所说白白地、无代价、无报偿的意思,如白给、白吃。白字后一种用法,由来已久。唐代有所谓"宫市",宫中遣人采小物品,在市场左右望,白取民物,人称"白望"。白望、白占,都是统治者对人民财富的掠夺。农民起义,原是为了解决农民欲耕无地的矛盾,现在却掠夺民田,供自己淫乐,充分说明这种政权已经失去当初起义的进步意义。

作者为失地农民喊出了抗议的声音。霜前冷,雪后寒,风雪交加,饥寒交迫,在旧社会,正不知有多少人冻死于大雪之夜。曲中严正地指出:"冻杀吴民都是你!"冻杀是田地被占的直接后果,白占者是抵赖不了的。"吴民",《外纪》原作"无民",不可解。《全元散曲》校记:"疑'无民'为'吴民'之讹。如作'吾民'亦通。""无"、"吴"、"吾"是同音字,元曲中同音借用或同音误用的例子是很多的。清褚人穫《坚瓠乙集》卷二雪词条引此曲作"万民",是否别有所据,则不可知。

自然界的雪,不仅可供人观赏,还对农作物大有益处。瑞雪兆丰年,人们认为雪是吉祥物。而在旧社会,广大人民挣扎在饥饿死亡线上,雪却被赋予两重性:一方面它是瑞雪,另一方面它又会冻死人。唐末诗人罗隐有一首《雪》诗:"尽道丰年瑞,丰年瑞若何?长安有贫者,为瑞不宜多!"既承认它是瑞物,又担心贫者受其寒冻,于是产生了矛盾心理:"为瑞"却"不宜多"。张鸣善的这首小令,比起罗隐的诗,态度明朗得多,语气也坚决得多。雪既然是冻杀人的凶残敌人,还"难道是国家祥瑞"? 这就彻底否定了雪为瑞物的美称。罗诗对"雪"在乞求怜悯,劝阻和告诫其不为已甚,委宛隐忍,完全合于温柔敦厚的传统诗教;张曲对雪是大声斥责,指出其冻杀人的罪恶行径,沉痛严峻,显示元人北曲犷悍朴质的风格。两者的思想境界大不相同,诗和曲的艺术风格也显然各别。

张鸣善题曲之后,《外纪》还有所记:"书毕,士德大愧,卒亦莫敢谁何。"张士德感到内愧,对张鸣善也没有进行打击报复,总还算差强人意。张鸣善尽管苦口婆心,进此逆耳忠言,可是张士诚兄弟并没有因此而改进政治,改变作风,终于为明太祖朱元璋所消灭。张鸣善这首咏雪小令,只是供后人借鉴了。

这首小令,《尧山堂外纪》没有记下曲牌,《坚瓠集》引此曲也未补注。近人陈乃乾辑《元人小令集》,收〔落梅风〕一百十五首,因此曲无牌名,故未收及。《全元散曲》张鸣善曲第一次收之,标注"失宫调牌名"。王文才《元曲纪事》,仍标"失调"。今按之曲律,实为〔双调·落梅风〕。〔落梅风〕为常用曲牌,曲家多喜用之,马致远今存此曲三十一首,张可久五十一首。除用作小令外,还用在联套中。这是读曲的人都熟知的。

(徐沁君)

杨朝英

号澹斋,青城(今并为山东高青)人。与贯云石交游甚密。编有《阳春白雪》和《太平乐府》两种散曲集,人称"杨氏二选",元人散曲多赖此二书以传。散曲作品今存小令二十余首。

〔双调〕 **水 仙 子**

杨朝英

雪晴天地一冰壶,竟往西湖探老逋,骑驴踏雪溪桥路。笑王

【水仙子】　维作画图，拣梅花多处提壶。对酒看花笑，无钱当剑沽，醉倒在西湖！

　　本曲作于杭州，写作者雪晴后到孤山踏雪寻梅，对酒看花，反映了作者不同流俗的冰雪怀抱和审美情趣。

　　"雪晴天地一冰壶"，湖山雪霁，皎洁晶莹，宛如一只玲珑剔透的冰壶。在如此清寒之境中探梅，一可见其雅兴，二可见其怀抱。"竟往西湖探老逋"，"老逋"，北宋时隐居西湖孤山的诗人林逋，他淡于功名，洁身自好，在孤山植梅养鹤，有"梅妻鹤子"之称。这里即以"老逋"代指梅花，呼为"老逋"，显得口吻亲切。同时也暗示了作者"探梅"，意在寻求林逋式的情调、境界。"骑驴踏雪溪桥路"，具体写探梅。唐代有不少诗人骑驴的佳话，如李白骑驴过华阴，孟浩然雪中骑驴，李贺骑驴觅句，孟郊骑驴苦吟，因此郑綮说"诗思在灞桥风雪中驴子背上"（孙光宪《北梦琐言》引），钱钟书先生也说驴子仿佛已"变为诗人特有的坐骑"（《谈艺录》）了。"溪桥路"，即寻梅之路。宋代诗人张镃曾说梅花有二十六"宜称"，其一便是溪桥之梅，这里的"溪桥"即暗示梅花之所在。骑驴踏雪访梅，真是诗意十足。"笑王维作画图"，王维是唐代大诗人，著名山水画家，据说曾画有《孟浩然雪中骑驴图》。诗人陶醉于大自然的美景与探梅之雅兴，觉得此景此情，远非画笔所能形容，因此笑王维当初缘何未悟此理，而去作什么"骑驴踏雪"的图画。作者并非笑王维无能，而是以此反衬湖山雪景和踏雪寻梅之美景雅趣，难以形容。至此诗人已为"探梅"作了种种铺垫，方逼出"拣梅花多处提壶"一句。"提壶"即倒酒，诗人已探得梅花，身居胜境，拣一处梅花烂漫之处饮酒，该是何等惬意。诗人要任情恣性，一醉方休。"对酒看花笑，无钱当剑沽，醉倒在西湖"。末三句便是诗人摆脱一切拘束而沉湎于极乐境界的写照。"对酒看花笑"，在作者的心目中，梅花已成了一位"知己",一种心灵的慰藉和寄托,故而彼此相视而笑,莫逆于心。能与这样神清骨秀的"知己"对饮,哪里还有一丝尘念俗虑？如果沽酒钱不够,就把佩剑典当掉,还有什么人生境界比此时"醉倒在西湖"更加适意呢？所谓"无钱当剑沽",正如李白的"五花马,千金裘,呼儿将出换美酒",并非实写,而是抒发诗人那种一发而不可收的激情和狂放之态。

这首小令写西湖探梅,景语不多,而烘染得恰到好处；直抒怀抱,而情韵率真。梅花傲雪而开,幽独闲静,是一种人格和情操的象征,作者踏雪探梅,一醉花前,正表达了对这种高洁品格的景仰和追求。

（吴战垒　吴　蓓）

〔双调〕水　仙　子

杨朝英

自　足

杏花村里旧生涯,瘦竹疏梅处士家,深耕浅种收成罢。酒新篘,鱼旋打,有鸡豚竹笋藤花。客到家常饭,僧来谷雨茶,闲时节自炼丹砂。

这首小令写田园隐居的恬然自得之情。开头三句点出村居的环境风物之幽美和春种秋收的躬耕乐趣。"杏花村",写村庄周围遍植杏花,村以花名,很有诗意,使人自然想起杜牧"牧童遥指杏花村"（《清明》）的诗句,以暗示"杏花村里旧生涯",便是"诗酒生涯"。"旧"字,表明这种生活已有多年,成了习惯,充满一

【水仙子】

种安然恬适之感，同时也透露出自足自乐之情。次句具体描写隐居之所的环境。"瘦竹疏梅处士家"，处士，不做官的人，指隐士。房前屋后，几丛瘦竹，数枝疏梅，环境是何等清幽。传说晋高士王徽之酷爱青竹，苏东坡亦云："宁可食无肉，不可居无竹。无肉令人瘦，无竹令人俗。"宋代高士林逋则有爱梅之癖，"梅妻鹤子"传为美谈。从这位处士家竹梅掩映的清雅环境来看，主人的清高也可以想见。加上竹是"瘦"竹，梅是"疏"梅，更显得清秀飘逸。这两句，写处士所居之处，镜头由村庄到住舍，由外而内，以一些富于特征性的景物，烘染出一种独特的田园韵味和清新恬淡的隐逸情趣。曲中抒情主人公虽隐而不见，然而影心态已不难感知。"深耕浅种收成罢"，点出自食其力的躬耕生涯。"收成罢"，指农事的闲暇季节，更可让身心充分地松弛一下，舒坦地享受一番。"酒新笃，鱼旋打，有鸡豚竹笋藤花"，正是写出这种自享劳动成果的满足和喜悦。家酿的酒刚刚滤出（笃，滤酒），鱼也是刚捕捉来的，有鸡肉有猪肉有竹笋，还有藤架子上结的瓜果，一切都无需外求，漾溢着自足自得之乐。以此自娱，于愿已足；以此待客，也不见得简慢。"客到家常饭"，说是"家常"，却丰盛富足，有浓郁的田家风味；再者，以家常饭待客，可见主客均不拘俗礼，相交以诚，都是脱略形迹的"素心人"。果然，除世间的雅客外，还有方外之交，"僧来谷雨茶"，以谷雨新茶款待僧人，品茗谈禅，可谓主客双清了。结句"闲时节自炼丹砂"则由僧而道，写其远俗虑而求清静的生活情趣。其实，杨朝英何尝躬耕田园，谈禅炼砂，他只不过借此来表达他胸中所憧憬的理想生活：诗酒自娱，所见皆高洁之物，来往无利禄之徒，不为世事所牵累，心如白云一片，悠然自适，胸中有此境界，是为最高雅而彻底的"自足"。而这，又正是元散曲最津津乐道的诗题。

（吴战垒　吴　蓓）

宋方壶

名子正,华亭(今上海松江)人。曾于华亭莺湖建房数间,四面为镂花方窗,如洞天状,名曰"方壶",因以为号。约生活于元末明初。工散曲。作品今存小令十三首,套数五套。

〔中吕〕**红 绣 鞋**

宋方壶

阅　世

短命的偏逢薄倖,老成的偏遇真成,无情的休想遇多情。懵懂的怜瞌睡,鹘伶的惜惺惺,若要轻别人还自轻。

　　元代散曲作家大都与社会各阶层有密切联系,阅世很深。他们常以《阅世》、《叹世》、《劝世》、《警世》为题,发表他们对世情和人生的一些认识和感慨,或表明他们的处世哲学。他们把社会看作一片名利场;他们自己,也劝人们走隐居避世的道路。这首小令虽也题名《阅世》,却是从另外的角度去观照人生的。首先是离开了仕途官场,把视角移向广大社会和人民大众,其次是从道德人情方面去审视人与人的关系,于是观察和总结出了一些具有积极意义和普遍意义的人生哲理。这首小令的基本思想可说是"同声相应,同气相求",它启示人们应该有情有义,只有尊重别人才能得到别人的尊重。这种思想虽在前人的格言中已有过表述,但宋方壶运用散曲形式,使它得到更通俗、形象的文学表现。

　　全曲六句,句式大致相同,内容也近似,但并不觉得是堆砌,而是浑然一体

【红绣鞋】

的有机构成。层次清晰,以三句一组分为两层。每三句的前两句写人所共知的现象作为陪衬,目的是引出作为对世人警策的第三句。而每一组前两句又是由正反两重意思组成。第一层首句说短命的(民间对无德的人的詈辞)一定会碰到薄情者,次句说老成的人别人定以真诚相待;第二层首句说糊涂人必然赏识瞌睡虫;次句说聪明人也会受到鹘伶(机灵)人的爱惜。而有了一反一正的垫衬,其"无情的休想遇多情","若要轻别人,还自轻"两句带有人生哲理色彩的警语自然充分有力了。

再从语言看:"短命的"、"老成的"、"懵懂的"、"鹘伶的",以致"惺惺惜惺惺"这些通俗而具有元代特色的俗语自然而纯熟的运用,更使得这首小令显出元曲的明快风趣的特色,非堆砌谚语格言者可比。

(姚品文)

〔中吕〕红 绣 鞋

宋方壶

客　况

雨潇潇一帘风劲,昏惨惨半点灯明,地炉①无火拨残星。薄设设衾剩铁,孤另另枕如冰,我却是怎支吾②今夜冷。

客况,即旅中之境况。以"客况"为题的作品,多以游子思乡命意。这支散曲写"我"在夜宿旅店时的境况和感受,虽未出现思乡、思亲的字面,但思乡、思亲之情却浸透字里行间。

散曲的前三句描画了旅店的境况:窗外雨声潇潇,寒风劲吹,帘动风入,案

【红绣鞋】

上灯烛被风吹得欲明欲灭,昏昏惨惨;地上有地炉,夜深了,炉坑中没有暖气,用火箸翻拨,也只有残剩的火星数点而已,丝毫无补于祛寒取暖。数句属客观描绘,亦渗透了主人公的主观感受。"潇潇"雨声使人愁闷,"一帘风劲"使人感到寒冷。"昏惨惨"不仅是对灯光的描绘,也是对主人公心境的刻画,暗淡的灯光使人感到昏沉寂寞而凄凉。炉中残星数点,使人无法取暖,更觉得寒气逼人。字里行间,可谓情景互渗,水乳交融。

散曲的后三句承上而直接描述主人公的感受与心境。"薄设设(通瑟瑟)衾剩铁,孤另另(通伶仃)枕如冰。"剩,剩余,衾胜铁,空余的一半被子冰冷如铁。在家中与亲人合衾共枕,温暖如春,而在旅店之中伶仃只影,枕剩衾寒,被子枕头空了一半,没有体魄上的温暖,也没有感情上的温暖,因此,更感到如冰似铁。这种凄凉寒冷的境况汇聚到一点:"我却是怎支吾今夜冷。"我怎么能挨过今夜的寒冷寂寞呢?旅店的凄寒苦楚、孤单寂寞,简直使人不可忍受。

全篇描述客旅途中的寂寞孤独,浸透游子思乡、思亲之情怀,在情景的描绘中逐步将读者引入作品的意境。王国维说:"文学之事,其内足以摅己,而外足以感人者,意与境二者而已。上焉者意与境浑,其次或以境胜,或以意胜,苟缺其一,不足以言文学。"(《人间词话·附录》)宋方壶这支散曲,境中见意,意不离境,景中有情,情由景生,意与境浑成,情与景交融,虽未臻上乘,亦不失为佳构。

(张玉奇)

〔注〕 ① 地炉:挖地为坑的火炉,坑中熏火以取暖。 ② 支吾:也作枝梧,本义为抵拒,引申为应付、挨过。

〔中吕〕山坡羊

宋方壶

道 情

青山相待,白云相爱,梦不到紫罗袍共黄金带。一茅斋,野花开,管甚谁家兴废谁成败,陋巷箪瓢亦乐哉!贫,气不改;达,志不改。

孟轲与景春谈论怎样才算得"大丈夫"的问题时说:"居天下之广居,立天下之正位,行天下之大道。得志与民由之,不得志独行其道。富贵不能淫,贫贱不能移,威武不能屈:此之谓大丈夫。"(《孟子·滕文公》)这一观点,长期以来,一直是中国正直的知识分子的生活信条。宋方壶生当元蒙统治的乱世,是柔顺以求取富贵,还是刚直而坚守志气呢? 他的这一曲〔山坡羊〕《道情》便是其回答,表明他是按孟轲的上述观点来处世、做人的。

"青山相待,白云相爱,梦不到紫罗袍共黄金带。"以工整的四言对偶句开端,节奏平稳轻快。"青山"、"白云",色彩柔和,形象鲜明,又一下便能激起人的联想,使人在脑际浮现出优美的山林风光来。在"青山"、"白云"之后,分别连缀"相待"和"相爱",不仅把"青山"、"白云"人化了,更展现了这山林风光的魅力和他对这山林风光的陶醉情态,神似于李白的"相看两不厌,只有敬亭山"(《独坐敬亭山》)。后一句补足其乐于隐居山林之意,酣畅饱满。"紫罗袍共黄金带",语本《北齐书·杨愔传》:"愔自尚公主后,衣紫罗袍,金缕大带。"指做大官。只这七个字，语意不明，故特于其前添了"梦不到"三个衬字，形成了十言的长句，节奏为之一变。对于做官的事，夜间入睡，神志不清的"梦"中尚且"不到"，白天神志清醒，就不在话下而"不到"了，这是透过一层的表现手法。有了这三个衬字，作者厌恶官场，"不义而富且贵，于我如浮云"（《论语·述而》）的情愫便顿时活现了。

"一茅斋，野花开，管甚谁家兴废谁成败，陋巷箪瓢亦乐哉！"结构与前三句一样，同是先写景而后抒情。不过前三句所写的是远景，大环境，而这四句所写的是近景，小环境；前三句所抒的是因当前现实所产生的厌恶官场之情，而这四句所抒的是对朝代更替和历史人物成败所产生的安贫乐道之情。"一茅斋"，是作者所居的陋室。这一陋室的位置，从前三句可知，定是在白云缭绕的青山之间，其清幽可以想见。"野花开"，是作者所居陋室附近的景象，充满了生意，充满了野趣。这两句看似纯客观的描述，其实却包含着作者自我满足的情绪。虽然所居只是简陋的"一茅斋"，但眼前有"野花开"可赏，远望有"青山相待，白云相爱"，而绝无利名、是非之缠，岂不值得怡然自得吗？ 既可怡然自得，"谁家兴废谁成败"，便可以不予理睬，所以特于其前添了"管甚"两个衬字。不管"谁家兴废谁成败"，可能一是认为自己"无力正乾坤"（杜甫《宿江边阁》）；二是感觉到了"兴，百姓苦；亡，百姓苦"（张养浩〔山坡羊〕《潼关怀古》）。作者自己的表述则是"陋巷箪瓢亦乐哉"。这一句，语本《论语·雍也》："一箪食，一瓢饮，在陋巷，人不堪其忧，回也不改其乐"。作者以颜渊自况，进一步表现了安贫乐道的志趣，说明他的"管甚谁家兴废谁成败"，并非真正忘世，只不过要守道而已。这种安居山林茅斋过清贫生活的行为，即是对孟轲所说的"不得志独行其道"的实践。

最后的排比句"贫，气不改；达，志不改。"斩钉截铁，戛然而止，收煞全篇，掷地有声，把思想的高度和情感的强度有力地推进了一层。"贫，气不改"，便是孟

〔清江引〕

轲所说的"贫贱不能移";"达,志不改",便是孟轲所说的"富贵不能淫"。作者没有具体说出他的"气"与"志"的内涵,但已表明其"气"与"志"是与苟活取容,背道义而求富贵水火不相容的,因此我们推想其"气"与"志"的内涵近于孟轲所说的"居天下之广居,立天下之正位,行天下之大道",恐是能被容许的吧?

(何均地)

〔双调〕 清 江 引

宋方壶

托　咏

剔秃圞一轮天外月,拜了低低说:是必常团圆,休着些儿缺,愿天下有情底都似你者。

　　这支散曲题作"托咏",当是托物咏怀之意,具体说来,就是寄情于明月,诉说美好的祝愿,希望天下有情人都能像中秋的月亮一样团圆。五代冯延巳的〔长命女〕词有云:"再拜陈三愿:一愿郎君千岁;二愿妾身常健;三愿如同梁上燕,岁岁长相见。"命意与此曲相近。金、元以后的戏曲里,经常出现对月拜祝的情节,与这支曲子更为接近。开头的"剔秃圞"是元曲里较为常见的语汇,用作圆的形容词。"剔"字是语助词,有音无义;"秃圞"是"团"字的分读,写成"团圞"、"团团",其义亦同。《董西厢》里有"觑着剔团团的明月,伽伽地拜"的句子,用法与此全同。"拜了低低说"一句,颇有情致,发自内心的祝愿,全在一片虔诚,低声的叨念,已将心迹与神态全然勾画出来。祝愿月亮常圆,却用了"是必"二字,似乎由祈求变成了命令,这样写,正是为了表现当事人那专一的要求与迫切的心情。"休着些儿缺"的"着"字,有"使"、"让"的意思。永远不让圆月有一点儿缺损,显然并不符合实际情况,但是,唯其不情,方见真情,词曲里面类似这样的写法是不罕见的。末句很有分量,足以收束全曲。《西厢记》里,红娘有一句台词,说的是"愿天下有情的都成了眷属",那是可以概括全剧主题的一句名言。这里说"都似你者",正扣托月咏怀的题目,似月之常圆,正是对"如花美眷"的祝愿。"者",是语尾助词,表现一种毋庸置疑的肯定语气。"天下有情底",范围就广了,与前引冯延巳词相比,它已然超出了"郎君"、"妾身"的"自我"的小圈子,推己及人,在情感的深厚之外更增添了博大的内含。所以说,这支曲子的末一句是很有分量的。总观全篇,虽然短小,并不单薄;虽然不是着力刻画人物,却也让当事者敞开了一页心扉。至于语言的生动、活泼、口语化,则使作品比较充分地显示出了"曲子"的艺术特色。

(王双启)

〔双调〕水 仙 子

宋方壶

居庸关中秋对月

一天蟾影映婆娑,万古谁将此镜磨? 年年到今宵不缺些儿个。广寒宫好快活,碧天遥难问姮娥。我独对清光坐,闲将白雪歌,月儿你团圆我却如何!

居庸关系长城的重要关口之一,在今北京昌平境内,宋方壶为华亭(今上海

【水仙子】

松江）人，乃是从数千里外漂泊来此的。逢中秋佳节，登居庸雄关，面对晴空皓月，作为一个羁旅行役之人的他，不免感慨而心潮起伏，浮想联翩，从而激起了创作的动机，于是产生了这一曲小令。"一天蟾影映婆娑"，起得美丽，描出了一个天无纤尘，月光皎洁，下照人寰动摇之景物的中秋之夜的独特境界，引人入胜。"蟾影"，即月影。传说月中有蟾蜍，故借称月为蟾，月影为蟾影。"婆娑"，本来是状盘旋舞蹈之貌的，这里作为名词用，指一切在月光下动摇的景物。"万古谁将此镜磨?"逞才发挥，就月联想，忽地由眼前思及"万古"，把时间扩展到了无限遥远，诱人寻思。以新磨之镜比明月，古已有之，但询问谁磨，意却尖新。"年年到今宵不缺些儿个"，轻轻一笔，带回眼前，紧扣"中秋对月"。中秋之夜，明月常为风云所掩，"年年到今宵不缺些儿个"，不过是方壶的主观看法罢了。"不缺些儿个"，似褒非褒，似贬非贬，笔墨狡狯，给后文留下了余地。"广寒宫好快活"，转入即景抒情，羡慕之意，溢于言表。"广寒宫"，传说中的月中仙宫之名。"碧天遥难问姮娥"，无限遗憾，宛转出之，妙趣横生。所欲问的是什么内容，没有具体说明。不是不能说明，乃是有意不说明，好给读者提供想象的空间，并迅疾地抒写自己的情怀。"姮娥"，即嫦娥，传说中的月宫仙女。"我独对清光坐"，突出了一个孤独者的自我形象，与在广寒宫中过快活生活的仙女们形成鲜明的对照。"清光"，指月光。"闲将白雪歌"，一个"闲"字，道出了内心的寂寞。"白雪"，古代高雅的歌曲名。《文选》宋玉《对楚王问》："其为阳春白雪，国中属而和者，不过数十人。"歌唱《白雪》，是"闲"得无聊的表现，兼有慨叹曲高和寡，知音难遇之意。"独对清光坐，闲将白雪歌"，对仗整齐而天成，毫无做作的痕迹。"月儿你团圆我却如何"，怨气冲天，响亮传神，绾摄全篇，集中地抒发了他漂泊江湖，孤独寂寞的不满情绪。读了这末句，这才使人悟到，前面写中秋的朗月，羡广寒的快活，原是为了反衬这末句的，而独坐、闲歌，原是为这末句铺垫的。

关于小令,元人有不用衬字的主张(见周德清《中原音韵》),方壶用了"到今宵"、"碧"、"我"、"月儿你团圆"等十来个衬字,显得清通流畅,使全曲生色。体现出散曲"文而不文,俗而不俗","急切透辟,极情尽致"等特色,恰切地表达了作者所欲表达的思想情感。

这曲小令多汲取辛稼轩〔太常引〕《建康中秋夜为吕叔潜赋》一词中的意象。辛词云:"一轮秋影转金波,飞镜又重磨。把酒问姐娥,被白发、欺人奈何?乘风……直下看山河。斫去桂婆娑,人道是,清光更多。"当然,二者的思想情感、艺术风格等是迥然相异的,不赘说。

(何均地)

〔双调〕水仙子

宋方壶

叹 世

时人个个望高官,位至三公①不若闲。老妻顽子无忧患,一家儿得自安。破柴门对绿水青山。沽村酒三杯醉,理瑶琴②数曲弹,都回避了胆战心寒。

人都有自己的人生追求。在我国古代社会,知识分子的共同奋斗目标是"学而优则仕"。欧阳修《相州昼锦堂记》说是:"仕宦而至将相,富贵而归故乡,此人情之所荣,而今昔之所同也。"宋方壶这支散曲第一句对此作了更为直切明了的高度概括:"时人个个望高官。"但旋即逆转笔锋,用"不若"一词对这种时尚

【水仙子】

作了否定。位至"三公"，在一人（君王）之下，万人（百姓）之上，可谓仕宦之登峰造极，然而在作者看来，却是"不若闲"，不如闲居野处，表示了与时尚截然相反的见解。次句中的"不若"二字是一篇之枢纽，以下六句均是写闲居野处胜过高官。第三、四、五、六、七五句正面描述闲居野处的安稳、悠游，末句又以高官显位的忧患战栗作反面衬托，突出了位至三公不若闲的主旨。

"老妻顽子无忧患，一家儿得自安。"是一笔兼写两个方面。从字面看，"无忧患"，"得自安"，是写闲居野处的安稳可靠；可字里行间，似乎还隐伏着对宦海风波的担忧。所谓"伴君如伴虎"，一人有罪，往往牵连九族。因此，当时的人们产生了一种特殊的社会心理：家中有人做官，既想因此而沾光，皆大欢喜；又恐发生不测、大祸临门。一有风吹草动，则合家惊惧，朝不谋夕。作者所谓做官不如闲居，正是基于这种心理。

"破柴门对绿水青山。沽村酒三杯醉，理瑶琴数曲弹。"这三句写闲居野处之悠闲自得，虽家境贫寒，柴门破旧，但面对绿水青山，却深得自然之趣。兴来时，沽酒买醉，酒酣时，则弹琴自娱。这种隐居生活，本极平常，而作者为何会有如此乐趣？末句揭明原因："都回避了胆战心寒。"一语破的，点出了上述隐居生活之所以可乐可贵。

在元代散曲中，以隐逸命意的作品不少，但多为描述隐逸之乐；以叹世为题的作品也不少，但也多重在对官场罪恶的揭露。而将二者兼顾并重，有机地结合在一起，揭示出士大夫追慕隐逸的某种社会根源的作品却不多见。本首散曲以通俗明朗的语言，简洁紧凑的行文，表达了作者对这一社会问题的深刻思考，从而引起读者共鸣和思索，这正是它的成功之处。

（张玉奇）

〔注〕① 三公：朝廷最高军政长官，或最高荣誉职衔。历代所指不一，如周代称司马、司

徒、司空为三公;汉代称丞相、太尉、御史大夫为三公。 ②瑶琴:以美玉装饰的琴。

〔南吕〕一枝花

宋方壶

蚊 虫

妖娆体态轻,薄劣腰肢细。窝巢居柳陌,活计傍花溪。相趁相随,聚朋党成群队。逞轻狂撒蒂嬾,爱黄昏月下星前,怕青宵风吹日炙。

〔梁州〕每日穿楼台兰堂画阁,透帘栊绣幕罗帏。帐嗡嗡乔声气,不禁拍抚,怎受禁持?厮鸣厮哑,相抱相偎;损伤人玉体冰肌,殢人娇并枕同席。瘦伶仃腿似蛛丝,薄支辣翅如菁煤,快棱憎嘴似钢锥。透人,骨髓,满口儿认下胭脂记。想着痒懀懀那些滋味,有你后甚是何曾到眼底?到强如蝶使蜂媒。

〔尾〕闲时节离不了花香柳影清阴里睡,闷时节则就日暖风和叶底下依。不想瘦躯老人根前逞精细,且休说香罗袖里,桃花扇底——则怕露冷天寒恁时节悔。

蚊子,很早便与我国先民的生活发生联系了,在先秦典籍中,有所记载。在我国文学史上,晋代有赋写蚊,而唐宋诗人诛伐蚊子的篇章更多。宋方壶这一套数,则是现存元人散曲中以通俗的语言、诙谐的笔调、拟人化的手法咏蚊子的

［一枝花］

唯一的一篇。由于元人的俗语，好些今天已经不用，加上传抄、刻印所出现的鲁鱼亥豕之误，增加了阅读这篇作品的一些困难，但仍不妨碍我们欣赏。

《一枝花》一曲，主要表现蚊子的形体特征和生活习性。"妖娆体态轻，薄劣腰肢细。"只这两句，便知是蚊子。"体态轻"，"腰肢细"，除了状蚊子，便挪用于他物不得。"妖娆"，本是赞美妍媚之词，用在这里则含有卖弄妖娆的贬义。"薄劣"，是就其情性而说的，意思是轻薄顽劣。"窝巢居柳陌，活计傍花溪。"说蚊子喜欢生活在柳丛中、流水边的环境。蚊子并无"窝巢"，说"窝巢居柳陌"，显示的只是宋方壶的印象，不能从昆虫学的角度苛求。"相趁相随，聚朋党成群队。"写蚊子互相追逐，互相跟随，成群结队的习性。"逞轻狂撒蒂姗，爱黄昏月下星前，怕青宵风吹日炙。"讲蚊子之喜在昏暗中轻狂放肆的嗜好与对风吹日晒的畏惧。"月下星前"，"青宵"的装点，使句子藻艳而不枯瘩。"蒂姗"，《雍熙乐府》作"殢滞"，可从。"撒殢滞"，元曲中常用，放肆、放刁，撒赖的意思。"青宵"，疑为"青霄"之误。"青宵"，苍空、碧空，与上句的"黄昏"相对，写的是白天。

接着的〔梁州〕一曲，主要表现蚊子对人的侵扰和人对蚊子的怨恨。"每日穿楼台兰堂画阁，透帘栊绣幕罗帏。"说蚊子飞入人们居室的情况。"每日"，《雍熙乐府》作"每夜家"，与上曲末尾更合拍，更符合蚊子昼伏夜出的实际，可从。"楼台、兰堂、画阁"连用而前置一"穿"字，"帘栊、绣幕、罗帏"连用而前置一"透"字，为的是给人以蚊子无法阻挡，无孔不入的印象。"帐嗡嗡乔声气，不禁拍抚，怎受禁持？"写人对蚊子叫声、偷袭和纠缠的厌烦。"帐嗡嗡"，《雍熙乐府》作"怅嗡嗡"，可从。"怅"，不痛快，这里作动词用，意思是对蚊子的嗡嗡声感到不痛快。"乔"，元曲中常用的贬义词，这里可作狡诈、刁滑解。"不禁"，不耐的意思。"拍抚"，指蚊子对人体的接触。"禁持"，纠缠、折磨的意思。白居易《咏蚊蟆》有句云："咂肤拂不去，绕耳薨薨声。"这三句的意象，颇与之相近。"厮鸣厮咂，相抱相偎；损伤人玉体冰肌，殢人娇并枕同席。"述蚊子叫着、咂着嘴，拥抱着、偎依着人而叮之,损伤人身体,扰人清睡的情状。"殢人娇并枕同席",意谓蚊子对娇媚的妇人,纠缠不去。"殢人",情妇。柳永〔玉蝴蝶〕词:"要索新词,殢人含笑立尊前。"周邦彦〔南柯子〕词:"长是枕前不见殢人寻。""瘦伶仃腿似蛛丝,薄支辣翅如苇煤,快棱憎嘴似钢锥。"围绕着蚊子的叮人,再写其腿瘦、翅薄和嘴锐利的形体特征。"伶仃"、"支辣"、"棱憎",分别为其前面"瘦"、"薄"、"快"的词缀,起加强语气的作用,不能孤立开来训释。下面的"痒憎憎",其构词法亦同。"如苇煤",《雍熙乐府》作"似莩灰"。按《汉书》卷五十三的《景十三王传》:"今群臣非有葭莩之亲。"注:"晋灼曰:'莩,葭里之白皮也。皆取喻于轻薄也。'师古曰:'葭,芦也。莩者,其筩中白皮至薄者也。'"疑此处当作"似莩皮"。"透人,骨髓,满口儿认下胭脂记。"状蚊子"利嘴入人肉"(吴融《平望蚊子》诗)吸人血的情况。"透人,骨髓",极言其似钢锥的快嘴刺入人肌体之深。"认下",记下。"胭脂记",指人的血迹。"想着痒憎憎那些滋味,有你后甚是何曾到眼底?"写被蚊子叮后,奇痒难当,不能入睡的情态。《雍熙乐府》这两句作"想着那痒撒撒些滋味,有你时几曾睡到眼底?"意更显豁,可从。"到强如蝶使蜂媒",是承前面被蚊子所叮者乃美人而滋生的,意思是说被蚊子叮后,身上发痒,难以合眼,比飞舞于花间的蝶使蜂媒之引起人的愁思,因而难以成眠为尤甚。句中的"到",与"倒"同。

最后的〔尾〕一曲,主要表现蚊子吸饱人血后,在白天的状况和作者对它的嘲笑。"闲时节离不了花香柳影清阴里睡,闷时节则就日暖风和叶底下依。""闲"、"闷",展现蚊子吃饱喝足后的心态。"花香柳影清阴里睡","日暖风和叶底下依",艳丽轻俊,描绘蚊子的志得意满,与《一枝花》曲相呼应。"不想瘦躯老人根前逞精细,且休说香罗袖里,桃花扇底——则怕露冷天寒恁时节悔。"包括三层意思:一、"瘦躯老人",血不丰美,所以蚊子在吃饱之后的白天,懒得去他"根前逞精细",叮他。"根",即"跟"。"精细",聪明的意思。二、"香罗袖里",飞翔不便,"桃花扇底",时时风起,对蚊子说来是危险的境地,所以蚊子在吃饱之后的白天，更不想去"逞精细"了。三、"则怕露冷天寒怎时节悔"，嘲笑蚊子现在吃饱不动，自在逍遥，到"露冷天寒怎时节"，飞不动而末日来临，就该后悔了。刘禹锡《聚蚊谣》有句云："清商一来秋日晓，羞尔微形饲丹鸟。"这句与之意同，只是语气两样罢了。

　　明代曲学家王骥德在《曲律》中说："咏物毋得骂题，却要开口便见是何物。不贵说体，只贵说用。佛家所谓不即不离，是相非相，只于牝牡骊黄之外，约略写其风韵，令人仿佛中如灯镜传影，了然目中，却摸捉不得，方是妙手。"宋方壶的这一咏蚊子的套数，没有"骂题"之病，也不离题；不重在写蚊子的形体，而重在显蚊子的神态；特别是以拟人化的手法，写蚊子的如何扰人，如何叮人，有扑朔迷离之趣，又十分细致入微。通篇找不着像范成大《嘲蚊》诗："口衔钢针锋，力洞衲衣袭。啾声先计议，著肉便成吸。黝豹犹未定，卓锥已深入。血髓姑嗫升，势甚辘轳汲。沈酣尻益高，饱满腹渐急。晶晶紫蟹眼，滴滴红饭粒。拂掠倦体烦，爬搔痒饥涩……"那样句句坐实的笔墨，也不像范仲淹《蚊》诗："饱去樱桃重，饥来柳絮轻。但知求旦暮，休更问前程。"那样避实就虚，重在寄慨，而是"不即不离，是相非相"的。基于这些，不能不说本篇颇与王骥德的理论相符，是元人咏物散曲中的上品。止于笔墨游戏，寄托不深，则是其不足。

（何均地）

〔越调〕 斗 鹌 鹑

宋方壶

送　别

落日遥岑①，淡烟远浦②。萧寺③疏钟，戍楼暮鼓。一叶扁舟,数声去橹,那惨戚,那凄楚,恰待欢娱,顿成间阻。

〔紫花儿〕瘦岩岩香消玉减,冷清清夜永更长,孤另另枕剩衾余。羞花闭月,落雁沉鱼。踌躇,从今后谁寄萧娘一纸书?无情无绪,水淹蓝桥,梦断华胥。

〔调笑令〕肺腑,恨怎舒,三叠阳关愁万缕。幽期密约欢爱处,动离愁暮云无数。今夜月明何处宿?依依古岸黄芦。

〔秃厮儿〕欢笑地不堪举目,回首处景物萧疏,星前月下谁共语。漫嗟吁,自踌躇,何如?

〔圣药王〕④别太速,情最苦。松金减玉瘦了身躯。鬼病添,神思虚,心如刀剜泪如珠。意儿里懒上香车。

〔尾〕眼睁睁怎忍分飞去,痛杀我也吹箫伴侣。不付能⑤恰住了送行客一帆风,又添起助离愁半江雨。

这支套曲写男女送别,以女子的口吻,淋漓尽致地抒发了缠绵悱恻、千回百转的相思离别之情,读来情真意切,动人肺腑。

〔斗鹌鹑〕曲写送别的情景。首二句写所见,远山沐浴着夕照,水边笼罩着淡烟。次二句写所闻,佛寺疏疏落落的钟鸣,戍楼断断续续的鼓声。这傍晚的景色,加重了离人的依依惜别之情。而且这些景物,又是离人所见、所闻,染上了感情色彩。四组名词并列,色调暗淡、声音沉重,奠定了整支套曲沉痛清凄的基调。而"一叶扁舟,数声去橹"两句,一下子把离人带进了无情的现实之中,不由得直接倾吐"悲莫悲兮生别离"的惨戚凄楚之情。

〔紫花儿〕以下四支曲子,笔锋一转,分别写别后之思、别后之愁、别后之叹、别后之苦,言如剥笋,势如破竹,将女子的离别之情描绘得细致入微。

【斗鹌鹑】

〔紫花儿〕曲首三句用倒装句法，正因为孤身难寐，才感到"冷清清夜永更长"；而连日的相思不寐，怎不令人日渐消瘦？"羞花闭月，落雁沉鱼"，原是用来形容女子貌美的，在这里却包含着空有美貌，无人赏识之意。唐人杨巨源《崔娘》诗云："风流才子多春思，肠断萧娘一纸书。"这里借用"萧娘一纸书"的成句，含蓄而又深挚地表达了自己肝肠寸断的相思之情：即使借书信以达情，又凭谁送达对方？"水淹蓝桥"合用尾生期女和裴航遇云英两个典故。传说战国时鲁人尾生与女子约会于桥下，女子未来，河水上涨，尾生坚守信约，决不离去，抱桥柱而淹死（见《庄子·盗跖》）。又，唐裴铏《传奇》写唐长庆间秀才裴航科举落第，途经蓝桥驿，爱上了一位少女云英，后来经过种种曲折，终于和云英结了婚（见《太平广记》卷五十）。后代将蓝桥指代与情人相会之所，"水淹蓝桥"则指夫妻分离或情人不能相会。"华胥"是寓言中的理想国，传说上古时代，黄帝白天睡觉，梦见周游于华胥氏之国，那里没有官长，没有嗜欲，没有爱憎，没有利害，也没有夭亡（见《列子·黄帝》）。"梦断华胥"是作者借以比喻只能在梦里和意中人欢会。

〔调笑令〕曲从游子和思人两方面畅抒别后之愁。首三句是说离别之愁抑塞于怀。唐人王维《送元二使安西》诗云："渭城朝雨浥轻尘，客舍青青柳色新。劝君更尽一杯酒，西出阳关无故人。"此诗因其别意深长，被人谱曲歌唱、传诵久远，称作《阳关三叠》。作者这里借以作送别时絮絮叨叨的话语。四、五两句写思人徘徊于"幽期密约欢爱处"，特别是在离别的傍晚时分，那滚滚暮云宛如绵绵离愁，翻卷不息。六、七两句写游子，化用柳永〔雨霖铃〕"今宵酒醒何处？杨柳岸晓风残月"词句，揣测游子旅途之景，而"古岸黄芦"的衰凄景色，隐隐透露出游子的沉郁之情。

〔秃厮儿〕与〔圣药王〕二曲，直抒胸臆，声泪俱下，直逼出〔尾〕曲的凄怆之音。尤以半江暮雨，景中含情，含不尽之意于言外。

抒情曲折婉转而又直率奔放，细腻入微而又热情深挚，是这支套曲的一个

【折桂令】

突出特点。作者将女子离别时的忧思、苦痛和哀愁，娓娓道来，层层铺叙，而字里行间又流溢着炽烈的情感，因此，全曲显豁透彻，耸人听闻。语言既通俗自然，又工巧清丽，雅俗共赏，是这支套曲的另一突出特点。"恰待欢娱，顿成间阻"，"意儿里懒上香车"，"眼睁睁怎忍分飞去"等语，明白如话，但却俗不伤雅。"落日遥岑，淡烟远浦"，"今夜月明何处宿？依依古岸黄芦"等语，用诗词中常见的语言，典丽工雅，语简意浓。即便用典，"亦系耳根听熟之语，舌端调惯之文，虽出诗、书，实与街谈巷议无别者"（李渔《闲情偶寄》），如"水淹蓝桥，梦断华胥"，"三叠阳关愁万缕"之类。

（郭英德）

〔注〕　①岑：小而高的山。　②浦：小河流入江海的入口处。　③萧寺：即佛寺。相传梁武帝萧衍造佛寺，命萧子云飞白大书曰"萧寺"。后世即用以泛指佛寺。　④这支曲子《太平乐府》缺，据明李开先《词谑》抄补。　⑤不付能：好不容易。

王举之

约生活于元代后期。曾在杭州一带活动过，与散曲搜集、编辑者胡存善有交往。《全元散曲》录存其小令二十三首。

〔双调〕**折　桂　令**

王举之

赠　胡　存　善

问蛤蜊风致何如？秀出乾坤，功在诗书。云叶轻盈，灵华纤

【折桂令】

腻，人物清癯。采燕赵天然丽语，拾姚卢肘后明珠，绝妙功
夫。家住西湖，名播东都。

王举之，生平不详，只知其为元代后期活动于杭州一带的散曲作家，现存小令二十三首。胡存善，杭州人，胡正臣之子。曾将元人散曲编辑成集。钟嗣成《录鬼簿》称他为"士林之翘楚"。本曲对胡存善的为人和散曲创作成就作了高度评价。

"问蛤蜊风致何如？"蛤蜊，浅海的一种软体动物，壳卵圆形，肉味鲜美。《南史·王融传》载：王融在王僧祐家中与沈昭略相遇，昭略问僧祐：这青年人是谁？王融自比为光照天下的太阳，为昭略不认识自己而愤愤不平。昭略不理他，说："不知许事，且食蛤蜊。"本意是讥讽陋者自高，语气轻蔑。钟嗣成《录鬼簿序》借用此典讥刺视曲为俚俗小道者，其云："若夫高尚之士，性理之学，余有得罪于圣门者。吾党且啖蛤蜊，别与知味者道。"后即以"蒜酪蛤汤之味"特指散曲风味，此处"蛤蜊风致"即喻指胡存善散曲的风格。作者落笔便以问语出之，显得轻松亲切，有相视而笑、莫逆于心之意；同时，对胡存善不顾人言，自行其是的傲岸之情表示赞赏。二、三两句，作者对胡之散曲和人格作具体评价。"秀出乾坤"是说胡天资灵秀，得天地涵养；"功在诗书"，是说胡饱读诗书，从中采撷精华以作散曲。这两句既赞扬了胡存善之天资灵秀、勤奋读书，又称许他的散曲风格清秀而典雅。下面三句鼎足对于此再作评述："云叶轻盈，灵华纤腻，人物清癯。"形容胡之散曲如秋叶般轻盈，春花般细腻，犹如其人之清瘦精神，拔尘脱俗。这几句兼及胡之散曲风格与人品精神，写得简洁而精练。"采燕赵天然丽语，拾姚卢肘后明珠，绝妙功夫"三句揭指胡存善散曲的语言特点及其所以然。燕、赵，春秋战国时国名，故址在今河北、山西一带，元曲大家如关、王、马、白等都是这一带人，散曲也首先在那里兴盛。"采燕赵天然丽语"，称赞胡存善以方

言俚语入曲，趣味天然；姚、卢，当指元初的散曲名家姚燧、卢挚，"拾姚卢肘后明珠"，意谓胡存善师法前贤，采撷精华。这两句说胡存善散曲之语言兼采雅俗，锻炼吐纳又出以自然，显示出"绝妙功夫"。因而，声名远扬——"家住西湖，名播东都。"胡存善虽居杭州一隅之地而文名远扬四方。东都，原指洛阳。晋时左思撰成《三都赋》，豪贵之家附会风雅，竞相传抄，洛阳纸价因此昂贵。王举之在此借"东都"之名而暗用"洛阳纸贵"的典故推许胡存善，激赏之意溢于言表。

本曲是馈赠之作，或不无溢美之词，但其所标举的人格曲品，堪可赞同；而其对散曲创作的简赅之论亦值得重视。

（吴战垒　吴　蓓）

［作者小传］

柴野愚

生平事迹不详。所作散曲今存小令二首。

〔双调〕河西六娘子

柴野愚

骏马双翻碧玉蹄，青丝鞯①、黄金羁②，入秦楼将在垂杨下系。花压帽檐低，风透绣罗衣，袅吟鞭、月下归。

此曲抒写与美女相会的喜悦心情。

全曲分上下两部分。上部分写主人公飞马奔向"秦楼"的情景。雄健的

【河西六娘子】

奔马,青丝做的控马带,金黄色的马络头,衬托出主人公的翩翩英姿和兴奋心情。汉乐府《陌上桑》中罗敷夸耀自己的丈大时,说他"青丝系马尾,黄金络马头"。此曲中的主人公显然也是一个春风得意的英俊青年。"双翻",指马在急速奔跑时,前面两蹄和后面两蹄都双双翻动。策马急驰,显示出主人公急不可待的心情。奔向何处?"入秦楼"。《陌上桑》开首云:"日出东南隅,照我秦氏楼。秦氏有好女,自名为罗敷。"自此,罗敷成了美女的代称,秦楼也就借为美女的居处。"入秦楼",显然指的是去会美女。而系马垂杨下,则暗示情人们正在楼上相会。

下部分写主人公离开"秦楼",信马回归的情景。"花压帽檐低",是说主人公走出秦楼,穿过花丛,花枝低垂,扫拂着帽檐。这是明写花,暗写人,花容映衬人面,使人想到此刻主人公心花怒放之情状。"风透绣罗衣",意谓夜风凉爽透衣,消散了浑身的情热,心中感到由衷的满足和舒畅。于是,他骑上马,响着花鞭,踏着月光,异常舒适地离秦楼而去。"袅吟鞭"的"袅"、"吟"二字下得好。"吟鞭"就是"响鞭",不过这扬鞭作响并非为了策马,而是为了抒发感情,就像文人骚客在高兴时忍不住要摇头晃脑地吟诗作赋一样,此时心满意足的主人公也情不自禁地响起花鞭,借以宣泄自己的得意之情。"袅"字在这里形容鞭声的婉转悠扬。夜静人寂,月朗星稀,清脆的鞭声在空中回荡,渐远渐弱,大有"余音袅袅,不绝如缕"的悠长韵味。

作者表现主人公与美女相会的喜悦心情,自始至终没下一个"情"字,而是把感情完全渗透在生动的画面描绘之中。这里主要勾勒了一"去"一"来"两个动态画面。两个画面之中虽然都躁动着"兴奋"这一感情基调,但却有明显的不同:前者的马蹄"双翻"与后者的"袅吟鞭"相对照,一急一缓,说明去时的兴奋情绪是基于急切,归来时的兴奋情绪则基于满足。急得人理,缓得合情。前者迫急,心神凝聚,故而只以奔马自身构图,无暇顾及周围景物;后者舒缓,心神外溢,所以多以外景入画,花、风、鞭、月纷至沓来。前者是白昼,视觉清晰,所以用"碧玉"、"青丝"、"黄金"套饰骏马,着眼于色彩;后者是月夜,感觉、听觉敏锐,故而花是"压",风是"透",鞭声是"袅吟",着眼于感受。勾画的准确、鲜明、生动,深入细致地表现出主人公"入秦楼"前后的感情变化和心态差异。

值得注意的是,在前后两个画面之间似乎是一个"空白":与美女相会的全过程应当是"去——相会——来"三个环节,而作者却将"相会"这一中心环节略去,只留下一个系马垂杨下的空静小景。这种"空"实际上是"空"而不"白",反而能收到空谷回响的效果。这不仅是由于系马垂杨下的静态小景令人一下子就想到情人们正在楼上相会,更重要的是由于相会的情致已全然蕴含在前后两个动态画面之中:急不可待地奔向秦楼,令人想到主人公对美女感情的深挚;心满意足地走出秦楼,则令人想到两个相会时的千种风情和百般恩爱。既然借助系马垂杨下这一小景的引发,通过两个动态画面的启示,已足以使秦楼相会的情景在读者想象中充分展开,还有什么必要进行正面实写呢?显然,这"空白"的设置,是为了给读者留有充分的想象余地,使人思而得之。这是一种"以不言言之"、"以不尽尽之"的构思艺术。

(陶型传)

〔注〕 ① 鞚:有嚼口的控马络头。 ② 羁:马络头。

【作者小传】

贾固
字伯坚,沂州(州治今山东临沂)人。曾任扬州路总管、中书左参政等职。《录鬼簿续编》称其"善乐府,谐音律"。曾属意歌妓金莺儿,后作〔醉高歌过红绣鞋〕曲以寄之,遂遭弹劾而去职。现存小令仅此一曲。

〔中吕〕醉高歌过红绣鞋

贾　固

寄金莺儿

乐心儿比目连枝，肯意儿新婚燕尔。画船开抛闪的人独自，遥望关西店儿。黄河水流不尽心事，中条山隔不断相思。当记得夜深沉、人静悄、自来时。来时节三两句话，去时节一篇诗，记在人心窝儿里直到死。

据《青楼集》记载，贾固在任山东肃政廉访司佥事时，属意于歌妓金莺儿，与之甚为亲昵。后贾任西台御史，仍然不能忘情，于是写了这首曲寄给金莺儿，结果被上司知道，上章弹劾，贾固因此罢官而去。此事未必属实，但贾与金莺儿情好甚笃却是真事，本曲也由此著名。

"乐心儿比目连枝，肯意儿新婚燕尔"，开头两句，追思和金莺儿刚刚结合时两情相属，如胶似漆的情形。比目，比目鱼；连枝，连理枝。古人常以之比喻男女间的真挚情意。如白居易《长恨歌》"在天愿做比翼鸟，在地愿为连理枝"。"乐心"和"肯意"词义略同，分别置于两句之首，有"你也称心，我也乐意"之意，强调他们的爱情建立在互相倾慕，彼此合意的基础上，字里行间洋溢着一股欢愉之情。然而欢爱短暂，不久就是难堪而痛苦的离别，"画船开抛闪的人独自"，船儿启动了，不管离愁有多沉重，它还是抛下了岸上的人远去了。岸上的人是"独自"，船上的人又何尝不是"独自"！接下去便写离别后"人独自"的相思。"遥望关西店儿"，是从对面落墨，写金莺儿对作者之思念。关西，指阳关以西。

王维《渭城曲》有"西出阳关无故人"之句,"关西店儿",即指离人的旅店。作者想象金莺儿凝情遥望,关心着心上人的旅途风霜。"黄河水流不尽心事,中条山隔不断相思",由作者自身落笔,写他到洛阳后,对金莺儿仍不能忘情,绵绵情意如东流不止的滔滔黄河,悠悠相思越过中条山的峰峦遮挡,飘向情人。以下数句,作者撷取了当初爱情生活的一个细节,具体描写彼此爱恋的深沉。"当记得夜深沉、人静悄自来时",写幽会,极合恋人间的情境,只此一句,气氛已出。煞尾三句尤妙,作者不写"来时节三两句话"谈些什么,也不写"去时节一篇诗"写些什么,而以"记在心窝里直到死"戛然作结,尽让读者去揣摩体会。既然至死犹记,则话语诗意中蕴含的深绵情意已不言而喻,尽可想知了。

金莺儿是一个沦落风尘的烟花女子,贾固对她却一往真情深。从当时社会风俗看,这种执着的态度,在出入青楼的官吏士绅中倒实在难得。

（吴战垒　吴　蓓）

周德清

号挺斋,高安(今属江西)人。约生于南宋末年,元顺帝初年犹在世。工乐府,善音律。他总结当时北曲创作和歌唱的规律,著有《中原音韵》,于泰定元年(1324)成书,是北音韵书的创始。所作散曲今存小令三十一首,套数三套。

〔正宫〕塞鸿秋

周德清

浔阳即景

长江万里白如练,淮山数点青如淀;江帆几片疾如箭,山泉千尺飞如电。晚云都变露,新月初学扇,塞鸿一字来如线。

【塞鸿秋】

浔阳江,即长江流经江西九江的那段。此曲乃作者傍晚登浔阳城楼的即兴写景之作。

全篇七句四十五字,却尺幅万里。分则一句一景,宛如七幅山水屏画,七个风景镜头,千姿百态,各放异彩;合则构成浔阳江山的立体壮观,好似一部名胜风景影片。其间远近高低,动静明暗,声光色态,无不咸备。真是气象万千而又和谐统一,壮丽雄奇而又韵味无穷。

开篇伊始,起势不凡:纵眺万里长江,横望淮南远山。两句写远景,故能放眼"万里",远山看似"数点";而又紧扣秋景,故秋江澄澈,静如白练(白绸带子),秋山苍翠,青如蓝靛(深蓝染料)。"江"与"山"地名对,"万里""数点"数量对,"白"与"青"颜色对,"练"与"淀"名物对,这种工对,前代曲论家称为"合璧对"(朱权《太和正音谱》)。

三四句写近景:俯视江上轻帆,仰观庐山飞泉。大江宽阔浩瀚,故江帆显得如几片苇叶,唯其轻灵,故疾如飞箭;庐山巍峨高耸,故瀑泉仿佛千尺银河落地,唯因陡峭,故飞如闪电。这两句仍是"合璧对",而与一二句句法全同,故四句又合为"连璧对"。一二句写江、写山,是从大处、远处落笔,着重勾勒大江远山之雄伟寥廓,是静态画面;三四句写帆、写泉,分别属江、山中的个体景物,是从近处、细处着眼,侧重描绘江帆、山泉之飞奔迅疾,是动态镜头。

五六句写云和月的变化明灭之态,又是整个画面的背景。傍晚,天空云气飘浮,旋又凝聚渐变成露气,笼罩在江面低空,这是暗;晚霞在天边消逝,初月从地平线冉冉升起,仿佛是一把半圆形的团扇,这是明。一个"学"字,使月亮变得富有人情,顿觉摇曳生姿。这对"合璧对"与前四句又合成为"联珠对"。但境界却异:那缥缈的云雾,柔和的月光,不仅给以上壮丽的画面增添了一种朦胧的意态美,令人在心旷神怡中又多了一层凄迷感;而且捕捉了景物瞬息变化的运动美,又微妙地增强了时间的流动感。与前四句相比,笔势则由急渐缓,由刚转柔,起伏跌宕。

　　结句写北塞鸿雁南来,成一字形掠过烟波浩渺的江天。不仅点明秋季时令,使人联想到"落霞与孤鹜齐飞,秋水共长天一色"的苍莽雄浑境界,而且又为这"无声诗"的画面上留下了"阵雁惊寒"的音响,令人遐思逸想无穷。

　　此曲起首大笔如椽,有所谓"笔未到而气已吞"(《艺概》)之势,可谓"凤头"美丽;中间远近参差,静动交错,明暗相间,极尽铺排变化,可谓"猪肚"浩荡;结尾题外传神,优游不竭,可谓"豹尾"响亮。且七句中六句对偶,结句奇句亦与首四句遥相对衬,使全篇装点饱满,造成排纂驰骤之势。六个比喻皆明白无隐,则又满纸生气而又酣畅淋漓。

　　"正宫唱惆怅雄壮"(芝庵《唱论》),而〔塞鸿秋〕除第五句外,又都句句押韵,且押去声。韵位密集则音调激越,加上去声高亢劲峭,更显奔腾驰骤,音调铿锵。而笔势纵横,意象壮阔,感情蓬勃豪放,则词情与声情配合恰到好处,堪称声文并茂。作者在《中原音韵》中强调作曲"逢双必对"、"造语必俊,用字必熟","文而不文,俗而不俗,要耸观,又耸听,格调高,音律好,衬字无,平仄稳"。试以这首小令验之以法,的确是实践了他自己的这些理论主张的。

(熊　笃)

〔中吕〕 朝　天　子

周德清

秋　夜　客　怀

月光,桂香,趁着风飘荡。砧声摧动一天霜,过雁声嘹亮。叫起离情,敲残客况,梦家山身异乡。夜凉,枕凉,不许离

【朝天子】

人强。

　　"秋夜客怀",秋夜中的游客之怀,这是一个相当宽泛的题目,很多唐诗宋词都有过这一类的吟唱,像杜甫的《秋兴八首》、苏轼的〔永遇乐〕("明月如霜"),也都可以说写的是"秋夜客怀"。用散曲小令写此常题,就得有点新意,体现出"曲"的特点。周德清是深知曲之三昧的,在此曲中,他扣住题目,紧紧围绕着"秋夜"与"客怀"落笔。先写景,后抒情,由景及情,做到情景交融,形成悠美动人的艺术境界。写秋夜,摄取的对象很多,月、桂、风、霜、雁、砧等等都写到了,但只作点染,并不铺展开来,虽繁多,却不拥挤,既能把秋夜的景象表现得充实,又能显示出一种疏朗的风致。这正体现了"词密曲疏"的散曲特点。"月光,桂香,趁着风飘荡",又是经锤炼后的曲子语言格调。不妨与初唐诗人宋之问的名句作些比较:"桂子月中落,天香云外飘"(《灵隐寺》),当是描写桂花的最为出色的诗句,在醇美凝炼之中,写出了香气的清淡悠远,而且巧妙地包融了月宫桂树的神话传说,这是诗的写法;本曲虽化用其意,但在醇醨中又不失质朴自然,特别是其生动灵活,"趁着风飘荡"的动态描写正是它的精彩所在。接下来,由"飘荡"转向了另一种动态——"砧声摧动一天霜"。砧声,即捣衣声。此处暗化李白:"长安一片月,万户捣衣声。秋风吹不尽,总是玉关情"(《子夜吴歌》)诗意。而"摧动"二字,尤为灵动。它化无灵之砧声为有灵之物;同时,又与题旨"客怀"相叩。"摧动"者,诗人所感也,而"一天霜",既是写景,又是"客怀"凄寒心境的写照。接"砧声"后,又出现了另一种声音——"过雁声嘹亮",在寒空中显得分外清晰、令人心惊。这样写来,作者笔下的景象就显得很有特色。嘹亮的雁声"叫起离情",沉重的砧杵"敲残客况",情与景是相互交融的。"梦家山身异乡"一句,是对"客怀"的集中表述。思乡情切,只能求之于梦寐,即或果然得梦,也不过是理想之寄托、希望之幻化而已,又何况不眠无从成梦、成梦未必还乡呢!

所谓"梦家山",本来就是不现实的想法,而"身异乡"却是难以改变的现实处境。作者这样表述心境,也是一种点到为止的写法,他给读者留下了广阔的思维活动空间,让读者在鉴赏过程中用自己的经验、感受把它充实起来。"夜凉,枕凉",连用"凉"字,即遥扣"秋夜"之题,并表现其心情的凄凉和客居异乡的孤独寂寞。"不许离人强",结句尤妙。强,去声,犟义。其含义则是"不许离人不断肠"也。作者想强压思绪,但最终却不得不思。全曲的种种情景意境便俱在其中,令人回味不已。

(王双启)

〔中吕〕满庭芳

周德清

看岳王传

披文握武,建中兴庙宇,载青史图书。功成却被权臣妒,正落奸谋。闪杀人望旌节中原士夫,误杀人弃丘陵南渡銮舆。钱塘路,愁风怨雨,长是洒西湖。

本曲为元人小令中咏歌岳飞的名篇。首三句系对岳飞作总括性的评价、介绍。"披文握武",称赞岳飞文武双全;"建中兴庙宇,载青史图书",指岳飞有再造赵宋王朝宗庙社稷之功,足以青史留名,永垂不朽。《宋史·岳飞传》载:"(岳飞)好贤礼士,览经史,雅歌投壶,恂恂如书生。"在宋金战争中屡败金兀术,大破金兵于朱仙镇。岳飞的才具及其抗金的功勋广有记载,妇孺皆知,因而作者无

【阳春曲】

需具体地展开描述。接下的两句,以"功成"承接前三句内容,以"却"字作反跌,写岳飞的悲剧性结局:"功成却被权臣妒,正落奸谋。"仍是概括性的写法,至于秦桧如何妒贤嫉能,岳飞如何被十二道金牌召回,最后蒙"莫须有"之罪名被害于风波亭,并不一一说出,都囊括在"妒"、"奸谋"等字之中。"闪杀人望旌节中原士夫,误杀人弃丘陵南渡銮舆",这两句抒发感愤,指责南宋王朝误杀忠臣,招致严重后果。上句说中原父老盼望宋师北进化为泡影;下句说赵宋王朝丢弃祖宗陵墓南逃铸成定局。这两句定格是七字,作者加用了感情色彩极浓烈的"闪杀人"、"误杀人"等衬字,表达了胸中如波浪翻涌、难以抑勒的悲愤。结尾"钱塘路"三句,以抒情作结,是由强烈悲慨化成的深沉痛惋。"钱塘路",犹言钱塘一带。岳飞含冤屈死,葬于今杭州西(元时为钱塘县)栖霞岭下,西子湖旁。"愁风怨雨,长是洒西湖",是说青天似都在为岳飞屈死而伤心哭泣,西湖上风雨不断,仿佛是天降愁怨。说风愁雨怨,人的愁怨也就不言自明。从艺术效果来看,以愁风怨雨吹洒西湖作结,色调朦胧而伤感,使愁怨显得更加深广绵邈。

本曲前半以叙事为主,而褒赞洋溢,"却"字的感情色彩,"权臣"、"奸谋"等贬义词的运用,处处可见作者爱憎分明;后半部分则熔议论与抒情于一炉,两部分既层次分明,又一气呵成。

(陈志明)

〔中吕〕**阳 春 曲**

周德清

赠歌者韩寿香

半池暖绿鸳鸯睡,满径残红燕子飞,一林老翠杜鹃啼。春事

已,何日是归期?

　　周德清《赠歌者韩寿香》共两首,为小令〔阳春曲〕(又名〔喜春来〕、〔惜芳春〕)的"重头",这里是第二首。第一首同于大多数元人赠歌姬舞女的散曲,赞美其色艺,调笑其姓名而已,没有什么价值。这一首虽然亦无深意,只不过是抒写作者伤春思归之情,但清丽秀雅,值得一读。

　　前面的"半池暖绿鸳鸯睡,满径残红燕子飞,一林老翠杜鹃啼"三句鼎足对,装点饱满,工稳富丽,极形象地从多侧面描绘出了暮春初夏的自然景观。这三句的句型结构完全相同,每句所描写的对象又同为植物和禽鸟,但同中有异,富于变化。首先,它是由池塘而路径,由路径而树林,即由近及远,从低到高,官能的感觉不断转移。其次,它的前两句诉诸视觉,后一句却变为主要诉诸听觉,而同样诉诸视觉的前两句,又有差别:前句不仅绿叶是不动的,而且能动的"鸳鸯"也"睡"而不动,这是静态的描写;后句不仅"燕子"在"飞",而且红花是正在飘落的,乃动态的描写。"绿",当指池中的浮萍,前人有诗句云:"风约半池萍。"绿是冷色,周德清却于其前着一"暖"字,是他对气候和水温的感受的转嫁,写出了一时的独特的感受。"红",指红色的春花。其前着一"残"字,有悼惜的意味。"翠",青绿色,指树叶。其前着一"老"字,则是暮春之树了。"绿"、"红"和"翠",色彩十分鲜丽,体现了散曲之"宜藻艳不宜枯瘁"(王骥德《曲律》语)。"鸳鸯"、"燕子"和"杜鹃",都是春夏之交常见的禽鸟,但作者并非只以之点明时令,还别有他意在焉。"鸳鸯",人们常以之喻夫妇、情侣,如卢照邻的"得成比目何辞死,愿作鸳鸯不羡仙"(《长安古意》),温庭筠的"不如从嫁与,作鸳鸯"(〔南歌子〕)。"燕子",有双飞双宿的习性,人们亦常以之喻夫妇、情侣,如罗邺的"愁坐兰闺日过迟,卷帘巢燕羡双飞"(《春闺》)。晏几道袭用翁宏的"落花人独立,微雨燕双飞"(〔临江仙〕)。作者无疑是用"鸳鸯"、"燕子"之成双成对来反衬自己之孤单的。"杜鹃",亦名子规、杜宇等,其鸣声似"不如归去",又名"思归鸟",凄厉的鸣声,能动旅客归思。显然作者是以"杜鹃"之"啼"声来暗示他之归思的。这三句写春末夏初之景可以说是形容尽致了,但又绝非客观地写景,而是景中含情,情景交融的。写完了这三句,作者马上以"春事已,何日是归期"两句作结,意尽情切,直朴爽快,而又耐人回味。"春事已",总上启下。"何日是归期?"盼望迫切归去之情怀,不能归去之苦闷,跃然纸上,而整首小令的意旨也就显豁呈露了。

周德清为纠正当时北曲创作在格律上的混乱而著《中原音韵》一书,并以他极严于音律的创作来贯彻他的主张。这一首〔阳春曲〕,亦不例外。其平仄、押韵之稳且不去说它,而且某些字严辨四声,也极精审。他在《中原音韵·作词十法·定格》中指出,此曲的首句末字当用去声,切不可上声,这里的"睡"字,正是去声;第二句的第三字、第三句的第七字,以阳平为妙,这里的"残"和"啼",正是阳平;第四句的中间一字作去声,末一字平上皆可,这里的"事已",正是去上。

(何均地)

〔双调〕蟾宫曲

周德清

别　友

宰金头黑脚天鹅,客有钟期,座有韩娥。吟既能吟,听还能听,歌也能歌。和白雪新来较可,放行云飞去如何? 醉睹银河,灿灿蟾孤,点点星多。

这首小令又题《夜宴》。是为饯别友人而作。

"宰金头黑脚天鹅",金头黑脚天鹅是名菜佳肴,宴席上有此,则其丰盛不言而喻。"客有钟期,座有韩娥",钟期,即钟子期,春秋楚国人,精于音律。俞伯牙一曲《高山流水》,钟期听而知之,遂为知音。这里借指精通音乐的行家。又暗指座中诸友都是情好甚笃的知音。韩娥,古代的一位歌唱家。据《列子·汤问》记载:她去齐国,途中缺粮,就以卖唱糊口。她的歌声很美,人走后,"余音绕梁,三日不绝"。这里借指宴席上侑酒的歌妓。"吟既能吟,听还能听,歌也能歌",三句构成排比,写宴席上宾主优雅倜傥,能吟善唱,又妙解音律,各显身手,彼此相得,气氛非常融洽欢快。这三句中,"吟"、"歌"、"听"三字的首尾重出,是元曲中特有的"犯韵"之句,通俗而又佻达,层层渲染别筵上吟诗咏歌不辞频的独特气氛。随着美妙的旋律,作者举杯向友人微笑着说:"和白雪新来较可,放行云飞去如何?"白雪,即《阳春白雪》,指高雅的乐曲(典见宋玉《对楚王问》)。这里指友人的曲子。常言道曲高和寡,尽管友人的曲子如《阳春白雪》一般高雅,但作者以为自己近来也有所长进,尚可一和,言下之意,自己堪当友人的知音。"行云"句典出《列子·汤问》:"薛谭学讴于秦青,未穷其技,自谓尽之,遂辞归。秦青弗止,饯于郊衢,抚节悲歌,声振林木,响遏行云。"这句的意思是:友人的曲子能遏止天上的行云,而我和上一曲,却能让云彩重又飞去,意在说明自己的曲子亦有牵动行云之妙。这句用典翻新出奇,语气幽默俏皮,既推许友人,又自占地步,显得意趣横生,这种自视颇高的"调侃语",可见文人常常自诩的"狂傲"之气,自信得可爱。同时,"放行云飞去",又巧谐送别友人之意,语意双关,不着痕迹地将文思转折到抒发因友人将飘然远去而生的寂寞情怀。"醉睹银河,灿灿蟾孤,点点星多。"夜已阑,人已醉,宴席将散,人将远行,诗人抬眼望天,只见淡淡银河横隔天际,清冷的孤月伴着满天星星。如此景象,与前文写宴席欢乐之状正成对比,诗人不正面抒写离情别绪,而借景寓情,以景结情,借旷

【折桂令】

寂落寞的月光星空,寄寓自己深长的别意和孤独的情怀。令人寻味不已。

这首小令用典贴切而灵活,"钟期"、"韩娥",既切合宾主身份,又抒发了知音难得和依依惜别的情思。不但无堆垛之病,且能翻出新意。又,曲中妙用谐合手法,"行云"一例已见前述,另如"点点星多",星与心谐音,表达了诗人的依依不舍之怀。"行云"是语意双关;"星"则用谐音之法,同是谐合,灵活变化。诗人用来叙事写景,融为一体,浑然无迹。周德清散曲技巧极高,由此可见一斑。至于结尾拓开一步,融情入景,则有一唱三叹、余音绕梁之妙。

(吴战垒　吴　蓓)

〔双调〕折桂令

周德清

倚蓬窗无语嗟呀,七件儿全无,做甚么人家? 柴似灵芝,油如甘露,米若丹砂。酱瓮儿才馨撒,盐瓶儿又告消乏。茶也无多,醋也无多,七件事尚且艰难,怎生教我折柳攀花!

这首小令感叹贫困的生活境遇。"倚蓬窗无语嗟呀",蓬窗,犹言蓬户、蓬门,谓编蓬草为门窗,形容贫寒之家。倚窗无语,却只是发出一声声的叹息,正写出愁肠百结,无以自解的情态。"七件儿全无,做甚么人家?""七件儿",指柴、米、油、盐、酱、醋、茶,宋元时称为"开门七件事"。宋吴自牧《梦粱录》卷十六:"盖人家每日不可缺者,柴、米、油、盐、酱、醋、茶。""七件儿全无",何以度日?"做甚么人家?"问得悲切,问得激愤。接着,诗人就"七件儿全无"作具体申述。

"柴似灵芝,油如甘露,米若丹砂",柴、米、油贵得吓人,简直如灵芝、甘露、丹砂,迭下三喻,夸张而又贴切。日常普通之物却成为最稀有贵重之品,只有度日维艰的人才会深切地感受到这种"米珠薪桂"意味着什么。"酱瓮儿才馨撒,盐瓶儿又告消乏",馨撒、消乏,都是用尽的意思。"才"、"又"二字紧相承接,语气迫促,困窘之状显豁。"茶也无多,醋也无多",两句用重复句式,加强了艰难迭现的沉重感。"七件事尚且艰难,怎生教我折柳攀花!""折柳攀花",本指青楼采笑,后人常以此指称放浪形骸,无拘无束的生活。现在连肚子也填不饱,还怎么去逍遥放诞呢?

作者即使不富裕,家境恐怕也未必穷到"七件儿全无"的地步。因而不必把这首小令看作作者的自述,而应把它看成是对当时社会景况的一种反映。作者采用了夸张手法,来表现当时下层士人的生活艰难。元代,读书人的社会地位很低,有所谓"九儒十丐"之说。士人尚且窘迫到"七件儿全无"的地步,则下层人民之困苦则更为深重了。在元人散曲中,以这样的角度,这样切实的问题来反映社会经济之衰败,人民生活之窘困,实是凤毛麟角,颇不多见。

这首小令直白如话,铺排"七件儿全无"错落有致,富于变化,最后"怎生叫我折柳攀花",结语奇特,把感情推向浪峰,声声嗟叹,忽地哽住,其悲慨愤懑更显得郁勃而难以平息。

（吴战垒　吴　蓓）

【作者小传】

班惟志
字彦功,号恕斋,大梁(今河南开封)人,一说松江(今属上海)人。工文词,善篆书。历任集贤待制,浙江儒学提举等职。所作散曲今存套数一套。

【一枝花】

〔南吕〕一　枝　花

班惟志

秋　夜　闻　筝

透疏帘风摇杨柳阴,泻长空月转梧桐影,冷雕盘香销金兽^①火,咽铜龙漏滴玉壶^②冰。何处银筝? 声嘹呖云霄应,逐轻风过短棂。耳才闻天上仙韶,身疑在人间胜境。

〔梁州〕恰便似溅石窟寒泉乱涌,集瑶台鸾凤和鸣,走金盘乱撒骊珠迸。嘶风骏偃,潜沼鱼惊,天边雁落,树梢云停。早则是字样分明,更那堪音律关情? 凄凉比汉昭君^③塞上琵琶,清韵如王子乔^④风前玉笙,悠扬似张君瑞^⑤月下琴声。再听,愈惊,叮咛一曲《阳关令》^⑥。感离愁,动别兴。万事萦怀百样增,一洗尘清。

〔尾〕他那里轻笼纤指冰弦应,俺这里谩写花笺锦字迎,越感起文园^⑦少年病。是谁家玉卿? 只恁般可憎! 唤的人一枕蝴蝶梦儿醒。

班惟志的散曲作品,今仅存这套《秋夜闻筝》,如雪泥鸿爪,颇能从中看出其艺术想象力之丰富,文笔之光彩。这套散套由三支曲组成,围绕着"秋夜闻筝"的题目展开描绘,把读者带进了一个极为优美的音乐世界。

〔一枝花〕先描绘了秋夜的环境:"透疏帘风摇杨柳阴,泻长空月转梧桐影,冷雕盘香销金兽火,咽铜龙漏滴玉壶冰。"室外风摇月转,室内香销漏滴,表明了时间的渐移,夜的深沉。景物是清丽的,气氛是静谧的,四句勾勒出了一幅空灵清雅的秋夜图。"何处银筝?"突如其来,却又不落实来自何处。其实也不必落实,"声嘹呖云霄应,逐轻风过短棂",筝声似乎在空中荡漾,似乎又缭绕于窗棂之间,若远若近,虚无缥缈,在万籁俱寂的秋夜,最能使人发无限遐想。于是,特殊环境中的独特感受便产生了:"耳才闻天上仙韶,身疑在人间胜境。"在恍惚依稀之中,闻筝人好像也飘飘欲仙起来。

〔梁州〕一曲是对筝声的正面描绘,尽情铺染,是套曲重点部分。先写筝声的听觉形象,以泉水溅石、鸾凤和鸣、珠落金盘为比喻,分别摹状筝声时而激荡、时而和雅、时而清脆的种种变化。然后又以出于想象的视觉形象,来渲染筝声的动听效果:骏马为之驻足,潜鱼为之停游,雁落平沙,云留树梢……世间万物似乎都被筝声所感染了。这是从侧面来表现筝声的美妙。下面由声而入情:"早则是字样分明,更那堪音律关情?"情是虚的,很难直接表现,作者便采用以实见虚的手法,让读者从"昭君出塞"、"王子吹笙"、"张生抚琴"这些常见的音乐典故中去体味筝声的"凄凉"、"清韵"和"悠扬"。尤其是筝声奏出的《阳关》一曲,更使作者闻之心惊。"劝君更尽一杯酒,西出阳关无故人"的苍凉旋律,曾令多少远游客、别离人临歧涕泣!"感离愁,动别兴,万事萦怀百样增",看来,作者也是一个羁旅之人,筝声也触动了他的一腔愁怀,万端情思,而不免产生了强烈的共鸣。

〔尾〕一曲则由情而及人,写从筝声引起的对弄筝人的悬揣思念。作者设想弹筝的是个多情女子,于是想入非非,欲待鱼雁传书,青鸟探路,但又难以相通,于是又设想自己是那个风流才子司马相如。司马相如遇到卓文君,以琴声挑之,一曲《凤求凰》,竟使卓文君弃家私奔,与相如结为百年之好。优美

【枝花】

的传说,给本来已颇优美的筝声注入了丰富的情感内涵,当然也使读者对这位未能睹面一窥丰采的弹筝女子产生出各种各样的想象。不过想象难成现实,故爱极而生恨语:"是谁家玉卿?只恁般可憎!""可憎"即可爱。"唤的人一枕蝴蝶梦儿醒",用的是庄周梦蝶的典故,又与上面"感离愁,动别兴"遥应。唐崔涂有诗云:"蝴蝶梦中家万里"(《春夕》),这里似乎也隐隐透出了作者的身世感慨吧?

散曲中描绘音乐之作似并不多见。这一散套充分发挥散曲善敷的特长,从各个侧面描绘了筝声,并出以想象之笔,由筝声来写人,写人的情感,可说达到了虚实相生、声情并茂的艺术境界。从全曲的风格来看,曲词典丽工致,表现细腻有韵,大量运用对偶句法,属于元后期散曲端谨清丽的一路。唯最后的〔尾〕一曲,摹写人物口吻,饶有情趣,又较接近元前期曲家的本色语言风格。

(方智范)

〔注〕 ① 金兽:指兽形香炉。 ② 玉壶:即玉制的漏壶,古代计时器。 ③ 汉昭君:西汉王嫱,字昭君,元帝时被选入宫,因胡汉和亲,远嫁匈奴。 ④ 王子乔:传说为春秋时周灵王太子,名晋,好吹笙,作凤凰鸣。 ⑤ 张君瑞:元王实甫《西厢记》主人公。 ⑥《阳关令》:即王维《送元二使安西》诗,后编入乐府,广为传唱,又称《阳关三叠》。 ⑦ 文园:司马相如曾拜为孝文园令。

【作者小传】

朱凯

字士凯。曾任江浙行省官吏。与钟嗣成友善。所作杂剧今知有《昊天塔》、《黄鹤楼》二种,均存。据《录鬼簿》,曾与王晔合制小令《题双渐小卿问答》,今存。

昊天塔孟良盗骨

朱 凯

第 四 折

〔双调·新水令〕归来馀醉未曾醒,但触着我这秃爷爷没些干净。那哭的莫不是山中老树怪,潭底毒龙精,敢便待显圣通灵? 只俺个道高的鬼神敬。

〔驻马听〕那里每噎噎哽哽,搅乱俺这无是无非窗下僧。越哭的孤孤另另,莫不是着枪着箭的败残兵? 我靠三门倚定壁儿听,耸双肩手抵着牙儿定。似这等沸腾腾,可甚么绿阴满地禅房静。

〔步步娇〕只你个负屈含冤的也合通名姓,莫不是远探你那爹娘的病? 莫不是你犯下些违条罪不轻? 莫不是打担推车撞着贼兵? 我连问道你两三声,怎没半句儿将咱来答应。

〔雁儿落〕俺这里便骂了人也谁敢应;俺这里便打了人也无争竞;俺这里便劫了人也没罪名;俺这里便杀了人也不偿命。

〔水仙子〕现如今火烧人肉喷鼻腥,俺几曾道为惜飞蛾纱罩灯。若不杀生啊有什么轮回证,这便是咱念阿弥超度的经。对客官细说分明: 我也曾杀的番军怕,几曾有个信士①请?

直到中年才落发为僧。

（杨景云）兀那和尚，我也不瞒你，我是大宋国的人。（正末云）客官，你既是大宋国人，曾认得那一家人家么？（杨景云）是谁家？（正末云）他家里有个使金刀的。（唱）

〔雁儿落〕他叫做杨令公手段能，他有那七个孩儿都也心肠硬。他母亲是佘太君，敕赐的清风楼无邪佞。

〔得胜令〕呀，他兄弟每多死少波生。只我在这五台呵又为僧。有杨六使在三关上，和俺一爷娘亲弟兄。（杨景云）哥哥，你今日怎就不认得我杨景也。（正末做认科）（唱）休惊，这会合真侥幸。（云）兄弟，闻的你镇守瓦桥关上，怎到得这里？（杨景云）哥哥，你兄弟到幽州昊天寺，取俺父亲的骨殖来了也。（正末做悲科）（唱）伤也么情，枉把这幽魂陷虏城。

朱凯的《昊天塔》（《元曲选》本不题撰人，《录鬼簿续编》题朱凯作）所演为北宋杨家将的故事。剧中杨氏父子史载实有其人。杨景之父杨业，本为北汉将领，后归宋，因军功屡迁至云州观察使。雍熙三年（986），杨业率兵与契丹军战于朔州（今山西朔县）陈家谷，兵败被俘，坚贞不屈，绝食三日而死，年约六十多岁（见《宋史》本传、《续资治通鉴》、《东都纪事》等）。死后宋王朝累赠至太师、中书令，所以后来人们称之为杨令公。杨业有七子，第六子原名延朗，后因避宋圣祖讳改名延昭（元杂剧中均称杨景），有战功。《宋史》本传载："契丹惧之，目为杨六郎。"卒于大中祥符七年（1014）。杨家父子为一代之名将，在抗击契丹战争中立有赫赫之功，所以，杨家父子的故事在北宋时即已广为流传。杨家将故事成了民间文学的一大题材。明清小说述杨家将故事的更屡见巨篇（秦淮墨客《杨家府世代忠义通俗演义》，熊大木《北宋志传》、《天门阵演义十二寡妇征西》等等）。戏曲一脉，元杂剧今知三本，除《昊天塔》，尚有《谢金吾诈拆清风府》、《杨六郎私下三关》（曹本《录鬼簿》题王仲元作；今佚）；明杂剧有《八大王开诏救功臣》、《杨六郎调兵天门阵》、《焦光赞活捉萧天佑》等；明传奇有《三关记》（日本《舶载书目》题"《杨氏三关记》，上、下二卷"，今佚）、《祥麟记》（佚）。清代，宫廷内府升平署编"大戏"《昭代箫韶》，共十本二百四十出，规模宏大，是戏曲中最为详尽的杨家将故事（其中"孟良盗骨"情节当即取之《昊天塔》）。直到晚清后，许多戏曲剧种中尚有《托兆碰碑》、《穆柯寨》、《辕门斩子》、《四郎探母》、《五台会兄》等剧或折子戏演出。《五台会兄》即《昊天塔》第四折，昆曲有全用元杂剧原曲辞而唱者，使《昊天塔》成为元杂剧中至今仍有舞台生命的少数几个剧本之一。我们选析的是第四折杨氏兄弟相会一场戏中五郎（杨氏和尚）所唱的七支曲子（在《元曲选》本中，这几支曲子间有不少科白，这里只保留了曲辞间有紧密联系的少量说白）。

在《昊天塔》前三折中，杨五郎在故事情节中尚未出现，其主要说的是杨业兵败而死，番兵将他的骨殖放在昊天寺塔尖上射箭戏辱，六郎与孟良从三关前往盗骨。得手以后，番将韩延寿率兵追来，六郎令孟良暂挡追兵，只身负骨殖逃往三关。到第四折，才演杨六郎途中经五台山，遇到已削发为僧的杨五郎，二人已不相识，经五郎道其身世后，兄弟相认。五郎把韩延寿诱入寺中杀死，替父报了冤仇。就全剧而言，杨五郎并非主要人物，但在第四折中，五郎由正末扮演主唱，可谓是这一折的主角。而兄弟相会在本折中又是一场重头戏（全折十一曲，这一场唱七曲），使得五郎形象在这一场中表现得十分充分；由于这一场，第四折在全剧中显得最为出色，而杨五郎也成了全剧中最生动、饱满而极有意味的形象。

杨五郎一出场，唱〔新水令〕一曲，其"亮相"便是一个蛮强刚暴的"秃爷爷"。出家人本有五戒："所谓不杀、不盗、不邪婬（淫）、不妄（指不妄语）、不饮酒"（《大乘义章》卷十二），但这位"秃爷爷""馀醉未曾醒"，喝得醺醺然；出家人要心入空寂，与世无争，但这位和尚却"触着我没些干净"，连老树怪、毒龙精在他面前也不敢妄逞通灵，鬼神都要敬重他十分。这真是一个出格的"怪和尚"，不拘戒律，无法无天，一触即怒，谁也碰不得。

但现在偏偏有哭声搅扰了"秃爷爷"。〔驻马听〕一曲首二句"那里每噎噎哽哽，搅乱俺这无是无非窗下僧"，一下子便将悬念引出：这样一个既怪且蛮的"秃爷爷"将如何行动？同时，第四折突然冒出一个前剧全无交待的和尚，在这一折中显然又是个主角，观众凭直觉便可意识到：下面有"戏"！这样，本折开场不久就搭箭弦上，引起人们浓厚的"看戏"欲望。但作者却别出心裁地处理这场戏，他把观众脑中盘旋的故事线索——六郎只身在逃、追兵在后、突然又碰上这么个怪和尚，暂时"悬挂"起来，不去急于展开观众希望的和尚与六郎的"动作冲突"，却把"戏"在"秃爷爷"的心理深处展开。"越哭的孤孤另另"——前写和尚听到哭声"噎噎哽哽"，主要还是和尚的听觉感受，感情色彩较淡。但这里的"孤孤另另"却已有明显的感情色彩，透露出"秃爷爷"心理的微妙变化，作者用一线暗穿针眼，和尚心中的关切、同情已隐隐其间。"秃爷爷"形象陡起一转，大出人们的意料之外：不刚不暴，不乏柔情。紧接着便是和尚心里的第一个疑问："莫不是着枪着箭的败残兵？"和尚首先想到是"兵"，看来这位出家人对兵有一种特殊的感情。作者在这里巧垫一笔，为以后说破和尚以前的身份作一化实为虚的伏笔。接着便是两个极形象的动作描绘："我靠三门倚定壁儿听，耸双肩手抵着牙儿定。"作者现在描绘的和尚与开场出现的"秃爷爷"形象实在已相去甚远，如此"静"的动作哪里还像一个"但触着我没些干净"的"秃爷爷"？然而，外静内动，和尚的内心里却仍有"秃爷爷"的精神跳动："似这等沸腾腾，可甚么绿阴满地禅房静"——确实是"触着没些干净"，和尚的内心世界里已是浪花迭迭，而非空门之人的死水无波。〔步步娇〕便循此意向，将"秃爷爷"的内在形象进一步深化。一连串的发问，猜测不一，但围绕的中心却很明确："秃爷爷"认定眼前哭者遭遇了人间不幸，或是一位被强权、邪恶逼迫、欺负的弱者，语气间饱含同情。〔雁儿落〕紧接着鼓励哭者大胆诉其冤屈,不要顾忌那"违条罪",不要担心"撞着贼兵"。言外之意,这里是一个"人间之外"的蔑视人间王法的地方,是一个抗争人间不平的战地。令人深味的是,佛门圣地在这里哪儿还有一点"净土"的痕迹?"秃爷爷"哪里还有一点"六根清净"的和尚影子?佛门第一戒("戒杀")抛弃得一干二净,只有强烈的抗争、报仇、雪恨的情绪在跃动。这里,作者无意于亵渎、嘲弄佛门,他只是借用不受"俗法"所拘的"自由"佛地,把它幻化为向现实人间污秽大杀过去的"理想世界"而已。紧接着的〔水仙子〕一曲对此揭示得再清楚不过:"现如今火烧人肉喷鼻腥,俺几曾道为惜飞蛾纱罩灯?"人在火中煎熬,这就是残酷的现实人间图景。正因如此,"秃爷爷"不持佛门"爱生"之旨:何必用碧纱罩灯,让"飞蛾"也尝尝火烧皮肉的滋味而绝不留其生路。"若不杀生啊有什么轮回证,这便是咱念阿弥超度的经",以"佛语"视之,可谓荒唐到极点,而其蔑视、抨击"唾面"人生哲学却何等痛快淋漓!其间炽热的复仇精神,强烈的毁灭现实的魄力如灼人心。在本场戏中,特定的故事背景(盗骨、番兵追杀)已被"淡化"而仅成作者体现这种抗争、复仇精神的引子,特定的人物身份也已被"变形"——六郎本是个有勇有略的大将,何能是个哭哭啼啼的弱男子?勇莽的"秃爷爷"又何能如此耐心而情感细腻?"戏"在这里已超越了一个和尚和一个将军(也是一对互不相识的弟兄)的"相会",而是一个弱者,一个受欺负、受迫害、遭受人间不幸的人与一个正直、侠义、刚勇之人的"相会",是"危难"与解脱危难的戏剧冲突,具体的故事和人物本身已成一种载体,其中生发的人间某种广泛的精神情感才是它的真正意味和表现的本体。故事本身并不具有特别精彩的吸引人处,倒是曲辞——一种戏剧化的抒情诗所体现的强烈、彻底的复仇精神和对不幸者深切的同情更能叩动人们的心弦,元杂剧(乃至中国古代戏曲)为何以曲辞为精华,于此亦可得到某种启示。

〔水仙子〕最后四句是这场戏由故事出发,经过数曲唱辞不断将内在精神升华后又向故事的回归。"我也曾杀的番军怕，几曾有个信士请？直到中年才落发为僧。"三句中自然不无元文人一有机会就要发泄的怀才不遇的感慨，但重心却已开始向"兄弟相会"转移了，由此自然引出了下面说白和唱辞中五郎自述身世，兄弟相认的情节。老实说，从"故事"的角度看，这样的兄弟相认并无开场时观众所期待的戏剧冲突，显得淡而无味，但观众已被前面数曲内涵的精神情感强烈地激动和感染，被别具一格的"秃爷爷"内在形象所吸引，戏的"兴奋点"已无须再由情节的传奇性、复杂性所牵动了。作者干净利落地使兄弟相会，恰符合观众在欣赏中需要的起伏节奏。〔水仙子〕最末一句"伤也么情，枉把这幽魂陷房城"，凄绝悲怆，摇动人心，使"秃爷爷"活生生的世俗人间气息更加浓厚，为下面一场五郎的复仇之举蓄势，紧接兄弟相会一场后，本折中的五郎动作就是一个复仇形象的故事化、具体化。全折由精神情感的高点转向了具体故事的情节性高潮：五郎机智地将番将杀死，报了杀父之仇，而全剧的复仇主题也最终完整地凸现。就戏剧效果而言，"兄弟相会"和"严惩番将"两场戏正互相补充调剂，观众在五郎与韩延寿热热闹闹的开打中得到了不同于前戏中情感震撼的艺术享受，立体化的戏曲也就完成了让观众得到立体化享受的使命。此后"严惩番将"一场中的四支曲子，因为这一场的精华主要不在唱曲，而是在动作，所以鉴赏它的最好途径便是置身于剧场之中了。

《昊天塔》在艺术风格上可谓"当行本色"，第四折"五台会兄"一场体现得尤为出色。所谓"当行本色"，绝非单单语言的通俗、直白所能涵盖。它首先应当具有可表演性。戏曲中的曲辞虽然在根本上应当看作是抒情诗，但它毕竟是戏剧的。"五台会兄"一场的七支曲子，有陈述（如〔新水令〕）、有动作（如〔驻马听〕），而〔步步娇〕等几曲则是"对话"，这样，七曲便是一种"行为"的过程，和静态的纯抒情诗大不相同，它是动态的，与"相会"的戏剧情节紧紧相扣，如果和抒情性极强的戏曲（如马致远《汉宫秋》第四折）相比，这一点尤其突出。但作者又并非仅仅满足于曲辞的叙述性,而是在叙述性中巧妙地揭示了剧中人的情感、心理,外在行为的最终指向是五郎的内心世界。这样,作者就把抒情性和戏剧性有机地结合在一起,显示了古代戏曲"诗化的戏剧"和"戏剧化的诗"的独特审美特征。

戏曲的"当行"要求还应当包括形象的鲜明性。"五台会兄"一场戏塑造的杨五郎形象是别具一格的。作者将五郎的身份(和尚)和他的行为、感情、心理形成一种强烈的对比和否定,人们习惯看法中的和尚(一空是非,一尘不染)就成为一种潜在的戏中"这一个"和尚的反衬,从而使"秃爷爷"显得更加凸出和饶有趣味。在古代小说戏曲中,这种"背逆"式的和尚形象常常逗人喜爱(如诸宫调《西厢记》中的惠明,评话、戏曲中的鲁智深等),艺术上的原因就在于他一方面是个"和尚",所以作者可运用夸张的手法塑造形象的不同凡俗,但却不易给人以荒诞之感;另一方面,又正因他是一个和尚,作者描写他具有的那种和尚"不该有"的世俗精神和情感便显得更加引人注目。杨五郎"秃爷爷"性格的肆无忌惮令人大为快意,而其充满了关切、同情的世俗化"菩萨心肠"又令人深为感动,除了内涵的精神闪光外,这种相得益彰的"背反"式形象塑造方法亦是成功地取得艺术效果的重要原因。

《昊天塔》曲辞用语明白如话,毫无刻意修饰之痕,但又不乏神采机趣。如〔水仙子〕中"若不杀生啊有什么轮回证,这便是咱念阿弥超度的经"二句,"轮回"、"阿弥"、"超度的经",都是佛家语。"轮回"本是古印度婆罗门教的教义,谓人生死循环不已,而贵贱则永不变更,后来则成佛教谓人灵魂不灭,生死循环的常用语,但在本曲中,它却成了应当杀生的根据;阿弥,是"阿弥陀佛"的省语;超度的经,佛门之徒为死者诵经拜忏,说是可以救度亡灵,超脱苦难。这些都是民间极流行的"佛语",作者取之入曲,既符合五郎其时的身份,又传神地活画出"秃爷爷"的杀性,复仇情感表现得相当强烈,观众又一听就懂,甚得曲之本色语

【醉太平】

言的真谛和佻达的机趣。再如第一首〔雁儿落〕,全曲用四句俳对,格式上又用曲之特有的重句体(指句式相同),重复使用"俺这里"为句首语,诗词不容,曲则可有意为之而增其趣;用对仗而极似口语,充分表现了和尚宽哭者之心的殷切之怀,"秃爷爷"的刚勇性格又暗涵其中,语面虽平,语意则深,语言的直陈功能和意指功能得到极大的发挥,堪称戏曲中本色语的上乘。这恐怕也是"五台会兄"一场戏至今仍有舞台生命的原因之一。

(李昌集)

〔注〕　① 信士:本指守信用之人。五郎自云抗番有功,但不为见用,故曰"几曾有个信士请",句意指当局背信弃义。

【作者小传】

钟嗣成

字继先,号丑斋,大梁(今河南开封)人。久居杭州。屡试不中。顺帝时编著《录鬼簿》二卷,有至顺元年(1330)自序,载元代杂剧、散曲作家小传和作品名目。所作杂剧今知有《章台柳》、《钱神论》、《蟠桃会》等七种,皆不传。所作散曲今存小令五十九首,套数一套。

〔正宫〕 醉 太 平

钟嗣成

绕前街后街,进大院深宅。怕有那慈悲好善小裙钗,请乞儿一顿饱斋,与乞儿绣副合欢带,与乞儿换副新铺盖,将乞儿携手上阳台①。救贫咱波奶奶!

【醉太平】

俺是悲田院②下司，俺是刘九儿③宗枝。郑元和当日拜为师，传留下莲花落④稿子。搊竹杖绕遍莺花市⑤，提灰笔写遍鸳鸯字，打爻槌⑥唱会鹧鸪词。穷不了俺风流敬思。

风流贫最好，村沙富难交。拾灰泥补砌了旧砖窑，开一个教乞儿市学。裹一顶半新不旧乌纱帽，穿一领半长不短黄麻罩，系一条半联不断皂环绦，做一个穷风月训导⑦。

元代社会贫富悬殊，是一个突出的社会问题。文人学士仕进无门，无钱无势，至有"九儒十丐"的笑谈之讥。对这种不合理的现实，散曲作家往往感同身受，他们由同情而愤慨，而一旦形诸歌咏，却又化庄为谐，使人在苦笑中有所领悟。钟嗣成这三首〔正宫·醉太平〕，就是这样的作品。作者用代言之体，模仿乞儿口吻，实际上是乞儿的自述。用第一人称来写，诉说更见亲切，口气愈加逼真，读来使人忍俊不禁。

有趣的是，作者主要笔墨并不花在写乞儿的贫困之状，而着重表现了乞儿的风流和才情。这在同类题材的元曲中显得分外别致。第一首，写此乞儿在走街穿巷乞食之时，居然异想天开，盼望有哪家的"小裙钗"给他合欢带、新铺盖，能与之同宿共寝，以圆佳梦。对乞儿，人们头脑中总会浮现这样的形象：衣衫褴褛，形容憔悴，铺盖破旧；但作者不将这样的形象加以描绘。当然，读者对此是完全会想象得出的，而我们头脑中的乞儿形象，必会与作者实写的这个风流形象形成一种有趣的对照。此曲结尾写乞儿哀告："救贫咱波奶奶！"这里的"救贫"二字，实在有双关的含义，我们从中可以尝到散曲特有的"蛤蜊"味。第二首仍写乞儿的风流，但变换了角度，转向乞儿自夸才情。这个乞儿有才有艺，他混

【醉太平】

迹于青楼，辗转于市肆，会打莲花落、三棒鼓，会写鸳鸯字，会唱鹧鸪词。作者写道："郑元和当日拜为师"，这郑元和，是石君宝杂剧《曲江池》中的人物，也即唐代白行简《李娃传》中的郑生，是个风流书生，后沦落为乞丐。作者要指出的是：乞儿虽穷，却透出一身的风流潇洒（"穷不了俺风流敬思"）。在那个社会里，有才有艺却只能用于乞讨，这多么不公平！作者虽不明说，结论其实已包蕴其中。第三首，曲意又深入一层。开头两句："风流贫最好，村沙富难交"，是全篇点睛之笔。作者将"风流贫"与"村沙富"（庸俗无知的富贵者）对举，褒贬爱憎，判然分明，使我们看到了此曲谐中寓庄的一面。社会上的人嫌贫爱富，这个乞儿却有自己的价值判断：贫而风流值得称许，富而粗俗则讨人嫌恶。于是他以做一个"穷风月训导"自许，"开一个教乞儿市学"。请看这位教书先生的打扮："裹一顶半新不旧乌纱帽，穿一领半长不短黄麻罩，系一条半联不断皂环绦"，这个形象虽然穷酸，穷酸中却显出自尊；这个形象不免有点滑稽，滑稽中又透着可爱。

　　以乞儿的风流为内容，是否把肉麻当成了有趣？乞儿也是人，有人的多种多样的追求。书生出身的乞儿，更有人的自尊。更何况，作者的本意是在诙嘲调笑，而调笑的对象是那些有钱的蠢材，是那个产生有钱的蠢材的不合理社会。作者是由愤世而讽世，这才是正确的结论。因此，在尚俗、尚博杂的元代散曲中才会出现乞儿自述风流的内容，而这种世俗的生活画面，在庄雅的诗词中是绝难见到的。同时，更值得深味的是：作者笔下的"乞儿"并非是现实中的具体形象，其中实寓文人以自嘲口吻而出之的"自况"，其所云"风流"种种，乃是元代任诞恣性、白眼世俗的文人特有的玩世不恭和对抗现实的方式，从关汉卿中，我们就已看到了元代文人这种特有的自诩形象。而此曲不惮以最为人鄙视的乞儿自况，不惜以重墨丽彩而铺绘之，以传统文学观念视之，则不免"俗"到极点，但惟其如此，它才成为古代文人文学中绝无仅有而

〔原文〕

大放异彩的作品。

（方智范）

〔注〕　① 阳台：称男女合欢之所。宋玉《高唐赋》："旦为朝云，暮为行雨，朝朝暮暮，阳台之下。"　② 悲田院：乞丐收容所。　③ 刘九儿：元杂剧中乞丐的共名。　④ 莲花落：乞丐行乞时常唱的俗曲。　⑤ 莺花市：指妓女集中的地方。　⑥ 打叉槌：一种乞丐玩的技艺，也叫二棒鼓。　⑦ 穷风月：惠即劣风流。训导：旧时的学官名。

〔双调〕凌 波 仙

钟嗣成

吊沈和甫

五言常写和陶诗，一曲能传冠柳词，半生书法欺颜字。占风流独我师，是梨园南北分司。当时事，仔细思，细思量不是当时。

这首小令见于钟嗣成所著《录鬼簿》。据钟嗣成记载沈和甫其人事略："沈和，字和甫，杭州人。能词翰，善谈谑。天性风流，兼明音律，以南北调合腔，自和甫始。如《潇湘八景》、《欢喜冤家》等曲，极为工巧。后居江州，近年方卒。江西称为蛮子关汉卿者是也。"《录鬼簿》又告诉我们："方今已亡名公才人，余相知者，为之作传，以〔凌波曲〕吊之。"从这些交代，可知沈和甫是距钟嗣成《录鬼簿》成书（1330）之前刚谢世不久的名公才人；他是钟嗣成的知心好友；钟、沈二人的才情、秉性极为相似。因此，在这首小令中，钟嗣成以如此崇敬、亲切和惋惜的态度来凭吊沈和甫，就并不奇怪了。

小令的前三句赞扬沈和甫多方面的才能："五言常写和陶诗，一曲能传冠柳词，半生书法欺颜字。"沈和甫诗词、书法俱工，而且敢于师从古代第一流大家。陶渊明诗格调高古，柳耆卿词风流俊逸，颜真卿字雍容大度，皆为沈所取法，则其才情之超迈卓绝可知。不唯如此，若透过一层看，沈和甫常写和陶诗，是否还包含着他对一代隐逸诗人的景慕之情？他能传冠柳词，是否也暗示着作为风流才人的身份、志趣和个性？读者自可从言外思而得之。沈和甫的主要成就还是在戏曲方面："占风流独我师，是梨园南北分司。"这里的"风流"，可作多重理解。混迹青楼，结交优伶，固属风流韵事；献艺梨园，才情横溢，豪放不羁，更是风流的首义。唐玄宗曾选乐工三百人，宫女数百人，于梨园中教授乐曲，后世因称戏班为梨园。沈和甫能作南北曲合腔，精通音律，词翰工巧，不愧为演剧班头、梨园领袖，被时人雅称为"蛮子关汉卿"，难怪同样嗜好戏曲的钟嗣成要欣然尊之为师了。

对沈和甫的才能备加赞颂，只是凭吊的前提。正因为崇敬他，才会为他的逝去而哀伤。在一首小曲里，如何来表达凭吊之意、哀伤之情？如像散文那样历述往事、反复哀诉，不免直露；如像诗词那样借景言情、曲折致意，又似离开了元曲的本色格调。钟嗣成写道："当时事，仔细思，细思量不是当时。"这里没有痛呼哀号，也没有长歌当哭，只有极平淡、极朴素的一种感受。由于生死的暌隔，岁月的流逝，前尘影事恍惚如在目前却又显得飘忽朦胧，这种追忆死者的心理感受，是写得十分真切的。值得一提的是，作者有意运用了往复颠倒的句式来表达这种心理感受。据天一阁旧藏明写本《录鬼簿》，这几句作"当时事，仔细思量，不是当时"。读起来总觉得减弱了哀悼的韵味，所以此文采用了曹楝亭刊本的文字。若反复吟哦，会觉得这几句语淡而有深情，令人愀然欲泪。

（方智范）

〔双调〕凌 波 仙

钟嗣成

吊乔梦符

平生湖海少知音,几曲宫商大用心,百年光景还争甚? 空赢得雪鬓侵,跨仙禽路绕云深。欲挂坟前剑①,重听膝上琴②,漫携琴载酒相寻。

钟嗣成在《录鬼簿》(卷下)中,于每位已故同辈传记后作有〔凌波仙〕吊词。《吊乔梦符》是其中的一首。乔梦符即乔吉,梦符为其字。作者在此曲中写出了乔梦符一生漂泊不遇的遭遇,寄托了作者的无限同情;同时寄托了作者的意趣志向。

据史料记载,钟嗣成与乔梦符两人的生平和经历颇多相似之处。均流寓杭州,并有德行,兼善词章,同时又都是志不得伸的一介布衣。

吊词首三句言乔有横溢之才,可惜"少知音",不为世用,因此只能将其高才绝学用于撰写杂剧和散曲上。乔的散曲有辉煌成就,所著《题西湖梧叶儿百篇》,名公为之序;明初朱权谓其曲:"如神鳌鼓浪,若天吴跨神鳌,嗅沫于大洋,波涛汹涌,截断众流之势。"(《太和正音谱》)乔还根据自己长期艺术实践,总结出作曲六字诀:凤头、猪肚、豹尾。所以钟嗣成称其"大用心"于宫商。第四句叙乔氏生不逢时,潦倒一世。乔吉在其散曲中曾自云:"不占龙头选,不入名贤传。时时酒圣,处处诗禅;烟霞状元,江湖醉仙。笑谈便是编修院,留连,批风抹

【凌波仙】

月四十年。"(〔绿幺遍〕《自述》)因不能在政治上有所作为,故他寄情诗酒,与世无争,终在潦倒中度过一生。第五句写乔吉的洒脱放诞的江湖生涯。仙禽,即鹤的雅称,相传仙人多骑鹤,故名之。钟氏以"跨仙禽"喻乔吉寄情山川,不复涉足人间宠辱的志趣。乔吉〔玉交枝〕《闲适二曲》:"山间林下,有草舍蓬窗幽雅,苍松翠竹堪图画。近烟村三四家,飘飘好梦随落花,纷纷世味如嚼蜡。一任他苍头皓发,莫徒劳心猿意马。自种瓜,白采茶,炉内炼丹砂。看一卷道德经,讲一会渔樵话。闭上槿树篱,醉卧在葫芦架,尽清闲自在煞。"可作为"跨仙禽"句的注脚。第六七句用了两个典故,表示作者对亡友的哀思。"欲挂坟前剑",指春秋时季札赠剑亡友徐君,挂剑其坟上的故事,说明钟氏对乔氏的感情生死不变。"重听膝上琴",用王徽之、献之兄弟情深意笃的轶事,衬托他与乔吉之间的友谊。他想重听乔氏的琴声,以慰藉自己的情思,然而人琴俱亡,何处寻觅呢?钟氏在最后一句曲词中表达了这种惆怅心情。他携着亡友生前弹奏过的琴,载着他生前喜饮的酒,寻找亡友的琴声人语,同时也暗示了作者自己的情趣志向与他一样,所走的也是乔吉一样的人生道路。

此曲写出了作者对亡友的真挚之情;曲词无不表达了作者对乔氏的钦佩和敬仰。两个典故用得自然、贴切,不仅使读者深感作者对亡友的思念,同时使散曲的悲哀情思也更为深沉。作者对乔梦符生世的同情、感慨,也曲折反映了他对现实的不满,因此,在曲文中读者也可看到钟氏的影子。

(朱建明)

〔注〕 ① 欲挂坟前剑:《史记·吴太伯世家》:"季札之初使,北遇徐君。徐君好季札之剑,口弗敢言。季札心知之,为使上国,未献。还至徐,徐君已死,于是乃解其宝剑,系之徐君冢树而去。"后人用"挂剑"比喻心许亡友,生死不变。 ② 重听膝上琴:南朝宋刘义庆《世说新语·伤逝》载,王子敬(献之)死,其兄子猷(徽之)前去恸吊,径入坐灵床上,取弹子敬所爱之琴,但弦不谐调,因感人琴俱亡,倍加哀伤。

〔南吕〕一 枝 花

钟嗣成

自序丑斋

生居天地间，禀受阴阳气。既为男子身，须入世俗机。所事堪宜，件件可咱家意。子①为评跋上惹是非，折莫②旧友新知，才见了着人笑起。

〔梁州〕子为外貌儿不中抬举，因此内才儿不得便宜。半生未得文章力，空自胸藏锦绣，口唾珠玑。争奈灰容土貌，缺齿重颏，更兼着细眼单眉，人中短髭鬓稀稀。那里取陈平般冠玉精神，何晏般风流面皮？那里取潘安般俊俏容仪？自知，就里，清晨倦把青鸾③对，恨杀爷娘不争气。有一日黄榜④招收丑陋的，准拟夺魁。

〔隔尾〕有时节软乌纱抓札起钻天髻，乾皂靴出落着蔌地衣，向晚乘闲后门立。猛可地笑起，似一个甚的？恰便似现世钟馗唬不杀鬼。

〔牧羊关〕冠不正相知罪，貌不扬怨恨谁，那里也尊瞻视貌重招威！枕上寻思，心头怒起，空长三十岁，暗想九千回，恰便似木上节难镌刨⑤，胎中疾没药医。

〔贺新郎〕世间能走的不能飞，饶你千件千宜，百伶百俐。闲

【一枝花】

中解尽其中意,暗地里自恁解释。倦闲游出塞临池,临池鱼恐坠,出塞雁惊飞,入园林宿鸟应回避。生前难入画,死后不留题!

〔隔尾〕写神的⑥要得丹青意,子怕你巧笔难传造化机。不打草⑦两般儿可同类:法刀鞘依着格式,妆鬼的添上嘴鼻,眼巧何须样子比。

〔哭皇天〕饶你有拿雾艺冲天计,诛龙局段打凤机,近来论世态,世态有高低。有钱的高贵,无钱的低微。那里问风流子弟?折末⑧颜如灌口⑨,貌赛神仙,洞宾出世,宋玉重生,设答了馒的⑩,梦撒了寮丁。他睬你也不见得,枉自论黄数黑,谈是说非。

〔乌夜啼〕一个斩蛟龙秀士⑪为高第,升堂室今古谁及;一个射金钱武士为夫婿,韬略无敌,武艺深知,丑和好自有是和非,文和武便是傍州例⑫。有鉴识,无嗔讳,自花白⑬寸心不昧,若说谎上帝应知。

〔收尾〕常记得半窗夜雨灯初昧,一枕秋风梦未回。见一人,请相会,道咱家,必高贵。既通儒,又通吏,既通疏,更精细。一时间,失商议,既成形,悔不及。子教你,请俸给,子孙多,夫妇宜,货财充,仓廪实,福禄增,寿算齐,我特来,告你知。暂相别,恕请罪。叹息了几声,懊悔了一会。觉来时记得,记得他是谁?原来是不做美当年的捏胎鬼。

在元后期典雅清丽的风气浸染曲苑之时,钟嗣成是较多地保留了前期散曲豪放本色的一位作家。钟嗣成曾经想通过读书明经的道路去取得功名,但命运屡次开他的玩笑,使他终于绝意仕途,杜门谢客,徜徉于艺海曲苑,最后成了一名颇有成就的曲家。他长得大概很不讨人喜欢,故而自号为丑斋。人们都有爱美嫌丑的天性,一个作家居然以丑为号,还居然来"自序丑斋",大做"丑"文章,其中的隐曲当然是颇为耐人寻味的。

全套由九支曲组成,从内容来看可以分为四个部分。

〔一枝花〕可看成是整个套曲的引子。它告诉我们:自己既然生为男子,当然也怀有一般人所有的世俗心理,即希望通过苦读经书,获取功名。这就是"世俗机"的含义。本来凡事遂意,似乎功名唾手可得,谁知"子为评跋上惹是非",弄得一事无成,反倒成为笑柄。我们今天已无法得知钟嗣成在什么事情上评是论非而得罪了有司,但他这个人个性豁达,缺少心机是可以肯定的。这个引子的交代,其实是全曲的正意。可是作者并不沿此思路写下去,因为那样不仅有继续得罪当朝之虞,而且也缺少散曲应有的诙谐颓放的情趣。这套散套的艺术意味,就在它的反言若正,就在它所发出的苦涩的笑。

从〔梁州〕开始,作者穷形极相地刻画自己的丑陋容貌。人总有外貌和内才两方面,论内才,钟嗣成自认为是出众的,"胸藏锦绣,口唾珠玑",但因"外貌儿不中抬举",竟然"半生未得文章力",多年苦读,付诸东流。作者对自己的尊容之丑并不回避,反而在这上面大加发挥。先向读者展露了一帧他的自画像:"争奈灰容土貌,缺齿重颏,更兼着细眼单眉,人中短髭鬓稀稀。"五官的缺点似乎都集中到一起了,确乎丑得可以。自画丑像似还不够,他又列举了古代陈平、何晏、潘安等公认的美男子,来映衬自己的丑;还要自我调侃一番,说虽不能题名金榜,却可夺丑中之魁。作者巧思迭生,在〔隔尾〕一曲中,又从自己的"钟"姓上生发开去,自比为民间传说中其貌奇丑的钟馗。你看,头上梳着高高髻,戴着一

【一枝花】

顶乌纱帽,身上披着曳地的长袍,足蹬一双乾皂靴,活脱脱一个现世钟馗。作者是把自己十足地漫画化了。

但不要把作者浓盐赤酱地渲染他容貌的丑陋,看成是自我糟蹋。作者内心有苦闷,有痛楚,也有怨恨。〔牧羊关〕〔贺新郎〕两支曲,由刻画外貌转向写内心活动。外表美丑的问题,在封建社会决非小事,它和一个人政治上的进退荣辱联系在一起。"君了正其衣冠,尊其瞻视"(《论语·尧曰》),"君子不重则不威"(《论语·学而》),这是孔圣人的遗训。在"尊瞻视貌重招威"的社会里,以貌取人被视为天经地义,"外貌儿"之是否美丑比"内才儿"之是否真伪善恶更重要。而作者却从根本上与这种世俗偏见相对立,这就是他的与生俱来的品性:"恰便似木上节难镑刨,胎中疾没药医";尽管他有时也自慰:"世间能走的不能飞,饶你千件千宜,百伶百俐";但他终于"枕上寻思,心头怒起",他怨恨的矛头指向,不是那被视为天经地义的社会准则、圣人遗训吗!至此,作者不禁发出恨极之语:"生前难入画,死后不留题!"当作者在〔隔尾〕中再次自比钟馗,说"妆鬼的添上嘴鼻,眼巧何须样子比"的时候,他表面上是百般丑化自己,其实内里蕴蓄了多少难言的辛酸、痛楚和激愤!

〔哭皇天〕和〔乌夜啼〕是套曲的第三部分,立意又深一层,由贬损、丑化自我转为抨击、嘲讽时世。作者认识到,以貌取人还只是表面现象,"有钱的高贵,无钱的低微",才是问题的症结所在。即使是貌美风流的子弟,假如没有钱财,照样没人会理睬你,任你争辩也是枉然。这就是当时是非颠倒、黑白混淆的"世态"。作者企图抗争:"丑和好自有是和非,文和武便是傍州例。"古人中文有斩蛟龙秀士(疑为晋人周处),武有射金钱武士(疑即元杨显之《丑驸马射金钱》杂剧中人物),虽丑而均能登堂入室,贵为人杰;自己的命运为什么要与古人不一样?那么,究竟是自己貌丑,还是世态丑恶,答案不是不言自明了吗? 这一段评论世态高低的曲词,的确闪耀着批判现实的思想光彩。

套曲的最后一部分是〔收尾〕,别开新境,忽发奇想,借"捏胎鬼"托梦请罪,把自己大大夸赞了一番,也把自己将来的命运按"捏胎鬼"的愿望重新安排了一番:"子孙多,夫妇宜,货财充,仓廪实,福禄增,寿算齐"。作者是以调侃的语调写出了人家的"美意",但他并无意于这个"三字经"的劝谕,因为他的"丑相"已成定局,所有富贵之梦都是可笑的。从这里可以体会到作者不愿屈从世俗势力的性格,向命运抗争的精神。

读罢全曲,会令人感受到,作者曲中所铺写的容貌的丑陋,已被巧妙地转化、升华为一种人格之美了。这可能恰恰就是作者运用"反言若正"的表现手法所要达到的艺术效果。

(方智范)

〔注〕 ①子:只。 ②折莫:尽管。 ③青鸾:指镜。 ④黄榜:朝廷用黄纸写的告示。 ⑤镑刨:刮削使平。 ⑥写神的:画肖像的画工。 ⑦不打草:不打画稿。 ⑧折末:尽管。 ⑨灌口:指灌口(在今四川灌县)二郎神。 ⑩设答:没得。镘的:钱。下句"梦撒了寮丁"意同。 ⑪秀士:读书人。 ⑫傍州例:榜样。 ⑬花白:讥讽。

〔作者小传〕 **周浩** 生平事迹不详。据其作品推断,当与钟嗣成同时。所作散曲现仅存小令一首。

〔双调〕折桂令

周浩

题《录鬼簿》

想贞元朝士无多,满目江山,日月如梭。上苑繁华,西湖富

【折桂令】 贵,总付高歌。麒麟冢衣冠坎坷,凤凰台人物蹉跎。生待如何,死待如何? 纸上清名,万古难磨。

周浩其人生平不详。他既然为《录鬼簿》题辞,则与钟嗣成为同时人是可以肯定的,约生活在至元、至正年间。所存散曲,仅此一首〔折桂令〕。

《录鬼簿》一书,专为难入正史的元代曲家作传。钟嗣成在该书自序中,公然声言:"酒罂饭囊,或醉或梦,块然泥土者,则其人虽生,与已死之鬼何异?"而赞扬"门第卑微,职位不振,高才博艺"的已亡名公才人为"不死之鬼"。这种不惜"得罪于圣门"的奇谈怪论,表现了钟嗣成将豪门权贵、正统文人学士与梨园曲家相对立的可贵意识。周浩慧眼卓识,深有见于此,他为《录鬼簿》题辞的这首〔折桂令〕,便是对元代曲家反传统精神的一曲赞歌。

首句开端,以一个"想"字提唱,引出缅怀前人的意思。"贞元"是唐德宗年号,贞元年间柳宗元、刘禹锡等一批朝士曾活跃过一时,但不久革新失败,即故交零落。刘禹锡晚年追忆往事,吟出了"休唱当时供奉曲,贞元朝士已无多"(《听旧宫中乐人穆氏唱歌》)的诗句。周浩在这里借用唐人成句,意谓当年活跃在剧坛艺苑的名公才人,如今已寥若晨星,这是十分切合今昔盛衰的缅怀感叹之意的。但是这样的缅怀感叹,其思想内涵究竟是什么? 作者紧接首句,推出了空间意象"满目江山"和时间意象"日月如梭"。缅怀古人的情思与时空意象的组合、交织,就超越了一时一地的特定时空意义,表达了涵盖古今的人生感慨:江山长存,岁月无情,人生与之相比,真如白驹过隙,何其短暂! 这两个意象的出现,使首句染上了更为苍凉的色调,令人低回不已。

"上苑繁华,西湖富贵,总付高歌。麒麟冢衣冠坎坷,凤凰台人物蹉跎。"表现蔑视功名富贵、慨叹世事变迁的主题,在元曲中屡屡可见。如汤式〔天香引〕

〔折桂令〕

《西湖感旧》："光景蹉跎，人物消磨。昔日西湖，今日南柯。"其意就与这几句相仿佛。但周浩此曲，却是要由此引出一个更为深层的问题：人生价值究竟何在？古人以"凤麟质"来形容贵族的身份，"凤凰台"、"麒麟冢"，说明贵族们从生到死，都与"繁华"、"富贵"相联系，他们的人生价值就在于此。但是，古往今来多少人，身前死后都难逃"坎坷"、"蹉跎"的厄运，这样的人生价值，又有什么值得称许的呢？

周浩提出了自己的人生价值观："生待如何？死待如何？纸上清名，万古难磨。"作者认为人生价值体现于文学事业之中，把文学事业提到了超乎生死、跨越时空的高度。重视文学事业，这是中国典型的文人意识，曹丕就曾说过："盖文章，经国之大业，不朽之盛事。年寿有时而尽，荣乐止乎其身，二者必至之常期，未若文章之无穷。"(《典论·论文》)但这种观点并未越出儒家将"立言"与"立德"、"立功"并提的传统功利观念的框框。周浩则不然，他此曲为《录鬼簿》题词，缅怀的是被正统文人鄙视的艺人才士，肯定的是被摒于正统文学之外的通俗文学，张扬的是具有反传统意义的人生价值观。蔑视"已死之鬼"，赞颂"不死之鬼"，这就是周浩与《录鬼簿》作者共同的价值判断。如此看来，周浩真不愧是钟嗣成的知音！

(方智范)

〔作者小传〕

汪元亨

字协贞，号云林，别号临川佚老，饶州(州治在今江西波阳)人。曾任浙江省掾，后徙居常熟。一说曾任元学士。所作杂剧今知有《仁宗认母》、《斑竹记》、《桃源洞》三种，皆不存。原有散曲集《小隐余音》、《云林清赏》等。近人卢前有《小隐余音》辑本。现存小令一百首，套数一套。

【醉太平】

〔正宫〕**醉 太 平**

汪元亨

警 世

憎苍蝇竞血，恶黑蚁争穴，急流中勇退是豪杰，不因循苟且。叹乌衣一旦非王谢，怕青山两岸分吴越，厌红尘万丈混龙蛇，老先生去也。

汪元亨的百首小令总题《归田录》，分题也多为《归田》、《归隐》之类，即令题为《警世》、《闲乐》的，内容基调也大抵相同。题为《警世》的小令共二十首，也从不同角度表达了归隐田园的思想。这是其中的一首。

归隐田园是元人散曲一个相当普遍的主题，但表现出来的思想境界却是不完全相同的。有的抱着无可奈何而苟全性命于乱世的态度，有的流露为无是无非的混世哲学，有的则把归隐生活渲染成超世出尘的极乐世界。当然它们对社会现状的不满是共同的，在批判现实方面都有一定积极意义，但不幸都因主观处世态度的局限而受到削弱。而另外有些写归田的作品却立足于用皮里阳秋的幽默讽世，有些则表现出相当鲜明的愤激感情和批判精神，它们在同类题材的作品中是相当可贵的。此首小令便属于后一类。

小令的一二句是元曲中描绘名利场丑恶常用的比喻："苍蝇竞血"，"黑蚁争穴"。马致远的名句"密匝匝蚁排兵，乱纷纷蜂酿蜜，闹穰穰蝇争血"（〔夜行船〕《秋思》）则形容得更充分。但这里用了"憎"、"恶"二字，就表现出作者强烈的爱憎情感，非冷眼旁观的嘲讽可比了。下面两句直言道明"急流勇退"的原因是"不因循苟且"，作者这种退隐所显示的高洁情操、正义凛然的气概和斩钉截铁的决心就充分地表达出来了。这样，作者把这种退隐称作"是豪杰"也便恰如其份；言辞中流露的自豪也自能感染读者，而与前述一些归隐作品便有所不同。

以下对仗工整的一组鼎足对，是作者细致的抒情，同时也从三个方面将前面表现的思想感情作了深入的开掘。"叹乌衣一旦非王谢"用了人们熟知的刘禹锡《乌衣巷》"朱雀桥边野草花，乌衣巷口夕阳斜。旧时王谢堂前燕，飞入寻常百姓家"诗意。意在说人世沧桑，盛衰无常。而作者在此用一"叹"字，尤含伤感之情。这一句是从时序前后变迁的角度观照，下一句"怕青山两岸分吴越"则是从地理空间的变化来观照的。青山绿水、美丽而统一的吴越之地，自春秋以来多次分裂，这是追逐私利者们纷争的结果。其间的屠掠杀戮、生灵涂炭恐罄竹难书。今天现实中人们仍在那里嗜血争穴，其后果岂不可怕？这里的"怕"字流露出作者对人民命运的关切之情。第三句"红尘万丈混龙蛇"是说眼前社会将会被争名逐利者们搅得一片昏暗，成为龙蛇（贤愚）不分，鬼蜮丛生的世界。对这样的世界，作者是"厌"憎的。以上三句以"叹"、"怕"、"厌"丰富了前一段抒情的内容，使读者对"不因循苟且"有了形象而深刻的理解，从而对作者的归隐自会深表同情。"老先生去也"语带调侃，有傲世的意味，也使全曲带上散曲特有的寓庄于谐的意趣。

（姚品文）

【醉太平】

〔正宫〕**醉 太 平**

汪元亨

警 世

莫争高竞低，休说是谈非，此身不肯羡轻肥，且埋名隐迹。
叹世人用尽千般计，笑时人倚尽十分势，看高人着尽一枰
棋。老先生见机。

这是《警世》二十首中的另一首，内容倾向与上一首相近。但比较起来，情
感却没有上一首那么激烈，似乎冷静得多。

首二句表明自己对社会生活的态度。"莫争高竞低"指不要追名逐利，争夺
财富和权势的高低。第二句"休说是谈非"，则指不要去关注那些名利场中人的
是是非非，因为其中本无是非可言。第三句是全曲关键之句："此身不肯羡轻
肥"，说明了前面"高""低""是""非"的实质。不欣羡高官厚禄、肥马轻裘的富贵
生活，是不愿为这种生活而因循苟且，甚至如苍蝇之竞血和黑蚁之争穴，表现了
作者高洁的人生志趣。而下一句"且埋名隐迹"便是这种高洁志趣的必然归宿。
以下三句鼎足对是作者内心感慨的进一步抒发，也是对前述人生态度的补充说
明。第一句"叹世人用尽千般计"，眼看着社会上的一般人在那里百般营求名
利，他们能得到什么呢？或者这正是他们人生中的不幸吧？作者觉得可叹亦复
可怜。第二句"笑时人倚尽十分势"是追逐名利已经获得某种满足的人，你看他
们恃富倚骄，甚至仗势凌人，一副小人得志的样子。"时人"者，即善于投机趋势

者也。他们的权势又能久长吗？看着他们的种种做作，作者觉得可笑。"看高人着尽一枰棋"，表面看"高人"是与前两类不同的人，似为作者所肯定之人。但仔细琢磨，也不妨可看作步步为营、机关算尽的"棋手"。他们好像比前两类人高明，实际也还是为自己的利益苦心经营。作者称他们为"高人"，是对他们自以为得计的嘲讽。以作者冷眼旁观，这"高人"也不免是当局者迷的。在感叹上述种种迷途不知返者之余，作者却参透人世之"机"，决心"埋名隐迹"，这实在是一种识时务的行为。

这首散曲多么像一位老于世故而又能保持自身清白的老先生用闲谈的方式说出的一番警世之言！

（姚品文）

〔中吕〕朝 天 子

汪元亨

归 隐

长歌咏楚词，细赓和杜诗，闲临写羲之字。乱云堆里结茅茨，无意居朝市。珠履三千，金钗十二，朝承恩暮赐死。采商山紫芝，理桐江钓丝，毕罢了功名事。

汪元亨的〔朝天子·归隐〕共二十首，就体段来说，前人或名为"重头"，或称为"联章"。这里所抄录的，是其第二首。

前三句写其归隐的生活：不为衣食操心，不为名利劳神，有时"歌咏楚词"，

【朝天子】

有时"赓和杜诗",有时"临写羲之字"。悠闲,风雅,用作者在这一组诗的第四首中的话来说,是"无半点尘俗闷"。"楚词"即"楚辞",指以屈原《离骚》为代表的"书楚语,作楚声,记楚地,名楚物"的诗歌。为了欣赏楚辞的韵味,吟时必须节奏舒缓,因此特于"歌咏"之前恰切地置一"长"字,强调其声调的曼长,表现其陶醉的神情。"杜诗",指诗圣杜甫的诗歌。"赓和",是接在后面模仿别人诗歌的题材或体裁而写作。杜甫曾说他"为人性僻耽佳句,语不惊人死不休"(《江上值水如海势聊短述》),"晚节渐于诗律细"(《遣闷戏呈路十九曹长》)。为了要踵武诗圣,握笔时必须十分认真,因此特于"赓和"之前恰切地置一"细"字,强调其字斟句酌的细心,表现其推敲的神态。"羲之",即被人尊为书圣的东晋大书法家王羲之。"临写"之前的"闲"字,是安静的意思,是用以表现临摹王羲之书法时,聚精会神,没有丝毫杂念之心境的。作者在这一组诗的第四首中说:"长歌楚些吊湘魂,谁待看匡时论。"可以与这三句相互发明。

接下来的第四、五两句,写其归隐的处所,兼表相关的主观意向。就处所来说,包括两层意思:一是其地理位置在远离"朝市"的"乱云堆里"的高山深处;二是其房舍的质量为简陋的"茅茨"。曲的语言,"不贵熟烂而贵新生"(张琦《填词训》),作者在这里不用现成的"白云深处",而铸造出"乱云堆里",便是有意识地避熟就生,并增加语言形象的视觉感。"茨",用芦苇、茅草盖的屋顶。《诗·小雅·甫田》:"如茨如梁。"郑玄笺:"茨,屋盖也。""朝市",犹言都会,指繁华的闹市。相关的主观意向,是对"朝市"的厌恶,"无意居",对"乱云堆里"的"茅茨"的喜爱,有意"结"。为什么厌"朝市"而喜"乱云堆里结茅茨"呢? 作者在这一组诗的第一首中说的"远红尘俗事冗",正好可以移来做为注脚。

第六、七、八三句,写其归隐的原因。这原因来自作者对历史人物命运的总结,是他在这一组诗中经常使用的音符。"珠履三千",用战国春申君事。《史记·春申君列传》:"春申君客三千余人,其上客皆蹑珠履。"这里是借以泛指承君主恩宠的势家豪门的奢华。"金钗十二行",用唐代牛僧孺（思黯）事。《山堂肆考·角集》二十三："白乐天尝言牛思黯自夸前后服钟乳三千两,而歌舞之妓甚多,故答思黯诗云:'钟乳三千两,金钗十二行。'"这里是借以泛指承君主恩宠的势家豪门的姬妾众多。这两句,对偶成文,词藻华丽,触笔无多,但其富贵、煊赫的气象,已经跃然纸上了。紧赓着的"朝承恩暮赐死"一句,陡然一转,说明"福兮祸之所伏"（《老子》),富贵荣华难以久长,早晨刚刚得宠,晚上便会被杀。这真是当头棒喝,足以令人惊心动魄,冷汗淋漓,不胜恐惧之至。

最后的三句,写归隐的志向:要像商山四皓的采紫芝于商山和严子陵的理钓丝于桐江,彻底与功名事决裂,以渔樵生活终老。"采商山紫芝",用商山四皓事,意谓隐于山林。秦末,东园公、角里先生、绮里季、夏黄公为避乱而隐居商山。四人年皆八十有余,须眉皓白。刘邦建汉为皇帝后,想要把他们罗致到朝廷来辅政,结果没有办到。"商山",在今陕西商县东南,林壑深邃,形势优胜。"紫芝",一名灵芝,是一种菌类植物。"理桐江钓丝",用严子陵事,意谓隐于水滨。严子陵,本姓庄。少年时与东汉的开国之君刘秀同游学,刘秀即帝位后,他变姓名而隐居不见。后来刘秀找到了他,任为谏议大夫,他不肯就职,归隐于富春山,垂钓于桐庐县南之江滨。"毕罢了功名事"这一末句,肯切坚决,字声合谱。作者这一组诗的第七首中的"功名事莫求",第十七首中的"断绝了功名念",都与这一句意同。"毕罢",元时俗语,意为了结、撇下。

用事较多是这首小令的特点之一,亦是其优点。不论其"珠履三千,金钗十二",还是其"采商山紫芝,理桐江钓丝",都做到了如王骥德《曲律》所说的,"引得的确,用得恰好","明事暗使","用在句中,令人不觉,如禅家所谓撮盐水中,饮水乃知咸味"。

（何均地）

〔中吕〕朝 天 子

汪元亨

归 隐

荣华梦一场，功名纸半张，是非海波千丈。马蹄踏碎禁街霜，听几度头鸡唱。尘土衣冠，江湖心量，出皇家麟凤网。慕夷齐首阳，叹韩彭未央，早纳纸风魔状。

　　汪元亨大约是在官吏场中经过一场幻梦之后而志在归田的。本篇以归隐为题，而以梦幻开篇，认为荣华富贵只不过是一场梦，到头来空无一物。当然，一生功名，也可能著之竹帛，载入青史，但不过是半张字纸而已，对自己有什么实际意义？而所经历的人间是非却如江海一样，骇浪惊涛，风波千丈。作者在这里流露出厌世之心。

　　曲中主人公是一位朝官。他兢兢业业，忠于职守，每天鸡叫头遍便走在京城的街道之上，满地青霜上第一个留下了他的马蹄的痕印。然而他把自己的职位看成尘土一般，他心量宽广，志在泛海归湖，远避害机。"江湖心量"是化用范蠡的典故，春秋时，范蠡助勾践灭吴，却功成身退，游于五湖，免遭杀害。（见《国语·越语》）"出皇家麟凤网"一句颇深沉。唐代曾改秘书省为麟台，改中书省为凤阁，"麟凤"即朝廷行政机构之代称。"麟凤"之尊本足以诱人，然而一旦身入毂（圈套）中，才体会到身家性命全不由己，如履薄冰。主人公既然已深深地悟出此理，于是就想办法脱出此网，做个自在快活之人。

以下二句即引正反两例为训。"夷齐首阳",指商周时期,周灭商,伯夷叔齐耻食周粟,隐居首阳山中,最后饿死。元散曲中多取其隐居不仕之意,此处亦然。"韩彭未央",指汉代韩信、彭越为刘邦夺得天下后,功高震主,最后在未央宫被杀害。有此前鉴,悟此机关,主人公心里明白,必须出此"麟凤网"。"早纳纸风魔状"就是主人公想出的好办法:披发佯狂,行走于市;然后趁早请人呈上辞职表,休了官,从此逍遥自在,实现了脱网之志。

本篇以"归隐"为题,以"厌世"命意,不描写隐居生涯,而着重揭示厌世的心理,实为归隐张本。在封建社会,能大胆唱出"出皇家麟凤网",实在是难能可贵的。这种由愤世之情而引出的归隐之心就不能以"消极"一语简单地评价了。

全篇十一句,分三个层次来表现愤世之心与出世之志。第一层三句,写身处风波叠起的宦海之中,发现功名荣华是一场虚幻的梦;第二层五句,写主人公虽然勤于王事,俨然是一个忠于职守的忠臣,然而其中已透出不堪其苦,不堪其拘的消息,从而为厌世脱网之志的申发而伏笔;第三层四句,写主人公怀夷齐之志节,看破韩彭之死因,两两对比,厌世之心便化为出世脱网之行动,终于佯狂隐去,意脉既一线相贯,又有起伏跌宕。在语言上,本曲质朴爽畅,不事雕饰,然又不坠鄙俗,颇显出元散曲后期本色派的特征。

(张玉奇)

〔中吕〕朝天子

汪元亨

归 隐

身不出敝庐,脚不登仕途,名不上功劳簿。窗前流水枕边

【朝天子】

书,深参透其中趣。大泽诛蛇,中原逐鹿,任江山谁作主。孟浩然跨驴,严子陵钓鱼,快活煞闲人物。

　　这是汪元亨二十首《朝天子·归隐》之九,着力于表现归隐生活的快活。起笔的"身不出敝庐,脚不登仕途,名不上功劳簿"三句构成的排比,便极轻快。三个"不"怎么,互为因果。"身不出敝庐",则必然"脚不"能"登仕途";"脚不登仕途",则必然"名不"能"上功劳簿"。反过来说,是因为"名不"欲"上功劳簿",所以"脚不"欲"登仕途";"脚不"欲"登仕途",所以"身不"欲"出敝庐"。虽然如此,但后者才是作者所要表现的。他的"不出敝庐","不登仕途","不上功劳簿",不是被迫地过这封闭式的生活,而是主动地选择这"绝念荣华,甘心恬淡"(作者〔朝天子〕《归隐》之十六)的道路的。作者在〔醉太平〕《警世》中说:"憎苍蝇竞血,恶黑蚁争穴。急流中勇退是豪杰,不因循苟且。"可以帮助我们理解他为什么要做此选择。

　　接下来的"窗前流水枕边书,深参透其中趣"两句,写他"身不出敝庐"的生活情趣,极富于诗情和哲理。无拘无束地静卧在敝庐中的窗前,没有车马的喧闹,没有名利的缠绕,书不读而放置枕边,漫不经心地听流水潺潺的天籁,仿佛身与大自然融合为一,而我不复存在了。这时,万念俱寂,宠辱皆忘,无是无非,无悲无喜,恐怕就是他所"深参透"的"其中趣"吧?

　　其后的"大泽诛蛇,中原逐鹿,任江山谁作主"三句,笔调由冲淡而转为豪放,是他"深参透"归隐生活的"其中趣"后,对人间社会"万事不关心"(王维《酬张少府》)之心态的表现。"大泽诛蛇",指刘邦大泽乡起义事。《史记·高祖本纪》:"高祖被酒,夜径泽中,令一人行前。行前者还报曰:'前有大蛇当径,愿还。'高祖醉,曰:'壮士行,何畏?'乃前拔剑击斩蛇,蛇遂分为两,径开。""中原逐鹿",语本《汉书·蒯通传》:"秦失其鹿,天下共逐之。"喻群雄并起,争夺天下。

龙争虎斗，改朝换代这样的大事，尚且对谁胜谁负，"江山谁作主"，听之任之，漠不关心，那些个人的成败，地方的是非，更不足挂齿了。这三句，作者着意表现的是"孰弊弊焉以天下为事"（《庄子·逍遥游》）的忘世的情怀。这种情怀，作者在其他作品中一再表现，如〔折桂令〕《归隐》二十首其十六的："赋归来浅种深耕，任兔走乌飞，虎斗龙争。"其十八的："一笔都勾，万事都休。静里乾坤，傲杀王侯。"

最后的"孟浩然跨驴，严子陵钓鱼，快活煞闲人物"三句，照应开端，点醒"快活"。孟浩然，湖北襄阳人。一生未仕，"隐鹿门山，以诗自适"（《旧唐书·文苑列传》）。传说他曾在雪天骑着驴子，出长安灞陵桥外赏梅。严子陵，即东汉隐士严光。《后汉书·逸民传》说他"少有高名，与光武同学。及光武即位，乃变姓名，隐身不见……耕于富春山，后人名其钓处为严陵濑。"这两事是"闲人物"自由自在、风流潇洒的"快活"典型，与刘邦之"大泽诛蛇"和其他人之"中原逐鹿"的勾心斗角，奔波争夺，形成鲜明的对照。由这两事构成的这对仗工整的两句，对末句在意义上起铺垫作用，在声音上造成变化、错落的节奏美感。赞赏孟浩然、严子陵为"快活煞"的"闲人物"，意在肯定自己归隐的道路和生活。其实，隐士们的生活，并非总是"快活"的。即以孟浩然来说吧，他的内心便充满着矛盾，有过做官的追求，有过不遇的苦闷。

这首小令如此描绘归隐生活的快活，只能说是作者有意识的美化。不过美化的目的在借以批判污浊官场，对抗元代统治者。至于其章法的起承转合，语言的溜亮自然，更值得人们玩味。

（何均地）

【朝天子】

〔中吕〕朝 天 子

汪元亨

归 隐

风俗变甚讹，人情较太薄，世事处真微末。收拾琴剑入山阿，眼不见高轩过。性本疏懒，才非王佐，守一丘并一壑。算人生几何，惊头颅半皤，怕干惹萧墙祸。

这是汪元亨所作《朝天子·归隐》的第十首。这一首与其他那十余首有所不同，没有表现飘逸、旷达的情怀，而是写他适应不了当时社会生活中的尔虞我诈、互相倾轧，由战战兢兢、恐怕遭祸而不得已逃避山林的心境。这一首较之某些强颜欢笑、自我麻醉者，更有真意，更无做作，更符合生活的本来面目，应该受到更多读者的青睐。

全篇分四层来描述的。第一层，真实地展现他对当时社会的认识，充满了厌恶的情绪。那时，社会风气变得特别坏，人情显得分外薄，一些社会上的事情的处置，其间存在着极其复杂微妙的关系，不是他这个正直的、头脑简单的书生所能应付得了的，所以留给他的只能是束手无策，无比反感，喟然慨叹。第二层，真实地展现他对当时社会看不惯所寻找的出路。这条出路，不是去进行抗争，而是收拾起他书生的琴剑来，躲到山坳里去，避免看到达官贵人们的高车驷马从自己的眼前经过。俗话说"眼不见为净"，他所走的路虽然不是积极的，但如此洁身自好，比起那些趋炎附势、同流合污之流来，却要可爱许多。第三层，真实地展现他自我解嘲、自我宽慰的思想活动。他以为自己本性粗疏慵懒，才能又不足以充当帝王的辅佐之臣，只好安心地守住一座小山包、一条小水沟来过日子。这种通过自我贬抑以恢复内心平衡的方式，其前的精神震颤，其间的感情痛苦，该是多么巨大啊！最后一层，真实地展现他猛惊衰老而恐惧遭祸的心理，与第一层相呼应，明确他所以归隐的原因，肯定他归隐的抉择。生命给予每个人一次，而且时间极其有限，不注意也罢，一注意，叫人吃惊，头颅上原来的青丝已经有一半变成了白发！为了珍惜残年，所以担心牵涉到达官贵人们的内部斗争中去，做无谓的牺牲，而必须"入山阿"，"守一丘并一壑"。

本曲思想脉络十分清晰，章法结构非常完整，一个正直、自爱而又软弱、希望远祸全身的元代知识分子的灵魂，赤裸裸地暴露给了读者。唯其追求的是"真实"这艺术的生命，所以作者在这首小令里不去锻炼清词丽句以逞才，也不去引用故实以炫学，只是用极平常的当时知识分子的口头语，不加粉饰地道出他心里的话。其中有本于前人诗文的语词，如"高轩过"之本于李贺的诗题、曾巩的"烟沙轫辘高轩过"诗句，"才非王佐"之本于《汉书·董仲舒传赞》的"刘向称董仲舒有王佐之才"文句，"人生几何"之借用曹操的《短歌行》中语，"萧墙祸"之采于《论语·季氏》的"吾恐季孙之忧，不在颛臾，而在萧墙之内也"，等等，都是平时读书多，自然地流向笔端的。至于当作牵涉解的"干惹"，则是宋元人的俗语。不仅如此，为了"真实"，作者还不特意去讲求语词的形象性，除"琴剑"、"山阿"、"高轩"、"丘"、"壑"、"头颅"、"萧墙"是具体的可见物，"皤"是具体的可感色外，其他都是抽象的语词，作者所注意的重点，只在曲折尽情，塑造抒情主人公的整体形象。在作者的《朝天子·归隐》二十首中，也许有人很欣赏那种句子对仗工稳，字面形象鲜明，用事丰富恰切，笔调轻快潇洒类型的曲词，但是，最好不要忽视这一首。读这一首吧，它更耐咀嚼，它有如橄榄，初入口时有点苦涩，后味却是甜甜的。

（何均地）

薛昂夫 〔中吕〕朝天子(孟母)　　　　　程宝泓 作

赵善庆 〔中吕〕普天乐·江头秋行　　　　　　　　　　　　　程振国 作

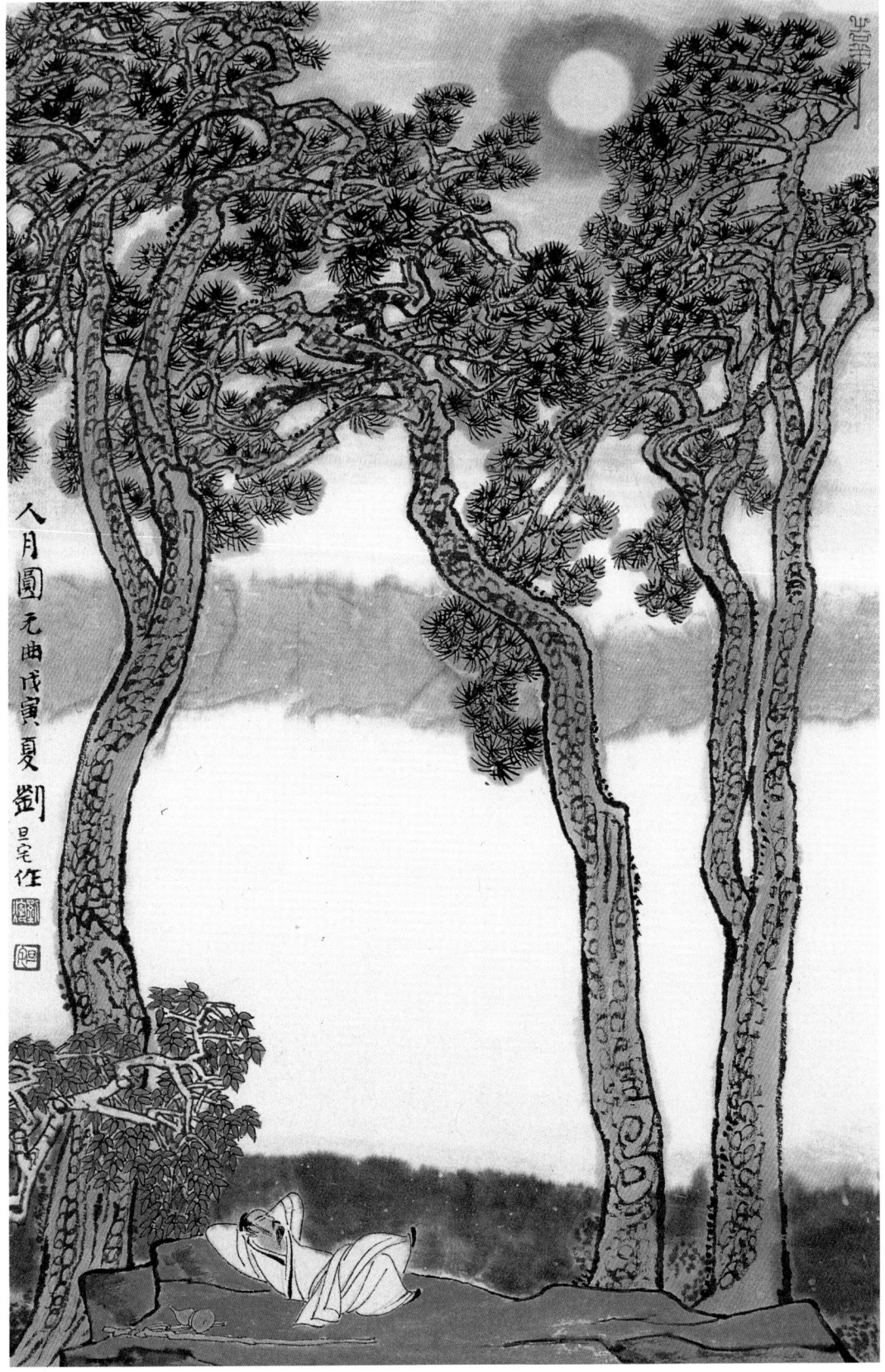

张可久 〔黄钟〕人月圆·山中书事　　　　　　　　　　　刘旦宅 作

张可久 〔中吕〕山坡羊·闺思　　　　　　　　　　韩硕 作

张可久　〔南吕〕四块玉·客中九日　　　　　　施大畏 作

张可久　〔双调〕折桂令·次韵　　　　　　　　　　　　刘旦宅 作

张可久　〔双调〕清江引·老王将军　　　　　　　戴敦邦 作

张可久 〔越调〕寨儿令·次韵　　　　　　　吴山明 作

〔双调〕沉醉东风

汪元亨

归　田

远城市人稠物穰，近村居水色山光。熏陶成野叟情，铲削去时官样，演习会牧歌樵唱。老瓦盆边醉几场，不撞入天罗地网。

《沉醉东风·归田》共二十首，是汪元亨"经数场大会垓，断几状乔公案"，"算百年人过半"，"葬送的皓首苍颜"，"刚跳出愁山闷海"，"乞骸骨潜归故山"后的创作。这时，他像久在笼中的小鸟回到了森林，久困池里的长鲸回到了大海，充满了自由解脱感，充满了欢快舒畅情，见到"故山"的一切都是心旷神怡的，这便构成了这一组小令感情基调。

这首小令，是二十首中的第二首，其感情基调也不例外。开始的两句："远城市人稠物穰，近村居水色山光。"对偶整齐，完全称得上是"字字的确，斤两相称"（王骥德《曲律》语）。两句前后形成对比，使城乡色调的差异分外鲜明。对城市的人口稠密、物资丰富，他并不厌恶，但却不留恋，而村居的山明水秀、景色宜人则对他有着更大的诱惑力，所以他特意在"城市人稠物穰"之前加一衬字"远"，在"村居水色山光"之前加一衬字"近"。这两个衬字，表现了他对去留的明确的倾向性。这两句与这一组小令的第五首的"居山林清幽淡雅，远城市富贵繁华"两句，命意相同，句型一样，但这两句却更富于形象感，使人更易联想起城市摩肩接踵,车水马龙,"市列珠玑,户盈罗绮"的景象和山村青山苍翠,绿水潺湲,竹林茅舍,鸟语花香的风光。接着的三句:"熏陶成野叟情,铲削去时官样,演习会牧歌樵唱。"写他归田村居的追求和收获。追求的是改变归田前混迹官场时的思想感情和生活作风,学习"野叟"的思想感情和生活作风。他的收获,从消极方面来说,是"铲削去时官样",即清除掉了身上沾染的时髦官员的官僚架子;从积极方面来说,是"熏陶成野叟情",即感染与陶冶成了野叟的情性和"演习会牧歌樵唱",学会了演唱民歌。这里的"野叟"与"时官"同前面的"城市"与"村居"一样,是对立存在的,但他对"城市"与"村居"无所褒贬,而在"野叟"与"时官"之间却有明显的好恶之分。他为什么要这样有所区别地写呢?当是意在告诉读者,他之所以归田村居,主要并非由于"村居"的"水色山光",而主要由于憎恶"时官样",喜爱"野叟情"。"野叟情"与"时官样"相对,在各自前面分别加添的衬字"熏陶成"与"铲削去",对得也甚工稳,这是他不肯草率的态度,值得顺便一提。最后的两句:"老瓦盆边醉几场,不撞入天罗地网。"写他对归田村居生活的满足。他对归田村居生活的具体内容,描写得不多,只不过是前面提到的"演习""牧歌樵唱"一点和这"老瓦盆边醉几场"一句而已,因为他旨不在叙事,而在抒情。"老瓦盆",一种粗糙的陶制酒器。关汉卿〔四块玉〕《闲适》:"旧酒投,新醅泼,老瓦盆边笑呵呵。"以"老瓦盆"饮酒,照应前面的"熏陶成野叟情",证实他的思想感情和生活作风确实野叟化了。"醉几场"是心情畅快的行为,有暗示与他同饮者是野叟们的意味。"不撞入天罗地网",是他满足于归田村居生活的原由,也是他满足心情的表露。"天罗地网",指扭曲人的灵魂,危机四伏,充满了陷阱的官场。他在这一组小令中,对官场或喻为"虎狼丛"、"风波海",或称为"虎窟龙潭",有助于我们理解这"天罗地网"。

在我国古代的诗、词、曲中,以归田为题材者汗牛充栋,但几乎不出反映对污浊社会的厌弃,表现对美好自然的眷恋,描写淳朴恬静的田园生活和抒发高洁旷达的情怀这些方面,而且有的流露出消极颓唐的意绪,有的存在着虚无的色彩,像这首小令的高唱以野叟为师,为"熏陶成野叟情","演习会牧歌樵唱",能"老瓦盆边醉几场"而自豪者,实在极为少见,理当视为我国古代归田诗、词、曲中一颗闪耀着思想强光的明珠。

(何均地)

〔双调〕 沉 醉 东 风

汪元亨

归 田

二十载江湖落魄,三千程途路奔波。虎狼丛辨是非,风波海分人我。到如今做哑装垫,着意来寻安乐窝,摆脱了名缰利锁。

元朝的汉族知识分子往往沉抑下僚,生活潦倒,而其时的吏治极为黑暗,社会秩序也极为混乱,因此在元人散曲中归隐田园成了具有时代性的常见主题。汪元亨所写归隐田园的散曲数量极多。《录鬼簿续编》中说他"有《归田录》一百篇行于世,见重于人"。他现存小令有〔醉太平〕二十篇、〔朝天子〕二十篇、〔沉醉东风〕二十篇、〔折桂令〕二十篇和〔雁儿落过得胜令〕二十篇,虽然标题不一,但厌恶尘世、讴歌闲居的内容基本相同。这些曲子加起来恰好是一百篇,所以隋树森认为"疑即《归田录》之全"(《全元散曲》)。一百篇内容基本相同的小令,写来却极少雷同,实是高手。

这一篇,开头的"二十载江湖落魄,三千程途路奔波"为一对偶句。上句着眼于时间,以数量词"二十载"显示其长;下句着眼于空间,以数量词"三千程"显示其远。一纵一横,相互交织,相互铺衬,不仅写出了他在漫长的时间内、广阔的空间中,飘泊于江湖,奔波于道路的落魄潦倒的生活经历,而且表现了他对过去生活的沮丧、懊悔之情。这一对偶句,没有"偏枯"的毛病,达到了"字字的确,斤两相称"(见王骥德《曲律》)的高标准。按这篇小令用的是"歌戈"韵,"落魄"的"魄"同于"泊",不属于"萧豪"韵,而属于"歌戈"韵,是一个"入声作平声"的字,与下面的阴平"波"、上声"我"、阳平"矬"、阴平"窝"和上声"锁"相押,故不失韵。

接下来的"虎狼丛辨是非,风波海分人我"两句,顺承上意,对仗亦妥,是对过去生活的进一步总结,蕴含着无限痛苦,无限愤懑。"虎狼丛",喻凶残的人群。"辨是非",与陶渊明《归去来辞》的"觉今是而昨非"意近,"是"者乃今日的归田,"非"者乃往昔的误入名利之尘网。"风波海",喻险恶的社会。"分人我",意谓分辨出人不同于我之良善。末了的"到如今做哑装矬,着意来寻安乐窝,摆脱了名缰利锁"三句,推开过去,而言现在,展示归田的题旨。"做哑装矬",是因为恨社会太黑暗:自己又无力回天,而只好采取不闻不问,与之断绝的态度。"矬",本意为短,一般指人体的高低,这里是引申而指才短。"装矬",犹如说装傻。厌恶社会,何所归宿呢?"安乐窝"便是。"安乐窝"为宋代邵雍给自己耕稼之地所取的名字,在其故居苏门山中(在今河南辉县)。他后来徙居洛阳天津桥南,仍以此名称其所居。不过这里并非实指,只是用以代替归隐的田园,兼取"安乐"之意。"安乐窝"既为理想的境地,所以"着意来寻",兴致勃勃。到得"安乐窝",好处何在呢? 末句便是说明:好处在从此不再受名利的羁绊而飘游江湖,奔波途路,亦不再见那种如狼似虎的人群,不再过那种时有狂风恶浪的生活,获得"闲快活"。"名缰利锁",取自柳永的〔夏云峰〕词:"向此免名缰利锁,虚

【折桂令】

费光阴。"李开先《词谑》说："世称'诗头曲尾'，又称'豹尾'，必须急并响亮，含有余不尽之意。"这句"摆脱了名缰利锁"，正可以作为范例之一。

（何均地）

〔双调〕折 桂 令

汪元亨

归　隐

叹天之未丧斯文，剑气丹光，酒魄诗魂。名利秋霜，荣华朝露，富贵浮云。看青山、玩绿水，醉田家瓦盆；采黄花、摘红叶，戏庄上儿孙。随分耕耘，过遣晨昏；竹几藤床，草舍柴门。

《论语·子罕》："子畏于匡，曰：'文王既没，文不在兹乎？天之将丧斯文也，后死者不得与于斯文也；天之未丧斯文也，匡人其如予何！'"曲子开头，用的就是这个典故。"叹"字，除了感叹的含义之外，还有赞叹的意思，犹如"幸好"、"亏得"之表示"差堪自慰"。"斯文"，指儒家之"道"，讲得具体些，即指儒家所推崇的道德文化传统，在这支曲子里，它已然成了作者的精神支柱。作者歌颂归隐，就是对现实表示厌弃；而现实的污淖之所以没有摧毁作者对生活的信念和希望，也正是因为有这根精神支柱在。"叹天之未丧斯文"一句，也隐含着"匡人其如予何"的那种傲然无畏的气概。斯文未丧的表现是什么？"剑气丹光，酒魄诗魂"这八个字，豪迈风流，超尘脱俗，很有艺术力量。前者讲的是修养，后者讲的是才情,把"斯文"的含义作了具体的表述。与这种高尚的品德情操相对照,世俗生活中所热中的功名利禄、荣华富贵也就显得卑微不足道了,那不过如秋霜朝露之不能长久、过眼烟云之轻飘无定而已。

以上几句,作者已经对归隐作了充分的肯定,接下来,就通过生活细节的点染描绘了隐居的乐趣。田家村酿,醇芳可以醉人;含饴弄孙,天伦适足怡性。同时,作者特意用青山绿水、红叶黄花作了色彩上的点染与陪衬,给富有诗情的隐居生活增添了浓郁的画意。这又使读者联想到了马致远那"和露摘黄花,带霜烹紫蟹,煮酒烧红叶"(〔夜行船〕《秋思》)的名句,相互比照,从而获得更为充分的美的感受。隐居生活,除了自然环境的清新秀丽之外,更重要的是心情的闲适和衣食的俭朴,故而在接近收尾之处,作者把笔锋转向了这两个方面。"随分耕耘",可理解为随时守分地种田求食,表现了一种与天无争、与人无争的安贫乐道的思想;"过遣晨昏",闲适之中度时光称为"过遣",在晨昏交替中终其天年,表现的也是一种安然自适的生活情趣。"竹几藤床,草舍柴门",则是对简陋的房屋陈设略作点染,以表现对物质生活的并无奢求,从中也反映了隐者的精神面貌。结尾几句写得很平淡,但它内含的韵味却是很醇厚的。出仕与归隐是封建时代知识分子的出处大节,在"穷则独善其身"的思想指导下,很多人向往归隐,赞美归隐,把归隐看作是高风亮节的表现,于是,在古代诗歌里就出现了大量的描写这一题材的作品。但是,具体分析起来,这类作品的内容却是相当复杂的,除了不满现实、追求理想之外,找寻慰藉、标榜清高乃至孤芳自赏、画饼充饥种种情况也无不有之。往往是制造心理上的平衡以弥补现实生活中的某些缺憾。汪元亨这首〔折桂令〕,写来还是真实的,这一点,从作品所表达的情绪中就可以看出,由开头的激愤到结尾的平和,其间的跨度相当大,如果没有真情实感,恐怕难以展示这样的心态。

(王双启)

元曲鉴赏辞典

杨维桢

（1296—1370） 字廉夫，号铁崖、东维子；因善吹铁笛，自称铁笛道人。诸暨（今属浙江）人。泰定四年（1327）进士。官至建德路总管府推官。晚年居松江。张士诚据浙西，屡召不赴。洪武二年（1369），明太祖召他纂礼、乐书，作《老客妇谣》一首以明不仕两朝之意；所修书叙例略定，即乞归，抵家卒。诗名擅一时，号"铁崖体"。善乐府。亦善行、草书。著有《东维子集》、《铁崖先生古乐府》、《复古诗集》等。《全元散曲》录存其小令一首，套数一套。

［作者小传］

〔双调〕**夜 行 船**

杨维桢

吊　古

霸业艰危。叹吴王端为、苎罗仙子，倾城处，妆出捧心娇媚。奢侈，玉液金茎，宝凤雕龙，银鱼丝鲙。游戏，沉溺在翠红乡，忘却卧薪滋味。

〔前腔〕乘机，勾践雄徒，聚干戈要雪、会稽羞耻。怀奸计、越赂私通伯嚭。谁知，忠谏不听，剑赐属镂，灵胥空死。狼狈，不想道请行成，北面称臣不许。

〔斗蛤蟆〕堪悲，身国俱亡，把烟花山水，等闲无主。叹高台百尺，顿遭烈炬。休觑，珠翠总劫灰，繁华只废基。恼人意，咽耐范蠡扁舟，一片太湖烟水。

〔前腔〕听启，檇李亭荒，更夫椒树老，浣花池废。问铜沟①明月，美人何处？春去，杨柳水殿欹，芙蓉池馆摧。动情的，只

【夜行船】

见绿树黄鹂,寂寂怨谁无语。

〔锦衣香〕馆娃宫,荆榛蔽;响屧廊,莓苔黯。可惜剩水残山,断崖高寺,百花深处一僧归。空遗旧迹,走狗斗鸡。想当年僭祭,望郊台凄凉云树,香水鸳鸯去。酒城倾坠,茫茫练渎,无边秋水。

〔浆水令〕采莲泾红芳尽死,越来溪吴歌惨凄,宫中鹿走草萋萋。黍离故墟,过客伤悲。离宫废,谁避暑? 琼姬墓冷苍烟蔽。空原滴,空原滴、梧桐秋雨。台城上,台城上、夜乌啼。

〔尾声〕越王百计吞吴地,归去层台高起,只今亦是鹧鸪飞处。

这一散套属于南九宫,题目或作《吴宫吊古》,或作《苏台吊古》。杨维桢曾在天台等地做官,元末农民大起义时退隐。晚年徙居云间(今上海松江),并遨游于山水之间。此曲当是他在苏州一带的登临览古之作。

全曲六调并加一尾声。上半部分重在追叙及评说历史往事;后半部分则是对吴国遗迹的凭吊:全曲贯穿着伤今怀古的沉痛心情。尾声略作转折,以进一步深化作品思想。这种写法在古人的登临览古之作中是常见的。

春秋时期吴、越交战几经反复,最后以越国勾践灭吴宣告结束。在这场断断续续数十年的战争中,最能给人以深刻印象的并不是战场上的激烈厮杀,而是政治舞台上各种人物的活动。他们根据各自的立场和各自的性格特点,用不同的方式参与演出了这幕雄伟壮烈的历史剧。这幕历史剧不仅载诸史册,还长期在民间流传,从而更增强了它的传奇色彩,成为文学家们喜欢采用的题材。那些杂有传说成分的吴、越遗迹,也常能激起诗人的创作欲望。本曲的创作,就是由于吴、越交战的遗迹引起了作者对历史的反思，从而形之于笔墨的。

比起小令来，套数有较充裕的篇幅，可以作些铺陈描写，所以本曲在上半部分用了三支曲牌来回顾历史，追溯往事。序曲写吴王夫差为美丽的西施（即"苎罗仙子"，因其为浙江苎罗人，故称）所陶醉，沉溺在奢侈淫佚的生活之中，完全忘记了过去的艰难困苦。次曲写越国勾践乘机恢复，用计贿通吴国奸臣伯嚭作为内应。吴王不但不纳忠谏，反把忠臣伍子胥赐死（"属镂"，宝剑名。"灵胥"即伍子胥，相传其死后为神，故称），以致军事上连遭失败，狼狈不堪。最后，只得向越国"请行成"（要求罢战议和），愿意称臣投降，不料被拒绝。〔斗蛤蟆〕写诗人对这段历史的感慨。这里有两个层次，一是夫差终于国破身亡，大好河山拱手让人，百尺高台（吴王所造姑苏台）付之一炬，昔日的繁华变成一片废墟，令人不忍卒睹；二是越国功臣范蠡因怕得"狡兔死，走狗烹"的下场而出走，扁舟流浪在太湖烟水之中，这也使人不胜感慨。

由〔斗蛤蟆〕中的悲叹引出了本曲的下半部分。下半部分是本曲的重点。作者采用虚实结合的写法，抒发了凭吊遗迹时的悲凉心情。

〔斗蛤蟆〕次曲先用"檇李亭荒，更夫椒树老，浣花池废"三句来概括说明：随着岁月的流逝，当年那种争斗厮杀已成过去。"檇李"、"夫椒"都是地名：前者在今浙江嘉兴西南，越国曾在此打败吴军；后者在今苏州西南太湖中，夫差曾在此战胜越军。这两地都不在作者此时此地的视线范围之内，可见这是虚写。"问铜沟明月"二句借用了李白《苏台览古》诗的诗意。李诗有"只今惟有西江月，曾照吴王宫里人"二句，这里同样有明月依然，美人已逝的叹息。"杨柳水殿敧，芙蓉池馆摧"二句是形容上面"春去"二字。"水殿"、"池馆"是指建筑在水边的宫殿和亭馆，借指吴宫苑。吴宫内杨柳倾斜，芙蓉摧折，意味着众芳雕零，繁华销歇，吴国已遭到覆灭的悲剧命运。后面三句用满腹幽怨、寂寂无语的"绿树黄鹂"来加强这里死寂、衰颓的气氛。这也出于作者的想象，属于虚笔。

接着在〔锦衣香〕中,作者开始用实笔来抒写眼前景物。"馆娃宫"是夫差专为西施建造的宫苑,"响屧廊"是宫中著名的建筑,遗址都在今苏州灵岩山上,也正是作者登临凭吊的地方。作者在此寻觅昔日的繁华,可是眼前却是一片剩水残山,昔日馆娃宫里荆榛丛生,响屧廊旧址上莓苔遍地。断崖之上,原来的宫殿变成了巍峨的佛寺,百花深处,一个和尚正在缓缓归来(这正好象征着诸般色相都将归于虚寂)。昔日斗鸡走狗的欢乐在这片遗址上已荡然无存。当年吴国曾僭用王礼,在此祀天祭地,如今望郊台(祭台)上却是云树凄凉,再也看不到过去的盛况。香水溪(相传为西施沐浴处)中的鸳鸯已经离去,吴地为酿酒而筑的酒城也已倾坠。远远望去,只有一条白练似的长河,茫茫无际,长流不息。上面这些景象,大部分是作者此时此地的即目所见,属于实写。但又不完全是实写。作者即景而生情,因而感慨万端,由于感慨万端,故又不免因情而设景,如"香水鸳鸯去"、"酒城倾坠"等就都出于想象。实中有虚,虚实相生,笔法相当灵活。

〔浆水令〕写法类此。"采莲泾"即若耶溪(在今浙江),相传为西施采莲处;越来溪在苏州西南,当年越国军队由此入吴。两地都远离作者视线,故"红芳尽死"和"吴歌惨凄"也不会是作者此时的所见所闻,它们也同样是作者的想象之辞。"宫中鹿走"以下虽以眼前吴宫遗址为描写对象,但笔墨没有凝滞在实景上,而是以抒情为主。《吴越春秋》载:伍子胥在夫差拒谏时曾预言吴国必亡,必将出现"豕鹿游于姑胥之台,荆榛蔓于宫阙"的局面。这就是"宫中鹿走草萋萋"一句出处。《黍离》是《诗经》中的一篇,据汉儒解释,从前东周的大夫经过周的宗庙宫室废墟,见废墟上长满庄稼,哀周室之颠覆而写成此诗。"黍离故址"即指亡国之旧址,"过客"明指东周大夫,实则暗喻自己。这里用此两典,是作者借以表达自己对吴国覆灭的惋惜和感叹。"离宫废"以下一段似在写景,其实也是在写情。离宫(即行宫,这里指馆娃宫)废弃,琼姬(即美姬,泛指吴王姬妾)墓

【夜行船】

冷,这是何等凄凉的景色!"梧桐秋雨"句用白居易《长恨歌》诗意:《长恨歌》中有"春风桃李花开日,秋雨梧桐叶落时,西宫南苑多秋草,宫叶满阶红不扫"之句,以描写宫苑的残破,这是借来形容吴宫旧址的景色。空原上秋雨淅沥,台城(指王宫)上乌啼哑哑,这些景色与其说是如实描绘,倒不如说是作者让自己的思想感情化作一幅幅悲凉凄切的画面。以情写景,甚至因情设景,在中国传统诗歌中是常见的,本曲写法也是如此。

〔尾声〕在散套中地位很重要,尤其最后一句必须精警有力,而又含意无穷。本曲〔尾声〕采用跳开去的写法,从失败的吴王跳到了胜利的越王,从苏州的吴王宫跳到了会稽的越王台。末句化用李白《越中览古》:"越王勾践破吴归,义士还家尽锦衣。宫女如花满春殿,只今惟有鹧鸪飞"诗意,意思是说,勾践虽因灭吴而欢乐、荣耀于一时,但无情的岁月对胜利者和失败者是一视同仁的,如今越王台上也是一片荒凉。此曲末句意思与此略同。以此来结束全曲,不仅深化了全曲的思想,而且还能引起读者作更进一步的思考,故十分有力。

杨维桢是元末颇有影响的作者,他诗风奇诡,注重藻饰,有"铁崖体"之称。散曲今流传的仅此一套,从此套来看,艺术风格与他的诗风明显有别,设意、遣词都比较平易简朴。但它在以意为主、因情设景的写作方法上,以及多用典故的修辞手段上,仍表现出文人作品的特点。

此曲在明代流传很广泛。梁辰鱼作《浣纱记》传奇时,把此曲中的〔锦衣香〕和〔浆水令〕两曲全文采入最后一出中,作为西施的唱词。王骥德在《曲律》中也说此曲今"犹脍炙人口","颇具作意"。但王氏又多方指摘其缺点:"用韵杂出,一也;对偶不整,二也;尘语、俗语、生语、重语叠出,三也。"这三点大都属于曲律方面的。可能杨维桢并不十分熟悉曲律,同时南曲的格律在元代本来就没有充分成熟,所以本曲没严遵格律是可以理解的。从总体上看,这一散套尽管思想上新意不多,艺术上却还是比较成功的,它那用情景相生、虚实结合的写法所造成的意境,也确实具有一定的艺术魅力。

(范民声)

〔注〕 ①铜沟:宫殿屋檐下的天沟,又称承霤,用铜制成。任昉《述异记》:"吴王于官中作海灵馆、馆娃官,铜沟玉槛。"

倪瓒

(1301—1374)初名珽,字元镇,号云林子、幻霞子、荆蛮民等,无锡(今属江苏)人。家豪富,不治生产,自称"懒瓒",亦号"倪迂"。多聚古鼎名琴,藏书数千卷。元末,农民军纷起,遂疏散家财,浪迹太湖、泖湖一带,客居田庄佛寺。擅画水墨山水,作品意境清远萧疏。兼工书法。诗文有《清闷阁集》。《全元散曲》录存其小令十二首。

〔作者小传〕

〔黄钟〕 人 月 圆

倪 瓒

伤心莫问前朝事,重上越王台。鹧鸪啼处,东风草绿,残照花开。怅然孤啸,青山故国,乔木苍苔。当时明月,依依素影,何处飞来?

这是一首吊古抒情之作,内容写作者重登绍兴越王台所引起的怀念故国、追忆往事的惆怅心情。开篇一二两句记登临吊古事和因之而引起的"伤心"感情。是述事带抒情。这里的问题是:"前朝"指哪朝?登越王台又为什么特别伤心呢?这与作者所处的时代背景和政治态度有密切的关系。作者倪瓒,主要活

【人月圆】

动年代在元代中后期。宋朝的灭亡虽相去已远,但作为一个汉族的知识分子,仍然不能忘记元兵南下、宋朝灭亡那一段悲惨的历史。因此,他一生都没有在元政权下做官,隐逸山林。还有一层,包括江浙广大地区的"越地",既有越王勾践报仇雪耻的历史传统,又是南宋政治经济的中心,人到这里尤其容易激发起亡国的惨痛和恢复河山的愿望。作者在杭州写过一首《竹枝词》,曰:"阿翁闻说国兴亡,记得钱王与岳王。日暮狂风吹柳折,满湖烟雨绿茫茫。"城中老翁怀念故国、感叹兴亡的感情都像"日暮狂风""满湖烟雨"那么强烈、深广;今天作者重游前朝重地,登上当年勾践点兵复仇的越王台,感情就更不能抑制,所以对前朝——宋朝的往事就不堪问,也不忍闻了。这两句文字极简,但忧愤之情却表现得很深挚。"鹧鸪"以下三句是描写句,作者笔在写自然之景,意却在抒惆怅之情。"鹧鸪"是一种禽鸟,啼声凄切,古代诗词中常用鹧鸪的啼声来寄寓悲切的情绪。作者走上越王台,只听见鹧鸪"行不得也"的悲啼声;放眼而望,又只见残阳中初绿的衰草、暮色中的山花,全是揪心的苍凉之色。这里虽没有对主体的人作直接的描写,但这种情感外化的环境已把人物怀念故国的惆怅心情作了形象化的衬托。

下片起句是一个"换头"的结构,也就是说,它将上片开始的七字句改作"四四"形式,增了一字。然后在第三句减一字,因而成了三个四字句。下片以"怅然孤啸"领起。啸,长鸣、长叫的意思。一人孤啸,是感情激烈的表现,曲辞情绪在悲怅中显出激昂。他看到故国青山,乔木苍苔;山河依旧,而满目苍凉,所以情绪就更强烈了。过了一会儿,明月升起。想到世事沧桑,无可奈何。唯一能使人感到宽慰的,是头上明月,依然是前朝故物,她那皎洁柔和的月光,好像对故人表现出依恋不舍的情感。句中"素影"指白色的月光,"依依"为轻柔依恋的样子,情景已合而为一了。这时作者不由惊问:江山已经换主,当时的明月又从何处飞来? 这一问,把作者追念故国山川人物的感情迸发出来了。结尾收束奇突、有力。

作者是一位杰出的画家,他几乎是以淡墨山水画的高度技巧,把深情寄托在绿草苍苔、夕阳素影间,只觉诗中有画,画中有诗。不尽之意,真不可限以绳墨。

(江巨荣)

〔黄钟〕人 月 圆

倪 瓒

惊回一枕当年梦,渔唱起南津。画屏云嶂,池塘春草,无限销魂。旧家应在,梧桐覆井,杨柳藏门。闲身空老,孤篷听雨,灯火江村。

倪瓒是元代大画家,又是著名的诗人,他出身于无锡(今属江苏)的富豪之家。元末大动乱初起时,他突然疏散财产,弃家出走,浪迹于太湖、泖湖一带,寄居在田庄、佛寺之中。从内容上看,这首小令当是弃家出走以后所作。

作品抒发了栖身僻乡时思念故家的心情。作为一位有杰出成就的画家,作者在创作这首小令时同样表现出了善于组织画面的才能。全曲没有使用凄苦、悲凉、寂寞、惆怅之类字眼,而凄苦、悲凉、寂寞、惆怅的感情却溢于言表。

首韵两句写"江村惊梦"。正当作者在梦中重温当年生活之时,突然梦境消失,回到了现实。是谁惊醒了这场好梦?原来正是从南边渡口传来的声声渔歌。这一开头似乎凭空而起,然而全曲却以此为枢纽,后面所写种种,均由此

【人月圆】

而来。

次韵三句,写梦醒后举目所见的自然景色。"画屏"指重叠而又秀丽的峰峦,此时正被云雾遮蔽着,所以说"画屏云嶂"。"池塘春草"引自东晋谢灵运《登池上楼》诗。原诗中有"池塘生春草,园林变鸣禽"二句,向称佳句,它极含蓄、自然地表达了久病初起、乍见自然景色变化而悟到时光已在不知不觉中流逝的惊讶心情。此处袭用谢诗原意,暗寓着因季节变化而引起的伤感。下面"无限销魂"一句就把这种伤感明白道出。

至此,作者"当年梦"具体指什么还十分朦胧,只见一种感伤的情调浓云密布地笼罩字里行间。下片以"旧家应在"领起,由此一语点出"旧梦"之所指。"梧桐覆井,杨柳藏门"二句是对"旧家"的具体描写,从李白诗"门前五杨柳,井上二梧桐"(《赠崔秋浦》)二句化出。李白诗上句是用东晋陶潜《五柳先生传》中"宅前有五柳树"的典故,陶宅向以简陋宁静著称;下句出自隋元行恭的《过故宅》诗"惟余一废井,尚夹两枝桐",原诗以此形容故宅的残破。本曲二句即合其意而用之,主要写旧家的荒凉:梧桐树遮盖了水井,而家门亦被柳树遮蔽,了无人迹了。这个画面虽然是作者根据自己的想象描绘出来的,却体现出作者对"旧家"的深切怀念。倪瓒是主动弃家而浪迹江湖的,怎么又会苦恋旧家呢?联系元末的社会大动荡来看,作者对"旧家"的怀念,实是对过去安谧、恬静生活的追念。倪瓒本无意于功名利禄,对统治者抱冷漠蔑视态度,故隐居乡里而以诗酒自娱。现在连这样的生活也不可得,无怪乎他要有无限的惆怅之情了。

末韵三句,作者从想象中又跳回现实。"闲身空老"是说自己一身闲散,不能有所作为而坐待岁月消逝。"孤篷听雨"则体现出作者此时内心的空虚寂寞而又无可奈何。"灯火江村"则是以荒凉、静寂的环境气氛来烘托这种心情。后面这两句是写景,但更使读者有深刻感受的却是景中之情,景与情完全融合在一起,而诗人生不逢辰的怅恨之情也自然地溢于纸面而令人感慨无穷。

元曲鉴赏辞典

1497

〔人月圆〕既是曲牌名,也是词牌名。北曲〔人月圆〕与词的格式相同,加上小令一般都不加或少加衬字,所以许多文人创作的〔人月圆〕小令艺术风格往往与词接近。这首小令在这一点上尤其明显。

(范民声)

【小桃红】

〔越调〕小 桃 红

倪 瓒

一江秋水澹寒烟,水影明如练。眼底离愁数行雁,雪晴天,绿苹红蓼参差见。吴歌荡桨,一声哀怨,惊起白鸥眠。

前人对唐代诗人、画家王维有"诗中有画、画中有诗"的评论。读了上面这首小令,就会觉得这评语同样可以施之倪瓒的作品。

这是一首写景之作。写的是一个雪后晴天,一江秋水白练似的向远处平铺舒展,在残雪的映衬下显得分外明亮。水面上淡淡的烟霭似乎还带有一些寒意。天空中征雁数行,飞向南方,似乎勾起了诗人的离愁别恨。展眼望去,水边的绿苹、红蓼参差错落有致,把这幅"秋江雪霁图"点缀得更加素雅,更富有野趣。然而,港汊深处凄清哀怨的吴歌声却又使这明丽的画面染上了一层淡淡的怅惘色彩。一叶小舟荡桨而出,歌声、桨声惊起了滩头休憩的白鸥,扑簌簌地飞向远处……

如果说它是一幅图画,那它就是一幅简洁凝练的山水图。秋水如练,此乃画之空灵飞白处,再烘染于寒烟,则氤氲满纸。此又是画中常用的染晕之法。绘画中有水墨取韵,见笔得骨之说,倪瓒此处正是先求其韵,而后以飞雁"出俏"。而绿苹红蓼则于画面中微着色彩,得此一笔,则画面灵活而有生气,在江天、雪天的映衬下,此"小景"便更是全图之俏丽处了。而"吴歌荡桨","白鸥腾空",则又使静态的图画中显出动感。诗人在此未具体描绘吴娃之态,若将其作画观,则此船此桨当微露于绿苹之上,隐然于红蓼之中,此又是画家常用的"藏头露尾"之法。整个画面远景、中景、近景层次分明,虚实相生,颇见画家倪瓒的构图匠心。

　　然本曲毕竟又是"诗",它又具有诗的魅力。诗中有画固然为佳境,但仅限于此,却还不足,妙处当还在画中有诗。画只能凭视觉去体会,而诗却可以将人之心境妙托字间。本曲以"寒烟"先暗点一笔,以"离愁"表明心绪,而哀歌之声,则非诗不能点出了。为此,本曲就不是一首单纯的写景之作。

　　但更耐寻味的却是诗人心底的思绪。作者并未完全忘情世俗,超脱现实,心灵深处的幽怨微妙地叩击着他的心弦。"眼底离愁"是什么,诗人并未明说。倪瓒晚年预感国势将乱,疏散家财而遁迹江湖,其"离愁"也许就是因此而来,也许不限于此,还有更深一层的底蕴。总之,诗人一方面把大自然写得那么美,一方面又透露出内心的不平静,完整地展现了他的内心世界。

(范民声)

〔越调〕 **凭 阑 人**

倪　瓒

赠 吴 国 良

客有吴郎吹洞箫,明月沉江春雾晓。湘灵不可招,水云中环珮摇。

这是一首赠友之作。吴国良，系倪瓒的朋友。宜兴荆溪人。倪氏诗文集《清閟阁全集》卷九《题荆溪清远图》说："荆溪吴国良，工制墨，善吹箫，好与贤士大夫游。张贞居（按：即张天雨）每馆寓其家。舣舟篱旁，兴尽便返。故国良得贞居翰墨为多。今年夏，予以事至郡中，泊舟文忠（按：即苏轼）祠后，国良便从溪上具小舟相就语，为援箫作三五弄，慰予寂寞。并以新制桐花烟墨为赠。予嘉其思致近古，遂写荆溪图以遗之。"这篇题跋，把作者与吴国良交往的情形写得很具体、动人，从中可以看到吴国良的技艺与志趣。因为有这样的交往，所以倪瓒的诗集中，留有两首赠吴国良的诗，其中一首题作，赞其佳墨（《义兴吴国良用桐烟制墨，黑而有光，胶法又得其传，将游吴中以求售，辄赋诗以速其行云》）；散曲作品中又留下了这首小曲，赞其箫声。倪瓒的画早为稀世珍宝，诗与曲又都传颂后世，这一画、一诗、一曲，可称艺坛一段佳话。

曲是赞美友人吹箫技巧的，首句要说明事的起因，所以开始是七言叙述句，以吴国良为客，称吴郎。句中提及他吹箫献技事，可谓要言不繁。第二句是描写句，从文字上看，它表面是写吹箫夜月周围的景物，这里有当空的明月，横卧的荆江，迷濛的晓雾，但它实际上是以自然景物来形容箫声所表达的意境：它犹如碧波明月的清澈凄冷，又如春日晓雾的朦胧袅绕。以景来形象地表现音乐的情绪和箫声的气韵。第三四句带有浪漫色彩，意思说：美妙的箫声虽然未能招来湘水的女神，但听者在水云交织的迷濛中仿佛听到悦耳的玉饰摇动、碰击的声音。她们乃是楚辞所唱的湘君、湘夫人。"湘灵"之"灵"释为"神"，一般认为指舜妃娥皇和女英两位女神。应该提一句，我国神话传说中，有"秦箫湘瑟"之说，秦箫指秦时的萧史，以善吹箫著名。湘瑟源于楚辞，《远游》篇有"使湘灵鼓瑟兮"的句子。所以习惯上，人们以箫与秦地相联，瑟则常与湘神相涉。吴国良是吹箫的，他的箫吹得再好，也不能把湘神吹来，这是就典论典，顺理成章；但作者作曲的本意，又在赞美他的箫声，所以在说了上句以后，紧接着说，湘女不

【折桂令】

至,但却有别的女神,美丽而盛饰,闻声姗姗而至,不过她隐身于虚无缥缈间,我们只能听到她环珮摇曳之声而已。这样的描写,就把吴郎吹箫的技巧和神韵推崇到极高的地步了。

本曲四句,押"萧豪"韵。"箫""招"二字属阴平,"晓"字上声,"摇"则阳平。平仄通押,合于北曲格律。

(江巨荣)

〔双调〕 折 桂 令

倪 瓒

拟 张 鸣 善

草茫茫秦汉陵阙,世代兴亡,却便似月影圆缺。山人室堆案图书,当窗松桂,满地薇蕨。侯门深何须刺谒,白云间自可怡悦。到如今世事难说,天地间不见一个英雄,不见一个豪杰。

这支小令,以〔折桂令〕为曲牌,"拟张鸣善"为题目。既为"拟",当是步张氏同曲原韵之作。惜张氏同曲原作已失传,故不能从两曲的对应词句来作阐明,给深入理解这支作品带来障碍。题中提及的这位张鸣善,是元末的曲家和诗人,曾著杂剧数种,皆不传,又擅长于散曲,存世作品数十首。

倪瓒的这首小令是一首述志寄怀之作。作者生活在元末。这时社会动乱,危机四起。元王朝日趋崩溃,农民起义到处涌起。作者家居无锡,这时张士诚正在这里拥兵称王,社会极不安定。倪瓒是一位高士,一生抱清贞绝俗的态度,攻书好学,笃于自信,以书画名噪一时。但他也不能与世隔绝,更不能对社会的动荡无动于衷,他在一首《述怀》诗中写道:"放笔作词赋,览时多论评。白眼视俗物,清言屈时英。"可见性好评古论今,仍然关心世事。不过由于他力在书画,不屑俗务,诗文中没有留下更多的伤时感事之作。这首小曲,抒发了他对历史和现状的感慨,直接表现了他的生活态度,生动地反映了这位杰出的山水画家的思想品格,很值得重视。

前三句从吊古入题。陵是古代帝王的坟墓,阙是墓门前所立的双柱。起句的浅层意思是说,时间无情,秦汉帝王的陵墓都已埋在茫茫草野之下;实际含义是,有雄才大略的秦汉帝王的丰功伟业也都成了历史陈迹,早已埋在荒草中被人遗忘。作者紧接着说,秦汉尚如此,那以后历代江山易主,就像天边的月亮时圆时缺那样迅速变幻,司空见惯。这样,腐败的元王朝的命运,也就不足以使这位隐逸之士特别关注了。这几句,时间的跨度大,寄托的感慨深,虽然情绪有些低沉,但这种人世沧桑的历史感,却也反映了他在黑暗现实中的高迈态度。"山人"以后三句,写自己的生活。"山人"是自称,显出自己的野趣。薇、蕨是两种野生植物,可以食用。商周时伯夷、叔齐,耻食周粟,采薇而食,最后饿死首阳山,是一个崇尚气节的历史故事。作者说他家里堆的是书画,窗前栽的是松桂,满地长的是薇蕨,表面在写生活之境,却处处在抒写自己简淡高洁之情。这种水墨画的背景,正好对人物性格作了折射,作了衬托。"诗中有画",恰是倪瓒身兼画家的本色。

下片"侯门""白云"两句直接述志。"侯门"指达官贵人之家。"刺谒"是说带着名刺(名片)之类去拜访大人物为自己谋利。周老南《云林先生墓志铭》说,倪瓒为人"清而不污","不为谄曲以事上官,足迹不涉贵人之门",正是这两句曲辞很好的注脚。最后三句,再回到历史与现实上来,曲辞说,如今世事依然不

【水仙子】

堪,古往今来的英雄豪杰却一个个退出舞台,埋骨荒草了。其潜台词是说,即便有英雄豪杰,也无补于世事。言语间虽有几分消极,几分颓放,但其中也包含历史的隐痛和现实的失望,反映了作者孤高绝世、神思散朗的品格。这也是这位艺术家和诗人受人仰慕的地方。

(江巨荣)

〔双调〕水 仙 子

倪 瓒

东风花外小红楼,南浦山横眉黛愁。春寒不管花枝瘦,无情水自流。檐间燕语娇柔,惊回幽梦,难寻旧游,落日帘钩。

这首小令写的是一种离情别绪,蕴藉婉约,情致绵远。可能是倪瓒早年所作。

前四句写得影影绰绰,若隐若现。作者描写的是景物,可是在景物中使人感觉到有一个具体的人物在。第一句"东风花外小红楼","红楼",在古代通常指女子的住处。现在"红楼"在"东风花外",可见其遥遥渺渺。这里,诗人似乎在作客观的描述,但字里行间却显示出作者的身影。"东风花外",乃是诗人眼中所见、心中所想,诗人与红楼主人天各一方自不待言。同时东风是春天这一美好季节的代表,而花又是世上美好事物的一种象征,作者对处在"东风花外"的小楼是否有东风不至、春花不生的感慨呢?这里,诗人隐约而宛转地流露出对小红楼的一种特别温馨、亲切的感情。这种感情实际上是对红楼的主人,即某一女子而发的。第二句便证实了这一点。《楚辞·九歌》

中有"送美人兮南浦"之句,因而后人常把送别之地称做"南浦"。又,古人常用"远山"来比喻女子淡淡的双眉,进一步用"远山眉"来形容美丽的女子。因此,"南浦山横眉黛愁"说的是:在送别之所一个女子正在紧蹙着双眉发愁。不容说,这女子就是小红楼中的那一位了。而"小红楼"正是当初他们的分别之地。第三句中的"花枝瘦"与上句的"眉黛愁"相关连,因不堪离别而愁上眉头,又因不胜幽怨而显得伶俜瘦怯,楚楚可怜。加以"东风花外"的小红楼仍然是春寒料峭,天公无情,不怜花枝。而无情流水(古代诗词中常以流水喻游子)又自流而不顾,小楼女主人怎能不"花枝瘦"呢?此两句语兼双关,既是写景,又是写人。

后面四句,作者的笔触开始直接描绘红楼主人。先以"檐间燕语娇柔"一句侧面落墨,其意当从史达祖〔双双燕〕词"还相雕梁藻井,又软语商量不定"句化出。燕子双双,娇柔亲昵,反衬出红楼主人的孤独和凄寂;悄声燕语又惊醒幽梦,更显出小楼的静谧和冷寞。身处此境,这位女主人公大概终日惝恍迷离,思绪纷纭。以下"难寻旧游"句正是暗点其"幽梦"之所为,或许,她正在梦里偕其恋人重温旧游之乐。然而,幽梦惊回时,耳边只有檐下燕语声,并无亲人之话音;旧游处已非往日的温馨,只有一抹惨淡的落日余辉映照着帘钩。

离愁别绪是古代诗歌中常见的题材,本曲的佳处在于处处似未从正面落笔,然处处又无不环绕着这离愁别绪。倪瓒精于绘画,其曲精于写景,而其景初看若"纯景",细细品味则景中无不含情,深邃含蓄,正显示出倪瓒"诗中有画,画中有诗"的特色。

(范民声)

〔双调〕水仙子

倪 瓒

吹箫声断更登楼,独自凭阑独自愁。斜阳绿惨红消瘦,长江天际流。百般娇千种温柔,金缕曲新声低按。碧油车名园共游,绛绡裙罗袜如钩。

　　明初,贾仲明在《录鬼簿续编》中说:倪瓒"善琴操,精音律。所作乐府有送行〔水仙子〕二篇,脍炙人口"。据今近人考:"《清閟阁遗稿》收〔水仙子〕凡三首,一题'因观《花间集》作',另有无题二首,似即所谓送行二首。"(王文才《元曲纪事》)《遗稿》是后人所编的倪瓒所作词曲集。因为送行〔水仙子〕二首脍炙人口,理应编入集中。今集中存〔水仙子〕三首,一篇有题,但与送行无关;余下两篇,当即贾仲明所说的送行二首了。查《遗稿》,其前一首曲文是:"东风花外小红楼,南浦山横眉黛愁。春寒不管花枝瘦,无情水自流。檐间燕语娇柔,惊回幽梦,难寻旧游,落日帘钩。"玩其诗意,正是伤情惜别之意,当是一首抒写离情别绪的曲子。

　　第二首就是"吹箫声断"这一支,这一首与前首同韵,结构、文字又与前首相仿,可见是前首的姊妹篇,内容也写离情别绪。曲辞紧接前曲,开始即写送别后烦闷惆怅的心情。她懒懒地吹了一阵玉箫,大约凄怨之声更不堪忍听,未等吹完,就中断箫声上楼去了。楼上人去楼空,她只有独自靠着阑杆,独自思念故人而已。这两句动作层次清晰,两个"独"字,强调了别后孤独的痛苦。三四两句,写凭阑人远眺所见的景色。只见一抹斜阳,照在树梢、花间,绿叶似乎也变得惨淡，红花也显得消瘦。极目望去，只见长江无边无际，好像一直流到天的尽头。这两句寓情于景，斜阳、暗绿、残红、江水，一一映照出凭阑人的怨望和忧伤。写法上由上而下，由大而小；"长江"一句又由近及远，将境界放开。层次分明而又参差跌宕。末四句回忆往日共同生活的温馨，以反照今日的凄楚。这里有两个词语用得颇曲折费解。一是〔金缕曲〕。它原是词调名，又名〔贺新郎〕、〔金缕衣〕，字面含义清楚；但此曲有时与亲密的情感相联系，含义就较深了。如苏轼诗："日夜更歌金缕曲，他时莫忘《角弓》篇。"《角弓》是《诗经》"小雅"中的一篇，主题是说骨肉团聚，不要疏远。从苏轼诗的前后句看，慢声低唱〔金缕曲〕，表示密切，所以后句期望今后不要疏远。这个意思用到曲中，无疑是凭阑人的一种心愿。二是"碧油幢"。这是一种青绿色的油布帷幕，作车子的装饰用。这里借喻华贵的车子，以衬托旧游的欢乐。这四句的意思写：他们的爱情生活一直十分亲密温柔。平日间浅斟低唱，彼此依恋，多么亲密；有时一起乘着华丽的游车到名园赏玩，又是多么欢悦。就是深红色丝裙，小脚上套着的薄丝袜，也引起情爱的回忆。但这一切随着亲人的离去，都如无情的江水一样流失，所以更引人怀想了。这几句，文字上几乎都没有相思离别痕迹，但相思之情都在言外，这是古代诗词曲共同的表现手法。

(江巨荣)

〔双调〕 **殿 前 欢**

倪 瓒

搵啼红，杏花消息雨声中。十年一觉扬州梦，春水如空，雁波寒写去踪。离愁重，南浦行云送，冰弦玉柱，弹怨东风。

"黯然销魂者,唯别而已矣!"(江淹《恨赋》)离别向来就是人生一大憾事,古人的抒情文学不知写出了多少离愁别恨。尽管它是一个写熟了的题目,倪瓒这首小令却仍别有一番风致。

"揾啼红"用"子规啼血"典故。"揾"即拭抹;"啼红"即"啼血",古人因子规(即杜鹃)鸟啼声作"不如归去",故诗歌中提及杜鹃鸟时常寓思归之意,并常以"啼血"、"啼红"形容分离之痛苦。如江淹《恨赋》用"沥泣共诀,扺血相视"来描写离别时难以割舍之状。此处以"揾啼红"一句开头,既点出主题,又为全曲定下了伤感的基调。

接着两句都是引用前人现成诗句入曲。宋代陈与义诗有"客子光阴诗卷里,杏花消息雨声中"(《怀天经、智老,因以访之》),为传世名句,原意是:因耽溺于诗卷而忘记了光阴的消失,听到雨声后才感觉到春天已经来到。这里取后一句来表示时光已在不知不觉中转移到春天了。唐代杜牧诗中有"十年一觉扬州梦,赢得青楼薄幸名"(《遣怀》)之句,这里借用前句,以表达因久羁异乡而浪掷年华的感慨。由此通出下文"春水如空"二句。"春"字与上面"杏花消息"相呼应,"水"字与下面"南浦"在语脉上相关联,"如空"本是清澈见底的意思,此处乃暗衬"一梦"。"雁波寒写去踪"一句紧接"春水如空"而来。雁群在寒波上投下倒影,好像在水面书写下了它匆匆而过的踪迹。作者此处乃虚处落笔,以雁拟人。春天雁群北飞,是回到它们的老家去,暗喻主人公此时也是思乡心切。"离愁重"一句在全曲中起穿针引线的过渡作用,也是全曲题旨所在。它上承羁旅思乡之情,下面又引出具体的送别场面。羁旅思乡是一种离愁,而要离此而归,惜别之情不免要给主人公添上新的离愁,所以说是"离愁重"。

"南浦行云送"又是先从虚处着墨,不写送别之人,而写天空飘动着的云彩也到南浦送别。"行云"在古人诗词中或喻游子,或喻美女,此处当指女子而言,也许就是主人公难以割舍的那个人吧。"冰弦玉柱"是琴、瑟一类弹拨乐器的美称(冰弦是传说中用冰蚕丝制成的弦;玉柱是乐器上系弦所用),不消说,弹奏乐器的自然就是那个女子了。"弹怨东风"说的是音乐中所传达的人物感情。东风可以催促草木生长、迎春到来,也可以造成落红遍地、送春归去。故古人诗词中对东风的态度往往褒贬不一。"怨东风"一语则常被用来抒发因春光消逝而生的怨恨。这一女子通过乐曲来抱怨东风无情,就曲折地表达了她对恋人远去,爱情中断的那种无可奈何的伤感之情。

本曲情致绵密,蕴藉含蓄,耐人咀嚼玩味。虽然不一定实写其事,但其中所寄托的作者自己的思想感情,还是十分真实感人的。曲中主人公那种久客怀归而又不忍离别的情状,仅通过寥寥数语就使人得到真切的感受。

(范民声)

［作者小传］

夏庭芝

字伯和,一作百和,号雪蓑,别署雪蓑钓隐,一作雪蓑渔隐。松江(今属上海)人。夏氏为松江巨族。隐居不仕,与当时曲家及艺人都有往来。曾追忆旧游,著《青楼集》,记载一百多位艺人、曲家的事迹,为戏曲史重要资料。散曲现存小令二首。

〔双调〕水 仙 子

夏庭芝

赠李奴婢

丽春园先使棘针屯,烟月牌荒将烈焰焚。实心儿辞却莺花阵,谁想香车不甚稳,柳花亭进退无门。夫人是夫人分,奴

【水仙子】

婢是奴婢身，怎做夫人！

在元代，生活在勾阑中的杂剧女演员，往往因色艺出众，被达官贵人纳为侧室，供其玩弄。但是也有一些女演员，不甘于沦落风尘，她们经过种种努力，终于脱离乐籍而从良。李奴婢就是这样一位从良的妓女。她的事迹记载在作者所写的《青楼集》中："李奴婢，妆旦色，貌艺为最，仗义施仁。嫁与杰里哥儿金事，伯家间监司动言章，休还。名公士夫，多与乐府长篇，歌曲词章。予亦有〔水仙子〕与之云：……"从中我们知道李奴婢是个杰出的旦角演员，外貌出众，技艺超群，为人豪爽，颇富同情心，又能行善事。她满以为嫁着了一个爱她的官僚，终身有靠。却没想到在人分十等的等级森严的元代，她的愿望很快就破灭了。元朝政府有明确规定："承应乐人呵，一般休成亲，乐人匹配者。"（《元典章》卷十八）她们命里注定只能嫁给同一阶层的乐人。李奴婢被告到官府，落得一个休还的悲惨下场。李奴婢的遭遇引起了作者的深深同情，在写给她的这首〔水仙子〕曲子中，控诉了社会对她的不公平。

作者夏庭芝原是云间巨族，"乔木故家"。他"一生黄金买笑，风流蕴藉"（《录鬼簿续编》），所以和勾阑艺人关系极密。"慕孔北海，座客常满，尊酒不空，终日高会开宴，诸伶毕至，以故见闻博有"（张鸣善《青楼集·叙》），写成一本主要记载当时杂剧、曲艺女艺人的小传、技艺、轶事、交往的笔记，为中国戏曲史提供了极其有价值的资料。

〔水仙子〕这首小令一开始写李奴婢从良的坚决。"丽春园"句和"烟月牌"句据曲律应对仗。丽春园泛指妓院，烟月牌为写妓女名字的木牌，烟月者，烟花风月也。把原先围绕剧场的荆棘都集中起来堆在妓院里，然后一把火把妓院和写着妓女名字的牌子都烧成灰烬，以形容李奴婢脱离苦海的急切心情。第三句写李奴婢和昔日相处的莺花姐妹告别，"实心儿"三个字写出李奴婢对过去卖笑生涯的厌恶和痛恨,她一心一意向往从良以后的美好生活。但是生活之路充满着坎坷,命运捉弄了她。"谁想"二字,来一个陡转,刚上路送亲的香车就颠簸不稳,眼看着从良的目的不能达到,柳花亭是进不去了,回到丽春园也于心不甘啊,真是进退无门! 她感到痛心疾首,要过正常人的生活是何等艰难! 她只好相信冥冥之中主宰一切的命运之神了,谁能当夫人,谁只配做奴婢,是命中注定的。她名叫奴婢,大概只能当一辈子侍候人的奴婢了吧。这沉痛的呼号,是对摧残民间艺人的封建社会的严正控诉。

夏庭芝传世的散曲只有两首。据说他"文章妍丽,乐府、隐语极多"(《录鬼簿续编》),可惜都已散佚。这首〔水仙子〕以及另一首〔朝天子〕,还是靠《青楼集》,才得以保留的。

(史 乘)

刘庭信

原名廷玉,排行第五,人称"黑刘五",益都(今属山东)人。工散曲。题材多为闺情、闺怨。所作散曲今存小令三十九首,套数七套。

作者小传

〔中吕〕 **朝 天 子**

刘庭信

赴 约

夜深深静悄,明朗朗月高,小书院无人到。书生今夜且休睡着,有句话低低道:半扇儿窗棂,不须轻敲,我来时将花树

【朝天子】 儿摇。你可便记着,便休要忘了,影儿动咱来到。

这首小令,《盛世新声》不注撰人,亦无题目。《词林摘艳》作刘庭信撰,兹从之。

本曲题为《赴约》,写的是一对恋人约会的情景。从曲辞看,这次约会的主动者应是女方。她把约会的时间、地点、暗号,都详细地告诉了恋人(书生)。时间是朗月高照、万籁俱寂的深夜。"夜深深"两句,时空兼写,境界静美和谐,确是情人欢会之时。地点是恋人书生的小书院。院既"小",又"无人到",是理想的恋人约会的地方。约会的暗号不再是轻敲书生的那"半扇儿窗棂",而是"将花树儿摇"。敲窗棂是封建社会里习见的青年男女约会的暗号,如郑德辉〔伯梅香〕:"剥剥的弹响窗棂时,痴痴的俺来了。"这里改为摇花树,改得新巧,在写作上也多了一层映衬。在这支曲中,看来女方对这次约会特别执著,对约会暗号的改变也似乎很不放心:如果仍是敲窗棂,有声在耳,书生小睡或不妨事;而轻摇院子里的花树,花影动而玉人来,自然是非紧盯着花树不可。所以她要求书生"且休睡着",并一再嘱咐"你可便记着","便休要忘了",这是有其道理的,从中我们可以看到这位女主人公对爱情的执著,体味到她那炽热的、紧张兴奋的心态。

这首小令全用当时的口语写成,通俗,平易,却又不乏艺术的醇美。如上所述,曲中一景一物虽无工细描绘,却皆得静美和谐之趣,静悄悄的夜,明朗朗的月,小小的书院,半开半掩的小窗棂,以及可供摇动的花树,诸般景物,皆从情人幽会这种特定场景需要出发,巧作安排,各有所用,无不妥帖、自然,且都暗含一种甜美喜悦的感情。再如,曲中无一语描绘人物形象,而女主人公却神情毕见,呼之可出。作者主要是通过她的语言展现其精神世界的。她与书生约会,事关机密,所以要"低低道";她把约会的暗号,一再嘱咐书生要记牢,休睡着,不厌重复,简直有点儿耳提面命。从这些语言神态上,我们看到了这位女主人公谨慎、勇敢的个性和对爱情的执著追求;结尾的"影儿动咱来到",更充满了她的按捺不住的喜悦。凡此,皆不施罗绮,不待香泽,不事描绘,而形神俱得,这是很好的用笔。

(邱鸣皋)

〔双调〕折 桂 令

刘庭信

忆 别

想人生最苦离别,三个字细细分开,凄凄凉凉无了无歇。别字儿半响痴呆,离字儿一时拆散,苦字儿两下里堆叠。他那里鞍儿马儿身子儿劣怯,我这里眉儿眼儿脸脑儿乜斜。侧着头叫一声"行者",阁着泪说一句"听者",得官时先报期程,丢丢抹抹远远的迎接。

这支曲子以一个女子的立场和口吻,倾诉送别丈夫的离情。丈夫将远行赶考,妻子到长亭送行,离别使夫妻双方都感到难以割舍的痛苦。曲子写的就是这一片情思,既简单又平常,是历代文人吟咏烂熟的主题。但这种情感是永恒的,只要作家具有敏锐的艺术感受力和高超的艺术造诣,就能常吟常新,给人以耳目一新之感。

刘庭信这支曲子的立意就不同凡响。曲子一开头,就抓住"苦离别"三个字

【折桂令】

大作文章,细写"别字儿"怎样,"离字儿"怎样,"苦字儿"怎样。自古诗词,都是把离别情作为一个不可分解、也无人想到要去分解的整体来描写。古诗十九首之一"行行重行行,与君生别离",孟郊《古怨别》"飒飒秋风生,愁人怨离别",卢纶《送李端》"故关衰草遍,离别正堪悲",李煜〔清平乐〕"离恨恰如春草,更行更远还生",辛弃疾〔鹧鸪天〕"今古恨,几千般,只应离合是悲欢"等等,都是其例。至于写离别情而不用离别二字的诗词,更是不胜枚举。这些诗词,不能说不是体情入微,抒情尽致。但刘庭信这支曲子却独辟蹊径,别开生面,把"三个字细细拆开"。"别",是人分两处;"离",是舍家远去;"苦"是离别而生的心理感受。曲辞先强调了"苦离别"三个字的不同含义,接着进一步审视这三个字在离人心上激发的不同反映。作者用了三个不同的动词来表现。"痴呆",写送行时素日朝夕厮守的夫妻,一提"别"字,就顿时丧魂落魄,恍似徒存躯壳的情状;"拆散",是经过半响(晌)痴呆之后,回过神来,清醒意识到转眼间夫妻就要"相去万余里,各在天一涯"(古诗十九首《行行重行行》),于是被无情拆散的痛苦,不禁蓦然袭上心头;"堆叠",描写随着时间和空间的延展,离愁别恨也随之淤积,相去愈远,相别愈久,这种堆叠,也就会愈重愈厚,总有一天,愁山堆叠千万重,会窒息了他们的生命。这三句,是三个层次,层层进逼,恣意纵情,愈转愈深,必欲将离人之情发泄无余而后止。这三句,又是工稳自然的鼎足对,形如三足鼎立,给人以雄浑沉着感;又如泉流下滩,给人以直泄无滞感。作者把"苦离别"三字作了这样精心的处理,的确是匠心独运,道前人所未曾道,穷尽了世人离愁别恨的苦情。

　　曲辞后半,则又把"苦离别"三个字合起来写,字字句句仍然紧紧扣住三个字落笔。"劣怯"是虚弱不胜情的形象,"乜斜"是痛苦失态的神情。两句以形传神,夫妻不堪离别之情态,宛然目前。最后的"行者"、"听者"几句,则形神毕肖,音容凄切,酸楚动人。

刘庭信散曲的最大特点，就是有强烈的抒情色彩。杨维桢《东维子集》卷十一里有这样的评语："黑刘纵于园"，"纵于园，恣情之过"。黑刘，即指刘庭信，他身长而黑，人尽称黑刘。他的抒情，不求蕴藉含蓄，也不假花鸟烟云搪塞粉饰，而是纵横出入，任情宣泄。王骥德《曲律·杂论》说："作闺曲而多及景语，吾知其窘矣。此在高手，持一情字，摸索洗发，方挹之不尽，写之不穷，淋漓渺漫，自有余力。"刘庭信堪称这样的抒情高手，他的散曲，词已尽而情不绝，掩卷之后，其曲中奔腾着的感情波涛依然长久地在读者心中回荡。

（杨廷治）

〔双调〕折 桂 令

刘庭信

忆　别

想人生最苦离别，唱到阳关，休唱三叠。急煎煎抹泪柔眸，意迟迟揉腮揪耳，呆答孩闭口藏舌。"情儿分儿你心里记者，病儿痛儿我身上添些，家儿活儿既是抛撇，书儿信儿是必休绝，花儿草儿打听的风声，车儿马儿我亲自来也！"

本篇同前篇是同胞并蒂的姊妹篇。曲的第一句重复唱出"想人生最苦离别"，一开头就传达出一吟三叹、绵绵不绝的离情。接着两句："唱到阳关，休唱三叠"，借用唐代诗人王维《送元二使安西》的诗境画意，唤起读者关于折柳送别的丰富经历和种种感受。自王维诗传唱开以后，人们送别不能不唱"阳关"，唱

【水仙子】

一句"劝君更尽一杯酒,西出阳关无故人",就向即将远行的人倾注了一片惜别慰勉的深情;但是,又不敢反复吟唱"阳关",那"断肠声里无声画,画出阳关更断肠"(黄庭坚《题阳关图》)的阳关情、阳关景,会更加使人伤痛欲绝。这些联想,大大丰富了"想人生最苦离别"的内涵,为曲子酝酿了一种浓重的送别氛围。"急煎煎"以后三句,正是在这种愁云惨雾般的环境中,点画出离别时的情态:心焦如焚,意乱如麻,举措失度,欲言无语。若痴若呆的外在形象和复杂的内在情绪,活现出主人公此时此刻的心理状态。最后三句,尤写得俏皮生动。曲中女主人公先叮嘱丈夫牢记夫妻情分、相思痛苦和频寄音书;继而又警告丈夫:如果得了官就去寻花问柳,抛弃她,那末只要她听到一点儿风声,就会亲自去找他算账! 在古代的爱情文学作品中,女子大多表现为缠绵、温柔、软弱,像本曲这种泼辣、刚强的女性还很少见。因而显得尤为可贵。

这首曲子描写离愁别恨,基调是伤感的、缠绵的,然而女主人公的性格却又使本曲具有泼辣刚健的风格。她那直朴坦率、亢爽快利的对话描摹,声情毕肖,使全曲显得生动、活泼。加上押入声韵,使曲辞在写情之中,具有一种阳刚之美。

(杨廷治)

〔双调〕**水 仙 子**

刘庭信

相 思

恨重叠,重叠恨,恨绵绵,恨满晚妆楼。愁积聚,积聚愁,愁切切,愁斟碧玉瓯。懒梳妆,梳妆懒,懒设设,懒爇黄金兽。

【水仙子】

泪珠弹,弹珠泪,泪汪汪,汪汪不住流。病身躯,身躯病,病恹恹,病在我心头。花见我,我见花,花应憔瘦。月对咱,咱对月,月更害羞。与天说,说与天,天也还愁。

这一首小令以精雕细刻的艺术形式,表现了曲中抒情主人公由于"相思"而引起的"恨"、"愁"、"懒"、"泪"、"病"等一系列的忧悒与苦闷,反映了失恋女子心灵上的深深哀痛。

曲辞共由八韵组成,每韵表现一种感情或情态,自成一个层次。开头一韵,由三个三字句和一个五字句组成,一句一"恨",总写"恨"之多。前两句,作者用"重叠"形容"恨"之多,作者为了强调,渲染其"恨"之多,在修辞上,使用了"回文"格,利用回文格所创造的回环往复的修辞效果,加以反复强调、渲染,极言其"恨"的如积如聚,重重叠叠。"恨绵绵"句则转写"恨"的绵长,连续不断;"恨满"句更将无形之物化为有形,用一个"满"字,把"重叠""绵绵"的"恨",加以具体化,形象化。从"晚妆楼"三字中,读者可以知道这怀"恨"的主人公是位妇女。接着,作者用同样的句式和类似的笔法,一连四韵,写了这位女主人公的"愁"、"懒"、"泪"、"病",从外部情绪表现写到内心深处,感情氛围,逐层加重。"花见我"以下三韵,句式变为各由两个三字句和一个四字句组成,作者用花、月、天为衬托,进一步表现女主人公相思的心理状态,抒情更为细腻,女主人公的近乎病态的相思之苦,至此得到了充分的表现。

这首〔水仙子〕的曲辞,较多地突破了〔水仙子〕常用的八句八韵格式。它虽然也是由八韵组成,但它的前五韵,每韵皆由四个分句组成,后三韵,每韵皆由三个分句组成,这与常见〔水仙子〕一句一韵的格式相比,首先是句数、字数都增加了许多。在同一种曲调节拍之内,字句的增多,必然造成音节间的紧促。其次是三字句特多。这种句式与上述紧促的音节相配合,特别是与回文格(后三韵中诸分句既是"回文"格,又是"顶针"格)所造成的回环往复、连绵不断的感情气氛相配合,就把女主人公的那种低抑凄切、抽抽噎噎的苦相思的声情,绘声绘色地表现了出来了。显然,此曲形式上的改变,是出于表现内容的需要,在这里,艺术形式与思想内容做到了很好的统一。

再者,这首小令的曲辞,细腻流丽,作者虽镂心刻骨,而字面上却少见刻镂之痕。作者熟练地使用了回文格与顶针格等修辞手段,又多用叠词点缀其间,使全曲字面上的流丽工细,一望而知;且前五韵与后三韵,均有整齐划一的句式结构,每韵之间,上下为对,使全曲呈现出一种严整之美。

(邱鸣皋)

〔双调〕雁儿落过得胜令

刘庭信

懒栽潘岳花,学种樊迟稼。心闲梦寝安,志满忧愁大。无福享荣华,有分受贫乏。燕度春秋社,蜂喧早晚衙。茶瓜,林下渔樵话。桑麻,山中宰相家。

这是一首咏怀言志之作。前四句为〔雁儿落〕,主要是写作者懒于官场生活而转向田园。作者借用潘岳和樊迟两个历史人物典故,来表现这种怀抱与志向。晋代潘岳为河阳(治今河南孟县西)令,命令全县遍种桃李花,人号曰"河阳一县花"(见《白帖》)。故庾信《春赋》有"河阳一县并是花",李白《赠崔秋浦》诗有"河阳花作县"句。此曲中的"懒栽潘岳花",意即懒于做官,所以次句紧接着说:"学种樊迟稼。"孔子的学生樊迟向孔子请教种庄稼的事,被孔子骂为"小人"(见《论语·子路篇》),而此曲的作者却偏要"学稼"。显然,这是志在退隐。我国古代的知识分子,往往遵守着一种信条:达则兼济天下,穷则独善其身。前者是出仕为官,后者则是退隐。而退隐的归宿,往往在于山林田园。三、四两句,承退隐之意脉,道出人生的一种哲理:"心闲"则"梦寝安",相反,"志满"则容易落空(古人戒"满",以为"满则覆"。见《荀子·宥坐》),而惹来忧愁。作者志在退隐,一片冰心,自然是"心闲梦寝安"的。

"无福"句以下至曲终,是〔得胜令〕曲辞,继续发挥〔雁儿落〕曲意,抒写退隐之乐。"无福"句上应"懒栽"句,"荣华"仍指官场生活;"有分"句则应"学稼"句,"贫乏"自然是指退隐之后的清贫。"无福"、"有分"云云,皆语含讥讽,暗蕴一种拗怒之气。"燕度"以下至曲终,都是写退隐田园山林之乐。"燕度""蜂喧"两句,写退隐生活中身边常见之景。古人立春秋二社,取春祈秋报之意。春日祈祷丰年,立为春社(在立春后第五个戊日);秋后农家收获已毕,立社设祭,以酬土神,报答神功,是为秋社(在立秋后第五个戊日)。燕子是候鸟,春社来而秋社去,这里用一个"度"字表现了燕子的这种习性。同时,这里也包含着作者退隐的生活内容:看着燕子春来秋去,年年如此,平静,安宁。"蜂喧早晚衙"是与"燕度春秋社"互为补充的另一景。"衙",凡排列整齐成行之物皆可称为"衙"。蜂房排列整齐有序,称为"蜂衙";且众蜂簇拥蜂王,如同朝拜屏卫,亦称"蜂衙"。众蜂早晚聚集,嗡嗡作响,作者用一个"喧"字,既传其声,又状其众,下字运意,颇见工力。"茶瓜"、"林下渔樵话"、"桑麻",是进一步罗列作者退隐的生活内容,包括饮食、劳动诸方面。生活上的纯朴、平静,感情上的恬淡寡欲,以及字里行间所透出的山林泥土气息,无不与隐者的特定环境、特定心境和谐一致。结尾的"山中宰相",典出《南史·陶弘景传》。南朝梁陶弘景隐居句曲山(即茅山,

【一枝花】

在今江苏境内），武帝礼聘不出，国有大事，辄就咨询，时称"山中宰相"。这个结句，既概括了全曲所描述的隐居生活，同时也流露了作者的理想与追求：他要像陶弘景那样，既要隐居山林田园，摆脱官场的腐臭，享受山林田园之乐，又不完全忘却对于国家政事的关心。这是我国古代清高类型的知识分子所理想的生活道路。我们对刘庭信的身世经历，因史料不备，未能详知，但据贾仲明的《录鬼簿续编》，刘庭信似未做官。所以，曲中所写，不一定是他自己的生活真实，很可能只是他的咏怀言志而已。

这首小令在写作上很注意句子的对仗美。〔雁儿落〕四句，一、二句对仗，三、四句对仗。〔得胜令〕八句，也同样都是工整的对句。对句扩大了曲辞的表现力，使有限的文字能表现更加丰富的生活内容；同时也使句式呈现对称美，严整有序，平仄协调，音韵铿锵。再者，这首曲辞写隐居生活内容，多从小处落墨，如写燕、写蜂、写茶瓜、写桑麻，等等，具体而微，但却由此展现了一片清幽的生活环境，又由此展现了作者内心世界的宁静。这种用笔，与写隐居题材极为相称。

（邱鸣皋）

〔南吕〕 一 枝 花

刘庭信

春日送别

丝丝杨柳风，点点梨花雨。雨随花瓣落，风趁柳条疏。春事成虚，无奈春归去。春归何太速？试问东君：谁肯与莺花做主？

这是刘庭信所作套数〔南吕·一枝花〕《春日送别》的第一曲,在元散曲中久享盛誉,贾仲明《录鬼簿续编》说它"语极俊丽,举世歌之"。

这首曲辞确实是"语极俊丽"。开头四句,作者扣住题中的"春日",用工细绮丽的笔墨,描绘了一幅形象生动的春景图。其实,这四句的内容骨干,只是风、雨、杨柳和梨花。但作者以风写杨柳,以显其风流;以雨写梨花,以显其圣洁。于是,杨柳随风,梨花带雨,风与杨柳,雨与梨花,其形象皆互为衬托,相得益彰,春天的特有景象已分明呈显眼前。且"风"是"丝丝"的风,"雨"是"点点"的雨,"丝丝""点点"两个叠词,把春天特有的轻柔、甜美的韵味也透露出来了。这四句由工稳的对句组成,所描写的物象、色彩以至词语的声律平仄,都互相为对,这实际上是以诗入曲,借对仗艺术而使这幅春景图形象更鲜明,色调更和谐。由此也可看出这首曲辞"语极俊丽"的特点。这四句曲辞所表现的情感基调是温柔的,但"雨随花瓣落",也隐隐透露了一缕感伤的情绪。这种情绪,在"春事成虚"以下五句中得到了充分表现。梨花瓣落,春景将尽,春将归去,故云"春事成虚"。其实,这里的"无奈春归去",既是指自然界的"春",也是指即将远去的"人";同样,"春归何太速",既是对匆匆而尽的"春"的质问,也是对匆匆离去的"人"的埋怨。字面指春归,实指人去,暗扣题旨"送别",这种亦春亦人,借春写人的双关笔法,给全曲增添了含蓄美。结句紧承上意,谓春既归去,那么谁为"莺花"做主呢?"东君"是司春之神;"莺花",莺啼花开之意,泛指春天景物,这里以"莺花"指代曲中的抒情主人公。从"谁肯与莺花做主"看,这个主人公应是女性,而她所送别的,也应是她的丈夫或恋人。

这首曲辞先写景而后抒情,由景生情,从而达到情景交融的艺术境界。开头四句写送别之时的自然景物,景色虽美,但却少有欢乐。趁风的柳条,是送别的象征(古人折柳赠别);而梨花带雨,则是送行者的形象写照(白居易《长恨歌》用"梨花一枝春带雨"形容泪痕满面的杨妃形象)。可以说,开头的写景,不仅是为下文抒情作铺垫，而且本身也饱含情感，只是将"情"含蓄在"景"中而已。再者，良辰美景，本应与丈夫或恋人共赏，而他却匆匆离去！良辰美景，顿成虚设，于是对景伤怀，愁思茫茫，景愈美则愁愈深。于是转而抒情。在写作上，这是一种富有表现力的反跌笔法，使写景抒情跌宕转折，相应相生，从而达到情景交融的艺术境界。

（邱鸣皋）

【作者小传】

刘燕歌

歌妓，能诗词。《青楼集》称："善歌舞。齐参议还山东，刘赋〔太常引〕以饯云云，至今脍炙人口。"该曲现存。

〔仙吕〕太 常 引

刘燕歌

饯齐参议回山东

故人别我出阳关，无计锁雕鞍。今古别离难，兀谁画蛾眉远山。一尊别酒，一声杜宇，寂寞又春残。明月小楼间，第一夜相思泪弹。

《青楼集》载："刘燕歌，善歌舞。齐参议还山东，刘赋〔太常引〕以饯云……至今脍炙人口。"按"参议"乃元代中书省重要属官，正四品。故此词当是作者在大都（北京）为齐饯行之作。

此词表现了作者对情侣缠绵悱恻的眷恋之情,怆然凄绝的离愁别怨。虽然在诗歌中这已是一个古老常见的主题,然而出自一位歌妓之手,却又使人耳目一新。

首句"故人"即点明送者与行者关系原非寻常,情笃由来已久;"阳关"非玉门之阳关(齐是回山东),亦非山东宁阳之阳关(太古太僻,鲜为人知),只是泛指离别距离之遥远,又隐含王维"西出阳关无故人"之诗意。七字既扣足题面饯别之旨,又为下文抒写离索愁绪张本。"无计"句说明离别势已必然,无法挽留:也许齐是罢职还乡,也许是回家省亲抑或有其他要紧之事。"无计"是客观情势,"锁雕鞍"是主观愿望,只亮出主客矛盾,则凄绝之情已力透纸背。第三句又旋即宕开,泛说古今离别是一大难关。屈原《九歌·少司命》:"悲莫悲兮生别离";江淹《别赋》:"黯然销魂者,唯别而已矣。""使人意夺神骇,心折骨惊";李商隐《无题》:"相见时难别亦难";柳永〔雨霖铃〕:"多情自古伤离别"……皆其例证。第四句复挽回写自己,但不实写眼前,而只虚写未来:今后谁再为我描画形如远山的蛾眉呢?"兀"是加强语气的助词。画眉本生活琐事,但后人常用张敞画眉典故以喻恩爱夫妻,故此一细节不可小觑:燕歌对行将断绝的恩爱之忧心如焚,齐某素日对她体贴入微之柔情蜜意,均从此一细节可窥见一斑。或许她早拟从良嫁他,然则良家女子于此时尚多担心男子变心遗弃,而况风尘妓女之于达官贵人乎?个中意蕴,实难尽测。两句一开一合,由人及我,虚实交用,极尽变化之妙。

五六七三句,又从未来遐想回到写眼前饯宴:"一尊别酒"苦味难咽,已然"未饮心先醉",它表达了多少无声的万语千言;偏又此时"一声杜宇"凄厉叫道"不如归去",似在催行人启程。"寂寞"承上"别酒","春残"承上"杜宇"。场面如此凄凉,季节使人伤感,杜宇的凄怨,落花的雕残,都是"春归"的象征,自然很容易触动此时此刻女主人公的孤寂冷落之感:伊人离去,爱情之春将"残";今

【太常引】

后块然独处,红颜易衰,青春韶华将"残"。两句由物而我,由眼前而设想未来,蕴含丰富。叠用"一声",力重千钧,融情于景,耐人寻味。

结尾两句,进一步从眼前实写推开,转到设想未来的虚写:眼前还在一起饯别,到了今夜,我将独守空楼,翘望明月,形影相吊,潸然泪雨,品尝这"破题儿又遭别离"的相思滋味了!彼时面对明月,也许会唤起"当时明月在,曾照彩云归"(晏几道〔临江仙〕)的亲切回忆;也许会引发出"何事长向别时圆"(苏轼〔水调歌头〕)的妒忌埋怨;也许还会产生"愿逐月华流照君"的痴心幻想;但也许更会担心"赢得青楼薄幸名"(杜牧〔遣怀〕)的可悲结局……这"第一夜"便如此难熬,那么漫长的日日夜夜又该如何打发呢?凡此皆余意无穷。

《古今女史》卷六尚载燕歌《有感》一诗:"忆昔欢娱不下床,盟齐山海莫相忘。那堪忽尔成抛弃,千古生憎李十郎。"若"李十郎"是指齐参议,那他当初的"相思泪"真是白弹了!但愿不是如此。

此曲言简意赅,用典而不隐晦,深入而能浅出,无限凄怆之情,只以缠绵含蓄之语出之,故能优游不竭。其间开合跌宕,虚实交错,情景相生,故能曲尽婉约绵丽之致。噫,以一风尘女子,而具如此才情,岂不令人叹为观止!

(熊 笃)

【作者小传】

邵亨贞

(1309—1401)字复孺,号清溪,云间(今上海松江)人。元时曾任松江府学训导。入明后生活近三十年。著有《野处集》、《蚁术诗选》、《蚁术词选》等。《全元散曲》录存其小令三首。

〔仙吕〕后 庭 花

邵亨贞

拟 古

铜壶更漏残,红妆春梦阑,江上花无语,天涯人未还。倚楼闲,月明千里,隔江何处山。

以思妇形象为题材的作品,自汉乐府以来,诗词中为数不少。这首以拟古为题的散曲小令当是摹仿这类作品的。它刻画了一个居住在江边楼头的女子思念远人的情景。所思念的远人当是她的丈夫,如系恋人,感情大约不是这样明朗和单纯的。

第一句点明时间:铜壶漏残,是黑夜快过去的时候了。第二句点出主人公是一位红粉佳人,也进一步点出季节——春天。春天更残漏尽之时,正是浓睡的好时光,可是佳人已从将尽未尽的梦中醒来。她梦见什么? 为什么醒来? 没有说。只知她醒后从眼前江上的花,想到了远在天边的人,可见她的内心是极不平静的。以否定命题为前提,说花"无语",正是希望花解语、能语。然而花毕竟无语,而惊梦之人竟希望与花儿倾谈,可见她是怎样地孤独与寂寞了。同时,也巧妙地写出她的心事是隐秘、不便与外人谈起的。她在思念丈夫。他离得很远,在她看来,就像在天边一般。说他未还,不正流露了希望他快还的心情吗? 这样,她做了什么梦以致心绪不宁如此,就不难想见了。以上是写她梦初醒时的心理活动。然而意犹未尽。她走到楼头,倚阑远眺。这似乎是一种下意识的行动,因为她知道此刻他决不会回来,但还是不知不觉又"倚楼"了。她希望那茫茫大江渡口或者绵绵古

【小梁州】

道尽头突然现出他的身影,痴情实在可感。当然,她没有看到她希望看到的。眼前只是一片明亮的月光,一泻千里。广阔的空间,正衬托了她那空寂寥落的心。望着江那边的一带远山,她想:那是哪里的山呢? 这山是那么远,那么渺茫;而山那边,就更远更远了。可是自己思念的人却还在山那边很远的地方,那更是一个渺茫的,为自己所不知的世界了。他离自己是多么遥远哪!

这首小令写的就是这样一种思念之情。思妇的感情是浓烈的,但作者却将它化浓为淡。花、楼、明月、远山,形象色彩都是不鲜明的,思念也似有若无。但读过之后,谁都会被这少妇的情思牵绕,久久难以释怀。

拟古始自陆机,然而前人讥他"句仿字效,如临帖然",自陶渊明之后,拟古也常出新意。散曲之中的拟古之作,此首当属上乘。

(姚品文)

作者小传 汤式

字舜民,号菊庄,象山(今属浙江)人。初时补象山县吏,不得志,落魄江湖。入明,流寓北方,明成祖朱棣在燕邸时,曾为文学侍从。所作杂剧今知有《瑞仙亭》、《娇红记》二种,均不传。今存散曲集《笔花集》。《全元散曲》录存其小令一百七十首,套数六十八套,残曲一首。

〔正宫〕 **小 梁 州**

汤 式

九日渡江二首

秋风江上棹孤舟,烟水悠悠。伤心无句赋登楼,山容瘦,老树替人愁。〔幺〕樽前醉把茱萸嗅，问相知几个白头？乐可酬，人非旧，黄花时候，难比旧风流。

秋风江上棹孤航，烟水茫茫。白云西去雁南翔，推篷望，清思满沧浪。〔幺〕东篱载酒陶元亮，等闲间过了重阳。白感伤，何情况，黄花惆怅，空作去年香。

重阳佳节（农历九月九日），理应与故乡亲友相约登山，佩戴茱萸（一种香草），以祛邪避灾；或载酒东篱（菊园），观赏菊花，饮酒赋诗。可现在，诗人却因世事奔忙，孤舟远航，漂泊异乡。因此，羁旅行役之愁，佳节思亲之念，韶华易逝之悲，全都一古脑儿涌上心头。于是，作者触景挥毫，写下这两首重头歌词。

两首前五句皆写江上天空之景，后六句皆写楼头、舱内之情。但景中含情，情中有景，情景相生，互藏其宅。如第一首前五句的画面：大江上空，秋风瑟瑟，一叶孤舟荡桨飘流；烟雾弥漫，江水浩渺无边；诗人孤独伤心的思乡之情油然而生。泊舟登上江楼，满目凄凉之景：王粲《登楼赋》虽也思乡，但他眼前还有美景可写；而我眼前所见，却无法写出赞美之句；因为苍山是那样形容枯瘦，老树也似乎在替人发愁啊！"秋风"萧瑟令人生悲，"烟水悠悠"反衬"孤舟"之形单寂寞，这是触景生情；"无句赋登楼"是"思接千载"，连类取譬；"山瘦"、"树愁"是移情入景，使"物皆著我之色彩。"（王国维《人间词话》）第二首前两句与前首意境全同，仅换了两个韵脚字，以"重复"修辞，声文回环往复，令人回肠荡气。以下三句则与前首相异：白云悠悠西去，如游子飘泊无定；北雁南飞避寒，似禽鸟尚知念旧；推开蓬窗眺望，满腹凄凉的愁思，恰如那浩浩森森的青色江水之深广。"白云""大雁"是写景，但"西去""南翔"则含情，是以景托情而含比兴；"情

【小梁州】

思满沧浪"则是融情于景，直用比喻，与李后主"恰似一江春水向东流"有异曲同工之妙。然前首之景，全为登楼所见，"山瘦"、"树愁"皆静态；后首之景，纯系舱中所望，"云去"、"雁翔"皆动态。前首重在移情入景，故"山容瘦"、"老树愁"，多带主观色彩；后首重在以景托情，故"白云西"、"雁南翔"、"满沧浪"，皆系客观写实。此皆同为写景而个性各异。

两首之"幺"（源于词中"後（后）片"之"後"字简写，唱腔与前调相同）皆紧扣"九日"之题，抒发羁旅思乡之情。前首云：我在这江楼过重阳节，不能与家乡亲友共同登山赏菊，只能举樽独醉，采一枝茱萸嗅嗅香味。亲友动如参商，人生聚散无常，不知还有几个知己挚友尚能白头健在啊！（这是化用杜甫《九日蓝田崔氏庄》中"明年此令知谁健，醉把茱萸仔细看"句意）想从前重阳节与亲友欢乐聚首，劝酒赠诗相酬；而今独旅异乡，人事全非昔日：同是金风黄花的季节，而随着岁月流逝，眼前的孤独索寞境况，已难与旧日的风流气派相比了！后首下片则云：我真像陶渊明（字元亮）载酒赏菊园（东篱）一样，寻常随便地就度过了重阳佳节。这种情况，何其凄凉悲伤；遥想故园的菊花，此时大概也和我一样惆怅，因为菊花仍像去年那样幽香四溢，可主人外出，无人观赏，这馨香岂不是白白地四溢了吗？诗人不言自己想念故园菊花，而说菊花在故园惆怅，这是对面着笔，且兼拟人手法。这样结尾，更见传神遥远之趣。两首抒情均用今昔对比，且情中皆有景物的呈现、人物的活动，故曰情中有景。然前首重在怀人，后首重在伤己；前首由我而及于人，由今而及于昔，后首由古而及于我，由我而及于物，此又同中见异也。

除了情景相生，物我交融是这两首小令的显著特点之外，还有虚实手法亦甚明显。如前首想象"相知"的"白头"境况，回忆"旧风流"的情景，后首想象渊明"载酒"，设想"黄花惆怅"，皆非实景，亦非细写。其余写眼前江天之景，樽前感伤之情，皆为实写、详写。实处穷形，虚处传神，形神兼备，时空拓展，有"思接千载，视通万里"（刘勰《文心雕龙·神思》）之妙。至其重头之形式，犹诗词之连章体，则早已有之，故毋庸赘言了。

（熊　笃）

〔中吕〕**满　庭　芳**

汤　式

京口感怀

残花剩柳，摧垣废屋，新冢荒丘。海门天堑还依旧，滚滚东流。铁瓮城横刺着虎口，金山寺高镇着鳌头。斜阳候，吟登舵楼，灯火望扬州。

此曲题名《京口感怀》，京口即今镇江，是长江下游的重镇，故都金陵的门户。它阅历了许多王朝的兴废、战争的烽烟，在宋金、宋元的对峙中，一直是双方争夺的对象。辛弃疾在任镇江知府时，曾写下〔永遇乐〕、〔南乡子〕等感怀之作，汤式此曲与稼轩同调，然又自具意蕴。

开头的"残花"三句展现了一派满目疮痍、凄凉颓败的景象，这是经历了元末动乱后，民生凋敝的社会现实的真实反映。三句鼎足对不仅对偶工切，且各句中又自成对仗。即所谓当句对，形成累累如贯珠的气势，有助于倾吐胸中的积怨哀伤。三句由六种形象构成，由花柳到屋舍，再到坟墓，其笔触由自然而及人事，由生者而及死者，传达出老杜所谓的"存者且偷生，死者长已矣"（《石壕吏》）的深沉感慨。

【满庭芳】

"海门"一句将前三句作一收束,语势为之顿挫,"还依旧"三字透出强烈的今昔之慨。镇江以下江面开阔,古人称为海,其地称为海门,滔滔滚滚的长江,万古奔流,作为历史的见证,它常常激发起人的今昔兴亡之感,让人的思绪在时空的广阔天地中驰骋。在前三句铺叙的基础上,以"天堑依旧"作一衬垫,更令人感到尘世变迁之巨大,油然而发喟叹。以大自然之永恒反衬人世的短促匆忽,是古代诗词中的常见手法。如刘禹锡云:"人世几回伤往事,山形依旧枕寒流"(《西塞山怀古》);韦庄云:"无情最是台城柳,依旧烟笼十里堤"(《台城》)。与汤式同时代的萨都剌也唱出了"到如今只有蒋山青,秦淮碧"(〔满江红〕《金陵怀古》)的伤心语。而诗人所以要突出"天堑依旧",正是为抒发其兴亡之感,"天堑"历来是军事上的天然屏障。东吴曾以长江之堑,用火攻击败曹操;东晋又曾以长江之堑,暂得一时之安宁;南宋则借以偏安一隅以百年。然而,天堑终难敌"人谋"。以下数句,诗人便就此而作进一步发挥,以突出"怀古"而感兴亡之主旨。"滚滚东流"承"海门天堑"而来,暗寓"千古兴亡多少事,悠悠,不尽长江滚滚流"(辛弃疾〔南乡子〕《登京口北固亭有怀》)之意。"铁瓮城"一联对偶,是对"天堑"的进一步伸张,意境雄浑,音节响亮。"横刺"状其开阔,"高镇"显其雄峙,"虎口"与"鳌头"在修辞上都增添了豪壮的色彩。

最后三句为擒控题旨之笔。在夕阳西斜中,作者吟唱着登上舵楼(船上掌舵处的船楼),放眼眺望,对岸的扬州已是灯火一片了。慷慨浩荡之情融入了沉沉暮霭。全曲以江上晚景作结,那逐渐浓重的暮色和感慨今古的情思相交融,产生了一种浓郁的历史沉思的氛围,启人遐想。陈师道《后山诗话》引杨蟠《金山诗》云:"天末楼台横北固,夜深灯火见扬州。"是为汤式此句所本,但值得深思的是,本曲以"灯火扬州"与篇首"摧垣废屋"、"新冢荒丘"遥接相对比,似乎在暗示:已往之陈迹不可复兴,而目今之现实却将延续下去。然而,暮色苍茫中,那星星灯火是否在映照着作者心底的一线光明?汤式生当元末明初,若此曲作在元末,则朝代更替之迹象已甚明,若此曲作在明初,则汤式对新朝的向往,国家振兴的希望自不待言了。虽然我们不知此曲所作的具体时间,但其中透露的"往者已矣,来者可追"的心境却是十分耐人体味的。

(黄宝华)

〔中吕〕满 庭 芳

汤 式

武 林 感 旧

钱唐故址,东吴霸业,南渡京师。其间四百八十寺,不似当时。山空蒙湖潋滟随处写坡仙旧诗?水清浅月黄昏何人吊逋老荒祠?伤情思,西湖若此,何似比西施?

汤式是元末明初人,永乐初尚在世,与杨景贤、贾仲明略同时。其另一首〔天香引〕,亦题《西湖感旧》,正可与这首《武林感旧》互相发明。词云:"问西湖昔日如何?朝也笙歌,暮也笙歌。问西湖今日如何?朝也干戈,暮也干戈。昔日也二十里酒楼香风绮罗,今日个两三个打鱼船落日沧波。光景蹉跎,人物消磨;昔日西湖,今日南柯。"两首皆写屡遭兵燹创伤的杭州如何萧条冷落,抒发了诗人昔盛今衰之叹和伤时忧乱之怀。核之史籍,杭州(武林)在元末确屡遭兵祸:至正十六年(1356)七月,张士诚弟士德间道陷杭州,未逾月又被元苗帅杨完者打退夺回;二十三年,士诚部将史文炳又偷袭陷杭,杀杨完者,遂据杭州;不久,朱元璋又派常遇春攻杭,未克;二十六年九月,朱再派李文忠攻杭,战至十一

【满庭芳】

月，士诚部将潘原明投降，从此杭州才得安宁。故汤式这两首"感旧"，当作于至正十六至二十六年这十年间。

前三句以重拙之笔写昔日之盛，以反衬下文今日之衰。"钱唐"即钱塘、武林，皆杭州别称。秦已置钱唐县，东汉时为吴郡治所，隋唐为杭州州府，五代十国为吴越国首都。三国东吴孙策曾在此击败严白虎而自领会稽太守，并以此为霸业根基起家的。南宋建都杭州更长达一个半世纪。三句写其历史悠久，自古为繁华都会。

四至七句写今日之衰，与上形成鲜明对照。第四句化用杜牧《江南春》"南朝四百八十寺，多少楼台烟雨中"句意。南朝诸帝皆佞佛，梁武帝尤甚："都下佛寺五百余所，穷极宏丽……所在州县，不可胜言。"（《南史·郭祖深传》）但而今残破，"不似当时"了。笔锋陡转，一跌。第六句前六字是衬字，隐括苏轼《饮湖上初晴雨后》："水光潋滟晴方好，山色空蒙雨亦奇"诗意，但后半句又一陡转：当年西湖仪态万端的湖光山色，而今萧条得黯然失色，随便哪处（即何处）能写出像东坡那样赞美它的诗来呢？此句与下句皆反问语气，意谓到处皆无美景可写。这是二跌。第七句前六字也是衬字，隐括林逋《山园小梅》："疏影横斜水清浅，暗香浮动月黄昏"诗意。当年"梅妻鹤子"的高逸雅兴，孤山梅花的疏影暗香，为杭州平添了多少流风遗韵，吸引过多少游人骚客！但而今游人寂寥，荒烟衰草掩没了林逋祠堂，哪还有人去凭吊他呢？这是三跌。四句三组对比，皆半句一转，形成三次跌宕，把杭州的佛寺建筑、湖光山色、文化名贤等多方面的昔盛今衰铺写得淋漓尽致。

结尾三句，水到渠成地抒写伤心怀抱。仍以问句出之，已见深情婉转，而又隐含质问东坡意味，则更机趣横生。东坡诗云："若把西湖比西子，淡妆浓抹总相宜。"这几乎成了几百年来人们对西湖的定评，而今作者似乎要翻案：西湖今天这等憔悴，哪点可以比似美人西施呢？表面翻案，实则是为表达作者对战乱的不满。

此曲艺术特色有二：一是层层对比手法。一二层是总体今昔对比，第二层四句又用三个具体对比，半句一转，波澜迭出，有力地突出了昔盛今衰之叹。二是化用前人诗词成句而不露痕迹。如前三句暗用柳永〔望海潮〕："东南形胜，江吴都会，钱塘自古繁华"之意；往下四次分别化用杜牧、苏轼、林逋诗句，已如上述。妙在如盐溶水，浑然无迹，却味臻醇美，词约意丰。

（熊　笃）

〔中吕〕醉高歌带红绣鞋

汤　式

客中题壁

落花天红雨纷纷，芳草地苍烟衮衮。杜鹃啼血清明近，单注着离人断魂。深巷静，凄凉成阵；小楼空，寂寞为邻。吟对青灯几黄昏？无家常在客，有酒不论文，更想甚"江东日暮云"！

"题壁"，是古人发表诗歌作品的一种较为特殊的方式。题壁之作，往往是触景生情，即兴而发，如鲠在喉，一吐为快，因是真情实感的流露，故而多有佳制。汤式这首"客中题壁"小令，描写羁旅之愁，颇有特色。清明时节的良辰美景呈现到作者眼里竟然变成了一片纷纭烦乱。用"红雨纷纷"描写落花还不算离格，说"芳草地苍烟衮衮"就显得特别了，阳春烟景竟然无异于漫天尘埃，这正是伤心离人眼中之景。"单注",是"专门关注"的意思。关注着失魂落魄的离人的,只有啼血杜鹃的悲苦鸣声,客中景况的凄凉,写来入木三分。"深巷静"云云、"小楼空"云云,只是补充叙述,写来较为平淡,但这平淡恰好又引出了结尾的奇警。读书人离家作客,吟诗论文未尝不是排遣寂寞的手段,但是,青灯黄卷又能消磨几多难耐的时光? 必然由心烦意乱转觉百无聊赖,而"有酒不论文"正是这种心态的真实写照。由此而引出的结句,确是奇警之笔。杜甫《春日忆李白》一诗的后四句说:"渭北春天树,江东日暮云。何时一尊酒,重与细论文。"汤式这支曲子完全针对杜诗作翻案文章,有酒只用来浇愁,不能助论文之兴,非但如此,在百无聊赖的心境下,甚至连对亲朋友人的"停云之念"、"云树之思"也荡然无存了。客愁导致的情绪低落,竟至于此! 填词度曲不避夸张,更要追求新意。一反对艳阳春景的赞美,一反对把酒论文的向往,正是这支曲子的新意之所在。

(王双启)

〔中吕〕山 坡 羊

汤 式

书怀示友人

羁怀萦挂,人情浇诈,相逢休说伤时话。路波踏①,事交杂,秋光何处堪消暇! 昨夜梦魂归到家。田,不种瓜;园,不灌花。

"书怀示友人",从曲名可知这是诗人书写情怀给他的朋友看的。全曲的意思可以分三层。

第一层"羁怀萦挂,人情浇诈,相逢休说伤时话"。首句是说他自己羁旅情怀常挂心头。汤式不做象山县吏以后,常常浪迹江湖,寄情山水,然而游子思乡,心里总是摆脱不掉种种牵挂。次句进一步写当时的社会环境,人和人之间是那么刻薄、虚伪,见面时候不能说那些伤犯得罪时人的话,互相之间只能敷衍敷衍。正像张鸣善〔双调·水仙子〕《讥时》所说:"胡言乱语成时用,大刚来都是哄。"由于社会环境恶浊,反过来又增添了游子的乡思。

第二层"路波蹉,事交杂,秋光何处堪消暇!"三句,是对"人情浇诈"的具体描写,是说人生的道路充满着苦难和磨折,人事关系又交织复杂。尽管秋光如练,大自然的景色是十分美好的,然而诗人的内心颇不平静,到哪儿去消磨闲暇时光呢?

第三层"昨夜梦魂归到家"一句,紧承上两层意思落笔,抒情主人公摆脱不掉羁旅情怀,又十分厌恶那虚伪、复杂的社会环境,大好秋光也无法消除闲暇,当然就只有想到自己的家园了。一个"梦"字,点明游子思乡的心情是多么急促、迫切、痛苦,做梦都想到了家。家乡怎么样呢!既没有种瓜果粮食,又无人浇灌花卉,物质的、精神的享用一概没有;有的只是残垣断壁,一片荒芜! 一般写思乡,均以家乡之美而衬托思念之切,此处则反其道而行之,然思乡之情,更见凄切,可谓别具一格。

全曲把游子思乡的感情,和对元蒙统治下黑暗社会憎恶的感情,即思乡和"讥时"的感情结合起来抒发。并且一步紧逼一步,最后趋向高潮。结尾两个对称的句子,有如雷鸣、闪电,把诗人的愤怒都倾泻出来了。田不种瓜果,没有生活保障;园不种花卉,精神无以寄托,这社会是多么黑暗啊。

(萧善因)

〔注〕 ① 波蹉：苦难，磨折。

〔双调〕 湘 妃 引

汤 式

秋 夕 闺 思

木犀风淅淅喷雕棂，兰麝香氤氲绕画屏，梧桐月淡淡悬青镜。漏初残人乍醒，恨多才何处飘零。填不满凄凉幽窨，捱不出凄惶梦境，打不开磊块愁城。

封建社会，男人尽可宝马雕鞍，远游四方，甚至眠花卧柳，富贵易妻；而女子却只能像笼中鸟一样深闺闭守，形影相吊，茕独凄惶地自叹红颜薄命。这是古代闺怨文学产生的主要原因之一。此曲便是写闺妇深夜梦醒后瞬间的见闻和感受，表现她那孤寂的处境、刻骨的相思和凄凉的哀怨。

前三句用"鼎足对"尽情渲染秋夜梦醒后的环境氛围，为下面人物出场抒情作烘托铺垫。"木犀"即桂花；"雕棂"乃雕花窗格子。"兰"是兰草、泽兰，此指香料；"麝香"是用雄麝腹部分泌物制的香料；"氤氲"形容香烟弥漫状。三句意境甚美：秋夜的风声淅淅作响，一股股浓郁的桂花香气，从雕花窗格中喷射般送进卧室，沁人心脾；兰麝香烟如轻云淡雾袅袅上升，在画屏上面弥漫着、缭绕着；窗外，夜空澄碧如洗，一轮淡淡的圆月挂在梧桐树梢，宛如一面高悬的青铜镜。如此良辰美景，换个人定觉神清意惬，逸兴遄飞，然而对于心境孤寂的闺妇，只能倍感离索悲凉。写乐景，是从全篇着眼，"以乐景衬哀"，"倍增其哀"（《姜斋诗话》）；写美景，是为衬托人物的娇美。三句从听觉到嗅觉，又从嗅觉到视觉；由窗外而室内,再由室内而窗外。不仅层层铺写有致,遣词生动贴切(如"喷"、"绕"、"悬"等动词),而且妙在人未露面,其悚然视听之状,萦怀心绪之隐,无不先已依稀跳动于字里行间。

四五句写闺妇梦醒后的相思怨恨。漏壶(计时器)的滴水刚刚残灭、中断,说明已是深夜,闺妇突然从"凄惶梦境"中惊醒。当她听到嗅到看到上述景象之后,相思之情、离别之恨便油然而生:"恨多才"二字,凝聚着她对"风流冤家"既恨且爱的复杂情感,恨其薄幸,爱其多才;"何处飘零"是既担心"多才"风霜旅途之苦,或另有新欢之忧,又是怨恨游子久去不归之忍心,自己凤只鸾孤之悲苦。短短七字,写尽闺妇的一腔心曲。

结尾三句写梦醒后凄凉悲伤的感受。"凄凉"本是无形且难以计量,却比作填不满的幽深地窖,突出其深沉凝重。"揸"即熬之意;"凄惶"形容悲伤恐惧。此句说明不仅白天茕独凄凉,连夜间也跳不出悲伤恐惧的梦魇纠缠。"磊块"形容石块垒砌之状,喻胸中的愁肠块磊像一座石头城堡,打不开,冲不出,其精神压抑之深、之重,则不难想见。以"幽窖"、"愁城"喻凄凉愁苦,较前人喻为水流、山叠,喻为舟载、车装,又自出机杼,令人一新耳目。这三句仍以鼎足对与首三句前后对峙;迭用"填"、"揸"、"打"三个动词,力重千钧,将闺妇的悲凉、凄惶、愁苦之情和一腔怨恨不平之气,铺写得淋漓尽致。

这首小令构思别致,只选择闺妇深夜梦醒后的片段氛围和瞬间感受,就以点带面地概括出当时妇女普遍存在的离愁别恨和不幸命运。这富于包孕性的片刻,如一个镜头,一幅画面,使人从中联想到画外的前因后果,从而窥一斑而见全豹。在结构上则以"乍醒"为中心,向前后铺陈拓展,前三句鼎足对写景,用倒叙渲染烘托;尾三句鼎足对抒情,用顺叙直抒胸臆。通篇语言婉约清丽,比喻新颖,对偶工巧。《太和正音谱》云:"汤舜民之词,如锦屏春风。"盖指此类作品。

(熊 笃)

〔双调〕天 香 引

汤 式

西 湖 感 旧

问西湖昔日如何？朝也笙歌，暮也笙歌，问西湖今日如何？朝也干戈，暮也干戈。昔日也，二十里沽酒楼，春风绮罗；今日个，两三个打鱼船，落日沧波。光景蹉跎，人物消磨。昔日西湖，今日南柯。

杭州是在唐朝才发展起来的城市，在当时还仅以自然风景著名。它的湖光山色，灵隐桂子，钱塘波涛，在唐代诗、词里都有反映。到了北宋，除了"三秋桂子，十里荷花"之外，还有"市列珠玑，户盈罗绮"，"参差十万人家"（柳永〔望海潮〕），已经发展成为商业繁盛、人口稠密的大城市。但杭州的大兴盛还是南宋政权在这里建都之后。在一百五十年之中，它成了南宋君臣的销金窟、安乐窝，早已把中原抛诸脑后；人们所熟知的"山外青山楼外楼，西湖歌舞几时休"（林升《题临安邸》）的诗句，可略见一斑。在吴自牧的《梦粱录》、周密的《武林旧事》等书里有全面的记叙。宋恭宗德祐二年（1276），元兵迫近临安（杭州），南宋幼主及谢太后投降，杭州没有遭受严重破坏，到了元朝，还有一定发展。元朝末年，反元势力兴起后，情况起了变化。

元顺帝至正十六年（1356），张士诚部袭杀元朝守将，占领杭州，和朱元璋所领导的反元军形成对立之局。至正二十五年，张士诚失败，朱元璋胜利。杭州陷于战乱之中达十年之久。例如至正十九年十月，张士信（张士诚弟）为了防止朱元璋部进攻杭州，发动浙西诸郡民筑杭州城。赴役者皆自备口粮，督导官吏还加勒索，动辄鞭笞，死者相望。十二月，朱元璋大将常遇春攻杭州，城中粮尽，饿死者十之六七（均见《续资治通鉴》卷二一五）。多年积累的繁华，至此荡然无存。这首小令的题目虽为《西湖感旧》，实际上是感叹整个杭州的盛衰，曲折地反映了作者要求和平，实现个人抱负的愿望。

曲的开头，开门见山，提出问题："问西湖昔日如何？"这个提问的本身已经包含了深沉的感喟。下边自己作答："朝也笙歌，暮也笙歌。""朝"和"暮"概括了全天，进一步概括了长年，也就是说，过去的西湖是在长年的欢乐之中。而今天呢？"朝也干戈，暮也干戈"，点出今日的西湖是在长年的战乱之中。在从大的方面作昔与今的对比之后，下边再进一步作具体的形象的对比："昔日也，二十里沽酒楼，春风绮罗"。读了这一句对昔日湖上景色的描写，很容易联想起南宋太学生俞国宝的〔风入松〕词："一春长费买花钱，日日醉湖边。玉骢惯识西泠路，骄嘶过沽酒楼前。红杏香中歌舞，绿杨影里秋千。"相互参读，可以想见昔日湖滨盛况。但这都成了往事，而今呢？"两三个打鱼船，落日沧波"，只有几只打鱼船在西风残照里，出没于碧波之中，湖里画舫，湖滨酒旗，都已杳不可见了！

最后四句总收。大好的光阴在战乱中消失，人们的情志在战乱中销磨。昔日的西湖盛况，尽化成今日南柯一梦。

这首小令通篇不尚辞藻，全用素描手法写出杭州在十年动乱中的巨大变化，今昔对比，形象鲜明，情调低沉而婉转，似乎是一曲哀歌，唱出了作者的心声。

（李廷先）

〔双调〕天香引

汤 式

忆 维 扬

羡江都自古神州，天上人间，楚尾吴头。十万家画栋朱帘，百数曲红桥绿沼，三千里锦缆龙舟。柳招摇，花掩映，春风紫骝；玉玎珰，珠络索，夜月香兜。歌舞都休，光景难留。富贵随落日西沉，繁华逐逝水东流。

"维扬"是扬州的别称，出于《尚书·禹贡》"淮海惟扬州"。这里所说的扬州，是《禹贡》中九州之一，是一个很大的行政区，以后逐渐缩小，隋朝开皇以后，才形成今天的扬州。唐朝人开始用"维扬"一词代称扬州，维与惟通用。

扬州在隋、唐时最为繁盛。隋炀帝大业年间（605—618），在这里建立了许多离宫别馆，他曾三下扬州，最后在此被杀。唐朝安史之乱（755—763）以前，这里是扬州大都督府所在地；安史之乱发生后，在这里设立了淮南节度使府。唐帝国所仰仗的东南八道（淮南，福建，宣歙，浙江东、西，江西，鄂岳，湖南）赋税收入的财物，都要先集中到扬州，然后北运，由于交通便利，商贾云集，遂形成当时最大的国际性的经济都会，获得了"扬一益二"的称号。它的繁华情况在唐代诗歌里有许多方面的反映。由于战乱，唐朝末年衰落下来，以后虽有发展，再也没有恢复到唐朝的盛况。元朝末年，泰州（属扬州）人张士诚起兵反元，扬州成为战区，受到严重破坏。汤式是元末明初人，亲身经历了元朝末年的战乱，先后写了三首小令反映扬州的盛衰,这首小令是其中一首。

小令共十一句,可分为三个层次。开头三句为第一层次,写扬州的地理位置。

"羡江都自古神州",江都是西汉初扬州的称号,东汉为广陵郡的一个属县。隋朝设立江都郡,唐朝又成为扬州的属县,直到现在。这里的江都即指扬州。神州本是中国的一种别称(见《史记·孟了荀卿列传》),但在这里,不能单照字面理解,否则就很难讲得通。"神"字在这里含有神奇、美妙之意,是赞美扬州之意。这一句是从杜甫"秦中自古帝王州"化出。下句"天上人间",即人间天堂之意,和李后主的词"流水落花春去也,天上人间"(〔浪淘沙〕)之意不同,而和"上有天堂,下有苏杭"之意相近。"楚尾吴头"句出自宋人〔江亭怨〕词"泪眼不曾晴,家住吴头楚尾"。是说扬州的地理位置在楚之尾,吴之头。原来在春秋时代,扬州(当时叫邗)属于吴国,吴国的都城在苏州,相距甚近,所以称为"头";吴国西边与楚国接壤,而楚国的都城在湖北江陵,相距有两千里的路程,所以称为"尾"。扬州自隋朝以后成为江、淮地区的水路交通枢纽,由运河入江,西上可以到达江陵、益州(成都);南到广州;东经大海,到达日本;北经淮河,进入中原。开头这几句为下边繁荣情景的描写,起了总冒、提示作用。

中间五句为第二层,写扬州的繁华。

"十万家画栋朱帘,百数曲红桥绿沼,三千里锦缆龙舟。"这几句在人们面前展现出一幅绚烂多彩的画面:在这个参差十万人家的大城市里,道路两旁绿树阴阴,楼阁峥嵘,构成了连绵不断的十里长街。纵贯城中的是一条蜿蜒曲折的官河(漕河),河面上红桥飞跨,最著者有二十四座。这些都可以在唐诗里找到反映:韦应物《广陵遇孟九云卿》:"夹河树苍苍,华馆十里连。"权德舆《广陵诗》:"层台出重霄,金碧摩颢清。""三千里锦缆龙舟",写的是隋炀帝下江都的豪华场面,根据历史记载,隋炀帝从长安到东都洛阳后,改走水路南下,所用大小

【天香引】

船舰达数千艘，挽船工八九万人。炀帝所乘龙舟，有四重，高四十尺，长二百尺，上有内殿、正殿、东西朝堂，皆装金嵌玉，华美无比。拉纤宫女达数千人，皆以锦彩为袍，谓之"殿脚"。这种盛况在唐诗里也有反映：赵嘏《送沈卓少府任江都尉》云："三千宫女自涂地，十万人家如洞天。"许浑《汴河亭》云："百二禁兵辞象阙，三千宫女下龙舟。""三千里锦缆龙舟"，就是从这几句化来。

"柳招摇，花掩映，春风紫骝；玉玎珰，珠落索，夜月香兜。"这两句写良辰美景中人的活动：时有贵家公子骑着紫色骏马穿柳拂花而过，绝代美人，佩玉戴珠乘坐着轻便竹轿（兜同筹）在月下出游；红楼翠幕中正在轻歌曼舞，微风里不时传来悠扬的管弦之声。这种情景在唐诗里也有不少反映：如王建《夜看扬州市》："夜市千灯照碧云，高楼红袖客纷纷。"杜牧之《扬州》："纤腰间长袖，玉珮杂繁缨。"陈羽《广陵秋夜对月即事》："霜落寒空月照楼，月中歌吹满扬州。"在文献里也有记载："扬州胜地也，每重城向夕，倡楼之上常有绛纱灯万数，辉罗耀烈空中，九里三十步街中，珠翠填咽，邈若仙境。"（《太平广记》卷二七三引《唐阙史》）把这些材料相互参照来看，可知曲子里所写的正是昔日的扬州盛况。而今呢？下边陡转。

最后四句为第三层，写扬州的衰落。

"歌舞都休，光景难留。富贵随落日西沉，繁华逐逝水东流。"歌寂舞歇，盛况难再，一切富贵繁华尽成烟云。为什么会出现这种冷落荒凉的情况呢？当然是战争。但作者并没有明白写出来。他在另一首〔普天乐〕《维扬怀古》里说："一自年来烟尘闹，月明中声断鸾箫。"对扬州残破的原因，作了明确的回答。

这首小令词意显豁，表面看来，似随手写成，实际上融合了唐人的许多诗句以及宋人词句，自铸新语，出于天然，全不见铦钉之痕，显示出作者深厚的艺术功力。

（李廷先）

〔双调〕 蟾 宫 曲

汤 式

冷清清人在西厢,叫一声张郎,骂一声张郎。乱纷纷花落东墙,问一会红娘,絮一会红娘。枕儿余,衾儿剩,温一半绣床,闲一半绣床。月儿斜,风儿细,开一扇纱窗,掩一扇纱窗。荡悠悠梦绕高唐,萦一寸柔肠,断一寸柔肠。

王实甫的《西厢记》一剧问世后,在社会上产生很大的影响,在元明散曲中也出现了一些借题发挥之作,或以《西厢记》为题材,或代拟剧中人物口吻抒发自己的感情,汤式的这首〔蟾宫曲〕就是其中的一例。当然,这里的"莺莺"、"张郎"、"红娘"都是借名,并非实指剧中人物,而是借人们熟知的故事来表现一种恋人的心绪。

这首小令借取《西厢记》第四本第一折月下私期的一段故事,描写"崔莺莺"经过梦幻般的幽会之后,思念"张君瑞",盘问"红娘",渴望鸳衾重温、好梦再续的复杂、细腻的心情。它是对铭心镂骨的意中人无限眷念的恋歌,也是对美满幸福的爱情生活无限企求的哀曲。须注意的是,在《西厢记》杂剧中,崔莺莺作为相国的千金小姐,她的态度是端庄而矜持的,她的感情是内向而含蓄不露的。但在这首小令中,"崔莺莺"的形象已变得豁达洒脱了,内心活动也坦率开朗了。

这首小令在结构上分为五个层次,"冷清清人在西厢,叫一声张郎,骂一声张郎",是第一层,说明崔莺莺独居西厢,孤单寂寞,由想念张生,转而呼喊、愤

［蟾宫曲］

慨，表现了一种焦躁不安的情绪。"乱纷纷花落东墙，问一会红娘，絮一会红娘"，是第二层，写她絮絮叨叨盘问红娘。问什么呢？当然是问张生为什么不来，意味着她感情深笃，内心疑虑，几乎到了如醉似痴的地步。"枕儿余，衾儿剩，温一半绣床，闲一半绣床"，是第三层，写她孤眠独宿，好不凄凉。"月儿斜，风儿细，开一扇纱窗，掩一扇纱窗"，是第四层，描绘她彻夜不眠，双眸直盯在纱窗上，止如《西厢词》所写："待月西厢下，迎风户半开；拂墙花影动，疑是玉人来"——这是盼待意中人望眼欲穿的神态。"荡悠悠梦绕高唐，萦一寸柔肠，断一寸柔肠"。可是，令人沮丧令人黯然销魂的"张生"终于没有来临，害得崔莺莺梦绕巫山，柔肠寸断，这是第五层。通篇读来，这首小令所表现的感情步步深入，从高昂走向低沉，从激愤走向凄婉，缠绵宛转，回肠荡气，很有层次感。

王国维在《宋元戏曲史·元剧之文学》中说："元曲之佳处何在？一言以蔽之曰：自然而已矣！"汤式的这首〔蟾宫曲〕的特点，就是把人的复杂感情用白描手法，用玲珑剔透而又极其寻常的词句，细腻地刻画出来，使之具象化表面化，从而扣动听众和读者的心扉，达到动之以情的目的。在语言风格方面，力求口语化，力求明白易懂，力求自然浑成，绝少雕琢做作，但不失典雅清丽。如"乱纷纷花落东墙"，富有意象美，它既描写春残花落的景象，也形容思绪纷扰、心乱意烦的情怀，所谓"落花如雨乱愁多"是也。"梦绕高唐"是一个熟典。宋玉《神女赋序》中写楚襄王游高唐，梦见巫山神女愿荐枕席，临去致辞，自谓"旦为行云，暮为行雨"，后世从此就把男女欢合之所称作高唐。同时，这首小令在形式上颇具散曲风味的"重句体"，除了"冷清清"、"乱纷纷"、"荡悠悠"外，其他均是略有变化的重复句式。这种重句体具有反复回旋、一唱三叹之妙，颇契合"莺莺"此时复杂的情绪，可谓心态毕现于声口，使人仿佛如见其形，又恍若如闻其声了。

（陈　诏）

〔双调〕 庆 东 原

汤 式

京 口 夜 泊

故园一千里,孤帆数日程,倚篷窗自叹漂泊命。城头鼓声,
江心浪声,山顶钟声。一夜梦难成,三处愁相并。

　　游子在旅途中思念故乡,这是古代诗歌中常见的主题。汤式的《京口夜
泊》,运用朴实而又秀雅、通俗而又凝练的语言,抒发深切的思乡之情和身世之
感,体现了散曲"文而不文,俗而不俗,要耸观,又耸听"(元周德清《中原音韵》)
的特殊风味。

　　汤式,字舜民,号菊庄,生于元末,明永乐年间尚健在。"京口夜泊",当写于
他在元明之交流离江湖之时。

　　京口,即今江苏镇江,与汤式的故乡宁波相隔遥远。首二句分别从空间
("一千里")和时间("数日程")上,极言游子与故乡的遥隔。从而逼出了"倚篷
窗自叹漂泊命"的深沉喟叹:命中注定一生流离无定,怎不令人自怨自叹!

　　怀着如此惆怅抑郁的心情,本已辗转反侧,难以成寐,更何堪"城头鼓声,江
心浪声,山顶钟声",整整一夜,此起彼伏,声声叩击心扉! 古代城楼上多建鼓
楼,用以报时,每一更(两个小时)击鼓一次,所以"一更"又称为"一鼓"。鼓声频
催,使人易生光阴蹉跎的感慨;而阵阵浪声,则使人产生"世途风波恶,人间行路
难"的浩叹;山顶钟鸣,夜深人静,更激起凄凉惆怅的落拓情怀。诗人以鼎足对,
押同字韵,将鼓声、浪声、钟声,声声逼人的效果表现得十分强烈。末二句明言

【一枝花】

愁多且深："一夜梦难成,三处愁相并。""梦难成",言愁之深;"相并",言愁之多。在漫漫长夜里,鼓声、浪声、钟声,搅动了一腔愁绪;无限身世之感与思乡之情,本来只有在睡梦中才能解脱,也只有期待在睡梦中暂时忘却一切,可现在却连梦也做不成,只能沉溺、挣扎于现实情怀中,其悲其哀,更深一层。

全曲寓情于景,以景衬情,渲染寂寞清凄的气氛,表达了失意惆怅的情绪。四、五、八三句语面平淡而意蕴深永,既有"寺楼钟楼催昏晓,墟落云烟自古今"的人生感怀,又有"听疏钟断鼓,似近还遥,惊心事伤羁旅"的身世慨叹,发人遐想。另外,全曲除第三句外,通篇皆用对仗,显得语句工整凝练、音节和谐。

(郭英德)

〔南吕〕一 枝 花

汤 式

旅 中 自 遣

锦囊宽闲凤琴,宝匣冷藏龙剑,篆香消闲翠鼎,书卷广乱牙签。郁闷恹恹。《青琐论》无心念,紫霜毫不待拈。尫羸①似老文园病渴的相如,寂寞如居海岛伤怀的子瞻。

〔梁州〕看白云闲出岫②频移净几,爱青山正当窗不卷疏帘。客房儿冷落似邯郸店,心滴碎铜壶青漏③,耳愁闻铁马虚檐④。肠欲断阶前夜雨,梦初回屋角秋蟾。一片心远功名无甚沾粘,两只脚信行藏有甚拘钤。经了些摧舟楫走蛟鼍鲸窟波翻⑤,行了些坏车轮被虎豹⑥羊肠路险,过了些连云梯绝猿猴鸟道峰尖⑦。静中，自检：事无成志不遂人情欠，休施逞且妆俭。但得个小小生涯足养廉，甘分鳞潜。

〔尾声〕能文章会谈论才高反被时人厌，守清贫乐清闲运拙频遭俗子嫌。有一日际会风云得凭验。那时节威仪可瞻，经纶得兼，正笏垂绅远佞谄。

汤式的这一散套系羁旅述怀之作。他在寄寓他乡寂寞无聊的日子里，回顾检视自己的一生，抒发怀才不遇、郁郁不得志的情怀，揭示封建社会官场中的黑暗、腐败和险恶，寄托着有朝一日施展才能、飞黄腾达、铲除奸佞的抱负和理想。据《录鬼簿续编》记载，汤式"补本县吏，非其志也，后落魄江湖间"。明成祖朱棣"在燕邸时，宠遇甚厚，永乐间恩赉常及"。可见，他前半生屈沉下僚，很不得意，这一套曲大概就是此时的作品。

这是一首由三支曲子组成的散套。

第一支曲概括描绘流寓生活，表现寂寞闲散、百无聊赖的心情，并且引用一些典故借以自况。"锦囊"、"宝匣"、"凤琴"、"龙剑"、"篆香"（熏香）、"翠鼎"、"牙签"（象牙制书签），都是夸张修饰的套语，用来表现读书人的身份和幽雅的书斋环境。其实，作者未必有这样阔气，也未必有这许多高贵的实物。然而在这样的环境中，像《青琐论》（疑即宋代刘斧《青琐高议》）那样的书也无心念，"紫霜毫"（以紫兔毫制成的毛笔）也懒得动，作者抑郁苦闷、慵倦委顿的心态于此毕现。这副样子像谁呢？作者借了两位古人，给自己作了一番比拟：一位是西汉大辞赋家司马相如，他学问渊博，工于文词，患消渴之疾（糖尿病）。曾拜孝文园令，因病免，一生疲惫潦倒，未被重用；另一位是北宋大文学艺术家苏轼（字子瞻），因陷于党争，迭遭攻击，连连贬官，后谪居海南岛，过着极其清苦落寞的生

【一枝花】

活,也是一生坎坷。

　　第二支曲进一步具体细致地写客中生活,检讨自己走过的人生旅程,从社会状况和自身性格两方面寻找不得志的原因,并为以后的日子作了一番打算。"看白云"、"爱青山",看起来似乎很闲适很恬淡,实际上却不能掩盖他思绪的激烈翻腾。汤式把客房比作"邯郸店",是说他奔波仕途,最终将是一场空,正如卢生在邯郸店中做了一场荣华富贵的黄粱美梦。诗人明知如此,却又身不由己,劳碌客途,这真是古代文人普遍的矛盾心理。所以,诗人不由得听"铜壶青漏"之声、"铁马虚檐"之音而"心碎",闻夜雨滴阶而"肠断",梦醒观"秋蟾"(秋月)而思绪万千了。"一片心"、"两只脚"两句,是一种针对自己心灵与行为矛盾的反省:如果真的心远功名,不想沾边,那么,人的行动不是可以"信行藏"(自由自在行动、休息)而无甚拘束地生活,人的精神也可以自我解脱了。以下几句便进一步用自己的生活体验来说明这个道理。"经了"、"行了"、"过了"三句则是运用形象的比喻说明官场全是惊涛骇浪,鸟道峰尖,包含着诉说不尽的磨难、挫折和辛酸。作者感叹自己"事无成志不遂"而"人情欠",即自己不讨人喜欢,得不到人的理解,用今天的话说,也许就是人际关系没有搞好,不能适应世俗的应酬交际和拉拉扯扯吧!怎么办呢?他为自己摆脱困境找到一条立身之路,那就是不恃能逞强,要恭谦韬晦,但愿有一份微薄的俸禄足以全身养命,保持廉洁的操守,就像鱼儿潜游在水中那样过着默默无闻、平平稳稳的生活吧!古代的士大夫,历来有"达则兼济天下,穷则独善其身"的处世哲学,在失意困顿的时候,保持慎独的节操,不与黑暗势力同污合流。汤式也想遵循这一古训。

　　〔尾声〕写当时的世态人情,并以言志收结。封建社会的知识分子常有才大难为用、贫贱遭人嫌之叹,而尤以元代为甚。"才高反被时人厌,运拙频遭俗子嫌"两句,很能说明当时知识分子的实际遭际和社会心理,看来,他对当时的政治状况和官场现实是不满意的。因此,他希望、他幻想"际会风云"(古代诗词特

〖一枝花〗

指明君贤臣相遇），有朝一日得到重用，以恢复经纶，做一个"正笏垂绅"（意为官清正）、扶植正气、远绝奸佞的贤臣。

综观全曲，汤式不失为一位正直诚实的知识分子，本曲可谓是作者的自画像。它忠实地反映了在元末险恶的环境中的复杂矛盾的心理，动与静，进与退，逞强与守拙，安贫乐道与求取功名，洁身自好与同污合流等等一系列尖锐问题摆在他面前，使他犹豫，彷徨，困扰，苦恼。他不是一个强者，他有许多知识分子的通病，也未能免俗。但由于他的炽热坦率的心，由于他不幸的遭遇，使今天的读者也能理解他，同情他，觉得这个人物并不遥远。

这个套曲在艺术上的特点是通篇用精心雕镂的炼句组成，或两句或三句或四句排列成工整严谨的对仗，引用了大量前人名句和成语典故，逞其修饰藻雕之才。元曲本以俚俗、清新、质朴、明快而不失民间文学的活泼自然的风格为"当行本色"。堆砌故实和词藻，实在不是元曲的正宗。由此可见，到了元代后期，曲的演变已经逐渐脱离了社会下层的歌唱形式，而越来越成为文人雅士们字斟句酌的案头之作，与诗词没有什么差别了。根据芝庵《唱论》的描述，南吕宫原是一种感叹悲伤的曲调，唱起来有抑扬顿挫、一唱三叹之妙。但这首南吕宫由于有这许多难以顺口的拗句僻字，我们就很难想象它的音乐效果了。

（陈　诏）

〔注〕　①尪羸（wāng léi 汪雷）：衰颓瘦弱。唐·韩愈文："人固有尪羸而寿考。"　②岫（xiù 袖）：山洞。晋·陶渊明《归去来辞》："云无心以出岫。"　③铜壶青漏：古时，用铜制的漏壶滴水来计测时刻。即钟表之前身。　④铁马虚檐：悬于屋檐上的铁片，风吹相击而鸣。　⑤走蛟鼍（tuó 驼）：走，游动；蛟鼍，蛟龙鳄鱼之类的海中巨兽。鲸窟，鲸鱼存身之窟，指海。　⑥被虎豹：遭遇虎豹。　⑦连云梯绝猿猴鸟道峰尖：连云梯，与天相连的栈道；绝猿猴，猿猴绝迹；鸟道峰尖，只有飞鸟可以度越的崎岖山路和高尖山峰。

【作者小传】

杨讷

蒙古族人,从姐夫姓杨。原名暹,字景贤(一作景言),号汝斋。善弹琵琶。卒于金陵。所作杂剧今知有十八种。现存《刘行首》、《西游记》二种,《天台梦》和《玩江楼》(一说为戴善夫作)仅存残曲。《全元散曲》录存其小令二首,套数一套。

西 游 记

杨 讷

第二本 第六出 村姑演说

〔乔牌儿〕一个个手执白木植,身穿着紫搭背,白石头黄铜片去腰间系,一对脚似踏在黑瓮里。

〔新水令〕官人每腰屈共头低,吃得醉醺醺脑门着地。咿咿呜呜吹竹管,扑扑通通打牛皮。见几个无知,叫一会闹一会。

〔雁儿落〕见一个粉搽白面皮,红绽着油髭鬓。笑一声打一棒椎,跳一跳高似田地。(张云)这是做院本的。(姑云)更好笑哩。(唱)

〔川拨棹〕好着我笑微微,一个汉木雕成两个腿。见几个回回,舞着面旌旗,阿刺刺口里不知道甚的妆着鬼。人多我看不仔细。

〔七弟兄〕我钻在这壁、那壁,没安我这死身已。滚将一个礧碡在根底,脚踏着才得见真实。百般打扮千般戏。

〔梅花酒〕那的他唤做甚傀儡,黑墨线儿提着红白粉儿,妆着人样的东西。飕飕胡哨起,冬冬地鼓声催,一个摩着大旗。他坐着吃堂食,我立着看筵席。两只腿板僵直,肚皮里似春雷。

杨讷(字景贤)的《西游记》杂剧,共六本二十四出。这种规模,显然突破了元杂剧一本四折的通例。明万历年间有自称"弥伽弟子"者在此剧之后作《小引》云:元曲"自《西厢》而外,长套者绝少。后得是本,乃与之颉颃。嗟乎!多钱善贾,长袖善舞。非元人大手笔,曷克臻此耶!特加珍秘,时以自娱。"可见作为元杂剧,此剧规模之大,早已引起人们的特殊重视。

"西游"本事,人所共知,主要取材于《大唐三藏取经诗话》,再汲取民间传说。明代小说《西游记》,则是这一题材的集大成者。杂剧《西游记》与《大唐三藏取经诗话》和小说《西游记》,虽在故事情节、艺术形象乃至主题思想诸方面都有一些不同,但故事的基本格局,还是大抵相同的。

此剧的第一本,实际上写的是西天取经的前奏,或称序幕;真正取经的情节,是从第二本开始的。第二本的第一出(即全剧的第五出),写三藏法师"奉敕西行",百官于霸桥饯行。虞世南、秦叔宝、房玄龄、尉迟恭等大唐之贤臣猛将都陆续出场,还有围观的各色人等也都向唐僧求教。场面十分热闹、隆重。最后,唐僧起行。第六出是写一位祖居长安城外的庄稼人老张,请同村人向他"敷演"为唐僧饯行的场面。于是有村姑——"胖姑儿"——的唱段,向老张述说了她眼中所看到的情景。

老张问:"官人每(们)怎么打扮送他(指唐僧)?"胖姑回答说:"好笑!官人每(们)不知甚么打扮(的)!"于是以〔乔牌儿〕唱出她眼中官人们的服装:在她看来,这些官员们手里拿着的,不过是根白木棍;身上穿的紫袍,不过是百姓穿的"搭背";腰间的玉带,不过是系了些白石头和黄铜片;脚著的官靴(皂色),疑是脚踏在黑坛子里。接着,又唱〔新水令〕,进一步形容这些官员对唐僧顶礼膜拜的样子是"腰屈共头低,吃得醉醺醺脑门着地"。并把送行仪式上的鼓乐齐鸣的情景说成是"吹竹管"、"打牛皮",形容那声音是"咿咿呜呜""扑扑通通"。只觉得很多人在那里"叫一会闹一会"。接唱的〔雁儿落〕等几支曲,都是描述送行仪式上的一些艺人的表演。这里有"粉搽白面皮,红绘着油鬏髻"的艺人耍棒椎;有一个男子汉"木雕成两个腿",表演踩高跷;"见几个回回,舞着面旌旗,阿刺刺口里不知道甚的妆着鬼",是指扮作少数民族(不一定就是回族)的艺人摇旗歌舞;最后又描述提线傀儡("黑墨线儿提着红白粉儿")的演出,那傀儡都做成人物形象("妆着人样的东西"),演出时,一面发出"飕飕"的"胡哨声"(撮口发出的声音),一面又搥鼓("冬冬地鼓声催")摇旗("一个摩着大旗")。在描述这些情景的过程中,胖姑又穿插着叙述自己的活动。〔七弟兄〕一曲,生动地诉说了她自己在看热闹的人山人海之中一会儿钻在这里,一会儿又钻在那里("我钻在这壁、那壁"),简直找不到一个可以容身的地方("没安我这死身已")。最后是站在一个"碌碡"上面,"才得见真实",看清了那"百般打扮千般戏"。〔梅花酒〕一曲,又十分滑稽风趣地诉说"他坐着吃堂食,我立着看筵席"。最后,"两只腿板僵直,肚皮里似春雷"两句,更表现了她观看了很长的时间,也十分幽默诙谐。

这几支曲子,与睢景臣的著名套曲《高祖还乡》在表现手法、思想倾向等方面极相似。作品所描写的客观事件本身,对封建统治阶级来说,都可谓盛典,场面隆重而又热烈,参与者个个都是锦衣华冠,仪态庄严,煞有介事。但是,这一切在老百姓的眼里,却完全是另一回事了,他们以自己的生活体验,把那一切庄严热烈的事件,都"代换"成极其平凡的生活内容。例如,〔乔牌儿〕一曲中,达官们腰间的玉带——崇高地位的标志——却被说成是"白石头黄铜片去腰间系";

在〔新水令〕中，又把大臣们对国师的顶礼膜拜，说成是"腰屈共头低"，"醉醺醺脑门着地"。——这实在有些"大不敬"了，然而，恰恰是这些老百姓的用语和口吻，构成了对那些盛典的嘲弄，使作品具有讽刺的效果。其次，这几支曲子又十分逼真地表现了村姑的精神面貌。被封建统治阶级视为神圣不可侵犯的事物，对她来说，却毫无敬畏可言，她的性格是那样爽朗自然，乐观坦荡。她作为一个村姑，当然很少有机会看到如此隆重的场面和艺人的表演，因此，对这一切她充满了新鲜感，她毫不掩饰自己的好奇心理，以至于"我钻在这壁、那壁"。但是，观看了一段时间之后，却又同样毫不掩饰饥饿袭来："肚皮里似春雷。""观赏"的情致终于不能代替生理的需要。更何况从她的叙述中可以看出，这个村姑对整个仪式虽有好奇，但也没有过多的惊喜和称赞。于是她结束了对这一场面的观赏。总之，几支曲子的语言、口吻，都充分表现了村姑的性格特点。

杨讷在写完杂剧《西游记》第五出之后，完全可以接写第七出白龙马的情节，但这里却运用《高祖还乡》的手法加写第六出，显然是有意为之的，其"意"即在讽刺。这讽刺，不仅剥掉了"大唐"官员的煞有介事的威严肃穆，而且，对"唐僧"的神圣的光圈也有"削弱"。这正表现了作品的一种进步的思想倾向，而且与全剧生活气息较浓、民间文学色彩较重的风格正相一致。

（段启明）

西　游　记

杨　讷

第五本　第十八出　迷路问仙

〔南吕·玉交枝〕贪杯无厌，每日价泛流霞①潋滟；子云嘲谴防微渐,托鸱夷②彩笔拈。季鹰好饮豪兴添,忆莼鲈只为葡萄酽,倒玉山恁般瑕玷。又不是周晏相沾,糟腌着葛仙翁,曲埋那张孝廉。恣狂情,谁与砭。英雄尽你夸,富贵饶他占。则这黄垆畔有祸殃,玉缸边多危险。酒呵播名声天下嫌。

〔幺〕待谁来挂念,早则是桃腮杏脸。巫山洛浦皆虚艳,把西子比无盐。那里有佳人将四德兼,为龙綮衾枕③是干戈渐,锦片似江山着敌敛。可曾悔恋了秾纤,碎鸾钗,间宝奁。这风情,怎强谮。眼见坠楼人,犹把临春占。笑男儿自着鞭,叹青娥藏刀剑。色呵播声名天下嫌。

〔幺〕富豪的偏俭,奢华的无过是聚敛。王戎郭况心无厌,拥金穴握牙签④。可知道分金鲍叔廉,煞强如牢把铜山占,晋和峤也多褒贬。恰便是朱方聚奸,有齿的焚身,多财的要谦。斗量珠,树系缣,刑伤为美姝,杀伐因求剑。空有那万贯钱,到底来亡沟堑。财呵播名声天下嫌。

〔幺〕英雄气焰,貔虎般不能收敛;夷门燕市皆为僭,空偺愁枉威严。探丸厉刃掀紫髯,笑谈落得填坑堑,尽淋漓一腔丹慊。惹傍人血泪横沾,冷觑王侯,暖守兵钤⑤。发冲冠,雄猛添,惊皇博浪椎,寂寞乌江剑。恁忘了泡影与河山,算相争都无餍。气呵播声名天下嫌。

这出戏写的是唐僧师徒过了女人国之后,行经一个月时间,来到距火焰山不远处,有采药仙人指点他们,说要过得火焰山,别无他路,只有向铁镖山铁扇公主借来宝扇,可灭火焰山之火,非得此扇是无法过山的。唐僧师徒无奈,只得着孙行者往铁镖山寻铁扇公主去借扇。以上四曲,即由正末扮采药仙人所唱,乃是规讽酒、色、财、气的四支曲子。这四支曲子似与杂剧故事情节关系不大,盖元人以酒色财气为题所写散曲,数量颇多。文人作剧,随手之得,信手拈来之曲是不乏其例的,况且是采药仙人出场,唱此四曲就更不足怪了。

第一曲是写酒戒。"贪杯无厌"四句,初揭酒之得失,微讽贪杯之弊。流霞,原指仙人的饮物,后作为美酒的代称。"每日价"一句用夸张手法,将酒比作湖水,可泛舟其上,极言一个酒的世界。价,语助词,无义。潋滟,水波相连的样子。子云,指汉扬雄,字子云,以文章著称于世。因扬雄写过《酒赋》,对纵酒有微讽之意,故言"嘲谑防微渐"。鸱夷,古时盛酒器。鸱本传说中之怪鸟,以其腹大而状酒器。扬雄在《酒赋》中说:"鸱夷滑稽,腹如大壶,尽日盛酒,人复藉酤。"彩笔,借南朝江淹夜梦郭璞索五彩笔事。"托鸱夷"句是说借酒以焕发文采。

以下用张翰宴饮之事,进一步指出酒虽能添人豪兴,然亦是瑕疵,不若冰清玉洁的好。季鹰是晋张翰的字。翰吴郡人,有清才,善属文,纵任不拘,时人比之阮籍,有"江东步兵"之号。传说张翰因秋风起而思吴中莼菜、鲈鱼,竟弃官归隐。"秋风莼鲈"因而常被用来喻指归隐。这里是说因酒而思家乡美味,继而思隐,而且张翰似乎喝醉了才如此的,因此说"恁般瑕玷"。曲子意旨在酒戒,当然就以酒为瑕疵了。葡萄酽,泛指酒。酽,味厚之义。倒玉山,指醉倒,《世说新语·容止》:"山公(涛)曰:'嵇叔夜(康)之为人也,严严若孤松之独立,其醉也,傀俄若玉山之将崩。'"

"又不是"句以下,点出了酒是祸根险苗,劝人们远避它。周晏相沾,用周侯藉卉饮宴、新亭对泣事,典出《世说新语》之《言语》门《过江诸人》条。东晋王朝初立,中州士族多渡江南下,"过江诸人,每至美日,辄相邀新亭,藉卉饮宴。周侯中坐而叹曰:'风景不殊,正自有山河之异!'皆相视流泪。""糟腌"和"曲埋"都是指耽酒过甚,浸于酒中之意。葛仙翁,指晋葛洪之族祖葛玄,他学道成仙,并以其丹术授弟子。张孝廉,即张翰。此处列举二人,皆视以仙人名士。"又不是"总领三句,意思是周颛、葛玄、张翰非同寻常之辈,其饮酒也,均非出于无端,常人嗜饮,是不能与他们相提并论的。因此,恣纵任情,狂饮无度,应该受到指责和针砭。夸海山,逞英豪,显富贵,炫家资,贪杯恋盏,争强好胜,都是要不得的。要知道,酣饮尽醉是危险的。黄垆,即黄公酒垆,原是说王戎过黄公酒垆,回忆起与嵇康等曾酣饮于此的情景,典出于《晋书·王戎传》。元剧和散曲中以黄垆喻酣饮场所。玉缸与黄垆对举,亦指酒。最后总以酒是天下有名的讨人嫌厌之物,作为戒语。

　　第二曲是色戒。一开始便点出了"桃腮杏脸"和"巫山洛浦"之虚幻,继而讲美女、丑女各得其长,美而又贤的女子,四德兼备的佳人是不存在的。无盐,指齐宣王后。《列女传》六谓:战国时无盐邑有女貌极丑,名钟离春,四十而未嫁,自荐谒齐宣王,陈四殆(国家的四种弊端)之义,为宣王纳为后。一般将无盐作丑女的通称。这里将西施、无盐并提,是说貌、德难以兼得。龙漦衾枕,指龙漦流入后宫,使周厉王一宫女怀孕生褒姒事,典出《史记·周本纪》。漦,是龙所吐的泡沫。这里是说因贪图美色而使江山遭受到危险。"可曾"句有提醒义,即应悔却贪恋声色。这里的"秋纤"、"鸾钗"、"宝奁",皆指美色;"悔恋"、"碎"、"间"都是劝戒及早醒悟,尽快远离。这道理说来很明显,还有什么可争辩的呢? 谵,多言之义。"眼见"二句,用"绿珠堕楼"之典。晋石崇在洛阳西北修造金谷园别业,歌妓绿珠善歌解律,艳冶无比。石原有家臣孙秀,后成为赵王司马伦亲信。孙秀仗势欲夺绿珠,石崇不允,竟逼得绿珠坠楼而死,以谢石崇知遇之恩。事见《晋书·石崇传》。至此,得两句结论为:"男儿自着鞭,青娥藏刀剑。"最后,一如前曲,总以一句为戒:色也是天下有名的讨人嫌厌之物。

第三曲是财戒。财为聚敛而得,越富越吝啬,越豪奢越贪婪。王戎、郭况在这里都是指贪得无厌的人。《晋书·王戎传》中说王"性好兴利,广收八方园田水碓,周遍天下。积实聚钱,不知纪极,每自执牙筹,昼夜算计,恒若不足。而又俭啬,不自奉养,天下人谓之膏肓之疾"。郭况,后汉藁城人,光武郭皇后之弟,帝数赐其宅第,赏奉无极,时京师谓郭家为金穴。事见《后汉书》十。"拥金穴"指郭况之富;"握牙签"指王戎日夜以牙筹(计算钱财之象牙筹码)盘算赀财。二句写尽贪利吝啬之辈的行状。"可知道"以下三句写义比利更值得珍重。管鲍分金,事出《史记》卷二十六《管晏列传》:"管仲曰:'吾始困时,尝与鲍叔贾,分财利多自与,鲍叔不以我为贪,知我贫也。吾尝为鲍叔谋事而更穷困,鲍叔不以我为愚,知时有利不利也。'"此处以鲍叔分金的重义轻利,来砭斥聚敛悭吝,说鲍叔之举强如家资如山。和峤,晋西平人,官至中书令。少有盛名,庾颛称其"森森如千丈松,虽累砢多节,施之大厦,可作栋梁"。峤家资富豪而贪吝,杜预说他有钱癖。事见《晋书》和峤本传。多褒贬,即指其既"累砢多节",又"可作栋梁",贪吝无疑是其瑕疵。

"恰便是"以下三句,以战国时齐人庆封全族灭于朱方之事,说明了钱财可致杀身之祸。朱方,吴地名,在今江苏省镇江市东丹徒镇南。《左传·襄公二十八年》说齐国的庆封逃亡到了吴国,吴子勾馀把朱方给了他,庆封聚集族人住在那里,财富超过了他的过去。子服惠伯对叔孙穆子说:"上天大概有意让坏人富有,庆封又富起来了。"叔孙穆子说:"好人富有叫奖赏,坏人富有就是灾殃。上天恐怕这是在降灾给他,要让他们一族聚拢而一起被杀吧。"果然,昭公四年秋七月,楚伐吴,楚子以屈申围朱方,"八月甲申,克之,执齐庆封,而尽灭其族"(《左传·昭公四年》)。"朱方聚歼",说的正是这段故事。"有齿的",指年轻人,这里指年轻的国君被弑。《左传·昭公四年》中说:楚王杀庆封之前,令其巡行示众,叫庆封说:"不要像庆封一样,杀了国君,削弱国君孤儿的势力,与诸侯会

【西游记】

盟。"庆封却说："不要像楚共王的庶子围那样杀死他的国君——哥哥的儿子麇——从而取代了他，来和诸侯会盟。"于是楚王赶紧叫人杀死庆封。"多财的要谦"一句殊难解，大约是说多财的人要谦和恭让，免得与财共灭。"斗量珠"以下句，谓资财之多，到头来终究致祸。缣，细绢。尾句照例作结说：财是天下万事的祸根，是人所共知的讨人嫌厌之物。

第四曲是气戒。此曲一开始便指出争强斗胜的不可收敛。貔是传说中的一种猛兽，貔虎连用有时指勇猛的军队，此指气焰之不可遏止。夷门，指战国魏隐士侯嬴，因其曾为大梁夷门监者，故有夷门之称。信陵君宴宾客，亲自驾车迎侯生引为上座。秦围赵，求救于魏，侯嬴向信陵君荐朱亥，击杀晋鄙，以却秦存赵。燕市，指荆轲，轲嗜酒，终日于燕市中与狗屠及高渐离饮酒，后曾藏匕首于图中，谋杀秦王，未遂而被诛。左思《咏史》八首之六："荆轲饮燕市，酒酣气益振。"这里夷门燕市对举，正是取其"气振"而行事意，并以为这是僭越之举，是枉有威严，不值得称道的。"探丸"等三句，谓使气任性，不能自持之辈只图一时冲动，全不想自己的结局。慊，指仇恨、不满。"惹旁人"句是说使气的结果。"冷觑王侯"，指傲然于群雄之上，"暖守兵铃"，是说热衷于执掌兵权。"发冲冠"以下言气盛之时，不顾一切，并以张良和项羽作比，突出了气之误人。"惊皇"二句用张良之刺秦皇和项羽自刎乌江事。所有这些相争相斗，无餍无足，终归都是泡影，气，不消说，也是令人嫌厌的。

这四支曲子一气呵成，回环复沓，每曲结句结构相同，读来铿锵跳荡，别有一番情致和韵味。它所流露出的消极退避、空幻虚无情绪今天固不可取，不分是非，混淆了正义和非正义的行为亦不足为训，然我们不能脱离了剧本孤立去看。仙人自有仙人语，而且作者对江山兴亡的感慨完全承袭了传统诗词的一般情调，未可厚非，亦不必苛求。

作者善于用典，这是四支曲子艺术上的又一个特点，它反映了元末明初文人作剧的案头化倾向,值得注意。作为一格,读读此曲,可以加深我们对戏曲发展史的感性认识。有此四曲,不等于《西游记》杂剧通体都是如此,这只是个穿插。《西游记》中的第六出《村姑演说》、第十九出《铁扇凶威》等折子写得还是比较通俗生动的。

毋庸讳言,这四曲用典过密,且多僻典,大有掉书袋之嫌,这是在阅读欣赏中要加以注意的。

(王星琦)

〔注〕 ① 流霞:原指仙人的食物,后用作美酒之代称。典出王充《论衡》卷七《道虚篇》。② 鸱夷:酒器,见扬雄《酒赋》。这里指酒。 ③ 龙漦(lí)衾枕:漦,唾液。相传夏朝衰亡之时,有两条龙到庭前说:"我们是夏朝祖先。"帝遂将龙漦藏在木匣之中。后来匣子传到商朝,又传到周朝,始终无人敢开启。直到周厉王末年,才打开来,结果龙漦流出来,变成一只黑鼋,爬进后宫,被一宫女遇到,"无父而生女",所生便是褒姒。事见《史记·周本纪》。后以"龙漦"喻祸国之女。 ④ 牙签:即牙筹,古代用来计算钱财的象牙筹码。 ⑤ 兵钤:钤即钤记,亦指印。兵钤指执掌兵权。

西 游 记

杨 讷

第五本 第十九出 铁扇凶威

〔正宫·端正好〕我在巽宫里居,离宫里过,我直滚沙石撼动娑婆。天长地久谁煞得我,把世界都参破。

〔滚绣球〕孟婆是我教成,风神是我正果。我和骊山老母是姊妹两个,我通风他通火。角木蛟井木犴是叔伯亲,斗木獬

【西游记】

奎木狼是舅姑哥。当日宴蟠桃惹起这场灾祸，西王母道他金能欺风木催槎①。当日个酒逢知己千钟少，话不投机一句多。死也待如何。

〔倘秀才〕明月照疏林花果，寒露滴空山薜萝，四面青山紧围裹。松梢闻鹤唳，洞口看猿过，与凡尘间阔。

〔滚绣球〕这扇子六丁神巧铸成，五道神细打磨。阎浮间并无二个。上秤称一千斤犹有余多。管二十四气风，吹灭八十一洞火。火焰山神见咱也胆破。恼着我呵登时间便起干戈。我且着扇搧翻地狱门前树，卷起天河水上波。我是第一洞妖魔。

〔叨叨令〕我这片杀人心胆天来大，救人命志少些儿个。你道是火焰山师父实难过，则这个铁镵峰的魔女能行祸。休得要闲中寻闹也波哥，休得要闲中寻闹也波哥。则你那秃髑髅敢禁不得钢刀剁。

〔白鹤子〕你道是花果山是祖居，铁镵峰是我的行窝。在彼处难比强，来此处索伏些懦。

〔中吕·快活三〕恼的我无明火怎收撮，泼毛团你敢张罗。卖弄他铜筋铁骨自开合，我一扇子敢着你翻筋斗三千个。

〔鲍老儿〕他大叫高呼勒着我，更怕我杨柳腰肢袅娜。耀武扬威越逞过，更怕我桃脸风吹得破。弯弓蹬弩，拈枪使棒，擂鼓筛锣。

〔古鲍老〕手提着太阿，碧澄澄恰如三尺波。额攒着翠蛾，恶狠狠怒如千丈火。狂旗磨,战鼓敲,妖兵和。你便吃了灵丹数颗,争似我风声偏大,半合儿敢着你难捞摸。

〔道和〕这扇子柄长面阔,锁铁贯嵌金磨,骨把摅薄。妖气罩冷风多,云端顶上观见我。铁棒来抽身便躲,戒刀着怎地存活。我着戒刀折,铁棒损,力消磨。

〔柳青娘〕休么,从来不识这妖魔,忒轻薄也待如何。那厮有神通难摸,艺高强名扬播。偷灵丹老子怎近他,盗蟠桃玉皇难奈何。那厮上天宫将神威挫,下人间兴祸多。看着身躯大,顷刻成微末。看着东方过,顷刻向西方落。一任他铁骨铜筋火眼睛,不索交兵,敢着他随风一扇,扇了渡江河。

〔尾〕或是堕在远冈,落在浅波,滴溜溜有似梧飘落。便是天着他有命,今生必定害风魔。

《西游记·铁扇凶威》叙铁扇公主因拒绝出借能灭火的铁扇而与孙悟空发生争斗事。作者在完整而简约的情节中运用多种艺术手段成功地塑造了一个栩栩如生的妖魔形象。

全出戏的情节可分为三个部分,其一,从公主上场至第二支〔滚绣球〕曲,叙公主的能耐、身世和铁扇,可标为"居山";其二,从悟空上场至〔快活三〕曲,叙公主拒借铁扇和告诫悟空,可标为"诫孙";其三,从悟空挑战至结尾,叙公主战败后挥扇逐孙,是为"使扇"。三段情节以公主一人贯串。

在"居山"中,公主上场的宾白是一个简要的自我介绍,首先给观众以概括的印象,随后用〔端正好〕等三支曲形象地展开叙述和描写。

〔端正好〕和〔滚绣球〕着重铺叙,告诉观众公主曾居巽宫和离宫,那里分别

【西游记】

是风神和火神的宫殿。她掌管风部,神通广大。她吹滚起沙石能撼动佛之说法处——娑婆。是公主培养了孟婆等风神。她与骊山老母是姊妹,她与角、井、斗、奎等东方四星宿是亲戚。四宿以木为号,以四种动物为星象。他们真是人多势众。因此,长期以来无人对付得了她,而她,也把世界看破了。上述情况,公主以自夸的口吻出之,表明她是一个气盛好强的能人。于是,当西王母在蟠桃会上当众奚落公主,炫耀自己居西方属金,金能欺风胜木时,公主自然不服,何况带着酒意。公主与王母争执起来,一气之下反出天宫,来到铁镲山居住,成了一个妖魔。写出公主这一段经历,便为她敢于斗悟空作了有力的铺垫。

作者接着在〔倘秀才〕中以明月、寒露句写空旷寂静之景,颇得王维诗"明月松间照,清泉石上流"(《山居秋暝》)之意境。鹤、猿等活物又为山景增添生气。句中薜萝即薜荔和女萝,既实指山中植物,也可借指隐者的住处。刘长卿《使回次杨柳过元八所居》诗中有"薜萝诚可恋"句。此曲在写景中寓有公主如今对无拘无束隐居生活的喜爱之情,结句再用"与凡尘间阔"(与外界远隔)一语点明,而与前文"把世界都参破"的感慨相呼应。

第二支〔滚绣球〕曲介绍本出的核心道具——铁扇。说明铁扇制作过程仅用十二字,且紧扣铁的特性。铁需铸,铸用火,故借助火的神将六丁神。铸件需磨,磨是慢工细活,宜选僻静处,故置于泰山深处,借助东岳神将五道神。此扇构造复杂,有二十四骨,应二十四个节令,故称"巧铸"。行文谨严,无一字虚设,为此扇搧动起来足可翻天覆地充分铺垫。"搧翻地狱门前树,卷起天河水上波"出语新奇可喜。总之,确是一柄天地间独一无二的宝扇,单镇火焰山,怎不吓破山神胆!赞赏宝扇即是褒扬扇主,写扇为写人;同时,赞赏宝扇引出悟空借扇,自然过渡到下文。

本出戏神话色彩浓厚,充满奇异的想象和极度的夸张,而且编造得圆满可信,"居山"突出地表现了这个特色。曲词有粗笔泼洒,有工笔细描,多姿多彩。

公主形象从概括到具体,勾勒清晰,她的能耐引起观众兴趣,她的身世博得观众同情。

"诚孙"写深山中来了不速之客——"大唐三藏国师摩合罗俊徒弟孙悟空",他为保唐僧过火焰山,特地来向公主借扇。不料来者满口秽语,被公主断然拒绝。在〔叨叨令〕中,公主告诫行者休要触怒自己天来大的"杀人心胆",他的脑袋是经不得钢刀剁的。行者不以为然,自夸"盗了老子金丹,炼得铜筋铁骨,火眼金睛",是不怕钢刀剁的。于是在〔白鹤子〕中,公主又告诫他来铁镵峰不比在花果山,已失去地利,得收敛三分。行者非但不收敛,反而一再寻衅。最使公主按捺不下火气的是行者扬言要拿她,暗示拿住后要轻薄她,伤害了她的自尊,恰与当年西王母奚落她一样。〔快活三〕中公主以更严厉的措词斥责行者信口开河,警告他当心铁扇,"我一扇子敢着你翻筋斗三千个"。写三诚意在表现公主的克制态度。但这是一个好强者的告诫,态度强硬,话中多含鄙视之意,岂能遏止好斗的行者。如果说公主好强的脾气在"居山"中只是通过叙述加以交代,那么在"诚孙"中则是通过戏剧冲突中人物的语言加以刻画了。

冲突在"使扇"中继续发展并到达高潮。公主出洞,高呼要"拼个输赢"。决斗不可避免了。公主指挥妖卒摆开阵势应战。作者先不忙铺排交兵场面,而是从容描写临战的人。看,公主怒睁杏目,紧攒蛾眉,手提青光闪烁的宝剑,凶狠中自有几分妩媚。在〔古鲍老〕前半曲和〔鲍老儿〕中,作者的笔从人物外形深入到内心,写公主嘲笑悟空耀武扬威倒是虚弱的表示,是掩饰对这位"柳腰桃脸"魔女的胆怯心理。齐天大圣尚未领教过魔女的厉害,是不可能胆怯的。因此,这一笔心理描写表现了公主长自己志气、灭他人威风的昂扬战斗情绪,表现了她自负的性格。

交兵场面很有声势。旗帜狂舞,战鼓猛敲,妖兵齐喊,围攻大圣。〔古鲍老〕曲只用九个字就铺排了一个大开打场面。随后公主败走,悟空跳上云端瞭望,搜寻。〔道和〕则描写两人对打。武打是戏曲塑造人物形象的重要手段。如今我们只能凭借有限的文字去想象公主在舞台上的英姿了。

公主在对手铁棒、戒刀下东躲西闪，危急万分，方才认识到"那厮有神通难摸，艺高强名扬播"，明白了连老子和玉皇都奈何不得的胡孙（猢狲），唯有用法宝胜他。〔柳青娘〕交代的公主这个思想过程，表明她并非一味狂妄，对于一个好强的人来说，承认失败是要有足够的勇气的。她这才挥动宝扇，一阵风把个胡孙刮得无影无踪。此前，作者已反复强调铁扇的威力。在逐走悟空后，公主缓过气来，唱〔尾〕曲，设想胡孙刮走的景况，以轻松的话语结束，写尽了铁扇的凶威和得意之情。

原剧中在〔尾〕曲之后，还写到行者上场诌了四句顺口溜："婆娘忒恁高强，法宝世上无双；不借我呵也罢，当着你热我凉。"行者以此表达他对"这弟子"（婊子）的慑服，从反面颂扬公主。他不敢再去借扇，只得聊以解嘲了。

本出戏的铁扇公主虽是妖魔的身份，却无多妖气，而有英雄的性格。她是神话故事中一个美丽的艺术形象。孙悟空只是一个配角，虽然不失为一条好汉，形象却较为简单，且有些粗俗习气。

现代舞台上所演昆曲《借扇》，取材于吴承恩小说《西游记》，故事比杂剧本复杂曲折得多，传奇性更强。那柄铁扇改称芭蕉扇，能如人意。孙悟空是个智勇风趣的英雄人物，计三借而后得。悟空化作飞蛾钻进公主肚子的情节为全剧高潮，演员有出色的虚拟化表演。铁扇公主形象则比杂剧本减了英雄气，添了儿女情。她记恨孙悟空曾请观音收服她的儿子红孩儿，使她母子分离，故拒借扇子。在昆曲中她成了孙悟空的对立面和陪衬人物，在相当程度上被丑化了，趣味却未见得比元杂剧高明。

（宋光祖）

〔注〕 ① 催槎：当为摧挫，意为摧残、折磨。

马丹阳度脱刘行首

杨 讷

第 四 折

〔锦上花〕淡饭粗衣，山中活计。落托清闲，到大幽微。采蕨寻芝，绕山转水，炼药烧丹，驱神捉鬼。

〔幺篇〕困来那一眠，闲来那一醉。一任渔樵，说是谈非。笑杀儿曹，走南料北。空叹英雄，争高竞低。

〔江儿水〕人生快活能有几，过一岁无一岁。将军使机谋，宰相施忠义，都在俺这老先生谈笑里。

〔碧玉箫〕想韩侯当日，钝剑一身亏。彭越何为，烂锉肉如泥。九江王受困危，竿尖上挑首级。恁莫痴，争是张良会。归，急流中身先退。

杨讷曾作杂剧十八种，今存《刘行首》和《西游记》两种。

本剧剧情梗概是：重阳真人王三舍得道成仙后，受吕祖之命，下凡度脱。偶遇鬼仙唐明皇时管玉斝夫人伤春，令其托生在汴梁刘家当妓女，二十年后还清业债，方能得道成仙。二十年后，马丹阳受重阳真人之命，到下界度脱刘行首，恰值刘要嫁给林员外，马丹阳化作道士前去度脱，但她贪恋红尘不肯出家。重阳真人复又派东岳神给她托梦，回想起二十年前的一段因缘，刘遂翻然醒悟，跟马丹阳出家。

"神仙道化"剧与现实似无直接联系,加上情节不免生编硬造,漏洞时见,实难以生活真实的逻辑标准去评判,但它们多少也总还反映了一些生活现实。这里所选四支曲子,系马丹阳度脱刘行首时所唱,内容无非是宣扬道教的超脱思想,但曲中的兴亡之叹,对我们认识封建社会的世态炎凉,不无价值。联系作者身处的社会现实看,更是如此。元末战事频仍,人们生活朝不保夕,加上元廷长期实行民族歧视,社会普遍流行着一种厌世思想,"神仙道化"剧较前有增无减。如果透过这些剧本的宗教外衣,便可听到剧作家及广大人民不满当时社会的痛楚呻吟。我们不妨以本文所选的四支曲子作为例证。

这四支曲子宣扬荣辱无常,祸福不定。劝人们看破红尘,消释俗念。前面二支曲子勾勒道家逍遥散诞,澄彻虚静的生活图景。道士出家,虽然粗茶淡饭,却也逍遥清闲,与那些"走南料北"的商人以及"争高竞低"的"英雄"相比,真是一种神仙般的生活。作者以此揶揄现实,否定世俗。作者在〔江儿水〕曲里,以蔑视嘲弄的口吻,讽刺将相所为,只不过是空中建壁,徒劳无益。在〔碧玉箫〕中,又通过历史典故,具体说明其所以可笑。英雄一世,到头来却不得好下场,倒不如急流勇退,远祸消灾,悠游自在。曲中所说之韩侯,即韩信,楚汉相争时,助刘邦灭项羽,功勋卓著,然入汉后却为吕后所杀;彭越也是汉初著名将领,曾率兵从刘邦大败项羽于垓下,因功封梁王,后亦为刘邦所杀。九江王,即英布(又名黥布),初随项羽,常为先锋,封九江王,后归刘邦,封淮南王,汉立,见彭越、韩信相继被杀,遂起兵反,结果被长沙王诱杀。张良,汉初谋臣,深通兵法,为刘邦出谋划策,运筹帷幄,刘邦灭楚兴汉,多赖其力,汉立,封为留侯。他见彭越、韩信、英布相继被杀,便不恋功名富贵,辞官归隐,以求仙访道自适,遂得全身。作者对韩信、彭越、英布等人的被杀,遗憾多于同情;而对张良之急流勇退,却极为赞赏。作者的目的,无非在于说明荣辱无常,劝人超脱尘世,忘却名利。然而也暴露了封建统治者的虚伪残暴,刻薄寡恩,暴露了兔死狗烹、炎凉无定的世态。作者由此推而广之,认为人们不必自陷泥淖,而应到道家仙所去寻找安适无虞的生活。这四支曲子虽系王重阳(三舍)对刘行首所唱,但剧中之刘行首是个妓女,她怎能深会韩信、张良之事?作者实际上是借王之口自抒怀抱,并借此点化世人而已。

该剧曲词齐饬整洁,很少用衬字,只是不尽通俗易懂。

（周续赓）

【作者小传】

兰楚芳

西域人。曾任江西元帅。与刘庭信交好,曾在武昌以乐章唱和,时人比之唐代的元稹和白居易。《全元散曲》录存其小令九首,套数三套。

〔南吕〕**四　块　玉**

兰楚芳

风　情

我事事村,他般般丑,丑则丑村则村意相投。则为他丑心儿真,博得我村情儿厚。似这般丑眷属,村配偶,只除天上有。

本篇的主人公,是一个自称"事事村"的姑娘。"村",就是蠢,贬词。但是,曲中女主人公敢于说自己"村",而且说自己"事事村",是何等大胆坦率! 就是这样一个"蠢笨"姑娘,爱上了一个"般般丑"的男子。我们姑且认为曲中写的"村"、"丑"是客观实情,那么,这"村"女配"丑"男,是否就是无可奈何、命中注定

【四块玉】

了的"门当户对"呢？不！这不是女子对命运的屈从，而是她对爱情的选择。决定人的本质的东西是什么？是心灵的美丑善恶，而不在于蠢笨与丑陋。情人眼里出西施，不是美丑易位的幻觉，而是对对方心灵美善的倾心爱慕。曲中女主人公作出的正是这样一种选择。在她看来，"丑"也罢，"村"也罢，都无关紧要，最可宝贵的是双方的"意相投"。曲辞第三句"丑则丑村则村"用了两个"则"字，十分生动传神地表现了她这种高尚纯洁的追求。这两个"则"字作"就"解。我们吟诵这句曲辞，仿佛听见女子那铮铮作响的声音：蠢就蠢吧，丑就丑吧，我才不在乎呢！我爱的是他那颗心！这是一种倔强不屈的口气，表明她同她心爱的男子是以心换心，以"心儿真"换得"情儿厚"，获得真正和谐、诚挚、甜蜜的爱情。曲辞结句"似这般丑眷属，村配偶，只除天上有"，机趣盎然，得此一句，全曲生辉，表现出主人公无限欣喜与自豪。在他们生活的那个时代，婚姻不是追求门当户对，便是追求郎才女貌，本曲却一反传统，把心灵的交流作为爱情的首要条件，这无疑是对封建婚姻观的一种否定。

兰楚芳还有〔粉蝶儿〕《赠妓》散套。在这套曲子里，作者反复强调男女双方对爱情婚姻的诚实与忠贞。"有实诚口吐芝兰气，无亏缺心同碧月圆"，"你似一个有实诚的离魂倩女，我似那数归期泣血的啼鹃"。这些曲辞同本篇的思想一脉相承。十分清楚，兰楚芳始终在歌颂和寻找一种不带偏见和附加条件的真正爱情与和谐美满的婚姻。

这支曲子，原格句式为三三七七三三三，共七句二十九字，现在是四十五字，在用字上颇见特色。衬字的运用，使曲辞音律流转美听。全曲酷似口语，读之有如面聆謦咳之感。尤其值得注意的是，将一篇真髓俱在的"村"、"丑"二字，多次交替出现，竟占了十个字，造成了回环复沓，尽情渲染的咏叹调效果，使小曲具有鲜明的民歌风味。

（杨廷治）

〔南吕〕四块玉

兰楚芳

风　情

意思儿真，心肠儿顺，只争个口角头不囫囵。怕人知，羞人说，嗔人问。不见后又嗔，得见后又忖，多敢死后肯。

《录鬼簿续编》记载，兰楚芳是西域人，曾任江西元帅，功绩多著。他为人"丰神英秀，才思敏捷"，刘庭信在武昌时，二人相互唱和，时人把他们比作唐代的元稹、白居易，可知两人的作品风格及其地位。从兰楚芳现存作品看，似更接近白居易。本篇遣词造句，绝似口语，乍读起来似乎淡而少味。其实，这支曲子，语淡而意浓，言浅而情深，是颇耐咀嚼的。曲子写一个女子的心理活动，十分婉曲复杂。她看上了一个男子，爱他"意思儿真，心肠儿顺"，是个如意称心的郎君。她深深陷入了热恋之中。那么，她是否大胆向男子表白了自己的心思，倾吐了自己的爱情呢？没有。她多少次话到嘴边，又咽了回去，"只争"（只差）"愿与郎君成婚配"这样的一句话没说出来。看来，她的性格还有些柔弱，不能克服少女的羞涩与腼腆，更畏惧周围可能袭来的压力。她怕人知道，羞于被人议论，有人问她，便会嗔怒责怪！既要爱，又不敢大胆地爱，这是何等矛盾的心理！热恋中的少女在这极度矛盾中没有一日的宁静。她同心上人偷偷相会，临期没有见到男子，不由得满心焦躁，连连嗔怪，可当她见到心上人，却又犹犹豫豫，不肯痛痛快快地说出心里话。最后连她自己也自怨自艾起来："多敢（大概）死后肯。"这一结句说得俏皮而风趣，然而又有女子多少情蕴在其中！

【点绛唇】

这首小令不过五十余字,却描写了一个少女复杂、曲折、起伏的感情,真可谓言短而情长,一浪三波折了!而描摹的逼真,语言的生动,真可谓本色之极而"曲味"浓郁了。

(黄为之)

［作者小传］
王大学士
名氏生平不详。《全元散曲·续补遗》录存其套数二套,均从罗振玉旧藏钞本《阳春白雪》中辑得。

〔仙吕〕点绛唇

王大学士

丰稔年华,酒旗斜插,茅檐下。小桥流水人一家,一带山如画。

〔混江龙〕桔槔闲挂,呼童汲水旋烹茶。柔桑荏苒,古柏槎牙。雾锁草桥三四横,烟笼茅舍数十家。岗盘曲,呋兜答,莺迁乔木丘冢。一个鸥鹭水面,雁落平沙。喧檐宿雀,啼树栖鸦。柴扉吠犬,鼓吹鸣蛙。侬家鹦鹉洲,不入麒麟画。百姓每讴歌鼓腹,一弄儿笑语喧哗。

〔油葫芦〕刚见一百个儿童刁刁厥厥的耍,更那堪景物佳。一个将〔尧民歌〕乱唱的令儿差,一个是飚扑冬冬擂鼓无高下，一个支周知挣羌管吹难收煞。一个水盆里击着料瓜，一个拖床上拍着布瓦。一个一张楸舞得了千斤乍，一个学舞斗虾蟆。

〔天下乐〕一个道一阵黄风一阵沙，一个天生丑势煞，一个无店三碌轴上闲坐荷。一个将斤斗翻，一个将背抛打，一个响扑儿学咯牙。

〔那吒令〕一个向瓜田里坐树乱扯，一个向枣树上胡彪乱打，一个向古墓上翻砖弄瓦。一个扯着衣衫，一个揪住棍把，一个播土扬沙。

〔鹊踏枝〕一个眼麻花，一个手支沙，一个浅水涡里摸鳖捞虾，一个见麒麟打煞，一个舞着唱着區担禾叉。

〔寄生草〕一个擎着山鹧，一个架着老鸦。一个向柳阴中笑把人头画，一个向桑园里学揭龟儿卦，一个向墙匡里引的芒郎骂。一个跳灰驴大闹麦场头，一个踏竹马偃卧在葫芦架。

〔金盏儿〕一个叫丫丫，一个笑呷呷。一个棘斜混倒上树千般耍，一个山声野调学唱搅筝琶。一个斗巨子抢了嘴问，一个竖直立的磕了门牙。一个无人处寻豆角，一个背地里咽生瓜。

〔村里迓古〕一个放顽撒泼，一个唱歌厮骂。一个村村棒棒牛撒橛乔画，一个狗打肝腌臜相欠欠答答。一个弹的捺，一个舞的虾。一个唱的哑，一个水底浑如纳瓜。

〔元和令〕一个舞乔捉蛇呆木答，一个舞尿里蛆的法刀把，一个跳百索撅背儿仰刺叉。一个一个儿窝的眼又瞎，一个将

【点绛唇】

纸鸦儿放起盼的人眼睛花，一个递搬牛的没乱杀。

〔上马娇〕一个村，一个又沙，一个丑嘴脸特胡沙。一个将花桑树纽捏搬调话，一个打和的差，一个不剌着簸箕拨琵琶。

〔胜葫芦〕一个恐惊林外野人家，一个道休厮闹，一个道嗟牙。一个赛牛王香纸方烧罢。一个将磁瓯瓦钵，一个不门清光滑辣，一个没鼻子喃浑醮。

〔后庭花〕一个掬蝙蝠踏破瓦，一个竖牵牛扯了尾拔。一个摸鹁鸽掀翻盖，一个打斑鸠的击碎碎。一个岸边打滑擦，一个头尖眼大。一个莎岗上扑马扎，一个游泥蚌蛤蟆。一个柳堤边钓水扎，一个沙湍上烧黄鳝，一个膊项上瘿疙疸。一个唇缺丑势煞，一个磨瞙的特刺查。一个做生活的不颗恰，一个觅虱子头上掐。一个编蒲笠特抹答，一个鞭牛叱咤。

〔青歌儿〕一个牛斤，一个谎诈。一个光答答又无头发，一个蒙松雨里种芝麻。一个兜答，一个奸滑。一个交加，一个皱查。这一坐乔民闹交加，定害的爷娘骂。

〔尾〕一个潜立在晚风前，一个暗约在斜阳下。一个见厮抵拽着棒打，一个恋汀洲蓼岸芦花。一个映着蒹葭，一个收拾罢钓鱼艖，一个笑指疏篱噪晚鸦，一个绿蓑斜挂，一个倒骑牛背入烟霞。

王大学士这位元代散曲作家，以前不为人所知。一九八〇年春，辽宁图书馆发现了一部残本明抄《阳春白雪》。其中有王大学士的两套〔点绛唇〕套曲，一套由七支曲子组成，一套由十五支曲子组成，写的都是农村儿童的嬉戏情态，堪称散曲中独具一格、别开生面的佳作。这里选的是后一首。

元以前的古典诗歌中也曾出现过一些描写儿童情态的作品或作品片断。西晋诗人左思的《娇女诗》是较早的一首。此外诗中如杜甫《北征》写两个小女："学母无不为，晓妆随手抹。移时施朱铅，狼藉画眉阔。"李商隐《骄儿诗》写自己宠爱的小儿："或谑张飞胡，或笑邓艾吃。……截得青筼筜（竹），骑走恣唐突。忽复学参军，按声唤苍鹘。又复纱灯旁，稽首礼夜佛。仰鞭罥蛛网，俯首饮花蜜。欲争蛱蝶轻，未谢柳絮疾。"杨万里《宿新市徐公店》："儿童急走追黄蝶，飞入菜花无处寻。"词中如辛弃疾〔清平乐〕："最喜小儿无赖，溪头卧剥莲蓬。"这些诗句或幽默，或清新，描摹儿童情态都能栩栩如生。但与前人这些名作相比，王大学士的这套套曲仍然毫不逊色，其原因就在于它具有自己的鲜明特色。

特色之一是画面开阔，形象丰富。套曲除开头的〔点绛唇〕、〔混江龙〕二支写的是儿童活动的背景以外，余下的十三支都是描摹儿童戏要的情态，所写的恰好是一百个儿童，而且都是男孩。读者阅读这套套曲，仿佛是在展玩一幅儿童嬉戏图的长卷，觉得千姿百态，美不胜收。民间年画中有《十子夺鹊争梅》、《榴开百子》等作品。这套套曲可以称为以语言描绘出来的《百子图》。在一篇作品中同时出现一百个儿童的具体形象，这在诗词中尚无先例。而如此洋洋大观的铺陈描述，在赋中倒是时有所见。前人说"词如诗，曲如赋"（刘熙载《艺概》），这一特点在这套套曲中表现得特别明显。

摹仿是儿童的天性。由于这套套曲出现的儿童形象众多，所以他们摹仿的对象也是极为广泛的。正是从这个意义上说，这套套曲不仅是一幅情趣盎然的百子游戏图，而且是一幅多姿多彩的农村风俗画。其中所反映的乡村民俗是多方面的："寻豆角"，"编蒲笠"，"鞭牛"，"种芝麻"，这是农事；"揭龟儿卦"，"赛牛王香纸方烧罢"，这是占卜祭赛，旧日乡村有牛王会，纪念牛王大帝，即西汉宣帝

【点绛唇】

时教民卖剑买牛、卖刀买犊的渤海太守龚遂；"将尧民歌乱唱"，"学舞斗虾蟆"，"学唱搅筝琶"，"舞乔捉蛇"，这是歌舞，北曲中有尧民歌、斗虾蟆、乔捉蛇、搅筝琶等曲牌，又院本"冲撞引首"中也有乔捉蛇。此外〔天下乐〕一曲中"一个道一阵黄风一阵沙"，可能就是"冲撞引首"中之"黄风荡荡"；"跳百索擞背儿"，这是杂技中的绳技；"咽生瓜"，"烧黄鳝"，"不门清光滑辣"，这是饮食，"清光滑辣"，是指酒的色味俱佳。所有这些，都使读者在阅读这套套曲的时候仿佛有一股浓郁的元代乡村生活气息扑面而来。

特色之二是纯用白描，声态并作。要把一百个儿童的具体形象编织在一幅画面中，使其不致像断线之珠一样散漫无归，必须拎出这些形象的共同特点，使其有一条线索贯串始终。这一共同特点便是〔油葫芦〕开始第一句："刚见一百个儿童刁刁厥厥的耍。""刚见"，犹言"只见"。"刁刁厥厥"，意为刁泼强悍，这里是活泼顽皮之意。"耍"，而且是"刁刁厥厥的耍"，充满活力。天不怕地不怕，正是这一百个儿童的共同特点，也是贯串全篇的一条线索。

共性只有通过个性才能得到表现。作者笔下的这一百个儿童，都爱"耍"，都"刁刁厥厥"，但"耍"的方式彼此不同，"刁刁厥厥"的表现形式也各各有异。作者运用娴熟的白描手法，对于每一个儿童，只用一句话，就勾勒出他的神情，摄取下他的动作，不论是声的描摹，还是态的描绘，都能简洁传神，惟妙惟肖。如〔油葫芦〕中的"一个将〔尧民歌〕乱唱的令儿差，一个是彪扑冬冬擂鼓无高下，一个支周知挣羌管吹难收煞。一个水盆里击着料瓜，一个拖床上拍着布瓦。一个一张楸舞得了千斤乍，一个学舞斗虾蟆"，写一群顽童在一起又歌又舞，他们咧起嘴巴乱唱，把鼓儿擂得震天价响，羌管吹得尖利刺耳，还随手抓起手边的东西当作乐器乱敲一气。就在这喧器而又热烈的伴奏中，一个男孩把木楸拿在手里飞快地舞着，另一个则神气活现地学跳斗虾蟆舞。又如〔寄生草〕："一个擎着山鹧，一个架着老鸦。一个向柳阴中笑把人头画，一个向桑园中学揭龟儿卦。

一个向墙匡里引的芒郎骂。一个跳灰驴大闹麦场头,一个踏竹马偃卧在葫芦架。"两个孩子在玩鸟:一个在柳阴中捉弄那酣睡者,脸上还露出狡黠的笑容;一个在桑园里学着用乌龟壳算卦;一个在麦场上追逐,拼命要跳上灰驴;一个骑着竹马狂奔,在葫芦架旁摔了一跤。值得注意的是"一个向墙匡里引的芒郎(农夫)骂",这个儿童到底干了什么,作者并未明写,但"芒郎骂"这个反应明确地告诉我们:这个小家伙又在调皮捣蛋了。这样的写法一笔而两面俱到,真是再简洁不过,这也是白描手法特有的神韵。

特色之三是动静交错,相得益彰。这套套曲整个画面给予读者的主要印象是富有动态的美感。但艺术的辩证法告诉我们:动与静是相辅相成的;没有静,动也无从表现。本篇作者深谙此中三昧,他的笔下是以动为主,动静结合,以静衬动,相得益彰。具体说来,有这样三个层次:首先,背景的描写是动静结合,以静为主。其中"柔桑苒苒,古柏槎牙。雾锁草桥三四横,烟笼茅舍数十家。岗盘曲畎兜答(田沟弯曲),莺迁乔木丘冢"直至"鸥鹭水面,雁落平沙",基本上是静态描绘,它对于群童嬉戏的动态画面起了很好的衬托作用。其次,在十三支写儿童嬉戏的曲子中,绝大部分是以动为主,但也有少数是以静为主的。如〔尾〕:"一个潜立在晚风前,一个暗约在斜阳下。一个见厮抵拽着棒打,一个恋汀洲蓼岸芦花。一个映着蒹葭,一个收拾罢钓鱼艖,一个笑指疏篱噪晚鸦,一个绿蓑斜挂,一个倒骑牛背入烟霞。"此曲基本上是以夕阳晚照为背景的静态剪影,或为幅度较小的动作,与前面十二首形成一种对比。再次,一支曲子中也有动与静的结合。如〔天下乐〕:"一个道一阵黄风一阵沙,一个天生丑势煞,一个无店三碌轴上闲坐衙。一个将斤斗番,一个将背抛打,一个响扑儿学咯牙。"其中"一个天生丑势煞",写一个儿童是天生的丑模样;"一个无店三碌轴上闲坐衙",写一个儿童无所事事,闲坐在碾场的石碌上面,这些都属于静态的相貌或状态描绘。动静的穿插和交错,使得全篇的形象描绘有起伏,有波澜,具备一种

珍藏本

【原文】

【宋太祖龙虎风云会】

元曲鉴赏辞典

1575

作者小传

内在的节奏感,避免了板滞单调,增添了灵动之气。

特色之四是语言泼辣尖新,谐谑风趣。为了表现农村顽童那种伶俐天真、活泼好动的性格,作者选用了大量动态感很强而又极其形象化的词语。如:同是上树,有的是"坐树乱扯",有的是向枣树上"胡彪乱打",有的是"棘斜混倒上树千般耍";同是在水边,有的是"浅水涡里摸鳖捞虾",有的是"水底浑如纳瓜"(像瓜按到水里,一下子又浮起来),有的是"岸边扪滑擦"(滑步),有的是"游泥蚌蛤蟆",有的是"柳堤边钓水扎";同是捉鸟捉虫,有的用"掬",有的用"摸",有的用"打",有的用"扑",一字之别,神态顿异,如画龙点睛,使得形象飞动,个性鲜明。各种俗语的运用也恰到好处,其中象声者如"彪扑冬冬","支周知挣","叫丫丫","笑呷呷"等,摹态者如"眼麻花","手支沙","呆木答","没乱杀","特胡沙"等,都具有一种独特的韵味,增添了作品的风趣。

(赵山林)

罗贯中

名本,号湖海散人,山西太原人。一说钱塘(今浙江杭州)或庐陵(今江西吉安)人。元末明初在世。撰有《三国志通俗演义》、《隋唐志传》、《残唐五代史演传》、《三遂平妖传》等。所作杂剧今知有《风云会》、《连环谏》、《蜚虎子》三种,现仅存《风云会》一种。

宋太祖龙虎风云会

罗贯中

第 二 折

〔南吕·一枝花〕漫漫杀气飞,滚滚征尘罩,恹恹红日惨,隐隐阵云高。军布满荒郊,我命将凭三略,行兵按六韬。右白虎左按青龙,后玄武前依朱雀。

〔梁州第七〕护中军七层剑戟,守先锋万队枪刀,五方旗四面相围绕。朱旛皂盖,黄钺白旄;箭攒雕羽,弓挂龙弰。滴溜溜号带齐飘,威凛凛挂甲披袍,扑咚咚鼓擂春雷,雄纠纠人披绣袄。不刺刺马顿绒绦,咆哮,战讨。马和人飞上红尘道,金镫稳,玉鞭袅,催动龙驹把辔摇,转过山腰。

〔牧羊关〕见几点寒星现,一钩新月皎,看看的兵至陈桥。教前队休行,催后军赶着,屯车仗离官道,就馆驿度今宵。疾忙教各部下关粮米,对名儿支料草。

〔贺新郎〕诸军众将一周遭,小心的下寨安营,在意的提铃喝号。七禁令五十四斩从公道,丁宁休犯法违条。卷旌旗,停斧钺,卧鞭炼,竖枪刀。悄悄的各依队伍休喧闹,解鞍松战马,卸甲脱征袍。

〔隔尾〕五更筹更听金鸡报,一部从休辞永夜劳。画角齐吹玉梅调。人休贪睡着,马须要喂饱。我且半倚帏屏盼天晓。

罗贯中《风云会》杂剧,共有四折一楔子。第一折写石守信引荐赵匡胤任官职,第二折写陈桥(在今河南开封市东北陈桥镇)兵变,通称《受禅》;第三折写赵匡胤雪夜访赵普议事,通称《访普》;第四折写赵军战胜诸王。通过这四个主要片段,集中而概括地展现了赵匡胤从“受禅”为帝到统一天下的过程。第二折有两个套曲,自〔南吕·一枝花〕至〔隔尾〕五曲为前套,写赵军出征、行军、宿营的情景；自〔哭皇天〕至〔尾〕六曲为后套，写陈桥兵变的情景。这里只选前套。

一开头，〔南吕·一枝花〕，渲染出赵军出征的氛围。弥漫的杀气，滚滚的尘土，昏暗的红日，隐隐的阵云。这里氛围的描绘，预先为后周殿前都点检赵匡胤统兵北伐，造成了浩大的声势。诚所谓未见其兵，先现其势，千军万马，呼之欲出。但这只是"虚写"，赵军毕竟尚未正式出现。

紧接着，〔梁州第七〕，广阔地展现出赵军的盛大军容。滴溜溜号带齐飘，扑咚咚鼓声如雷。刀枪耀日，弓挂龙弰，旌旗四绕，战马咆哮。队队将士，挂甲披袍，雄赳赳，威凛凛。"马和人飞上红尘道"，"转过山腰"。瞧，兵器五花八门，人物栩栩如生，场面壮阔，气势雄伟，充满了战斗活力，呈现了日间行军的壮景。可是，〔牧羊关〕别是一番情景。"几点寒星现，一钩新月皎"，夜色蒙蒙，一片寂静。赵军正借着月光，悄悄前进，没有号音，没有鼓声，后队赶前队，军车紧紧跟随。这里也没有出现旌旗枪刀，因为它们都隐没在月色笼罩之中了，既真实写了生活，又避免了行文重复。显然，寂静的夜景，又烘托了赵军夜间行军肃穆紧张、纪律严明的气象。看来，〔梁州第七〕和〔牧羊关〕两曲，都是"实写"行军场面，写得很具体，很简洁，很活跃。

〔贺新郎〕对赵军宿营的情景，一一着笔白描。写兵器，卷旌旗，停斧钺，卧鞭炼，竖枪刀；写人马，解鞍松缰，卸甲脱袍；写巡逻，岗哨接替，提铃喝号。这场面，松弛、静谧，而又戒备森严。因为，"悄悄的各依队伍休喧闹"，"小心的下寨安营"，时刻保持着高度的警惕性。〔隔尾〕归结到写全军主帅分外操劳。雄鸡频啼，画角声亢，主帅谆谆叮嘱部下"休辞永夜劳"，"人休贪睡着，马须要喂饱"。而他自己，以身作则，"半倚帏屏盼天晓"，密切关注着军情变化。试把〔梁州第七〕〔牧羊关〕和〔贺新郎〕〔隔尾〕比较，不难看出，前两曲主要写行军的"动态"，动中有静，而后两曲主要写宿营的"静态"，却又不是死水一般。

正由于这套曲文从生活出发，有虚写，也有实写；有写动态，也有写静态，交错安排,前后相连,层次井然,所以,赵军出征的场景,从行军到宿营,不断变化,多样统一,完整地组成了一卷千军万马出征图,有声有色地展现了军纪和军威,突出地表现了主帅赵匡胤的才能和威望。这就为陈桥兵变拥戴赵匡胤为皇帝,以至赵军战胜诸王而统一天下,都预先做好了铺垫,给人以预示。

这套曲文,按照曲牌格式,巧妙地运用了多种句法。"漫漫杀气飞,滚滚征尘罩,恹恹红日惨,隐隐阵云高",一串叠字排句,写赵军出征,很有气势。"卷旌旗,停斧钺,卧鞭炼,竖枪刀",四个短促的排句,把迅速而又分别放置兵器的动作,写得很有节奏感。"右白虎左按青龙,后玄武前依朱雀",这是一般对句,指点出列阵时所按的东、西、南、北方位。"护中军七层剑戟,守先锋万队枪刀,五方旗四面围绕",这是鼎足对,交代了先锋、中军、大队的密切组合。这些多种曲句的参差运用,还形成音律上的抑扬顿挫,铿锵动听。当然,这是符合戏曲艺术的要求的。

这套曲,用的是〔南吕宫〕。按照燕南芝庵《论曲》的解说,〔南吕〕"感叹悲伤"。其实,这套曲的基调,并非如此,而是近于昂扬雄壮。所以,对燕南芝庵的解说,不可视为绝对化。按照元杂剧体制,每个套曲,开头一二支曲子和末尾一支曲子,比较固定,而中间曲子,则比较灵活,根据剧情需要,可多可少,但在旋律上,必须互相衔接,一气贯串。本套曲,由〔一枝花〕〔梁州第一〕〔牧羊关〕〔贺新郎〕〔隔尾〕组成。而《蝴蝶梦》第二折,在〔一枝花〕〔梁州第一〕后,只用〔贺新郎〕,接〔隔尾〕。《谢天香》第二折,在〔一枝花〕〔梁州第一〕后,直接〔隔尾〕。所谓〔隔尾〕,同于〔尾〕,所不同的,〔尾〕常用于结束全套的地方,〔隔尾〕则常用于一折套曲的中间,即剧情有着明显变化的转折之处,既把前后两个套曲"隔"开,而又起着枢纽作用。本折套曲的〔隔尾〕,就是收束前套写赵军的行军、宿营,而转入后套写陈桥兵变。从《太和正音谱》,可以知道,〔隔尾〕只见于〔南吕宫〕的套曲中。

(徐扶明)

宋太祖龙虎风云会

罗贯中

第 三 折

〔正宫·端正好〕光射水晶宫,冷透鲛绡帐,夜深沉、睡不稳龙床,离金门、私出天街上,正瑞雪空中降。

〔滚绣球〕似纷纷蝶翅飞,如漫漫柳絮狂。剪冰花旋风儿飘荡,践琼瑶脚步儿匆忙。用白襕两袖遮,将乌纱小帽荡。猛回头把凤楼凝望,全不见碧琉璃瓦鸳鸯央。一霎儿九重宫阙如银砌,半合儿万里乾坤似玉妆,粉填满封疆。

这段曲文对雪景进行了细腻的描述,生动具体,新颖别致。第一支曲子第一句"光射水晶宫"的"光"字系指雪光而言,"水晶宫"三字形容皇宫已被大雪裹得如同水晶造成的宫殿。"冷透鲛绡帐"中的"鲛绡"二字,传说为海中鲛人所织的绡,极为轻柔细软,这儿用以形容宫中锦帐。正因为雪太大,才会使"冷"气直"透"进鲛绡帐来,表明主人公(宋太祖)由床上坐了起来。下两句照映前面那段说白,点明在"夜深沉"的时候主人公心怀军国大事,"睡不稳龙床",毅然"离金门私出天街上"去找宰相(赵普)商量军国大事。最后一句"正瑞雪空中降"照映开始两句,使"光照水晶宫,冷透鲛绡帐"落到了实处。

第二支曲子从正面描写了雪景。前两句用"纷纷"、"漫漫"形容雪密;用"蝶翅飞""柳絮狂"形容雪大。下两句用"冰花"在"旋风"中飘荡形容风急;用踩碎脚下的"琼瑶"形容雪厚。五六两句中的"白襕"指当时秀才穿的白衣,是一种用白细布做成上衣下裳相互连着的服装,和今日女装连衣裙近似。"乌纱小帽"也是当时秀才常戴的帽子。王实甫《西厢记》中有"乌纱小帽耀人明,白襕净、角带傲黄鞓"之句,可见这是当时流行的文士服装。杂剧是要在舞台上表演的,"用白襕两袖遮,将乌纱小帽荡"两句,表明主人公在大雪之中行进,因为雪太大,不能不用两袖遮着头走路,不能不随时抖掉堆在帽子上的积雪,这都是为了描写雪大而设置。由于主人公是一个扮成白衣秀士的帝王,他对雪景的感受既有和常人相同的地方,也有异于常人的地方。下面五句对雪景的刻画就全是帝王眼中之雪景了。他望中所见的是被白雪覆盖了琉璃瓦的"凤楼"和"银砌"般的"宫阙";特别是"玉妆"的"乾坤","粉填"的"封疆",境界富丽堂皇,表明主人公身为帝王所独具的广阔胸襟和轩昂气宇,个性是十分突出的。其他元人杂剧中有不少描写雪景的片段,由于主人公处境不同,对雪景的体验也不相同。如费唐臣《苏子瞻风雪贬黄州》杂剧中苏轼在去黄州途中遇到大雪,他的感受是"骚客迁、朝士贬、五云乡杳然不见。可做了雪拥蓝关马不前……哽咽难言",心情是悲苦的。又如高文秀《好酒赵元遇上皇》杂剧中的赵元,被人陷害,遭到杀头危险,他对雪景的体验是"雪遮得千树老,风剪得万枝枯",因而"冻的我战兢兢手脚难停住,那堪天寒日短,旷野消疏,关山寂寞"。《风云会》里主人公对雪景的感受迥异于苏子瞻和赵元,是个性化的充分表现。

这两支曲子,在遣词上颇见功力。一个"射"字用得十分贴切,它暗示了雪光的强烈,把大雪纷飞的场面展现了出来。又如"透"字,它形象地揭示了寒冷的程度;再如把"纷纷"冠之于"蝶翅飞"前,把"漫漫"冠之于"柳絮狂"前来形容雪景,使铺天盖地的大雪景象和明媚春光中蝴蝶乱舞、柳絮纷飞的景象相联系,表明主人公面对雪景的愉快心情,因为他到底是个开国皇帝,不会见大雪而愁苦的。

(刘知渐　鲜述文)

贾仲明

（1343—1422 后）　一作贾仲名，号云水散人。淄川（今山东淄博）人。后移居兰陵。明成祖朱棣在燕邸时曾为文学侍从，甚得宠爱。曾为钟嗣成《录鬼簿》补撰关汉卿等八十二人的吊词，为戏曲研究提供了宝贵资料。一说《录鬼簿续编》亦为他所作。所作杂剧今知有十六种。现存《玉梳记》、《菩萨蛮》、《玉壶春》、《金安寿》、《昇仙梦》五种。一说《裴度还带》亦是他所作。另存有散曲作品若干。

【作者小传】

李素兰风月玉壶春

贾仲名

第 一 折

〔六幺序〕呀！猛见了心飘荡，魂灵儿飞在天，怎生来这搭儿遇着神仙？他那里眼送眉传，我这里腹热心煎，两下里都思惹情牵。他则管送春情不住相留恋，引的人意悬悬似热地蚰蜒。他生的身躯袅娜真堪羡，更那堪眉弯新月，步蹙金莲！

〔后庭花〕感谢你个曲江池李亚仙，肯顾恋这贬江州白乐天。愿你个李素兰常风韵，则这个玉壶生永结缘。双通叔敢开言，着你个苏卿心愿！我虽无那走江湖大本钱，也敢陪家私住几年。

〔柳叶儿〕也养的惬满门宅眷，也是我出言在骏马之前。哎，你个谢天香肯把者卿恋。我借住临川县，敢买断丽春园，一

任着金山寺摆满了贩茶船!

本剧正名为《李素兰风月玉壶春》,《元曲选》署为"武汉臣撰",但各本《录鬼簿》武汉臣名下都只有《玉堂春》而没有《玉壶春》;相反,在《录鬼簿续编》贾仲名的名下,却赫然有这个剧目。显然是臧懋循弄错了。《玉壶春》和《玉堂春》实在是两个不同的剧本,前者的著作权应属于贾仲名。

剧本写扬州人李斌(字唐斌,别号玉壶生)与妓女李素兰悲欢离合的一段故事。〔六幺序〕写初见时心情的激动,双方的表现,以及女方的体态、仪表,都是通过主人公的主观感受写出的。"猛见了"三句,写乍睹佳丽时涌起的感情体验:心儿飘荡,精神恍惚,好像灵魂出了窍、飞到了天上那样;对方的美丽,使他产生了如遇神仙的感觉。"他那里"三句,写两人感情的交流:一方是眉目传情,一方是"腹热心煎"——心急如焚地想接近对方,两下里都被情的绳索牵住了。"他则管"二句,是上面三句的同义反复;以"蚰蜒"(一种栖息于房屋内外阴湿处的小虫,共有足十五对,像蜈蚣)在热地上乱爬的慌乱之态来形容"意悬悬"的情景,把焦急盼望的意念写活了。这里比喻用得通俗,反复也因写来有所变化而不使人感到累赘重复。"他生的"三句,写出了一个身材苗条轻盈、眉弯足细的古代美人形象,补充说明了他心荡神驰的原因。这支曲子从构思到词句都颇似《西厢记》第一本第一折张生初遇莺莺的唱段,说明作者是善于向前辈学习的。

〔后庭花〕是李素兰请李斌到花坞共饮时李斌所唱,对她的邀请表示感谢,并希望永结良缘。这里用了几个典故来表达这种意思。"李亚仙"是石君宝杂剧《曲江池》中的女主角,她三月三日到曲江池游春,遇郑元和,就请他来同席,并接受了他的爱情(故事源出白行简《李娃传》);这里用来比李素兰。"贬江州白乐天"也是用元杂剧《青衫泪》中白居易贬江州遇琵琶女以结良缘之事(白居易《琵琶行》诗未说与琵琶女有恋爱关系)以自况。"双通叔"和"苏卿"是用双渐苏卿的故事:庐州妓苏小卿与书生双渐(字同叔,一作通叔)相爱,双渐去求官,久而不还,假母受江西茶商冯魁银子,将苏卿卖给他,后双渐状元及第归,追赶苏卿的贩茶船至金山,见其寺中的题诗,遂一夜千里赶到临安,终于夺回苏卿,结为夫妇;这里用来比喻他和素兰两人。使用典故与直叙衷曲相结合,使这段唱词的内容表达得十分清楚,也很富于诗意。

〔柳叶儿〕一曲,承上文末二句而下,表示愿花钱为素兰脱籍,养她全家。这段曲也用了典故。"谢天香肯把耆卿恋"是关汉卿杂剧《谢天香》中所写柳永(字耆卿)与妓女谢天香的爱情故事。"临川县"、"丽春园"仍是双渐苏卿故事,双渐曾做临川县令,苏卿曾住丽春园,故称。"你个谢天香"至结尾几句是说:你如果爱我,我一定为你脱籍,排除困难去争取我们的爱情圆满实现。这种衷曲的披露是诚挚的。

通观这三段曲词,我们看到李斌对李素兰的爱情是真诚的、深厚的,作者将它放在剧本的开头,肯定两人爱情的执着与忠实,从而使鸨母和富商的破坏特别引人痛恨。对戏剧冲突的发展,对人物性格的刻画,具有十分重要的作用。曲词比较通俗朴素,使用的典故都是民间传说和戏曲中常用的故事,与一般文人使用的不同。

(洪柏昭)

吕洞宾桃柳升仙梦

贾仲名

第 三 折

〔越调·斗鹌鹑北〕经了些水远山遥,畅好是天宽地狭。野店生莓,山城噪鸦。崎岖长途,奔驰瘦马。昏邓邓尘似筛,扑唐唐泥又滑。绿水堤边,青山那答。

〔紫花儿序北〕夕阳古道,客旅人稀,老树槎枒。一林红叶,三径黄花。看了那、高低禾黍,纷纷桑共麻。俺则为功名牵挂。今日个背井离乡,几时得任满还家?

〔诉衷肠南〕你道是功名牵挂,早过了夕阳下,一带云山似图画。眼巴巴几时得到京华! 过山遥路远怎去? 他教我心惊胆颤怕。如今容颜瘦,倒不如受辛勤还家罢! 我如今力困筋乏。

贾仲名是由元入明的杂剧作家,号云水散人,淄川(今山东淄博)人。据《录鬼簿续编》称:其"天性明敏,博究群书,善吟咏,尤精于乐章、隐语。尝侍文皇帝于燕邸,甚宠爱之,每有宴会应制之作,无不称赏"。"所作传奇、乐府极多,骈丽工巧,有非他人之所及者。一时侪辈,率多拱手敬服以事之。"并录其所作十四种杂剧之名。钟嗣成在写《录鬼簿》时,曾制《凌波仙》曲以吊前辈及同代曲家中若干已卒的知友,贾仲名读钟氏原著后,对其余八十二人补撰了吊曲。今存杂剧五种,《升仙梦》为其中之一。

《升仙梦》所写是吕洞宾奉南极老人之命,去点化汴京梁园馆聚香亭畔的桃柳二树。二树年久成器,有道骨仙风,怕其迷却仙道,故先使其托生为人,长于富贵之家,结为夫妇。在重阳节登高饮酒时,吕洞宾设为梦境,梦中丈夫受诰敕为官,夫妇赴任,汉钟离在二人梦中化为强盗,劫财害命,使之警醒出家,最后得以成仙。从思想内容上讲,《升仙梦》并无出奇之处。元人以神仙道化作为杂剧的一大题材,写吕洞宾故事而较有名的,就有马致远的《黄粱梦》、《岳阳楼》和范康的《竹叶舟》、谷子敬的《城南柳》等。《升仙梦》以形式的革新见长。元剧或为正末主唱的末本，或为正旦主唱的旦本，此剧却是正末、正旦同唱。杂剧都唱北曲，元末沈和虽始开南北曲合套的先例，但其所作的《潇湘八景》、《欢喜冤家》等，都仅是散套，《升仙梦》却以正末唱北曲，正旦唱南曲，为杂剧中首创。因此，可以认为，贾仲名是顺应南曲日盛的历史潮流，起而更新杂剧的旧有规律，他的这种尝试和努力，是值得肯定的。

《升仙梦》第三折所写的是：桃柳二树托生的柳春与陶氏入于梦境，柳受诰敕通判江西，在赴任途中，夫妇遭盗遇害，梦醒得悟，随吕洞宾出家。这里的〔斗鹌鹑〕等三支曲子，即赴任途中的夫妻对唱，前二支北曲为正末所扮柳春唱，后一支南曲为正旦所扮陶氏唱。表现了旅途辛苦，宦思与羁情交织，有强烈的抒情性。

第一支曲子以"经了些水远山遥"开头，点出所行已非一日之意，"水远山遥"可见行程之远。次句接之以"畅好是天宽地狭"，"畅好是"即真是、正是之意，由于不是一马平川，而是山路崎岖，视野受阻于千山万嶂，故曰"天宽地狭"。所宿处是"野店生莓"，草盛自然人迹少，所行处是"山城噪鸦"，亦见萧条冷落之状。无论顾后还是瞻前，都是"崎岖长途"，无论以往还是明天，都将"奔驰瘦马"。由于剧中的柳春、陶氏"是这长安城中点一点二的财主，家私有万倍之利的人家"，不堪鞍马劳顿可谓必然。"昏邓邓尘似筛，扑唐唐泥又滑"，复叠而兼象声，突出"尘""泥"二端，将旅途艰难作了进一步渲染。但是，毕竟此行在于赴任，终极目标不会失去光彩，因而，曲终又出以"绿水堤边，青山那答"二句，在不甚谐洽协调之中，却蕴有与仕宦心情合拍之意。

第二支的〔紫花儿序〕仍是正末所唱。眼前行经古道之上，天边一抹夕阳，行人稀少，只见路旁老树枝丫歧出。时值深秋，一林红叶似火，三径黄花如金。放眼望去，高高低低的田野上长满禾黍桑麻。想到山野农夫还能饱览黄花红叶,享受收获禾黍桑麻之乐,而自己却牵挂着功名,背井离乡,不由得起桑梓之想,有"几时得任满还家"之叹。

第三支的南曲〔诉衷肠〕是正旦陶氏所唱。首句"你道是功名牵挂",接过柳春话茬,次句"早过了夕阳下",可见经行之中,时间推移,暮色将临。"一带云山似图画",将薄暮之中云山相接,似泼墨的图画,作了传神的描绘。作为女子,陶氏更不堪劳累,故有"眼巴巴几时得到京华"之叹,此处从曲意分析,"京华"当指任所南昌。"过山遥路远怎去?"较之丈夫来,她所唱更为直露,且与"为功名牵挂"相较,感受自然不同。而"他教我心惊胆颤怕"一语,则更见对畏途之惧,也暗伏下遇盗一笔及所起之情。由于辛苦而容颜消瘦,故直言倒不如还家。结句的"我如今力困筋乏",看似平实,却见实情之所由生,不重诗意却合乎剧情,拙朴之中,心绪情由极易体味。

由于吕洞宾劝柳春、陶氏修行遭拒,故设以梦境点化。生活中"颇积家财万贯有余",梦中又受命通判江西,但赴任途中,备尝艰辛,"富"在此岸,"贵"在彼岸,两不沾边。现实的羁情上升到与功名相抗地位,柳氏更受不得辛苦,这三支曲子所昭示的是进不及官场、退不得还家之境。遂至梦中遭盗被杀,豁然醒悟,知富贵之不可求,人生将不可久,转而求点化,希冀长生。因而,在剧情的转折之中起了很大作用。

羁旅行役一直是诗词中的主要题材。宋代诗人梅尧臣曾以温庭筠的"鸡声茅店月,人迹板桥霜"和贾岛的"怪禽啼旷野,落日恐行人",作为"含不尽之意,见于言外"的范例,称道它们善表"道路辛苦,羁愁旅思"(见欧阳修《六一诗话》)。元曲中也颇多此类题材,虽然多以显豁直露区别于诗词的蕴藉含蓄,但名篇中如马致远的〔天净沙〕《秋思》亦有化景为情的特点。《升仙梦》中这三支曲子,前二支正末所唱,也是抒发羁愁旅思,在意境上颇见〔天净沙〕的影响,尤其是前曲的"噪鸦"、"瘦马",后曲的"夕阳古道"、"老树槎枒",在意象营造上更为相似。但由于套曲不似小令，可着意铺排，不必将意象浓缩并置，因而〔斗鹌鹑〕和〔紫花儿序〕都前后妆点，极力渲染，且工于对句，以助抒情。前曲的首次两句、三四两句、七八两句，都属对工稳，但由于句式长短不同，词组搭配各异，故变化动宕，别饶风致，再辅以韵脚四声跌宕抑扬，使人起路途多变之想。次曲的四五两句，非仅为工对，且一"红"一"黄"，一"叶"一"花"，兼得声色之美。而正旦所唱的南曲〔诉哀肠〕，非但在思想感情上与前二曲有异，且"眼巴巴"、"心惊胆颤怕"等语，亦可见女子性格特征，全曲的语言较为朴实，不似前二曲的注重文采、藻饰，其实也颇见人物声口。总之，若谓《太和正音谱》评"贾仲名之词如锦帷琼筵"是过于抽象，则《录鬼簿续编》称其"骈丽工巧"却可以前面的分析来印证了。

（邓乔彬）

【作者小传】

王子一

约生于元末，活动于明初。生平事迹不详。所作杂剧今知有四种。现仅存《误入天台》一种。亦有散曲作品若干。

刘晨阮肇误入桃源

王子一

第 三 折

〔中吕·粉蝶儿〕兔走乌飞，搬不尽古今兴废，急回来物换星移。成就了凤鸾交、莺燕侣，五百年夙缘仙契。不多时执手临岐,倒揽下干相思一场憔悴。

〔醉春风〕则被这红灼灼洞中花,碧澄澄溪上水,赚将刘、阮入桃源,畅好是美,美。受用他一段繁华,端详了一班人物,别是个一重天地!

〔迎仙客〕下坡如投地阱,蓦岭似上天梯。这的是蝴蝶梦中家万里。不甫能雨才收,没揣的风又起。似这般风雨凄凄,早难道迟日江山丽?

〔红绣鞋〕见了这三五搭人家稀密,过了这百千重山路逶迤。那里也新郎归去马如飞,愁的是林深禽语碎,怕的是路远客行迟!呀,却原来鹧鸪啼烟树里。

〔醉高歌〕望见那萧萧古寺投西,行过这泛泛危桥转北,早来到三家疃上熟游地,这搭儿分明记得。

〔普天乐〕曾得个几星霜、多年岁,为甚么松杉作洞,花木成蹊!往时节将嫩苗跑土栽,今日呵见老树冲天立。见了这景物翻腾非前日,不由人几般儿心下猜疑:修补了颓垣败壁,整顿了明窗净几,改换了茅舍疏篱。

〔石榴花〕则见这野风吹起纸钱灰,蓥蓥的挝鼓响如雷,原来是当村父老众相知,赛牛王社日,摆列着尊罍。到的这柴门前便唤咱儿名讳。他那里默无声弄盏传杯,一个个紧低头不睬佯妆醉。方信道人面逐高低。

〔斗鹌鹑〕我今日衣锦还乡,儿呵你也合开门倒屣。我这里道姓呼名,他那里嗑牙料嘴,则道是铺啜之人来撞席,饕餮

【刘晨阮肇误入桃源】

他酒共食。似恁般妄作胡为，敢欺侮咱浮踪浪迹。

〔上小楼〕则见他一时半刻，使尽了千方百计。吃紧的埋不服人，言不谙典，话不投机。看不的乔所为、歹见识、刁天决地。早难道气昂昂后生可畏。

〔幺篇〕真乃是重色不重贤，度人不度己！使的这牛表、沙三、伴哥、王留，唱叫扬疾，走将来手便捶、脚便踢，将咱忤逆。这的是孩儿每孝当竭力。

〔满庭芳〕你道我面生可疑，便待要扬威耀武，也合问姓甚名谁。那些个吐虹霓三千丈英雄气，全不管长幼尊卑。你道我上天台狼餐豹食，谁想我入桃源雨约云期。休得要夸强会，瞒神諕鬼。大古里人善得人欺！

〔十二月〕叹急急年光似水，看纷纷世事如棋；回首时今来古往，伤心处物是人非。若不游嫦娥月窟，必定到王母瑶池。

〔尧民歌〕呀！生折散碧桃花下凤鸾栖，端的个人生最苦是别离，倒做了伯劳飞燕各东西，早难道有情何怕隔年期！伤也波悲，登高怨落晖，添几点青衫泪。

　　元代，统治集团大力推崇宗教。在文艺上，出现了相当数量的神仙道化剧。有人统计过，现存的神仙道化剧几与公案剧、爱情剧、历史剧数量相等。《刘晨阮肇误入桃源》习惯上归入此类剧中，但就其主要内容及主题来看，似不应入神仙道化剧之列。

　　此剧本事源出《太平广记》：刘晨、阮肇入天台山采药，远不得返，遇二仙女，留宿。半年后，怀归，乡邑零落，已十世矣。《幽明记》亦有类似的记载。唐人曹唐写有《刘晨阮肇入天台》等七律五首。王子一在此基础上，于开头结尾加上了太白星官度化刘、阮，衍为一楔四折，也就被人目为神仙道化剧了。

上面十三支曲，属剧中第三折，写刘、阮归家的情景。曲文中有抒情、描景和叙事。

第一二曲，主要是用来抒情，抒发刘晨对桃源洞中相亲相爱生活留恋之情。〔粉蝶儿〕开头三句，写"寻旧路回家"时的感慨。"兔走乌飞"，兔即玉兔，代指明月，乌为金乌，代指太阳。这是说日月交替，时光流逝。"走"、"飞"，加强了流逝飞速感，自然使人产生兴废之叹。"急回来"之后，转笔倒叙桃源洞中的生活：凤鸾莺燕，双双对对，多少恩爱，真的是"凤缘仙契"。转眼间，"执手临岐"，相别道旁，紧紧执手，难分难舍，似怨，似恨，似怅，似失，种种情思化为一句："揽下干相思。"这支曲急起缓收，起时的一系列短句，声急调促，衬托了变化的遽速，末句平缓，显示了情思的漫长、悠远。

〔醉春风〕曲，给这难忘的日子，增添了无穷的回味。"红灼灼"、"碧澄澄"，色彩绚丽，花水辉映，"美"的叠用，传达了刘、阮对这一段生活的赞叹不已。末三句结构相似，成为排句，一句接一句，渲染了这种生活的美好，给人以优美与舒畅感。

神仙道化剧中，如《任风子》写马丹阳度任屠，第一戒就是戒酒色财气，认为是"万罪之缘，万恶之种，既要学道，必当戒之"。可是《误入桃源》杂剧却写"喜孜孜幽欢密宠"，赞颂爱情生活，以及对这种生活的依恋，这些描写，完全违反道教的清规。所以，它不应算作神仙道化剧，或者说神仙道化只是个壳子，内底里还是爱情剧。基于这种认识，当我们看到这折戏开头不是写家乡的变化急遽，而是写对爱情生活的恋念，那就不会认为是离题的了。

当然，这一折的中心是刘、阮的回乡，以下四支曲，即描摹旅途的景色。〔迎

【刘晨阮肇误入桃源】

仙客〕写旅途气候。"不甫能"即方才的意思,"没揣的",是无端地,说明天气变化无常。〔红绣鞋〕摹旅途景色,〔醉高歌〕叙近家乡,〔普天乐〕画家门前之景。几乎是一个乐句一个景,似"电影镜头"一个接连一个,交相叠映,以这来显示旅途的全过程,同时展示了人物内心的情感。我国戏曲中的景物,主要是在直接描写人物的行动和主观世界的过程中,被间接地表现出来的,情与景融为一体,人们叫做情景相生。像〔红绣鞋〕中,稀密人家、逶迤山路、行客跋涉、禽鸣啁啾,几个场景都是从人物眼中看出、听到,或者是感觉到的,最后借用鹧鸪"行不得也"的啼声,构成凄楚的氛围,烘托了人物的凄苦心情。渐行渐近,过古寺,行危桥,来到熟游地,"景物翻腾非前日",心中当然疑惑,因而〔普天乐〕曲换用了手法,把松杉花木、茅舍疏篱作了前后对比,仅仅是"一年"光景,变化是如此之巨大,这恰好表现刘、阮的猜疑心理和感慨万千。

在这些曲文里,用了些古诗词的句子。杂剧常常吸收、融化古诗句入曲。"迟日江山丽",迟日即春日,阳光灿烂,江山明丽。原是杜甫《绝句二首》中诗句,作者借用了这一句,冠以"早难道"即"说甚么",予以否定,以衬出旅途的风雨凄凄,用得很自然。又如"蝴蝶梦中家万里",原为唐人崔涂《春夕》中诗句,句子中包含了一个典故:《庄子·齐物论》"昔者庄周梦为蝴蝶,栩栩然蝴蝶也"。后人把梦称为蝴蝶梦。《庄子》一书被奉为道家经典,这诗句和典故用在这里,十分熨帖,成了乐句中的有机部分,毫无斧凿痕迹。

〔石榴花〕以下五曲是叙事。〔石榴花〕、〔斗鹌鹑〕叙述归家叫门,后辈不理睬,管自弄杯传盏情景;〔上小楼〕〔幺篇〕叙述遭殴打;〔满庭芳〕辩驳和责备后辈。刘晨归家后的种种遭遇,一系列的事件、动作、变化,一场纠葛,都通过这些曲文来表达,由当事人唱叙,增添了真实感;曲文富有行动性,给演员的表演提供了有利的条件,演员根据曲文且唱且舞,表现了事件的全过程,舞台和现实生活更为贴近,观众可从真切中感到愤愤不平。

　　根据叙述的需要，五支曲中，大量地采用了当时的方言俗语。如"赛社"是古时一种祭祀习俗，"牛王"即牛神，"嗑牙料嘴"作斗口解，"撞席"谓闯进来吃食，"乔所为"的"乔"为恶劣义，"刁天决地"即乖张，"强会"，能干意，再配合上习用的虚词，"恁般"即这般，"吃紧的"为实在、真个的意思，"早难道"为否定语，含有说什么意，"的是"，正是，"大古里"，大概、总之的意思。这些口语朴质浅显，明白如话，为当时人所熟悉，用来叙述事件，一听就懂，便于领会。

　　这五曲写归家时的争吵、纠纷，一方面表明刘晨经过这场争吵，看透世情，决心重回桃源洞；另一方面，作家借此刻画世态，倾吐心中的不平。所以曲文更多地采用两两对比的手法，他怎样，我怎样，不时又插入议论和评价，突出了对比的内涵。〔石榴花〕对比了"唤咱儿名讳"的亲切和"紧低头不睬"的冷漠，评论说"方信道人面逐高低"。"世情看冷暖，人面逐高低"是当时流行的口谚，谓人的脸色随地位升降而变化，显示了世态的炎凉。〔斗鹌鹑〕曲说后辈刘德原应倒屣来开门，用了《魏书·王粲传》中因殷勤接客而倒穿了鞋子的典故，而刘德反怕他俩饕餮，怕他俩来贪婪地吃食，来"餔啜"，又食又饮而不来开门，刘晨骂之为"胡作妄为"，牛表等（杂剧中常用的人名）殴打人是"重色不重贤，度人不度己"，种种不端，归结为"人善得人欺"等等，抒发了刘晨的气愤，其实是第一折中交代的、不满于"晋室衰颓、奸谗窃柄"的刘晨久郁在心中的气愤，也是作家心中的愤懑。这与道规中的"戒气"大相径庭。杂剧中不仅不戒气，倒让当事人痛快淋漓地发泄了这股冲天怨气。

　　最后两曲又是抒情，抒经过这场波折后的情思。〔十二月〕曲表达了看透世务要去求仙学道的感情。用了联珠对，句句相对，三四句内各自为对；每一乐句又都用了七字句，上三下四句式，先急后缓，以表示看不惯不如求仙逍遥的情绪。词语中虽用了典故，如"物是人非"系李清照《武陵春》中语："物是人非事事休"，"嫦娥月窟"、"王母瑶池"是所谓仙家之地，但都为人们所熟晓，雅词与俗调

【叨叨令】

相间,典故与俚语并用,曲子和谐有序,不板不乱。当然,曲文所表达的内容是消极的,应予批判认识的。

由上曲末二句的"仙境",过渡到〔尧民歌〕对仙境桃源洞的回想、怀念。碧桃是一种仙桃,碧桃花下成双对的鸾凤,成了伯劳鸟、飞燕一样分飞了。这是化用《东飞伯劳歌》中的句子:"东飞伯劳西飞燕",由伤悲而落泪,如同白居易《琵琶行》中"江州司马青衫湿"一样,"添几点青衫泪"。曲文的格调和上五支的又不同。

十三支曲,自回忆始,中叙旅途跋涉、归家纷争,又终于回忆,表达了对甜蜜的情爱生活的向往与追求,愿"鱼水和谐,燕莺成对,琴瑟相调",鄙弃那炎凉的世情,这与整个杂剧歌颂的"凤友鸾交"、姻缘美满是一致的。与彻悟人生,摆脱酒色财气的困扰,苦炼成仙的道化剧是不同的。

十三支曲,自抒情始,中用摹景、叙事,终以抒情。抒情、摹景的语言比较雅,选用了典故和古诗句,叙事的语言比较俗,雅兴的抒写和俗态的描叙各异其趣,愤懑的叙述和悲凉的感慨及对美好生活的追忆融为一体,尽管风格不同,却能统一在人物感情和剧情发展这一总要求之下,亦庄亦谐,活泼流利,自然和协。

(侯百朋)

〔正宫〕叨叨令

无名氏

黄尘万古长安路,折碑三尺邙山墓。西风一叶乌江渡,夕阳十里邯郸树。老了人也么哥,老了人也么哥,英雄尽是伤心处。

这首〔叨叨令〕是一篇叹世伤怀之作。千百年来,去京城求功名的总是络绎不绝,长安道上总是车马攘攘,黄埃飞扬。殊不知,佼佼功名也好,赫赫勋业也好,荣华富贵也好,都逃脱不了"荒冢一丘草没了"(曹雪芹《红楼梦》中《好了歌》)的命运。洛阳城北的邙山,葬的全是汉魏的王侯公卿,如今早已冢破碑残,一片荒凉。西楚霸王项羽曾经是那般"力拔山兮气盖世",到头来也只能发出时不我济的哀叹,落得别姬自刎的下场。这一切都如同唐人沈既济在《枕中记》中所描绘的黄粱梦:卢生在邯郸旅店的酣睡中是那样志得意满,其乐陶陶,醒来却风流云散,只剩下古木萧萧,十里斜阳。世事匆匆,人生短暂,叫人怎不感叹英雄,感伤人世!

这首小令在艺术上是颇具特色的,它前三句是写实,第四句用的却是虚笔,由于采用连璧对——四句相对,就把古今荣枯、虚虚实实连成了一个层层递进的有机整体。"长安道"、"邙山墓"、"乌江渡"、"邯郸树",似是漫不经意的排列,其实经过了精心考虑,分别代表了不同的等级和层次。从谋求功名的莘莘学子,到加官封爵的王侯公卿,再到争雄称霸的一代豪杰,一层高于一层;而从更高层次看,功名、富贵、霸业,又都是徒劳之举,都不过是邯郸一梦。乍看起来,前四句叹古伤今,表现的是一种低沉、消极的基调,一种功名意懒、富贵心灰、勋业梦破的思想倾向,但只要把它同后三句联系起来就发现并不尽然。其"英雄尽是伤心处"的感慨,虽充满怅惘、悲哀,但并不像一般叹世之作那样,把读者引向世外,"绝荣辱,无是非,忘世亦忘机"(赵善庆〔梧叶儿〕《隐居》);也不是把人们导向及时行乐,麻木不仁,"前人勋业后人看,不如今朝醉了明朝醉"(无名氏〔寄生草〕《闲评》);而是在感伤之余,透出一种对人生价值的思考,一种对永恒的向往和追求。因此在元曲中同类题材的作品虽多,这首小令却还有它独特的

【叨叨令】

韵味。

（李克和）

〔正宫〕叨　叨　令

无名氏

溪边小径舟横渡,门前流水清如玉。青山隔断红尘路,白云满地无寻处。说与你寻不得也么哥①,寻不得也么哥,却原来侬家鹦鹉洲边住。

元散曲中无名氏的作品主要约有两类:一类是民间粗通文墨者所制(或记录、修饰民间歌手所创唱辞),多用俚言俗语,粗率质朴;另一类则在内容、情调、用语诸方面表明是有相当修养的文人所作。此两类作者俱非"名公才人",不见经传,然其曲能保存至今,倒说明它们在当时流传较广,方能为诸收辑元曲者采录。

本曲从风格上看当是文人所作。其末句即用白贲〔鹦鹉曲〕"侬家鹦鹉洲边住"("却原来"为衬字)成句,看来也是写"不识字渔父"(白贲曲语)的。据元冯子振《鹦鹉曲·序》载,白曲在其时享有盛名,"有北京伶妇御园秀之属……恨此曲无续之者",于是冯子振逞才和白曲百余首,可见白贲曲的影响之大。而白贲曲一出,因其首句有"鹦鹉洲",其曲原名"黑漆弩"也就改称"鹦鹉曲",鹦鹉洲也就从原特定的地名一变为渔父居处的代称。因此,本曲"侬家鹦鹉洲边住"的那个"侬"(即"我")也很可能是个"渔父"。本曲所写意境受白曲直接影响亦较明显。

但本曲的结构与白曲却大不相同。它先用许多扑朔迷离的笔墨描绘了一个似乎无人迹、无尘嚣的世外桃源之境。"溪边小径舟横渡，门前流水清如玉"，一条不知名的小溪，清澄透明的流水静静地淌着；登舟横渡上岸，再沿着一条弯弯小径走去，一座小小屋舍便悠然可见了。这里已隐约透出一股神迷之感。室何人居？诗人未道，他仅描绘了小屋安谧而恬静、雅淡而优美的外部环境；其地何所？诗人未明，是"野渡无人舟自横"（韦应物《滁州西涧》）的乡村野地？还是"小桥流水有人家"（王安石诗）的郊外花村？读者难知其详。以下两句，诗人将读者引入更加神迷的境界："青山隔断红尘路，白云满地无寻处。"青山白云，幽邃缥缈，使人想起贾岛《访隐者不遇》中童子的答语："只在此山中，云深不知处。"令人悬望之余，不无怅惘之感。诗人似乎知道读者会有这样的心理感受，故再用两句颇涵自得、自傲，而又不无戏谑嘲弄的"说与你寻不得也么哥"重复叠唱，再将读者推向迷茫恍惚之极境，让你只好自叹凡俗，对此神秘的仙界可望而不可及，可想然不可知。若全曲到此作结，倒颇堪称之为"朦胧诗"的，"象外"之味，尽可让人作万千之想。然古代诗歌于"超以象外"后必要"得其环中"，结句"却原来侬家鹦鹉洲边住"正是揭其"环中"的全曲之眼。一直隐在曲中而未露其面的小屋之主倏然而出，仙界者，"渔父"居所也。有此一句，"境界全出"：那青山白云、门前流水、轻舟小径构成的极澄至净的世界，何尝是"红尘"外的仙境，又何尝是现实中实有的景观，它乃是"渔父"心灵中的圣所，理想中的"隐士"，精神世界的"物化"罢了。

"渔父"形象在中国古代文学作品中几乎没有一个是现实中真正的渔父。自从楚辞《渔父》中诞生了一位"众人皆醉我独醒"、不与世俗争流的"渔父"后，其历代"子子孙孙"实际上便成了不求功名、不慕荣华富贵而独善其身的人格精神象征。"渔父"之咏成了古代"隐士"之歌中别具一格的支系，王维的一首"隐

【叨叨令】

士诗"不妨可看作其核心主题："永怀青岑客，回首白云间。神超物无违，岂系名与宦。""渔父"之吟为历代文人所喜爱，绝非无因，元代尤其如此——得志而显达者咏之，以见其不失高雅；失意者又借以曲折表达其对现实的不满或失望，同时又将自己的内心世界融化到"渔父精神"中去，以忘却现实生活的烦恼，在"超尘脱俗"的心灵净化中求得心理的平衡。白贲《鹦鹉曲》所以能享誉一时，除了其韵用"鱼模"部去声险韵外，"渔父"这一传统母题具有文人心目中特有的"精神美"魅力，难道不是最根本的原因？而本曲不惮有名作在先，效而再创，不也有这样的魅力在召唤？

然而，如果本曲无自己的艺术魅力，恐怕早就湮没无闻了。在历代"渔父"之吟中，以青山、白云喻其高洁脱俗，以轻舟、流水状其自由洒脱，乃是众所撷取兼含比兴的意象。白曲如此，本曲亦如此。但白曲以"侬家鹦鹉洲边住，是个不识字渔父"领起全篇，让人一下子进入传统"渔父"的既定精神境界，然后再组合意象，使其表现的精神世界得以形象化，而结句"算从前错怨天公，甚也有安排我处"与之遥相呼应，使全曲颇得爽朗豪放之风。本曲则首先隐约回环，先造其境，使人捉摸不定，产生强烈的探询感，结句则借当时人所熟知的"鹦鹉洲"指称"渔父"，点出意核，复令人再回味、咀嚼全曲，既得含蓄蕴藉之趣，又不失明朗畅达之风，虽与白曲所取意象大致相同，结构方式则别具一格。细而察之，本曲"溪边小径舟横渡"与白曲"浪花中一叶扁舟"；"青山隔断红尘路"与白曲"觉来时满目青山"，虽句中形象相同，但也各随其曲之意脉与情调，彼此不能互换，而并非增减其字而已。故其虽受白曲影响和启迪，然却是自己的创作。加上作者选押去声韵之〔叨叨令〕曲体，除"处"、"住"为白曲原用韵脚外，"渡"、"玉"、"路"，均是字熟而韵险，既继承了白曲"险韵"特色，又有自己的匠心，这大概是本曲并非首唱，又属"无名氏"之作却能流传至今的原因吧！

（李昌集）

〔注〕 ① 也么哥：感叹词，无实义。

〔正官〕叨 叨 令

无名氏

不思量尤在心头记，越思量越恁地①添憔悴。香罗帕揾不住腮边泪，几时节笑吟吟成了鸳鸯配。兀的不盼杀人也么哥，兀的不盼杀人也么哥，咱两个武陵溪畔曾相识。

这是一首情歌，表现了一个初恋的少女对意中人的诚挚相思和对理想婚姻的热切企盼。

首句从苏轼〔江城子〕《十年生死》中"不思量，自难忘"两句词化出，表白对恋人之一往情深。"不思量"而"尤（同犹）在心头记"，似乎违背事理，实则符合人情，显示出了思念之刻骨铭心。次句紧承首句，写少女因相思煎熬而腰肢瘦损、神情憔悴。其中的"添"字耐人寻味，它暗示了这种景况已旷日持久，而作者已不堪其困。一二两句，作者不假任何修饰，纯以内心独白的方式倾吐心曲。从"思量"与"不思量"两端着笔，写初恋少女渴望爱情的特有心理，将她被情思缠绕、无可排解的情状描述曲尽。笔力之深透，差可与李清照"此情无计可消除，才下眉头，却上心头"的词句比肩。第三句"香罗帕揾（揩拭之意）不住腮边泪"，从笔法看，与前两句有所不同，变直抒胸臆为描写人物的行为举止；从文思看，则是前两句的延续，借描写人物的行为揭示人物的心理。作者所以腮边泪流不止，是因为心中相思不已，而心中的相思绝非罗帕所能抹去。要根除心病，唯有与恋人相会，结成眷属。第四句即写对此的热切企盼。这句，作者一面以

【塞鸿秋】

"笑吟吟"渲染自身憧憬鸳鸯成双时所滋生的悠忽欢乐,一面以"几时节"展现她在思念、期待和一次又一次的失望中所经受的漫长痛苦。而渲染幻想中的欢乐意在突出现实中的痛苦,所谓以乐写哀。五六两句由此而起,"兀的不盼杀人也么哥"(意为这岂不盼煞人啊)的重复吁叹,强烈地表现了作者内心期待之急切及其对佳期渺茫的怨艾。全曲至此,作者情怀激烈,不可收拾。末句陡作折转,以回忆往事作结,令人颇感意外。"武陵溪"语出陶渊明《桃花源记》,后人以此指称乐土仙境,作者这里系指与意中人初会的场所。称以"武陵溪",可见当时当地风景之美好;而"咱两个"口吻之亲密,则可见当初"相识"时两人之情投意合。武陵溪畔的往事,使作者情窦初开,也是她所以如此苦恋的缘由。以此作结,既是借初恋之甜蜜暂且慰藉一下相思之苦涩;又暗中揭示了对意中人爱恋至深的事由,使情、事二者互为映衬,转中见合,文思甚密。

怨离伤别,在我国古代诗词中可谓司空见惯。文人之作,大都写得含蓄委婉,或出以比兴,或借景寓情。而这支小令全用赋笔倾吐情衷,直率袒露,毫不遮掩,感情真挚自然,语言质实淳朴,具有浓厚的民歌色彩。其精神、风调,与汉乐府《上邪》、敦煌曲子词〔菩萨蛮〕《枕前发尽千般愿》等一脉相承。

(周圣伟)

〔注〕 ① 恁(rèn)地:如此,这般。宋元人口语。

〔正官〕塞 鸿 秋

无名氏

爱他时似爱初生月,喜他时似喜看梅梢月,想他时道几首西

江月,盼他时似盼辰钩月。当初意儿别,今日相抛撇,要相
逢似水底捞明月。

这是一首写别后相思的小令。曲词未写出相思的情景,亦未写出相思的气
氛,通篇只是叙说,只是议论,但是读来却不感到抽象,也不感到枯燥。在抽象
的叙说中自有其形象在,虽然这形象纯属喻体,然而这喻体却能引发出足以触
发相思之情的景象,所以仍使人感到相思情深,意趣盎然。

全曲基本上都是以"月"为韵脚。这"月"字的重复出现,给人的印象是所在
无非月,所见无非月。月是悬在天上的一首诗,古往今来,不知有多少诗人以月
为题,表现了人世间的种种情思。尤其是写相思之情,月亮更是逗引这种情思
的触媒。谢庄《月赋》有云:"美人迈兮音尘阙,隔千里兮共明月。临风叹兮将焉
歇,川路长兮不可越。"望月发歌,以表现两地相思的感情。因为月既照离人,也
照闺中,是维系两心的纽带,也是两心相思的见证。所以人们多托明月来表现
相思之情。这首曲词以月为喻,自然使人联想到写的当是月夜的相思,也使人
联想到"隔千里兮共明月"的境界。描写月的文学传统,很巧妙地把读者从议论
中作为喻体的月,引进月夜相思的生活境界,因而不会使人感到议论的浅露,而
是使人感到抒情的深沉。

曲词处处写月,事事用月,但并不单调板滞,因为在叙写的过程中,不断改
变月的形态,不仅以实月为譬,还用了词牌中的月和以月为譬的成语中之月作
为喻体。爱时似爱初生月,张若虚《春江花月夜》开篇有云:"春江潮水连海平,
海上明月共潮生。"初生月由海潮托出,爱恋之情亦如月出海潮,澄明透彻。这
"初生月"是以实景为喻体。喜时似喜梅梢月,更有深意。梅梢月固然有可喜的
姿色,但这里显然语带双关,"梅"乃"眉"之谐音,暗指"眉梢月",意即"喜上眉
梢"。这是以实景作双重比喻。想时写〔西江月〕,即填词抒情。词牌〔西江月〕,

【塞鸿秋】

这里泛指诗词。诗词这种形式,于表现相思之情,是极好的形式,可以写得很细腻。所以古人往往情动于中则形于诗词。写〔西江月〕即此意。这是以词牌中的月来巧达其相思之情。盼时似盼辰钩月,这很容易使人联想到柳永〔雨霖铃〕"今宵酒醒何处,杨柳岸晓风残月"。清晨残月如钩,看着这钩弯月,说明彻夜无眠,注目于如钩的斜月,盼望情切,可想而知。这种设喻,又是近于写实。相逢似水底捞月,这里直接用成语"水底捞月"。相传猴子至水滨,见水底之月,总想捞起,但却免不了一场空。这里用这成语说明想相逢是不可能的。这又是用以月为譬的成语来形象地说明相逢之无望。一"月"字押韵到底,但不单调,犹如弹单弦,虽只一弦,却可以演奏出奇妙的乐曲来。要在善于变化,巧于运用。这首曲词确已达到了这种艺术境界。

(林东海)

〔正宫〕塞鸿秋

无名氏

山行警

东边路西边路南边路,五里铺七里铺十里铺;行一步盼一步懒一步,霎时间天也暮日也暮云也暮。斜阳满地铺,回首生烟雾。兀的不山无数水无数情无数!

此曲写与人相别、依依不舍的感情。所别之人可能是亲人、友人,也可能是情人,总之,是同行者感情极深的人。

同感情极深的人相别,分手之时,心里非常难受,分手之后,总是要情不自禁地不断回头顾望,即使已经离得很远很远,还会回头向居者所在的方向张望,总希望再看到他(她)一眼,——尽管事实上并不可能。此曲写的,就是这种情境。

开头两句写行程。主人公一会儿向东走,一会儿向西走,一会儿又向南走;刚刚到了五里铺,又走到七里铺,十里铺。宋代称邮递驿站为铺,元代沿用,其制更加严密,州县凡十里一铺。曲中不过是讲走了一铺又一铺,每到一铺都歇一会儿,"五里""七里"不是确指,只不过表示愈走愈远。接下去两句写行路时的心情。因为离别,行者心里非常痛苦,所以不愿向前走,走起路来无精打采,有气无力;走一步又回头看看,不想再走下一步,——因为每走一步,就意味着离居者远了一步了。因为充满别离之苦,又边走边望,已走了将近一天,自己却觉得未过多久,直到此时已近黄昏,太阳就要落山,云也渐渐黯淡下来,这才觉察天就要黑了。"霎时间"犹言一会儿,写行者因为一直在顾盼思念居者,连时间的逝去也不觉得,此刻才陡然惊悟。

末尾三句景情合写,总结上文。此时斜阳满天,回首向来经行之处,已经暮霭沉沉,烟雾迷茫,夜幕即将降临,不但再也不可能看见居者的身影,并连来时的路径也看不见了;极目望去,隐隐然唯见无数的山,无数的水,山山水水,都凝聚着行者的无限怅恨,凝聚着对亲友的无限深情。"兀的",犹言怎的。用"兀的不"作反诘语,是为了加强悲叹的语气。"回首"是明知徒然而又必然会有的举动,犹如人离故乡,虽行经数日甚至数月,邈隔千里,犹回首向故乡的方向凝望一样。残阳清冷,暮霭浩茫,山山水水,绵延不绝,用寓情于景的手法,把行者的凄凉心情和对居者的无限眷恋,烘染得深长无尽。

层层推进是古诗词中常常采用的表现手法。《诗经·魏风·陟岵》全诗三章,写征人思亲,越走越远,不断回头瞻望父、母、兄长,一章一章,层层推进,就

【塞鸿秋】

是这种手法。本篇写法同《陟岵》相近,用"路"、"铺"、"步"、"暮"、"无数"等叠字,造成层层推进的效果,而以两个不用叠字的句子穿插其间,使之无呆滞之感,读来并不觉得矫揉造作,增加了作品的表现力。

（王思宇）

〔正宫〕 塞 鸿 秋

无名氏

丹 客 行

朝烧炼暮烧炼朝暮学烧炼,这里串那里串到处都串遍。东家骗西家骗南北都诓遍,惹的妻埋怨子埋怨父母都埋怨。我问你金丹何日成?铅汞何日见?只落的披一片挂一片拖一片!

这是首绝妙的讽刺小曲。黄金,世界上最奇妙的金属,它使无数人变得疯狂。在人们对黄金的渴求的驱使下,炼丹术出现了。丹客们用尽种种方法,谋求将一般金属转变为贵金属。中国的炼金术是炼丹术的一个重要组成部分,称为"黄白术",黄者,黄金;白者,白银。炼丹术士用丹砂、水银、铅、锡、雄黄等为原料,在丹炉中冶炼成"金丹"。金丹既可使人服之长生不老,又可点铁成金,富贵长生,正是术士们的最高理想。然而,所有的炼金实验都失败了,真正的黄金始终没有炼制出来,却陶冶出人们的贪婪、狂悖和欺骗。

元代道教兴盛,炼丹术广泛流传。在元人散曲中,就有一种"黄冠体",描述道士丹客的"神游广漠,寄情太虚"的生活,反映出道教徒"餐霞服日之想"。其中有不少歌颂炼金术的作品,甚至把曲子写成炼丹的口诀,然而我们也读到了这首无名氏的〔塞鸿秋〕《丹客行》,这怎能不令人感到意外的惊喜呢!

这首小曲前四句写丹客的行径,语气尖刻,讽刺入骨。"朝烧炼暮烧炼朝暮学烧炼",重复"朝暮"、"烧炼"四字,点出这位丹客是个真正的炼丹迷。他日夜不停地烧炼,妄图炼出金丹,为了达到目的,他还采取了"串"、"骗"的手段。到处串门游说,到处招摇撞骗。汉武帝就是著名的一位炼丹术的狂信者和受骗者,他招揽方士,授以高爵厚禄,方士李少君对他说,用丹砂可制金,用之可寿比黄帝。以后历代受骗者不计其数。《拍案惊奇》卷十八"丹客半黍九还,富翁千金一笑",写的就是一个炼金骗局的故事。但小曲中这位丹客,运气却不那么好,他尽管"串遍"、"诓遍",但却得不到多少甜头,徒然"惹得妻埋怨子埋怨父母都埋怨"。

"我问你金丹何日成?铅汞何日见?"两句陡然一转。丹的主要原料均是金属,故名金丹,也是炼丹士对丹的一种美称。铅和汞是炼制金丹最主要的原料,所以丹一名铅汞。"何日成""何日见(同现)",实是"无日成""无日现",作者以责问语气出之,义正而辞严。汞即水银,要从丹砂中提取,而丹砂又是贵重的东西,不易得到,连著名的炼丹家葛洪也叹息说"家贫无用买药(炼丹原料)"(《抱朴子·金丹》),许多术士为炼丹而倾家荡产,"只落的披一片挂一片拖一片"的下场,这位衣衫褴褛的丹客又怎能不叫合家上下都埋怨呢!

这首小曲每句都加插了大量衬字,运用民间绕口令的手法,重叠反复,既突出了丹客可笑可鄙的形象,又加强了讽刺意味。演唱起来,当取得一种特殊的艺术效果。

(陈永正)

〔正宫〕醉 太 平

无名氏

堂堂大元,奸佞专权。开河变钞祸根源,惹红巾万千。官法滥,刑法重,黎民怨。人吃人,钞买钞,何曾见?贼做官,官做贼,混愚贤。哀哉可怜!

这支散曲流行在元朝末年,据陶宗仪《南村辍耕录》载:"自京师至江南,人人能道之。"可见流传的广泛。曲中所写都是客观事实,是当时生活的实录。陶宗仪是元末人,他从亲身的见闻出发,评价这支小令是"切中时弊"。可证此曲再现了元末统治者残暴荒淫、乱政虐民的黑暗现实,实为被压迫被剥削的群众的愤怒控诉与反抗的呼声。是一篇具有较高历史价值和一定艺术价值的作品。

"堂堂大元"是讽刺、是冷蔑。然后笔锋一转,直斥"奸佞专权":堂堂的大元王朝,从朝廷到地方,专权的都是贪婪奸诈、卑鄙无耻的官吏。正是这班民之蟊贼,才造成"开河变钞祸根源"。"开河"说的是统治者借治理黄河以扰民,至正十一年(1351)命贾鲁为工部尚书兼总治黄河使,征发民伕二十余万,开挖黄河故道,修治堤防,贪官污吏层层克扣工粮,民伕们不堪忍受饥饿和苦役的煎熬,起而反抗。"变钞"说的是钞法的弊端。元代实行钞法即发行纸币,至元二十四年(1287)正式颁行"至元钞",强迫百姓使用。到至正十年重新更定钞法,发行"至正钞"。新币票面金额很大而纸质低劣,弄得物价腾贵,民不聊生;统治者趁机聚敛搜括，掠夺民财。当时有首民谣说："丞相造假钞，舍人做强盗，贾鲁要开河，搞得天下闹。"所以开河、变钞造成天怒人怨，四海沸腾的动乱形势，"惹红巾万千"，直接点燃了元末农民大起义的烈火。当时白莲教在开河工地秘密活动，宣传"明王出世"。他们事先凿个单眼石人，埋在挖河的地下，散布说："石人一只眼，挑动黄河天下反。"民伕挖出了这个石人，于是群情激奋。白莲教首领刘福通，组织教徒数千人宣布起义，拥立韩山童为明王。本来民心思反，起义队伍迅速壮大，很快发展到几万人。因起义人都用红巾包头，作为标志，故称"红巾"。红巾大起义终于推翻了元朝。天下大乱，完全是元代统治集团昏聩专横、倒行逆施的必然后果。对此，小令接下去从三方面进行剖析："官法滥、刑罚重、黎民怨。"无德无才的贵胄子弟窃踞高位，他们作威作福，贿赂公行，作奸犯科，无法无天，老百姓敢怒而不敢言；元代的刑罚惨刻苛细，百姓处于水深火热之中，对那班虎胥狼吏，恨之入骨。"人吃人、钞买钞"，黄河缺口改道，淹没州县，旱、蝗灾害不断。统治者根本不管百姓死活，横征暴敛、敲骨吸髓，饥饿的人群，吃草根、啃树皮，"人相食"的惨事，史不绝书；百姓不用"至正钞"，于是拿"至正钞"倒换"至元钞"。用新币买旧币要打折补现。官吏从中盘剥刁难，人民叫苦连天，经济破产、百业凋敝；自古以来，"何曾见"过这样坏的世道呀?! 杀人放火的强盗做了官，做官的也是干奸淫掳掠的土匪行径，社会上善、恶颠倒，是非不分，已经没有正义与公理了。"哀哉可怜!"多么伤心悲痛啊，天下被奴役的善良百姓们! 作者的愤慨，溢于言表。这首小令是愤怒之作，情感如火喷薄而出，不假雕饰；义正辞严，铿锵有力，读来有淋漓痛快之感。在词林曲苑之中，自有可观的价值。

（刘永濂）

〔正宫〕醉太平

无名氏

讥贪小利者

夺泥燕口，削铁针头，刮金佛面细搜求：无中觅有。鹌鹑嗉里寻豌豆，鹭鸶腿上劈精肉，蚊子腹内刳脂油。亏老先生下手！

　　这是元人小令的精品之一，以极度夸张的漫画式手法，对孜孜以求、寸利必得的贪鄙小人给以尖刻的嘲讽，并揭露、谴责了鱼肉百姓，无孔不入地搜刮民脂民膏的贪官污吏。本篇标题是"讥贪小利者"，其实所指甚大，笔锋所向，毋宁说包括了当时整个贪残污黩的统治集团。作品深刻的社会意义正在这里。

　　如果粗看一过，会觉得此曲连用了六个含义相仿的比喻，只是单纯运用"叠加"的方式反复渲染，以加重语气，增强谴责的效果；但细细品味便知不然。这首曲子实际分为前后两段：前四句为一段，专刺其"贪"；后四句为另一段，兼刺其"残"（刻忍苛酷）。明人李开先《词谑》说此曲笔锋所向，直刺"贪狠"，是很有见地的。再从每一段中的几个设喻来看，也不是平面铺开，而是逐步深入的。作者挥动锋利无情的手术刀，如庖丁解牛似的，步步刺进，层层剥落，最后达到淋漓尽致地直透灵魂、鞭笞丑恶的目的。

　　"夺泥燕口，削铁针头。"两句以对偶领起，简捷有力，设想新颖；下笔即见不凡。燕口之泥,针头之铁,其琐屑微细可知,却偏偏有人还要去"夺"去"削"。不仅如此,甚至发展到连佛面上的薄薄一层镏金也不放过,"刮"完一遍,再细细"搜求"一番,生怕有所遗漏。其人之贪鄙可憎,已通过这三句刻画表露无遗。其中"夺"、"削"、"刮"三字下得甚妙,确切有力,不可移易,令人如见其状,如闻其声。在几句十分生动形象的描绘之后,作者再用"无中觅有"四字加以概括,点出其极度贪婪的恶劣本质,以加深读者的印象。至此,一个到处伸手、无孔不钻、嗜臭苍蝇式的逐利者的形象,已呼之欲出了。

凡极端利己者必损人。那些能够发狠向"无中觅有"的家伙,为了达到自己的目的,一定会不择手段。所以,从幼弱的鹌鹑的嗉囊里,他们可以把早已吞咽下去的豌豆硬给掏出来;又忍心于从瘦骨伶仃的鹭鸶长腿上劈下精肉来;甚至连干瘪微细的蚊子也不放过,要从它的肠肚子里刳出脂油来。真是无所不用其极!其贪酷刻忍的程度,简直令人发指。于是,作者在篇末直接给以严厉的谴责:"亏老先生下手!"所谓"老先生",是元代对朝官的称呼。这里清楚不过地表明:本曲所"讥"的对象,不仅限于一般"贪小利"的剥削者,而且是握有生杀大权,可以对小民百姓予取予夺的压迫者、统治者——元朝政府的各级官吏。作品的主题思想,在此得到升华。它与历代优秀的讽喻诗、悯农诗,如"剥我身上帛,夺我口中粟。虐人害物即豺狼,何必钩爪锯牙食人肉"(白居易《杜陵叟》)、"垂成穑事苦艰难,忌雨嫌风更怯寒。笺诉天公休掠剩——半偿私债半输官"(范成大《秋日田园杂兴》)等作品所体现的精神,是一脉相通的。在艺术手法上,本曲可说极尽夸张之能事,达到嬉笑怒骂皆成文章的境地。

(周锡馥)

【醉太平】

〔正官〕醉　太　平

无名氏

叹　子　弟

寻葫芦锯瓢,拾砖瓦攒窑,暖堂院翻做乞儿学,做一个莲花
落训道。戴一顶十花九裂遮尘帽,穿一领千补百衲藏形袄,
系一条七断八续勒身绦。这的是子弟每下梢。

　　题中的子弟,指富贵人家的纨袴子弟。这些公子哥儿饫甘餍肥,饱食终日,
斗鸡走狗,卧柳眠花,对他们有什么可怜可叹的呢?问题是繁华梦短,好景不
长。这些自幼饭来张口,衣来伸手,只知挥霍,不事生产的阔少们,一旦遭受变
故,家业凋零,或父兄过背,失去靠山,就不能自立于世。在那个尔虞我诈、弱肉
强食的社会中,呼天不应,喊地不灵,走投无路,濒临绝境。如果不是葬身沟壑,
便是苟且偷生,沦为乞丐。这篇散曲就旨在感叹纨袴子弟的可悲下场。

　　开篇第一句是"寻葫芦锯瓢"。一个"寻"字,说明这类纨袴子弟在此之前,
万万没有想到会沦为乞丐。眼前家业破败,水洗一空,自己又百无一能,走投无
路,真是哭地地不灵,喊天天不应,而饥肠辘辘,逼得他强打精神,去寻找葫芦锯
一个讨饭瓢,好沿门乞讨,苟且偷生。在行乞之中,风风雨雨,露冷霜寒,又使他
感觉到必须有一个庇身之所,于是"拾砖瓦攒窑",捡来一些断砖碎瓦,在山岩下
的洞口边攒聚成墙,聊作避风遮雨之所。今日的风雪冻饿之苦必然使他回想起
往日深院大宅的温饱安逸,往年风雪之时,躲在温暖如春的绮楼华阁之中,轻裘

美食,养尊处优;而今日却成了一个乞丐,瑟缩饥寒,苦不堪言,这是为什么呢?原来往日骄奢淫逸的生活消磨了他的青春,扼杀了他的天赋。他深深慨叹昔日的暖堂大院正是一所孳生乞丐的学校。时至今日,百无一用,只有做个教唱《莲花落》的师傅(训道,即训导,旧时府学教官)。也就是做一个少小荒唐、老大悲伤、沦为乞丐的现身说法者,警戒今日的纨袴子弟,不要重蹈自己的覆辙。

这位沦为乞丐的纨袴子弟,此刻"戴一顶十花九裂遮尘帽",一顶破帽,补丁重叠,十处花纹,就有九处碎裂;"穿一领千补百衲藏形袄",一领破袄,补丁叠补丁,仅能藏形(遮身),哪能御寒保暖;"系一条七断八续勒身绦",一条束身丝带大约是祖宗的唯一遗产,打了七八个结,才能发挥一点紧身保暖的作用。"这的是子弟每下梢",这的的确确是纨袴子弟们的下场和结局。一个"的"字不仅强调这是千真万确的事实,也表明了作者指责与批评的态度。

全篇生动地刻画了纨袴子弟沦落乞讨时的乞丐形象:有声有色,有悔恨之情,有冷静思考。沦为乞丐,意味着丧尽家产,丧尽生活的本领,是人生的悲剧。这在乞丐本身,无可奈何、悔恨莫及;而旁观者却可以有同情、怜悯、感叹,也可以从中引出教训。作者以"叹子弟"为题,在字里行间流露了这种感情。感叹的主要内容是子弟们沦为乞丐的可悲下场,故全篇以"下梢"收笔,发人深省。行文环环相扣,紧凑条畅,而颇有讽刺意味。

(张玉奇)

〔小石调〕 归 来 乐

无名氏

动不动说甚么玉堂金马,虚费了文园笔札。只恐怕渴死了

【归来乐】

汉相如,空落下文君再寡。哈哈,到头来都是假。总饶你事业伊周,文章董贾,少不得北邙山下。哈哈,俺归去也呀。

元代无名氏作〔归来乐〕五首抒写愤世之情,这是其中的一首。

小令起笔突兀而至,显示出对"玉堂金马"谎言的怨怅和鄙薄,蓄积已久。玉堂殿、金马门,本都是汉代的宫廷建筑。扬雄《解嘲》云:"历金门,上玉堂有日矣。"就将进入金马门、玉堂殿视作入朝任高官的象征。到元代时已成习语:"玉堂金马间琼楼"(不忽木〔元和令〕)、"喜君家平步上青云,不枉了玉堂金马多风韵"(《东坡梦》杂剧)、"盼杀我也玉堂金马,困杀我也陋巷箪瓢"(《追韩信》杂剧)。功名利禄成了文人士子梦寐以求的目标,确实是"动不动说甚么玉堂金马"!   然而元代读书人得文章力的机遇实在太少:科举长期中止,政治上受到歧视和不公平的待遇……作者以"文园"(司马相如,曾任孝文园令,世称文园)自比,自视甚高,而激愤益深。司马相如有消渴症(糖尿病),《西京杂记》并载他因此不愈而死,那么汉相如若生活在此时,无法顺遂的渴求便足以断送性命,卓文君只能白白地再做寡妇吧!辛辣嘲讽之余,作者已是欲哭无泪,莫可奈何。继而浮想联翩,恣意纵笔,连珠炮似地引出数名古人:伊尹,协助商君成汤推翻夏桀,成汤死后又辅佐两朝国君;周公旦,辅弼武王灭纣建周,以后因成王年幼,还曾一度摄政;董仲舒,学究天人,举贤良对策,世称通儒;贾谊,博贯古今,善著论作赋,不愧才子。然而一世之雄,而今安在!不过是"一旦百岁后,相与还北邙"(陶渊明《拟古》诗)而已。小令表达了两层意思:前层言求功名之不易,后层言建功业之无益,于是,"俺归去也呀",便成为万不得已的唯一出路了。

这首小令表现了散曲直露不藏、因题发挥的特色,淋漓酣畅,感情十分强烈。这是元人的自度曲,多用仄韵押尾,有词调的韵味;而音节顿挫,衬托出作者愤切的心绪。"不平则鸣",在这支曲子里,元代黑暗的政治情状,文人失意的社会心理，多少有所反映。

（史良昭）

〔仙吕〕游 四 门

无名氏

落红满地湿胭脂，游赏正宜时。呆才料不顾蔷薇刺，贪折海棠枝。支，抓破绣裙儿。

海棠花下月明时，有约暗通私。不付能等得红娘至，欲审旧题诗。支，关上角门儿。

这是两支表现青年男女恋情的散曲。作者以直陈白描的手法与质朴活泼的语言，生动地刻画了主人公对爱情的强烈追求。

第一首开始，作者就为我们描绘出一幅春雨过后，落红满地的景色。在"垂柳袅绿丝，海棠花偷抹胭脂"的明媚春光中，踏青观景，游赏春花，是最惬意的事。更何况是与心上人同游，面对那娇艳欲滴的海棠，怎不令人格外怜爱而欣喜欲狂呢？头二句为下文铺设了极佳的环境气氛，接着转入具体叙事。"呆才料"即"呆子"（才料即材料）。用这种装娇作嗔的口吻来称呼自己所钟爱的男子，便觉得情浓意俏，十分动人。接下来又用一个平实而直露的"贪"字，把这个青年为了博得女子的欢心，不顾一切地去攀折花枝的情态，活灵活现地刻画出来。而花下的女郎，也不知不觉地跟着青年深入花丛。"支，抓破绣裙儿"，以挺接的方式，把镜头对准了这位女子，用一个"支"字摹拟蔷薇刺抓破女郎绣裙的

【寄生草】

声响,把全曲带入了紧张、热烈而又欢快的气氛之中。全曲不直接写情而其情毕现,妙如一出生动活泼的戏剧小品。

第二首开篇便极有韵致。"海棠花下",月色溶溶,正是情人幽会的妙所佳期,而"有约暗通私",却又道出了这种爱情虽然炽热、真挚,但不为礼教、家规相容,次句以直露的语气一扫吞吐蕴藉的诗词风致,显出曲家那种淋漓尽致、不留余蕴的风格。"不付能",即"不甫能",为曲中习用语,"没料想"之意。作者借《西厢记》的故事描写青年男子赴幽会前的焦灼心理:他捧读情人寄赠的诗笺,正反复审辨诗意以定行止之际。不料热心的"红娘"飘然而至,一眼窥破他的隐衷,簇拥着他走进了月桥朱户的深阁闺房……这种无视封建礼教的大胆与狂热,真有点"越间阻越情欢"的意味。末二句写得尤妙。作者用"支"字描绘关门的声响,给寂静的月夜、悄悄的偷期增添了紧张而又神秘的色彩;而"关上角门儿"则含蓄了丰富的言外之意,暗示这对恋人久久企盼着的幸福时刻即将由此开始……

(周笃文 崔希章)

〔仙吕〕 **寄 生 草**

无名氏

闲 评

问甚么虚名利,管甚么闲是非。想着他击珊瑚、列锦帐石崇势,则不如卸罗襕、纳象简张良退,学取他枕清风、铺明月陈抟睡。看了那吴山青似越山青,不如今朝醉了明朝醉。

这支曲子共七句,开头两句与结尾两句直赋其情,中间三个长句则铺排了三个典故,用以加强所言之志,相当鲜明而形象地表达了作者的人生哲学。同时因为这一组鼎足对恰当地运用了排比而流走的句式,自然地使用了许多动词、虚字以及连缀字,又使全曲显得一气贯注,如有骏马注坂之势。

开头两句,似劈空而来。"名利"而冠以"虚"字,"是非"而冠以"闲"字,就表示了作者对于它们的蔑视。作者认为,天下滔滔,无非为名为利;人间扰扰,都是"彼亦一是非,此亦一是非"。因而,作者即对它们作了一个"问甚么"和"管甚么"的总体否定,并由此而引出了下文的正面言志。下面叠用了三个典故,组成三个长句。第一个长句实是铺垫,后两个长句才是主旨之所在。先看第一个长句"想着他击珊瑚、列锦帐石崇势",用的是《世说新语》故事:西晋贵族石崇,奢靡无度,为与贵戚王恺、羊琇等"竞富",竟以如意击碎珊瑚树;其居室又极豪华,锦帐罗列,侍妾成群。对于这种为常人(实为庸人)所欣羡的富贵生活,作者却毫不向往,故用"想着它……则不如"的转接句式加以否定,以下则引出另外两个古人,一个是张良,一个是陈抟。张良是汉高祖刘邦的开国功臣,他具有深谋卓识,功成之后,便卸去锦衣(罗襕)、辞去官爵(即纳象简)而去求道学仙。(《史记·留侯世家》记其言曰:"今以三寸舌为帝者师,封万户,位列侯,此布衣之极,于良足矣。愿弃人间事,欲从赤松子游耳。")陈抟,五代时隐居武当山、华山,据说"能辟谷,或一睡三年"(魏泰《东轩笔录》卷一),亦是一个视功名富贵如浮云的大隐士(邵伯温《闻见录》卷七记他曾谢绝宋太祖授官之召,可证),《宋史》亦有传。作者又用"枕清风,铺明月"的句子来形容他的潇洒出尘。对于这两位古人,作者说"则不如""学取他",加以肯定与赞扬。由于使用了上述三个典故进行比较,从而使得他的言志,显得形象而丰满。在这一贬二扬之中,作者正面表达了自己的人生哲学:"势"不如"退","退"则又不如"睡"。这种人生哲学,来源于作者所处的现实环境,曲折地反映了元代知识分子对社会的不满和消极避世的隐遁思想,在此之后,为了进一步表明自己的这种人生哲学与生活理想,作者又用"看了那吴山青似越山青,不如今朝醉了明朝醉"的排句,再次形象地加以渲染并收结全文。吴山、越山皆在杭州,宋林和靖词云:"吴山青,越山青,两岸青山相对迎。"(〔相思令〕)此曲化用林词,意谓:河山清丽,且让我在这山光水色中常与酒杯作伴,"但愿长醉不愿醒"(李白《将进酒》)地度过此生!语似豪旷,实含悲辛,相当典型地反映了当时知识分子的普遍心理。而从艺术风格来看,一是语势奔泻,宛若明珠走盘;二是既有民间作品明白如话的特色,又表现了文人作品用典使事的习惯,堪称雅俗共赏。

(杨海明)

〔仙吕〕三番玉楼人

无名氏

风摆檐间马,雨打响碧窗纱,枕剩衾寒没乱煞。不着我题名儿骂,暗想他,忒情杂,等来家,好生的歹斗咱。我将那厮脸儿上不抓,耳轮儿揪罢,我问你"昨夜宿谁家?"

在内容上,这首小令可分为三个部分。前三句是第一部分:风摆动着檐间的铃铎发出声音,雨也在敲打着窗上的碧纱,这两句点明这是一个风雨之夜。然后,视线从室外转向室内,枕空着,衾冷了。原来主人公还没上床;"没乱煞"的意思是急煞人,"枕剩衾寒"而又着急,是一副等人心焦的样子。中间五句是第二部分:她等得不耐烦了,怎能不指着名儿骂呢。她暗中思量,她所等的那个人这时一定在别处鬼混,这怎么能忍受!因此她准备好在他回家时大吵一场。后四句是第三部分:她设想好明天怎样来对付他,她要抓他的脸皮,揪他的耳朵,问问他昨晚到底睡在谁的家里。

通俗、鲜明的民歌色彩,生动泼辣的语言风格,是这首小令最主要的艺术特色,这里的"第一人称"当然是一个女子。她性格倔强,口吻爽利,丈夫(或情人)另有所欢,把她撇在一边,她没有因此满腹幽怨,哭哭啼啼,而是敢说,敢骂,敢于抗争,一点没有"温柔敦厚"的味道。这种大胆、泼辣的妇女形象常出现在北方民间诗歌中,这首小令也是一支北曲,所以可以认为这首小令所描绘的是一个普通的北方女子的形象。

本曲格律严谨,《太和正音谱》用它作〔三番玉楼人〕曲牌的定格。它句句入韵,平仄互押,一韵到底。这样在声调上所形成的感情色彩就显得比较急促紧迫。但由于是以押平声韵为主,所以在急促紧迫中又能给人以平坦、流利的感觉。这种韵律安排同作品所要传达的人物感情是一致的。

(范民声)

〔中吕〕 **朝 天 子**

无名氏

早霞,晚霞,妆点庐山画。仙翁何处炼丹砂?一缕白云下。客去斋余,人来茶罢,叹浮生指落花。楚家,汉家,做了渔樵话。

【朝天子】

这首小令以《咏庐山》为题,实际内容却主要是对隐逸生活的自我欣赏,以及对人生无常的感慨。

庐山多云雾,天晴时更显得云蒸霞蔚,风景如画,所以这里一开始就用"早霞、晚霞"来点明庐山风景的特点,笔墨非常简练。

"仙翁"指三国时的道士葛玄,他曾在江西阁皂山炼丹修道,人称葛仙翁。庐山其实并非葛仙翁炼丹的地方,作者写"仙翁何处炼丹砂? 一缕白云下"的原意也并非真的要寻找仙翁的炼丹场所。作者只是通过这一问一答,来使读者感受到庐山的清静、幽邃和神秘气氛。远远望去,一缕白云在冉冉浮动,白云之下是什么所在呢? 不正可以引入遐想吗?

"客去斋余,人来茶罢"两句写隐居生活的自在闲适。隐者并非离群索居,孤独寂寞,时或亦有客人来访。然而作者又不正面写与友朋相会之乐。两句互文,写自己对客人殷勤招待之后以及客人离去、余下空斋时的满足心情。这里"斋余"的"斋",也就是陶渊明《归园田居》中"虚室有余闲"的"虚室",这说明作者的隐居生活是自得其乐的。当然这里也流露出作者与世无争、任其自然的人生态度。

最后四句是对世俗人心的彻底否定。"叹浮生指落花",因落红遍地而想到人生也同样如此短暂。"楚家,汉家"指的是历史上的楚汉相争。当年楚、汉两家为争夺天下而用尽各种机谋,杀得天翻地覆,但现在不论胜者还是负者,都已成为历史陈迹,仅仅为渔父、樵夫留下一些闲谈的话题而已。既然如此,当初又何必那样你死我活地争斗不休呢? 作者为此而深深慨叹。

这首小令字少韵密,节奏急迫,同作品所要表达的闲适、达观的生活态度似乎并不很和谐,但正是这种急促的节奏使人感觉到作者是在故作闲适、达观的姿态,隐藏在这姿态背后的却是胸中的不平和深沉的慨叹。

本曲格律谨严,是元代北曲〔朝天子〕中可以作为典范的一首作品。故周德清《中原音韵》即以此首作为〔朝天子〕曲牌的定格。

（范民声）

〔中吕〕朝 天 子

无名氏

嘲妓家匾食

白生生面皮，软溶溶肚皮，抄手儿得人意。当初只说假虚皮，就里多葱脍。水面上鸳鸯，行行来对对，空团圆不到底。生时节手儿上捏你，熟时节口儿里嚼你，美甘甘肚儿内知滋味。

元散曲中有些作品，写得形象生动，俏皮幽默，很有些特色。这一首〔朝天子〕，便是其中之一。

题目《嘲妓家匾食》。嘲，嘲弄戏谑之意。元散曲中名"嘲"字者不少，如《嘲人穿破靴》、《嘲女人身长》、《嘲人桌上睡》、《嘲贪汉》等等。匾食，即今北方的饺子、南方的馄饨之类的面食，名称当来自盛食物家什"竹匾"，因做好的饺子类须整齐地排放在匾上以防相粘。这类面食古称"馉饳儿"，起于何时已不可考，但两宋已很流行。《东京梦华录》"饮食果子"条有"细料馉饳儿"，《武林旧事》"市食"条有"鹌鹑馉饳儿"，其细别全在馅子上，故"广告"亦做在馅子上，一如现今的"菜肉馄饨"、"虾肉馄饨"。

这首曲子生动详尽地交代了"匾食"的材料、形状、制作过程及滋味，简直是

【朝天子】

中国食品史上一则形象资料。"面皮"、"葱脍"（脍：切细的鱼或肉），是匾食的主要原料；"软溶溶肚皮"是形状，"生时节手儿上捏你"，一个"捏"字，即把它的制作——"面皮"是怎样包住"葱脍"的——概括殆尽。"水面上"数句，道着匾食的烧煮了。一锅沸水，饺子一个个浮在水面上，滴溜溜地打着旋，但无论怎么转也不会沉入锅底。用"行行""对对"的"水面上鸳鸯"作比，真是再形象不过了。全曲在赞美匾食的美味中结束——"美甘甘"的滋味，全得之于"软溶溶肚皮"之内。于此，从点心史的角度我们可以作如下结论：一、宋元时代的"馉饳儿"，是一味以面作外皮，内包葱脍的点心，又名"匾食"、"抄手儿"（抄手之名，至今仍流行于四川、云南、贵州等地）；二、其制作与烧煮之法，已与今天大致相同；三、小曲所介绍的是"水饺"，而非蒸饺或锅贴。

这首曲子之所以像它所吟咏的"匾食"那样脍炙人口，另一个原因是，它句句讲匾食，却又句句说着妓女。"白生生面皮"指其外表，"就里多葱脍"道其内涵——"葱脍"与"聪慧"谐音。而"抄手"，恐怕又是这一女子常有的举止：娴静地抄手而立，自然，得体；不卑不亢，难怪"得人意"，讨人喜欢。作者面对着的是一个颇具灵性的妓女，故一说起她的身世、现状和前途时，便透露出些许同情和悲哀：虽说这里常有成行成对的鸳鸯，但所悲的是这"水面上鸳鸯"，只能"空团圆"而"不到底"。陌生时即拿手来捏，相熟后更用口来"嚼"，这几句是嫖客行径的客观描写，由于它紧接着"水面上鸳鸯"、"空团圆不到底"，读后令人油然而生不平之气。

中国古代的"咏物诗"，每每并非纯客观的咏物，而是咏物以拟人，如咏雪咏梅而吟咏人的清白纯洁，咏松咏竹而吟咏人的高风亮节等等。这首小令应当说是继承这一传统的，但它又有十足的作为曲的独特韵味：嘲谑、戏弄而并不带恶趣。在大量的把妓女比作花草、比作鸟雀的题材之中，把妓女比作"匾食"，真是又新奇又贴切。

（翁敏华）

〔中吕〕朝 天 子

无名氏

志　感

不读书有权,不识字有钱,不晓事倒有人夸荐。老天只恁忒
心偏,贤和愚无分辨。折挫英雄,消磨良善,越聪明越运蹇。
志高如鲁连,德过如闵骞,依本分只落的人轻贱。

不读书最高,不识字最好,不晓事倒有人夸俏。老天不肯辨
清浊,好和歹没条道。善的人欺,贫的人笑,读书人都累倒。
立身则《小学》,修身则《大学》,智和能都不及鸭青钞。

这两首小令,题为志感,实是元代知识分子对黑暗社会的强烈怨刺。

第一首,锋芒直指元代政治制度。"不读书有权,不识字有钱,不晓事的倒
有人夸荐。"不晓事,指的是不读书不懂国计民生的道理。中国知识分子的传统
是以读书明理,参与政治为理想的人生道路。至唐宋两代,科举取士已成为一
项固定制度。广大知识分子的人生理想,皆系于此。元代废除科举制长达三十
六年,延祐二年(1315)重开科举之后,又一度取消。而且实行科举期间,也是徇
私枉法,弊端百出。不读书的做了官,不识字的享俸禄,不晓事的反倒有人夸荐
做官,这种怪现象,势必要引起知识分子的极大愤懑。"老天只恁忒心偏,贤和
愚无分辨。"恁,如此;忒,太。元人口语。贤愚之辨,乃是指文明与愚昧、道德与
野蛮之差异。"夫天者,人之始也","人穷则反本,故劳苦倦极,未尝不呼天也。"

【朝天子】

已到了呼天怨天的地步,元代知识分子的悲惨境遇,可想而知。此二句是全篇之枢纽,以下即转写知识分子的命运。"折挫英雄,消磨良善,越聪明越运蹇。"聪明者,此指读书明理之高明者。蹇,劣。元朝初期,知识分子有的被杀戮,有的做奴隶,后来虽有改变,但广大知识分子仍然是被压迫被歧视的。任你才可经邦济世,任你德性善良厚道,都只有沉沦困顿的命运,而且越高明的人,遭际越困顿。"志高如鲁连,德过如闵骞,依本分只落的人轻贱。"鲁连即鲁仲连,战国高士,以排难解纷,功成无所取闻名。闵子骞是春秋人,孔子七十二贤弟子之一,以天性孝友,德行过人著称。在这沉沉黑夜般的社会里,一切志向远大道德高尚之士,依据善良的本性做人者,都只落得被人轻贱!反观全篇所写,两种人,两种命运,形成了鲜明、尖锐的对照。读这样的作品,不可能不引起读者的反思。

第二首,抨击元代社会道德沦丧的现实。"不读书最高,不识字最好,不晓事倒有人夸俏。"夸俏,即夸耀其能干出色。此三句,讽刺那些愚昧无知之流,备受流俗之推崇。当时社会风气之丑恶,不难想见。"老天不肯辨清浊,好和歹没条道。"清浊不分,善与恶全无标准。中国的知识分子,生于斯世,亦可悲矣!第二首与第一首章法相同,此二句亦是全篇枢纽,以下转写价值观念颠倒下的元代知识分子之命运。"善的人欺,贫的人笑,读书人都累倒。"善良的被人欺侮,贫穷的被人耻笑,害苦了一代读书人。"立身则《小学》,修身则《大学》,智和能都不及鸭青钞。"《小学》,指宋代朱熹、刘子澄编的儿童教育课本,包括《立教》、《明伦》、《嘉言》、《善行》等篇。《大学》原为《礼记》篇名,至朱熹列为《四书》之一,是儒家修身治国的经典著作。鸭青钞,即元代用鸭青色纸印制的钞票。这里是说任你从小到大刻苦进学,道德修养再高,聪明才智再大,在如今这世道,都比不上鸭青钞管用!愚昧至上,金钱万能,人道沦丧,斯文扫地,这,就是两首小令所揭露并抨击的元代社会之现实。人们读了这两首作品,不能不想一想,这样黑暗的社会,究竟有无其存在的合理性?

讽刺的依据是正义感。作者对不读书有权、不读书最高、依本分只落得人轻贱、智和能不及鸭青钞的丑恶现实,实抱有无比的轻蔑,暗含莫大的嘲弄。但这并不是玩世不恭的嘲弄,而是直面黑暗的真正讽刺。作者的态度,不是遁世,而是愤世。他的精神所本,仍是当时已被践踏了的文化传统。在当时历史条件下,如果没有这一种基于自己信仰的正义感,也就不会产生震动人心的艺术作品。

(邓小军)

〔中吕〕满 庭 芳

无名氏

枉乖柳青,贪食饿鬼,劫镘妖精。为几文口含钱做死的和人竞,动不动舍命亡生。向鸣珂巷里幽囚杀小卿,丽春园里迭配了双生,莺花寨埋伏的硬。但开旗决赢,谁敢共俺娘争。

这首小令,以妓女的口吻描画了一个贪婪狠毒的鸨母形象。几乎纯用口语"模写物情,体贴人理"(王骥德《曲律》),刻画生动,语言泼辣明快,有一种又野又鲜的民间文学风味。

起首三句:"枉乖柳青,贪食饿鬼,劫镘妖精。""柳青"指鸨母。因宋元时期有曲牌名〔柳青娘〕,故"柳青"一词便作"娘"的歇后语。妓女呼鸨母为娘,因此俗语中常以柳青代指鸨母。"枉乖"是元代俗语,即邪恶、乖戾之意。"饿鬼"、

【满庭芳】

"妖精"二词是口语中的詈辞,这里骂鸨母就像个贪极饿极,只欲吃人食肉的恶魔。"劫镘"当为"劫镘",即抢夺钱财之意。钱背面字幕为镘,故钱也称镘。乖戾、贪婪、见钱眼开,便是鸨母的性格特征。元代流传着"妓女爱俏,鸨母爱钞"的俗语。鸨母是依靠榨取妓女血泪钱而生活的,她的贪婪,造成的是多少无辜女子的不幸! 这三句紧紧扣住了这一点,使人感到鸨母的可恶可鄙。

围绕着鸨母的"贪",作者又用了夸张的手法进一步勾勒形象:"为几文口含钱做死的和人竞,动不动舍命亡生。""口含钱"是死人口中所含的钱。当时民间有在殡殓时在死者口中放一枚铜钱的风俗。鸨母为此一文钱却要"做死的和人竞,动不动舍命亡生"。"做死的"犹言"不要命的",与"动不动"两个口语词汇,把鸨母贪鄙的形象描绘到了令人咋舌的程度。为了几个臭铜钱,鸨母撒泼撒恶,死活不顾,狠命地逼良为娼,逼人卖笑,真是恶毒已极,无耻已极。

下面三句接着写鸨母在妓院的具体营生,显出鸨母之毒。"鸣珂巷"是唐传奇《李娃传》中妓女李娃的住处,"丽春园"是说唱、戏曲故事中宋妓女苏小卿的住处,"莺花寨"是元时俗语,指妓女集中的地方,也作"莺花市"。这里都用作妓院的代名词。老鸨把妓女们"幽囚杀",不给她们人身自由,这里的"小卿"即苏小卿,代指妓女。妓女们今生、后世的姻缘也全由鸨母牢牢地控制。"迭配"即发配,"双生"即双渐,双渐和妓女苏小卿相爱遭到鸨母破坏的故事,元代流传很广,这里以双生代指妓女的情人。这两句意思是在鸨母的随意摆弄下,妓女们毫无爱情和美满姻缘可言,只有含泪过卖笑生涯。"埋伏的硬",则言鸨母巧计赚人,暗箭伤人,像在战场上对付敌人一样对待妓女,运用种种手段迫使她们就范。

最后两句"但开旗决赢,谁敢共俺娘争"承"埋伏的硬"一句而来,说谁要在妓院与鸨母作对,鸨母一定是旗开得胜,谁也不敢与凶神恶煞的鸨母争个高下。这两句对既贪且毒、既狠且泼的鸨母作了辛辣的讽刺。

这首小令衬字的运用颇为巧妙，"口含钱"、"动不动"、"杀"等这些衬字的使用，增强了感情色彩，骂鸨母也骂得更为畅快，并使全曲蕴含了一种泼辣锋利、奔腾跳荡的语言气势。

（周巩平）

〔中吕〕红 绣 鞋

无名氏

窗外雨声声不住，枕边泪点点长吁，雨声泪点急相逐。雨声儿添凄惨，泪点儿助长吁，枕边泪倒多如窗外雨。

正如音乐中的悲声被公认为是一种美一样，文学作品中的悲的意境、悲的感情也是美的。阅读和欣赏这类作品，往往是只需用心去体味这种悲之美即可。至于作品中的主人公为什么而悲，后来又如何解脱等问题，是无从琢磨，也无需去琢磨的。

这支小曲成功地创造了悲的意境。作者采用的手法是十分常见的，而在运用过程中却有了创造。首两句写一个人在风雨如晦的晚上垂泪叹息："窗外雨声声不住，枕边泪点点长吁。"如果单纯将"雨声"与"泪点"进行对比，用"雨声"来衬托"泪点"，就作者对曲中主人公的不幸遭遇的同情、对主人公的特定感情内容的表现而言，虽然也是一种恰当的安排，但还没有进一步把情和景全面交融起来，因此其引发读者的联想，给予读者的美感享受，仍然是有限的。作者的巧妙之处就在于运用对偶的句式来强化对比："窗外雨"与"枕边泪"对举成文，读者不难想象曲中主人公泪落之多；"声声"与"点点"两相对照，沟通了听觉形象与视觉形象，读者

【红绣鞋】

仿佛能够听到曲中主人公泪落之声；"不住"与"长吁"互相映衬，进一步把雨声与叹息声融为一体。强烈的对称美使读者的对比联想顿时活跃起来，形象本身的美感也大大提高了，读来但觉"窗外"、"枕边"无处不悲，无声不悲，无物不悲。李清照词："伤心枕上三更雨，点滴霖霪，点滴霖霪，愁损北人不惯起来听。"（〔添字丑奴儿〕）上述两句与李词有异曲同工之妙。以下继续从"雨声"、"泪点"对比的角度向主人公的心灵深处掘进。"雨声泪点急相逐"一句，于对比之中，复加入拟人之笔。"雨声"何能与"泪点"相角逐？然舍却"逐"字，又确实无字可以替代。细思之，"逐"字不仅有承上启下的作用，而且通篇脉络，必待此一字而活。"雨声儿添凄惨，泪点儿助长吁"两句，将"雨声"、"泪点"互不相让、各极其能的相"逐"之态摹写得活脱如见。结句"枕边泪倒多如窗外雨"，更于对比之中加入夸张。按照生活的逻辑而言，枕边之泪再多，总不可能多于窗外之雨，但由于经过了情景交融的艺术处理，枕边、窗外的所见所闻，无一不是愁人之泪，因此，按艺术效果而言，泪、雨相逐之最后结局，确实可以说是以雨声之相形见绌而告终的。

至此，一个天地为之悲怆、风雨为之鸣咽的令人同情的泪人形象已经栩栩如生，呼之欲出了。其艺术奥秘主要在于以对比手法贯串全曲，又根据构成情景交融的艺术意境的需要，分别配之以对偶、拟人、夸张手法，从而获得了理想的艺术效果。这无疑是作者的匠心独运的艺术创造。

（吴汝煜）

〔中吕〕 **红 绣 鞋**

无名氏

一两句别人闲话，三四日不把门踏，五六日不来呵在谁家？

七八遍买龟儿卦,久已后见他么? 十分的憔悴煞。

一个在热恋中的女子刚品尝到爱情的甜蜜,立刻又品尝到了爱情的苦涩。这究竟是为了什么呢? 请听这位女子的内心独白:

"一两句别人闲话,三四日不把门踏",原来是她的情人在听到别人的"闲话"以后,三四日不来登门了。"闲话"的内容虽然未加点明,但不赞成或看不惯这对青年男女的自由恋爱,则是可以想见的,因此名为"闲话",实为软刀,其中包含着险恶的封建礼教的杀机。她的情人在受到这些"闲话"的中伤以后,炽热的爱情顿时降温。少女初时对这些"闲话"的厉害领教得尚少,所以把它看得比较平常,但她实际上所受封建礼教的束缚和限制比男子更多,甚至不能像男子那样自由自在地出门,因此只能在家里期待情人的到来。这种期待一天比一天迫切:"五六日不来呵在谁家?"细腻地写出了少女切盼中挟带着猜测、失望中不肯放弃希望的相思之情。"七八遍买龟儿卦",为全篇中唯一的叙述句。多次买卦占卜是情急与百无聊赖的表现。作者抓住了这一行动,表现了她无论卜得什么卦都将信将疑的紊乱的内心世界。在希望与失望的反复交替之中,她对爱情愈益执着,对情人愈益眷恋。"久已后见他么?"既是卜卦时问语,又是痴情人的自言自语。结末从外形上着一点睛之笔:"十分的憔悴煞。"从而形神兼备地塑造了一位在遭受爱情的挫折以后为期待和失望所煎熬的热恋少女的形象,并含蓄地抨击了不合理的封建礼教对青年男女身心健康的严重摧残。

这支小曲运用数字十分巧妙。首先,全曲不仅句句用数字(第五句"久"字与"九"谐音双关),而且从头到尾正好构成一个自一至十的数序系列,使全篇显得十分凝练集中。其次,这些数字在每一句中都用得恰到好处。如"五六日不来呵在谁家"一句,古诗云:"一日不见,如三秋兮。"(《诗·王风·采葛》)而现在竟有"五六日"之隔,就可见少女心目中暌别时日之久长了。又:"五六日"之前,

徐再思 〔双调〕殿前欢·观音山眠松　　　　　　　　　　　赵豫 作

树杈枒藤缠挂
冲烟塞雁接翅
昏鸦展江乡水
墨图列湖口潇
湘画过浦穿溪
沿江汊问孤航
夜泊谁家
无聊倦客
伤心逆旅
恨满天涯

丁丑之冬
写王仲元
小令意并记
云间吴玉梅
于生塔楼

王仲元 〔中吕〕普天乐(树杈枒)　　　　　吴玉梅 作

蜀道寒雲
渭水秋風
乙丑 陸一飛畫

查德卿 〔双吕〕蟾宫曲·怀古　　　　　　　　　　　　　　陆一飞 作

朱庭玉　〔越调〕天净沙·秋　　　　　　　　　　　　蔡天雄　作

朱庭玉　〔双调〕行香子·别恨　　　　　　　　　　徐宁 作

刘庭信 〔中吕〕朝天子·赴约　　　　　　盖茂森 作

溪边小径舟横渡 门前流水清如玉 丁丑年顺智京城珍

无名氏 〔正宫〕叨叨令（溪边小径舟横渡）　　　　　　　戴顺智 作

无名氏 〔正宫〕叨叨令（不思量尤在心头记）　　　　郭全忠 作

【喜春来】

但觉别离时间之长及别离之情的难捱，至"五六日"不见之后，始生疑窦，故有"在谁家"的猜虑。第三，首尾两句在对比中寓有深意。"闲话"而只"一两句"，显得多么平常！谁知落在少女身上却不啻是经历一场灾难，竟把她折磨得"十分的憔悴煞"。可见"闲话"伤人、害人之厉害！散布"闲话"的人未必都是坏人，也未必都出于伤人害人的明确目的，但其后果常常是极恶劣的。所以爱说别人闲话的人实在可恶，但话得说回来，听到一两句闲话就不登情人的家门，使情人遭受许多痛苦折磨，不也太自私了吗？从这个女子的内心独白中，我们也可以体味到封建社会里女性的爱情是如何缺乏保障。

在古代诗、词、曲中，数字所起的作用是不可忽视的。杜牧的名句如"二十四桥明月夜"、"十年一觉扬州梦"、"南朝四百八十寺"之类，都得力于数字。杜牧因此而曾获"算博士"的雅号。苏轼曾说："岂其所以美者，不可以数取欤？然古之为方者，未尝遗数也。能者即数以得其妙，不能者循数以得其略。"(《盐官大悲阁记》)本曲可谓是"即数以得其妙"的适例之一。

（吴汝煜）

〔中吕〕喜　春　来

无名氏

四　节

海棠过雨红初淡，杨柳无风睡正酣。杏烧红桃剪锦草揉蓝。三月三，和气盛东南。

垂门艾挂狰狰虎，竞水舟飞两两凫。浴兰汤斟绿醑泛香蒲。

五月五，谁吊楚三闾。

天孙一夜停机暇，人世千家乞巧忙。想双星心事密话头长。

七月七，回首笑三郎。

香橙肥蟹家家酒，红叶黄花处处秋。极道寻高眺望绝风流。

九月九，莫负少年游。

我国的岁时节令，源头大致有三：一是按季节气候排定，即二十四节气；二是以月之朔望为节，故某一月的初一、十五为节日者很多；三是以月日数字相重者为节，如这组小曲里的三月三、五月五、七月七、九月九。我国的岁时习俗、节日活动又是丰富多彩、饶有情趣的。这寄于同一题目之下的四首小令，正是以曲的形式记载了"四节"的民间习俗，写得清新活泼而富有生活气息。

第一首写的是三月初三上巳节。上巳之节日活动起源很早。这在春秋时代之郑国，就有此日在溱水、洧水之上举行招魂续魄之礼；汉以前所谓"浴乎沂"、"祓于水滨"（见蔡邕《月令章句》），大概是指一种沐浴和在水边祭祀祓被的仪式。后来渐次加强娱乐成分。王羲之那篇著名的《兰亭序》，即作于永和九年之三月初三，序中记载他与朋友们到兰亭曲水之滨"修禊"、"流觞"、赛诗等种种乐事。到唐代，上巳日游春嬉戏的习俗更为普遍，杜甫的《丽人行》，即有"三月三日天气新，长安水边多丽人"句。直至南宋，尚有皇帝"赐宴曲江"、民众到水边"禊饮"踏青的记载（吴自牧《梦粱录》）。但到了元代，这一节日已趋消失，我们从《四节》里可以看出这一消息来。海棠、杨柳、杏桃、青草地，作者描写的尽是春天的自然景物，而不复有滨水、修禊、流觞的字样。联系后三支曲子对民俗活动的详尽描写看，当不会是一种疏忽。我们知道，至现代，端午、七夕、重阳等节日都还在，唯有上巳，连名称也不复见了。当然，这一消亡过程并非一朝一夕完成的。元代，正是这一节令民俗流变总过程之中"名存实亡"的一环。

第二首，五月五，端午节。我国古代有"值五日午"把逢五之日称作"午"的习俗，故五月五又称"重五"、"重午"、"午日"等等。小曲直是当时端午民俗风情的生动写真：悬艾蒿于门，挂彩绸缝制的小老虎于身；龙舟竞渡；以菖蒲艾叶煮水沐浴；端午酒或由菖蒲泡制，或加雄黄，故"斟绿醑"亦即"泛香蒲"。作者有条理地记载了这些端午习俗之后，却归结为这样一句："五月五，谁吊楚三闾。"楚三闾即屈原。相传端午节的起因原是与纪念屈原有关，包粽子是为了丢于水中请屈原吃，赛龙舟是为了抢先去救护屈原。以后，这一传说与人们消灾避难的民俗信仰糅合在一起，端午成了兼有纪念与避疫双重含义的节日。但是，至元而"吊楚三闾"的意味淡薄，游乐的兴致一浓，有人便把凭吊三闾大夫给忘了。诗人以此作结，可以说是感慨良多。

第三首，七月七，乞巧节。乞巧节之名，当主要是因"乞"字与"七"字谐音而得。这一节日源于牛郎织女的神话故事，这首小令，亦从这一故事开始写起。"天孙"指织女，织女星又名天孙星，织女唯有七夕才得以停机闲暇，与牛郎相会，而与此相反，人间却忙于摆香案、设瓜果，穿针引线，乞求智巧。但这一节日更富有诗情画意的一幕，是"想双星心事密话头长"。遥想双星，他们积蓄了一整年的心事自然稠密，话头自然冗长，而人间的少男少女，乐于谈论双星的心事亦复秘密，话语亦复绵长。七月七，实在是热恋中的青年男女表白心迹、对星空盟誓的大好时机。当年李隆基与杨玉环有过这等举动："七月七日长生殿，夜半无人私语时。在天愿作比翼鸟，在地愿为连理枝。"（白居易《长恨歌》）这首小曲的最后一句，似正是暗用了李杨爱情中的这一典故，因为李隆基向有"三郎"的雅号。"回首笑三郎"，谁在笑三郎？是暗蓝色的天际熠熠闪光的双星么？是正在看案旁倾听情郎甜言蜜语的少女么？笑三郎什么？是从爱情永恒的牛女双星笑话李三郎的空有情誓么？是笑话人间竟有那么多的"三郎"代代相传地效仿对星盟誓之举么……？曲子为我们留有颇为广阔的想象余地，而每一幅想象中的画面都是那样美好、空灵。

第四首，九月九，重阳节。因《易经》将"九"定为阳数，而九月九又是两九相重，故曰"重阳"，或称"重九"。重阳之节日传统亦很久远，屈原《远游》中已有"集重阳入帝宫兮"之句。由于传承与积淀，后世的重阳节令习俗十分丰富：出游登高、赏菊、插茱萸、饮菊花酒、吃重阳糕等等。这首小令正再现了这一些节日风尚。重阳不可无酒，否则便有负于"香橙"与"肥蟹"了。但重阳饮酒每每在野外，与登高、赏菊、插茱萸等节日活动结合，又有"辞青"之名，"红叶黄花处处秋"，正是野餐郊饮之际扑入眼帘的秋景。登高极目处，景色与人皆绝顶风流。重阳登高的习俗，据南朝吴均的《续齐谐记》载，说汝南桓景听从道士费长房的劝告，于此日举家登山，避免了一场大灾祸，自此沿袭成俗。重阳登高固然有这样那样的传说与宗教色彩，但实为一项很好的体育锻炼。如果说上巳、清明"踏青"是一种春游的话，那么重阳之远足、登山、"辞青"便是秋游。因而有"莫负少年游"之结句。这是少年人最喜爱的出游。这是令人少年永驻、永葆青春的远游。

"重阳"是唐宋文人十分喜好的题材，唐诗宋词中有不少重阳名篇，如王维"每逢佳节倍思亲"、潘大临"满城风雨近重阳"之诗，李清照"人比黄花瘦"之词，皆十分有名。但文人的重阳诗词中，总有那么一种悲秋之伤感。这几乎成了这一传统题材的传统情调了。但这首小令不然。写得开朗、明快，情绪高昂，颇具特色。

在元人散曲中，四首一组的篇章很多。有春夏秋冬的四季之歌，有风花雪月的四景之叹，有酒色财气的四贪之讥等。我们赏析的这一组曲子，则是"四节"之歌，是它们之中写得很出色的篇章。观察细腻的"海棠过雨红初淡"、形神兼备的"杨柳无风睡正酣"，以及下句"烧"、"剪"、"揉"寻常然而生动的三个动词，足见作者写景功力之不凡；四支曲首二句皆为对偶句，四联对偶皆十分工整;而"谁吊楚三闾"之叹息,"回首笑三郎"之意味,又使曲子结束得出人意表。上述种种,大概正是这组曲子何以未留下作者名而传世的原因了。

(翁敏华)

〔中吕〕喜　春　来

无名氏

闺　情

窄裁衫裖安排瘦,淡扫蛾眉准备愁。思君一度一登楼。凝望久,雁过楚天秋。

本篇细腻而含蓄地描写一位闺中女子怀人时微妙的内心活动以及她登楼望远的情态,表现了思妇苦闷的生活和幽怨的心情。用意深婉,颇具巧思。

"窄裁"二句,是作者着意之笔。女子先把衣衫裁得窄窄的,等以后变得消瘦时穿着;她又淡浅地描画双眉,好准备愁来时微微蹙起。两语真是匪夷所思。"裖",即短袄,着在单衫外面的短衣。"安排",与"准备"意同,二语互文。前人诗文中,常以衣衫与消瘦并写,但多是说因消瘦而觉得衣衫宽了,衣带阔了,如《古诗》"相去日以远,衣带日以缓"、徐陵《长相思》"愁来瘦转剧,衣带自然宽"之类,后人袭用,已成套语。曲中的抒情主人公却"窄裁衫裖安排瘦",未雨绸缪,她已预知将为相思而憔悴瘦损,故先要裁好合身的衣衫。女子心思之细,怨情之深,都在"窄"、"瘦"两字中显示出来了。次句在句式上与上句并列,在文章上则补足上句。"瘦"是因"愁"而来,"准备愁"三字,故作狡狯之笔。"愁",本来就一直在女子的心中,更何须多作准备! 然如此说,便含有旧愁未了、新愁相继、愁上加愁、绵绵不绝之意，在感情的表述上多了一层曲折。她淡扫蛾眉，不是"为悦己者容"，而是百无聊赖中的自我消遣而已。经过描画的黛眉紧蹙，内心的愁绪也更充分地表露出来。"窄裁"二句，通过女子的独特的动态来表现其心理活动，虽着意刻画而不露痕迹，巧而不纤，足见作者的匠心。

"思君"二字，点出"瘦"和"愁"的真正来由。女子心中蕴积的愁情，无可抒发，每一度思君则一次登楼，而每一次登楼又增添一番愁绪——"凝望久，雁过楚天秋。"我们想起了唐人的名句："寒塘坐见秋"、"一雁度南楼"（赵嘏《寒塘》）、"梳洗罢，独倚望江楼"（温庭筠《望江南》）。女子登楼凝望，只见楚天千里清秋，北雁南飞，而意中人迟迟未返。结句意境空阔。秋天无尽，此恨悠悠，闺人相思相望之情，何时能已！

（陈永正）

〔中吕〕四　换　头

无名氏

两叶眉头，怎锁相思万种愁。从他别后，无心挑绣。这般证候，天知道和天瘦。

古人说："传神写影，都在阿堵中。"这话已经成为一条公认的艺术经验。不过，那和眼睛相连的"眉"，也决不可等闲视之。眉，可以写人之貌，你看："想着他眉儿浅浅描，脸儿淡淡妆……你撇下半天风韵，我拾得万种思量。"（王实甫《西厢记》）眉，也可以表人之情，所谓眉开眼笑，愁眉不展，已是人们熟知的成语。因而，这首小令开头的两句，就其以"眉"写"愁"这一点来看，实属常见，无

【四换头】

须多说。然而于熟中创新，就更能显示出它的机巧。"两叶"与"万种"相对，突出了"愁"之多；"眉"与"愁"用"怎锁"二字相连，构成反诘句式，则无计销愁愁更愁的情态便跃然纸上。这就比"眉蹙吴山翠"、"柳叶黛眉愁"等等一般的描写，色彩更浓，蕴意更深，也就更具有引人视听的艺术力量。"从他别后，无心挑绣"。这是承上启下的两句，前句点明"相思"之因，后句叙述无计销愁之态。而这种"针线慵拈懒绣作"，"针线无心不待拈"，在词曲中又往往与女子的相思愁病连在一起，并作为它的一个典型细节被形容刻画。这首曲子的结尾，显然也是由这一思路引逗出来的，但其表现却也不同寻常。证候，指疾病的症状，也可指疾病。这两句的意思是说：像我这样"万种愁"、"无心绣"的相思病，就是那远离人世的老天知道了，也会和我一同消瘦的！这自然比"别来宽褪缕金衣"之类平实说来的句子，更为奇绝新颖。不过虽说新奇，你也许又觉得似曾相识，是的，因为我们曾经见过："天若有情天亦老"（李贺《金铜仙人辞汉歌》）；"花若有情还怅望，水应无事莫潺湲"（温庭筠《李羽处士故里》）；"树若有情时，不会得青青如此"（姜夔《长亭怨慢》）；"春若有情春更苦，暗里韶光度"（薛昂夫〔楚天遥带清江引〕）等等。这首曲子的结句与上列各句，在手法上确有其相似之处，但读来并无老调重弹之感，这不单是因为语言不雷同，更在于作者能够根据自己题材内容、塑像造境的需要，巧加点化，发挥自如。其效果不仅显得似熟还新，耐人寻味；而且在内容上既有力地回顾了全曲，同时，又进一步在愁情、懒绣之外，更增一副清瘦之躯，则情与态、身与心并现，神与形兼备，于是乎一个生动感人的思妇形象，便凸现在人们的眼前，不能不说是一个成功的结尾。

这首小令用的是寻常口语，写的是人们熟知的题材，而能给读者以新的灵感，这也正是元曲艺术魅力的一个重要方面。唯其如此，一切散曲作家的才华，也都要在这一点上得到展示、得到检验。

（赵其钧）

〔中吕〕四 换 头

无名氏

东墙花月，好景良宵恁记者。低低的说，来时节，明日早些。
不志诚随灯灭。

这首小令写的是一对青年男女的幽会，题材并不怎么新鲜，可是具体内容倒很别致。它既没有写"跳墙"私期之类的戏剧场面；也没有表现"掩映着牡丹花，潜潜等等，不见劣冤家"（无名氏〔赏花时〕）的期待，也没有设置"等候多时不见他……意懊恼却待将他骂。听得呀的门开，蓦见如花"（关汉卿〔新水令〕）的起伏奇巧的情节；也没写"爱而不见，搔首踟蹰"（《诗经·邶风·静女》）的逗弄调笑；也没有"水堂西面画帘垂，携手暗相期"（韦庄〔荷叶杯〕）的欢会；也没有摄下"奴为出来难，教郎恣意怜"（李煜〔菩萨蛮〕）那种过"热"的镜头。那么，它究竟写了什么呢？这位作者确实是慧眼不凡，他只选取那幽会的最后一刻——分别。当然，"分别"可写的也很多，而他也只录下了那女子的几句话，就是从这几句话里，也绝无我们常见的那种"相会时难别亦难"的惆怅感伤。不是吗，请听听："东墙花月，好景良宵恁记者"。恁，即你；记者，犹记着。两句的意思是说，你可一定要记着这"东墙花月，好景良宵"啊！似直还曲，话中有话。从下文看，那"东墙花月，好景良宵"，显然是指他们的幽会之处，幽会之时，幽会之境，以及像我们前面所列举的那些也可能会出现的情节、场景等等，而这一切又都包含着只有他们彼此心知的幸福与情爱，所以要记着。这话是对"他"说的，自己呢，更不必说了。可见只此两句，便省去了许多笔墨，其奥妙就在景中寓事，景中有人，景中含情。

可以想象,这孕满情意的话儿一经道出,对方自有反应,然而作者没有写,这不是他的疏忽,而正是其高明之所在,因为你再听下去自可明白——"低低的说,来时节,明日早些"。低声细语,柔情蜜意可感;说"来时节",则可知双方又已相约"东墙";说"明日早些",那切盼之心简直跃跃欲出;明乎此,则以情动情之效果,以情报情之反应,皆不言而喻,你能不佩服作者的高明吗!"来时节,明日早些"。按照语意的顺序,该是"明日早些来"。作者如此错置其词,固然有韵律的需要,但也惟妙惟肖地反映出那女子激动而又急切的心情。内容与形式达到如此妙合无垠、相得益彰的境界,也实在难得。这样情投意合,这样反复叮嘱,还有什么话可说了呢?不过,事难料,口难凭,那细心而又认真的姑娘最后再与他以誓相约——"不志诚随灯灭"——谁不以赤诚之心践约,谁就随灯火一道"熄灭"。通俗简练,干脆利落。不仅进一步袒露了她的诚挚坚定,而且在她那钟情、纯朴、细心的性格中,又增添了天真泼辣的一面,使其显得更为多姿多彩,生动饱满。

从以上的分析中,不难看出这首曲子,不但由于选材之独到,令人耳目一新;就是在表现手法上也颇有特色,它看似简明浅露,但是有虚有实,以少示多,蕴涵丰富;看似松散不连,实则前后相映,针线紧密;纯属口语,似不经意,然而语语含情,声声传神;总之,遣词造句,谋篇布局,无不表现出那种"大巧若拙"的艺术功力。

(赵其钧)

〔中吕〕十二月过尧民歌

无名氏

相　思

看看的相思病成,怕见的是八扇帏屏:一扇儿双渐小卿,一

扇儿君瑞莺莺，一扇儿越娘背灯，一扇儿煮海张生。一扇儿桃源仙子遇刘晨，一扇儿崔怀宝逢着薛琼琼，一扇儿谢天香改嫁柳耆卿，一扇儿刘盼盼味杀八官人。哎！天公，天公！教他对对成，偏俺合孤另！

这首无名氏写的曲子，以情真意切的强烈感情，抒发了元代青年男女对婚姻自由的向往和追求。物极必反，封建礼教对广大青年人性的桎梏，必然引起反抗。而古代那些描写"有情的都成了眷属"的爱情题材的传说和戏曲，往往成为后世青年与封建礼教进行斗争的力量的源泉。

全曲咏写了八扇帏屏，每一扇都画着一则爱情戏曲故事。看来，作者可能是个演杂剧的勾栏艺人。她非常熟悉这些故事。当她在现实生活中不能和意中人结合而害着相思病时，就更加怕看那八扇帏屏了。"一扇儿双渐小卿"，写的是庐州一个名叫苏小卿的妓女，爱上了书生双渐。因双渐出外求官，鸨母背着小卿把她卖给了茶商冯魁。小卿在茶船路过金山寺时，上岸进寺题诗一首思念双渐。后来双渐看见了这首诗。几经周折，双渐得官，并与小卿团圆。南戏、杂剧中有不少以此为题材的剧目。"一扇儿君瑞莺莺"，写的是《西厢记》的故事。"一扇儿越娘背灯"，写的是书生杨舜俞夜过凤凰坡，走进一间茅屋，见一位少妇背灯面壁而坐。接着杨舜俞爱上了那位来自越地自缢而死的美丽女鬼。元代尚仲贤取材《青琐高议》中的《越娘记》，撰有《凤凰坡越娘背灯》杂剧(有残曲)。"一扇儿煮海张生"，写的是书生张羽在石佛寺遇见龙女琼莲，两人一见倾心。后因张羽应约去沙门岛海边寻找琼莲未着，就用仙姑毛女送他的法宝烧水煮海，逼使龙王招婿。元代尚仲贤和李好古都写有《沙门岛张生煮海》杂剧，今李剧尚存。"一扇儿桃源仙子遇刘晨"，写东汉刘晨、阮肇二人入天台山采药，曾误入桃源洞，遇两位仙女留住半年。元代马致远撰有《刘阮误入桃源洞》杂剧（有残曲）。"一扇儿崔怀宝逢着薛琼琼"，写唐明皇时书生崔怀宝在清明节遇到出宫踏青的弹筝宫嫔薛琼琼，经乐供奉杨羔促成，二人相爱私奔他乡。后因薛琼琼月夜弹筝，被人发现捉拿归案，由皇帝敕赐薛琼琼与崔怀宝为妻。南戏有《崔怀宝月夜闻筝》（有残曲）；元代白朴撰有《薛琼琼月夜银筝怨》杂剧（已佚），郑光祖撰有《崔怀宝月夜闻筝》杂剧（有残曲）。"一扇儿谢天香改嫁柳耆卿"，写宋代词人柳永与妓女谢天香相爱，开封府尹钱可逼柳永上京赴考，为他照看谢天香，假意收她为小夫人。待柳永中了状元回来，钱可说明真相，将谢天香嫁给柳永为夫人。元代关汉卿撰有《钱大尹智宠谢天香》杂剧。"一扇儿刘盼盼昧杀八官人"，写妓女刘盼盼与八官人相爱的故事。南戏有《刘盼盼》（有残曲），关汉卿撰有《刘盼盼闹衡州》杂剧（已佚）。这八个爱情故事，或中间一度相爱，或最终得到团圆，都使在爱情上受到挫折的男女青年无比羡慕。曲子最后，作者哀怨地说，老天爷作美，让那八对男女都成其好事，为什么偏偏让我受这孤零（另）之苦，而不能和意中人团聚呢？通过看帏屏上的画来抒发相思之情，在文人笔下也有，如张可久的〔殿前欢〕《离思》："相思懒看帏屏画，人在天涯。"相比之下，张曲显得较为含蓄蕴藉。而这首散曲含意显豁，以反复铺陈的方法，列举八个令人向往的爱情故事，为自己的不幸作反衬，"偏俺合孤另"，哀怨之情，溢于言表，带有浓郁的民歌特色。

（史 乘）

〔中吕〕快活三过朝天子四换头

无名氏

忆　别

人去后敛翠颦，春归也掩朱门。日长庭静怕黄昏，又是愁时分。新痕,旧痕,泪滴尽愁难尽,今宵鸳帐睡怎稳。口儿念心儿印,独上妆楼,无人存问。见花梢月半轮,望频,断魂,正人远天涯近。长空成阵,雁字行行点暮云。早是多离多恨,多愁多闷。叮咛的嘱君,若见俺那人,早寄取个平安信。

这首散曲由〔快活三〕带过〔朝天子〕〔四换头〕,共联结三个曲牌而成,以篇幅说,已相当于词中的慢调了。以结构说,正相当于诗的分三章,三章依次层层展开。〔快活三〕部分先出现人物:黄昏惹愁时分的闺中思妇。〔朝天子〕部分进一步刻画思妇的对景伤怀,离愁无限。〔四换头〕部分更深一层:思妇情知聚会无望,也希望有个音讯,于是叮嘱长空的飞雁传书。曲折写来,描画出了思妇的一片痴情。

散曲中描写女子相思之苦的,大抵不外两个类型,一种是婚外恋的女子盼待欢会的情夫失约不来,或对方长期没有音讯。这类曲子一般都描摹独自等待的焦急心情,有时常用过去欢会中的甜蜜回忆来反衬独宿的凄惶,并诅咒情人的负心等等。这类散曲一般词语质朴,时或带有隐约的性描绘,明代中叶以后的民间情歌便是此类散曲的余泽。一类是女子思念远征的丈夫,这类曲子与传统诗词中闺怨题材的表现方法相近,大抵描写在时令、景物或某种事物触发下的女子索居时的幽怨之情,一般较为含蓄。此曲却以描绘的细腻见长,少妇是愁眉不展的(敛翠颦);男人离开已久了,至少在"春归"以前;孤身孑影的独处生活就愈感到时光的漫长,暮夜尤其难以排遣;长期的别离,新旧的泪痕已染满枕席,此刻又迎来了一个无限凄凉的不眠之夜,只有心口对语,没个人来抚慰;望断春宵的花月,却不知人在何处;但男的显然是在北地,因为雁群春天是北飞的;既然聚会难求,就退一步想,别离本该是痛苦的(早是,犹言本该、原是),只求有个音讯也好,于是转念之间,痴心地寄望于北飞的鸿雁传书。感情发展的过程在曲中都历历可寻,相当传神,可称言情妙笔。

(何满子)

〔南吕〕骂玉郎过感皇恩采茶歌

无名氏

牛羊犹恐他惊散,我子索手不住紧遮拦,恰才见枪刀军马无边岸。諕的我无人处走,走到浅草里听,听罢也向高阜处偷睛看。吸力力振动地户天关,諕的我扑扑的胆战心寒。那枪忽地早刺中彪躯,那刀亨①地掘倒战马,那汉扑地抢下征鞍。俺牛羊散失,您可甚人马平安。把一座介丘县,生纽做枉死城,却翻做鬼门关。败残军受魔障,得胜将马顽犇,子见他歪剌剌赶过饮牛湾。荡的那卒律律红尘遮望眼,振的这滴溜溜红叶落空山。

元散曲在题材与内容上,大多与宋代婉约派词相类似,表现离情别绪和男女相思者居多。像《鏖兵》②这支曲子,反映战乱给人民所带来的惊恐和灾难的比较少见,从这个角度看,这支曲子在内容上自有它的独特之处。

这支曲子的作者已无可考,从内容与风格看,似应产生于民间。元代是一个动荡不安、战乱频仍的社会,这支曲子,以一个牧民的口气和亲身的见闻,反映了战乱如何破坏了人民的和平安定生活。全曲分三段,其所以分三段,是因为这是一首"带过曲",它是由同一宫调(南吕)而唱腔又能联系起来的三支曲子(〔骂玉郎〕〔感皇恩〕〔采茶歌〕)组成的。但这三段在内容和意脉上是连贯的。

第一段写一个牧人初见到"枪刀军马无边岸"的场面,惟恐自己的牛羊被惊得四处逃散,所以手忙足乱地保护和控制住自己放牧的牛羊,急忙躲到无人之处,先在草丛中听动静,然后走到高岗上偷看千军万马的厮杀。

第二段写耳闻目见的战斗场面:喊杀声和戈矛相击声振动着天关地户,使这位旁观的牧人吓得胆战心惊。在你死我活的大拼杀中,忽然有人被枪刺中壮健的身躯,亨的一声,战马也挨了一刀受伤倒下,军汉扑地从马鞍上滚下,牛羊被惊散了。昔日和平安定的县城,经过战争的洗劫,变成了"枉死城"、"鬼门关"。

第三段写战斗胜负虽已成定局,但双方仍在拼死格斗,败者一方的残兵像着了魔似的,胜者一方仍在飞跑着追杀残敌,战争的烟尘遮住人们的视线,人喊马嘶,震撼大地,连树叶都被簌簌震落了。

这支曲子所描写的战争场面完全是从一个旁观者的所闻所见中来展开的,它摄取了不少绘声绘色正面表现战争的镜头,但牧人并非在局外欣赏着这一场战斗,我们可以感到他在目击这场血肉纷飞的战斗时是如何胆战心寒。它虽然没有正面描写战争给人民带来的灾难,但可以看到战争给人民生命财产带来的威胁,还可以想见一座好端端的县城,变成了"鬼门关",不知有多少无辜的百姓死于战乱之中。全曲用白描的手法,以叙事为主,但作者的倾向性,作者对这场战争的态度,从叙事当中却也自然地流露了出来。

(刘文忠)

〔注〕　①亨(pēng烹):此处作象声词。　②此曲《乐府群珠》题作《鏖兵》。

〔南吕〕骂玉郎过感皇恩采茶歌

无名氏

四时唯有春无价,尊日月富年华,垂杨影里人如画。锦一攒[1],绣一堆,在秋千下。语笑欣恰,炒闹喧哗。软红乡,簇定个,小宫娃。彩绳款拈,画板轻蹲,微着力,身慢举,拽裙纱。众矜夸,是交加。彩云飞上日边霞,体态轻盈那闲雅,精神羞落树头花。

本曲写的是在大好的春光中,一群少女在花园里玩秋千的情景。这是一首带过曲,由〔骂玉郎〕〔感皇恩〕〔采茶歌〕三曲组成。三只曲子,写法各有所侧重。头一只曲子〔骂玉郎〕是远处的概写。在春夏秋冬四时中春天是最可宝贵的,既有尊贵的日月,又有富有的年华,在一簇垂杨影下,人们穿着红红绿绿的锦绣衣裳,围在秋千畔玩耍呢。第二只曲子〔感皇恩〕,便在众少女欢声笑语中,突出描写一位"小宫娃",写她从容地拿着彩绳,轻轻地踏着画板,稍一用力,身子便随着升起,而她还拽着那美丽的裙纱。第三只曲子〔采茶歌〕又写众少女一个个都在显示自己的才能,而且一个比一个精彩。秋千荡起,有如一朵朵彩云飞上天边,要与美丽的霞光比美呢。她们的体态轻盈而娴雅,她们青春的活力显出无限生机,连那盛开的花朵也要相形见绌而羞落呢。整篇带过曲,就是这样,从远处的鸟瞰,逐步写到一个佼佼者的近影,然后又生发开去,描写这垂杨影里,一群少女的体态、精神。这里有形象的比喻,如以绚丽缤纷、飘荡不定的彩云比喻秋千上的少女;有拟人化的夸张,如以春花羞落来反衬少女精神焕发。其实花是不懂得和人来比较的,这完全是移情于物,是一种拟人化的手法。这样由远及近,又由近及远,由群体到个别,又从个别到群体,完成了一幅春日少女秋千图,生机勃勃,春意盎然。

(萧善因)

﹇注﹈ ① 一攒:一丛、一群。

〔双调〕清 江 引

无名氏

讥 士 人

皂罗辫儿紧扎捎,头戴方檐帽。穿领阔袖衫,坐个四人轿。又是张吴王米虫儿来到了。

这首小令,是元末无名氏讽刺张士诚属下官员的作品。散曲中像这样直接点明讽刺对象的并不多见。整个元代政治黑暗,张士诚又曾降元,故此曲也可视为讽刺元代官员之作。

张士诚是元末割据江浙一带的武装首领。据《明史》本传载,元至正十三年(1353),他起兵反元,次年据高邮(今属江苏),建国大周,大败元军。至正十七年,士诚连败于朱元璋,遂投降元朝,封为太尉。士诚骄奢淫逸,怠于政事,手下文武员,竞相聚敛财产,生活极其腐朽。至正二十年到二十三年,每年运粮十余万石到大都(今北京)以支持元朝统治,致民不聊生。二十三年九月,士诚自称

【清江引】

吴王。二十七年九月，朱元璋攻破平江（今江苏苏州），士诚被俘至应天（今江苏南京），自缢而死。明代瞿佑《归田诗话》卷下"哀姑苏"条云："盖张氏据有浙西富饶地，而好养士，凡不得志于前元者，争趋附之，美官丰禄，富贵赫然。有为北乐府讥之云（即此首《清江引》）。及城破，无一人死难者。"以上是此首小令之背景及本事。"讥士人"一题，是《全元散曲》编者据本事新拟的。

这首小令略似一幕小戏，描写那官员由远及近而来。不过，曲子是先描画其模样，再点出其如何来、为何来。"皂罗辫儿紧扎捎，头戴方檐帽。"方檐帽，就是俗称乌纱帽。《元史·舆服志》"百官公服"条云："幞头，漆纱为之，展其角。"此幞头即方檐帽（乌纱帽），表层以纱为之，再涂以黑漆制成之官帽，帽后开口，穿上黑纱罗带子。皂罗辫，就是这系帽子的黑纱罗带。扎捎意即系起，元人口语。方檐帽子头上戴，黑纱带子紧紧系。这便是那官员的尊容。紧扎捎三字，刻画出其道貌岸然、一本正经的模样，不禁令人失笑。"穿领阔袖衫，坐个四人轿。"阔袖衫，即《元史·舆服志》所载"制以罗，大袖、盘领"的官服。穿件大袖袍服，坐个四人抬轿，这，便是那官员的威仪。这两句，一板一眼，活现出其狐假虎威、讨人厌恶的样子。以上四句，虽未明言这来者是谁，但方檐帽、阔领衫、四人轿，句句都已点出其身份，嘲弄厌恶之情，亦随笔锋带出。结句"又是张吴王米虫儿来到了"揭出他的真实身份。张吴王即张士诚。又是张士诚手下搜刮民脂民膏的官儿来到了。"米虫儿"一语，俏皮、辛辣，讽刺敲骨吸髓的统治者，米虫儿，即米蛀虫。"又是"，说明这类米虫儿来到民间横征暴敛已不知多少次，不知多少人已为之倾家荡产！这是结句的弦外之音，语虽尖刻，实含悲伤。

张士诚称吴王，在至正二十三年，可是在此之前，他投降元朝，年年替元朝横征暴敛，鱼肉百姓。故此首小令虽是讽刺"张吴王"，但实际上也可以视为讽刺元朝统治者。此首小令语言幽默，尤其"紧扎捎"、"米虫儿"、"又是"、"来到了"诸语，平添了许多弦外之音。其手法亦颇为老练，前四句白描，宛然一幅漫画，后一句揭露，可谓入木三分。漫画愈是惟妙惟肖，揭露便愈加痛快、深刻。其语言、手法之运用，无不集中于讽刺之鹄的。讽刺黑暗，而出之以幽默，看似十分戏谑，内蕴却无限悲凉，这正是元代散曲一大审美特色。此首小令，亦为其中代表作之一。

（邓小军）

〔双调〕水 仙 子

无名氏

杂 咏

丽春园苏氏弃了双生，海神庙王魁负了桂英。薄幸的自古逢着薄幸，志诚的逢着志诚，把志诚薄幸来评。志诚的合天意，薄幸的逢着鬼兵，志诚的到底有个前程。

　　爱，是人类最崇高、最美好的情愫，但是由于各种社会原因，人们对于爱情婚姻的态度往往迥然不同，这首〔水仙子〕《杂咏》列举的双生、王魁便是两种完全不同的典型。双渐追小卿、王魁负桂英的故事，宋元时流传极广，南戏、杂剧、诸宫调和散曲多有表现。书生双渐是志诚重义的代表，他对合肥妓女苏小卿真诚爱恋。当他离开丽春园赴京应考时，茶商冯魁用巨金买通鸨母，将小卿骗上贩茶船，直下江西，霸为己有。双渐高中并做了官，闻此讯后，并未因自己地位的升迁、小卿的远去而别攀高门，另择姝丽，而是日夜兼程，沿途追赶。在镇江金山寺他看到了小卿留下的诗，了解到小卿的心迹，更加感动，最后一直追到江

【水仙子】

西，借助官府的力量，将小卿夺回。双生与苏氏，"志诚的逢着志诚"，两人终得团聚。王魁则是薄幸负情的典型。所谓"薄幸的自古逢着薄幸"，就是说薄命女桂英偏偏遇上了薄情郎王魁。这里，第一个"薄幸"是"薄命"的意思，后面三个"薄幸"都与"薄情"同义。王魁在穷愁潦倒、奄奄一息之际，幸亏妓女桂英相救才保住了性命，并且全靠桂英资助才得以读书应试，然而高中状元之后，却抛却了往日的誓盟，背弃了桂英。桂英满腔悲愤，自尽前向海神像哭诉了王魁的种种，她的冤情打动了鬼神，到头来，王魁被厉鬼捉去，死于非命。双渐与王魁，都是饱学之士，都是前困后亨，都曾宿于青楼，恋于红妓，但对待婚姻爱情的态度却判若天壤。一个历经波折，一往而情深；一个忘恩负情，一阔脸就变。他们的结局也完全不同，"志诚的合天意"，有情人终成眷属，获得了美好的前程；"薄幸的逢着鬼兵"，负心汉王魁罪有应得。这首小令伸张道、义、情，倡导真、善、美，反映了人民珍视和向往诚挚爱情，憎恶薄幸寡情，渴求善恶有报的纯朴愿望，具有惩戒人心、警世喻世的作用。从艺术上看，取材于家喻户晓的民间传说，既无比兴，又不雕琢，叙述平实，议论直截，语言亦明白如话，"薄幸"、"志诚"反复比照，对比鲜明，大大增强了艺术效果。

（李克和）

〔双调〕 水 仙 子

无名氏

退毛鸾凤不如鸡，虎离岩前被兔欺，龙居浅水虾蟆戏，一时间遭困厄。有一日起一阵风雷，虎一扑十硕力①，凤凰展翅飞，那其间别辨高低。

这是一首抒发对社会不平现象的感慨激愤的小令。按其思想内容可分为两层。前四句为第一层,通过对三种有悖于常理的矛盾现象的具体描绘,揭露当时世间黑白颠倒、贤愚不分的事实。鸾凤相传为禽鸟之长,虎为百兽之王,龙为鳞虫之长,亦"四灵"之一(《礼记·礼运》:"麟凤龟龙,谓之四灵。")。鸾凤之于鸡,虎之于兔,龙与虾蟆,其贵贱,自有云泥之别。而在这里,却是鸾凤不如鸡,虎被兔欺,龙被虾蟆戏,物性事理,全然颠倒,大悖常理。其所以这样,是因为鸾凤"退毛",虎"离岩前",龙"居浅水",作者用"一时间遭困厄"总结之。显然,作者是大胆地使用了比喻象征的手法,以鸾凤、虎、龙比喻贤才,以鸡、兔、虾蟆比喻小人,以"退毛"等象征鸾凤等身处逆境,遭遇不幸,以致英雄无用武之地,而备受群小欺凌。这种用善恶美丑遭遇之不同以揭露社会黑暗的手法,古已有之,如屈原《卜居》"世混浊而不清,蝉翼为重,千钧为轻;黄钟毁弃,瓦釜雷鸣",李白《万愤词投魏郎中》"树榛拔桂,囚鸾宠鸡",杜甫《题郑县亭子》"巢边野雀欺群燕"等等皆是。这首小令的作者虽然也使用了同类的手法,但其比喻形象更加鲜明,美丑事物之间的对比更为突出;尤其是他不止于揭露,也不止于愤怒,而是能在此基础上,别出新意,写出了反抗与希望。这就是这首小令的第二层内容(后四句)。作者说:有朝一日卷起一阵"风雷",那么,虎一扑便有"十硕力",凤凰就会展翅高飞,到那时候,就要与鸡兔虾蟆辈分个高低了!作者对"风雷"——社会变革的渴望,对把被颠倒的事物关系再颠倒过来的信心,应当说是一种正义感的表现。

这首小令语言通俗质朴,妇孺可解;通篇使用比喻,形象生动;褒扬与抨击,感情激越,态度鲜明,字里行间流露出一种不可控驭的贞刚之气,的确是元人小令中的佳作。

(邱鸣皋)

〔注〕 ① 十硕力：形容力量极大。硕，通石，古代容量单位。

〔双调〕水 仙 子

无名氏

打着面皂雕旗招飐忽地转过山坡，见一火番官唱凯歌，呀来呀来呀来呀来齐声和。虎皮包马上驰，当先里亚子哥哥。番鼓儿劈彪扑桶擂，火不思必留不剌扑，簇捧着个带酒沙陀。

这支无名氏的〔水仙子〕曲，描写了少数民族风情，生动地展示出北方少数民族军事生活的一个侧面，写得朴野犷悍，活泼欢快，它扩展了散曲的题材范围，是一首有鲜明特色的令曲。

曲中所写的主要人物是"沙陀"，即李克用（856—908），他是沙陀部人，曾帮助唐王朝镇压黄巢起义，后出任为河东节度使，被封为晋王。他长期与朱温交战，后其子李存勖（885—926）袭晋王位，灭后梁，于公元九二三年建立后唐，即后唐庄宗，也就是曲中提到的"亚子哥哥"。

曲子的前三句，写的是晋王李克用及其猎队乘马而来的威风凛凛和气势非凡，前导是举着一面"皂雕旗"的一队御旗军，他们旋风般驰过了山坡。"皂雕旗"，是绘有黑雕图案的认旗，古代匈奴人的旗帜。张可久有〔双调·水仙子〕《怀古》小令，起句为："秋风远塞皂雕旗"，指的便是这种旗帜。"招飐"，状风吹动着旗帜，黑雕旗迎风飘飞。"忽地"，用得巧妙而富于动感，写出了骑兵飞也似的迅疾行动。"忽地"是元曲中常见的习用语,有时后面加一"波"字。此处所用,含赞叹和惊诧意味,又有象声性,是很传神的。旗队之后,还有军乐队,他们高唱军歌,歌声嘹亮,在辽阔的大漠间回荡。火,同伙;番,是汉族对少数民族的称谓。第三句全用象声词重叠而成,写出了少数民族骑兵的豪爽、粗犷,也使曲子的韵律活泼跳荡。

"虎皮包马上驼"二句,写的是军乐队后边的将领们,他们一个个坐在虎皮制的马驼子上,挽缰驭马,精神抖擞。"驼"是"驮"的异体字,这里用意同驮。在众将领们的队伍中,走在最前面的是晋王的儿子李存勖,即后来的后唐庄宗,他通音律,好俳优,小名亚子,或称为亚次。宋孙光宪《北梦琐言》:"唐昭宗曰:'此子可亚其父',时人号曰亚子。"最后三句,前两句描写军中音乐的雄壮,直到结句方引出晋王李克用来,写法上很值得注意,即是反复铺垫,制造蓄势,千呼万唤,末了主要人物才出场。作者又用"簇拥"二字,极写晋王的威势和排场,使人物一下子凸现出来。手法上近于睢景臣的《高祖还乡》,所不同的是此曲不含褒贬,只是描写异域风情。番鼓,指少数民族的军鼓,"劈彪扑桶",象声词,以状鼓声的节奏;"火不思",是由阿拉伯传入的一种弹拨乐器,又叫"浑不是"、"虎拨思"、"吴拔似"等,都是音译。《元史·礼乐志》:"火不思,制如琵琶,直颈无品,有小槽,圆腹如半瓶榼,以皮为面,四弦皮绗,同一孤柱。"现新疆柯尔克孜族还有同类乐器,名"库不斯"或"考姆兹"。"必留不剌"与"劈彪扑桶"相对,也是象声词,模拟火不思的音响。"沙陀",原出于突厥别部,唐太宗时置沙陀都护府,因该地有碛名沙陀,故以为名。这里的"沙陀",代指人,即晋王李克用。"带酒",是说喝了酒,脸上红扑扑的,微醺的样子。作者顺势一笔,颊上添毫,以"带酒"二字,写出了李克用的豪放、威武,虽然用笔简省,却将人物写得很有神韵。

这首令曲笔调粗豪,风格浑朴,展示出浓厚的塞外风情,犹如一幅活泼泼的大漠风俗画。全曲不用典故,不施藻绘,不尚雕琢,只是一味写场面和人物动

【水仙子】

作,以速写式精练的线条勾勒出神采和动势,别有一番情趣和韵味。特别是象声叠词的反复运用,渲染了气氛,也平添了画面的辽阔感,更使曲子音韵跳脱,铿锵律动,极富音乐性。

(王星琦)

〔双调〕 水 仙 子

无名氏

青山隐隐水茫茫,时节登高却异乡。孤城孤客孤舟上,铁石人也断肠,泪涟涟断送了秋光。黄花梦,一夜香,过了重阳。

这是一首重九登高思乡怀人之作。重阳登高是古代消灾避祸的一种习俗。若亲人团聚,茱萸菊酒,登高自有无限乐趣;若天各一方,生离死别,则登高临远,思亲念家,情倍凄切。这首小令写的是后一种情况。起句"青山"云云,是登高所见。异乡孤客,登高纵目,意在瞻望故乡。但故乡渺邈,映入眼帘者,唯有隐隐青山,茫茫远水而已!这句字面是写景,但强烈的乡关之思却暗寓其中,虽是直接化用杜牧《寄扬州韩绰判官》首句"青山隐隐水迢迢"而来,但用在重阳登高处,与杜诗感情有别,而得"望尽天涯不见家"(唐李觏《乡思》)句意。次句则点明这是在特定时节、特定处境("异乡")中的登高,着意于"异乡"二字,既揭示了起句的意蕴,又开启了下文正面抒发怀乡之情的思路。"孤城"句紧承上句"异乡"而来,连用三个"孤"字,点染异乡的孤独环境,感情更浓。此境此情,人所难堪,故紧接着说:"铁石人也断肠。""泪涟涟"一句,写孤客思亲流泪,泪水涟涟,难以观赏"秋光",而终于把这"秋光"白白"断送了"(打发)了!这一句紧承上句,既以具体形象补充了"断肠"句意,同时又推出"黄花"一层,以具体申述"断送秋光"之意。"黄花"即菊花,承"秋光"而来,这也是重阳节的特定景物,"秋光"的代表。但是,"外地见花终寂寞"(韦庄《思归》),黄花虽好,无心观赏,只有置于梦境,任其香销,枉自"断送"而已!——就这样度过了重阳。

这首小令句间关系紧密,句句关联,层层申说,作者的感情亦随之逐渐浓烈,以至于如痴如梦,而于曲终点出"重阳"(这是个异乡孤客倍思亲的时节),统摄全曲,使全曲结构浑然一体。至于遣词用语,皆句句本色,不着色相,而情意独至,亦小令中之佳构也。

(邱鸣皋)

〔双调〕**水 仙 子**

无名氏

夕阳西下水东流,一事无成两鬓秋。伤心人比黄花瘦,怯重阳九月九,强登临情思悠悠。望故国三千里,倚秋风十二楼,没来由惹起闲愁。

这是一首感怀思乡的小令。作者大约是一位失意文人,他为了求取功名而远离家园,多少年过去了,始终未能如愿。在一个重阳节日里,作者登高临远,不禁悲从中来,于是写下了这首小令。

小令一开始就以"夕阳"和"流水"起兴,从而定下凄凉的基调。"夕阳"在历代文人的笔下,就是人生迟暮的象征;"东流水"一方面表明时间像流水一样一去不回,另一方面也暗示了自己所追求的功名事业像流水一样落空了。这样自然而然引发出下句:"一事无成两鬓秋",水到渠成,情景交融。第三句承接第二句,因老大蹉跎,故而"伤心","伤心"则"人瘦";这里借用李清照的成句,既合当时之情,又切彼处之景,不露痕迹。第四句是一个过渡句,表明时令,照应前文,使"黄花"(即菊花)两字有了着落,同时引起下文,"怯"者,怕也,怕什么呢? 怕九月重阳,因为"每逢佳节倍思亲",它会勾起人们思乡怀人的情绪。况且"秋之为状也,其色惨淡"(欧阳修《秋声赋》),更使人难以为怀,然而怕有什么用呢,它还是来了。"强登临情思悠悠","强"是"勉强",从这个词中,我们可以了解到作者在人生的旅途中,已疲惫不堪,渴望歇歇脚,得到亲人的抚慰,于是强撑病体,登高临远,从而生出"情思悠悠"(悠者,长也)。作者矛盾复杂的心理由"怯"字、"强"字曲曲传出。然而家乡是那么的遥远("故国"即故乡,"三千里"极言其远),只有徒然凝望而已。"十二楼"出《汉书·郊祀志》,黄帝时有五城十二楼,后常代指精致的楼阁。此处是说自己登临倚楼,只觉秋风扑面更增凄凉萧瑟之感。从思想感情上说,以上二句与王粲《登楼赋》"凭轩槛以遥望兮,向北风而开襟"颇有相似之处。全曲最后以"没来由惹起闲愁"作结,余味无穷,"愁"点明题旨,作者用"没来由""闲"来修饰"愁",值得玩味,果真是"没来由"是"闲"吗? 当然不是,"愁"的缘由及内容,上文中已交代得清清楚楚,作者在这里之所以这样写,只不过是于无可奈何之中,强作旷达罢了,就如痛苦之人,强颜欢笑,愈显出其痛苦一样,作者的"愁"至此已达到了顶点。

这首小令的独特之处就在于它的写情之妙。作者没有具体地描绘景物,用来起兴作比的景物也很平常,而且作者还多次化用前人成句和意象,然而却十分曲折地表达了自己复杂矛盾的情感,读者只觉情丝缠绵,真挚自然,独具一种艺术魅力。

(柯象中)

〔双调〕水 仙 子

无名氏

常记的离筵饮泣饯行时，折尽青青杨柳枝。欲拈斑管书心事，无那可乾坤天样般纸，意悬悬诉不尽相思。谩写下鸳鸯字，空吟就花月词，凭何人付与娇姿。

这首小令写对情人的相思。男女相思，是诗歌中最常见的题材之一，然而作者却能从中写出新意，炼出新句来。

作者一开始就从回忆入手，"常记"二字冒下，既表明离别之久，又表明相思之切，而且这种相思之情肯定会愈久愈烈，这从"常记"的内容可以看出：在离别的筵席上，彼此相对洒泪，欲哭无声。为了表达依恋之情，折杨柳枝相送（折柳赠行，是古代的风俗。寓意很多，如"柳"谐"留"音）。"折尽"的"尽"字下得妙，以常理度之，它是不真实的，但非此不足以表达至情，它胜过平常千言万语。既然如此依依不舍，我们就不难想见：他们在相聚的日子里，有过多少美好的时光，积蓄了多么深厚的情感。这许多美好的记忆、深厚的情感，在分手之后自然而然化为无穷的"相思"。"相思"太苦，无法排遣，于是"欲拈斑管书心事，""心事"自然指相思之情，"斑"乃"斑竹"，传说舜南巡，死于九嶷山，其妃娥皇、女英寻找到洞庭，不遇，只好望着九嶷山痛哭，斑竹上的斑点，就是她们的眼泪化成的。这里用"斑"字一方面固然能勾起人们对这个感人故事的记忆，另一方面难道不也暗示了他（或她）在拿起笔杆时禁不住泪流满面吗？"拈"而曰"欲"，言

【水仙子】

其欲写而不能。为什么会欲写而不能呢？当然是思绪太乱，不知从何下手，恰如李清照所说"剪不断，理还乱，是离愁"。但是作者却不这样写，他不把写不出的原因归结为相思之情本身而归结为书写的工具——纸："无那可乾坤天样般纸。"（无那即无奈。可，整个，满，今北方语言中尚有此用法）意思是说：即使有整个乾坤和天那样大的纸，也难以写出这种刻骨的相思啊！这样，相思之深，离绪之乱，就表露无遗了。这种相思，当然既包含回忆的成分，也包含想象对方分手后至今乃至将来的情景：生活安定吗？会不会遇到什么风险？对方也在想念我吗？……这无数个问号全部包含在第五句"意悬悬"三字中。悬即悬念、悬挂之意，既然是悬念、悬挂，就必然有无数叮咛、无数抚慰要传达给对方，更重要的是要向对方倾诉自己的相思，然而这种"相思"是说不完诉不尽的。小令进入第六句，似乎已写尽了，然而作者笔锋一转，退一步说，即使能诉出相思之情，又怎么样呢？"谩写下鸳鸯字，空吟就花月词。"两句对仗工整，互文见义（"谩"、"空"就是徒然、白白的意思，"鸳鸯字"、"花月词"都是指情书），起到了加强语气渲染感情的作用。读到这里我们仿佛听到曲中主人公的一声声叹息：写好了还不是白写吗！"凭何人付与娇姿"，也许是云山重重，道路悠悠，也许是身在他乡无人可托……作者就是在这一声失望的长叹声中，结束了全曲，干净利索，而又韵味无穷。

总之，整首曲词感情真挚缠绵，从回忆旧情到自叙愁怀，到向对方倾诉心事，环环相扣，又层次分明，而从美好的回忆到最后一声失望的长叹，每推进一步，都意味着感情的加深，相思之情便由此曲曲传出，真可谓"如怨如慕，如诉如泣，余音袅袅，不绝如缕"。

(柯象中)

〔双调〕水　仙　子

无名氏

转寻思转恨负心贼，虚意虚名歹见识。只被他沙糖口啜赚了鸳鸯会，到人前讲是非，咒的你不满三十。再休想我过从的意，我今日懊悔迟，先输了花朵般身己。

娘心里烦恼怎儿知，伏不定床前忙跪膝。是昨宵饮得十分醉，一时错悔是迟，由奶奶法外凌迟：打时节留些游气，骂时节存些面皮；可怜见俺是儿女夫妻。

　　这两支曲子选自《梨园乐府》，演唱时当似一女一男对唱对答。表现的是女子对负心男子的谴责和悔恨，以及男子向女子油腔滑调的认错和求饶。

　　前曲八句四韵，分写女子的怨恨、谴责、诅咒和懊悔。感情遭到玩弄，志诚换来负心，使她一腔幽恨喷薄而出，无法遏止。首句两个"转"字重复，极写出她那思绪辗转萦绕，幽恨九屈回肠的沉重心态，描写生动传神，语势力重千钧，终于从牙缝中迸发出"负心贼"三字咒语。"虚意虚名"，表明男方往日对自己的追逐求爱，讨好卖乖，温柔缠绵等等表现，全是虚情假意，则许下的山盟海誓、夫妻名分之类，也全都成了徒有虚名。两个"虚"字重复，又极写出男方的虚伪轻浮。"见识"乃宋元俗语，意谓计谋、手段。"歹见识"，即坏主意、坏手段。两句语极愤懑，但究竟如何"负心"，如何"歹"法，尚不清楚；故三四句才具体道破因由：

【水仙子】

原来那负心汉用砂糖般的甜言蜜语，骗取（啜赚）了女子的信任，与他合欢共寝（鸳鸯会）；然而曾几何时，他却见异思迁，另寻新欢，为了替自己喜新厌旧的行为辩护，反而在别人面前大讲女方如何不好，播弄是非，企图达到最终抛弃她的目的。可是没有不透风的墙，负心汉偷鸡摸狗、播弄是非的"歹见识"，偏巧被女主人公抓住了把柄。于是仇恨的烈火在胸中燃烧，化作声声的斥责和诅咒：她诅咒他负心背盟必遭报应，活不到三十岁就会短命夭折；她断然表示，从今后断绝情意，休想我再和你亲密往来，相傍亲昵（过从）。"咒得你"、"休想我"语气斩钉截铁，活画出女主人公咬牙切齿的痛恨和决绝态度，可谓痛快淋漓。然而，愤怒的狂潮之后，反躬自思，便剩下了无穷的懊悔。"身己"犹身肌，身体。孙季昌《粉蝶儿·怨别》套："打煞出闷忧中日月，憔悴了花朵儿身肌。""后悔迟"三字极沉痛，不仅因她未看透那个衣冠禽兽，而使自己纯洁爱情受到亵渎和玩弄，灵魂留下了终生的创痛，而且自己还先赔上了如花似玉的肉体和贞操，这对封建社会中少女的打击又是何等强烈！

后曲是负心男子的腔调。"娘"本为对妇女的通称。《辍耕录》卷十四"妇女曰娘"："都下自庶人妻以及大官之国夫人，皆曰娘子。"又《金线池》："小娘爱俏，老鸨爱钞。"但此曲中男子既自称"恁儿"（即您儿），却称女方为"娘"，显然是故意卖乖伏低。"伏不定"原作"伏不是"，意谓伏罪自认有错。你看他，口称女方为"娘"，为"奶奶"，自称"您儿"，态度何其恭敬谦卑；口称伏罪认错，双腿"床前忙跪膝"，行动又何其真诚可怜。这种在女人面前过分低三下四的反常情态，适足暴露出他的轻佻油滑。再看他的"坦白"又是何等轻描淡写：把自己在别处的眠花卧柳、播弄是非的负心行为，说成是偶然"十分醉"之后的"一时错"，丝毫未触动那卑污的灵魂深处。可见其表示"悔是迟"云云，仍是虚情假意的搪塞而已。"凌迟"乃古代极刑。《宋史·刑法志》："凌迟者先斩其肢体，乃抉其吭（咽喉），当时之极法也。"此云"法外凌迟"，意谓法律之外最重的惩罚，即下文中的打和骂。但他又油腔滑调地请求女方留情：打的时候不要下手太狠把我打死了，要给我留点残喘气息（游气，即残喘、微弱的气息）；骂的时候，要给我留点脸面，不要让我太难堪，可怜见爱，俺俩总算是原配夫妻呀（儿女夫妻）！其实，此处"儿女夫妻"也不一定是事实，可能只是借指此女子是与他第一次同居的情人，他或许也曾许过要作"儿女夫妻"诺言的。正如称"娘"、"奶奶"并非真娘真奶奶，说"凌迟"并非真凌迟一样，"儿女夫妻"似亦当如此理解，才更符合轻薄少年油滑卖乖的调笑口吻。

这两支小令在艺术上颇具特色。首先是采用男女对答口吻来写风情，已具有简单情节的代言体形式，与一般叙事体抒情体小令相比，格调清新别致。其次，男女主人公的声口情态皆各具个性，女子的悲愤填胸，怒斥诅咒，悔恨交加，显示出她对爱情的执着专一，对婚姻的严肃认真，对人格尊严的重视，和义不容辱的决绝态度；而男子油腔滑调的调笑，卑躬屈膝的动作，佯装可怜的乞求，又处处透视出他那巧言令色的诡辩，虚情假意的奉承，轻佻浪荡的作风和撒谎欺骗的惯伎。真是"无一贬词，而情伪毕露"。二者一怒一笑，一冷一热，一庄一谐，声口情态对比鲜明，人物个性迥乎霄壤，富有强烈的戏剧性；从而鞭挞了负心汉丑恶卑污的灵魂，揭示出妇女被玩弄被遗弃的悲惨命运。寓庄于谐，手法别致；纯用俗语，机趣横生。这些，或许就是这两支曲子最感人之处罢。

（熊　笃）

〔双调〕水　仙　子

无名氏

喻双陆

风流局面实堪夸，有色教人心爱煞。间深里谁肯轻抛下，等

【水仙子】

闲时须下马,试将门儿开咱。分付孩儿话,迟疾早到家,休想我半步那差。

　　双陆是宋元时代朝野十分流行的一种游艺活动。关汉卿就曾自豪地宣称:"会歌舞会吹弹会咽作,会吟诗会双陆。"(〔一枝花〕《不伏老》)双陆局如棋盘,马作椎形,两人各用十五枚相博,掷骰了见色点行马,先出完者为胜。左右各有六路,故名"双陆"。相传双陆于南北朝时由天竺传入,先入宫禁,后略有变化流入民间,唐明皇与杨贵妃玩双陆的逸事十分有名。

　　元散曲写双陆的,不止这一首〔水仙子〕,还有周德清的远比这一首详尽的套曲〔斗鹌鹑〕《双陆》,可以参看。周曲的作意显然与〔水仙子〕不同,他用曲的形式详尽地介绍了这一博戏的种种知识。在双陆这一游戏失传的今天,周曲在中国民俗游艺史上是很可宝贵的资料。而本曲的意趣则在于比喻,在于一语双关,在于明讲双陆而暗指人事。总之是在双层走向上完成它的艺术构想。

　　"风流局面",双陆博戏是对局,开局之后,自然于四角盘中形成这样那样的"局面";既有局面,便又有佳与不佳、风流与否之区别。周曲〔紫花儿〕中"月儿对"、"夕儿花"、"点儿疏"种种,当皆是"风流局面"。"有色",亦是双陆术语。双陆对局所掷骰子,又名"色子",一个六面体,各面刻有点子,从一到六,色点越多越有利(周曲中有"会拈色的便宜"句),故"有色"当然要"教人心爱煞"。"间深里谁肯轻抛下"句,"间深里"是宋元俗语,意谓长时间,也指关键时刻,这里当是后者。关键时刻谁也不肯轻易抛子儿。"等闲时须下马"的马,即指双陆的马形子儿。下句的"门儿",亦是双陆对局术语,周曲〔含笑花〕、〔小拜门〕中有"撞门如拒水张飞"、"把门似临潼会里"之句。"分付孩儿话",那是在与对手说话;"迟疾",早晚,反正的意思,全句的意思是:我告诉你,反正肯定是我早到"家",你别指望我有半步那(挪)差。因为双陆以先出完子儿者为胜。而且双陆也有

"家"这一术语,周曲中有"失家如误了吴元济"句。这也是在棋类对局之中常能听到的口吻,意欲先声夺人,在心理气势上压倒对方。

一如出于同一作家之手的〔水仙子〕《喻纸鸢》,这一首所谓"喻双陆",实际也是"以双陆作喻"的意思,以双陆之对局,比喻一种男女关系,而全曲又是以男子对女子的口吻写成的。头三句言及女子的容貌以及对她的爱。"风流局面",这里的"局面"指人的格调、模样,因风流而堪夸;"有色",指这女了颇有几分姿色,故能"教人心爱煞",在这层意义上"间深里",作长时间解,更妥当说长时间地宠爱这一女子,不肯轻易抛下,这便流露出嫖客的口吻。他等闲时下马,叫人开门,吩咐那女子,说自己很快就会回来的,"休想我半步那差",别指望我别投他门,我今天非来不可。

这支曲子的特点也在比喻贴切,声口毕肖,亦此亦彼而毫不牵强。当然,整曲的格调不高,也明显地暴露了市民文艺低级趣味的一面。

(翁敏华)

·

〔双调〕水 仙 子

无名氏

喻 纸 鸢

丝纶长线寄天涯,纵放由咱手内把。纸糊披就里没牵挂,被狂风一任刮,线断在海角天涯。收又收不下,见又不见他,知他流落在谁家?

【水仙子】

在《全元散曲》中，这一首〔水仙子〕《喻纸鸢》，与《喻镜》、《喻敌》、《喻双陆》的同牌小令收在一处，可能出于同一作家之手。这是一首咏物之曲，继承了咏物篇章咏物态以喻人事之传统，亦有两个层面：表层讲纸鸢，深层述相思。

我国放纸鸢的游艺风俗起源很早。相传春秋时即有，但当时是用木片制作的，称作"木鸢"，后改用纸糊在细竹或木制的骨架上，故有"纸鸢"之名。五代时又于鸢首系竹笛，风入作声如筝鸣，因而俗呼"风筝"。纸鸢有以鸢、蝴蝶、蜈蚣、燕及戏曲人物作形象的。放风筝是兼有体育锻炼以及比赛技艺（制作技艺与放飞技巧）双重意义的竞技活动。其关键，如本曲所写到的，靠"手内把"的功夫。

前三句全然是一个放鸢行家的自我夸耀，道他的"丝纶长线"堪达天涯，无论怎样纵放，无论纸鸢飞得多高多远，都摆脱不了自己的把握，由于自信，便对这一"纸糊披"无甚"牵挂"。但情势突然急转直下：忽一阵狂风刮来，刮断了丝纶长线，由于放得过于遥远，故"收又收不下"，"见又不见他"，最后只落得一声长叹："知他流落在谁家？"

这首曲子的巧妙处，全在于以放纸鸢比喻姻缘、比喻相思，比得贴切；"纸鸢"之可以用来比喻姻缘、比喻相思，关键全在"线"上，而本曲的主要笔墨，正化在这"线"字上。线是能放飞的纸鸢的重要组成部分。线的一头缚在纸鸢的骨架上，另一头握在放飞者手中，迎风随放手中的线，使之天外高飞。也有为了牢靠起见，以两三股线绳系在鸢身上的。从"纸糊披就里没牵挂"一句看，那位放鸢者在这点上可能掉以轻心了，结果失败、痛悔亦由此而生。这是关于纸鸢的"线"。关于姻缘的"线"，我国古代对于姻缘的看法，有所谓月下老人系红线于男女脚上的传说，还有"千里姻缘一线牵"的谚语。这与西方丘比特的爱箭异趋而同趣。中国民间还有这样的罢亲习俗：若女方意欲罢亲，则做一双"罢亲鞋"送给男方，待磨断了鞋底之线，便意味着断了姻缘（参见关汉卿《四春园》杂剧）。本曲首句之"寄"，二句之"放"之"把"，三句之"牵挂"，皆是对应着"线"的一系列动词。上半曲的自夸自信，来自线连；而后半曲之所以不得收不得见，之所以失望叹息，亦全在于"线断"。线连姻缘在，线断姻缘绝，这正是一种富有民俗意味的比喻，一种流行于民间的婚姻信仰。这首小令表层描写一种民俗游艺，深层又蕴含有这样的一种民俗信仰，洋溢着丰富的民俗意趣。

（翁敏华）

〔双调〕水仙子过折桂令

无名氏

行　乐

一春长费买花钱，每日花边一醉眠。喜春来百花都开遍，任簪花压帽偏，花间士女秋千。红相映桃花面，人更比花少年，来寻陌上花钿。来寻陌上花钿，正是那玉楼人醉杏花天。常言道惜花早起，爱月夜眠。花底相逢少年，赴佳期梨花深院，约定在花架傍边。柳影花阴，兀的是月下星前。

人们生性爱花。爱花是爱美心性的表现，惜花是爱惜青春的情绪的自然流露。中国古代诗歌中，吟咏花草的篇章很多。我们这里欣赏的"带过曲"，就是这样的一首咏花之作。它不仅几乎句句带"花"，而且所用的两支曲牌亦以花名：〔水仙子〕与〔折桂令〕。这位作家写花意在写人，写各种各样爱花的人，有少女、少男；在花边醉眠的一般是上了点年纪的人。各种人都根据自己的爱好和需要，以不同的方式从事与春天与鲜花有关联的活动。他们买花、赏花、簪花,少女荡起花间的秋千,少年寻觅陌上花钿——目标当然是那簪着花钿在陌上寻春的人儿。这里"来寻陌上花钿"句的重复,是〔水仙子〕与〔折桂令〕的衔接之处,承上启下。紧接着写还有些玉楼闺秀,她们也被杏花绚烂的春色迷醉了。"惜花春起早,爱月夜眠迟",赏心使人们的生活习惯也改变了。下面着重描写与春天与鲜花有着密切而微妙关系的另一件赏心乐事——恋爱。春季是爱情开花的季节,花前月下,正是与恋爱氛围最为和谐的环境。相逢于朝露莹莹的花丛之中,相会在梨花斑驳的月影之下。青年人的恋情,正像朝花一样鲜艳,又像星月下的花阴一样朦胧!

曲辞写得颇具情致,堪读堪赏。这首曲子另外还具有一种资料价值:它提供了元人生活中与花有关的种种风习。

首先是买花赏花的风气。当然这一风习并非始于元。唐代诗人白居易与吴融,各有《买花》、《卖花翁》诗传世。而鲜花的沿街叫卖,到商品经济比较发达的宋代则蔚然成风。陆游《临安春雨初霁》诗有云:"小楼一夜听春雨,深巷明朝卖杏花。"堪与《东京梦华录》中的一段记载互证:"是月季春,万花烂漫,牡丹芍药,棣棠木香,种种上市,卖花者以马头竹篮铺排,歌叫之声,清奇可听,晴帘静院,晓幕高楼,宿酒未醒,好梦初觉,闻之莫不新愁易感,幽恨悬生,最一时之佳况。"这一风习传递到元仍然流行,元散曲中写到卖花的特多。王和卿《咏大蝴蝶》"把卖花人扇过桥东"十分有名。而卖花人清奇可听的歌叫之声,则进一步被之管弦,配以宫调,参予戏曲歌唱。北曲曲牌之中有〔卖花声〕之名目。

二是帽上簪花的习俗。中国古代不仅女子喜欢戴花缀朵,连男子也常常借助花束为自己添美;不仅少年有"花少年"或"花花公子"之谓,连老人在鲜艳的花朵面前也每每忘却年龄。苏轼有"人老簪花不自羞,花应羞上老人头"(《吉祥寺赏牡丹》)之诗,卢挚亦有"醉了山童不劝咱,白发上黄花乱插"(〔沉醉东风〕)之曲。宋元间的这一风习当与最高统治者的爱好有关。《东京梦华录》"驾回仪卫"条有涉及皇帝帽饰的内容:"驾回则御裹小帽,簪花乘马,前后从驾臣寮,百司仪卫,悉赐花。"于是上行下效,蔚为风气。《武林旧事》"诸色伎艺人"条记有一位专"装秀才"的艺人,艺号"花花帽孙秀";晋南稷山出土的金代戏曲砖雕中,许多艺人都戴有簪花之帽,包括伴奏者。本曲"任簪花压帽偏",透露了曲中主人公帽上所簪并非一枝半朵。在元曲中描写簪花习俗的并不少见,其中柴野愚的"花压帽檐低,风透绣罗衣"(〔西河六娘子〕)、吴西逸的"貂帽簪花重"(〔梧叶儿〕《京城访友》)与本曲有异曲同工之妙。并且提供了这样一个事实:簪花之习不受季节限制,无论是单衫风透之夏,还是貂帽裘装之冬。区别只在花的品种。

第三是赏花饮酒之习俗。这可算一桩文人雅事了。本曲两处写到"醉"。而且,本曲作者还写有同牌同调曲子《饮兴》,中有"常想着花间酒一壶"、"敢参不透这野花村务"等句,直是花中有酒,酒中有花了。

(翁敏华)

〔越调〕小桃红

无名氏

情

断肠人寄断肠词,词写心间事。事到头来不由自,自寻思,思量往日真诚志。志诚是有,有情谁似,似俺那人儿。

这支小令的"情",是男女相爱之情。作者认为爱情的基础是"志诚",也就是真诚。唯有真诚,才能倾心爱慕,才能魂牵梦萦、刻骨相思。

【小桃红】

于是这就产生了痛苦与甜蜜、焦虑与欢乐的种种复杂的爱情活动。

　　"断肠人寄断肠词,词写心间事。""断肠",就是俗话所说"痛断肝肠",形容相思极苦,爱得极深极切。我想你想得很痛苦,所以才写下这封表达我深切思念的信寄给你,信内所说的都是我的心事。"事到头来不由自",即事到头来由不得自己。自从和你相爱,我就陷入了情网,心里老是不由自主地时刻想着你,摆又摆不脱,丢又丢不掉,一切都不由自主了。"白寻思,思量往日真诚志。""真诚志",诚心诚意。我曾认真地想过,仔仔细细地回忆过,以往确是实实在在地爱过你。"志诚是有,有情谁似,似俺那人儿。"我俩真诚地相爱,是心换心得来的,谁能这样真诚地相爱呢? 想来想去,只有我的心上人,是同我爱他一样一心一意地爱着我哩。这支小令是描写一位多情女子的心理活动。第一层是写女子的苦恋,这苦恋是因为与爱人长久分离而苦恼、而心绪纷乱。第二层是由苦恋而引出对当日情事的回忆,当想到心上人也会在苦苦思念自己、一如既往地爱着自己的时候,这位女子从内心里感到快慰。总之,这支小令生动地描绘了这位女子的痴情,也流露出她内心那飘飘忽忽、捉摸不定的隐忧以及害怕爱情失落的微妙心理,真切生动而又细腻入微。青年男女在热恋过程中常会有这种心理体验。

　　本曲的修辞方式比较特别,是用"顶真(针)"格写的,也名"顶真续麻",就是后一句的第一个字,要和前一句的最后一字相同,又名"联珠体"。运用这种格式,要求自然浑成,切忌勉强做作,否则就会成为文字游戏。这支曲语言的回环往复与情思的缠绵深至配搭得比较和谐,运用得是较为成功的。

(刘永濂)

〔越调〕天净沙

无名氏

平沙细草斑斑，曲溪流水潺潺，塞上清秋早寒。一声新雁，
黄云红叶青山。

　　一望无际的黄沙，伸向天边；一丛丛、一片片的细草，斑斑点点地撒布在沙漠之中。空旷的天空，辽阔的平野，显得寂静而单调。沙漠边缘，青山脚下，弯弯曲曲的溪水，潺潺地流淌着，给这荒凉的地方，增添了生机。但在广袤疏阔的空间内，絮语般的流水声，听来更加强了人们寂静、单调的感受。这种描写手法，颇有"蝉噪林逾静，鸟鸣山更幽"（王籍《入若耶溪》）的意味。"塞上清秋早寒"既是实写，也是结合环境描写孤寂心情。人们面对清寂的大自然，秋风初起，更觉得秋凉袭人了。忽然，空中传来一声雁叫，嘹亮的雁鸣声，打破了这寂静的世界；向南疾飞的雁阵，划破这单调又似乎凝固的空间。于是产生了强烈的动静对比的心理效应，也是艺术描写效应。（"新雁"，刚开始南飞的雁）雁的鸣声，雁的翱翔，给空旷疏阔的边境增添了动态。这时，也只有在这时，人的情感才跃动起来，重新发现了边境的美好：那潺潺流动的溪水，就是这沙漠地区的生命源泉；青山上的草木，仍然生气蓬勃；秋叶红了，红得似火，正是旺盛的活力在燃烧；无边无际的黄沙，也正似一块黄色的云彩，在远处与青山相接。（"黄云"指沙漠广阔，映着天空泛出黄色）一个静寂荒凉的大漠，顿时转化为生意盎然的世界，而把各种视觉形象综合起来，便仿佛组成一幅色彩斑斓的彩墨画：一抹青山，斜卧在无垠的黄沙平野之旁；丹枫与绿

【天净沙】

树相映；曲溪弯弯，小草丛生；一行大雁，在山前向南飞去。画面上黄、红、青、绿相间，浓墨、淡墨、空白，布置得宜，构成了鲜艳夺目的塞上清秋图。

古代的边塞诗歌，除了战争题材外，描写边塞风物的作品，多是表现荒凉、苦寒、孤寂的情调。像《敕勒歌》那样"敕勒川，阴山下，天似穹庐，笼盖四野。天苍苍，野茫茫，风吹草低见牛羊"的气势雄伟之作并不多见，而这首〔天净沙〕从自然美的角度写塞上风光，也是别具一格了。

（刘永濂）

〔越调〕 天 净 沙

无名氏

西风渭水长安，淡烟疏雨骊山，不见昭阳玉环。夕阳楼上，无言独倚阑干。

这首小令是怀古之作，感慨人去事非，是怀古题材中常见主题。

首二句以景起兴："西风渭水长安，淡烟疏雨骊山。"古城长安，北临渭水，东望骊山，此时西风阵阵，疏雨点点，笼罩在一片迷濛之中。"西风渭水长安"，化用贾岛"秋风吹渭水，落叶满长安"（《忆江上吴处士》）之句，暗点时令正当深夜初冬，又为全曲一开始便笼罩一层衰飒、凄凉气氛。再加上淡雨蒙蒙，凄凉中更显迷茫，诗人写景寓情，一种黯淡而迷惘的心境借景语而托出。"不见昭阳玉环"，由景及人，叙中夹议，是为全曲点睛之笔，抒发诗人物是人非的感慨。昭阳为汉代宫殿，成帝时宫人赵飞燕居此，专宠十余年，至平帝时被废为庶人而自杀。此处以昭阳代指飞燕。玉环即杨贵妃，得唐玄宗宠爱，家人遂皆显贵。安史之乱中,随玄宗逃蜀,被缢死于马嵬坡前。诗人撷取两个传说甚广的帝妃为例,意在点明风流人物,终不过是一时烟云,而玉环之事,则更带有朝代盛衰之感了。

"夕阳楼上,无言独倚阑干。"二句以情景交融之笔收束,诗人在一片苍凉、萧瑟的意境中又增一抹夕阳,"愁因薄暮起",伤感中更添忧愁。是诗人感慨人生短暂,还是为历史盛衰而叹惋,或是为找不到人生价值而迷惘?诗人未明言,只是用"无言"给人们留下不尽的思索和回味。"独倚"的动作描绘虽极平常,但传神地写出诗人形单影只的感觉。在变化不息的历史中,在纷纭复杂的人事中,在这悠远而广阔的时间与空间中,诗人油然而生孤独、寂寞和迷惘之感,这正是那个时代文人的普遍心态。

本曲用组合意象的方法来写景抒情,起句境界廓大,正与诗人深沉思考与感慨相合,诗人并未直接言情,但心底波澜却寓在景中,全曲境界淡远,与诗人悠悠迷茫之情正相吻合,用语简洁,选景优美,不失为元人小令中较佳的作品。

(王玉麟)

〔越调〕 寨 儿 令

无名氏

有钱时唤小哥,无钱也失人情。好家私伴着些歹后生,卖弄他聪明,一哄的胡行:踢气球养鹌鹑;解库中不想营生;包服内响钞精钞,但行处十数个花街里做郎君。则由他胡子

【寨儿令】

传柳隆卿[1]。

这首曲活画出那些有钱的浪荡子骄奢淫佚的丑恶嘴脸。前四句指责他们有钱而无品,后六句具体揭露其所作所为。

"有钱时唤小哥,无钱也失人情。"这既是当时不良的社会风习,而更是那些纨袴子弟的恶劣品性。他们家资颇丰,便专向钱眼扎里瞧人。"歹后生",是对他们痛加贬斥的总的评语。接着再以"卖弄他聪明"补充一句,越见其趾高气扬,不可救药。前四句给他们画出了总的脸谱:势利、滑头、富有、骄妄,是一伙十足的流氓恶少。

以下即充分揭露这些浑小子"一哄的胡行"(一味胡作非为)的可耻行径。"踢气球","养鹌鹑",是宋、元时代游手好闲的浪荡子的癖好,臭名昭著的高俅据说便是凭踢球发迹起家的。"解库",即当铺,在当时能开解库,说明家资巨富,非同一般。包服,同包袱。响钞精钞,又称精银响钞,指成色好的银子。这三句是说,这些人许多家里现开着当铺,但却不务正业,无心经营,只是一天到晚腰包里塞着白花花的银子,跑到花街柳巷里胡乱花销,挥金如土。"十数个花街里做郎君",可见其淫佚之甚。这些公子哥儿,"一哄的胡行"可算是老手,但实际上他们智力低下,头脑简单,所作所为,只是一味听从胡子传、柳隆卿一类的帮闲人物的指使。如此人物,却还没有一点自知之明,还要"卖弄他聪明",真是可笑之至!至此,这些纨袴子弟的丑恶面目经过层层刻画,已经纤毫毕现,无所遁形。

(周锡馥)

〔注〕 ① 胡子传、柳隆卿:元代杂剧、南戏中经常出现的无赖恶少或帮闲人物。

〔越调〕柳 营 曲

无名氏

题 章 宗 出 猎

白海青,皂笼鹰,鸦鹘兔鹘相间行。细犬金铃,白马红缨,前后御林兵。喊嘶嘶飞战马蹄轻,雄纠纠御驾亲征。厮琅琅环辔响,吉丁铛镫敲鸣,呀剌剌齐和凯歌行。

本篇题目中的"章宗",是金章宗完颜璟。这位金朝的第六代皇帝,是田猎的爱好者,也是一名好手。据《金史》记载,他曾多次出猎,有时"一发贯双鹿"。无名氏〔柳营曲〕共有二首,写金章宗从出猎到凯旋的全过程。这里选的是第一首,写他出猎时的盛大场面。

既然是"出猎",那就不同于一般的出巡,也不同于一般的出征,而其最明显的标志不在于弓箭鞍马,而在于猎犬猎鹰。诗人正是由此着眼,寥寥数笔,就描绘出一支非同寻常的出猎队伍。海青,即海东青,是一种白色的猛雕,飞行疾速,在金代是最贵重的猎禽;皂笼鹰,是一种平时养在笼子里的黑色猎鹰;鸦鹘指青色腰带,兔鹘指白色腰带,都是女真人用语。身束青色、白色腰带的慓悍猎手,肩上架着或白或黑的凶猛猎鹰,相间而行,这阵容是何等鲜明!挂着金铃的猎犬撒欢地奔过,在御林兵的前呼后拥下,一匹系着红缨的白马分外夺人眼目。不用说,那上面端坐的,便是金章宗完颜璟了。前面说过,出猎队伍的明显标志不在人物鞍马,但这儿人物鞍马还是要着意描绘一番,因为这不是一般的狩猎队伍,而是帝王的出猎大军,当然是兵强马壮,威风凛凛。只听战马长嘶,疾驰而过,马身上的环辔、金镫丁当鸣响,将士们放开喉咙齐唱凯歌,浩浩荡荡地向前进发……好一幅北国君王出猎图!

本篇题为"章宗出猎",却并不实写章宗,诗人写猎鹰猎犬,写战马军兵,甚至写章宗乘坐的红缨白马,都不过是烘云托月,但虚摹传神,其效果反而较实写为佳。写出猎的浩大声势,却极尽绘声绘色之能事。分而析之,前半是绘色:海青之白,笼鹰之皂,鸦鹘之青,犬铃之金,马缨之红,无不彼此辉映,相得益彰;后半是绘声:"厮琅琅"以状环辔之响,"吉丁铛"以摹马镫之鸣,"呀刺刺"以形凯歌之壮,都十分新颖贴切,而且洋溢着一种北方游牧民族的特殊风采。而绘色绘声又有交叉之笔,如"细犬金铃",金色耀人眼目,铃声清脆动听,"犬"上再状以一"细"字,就把这只小小的猎犬写活了。女真族本来以擅长骑射著称,作者把一次出猎的场面描绘得如此鲜明生动,非同凡响,足见他对女真族的生活是十分熟悉的。

（赵山林）

〔越调〕柳营曲

无名氏

范　蠡

一叶舟,五湖游,闹垓垓不如归去休。红蓼滩头,白鹭沙鸥,正值着明月洞庭秋。进西施一捻①风流,起吴越两处冤仇。趁西风闲袖手,重整理钓鱼钩,看一江春水向东流!

这支咏范蠡的曲子，把历史同现实，社会和自然结合起来，在"舟摇摇以轻扬，风飘飘而吹衣"（陶潜《归去来兮辞》）的契合中，唱出了功成身退后的轻快心情。全曲流畅自然，是元人散曲中的上品。

起拍直写范蠡事，引出"归去"二字以为曲眼。归去即退出庙堂，不再卷入政治斗争的旋涡，交代出五湖放舟的因由。"闹垓垓"或作"闹该该"和"闹咳咳"，元人俗语，喧闹的意思，又带有不以喧闹为然的感情色彩，说明何以要归去的原因。接下来紧承"游"字，正写放舟所见，用明朗的色调画出江南水乡动人的秋景。"正值着"三个衬字，强调抒情主人公的内心。"进西施"两句又扣拢题旨，遥接"闹垓垓"而具体申述之。范蠡进西施的后果如何？不过是引起吴越冤仇，再动干戈，不正是"闹垓垓"么！接下来的两句反接上文，"趁西风"三字暗里点化张翰的典故，进一步突出题旨。晋人张翰有感于秋风乍起，鲈鱼正肥，叹曰："人生贵得适志，何能羁宦数千里，以要名爵乎？"于是便辞官回到故乡去过他的散淡日子（《晋书·张翰传》）。作者以为，无论范蠡也好，张翰也好，时代不同，人事悬殊，然而最终"归去"则一。全曲至此，旨意已相当显豁饱满。结拍运用偷句法把南唐李后主《虞美人》中的名句拿来为我所用，不唯不生强，并且还另出新境：李煜此词句原本是写愁的，此处则用以写逍遥，足见其能翻用，此其一；其二，"春水"云云，皮相看来似跟上文的"秋"字抵牾，其实不然，秋过了是冬，冬后头不就是春么？它把节序的推移、古今的代谢、宦海的沉浮以及湖光水色的变换，统统联结起来，让一种流荡的情绪统摄全曲，从而触发读者在字面之外去驰想更多的东西。

范蠡其人其事是元散曲中的一个热门题材，范蠡式的历史人物简直成了元曲家们心目中的一个标准型号。所以如此，实因范蠡最能折射出元代知识分子在残酷黑暗的封建统治下的向往和恐惧。范蠡辅佐勾践，十年生聚，十年教训，最终雪了会稽之耻，其毅力与功业，当然是令人景仰的，更何况他同西施还有那

【梧叶儿】

么一层浪漫关系。但他毕竟又不同于屈原,一定要争一个你清我浊,结果把老命也赔了出去。他深知勾践其人,只可共患难,不能共安乐,因而功成身退,做起陶朱公来。作为元代的知识分子,兼济天下的传统思想使其中不少人总渴望干出一番事业,然而冷酷的现实又总是迫使他们不断失望,一种不安全感老是折磨着他们。他们的心经常在建功立业与远祸全身之间矛盾着,挣扎着。这样一来,有功勋,能浪漫,又能急流勇退的范蠡自然就成了他们心中的理想人物。正如马克思所指出过的,祭起古代的亡灵不过是为了现实的需要。对范蠡的仰慕,在某种程度上来说正反映了元代知识分子所追求的心理平衡。明乎此,本曲所传达的那种轻快心情,岂不是还蕴涵着更为复杂更为深刻的社会心理吗?

(林昭德 蒲健夫)

〔注〕 ① 一捻:一把,形容西施的体态非常纤秀。

〔商调〕 梧 叶 儿

无名氏

嘲 谎 人

东村里鸡生凤,南庄上马变牛,六月里裹皮裘。瓦垄上宜栽树,阳沟里好驾舟。瓮来的大肉馒头,俺家的茄子大如斗。

元代无名氏的这首曲子,是一篇讽刺小品。如题所示,讽刺的锋芒是针对惯于说谎的人。

"东村里鸡生凤。"起唱一句,便令人发笑。鸡与凤虽说皆为禽类,鸡生凤却

【梧叶儿】

是绝不可能。然而语气却那么肯定,东村里是地点,鸡生下了凤是事实,说得几乎真了。以绝对肯定的语言,说子虚乌有之事情,抓住一点似是而非之处,捏造出瞒天过海之谎言,这正是天下一切说谎人的惯伎。此句东村里三字之口吻,已透露出曲中主人公之形象,为一村夫。以下句句亦皆出于同一口吻。"南庄上马变牛。"在说谎人口中,真是无奇不有,南庄上的马,也变成了牛。这仍然是以绝对肯定的语气,说绝不可能之事,令人好笑。以上二句,是以乡村中常见的家禽与家畜作为说谎的材料。下面五句,则是以日常生活中常见的衣食住行作其说谎的材料。"六月里裹皮裘。"六月里天气最热,谁也不会穿上皮裘,可是在说谎人口中,不但是穿了,而且是紧紧地裹上了皮裘。"裹"字,真是活灵活现。"瓦垄上宜栽树,阳沟里好驾舟。"瓦垄即房顶上的瓦楞,瓦垄上又怎能栽树?然而在他口中,不但能栽,而且宜栽!阳沟是旧时房檐下的浅沟,多用砖砌成,以便雨天排水,哪能放得下船?更不用说什么行舟了。然而他偏说好驾舟。谎言愈说愈玄,愈说愈大。这正是说谎的规律。"瓮来的大肉馒头,俺家的茄子大如斗。""瓮来的",即在瓮中做熟拿出来的意思。大肉指猪肉,今西北方言犹有此语。大肉馒头即猪肉馅包子。大肉馒头只有蒸出来的,哪有瓮出来的?只有酒才是瓮(酿)出来的。但他说得煞有介事,岂不令人捧腹!茄子,是最常见的一种蔬菜。茄子再大,也不会大如斗。然而他说得更肯定了。"俺家的"三字,尤其有趣,前诸谎言或可为听人所说,"俺家的"却是亲眼所见,亲手所种了,且别家无,我家有,无以对证,这又是吹牛说谎的杀手锏,然惟其一来,前面的谎言都出自此公所造,便不待言。说谎人的形象因此而愈加具体生动。

这篇讽刺小品有两个特点。一是用说谎人的口吻构成全曲,而不加丝毫评判或叙述。这样便逼真、生动地凸现出说谎人的声口、性格。二是说谎人的谎言全部取材于农村生活常见现象,说者煞有介事,听者洞若观火。其实,这样的谎言一闻而知是假,根本起不到谎言的作用,作者在此只是以夸张的手法、极其

【梧叶儿】

明了的事实,来揭穿谎言的实质罢了。

元散曲中讽刺作品很多。此曲不过是调侃游戏之作,逗人一笑而已,很难说有何深旨大义,然而却体现了元散曲通俗和戏谑的特色。

(邓小军)

〔商调〕梧 叶 儿

无名氏

嘲 贪 汉

一粒米针穿着吃,一文钱剪截充,但开口昧神灵。看儿女如衔泥燕,爱钱财似竞血蝇。无明夜攒金银,都做充饥画饼。

唐代大散文家柳宗元写过一篇题为《蝜蝂传》的寓言,描写一种叫蝜蝂的小虫,贪得无厌,遇物辄取,最后因负担过重,登高时坠地而死。这则寓言挖苦爱财舍命的人,可算谑而近乎虐矣。无名氏的小令《嘲贪汉》讽刺贪汉——贪财之徒,与柳宗元的《蝜蝂传》有异曲同工之妙。开头用两个极端夸张、但又似曾相识的具体形象———一粒米用针穿着吃,一文钱剪成几块来花,勾画出贪汉可笑可鄙的神态,一下子就触及了这类角色重要的特点之一——悭吝。这种漫画手法是民间文学的讽刺作品中经常运用的,直截了当,泼辣痛快,形象鲜明,一语中的。"但开口昧神灵",可以说是进而揭穿了贪汉性格的本质。他们为了钱财,无时无刻不昧着良心。"但开口"三字虽平俗然而深刻,把贪汉散发着铜臭的灵魂揭露无余,简单而透彻,一点也不含糊,也体现出民间语言的特色。接下来,作者用两个比喻形容贪汉两种表现形式不同,但本质毫无二致的生活哲学:

"看儿女如衔泥燕,爱钱财似竞血蝇。"他们对待自己的儿女就像衔泥筑巢的燕子,辛辛苦苦,真是"甘为儿女作马牛";对待钱财则如同嗜血的苍蝇,玩命地吮吸,丝毫也不放过。这两种态度,实际上都是这类人贪得无厌、极端自私性格的表现。他们不但为自己打算,从封建宗法观点出发,还得为子孙后代打算。为此,他们不惜损人利己,格外拼命地攫取钱财。这两句曲文,是生活经验丰富的人民群众对贪汉性格特征的高度概括,比喻通俗,都是生活中常见的现象,但都用得恰到好处。贪汉如此贪婪,结果如何呢?"无明夜攒金银,都做充饥画饼!"没日没夜地积聚钱财,最后却是"画饼充饥",全是徒劳,一场空!为什么如此?作者没有明言,而是留给读者去体会。这首小令讽刺的是社会上常有的人和事,这类人的下场,我们是能想象得出的。他们伤天害理,不择手段地聚敛财富,到头来不是为财害身,就是被儿女所牵累,甚至于贻害儿女,绝少有好结果。作者用"画饼充饥"的典故来概括他们的下场,真可谓余味无穷,发人深省。

(唐永德)

失宫调牌名

无名氏

大　雨

城中黑潦,村中黄潦,人都道天瓢翻了。出门溅我一身泥,这污秽如何可扫?东家壁倒,西家壁倒,窥见室家之好。问天公还有几时晴?天也道阴晴难保。

【失宫调牌名】

　　这是一首失宫调牌名的散曲,被隋树森收入《全元散曲》内。此曲虽不知其宫调牌名,但形式上颇有特点。一般说来,词以双片为多,南宋词极尽长调之变,金元散曲返于短制,成为小令。散曲小令单阕、短小,适合于写简单题材,如果作者余兴未尽,还可再写"幺篇"。此曲共十句,可分为上下两部分,除去个别衬字,形成上下四、四、六、七、七的对应句式,似词之双阕,故颇见特殊性。但是,它毕竟还是曲,除却衬字及内容、风格与词迥异外,它又以重韵显示了曲的特征。试看前半及后半部分一、二句的"城中黑潦,村中黄潦",与"东家壁倒,西家壁倒",再与蒋捷〔一剪梅〕词的"风又飘飘,雨又萧萧",及"红了樱桃,绿了芭蕉"相较,句式虽似,但不同处正在重韵与换韵。

　　此曲题为"大雨",当是咏物之作。诗词咏物,大体以雅为尚。曲则不然,它正以俗为当行本色,如任讷《散曲概论》所说:"放得极宽,取得极俗,写得极粗。"

　　此曲写大雨,不写其掩日蔽月、兴江涨河、败柳摧花,却注目于大雨的积水,又以"黑潦"见城中积水,以"黄潦"写村中积水,一见其人众,一见其泥多,抓住了特点。"人都道天瓢翻了"纯是口语,又见俳谐,"出门"二句,活画出对积水和污泥之怨。"东家壁倒,西家壁倒",左邻右舍都因大雨而墙倒屋坍,"窥见室家之好",平时不能见到的人家的内室,也都暴露在外面,任人窥探。语似调侃,内含无限辛酸。转而问天,何时晴明可待? 老天爷也哭丧着脸,说是"阴晴难保",总之还是没有希望,心情实是非常沉重的。全曲不从正面写大雨,却写出了大雨的后果,入手擒题,开口见物,写来异常通俗。诗词中常见的即物兴怀、婉转托意,在此丝毫不见,而直言浅说、明确以道,却更能使人在咏物中体会到民生多艰,"寓哭于笑"的元曲特点于此可见一斑。

(邓乔彬)

〔仙吕〕村里迓鼓

无名氏

四季乐情

正值着丽人天气，可正是赏花赏花的这时候。你看那花红和这柳绿，绕着这舍南舍北、庄前庄后。则见那柳飞绵，花似锦，江山清秀。他每都携着美酝，穿红杏，摇翠柳。我直吃的笑吟吟醺醺带酒。

〔元和令〕锦模糊江景幽，翠崚嶒远山秀。正值着稻分畦、蚕入簇、麦初熟。太平人闲袖手，趁着这古堤沙岸绿荫稠，缆船儿执着钓钩，缆船儿执着钓钩。

〔上马娇〕我将这锦鲤兜，网索来收。村务内酒初熟。恰归来半醉黄昏后，暮雨收，牧童儿归去倒骑牛。

〔游四门〕正是枫林梧叶报新秋，呀呀的寒雁过南楼。正遇着鸡肥蟹壮秋收候。霜降水痕收。朋友每留，乘兴饮两三瓯。

〔胜葫芦〕正值着浅碧的这粼粼露远洲，赏红叶一枝秋，我则见三径黄花景物幽。正值着丰年稔岁，太平箫鼓，酒醒时节再扶头。

〔后庭花〕我则待寻梅访故友，踏雪沽酽酒。宝篆焚金鼎，浊

【村里迓鼓】

醄饮巨瓯，只吃的醉了时休。酒杯中不够，村务内将琴剑留，仓廒中将米麦收。浑酦醅瓮底篘。再邀住林下叟。

〔柳叶儿〕我直吃到二更的时候，正喧哗交错觥筹，一任教月移梅影横窗瘦。心相爱，意相投，醉时节纳被蒙头。

这套曲在体裁归属上颇为特别。明代的《盛世新声》、《词林摘艳》、《雍熙乐府》等曲集都将它作为散曲收入，但在大约为元末时的无名氏《海门张仲村乐堂》杂剧第一折中也用了这套曲。究竟它是散曲还是剧曲呢？既然明人编散曲时都收它，一定有他们的根据：元明以来它当是流传着并很有影响的一套散曲。那为什么又会被写进《村乐堂》杂剧呢？我们首先看看它在《村乐堂》关目中的作用：

《村乐堂》写金时蓟州同知完颜某，有大夫人张氏、二夫人王氏腊梅。腊梅私通府中都管王六斤，被同知府中一曳刺撞破。二人商议毒死同知未遂，嫁祸张氏。同知告到防御衙门，令史张本奉命审问明白，同知用金饼贿赂张本，张本不受，并要上告。同知与张氏求父亲张仲应承此事，最后由府尹结案。张仲在剧中被赞为"施仁重义"、"认送金回护姻亲"的人。他曾做过县官，致仕后闲居，在蓟州城南海门临村盖了一座"村乐堂"。杂剧第一折是同知生日。张仲前来贺寿，在宴席上互攀闲话，防御相公说："小官久闻老相公村乐堂的景致，你说一遍，我试听者。"正末扮的张仲答道："老夫那村乐堂上一年四季春夏秋冬都有景致，听我慢慢的说一遍者。"于是唱了〔村里迓鼓〕至〔柳叶儿〕七支曲。内容全为写景抒情，与其他写春夏秋冬的散曲小令套曲并无二致，与本剧内容上基本上没有联系，也没有什么叙事成分，只是剧作者为了将它组成本折的有机部分，在唱这套曲之前由同知和王腊梅嘴里表示讨厌张仲"说闲话""搅了酒席"，唱完之后,同知又打王六斤,也是"对客嗔狗",表示对张仲"说闲话"的讨厌。所以这一段是作为"闲话"写在剧中的。另外在曲与曲之间插了几句剧中人防御的问话和评论,从内容看可有可无,只在结构上起串联作用。如此看来,此曲原为散曲,剧作者为了在剧中写出张仲这个人物在公案故事后半的情节,并予以肯定歌颂,于是在第一折中要他出场,并通过唱曲把他写成一个对退隐生活十分满足的正直的知识分子和退职官僚的形象。由此,我们也可以看出元代一种普遍的社会意识,即隐居田园是一种品德高尚的表现。

下面我们将它作为一套散曲进行赏析。文字不从《元曲选外编》而从《全元散曲》。

〔村里迓鼓〕写春景。"正值着丽人天气"二句概写天气晴和,宜人游春赏花。下面则铺叙花红柳绿的美景。"舍南舍北"出自杜甫的名句"舍南舍北皆春水"。红花绿柳绕遍房前屋后,又以"江山清秀"作结,就将境界扩大了。以下写人们的游赏活动:他们携着美酒,在花柳间穿行,其乐陶陶。最后一句点出了自己,也是游赏者之一,已喝得带上了醉意。这醉意更衬托出了欢乐之甚。

〔元和令〕写的是夏景。首二句对偶,上句写江,江上繁花似锦,已分辨不出一枝一叶,故云"模糊";下句写山,因其远,只能见到苍翠的颜色和高耸的形状。在这幽雅秀丽的山水全景中,是农家农事的景象。水稻秧苗已由秧田分出插在一畦畦的水田之中,长势旺盛;蚕儿已经长成,快要吐丝结茧,被蚕妇们送上了结茧的簇架,小麦也已秀穗,接近成熟了。这正是初夏景象。作者不仅描绘了自然景色的美,而且突出了农业丰收在望的欢乐情绪。以下写"太平人"——这是"我"的自称,流露出自得的心情。他坐在"古堤沙岸"边深深的绿荫下一条系着缆绳的小舟上,手执渔竿在垂钓。"袖手"并非袖手旁观,而是垂钓时袖子遮着双手的样子,活现出垂钓者悠然的神态。

〔上马娇〕接写这位太平人的"渔"事,已经过了大半天,他的袋里已兜满新

【村里迓鼓】

鲜的鲤鱼,高高兴兴要收拾回家了。这时村中小酒务(酒肆)里刚酿出新酒喷着诱人的清香,他闻着已觉一丝醉意。刚下过阵雨,空气格外清新,暮色中,一群群牧童也归来了,他们更是无忧无虑、快活天真地倒骑在牛背上。真是一幅"黄发垂髫,俱怡然自得"的桃源乐图。

　　以下两曲写秋景。两曲表现手法也大体相同。前几句写景物,后几句写人事。〔游四门〕写初秋。枫林始红,梧叶初落,似向人们报告秋已来临,再加上楼前南飞的雁阵传来呀呀的叫声,更证实了秋天到来。但这秋并不给人萧索凄凉之感,相反,秋天是收获季节,鸡肥蟹壮,正好佐酒。霜降之后,天气晴朗,大地干燥,也使人心情爽快。加上农渔事毕,大家不再忙于劳作,于是二三友朋,相互过往,情意深挚,殷勤留客。大家兴致勃勃,举杯畅饮,其乐无穷。〔胜葫芦〕前三句用设色布景法写秋。首句写远处的水,秋天的水格外清澈见底,露出一片片沙洲,水呈现碧绿颜色。次句写一枝红叶凌空而出,秋色堪赏。第三句写近前地面的黄花(野菊)布满三径,格外幽美。陶渊明《归去来辞》:"三径就荒,松菊犹存。"在这样的美景中,正碰上禾黍丰收,到处吹打起庆祝太平的乐器,真是其乐无穷。晏几道〔鹧鸪天〕:"晓日迎长岁岁同,太平箫鼓闲歌钟。"在箫鼓声中,他已经喝得酩酊大醉,但还嫌不够,酒醉之后,还要再喝个痛快。扶头,即醉酒。

　　〔后庭花〕〔柳叶儿〕写冬景。但两曲都不重在景物描绘,而是用浓笔描写饮酒。首二句"寻梅"、"踏雪"用孟浩然的典故,但强调的是"访故友"、"沽酽酒"。"宝篆焚金鼎,浊醪饮巨瓯"是对他们酣饮情景的大笔勾勒。作者毕竟不是乡老村叟,家中陈设颇有气派。为了表达饮宴时的欢乐,在金鼎(铜鼎)上焚起贵重的篆香,用大杯斟满浊酒,开怀痛饮,一醉方休。这里的"宝篆""金鼎""浊醪""巨瓯"都用了夸饰和铺排的方法,以表现豪饮的气势。至此,还未将饮酒铺写完毕。下面写家中的酒喝完了,还不够,又到村里酒店去沽;钱用完了,将平时自己珍爱的琴和剑做质当换酒；再不够，打开粮仓将米麦拿去换。酒的质量也不讲究。浑酸醅：浑浊的重酿酒，还有瓮底有杂质的酒（篘：滤酒竹器，这里即指酒），都拿来喝掉。酒友不嫌多，林下叟（可作野老解，也可解为隐居林下之叟）偶然相值，也邀他留下同饮。〔柳叶儿〕继续写饮的不顾时间长短。饮到二更时，还在一片觥筹交错的喧哗声中痛饮，不管此时月已逐渐西移，窗外梅花已疏影横斜，映在了窗棂之上。说到底，为什么这样开怀痛饮呢？并非仅仅是负杯而已。"心相爱，意相投"，人逢知己千杯少啊。再就是无忧无虑，"醉时节纳被蒙头"。喝醉了没有挂碍，拉开被子，蒙头大睡就是了。

　　这套曲描写春夏秋冬四季景物之美，实际上是赞美田园生活之乐趣。这种不顾封建社会剥削压迫的残酷现实而将农村肆意美化的作品，在元代特殊社会条件下自有其一定意义，在元散曲属于普遍现象。从艺术上说，这套作品有它一定的特色。一是其中的"我"性格比较突出。他钓鱼沽酒，从头到尾都在饮，然而不是以酒浇愁，而是以畅饮表现欢乐和满足。二是本曲写法与风格前后有变化发展。前面数曲以写景为主，风格清新流丽。至〔后庭花〕〔柳叶儿〕二曲则叙述铺张，重在抒情，风格淋漓酣畅。流畅则是从头至尾的统一风格，这与其中多用衬字有关。

（姚品文）

〔南吕〕一　枝　花

无名氏

渔　隐

不沾朝野名，自守烟波分。斜风新箬笠，细雨旧丝纶。志访

【一枝花】

玄真,家与秦淮近,清时容钓隐。相看着绿水悠悠,回避了红尘滚滚。

〔梁州〕结交些鱼虾伴侣,搭识上鸥鹭亲邻,忘机怕与儿曹混。寻了些六朝往事,吊了些千古英魂,悲了些陈宫禾黍,叹了些梁殿荆榛。本是个虚飘飘天地闲人,乐陶陶江汉逸民。有时摇棹近白鹭洲笑采青蘋,有时推蓬向朱雀桥闲看晚云,有时湾船在乌衣巷独步斜曛,有时满身衣襟爽透荷香润,旋折来柳条嫩,穿得鲜鲜出网鳞,归去黄昏。

〔骂玉郎〕一篝灯火篛①佳酝,身趔趄,醉醺醺,高歌细和沧浪韵②,全不受利名拘,那里将兴亡记,把甚么荣枯问。

〔感皇恩〕守着这萧索江滨,冷淡柴门。凉露湿蓑衣,清风生酒斝③,明月照盘飧④。樵夫野叟,相近相亲。昨日离石头城⑤,今朝在桃叶渡⑥,明日又杏花村。

〔采茶歌〕山妻也最甘贫,稚子也颇通文,无忧无虑度朝昏。但得年年生意好,武陵何用访秦人。

〔尾〕茫茫烟水无穷尽,泛泛萍踪少定根。为甚生平怕求进?想王侯大勋,博渔樵一哂,争似我一叶江湖钓船稳!

　　元散曲中写归隐生活的作品很多,但这一首无名氏所作〔南吕·一枝花〕,颇具特色,抒情主人公——渔翁的形象也分外突出,读后给我们留下了深刻难忘的印象。

　　曲子的题目是《渔隐》,当然所写离不开打鱼生活的画面。但是,作者着笔的重点不在"渔",而在"隐",或者说,他所刻意要表现的,是在打鱼生活画面中所包蕴的闲适萧散、身在物外的人生意趣。

曲子表现的生活背景在金陵,故作者交代"家在秦淮近",秦淮即南京秦淮河。在开始的〔一枝花〕曲子中,化用了唐张志和《渔歌子》的词意。"西塞山前白鹭飞,桃花流水鳜鱼肥。青箬笠,绿蓑衣,斜风细雨不须归。"这种隐居江湖的生活,多么令人神往! 张志和号玄真子,故这里说"志访玄真",表示自己对张的向慕。从两作表现的特点看,张志和把他隐逸的情志隐藏在幽美明丽的自然景物画面之后,本曲作者却把它点明:"相看着绿水悠悠,回避了红尘滚滚。"可以说在一开始,作者就把自己歌颂的渔隐生活作为"红尘"即现实社会的对立面来加以表现了。

这位"虚飘飘天地闲人,乐陶陶江汉逸民",内心世界是怎样的呢? 在〔梁州〕中,作者表示,他不愿与人为伍,而愿与鱼虾做伴,鸥鹭为邻,意即远离人群。以下展现了两幅画面,分别用了两段排偶文字加以表达。第一幅画面,写这位渔翁凭吊六朝遗迹:"寻了些六朝往事,吊了些千古英魂,悲了些陈宫禾黍,叹了些梁殿荆榛。"渔翁把眼光转向历史,说明他在表面超脱后面,骨子里却并未"忘机"——他仍在感慨世态的变化无常,人事的难以逆料。他的怀古,不就是鉴今么! 另一幅画面,他又把眼光转向当前:"有时摇棹近白鹭洲笑采青蘋,有时推蓬向朱雀桥闲看晚云,有时湾船在乌衣巷独步斜曛,有时满身衣襟爽透荷香润。"句中嵌入的地名"白鹭洲"、"朱雀桥"、"乌衣巷",天然工对,再次点明了特定的隐居生活环境,很容易使我们联想起唐代著名咏史诗中的意境和所抒写的今昔盛衰之意,使得曲中表现的生活画面增加了更多的思想内涵,这可以说是"景即于事"的写法。而"笑采"、"闲看"、"独步"、"爽透"等,简妙传神地传达出主人公那种闲适自得的心态意趣。其妙处,恐怕就在于"情切于人"吧? 当然,这两段文字,着力铺染,曲意显豁,其实还是虚处用笔,我们大可不必把它们当

【一枝花】

成实境来看。而〔梁州〕结束处，推出了一个有浓郁生活气息的镜头："旋折来柳条嫩，穿得鲜鲜出网鳞，归去黄昏"，即用柳枝穿着一串串新捕的鲜鱼提着回家，把主人公的生活意趣物化为一幅活生生的画面，使我们在玩味吟咏之余，感到俗念顿消！

〔骂玉郎〕〔感皇恩〕和〔采茶歌〕三曲，镜头转向渔翁的家居生活。黄昏打鱼归来，对一盏灯火，倾满杯佳酿，醉意朦胧中吟着《沧浪歌》，父接的是樵夫野叟，相伴的是山妻稚子，摆脱名利，无忧无虑，何等自在！其中"凉露湿蓑衣，清风生酒斝，明月照盘飧"几句，景中寓情，颇富诗情画意。"武陵何用访秦人"，作者甚至把这种自在的渔隐生活描绘得比陶渊明笔下的桃花源还美，完全加以理想化了。

这套散套尽管着意把渔隐生活的意趣通过具体的生活画面加以表现，但仍未脱散曲追求意旨醒豁、筋显脉露的特点。在〔尾〕曲中，作者将真意和盘托出："为甚生平怕求进？想王侯大勋，博渔樵一哂，争似我一叶江湖钓船稳！"至此，我们可以看到，作者再一次把"王侯大勋"作为"渔樵"的对立面。有比较方有鉴别，方有选择。自然界并不是永远风平浪静的，但与"王侯大勋"在仕途中遇到的险风恶浪相比，那么"渔樵"所经历的自然界的风浪简直就算不得什么危险了。"争似我一叶江湖钓船稳"一句，浓缩了全篇描写的渔隐生活，可以说是曲中之眼；句中的一个"稳"字，点明了渔隐生活的真意，可以看做是眼中之眼。如果我们熟览细按，会感到这一个字足以振动全篇，是神光所聚之处。

(方智范)

〔注〕　① 篘(chōu抽)：一种用竹篾编成的滤酒工具。这里用作动词。　② 沧浪韵：《孟子·离娄》引古歌："沧浪之水清兮，可以濯我缨；沧浪之水浊兮，可以濯我足。"　③ 酒斝(jiǎ甲)：一种玉制的酒杯。　④ 飧(sūn孙)：饭食。　⑤ 石头城：三国孙权所建，故城在南京西。　⑥ 桃叶渡：在南京秦淮河畔，相传因晋王献之在此歌送爱妾桃叶而得名。

〔双调〕殿前喜过播海令大喜人心

无名氏

谪仙醉眼何曾开，春眠花市侧。伯伦笑口寻常开，荷锸埋①，妨何碍？糟丘高垒葬残骸。先生也快哉！乌帽歪，醉眼开，心快哉！想贤愚今何在？云遮了庾亮楼，尘生满故国台。幸有金樽解愁怀，高歌归去来。诗书诗书润几斋，任落魄任落魄无妨碍。脱利名浮云外，俺窝中好避乖。

对中国古代文人来说，酒，有着神奇的魔力。"止则操卮执觚，动则挈榼提壶，唯酒是务，焉知其余？""无思无虑，其乐陶陶。兀然而醉，豁尔而醒。静听不闻雷霆之声，熟视不睹泰山之形。不觉寒暑之切肌，利欲之感情。俯观万物扰扰，焉如江汉之载浮萍。"（刘伶《酒德颂》）无名氏的这首带过曲，也可以说是一支酒的颂歌。

〔殿前喜〕采入了古代两个以豪饮著称的人物——李白和刘伶的逸事，以歌颂酒的魔力。"谪仙"即唐代大诗人李白，据传当唐玄宗下诏要他供奉翰林时，他"犹与饮徒醉于市"（《旧唐书·李白传》）。李白好友杜甫作《饮中八仙歌》，第一个歌咏的就是他："李白一斗诗百篇，长安市上酒家眠（即曲中所说"春眠花市侧"之事）。天子呼来不上船，自称臣是酒中仙。"西晋时"竹林七贤"之一刘伶，字伯伦，也是个肆意放荡的狂士。据说他"常乘鹿车，携一壶酒，使人荷锸随之，云：'死便掘地以埋。'"（《名士传》）这首曲的作者对刘伶逸事略作夸张，"死便掘

【殿前喜过播海令大喜人心】

地以埋"被改成了"糟丘高垒葬残骸"。元曲中用典往往如此。但"糟丘"也是有出处的,王充《论衡》:"(殷)纣沉湎于酒,以糟为丘,以酒为池。"糟丘是酒糟垒成的小山,李白《襄阳歌》云:"垒麹便筑糟丘台",都一样是酒气冲天的话。末句"先生也快哉!"这句便是直接写酒的力量和作用了。"先生"指上面的李白与刘伶,"快"即快意、痛快,李贺《相劝酒》有云:"丈夫快意方为欢",可为作注。"快意"是相对忧愁而言的,看来李白与刘伶心中皆有块垒,于是借酒杯浇之,一个作狂放不羁之态,一个有土木形骸之举,借酒能寄迹,借酒能遁世耳!

在〔播海令〕中,我们看到了作者的自我形象。"乌帽歪,醉眼开,心快哉!"乌帽虽是宋元士人的普通穿戴,但有时也指隐者之服。邵伯温《闻见录》:"康节(邵雍,伯温之父,北宋理学家)为隐者之服,乌帽绦褐,见卿相不易也。"乌帽歪斜,醉眼朦胧,作者正是在这种不拘形迹的豪饮之中,享受到了与先人李白、刘伶一样的酒中之趣。那么作者心中有何块垒呢?如果说快意与忧愁相对,处于元世的作者的忧愁又是什么呢?他用一句话揭出了其底蕴:"想贤愚今何在?"这一句,可谓曲中之"眼"。原来元朝统治者贤愚不分、忠奸莫辨,造成了多少士人心怀抑郁、有志难伸啊!但有趣的是,作者用这一句醒豁的话把全篇主旨点到即止,下面又转为曲笔达意了。"云遮了庾亮楼",反用旧典。庾亮是东晋名臣,据说他在武昌时,有一次"秋夜气佳景清",几个属吏登上南楼歌咏,恰好庾亮上楼来,属吏慌忙躲避,他却说:"老子于此处兴复不浅。"于是与属吏一起在胡床上咏谑游乐,尽欢而散。(见《世说新语·容止》)但作者说庾亮楼被云遮住,意思是不复见"秋夜气佳景清",也不再有咏谑欢娱的兴致了。"尘生满故国台",意思也与古人诗词中常见的相反。"故国"即故乡,古人怀才不遇,往往登临以望故国,聊慰乡思,而今登临的楼台却生满了尘土,可见其心情颓丧,无情无绪。两句对仗,自然贴切而又有谐趣,这正是曲中有味的地方。这两句所表达的,便是"愁怀"的内涵。既不能咏谑以获欢娱,又无心登临以慰乡思,便只能借酒浇愁以求得精神解脱，步陶渊明后尘而高歌"归去来"了。写到这里，明眼人一看便知，作者将对酒的颂歌转化成了对当世的诅咒，将遁世的快意转化成了叹世的愁怀，曲意显然深入了一层。

〔大喜人心〕则故作知足常乐之语，其实是反言若正，语含讥刺。读书人诵读诗书，当然是为仕进，然而现在却只能用来润饰几斋。落魄失意，本是读书人之大忌，然而作者却说"无妨碍"，持超脱的态度。作者之所以无意名利、忘怀得失，其因盖在于"俺窝中好避乖"。"避乖"是元人俗语，意谓避开是非或灾祸。居官得祸，不如全身避灾，是元人的普遍心理。我们在"诗书诗书润几斋，任落魄任落魄无妨碍"的重叠咏唱之中，不是分明感到了作者的愤世之情吗？所以，说到底，酒对中国古代文人来说，毕竟并没有使之真正超越现实世界的魔力。而从刘伶、陶渊明，到李白、苏轼，历代文人尽管写下了许多赞颂酒的力量的篇章，但其作品的动人之处，恰恰在于表现了他们那颗在酒意中痛苦挣扎的心灵。

（方智范）

〔注〕　① 荷锸（chā插）：荷，扛着。锸，古代用来掘土的工具。

〔双调〕珍　珠　马南

无名氏

情

箫声唤起瑶台月，独倚阑干情惨切，此恨与谁说？又值那黄昏时节。花飞也，一点点似离人泪血。

〔步步娇南〕暗想当年，罗帕上把新诗写，偷绾同心结。心猿

【珍珠马南】

乖,意马劣。都将软玉温香,嫩枝柔叶,琴瑟正和协。不觉花影转过梧桐月。

〔雁儿落北〕不觉的梧桐月转过西银台上,昏惨惨灯将灭。怎禁他纱窗外铁马儿敲,这些时一团娇香肌瘦怯。

〔沉醉东风南〕一团娇香肌瘦怯。半含羞翠钿轻贴,微笑对人悄说:休负了今宵月,等闲间将海棠偷折。山盟共设,不许暂时少撇。若有箇负心的教他随灯儿便灭。

〔得胜令北〕呀!若有一箇负心的教他随灯灭。惨可可山盟海誓对谁说,海神庙现放着勾魂帖。那神灵仔细写,你休要心斜,非是俺难割舍,你休要痴呆,殷勤将春心漏泄。

〔忒忒令南〕他殷勤将春心漏泄,我风流寸肠中热。因此上楚云深锁黄舍阙,休把佳期暂撇。燕山绝,湘江竭,断鱼封雁帖。

〔沽美酒北〕湘江断鱼雁帖,他一去了信音绝。想着他负德辜恩将谎话说。眼见的花残月缺,自别来甚时节甚时节。

〔好姐姐南〕自别,逢时遇节,冷淡了风花雪月。奈愁肠万结,怎禁窗外铁无休歇,一似珮环摇明月,又被西风将锦帐揭。

〔川拨棹北〕又被西风将锦帐揭。倚帏屏情惨切,这些时信断音绝。眼中流血,心内刀切,泪痕千叠,因此上渭城人肌肤瘦怯。

〔桃红菊南〕渭城人肌肤瘦怯,楚天秋应难并叠。停勒了画眉郎京尹,补填了河阳令满缺。

〔七弟兄 北〕补填了河阳令满缺。一片似火也，心间事与谁说？好教我行眠立盹无明夜，今日箇吹箫无伴彩云赊。闻筝的月下疏狂劣，画眉郎手脚拙，窃玉的性情别，把好梦成吴越。

〔川拨棹 南〕成吴越。怎禁他巧言搬斗喋，平白地送暖偷寒，平白地送暖偷寒，猛可的搬唇递舌，水晶丸不住撒，点钢锹一味撅。

〔梅花酒 北〕他将那点钢锹一迷里撅，劈贤刀手中撒，打捞起块丹枫叶。鸳鸯被半床歇，胡蝶梦冷些些，破香囊后成血，楚馆着火焚者。

〔锦衣香 南〕他将那楚馆焚，秦楼来拽，洛浦填，泾河截，梅家庄水罐汤瓶打为磁屑，贾充宅守定粉墙缺，武陵溪涧花儿钉了桩橛，楚襄王梦惊回者，汉相如赶翻车辙，深锁芙蓉阙，紫箫吹裂，碧桃花下凤凰将翎毛生扯。

〔收江南 北〕呀！你敢在碧桃花下将凤毛扯。人生最苦是离别，山长水远路途赊，何年是彻，响当当菱花镜碎玉簪折。

〔浆水令 南〕响当当菱花镜碎撅，支楞楞瑶琴弦断绝，革支支同心绾带扯，击玎珰宝簪儿坠折，采莲人偏把并头折，比目鱼就池中冷水烧热，连理树生砍折，打捞起御水流红叶，蓝桥①下翻滚滚波浪卷雪，祆神庙②祆神庙焰腾腾火走金蛇。

〔尾声〕饶君巧把机谋设，止不住负心薄劣。梦儿里若见他俺与他分说。

这一南北合套曾见于多种曲集、曲谱，这里选用《新编南九宫词》中所收，它在早期收录中是比较完整的一种。作者已无法考定。

全套十六支曲，通过一个女子的口吻，诉说她与情人从相爱到相别、从相别到被遗弃的过程，层次清晰，结构相当完整。

〔珍珠马〕是序曲，写一个满怀怨恨、神情惨切的女子，在黄昏月夜，独自面对飞舞的落花，倚栏沉思。接着下面就写她对过去那段先甜蜜、后痛苦的爱情经历的回忆。

从〔步步娇〕到〔忒忒令〕五曲中的回忆是甜蜜、喜悦的。她与情人先是通过罗帕题诗暗结同心，继而月夜幽会，琴瑟和谐，在欢悦之际，竟然没有觉察月亮已经西斜（"银台"为神话中神仙所居，"转过西银台上"即移向西边天空之意），也不管室内灯油将尽，窗外铁马乱敲，因为他们已完全沉醉在爱情的喜悦之中。〔沉醉东风〕中"半含羞翠钿轻贴，微笑对人悄说"以下几句，惟妙惟肖地刻画出半喜半羞，却又忐忑不安的少女情态。"海棠"语出《太真外传》，唐明皇称赞醉颜残妆的杨贵妃是"海棠睡未足"。后来人们常以"海棠"喻美女。"休负了今宵月，等闲间将海棠偷折"是说自己已将一切都奉献给了对方，也要求对方珍惜这种爱情。为了永久享有对方的爱，他们又"山盟共设，不许暂时少撇"，相约永不负心，白头到老。这是女子的美好愿望，同时又隐隐流露出她内心的不安。这种不安的心情在〔得胜令〕中重又表现出来。〔得胜令〕中"惨可可"（或作"碜可可"）一词指一种精神上不舒服的感觉，用"惨可可"来形容"山盟海誓"，说明女子此时的心情非常复杂。（乔吉的《两世姻缘》杂剧中也有"空说下碜磕磕海誓山盟"之语）"海神庙"承"海誓"，也是用王魁负桂英而遭神谴的故事来提出警告，要求对方永不变心。可是这种警告并未产生效力。在〔忒忒令〕中我们马上就看到，虽然有过"楚云深锁黄金阙"（"楚云"指"巫山云雨"，"黄金阙"原指天上宫阙，这里作为他们欢会之所的美称）这样的两情欢娱，也有过"休把佳期暂撇"

这样的反复叮咛，还是出现了"燕山绝，湘江竭，断鱼封雁帖"这种令人难堪的局面。

自〔沽美酒〕至〔七弟兄〕五支曲子写这一女子在"断鱼封雁帖"后的相思之苦。曾经"山盟共设"的他竟然"一去了信音绝"，这怎么不是"负德辜恩将谎话说"！"眼见的花残月缺"一句与〔步步娇〕中"不觉花影转过梧桐月"相对照，也同〔沉醉东风〕中"休负了今宵月"相呼应。前者花好月圆，使人感到甜蜜温馨；后者花凋月残，使人倍觉凄凉苦楚。而景异也正意味着时迁，所以下文有"自别来甚时节甚时节"之慨叹。

〔好姐姐〕中"奈愁肠万结"以下四句是更为细腻的心理描写。为愁苦所困扰的女主人公难以忍受窗外铁马（檐前的铃铎）无休止地叮嗒作声。铁马声原本是因风而生，在她听来却是难以忍受的凄苦之音。"珮环摇明月"语出杜甫《咏怀古迹》"环珮空归月夜魂"，马致远《汉宫秋》亦有"环珮影摇青冢月"之句，二者都是咏王昭君的，而王昭君的命运是经常可以引起薄命女子的自叹自嗟的。无情的西风偏又于此时把床上的锦帐揭开，今日的衾冷香销，更使女子回忆起当日的琴瑟和谐，此情此景，人何以堪！于是女子就只能像〔川拨棹北〕中所写的那样，"眼中流血，心内刀切，泪痕千叠"了。

〔桃红菊〕中四句都用了典故。"渭城人"从王维诗《送元二使安西》"渭城朝雨浥轻尘"一句化出，用作送别者的代称。"楚天秋"取意柳永词〔雨霖铃〕，用来借指离别时凄凉冷落的气氛。"画眉郎"即西汉京兆尹张敞，他因常替妻子画眉而成为怜爱妻子的典型。"河阳令"是西晋潘岳（曾任河阳令），一个为许多女子倾倒的美男子。这四句是说送别的人已经憔悴不堪，离别的气氛更使人难受，因为这时张敞已不再画眉，潘岳已到河阳赴任。张敞与潘岳都是她用来代指自己爱人的。

〔七弟兄〕进一步描写了"心间事与谁说？好教我行眠立盹无明夜"这种有

苦难言、终日昏昏沉沉的离愁别恨。"今日箇"以下四句都是写男子的一反初衷，背信弃义。"吹箫无伴"反用秦穆公女弄玉与丈夫萧史常一同吹箫，最后成仙而去的传说（见刘向《列仙传》），说她现在已经没有这样吹箫的伴侣。"彩云赊"即"彩云远"。宋晏几道《临江仙》词中有"当时明月在，曾照彩云归"之句，以"彩云"隐喻爱人，此处则以彩云之远喻男子之不归。"闻筝的"用唐代善筝的薛琼琼与崔怀宝相爱的故事，元郑德辉有《崔怀宝月夜闻筝》杂剧（今佚）。"画眉郎"即前张敞故事。"窃玉"，即"郑生窃玉"故事，此故事已无考，但元人常以之与"韩寿偷香"对举，则亦为爱情故事。总之这三句和最后一句是说由于男子变心，以致好姻缘反成了恶冤家。春秋时吴、越两国是世仇，故"成吴越"也就是成为冤家对头的意思。

"把好梦成吴越"这种变化在女主人公看来非常突然，她怀疑有人从中挑唆破坏。下面自〔川拨棹南〕至〔锦衣香〕三支曲子就是写她这种怀疑和愤慨。〔川拨棹南〕中"怎禁他巧言搬斗喋"中的"他"，就是指她所怀疑的情人的新欢。下面四句都在谴责这个人，说"他"平白无故地与她情人暗中偷情还搬嘴弄舌，说她坏话；"他"像"水晶丸"一样圆滑，不断地耍弄花巧；又像"点钢锹"一样厉害，一味从中捣乱。〔梅花酒〕七句继续谴责这个人破坏他们爱情的恶劣行径。其中"鸳鸯被"、"胡蝶梦"、"破香囊"等都是套用当时杂剧故事中现成词语，用以说明爱情的破裂。

〔锦衣香〕一曲用一批古代传说和杂剧故事构成一长串排句。"秦楼"、"楚馆"通常指风月场所，这里是指二人欢会之所；"洛浦"是曹植《洛神赋》中洛神的出没处；"泾河"是唐传奇《柳毅》中龙女的初嫁地；"梅家庄"王骥德认为当作"谢家庄"，杂剧《崔护谒浆》中崔护与谢女相遇处；"贾充宅"是西晋韩寿逾墙与贾充之女私会处，元人有杂剧《贾充宅韩寿偷香》；"武陵溪涧"元曲中常指刘晨、阮肇遇见仙女的地方；"楚襄王"一句用宋玉《神女赋》中襄王与神女梦遇的故事；"汉相如"即司马相如,赶车指司马相如、卓文君驾车私奔事;"芙蓉阙"是北宋王子高所遇的芙蓉仙的住所,宋、元戏文及杂剧多传其事;"紫箫"句用弄玉、萧史故事;"碧桃花下"在元曲中常指男女约会的地方。值得注意的是,这些故事、传说在这里大都是反面文章,把风流佳话故意写成悲剧。如传说中刘、阮和仙女,弄玉和萧史,王子高与芙蓉仙等等都是成为神仙眷属的,这里却偏说"武陵溪洞花儿钉了椿橛","紫箫吹裂","深锁芙蓉阙"。这种反面文章元曲中常见,而用在此处也与人物的境遇相契合。

后面〔收江南〕和〔浆水令〕两支曲子写爱情破裂后女主人公的巨大悲痛。〔浆水令〕的描写尤有特色,它完全通过象征性事物的突变来表达内心的震动和彻底的绝望:菱花镜、瑶琴弦、同心带、宝簪儿、并头莲、比目鱼、连理枝、御沟红叶等等,在古代传说中都是爱情的象征,在这里却或碎或折,或断或斫,全都遭到了厄运。末了"蓝桥下"两句则是用古代传说中两个悲剧性的爱情故事来比喻她现在所遭到的不幸。

〔尾声〕是全套的总括。最后一句"梦儿里若见他俺与他分说",表明她虽然绝望,却仍未死心,她还要继续向这个负心男子作抗争,哪怕是在梦里。

这一套散曲用韵很有特点,不论南曲北曲,一律押入声韵,而且几乎句句押韵,造成声调和节奏的急迫短促,使情绪更显得紧张和激烈。在句子安排上,后一曲的首句都是前一曲末句的重复,这叫做"顶针格"。又因它系南北曲相间而成,又称作"南北联珠"。采取这种修辞方式,使整套曲调产生了一种连缀复沓、回肠荡气的美感。

前人对这一散套有两种不同的评价。明王世贞认为它"学问、才情足冠诸本"(《曲藻》)。王骥德却不以为然,在《曲律》中指出它多处违反格律和语意重复等等。王骥德的批评不无道理,但本曲确也有不少写得相当精彩的地方。除王骥德也认为"语意颇佳"的〔沉醉东风〕外,像〔锦衣香〕和〔浆水令〕中一大串排比的写法很能表现出人物激烈的感情,不能斥之为"只是一味敷演"。

本曲在造语上借用当时流行的杂剧、戏义故事很多,今天读者虽不免感到有些生僻,在当时却是使作品通俗化的方法之一,因为这些故事是当时人们所熟知的。

(范民声)

〔注〕 ① 蓝桥:古代传说中有名尾生者,与所爱女子相约在蓝桥会面。女子失期,尾生坚守信约不去,遇水而死。元李直夫有《尾生期女淹蓝桥》杂剧,今不传。 ② 祆神庙:波斯拜火教的庙宇。传说古代蜀国公主与乳母子相约在祆神庙幽会。公主入庙时,乳母子正在沉睡,公主即解儿时所弄玉环置于子怀而去。乳母子醒后看到玉环,满怀怨气化成大火,把庙烧了。

包待制陈州粜米

无名氏

第 一 折

〔混江龙〕做的个上梁不正,只待要损人利己惹人憎。他若是将咱刁蹬①,休道我不敢掀腾②。柔软莫过溪涧水,到了不平地上也高声。他也故违了皇宣命,都是些吃仓廒的鼠耗,咂脓血的苍蝇。

《包待制陈州粜米》写北宋年间陈州大旱,朝廷派刘衙内的儿子刘得中和女婿杨金吾前往救灾,刘、杨二人借开仓粜米之机,大肆搜括灾民。农民张憋古不畏强暴,揭露了他们的罪恶勾当,被刘得中用紫金锤打死。后经包拯查明真相,处决了贪官,为陈州百姓雪了恨。剧作较真实地揭露了当时贪官污吏残酷剥削人民的罪行,并反映了老百姓的反抗。这支曲文为张懒古所唱,张是一个具有反抗精神的贫苦农民,他性格倔强,当他来到官仓买米时,目睹刘、杨一伙贪赃枉法,心中愤慨至极,便愤然而起,当面怒斥这些贪官污吏盘剥饥民的罪行。作者为他安排了一套曲子,让他痛快淋漓地发泄和倾吐胸中的愤怒与不平。〔混江龙〕就是这套曲子中最有代表性的一支,对贪官污吏的痛斥最为有力,最能反映张懒古不畏强暴的性格特征。

开首两句是痛斥刘、杨及其爪牙损人利己、盘剥饥民的罪行。刘得中与杨金吾仗着刘衙内的权势,"拿粗夹细,揣歪捏怪,放刁撒泼"。见了人家的好玩器好古董,"就白拿白要,白抢白夺"。"上梁不正(下梁歪)",既然朝廷派来的大臣假公济私,利用手中的特权对老百姓残酷掠夺,他们手下的大小官吏直至大斗子、二斗子等官仓里的差役,也都仿效照办,相互勾结,层层克扣,盘剥饥民。不但把粮价提高,而且还用小斗粜米,用加三大秤称银子,并在米里拌进泥土糠秕。在粜米时,小衙内还特地吩咐斗子:"休要量满了,把斛放趄些,打些鸡窝儿与他。"因此,开头一句,就指斥了贪官污吏对灾民的盘剥。张懒古目睹了贪官污吏的罪恶勾当后,愤怒至极。虽然他儿子事先已劝过他:"你平日间是个性儿古懒的人,倘若到的那买米处,你休言语则便了也。"但他还是压抑不住心头的怒火。接下去的"他若是"四句,则表达了张懒古反抗的决心。他表示,这些贪官污吏若是要刁难他,他必定要与之斗争。"柔软莫过溪涧水,到了不平地上也高声。"不平则鸣,老百姓即使再善良,再软弱,一旦遇到这样残暴的压榨与掠夺,也难以忍受,必然要反抗。就像溪涧的流水,在平坦处流淌时,虽温柔驯顺,水声淙淙,但一旦从陡处流落,就会奔泻而下,发出巨大的声响。显然,这四句曲文既刻画了张懒古的正直与倔强,同时也传达出了当时千百万受压迫的劳动

【包待制陈州粜米】

人民反抗黑暗统治的心声。最后三句,又是对刘、杨等贪官污吏的揭露和痛斥。"他也故违了皇宣命",本来皇帝派他们到陈州赈济灾民的,而他们却乘机大发横财。因此,张懒古指斥他们是"故违皇宣命",并把他们比作"吃仓廒的鼠耗,咂脓血的苍蝇",仓廒即粮仓,鼠耗即老鼠。这一揭露和痛斥,真是一针见血,故这三句曲文的内容虽与开头两句同,但与前两句相比,这三句对贪官污吏的揭露和痛斥更为具体,更为有力,对他们的憎恨也更为强烈。

这支曲文的语言很富有表现力。作者在曲文中运用了许多民间流传的歇后语(如"上梁不正")、口语(如"刁蹬"、"掀腾"),这些语言既与张懒古的庄家人的身份相符,又十分确切生动。同时,作者在曲文中还运用了一些为老百姓所熟悉的比喻,如以"柔软莫过溪涧水,到了不平地上也高声"来比喻善良的老百姓不堪忍受压迫,要起来反抗的情绪;又把贪官污吏比作"吃仓廒的鼠耗,咂脓血的苍蝇"等。这些比喻既生动形象,又十分贴切,故增强了曲文的艺术魅力。另外,作者以庚青韵为韵脚,如"憎"、"蹬"、"腾"、"声"、"蝇"等字,读起来铿锵有力,对形象而生动地表达曲意起到了良好的作用。

(俞为民)

1695

〔注〕 ① 刁蹬:刁难。 ② 掀腾:张扬。

包待制陈州粜米

无名氏

第 三 折

〔哭皇天〕那刘衙内把孩儿荐,范学士怎也就将敕命宣?只今个贼仓官享富贵，全不管穷百姓受熬煎，一划的在青楼缠恋。那厮每不依钦定，私自加添，盗粜了仓米，干没了官钱，都送与泼烟花、泼烟花王粉莲。早被俺亲身儿撞见，可便肯将他来轻轻的放免？

〔乌夜啼〕为头儿先吃俺开荒剑，则他那性命不在皇天。刘衙内也，可怎生着我行方便？这公事体察完全，不是流传。那怕你天章学士有贪缘，就待乞天恩走上金銮殿；只我个包龙图，元铁面；也少不得着您名登紫禁，身丧黄泉！

《包待制陈州粜米》是公案戏，写包拯不畏豪强为贫民百姓伸张正义的故事。剧中的包拯年事已高，想到一生中官场上的是非恩怨，心灰意冷，打算告老还乡。不想小懑古找上门来诉说了父亲屈死的惨状和陈州百姓的苦难，促使包拯下决心要亲自往陈州，去惩处"甚是害民"的"滥官污吏"。为了替张懑古伸冤，解陈州百姓于倒悬，包拯忍着饥饿赶到陈州，支开从人，微服察访，以致身为开封府尹的包公竟为狗腿湾的妓女牵驴，趁便也打听到小衙内和杨金吾的种种劣迹；到了接官厅；战战兢兢来接包公的小衙内和杨金吾，竟因牵驴老儿（即包公）不吃他们的酒肉而把他吊上槐树拷问，要等"接了老包，慢慢的打他"。这真是一个绝妙的喜剧性悲剧的情景。包公吊在树上，唱出了〔哭皇天〕〔乌夜啼〕两支〔南吕〕曲，一面斥责他们的罪行，一面表示誓杀两个贪官恶徒的决心。

〔哭皇天〕曲以指控小衙内和杨金吾的罪恶为主。不过，冤各有头，债各有主，两个恶徒到陈州为非作歹都受到衙内指使。唱辞开始说"那刘衙内把孩儿荐"，看似一般的叙述句，它却把衙内一门两代人的罪恶联系起来。"衙内"原是唐五代藩镇的一种亲卫官，宋元时成为权豪势要子弟的专称。这些人，官不大，势不小,元杂剧中塑造了好几个这样的"衙内"形象。本剧中还是写的两代"衙内"。老子上场夸耀说:"花花太岁为第一,浪子丧门世无对。闻着名儿脑也疼,则我是有权有势的刘衙内。"儿子也不知廉耻:"拿粗夹细,揣歪捏怪,帮闲钻懒,放刁撒泼","白拿白要,白抢白夺",这都是他们的"夫子自道"。以"那样"的衙内来保举这样的儿子,结果自然都做了害民贼。这句唱辞,表达了包公对衙内父子的强烈痛恨。第二句是抱怨范仲淹也轻易地听信刘衙内的谎言。"怎也就"是虚词,句中作衬字,表示婉转的疑问的口气,因为范仲淹是清官,他是上当,用这样的语气,使曲情有了分寸感。从三四句起,包公转入对刘、杨罪行的直接斥责。这里用了两个对句,前句写他们的富贵,后句写百姓遭受的苦难,它们恰都是贪赃枉法的结果,二者对比鲜明,对应词语都有人物的感情色彩。第五句揭露他们的丑行。"一划地"是元曲常见用语,意思为"一味地"。包公打听到这两个歹徒借放粮盘剥百姓,又拿百姓的血汗银钱来一味地与妓女厮混,因而激起了强烈的义愤。接着,包公以一串唱句指斥刘、杨不按朝廷规定,私自加价,盗卖仓米,吞没官银等等无法无天的罪行,这些唱辞是对剧情已揭露的"五两银子一石改作十两一石""八升小斗、加三大秤""米里加泥土糠秕"及斗子们做手脚(打鸡窝)等等手段的回述与概括,内容既具体又丰富。这些曲句,除去虚字,成为四字垛句,倾泻而下,适合于表达激昂情绪。这是作者应用〔哭皇天〕句格比较灵活特点的结果。包公在私访中又发现,他们对妓女王粉莲却要一奉十,用钱撒漫,皇帝的紫金锤都要当给妓女打戒子受用了。对比之下,包公更愤恨难平,所以说他们的钱都送给她们了。这里于"泼烟花"(意为下贱妓女)三字特意重叠,几乎可以听到包公切齿之声。最后两句把"私访"的剧情再度提出,观众重温了他"亲自撞见"的喜剧情景,包公对他们决不轻饶的决心,就水到渠成,成为观众的愿望了。

　　〔乌夜啼〕是表达誓杀歹徒的决心的。但当时包公自己还吊在树上,为与这种喜剧情境相适应,曲辞便以调侃语气出之。劈头两句的意思是:我要做的头

【包待制陈州粜米】

一件事就是要杀他们的头，夺他们的命，可包公说是：我要请他们"吃俺的开荒剑"。利剑长久不用，今天拿出来开荒（第一次试锋），其锋利、痛快、解恨，可想而知。当中几句，意在排除一切妥协的余地：这案子我已亲自调查清楚，不是道听途说，所以我下了决心。我既不买他老子刘衙内的账，也不买被他们攀附的天章阁学士范仲淹的情，即便有皇帝的圣旨也管不了用。层层递进，斩钉截铁。最后四句说，我这个包龙图，原就铁面无私，任凭你跻身朝廷，官居高位，也要你死在剑下。"名登紫禁，身丧黄泉"，属对工稳，对比鲜明，字字铿锵有力，掷地有声。总之这首曲词充分表现了包公不徇私情、决不妥协的个性和藐视权贵、大义凛然的精神，读来演来，都有正气扑面之感。

（江巨荣）

玉清庵错送鸳鸯被

无名氏

第 一 折

〔油葫芦〕甚风儿吹你个姑姑来到此，慌忙将礼数施。自从我绣鸳鸯儿曾离了绣床时。我着这金线儿妆出鸳鸯字，我着这绿绒儿分作鸳鸯翅。你看那枝缠着花，花缠着枝。直等的俺成就了百岁姻缘事，恁时节才添上两个眼睛儿。

这支曲子乍读之，也许都会以为是平民少女的口吻，如此率直，如此坦诚，又如此情深意挚。然而它却偏偏出自一位官家小姐之口。赤裸裸地表达少女的心声,揭示少女心灵深处的隐秘,这正是元曲的品格。

《鸳鸯被》的故事在才子佳人恋爱故事中是别具一格的。李玉英的父亲李彦实任洛阳府尹,被弹劾递解赴京。因无盘缠,向员外刘彦明借了十两银子,玉英也在文书上画了字。时隔一年,彦实杳无音信,刘员外逼勒玉英还债,玉英无法偿还,只好答应以身相许。他们约好在刘道姑的玉清庵中相会,碰巧刘员外被巡更卒抓走,书生张瑞卿上京赶考,借宿庵中,暗中和玉英成了好事,玉英即以身相托。第二天,刘员外强娶玉英到家中,玉英至死不随顺他,沦为奴婢。瑞卿状元及第,到洛阳做官,微服访玉英,假称兄妹。直到见到了鸳鸯被,玉英才认出瑞卿来。正好李彦实复任府尹,重责刘员外,玉英、瑞卿遂得团圆。

李玉英与刘员外约会是被迫的,并非反封建礼教,她和王瑞卿的结合也带有很大的偶然性,那么李玉英这个形象为什么动人呢? 这主要因为作家准确而细致地把握了李玉英思想的脉搏、情爱的律动,揭示了人物行动的内心动机。在孤寂的长日永夜里,作为情窦初开的少女,她由衷地感到岁月不饶人:“耽搁了二十一二,好前程不见俺称心时。”因此“每日家重念想,再寻思,情脉脉,意孜孜,几时得效琴瑟,配雄雌,成比翼,接连枝。但得个俊男儿,怎时节才遂了我平生志。”这青春的苏醒、情爱的潮汐,时时在她心中鼓动澎湃。她正是把她全身心的理想、企冀和憧憬,绣进了鸳鸯被里。

〔油葫芦〕这支曲子是玉英和刘道姑对话时所唱。首二句是客套的问答。第三句立刻转入正题:玉英每天的“功课”,无非是“熬永夜闲描那花样子,捱长日频拈我这绣针儿”。四五句描绘了所绣鸳鸯的色彩之美。“枝缠着花,花缠着枝”,既说的是绣被的图案,更隐隐逗出情爱的企慕。末二句是回答道姑提问而唱。道姑问为什么鸳鸯不绣眼睛,玉英答道:要等成就了终身大事再添上。这两句真是妙极! 人们每每将一首诗的灵魂所在称作“诗眼”,一本戏的重要关目称作“戏眼”。没有眼睛的鸳鸯还只是图案,有了眼睛,鸳鸯就活了,成为有生命的爱情的象征。传统画论说,人的神情、灵魂全在阿堵之中。中国古代也有"画龙点睛"的传说。这《鸳鸯被》的点睛和那个传说可以说颇有异曲同工的妙趣。

全曲即物感兴,托物言情,第三句以下,句句说的是鸳鸯被,字里行间却流荡着少女的一脉春情。人们常用鸳鸯来比喻恩爱夫妻,有民歌这样唱道:"二绣鸳鸯鸟,栖息在河边,你依依,我靠靠,永远不分离。"人们还常用它来比喻死生不渝的爱情,《孔雀东南飞》写刘兰芝与焦仲卿双双殉情后,化身为鸳鸯,"仰头相向鸣,夜夜达五更。"而绣有鸳鸯的被子也就成为夫妇合欢的象征物,《古诗十九首》道:"文采双鸳鸯,裁为合欢被;著以长相思,缘以结不解。"李玉英绣鸳鸯被,不正是倾注了她那纯真少女的满腔情思么?

而且,这支曲子以明快的格调抒发了李玉英对幸福的憧憬和真挚的情感,这就使后文她被迫许身的悲惨遭遇更让人同情,让人愤慨。

（郭英德）

随何赚风魔蒯通

无名氏

第 二 折

〔耍孩儿〕今日个萧何反间施谋智,黑洞洞不知一个的实。若将军一脚到京畿,但踏着消息儿①你可也便身亏。他安排着香饵把鳌鱼钓,准备着窝弓将虎豹射。咱人泰极多生否②,再休想吉祥如意,多管是你恶限临逼。

【随何赚风魔蒯通】

　　《随何赚风魔蒯通》,是元杂剧中比较成功的历史剧。它取材于汉高祖刘邦开国后杀戮功臣的史实。剧中由丞相萧何出面,诬杀了开国功臣韩信。韩信谋士蒯通避害装疯,却被辩士随何识破,赚到京中欲处死。蒯通则视死如归,仗义执言,为韩信的冤狱声辩,终于赢得了道义上的胜利。此剧深刻揭露了封建统治集团见利忘义、虚伪残酷的本质。

　　历史上诱杀韩信的主谋是吕后,杂剧中改为萧何,具有更大的讽刺意义。因为正是萧何当初把韩信推荐给刘邦,拜为元帅,从而使刘邦取得了平定天下的胜利。现在到了权利和财产再分配的时候,韩信反倒成为最高统治者的一种威胁,再由萧何设计把他除掉。所以历史上留下了"成也萧何,败也萧何"的成语。这本身就充分暴露了封建政治的残酷性。而作为韩信的悲剧是,危机在前却全然不觉,仍对朝廷忠心耿耿。这就构成了《赚蒯通》头两折的主要矛盾。蒯通是跟随韩信多年的谋士,他从韩信功高却一再被贬中,已预感到最终危险。所以当萧何借口皇帝外出,召韩信进京为留守时,蒯通一眼就看穿了这个骗局。因此他劝韩信:"只不如学那范蠡、张良早弃官而去,倒落的个远害全身也。"可是韩信仍执迷不悟,于是蒯通唱出这段〔耍孩儿〕,给他以最后的忠告。曲中所言,处处符合蒯通作为韩信谋士的身份。蒯通虽对局势的分析胸有成竹,但剧作家并未把他写成神秘的先知,也没有让他居高临下地教训韩信,而是让他首先明确指出萧何在施反间计,而韩信对朝中情况是两眼漆黑,不知"的实"(底细),在这种情况下盲目进京,其危险可知。接着蒯通又用多种譬喻来说明京中形势的险恶。香饵钓鳌鱼,窝弓射虎豹,把最高封建统治者为诛戮功臣而潜藏的腾腾杀机,策划的阴谋手段,描绘得非常形象而真实,并针对韩信对最高统治者不切实际的幻想,郑重地提醒他,切勿忘记"泰极生否"的规律。警告他如果在这种复杂形势下缺乏清醒的头脑,掉以轻心,必然会由"吉祥如意"转到"恶限临逼"。到那时候,就悔之晚矣。这一切都表现出蒯通的深谋远虑。

〔耍孩儿〕曲本是由七字四拍一句衍化而来,适宜于情节的铺叙。每句加了不少衬字,演唱起来有急迫紧促之感,恰好用来表达蒯通此刻的急切心情。

(隗 芾)

〔注〕 ①消息儿:暗藏的武器机关。 ②泰极多生否(pǐ 匹):泰、否是《周易》中相反的卦名,泰卦为顺,否卦为逆。

随何赚风魔蒯通

无名氏

第 四 折

〔沽美酒〕兀的不是狡兔死,走狗僵; 高鸟尽,劲弓藏。也枉了你荐举他来这一场。把当日个筑台拜将,到今日又待要筑坟堂。

〔太平令〕便做有春秋祭飨,也济不得他九泉下魂魄凄凉。倒不如早将我油烹火葬,好和他死生厮傍。我可也不慌不忙,还含笑的就亡。呀! 这便算做你加官赐赏。

〔沽美酒〕和〔太平令〕是《赚蒯通》杂剧第四折中相连的两支曲子,是剧中主角蒯通在斥责萧何(其实是指汉高祖和吕后)的阴谋伎俩时所唱。萧何诱杀韩信后,为绝后患,又将谋士蒯通赚来,备下油锅欲将其烹死。然而,蒯通竟谈笑自如,主动请死,并且在与萧何辩论中彻底揭露其"杀功臣"的卑劣用心。最后使萧何也自觉理亏,反过来要与韩信修坟堂,请敕封赏,对蒯通也要加官赐赏。

【随何赚风魔蒯通】

蒯通却毫不退让,进一步揭露最高统治者的虚伪面目,一面不择手段地杀人害命,一面又假作姿态,以显示皇恩浩荡,收买人心。剧中有一长段痛快淋漓的说白,连着一个主动跳油锅的动作,把萧何等驳斥得哑口无言。然后用这两支曲子进一步表明态度,抒发感情。《史记·越王勾践世家》引古语说:"飞鸟尽,良弓藏;狡兔死,走狗烹。"《赚蒯通》的作者总结千百年的血腥历史,通过剧中人物蒯通之口,再次强调了"狡兔死,走狗僵;高鸟尽,劲弓藏"的残酷规律。〔沽美酒〕后半段则把矛头指向了萧何。这里萧何只是最高统治者的代表。他们对待功臣的态度,曲中只用两句话就形象地概括出来了:当日要利用他,则被之以荣宠,"筑台拜将",今日要防范他,则加之以斧钺,为之"筑坟堂"。仅此尚不足说明其三反四复的态度,最虚伪的是人死之后又要假惺惺地搞什么"春秋祭飨"的把戏,一句"济不得他九泉下魂魄凄凉",就将其中的奸诈揭露无遗。

《赚蒯通》杂剧在艺术上最大的成就,是成功地塑造了一位古代雄辩家的形象。这种形象的现实根据,是战国以后的养士之风。由于当时君主的绝对权威尚未确立,"士为知己者死"是士这个阶层普遍奉行的道德信条。蒯通作为韩信的谋士,忠实于他的事业,忠实于他的主人,这在当时看来,是无可非议的。《赚蒯通》歌颂的,就是这种具体历史条件下的道德理想。这一曲〔太平令〕对完成蒯通形象的塑造是有很大作用的。蒯通与萧何的辩论并不是剑拔弩张的对骂,而是柔中带刚,以柔克刚。他立下了必死的决心,于是才能表现为"不慌不忙,还含笑的就亡",并且不无讽刺地把萧何为他预备下的"油烹火葬",当作他忠于朝廷应得的"加官赐赏"。蒯通用这种不仅含有强烈的讽刺意味,而且也是一种以退为攻的战术,把对手置于无可奈何之地,最后终于赢得了道义上的胜利。

〔太平令〕为了突出内容上柔中有刚的特点,在语言上也采用了相应的手法。每句中都有一个实词词组:如:春秋祭飨、魂魄凄凉、油烹火葬、死生斯傍、不慌不忙、含笑就亡、加官赐赏。在这实词词组之前,加一些虚词衬字,如:便做有、济不得、倒不如、我可也、这便算做。虚实结合,包含着无可辩驳的力量,酷似辩士声口。从音律上说,这些衬字多为三字双音节,与实词四字双音节刚好合拍,加强了艺术感染力。

（隗 芾）

杨氏女杀狗劝夫

无名氏

第 二 折

〔太平令〕吃的是亲嫂嫂的酒食,更过如吕太后的筵席。嫂嫂,俺哥哥觉来你支持,"我也不是个善的"。諕的我一个脸描不的画不的,一双箸拿不的放不的,一口面吐不的咽不的。我便有万口舌头教我说个甚的。

〔叨叨令〕则被这吸里忽剌的朔风儿那里好笃簌簌避,又被这失留屑历的雪片儿偏向我密蒙蒙坠。将这领希留合剌的布衫儿扯得来乱纷纷碎,将这双乞量曲律的胈膝儿罚他去直僵僵跪。兀的不冻杀人也么哥,兀的不冻杀人也么哥,越惹他必丢匹搭的响骂儿这一场扑腾腾气。

王国维在《宋元戏曲史》里论及元曲语言的特色时说:"古代文学之形容事物也,率用古语,其用俗语者绝无。又所用之字数亦不甚多。独元曲以许用衬字故,辄以许多俗语,或以自然之声音形容之。此自古文学上所未有也。"《杀狗劝夫》中的这两支曲子，抒情写景，全用白描，〔太平令〕以俗语胜，〔叨叨令〕以"自然之声音"胜，自然质朴，如臻化工。

《杀狗劝夫》描写了一场家庭内部兄弟之间争夺财产的冲突。孙荣和孙华的父母死后，孙荣作为长子，成为财产的合法继承人。他在泼皮光棍柳隆卿和胡子转的撺掇下，将孙华驱逐出家，使之流落街头，见面时则百般凌辱。孙荣的妻子杨氏为劝说孙荣，将杀死的狗装入布袋，放在自家后角门头，冒充死人。孙荣去央求柳、胡二人帮忙搬走，被拒之门外，孙华闻讯，见义勇为，搬走了死狗。柳、胡怀恨在心，告到官府，孙华挺身招承杀人公事。这时杨氏登堂说明原由，于是判柳、胡罪，兄弟和好。

在封建社会里，为了争夺财产，"兄弟阋墙"、"同室操戈"是普遍存在的社会问题。所以自孔夫子起，就提出了诸如"兄友"、"弟悌"之类的道德规范，以维持兄弟之间的和谐。此剧所宣扬的正是这种道德。

在第二折里，孙荣偕柳隆卿、胡子转饮酒谢家楼，大醉而归，卧倒雪地，柳、胡二人不仅不扶他回家，还捞走了他靴筒里的五锭钞。孙华偶然撞见，把哥哥背回家中。嫂嫂杨氏热情地留他吃些酒饭，孙华受惯了欺侮打骂，软弱胆怯，再三推阻，生怕哥哥醒来没好气受。善良的杨氏说："他觉来我自支持他，包你没事。""我也不是个善的，伯他怎么？"孙华有嫂嫂撑腰，才敢战战兢兢地吃酒饭。突然孙荣醒来了，这时，孙华唱了〔太平令〕这支曲子，充分表露了自己心寒胆怯的心理状态。首二句用比喻，说这酒食可不是好吃的，吃着是要担风险的。吕太后是汉高祖刘邦之妻，惠帝之母，曾大宴群臣，命朱虚侯刘章以军法监酒，不饮者则斩首，故有"吕太后的宴席——不是好吃的"之歇后语。三四句孙华引用杨氏的话，提醒她，求得援助。四五六句排比铺叙，以孙华被谑的动作表情，写他丧魂落魄的心理，生动传神，细腻入微。末句万口难辩的夸张说法，更突出了孙华的软弱。怕哥哥冻死把他背回家，吃些酒食暖暖身子，本来是理直气壮的事，为什么孙华如此心虚胆怯呢？可见他平日里是如何饱尝了哥哥的淫威了。全曲皆用俗语，由于用了多种修辞手法（比喻、歇后、引语、排比、夸张），从而刻画了特定情境中特定人物的心理性格。

紧接着，孙荣诬赖孙华偷了他的五锭钞，不容分说，罚他到檐下大雪里跪着，孙华唱了〔叨叨令〕一曲。孙华老实懦弱到了极点，哥哥让跪就跪，毫不反抗，但却仍然无法掩抑内心中的一腔怨气，因而发为絮絮叨叨的话语。作者运用了一连串的象声词和形容词，模拟这种种情态。"吸里忽喇"、"失留屑历"形容朔风劲吹、雪片纷坠的声音；"笃簌簌"描写孙华冻得发抖的模样；"密蒙蒙"描写大雪铺天盖地的样子；"希留合剌"形容布衫稀疏，在风中扯拉的样子；"乞量曲律"形容肐膝（膝盖）发抖，哆哆嗦嗦的情状；"必丢匹搭"形容孙荣严厉粗暴的骂声；"扑腾腾"形容孙荣怒气冲冲的样子。这一连串象声词和形容词在曲中都是衬字（〔叨叨令〕曲正格除五、六句为六字句外，其余都是七字句），却具有极强的表现力，既增强了曲子的音律美和节奏感，也揭示了孙华此时此地悲苦难抑、怨天尤人而又忍气吞声的独特心境。

总之，这两支曲子"模写物情，体贴人理"（王骥德《曲律·论家数》），"话则本之街谈巷议，事则取其直说明言"（李渔《闲情偶寄·词曲部·词采》），充分代表了元曲的本色。

（郭英德）

庞居士误放来生债

无名氏

第 一 折

〔寄生草〕富极是招灾本，财多是惹祸因。如今人恨不的那

【庞居士误放来生债】

银窟笼里守定银堆儿盹,恨不的那钱眼孔里铸造下行钱印。(做合掌科云)南无阿弥陀佛。(唱)争如我向禅榻上便参破禅机闷。近新来打拆了郭况铸钱罏,这些时撕掿碎了鲁褒的这《钱神论》。〔六幺序〕这钱呵无过是乾坤象,熔铸的字体匀。这钱呵何足云云。这钱呵,使作的仁者无仁,恩者无恩。费千百才买的居邻。这钱呵,动佳人有意郎君俊,糊突尽九烈三真①。这钱呵,将嫡亲的昆仲绝了情分。这钱呵,也买不的山丘零落,养不的画屋生春。

此剧的故事情节是这样的:襄阳人庞蕴,字道玄,好参佛法,家有万贯,行善好施,人称庞居士。好友李孝先曾借他两锭银子,因本利双折,无力偿还,怕告到官府拷逼,因此忧患成疾。庞居士见况,想到自己本意做善事,不想反害了人,他不仅没有逼债,反而赠李银子二两,并当面烧毁了借据。庞又联想到远年近岁,借他钱物的人不少,如都如此,不是造孽!于是令行钱(伙计)烧毁全部借据。恰被上界增福神看见,化作秀士点化他。庞见磨工辛苦,又下令解散了磨坊、油坊、粉坊,并给磨工一锭银子,令其自谋生路。后又听见家里的牛马驴说话,都是因前生借了庞家的债无力偿还而托生牛马来还债的,庞大为警悟,认识到自己放债本为做善事,结果竟放了造孽的"来生债"。于是,他把家中的奴仆牲畜尽皆释放,金银财宝俱沉于大海,全家靠编卖笊篱为生。后圣帝派增福神、注禄神迎其一家升入天堂,功成行满,终成正果。

从剧情来看,其主旨无非是劝人莫恋浮财,积德行善,必能得道成仙。并无积极意义。但在剧情发展中,却比较生动而真实的写出了金钱的罪恶,高利贷的残酷,劳动人民的苦难等,有一定的认识价值。

〔寄生草〕〔六幺序〕二曲,选自剧本第一折,是增福神(曾信实)点化庞居士时庞所唱的,表现了他对金钱的蔑视与谴责。

〔寄生草〕前二句说明"财"、"富"是"招灾本"、"惹祸因",表示他认识上的清醒;第三四句是说社会上却有一些人还认识不到这一点,他们对金钱财富孜孜以求,整日钻进"银窟笼"、"钱眼里"。而只有他参透了禅机,把金钱富贵都不放在眼里。最后又用两个生动的比喻来说明他对金钱的蔑视。郭况是汉光武郭皇后的弟弟,曾任大鸿胪(主掌朝祭礼仪的官),光武帝经常赏赐他金钱财宝,因此京师称况家为"金穴",喻其富贵。本曲则改用"铸钱镶"这一比喻,并加以"打拆了"三字,说明他不要郭况那样的富贵。鲁褒是西晋人,好学多闻,甘于贫素。元康后纲纪大坏,唯钱是崇。鲁褒隐名著《钱神论》以刺之,论曰:"钱之为体,具有阴阳。亲之如兄,字曰孔方。无德而尊,无势而热。排金门,入紫闼,危可使安,死可使活,贵可使贱,生可使杀。是故,忿争非钱而不胜,幽滞非钱而不拔,冤仇非钱而不解,令闻非钱而不发。洛中贵游,世间名士,爱我家兄,皆无穷止。执我之手,抱我终始。凡今之人,惟钱而已。"这是世界上最早的一篇对金钱罪恶进行深刻剖析的著名论著,揭露了当时社会金钱万能和人们对金钱的崇拜。这里用"厮抨碎"三字,表现了庞居士对金钱的蔑视。

〔六幺序〕一曲则着重谴责金钱的罪恶:"这钱呵,使作的仁者无仁,恩者无恩。"金钱可以使纯洁的灵魂染上铜臭,可以使人与人之间反亲为仇。"这钱呵,动佳人有意郎君俊,糊突尽九烈三贞。"是说金钱可以使无情人变成有情人,连贞节刚烈的妇人也会变得糊涂。"这钱呵,将嫡亲的昆仲绝了情分。"金钱可以使亲兄弟绝了手足之情。因此,他把金钱看成了"魔君"。最后两句是说,在他看来钱如粪土,是没有什么用的。于是,他在下一支曲子〔幺篇〕中,表示要学习汉宣帝时的疏广散金,把万贯家业都施舍给人。

金钱(货币)是随着商品生产的发展而在社会生活中起着越来越大的作用。

欧洲的一些进步思想家和文学家，都曾揭露过金钱的罪恶。而在莎士比亚前三百余年的中国元代，能出现像《来生债》这样的作品，确是难能可贵的。当时由于元代统治者重商轻农的政策，商品经济在元代日益繁荣，因此金钱在社会生活中的作用也日益明显。《来生债》的作者，敏感地发现了这种社会现象，利用宣扬宗教的题材，对金钱的罪恶进行了无情的揭露与批判，不能不说具有一定的积极意义。

《来生债》的作者已不可考，由本曲可以看出，他对当时高利贷的残酷，下层人民的苦难深有体会，并对下层人民寄予深切的同情。其曲白的语言，也是极为质朴通俗的。作者在曲词中运用了大量的衬字，因此使曲词通俗晓畅，很适合当时下层市民的艺术趣味。

（周续赓）

〔注〕 ① 九烈三真：形容妇女无比刚烈贞节。亦作"九烈三贞"。

冻苏秦衣锦还乡

无名氏

第 四 折

〔鸳鸯煞〕想当初风尘落落谁怜悯，到今日衣冠楚楚争亲近。畅道威震诸侯，腰悬六印，也索把世态炎凉，心中暗忖：假使一朝马死黄金尽，可不的依旧苏秦，做陌路看承被人哂。

这支〔鸳鸯煞〕是《冻苏秦》杂剧的最后一曲，它是全剧的一个总结和概括，尽管文字浅显平朴，却很警拔，它突出的只有这八个字：世态炎凉，人情冷暖。从某种意义上看，这实际上是封建时代知识分子共同的感慨，特别是抒发了失意文人的愤懑和牢骚。

《冻苏秦》杂剧取材于《史记·苏秦张仪列传》，又杂以民间传说。作者甚至改变了历史记载，以突出指摘世态炎凉的主题。如按历史记载，是苏秦先为赵相，张仪去求苏秦，苏秦故意窘辱张仪，同时暗地使人资助张仪入秦求官。后来张仪成为秦惠王的相国，才明白了苏秦当日轻漫自己，原在于激励失意者发愤。那么，杂剧为什么将二人的关系颠倒了呢？说来这种"张冠苏戴"完全是作者表达思想的需要。杂剧的第二折，写的是苏秦求官途中病倒，钱财用尽，只得冒着大风雪回家。他的父母兄嫂以及妻子，对他十分鄙视。他忍饥受冻归家时，父亲冷言冷语，嫂不为炊，妻不下机；更有哥哥苏大，冷嘲热讽，语语相逼。苏秦一气之下，离家而去。这时苏秦唱了一支〔煞尾〕，正与第四折的〔鸳鸯煞〕形成前后呼应，为了更好地赏析〔鸳鸯煞〕曲，不妨先来看第二折结尾处的〔煞尾〕："盼的是冬残晓日三阳气，不信我拨尽寒炉一夜灰。我则今番到朝内，脱白襕换紫衣。两行公人左右随，一部笙歌出入围，马儿上簪簪稳坐的。当街里矼矼恁炒戚，亲爷亲娘我也不认得。那其间我直着你手拍着胸脯恁时节悔！"

不必解释，《冻苏秦》的曲词写得爽快透亮，通俗自然。家中人的态度使苏秦发誓要出去做官。他心里想着：一朝脱白挂紫，定叫家人后悔，他要出一口气。苏秦于是去找张仪，不料张仪对苏秦更是冷淡，竟在冬天里大开门窗，又在"冰雪堂"中给苏秦吃冷酒、冷馒头，还有冷汤。原来张仪故意激怒苏秦，待苏秦一怒而去时，则暗遣仆人陈用，以陈的名义资助苏秦去秦国求官。作者把家人的冷淡和朋友的轻慢，集中在苏秦身上，突出了"逼"字和"冻"字，以利于人物塑造和思想表达。后来明人苏复之的《金印记》传奇承袭了此剧，索性只写苏秦，而无张仪出场了。

【神奴儿大闹开封府】

"想当初"二句,苏秦将为官前后人们对他的态度作了对比,"谁怜悯"和"争相亲"造成强烈对比,很富于戏剧性,说的是人情冷暖。畅道,即正是,如今苏秦声名大振,富贵之极,与被家人和朋友冷淡之时相比,已是天壤之别了。腰悬六印,指苏秦做了六国都元帅。衣锦还乡,苏秦并没有忘记当年的受窘辱,受冷落,他牢记当年自己所发的誓言,也就是"也索把世态炎凉,心中暗衬"。"假使"句是说苏秦离家求官途中,曾因病困卧于客店中,弘农王长者看苏秦非寻常之辈,曾赠苏秦金银衣马,以资助苏秦作为求官去的路费。苏秦想起往日的困窘,看看眼前的峥嵘,不禁感慨万端。途穷末路之时,也受了些窝囊气,若马死财尽,不得腰悬六印,苏秦仍是老样子,世人对他也依旧是冷眼相待,甚至还会取笑和嘲讽他。哂,这里是取笑和冷淡之意。总之,苏秦通过自己境况的改变,洞察到了人情世态的反复无常,因而抒发了一腔愤懑。

此曲不用典故,不施藻绘,平直道来,收到了水到渠成、自然洒脱的艺术效果,可视为元曲中本色派作品的一个较突出的例子。此外,曲词注意到了前后剧情的照应,紧紧扣住了主题,十分注重人物感情的宣泄,同时又起到了临末了再点染一笔的作用,临去秋波,令人余思不绝,咀嚼不尽。

(王星琦)

神奴儿大闹开封府

无名氏

第 二 折

〔隔尾〕我将你怀儿中撮哺似心肝儿般敬,眼前觑当似在手掌儿上擎。(带云)神奴儿哥哥,(唱)我叫道有二千声神奴儿将你来叫不应。为你呵走折我这腿脡，俺嫂嫂哭破那双眼睛，我这里静坐到天明将一个业冤来等。

〔牧羊关〕我则怕走的你身子困，又嫌这铺卧冷，我与你种着火停着残灯。怕你害渴时有柿子和梨儿，害饥时有软肉也那薄饼。我将你寻到有三千遍，叫道有两千声，怎这般死没堆在灯前立？（带云）小爹爹，家里来波！（唱）你可怎生悄声儿在门外听？

《神奴儿》杂剧写的是神奴儿为婶母所杀害，其冤魂闯入开封府申诉，包拯复勘冤案事。汴梁李德仁、李德义兄弟同居，德仁妻生子神奴儿，德义无子，于是德义妻逼丈夫与兄嫂吵闹分家，致使德仁气病而死。两家分开后，神奴儿与自家院公出门玩耍，院公去买傀儡儿，嘱神奴儿站在桥边等候。适逢李德义乘醉走过桥边，便将侄儿抱回自己家中，结果神奴儿惨遭德义妻杀害。院公回来寻不到小主人，焦急万分，无奈只好回到家中，向神奴儿母亲说明经过。二人一时惊慌失措。院公坐在门口，等候小主人归来。以上二曲便是由正末扮院公在焦急等待时所唱。

〔隔尾〕曲是院公的一番剖白，主要是讲主人死后，他与女主人眼珠也似的看护宝贝疙瘩神奴儿，不料竟因自己一时疏忽，丢失了小主人。院公愧悔交加，痛恨不已。院公对神奴儿感情深厚，大凡因为孩子一直由他带着，他几乎是老泪纵横，声声呼唤着小主人。"我将你"二句，言老院公十分疼爱神奴儿，常常搂揣在怀中，看做是心肝宝贝，他把眼珠瞅着孩子长，常擎在手中哄逗。足见院公与神奴儿是朝夕相伴的。"我叫道"句极写院公的急切不安心情，任你声声叫着神奴儿的名字，却无人应答，老院公一阵阵失魂落魄。"为你呵"以下三句，写老院公奔东奔西地寻找,不知跑了多少路。胫,指小腿。神奴儿母亲哭得是那样伤心痛楚。院公发誓在门首坐到天明也得等到小主人归来。"业冤",是爱极之反语,元剧中多用之。"业"是佛家语,即梵语之"羯磨"。佛教谓六道中生死轮回,皆是由业决定的。"冤"即冤家。此处用作亲昵爱极之谓,犹言"小冤家"、"小祖宗"等。

这一曲感情真挚,如泣如诉,神情毕肖,相当感人。最突出的特点是声情并茂,一如老人叠掌扪膝、肠热情急的神态、声吻,把人物写活了。

〔牧羊关〕曲,写神奴儿的冤魂归家敲门,托梦于老院公,进一步塑造了院公慈祥忠厚、淳朴善良的性格。听到小主人的敲门声,院公一阵狂喜,忙不迭准备这安排那。曲词写得十分细腻,也非常真实。"我则怕"三句,表现了老年人的心细和有经验。怕孩子困乏,又怕铺盖冷,他笼着火,守着灯。至此,残灯下老人的形象更清晰了。他怀着孩子能回来的希望,苦苦地守着、等着。残灯如豆,微光中老人凄凄然的神色被刻画得何其逼真!种,是将火维持着,使它不灭。老人还准备了柿子和梨儿,以防小主人回来时口渴;还有软肉薄馅饼,以备小主人回来时肚子饿。你看他想得该有多周到呀!然而他却不知归来的是小主人的魂儿。曲词通过院公的自言自语,巧妙地写出了魂儿的特点,似恍恍惚惚,若即若离。院公再三喊,神奴儿魂儿只是不应声。"三千遍"、"两千声",极言院公对孩子的反复招呼,可神奴儿仍然无精打采地在灯前站立。"死没堆",亦作"死没腾",就是没精神,呆呆的样子;或释作死僵僵。结句前的〔带云〕穿插得很有趣,显得十分亲切。"你可怎生悄声儿在门外听"一句,简直是老人哄孩子时的絮絮叨叨口吻,既迷惑又含无尽温存,韵味完全从平白如话、朴素自然中流出,是值得再三玩味的。

此二曲全用家常语,不施藻绘,不用典实,以自然亲切见长。同时,浅中有深,平中出奇,处处展现人物性格,是颇有独到之处的。《神奴儿》杂剧在元人包拯戏中算不得上乘之作，但此二曲的确是写得极为生动的，是地道的元人风致，所谓"直必有至味，俚必有实情，显必有深义"（《乐府传声·元曲家门》）是也。

附带说到，院公与神奴儿感情深厚，丢失了孩子至为痛心，女主人虽然痛哭流涕，却不曾埋怨和怪罪老人。况且李家分家后，德仁妻孤儿寡母，家境并不好。因此，院公形象不应视为"义仆"形象。将他当作一位善良慈祥的老人来看似更切近剧情。

（王星琦）

庞涓夜走马陵道

无名氏

第 二 折

〔滚绣球〕你休那里信口诌，则管里无了收。这言语你也合三思然后，俺兄弟怎肯道东涧东流！他亏我似猪狗，我亏他似马牛，俺两个曾对天说咒，俺兄弟他怎肯火上浇油！俺两个胜如管鲍分金义，休猜做孙庞刖足仇，枉惹得万代名留！

〔二煞〕我饮过这香喷喷三盏儿安魂酒，则被你闪杀我也血渌渌一双脚指头。刀落处鼻痛心酸，皮开肉绽，筋骨相离，鲜血浇流。哎，可怎生神嚎鬼哭，雾惨云昏，白日为幽。耳边厢只听得半空中风吼，莫不是和天地替人愁！

〔煞尾〕兄弟，则这功名成就合成就，我得好休时便好休。养疴沧海上游，洗了耳觅许由，学太公把钓钩，逐范蠡一叶舟。

【庞涓夜走马陵道】

想荣华风内烛，富贵如水上沤，将利名一笔勾，再不向杀人场揽祸尤，白白的将性命丢。攒住眉头懒转眸，咬定牙儿且忍羞，打熬着足上浸浸血水流——哎，你个行刃的哥哥你畅好是下的手！

　　嫉贤妒能，这是知识分子圈子中常见现象，我国古代许多小说家、戏剧家似乎对此有切身感受，故据此谱写出无数令人扼腕、令人叹息的悲剧，及由此生发出的喜剧。《马陵道》只不过是其中之一而已。《马陵道》作者失考，传世本有脉望馆抄本、《元曲选》本，曲文略有出入，情节则不殊。大略云：有孙膑、庞涓者，均鬼谷子门徒也。学成，庞涓先下山，官拜魏国元帅之职。如约荐举孙膑，又忌孙膑之能，初拟置之死地，因孙膑声称腹中有卷六甲天书，未曾传授于人，庞涓为得天书，改孙膑死刑为刖刑。此后孙膑装疯逃往齐国，借齐国之力，于马陵道夜斩庞涓，报了刖足的冤仇。

　　孙膑、庞涓均史有其人。据《史记·孙膑传》："孙膑尝与庞涓俱学兵法。庞涓既事魏，得为惠王将军，而自以为能不及孙膑，乃阴使召孙膑。膑至，庞涓恐其贤于己，疾之，则以法，刑断其两足而黥之，欲隐勿见。齐使者如梁，孙膑以刑徒阴见，说齐使，齐使以为奇，窃载与之齐。齐将田忌善而客待之……"孙膑在齐所献诸计，均堪称战术之经典。尤以与庞涓决战时，以减灶法骄敌、诱敌，大获全胜，历来屡为兵家所称道。但杂剧《马陵道》，对这场惨烈的决战，却以调侃与幽默的笔调谱写之。剧中极写庞涓之无能，面对孙膑之才，亦不过略示其意而已，不刻意追求情节的真实性、合理性，而嬉笑怒骂皆成文章，作家之辛酸之泪，点点滴滴显露于字里行间。此处所选三支曲文，一壁厢庞涓指挥刽子手用刑，一壁厢则写孙膑全然不信刽子手之实言相告，句句为庞涓辩解，是孙膑直至此仍不知庞涓之奸毒耶？还是故意作反面文章耶？既耐人寻味又令人不能不掩卷太息！场景严酷，而曲文则纾徐跌宕，几放几收。明明是孙庞刖足仇，孙膑却唱道："休猜做孙庞刖足仇"；明明是庞涓为了功名施毒手，孙膑却唱道："兄弟，则这功名成就合成就，我得好休时便好休"！悲剧，如果停留在冲突层次，难免有浅尝即止之感，如果向人性深处开挖，就有可能刻画出一种貌似平淡却能令人久久不能自已的深刻的悲哀！这也是这三支曲文的高明之处。正因为这几支曲文，第三折的〔离亭宴带鸳鸯煞〕"……一声喊将征尘荡起，急飚飚搦征旗，扑簌簌操画鼓，磕擦擦驱征骑。剑推翻嵩岳山，马饮竭黄河水，看庞涓躲到哪里！我将他活剥了血沥沥的皮，生敲了支刺刺的脑，细剔了疙蹅蹅的髓……"才具有一种如箭在弦不得不发之势。

《马陵道》不像另一些元代杂剧名作，有几支千古传颂的名曲，全剧四折，曲文平易流畅，然不失大家风范。欣赏此剧可领略元杂剧之一种风格。京剧等戏曲剧种偶有改编演唱者，剧名《马陵道》或《孙庞斗智》。

（夏写时）

朱太守风雪渔樵记

无名氏

第 二 折

〔三煞〕你似那碔砆石比玉何惊骇，鱼目如珠不拣择。我是个插翅的金雕，你是个没眼的燕雀，本合两处分飞，焉能勾百岁和谐。你则待折灵芝喂牛草，打麒麟当羊卖，摔瑶琴做烧柴,你把那沉香木来毁坏,偏把那臭榆栽。

〔二煞〕那知道岁寒然后知松柏,你看我似粪土之墙朽木材。断然是捱不彻饥寒,禁不过气恼,怎知我守定心肠,留下形骸。但有日官居八座①,位列三台②,日转千阶③,头直上打一轮皂盖,那其间谁敢道我负薪来。

〔随煞尾〕我直到九龙殿里题长策,五凤楼前骋壮怀。我若是不得官和姓改,将我这领白襕衫脱在玉阶,金榜亲将姓氏开。敕赐宫花满头戴,宴罢琼林微醉色,狼虎也似弓兵两下排,水罐银盆一字儿摆。恁时节方知这个朱秀才,不要你插插花花认我来,哭哭啼啼泪满腮,你这般怨怨哀哀磕着头拜。那其间我在马儿上,醉眼朦胧将你来并不睬。

这出戏写的是朱买臣发迹变泰的故事。依据《汉书·朱买臣传》和民间传说写成。剧情梗概是:朱买臣家贫,入赘刘二公家,虽才学满腹,但怀才不遇,以打柴为生。刘二公"恨他偎妻靠妇,不肯进取功名",于是让女儿玉天仙向朱买臣索取休书,而在暗地里资助他赴京考试。朱买臣果然一举及第,授会稽太守,开始不认岳父与妻子,后弄清原委,消除前嫌,合家团圆。这里所选第二折的最后三支曲子,是朱买臣被妻子逼迫无奈写了休书,又被赶出大门之后,在风雪迷茫的夜里对玉天仙说的一番愤激之词,表现出朱买臣处于逆境而不气馁,人穷志不穷的品格。

朱买臣被赶出刘家后,身无分文,只有打柴用的钩绳扁担,但他仍孤高自许,对前途充满信心。〔三煞〕用了一连串的比喻表明他自身的价值,谴责玉天仙贤愚不辨的行径。"你似那碔砆石比玉何惊骇,鱼目如珠不拣择。"前一句是对玉天仙的讥讽，后一句是自责：你本不过是貌似美玉的碔砆石，竟把自己比作什么玉，真叫人吃惊；鱼目与珍珠混在一起，我怎么分不清呢。本来朱买臣很不情愿写休书，但妻子居然恶劣到这般地步，他便清醒了，发现他们不是一路人。于是下面他把自己比作"插翅的金雕"，把玉天仙比作"没眼的燕雀"，"本合两处分飞，焉能够百岁和谐"。想到这里，朱买臣似乎得到些宽慰。但想到玉天仙如此看轻他这位满腹经纶的才子，又禁不住怒从中来，连连抨击妻子的荒唐行为——"折灵芝喂牛草"、"打麒麟当羊卖"、"摔瑶琴做烧柴"、"把沉香木来毁坏"。朱买臣以珍奇自况，愈是自尊自重，愈是愤恨妻子的卑劣。紧接着在〔二煞〕中，朱买臣又以"岁寒然后知松柏之后雕"，"朽木不可雕也，粪土之墙不可圬也"（见《论语》）等语，表白自己是经得起风霜的松柏，不是玉天仙眼中不可雕的朽木、粉刷不得的粪土似的墙壁，你玉天仙断定我捱不住这饿寒、经不起这气恼，其实我志向已定，保住身体，一定会有一天"官居八座，位列三公"，高官厚禄，连连升迁，到时我坐在车子上，头上打顶黑伞，有谁敢说我曾经是背柴的穷汉呢。〔二煞〕表明，升官发财的欲望是朱买臣的精神支柱。当他陶醉在发迹的憧憬之中时，不但忘却满身风雪，而且禁不住洋洋自得了。〔随煞尾〕继续表现朱买臣对前程的乐观和自信。"我直到九龙殿里题长策，五凤楼前骋壮怀。"朱买臣想象中自己已经登上九龙殿这皇帝听政的地方，献上了万言书，在皇上居住的五凤楼前侃侃而谈，抒发雄心壮志。他对不让他进门的玉天仙发下誓言，假若得不到官职就不姓朱。他自信到极点了，也兴奋到极点了。他似乎已飘飘然地来到天子脚下，脱下这领穿了多年的穷秀才的"白襕衫"，放在玉阶之上，而领受皇上赐予的官服、宫花，带着琼林宴罢的微醉，穿过那威风凛凛的仪仗，开始那万人称羡的跨马游街。朱买臣仿佛自己正坐在高头大马上，瞥见那泪流满脸，跪拜着求他宽恕的玉天仙。而他，当初在风雪中吃闭门羹的朱买臣，压根不理睬这女人。

【孟德耀举案齐眉】

朱买臣和玉天仙这两位看似截然对立的人物,其实两者追求功名富贵的意识却是完全相同的。玉天仙在父亲的怂恿下把丈夫逼到绝境,是令其早日发愤求官;朱买臣穷益弥坚,也是志在富贵。这两者从不同的角度生动地反映了封建社会下层民众和知识分子希望发迹变泰的心态。和这部无名氏剧作总的特点相一致,这三支曲子的民间色彩相当强烈,所用比喻都是百姓们日常所见所闻,朱买臣想象中发迹的场面也是百姓们所理解的,尤其是那些生动的语言,几乎是剧作者从口语中信手拈来,极其形象、贴切、风趣,与那些专门从典籍中借用词汇的剧作迥然不同,给人以新鲜活泼的感受。

(钟林斌)

〔注〕 ① 八座:从东汉以来一般都以中书令、仆射,加六部尚书为八座。 ② 三台:汉代对尚书、御史、谒者的总称。尚书为中台,御史为宪台,谒者为外台。 ③ 日转千阶:言迅速升官。阶,指官吏的级别。

孟德耀举案齐眉

无名氏

第 一 折

〔后庭花〕他是个守青毡一腐儒,捱黄齑忍饿夫;那里取带秋色羊脂玉,赛明月照夜珠。父亲阿,你坏风俗,枉了你清廉名目。你断别人家不是处,下钱财要等足,少分文不放出,敢如何违法度。

〔赚煞〕他富则富,富不中我志诚心;这秀才穷则穷,穷不辱我姻缘簿。我若是合快乐不遭受苦，若是我合受苦强寻一个荣贵处，也只怕无福消除。教人道这乔男女，则是些牛马襟裾。父亲你原来不敬书生敬财主。我又不曾临邛县驾车，他又不曾升仙桥题柱，早学那卓文君拟定嫁相如。

读者一看剧名，就知道此剧敷演的是东汉孟光和梁鸿的婚姻故事。这故事是传统的文学题材，但在不同时代不同作家的笔下，写法却各有不同。作品描写孟光和梁鸿的父母为他们自幼订下婚事。梁鸿成人后父母双亡，一贫如洗，沿门题笔为生。孟光父亲嫌贫爱富，本欲悔亲，又怕败坏名声，于是又请来一个巨富财主，一个官宦家公子，让孟光在三者之间自行选择，而孟光却甘愿嫁给穷书生梁鸿。孟光父亲故意刁难梁鸿，提出必须有带秋色羊脂玉和赛明月照夜珠两件宝贝，女儿才能嫁给他。〔后庭花〕一曲就是这种情况下孟光对父亲的回答。

开头两句直截了当地说明梁鸿不过是个贫寒穷困忍饥挨饿的儒生。"青毡"语出《晋书·王献之传》，本是故家旧物的代词；"黄齑"本指切碎的腌菜和酱菜，常用以指粗菜。它们在这里用来形容家道的破落和生活的清苦。"青毡"、"黄齑"为贱物，"羊脂玉"、"照夜珠"是珍品，两者截然不同。一个"守青毡"的"腐儒"、"捱黄齑"的"饿夫"，哪里能够有"羊脂玉"和"照夜珠"呢？不可能拥有的东西而强行索要，无疑是在故意刁难。所以下面孟光便正面指责她父亲"坏风俗"，"枉了你清廉名目"。最后进一步指责她父亲嫌贫爱富悖于事理，表现了女主人公的倔强性格。

〔赚煞〕一曲则更为直接地表示了孟光的志向和节操，显示了她爱才不爱财，不以贫富贵贱为转移的坚贞气节。官员财主虽然富有，却不中她的志诚心；

书生虽然穷,却不辱没她的姻缘簿。若是命里注定应该快乐就不会受苦;命里注定合当受苦即使强找个荣华富贵人家,也只怕无福消受。这里虽然有宿命论的色彩,但她认为婚事既然确定,就应恪守信义而不应该以财产的多寡和地位的高低而变易,因此她才一针见血地指责父亲:"你原来不敬书生敬财主。"显而易见这是对嫌贫爱富封建家长的一种反抗。在她看来,官员财主只不过是些牛马襟裾、衣冠禽兽。最后她明确地表示;自己虽然没有像卓文君那样在临邛县驾车私奔,梁鸿也没有像司马相如那样在升仙桥题柱,但是却立志要像卓文君那样嫁给相如。孟光以卓文君和司马相如的爱情故事表示了自己贫贱不能移的坚定决心。

孟光与梁鸿举案齐眉的故事,最早见于《后汉书·梁鸿传》,在中国古代小说戏曲里一向被作为贫贱夫妻相敬如宾的事例来引用和敷演的。本剧虚构了封建家长嫌贫爱富,以财主、官员与秀才争婚的情节,将财主、官员与秀才对比,突出了孟光不以贫贱富贵为转移、爱才不爱财的坚贞品格。

(张人和)

王月英元夜留鞋记

无名氏

第 一 折

〔混江龙〕你道我粉容憔悴,恰便似枝头杨柳恨春迟。每日家羞看燕舞,怕听莺啼。又不是侍女无情与我相懊懆,又不是老亲多事把我紧收拾。为甚么妆台不整,锦被难偎,雕阑闷倚,绣幪低垂?长则是苦恹恹不遂我相思意,到如今钏松了玉腕,衣褪了香肌。

《留鞋记》是"一本烟花粉黛性质的儿女风情戏,但因为其中有包待制的出场勘断,故也可以列为公案剧之一"(严敦易《元剧勘疑》)。剧中的矛盾冲突、包公断案,特别是女主人公王月英的形象皆别具一格。王月英不是大家闺秀,也不是小家碧玉,而是一位出生于繁华都市又亲自经商的市民姑娘。她既不深居闺阁描鸾绣凤,也不抛头露面采桑拾柴,而是坐守胭脂铺,做生意赚钱。郭华多次去买脂粉,她敏锐地感觉到郭"趋前退后,待言语却又早紧低头",是"把这脂粉作因由",向她表示"顾盼"之意。经过一番试探性的对话,彼此都有点心照不宣了,郭华有着直观感觉:"我看那小娘子的说话,尽有些意思";而王月英则是长吁短叹,相思成疾:"自从见了那郭秀才,使妾身每日放心不下,即渐成病,况值阳春天气,好是烦恼人也呵!"这支〔混江龙〕曲子,正表现了女主人公王月英在大好春色之下"蹙蛾眉,减腰围"的苦苦相思之情。

作者先用"粉容憔悴"四个字勾画出了女主人公的外貌。至于为什么憔悴,曲文并没有作正面回答,而是用"枝头杨柳恨春迟"的比喻道出了事情的根由。杨柳等待着枝繁叶茂,春天却姗姗来迟;女主人公盼望着"聪俊的秀才"再现,而这位秀才却迟迟不至,这就使她"情怀欠好,饮食少进",以至憔悴了。接着的"羞看燕舞,怕听莺啼",仍未直接说明"羞"、"怕"的原因,只是从反面说"羞"、"怕"与"侍女"和"老亲"并无关系。梅香处处看她的眼色行事,当然不会和她相懊懆(闹别扭);母亲毕竟是商人出身的市民,也没有像贵族家长那样狠心禁持她,但是,女主人公却还是"妆台不整,锦被难偎,雕阑闷倚,绣幪低垂",百无聊赖,一副病恹恹的样子,这究竟是为什么呢?"长则是苦恹恹不遂我相思意"一语做了回答。这一句是全曲的中心,正面解释了她"这几日""独守香闺"烦恼异常的原因,

"相思"使王月英"粉容憔悴","羞看燕舞,怕听莺啼"。最后二句,套用《西厢记》"听得道一声去也,松了金钏;遥望见十里长亭,减了玉肌"名句。至此,一个被相思苦苦折磨的大胆、执着、纯情的市民姑娘形象便栩栩如生,跃然纸上。

整个曲子由女主人公的外表到她的内心,由她的语言行动到她的心理变化,先用"恰便似"描写情感之复杂,又用"长则是"概括相思之情深,惟妙惟肖地写出了一个处于初恋时期的市民姑娘相思苦、苦相思的真切感受。

(李春祥　李恒义)

王月英元夜留鞋记

无名氏

第 二 折

〔滚绣球〕且饶过王月英,待唤声郭秀才,又则怕有人在画檐之外。我靠香肩将玉体轻挨。觑着时眼不开,问着时头不抬,扶起来试看他容颜面色,哎,却原来醉醺醺东倒西歪。我这里一双柳叶眉儿皱,他那里两朵桃花上脸来。说甚乖乖。

本剧第二折有三曲〔滚绣球〕,这是其中的第三支。经过一番与郭华心照不宣的对话,王月英亲笔写下一首诗,命梅香送与郭华,约他元宵夜在相国寺观音殿中相会。岂料郭华竟然在约会之夜醉倒观音殿,她一直等到四更天才留下"表记"无限惆怅而归。此曲即写王月英见郭华醉卧不醒时无可奈何、"感叹伤怀"的心情。

首句"且饶过王月英,待唤声郭秀才",乍看似颇费解,把睡着的郭华叫醒也就罢了,为什么要先"饶过王月英"呢?王月英是怀着既兴奋又紧张的心情前去赴约的,说她兴奋,是因为她终于有机会亲自"秦楼夜访金钗客",与如意郎君"相会在星前月底";然而,她毕竟是封建时代的青春少女,夜间与一男子相会也终究不是堂而皇之的事情,"又则怕有人在画檐之外"正好表现了她在大胆中的担心。但她毕竟是大胆的。她告诉梅香看在她的面子上不要大声吵闹,要梅香"且饶过王月英",她要亲自上前"唤声郭秀才"。她万万没有料到郭华会因贪杯而醉卧不醒,她靠近郭华,细语轻声,尽量不打破周围的寂静,不使她与郭华的约会暴露,所以理当要"我靠香肩将玉体轻挨"。王月英刚见到郭华时既兴奋又紧张的心理活动到这里便栩栩如生,活灵活现。挨着郭华坐下了,于是出现了这样的场景:她瞟一眼,郭华睡眼蒙眬,懒得睁开;问一声,郭华连头也没有抬起。怎么回事呢?是过于困乏?病了?还是因她来迟而生气了?那就"扶起来试看他容颜面色"。这时王月英才恍然大悟,原来他是因贪杯而"醉醺醺东倒西歪"!她有些生气:"我这里一双柳叶眉儿皱";也有些后悔:"这生直恁般好酒,早知如此,我不来也罢了"。但又有什么用呢?再看一看郭华,他仍然醺醺大醉,不省人事,脸上泛起醉酒的红晕,犹如"两朵桃花上脸来"。"说甚乖乖",还能说什么,能有什么表示呢?这时她的心里犹如打翻了五味瓶,其中有气恼,有后悔,有埋怨,有心疼,而又无可奈何!她叹息平时貌似"志诚"的"书生"于关键处把她"厮禁害",她只好"空抱愁怀归去来"。

这支曲子描写王月英观音殿见到郭华的心理变化,同时,准确逼真地描写了她的一系列富于特色的动作,如"唤"、"靠"、"觑"、"问"、"扶"、"皱"等,动作性很强,很好地表现了她乘兴而去、扫兴而归的"感叹伤怀"的心情。

(李春祥　李恒义)

玎玎珰珰盆儿鬼

无名氏

第 三 折

〔庆元贞〕俺出门红日乍平西，归时犹未夕阳低，怎教俺担惊
受怕着昏迷？这都是、咱老背悔，门儿外不曾撒的把儿灰。

〔黄蔷薇〕俺这里高声叫有贼。慌走到街里，又无一个巡军
捷讯①，着谁来共咱应对。

〔庆元贞〕扭回身疾便入房内，被门楗绊我一个合扑地。一
只手揪住这厮泼毛衣，使拳搥、和脚踢。呸，原来是一领旧
羊皮。

《盆儿鬼》的作者姓名已经佚失，可由于它的故事颇为奇诞，人物很有个性，
人们对它还是一直不能忘怀，不断观看，据以改编的《乌盆记》，甚至流传到
国外。

《盆儿鬼》写的是什么故事呢？有一个姓杨名叫国用的人，因为相信算卦人
说的"百日内"有"血光之灾"，"只有离家千里之外，或者可躲"的话，就远出经
商。投宿瓦窑村客店时，店主盆罐赵夫妇见杨包裹沉重，就谋财害命，将杨杀
死、焚化；盆罐赵夫妇又是瓦窑窑主，为毁灭踪迹，夫妇俩又将杨的尸灰烧制成
一只瓦盆。从此，瓦盆就成为杨国用魂儿的附着物。后来，已经退职的老差吏
张懒古将瓦盆讨去，带回家中。经过一番打闹，魂儿向老差吏诉说自己的冤情，

并请他带着瓦盆到开封府告状。经包拯审理，处决了罪犯。

这里选录的三支曲文都是老差吏张懒古讨得瓦盆回家以后唱的。这时，杨国用的魂儿已随着瓦盆在老差吏的身旁。在回家的路上，魂儿的哭声，魂儿"老的老的"的叫声，魂儿打他的头，和他打闹，曾使他吓得魄散魂飞，疑这疑那。他觉得今天奇怪得很，出门红日刚刚平西，归来夕阳尚未尽落，怎么似乎有鬼在他左右？第一支曲文〔庆元贞〕开头三句就是他在描述自己的这种惊恐的心理状态。紧接着，老差吏自责道："这都是、咱老背悔，门儿外不曾撒的把儿灰。""老背悔"就是"老糊涂"。当时有这样一种迷信传说，门前撒一把灰，邪神野鬼便不敢进门。他对自己的这种责骂，说明这个胆子挺大、口口声声说"不怕鬼的"老差吏，经魂儿一番打闹，对鬼的惧怕已到相当严重的程度了。

可是魂儿已经在他家里，并且继续和他打闹下去。魂儿先是使老差吏生火时烧着自己的胡子，——老差吏以为是猫从灶窝里撞出所致；后又拿走老差吏的旧羊皮袄——老差吏以为是贼偷走了。第二支曲文〔黄蔷薇〕写他一边叫"有贼"，一边慌忙跑到街上去找巡军军官。没有找到，怎么办？有谁来"共咱"对付贼啊？

他只好又急急忙忙转回，被门楗（门坎）绊了个嘴啃泥。然而，魂儿闹意未尽，又拎着羊皮袄在他头顶上旋转。老差吏见了一手揪住，以为拿住了贼，这就是第三支曲文〔庆元贞〕下半段描绘的："一只手揪住这厮泼毛衣，使拳捶、和脚踢。"一顿拳脚以后，又发现错了："呸，原来是一领旧羊皮。"——他自己的旧羊皮袄。

老差吏唱这三支曲文都是在杨国用魂儿跟他打闹的时候。打闹是一种喜剧性的手法。如果说这种喜剧性的打闹是老差吏和魂儿相识的媒介——所谓不打闹不相识也；那么，反映打闹的这些唱词的意蕴就要远远超出这一点。老差吏张懒古是形单影只的孤老汉。这个孤老汉的眼睛看东西有点花，手脚有点不灵便，但他还是振作精神，忙个不停；这个孤老汉虽然过去在衙门办事多年，却很穷困，穷到一领旧羊皮袄既要白天当衣服穿，又要晚上当被子盖（这又和前文讨瓦盆事起了照映作用）；这个孤老汉生性活泼，常常自解自嘲；这个孤老汉又有点迷信，相信鬼神。总之，这些唱词使一个活生生的人物展现出来了。

这三支曲文还有多方面的戏剧语言特色。性格化是已经提到的。读了它，在人们的艺术脑海里，就会刻印下张懒古这个名字；他会在储存众多艺术形象的脑海里占有一席之地。通俗性和音乐性、文学性相结合是应当提到的。它通篇都是口语，但又不是真正口语，它熔铸线条、色彩、音节、韵律于一炉，经过提炼、锻造，因而比实际的口语更美。动作性也是必须提到的。每句唱词，都能使人物行动起来，有些话还藏着潜台词，为演员创作提供了良好条件。

（马圣贵）

〔注〕 ① 捷讯：即节级，军官名。

玎玎珰珰盆儿鬼

无名氏

第 四 折

〔正宫·端正好〕抱着他冤楚楚瓦盆儿，直到这另巍巍公堂下。只待要如律令把贼汉擒拿，谁似这龙图包老声名大？俺索向屏墙侧偷窥罢。

〔滚绣球〕俺则见狠公吏把荆杖挝，恶曹司将文卷押。两边厢摆列着势剑铜铡,中间里端坐个象简乌纱。盆儿也道假来你又不是假,道耍来你又不是耍,直被你唬得人心慌胆乍,没来由俺可也做这等冤家。盆儿也若是你今朝不把情由诉,平日空将正直夸,早准备带锁披枷。

〔叨叨令〕俺为甚的无柴少米不纳民间价?为甚的穿衙入府不受官司骂?也则为公心直道、从没分毫诈。也不是强唇劣嘴要做乡村霸。则被你都坏了我也么哥、则被你都坏了我也么哥,倒不如吞声忍气依旧回家罢。

〔醉高歌〕你背地里玎玎珰珰说话,着紧处你便妆聋作哑。俺只待提起来望这街直下,摔碎你做几片零星瓦查。

〔红绣鞋〕恰才那粗棍子浑如臂大,他将俺打一下直似钩搭,你是个鬼魂儿倒捉弄俺老人家。不是俺怕将他这门桯蟇,也不是俺懒将他这地皮蹅。盆儿也俺可便待今番吃了三顿打。

通过打闹这种喜剧性的手法,杨国用魂儿和老差吏张憋古开始交谈。魂儿的冤屈引起了张憋古的同情怜悯。在魂儿的请求下,他就抱着瓦盆到开封府向包拯告状去了。这五支曲文就是他在告状过程中唱的。

〔端正好〕第一句用"冤楚楚"形容瓦盆的冤屈痛苦,第二句用"另巍巍"形容公堂的巍峨挺拔,其确切妥帖是不用说的,而且从中还暗示了张憋古这样的朴实见解:开封府公堂是人民诉苦申冤的地方。所以他接着说,只要按法令逮捕罪犯就可以了,谁的声名都没有"龙图包老"大(包拯授龙图阁学士,世人亦称其为"包龙图"或"龙图包老")。这当然是他主观猜想,实际如何,他必须看一看;但他又不敢正面看,只能从侧面偷偷地看:"俺索向屏墙侧偷窥罢。"

张撇古看到了什么呢?〔滚绣球〕曲文前五句提到了四组形象:拿着荆杖执行挝打用刑的差吏,拿着案卷执行供词画押的官吏,排列两厢的宝剑、镧刀,以及端坐中间的"象简乌纱"。"象简"是象牙做的笏,"乌纱"是官衣官帽。这无疑都是包拯的穿戴,这也无疑是用包拯的穿戴替代包拯本人。说差吏"狠"、官吏"恶"都比较具体,对包拯只说穿戴不说其他是否就不具体?回答应该肯定。因为它至少可以说明,包拯的脸面像他的衣着一样毫无表情。公堂的这副架势是威严的。张撇古看到它不免心悸,有些懊悔,所以原剧"象简乌纱"下面有一句夹白:"盆儿,这所在不来也罢了。"他又想起自己"没来由"(平白地)做了盆儿鬼"冤家"(最亲近的人)的经过,嘱咐盆儿鬼在公堂上把情由说得仔细些,否则,就是他"平日空将正直夸。"他还下了新的决心:"早准备带锁披枷",如果告状不成的话。

可是,告状发生波折。原来约定,只要张撇古在瓦盆边沿上敲三下,盆儿就"玎玎珰珰的说起话来",结果瓦盆在公堂上先后两次都闷声不响。包拯的责难,差吏的棒打,不由张撇古不火冒三丈。曲子〔叨叨令〕正是他发火时唱的。曲文大意是:我的好名声全被你搞坏了,还是吞声忍气回家算了。第一句"不纳民间价",就是说他吃的米烧的柴正如那只瓦盆一样,都是讨来的,不需按市场价格付钱。为什么能有这样好待遇?都是因为他当年在衙门办事公正,不欺压百姓。[①]

下面的曲文〔醉高歌〕继续写张撇古发火。第一、二句"你背地里玎玎珰珰说话,着紧处你便妆聋作哑",是指责盆儿一出公堂就要求再上公堂,上公堂又不说话。这种屡违约言的行为,气得张撇古简直要把瓦盆摔碎:"摔碎你做几片零星瓦查。"

然而,魂儿还是苦苦哀求张憋古带瓦盆再一次去告状。在这种情况下,他又再一次地责骂魂儿,这就是曲文〔红绣鞋〕的开头三句。但他毕竟心地善良,虽有疑虑,说"不是俺怕将他这门桯薅,也不是俺懒将他这地皮蹉"。"薅",这里是"跨越"的意思。"蹉",这里是"踩、踏"的意思。言外之意是:就怕你和前两次一样,到了公堂不说话。经魂儿再三苦求,他也不管这点了,他抱着瓦盆第三次进了公堂,"俺可便待今番吃三顿打"。②

我国古典戏曲在情节结构方面是很讲究奇特的,所以有"非奇不传"的说法。《盆儿鬼》正是如此。就是这五支曲文,这个特点也是明显的。当然,它所写的告状一事本身并不奇特,任何时候、任何地点都会发生,但那强烈要求告状的原告到了公堂竟不发一言的反常行为却是非常奇特的;加上张憋古来往奔跑、折腾在公堂内外的构思编排,以及在公堂上瓦盆因何不说造成的悬念,这就使它既有很强戏剧性,又有不落窠臼、独树一帜的结构特色。

张憋古在公堂内外的反复折腾,和前三支曲文中的打闹一样,同是一种喜剧性的手法,也同是为了塑造张憋古这个人物服务的。读了这五支曲文,我们会感到,张憋古的性格更丰满了。除前文提到的活泼、诙谐、胆小继续有所表现外,又增添了正直、善良和坚毅。当然这些闪光的性格遇到波折时会摇晃、会减低亮度,但性格组合是复杂的,经过摇晃,其性格才会显出真实,显出可爱和可贵。

(马圣贵)

〔注〕 ① 原剧里曾交代,包拯因张憋古在衙门办事年久,无人养济,着他柴市里讨柴,米市里讨米。 ② 原剧后文交代,瓦盆不说话的原因,是因公堂的大门有门神户尉挡住,盆儿鬼进不了公堂。当时民俗,家家户户都有印着门神户尉的符纸贴在门上。

风雨像生货郎旦

无名氏

第 四 折

〔梁州第七〕正遇着美遨游融和的天气，更兼着没烦恼丰稔的年时。有谁人不想快平生志，都只待高张绣幕，都只待烂醉金卮。我本是穷乡寡妇，没甚的艳色娇姿。又不会卖风流弄粉调脂，又不会按宫商品竹弹丝。无过是赶几处沸腾腾热闹场儿，摇几下桑琅琅蛇皮鼓儿，唱几句韵悠悠信口腔儿。一诗一词，都是些人间新近希奇事，扭捏来无诠次①。倒也会动的人心谐的耳，都一般喜笑孜孜。

〔转调货郎儿〕也不唱韩元帅②偷营劫寨，也不唱汉司马③陈言献策，也不唱巫娥云雨楚阳台④，也不唱梁山伯，也不唱祝英台，只唱那娶小妇的长安李秀才。

〔三转〕那李秀才不离了花街柳陌，占场儿贪杯好色。看上那柳眉星眼杏花腮，对面儿相挑泛，背地里暗差排。抛着他浑家不睬，只教那媒人往来。闲家擘划，诸般绰开，花红布摆。早将一个泼贱的烟花娶过来。

〔四转〕那婆娘舌剌剌挑茶斡刺，百枝枝花儿叶子，望空里揣与他个罪名儿。寻这等闲公事，他正是节外生枝，调三斡四。只教你大浑家吐不的咽不的这一个心头刺,减了神思,瘦了容姿。病恹恹睡损了裙儿褃⑤,难扶策,怎动止。忽的呵冷了四肢,将一个贤惠⑥的浑家生气死。

〔五转〕火逼的好人家人离物散,更那堪更深夜阑。是谁将火焰山移向到长安。烧地户,燎天关。单则把凌烟阁留他世上看。恰便似九转飞芒⑦老君炼丹,恰便似介子推在绵山,恰便似子房⑧烧了连云栈,恰便似赤壁下曹兵涂炭,恰便似布牛阵举火田单,恰便似火龙鏖战锦斑斓。将那房檐扯,脊梁扳。急救呵,可又早连累了官房五六间。

〔六转〕我只见黑黯黯天涯云布,更那堪湿淋淋倾盆骤雨。早是那窄窄狭狭、沟沟堑堑路崎岖,知奔向何方所?犹喜的消消洒洒、断断续续、出出律律、忽忽噜噜阴云开处,我只见霍霍闪闪电光星烓。怎禁那萧萧瑟瑟风,点点滴滴雨,送的来高高下下、凹凹凸凸、一搭模糊?早做了扑扑簌簌、湿湿渌渌、疏林人物。倒与他妆就了一幅昏昏惨惨潇湘水墨图。

〔七转〕河岸上和谁讲话?向前去亲身问他。只说道奸夫是船家,猛将咱家长喉咙搯,磕搭地揪住头发。我是个婆娘,怎生救拔!也是他合亡化,扑鼕的命掩黄泉下,将李春郎的父亲,只向那翻滚滚波心水淹杀。

《风雨像生货郎旦》是元代佚名杂剧作家的一篇杰作。"像生"一词,在这儿是演唱的意思。货郎旦,唱〔货郎儿〕的女子,指剧中人张三姑。全剧生动地反

【风雨像生货郎旦】

映了因娶妾而败家的社会问题。剧演秀才李彦和纳妓女张玉娥为妾,元配刘氏被气死。玉娥又与奸夫合谋夺财产,烧住宅,将彦和推入江心,又差点勒死奶娘张三姑。后三姑为一艄公所救,将彦和子春郎卖与拈各千户。十三年后,拈各死,春郎袭千户,偶因事至河南,歇宿馆驿,驿子唤来艺人,即彦和与三姑。原来三姑从艺人张憨古学会唱〔货郎儿〕,卖艺糊口,又遇大难不死的彦和。三姑唱出彦和一家遭遇,春郎始知即其父与奶娘,一家团圆。并捕获奸夫淫妇,报了仇恨。第四折所写,即馆驿团圆的一段情节。

这一折所用曲为南吕宫套曲:〔一枝花〕、〔梁州第七〕、〔转调货郎儿〕(九转)、〔煞尾〕,前二曲本属南吕宫,〔转调货郎儿〕原属正宫,也可入仙吕、中吕、南吕。起源于民间歌谣,原是沿街挑担卖杂货玩具的小商贩为招徕顾客唱的。后来逐渐发展为一种说唱文学,和说唱〔莲花落〕〔太平年〕一般。一些穷苦人靠它糊口,出现了专业艺人,《货郎旦》中的张憨古就是这种艺人。渐渐流行开了,逐步有所提高,为剧作家采用,成为北曲曲牌的一种。后来再进一步演化的痕迹可从《跃鲤记》第十九折、《牧羊记》第六折和《货郎旦》第四折看出来:《跃鲤记》用四支〔货郎儿〕歌唱四个历史故事,是配角上场时唱的民歌,与剧情无关,唱辞句尾常加"货郎来"三字。《牧羊记》中的〔货郎儿〕已是剧本的组成部分,但曲文仍比较简单粗糙。《货郎旦》中的〔九转货郎儿〕则是作者精心撰写的佳作了。它绘声绘色地描述李彦和一家的遭遇,使我们不得不佩服作家过人的艺术造诣。

〔梁州第七〕是由唐代大曲〔梁州〕(一作〔凉州〕)发展而来,属南吕宫。它的声调平和流畅,适用于叙述故事或抒写情感,因此一般联套都把它放在首曲〔一枝花〕后面,后接其他曲子演述套曲重点内容。此剧也将它放在这承先启后的位置上,首先用两句简短的话描绘一下背景:那正是丰收后的良辰美景,一般人都要及时行乐,而蹇于遭逢的李彦和与张三姑只能卖唱度日。同时告诉观众：她不是卖风流的娼妓，也不是自幼卖唱为生的艺人，只是被生活所迫，编些时事小曲，赶几处热闹场所唱唱而已。

按照〔转调货郎儿〕说唱的惯例，一般由九支曲组成，故又称"九转货郎儿"。本文选析其首曲、三转到七转共六曲。一开始先交代演唱的内容。这里不厌其烦地说明所演唱的不是民间流传的传统剧目，而是当时的真人真事。对于听惯了勾栏流行剧目的观众，可以一新耳目。这自然会引起他们的好奇心，吸引他们聆听下面的内容。故此曲虽短，却是不可缺少的。

继前二曲描写长安繁华景象之后，〔三转〕开始介绍故事的主人公李秀才，由于迷恋花街柳巷，引狼入室，娶来别有所恋的恶妇，种下了不幸的苦果。

〔四转〕作者用白描手法活绘出两个性格完全不同的妇女形象。张玉娥是那样的卑鄙泼辣，刘氏又是这样的软弱可怜。前三折作者已告诉过观众，刘氏不同于《狮吼记》中的柳氏，不可能用斗争来保卫自己；更不同于一般文人士夫所欣赏的"贤德夫人"，任凭丈夫寻花问柳、娶妾纳宠也毫无嫉妒之心；她是个有血有肉有普通人情感的妇女。曲子用民间口语、配以优美的音乐，入木三分地描写了她面对泼妇的无事生非，无可奈何，从而酿成重病，直至不起的悲惨遭遇，从而牢牢扣住了读者的心弦。

〔五转〕着力描写火势的猛烈，连用六个历史上有关火的故事作比喻，与〔四转〕紧密配合，一写人亡，一写家破。奸夫淫妇为了便于下毒手，竟点燃了这场大火，丧尽天良到何等地步！

〔六转〕是这则说唱故事的最高潮，乐曲也出现了最高峰。作者连用了三十双叠字，这在词曲中已属罕见，而这些叠字又用得极其恰当而形象。音乐更是急管繁弦，犹如大珠小珠落玉盘一般，与真切如画的曲文配合得血肉相连不可分割。听起来似乎置身于暴风骤雨之中。不难想象，上演时必能使歌者荡气回肠，听者铿锵盈耳。〔五转〕写火，〔六转〕写水，水火之无情，以及一手策划这两场水火之灾的人的狠毒,皆被作者写得跃然纸上,令人叫绝。

〔七转〕演述李彦和如何被奸夫淫妇推卜河去,被水淹杀。张三姑唱此曲时,李彦和正在身边,并没真死。这样的安排也有作者的匠心在。在剧情进展上,张懒古作曲时不知彦和未死,三姑遇彦和又在张懒古死后,张三姑唱时不作改动,依原作演唱,正好留此惊人之笔为好色贪花的男子下一针砭。曲文虽短,对奸夫的凶狠残暴,李彦和的懦弱无能,张三姑的爱莫能助,都写得淋漓尽致。

《货郎旦》第四折用十几支曲文写一件件不幸的事情的连续发生,借助一支支动人的乐曲送入听众耳鼓。内容就是前三折的剧情,但文字和乐曲都与前三折毫不重复,表现技法亦完全不同。语言质朴本色,雄浑精炼;乐谱高亢激昂,声情并茂;韵脚每转一换,每一转有每一转的情节,每一转有每一转的旋律。矛盾一步步尖锐,声调也一步步紧张。至〔六转〕、〔七转〕情节和音乐同时达到顶峰。然后再使之渐趋平稳。(〔八转〕〔九转〕这里未选,内容是三姑回忆拈各千户的仪态和与春郎分别时的情景)观众好像跟随作者去游名山,转一个山头,呈现出一幅惊险的画面,画面绝不重复,而又脉络相连。不是对文学和音乐都有深湛修养、对社会现实有敏锐的观察力、并对演出效果十分在行的曲家,是不可能达到如此水平的。

作者的贡献不仅是创作了一部杰出的剧本,更值得一提的是:使〔货郎儿〕曲大大提高,为后世作曲家增加了一套完美的北曲套子,以后明清曲家也常使用〔九转货郎儿〕从事写作。洪昇还依据《货郎旦》第四折字模句拟地创作了脍炙人口的《长生殿·弹词》,至今演唱不衰。1987年,北方昆剧院仍有《货郎旦》的演出。此为著名旦角演员蔡瑶铣的擅场剧目。追本寻源,我们自不能忘记这位佚名作家的功绩。

(周妙中)

〔注〕 ①诠次：次序。 ②韩元帅：指韩信。 ③汉司马：指司马相如。 ④巫娥云雨楚阳台：指楚王与巫山神女幽会故事，见宋玉《高唐赋》。 ⑤袟（zhì 至）：裙上的褶。 ⑥惠：原作"会"，径改。 ⑦九转飞芒：道家炼丹，炼一次称为一转，"九转"形容要反复炼多次方可炼成。飞芒，指光芒四射。 ⑧子房：汉张良字子房。

冯玉兰夜月泣江舟

无名氏

第　三　折

〔商调·集贤宾〕正沧江夜寒明月皎，觑地远叩天遥。这船呵在风中簸荡任东西，水上浮漂；又无人把舵推篷，那里也举棹撑篙。我则听的古都都泼天也似怒涛，斗合着忽剌剌风声儿厮闹。这水也流不尽俺千端愁思积，这风也抵不过俺一片哭声高。

这是一个悲剧。女主人公冯玉兰的父亲携带满门家眷去福建泉州府赴任，行至长江黄芦荡遇大风泊船。当晚遇一巡江官巡江，因同为仕宦中人，便请到舟中置酒相待。巡江官见冯母有姿色，便将冯氏全家尽皆杀死，掠冯母为妻。冯玉兰急中生智，将书匣抛入江中，凶手误以为她跳江自尽，她则躲在船尾的后舵上。待强人去远，她重又回到舟中，只身一人伴着五六具死尸，随风飘荡，船无灯火，只有凄凉的月光透进舟中，景象十分凄惨。这支曲子就是这种悲惨情景的写照。

开首两句是写景。沧江、寒夜、明月构成一幅凄凉的景象。继而由浩淼的江水联想到地远，由明月皎皎联想到天遥。"觑"、"叩"二字互文见义，不仅是写主人公视觉中天地之遥远，而且也含有问天天不应，叩地地不答之意，以表现她孤苦无援，有冤无处申，有苦无处诉的悲苦处境。这两句曲词由景入情，景中有情。中间四句是咏物。写船在风中簸荡，水上漂摇，既无人把舵推篷，又无人举棹撑篙。暗中表明家人、艄公均已被害，自己处境险恶，命运未卜。末尾数句是抒情。先是以景物的渲染作为抒情的陪衬：古都都泼天卷云似的怒涛，纠合着忽刺刺凄厉凛凛的狂风，喧闹咆哮。然后是借景抒情：水再大也流不尽满腔积聚的千端愁思，风再响也抵不过女主人公的哭声高。曲词由物及情，由流水到愁思，由风声到哭声，以丰富的联想和巧妙的夸张，把流水作为愁思的铺垫，把风声作为哭声的衬托，使人物抽象的思想感情得到具体的表现，具有很强的艺术感染力。

　　本曲曲辞凄怆自然，质朴流畅，既无辞藻的堆砌，又无典故的罗列，全曲借景抒情，情景交融，淋漓尽致地抒发了女主人公内心的悲愤和哀痛，把全剧的悲剧气氛推向高潮。剧名"冯玉兰夜月泣江舟"，这首曲子描写的就是这种情景，是全剧画龙点睛之笔。

（张人和）

小尉迟将斗将认父归朝

无名氏

第　二　折

〔柳青娘〕到来日扑冬冬的征鼙慢凯，韵悠悠的角声哀，响铠铠的铜锣款筛。忽刺刺的绣旗开，黑漫漫杀气遮了日色，恶眼眼①的人离了寨栅,扑腾腾马践尘埃。碜磕磕的镫相磨,乱纷纷的枪相截,密匝匝的甲相挨。

《小尉迟》写的是唐代名将尉迟恭出征北番,阵前父子相认,同克番军,得胜归朝的故事。〔柳青娘〕一曲抒发了尉迟恭年高志壮,请缨北征时的无畏胸怀。

曲分两个层次:先以设想的两军对垒为发端,但作者没有直接描写两军阵前剑拔弩张的紧张场景,而是用声觉形象来唤起这样的场景:扑冬冬的征鼓缓缓敲响,长空里传来画角声凄凉悠远,稳定阵脚的锣声轻轻地响着,战场一派肃杀冷峻。作者很懂艺术规律,他删繁就简,在最能体现临战气氛的“静”上大做文章,以一总多。用一个“征鼙慢凯”的“慢”字、“角声哀”的“哀”字、“铜锣款筛”的“款”字,一下就达到了“状难写之景如在目前”的艺术效果。同时还反衬出了尉迟恭久经沙场、成竹在胸的大将风度和心理素质。紧接着“忽刺刺的绣旗开”,全曲转入了第二层次——交兵鏖战。对这一层次的描写,作者将笔触由原来的听觉转化为直观的视觉形象:但见尘烟四起,人马交错,枪鞍相接,杀气冲天。作者由背景写到人,由人写到马,由马写到鞍镫,由鞍镫写到枪,由枪写到甲,将这几点组合起来,就如同水墨画中一幅大写意的烽烟鏖战图。两个层次,静动互比,有声有色,相映生辉。

从整体来看,全曲气势雄浑,由头至尾,无一不使用排比句式,其音节,如奔腾的江河,激越,澎湃,相当生动地表现出尉迟恭昂扬的斗志。这一特色,正是元曲不输前人的绝技。与此同时,作者在语言上紧扣人物个性特点,纯用白描,以口语入曲,直抒胸臆,显示了本色语言的魅力。它不仅节奏鲜明,声调铿锵,而且还借这种动作性很强的语言,增强气势,揭示性格。通过两个层次的组合,寥寥几笔便清晰地勾勒出尉迟恭英雄暮年、壮心不已的豪爽性格。

(赵莱静)

〔注〕① 哏：通"狠"。凶恶貌。

桃花女破法嫁周公

无名氏

第 二 折

〔滚绣球〕我头直上发似揪，耳轮边热似火，我行行里袖传一课，急慌忙把脚步儿频挪：我这里穿大道桑柘林，穿小径荆棘科。则见乱交加不知是那个，则听的沸滚滚热闹镬铎。俺父亲揎拳捋袖因何事？他这般唱叫扬疾不傸便可也为什么？有甚的好话评跋。

〔滚绣球〕则你这媒人一个个，啜人口似蜜钵，都只是随风倒舵，索媒钱嫌少争多。女亲家会放水，男亲家点着火。你将那好言语往来收撮，则办得两下里挑唆。你将那半句话搬调做十分事，一尺水翻腾做百丈波，则你那口似悬河。

《桃花女》作者失考。此剧故事大致如下：周公卖卦，推算极准，先后算定石留住与彭大公骤死之日，但届期并未亡过。周公大惊，逼问彭大公，方知是桃花女教了他们趋生避死之法，得以延长寿算。周公既嫉又恨，乃设计谋害桃花女。他让彭大公携带花红酒礼去向桃花女之父任二公致谢，就便骗娶桃花女为儿媳，企图在新人入门之际害死桃花女。岂知桃花女事先已算知周公毒计，破了周公法术。周公不得不为自己的狠毒用心粉饰，说什么"非是我选时日故生毒害心，实则要比高低试道他知未"。剧本所描写的故事离不开六壬爻卦,纯属荒诞,但从作者所表露的倾向来看,此剧仍有一定积极意义:首先是歌颂了小人物桃花女战胜了赫赫有名的大人物周公;其次是暴露了大人物嫉贤妒能以至不惜害人性命的毒辣与险恶。

这里所选的两支〔滚绣球〕都是桃花女所唱。当彭大公为骗婚与任二公争闹之际,桃花女正从东庄讨取明镜归来。在途中她忽然感到"心中有些恍惚",就一面赶路,一面卦了一课,从卦课中已明白就里。前一支〔滚绣球〕正是在这种背景下唱出的。前四句写桃花女归家途中的自我感觉以及卦课究原。头直上,即头顶上,头发揪紧;耳轮边,即耳朵边,耳边发烧,这是形象地再现桃花女心中的"恍惚"。正是有这些生理上的异常反应,她才在行路时卦课。卦课的结果虽然没有明白写出,但显然是不吉利的,因为紧接在"行行里袖传一课"的第三句之后,第四句就写道:"急慌忙把脚步儿频挪"。"急慌忙"、"频"等词语的运用,正表明了她心情的紧张不安。以上四句为第一节,以下四句为第二节,两节句法全然相同,盖即将前一节重做一遍,故谓之〔滚绣球〕。第二节前二句,无论是桑柘林中的"大道",还是荆棘丛中的"小径",连用两个"穿"字,正表现了桃花女慌不择路急于赶回家门的心情。曲词唱到此处,却插上一句道白"早来到门首也",这是为前二句唱词做一说明,在节奏上也是一个停顿,将一路上的紧张心情稍稍缓和一下。然而这和缓的心情转瞬即逝,三四两句分别写她回到家门时的所见所闻:见到的是乱纷纷("乱交加")的一些不知其为谁何的人,听到的是一片如同沸水般的喧闹("镬铎")之声。当她凝神细看细听,原来是彭大公与父亲在争吵,以下三句就分写任二、彭大和桃花女自己。她先看到的是自己父亲任二公挽起的衣袖中所露出的拳头("揎拳捋袖"),接着又听到的是彭大公的大吵大闹("唱叫扬疾")。正当此际,彭大公见到她,招呼她前来,"我有说话,要和你讲哩"。她就势用一句唱词询问有什么话商量("评跋")。一般散曲用来写景抒情,而当它们被组织到杂剧中时,也常被用来叙事写人。这一支〔滚绣球〕

就如此,它起着叙述情节发展、表现人物性格的作用。全支曲词从桃花女的生理感应写起,接着写她由于这种感应而产生的行动——卦课、赶路,再写她回到家门的所见所闻。而描写的人物,至此也从桃花女一人扩及到彭大、任二。彭大做的事其实有些"亏心",硬朗不起来,只是一味虚张声势的大吵大闹;任二受了老友之骗,怒火中烧,动了真气,因而要老拳相向;桃花女在卦课中已知就里,所以反诘彭大"有甚的好话评跋"。"好话"一词乃是反语正说,讥刺之意显然可见。可见这一支短短的〔滚绣球〕既交代了剧情的发展,又穿插了一定的戏剧冲突,并表现了这三个人物处在不同境遇中的性格特点。

第二支〔滚绣球〕是桃花女从彭大口中听说他前来做媒被自己父亲任二严词拒绝之后所唱。第一节四句概括了古往今来的媒人特点,嘴甜似装蜜的钵,一味拣中听的话说去,其实随风倒舵,并无定见,目的在于多捞媒钱而已。第二节四句则从男女双方具体描绘媒人"随风倒舵"的伎俩:既能"挑唆"双方,又能"收撮"双方。最后三句刻画媒人"口似悬河"的本领,能将"半句话"做弄出"十分事","一尺水"掀腾起"百丈波"。半句、十分、一尺、百丈,实数和概数交替使用,更加烘托出媒人的如同"蜜钵"、好似"悬河"般的伶牙俐齿。这支〔滚绣球〕曲词,着重在刻画媒人的性格特征,而在刻画中宣泄了桃花女的愤慨之情,所以说是既叙了事,又抒了情。

(陈美林)

苏子瞻醉写赤壁赋

无名氏

第 三 折

〔圣药王〕一枝的曲未终,韵更清,便似子规枝上月三更。低一声，高一声，似东风花外锦鸠鸣，恰便似斜月睡闻莺。

元代无名氏的《醉写赤壁赋》是根据苏轼散文《前赤壁赋》增饰敷演而成的一本杂剧。苏轼是一代文豪和诗豪，生逢积贫积弱、政局反复多变、党争此起彼伏的北宋末期，他身不由己地卷进斗争漩涡，曾两度入朝任职，又两次被贬，一生几起几落，坎坷不平，造成了他错综复杂、矛盾多变、儒道杂糅的思想风貌；而贯穿他毕生的人生哲学和处世态度的基调，则是"外儒内道"，超旷放达。谪居黄州时所写的《前赤壁赋》，可以说是苏轼最为淋漓尽致的"自我"表现。此文运用优美的文笔，通过主客对话形式，抒发出作者由乐到悲，以乐（旷达）作结的人生感慨；表现了作者由积极入世、豪气未泯、怨气未消达到俯仰自由、超尘绝世、随缘自适的佛老境界之思想历程。

《醉写赤壁赋》的一折、二折和楔子，交代了东坡被贬黄州的原因及经过，第三折则根据《前赤壁赋》所提供的情节，搬演苏东坡在黄鲁直、佛印禅师陪伴下，于中秋之夜荡舟长江，醉写赤壁赋的场面。

〔圣药王〕为此戏第三折越调套曲的第七支曲子。前六支叙述苏东坡、黄鲁直、佛印禅师相约、登舟、把盏、赏月等情形，描绘了如画的赤壁夜色：月光溶溶，银波闪闪，芦花萧萧，桨声欸乃，水声潺潺，白鹭惊飞……使人如同身临其境。接下去，便演佛印品箫。箫韵悠悠，似箫韶九成，如莺声燕啭，若猿啼峻岭。苏东坡陶醉其中，突然打断佛印品箫，赞不绝口。〔圣药王〕这支曲子短小轻俏，继〔耍三台〕之后，从另一个角度描绘了佛印的品箫。"一枝的曲未终，韵更清"，"枝"，即"支"，"韵"，指声韵。这句的意思是：一支曲子尚未奏毕，声韵越发清亮悠扬，贴着水面，传得很远，四围山光水色都仿佛溶化在箫声之中。这一句直接写箫韵，其实通过箫韵暗示出月白风清、一片静谧的赤壁之夜，极有意境。如果说"韵更清"只是一个总的"乐感"，还不够具体、形象的话；那么，下面接连使用的三个比喻，则弥补了这个不足。头一个比喻是"便似子规枝上月三更"。子规，鸟名，即杜鹃，又名杜宇，相传为古蜀望帝的魂魄所化，常于夜间悲啼，最后泣血而死，鲜血化为杜鹃花。白居易《琵琶行》云："其间旦暮闻何物？杜鹃啼血猿哀鸣。"更深人静，子规鸟在枝头哀啼，时高时低，凄切动人。用子规啼叫比喻箫声，和《前赤壁赋》中的描绘是一致的，赋中写道："其声呜呜然，如怨如慕，如诉如泣，余音袅袅，不绝如缕，舞幽壑之潜龙，泣孤舟之嫠妇。"两者的意境和韵味是十分相似的。第二个比喻是"似东风花外锦鸠鸣"。东风，即春风，《礼·月令》孟春之月："东风解冻，蛰虫始振。"锦鸠，锦指羽毛斑斓，鸠即斑鸠。这句意思是，佛印的箫声使人感到，仿佛是春风吹拂、万紫千红的春日，锦鸠在花丛间鸣啭。第三个比喻是"恰便似斜月睡闻莺"。恰便似，就好像。斜月，挂在天边的月亮。睡，指睡梦中。莺，鸟名，又名鸧鹒、黄鸟、黄鹂，因其初春始鸣，莺啼花开，故又叫告春鸟，羽毛有文采，鸣声宛转。白居易《琵琶行》曾用莺声来形容琵琶："间关莺语花底滑。"这句意思是：佛印的箫声，好像是在温馨的春夜里，梦中醒来，偶然听到的黄莺啼啭，何其赏心悦耳。这三个比喻，对箫声作了生动而形象的描述，使人如闻其声；且句式同中有异，富于变化，声调有疾徐高下之别，韵味也不尽相同。

（刘　辉　周传家）

锦云堂暗定连环计

无名氏

第　三　折

〔滚绣球〕炉焚着宝篆香，酒斟着玉液浆，奏笙歌乐声嘹亮，今日个画堂中别是风光。虽然是锦绣乡,暗藏着战斗场。则争无虎贲郎将,玳筵前拥出红妆。我只待窝弓药箭擒狼虎,布网张罗打凤凰,不比寻常。

〔鲍老儿〕你这里鼓舌摇唇说短长,则俺那新媳妇在车儿上。盼不见画戟雕鞍旧日郎,咒骂杀王丞相。枉了你扬威耀武,尽思竭节,定国安邦。偏容他鹚鸫弄舌,乌鸦展翅,强配鸾凰。

〔煞尾〕虽然是女娘家不气长,从来个做男儿当自强。若要你勃腾腾怒发三千丈,则除今夜里亲见貂蝉细细的访。

此剧写的是三国故事:东汉末年,董卓弄权,欲篡汉位,大司徒王允忧心如焚,以义女貂蝉为钓饵,定下连环美人计,先将貂蝉许配吕布为妻,复又欲献董卓为妾,以挑起董、吕之间的矛盾,终于借吕布之手,翦除董贼。明传奇有王济的《连环记》,亦演此事,今昆剧尚能演其中"议剑"、"拜月"、"小宴"、"梳妆"、"掷戟"等多出;京剧、越剧等也有改编本。不过,某些情节已与元杂剧不同,如杂剧中之貂蝉,本是吕布之妻,因黄巾作乱,夫妻失散,并非素不相识;连环计,也是事先由蔡邕所献,并非貂蝉原有为父分忧之心。可见,从元杂剧到明传奇及以后的各种地方戏,几经改编重作,多有增删,发展变化较大。貂蝉其人,史无记载,系虚构人物,但形成却相当早,金元间就已具雏形,金院本已有《刺董卓》的剧目,元南戏亦有《貂蝉女》和《王允》的名目记载。可惜,剧本均已散佚。元代无名氏之《连环计》,不知是从院本还是从南戏而来,也有可能是据元人《三国志平话》改编。就故事情节看,杂剧与平话全同,唯吕布独自刺死董卓一节,杂剧改为派蔡邕将其诱至银台而共诛之。

【锦云堂暗定连环计】

杂剧《连环计》由于受到一本四折、一人独唱之局限，只有正末扮王允唱，真正的戏实际上在貂蝉与吕布、董卓之间，而此三人不能唱，只是以大段对白铺叙。这里所选三曲，第一曲是王允已知貂蝉为吕布之妻，设宴使其夫妻见面，并许其团聚之后，再设计让董卓上钩之前所唱；后二曲，是吕布闻知貂蝉已被董卓接去并已成婚后，赶到王允家，王允对吕的激将之词。此三曲在剧中是颇有特色的。

〔滚绣球〕是说王允摆下盛筵，设了笙歌，准备实施连环之计。正是所谓"画堂中别有风光"。尽管没有刀枪剑戟，只有一位红妆女郎，我王允却埋下了强弓毒箭，布下了天罗地网，要擒住那虎豹豺狼，射中那凤鸟鸾凰。这支曲子唱出了王允宴请董卓之前不平静的心境，比喻得当，有声有色，颇为精彩。虽然是直抒胸臆，却文采斐然，典雅而不晦涩。艺术手法上，以表面的"热"、"松"，掩盖内里的"冷"、"紧"；以此刻的"静"，衬托即将到来的"动"。虎贲，本指勇士。郎将，是中郎将之省称，为皇帝的侍卫官。西汉平帝时，已设虎贲中郎将。此处是泛指武士、猛将。窝，埋藏之意；药箭，是上了毒药之箭。值得注意的是，此处用"凤凰"二字，除为合曲韵外，仅取其"鸟中之王"一义，并非喻董卓有德。

〔鲍老儿〕和〔煞尾〕是要搠起吕布对董卓的一腔怒火，以便借刀除董，但仍有层次之区别。前曲是利用吕布武艺高强，威镇天下，而又心胸狭窄、性情暴烈之特点，对其直接的激将；但吕布毕竟为董卓之心腹，王允尚忧其不会轻易上钩，故〔煞尾〕曲中，要吕布亲自去问貂蝉，是我不仁，还是董卓不义。此曲之前，吕布闻知貂蝉已与董卓成亲，气势汹汹地前来质问王允，为何出尔反尔？但王允没为自己作解说，〔鲍老儿〕一开头，就反过来指责吕布，你还在这里鼓舌摇唇同我辨是非、争短长，我的女儿在车子上盼不到英雄盖世的旧郎君，不住地咒骂我王丞相哩！平时你威风凛凛，口口声声要尽忠竭节，定国安邦，偏偏却忍得下这口窝囊气,任董卓像鸱鸮、乌鸦一样,肆无忌惮地霸占你的爱妻,你算什么英雄好汉呵?"王丞相",是王允自指。此时,他任大司徒之职,即丞相。鸱鸮,为凶猛之恶鸟,如猫头鹰之类。古人视鸱鸮、乌鸦为不祥之物。画戟,吕布作战时惯使方天画戟,此指其所用之武器。〔煞尾〕说,貂蝉一个弱女子,身入魔窟,自然没有办法,但你这个堂堂男子汉大丈夫,应当有胆有识,赴汤蹈火,如何甘心受辱!吕布听了王允的话,便去寻找貂蝉。因为王允早已与貂蝉商量好了,她所说的话与王允一模一样,因而吕布深信不疑,决心找董卓去算账了。"勃腾腾",即扑腾腾,与"三千丈"均指吕布怒火之盛。如果说,〔滚绣球〕主要用对比的描写手法,〔鲍老儿〕和〔煞尾〕则主要用欲扬先抑的艺术手法,这一方面表现了王允用计之巧妙,同时也加强了戏剧性。

此剧连环之计,虽非王允亲定,貂蝉又原是吕布失散之妻,如此情节安排,说来是不利于王允、貂蝉形象塑造的,但有些曲词颇见功力,亦较有戏剧性,王允、吕布之人物性格也较为鲜明。唯董卓过于脸谱化,不够真实,貂蝉既为吕布之妻,且已相见,尚同意养父所设之计,愿失身于董,更不合情理,故缺乏光彩。

(吴 戈)

逞风流王焕百花亭

无名氏

第 二 折

〔快活三〕这书词是亲手修,重新把密情兜。也不枉我虚名赢的上青楼,早展放双眉皱。

【逞风流王焕百花亭】

〔鲍老催〕我这里展脚舒腰忙顿首，引的我口角顽涎溜。我只道姻缘簿消除一笔勾，又谁知今日还能彀？这书词则是纸摄人魂的下帖，摘人心的公案，追人命的勾头。(王小二云)官人，你愁除病减，都在这封书上，早则喜也。(正末唱)再休题愁除病减，花成蜜就，叶落归秋。

〔耍孩儿〕我便似被困围的败将专求救。哎，高君也，咱两个棋逢对手。也不索推轮捧彀，筑坛台专仗你那妙策神谋。则你是添兵减灶齐孙膑，唤风呼雨蜀武侯，将巧计亲传授。这一番若得贺氏逢王焕，便似织女见牵牛。

此剧当据宋人黄可道《王焕》戏文改编。元人刘一清《钱塘遗事》(卷六)记载："至戊辰、己巳间，王焕戏文盛行于都下(按：指南宋都城临安，今杭州)，始自太学，有黄可道者为之。一仓官诸妾见之，至于群奔，遂以言去。"戏文《王焕》剧本虽佚，现仅存佚曲二十二支，但《永乐大典》和徐渭《南词叙录》均有著录，分别题《风流王焕贺怜怜》、《贺怜怜烟花怨》。

初看，此剧不过是公子哥儿的寻花问柳，是个风流烟花案，实则歌颂忠贞不渝的爱情，故在宋末就产生了相当大的影响，以至"仓官诸妾见之，至于群奔。"从其故事情节看，也正是如此。它写汴梁(今河南开封)人王焕，因父故世，依叔父寄居洛阳。某年清明节，游陈家花园，与上厅行首贺怜怜相遇于百花亭。两人一见倾心，遂往贺家游宴，约为夫妻。半年后，钱财使尽，王焕被鸨母赶出，怜怜被卖给西延边将高邈为妾。怜怜通过卖查梨的王小二，暗约王焕前来晤面，并赠路费，劝其赴西延立功。王焕投军西延经略使种师道麾下，以军功授西凉节度使。师道得知高邈擅用公款娶妾，以致军需缺额，处斩市曹。王焕与怜怜得以重聚。此剧的主题,不同于反对父母包办的封建婚姻,而是不屈于权势,为自己所爱者作出各种努力,终于如愿以偿。故给当时的男女青年(包括姬妾)以极大的鼓舞。

以上三曲,描写了王焕被迫与贺怜怜分离以后,在万般无奈、暗自嗟叹之际,突然收到怜怜托人送来书信时的惊喜情状。它没有用生僻的典故,华丽的辞藻,而是以通俗的口语、生动的比喻,把王焕当时的精神状态刻画得惟妙惟肖,形神毕现,读来琅琅上口,情味无穷。〔快活三〕头两句,是写他初见书信时,不相信这是真的,世间真有此等美事? 待仔细看了笔迹,确为怜怜亲手所写,立即沉浸在无限的幸福之中,好像怜怜就在眼前,与他畅叙旧情。虽然这是两句唱词,我们似乎可以看见,王焕正捧着怜怜的书信,情不自禁地高喊起来:"是真的,是真的,是怜怜亲手写的,我们终于能够重逢并互诉旧情了。"曲词明白如话,平中见奇。下面两句,续写王焕的喜悦,却又加上深深的感激。意思是说,有了你这书信,明白你那颗拳拳挚爱的心,也就不枉我与你相爱一场,再不要愁眉紧锁了。杜牧《遣怀》诗云:"十年一觉扬州梦,赢得青楼薄幸名。"这里化用了杜牧的诗句而反其意。杜牧以"赢得青楼薄幸名"自诩,而王焕却要与贺怜怜做长久夫妻,不要风流的虚名。〔鲍老催〕为首两句,"我这里展脚舒腰忙顿首,引的我口角顽涎溜。"叫人简直弄不清,他弯腰作揖在感谢谁? 我以为,既是在感谢送书词的王小二,但更是在感谢写书词的贺怜怜。感激之外,即急于同怜怜相见。"引的我口角顽涎溜",写得极其生动形象,令人拍案叫绝。俗话说:"馋涎欲滴。"这本是个形容贪食者的贬义词,现在移用到此处,描绘王焕急不可耐的神态,却是再恰当不过了,可谓点石成金之笔。下面两句说,我以为今生姻缘簿上一笔勾销了,哪里想到还能重聚呢? 这是个平平的过渡句,接着则一连用了三个生动比喻,构成三个排比句,来形容书词的勾魂摄魄。此三句节奏明快,感情热烈,如波逐浪,极富艺术感染力。"纸摄人的下帖",是指旧时招魂用的纸

【逞风流王焕百花亭】

簾；"摘人心的公案"，当是挖心剖肺的刽子手；而"追人命的勾头"，该是前来索命的阎王小鬼了。如此美事，却用这等令人闻之悚然的事物来形容，我们不能不佩服作者描写的大胆和奇特，从而将王焕炽烈之情引向高潮。最后三句是本曲的终结，意思是说，不要再提愁除病减了，这早已抛到九霄云外，现在，花粉酿成了蜜，到了秋天收获的季节了。所以，〔耍孩儿〕一曲，即转为向王小二请求良策。头两句，直打胸臆，我像被围困的败将那样，向你求救兵，靠你出奇计去战胜高邈这个不好对付的情敌。接着说，我想也不需要我特地驾车去迎接你，筑坛拜将了，你就赶快拿出克敌制胜的办法来吧！毂，是车轮中心的圆木，这里与"轮"同指车子。下面则用了两个较通俗的典故，把王小二大大夸奖了一番，说他如齐国的孙膑、蜀国的孔明那样神机妙算。蜀武侯，指诸葛亮。他佐三国蜀汉刘备定国，拜为丞相，死后，封武乡侯。"唤风呼雨"是指诸葛亮借东风，在赤壁打败八十万曹（操）兵的故事。孙膑，战国时齐国军事家。公元前 353 年，他协助齐将田忌，用"添兵减灶"之计，将十万魏国军队引诱到马陵地方，设下埋伏，一举将其歼灭。最后两句很明白，如果你想出了奇谋，使我见到怜怜，就如织女、牛郎相逢一样高兴。接着，王小二果然脱下衣帽，让王焕扮成卖查梨的，前去与贺怜怜相会。

三支曲可分两大段：〔快活三〕〔鲍老催〕主要表现王焕接到书词后的惊喜感激的心情；〔耍孩儿〕则主要是王焕要王小二设法让他与怜怜相会。但是，感情前后联串，一气呵成，而且语言通俗生动，比喻恰当，故具有很强的艺术感染力。

（吴　戈）

金水桥陈琳抱妆盒

无名氏

第 二 折

〔牧羊关〕我抱定这妆盒子,便是揣着个愁布袋。我未到宫门,早忧的我这头白。盒子里藏的是储君,我肚皮里怀的是鬼胎。虽不见公庭上遭横祸,赤紧的盒子里隐飞灾。承御也,你办着个喜溶溶笑脸儿回还去,却教我将着个磣磕磕恶头儿掇过来。

〔贺新郎〕则见他恶眼眼独自撞将来。太子也,你在这七宝盒中,我陈琳早魂飞九霄云外。我嘱咐你个小储君盒子里权宁耐,你若是分毫儿挣闹,登时间粉碎了我尸骸。则被你威逼的我身先战,死摧的我脚难抬,恰便似狗探汤不敢望前迈。才动脚如临追命府,行一步似上摄魂台。

〔菩萨梁州〕石榴长在金阶。(刘皇后云)莫不是核桃?(正末唱)合逃出您宫外。(刘皇后云)莫不是梨儿?(正末唱)今宵离了后宰。(刘皇后云)莫不是李子?(正末唱)这玉皇李子苦尽甘来,也是他天然异种出群材。开时节不许游蜂采,摘时节则愿的君王戴。(刘皇后云)李子有甚好处,万岁爷倒喜着他?待我把这树都砍坏了者。(正末唱)娘娘也偏生你意儿歹,怎忍见片片残红点碧苔?陪伴他这古木崩崖。

《抱妆盒》流传较广,至今还是戏曲舞台上常演的剧目,如京剧、越剧、绍剧等许多剧种常有演出。《狸猫换太子》即据此剧目改编。可见,此剧至今仍有巨大的艺术生命力。

这是一个太监、宫女冒死共救太子的故事:北宋真宗乏嗣,一日于御园中射金丸,妃子们谁拾得金丸,御驾便幸其宫。结果金丸为李美人拾得,真宗临幸而生太子(后为仁宗)。刘皇后心怀嫉妒,密遣宫女寇承御去将太子诓出,欲将其刺死,弃于金水桥下。寇于心不忍,却恨无良策。恰遇内监陈琳,抱着妆盒前往御园采果,二人相商,遂将婴儿藏于盒中,暗送楚王赵德芳处抚养。十年后,赵正欲报真宗,刘后觉而疑之,故命陈琳拷打寇承御,寇拒不招认,触阶而死。又过十年,仁宗即位,密询于陈,真相大白。李、陈受封,寇亦受旌表。此剧情节与史实不符,乃属虚构。

此剧的特点是戏剧性很强,且有所寄托。不知剧作者为谁,有人疑为明人作,嫁名于元人者,恐怕未必。明人似没有必要歪曲史实,来虚构这样一个故事。

所选三曲,为正末扮陈琳所唱。前两曲写陈琳与寇承御救下太子捧起盒子,又见刘皇后迎面走来时的惊慌恐惧心情,是一篇绝好的内心独白;后一曲,则是陈琳遇到刘皇后时两人的对话,他既要应付刘后盘问,避免露出破绽,又要借果言志,批评刘后,故语带双关,富有隐喻意义。

〔牧羊关〕头两句,概括地写陈琳的忧愁,先以怀揣愁布袋喻其愁多,后以头发白言其忧重。继则以三个对比句,进一步形容其忐忑不安的心情。第一句,以盒藏储君(太子)对心怀鬼胎;第二句,以祸未临对灾已隐;第三句,以寇装着喜溶溶的笑脸而去,对自己捧着碜磕磕恶头而来。"碜磕磕",原是难看丑陋之意。这里用意是婴儿会惹来祸患,拿在手里担惊受怕,与"恶头"同意互用。掇,拾也,引伸为捧、递。全句意为,你自己卸了责任高兴地走了,却把这么一桩棘手的事儿交给我办。因陈琳救太子开始还是被动的,故对寇略含埋怨之意。这是一段外冷内热的戏,表面上要装得若无其事,内心上却回肠九转。即使中国戏曲擅长通过唱来揭示内心矛盾,如果唱词写得平淡无奇,亦难以感人。此曲不但以物类情,变无形为有形,而且以种种相反的事物作对比,造成强烈的反差,因而,把陈琳愁绪表现得淋漓尽致,手法是很高明的。接着,情况发生了变化,于是〔贺新郎〕一曲,一改描写手法,成为对盒中小储君的嘱咐和希冀。头一句,只平平地说刘后恶狠狠地撞将来,交代情势更加危急。然后对太子说,哎呀,太子啊,我陈琳真是吓得魂飞天外了,你一定要在盒中忍耐忍耐,千万不能动,不能哭,否则,我们两人就都要粉身碎骨了!挣闉,是挣扎之意。因为太子还是个婴儿,他根本不知陈琳身处的危境,因而嘱咐也是没有用的。这只是陈的希望,希望未必能实现,所以,还是抑制不住内心的惊慌。最后几句,进一步正面描写其惊慌之状。他身发抖,脚发软,好像要他入开水锅、临追命府、上摄魂台那样,寸步难移。〔菩萨梁州〕又是另一种情境。刘后已在面前,并对妆盒产生怀疑,故紧紧追问,定要他说出是什么果子。陈的回答是很有意思的。刘先问是不是石榴? 陈答"石榴长在金阶",语含双关,犹可理解。当刘接着问是不是桃核、梨儿时,陈却答"合逃出您宫外"、"今宵离了后宰",不仅是答非所问,而且也实在太露了。如果是对刘后的正面回答,必然招祸无疑。故这是内心独白,是对着观众唱的。刘问到李子时,虽然是对刘后的正面回答了,但"苦尽甘来"、"异种群材"等句子,亦略嫌过露,刘后不会听不出。只是中国戏曲的表演向来如此,经常是既唱给剧中人听,又唱给台下观众听,其特点是半真半假,处在真假之间。陈的这些唱词,表面上似乎是回答刘后的问话,实则是向观众表达其痛恨的情绪。最后,陈批评刘后心术不正,不该砍掉李树,让片片残红落苍苔,去与古木断崖为伴。也只有如此理解,方可明白。李子,显然是暗指李美人。

这三曲,从陈琳的内心冲突写到与刘后的思想冲突,从与刘后的间接冲突写到直接冲突,步步推进,层次分明,表现了中国戏曲独特的表现方式。最后,刘后竟要开盒验看,把矛盾推到了顶点。在此千钧一发之际,寇承御传旨驾幸东宫,要她速去,终于掩护陈琳得以脱险,剧情趋于平缓,使读者(观众)长长地吁了一口气。

(吴　戈)

汉钟离度脱蓝采和

无名氏

第　一　折

〔仙吕·点绛唇〕俺将这古本相传,路歧体面,习行院,打诨通禅,穷薄艺知深浅。

〔混江龙〕试看我行针步线,俺在这梁园城一交却又早二十年,常则是与人方便,会客周全。做一段有憎爱劝贤孝新院本,觅几文济饥寒得温暖养家钱,俺这里不比别州县,学这几分薄艺,胜似千顷良田。

〔油胡芦〕甚杂剧请恩官望着心爱的选,俺路歧每怎敢自专,这的是才人书会划新编。我做一段于佑之金水题红怨,张忠泽玉女琵琶怨,做一段老令公刀对刀,小尉迟鞭对鞭,或是三王定政临虎殿,都不如诗酒丽春园。

〔天下乐〕或是做雪拥蓝关马不前。小人,其实本事浅,感谢

**看官相可怜。一壁将牌额题，一壁将靠背悬，我则待天下将
我的名姓显。**

《汉钟离度脱蓝采和》是敷演传说中八仙之一蓝采和成仙得道的杂剧。据
南唐沈汾《续仙传》载：蓝为唐末人。常衣破蓝衫，持三尺大板，每行歌于城市
乞索。其踏歌云："踏踏歌，蓝采和，世界能几何？"后于濠梁间酒楼乘醉轻举，于
云中冉冉而去。陆游《南唐书》谓其名陈陶，此剧则名许坚，并由其持拍板善踏
歌进而衍化为戏曲艺人。仙人钟离权见他有"半仙之分"，遂下凡到洛阳梁园棚
勾栏里度他出家。上面所引〔点绛唇〕等四首曲文，是蓝采和被度前往勾栏演出
时所唱。文中真实地描写了元代杂剧艺人的生活，成功地塑造了一个精明强
干、勤奋有为的古代戏曲演员形象。在现存的"神仙道化戏"中别具一格。

这四首曲文可分为两部分，前两曲是自述，后两曲是对话。首曲〔点绛唇〕
起笔就以行家的口吻叙述了蓝采和对演剧的热爱，字里行间充满了自豪和自
信。"俺将这古本相传，路歧体面"一句的"路歧"也叫"路歧人"，是宋元时期对
各种民间艺人的俗称。"古本"指前辈艺人们演出过的脚本，用现在话说就是
"传统老戏"。元人高安道在散曲《谈行院》中调侃那些演技拙劣的艺人说："做
不得古本酸、孤、旦，辱没煞驰名魏、武、刘。"魏、武、刘是三个早期著名杂剧演员
的姓。陶宗仪《辍耕录》载："教坊色长魏、武、刘三人鼎新编辑。魏长于念诵，武
长于筋斗，刘长于科泛，至今乐人皆宗之。"这里的"古本相传，路歧体面"，是说
蓝采和能继承前辈艺人优秀的表演技巧，演出他们的拿手好戏，没有给这些老
先生们丢脸。"习行院，打诨通禅"的"行院"，原指艺人们的住处，也指演员，"习
行院"就是从事演戏这一职业。"打诨"是指演出中穿插的滑稽诙谐表演。这种
表演往往是即兴式的，要求演员口才便捷，见景生情，如僧侣谈禅，一言一行都
要给人以启发，令人解颐。当然，作为一个优秀的杂剧艺人应具备的技能，绝不

止"打诨"一项,这里是采用以少代多的手法,只举一端,以概其余。最后一句"穷薄艺,知深浅",是这位"年过半百,诸事曾经"老艺人的经验之谈。其中的"穷"字和"知"字,一因一果,说明只有勤学苦练,穷原竟委,才能了解其中的奥秘。这句话看似平淡,却包含着深刻的生活哲理。

〔混江龙〕一曲,紧接上文写蓝采和能有眼前的局面,是多么来之不易。"试看我行针步线,俺在这梁园城一交却又早二十年"。"行针步线"是苦心经营、巧妙安排的意思。"梁园"为汉代梁孝王刘武所造,故址在今河南商丘东。因刘武曾在此设宴招待过枚乘、司马相如等文人,后来便常把游乐欢宴的场所称作梁园。而此句的"梁园城",则具体指蓝采和长期演出的洛阳。"一交"又作"一跤",形容时间之快像跌了一跤,一晃已过去二十年。这二十年里,由于自己兢兢业业,对待观众热情周到,方得占有一席之地,养家糊口。"做一段有憎爱劝贤孝新院本,觅几文济饥寒得温暖养家钱"的"新院本",泛指新编演的剧目,与前面的"古本"相对,表明蓝采和能演出适合各种观众口味的新旧剧目。但生活却很清苦,收入之微,仅够一家人温饱。不过,洛阳毕竟是繁华的通都大邑,能长期在这里占据一个固定的剧场,比那些"冲州撞府"到处流浪的艺人,还是略胜一筹的。于是便引出了下面一句:"俺这里不比别州县,学这几分薄艺,胜似千顷良田。"俗话说"家有良田千顷,不如一艺在身"。良田是身外之物,能得而复失,只有技艺在身,才是最可靠的饭碗。这句采用现成的生活格言入曲的唱词,不只表现了剧中人的自慰心情,也是封建社会一切靠技艺谋生的人对自己职业的珍重。

如果说上面两曲是蓝采和艺术生活经历的"夫子自道",那么,从〔油胡芦〕起,则具体地表现了他周旋于顾客之间的技巧。当假扮看客的钟离权问他"你做一段什么杂剧我看"时,他立即以生意人的口吻热情地回答:"甚杂剧请恩官望着心爱的选,俺路歧们怎敢自专,这的是才人书会划新编。""恩官"是对顾客的尊称。"自专"作"自夸"解,"怎敢自专"就是"怎敢自夸"。"才人"就是"怎敢自夸"。"才人"指杂剧脚本的作者,"书会"则是这些作者的行业组织。特别在"新编"之上加一"划"字,更强调了这是书会先生们刚刚编写的,以便引起对方的兴趣。接着他又连续报出了六个杂剧的名字,加上〔天下乐〕一曲开头的《雪拥蓝关马不前》共七个。这些杂剧大都有案可查。据《录鬼簿》、《太和正音谱》等书记载,元代早期杂剧作家李文蔚有《金水题红怨》,天锡有《玉女琵琶怨》,王实甫有《诗酒丽春园》。《雪拥蓝关马不前》取唐代韩愈"云横秦岭家何在,雪拥蓝关马不前"的诗句,可能与纪君祥的《韩湘子九度韩文公》有关。《老令公刀对刀》、《小尉迟鞭对鞭》和《三王定政临虎殿》未见著录,但其中《小尉迟》现有传本,全名叫《小尉迟将计将认父归朝》。蓝采和列举了这些剧目一方面是兜揽生意,同时也表明他广记博闻,会戏较多。元人夏伯和《青楼集》曾记载一个叫小春宴的杂剧女演员:"天性聪慧,记性最高,勾栏中作场,常写其名目,贴于四周遭梁上,任看官选择需索。近世广记者,少有其比。"剧中蓝采和与那位女演员相比,可算无独有偶了。

　　但是,封建社会戏曲艺人的地位是卑贱的。无论你如何周到,总有人百般刁难,碰上这种情况,就要有不同的对策。在最后的〔天下乐〕一曲中,当钟离权故意挑剔,表示这些戏都不看时,蓝采和意识到来者不善,马上改换口气:"小人,其实本事浅,感谢看官相可怜。""可怜"有原谅、包涵之意,就是说我们本事有限,演得不好,请您多包涵吧!这里表面看似退避忍让,不敢得罪对方,实际是不屑于继续纠缠的意思。然后,他就吩咐同伴布置舞台,准备开演了。"一壁将牌额题,一壁将靠背悬"的"牌额"是旗牌、帐额的合称。大约就是戏曲舞台两侧和上方悬挂的招牌和横幅。上面往往题有宣传性的文字。高安道《谈行院》云:"肋额的相迤逗,写着道:'翩跹舞态,宛转歌喉。'"当即此物。其中"翩跹舞态,宛转歌喉"就是牌额上的题字。"靠背"则是隔离前后台的大型幕布,也即后来戏曲舞台上的"守旧"。"一壁"是"一边"、"一面"的意思，表示开演前十分忙碌，已无暇理睬钟离权了。最后一句"我则待大下将我的名姓显"。原是向其他观众说的，同时也是暗示给钟离权听的。言外之意是，你不看别人要看，只要戏演得好，自会有人传扬开去，使我扬名天下。从这句广告式的江湖套语中，可以看到蓝采和对自己的技艺信心十足，给人以坚忍不拔，奋发向上的印象。

在现存的元曲作品中，除杜善夫的散曲《庄家不识勾栏》，高安道的散曲《谈行院》和南戏《宦门子弟错立身》外，其他都很少涉及戏曲演出的情况。尤其是从演员本身角度，现身说法，表现艺人生活的作品更是少见。剧本的语言通俗、质朴，具有民间文艺特色，其中一些专业行话术语也运用得纯熟、自然，毫无生硬之感。明人祁彪佳在《远山堂剧品》中评此剧文词是"淡中着色，有不衫不屦之趣"。就是说它能于平淡的叙述中表现人物的真情实感和心理神态，不用华美之词，却显示出浓厚的生活情趣。

（黄菊盛）

珍藏本

珍藏本

元曲鉴赏辞典

附　录

作家年表

公元	干支	帝王年号	诗　坛	史　事
1234	甲午	（蒙古） 窝阔台汗　六	在宋金诸宫调、院本等曲艺、戏曲的基础上逐渐形成的北曲杂剧，最初出现于金末元初。 上年，蒙古军入汴京（今河南开封），元好问于乱离中携友人幼子白朴随被俘官吏北渡黄河，羁管聊城（今属山东）。　本年金亡后，元好问隐居不仕。	蒙古与宋联军攻陷蔡州（今河南汝南），灭金。
1235	乙未	七		蒙古建都和林（今蒙古人民共和国鄂尔浑河上游东岸哈尔和林）；开始第二次西征。　蒙古籍中原诸路民户八十七万三千七百八十一，口四百七十五万四千九百七十五。
1236	丙申	八		蒙古立编修所、经籍所，编集经史。重新制定中原赋税制度。
1237	丁酉	窝阔台汗　九	伯颜生（　—1295）。	蒙古用耶律楚材议，以经义、词赋、论三科试士子，士子被俘为奴者，亦释放应试。
1238	戊戌	十	姚燧生（　—1313）。	蒙古建太极书院于燕京（今北京），传播程朱理学。
1239	己亥	十一		
1240	庚子	十二		蒙古军征服斡罗思诸国。
1241	辛丑	十三		十一月，蒙古窝阔台汗（元太宗）卒，乃马真后称制。
1242	壬寅	乃马真后　元		蒙古军自欧洲撤回，第二次西征结束。
1243	癸卯	二	刘敏中生（　—1318）。 卢挚生？（　—1315后）。	蒙古与宋战于蜀。

公元	干支	帝王年号		诗　坛	史　事
1244	甲辰		三		蒙古中书令耶律楚材卒。
1245	乙巳		四	陈草庵生（　—1320 后）。	蒙古掠宋淮西，至扬州而去。
1246	丙午	贵由汗	五元		七月，蒙古立窝阔台长子贵由为大汗，是为元定宗。
1247	丁未		二		乌思藏归附蒙古。
1248	戊申		三		三月，蒙古贵由汗卒，海迷失后称制。
1249	己酉	海迷失后	元		
1250	庚戌		二	马致远生？（　—1321 至 1324 间）　元好问编成金诗总集《中州集》十卷、金词总集《中州乐府》刊行。	
1251	辛亥	蒙哥汗	三元		六月，蒙古立拖雷子蒙哥为大汗，是为元宪宗。　蒙哥汗弟忽必烈受命总治漠南汉地。　免儒士徭役。
1252	壬子		二		蒙古再籍中原民户。
1253	癸丑		三		六月，蒙古开始第三次西征。　九月，忽必烈征大理（今云南及四川西南部）。
1254	甲寅		四	不忽木生（　—1300）。　赵孟頫生（　—1322）。	蒙古灭大理。
1255	乙卯		五		蒙古忽必烈兴学校于京兆。
1256	丙辰		六		蒙古忽必烈建开平城，后加号上都（今内蒙古正蓝旗东闪电河北岸）。
1257	丁巳		七	冯子振生（　—1314）　元好问卒（1190—　）	蒙古击降安南。
1258	戊午		八		蒙古分兵大举攻宋入蜀。

公元	干支	帝王年号	诗　坛	史　事
1259	己未	蒙哥汗　九		七月,蒙古蒙哥汗卒。 十一月,蒙古忽必烈许南宋求和,北归争位。
1260	庚申	世祖中统　元	置仙音院,供奉乐曲。　胡祗遹中统初为大名府宣抚从吏。 　王和卿中统初曾与关汉卿交游戏谑,于此前后在世,先关汉卿而卒。	三月,蒙古忽必烈称大汗于开平,是为元世祖;五月,始定年号中统,立中书省、十路宣抚司。 　发行中统元宝交钞。　忽必烈弟阿里不哥联合漠北、中亚诸王与忽必烈争位。
1261	辛酉	中统　二	设教坊司,隶宣徽院。　白朴辞史天泽荐,不仕。	蒙古诏军中所俘儒士听赎为民。 　设翰林国史院,立诸路提举学校官。
1262	壬戌	三		蒙古以郭守敬提举诸路河渠,自是大兴水利。
1263	癸亥	四		蒙古初立枢密院。
1264	甲子	五 至元　元		阿里不哥势穷投降。 八月,蒙古迁都燕京(今北京),改称中都。立诸路行中书省,行新立条格。　罢诸侯世守之制。
1265	乙丑	至元　二	胡祗遹至元初为应奉翰林文字、兼太常傅士。 南曲戏文《王焕》于南宋咸淳年间(1265—1274)在临安(今浙江杭州)流行一时。	蒙古定制:各路以蒙古人充达鲁花赤(首领),汉人充总管,回回人充同知。
1266	丙寅	三		蒙古诏省、院、台、部、宣慰司、廉访司及部府幕官之长均用蒙古、色目人。
1267	丁卯	四		蒙古敕修曲阜孔庙。筑大都宫城。

元曲鉴赏辞典

1761

公元	干支	帝王年号	诗 坛	史 事
1268	戊辰	五		蒙古罢诸路女真、契丹、汉人为达鲁花赤者。 置御史台。窝阔台系后王海都联合西北诸王反元。
1269	己巳	六	杨果出为怀孟路总管,以老致仕,卒(1195—)。	蒙古修朝仪。 八思巴制定蒙古新字。
1270	庚午	至元 七	张养浩生(—1329)。张可久生?(—1348后)。	蒙古立司尚书省;立司农司,寻改大司农司,设四道巡行劝农司;建村社制度,以五十家为一社,设社长一人,保留原有里正,专任催督差税。
1271	辛未	(元)世祖至元 八	杂剧于蒙古称元后逐渐发展成熟并趋于兴盛。改仙音院为玉宸院。刘秉忠元初官至光禄大夫太保、参领中书省事。	十一月,蒙古用刘秉忠议,改国号为大元。
1272	壬申	九	虞集生(—1348)。	元并尚书省入中书省;改中都为大都。
1273	癸酉	十		元军攻破宋樊城、襄阳。
1274	甲戌	十一	刘秉忠卒(1216—)。	六月,元世祖下诏攻宋,以伯颜为帅。 七月,宋度宗卒,子㬎(四岁)即位,是为恭帝。
1275	乙亥	十二		伯颜率元军二十万东下,取建康(今江苏南京)、镇江、常州、平江(今江苏苏州)等地。 宋求和,被拒。
1276	丙子	十三	石君宝卒(1192?—)。白朴游九江。	正月,伯颜扣宋丞相文天祥,入临安(今浙江杭州)。 三月,掳宋太后、恭帝等北归。 文天祥自镇江元营逃出,四月至温州。 五月,宋益王昰(九岁)于福州即位,是为端宗;以文天祥为枢密使,都督诸路军马。

公元	干支	帝王年号	诗　　坛	史　　事
1277	丁丑	至元 十四	白朴游巴陵。	元军陷岭南；分别由海、陆追宋帝。
1278	戊寅	十五		四月，宋端宗卒，陆秀夫等立卫王昺（八岁）。六月，迁居厓山（今广东新会南海中）。十二月，元军俘文天祥于五坡岭（今广东海丰北）。
1279	己卯	十六	钟嗣成生（？—约1360）。	二月，元、宋海军在厓山决战，陆秀夫负帝昺投海死，张世杰于撤退途中溺死，宋亡。元统一中国。十月，文天祥被押至大都。
1280	庚辰	十七	白朴寓居建康（今江苏南京），从诸遗老放情山水间，日以诗酒优游；本年后曾得李文蔚书。高文秀、郑廷玉、武汉臣、王仲文、李寿卿、尚仲贤、纪君祥、戴善夫、史九敬仙、朱帘秀等至元年间在世。	
1281	辛巳	十八		元军侵日本，遇台风，全军覆没。郭守敬等制定《授时历》，颁行天下。本年，有户一千三百二十万，口五千八百八十三万。
1282	壬午	至元 十九		十二月（1283年1月），杀宋丞相文天祥。
1283	癸未	二十	置仪凤司，隶宣徽院。杜仁杰入元后屡辞征召，约卒于本年后（约1201—　）。	江南各族人民纷纷起义，达二百余次。福建建宁黄华起事，有众十万。元军侵缅国。
1284	甲申	二十一		令中书省议用科举取士，旋中止。元军假道　安南攻占城。
1285	乙酉	二十二		

公元	干支	帝王年号	诗　坛	史　事
1286	丙戌	二十三	贯云石生（ —1324）。赵孟頫应召至大都。	诏省、部、台、院必参用南人。颁行《农桑辑要》。
1287	丁亥	二十四		复立尚书省。　设国子监。设江南各路儒学提举司。　发行至元通行宝钞。
1288	戊子	二十五	教坊司、仪凤司改隶礼部。尚挺卒（1209— ）。	
1289	己丑	二十六		籍江南户口。　江南起义连绵不断，凡四百余处。
1290	庚寅	二十七	不忽木为翰林学士承旨知制诰、兼修国史。	
1291	辛卯	至元 二十八	白朴本年春曾游杭州西湖。关汉卿的杂剧《窦娥冤》作于本年后（本年改按察司为肃政廉访司，剧中有肃政廉访使角色）。	罢江淮漕运，完全由海道运粮。　罢尚书省入中书省。　颁行法典《至元新格》。
1292	壬辰	二十九		发兵侵爪哇。　意大利人马可·波罗离开中国，从海道西还。
1293	癸巳	三十	胡祗遹于元灭宋后，曾拜翰林学士，以疾辞，本年卒（1277— ）；一说卒于元贞元年（1295）。杨梓本年曾出使爪哇。	开通惠河，海运糟粮可直达大都。
1294	甲午	三十一	马致远约于至元末曾南游江西、湖南、四川等地，本年前后返大都，与王伯成为忘年交。	正月，元世祖卒。　四月，皇孙铁木儿即位于上都，是为元成宗。
1295	乙未	成宗元贞 元	伯颜卒于至元三十一年底，公元入本年（1237— ）。	诏各省只存儒学提举司一，余悉罢之。
1296	丙申	二	杨维桢生（ —1370）马致远于元贞年间曾参加元贞书会，并与李时中及艺人花李郎、红字李二合撰杂剧《黄粱梦》。	

公元	干支	帝王年号	诗　坛	史　事
1297	丁酉	元贞 三 大德 元	元贞、大德年间，以大都为中心，杂剧、散曲创作出现繁荣局面。	
1298	戊戌	二		禁诸王、公主、驸马受人献公私田地。
1299	己亥	三		中书省言岁入不及支出之半。
1300	庚子	四	不忽木卒（1254— ）。 关汉卿约卒于本年前后（约1220— ）。 杨显之约与关汉卿同时在世，与关汉卿为莫逆交。 费唐臣父费君祥约与关汉卿同时在世，与关汉卿为世交。 庚天锡约与关汉卿同时在世，时与关汉卿、马致远、白朴齐名。	发兵侵八百媳妇（土司名，今缅甸掸邦东部）。
1301	辛丑	五	倪瓒生（ —1374）。 姚燧出为江东廉访使。	云南宋隆济、贵州蛇节起事，围攻元侵八百媳妇军。 海都在和林附近被元军击败，旋病死。
1302	壬寅	六	张国宾大德年间曾任教坊"勾管"（管勾？）。 王实甫、李好古、岳伯川、康进之、石子章、孟汉卿、李行道、狄君厚、孔文卿、张寿卿、范居中等约于大德年间在世。	
1303	癸卯	大德 七	睢景臣自维扬（今江苏扬州）至杭州，与钟嗣成结识。 李直夫约于本年至次年前后为湖南肃政廉访使。	《大元大一统志》成书。
1304	甲辰	八	王恽卒（1228— ）。	定蒙古、色目、汉人国子生员额。
1305	乙巳	九		

公元	干支	帝王年号	诗 坛	史 事
1306	丙午	十	白朴本年秋游维扬,卒于本年后(1226—)。	
1307	丁未	十一	大德末年以后,杂剧创作中心逐渐由大都南移杭州,此后开始趋向衰落。	正月,元成宗卒。五月,怀宁王海山即位于上都,是为元武宗。
1308	戊申	武宗至大 元	马致远于大德末,至大初仟江浙行省务官,在此期间曾游杭州西湖。	
1309	己酉	二	邵亨贞生(—1401)。滕斌至大年间曾任翰林学士。	复立尚书省,分理财用。
1310	庚戌	三	张养浩在监察御史任上,因上书切直罢官,变姓名逃遁。	
1311	辛亥	至大 四		正月,元武宗卒。三月,武宗弟爱育黎拔力八达即位,是为元仁宗。七月,定国子生额为三百人,增陪堂生二十人。是时,岁出各项约钞二千万锭,岁入四百万锭,帑藏仅十一万余锭。
1312	壬子	仁宗皇庆 元		取消儒户免役之制。琼州黎族起义。
1313	癸丑	二	姚燧卒(1238—)。姚守中为姚燧之侄。歌妓真氏曾得姚燧之助脱籍。虞集在集贤殿修撰任上,奏请整顿学校。	诏行科举。规定经学用程、朱传注;蒙古、色目人与汉人、南人分别命题。
1314	甲寅	延祐 元	冯子振卒(1257—)。邓玉宾约与冯子振同时在世。查德卿皇庆、延祐年间在世。杨朝英约于皇庆、延祐年间编成《乐府新编阳春白雪》,为元代最早的散曲总集,有贯云石序。	立回回国子监。

公元	干支	帝王年号	诗　坛	史　事
1315	乙卯	二	卢挚卒于本年后（约1243—　）。	举行会试、廷试，取中进士五十六人，蒙古、色目人为右榜，汉人、南人为左榜。　增国子生一百名。
1316	丙辰	延祐　三		河决汴梁（今河南开封）。
1317	丁巳	四		马端临撰《文献通考》刊行。
1318	戊午	五	刘敏中卒（1243—　）。	
1319	己未	六		
1320	庚申	七	陈草庵卒于本年后（1245—　）。	正月，元仁宗卒。三月，皇太子硕德八剌即位，是为元英宗。罢回回国子监。
1321	辛酉	英宗至治　元	马致远约卒于至治年间（约1250—　）。	
1322	壬戌	二	赵孟頫卒（1254—　） 白贲至治年间曾任温州路平阳州教授。	禁汉人执兵器出猎及习武艺。
1323	癸亥	三	阿鲁威至治、泰定年间曾任南剑太守和经筵官。 王元鼎约与阿鲁威同时在世。	二月，颁行法典《大元通制》。八月，御史大夫铁失等发动政变，在上都杀元英宗。　九月，晋王也孙铁木耳（武宗堂兄）即位，是为泰定帝。十月，铁失等被杀。
1324	甲子	泰定帝泰定　元	郑光祖卒于本年前（？—　）。 贯云石卒（1286—　） 徐再思约与贯云石同时在世，与贯云石齐名。 周德成撰成《中原音韵》。	
1325	乙丑	泰定　二		颁《道经》于天下。广西徭民起义。

公元	干支	帝王年号	诗　　坛	史　　事
1326	丙寅	三	虞集在翰林学士任上。	
1327	丁卯	四	杨梓卒(？—　　)。 鲜于必仁与杨梓子交好。 杨维桢进士及第。	
1328	戊辰	致和 元 天顺帝天顺 元 文宗天历 元	金仁杰本年冬授建康崇宁务官。 班惟志本年为绍兴推官。	七月，泰定帝卒。　九月，皇太子阿速吉八（九岁）即位于上都，是为天顺帝。怀王图帖木儿（武宗子）自江陵至大都即位，是为元文宗。十月，大都军围攻上都，天顺帝不知所终。
1329	己巳	明宗天历 二	金仁杰卒(？—　　)。 张养浩出任陕西行台中丞，因赈灾积劳，卒(1270—　　)。	正月，周王和世㻋在和宁（和林改名）即位，是为元明宗。四月，立弟文宗为皇太子。八月，明宗被毒死，文宗重新即位。
1330	庚午	文宗至顺 元	罗贯中生？(　—约1400) 钟嗣成写成《录鬼簿》初稿，本年作自序。陆登善曾为《录鬼簿》上卷提供资料。 朱凯曾为《录鬼簿》作后序。	
1330	庚午	文宗至顺 元	宫天挺本年前已卒于常州(？—　)。范康、曾瑞、鲍天佑、范居中、睢景臣、施惠、苏彦文等均已卒于本年前(？—　　)。 秦简夫曾擅名都下，本年前至杭州。 刘时中、吴弘道、赵善庆、钱霖、顾德润、曹德、高克礼、王仲元、高安道等约与钟嗣成同时，《录鬼簿》写成时尚在世。	
1331	辛未	至顺 二	李洞曾参与修撰《皇朝(元)经世大典》，书成后告病归。	五月，《皇朝(元)经世大典》成书。

公元	干支	帝王年号	诗　　坛	史　　事
1332	壬申	三		八月,元文宗卒。十月,明宗次子懿璘质班(七岁)即位,是为元宁宗,在位四十三日卒。
1333	癸酉	四 顺帝元统 元		六月,明宗长子妥欢帖睦尔(十三岁)即位于大都,是为元顺帝。
1334	甲戌	二	周文质卒(? —)。 薛昂夫元统年间曾任衢州路总管。	
1335	乙亥	三 (后)至元 元	刘时中　约卒于本年后三四年间(? —)。	十一月,罢科举。
1336	丙子	二		江浙大旱。
1337	丁丑	(后)至元 三		诏令省、院、台、部、宣慰司、廉访司及部府幕官均用蒙古、色目人。 广州朱克卿起义,汝宁信阳棒胡起义。
1338	戊寅	四		考校天下郡县官属功过。
1339	己卯	五		禁倡优盛服,许男裹青巾,女穿紫衣,不许戴笠、骑马。
1340	庚辰	六		诏复行科举。
1341	辛巳	至正 元	阿里西瑛至正初寓居平江(治今江苏苏州),曾与释惟则相过从。	
1342	壬午	二		
1343	癸未	三	贾仲明生(—1422后)。	诏修辽、金、宋史。
1344	甲申	四		《辽史》修成。　黄河决口,山东、河北皆受灾。
1345	乙酉	五	乔吉卒(? —)。 苏天爵以集贤殿侍讲学士巡京畿道,纠劾贪官,后受谗罢官。	《金史》、《宋史》修成。《至正条格》成。

公元	干支	帝王年号	诗　　坛	史　　事
1346	丙戌	六		山东、河南、广西等地人民纷纷起义。
1347	丁亥	七		山东、河南起义蔓延到济宁、滕、邳、徐州等地。
1348	戊子	至正 八	虞集卒(1272—　)。 张可久晚年居杭州,卒于本年后(约1280—　)。 马谦斋、任昱、大食惟寅约与张可久同时在世。	台州黄岩方国珍起事。
1349	己丑	九		
1350	庚寅	十		改钞法。　物价涨十倍。行中统交钞,铸至正通宝。
1351	辛卯	十一	杨朝英编成又一部散曲总集《朝野新声太平乐府》。	四月,修治黄河,发民工二十三万,军队二万。五月,颍州刘福通起义,号红巾军。　八月,蕲州徐寿辉起义,亦称红巾军。十月定国号天完。十一月,黄河堤成。
1352	壬辰	十二		朱元璋参加濠州郭子兴起义军。天完红巾军攻克长江中下游广大地区。
1353	癸巳	十三		张士诚起义,攻克高邮等地。
1354	甲午	十四		张士诚称王,国号大周。
1355	乙未	十五	夏庭芝撰成《青楼集》。 贾固约此前在世。 刘庭信、兰楚芳约至正年间在世。 王举之约元后期在世。	刘福通等立韩林儿为帝,号小明王,国号宋,建都亳州(今安徽亳县)。

公元	干支	帝王年号	诗坛	史事
1356	丙申	至正 十六	由宋代温州杂剧发展而来的南戏于元末出现兴盛局面。 本年,高明辞官,隐居宁波,撰写南戏戏文《琵琶记》。	张士诚部攻克平江等地。朱元璋取集庆(今南京)。
1357	丁酉	十七		刘福通分兵三路北伐,攻入陕西、山西、山东等地。张士诚降元。
1358	戊戌	十八		朱元璋军取浙东各地。刘福通攻占汴梁,北伐军一路攻占上都。
1359	己亥	十九		元军反扑,三路北伐军相继失败,元军破汴梁,刘福通拥韩林儿走安丰。
1360	庚子	二十	钟嗣成卒?(约1279—)。 周浩约与钟嗣成同时在世。	朱元璋征浙东名士刘基、宋濂等至建康。徐寿辉被部将陈友谅所杀。 陈友谅称帝,国号汉。
1361	辛丑	二十一		朱元璋军不断壮大。
1362	壬寅	二十二		
1363	癸卯	二十三		朱元璋击杀陈友谅。 张士诚出兵攻安丰,韩林儿为朱元璋救出。
1364	甲辰	二十四		朱元璋称吴王。元顺帝与皇太子争权,各结外援。
1365	乙巳	二十五		元将互攻。
1366	丙午	二十六	张鸣善为夏庭芝《青楼集》作序。	朱元璋攻张士诚。韩林儿覆舟溺水死。

公元	干支	帝王年号	诗　　坛	史　　事
1367	丁未	至正 二十七		朱元璋俘杀张士诚。命徐达率军北伐。　浙东方国珍投降朱元璋。 元将内战激烈。
1368	戊申	二十八	宋方壶、汪元亨、汤式、杨讷、王子一等约元末在世,均由元入明。	正月,朱元璋于应天府(今江苏南京)即皇帝位,是为明太祖;明王朝正式建立。八月,北伐军入大都,元顺帝北走应昌,元亡。

说明:

1. 铁木真统一蒙古各部,于 1206 年建立蒙古国,称成吉思汗。蒙古灭金在公元 1234 年,蒙古改国号为元在公元 1271 年,元灭宋、统一中国在公元 1279 年。本表时限根据内容需要,起自公元 1234 年蒙古与宋联军灭金,讫于公元 1368 年明王朝建立,与一般的历史分期有所不同。

2. 本表列元曲作家生卒年或大致在世年代以及作家仕历、交游等,酌收与元曲发展有关的材料,附列元代政治、经济、军事、文化诸方面简要史事。所录作家范围,以曲作收入本辞典者为限;部分作家时代无考,未予列入。

3. 本表资料取自《录鬼簿》、《录鬼簿续编》、《乐府新编阳春白雪》、《朝野新声太平乐府》及《元史》等书,近人著作曾参考翦伯赞等《中外历史大事年表》、沈起炜《中国历史大事年表(古代)》、冯君实等《中国历史大事年表》、刘德重《中国文学编年录》、隋树森《全元散曲》、孙楷第《元曲家考略》、《元曲家考略续编》、〔日〕吉川幸次郎《元杂剧研究》以及有关元曲作家评传、考证文字等而有所择取。

4. 旧历纪年与公元对照,有年底年初的跨年问题,本表中凡确知为旧历年底已入公元次年者,均于行文中予以说明。

(刘德重)

元曲书目

说　明

一、本书目收录历代有关元曲的总集、合集、别集、评论及资料，注明书名、编撰者、卷数、版本。编撰者如属清以后人，不再注出时代。

二、本书目的"元曲"指元杂剧和元散曲，不包括元代南戏。

三、书目按类排列，每一类中大致以年代先后为序。同一书目的不同版本，附列于最早（或通行）版本之后。有关同一剧作家的研究著作排列在一起。

四、元曲和其他朝代之曲合编的，择其与元曲关系较大者著录。剧目合编的，只录元杂剧剧目。评论集亦择与元曲关系较密切者著录。

五、别集中的《西厢记》版本繁多，除第一种注名著者王实甫外，其他均略。

六、本书目年限截至 2000 年。由于资料等条件的限制，疏误难免，仅供参考。

总　集

元曲选　明臧懋循辑。一百卷。二十集。收元剧汉宫秋、金钱记、陈州粜米、窦娥冤、㑇梅香、救风尘、谢天香、秋胡戏妻等九十四种，明剧六种，共一百种。明万历中吴兴臧氏刊本。1918 年上海商务印书馆据明博古堂本影印。1927 年上海中华书局重版。1931 年

上海商务印书馆重版。1936 年上海世界书局排印本。1955 年北京文学古籍刊行社据世界书局版重印。1958 年、1961 年、1979 年北京中华书局分别三次重版。

古杂剧　明王骥德辑。二十卷。明万历中顾曲斋刊本。收望江亭、玉镜台、㑇梅香、绯衣梦等十八种。

杂剧选　明息机子辑。二十六卷。明万历中刊本。收陈抟高卧、范张鸡黍等二十三种。

古名家杂剧　明陈与郊辑。六十五卷。明万历中刊本。收玉镜台、青衫泪、铁拐李、风光好等四十一种。

脉望馆钞校本古今杂剧　明赵琦美辑。二百四十二卷。稿本。收汉宫秋、任风子、岳阳楼、青衫泪等一百种。

元明杂剧　明陈□辑。四卷。明陈氏继志斋刊本。收荐福碑、金钱记、铁拐李等三种。

绣刻演剧　一百三十一卷。明刊本。收赵氏孤儿、西厢记等四种。

古今名剧合选　明孟称舜辑。四十七卷。明崇祯六年（1633）刊本。收倩女离魂、㑇梅香、青衫泪、两世姻缘等三十四种。

古今杂剧　元无名氏辑。三十一卷。日本大正三年（1914）京都帝国大学文科大学据元本影印。1924 年据上本影印。收西蜀梦、拜月亭、单刀会、诈妮子等三十一种。

汇刻传剧　刘世珩辑。六十一卷。1919

年贵池刘氏暖红室刊本。1979年扬州广陵古籍刊印社据原刻本增订重刊。收《西厢记》及有关材料，包括董解元西厢记、西厢记、会真记、商调蝶恋花词、西厢记解证、北西厢记释义字音大全、西厢记古本校注、西厢记释义字音、五剧笺疑、丝竹芙蓉亭、围棋闯局、钱塘梦、园林午梦、南西厢记（李日华撰）和南西厢记（陆采撰）。

古今名剧选 吴梅校。三卷。1919年北京大学出版部印行。收东堂老、梧桐雨、范张鸡黍、黄粱梦等十种。

元曲大观 锦文堂主人辑。三十卷。1921年上海锦文堂书局影印。收桃花女、碧桃花、城南柳、岳阳楼等二十七种。

元曲 童斐（伯章）选注。1931年上海商务印书馆印行。1932、1934年二版、三版。收汉宫秋、李逵负荆、老生儿、东堂老等四种。

元明杂剧 明无名氏辑。二十七卷。有明刊本，为钱塘丁氏八千卷楼旧藏珍本，实为古名家杂剧集的纂订本。1929年南京国学图书馆据明本影印。1958年北京中国戏剧出版社据上本影印。收豫让吞炭、单鞭夺槊、梧桐雨、扬州梦等十八种。

中华戏曲选 孙俍工、孙怒潮编。1934年上海中华书局印行。收汉宫秋、窦娥冤、梧桐雨、倩女离魂等五种。

元人杂剧辑逸 赵景深编。1935年上海北新书局出版。

杂剧选 王玉章辑。1936年上海商务印书馆出版。收贬夜郎、两世姻缘、风云会、单刀会等十一种。

元人杂剧全集 卢冀野编。1935—1936年上海杂志公司印行。收玉镜台、谢天香、救风尘、蝴蝶梦等十四种，残曲二种。

孤本元明杂剧 王季烈校，涵芬楼辑。一百四十五卷。1941年商务印书馆长沙排印本。1958年中国戏剧出版社据上本纸型重印。元杂剧收破窑记、单刀会、裴度还带等三十六种。

古本戏曲丛刊初集 古本戏曲丛刊编刊委员会辑。二百四十二卷。1954年上海商务印书馆影印本。元杂剧收西厢记（弘治本）、西厢记（刘龙田本）、西厢记（张深之本）等十一种。

元人杂剧 邵曾祺选注。1955年上海春明出版社出版。收窦娥冤、拜月亭、西厢记、汉宫秋等十二种。

元人杂剧钩沉 赵景深辑。1956年上海古典文学出版社出版。

元人杂剧选 顾学颉选注。1956年作家出版社出版。收窦娥冤、救风尘、梧桐雨、汉宫秋等十五种。

元人杂剧选 顾肇仓选注。1956年人民文学出版社出版。1958、1959、1978年重版。收窦娥冤、救风尘、梧桐雨、汉宫秋等十五种。

古本戏曲丛刊四集 古本戏曲丛刊委员会辑。三百七十六卷。收《元刊杂剧三十种》、《古杂剧》、《脉望馆钞校本古今杂剧》、《古名家杂剧》、《杂剧选》、《阳春奏》、《元明杂剧》、《古今名剧合选》等书,共元剧二百零六种。1958年上海商务印书馆影印本。(剧目见上文各本)

元曲选外编　隋树森编。汇集《元曲选》以外现存元杂剧及部分明初杂剧,共六十二种。1959年中华书局出版,1980年重版。

古代戏曲选注　胡忌选注。1959年中华书局出版。1962、1963年重版。元杂剧收西厢记、墙头马上、秋胡戏妻、倩女离魂等四种,有节选。

新校元刊杂剧三十种　徐沁君校点。1980年中华书局出版。收元杂剧西蜀梦、拜月亭、单刀会、诈妮子等三十种。

元杂剧选注　王季思、苏寰中、黄天骥、吴国钦选注。1980年北京出版社出版。收窦娥冤、救风尘、单刀会、望江亭等二十七种,部分为节选。

元明清戏曲选　隗芾选注。1981年吉林人民出版社出版。元杂剧收窦娥冤、单刀会、望江亭、鲁斋郎等七种,部分为节选。

中国十大古典悲剧集　王季思主编,李悔吾、萧善因副主编。收元剧三种,明剧三种,清剧四种。1982年上海文艺出版社出版。

中国十大古典喜剧集　王季思主编,李悔吾、萧善因副主编。收元剧六种,明剧三种,清剧一种。1982年上海文艺出版社出版。

版社出版。

元代戏曲选注　胡忌选注。1983年上海古籍出版社出版。收元杂剧窦娥冤、墙头马上、西厢记、李逵负荆等七种,部分为节选。

元代戏曲曲词选　蔡运长选注。1984年宁夏人民出版社出版。

中国戏曲选(上、中、下二册)　王起主编,王起、苏寰中、黄天骥、吴国钦选注。收元杂剧三十五种,南戏六种,明剧二十三种,清剧二十二种,近代剧一种,多为节选。1985年人民文学出版社出版。

元曲四大家名剧选　徐沁君等校注。1987年齐鲁书社出版。

中国十大古典悲喜剧集　郭汉城主编,祝肇年、颜长珂、吴书荫副主编。收元剧四种,明剧四种,清剧二种。1987年上海文艺出版社出版。

元刊杂剧三十种新校　宁希元校点。1988年兰州大学出版社出版。

无名氏杂剧选　张纯道选注。1988年安徽文艺出版社出版。

元杂剧赏析　黎文琦编著。1988年甘肃人民出版社出版。

元杂剧赏析　陈大海赏析。1989年广西教育出版社出版。

全元戏曲　王季思主编。十二卷。1990—1999年人民文学出版社出版。

元明清戏曲选　张文潜、何云麟编。1991年福建教育出版社出版。

古剧精华　江巨荣选注。1992年人民文学出版社出版。

元曲选校注　王学奇主编。四册八卷。1994 年河北教育出版社出版。

日本藏元刊本古今杂剧三十种　1998 年北京图书馆出版社出版。

元明清戏曲经典　徐朔方、李梦生主编。1999 年上海书店出版。

元杂剧爱情卷　元关汉卿等撰。张静文注。2000 年华夏出版社出版。

元杂剧公案卷　元关汉卿等撰。徐燕平注。2000 年华夏出版社出版。

新校九卷本阳春白雪　元杨朝英选辑。隋树森校。收元散曲。1957 年中华书局出版。

　　又,元刊十卷本,现存南京图书馆。

　　又,残元刊本,现存南京图书馆。

　　又,明抄本,现存北京图书馆。

　　又,明抄残本,现存辽宁图书馆。

　　又,清鲍氏知不足斋抄本,现存上海图书馆。

　　又,《随庵徐氏丛书》本。

　　又,《散曲丛刊》本。

　　又,《国学基本丛书简编》本。

　　又,《万有文库》本。

　　又,《万有文库简编》本。

梨园按试乐府新声　元无名氏辑。三卷。隋树森校订。收元散曲。中华书局1958 年出版。

　　又,瞿氏铁琴铜剑楼藏元刊本。

　　又,商务印书馆《四部丛刊》三编集部影印元刊本。

朝野新声太平乐府　元杨朝英选辑,隋树

森校订。九卷。收元散曲。中华书局1958 年出版。

　　又,元刻细字本。

　　又,元至正刻本,明毛氏汲古阁钞配五卷,现存上海图书馆。

　　又,瞿氏铁琴铜剑楼藏明刊本。

　　又,明刻本,现藏北京图书馆。

　　又,清何梦华钞本,现藏南京图书馆。

　　又,1923 年武进陶氏影印元刊本。

　　又,商务印书馆《四部丛刊》影印元刊本。

　　又,《万有文库》本。

　　又,《国学基本丛书》本,卢前校。

　　又,1955 年文学古籍刊行社据影印本纸型重印本。

类聚名贤乐府群玉　元无名氏辑。隋树森校订。1982 年上海古籍出版社出版。

　　又,明钞本。

　　又,罗振玉心井盦抄本。

　　又,吴梅校新过录本。

　　又,《散曲丛刊》本。

自然集　元无名氏辑。明正统道藏同字号。

鸣鹤余音　九卷。元彭致中辑。明正统道藏随字号。

乐府群珠　明无名氏辑,卢前校。四卷。收元明散曲。1955 年商务印书馆出版。

　　又,北京图书馆藏海盐朱氏旧藏四卷本。

盛世新声　明无名氏辑。十二集。收元

明散曲作品。1956 年文学古籍刊行社据北京图书馆藏明正德十二年（1517）刊本影印。

万花集　明无名氏辑。今人黄缘芳校本（即盛世新声最后二卷，不同者唯各曲多注作者）。

词林摘艳　明张禄辑。十集。收元明散曲、杂剧作品。1955 年文学古籍刊行社编辑部据北京图书馆藏明嘉靖乙酉（1525）刊本影印出版。

又，徽藩本。

又，重刊增益本。

又，万历内府本。

雍熙乐府　明郭勋选辑。二十卷。收金、元、明散曲，南戏、杂剧曲文及时调小曲。《四部丛刊》影印明嘉靖刻本。

南北词广韵选　明徐复祚撰。稿本。

新镌古今大雅　明陈所闻辑。其中南宫词纪六卷、北宫词纪六卷、北宫词纪外集残存四、五、六卷。收元、明散曲作品。明万历刊本（外集为吴晓铃藏钞本）。

1958 年中华书局排印本。

北曲拾遗　明无名氏辑。任讷、卢前校订。

1935 年上海商务印书馆出版。

元明小令钞　清孔广林编。稿本。

散曲丛刊　任讷、卢前辑。十七种。1921 年上海中华书局聚珍仿宋版印。1931 年上海中华书局重印。收元杨朝英《阳春白雪》、胡存善《乐府群玉》、马致远《东篱乐府》、乔吉《惺惺道人乐府》、

张可久《小山乐府》、贯云石、徐再思《酸甜乐府》六种，明人散曲五种，清人散曲六种及元周德清《作词十法》、任讷《散曲概论》、《曲谐》等。

元曲别裁集　卢前编。二卷。1928 年上海开明书店出版。

曲雅　卢前编。1930 年成都古书局刊本。收元、明、清散曲。又，开明书店影印本。

元明曲选　胡懒残编。1930 年上海会文堂新记书局出版。

元曲三百首　任中敏编。1930 年上海民智书局出版。1945 年上海中华书局出版。1947 年再版。

曲选　顾名选。1931 年上海光华书局出版。

续曲雅　卢前编。1933 年刊本。

元人小令集　陈乃乾辑。1935 年上海开明书店出版。1958 年古典文学出版社出版。1962 年中华书局增订本。

元明清曲选　钱南扬选。1936 年南京中正书局出版。1946 年上海中正书局重印。

饮虹簃所刻曲　卢前辑。四十六卷。收元明清三十家散曲。1936 年金陵卢氏刊本。扬州广陵古籍刻印社 1979 年复印。

元明散曲选　卢冀野选注。1937 年上海商务印书馆出版。1940 年长沙商务印书馆二版，1947 年上海商务印书馆三版。

散曲集丛　任讷辑，卢前补辑。1941 年

长沙商务印书馆出版。

元明清曲选 叶楚伧主编,钱南扬编注。1943年中正书局出版。

曲选 卢前选。1944年重庆国立编译馆出版。

曲选 许之衡辑。元明清散曲集。民国年间北京师范大学印。

全元曲 卢前编。1947年重庆国立编译馆出版。

散曲选 顾羡季编。1949年北京中国大学出版。

曲选 郑骞编。1953年台北中华文化出版事业委员会出版。

元明散曲 顾佛影编选。1955年上海春明出版社出版。

全元散曲 隋树森编。1964年中华书局出版。1981年重版。

元散曲选注 王季思、洪柏昭等著。1981年北京出版社出版。

元人散曲选 刘永济选。1981年上海古籍出版社出版。

元人小令选 卢润祥选注。1981年四川人民出版社出版。

元散曲一百首 萧善因编注。1982年上海古籍出版社出版。

元人散曲选 羊春秋选注。1982年湖南人民出版社出版。

元人小令二百首 王锳选注。1982年贵州人民出版社出版。

元散曲选析 傅正谷、刘维俊著。1982年天津人民出版社出版。

元明散曲选读 陈锋编著。1983年黑龙江人民出版社出版。

西湖散曲选 吴战垒选注。1983年浙江文艺出版社出版。

元明散曲选 石绍勋、韦道昌编。1984年山西人民出版社出版。

元人散曲选 刘逸生主编,龙潜庵选注。1984年广东人民出版社出版。

全元散曲简编 隋树森选编。1984年上海古籍出版社出版。

元人散曲选粹 宁希元等编。1985年甘肃人民出版社出版。

元明清散曲选 王起主编,洪柏昭、谢伯阳选注。1988年人民文学出版社出版。

元人小令赏析 杨福生等著。1988年安徽文艺出版社出版。

元明散曲鉴赏集 人民文学出版社编辑部编。1989年人民文学出版社出版。

金元散曲选释 李长路编著,张巨才协注。1989年书目文献出版社出版。

元曲吟唱 赖桥本著。1989年台北文津出版社出版。

元明散曲详注 孟广来主编,周脉林注释。1990年山东文艺出版社出版。

阳春白雪注释本 元杨朝英编。许金榜注。1991年中州古籍出版社出版。

一日一曲 卢润祥选注。1991年上海三联出版社出版。选金元曲300余首。

元明散曲三百首 羊春秋选注。1992年岳麓书社出版。

元曲三百首注析 任中敏选编,胡遂、王毅注析。1992年岳麓书社出版。

元明清散曲精选　黄天骥、康保成编选。
　　1992 年江苏古籍出版社出版。

元明散曲精华　黄天骥、罗锡诗选注。
　　1992 年人民文学出版社出版。

元曲选　施亮昭编著。1993 年上海书店
　　出版。

绘图元曲三百首　白云山人选注,孙恩道
　　绘画。1993 年湖北美术出版社出版。

配画元曲一百首　王兆鹏主编,李春富绘
　　画。1994 年华中理工大学出版社
　　出版。

元曲三百首译注　褚斌杰主编。1995 年
　　百花洲文艺出版社出版。

元散曲浅析　耿兆林等编。1995 年首都
　　师范大学出版社出版。

中国古典词曲　人民文学出版社编。
　　1995 年人民文学出版社出版。

元曲精品　李汉秋、李永祜主编。1995
　　年北京燕山出版社出版。

新编元曲三百首　俞为民、孙蓉蓉编著。
　　1995 年江苏古籍出版社出版。

元散曲三百首　李复波选注。1995 年漓
　　江出版社出版。

新译元曲三百首　赖桥本、林玫仪注译。
　　1995 年台北三民书局出版。

元曲小令精华　李复波编著。1996 年广
　　西师范大学出版。

元曲聚珍　徐扶明编。1996 年上海古籍
　　出版社版。

全元曲　张月中、王钢主编。1996 年中
　　州古籍出版社出版。全二册。

元曲　鲁文忠选注。1996 年长江文艺出

版社出版。

元曲三百首　任中敏、卢前选编,杨虹、文
　　林注。1996 年三秦出版社出版。

今译新注元曲三百首　任中敏、卢前编,
　　黄卉评注。1996 年湖南文艺出版社
　　出版。

元曲四百首注释赏析　李汉秋、朱世滋主
　　编。1997 年中国工人出版社出版。

元曲一百首　蒋星煜、张漪注译。1997
　　年上海古籍出版社出版。

元曲二百首　赵其钧注评。1997 年黄山
　　书社出版。

全元曲　徐征、张月中、张圣洁、奚海编。
　　1998 年河北教育出版社出版。

元曲观止　冯文楼、张强主编。1998 年
　　陕西人民教育出版社出版。

元曲精品集　朱万曙选注。1998 年团结
　　出版社出版。

元曲三百首书画集　陈雨光主编。1998
　　年四川人民出版社出版。

曲与画:元曲三百首　上海辞书出版社
　　编,邓绍基等撰文,王庆明等画。1998
　　年上海辞书出版社出版。

王季思选元曲三百首　么书仪、张福海
　　编。1998 年东方出版社出版。

唐诗宋词元曲三百首　成涛注译。1998
　　年大众文艺出版社出版。

元曲名篇　徐征、刘庆国编著。1998 年
　　青岛出版社出版。

元曲精华　霍松林、齐森华、赵山林主编。
　　1998 年巴蜀书社出版。

全元散曲　1999 年黄山出版社出版。全

二册。

元曲三百首　邓元煊编注。1999 年巴蜀书社出版。

元曲三百首　史良昭编选，李梦生等注评。1999 年上海古籍出版社出版。

元曲三百首　任中敏、卢前编选，李淼、王竹洁注释。1999 年吉林文史出版社出版。

元曲三百首　卢前、任中敏编，陈龄彬译注。1999 年山西古籍出版社出版。

元曲精选　黄克、颜长珂、刘祯编。1999 年中国国际广播出版社出版。

元散曲经典　吴新雷、杨栋主编。1999 年上海书店出版。

元曲评译　杨鸿儒评译。2000 年华文出版社出版。

元曲三百首　周羽发主编。2000 年延边人民出版社出版。

元曲　陈常锦选注。2000 年贵州人民出版社出版。

全元散曲：广选新注集评　吴庚舜、吕薇芬主编。2000 年辽宁人民出版社出版。

元曲三百首　李春林译注。2000 年北京古籍出版社出版。

诗词曲精选系列　王运熙等注译。2000 年上海古籍出版社出版。

元曲三百首译解　张国荣编著。2000 年中国文联出版社出版。

元曲精粹　邓元煊主编。2000 年四川辞书出版社出版。

合　集

阳春奏　明黄正位辑。三卷。收元杂剧《风光好》、《风云会》、《陈抟高卧》三种。明万历三十七年(1609)刊本。

会真六幻　明闵齐伋(遇五)辑。十四卷。收元杂剧《西厢记》及有关的小说、诸宫调、戏曲等资料。明崇祯中吴兴闵氏刊本。

六合同春　明陈继儒评。十二卷。收元杂剧《幽闺记》、《西厢记》等三种，明剧三种。清乾隆十二年(1747)修文堂刻本。

水浒戏曲集　傅惜华、杜颖陶编。收元、明、清三代水浒杂剧十五种，明代水浒传奇六种。1957 年上海古典文学出版社出版。1985 年上海古籍出版社出版。

元代包公戏曲选注　李春祥选注。1983 年中州书画社出版。收元杂剧八种。

古代包公戏选　吴白匋主编，李汉秋、傅腾霄副主编。黄山书社 1994 年出版。

乐府小令　清无名氏辑。十二卷。收张可久等八家散曲。清雍正中刊本。

酸甜乐府　元贯云石、徐再思著。二卷。《散曲丛刊》辑本。

元人散曲三种　任讷辑。1927 年上海中原书局出版。

元初四家散曲　任讷选。中华书局任氏词曲丛书初集本。

云庄乐府疏斋小令　元张养浩、卢挚著。

任讷、卢前辑校。1941 年长沙商务印书馆出版。

元四家小令选　耿百鸣、赵山林编选。1986 年江西人民出版社出版。

薛昂夫　赵善庆散曲集　陆邦枢、林致大校注。1988 年上海古籍出版社出版。

卢挚　姚燧　冯子振　王恽散曲　陈长明点校。1989 年上海古籍出版社出版。

刘时中　薛昂夫散曲　周锡山点校。1989 年上海古籍出版社出版。

关汉卿　白朴　郑光祖散曲　贺圣遂、林致大点校。1989 年上海古籍出版社出版。

酸甜乐府　元贯云石、徐再思著，陈稼禾点校。1989 年上海古籍出版社出版。

别　集

新刊奇妙全相注释西厢记　元王实甫撰。五卷。附录二卷。弘治十一年(1498)金台岳家刻本。北京大学图书馆藏。1953 年古本戏曲丛刊编刊委员会所辑《古本戏曲丛刊》初集影印本。此本又称《新刊大字魁本全相参增奇妙注释西厢记》。

李卓吾批评合像北西厢记　明李贽评。二卷。明万历元年游敬泉刻本。

李卓吾先生批评西厢记　明李贽评。二卷。明万历元年潭阳刘应袭刻本。

新刻考正古本大字出象释义北西厢　二卷。江右逸乐斋订正。万历七年(1579)金陵胡少山少山堂刊本。日本成篑堂文库藏。

重刻元本题评音释西厢记　明徐士范校。二卷。万历八年(1580)刻本。北京图书馆、上海图书馆藏。

重刻元本题评音释西厢记　余泸东校。二卷。万历二十年(1592)熊龙峰忠正堂刊本。现藏日本内阁文库。

重校北西厢记　陈大来校。五卷。万历二十六年(1598)秣陵陈邦泰继志斋刊本。

北西厢记　明李榁校正。二卷。万历三十年(1602)吴门氏晔晔斋刊本。仅存卷上。上海图书馆藏。

元本出相北西厢记　明王凤洲(世贞)、李卓吾评。二卷。万历三十八年(1610)曹以杜起凤馆刊本。北京图书馆、上海图书馆,南京图书馆,中国戏曲研究院、郑振铎、傅惜华均藏。

又,明万历间汪光华玩虎轩刻本。北京图书馆、安徽博物馆藏。

李卓吾先生批评北西厢记　二卷。万历三十八年(1610)武林容与堂刊本。北京图书馆、中国社科院文研所、上海图书馆均藏。

新校注古本西厢记　明王骥德校注,沈璟评,谢伯美、朱朝鼎校。五卷。万历四十二年(1614)山阴朱朝鼎香雪居刊本。北京图书馆、上海图书馆、郑振铎、吴梅均藏。

又,清初挖改重印本。台湾中央图书馆藏。1929 年北京富晋书社东来阁影印香雪居刻本。

明何璧校本北西厢记 明何璧校。二卷。明万历四十四年(1616)渤海通客校梓本。上海图书馆藏。1961年上海商务印书馆影印本。1961年上海古籍书店影印本。

鼎镌陈眉公先生批评西厢记 明陈继儒评。二卷。明万历四十六年(1618)萧腾鸿师俭堂刻本。北京图书馆藏。清乾隆间修文堂所辑《六合同春》重印此本。北京图书馆、北京大学图书馆、上海图书馆均藏。1916年国学扶轮社重印修文堂本。

重校北西厢记 明李贽批评。二卷。万历年间王敬乔三槐堂刊本。

田水月山房北西厢藏本 明徐渭评。五卷。万历年间王起侯刊本。北京图书馆、南京图书馆、郑振铎藏。

全象注释重校北西厢记 明罗懋登注。二卷。明万历间刻本。北京图书馆藏。

新刊合并王实甫西厢记 明屠隆校正。二卷。万历二十八年(1600)周居易校刻本。北京图书馆藏。

元本出相西厢记 明袁了凡评,汪廷讷校。明万历间汪氏环翠堂刻本。上海图书馆、吴梅藏。

重刻元本题评音释西厢记 明余泸东校。二卷。明万历间乔山堂刘龙田刻本。北京图书馆藏。1954年《古本戏曲丛刊》初集影印。

新刊考正全象评释北西厢记 四卷。明

万历间金陵文秀堂刻本。收在《绣刻演剧》丛书中。北京图书馆、北京大学图书馆藏。

新刻徐笔峒先生批点西厢记 明徐奋鹏评。二卷。明万历天启间笔峒山房刻本。北京图书馆藏。

词坛清玩槃薖硕人增改定本西厢记 明巢睫轩土人叙。二卷。明天启元年(1621)刊本。1963年北京中华书局据北京图书馆藏本影印。

西厢记五本 明凌濛初校注。明天启间乌程凌氏朱墨套印本。北京图书馆、北京大学图书馆、上海图书馆、郑振铎、傅惜华均藏。1916年贵池刘氏(世珩)《暖红室汇刻传剧》第二种重刻此本。日本昭和二年(1927)东京文求堂影印刘氏本。1960年扬州广陵古籍刻印社影印本,江苏人民出版社出版。

西厢会真传 五卷。明天启间乌程闵氏评点校刊朱墨蓝三色套印本。北京大学图书馆、上海图书馆、辽宁图书馆均藏。

西厢记 明闵遇五(闵齐伋)辑。四卷。续西厢记一卷。明天启间乌程闵氏辑刻。收入《六幻西厢》丛书。北京图书馆藏。

硃订西厢记 明孙鑛(月峰)评点,诸臣校。二卷。明天启崇祯间朱墨套印本。北京图书馆藏。

新镌绣像批评音释王实甫北西厢真本 明郑国轩校。五卷。明崇祯三年

(1630)文立堂刻本。

北西厢记 二卷。明崇祯四年(1631)延阁主人山阴李廷谟刊本。上海图书馆藏,郑振铎藏。

张深之先生正北西厢秘本 明张深之校。五卷。明崇祯十二年(1639)刻本。北京图书馆、浙江博物馆藏。1953年《古本戏曲丛刊》初集影印此本。

李卓吾先生批点北西厢真本 明李贽评。二卷。明崇祯十三年(1640)西陵天章阁刻本。北京图书馆、上海图书馆、郑振铎、吴梅、日本神田喜一郎均藏。

李卓吾先生批点西厢记真本 明李贽评。崇祯年间刻本。北京图书馆、中国社科院文研所、浙江省图书馆藏。

汤海若先生批评西厢记 明汤显祖评。明崇祯间师俭堂刊刻本。上海图书馆藏。

三先生合评元本北西厢 明汤显祖、李贽、徐渭评。五卷。明崇祯间固陵孔氏汇锦堂刻本。北京图书馆、傅惜华均藏。

重刻订正元本批点画意北西厢 明徐渭批点、题识。五卷。明崇祯间刻本。北京图书馆、上海图书馆藏。

新刻魏仲雪先生批点北西厢记 明魏浣初评,李裔蕃注。二卷。明崇祯间古吴陈长卿存诚堂刻本。北京图书馆、南京图书馆、傅惜华、前孔德学校图书馆藏。

绣刻北西厢记定本 二卷。明崇祯间毛晋汲古阁刻《六十种曲》本。郑振铎藏。清道光间补刻汲古阁《六十种曲》本。1935年上海开明书店《六十种曲》排印本。1955年文学古籍刊行社用开明书店本纸型重印。中华书局1958年用开明书店原版重印,1982年再印。

新刻徐文长公参订西厢记 明徐渭批点,羊城平阳郡佑卿甫评释。二卷。明崇祯间潭邑书林岁寒友发兑。北京图书馆藏。

新订徐文长先生批点音释北西厢 明徐渭评。二卷。明崇祯间刻本。北京图书馆、华东师大图书馆藏。

详校元本西厢记 清封岳校。二卷。清顺治间含章馆刻本。北京图书馆、华东师大图书馆、傅惜华均藏。

贯华堂第六才子书西厢记 清金人瑞(圣叹)评。八卷。清顺治十三年(1656)贯华堂原刻本。傅惜华、吴梅藏。

又,清贯华堂刻爱日斋重修本。山东大学图书馆藏。

又,清贯华堂刻雅言堂重修本。山西图书馆藏。

又,清贯华堂刻重印本。中国社科院文学所藏。

注释第六才子书 六卷。清初萃英居刻本。台湾大学图书馆藏。

贯华堂绘像第六才子书西厢 八卷。清康熙八年(1669)刻本。

贯华堂第六才子书 八卷。清康熙八年(1669)文苑堂刻本。

又,康熙间四美堂刻本。

又,四美堂刻大中堂印本。

又,元盛堂刊本。

又,益和堂刊本。

贯华堂第六才子书西厢记 八卷。清康熙间世德堂刊本。

毛西河论定西厢记 清毛甡评。清康熙间刻本。

西厢记 清毛甡评注。五卷。清康熙十五年(1676)学者堂刻本。民国武进董氏诵芬室影印学者堂本。

西厢记演剧 清朱素臣校正。二卷。清康熙中叶李书云刻本。上海图书馆藏。

满汉西厢记 四卷。清康熙四十九年(1710)刻本。中国社科院文学所藏。

又,清永魁斋刊本。北师大图书馆藏。

又,清文咸堂刊本。

贯华堂绘像第六才子西厢 八卷。清康熙五十七年(1718)书林文盛堂刻本。山东图书馆藏。

怀永堂绘像第六才子书 八卷。清康熙五十九年(1720)怀永堂刻巾箱本。北京图书馆、辽宁图书馆、傅惜华藏。清嘉道间复刻此本。

芥子园绘像第六才子书 八卷。清康熙间芥子园刻巾箱本。中科院藏。

贯华堂第六才子书西厢记 八卷。清康熙间(?)宝淳堂精刻本。中科院藏。

又,清宝淳堂刻世德堂印本。中科院藏。

又,清宝淳堂刻三亦斋印本。南京大学图书馆藏。

笺注绘像第六才子西厢释解 八卷。清康熙间刻本。台湾大学图书馆藏。

绘像第六才子书 八卷。清雍正八年(1730)序刻本。山东图书馆藏。

贯华堂注释第六才子书 清邓汝宁注。六卷。清雍正九年(1731)序聚古堂刻远来高印本。中科院藏。

成裕堂绘像第六才子书 八卷。清雍正十一年(1733)成裕堂刻巾箱本。

第六才子书 八卷。清乾隆十五年(1750)古吴三亦斋刻本。

绘像第六才子书 八卷。清乾隆十五年(1750)刻本。中国戏曲研究院藏。

静轩合订评释第六才子西厢记文机合趣 清邓温书编。八卷。清乾隆十七年(1752)新德堂刻本。

琴香堂绘像第六才子书 八卷。清乾隆三十二年(1767)松陵周氏琴香堂刻巾箱本。北京图书馆藏。

又,清琴香堂刻芸香阁印本。山东图书馆藏。

味经堂绣像第六才子书 清味经堂刊巾箱本。山东图书馆藏。

舟山堂绘像第六才子书 八卷。清舟山堂刻巾箱本。

西厢记 八卷。清乾隆四十五年(1780)文德堂刻本。

西厢记 八卷。清乾隆五十六年(1791)书业堂刻本。

绣像妥注第六才子书 清邹圣脉注。六卷。清乾隆六十年(1795)尚友堂刻本。

此宜阁增订金批西厢　清周昂批点。六卷。清乾隆六十年（1795）此宜阁刻本。

楼外楼订正妥注第六才子书　清邹圣脉注。七卷。清乾隆间楼外楼刻本。

楼外楼订正妥注第六才子书　清邹圣脉注。六卷。清乾隆间九如堂刻本。

增补笺注绘像第六才子西厢释解　清邓汝宁注。八卷。清乾隆间致和堂刻本。

第六才子书　八卷。清乾隆间京口五车楼刻本。

又，清乾隆间江南金谷园刻本。

云林别墅绘像妥注第六才子书　清邹圣脉注。六卷。有附录。清乾隆间经元堂刻本。又，清谥益堂刻本。

又，清英德堂刊本。

第六才子书西厢记　八卷。清嘉庆五年（1800）文盛堂刻本。

槐荫堂第六才子书　八卷。有附录。清嘉庆二十一年（1816）三槐堂刻本。

增补笺注绘像第六才子西厢　清邓汝宁注。八卷。附录。清嘉庆间五云楼刻本。

吴山三妇评笺注释第六才子书　八卷。清嘉庆间致和堂刻本。

吴山三妇评笺注释第六才子书　八卷。清嘉道间文苑堂刻巾箱本。

西厢记　八卷。清嘉道间会贤堂刻本。

西厢记　八卷。清嘉道间四义堂刻本。

西厢记　八卷。清道光二年（1822）金城

西湖街简书斋刻本。

桐华阁木西厢记　清吴兰修订。清道光三年（1823）长白冯氏刻本。

第六才子书西厢记　清味兰轩主人增注。八卷。有附录。清道光二十九年（1849）味兰轩刻本。

又，清咸丰三年（1853）味兰轩刊本。

又，清同治八年（1869）味兰轩刊本。

又，清光绪十五年（1889）味兰轩刊本。

又，清永顺书堂翻刻味兰轩本。

又，清同治八年（1869）有成堂翻刻味兰轩本。

绣像第六才子书　清道光间刻本。

绣像妥注六才子书　清邹圣脉注。六卷。清同治十二年（1873）刻本。

如是山房增订金批西厢　清周昂增订。六卷。清光绪二年（1876）如是山房刊本。

西厢记　清朱璐评。清钞本。

增像第六才子书　五卷。有附录。清刻本。

西厢引墨　清戴问喜评。清光绪六年（1884）稿本。

第六才子书西厢记　八卷。光绪十年（1884）刻本。

增补第六才子书释解　清邓汝宁音释。六卷。清文辛堂刻本。

文盛堂绘像第六才子书笺注　邓汝宁音释。六卷。清文盛堂刻巾箱本。

增补笺注第六才子书西厢释解　邓汝宁注。六卷。清光绪十三年（1887）上海石印本。

元曲鉴赏辞典

增像第六才子书　五卷。有附录。清光绪十三年(1887)古越全城后裔校刊石印本。

又,光绪二十年(1894)古越全城后裔铅印本。

增像第六才子书　五卷。有附录。清光绪十五年(1889)润宝斋石印本。

又,光绪十五年(1889)上海鸿宝斋石印本。

又,光绪二十二年(1896)上海赏奇轩铅印本。

又,光绪三十一年(1905)上海育文书局石印本。

又,清末上海江东书局石印本。

绘图第六才子书　五卷。清光绪三十二年(1906)善成堂刻本。

绘像第六才子书　八卷。有附录。清光绪间广州刻朱墨套印巾箱本。

增像第六才子书　六卷。清光绪间石印巾箱本。

西厢记释义字音大全　清徐逢吉撰。一卷。收入《暖红室汇刻传剧》丛书。

绘画精本西厢记　八卷。1913 年上海扫叶山房本。

西厢　郭沫若改编。1921 年上海泰东书局出版。

西厢　民国初年上海泰东图书馆标点排印本。辑雍熙乐府本西厢记曲文。黎锦熙、孙楷第校辑。1933 年北京立达书局排印本。

西厢记　八卷。1934 年上海汉文渊书局石印本。

西厢记　1937 年上海世界书局排印本。与《琵琶记》合册。

西厢记注　王毓骏注。1938 年北京文化学社排印本。

西厢五剧注　王季思校注。1944 年浙江龙泉龙吟书屋排印本。

西厢记　1947 年上海世界书局本。

第六才子书西厢记　十一卷。上海广益书局出版。

足本大字西厢记　五卷。上海大众书局出版。

西厢记笺证　陈志宪编。1948 年上海中华书局出版。

集评校注西厢记　王季思校注。1949 年上海开明书店出版。

西厢记　1954 年上海新文艺出版社出版。

西厢记　吴晓铃校注。1954 年作家出版社出版。

西厢记　王季思校注。1957 年古典文学出版社出版。

又,1959 年中华书局修改本。

又,1960 年中华书局修改本。1963 年重印。

又,1978 年上海古籍出版社修改本。

新编校正西厢记(残页)　1978 年北京中国书店。

西厢记新注　张燕瑾、弥松颐校注。1980 年江西人民出版社出版。

西厢记通俗注释　祝肇年、蔡运长编注。1983 年云南人民出版社出版。

贯华堂第六才子西厢记　金圣叹评。傅

晓航校点。1985 年甘肃人民出版社出版。

贯华堂第六才子西厢记 金圣叹评。曹方人、周锡山标点。1986 年江苏古籍出版社出版。

金圣叹批本西厢记 金圣叹批改，张国光校注。1986 年上海古籍出版社出版。

明刊西厢记全图 1983 年上海人民出版社出版。

集评校注西厢记 王季思校注、张人和集评。1987 年 4 月上海古籍出版社出版。

西厢记集解 傅晓航编校。1989 年甘肃人民出版社出版。

西厢记 张雪静校注。1992 年山西人民出版社出版。

西厢记 张新建评。1993 年中州古籍出版社出版。

西厢记 张燕瑾校注。1994 年人民文学出版社出版。

西厢记 吴书荫校点。1997 年辽宁教育出版社出版。

西厢记：方言俗语注释本 李小强、王小忠注释。1997 年中国文联出版公司出版。

西厢记 周巩平注。2000 年华夏出版社出版。

金圣叹评西厢记绘图本 清金圣叹评，陈德芳校点。2000 年四川文艺出版社出版。

关汉卿戏曲集 元关汉卿著。吴晓铃等编校。1958 年中国戏剧出版社出版。

大戏剧家关汉卿杰作集 元关汉卿著。吴晓铃等注释。1958 年北京中国戏剧出版社出版。

关汉卿戏曲选 元关汉卿著。1958 年北京人民文学出版社出版。

窦娥冤 元关汉卿著。1958 年人民文学出版社出版。

关汉卿杂剧选 元关汉卿著。张友鸾、顾肇仓选注。1963 年人民文学出版社出版。

关汉卿戏剧集 元关汉卿著。北京大学中文系《关汉卿戏剧集》编校小组编。1976 年人民文学出版社出版。

关汉卿全集 元关汉卿著。吴国钦校注。1988 年广东高等教育出版社出版。

关汉卿全集校注 元关汉卿著。王学奇、吴振清、王静竹校注。1988 年河北教育出版社出版。

关汉卿作品赏析集 霍松林主编。1990 年巴蜀书社出版。

关汉卿杂剧选译 元关汉卿著。黄仕忠译注。1991 年巴蜀书社出版。

关汉卿戏曲集导读 元关汉卿著。施绍文、沈树华编。1993 年巴蜀书社出版。

关汉卿集 元关汉卿著。马欣来辑校。1996 年山西人民出版社出版。

关汉卿选集 元关汉卿著。康保成、李树玲选注。1998 年人民文学出版社出版。

关汉卿散曲集 元关汉卿著。李汉秋、周维培校注。1990 年上海古籍出版社出版。

白朴戏曲集校注　元白朴著。王文才校注。1984 年人民文学出版社出版。

倩女离魂　元郑光祖著。冯玉玲改编。1959 年中国戏剧出版社出版。

郑光祖集　元郑光祖著。冯俊杰校注。1992 年山西人民出版社出版。

郑廷玉集　元郑廷玉著。颜慧云、陈襄民校注。1997 年中州古籍出版社出版。

李行道　孔文卿　罗贯中集　元李行道、孔文卿、罗贯中著。延保全校注。1993 年山西人民出版社出版。

吴昌龄　刘唐卿　于伯渊集　元吴昌龄、刘唐卿、于伯渊著。张继红校注。1993 年山西人民出版社出版。

古本戏曲西游记　元杨景贤著。山东省艺术研究所、淄博市文化局校注。1991 年山东文艺出版社出版。

吕蒙正风雪破窑记　元王实甫著。旧钞本。见《南京大学图书馆馆藏古籍善本图书目录》。

刘玄德独赴襄阳会　元高文秀著。旧钞本。见《南京大学图书馆馆藏古籍善本图书目录》。

破苻坚蒋神灵应　元李文蔚著。旧钞本。见《南京大学图书馆馆藏古籍善本图书目录》。

张子房圯桥进履　元李文蔚著。旧钞本。见《南京大学图书馆馆藏古籍善本图书目录》。

狄青复夺衣袄车　元无名氏著。旧钞本。见《南京大学图书馆馆藏古籍善本图书目录》。

重辑杜善夫集　元杜善夫著。孔繁信编。1994 年济南出版社出版。

秋涧乐府　元王恽著。卢前辑。一卷。《饮虹簃续刻曲》本。

疏斋小令　元卢挚著。卢前辑。一卷。《饮虹簃续刻曲》本。

卢疏斋集辑存　元卢挚著。李修生辑笺。1985 年北京师范大学出版社出版。

天籁集摭遗　元白朴著。一卷。清杨希洛刊本。

又，任讷补辑，《散曲丛刊》本。

又，《饮虹簃续刻曲》本。

东篱乐府　元马致远著。任讷辑。一卷。《散曲丛刊》本。

马致远散曲校注　元马致远著。刘益国校注。1989 年书目文献出版社出版。

东篱乐府　元马致远著。邓长风点校。1989 年上海古籍出版社出版。

东篱乐府全集　元马致远著。瞿钧编注。1990 年天津古籍出版社出版。

云庄休居自适小乐府　元张养浩著。明成化十九年(1483)边靖之刻本。

又，明汲古阁旧藏钞本。

又，1930 年北平孔德图书馆石印本。

又，《饮虹簃所刻曲》本。

张养浩作品选　薛祥生、孙繁信选。1987 年人民文学出版社出版。

云庄休居自适小乐府笺　元张养浩著。王佩增笺。1988 年齐鲁书社出版。

云庄乐府　元张养浩著。冯裳点校。1989 年上海古籍出版社出版。

睢景臣词　一卷。元睢景臣作。卢前辑。《饮虹簃续刻曲》本。

文湖州集词　元乔吉著。明无名氏辑。一卷。丁丙藏明蓝格钞本。

又,何梦华藏清钞本。

乔梦符小令　元乔吉著。明李开先编。一卷。明隆庆刊本。

又,清历鹗刊本。

又,清雍正中刊本《乐府小令》本。

又,《饮虹簃所刻曲》本。

梦符散曲　元乔吉著。任讷辑。二卷。《散曲丛刊》本。

梦符散曲　元乔吉著。申孟点校。1989年上海古籍出版社出版。

张小山北曲联乐府　元张可久著。三卷。外集一卷。汲古阁钞本。

又,清劳平甫钞校本。

小山乐府　元张可久著。天一阁旧藏明影元钞本。

张小山小令　元张可久著。明李开先编。二卷。明嘉靖刊本。又,清雍正中刊本《乐府小令》本。又,《饮虹簃所刻曲》本。

小山乐府　元张可久著。六卷。序末伪署天池山人徐渭序。北京图书馆藏清人胡荦皞钞本。又,清抄本,现藏北京大学图书馆。

小山乐府　元张可久著。任讷校。六卷。《散曲丛刊》本。

小山乐府　元张可久著。王维堤点校。1989年上海古籍出版社出版。

张可久集校注　元张可久著。吕薇芬、杨镰校注。1995年浙江古籍出版社出版。

张可久散曲选(中法对照)　元张可久著,杜南柏译,李宪法书。1996年中国文学出版社出版。

甜斋乐府　元徐再思著。俞忠鑫校注。1991年上海古籍出版社出版。

诗酒余音　元曾瑞著。卢前辑。一卷。《饮虹簃续刻曲》本。

酒边余兴　元钱霖著。卢前辑。一卷。《饮虹簃续刻曲》本。

云林乐府　元倪瓒著。卢前辑。一卷。《饮虹簃续刻曲》本。

九山乐府　元顾德润著。卢前辑。一卷。《饮虹簃续刻曲》本。

金缕新声　元吴仁卿著。卢前辑。一卷。《饮虹簃续刻曲》本。

马九皋词　元马九皋著。卢前辑。一卷。《饮虹簃续刻曲》本。

小隐余音　元汪元亨著。卢前辑。一卷。《饮虹簃续刻曲》本。

笔花集　元末汤式著。明钞本。

评论与资料

唱论　元燕南芝庵著。一卷。元杨朝英选编《乐府新编阳春白雪》卷首附录本。

又,元陶宗仪《南村辍耕录》卷二十七所收本。

又,《元曲选》卷首附录本。

又,任讷辑《新曲苑》第一种本。

又,傅惜华校编《古典戏曲声乐论著丛编》第一种本。

又,《中国古典戏曲论著集成》第一册本。

又,周贻白《戏曲演唱论著辑释》本。

中原音韵 元周德清著。元刻本,藏南京图书馆。又,明万历间程明善辑《啸余谱》卷六本。清康熙元年(1662)覔刻本。

又,《四库全书》集部词曲类南北曲之属所收本。

又,《古今图书集成文学典》第二百四十九卷《词曲部汇考》所收本。

又,《重订曲苑》本。

又,1922年瞿氏铁琴铜剑楼影印元刻本。

又,1926年海宁陈氏影印《中原音韵》(外《太和正音谱》一种)本。

又,《中国古典戏曲论著集成》第一册本。

元人曲论 元周德清著。曹聚仁校读。1926年上海梁溪图书馆铅印本。

又,1932年南京大中书局本。

元人曲论 元周德清著。1933年上海新文化书社本。实即《中原音韵》作曲十法(附任讷疏证)及四十定格。

又,1933年上海启智书局本。

制曲十六观 元顾瑛著。明叶华辑《太平清调迦陵音》卷首附录本。

又,《丛书集成》本。

青楼集 元夏庭芝著。一卷。清顺治三年(1646)宛委山堂《说郛》本。

又,清道光元年(1821)酉山堂《古今说海》本。

又,明崇祯间《绿窗女史》刻本。

又,明无名氏万历间蓝格钞本《说集》本。

又,清宣统间郋园《双梾景闇丛书》本。

又,明崇祯间《续百川学海》刻本。

又,1057年上海古典文学出版社辑印《中国文学参考资料小丛书》中《教坊记(外二种)》本。

又,1959年中国戏剧出版社《中国古典戏曲论著集成》第二册本。

录鬼簿(外四种) 元钟嗣成著。外四种为:明无名氏《录鬼簿续编》、明朱权《太和正音谱》、明吕天成《曲品》、清高奕《传奇品》。后附清曹栋亭本《录鬼簿》、明孟称舜本《录鬼簿》。1957年古典文学出版社据周氏传抄本排印。1958年上海古籍出版社重印。1959年中华书局新一版。1978年上海古籍出版社据中华书局本重印。

录鬼簿 元钟嗣成著。二卷。《说集》本。

又,1921年上海古书流通处影康熙原刻石印本《栋亭藏书十二种》本。

又,民国年间刘世珩《暖红室汇刻传奇》附刊第一种本。

又,1917年武进董氏诵芬室刻《读曲丛刊》本。

又,1925年陈乃乾《重订曲苑》本。

又,1959年《古本戏曲丛刊》第四集本。

又,《中国古典戏曲论著集成》第二

册本。

录鬼簿新校注 元钟嗣成著。马廉校注。1957 年文学古籍刊行社出版。

天一阁蓝写本正续录鬼簿 元钟嗣成、明贾仲明著。1960 年中华书局据天一阁明抄本影印。

太和正音谱 明朱权著。二卷。清长洲汪士钟藏影写明洪武刻本,藏江苏省图书馆。

又,《啸余谱》本。

又,《录鬼簿》(外四种)本。

又,1920 年上海商务印书馆辑印《涵芬楼秘笈》第九集本。

又,明臧懋循《元曲选》附录本。

又,元末陶宗仪、清陶珽《重校说郛》本。

又,清蒋廷锡等《古今图书集成》"文学典"所收本。

又,清曹溶《学海类编》本。

又,任讷《新曲苑》本。

又,《中国古典戏曲论著集成》第三册本。

又,傅惜华《古典戏曲声乐论著丛编》本。

词谑 明李开先著。明嘉靖间刻本,北京图书馆藏。

又,清康熙间陆贻典据也是园藏本传钞本。路工藏。1955 年文学古籍刊行社据路工藏本影印本。

又,1936 年中华书局本。1937 年中华书局再版。

又,《中国古典戏曲论著集成》第三

册本。

曲藻 明王世贞著。一卷。

又,明万历八年(1580)茅一相编《欣赏续编》本。

又,明末《锦囊小史》刻本。

又,明末《艳雪斋丛书》钞本。

又,《新曲苑》本。

又,《中国古典戏曲论著集成》第四册本。

曲论 明何良俊著。一卷。1912 年上海国粹学报社《古学汇刊》第二集本。

又,《新曲苑》本,改题为《四友斋曲说》。

又,《中国古典戏曲论著集成》第四册本。

曲律 明王骥德著。四卷。明天启四年(1624)原刻本。

又,清康熙二十八年(1689)苏州绿荫堂重印明方诸馆刻本。

又,清道光间金山钱氏《指海》第七集所收本。

又,1916 年上海仓圣明智大学排印《学术丛编》本。

又,《读曲丛刊》本。

又,《重订曲苑》本。

又,《增补曲苑》本。

又,《古典戏曲声乐论著丛编本》,系节录。

又,《中国古典戏曲论著集成》第四册本。

又,1983 年湖南人民出版社陈多、叶长海注释本。

顾曲杂言 明沈德符著。一卷。《学海类编》集余三文词部分所收本。

又,《砚云甲编》第四帙所收本。

又,《四库全书》集部词曲类南北曲之属所收本。

又,《读曲丛刊》本。

又,《曲苑》本。

又,《重订曲苑》本。

又,《增补曲苑》本。

又,《中国古典戏曲论著集成》第四册本。

曲论 明徐复祚著。一卷。1912年上海国粹学报社《古学汇刊》第二集本。

又,《新曲苑》本。题《三家村老曲谈》。

又,《中国古典戏曲论著集成》第四册本。

谭曲杂札 明凌濛初著。《南音三籁》卷首附刻本。

又,《中国古典戏曲论著集成》第四册本。

衡曲麈谭 明张琦著。《吴骚合编》附刻本。

又,《读曲丛刊》本。

又,《曲苑》本。

又,《重订曲苑》本。

又,《增订曲苑》本。

又,《中国古典戏曲论著集成》第四册本。

雨村曲话 清李调元著。二卷。

又,乾隆四十九年(1784)李调元辑刻《函海》本,嘉庆中重校本,道光中重校本,光绪广汉钟登甲乐道斋重刻本。

又,清末无名氏钞辑《曲话三种》本。

又,陈乃乾《曲苑》本。

又,陈乃乾《重订曲苑》本。

又,民国古书流通处辑《增补曲苑》本。

又,《中国古典戏曲论著集成》第八册本。

剧话 清李调元著。二卷。乾隆四十九年(1784)《函海》本。

又,《新曲苑》本。

又,《中国古典戏曲论著集成》第八册本。

藤花亭曲话 清梁廷枏著。五卷。清道光十年(1830)《藤花亭十种》本。

又,《曲话三种》本。

又,1916年上海有正书局《曲话》本。

又,《曲苑》本。

又,《重订曲苑》本。

又,《增补曲苑》本。

又,1937年上海商务印书馆《国学基本丛书》本。1939年再版。

又,《中国古典戏曲论著集成》第八册本。

剧说 清焦循著。六卷。北京图书馆藏稿本。

又,《读曲丛刊》本。

又,《曲苑》本。

又,《重订曲苑》本。

又,《增补曲苑》本。

又,1939年上海商务印书馆《国学基本丛书》本。

又,1957年上海古典文学出版社《中国文学参考资料小丛书》本。

又,《中国古典戏曲论著集成》第八册本。

艺概 清刘熙载著。卷四词曲概中论曲。清同治间《古桐书屋六种·艺概》本。

又,1927年北京富晋书社《艺概》本。

又,《新曲苑》本,题《曲概》。

又,《中国古典戏曲论著集成》第九册本。

又,1978年上海古籍出版社《艺概》本。

又,1986年贵州人民出版社《艺概笺注》(王气中笺注)本。

今乐考证 清姚燮著。十二卷。一九三五年北京大学据原稿影印本。

又,《中国古典戏曲论著集成》第十册本。

录曲余谈 王国维著。《海宁王静安先生遗书》本。

宋元戏曲史 王国维著。1915年上海商务印书馆《文艺丛刻》本。1921、1923、1924、1926、1927、1940年再版。

又,1930年《万有文库》本。

又,1933年《国学小丛书》本。1935年再版。

又,1939年《万有文库简编》本。

又,《海宁王静安先生遗书》本。

又,1989年上海书店出版。

顾曲麈谈 吴梅著。二卷。1916年商务印书馆出版。1934年国难后一版,1935年再版。

又,1989年上海书店出版。

词余讲义 吴梅著。1919年北京大学出版部出版。1932年易名《曲学通论》,由商务印书馆出版。1935、1947、1948年再版。

曲海一勺 姚华著。中华书局聚珍仿宋版《弗堂类稿》本。又,《新曲苑》本。

菉漪室曲话 姚华著。河南大学油印本。又,《新曲苑》本。

曲苑 陈乃乾编辑。古书流通处辛酉(1921)年石印本。收戏曲论著十四种。

增补曲苑 古书流通处辑。正音学会增辑。1922年上海六艺书局排印本。收戏曲论著二十六种。

重订曲苑 陈乃乾编辑。1925年影石印巾箱本,古书流通处印行。收戏曲论著二十种。

中国戏曲概论 吴梅著。1926年上海大东书局印行。1964年香港太平书局据原版影印出版。1976年重印。

又,1989年上海书店出版。

元剧研究 ABC 吴梅著。1929年上海世界书局出版。1934年收入世界书局编印之《中国文学讲座》,改题《元剧研究》。

霜崖曲话 十六卷。吴梅著。南京大学图书馆藏钞本。

元曲概论 贺昌群著。1930年上海商务印书馆出版。1939年再版。

词曲史 王易著。1931年上海神州国光社发行。1932年再版。1944年上海中国联合出版公司重印发行。1946年中国文化服务社印行,1948年重印。

中国近代戏曲史 （日本）青木正儿著。郑震编译。1933 年北新书局出版。

戏曲史 许之衡编。民国年间排印本。

元剧联套述例 蔡莹编撰。1933 年上海商务印书馆出版。

螾庐曲谈 王季烈著。1934 年上海商务印书馆山版。

词曲研究 卢冀野著。1934 年上海中华书局出版。1940 年再版。

中国戏剧概论 卢冀野著。1934 年上海世界书局出版。1944 年新一版。

中国戏剧史略 周贻白著。1936 年上海商务印书馆出版。1940 年再版。

戏曲丛谈 华连圃著。二卷。1936 年上海商务印书馆出版。

中国近世戏曲史 （日本）青木正儿著。王古鲁译。1936 年长沙商务印书馆出版。1954 年中华书局重印。1956 年上海文艺联合出版社再印。1958 年北京作家出版社再印。

读曲随笔 赵景深著。1936 年上海北新书局出版。

读曲小识 卢前著。四卷。1937 年上海商务印书馆出版。

南北戏曲源流考 （日本）青木正儿著。江侠庵译。1938 年长沙商务印书馆出版。

中国戏剧史 徐慕云著。1938 年上海世界书局出版。又,1989 年上海书店出版。

新曲苑 任中敏（讷）编。1940 年中华书局出版。共十二集。收戏曲论著三十五种。

述也是园旧藏古今杂剧 孙楷第著。1940 年北平图书季刊社出版。

元人杂剧序说 （日本）青木正儿著。隋树森译。1941 年上海开明书店出版。1959 年香港建文书局重印。

孤本元明杂剧提要 土李烈著。1941 年长沙商务印书馆出版。

小说戏曲新考 赵景深著。1943 年世界书局出版。

谈词曲 王国维著。1944 年重庆中周出版社《中周百科丛书》本。

孤本元明杂剧钞本题记 冯沅君著。1944 年重庆商务印书馆出版。

中国戏剧小史 周贻白著。1945 年上海永祥印书馆印行。1946 年再版。

古剧说汇 冯沅君著。1947 年上海商务印书馆出版。1956 年作家出版社修改本。

元曲概说 （日本）盐谷温著。隋树森译。1947 年上海商务印书馆出版。1958 年再版。

元曲研究 朱志泰著。1947 年上海永祥印书馆出版。

戏曲论丛 叶德均著。1947 年上海日新出版社出版。

元剧斟疑 严敦易著。1948 年文艺复兴（中国文学研究号）版。1960 年中华书局重印。

续元剧斟疑 严敦易著。1949 年文艺复兴（中国文学研究号）版。

中国戏剧简史　董每戡著。1949 年商务印书馆出版。1950 年再版。

中国戏剧史　周贻白著。1953 年中华书局出版。

也是园古今杂剧考　孙楷第著。1953 年上海上杂出版社出版。

宋元伎艺杂考　李啸仓著。1953 年上海上杂出版社出版。

元曲家考略　孙楷第著。1953 年上海上杂出版社出版。1981 年上海古籍出版社增订本。

元曲六大家传略　谭正璧著。1955 年上海文艺联合出版社出版。

戏曲杂记　徐朔方著。1956 年上海古典文学出版社出版。

中国戏剧史　邓绥宁著。1956 年台湾中华文化事业出版委员会出版。

古典戏曲声乐论著丛编　傅惜华编。1957 年人民音乐出版社出版。1983 年重印。收(元)燕南芝庵《唱论》等九篇论著。

元明清戏曲研究论文集　作家出版社编辑部编。1957 年北京作家出版社出版。

元人杂剧概说　（日本）青木正儿著。隋树森译。1957 年中国戏剧出版社出版。

王国维戏曲论文集　王国维著。1957 年中国戏剧出版社出版。1983 年重印。

古典小说戏曲丛考　刘修业著。1958 年北京作家出版社出版。

中国戏剧史讲座　周贻白著。1958 年北京中国戏剧出版社出版。1981 年重印。

中国古典戏曲论著集成　中国戏曲研究院编。1959 年中国戏剧出版社出版，1980 年重印。共十册，为我国历代戏曲论著的总集。收唐、宋、元、明、清五代戏曲论著共四十八种。

元明清戏曲研究论文集　人民文学出版社编辑部编。二集。1959 年人民文学出版社出版。

读曲小记　赵景深著。1959 年上海中华书局出版。

中国戏剧史长编　周贻白著。1960 年人民文学出版社出版。

中国戏曲论集　周贻白著。1960 年中国戏剧出版社出版。

现存元人杂剧本事考　罗锦堂著。1960 年台湾中国文化股份有限公司出版，1976 年顺先出版公司再版。

中国戏剧史　冯明之著。1960 年香港上海书局出版。

元剧史话　刘十朋著。1961 年香港中华书局出版。

戏曲笔谈　赵景深著。1962 年中华书局出版。

元代杂剧　顾肇仓著。《知识丛书》编辑委员会编。1962 年作家出版社出版。

戏曲演唱论著辑释　周贻白著。注辑元燕南芝庵《唱论》等四种。1962 年中国戏剧出版社出版。1983 年再版。

中国戏曲　祝肇年著。《知识丛书》编辑委员会编。1963 年作家出版社出版。

元曲鉴赏辞典

1795

中国戏曲史 孟瑶著。1965 年台北文星书店出版。

元明清戏曲 杨家骆著。1968 年台湾鼎文书局出版。

元曲选外编校勘记 朱尚文校。1968 年台湾中华书局出版。

景午丛编 郑骞著。1972 年台湾中华书局出版。

中国古剧乐曲之研究 陈万鼐著。1973 年台北中山学术文化基金会出版。

元明清剧曲史 陈万鼐著。1974 年台北鼎文书局出版。

说戏曲 曾永义著。1976 年台北联经出版事业公司出版。

锦堂论曲 罗锦堂著。1977 年台北联经出版事业公司出版。

元代恋爱剧十种技巧研究 丛静文著。1978 年台湾商务印书馆出版。

戏曲小说丛考 叶德钧著。1979 年中华书局出版。

中国戏曲发展史纲要 周贻白著。1979 年上海古籍出版社出版。

元明杂剧 顾学颉著。1979 年上海古籍出版社出版。

中国古典戏曲名著简论 钟林斌著。1979 年春风文艺出版社出版。

元剧评论 黄敬钦著。1979 年台湾枫城出版社出版。

元曲六大家 王忠林、应裕康著。1979 年台湾东大图书公司出版。

中国古典戏剧论集 曾永义著。1979 年台湾联经出版事业公司出版。

宋元明清剧曲研究论集 存萃学社编集。1979 年香港大东图书公司出版。

戏剧新天 李健吾著。1980 年上海文艺出版社出版。

曲论初探 赵景深著。1980 年上海文艺出版社出版。

玉轮轩曲论 王季思著。1980 年中华书局山版。

中国戏曲史漫话 吴国钦著。1980 年上海文艺出版社出版。

冯沅君古典文学论文集 冯沅君著。1980 年山东人民出版社出版。

元杂剧中的爱情与社会 张淑香著。1980 年台北长安出版社出版。

元代戏剧艺术 徐扶明著。1981 年上海文艺出版社出版。

中国戏曲通史 张庚、郭汉城主编。1981 年中国戏剧出版社出版。

古代戏曲名著选读 张月中、许秀京编。1982 年河北人民出版社出版。

中国古代小说戏曲举要 黎宏基编著。1982 年湖南人民出版社出版。

元明清戏曲论集 严敦易著。1982 年中州书画社出版。

中国古典文学名著赏析 徐应佩、周溶泉、吴功正著。1982 年山西人民出版社出版。

古典小说戏曲探艺录 天津古典小说戏曲研究会编。1982 年天津人民出版社出版。

诗词曲论文集 罗忼烈著。1982 年广东人民出版社出版。

两小山斋论文集　罗忼烈著。1982 年中华书局出版。

中国戏曲史钩沉　蒋星煜著。1982 年中州书画社出版。

戴不凡戏曲研究论文集　戴不凡著。1982 年浙江人民出版社出版。

周贻白戏剧论文选　周贻白著。1982 年湖南人民出版社出版。

中国戏剧批评的产生和发展　夏写时著。1982 年中国戏剧出版社出版。

台下人语　吴小如著。1982 年中国戏剧出版社出版。第一部分为戏曲散论，第二部分为中国戏曲发展讲话。

元杂剧作法论　黄士吉著。1983 年青海人民出版社出版。1985 年重印。

冷暖集　黄天骥著。1983 年花城出版社出版。

中国古典悲剧喜剧论集　1983 年上海文艺出版社出版。

元杂剧鉴赏集　1983 年人民文学出版社出版。

吴梅戏曲论文集　吴梅著。1983 年中国戏剧出版社出版。

玉轮轩曲论新编　王季思著。1983 年中国戏剧出版社出版。

曲海蠡测　谭正璧、谭寻著。1983 年浙江人民出版社出版。

元代杂剧赏析　陈俊山编著。1983 年天津人民出版社出版。

五大名剧论　董每戡著。1984 年人民文学出版社出版。

郑振铎古典文学论文集　1984 年上海古籍出版社出版。

中国古典编剧理论资料汇辑　秦学人、侯作卿编著。1984 年中国戏剧出版社出版。

元杂剧所反映之元代社会　颜天佑著。1984 年台北华正书局出版。

中国古代戏剧史　唐文标著。1985 年中国戏剧出版社出版。

中国戏曲史话　彭隆兴编著。1985 年北京知识出版社出版。

元杂剧论集（上、下）　李修生等编。1985 年百花文艺出版社出版。

中国古典小说戏曲论集　1985 年上海古籍出版社出版。

元明清戏曲赏析　宋绵有著。1985 年天津南开大学出版社出版。

元明北杂剧总目考略　邵曾祺编著。1985 年中州古籍出版社出版。

古典小说戏剧名作赏析　《名作欣赏》编辑部编。1985 年山西人民出版社出版。

曲论探胜　齐森华著。1985 年华东师大出版社出版。

元杂剧喜剧艺术　王寿芝著。1985 年安徽文艺出版社出版。

中国戏剧文化史述　余秋雨著。1985 年湖南人民出版社出版。

中国戏曲史探微　蒋星煜著。1985 年齐鲁书社出版发行。

中国古典戏剧论集　张敬、曾永义等著。1985 年台北幼狮文化事业公司出版。

元明清戏曲探索　徐扶明著。1986 年浙江古籍出版社出版。

中国戏剧学史稿 叶长海著。1986年上海文艺出版社出版。

中国剧诗美学风格 苏国荣著。1986年上海文艺出版社出版。

古典戏曲十讲 沈达人、颜长珂主编。1986年中华书局出版。

元杂剧概论 许金榜著。1986年齐鲁书社出版。

论元代杂剧 商韬著。1986年齐鲁书社出版。

周贻白小说戏曲论集 周贻白著。1986年齐鲁书社出版。

中国的戏剧 彭飞著。1986年中国青年出版社出版。

中国古代戏曲论集 王季思等著。1986年中国展望出版社出版。

古典戏曲编剧六论 祝肇年著。1986年中国戏剧出版社出版。

戏曲与戏曲文学论稿 沈尧著。1986年中国戏剧出版社出版。

中国历代剧论选注 陈多、叶长海选注。1987年湖南文艺出版社出版。

中国戏剧史论集 赵景深、李平、江巨荣合著。1987年江西人民出版社出版。

元杂剧所反映之时代精神 耿湘沅著。1987年台北文史哲出版社出版。

元杂剧研究概述 宁宗一、陆林、田桂民编著。1987年天津教育出版社出版。

中国古典剧论概要 蔡仲翔著。1988年中国人民大学出版社出版。

中国戏曲史索隐 蒋星煜著。1988年齐

鲁书社出版。

论中国戏剧批评 夏写时著。1988年齐鲁书社出版。

玉轮轩曲论三编 王季思著。1988年中国戏剧出版社出版。

元杂剧论稿 李春祥著。1988年河南大学出版社出版。

诗歌与戏曲 曾永义著。1988年台北联经出版事业公司出版。

比较研究：古剧结构原理 李晓著。1989年中国戏剧出版社出版。

宋元戏曲文物与民俗 廖奔著。1989年文化艺术出版社出版。

观剧札记 赵景深著。1989年学林出版社出版。

《录鬼簿》中历史剧探源 刘新文著。1989年南开大学出版社出版。

元杂剧史稿 李春祥著。1989年河南大学出版社出版。

中国戏曲简史 杨世祥著。1989年文化艺术出版社出版。

水浒戏考论 王晓家著。1989年济南出版社出版。

中国戏曲通论 张庚、郭汉城主编。1989年上海文艺出版社出版。

中国古典悲剧论 焦文彬著。1990年西北大学出版社出版。

中国戏曲观众学 赵山林著。1990年华东师范大学出版社出版。

十大戏曲家 章培恒主编。包括关汉卿、马致远、白朴等人小传。1990年上海古籍出版社出版。

古典戏曲名作纵横谈 颜长珂编著。1990 年知识出版社出版。

元代杂剧史 刘荫柏著。1990 年花山文艺出版社出版。

论中原音韵 周维培著。1990 年中国戏剧出版社出版。

青楼集笺注 元夏庭芝著。孙崇涛、徐宏图笺注。1990 年中国戏剧出版社出版。

元曲百家综论 门岿著。1990 年科学教育出版社出版。

中国十大古典喜剧论 周国雄著。1991 年暨南大学出版社出版。

王季思学术论著自选集 王季思著。1991 年北京师范学院出版社出版。

中国戏曲文学史 李庆番著。1991 年花山文艺出版社出版。

校订录鬼簿三种 元钟嗣成著。王钢校订。1991 年中州古籍出版社出版。

中国戏班史 张发颖著。1991 年沈阳出版社出版。

元代文学史 邓绍基主编。1991 年人民文学出版社出版。

中国古代戏曲 周传家著。1991 年商务印书馆出版。

中国戏剧的黄金时代：元杂剧 ［美］时钟雯著，萧善因、王红萧译。1991 年山西人民出版社出版。

中国戏剧史 魏子云著。1992 年台湾学生书局出版。

参军戏与元杂剧 曾永义著。1992 年台北联经出版事业公司出版。

中国古代戏曲家评传 胡世厚、邓绍基主编。1992 年中州古籍出版社出版。

中国的宗教与戏剧 ［日］田仲一成著，钱杭、任余白译。1992 年上海古籍出版社出版。

杂剧与传奇 王洲明、武润婷主编。1992 年山东文艺出版社 1992 年 9 月出版。

中国古典戏剧理论史 谭帆、陆炜著。1993 年中国社会科学出版社出版。

元曲论集 严兰绅主编。1993 年河北教育出版社出版。

中国古典戏曲学论稿 谭源材著。1993 年春风文艺出版社出版。

中国悲剧史纲 谢柏梁著。1993 年学林出版社出版。

中国戏曲史略 余从等著。1993 年人民音乐出版社出版。

元曲管窥 门岿著。1993 年天津人民出版社出版。

元杂剧发展史 季国平著。1993 年台北文津出版社出版。

名家论名剧 王季思、张庚等著，常丹琦编。1994 年首都师范大学出版社出版。

首届元曲国际研讨会论文集 唐振景、张国伟主编。1994 年河北教育出版社出版。全二册。

中国古典悲剧史 杨建文著。1994 年武汉出版社出版。

中国戏曲史编年(元明卷) 王永宽、王钢编著。1994 年中州古籍出版社出版。

民间文学与元杂剧 谭达先著。1994 年台湾学生书局出版。

中国古代戏剧 郭英德、陶庆梅著。1995
年北京科学技术出版社出版。

中国戏曲史话 刘士杰著。1995 年上海
文艺出版社出版。

吴小如戏曲文录 吴小如著。1995 年北
京大学出版社出版。

戏曲优伶史 孙崇涛、徐宏图著。1995
年文化艺术出版社出版。

中国戏曲文学史 许金榜著。1995 年中
国文学出版社出版。

古代戏曲思想艺术论 江巨荣著。1995
年学林出版社出版。

优伶史 谭帆著。1995 年上海文艺出版
社出版。

中国戏曲文化 陈抱成著。1995 年中国
戏剧出版社出版。

戏曲美学 苏国荣著。1995 年文化艺术
出版社出版。

中国戏剧学通论 赵山林著。1995 年安
徽教育出版社出版。

元代戏曲史稿 黄卉著。1995 年天津古
籍出版社出版。

瑰丽璀璨的元曲 俞为民著。1995 年辽
宁古籍出版社出版。

中国戏剧史论稿 林锋雄著。1995 年台
北国家出版社出版。

中国戏曲史论集 张燕瑾著。1995 年北
京燕山出版社出版。

包公故事源流考述 朱万曙著。安徽文
艺出版社 1995 年出版。

中国戏曲史论 吴新雷著。1996 年江苏

教育出版社出版。

元杂剧与元代社会 郭英德著。1996 年
北京师范大学出版社出版。

新校《录鬼簿》正续编 元钟嗣成、贾仲明
著，浦汉明校。1996 年巴蜀书社
出版。

元曲艺术风格研究 王星琦著。1996 年
江苏文艺出版社出版。

曲海说山录 吴敢著。1996 年文化艺术
出版社出版。

元杂剧八论 颜天佑著。1996 年台北文
史哲出版社出版。

**铜琶铁琶与红牙象板——元杂剧和明传
奇比较** 么书仪著。1997 年大象出
版社出版。

中国古代戏剧统论 徐振贵著。1997 年
山东教育出版社出版。

中国古代曲学史 李昌集著。1997 年华
东师范大学出版社出版。

中国戏曲史研究 黄仕忠著。1997 年中
山大学出版社出版。

中国戏曲史话 程华平著。1997 年黄山
书社出版。

元人杂剧与元代社会 么书仪著。1997
年北京大学出版社出版。

中国古代剧场史 廖奔著。1997 年中州
古籍出版社出版。

中国戏剧与民俗 翁敏华著。1997 年台
北学海出版社出版。

祝肇年戏曲论文选 麻国钧、祝海威选
编。1998 年文化艺术出版社出版。

宋元戏曲史 王国维著，叶长海导读。

1998 年上海古籍出版社出版。

戏曲文物研究散论 黄竹三著。1998 年文化艺术出版社出版。

自然的乐章 朱万曙著。1998 年团结出版社出版。

一代文学的瑰宝——元曲 季国平编著。1998 年中国文联出版公司出版。

元杂剧史 李修生著。1998 年江苏古籍出版社出版。

中国戏曲史 麻文琦、谢雍君、宋波著。1998 年文化艺术出版社出版。

中国古典戏剧论稿 赵山林著。1998 年安徽文艺出版社出版。

中国喜剧史 隗芾主编。1998 年汕头大学出版社出版。

元杂剧排场研究 游宗蓉著。1998 年台北文史哲出版社出版。

元杂剧联套研究 许子汉著。1998 年台北文史哲出版社出版。

读曲随笔 赵景深著。1999 年上海文艺出版社出版。

宋金元明清曲词通释 王学奇、王静竹编。1999 年语文出版社出版。

元杂剧演述形态探究 陈建森编著。1999 年南方出版社出版。

词曲通 刘庆云、刘建国著。1999 年湖南大学出版社出版。

元曲通融 张月中主编。1999 年山西古籍出版社出版。

名家解读元曲 吕薇芬选编。1999 年山东人民出版社出版。

中国古代剧作学史 陈竹著。1999 年武汉出版社出版。

曲学与戏剧学 叶长海著。1999 年学林出版社出版。

元代戏剧学研究 陆林著。1999 年安徽文艺出版社出版。

中国曲学研究 李克和著。1999 年岳麓书社出版。

元明杂剧之比较研究 游宗蓉著。1999 年台北学海出版社出版。

戏曲文学：语言托起的综合艺术 门岿著。2000 年广西师范大学出版社出版。

中国历代曲学赋学论著选 2000 年百花洲文艺出版社出版。

中国戏曲发展史 廖奔、刘彦君著。2000 年山西教育出版社出版。

国外中国古典戏曲研究 孙歌、陈燕谷、李逸津著。2000 年江苏教育出版社出版。

元代戏曲家关汉卿 谭正璧著。1957 年上海文化出版社出版。

关汉卿研究论文集 古典文学出版社编辑部编。1958 年上海古典文学出版社出版。

关汉卿的生平及其作品 野马著。1958 年湖南人民出版社出版。

关汉卿研究（第一辑） 《戏剧论丛》编辑部编。1958 年上海古典文学出版社出版。

关汉卿研究（第二辑） 中国戏剧出版社《戏剧论丛》编辑部编。1959 年中华书局出版。

关汉卿研究论文集成　梁沛锦著。1969年香港潜文堂出版。

关汉卿现存杂剧研究　梁沛锦、(日本)波多野太郎著。1972年日本横滨市立大学纪要委员会有限会社光有社印刷。

关汉卿　叶庆炳著。1977年台北河洛图书出版社出版。

关汉卿考述　卢元骏著。1977年台湾正中书局出版。

关汉卿　温凌著。1978年上海古籍出版社出版。

关汉卿三国故事杂剧研究　刘靖之著。1979年生活·读书·新知三联书店香港分店出版发行。

关汉卿戏剧人物论　黄克著。1984年人民文学出版社出版。

关汉卿戏剧论稿　钟林斌著。1986年陕西人民出版社出版。

关汉卿名剧欣赏　李汉秋著。1986年安徽文艺出版社出版。

关汉卿研究新论　张月中、卢斌主编。1989年花山文艺出版社出版。

关汉卿传论　张云生著。1990年开明出版社出版。

关汉卿研究精华　张月中等主编。1990年花山文艺出版社出版。

关汉卿研究　徐子方著。1994年台北文津出版社出版。

关汉卿国际学术研讨会论文集　关汉卿国际学术研讨会编。1994年台北文化建设委员会出版。

关汉卿　李东方著。1996年中国华侨出版社出版。

关汉卿全传：声名香满贯梨园　庐山著。1998年长春出版社出版。

悠悠写戏情：关汉卿传　谢美生著。1999年东方出版社出版。

关汉卿　涂元济、江五生著。1999年海关出版社出版。

关汉卿　钟林斌著。1999年春风文艺出版社出版。

戏圣关汉卿　李继学、夏雨虹编。2000年四川少年儿童出版社出版。

关汉卿评传　李占鹏著。2000年南京大学出版社出版。

从莺莺传到西厢记　王季思著。1955年上海古典文学出版社出版。

西厢记分析　周天著。1956年上海古典文学出版社出版。

西厢记简说　霍松林著。1962年中华书局出版。

论崔莺莺　戴不凡著。1963年上海文艺出版社出版。1981年重印。

南北西厢记比较　丛静文著。1976年台湾商务印书馆出版。

王实甫和西厢记　潘兆明著。1980年中华书局出版。

西厢论稿　段启明著。1982年四川人民出版社出版。

西厢记述评　霍松林著。1982年陕西人民出版社出版。

明刊本西厢记研究　蒋星煜著。1982年中国戏剧出版社出版。

董西厢和王西厢 孙逊著。1983 年上海古籍出版社出版。

西厢记艺术谈 吴国钦著。1983 年广东人民出版社出版。

西厢记罕见版本考 蒋星煜著。1984 年日本东京不二出版社株式会社影印本。

西厢记浅说 张燕瑾著。1986 年百花文艺出版社出版。

西厢记说唱集 傅惜华编。1986 年上海古籍出版社出版。

西厢记考证 蒋星煜著。1988 年上海古籍出版社出版。

王实甫及其西厢记 王万庄著。1990 年时代文艺出版社出版。

西厢记新论：西厢记研究文集 寒声等编。1992 年中国戏剧出版社出版。

西厢记论证 张人和著。1995 年东北师范大学出版社出版。

花间美人西厢记 金秋菊、吴国钦著。1997 年汕头大学出版社出版。

西厢记的文献学研究 蒋星煜著。1997 年上海古籍出版社出版。

西厢记·西施 胡考、曹聚仁著。1998 年山东画报社出版。

西厢记二论 林宗毅著。1998 年台北文史哲出版社出版。

西厢妙词 赵山林选编。1999 年江西教育出版社出版。

白朴评传 吴韩浩著。1987 年中国戏剧出版社出版。

白朴论考 胡世厚著。1991 年中州古籍出版社出版。

白朴 马致远 李修生著。1999 年春风文艺出版社出版。

马致远及其剧作考 刘荫柏著。1990 年文化艺术出版社出版。

词曲概论讲义 徐珂著。上海商务印书馆函授学校国文科版。

散曲概论 任讷著。一卷。1921 年上海中华书局《散曲丛刊》本。

曲谐 任讷著。四卷。1921 年上海中华书局《散曲丛刊》本。

作词十法疏证 任讷著。1921 年上海中华书局《散曲丛刊》本。

论曲绝句（附曲雅后） 卢前著。1930 年成都古书局刊本。

　又，开明书店影印本。

词曲通义 任中敏编。1931 年上海商务印书馆出版。

元明散曲小史 梁乙真著。1934 年上海商务印书馆出版。1935 年再版。

诗赋词曲概论 丘琼孙著。1934 年上海中华书局出版。

元散曲概论 贺昌群著。1936 年商务印书馆出版。

饮虹曲话 卢前著。石印本。

词曲 蒋伯潜、蒋祖怡著。1941 年上海世界书局出版。

　又，1997 年上海书店出版。

中国散曲史 罗锦堂著。1956 年台北中华文化出版事业委员会出版。

元明散曲之分析与研究 李殿魁著。1965 年台北中国文化学院出版社

元曲鉴赏辞典

1803

出版。

元明清曲史 陈万鼎著。1966 年台北中国学术著作奖助委员会出版。

词曲概论 龙榆生著。1980 年上海古籍出版社出版。

论诗词曲杂著 俞平伯著。1983 年上海古籍出版社出版。

古典诗词曲选析 万云骏主编。1983 年广西人民出版社出版。

古代词曲名篇选读 刘福元编。1983 年河北人民出版社出版。

元散曲欣赏 毛炳身、周祺家著。1983 年中州书画社出版。

贯云石评传 杨镰著。1983 年新疆人民出版社出版。

元曲研究 任二北、唐圭璋等著。1984 年台湾里仁书局出版。

元曲纪事 王文才著。1985 年人民文学出版社出版。

读曲常识 刘致中、侯镜昶著。1985 年上海古籍出版社出版。

元曲赏析 徐征、刘庆国编。1985 年石家庄花山文艺出版社出版。收元剧曲及散曲,以赏析为主。

元代散曲选 张文潜等编。1985 年福建教育出版社出版。

诗词曲欣赏论稿 万云骏著。1986 年中国社会科学出版社出版。

元人散曲论丛 隋树森著。1986 年齐鲁书社出版。

元明散曲 宋浩庆编。1987 年上海古籍出版社出版。

双渐与苏卿故事研究 齐晓枫著。1988 年台北文史哲出版社出版。

双渐苏卿故事考 李殿魁著。1989 年台北文史哲出版社出版。

词曲论集 黄兆汉著。1990 年香港光明图书公司出版。

中国古代散曲史 李昌集著。1991 年华东师范大学出版社出版。

散曲研究与教学:首届海峡两岸散曲研讨会论文集 谢伯阳主编。1992 年浙江教育出版社出版。

散曲通论 羊春秋著。1992 年岳麓书社出版。

周德清及其曲学研究 古苓光著。1992 年台北文史哲出版社出版。

元散曲通论 赵义山著。1993 年巴蜀书社出版。

中国古代诗词曲史 陈玉刚著。1995 年百花洲文艺出版社出版。

散曲艺术谈 汤易水著。1995 年浙江古籍出版社出版。

中国散曲史 梁扬、杨东甫著。1995 年广西人民出版社出版。

古散曲启蒙 胡大雷著。1996 年漓江出版社出版。

元人散曲新探 汪志勇著。1996 年台北学海出版社出版。

诗词曲艺术论 赵山林著。1998 年浙江教育出版社出版。

中国散曲学史研究 杨栋著。1998 年高等教育出版社出版。

中国散曲学史研究(续编) 杨栋著。

1998 年山东大学出版社出版。

元明散曲小史　梁乙真著。1998 年商务印书馆出版。

散曲流派论：关汉卿、马致远等　吕薇芬、黄卉著。1999 年吉林人民出版社出版。

斜出斋曲论前集　赵义山著。1999 年四川人民出版社出版。

元明散曲　王星琦著。1999 年广西师范大学出版社出版。

静斋至正直记　元孔齐著。二卷。旧钞本。

又，《粤雅堂丛书》本。

又，庄敏、顾新点校本。上海古籍出版社 1987 年出版。

南村辍耕录　元陶宗仪著。三十卷。《四部丛刊》影元刊本。

又，《津逮秘书》本。

又，《丛书集成初编》本。

又，1959 年中华书局排印本。1980 年重印。

庶斋老学丛谈　元盛如梓著。三卷。旧钞本。

又，《知不足斋丛书》本。

留青日札　明田艺蘅著。四十卷。明万历重刊本。

草木子　明叶子奇著。四卷。明嘉靖刻本。

又，万历八年(1580)林大黼重刻本。

又，清光绪五年(1879)叶桂林重刻本。

见只编　明姚士粦著。《盐邑志林》本。

少室山房笔丛　明胡应麟撰。四十八卷。

尧山堂外纪　明蒋一葵著。一百卷。明万历三十四年(1606)刻本。

真珠船　明胡侍著。八卷。《宝颜堂秘笈》本。

又，《关中丛书》本。

又，《丛书集成初编》本。

瓠里子笔谈　明姜南著。《艺海珠丛》本。

又，《古今说部丛书》本。

徐氏笔精　明徐㷆著。清康熙鼍峰汗竹斋刊本。

北西厢订律　明胡周冕订。明崇祯间袭芳楼稿本。傅惜华藏。

校定北西厢弦谱　清沈远程订。二卷。清顺治间刻本。北京图书馆藏。

北词广正谱　明徐于室原稿。十八卷。清李玉更定。清青莲书屋刻本。

又，北京大学影印本。

坚瓠集　清褚人获著。六十六卷。《清代笔记丛刊》本。

又，《笔记小说大观》第二辑本。

古今图书集成·文学典词曲部　清蒋廷锡等编。雍正四年(1726)排印本。

又，中华书局影印本。

九宫大成南北词宫谱　清周祥钰、邹金生等撰。八十一卷。乾隆十一年(1746)刻本。

又，1923 年上海古书流通处影印本。

钦定曲谱　清王奕清等编。1924、1941 年上海扫叶山房石印本。

太古传宗琵琶调西厢记曲谱　清朱廷镠、朱廷璋订。二卷。乾隆十四年(1749)内府刻本。北京图书馆、傅惜华均藏。

纳书楹西厢记全谱 清叶堂订。二卷。又《续西厢记谱》一卷。乾隆四十九年(1784)写刻本。郑振铎藏。

纳书楹曲谱 清叶堂订。十四卷。乾隆五十七年(1792)纳书楹刻本。

纳书楹西厢记全谱 清叶堂重订。二卷。又《续西厢记谱》一卷。乾隆六十年(1795)纳书楹刻本。傅惜华藏。

原本北西厢曲谱 赵逸叟订。二卷,续一卷。民国初年稿本。傅惜华藏。

北曲南唱西厢记曲谱 张厚璜编。民国稿本。傅惜华藏。

西厢记释词(一名厢雅) 黎锦熙著。誊写印本(燕京大学讲义)。

曲律易知 许之衡著。二卷。1922年饮流斋刻本。

元散曲的音乐 孙玄龄著。1988年文化艺术出版社出版。

现存元明清南北曲全折(出)乐谱目录 曹安和编。1989年人民音乐出版社出版。

曲海总目提要 清黄文旸撰。1928年上海大东书局出版。1930年重印。1959年人民文学出版社重印。

中国俗曲总目稿 刘复共、李家瑞等编。1932年国立中央研究院出版。

元明乐府套数举略 周明泰著。1932年几礼居石印本。

辑雍熙乐府本西厢记曲文 黎锦熙、孙楷第校辑。1933年北京立达书局出版。

元词斠律 王玉章辑。四卷。1936年上海商务印书馆出版。

广中原音韵小令定格 卢冀野著。1937年上海中华书局印行。

南北词简谱 吴梅著。十卷。1939年石印本。又,华东师范大学油印本。

曲录 王国维著。1940年长沙商务印书馆出版,收在《海宁静安先生遗书》第四十六至四十八册。

金元戏曲方言考 徐嘉瑞著。1944年商务印书馆出版。又,1989年上海书店出版。

诗词曲语辞汇释 张相著。上、下册。1955年中华书局出版。1977年中华书局重版。

现存元人杂剧书录 徐调孚编。1955年上海文艺联合出版社出版。1957年上海古典文艺出版社重版。

元剧俗语方言例释 朱居易著。1956年上海商务印书馆出版。

元代杂剧全目 傅惜华撰。1957年作家出版社出版。

元明清三代禁毁小说戏曲史料 王利器著。1958年作家出版社出版。1981年上海古籍出版社增订本。

关汉卿戏剧故事集 焉邑改写。1959年中华书局出版。

曲海总目提要补编 1959年人民文学出版社出版。

元明戏曲叶子(中国古代版画丛刊) 中华书局上海编辑所编。1960年北京中华书局出版。

金元北曲语汇之研究 黄丽贞著。1968年台湾商务印书馆出版。

李贽评点元明戏剧、小说资料选辑　1974年福建省李贽著作注释组福州小组编印。

戏曲辞典　王沛纶编。1975年台湾中华书局出版。

元曲六大家研究资料汇编　艺文编辑部编。1978年台湾高雄复文图书出版社出版。

元人传记资料索引　王德毅等编。1979年台北新文丰出版公司出版。

诗词曲语辞例释　王锳著。1980年中华书局出版。

中国戏曲故事　古曲编著。1980年河北人民出版社出版。共四辑，第一、二辑有元杂剧故事。1985年河北少年儿童出版社重印。

元人小令格律　唐圭璋著。1981年上海古籍出版社出版。

中国戏曲曲艺词典　上海艺术研究所、中国戏剧家协会上海分会编。1981年上海辞书出版社出版。

古典戏曲存目汇考　庄一拂编著。三册。1982年上海古籍出版社出版。

中国大百科全书·戏曲曲艺卷　中国大百科全书总编辑委员会《戏曲·曲艺》编辑委员会、中国大百科全书出版社编辑部编。1983年中国大百科全书出版社出版。

元曲故事　祝肇年主编。1983年甘肃人民出版社出版。

元杂剧故事集　凌嘉焘著。1983年江苏人民出版社出版。

关汉卿戏曲故事集　赵贤州编著。1983年北京宝文堂书店出版。

宋元语言词典　龙潜庵编。1985年上海辞书出版社出版。

全元散曲典故辞典　吕薇芬著。1985年湖北辞书出版社出版。

古代戏剧赏介辞典：元曲卷　王志武著。1988年陕西人民出版社出版。

元曲鉴赏辞典　贺新辉主编。1988年中国妇女出版社出版。

元曲百科辞典　袁世硕主编。1989年山东教育出版社出版。

剧诗精华欣赏辞典：元杂剧部分　吕后龙编。1990年学苑出版社出版。

中国古典名剧鉴赏辞典　徐培均、范民声主编。1990年上海古籍出版社出版。

元曲百科大辞典　卜键主编。1992年学苑出版社出版。

中外古典名剧鉴赏辞典　郭英德主编。1992年北岳文艺出版社出版。

中国古代戏剧辞典　张月中编。1993年黑龙江人民出版社出版。

元曲大辞典　李修生主编。1995年江苏古籍出版社出版。

中国古代戏曲故事大观　齐森华主编。四卷。1996年东方出版中心出版。

中国曲学大辞典　齐森华、陈多、叶长海主编。1997年浙江教育出版社出版。

西厢记鉴赏辞典　贺新辉、朱捷编著。1990年中国妇女出版社出版。

爱情词与散曲鉴赏辞典　钱仲联主编。1992年湖南教育出版社出版。

戏曲小说书录解题　孙楷第著,戴鸿森校次。1990 年人民文学出版社出版。

古本戏曲剧目提要　李修生主编。1997年文化艺术出版社出版。

方志著录元明清曲家传略　赵景深、张增元编。1987 年中华书局出版。

关汉卿研究资料　李汉秋、袁有芬编。1988 年上海古籍出版社出版。

关汉卿研究资料汇考　王钢辑考。1988年中国戏剧出版社出版。

中国古代戏曲序跋汇编　蔡毅编著。1989 年齐鲁书社出版。全四册。

中国古代戏曲序跋集　吴毓华编著。1990 年中国戏剧出版社出版。

古典戏曲美学资料集　隗芾、吴毓华编。1992 年文化艺术出版社出版。

中国戏曲研究书目提要　中国艺术研究院戏曲研究所资料室编著。1992 年中国戏剧出版社出版。

中国古典戏曲小说研究资料索引　于曼玲编。1992 年广东高等教育出版社出版。

元曲研究资料索引　张月中主编。1992年河北大学出版社出版。

元曲释词　顾学颉、王学奇著。四册。1983—1990 年中国社会科学出版社出版。

元明散曲中的蒙古语　方龄贵著。1991年汉语大辞典出版社出版。

元语言辞典　李崇兴、黄树先、邵则遂编著。1998 年上海教育出版社出版。

元曲熟语辞典　刘益国编著。1998 年四川大学出版社出版。

西厢记版刻图录　江苏广陵古籍刻印社编。1999 年江苏广陵古籍刻印社出版。

（罗斯宁　赵山林编）

元杂剧关目

说　明

一、本材料包括现存全部完整元杂剧,共162本。

二、现存元杂剧大部分均有不同版本,关目则大致相同。这里所述关目以《元曲选》《元曲选外编》为依据,与其他版本如有重大出入者,则于剧末加以指明。

三、作家及作品排列次序以《元曲选外编》附录《现存全部元人杂剧目录》为依据,个别有所调整。

四、少数剧作者迄无定论;亦有个别杂剧作者为学术界新近考定,均在剧末加以说明。

五、部分剧目与其他版本曲数有所不同者,不另指出;个别宫调曲牌失误而径改者,亦不另说明。

目　录

关汉卿

关张双赴西蜀梦 …………………… 1812

闺怨佳人拜月亭 …………………… 1813

钱大尹智宠谢天香 ………………… 1813

杜蕊娘智赏金线池 ………………… 1813

望江亭中秋切鲙 …………………… 1814

山神庙裴度还带 …………………… 1814

赵盼儿风月救风尘 ………………… 1815

邓夫人苦痛哭存孝 ………………… 1815

关大王独赴单刀会 ………………… 1816

温太真玉镜台 ……………………… 1816

钱大尹智勘绯衣梦 ………………… 1816

诈妮子调风月 ……………………… 1817

感天动地窦娥冤 …………………… 1817

状元堂陈母教子 …………………… 1818

包待制三勘蝴蝶梦 ………………… 1818

刘夫人庆赏五侯宴 ………………… 1818

包待制智斩鲁斋郎 ………………… 1819

高文秀

黑旋风双献功 ……………………… 1819

好酒赵元遇上皇 …………………… 1820

刘玄德独赴襄阳会 ………………… 1820

须贾大夫谇范叔 …………………… 1820

保成公径赴渑池会 ………………… 1821

郑廷玉

楚昭公疏者下船 …………………… 1821

布袋和尚忍字记 …………………… 1822

宋上皇御断金凤钗 ………………… 1822

包龙图智勘后庭花 ………………… 1823

看钱奴买冤家债主 ………………… 1823

白　朴

裴少俊墙头马上 …………………… 1824

唐明皇秋夜梧桐雨 ………………… 1824

董秀英花月东墙记 ………………… 1825

马致远

江州司马青衫泪 …………………… 1825

西华山陈抟高卧 …………………… 1825

吕洞宾三醉岳阳楼 ………………… 1826

马丹阳三度任风子 ………………… 1826

破幽梦孤雁汉宫秋 ………………… 1826

半夜雷轰荐福碑 …………………… 1827

元曲鉴赏辞典

1810

邯郸道醒悟黄粱梦 …………… 1827

李文蔚

张子房圯桥进履 ……………… 1828

同乐院燕青博鱼 ……………… 1828

破苻坚蒋神灵应 ……………… 1828

李直夫

便宜行事虎头牌 ……………… 1829

吴昌龄

张天师断风花雪月 …………… 1829

花间四友东坡梦 ……………… 1830

王实甫

崔莺莺待月西厢记 …………… 1830

四丞相高会丽春堂 …………… 1831

吕蒙正风雪破窑记 …………… 1832

武汉臣

散家财天赐老生儿 …………… 1832

包待制智赚生金阁 …………… 1833

王仲文

救孝子贤母不认尸 …………… 1833

李寿卿

说鱄诸伍员吹箫 ……………… 1833

月明和尚度柳翠 ……………… 1834

尚仲贤

尉迟恭三夺槊 ………………… 1834

洞庭湖柳毅传书 ……………… 1835

汉高皇濯足气英布 …………… 1835

石君宝

鲁大夫秋胡戏妻 ……………… 1835

李亚仙花酒曲江池 …………… 1836

诸宫调风月紫云亭 …………… 1836

杨显之

临江驿潇湘秋夜雨 …………… 1836

郑孔目风雪酷寒亭 …………… 1837

纪君祥

赵氏孤儿大报仇 ……………… 1837

戴善甫

陶学士醉写风光好 …………… 1838

费唐臣

苏子瞻风雪贬黄州 …………… 1838

李好古

沙门岛张生煮海 ……………… 1838

张国宾

薛仁贵荣归故里 ……………… 1839

相国寺公孙合汗衫 …………… 1839

罗李郎大闹相国寺 …………… 1839

王伯成

李太白贬夜郎 ………………… 1840

陆登善

河南府张鼎勘头巾 …………… 1840

岳伯川

吕洞宾度铁拐李岳 …………… 1841

康进之

梁山泊李逵负荆 ……………… 1841

石子章

秦修然竹坞听琴 ……………… 1842

史九敬先

老庄周一枕蝴蝶梦 …………… 1842

孟汉卿

张孔目智勘魔合罗 …………… 1842

李行道

包待制智赚灰阑记 …………… 1843

狄君厚

晋文公火烧介子推 …………… 1844

孔文卿

　　地藏王证东窗事犯 ·············· 1844

张寿卿

　　谢金莲诗酒红梨花 ·············· 1844

刘唐卿

　　降桑椹蔡顺奉母 ················ 1845

宫天挺

　　严子陵垂钓七里滩 ·············· 1845

　　死生交范张鸡黍 ················ 1846

郑光祖

　　㑇梅香骗翰林风月 ·············· 1846

　　醉思乡王粲登楼 ················ 1846

　　辅成王周公摄政 ················ 1847

　　迷青琐倩女离魂 ················ 1847

　　虎牢关三战吕布 ················ 1848

　　钟离春智勇定齐 ················ 1848

　　立成汤伊尹耕莘 ················ 1848

　　程咬金斧劈老君堂 ·············· 1849

金仁杰

　　萧何月下追韩信 ················ 1849

范　康

　　陈季卿悟道竹叶舟 ·············· 1850

陈以仁

　　雁门关存孝打虎 ················ 1850

乔　吉

　　杜牧之诗酒扬州梦 ·············· 1850

　　玉箫女两世姻缘 ················ 1851

　　李太白匹配金钱记 ·············· 1851

秦简夫

　　东堂老劝破家子弟 ·············· 1851

　　宜秋山赵礼让肥 ················ 1852

　　晋陶母剪发待宾 ················ 1852

李致远

　　都孔目风雨还牢末 ·············· 1852

杨　梓

　　承明殿霍光鬼谏 ················ 1853

　　忠义士豫让吞炭 ················ 1853

　　功臣宴敬德不伏老 ·············· 1854

萧德祥

　　杨氏女杀狗劝夫 ················ 1854

朱　凯

　　昊天塔孟良盗骨 ················ 1854

王　晔

　　桃花女破法嫁周公 ·············· 1855

罗贯中

　　宋太祖龙虎风云会 ·············· 1855

王子一

　　刘晨阮肇误入桃源 ·············· 1856

谷子敬

　　吕洞宾三度城南柳 ·············· 1856

杨　讷

　　西游记 ······················ 1856

　　马丹阳度脱刘行首 ·············· 1859

贾仲名

　　铁拐李度金童玉女 ·············· 1859

　　荆楚臣重对玉梳记 ·············· 1859

　　萧淑兰情寄菩萨蛮 ·············· 1860

　　吕洞宾桃柳升仙梦 ·············· 1860

　　李素兰风月玉壶春 ·············· 1860

高茂卿

　　翠红乡儿女两团圆 ·············· 1861

无名氏

　　王月英元夜留鞋记 ·············· 1861

　　鲠直张千替杀妻 ················ 1861

小张屠焚儿救母……………… 1862

诸葛亮博望烧屯……………… 1862

玉清庵错送鸳鸯被……………… 1863

金水桥陈琳抱妆盒……………… 1863

关云长千里独行……………… 1864

孟德耀举案齐眉……………… 1864

冻苏秦衣锦还乡……………… 1864

庞涓夜走马陵道……………… 1865

随何赚风魔蒯通……………… 1865

锦云堂暗定连环计……………… 1866

苏子瞻醉写赤壁赋……………… 1866

郑月莲秋夜云窗梦……………… 1867

风雨像生货郎旦……………… 1867

碌砂担滴水浮沤记……………… 1868

刘千病打独角牛……………… 1868

施仁义刘弘嫁婢……………… 1868

玎玎珰珰盆儿鬼……………… 1869

刘玄德醉走黄鹤楼……………… 1869

狄青复夺衣袄车……………… 1870

摩利支飞刀对箭……………… 1870

神奴儿大闹开封府……………… 1871

朱太守风雪渔樵记……………… 1871

瘸李岳诗酒玩江亭……………… 1872

海门张仲村乐堂……………… 1872

包龙图智赚合同文字……………… 1873

十探子大闹延安府……………… 1873

争报恩三虎下山……………… 1874

鲁智深大闹黄花峪……………… 1874

龙济山野猿听经……………… 1874

二郎神醉射锁魔镜……………… 1875

汉钟离度脱蓝采和……………… 1875

李云英风送梧桐叶……………… 1875

赵匡义智娶符金锭……………… 1876

张公艺九世同居……………… 1876

包待制陈州粜米……………… 1877

庞居士误放来生债……………… 1877

小尉迟将斗将认父归朝……………… 1878

谢金吾诈拆清风府……………… 1878

崔府君断冤家债主……………… 1879

两军师隔江斗智……………… 1879

逞风流王焕百花亭……………… 1880

萨真人夜断碧桃花……………… 1880

冯玉兰夜月泣江舟……………… 1880

阀阅舞射柳捶丸记……………… 1881

尉迟恭单鞭夺槊……………… 1881

关张双赴西蜀梦　　　　　关汉卿

（简名《双赴梦》或《西蜀梦》）

末本。出场人物：正末—使臣（第一折）、诸葛亮（第二折）、张飞魂（第三、四折）；关羽魂、刘备。

第一折：（〔仙吕·点绛唇〕套九曲）蜀帝刘备的使臣奉命宣召关羽和张飞回都相会。前去荆州，得知关羽被杀；转道阆州，又闻张飞遇害。心中极为悲痛，准备请求朝廷向东吴报仇。第二折：（〔南吕·一枝花〕套七曲）诸葛亮夜观天象，知关、张遇难。打算如果刘备相问，只能以谎言对答，并决心请求伐吴。第三折：（〔中吕·粉蝶儿〕套十三曲）张飞和关羽的冤魂，在往西蜀途中相遇，互诉被害的经过，并同赴成都托梦。第四折：（〔正宫·端正好〕套十二曲）刘备正在日夜思念结义兄弟，关张二魂前来赴梦，请求出兵伐吴，捉拿仇人，祭奠亡灵。

闺怨佳人拜月亭　　关汉卿
（简名《拜月亭》）

旦本。出场人物：旦—王瑞兰；正末—蒋世隆；小旦—蒋瑞莲；外末—陀满兴福；孤—王镇；王瑞兰母。

楔子：（〔仙吕·赏花时〕二曲）蒙古兵进攻金国中都，金国兵部尚书王镇奉命赴前线视察军情。王瑞兰及母为其父饯行，希望他早日还家。第一折：（〔仙吕·点绛唇〕套十曲）逃难中，瑞兰母女失散；蒋世隆与其妹蒋瑞莲亦失散。王母遇瑞莲，收为义女。瑞兰与世隆旷野相逢，为避兵祸，假称夫妻结伴同行。路过山寨，与为山大王的蒋世隆义弟陀满兴福相遇。陀满希望他们留下，瑞兰不肯。第二折：（〔南吕·一枝花〕套十一曲）蒋世隆和王瑞兰结为夫妻。蒋世隆染病，王瑞兰请医生为其诊治。正巧王镇路过，强逼王瑞兰与蒋世隆分离。王瑞兰难抗父命，与蒋世隆依依惜别。第三折：（〔正宫·端正好〕套十五曲）王瑞兰日夜思念丈夫。义妹蒋瑞莲见其不乐，约其闲行散闷。后在王瑞兰对月祈祷时，瑞莲听出其心有隐事，在追问中，王瑞兰倾诉了自己的爱情波折和痛苦。第四折：（〔双调·新水令〕套十五曲）蒋世隆和陀满兴福中文武状元。王镇作主，为女儿招婿武状元，为义女招婿文状元。婚筵上，王瑞兰认出文状元是自己的丈夫，瑞莲亦认出文状元是自己哥哥。这样，婚事重新安排，王瑞兰和蒋世隆、蒋瑞莲和陀满兴福双双成亲。

钱大尹智宠谢天香　　关汉卿
（简名《谢天香》）

旦本。出场人物：正旦—谢天香；冲末—柳耆卿；外—钱大尹；贴旦—姬妾。

楔子：（〔仙吕·赏花时〕二曲）钱塘书生柳永，字耆卿，游学开封府，与妓女谢天香相恋。柳永赴京应试前，谢天香被通知去参见新府尹。

第一折：（〔仙吕·点绛唇〕套九曲）新府尹是柳永的同窗好友，谢天香参见时小心翼翼。柳永拜望钱大尹，托其照顾谢天香。往返再三，惹得钱大尹十分恼火。谢天香为柳永赴京饯行，柳永以〔定风波〕相赠。第二折：（〔南吕·一枝花〕套七曲）钱大尹名可，字可道，忌讳“可”字，触犯者则责打成罪。钱大尹知柳词中有“芳心事事可可”之语，因故令谢天香吟唱柳词。谢巧妙地更换韵脚，于是钱大尹取消谢天香的官妓乐籍，收她做了小夫人。第三折：（〔正宫·端正好〕套十四曲）谢天香入钱府三载，钱待之甚厚，却从不与她亲近。谢天香与钱的侍妾们玩耍，遇到钱大尹，遂以诗试探，钱似另有打算。第四折：（〔中吕·粉蝶儿〕套十曲）柳永状元及第。知钱纳谢天香，心中十分不快。钱大尹向柳说明其所为，是为改变谢天香的官妓身份，以便柳永娶之为妻。柳、谢始知钱大尹的“智宠”真意，双双拜谢。

杜蕊娘智赏金线池　　关汉卿
（简名《金线池》）

旦本。出场人物：正旦—杜蕊娘；

末—韩辅臣;外—石敏;搽旦—杜母。

楔子:(〔仙吕·端正好〕二曲)洛阳秀才韩辅臣上朝应试,途经济南府,拜望有八拜之交的府尹石敏,同时认识了妓女杜蕊娘。第一折:(〔仙吕·点绛唇〕套九曲)韩辅臣和杜蕊娘情投意合,蕊娘决意要嫁给韩辅臣,却遭到老虔婆的坚决反对。第二折·(〔南吕·一枝花〕套九曲)虔婆见穷秀才韩辅臣钱财已尽,背着蕊娘将其赶出门,但对蕊娘却说韩辅臣另有新欢。杜蕊娘恨韩辅臣薄情;辅臣前来再三解释也得不到谅解。第三折:(〔中吕·粉蝶儿〕套十三曲)韩辅臣向石府尹求救。府尹要辅臣在金线池设宴,请一班姊妹出来说情。蕊娘订令凡祖韩辅臣者受罚。结果自己难忘韩辅臣,倒犯了令,受罚而醉。辅臣出面服侍,又遭到蕊娘拒绝。第四折:(〔双调·新水令〕套八曲)韩辅臣再求石府尹调解。府尹设计,假以蕊娘失误官身的罪名进行处罚。蕊娘急求辅臣出来讲情,并答应嫁给他。后由石府尹主持,两人结为夫妻。

望江亭中秋切鲙 关汉卿
(简名《望江亭》)

旦本。出场人物:正旦—谭记儿;正末—白士中;旦儿—白姑姑;净—杨衙内;外—李秉忠。

第一折:(〔仙吕·点绛唇〕套十曲)谭记儿年轻守寡,常去清安观。白士中赴任潭州,顺路探望清安观主白姑姑。经撮合,白士中与谭记儿结为夫妇。第二折:(〔中吕·粉蝶儿〕套七曲)白士中赴任后,接家书知杨衙内要来加害自己,一时无计可施。谭记儿了解情况后,决定只身抵挡。第三折:(〔越调·斗鹌鹑〕套九曲,套外南〔马鞍儿〕一曲)中秋,持金牌势剑文书来害白士中的杨衙内,主仆三人于望江亭吃酒赏月。谭记儿巧扮渔妇,利用杨衙内的好色将其骗入圈套,从容不迫地赚走金牌、势剑、文书。第四折:(〔双调·新水令〕套七曲)杨衙内闯入公堂,无理取闹。由于"渔妇"的控告,陷入窘境。当谭记儿换装以白士中夫人身份出现时,杨衙内才恍然大悟。适都御史李秉忠奉圣命赶到,宣白士中仍供原职,杨衙内解职归田。

山神庙裴度还带 旧题关汉卿
(简名《裴度还带》)

末本。出场人物:正末—裴度;冲末—王员外;外—赵野鹤、李邦彦;韩太守、韩夫人、韩琼英。

第一折:(〔仙吕·点绛唇〕套十曲)河东秀才裴度一贫如洗,酷爱诗书。姨父王员外劝其经商,裴度不肯。王员外觉其抱负不凡。第二折:(〔南吕·一枝花〕套十二曲)王员外去白马寺为裴度求斋。无虚道人赵野鹤测出裴度次日必死于碎砖之下。洛阳太守韩廷幹受诬贪污下狱,其女琼英搠笔卖诗,筹集赔款,得李邦彦所赠玉带一条,以充尚缺的千贯之数。第三折:(〔正宫·端正好〕套十五曲)琼英在山神庙避雪,丢失玉带,为宿在庙中的裴度所得。琼英偕母返回庙中寻不见玉带,准备自尽。裴度问明情况归还玉带,刚将琼英母女送出庙门,山神庙忽然倒塌,裴度免于一死。楔子:(〔仙吕·赏花时〕一曲)裴度至白马寺,和赵野鹤谈及还带一事。韩夫人至寺中找到裴度,愿将小女琼英许之为妻。裴以功名为重,先赴京取应。第四折:(〔双调·新水令〕套八曲)韩太守案白升官,招状元裴度为婿。裴奉命完婚,洞房之夜,才知新妇乃琼英。(此剧今人定为贾仲明作)

赵盼儿风月救风尘　　　　关汉卿
(简名《救风尘》)

旦本。出场人物:正旦—赵盼儿;外旦—宋引章;冲末—周舍;外—安秀实、李公弼;卜儿—宋引章母;丑—张小闲。

第一折:(〔仙吕·点绛唇〕套十四曲)妓女宋引章原答应嫁给秀才安秀实,后又决定嫁给富商周舍。妓女赵盼儿是宋引章的八拜交姐姐,受安秀实之托,劝阻宋引章,结果无济于事。第二折:(〔商调·集贤宾〕套十曲)宋引章被周舍带回郑州,备受虐待,向赵盼儿求救。赵盼儿得信,决心救宋引章于水火之中。第三折:(〔正宫·端正好〕套十一曲)赵盼儿打扮一番,带着车马妆奁来找周舍,将好色贪财的周舍步步引入机彀,诱使周舍决定休弃宋引章而另娶赵盼儿。第四折:(〔双调·新水令〕套九曲)宋引章得到休书,即与赵盼儿离开郑州。周舍发现上当后追赶而来,一面妄图骗回休书,一面又强赖赵盼儿为妻。早有准备的赵盼儿将周舍的口实一一驳回,使其步步落空。周舍恼羞成怒,强拉赵盼儿、宋引章去见官。

当堂之时,事先由赵盼儿安排的安秀才来告周舍强夺聘妻。经郑州守李公弼审断,安、宋得谐秦晋,周舍彻底失败。

邓夫人苦痛哭存孝　　　　关汉卿
(简名《哭存孝》)

旦本。出场人物:正旦—邓夫人(第一、二、四折)、莽古歹(第三折);冲末—李存信;净—康君立;李存孝、李克用、刘夫人。

第一折:(〔仙吕·点绛唇〕套十一曲)沙陀李克用破黄巢有功,义子和家将被派去镇守各地。李存孝以功劳最大原定分在潞州上党郡;李存信和康君立分在邢州。李存信和康君立用酒将李克用灌醉,得了镇守潞州上党郡的美差。李存孝虽内心不服,也只得从命。第二折:(〔南吕·一枝花〕套八曲)李存孝治军有方,邢州太平。李存信和康君立到李存孝处诈传将令,要其更名改姓,却在李克用面前诬陷李存孝思反。克用妻刘夫人探明情况,要李存孝去申辩。李、康二人向刘夫人谎报其小儿子亚子打围坠马,将其骗走。又用酒灌醉李克用,假传父命,将李存孝五车分尸。第三折:(〔中吕·粉蝶儿〕套十曲)刘夫人赶到围场,见儿亚子不曾坠马,随即派人探听李存孝的消息,得知存孝被害,心中十分悲痛。第四折:(〔双调·新水令〕套九曲)刘夫人揭露李、康二人的阴谋,李克用令杀李、康,为存孝报仇。刘夫人赶到飞虎峪,找到背着丈夫骨殖离开李家的存孝妻。李克用祭奠李存孝。李存信和康君立被五车分尸。

关大王独赴单刀会　　　关汉卿
(简名《单刀会》)

末本。出场人物:正末—乔公(第一折)、司马徽(第二折)、关羽(第三、四折);冲末—鲁肃。

第一折:(〔仙吕·点绛唇〕套十曲)三国时,吴国鲁肃为了索取荆州,以邀请蜀国荆州守将关羽赴会为名,定下三条计策,要强迫关羽交还荆州。先请来乔公商量,乔公讲述了关羽的勇略,断言此事不会成功。第二折:(〔正宫·端正好〕套十曲)鲁肃又请名士司马徽在关羽赴会时作陪。司马徽预测凶多吉少,便加拒绝,又极言关羽的英武,劝鲁肃勾销索还荆州的幻想。第三折:(〔中吕·粉蝶儿〕套十二曲)关羽接到鲁肃的邀请,知是阴谋,虽然义子关平劝阻,关羽成竹在胸,还是决意赴会。第四折:(〔双调·新水令〕套九曲)关羽单刀赴会。鲁肃责备蜀国不还荆州为失信。关羽凛然正气,提出荆州是汉家的,只有刘备能继承汉家基业,并巧妙制伏鲁肃,脱离险境,由关平接应而归。

温太真玉镜台　　　关汉卿
(简名《玉镜台》)

末本。出场人物:正末—温峤;旦—刘倩英;老旦—夫人。

第一折:(〔仙吕·点绛唇〕套十四曲)翰林学士温峤,字太真,年老鳏居。一日去拜望姑母,遇年轻貌美的表妹刘倩英,一见倾心。姑母请他指点倩英弹琴写字,温太真满口答应。第二折:(〔南吕·一枝花〕套十一曲)温太真借教琴书之便,

挑逗刘倩英;又趁姑母为倩英求聘之机,出面保亲,并以自己的"玉镜台"作为定礼,设下骗婚的圈套。老夫人知道受骗,但已无可奈何。第三折:(〔中吕·粉蝶儿〕套十五曲)新婚之日,刘倩英大闹洞房,弄得温太真十分尴尬。虽则温老头竭力表白忠诚,但终究无法使刘倩英回心转意。第四折:(〔双调·新水令〕套十四曲)王府尹奏过圣上,设下水墨宴,为温峤夫妻调解。温太真终以诗才使刘倩英随顺。

钱大尹智勘绯衣梦　　　旧题关汉卿
(简名《绯衣梦》)

旦本。出场人物:正旦—王闰香(第一、二、四折)、茶三婆(第三折);小末—李庆安;冲末—王得富;外—李荣祖;裴炎、钱大尹。

第一折:(〔仙吕·点绛唇〕套七曲)王得富和李荣祖两家指腹为婚。十七年后,李家衰败,王家悔了亲事。一日,李家公子庆安无意中和王家小姐闰香相遇。王约晚间由丫环送出一包珠宝给李以作彩礼。第二折:(〔南吕·一枝花〕套七曲)恶棍裴炎与王得富发生争执。晚间,裴持刀去王家报复,结果杀死丫环,得到珠宝。庆安来时发现梅香被杀,王员外认定李庆安因遭悔亲而杀人。告官,庆安被屈打成招。钱大尹审案,知有冤情,祈祷狱神得示:"非衣两把火,杀人贼是我;赶的无处藏,走在井底躲。"遂派人察访。第三折:(〔越调·斗鹌鹑〕套六曲)衙役至棋盘街井底巷,向茶房询问,知有裴炎此

人。于是假扮货郎,将罪犯杀人刀给裴妻辨识,裴妻指认是自家刀具,裴炎遂就擒。第四折:(〔双调·新水令〕套四曲)庆安获释,李父要与王员外打官司。王愿倒赔妆奁将女儿嫁与李家,安庆、闰香终成眷属。(此剧一说为萧天瑞作)

诈妮子调风月　　　　　　　　关汉卿
(简名《诈妮子》或《调风月》)

旦本。出场人物:正旦—燕燕;正末—小千户;外旦—莺莺;老孤、外孤、夫人。

第一折:(〔仙吕·点绛唇〕套十六曲)某大家婢女燕燕聪明能干,受到夫人的信任,派去服侍前来探亲的小千户。小千户见燕燕可爱,诱使成合,答应将来娶她做个小夫人。第二折:(〔中吕·粉蝶儿〕套十六曲)寒食日,小千户游春,与贵家小姐莺莺相爱,互赠信物。燕燕发现后,自知受骗,深感悔恨。第三折:(〔越调·斗鹌鹑〕套十四曲)是夜,燕燕自伤身世。小千户求欢,遭到拒绝,于是故意怂恿夫人派燕燕去莺莺家说亲。燕燕想乘机破坏亲事,不料莺莺却许婚,只得悻悻而归。第四折:(〔双调·新水令〕套十二曲)小千户和莺莺举行婚礼,燕燕当众揭露小千户诱骗之事。结果由家长作主做了个小夫人。

感天动地窦娥冤　　　　　　　关汉卿
(简名《窦娥冤》)

旦本。出场人物:正旦—窦娥;冲末—窦天章;卜儿—蔡婆婆;副净—张驴儿;孛老—张老儿;净—赛卢医、桃杌;

外—监斩官。

楔子:(〔仙吕·赏花时〕一曲)秀才窦天章流落楚州,因无力偿还债务,将女儿端云抵押给蔡婆做童养媳,然后进京赶考。第一折:(〔仙吕·点绛唇〕套九曲)蔡婆向赛卢医讨债。赛卢医心怀歹念,将蔡婆骗至郊外,正欲行凶时,被张驴儿父子撞见救下。张驴儿乘机要挟,逼蔡婆答应婆媳俩嫁给他们父子为妻。蔡婆懦弱,将张驴儿父子带回家中。端云至蔡家改名窦娥,十七岁结婚,二十岁守寡,常叹命运不济和寡妇生活的苦闷。但对张驴儿的无耻逼婚,却拒绝不从。蔡婆将张氏父子收留家中,以报救命之恩。第二折:(〔南吕·一枝花〕套十一曲)张驴儿从赛卢医处买来毒药,企图毒死蔡婆,以霸占窦娥和蔡家家产。不料张老儿误吃毒药身死。张驴儿诬栽窦娥毒死其父,要挟窦娥顺从,窦娥严加拒绝,愿与张驴儿到官府公断。楚州太守桃杌接受张驴儿的诬告,对窦娥严刑拷问,窦娥坚强不屈。后为使婆婆免于受刑,窦娥屈认药死公公的罪名,被判死刑。第三折:(〔正宫·端正好〕套十曲)窦娥赴刑场,骂天地无道,不申正义。又与婆婆哭别。临刑时提出"血溅白练"、"六月飞雪"、"亢旱三年"的誓愿,以证其冤情,结果一一得到应验。第四折:(〔双调·新水令〕套十曲)三年后,肃政廉访使窦天章至楚州勘狱。窦娥鬼魂托梦诉冤。窦天章将张驴儿、赛卢医缉拿归案,让鬼魂出庭对证。处死张驴儿,窦娥的冤案得以昭雪。

状元堂陈母教子 　　关汉卿
（简名《陈母教子》）

　　旦本。出场人物：正旦—陈母；大末—陈良贤；二末—陈良叟；三末—陈良佐；外—寇莱公；王拱辰。

　　楔子：（〔仙吕·赏花时〕二曲）陈母教子有方。自建"状元堂"，期待三子成名。春试开始，即令长子上朝取应。第一折：（〔仙吕·点绛唇〕套九曲）长子状元及第，合家高兴。第二年，次子又高中状元。第三年，三子又上朝取应。第二折：（〔南吕·一枝花〕套八曲）第三年的头名状元是王拱辰，陈母招之为婿。陈三只得了个第三名探花郎。第三折：（〔中吕·粉蝶儿〕套六曲）陈母生日，在状元堂安排筵席。席间，陈三受到母亲教训，又被众人奚落了一顿，一气之下进京赶考，结果也得中头名状元。第四折：（〔双调·新水令〕套四曲）寇莱公奉旨察访贤良，因陈母大贤大德，封为贤德夫人，子婿皆加官晋级。

包待制三勘蝴蝶梦 　　关汉卿
（简名《蝴蝶梦》）

　　旦本。出场人物：正旦—王婆婆；外—王老汉、包拯；冲末—王大、王二；丑—王三。

　　楔子：（〔仙吕·赏花时〕二曲）开封府中牟县农民王老汉，三个儿子都不愿做农活，只想着读书写字，以求将来荣达。第一折：（〔仙吕·点绛唇〕套十三曲）王老汉去长街买纸笔，为皇亲葛彪打死。王氏三兄弟为父报仇，打死了葛彪，被送至开封府衙候审。第二折：（〔南吕·一枝花〕套十二曲）包待制早衙审理赵顽驴偷马案后伏几入睡。梦见大蝴蝶救起坠入网中的两只蝴蝶，而不救入网的另一小蝶。梦醒后审勘葛彪一案，王氏三兄弟及王婆婆都愿认罪抵死。包待制遂定王大，王婆婆不肯；定王二，也不肯；定王三；王婆婆答应。包待制以为王大、王二为其亲生，王三为螟蛉之子，追问后才知情况相反。包待制自感此案应了梦中所见。第三折：（〔正宫·端正好〕套十二曲，套外〔端正好〕、〔滚绣球〕各一曲）王氏三兄弟下在死牢。王婆婆探监后，王大、王二相继获释，只留下王三偿命。第四折：（〔双调·新水令〕套十一曲）王婆婆带领王大、王二为王三收尸。谁知包待制将盗马贼赵顽驴顶替王三处死，王三得与母亲、哥哥相聚。包待制出场宣读圣旨，以母贤子孝，赐三兄弟为官、王婆婆为贤德夫人。

刘夫人庆赏五侯宴 　　关汉卿
（简名《五侯宴》）

　　旦本。出场人物：正旦—王大嫂（第一、二、三、五折）、刘夫人（第四折）；冲末—李嗣源；外—葛从周；李从珂、赵太公。

　　楔子：（〔仙吕·端正好〕一曲）沙陀李克用之子李嗣源奉命出征。王大嫂为安葬去世的丈夫，典身给赵太公为仆三年。第一折：（〔仙吕·点绛唇〕套六曲）赵太公要王大嫂将自己亲生的孩子丢掉，专心抚养他的孩子。第二折：（〔南吕·一枝花〕套五曲）大雪中，王大嫂准备将孩子丢在郊外，恰李嗣源由一白兔所引赶到,收孩子为义子,取名李从珂。第三折:(〔正宫·端正好〕套六曲)黄巢旧部葛从周,令大将王彦章与李克用部对阵。李嗣源调兵遣将与之交战,王彦章战败。王大嫂在赵家倍受虐待,因吊桶掉在井里,寻思自缢,被得胜回程的李从珂阻止。王大嫂向从珂言及身世,并说到将亲子交李嗣源一事,李从珂心存疑惑。第四折:(〔商调·集贤宾〕套七曲)李从珂向李嗣源探询实情,嗣源百般遮掩。五侯宴上,从珂又向祖母刘夫人诉说遇见王嫂的经过,仍问不出个究竟,欲拔剑自刎,刘夫人才道出真情。李从珂遂领兵认母。第五折:(〔双调·新水令〕套七曲)李从珂终于与受尽折磨的生母相认。(此剧今人定为无名氏作)

包待制智斩鲁斋郎　　　　关汉卿

(简名《鲁斋郎》)

末本。出场人物:正末—张珪;冲末—鲁斋郎;外—李四、包拯;旦—李四妻;贴旦—张珪妻。

楔子:(〔仙吕·端正好〕二曲)花花太岁鲁斋郎强占银匠李四之妻;李四赶往郑州告状,病倒长街,为张珪家所救。张珪劝李四回乡,不要告鲁斋郎。第一折:(〔仙吕·点绛唇〕套八曲)清明节,鲁斋郎在郊外踏青。张珪一家来上坟,鲁斋郎见张珪妻子貌美,即令其第二天将妻子送给他。第二折:(〔南吕·一枝花〕套八曲)次日,张珪迫于权势,将妻子送往鲁府。张珪自苦家中一双儿女无人照管,鲁斋郎将李四的妻子谎称为自己的妹妹,送给张

珪。第三折:(〔中吕·粉蝶儿〕套十四曲)李四回乡后,一双儿女走失,又来投张珪,发现张珪的新夫人却是自己的妻子。张珪知情十分痛苦,加之自己的儿女也走失,遂至华山出家。第四折:(〔双调·新水令〕套十一曲)包待制收留抚养了张、李两家儿女。向圣上报有"鱼齐即"残害生民、夺人妻女,皇上亲批问斩。包遂将三字巧添笔画,使成"鲁斋郎",智斩皇亲。后带张、李两家儿女去华山烧香,恰遇两家父母。包待制令张子娶李女、李子娶张女,并劝张珪还俗,使张、李两家大团聚。

黑旋风双献功　　　　高文秀

(简名《黑旋风》或《双献功》)

末本。出场人物:正末—李逵;冲末—孙荣;搽旦—郭念儿;外—宋江、吴用;净—白衙内。

第一折:(〔正宫·端正好〕套十一曲)郓城孔目孙荣欲携家眷郭念儿去泰安神庙还愿,遂至梁山找旧相识宋江,请求保护。李逵立下军令状,愿意前往。楔子:(〔越调·金蕉叶〕二曲)郭念儿与白衙内私通,二人相约私奔。往泰安途中,李逵和孙荣夫妇借宿旅店,郭念儿借机与白衙内逃走。第二折:(〔仙吕·点绛唇〕套九曲)孙荣和李逵不见郭念儿,追问店小二,知与白衙内私奔,决定去衙门告状。第三折:(〔双调·新水令〕套十五曲)孙荣刚好把状告到白衙内手里,遂被下在死牢。李逵闻讯,伪称孙荣义弟,以送饭为名,用蒙汗药麻倒牢卒,救出孙荣。第四折:(〔中吕·粉蝶儿〕套十曲)李逵假扮

成祗候,送酒入室,杀死郭念儿和白衙内,挑着两个人头回山寨献功。

好酒赵元遇上皇 高文秀
(简名《遇上皇》)

末本。出场人物:正末—赵元;外—刘二公;卜儿—刘妻;搽旦—刘月仙;净—臧府尹;赵匡胤、赵光普。

第一折:(〔仙吕·点绛唇〕套十四曲)赵元嗜酒,遭岳父一家厌恶,其妻刘月仙一心要离婚,再嫁臧府尹。府尹令赵去西京河南府递送公文,企图使其延误限期而治罪,以便和赵妻成合。行前,刘月仙逼得休书,准备去嫁臧府尹。第二折:(〔南吕·一枝花〕套九曲)宋太祖与两近臣微服私行郊外,饮酒店中。赵元于风雪中亦入店饮酒。因见三人无钱交酒账,遂为代付。交谈之中,赵元历述前情,并为耽误送公文之期担心。宋太祖于赵元臂上写了两行字,要其至京见了丞相赵光普,请读臂上字,可免一死。第三折:(〔中吕·粉蝶儿〕套十曲)赵元送文书至京,因延误期限,罪当问斩。赵元言有书在臂,赵光普见之,知皇上封其为东京府尹,即令走马赴任。第四折:(〔双调·新水令〕套九曲)宋太祖还京宣召赵元,欲加为大官,赵元再三推辞,只求饮酒自乐。宋太祖顺其心愿,并降旨惩处了刘月仙和臧府尹。

刘玄德独赴襄阳会 高文秀
(简名《襄阳会》)

末本。出场人物:正末—刘琦(第一折)、王孙(第二折)、徐庶(楔子,第三、四折);冲末—刘备;关羽、张飞、蒯越、蔡瑁。

第一折:(〔仙吕·点绛唇〕套十曲)刘备与关羽、张飞聚会古城,恐曹操前来征伐,遂派人向荆州牧刘表暂借城池。刘表次子刘琮恐荆州为刘备所得,和蒯越、蔡瑁二将定计除掉刘备。三月三日,刘表约刘备赴襄阳会,并将荆州牌印让与刘备。备推辞,极言刘表长子刘琦文武双全,可以承袭。刘琮嫉恨,埋伏人马,撺掇刘备。刘琦急向刘备报信。第二折:(〔越调·斗鹌鹑〕套九曲)刘琮家将王孙奉命去盗刘备坐骑"的卢"马,与刘备相遇,得知真情,遂放走刘备。楔子:(〔仙吕·赏花时〕一曲)刘备单骑逃走,马跳檀溪,误入鹿门山,得遇隐士司马徽、庞德公。庞举荐徐庶。赵云奉命请徐庶出山。第三折:(〔中吕·粉蝶儿〕套九曲)曹操令曹仁为帅、曹章为先锋,领十万雄兵与屯兵新野的刘备交战。徐庶调兵遣将准备对阵。楔子:(〔仙吕·赏花时〕一曲)双方交战,曹军大败,先锋曹章被蜀军俘获。第四折:(〔双调·新水令〕套五曲)徐庶得胜回营,刘备犒赏众将。

须贾大夫谇范叔 高文秀
(简名《谇范叔》)

末本。出场人物:正末—范雎;冲末—须贾;净—魏齐;外—驺衍。

楔子:(〔仙吕·端正好〕二曲)魏惠王染病,魏齐代政,派大夫须贾往齐国求释人质魏申。须贾举荐门客范雎同往。第一折:(〔仙吕·点绛唇〕套十一曲)须贾、范雎出使齐国。齐王见范雎能言善辩,遂厚赐回聘之礼,放回魏申,并专派中大夫驺衍于驿亭中款待范雎,赠黄金千两,范辞金不受。须贾怀疑范雎将魏国要事告齐,因得厚待。第二折:(〔南吕·一枝花〕套十一曲)须贾回到魏,向丞相魏齐控告范雎。范因受三推六问,拷打将死,丢进粪坑,苏醒后为院公所救。第三折:(〔正宫·端正好〕套十三曲)范雎改名张禄入秦为相。须贾出使秦国贺新相就职。范雎扮成布衣到客馆去试探须贾,正遇其在檐下避雪。须贾见范雎贫寒,以绨袍相赠。问及新相,范自称与张禄有一面之交,须贾求其引见。二人同往,范雎入相府后久不出,须贾始知范雎原来就是张禄。第四折:(〔双调·新水令〕套十三曲)各国大夫入秦庆贺。范雎将须贾羞辱一番,后因院公及各国大夫求情,范雎念其绨袍之赠尚有故人之情,遂免须贾一死。(此剧《元曲选》无撰者名,今人定为高文秀作)

保成公径赴渑池会　　　　　高文秀
(简名《渑池会》)

末本。出场人物:正末——蔺相如;冲末——秦昭公;外——白起;赵成公、廉颇。

楔子:(〔仙吕·端正好〕一曲)秦昭公欲取赵国和氏璧,伪称愿以十五城易璧。赵成公与众臣商量,上卿廉颇主战,不与秦璧;中大夫蔺相如愿持璧入秦,秦若无意偿城,可使完璧归赵。第一折:(〔仙吕·点绛唇〕套八曲)蔺相如入秦献璧。秦昭公妄言此璧非贵,不值十五城。相如知其毫无诚意,连夜携璧逃出秦关。

秦将白起定计,要秦公约赵成公会盟渑池。第二折:(〔中吕·粉蝶儿〕套十曲)相如全璧而还,被封为上大夫。秦约成公会盟,廉颇主张起兵对敌,相如愿保成公赴会。第三折:(〔正宫·端正好〕套十曲)渑池会上,秦昭公设下埋伏。秦王蓄意侮辱赵王,要其鼓瑟为乐,相如则要秦王击缶;秦要赵以十五城为秦王祝寿,相如则要秦以咸阳回赠。赵未失体面,秦之阴谋亦未能得逞。秦王令人舞剑,妄图加害赵王,相如拔剑揪住秦王,逼其保护赵王安全而归。楔子:(〔仙吕·赏花时〕一曲)赵王设宴庆赏,封相如为上卿。廉颇不服,令人殴打相如。秦军来讨战,单言要擒相如。相如染病在家,廉颇与参谋吕成往蔺府,令吕去探望,廉候于门外,若相如一心为国,廉颇愿负荆请罪。第四折:(〔双调·新水令〕套十一曲)吕成将相如以国事为重,不计私仇之心告诉廉颇,廉遂负荆向相如请罪。二人率兵迎战秦军,廉颇活捉秦将。赵王设宴庆贺将相和,论功行赏。

楚昭公疏者下船　　　　　郑廷玉
(简名《楚昭公》或《疏者下船》)

末本。出场人物:正末——楚昭公;冲末——吴王;外——孙武子;伍子胥、芈旋、申包胥。

第一折:(〔仙吕·点绛唇〕套十一曲)吴王阖庐所藏湛卢宝剑飞入楚国,为楚昭公所得。吴屡次索取,皆不还。吴遂以孙武为军师、伍子胥为元帅、伯嚭为先锋伐楚。楚国上卿申包胥深感国力不济,劝楚王坚壁不战,待其亲往秦国借兵解围。第二折:(〔越调·斗鹌鹑〕套九曲)楚昭公以上大夫费无忌为帅与吴军对战。费本是昔日谗害伍子胥父兄之人,不是伍子胥的对手,遂被擒,楚大败。第三折:(〔中吕·粉蝶儿〕套十三曲)楚昭公领弟芈旋及夫人、公子搭一渔船逃难。江风大作,船不堪载,艄公请楚王亲属中疏远者下船。芈旋先欲投水,楚王不许,夫人遂投江;江风愈大,芈旋又欲下,楚王又不许,公子遂投江。风浪平息,楚王兄弟各自逃命。夫人及公子则为龙神所救。第四折:(〔双调·新水令〕套十二曲)申包胥在秦庭哭了七天七夜,秦王终于感动而出兵救楚。伍子胥收兵罢战,楚国得以无恙。楚昭公与弟芈旋及夫人公子团聚,秦楚两国结为亲家。(此剧另有元刊本,多有不同)

布袋和尚忍字记　　郑廷玉
（简名《忍字记》）

末本。出场人物:正末—刘均佐;旦儿—刘妻;冲末—阿难尊者;外—刘均佑、布袋和尚。

楔子:(〔仙吕·赏花时〕二曲)第十三尊罗汉在灵山会上听佛讲经,动了凡心,被罚投胎为汴梁刘均佐。佛祖恐其迷却正道,派弥勒尊佛化为布袋和尚前往点化。刘均佐平日好略贪财,一天雪中救活了冻倒的穷秀才刘均佑,因名字相近,收为义弟。第一折:(〔仙吕·点绛唇〕套十二曲)刘均佐生日,均佑设宴庆贺。布袋和尚前来化缘,声言传大乘佛法,在刘均佐手心书一"忍"字。叫化子来乞钱,被刘均佐打死,胸前即印一"忍"字。均佐正待逃跑,布袋和尚赶到,以救活叫化子为条件要均佐出家。叫化子活了,刘均佐又后悔,布袋和尚令其在家修行。第二折:(〔南吕·一枝花〕套十二曲)刘均佐正在后园修行,小儿子来告母与均佑叔叔终日饮酒作伴。均佐亲往试听,欲持刀入房杀奸,止撞布袋和尚,示其刀把上"忍"字,方知此境乃布袋幻化。经点化,均佐将家产交刘均佑,前往岳林寺出家。第三折:(〔双调·新水令〕套九曲)岳林寺首座定慧和尚奉法旨管刘均佐修行。刘坐禅时想着自己的万贯家产和娇妻爱子。定慧作幻境让其妻携子来访,刘均佐乃背弃佛门返回家乡。第四折:(〔中吕·粉蝶儿〕套八曲)刘均佐离家才三个月,岂知世间已百十余年。在祖坟前,刘遇一八十老翁,却原来是自己的孙子。其时,均佐方知人生无常,一切皆空,遂大彻大悟,皈依佛门。

宋上皇御断金凤钗　　郑廷玉
（简名《金凤钗》）

末本。出场人物:正末—赵鹗;旦—李氏;外—刘彦实;张天觉。

楔子:(〔仙吕·赏花时〕二曲)郑州秀才赵鹗流落状元店,在其妻及店小二的催促下赴京应举。第一折:(〔仙吕·点绛唇〕套十一曲)赵鹗一举状元及第,但不慎失仪落简,被削为民。赵鹗回到状元店,妻子逼离婚,儿子喊饥饿,店小二要房钱,无奈去周桥卖诗挣钱。第二折:(〔中吕·粉蝶儿〕套十四曲)谏议大夫张天觉微服出访,遇泼皮李虎前来诈骗。赵鹗将卖诗得来的二百钱借给了张天觉,回到店中,被妻子一顿责骂。第三折:(〔南吕·一枝花〕套十二曲)杨衙内家人被李虎杀死,抢走了十把银匙。张天觉为还二百钱,送给赵鹗十支金钗。赵付给店家一支,将其余的埋于地下,李虎发现其事,遂以杀人所得的银匙调换金钗后逃走。杨衙内至状元店中搜捕罪犯。查问中,赵挖金钗,而出现的却是银匙,遂被当成图财害命的凶手抓走。第四折:(〔双调·新水令〕套十一曲)李虎将九支金钗去银匠铺兑换,恰遇店小二亦去银匠铺,李虎即被捉住。赵鹗在法场行将就刑,张天觉赶到,因赵有文才,为人善良,救人急难,奏过圣上要加官赐赏。店小二押来李虎,真相大白。赵鹗得加封,李虎受惩处。

包龙图智勘后庭花　　郑廷玉

(简名《后庭花》)

末本。出场人物:正末—李顺(第一、二折)、包拯(第三、四折);冲末—赵忠;净—王庆;旦—王翠鸾、老夫人;搽旦—张氏;外—刘无义。

第一折:(〔仙吕·点绛唇〕套十曲)廉访使赵忠得皇上赏赐女子翠鸾,其母王婆亦随到赵家侍候。赵夫人恐日后翠鸾得宠,令家人王庆将翠鸾母女杀死。王庆与酒徒李顺之妻有私,为做长久夫妻,二人设计:由王假传赵夫人之命,让李顺杀死翠鸾母女;李妻则劝李顺拿翠鸾母女首饰后,放她们逃生。第二折:(〔南吕·一枝花〕套九曲)三日后,王庆来找李顺,要将其谋财放人的事禀报赵夫人,除非李休了老婆让给他。李顺发现是阴谋,扬言要到开封府告状。王庆杀了李顺,将尸首投进井里。第三折:(〔双调·新水令〕套十二曲)翠鸾与母王婆失散后,投宿狮子店。店小二逼奸未遂,将其杀死投入井中。秀才刘天义上朝取应,投宿店中,王婆亦来投宿。夜晚,翠鸾魂与刘天义相会,刘作〔后庭花〕词以赠,女亦和词一首。王婆闻刘房中有女儿声音,推门不见人,唯见词上有女儿之名,即拉刘见官,告其藏匿翠鸾。赵忠因翠鸾走失,向王庆查询,王推说交给了李顺。事情复杂,赵乃请包拯断案。包待制押下王庆。时王婆拉刘天义来告状。包见翠鸾词有"不见天边雁,相侵井底蛙"之句,知为死者之魂。令刘回店取到女魂的信物碧桃花一朵。第四折:(〔中吕·粉蝶儿〕套十七曲)包拯因李顺在逃,派人去他家中寻找,结果从井中捞出李的尸体。李顺的哑儿子证实凶手即王庆。刘天义交出的碧桃花,到包拯手里却成了一根桃符,据示,从狮子店井中捞出了翠鸾尸体,凶手乃店小二。最后两名凶手俱判处死刑。

看钱奴买冤家债主　　郑廷玉

(简名《看钱奴》)

末本。出场人物:正末—周荣祖(楔子、第二、三、四折)、增福神(第一折);旦儿—张氏;净—贾仁;外—东岳庙神、陈德甫。

楔子:(〔仙吕·赏花时〕二曲)曹州

周荣祖携妻儿赴京应举,将祖上的财产埋在院后墙下。第一折:(〔仙吕·点绛唇〕套十曲)穷汉贾仁在东岳庙求神致富。神灵念上天"不生无禄之人",遂将周家福力暂借给他二十年。第二折:(〔正宫·端正好〕套十一曲)贾仁得周家财物后暴富,但膝下无子。周荣祖应举不利,祖财被盗,投亲不遇,甚为贫困。经门馆先生陈德甫介绍,将子长寿卖与贾仁做义子。风雪交加之日,忍痛立下卖子字据。第三折:(〔商调·集贤宾〕套八曲)二十年中,巨富贾仁十分悭吝。染病后,长寿去东岳庙烧香,与荣祖夫妇相遇并不相识。第四折:(〔越调·斗鹌鹑〕套十曲)周荣祖老伴害急心疼,求药得遇陈德甫。其时贾仁已死,由陈德甫详述实情,荣祖夫妇遂与亲子长寿相认。检点贾家银两,发现均印有"周奉记",周家祖财最终物归原主。

裴少俊墙头马上　　　　白　朴
(简名《墙头马上》)

旦本。出场人物:正旦—李千金;正末—裴少俊;冲末—裴行俭;老旦—裴夫人;外—李世杰;李夫人、嬷嬷。

第一折:(〔仙吕·点绛唇〕套十二曲)工部尚书裴行俭之子裴少俊,代父出公差至洛阳。骑马游街时,正遇洛阳总管李世杰之女李千金立于花园墙头,二人一见钟情,并约晚间在花园幽会。第二折:(〔南吕·一枝花〕套十三曲)裴少俊与李千金幽会,被李家嬷嬷发现,李千金毅然与裴少俊私奔。第三折:(〔双调·新水令〕套十八曲)裴少俊私自将李千金藏在自家后花园,七年生下一男一女。裴行俭游后花园发现李千金,不认其为儿媳,并粗暴地对她诬蔑和威胁,李千金大胆地予以回击。裴行俭迫使裴少俊屈服,以"石上磨玉簪"、"井底引银瓶"刁难李千金,将李赶出大门。第四折:(〔中吕·粉蝶儿〕套十三曲)李千金被迫回到洛阳娘家。裴少俊状元及第,得官后前来认亲,李千金执意不认。裴尚书也携孙儿、孙女前来道歉,并知裴、李两家曾指腹为婚,少俊夫妇重归于好。

唐明皇秋夜梧桐雨　　　　白　朴
(简名《梧桐雨》)

末本。出场人物:正末—唐玄宗;驾旦—杨贵妃;净—安禄山;杨国忠、高力士。

楔子:(〔仙吕·端正好〕二曲)安禄山征讨契丹败北,幽州节度使张守珪将其送往京师问罪;安禄山以巧言骗得唐玄宗信任,做了杨贵妃义子,不仅赦免其罪,且欲加官为平章政事,经杨国忠反对,改授渔阳节度使。安对杨国忠心怀不满,且与杨贵妃暗有私情。第一折:(〔仙吕·八声甘州〕套十四曲)杨贵妃在宫中乞巧。唐玄宗和杨贵妃向牛郎织女星盟誓,愿世世永为夫妻。第二折:(〔中吕·粉蝶儿〕套十四曲)安禄山为抢杨贵妃和夺取唐朝天下起兵反叛,先取潼关,直抵京师。过着骄奢淫逸生活的唐玄宗和杨贵妃,由于安禄山的叛乱,潼关失守,被迫离开长安逃往蜀川。第三折:(〔双调·新水令〕套二十曲)途中,父老拦驾,要求抗敌,唐玄宗留下太子讨伐贼兵。马嵬坡前,六军不发,请诛杨氏兄妹。杨国忠被众兵士杀死;唐玄宗无可奈何,赐杨贵妃自尽。第四折:(〔正宫·端正好〕套二十二曲)唐玄宗还都后,夜梦杨贵妃,醒后听秋夜雨打梧桐,不胜伤感,无限凄凉。

董秀英花月东墙记 白朴
(简名《东墙记》)

旦末合本。出场人物:正旦——董秀英;冲末——马文辅;梅香、老夫人。

楔子:(〔仙吕·赏花时〕二曲)马文辅与董秀英自幼有婚约。文辅在父亲去世后,即赴松江府问亲,落宿于馆舍花木堂,与董家后花园仅隔一东墙。第一折:(〔仙吕·点绛唇〕套十二曲)马文辅攀墙看花,与董秀英一见钟情,二人均相思成疾。第二折:(〔正宫·端正好〕套十七曲)马文辅弹琴述怀,与董秀英隔墙联吟。董秀英得知秀才正是自己的未婚夫,遂派梅香传简,马文辅回简表达相思之情。第三折:(〔中吕·粉蝶儿〕套十六曲)几经递简,董秀英约马文辅至海棠亭幽会,不料正为老夫人所遇。梅香陈述马、董本有婚约,老夫人无奈允婚,但逼马文辅立即进京赴试。第四折:(〔越调·斗鹌鹑〕套十四曲)董秀英与马文辅别后,因相思而病情加重,请医调理。第五折:(〔双调·新水令〕套十三曲)马文辅一举状元及第,至松江府与董秀英团聚后携妻走马赴任。
(此剧今人或定为无名氏作)

江州司马青衫泪 马致远
(简名《青衫泪》)

旦本。出场人物:正旦——裴兴奴;冲末——白乐天;外——贾浪仙、孟浩然、元微之。老旦——裴妈妈;净——刘一郎。

第一折:(〔仙吕·点绛唇〕套十曲)唐朝吏部侍郎白乐天与好友贾浪仙、孟浩然同访妓女裴兴奴。兴奴怨恨风尘生涯,希望早日脱离苦海,寄情于白乐天。楔子:(〔仙吕·端正好〕一曲)白乐天被贬为江州司马。兴奴挥泪相别,誓托终身。第二折:(〔正宫·端正好〕套十六曲)兴奴与乐天别后拒不接客。虔婆逼其嫁给茶商刘一郎,兴奴不肯;虔婆设计谎报乐天病故,兴奴无奈嫁给茶商。第三折:(〔双调·新水令〕套十九曲)乐天好友元稹来江州拜访,白于船上设宴送别。恰茶船夜泊江州,刘一郎外出,兴奴对月弹琵琶以抒愁怀。乐天闻声邀见,诉说离情,写下《琵琶行》。刘一郎醉归,兴奴乘其酣睡偕同乐天离了江州。刘酒醒不见兴奴,大喊拿人,地方疑其害死妻子,拘之见官。第四折:(〔中吕·粉蝶儿〕套十七曲)由元稹保举,乐天回京仍复旧职。兴奴奉宣,诉其身世,金殿认夫。皇帝下旨:兴奴与乐天团聚,虔婆和刘一郎受惩处。

西华山陈抟高卧 马致远
(简名《陈抟高卧》)

末本。出场人物:正末——陈抟;冲末——赵匡胤;净——郑恩;外——党继恩。

第一折:(〔仙吕·点绛唇〕套十二曲)隐居西华山的道士陈抟,见中原升腾王气,知有真命天子出世,遂下山卖卦寻访。赵匡胤约义弟郑恩买卦,陈抟指明赵为真命天子,为其作出定都汴梁的决策。第二折:(〔南吕·一枝花〕套十三曲)赵匡胤做了皇帝,派使臣党继恩请陈抟出山。陈抟看破红尘,不肯入朝为官。但圣恩难违,只得随使臣下山。第三折:(〔正宫·端正好〕套十四曲)陈抟受召见,封号"希夷先生"。陈抟对皇上申述为官和修道的得失,决意要求归隐山林。第四折:(〔双调·新水令〕套十三曲)汝南王郑恩带着美女款待陈抟,劝其回心转意,陈抟不为所动,终究归山隐居去。

吕洞宾三醉岳阳楼　　　　马致远
(简名《岳阳楼》)

末本。出场人物:正末—吕洞宾;外—柳树精(第二、三、四折改扮郭马儿);旦儿—贺腊梅;汉钟离。

第一折:(〔仙吕·点绛唇〕套十四曲)仙人吕洞宾,见青气冲天,知岳阳有仙灵出现,遂至岳阳楼醉饮察访。原来楼下千年柳树和杜康庙前一株白梅花均已成精,吕令其托生郭、贺两家,并为夫妻,于三十年后再来度脱。第二折:(〔南吕·一枝花〕套十三曲)三十年后,郭马儿与其妻贺腊梅于岳阳楼开茶坊,吕洞宾前来度其修道,郭马儿终不省悟。楔子:(〔仙吕·赏花时〕一曲)郭马儿改茶坊为酒店,吕洞宾三醉岳阳楼,劝郭出家。郭托言有妻室而拒之,洞宾赐剑让其杀妇。第三折:(〔正宫·端正好〕套十曲)郭携剑至家,半夜其妇为人杀死。郭认定是吕洞宾所杀,找吕要求偿命。第四折:(〔双调·新水令〕套八曲)郭拉吕洞宾见官。吕言

其妇未死,用仙术招之而来,郭反坐诬人罪,判死刑。乃向洞宾求救,八仙出现;郭经点化顿悟前生,遂修道成仙。

马丹阳三度任风子　　　　马致远
(简名《任风子》)

末本。出场人物:正末—任屠;旦—李氏;冲末—马丹阳。

第一折:(〔仙吕·点绛唇〕套九曲)神仙马丹阳,因见终南山下任屠有半仙之分,遂前往点化。马丹阳化得甘河镇居民只吃素,断了屠户们的生路。众屠户聚会任家,推任屠去杀道人。第二折:(〔正宫·端正好〕套十曲)任妻苦劝其夫不要杀人,任屠不听。行凶时任屠为马丹阳招来的护法神所杀。任向道人索头,令其自摸,头仍在,任屠方猛省,即离家坚心修道。第三折:(〔中吕·粉蝶儿〕套十五曲)任妻及弟找到任屠劝其回家,任休了娇妻,摔死幼子,誓不还俗。第四折:(〔双调·新水令〕套十曲)马丹阳又让任屠经历魔障,使其去尽酒色财气,不管人我是非,功成行满,得道成仙。

破幽梦孤雁汉宫秋　　　　马致远
(简名《汉宫秋》)

末本。出场人物:正末—汉元帝;旦—王嫱;净—毛延寿;冲末—番王;外—五鹿充宗。

楔子:(〔仙吕·赏花时〕一曲)匈奴呼韩邪单于控甲十万,欲向汉朝求公主为妻。汉元帝嫌后宫寂寞,中大夫毛延寿乘机取旨广选天下美女。第一折:(〔仙吕·点绛唇〕套九曲)毛延寿乘选美之机,

大受贿赂。入选的王嫱拒绝毛延寿勒索，被毛点破图形，发入冷宫，寂寞中弹琴自遣。汉元帝驾幸后宫，闻琴声寻得王嫱，一见倾心。王向元帝揭露毛延寿私弊，汉元帝下令捉拿毛延寿。第二折：（〔南吕·一枝花〕套十一曲）毛延寿畏罪逃往匈奴，向番王献昭君图。匈奴大军压境，派使臣索求王嫱。汉廷众臣贪生怕死，请元帝割舍王嫱，元帝不肯；王嫱为息刀兵，自请和番。第三折：（〔双调·新水令〕套十二曲）汉元帝为王嫱送行，二人依依惜别。王嫱行至番汉交界处，投水而死。番王将毛延寿绑送汉朝，汉番和好。第四折：（〔中吕·粉蝶儿〕套十二曲）汉元帝怀念王嫱，梦中与之相会。醒后听孤雁悲鸣，心境倍加凄凉。终将毛延寿斩首祭奠王嫱。

半夜雷轰荐福碑　　　　　　马致远
（简名《荐福碑》）

　　末本。出场人物：正末—张镐；冲末—范仲淹；外—宋公序；净—张浩；长老、赵实。

　　第一折：（〔仙吕·点绛唇〕套十四曲）天章阁学士范仲淹将往江南采访贤士，与往扬州赴任的太守宋公序分手告别，宋托范为女保亲，范荐以张镐。范仲淹途经潞州长子县，探望张镐，答应将其万言策进献皇上，并交张三封荐书，令其寻求接济。楔子：（〔仙吕·赏花时〕二曲）张镐去洛阳投书，不料接书的黄员外突然病故。第二折：（〔正宫·端正好〕套十二曲）皇上得万言策，派人加封张镐官职，却被张镐教读的东家张浩冒认。张镐往黄州投书，途中得知投奔人也死了，遂将第三封荐书撕毁。躲雨神龙庙时，张镐向神灵占卜吉凶，却得了下下签，预示将遭凶事，于是题诗骂龙。冒名得官的张浩路遇张镐，欲置之死地，幸得差役赵实的帮助，张镐才免遭毒手。宋公序回京途中将张浩捉获。第三折：（〔中吕·粉蝶儿〕套十七曲）张镐流落饶州荐福寺。长老欲赠以颜真卿所书荐福碑文拓本，资助其进京。不料被张镐责骂的龙神前来报复，半夜起雷轰塌荐福碑。张镐绝望而欲自缢，为已达饶州的范仲淹所救，二人一同进京。第四折：（〔双调·新水令〕套十一曲）张镐得中头名状元，宋公序招为女婿。长老、赵实得到封赏，张浩受到惩罚。

邯郸道醒悟黄粱梦　　马致远　红字李二
　　　　　　　　　　　　花李郎　李时中
（简名《黄粱梦》）

　　末本。出场人物：正末—汉钟离（第一、四折）、高太尉（楔子）、院公（第二折）、樵夫（第三折）、邦老（第四折）；正旦—王婆；外—吕洞宾；旦儿—高翠娥；冲末—东华帝君。

　　第一折：（〔仙吕·点绛唇〕套十四曲）东华帝君见吕洞宾有神仙之分，差汉钟离前去点化。洞宾上朝取仕，途经邯郸道黄化店与汉钟离相遇。钟离劝其出家为道，洞宾不肯。店中王婆炊黄粱为饭，未熟，洞宾入梦。楔子：（〔仙吕·赏花时〕二曲）吕洞宾拜兵马大元帅，入赘高太尉家，生一儿一女。奉命讨伐吴元济，高太尉为其饯行,洞宾饮酒吐血,遂断酒。第二折:(〔商调·集贤宾〕套十七曲)洞宾西征,其妻与人私通。洞宾受贿卖阵,私自还家,发现奸情,欲杀其妻,被院公劝阻。卖阵事发,吕获罪,刺配沙门岛,遂断财念。行前执意休妻,断色念。乃携子女前往沙门岛发配。第三折:(〔大石调·六国朝〕套十三曲)途中,解差放洞宾三口逃命。时值大风雪,吕三人迷踪失路,冻倒路旁,被樵夫救起并指示道路。第四折:(〔正宫·端正好〕套十一曲)洞宾三口投宿庵中,向老妇人王婆乞食。王婆儿子醉归,摔死两个孩子,又将洞宾杀掉。洞宾大惊而醒。原为一梦,发现店中王婆所炊黄粱尚未熟。经汉钟离指点,方知梦中经历皆为所化,洞宾遂省悟入道。

张子房圯桥进履 李文蔚
(简名《圯桥进履》)

末本。出场人物:正末—张良;外—太白金星、黄石公、李仁、萧何、韩信;净—樊哙;灌婴、陆贾、钟离昧、季布。

第一折:(原本卷端缺页,今存〔仙吕〕残套四曲,套外〔中吕〕五曲)张良刺秦皇未成,逃至深山,迷失路径,太白金星指引他去下邳寻师。第二折:(〔南吕·一枝花〕套十曲)张良到下邳,住长者李仁家中,得神仙指点,见到黄石公。黄石公三次考验其心后授以三卷天书,口述玄机。楔子:(〔仙吕·赏花时〕一曲)张良辞别李仁,进取功名。第三折:(〔正宫·端正好〕套十曲)张良投身刘邦麾下为军师,设计令灌婴捉住陆贾,又战败了钟离昧和季

布。第四折:(〔双调·新水令〕套三曲)韩信奉命与张良为诸将庆功。

同乐院燕青博鱼 李文蔚
(简名《燕青博鱼》)

末本。出场人物:正末—燕青;冲末—宋江、燕大;外—吴用、燕二;搽旦—王腊梅;净—杨衙内;丑—店小二。

楔子:(〔仙吕·端正好〕二曲)梁山泊燕青违犯宋江将令,被杖责六十,赶出山寨,气坏双眼,宋江很后悔,嘱他下山医好后再回来。第一折:(〔大石调·六国朝〕套九曲)燕大听信妻子王腊梅之言,赶走兄弟燕二。燕青因欠了店里饭钱,被店家赶出,在街上行乞,受到杨衙内的欺压,幸得燕二救护,以针灸使燕青双目复明,二人结拜为弟兄。第二折:(〔仙吕·点绛唇〕套十曲)燕青在同乐院博鱼为生,燕大夫妇来此游玩,燕青与燕大博鱼,输给了燕大,燕大见燕青困窘,把鱼还给了燕青。王腊梅的奸夫杨衙内路遇燕青,强行夺鱼,燕青见是往日的仇人,将其痛打一顿。燕大因此看中燕青,结为兄弟。第三折:(〔中吕·粉蝶儿〕套七曲)中秋节时,杨衙内与王腊梅私会,燕青与燕大捉奸,杨逃脱,燕青劝燕大杀王腊梅,燕大不忍。杨衙内带人捉住燕大、燕青。第四折:(〔双调·新水令〕套七曲)燕青、燕大逃出监狱,正遇已做了梁山头领的燕二,三人协力捉住杨衙内和王腊梅,同赴梁山。

破苻坚蒋神灵应 李文蔚
(简名《蒋神灵应》)

末本。出场人物:正末—王猛(第一

折)、谢玄(第二、三、四折);冲末—苻坚;外—桓冲、王坦之;净—梁成、慕容垂;谢安、谢石、蒋神等。

第一折:(〔仙吕·点绛唇〕套七曲)前秦苻坚得汉人王猛为军师,自信有雄兵百万,欲进犯东晋。第二折:(〔南吕·一枝花〕套八曲)前秦战书下到,东晋朝野震动。谢安侄谢玄广有韬略,受命破敌。楔子:(〔仙吕·端正好〕一曲)战前,谢玄到蒋神庙祷告,乞神灵护佑。第三折:(〔越调·斗鹌鹑〕套六曲)苻坚统兵与谢玄对阵,谢玄与苻坚相约,如秦兵退过淝水,晋便议降,苻坚中计,依言而行。秦兵渡河之际,晋军突然袭击,蒋神将八公山上草木尽化为兵,助谢玄大破秦军。第四折:(〔双调·新水令〕套四曲)东晋以少胜多,桓冲奉命为谢玄诸将庆功。

便宜行事虎头牌 李直夫

(简名《虎头牌》)

末本。出场人物:正末—山寿马(第一、三、四折)、金住马(第二折);冲末—银住马;老旦—银住马妻;旦—山寿马妻茶茶;外—使臣。

第一折:(〔仙吕·点绛唇〕套九曲)山寿马因功做了兵马大元帅,敕赐双虎符和金牌。叔父银住马向他求得金牌上千户,镇守夹山口。山寿马因职守关系重大,再三嘱托叔父。第二折:(〔双调·五供养〕套十八曲)银住马赴任,其兄金住马为他饯行,劝他以职守为重,不可贪杯误事,否则,山寿马会不讲情面。第三折:(〔双调·新水令〕套十一曲)银住马因醉

酒失了夹山口,旋即夺回,众人为他贺喜。山寿马因叔父失了守地,两次派人拘拿。银住马自恃为元帅叔父,痛打勾差,被锁拿到山寿马处。按律失地者当斩,众人求情,山寿马不准。后知银住马已夺回夹山口,将功折罪,但因不伏勾拿,殴打差人,罚杖责一百,都管替其受六十杖。第四折:(〔正宫·端正好〕套九曲)山寿马携羔羊美酒为叔父煖痛,细陈心曲,说明军法严明,不能因私废公。

张天师断风花雪月 吴昌龄

(简名《风花雪月》)

旦本。出场人物:正旦—桂花仙(第一、三、四折)、嬷嬷(第二折);正末—陈世英;搽旦—封姨;旦儿—桃花仙;外—张天师。

第一折:(〔仙吕·点绛唇〕套十一曲)陈世英于中秋之夜抚琴,月宫中桂花仙子正为罗睺、计都二星所缠,陈世英一曲琴声感动娄宿,解救了月宫之难。桂花仙子感激陈世英,与封姨、桃花仙来到陈家后园,酌酒为欢,约定明年此日再会。第二折:(〔南吕·一枝花〕套九曲)桂花仙子去后,世英相思成病。八月十五,世英抱病盼仙子降临。楔子:(〔仙吕·赏花时〕一曲)桂花仙子未到,世英病情加重。第三折:(〔正宫·端正好〕套十二曲)张天师设坛招来风花雪月,勘问真情,将桂花仙子送长眉仙处置。第四折:(〔双调·新水令〕套八曲)长眉仙因桂花仙子系酬恩下凡,情有可原,令其回月殿将功折罪。

花间四友东坡梦 　　吴昌龄
（简名《东坡梦》）

末本。出场人物：正末—佛印（第一、二、四折）、松神（第三折）；旦—白牡丹、花间四友；外—苏东坡；丑—行者。

第一折：（〔仙吕·点绛唇〕套十曲）苏东坡贬官黄州，路经庐山，携妓女白牡丹看望老友佛印和尚，劝他还俗，佛印不从。第二折：（〔南吕·一枝花〕套十一曲，套外南〔仙吕·二犯月儿高〕一曲）苏东坡遣白牡丹诱惑佛印破戒，被佛印识破，未能成功。东坡却在梦中被佛印差遣的桃柳竹梅四花所诱惑。第三折：（〔正宫·端正好〕套九曲）庐山松神见花间四友纠缠东坡，担心上帝知道怪罪自己，将桃柳竹梅赶走。东坡醒来，原是一梦。第四折：（〔双调·新水令〕套九曲）佛印升座，苏东坡、白牡丹和桃柳竹梅等都来问禅，佛印一一解答，白牡丹省悟，情愿出家。苏东坡对佛印非常钦佩。

崔莺莺待月西厢记 　　王实甫
（简名《西厢记》）

第一本　张君瑞闹道场

末本。出场人物：正末—张君瑞；正旦—莺莺；旦俫—红娘；外—老夫人；净—法本。

楔子：（〔仙吕·赏花时〕二曲）已故崔相国之夫人携女儿莺莺、丫环红娘等暂居河中府普救寺，等待与莺莺订亲的郑恒前来，送崔相国灵柩回乡安葬。第一折：（〔仙吕·点绛唇〕套十二曲）书生张君瑞到普救寺游玩，在佛殿遇莺莺，一见倾心。

第二折：（〔中吕·粉蝶儿〕套二十曲）张生向法本长老借住寺中，以便再见莺莺。第三折：（〔越调·斗鹌鹑〕套十五曲）张生与莺莺隔墙吟诗唱和，彼此心灵沟通，互生爱慕。第四折：（〔双调·新水令〕套十二曲）老夫人与莺莺到佛殿追荐相国亡灵，张生借口追荐亡父，也到佛殿参与斋事，以睹莺莺风采。莺莺对张生心中亦暗自有意。

第二本　崔莺莺夜听琴

旦末合本。出场人物：正旦—莺莺（第一、三、四、五折）；惠明（第二折）；正末—张生；旦俫—红娘；杜确、孙飞虎。

第一折：（〔仙吕·八声甘州〕套十三曲）叛将孙飞虎兵围普救寺，索要莺莺为妻，老夫人向寺中人宣布，能退贼兵者，许莺莺为妻，张生应声而出，自言有退兵之计。第二折：（〔正宫·端正好〕套十一曲）张生修书一封，给其友白马将军杜确，寺中和尚惠明冲破包围，将书送到蒲关，杜确出兵击败孙飞虎。第三折：（〔中吕·粉蝶儿〕套十六曲）老夫人命红娘邀张生赴宴，张生以为与莺莺亲事可成，十分欢畅。第四折：（〔双调·五供养〕套十六曲）老夫人命莺莺拜张生为哥哥，以小姐已许配郑恒为由赖婚。宴席不欢而散。莺莺心里埋怨母亲失信。第五折：（〔越调·斗鹌鹑〕套十五曲）月夜，张生依红娘之谋，以琴声倾诉衷肠，莺莺闻之凄然，深为张生之情所动。

第三本　张君瑞害相思

红娘主唱。出场人物：红娘；正旦—

莺莺;正末—张生。

楔子:(〔仙吕·赏花时〕一曲)张生相思成病,莺莺命红娘前往探望。第一折:(〔仙吕·点绛唇〕套十三曲)张生为相思所苦,红娘深表同情,为张生传简给小姐。第二折:(〔中吕·粉蝶儿〕套十九曲)莺莺见了简帖后,假意怒责红娘为"非礼"之事,写诗一首,命红娘送给张生,张生猜出诗意是莺莺约他夜间相会,红娘将信将疑。第三折:(〔双调·新水令〕套十四曲)张生夜间赴约,莺莺突然变卦,斥张生无礼,张生有口难辩。第四折:(〔越调·斗鹌鹑〕套十三曲)张生病情更加严重,莺莺知道后,叫红娘传送一柬,表露心曲,决心冲破礼教,与张生夜间约会。

第四本　草桥店梦莺莺

旦末合本。出场人物:正旦—莺莺;正末—张生;旦俫—红娘;外—老夫人;净—长老。

楔子:(〔仙吕·端正好〕一曲)入夜,红娘促使莺莺践约。第一折:(〔仙吕·点绛唇〕套十七曲)在红娘的热心撮合下,莺莺与张生私下结合。第二折:(〔越调·斗鹌鹑〕套十四曲)张生与莺莺夜夜相会,老夫人知道后勃然大怒,拷问红娘。红娘力陈二人结合实因有老夫人允婚在先,赖婚在后,指责老夫人失信,又巧妙地以"家丑不可外扬"向老夫人晓以利害,老夫人权衡得失,允许两人成婚,但以崔家三代不招白衣女婿为由,逼张生上京赴考。第三折:(〔正宫·端正好〕套十九曲)十里长亭,老夫人、莺莺、法本长老为

张生饯行,莺莺叮嘱张生勿忘夫妻之情,不必功名心切,及早归来。第四折:(〔双调·新水令〕套十七曲)张生独居旅店,梦见莺莺前来与他同行,醒来怅然。

第五本　张君瑞庆团圆

旦末合本。出场人物:正旦—莺莺,正末—张生;旦俫—红娘;外—老夫人;净—法本长老,杜确,净—郑恒。

楔子:(〔仙吕·赏花时〕一曲)张生状元及第,修书寄送河中府。第一折:(〔商调·集贤宾〕套十二曲)莺莺从信中知道张生考中状元,百感交集,寄书赠物,语重心长。第二折:(〔中吕·粉蝶儿〕套十九曲)张生奉旨入翰林院编修国史,思念莺莺成病,接到莺莺回书和赠物,不禁心驰神往。第三折:(〔越调·斗鹌鹑〕套十二曲)郑恒赶到普救寺,想挽回亲事,谎称张生中状元后已在京另结婚姻,老夫人中计,又将莺莺许给郑恒。第四折:(〔双调·新水令〕套二十一曲)张生授河中府尹,回到普救寺见莺莺,郑恒谎言被揭穿,羞愧自杀。张生、莺莺有情人终成眷属。

四丞相高会丽春堂　　　王实甫

(简名《丽春堂》)

末本。出场人物:正末—完颜乐善;老旦—乐善夫人;旦—琼英;冲末—徒单克宁;外—孤;净—李圭。

第一折:(〔仙吕·点绛唇〕套十曲)金国皇帝在御花园设射柳会,四丞相完颜乐善三箭射中,得御赐锦袍玉带。第二折:(〔中吕·粉蝶儿〕套十曲)监军李圭与乐善赌双陆,李圭第一次输了,第二次

却赢了,双方为是否履行事先约定的赏罚协议互不相让,乐善怒打李圭。第三折:(〔越调·斗鹌鹑〕套十三曲)乐善被贬到济南,忘情于山水之间。济南府尹原系乐善部下,携妓女前来为乐善歌舞解愁。时有草寇作乱,皇上重新起用乐善。第四折:(〔双调·五供养〕套十七曲)乐善回朝见到同僚以及家人,十分感慨。草寇得知乐善被重新起用,乃投降归顺。乐善复为右丞相,在丽春堂设宴庆贺,并与李圭和好。

吕蒙正风雪破窑记   王实甫
(简名《破窑记》)

旦本。出场人物:正旦—刘月娥;外—吕蒙正、寇準;冲末—刘员外;长老。

第一折:(〔仙吕·点绛唇〕套八曲)吕蒙正、寇準满腹学问却困于贫穷,住在破窑之中。某日,刘员外之女刘月娥掷彩球选中吕蒙正为婿,刘员外却因吕蒙正贫困,怒而不允,月娥不改初衷,夫妇被赶出家门。第二折:(〔正宫·端正好〕套六曲)吕蒙正到庙里赶斋,和尚奉刘员外之命,绝吕蒙正衣食之计,逼他上进。吕蒙正受到讥讽,在庙墙上题诗述志。回到破窑,与妻子分别,同寇準上京赴考。第三折:(〔中吕·粉蝶儿〕套七曲)吕蒙正状元及第,授本县县令,回到家乡后不露真情,两次试探刘月娥。月娥对丈夫一往情深,最后方知丈夫功名已遂,夫妻二人苦尽甘来。第四折:(〔双调·新水令〕套六曲)庙中长老听说吕蒙正功名已就,命人将吕蒙正题诗用碧纱笼罩上。吕蒙正见

之,感慨万分。此时刘员外前来认亲,吕夫妇拒不相认,亦已得官的寇準前来说明刘员外当初之举乃是为激励女婿上进的激将法。吕夫妇得知员外一番苦心,欣然相认,一家团聚。

散家财天赐老生儿   武汉臣
(简名《老生儿》)

末本。出场人物:正末—刘从善;净—李氏;丑—张郎;旦—引张;冲末—引孙;搽旦—小梅。

楔子:(〔仙吕·赏花时〕一曲)刘从善年届六十,尚无子嗣,只有女儿引张,女婿张郎,侄儿引孙。刘妻嫌弃侄儿,刘从善只得让侄儿到农庄草屋中度日。刘又有侍妾小梅,已有三月身孕。第一折:(〔仙吕·点绛唇〕套十曲)张郎担心小梅生育后,自己得不到丈人的全部家私,引张为小梅安全,将小梅暗中转移到别处,谎称小梅外出走失。刘从善闻知小梅走失,以为自己昔日经商,结下冤业,所以得此无嗣报应,于是发愿在开元寺舍财赎罪。第二折:(〔正宫·端正好〕套十曲)刘从善施舍之时,引孙也来乞讨,刘妻不给。从善暗中资助钱财,要侄儿经常扫祭祖坟,保他不失富贵。第三折:(〔越调·斗鹌鹑〕套九曲)清明节,刘从善同妻子上坟,见女儿、女婿祭张家祖坟,侄儿到刘家坟地添土祭扫,刘示意其妻,百年之后葬于刘家坟地,唯有引孙才是上坟之人。妻子醒悟,将引孙接回,让他掌管家财。第四折:(〔双调·新水令〕套七曲)刘从善过生日,引张携小梅及其子前来相见,说

明当初原为她母子安全才将她藏起来。刘从善喜从天降,将家财三股均分,侄儿、女儿、亲儿各得一份。

包待制智赚生金阁　　　　　武汉臣

(简名《生金阁》)

旦末合本。出场人物:正末—郭成(第一折)、包拯(第三、四折);正旦—嬷嬷(第二折)、旦—李幼奴;净—庞衙内;冲末—郭二;卜儿—王氏;俅儿—福童;外—里正。

楔子:(〔仙吕·赏花时〕一曲)郭成为避血光之灾和求取功名,与妻李幼奴携宝物生金阁赴京城。第一折:(〔仙吕·点绛唇〕套十曲)郭成向权豪势要庞衙内献生金阁求官,庞衙内又要郭成将李幼奴送给他,郭成不肯,被衙内关押。第二折:(〔越调·斗鹌鹑〕套十曲)庞衙内命嬷嬷劝幼奴与他成亲,幼奴向嬷嬷叙述事情经过,毁颜自保。嬷嬷深表同情。衙内知道后,把嬷嬷沉入井内,当着幼奴面铡死郭成。刀落之后,郭成尸体竟提头而去。第三折:(〔南吕·一枝花〕套八曲)元宵佳节,庞衙内观灯,郭成鬼魂提头追打庞衙内,将庞吓得半死。时包龙图亦上街观灯,一无头鬼魂于马前转悠,包龙图以牒文将鬼魂勾进开封府。第四折:(〔双调·新水令〕套七曲)包拯夜审郭成鬼魂,得知其冤情,第二天,李幼奴也逃到开封府申冤。包拯设宴邀庞衙内,将生金阁赚到手,使幼奴席前诉冤,将庞衙内正法。

救孝子贤母不认尸　　　　　王仲文

(简名《救孝子》)

旦本。出场人物:正旦—杨母李氏;外—杨兴祖、杨谢祖;旦—王春香;冲末—王翛然;卜儿—王婆婆;净—赛卢医。

第一折:(〔仙吕·点绛唇〕套九曲)大兴府尹王翛然征兵到杨家,杨李氏让亲生大儿子杨兴祖从军,却留下亡夫之妾所生小儿子杨谢祖。兴祖临行前将家藏一刀请妻子王春香赠给他弟弟。楔子:(〔仙吕·赏花时〕二曲)杨谢祖送嫂嫂王春香回娘家,嫂嫂离家不远时,谢祖返回。王春香独行遇到赛卢医。赛卢医拐骗的哑女因难产死去,赛卢医用王春香刀毁坏哑女面容,剥下春香的衣服穿在死者身上,胁迫王春香同行而去。第三折:(〔正宫·端正好〕套十一曲)案发后,王家误以哑女为春香,并以刀为物证,告杨谢祖杀嫂,杨谢祖被关进狱中。杨李氏认定事有蹊跷,要求验尸。第三折:(〔中吕·粉蝶儿〕套十四曲)昏官将谢祖屈打成招,李氏据理力争,怒斥官府严刑逼供。第四折:(〔双调·新水令〕套七曲)王翛然复审此案,谢祖申述真情,但无旁证,传杨李氏到堂,杨李氏力陈其子冤枉。正难以决断时,从军的杨兴祖告假还家,路遇王春香与赛卢医,得知真情后,将赛卢医扭送堂前,案情乃真相大白,赛卢医被绑赴市曹斩首。

说鱄诸伍员吹箫　　　　　李寿卿

(简名《伍员吹箫》)

末本。出场人物:正末—伍员;冲末—费无忌;净—费得雄;外—芈建、养由基、闾丘亮、吴王、子产、鱄诸;旦—浣纱女;丑—闾丘亮之子。

第一折:(〔仙吕·点绛唇〕套十曲)春秋时,楚平王纵容奸臣费无忌将宰相伍奢满门抄斩,又派其子费得雄诱骗在外的伍奢之子伍员入朝。伍员事先得到公子芈建的消息,痛打费得雄,与芈建外逃。第二折:(〔南吕·一枝花〕套七曲)神箭手养由基奉命追杀伍员,但咬掉箭锋射伍,让他逃生而去。伍员逃到郑国,不料郑子产有加害之心,公子芈建死于乱军之中,伍员只身投奔吴国,路遇浣纱女和归隐为渔父的昔楚国上大夫闾丘亮。二人赠伍员饭食,帮助伍员脱险。为不泄露伍员去向二人先后自尽。第三折:(〔中吕·粉蝶儿〕套十曲)伍员流落吴国十八年,吹箫度日。后结识好汉鲌诸,鲌诸愿协助他复仇,但又因亡母遗言照顾妻室而难以出行,其妻为成就丈夫贤士之名而取剑自刎。楔子:(〔仙吕·赏花时〕一曲)伍员向吴王借兵伐楚,活捉费无忌,将已死的楚平王从墓中挖出,鞭尸三百。第四折:(〔双调·新水令〕套十一曲)伍员斩了费无忌,又将伐郑以报仇,子产请闾丘亮之子前来为郑国求情。闾子向伍员述其父勿动刀兵以恤生民的遗言,并欲自刎劝伍员罢兵,伍员为报答其父救命之恩而允诺,遂重赏闾丘亮之子和赡养浣纱女之母终身。

月明和尚度柳翠　　　　　　李寿卿
(简名《度柳翠》)

末本。出场人物:正末—月明和尚;旦儿—柳翠;老旦—观音;小末—善才童子;净—牛员外;搽旦—张氏;外—阁神。

楔子:(〔仙吕·赏花时〕二曲)南海观音净瓶中的柳枝偶沾微尘,罚往杭州投胎为妓女柳翠。第一折:(〔仙吕·点绛唇〕套十曲)月明尊者化身为月明和尚,在柳翠家做佛事时劝柳翠出家,柳翠不愿。第二折:(〔南吕·一枝花〕套十二曲)月明路遇柳翠,又劝她出家,柳翠仍不醒悟。月明使柳翠做了一个恶梦,柳翠有所醒悟,愿随月明出家。第三折:(〔中吕·粉蝶儿〕套十三曲)月明携柳翠回家,借棋子、双陆、气球为喻点化柳翠。月明外出,柳翠见牛员外到来,凡心又动。月明即时出现,再三告诫,使柳翠佛心坚定。第四折:(〔双调·新水令〕套七曲)月明升座说法,柳翠彻悟禅理后坐化,终成正果而随月明复归南海。

尉迟恭三夺槊　　　　　　尚仲贤
(简名《三夺槊》)

末本。出场人物:正末—刘文静(第一折)、秦叔宝(第二折)、尉迟恭(第三、四折);驾—唐高祖;李世民、徐茂公、李建成、李元吉。

第一折:(〔仙吕·点绛唇〕套十四曲)唐初,高祖李渊太子建成为与其弟世民争夺王位,欲先除世民部下猛将尉迟恭,然后再除掉世民。建成伙同弟弟元吉,在高祖前诬奏尉迟恭为反臣。大臣刘文静力言尉迟恭当日在榆窠园搭救秦王李世民之功,辩其决不会谋反。李渊命尉迟恭实际操演,以验真假,并让李元吉扮演当初追赶李世民的单雄信。第二折:

（〔南昌·一枝花〕套十一曲）李元吉向秦叔宝探问尉迟恭的武艺，秦极言尉迟恭之英勇，认定元吉不是尉迟恭的对手，劝他不要自傲。第三折：（〔双调·新水令〕套十曲）尉迟恭去见李世民，知元吉等险恶用心，发誓要在相斗时打死谄佞弄权的李元吉。第四折：（〔正宫·端正好〕套十三曲）尉迟恭与元吉在御园中比武，像当年鞭打单雄信一样打死元吉，最后得李渊恩赦。

洞庭湖柳毅传书　　　　　　　尚仲贤
（简名《柳毅传书》）

旦本。出场人物：正旦—龙女三娘；冲末—柳毅；外—泾河老龙王；净—泾河小龙；外—洞庭君；钱塘君。

楔子：（〔仙吕·端正好〕二曲）洞庭湖龙女三娘嫁与泾河小龙，夫妇不合，小龙罚龙女牧羊。第一折：（〔仙吕·点绛唇〕套九曲）书生柳毅赴考不中，路过泾河边，龙女向其哭诉遭遇，并托他送信到洞庭湖家中，柳毅慨然应诺。第二折：（〔越调·斗鹌鹑〕套十一曲）柳毅送信到洞庭湖，洞庭龙君之弟钱塘火龙知情大怒，率水卒与泾河小龙交战，吞食了小龙。第三折：（〔商调·集贤宾〕套八曲）钱塘君携龙女回到洞庭湖，洞庭君要将龙女嫁给柳毅，柳毅犹记龙女牧羊时憔悴之貌，推而不允。及至龙女盛妆而出，光彩照人，柳毅虽心中后悔，又不便反口。洞庭君赠以金宝，送柳毅还家。第四折：（〔双调·新水令〕套八曲）柳毅回到家中，母亲为他聘范阳卢氏女为妻。成亲之日，原来范女就

是龙女所化，一家三人同归洞庭湖。

汉高皇濯足气英布　　　　　　尚仲贤
（简名《气英布》）

末本。出场人物：正末—英布（第一、二、三折）、探子（第四折）；冲末—随何；外—汉王、张良。

第一折：（〔仙吕·点绛唇〕套十二曲）随何奉命劝说英布背楚归汉，在英布营中杀了楚使，英布被迫降汉。第二折：（〔南昌·一枝花〕套十曲）英布拜见汉王刘邦，刘邦正在濯足，愤汉王无礼，一怒而去。第三折：（〔正宫·端正好〕套十三曲）张良出面劝说英布，英布仍愤愤不平。刘邦亲自来到，为英布把盏，送上牌剑，为英布推车，英布乃息怒而愿为汉王效力，领兵与项羽交战。第四折：（〔黄钟·醉花阴〕套七曲，套外〔双调·侧砖儿〕等三曲）探子向刘邦等备述英布战胜项羽的经过。

鲁大夫秋胡戏妻　　　　　　　石君宝
（简名《秋胡戏妻》）

旦本。出场人物：正旦—罗梅英；正末—秋胡；老旦—刘氏；净—罗大户、李大户；搽旦—罗大户妻。

第一折：（〔仙吕·点绛唇〕套十二曲）秋胡娶罗梅英为妻，新婚三日，秋胡从军。第二折：（〔正宫·端正好〕套九曲）秋胡离家十年，梅英与婆婆刘氏相依为命，勤苦度日。梅英之父罗大户欠李大户四十石粮食，李大户以此要挟梅英改嫁给他，被梅英断然拒绝。第三折：（〔中吕·粉蝶儿〕套十一曲）秋胡衣锦还乡，在桑园

中遇到梅英，彼此已不相识。秋胡调戏梅英，梅英怒骂后离去。第四折：（〔双调·新水令〕套十曲）秋胡回家，梅英才知道在桑园调戏自己的竟是丈夫，毅然向他索取休书。恰李大户来抢亲，秋胡将他捉拿送官。经婆婆劝解，梅英方与秋胡和好。

李亚仙花酒曲江池　　　　石君宝
（简名《曲江池》）

旦本。出场人物：正旦—李亚仙；末—郑元和；外—郑府尹；卜儿—鸨母，净—赵牛觔。

楔子：（〔仙吕·赏花时〕一曲）洛阳府尹郑公弼之子郑元和，辞别父亲，进京赴考。第一折：（〔仙吕·点绛唇〕套十一曲）三月三日，京城妓女李亚仙在曲江池与郑元和一见钟情。第二折：（〔南吕·一枝花〕套八曲，套外〔商调·尚京马〕一曲）鸨母将被榨干钱财的郑元和瞒着亚仙赶出门，郑只得为人出殡唱挽歌为生。郑府尹知道后，前来京师痛打元和后离去。李亚仙闻讯赶到，将濒于死地的元和救活。鸨母追来，强逼亚仙回家。第三折：（〔中吕·粉蝶儿〕套九曲）风雪寒天，李亚仙找到沦为乞丐的郑元和。李以积蓄自赎从良，与郑结为夫妻，劝郑刻苦攻读。第四折：（〔双调·新水令〕套九曲）郑元和状元及第后授洛阳县令。虽身居富贵，但不忘旧友，接济昔日穷友赵牛觔，又以德报怨，赡养沦为乞丐的鸨母。在参见洛阳府尹时，郑府尹认出他就是自己的儿子，因见他不认自己为父，乃请李亚仙调解。在李极力劝说下，郑父子相认。

诸宫调风月紫云亭　　　　石君宝
（简名《紫云亭》）

旦本。出场人物：正旦—韩楚兰；正末—完颜灵春；卜儿—楚兰母；老孤—灵春父；外末—灵春友。

楔子：（〔仙吕·赏花时〕二曲）韩楚兰送别与她相亲相爱的完颜灵春。第一折：（〔仙吕·点绛唇〕套十二曲）灵春走后，韩楚兰在鸨母的威逼下卖艺。第二折：（〔南吕·一枝花〕套十曲）灵春一度回到楚兰身边，但由于灵春父亲的反对，鸨母的打闹，终于又被迫分离。第三折：（〔中吕·粉蝶儿〕套十八曲）别后，楚兰很想念灵春。当灵春再次出现在楚兰面前时，已经登科，楚兰决定跟他出走，摆脱卖艺生涯。第四折：（〔双调·新水令〕套十一曲）楚兰和灵春回到灵春家中。棒打鸳鸯的灵春父回心转意，一家相认团聚。

临江驿潇湘秋夜雨　　　　杨显之
（简名《潇湘夜雨》）

旦本。出场人物：正旦—张翠鸾；末—张天觉；外—崔文远；冲末—崔通。

楔子：（〔仙吕·端正好〕一曲）谏议大夫张天觉贬谪江州，女儿翠鸾同行。船在淮河渡口遇风颠覆，翠鸾被渔父崔文远救起，认为义女。第一折：（〔仙吕·点绛唇〕套七曲）崔文远的侄儿崔通赴京赶考，路过淮河渡探望叔父。崔文远将翠鸾许配给他为妻。第二折：（〔南吕·一枝花〕套七曲，套外〔正宫·醉太平〕一曲）崔通中了状元，停妻再娶试官之女，到秦川县赴任。张翠鸾前来寻夫，崔通不认前妻，将她充军沙门岛。第三折:(〔黄钟·醉花阴〕套九曲)充军路上,风雨交加,差役如狼似虎,翠鸾痛苦不堪。第四折:(〔正宫·端正好〕套九曲,套外〔醉太平〕一曲)夜宿临江驿,翠鸾失声痛哭。时张天觉复官为廉访使,与前往秦川寻女的崔文远正巧俱在驿中,张天觉被哭声惊动。次日,张天觉询问何人夜哭,父女得以相会。天觉得知女儿遭遇,本欲处死崔通,崔文远请求宽恕侄儿,翠鸾与崔通复为夫妻,试官之女被罚作婢女。

郑孔目风雪酷寒亭　　　　杨显之
(简名《酷寒亭》)

末本。出场人物:正末—赵用(第一、二折)、张保(第三折)、宋彬(第四折);外—郑嵩;旦—郑妻;搽旦—萧娥;净—高成。

楔子:(〔仙吕·赏花时〕二曲)护桥龙宋彬打死人命,得到孔目郑嵩救护,免死充军,由此感激而拜郑嵩为兄。第一折:(〔仙吕·点绛唇〕套八曲)郑嵩迷恋妓女萧娥,友人赵用谎称郑妻死去,把郑嵩骗回家,萧娥随后而来,郑妻一气而死。郑嵩正为妻治丧,却奉命出差,将一双儿女拜托给萧娥。第二折:(〔越调·斗鹌鹑〕套十曲)萧娥虐待前妻子女,赵用知道后大骂她一场。第三折:(〔南吕·一枝花〕套十一曲)郑嵩办完公事回来,从酒家张保口中知道萧娥虐待儿女,与人通奸。回家捉奸时,奸夫高成逃脱,郑杀死萧娥,到官府自首。第四折:(〔双调·新水令〕套九曲)郑嵩由高成押送发配沙门岛。途中,已做了绿林头领的宋彬下山搭救,捉了高成,宋、郑同上山寨。

赵氏孤儿大报仇　　　　纪君祥
(简名《赵氏孤儿》)

末本。出场人物:正末—韩厥(第一折)、公孙杵臼(第二、三折)、赵孤(第四、五折);外末—程婴;冲末—赵朔;净—屠岸贾;外—魏绛;公主。

楔子:(〔仙吕·赏花时〕二曲)晋灵公时,奸臣屠岸贾将忠臣赵盾满门抄斩,赵盾子赵朔为驸马,也被逼自杀,时公主已有身孕,赵朔遗命,孤儿长大,定要为赵家报仇。第一折:(〔仙吕·点绛唇〕套十一曲)公主生一子,医人程婴冒险将孤儿转移出宫,被守门将军韩厥发现,程婴晓以大义,韩放行后自杀。第二折:(〔南吕·一枝花〕套九曲)屠岸贾下令,献出赵氏孤儿者有赏,否则三天内杀死全国所有与孤儿同岁的婴儿。为救全国婴儿,程婴准备献出自己同龄之子冒充赵孤,请赵盾友人公孙杵臼抚养孤儿长大报仇。公孙杵臼考虑到自己年事已高,难当抚孤报仇的重任,便要程婴将儿子交给他向屠岸贾出首,以取得信任,抚养赵孤的重任由程婴担当。第三折:(〔双调·新水令〕套十曲)屠岸贾接程婴"告密",率兵至公孙处。公孙自杀,屠岸贾将搜出的程婴之子当作赵氏孤儿杀死,将赵孤当作程婴的儿子收为义子。第四折:(〔中吕·粉蝶儿〕套十三曲)二十年后,赵孤长大成人。程婴将当年赵家的惨剧和搜孤救孤的经过画成图卷,讲给赵孤听,赵孤明白自己的身世,发誓要报仇。第五折：（〔正宫·端正好〕套八曲）赵孤在大臣魏绛帮助下，杀屠岸贾全家，报了大仇，复名为赵武。

陶学士醉写风光好　　　　戴善甫
（简名《风光好》）

旦本。出场人物：正旦—秦弱兰；正末—陶谷；冲末—宋齐丘；外—韩熙载、钱俶。

第一折：（〔仙吕·点绛唇〕套十曲）宋翰林学士陶谷来到南唐说降，丞相宋齐丘命部下韩熙载设宴款待，暗命妓女秦弱兰在陪宴时对陶进行诱惑，陶目不旁视，不为所动。韩熙载送陶谷回驿馆，在墙壁上见陶题十二字，暗抒客居独处之感。第二折：（〔南吕·一枝花〕套十一曲）宋齐丘、韩熙载识出题句乃"独眠孤馆"之拆字，命秦弱兰假扮驿吏遗孀去勾引陶谷。夜晚，秦焚香吟诗，出庭赏月的陶谷一见倾心，向秦求婚，当晚成合。秦向陶索词以证心迹，陶在汗巾上书〔风光好〕词相赠。第三折：（〔正宫·端正好〕套十一曲）宋齐丘设宴款待陶谷，仍要弱兰陪宴，陶谷正襟危坐，口称礼教，宋齐丘命秦唱陶所作〔风光好〕词，并道出昨晚相会之事。陶谷矢口否认，秦拿出其手书汗巾，陶谷方知中了南唐美人计，自忖无法回朝复命，乃投奔杭州钱俶。临行前，陶答应有了前程后便来娶弱兰。第四折：（〔中吕·粉蝶儿〕套十四曲）宋兵下江南，秦弱兰逃往杭州寻陶谷。钱俶设宴，故意让陶谷混在人群中让弱兰相认。弱兰认出陶谷后，陶却不承认，弱兰急得要撞死阶前。

钱俶忙说明真相，陶亦向秦诉说相思之情，夫妻二人团圆。

苏子瞻风雪贬黄州　　　　费唐臣
（简名《贬黄州》）

末本。出场人物：正末—苏轼；驾—宋神宗；净—杨太守；王安石、李定、张方平、马正卿。

第一折：（〔仙吕·点绛唇〕套十曲）苏轼对王安石新法不满，被李定等人罗织罪名而参劾，张方平力保，苏轼免于死罪，贬往黄州。第二折：（〔正宫·端正好〕套十四曲）苏轼去黄州路上，风雪漫天，早被贬到黄州的马正卿前来迎接，好言安慰。第三折：（〔越调·斗鹌鹑〕套十三曲）王安石又命黄州太守杨某折磨苏轼，使苏轼大有穷途末路之感。楔子：（〔仙吕·赏花时〕一曲）神宗爱苏轼之才，复召回京，马正卿、杨太守为之饯行。第四折：（〔双调·新水令〕套十二曲）神宗听说苏轼在黄州的遭遇，褒奖马正卿，复授苏轼为翰林学士，苏轼则表示愿意隐居终身。

沙门岛张生煮海　　　　李好古
（简名《张生煮海》）

旦末合本。出场人物：正旦—龙女（第一、四折）、仙姑（第二折）；正末—长老（第三折）；外—东华仙、龙王；冲末—张生。

第一折：（〔仙吕·点绛唇〕套十三曲）张生居海边石佛寺，月夜操琴，龙女琼莲出海游玩，爱张生才貌，约他次年中秋在海边相会。第二折：（〔南吕·一枝花〕套七曲）次年中秋，张生践约而至，却不见琼莲前来。仙姑告知张生,琼莲是龙女,授张生煮海之术。第三折:(〔正宫·端正好〕套九曲)张生煮海,海水渐沸,水族不堪忍受。龙王无奈,请石佛寺长老为媒,招张生入龙宫为婿。第四折:(〔双调·新水令〕套九曲)东华仙来到,说明张生、琼莲是上界金童玉女临凡,接二人重返仙界。

薛仁贵荣归故里 张国宾
(简名《薛仁贵》)

末本。出场人物:正末—薛大伯(楔子、第二、四折)、杜如晦(第一折)、伴哥(第三折);卜儿—薛仁贵母;冲末—薛仁贵;旦—柳氏;小旦—徐茂公之女;净—张士贵;外—徐茂公。

楔子:(〔仙吕·端正好〕一曲)自幼习武的薛仁贵辞别父母妻子前去投军。第一折:(〔仙吕·点绛唇〕套九曲)总管张士贵冒认薛仁贵平高丽军功劳,监军杜如晦证明是薛仁贵三箭定天山,二人争执不下,徐茂公命二人比试箭法以见分晓。张士贵箭法拙劣,因冒功被削职为民,薛仁贵封天下兵马大元帅。第二折:(〔商调·集贤宾〕套八曲)薛仁贵思念父母,梦里回到家乡,与年迈而困苦无依的双亲团聚。正欢庆时,张士贵忽然来捉拿薛仁贵,仁贵惊醒后上本告假还家,徐茂公将女儿嫁给他。第三折:(〔中吕·粉蝶儿〕套十二曲,套外〔双调·豆叶黄〕一曲)薛仁贵衣锦还乡,路遇少年时朋友伴哥,告知其父母老迈凄凉,贫困不堪,日夜盼望儿子回家。第四折:(〔双调·新水令〕套

七曲)薛仁贵回到阔别多年的家中。薛父见儿子归来,悲喜交集,合家团聚。(木剧关目明刊本与元刊本有较大出入)

相国寺公孙合汗衫 张国宾
(简名《合汗衫》)

末本。出场人物:正末—张文秀;卜儿—赵氏;外末—张孝友;外旦—李氏;小末—张孝友子;净—陈虎;外净—赵兴孙。

第一折:(〔仙吕·点绛唇〕套七曲)张文秀员外某日在大雪中救了乞丐陈虎,其子张孝友将他收留在家中。后来张家又接济了犯人赵兴孙。第二折:(〔越调·斗鹌鹑〕套十一曲)陈虎骗张孝友夫妻到东岳庙占卜求子,张员外老夫妇赶来劝阻,但孝友去意已定,张员外教儿子把一件汗衫撕为两半,各执一片留念。张员外回家,不料家中遭火烧光。第三折:(〔中吕·粉蝶儿〕套十三曲)陈虎将张孝友推入黄河,强占了怀孕的李氏,李不久生子,取名陈豹。十七年后,李氏命陈豹到京师应武举,同时携半幅汗衫访寻祖父张员外。陈豹在大相国寺舍斋,沦为乞丐的张员外夫妇也来此求斋,见陈豹无意中取出的半幅汗衫,彼此相认。第四折:(〔双调·新水令〕套九曲)赵兴孙做了捕盗巡检,巧遇张员外,张向他诉说了陈虎之罪。张员外到相国寺来追荐张孝友亡灵,正遇来相国寺的李氏母子,而寺中长老正是落水后被人救起的张孝友,一家三代团聚。陈虎知情后逃出家中,为赵兴孙捉获。

罗李郎大闹相国寺 张国宾
(简名《罗李郎》)

末本。出场人物:正末—罗李郎;冲末—苏文顺;外—孟仓士;丑—侯兴;净—汤哥;旦—定奴;外—银匠。

楔子:(〔仙吕·端正好〕二曲)苏文顺、孟仓士上京应举,缺少盘缠,苏以女儿定奴、孟以儿子汤哥质于友人罗李郎,借取盘缠。第一折:(〔仙吕·点绛唇〕套十一曲)苏孟二人一去二十载,罗李郎将汤哥、定奴结为夫妻,生子受春。汤哥吃喝嫖赌,罗李郎屡劝不改。仆人侯兴告诉汤哥他并非罗李郎的亲生子,生父在朝中做官,汤哥赴京寻父。楔子:(〔仙吕·赏花时〕一曲)罗李郎命侯兴追回汤哥,侯兴为谋夺罗家产,霸占定奴,催汤哥速走,并赠以假银,使汤哥犯罪,难返家园。第二折:(〔南吕·一枝花〕套十曲)侯兴回家,谎报汤哥已死,罗李郎气急攻心,昏死过去,侯兴趁机拐走定奴和受春。罗知汤哥未死,离家外出寻找。第三折:(〔商调·集贤宾〕套十二曲,套外〔商调·金菊香〕一曲)汤哥因使用假银罪被罚在相国寺做苦工,与前来寻他的罗李郎巧遇,罗出钱使他脱了苦差。第四折:(〔双调·新水令〕套十六曲)苏文顺已在京为官,家中失窃。拷问小厮时,恰汤哥前来,认出小厮是儿子受春,因有牵连亦被吊起拷打。罗李郎到此,与苏文顺相认,文顺翁婿与外孙方得团聚。孟仓士亦为京官,到相国寺降香时恰遇苏文顺与罗李郎,正叙谈间,忽报捉住盗马贼,却是侯兴和定奴。苏文顺与女儿定奴相聚,孟仓士亦与儿汤哥相见,汤哥、定奴夫妻亦得团圆,侯兴则被送往有

司问罪。苏、孟两家感激罗李郎,赡养其终身。

李太白贬夜郎　　　　　　　王伯成
(简名《贬夜郎》)

末本。出场人物:正末—李白;驾—唐明皇;旦—杨贵妃;外末—高力士、安禄山;龙王。

第一折:(〔仙吕·点绛唇〕套十五曲)李白醉中应唐明皇之召入宫,带酒写成吓蛮书。明皇要李赋词,使杨贵妃为李捧砚,高力士脱靴,李白一挥而就。第二折:(〔正宫·端正好〕套十五曲)李白第二次应召,带醉骑马,惊了贵妃。明皇怪他无礼,李白云是坐骑之罪。明皇赐酒赠衣,令杨贵妃、安禄山送李出宫。李白看杨安有私,预见到安禄山日后必反。第三折:(〔中吕·粉蝶儿〕套二十曲)李白第三次应召入宫,正撞见杨贵妃与安禄山的私情,两人忝颜讨好李白,受到李白的冷嘲热讽。第四折:(〔双调·新水令〕套十三曲,套外〔后庭花〕二曲)李白遭贬休官,遨游江湖。中秋泛舟赏月,酒醉后水中捞月,身赴水府,受到龙王和水族的盛大欢迎。

河南府张鼎勘头巾　　　　　陆登善
(简名《勘头巾》)

末本。出场人物:正末—刘员外(第一折)、张鼎(第二、三、四折);旦—刘员外妻;净—王知观、大尹;外—河南府尹;丑—王小二、赵令史。

第一折:(〔仙吕·点绛唇〕套七曲)贫民王小二乞讨于富户刘员外,发生争

执,一时愤恨说要杀死刘员外,刘妻逼小二立下文书,保证刘员外百日内平安无事。楔子:(〔仙吕·赏花时〕二曲)刘妻指使与其私通的道士王知观害死刘员外,嫁祸于王小二。第二折:(〔南吕·一枝花〕套七曲)刘妻向官府告王小二杀死刘员外,窃去头巾和银环,赵令史受贿后,将王小二屈打成招。小二谎称所窃头巾压在刘家菜园井边石板底下。此话被审案时前来向差役索债的庄家无意中传给王知观,王知观偷偷将头巾、银环压在刘家井边石板下。官差取回后,王小二判罪当斩。施刑前,孔目张鼎听到王小二喊冤,便向府尹请求重勘此案,并以压在石板下半年的头巾、银环无土渍之痕,证明此案有诈。府尹限张鼎三日内破案。第三折:(〔商调·集贤宾〕套十二曲)张鼎得知王小二招供时有索债庄家在旁,将他传来问出线索,并设计诈刘妻说出真情。王小二被释,刘妻和王知观被捉拿归案。第四折:(〔双调·新水令〕套八曲)张鼎向府尹陈明案情,刘妻、王知观判斩;受贿的赵令史杖责一百后削职为民,张鼎加封为县令。

吕洞宾度铁拐李岳　　　　岳伯川
（简名《铁拐李岳》）

末本。出场人物:正末—岳寿;旦—岳妻;外—吕洞宾、韩魏公、孙福;张千。

第一折:(〔仙吕·点绛唇〕套十曲)郑州都孔目岳寿一向把持衙门,为非作歹。上八洞神仙吕洞宾来度化岳寿,却被他吊在门首。新官韩魏公私访到此,放了吕洞

宾,也被差役张千吊起。张千搜韩身索银时,发现韩魏公身份,岳孔目惊吓成病。第二折:(〔正宫·端正好〕套十六曲)岳孔目病重将死,令史孙福来传韩魏公话,云等他病愈后还要用他衙门办事,但岳孔目自知不久于人世,向孙福和妻子托付后事。楔子:(〔仙吕·赏花时〕二曲)岳寿死后,因在阳世积恶甚多,阎王准备痛加惩罚,吕洞宾向阎王说明要度岳寿为弟子,使其借李屠尸还魂。第三折:(〔双调·新水令〕套十三曲)岳寿借李屠之体重生,瘸腿拄拐,跑回岳家。第四折:(〔中吕·粉蝶儿〕套十五曲)岳寿回到家中,因其身形已是李屠夫,妻子不敢相认,经过一番申述,岳妻方信其为夫。李家又来要人,两家争执不下,闹到官府,韩魏公也难以决断,吕洞宾前来说明因果,度岳寿成仙。

梁山泊李逵负荆　　　　康进之
（简名《李逵负荆》）

末本。出场人物:正末—李逵;旦—满堂娇;冲末—宋江;外—吴学究;净—鲁智深;丑—鲁智恩、宋刚;王林。

第一折:(〔仙吕·点绛唇〕套八曲)李逵在山下途经一酒店,酒家王林向李逵诉说其女满堂娇被梁山宋江、鲁智深强迫"借三日",李逵大怒,要与宋江、鲁智深算账,让王林到时候当堂对质。第二折:(〔正宫·端正好〕套八曲)李逵回山,砍倒"替天行道"杏黄旗,痛责宋江,宋江极力辩解,李逵只是不信。最后打赌,下山与王林对质,如确有此事,宋江断送脑袋,反

之,李逵输掉头颅。第三折:(〔商调·集贤宾〕套八曲)李逵与宋江、鲁智深同到王林家中,王肯定宋、鲁不是抢他女儿之人,宋、鲁二人回山。李逵自知闯下大祸,准备回去受罚。李逵等人走后,冒宋江、鲁智深之名抢夺王林女儿的宋刚、鲁智恩,将"借"去的满堂娇送回家,王林假意设酒招待,稳住他们后上梁山报信。第四折:(〔双调·新水令〕套八曲)李逵负荆请罪,宋江责备他不该如此莽撞轻信。王林赶到报信,宋江派李逵与鲁智深下山捉拿抢夺民女的贼人,将功折罪。李、鲁下山,将宋刚、鲁智恩逮上山寨,枭首剖肝。宋江设宴为李、鲁庆功。

秦修然竹坞听琴 石子章
(简名《竹坞听琴》)

旦本。出场人物:正旦—郑彩鸾;正末—秦修然;老旦—梁夫人;外—梁公弼。

楔子:(〔仙吕·赏花时〕二曲)郑彩鸾与秦修然由家长指腹为婚,后因音讯不通,彩鸾父母双亡,婚事未成。时朝廷规定女子二十岁以后必须出嫁,彩鸾于是出家为尼。第一折:(〔仙吕·点绛唇〕套十曲)秦修然寄居叔父梁公弼家,一日偶过尼庵,闻彩鸾弹琴,两相爱慕,交谈之后,才知道两人早有婚约,私下结合。第二折:(〔中吕·粉蝶儿〕套十一曲)梁公弼得知秦常去尼庵与彩鸾相会,怕他因此耽误了功名,使人骗说庵内的尼姑是个女鬼,秦惊惧,离开叔父家,上京赴考。第三折:(〔正宫·端正好〕套七曲)秦修然中状元回到家中,梁公弼安排他与郑彩鸾见

面,秦初以彩鸾是鬼,梁公弼道出真情,令彩鸾还俗,亲自为二人主婚。第四折:(〔双调·新水令〕套九曲)庵中老尼听说弟子彩鸾还俗嫁人,前来责问,梁公弼出面劝解,认出她竟是自己失散多年的妻子,老尼也还俗与梁公弼团圆。

老庄周一枕蝴蝶梦 史九敬先
(简名《庄周梦》)

末本。出场人物:正末—太白金星(第一、四折)、李府尹(第二折)、三曹(第三折);冲末—蓬壶仙长;生—庄周;旦—风、花、雪、月、桃柳、竹、石诸仙女。

第一折:(〔仙吕·点绛唇〕套十二曲)太白金星奉命点化庄周,虽百般劝说,庄周不愿出家。楔子:(〔仙吕·赏花时〕一曲,〔正宫·端正好·滚绣球〕二曲)庄周迷路山野之中,太白金星化为道士,再劝其出家。第二折:(〔南吕·一枝花〕套十曲,套外南〔柳摇金〕四曲)太白金星化为李府尹,先遣莺燕蜂蝶四仙女持琴棋书画,启发庄周戒酒色财气;又遣桃柳竹石四仙女教他炼丹之术。第三折:(〔正宫·端正好〕套十曲)庄周仙丹炼成,太白金星差遣三曹官下界,责罚桃柳竹石四仙女与庄周效绸缪之乐。第四折:(〔双调·新水令〕套八曲)庄周醒悟,乃登天界,为大罗仙。

张孔目智勘魔合罗 孟汉卿
(简名《魔合罗》)

末本。出场人物:正末—李德昌(楔子、第一、二折)、张鼎(第三、四折);冲末—李彦实;净—李文道;旦—刘玉娘;

外——高山、府尹;县令,令史等。

楔子:(〔仙吕·赏花时〕二曲)李德昌辞别妻子刘玉娘、叔父李彦实、堂弟李文道,外出经商。第一折:(〔仙吕·点绛唇〕套十曲)李德昌经商获利,回家途中遭雨,病倒在古庙,托庙中躲雨的卖魔合罗者高山进城送信给家中。第二折:(〔黄钟·醉花阴〕套十二曲)高山送信时先遇李文道。李得知消息,忙赶到庙中毒害李德昌,抢走财物。等刘玉娘得到高山口信赶到古庙时,李德昌已说不出话来,归家即死。李文道诬陷玉娘毒杀亲夫,逼刘玉娘嫁给他,玉娘不从,李文道诉之于官,令史受贿,将刘玉娘屈打成招。第三折:(〔商调·集贤宾〕套十二曲)府尹复审此案,维持原判,刘玉娘向孔目张鼎哭诉冤情,张察知其中有蹊跷,建议复查此案,府尹限他三日内审清。第四折:(〔中吕·粉蝶儿〕套二十六曲)张鼎询问玉娘,得知卖魔合罗者送信之事,又从其送给玉娘孩子的一只魔合罗座底得知此人名高山。张查访高山,问出他送信给刘玉娘前曾先向李文道传过口信,又探知李文道一直窥视玉娘,断定李文道是凶手。于是传讯李彦实和李文道,设计使李文道供出真相,玉娘被释,凶手被惩,张鼎受赏加官。

包待制智赚灰阑记　　　　　李行道
(简名《灰阑记》)

　　旦本。出场人物:正旦——张海棠;老旦——刘氏;冲末——张林;副末——马员外、包待制;净——赵令史;俫——寿郎;搽旦——马员外妻。

楔子:(〔仙吕·赏花时〕一曲)张海棠迫于贫困沦为妓女,弟张林感到羞耻,自己又无法养活母亲,便离家出走。后海棠嫁与马员外为妾。第一折:(〔仙吕·点绛唇〕套十曲)五年后,海棠生一子名寿郎。张林落魄而归,求助于海棠,海棠不敢动用家财资助弟弟。马妻与衙门赵令史私通,知道此事心生一计,要海棠将首饰给她转送给张林,见到张时却说海棠不肯相助,这首饰是自己所赠,以挑拨张家兄妹关系。接着又告诉马员外,说海棠把首饰给了奸夫,使海棠被员外痛打一顿。员外病,其妻乘机毒死员外,嫁祸海棠,逼海棠抛家别子,只身出门。第二折:(〔商调·集贤宾〕套十二曲)海棠向官府告状,马妻奸夫赵令史买通街坊四邻,证明员外之子乃大妇所生,官府严刑拷打海棠,逼她承认毒死丈夫,谋夺家产和大妇的亲子,海棠屈打成招。第三折:(〔黄钟·醉花阴〕套十一曲)海棠被押送开封府定案,路遇已做了开封府五衙都首领的张林,兄妹交谈后,张得知事情的前因后果。恰赵令史及马妻尾随而来,探询买通的差人是否在路上害死了海棠。张林欲将二人抓获,却被解差放脱而去。第四折:(〔双调·新水令〕套九曲)包拯升堂问案,设计用石灰在地上画一圆圈,寿郎站在圈中,令马妻及海棠在圈外各拉小儿一只手,谁拉去就是谁的生子。海棠恐拉伤寿郎,两次都被马妻拉过去。包拯从中看出真正的骨肉之情,断定海棠是寿郎亲母。包拯严审赵令史,赵供出真情,有罪者被惩,海棠母子团圆。

晋文公火烧介子推 狄君厚
（简名《介子推》）

末本。出场人物:正末—介子推(第一、三折)、王安(第二折)、樵夫(第四折);卜儿—介母;旦—介妻、丽姬;外末—介休;驾—晋献公、重耳;净—吕用公;申生。

第一折.(〔仙吕·点绛唇〕套十曲)晋献公为宠妃丽姬和国舅吕用公盖云月楼,介子推劝谏无效,休官隐居而去。第二折:(〔南吕·一枝花〕套九曲)献公、丽姬命六宫大使王安赐太子申生自尽,王安不忍下手,申生自杀。丽姬与国舅又设计加害公子重耳。第三折:(〔中吕·粉蝶儿〕套十五曲)重耳逃到介子推家,吕用公奉命率兵追杀,介子推之子介休自刎,介子推以其首级骗退追兵,随重耳出亡。风雪途中,介子推割股肉给断绝粮食的重耳充饥。适遇楚使迎重耳入楚,介子推事成而回家侍养老母。楔子:(〔仙吕·赏花时〕一曲)重耳复国为君,封赏有功之臣,却忘了介子推。介子推知道后,起初心中不平,在母亲教导下坚定了山林之志,恐重耳见招,背母隐入绵山。第四折:(〔越调·斗鹌鹑〕套十曲)晋文公重耳到绵山寻访介子推以封官行赏,子推隐入山中不出。文公放火烧山强迫介子推出山,子推和其母宁可烧死也不肯易志。山中樵夫于火中逃出,叙述了火焚功臣的悲惨场景,责骂晋文公狠心弃义。重耳祭奠母子二人。

地藏王证东窗事犯 孔文卿
（简名《东窗事犯》）

末本。出场人物:正末—岳飞(楔子、第一、三折),呆行者(第二折),何宗立(楔子、第四折);秦桧;秦桧妻。

楔子:(〔仙吕·端正好〕二曲)岳飞在朱仙镇与金兵作战,准备收复失地。宋高宗听信奸臣秦桧求和主张,一日连下十二道金牌,逼令岳飞回朝。第一折:(〔仙吕·点绛唇〕套十四曲)岳飞回京后,秦桧诬陷其谋反,送大理寺问罪,终被害死狱中。其子岳云和部将张宪一并受害。第二折:(〔中吕·粉蝶儿〕套十五曲)秦桧害死岳飞,心中有鬼,到灵隐寺求神保祐。地藏王化身为呆行者,当面揭穿秦桧在东窗下设计暗害岳飞的阴谋。楔子:(〔仙吕·赏花时〕二曲)何宗立奉秦桧之命捉拿呆行者。途中得卖卦先生指引,于阴司看到了地藏王审讯秦桧鬼魂的景象:秦桧披枷戴锁,教传语夫人:"东窗事犯了。"第三折:(〔越调·斗鹌鹑〕套十四曲)岳飞托梦宋高宗,控诉秦桧卖国求荣、陷害忠良的罪过,请杀之。第四折:(〔正宫·端正好〕套十四曲)何宗立一去二十年,归来已是孝宗执朝。何向新君告知秦桧在阴司受到审判,秦桧妻听了,也为之流泪。岳飞等已经升天,"恩和仇报明白"。

谢金莲诗酒红梨花 张寿卿
（简名《红梨花》）

旦本。出场人物:正旦—谢金莲(第一、二、四折)、卖花三婆(第三折);外—赵汝州;冲末—刘辅;净—嬷嬷。

第一折：（〔仙吕·点绛唇〕套十一曲）赵汝州闻洛阳妓女谢金莲之名，请其同窗洛阳太守刘辅说合。刘辅怕汝州迷恋女色，误了功名，使谢冒名王同知之女，与汝州夜间在后花园相会，二人相互爱恋，约明夜再见。第二折：（〔南吕·一枝花〕套十二曲）次夜，谢金莲赠汝州红梨花一朵，二人作诗饮酒，十分欢洽。突然有自称王同知家嬷嬷闯来，唤走金莲。第三折：（〔中吕·粉蝶儿〕套十四曲）刘辅又令卖花三婆以采花为名，来到花园，告诉赵汝州，王同知女儿早已死去，葬于此园，常夜出魅人。昨日所见，定是其鬼魂。赵汝州听后大惊，即日起程赴试。第四折：（〔双调·新水令〕套十曲）赵汝州状元及第，授洛阳县令。刘辅设宴庆贺，使谢金莲持红梨花席间相见，赵汝州认出乃后花园相会之女，非常害怕。刘辅告以真情，使二人成婚。

降桑椹蔡顺奉母　　　　　　刘唐卿

（简名《降桑椹》）

末本。出场人物：正末—蔡顺；外—蔡父；卜儿—蔡母；冲末—殿头官；延岑、增福神、家宅六神；桑树神。

第一折：（〔仙吕·点绛唇〕套十曲，套外〔双调·清江引〕一曲）一日大雪，蔡顺父母在映雪堂宴请刘普能等长者。适遇解子押送罪犯延岑至，乞讨茶饭，蔡母因与延岑同姓，认为义侄，赠以衣银，岑感恩而去。第二折：（〔商调·集贤宾〕套七曲，套外南〔青哥儿〕一曲）蔡母病，想吃桑椹。但时值隆冬，无从寻求。蔡顺虔诚祈

祷神明，感动天地，增福神与家宅六神托梦，告诉他三更后遍山桑树都结桑椹。第三折：（〔中吕·粉蝶儿〕套八曲）蔡顺去山中摘椹，返回时被占山落草的延岑捉去，问知是蔡顺，释而谢之，并解散手下人马去受招安。第四折：（〔正宫·端正好〕套八曲）蔡母吃了桑椹，病体痊愈。延岑受招安后官至太尉，保举蔡顺，钦令取蔡全家入朝。第五折：（〔双调·新水令〕套六曲）蔡顺全家到京，殿头官奉旨设宴庆贺。

严子陵垂钓七里滩　　　　　宫天挺

（简名《七里滩》）

末本。出场人物：正末—严光；刘秀等。

第一折：（〔仙吕·点绛唇〕套十二曲）隐士严光，在富春江畔七里滩钓鱼为生。时值王莽建立新朝，一心消灭汉室宗支，刘秀遂改名金和，隐居南阳，与严光为友。二人常在李二公庄上攀话饮酒，各抒衷肠。第二折：（〔越调·斗鹌鹑〕套十一曲）十年后，刘秀做了东汉皇帝，派使臣来征聘严光为官，遭到拒绝，并说只知旧知交，不认汉皇帝。第三折：（〔正宫·端正好〕套十六曲）刘秀数次亲笔写信，请严光作为布衣朋友相会。严光接受了邀请，会见时只叙离情，不愿做官，并约定来日返乡。第四折：（〔双调·新水令〕套九曲）次日，刘秀在宫中大摆宴席为严光接风，七里滩的仙鹤和野猿都到宫里来寻严光。严光以隐居生活消闲自得，与刘秀告别，回到七里滩。（此剧作者今人定为张

国宾)

死生交范张鸡黍 宫天挺

（简名《范张鸡黍》）

末本。出场人物：正末—范式；冲末—张劭，孔嵩；净—王韬；卜儿—张母；外—第五伦。

楔子：（〔仙吕·赏花时〕二曲）范式、张劭、孔嵩、王韬四人同在帝学，范、张回乡，孔、王前来送行。分手时，范与张约，两年后的今日来访，登堂拜母，请杀鸡炊黍相候。王韬素无才德，但因其岳丈有权势，孔嵩将万言策请他转呈贡院。第一折：（〔仙吕·点绛唇〕套十四曲）两年后，范式如约访张，途中遇见王韬，王已盗用孔嵩的万言策做了官。范、王同到张家，张劭已杀鸡炊黍等候。第二折：（〔南吕·一枝花〕套十二曲）丞相第五伦征聘范式为官，范式不肯。梦中见张劭鬼魂、知张劭必亡，急忙赶去吊丧。张劭死时留下遗言，等范式来主持葬礼。第三折：（〔商调·集贤宾〕套十八曲）张家出殡，灵车拉拽不动，范式素车白马而来。亲自主祭，灵车才能移动。第四折：（〔中吕·粉蝶儿〕套十二曲）范式为张劭守墓。第五伦再次征聘，范式受聘，见丞相马前一卒是故人孔嵩，遂尽力举荐，王韬诈冒孔嵩万言策为官之事，最终败露。

㑚梅香骗翰林风月 郑光祖

（简名《㑚梅香》）

旦本。出场人物：正旦—樊素；旦儿—小蛮；末—白敏中；老旦—裴夫人；外—李尚书。

楔子：（〔仙吕·赏花时〕二曲）白敏中之父征战中舍身救晋公裴度，临死前，晋公许以儿女婚姻。后晋公殁，敏中前去吊丧，裴夫人闭口不提婚事，敏中愤然告辞，老夫人留他在后花园万卷堂暂住。第一折：（〔仙吕·点绛唇〕套十一曲）裴女小蛮怨母悔亲，亲绣香囊，题上一诗，乘去后花园烧香之机，撇于万卷堂门口。敏中拾得，方知小蛮眷恋之情。是夜，敏中抚琴解忧，小蛮暗中倾听。第二折：（〔大石调·念奴娇〕套十三曲）敏中相思成疾，丫环樊素奉夫人命探望，敏中赋诗一首，连同香囊恳请转送小姐。小蛮接诗后佯怒，樊素亮出香囊，小蛮才以真情相告，使樊素传简，约夜间幽会。第三折：（〔越调·斗鹌鹑〕套十四曲）是夜，二人相会。老夫人闯来，拆散鸳鸯，逼白敏中前往应试。第四折：（〔双调·新水令〕套十一曲）白敏中高中，吏部李尚书奉旨为敏中、小蛮完婚。成婚之日，敏中不理岳母。樊素从中调解，前嫌消释，一家欢聚。

醉思乡王粲登楼 郑光祖

（简名《王粲登楼》）

末本。出场人物：正末—王粲；外—蔡邕，刘表；冲末—曹植；老旦—王母；净—蒯越，蔡瑁；副末—许达。

楔子：（〔仙吕·赏花时〕一曲）王粲与母亲在家度日，恃才而自傲。其先父故交蔡邕丞相屡次写信来召，母亲又一再催促，乃离家赴京投奔蔡相。第一折：（〔仙吕·点绛唇〕套十曲）蔡邕曾与王粲父许下儿女亲事，为折其锐气，酒筵上当着曹植学士而故意羞辱王粲。王粲一怒而去，蔡相假借曹植名将其推荐给刘表。第二折：（〔正宫·端正好〕套八曲）王粲至荆州，刘表见封皮上具曹植名而内里是蔡相的信后，知蔡用心，意欲拜为大元帅。适逢外出巡境的蒯越、蔡瑁前来，王粲傲然不理。刘表又问其兵法，说话间竟安然睡去。刘表方知王粲恃才矜骄，遂不予重用。第三折：（〔中吕·粉蝶儿〕套十三曲）王粲流落饶阳三年，虽将万言策寄请曹植转奏圣上，但无回音。重阳节，王粲友许达邀粲登楼，粲感慨万千。忽报使命至，宣王粲为天下兵马大元帅。第四折：（〔双调·新水令〕套九曲）王粲回京，蔡相与曹植前来贺喜。王粲感谢曹植而语刺蔡相。曹植说破内情，粲方大悟而拜认岳丈。

辅成王周公摄政　　　郑光祖

（简名《周公摄政》）

末本。出场人物：正末—周公；驾—周武王，周成王；武庚；太后；管叔，蔡叔，霍叔。

楔子：（〔仙吕·赏花时〕一曲）周武王灭殷之后，周公请封武庚，以维殷纪。又封管叔、蔡叔、霍叔前往监视，称三监。第一折：（〔仙吕·点绛唇〕套十一曲）武王病重，周公祝告天帝，愿以身代死，误将祝册锁在金滕柜中。武王临死托孤周公，并赐剑一口，以斩逆臣。第二折：（〔中吕·粉蝶儿〕套十二曲）武王死，年幼的成王即位。周公带剑辅政，太后命周公摄理国事。第三折：（〔越调·斗鹌鹑〕套十七曲）周公"抱孤摄政"，三监流言："公将不利于孺子"，并伙同武庚反周，京畿震动。周公自请处分，以息流言，太后不允。周公乃请求领兵东征平乱。第四折：（〔双调·新水令〕套十三曲）周公东征时，成王发现金滕柜中周公愿以身代武王的告天祝册，三监流言破产。武庚和三监被擒。周公平乱而回，请求归政成王。

迷青琐倩女离魂　　　郑光祖

（简名《倩女离魂》）

旦本。出场人物：正旦—倩女；正末—王文举；旦—夫人。

楔子：（〔仙吕·赏花时〕二曲）张倩女与王文举自幼订婚。后文举父母双亡，倩女父亦去世，文举应试长安时顺路探望岳母，老夫人意欲悔亲。第一折：（〔仙吕·点绛唇〕套十四曲）老夫人与倩女到折柳亭为王生饯行，文举提起婚事，夫人以不招白衣婿为由，逼令文举赴试。倩女既伤感离别，又怕文举得官另娶。第二折：（〔越调·斗鹌鹑〕套十五曲）月夜，文举泊舟江边，思倩女而操琴。时倩女亦思文举，魂灵离体，闻琴声追赶而来，遂同赴京城。第三折：（〔中吕·粉蝶儿〕套十七曲）文举状元及第，寄书给岳母报喜。倩女时卧病在床，见信中言"文举同小姐一时回家"，误以为文举另娶高门，悲伤万分。第四折：（〔黄钟·醉花阴〕套十四曲）三年后，文举偕倩女之魂衣锦还乡，夫人见女魂大惊。女见卧床的倩女，飘然而前，即合为一人，倩女病顿愈，众人方知偕文举在京者是倩女离魂所化。夫人杀羊造酒,为文举、倩女完婚。

虎牢关三战吕布　　旧题郑光祖
(简名《三战吕布》)

末本。出场人物:正末—张飞;末—刘备,关羽;冲末—袁绍;外—吕布,曹操;净—孙坚。

第一折:(〔仙吕·点绛唇〕套九曲)东汉末年,袁绍会合十八路诸侯,以曹操为参谋,以孙坚为盟军,与吕布相持,战于虎牢关下,为吕布所败。曹操催粮路过平原县,拜访刘、关、张三兄弟,劝他们前往虎牢关破吕,张飞跃跃欲试。第二折:(〔双调·新水令〕套六曲)吕布飞扬跋扈,专搦不曾与之交战的孙坚。孙坚畏惧称肚痛,不敢出战。刘、关、张赶来,却受到孙坚的蔑视。恰吕布阵前索战,孙坚又称肚疼,张飞讥其为"蜡枪头",孙坚恼羞成怒,欲斩张飞。曹操催粮回来,劝孙坚放了张飞,令其出战吕布。孙坚率军出阵。楔子:(〔仙吕·赏花时〕一曲)孙坚战吕布大败,仓皇逃命,吕布得孙坚盔甲,令部下携之,班师请功,却为张飞夺回。第三折:(〔中吕·粉蝶儿〕套十一曲)吕布得知孙坚衣甲被张飞夺回,率兵征讨刘、关、张三兄弟。孙坚逃回本营,谎报战况,张飞拿了盔甲,当场拆穿谎言。楔子:(〔仙吕·赏花时〕一曲)吕布再次搦战,张飞与二位兄长轮战吕布,吕布大败而逃。第四折:(〔正宫·端正好〕套六曲)刘、关、张得胜回营,张飞向众将备说战斗场景。袁绍宣旨,封赏曹操和桃园三兄弟。(此剧今人定为无名氏作)

钟离春智勇定齐　　旧题郑光祖
(简名《智勇定齐》)

旦本。出场人物:正旦—钟离春(无盐女);冲末—齐公子;外—晏婴。

第一折:(〔仙吕·点绛唇〕套六曲)齐公子夜得一梦,请丞相晏婴圆梦,晏佯称有贤明淑女隐于民间林下。于是,约次日出城打猎,顺便到民间察访。齐国无盐邑钟大户,生有一女名钟离春,年二十,读书习武,不事女工。钟大户命女与嫂去采桑。第二折:(〔中吕·粉蝶儿〕套七曲,套外〔正宫·撼动山〕一曲)齐公子出猎,追赶中箭白兔来到桑园,遇无盐女问路,不答,反而责备公子踏坏禾苗。晏婴见她状貌不凡,以诗相试,对答如流,并讥笑齐国无人能敌秦楚,晏相知其定是梦中淑女,请公子聘为夫人。楔子:(〔仙吕·赏花时〕一曲)秦国遣使持玉连环至齐,若能解之,则赦齐不贡之罪。燕又遣使持蒲琴至齐,若能弹之,奉齐为上国。齐公子请出夫人无盐,一一解之,遂将两国使者黥面刺背放归。秦燕大怒,起兵伐齐。第三折:(〔越调·斗鹌鹑〕套七曲)无盐女率兵与秦燕联军对垒,设九宫八卦阵,擒其将领,大败秦燕联军。第四折:(〔双调·新水令〕套四曲)齐公子设宴为夫人庆功。秦国公子约各国诸侯来到临淄,尊齐为上国。(此剧今人定为无名氏作)

立成汤伊尹耕莘　　郑光祖
(简名《伊尹耕莘》)

末本。出场人物:正末—文曲星(楔子),伊员外(第一折),伊尹(第二、三折、楔子、第四折);外—天乙,汝方。

楔子:(〔仙吕·赏花时〕一曲)夏桀无道,东华仙奉天帝命,令文曲星下凡,辅成汤(天乙)取代夏桀以救生民。第一折:(〔仙吕·点绛唇〕套八曲)文曲星投胎有莘里赵淑女家,十月生下,因无夫而孕,弃之空桑,为伊员外拾得,抚养成人,取名伊尹。第二折:(〔中吕·粉蝶儿〕套九曲)方伯天乙因夏桀不道,诸侯多叛,遂兴有道之师征伐之。天乙以伊尹为天下大才,曾荐于夏桀,不用而归田。天乙乃派汝方前去征聘,伊尹应聘。第三折:(〔正宫·端正好〕套九曲)夏桀派人令九夷起兵以拒天乙,九夷不肯。伊尹来到天乙军中,畅谈兵机,天乙大喜,令其率军攻打夏桀。楔子:(〔仙吕·赏花时〕一曲)伊尹与夏桀军队对阵,大获全胜。第四折:(〔双调·新水令〕套四曲)天乙正位,号大商。殿头官奉圣命予众官加官赐赏,伊尹为太师左相。(此剧今人定为无名氏作)

程咬金斧劈老君堂　　　　郑光祖
(简名《老君堂》)

末本。出场人物:正末—李世民(楔子、第一、二折、楔子、第四折),探子(第三折);冲末—刘文静;外—李密,徐懋功,魏徵,萧铣,李靖,程咬金,秦叔宝等。

楔子:(〔仙吕·赏花时〕一曲)洛阳王世充不肯归伏唐朝,秦王李世民奉旨征讨。第一折:(〔仙吕·点绛唇〕套十一曲)魏王李密占据金墉城,令程咬金巡境。世民率军路过,单骑探看城池,遇程咬金率兵赶来,乃躲进老君堂庙,求神庇护。

程咬金劈开庙门,正待杀死世民,李密部将秦叔宝至,拦住程咬金,把世民俘入城中。第二折:(〔中吕·粉蝶儿〕套七曲)世民手下大将急忙赶回报告刘文静,刘因与李密有亲,前来说情,也被拿下,与世民同被关在南牢中。李密攻下沧州,传令大赦囚犯,单单不放世民、文静。魏徵、秦叔宝、徐懋功义释之,并归顺秦王。楔子:(〔仙吕·赏花时〕二曲)李世民率刘文静、秦叔宝等将领南征萧铣,大获全胜。第三折:(〔黄钟·醉花阴〕套七曲)唐军探子向军师李靖报告秦王战胜萧铣的经过。第四折:(〔双调·新水令〕套七曲)殿头官奉旨庆功。李靖押来程咬金,世民亲松其缚,赦其死罪,程感恩不尽。使命至,众功臣与程咬金各加官爵。(此剧今人定为无名氏作)

萧何月下追韩信　　　　金仁杰
(简名《追韩信》)

末本。出场人物:正末—韩信(第一、二、三折),吕马童(第四折);卜儿—漂母;驾—刘邦;项羽;萧何;净—樊桧。

第一折:(〔仙吕·点绛唇〕套十六曲)大雪天,韩信在淮阴市上乞食,受到妇女的奚落,又遇恶少仗剑相欺,使韩信受胯下之辱。后遇漂母,方以一饭相赠。第二折:(〔双调·新水令〕套十三曲)韩信初投楚霸王项羽,因不得意,改投汉王刘邦,也不被重视,决意东归。萧何月下追来,将韩信劝回汉营。第三折:(〔中吕·粉蝶儿〕套十五曲)刘邦筑坛拜韩信为大将,韩信对刘邦分析楚、汉双方的形势,作出最后击败项羽的决策。第四折：（〔正宫·端正好〕套三曲）吕马童向刘邦报告项羽乌江兵败而自杀的情形。韩信因功受赏。

陈季卿悟道竹叶舟　　　　　　范康
（简名《竹叶舟》）

末本。出场人物：正末—吕洞宾（第一、四折），列御寇（第一折），渔翁（第三折）；外末—陈季卿。

楔子：（〔仙吕·赏花时〕一曲）陈季卿应举未中，流落京师，到青龙寺投访同乡惠安长老。第一折：（〔仙吕·点绛唇〕套十曲）陈季卿思乡，吕洞宾到寺里来点化他，为其讲述列御寇等四仙故事；又导其看壁上华夷图题诗，并贴竹叶于壁，化成一叶扁舟，指引回乡之路，陈季卿乘舟进入幻境。第二折：（〔双调·新水令〕套十四曲）陈季卿遇见列御寇等四仙。列御寇劝陈入道，极言功名富贵都不及神仙快活。陈不悟，乘渔船离去。第三折：（〔南吕·一枝花〕套十四曲）陈季卿乘船回到家中，与父、母、妻相会，饮酒赋诗后离家，渡江遇大风浪，落水惊醒，依旧身在寺中，原来是南柯一梦。见荆篮内吕洞宾留诗，知是仙人，急追下。第四折：（〔正宫·端正好〕套十曲，套外〔仙吕〕四曲）吕洞宾度陈季卿得道，八仙摆队相迎。

雁门关存孝打虎　　　　　　陈以仁
（简名《存孝打虎》）

末本。出场人物：正末—陈敬思（楔子、第一折），李存孝（第二、三折），探子（第四折）；冲末—李克用；众将领；外—邓大户；黄巢；黄圭。

楔子：（〔仙吕·赏花时〕一曲）陈敬思奉旨到沙陀国宣召李克用抵御黄巢。第一折：（〔仙吕·点绛唇〕套十一曲）李克用夜梦红日，圆梦人说朝廷将有宣敕来，果然陈敬思到。克用同意发兵。第二折：（〔南吕·一枝花〕套九曲）克用军过雁门关，梦被飞虎所咬。周德威圆梦，说克用将得猛将。后李克用打猎遇邓大户家牧羊人安敬思。安独力打死猛虎，克用收为义子，改名李存孝，令其率三千人马去攻黄巢。第三折：（〔越调·斗鹌鹑〕套十曲）黄巢派大将张归霸、张归厚前来抵挡，被存孝战败。存孝乘胜杀入长安，击败黄巢弟黄圭。第四折：（〔黄钟·醉花阴〕套八曲）探子向李克用报告存孝得胜经过。（此剧今人或以为无名氏作）

杜牧之诗酒扬州梦　　　　　　乔吉
（简名《扬州梦》）

末本。出场人物：正末—杜牧；旦—张好好；冲末—张尚之；外—牛僧孺，白文礼。

楔子：（〔仙吕·赏花时〕二曲）翰林侍读杜牧因公到豫章，将欲回京，友人张尚之太守设宴饯行，令歌妓张好好歌舞侑酒，杜牧赠物赋诗以谢好好。第一折：（〔仙吕·点绛唇〕套十一曲）三年后，杜牧因公到扬州，拜见太守牛僧孺。牛太守使义女劝酒，原来却是张好好。二人眉目传情，牛以为杜牧酒后疏狂。第二折：（〔正宫·端正好〕套十曲）杜牧到翠云楼玩耍解闷，梦与好好相会。醒后，百无聊赖，无法排遣思念之情。第三折：（〔南吕·一枝花〕套九曲）杜牧将离扬州，请富户白文礼说合，劝牛僧孺把张好好嫁给他。第四折：（〔双调·新水令〕套八曲）三年后，牛太守任满赴京，白文礼一同前往。文礼设宴，邀请杜牧、牛僧孺。适逢张尚之升为京兆府尹，也来相会。宴席上，牛太守把好好许给杜牧。杜牧娶得好好，了却相思，"把一觉十年间扬州梦醒"。

玉箫女两世姻缘 乔 吉
（简名《两世姻缘》）

旦本。出场人物：正旦—玉箫女（前二折韩玉箫，后二折张玉箫）；末—韦皋；老旦—韩玉箫母；外—张延赏，唐中宗。

第一折：（〔仙吕·点绛唇〕套十三曲）韦皋与妓女韩玉箫相爱。韦皋上京应举，与玉箫约下，不出三年必归。第二折：（〔商调·集贤宾〕套十二曲）数年过去，韦皋音信全无，玉箫思念成疾而死。临死前，画下真容一幅，写下〔长相思〕词一首。第三折：（〔越调·斗鹌鹑〕套十四曲）韦皋当年中状元后，出镇边塞，任镇西大元帅。得知玉箫病故，感伤不已，十八年后班师回朝。玉箫转世再生，被驸马张延赏认为义女，时已十八岁。韦皋拜访老友延赏，筵间见张玉箫与韩玉箫同名同貌，欲娶为妻，延赏怒而责之。韦皋率兵包围张宅，经玉箫调停而事罢。韦皋决定面奏圣上，请赐玉箫。第四折：（〔双调·新水令〕套十三曲）朝廷准奏，取张延赏及女张玉箫回京。韩玉箫母亲前来，出示韩玉箫当年所写画像，才知张玉箫就是韩玉箫再

世。圣旨下，赐韦皋、玉箫重结两世姻缘。

李太白匹配金钱记 乔 吉
（简名《金钱记》）

末本。出场人物：正末—韩翃；旦—柳眉；冲末—王公弼；外—贺知章；李白。

第一折：（〔仙吕·点绛唇〕套十三曲）唐代，京兆尹王公弼将圣上赏赐的金钱给女儿柳眉佩带驱邪。三月三日，柳眉游九龙池，与应试秀才韩翃相遇，互相顾盼，柳眉有意留下金钱，被韩生拾得，追赶而去。韩生友人贺知章原与共饮，见韩逃席，亦追下。第二折：（〔正宫·端正好〕套十曲）韩生乘着酒兴，尾随柳眉来到后花园，正遇回府的王公弼，王大怒，将韩生缚而吊之。贺知章赶来，说出韩翃姓名，王公弼转怒为喜，聘为门馆先生。第三折：（〔中吕·粉蝶儿〕套十四曲）韩生思念柳眉，无心教书，取出金钱占卜。正巧公弼走来，发现金钱，疑心与柳眉有私情，再次绑吊问之。恰贺知章奉圣命来宣韩翃，王公弼只得放走韩翃。贺知韩生与柳眉之事后，愿为撮合。第四折：（〔双调·新水令〕套八曲）韩翃被点为头名状元。王公弼招韩翃为婿，韩翃因两次被吊受辱而不肯。贺知章告诉李白，李白转奏圣上，钦命成婚。（此剧今人疑为石君宝作）

东堂老劝破家子弟 秦简夫
（简名《东堂老》）

末本。出场人物：正末—东堂老；冲末—赵国器；净—扬州奴；旦儿—翠哥。

楔子：（〔仙吕·赏花时〕一曲）东堂老有古君子之风。西邻赵国器临死前，立

下文书,托其照管儿子扬州奴。第一折:(〔仙吕·点绛唇〕套十一曲)赵死后,扬州奴受坏人引诱,吃喝嫖赌,荡尽财物,又卖掉住宅。东堂老屡教不听。第二折:(〔正宫·端正好〕套十一曲)扬州奴卖房后,又与无赖厮混,饮酒作乐。东堂老赶到酒店教训,扬州奴依然执迷不悟。第三折·(〔中吕·粉蝶儿〕套八曲)扬州奴荡尽家产,沦为乞丐,后悔莫及。一天,到东堂老家乞食,东堂老发觉扬州奴已有悔意。第四折:(〔双调·新水令〕套七曲)东堂老生辰,请来乡邻和扬州奴夫妇,当众公布了扬州奴父亲临死前立下的文书。原来赵国器生前将五百锭银子寄存东堂老处,嘱待儿子贫困时再拿出来。东堂老数年间用此银暗中买下了扬州奴所败家产,现将一切仍归还扬州奴。浪子终于回头,人们都称赞东堂老的美德。

宜秋山赵礼让肥 秦简夫

(简名《赵礼让肥》)

末本。出场人物:正末—赵礼;冲末—赵孝;老旦—赵母;马武。

第一折:(〔仙吕·点绛唇〕套十一曲)西汉末年,天下饥荒。赵孝、赵礼弟兄在宜秋山讨饭养母,生活十分艰难。第二折:(〔正宫·端正好〕套十三曲)某日,赵孝上山打柴,赵礼出外采野菜药苗时被虎头寨主马武捉去,欲杀而食之。赵礼恳求回家与母亲告别后回山寨受死,马武应允。赵礼回家与母诀别返山寨,兄赵孝返家知其事,与母亲赶上山去。第三折:(〔越调·斗鹌鹑〕套九曲)马武正要杀赵

礼,赵孝与母赶到。赵孝说弟弟瘦羸,不如自己肥壮,愿以身替弟,兄弟二人争死。兄弟之情感动了马武,不仅未杀赵氏兄弟,反而赠以粮米衣物。第四折:(〔双调·新水令〕套八曲)东汉中兴,马武因辅佐汉皇刘秀,做了兵马大元帅,向光武帝荐赵氏兄弟,赵氏一门得救旌表。

晋陶母剪发待宾 秦简夫

(简名《剪发待宾》)

旦本。出场人物:正旦—陶母;生—陶侃;冲末—范学士;韩夫人。

第一折:(〔仙吕·点绛唇〕套十曲)学士范逵五南路访贤,来到丹阳府学。丹阳府学生陶侃无钱待客,书一"信"字到韩夫人当铺中质押。陶母知道后,责备儿子不重视"信",命其将"信"字赎回。第二折:(〔正宫·端正好〕套九曲)陶母自剪发去街上出售,供子宴客,遇韩夫人买发。夫人敬重陶氏母子品德,愿将女儿许配陶侃,陶母以陶侃尚无官职而不允。第三折:(〔中吕·粉蝶儿〕套十曲)陶母将卖发钱假说为针线钱让陶侃款待范学士。席间,有泼皮前来讹赖酒食,遭到拒绝,遂骂陶侃逼娘剪发待宾,忤逆不孝,侃一时气绝昏倒。醒后,随范学士上京应举。第四折:(〔双调·新水令〕套十一曲)陶侃高中,韩夫人领女儿来与陶侃完婚。范学士前来传旨,授陶侃翰苑修文,封陶母盖国义烈夫人,并为陶侃、韩女主婚。

都孔目风雨还牢末 旧题李致远

(简名《还牢末》)

末本。出场人物:正末—李荣祖;搽

旦—萧娥;外—史进,阮小五;净—李逵,刘唐,赵令史;冲末—宋江。

楔子:(〔仙吕·赏花时〕一曲)宋江差李逵下山招揽刘唐、史进。李逵化名李得,路见不平,打死人命,被解押到东平府,经孔目李荣祖设法解救,**免死充军**。衙门公人刘唐因延误公务受责,恨李孔目不肯从中方便,伺机报复。第一折:(〔仙吕·点绛唇〕套十一曲)李孔目妻赵氏生辰日,李逵登门拜谢孔目,赠一对圆金环,孔目让妾萧娥收下。萧娥原为妓女,与赵令史有旧,便执金环告李荣祖私通梁山。赵令史将李孔目屈打成招,妻赵氏气死,留下两个孩子。第三折:(〔商调·集贤宾〕套九曲)刘唐在狱中拷打李荣祖,衙卒史进从中求情,萧娥买通刘唐加害荣祖。第三折:(〔双调·新水令〕套十一曲)刘唐将李荣祖吊死,抛尸荒郊,在风雨吹打下,李又渐渐醒来,被萧娥发现,贿赂刘唐将李又捉进牢中。第四折:(〔中吕·粉蝶儿〕套十曲)宋江遣阮小五下山请刘唐、**史进上山聚义**,刘、史放李荣祖后与阮小五同上梁山。途中,正遇来救荣祖的李逵,行间撞见赵令史与萧娥在郊外欲加害荣祖之子,李逵捉下奸夫淫妇,救了孩子。宋江接应一干人上山,杀赵令史、萧娥。

(此剧今人定为无名氏作)

承明殿霍光鬼谏　　　　　　杨　梓

(简名《霍光鬼谏》)

末本。出场人物:正末—霍光;净—霍山,霍禹;小旦—霍成君;驾—汉宣帝。

第一折:(〔仙吕·点绛唇〕套十二曲)汉昭帝死后,大司马霍光立昌邑王为君。新君不到一月就做下一千多件坏事,霍光只得将他废了,另立汉宣帝。宣帝封霍光子霍山、霍禹为官,霍光认为其子品质很坏,不应封官。事后,霍光奉旨往五南采访。第二折:(〔中吕·粉蝶儿〕套十三曲)半年后,霍光返归,得知二子将亲妹霍成君献给汉宣帝,愤其献妹取宠,痛打二子后上朝进谏,请求宣帝"将此二贼打为庶民,成君下于冷宫"。宣帝不从。第三折:(〔正宫·端正好〕套十一曲)霍光病了,二子和女儿来探望,霍光遗言女儿勿学吕后谋反。宣帝亲来问候,霍光预言二子必反,向宣帝告求一纸赦书,免得死后受到牵累。第四折:(〔双调·新水令〕套七曲)霍光死后,二子果然阴谋造反。霍光鬼魂向宣帝托梦告密。宣帝拿下二子治罪,祭奠霍光。

忠义士豫让吞炭　　　　　　杨　梓

(简名《豫让吞炭》)

末本。出场人物:正末—豫让(第一、三、四折),张孟谈(第二折);智伯;赵襄子。

第一折:(〔仙吕·点绛唇〕套十曲)春秋时,晋国由六卿**执政**,其中智伯势力最强。在并吞范、中行二卿的封地后,智伯又企图吞并韩、赵、魏三家以独掌晋权,遂设宴请来赵襄子、韩康子、魏恒子,威逼三家割让封地。赵襄子怒而离席,智伯约韩、魏二家合兵攻赵。智伯家臣豫让冒死谏其主勿动不义之师,受责问斩,经韩、魏说情方免。第二折:(〔正宫·端正好〕套十一曲)赵襄子知三家合兵讨伐,逃往晋阳。智伯欲以水攻,晋阳危在旦夕。赵家臣张孟谈出城用反间计争取得韩、魏,决堤放水反淹智伯军,赵活捉智伯而杀之。第三折:(〔越调·斗鹌鹑〕套十四曲)豫让为主报仇,潜入赵宅厕房,被赵襄子搜出,以其为主报仇为义举而释之。第四折:(〔中吕·粉蝶儿〕套十三曲)豫让复仇之心不变,乃漆身改容,吞炭改变嗓音,伏于桥下,待赵襄子经过时行刺,然而又被襄子抓获。豫让向赵求得衣服一件,剁成碎片泄愤,随后自刎而死。

功臣宴敬德不伏老　　　　　　杨梓

(简名《不伏老》)

末本。出场人物:正末—尉迟敬德;李道宗;徐茂功;高丽国王。

第一折:(〔仙吕·点绛唇〕套十曲)唐天子宴请功臣,皇族李道宗争功抢坐上首,尉迟敬德不服,打下李道宗两颗门牙,被贬往职田庄为民。第二折:(〔中吕·粉蝶儿〕套六曲)十里长亭,以徐茂功为首的众公卿为敬德送行。秦叔宝因病未到。第三折:(〔越调·斗鹌鹑〕套十曲)高丽国王见大唐病了叔宝,贬了敬德,派大将铁肋金牙入侵。帝命徐茂功宣尉迟挂印出征,敬德诈疯不肯应。茂功命军士故意到敬德家扰乱,在敬德怒而责打军士时,说穿其伪,用激将法讽刺他年迈无用。敬德被激而奋然出征。第四折:(〔双调·新水令〕套七曲)尉迟敬德上阵,生擒铁肋金牙。皇上加官赐赏。

杨氏女杀狗劝夫　　　　　　萧德祥

(简名《杀狗劝夫》)

末本。出场人物:正末—孙华;冲末—孙荣;旦—杨氏;净—柳隆卿,胡子传;外—王翛然。

楔子:(〔仙吕·赏花时〕套二曲)孙荣、孙华兄弟父母双亡,孙荣与泼皮柳隆卿、胡子传为友,听信其言,将弟弟赶到城南破窑中居住。孙荣生日那天,柳、胡前来骗吃,孙华也来为兄长祝寿,却遭到打骂。第一折:(〔仙吕·点绛唇〕套十二曲)清明节,孙荣祭过祖坟,与柳、胡一起饮酒。孙华来上坟,又遭哥哥打骂。第二折:(〔正宫·端正好〕套十二曲)一天,孙荣与柳、胡在酒楼共饮,返家时在雪地里醉倒,二贼偷走了孙荣五锭白银,扬长而去。正逢孙华路过,把兄长救护回家。孙荣醒后,发现失落银锭,认定是弟弟所偷,将孙华赶出家门。第三折:(〔南吕·一枝花〕套九曲)孙荣妻杨氏屡劝其夫,不听,遂设计杀一狗,披上衣服丢在后门。孙荣夜归,见之以为人尸,忙请柳、胡帮忙移尸,以免牵连,二人不允。孙荣无奈,只得听杨氏劝告,请兄弟孙华帮忙,把尸首埋于河边。从此,兄弟和好,孙荣与泼皮绝交。第四折:(〔中吕·粉蝶儿〕套十曲)柳、胡来敲诈不成,诬告孙荣杀人灭尸。公堂上,孙华自认杀人,舍命救兄。经杨氏说出真情,王府尹惩办柳、胡,旌表杨氏,任孙华为县令。

昊天塔孟良盗骨　　　　　　朱凯

(简名《昊天塔》或《孟良盗骨》)

末本。出场人物:正末—杨令公(第一折),孟良(第二、三折),五郎(第四折);冲末—杨六郎;外—七郎,寇莱公。

第一折:(〔仙吕·点绛唇〕套八曲)杨六郎镇守三关。某夜,父亲杨令公和弟七郎托梦:令公被困于虎咬牙峪,内无粮草,外无援军,撞李陵碑而死。番将把尸首焚烧后吊在幽州昊天塔,每日令小卒轮射。七郎为救父亲,也被潘仁美射死。第二折:(〔中吕·粉蝶儿〕套十一曲)杨母余太君派人送家书到边关,说令公与七郎托梦给她,所言与六郎所梦相合。六郎方信此事是真,遂用激将法激孟良一同盗骨。第三折:(〔正宫·端正好〕套六曲)孟良、六郎骗开昊天塔寺门,找到骨殖匣,放火烧寺而逃。番兵追来,六郎令孟良挡住追兵,自己背匣急回。第四折:(〔双调·新水令〕套十一曲)六郎逃经五台山兴国寺投宿,意外遇到落发为僧的哥哥杨五郎。五郎把追赶而来的韩延寿诱进寺内杀死,设道场超度令公和七郎。

桃花女破法嫁周公　　　　　王　晔
(简名《桃花女》)

旦本。出场人物:正旦—桃花女;冲末—周公;老旦—石婆婆;外—彭祖;丑—媒婆;众星官。

楔子:(〔仙吕·端正好〕一曲)洛阳周公一生算卦,从来都很灵验。一天,石婆婆去算命,周公算定其子石留住今夜必死。桃花女到石婆婆处借针时知道此事,教给解禳之法,救了石留住。母子去向周公讨还卦钱,说他算命不灵。第一折:

(〔仙吕·点绛唇〕套八曲)周公给佣人彭祖算命,料定不日必死。彭祖遇桃花女,也得解禳之法。第二折:(〔正宫·端正好〕套九曲)彭祖按桃花女所说行事,祭拜北斗七星,得以增寿三十一岁。周公得知桃花女破了他的阴阳,便假意请彭祖作媒,娶桃花女做儿媳。第三折:(〔中吕·粉蝶儿〕套十二曲)周公将迎娶日期定在凶煞星灾会集之日,意欲使桃花女触忌逢灾而死,不料被桃花女一一化解。最后周公动法请白虎噬桃花女,结果周女反而受害,由桃花女将其救活。第四折:(〔双调·新水令〕套九曲)周公派彭祖去城外,砍掉桃花女的本命小桃树,却又被桃花女破了法,周公自己和儿女反被周法致死。桃花女救活周公一家后,周公服输,一家和睦相处。

宋太祖龙虎风云会　　　　　罗贯中
(简名《风云会》)

末本。出场人物:正末—赵匡胤(第一、二、三折),赵普(第四折);石守信;王全斌;潘美;郑恩;曹彬;楚昭辅;苗光裔。

楔子:(〔仙吕·赏花时〕一曲)后周世宗时,都指挥使石守信奉命招贤,王金斌推荐赵匡胤,石遂派潘美前去征聘。第一折:(〔仙吕·点绛唇〕套十一曲)赵匡胤与赵普、郑恩、曹彬、楚昭辅诸友闲行,遇算命先生苗光裔,指赵匡胤有帝王之相。适潘美前来征聘,赵匡胤应征,任为殿前都检点。第二折:(〔南吕·一枝花〕套十一曲)赵匡胤领命北征辽、汉,军队到陈桥驿时,郑恩和众将策动兵变,拥立赵匡胤为帝。赵匡胤即位后,吴越王钱俶、南唐李煜、后蜀孟昶、南汉刘铱十分恐慌,时刻防备赵宋大军来攻。第三折:(〔正宫·端正好〕套十六曲)赵匡胤风雨之夜访丞相赵普,定统一大计。第四折:(〔双调·新水令〕套十五曲)赵匡胤派石守信、曹彬、潘美、王全斌收降了吴越等四国,丞相赵普宴请功臣和投降的四国君臣。

刘晨阮肇误入桃源　　　　　　王子一
(简名《误入桃源》)

末本。出场人物:正末—刘晨;外—阮肇;旦—二位仙子;净—刘德;沙三;王留;太白金星。

第一折:(〔仙吕·点绛唇〕套十三曲)天台人刘晨、阮肇有感于奸佞当道、天下大乱,隐迹山林,无意功名。一天,二人入山采药,得幻化为樵夫的太白金星指点,往桃源洞投宿。第二折:(〔正宫·端正好〕套十五曲)桃源洞中,住着两位因罪降谪人间的仙女。二仙子与刘、阮有前世姻缘,早已做好准备,迎接刘、阮到来。楔子:(〔仙吕·赏花时〕二曲)刘、阮在洞中住了一年,思念故乡,二仙子设宴送其归去。第三折:(〔中吕·粉蝶儿〕套十九曲)刘、阮回到家乡,见景物已与昔时不同,遇牛王赛会首刘德,却原来是刘晨的孙子,方知洞中一年,人世已数代。于是,二人复入山中。第四折:(〔双调·新水令〕套十一曲)刘、阮在山中再也寻找不到桃源洞,正想投崖自尽,太白金星出现,指引其入洞重与仙子相会。

吕洞宾三度城南柳　　　　　　谷子敬
(简名《城南柳》)

末本。出场人物:正末—吕洞宾;旦—桃花精(小桃);净—柳树精(老柳);丑—酒保;众神仙。

楔子:(〔仙吕·赏花时〕二曲)吕洞宾奉钟离师父之命,到岳阳度柳树精为仙。因柳精是树木之身,吕洞宾将一仙桃抛在地上,待其长大成树,与柳树俱成精而结为夫妇,然后再来度脱。第一折:(〔仙吕·点绛唇〕套十曲)吕洞宾再到岳阳楼,柳桃二精求度。吕洞宾借酒保之手砍了柳桃的形骸,使其脱生为人。第二折:(〔正宫·端正好〕套十三曲)吕洞宾三到岳阳楼,柳桃已转世为人,结为夫妇。吕洞宾劝其出家,小桃醒悟,随之而去。老柳执迷不悟,取宝剑来追小桃和洞宾。第三折:(〔南吕·一枝花〕套十三曲)吕洞宾变做渔翁,指点老柳追上将小桃杀死。官府捉拿老柳,老柳谎称小桃为吕洞宾所杀。第四折:(〔双调·新水令〕套十曲)官府找到吕洞宾,证明老柳是诬陷,遂令洞宾杀死老柳。老柳自以为必死时,官府诸人和洞宾都现出八仙原形,柳醒悟,随众仙同赴瑶池蟠桃会而去。

西游记　　　　　　　　　　　　杨讷
第一本

旦本。出场人物:主唱角色—陈光蕊妻;其他人物—陈光蕊,陈光蕊子(江流儿),观世音,刘洪,龙王,丹霞禅师,虞世南。

楔子:(〔仙吕·赏花时〕一曲)陈光

蕊应试得中,授洪州知府。上任途中买得一条金色鲤鱼,颇觉奇异,放回江中。第一出:之官逢盗(〔仙吕·点绛唇〕套十三曲)。船行大江,水手刘洪见陈妻美貌,推陈落水,谋占陈妻。陈妻以有身孕拒之。第二出:逼母弃儿(〔中吕·粉蝶儿〕套十二曲)。陈妻生下一子,满月时被刘洪强逼抛入江中。第三出:江流认亲(〔商调·集贤宾〕套十一曲)。陈光蕊所放鲤鱼是龙王幻化,得知陈子有难,暗中保护。金山寺丹霞禅师救起陈子,取名江流,法号玄奘。十八年后,丹霞说出玄奘身世,令其返家认母。第四出:擒贼雪仇(〔双调·新水令〕套八曲)。玄奘回金山,向洪州太守虞世南告状,刘洪就擒。又与母亲到江边祭奠父亲。谁知陈光蕊当年落水也被龙王救起,留在水晶宫内十八年,此日重回人世,陈氏一家团圆。观世音出现,令玄奘西天取经。

第二本

末旦合本。出场人物:主唱角色——尉迟恭(第五出),胖姑(第六出),木叉行者(第七出),华光天王(第八出);其他人物——秦叔宝,房玄龄,龙马,观世音,玄奘。

第五出:诏饯西行(〔仙吕·点绛唇〕套九曲)。玄奘祈雨有功,唐天子赐法号“三藏法师”和袈裟等物,令往西天取经。秦叔宝、房玄龄、尉迟恭及众父老前来送行。第六出:村姑演说(〔双调·豆叶黄〕套九曲)。乡民来看热闹。胖姑回村后,向村民演说饯行盛况。第七出:木叉售马(〔南吕·一枝花〕套七曲)。唐僧西去

需要好马,观世音罚犯法当斩的火龙三太子变为白马,随唐僧西行。观音弟子木叉行者将龙马送与唐僧。第八出:华光署保(〔正宫·端正好〕套八曲)。观音奏过玉帝,由自己及李天王、哪吒、二郎神、华光天王、木叉行者等为十大保官,护唐僧西行安全。

第三本

旦末合本。出场人物:主唱角色——金鼎国王之女(第九出),山神(第十出),刘太公(第十一出),鬼子母(第十二出);其他人物——唐僧,孙行者,李天王,哪吒,观音,沙和尚,红孩儿,揭帝,如来。

第九出:神佛降孙(〔仙吕·八声甘州〕套十二曲,套外〔双调·得胜令〕一曲)。花果山紫云罗洞主孙行者,摄金鼎国王之女为妻,偷饮玉皇殿琼浆,盗王母仙桃,玉帝令李天王、哪吒率天兵讨之。行者战败,被压在花果山下,待唐僧来收为徒弟。第十出:收孙演咒(〔南吕·一枝花〕套十二曲)。唐僧行经数月,来到花果山,收了孙行者。观音给行者取法名“悟空”,脑上戴铁戒箍,暗授唐僧紧箍咒以制服悟空。唐僧念咒,果然灵验。第十一出:行者除妖(〔大石·六国朝〕套九曲)。行者在沙河降伏了沙和尚。沙和尚原是被贬下凡的天宫卷帘将军,唐僧亦收为弟子。师徒来到刘家庄,行者杀妖魔银额将军,救下被其抢去的刘太公之女。第十二出:鬼母皈依(〔越调·斗鹌鹑〕套十一曲)。妖怪红孩儿将唐僧捉去,观音、行者求如来佛相助,岂知红孩儿已被如来差

揭帝神拿住,盖在钵盂下。鬼子母前来揭钵救儿,被如来降伏,皈依佛道。唐僧获救。

第四本

旦末合本。出场人物:主唱角色—裴海棠(第十三、十四、十五出),二郎神(第十六出);其他人物—唐僧,孙行者,猪八戒,裴太公。

楔子:(〔仙吕·赏花时〕二曲)摩利支天部下御车将军猪八戒,潜藏在黑风洞行妖。第十三出:妖猪幻惑(〔仙吕·点绛唇〕套九曲)。山南裴太公女裴海棠,许配山北朱太公之子为妻,猪八戒幻化为朱郎,把海棠摄入洞中。第十四出:海棠传耗(〔中吕·粉蝶儿〕套十曲)。海棠难中遇行者,以手帕为凭,请报信家中。第十五出:导女还裴(〔正宫·端正好〕套九曲,套外〔中吕·朝天子〕一曲、〔双调·雁儿落〕二曲)。行者传信裴太公后,返回洞中,救出裴女。猪八戒夜入裴家庄寻女,行者穿上海棠衣服坐于闺房中,打跑猪八戒。八戒逃时,趁乱摄去唐僧。第十六出:细犬擒猪(〔越调·斗鹌鹑〕套十曲)。奉观音法旨,灌口二郎携神犬同行者降伏猪八戒。唐僧收八戒为徒。

第五本

旦末合本。出场人物:主唱角色—女人国王(第十七出),采药仙人(第十八出),铁扇公主(第十九出),电母(第二十出);其他人物—唐僧,孙行者,观音,韦驮尊天,风伯,雨师,雷公。

第十七出:女王逼配(〔仙吕·点绛唇〕套十二曲,套外〔仙吕·寄生草〕一曲)。唐僧一行路过女人国,女王捉住唐僧,逼配为夫,韦驮尊天奉观音法旨救以脱难。第十八出:迷路问仙(〔双调·玉交枝带四块玉〕套九曲)。又行经一月,师徒迷路,遇采药仙人指引,方知前面是火焰山,必得铁扇公主铁扇,一扇起风,二扇下雨,三扇灭火,才可通过。第十九出:铁扇凶威(〔正宫·端正好〕套十二曲)。行者借扇,铁扇公土不允。一场厮杀后,公主用扇将行者扇走。第二十出:水部灭火(〔黄钟·醉花阴〕套七曲)。行者求助观音,观音差电母、风伯、雨师、雷公行法,降下暴雨,灭了火焰,护持唐僧过山。

第六本

末旦合本。出场人物:主唱角色—贫婆(第二十一出),给孤长者(第二十二出),成基(第二十三出),飞仙(第二十四出);其他人物—唐僧,孙行者,猪八戒,沙和尚,释迦牟尼,观音。

第二十一出:贫婆心印(〔仙吕·点绛唇〕套十一曲)。唐僧脱离诸难,终于来到佛国。行者先行,遇一贫婆问禅,大困,唐僧及时赶到,方才应付过去。第二十二出:参佛取经(〔商调·集贤宾〕套十一曲)。给孤长者指引唐僧参见诸佛圣贤,佛将经文法宝交付唐僧,令成基等四人护送唐僧回东土。孙行者、猪八戒、沙和尚三人终成正果。第二十三出:送归东土(〔越调·斗鹌鹑〕套十曲)。成基等四人送唐僧回长安,官民夹道迎接,热闹非凡。第二十四出:三藏朝元(〔双调·新水令〕

套七曲)。唐僧开坛阐教，功成行满，正果朝元，释迦牟尼教飞仙将唐僧引入西天灵山会。

马丹阳度脱刘行首　　　　杨　讷

（简名《刘行首》）

末本。出场人物：正末—王重阳（第一折），马丹阳（第二、三、四折）；旦—鬼仙（第一折），刘行首（第二、三、四折）；搽旦　刘婆；净—林员外，六贼，乐探。

第一折：（〔仙吕·点绛唇〕套十一曲）仙道王重阳在北邙山遇一女鬼，生前曾为唐明皇管玉斝，正吟〔柳梢青〕词。女鬼求王重阳度脱，王嘱她到汴梁刘家投生，二十年后将遇马丹阳度化。第二折：（〔正宫·端正好〕套十三曲）马丹阳奉王重阳之命，到妓院度化女鬼投生的刘行首。刘赴官身迷路，遇马丹阳劝其出家，为唤行首官身的乐探所阻。第三折：（〔中吕·粉蝶儿〕套十四曲）刘行首一心想嫁林员外，马丹阳至，令其入梦。刘梦中得知前世来历，顿时醒悟，随马丹阳出家。第四折：（〔双调·新水令〕套十四曲）刘行首出家后，刘婆婆同林员外前来纠缠，被马丹阳遣六贼吓走。刘行首与众仙相见。

铁拐李度金童玉女　　　　贾仲名

（简名《金安寿》）

末本。出场人物：正末—金安寿；旦—娇兰；外—铁拐李；老旦—西王母。

第一折：（〔仙吕·八声甘州〕套十一曲）金童玉女思凡，被贬谪人间。金童名金安寿，玉女名娇兰，配为夫妻。西王母令铁拐李去度化他们。金安寿迷恋娇妻和人间歌舞，不肯出家。第二折：（〔南吕·一枝花〕套十一曲）春天，金安寿、娇兰郊外踏青，铁拐李再次度化，他们仍不肯。第三折：（〔商调·集贤宾〕套十八曲）为避开铁拐李的干扰，金安寿、娇兰回到家中，闭了大门。铁拐李第三次来度化，娇兰先省悟。铁拐李又让金安寿入梦，梦醒后人间已过四十年。金安寿终于省悟。第四折：（〔双调·新水令〕套二十五曲）金童、玉女又回到西王母身边，西王母让金童表演女真族的歌舞，然后又令八仙歌舞一场。

荆楚臣重对玉梳记　　　　贾仲名

（简名《玉梳记》或《对玉梳》）

旦本。出场人物：正旦—顾玉香；末—荆楚臣；搽旦—玉香母；净—柳茂英。

第一折：（〔仙吕·点绛唇〕套十三曲）妓女顾玉香与秀才荆楚臣相恋二年，荆生把钱全部花光。富商柳茂英来到松江，以重金为资，求欢玉香。玉香母见钱眼开，赶走荆楚臣。楔子：（〔仙吕·赏花时〕二曲）荆生发奋赴试，玉香赠送盘费，并折断玉梳一把，各执半片为记。第二折：（〔正宫·端正好〕套十四曲）玉香自荆生走后，誓不接客。老鸨软硬兼施，柳商从中迎合，但玉香心不为动。第三折：（〔中吕·粉蝶儿〕套十八曲）玉香不能忍受威逼，偕同梅香逃出妓院，去京师寻找荆生。走到丹阳黑林时，被柳茂英赶上，逼欢不从，顿生杀心。当时，荆生已应试中式，赴任句容县令，途经黑林，闻声救下玉香，擒柳商治罪。第四折：(〔双调·新水令〕套十一曲)荆楚臣偕玉香来到任所，对合玉梳，让匠人用金镶合，依旧完好。遂设宴庆祝大团圆。

萧淑兰情寄菩萨蛮　　　　　贾仲名
(简名《萧淑兰》)

旦本。出场人物：正旦—萧淑兰(第一、三、四折)，嬷嬷(第二折)；冲末—张世英；外—萧让；老旦—崔氏；净—官媒。

第一折：(〔仙吕·八声甘州〕套十二曲)温州人张世英，应萧山友人萧让之邀，前来坐馆。一天，萧让外出，其妹萧淑兰倾慕张世英外貌俊雅、才华出众，悄悄来到书馆，大胆表露爱情，遭到世英拒绝。第二折：(〔越调·耍三台〕套十一曲)淑兰惶恐离开，心中十分忧郁，抱病写下一首〔菩萨蛮〕情词，请嬷嬷送给世英。世英将嬷嬷斥责了一通，托故出走。临行，在墙上题诗一首。萧让回家后，看到壁上题诗，不知何意，遂修书一封，让家人去请世英回来。第三折：(〔双调·五供养〕套九曲)淑兰病中听说萧让写信，于是又写下一首〔菩萨蛮〕词，偷放在萧让的信里，期求寄情世英。第四折：(〔黄钟·醉花阴〕套九曲)〔菩萨蛮〕词被萧让发现，乃知其妹之心，遂托官媒招世英为妹婿。

吕洞宾桃柳升仙梦　　　　　贾仲名
(简名《升仙梦》)

南北合套，正末、正旦轮唱。出场人物：正末—翠柳；正旦—娇桃；冲末—南极星；吕洞宾；陈员外；李大户；汉钟离。

第一折：(北〔仙吕·点绛唇〕—南〔东瓯令〕合套十曲)南极老人长眉仙，见汴京梁园馆聚仙亭的二株桃柳有道骨仙风，差吕洞宾引度他们。吕洞宾下凡见了翠柳、娇桃，令他们先转世为人。第二折：(〔中吕·粉蝶儿〕—南〔好事近〕合套十曲)柳、桃转世为柳春、陶氏，结为夫妇，是长安城中数一数二的大财主。一日，与友人陈员外、李大户郊游，遇吕洞宾劝其出家，二人不肯。吕洞宾让他们入梦，梦中接到皇帝宣命，到南昌为通判。第三折：(北〔越调·斗鹌鹑〕—南〔诉衷肠〕合套十一曲)柳春夫妇上任途中，汉钟离幻化为强盗，将柳春、陶氏杀死。二人惊觉后，随吕洞宾出家。第四折：(北〔双调·新水令〕—南〔昼锦堂〕合套九曲)柳春夫妇在山中修道，吕洞宾又差柳春、陶氏的前身柳、桃去杀死他们，二人方知自己前世来历。最终功成圆满，同赴天堂。

李素兰风月玉壶春　　　　　贾仲名
(简名《玉壶春》)

末本。出场人物：正末—李斌；旦—李素兰；冲末—陶伯常；老旦—卜儿；贴旦—陈玉英；净—甚舍。

第一折：(〔仙吕·点绛唇〕套十二曲)李斌号玉壶生，郊外闲游，结识妓女李素兰，彼此爱慕。楔子：(〔仙吕·端正好〕一曲)李斌友人陶伯常升迁进京，带走了李斌的"万言策"。第二折：(〔南吕·一枝花〕套十二曲)李斌在妓院用尽钱财，鸨母要李素兰接纳有钱人甚黑子，不顾素兰与李斌恩爱，赶走李斌。第三折：(〔中吕·粉蝶儿〕套十七曲)李斌被赶出后心恋素兰,在妓女陈玉英帮助下与李素兰相会,被鸨母与甚黑子发现找到,将他们扭送到官府。第四折:(〔双调·新水令〕套八曲)陶伯常为李斌进献万言策,皇帝封李斌为同知。这场官司恰好由陶伯常审理,于是李斌、素兰得以如愿成婚。(此剧作者旧题武汉臣,今人考定为贾仲名)

翠红乡儿女两团圆　　　　　　高茂卿
(简名《儿女团圆》)

末本。出场人物:正末—韩弘道(第一、二、四折),院公(第三折);搽旦—李氏;净—福童,安童;二旦—弘道妻;外—俞循礼;丑—王兽医;旦儿—王氏;伴儿—添添。

楔子:(〔仙吕·赏花时〕一曲)韩弘道兄弘远死后,嫂李氏及二侄福童、安童见弘道侍妾梅香身怀有孕,担心其生子分割家产,逼令分家。第一折:(〔仙吕·点绛唇〕套八曲)弘道妻生日那天,李氏又挑唆弘道妻逼夫休妾,赶走梅香。第二折:(〔南吕·一枝花〕套十曲)大户俞循礼妻王氏生下一女,内弟王兽医路遇梅香生下一子,遂抱去给俞家,自己把姐姐的女儿抱回抚养。俞循礼给儿子取名添添。十三年后,王兽医向姐夫借牛不允,非常生气。王兽医因韩弘道对他有恩,又得知梅香原是弘道的侍妾,遂说出调换子女的真情。韩弘道夫妇前去认子。第三折:(〔商调·集贤宾〕套八曲)王兽医告诉添添,亲生父亲是韩弘道。俞家院公来接添添返家,恰好弘道妻赶来,带走添添。第四折:(〔双调·新水令〕套七曲)俞家失

子,十分悲伤。韩弘道夫妇同王兽医前来安慰。俞妻王氏追问弟弟女儿下落,王兽医把养女送还俞家。最后,韩子与俞女结为夫妇。

王月英元夜留鞋记　　　　　　无名氏
(简名《留鞋记》)

旦本。出场人物:正旦—王月英;老旦—王母;末—郭华;外—包拯。

楔子:(〔仙吕·赏花时〕一曲)王月英母女开胭脂铺度日。洛阳秀才郭华落第后留在开封,爱上王月英。第一折:(〔仙吕·点绛唇〕套十一曲)王月英倾心郭生,暗中教丫环送诗一首,约他元宵夜在相国寺观音殿相会。第二折:(〔正宫·端正好〕套八曲)元宵节夜,郭生因醉酒而醋睡殿中,月英来推唤不醒,留下一只绣鞋、一方手帕,放在郭生怀中,作为表记。郭生醒后,发现鞋和手帕,十分后悔,把手帕吞入口中,窒息而倒。书童发现主人倒地身亡,扭着和尚到开封府报案。郭生尸体因伽蓝尊者护持不坏。第三折:(〔中吕·粉蝶儿〕套十一曲)开封府尹包拯勘知案情暗昧,令随从扮为货郎,持鞋访察。月英母认出女儿绣鞋,母女都被捉到公堂。月英受审,供出真情,押其至寺中寻找手帕。第四折:(〔双调·新水令〕套九曲)王月英至寺中,看到郭生嘴边微露手帕一角,扯出手帕,郭生复生。包公判二人结为夫妇。

鲠直张千替杀妻　　　　　　　无名氏
(简名《替杀妻》)

末本。出场人物:正末—张千;外

末—员外;旦—员外妻;外—郑州官,包待制;张千母。

楔子:(〔仙吕·赏花时〕一曲)屠户张千与员外结拜为兄弟。员外离家西去索钱。第一折:(〔仙吕·点绛唇〕套十三曲)半年后,张千与其母、义嫂祭扫祖坟。嫂嫂支开老母,调戏张千。张千假意许以回家再说。第二折:(〔正宫·端正好〕套十曲)嫂嫂回家备酒款待张千,恰员外归来。嫂嫂灌醉员外,要张千杀之,张千不肯,在义嫂持刀欲杀员外时,张千将她杀死。第三折:(〔中吕·粉蝶儿〕套十六曲)郑州官将员外定以杀妻之罪,解付开封府。包待制觉得案有疑问。张千前来自首,陈述杀人缘由。第四折:(〔双调·新水令〕套八曲)刑场上,张千临刑前嘱咐员外赡养其母。

小张屠焚儿救母　　　　　无名氏

(简名《小张屠》)

末本。出场人物:正末—张屠(第一、二、四折),鬼急脚(第三折);外末—炳灵公,王员外;正旦—张母;外旦—张妻,王母。

楔子:(〔仙吕·端正好〕二曲)商人王员外,"瞒心昧己又发迹",屠户张屠因母生病想喝米粥,取衣典米,一件棉袄只换了二升米。第一折:(〔仙吕·点绛唇〕套十一曲)张屠拿米回家,劝其妻以孝道,熬粥侍母,并请来太医诊治。医嘱药引须用朱砂,张妻要张屠用其嫁妆到王家去换,却得了假朱砂,母服后呕吐。张屠夫妻商量去参拜东岳神爷,"将纸马孩子送

焦盆内做一炷香烧了",以求母亲病愈。第二折:(〔越调·斗鹌鹑〕套十三曲)炳灵公、司命君、速报司三神灵为扬孝惩恶,命急脚鬼来日将王员外孩子替换张家孩子投火盆烧死,把张之子送还张母。张屠到东岳庙烧香还愿,眼看孩子在火盆中烧死,心中悲痛万分。第三折:(〔中吕·粉蝶儿〕套十六曲)急脚鬼送张子给张母。途中,遇寻找孙子的王母,要她带信给王员外,休贪不义之财,否则要遭报应。第四折:(〔双调·新水令〕套六曲)张屠夫妇泪汪汪回家,还想瞒过母亲焚儿救母事,其母却叫孙子出来相见,责备他们不小心走失了孩子。夫妻转悲为喜,张屠据急脚鬼留下的包袱得知:孩子原来是东岳神派人送来。

诸葛亮博望烧屯　　　　　无名氏

(简名《博望烧屯》)

末本。出场人物:正末—诸葛亮;驾—刘备;俫儿—刘禅;外末—管通;张飞,关羽,赵云,曹操,夏侯惇等。

第一折:(〔仙吕·点绛唇〕套八曲)刘备往南阳卧龙冈请诸葛亮出山,诸葛起初推辞不允,后与刘备论三分天下之策,算出刘家有四十年帝位,终于答应出山。第二折:(〔南吕·一枝花〕套九曲)曹操派夏侯惇率四十万大军进攻刘备。诸葛派赵云诱敌,刘封设伏;糜竺、糜芳火烧博望屯曹军粮草;关羽水淹曹军;却叫张飞立下军令状,擒拿败逃之将夏侯惇。第三折:(〔双调·新水令〕套五曲)刘军大败夏侯惇,诸将皆立功,惟张飞因与夏侯惇

有旧而放走之。诸葛要按军法从事,经刘备求情得免。第四折:(〔中吕·粉蝶儿〕套六曲)曹操派诸葛亮旧日同窗管通前来说降,诸葛反劝其归刘。管通看出刘备是真命天子,但不肯附降,刘备放管通归去。

玉清庵错送鸳鸯被   无名氏

(简名《鸳鸯被》)

旦本。出场人物:正旦—李玉英;冲末—李府尹;净—刘员外;丑—道姑;外—张瑞卿。

楔子:(〔仙吕·端正好〕一曲)洛阳府尹李彦宝被左司弹劾,解赴京师问罪,临行前托道姑向刘员外借银十两,刘蓄意要其女李玉英在契上画押。第一折:(〔仙吕·点绛唇〕套九曲)一年后,刘员外以索债要挟李玉英为妻,勒逼道姑前往说合。道姑谎称刘一表人材,玉英允了亲事。第二折:(〔正宫·端正好〕套十曲)道姑约刘、李二人晚上在庵内成就亲事。刘员外因故误了时间,庵中小道姑将前来投宿的张瑞卿误当刘员外,张、李二人得成夫妻,李赠鸳鸯被以作信物,张次日上朝应试而去。第三折:(〔越调·斗鹌鹑〕套八曲)刘员外将玉英接回家中,逼为妻室,李死不顺从,被罚当垆卖酒。张瑞卿状元及第,除洛阳为理,在酒店中遇李玉英,二人已不相识。张问出李原来是自己妻子,假称自己是她二十几年未见面的哥哥,替她还了所欠刘员外银两。刘员外向玉英的"哥哥"请娶玉英为妻,张假许刘三日后来提亲。第四折:(〔双调·新水令〕套九曲)酒店中,张瑞卿取出鸳鸯被,与玉英夫妻相认。三日后,刘员外见张、李已结为夫妻,扯二人去官府告状,恰遇官复原职的李府尹,刘被送有司问罪,张、李夫妻团圆。

金水桥陈琳抱妆盒   无名氏

(简名《抱妆盒》)

末本。出场人物:正末—陈琳;驾—宋真宗;正旦—李美人;冲末—殿头官;旦—刘皇后;旦儿—寇承御;外—八大王;小末—太子。

楔子:(〔仙吕·端正好〕二曲)宋真宗无嗣,太史奏,帝如三月十五日往御园打一金丸,六宫中人拾得者即幸之,必得贤嗣。第一折:(〔仙吕·点绛唇〕套九曲)真宗打出金丸,为李美人拾得。太监陈琳奏知,驾幸西宫。第二折:(〔南吕·一枝花〕套十五曲)李美人产下一子。刘皇后恐日后失宠,令宫女寇承御骗出太子,杀死后抛于金水桥下。适陈琳奉旨,捧妆盒进御园摘果,寇告以皇后阴谋,并置太子于妆盒内,恳求陈琳救出。刘皇后突然闯来,多方盘诘,幸未败露。陈琳急忙出宫,送太子往八大王府中寄养。楔子:(〔仙吕·赏花时〕一曲)八大王养育太子。第三折:(〔双调·新水令〕套十一曲)十年后,八大王领太子朝见,正欲说出内情,刘皇后看出苗头,拉走真宗。事后,刘皇后追问太子下落,令陈琳杖打寇承御,寇触阶而死。第四折:(〔中吕·粉蝶儿〕套十一曲)又过十年,真宗亡,太子即位,是为仁宗。陈琳告以往事,遂尊李美人为太后,陈琳、寇承御名有封赠。又念及先帝之德,方免治刘皇后之罪。

关云长千里独行　　　　　　　无名氏

（简名《千里独行》）

旦本。出场人物：正旦—甘夫人；贴旦—糜夫人；冲末—曹操；关末（关羽）；刘末（刘备）；张辽、张飞、张虎、蔡阳。

楔子：（〔仙吕·端正好〕一曲）东汉末年，丞相曹操因刘、关、张私出许都，占了徐州，率十万大军往徐州讨伐。刘、关、张分兵守徐州、下邳、小沛，以拒曹兵。刘、张夜袭曹营，不料部下张虎投曹告密，二人大败，乱中失散。曹操打着刘军旗号赚了徐州。第一折：（〔仙吕·点绛唇〕套六曲）曹操、张辽掳了刘备的甘、糜二夫人，往下邳要挟关羽投降。关羽为保全嫂嫂性命，提出降汉不降曹、与嫂嫂分院居住、一得刘备消息便去寻找等三条件，曹皆应允，携关羽等班师回许都。第二折：（〔南吕·一枝花〕套八曲）刘、张相遇，二人到下邳寻关羽，得知羽已降曹，遂向袁绍借兵与曹操交锋，却被关羽斩了颜良、文丑二将，刘、张逃出河北，占古城，守将张虎逃走。关羽被封寿亭侯，曹操等设宴庆贺关羽斩将封爵。席间，张虎前来告刘、张占了古城，被关羽得知兄弟消息，曹操怒将张虎斩首。关羽佯醉回府，挂印封金，星夜护嫂嫂前往古城。第三折：（〔中吕·粉蝶儿〕套八曲）曹操得知关羽出走，与张辽设计佯作送行，欲活擒关羽，被关羽、甘夫人识破，关等往古城而去。第四折：（〔双调·新水令〕套七曲）关羽等到古城，刘、张不开城门，责备羽背信弃义。甘夫人说明真相，恰曹军蔡阳率追兵至，

关羽斩了蔡阳，刘、关、张乃复好如初。

孟德耀举案齐眉　　　　　　　无名氏

（简名《举案齐眉》）

旦本。出场人物：正旦—孟光；末—梁鸿；外—孟府尹；老旦—王夫人。

第一折：（〔仙吕·点绛唇〕套十二曲）孟光与梁鸿由父母指腹为亲。梁鸿父母下世，身贫如洗。孟府尹欲悔亲，又不便直言，遂请来财主张小员外、官员家舍人马良甫和穷秀才梁鸿，由在帘后的孟光自选一个。孟小姐一意要嫁梁秀才，孟府尹只得将梁招过门来。但只让其攻书，不准与小姐见面。第二折：（〔正宫·端正好〕套十二曲）过门七天，梁未能见到小姐。孟光趁父母外出，探望梁鸿。梁谓孟光改成布袄贫女，才是真正夫妻。孟府尹见情，将梁鸿夫妻赶出家门。第三折：（〔越调·斗鹌鹑〕套十一曲）梁鸿夫妻被赶之后，与人舂米为生。每日三餐，孟光举案齐眉，夫妻相敬相爱。贫困中，又受到张小员外、马舍人的羞辱。孟府嬷嬷受府尹之托，以自己的名义，赠梁鸿白银、鞍马，助其上朝取应。第四折：（〔双调·新水令〕套十曲）梁鸿状元及第，除授县令。张小员外和马舍人前来谢罪。孟府尹夫妇亦来祝贺，梁鸿、孟光执意不认。嬷嬷说明真相，原是府尹故意相辱，逼其进取。汉帝因梁鸿甘贫守志、孟光举案齐眉，又加官赏赐。

冻苏秦衣锦还乡　　　　　　　无名氏

（简名《冻苏秦》）

末本。出场人物：正末—苏秦；冲

末—苏大公；卜儿—苏母；净—苏大；大旦—苏嫂；二旦—苏妻；外—张仪、王长者、陈用。

楔子：（〔仙吕·赏花时〕一曲）战国时，苏家庄苏秦与义兄张仪辞别亲人，前去应举。第一折：（〔仙吕·点绛唇〕套九曲）苏、张到秦国，苏因病滞留客店，张上朝应举。苏病愈后，得王长者相赠衣银鞍马，方得上朝取应。第二折：（〔正宫·端正好〕套九曲）苏秦病症复发，用尽盘缠，只得回家。因未得官，遭家人羞辱，苏大公一时怒将苏秦赶出家门。时天气寒冷，苏父甚为后悔，令一家出外寻找，不得。第三折：（〔南吕·一枝花〕套八曲）张仪当上秦国右丞相，苏秦前来投奔。张仪故意让他在风雪堂受冻，又言语相辱，将苏秦赶出相府，暗中却令陈用赠以衣银鞍马，激励苏秦再去应举。第四折：（〔双调·新水令〕套九曲）苏秦游说六国，一举成功，封六国都元帅。遂衣锦还乡，在驿亭中召家人前来，羞辱后赶出驿亭。恰张仪前来，苏秦也用张前时羞辱之语一一回敬，张仪令陈用说出真情，兄弟和好，张劝苏与一家亲人团聚。

庞涓夜走马陵道　　　　　　　　　无名氏

（简名《马陵道》）

末本。出场人物：正末—孙膑；冲末—鬼谷子；外—魏公子；丑—郑安平；庞涓。

楔子：（〔仙吕·赏花时〕二曲）鬼谷子的徒弟庞涓和孙膑，十年中学成兵书战策，欲下山进取功名。鬼谷子测试两人智谋计策后，令庞涓先下山。庞涓与孙膑分手时，立誓同享富贵。第一折：（〔仙吕·点绛唇〕套八曲）庞涓在魏国封武阴君、兵马大元帅，向魏公子保举孙膑，待孙膑得官后却又嫉恨。教场演试，庞难破孙膑所排之阵，向孙求情，孙膑只得推说不分胜负。楔子：（〔仙吕·赏花时〕一曲）鬼谷子预卜孙膑有刖足之灾。庞涓诈传命令，要孙膑三更时分带领人马摇旗呐喊，向宫中射箭，魇镇火星。第二折：（〔正宫·端正好〕套十一曲）庞涓诬告孙膑谋反，传旨令斩首。孙膑遂言腹中有六甲天书不曾传人，若得救即愿传写。庞涓令刖其足，留修天书。第三折：（〔双调·新水令〕套九曲）孙膑假作风魔，白日与小孩同戏，晚上与羊犬同眠。齐国上大夫卜商至魏，借机将孙膑救出。第四折：（〔中吕·粉蝶儿〕套十一曲）孙膑至齐国拜为军师，统领兵马，会合各国大将，以添兵减灶之计，八面埋伏，将庞涓引入马陵山下活捉，齐公子令斩庞涓，尸分六段。

随何赚风魔蒯通　　　　　　　　　无名氏

（简名《赚蒯通》）

末本。出场人物：正末—张良（第一折），蒯通（第二、三、四折）；冲末—萧何；净—樊哙；外—随何、曹参。

第一折：（〔仙吕·点绛唇〕套九曲）汉相萧何因韩信兵权过重，请樊哙、张良前来商量如何剪除韩信。张良见功臣尚遭杀身之祸，遂弃官隐居而去。萧、樊设计，以天子游云梦山为由诏韩信入朝为留守，欲乘机杀之。第二折：（〔中吕·粉蝶儿〕套八曲)韩信受诏,与部下蒯通商议能否入朝,蒯知此行必有杀身之难,劝韩信不若归隐青山,韩不听。临行前,蒯通以祭奠亡者之礼为韩信送行,韩以蒯为疯魔,领数百军卒入朝。第三折:(〔越调·斗鹌鹑〕套九曲)韩信入朝果然被斩。萧何因蒯通前有劝韩信自立而三分天下之言,今又劝韩不要入朝,令随何前去赚蒯通,如蒯真疯则罢,假疯则杀之。蒯通在家装疯,被前来的随何识破,将他带入朝中。第四折:(〔双调·新水令〕套九曲)萧何备油锅以待蒯通,蒯则历数韩信十功三愚,明其受冤而死。曹参亦指责萧何屈杀功臣,萧何无奈,向圣上请旨,将韩信墓顶封还原爵,蒯通加官赐赏。圣旨下,韩冤得雪,蒯因为主尽心授京兆尹。

锦云堂暗定连环计　　　　无名氏

(简名《连环计》)

末本。出场人物:正末—王允;净—董卓,季旅;外—李肃,太白金星,蔡邕;旦儿—貂蝉;冲末—吕布。

第一折:(〔仙吕·点绛唇〕套十曲)东汉末年,董卓专权。司徒王允至杨彪太尉府商议除卓对策。卓闯入,透露代汉野心。王允支走董卓后,与杨彪商定,除卓必先离奸卓之义子吕布。第二折:(〔南吕·一枝花〕套十二曲,套外〔双调·折桂令〕一曲)太白金星下凡,暗示董卓必死吕布之手,为蔡邕所识,向王允献连环计。是夜,王允不知如何下手,在花园遇养女貂蝉烧香祈祷,得知貂蝉是吕布失散之妻,遂悟连环计实施之法。差家人季旅请

吕布小宴,出貂蝉相见,并许以近期送回。第三折:(〔正宫·端正好〕套十一曲)王允又请董卓赴宴,席间令貂蝉劝酒打扇,董卓欲娶为妾。次日,王允送貂蝉至董府,又向吕布告以董卓之意。吕布见卓夺其爱妻,大怒,击倒董卓出逃。第四折:(〔双调·新水令〕套八曲)吕布逃往王府,李肃奉卓命追来,被王允忠义言辞所激,反允以助吕报仇。王允与杨彪定计,请蔡邕将董卓骗至银台门受禅,吕布、李肃合力擒之。董卓被斩,王允、吕布俱得封赏。

苏子瞻醉写赤壁赋　　　　无名氏

(简名《醉写亦壁赋》)

末本。出场人物:正末—苏轼;冲末—王安石;外—秦少游,贺方回,邵雍;净—黄州刺史;黄鲁直,佛印;外旦—王安石夫人。

第一折:(〔仙吕·点绛唇〕套十六曲)王安石、苏轼本同窗,后王拜参政,苏拜端明殿大学士。安石曾于扇上题诗:"庭前昨夜西风起,吹落黄花满地金。"苏续曰:"秋花不比春花落,说与诗人仔细吟。"王心中不快。王夫人因苏轼文名赫赫,欲一见其面,安石乃设宴相请,令夫人改装混女乐中,以一睹苏轼。苏猜出其中有王夫人,宴间酒醉作词相戏,得罪王安石。第二折:(〔南吕·一枝花〕套十曲)王安石进言皇帝,谗苏带酒作词,戏弄大臣之妻;并欲使苏轼知黄州实有菊花落英之事,故将苏贬往黄州。苏轼冒雪出京,秦少游、贺方回、邵雍送行,邵向苏述其家谱。楔子:(〔仙吕·赏花时〕二曲)黄州

刺史乃势利小人，苏轼谒之，推托不见。第三折：（〔越调·斗鹌鹑〕套九曲）黄鲁直、佛印禅师请东坡同舟夜泛赤壁，东坡作《赤壁赋》。第四折：（〔双调·新水令〕套六曲）邵雍逝世，皇上要其家谱，勒立碑文，诏问邵之子，说只有苏轼知其详细，乃敕苏星夜回朝，官复原职。苏轼临行前，黄州刺史谢前慢待之罪，苏悟道："夸什么自己醒，说什么他人醉，胡芦今后，大家休题。"

郑月莲秋夜云窗梦   无名氏

（简名《云窗梦》）

旦本。出场人物：正旦—郑月莲；卜儿—郑母；末—张均卿；净—李多；孤—李敬；外旦—张妈妈。

第一折：（〔仙吕·点绛唇〕套十六曲）汴梁乐籍郑月莲与书生张均卿相亲相爱，誓结生死。郑母因张钱财已尽，欲将月莲许江西茶客李多，并授意李设酒邀均卿与月莲。席间，李多以钱财诱月莲就范，郑母又严辞相逼，月莲执意不从。第二折：（〔正宫·端正好〕套十三曲）均卿见郑母势利，与月莲告别，赴京应试。月莲赠以首饰作盘缠，张应允得官后便来娶她。张走后，郑母因月莲不顺其意，将她卖给洛阳乐籍张妈妈。第三折：（〔中吕·粉蝶儿〕套十八曲）月莲在洛阳思均卿成疾，中秋对月伤怀，梦中与张团聚，醒后更加伤感。李多在汴梁得知月莲卖至洛阳，追踪前来，欲借叔父李敬为洛阳府判势力娶月莲。第四折：（〔双调·新水令〕套九曲）张均卿状元及第，授洛阳县令。李敬欲招之为婿，张因不知月莲音讯，允了亲事。李敬设宴接新婚过门，唤月莲官身陪宴。席间，张、郑相见，眉目传情，李敬大怒。恰李多前来，与张争月莲为妻。李敬备刑拷郑，月莲申述其身世，李府判终于使张、郑团圆，李多无趣而回。

风雨像生货郎旦   无名氏

（简名《货郎旦》）

旦本。出场人物：正旦—刘氏（第一折主唱）；副旦—张三姑（第二、三、四折主唱）；外旦—张玉娥；冲末—李彦和，拈各千户；净—魏邦彦，张憨古；俫儿、小末—春郎。

第一折：（〔仙吕·点绛唇〕套十一曲）员外李彦和娶妓女张玉娥为妾，气死正室刘氏。张玉娥早与魏邦彦通奸，二人定下毒计：盗了财物，火烧李宅，谋算李氏全家性命。第二折：（〔双调·新水令〕套十曲）张玉娥点火后，李彦和与奶妈张三姑、子春郎慌忙逃命。至洛河边，魏邦彦假扮梢公，驾舟摆渡，推李彦和落水，勒杀张三姑，与张玉娥一同逃走。三姑与春郎被另一梢公救起。春郎卖与拈各千户为子，三姑则为说唱货郎儿张憨古收为义女。第三折：（〔正宫·端正好〕套八曲）十三年后，千户临死前告诉义子身世。张憨古亦死去，三姑送义父骨殖回故土河南，途中意外遇当年落水获救的李彦和。李贫困交迫，以替人放牛为生。二人乃结伴同赴河南。第四折：（〔南吕·一枝花〕套十二曲）春郎承袭千户官职，出外查收窝脱银，于驿中召说唱，恰三姑与李彦和应召前来。春郎偶然失落当年卖身文书，被李拾得，彦和欲认子而不敢。张三姑唱出以李家历史为素材编成的二十四回说唱，父子终得相认。张玉娥与魏邦彦侵吞窝脱银，被春郎查出，处以极刑。

硃砂担滴水浮沤记 无名氏

（简名《硃砂担》）

末本。出场人物：正末—王文用（楔子、第一、二、四折），东岳庙殿前太尉（第三折）；正旦—王妻；冲末—王父；净—白正。

楔子：（〔仙吕·端正好〕一曲）河南王文用为避百日血光之灾，辞别父亲妻子到江西做买卖。第一折：（〔仙吕·点绛唇〕套十曲，套外〔大石·喜秋风〕一曲）王文用挑担硃砂，在一客店中遇铁杆旛白正纠缠，见白不像好人，遂乘夜离店而去。第二折：（〔南昌·一枝花〕套七曲）王文用晚宿黑石头店，白正随后赶来，又来纠缠，王乘其熟睡，急忙逃走。遇雨，躲进东岳庙。白正寻至，夺硃砂，杀文用。文用死前声言请庙中殿前太尉神像和屋檐下滴水浮沤为证，到阴司去告白正。第三折：（〔正宫·端正好〕套九曲，套外〔清江引〕一曲，净唱）白正按文用曾告诉他的地址寻到王家，将王父推入井中淹死，逼王妻做其老婆。王妻虚应以百日孝满后成亲。王父死后赴阴司告状，东岳庙太尉前往捉拿白正。第四折：（〔双调·新水令〕套九曲）王文用魂灵夜间去向白正索命，途经东岳庙，向太尉神像哭诉；回到家中，又见父被残害，妻被强占，怒向白正讨命，

恰太尉神前来，捉白拘往阴司，罚永为饿鬼。

刘千病打独角牛 无名氏

（简名《病刘千》或《独角牛》）

末本。出场人物：正末—刘千（第一、二、三折），出山彪（第四折）；冲末—刘太公；旦—刘妻；净—折拆驴；独角牛。

第一折：（〔仙吕·点绛唇〕套九曲）饶阳县刘太公之子刘千不肯务农，喜欢学拳摔跤。一日，刘千瞒父外出，正遇折拆驴打擂做场，刘与交手，将他打翻在地。禾保急唤刘太公赶来，认出折拆驴是几年前出外打擂的弟弟，兄弟、叔侄相认。折拆驴要刘千三月二十八日随他去泰安与独角牛打擂。第二折：（〔越调·梅花引〕套六曲）刘千染病，其妻许下施舍百日义浆，以求刘痊愈。第一百日，独角牛因闻刘千武艺，前来交手。遇刘妻，强将其义浆茶饭喂马，并无礼调戏。刘妻唤折拆驴来救，独角牛将折拆驴打倒，肆意羞辱而去。刘千得知妻、叔被辱，决心报仇。第三折：（〔正宫·端正好〕套九曲）三月二十八日，东岳庙大赛社火。那吒社擂主独角牛趾高气昂，无人应擂。面黄肌瘦的刘千立下文书，与之对擂，两合皆胜，赢了擂筹财物。奉圣命来降香的使官加封刘千为饶阳县令。第四折：（〔双调·新水令〕套六曲）出山彪向刘太公叙述打擂经过，太公得知刘千胜擂，非常欢喜。

施仁义刘弘嫁婢 无名氏

（简名《刘弘嫁婢》）

末本。出场人物：正末—刘弘；卜

儿—刘妻;冲末—李逊;旦儿—李妻;净—王秀才;外旦—裴兰孙;春郎—李彦清;增福神、都城隍、太白金星。

楔子:(〔仙吕·赏花时〕二曲)钱塘理官李逊在汴梁客店中染病身亡,临死前修书一封给素不相识的洛阳富户刘弘,将妻、子相托,嘱妻及子彦清前往洛阳寻"刘弘伯父"。太白金星化为相面道上,到洛阳指点刘弘行善积德,方能解除其短寿、无嗣之命。第一折:(〔仙吕·点绛唇〕套九曲)刘弘回家后,斥其内侄王秀才执掌典铺只顾利息,谋财损德,致刘弘命中得无嗣报应,贴出告示,关了典铺。已有半年身孕的李逊妻与其子彦清来寻刘弘,呈上书信,刘见其信仅白纸一张,悟出是素不相识而托妻寄子之意,乃假说与李逊生前有八拜之交,收留李妻母子。第二折:(〔中吕·粉蝶儿〕套十四曲)襄阳理官裴使君在旅途中被歹人害死,其女裴兰孙自卖以葬父,被刘弘收留,许配给李彦清为妻,并送彦清上京应举。第三折:(〔越调·斗鹌鹑〕套六曲)十三年后。刘弘在彦清上京后即得一子,名奇童。李逊、裴使君死后被天帝封为增福神和都城隍,二人托梦给刘弘:为报其恩,城隍已给他增寿二纪(二十四年),其子奇童乃是增福神求上帝所赐。第四折:(〔双调·新水令〕套五曲)彦清状元及第,授主司考卷,发现婴童举场解元乃刘奇童,向圣上奏明刘弘善行,圣旨将彦清妹许给奇童为妻,封刘弘为洛阳县令,刘妻为贤德夫人。

玎玎珰珰盆儿鬼　　无名氏
(简名《盆儿鬼》)

末本。出场人物:正末—杨国用(楔子、第一折),窑神(第二折),张懰古(第三折),杨国用鬼魂(第四折);冲末—杨从善;净—盆罐赵;搽旦—撇枝秀;外—包待制;丑—店小二。

楔子:(〔仙吕·赏花时〕一曲)杨国用为躲百日血光之灾,外出做生意。第一折:(〔仙吕·点绛唇〕套十一曲)杨国用获利而归,夜宿旅店,梦见强盗图财害命,醒来心有余悸。离家四十里时,投宿瓦窑村盆罐赵家。赵夫妇夺取钱财,害死杨国用,焚尸后将骨殖碾成粉,和上黄泥,做成盆儿一只。第二折:(〔中吕·粉蝶儿〕套十曲)窑神痛恨赵夫妇心毒手狠,罚其超度杨国用。第三折:(〔越调·斗鹌鹑〕套十七曲)盆罐赵将骨灰做成的盆儿送给张懰古,于是杨国用鬼魂随盆儿来到张家,百般驱之不去,最后说出冤情,请张懰古带盆儿到开封府申冤。张懰古担心到时不灵,敲之,玎玎珰珰,盆儿果然说话。第四折:(〔正宫·端正好〕套十曲)张懰古携盆儿来到开封府,因门神阻拦,鬼魂不得入内。包拯祭门神户尉,放进鬼魂,将凶手捉拿归案,当堂对质,杨国用沉冤得以大白,凶手被惩。

刘玄德醉走黄鹤楼　　无名氏
(简名《黄鹤楼》)

末本。出场人物:正末—赵云(第一折)、禾俫(第二折)、姜维(第三折)、张飞(第四折);外—周瑜;净—刘封、伴姑儿、俊俏眼儿；刘备、诸葛亮、关平、关羽、鲁肃。

第一折：（〔仙吕·点绛唇〕套七曲）三国时，东吴与刘备联兵，于赤壁之战中大破曹操。东吴元帅周瑜担心刘备争雄，设下三条计策，派鲁肃请刘备到黄鹤楼赴宴，欲置刘备于死地。刘备义子刘封明知有诈，仍怂恿刘备前往，以伺不测而谋夺其位。大将赵云力谏刘备勿往，刘备不听。第二折：（〔正宫·端正好〕套六曲，套前〔豆叶黄〕、〔禾词〕各一曲，套后〔楚天遥〕一曲，均禾旦唱）诸葛亮得知刘备已赴会，料周瑜有诈，遣关平送暖衣、尘拂给刘备，派姜维扮渔翁去向刘备授以脱险之计，并着关羽、张飞于芦花丛中接应。关平遵命前去，途中见伴姑儿与禾侏在田间对唱嬉戏，关平问清道路后直奔黄鹤楼。第三折：（〔双调·新水令〕套五曲）关平将暖衣、尘拂送给刘备；姜维又扮作渔人，骗过守门的俊俏眼儿，将诸葛之计告诉刘备。宴上，周瑜、刘备唇舌相攻，刘将周灌醉，在尘拂中取出诸葛亮暗藏的周瑜令箭脱身而去。第四折：（〔南吕·一枝花〕套五曲）关羽、张飞追赶曹兵后归来，张飞听说刘封怂恿刘备只身赴会，怒将其吊起，恰逢刘备归来，方饶刘封。孔明设宴，庆贺主公平安而回。

狄青复夺衣袄车　　　　　　无名氏

（简名《衣袄车》）

末本。出场人物：正末—王环（第一折）、刘庆（第二、四折）、探子（第三折）；冲末—狄青，范仲淹；净—黄轸，李滚，旮雄，史牙恰。

第一折：（〔仙吕·点绛唇〕套八曲）宋朝天章阁大学士范仲淹命军健狄青为"押衣袄扛车大使"，护送五百衣袄车往西延边赏军。行前，狄青在街市上邂逅退伍将军王环，王识狄是个英雄，将所售盔甲兵器赊予狄青。第二折：（〔南吕·一枝花〕套十曲）范仲淹得知衣袄车被番将夺去，令刘庆前往，追究狄青失职之罪。刘在途中一酒店巧遇狄青，二人赶上番将，狄青箭射旮雄，刀劈史牙恰，夺回衣袄车，前往延边；刘庆取旮、史首级回京复命。楔子：（〔仙吕·赏花时〕二曲）黄轸奉命前来督察，将归途中的刘庆推下山涧，夺番将首级回朝冒功。刘庆幸而不死，决心回朝为狄青作证。第三折：（〔商调·集贤宾〕套十曲）番邦大将李滚听探子备述狄青杀旮、史二将经过，不敢再犯边境，向宋投降纳贡。第四折：（〔中吕·粉蝶儿〕套六曲）范仲淹听黄轸之言，将回朝的狄青推出斩首，刘庆赶回，说明真相。黄轸讹赖功劳被斩，狄青因功封为总都大帅。

摩利支飞刀对箭　　　　　　无名氏

（简名《飞刀对箭》）

末本。出场人物：正末—薛仁贵（第一、二、四折）、探子（第三折）；冲末—徐懋功；净—张士贵；旦儿—薛妻；孛老—薛父；卜儿—薛母；摩利支、高丽将。

第一折：（〔仙吕·点绛唇〕套十曲）唐时，高丽国大将摩利支盖苏文邀劫各国献唐贡物，并下战书撼大唐名将交战。唐皇梦一白袍白马将军杀退摩利支，军师徐懋公圆梦,卜出此将当出在绛州龙门镇,遂派张士贵前往招擢义勇好汉。龙门镇上,自小学成十八般武艺的薛仁贵不顾父母劝阻,决心应招。第二折:(〔正宫·端正好〕套八曲)薛仁贵揭黄榜,在张士贵试其武艺时,将镇库铜胎铁靶宝雕弓一拽两截,张士贵既怒且妒,喝令将薛推出斩首,被徐懋功阻止。恰摩利支前来索战,徐命薛将功折罪。楔子:(〔仙吕·赏花时〕二曲)张士贵与薛仁贵前去迎战,张战败而逃;薛仁贵飞箭对摩利支飞刀,三箭将摩打败。第三折:(〔越调·斗鹌鹑〕套八曲)探子向高丽将叙述薛仁贵大战摩利支经过。高丽将自知不敌,收拾礼物前来进贡。第四折:(〔双调·新水令〕套五曲)张士贵回帅府向徐懋功谎报自己战胜摩利支,被徐识破,革为庶民;封仁贵为天下兵马大元帅,薛一家俱得封赏。

神奴儿大闹开封府 无名氏

(简名《神奴儿》)

末本。出场人物:正末—李德仁(第一折)、院公(楔子,第二、三、四折);大旦—陈氏;冲末—李德义;搽旦—王腊梅;净—何正;包拯。

第一折:(〔仙吕·点绛唇〕套十曲)汴梁李家,兄德仁生有一子名神奴儿,弟德义无子。德义受妻王腊梅挑唆,要与兄分家,兄不允;腊梅又挑唆其夫强逼兄长休去嫂子,德仁一气身亡。楔子:(〔仙吕·赏花时〕一曲)老院公领神奴儿去长街玩耍,当分手买玩具时,酒醉的德义抱走了神奴儿,又大骂无意相撞的衙役何

正。第二折:(〔南吕·一枝花〕套九曲)王腊梅趁李德义酣睡之际,将神奴儿活活勒死,尸首埋入阴沟,上面加上石板。老院公不见神奴儿,和李大嫂四处寻找而不得,神奴儿魂向老院公托梦,始知神奴儿已死。第三折:(〔中吕·粉蝶儿〕套十二曲)老院公与李大嫂至德义家寻找神奴儿,王腊梅反诬李大嫂有奸夫,害死自己的孩子。一同见官,官府受贿,李大嫂被屈打成招。第四折:(〔双调·新水令〕套九曲)包待制复勘此案,何正出认李德义,证实其领着神奴儿回家的。王腊梅被拉来受审,经神奴儿鬼魂诉冤,真相大白,德义夫妇受到惩办。

朱太守风雪渔樵记 无名氏

(简名《渔樵记》)

末本。出场人物:正末—朱买臣(第一、二折、楔子、第四折),张懒古(第三折);旦儿—刘家女;冲末—王安道;外—杨孝先、严助、刘二公。

第一折:(〔仙吕·点绛唇〕套十二曲)会稽郡朱买臣满腹才学,以打柴为生,与渔夫王安道、樵夫杨孝先为友。风雪天,因冲撞大司徒严助的马头而与之相识,遂将万言长策交与大司徒转献圣上。第二折:(〔正宫·端正好〕套十一曲)刘二公见其婿不进取功名,遂令女儿强逼朱买臣写下休书,将朱赶出大门。楔子:(〔仙吕·赏花时〕一曲)刘二公暗备银两、棉衣交王安道,托其赍发朱买臣进京求官。第三折:(〔中吕·粉蝶儿〕套十曲)朱买臣除授会稽郡太守。货郎张懒古在

城里见到新太守,刘二公父女向张懒古打听朱买臣情况。第四折:(〔双调·新水令〕套十三曲)王安道摆酒宴请朱买臣。刘二公父女来见朱,朱不认,要刘女将泼出的水收回,方允团聚。王安道说明刘二公故设圈套、激发进取的真意,朱买臣夫妻和好。

瘸李岳诗酒玩江亭　　　　无名氏

(简名《玩江亭》)

　　旦本。出场人物:正旦—赵江梅;净—牛璘;冲末—东华仙;赵父、赵母、瘸李岳。

　　第一折:(〔仙吕·点绛唇〕套六曲)西池王母殿下金童玉女因一念思凡,罚往鄮州托化为牛璘、赵江梅夫妇二人。东华仙恐二人恋酒色财气,迷却仙道,派上八仙铁拐李岳前去度脱。牛璘在江边建玩江亭,设酒为妻子做生日,铁拐李前来劝二人出家入道,被牛夫妇拒绝。第二折:(〔南吕·一枝花〕套八曲,套外〔中吕〕二曲、〔双调〕五曲,净唱)酒店中,铁拐李小显法术,牛璘知道遇上神仙,乃随其入道。数日后,牛化缘过故家,旧妻赵江梅要牛还俗,牛不听,愤而大骂前来的铁拐李搬调人弃子抛妻。第三折:(〔中吕·粉蝶儿〕套九曲)半年后,赵江梅又找到牛璘,再三相劝,牛执意不肯还俗。赵因酒醉,要牛背其还家。第四折:(〔双调·新水令〕套五曲)牛璘送赵江梅还家,铁拐李搬弄法术,使赵在梦境中失却真身,醒后大悟,与牛一同随李入道。

海门张仲村乐堂　　　　无名氏

(简名《村乐堂》)

　　末本。出场人物:正末—张仲(第一、四折)、马伏(第二折、楔子)、张本(第三折);冲末—李同知;大旦—大夫人;搽旦—小夫人;净—王六斤;蓟州防御。

　　第一折:(〔仙吕·点绛唇〕套十三曲)蓟州府同知李某设宴庆贺生日,其岳父张仲与蓟州府防御同来赴席。宴间,张仲与防御叙闲居之乐,述其村乐堂四时美景,同知怨岳父只说闲话,搅了一席好酒。第二折:(〔南吕·一枝花〕套八曲)李同知的小夫人与都管王六斤有私,夜间在后花园相会,被马伏曳剌发现。恰同知前来,曳剌告发其事,但被小夫人花言巧语掩饰过去。楔子:(〔双调·新水令〕一曲)小夫人怂恿同知将马伏辞退。为能与王六斤做长久夫妻,小夫人将王弄来的一服毒药下在大夫人为同知所煎药中,同知临药前发现有毒,到官府告大夫人和王六斤谋害性命。第三折:(〔商调·集贤宾〕套八曲)大、小夫人和王六斤一齐被收监,令史张本负责勘案。李同知暗送一饼黄金给张本,要他断为王六斤合药,大夫人投毒。张在狱中问出真情,封了金饼,准备向上司告发同知赂金护奸。李急向防御求救,防御要同知去央及岳父,由他承担赂金之事,则同知可保官位。第四折:(〔双调·新水令〕套五曲)防御、同知带着大夫人到村乐堂请张仲搭救,遭张怒斥。防御假命差役拷打张氏,张仲为救其女,答应承担责任。公堂上,府尹问明案情,将小夫人、王六斤明正典刑。

包龙图智赚合同文字　　　　无名氏
（简名《合同文字》）

末本。出场人物：正末—刘天瑞（楔子、第一折）、刘安住（第二、三、四折）；冲末—刘天祥；搽旦—天祥妻；二旦—天瑞妻；包待制。

楔子：（〔仙吕·赏花时〕一曲）汴梁午遭饥荒，刘天瑞夫妇携三岁幼子刘安住到外府谋生。临行前，其兄刘天祥将祖传家产立下两纸合同文字，兄弟各持一份。第一折：（〔仙吕·点绛唇〕套十曲）天瑞一家为潞州张秉彝收留，不料夫妻先后染病身亡。临死前，天瑞将幼子托付秉彝扶养，将合同文字交他保管，以待安住长大后回家认取祖产。第二折：（〔正宫·端正好〕套九曲）十五年后，安住长大成人，秉彝告知其身世，令将父母骨殖带回故乡安葬，并交还合同文字。第三折：（〔中吕·粉蝶儿〕套十三曲）安住回到家乡，先遇伯母杨氏，交出合同文字，说明自己确是侄儿。天祥回家，问起此事，杨氏因仅有一女，祖产将必由安住继承，遂讹赖未见文书，指安住诈骗家私，打破其头，不承认他是侄儿。安住无奈，在天祥门前啼哭，恰遇当初立文书时证人李社长经过，李原是安住幼时订亲的岳父，遂一同往开封府向包待制告状。包将一行人带回开封府。第四折：（〔双调·新水令〕套八曲）包待制传张秉彝前来问明安住以往生活情况，又命安住棒打刘天祥，安住不忍伤及伯父。包确认安住是天祥亲侄，遂设计将安住打入牢中，谎称因头被杨氏打破

得破伤风而死，向杨氏声言：如是亲戚，则无须偿命，反之则必须偿命。杨氏慌忙拿出合同文字，证明安住是侄。案情大白，杨氏罚铜千斤，安住因力行孝道，赐进士冠带。

十探子大闹延安府　　　　无名氏
（简名《延安府》）

末本。出场人物：正末—李圭；净—葛彪、庞衙内；刘彦芳、刘父、刘母、刘妻，范仲淹、葛监军等。

第一折：（〔仙吕·点绛唇〕套七曲）清明，刘家婆媳上坟祭祖，葛监军之子葛彪见刘妻貌美，遂生歹念，因婆媳抗拒调戏，喝令家丁将二人打死。刘父赴开封寻其子开封府公办刘彦芳，嘱其告状。不料开封府执掌事务庞衙内是葛彪姐夫，借故将刘彦芳打入死牢。按察司廉访使李圭微服察访，街上遇见啼哭的刘父，问明冤情，将他带往丞相府告状。第二折：（〔正宫·端正好〕套八曲）八府宰相在省堂筵宴，庞衙内前来，先告刘彦芳一状；恰李圭领刘父前来申冤，诸相纷纷斥责庞衙内徇私枉法。第三折：（〔中吕·粉蝶儿〕套十一曲）范仲淹奉圣命赐李圭势剑金牌，命其勘断刘氏命案。李圭到延安府，假称请葛彪至府中取庞衙内书信，将葛彪赚到官衙中。葛监军闻讯，命十个探子往延安府捉拿李圭，均被轰回。葛彪在严刑下供出罪状。第四折：（〔双调·新水令〕套四曲）范仲淹奉圣命到延安府结葛彪案，激赏李圭，判葛彪极刑。葛监军率军到延安府来报仇，被范仲淹削去兵权，免死充军；庞衙内贬为庶民。刘彦芳升任祥符县

主簿。

争报恩三虎下山　　　　无名氏

（简名《争报恩》）

　　旦本。出场人物：正旦—李千娇；搽旦—王腊梅；净—丁都管；外—赵通判；关胜、徐宁、花荣；宋江、郑公弼、店小二等。

　　楔子：（〔仙吕·赏花时〕一曲）梁山头领关胜奉命下山刺探消息，月末归，徐宁、花荣先后下山接应。赵通判往济州赴任，途经梁山附近，将家眷暂寄旅店中先行。赵家丁都管与赵妾王腊梅有私，幽会时被关胜撞见，拳下装死，关被王腊梅扯住不放；赵夫人李千娇知关胜身份后认作义弟，赠金钗放其回山。第一折：（〔仙吕·点绛唇〕套十曲）徐宁下山，因用尽钱钞在客店稍房中暂息，被到稍房私会的王腊梅、丁都管当作窃贼拿住，李千娇替徐宁开释，又认作义弟，赠金钗放其回山。第二折：（〔中吕·粉蝶儿〕套十三曲）赵通判将家眷接往济州居住。一日晚，花荣因避官兵追捕，躲入后花园李千娇房中，李也认花为义弟。正交谈间，被王腊梅发现，告通判说大夫人有奸，通判踢门而入，花荣砍伤其臂后逃去，通判将李千娇送官府治以奸杀亲夫罪。济州知府郑公弼将李屈打成招，判以极刑待斩。第三折：（〔越调·斗鹌鹑〕套九曲）关胜、徐宁、花荣劫法场，将李千娇营救上山。第四折：（〔双调·新水令〕套八曲）梁山好汉将千娇子女接上山寨，捉来通判、王腊梅、丁都管，劝千娇认了丈夫，将王、丁处死。

鲁智深大闹黄花峪　　　　无名氏

（简名《黄花峪》）

　　末本。出场人物：正末—杨雄（第一折）、李逵（第二、三折）、鲁智深（第四折）；冲末—宋江；净—蔡衙内；刘庆甫、刘妻；吴学究、山寨众头领。

　　第一折：（〔仙吕·点绛唇〕套八曲，套外南〔驻云飞〕一曲，旦唱）济州刘庆甫夫妇烧香归来，途中在酒店内遇权豪势要蔡衙内，蔡强逼刘妻把盏，刘不从而被吊打，恰梁山好汉杨雄来店喝酒，救出刘夫妇。回家路上，刘妻被蔡抢走。第二折：（〔南吕·一枝花〕套七曲）刘庆甫上梁山告状，李逵自告奋勇，前往蔡衙内的十八层水南寨打探刘妻，宋江命鲁智深暗中接应。第三折：（〔正宫·端正好〕套九曲）李逵扮作货郎，往水南寨中打翻蔡衙内，救出刘妻。第四折：（〔黄钟·醉花阴〕套七曲）蔡衙内为躲避梁山英雄，藏到云岩寺内。晚上，与前来投宿的鲁智深相遇，鲁将蔡拿获，众头领赶来，宋江断处蔡衙内死刑。

龙济山野猿听经　　　　无名氏

（简名《猿听经》）

　　末本。出场人物：冲末—修公禅师；正末—樵夫（第一折）、猿猴（第二折）、秀士（第三折、楔子、第四折）；外—山神。

　　第一折：（〔仙吕·点绛唇〕套十一曲）樵夫余舜夫，自幼习儒业，奈家业凋零，只得以采樵为生，每恨世间贤愚颠倒，功名难成。一日，往龙济山打柴，拜见修公禅师，深为山中胜境所吸引。第二折：

〔南吕·一枝花〕套九曲）龙济山一猿，历千百余年修炼成精，一日乘僧堂无人，偷偷进去披佛祖袈裟，窥如来经典。修公禅师唤山神惊吓它一回，因知此猿日后必成正果，故不许伤害其性命。第三折：〔中吕·粉蝶儿〕套九曲）秀士袁逊，幼遂功名，因唐明皇暮年昏惑，故散荡江湖，以全性命。游至龙济山中，请禅师说法。禅师见其文章华彩，询问他为何弃功名之念，袁逊乃述其看透人生无常，愿参禅归真，皈依佛道。禅师看出前樵夫和这秀才均猿精所化，不与说破，留其在山中听禅。楔子：〔仙吕·赏花时〕一曲）袁逊在法堂中听讲。第四折：〔双调·新水令〕套七曲）猿精在山中修炼归真，位至西方九品莲池地步，升入西方极乐世界。

二郎神醉射锁魔镜　　　　无名氏

（简名《锁魔镜》）

末本。出场人物：正末—那吒（第一、三折）、山神（第二折）、探子（第四折）；冲末—二郎神；外—牛魔王；净—百眼怪。

第一折：〔仙吕·点绛唇〕套七曲）二郎神奉玉帝旨镇守西川，赴任途中经玉结连环寨，与那吒神演习武艺，因带酒试箭，射破天狱锁魔镜，使监禁在镜中的九头牛魔王和金睛百眼鬼逃出。驱邪院主派山神传法旨，命二郎神与那吒去捉拿。第二折：〔南吕·一枝花〕套八曲）山神传旨，二郎神与那吒率天兵去捉拿妖魔；牛魔王、百眼怪率鬼兵准备迎战。第三折：〔越调·斗鹌鹑〕套十曲）二郎神、那吒擒住妖魔。第四折：探子向驱邪院主描述神、怪斗法，二妖被擒的经过。

汉钟离度脱蓝采和　　　　无名氏

（简名《蓝采和》）

末本。出场人物：冲末—钟离权；正末—蓝采和；旦—蓝妻；净—王把色、李簿头；孤—吕洞宾。

第一折：〔仙吕·点绛唇〕套八曲）仙道钟离权到蓝采和勾栏中点化蓝出家受道，搅得蓝采和等一天不能作场演戏，蓝与王把色、李簿头一气之下将钟离权锁在勾栏中。第二折：〔南吕·一枝花〕套七曲）第二天是蓝采和的生日，诸弟兄设酒为蓝上寿，钟离权用仙法出勾栏后又来度脱，被诸人轰出门外。钟离权令仙道吕洞宾化为州官，借口蓝拖延了唤官身，罚大棒杖责四十，钟离权前来相救，点化蓝采和随其出家修道。第三折：〔正宫·端正好〕套七曲）蓝妻在街上遇到四方云游的蓝采和，劝其还俗回家，蓝已悟人生无常，祸福不定，无意再入世俗生活。第四折：〔双调·新水令〕套八曲）三十年后，蓝采和行经旧居，其妻与弟兄诸把色已八九十岁，而蓝采和依然年轻如故，其弟兄请蓝再试演杂剧，蓝若有所动，却被钟离权、吕洞宾前来喝止，终于断了最后一点凡心，行满功成，与钟、吕同登仙界。

李云英风送梧桐叶　　　　无名氏

（简名《梧桐叶》）

旦本。出场人物：正旦—李云英；冲末—任继图；外—牛僧孺；小旦—金哥；外—花仲清；卜儿—老夫人。

楔子：〔仙吕·赏花时〕一曲）故丞

相李林甫之婿任继图辞别妻子李云英,应守御西番的友人哥舒翰之召,前往参赞军事。第一折:(〔仙吕·点绛唇〕套十二曲)安史之乱,云英被掳入军中,后牛僧孺收留为义女。任继图乱后还家,游大慈寺,在壁上题词。云英到寺中烧香,见题词颇似丈夫手迹,遂和一首。第二折:(〔正宫·端正好〕套十二曲)任继图与花仲清寄居大慈寺中,等候朝廷开文武科场。云英回家后,见秋风飒飒,梧桐叶落,拾一叶题诗一首,祝愿叶儿被风吹到丈夫身边。第三折:(〔中吕·粉蝶儿〕套十六曲)任继图见壁上和词与梧叶题诗,猜测夫妻还有团圆之日。不久,任继图、花仲清分别中文武状元。云英陪牛僧孺之女金哥彩楼抛球择婿,绣球先中任继图,任不接丝鞭;再抛中花仲清,花接了丝鞭。彩楼上下,云英与任继图相望,都疑夫妻相遇,然不敢相认。第四折:(〔双调·新水令〕套九曲)金哥、花仲清举行婚礼,云英、任继图作陪相遇,诉说壁上和词,梧叶题诗之事,夫妻团圆。

赵匡义智娶符金锭　　　　　无名氏

(简名《符金锭》)

旦本。出场人物:冲末—赵匡义;正旦—符金锭(楔子、第一、三、四折)、赵满堂(第二折、楔子);净—韩松;外—符彦卿、赵弘殷、郑恩等。

楔子:(〔仙吕·赏花时〕一曲)汴梁太守符彦卿家有御赐花园一座,春日让众民观赏。赵匡义约其义弟郑恩前去游赏;权豪势要之家韩松亦带家丁,准备前去游玩。符彦卿嘱其女符金锭白日不要步出闺房,以免让游人看见。第一折:(〔仙吕·点绛唇〕套十曲)游人散尽,赵匡义才来到花园,正遇散步的符金锭,二人以诗相探,一见倾心,赵约以日后请人说媒。韩松来到园中,欲将符金锭带往家中,被郑恩举拳吓回。第二折:(〔南吕·一枝花〕套八曲)韩松找媒婆往符家提亲。赵匡义见符金锭后一病不起,其父殿前都指挥使赵弘殷要匡义姐赵满堂问明病由,令满堂丈夫王朴往符府说亲。第三折:(〔中吕·粉蝶儿〕套八曲)赵、韩两家媒人同至符家,金锭父母决定由金锭彩楼抛绣球,自择佳婿。符金锭将绣球抛在匡义怀中,韩松将绣球抢去,符父决定将女儿嫁给赵匡义。郑恩等设计惩罚韩松,使赵得以顺利迎亲。楔子:(〔仙吕·赏花时〕一曲)郑恩扮作新娘坐在轿里,韩松等前来抢亲,被郑恩一帮弟兄痛打一顿。第四折:(〔双调·新水令〕套八曲)赵府设宴,庆贺赵、符新婚。

张公艺九世同居　　　　　无名氏

(简名《九世同居》)

末本。出场人物:正末—张公艺;大末—张悦;二末—张珝;三末—张英;外—王伯清。

第一折:(〔仙吕·点绛唇〕套十一曲)寿张县老者张公艺,自北齐至隋,一家九世和睦同居,父慈子孝,家风醇正。八月十五,祭祖后,公艺要二儿、三儿赴京应试。第二折:(〔南吕·一枝花〕套十一曲,套外〔双调·清江引〕一曲,净唱)张公艺出资办义学,并接济贫穷书生王伯清安葬亡父,赠银两鞍马,让他前去应举。王伯清一举中第,授黄门侍郎,主持春试,张珝、张英分别中文、武状元。第三折:(〔正宫·端正好〕套八曲)王伯清向圣上保奏张公艺,圣上命使臣问张公艺齐家之道,张于纸上书百十个"忍"字,使臣持以回复圣上。第四折:(〔双调·新水令〕套八曲)圣上见"忍"字书,龙颜大悦,赠绢百匹,立牌坊"孝义之门",表彰张公艺。张公艺之子得官后衣锦还乡。

包待制陈州粜米　　　　　　　　无名氏

(简名《陈州粜米》)

末本。出场人物:冲末—范仲淹;正末—张懒古(第一折)、包待制(第二、三、四折);净—刘衙内、小衙内、杨金吾;搽旦—王粉莲;小懒古、张千等。

楔子:(〔仙吕·赏花时〕一曲)陈州亢旱三年,范仲淹等商议派人前往陈州赈灾放粮。刘衙内立军令状,保举其子小衙内、女婿杨金吾前去,私下嘱他们抬高米价,以饱私囊,并乞圣赐紫金槌,以对付"顽民"。第一折:(〔仙吕·点绛唇〕套十二曲)小衙内、杨金吾在陈州以抬高米价,掺土杂糠,大秤收银、小斗量米等手段肆意贪污钱财,坑害灾民。张懒古反抗,被小衙内用紫金槌打死。张临终前嘱其子小懒古到京师寻包待制告状。第二折:(〔正宫·端正好〕套十曲)范仲淹等闻说小衙内、杨金吾在陈州贪赃枉法,有意请包待制前去查办,包本已年迈而无意官事,因受小懒古告状,决意前往,惩办赃官。第三折:(〔南吕·一枝花〕套七曲)包待制微服前往陈州。在陈州路上,遇刘、杨相好妓女王粉莲,包不露声色,为王笼驴牵行,打听得紫金槌放在王处。小衙内因"牵驴老儿"用所赐酒食喂驴,将包待制吊在槐树上,被包随行张千巧言救下。第四折:(〔双调·新水令〕套七曲)包待制将刘、杨抓获,判以贪赃与私授御赐金槌之罪,要小懒古亲手持槌打死小衙内,将杨金吾枭首示众。刘衙内知其子、婿命将不保,向皇上请"赦活不赦死"的赦书,以脱子、婿打死张懒古之罪,谁知星夜赶到陈州,却正好赦了小懒古。

庞居士误放来生债　　　　　　　无名氏

(简名《来生债》)

末本。出场人物:正末—庞居士;冲末—李孝先;正旦—灵兆女;老旦—庞妻;增福神、丹霞禅师。

楔子:(〔仙吕·赏花时〕一曲)贫儒李孝先,借富户庞居士二两银,无力偿还,担忧成疾。庞居士素喜念佛行善,见状后勾销欠债,又赠以银两。第一折:(〔仙吕·点绛唇〕套十一曲)庞居士从李处回家后将欠账文书一烧而光,增福神下界化为曾信宝询问何因,庞告以钱"兀的不送了多少人",故有此举,临别又赠曾信宝鞍马银两。曾走后,庞赠银给伙计罗和,嘱以经商自给,罗持银回家,梦中屡因银遭灾;一夜不得安宁,知银非善物,次日还银给庞居士。第二折:(〔中吕·粉蝶儿〕套十三曲)庞居士烧香行经槽门,听得牛、马、驴相言:均是昔日欠庞居士银两不还，故来生转世为畜身来偿债。庞惊悟昔日放银，本意在行善，不料积恶害人，遂将家中钱物载于舟上，不管其妻阻拦，准备次日沉之东海。第三折：(〔越调·斗鹌鹑〕套十三曲)庞居士将钱财沉于东海，携全家至鹿门山隐居，编笊篱为生。第四折：(〔双调·新水令〕套七曲)秀才某因功名不遂，削发为僧，法号丹霞禅师，见庞女灵兆大有颜色，以言相挑，却被灵兆女点化悟得色即是空之理。增福神等前来，奉玉帝敕召庞一家入仙界，原来庞居士是上界宾陀罗尊者，庞妻是执幡罗刹女，灵兆女则是南海自在观世音菩萨。(此剧今人定为明初刘君锡作)

小尉迟将斗将认父归朝　　无名氏
(简名《小尉迟》)

末本。出场人物：正末—宇文庆(第一折)、尉迟恭(第二、三、四折)；外—小尉迟(刘无敌)、刘季真、徐懋公等。

第一折：(〔仙吕·点绛唇〕套十二曲)番将刘无敌本是尉迟恭昔日降唐时撇在番邦的三岁幼子尉迟保林，为番将刘季真收养，遂认刘季真为亲父。无敌二十岁学成十八般武艺，刘季真命他率兵伐唐，单搦尉迟恭交战。临行前，无敌养爹原尉迟家老院公告知其身世，将尉迟家祖传水磨鞭交给无敌。第二折：(〔中吕·粉蝶儿〕套九曲；套外〔双调·清江引〕一曲，净唱)鄂国公尉迟恭挂甲出征。第三折：(〔越调·斗鹌鹑〕套九曲)尉迟恭与刘无敌交手，无敌心知唐将是他父亲，乃佯输而逃，避开众人，取出水磨鞭，与追赶前来

的尉迟恭父子相认。无敌告诉父亲，将俘获刘季真作为他的投唐献礼。第四折：(〔双调·新水令〕套六曲)监军回报尉迟恭放走敌将，朝廷以其有叛逆之心，令军师徐懋公问罪，尉迟恭告以实情。恰小尉迟缚刘季真来献，尉迟父子俱受嘉奖。

谢金吾诈拆清风府　　无名氏
(简名《谢金吾》)

旦本。出场人物：正旦—佘太君(第一、二折)、长国姑(第三、四折)；冲末—杨六郎、殿头官；净—王枢密；丑—谢金吾；外—焦赞、孟良、岳胜。

楔子：(〔仙吕·赏花时〕一曲)北番奸细贺驴儿潜入中原，改姓王，做了东厅枢密使。杨六郎镇守三关使北番不得入侵，王枢密欲借拓宽官街之机加害六郎。令其婿谢金吾将圣旨"拆到杨家清风无佞楼止"，改为"拆倒"无佞楼。第一折：(〔仙吕·点绛唇〕套十一曲)无佞楼为先帝赐造，上有三朝天子御笔敕书，专为表彰杨家尽忠报国之人。谢金吾令人拆除，佘太君出来阻拦，被谢推下台阶跌破了头。太君知是阴谋，遂修书至三关，令六郎如无圣旨不准私自下关，以免堕入奸计。第二折：(〔南吕·一枝花〕套九曲)六郎接书后违命下关探母。随行的焦赞入城后不知去向。六郎见母亲受伤，气愤已极，待奉母命即回三关时，被王枢密拿获。第三折：(〔越调·斗鹌鹑〕套十四曲)焦赞潜入谢宅，杀死谢金吾一家十七口，题诗留名，被捉。北番大将韩延寿派奸细与王枢密联系，被孟良捉获。杨六郎

和焦赞被绑赴法场,由六郎岳母长国姑劫法场救出。第四折:(〔双调·新水令〕套八曲)王枢密向殿头官告长国姑劫法场毁圣旨之罪。长国姑向殿头官诉说实情,适孟良押来北番奸细,王枢密真相暴露。圣旨下,褒杨忠良,惩办奸恶。

崔府君断冤家债主　　　　　　无名氏
(简名《冤家债主》)

末本。出场人物:正末—张善友;老旦—张妻;冲末—崔子玉;净—赵廷玉、乞僧;丑—福僧。

楔子:(〔仙吕·忆王孙〕一曲)晋州张善友平日看经念佛,修行参道。一日,张家的五锭银子为赵廷玉所盗。五台山僧人有化缘修殿的十锭银寄存张家,善友外出,僧人前来索银,张妻混赖不认。张回家后,好友崔子玉上朝取应,临行作别。第一折:(〔仙吕·点绛唇〕套八曲)张家从晋州搬至福阳县。善友已有二子。长子乞僧,披星戴月,勤苦创业;次子福僧,好吃懒做,喝酒赌博,常有债主上门。善友无奈只得将家产一分为三。第二折:(〔商调·集贤宾〕套九曲)分家后不久,福僧家私荡尽,寄居在乞僧处。乞僧得病死去,福僧带着狐朋狗党来抢东西,张妻活活气死,做了福阳县令的崔子玉前来探望。第三折:(〔中吕·粉蝶儿〕套十一曲)不久,福僧也得病死去。两个媳妇皆回娘家,孤独的张善友十分痛苦。他到崔县令处告状,要和土地阎王对质,追查老婆孩子究竟何罪,崔子玉只言管不了阴间事。第四折:(〔双调·新水令〕套七曲)

善友再来县衙,在似梦非梦中被崔子玉放去森罗殿。阎王唤来张妻等三人与其相见。乞僧说自己当初是赵廷玉,因偷张家银子,托胎后要加倍偿还;福僧说自己前身是五台山僧人,因张家欠他的银子,托胎后张家需加倍偿还给他;张妻说自己混赖了僧人的银子,因而游遍了十八层地狱。至此,张善友才识破冤家债主,悟得人间报应。

两军师隔江斗智　　　　　　无名氏
(简名《隔江斗智》)

旦本。出场人物:正旦—孙安;冲末—周瑜;外—鲁肃、孙权、孔明、赵云、刘备;末—关羽,张飞;旦—老夫人;净—甘宁,刘封;丑—凌统。

第一折:(〔仙吕·点绛唇〕套九曲)为了夺回荆州,周瑜设下美人计:把孙权之妹孙安嫁给刘备,送亲队伍乘机夺城;如此计不成,再由孙安小姐在洞房中刺杀刘备,大军随后接应。孙小姐迫于兄长之命,只好依从。第二折:(〔中吕·粉蝶儿〕套十曲)孔明察知周瑜用心,成亲之日,命张飞率兵接夫人车马入城,将甘宁、凌统率领的兵马拦在城外。孙小姐见刘备仪态非凡,心已倾慕,又见孔明足智多谋,关羽、张飞威武雄壮,埋怨周瑜无能取荆州,借一女子行此奸计,怨哥哥、母亲不顾刘备一死,自己将成寡妇。遂不行其计,决心宁息两国刀兵。第三折:(〔商调·集贤宾〕套八曲)周瑜二计不成,又在刘备陪孙安回娘家时,将二人留在江东,迫使孔明交出荆州。孔明早有对策,命刘封送信给刘备,故意把信让孙权看见。信中说曹操起兵来打荆州,报赤壁之仇。孙权下令放刘备夫妇回荆州,想使刘备死于曹操之手。楔子:(〔仙吕·赏花时〕一曲)刘备夫妇急赴荆州,途中孙夫人斥退前来阻拦的甘宁、凌统,遇张飞接应后,夫妇换马赶路。周瑜截住车辆,车中人却是张飞,周瑜气得昏死。第四折.(〔双调·新水令〕套八曲)诸葛亮设宴庆贺刘备返回荆州。

逞风流王焕百花亭　　　　无名氏

（简名《百花亭》）

末本。出场人物:正末—王焕;旦—贺怜怜;老旦—贺氏;净—高常彬;外—种师道。

第一折:(〔仙吕·点绛唇〕套十曲)书生王焕清明游百花亭,结识妓女贺怜怜,两相爱慕。楔子:(〔仙吕·端正好〕一曲)鸨儿贺氏将钱财已尽的王焕赶出,要把贺怜怜嫁给收买军需的高常彬。第二折:(〔中吕·粉蝶儿〕套十四曲)贺怜怜被卖给高常彬,移住承天寺,托卖查梨条的王小二带信,请王焕前来相见。第三折:(〔商调·集贤宾〕套十六曲)王焕扮做卖查梨条人,到承天寺中与贺怜怜相会。贺怜怜以首饰相赠,资助王焕投奔延安府经略使种师道从军。第四折:(〔双调·新水令〕套九曲)王焕因战功授西凉节度使。高常彬因盗用官钱犯罪充军,贺怜怜受牵连也被拘押到种师道军中,她说明自己本是王焕之妻,被高常彬以官钱强买。王焕班师回营,证实贺所述是实,种师道将高常彬治罪,王焕、贺怜怜终成眷属。

萨真人夜断碧桃花　　　　无名氏

（简名《碧桃花》）

旦本。出场人物:正旦—碧桃（楔子、第一、三、四折）,嬷嬷（第二折）;冲末—张珪;副末—张道南;外—徐瑞,萨真人;贴旦—夫人。

楔子:(〔仙吕·赏花时〕二曲)潮阳县丞张珪之子张道南,聘知县徐瑞之女碧桃为妻。三月十五日,徐瑞请亲家赏牡丹,道南因追寻白鹦鹉,跳入徐家花园,与碧桃相见,恰徐瑞夫妇进园来,碧桃羞愧而死。第一折:(〔仙吕·点绛唇〕套十二曲)道南应试高中,授潮阳县令。夜忆碧桃,抚琴悼念。碧桃魂假称邻家女,前来幽会,道南赠《青玉案》词。第二折:(〔中吕·粉蝶儿〕套十曲)道南相思成疾,回家休养。徐家拟将次女玉兰嫁之,差嬷嬷前往探病。第三折:(〔正宫·端正好〕套九曲)道南久病不愈,其父请萨真人行法,知玉兰当死,遂令碧桃借妹尸还魂。第四折:(〔双调·新水令〕套九曲)碧桃借妹尸复生,而张仍属意碧桃,乃取《青玉案》词作证,萨真人说明因由,二人终于成婚。

冯玉兰夜月泣江舟　　　　无名氏

（简名《冯玉兰》）

旦本。出场人物:正旦—冯玉兰;冲末—冯太守;旦儿—夫人;净—屠世雄;外—金御史。

第一折:(〔仙吕·点绛唇〕套九曲)冯太守除泉州知府,夫人与女儿玉兰乘船先行。半夜时,玉兰梦被强人追杀,十分惊慌。第二折:(〔正宫·端正好〕套九曲)冯太守随后上船。舟行长江,避风于黄芦荡,遇巡江官屠世雄,相邀共饮。屠见夫人貌美,杀太守及随船人员,抢走夫人,仅玉兰躲于船尾幸免。乱中,屠遗下刀一口。第三折:(〔商调·集贤宾〕套九曲)金御史奉旨巡抚江南,亦泊舟避风于黄芦荡,灯下见群鬼哭诉,颇觉惊奇,适冯舟飘近,闻女子哭声,过舟察访,拾得屠遗落之刀。玉兰哭诉遭遇。第四折:(〔双调·新水令〕套八曲)金御史至清江浦,在前来参见的众巡官中,觉屠世雄可疑。查勘兵器,发现屠有一无刀之鞘,正与冯舟上所捡之刀相合。屠贼抵赖,御史令玉兰对屠舟唤母,夫人果在其中。人证物证俱在,屠贼只得招供伏法。

阀阅舞射柳捶丸记　　　　　无名氏
(简名《射柳捶丸》)

　　末本。出场人物:冲末—耶律万户;正末—唐介(第一折)、延寿马(第二、三、四折);净—葛监军;范仲淹、吕夷简、李信等。

　　第一折:(〔仙吕·点绛唇〕套八曲)雁门关外,番兵首领耶律万户屡屡寻衅,八府丞相商量征讨之事,御史唐介保荐女真人延寿马为帅,前去平定边乱。第二折:(〔南吕·一枝花〕套六曲)延寿马在云州领了帅印,与参谋李信率军进京。楔子:(〔仙吕·赏花时〕一曲)延寿马在京师拜谒范仲淹,领命为先锋,葛监军为后队,率兵出征。第三折:(〔越调·斗鹌鹑〕套六曲)葛监军先遇耶律万户,双方交手,葛败阵而逃;延寿马兵至,一箭射死耶

律万户,杀败敌兵。第四折:(〔双调·新水令〕套九曲)葛监军回京谎称是他射死番将。范仲淹在御园中设宴摆酒,让延、葛二人比赛射柳打球,葛均不中,延寿马箭中柳枝,珠穿球门,证实为真正立功者,被封为天下兵马大元帅。

尉迟恭单鞭夺槊　　　　　无名氏
(简名《单鞭夺槊》)

　　末本。出场人物:正末—李世民(第一、二、三折)、探子(第四折);冲末—徐懋公;净—尉迟敬德、李元吉;丑—段志贤。

　　楔子:(〔仙吕·端正好〕一曲)刘武周部将尉迟恭困守介休城中,不肯降唐。徐懋公设计杀死了刘武周,尉迟恭见主公已死,服孝三日后降唐。第一折:(〔仙吕·点绛唇〕套十曲)尉迟恭当初与李世民之弟李元吉交战时,曾打过元吉一鞭,担心元吉会报此仇,李世民好言抚慰,打消他的顾虑。第二折:(〔正宫·端正好〕套九曲)李世民外出,元吉与部将段志贤捏造罪名将尉迟恭囚禁。李世民闻讯返回,元吉谎称尉迟恭叛逃,被他俘回。李世民命二人比武,元吉被打得狼狈不堪,谎言自被拆穿。第三折:(〔越调·斗鹌鹑〕套八曲),李世民刺探军情,单雄信发觉后率兵追杀,世民逃入榆科园中。尉迟恭赶到,鞭雄信,夺其槊,救了李世民。第四折:(〔黄钟·醉花阴〕套七曲)探子回营,向徐懋公报告尉迟恭救主经过。(此剧旧本或题尚仲贤作,或题关汉卿作,今学术界多定其为无名氏作)

　　　　　(徐沁君、陈绍华、李昌集、黄强、季国平编)

名句索引

一　画

一个空皮囊包裹着千重气，一个干骷髅顶戴着十分罪。 …………………………… 524

一片世情天地间，白，也是眼；青，也是眼。 ……………………… 926

一从鞍马西东，几番衾枕朦胧。 …………………………… 934

一划的木笏司糊突，并无聪明正直的心腹，尽都是那绷扒吊拷的招伏。 …………… 510

一声吹落江楼月。 ……………………………… 248

一声梧叶一声秋，一点芭蕉一点愁，三更归梦三更后。 …………………… 1202

一点雨间一行凄惶泪，一阵风对一声长吁气。 …………………… 151

一竿钓钩，不挂古今愁。 …………………………… 919

一程程捱入相思境，一声声总是相思令，一星星尽诉相思病。 ………………… 855

一霎儿九重宫阙如银砌，半合儿万里乾坤似玉妆，粉填满封疆。 ………………… 1579

二　画

〔一〕

十年书剑长吁，一曲琵琶暗许。 …………………………… 309

十载故乡心，一夜邮亭月。 …………………………… 1105

〔丿〕

人生百年有几，念良辰美景，休放虚过。 …………………………… 6

人生底事辛苦，枉被儒冠误。 …………………………… 1130

人老去西风白发，蝶愁来明日黄花。 …………………… 1206

人传《梁甫吟》，自献《长门赋》，谁三顾茅庐？ …………………… 1170

人皆嫌命窘，谁不见钱亲？ …………………………… 1146

人海阔，无日不风波。 …………………………… 103

人能得几日好，花能得几日新？ …………………… 729

几遍成几遍休，半点事半点惭羞。 …………………… 1284

九分恩爱九分忧，两处相思两处愁，十年迤逗十年受。 ………………… 1284

三　画

〔一〕

三千丈清愁鬓发，五十年春梦繁华。 …………………………… 939

三千贯、二千石。一品官、二品职。只落的故纸上两行史记。 …… 386

三月景，宜醉不宜醒。 ………………………………………………… 47

三秋恨三秋感旧，三春怨三春病酒，一世害一世风流。 ………… 1284

才上马齐声儿喝道，只这的便是送了人的根苗。 ………………… 741

寸纸关河，万里安危。 ……………………………………………… 631

大丈夫心烈，我觑这单刀会似赛村社。 …………………………… 140

大江东去，长安西去，为功名走遍天涯路。 ……………………… 1075

大江东去浪千叠，引着这数十人驾着这小舟一叶。 ……………… 140

万里云烟挥翰墨，一天星斗焕文章。 ……………………………… 670

万事从他，虽是无田，胜似无家。 ………………………………… 952

〔丨〕

小舟如画，渔歌唱入芦花。 ………………………………………… 1221

山，依旧好；人，憔悴了。 ………………………………………… 96

山河犹带英雄气。 …………………………………………………… 759

山容瘦，木叶凋，对西窗尽是诗材料。 …………………………… 1185

〔丿〕

千古是非心，一夕渔樵话。 ………………………………………… 253

夕阳古道无人语，禾黍秋风听马嘶。 ……………………………… 470

夕阳西下，断肠人在天涯。 ………………………………………… 245

〔一〕

子规声好教人恨，他只待送春归几树铅华。 ……………………… 999

四 画

〔一〕

开颜,玉盏金波满。狼山,人生相会难。· · · · · · · · · · · · 319

天长雁影稀,月落山容瘦。冷清清暮秋时候。· · · · · · · · · · · · 71

天地也只合把清浊分辨,可怎生糊突了盗跖颜渊。为善的受贫穷更命短,造恶的
　　享富贵又寿延。· · · · · · · · · · · · 161

天有情天亦老,春有意春须瘦,云无心云也生愁。· · · · · · · · · · · · 996

夫人得好休,便好休,这其间何必苦追求! 常言道"女大不中留"。· · · · · · · · · · · · 463

夫妻相待,贫和富有何妨。贫和富,是我命福;好共歹,在你斟量。· · · · · · · · · · · · 479

无忧,醉了还依旧;归休,湖天风月秋。· · · · · · · · · · · · 636

云来山更佳,云去山如画,山因云晦明,云共山高下。· · · · · · · · · · · · 769

云笼月,风弄铁,两般儿助人凄切。· · · · · · · · · · · · 351

五眼鸡岐山鸣凤,两头蛇南阳卧龙,三脚猫渭水飞熊。· · · · · · · · · · · · 1406

不见后又嗔,得见后又村,多敢死后肯。· · · · · · · · · · · · 1568

不占龙头选,不入名贤传。时时酒圣,处处诗禅。· · · · · · · · · · · · 916

不达时皆笑屈原非,但知音尽说陶潜是。· · · · · · · · · · · · 230

不应举江湖状元,不思凡风月神仙。· · · · · · · · · · · · 917

不知音不到此,宜歌宜酒宜诗。· · · · · · · · · · · · 355

不是我论黄数黑,怎禁他恶紫夺朱。· · · · · · · · · · · · 1033

不思量尤在心头记,越思量越惹地添憔悴。· · · · · · · · · · · · 1598

不读书有权,不识字有钱,不晓事倒有人夸荐。· · · · · · · · · · · · 1620

不读书最高,不识字最好,不晓事倒有人夸俏。· · · · · · · · · · · · 1620

太平时卖你宰相功劳,有事处把俺佳人递流。· · · · · · · · · · · · 391

〔丨〕

日长也愁更长,红稀也信尤稀,春归也奄然人未归。· · · · · · · · · · · · 848

水声山色两模糊,闲看云来去。则我怨结愁肠对谁诉? · · · · · · · · · · · · 476

水深水浅东西涧,云去云来远近山。· · · · · · · · · · · · 1266

见不平处有眼如矇,听咒骂处有耳如聋。· · · · · · · · · · · · 651

〔丿〕

从今后玉容寂寞梨花朵，胭脂浅淡樱桃颗，这相思何时是可？ …………… 451

从来有日月交蚀，几曾见夫主婚、妻招婿？ ………………………………… 198

从来好事天生俭，自古瓜儿苦后甜。 ………………………………………… 239

今日个病厌厌刚写下两个相思字。 …………………………………………… 588

欠伊周济世才，犯刘阮贪杯戒，还李杜吟诗债。 …………………………… 1131

风风雨雨梨花，窄索帘栊，巧小窗纱。 ……………………………………… 939

风吹羊角，雪剪鹅毛。 ………………………………………………………… 412

风雨儿怎当？雨风儿定当。风雨儿难当！ …………………………………… 1401

风俗变甚讹，人情较太薄，世事处真微末。 ………………………………… 1481

〔丶〕

文章糊了盛钱囤，门庭改作迷魂阵，清廉贬入睡馄饨。葫芦提倒稳。 ……… 1146

方信道人心似铁，您也忒官法如炉。 ………………………………………… 510

为儿女使尽些拖刀计，为家私费尽些担山力。 ……………………………… 524

为甚我今日身不正，则为我往常心不直。 …………………………………… 709

元曲鉴赏辞典

五　画

〔一〕

未饮心先醉，眼中流血，心里成灰。 ………………………………………… 470

正万里西风，一天暮雨，两地相思。 ………………………………………… 947

世态纷纷，千古长沙，几度词臣！ …………………………………………… 80

世味嚼蜡，尘事抟沙，聚散树头鸦。 ………………………………………… 1227

古今几度：生存华屋，零落山丘。 …………………………………………… 3

可不道书中车马多如簇，可不道书中自有千钟粟，可不道书中有女颜如玉。 …… 379

可知道秀才双脸冷，宰相五更寒。 …………………………………………… 657

可怜不惯害相思。则被你个肯字儿，迤逗我许多时。 ……………………… 237

石斗滩，剑门关，上青天不如行路难。 ……………………………………… 1229

布衣中，问英雄，王图霸业成何用！ ………………………………………… 360

平生不会相思,才会相思,便害相思。 ………………………………………………… 1278

平地上窝弓,水面上张罗网。 …………………………………………………………… 824

东风摇曳垂杨线,游丝牵惹桃花片,珠帘掩映芙蓉面。 ……………………………… 431

东里来,西邻醉,听渔樵讲些兴废。 …………………………………………………… 1242

〔丨〕

北邙烟,西州泪,先朝故家,破冢残碑。 ……………………………………………… 1130

旧游池馆,翻做了狐踪兔穴。 …………………………………………………………… 261

归舟紧不紧如何见?恰便似弩箭乍离弦。 ……………………………………………… 428

且休题眼角儿留情处,则这脚踪儿将心事传。 ………………………………………… 431

只贪着目前受用,全不省爬的高来可也跌的来肿。 …………………………………… 650

只思量倚檀槽听唱一曲桂枝香,你少不的撇摇槌,学打几句莲花落。 ……………… 1119

叹乌衣一旦非王谢,怕青山两岸分吴越,厌红尘万丈混龙蛇。 ……………………… 1471

叹世人用尽千般计,笑时人倚尽十分势,看高人着尽一枰棋。 ……………………… 1473

四更过情未足,情未足夜如梭。天哪,更闰一更儿妨甚么! ………………………… 598

四围山一竿残照里。 ……………………………………………………………………… 346

四围山色中,一鞭残照里。 ……………………………………………………………… 471

四围山护绕,几处树高低。谁,曾赋黍离离? ……………………………………… 1336

四围不尽山,一望无穷水。散西风满天秋意。 ………………………………………… 67

〔丿〕

失又何愁,得之何喜,闷也何为? ……………………………………………………… 1276

禾黍高低六代宫,楸梧远近千官冢,一场恶梦。 ……………………………………… 360

白云深处青山下,茅庵草舍无冬夏。 …………………………………………………… 526

白雪阳春,一曲西风几断肠。 …………………………………………………………… 248

他、他、他,嫌官小不为,嫌马瘦不骑,动不动挑人眼、剔人骨、剥人皮。 ……… 199

他安排着香饵把鳌鱼钓,准备着窝弓将虎豹射。 ……………………………………… 1700

他那里尽人调戏,舚着香肩,只将花笑拈。 …………………………………………… 430

他那里眼送眉传,我这里腹热心煎。 …………………………………………………… 1581

他每都拣来拣去百千回。待嫁一个老实的,又怕尽世儿难成对;待嫁一个聪俊的,

又怕半路里轻抛弃。······170

他每都指山卖磨，将百姓画地为牢。······707

他其实咽不下玉液金波。谁承望月底西厢，变做了梦里南柯。······451

他使着侥幸心，咱受着腌臜气。不争俺两硬相夺，使孩儿损骨伤肌。······802

他官人每一个个要为国不为家，怎知道也似我说的行不的。······709

他得志笑闲人，他失脚闲人笑。······1184

他富则富，富不中我志诚心；这秀才穷则穷，穷不辱我姻缘簿。······1719

用尽我为民为国心，祈卜些值玉值金雨。······774

冬前冬后几村庄，溪北溪南两履霜，树头树底孤山上。······962

〔丶〕

半竿落日，一声过雁，几处危楼。······1091

宁可身卧糟丘，赛强如命悬君手。······53

六　画

〔一〕

动不动说甚么玉堂金马，虚费了文园笔札。······1610

寺无僧狐狸样瓦，官无事乌鼠当衙。······949

老夫人猜那穷酸做了新婿，小姐做了娇妻，这小贱人做了牵头。······463

老只老呵，老了咱些年纪。老只老呵，老不了我胸中武艺。老只老呵，老不了我
　　龙韬虎略。老只老呵，老不了我妙策神机。······700

地也，你不分好歹何为地？天也，你错勘贤愚枉做天！······161

西风落叶山容瘦，呀呀的雁过南楼。······543

厌行李程途，虚花世态，潦草生涯。······952

在官时只说闲，得闲也又思官。······761

百十里街衢整齐，万余家楼阁参差，并无半答儿闲田地。······131

百岁光阴一梦蝶，重回首往事堪嗟。······340

百忙里称不了老兄心，急切里倒不了俺汉家节。······142

有声名谁识廉颇，广才学不用萧何。······1110

有亲娘有后爷，无亲娘无疼热。······268

有钱的纳宠妾买人口偏兴旺,无钱的受饥馁填沟壑遭灾障。 ·········· 1026
有钱的贩米谷置田庄添生放,无钱的少过活分骨肉无承望。 ·········· 1026
夺了我旧妻儿,却与个新佳配,我正是弃了甜桃绕山寻醋梨。 ·········· 199
夺泥燕口,削铁针头,刮金佛面细搜求:无中觅有。 ·········· 1607
列国周齐秦汉楚。赢,都变做了土;输,都变做了土! ·········· 753
成也萧何,败也萧何,醉了由他。 ·········· 338

〔丨〕

当时事,仔细思,细思量不是当时。 ·········· 1460
团圆梦儿生唤起。"谁,不做美?呸,却是你!" ·········· 1174
岁华如流水,消磨尽自古豪杰。 ·········· 261
回头观兔魄,失意放渔竿。看,流下蓼花滩。 ·········· 1338
回首天涯,一抹斜阳,数点寒鸦。 ·········· 1206
回首京华,一步步放不下。 ·········· 281
则今山林钟鼎俱无味,命矣时兮。 ·········· 837
则为你两头白面搬兴废,转背言词说是非。 ·········· 717
则你这媒人一个个,啜人口似蜜钵,都只是随风倒舵,索媒钱嫌少争多。 ·········· 1739
则甚么留下舞衣裳,被西风吹散旧时香。 ·········· 396
则着你夜去明来,倒有个天长地久。 ·········· 462

〔丿〕

竹篱茅舍,淡烟衰草孤村。 ·········· 246
休干,误杀英雄汉。看看,星星两鬓斑。 ·········· 633
伤心故园,西风渭水,落日长安。 ·········· 277
伤心秦汉,生民涂炭,读书人一声长叹。 ·········· 1177
伤心秦汉经行处,宫阙万间都做了土。 ·········· 757
自别后遥山隐隐,更那堪远水粼粼。 ·········· 420
自将杨柳品题人,笑拈花枝比较春,输与海棠三四分。 ·········· 1331
似这等无仁义愚浊的却有财,偏着俺有德行聪明的嚼齑菜。 ·········· 244
似箭穿着雁口,没个人敢咳嗽。 ·········· 391

会作山中相，不管人间事。争什么半张名利纸？ ……………………… 343

〔丶〕

问东君何处天涯？落日啼鹃，流水桃花。 ………………………………… 599
问花不语，花替人愁。 ……………………………………………………… 765
江水澄澄江月明，江上何人挡玉筝？ …………………………………… 1234
江村路，水墨图，不知名野花无数。 ……………………………………… 1186
江流今古愁，山雨兴亡泪。沙鸥笑人闲未得。 ………………………… 1246
江梅并瘦，槛竹同清，岩松共久。 ………………………………………… 422
兴，百姓苦！亡，百姓苦！ ………………………………………………… 757
兴亡遗恨，一丘黄土，千古青山。 ………………………………………… 1133
论文章他爱咱，睹妖娆咱爱他。 …………………………………………… 312

〔一〕

寻思，谈笑十年事；嗟咨，风流两鬓丝。 ………………………………… 982
那怕你指天画地能瞒鬼，步线行针待哄谁？ …………………………… 717
如今凌烟阁一层一个鬼门关，长安道一步一个连云栈。 ……………… 1202
好和歹没条道。善的人欺，贫的人笑，读书人都累倒。 ……………… 1620
红尘不向门前惹，绿树偏宜屋角遮，青山正补墙头缺。 ……………… 362

七 画

〔一〕

折挫英雄，消磨良善，越聪明越运蹇。 ………………………………… 1620
投至狐踪与兔穴，多少豪杰。 ……………………………………………… 362
花比他不风流，玉比他不温柔。 …………………………………………… 996
花见我，我见花，花应憔瘦。月对咱，咱对月，月更害羞。与天说，说与天，天也还愁。
……………………………………………………………………………… 1516
花有阴，月有阴，"春宵一刻抵千金"，何须"诗对会家吟"？ ………… 460
花如人面红，山似佛头青。 ………………………………………………… 1235

花谢了三春近也，月缺了中秋到也，人去了何日来也？ ·········· 1398
两处相思无计留，君上孤舟妾倚楼。 ·········· 314
来回顾影，文魔秀士，风欠酸丁。 ·········· 449
来时节三两句话，去时节一篇诗，记在人心窝儿里直到死。 ·········· 1435

〔丨〕

吴头楚尾，江山入梦，海鸟忘机。 ·········· 918
困米那一眠，闲来那一醉。一任渔樵，说是谈非。 ·········· 1564
听的行雁来也我立尽吹箫院，闻得声马嘶也目断垂杨线。 ·········· 376
听得道一声"去也"，松了金钏；遥望见十里长亭，减了玉肌。 ·········· 468
听疏剌剌晚风，风声落万松；明朗朗月容，容光照半空；响潺潺水冲，冲流绝涧中。
·········· 680

〔丿〕

我见他宜嗔宜喜春风面，偏、宜贴翠花钿。 ·········· 430
我只见雨淋淋写出潇湘景，更和这云淡淡妆成水墨天。 ·········· 646
我弃了部署不收，你原来"苗而不秀"。呸！你是个银样镴枪头。 ·········· 464
我是个普天下郎君领袖，盖世界浪子班头。 ·········· 134
我是个蒸不烂、煮不熟、捶不匾、炒不爆、响珰珰一粒铜豌豆。 ·········· 134
我是个锦阵花营都帅头，曾玩府游州。 ·········· 134
我将你怀儿中撮哺似心肝儿般敬，眼前觑当似在手掌儿上擎。 ·········· 1711
我将你温不热薄情儿化做了水。 ·········· 1358
我根前使不着你"之乎者也"、"诗云子曰"，早该黥口截舌！ ·········· 141
我着这金线儿妆出鸳鸯字，我着这绿绒儿分作鸳鸯翅。你看那枝缠着花，花缠着枝。
·········· 1698
我觑这万水千山，都只在一时半霎。 ·········· 843
乱云不收，残霞妆就，一片洞庭秋。 ·········· 39
利名场再不行踏，风波海其实怕他。 ·········· 890
佐国心，拿云手，命里无时莫刚求。 ·········· 329
但风流都在他身上，添分毫便不停当。 ·········· 146
你文武两班，空列些乌靴象简，金紫罗襕；内中没个英雄汉。 ·········· 277

你正是狂风偏纵扑天雕,严霜故打枯根草。 …………………… 652

你则待折灵芝喂牛草,打麒麟当羊卖,摔瑶琴做烧柴。 ………… 1716

你看他马儿上簪簪的势,早忘和俺掏斑鸠争攀古树,摸虾蟆混入淤泥。 …………… 665

你将那半句话搬调做十分事,一尺水翻腾做百丈波,则你那口似悬河。 ………… 1739

你端的心儿顺,意儿真,秀才也便休愁暮雨朝云。 ………… 539

伴虎溪僧鹤林友龙山客,似杜工部陶渊明李太白,有洞庭柑东阳酒西湖蟹。 …… 359

肝肠百炼炉间铁,富贵三更枕上蝶,功名两字酒中蛇。 ………… 978

犹古自身心不定,倚徧危楼,望不见长安帝京。 ………… 993

系春心情短柳丝长,隔花阴人远天涯近。 ………… 444

〔丶〕

这一篇相思令,寄与多情,道是人憔悴不似丹青。 ………… 994

这的是衙门从古向南开,就中无个不冤哉! ………… 166

这都是官吏每无心正法,使百姓有口难言。 ………… 162

这钱呵,动佳人有意郎君俊,糊突尽九烈三贞。 ………… 1707

这厮每玩法欺公胆气粗,恰便似饿虎当途。 ………… 1033

闲日月熬了些酒樽,恶风波飞不上丝纶。 ………… 919

闲来几句渔樵话,困来一枕葫芦架。 ………… 526

闲时故把忠臣慢,差时不听忠臣谏,危时却要忠臣干。 ………… 228

忧则忧鸾孤凤单,愁则愁月缺花残。为则为俏冤家,害则害谁曾惯? ………… 114

证候来时,正是何时? 灯半昏时,月半明时。 ………… 1278

识破抱官囚,谁更事王侯? 甲子无拘系,乾坤只自由。 ………… 636

〔一〕

张良辞汉全身计,范蠡归湖远害机。 ………… 236

纵有新诗赠别离,医不可相思病体。 ………… 74

八 画

〔一〕

青山绿水,白草红叶黄花。 ………… 244

苦,苦,经了些横雨斜风,酷寒盛夏,暮烟晓雾。 …………… 673

若不是急流中将脚步抽回,险些儿闹市里把头皮断送。 …… 649

林泉隐居谁到此,有客清风至。 ……………………………… 343

杯中酒好天良夜,休辜负了锦堂风月。 ……………………… 261

枕上十年事,江南二老忧,都到心头。 ……………………… 1282

画船儿载将春去也,空留下半江明月。 ……………………… 87

画楼边几声新雁儿,不传书摆成个“愁”字。 ……………… 1350

事间关,景阑珊,黄金不富英雄汉。 ………………………… 926

雨和人紧厮熬,伴铜壶点点敲,雨更多泪不少。 …………… 289

到如今钏松了玉腕,衣褪了香肌。 …………………………… 1722

〔J〕

果然人生最苦是离别。方信道花发风筛,月满云遮。 ……… 268

畅好是花谢的疾,春去的紧,揢断了人生有限身! ………… 729

畅道是光阴过去的疾,冤仇报复的早。 ……………………… 653

〔J〕

钓台下风云庆会,纶竿上日月交蚀。 ………………………… 919

钗分凤凰,杯斟鹦鹉,人拆鸳鸯。 …………………………… 1092

知他是汉朝君,晋朝臣? 把风云庆会消磨尽。 …………… 755

知荣知辱牢缄口,谁是谁非暗点头。 ………………………… 234

物换星移,城是人非,今古一枰棋。 ………………………… 1336

和露摘黄花,带霜分紫蟹,煮酒烧红叶。 …………………… 363

侧着耳朵儿听,蹑着脚步儿行;悄悄冥冥,潜潜等等。 …… 441

凭君莫问:清泾浊渭,去马来牛。 …………………………… 3

依本分只落的人轻贱。 ………………………………………… 1620

往常时为功名惹是非,如今对山水忘名利。 ………………… 767

金谷园中梦,玉门关外情,凉月三更。 ……………………… 961

贪和你书生打话,畅好是兜兜搭搭,因此上不知明月落谁家。 … 815

〔、〕

夜来西风里,九天鹏鹗飞。困煞中原一布衣。 ………………………………… 331

泪点儿只除衫袖知。盼佳期,一半儿才干一半儿湿。 ……………………… 26

泪添九曲黄河溢,恨压三峰华岳低。 …………………………………………… 470

怕离别又早离别。今宵醉也,明朝去也,宁奈些些。 ……………………… 304

怕黄昏忽地又黄昏,不销魂怎地不销魂? …………………………………… 420

学不的李太白逍遥在醉乡,参破了韩昌黎夕贬潮阳。 ……………………… 670

宝髻堆云,冰弦散雨,总是才情。 ……………………………………………… 85

官法滥,刑法重,黎民怨。人吃人,钞买钞,何曾见?贼做官,官做贼,混愚贤。

　…………………………………………………………………………………… 1605

试把贤愚穷究,看钱奴自古呼铜臭。 ………………………………………… 1250

诗书丛里且淹留。闲袖手,贫煞也风流。 …………………………………… 234

诗情放,剑气豪。英雄不把穷通较。 ………………………………………… 1184

〔一〕

孤村落日残霞,轻烟老树寒鸦,一点飞鸿影下。 …………………………… 244

细丝丝梅子雨,妆点江干满楼阁;杏花雨红湿阑干,梨花雨玉容寂寞;荷花雨翠盖

　翩翩,豆花雨绿叶萧条。 ……………………………………………………… 288

细数青山,指蓬莱一望间。 ……………………………………………………… 975

九 画

〔一〕

春去春来,管送别依依岸柳。潮生潮落,会忘机泛泛沙鸥。 ……………… 1211

春将去,人未还,这其间,殃及煞愁眉泪眼。 ……………………………… 110

甚情绪灯前,客怀枕畔,心事天涯。 ………………………………………… 939

带野花,携村酒,烦恼如何到心头。 ………………………………………… 329

荣华梦一场,功名纸半张,是非海波千丈。 ………………………………… 1477

南亩耕,东山卧,世态人情经历多。 ………………………………………… 108

南枝夜来先破蕊,泄露春消息。 ……………………………………………… 605

南柯梦一觉初回，北邙坟三尺荒堆。 …………………………………… 1336
枯藤老树昏鸦，小桥流水人家，古道西风瘦马。 ……………………… 332
柳丝长玉骢难系，恨不倩疏林挂住斜晖。 ……………………………… 468
咸阳百二山河，两字功名，几阵干戈。 ………………………………… 338

〔丨〕

战西风几点宾鸿至，感起我南朝千古伤心事。 ……………………… 588
虽无刎颈交，却有忘机友。点秋江白鹭沙鸥。 ……………………… 250
虽是我话儿嗔，一半儿推辞一半儿肯。 ………………………………… 99
虽然眼底人千里，且尽生前酒一杯。 …………………………………… 470

〔丿〕

看密匝匝蚁排兵，乱纷纷蜂酿蜜，急攘攘蝇争血。 ………………… 363
怎当他临去秋波那一转！便是铁石人也意惹情牵。 ………………… 431
种春风二顷田，远红尘千丈波，倒大来闲快活。 ……………………… 329
便有那曹子建七步才，还不了庞居士一分债。 ……………………… 488
便作钓鱼人，也在风波里。则不如寻个稳便处闲坐地。 …………… 342
便读得十年书也只受得十年暴，便晓得十分事也抵不得十分饱。 … 206
信着个挟天子令诸侯紫绶臣，待损俺守边塞破敌军铁衣郎。 ……… 807

〔丶〕

将军使机谋，宰相施忠义，都在俺这老先生谈笑里。 ……………… 1564
美人自刎乌江岸，战火曾烧赤壁山，将军空老玉门关。 …………… 1177
美人笑道，莲花相似，情短藕丝长。 …………………………………… 8
活计全别。俺则是一撒网一蓑衣一箬笠。 ……………………………… 183
浓淡峰峦，高低杨柳，远近桃花。 ……………………………………… 1101
恰不道"人到中年万事休"，我怎肯虚度了春秋。 …………………… 134
恰住了送行客一帆风，又添起助离愁半江雨。 ……………………… 1428
恰离了绿水青山那答，早来到竹篱茅舍人家。 ……………………… 73

恨则恨孤帏绣衾寒,怕则怕黄昏到晚。 ·············· 114

恨相见得迟,怨归去得疾。 ·············· 468

恨薄命佳人在此,问雕鞍游子何之? ·············· 947

说英雄谁是英雄? ·············· 1406

〔一〕

退毛鸾凤不如鸡,虎离岩前被兔欺,龙居浅水虾蟆戏。 ·············· 1645

咫尺的天南地北,霎时间月缺花飞。 ·············· 112

柔软莫过溪涧水,到了不平地上也高声。 ·············· 1693

绕清江买不得天样纸! ·············· 610

十 画

〔一〕

秦宫隋苑徒遗臭,唐阙汉陵何处有? ·············· 1096

蚕怕雨寒苗怕火,阴,也是错;晴,也是错。 ·············· 95

捏几首写怀抱歪诗句,吃几杯放心胸村醪酒。 ·············· 423

莫不你一家儿受了康禅戒! ·············· 489

莫不是梵王宫,夜撞钟? 莫不是疏竹潇潇曲槛中? ·············· 455

莫笑巢鸠计拙,葫芦提一向装呆。 ·············· 362

荷盘敲雨珠千颗,山背披云玉一蓑。 ·············· 1166

莺莺燕燕春春,花花柳柳真真。 ·············· 934

破曹的樯橹一时绝,鏖兵的江水犹然热,好教我情惨切! 二十年流不尽的英雄血!

·············· 140

〔丨〕

晓来谁染霜林醉? 总是离人泪。 ·············· 468

剔银灯欲将心事写,长吁气一声欲灭。 ·············· 351

罢字儿碜可可你道是要,我心里怕那不怕。 ·············· 354

峰峦如聚,波涛如怒。山河表里潼关路。 ·············· 757

〔丿〕

笔头风月时时过,眼底儿曹渐渐多。　·········　310

笑归来仿佛已二更,煞强似踏雪寻梅灞桥冷。　·········　1236

倚仗着囊中有钞多声势,岂不闻财上分明大丈夫?　·········　555

倚蓬窗一身儿活受苦,恨不得随大江东去。　·········　586

俺娘把甜句儿落空了他,虚名儿误赚了我。　·········　451

殷实户欺心不良,停塌户瞒天不当。　·········　1025

逢一个见一个因话说,不信你耳轮儿不热。　·········　352

留连,批风抹月四十年。　·········　917

〔丶〕

离了利名场,钻入安乐窝,闲快活。　·········　106

资生利转多,贪婪意不休,为锱铢舍命寻争斗。　·········　1251

竞功名有如车下坡,惊险谁参破?　·········　603

浙江秋,吴山夜。愁随潮去,恨与山叠。　·········　304

酒里坐,酒里眠。红蓼岸,黄芦堰,更压着金马门,琼林宴。　·········　705

酒肠渴柳阴中拣云头剖瓜,诗句香梅梢上扫雪片烹茶。　·········　952

酒醒寒惊梦,笛凄春断肠,淡月昏黄。　·········　963

消日月闲中是非,傲乾坤忙里轻肥。　·········　631

海气长昏,啼鴂声干,天地无春。　·········　944

宽绰绰翠亭边蹴踘场,笑呷呷粉墙外秋千架。　·········　998

宰头羊日日羔儿会,没手盏朝朝仕女图。　·········　1034

“请”字儿不曾出声,“去”字儿连忙答应。　·········　449

调大谎往上趱,抱粗腿向前跳,倒能勾禄重官高。　·········　206

〔一〕

展花笺欲写几句知心事,空教我停霜毫半晌无才思。　·········　588

骊山四顾,阿房一炬,当时奢侈今何处?　·········　753

十一画

〔一〕

掩霜纨递将诗半篇,怕帘外卖花人见。 …………………… 1187

揣着胸登要路,睁着眼履危机,直到那其间谁救你。 ………… 741

黄尘万古长安路,折碑三尺邙山墓。西风一叶乌江渡,夕阳十里邯郸树。 ………… 1593

黄花庭院,青灯夜雨,白发秋风。 …………………………… 1136

黄芦岸白蘋渡口,绿杨堤红蓼滩头。 ……………………… 250

乾坤一转丸,日月双飞箭。浮生梦一场,世事云千变。 ……… 633

雪浪拍长空,天际秋云卷;竹索缆浮桥,水上苍龙偃。 ……… 428

雪遮得千树老,风剪得万枝枯。 …………………………… 218

〔丨〕

堂堂大元,奸佞专权。 ……………………………………… 1605

做丈夫的便做不的子弟,那做子弟的他影儿里会虚脾,那做丈夫的忒老实。 …… 170

做的个上梁不正,只待要损人利己惹人憎。 ……………… 1693

悠悠画船东去也,这思量起头儿一夜。 …………………… 616

偏宜雪月交,不惹蜂蝶戏。有时节暗香来梦里。 ………… 605

假使一朝马死黄金尽,可不的依旧苏秦,做陌路看承被人哂。 ………… 1709

船分开波中浪,棹搅碎江中月。 …………………………… 142

斜阳满地铺,回首生烟雾。兀的不山无数水无数情无数! …… 1601

欲拈斑管书心事,无那可乾坤天样般纸。 ………………… 1652

欲寄君衣君不还,不寄君衣君又寒。 ……………………… 315

〔、〕

减一笔教当刑的责断,添一笔教为从的该敲。这一管扭曲作直取状笔,
　　更狠似图财致命杀人刀。 ……………………………… 707

减了神思,瘦了容姿。病恹恹睡损了裙儿衪,难扶策,怎动止。忽的呵冷了四肢,
　　将一个贤惠的浑家生气死。 ……………………………… 1732

望七里滩头,轻舟短棹,蓑笠纶竿,一钩香饵钓斜阳。 ……… 824

望故国三千里，倚秋风十二楼，没来由惹起闲愁。 ………………………………… 1650

鸿鹄志飞腾天一方，拣深山旷野潜藏。 ………………………………………………… 824

情，夜深愁寐醒；人孤零，萧萧月二更。 ………………………………………………… 594

〔一〕

敢道是凶年岁，瘦骨骸。便剐将来也填不满一餐债。 ……………………………… 1117

隐隐天涯，剩水残山五六搭，萧萧林下，坏垣破屋两二家。 ……………………… 281

十二画

〔一〕

越间阻越情忺。 ………………………………………………………………………………… 239

蛩吟罢一觉才宁贴，鸡鸣时万事无休歇。 …………………………………………… 363

落红成阵，风飘万点正愁人。 …………………………………………………………… 444

落花水香茅舍晚，断桥头卖鱼人散。 ………………………………………………… 347

朝三暮四，昨非今是，痴儿不解荣枯事。 …………………………………………… 928

雁未来时，流水无情，莫写新诗。 ……………………………………………………… 947

雁底关河，马头明月。 ……………………………………………………………………… 124

〔丨〕

悲风成阵，荒烟埋恨，碑铭残缺应难认。 …………………………………………… 755

紫霜毫是是非非，万古虚名，一梦初回。 …………………………………………… 1276

鼎足虽坚半腰里折。魏耶？晋耶？ …………………………………………………… 362

啼莺舞燕，小桥流水飞红。 ……………………………………………………………… 241

〔丿〕

铺眉苫眼早三公，裸袖揎拳享万钟，胡言乱语成时用。 ………………………… 1406

短命的偏逢薄倖，老成的偏遇真成，无情的休想遇多情。 ……………………… 1414

短桑科长不出连枝树，沤麻坑养不活比目鱼，辘轴上也打不出那连环玉。 …… 555

智和能都不及鸭青钞。 …………………………………… 1620

鹅肠苦菜连根煮,荻笋芦蒿带叶叱。 ……………………… 1025

傲杀人间万户侯,不识字烟波钓叟。 ……………………… 250

〔丶〕

焰腾腾火起红霞,黑洞洞烟飞墨云,闹垓垓火块纵横,急穰穰烟煤乱滚。 ………… 805

渴时饮饥时餐醉时歌,困来时就向莎茵卧。 …………… 103

寒雁儿呀呀的天外,怎生不捎带个字儿来? …………… 256

富极是招灾本,财多是惹祸因。 ………………………… 1706

富贵浮云。乐林泉远害全身。 …………………………… 1172

窗儿外梧桐上雨潇潇。一声声洒残叶,一点点滴寒梢。 … 288

遍人间烦恼填胸臆,量这些大小车儿如何载得起! ………… 471

〔一〕

隔江和泪听,满江长叹声。 ……………………………… 1234

登楼意,恨无上天梯。 …………………………………… 331

十三画

〔一〕

楚天秋,山叠翠,对无穷景色,总是伤悲。 ……………… 837

想人生最苦离别,唱到阳关,休唱三叠。 ………………… 1514

想花开一季,春色三分;多半狂风多半雨,一分流水二分尘。 …… 729

想秦宫汉阙,都做了衰草牛羊野。不恁么渔樵没话说。 … 362

想着俺怀儿中受用,怕甚么脸儿上抢白。 ………………… 487

楼台远近,乾坤表里,江汉西东。 ……………………… 1262

酪子里愁肠酪子里焦。 …………………………………… 184

感今怀古,旧荣新辱。都装入酒葫芦。 ………………… 476

殢人的玉软香娇,半席地恰便似八百里梁山泊,抵多少月黑风高。 …… 1119

〔丨〕

睡不着如翻掌,少可有一万声长吁短叹,五千遍捣枕捶床。 ······ 438

暖溶溶玉醅,白泠泠似水,多半是相思泪。 ······ 469

暗想当年,罗帕上把新诗写,偷绾同心结。 ······ 1686

蜗角虚名,蝇头微利,拆鸳鸯在两下里。 ······ 469

〔丿〕

愁心惊一声鸟啼,薄命趁一春事已,香魂逐一片花飞。 ······ 849

愁的是三秋雁字,一夏蚊雷,二月芦烟。 ······ 376

〔丶〕

新啼痕压旧啼痕,断肠人忆断肠人! ······ 420

意似痴,心如醉,昨宵今日,清减了小腰围。 ······ 369

溪又斜,山又遮,人去也。 ······ 101

溪桥淡淡烟,茅舍澄澄月。包藏几多春意也。 ······ 607

十四画

〔一〕

碧云天,黄花地,西风紧,北雁南飞。 ······ 468

撒摽手到处称人物,妆旦色取去为媳妇。 ······ 1032

愿普天下旷夫怨女,便休教间阻。至诚的,一个个皆如所欲。 ······ 688

〔丶〕

瘦马驮诗天一涯,倦鸟呼愁村数家。 ······ 936

蜜蜂飞绕簪花帽,野猿坐守烧丹灶。 ······ 1142

十五画

〔丶〕

諕的我一个脸描不的画不的,一双箸拿不的放不的,一口面吐不的咽不的。 …… 1704

十六画

〔一〕

薄设设被儿单,一半儿温和一半儿寒。 …………………………………… 99
薄幸虽来梦中,争如无梦,那时真个相逢。 ……………………………… 934
樵夫觉来山月底。 ………………………………………………………… 341
霎时间杯盘狼籍,车儿投东,马儿向西,两意徘徊,落日山横翠。 ………… 470

〔丶〕

磨勘成的文状才难动,罗织就的词因到底虚。 …………………………… 510

十七画

糟腌两个功名字,醅渰千古兴亡事,曲埋万丈虹霓志。 …………………… 230
骤雨过,琼珠乱撒,打遍新荷。 …………………………………………… 6

十八画

懵懂的怜瞌睡,鹘伶的惜惺惺,若要轻别人还自轻。 …………………… 1414

廿一画

霸业成空,遗恨无穷。蜀道寒云,渭水秋风。 …………………………… 1340

（蒋星煜　叶长海）

元曲释词简编

说 明

1. 本《简编》选释本辞典中所见的元曲特殊词语共 870 余条,包括俗语、方言、习语、兄弟民族语词等。

2. 凡词条中所引的例句,均见于本辞典所收录的元曲作品。一种解释的引例,除少数特殊需要外,一般限于一条。

3. 词语释义,力求与鉴赏正文取得一致,个别词语保留不同的解释,以与正文互相参见。

4. 引例中杂剧注明剧名和折次,散曲注明作者和曲牌曲题,其中套数则在题后加一"套"字。引例中与本条词头相同的词,用"～"号代替。

一 画

一火 即"一伙"。无名氏〔水仙子〕:"打着面皂雕旗招颭忽地转过山坡,见～番官唱凯歌。"

一向 许久,多时,一段时间。范居中〔金殿喜重重(南)〕《秋思》:"误我～,到此时方知是谎。"

一投 一到,等到,及至。《任风子》第三折:"～匆匆月出东,却早厌厌日落西。"

一坨 一处,一堆,一块。贯云石〔粉蝶儿(北)〕《西湖十景》套:"密匝匝那～,疏剌剌这几窝。"亦作"一坨儿"、"一陀儿"。关汉卿〔一枝花〕《杭州景》套:"一陀儿一

句诗题,一步儿一扇屏帏。"

一和 一会,一回,一番。《黄粱梦》第四折:"睡朦胧无多～,半霎儿改变了山河。"

一带 一片,一大片。王大学士〔点绛唇〕套:"小桥流水人家,～山如画。"卢挚〔殿前欢〕:"谁人共,～青山送。"

一竟 竟然。郑光祖〔蟾宫曲〕:"弓剑萧萧,～入烟霞。"

一捻 一握、一把,形容纤小、微细、些少。尚仲贤《王魁负桂英》杂剧残曲:"我～儿年纪,耽阁了我身奇。"

一攒 一丛,一群。无名氏〔骂玉郎过感皇恩采茶歌〕:"锦～,绣一堆,在秋千下。"

一地里 ① 一味。《张生煮海》第三折:"～受煎熬,满海内空劳攘,兀的不慌杀了海上龙王。"② 到处。刘时中〔新水令〕《代马诉冤》套:"～快蹄轻踏,乱走胡奔,紧先行不识尊卑。"

一弄儿 一切,所有的,到处。王大学士〔点绛唇〕套:"百姓每讴歌鼓腹,～笑语喧哗。"

一划的 一味,总是。《陈州粜米》第三折:"只今个贼仓官享富贵,全不管穷百姓受熬煎,～在青楼缠恋。"亦作"一划"。

一到处 处处,各处。关汉卿〔一枝花〕《杭州景》套:"水秀山奇,～堪游戏,这答儿忒富贵。"

一星星 一点点,一件件。王实甫〔集贤宾〕《退隐》:"偶乘闲细将玄奥剖,把至理～参透,却原来括乾坤物我总浮沤。"

《拜月亭》第三折："我～的都索从头儿说。"

一哄地 一片喧闹。关汉卿〔一枝花〕《杭州景》套："满城中绣幕风帘，～人烟凑集。"

一迷里 一味地，单纯地。刘时中〔新水令〕《代马诉冤》套："～快蹄轻蹍，乱走胡奔，紧先行不识尊卑。"亦作"一谜里"、"一味地"。

一壁厢 一边，一面。贯云石〔粉蝶儿(北)〕《西湖十景》套："～嵌平堤，连绿野，端的有亭台百座。"亦作"一壁"。

一丝好气 一点点活气。极言气息微弱。刘时中〔端正好〕《上高监司》前套："抱子携男扶筇杖，尪羸伛偻如虾样，～沿途创，阁泪汪汪。"

二　画

十分 尽量，拼命。《鲁斋郎》第二折："将一杯醇糯酒～的吃，更怕我酒后疏狂失了便宜。"《看钱奴》第二折："那员外伸着五个指～的便揝，打的他连耳通红半壁腮。"

入手 犹言"到手"。王恽〔平湖乐〕："～风光莫流转，共留连。"

儿夫 妇人称自己的丈夫。儿，妇人自称。《破窑记》第三折："我道是谁家个奸汉，却原来是应举的～。"

了身 犹言安身。《调风月》第三折："这一场～不正，怎当那厮大四至铺挑，小夫人名称！"

乜斜 略眯着眼斜视。刘庭信〔折桂令〕《忆别》："他那里鞍儿马儿身子儿劣怯，我这里眉儿眼儿脸脑儿～。"

刁蹬 刁难，作梗。《陈州粜米》第一折："他若是将咱～，休道我不敢掀腾。"亦作"刁镫"。

刁决古撒 悍强而固执。《望江亭》第三折："我丑则丑～，不由我见官人便心邪，我也立不的志节。"

刁刁厥厥 悍强，刁泼，凶狠。王大学士〔点绛唇〕套："刚见一百个儿童～的耍，更那堪景物佳。"亦作"刁厥"、"刁天厥地"。

三　画

干连 关联，有关系，相牵连。《西厢记》第四本第二折："到底～着自己骨肉，夫人索穷究。"

干净 了结，结束。《李逵负荆》第二折："打～球儿不道的走了你。"

干支刺 平白地，硬生生的。《调风月》第三折："好个个舒心，～没兴。"《潇湘夜雨》第三折："可可可，～送的人活地狱。"

干回付 应付，敷衍。刘时中〔端正好〕《上高监司》后套："巴不得登时事了～，向库中钻刺真强盗，却不财上分明大丈夫。"

亏图 图谋，谋算。刘时中〔新水令〕《代马诉冤》套："有一等逞雄心屠户贪微利，咽馋涎豪家思佳味，一味地把性命～。"

三闲里 角落里。《东窗事犯》第三折："臣出气力军前阵后。划地撇俺在～不偢。"

三思台 指心窝或脑袋。《看钱奴》第二折："他他他则待掐破我～，他他他可便撅破我天灵盖。"

三脚猫 比喻粗知皮毛、并不精通或徒有其表、并不中用的人物。张鸣善〔水仙子〕《讥时》："说英雄谁是英雄？五眼鸡岐山鸣凤，两头蛇南阳卧龙，～渭水飞熊。"

大古里 ① 大概，总之。《误入桃源》第三折："～人善得人欺。"亦作"大古"、"大故"、"特古"。② 特别，特意，存心。《任风子》第三折："～万水千山，卖弄你三从四德。"亦作"特故"、"待古"。

大四至 大模大样，煞有介事的样子。《调风月》第三折："这一场了身不正，怎当那厮～铺排，小夫人名称？"亦作"大厮八"。杨立斋〔哨遍〕套："据小的每瞧，大厮八，着几条坐木做陈蕃榻。"

大刚来 总之。张鸣善〔水仙子〕《讥时》："铺眉苫眼早三公，裸袖揎拳享万钟，胡言乱语成时用。～都是哄。"亦作"大刚咱"、"待刚来"。

大都来 只不过。景元启〔殿前欢〕《梅花》："～梅花是我，我是梅花。"

兀那 指示代词，同"那"。兀为发语词，无义。《红梨花》第一折："妾身住处～东直下，深村旷野不堪夸。"

兀良 语气词，表示指点或惊叹，意同"呀"、"哎呀"。《汉宫秋》第三折："说甚么大王、不当、恋王嫱，～，怎禁他临去也回头望！"

兀的 这，这个。《望江亭》第三折："你为公事来到这些，不知你怎生做～关节？"

兀刺 即兀刺靴。北方的一种皮靴。高安道〔哨遍〕《皮匠说谎》套："新靴子投至能够完备，旧～先磨了半截底。"

兀的不 怎不，这岂不。《赵氏孤儿》第二折："～屈沉杀大丈夫，损坏了真梁栋。"

下的 忍心，舍得。马致远〔耍孩儿〕《借马》套："没道理没道理，忒～忒～。"亦作"下得"。

下梢 结果，结局。薛昂夫〔朝天子〕："谋位藏金，贪心无道，谁知没～。"亦作"下梢头"。

下场头 结局，到头来。《范张鸡黍》第一折："有一日天打算衣绝禄尽，～少不的吊脊抽筋。"

个 ① 指示词，犹言这个、这里、那个、那里。关汉卿〔一枝花〕《赠朱帘秀》套："你～守户的先生肯相恋，煞是可怜，则要你手掌里奇擎着耐心儿卷。"《潇湘夜雨》第二折："我只问你～亏心负士，怎揣与我这无名的罪儿？"② 语尾助词，无义。马谦斋〔柳营曲〕《叹世》："今日～，平地起风波。"

个中人 隐指歌妓舞女。张可久〔锦橙梅〕："料应他，必是～，打扮得堪描画。"

乞求 只图，正想如此。《鲁斋郎》第二折："扭回身刚咽的口长吁气，我～得醉似泥，唤不归。"

乞量曲律 形容弯弯曲曲的样子。《杀狗劝夫》第二折："将这双～的肐膝儿罚他去直僵僵跪。"亦作"乞留曲律"、"乞留曲吕"。

乞留玎琅 形容清脆的响声。周文质

〔叨叨令〕《悲秋》:"叮叮嘡嘡铁马儿～闹,啾啾唧唧促织儿依柔依然叫。"

子 同"只"。钟嗣成〔一枝花〕《自序丑斋》套:"～为评跋上惹是非,折莫旧友新知,才见了着人笑起。"

子弟 风流浪子,狎客。《救风尘》第一折:"做丈夫的便做不的～,那做～的他影儿里会虚脾。"

子索 同"只索"。只得,只好如此。无名氏〔骂玉郎过感皇恩采茶歌〕:"牛羊犹恐他惊散,我～手不住紧遮拦。"

子敢 犹言只管。杨立斋〔哨遍〕套:"虽是闲愁无种,闲闷无芽,～衡种出星星发。"

也么 衬词,无义。《昊天塔》第四折:"伤～情,枉把这幽魂陷虏城。"

也那 衬词,无义。有时亦可作感叹词或疑问词。《东堂老》第一折:"搜剔尽皮格～翎毛,浑身遍体,星星开剥,尽着他炙煿烹炮。"

也波 衬词,无义。《老生儿》第一折:"问什么兴～衰?总是那天数该。"

也啰 ① 语气词,表感叹,略同于"呀"、"呵"。《风光好》第三折:"好～学士你勾营了人,却便装忘魂。"亦作"也罗"。② 曲中余音,略表感叹。

也么哥 语尾助词,无义。〔叨叨令〕定格例用。邓玉宾〔叨叨令〕《道情》:"您省的～?您省的～?这一个长生道理何人会?"亦作"也末哥"、"也波哥"。周文质〔叨叨令〕《自叹》:"笑煞人也末哥,笑煞人也末哥,梦中又说人间梦。"《秋胡戏妻》第

二折:"其实我便觑不上也波哥,其实我便觑不上也波哥,我道你有铜钱则不如抱着铜钱睡!"

马牛襟裾 犹言衣冠禽兽。刘时中〔端正好〕《上高监司》后套:"争奈何人心不古,出落着～。"

乡故 家乡。睢景臣〔哨遍〕《高祖还乡》套:"又言是车驾,都说是銮舆,今日还～。"

小可 寻常,轻易。《紫云庭》第三折:"早是你不合将堂上双亲躲,你却待改换你家门～。"

小倒 投机倒把,倒换得利。刘时中〔端正好〕《上高监司》后套:"偷俸钱表里相符。这一个图～,那一个苟俸禄。"

四 画

支对 应答,应付。《虎头牌》第三折:"则见他怡憱憱的做样势,笑吟吟的强～。"

支吾 应付,搪过。宋方壶〔红绣鞋〕《客况》:"薄设设衾剩铁,孤另另枕如冰,我却是怎～今夜冷。"亦作"枝梧"。

比并 比拟,比较,较量。《调风月》第三折:"咱两个堪为～:我为那包髻白身,你为这灯火青荧。"

不争 ① 不料。《西厢记》第四本第二折:"则着你夜去明来,倒有个天长地久;～你握雨携云,常使我提心在口。"② 若是,如其。《西厢记》第四本第二折:"～和张解元参辰卯酉,便是与崔相国出乖弄丑。"《赵氏孤儿》第三折:"～把孤儿又杀

坏了,可着他三百口冤仇甚人来报?"③ 有"与其……不如"的意思。马致远〔夜行船〕《秋思》套:"～镜里添白雪,上床与鞋履相别。"④ 只为。《李逵负荆》第二折:"～几句闲语言,我则怕恶识多年旧面皮,展转猜疑。"

不应 不应验。孙季昌〔端正好〕《集杂剧名咏情》套:"谁承望下场头半星儿～,央及煞调风月燕燕莺莺。"

不奈 同"不耐",不能忍受。刘秉忠〔干荷叶〕:"干荷叶,色无多,～风霜锉。"

不的 即"不得"。《望江亭》第三折:"我丑则丑刁决古撒,不由我见官人便心邪,我也立～志节。"

不刺 ① 犹言"拨"、"扒拉"。王大学士〔点绛唇〕套:"一个将花桑树纽捏搬调话,一个打和的差,一个～着簸箕拨琵琶。"② 语气词,无义。《拜月亭》第三折:"我怨感我合哽咽,～你啼哭你为甚迭。"

不待 不想,不忍。张可久〔喜春来〕《金华客舍》:"可怜客里过清明。～听,昨夜杜鹃声。"

不倈 语气词,无义。《东堂老》第一折:"不离了舞榭歌台,～,更那月夕花朝。"亦作"不刺"。

不索 不须,不要。《敬德不伏老》第一折:"他～胡云,休论。"

不管 不可,不许。朱庭玉〔行香子〕《别恨》:"烟草萋萋。霜叶飞飞。落闲阶～狼籍。"

不付能 方才,才能够,好不容易。"不",语助,无义。宋方壶〔斗鹌鹑〕《送别》套:"～恰住了送行客一帆风,又添起助离愁半江雨。"亦作"不甫能"、"不付得"。《误入桃源》第三折:"不甫能雨才收,没揣的风又起。"

不刺刺 形容奔跑急疾。《风云会》第二折:"～马顿绒绦。"

不睹事 糊里糊涂,不近情理。《丝竹芙蓉亭》第一折:"休着我倚宁门儿,手托腮,休将那～的话儿揣。"亦作"不晓事"、"不睹是"。马致远〔耍孩儿〕《借马》套:"我沉吟了半响语不语,不晓事颓人知不知?"姚守中〔粉蝶儿〕《牛诉冤》套:"被这厮添钱买我离桑枢,不睹是牵咱过前途。"

不道的 不至于,不见得。《李逵负荆》第二折:"打干净球儿～走了你。"亦作"不到得"。

开荒剑 头一次使用的剑,借指极厉害的武器或手段。《陈州粜米》第三折:"为头儿先吃俺～,则他那性命不在皇天。"

甘剥剥 平白地忙碌。《勘头巾》第二折:"我从来～与民无私,谁敢道另巍巍节外生枝。"亦作"干碌碌"。

少可 少,至少。《西厢记》第一本第二折:"睡不着如翻掌,～有一万声长吁短叹,五千遍捣枕捶床。"

从 任,听凭。庾天锡〔雁儿落过得胜令〕:"～他绿鬓斑,欹枕白石烂。"

牛斤 泛指村中闲汉。王大学士〔点绛唇〕套:"一个～,一个谎诈。"亦作"牛觔"、"牛表牛筋"、"牛金牛表"。《秋胡戏妻》第二折:"牛表牛筋是你亲戚,大户乡头是你相识。"

风欠　风流,风狂,傻气。《西厢记》第二本第二折:"来回顾影,文魔秀士,～酸丁。"

风魔　① 颠狂,发疯。《西游记》第五本第十九出:"便是天着他有命,今生必定害～。"② 着魔,痴迷。《西厢记》第一本第一折:"刚刚的打个照面,～了张解元。"

勾头　勾牒,拘票。《百花亭》第二折:"这书词则是纸摄人魂的下帖,摘人心的公案,追人命的～。"

分张　分开。姚守中〔粉蝶儿〕《牛诉冤》套:"登时间满地血模糊,碎～骨肉皮肤。"

分限　界限。刘时中〔端正好〕《上高监司》后套:"没高低妾与妻,无～儿共女。"

分说　说明,分辩。《望江亭》第三折:"到家对儿夫尽～,那一番周折。"

分破　分减。《汉宫秋》第二折:"你们干请了皇家禄,着甚的～帝王忧。"

长挼挼　形容长长的样子。《梧桐雨》第三折:"则将细袅袅咽喉掐,早把条～素白练安排下。"

欠欠答答　糊里糊涂,迷迷糊糊。卢挚〔沉醉东风〕《闲居》:"直吃的～。醉了山童不劝咱,白发头上黄花乱插。"亦作"虔虔答答"。

头皮　脑壳,脑袋。《赵氏孤儿》第二折:"若不是急流中将脚步抽回,险些儿闹市里把～断送。"

方头　不合时宜、不识时务的人。亦指命运不顺、不成器的人。《东窗事犯》第三折:"臣这～,又不曾写犯由,也合三思然后再追求。"

文魔　好文成魔,指书痴,书呆子。《西厢记》第二本第二折:"来回顾影,～秀士,风欠酸丁。"

火里赤　厨师,蒙古语。曾瑞〔哨遍〕《羊诉冤》套:"～磨了快刀,忙古歹烧下热水。"

巴　① 等待,期望。苏彦文〔斗鹌鹑〕《冬景》套:"晓钟打罢,～到天明,划地波查。"② 攀援。《荐福碑》第三折:"他那里撼岭～山,搅海翻江,倒树摧崖。"

巴避　办法。曾瑞〔哨遍〕《羊诉冤》套:"穷养的无～,待准折舞裙歌扇,要打摸暖帽春衣。"

五 画

叵奈　可恨,岂有此理。白朴〔醉中天〕《佳人脸上黑痣》:"～挥毫李白,觑着娇态,洒松烟点破桃腮。"

古自　顾自,依旧。古,即"顾"。《黄粱梦》第四折:"觉来也依旧存活,瓢～放在灶窝,驴～映着树科。"

古憋　执拗,古怪。《丝竹芙蓉亭》第一折:"你这般假～,乔身份,妆些台孩。"亦作"憋古"、"瞅古"。

古突突　形容突出膨胀的样子。《柳毅传书》第二折:"卒律律电影重,～雾气浓。"

古爽爽　孤零零地。《介子推》第四折:"悄蹙蹙火巷外潜藏,～烟峡内侧隐。"

古都都　形容翻腾的形貌与声响。《柳毅传书》第二折:"忽剌剌半空霹雳声惊动,～揭了瓦陇。"亦作"骨都都"。《双献功》第一折:"我喝一喝骨都都海波腾,撼一撼赤力力山岳崩。"

打 ① 语助,无义。关汉卿〔侍香金童〕:"莲步轻移呼侍妾,把香桌儿安排～快些!"② 从,由。

打灭 抛弃,消除。《潇湘夜雨》第二折:"我则道他不肯弃糟糠妇,他原来别寻了个女娇婆。只待要～了这穷妻子。"

打和 表演技艺。王大学士〔点绛唇〕套:"一个将花桑树纽捏搬调话,一个～的差,一个不刺着簸箕拨琵琶。"

打话 对话,答话。《红梨花》第一折:"贪和你书生～,畅好是兜兜搭搭,因此上不知明月落谁家。"

打捏 收益。《望江亭》第三折:"俺则是一撒网一蓑衣一箬笠,先图些～。"

打摸 准备。曾瑞〔哨遍〕《羊诉冤》套:"待准折舞裙歌扇,要～暖帽春衣。"

打叠 打点,收拾,整理。《燕青博鱼》第一折:"我揣巴些残汤剩水,～起浪酒闲茶。"《梧桐雨》第四折:"这半年来白发添多少? 怎～愁容貌!"

打撒 放开。《玉镜台》第一折:"怎能够可情人消受锦幄凤凰衾? 把愁怀都～在玉枕鸳鸯帐。"

扒沙 扒挖,抓刨。《张生煮海》第三折:"则见锦鳞鱼活泼刺波心跳,银脚蟹乱～在岸上藏。"

扑刺刺 状声词。形容拍击声。《西厢记》第二本第三折:"碧澄澄清波,～将比目鱼分破。"

扑唐唐 形容稀泥。《升仙梦》第三折:"昏邓邓尘似筛,～泥又滑。"

扑簌簌 ① 状声词,形容不断振动、摇撼的声音。《柳毅传书》第二折:"起几个骨碌碌的轰雷,更一阵～的怪风。"② 形容不断地落下,多形容流泪。关汉卿〔大德歌〕《秋》:"懊恼伤怀抱,～泪点抛。"

可 ① 恰,恰好。无名氏〔村里迓鼓〕《四季乐情》套:"正值着丽人天气,～正是赏花赏花的这时候。"② 尽,整个,照着。无名氏〔水仙子〕:"欲拈斑管书心事,无那～乾坤天样般纸。"③ 好。指病愈。卢挚〔沉醉东风〕《春情》:"纵有新诗赠别离,医不～相思病体。"④ 适宜。贯云石〔粉蝶儿(北)〕《西湖十景》:"阴晴昼夜皆行乐,古往今来吟咏多,雪月风花事事～。"

可则 恰恰。《合汗衫》第三折:"哎哟!～俺两口儿都老迈,肯分的便正该。"

可更 况且,兼之。《荐福碑》第三折:"遮莫是箭杆雨、过云雨,～淋漓辰霭。"

可便 ① 句中衬词,无义。《虎头牌》第一折:"则这断事处,谁教你～来这里? 这讼厅上～使不着你那家有贤妻。"② 犹言"可"、"便"。《合汗衫》第三折:"肯分的雪又紧,风偏大,到晚来,～不敢番身,拳成做一块。"《谢天香》第四折:"更做道题个话头,你～心休僝僽。""这里～不比我那上厅祗候。"

可喜 可爱,美好。《西厢记》第一本第一折:"颠不刺的见了万千,似这般～娘的庞儿罕曾见。"

可憎 可爱。"憎",爱极的反语。班惟志〔一枝花〕《秋夜闻筝》套："是谁家玉卿？只恁般～！唤的人一枕胡蝶梦儿醒。"亦作"可憎才"。

可人怜 可爱，令人怜爱。张可久〔人月圆〕《吴门怀古》："～处，啼乌夜月，犹怨西施。"《西厢记》第一本第一折："恰便似呖呖莺声花外啭，行一步～。"

可不的 岂不是。《魔合罗》第四折："若非若非有天理，这当堂假限刚三日，～势剑倒是咱先吃！"

可不道 ① 岂不知，岂不闻。犹言常言道。《丝竹芙蓉亭》第一折："却正是蒺藜沙上野花开，～疑是玉人来。"《荐福碑》第一折："～书中车马多如簇，～书中自有千钟粟，～书中有女颜如玉。"② 却不想，可曾想到。《李逵负荆》第二折："～他是谁，我是谁，俺两个半生来岂有些嫌隙；到今日却做了日月交食。"《㑇梅香》第一折："不争向琴操中单诉着飘零，～窗儿外更有个人孤另。"

可扑扑 状声词，形容心跳。《五侯宴》第三折："走的紧来到荒坡佃，觉我这～的心头战。"亦作"吃丕丕"、"忔扑扑"。

可怜见 可怜，同情，见爱。《赵礼让肥》第三折："便做道俺两个该死的游魂甚耽待，也则是～白头奶奶。"

可情人 意中人。《玉镜台》第一折："怎能够～消受锦幄凤凰衾？把愁怀都打撇在玉枕鸳鸯帐。"

可意人 可爱的人。《东墙记》第一折："欢欣，～，一见了心下如何忍。"亦作"可意种"。

可憎才 可爱，可爱的人。《东墙记》第一折："送秋波眼角情，近东墙住左邻，觑了～有就因。"亦作"可憎"。

布碾 "步辇"的谐声，即步行。《任风子》第三折："这的中做～，好做铺持。"亦作"布拈"。

平白 凭空，无缘无故。无名氏〔珍珠马(南)〕《情》套："～地送暖偷寒，猛可的搬唇递舌。"

平善 ① 平安无事。刘时中〔朝天子〕《同文子方邓永年泛洞庭湖宿凤凰台下》："朝来街子几人传，书记还～。"

业 通"孽"。佛教用语，意谓恶业。《西厢记》第一本第二折："～身躯虽是立在回廊，魂灵儿已在他行。"

出出 状声词。钱霖〔哨遍〕套："窗隔每都飐飐的飞，椅桌每都～的走。"

出脱 开脱罪状。《魔合罗》第四折："若～了这妇衔冤，我教人将你享祭。"

出落 ① 显出，出挑，出众。《西厢记》第四本第二折："比着你旧时肥瘦，～得精神，别样的风流。"关汉卿〔一枝花〕《赠朱帘秀》套："十里扬州风物妍，～着神仙。"② 只落得，结果如此。刘时中〔端正好〕《上高监司》后套："争奈何人心不古，～着马牛襟裾。"

只 意谓"只是"。《陈州粜米》第三折："～我个包龙图，原铁面；也少不得着您名登紫禁，身丧黄泉。"

只除 只是，除非是。兰楚芳〔四块玉〕《风情》："似这般丑眷属，村配偶，～天上有。"

四头儿 总体上。杨立斋〔哨遍〕套："碎把那珠玑撒，～热闹，枝节儿熟滑。"

央人货 害人的家伙，害人精。杜仁杰〔耍孩儿〕《庄家不识构阑》套："中间里一个～。"亦作"殃人货"。

央及煞 累及，带累。孙季昌〔端正好〕《集杂剧名咏情》套："谁承望下场头半星儿不应，～调风月燕燕莺莺。"

叫吖吖 大声呼叫。《望江亭》第四折："只听的～嚷成一片，抵多少笙歌引至画堂前。"亦作"叫丫丫"。《墙头马上》第三折："相公恶噷噷乖劣，夫人又～似蝎蜇。"

叫天吖地 呼天叫地。《虎头牌》第三折："则管里指官画吏，不住的～。"

另巍巍 ① 形容高耸的样子。《盆儿鬼》第四折："抱着他冤楚楚瓦盆儿，直到这～公堂下。"② 零零碎碎。《勘头巾》第二折："我从来甘剥剥与民无私，谁敢道～节外生枝。"

生 硬是，活活地。王元鼎〔醉太平〕《寒食》："声声啼乳鸦，～叫破韶华。"

生放 放债。刘时中〔端正好〕《上高监司》前套："有钱的贩米谷置田庄添～，无钱的少过活分骨肉无承望。"

生受 ① 辛苦，为难。不忽木〔点绛唇〕《辞朝》套："臣向山林得自由，比朝市内不～。"② 感谢之词，意谓麻烦了。《汉宫秋》第二折："今日嫁单于，宰相休～。"

生忿 忤逆，不孝。《曲江池》第二折："常言道娘慈，女孝顺；你不仁，我～。"

生活 手艺，活儿，劳作。高安道〔哨遍〕《皮匠说谎》套："从前名誉休多说，今

后～便得知，限三日穿新的！"王大学士〔点绛唇〕套："一个做～的不颗恰。"《剪发待宾》第一折："与人家做～打些坌活，闲停止妆宅眷。"

生各札 活生生的，硬是。各札，语助词。《鲁斋郎》第二折："活支剌娘儿双拆散，～夫妇两分离。"亦作"生各支"、"生吃扎"、"生挖扎"。《看钱奴》第二折·"今日将俺这子父情可都撇在九霄云外，则俺这三口儿生挖扎两处分开。"

犯由 罪状。《东窗事犯》第三折："臣这方头，又不曾写～，也合三思然后再追求。"

冬凌 冰，冰凌。《诋范叔》第二折："泪雹子腮边落，血～满脊梁。"

乐陶陶 形容十分欢乐洒脱的样子。无名氏〔一枝花〕《渔隐》套："本是个虚飘飘天地闲人，～江汉逸民。"

失流疏剌 状声词。多形容风声、水声。周文质〔叨叨令〕《悲秋》："潇潇洒洒梧叶儿～落。"亦作"失留疏剌"、"吸溜疏剌"。郑光祖〔蟾宫曲〕《梦中作》："正潇潇飒飒和银筝失留疏剌秋声，见希彤胡都茶客微醒。"

用意铺谋 打主意，想办法。杜仁杰〔耍孩儿〕《庄家不识构阑》套："见个年少的妇女向帘儿下立，那老子～待取做老婆。"亦作"铺谋定计"。

宁奈 忍耐，安心。姚燧〔普天乐〕："今宵醉也，明朝去也，～些些。"

宁贴 安宁，舒适。马致远〔夜行船〕《秋思》套："蛩吟罢一觉才～，鸡鸣时万事

无休歇。何年是彻?"

闪 ① 抛,丢弃。郑光祖〔蟾宫曲〕《梦中作》:"双生,双生,你可～下苏卿!" ② 扭伤,挫伤。③ 躲避。

闪杀 苦煞,苦死。《马陵道》第二折:"我饮过这香喷喷三盏儿安魂酒,则被你～我也血渌渌一双脚指头。"

半合儿 片刻,一小会儿。《西游记》第五本第十九出:"你便吃了灵丹数颗,争似我风声偏大,～敢着你难捞摸。"《风云会》第三折:"一霎儿九重宫阙如银砌,～万里乾坤似玉妆。"

半星儿 半点儿。极少的意思。《西厢记》第四本第二折:"呸!那其间可怎生不害～羞?"

半答儿 半片,半块。关汉卿〔一枝花〕《杭州景》套:"百十里街衢整齐,万余家楼阁参差,并无～闲田地。"

必丢匹搭 形容语言、声音的杂乱无章。《杀狗劝夫》第二折:"越惹他～的响骂儿这一场扑腾腾气。"亦作"必丢扑搭"、"必飚不答"、"必力不刺"、"劈丢扑搭"。

边厢 旁边。《潇湘夜雨》第三折:"只我这啼痕向脸儿～聚。"《诨范叔》第二折:"只见一条沉铁索当前面,两束粗荆棍在～。"

皮格 皮骨。《东堂老》第一折:"搜剔尽～也那翎毛,浑身遍体,星星开剥,尽着他炙煿烹炮。"也作"皮故"。

台孩 轩昂,高傲,气概。《丝竹芙蓉亭》第一折:"你这般假古懒,乔身份妆些～。"

六 画

共 ① 与。刘时中〔端正好〕《上高监司》后套:"没高低妾与妻,无分限儿～女。" ② 或。《流红叶》第三折:"题诗人长～短,有情人知他是好～丑!"

丢抹 ① 羞臊,惭愧。《秋胡戏妻》第三折:"他酪子里～娘一句,怎人模人样,做出这等不君子,待何如?" ② 妆扮,打扮。亦作"丢丢抹抹"。刘庭信〔折桂令〕《忆别》:"得官时先报期程,丢丢抹抹远远的迎接。"

老子 泛称老人。老公公,老头。杜仁杰〔耍孩儿〕《庄家不识构阑》套:"见个年少的妇女向帘下立,那～用意铺谋待取做老婆。"

老成 诚实,体贴。孙季昌〔端正好〕《集杂剧名咏情》套:"比题桥的相如试寡情,戏妻秋胡不～。"

圪蹬 状声词。马蹄声。贯云石〔粉蝶儿(北)〕《西湖十景》:"远远的绿莎茵,茸茸的芳草坡,～的马蹄踏破。"亦作"屹蹬蹬"、"矻蹬蹬"。

芒郎 泛称村人。王大学士〔点绛唇〕套曲:"一个向柳阴中笑把人头画,一个向桑园里学揭龟儿卦,一个向墙匡里引的～骂。"

机彀 圈套,阴谋。钱霖〔哨遍〕套:"晓夜寻思～,缘情钩距,巧取旁搜。"《东窗事犯》第三折:"秦桧安排钓钩,正着他～怎生收救!"

过遣 排遣,消磨。汪元亨〔折桂令〕

《归隐》："随分耕耘，～晨昏；竹儿藤床，草舍柴门。"

存活 ① 安静，宁静。《紫云庭》第三折："我每日千思万想，行眠立盹，不是～。"② 陪伴，应付，措置。马谦斋〔柳营曲〕《怀古》："生死～，成败消磨，战策属谁多？"③ 安宁，生存。《黄粱梦》第四折："这一觉睡早经了二十年兵火，觉来也依旧～。"

在意 留心，仔细，注意。《风云会》第二折："诸军众将一周遭，小心的下寨安营，～的提铃喝号。"

成合 促成婚配。徐再思〔沉醉东风〕《春情》："一自多才间阔，几时盼得～？"或作"成就"。《误入桃源》第三折："成就了凤鸾交，莺燕侣，五百年夙缘仙契。"

厌厌 ① 微弱，精神不振的样子。贯云石〔塞鸿秋〕《代人作》："往日得兴时，一扫无瑕疵。今日个病～刚写下两个相思字。"又作"恹恹"。《留鞋记》第一折："长则是苦恹恹不遂我相思意，到如今钏松了玉腕，衣褪了香肌。"② 茂盛的样子。《倩女离魂》第二折："趁着这～露华，对着这澄澄月下，惊的那呀呀呀寒雁起平沙。"

至如 即使，就使。《豫让吞炭》第四折："～把残生送，下埋黄土，仰问苍空。"

扢搭地 形容声响，亦借喻动作快速。《西厢记》第二本第三折："急攘攘因何，～把双眉锁纳合。"

死临侵 像死人似的，形容衰疲、窝囊的样子。《西厢记》第四本第三折："酒席上斜签着坐的，蹙愁眉～的。"亦作"死临逼"。《鲁斋郎》第二折："这都是我缘分薄，恩爱尽，受这等死临逼。"

死没堆 没有生气，死气沉沉。《神奴儿》第二折："我将你寻到有三千遍，叫道有两千声，怎这般～在灯前立。"亦作"死没腾"、"死木藤"。

百枝枝 比喻事情枝外生枝。《货郎旦》第四折："那婆娘舌刺刺挑茶斡刺，～花儿叶子，望空里揣与他个罪名儿。"

有上梢无下梢 有前无后，有头无尾。《赵氏孤儿》第三折："我怎生把你程婴道，似这般～。"亦作"有上梢没下梢"。《倩女离魂》第一折："以长亭折柳赠柔条，哥哥你今有上梢没下梢。"

回 买，卖。姚守中〔粉蝶儿〕《牛诉冤》套："好材儿卖与了靴匠，碎皮儿～与田夫。"

劣 反训为乖巧。《红梨花》第一折："俺将俏书生去问他，又怕这～梅香瞧见咱。"

劣怯 形容立脚不稳，脚步踉跄，身体倾斜。刘庭信〔折桂令〕《忆别》："他那里鞍儿马儿身子儿～，我这里眉儿眼儿脸脑儿乜斜。"也作"趔趄"、"列侧"。《绯衣梦》第二折："脚趔趄家前后，身倒偃门左右。"

劣撇 劣性，鲁莽。《双献功》第一折："他若是与时节，万事无些；不与呵，山儿待放些～。"

当直 照顾。《荐福碑》第三折："多管是角木蛟～圣亲差，把黄河移得至，和东海取将来。"

当溜 犹中流。不忽木〔点绛唇〕《辞朝》套:“那其间朝来的正悠,船开在～,卧吹箫管到扬州。”

当道撅坑 拼个死活。《双献功》第一折:“理会的山儿性,我从来个路见不平,爱与人～。”

则 同“只”。只有,只是。《西厢记》第四本第三折:“你～合带月披星,谁着你停眠整宿?”《丽春堂》第三折:“长～是琴一张、酒一壶。”“水声山色两模糊,闲看云来去。～我怨结愁肠对谁诉?”

则么 同“怎么”。阿里西瑛〔殿前欢〕《懒云窝》:“想人生待～? 富贵比花开落,日月似撺梭过。”

则除 只有,除非。《连环计》第三折:“若要你勃腾腾怒发三千丈,～今夜里亲见貂蝉细细的访。”

则索 只得,只好如此。《丝竹芙蓉亭》第一折:“我～蹑足潜踪,悄声儿独立在窗儿外。”也作“只索”、“子索”。

则道 只当是,以为。杜仁杰〔耍孩儿〕《庄家不识构阑》套:“我～脑袋天灵破,～兴词告状,划地大笑呵呵。”商挺〔潘妃曲〕:“蓦听得门外地皮儿踏,～是冤家,原来风动荼蘼架。”

则管 一味,只管。《王壶春》第一折:“他～送春情不住相留恋,引的人意悬悬似热地蚰蜒。”亦作“则管里”、“子管哩”、“只古里”。《虎头牌》第三折:“则管里指官画吏,不住的叫天吖地。”

刚 勉强。马致远〔四块玉〕《叹世》:“佐国心,拿云手,命里无时莫～求。”贯云石〔塞鸿秋〕《代人作》:“今日个病厌厌～写下两个相思字。”亦作“刚刚”。商挺〔潘妃曲〕:“闷酒将来刚刚咽,欲欲先绕奠。”

刚捱刚忍 勉强忍耐。杜仁杰〔耍孩儿〕《庄家不识构阑》套:“～更待看些儿个,枉被这驴颓笑杀我。”

吸的 形容笑声。张鸣善〔普天乐〕《遇美》:“奄的转身,～便哂,森的销魂。”亦作“吃地”。

吸力力 形容迅速摧毁、晃动的形貌。无名氏〔骂玉郎过感皇恩采茶歌〕:“～振动地户天关,唬的我扑扑的胆战心寒。”亦作“吸哩哩”。《柳毅传书》第二折:“古都都揭了瓦陇,吸哩哩提了斗拱,滴溜溜早翻过水晶宫。”

团掿 摆布。杨立斋〔哨遍〕套:“前汉又陈,后汉又乏,古尚书～损殷周夏。”亦作“团弄”。

曲律 弯曲,曲折。《李逵负荆》第一折:“他他他,舞东风在～竿头。”亦作“曲吕”。

吃戏 犹言可喜。可爱,美好。乔吉〔新水令〕《闺丽》套:“你个～冤家,来来来将人休量抹。”亦作“可戏”。

屹刺刺 状声词,相碰击声。《梧桐雨》第二折:“～撒开紫檀,黄翻绰向前手拈板。”亦作“各刺刺”。

乔 ① 假装,装扮。王大学士〔点绛唇〕套:“一个舞～捉蛇呆木答,一个舞屎里蛆的法刀把。”② 刁猾,狡诈,古怪。姚守中〔粉蝶儿〕《牛诉冤》套:“有一等贪铺啜的～人物,就本店随机儿索唤,买归家取意儿庖厨。”③ 装假,假意。杨果〔翠裙腰〕套:"总虚脾,无实事,～问候的言辞怎使。"

乔怯 害怕,胆怯。《单刀会》第四折:"鲁子敬听者,你心内休～,畅好是随邪,休怪我十分酒醉也。"

休 语气助词。相当于"吧"、"了"。邓玉宾〔雁儿落过得胜令〕《闲适》:"无忧,醉了还依旧;归～,湖天风月秋。"

休休 感叹词,犹言"休也"。罢了,算了。《梧桐雨》第三折:"唱道感叹情多,恓惶泪洒,早得升遐,～,却是今生罢。"

伊 你。马致远〔耍孩儿〕《借马》套:"鞍心马户将～打,刷子去刀莫作疑。"《秋胡戏妻》第二折:"狼虎般公人每拿下～。"

价 语助词,略同于"地"。《梧桐雨》第四折:"一会～紧呵,似玉盘中万颗珍珠落;一会～响呵,似玳筵前几簇笙歌闹。"亦作"家"。

行 ① 处,这里,那里。张鸣善〔普天乐〕《讥时》:"爷娘～孝顺,兄弟～谦和。"② 表示复数,同"每"、"们"。《曲江池》第二折:"官人～,怎亲近。令吏每,无投奔。"

行唐 搪塞,蒙蔽。刘时中〔端正好〕《上高监司》前套:"借贷数补搭得十分停当,都侵用过将官府～。"

行踏 走动,来往。宇罗御史〔一枝花〕《辞官》套:"利名场再不～,风波海其实怕他。"苏彦文〔斗鹌鹑〕《冬景》套:"若老天全不可怜咱,冻钦钦怎～?"

行行里 走着走着。《潇湘夜雨》第三折:"～着车辙把腿陷住,可又早闪了胯骨。"

多才 昵称所爱的人。徐再思〔沉醉东风〕《春情》:"一自～间阔,几时盼得合成?"

多咱 恐怕,大概。《两世姻缘》第二折:"～是寸肠千古结,只落的长叹两三声。"

多管是 大概,可能是。《雕峭通》第二折:"再休想吉祥如意,～你恶限临逼。"亦作"大管是"、"多敢是"。

争 ① 通"怎"。怎么。《刘行首》第四折:"恁莫痴,～是张良会。"② 差,少。兰楚芳〔四块玉〕《风情》:"意思儿真,心肠儿顺。只～个口角头不圆囫。"

争如 犹言怎如、怎似,何如。张可久〔齐天乐过红衫儿〕《道情》:"田园富子孙,玉帛萦方寸,～醉里乾坤。"又作"争似"。任昱〔清江引〕《题情》:"高官鼎内鱼,小吏笼中急。争似闭门闲看书!"

争奈 怎奈,无奈。《两世姻缘》第二折:"怕不待几番落笔强施呈,～一段伤心画不成。"② 岂料。

负荷 照顾。《西厢记》第二本第三折:"白头娘不～,青春女成担搁,将俺那锦片也似前程蹬脱。"亦作"付合"。

舌剌剌 形容不停地说话。《货郎旦》第四折:"那婆娘～挑茶斡刺。"

传槽病 骂人的话。意谓像畜生那样患传染病。孙季昌〔端正好〕《集杂剧名咏情》套:"如今这谎郎君一个个～。"

各支支 状声词,形容断折声。《双献功》第一折:"我把那厮脊梁骨,～生揻做两三截。”亦作“格支支”。

交加 ① 侵扰，纷乱，交错。王大学士〔点绛唇〕套：“这一坐乔民闹～，定害的爷娘骂。”② 厉害。无名氏〔骂玉郎过感皇恩采茶歌〕：“众矜夸，是～。”

关节 机谋。《望江亭》第三折：“你为公事来到这些，不知你怎生做兀的～?”

妆鲲 赔笑脸，捧场。乔吉〔新水令〕《闺丽》套：“唱道成时节准备着小意儿～，不成时怎肯呆心儿跳塔。”

妆哈 喝彩，捧场。杜仁杰〔耍孩儿〕《庄家不识构阑》套：“赶散易得，难得的～。”亦作“妆合”、“妆喝”。

汤 碰，接触。《东堂老》第一折：“你把他门限儿蹑着，消息儿～着。”

齐臻臻 形容整整齐齐。贯云石〔粉蝶儿(北)〕《西湖十景》：“闹穰穰的急管繁弦，～的兰舟画舸。”

决撒喷 大闹而决裂。决撒：败露，破裂。喷：指责骂。《曲江池》第二折：“常言道娘慈，女孝顺；你不仁，我生忿。到家里～。”

忙古歹 小番，蒙古语。曾瑞〔哨遍〕《羊诉冤》套：“火里赤磨了快刀，～烧下热水。”

忙劫劫 急急忙忙。赵善庆〔山坡羊〕《燕子》：“语喃喃，～，春风堂上寻王谢。巷陌乌衣夕照斜。兴，多见些;亡，都尽说。”

好 甚，很，好多。《单刀会》：“破曹的樯橹一时绝，鏖兵的江水犹然热，～教我情惨切!”

好生 好好地。叮嘱之词。《单刀会》第四折：“～的送我到船上者，我和你慢慢的相别。”

好在 犹言依旧。朱庭玉〔青杏子〕《送别》套：“～阳关图画里。”

好个个 犹言好端端。意谓原来好好地。《调风月》第三折：“～舒心，干支刺没兴。”

尽分 尽量。《望江亭》第三折：“到家对儿夫～说，那一番周折。”

欢洽 欢乐，融洽。杨立斋〔哨遍〕套：“清风明月不拈钱，闻未老只合～。”

收拾 ① 摆布，斥罚。《留鞋记》第一折：“又不是侍女无情与我相懊懆，又不是老亲多事把我紧～。”② 准备，布置。张可久〔朝天子〕《闺情》：“小意～，怪胆矜持，不识羞谁似你。”

收顿 收好，放好。《风光好》第三折：“学士你记得也么哥，记得也么哥? 兀的是亲笔写下牢～。”

收救 设法解救。《东窗事犯》第三折：“秦桧安排钓钩，正着他机縠怎生～!”

收撮 ① 按捺，收束。《西游记》第五本第十九出：“恼的我无明火怎～，泼毛团你敢张罗。”② 调弄。《桃花女》第二折：“你将那好言语往来～，则办得两下里挑唆。”

阵马儿 犹言男人们。关汉卿〔一枝花〕《不伏老》套：“我是个经笼罩、受索网、苍翎毛老野鸡蹅踏的～熟。”

那答 那里，那边。卢挚〔沉醉东风〕《闲居》：“恰离了绿水青山～，早来到竹篱茅舍人家。"

那答儿 那里,那处,哪里。薛昂夫〔楚天遥过清江引〕:"江东日暮云,渭北春天树。不知～是春住处。"杜仁杰〔耍孩儿〕《庄家不识构阑》套:"不似～闹穰穰人多。"亦作"那坨儿"、"那堝儿"、"那答"、"那榻"。

那塌儿里 那里,哪里。《潇湘夜雨》第二折:"但不知～把我来磨勒死!"

七 画

划 无端、平白地。《陈抟高卧》第三折:"自不合～下山来惹是非。不如归去来兮。"

划地 ① 无端地,平白无故地。杜仁杰〔耍孩儿〕《庄家不识构阑》套:"我则道脑袋天灵破,则道兴词告状,～大笑呵呵。"② 反而,倒是。姚守中〔粉蝶儿〕《牛诉冤》套:"却不道闻其声不忍食其肉,～加料物宽锅中烂煮。"③ 依旧,还是。高安道〔哨遍〕《皮匠说谎》套:"许多时划地无消息。"亦作"划的"。

把 把似,譬如,何如。范居中〔金殿喜重重(南)〕《秋思》套:"～当初花前宴乐,星前誓约,真个崔张不让。"

把似 ① 假如,即使,尽管。《荐福碑》第三折:"～你便逞头角欺负俺这秀才,～你便有牙爪近取那滄台,周处也曾除三害!"② 不如,何如,倒不如。

把断 占尽。刘时中〔朝天子〕《同文子方邓永年泛洞庭湖宿凤凰台下》:"有钱,有权,～风流选。"

扭 拧动。《望江亭》第三折:"我从来打鱼船上～的那身子儿别,替你稳坐七香车。"

扭捏 扭动身体,故作姿态。《救风尘》第二折:"把这云鬟蝉鬓妆梳就,珊瑚钩,芙蓉扣,～的身子儿别样娇柔。"

投至 及至,等到。亦作未然之词,意谓未及等到。《七里滩》第三折:"～得帝业兴,家业成,四边宁静,经了几千场虎斗龙争。"商挺〔潘妃曲〕:"～望君回,滴尽多少关山泪。"

抛撇 抛开,撇下。刘庭信〔折桂令〕《忆别》:"家儿活儿既是～,书儿信儿是必休绝。"无名氏〔塞鸿秋〕:"当初意儿别,今日相～,要相逢似水底捞明月。"

折乏 受惩罚。《老生儿》第一折:"往常我瞒心昧己信口胡开,把神佛毁谤,将僧道抢白,因此上～的儿孙缺少,现如今我筋力全衰,人说着便去人唤着忙来。"亦作"折罚"。

折末 ① 不论,不问。《豫让吞炭》第四折:"枉了你闲唧哝。～官高一品,禄享千钟。"② 尽管,任凭。《紫云庭》第三折:"此行～山村野店上藏,竹篱茅舍里躲,能够得个桑榆景内安闲的过,也强如锣板声中断送了我。"亦作"折莫"。曾瑞〔哨遍〕《羊诉冤》套:"折莫烹炮煮煎熛蒸炙,便盐淹将厄,醋拌糟焙。"

折挫 挫损,磨折。无名氏〔朝天子〕《志感》:"～英雄,消磨良善,越聪明越运蹇。"亦作"折锉"。

折倒 摧残,折磨。范居中〔金殿喜重重(南)《秋思》套："恼刘郎,害潘郎,～尽旧日豪放。"

抢白　当面奚落或指斥、顶撞。《老生儿》第一折："把神佛毁谤,将僧道～,因此上折乏的儿孙缺少。"《丝竹芙蓉亭》第一折："想着俺怀儿中受用,怕甚么脸儿上～。"

村　蠢,粗俗。兰楚芳〔四块玉〕《风情》："我事事～,他般般丑。"王大学士〔点绛唇〕套："一个～,一个又沙,一个丑嘴脸特胡沙。"

村村棒棒　鲁莽,匆急,忙迫。王大学士〔点绛唇〕套："一个～牛撒橛乔画,一个狗打肝腌臜相欠欠答答。"亦作"村棒棒"。

忒　太,过甚。无名氏〔朝天子〕《志感》："老天只恁～心偏,贤和愚无分辨。"

忒楞楞　状声词。原形容鸟扑翅飞腾声,亦常借喻飞腾的声音状貌。《西厢记》第一本第三折："窗儿外淅零零的风儿透疏棂,～的纸条儿鸣。"

花白　讥讽。钟嗣成〔一枝花〕《自序丑斋》套："有鉴识,无嗔讳,自～寸心不昧,若说谎上帝应知。"

花红　婚礼中的礼品。《货郎旦》第四折："诸般绰开,～布摆。早将一个泼贱的烟花娶过来。"

花柳营　风月场所,妓院。乔吉〔新水令〕《闺丽》套："我不是琉璃井底鸣蛙,我是个～中贯战马。"

志诚　老实,诚心诚意。无名氏〔四换头〕："低低的说,来时节,明日早些。不～随灯灭。"

劳攘　奔波劳碌,纷纷乱乱。《张生煮海》第三折："一地里受煎熬,满海内空～。"亦作"劳穰穰"。

甫能　方才,才能够。范居中〔金殿喜重重(南)《秋思》："梦到他行,身到他行,～得一霎成双。"亦作"付能"。孙季昌〔端正好〕《集杂剧名咏情》套："付能的潇湘夜雨晴,早闪出乌林皓月明。"

更故　变更。刘时中〔端正好〕《上高监司》套："设制久无～,民如按堵,法比通衢。"

更做道　即使,纵使。《调风月》第三折："怕不百伶百俐,千战千赢,～能行怎离得影? 这一场了身不正,怎当那厮大四至铺排,小夫人名称?"

丽春园　妓院。亦泛指艺伎歌女居处。夏庭芝〔水仙子〕《赠李奴婢》："～先使棘针屯,烟月牌荒将烈焰焚。"

赤力力　状声词,形容毁塌的声响。《双献功》第一折："我喝一喝骨都都海波腾,撼一撼～山岳崩。"亦作"赤律律"。

赤紧的　其实,当真,的确。《两世姻缘》第二折："～关河又远,岁月如流,鱼雁无凭。"《范张鸡黍》第一折："我道今人,都为名利引,怪不着～翰林院那伙老子每钱上紧。"又作"吃紧的"。《误入桃源》第三折："吃紧的理不服人,言不谙典,话不投机。"

赤瓦不剌海　女真语,意即该死的,该打的。《虎头牌》第三折："～,你也忒官不威牙爪威。"

却不道　常言道。《赵氏孤儿》第一折:

"我若是献出去图荣进，～利自己损别人。"亦作"恰不道"。关汉卿〔一枝花〕《不伏老》套："恰不道人到中年万事休。"

两头白面 两面讨好，两边播弄是非。《李逵负荆》第二折："则为你～搬兴废，转背言词说是非。"

咔嗻 厉害，特出。《拜月亭》第三折："那一个爷娘不间叠，不似俺，忒～，劣缺。"

别 扭转，背转，违背。《赵氏孤儿》第三折："我嘱咐你个后死的程婴，休～了横死的赵朔。"

囫囵 糊涂。兰楚芳〔四块玉〕《风情》："意思儿真，心肠儿顺，只争个口角头不～。"

男女 对人的蔑称。《秋胡戏妻》第三折："则道是峨冠士大夫，原来是个不晓事的乔～。"

呆才料 痴痴呆呆的人。轻人之词。无名氏〔游四门〕："～不顾蔷薇刺，贪折海棠枝。"

呆木答 呆头呆脑的人。王大学士〔点绛唇〕套："一个舞乔捉蛇～，一个舞屎里蛆的法刀把，一个跳百索撷背儿仰刺叉。"亦作"呆木大"。

呆答孩 呆呆的。刘庭信〔折桂令〕《忆别》："急煎煎抹泪揉眵，意迟迟揉腮搋耳，～闭口藏舌。"亦作"呆打颏"。

些儿个 些少，少许，一些，一点儿。杜仁杰〔耍孩儿〕《庄家不识构阑》套："刚捱刚忍更待看～，枉被这驴颓笑杀我。"

侴 ① 固执，褊狭，利害。《西厢记》第四本第二折："老夫人心数多，情性～；使不着我巧语花言，将没作有。"亦作"拎搜"。② 同"俏"。漂亮，美好。

侴懯懯 威严，拘谨。《勘头巾》第二折："正厅上坐着个～问事官人。"亦作"怡懯懯"。

坐衙 原指官吏升堂问案，借指摆空架子地坐着。王大学士〔点绛唇〕套："一个无店三碌轴上闲～。"亦作"乔坐衙"。

彪 ① 丢，抛弃。《西厢记》第二本楔子："～了僧伽帽，袒下我这偏衫。"② 甩，打。马致远〔耍孩儿〕《借马》套："休教鞭～着马眼，休教鞭擦损毛衣。"

每 ① 人称代词的复数，同"们"。亦可用来借称物的复数。《范张鸡黍》第一折："我道今人，都为名利引，怪不着赤紧的翰林院那伙老子～钱上紧。"钱霖〔哨遍〕套："窗隔～都颩颩的飞，椅桌～都出出的走。"② 语尾助词，非复数，无义。《丝竹芙蓉亭》第一折："小的～天生酒量窄。"《汉宫秋》第三折："休道是咱家动情，你宰相～也生憎。"

作塌 糟蹋，虚费。杨立斋〔哨遍〕套："对江满目真堪画，休把这媚景良辰～。"

作念 叨念，起念头。《流红叶》第三折："心儿中～何曾见，梦儿里相逢不厮偢，这姻缘空遥受。"

体面 规矩，范式，样子。《剪发待宾》第一折："后来便说着你的～难消遣。"

低趄 斜倒。《望江亭》第三折："那厮也忒槽懂玉山～，着鬼祟醉眼乜斜。"

伽伽 深深地。关汉卿〔侍香金童〕套：

"～拜罢,频频祷祝。"

犹兀.自 当然,还是,还能够。《七里滩》第三折:"黑甜一枕,直睡到红日三竿～唤不的我醒。"吕止庵〔后庭花〕:"梦虽虚,～暂时节相聚。"亦作"犹古自"。

希留合剌 形容稀疏的样子。《杀狗劝夫》第二折:"将这领～的希衫儿扯得来乱纷纷碎。"

希彪胡都 形容欢喜的样子。郑光祖〔蟾宫作〕《梦中作》:"正潇潇飒飒和银筝失留疏剌秋声,见～茶客微醒。"

沙 犹"傻"。愚笨粗野,鲁莽。王大学士〔点绛唇〕套:"一个村,一个又～,一个丑嘴脸特胡沙。"亦合而作"村沙"。

沙三伴哥 沙三、伴哥都是泛称农村小孩。卢挚〔蟾宫曲〕:"～来嗏!两腿青泥,只为捞虾。"

应对 对付。《盆儿鬼》第三折:"慌走到街里,又无一个巡军捷讥,着谁来共咱～。"

这的 指示代词。这,这个,这样。《风光好》第三折:"～是天注定的是非,天指引的前程,天匹配的婚姻。"《西厢记》第一本第一折:"～是兜率宫,休猜做了离恨天。"张养浩〔朱履曲〕:"才上马齐声儿喝道,只～便是送了人的根苗。"

这搭儿 这一处,这里。《玉壶春》第一折:"猛见了心飘荡,魂灵儿飞在天,怎生来～遇着神仙?"亦作"这答儿"。关汉卿〔一枝花〕《杭州景》套:"水秀山奇,一到处堪戏,～忒富贵。"

间 偶尔,偶或。赵岩〔喜春来过普天乐〕:"～纳履,见十二个粉蝶儿飞。"

间别 离别。卢挚〔寿阳曲〕《别朱帘秀》:"才欢悦,早～,痛煞煞好难割舍。"

间阔 久别,远隔。徐再思〔沉醉东风〕《春情》:"一自多才～,几时盼得成合?"

间叠 挑拨,离间。《拜月亭》第三折:"那一个爷娘不～,不似俺,忒疴嗑,劣缺。"

间深里 意谓长时间,也指关键时刻。无名氏〔水仙子〕:"风流局面实堪夸,有色教人心爱煞,～谁肯轻抛下。"

闲家 在妓院里走动、为人撮合的闲人。《货郎旦》第四折:"只教那媒人往来,～擘划。"

闲遥遥 形容闲散无聊或悠闲自得。《拜月亭》第二折:"冷清清不恁迭,～身枝节。"

闷打颏 闷闷地,无聊地。《梧桐雨》第四折:"～和衣卧倒,软兀剌方才睡着。"亦作"闷答孩"。

穷究 谈论,评论,商量。钱霖〔哨遍〕套:"试把贤愚～,看钱奴自古呼铜臭。"《西厢记》第四本第二折:"夜坐时停了针绣,共姐姐闲～。"

没兴 不幸,倒霉。《调风月》第三折:"好个个舒心,干支刺～。"

没乱 着急,心绪烦乱。曾瑞〔集贤宾〕《宫词》套:"待不思量霎儿心未肯,～到更阑人静。"

没揣 不料,突然。《诤范叔》第二折:"待走来如何走,待藏来怎地藏。～的偏和他打个头撞。"《误入桃源》第三折:"不甫能雨才收，～风又起。"

没答 怠慢，懒散。钟嗣成〔一枝花〕《自序丑斋》套："折末颜如灌口，貌赛神仙，洞宾出世，宋玉重生，～了镘的，梦撒了寮丁。"亦作"抹搭"。

没下梢 没结果，没结局。《豫让吞炭》第四折："今日个会兵机的襄子夸英勇，显的～的将军落空。"

没来由 无端，平白的，无缘无故。《窦娥冤》第三折："～犯王法，不提防遭刑宪，叫声屈动地惊天。"无名氏〔水仙子〕："望故国三千里，倚秋风十二楼，～惹起闲愁。"亦作"没来头"。

冷丁丁 犹言冷冰冰。形容冰冷的感觉。《风光好》第一折："畅好是～沉默无情汉，则见那冬凌霜雪都堆在两眉间。"

快棱憎 形容锐利。宋方壶〔一枝花〕《蚊虫》套："瘦伶仃腿似蛛丝，薄支刺翅如苇煤，～嘴似钢锥。"

冻钦钦 冻得麻木了。《五侯宴》第三折："则我这笃簌簌连身战，～手脚难拳。"

灶窝 厨房。《黄粱梦》第四折："觉来也依旧存活，瓢古自放在～，驴古自映着树科。"

评薄 忖度，品味，品评。马谦斋〔柳营曲〕《怀古》："曾窨约，细～，将业兵功非小可。"亦作"评泊"、"评跋"。

证候 症状，患病的样子。无名氏〔四换头〕："从他别后，无心挑绣。这般～，天知道和天瘦。"亦作"症候"。关汉卿〔一枝花〕《不伏老》套："天赐与我这几般儿歹症候。尚兀自不肯休。"

纳头 低头，叩头，埋头。杨立斋〔哨遍〕套："好向名利场中一～，剩告取些松宽暇。"

纳合 闭合。《西厢记》第二本第三折："急攘攘因何，扢搭地把双眉锁～。"

纽捏 编造，虚构。王大学士〔点绛唇〕套："一个将花桑树～搬调话，一个打和的差，一个不剌着簌笁拨琵琶。"亦作"捏合"。

张罗 ① 到处想办法，筹划。元好问〔骤雨打新荷〕："穷通前定，何用苦～。" ② 恣意行事。《西游记》第五本第十九出："恼的我无明火怎收撮，泼毛团你敢～。"

即渐里 渐渐地，慢慢地。《梧桐雨》第二折："玉佩丁东响珊珊，～舞躃云鬟。"

即即世世 阅世深，狡猾。有怨詈语意。《西厢记》第二本第三折："谁承望这～婆婆，着莺莺做妹妹拜哥哥。"

八　画

者 语尾助词，表示希望或请求语气。宋方壶〔清江引〕《托咏》："是必常团圆，休着些儿缺，愿天下有情底都似你～。"刘庭信〔折桂令〕《忆别》："侧着头叫一声'行～'，阁着泪说一句'听～'。"

者么 不论，不问。《三战吕布》第一折："～是五云间，四壁银山，三姓家姓恣意儿反。"亦作"者莫"。《苏武还乡》第三折："者莫你宿芦花穿柳岸过平川，哎，雁也，休恋着水食地面，将日月俄延。"

直 指示方位之词。《燕青博鱼》第一折：“我可敢滴溜扑撺那厮在马～下。”曾瑞〔骂玉郎过感皇恩采茶歌〕《闺中闻杜鹃》：“无情杜宇闲淘气，头～上耳根底。”《红梨花》第一折：“妾身住处兀那东～下，深村旷野不堪夸。”

直钓缺丁 形容力气大。《双献功》第一折：“则我这两条臂拦关扶碑；则我这两只手可敢便～。”

抹 ① 看，瞥，很快地偷看一下。张可久〔锦橙梅〕：“是谁家，我不住了偷睛儿～？”② 碰触。

拚 舍弃不顾。字罗御史〔一枝花〕《辞官》套：“～着老瓦盆边醉后扶，一任他风落了乌纱。”

担搁 耽误，负累。《西厢记》第二本第三折：“白头娘不负荷，青春女成～，将俺那锦片也似前程蹭脱。”

拘钤 钳制，管束。乔吉〔水仙子〕《为友人作》：“税钱比茶船上欠，斤两去等秤上掂，吃紧的历册般～。”

拖狗皮 死皮赖脸，纠缠不休。《剪发待宾》第一折：“则你这～缠定这谢家楼，几时得布衣人走上黄金殿。”

拦关扶碑 形容臂粗力大。《双献功》第一折：“则我这两条臂～；则我这两只手可敢便直钓缺丁。”

板障 间阻，障碍。《灰阑记》第一折：“伴着个有疼热的夫主，更送着个会～的亲娘。”

枝节儿 细微末节。杨立斋〔哨遍〕套：“四头儿热闹，～熟滑。”

顶门 头顶正中。杜仁杰〔要孩儿〕《庄

家不识构阑》套：“裹着枚皂头巾～上插一管笔，满脸石灰更着些黑道儿抹。”

取次 轻易，轻视，次一等的。关汉卿〔一枝花〕《赠朱帘秀》套：“似雾非烟，妆点就深闺院，不许那等闲人～展。”《调风月》第三折：“便是止渴思梅，充饥画饼。因甚顷刻休？则伤我～成。”

取覆 复命，答复。《遇上皇》第二折：“见酒后忙参拜，饮酒后再～。”

软揣 懦弱，窝囊。《墙头马上》第三折：“他毒肠狠切，丈夫又～些些。”

势煞 样子，模样。王大学士〔点绛唇〕套：“一个唇缺丑～。”亦作“势沙”、“势杀”。

奄的 突然，一下子。张鸣善〔普天乐〕《遇美》：“～转身，吸的便哂，森的销魂。”亦作“厌的”。

软兀剌 ① 形容疲乏、瘫软地。高克礼〔黄蔷薇过庆元贞〕：“他措支剌扯住我皂腰裙，我～好话儿倒温存。”② 窝囊，不利索。《绯衣梦》第二折：“则为那～误事的那禽兽，天那，天那，闪的我嘴碌都恰便似跌了弹的斑鸠。”

苦克瞒心 苦克即“苛刻”，瞒心，欺心，没有良心。《看钱奴》第二折：“你还这等～骂我来，直待要犯了法遭了刑，你可便怎时节改！”

昔涎剌塔 形容身上水淋淋、肮脏邋遢的样子。卢挚〔蟾宫曲〕：“小二哥～，碌轴上淹着个琵琶。”

叔待 犹言阿叔，对中年男子之称。待，语助词。《双献功》第三折：“便问我要

东西，～则你那没梁桶儿便休提。"

些子 些少，一点儿。朱庭玉〔青杏子〕《送别》套："皆因～浮名薄利，萍梗飘流无定迹。"

肯分 恰好，恰巧。《合汗衫》第三折："哎哟！可则俺两口儿都老迈，～的便正该。"

明夜 犹言日夜，白天与黑夜。《单刀会》第四折："正欢娱有甚进退，且谈笑不分～。"

畅好是 真是，正是，正好。《秋胡戏妻》第三折："兀的是谁家一个匹夫？～胆大心粗！眼脑儿涎涎邓邓。"《潇湘夜雨》第二折："你～负心的崔甸土。"亦作"畅好道"、"常好道"。《虎头牌》第三折："你这个关节儿常好道来得疾。"

尚兀自 尚自，仍然，还是。《赵氏孤儿》第三折："我委实的难熬，～强着牙根儿闹。"亦作"尚古自"。《东窗事犯》第三折："臣说着伤心感旧，尚古自眉锁庙堂愁。"

和 连，连同。无名氏〔四换头〕："这般证候，天知道～天瘦。"

受 即"生受"，受苦，捱忍。徐再思〔水仙子〕《春情》："九分恩爱九分忧，两处相思两处愁，十年迤逗十年～。"

饶 任凭，尽管。无名氏〔珍珠马（南）〕《情》套："～君巧把机谋设，止不住负心薄劣，梦儿里若见他俺与他分说。"

周折 曲折，不顺利。《望江亭》第三折："您娘向急飚飚船儿上去也，到家对儿夫尽分说，那一番～。"

迭 ① 语助词，同"的"。《拜月亭》第三折："薄设设衾共枕空舒设，冷清清不怕～，闲遥遥身枝节。"② 重，重叠。关汉卿〔侍香金童〕套："柔肠脉脉，新愁千万～。"③ 及，达到。

迤逗 ① 逗引，撩拨，勾引。徐再思〔水仙子〕《春情》："九分恩爱九分忧，两处相思两处愁，十年～十年受。"关汉卿〔一半儿〕《题情》："多情多绪小冤家，～得人来憔悴煞。"② 牵连，牵绕。《汉宫秋》第二折："争忍教第一夜俺梦～。"亦作"拖逗"。姚燧〔凭阑人〕："马上墙头瞥见他，眼角眉尖拖逗咱。"

乖劣 乖僻，凶恶。《墙头马上》第三折："相公又恶噷噷～，夫人又叫丫丫似蝎蜇。"

使不着 不可，不让，不作兴。《西厢记》第四本第二折："老夫人心数多，情性乜；～我巧语花言，将没作有。"《单刀会》第四折："我根前～你'之乎者也'、'诗云子曰'，早该豁口截舌。"亦作"使不得"、"使不的"。

昏邓邓 形容昏暗。《西厢记》第二本第三折："～黑海来深，白茫茫陆地来厚，碧悠悠青天来阔。"

依柔依然 形容连续不停。周文质〔叨叨令〕《悲秋》："叮叮当当铁马儿乞留叮琅闹，啾啾唧唧促织儿～叫。"

该 欠。刘时中〔端正好〕《上高监司》后套："库官但～一贯须黥配，库子折莫三钱便断除。"

波 ① 衬字，无义。《昊天塔》第四折：

"呀,他兄弟每多死少～生。"② 语尾助词,犹"吧"。《㑇梅香》第三折:"请起来～,多愁多病俏才郎。"

波查 磨折,苦难。苏彦文〔斗鹌鹑〕《冬景》套:"晓钟打罢,巴到天明,刬地～。"

泼 怨詈之词。意谓讨厌、微贱、丑恶。《救孝子》第三折:"似这等含冤负屈,拼着个割舍了三文钱的～命,更和这半百岁的微躯。"

泼贱 骂女人的话。意谓轻薄、低贱。《货郎旦》第四折:"早将一个～的烟花娶过来。"

泼毛团 犹言"禽兽",骂人的话。《西游记》第五本第十九出:"恼的我无明火怎收撮,～你敢张罗。"

放解 ① 让人来典押。《看钱奴》第二折:"我骂你个勒掯穷民狠员外,或是有人家典段匹,或是有人家当环钗,你则待加一倍～。"② 解脱。

怕不 ① 尽管。《调风月》第三折:"～百伶百俐,千战千赢,更做道能行怎离得影? 这一场了身不正,怎当那厮大四至铺排,小夫人名称?"② 岂不,还不是。乔吉〔集贤宾〕《咏柳忆别》套:"～弄春娇巧转歌喉。"

怕不道 岂不,难道不,岂不是要。《燕青博鱼》第一折:"眼见得穷活路觅不出衣和饭,～酷寒亭把我来冻饿杀。"亦作"怕不待"。同上折:"经常时我习武艺学兵法,到如今半筹也不纳,则我这拿云手怕不待寻觅那等瞎生涯。"

㑇懒懒 刚愎,固执,拘谨,威严。《虎头牌》第三折:"则见他～的做样势,笑吟吟的强支对。"亦作"㑇懒懒"、"㑇共懒"。

定虐 烦扰,撩乱。《梧桐雨》第四折:"一声声洒残叶,一点点滴寒梢,会把愁人～。"

郎君 丈夫,借指为妇女所恋的男人。关汉卿〔一枝花〕《不伏老》套:"我是个普天下～领袖,盖世界浪子班头。"

卒律律 形容风、火、飞尘急促猛烈的样子。《柳毅传书》第二折:"～电影重,古突突雾气浓。起几个骨碌碌的轰雷,更一阵扑簌簌的怪风。"无名氏〔骂玉郎过感皇恩采茶歌〕:"荡的那～红尘遮望眼,振的这滴溜溜红叶落空山。"

实丕丕 实实在在地,结结实实地。《风光好》第三折:"咱只得眼前厮趁,～与你情亲。"《赵氏孤儿》第三折:"是那一个～将着粗棍敲? 打的来痛杀杀精皮掉。"

闹垓垓 形容一片喧哗、吵闹。《气英布》第四折:"扑腾腾二马相交处,则听的～喊震天隅。"亦作"闹该该"、"闹咳咳"。

闹炒炒 吵嚷,喧哗。《单刀会》第四折:"却怎生～军兵列,上来的休遮当,莫拦截。"亦作"炒闹"、"闹抄抄"。

闹穰穰 热闹,闹乱。杜仁杰〔耍孩儿〕《庄家不识构阑》套:"不似那答儿～人多。"亦作"闹攘攘"。

承望 ① 料到。孙季昌〔端正好〕《集杂剧名咏情》套:"谁～下场头半星儿不应,央及煞调风月燕燕莺莺。"② 指望。刘时中〔端正好〕《上高监司》前套:"有钱的贩米谷置田庄添生放,无钱的少过活分骨肉无～。"

孤堆 土堆。《李逵负荆》第二折:"休怪我村沙样势,平地上起～。"

九 画

挑泛 调唆,作弄。《货郎旦》第四折:"对面儿相～,背地里暗差排。"亦作"调发"。

挑踢 挑拣,精选。《东堂老》第一折:"你抛撇了这丑妇家中宝,～着美女家生哨。"亦作"挑剔"。

挑茶斡刺 寻事生非。《货郎旦》第四折:"那婆娘舌刺刺～,百枝枝花儿叶子,望空里揣与他个罪名儿。"亦作"剜刺挑茶"。

勃腾腾 形容冲动、飞腾的样子。《连环计》第三折:"若要你～怒发三千丈,则除今夜里亲见貂蝉细细的访。"亦作"扑腾腾"、"不邓邓"。《金钱记》第二折:"王孙乘骏马,扑腾腾金鞭袅落花。"《潇湘夜雨》第三折:"则见他努眼撑睛大叫呼,不邓邓气夯胸脯。"

相趁 即相称,相配。《东墙记》第一折:"都只为我情你意相投顺,姻缘自把佳期问,郎才女貌皆～。"

荒獐势 慌慌张张的样子。高安道〔哨遍〕《皮匠说谎》套:"做尽～,走的筋舒力尽,憔的眼运头低。"亦作"慌张势煞"。

胡突 同"糊涂"。刘时中〔端正好〕《上高监司》后套:"半边子犹自可,捶钞甚～。"亦作"糊突"。

胡沙 糊涂,粗俗。王大学士〔点绛唇〕套:"一个村,一个又沙,一个丑嘴脸特～。"

甚的 犹言甚么。钱霖〔哨遍〕套:"～散得疾、子为你聚来得骤。"

甚迭 甚么。《拜月亭》第三折:"我怨感我合哽咽,不刺你啼哭你为～?"

剌查 形容惨白、惨黄。王大学士〔点绛唇〕套:"一个磨镰的特～。"亦作"蜡渣"、"蜡滓"。

刺搭 下垂。曾瑞〔哨遍〕《羊诉冤》套:"我如今～着两个蔫耳朵,滴溜着一条粗硬腿。"亦作"搭刺"。

牵挂 牵念,挂心。无名氏〔水仙子〕《喻纸鸢》:"纸糊披就里没～,被狂风一任刮。"

殃及煞 带累,累及。关汉卿〔梧叶儿〕《别情》:"春将去,人未还,这其间,～愁眉泪眼。"

轻乞列 形容轻的,微薄的。《调风月》第三折:"好～薄命,热忽剌姻缘,短古取恩情!"亦作"轻吉列"。

咱 ① 我。姚燧〔凭阑人〕:"论文章他爱～,睹妖娆～爱他。"② 我们。《调风月》第三折:"～两个堪为比并。"③ 语尾助词,同"者"。表希望或请求语气。无名氏〔水仙子〕:"等闲时须下马,试将门儿开～。"

咽 吞咽。刘时中〔端正好〕《上高监司》前套:"鹅肠苦菜连根煮,荻笋芦荫带叶～。"

哏 ① 同"很"。刘时中〔端正好〕《上高监司》后套："～生受～搭负，广费了些首思分例，倒换了些沿路文书。"② 同"狠"，凶狠。高克礼〔黄蔷薇过庆元贞〕："一来怕夫人情性～，二来怕误妾百年身。"

骨崖崖 形容瘦骨嶙峋的样子。鲍天祐《秦少游》杂剧残曲："病来时倒大来不自由，怎画的来～影儿消瘦。"亦作"骨岩岩"、"骨揢揢"。

背后 后面，后边，后部分。杜仁杰〔耍孩儿〕《庄家不识构阑》："前截儿院本《调风月》，～幺末敷演《刘耍和》。"

背悔 糊涂，悖谬。多形容老年人。《盆儿鬼》第三折："这都是，咱老～，门儿外不曾撒的把儿灰。"亦作"背晦"、"背会"。

战笃速 形容因恐惧而颤抖的样子。《秋胡戏妻》第三折："桑园里只待强逼做欢娱，唬的我手儿脚儿滴羞蹀躞～。"

剔秃圞 圆圆的。宋方壶〔清江引〕《托咏》："～一轮天外月。"亦作"剔团圞"、"剔团圆"、"剔留团栾"。郑光祖〔蟾宫曲〕《梦中作》："皎皎洁洁照橹篷剔留团栾月明。"

是必 务必。《西厢记》第二本楔子："～休误了也么哥！"

是搭儿 此处，这边。马致远〔清江引〕《野兴》："一枕葫芦架，几行垂杨树。～快活闲住处。"

便宜 适宜，合适，妥善。《鲁斋郎》第二折："将一杯醇糯酒十分的吃，更怕我酒后疏狂失了～。"《王粲登楼》第三折："想当初只守着旧柴扉，不图甚的，倒是～。"

便做道 即便是，即使，纵使。《赵礼让肥》第三折："～俺两个该死的游魂甚耽待，也则是可怜见白头奶奶。"亦作"便做到"。

促律律 形容急速的样子。《气英布》第四折："杀的那楚项羽～向北忙逋。"亦作"足律律"。

待 打算，将要。杜仁杰〔耍孩儿〕《庄家不识构阑》套："知他～是如何？"

径不着 经受不起。孙季昌〔端正好〕《集杂剧名咏情》套："～也么哥，如今这谎郎君一个个传槽病。"

急飑飑 急匆匆。《单刀会》第四折："昏惨惨晚霞收，冷飕飕江风起，～云帆扯。"

急煎煎 ① 急急忙忙。《老生儿》第一折："我～去把那稳婆和老娘寻，恨不得曲躬躬将他土块的这砖头来拜。"② 焦急。

急攘攘 心忙意乱。《西厢记》第二本第三折："～因何，扢搭地把双眉锁纳合。"马致远〔夜行船〕《秋思》套："看密匝匝蚁排兵，乱纷纷蜂酿蜜，～蝇争血。"亦作"急穰穰"。

急獐拘猪 形容慌张、急迫、局促不安。《薛仁贵》第三折："他叫一声雄吼若春雷，唬的我心儿胆儿～的自昏迷。"亦作"急张拘诸"。

须 ① 犹"自"。本，本来。睢景臣〔哨遍〕《高祖还乡》："你～身姓刘，你妻～姓吕。"《虎头牌》第三折："咱～是关亲意，也索要顾兵机。"② 却，转折语气。《风光好》第三折："昨夜个我虽改换的衣袂新，

～是模样真。"

须索　必须。《陈抟高卧》第三折："～志于道、依于仁、据于德。"

怎生　① 为什么。《望江亭》第三折："你为公事来到这些，不知你～做兀的关节？"《虎头牌》第三折："可～不交战，不迎敌，吃的个醉如泥。"② 如何，怎样。《货郎旦》第四折："我是个婆娘，～救拔！"

狠　同"很"。《老生儿》第一折："他说的来～利害。"

看承　犹言看待。《冻苏秦》第四折："假使一朝马死黄金尽，可不的依旧苏秦，做陌路看承被人哂。"亦作"看成"、"堪成"。

笃簌簌　形容发抖的样子。《杀狗劝夫》第二折："则被这吸里忽刺的朔风儿那里好～避。"亦作"笃速速"。

恰不道　岂不闻，常言道。关汉卿〔一枝花〕《不伏老》套："～人到中年万事休，我怎肯虚度了春秋。"

恰便似　就好像。《醉写赤壁赋》第三折："似东风花外锦鸠鸣，～斜月睡闻莺。"

恓恓惶惶　凄凉，悲凉。《西厢记》第四本第三折："久已后书儿、信儿，索与我～的寄。"亦作"恓惶"。《梧桐雨》第三折："唱道感叹情多，恓惶泪洒，早得升遐，休休却是今生罢。"

活支剌　活生生地。支刺，语助词。《鲁斋郎》第二折："～娘儿双拆散，生各札夫妇两分离。"亦作"活支沙"。

涎涎邓邓　① 形容眼睛贼溜溜的、贪婪的样子。《秋胡戏妻》第三折："兀的是谁家一个匹夫？畅好是胆大心粗！眼脑儿～。"② 形容说话缠夹不清。

说啜赚　哄骗。孙季昌〔端正好〕《集杂剧名咏情》套："当日被连环计～得再成交颈，谁承望错立身的子弟无音信。"

迷奚　眼半闭的样子。借指迷胡、朦胧。高安道〔哨遍〕《皮匠说谎》套："～着谎眼先陪笑，执闭着顽心更道易。"

迷彪横登　迷迷糊糊。周文质〔叨叨令〕《悲秋》："孤孤另另单枕上～靠。"亦作"迷彪没腾"、"迷丢答都"。

差排　支使，支配。《货郎旦》第四折："对面儿相挑泛，背地里暗～。"

阐阁　挣扎，争得。《任风子》第一折："～出虎狼丛，拜辞了鸳鸯会。"亦作"挣阁"。

陡恁的　同"直恁的"。直如此，简直是。《汉宫秋》第二折："～千军易得，一将难求。"

既不沙　不然，若不是这样。沙，语助词。《黄粱梦》第三折："为甚春归早？～可怎生蝶翅舞飘飘。"

十 画

挼　低劣。乔吉〔雁儿落过得胜令〕《自适》："农桑事上熟，名利场中～。"

捣虚撇抗　乘虚而入，攻其弱处。范居中〔金殿喜重重(南)〕《秋思》套："终日悬望，恰原来～，误我一向，到此才知是谎。"

堝儿　泛指处所。尚仲贤《王魁负桂英》杂剧残曲："这～是是俺那送行的田地。"

班头 一班人中的头领。关汉卿〔一枝花〕《不伏老》套:"我是个普天下郎君领袖,盖世界浪子~。"

琤叮珰 状声词,金属、玉器等物碰击、折裂声。《墙头马上》第三折:"~掂做了两三截。亦作"吉丁当"。《西厢记》第二本第四折:"莫不是金钩双控,吉丁当敲响帘枢?"

热忽剌 形容热的,热烈的。《调风月》第三折:"好轻乞列薄命,~姻缘,短古取恩情!"亦作"热剌剌"、"热兀罗"。

索 须,得,应该。《西厢记》第四本第二折:"到底干连着自己骨肉,夫人~穷究。"

素放 宽恕,释放。《秋胡戏妻》第二折:"我可也不道轻轻的便~了你。"亦作"索放"。

耽待 照顾,帮助,体谅。《赵礼让肥》第三折:"便做道俺两个该死的游魂甚~,也则是可怜见白头奶奶。"

都帅头 总头目。关汉卿〔一枝花〕《不伏老》套:"我是个锦花营~,曾玩府游州。"

莺花寨 风月场所,妓院。无名氏〔满庭芳〕:"向鸣珂巷里幽囚杀小卿,丽春园里选配了双生,~埋伏的硬。"

起头儿 起初,开头。贯云石〔寿阳曲〕:"悠悠画船东去也,这思量~一夜。"

恶哏哏 极端凶恶的样子。《抱妆盒》第二折:"则见你~独自撞将来。太子也,你在这七宝盒中,我陈琳早魂飞九霄云外。"亦作"恶狠狠"、"恶暗暗"、"恶噷噷"。《墙头马上》第三折:"相公又恶噷噷乖劣,夫人又叫丫丫似蝎蜇。"

㕭 贪婪地吃喝。杨立斋〔哨遍〕套:"一个向丽春园大碗里空~了酒,一个扬子江江船中就与茶。"② 状声词。

吵吵 状声词。形容诵唱的声响。杨立斋〔哨遍〕套:"对文星乐宿,唱唱~。"

骨剌剌 状声词。形容转动、滚动的声音。《气英布》第四折:"~旗门开处,那楚重瞳在阵面上高呼。"亦作"古剌剌"、"忽剌剌"、"忽喇喇"。《柳毅传书》第二折:"忽剌剌半空霹雳声惊动。"

恁 ① 这,这样,如此。无名氏〔朝天子〕《志感》:"老天只~忒心偏,贤和愚无分辨。"② 同"您"。《刘行首》第四折:"~莫痴,争是张良会。"无名氏〔四换头〕:"东墙花月,好景良宵~记者。"③ 那。亢文苑〔一枝花〕套:"大丈夫峥嵘~时候,扶汤佐周,光前耀后,直教万古清名长不朽。"

恁么 这么,这样。马致远〔夜行船〕《秋思》套:"想秦宫汉阙,都做了衰草牛羊野。不~渔樵没话说。"

恁地 如此,这样地。无名氏〔叨叨令〕:"不思量尤在心头记,越思量越~添憔悴。"

恁般 这般。班惟志〔一枝花〕《秋夜闻筝》套:"是谁家玉卿?只~可憎!"亦作"恁的般"。

倒断 了结。《丝竹芙蓉亭》第一折:"得了首有情分的断肠词,自惹下场无~相思债。"

倒大来 极大,十分,多么,何等。马致远〔四块玉〕《叹世》:"种春风二顷田,远红尘千丈波,～闲快活。"亦作"到大"、"倒大"、"大来"、"道大来"、"多大"。《刘行首》第四折:"淡饭粗衣,山中活计。落托清闲,到大幽微。"张可久〔齐天乐过红衫儿〕《道情》:"浣花村,俺柴门,倒大无忧闷。"

笑呷呷 笑哈哈。《金钱记》第一折:"宽绰绰翠亭边蹴鞠场,～粉墙外秋千架,香馥馥麝兰熏罗绮交加。"亦作"呷呷笑"。

透漏 疏漏,被人乘虚而入。《汉宫秋》第二折:"恐怕边关～,殃及家人奔骤。"

烟花 妓院,亦指妓女。《货郎旦》第四折:"早将一个泼贱的～娶过来。"

家 语助词。① 犹言"地","儿"。高安道〔哨遍〕《皮匠说谎》:"量底样九遍～掀皮尺,寻裁刀数遭～取磨石。"② 语尾助词,无义,附于人称之后。《货郎旦》第四折:"猛将咱～长喉咙掐,磕搭地揪住头发。"

料 动。《误入桃源》第三折:"我这里道姓呼名,他那里嗑牙～嘴。"

冤家 ① 对所爱的人的昵称。关汉卿〔一半儿〕《题情》:"骂你个俏～,一半儿难当一半儿耍。"② 仇人,对头。《燕青博鱼》第一折:"天那您不肯道是相赍发,专与俺这穷汉做～。"

冤楚楚 形容冤屈痛苦。《盆儿鬼》第四折:"抱着他～瓦盆儿,直到这另巍巍公堂下。"

消受 ① 享受,受用。《玉镜台》第一折:"怎能够可情人～锦幄凤凰衾?把愁怀都打撇在玉枕鸳鸯帐。"《西厢记》第四本第二折:"既能够,张生,你觑兀的般可喜娘庞儿也要人～。"② 忍受,捱受。不忽木〔点绛唇〕《辞朝》套:"想高官重职难～,学耕耨,种田畴,倒大来无虑无忧。"

消得 值得,配得,受得。朱庭玉〔青杏子〕《送别》套:"不枉了男儿堕志气,～英雄眼中泪。"

消遣 ① 中止,停息。《剪发待宾》第一折:"后来便说着你的体面难～,则你这拖狗皮缠定这谢家楼,几时得布衣人走上黄金殿。"② 排遣,舒展。《西厢记》第一本第一折:"恨天,天不与人行方便,好着我难～,端的是怎留连。"

消不得 少不得。《潇湘夜雨》第二折:"我想起亏心的那厮,你为官～人伏侍?你忙杀呵写不得那半张纸?"

消息儿 暗藏机关,圈套,计谋。《东堂老》第一折:"你把他门限儿踏着,～汤者……直教你无计能逃,有路难超。"《赚蒯通》第二折:"若将军一脚到京畿,但踏着～你可也便身亏。"

悄蹙蹙 静悄悄地。《介子推》第四折:"～火巷外潜藏,古爽爽烟峡内侧隐。"亦作"悄促促"。

悄悄冥冥 寂静,静静地。《西厢记》第一本第三折:"侧着耳朵儿听,蹑着脚步儿行,～,潜潜等等。"

恣恣 仔细,细细。王和卿〔一半儿〕《题情》:"将来书信手拈着,灯下～观觑了。"亦作"孜孜"、"咨咨"。

准折　折算，抵算。曾端〔哨遍〕《羊诉冤》套："穷养的无巴避，待～舞衫歌扇，要打摸暖帽春衣。"

十一画

掂　折断。《墙头马上》第三折："珰叮珰～做了两三截。"

捱　①熬，忍受。《潇湘夜雨》第三折："耽疼痛，～程途，风雨相催，雨点儿何时住?"②同"挨"。挨近、倚靠。

排门　挨家挨户。睢景臣〔哨遍〕《高祖还乡》套："社长～告示，但有的差使无推故。"

排场　游乐、冶游场所。关汉卿〔一枝花〕《不伏老》套："占～风月功名首，更玲珑又剔透。"

掀腾　闹腾，折腾。《陈州粜米》第一折："他若是将咱刁蹬，休道我不敢～。柔软莫过溪涧水，到了不平地上也高声。"

措大　犹言穷酸。是对读书人或官员的蔑称。孛罗御史〔一枝花〕《辞官》套："有几个不求仕的官员，东庄～。"

措支剌　形容慌张失态。高克礼〔黄蔷薇过庆元贞〕："他～扯住我皂腰裙，我软兀剌好话儿倒温存。"亦作"错支剌"。

掇标手　投机取巧的家伙。刘时中〔端正好〕《上高监司》后套："～到处称人物，妆旦色取去为媳妇。"

理会　①理睬，计较。《窦娥冤》第二折："空悲戚，没～，人生死，是轮回。"②知晓，领会。

营勾　勾引，诓骗，引惹。尚仲贤《王魁负桂英》杂剧残曲："我叫一声王魁，王魁嗏，你～了我当甚末便宜。"《风光好》第三折："好也啰学士你～了人，却便装忘魂。"

救拔　救济，拯救，脱离危难。《货郎旦》第四折："我是个婆娘，怎生～!"亦作"济拔"。

勒揞　敲诈，强迫。《看钱奴》第二折："我骂你个～穷民狠员外，或是有人家典段匹，或是有人家当环钗，你则待加一倍放解。"

梦撒了撩丁　没有钱。梦撒：没有。撩丁：钱。《曲江池》第二折："我直着你～，倒折了本。"钟嗣成〔一枝花〕《自序丑斋》套："折末颜如灌口，貌赛神仙，洞宾出世，宋玉重生，没答了馒的，～。"

唱道　正是，真是。《虎头牌》第三折："你也曾对咱盟咒再不贪杯，～索记前言，休赊后悔。"亦作"畅道"、"唱道是"、"畅道是"。《冻苏秦》第四折："畅道威震诸侯，腰悬六印，也索把世态炎凉，心中暗忖。"曾瑞〔集贤宾〕《宫词》套："唱道是人和闷可难争，则我瘦身躯怎敢共愁肠竞?"《赵氏孤儿》第三折："畅道是光阴过去的疾，冤仇报复的早。"

唱叫扬疾　大声叫喊，吵骂。《窦娥冤》第二折："呀! 是谁人～，不由我不魄散魂飞。"

啉　愚蠢。《丝竹芙蓉亭》第一折："则你个～宋玉自裁划，待将这无路巫娥推出门外。"亦作"㑩"。乔吉〔山坡羊〕："妆呆妆㑩，妆聋妆唔。"

啜赚　哄骗，哄弄。无名氏〔水仙子〕：

"只被他沙糖口～了鸳鸯会,到人前讲是非。"亦作"赚啜"。

眼脑 眼睛。《秋胡戏妻》第三折:"兀的是谁家一个匹夫? 畅好是胆大心粗!～儿涎涎邓邓。"

眼巴巴 形容急切盼望。《升仙梦》第三折:"～几时得到京华! 过山遥路远怎去? 他教我心惊胆颤怕。"

睁睁道 明亮的眼睛。睁道即眼睛。杨立斋〔哨遍〕套:"一个是纱巾蕉扇～,一个是翠靥金毛俏鼻凹。"

常川 常常,继续不断。取意于"川流不息"。《丝竹芙蓉亭》第一折:"也不索对天地说盟山言誓海,咱则是～似今夜鱼水和谐。"

虚脾 虚假,虚情假意。杨果〔翠裙腰〕套:"总～,无实事,乔问候的言辞怎使。"《救风尘》第一折:"那做子弟的他影儿里会～,那做丈夫的忒老实。"

虚飘飘 轻轻地,轻飘飘,飘浮不定。鲍天祐《秦少游》杂剧残曲:"你～拔着短筹,冷清清算在雷州。"关汉卿〔大德歌〕《春》:"几日添憔悴,～柳絮飞。"无名氏〔一枝花〕《渔隐》套:"本是个～天地闲人,乐陶陶江汉逸民。"

脱空 虚诳,诈伪。高安道〔哨遍〕《皮匠说谎》套:"调～对众攀今古,念条款依然说是非。"

躯老 身躯,身段。"老",语助,无义。宋方壶〔一枝花〕《蚊虫》:"不想瘦～人根前逞精细,且休说香罗袖里,桃花扇底。"亦作"区劳"、"躯劳"。

筛锣 敲锣,打锣。杜仁杰〔耍孩儿〕《庄家不识构阑》:"又不是迎神赛社,不住的擂鼓～。"

馄饨 糊涂。张可久〔醉太平〕:"文章糊了盛钱囤,门庭改作迷魂阵,清廉贬入睡～。"亦作"混纯"。

猛可的 猛然间,突然的。无名氏〔珍珠马(南)〕《情》套:"平白地送暖偷寒,～搬唇递舌。"亦作"猛可里"。睢景臣〔哨遍〕《高祖还乡》套:"猛可里抬头觑,觑多时认得,险气破我胸脯。"

兜 ① 表达,引逗。《百花亭》第二折:"这书词是亲手修,重新把密情～。"② 同"陡",突然。又作"兜的"。《汉宫秋》第三折:"那一会想菱花镜里妆,风流相,兜的又横心上。"

兜答 不爽快、纠夹不清,不顺利、曲折。王大学士〔点绛唇〕套:"一个～,一个奸滑。"亦作"兜搭"、"兜兜搭搭"。《红梨花》第一折:"贪和你书生打话,畅好是兜兜搭搭,因此上不知明月落谁家。"

谝 夸耀,炫示。《丝竹芙蓉亭》第一折:"我不比你穷酸般胡～教君怪,不放参紧闭定看书斋。"

着 ① 教,让,使。《西厢记》第四本第二折:"你则合带月披星,谁～你停眠整宿?"《丝竹芙蓉亭》第一折:"休～我倚定门儿手托腮,休将那不睹事的话儿揣。"② 碰,接触。《张生煮海》第三折:"但～一点儿,就是一个燎浆。"③ 到。薛昂夫〔楚天遥过清江引〕:"春若有情应解语,问～无凭据。"

着莫　① 引惹，沾惹，牵缠。陈草庵〔山坡羊〕："伏低伏弱，装呆装落，是非犹自来～。"② 约莫，依稀。③ 捉摸。

断送　① 送走，发付。《竹窗雨》第一折："可花落花开～春。"② 葬送，毁掉。《赵氏孤儿》第二折："若不是急流中将脚步抽回，险些儿闹里把头皮～。"

谎诈　虚假，虚诳。王大学士〔点绛唇〕套："一个牛斤，一个～。"

情况　情绪，兴味，神采。《玉镜台》第一折："酒醒梦觉无～，好天良夜成疏旷，临风对月空惆怅。"

惊急列　形容惊慌。杨立斋〔哨遍〕套："救得这困鱼鳃～地脱了香钩。"亦作"惊急力"、"荆棘律"。

密匝匝　形容密集，密密麻麻。贯云石〔粉蝶儿(北)〕《西湖十景》："～那一坨，疏刺刺这几窝。"马致远〔夜行船〕《秋思》套："看～蚁排兵，乱纷纷蜂酿蜜，急攘攘蝇争血。"

清耿耿　① 形容清静、静寂。尚仲贤《王魁负桂英》杂剧残曲："～将明香来爇，骨碌碌将杯笑掷。"② 形容清廉耿直。

淅零淅留　形容雨、雪、风的飘打声。周文质〔叨叨令〕《悲秋》："滴滴点点细雨儿～哨"。亦作"淅零零"、"淅留淅零"、"昔留昔零"。郑光祖〔蟾宫曲〕《梦中作》："冷冷清清潇湘景晚风生，淅留淅零暮雨初晴。"

绰　撩惹，扰乱。《玉镜台》第一折："兀的不消人魂魄、～人眼光？"曾瑞〔集贤宾〕《宫词》套："入孤帏强眠寻梦境，被相思鬼～了魂灵。"

绰开　放开，展开。《货郎旦》第四折："诸般～，花红布摆。"

随分　随意，随便。汪元亨〔折桂令〕《归隐》："～耕耘，过遣晨昏；竹几藤床，草舍柴门。"

随邪　① 歪邪，胡闹，放肆。《单刀会》第四折："鲁子敬听者，你心内休乔怯，畅好是～，休怪我十分酒醉也。"② 性情易变，无主见。

登罗　把谷物等捣碎、筛好。刘时中〔端正好〕《上高监司》后套："开张卖饭的呼君宝，磨面～底叫德夫，何足云乎！"亦作"打罗"、"捣罗"。

十二画

搭　处。《误入桃源》第三折："见了这三五～人家稀密，过了这百千重山路逶迤。"

搭负　担累，磨难。刘时中〔端正好〕《上高监司》后套："哏生受哏～，广费了些首思分例，倒换了些沿路文书。"

揣　摧折。曾瑞〔哨遍〕《羊诉冤》套："先许下神鬼彫了前膊，再请下相知～了后腿。"

揣与　强给，强加于。《潇湘夜雨》第二折："我只问你个亏心甸士，怎～我这无名的罪儿？"《任风子》第三折："我漾起拳头，他～我个面皮。"

揣巴　企盼之词。巴望得到。《燕青博鱼》第一折："我～些残汤剩水，打叠起浪酒闲茶。"

落后 ① 落伍，不如人。《谢天香》第四折："原来是三年不肯住杭州，闪的我～，有国难投。"② 慢着，留后。《西厢记》第四本第二折："红娘你且先行，教小姐权时～。"

落托 犹言乐得。《刘行首》第四折："淡饭粗衣，山中活计。～清闲，到大幽微。"

落可便 衬词，无义。《老生儿》第一折："他道小梅行必定是个厮儿胎，不由我不频频的加额，～暗暗的伤怀。"《双献功》第一折："但恼着我黑脸的爹爹，和他做场的厮斗，翻过来～吊盘的煎饼。"亦作"落可的"。

趁逐 ① 追随，追求，追寻。《流红叶》第三折："谁曾道是～，天赐这场厮迤逗。"钱霖〔哨遍〕套："山魈木客相呼唤，寡宿孤辰厮～。"② 追究。《东窗事犯》第三折："陛下，索～，替微臣冤仇。"

散诞 悠闲自在。《七里滩》第一折："放～心肠，任百事无妨。"

森的 一下子。张鸣善〔普天乐〕《遇美》："奄的转身，吸的便酒，～销魂。"亦作"参的"。

搽搽 状声词，同"擦擦"。《拜月亭》第三折："元来你深深的花底将身儿遮，～的背后把鞋儿捻，涩涩的轻把我裙儿拽，煴煴的羞得我腮儿热。"

暂休 犹言且住，暂停。亦有且请住口的意思。关汉卿〔一枝花〕《不伏老》套："你道我老也，～。占排场风月功名首，更玲珑又剔透。"

葫芦提 糊里糊涂。张可久〔醉太平〕："文章糊了盛钱囤，门庭改作迷魂阵，清廉贬入睡馄饨。～倒稳。"

赌当 阻拦，应付。《李逵负荆》第二折："强～，硬支持，要见个到底。"亦作"堵当"。

量抹 小看，蔑视。乔吉〔新水令〕《闺丽》套："你个吃戏冤家，来来来将人休～。"

嗏 语气词。卢挚〔蟾宫曲〕："沙三伴哥来～！"

喽啰 能干，伶俐。《西厢记》第二本第三折："则被你送了人呵，当甚么～。"

腌臜 肮脏。王大学士〔点绛唇〕套："一个村村棒棒牛撒橛乔画，一个狗打肝～相欠欠答答。"

铺持 铺衬鞋底的布片。《任风子》第三折："这的中做布碾，好做～。"

铺排 铺陈、摆设，安置。《调风月》第三折："这一场了身不正，怎当那厮大四至～，小夫人名称？"

铺眉苫眼 挤眉弄眼，装模作样，不正派的样子。张鸣善〔水仙子〕《讥时》："～早三公，裸袖揎拳享万钟。"也作"苫眼铺眉"。

傍州例 榜样，例子。《虎头牌》第三折："你便先看取他这个～。"钟嗣成〔一枝花〕《自序丑斋》套："丑和好自有是和非，文和武便是～。"亦作"旁州例"。《陈抟高卧》："向那华山中已觅下终焉计，怎生都堂内才看旁州例。"

短古取 形容短促。《调风月》第三折：

"好轻乞列薄命,热忽剌姻缘,～恩情!"亦作"短局促"、"短卒律"。

滑熟 惯熟,圆熟,十分熟练。关汉卿〔一枝花〕《不伏老》套:"通五音六律～。"亦作"熟滑"。杨立斋〔哨遍〕套:"四头儿热闹,枝节儿熟滑。"

割舍 ① 舍弃,丢开。卢挚〔寿阳曲〕《别朱帘秀》:"才欢悦,早间别,痛煞煞好难～。"② 豁出去,拼着,不顾一切。《赵氏孤儿》第三折:"没来由～的亲生骨肉吃三刀。"

就里 内中,心里,内情。曾瑞〔骂玉郎过感皇恩采茶歌〕《闺中闻杜鹃》:"你怎知,我～,愁无际。"无名氏〔水仙子〕《喻纸鸢》:"纸糊披～没牵挂。被狂风一任刮。"

就中 内中,其中。《窦娥冤》第四折:"这的是衙门从古向南开,～无个不冤哉!"

就因 内中隐情。《东墙记》第一折:"送秋波眼角情,近东墙住左邻,觑了可憎才有～。"

惺惺 聪明人。宋方壶〔红绣鞋〕《阅世》:"懵懵的怜瞌睡,鹘伶的惜～。"

装呵 装模作样。钱霖〔哨遍〕套:"也学采东篱菊,子是个～元亮,豹子浮立。"

寒碎 寒酸猥琐。马致远〔耍孩儿〕《借马》套:"上坡时款把身来耸,下坡时休教走得疾。休道人忒～。"

敢可 恐怕,包管。《东堂老》第一折:"那虔婆一对刚牙爪,遮莫你手轻脚疾,～也立做了骨化形销。"

敢则是 ① 正是。《潇湘夜雨》第四折:"雨如倾,～风如扇。"② 一定能。③ 大概,莫非。亦作"敢则"、"敢可"。

疏旷 空虚,落寞。《玉镜台》第一折:"酒醒梦觉无情况,好天良夜成～,临风对月空惆怅。"

疏剌剌 状声词,多形容风雨声。《倩女离魂》第一折:"俺气氲氲喟然声不定交,助～动羁怀风乱扫。"《竹叶舟》第三折:"则见秋江雪浪拍天浮,更月黑云愁～风狂雨骤,这天气甚时候。"

十三画

搬弄 挑拨,播弄是非。《西厢记》第二本第四折:"玉容深锁绣帏中,怕有人～。"② 搬演,表演。

搬调 搬弄,调唆。王大学士〔点绛唇〕套:"一个将花桑树纽捏～话,一个打和的差,一个不剌着簸箕拨琵琶。"《七里滩》第三折:"则为你～人两字功名,驱用人半世浮生。"

殢 滞留,留恋。《虎头牌》第三折:"他则待～酒席,可便恋声妓。"

蓦 ① 跨,大步跨越。《丝竹芙蓉亭》第一折:"则要你温我的浸冷罗鞋,干教我羞答答的懒把门程～。"《误入桃源》第三折:"下坡如投地窖,～岭似上天梯。"② 猛然,突然。商挺〔潘妃曲〕:"～听得门外地皮儿踏,则道是冤家,原来风动荼蘼架。"

碜可可 ① 实实在在。尚仲贤《王魁负桂英》杂剧残曲:"兀的般弃旧恋新将盟誓违,惯得他～的辜恩负德。"② 凄惨,悲惨。《敬德不伏老》第一折:"我也曾杀得败残兵骨碌碌人头乱滚,～热血相喷。"亦作"参可可"、"惨可可"、"磣磕磕"。无名氏〔珍珠马(南)〕《情》套:"惨可可山盟海誓对谁说,海神庙现放着勾魂帖。"《梧桐雨》第三折:"再不将曲弯弯远山眉儿画,乱松松云鬓堆鸦,怎下的磣磕磕马蹄儿脸儿上踏?"

趖避 即"躲避"。《谇范叔》第一折:"他每只是些～当差影身草。"

禁持 纠缠,磨折。曾瑞〔骂玉郎过感皇恩采茶歌〕《闺中闻杜鹃》:"无明夜,闲聒噪,厮～。"

酪子里 突然,暗地里,平白无故的。《秋胡戏妻》第三折:"他～丢抹娘一句,怎人模人样,做出这等不君子待何如?"

路歧 民间艺人的俗称。《蓝采和》第一折:"甚杂剧请恩官望着心爱的选,俺～每怎敢自专,这的是才人书会划新编。"亦作"路歧人"。

跳塔 冒险,玩手法。乔吉〔新水令〕《闺丽》套:"唱道成时节准备着小意儿妆鰕,不成时怎肯呆心儿～。"

跳百索 亦作"跳索",杂技中一种绳技。王大学士〔点绛唇〕套:"一个舞乔捉蛇呆木答,一个舞屎里蛆的法刀把,一个～擞背儿仰刺叉。"

煞 ① 极甚之词。意谓很、甚、厉害。关汉卿〔一半儿〕《题情》:"多情多绪小冤家,迤逗得人来憔悴～,说来的话先瞒过咱。"② 虽,虽然。亦作"唦"。

漾 抛开,甩开。《任风子》第一折:"我～起拳头,他揣与我个面皮。"

滑擦 形容光滑、滑腻。滑步。王大学士〔点绛唇〕套:"一个岸边打～。"

熰熰的 形容一下子羞惭起来。《拜月亭》第三折:"元来你深深的花府将身儿遮,搽搽的背后把鞋儿捻,涩涩的轻把我裙儿拽,～羞得我腮儿热。"

十四画

撇 丢开,抛弃。无名氏〔珍珠马(南)〕《情》套:"因此上楚云深锁黄金阙,休把佳期暂～。"

撇漾 抛弃。范居中〔金殿喜重重(南)〕《秋思》套:"才色相当,两情契合非强?怎割舍眉南面北成～!"

酸丁 寒酸书生。《西厢记》第二本第二折:"来回顾影,文魔秀士,风欠～。"

厮趁 相陪,陪伴。《风光好》第三折:"咱只得眼前～,实丕丕与你情亲。"

厮耨 指相昵,交欢。《西厢记》第四本第二折:"一个恣情的不休,一个哑声儿～。"

厮琅琅 状声词,形容敲击、弹拨时发出的清脆响声。《张生煮海》第一折:"一声声吓的我心中怕恐,原来是～谁抚丝桐。"

静寥寥 形容寂静。赵善庆〔庆东原〕《泊罗阳驿》:"砧声住,蛩韵切,～门掩清秋夜。"

蜡渣 借喻苍白或灰黄的颜色,常指脸色。《赵礼让肥》第一折:"饿的这民饥色,看看的如～。"

管 ① 肯定之词，保管。《李逵负荆》第一折："～着你目下见仇人，则不要口似无梁斗，一句句言如劈竹。"② 估量之词，大概。

疑怪 ① 难怪，怪不得。《梧桐雨》第二折："惯纵的个无徒禄山，没揣的撞过潼关，先败了哥舒翰。～昨宵向晚，不见烽火报平安。"② 怀疑。

稳情取 定然能够。《望江亭》第三折："从今不受人磨灭，～好夫妻百年喜悦。"

僝僽 烦愁，苦恼，受折磨。《汉宫秋》第二折："吾当～，他也他也红妆年幼，无人搭救。"《流红叶》第三折："着俺着俺自～，怎的怎的空遥受。"

遮莫 ① 拼着。《赵氏孤儿》第三折："～便打的我皮都绽，肉尽销，休想我有半字儿攀着。"② 或者。《救风尘》第一折："～向狗溺处藏，～向牛屎里埋，忽地便吃了一个合扑地，那时节睁着眼怨他谁！"③ 尽管，不论。《东堂老》第一折："那虔婆一对刚牙爪，～你手轻脚疾，敢可也立做了骨化形销。"

滴溜 ① 形容圆。《张生煮海》第二折："明～冰轮出海角，光灿灿红日转山崖。"② 空悬。曾瑞〔哨遍〕《羊诉冤》套："我如今刺搭着两个蔫耳朵，～着一条粗硬腿。"③ 旋转。亦作"滴溜溜"。无名氏〔骂玉郎过感皇恩采茶歌〕："振的这滴溜溜红叶落空山。"

滴溜扑 形容跌落、迅速旋转抛掷。《三战吕布》第一折："我可敢半空中～番过那一座虎牢关。"《双献功》第一折："东岳庙磕塔的相逢无话说，把那厮～马上活挟。"

滴羞笃速 形容战栗，颤抖。《薛仁贵》第二折："他叫一声雄吼若春雷，唬的我心儿胆儿急獐拘猪的自昏迷；手儿脚儿～的似呆痴。"亦作"滴羞跌屑"、"滴羞蹀躞"。《秋胡戏妻》第三折："桑园里只待强逼做欢娱，唬的我手儿脚儿滴羞蹀躞战笃速。"

潇潇洒洒 萧疏，凄清。《倩女离魂》第二折："不争他江渚停舟，几时得门庭过马？悄悄冥冥，～。"

端的 真的，果然，的确。贯云石〔粉蝶儿（北）〕《西湖十景》套："我则见采莲人和采莲歌，～是胜景胜其他。"

精细 ① 聪明，细心。宋方壶〔一枝花〕《蚊虫》："不想瘦躯老人根前逞～，且休说香罗袖里，桃花扇底。"② 清楚。

窨约 暗中思忖。马谦斋〔柳营曲〕《怀古》："曾～，细评薄，将业兵功非小可。"亦作"暗约"。

懡㦬 生气，烦躁。《留鞋记》第一折："又不是侍女无情与我相～，又不是老亲多事把我紧收拾。"亦作"㦬撒"、"焦懡"、"懡支支"。

瘦岩岩 形容瘦削。王和卿〔一半儿〕《题情》："越恁～，一半儿增添一半儿减。"

敲才 骂人的话。意谓该挨敲打的家伙。常用作对爱人的昵称。《紫云庭》第三折："从来撒欠飐风爱凭末，～兀自不改动些儿个。"孙季昌〔端正好〕《集杂剧名咏情》套："则不如一纸刘公书谨缄定，寄与你个三负心的～自思省。"

十五画

撑达 周到,大方。《红梨花》第一折:"这秀才忒～,将我问根芽。"

撺断 ① 引逗,劝诱,怂恿。李洞〔夜行船〕《送友归吴》套:"鸿雁啼寒,枫林染泪,～旅情无限。"② 搬弄,催送,催逼。《竹窗雨》第一折:"畅好是花谢的疾,春去的紧,～了人生有限身!"

撺掇 劝诱,怂恿。《秋胡戏妻》第三折:"你也曾听杜宇,他那里口口声声,～先生不如归去。"

颠不剌 风流,美貌。不剌,语助词。《西厢记》第一本第一折:"～的见了万千,似这般可喜娘的庞儿罕曾见。"

撒蒂姗 放肆,放刁,耍赖。宋方壶〔一枝花〕《蚊虫》:"逞轻狂～,爱黄昏月下星前,怕青宵风吹日炙。"亦作"撒滞殢"、"撒殢滞"、"撒腻滞"。《任风子》第三折:"你向这里撒腻滞。休寻自缢。"

撒欠彪风 发呆发痴。《紫云庭》第三折:"从来～爱恁末,敲才兀自不改动些儿个。"

磕朴 状声词。① 多指下跪时身体快速着地声。《薛仁贵》第三折:"好着我～的在马前跪膝。"② 心跳声。

磕搭 忽地,一下子,形容动作突然和迅速。《货郎旦》第四折:"猛将咱家长喉咙揞,～地揪住头发。"亦作"磕塔"、"可答"、"乞荅"。《双献功》第二折:"东岳庙磕塔的相逢无话说,把那厮滴溜扑马上活挟。"

敷演 ① 演出,表演。杜仁杰〔耍孩儿〕《庄家不识构阑》套:"前截儿院本《调风月》,背后幺末～《刘耍和》。"② 叙述,讲述。

踢蹬 走动,行走。睢景臣〔哨遍〕《高祖还乡》套:"瞎王留引定伙乔男女,胡～吹笛擂鼓。"

鹘伶 聪敏,伶俐。宋方壶〔红绣鞋〕《阅世》:"懵懂的怜瞌睡,～的惜惺惺,若要轻别人还自轻。"

潜潜等等 暗中等待。《西厢记》第一本第三折:"侧着耳朵儿听,蹑着脚步儿行,悄悄冥冥,～。"

糊突 糊涂,混淆。《荐福碑》第一折:"如今这越聪明越受聪明苦,越痴呆越享了痴呆福,越～越有了～富。"《窦娥冤》第三折:"天地也只合把清浊分辨。可怎生～了盗跖颜渊。"

十六画以上

攧 ① 跌,摔。王大学士〔点绛唇〕套:"一个舞乔捉蛇呆木答,一个舞屎里蛆的法刀把,一个跳百索～背儿仰剌叉。"② 顿。关汉卿〔侍香金童〕套:"风帏冷落,鸳衾虚设,玉笋频搓,绣鞋重～。"③ 投,掷。关汉卿〔一枝花〕《不伏老》套:"分茶～竹,打马藏阄,通五音六律滑熟。"

颠倒 究竟,底细。《赵氏孤儿》第三折:"只被你打的来不知一个～。"

薄劣 ① 薄情,薄幸。无名氏〔珍珠马(南)〕《情》套:"饶君巧把机谋设,止不住负心～。"② 顽劣,讨厌。宋方壶〔一枝花〕《蚊虫》:"妖娆体态轻,～腰肢细。"②莽撞,粗暴。

薄幸　①薄情。孙季昌〔端正好〕《集杂剧名咏情》套:"指望似多情双渐怜苏小,到做了～王魁负桂英,撇得我冷冷清清。"②对所爱者的昵称,反语见意。乔吉〔天净沙〕《即事》:"～虽来梦中,争如无梦,那时真个相逢。"

薄支辣　薄,薄薄的。支辣,语助词,无义。宋方壶〔一枝花〕《蚊虫》:"瘦伶仃腿似蛛丝,～翅如苇煤,快棱憎嘴似钢锥。"

攀指　举报,指证。刘时中〔端正好〕《上高监司》后套:"一等无辜被害这羞辱,厮～一地里胡突。"

蹅　踏。《东堂老》第一折:"你把他门限儿～着,消息儿汤着。"

蹅踏　奔走践踏。关汉卿〔一枝花〕《不伏老》套:"我是个经笼罩、受索网、苍翎毛老野鸡～的阵马儿熟。"

蹬脱　用脚踢开。甩脱,抛开。《西厢记》第二本第三折:"白头娘不负荷,青春女成担搁,将俺那锦片也似前程～。"

嘴碌都　鼓着嘴,撅嘴不言。《绯衣梦》第二折:"则为那软兀剌误事的那禽兽,天那、天那,闪的我～恰便似跌了弹的斑鸠。"亦作"嘴卢都"。

噷　①同"应",答应。《拜月亭》第三折:"我错呵了,～者。"②叹词,同"嗯"。

髭髯　胡须。《薛仁贵》第三折:"长出些苦唇的～。"

瞧科　看见,发现,察觉。徐再思〔沉醉东风〕《春情》:"今日个猛见他门前过,待唤着怕人～。"

雕飕　形容鬓发稀疏零乱。钱霖〔哨遍〕套:"渐消磨双脸春,已～两鬓秋。"

衕种　只是这样,果真。杨立斋〔哨遍〕套:"晓窗前拂净菱花,试觑咱,虽是闲愁无种,闲闷无芽,子敢～出星星发。"

簪簪　形容岿然不动的样子。《薛仁贵》第三折:"哎!你看他马儿上～的势!"

镘的　钱的背面。借指钱钞。钟嗣成〔一枝花〕《自序丑斋》套:"没答了～,梦撒了寮丁,他采你也不见得。"

磨灭　欺负,折磨。《望江亭》第三折:"从今不受人～,稳情取好夫妻百年喜悦。"

磨勒　折磨,磨难。《潇湘夜雨》第二折:"但不知那塌儿里把我来～死!"

懵懂　糊涂,不明事理。《望江亭》第三折:"那厮也忒～玉山低趄,着鬼祟醉眼乜斜,我将这金牌虎符都袖褪者。"亦作"瞢懂"、"蒙懂"。

燎浆　烫伤形成的水泡。《张生煮海》第三折:"烧的来焰腾腾滚波翻浪……但着一点儿,就是一个～。"亦作"潦浆泡"。

豁口截舌　张开口割掉舌,意谓住口,不要饶舌。《单刀会》第四折:"我根前使不着你'之乎者也'、'诗云子曰',早该～。"

壁厢　边,面。指某一方位。《潇湘夜雨》第三折:"我捱一步又一步何曾停住,这～那～有似江湖。"亦作"壁"、"厢"。关汉卿〔一枝花〕《杭州景》套:"看了这壁,觑了那壁,纵有丹青下不得笔。"

　　避乖　避开是非或灾难。无名氏〔殿前

欢过播海令大喜人心〕:"脱利名浮云外,俺窝中好～。"

（叶长海编）

读曲常识

目 录

元曲 ………… 1940	煞尾 ………… 1945	外旦 ………… 1948
元杂剧 ………… 1941	煞 ………… 1945	贴旦 ………… 1948
散曲 ………… 1941	隔尾 ………… 1945	旦儿 ………… 1948
乐府 ………… 1941	正字 ………… 1945	小旦 ………… 1948
传奇 ………… 1941	衬字 ………… 1945	副旦 ………… 1948
北曲 ………… 1941	增句 ………… 1945	搽旦 ………… 1948
南曲 ………… 1941	曲韵 ………… 1945	净 ………… 1948
南北合套 ………… 1941	四声 ………… 1946	外净 ………… 1948
宫调 ………… 1942	务头 ………… 1946	副净 ………… 1948
仙吕宫 ………… 1942	关目 ………… 1946	外 ………… 1948
南吕宫 ………… 1942	关子 ………… 1946	杂当 ………… 1948
中吕宫 ………… 1942	折 ………… 1946	驾 ………… 1948
黄钟宫 ………… 1942	楔子 ………… 1946	孤 ………… 1949
正宫 ………… 1943	题目正名 ………… 1946	细酸 ………… 1949
大石调 ………… 1943	开 ………… 1946	邦老 ………… 1949
小石调 ………… 1943	断 ………… 1947	孛老 ………… 1949
般涉调 ………… 1943	打散 ………… 1947	卜儿 ………… 1949
双调 ………… 1943	宾白 ………… 1947	俫 ………… 1949
商调 ………… 1943	科汎 ………… 1947	曳剌 ………… 1949
越调 ………… 1943	科诨 ………… 1947	伴哥 ………… 1949
曲牌 ………… 1944	末 ………… 1947	拔禾 ………… 1949
套数 ………… 1944	正末 ………… 1947	禾俫 ………… 1949
小令 ………… 1944	外末 ………… 1947	伴姑儿 ………… 1949
叶儿 ………… 1944	冲末 ………… 1947	禾旦 ………… 1949
重头 ………… 1944	小末 ………… 1948	行首 ………… 1949
带过曲 ………… 1944	副末 ………… 1948	乐人 ………… 1949
幺篇 ………… 1944	旦 ………… 1948	乐探 ………… 1949
尾声 ………… 1944	正旦 ………… 1948	魂子 ………… 1949

元曲鉴赏辞典

魂旦 …………… 1949	神仙道化剧 ……… 1952	叠字体 …………… 1955
穿关 …………… 1949	隐居乐道剧 ……… 1953	嵌字体 …………… 1955
披秉 …………… 1950	披袍秉笏剧 ……… 1953	反复体 …………… 1955
蓝扮 …………… 1950	君臣杂剧 ………… 1953	重句体 …………… 1955
砌末 …………… 1950	忠臣烈士剧 ……… 1953	连环体 …………… 1955
踏竹马儿 ……… 1950	孝义廉节剧 ……… 1953	集谚体 …………… 1955
调阵子 ………… 1950	叱奸骂谗剧 ……… 1953	集剧名体 ………… 1955
队子 …………… 1950	逐臣孤子剧 ……… 1953	集调名体 ………… 1956
乐府十五体 …… 1950	铍刀赶棒剧 ……… 1953	集药名体 ………… 1956
丹丘体 ………… 1950	脱膊杂剧 ………… 1953	檃括体 …………… 1956
宗匠体 ………… 1950	风花雪月剧 ……… 1953	合璧对 …………… 1956
黄冠体 ………… 1950	悲欢离合剧 ……… 1953	连璧对 …………… 1956
承安体 ………… 1951	烟花粉黛剧 ……… 1953	鼎足对 …………… 1956
盛元体 ………… 1951	花旦杂剧 ………… 1953	联珠对 …………… 1956
江东体 ………… 1951	神头鬼面剧 ……… 1953	隔句对 …………… 1956
西江体 ………… 1951	神佛杂剧 ………… 1954	扇面对 …………… 1956
东吴体 ………… 1951	驾头杂剧 ………… 1954	鸾凤和鸣对 ……… 1956
淮南体 ………… 1951	闺怨杂剧 ………… 1954	救尾对 …………… 1957
玉堂体 ………… 1952	绿林杂剧 ………… 1954	凤头猪肚豹尾 …… 1957
草堂体 ………… 1952	巧体 …………… 1954	当行 …………… 1957
楚江体 ………… 1952	短柱体 ………… 1954	本色 …………… 1957
香奁体 ………… 1952	独木桥体 ……… 1954	蛤蜊风味 ………… 1957
骚人体 ………… 1952	叠韵体 ………… 1954	关马郑白 ………… 1958
俳优体 ………… 1952	顶真体 ………… 1954	元曲四大家 ……… 1958
杂剧十二科 …… 1952		

【元曲】 元杂剧和元散曲的合称。元代新兴的一种韵文文学。杂剧是戏曲,散曲是诗歌,两者属于不同的文学体裁。但它们也有共同点,即都使用当时的北曲,其曲词都要按曲调撰写,都能合乐歌唱,因此有时散曲、剧曲都称作"乐府"。元曲是在元代社会生活的基础上,融合唐宋大曲、宋词、金元音乐和各种民间曲艺发展而成,所用曲牌约四百余个。元代北曲流行,作家辈出,名作如林,其中杂剧的成就尤高,因此常以与唐诗、宋词并称,作为一代文学的代表。过去也有人以元曲作为

元杂剧的同义语，如《元曲选》实际上就是元杂剧的选集。

【元杂剧】 元代用北曲演唱的戏曲形式。金末元初产生于中国北方。是以宋杂剧和金院本为基础，融合宋金以来的音乐、说唱、舞蹈等多种艺术发展而成。剧本体裁一般每本分为四折，每折用同一宫调的若干曲牌组成套曲，必要时另加"楔子"。也偶有分成多本多折演唱的，如《西厢记》就有五本二十一折。脚色有正末、正旦、外末、外旦、净等。一剧大都由正末或正旦一种脚色唱到底，以正末主唱的称"末本"，以正旦主唱的称"旦本"。

【散曲】 曲的一种体式。和诗词一样，用于抒情、写景、叙事，无宾白科介，便于清唱，有别于剧曲。在元代，它是一种新兴诗体。包括散套、小令两种。

【乐府】 诗体名。本指乐府官署所采集、创作的乐歌，也用以称魏晋至唐代可以入乐的诗歌和后人仿效乐府古题的作品。宋元以后的词、散曲和剧曲，因配合音乐，有时也称乐府。元人所编散曲选本如《乐府新编阳春白雪》、《朝野新声太平乐府》，别集如《云庄休居自适小乐府》（张养浩）、《张小山北曲联乐府》（张可久）等，皆以"乐府"指散曲。

【传奇】 一指唐宋人用文言写作的短篇小说，也叫传奇文。二指明清以演唱南曲为主的一种戏曲形式，是宋元南戏的发展。三指元杂剧，代元和明初常用。如周德清《中原音韵》"前辈《周公摄政》传奇"，钟嗣成《录鬼簿》"前辈已死名公才人，有

所编传奇行于世者"，陶宗仪《辍耕录》"金季国初，乐府犹宋词之流，传奇犹宋戏曲之变"，皆以传奇指杂剧，明中叶以后，此义渐少用。

【北曲】 宋元时北方戏曲、散曲所用各种曲调的统称。同南曲相对。大都渊源于唐宋大曲、宋词、诸宫调等传统音乐艺术，并吸收了金元时期流行的民间音乐，包括汉族民歌及北方少数民族民歌的曲调。用韵以元周德清《中原音韵》为准，分阴平阳平上去四声，无入声。音乐上用七声音阶，声调遒劲朴实，以弦乐器伴奏，故有"弦索调"之称；一说也用笛伴奏。清人编定的《九宫大成南北词宫谱》所收北曲曲牌有五百八十一个。北曲盛行于元代，元杂剧、散曲大都用北曲。

【南曲】 宋元时南方戏曲、散曲所用各种曲调的统称，同北曲相对。大都渊源于唐宋大曲、宋词和南方民间曲调。用韵以南方（今江浙一带）语音为标准，有平上去入四声。音乐上用五声音阶，声调柔缓宛转，以箫笛伴奏。清人编定的《九宫大成南北词宫谱》所收南曲曲牌有一千五百十三个（包括集曲）。南曲盛行于元明，宋元南戏和明清传奇大都以南曲为主。

【南北合套】 戏曲、散曲术语。在一个套曲里兼用南曲和北曲的一种体式。由于音乐特性不同，最初南北曲的曲牌不能出现于同一套曲内。元中叶以后，有人于同一宫调内选取若干音律和谐的南曲及北曲曲牌，交错使用，联成套曲。据钟嗣成《录鬼簿》说："以南北调合腔，自和甫

始。"按和甫为沈和字,其所作《潇湘八景》套曲的曲牌搭配为:〔仙吕·赏花时(北)〕-〔排歌(南)〕-〔那吒令(北)〕-〔排歌(南)〕-〔鹊踏枝(北)〕-〔桂枝香(南)〕-〔寄生草(北)〕-〔乐安神(南)〕-〔六幺序(北)〕-〔尾声(南)〕。其后仿效者渐多。

【宫调】 我国古代音乐,乐律有十二律吕,即十二个半音阶;乐音有七声:宫、商、角、变徵、徵、羽、变宫。其中以任何一声为主,均可构成一种"调式"。凡以宫为主的调式称"宫";以其他各声为主的调式则称为"调",统称"宫调"。以七声配十二律,理论上可得十二宫、七十二调,合称八十四宫调。但实际上并不全用,元代北曲只用六宫十一调,而最常用者又不过五宫四调,即:正宫、中吕宫、南吕宫、仙吕宫、黄钟宫;大石调、双调、商调、越调,合称"九宫"。各宫调所表现的声情不同,元燕南芝庵《唱论》、周德清《中原音韵》均有论述。

【仙吕宫】 古代戏曲音乐名词。宫调之一。或称为仙吕调。元周德清《中原音韵》:"大凡声音各应于律吕……仙吕调清新绵邈。"《中原音韵》载仙吕宫所属曲牌为四十二只。据《九宫大成南北词宫谱》所载,属仙吕宫的曲牌,北曲有八十一只,南曲(包括集曲)有二百九十四只。北曲仙吕宫联套的格式如"〔点绛唇〕-〔混江龙〕-〔油葫芦〕-〔天下乐〕-〔那吒令〕-〔鹊踏枝〕-〔寄生草〕、〔赚煞〕",较为常用。元杂剧第一折大都用仙吕宫套曲。

【南吕宫】 古代戏曲音乐名词。宫调之一。元周德清《中原音韵》:"大凡声音各应于律吕……南吕宫感叹伤悲。"《中原音韵》载南吕宫所属曲牌为二十一只。据《九宫大成南北词宫谱》所载,属南吕宫的曲牌,北曲有三十三只,南曲(包括集曲)有一百七十八只。北曲南吕宫联套的格式如"〔一枝花〕-〔梁州第七〕-〔隔尾〕-〔九转货郎儿〕(九曲)-〔隔尾〕",如"〔一枝花〕-〔梁州第七〕-〔牧羊关〕-〔四块玉〕-〔骂玉郎〕-〔玄鹤鸣〕-〔乌夜啼〕-〔煞尾〕",较为常用。元杂剧第二折大都用南吕宫套曲。

【中吕宫】 古代戏曲音乐名词。宫调之一。元周德清《中原音韵》:"大凡声音各应于律吕……中吕宫高下闪赚。"《中原音韵》载中吕宫所属曲牌为三十二只。据《九宫大成南北词宫谱》所载,属中吕宫的曲牌,北曲有五十六只,南曲(包括集曲)有一百四十四只。北曲中吕宫联套的格式如"〔粉蝶儿〕-〔醉春风〕-〔迎仙客〕-〔石榴花〕-〔上小楼〕-〔幺篇〕-〔小梁州〕-〔幺篇〕-〔朝天子〕-〔尾声〕",较为常用。

【黄钟宫】 古代戏曲音乐名词。宫调之一。元周德清《中原音韵》:"大凡声音各应于律吕……黄钟宫富贵缠绵。"《中原音韵》载黄钟宫所属曲牌为二十四只。据《九宫大成南北词宫谱》所载,属黄钟宫的曲牌,北曲有五十五只,南曲(包括集曲)有一百十六只。北曲黄钟宫联套的格式如"〔醉花阴〕-〔喜迁莺〕-〔出队子〕-〔刮地风〕-〔四门子〕-〔古水仙子〕-〔尾声〕",较为常用。

【正宫】　古代戏曲音乐名词。宫调之一。元周德清《中原音韵》：“大凡声音各应于律吕……正宫惆怅雄壮。”《中原音韵》载正宫所属曲牌为二十五只。据《九宫大成南北词宫谱》所载，属正宫的曲牌，北曲（题作高宫）有四十三只，南曲（包括集曲）有一百二十只。北曲正宫联套的格式如“〔端正好〕-〔滚绣球〕-〔叨叨令〕-〔脱布衫〕-〔小梁州〕-〔幺篇〕-〔快活三〕-〔朝天子〕-〔煞尾〕”，较为常用。

【大石调】　古代戏曲音乐名词。宫调之一。元周德清《中原音韵》：“大凡声音各应于律吕……大石风流蕴藉。”《中原音韵》载大石调所属曲牌为二十一只。据《九宫大成南北词宫谱》所载，北曲“大石角”、“高大石角”曲牌共计四十八只，南曲“大石调”、“高大石调”曲牌（包括集曲）共计一百六十只。北曲大石调联套的格式如“〔六国朝〕-〔喜秋风〕-〔归塞北〕-〔六国朝〕-〔雁过南楼〕-〔播鼓体〕-〔归塞北〕-〔好观音〕-〔好观音煞〕”，较为常用。

【小石调】　古代戏曲音乐名词。宫调之一。元周德清《中原音韵》：“大凡声音各应于律吕……小石旖旎妩媚。”《中原音韵》载小石调所属曲牌为五只。据《九宫大成南北词宫谱》所载，属小石调的曲牌，北曲有二十九只，南曲（包括集曲）有七十四只。北曲小石调联曲成套方式使用较少。

【般涉调】　古代戏曲音乐名词。宫调之一。元周德清《中原音韵》：“大凡声音各应于律吕……般涉拾掇坑堑。”《中原音韵》载般涉调所属曲牌为八只。《北词广正谱》载北曲般涉调曲牌为九只，《南词新谱》载南曲般涉调曲牌仅有三只。《九宫大成南北词宫谱》改入黄钟宫内。般涉调套曲，使用时较少，最常见者为北曲“〔耍孩儿〕-〔煞〕（多少不拘）-〔尾声〕”，大都在正宫或中吕宫套曲后段，作为该套曲的结束部分。

【双调】　古代戏曲音乐名词。宫调之一。元周德清《中原音韵》：“大凡声音各应于律吕……双调健捷激袅。”《中原音韵》载双调所属曲牌一百只。据《九宫大成南北词宫谱》所载，属双调的曲牌，北曲有一百十三只，南曲（包括集曲）有八十一只。北曲双调联套的格式如“〔新水令〕-〔折桂令〕-〔雁儿落〕-〔得胜令〕-〔沽美酒〕-〔太平令〕-〔鸳鸯煞〕”，较为常用。元杂剧末一折大都用双调套曲。

【商调】　古代戏曲音乐名词。宫调之一。元周德清《中原音韵》：“大凡声音各应于律吕……商调凄怆怨慕。”《中原音韵》载商调所属曲牌为十六只。据《九宫大成南北词宫谱》所载，属商调的曲牌，北曲有四十一只，南曲（包括集曲）有一百六十三只。北曲商调联套的格式如“〔集贤宾〕-〔逍遥乐〕-〔金菊香〕-〔梧叶儿〕-〔醋葫芦〕-〔幺篇〕-〔后庭花〕-〔柳叶儿〕-〔浪里来煞〕”，比较常用。

【越调】　古代戏曲音乐名词。宫调之一。元周德清《中原音韵》：“大凡声音各应于律吕……越调陶写冷笑。”《中原音韵》载越调所属曲牌三十五只。据《九宫大成南北词宫谱》所载,属越调的曲牌,北曲有四十五只,南曲(包括集曲)有一百十一只。北曲越调联套的格式如"〔斗鹌鹑〕-〔紫花儿序〕-〔小桃红〕-〔金蕉叶〕-〔调笑令〕-〔秃厮儿〕-〔圣药王〕-〔麻郎儿〕-〔络丝娘〕-〔收尾〕",较为常用。

【曲牌】 曲调的名称。有一定的调子、唱法;字数、句法、平仄、用韵都有基本定式,叫据以填写新曲词。曲牌大都来自民间,一部分由词牌转变而来,如〔人月圆〕、〔鹦鹉曲〕、〔风入松〕,不仅调名相同,句式结构也相同,但词中有上下两片,曲中只有一片。每一个曲牌都属于一定的宫调,如〔叨叨令〕属〔正宫〕,〔一枝花〕属〔南吕〕,〔折桂令〕属〔双调〕。也有同时分属几个不同的宫调,如〔端正好〕既属〔正宫〕又属〔仙吕〕,〔水仙子〕既属〔黄钟〕又属〔双调〕,等等。同一曲牌分属不同宫调,调子、唱法不同,乐曲风格不同,有的连字数、句法、平仄、用韵也发生变化。有的一种曲牌有几种异名,如〔折桂令〕又名〔天香引〕、〔蟾宫曲〕、〔步蟾宫〕、〔秋风第一枝〕,〔水仙子〕又名〔凌波曲〕、〔湘妃怨〕、〔冯夷曲〕。

【套数】 也叫"套曲"。剧曲和散曲(小令除外)中,由多种曲调前后联缀,有首有尾,成为一套的,名为"套数"。其组成一般有两个特点:一是必须有二支以上同一宫调的曲子相联,如宫调虽异,管色相同者也可互借入套;二是全套无论长短,必须首尾一韵。散曲中的套数,又称"散套"。套数曲牌的排列次序大致有规律可

寻,如北曲〔仙吕·点绛唇〕套曲,以"〔点绛唇〕-〔混江龙〕-〔油葫芦〕-〔天下乐〕-〔那吒令〕-〔鹊踏枝〕-〔寄生草〕-〔赚煞〕"的格式为常用。

【小令】 散曲体式之一。体制短小,元人也叫"叶儿"。普通以一支曲子为独立单位,但也有例外。"摘调"、"带过曲"、"集曲"、"重头"、"换头"等都是小令的特殊形式。

【叶儿】 即散曲的小令。详见"小令"。

【重头】 散曲中小令的一种体式。凡以同一曲调,重复填写几遍或几十遍,甚或百遍,用韵互异,首尾句法全同的,谓之"重头"。此种形式,大都用来合述一事,或分咏各事。也有用来演述故事的,如以一百首〔小桃红〕来咏唱《西厢》故事等。

【带过曲】 散曲中小令的一种体式。小令本以一支为限,但也可以两支或三支曲调为一个单位,两个曲调间的音律必须衔接,故名"带过曲"。带过曲可以用"带过"或"带"、"过"、"兼"字相联,如〔雁儿落带过得胜令〕、〔雁儿落带得胜令〕、〔雁儿落过得胜令〕、〔雁儿落兼得胜令〕。

【幺篇】 戏曲、散曲术语。北曲中连续使用同一曲牌时,后面各曲不再标出曲牌名,而写作"幺篇"或简作"幺"。南曲中同样情况则写作"前腔"。

【尾声】 戏曲、散曲术语。套曲中最末一曲的泛称。北曲部分宫调中有以〔尾声〕为名的曲牌,字数大致相同;另有些曲牌专作尾声之用,如〔赚煞〕、〔煞尾〕等。〔尾声〕亦有称〔尾〕、〔收尾〕、〔余文〕、〔结

音〕的。

【煞尾】　曲牌名。北曲黄钟宫、正宫、南吕、中吕、大石调均有〔煞尾〕,名称有〔煞尾〕、〔随尾〕、〔随煞尾〕等。用作套曲中的末一曲。大都在开始用〔煞〕曲中的七字句两句,结尾用〔尾声〕一句,中间或反复使用七字句,或在七字句后再用三字句或四字句数句。句数多少不拘,可以随意增损。

【煞】　曲牌名。"煞"是"煞止"之意。北曲般涉调、黄钟宫、正宫、南吕宫、商调、双调等都有〔煞〕曲,字数定格互有不同。都用在套曲的结尾部分,在末一曲的〔尾声〕或〔煞尾〕之前。可只用一曲,标为〔煞〕或〔三煞〕。也可连续使用,依其在套曲中的位置取名,位于倒第二者称〔二煞〕,倒第三者称〔三煞〕,余类推;但也有顺第二者称〔二煞〕,顺第三者称〔三煞〕的。〔煞〕曲并可与其他曲牌结合,用以代替〔尾声〕,如〔后庭花煞〕、〔卖花声煞〕、〔浪来里煞〕、〔离亭宴煞〕、〔煞尾〕等。

【隔尾】　曲牌名。属北曲南吕宫。据清人《九宫大成南北词宫谱》,其字数定格是七、七、七、二、二、七(六句)。是南吕宫〔尾声〕的一种体式,但亦可用于套曲中间,一般接在〔梁州第七〕曲牌之后,其作用是既将套曲的前后两部分隔开,又起着转折上的枢纽作用。于关汉卿《谢天香》第二折、《蝴蝶梦》第三折、罗贯中《风云会》第三折及一些元人散曲套数中可见。

【正字】　词曲用语。词谱、曲谱规定的定格字数。如词牌〔清平乐〕规定格式是四、五、七、六、六、六、六、六,正字共四十六字;曲牌〔大德歌〕规定格式是三、三、五、五、五、七、五,正字共三十三字。正字以外增加的字,称为衬字。

【衬字】　在曲调规定的字数定额以外,句中增加的字叫"衬字"。一般只用于补足语气或描摹情态,在歌唱时不占"重拍子",不能用于句末或停顿处,字数并无规定。北曲用衬字较多。

【增句】　戏曲用语。明朱权《太和正音谱》列有"句字不拘,可以增损者,一十四章",即〔正宫〕之〔端正好〕、〔货郎儿〕、〔煞尾〕,〔仙吕〕之〔混江龙〕、〔后庭花〕、〔青哥儿〕,〔南吕〕之〔草池春〕、〔鹌鹑儿〕、〔黄钟尾〕,〔中吕〕之〔道和〕,〔双调〕之〔新水令〕、〔折桂令〕、〔梅花酒〕、〔尾声〕。如〔梅花酒〕字数定格为三、四、四、五、五、六(六句,据吴梅《南北词简谱》),而《汉宫秋》第三折中之〔梅花酒〕共有二十句,增句比定格所规定的句数还要多。

【曲韵】　戏曲用语。曲韵与诗韵、词韵不同。唐宋人写诗用"平水韵",分一百零六个韵部。词韵基本上是诗韵的变通。北曲用的是当时的北方话音韵,没有入声,而是分别归入平、上、去三声,其用韵情况反映在元周德清的《中原音韵》里,分为十九个韵部:1.东钟 2.江阳 3.支思 4.齐微 5.鱼模 6.皆来 7.真文 8.寒山 9.桓欢 10.先天 11.萧豪 12.歌戈 13.家麻 14.车遮 15.庚青 16.尤侯 17.侵寻 18.监咸 19.廉纤。曲中平仄可以通押,但按照歌唱的需要,有些地方平声要分阴、阳,仄声要分上、去。曲比诗、词用韵密,几乎句句押韵,而且不管小令还是套数,都是一韵到底,中间不能换韵。曲不忌重韵,同一首曲中可以出现相同的韵脚字。

【四声】 古代汉语平、上、去、入四种声调的总称。北曲没有入声,入声字分别归入平、上、去三声,又分平声为阴、阳二声,因此北曲的四声是:阴平、阳平、上声、去声。周德清《中原音韵》讲到在某种情况下平声要分阴、阳,但《太和正音谱》等曲谱只注平、上、去三声。

【务头】 戏曲、散曲术语。历代戏曲论著如元周德清《中原音韵》、明王骥德《曲律》、清李渔《闲情偶寄》、近人吴梅《顾曲麈谈》等解释各有不同。一般认为是作品中精彩、警辟或动听之处。《中原音韵·作词十法》:"要知某调、某句、某字是务头,可施俊语于其上。"

【关目】 戏曲术语。剧本的结构、关键情节的安排和构思。元刊杂剧剧本,篇首往往冠以"新刊关目"、"新编关目"字样,表示剧本情节的新奇,以吸引观众。如关汉卿《拜月亭》题作《新刊关目闺怨佳人拜月亭》,张国宾《汗衫记》题作《大都新编关目公孙汗衫记》。

【关子】 戏曲术语。指故事情节。元刊本《遇上皇》第二折:"(正末做过来吃酒科,做啼哭科。)(驾问了。)(正末做说关子了。)"元刊本《拜月亭》、《介子推》中亦有之。现代曲艺中的术语"关子",指为吸引观众而造成的悬念,当由元剧"关子"一词中来。"关子"又有关文、文书之义,见杨

显之《潇湘雨》第四折。

【折】 戏曲名词。元杂剧剧本结构的一个段落。每剧一般分为四折,每折用同一宫调的若干曲牌组成一个整套,须一韵到底,不能换韵。四折中,第一折多用〔仙吕〕,第四折多用〔双调〕,第二、三折〔南吕〕、〔中吕〕、〔黄钟〕、〔正宫〕、〔大石〕、〔商调〕、〔越调〕可任意选用,其他宫调较少入选。这种习惯用法的形成,与元杂剧戏剧结构及情节发展的需要有关,也与各宫调的声情有关。

【楔子】 戏曲名词。元杂剧在四折以外所增加的短的独立段落。多数是放在第一折之前,作为剧情的开端,也有放在折与折之间,起衔接过渡的作用,类似现代戏曲中的过场戏。每本杂剧通常用一楔子,也有用两个或不用的。楔子所用曲牌以北曲仙吕宫的〔赏花时〕或〔端正好〕为多。

【题目正名】 戏曲名词。元杂剧剧本结尾处总括全剧情节的对句。一联或两联。对句的末句为剧名全称,全称中截取前半或后半即为剧名简称。如白朴《梧桐雨》题目正名是"安禄山反叛兵戈举,陈玄礼拆散鸾凤侣;杨贵妃晓日荔枝香,唐明皇秋夜梧桐雨"(据《元曲选》),其中"唐明皇秋夜梧桐雨"为剧名全称,"梧桐雨"为简称。南戏通称"题目",但放在剧本开头。

【开】 宋元戏曲术语。人物在每剧或每折第一次上场时,先说白或念诵诗词。如《任风子》(元刊本)杂剧第一折:"正末

扮屠家引旦上,坐定。开:'自家姓任,任屠的便是。……'"

【断】 戏曲术语。元杂剧在一剧演出结束时,通常由皇帝派遣官员或由玉帝派遣神仙上场致词,惩恶扬善,收束全剧。诵词基本为七字或十字句的韵文,因其首句必用"一行人听我下断",故名。

【打散】 杂剧术语。每本杂剧演完,附加一段表演,作为整个演出的结束,称"打散"。元刊本《紫云亭》第四折在标明"散场"后又有〔鹧鸪天〕词一首及诗一首,即打散时歌唱之用。打散亦可用队子,见元高安道散套〔般涉调·哨遍〕《嗓淡行院》;亦可用歌舞,见元夏庭芝《青楼集》"魏道道"条。

【宾白】 戏曲剧本中的说白。明徐渭《南词叙录》:"唱为主,白为宾,故曰宾白。"姜南《抱璞简记》:"两人对说曰宾,一人自说曰白。"元杂剧的宾白,可以分为韵白和散白两大类。如上场对、下场对、上场诗、下场诗,便是韵白。宾白还可以分为独白、对白、同白、带白、插白、旁白、分白等样式,其中对白是二人或二人以上的对话;同白是二人或二人以上同时说话;带白是唱曲时偶尔带入的几句说白;插白是主唱脚色在唱曲时,另一脚色插入的几句说白;旁白是剧中人物自道心事,而又不能让谈话的对方知道,在元杂剧中写作"背云",在后世戏曲中称为"背拱";分白是二人各自道白,而所说内容又互相有关的。

【科汎】 又叫"科范"、"科泛"。简称

"科"。戏曲术语。指元杂剧剧本中关于动作、表情、效果等舞台指示。如"做战科"、"做寻思科"、"做悲科"、"做风科"、"雁叫科"。在传奇剧本中则写作"介"。

【科诨】 "插科打诨"的略称。戏曲里各种使观众发笑的穿插。"科"多指滑稽动作,"诨"多指滑稽语言。

【末】 元杂剧中的男脚色。约相当于传奇及京剧里的"生"。有正末、副末、冲末、大末、二末、三末、小末、外末等名目。

【正末】 元杂剧中的男主脚,有时又称为末泥、末尼,或简称末。大约由宋杂剧、金院本的"末泥"演变而来。元杂剧每本一般只用一种脚色主唱,能够主唱的脚色,是正末或正旦。由正末主唱的脚本叫末本。末本中,正末每折均须出场演唱,大多扮演一个人物,但亦有四折中扮演不同人物的,如关汉卿《单刀会》中,正末在第一折中扮乔公,在第二折中扮司马徽,在第三、四折中扮关羽。旦本杂剧里有时也有正末出场,但只说不唱。

【外末】 元杂剧脚色名。正末之外的次要末脚。如元刊本《气英布》中,英布由正末扮,随何、张良由外末扮。

【冲末】 元杂剧脚色名。明王骥德认为"冲末即副末"(《曲律·论部色》)。一般认为冲末与副末的区别,在于冲末多充当冲场的脚色,开场即上,起一种打开场面的作用。如《汉宫秋》开场是"冲末扮番王引部落上",《李逵负荆》开场是"冲末扮宋江,同外扮吴学究、净扮鲁智深领卒子上"。

【小末】 元杂剧脚色名。小末尼的简称。扮演比"俫儿"年龄稍大的青年男子。如元刊本《冤家债主》中的周长寿,第二折由俫儿扮,第三、四折即由小末扮。

【副末】 元杂剧脚色名。指次要的末脚。可能是受南戏的影响而产生。仅见于《元曲选》本的《蝴蝶梦》、《王粲登楼》、《灰阑记》、《竹坞听琴》、《碧桃花》,分别扮演地方、许达、马员外、秦脩然、张道南。

【旦】 元杂剧中的女脚色。有正旦、副旦、贴旦、外旦、老旦、大旦、小旦、花旦、色旦、搽旦等名目。

【正旦】 元杂剧中的女主脚。由正旦主唱的脚本叫旦本。旦本中,正旦每折均须出场演唱,大多扮演一个人物,但亦有四折中扮演不同人物的,如尚仲贤《柳毅传书》中,正旦在第一、三、四折扮龙女三娘,在第二折扮电母。末本杂剧里有时也有正旦出场,但只说不唱。

【外旦】 元杂剧脚色名。正旦以外的次要旦脚。如元刊本《诈妮子》中,丫环燕燕由正旦扮,小姐莺莺由外旦扮。

【贴旦】 元杂剧脚色名。或简称"贴"。正旦之外的次要旦脚。如《鲁斋郎》中,李四妻张氏由正旦扮,张珪妻李氏由贴旦扮。

【旦儿】 元杂剧脚色名。多扮演青年女性。如《㑇梅香》中的小蛮,《生金阁》中的李幼奴。

【小旦】 元杂剧脚色名。扮演青年未出嫁的女子,如《拜月亭》中的蒋瑞莲。有时亦可扮女孩。

【副旦】 元杂剧脚色名。仅见于《元曲选》本《货郎旦》一剧,扮奶妈张三姑。

【搽旦】 元杂剧脚色名。因其面部涂以几种色彩,故名。扮演轻佻泼辣、心术不正的妇女。如《灰阑记》中的马大娘子、《刘行首》中的老鸨。

【净】 戏曲脚色行当。元杂剧中的净,可扮男脚,也可扮女脚,有净、外净、副净、二净等名目。如元刊本《单刀会》中的周仓,《赵氏孤儿》中的屠岸贾,《古名家杂剧》本《望江亭》中的白姑姑,内府本《燕青博鱼》中的王腊梅,都是净扮。

【外净】 元杂剧脚色名。次要的净色。如《合汗衫》中,陈虎由净扮,赵兴孙由外净扮。但此脚色在元杂剧中比较少见。

【副净】 元杂剧脚色名。居次要地位的净脚。如《窦娥冤》中净扮赛卢医,副净扮张驴儿。

【外】 戏曲脚色行当。元杂剧中的外,可扮男脚,也可扮女脚,大致是指末、旦、净行当的次要脚色。元刊本《魔合罗》中的李文铎、高山,《元曲选》本《赚蒯通》中的韩信、随何、曹参、王陵,《古名家杂剧》本《赤壁赋》中的王安石夫人,都是外扮。

【杂当】 元杂剧脚色名。指剧中的零碎脚色。如《扬州梦》第三折:"外扮白文礼引杂当上。"杂当扮白府家人。或简作"杂"。《陈州粜米》第一折:"杂扮籴米百姓三人同上。"

【驾】 元杂剧中帝王的俗称。由各行脚色扮演。如《汉宫秋》里的汉元帝是"正末扮驾",《青衫泪》里的唐宪宗是"外扮驾"。

【孤】 元杂剧中官员的俗称。由各行脚色扮演。如《杀狗劝夫》里的王𪩘然是"外扮孤"，《窦娥冤》里的桃杌是"净扮孤"。

【细酸】 元杂剧中书生、秀才的俗称。如《倩女离魂》第一折，王文举一本写作"末扮细酸"。

【邦老】 元杂剧中盗贼的俗称。一般由净扮演。如《合汗衫》里的陈虎是"净扮邦老"。

【孛老】 元杂剧中老年男子的俗称。外、末、净各种脚色均可扮演。如《蝴蝶梦》里的王老汉是"外扮孛老"。

【卜儿】 元杂剧中老年妇人的俗称。一般由老旦或搽旦扮演。如《秋胡戏妻》里的刘氏是"老旦扮卜儿"。

【俫】 元杂剧中儿童的俗称。也叫"俫儿"。如元刊本《冤家债主》第二折中，周荣祖之子长寿就是"俫儿"。

【曳剌】 元杂剧中兵勇的俗称。《虎头牌》、《荐福碑》等剧中均有曳剌出场。

【伴哥】 元曲中农民的俗称。《薛仁贵》、《黄鹤楼》、《秋胡戏妻》、《伍员吹箫》等杂剧及卢挚〔双调·折桂令〕《田家》等散曲中可见。

【拔禾】 元曲中农民的俗称。元刊本《薛仁贵》中，薛仁贵幼时的农村伙伴即为"正末扮拔禾"。

【禾俫】 元曲中农村儿童的俗称。与"伴哥"、"拔禾"意义相近。如《黄鹤楼》第二折，伴姑先上云："我不免叫伴哥儿同走

一遭去。伴哥儿，行动些儿。"正末扮禾俫上云："伴姑儿，你等我一等波。"

【伴姑儿】 元曲中农村青年妇女的俗称。元刊本《薛仁贵》第三折："（正末扮拔禾上，云，叫）伴姑儿，你醉了，等我咱。"

【禾旦】 元曲中农村青年妇女的俗称，与"伴姑儿"意义相近。元刊本《薛仁贵》等剧中有之。

【行首】 宋元时俗语。行院（妓女）中的首领。如关汉卿《谢天香》杂剧楔子张千云："一应接官的都去了，止有妓女每不曾去。此处有个行首是谢天香，他便管着这班门户人。"

【乐人】 乐户中人，即歌妓。关汉卿《谢天香》杂剧第一折张千云："参官乐人走动。"

【乐探】 宋元时管理僧、尼、道士、乐人的衙役。关汉卿《谢天香》杂剧楔子张千云："小人张千，在这开封府做着个乐探执事，我管的是那僧尼道俗乐人，迎新送旧，都是小人该管。"元刊本《紫云亭》及《刘行首》等亦有乐探。

【魂子】 戏中的鬼魂。元杂剧中已有此语。如孔文卿《东窗事犯》第三折："正末扮岳飞魂子引二将上。"无名氏《神奴儿》第二折："俫儿扮魂子上。"

【魂旦】 戏中的女性鬼魂。元杂剧中已有此语。如《窦娥冤》第四折："魂旦上唱。"

【穿关】 古代戏曲术语。戏中人物穿戴的衣冠和携带的道具的提示。脉望馆藏钞本元明杂剧中，属于"内府本"者，剧

本后各附穿关。如《渑池会》第四折，正末蔺相如的穿关为："小帽，手帕，蓝曳撒，绦儿，三髭髯，拄杖。"

【披秉】 古代戏曲术语。即"披袍秉笏"，披官服，执朝笏（上朝时所用的手版）。为古代官员和部分神仙的服饰。元刊本《介子推》第一折："正末扮介子推披秉上。"元刊本《看钱奴》第一折："正末披秉扮增福神上。"

【蓝扮】 古代戏曲术语。扮演古代贫苦人物或落魄人物的服饰。元刊本《看钱奴》第二折："正末蓝扮同旦儿、俫儿上。"亦作"薄蓝"。《争报恩》第一折："徐宁薄蓝上。"按元夏庭芝《青楼集志》论元杂剧有"破衫儿"一类，疑即此。

【砌末】 亦作"切末"。传统戏曲中所用简单布景及大小道具的统称。如元刊本《诈妮子》第一折"正旦捧砌末"，指面盆、手巾；元刊本《介子推》第二折"正末扮阉官托砌末上"，指用来杀害太子申生的短剑、白练、药酒。

【踏竹马儿】 古代戏曲术语。舞台上骑竹马代表骑马。元刊本《追韩信》第四折："踏竹马儿调阵子上。"又作跚马儿。《小尉迟》第二折："刘无敌跚马儿领番卒上。"又作蹓马儿。《三战吕布》第一折："袁绍同曹操、净孙坚蹓马儿领卒子上。"后改用持马鞭象征骑马，竹马只在表示滑稽动作时偶尔一用。

【调阵子】 古代戏曲术语。指舞台上的战斗场面。元刊本《追韩信》第四折："踏竹马儿调阵子上。"

【队子】 古代戏曲、舞蹈名词。即宋金时的舞队，后为戏曲表演所吸收。如元刊本《东窗事犯》第四折："等地藏王队子上。"元刊本《竹叶舟》第四折："摆八仙队子上。"

【乐府十五体】 全名"新定乐府体一十五家"。系明初宁献王朱权《太和正音谱·乐府体式》对散曲与剧曲所作的分类。十五体为：丹丘体、宗匠体、黄冠体、承安体、盛元体、江东体、西江体、东吴体、淮南体、玉堂体、草堂体、楚江体、香奁体、骚人体、俳优体。十五体分类的标准不一致，有的概括曲词的内容，有的品评技巧的高下，有的指明作者的生活态度，有的区分不同时代、不同地域作家的不同风格。对元曲从整体上进行分类研究，当以此为最早。

【丹丘体】 朱权《太和正音谱》"新定乐府体一十五家"之一。其特点是"豪放不羁"。按朱权号"丹丘先生"，系明太祖朱元璋之子，身为皇室贵胄，故以自己所作之曲列为一体，取名"丹丘"，并置于十五体之首。从朱权现存曲作看，所谓"丹丘体"，除"豪放不羁"的特点外，还在内容与情趣上反映出道家的影响。

【宗匠体】 朱权《太和正音谱》"新定乐府体一十五家"之一。即"词林老作之词"，指行家里手所创作的纯熟老练之作，与作品题材、文字风格无关。如"宜列群英之上"的马致远，"诚词林之宗匠也"的张可久，其作品都可列入"宗匠体"。

【黄冠体】 朱权《太和正音谱》"新定乐

府体一十五家"之一。"黄冠"指道士,故此体特点是"神游广漠,寄情太虚,有餐霞服日之思,名曰道情"。《太和正音谱·词林须知》亦云:"道家所唱者,飞驭天表,游览太虚,俯视八纮,志在冲漠之上,寄傲宇宙之间,慨古感今,有乐道徜徉之情,故曰道情。"元代道教兴盛,元曲中反映的道家思想十分浓厚。就内容而言,道情之作又大体上可划分为超脱凡尘、警醒顽俗二类,前者如邓玉宾的〔正宫·叨叨令〕《道情》(白云深处青山下),后者如邓玉宾的〔正宫·叨叨令〕《道情》(一个空皮囊包裹着千重气)。

【承安体】 朱权《太和正音谱》"新定乐府体一十五家"之一。其特点是"华观伟丽,过于泆乐"。原注:"承安,金章宗正朔。"按金章宗完颜璟(公元1190—1209年在位,承安为1196—1200年)通晓声律,燕南芝庵《唱论》及朱权《太和正音谱》的《词林须知》都将其列为"帝王知音律者"。此类作品以庆赏欢宴、歌舞升平、及时行乐者为多,故其内容"过于泆乐",作品风貌"华观伟丽"。

【盛元体】 朱权《太和正音谱》"新定乐府体一十五家"之一。其特点是"快然有雍熙之治,字句皆无忌惮。又曰'不讳体'"。"雍熙"指和乐之貌,"无忌惮"与"不讳"义并同。这大约是指元代初期关汉卿、马致远等本色、豪放、有"蒜酪味"的作品。

【江东体】 朱权《太和正音谱》"新定乐府体一十五家"之一。其特点是"端谨严

密",即用意比较平实和易,遣辞多用规矩的文言,其风格与恣肆放诞相对。

【西江体】 朱权《太和正音谱》"新定乐府体一十五家"之一。其特点是"文采焕然,风流儒雅"。西江指西来的大江,此处当指江右一带,特指江西。元曲作家中属江西籍的有赵善庆、周德清、汪元亨等人,其中周德清著有《中原音韵》,知音律有声名,《太和正音谱》称其词"如玉笛横秋";赵善庆,《太和正音谱》称其词"如蓝田美玉"。所谓"西江体",当指这一流派的曲家。

【东吴体】 朱权《太和正音谱》"新定乐府体一十五家"之一。其特点是"清丽华巧,浮而且艳"。指江浙一带曲家的作品。元曲创作中心早期在大都(今北京),后南移至杭州,作家多为南方人或流寓南方的北方人,最著名者有乔吉(太原人,流寓杭州)、张可久(庆元,今浙江鄞县人)、郑光祖(平阳人,流寓杭州)、徐再思(嘉兴人)、周文质(建德人)等。这一些曲家的作品风格多为清丽华巧,但亦有流为浮艳者。

【淮南体】 朱权《太和正音谱》"新定乐府体一十五家"之一。其特点是"气劲趣高"。淮南大致指江、淮之间地区。元后期曲家中睢景臣、陆登善等为扬州人,张鸣善则以平阳人而流寓扬州。这一带的曲作家时有唱和,钟嗣成《录鬼簿》就有"维扬诸公俱作《高祖还乡》套数,唯公(睢景臣)〔哨遍〕制作新奇"的记载。从现存睢景臣〔般涉调·哨遍〕《高祖还乡》套曲和张鸣善〔双调·水仙子〕《讥时》等作品

来看,多以制作新奇、语言警拔取胜,确可以归纳出"气劲趣高"的特点。

【玉堂体】　朱权《太和正音谱》"新定乐府体一十五家"之一。其特点是"公平正大"。玉堂为宫殿的美称,唐宋以后指翰林院。玉堂与草堂相对,此体多为称颂在朝者功德、气味雍容悠雅的作品。现存元曲中,可以划入此类者甚少。

【草堂体】　朱权《太和正音谱》"新定乐府体一十五家"之一。其特点是"志在泉石"。草堂为无意功名、隐居不仕者及退隐归田者自乐之所,与玉堂相对。此体作品多写山水风光、田园佳趣、留连诗酒、安贫乐道,在元曲中所占比重甚大。其形成既有政治方面的原因,也与道教的流行、老庄和禅宗思想的影响有关。

【楚江体】　朱权《太和正音谱》"新定乐府体一十五家"之一。其特点是"屈抑不伸,撼衷诉志"。楚江指战国时屈原流放与行吟之处,即今湖北、湖南一带。但由于元代的具体历史条件,元曲作家的人生态度以旷达者居多,他们感叹屈原的不幸遭遇,对于屈原的执着精神却有些不以为然,所以元曲中真正符合"屈抑不伸,撼衷诉志"标准者并不多见,所谓"楚江体"应以感喟思慕、去国怀乡之作为主。

【香奁体】　朱权《太和正音谱》"新定乐府体一十五家"之一。其特点是"裙裾脂粉"。凡正当的情辞,如闺情闺怨、相思离别、男女欢爱及咏妇女者,均可属之。

【骚人体】　朱权《太和正音谱》"新定乐府体一十五家"之一。其特点是"嘲讥戏谑"。"骚人"与"楚江"在字面意义上有关联,但二体内涵差别甚大。"骚人体"的作品于嘲笑讥讽之中时寓谐谑风趣。其中大体又可分为两类:一类如马致远〔般涉调·耍孩儿〕《借马》套曲,杜仁杰〔般涉调·耍孩儿〕《庄家不识构阑》套曲,则谐谑成分较浓;另一类如曹德〔双调·清江引〕(长门柳丝千万缕),无名氏〔双调·清江引〕(皂罗辫儿紧札梢),则嘲讥意味较重。

【俳优体】　朱权《太和正音谱》"新定乐府体一十五家"之一。其特点是"诡喻淫虐,即淫词"。俳优是古代以乐舞戏谑为业的艺人,故"俳优体"多为游戏之作。"诡喻"指翻新出奇、诡诈难测之喻,"淫虐"指辞情放荡。一些写男女关系的谑浪之篇,咏人咏物的滑稽调笑之作,大言欺人的怪异之辞,如无名氏〔中吕·朝天子〕《嘲妓家匾食》等,即属此类。

【杂剧十二科】　明朱权《太和正音谱》对元杂剧的分类。详目是:神仙道化,隐居乐道(原注:又曰林泉丘壑),披袍秉笏(原注:即君臣杂剧),忠臣烈士,孝义廉节,叱奸骂谗,逐臣孤子,铍刀赶棒(原注:即脱膊杂剧),风花雪月,悲欢离合,烟花粉黛(原注:即花旦杂剧),神头鬼面(原注:即神佛杂剧)。

【神仙道化剧】　明朱权《太和正音谱》中元杂剧分类之一。元夏庭芝《青楼集志》论元杂剧,有"神仙道化"一类。明朱权《太和正音谱·杂剧十二科》首列"神仙道化"类。写神仙度脱凡人,使其得道登仙的故事。大多与元代盛行的道教支系——全真教有关。马致远的《黄粱梦》、《岳阳楼》、《任风子》即其中最著名者。

【隐居乐道剧】 明朱权《太和正音谱》中元杂剧分类之一。原注："又曰林泉丘壑。"演隐居不仕、安贫乐道故事。如马致远《陈抟高卧》、张国宾（一说宫天挺作）《七里滩》等当属此类。

【披袍秉笏剧】 即"君臣杂剧"。

【君臣杂剧】 明朱权《太和正音谱》中元杂剧分类之一。杂剧十二科有"披袍秉笏"一类，朱权原注："即君臣杂剧。"披袍秉笏（古代朝会时所执的手版）是朝臣装束，或简作"披秉"。夏庭芝《青楼集志》论元杂剧，有"披秉"一类。元刊本《晋文公火烧介子推》第一折有"正末扮介子推披秉上"。《好酒赵元遇上皇》第四折有"正末披秉共杨戬上"。此二剧皆演君臣遇合之事，当属"君臣杂剧"一类。

【忠臣烈士剧】 明朱权《太和正音谱》中元杂剧分类之一。如纪君祥《赵氏孤儿》、朱凯《昊天塔》、杨梓《豫让吞炭》等当属此类。

【孝义廉节剧】 明朱权《太和正音谱》中元杂剧分类之一。如关汉卿《窦娥冤》、秦简夫《赵礼让肥》等当属此类。

【叱奸骂谗剧】 明朱权《太和正音谱》中元杂剧分类之一。内容为抨击奸佞谗臣。如孔文卿《东窗事犯》等当属此类。

【逐臣孤子剧】 明朱权《太和正音谱》中元杂剧分类之一。内容多写历史上臣子遭君父斥逐的不幸遭遇。如李寿卿《伍

员吹箫》、费唐臣《贬黄州》、王伯成《贬夜郎》等当属此类。

【钹刀赶棒剧】 即"脱膊杂剧"。

【脱膊杂剧】 明朱权《太和正音谱》中元杂剧分类之一。杂剧十二科有"钹刀赶棒"一类，朱权原注："即脱膊杂剧。"杂剧《蓝采和》作"脱剥杂剧"。"脱剥"或"脱膊"之义，一般以为凡演使刀弄棒的武戏，常需脱去上衣，赤膊交战，故得名。如《单鞭夺槊》、《三战吕布》等武打戏，当亦属此类。

【风花雪月剧】 明朱权《太和正音谱》中元杂剧分类之一。内容多写男女间的风流情事，如戴善夫《风光好》、张寿卿《红梨花》等当属此类。

【悲欢离合剧】 明朱权《太和正音谱》中元杂剧分类之一。内容多写男女及家庭间的悲欢离合，如张国宾《合汗衫》、乔吉《两世姻缘》、无名氏《货郎旦》等当属此类。

【烟花粉黛剧】 即"花旦杂剧"。

【花旦杂剧】 元杂剧分类之一。元夏庭芝《青楼集》云："凡妓以墨点破其面者为花旦。"集中又称李娇儿"花旦杂剧特妙"，称张奔儿"善花旦杂剧"，又谓"时人目奔儿为'温柔旦'，李娇儿为'风流旦'"。则花旦杂剧内尚有不同的小类别。明朱权《太和正音谱·杂剧十二科》中有"烟花粉黛"一类，原注："即花旦杂剧。"则花旦杂剧似多为表演妓女生活的剧目，如关汉卿《救风尘》、《谢天香》等。

【神头鬼面剧】 即"神佛杂剧"。

【神佛杂剧】 明朱权《太和正音谱》中元杂剧分类之一。杂剧十二科有"神头鬼面"一类,朱权原注:"即神佛杂剧。"如杨讷所作《西游记》即此类。

【驾头杂剧】 元杂剧分类之一。驾头是皇帝的仪仗,驾头杂剧当是表演帝王一类题材的剧目。元夏庭芝《青楼集》称南春宴"姿容伟丽,长于驾头杂剧"。如《汉宫秋》、《梧桐雨》等当属此类。

【闺怨杂剧】 元杂剧分类之一。元夏庭芝《青楼集》称天然秀"闺怨杂剧为当时第一手"。关汉卿有《闺怨佳人拜月亭》,现有存本。此外关汉卿尚有《月落江梅怨》(佚),白朴有《薛琼琼月夜银筝怨》(佚),王实甫有《双蕖怨》(佚),等等,均属此类,表现深闺女子心理上的苦闷。

【绿林杂剧】 元杂剧分类之一。元夏庭芝《青楼集》称平阳奴"精于绿林杂剧",称天锡秀"善绿林杂剧;足甚小,而步武甚壮"。其内容当是写绿林好汉,如水浒戏《双献功》、《李逵负荆》之类。

【巧体】 指在形式上逞才弄巧,翻新出奇的曲作。明王骥德《曲律》有"论巧体"一节,列嵌字、短柱、集韵、集药名等体。近人任讷《散曲概论》将《曲律》所论俳谐、巧体合为广义的俳体,共列出二十五种,其中关于韵者二种:短柱体,独木桥体;关于字者五种:叠韵体,犯韵体,顶真体,叠字体,嵌字体;关于句者三种:反复体、回文体、重句体;关于联章者一种:连环体;关于材料者八种:足古体,集古体,集谚体,集剧名体,集调名体,集药名体,櫽括体,翻谱体;关于意者四种:讽刺体,嘲笑体,风流体,淫虐体;待考者二种:简梅体,雪花体。二十五体中,以形式上追求新奇变化的巧体为多。

【短柱体】 曲中巧体之一。通篇每句两韵,或两字一韵。系在"六字三韵语"的基础上发展而来(见周德清《中原音韵》)。如虞集〔折桂令〕《席上偶谈蜀汉事因赋短柱体》:"銮舆三顾茅庐,汉祚难扶,日暮桑榆。深渡南泸,长驱西蜀,力拒东吴。美乎周瑜妙术,悲夫关羽云殂。天数盈虚,造物乘除,问汝何如? 笑赋归欤。"

【独木桥体】 曲中巧体之一。通篇押同一字韵。如张养浩〔塞鸿秋〕:"春来时香雪梨花会,夏来时云锦荷花会,秋来时霜露黄花会,冬来时风月梅花会。春夏与秋冬,四季皆佳会。主人此意谁能会。"

【叠韵体】 曲中巧体之一。每句中除韵脚外,都用叠韵字。但各句所叠的韵不必相同。如元人梨园黑老五〔中吕·粉蝶儿〕《集中州韵》套曲中的〔粉蝶儿〕:"从东陇风动松呼,听叮咛咛定睛睁觑,望苍茫圹广黄芦,却樵夫遇渔父。递知机携物,便盘旋千转前湖,看寒山晚关滩渡。"全曲除韵脚及第四句"却樵"二字外,每句都用叠韵字。

【顶真体】 曲中巧体之一。亦称联珠格。前一句末字即为后一句首字,前后蝉联。如无名氏〔越调·小桃红〕:"断肠人寄断肠词,词写心间事。事到头来不由自。自寻思,思量往日真诚志。志诚是有,有情谁似,似俺那人儿!"

【叠字体】 曲中巧体之一。通篇由叠字构成。如乔吉〔天净沙〕《即事》："莺莺燕燕春春,花花柳柳真真,事事风风韵韵。娇娇嫩嫩,停停当当人人。"

【嵌字体】 曲中巧体之一。有的每句都嵌同一个字,如张可久〔凭阑人〕："江水澄澄江月明,江上何人挢玉筝?隔江和泪听,满江长叹声!"每句都嵌"江"字。有的在各句中分嵌限定的某些字,如数目字,五行,等等。如贯云石〔清江引〕《立春》:"金钗影摇春燕斜,木杪生春叶。水塘春始波,火候春初热。土牛儿载将春到也!"每句之首分别冠以"金、木、水、火、土"五字,每句句中又都用一"春"字。郑光祖《倩女离魂》第三折〔十二月〕:"元来是一枕南柯梦里,和二三子文翰相知。他访四科习五常典礼,通六艺有七步才识。凭八韵赋纵横大笔,九天上得遂风雷。"〔尧民歌〕:"想十年身到凤凰池,和九卿相八元辅劝金杯。他那七言诗六合里少人及,端的个五福全四气备占伦魁。震三月春雷,双亲行先报喜,都为这一纸登科记。"二曲先顺嵌一至十的数目,再逆嵌十至一的数目。

【反复体】 曲中巧体之一。每句中的字面,颠倒重复,反复而言之。如刘庭信〔双调·水仙子〕:"恨重叠、重叠恨、恨绵绵、恨满晚妆楼,愁积聚、积聚愁、愁切切、愁斟碧玉瓯……"

【重句体】 曲中巧体之一。一篇中多处用同样口气的句子,遣辞略有变化。如汤式〔蟾宫曲〕:"冷清清人在西厢,叫一声张郎,骂一声张郎。乱纷纷花落东墙,问一会红娘,絮一会红娘。枕儿余,衾儿剩,温一半绣床,闲一半绣床。月儿斜,风儿细,开一扇纱窗,掩一扇纱窗。荡悠悠梦绕高唐,紫一寸柔肠,断一寸柔肠。"

【连环体】 曲中巧体之一。前章的末句即为后章的首句,前后勾连,以共作四首重头者居多。如贯云石〔清江引〕:"闲来唱会〔清江引〕,解放愁和闷。富贵在于天,生死由乎命,且开怀与知音谈笑饮。""且开怀与知音谈笑饮,一曲瑶琴弄。弹出许多声,不与时人共,倚帏屏静中心自省。""倚帏屏静中心自省,万事皆前定。穷通各有时,聚散非骄吝,立忠诚步步前程稳。""立忠诚步步前程稳,勉励勤和慎。劝君且耐心,缓缓相随顺,好消息到头端的准。"

【集谚体】 曲中巧体之一。集谚语以成篇。如杜仁杰〔般涉调·耍孩儿〕《喻情》套曲中的〔三煞〕:"泥捏的山不信是石,相扑汉卖药干陪了擂。镜台前照面你是你,警巡院倒了墙贼见贼。大虫窝里蒿草无人刈,看山瞎汉,不辨高低。"全篇多为谚语。

【集剧名体】 曲中巧体之一。系集合各种剧名而成。如孙季昌〔端正好〕《集杂剧名咏情》套曲中的〔滚绣球〕:"付能的潇湘夜雨晴,早闪出乌林皓月明。正孤雁汉宫秋静,知他是甚情怀月夜闻筝。那时节理残妆对玉镜台,推烧香到拜月亭……"其中"潇湘夜雨"、"乌林皓月"、"孤雁汉宫秋"、"月夜闻筝"、"玉镜台"、"拜月亭"等均为杂剧名。

【集调名体】 曲中巧体之一。集词曲调名而成。如王仲元所作〔粉蝶儿〕《集曲名题情》套曲中之〔迎仙客〕："樱桃般点绛唇，杨柳般翠裙腰。红绣鞋轻移连步小，柳眉颦一半儿娇。端的有络丝娘的妖娆，似一朵红芍药。"其中"点绛唇"、"翠裙腰"、"红绣鞋"、"一半儿"、"络丝娘"、"红芍药"均系曲牌名。

【集药名体】 曲中巧体之一。集药名而成。如孙叔顺〔粉蝶儿〕套曲中之〔迎仙客〕："行过芍药圃，菊花篱，沉香亭色情何太急。停立在曲槛边，从容在芳径里。待黄昏不想当归，尚有百部徘徊意。"其中"芍药"、"菊花"、"沉香"、"停立（葶苈）"、"从容（苁蓉）"、"当归"、"百部"均为中草药名。

【檃括体】 曲中巧体之一。就前人诗文的内容加以剪裁改写以成。如乔吉〔沉醉东风〕《题扇头檃括古诗》："万树枯林冻折，千山高鸟飞绝。兔径迷，人踪灭，载梨云小舟一叶。蓑笠渔翁耐冷的别，独钓寒江暮雪。"此曲即系檃括柳宗元《江雪》诗而成。

【合璧对】 曲中对偶形式之一。较常见。明朱权《太和正音谱》列此名，自注："两句对者是。"如卢挚〔折桂令〕《箕山感怀》："五柳庄瓷瓯瓦钵，七里滩雨笠烟蓑。"白朴〔庆东原〕："忘忧草，含笑花"，"千古是非心，一夕渔樵话。"

【连璧对】 曲中对偶形式之一。明朱权《太和正音谱》列此名，自注："四句对者

是。"如薛昂夫〔塞鸿秋〕："功名万里忙如燕，斯文一脉微如线，光阴寸隙流如电，风霜两鬓白如练。"吕止庵〔后庭花〕："苍猿攀树啼，残花扑马飞，越女随舟唱，山僧逐渡归。"此类皆是。

【鼎足对】 曲中对偶形式之一。明朱权《太和正音谱》列此名，自注："三句对者是。俗呼为'三枪'。"因三句一组，互为对仗，如鼎之三足并立，故名。如马致远〔夜行船〕《秋思》套曲中的"密匝匝蚁排兵，乱纷纷蜂酿蜜，急攘攘蝇争血"、"和露摘黄花，带霜烹紫蟹，煮酒烧红叶"，便属鼎足对。有些曲牌的句格尤便于使用鼎足对，如〔醉太平〕、〔寄生草〕、〔水仙子〕、〔折桂令〕、〔天净沙〕等。

【联珠对】 曲中对偶形式之一。明朱权《太和正音谱》列此名，自注："句多相对者是。"如王实甫〔十二月过尧民歌〕《别情》中之〔十二月〕："自别后遥山隐隐，更那堪远水粼粼。见杨柳飞绵滚滚，对桃花醉脸醺醺。透内阁香风阵阵，掩重门暮雨纷纷。"此曲即属联珠对（每句首三字为衬字）。

【隔句对】 曲中对偶形式之一。明朱权《太和正音谱》列此名，自注："长短句对者是。"见"扇面对"。

【扇面对】 曲中对偶形式之一。隔句相对，第一句对第三句，第二句对第四句，故又称隔句对。如王实甫《西厢记》第一本第四折〔驻马听〕："法鼓金铎，二月春雷响殿角；钟声佛号，半天风雨洒松梢。"

【鸾凤和鸣对】 曲中对偶形式之一。

明朱权《太和正音谱》列此名,自注:"首尾相对。如〔叨叨令〕所对者是也。"周文质〔叨叨令〕《悲秋》首句"叮叮当当铁马儿乞留玎琅闹"与末句"孤孤另另单枕上迷彪模登靠",无名氏〔叨叨令过折桂令〕《驮背妓》中〔叨叨令〕首句"虾儿腰龟儿背玉连环系不起香罗带"与末句"钩儿形绦儿样烂茄瓜辱没杀莺花寨",便属鸾凤和鸣对。

【救尾对】 曲中对偶形式之一。元周德清《中原音韵》列此名,举〔红绣鞋〕第四、五、六句,〔寨儿令〕第九、十、十一句为例,并说:"二调若是末句稍弱,即以此法救之。"〔红绣鞋〕如张可久《岁暮》之"游鱼翻冻影,啼鸟泛春声,落梅香暮景",《三衢山中》之"仙桥藏老树,石笋瘦苍云,松花飘瑞粉",〔寨儿令〕如张可久《闺怨》之"八的顿开金凤凰,撧的扯破锦鸳鸯,吉丁的掂损玉螳螂",《次韵》之"饮一杯金谷酒,分七碗玉川茶,嗏,不强如坐三日县官衙"(按〔寨儿令〕末三句正字每句为五字),皆属此类。

【凤头猪肚豹尾】 戏曲、散曲用语。元人乔吉说:"作乐府亦有法,曰'凤头、猪肚、豹尾'六字是也。大概起要美丽,中要浩荡,结要响亮。尤贵在首尾贯穿,意思清新。"(陶宗仪《南村辍耕录》卷八)乔氏所谈,主要指曲文的结构,即开头要擒控题旨,引人入胜,中间要极尽铺排,发挥题蕴,结尾要戛然而止,题外传神。清刘熙载《艺概》所言"始要含蓄有度,中要纵横尽变,终要优游不竭",即本此。以后发展成为对戏曲情节结构的要求,大体指:戏

曲剧本的开头,要以精炼的笔墨把观众引入规定的戏剧情境,尽早提出总的戏剧悬念,以集中观众的注意力;戏曲中间,要充分展开戏剧冲突,刻画人物性格,把戏写足写透;戏曲结尾,要对剧中的人物、涉及的事件、情节,做出妥帖交代,做到干净利落,恰到好处,而不冗长拖沓。

【当行】 古典戏曲评论用语。这个概念自诗论引入,含有行家的意思。在戏曲评论中,它指的是作家能够掌握戏曲艺术自身的规律和特点,创作的剧本适合于舞台演出。古代许多曲论家对这一点十分重视,臧懋循就明确指出"称曲上乘首曰当行"(《元曲选·序二》)。

【本色】 古典戏曲评论用语。这个概念自诗论引入,意为本来之色。多指曲文质朴自然,接近生活语言,而少用典故或骈词俪语的修辞方法和风格。也有曲论家(如徐渭、臧懋循、王骥德等人)从戏曲反映生活的特征上,来解释本色的内涵,认为本色就是要求戏曲忠实地反映出生活的本来面目。一般认为元曲是本色的典范。

【蛤蜊风味】 谓元曲的一种风格。元钟嗣成《录鬼簿序》说:"若夫高尚之士,性理之学,以为得罪于圣门者,吾党且啖蛤蜊,别与知味者道。""吾党"句含有不屑一顾之意,语出《南史·王融传》:"(融)诣王僧佑,因遇沈昭略,未相识。昭略屡顾盼,谓主人曰:'是何少年?'融殊不平,谓曰:'仆出于扶桑,入于旸谷,照耀天下。谁云不知,而卿此问?'昭略

云：'不知许事，且食蛤蜊。'"王举之〔折桂令〕《赠胡存善》也提到"蛤蜊风致"。后因以蛤蜊风味或蛤蜊风致指元曲的特殊风趣，大体指嘲讥戏谑、正言若反、狂歌当哭、嬉笑怒骂皆成文章等风格。

【关马郑白】 即"元曲四大家"。

【元曲四大家】 旧时对元代四位著名杂剧作家关汉卿、马致远、郑光祖、白朴的合称。或称"关马郑白"。见元周德清《中原音韵》、明何良俊《四友斋丛说》。

（赵山林编写）

元北曲谱简编

说　明

一、本谱以元人北曲为限，分宫调排列。罕用曲牌不收或少收。

二、每一曲牌，只列正格或常用体式；不引曲文，只标字声和韵叶。每曲略加说明。

三、北曲常多用衬字，曲谱只就正字立说。

四、北曲入派三声，故只列平上去。上去为仄声。字声通用标"×"。

五、北曲平上可互用，句末叶韵字声上可用平者标"上（平）"，平可用上者标"平（上）"。

六、北曲去声特别重要，必用去声标"去"，宜用去声标"厶"。

七、连标三个"×××"，须平仄分配调谐，不宜连用三平、三仄。两仄包括上去，亦须调配得当，不宜连用"上上"、"去去"。

八、韵位标"△"，可叶可不叶标"▲"，句中暗韵标"∧"。

九、标点符号分顿号"、"、逗号"，"、分号"；"、句号"。"四种。

十、本编以《北曲新谱》为依据，并参考《太和正音谱》、《北词广正谱》、《北词简编》及近人著作，不一一说明。

目　录

黄钟宫 ………… 1963
　醉花阴 ………… 1963
　喜迁莺 ………… 1963
　出队子 ………… 1963
　刮地风 ………… 1963
　四门子 ………… 1963
　水仙子 ………… 1964
　寨儿令 ………… 1964
　神仗儿 ………… 1964
　节节高 ………… 1964
　者剌古 ………… 1964
　九条龙 ………… 1964
　侍香金童 …… 1964
　降黄龙衮 …… 1964

　文如锦 ………… 1964
　愿成双 ………… 1965
　女冠子 ………… 1965
　昼夜乐 ………… 1965
　红衲袄 ………… 1965
　贺圣朝 ………… 1965
　人月圆 ………… 1965
　尾声 ………… 1966
　神仗儿煞 …… 1966
正宫 ………… 1966
　端正好 ………… 1966
　滚绣球 ………… 1966
　倘秀才 ………… 1966
　呆骨朵 ………… 1966

　叨叨令 ………… 1966
　塞鸿秋 ………… 1966
　脱布衫 ………… 1966
　小梁州 ………… 1966
　醉太平 ………… 1967
　伴读书 ………… 1967
　笑和尚 ………… 1967
　白鹤子 ………… 1967
　芙蓉花 ………… 1967
　双鸳鸯 ………… 1967
　蛮姑儿 ………… 1967
　穷河西 ………… 1967
　菩萨蛮 ………… 1967
　月照庭 ………… 1967

六幺遍	1967	醉中天	1973	草池春	1976
黑漆弩	1968	金盏儿	1973	红芍药	1976
甘草子	1968	雁儿	1973	菩萨梁州	1976
汉东山	1968	忆王孙	1973	玉交枝	1977
货郎儿	1968	一半儿	1973	四块玉	1977
转调货郎儿	1968	玉花秋	1973	梧桐树	1977
九转货郎儿	1968	四季花	1973	鹌鹑儿	1977
煞	1970	穿窗月	1973	干荷叶	1977
尾声	1970	大安乐	1974	金字经	1977
煞尾	1970	翠裙腰	1974	煞	1977
啄木儿煞	1970	六幺遍	1974	黄钟尾	1977
仙吕宫	1970	上京马	1974	尾声	1977
端正好	1970	绿窗愁	1974	中吕宫	1978
赏花时	1971	祆神急	1974	粉蝶儿	1978
八声甘州	1971	六幺令	1974	醉春风	1978
点绛唇	1971	锦橙梅	1974	叫声	1978
混江龙	1971	三番玉楼人	1974	迎仙客	1978
油葫芦	1971	太常引	1974	石榴花	1978
天下乐	1971	赚煞	1975	斗鹌鹑	1978
那吒令	1971	上马娇煞	1975	上小楼	1978
鹊踏枝	1971	后庭花煞	1975	快活三	1979
寄生草	1971	南吕宫	1975	朝天子	1979
村里迓鼓	1972	一枝花	1975	四边静	1979
元和令	1972	梁州第七	1975	四换头	1979
上马娇	1972	隔尾	1975	满庭芳	1979
游四门	1972	牧羊关	1975	红绣鞋	1979
胜葫芦	1972	骂玉郎	1976	鲍老儿	1979
后庭花	1972	感皇恩	1976	古鲍老	1979
柳叶儿	1972	采茶歌	1976	红芍药	1979
青哥儿	1972	玄鹤鸣	1976	剔银灯	1979
六幺序	1972	乌夜啼	1976	蔓菁菜	1979
醉扶归	1973	贺新郎	1976	普天乐	1980

柳青娘 ………… 1980
道和 …………… 1980
醉高歌 ………… 1980
十二月 ………… 1980
尧民歌 ………… 1980
喜春来 ………… 1980
摊破喜春来 …… 1980
卖花声 ………… 1980
乔捉蛇 ………… 1980
齐天乐 ………… 1981
红衫儿 ………… 1981
山坡羊 ………… 1981
尾声 …………… 1981
卖花声煞 ……… 1981
大石调 ………… 1981
念奴娇 ………… 1981
六国朝 ………… 1981
卜金钱 ………… 1981
归塞北 ………… 1981
雁过南楼 ……… 1981
喜秋风 ………… 1982
怨别离 ………… 1982
净瓶儿 ………… 1982
好观音 ………… 1982
催花乐 ………… 1982
青杏子 ………… 1982
蒙童儿 ………… 1982
还京乐 ………… 1982
催拍子 ………… 1982
荼蘼香 ………… 1983
蓦山溪 ………… 1983
初生月儿 ……… 1983

随煞 …………… 1983
赚煞 …………… 1983
玉翼蝉煞 ……… 1983
小石调 ………… 1983
青杏儿 ………… 1983
恼杀人 ………… 1984
伊州遍 ………… 1984
尾声 …………… 1984
般涉调 ………… 1984
哨遍 …………… 1984
麻婆子 ………… 1984
墙头花 ………… 1985
急曲子 ………… 1985
耍孩儿 ………… 1985
煞 ……………… 1985
尾声 …………… 1985
商角调 ………… 1985
黄莺儿 ………… 1985
踏莎行 ………… 1985
盖天旗 ………… 1986
应天长 ………… 1986
垂丝钓 ………… 1986
尾声 …………… 1986
商调 …………… 1986
集贤宾 ………… 1986
逍遥乐 ………… 1986
挂金索 ………… 1986
金菊香 ………… 1986
上京马 ………… 1986
醋葫芦 ………… 1986
梧叶儿 ………… 1986
双雁儿 ………… 1987

望远行 ………… 1987
凤鸾吟 ………… 1987
凉亭乐 ………… 1987
玉抱肚 ………… 1987
浪来里 ………… 1987
高过浪来里 …… 1987
高平煞 ………… 1987
随调煞 ………… 1987
越调 …………… 1988
斗鹌鹑 ………… 1988
紫花儿序 ……… 1988
金蕉叶 ………… 1988
调笑令 ………… 1988
小桃红 ………… 1988
秃厮儿 ………… 1988
圣药王 ………… 1988
麻郎儿 ………… 1988
络丝娘 ………… 1988
小络丝娘 ……… 1988
东原乐 ………… 1989
绵搭絮 ………… 1989
拙鲁速 ………… 1989
天净沙 ………… 1989
鬼三台 ………… 1989
耍三台 ………… 1989
雪里梅 ………… 1989
酒旗儿 ………… 1989
眉儿弯 ………… 1989
送远行 ………… 1989
寨儿令 ………… 1990
黄蔷薇 ………… 1990
庆元贞 ………… 1990

古竹马	1990	川拨棹	1993	大德歌	1996
青山口	1990	七弟兄	1994	荆山玉	1996
南乡子	1990	梅花酒	1994	竹枝歌	1996
梅花引	1990	收江南	1994	春闺怨	1996
凭阑人	1990	小将军	1994	牡丹春	1996
煞	1990	小阳关	1994	对玉环	1997
收尾	1990	拨不断	1994	五供养	1997
双调	1991	太清歌	1994	月上海棠	1997
新水令	1991	小煞	1994	殿前欢	1997
驻马听	1991	镇江回	1994	殿前喜	1997
驻马听近	1991	阿纳忽	1994	行香子	1997
沉醉东风	1991	风入松	1994	天仙子	1997
雁儿落	1991	胡十八	1995	蝶恋花	1997
得胜令	1991	一锭银	1995	金娥神曲	1997
乔牌儿	1991	大德乐	1995	间金四块玉	1998
滴滴金	1991	乱柳叶	1995	减字木兰花	1998
折桂令	1992	豆叶黄	1995	快活年	1998
锦上花	1992	捣练子	1995	新时令	1998
碧玉箫	1992	早乡词	1995	十棒鼓	1998
搅筝琶	1992	石竹子	1995	秋江送	1998
清江引	1992	山石榴	1995	祆神急	1998
步步娇	1992	醉娘子	1995	楚天遥	1998
落梅风	1992	相公爱	1995	播海令	1998
乔木查	1992	小拜门	1996	青玉案	1999
庆宣和	1993	慢金盏	1996	皂旗儿	1999
水仙子	1993	大拜门	1996	枳郎儿	1999
庆东原	1993	也不罗	1996	得胜乐	1999
沽美酒	1993	小喜人心	1996	山丹花	1999
太平令	1993	大喜人心	1996	鱼游春水	1999
夜行船	1993	风流体	1996	骤雨打新荷	1999
挂玉钩	1993	忽都白	1996	河西六娘子	1999
挂玉钩序	1993	倘兀歹	1996	庆丰年	1999

秋莲曲 …………… 1999 ｜ 随煞 …………… 2000 ｜ 歇指煞 ………… 2000
一锅儿麻 ………… 1999 ｜ 鸳鸯煞 ………… 2000 ｜ 离亭宴带歇指
收尾 …………… 1999 ｜ 离亭宴煞 ……… 2000 ｜ 　煞 …………… 2000

黄 钟 宫

醉花阴　套数首牌。古近二体。古体五句。宋词牌小异。

×仄平平去平上,×仄平平仄上(平)。×仄仄平平,×仄平平,×仄平平上。

其二　近体七句,前五句同古体,北曲多用之。必接用〔喜迁莺〕近体,末二句即从〔喜迁莺〕古体首二句移前。

×仄平平去平上,×仄平平仄平。×仄仄平平,×仄平平,×仄平平上。×仄仄平平,×仄平平平去上。

喜迁莺　次牌。古近二体。古体十句。与宋词牌、南曲不同。本曲及〔醉花阴〕古体均少用。

×仄仄平平,×仄平平平去上。平平平去。仄×平、×仄平平。平平,仄平平仄,×仄平平仄仄平。平ム平(上),平平仄仄,仄仄平平。

其二　近体八句,即古体减首二句。必与〔醉花阴〕近体连用。

平平平去,仄×平、×仄平平。平平,仄平平仄,×仄平平仄仄平。平ム平(上),平平仄仄,仄仄平平。

出队子　小令兼用。同诸宫调。与南曲略同。有幺篇。

×平平去,平平平ム平(上)。×平×仄仄平平,×仄平平平ム平(上),×仄平平ム上(平)。

刮地风　此曲例接〔四门子〕,两曲首尾有时移用。第四句下可赠四字句一句。同诸宫调。与南曲不同。

×仄平平平ム平(上),×仄平平。×平仄仄平平去,×仄平平。×平×去,仄平平去。×仄平,×仄平,×平平去。仄平平,×ム平(上),×仄平平。

其二　小令用。前六句同前曲,第三句平仄异。

×仄平平仄ム平,×仄平平。×平×仄仄平平,×仄平平。×平平去,×平平去。×仄平平,×平平去。平平×仄平(上),平平×仄平(上),×仄平平(上)。

四门子　诸宫调略同。

×平×仄平平仄,仄平平、××平(上)。×平×仄平平仄,×平平、××平(上)。××平,××平(上)、×平仄平平去平(上)。××平,××平(上),仄××、平平去上(平)。
△

　　水仙子　或加"古"字。与〔商调〕、〔双调〕不同。南曲不同。

　　仄仄平(上)，×仄平平平仄平(上)。
×仄平平，×平×仄，×仄平平×厶平
(上)。仄平平、×厶平平，×平仄平平厶平
(上)。×平×仄平平去，×仄仄平平。

　　寨儿令　同诸宫调。与〔越调〕不同。
或加"古"字。又名〔塞雁儿〕。首二字句
须叠用。

　　平平，平平，×厶平平，×平×仄去平
平。平仄仄，仄平平，仄仄平平去。

　　神仗儿　或加"古"字。诸宫调、南曲
不同。有〔幺篇〕，用者甚少。

　　×平厶上(平)，×平厶上(平)。×仄
平平，平平厶上(平)。×平×仄，×平×
上(平)。×××、仄平平平(上)，仄××，
仄平平。

　　节节高　小令兼用。与南曲不同。
仄平平去，仄平平去。平平去上，平平上
去。厶仄平，平平厶，×仄平，去上平平去
平(上)。

　　者剌古

　　仄平平、×仄平，×仄平平。仄平平、
×仄平，×仄平平。平平厶上(平)，×平
×仄。平平平平，平平厶平(上)。平仄
平，×去平。

　　九条龙

　　仄平平，仄平平，平仄仄平平，仄仄
平、仄平平去。平，平平仄，平上平。

　　侍香金童　散套首牌。宋词牌同，诸
宫调小异，南曲不同。〔幺篇〕同始调，首
二句字声略异，须连用。

　　平平去上，上去平平上。×仄平平平
去上，平平厶平平仄上(平)。×仄平平，
仄平平仄。

　　〔幺篇〕平平×厶，平平平去平(上)。
×仄平平平去上，平平厶平平仄上(平)。
×仄平平，仄平平仄。

　　降黄龙衮　"衮"亦作"滚"。〔幺篇〕
同始调，须连用。诸宫调全异。南曲〔降
黄龙〕、〔黄龙衮〕亦异。

　　×平平去，×平平仄。仄平平，平平
仄，平平平仄。去平平去，平平平上。仄
仄平平，去平平上。

　　文如锦　散套首牌。有〔幺篇〕换头，
须连用。诸宫调属〔双调〕，稍异。

　　仄平平，×平×仄平平去。×平×
仄，×仄×平。平仄仄，仄平平，仄厶平，
平平上。×仄×平，×平×仄。×××
仄，×××厶，×仄平平。仄平平，×平×
仄，仄×平厶。

　　〔幺篇〕换头　减三字首句，以下平仄
略异。×仄平平平厶平，×平×平，×平

×厶。平仄仄,仄平平,仄厶平,平平上。
×平×仄,×平×厶。×××仄,×××厶,×仄平平。仄平平,×仄平平,仄×平厶。

愿成双 散套首牌。有〔幺篇〕换头,须连用。诸宫调同。

平×厶,×仄平(上),仄平平、×仄平平。×平×仄厶平平,×仄仄、平平去上(平)。〔幺篇〕换头 始调首二句并为七字一句。

平平×仄平平厶,仄平平、×仄平平。×平×仄厶平平,×仄仄、平平去上。

女冠子 散套首牌。又名〔双凤翘〕。有〔幺篇〕换头,须连用。宋慢词同,诸宫调同。南曲不同。

仄仄平平,×平平、仄仄平平,平平厶×平。×××仄,×××仄,仄×平平。平平平仄仄,×仄平平,×仄平平。×平×仄,×平××、×平×上。

〔幺篇〕换头 首二句不同。

×平×仄平平厶,仄平仄平平去上(平),平平厶×平。×××仄,×××仄,×仄平平。平平平仄仄,×仄平平,×仄平平。×平×仄,×平××,×平×上。

昼夜乐 小令用。有〔幺篇〕换头,须连用。第三句首二字叠上句,第八、九两句叠用。宋词牌多异。

×仄平平仄仄平,平平,平平仄、×仄平平。××仄、平平去上(平),平平仄×平平去,仄平平、仄仄平平。仄仄平,×仄平平,仄仄仄、平平去。

〔幺篇〕换头 首句稍异,多二字一句,减三字一句。

仄平仄平上去平,平平,平平,平平×、仄仄平平。仄仄×、平平去上,×平仄平平去平,×平平、仄仄平平。×仄平平,×仄平平,仄仄仄、平平去。

红衲袄 小令用。又名〔红锦袍〕。与南曲不尽同。

去平×、平×平,仄×平、×厶平(上),仄×平、平厶上。×平仄厶平(上),×仄仄平平(上)。仄平平仄平平,××平平仄,仄平平、平去上。

贺圣朝 小令用。与词牌、南曲异。

平厶平,平平平,平厶平,×仄平平平厶平。×平平平厶仄平,××仄、仄平平,仄平平、平厶平。

人月圆 小令用。有〔幺篇〕换头,须连用。全同宋词。

×平×仄平平去,×仄仄平平。×平平仄,×平×仄,×平×平。

〔幺篇〕换头 始调首二句改为三句。
×平×仄,仄平×仄,×平平平。仄平×仄,×平×仄,×仄平平。

尾声
×仄平平仄平上，×××、×仄平平，
××去平平去上。

神仗儿煞
〔神仗儿〕（首至六）×平厶上（平），×平厶上（平）。×仄平平，平平厶上（平）。×平×仄，×平×上（平）。〔尾声〕（末二句）×××、×仄平平，××去平平去上。

正　宫

端正好　套数首牌。与〔仙吕〕同，宋词略异。有〔幺篇〕换头，极少用，不录。
仄平平，平平厶，×××、×仄平平。×平×仄平平厶，×仄平平去。

滚绣球　次牌。亦入〔中吕〕。一至四为一节，五至八同上。九、十两句须对。此曲必与下曲〔倘秀才〕连用，并回环重复使用。
×仄平，×仄平（上），×××、×平平去，×××、×仄平平。×仄平，×仄平（上），×××、×平平去，×××、×平平。×平×仄平平仄，×仄平平仄仄平，×仄平平。

倘秀才　亦入〔中吕〕。首二句对。
×××、平平厶平（上），×××、平平厶平（上），×仄平平仄仄平。平仄仄，仄平平，厶上（平）。

呆骨朵　又名〔灵寿杖〕。亦入〔中吕〕。×平×仄平平去，×仄平平。×仄平平，平平去平。×仄平平仄，×仄平平仄。×平平厶×，×平平去平（上）。

叨叨令　小令兼用。前四句多作对句。五、六两句叠，"也么哥"是定格。通体都叶去声。有叠字体，叠字须用平声。
×平×仄平平去，×平×仄平平去。×平×仄平平去，×平×仄平平去。仄仄×也么哥，仄仄×也么哥，×平×仄平平去。

塞鸿秋　小令兼用。亦入〔仙吕〕、〔中吕〕。与〔叨叨令〕相同，唯五、六两句此作五字句。
×平×仄平平去，×平×仄平平去。×平×仄平平去，×平×仄平平去。×平×仄平，×仄平平去，×平×仄平平去。

脱布衫　小令兼用。亦入〔中吕〕。同诸宫调。每句上三字"×××"以用仄平平为宜。〔脱布衫〕带〔小梁州〕合为带过曲。
×××、×仄平平，×××、×仄平。×××、平平厶上（平），×××、×仄平去。

小梁州　小令兼用。亦入〔中吕〕、〔商调〕。有〔幺篇〕换头，须连用。诸宫调《梁州》略同。
×仄平平仄仄平，×仄平平。×平×

仄仄平平,平平厶,×仄仄平平。

〔幺篇〕换头　与始调不同。

×平×仄平平厶,×平×、×仄平平。×仄×,平平去,×平×厶,×仄仄平平。

醉太平　小令兼用。又名〔凌波曲〕。亦入〔仙吕〕、〔中吕〕。首二句须对,五、六、七三句鼎足对。宋词、南曲不同。

×平仄平(上),×仄平平,×平×仄仄平平,×平仄平(上)。×平×仄平平厶,×平×仄平平厶,×平×仄仄平平,平平去上(平)。

伴读书　又名〔村里秀才〕。亦入〔中吕〕。

×仄平平厶,×仄平平厶。×仄×平平平厶,×平×仄平平厶。×平×仄平平去,仄仄平平。

笑和尚　又名〔笑歌赏〕。亦入〔中吕〕。每句首均可加叠字或衬字。第五句下可增三字句一句或二句、四句。

×平×仄平(上),×仄平平仄,×仄平平去。×仄平,仄平平,×仄平平去。

白鹤子　小令兼用。亦入〔中吕〕。可连用多支。

×平平仄仄,×仄仄平平。×仄仄平,×仄平平去。

芙蓉花

仄平平、仄平上,××仄、平平去。×

仄平平,×仄平平去。×仄平平,×仄平平去。×仄平平,×仄平平去。

双鸳鸯　小令兼用。又名〔合欢曲〕。亦入〔中吕〕。

厶平平,厶平平,×仄平平仄仄平。×仄×平平厶,×平平仄仄平平。

蛮姑儿　又名〔蛮姑令〕。亦入〔中吕〕。

去上(平),去上(平),×仄平平仄平平。×平仄,仄平平,×仄平平去上。

穷河西　亦入〔中吕〕、〔商调〕。

××平×仄平平,××平×仄平平。×仄×平×仄仄,×仄×平仄,×仄×平仄×上(平)。

菩萨蛮　散套首曲。亦入〔中吕〕。同词牌,惟不用换头,亦不换韵。

×平×仄平平仄,×平×仄平平仄。×仄仄平平,平平×仄平。

月照庭　散套首牌。〔幺篇〕同始调,须连用。

×仄平平,×仄平平去平(上),平平去,厶平平。仄平平,平×仄,×平平去。平平去,厶上平。

六幺遍　又名〔柳梢月〕、〔柳梢青〕、〔梅梢月〕。〔幺篇〕同始调,须连用。亦入〔中吕〕,格式小异。与〔仙吕〕不同。

仄平平,仄平去,×××、仄×平平。

×平×仄仄平平，×××、×仄平平。×
平仄×平去×，×××、×仄平平。×平
仄仄平去上，×××，×仄平平，×仄厶平
平(上)。

黑漆弩　小令用。又名〔鹦鹉曲〕、
〔学士吟〕。有〔幺篇〕换头，须连用。

平平×仄平平去，×××仄平去。仄
平平、仄仄平平，仄仄×平平上。

〔幺篇〕换头　与始调不同。

仄平平、仄仄平平，仄仄仄平平去。
仄平平、×仄平平，去上仄、×平上去。

甘草子　小令用。诸宫调小异。

×平仄，×仄平平，×仄平平仄。×
仄平平仄，×仄仄平平。×仄平平×平
仄，×××、平厶仄。×仄平平仄×仄，×
厶平平(上)。

汉东山　小令用。又名〔撼动山〕。
南曲略同。

×平×仄平，×仄仄平平。×平仄×
平，仄×也么哥，仄仄平平去平平。×仄
平(上)，×厶平，厶平平。

货郎儿

×××、×平上去，×××、平平去上
(平)，×平×仄仄平平。××仄，仄平平，
×仄平平平去平(上)。

转调货郎儿　集曲。〔货郎儿〕首五
句(亦有用两句或三句)与末句之间，用入

〔醉太平〕一曲(或减去末句)，为基本体
式。中间亦可用〔脱布衫〕、〔醉太平〕二
曲，或〔脱布衫〕、〔小梁州〕、〔幺篇〕、〔醉太
平〕四曲，或其他宫调曲牌全曲或数句。
《北曲新谱》录十体。

〔货郎儿〕(首五句)×××、×平上
去，×××、平平去上(平)，×平×仄仄平
平。×仄×仄，仄平平。〔醉太平〕(全)×平
仄平(上)，×仄平平，×平×仄仄平平，
平仄平(上)。×平×仄平平厶，×平×仄
平平厶，×平×仄仄平平，平平去上(平)。
〔货郎儿〕(末句)×仄平平平去平(上)。

九转货郎儿　集曲套。第一曲〔货郎
儿〕本格，第二曲以下为转调。九曲须用
全，不可增减移动。《正音谱》注："本系
〔南吕宫〕曲，于〔正宫〕借用。"

一转　〔货郎儿〕本格。

×××、×平上去，×××、平平去上
(平)，×平×仄仄平平。××仄，仄平平，
×仄平平平去平(上)。

二转

〔货郎儿〕(首三句)×××、×平上
去，×××、平平去上(平)，×平×仄仄
平平。

〔中吕·卖花声〕(二至四)×仄平平
仄仄平，×平×仄仄平平，×平×仄。〔货
郎儿〕(末句)×仄平平平去平(上)。

三转

〔货郎儿〕(首五句)×××、×平上

去,×××、平平去上(平),×平×仄仄平平。××仄,仄平平。〔中吕·斗鹌鹑〕(首四句)×仄平平,平平去上,×仄平平,×平去上(平)。〔货郎儿〕(末句)×仄平平平去平(上)。

四转

〔货郎儿〕(首三句)×××、×平上去,×××、平平去上(平),×平×仄仄平平。

〔中吕·山坡羊〕(首至九)平平平去,平平平去,×平×仄平平去,仄平平,仄平平,×平×仄平平去。×仄×平平厶上(平),平,×去平(上)。〔货郎儿〕(末句)×仄平平平去平(上)。

五转

〔货郎儿〕(首三句)×××、×平上去,×××、平平去上(平),×平×仄仄平平。〔中吕·迎仙客〕(全)×仄平,仄平平,×平仄平平仄平(上)。仄平平,×去平(上),×仄平平,×仄平平去。〔中吕·红绣鞋〕(首五句)×仄平平平去,×平×仄平平(上),×平平仄仄平平。平×仄,仄平平。〔货郎儿〕(末句)×仄平平平去平(上)。

六转

〔货郎儿〕(首三句)×××、×平上

去,×××、平平去上(平),×平×仄仄平平。

〔叨叨令〕(首句)×平×仄平平去。〔中吕·上小楼〕(三至末)×仄平平,×平平平,×仄平平。仄平平,×仄平平,平平去。仄平×、×平平去。〔幺篇〕(首至八)×仄平,×仄×。×仄平平,×仄平平,×仄平平。仄平平,×仄平,×平平去。〔货郎儿〕(末句)×仄平平平去平(上)。

七转

〔货郎儿〕(首三句)×××、×平上去,×××、平平去上(平),×平×仄仄平平。

〔双调·殿前欢〕(三至七)×平×仄平平去,×仄平平,平平上厶平。平平厶,×仄平平去。〔货郎儿〕(末句)×仄平平平去平(上)。

八转

〔货郎儿〕(首二句)×××、×平上去,×××,平平去上(平)。〔双调·快活年〕(首二句及其叠字)×平×仄仄平平,×平平去平,去平。〔中吕·尧民歌〕(五至末)平平平平仄仄平,×仄平平去。〔叨叨令〕(五六)仄平平也么哥,仄平平也么哥。

〔倘秀才〕(末句)去平。〔双调·快活

年〕(首二句及其叠字)╳平╳仄仄平平，
╳平平平去，平去。〔中吕·尧民歌〕(五
至末)平平平平仄仄平，╳仄平平去。〔叨
叨令〕(五六)仄平平也么哥，仄平平也么
哥。〔货郎儿〕(末句)╳仄平平平去平
(上)。

　　　　九转
　　〔货郎儿〕(首三句)╳╳╳、╳平上
去，╳╳╳、平平去上(平)，╳平╳仄仄
平平。
　　〔脱布衫〕(全)╳╳╳、╳仄平平，╳
╳╳、╳仄平平。╳╳╳、平平厶上(平)，
╳╳╳、平平平去。〔醉太平〕(首至七)╳
平仄平(上)，╳仄平平，╳平╳仄仄平平，
╳平仄平(上)。╳平╳仄仄平厶，╳平╳
仄平平厶，╳平╳仄仄平平。〔货郎儿〕
(末句)╳仄平平平去上。

　　煞　　用在尾声之前，可连用若干支，
计数用逆序。与〔般涉〕、〔南吕〕、〔越调〕
各异。
　　╳平╳仄平平厶，╳仄平平╳仄平。
╳仄平平，╳平╳厶，╳仄平平，╳仄平
平。╳平╳仄，╳仄平平，╳仄平平。╳
平╳仄，╳仄仄平平。

　　尾声　　亦入〔中吕〕。
　　╳平╳仄平平，╳平╳厶上(平)。╳平
╳仄平平厶，╳仄平平去平上。

　　煞尾　　亦入〔黄钟〕、〔南吕〕、〔中吕〕、
〔大石〕。〔煞〕首二句，七至九句，〔尾声〕
末句。《正音谱》举此体。
　　╳平╳仄平平厶，╳仄平平╳仄平。
╳平╳仄，╳仄平平，╳仄平平。╳仄平
平去平上。
　　其二　　又名〔随煞尾〕、〔随尾〕。此体
最常用。〔煞〕首二句，七字句若干(同第
二句)，〔尾声〕末句。
　　╳平╳仄平平厶，╳仄平平╳仄平。
╳仄平平╳仄平，……╳仄平平去平上。
　　其三　　〔煞〕首二句，六字折腰句(第
二句减破)若干，〔尾声〕末句。《广正谱》
以此为〔煞尾〕第一体。
　　╳平╳仄平平厶，╳仄平平╳仄平。
仄平平、仄仄平，……╳仄平平去平上。

　　啄木儿煞　　亦入〔中吕〕。〔正宫〕用
者不多，〔中吕〕用者较多。又名〔啄木儿
尾〕、〔随煞尾声〕。此从《广正谱》分析。
诸宫调有〔啄木儿〕曲。
　　〔啄木儿〕(首二句)╳仄平，╳仄平。
〔大石随煞〕(全)╳平仄仄平平去，╳平╳
仄，╳平╳仄仄平平。

仙 吕 宫

　　端正好　　楔子用。与〔正宫〕同。但
〔正宫〕用作套数首曲，〔仙吕〕只作楔子
用。〔正宫〕不能增句，〔仙吕〕可增句。增
句在第四句下，每句三字，必为双数，偶句

叶平韵。〔幺篇〕同始调。若连用〔幺篇〕，只能在〔幺篇〕增句。

仄平平，平平厶，×××、×仄平平。×平×仄平平厶，×仄平平去。

赏花时　楔子兼用。散套首牌。亦入〔商调〕。〔幺篇〕同始调，用否均可。

×仄平平×厶平(上)，×仄平平×厶平(上)。×仄仄平平，平平×仄，×仄仄平平。

八声甘州　套数首牌，但用者不多。〔幺篇〕同始调，连用者甚少。南曲极相似。宋词牌不同。

平平去上(平)，×仄平平，×仄平平。×平×厶，×××仄平平。平仄×平×平，×仄平平平厶平。×仄仄平平，×仄平平。

点绛唇　首牌。南曲同宋词；北曲首句起韵，第二句增一韵，分两句，第四句叶平韵。

×仄平平，×平×仄，平平仄。×仄平平，×仄平平仄。

混江龙　诸宫调同。第五、六句须对。第六句下常增四字句或三字句，必为双数，偶句叶平韵。第七句初体为三字句。第七句前可增七字对句一句。

×平×厶，×平×仄仄平平。×平×仄，×仄平平。×仄×平平仄仄，×平×仄仄平平。×平×仄平平去，×平×仄，

×仄平平。

油葫芦　第二句以下变格颇多。第四、五两句须对。

×仄平平×仄平(上)，×××、平去平(上)，×平×仄仄仄平平，×平×仄平平厶，×平×仄平平厶。×仄平，×仄平。×平×仄平平仄，×仄仄平平。

天下乐　宋词不同。诸宫调末多数句。

×仄平平×仄平，平平，×厶平，×平仄平平厶平。×仄平，×仄平，×平平厶平(上)。

那吒令　前六句须平分三排。第一、三、五句多作四字句。末句上三字可省。

仄平(上)，×平仄×；仄平(上)，×平仄×；仄平(上)，×平仄×。×仄×。平平去，×××、×仄平平。

鹊踏枝　第五句可变为两个四字句。

仄平平，仄平平，×仄平平，×仄平。×××、平平厶平(上)，×××、×仄平平。

寄生草　小令兼用。亦入〔商调〕。首末二句对，中间三句须作鼎足。首二句多变为五字句或六字折腰句，整齐匀称，是本曲特点。

平平仄，仄仄平。×平×仄平平厶，×平×仄仄平厶，×平×仄平平厶。×平

×仄仄平平,×平×仄平平去。

村里迓鼓 散套首牌。亦入〔商调〕。各句歧异颇多。第四句可改作四字二句。第五、六、七句可改作三字句。

仄平平仄,×平平厶。平平仄×,××、×平平厶。×平×仄,×平×仄,平×厶。仄×平,平×仄,仄仄平(上),×××、平平去上(平)。

元和令 亦入〔商调〕。剧套须每句叶韵,散套可隔句叶韵。

×平×仄平(上),×仄仄平厶。×平×仄仄平平,×平×仄平(上)。×平×仄仄平平,×平×仄平(上)。

上马娇 亦入〔商调〕。

×仄平,×平平(上)。×仄仄平平,×平×仄平平去。平,×仄平平。

游四门 小令兼用。亦入〔商调〕。一字句可减。

×平×仄仄平平,×仄仄平平。×平×仄平平厶,×仄仄平平。平,×仄仄平平。

胜葫芦 亦入〔商调〕。〔幺篇〕同始调,用否均可。诸宫调同。南曲略同。

×仄平平×仄平(上),×仄仄平平,×仄平平×仄平(上)。×平×仄,×平×厶,×仄仄平平。

后庭花 小令兼用。亦入〔商调〕。

小令第一句必叶韵,套数可不叶;第六句反是。小令不能增句,套数可增句。增句在末句后,先将末句五字改作六字折腰句,增句即照作,句数多少不拘,须每句叶平韵。小令均用平韵。与词牌异。

×平×仄平(上),×平×厶平(上)。×仄平平厶,×平×厶平(上)。仄平平,×厶×厶,×平×厶平(上)。

柳叶儿 亦入〔商调〕。诸宫调异。

×××、×平×厶,×××、×仄平平,平平仄仄平平去。平平厶,仄平平(上),×××、×仄平平。

青哥儿 小令用。南曲不同。

平平×平平厶,平平×仄平平,×仄平平仄仄平。×仄平平厶平平,平平去。

其二 套数用。亦入〔商调〕、〔双调〕。必须增句,第三句下增四字句或六字句,每句叶平韵。首两句首二字叠用。

×平×平仄,×平×平×仄。×仄平平××平。×平×仄厶平平,平平去。

六幺序 亦入〔中吕〕。有〔幺篇〕换头,须连用。

平平厶,×仄平(上),×仄平平。×仄平平,×仄平平。×××、×仄平平,×平×仄平平厶,×××、×仄平平。×平×仄平平厶,×平×厶,×仄平平。

〔幺篇〕换头 必须增句,增句在第四句下,四字句或六字句,每句叶平韵。

平平，平平，×仄平平，×仄平平。×
半×、×仄平平，×平×仄平平ム，×××
×、×仄平平。×平×仄平平ム，×平×
仄，×仄平平。

醉扶归 小令兼用。亦入〔越调〕、
〔双调〕。南曲不同。

×仄平平仄，×仄仄平平（上）。×仄
平平仄仄平，×仄平平ム。×仄平平ム平
（上），×仄平平去。

醉中天 小令兼用。亦入〔越调〕、
〔双调〕。前五句与〔醉扶归〕同，常互相
误题。

×仄平平ム，×仄仄平平。×仄×平
×ム平（上），×仄平平ム。×仄平平仄平
（上），×平平去，×平×ム平平。

金盏儿 又名〔醉金盏〕。第五、六两
句及第七、八两句均须对。

仄平平，仄平平（上）。×平×仄平平
ム，×平×仄ム平平。×平平仄仄，×仄
仄平平。×平平仄仄，×仄仄平平。

雁儿 又名〔醉雁儿〕、〔单雁儿〕。

×仄平平平平去，×仄×，仄平平。
平，仄平平。

忆王孙 小令兼用。又名〔画娥眉〕、
〔柳外楼〕。宋词牌同，但词全叶平韵，曲
末句多叶上韵。

×平×仄仄平平，×仄平平平去平

（上），×仄×平平去平（上）。ム平平，×
仄平平平去上（平）。

一半儿 小令兼用。即〔忆王孙〕，末
句定格嵌入两个“一半儿”。曲中多用此
体，用〔忆王孙〕者甚少。

×平×仄仄平平，×仄平平平去平，
×仄×平平去平。ム平平，一半儿平平一
半儿上。

玉花秋

仄仄仄、平平去，仄仄×、×平去平
（上）。×仄平平×仄平（上），×仄仄平
平，×仄平平平去上。

四季花 小令用。亦入〔商调〕。

×平×仄仄平平，×仄仄平平。×平
×仄平平ム，×仄仄平平。仄平平，×平
×仄仄平平。

其二 剧套用。有〔幺篇〕，须连用。
×平×仄仄平平，×××、仄平平ム。
×平×仄平平ム，×仄仄平平。仄平平，
×平×平平平。

〔幺篇〕 与始调稍异。
×平×平×平ム，×××、仄仄平平。
×平×仄平平ム。××仄，仄平平，×平
×仄平平。

穿窗月

仄平平、仄仄平平，仄平平、平去平，
平平仄仄平平仄。平平仄，仄平平，×平

仄仄×平仄。△

大安乐

平平仄仄平平厶,平平仄仄仄平平,△×平平仄仄平平。仄仄平,平仄仄平平。△

翠裙腰　散套首牌。

×平×仄平平去,×仄仄平平,△×平×仄平平仄。仄平平,平平仄仄平平。△△

六幺遍　小令兼用。亦入〔中吕〕。与〔正宫〕不同。〔幺篇〕用否均可。同诸宫调。

平平仄,平平厶。▲×平×仄,×仄平平。△平平厶×,平平厶×。△×平×仄平平去,平平,×平×仄仄平平。△

上京马　与〔商调〕不同。

平平去,×平平仄,×仄平×厶平×。△去,×仄×、平平去。△

绿窗愁

仄仄平平去,×仄仄平平。仄仄平平△仄仄平,平仄平平去。仄仄平平去上,平仄仄,平平平,×仄平平去上(平)。△

袄神急　散套首牌。又名〔袄神儿〕。与〔双调〕不同。

×平平仄×,×仄仄平平。×仄平平,×仄平平仄,×平×仄平,×平平仄。△平平仄×平厶平,×平平厶平,仄仄平平。△

六幺令　散套首牌。同宋词、诸宫调。南曲不同。有〔幺篇〕换头,须连用。亦入〔中吕〕。

平平×仄,×仄仄平平。△×平×仄,×平×仄仄平平。△×仄平平×仄,×仄平平。△×平×仄,×平×仄,仄平平仄平平。△

〔幺篇〕换头　首句换为六字,第三句平仄有异。

仄仄平平×仄,×仄仄平平。△×仄平平,×平×仄仄平平。△×仄平平×仄,×平×仄,×平×仄,仄平平仄平平。△

锦橙梅　小令用。

×××、仄去平,×××、去平平。△×平×仄仄平平,×××、平平去。△×平×仄平,×××平,平××、仄平平。△仄平平,×××、平平仄。△

三番玉楼人　小令用。

×仄平平仄,×仄仄平平。△×仄×平×仄平(上),×仄平平去。△仄平平,平平,×平平平,×平×仄平。△×平仄平,×平×去,×仄仄平平。△

太常引　小令用。同宋词牌。有〔幺篇〕换头,须连用。

×平×仄仄平平,×仄仄平平。△×仄仄平平,×仄仄、平平厶平。△

〔幺篇〕换头　首句换为四字二句。

×平×仄，×平×仄，×仄仄平平。
×仄仄平平，×仄仄、平平ム平。

赚煞　又名〔赚煞尾〕、〔赚尾〕。
仄平平，平平ム，×××、平平ム上（平）。×仄平平×ム上（平），仄×××、×仄平平（上）。仄平平，×仄平平，×仄平平×仄平（上）。×平仄平，×平平去，平×仄仄平平。

上马娇煞　散套用。
〔上马娇〕（首至四）×仄平，×仄平（上），×仄仄平平，×平×仄平平去。〔煞〕（末二句）×平×仄，×平平仄仄平平。

后庭花煞　散套用。
〔后庭花〕（首至六）×仄仄平平，平平仄仄平。×仄平平仄，平平仄仄平。仄平平，×平×仄，〔煞〕（末句）×平平仄仄平平。

南 吕 宫

一枝花　套数首牌。与词牌〔满路花〕（辛弃疾词名〔一枝花〕）及南曲小异。北曲初期有用南曲体者。除第五句外，均作对句。诸宫调异。
×平×ム平，×仄平平ム。×平平ム×，×仄仄平平。×仄平平，×仄平平ム，平平×ム平。仄×平、×仄平平，×××、

×平去上（平）。

梁州第七　次牌。亦简称〔梁州〕。首二句对，第三句单句，四字句四句作两对，七字二句对，七字三句鼎足对。二字句两句可并成四字一句，减一韵。第十一及十七句，剧套皆叶韵，散套可不叶。
××仄、×平ム上（平），仄×平、×仄平平。×平×仄平平ム。×平×仄，×仄平平。仄平平、×仄平平，仄平平、×仄平平。仄平平、×仄平平，××仄、×平ム上（平），仄平平、×仄平平。×平，仄平（上）。×平×仄平平ム，平仄仄平去。×仄平平×仄平，×仄平平。

隔尾　此实〔南吕〕尾正格，此尾后尚联他曲，故称[隔尾]。亦入〔黄钟〕、〔中吕〕，但只能作尾声用。
×平×仄平平ム，×仄平平×仄平。×仄平平仄平ム。仄平，仄平，×仄平平去平上。

牧羊关　诸宫调入〔高平〕。首二句可减为三字句，或增为七字句。末四句如五言诗两联，不宜用散句。
×仄平平仄，×平仄仄平（上），仄×平、×仄平平。×仄平平，平平去平（上）。×平平仄仄，×仄仄平平。×仄×平仄，×平平去平。

骂玉郎 小令兼用。又名〔瑶华令〕。与南曲不同。本曲带〔感皇恩〕、〔采茶歌〕合为带过曲，不能单用一曲。套数中亦须连用。

×平×仄平平去，××仄、仄平平，×平×仄平平去。×仄×，平厶平(上)，平平去。

感皇恩 小令兼用。宋词、诸宫调不同。

×仄平平，×仄平平。仄平平，平仄×，仄平平。平平仄×，×仄平平。仄平平，平仄仄，仄平平。

采茶歌 小令兼用。又名〔楚江秋〕。

仄平平，仄平平，×平×仄仄平平。×仄×平平去上(平)，×平×仄仄平平。

玄鹤鸣 又名〔哭皇天〕。第五句前或后，皆可增四字句三、四句，以不叶韵为宜。

×仄平平仄，×平×仄平(上)。平平×仄，×仄仄平平。×××、平平去上(平)；×仄平平×仄平。×平×仄，平平去上(平)。

乌夜啼 与词牌不同。

×平×仄平平厶，×平×、×仄平平。×平×仄平平去，×仄平平，平仄平平。×平平仄仄平平，×平×仄平平去。仄×平，×平去，×平×仄，×仄平平。

贺新郎 与宋词、诸宫调、南曲均不同。

×平×仄仄平平，×仄平平、×平平去。×平×仄平平去，仄××、×平去上(平)，仄××、×仄平平。×平平仄仄，仄仄平平，×平×仄平平去。×平平仄仄，×仄仄平平。

草池春 又名〔斗虾蟆〕、〔絮虾蟆〕、〔虾蟆序〕。例须增句，第三句下增四字或六字句，多少不拘，每句叶韵。两个二字句，均可改为四字句。

×平仄，×仄×，×仄平平。平平、×平×仄平平去。平×仄，×仄平，平平×平仄仄，×仄平平。

红芍药 与〔中吕〕不同。本曲必与〔菩萨梁州〕连用。

×平×仄仄平平，×仄平平。×平×仄仄平平，×仄平平。仄平平、×仄平(上)，仄平×、×仄平平。×平×仄仄平平，×仄仄平平。

菩萨梁州 集曲。

〔鹌鹑儿〕(首至五)×仄平平，平平上去。平平去平(上)，×仄平平，×平×仄仄平平。〔菩萨蛮〕(首二句)×平×仄平平去，×平×仄平平去。〔梁州第七〕(末三句)×平仄，×平去，×仄平平×仄平，×仄平平。

玉交枝　小令兼用。又名〔玉娇枝〕。亦入〔双调〕。南曲小异。本曲带〔四块玉〕合为带过曲。

平平平去，ㄨ仄平平ㄨ平(上)。ㄨ平ㄨ仄平平去，ㄨㄨㄨ，ㄨ仄平。平平ㄨㄨㄨㄙ平(上)，ㄨ平ㄨ仄平平去，仄ㄨ平平去上，平仄平平去上。

四块玉　小令兼用。

ㄨㄙ平，平平仄，ㄨ仄平平仄平平，平ㄨ仄平平ㄙ平。ㄨㄙ平，ㄨㄙ平(上)，平去平(上)。

梧桐树　亦入〔双调〕。南曲不同。

ㄨ仄平平去，ㄨ仄仄平平。ㄨ平ㄨ仄平平ㄙ，ㄨ仄平平去。

鹌鹑儿　可增句，第七句下增四字三句或四句，每句叶平韵。本曲与〔中吕斗鹌鹑〕同，亦有题作〔斗鹌鹑〕者，惟〔南吕〕可增句，〔中吕〕不可增句。

ㄨ仄平平，平平ㄙ上(平)。ㄨ仄平平，平平ㄙ上(平)。ㄨ仄平平平仄仄，仄ㄨㄨ，ㄨ仄平。仄仄平平，平平去上(平)。

干荷叶　小令用。又名〔翠盘秋〕。亦入〔中吕〕、〔双调〕。此调〔南吕〕专作小令用，〔中吕〕、〔双调〕只作联套用。

ㄨ平ㄨ，仄平平，仄仄平平去。仄平平，仄平平，ㄨ平ㄨ仄平平平，ㄨ仄平平去。

金字经　小令兼用。又名〔阅金经〕、〔西番经〕。亦入〔双调〕。小令用者多，用入〔双调〕联套只一见。

ㄨ仄ㄨ平仄，仄平平仄平，ㄨ仄平平ㄨ仄平。平，ㄨ平平去平。平平去，仄平平仄平。

煞　与〔正宫〕、〔般涉〕、〔越调〕不同。紧接尾声前，可连用二支，按逆序计数。

ㄨ平ㄨ仄平平ㄙ，ㄨ仄平平ㄨ仄平，ㄨ平ㄨ仄仄平ㄙ。ㄨ仄平平，ㄨㄨㄨ平ㄨ仄。ㄨ仄ㄨ平仄，ㄨ仄平平ㄨ仄平，ㄨ仄平平。

黄钟尾　亦入〔黄钟〕、〔正宫〕。〔隔尾〕首二句起；中间三字句多少不拘，须双数，宜对偶，每句或隔句叶韵均可；〔黄钟·尾声〕末二句作结。

ㄨ平ㄨ仄平平ㄙ，ㄨ仄平平ㄨ仄平。ㄨ仄平，ㄨㄙ平(上)……ㄨㄨㄨ、ㄨ仄平平，ㄨㄨ去平平去上。

其二　中间增三字句同上，再增四字句，须双数，宜对偶，隔句叶仄韵。首末同上。

ㄨ平ㄨ仄平平ㄙ，ㄨ仄平平ㄨ仄平。ㄨ仄平，ㄨㄙ平(上)……ㄨ仄平平，ㄨ平ㄨ仄……ㄨㄨㄨ、ㄨ仄平平，ㄨㄨ去平平去上。

尾声　亦入〔黄钟〕、〔中吕〕。用〔隔尾〕本格。应直题〔尾声〕或〔尾〕，不宜再题〔隔尾〕。

其二　增句格一。〔隔尾〕首二句，下增三字句若干，须双数，宜对偶，平仄不拘，隔句叶韵，宜平仄调谐。末四句仍用〔隔尾〕。

×平×仄平平厶，×仄平平×仄平。仄平平，×××仄……×仄平平仄平厶。仄平，仄平，×仄平平去平上。

其三　增句格二。增三字句同前。再增四字句若干，须双数，宜对偶，隔句叶仄韵。首末同上。

×平×仄平平厶，×仄平平×仄平。仄平平，×××仄……×仄平平，×平×仄……×仄平平仄平厶。仄平，仄平，×仄平平去平上。

中 吕 宫

粉蝶儿　套数首牌。与词牌、南曲小异。

×厶平平，××平、仄平平去，××平、×仄平。仄×平，平平仄，×平平去。×仄平平，××平、仄平平去。

醉春风　次牌。亦可作首曲。与词牌同，惟词牌一字句三叠，曲牌只二叠，三叠者不多。一字句上，常多用衬字。亦入〔正宫〕、〔双调〕。

×仄仄平平，×平平去上(平)。×平×仄仄平平，上，上。×平平，仄平×仄，仄平平去。

叫声　亦入〔正宫〕。第二句首二字叠用，且有暗韵。

×仄仄平平，仄×仄××平厶，×仄平平仄×平。

迎仙客　小令兼用。诸宫调同。南曲略同。亦入〔正宫〕。

×仄平，仄平平，×平仄平平仄平(上)。仄平平，×去平(上)。×仄平平，×仄平平去。

石榴花　亦入〔正宫〕。诸宫调、南曲略同。

×平×仄仄平平，×仄仄平平。×平×仄平平，×××、×仄平平。×平仄仄平平去，×××、×仄平平。×平×仄平平去，×仄仄平平。

斗鹌鹑　亦入〔正宫〕，与〔越调〕大致相同。

×仄平平，平平去上。×仄平平，×平去上(平)。×仄平平仄仄平(上)，×平×、仄×平(上)。×仄平平，平平去上(平)。

上小楼　小令兼用。亦入〔正宫〕。有〔幺篇〕换头，小令不用，套数宜用。

×平厶平(上)，×平平去。×仄平平，×仄平平，×仄平平。仄×平，×仄平(上)，×平平去，仄平×、仄平平去。

〔幺篇〕换头　首二句各换为三字句。余同始调。

×仄平，×仄×。×仄平平，×仄平平，×仄平平。仄×平，×仄平（上），×平平去，仄平×、仄平平去。

快活三　小令兼用。亦入〔正宫〕。本曲可带〔朝天子〕，又可带〔朝天子〕、〔四边静〕或〔朝天子〕、〔四换头〕为带过曲。

平平×仄平，××仄平平。×平×仄仄平平，仄仄平平去。

朝天子　小令兼用。又名〔谒金门〕、〔朝天曲〕。亦入〔正宫〕、〔双调〕。两字句可重韵。

仄平（上），仄平（上），×仄平平去。×平×仄仄平平，×仄平平去。×仄平，平平平去，×平×仄平（上）。仄平（上），仄平（上），×仄平平去。

四边静　小令兼用。亦入〔正宫〕。与南曲异。

平平平去，×仄平平×仄平。平平×ㄙ，平平平去，×平ㄙ平，×仄平平ㄙ。

四换头　小令专用。与〔四边静〕全同，惟末句上多四字一句，叶平仄韵均可。

满庭芳　小令兼用。又名〔满庭霜〕。亦入〔正宫〕、〔仙吕〕。与词牌不同。第六、七句可作六字句。

平平仄平（上），×平×仄，×仄平平。×平×仄平平去，×仄平平。××仄、平平仄×，××平、×仄平平。平平去，平去平（上），×仄仄平平。

红绣鞋　小令兼用。又名〔朱履曲〕。亦入〔正宫〕。首二句对。第四、五句多作五字对句。与南曲异。

×仄平平平去，×平×仄平平（上），×平平仄仄平平。平×仄，仄平平，×平平去上（平）。

鲍老儿　亦入〔正宫〕。

×仄平平×仄平，×从平平去。×仄平平×仄平（上），×仄平平去。×平×仄，×平×仄，×仄平平。×平×仄，×平×仄，×仄平平。

古鲍老　亦入〔正宫〕。

×平仄平（上），××仄平×仄平（上）。×平仄平（上），××仄平×仄平（上）。平×仄，仄仄平，平平去。仄平平、×仄平，×仄×、平平去，×仄平平去。

红芍药　与〔南吕〕不同。南曲亦异。

×仄平平，×ㄙ平平，×仄平平仄平平，×仄平平。平平仄，仄仄平，仄×平×去。×仄平平，×仄平平，×仄仄、×仄平平。

剔银灯　与南曲略同。诸宫调异。

×××、平平仄平，×××、×平平去。×平×仄平平去，仄××、×仄平平。平×××、×仄平，平平ㄙ平（上）。

蔓菁菜　首二句可作六字折腰句。

仄平平仄平平去，仄平平仄仄平平。

×平去平(上)，×仄平平仄平平，×仄平
平去。

普天乐　亦入〔正宫〕。与南曲异。

仄平平，平平去。×平×仄，×仄平
平。×仄平，平平仄。×仄平平平平去，
仄平平、×仄平平。××仄平，平平×仄，
×仄平平。

柳青娘　亦入〔正宫〕。诸宫调异。

×平厶平(上)，××仄、仄平平。×
平厶平(上)，××仄、仄平平。平平仄仄
××平(上)，×××、×平厶平(上)，仄平
×，×仄平平。仄平平，××厶，仄平平。

道和　又名〔道合〕。亦入〔正宫〕。
首二句叠。第四句下必增句，格式复杂，
一般增七字和三句字。末句上亦可增四
字句二至四句。各增句均须叶韵。

×平(上)，平平(上)，平平×仄仄
平，仄平平。×平仄仄平平厶。×平仄仄
平平厶，×平仄仄平平厶。×平仄仄平平
厶，×平×仄厶平平。

醉高歌　小令兼用。又名〔最高楼〕。
亦入〔正宫〕。与词调〔西江月〕近似。

×平×仄平平，×仄平平去上(平)。
×平×仄平平厶，×仄平平去上(平)。

十二月　小令兼用。亦入〔正宫〕。
本曲带〔尧民歌〕合为带过曲。每句首常
加三衬字。

平平仄上(平)，×仄平平。平平厶
上，×仄平平。平平仄×，×仄平平。

尧民歌　小令兼用。亦入〔正宫〕。
第五句首二字可独立成句，下句再叠二字
成七字句。

×平平仄仄平平，×仄平平仄平平。
×平×仄仄平平，仄仄平平仄平平。平平
平平仄仄平，×仄平平去。

喜春来　小令兼用。又名〔喜春风〕、
〔阳春曲〕、〔喜春儿〕。亦入〔正宫〕。

×平×仄平平厶，×仄平平×仄平，
×平×仄仄平平。平去上(平)，×仄仄
平平。

摊破喜春来　〔喜春来〕第三句破为
三个三字句，每句上再加三字成六字折
腰句。

×平×仄平平厶，×仄平平×仄平。
××仄、仄平平，××仄、平平仄，××仄、
仄平平。平去上(平)，×仄仄平平。

卖花声　小令兼用。亦入〔双调〕。

×平×仄平平仄，×仄平平仄仄平，
×平×仄仄平平。×平×仄，×平平去，
仄平平、仄平平去。

乔捉蛇　小令用。诸宫调略同。

×仄仄平平，仄平平去上。×平×仄
×平，仄平仄平平仄上。平仄仄，仄仄
平，×平平去上。仄平平仄平平上。

齐天乐　小令兼用。亦入〔正宫〕。与词牌不同。本曲带〔红衫儿〕合为带过曲。

平平仄仄平平(上)，×仄平平去。平平，平(上)，×仄平平。仄平平、×仄平平，平平，×仄平平，××仄平(上)。×仄平平，×仄平平。×仄平，平平去，×仄平平。

红衫儿　小令兼用。亦入〔正宫〕。南曲不同。

×仄平平去，×仄平平去。仄平平，仄平平，×仄平平去。仄平平，平平平，×仄平平去上。

山坡羊　小令兼用。又名〔苏武持节〕。亦入〔黄钟〕、〔商调〕。与南曲小异。

平平平去，平平平去，×平×仄平平去。仄平平，仄平平，×平×仄平平去，×仄×平平厶上(平)。平，×去平(上)；平，×去平(上)。

尾声　亦入〔正宫〕、〔南吕〕、〔般涉〕、〔越调〕。首二句末字宜均用平声，或一平一上，不可均用上声。

×平×仄平(上)，×平×仄平(上)。×平×仄×平厶，×仄平平去平上。

卖花声煞　散套用。

〔大石随煞〕(全)×平×仄×平厶，×平×、×仄平平，×仄×平×平去。〔卖花声〕(末三句)×平×仄，×平平去，仄平平、仄平平去。

大石调

念奴娇　套数首牌。小令兼用。又名〔百字令〕。与宋词牌全同。

×平×仄，仄、×平×仄，平平平仄。×仄×平平仄仄，×仄×平平仄。×仄平平，×平×仄，×平平平仄。×平×仄，仄平平仄平仄。

六国朝　套数首牌。亦可联入套中。全曲须作对句。第五七、六八句为隔句对。

×平×仄，×仄平平。×仄仄平平，×平×仄上。×仄平仄，×仄平平。×仄×平×，平平厶上。×××、平平仄仄，×××、仄仄平平。×仄仄平平，×平平去上。

卜金钱　又名〔初问口〕。第三句及第六句，可破为两个五字句。

×仄平平，×平平去，×平×仄平平厶。仄×平，平平厶，×平×仄平平去。

归塞北　又名〔望江南〕、〔喜江南〕。亦入〔仙吕〕。与词牌〔望江南〕全同。

平×仄，×仄仄平平。×仄平平平×仄，×平×仄仄平平，×仄仄平平。

雁过南楼　与南曲不同。

×××、×平仄仄，×××、×仄平平。×仄平，平平仄，×××、仄平平仄。×××、仄仄平，×××、平平去，×××、仄平平去。

喜秋风　第四、五两句可并为七字一句，作"×平×仄仄平平"。

×××、仄×平，×××、仄平仄，×平×仄×平去。×平×仄平平去，仄平平、仄平仄。

怨别离　又名〔常相会〕。

×平平仄仄平平，×平平，平仄仄。×仄平平平平仄，平仄仄，×仄平平仄仄平。

净瓶儿　末句中多用叠字作衬。

×仄平平仄，×仄平平上。×平平上，×仄平平。平平，平×仄，×仄平平仄去平(上)。平平去，×平平仄仄平平。

好观音　散套首牌。亦入〔仙吕〕。〔幺篇〕同始调，用否均可。末二句可并一句。

×仄平平×平ム，×平×、仄平平。×仄平平仄仄平，仄平平、×平平平ム。

催花乐　又名〔擂鼓体〕、〔擂鼓棒〕。

×平×仄仄平平，平平平仄，平平仄。×仄平平平去平(上)，×仄平平平去上(平)。

青杏子　散套首牌。亦入〔小石〕。

入〔小石〕又名〔青杏儿〕，作小令用。〔幺篇〕同始调，用否均可。

平仄去平平，仄平平、×仄平平。×平仄仄平平ム，×平仄仄，平平×仄，×仄平平。

蒙童儿　散套用。又名〔憨郭郎〕。

×平平去×，××仄平平。×仄平平仄，仄平平。

还京乐　散套用。同诸宫调。

×仄平平平平ム，×××仄平平。×仄平平ム上，××仄仄平平。平平×仄，×平×、仄平仄。仄仄平平ム上，仄仄平平，平平×仄。×平×仄平平，仄仄平平平去，仄仄平平。×××、平平仄仄，×××、平平仄仄，仄平平、仄仄平平。平平去，(叠)，仄平仄平去平(上)。平平×仄，仄仄平平。

催拍子　散套用。有〔幺篇〕换头，须连用。换头首三句作"平平ム上(平)，平平ム上(平)，×××、仄平平去"。以下同始调。

××仄、平平×平(上)，×××、仄仄平平。仄平平去，×××、×仄平平，×仄仄、×平平ム。仄平×ム，×平×仄，×仄平平，×仄平平，仄平平去。×平×仄，×仄平平，×仄平平，×平平去。×平×仄，仄仄平平，平平×仄，×仄平平，仄××、仄平平厶。

　　茶蘼香　散套用。有〔幺篇〕换头，须连用。

仄仄平平上，仄仄平、平平平去，仄仄去平平。平平仄仄平去上，×仄平平，平仄夫平。平平仄、仄仄平平，仄平平、平平去上，平仄仄、平平去上。

　　〔幺篇〕换头　与始调不同。

仄仄平平，平平上去，平平仄仄平平去。仄仄仄，平仄仄，平平平去。平仄仄、仄仄平平，仄平平、仄平平去。

　　蓦山溪　散套首牌。较词调减去数句。有〔幺篇〕换头，须连用，首句换为两个三字句，作"平仄仄，仄平平"，以下同始调。

平平仄仄，仄仄平平去。平仄仄平平，仄仄平平×去。仄×平×，平仄平平。

　　初生月儿　小令用。

×平仄平平去平（上），×仄平平×去平（上），×平仄仄平去平。仄平平，平去平（上），×平×、仄仄平平。

　　随煞　散套用。亦入〔双调〕。与〔仙吕〕、〔越调〕不同。此为〔随煞〕最初形式，《广正谱》列为首格。

×仄平平平平厶，×平×、×仄平平，×仄平平上平去。

　　其二　较前格多第三句七字。

×仄平平平平厶，×平×、×仄平平。×仄平平仄仄平，×仄平平上平去。

　　其三　较首格多第三句四字。

×仄平平去平上，×仄平平仄去上（平）。××仄平（上），×仄平平上平去。

　　赚煞　散套用。《广正谱》题〔带赚煞〕。与〔仙吕〕不同。

×仄平平平平仄，×××、仄平平上。×仄平平仄×仄，×平×仄平平上。唱道×仄平平，×平×仄仄平平（上）。仄×，×仄平平厶平去。

　　玉翼蝉煞　〔玉翼蝉〕为诸宫调曲牌，元北曲用其第四换头全部加增句，作尾声用。

〔玉翼蝉〕（第四换头首四句）×平×仄，×仄×平，×仄×平，×平×仄。（增四字句）×平×仄，×平×仄，×平×仄，×平×仄，×平×仄，×平×仄。×仄×平，×平×仄，×平×仄，×平×仄，×仄×平×仄。（增三字句）平×仄，平平，平×仄，平平仄，平×仄，仄平平。
〔玉翼蝉〕（第四换头第五句）仄仄平平，（增四字句）仄仄平平，仄仄平平，仄仄平平，〔玉翼蝉〕（末句）×仄×平平去上。

小　石　调

　　青杏儿　小令用。又名〔青杏子〕。

〔幺篇〕同始调，须连用。即词牌〔捉拍丑奴儿〕。亦入〔大石〕。入〔大石〕作散套首曲用，〔幺篇〕用否均可；入〔小石〕作小令用，须连〔幺篇〕。

平仄仄平平，仄平平、×仄平平。×平仄仄平平厶，×平×仄，平平×仄，×仄平平。

恼杀人 散套首牌。〔幺篇〕句法不同，须连用。〔小石〕仅此三曲为一套。

仄仄平平平去，平平仄仄平平。平仄仄仄平平，仄平平、平仄仄，仄仄平平平上。〔幺篇〕仄仄平平平去，平平仄仄平去。平平仄平平上去，×平平去，仄仄仄仄上去。

伊州遍 有〔幺篇〕，须连用。

仄仄×平，平平仄仄，平平仄平平上去。仄仄平平仄，平平仄仄，平平×仄平上。仄平平、平平×仄，仄仄平平，平平仄仄平上去。平平×仄×平上，平×仄、×平仄平，仄平平上。

〔幺篇〕 与始调句式相同，平仄小异。

仄平仄仄，平平平仄，平平仄仄平去上。×平仄仄仄，仄仄平平，平平仄仄平平。仄仄平、平平×仄，平平平仄，平平仄仄平去上。平平×仄×平去，平×仄、×平仄平，仄仄平去。

尾声

平平仄仄平平去，×平仄仄平平去。平仄仄平平，平平×去上。

般 涉 调

哨遍 散套首牌，剧套联入套中。有〔幺篇〕换头。亦入〔中吕〕。与宋词、诸宫调略同。

×仄×平×厶，×平×仄平平厶。×仄×平平平，仄×平、×仄平平。××仄、×平×仄，×仄平平，×仄×平厶。×平×仄，×平×仄，×仄平平。×平×仄平平，×仄×平仄平平。×仄平平，×仄平平，×平厶上（平）。

〔幺篇〕换头 散套用否均可，剧套不用。首末句与始调不同，末句上少两句，余同始调。

×仄平平，×平×仄平平去。×仄×平仄仄平，仄×平、×仄平平。×××、平×仄，×仄平平，×仄×平厶。×平×仄，×平×仄，×仄平平。×平×仄仄平平，×仄×平仄平平。×××、×仄平平。

麻婆子 又名〔脸儿红〕。〔幺篇〕同始调，须连用。与诸宫调同。南曲略同。

×仄×平仄，×平×仄×，×仄平平仄，平平仄仄平。×平×仄仄平平，×平

×仄仄平平。×仄平平仄,×平×仄平
（上）。

墙头花 有〔幺篇〕换头,须连用。诸宫调常用曲。
×平×仄,×仄×平仄,×仄平平仄仄平。×××、×仄平平,×××、平平去上(平)。

〔幺篇〕换头 诸宫调首句仍四字,不换头。
×平×仄平,×仄×平仄,×仄平平仄仄平。×××、×仄平平,×××、平平去上(平)。

〔幺篇〕再换头
×平仄仄×,×平仄××,平平仄仄平,平平仄仄平。×××、×仄平平,×××、平平去上(平)。

急曲子 又名〔促拍令〕。诸宫调常用曲。
×××、平平仄仄,×××、仄仄平平。×××、平平仄仄,×××、平平仄仄。×平×仄仄平平,×仄×平平仄。

耍孩儿 又名〔魔合罗〕。散套可作首牌,剧套联入套中。〔幺篇〕同始调,用否均可。亦入〔正宫〕、〔中吕〕、〔双调〕。诸宫调同。南曲不同。
×平×仄平平仄,×仄平平厶上(平)。×平×仄仄平平,×平×仄平平。×平×仄平平仄,×仄×平×仄平。平平

去,×平×仄,×仄平平。

煞 亦入〔正宫〕、〔中吕〕、〔双调〕。第四句起同〔耍孩儿〕。联套时位于〔耍孩儿〕之后,〔尾声〕之前。可用若干支,冠以数字,多用逆数。
平×仄,仄×平,×平×仄平平仄。×平×仄平平厶,×仄平平仄仄平。平平去,×平×仄,×仄平平。

尾声 亦入〔正宫〕、〔南吕〕、〔中吕〕、〔越调〕。
×仄×,×仄上(平),×平×仄×平厶,×仄平去平平上。

商 角 调

黄莺儿 散套首牌。同诸宫调。南曲不同。〔幺篇〕用否均可。首二字句叠用。
平上,平上,仄平×仄,平平仄去。仄平平、仄仄平平,平平去上。

〔幺篇〕 句法同始调,平仄多异。首二字句不叠,末句叠前句末四字。
上去,平平,平平仄仄,平平去上。平仄仄、仄平平上,平平平上。

踏莎行 与词牌、南曲均不同。
仄仄平平,×平×去。×平平仄,仄仄平平。×仄平平,平平仄仄。平平去,仄平平去。

盖天旗

平平×仄,平仄平平×仄。仄仄平平,平平×仄。××平,平×仄。×仄平平,仄平平去。

应天长　与词牌、诸宫调均不同。

×仄平(上),×仄上(平)。×仄平平,平平仄厶。仄仄平平平去上(平)。平平去,平平仄,×平平去。

垂丝钓　与宋词不同。

平平仄上(平),×仄平平上去。去、仄仄平平,仄仄平平平去上(平)。仄仄平平,×平平去。

尾声　五言六句,须对,成三联。

×仄仄平平,×仄平平仄。×仄仄平平,×厶平平厶。×仄仄平平,平平去平上。

商　调

集贤宾　套数首牌。与宋词、南曲不同。〔幺篇〕同始调,用者甚少。第七句平仄同首句,但首句叶平韵者极少,第七句叶平韵者较多。末二句须对。

×平厶平平去上(平),×仄仄平平。×××、×平×厶,×××、×仄平平。×××、×仄平平,×××、×仄平平。×平厶平平去上(平),×××、×仄平平。×平平仄仄,×仄仄平平。

逍遥乐　次牌。与宋词不同。

×平平去,×仄平平,×平厶上(平)。×仄平平,×平×、×仄平平。×仄×平×厶平(上),×××、×仄平平。×平×仄,×仄平平,×仄平平。

挂金索　亦入〔黄钟〕。通体四字五字连环句,平分四排。

×仄平平,×仄平平去;×仄平平,×仄平平去;×仄平平,×仄平平去;×仄平平,×仄平平去。

金菊香　一套中可连用两三支,或隔以他调亦可。

×平×仄仄平平,×仄平平×仄平(上),×平仄平平去平(上)。×仄平平,×仄仄平平。

上京马　〔仙吕·上京马〕亦入〔商调〕,与此不同。此曲与〔金菊香〕句式大致相同。

×平×仄仄平平,×仄平平×仄平(上),仄×××平平去上。×××、×仄平平,×平×仄仄平平。

醋葫芦　一套中可用至十余支,连用或隔以他调均可。

×厶平,×厶上(平)。×平×仄仄平平,×仄×平平去上(平)。×平平去,×平×仄仄平平。

梧叶儿　小令兼用。又名〔知秋令〕。

亦入〔仙吕〕。与南曲不同。

　　平平厶,平厶平(上),平仄仄平平。平平去,×仄平,仄平平,×仄×、平平厶平(上)。

　　双雁儿　亦入〔仙吕〕,名〔双燕子〕。末二句可作五字句。

　　×平×仄仄平平,×××,×厶上(平),××平平×平去。×××、×厶平(上),仄×平、×去上(平)。

　　望远行　小令兼用。与词牌不同。

　　×平仄仄仄平平,仄×平、×厶平。×平平仄仄平平,仄仄平平去,平平去。平平仄、仄平,平平仄、去上(平),×平仄仄仄平平。平××、仄仄平平,×平×平平去。

　　凤鸾吟

　　×仄平,仄平平、平去平(上),仄平平、×去平(上)。×平厶上(平),×平厶上(平),×××、×平平去。×仄平,平平去,××平、×仄平平。

　　凉亭乐　小令兼用。

　　仄仄平平仄平平,仄仄平平。平平仄仄仄平平,×仄平平仄。×平仄仄,平平去上,×仄平平仄仄平,平平仄、平去平。

　　玉抱肚　散套首牌。亦入〔双调〕。诸宫调大同小异。与南曲不同。〔幺篇〕换头,首句四字上多三字,余同始调。

　　仄平平去,××平、仄平平上。平平仄仄平平,平×仄平平仄。仄平仄仄平平,×××仄平平平(上),仄平平,仄仄平,平平上,仄平平上。×平仄×,平平×仄,平平仄仄,平仄平平(上)。

　　浪来里　又名〔浪里来〕。亦作尾声用。此曲与〔醋葫芦〕全同,惟〔醋葫芦〕可连用至十余支,〔浪来里〕只用一支,如用两支,须他曲隔开;〔浪来里〕可作尾声用,〔醋葫芦〕则不能。

　　高过浪来里　第八句下可增四字一句至四句,平仄同第八句。

　　×仄平平,×仄平平,×仄平平,×平×仄平平去。×平平仄仄,×仄仄平平。×仄平平,×仄平平,×仄平平去平上。

　　高平煞　又名〔高平调煞〕。增句同上。

　　〔高平调尾〕(首二句)平平×仄仄平平,×仄平平厶上。〔高过浪来里〕(全)×仄平平,×仄平平。唱道×仄平平,×平×仄平平去。×平平仄仄,×仄仄平平。×仄平平,×仄平平,×仄平平去平上。

　　随调煞　《正音谱》题〔尾声〕。

　　平平仄仄平平去,×平平仄,×仄仄平平。平仄仄,仄平平,仄仄平平去平上。仄平平去,仄平平仄仄平平。

越　调

斗鹌鹑　套数首牌。与〔中吕〕小异。〔中吕〕第五句七字，此破为两个四字句；〔中吕〕第六句为六字折腰句或四字、三字句，此则为两个三字句。第二、四、六、末诸句均以作"×平去上"为起调。

×仄平平，×平厶上（平）。×仄平平，×平厶上（平）。×仄平平，×平厶上（平）。××厶，××上（平）。×仄平平，×平厶上（平）。

紫花儿序　次牌。〔幺篇〕同始调，用否均可。

×平×仄，×仄平平，×仄平平。×平×仄，×仄平平。平平，×仄平平×厶平。×平平去，×仄平平，×仄平平。

金蕉叶　偶作楔子。宋词不同。南〔越调〕引子略同。

×仄平平厶平（上），×仄平平厶平（上）。×仄平平厶平（上），×仄平平厶上（平）。

调笑令　又名〔含笑花〕。与宋转踏同。

×平（上），仄平平，×仄平平×仄平（上）。×平×仄平平去，×平×平平去。××仄平平厶平（上），×平×仄平平。

小桃红　小令兼用。与南曲不同。
×平×仄厶平平，×仄平平厶。×仄

平平厶平去，仄平平，×平×仄平平去。×平厶平，×平×厶，×仄仄平平。

秃厮儿　又名〔小沙门〕。与南曲不同。

×仄×平仄上（平），×平×仄平平，平平厶平平厶平（上）。×××，仄平平，平平。

圣药王　首句及第四句不叶韵者极少。

××平（上），××平（上），×平×仄仄平平。××平（上），××平（上），×平×仄仄平平，×仄仄平平。

麻郎儿　有〔幺篇〕换头，须连用。

平平仄平（上），×仄平平。×××、×平仄平（上），×××、×平×去。

〔幺篇〕换头　第一句六字三韵短柱体，为此曲精彩处。如用上声韵，则须全部用上声。

仄平（上）仄平（上）厶平（上），××、×仄平平。×××、平平厶平（上），×××、×平平去。

络丝娘　有〔幺篇〕，略同始调，用者甚少。第一句下可增四字句三至六句，每句或隔句叶韵。

×××、×平厶上（平），×××、平平厶上（平）。×××平仄平厶，×平×厶。

小络丝娘　〔络丝娘〕首二句，故云小。《西厢记》前四本第四折后用之，不拘宫调。亦入〔双调〕。

×××、×平厶上，×××、平平厶上。

东原乐

平平去，×仄平，××平××平去。×仄平平×仄平，×平厶，×××、仄平平去。

绵搭絮　〔幺篇〕同始调，用者甚少。第四句下可增四字句，隔句叶韵，平仄与上四句同。

×平×厶，×仄平平，×平×仄，×仄平平。×仄平平×厶平，×仄平平×厶平（上）。×仄平平，×平×厶平（上）。

拙鲁速　第六句下可增四字一句或二句，须叶韵。有〔幺篇〕，用否均可。

仄××、仄平平，仄××、仄平平。×平厶平（上），仄平厶平。×仄平平仄平仄，仄××、×仄平平，仄××、平去×。

〔幺篇〕首四句同始调，第五句起改用四字句，不拘多少，每句叶韵。末句同始调。

仄××、仄平平，仄××、仄平平。×平厶平（上），仄平厶平。×平×仄，×仄平平……仄××、平去×。

天净沙　小令兼用。

×平×仄平平，×平×仄平平，×仄平平厶上（平）。×平平厶，×平×仄

平平。

鬼三台　又名〔三台印〕。

平平去，平平去，平平厶上（平）。×仄，仄平平，平平厶上（平）。×平仄×平厶平，×平仄×平厶平。×仄平平，平平去上。

耍三台　〔幺篇〕同始调。诸宫调略同。

仄×平、平平去，仄××、×平厶平（上）。×××、平平×去，×××、×仄平平。×仄平平仄仄平，×××、×仄平平。仄××、×厶平平，×××、平平去仄。

雪里梅　又名〔雪中梅〕。〔幺篇〕同始调，用否均可。诸宫调同。

×仄厶平平，×仄厶平平。×仄平平，×平×仄，平平厶平（去）。

酒旗儿　与〔双调〕不同。

仄仄仄平平，×仄平平去，××仄、仄平平。×平仄仄仄平，××仄、平平去。×××、平平去平（上），×平×仄平平去。

眉儿弯　第六句二字句叠用上句末二句。

平×仄，平仄仄，×××、仄仄平平。×仄×平去平去，仄、仄平去上，去上，去平上。仄仄平平，平平仄仄。

送远行

平平仄仄平，×仄仄平平，×仄平平

仄仄平。仄仄平平×仄仄,仄平平仄平平。

寨儿令　小令兼用。又名〔柳营曲〕。与〔黄钟〕不同。第七、八两句可作六字句。多对句。

×仄平,仄平平,×平仄平平厶平(上)。×仄平平,×仄平平,×仄仄平。仄×平、×厶平平,仄×平、×仄平平。×平平仄仄,×仄仄平平。平,×仄仄平平。

黄蔷薇　小令兼用。本曲带〔庆元贞〕为小令带过曲。套数亦须连用。

仄平平去上(平),××仄平平。×仄平平厶上(平),×仄平平厶上(平)。

庆元贞　小令兼用。

×平×仄仄平平,×平×仄厶平平,×平×仄仄平平。平平×厶×,×仄仄平平。

古竹马　有〔幺篇〕换头,用否均可。

×平平去,×平平去,×平上去,×仄仄、仄仄平平。仄仄平,平平仄仄,仄仄平平。仄平,仄平,仄仄平平,仄仄平平,××平平仄平,仄仄平平。

〔幺篇〕换头　与始调不同。

×××、仄仄平平,×××、平平平上。仄平,仄平,仄仄平平,仄平去上。仄仄平平平去上,×仄×平,×平×仄,×仄,仄仄平平。

青山口　诸宫调大同小异。

仄平(上)仄平(上)去平平(上),×平×仄平(上)。仄平(上)仄平(上)仄×平(上),×平×仄仄。×平×仄平(上),×平×仄平(上)。仄平(上)仄平(上)平仄仄,×仄×仄平仄仄,×平×仄仄×平。×平×仄×仄平。平平厶平平,平厶平平。平平仄仄,仄仄平平。×平平去,×仄平平。

南乡子　散套首牌。与词牌同,但不用〔幺篇〕。

×仄仄平平,×仄平平×仄平。×仄平平仄仄,平平,×仄平平×仄平。

梅花引　套数首牌。与词牌不同。

平仄平平×仄平,平仄平平平去平。仄平平,仄平平,平平仄仄,平平×去平(上)。

凭阑人　小令兼用。与诸宫调不同。

×仄平平×厶平,×仄平平×厶平。×平平厶平,×平平去平。

煞　与〔正宫〕、〔南吕〕、〔般涉〕不同。

×仄仄平平,×仄仄平平。仄仄×仄平,仄仄×仄平。×仄平平,×平平去,平去,×仄×平仄仄平。

收尾　又名〔尾〕、〔尾声〕、〔随煞〕。

×平×仄平平去,×仄平平去上(平)。××仄平平,平平去平上。

双　调

新水令　套数首牌。〔幺篇〕同始调，用者极少。第三、四句本三字，普遍多作五字，须对句。第五句下可增四字句，平仄同第五句，每句叶韵。南曲引子异。

×平×仄ム平平,仄平平、仄平平去。×平平仄仄,×仄仄平平。×仄平平,×仄ム平去。

驻马听　次牌。小令兼用。〔幺篇〕同始调，用者极少。首四句须作扇面对。五、六句亦须对。南曲略同。

×仄平平,×仄平平平ム上(平);×平×ム,×平×仄仄平平。×平×仄仄平平,×平×仄平平ム。平ム上(平),×平×仄平平ム。

驻马听近　散套首牌。亦可联入套中。首六句同〔驻马听〕，结处小异。有〔幺篇〕换头，用否均可。亦可单用〔幺篇〕。

×仄平平,×仄平平平ム上。×平×仄,×平×仄仄平平。×平×仄仄平平,×平×仄平平仄。仄平平,平平ム,仄平平。

〔幺篇〕换头　较始调减去一、三两句。

×仄平平平仄仄,×平×仄仄平平。×平××仄仄平,×平×仄平平ム。仄平

平,平×ム,仄平平。

沉醉东风　小令兼用。首二句对。三、四句可作五字句,亦须对。末句偶有叶平韵者。与南曲异。

××仄、平平ム上(平),××平、×仄平平。×仄平,平平仄。仄平×、×仄平平,×仄平平仄仄平,××仄、平平去上(平)。

雁儿落　小令兼用。本曲带〔得胜令〕或〔清江引〕、〔碧玉箫〕合为带过曲。四句宜作两对。亦入〔商调〕。

×平×仄平(上),×仄平平去。×平×仄平(上),×仄平平去。

得胜令　〔雁儿落〕、〔得胜令〕入套数亦须连用。如能首四句作两联,后四句作两排,较为整齐。亦入〔商调〕。

×仄仄平平,×仄仄平平。×仄平平去,×平×仄平(上)。平平,×仄平平去;平平,×平×ム平(上)。

乔牌儿　可作散套首牌。〔幺篇〕同始调,用者甚少。诸宫调同。

×平平ム上(平),×仄仄平平去。×平×仄平平去,×平平去上(平)。

滴滴金　又名〔甜水令〕。与南曲不同。

×仄平平,×平×仄,×平平去,×仄仄平平(上)。×仄平平,×平×仄,平ム,×××,×仄平平。

折桂令　小令兼用。又名〔蟾宫曲〕、〔步蟾宫〕、〔天香引〕、〔秋风第一枝〕。第九句下可增四字句若干，平仄同上。小令以增一句者为多，不增句者反少。今以增一句者为定格。第五、六两个四字句，可合并为上三下四的七字句。

×××、×仄平平，×仄平平，×仄平平。×仄平平，×平×仄，×仄平平。×××、×平厶上(平)，×××、×仄平平。×仄平平，×仄平平，×仄平平，×仄平平。

锦上花　散套可作首牌。有〔幺篇〕换头，须连用。与南曲不同。

×仄平平，×平×去。×仄平平，×仄平平。×仄平平，×平×上(平)。×仄平平，×平厶上(平)。

〔幺篇〕换头　首二句换为五字句，余同始调。

×××仄平，×××平去。×仄平平，×仄平平。×仄平平，×平×上(平)。×仄平平，×平厶上(平)。

碧玉箫　小令兼用。首四句作两排。第九句一字偶有减去者。

×仄平平，××仄平平；×仄平平，×仄平平。×平平仄平(上)，×平平仄平。平仄平(上)，×仄平平去，平、××平平去。

搅筝琶　诸宫调略同。第七句下可增二字句，并可再增四字句若干。

平平去，×仄仄平平。×仄平平，×平厶上(平)。×××，仄平平，×仄平平。×平×仄平厶平(上)，×仄平平。

清江引　小令兼用。又名〔江儿水〕。可代尾声用。与南曲〔江儿水〕不同。

××仄平平去上(平)，×仄平平去。×平平厶平，×仄平平去，××仄平平去上(平)。

步步娇　小令兼用。又名〔潘妃曲〕。与南曲小异。

×仄平平平平去，×仄平平去。平去上(平)，×仄平平仄平平。仄平平，×仄平平去。

落梅风　小令兼用。又名〔寿阳曲〕。平平厶，×仄平(上)，仄××、仄平平去。×平仄平平去上(平)，仄××、仄平平去。

乔木查　散套可作首牌。又名〔银汉浮槎〕。有〔幺篇〕换头。

仄平平仄上，平仄平平上，仄仄平平去上。仄平平仄仄，仄平平上。

〔幺篇〕换头　散套始调连〔幺篇〕作首牌，仅一例。联入套中，只用〔幺篇〕，不用始调。

平平去上(平)，×仄平平仄，×仄平平去上(平)。×平平厶×，×仄平平。

庆宣和　小令兼用。末两句须叠；亦可合为四字一句。诸宫调同。

　　×仄平平×ム平(上)，×仄平平。×仄平平仄平×，去上(平)，去上(平)。

水仙子　小令兼用。又名〔凌波仙〕、〔凌波曲〕、〔湘妃怨〕、〔冯夷曲〕。亦入〔中吕〕、〔南吕〕。首二句宜对。六、七句可作五字,宜对;亦可作两个四字句,与末句相配。南曲略同。

　　×平×仄仄平平，×仄平平平ム平。×平×仄平平去，平平平ム平(上)，仄平平、×仄平平。平平ム，×仄平，×仄平平。

庆东原　小令兼用。首二句对。四、五、六句作鼎足对。末二句可减为两个三字句,宜对。

　　平平仄，×ム平(上)，×平×仄平平去。平平ム上(平)，×平仄平，×仄平平。×仄仄平平，×仄平平去。

沽美酒　小令兼用。又名〔琼林宴〕。本曲作小令须带〔太平令〕或〔快活年〕合为带过曲,联套须带〔太平令〕。

　　平平×仄平(上)，×仄仄平×，×平平去平(上)。平平ム上(平)，××、×、仄平去。

太平令　小令兼用。亦入〔正宫〕。可代尾声用。第五、六、七句为三个两字句,文义独立或连贯均可,谓之短柱体。

短柱体偶有增至四句或减为两句者。

　　×仄×、×平平去，×××、×仄平平，×××、×平平去，××仄、×平×去。仄平(上)，仄平(上)，仄平(上)，×××、×平平去。

夜行船　散套可作首牌。〔幺篇〕同始调,用否均可。与宋词异。

　　×仄平平平ム平(上)，×××、×从平平。×仄平平，×平平ム，×××、×仄平平去。

挂玉钩　又名〔挂搭沽〕、〔挂搭钩〕、〔挂金钩〕。首四句作两排。五、六句及七、八句均宜对。

　　×仄平平×仄平(上)，×仄平平ム；×仄平平×仄平，×仄平平去。仄仄平，平平去。×仄平平，×仄平平。

挂玉钩序　有〔幺篇〕换头,用否均可。〔幺篇〕将始调首二句换为"平平，×仄×平，×仄平平"三句,以下全同。

　　仄×平，平平仄。×仄平平，×仄平。×××，平平ム，仄仄平平。平平，仄仄×，平平去，××平、×平平。×仄平平仄，×仄平平，×仄平平。

川拨棹　与南曲不同。第四句下可增四字句若干,以增一、二句者为多,平仄同第四句,每句叶韵。末句下亦可增句,先将末句五字破为六字折腰句,增句同上,可增一至三句。首句多加衬字成六字折腰句。
　仄平平，ㄨ平平厶上（平）。ㄨ仄平平，ㄨ仄平平。ㄨㄨㄨ、ㄨㄨ仄平，ㄨ平平去平（上）。

七弟兄　首三句或文义连贯，或各自独立，均无不可。
　ㄨ平（上），ㄨ平（上），厶平平，ㄨ平ㄨ仄平平厶。ㄨ平ㄨ仄仄平平，ㄨ平ㄨ仄平去。

梅花酒　本曲变格甚多，不遍举。末句下可增六字折腰句若干，不增者甚少，每句叶韵。
　ㄨㄨㄨ、仄仄平，ㄨ仄平平，ㄨ仄平平，ㄨ仄平平。ㄨ平ㄨ厶平，ㄨㄨ仄平平。ㄨㄨㄨ、仄平平（上）。

收江南　又名〔喜江南〕。可代尾声用。
　ㄨ平ㄨ仄仄平平，ㄨ平ㄨ仄仄平平，ㄨ平ㄨ仄仄平平。ㄨ、ㄨ平厶上（平），ㄨ平ㄨ仄仄平平。

小将军
　平平平仄平，ㄨ仄仄平平（上）。仄平ㄨㄨ平平仄，仄仄平去上。

小阳关
　ㄨ仄仄、ㄨ去上（平），ㄨ仄仄、仄平平。仄仄平平，仄仄平平，ㄨㄨ平、平去上。

拨不断　小令兼用。又名〔续断弦〕。末句上三字可省。本曲另一种分段法：首二句对，中三句鼎足对，末句独立。
　仄平平，仄平平，ㄨ平ㄨ仄平平厶。ㄨ仄平平ㄨ仄平，ㄨ平ㄨ仄平平厶，仄ㄨㄨ、仄平平去。

太清歌　又名〔太平歌〕。第五句二字句可省。第八句可改五字句，平仄为"ㄨ平平仄平"。此曲前后，必用〔小煞〕一支。〔小煞〕见下。宋词略同。
　ㄨ平ㄨ仄平平仄，ㄨ仄平平。ㄨ仄平平，仄仄平平。平平，ㄨ平ㄨ仄平平厶，仄平ㄨ、ㄨ仄平平。ㄨㄨㄨ、ㄨ平去上，ㄨ仄仄平平。

小煞　用于〔太清歌〕前后各一支。
　ㄨ平ㄨ仄平平厶，ㄨ平ㄨ仄平平厶。

镇江回
　ㄨ仄平平ㄨ仄平（上），平ㄨ仄、仄平平。ㄨ平ㄨ仄平平去，ㄨㄨ平ㄨ仄平平，ㄨㄨㄨ、仄平平去。

阿纳忽　小令兼用。又名〔阿那忽〕。首尾四字句，多作上三下二之五字句。
　ㄨ仄平平，ㄨ仄平平。平ㄨ仄平平仄，ㄨ仄平平（上）。

风入松　小令兼用。散套可作首牌。与词牌同，但只作半阕。与南曲大致相同。第二句亦可作四字。
　ㄨ平ㄨ仄仄平平，ㄨ仄仄平平。ㄨ平

×仄平平仄,仄平×、×仄平平。×仄平
平×仄,×平×仄平平。

胡十八　小令兼用。末两个三字句,
多增为五字句或六字折腰句。

×厶平,仄平去,×仄×、仄平平,×
平×仄仄平平。仄×、仄×,×厶平,仄
平去。

一锭银　小令兼用。本曲带〔大德
乐〕合为带过曲。

×仄平平×仄平,仄平平。××
×、平平平去,仄仄平平。

大德乐　小令用。

仄仄平平仄仄平,×仄平平,平平仄
仄平。平平×仄×,平平×仄平。平平×
仄平,平平×仄上(平)。×仄平×,平平
×仄平(上)。×仄平平,平平×仄平。

乱柳叶　亦入〔中吕〕。第四、五两个
五字句可减一句。

仄平平、×仄平平,×××、仄平平
去。×平×仄平平去,×仄平平去,×仄
平平去。仄平、仄×、平×仄、仄×去。

豆叶黄　诸宫调同。南曲不同。七
字句以上之四字句可增二句,以下之四字
句可增至六句。

×仄平平,×仄平平。×仄平平,×
平×仄。×仄平平×厶平(上),×仄平
平,×仄平平,×仄平仄。

捣练子　与词牌、南曲末二句小异。

平仄仄,仄平平,×平×仄仄平平。
×××、仄平平,×××、上去平。

早乡词　又名〔枣乡词〕、〔早香词〕、
〔早乡儿〕。

仄平平,平去平(上),仄平×、去×平
平。仄平平、平去仄,仄平平平,仄平平厶,×
平平、×仄平平。

石竹子　又名〔石竹花〕。同唐竹
枝歌。

×仄平平×厶平(上),×平仄仄平厶
平。仄仄平平仄平去,×仄平平×仄平。

山石榴　有〔幺篇〕换头,须连用。

仄平平,平平厶。×平×仄平平仄,
×仄平平去。

〔幺篇〕换头　首句增二字暗韵,句末
增一韵。第二句三字仄平平,亦可作平平
去,同始调。

平平(上)×仄平,仄平平。×平×仄
平平厶,×仄平平去。

醉娘子　又名〔真个醉〕、〔醉也摩
娑〕。首末三个五字句均可改为七字句,
末三字嵌入"也摩"二字,并叠用。第三、
四句散套有不叶韵者。

×仄仄平平,×平仄平平。×仄平
平,×仄平平,×仄仄平平。

相公爱　又名〔驸马还朝〕。二字句
可省。末句可作七字句。

仄仄平平仄仄平，仄×平平仄平平。×平，×平平厶平，平平仄、仄平平。

小拜门 有作〔不拜门〕者，"不"为"小"字之误。第四句首二字须叠第三句。

仄×平平仄×平，×仄平平×平去。平平，平平×去平（上），平平平去。

慢金盏 又名〔金盏子〕。

×平平，×平平平，×仄平、平平去。×平平仄，××平平，×仄平平，平平仄仄。××平×平平厶，×平平（上）、平平厶。

大拜门

仄仄平平，平平去平，×××、平平平厶。平平仄平，×平去平，×××、平仄平平。

也不罗 又名〔野落索〕。

仄平平，仄平平，×仄平平去。×平×仄平平厶，仄仄平平去。

小喜人心 或无"小"字。

平平平厶，厶平平厶，仄××、平平去平，仄仄平平去上。仄平平去，×仄平平，×仄平平。×仄平平去，仄×平平去。

大喜人心 散套用。第一、二句首二字叠用。

平平平平仄仄平，仄仄仄仄平平去。仄仄平、平平去，仄平平、仄仄平。

风流体 每句中间必须增加衬字。

平平×、×去平（上），×平仄、平平厶。仄××、×仄平，仄××、平×去。

忽都白 又作〔古都白〕。

仄仄平平，仄仄平平，平也么平。×××平平，×平平去，×仄平平，×平平去。××平平厶，××平平厶。

倘兀歹 又作〔唐兀歹〕、〔倘古歹〕、〔唐古歹〕。

×仄平平仄平平，×仄平平。×仄×平仄平上（平），畅好是平平也么平。

大德歌 小令兼用。亦入〔商调〕。

×平平，仄平平，×仄平平×厶平（上）。仄仄平平去，×××、仄仄平。×平×仄平平去，仄仄仄平平。

荆山玉 又名〔侧砖儿〕。亦入〔黄钟〕、〔南吕〕。末句可作五字或七字句。

平平仄仄平平厶，×平×仄仄平平。×仄平平去，×仄×、仄平平（上）。

竹枝歌 与唐竹枝歌异。

×仄平平×仄平，×仄平平×仄平。×平×仄平平，×平平仄仄，×仄仄平平。平平，×仄仄平平。

春闺怨 小令兼用。亦入〔商调〕。

×仄平平，平平去上。×平×仄仄平，×平×仄平平去。平去平，×厶平平，×仄仄平。

牡丹春 亦入〔正宫〕、〔商调〕。

平平×仄平(上)，×仄仄平平，×平×仄平平去。仄×平(上)，×仄仄平平。

对玉环　小令兼用。本曲带〔清江引〕合为带过曲。

×仄平平，×平×ム平。×仄平平，×平×去平(上)。×平仄仄平，×平平ム上(平)。×仄平平，×平×ム平(上)。×仄平平，×平平去平(上)。

五供养　剧套首牌。与南曲不同。

平仄×，仄平平，×××，×仄平平。平仄仄，仄平平，ム平平，×平ム，平平平去。平平去，平平ム上，×仄平平。

月上海棠　与南曲不同。有〔幺篇〕，须连用。〔幺篇〕同始调。惟第二句作"×仄平平仄平仄"，第三句须叶韵。

×平×仄平平仄，×仄平平×仄平。×仄仄平平，×仄×平仄去。平平上，仄仄平平去上。

殿前欢　小令兼用。又名〔小妇孩儿〕、〔风将雏〕、〔凤引雏〕。第六句可作三字。

仄平平，×平×仄仄平平。×平×平平去，×仄平平。平平仄仄平，×仄平平ム，×仄平平去。×平×仄，×仄平平。

殿前喜　小令兼用。

×平仄仄×平平，×平平去上。×平仄仄×平平，平去平，平平去。×平×仄

仄平平，×平平去平(上)。

行香子　散套首牌。〔幺篇〕同始调，用合均可。与词牌同。

×仄平平，×仄平平，××平、×仄平平。×平×仄，×仄平平。仄平平，平仄仄，仄平平。

天仙子　散套用。或作〔天仙令〕。与〔搅琵琶〕仅有细微差别。与词牌异。

平平ム，×仄仄平平。×仄平平，平平ム上(平)。×仄仄平平，×仄平平。×平仄×平ム平(上)，×仄平平(上)。

蝶恋花　散套首牌。与词牌同，但只用半阕。

×仄平平平去上，×仄平平，×仄平平上。×仄×平平去上，×平×仄平平上。

金娥神曲　散套用。又名〔神曲缠〕。四段各不相同，须全用。

仄×，仄上(平)，×仄×平平ム。平平ム平(上)，平×去平(上)，仄×仄、平平去。

〔幺篇〕第二

仄平(上)，平去，平×仄、平平平去，平×仄、平平平去，×××、平平ム上(平)，×××、平平×仄。

〔幺篇〕第三

仄平平去、平平仄、平平平去。××

×、×平×仄,×平×、×平平去,×平×、平平厶平(上),仄××、平平上去。

〔幺篇〕第四
去平,×平去平,仄×平、平去平(上)。去平,×平平去,×××、平去平。去上,仄平平去,仄×平、平去平。

间金四块玉 散套用。《新谱》:"盖全章四句,故云'四块玉';一、三两句相同,二、四两句相同,故云'间金'。"
平平仄仄仄仄去,平平×、仄仄平平。仄仄平平平平去,平仄仄、仄仄平平。

减字木兰花 散套用。与词牌全异。
平平仄仄平,仄仄仄平平,平平仄仄平平去。仄平平,仄仄仄平平。

快活年 小令用。与诸宫调不同。
×平×仄仄平平,平平平去平。×平×仄仄平平,×仄平平去。×仄平平去,平去上(平)。

新时令 小令用。
仄平平,平平仄平平;平仄仄,平平仄平平。仄仄平平,平平仄仄平;平平×,平平×平。平平仄仄平,×平仄仄平。仄仄平,平,平平仄仄平;仄仄平平,×××仄平。

十棒鼓 小令用。本曲带〔清江引〕合为带过曲,名〔三棒鼓声频〕。七字句、第三、四两字可叠用。

平平去上,平去平平。×平仄仄,×仄平平。×平仄×平仄×,平平平×。×平仄仄平平仄,平平平去。平平仄×平去上,平×上。平平仄×平去上,×去平平(上)。

秋江送 小令兼用。亦入〔商调〕。
平平去,平去平(上),×平仄仄×。×平×,平厶平,仄仄×平去平。平平厶平(上),×平去平,×仄平平去。平平仄平平,×仄平平去平,×平平仄仄平。

祆神急 小令用。与〔仙吕〕无大出入。
×平平仄平,×仄仄平去。平平仄,平平平去上。×平仄仄平,×平平去。平平去,平厶平。×平平厶平,仄仄平。

楚天遥 小令用。本曲与〔清江引〕合为带过曲。通首五字八句,极似词牌〔生查子〕。
×仄仄平平,×仄平平去。平平仄仄平,×仄平平去。×平×仄平,仄仄平平厶。×仄仄平平,×平平平去。

播海令 小令用。
平去平,仄仄平,平去平,仄平平、平去。平平仄、平去平,平平仄、仄仄平。

仄仄平平仄平平,平平平去平。

青玉案　小令用。与词牌略同,但只用半阕,第二句多"也么哥"三字。

平平仄仄平平去,平平×仄仄仄也么哥,仄仄平平平平仄。平平去上,仄去平平,平平平去上。

皂旗儿　小令用。又名〔酒旗儿〕。与〔越调·酒旗儿〕不同。亦入〔商调〕。

仄仄平平仄仄平,平平仄。平平仄仄平平,平仄仄、平平平去。

枳郎儿　小令用。首二句叠。

仄平平,仄平平,仄仄仄平平。仄仄平平平去平,平平平去,仄平平仄去平平。

得胜乐　小令兼用。与〔得胜令〕不同。

×厶平,平平厶,×××、平平去平(上)。×××、平平平去,×××、去平平(上)。

山丹花　小令用。第二、三两句叠用。末句叠上句末三字。

平平仄仄平仄平,平平平,平平平。平平仄仄平平,仄仄平平、平平平。

鱼游春水　小令用。与词牌不同。

仄平平,仄平平,×××平、仄去平平。×厶×平平×去,×仄平平平平去,平平仄厶平。

骤雨打新荷　小令用。即词牌〔小圣乐〕。有〔幺篇〕换头,须连用。〔幺篇〕首

句换为"平平平平仄仄"六字。余同始调。

仄仄平平,去、平平仄仄,平去平平。仄半半从,×从从半平。仄仄平平去上,仄平仄、×平平×。仄仄×,平平去平,×仄平平。

河西六娘子　小令用。末句可作七字句。

×仄平平仄×平,平平去、×平平,平×仄平平去。×厶仄平平,×厶仄平平,仄平平、仄仄平。

庆丰年　即〔庆东原〕减去四字一句。第三句平仄小异。

平×仄,平厶上,×仄×平平平去。平平厶上,×仄×平平。×仄仄平平,×仄平平去。

秋莲曲

平平去,仄平平。仄仄平平去,×仄平平,仄平仄平。×平×仄仄平平,仄仄平平去。

一绵儿麻

仄平平、平平去,平平×仄仄平平。平平仄、仄仄平,×仄平、平平去,仄仄平、仄仄平平。仄仄仄仄平平,×××、平平去上。

收尾　末二句可减首二字改作五字句。

×平×仄平平去,×××、平平去平

（上）。ㄨ平ㄨ仄仄平平，ㄨ仄平平去平上。

随煞 第二句下可增四字句二至四句，平仄为"ㄨ仄平平"，其第一句可不叶韵。

ㄨ平ㄨ仄平平厶，ㄨ平ㄨ仄平平厶。ㄨㄨㄨ、ㄨ仄平平，ㄨ仄平平去平上。

鸳鸯煞 第七句七字可破为四字、五字两句，平仄为"ㄨ仄平平，ㄨ仄平平去"。

ㄨ平ㄨ仄平平厶，ㄨ平ㄨ仄平平厶。ㄨ平ㄨ仄，ㄨ仄平平。畅道ㄨ仄平平，ㄨ平ㄨ仄，ㄨ仄平平平平去。ㄨ仄平平，ㄨ仄平平去平上。

离亭宴煞 第三句四字可改为二字句。末二句须对。

ㄨ平ㄨ仄平平厶，ㄨ平ㄨ仄平平厶。ㄨ平去平（上），ㄨ平ㄨ仄平平厶。ㄨ仄ㄨ，平平厶，ㄨ仄ㄨ平去上。ㄨ仄仄平平，平平去平上。

其二 《广正谱》注："可名〔鸳鸯带离亭宴煞〕。"

〔鸳鸯煞〕（首四句）ㄨ平ㄨ仄平平厶，ㄨ平ㄨ仄平平厶。ㄨ平ㄨ仄，ㄨ仄平平。

〔离亭宴煞〕（后五句）ㄨ仄ㄨ，平平去上，ㄨ仄ㄨ平去上。ㄨ仄仄平平，平平去平上。

歇指煞 一作〔歇拍煞〕。第四、五、六句可作三字句。五字三句鼎足对，两联五字句亦须对。

ㄨ平ㄨ仄平平厶，ㄨ平ㄨ仄平平厶。ㄨㄨ去上（平），ㄨ仄仄平平，平平仄仄，ㄨ仄平平厶。ㄨ平ㄨ厶平，ㄨ仄平平厶。ㄨ仄平平厶上（平），ㄨ仄仄平平，平平去平上。

离亭宴带歇指煞 〔歇指煞〕所有五字句均可变为三字句或七字句。

〔离亭宴〕（首二句）ㄨ平ㄨ仄平平厶，ㄨ平ㄨ仄平平厶。〔歇指煞〕（三至八）ㄨㄨ去上（平），ㄨ仄仄平平，平平仄仄，ㄨ仄平平厶。ㄨ平ㄨ厶平，ㄨ仄平平厶。〔歇指煞〕（三至八再作一遍）ㄨㄨ去上（平），ㄨ仄仄平平，平平仄仄，ㄨ仄平平厶。ㄨ平ㄨ厶平，ㄨ仄平平厶。〔离亭宴煞〕（末三句）ㄨ厶平平厶上，ㄨ仄仄平平，平平去平上。

（徐沁君）

元杂剧一览表

选集　　剧目	元刊杂剧三十种	脉望馆钞校杂剧	息机子元人杂剧选	元曲选	酹江集	柳枝集	古名家杂剧	顾曲斋元人杂剧选	元明杂剧	
马致远　江州司马青衫泪		×		×		×	×	×		5
马致远　太华山陈抟高卧	×	×	×	×			×			5
乔　吉　李太白匹配金钱记				×		×	×		×	5
乔　吉　玉箫女两世姻缘			×	×		×	×			5
谷子敬　吕洞宾三度城南柳		×	×	×		×	×			5
贾仲明　萧淑兰情寄菩萨蛮		×		×		×	×			5
王子一　刘晨阮肇误入桃源		×		×		×	×			5
关汉卿　温太真玉镜台				×		×	×	×		4
关汉卿　杜蕊娘智赏金线池				×		×	×	×		4
关汉卿　望江亭中秋切鲙		×	×	×			×			4
郑廷玉　看钱奴买冤家债主	×	×	×	×						4
马致远　半夜雷轰荐福碑				×	×		×		×	4
白　朴　唐明皇秋夜梧桐雨				×	×		×	×		4
马致远　破幽梦孤雁汉宫秋				×	×		×	×		4
马致远　马丹阳三度任风子	×	×		×			×			4
孟汉卿　张孔目智勘魔合罗	×			×	×		×			4
张寿卿　谢金莲诗酒红梨花				×		×	×	×		4
宫天挺　生死交范张鸡黍	×		×	×	×					4
郑光祖　迷青琐倩女离魂				×		×	×			4
郑光祖　㑇梅香骗翰林风月			×	×		×		×		4
秦简夫　东堂老劝破家子弟		×	×	×	×					4
罗贯中　宋太祖龙虎风云会		×				×	×			4
贾仲明　荆楚臣重对玉梳记			×	×		×	×	×		4

元曲鉴赏辞典

剧目 \ 选集	元刊杂剧三十种	脉望馆钞校杂剧	息机子元人杂剧选	元曲选	酹江集	柳枝集	古名家杂剧	顾曲斋元人杂剧选	元明杂剧	
贾仲明　铁拐李度金童玉女		×		×		×			×	4
石子章　秦修然竹坞听琴				×		×	×	×		4
关汉卿　感天动地窦娥冤				×	×		×			3
关汉卿　钱大尹智宠谢天香		×		×			×			3
关汉卿　包待制三勘蝴蝶梦		×		×			×			3
高文秀　须贾大夫谇范叔			×	×	×					3
郑廷玉　布袋和尚忍字记			×	×	×					3
郑廷玉　楚昭公疏者下船	×	×		×						3
王实甫　四丞相高会丽春堂				×		×	×			3
李文蔚　同乐院燕青博鱼		×		×	×					3
武汉臣　散家财天赐老生儿	×			×	×					3
李寿卿　月明和尚度柳翠			×	×			×			3
尚仲贤　洞庭湖柳毅传书				×			×	×		3
杨显之　临江驿潇湘秋夜雨				×			×	×		3
纪君祥　赵氏孤儿大报仇	×			×	×					3
张国宾　相国寺公孙合汗衫	×	×		×						3
岳伯川　吕洞宾度铁拐李岳	×			×	×					3
郑光祖　醉思乡王粲登楼				×	×			×		3
秦简夫　宜秋山赵李让肥		×	×	×						3
陆登善　河南府张鼎勘头巾		×		×			×			3
李唐宾　李云英风送梧桐叶				×			×	×		3
无名氏　玉清庵错送鸳鸯被			×	×				×		3
无名氏　王月英元夜留鞋记		×	×	×						3
无名氏　都孔目风雨还牢末		×		×				×		3
无名氏　锦云堂暗定连环计		×	×	×						3

珍藏本

剧目 ＼ 选集	元刊杂剧三十种	脉望馆钞校杂剧	息机子元人杂剧选	元曲选	酹江集	柳枝集	古名家杂剧	顾曲斋元人杂剧选	元明杂剧	
武汉臣　包待制智赚生金阁		×	×	×						3
无名氏　尉迟恭单鞭夺槊		×		×			×			3
关汉卿　包待制智斩鲁斋郎		×		×			×			3
白　朴　裴少俊墙头马上				×		×	×			3
乔　吉　杜牧之诗酒扬州梦				×		×	×			3
无名氏　包龙图智赚合同文字			×	×						2
无名氏　诸葛亮博望烧屯	×	×								2
关汉卿　关大王独赴单刀会	×	×								2
关汉卿　赵盼儿风月救风尘				×			×			2
关汉卿　钱大尹智勘绯衣梦							×	×		2
高文秀　黑旋风双献功		×		×						2
高文秀　好酒赵元遇上皇	×	×								2
郑廷玉　包龙图智勘后庭花				×			×			2
马致远　吕洞宾三醉岳阳楼				×			×			2
马致远　邯郸道省悟黄粱梦				×			×			2
尚仲贤　汉高皇濯足气英布	×			×						2
石君宝　李亚仙花酒曲江池				×				×		2
杨显之　郑孔目风雪酷寒亭				×			×			2
张国宾　薛仁贵荣归故里	×			×						2
戴善夫　陶学士醉写风光好				×			×			2
李好古　沙门岛张生煮海				×		×				2
康进之　梁山泊李逵负荆				×	×					2
范　康　陈季卿悟道竹叶舟	×			×						2
萧德祥　杨氏女杀狗劝夫		×		×						2
王　晔　桃花女破法嫁周公		×		×						2

元曲鉴赏辞典

剧目 \ 选集	元刊杂剧三十种	脉望馆钞校杂剧	息机子元人杂剧选	元曲选	酹江集	柳枝集	古名家杂剧	顾曲斋元人杂剧选	元明杂剧	
高茂卿 翠红乡儿女两团圆			×	×						2
贾仲明 李素兰风月玉壶春			×	×						2
无名氏 风雨像生货郎旦		×		×						2
无名氏 庞涓夜走马陵道		×		×						2
杨讷 马丹阳度脱刘行首				×			×			2
无名氏 硃砂担滴水浮沤记		×		×						2
张国宾 罗李郎大闹相国寺				×			×			2
无名氏 玎玎珰珰盆儿鬼		×		×						2
无名氏 随何赚风魔蒯通		×		×						2
无名氏 朱太守风雪渔樵记			×	×						2
无名氏 赵匡义智娶符金定			×	×						2
无名氏 萨真人夜断碧桃花			×	×						2
无名氏 孟德耀举案齐眉		×		×						2
无名氏 张公艺九世同居		×	×							2
无名氏 逞风流王焕百花亭		×		×						2
无名氏 崔府君断冤家债主		×		×						2
吴昌龄 张天师断风花雪月		×		×						2
无名氏 小尉迟将斗将认父归朝		×		×						2
关汉卿 诈妮子调风月	×									1
关汉卿 邓夫人苦痛哭存孝		×								1
关汉卿 关张双赴西蜀梦	×									1
关汉卿 闺怨佳人拜月亭	×									1
关汉卿 状元堂陈母教子		×								1
高文秀 刘玄德独赴襄阳会		×								1
郑廷玉 宋上皇御断金凤钗		×								1

剧目 \ 选集	元刊杂剧三十种	脉望馆钞校杂剧	息机子元人杂剧选	元曲选	酹江集	柳枝集	古名家杂剧	顾曲斋元人杂剧选	元明杂剧	
白　朴　董秀英花月东墙记		×								1
王实甫　吕蒙正风雪破窑记		×								1
李文蔚　张子房圯桥进履		×								1
李直夫　便宜行事虎头牌				×						1
吴昌龄　花间四友东坡梦				×						1
王仲文　救孝子贤母不认尸				×						1
李寿卿　说鱄诸伍员吹箫				×						1
尚仲贤　尉迟恭三夺槊	×									1
石君宝　鲁大夫秋胡戏妻				×						1
石君宝　诸宫调风月紫云亭	×									1
宫天挺　严子陵垂钓七里滩	×									1
费唐臣　苏子瞻风雪贬黄州		×								1
杨　梓　忠义士豫让吞炭							×			1
杨　梓　承明殿霍光鬼谏	×									1
杨　梓　功臣宴敬德不伏老		×								1
王伯成　李太白贬夜郎	×									1
李行道　包待制智赚灰阑记				×						1
狄君厚　晋文公火烧介子推	×									1
孔文卿　地藏王证东窗事犯	×									1
郑光祖　辅成王周公摄政	×									1
无名氏　包待制陈州粜米				×						1
无名氏　谢金吾诈拆清风府				×						1
刘唐卿　降桑椹蔡顺奉母		×								1
无名氏　冯玉兰夜月泣江舟				×						1
郑光祖　立成汤伊尹耕莘		×								1

剧目		元刊杂剧三十种	脉望馆钞校杂剧	息机子元人杂剧选	元曲选	酹江集	柳枝集	古名家杂剧	顾曲斋元人杂剧选	元明杂剧	
郑光祖	虎牢关三战吕布		×								1
金仁杰	萧何月下追韩信	×									1
秦简夫	晋陶母前发待宾		×								1
朱凯	昊天塔孟良盗骨				×						1
无名氏	刘玄德醉走黄鹤楼		×								1
无名氏	庞居士误放来生债				×						1
关汉卿	山神庙裴度还带		×								1
黄元吉	黄廷道夜走流星马		×								1
郑光祖	程咬金斧劈老君堂		×								1
贾仲明	吕洞宾桃柳升仙梦							×			1
无名氏	小张屠焚儿救母	×									1
无名氏	鲠直张千替杀妻	×									1
无名氏	金水桥陈琳抱妆盒				×						1
无名氏	狄青复夺衣袄车		×								1
无名氏	冻苏秦衣锦还乡				×						1
无名氏	摩利支飞刀对箭		×								1
无名氏	雁门关存孝打虎		×								1
无名氏	郑月莲秋夜云窗梦		×								1
无名氏	神奴儿大闹开封府				×						1
无名氏	刘千病打独角牛		×								1
无名氏	施仁义刘弘嫁婢		×								1
无名氏	苏子瞻醉写赤壁赋								×		1
无名氏	争报恩三虎下山				×						1
无名氏	瘸子李诗酒玩江亭		×								1
无名氏	十探子大闹延安府		×								1

选集 剧目		元刊杂剧三十种	脉望馆钞校杂剧	息机子元人杂剧选	元曲选	酹江集	柳枝集	古名家杂剧	顾曲斋元人杂剧选	元明杂剧	
无名氏	鲁智深大闹黄花峪		×							1	
无名氏	龙济山野猿听经						×			1	
无名氏	汉钟离度脱蓝采和						×			1	
无名氏	二郎神醉射锁魔镜						×			1	
无名氏	阀阅舞射柳捶丸记		×							1	
无名氏	两军师隔江斗智				×					1	
		30	69	25	100	17	23	42	21	3	330

附注：元杂剧《西厢记》有明清刊本甚多，均系单刊，故未列入上表。

（蒋星煜 蒋金戈）

篇目笔画索引

说　明

一、本索引包括作家姓名笔画索引、散曲篇目笔画索引、杂剧篇目笔画索引三个部分。

二、篇目按第一字笔画分先后,画数相同的按起笔一丨丿、一顺序排列。

三、篇目后面的数字,表示该篇目在本辞典中的页码。

作家姓名笔画索引

三　画

〔丿〕

大食惟寅 …………… 1310

〔一〕

马致远 ……………… 321
马谦斋 ……………… 1106

四　画

〔一〕

王大学士 …………… 1569
王子一 ……………… 1587
王元鼎 ……………… 1050
王仲元 ……………… 1304
王仲文 ……………… 509
王伯成 ……………… 703
王和卿 ……………… 24
王实甫 ……………… 419
王恽 ………………… 58
王举之 ……………… 1430
元好问 ……………… 3
无名氏 ……………… 1593

不忽木 ……………… 53

〔丶〕

亢文苑 ……………… 1312

〔一〕

孔文卿 ……………… 807
邓玉宾 ……………… 523
邓玉宾子 …………… 632

五　画

〔一〕

石子章 ……………… 724
石君宝 ……………… 550

〔丨〕

卢挚 ………………… 63
史九敬先 …………… 732

〔丿〕

白朴 ………………… 230
白贲 ………………… 790

〔丶〕

冯子振 ……………… 573
兰楚芳 ……………… 1566

六　画

〔丨〕

吕止庵 ……………… 1316

〔丿〕

朱凯 ………………… 1449
朱帘秀 ……………… 586
朱庭玉 ……………… 1362
乔吉 ………………… 916
任昱 ………………… 1238

〔丶〕

刘时中 ……………… 1005
刘秉忠 ……………… 16
刘庭信 ……………… 1510
刘敏中 ……………… 317
刘燕歌 ……………… 1521
关汉卿 ……………… 98

汤式 …………… 1525

〔一〕

孙叔顺 …………… 1320
孙季昌 …………… 1379
孙周卿 …………… 1288
纪君祥 …………… 647

七 画
〔一〕

苏彦文 …………… 1001
杜仁杰 …………… 20
李文蔚 …………… 494
李行道 …………… 799
李好古 …………… 679
李寿卿 …………… 512
李伯瑜 …………… 1370
李直夫 …………… 500
李洞 …………… 1056
李致远 …………… 1386
李爱山 …………… 1360
李德载 …………… 1372
杨立斋 …………… 1390
杨讷 …………… 1549
杨果 …………… 8
杨显之 …………… 637
杨梓 …………… 689
杨维桢 …………… 1489
杨朝英 …………… 1410
苧罗御史 …………… 890

〔丨〕

吴弘道 …………… 1084

吴西逸 …………… 1344

〔丿〕

伯颜 …………… 51
狄君厚 …………… 804

〔、〕

汪元亨 …………… 1470
宋方壶 …………… 1414

〔一〕

张可久 …………… 1129
张寿卿 …………… 815
张国宾 …………… 664
张鸣善 …………… 1397
张养浩 …………… 737
陆登善 …………… 1125
阿里西瑛 …………… 569
阿鲁威 …………… 1043
陈草庵 …………… 94
邵亨贞 …………… 1523

八 画
〔一〕

武汉臣 …………… 505
范居中 …………… 881
范康 …………… 864

〔丨〕

尚仲贤 …………… 527
罗贯中 …………… 1575

〔丿〕

岳伯川 …………… 707
金仁杰 …………… 862
周文质 …………… 903
周浩 …………… 1468
周德清 …………… 1436

〔、〕

郑光祖 …………… 832
郑廷玉 …………… 223

〔一〕

孟汉卿 …………… 792
贯云石 …………… 588

九 画
〔一〕

赵岩 …………… 91
赵孟頫 …………… 417
赵显宏 …………… 1354
赵禹圭 …………… 914
赵善庆 …………… 1090
胡祗遹 …………… 45
查德卿 …………… 1328

〔丿〕

钟嗣成 …………… 1457

〔、〕

施惠 …………… 886
宫天挺 …………… 818

元曲鉴赏辞典

〔一〕

费唐臣 ……………… 670
姚守中 ……………… 672
姚燧 ………………… 302

十 画
〔一〕

秦简大 ……………… 1114
班惟志 ……………… 1446
盍西村 ………………… 32
真氏 ………………… 1324
贾仲明 ……………… 1581
贾固 ………………… 1434
夏庭芝 ……………… 1508
顾德润 ……………… 1291

〔丨〕

柴野愚 ……………… 1432

〔丿〕

钱霖 ………………… 1248
倪瓒 ………………… 1494
徐再思 ……………… 1255

〔丶〕

高文秀 ……………… 205
高安道 ……………… 1306
高克礼 ……………… 1302
唐毅夫 ……………… 1357

十一画
〔一〕

曹德 ………………… 1295

〔丶〕

庚天锡 ……………… 319
康进之 ……………… 711
商挺 …………………… 40

十二画
〔丨〕

景元启 ……………… 1326

〔丿〕

程景初 ……………… 1377

〔丶〕

曾瑞 ………………… 867

十三画
〔丨〕

虞集 ………………… 1053
睢景臣 ……………… 899

〔丿〕

鲍天祐 ……………… 894

十四画
〔丿〕

鲜于必仁 …………… 630

十五画
〔丿〕

滕斌 ………………… 520

十六画
〔一〕

薛昂夫 ……………… 1060

十七画

戴善夫 ……………… 657

散曲篇目笔画索引

一 画

一半儿·春妆·春
绣 ………………… 1331
一半儿·题情（云鬓

雾鬓胜堆鸦·碧
纱窗外静无人·
银台灯灭篆烟
残·多情多绪小
冤家）…………… 98

一半儿·题情（书来
和泪怕开缄·将
来书信手拈着·
别来宽褪缕金衣）
……………………… 26

一枝花(琴声动鬼
　神)·············· 1312
一枝花·不伏老······ 133
一枝花·自序丑斋
　·················· 1464
一枝花·杭州景······ 131
一枝花·咏剑········ 886
一枝花·咏喜雨······ 787
一枝花·春日送
　别·············· 1519
一枝花·秋夜闻
　筝·············· 1447
一枝花·怨雪······ 1357
一枝花·蚊虫······ 1424
一枝花·旅中自
　遣·············· 1545
一枝花·渔隐······ 1680
一枝花·湖上归
　·················· 1235
一枝花·辞官······· 890
一枝花·赠朱帘秀
　·················· 127

二　画
〔一〕

十二月过尧民歌·
　别情·············· 420
十二月过尧民歌·
　相思·············· 1635

〔丿〕

人月圆(伤心莫问前
　朝事)·········· 1494

人月圆(惊回一枕当
　年梦)·········· 1496
人月圆·卜居外家
　东园(重冈已隔红
　尘断·玄都观里
　桃千树)·········· 3
人月圆·山中书事
　·················· 1129
人月圆·甘露怀古
　·················· 1255
人月圆·吴门怀古
　·················· 1138
人月圆·春日湖上
　(小楼还被青山
　碍)·············· 1140
人月圆·春晚次韵
　·················· 1131
人月圆·客垂虹··· 1135
人月圆·雪中游虎
　丘·············· 1133

三　画
〔一〕

三棒鼓声频·题渊
　明醉归图······ 1299
三番玉楼人(风摆檐
　间马)·········· 1615
干荷叶(干荷叶,色
　苍苍·干荷叶,色
　无多·南高峰,北
　高峰)············ 16
大德歌·冬········ 122
大德歌·春········ 118

大德歌·秋········ 121
大德歌·夏········ 119

〔丨〕

上小楼·隐居······ 1238
小桃红(一江秋水澹
　寒烟)·········· 1498
小桃红(采莲人和采
　莲歌)············ 10
小桃红(采莲湖上棹
　船回)············ 12
小桃红(满城烟水月
　微茫)············· 8
小桃红·杂咏(杏花
　开候不曾晴)····· 35
小桃红·杂咏(海棠
　开过到蔷薇)····· 37
小桃红·杂咏(绿杨
　堤畔蓼花洲)····· 39
小桃红·江岸水灯··· 32
小桃红·客船晚烟··· 34
小桃红·效联珠格
　·················· 932
小桃红·情········ 1662
小桃红·寄鉴湖诸
　友·············· 1219
小桃红·磕瓜······ 1370
小梁州·九日渡江
　二首(秋风江上棹
　孤舟·秋风江上
　棹孤航)·········· 1525
小梁州·春·夏·
　秋·冬············ 590

山坡羊（大江东去）
············ 1075
山坡羊（伏低伏弱） ··· 95
山坡羊（晨鸡初叫） ··· 96
山坡羊·长安怀古
············ 1096
山坡羊·书怀示友
人（羁怀萦挂） ··· 1533
山坡羊·未央怀古
············ 759
山坡羊·北邙山怀
古 ············ 755
山坡羊·冬日写怀
（冬寒前后） 929
山坡羊·冬日写怀
（朝三暮四）········ 928
山坡羊·西湖醉歌
次郭振卿韵 1015
山坡羊·闺思 ····· 1174
山坡羊·客高邮 ··· 1175
山坡羊·骊山怀古
（骊山四顾）······ 753
山坡羊·道情（青山
相待）············ 1417
山坡羊·寓兴 ······ 926
山坡羊·潼关怀古
············ 757
山坡羊·燕子 ····· 1094
山坡羊·燕城述怀
············ 1013

四 画
〔一〕

天净沙（平沙细草斑

斑）············ 1664
天净沙（西风渭水长
安）············ 1665
天净沙·冬（一声画
角谯门）············ 246
天净沙·江上 ····· 1221
天净沙·闲题（长江
万里归帆）········ 1344
天净沙·闲题（江亭
远树残霞）········ 1348
天净沙·闲题（楚云
飞满长空）········ 1346
天净沙·即事（笔尖
扫尽痴云·一从
鞍马西东·隔窗
谁爱听琴·莺莺
燕燕春春）········ 933
天净沙·春（春山暖
日和风）········ 241
天净沙·秋（孤村落
日残霞）········ 244
天净沙·秋 ····· 1362
天净沙·秋思 ····· 332
天净沙·夏（云收雨
过波添）········ 243
天净沙·探梅 ····· 1269
天净沙·鲁卿庵中
············ 1222
天净沙·湖上送别
············ 1224
天香引·忆维扬 ··· 1539
天香引·西湖感

旧 ············ 1537
太常引·饯齐参议
回山东 ············ 1521

〔丨〕

水仙子（夕阳西下水
东流）············ 1650
水仙子（打着面皂雕
旗招飑忽地转过
山坡）············ 1647
水仙子（东风花外小
红楼）············ 1503
水仙子（吹箫声断更
登楼）············ 1505
水仙子（青山隐隐水
茫茫）············ 1649
水仙子（转寻思转恨
负心贼·娘心里
烦恼怎儿知）··· 1654
水仙子（退毛鸾凤不
如鸡）············ 1645
水仙子（雪晴天地一
冰壶）············ 1410
水仙子（常记的离筵
饮泣饯行时）··· 1652
水仙子·为友人作
············ 965
水仙子·讥时 ····· 1406
水仙子·叹世 ····· 1422
水仙子·西湖废圃
············ 1193
水仙子·自足 ····· 1412

水仙子·杂咏 …… 1644

水仙子·次韵（蝇头
　老子五千言）…… 1189

水仙子·次韵金陵
　怀古 …… 1195

水仙子·寻梅 …… 962

水仙子·若川秋夕
　闻砧 …… 960

水仙子·咏江南 …… 775

水仙子·咏雪 …… 971

水仙子·夜雨 …… 1282

水仙子·居庸关中
　秋对月 …… 1420

水仙子·春情 …… 1284

水仙子·相思（恨重
　叠）…… 1515

水仙子·秋思（天边
　白雁写寒云）…… 1191

水仙子·重观瀑布
　…… 969

水仙子·怨风情 …… 967

水仙子·喻双陆 …… 1656

水仙子·喻纸鸢 …… 1658

水仙子·游越福王
　府 …… 958

水仙子·赠李奴
　婢 …… 1508

水仙子过折桂令·
　行乐（一春长费买
　花钱）…… 1660

〔、〕

斗鹌鹑·冬景 …… 1001

斗鹌鹑·送别 …… 1427

五　画

〔一〕

节节高·题洞庭鹿
　角庙壁 …… 64

平湖乐（采菱人语隔
　秋烟）…… 60

平湖乐·尧庙秋社 … 62

〔丨〕

归来乐（动不动说甚
　么玉堂金马）…… 1610

叨叨令（不思量尤在
　心头记）…… 1598

叨叨令（黄尘万古长
　安路）…… 1593

叨叨令（溪边小径舟
　横渡）…… 1595

叨叨令·自叹（筑墙
　的曾入高宗梦·
　去年今日题诗处）
　…… 904

叨叨令·悲秋 …… 906

叨叨令·道情（一个
　空皮囊包裹着千
　重气）…… 524

叨叨令·道情（白云
　深处青山下）…… 526

四块玉（官况甜）… 1007

四块玉·马嵬坡 …… 325

四块玉·天台路 …… 322

四块玉·风情（我事
　事村）…… 1566

四块玉·风情（意思
　儿真）…… 1568

四块玉·叹世（两鬓
　皤·带野花·佐
　国心）…… 329

四块玉·叹世（罗网
　施）…… 869

四块玉·巫山庙 …… 328

四块玉·别情 …… 101

四块玉·闲适（旧酒
　投）…… 105

四块玉·闲适（南亩
　耕）…… 108

四块玉·闲适（适意
　行）…… 103

四块玉·闲适（意马
　收）…… 106

四块玉·洞庭湖 …… 326

四块玉·浔阳江 …… 323

四块玉·客中九日
　…… 1181

四换头（东墙花
　月）…… 1634

四换头（两叶眉
　头）…… 1632

六　画

〔丿〕

朱履曲（那的是为官
　荣贵·才上马齐

声儿喝道·正胶漆当思勇退·弄世界机关识破) … 740
乔木查·对景 ……… 260
后庭花(西风黄叶疏) ……………… 1316
后庭花(清溪一叶舟) ……………… 417
后庭花·拟古(铜壶更漏残)………… 1524
后庭花·怀古(功名览镜看) ………… 1318
行香子·别恨 …… 1367

〔丶〕

庆东原(忘忧草) …… 253
庆东原·次马致远先辈韵九篇(山容瘦)………… 1185
庆东原·次马致远先辈韵九篇(诗情放)……………… 1184
庆东原·江头即事(低茅舍) ……… 1298
庆东原·京口夜泊 …………… 1544
庆东原·泊罗阳驿 …………… 1105
齐天乐过红衫儿·道情(人生底事辛苦)…………… 1170
齐天乐过红衫儿·

道情(浮生扰扰红尘) ……………… 1172

〔一〕

阳春曲(笔头风月时时过) ………… 310
阳春曲·知几(张良辞汉全身计) …… 236
阳春曲·知几(知荣知辱牢缄口) …… 234
阳春曲·春景(几枝红雪墙头杏·残花酝酿蜂儿蜜·一帘红雨桃花谢) ……………… 45
阳春曲·皇亭晚泊 ……………… 1266
阳春曲·题情(从来好事天生俭) …… 239
阳春曲·题情(轻拈斑管书心事) … 237
阳春曲·赠茶肆(金芽嫩采枝头露) ……………… 1375
阳春曲·赠茶肆(茶烟一缕轻轻扬) ……………… 1372
阳春曲·赠茶肆(蒙山顶上春光早) ……………… 1374
阳春曲·赠歌者韩寿香(半池暖绿鸳

鸯睡) …………… 1441
红绣鞋(一两句别人闲话) …………… 1625
红绣鞋(挨着靠着云窗同坐) ………… 597
红绣鞋(窗外雨声声不住) …………… 1624
红绣鞋·天台瀑布寺 …………… 1152
红绣鞋·宁元帅席上 …………… 1153
红绣鞋·虎丘道士 …………… 1155
红绣鞋·客况 …… 1415
红绣鞋·阅世 …… 1414
红绣鞋·晚秋 …… 1388
红绣鞋·湖上 …… 1240

七 画
〔一〕

寿阳曲(云笼月) …… 351
寿阳曲(从别后) …… 352
寿阳曲(心间事) …… 354
寿阳曲(鱼吹浪) …… 614
寿阳曲(新秋至) …… 616
寿阳曲·山市晴岚 …………… 346
寿阳曲·四时(紫心事) …………… 1350
寿阳曲·远浦帆归 …………… 348
寿阳曲·别朱帘秀 … 87

寿阳曲·答卢疏斋 ·············· 586

寿阳曲·潇湘夜雨 ·············· 349

寿阳春·厌纷 ······ 1360

折桂令（倚蓬窗无语嗟呀） ····· 1445

折桂令·九日 ······ 1206

折桂令·中秋 ······ 780

折桂令·忆别（想人生最苦离别，三个字细细分开）····· 1512

折桂令·忆别（想人生最苦离别，唱到阳关）····· 1514

折桂令·丙子游越怀古 ··········· 944

折桂令·归隐（叹天之未丧斯文）····· 1487

折桂令·过金山寺 ············· 914

折桂令·西陵送别 ············· 1211

折桂令·西湖 ······ 1101

折桂令·自述 ······ 940

折桂令·自叙 ······ 952

折桂令·次韵（唤西施伴我西游）····· 1209

折桂令·拟张鸣善 ············· 1501

折桂令·村庵即事 ············· 1204

折桂令·咏西域吉诚甫 ··········· 1243

折桂令·荆溪即事 ············· 949

折桂令·毗陵晚眺 ············· 954

折桂令·秋思 ······ 947

折桂令·送王叔能赴湘南廉使（正黄尘赤日长途）····· 1017

折桂令·客窗清明 ············· 939

折桂令·席上偶谈蜀汉事因赋短柱体 ············· 1053

折桂令·棋 ······ 631

折桂令·湖山堂 ··· 1103

折桂令·登姑苏台 ············· 941

折桂令·题《录鬼簿》············· 1468

折桂令·赠胡存善 ············· 1430

村里迓鼓·四季乐情 ············· 1676

〔J〕

迎仙客·秋夜 ······ 1150

〔、〕

沉醉东风（忧则忧鸾孤凤单）····· 114

沉醉东风（咫尺的天南地北）····· 112

沉醉东风（班定远飘零玉关）····· 777

沉醉东风·归田（二十载江湖落魄）····· 1485

沉醉东风·归田（远城市人稠物穰）····· 1483

沉醉东风·对酒 ······ 69

沉醉东风·自悟（瓷瓯内潋滟莫掩·取富贵青蝇竞血）····· 1112

沉醉东风·闲居（恰离了绿水青山那答）····· 73

沉醉东风·春情（一自多才间阔）····· 1275

沉醉东风·春情（残花酿蜂儿蜜脾）····· 74

沉醉东风·秋日湘阴道中 ············· 1100

沉醉东风·秋景 ······ 67

沉醉东风·重九 ······ 71

沉醉东风·信笔 ······ 124

沉醉东风·渔夫 ······ 250

沉醉东风·赠妓朱帘秀 ············· 49

快活三过朝天子四换头·忆别 ······ 1637

八 画

〔一〕

青杏子·咏雪 ……… 257
青杏子·送别 …… 1363
拨不断(布衣中) …… 360
拨不断(菊花开) …… 359
拨不断·大鱼 …… 30
拨不断·闲乐(泛浮
　槎) …………… 1087
拨不断·闲乐(暮云
　遮) …………… 1088
卖花声·怀古二首
　(阿房舞殿翻罗
　袖·美人自刎乌
　江岸) ………… 1177
卖花声·客况(十年
　落魄江滨客) …… 1179
卖花声·悟世 ……… 978

〔丿〕

侍香金童(春闺院
　宇) …………… 123
凭阑人(马上墙头瞥
　见他) ………… 312
凭阑人(两处相思无
　计留) ………… 314
凭阑人·江夜 …… 1234
凭阑人·金陵道中
　………………… 936
凭阑人·春日怀古
　………………… 1098

凭阑人·春情 …… 1271
凭阑人·春愁 …… 1273
凭阑人·寄征衣 …… 315
凭阑人·湖上(二客
　同游过虎溪) …… 1232
凭阑人·湖上(远水
　晴天明落霞) …… 1231
凭阑人·赠吴国
　良 …………… 1499
金字经(这家村醪
　尽) …………… 1085
金字经(夜来西风
　里) …………… 331
金字经(泪溅描金
　袖) …………… 596
金字经(落花风飞
　去) …………… 1084
金字经(蛾眉能自惜)
　………………… 594
金字经·宿邯郸驿 … 66
金殿喜重重南·秋思
　………………… 881

〔丶〕

夜行船·吊古 …… 1489
夜行船·秋思 …… 362
夜行船·送友归
　吴 …………… 1056
沽美酒兼太平令(在
　官时只说闲) …… 761
河西六娘子(骏马双
　翻碧玉蹄) …… 1432

〔一〕

驻马听·吹、弹、歌、
　舞 …………… 248

九 画

〔一〕

珍珠马南·情 …… 1686
胡十八(正妙年) …… 763
柳营曲·太平即事
　………………… 1107
柳营曲·叹世 …… 1110
柳营曲·江上 …… 1338
柳营曲·怀古 …… 1108
柳营曲·范蠡 …… 1669
柳营曲·金陵故址
　………………… 1336
柳营曲·题章宗出
　猎(白海青) …… 1668
耍孩儿·庄家不识
　构阑 …………… 20
耍孩儿·借马 …… 372

〔丨〕

点绛唇(丰稔年
　华) …………… 1569
点绛唇·辞朝 …… 53
骂玉郎过感皇恩采
　茶歌(牛羊犹恐他
　惊散) ………… 1639
骂玉郎过感皇恩采
　茶歌(四时唯有春

无价）…………… 1641

骂玉郎过感皇恩采
茶歌·述怀（蛛丝
满甑尘生釜）…… 1291

骂玉郎过感皇恩采
茶歌·闺中闻杜
鹃 ……………… 871

〔一〕

昼夜乐·冬 ……… 1354

十　画
〔丨〕

哨遍（试把贤愚穷
究）……………… 1250

哨遍（烟柳风花锦作
园）……………… 1391

哨遍·皮匠说谎 … 1306

哨遍·羊诉冤 ……… 872

哨遍·张玉嵓草书
……………… 365

哨遍·高祖还乡 …… 899

〔丶〕

凌波仙·吊乔梦
符 ……………… 1462

凌波仙·吊沈和
甫 ……………… 1460

粉蝶儿·牛诉冤
……………… 673

粉蝶儿·西湖十景
……………… 626

粉蝶儿·海马闲骑
……………… 1320

十一画
〔一〕

黄蔷薇过庆元贞（燕
燕别无甚孝顺）
……………… 1302

黄蔷薇带庆元贞·
御水流红叶（步秋
香径晚）………… 1293

梧叶儿·别情（别离
易）……………… 110

梧叶儿·春思（芳草
思南浦）………… 1267

梧叶儿·嘲贪汉 … 1673

梧叶儿·嘲谎人 … 1671

〔丿〕

得胜令·四月一日
喜雨 …………… 773

得胜乐（红日晚）…… 256

得胜乐（独自走）…… 255

〔丶〕

清江引（长门柳丝千
万结·长门柳丝
千万缕）………… 1295

清江引（弃微名去来
心快哉）………… 601

清江引（春光荏苒如
梦蝶）…………… 1019

清江引（竞功名有如
车下坡）………… 603

清江引（梦回昼长帘
半卷）…………… 1248

清江引·讥士人 … 1642

清江引·立春 …… 612

清江引·托咏 …… 1419

清江引·老王将军
……………… 1217

清江引·有感 …… 956

清江引·即景 …… 957

清江引·咏梅（芳心
对人娇欲说）…… 607

清江引·咏梅（南枝
夜来先破蕊）…… 605

清江引·春思 …… 1215

清江引·相思 …… 1280

清江引·秋怀 …… 1213

清江引·秋居 …… 1349

清江引·钱塘怀古
……………… 1246

清江引·野兴（东篱
本是风月主）…… 344

清江引·野兴（林泉
隐居谁到此）…… 343

清江引·野兴（绿蓑
衣紫罗袍谁是主）
……………… 342

清江引·野兴（樵夫
觉来山月底）…… 341

清江引·惜别（玉人
泣别声渐杳）…… 609

清江引·惜别(若还
　　与他相见时) …… 610
清江引·题情(南山
　　豆苗荒数亩) …… 1245
梁州第七·射雁 …… 984
寄生草·饮 …… 230
寄生草·闲评(问甚
　　么虚名利) …… 1613
寄生草·感叹 …… 1328

〔一〕

绿幺遍·自述 …… 916

十二画
〔一〕

喜春来(金鱼玉带罗
　　襕扣) …… 51
喜春来(路逢饿殍须
　　亲问) …… 739
喜春来·四节(海棠
　　过雨红初淡·垂
　　门艾挂狰狰虎·
　　天孙一夜停机
　　暇·香橙肥蟹家
　　家酒) …… 1627
喜春来·永康驿中
　　 …… 1166
喜春来·金华客舍
　　 …… 1165
喜春来·闺情 …… 1631
喜春来过普天乐(琉
　　璃殿暖香浮细) …… 91

落梅风(斜阳外) … 1389
落梅风·江上寄越
　　中诸友 ………… 1186
落梅风·咏雪 …… 1408
落梅风·春情(秋千
　　院) ………… 1187
朝天子(卞和) …… 1067
朝天子(丙吉) …… 1068
朝天子(老莱) …… 1070
朝天子(早霞) …… 1616
朝天子(伍员) …… 1065
朝天子(伯牙) …… 1072
朝天子(沛公) …… 1063
朝天子(孟母) …… 1074
朝天子(董卓) …… 1071
朝天子·归隐(长歌
　　咏楚词) ………… 1474
朝天子·归隐(风俗
　　变甚讹) ………… 1481
朝天子·归隐(身不
　　出敝庐) ………… 1478
朝天子·归隐(荣华
　　梦一场) ………… 1477
朝天子·西湖 …… 1257
朝天子·同文子方
　　邓永年泛洞庭湖
　　宿凤凰台下(有
　　钱) ………… 1011
朝天子·志感(不读
　　书有权·不读书
　　最高) ………… 1620
朝天子·邸万户席

上(柳营·《虎
　　韬》) ………… 1008
朝天子·赴约 …… 1510
朝天子·秋夜吟 … 1386
朝天子·秋夜客
　　怀 ………… 1438
朝天子·闺情 …… 1169
朝天子·常山江行
　　 ………… 1260
朝天子·嘲妓家區
　　食 ………… 1618
朝天曲(挂冠) …… 749
朝天曲(柳堤) …… 751
雁儿落过得胜令(从
　　他绿鬓斑) …… 319
雁儿落过得胜令(懒
　　栽潘岳花) …… 1517
雁儿落过得胜令·
　　忆别 ………… 982
雁儿落过得胜令·
　　自适 ………… 980
雁儿落过得胜令·
　　闲适(乾坤一转
　　丸) ………… 633
雁儿落过得胜令·
　　闲适(晴风雨气
　　收) ………… 635
雁儿落过得胜令·
　　送别(和风闹燕
　　莺) ………… 1023
雁儿落带过得胜令
　　(春花闻杜鹃) … 1352

雁儿落兼得胜令（也
不学严子陵七里
滩）…………… 771
雁儿落兼得胜令（往
常时为功名惹是
非）…………… 767
雁儿落兼得胜令·
退隐（云来山更
佳）…………… 769

〔丨〕

最高歌兼喜春来（诗
磨的剔透玲珑）… 737
黑漆弩·村居遣兴
（长巾阔领深村
住）…………… 317
黑漆弩·游金山寺
并序 …………… 58

〔丿〕

集贤宾·咏柳忆别
……………… 986
集贤宾·宫词 …… 877
集贤宾·退隐 …… 422

〔丶〕

普天乐（折腰惭）…… 744
普天乐（雨儿飘）… 1401
普天乐（柳丝柔）…… 520
普天乐（树杈枒）… 1304
普天乐（浙江秋）…… 304
普天乐（楚《离

骚》）…………… 746
普天乐（翠荷残）…… 522
普天乐（嘲西席）… 1403
普天乐·西山夕照
……………… 1264
普天乐·西湖即事
……………… 1157
普天乐·江头秋行
……………… 1090
普天乐·别情（鹧鸪
词）…………… 1334
普天乐·闲居 …… 747
普天乐·咏世 …… 1397
普天乐·垂虹夜月
（玉华寒）…… 1262
普天乐·秋江忆别
……………… 1091
普天乐·秋怀（为谁
忙）…………… 1161
普天乐·秋怀（会真
诗）…………… 1158
普天乐·遇美 …… 1399
普天乐·道情 …… 1163
湘妃引·秋夕闺
思 …………… 1535
湘妃怨·和卢疏斋
西湖（采莲湖上画
船儿）………… 357
湘妃怨·和卢疏斋
西湖（春风骄马五
陵儿）………… 355
游四门（落红满地湿

胭脂·海棠花下
月明时）……… 1612

十三画

〔一〕

楚天遥过清江引（有
意送春归）…… 1082
楚天遥过清江引（花
开人正欢）…… 1078
楚天遥过清江引（屈
指数春来）…… 1080

〔丿〕

锦橙梅（红馥馥的脸
衬霞）………… 1148
解三酲（奴本是明珠
擎掌）………… 1324

〔丶〕

新水令·代马诉冤
……………… 1040
新水令·闺丽 …… 989
新水令·辞官 …… 785
满庭芳（天风海涛）
……………… 303
满庭芳（枉乖柳
青）…………… 1622
满庭芳·山中杂兴
（风波几场）…… 1167
满庭芳·武林感旧
（钱唐故址）…… 1530
满庭芳·京口感

怀 …………… 1528
满庭芳·看岳王
　传 …………… 1440
满庭芳·渔父词（吴
　头楚尾·湖平棹
　稳·携鱼换酒·
　江声撼枕） …… 918
满庭芳·渔父词（活
　鱼旋打·秋江暮
　景） …………… 923
塞鸿秋（功名万里忙
　如燕） ………… 1060
塞鸿秋（爱他时似爱
　初生月） ……… 1599
塞鸿秋·山行警（东
　边路西边路南边
　路） …………… 1601
塞鸿秋·丹客行 … 1603
塞鸿秋·代人作（战
　西风几点宾鸿至）
　 ………………… 588
塞鸿秋·浔阳即景
　（长江万里白如
　练） …………… 1436
塞鸿秋·凌歊台怀
　古 …………… 1062
塞鸿秋·道情（直钩
　曾下严滩钓） …… 1142

〔一〕

殿前欢（畅幽哉） …… 617
殿前欢（怕相逢） …… 621

殿前欢（怕秋来） …… 622
殿前欢（酒杯浓） …… 88
殿前欢（揾啼红）
　 ………………… 1506
殿前欢（隔帘听） …… 624
殿前欢（楚怀王） …… 619
殿前欢（醉颜酡） … 1021
殿前欢·对菊自
　叹 …………… 765
殿前欢·次酸斋韵
　（钓鱼台） …… 1197
殿前欢·观音山眠
　松 …………… 1286
殿前欢·里西瑛号
　懒云窝自叙有作
　奉和（懒云窝，静
　看松影挂长萝·
　懒神仙，懒窝中打
　坐几多年） …… 973
殿前欢·客中（望长
　安） …………… 1200
殿前欢·夏 ……… 1077
殿前欢·爱山亭上
　 ………………… 1203
殿前欢·离思（月笼
　沙） …………… 1198
殿前欢·梅花 …… 1326
殿前欢·登江山第
　一楼 ………… 975
殿前欢·懒云窝（懒
　云窝……无梦南
　柯·懒云窝……

尽自磨陀·懒云
　窝，客至待如何）
　 ………………… 570
殿前喜过播海令大
　喜人心（谪仙醉眼
　何曾开） ……… 1684

十四画

〔一〕

碧玉箫（秋景堪题）
　 ………………… 116

〔丶〕

端正好·上高监司
　（后套） ……… 1030
端正好·上高监司
　（前套） ……… 1025
端正好·集杂剧名
　咏情 ………… 1379
寨儿令（有钱时唤小
　哥） …………… 1666
寨儿令（挑短檠） …… 908
寨儿令·冬白战体
　 ………………… 782
寨儿令·次韵（你见
　么） …………… 1227
寨儿令·次韵怀古
　 ………………… 1225
寨儿令·投闲即事
　 ………………… 1229

〔一〕

翠裙腰（莺穿细柳翻

金翅）⋯⋯⋯⋯ 13

十五画

〔一〕

醉太平（人皆嫌命
窘）⋯⋯⋯⋯⋯ 1146
醉太平（相邀士夫）
　　　⋯⋯⋯⋯⋯ 867
醉太平（恨绵绵深宫
怨女）⋯⋯⋯⋯ 1377
醉太平（绕前街后
街·俺是悲田院
下司·风流贫最
好）⋯⋯⋯⋯⋯ 1457
醉太平（堂堂大
元）⋯⋯⋯⋯⋯ 1605
醉太平·讥贪小利
者 ⋯⋯⋯⋯⋯ 1607
醉太平·叹子弟（寻
葫芦锯瓢）⋯⋯ 1609
醉太平·怀古 ⋯⋯ 1144
醉太平·寒食（声声
啼乳鸦）⋯⋯⋯ 1051
醉太平·警世（莫争
高竞低）⋯⋯⋯ 1473
醉太平·警世（憎苍
蝇竞血）⋯⋯⋯ 1471
醉中天（花木相思
树）⋯⋯⋯⋯⋯ 1005
醉中天·咏大蝴蝶
　　⋯⋯⋯⋯⋯⋯ 24
醉中天·佳人脸上

黑痣 ⋯⋯⋯⋯ 232
醉高歌·感怀（十年
书剑长叮）⋯⋯ 309
醉高歌·感怀（十年
燕月歌声）⋯⋯ 306
醉高歌·感怀（岸边
烟柳苍苍）⋯⋯ 307
醉高歌过红绣鞋·
寄金莺儿 ⋯⋯ 1435
醉高歌带红绣鞋·
客中题壁 ⋯⋯ 1532

〔丶〕

潘妃曲（一点青灯人
千里）⋯⋯⋯⋯ 43
潘妃曲（闷酒将来刚
刚咽）⋯⋯⋯⋯ 42
潘妃曲（带月披星担
惊怕）⋯⋯⋯⋯ 41

十六画

〔一〕

燕引雏·奉寄小山
先辈 ⋯⋯⋯⋯ 1310

〔丨〕

鹦鹉曲（侬家鹦鹉洲
边住）⋯⋯⋯⋯ 790
鹦鹉曲·山亭逸兴
　　⋯⋯⋯⋯⋯⋯ 573
鹦鹉曲·农夫渴雨
　　⋯⋯⋯⋯⋯⋯ 576

鹦鹉曲·赤壁怀古
　　⋯⋯⋯⋯⋯ 581
鹦鹉曲·别意 ⋯⋯ 584
鹦鹉曲·城南秋思
　　⋯⋯⋯⋯⋯ 579
鹦鹉曲·野渡新晴
　　⋯⋯⋯⋯⋯ 577

十七画

骤雨打新荷（绿叶阴
浓·人生百年有
几）⋯⋯⋯⋯⋯⋯ 6

十九画

蟾宫曲（动高吟楚客
秋风）⋯⋯⋯ 1045
蟾宫曲（问人间谁是
英雄）⋯⋯⋯ 1043
蟾宫曲（冷清清人在
西厢）⋯⋯⋯ 1542
蟾宫曲（沙三伴哥来
嗏）⋯⋯⋯⋯⋯ 76
蟾宫曲（烂羊头谁羡
封侯）⋯⋯⋯ 1049
蟾宫曲（理征衣鞍马
匆匆）⋯⋯⋯ 1047
蟾宫曲（弊裘尘土压
征鞍鞭倦袅芦花）
　　⋯⋯⋯⋯⋯ 835
蟾宫曲·长沙怀古
潭州 ⋯⋯⋯⋯ 80
蟾宫曲·叹世（东篱

半世蹉跎） ……… 335

蟾宫曲·叹世（咸阳

百二山河） ……… 338

蟾宫曲·扬州汪右

丞席上即事 …… 81

蟾宫曲·自乐（草团

标正对山凹） …… 1289

蟾宫曲·江淹寺 … 1276

蟾宫曲·别友（宰金

头黑脚天鹅） …… 1443

蟾宫曲·怀古 …… 1340

蟾宫曲·层楼有感

…………… 1342

蟾宫曲·京口怀古

镇江 ……… 78

蟾宫曲·春情 …… 1278

蟾宫曲·送春 ……… 599

蟾宫曲·梦中作（飘

飘泊泊船缆定沙

汀） ……… 832

蟾宫曲·寒食新野

道中 ……… 84

蟾宫曲·醉赠乐府

朱帘秀 ……… 85

杂剧篇目笔画索引

三 画

〔丨〕

小尉迟将斗将认父

归朝《小尉迟》

第二折 ………… 1737

〔一〕

马丹阳三度任风子

《任风子》第三

折 ……… 404

马丹阳度脱刘行首

《刘行首》第四

折 ……… 1564

四 画

〔一〕

王月英元夜留鞋记

《留鞋记》第一

折 ……… 1721

王月英元夜留鞋记

《留鞋记》第二

折 ……… 1723

王妙妙死哭秦少游

《秦少游》残曲

……… 894

太华山陈抟高卧

《陈抟高卧》第

三折 ……… 386

〔丿〕

月明和尚度柳翠

《度柳翠》第二

折 ……… 512

月明和尚度柳翠

《度柳翠》第三

折 ……… 515

风雨像生货郎旦

《货郎旦》第四

折 ……… 1731

五 画

〔一〕

玉清庵错送鸳鸯被

《鸳鸯被》第一

折 ……… 1698

玉箫女两世姻缘

《两世姻缘》第

二折 ……… 993

功臣宴敬德不伏老

《不伏老》第一

折 ……… 694

功臣宴敬德不伏老

《不伏老》第三

折 ……… 700

东堂老劝破家子弟

《东堂老》第一

折 ……… 1119

〔丨〕

四丞相高会丽春堂

《丽春堂》第三

折 ……… 475

〔丿〕

失宫调牌名·大

雨 ·············· 1674

包待制三勘蝴蝶梦
（《蝴蝶梦》）第三
折 ·············· 195

包待制陈州粜米
（《陈州粜米》）第
一折 ·········· 1693

包待制陈州粜米
（《陈州粜米》）第
三折 ·········· 1695

包待制智斩鲁斋郎
（《鲁斋郎》）第二
折 ·············· 198

包待制智赚灰阑记
（《灰阑记》）第一
折 ·············· 799

包待制智赚灰阑记
（《灰阑记》）第四
折 ·············· 802

〔丶〕

冯玉兰夜月泣江舟
（《冯玉兰》）第三
折 ·············· 1736

半夜雷轰荐福碑
（《荐福碑》）第一
折 ·············· 379

半夜雷轰荐福碑
（《荐福碑》）第三
折 ·············· 381

汉钟离度脱蓝采和
（《蓝采和》）第一

折 ·············· 1753

汉高皇濯足气英布
（《气英布》）第四
折 ·············· 527

六　画

〔一〕

玎玎珰珰盆儿鬼
（《盆儿鬼》）第三
折 ·············· 1725

玎玎珰珰盆儿鬼
（《盆儿鬼》）第四
折 ·············· 1727

老庄周一枕蝴蝶梦
（《庄周梦》）第一
折 ·············· 732

地藏王证东窗事犯
（《东窗事犯》）第
一折 ·········· 807

地藏王证东窗事犯
（《东窗事犯》）第
三折 ·········· 809

西游记第二本第六
出·村姑演说 ··· 1549

西游记第五本第十
八出·迷路问仙
·············· 1552

西游记第五本第十
九出·铁扇凶威
·············· 1558

死生交范张鸡黍
（《范张鸡黍》）第

一折 ·········· 818

〔丨〕

吕洞宾三醉岳阳楼
（《岳阳楼》）第一
折 ·············· 402

吕洞宾度铁拐李岳
（《铁拐李岳》）第
一折 ·········· 707

吕洞宾度铁拐李岳
（《铁拐李岳》）第
三折 ·········· 709

吕洞宾桃柳升仙梦
（《升仙梦》）第三
折 ·············· 1583

吕蒙正风雪破窑记
（《破窑记》）第一
折 ·············· 479

吕蒙正风雪破窑记
（《破窑记》）第三
折 ·············· 481

同乐院燕青博鱼
（《燕青博鱼》）第
一折 ·········· 495

〔丿〕

朱太守风雪渔樵记
（《渔樵记》）第二
折 ·············· 1716

〔丶〕

刘夫人庆赏五侯宴

《五侯宴》第三
折 …………………… 203
刘晨阮肇误入桃源
（《误入桃源》）第
三折 …………… 1587
关大王独赴单刀会
（《单刀会》）第四
折 …………………… 140
江州司马青衫泪
（《青衫泪》）第二
折 …………………… 376

〔一〕

好酒赵元遇上皇
（《遇上皇》）第二
折 …………………… 218

七　画
〔一〕

邯郸道省悟黄粱梦
（《黄粱梦》）第一
折 …………………… 408
邯郸道省悟黄粱梦
（《黄粱梦》）第三
折 …………………… 412
邯郸道省悟黄粱梦
（《黄粱梦》）第四
折 …………………… 415
严子陵垂钓七里滩
（《七里滩》）第一
折 …………………… 823
严子陵垂钓七里滩

《七里滩》）第三
折 …………………… 826
苏子瞻风雪贬黄州
（《贬黄州》）第一
折 …………………… 670
苏子瞻醉写赤壁赋
（《醉写赤壁赋》）
第三折 ………… 1741
杜牧之诗酒扬州梦
（《扬州梦》）第一
折 …………………… 996
李太白匹配金钱记
（《金钱记》）第一
折 …………………… 998
李太白贬夜郎（《贬
夜郎》）第一折 …… 703
李太白贬夜郎（《贬
夜郎》）第四折 …… 705
李亚仙花酒曲江池
（《曲江池》）第一
折 …………………… 559
李亚仙花酒曲江池
（《曲江池》）第二
折 …………………… 560
李素兰风月玉壶春
（《玉壶春》）第一
折 …………………… 1581
杨氏女杀狗劝夫
（《杀狗劝夫》）第
二折 …………… 1704

〔丿〕

㑇梅香骗翰林风月

（《㑇梅香》）第一
折 …………………… 855
㑇梅香骗翰林风月
（《㑇梅香》）第三
折 …………………… 858

〔丶〕

冻苏秦衣锦还乡
（《冻苏秦》）第四
折 …………… 1709
沙门岛张生煮海
（《张生煮海》）第
一折 …………… 680
沙门岛张生煮海
（《张生煮海》）第
二折 …………… 581
沙门岛张生煮海
（《张生煮海》）第
三折 …………… 685
沙门岛张生煮海
（《张生煮海》）第
四折 …………… 687
宋太祖龙虎风云会
（《风云会》）第二
折 …………………… 1575
宋太祖龙虎风云会
（《风云会》）第三
折 …………………… 1579
诈妮子调风月（《调
风月》）第三折 …… 137

〔一〕

张孔目智勘魔合罗

《魔合罗》第一
折 ·············· 792
张孔目智勘魔合罗
《魔合罗》第四
折 ·············· 794
陈季卿悟道竹叶舟
《竹叶舟》第三
折 ·············· 865

八　画

〔丨〕

虎牢关三战吕布
《三战吕布》第
一折 ·············· 853
昊天塔孟良盗骨
《昊天塔》、《孟良
盗骨》第四折 ··· 1450
忠义士豫让吞炭
《豫让吞炭》第
四折 ·············· 690

〔丿〕

金水桥陈琳抱妆盒
《抱妆盒》第二
折 ·············· 1750

〔丶〕

庞居士误放来生债
《来生债》第一
折 ·············· 1706
庞涓夜走马陵道
《马陵道》第二

折 ·············· 1714
河南府张鼎勘头巾
《勘头巾》第二
折 ·············· 1125
宜秋山赵礼让肥
《赵礼让肥》第
一折 ·············· 1114
宜秋山赵礼让肥
《赵礼让肥》第
三折 ·············· 1117

〔一〕

孟德耀举案齐眉
《举案齐眉》第
一折 ·············· 1719

九　画

〔一〕

持汉节苏武还乡
《苏武还乡》第
三折 ·············· 910
赵氏孤儿大报仇
《赵氏孤儿》第
一折 ·············· 647
赵氏孤儿大报仇
《赵氏孤儿》第
二折 ·············· 649
赵氏孤儿大报仇
《赵氏孤儿》第
三折 ·············· 652
赵盼儿风月救风尘
《救风尘》第一

折 ·············· 170
赵盼儿风月救风尘
《救风尘》第二
折 ·············· 175
相国寺公孙合汗衫
《合汗衫》第三
折 ·············· 667

〔丨〕

临江驿潇湘秋夜雨
《潇湘夜雨》第
二折 ·············· 637
临江驿潇湘秋夜雨
《潇湘夜雨》第
三折 ·············· 642
临江驿潇湘秋夜雨
《潇湘夜雨》第
四折 ·············· 645

〔丿〕

看钱奴买冤家债主
《看钱奴》第二
折 ·············· 223
便宜行事虎头牌
《虎头牌》第三
折 ·············· 500
保成公径赴渑池会
《渑池会》第四
折 ·············· 221
须贾大夫谇范叔
《谇范叔》第一
折 ·············· 206

须贾大夫谇范叔
（《谇范叔》）第二
折 …………… 210

〔丶〕

闺怨佳人拜月亭
（《拜月亭》）第一
折 …………… 151

闺怨佳人拜月亭
（《拜月亭》）第三
折 …………… 153

迷青琐倩女离魂
（《倩女离魂》）第
一折 …………… 840

迷青琐倩女离魂
（《倩女离魂》）第
二折 …………… 843

迷青琐倩女离魂
（《倩女离魂》）第
三折 …………… 848

迷青琐倩女离魂
（《倩女离魂》）第
四折 …………… 851

洞庭湖柳毅传书
（《柳毅传书》）第
二折 …………… 533

洞庭湖柳毅传书
（《柳毅传书》）第
三折 …………… 538

神奴儿大闹开封府
（《神奴儿》）第二
折 …………… 1711

说鱄诸伍员吹箫
（《伍员吹箫》）第
四折 …………… 517

十 画

〔一〕

秦修然竹坞听琴
（《竹坞听琴》）第
一折 …………… 725

晋文公火烧介子推
（《介子推》）第四
折 …………… 805

晋陶母剪发待宾
（《剪发待宾》）第
一折 …………… 1121

桃花女破法嫁周公
（《桃花女》）第二
折 …………… 1739

破幽梦孤雁汉宫秋
（《汉宫秋》）第一
折 …………… 389

破幽梦孤雁汉宫秋
（《汉宫秋》）第二
折 …………… 391

破幽梦孤雁汉宫秋
（《汉宫秋》）第三
折 …………… 395

破幽梦孤雁汉宫秋
（《汉宫秋》）第四
折 …………… 399

〔丨〕

逞风流王焕百花亭

《百花亭》）第二
折 …………… 1746

〔丿〕

钱大尹智宠谢天香
（《谢天香》）第四
折 …………… 179

钱大尹智勘绯衣梦
（《绯衣梦》）第二
折 …………… 191

〔丶〕

唐明皇秋夜梧桐雨
（《梧桐雨》）第一
折 …………… 272

唐明皇秋夜梧桐雨
（《梧桐雨》）第二
折 …………… 276

唐明皇秋夜梧桐雨
（《梧桐雨》）第三
折 …………… 281

唐明皇秋夜梧桐雨
（《梧桐雨》）第四
折 …………… 286

海神庙王魁负桂英
（《王魁负桂英》）
残折 …………… 545

诸宫调风月紫云庭
（《紫云庭》）第三
折 …………… 564

〔一〕

陶学士醉写风光好

《风光好》）第一
折 …………………… 657
陶学士醉写风光好
《风光好》）第三
折 …………………… 659
陶渊明归去来兮
《归去来兮》）第
四折 …………………… 543

十一画
〔一〕

黄桂娘秋夜竹窗雨
《竹窗雨》）第一
折 …………………… 728
萧何月下追韩信
《追韩信》）第二
折 …………………… 862
救孝子贤母不认尸
《救孝子》）第三
折 …………………… 510

〔丨〕

崔莺莺待月西厢记
《西厢记》）第一
本第一折（一）…… 428
崔莺莺待月西厢记
《西厢记》）第一
本第一折（二）…… 430
崔莺莺待月西厢记
《西厢记》）第一
本第二折 ………… 437
崔莺莺待月西厢记

《西厢记》）第一
本第三折 ………… 441
崔莺莺待月西厢记
《西厢记》）第二
本第一折 ………… 444
崔莺莺待月西厢记
《西厢记》）第二
本第二折 ………… 449
崔莺莺待月西厢记
《西厢记》）第二
本第三折 ………… 451
崔莺莺待月西厢记
《西厢记》）第二
本第四折 ………… 455
崔莺莺待月西厢记
《西厢记》）第二
本楔子 …………… 446
崔莺莺待月西厢记
《西厢记》）第三
本第四折 ………… 460
崔莺莺待月西厢记
《西厢记》）第四
本第二折 ………… 462
崔莺莺待月西厢记
《西厢记》）第四
本第三折 ………… 468

〔丶〕

望江亭中秋切鲙
《望江亭》）第三
折 …………………… 183
望江亭中秋切鲙

《望江亭》）第四
折 …………………… 188
梁山泊李逵负荆
《李逵负荆》）第
一折 …………………… 711
梁山泊李逵负荆
《李逵负荆》）第
二折 …………………… 716
梁山泊李逵负荆
《李逵负荆》）第
四折 …………………… 721

〔一〕

随何赚风魔蒯通
《赚蒯通》）第二
折 …………………… 1700
随何赚风魔蒯通
《赚蒯通》）第四
折 …………………… 1702

十二画
〔一〕

散家财天赐老生儿
《老生儿)第一折
…………………… 505
董秀英花月东墙记
《东墙记》）第一
折 …………………… 293
韩彩云丝竹芙蓉亭
《丝竹芙蓉亭》）
第一折 …………… 487
韩翠颦御水流红叶

元曲鉴赏辞典

（《流红叶》）第三
折 …………………… 298

〔丨〕

黑旋风双献功（《黑
旋风》《双献功》）
第一折 …………… 212
黑旋风双献功（《黑
旋风》《双献功》）
第二折 …………… 214
黑旋风双献功（《黑
旋风》《双献功》）
第三折 …………… 216

〔丿〕

鲁大夫秋胡戏妻
（《秋胡戏妻》）第
二折 …………… 550
鲁大夫秋胡戏妻
（《秋胡戏妻》）第
三折 …………… 554

〔丶〕

温太真玉镜台（《玉

镜台》）第一折 …… 146
温太真玉镜台（《玉
镜台》）第二折 …… 149
谢金莲诗酒红梨花
（《红梨花》）第一
折 …………………… 815

十三画
〔一〕

楚昭公疏者下船
（《楚昭公》《疏者
下船》）第一折 …… 228
感天动地窦娥冤
（《窦娥冤》）第二
折 …………………… 157
感天动地窦娥冤
（《窦娥冤》）第三
折 …………………… 161
感天动地窦娥冤
（《窦娥冤》）第四
折 …………………… 165

〔丿〕

锦云堂暗定连环计

（《连环计》）第三折
…………………… 1743

十四画
〔丨〕

裴少俊墙头马上
（《墙头马上》）第
一折 …………… 265
裴少俊墙头马上
（《墙头马上》）第
三折 …………… 267

十五画
〔一〕

醉思乡王粲登楼
（《王粲登楼》）第三
折 …………………… 836

十六画
〔一〕

薛仁贵荣归故里
（《薛仁贵》）第三
折 …………………… 664

珍藏本

元曲鉴赏辞典

后　记

【后记】

　　本辞典在编纂过程中，曾蒙上海图书馆古籍组、华东师范大学图书馆等单位的支持，多次提供查阅、翻录之便；山西师范大学戏曲文物研究所还专门寄来了珍藏的图片资料以供选用；不少学者对全书篇目提出了十分宝贵的意见，使之更加完备；洛地、姚品文、熊笃、王星琦、赵山林、李昌集、翁敏华等同志还参与了部分书稿的审阅工作。值此本辞典出版之际，谨向上述单位与个人深表谢意！

元曲鉴赏辞典

图书在版编目（CIP）数据

元曲鉴赏辞典：珍藏版/上海辞书出版社文学鉴赏
辞典编纂中心编 . —上海：上海辞书出版社，2012. 1
ISBN 978 - 7 - 5326 - 3605 - 1

Ⅰ . ①元… Ⅱ . ①上… Ⅲ . ①元曲—鉴赏—词典
Ⅳ . ①I207. 24 - 61

中国版本图书馆 CIP 数据核字（2011）第 257056 号

书 名 题 字　赵朴初
封 面 绘 画　戴顺智
原书责任编辑　贺银海　　沈伟麟
责 任 编 辑　祝振玉
技 术 编 辑　顾　晴
装 帧 设 计　姜　明

元曲鉴赏辞典（珍藏版）

上海世纪出版股份有限公司
上 海 辞 书 出 版 社　　出版、发行
（上海市陕西北路 457 号　邮政编码　200040）
电话：021—62472088
www.ewen.cc　www.cishu.com.cn
上海中华印刷有限公司印刷
开本 787×1092　1/16　印张 130.75　插页 195　字数 1 910
2012 年 1 月第 1 版　2012 年 1 月第 1 次印刷
ISBN 978 - 7 - 5326 - 3605 - 1/K · 857
定价：450.00 元（全三册）

如发生印刷、装订质量问题，读者可向工厂调换
联系电话：021—69213456